ÉMILE ZOLA

ŒUVRES COMPLÈTES

Tome 16

ÉMILE ZOLA
ŒUVRES COMPLÈTES

Publiées sous la direction de
Henri Mitterand

TOME 16 : *De Lourdes à Rome*
Les Trois Villes, 1
(1894-1896)

Présentation, notices, chronologie et bibliographie
par **Jean-Louis Cabanès et Jacques Noiray**

NOUVEAU MONDE ÉDITIONS

Les lettres d'Émile Zola reproduites dans ce volume sont extraites de : *Correspondance d'Émile Zola*, s.d., B.H. Bakker, Paris, CNRS Éditions et Montréal, Presses universitaires de Montréal.

Secrétariat d'édition : Luce Camus
Édition préparée sous la direction de Françoise Juhel

ÉMILE ZOLA

ŒUVRES COMPLÈTES, Tome 16

Romans

Lourdes
Rome

Journaux de voyage

Mon voyage à Lourdes
Mon voyage à Rome

Entretiens

Correspondance

Chronologie
Bibliographie

INTRODUCTION

Il est des années qui semblent non des cassures, mais des plis, comme si l'existence, en sa plasticité, s'incurvait, modelait autrement la matière première de son incarnation. On serait tenté d'affirmer qu'il en est ainsi des années 1893-1894 pour Zola. En 1893, avec *Le Docteur Pascal*, un cycle prenait fin ; en 1894, une trilogie commençait avec *Lourdes*. Toujours en 1893, la représentation de *L'Attaque du moulin* sur une musique d'Alfred Bruneau prolongeait l'expérience déjà tentée avec l'adaptation du *Rêve* pour la scène lyrique, mais dès la fin de cette année charnière, Zola décidait de se substituer à Louis Gallet, et de devenir lui-même librettiste en écrivant, en prose et non plus en vers, les livrets de *Lazare* et de *Messidor*. Enfin les anciens médanistes, Céard, Huysmans, Hennique ne se montraient guère tendres à l'égard de leur ancien mentor dans un entretien publié par Jules Huret, le 24 novembre 1893. Un nouveau cycle romanesque, une nouvelle manière d'écrire pour la scène lyrique, un nouveau réseau d'amis : décidément, la vie de Zola prenait un tournant, tandis que les relations tourmentées avec Alexandrine paraissaient s'apaiser dans la recherche d'un statu quo. L'épouse de Zola prenait acte de l'existence de sa rivale, voulait connaître les enfants, fruits d'une liaison désormais avérée et durable, mais entendait aussi conserver la préséance pour tout ce qui concernait la vie intellectuelle d'un homme de lettres consacré. Elle suivra le romancier dans son long séjour romain.

Pour autant, *Les Trois Villes* ont une assez longue préhistoire qui recoupe en partie l'achèvement des *Rougon-Macquart*. Dès septembre 1891, Zola s'était donné à lui-même cette injonction : « Faire deux volumes, l'un qui s'appellerait *Lourdes*, l'autre *Rome*. » Le projet d'un nouveau cycle a donc mûri lentement et la genèse de *Lourdes* s'est développée en contrepoint de la rédaction du *Docteur Pascal*. Le roman fin de cycle et le premier roman de la trilogie ont d'ailleurs des tonalités comparables. On rencontre dans ces deux œuvres une considération attendrie à l'égard de l'humanité souffrante, on y découvre un lyrisme parfois coloré de pathos. Notons enfin que, dans *Le Docteur* Pascal, Zola abordait déjà la question religieuse. Les deux premiers romans de la trilogie la traiteront dans toutes ses dimensions : politique, anthropologique, et, serait-on tenté de dire, métaphysique, même s'il s'agit pour Zola d'expliquer la croyance, les représentations mentales qu'elle présuppose, la pathologie qui parfois résulte de ses manifestations les plus démonstratives, à la lumière d'une psychologie fondée, dans *Lourdes*, sur la clinique de Charcot, ou bien sur une sociologie qui retrouve les postulats de Gabriel Tarde sur le comportement mimétique des foules. Les deux romans publiés dans ce volume participent donc d'une réflexion sur le catholicisme, et celle-ci semble tributaire d'un contexte idéologique et politique. En effet, il s'agit pour Zola de répondre, par romans interposés, au regain de spiritualisme qui marque la fin du siècle, aussi bien sur le plan des mentalités collectives que sur celui des courants esthétiques. Dans *Lourdes*, l'écrivain cherchera donc à se mettre en état d'empathie pour comprendre, du dedans, ce qui se joue dans l'aspiration des croyants. Ce rationaliste essaiera de penser, au plus intime, l'irrationnel. S'interrogeant sur les miracles, il se demandera pourquoi et comment on en vient à souscrire à l'idée de vie éternelle. Zola découvre ainsi dans l'espérance des croyants un fond d'angoisse, et dans l'aspiration à la survie un refus de la vie telle qu'elle est. Le premier roman de la trilogie ne propose pas seulement une étude psychosociologique des foules de Lourdes, il cherche à comprendre l'essence même des religions, dans une démarche en partie anthropologique et en partie existentielle. Le deuxième volume de la trilogie témoigne d'une orientation différente : il est essentiellement politique, il participe d'une réflexion sur la cité. *Lourdes* faisait apparaître le rôle des assomptionnistes dans l'économie des pèlerinages. Le romancier s'interrogeait sur l'institutionnalisation des miracles, et, par le truchement de la biographie de Bernadette, sur la confiscation d'une vie à des fins édifiantes. Il y a parfois du roman noir dans *Lourdes* : on songe en particulier à l'enfermement de Bernadette dans son couvent de Nevers. *Rome* pense tout autrement la relation de l'Église avec les pouvoirs. L'écrivain part d'un constat : le catholicisme semble vouloir, en cette fin de siècle, se réconcilier avec le monde moderne en abordant les questions sociales ou en acquiesçant aux institutions démocratiques. Léon XIII, auteur de l'encyclique *Rerum novarum*, figure pour Zola un mystère vivant. Est-il homme de bonne foi ? Est-il, seulement, un excellent stratège ? Jusqu'où peut aller la politique du ralliement ? Est-elle absolument sincère ? Le romancier postule que l'Église a hérité de l'Empire romain une idée du pouvoir temporel à laquelle elle est peut-être incapable de renoncer. *Lourdes* et *Rome* se présentent donc comme des romans à idées, et peut-être même, comme l'était déjà en partie *Le Docteur Pascal*, comme des romans à thèse. Ils sont en tout cas des romans politiques, implicitement pour le premier, explicitement pour le second.

Mais ils ne doivent pas être envisagés sous ce seul aspect. Zola, qui a voulu se renouveler, a tenté de créer des romans symphoniques, caractérisés par la prolifération des personnages, comme si la ville, nécessairement plurielle, impliquait, lorsqu'elle est mise en roman, une expansion des figures secondaires. Prendre comme enseigne romanesque *Lourdes* ou *Rome*, c'est en effet déjà, avant l'unanimisme de Jules Romains, chercher à décrire, dans le dépli du récit, l'épaisseur des existences, telle qu'elle pourrait être envisagée dans un temps romanesque relativement bref, au sein d'un même lieu. Zola inaugure le roman des villes, devançant ainsi les sommes de Jules Romains, de Dos Passos (*Manhattan Tranfer*), de Döblin (*Berlin Alexander Platz*) ou de Heimito von Doderer (*Les Démons*). *Lourdes, Rome, Paris* tendent à saisir le temps et la multiplicité urbaine en faisant en sorte que le dépli narratif restitue le simultané. Demeurent cependant chez Zola le souci de l'archéologie, de l'origine, la volonté de comprendre le présent dans toutes ses dimensions, à partir d'un passé qui l'informe : d'un côté, un pèlerinage en cinq journées, de l'autre la vie de Bernadette ; d'un côté la Rome moderne, de l'autre les deux Rome – la Rome antique, la Rome catholique, finissant par se superposer. Le décor, c'est une durée, et le documentaire rencontre le monumental. Le circonstanciel d'un pèlerinage ou d'un voyage à Lourdes ou à Rome fait résonner des traces, participe de la relecture d'un archaïque, projette vers le futur, invite à s'interroger sur l'avenir de la religion, sur l'ouverture de Rome, cette cité antique, à la civilisation moderne. La temporalité, dans *Lourdes* et dans *Rome*, comme il convient à des romans symphoniques, est donc souvent une temporalité implexe. Tout parcours dans une ville implique en effet un présent, mais aussi du temps retrouvé au gré des déplacements d'un personnage, en l'occurrence Pierre Froment. La trajectoire du héros de roman sert aussi à orienter le lecteur. L'apprentissage des villes tient d'un parcours au sein de lieux idéologiquement marqués ou habités par des personnages qui souscrivent exemplairement à des valeurs que le romancier met en cause ou qu'il prend soin de légitimer. Le testimonial (Pierre Froment est un témoin autorisé), par le truchement de la chose vue ou entendue, instaure de l'exemplaire, du typique, dont il résulte des conflits de valeurs. Récit documentaire, essai, roman à thèse, roman romanesque (tout au moins pour *Rome*) : à l'évidence, en cherchant à se renouveler, Zola joue avec les limites des genres, ou plutôt, pour emprunter à la préface des *Orientales*, avec « les limites de l'art ». La présentation des deux *Villes* précisera les effets multiples de ce brouillage générique, en partie inhérent au fait que l'écrivain s'efforce non pas tant de faire penser la fiction à partir de ce qu'elle recèle de proprement romanesque que d'introduire du discours pensif dans les propos de ses personnages ou dans leurs discours intérieurs.

En même temps qu'il rédigeait *Rome*, Zola multipliait les articles dans *Le Figaro*. Celui qui parut le 1er décembre 1895, sous le titre « L'opportunisme de Léon XIII », éclaire l'évocation du pape dans le deuxième roman de la trilogie. Cette activité journalistique prendra fin le 13 juin 1896, à l'occasion d'une polémique avec Gaston Deschamps. Zola, qui tient parfois, dans ces articles, le rôle d'un chroniqueur littéraire, y dresse également un tableau souvent critique de la politique française. Recueillis en 1897 sous le titre *Nouvelle campagne*, ils délimitent le contexte dans lequel *Paris* fut rédigé. On les trouvera donc dans le prochain volume des *Œuvres complètes* de Zola. Outre les deux *Villes*, le volume dont nous assurons la présentation comprend *Mon voyage à Lourdes*, qui relate le voyage effectué du 19 août au 1er septembre 1892 dans la cité des miracles, et *Voyage à Rome*, qui narre le long séjour romain du 31 octobre au 5 décembre 1894. On peut considérer ces récits reportages comme des carnets d'enquête préparatoires aux romans ; on peut aussi les lire pour eux-mêmes, car ils s'imposent à l'évidence comme des textes pleinement littéraires. On y découvre un Zola tout à la fois journaliste, enquêteur, voyageur, dont l'art d'écrire concurrence, sans qu'il s'agisse de le mettre sur le même plan, un autre système sémiotique, celui de la photographie, qui commence à le passionner. On constate également que le romancier n'est jamais absent de ses notes de voyage : bien souvent, au moment même où il enregistre le perçu, il se projette vers des scènes futures dont il envisage déjà la rédaction. Si voir et savoir ne font qu'un dans ces récits reportages, c'est que l'observation est active, qu'elle engendre une interprétation sociologique des choses vues. Elle requiert une transcription esthétique hésitant entre notation, rendu d'une sensation ponctuelle, et construction de vastes panoramas, de « tableaux ». Le passage brusque d'un plan énonciatif à un autre, l'aspect vivant des deux *Voyages*, la restitution des paroles entendues, l'acuité de l'observation sociale témoignent d'un regard souvent aigu, fondé sur une attention aux signes. Les villes sont des livres. L'écriture zolienne, qui prend en charge d'en assumer une lecture originale, oscille entre la familiarité du style diariste et les descriptions esthétiquement concertées. Il y a donc, constamment, dans ces *Voyages*, des dénivelés stylistiques, des tonalités variées, des croisements de registre. Zola, témoin capital, s'y montre en liberté.

Jean-Louis Cabanès

LOURDES

INTRODUCTION

La genèse de *Lourdes* est bien connue (le dossier préparatoire du roman est conservé à la bibliothèque Méjanes d'Aix-en-Provence, manuscrits 1455-1456). Elle a été étudiée par René Ternois et Jacques Noiray. D'une part, en son commencement, elle n'est pas dissociable de la rédaction des deux derniers *Rougon-Macquart* ; d'autre part, l'idée d'un nouveau cycle romanesque surgit en même temps que le projet de roman prend forme. Le fortuit d'un voyage est la semence première d'une trilogie, *Les Trois Villes*.

Zola avait passé deux jours à Lourdes en septembre 1891. Ce court séjour avait fait naître un désir de fiction, mais aussi celui d'énoncer une thèse. Au cours d'une nuit fiévreuse, l'écrivain agença un projet de roman (manuscrit 1456, f°s 208-216, bibliothèque Méjanes, Aix-en-Provence). À l'évocation de Lourdes, cette « ville extraordinaire » (lettre à Céard, 20 septembre 1891), se trouvaient subordonnés, dès cette première esquisse, des enjeux idéologiques : « Montrer le besoin de surnaturel persistant chez l'homme, avec cette extraordinaire histoire de Bernadette Soubirous, la petite paysanne de douze ans, ayant la vision de la Vierge dans la grotte et produisant cet énorme mouvement d'humanité [...]. Et là retrouver, suivre, étudier et peindre ce duel incessant contre la science et le besoin de surnaturel. » (f° 108). Pour mettre en intrigue ce conflit, le romancier se proposait de nouer à « l'histoire rétrospective » de Bernadette celle d'une jeune fille névrosée, tout en suscitant autour d'elle des personnages divers, parmi lesquels un médecin revenu à la foi catholique. Le docteur Chassaigne, dans le roman, sera ce personnage-là.

Les partis pris de Zola étaient ainsi clairement exposés : il n'est de guérison que pour les maladies nerveuses. Lourdes et ses miracles s'expliqueraient rationnellement. Point d'ironie, toutefois, à l'égard de l'humanité affamée d'illusion. L'éternel besoin de mensonge engendre certes la réprobation, mais celle-ci est emportée dans le mouvement de compassion dont le roman à venir témoignera. La pitié, à défaut de la piété : telles étaient les consignes que se donnait le romancier.

Au cours de l'année suivante, il fallut achever la rédaction de *La Débâcle* et préparer *Le Docteur Pascal*. *Lourdes* n'était pas pour autant oublié. Après avoir annoncé à la presse son intention d'écrire un roman sur la ville des miracles, Zola quittait Paris le 18 août 1892 pour la cité pyrénéenne. Il y séjourna jusqu'au 1er septembre. Le récit-reportage qui résulte de ce voyage (voir introduction de *Mon voyage à Lourdes*) fournit les assises mimétiques du roman pour tout ce qui concerne la ville, les sanctuaires et les pèlerinages. Il contient aussi les éléments d'une biographie romanesque de Bernadette, fondée sur les témoignages que l'écrivain a recueillis, notamment auprès d'Henri Lasserre.

La première *Ébauche* de *Lourdes* date de septembre 1892 (manuscrit 1455, f°s 30-66, bibliothèque Méjanes, Aix-en-Provence). Zola y revient sur les enjeux idéologiques de l'œuvre. Il prévoit de « détacher » la figure de Bernadette sur l'ensemble du roman en des chapitres qui pourraient, comme il le dit lui-même, prendre l'allure de « refrains ». Cette métaphore musicale se double d'une métaphore théâtrale. Le romancier se propose de créer une sorte de chœur, celui « des personnages qui raconteraient le passé ». Ainsi, le Lourdes ancien devrait se greffer sur le Lourdes moderne grâce à des procédés qui semblent rappeler ceux de la tragédie antique.

La seconde *Ébauche* de *Lourdes*, difficile à dater (manuscrit 1455, f°s 68-120bis, bibliothèque Méjanes, Aix-en Provence), s'attache plus particulièrement à organiser la mise en fiction des thèses que Zola entend défendre. À cet effet, il envisage de créer un personnage central, témoin et interprète autorisé. Au médecin d'abord prévu, se substitue un prêtre qui vivra un double drame, celui d'avoir perdu la foi, celui d'aimer chastement une jeune fille venue à Lourdes dans l'attente d'un miracle. Au terme du roman, la guérison de l'adolescente coïncidera avec la perte définitive de la foi chez le jeune prêtre. Sur cette intrigue à double entrée, Zola greffe d'autres récits de vie. *Lourdes*, roman documenté et, par bien des aspects, roman documentaire, est riche d'une épaisseur de petites biographies fictives qu'un personnage prendra à charge de conter. Les vies secondes, dans *Lourdes*, sont des voix.

Entre la première ébauche et les plans préparatoires achevés dès juillet-août 1893, la documentation zolienne s'était enrichie. Aux témoignages directs ou indirects, étaient venus s'ajouter les apports des lectures : lecture des ouvrages consacrés par Henri Lasserre à Bernadette, lecture des livres écrits par le docteur Boissarie, le médecin du bureau des Constatations, évoqué dans le roman sous les traits du docteur Bonamy. Zola a pris également connaissance de l'article de Charcot, « La foi qui guérit », paru dans la *Revue hebdomadaire* en septembre 1892. Gilles de La Tourette, l'un des fidèles disciples du maître de la Salpêtrière, et dont la projection, dans le roman, est probablement le docteur Beauclair (en ce qui concerne cette documentation et les notes prises par Zola dans le dossier préparatoire, voir Jacques Noiray et la notice qui accompagne son édition de *Lourdes*, Gallimard, « Folio », 1995, p. 594-595), lui a fourni également des renseignements sur l'hystérie traumatique. Le savoir ainsi réuni s'articule autour de la question des miracles et de l'hystérie. Force est alors de rappeler que la genèse de *Lourdes*, contemporaine de la rédaction du *Docteur Pascal*, prend sens dans un contexte marqué par le regain du spiritualisme et par la mise en cause du scientisme. Brunetière ne va-t-il pas proclamer la « banqueroute de la science » ? Celle-ci, selon le romancier de *Lourdes*, à défaut de tout expliquer et de tout guérir, permet cependant de comprendre comment s'effectuent les miracles. L'hystérie s'explique cliniquement – Charcot l'aurait prouvé –, mais cette clinique d'une maladie nerveuse est aussi le socle d'une psychosociologie : les foules de Lourdes sont des foules suggestionnées. L'admirable architecture du roman semble ainsi le contrepoint d'une irraison collective. La logique formelle du roman raisonne la déraison en l'exposant.

On ne saurait imaginer, en effet, une structure romanesque plus rigoureusement agencée : cinq journées constituant cinq grandes parties, chacune subdivisée en cinq chapitres. Cinq actes et cinq scènes : *Lourdes*, ce grand poème symphonique, emprunte donc sa structure à la rhétorique classique. Ajoutons que, par un effet de circularité, d'encadrement caractéristique de l'écriture réaliste, le premier et le dernier chapitre sont mis en regard l'un de l'autre : une arrivée en train à Lourdes, un retour en train à Paris. Si le roman répartit en cinq temps les tableaux dont il se compose, il fait jouer, sur toute l'œuvre, un principe de circularité. La progression dramatique rencontre sans cesse le cyclique. L'art de Zola, ne l'oublions pas, est contemporain de celui de César Franck, de Wagner ou de Bruckner, qui ont voulu, eux aussi, dans leur musique, conjoindre circularité, progression, ressassement.

Conformément aux consignes de la première *Ébauche*, la biographie de Bernadette vient se greffer sur le récit des cinq journées. Elle s'impose toujours habilement au terme de chacune des cinq parties, dans le dernier wagon du train narratif, si l'on peut dire. Ce récit de vie n'est pas linéaire, il se compose de morceaux divers, il fait appel à des dispositifs énonciatifs variés. Pierre Froment raconte d'abord la vie de Bernadette aux pèlerins en lisant un petit livre de colportage sorti des presses catholiques. On semble proche de l'hagiographie, de la *Légende dorée*, du *Rêve*. Mais voici que le personnage central délaisse le petit livre pieux pour conter à sa manière l'histoire de la visionnaire. Dans ce discours bifide, la thèse clinique se love dans les méandres d'un propos compassionnel et fleuri. L'instance auctoriale, en sous-main, commente les apparitions : tout ceci est un conte, une vision, une hallucination. Et ce commentaire décrédibilisant est en même temps l'écho du discours intérieur du personnage dont la parole semble ainsi se dédoubler au fur et à mesure qu'elle s'énonce. Dans tous les sens du terme, il perd la foi. Au soir de la deuxième journée, Pierre se fait encore le lecteur du même petit livre « bleu ». Faisant office de biographe inspiré, il improvise une fois de plus, « voyant se lever pour lui seul l'histoire vraie avec une force invincible ». Au cours des troisième et quatrième journées, ce sont les souvenirs ou les paroles du docteur Chassaigne qui informent des pans entiers de la vie de Bernadette. Devenue idole ou icône pour les foules de Lourdes, la visionnaire a cessé d'être une personne. La maison où elle habitait, apprend-on, est laissée à l'abandon. Bernadette est l'exemplaire victime de la fondation d'un sanctuaire devenu pour l'Église un enjeu de pouvoir et un enjeu commercial. Au terme du roman, Pierre prend à nouveau la parole pour conter, toujours à partir du même petit livre à couverture bleue, les dernières années de la vie de Bernadette. Celle-ci, dans le couvent de Nevers où elle est cloîtrée, songeait, avant de mourir, à son enfance à Lourdes et à Bartrès. Le dispositif biographique est donc, comme l'ensemble du roman, tout à la fois progressif, morcelé et circulaire. La fin contient le commencement. Dans les séquences biographiques si adroitement disposées, Zola joue avec les limites des genres, brouillant les frontières de l'hagiographie, du récit merveilleux, de la biographie historique, du récit naturaliste. Car, tout compte fait, la vie de Bernadette est parfois donnée à lire au lecteur comme pourrait l'être celle d'une héroïne naturaliste victime de l'imagination entropique de son créateur.

L'insertion de ce récit de vie nous renvoie indirectement à la question de l'origine. Pas de tante Dide dans la première des *Trois Villes*, pas d'aïeule hystérique, mais une enfantine, une visionnaire. Or, si les hallucinations de Bernadette sont en quelque sorte « causantes » – les apparitions de la Vierge font accourir à Lourdes des foules hystérisées –, elles sont également causées. D'où viennent les visions de Bernadette ? Pourquoi sont-elles reçues comme vérité ? Que sait-on, que peut-on dire, en fonction des sciences humaines du temps, de cette « irrégulière de l'hystérie » et des images mentales qui se sont imposées à elles ? Le romancier mène l'enquête et développe une thèse sur le milieu, sur le cadre de vie, sur l'iconographie chrétienne, sur les prônes entendus par Bernadette, sur le modèle qu'ont représenté pour elle les apparitions de La Salette. Il feint de pénétrer par empathie dans l'intimité de la visionnaire pour rendre compte de ce que cette enfantine ne sait pas sur elle-même. Le narrateur zolien est ainsi le berger de la conscience de sainte Bernadette, il la conduit où il lui plaît, vers les rives de ses thèses, sur les berges de son idéologie. Et il confronte sans cesse cet originaire démultiplié, feuilleté en strates causales et temporelles multiples au spectacle des foules de Lourdes, en soulevant à nouveau, mais dans une autre optique, la question du point de départ. Il y aurait en l'homme un besoin d'illusion, un désir de ne mourir jamais, un narcissisme, dira Freud, qui constitue quasiment pour le romancier une donnée anthropologique. Et cette espérance de survie, appétence d'une santé éternelle, alimente la croyance aux miracles, fait retour constamment dans l'histoire de l'humanité, et tout particulièrement en cette fin de siècle où l'on doute de la science, parce que ses progrès sont trop lents et que son savoir est toujours relatif. On comprend alors l'importance de la circularité, du cyclique, dans le roman. Il n'est pas seulement un choix formel. *Lourdes*, c'est à la fois l'élan dynamique des trains, et le piétinement des processions. C'est le surplace d'une humanité, devenue troupeau processionnel et qui écoute des cantiques sans cesse répétés. D'un côté, des foules dont le comportement ressortit à une socio-mimétique à la Gabriel Tarde ; de l'autre, une Église qui conditionne, par ses chants, des pèlerins qui s'auto-suggestionnent à proportion de l'intensité de leur foi ; enfin, chez ces croyants se développe une espérance insensée, un désir d'illusion qui semble projet d'avenir, mais qui est retour à l'enfance de la raison. Tout est donc reprise, litanie, circularité, jeu d'échos, éternel retour.

Cette circularité s'impose encore d'une autre manière. Zola a fait se détacher sur le spectacle des foules des groupes de personnages secondaires qui reviennent d'un chapitre à l'autre comme une ritournelle narrative : les Vigneron, Mme Maze, les Sabathier, la Grivotte, Mme Vincent, Élise Rouquet, etc. Ils figurent des cas pathologiques (la Grivotte, Élise Rouquet, M. Sabathier), ils incarnent un personnel romanesque souvent stéréotypé. Dans un roman à thèse, il faut des *exempla*. Élise Rouquet, qui guérit d'un lupus, est aussi exemplaire que Marie de Guersaint, qui guérit soudainement à Lourdes d'une hystérie traumatique. Maladies de peau, maladies nerveuses se soignent par la foi. Les autres personnages secondaires illustrent souvent des situations sociales ou morales types, ils greffent sur le roman idéologique un roman de mœurs. Amoureuse passionnée (Mme Volmar), bureaucrates à la Maupassant (les Vigneron), épouse abandonnée (Mme Maze), mère qui voit son enfant mourir (Mme Vincent), bonne sœur (sœur Hyacinthe) aimée d'un médecin (le docteur Ferrand) : Zola se souvient des recettes d'un romanesque consacré pour nourrir ces petits récits de vie. Si les personnages secondaires rencontrent immanquablement la stéréotypie dans leur parcours romanesque, le personnage principal – un prêtre chaste mais amoureux – ne l'évite pas. Chacun connaît, depuis *Les Fleurs de Tarbes*, la vertu des lieux communs, et Zola savait les magnifier. Ils sont l'alphabet romanesque de ce roman monumental. La convention des schémas narratifs n'empêche pas, en effet, l'acuité de la représentation romanesque, la force des descriptions. Car, si la stéréotypie nous met toujours en pays de connaissance, la vertu testimoniale du regard zolien, dont témoignent fortement les notes de *Mon voyage à Lourdes*, se retrouve dans les descriptions souvent subordonnées aux perceptions prêtées au personnage principal. L'aspect « typique », parfois allégorique, des personnages (on songe au Commandeur, ce nouveau Lazare) est une manière de dramatiser la chose vue, de faire jouer des hiérarchies sociales, de créer des effets de pathos, d'introduire parfois le sourire ou l'humour noir – on songe aux Vigneron et plus encore à deux dévotes qui, regardant frère Isidore dont les yeux fixes s'ouvrent sur le vide infini de la mort, s'exclament : « Bien sûr qu'elle [la sainte Vierge] va le guérir, il est trop beau ! »

Pour qu'il y ait ainsi ironie, il faut qu'il y ait contraste, décalage. Le trait d'humour noir que nous venons de relever – le réel de la mort y est nié par les yeux de la foi – est comme le condensé d'une structure antithétique qui prévaut sur l'ensemble du récit. *Lourdes* est un roman de l'attente pour les personnages qui espèrent leur guérison, pour le lecteur qui se demande quand se produira le miracle susceptible d'arracher Marie de Guersaint à sa paralysie. Mais il est aussi roman de la non-attente – nous savons que Marie guérira, le docteur

Beauclair l'a prédit. Roman du « toujours plus » (toujours plus de foules, de bruits, de sanie), il est aussi roman d'un brutal decrescendo. Après la longue protase romanesque qui va de la première journée jusqu'au chapitre IV de la quatrième partie, c'est, en effet, la brutale retombée. Au « vent de gloire », au coup de cymbale de la guérison de Marie de Guersaint, succède la déchirure amoureuse (la jeune femme est définitivement soustraite à l'amour de Pierre Froment) ; à l'exaltation hystérique de la foule qui ne forme plus qu'un seul être, se substitue la vision d'une grotte déserte. Et dans le chapitre V, la maison de Bernadette semble un « trou obscur ». Zola se plaît ainsi à créer, par cette soudaine retombée, un contraste qui est tout à la fois d'ordre sémantique et d'ordre rythmique.

Autre antithèse. En principe, Lourdes devrait être par excellence une nouvelle Jérusalem, ou à tout le moins une cité mystique. Et les pèlerins sont hommes de beaucoup de foi. Mais elle est la ville de tous les trafics, la ville de la simonie. On vend de l'eau de Lourdes, des objets de piété, on fabrique industriellement des cierges. C'est une ville-entrepôt où règnent les marchands du Temple. On y négocie des mariages, on s'y dispute les pouvoirs, on s'y jalouse. Et plus troublant encore, Appoline, la fraîche et appétissante Appoline, est comme un double de Bernadette. La sainte, morte à Nevers, a été remplacée par une fille d'hôtelier, peut-être un peu trop souriante. L'envers, l'endroit ? Lourdes, ville biface, appelle la satire.

La cité des miracles est également une machine à passions. La prière est son combustible, la foi lui donne son énergie. Les lumières des cierges, dans la nuit, sont des signaux de l'activité machinique des processions. Or, comme toute machine zolienne, Lourdes est en état de surchauffe. La vision des sanctuaires fait alterner thématiquement, comme l'a montré Jacques Noiray, le chaud et le frais – fraîcheur du fleuve, fraîcheur de la grotte, fraîcheur de la nuit – auxquels s'opposent l'excès, l'exaltation, « les violences faites au ciel », le souffle brûlant de la foi. Cette antithèse thématique se double d'un autre contraste, esthétique celui-ci. Dans son magnifique décor de montages, la cité des miracles se caractérise par sa laideur : laideur des sanctuaires, laideur des objets de piété, laideur des corps humiliés.

L'on touche ici à l'essentiel. Car le véritable court-circuit sémantique que Zola a cherché à instaurer tout au long de son roman résulte de la coprésence de l'obscène et de la candeur. « C'était un spectacle lamentable... ». Le pèlerinage est, en effet, exposition de corps déjetés, étiolés, déformés, monstrueux. Or, pour que le monstre devienne obscène, il faut que la tératologie soit mise en spectacle, qu'il y ait des « montreurs ». Les pères assomptionnistes, qui théâtralisent la prière des pèlerins, théâtralisent aussi leur souffrance, ou tout au moins ritualisent son exposition. On est aux confins de l'indicible, parce que l'obscène touche à la question fondamentale de la pudeur et de l'interdit. Or, Zola spectacularise, lui aussi, ces corps monstrueux que le pèlerinage invite à dénuder, à exposer, à baigner dans les piscines à miracles. Et il dit cet innommable, non sans une secrète horreur – et peut-être aussi non sans une certaine fascination qui tient sans doute à ce qu'à Lourdes, l'obscène et la candeur se conjoignent : candeur de Bernadette, cette enfantine toute de simplicité, candeur de Marie de Guersaint, cette vierge hystérique, mais plus profondément encore, candeur des croyants, qui espèrent le miracle, et notamment candeur de ceux que la maladie humilie. La rencontre de la candeur et de l'obscène, c'est peut-être le vrai visage de la religion dans le monde moderne, ou tout au moins, ce qui la dote d'une aura esthétique. Les horreurs de Lourdes sont belles pour le romancier. Le plaisir d'exposer l'obscène semble en effet emporter l'écriture au moment même où la candeur des innocents et la souffrance des humiliés suscitent la pitié.

Lourdes est donc, comme tout roman zolien, un roman de la chair, et il est aussi, comme *Le Docteur Pascal*, un roman compassionnel. Roman du corps, il ne l'est pas seulement en raison des énumérations qui sérient, distinguent, différencient les affections morbides. Il l'est encore parce que Bernadette et Marie de Guersaint sont des enfantines en qui le sexe a du mal à s'énoncer. Marie, notamment, est une vierge qui n'est pas réglée. Or, la guérison miraculeuse coïncide avec la venue du sang menstruel. On est donc ici à une sorte de croisement que le naturalisme s'efforce toujours de penser, celui du physiologique et du psychique, et peut-être encore, en ce qui concerne Lourdes, celui du physiologique et de « l'institutionnel ». La religion consomme, si l'on peut dire, le corps malsain des vierges, soit qu'elle fasse profit des apparitions d'une irrégulière de l'hystérie (Bernadette), soit qu'elle tire gloire de la guérison « miraculeuse » d'un trauma hystérique (Marie de Guersaint). À sa manière, qui n'est pas celle de Nietszche, le romancier soulève peut-être en sourdine la question que le philosophe posait à ses contemporains : la religion chrétienne consacrerait-elle la maladie comme une valeur pour mieux rendre les hommes esclaves ? Aurait-elle, pour parodier Baudelaire, « le culte de la plaie et l'amour des guenilles » pour mieux assurer son empire sur l'humanité ? En regard des corps humiliés, il est significatif que Zola ait choisi de faire de Lourdes le lieu où s'assouvit une passion charnelle, celle de Mme Volmar. Au prétexte de pèlerinage, elle vient y rejoindre son amant. En s'enfermant avec lui dans une chambre d'hôtel, elle s'abandonne à une consommation érotique fiévreuse que Zola est loin de condamner. En effet, cette passion est la part triomphante du désir dans un roman où les chairs sont souffrantes et humiliées, c'est la revanche d'Éros sur les litanies pieuses. C'est la réalité du sexe en contrepoint de l'illusion de la foi.

Si *Lourdes*, en ce sens, ne rompt pas avec les grands thèmes qui structurent les *Rougon-Macquart*, le spectacle cruel des chairs humiliées, nous l'avons dit, est compensé par des élans compassionnels. Alors que Brunetière ou bien encore Melchior de Voguë reprochaient aux romanciers réalistes de ne pas faire entendre dans leur roman la voix de la pitié, Zola tout au contraire modalise l'énoncé romanesque en le ponctuant de phrases exclamatives. Plus d'impartialité flaubertienne. Bernadette, les « blessés du corps et de l'âme » suscitent les élans attendris de Pierre Froment dont le romancier rapporte souvent le discours intérieur en des termes où il laisse entendre sa propre voix. Ce discours compassionnel, en s'élargissant, prend pour objet les illusions mêmes dont se berce l'humanité. Dans son appétit de bonheur et de survie, elle avoue en même temps sa faiblesse. Croire au miracle est le déni d'une finitude qui ne veut pas s'avouer. Reste à se demander, dès lors qu'au discours satirique, qu'à la visée clinique ou ironique se superpose la voix de la pitié, si le roman à thèse, si critique à l'égard de l'Église, n'en vient pas à admettre que l'humanité ne peut se passer d'illusion. En ce cas, il ne s'agirait plus d'éradiquer le sentiment religieux, mais de lui donner de nouveaux objets de croyance, des croyances purement humaines. Le socialisme pourrait être un de ces objets-là. Ce serait, pour emprunter un terme mallarméen, la suprême fiction.

Dans *Lourdes*, le roman à thèse tourne ainsi au roman philosophique. Et l'aspect oratoire du discours de pitié n'est pas dissociable de la volonté de créer une prose lyrique, même si l'on peut penser que la véritable poésie du roman se trouve dans la description des foules. Il nous semble surtout qu'il faut lire ce livre comme un livre des voix. Zola y fait entendre des tonalités et des registres variés et, plus encore, il démultiplie les formes de discours en multipliant les énonciateurs. Ce sont les prières, les supplications collectives anonymes, c'est la prédication du père Massias, ce sont les voix de pèlerins qui énumèrent les miracles de Lourdes, ce sont l'abbé Froment ou le docteur Chassaigne qui racontent à leur manière la vie de Bernadette. On constate également que la biographie des personnages secondaires est souvent l'objet d'un discours rapporté. Une sorte d'immense paradigme vocal fait donc de ce livre un poème dramatique, et cela au moment même où Zola devient créateur de livrets lyriques. Il ne s'agit pas d'une coïncidence. « L'opéra des *Rougon-Macquart* », pour emprunter le titre d'un beau livre d'Auguste Dezalay, se prolonge dans *Lourdes* en y subissant une métamorphose formelle dont on a voulu signaler, dans cet avant-propos, la portée esthétique et idéologique.

Jean-Louis Cabanès

LOURDES

PREMIÈRE JOURNÉE

I

Dans le train en marche, comme les pèlerins et les malades, entassés sur les dures banquettes du wagon de troisième classe, achevaient l'*Ave maris stella*, qu'ils venaient d'entonner au sortir de la gare d'Orléans, Marie, à demi soulevée de sa couche de misère, agitée d'une fièvre d'impatience, aperçut les fortifications.

« Ah ! les fortifications ! cria-t-elle d'un ton joyeux, malgré sa souffrance. Nous voici hors de Paris, nous sommes partis enfin ! »

Devant elle, son père, M. de Guersaint, sourit de sa joie ; tandis que l'abbé Pierre Froment, qui la regardait avec une tendresse fraternelle, s'oublia à dire tout haut, dans sa pitié inquiète :

« En voilà pour jusqu'à demain matin, nous ne serons à Lourdes qu'à trois heures quarante. Plus de vingt-deux heures de voyage ! »

Il était cinq heures et demie, le soleil venait de se lever, radieux, dans la pureté d'une admirable matinée. C'était un vendredi, le 19 août. Mais déjà, à l'horizon, de petits nuages lourds annonçaient une terrible journée de chaleur orageuse. Et les rayons obliques enfilaient les compartiments du wagon, qu'ils emplissaient d'une poussière d'or dansante.

Marie, retombée à son angoisse, murmura :

« Oui, vingt-deux heures. Mon Dieu ! que c'est long encore ! »

Et son père l'aida à se recoucher dans l'étroite caisse, la sorte de gouttière, où elle vivait depuis sept ans. On avait consenti à prendre exceptionnellement, aux bagages, les deux paires de roues qui se démontaient et s'y adaptaient, pour la promener. Serrée entre les planches de ce cercueil roulant, elle occupait trois places de la banquette ; et elle demeura un instant les paupières closes, la face amaigrie et terreuse, restée d'une délicate enfance pour ses vingt-trois ans, charmante quand même au milieu de ses merveilleux cheveux blonds, des cheveux de reine que la maladie respectait. Vêtue très simplement d'une robe de petite laine noire, elle avait, pendue au cou, la carte qui l'hospitalisait, portant son nom et son numéro d'ordre. Elle-même avait exigé cette humilité, ne voulant d'ailleurs rien coûter aux siens, peu à peu tombés à une grande gêne. Et c'était ainsi qu'elle se trouvait là, en troisième classe, dans le train blanc, le train des grands malades, le plus douloureux des quatorze trains qui se rendaient à Lourdes, ce jour-là, celui où s'entassaient, outre les cinq cents pèlerins valides, près de trois cents misérables, épuisés de faiblesse, tordus de souffrance, charriés à toute vapeur d'un bout de la France à l'autre.

Mécontent de l'avoir attristée, Pierre continuait à la regarder, de son air de grand frère attendri. Il venait d'avoir trente ans, pâle, mince, avec un large front. Après s'être occupé des moindres détails du voyage, il avait tenu à l'accompagner, il s'était fait recevoir membre auxiliaire de l'Hospitalité de Notre-Dame-du-Salut ; et il portait, sur sa soutane, la croix rouge, liserée d'orange, des brancardiers. M. de Guersaint, lui, n'avait, épinglée à son veston de drap gris, que la petite croix écarlate du pèlerinage. Il paraissait ravi de voyager, les yeux au-dehors, ne pouvant tenir en place sa tête d'oiseau aimable et distrait, d'aspect très jeune, bien qu'il eût dépassé la cinquantaine.

Mais, dans le compartiment voisin, malgré la trépidation violente qui arrachait des soupirs à Marie, sœur Hyacinthe s'était levée. Elle remarqua que la jeune fille était en plein soleil.

« Monsieur l'abbé, tirez donc le store... Voyons, voyons ! il faut nous installer et faire notre petit ménage. »

Dans sa robe noire de sœur de l'Assomption, égayée par la coiffe blanche, la guimpe blanche, le grand tablier blanc, sœur Hyacinthe souriait, d'une activité vaillante. Sa jeunesse éclatait sur sa bouche petite et fraîche, au fond de ses beaux yeux bleus, toujours tendres. Elle n'était peut-être pas jolie, mais adorable, fine, élancée, avec une poitrine de garçon sous la bavette du tablier, de bon garçon au teint de neige, débordant de santé, de gaieté et d'innocence.

« Mais il nous dévore déjà, ce soleil ! Je vous en prie, madame, tirez aussi votre store. »

Occupant le coin, près de la sœur, Mme de Jonquière avait gardé son petit sac sur les genoux. Elle tira lentement le store. Brune et forte, elle était encore agréable, quoiqu'elle eût une fille de vingt-quatre ans, Raymonde, qu'elle avait fait monter, par convenance, avec deux dames hospitalières, Mme Désagneaux et Mme Volmar, dans un wagon de première classe. Elle, directrice d'une salle de l'hôpital de Notre-Dame-des-Douleurs, à Lourdes, ne quittait pas ses malades ; et, à la porte du compartiment, en dehors, se balançait la pancarte réglementaire, où étaient inscrits, au-dessous de son nom, ceux des deux sœurs de l'Assomption qui l'accompagnaient. Restée veuve d'un mari ruiné, vivant médiocrement, avec sa fille, de quatre à cinq mille francs de rentes, au fond d'une cour de la rue Vaneau, elle était d'une charité inépuisable, elle donnait tout son temps à l'œuvre de l'Hospitalité de Notre-Dame-du-Salut, dont elle portait, elle aussi, la croix rouge sur sa robe de popeline carmélite, et dont elle était une des zélatrices les plus actives. De tempérament un peu fier, aimant à être flattée et aimée, elle se montrait heureuse de ce voyage annuel, où elle contentait sa passion et son cœur.

« Vous avez raison, ma sœur, nous allons nous organiser. Je ne sais pas pourquoi je m'embarrasse de ce sac. »

Et elle le mit près d'elle, sous la banquette.

« Attendez, reprit sœur Hyacinthe, vous avez le broc d'eau dans les jambes. Il vous gêne.

– Mais non, je vous assure. Laissez-le donc. Il faut bien qu'il soit quelque part. »

Alors, toutes deux firent, comme elles disaient, leur ménage, pour vivre là le plus commodément possible, un jour et une nuit, avec leurs malades. L'ennui était qu'elles n'avaient pu prendre Marie dans leur compartiment, celle-ci ayant voulu garder près d'elle Pierre et son père ; mais, par-dessus la cloison basse, on communiquait, on voisinait à l'aise. Et, d'ailleurs, tout le wagon, les cinq compartiments de dix places ne formaient qu'une même chambrée, comme une salle mouvante et commune, qu'on enfilait d'un regard. C'était, entre les boiseries nues et jaunes des parois, sous le lambrissage peint en blanc du plafond, une véritable salle d'hôpital, dans un désordre, dans un pêle-mêle d'ambulance improvisée. À demi cachés sous la banquette, traînaient des vases, des bassins, des balais, des éponges. Puis, le train ne prenant pas de bagages, les colis s'entassaient un peu partout, des valises, des boîtes en bois blanc, des cartons à chapeaux, des sacs, un amas lamentable de pauvres choses usées, raccommodées avec des ficelles ; et l'encombrement recommençait en l'air, des vêtements, des paquets, des paniers, pendus à des patères de cuivre, et qui se balançaient sans repos. Au milieu de cette friperie, les grands malades, sur leurs étroits matelas, occupant plusieurs places, oscillaient, emportés par les secousses grondantes des roues ; tandis que ceux qui pouvaient rester assis, s'adossaient aux cloisons, s'appuyaient à des oreillers, la face blême. Réglementairement, il devait y avoir par compartiment une dame hospitalière. À l'autre bout, se trouvait une deuxième sœur de l'Assomption, sœur Claire des Anges. Des pèlerins valides se levaient, buvaient et mangeaient déjà. Même, au fond, il y avait un compartiment entier de femmes, dix pèlerines serrées les unes contre les autres, des jeunes, des vieilles, toutes de la même laideur pitoyable et triste. Et, comme on n'osait baisser les glaces, à cause des phtisiques qui étaient là, la chaleur commençait, une odeur insupportable que peu à peu semblaient dégager les cahots de la marche, à toute vitesse.

À Juvisy, on avait dit le chapelet. Et six heures sonnaient, on passait devant la gare de Brétigny, en tempête, lorsque sœur Hyacinthe se leva. C'était elle qui dirigeait les exercices de piété, dont la plupart des pèlerins suivaient le programme, dans un petit livre à couverture bleue.

« L'Angélus, mes enfants », dit-elle avec son sourire, de son air de maternité, que sa grande jeunesse rendait si charmant et si doux.

De nouveau, les *Ave* se succédèrent. Et, comme ils finissaient, Pierre et Marie s'intéressèrent à deux femmes qui occupaient les deux autres coins de leur compartiment. L'une, celle qui se trouvait aux pieds de Marie, était une blonde mince, d'apparence bourgeoise, âgée de trente et quelques années, fanée avant l'âge. Elle s'effaçait, ne tenait pas de place, avec sa robe sombre, ses cheveux décolorés, sa figure longue et douloureuse, qui respirait un abandon sans bornes, une infinie tristesse. En face d'elle, l'autre, celle qui était sur la banquette de Pierre, une ouvrière du même âge, en bonnet noir, le visage ravagé de misère et d'inquiétude, tenait sur ses genoux une fillette de sept ans, si pâle, si diminuée, qu'elle en paraissait à peine quatre. Le nez pincé, les paupières bleuies, fermées dans sa face de cire, l'enfant ne pouvait parler ; et elle n'avait qu'une petite plainte, un gémissement doux, qui chaque fois déchirait le cœur de la mère, penchée sur elle.

« Mangerait-elle un peu de raisin ? offrit timidement la dame, muette jusque-là. J'en ai, dans mon panier.

– Merci, madame, répondit l'ouvrière. Elle ne prend que du lait, et encore… J'ai eu soin d'en emporter une bouteille. »

Et, cédant au besoin de confidence des misérables, elle dit son histoire. Elle s'appelait Mme Vincent, elle avait perdu son mari, doreur de son état, emporté par la phtisie. Restée seule avec sa petite Rose, qui était sa passion, elle avait travaillé jour et nuit de son métier de couturière, pour l'élever. Mais la maladie était venue. Depuis quatorze mois, elle la gardait ainsi sur les bras, de plus en plus douloureuse et réduite, tombée à rien. Un jour, elle qui n'allait jamais à la messe, était entrée dans une église, poussée par le désespoir, implorant la guérison de sa fille ; et, là, elle avait entendu une voix qui lui disait de l'emmener à Lourdes, où la Sainte Vierge la prendrait en pitié. Ne connaissant personne, ne sachant même pas comment s'organisaient les pèlerinages, elle n'avait eu qu'une idée : travailler, économiser l'argent du voyage, prendre un billet, et partir avec les trente sous qui lui restaient, et n'emporter qu'une bouteille de lait pour l'enfant, sans même songer à s'acheter pour elle un morceau de pain.

« Quelle maladie a-t-elle donc, la chère petite ? reprit la dame.

– Oh ! madame, c'est bien sûr le carreau. Mais les médecins ont des noms à eux... D'abord, elle n'a eu que des petits maux de ventre. Ensuite, le ventre s'est gonflé, et elle souffrait, oh ! si fort, à vous arracher les larmes des yeux. Maintenant, le ventre s'est aplati ; seulement, elle n'existe plus, elle n'a plus de jambes, tant elle est maigre ; et elle s'en va en sueurs continuelles... »

Puis, comme Rose avait gémi en ouvrant les paupières, la mère se pencha, bouleversée, pâlissante.

« Mon bijou, mon trésor, qu'est-ce que tu as ?... Veux-tu boire ? »

Mais déjà la fillette, dont on venait de voir les yeux vagues, d'un bleu de ciel brouillé, les refermait ; et elle ne répondit même pas, retombée à son anéantissement, toute blanche dans sa robe blanche, une coquetterie suprême de la mère, qui avait voulu cette dépense inutile, dans l'espoir que la Vierge serait plus douce pour une petite malade bien mise et toute blanche.

Au bout d'un silence, Mme Vincent reprit :

« Et vous, madame, c'est pour vous que vous allez à Lourdes ?... On voit bien que vous êtes malade. »

Mais la dame s'effara, rentra douloureusement dans son coin, en murmurant :

« Non, non ! je ne suis pas malade... Plût à Dieu que je fusse malade ! Je souffrirais moins. »

Elle se nommait Mme Maze, avait au cœur un inguérissable chagrin. Après avoir fait un mariage d'amour avec un gros garçon réjoui, la lèvre en fleur, elle s'était vue abandonnée, au bout d'un an de lune de miel. Toujours en tournée, voyageant pour la bijouterie, son mari, qui gagnait beaucoup d'argent, disparaissait pendant des six mois, la trompait d'une frontière à l'autre de la France, emmenait même avec lui des créatures. Et elle l'adorait, elle en souffrait si affreusement, qu'elle s'était jetée dans la religion. Enfin, elle venait de se décider à se rendre à Lourdes, pour supplier la Vierge de convertir son mari et de le lui rendre.

Mme Vincent, sans comprendre, sentit pourtant là une grande douleur morale ; et toutes deux continuèrent à se regarder, la femme abandonnée qui agonisait dans sa passion, et la mère qui se mourait de voir mourir son enfant.

Cependant, Pierre avait écouté, ainsi que Marie. Il intervint, il s'étonna que l'ouvrière n'eût pas fait hospitaliser sa petite malade. L'Association de Notre-Dame-du-Salut avait été fondée par les pères augustins de l'Assomption, après la guerre, dans le but de travailler au salut de la France et à la défense de l'Église, par la prière commune et par l'exercice de la charité ; et c'étaient eux qui, provoquant le mouvement des grands pèlerinages, avaient particulièrement créé, et sans cesse élargi depuis vingt ans, le pèlerinage national qui se rendait chaque année à Lourdes, vers la fin du mois d'août. Toute une organisation savante s'était ainsi peu à peu perfectionnée, des aumônes considérables recueillies par le monde entier, des malades enrôlés dans chaque paroisse, des traités passés avec les compagnies de chemins de fer ; sans compter l'aide si active des petites sœurs de l'Assomption et la création de l'Hospitalité de Notre-Dame-du-Salut, vaste affiliation de tous les dévouements, où des hommes et des femmes, du beau monde pour la plupart, placés sous les ordres du directeur des pèlerinages, soignaient les malades, les transportaient, assuraient la bonne discipline. Les malades devaient faire une demande écrite pour obtenir l'hospitalisation, qui les défrayait des moindres dépenses du voyage et du séjour ; on les prenait à leur domicile et on les y ramenait ; ils n'avaient donc qu'à emporter quelques vivres de route. Le plus grand nombre étaient, à la vérité, recommandés par des prêtres ou par des personnes charitables, qui veillaient à l'enquête, à la formation du dossier, les pièces d'identité nécessaires, les certificats des médecins. Après quoi, les malades n'avaient plus à s'occuper de rien, n'étaient plus que de la triste chair à souffrance et à miracles, entre les mains fraternelles des hospitaliers et des hospitalières.

« Mais, madame, expliquait Pierre, vous n'auriez eu qu'à vous adresser au curé de votre paroisse. Cette pauvre enfant méritait toutes les sympathies. On l'aurait acceptée immédiatement.

– Je ne savais pas, monsieur l'abbé.

– Alors comment avez-vous fait ?

– Monsieur l'abbé, je suis allée prendre un billet à un endroit que m'avait indiqué une voisine qui lit les journaux. »

Elle parlait des billets, à prix très réduit, qu'on distribuait aux pèlerins qui pouvaient payer. Et Marie, écoutant, était prise d'une grande pitié et d'un peu de honte : elle qui n'était pas absolument sans ressources, avait réussi à se faire hospitaliser, grâce à Pierre, tandis que cette mère et sa triste enfant, après avoir donné leurs pauvres économies, restaient sans un sou.

Mais une secousse plus rude du wagon lui arracha un cri.

« Oh ! père, je t'en prie, soulève-moi un peu. Je ne puis plus rester sur le dos. »

Et, lorsque M. de Guersaint l'eut assise, elle soupira profondément. On venait à peine de dépasser Étampes, à une heure et demie de Paris, et la fatigue déjà commençait, avec le soleil plus chaud, la poussière et le bruit. Mme de Jonquière s'était mise debout, pour encourager la jeune fille d'une bonne parole, par-dessus la cloison. Sœur Hyacinthe se leva de nouveau, elle aussi, tapa gaiement dans ses mains, afin de se faire entendre et obéir, d'un bout du wagon à l'autre.

« Allons, allons ! ne songeons pas à nos bobos. Prions et chantons, la Sainte Vierge sera avec nous. »

Elle-même entama le rosaire, d'après les paroles de Notre-Dame de Lourdes ; et tous les malades et les pèlerins la suivirent. C'était le premier chapelet, les cinq mystères joyeux, l'Annonciation, la Visitation, la Nativité, la Purification et Jésus retrouvé. Puis, tous entonnèrent le cantique : « Contemplons le céleste archange... » Les voix se brisaient dans le grondement des roues, on n'entendait que la houle assourdie de ce troupeau, qui étouffait au fond du wagon fermé, roulant sans fin.

Bien qu'il pratiquât, M. de Guersaint ne pouvait jamais aller jusqu'au bout d'un cantique. Il se levait, se rasseyait. Il finit par s'accouder à la cloison et par causer, à demi-voix, avec un malade assis contre cette cloison même, dans le compartiment voisin. M. Sabathier était un homme d'une cinquantaine d'années, trapu, la tête grosse et bonne, complètement chauve. Depuis quinze ans, il était frappé d'ataxie, ne souffrant que par accès, mais les jambes prises, complètement perdues ; et sa femme, qui l'accompagnait, les lui déplaçait comme des jambes mortes, quand elles finissaient par trop lui peser, pareilles à des lingots de plomb.

« Oui, monsieur, tel que vous me voyez, je suis un ancien professeur de cinquième du lycée Charlemagne. D'abord, j'ai cru à une simple sciatique. Puis, j'ai eu les douleurs fulgurantes, vous savez, les coups d'épée rouge dans les muscles. Pendant près de dix années, j'ai été peu à peu envahi, j'ai consulté tous les médecins, je suis allé à toutes les eaux imaginables ; et, maintenant, je souffre moins, mais je ne peux plus bouger de mon fauteuil... Alors, moi qui avais vécu sans religion, j'ai été ramené à Dieu par cette idée que j'étais trop misérable et que Notre-Dame de Lourdes ne pourrait pas faire autrement que d'avoir pitié de moi. »

Pierre, intéressé, s'était accoudé à son tour, et il écoutait.

« N'est-ce pas, monsieur l'abbé, la souffrance est le meilleur réveil des âmes ? Voici la septième année que je vais à Lourdes, sans désespérer de ma guérison. Cette année, j'en suis convaincu, la Sainte Vierge me guérira. Oui, je compte bien marcher encore, je ne vis désormais que dans cet espoir. »

M. Sabathier s'interrompit, voulut que sa femme lui poussât les jambes plus à gauche ; et Pierre le regardait, s'étonnait de trouver cet entêtement de la foi chez un intellectuel, chez un de ces universitaires si voltairiens d'habitude. Comment la croyance au miracle avait-elle pu germer et s'implanter dans ce cerveau ? Ainsi qu'il le disait lui-même, une grande douleur seule expliquait ce besoin de l'illusion, cette floraison de l'éternelle consolatrice.

« Et, vous le voyez, ma femme et moi sommes habillés comme des pauvres, car j'ai désiré cette année n'être qu'un pauvre, je me suis fait hospitaliser par humilité, pour que la Sainte Vierge me confondît avec les malheureux, ses enfants... Seulement, ne voulant pas prendre la place d'un pauvre véritable, j'ai versé cinquante francs à l'Hospitalité, ce qui, vous ne l'ignorez pas, donne le droit d'avoir un malade à soi, au pèlerinage... Je le connais même, mon malade. On me l'a présenté tout à l'heure, à la gare. C'est un tuberculeux, paraît-il, et il m'a paru bien bas, bien bas... »

Il y eut un nouveau silence.

« Enfin, que la Sainte Vierge le sauve aussi, elle qui peut tout, et je serai si heureux, elle m'aura comblé ! »

Les trois hommes continuèrent à causer entre eux, s'isolant, parlant d'abord médecine, puis glissant à une discussion sur l'architecture romane, au sujet d'un clocher aperçu sur un coteau, et que tous les pèlerins avaient salué d'un signe de croix. Au milieu de ce pauvre monde souffrant, de ces simples d'esprit hébétés de misère, le jeune prêtre et ses deux compagnons s'oubliaient, repris par les habitudes de leur intelligence cultivée. Une heure s'écoula, deux autres cantiques venaient d'être chantés, on avait franchi les stations de Toury et des Aubrais, lorsque, à Beaugency, ils cessèrent enfin leur conversation, en entendant sœur Hyacinthe qui, après avoir tapé dans ses mains, commençait elle-même, de sa voix fraîche et sonore :

« *Parce, Domine, parce populo tuo...* »

Et le chant reprit, toutes les voix s'unirent, ce flot sans cesse renaissant de prières, qui engourdissait la douleur, exaltait l'espoir, envahissait peu à peu tout l'être harassé de la hantise des grâces et des guérisons, qu'on allait chercher si loin.

Mais, comme Pierre se rasseyait, il vit Marie très pâle, les yeux fermés ; et, pourtant, à la contraction douloureuse de son visage, il comprenait bien qu'elle ne dormait pas.

« Est-ce que vous souffrez davantage ?

– Oh ! oui, affreusement. Jamais je n'irai au bout. Ce sont ces cahots continuels... »

Elle gémit, rouvrit les paupières. Et elle restait sur son séant, défaillante, à regarder les autres malades. Justement, dans le compartiment voisin, en face de M. Sabathier, la Grivotte, jusque-là étendue sans un souffle, comme morte, venait de se soulever. C'était une grande fille qui avait dépassé la trentaine, déhanchée, singulière, au visage rond et ravagé, que ses cheveux crépus et ses yeux de flamme rendaient presque belle. Elle était phtisique au troisième degré.

« Hein ? mademoiselle, dit-elle en s'adressant à Marie de sa voix enrouée, à peine distincte, on serait bien heureuse de s'assoupir un petit peu. Mais pas moyen, toutes ces roues vous tournent dans la tête. »

Malgré la fatigue qu'elle éprouvait à parler, elle s'entêta, donna des détails sur elle-même. Elle était matelassière, elle avait longtemps, avec une de ses tantes, fait des matelas, de cour en cour, à Bercy ; et c'était aux laines empestées, cardées par elle, dans sa jeunesse, qu'elle attribuait son mal. Depuis cinq ans, elle faisait le tour des hôpitaux de Paris. Aussi parlait-elle familièrement des grands médecins. Les sœurs de Lariboisière, en la voyant passionnée des cérémonies religieuses, avaient achevé de la convertir et de la convaincre que la Vierge l'attendait, à Lourdes, pour la guérir.

« Bien sûr que j'en ai besoin, ils disent comme ça que j'ai un poumon perdu et que l'autre ne vaut guère mieux. Des cavernes, vous savez... D'abord, je n'avais mal qu'entre les épaules et je crachais de la mousse. Puis, j'ai maigri, une vraie pitié. Maintenant, je suis toujours en sueur, je tousse à m'arracher le cœur, je ne puis plus cracher, tant c'est épais... Et, vous voyez, je ne me tiens pas debout, je ne mange pas... »

Un étouffement l'arrêta, elle devenait livide.

« N'importe, j'aime mieux encore être dans ma peau que dans celle du frère qui occupe l'autre compartiment, derrière vous. Il a ce que j'ai, mais il est plus avancé que moi. »

Elle se trompait. Il y avait là, en effet, adossé à Marie, un jeune missionnaire, le frère Isidore, couché sur un matelas, et qu'on ne voyait point, parce qu'il ne pouvait même soulever un doigt. Mais il n'était pas phtisique, il se mourait d'une inflammation du foie, prise au Sénégal. Très long, très maigre, il avait une face jaune, sèche et morte comme un parchemin. L'abcès qui s'était formé au foie, avait fini par percer à l'extérieur, et la suppuration l'épuisait, dans un grelottement continu de fièvre, des vomissements et du délire. Seuls, ses yeux vivaient encore, des yeux d'amour inextinguible, dont la flamme éclairait son visage expirant de Christ en croix, un visage commun de paysan que la foi et la passion rendaient par moments sublime. Il était breton, dernier enfant chétif d'une famille trop nombreuse, ayant laissé, là-bas, le peu de terre à ses aînés. Et une de ses sœurs l'accompagnait, Marthe, sa cadette de deux ans, venue en service à Paris, si dévouée dans son insignifiance de bonne à tout faire, qu'elle avait quitté sa place pour le suivre, et qu'elle mangeait ses maigres économies.

« J'étais par terre, sur le quai, quand on l'a fourré dans le wagon, reprit la Grivotte. Quatre hommes le tenaient... »

Mais elle ne put en dire davantage. Un accès de toux la secoua, la renversa sur la banquette. Elle suffoquait, les pommettes roses de ses joues devenaient bleues. Et, tout de suite, sœur Hyacinthe lui souleva la tête, lui essuya les lèvres avec un linge, qui se tachait de rouge. Mme de Jonquière, au même instant, donnait des soins à la malade qu'elle avait en face d'elle. On la nommait Mme Vêtu, elle était la femme d'un petit horloger du quartier Mouffetard, qui n'avait pu fermer la boutique, pour l'accompagner à Lourdes. Aussi s'était-elle fait hospitaliser, afin d'être certaine d'avoir des soins. La peur de la mort la ramenait à l'église, où elle n'avait pas remis les pieds depuis sa première communion. Elle se savait condamnée, rongée par un cancer à l'estomac ; et, déjà, elle avait le masque hagard et orangé des cancéreux, elle en était aux déjections noires, comme si elle eût rendu de la suie. De tout le voyage, elle n'avait pas encore dit un mot, les lèvres murées, souffrant abominablement. Puis, un vomissement l'avait prise, et elle avait perdu connaissance. Dès qu'elle ouvrait la bouche, une odeur épouvantable, une pestilence à faire tourner les cœurs, s'exhalait.

« Ce n'est plus possible, murmura Mme de Jonquière qui se sentait défaillir, il faut donner un peu d'air. »

Sœur Hyacinthe achevait de recoucher la Grivotte sur ses oreillers.

« Certainement, ouvrons pour quelques minutes. Mais pas de ce côté-ci, j'aurais peur d'un nouvel accès de toux... Ouvrez de votre côté. »

La chaleur augmentait toujours, on étouffait, au milieu de l'air lourd et nauséabond ; et ce fut un soulagement que le peu d'air pur qui entra. Pendant un moment, il y eut d'autres soins, tout un nettoyage : la sœur remuait les vases, les bassins, dont elle jeta par la portière le contenu ; tandis que la dame hospitalière, avec une éponge, essuyait le plancher que la trépidation secouait durement. Il fallut tout ranger. Ce fut ensuite un nouveau souci, la quatrième malade, celle qui n'avait pas bougé encore, une fille mince dont le visage était enveloppé dans un fichu noir, disait qu'elle avait faim.

Déjà, Mme de Jonquière s'offrait, avec son tranquille dévouement.

« Ne vous en inquiétez pas, ma sœur. Je vais lui couper son pain en petits morceaux. »

Marie, dans son besoin de distraction, s'était intéressée à cette figure immobile, ainsi cachée sous ce voile noir. Elle soupçonnait bien quelque plaie à la face. On lui avait dit simplement que c'était une bonne. La malheureuse, une Picarde du nom d'Élise Rouquet, avait dû quitter sa place et vivait, à Paris, chez une sœur qui la rudoyait, aucun hôpital n'ayant voulu la prendre, car elle n'était pas autrement malade. D'une grande dévotion, elle avait, depuis des mois, l'ardent désir d'aller à Lourdes. Et Marie attendait, avec une sourde peur, que le fichu s'écartât.

« Sont-ils assez petits comme cela ? demandait Mme de Jonquière, maternellement. Pourrez-vous les fourrer dans votre bouche ? »

Sous le fichu noir, une voix rauque grognait

« Oui, oui, madame. »

Enfin, le fichu tomba, et Marie eut un frisson d'horreur. C'était un lupus, qui avait envahi le nez et la bouche, peu à peu grandi là, une ulcération lente s'étalant sans cesse sous les croûtes, dévorant les muqueuses. La tête allongée en museau de chien, avec ses cheveux rudes et ses gros yeux ronds, était devenue affreuse. Maintenant, les cartilages du nez se trouvaient presque mangés, la bouche s'était rétractée, tirée à gauche par l'enflure de la lèvre supérieure, pareille à une fente oblique, immonde et sans forme. Une sueur de sang, mêlée à du pus, coulait de l'énorme plaie livide.

« Oh ! voyez donc, Pierre ! » murmura Marie tremblante.

Le prêtre frémit à son tour, en regardant Élise Rouquet glisser avec précaution les petits morceaux de pain dans le trou saignant qui lui servait de bouche. Tout le wagon avait blêmi devant l'abominable apparition. Et la même pensée montait de toutes ces âmes gonflées d'espoir. Ah ! Vierge sainte, Vierge puissante, quel miracle, si un pareil mal guérissait !

« Mes enfants, ne songeons pas à nous, si nous voulons bien nous porter », répéta sœur Hyacinthe.

Et elle fit dire le second chapelet, les cinq mystères douloureux : Jésus au Jardin des oliviers, Jésus flagellé, Jésus couronné d'épines, Jésus portant sa croix, Jésus mourant sur la croix. Puis, le cantique suivit : « Je mets ma confiance, Vierge, en votre secours... »

On venait de traverser Blois, on roulait déjà depuis trois grandes heures. Et Marie, détournant les yeux d'Élise Rouquet, les arrêtait maintenant sur un homme qui occupait un coin de l'autre compartiment, à sa droite, celui où gisait le frère Isidore. À plusieurs reprises, elle l'avait remarqué, très pauvrement vêtu d'une vieille redingote noire, jeune encore, avec une barbe rare, grisonnante déjà ; et il semblait souffrir beaucoup, petit et amaigri, le visage décharné, couvert de sueur. Pourtant, il restait immobile, rentré dans son coin, ne parlant à personne, regardant fixement devant lui de ses yeux grands ouverts. Et, brusquement, elle s'aperçut que les paupières retombaient, et qu'il s'évanouissait.

Alors, elle attira l'attention de sœur Hyacinthe.

« Ma sœur, on dirait que ce monsieur se trouve mal.

– Où donc, ma chère enfant ?

– Là-bas, celui qui a la tête renversée. »

Ce fut une émotion, tous les pèlerins valides se mirent debout, pour voir. Et Mme de Jonquière eut l'idée de crier à Marthe, la sœur du frère Isidore, de taper dans les mains de l'homme.

« Questionnez-le, demandez-lui où il souffre. »

Marthe le secoua, lui posa des questions. Mais l'homme ne répondait pas, râlait, les yeux toujours clos.

Une voix effrayée s'éleva, disant :

« Je crois bien qu'il va passer. »

La peur grandit, des paroles se croisèrent, des conseils étaient donnés d'un bout à l'autre du wagon. Personne ne connaissait l'homme. Il n'était sûrement pas hospitalisé, car il ne portait pas au cou la carte blanche, couleur du train. Quelqu'un raconta qu'il l'avait vu arriver trois minutes seulement avant le départ, se traînant, et qu'il s'était jeté dans ce coin où il se mourait, d'un air d'immense fatigue. Puis, il n'avait plus soufflé. On aperçut d'ailleurs son billet, passé dans le ruban de son vieux chapeau haute forme, accroché près de lui.

Sœur Hyacinthe eut une exclamation.

« Ah ! le voilà qui respire ! Demandez-lui son nom. »

Mais, questionné de nouveau par Marthe, l'homme exhala seulement une plainte, ce cri à peine balbutié :

« Oh ! je souffre ! »

Et, dès lors, il n'eut que cette réponse. À tout ce qu'on voulait savoir, qui il était, d'où il venait, quelle était sa maladie, quels soins on pouvait lui donner, il ne répondait pas, il jetait ce continuel gémissement :

« Oh ! je souffre !... Oh ! je souffre ! »

Sœur Hyacinthe s'agitait d'impatience. Si elle s'était au moins trouvée dans le même compartiment ! Et elle se promettait de changer de place. Seulement, il n'y avait pas d'arrêt avant Poitiers. Cela devenait terrible, d'autant plus que la tête de l'homme se renversa de nouveau.

« Il passe, il passe », répéta la voix.

Mon Dieu ! qu'allait-on faire ? La sœur savait qu'un père de l'Assomption, le père Massias, était dans le train, avec les saintes huiles, tout prêt à administrer les mourants ; car on perdait chaque année du monde en route. Mais elle n'osait faire jouer le signal d'alarme. Il y avait aussi le fourgon de la cantine, desservi par la sœur Saint-François, et dans lequel était un médecin, avec une petite pharmacie. Si le malade allait jusqu'à Poitiers, où l'on devait s'arrêter une demi-heure, tous les soins possibles lui seraient donnés. L'atroce était qu'il mourût avant Poitiers. On se calma pourtant. L'homme respirait d'une façon plus régulière, et il semblait dormir.

« Mourir avant d'y être, murmura Marie frissonnante, mourir devant la Terre promise... »

Et, comme son père la rassurait :

« Je souffre, je souffre tant, moi aussi !

– Ayez confiance, dit Pierre, la Sainte Vierge veille sur vous. »

Elle ne pouvait plus rester sur son séant, il fallut qu'on la recouchât, dans son étroit cercueil. Son père et le prêtre durent y mettre des précautions infinies, car le moindre heurt lui arrachait un gémissement. Et elle demeura sans un souffle, ainsi qu'une morte, avec son visage d'agonie, au milieu de sa royale chevelure blonde. Depuis bientôt quatre heures, on roulait, on roulait toujours. Si le wagon était secoué à ce point, dans un mouvement de lacet insupportable, c'était qu'il se trouvait en queue : les liens d'attache criaient, les roues grondaient furieusement. Par les fenêtres, qu'on était forcé de laisser entrouvertes, la poussière entrait, âcre et brûlante ; et surtout la chaleur devenait terrible, une chaleur dévorante d'orage, sous un ciel fauve, peu à peu envahi de gros nuages immobiles. Les compartiments surchauffés se changeaient en fournaise, ces cases roulantes où l'on mangeait, où l'on buvait, où les malades satisfaisaient tous leurs besoins, dans l'air vicié, parmi l'étourdissement des plaintes, des prières et des cantiques.

Et Marie n'était pas la seule dont l'état eût empiré, les autres également souffraient du voyage. Sur les genoux de sa mère désespérée, qui la regardait de ses grands yeux obscurcis de larmes, la petite Rose ne remuait plus, d'une telle pâleur, que deux fois Mme Maze s'était penchée, pour lui toucher les mains, avec la crainte de les trouver froides. À chaque instant, Mme Sabathier devait changer de place les jambes de son mari, car leur poids était si lourd, disait-il, qu'il en avait les hanches arrachées. Le frère Isidore venait de pousser des cris, dans son habituelle torpeur ; et sa sœur n'avait pu le soulager qu'en le soulevant et en le gardant entre ses bras. La Grivotte paraissait dormir, mais un hoquet obstiné l'agitait, un mince filet de sang coulait de sa bouche. Mme Vêtu avait rendu encore un flot noir et pestilentiel. Élise Rouquet ne songeait plus à cacher l'affreuse plaie béante de sa face. Et l'homme, là-bas, continuait à râler, d'un souffle dur, comme si, à chaque seconde, il eût expiré. Vainement, Mme de Jonquière et sœur Hyacinthe se prodiguaient, elles n'arrivaient pas à soulager tant de maux. C'était un enfer, que ce wagon de misère et de douleur, emporté à toute vitesse, secoué par le roulis qui balançait les bagages, les vieilles hardes accrochées, les paniers usés, raccommodés avec des ficelles ; tandis que, dans le compartiment du fond, les dix pèlerines, les vieilles et les jeunes, toutes d'une laideur pitoyable, chantaient sans arrêt, d'un ton aigu, lamentable et faux.

Alors, Pierre songea aux autres wagons du train, de ce train blanc qui transportait particulièrement les grands malades : tous roulaient dans la même souffrance, avec leurs trois cents malades et leurs cinq cents pèlerins. Puis, il songea aux autres trains qui partaient de Paris, ce matin-là, au train gris et au train bleu qui avaient précédé le train blanc, au train vert, au train jaune, au train rose, au train orangé, qui le suivaient. D'un bout à l'autre de la ligne, c'étaient des trains lancés toutes les heures. Et il songea aux autres trains encore, à ceux qui partaient le même jour d'Orléans, du Mans, de Poitiers, de Bordeaux, de Marseille, de Carcassonne. La terre de France, à la même heure, se trouvait sillonnée en tous sens par des trains semblables, se dirigeant tous, là-bas, vers la Grotte sainte, amenant trente mille malades et pèlerins aux pieds de la Vierge. Et il songea que le flot de foule de ce jour-là se ruait aussi les autres jours de l'année, que pas une semaine ne se passait sans que Lourdes vît arriver un pèlerinage, que ce n'était pas la France seule qui se mettait en marche, mais l'Europe entière, le monde entier, que certaines années de grande religion il y avait eu trois cent mille et jusqu'à cinq cent mille pèlerins et malades.

Pierre croyait les entendre, ces trains en branle, ces trains venus de partout, convergeant tous vers le même creux de roche, où flamboyaient des cierges. Tous grondaient, parmi des cris de douleur et l'envolement des cantiques. C'étaient les hôpitaux roulants des maladies désespérées, la ruée de la souffrance humaine vers l'espoir de la guérison, un furieux besoin de soulagement, au travers des crises accrues, sous la menace de la mort hâtée, affreuse, dans une bousculade de cohue. Ils roulaient, ils roulaient encore, ils roulaient sans fin, charriant la misère de ce monde, en route pour la divine illusion, santé des infirmes et consolatrice des affligés.

Et une immense pitié déborda du cœur de Pierre, la religion humaine de tant de maux, de tant de larmes dévorant l'homme faible et nu. Il était triste à mourir, et une ardente charité brûlait en lui, comme le feu inextinguible de sa fraternité pour toutes les choses et pour tous les êtres.

À dix heures et demie, lorsqu'on quitta la gare de Saint-Pierre-des-Corps, sœur Hyacinthe donna le signal, et l'on récita le troisième chapelet, les cinq mystères glorieux, la Résurrection de Notre-Seigneur, l'Ascension de Notre-Seigneur, la Mission du Saint-Esprit, l'Assomption de la Très Sainte Vierge, le Couronnement de la Très Sainte Vierge. Puis, on chanta le cantique de Bernadette, l'infinie complainte de six dizaines de couplets, où la Salutation angélique revient sans cesse en refrain, bercement prolongé, lente obsession qui finit par envahir tout l'être et par l'endormir du sommeil extatique, dans l'attente délicieuse du miracle.

II

Maintenant, les vertes campagnes du Poitou défilaient, et l'abbé Pierre Froment, les yeux au-dehors, regardait fuir les arbres, que peu à peu il cessa de distinguer. Un clocher apparut, disparut : tous les pèlerins se signèrent. On ne devait être à Poitiers qu'à midi trente-cinq, le train continuait à rouler, dans la fatigue croissante de la lourde journée d'orage. Et le jeune prêtre, tombé à une profonde rêverie, n'entendait plus le cantique que comme un bercement ralenti de houle.

C'était un oubli du présent, un éveil du passé envahissant tout son être. Il remonta dans ses souvenirs, aussi loin qu'il put remonter. Il revoyait, à Neuilly, la maison où il était né, qu'il habitait encore, cette maison de paix et de travail, avec son jardin planté de quelques beaux arbres, qu'une haie vive, renforcée d'une palissade, séparait seule du jardin de la maison voisine, toute semblable. Il avait trois ans, quatre ans peut-être ; et, un jour d'été, il revoyait, assis autour d'une table, à l'ombre du gros marronnier, son père, sa mère et son frère aîné, qui déjeunaient. Son père, Michel Froment, n'avait pas de visage distinct, il le voyait effacé et vague, avec son renom de chimiste illustre et son titre de membre de l'Institut, se cloîtrant dans le laboratoire qu'il s'était fait installer, au fond de ce quartier désert. Mais il retrouvait nettement son frère Guillaume, alors âgé de quatorze ans, sorti du lycée le matin pour quelque congé, et surtout sa mère, si douce, si peu bruyante, les yeux si pleins d'une bonté active. Plus tard, il avait su les angoisses de cette âme religieuse, de cette croyante qui s'était résignée, par estime et par reconnaissance, à épouser un incrédule, plus âgé qu'elle de quinze ans, dont sa famille avait reçu de grands services. Lui, enfant tardif de cette union, venu au monde lorsque son père touchait déjà à la cinquantaine, n'avait connu sa mère que respectueuse et conquise devant son mari, qu'elle s'était mise à aimer ardemment, avec le tourment affreux de le savoir en état de perdition. Et, tout d'un coup, un autre souvenir le saisit, le souvenir terrible du jour où son père était mort, tué dans son laboratoire par un accident, l'explosion d'une cornue. Il avait cinq ans alors, il se rappelait les moindres détails, le cri de sa mère, lorsqu'elle avait trouvé le corps fracassé, au milieu des débris, puis son épouvante, ses sanglots, ses prières, à l'idée que Dieu venait de foudroyer l'impie, damné à jamais. N'osant brûler les papiers et les livres, elle s'était contentée de fermer le cabinet, où personne n'entrait plus. Puis, dès ce moment, hantée par la vision de l'enfer, elle n'avait eu qu'une idée, s'emparer de son fils cadet, si jeune, l'élever dans une religion stricte, en faire la rançon, le pardon du père. Déjà, l'aîné, Guillaume, avait cessé de lui appartenir, grandi au collège, gagné par le siècle ; tandis que celui-là, le petit, ne quitterait pas la maison, aurait un prêtre pour précepteur ; et son rêve secret, son espoir brûlant était de le voir un jour prêtre lui-même, disant sa première messe, soulageant les âmes en souffrance d'éternité.

Une autre image vive se dressa, entre des branches vertes, criblées de soleil. Pierre aperçut brusquement Marie de Guersaint, telle qu'il l'avait vue un matin, par un trou de la haie qui séparait les deux propriétés voisines. M. de Guersaint, de petite noblesse normande, était un architecte mâtiné d'inventeur, qui s'occupait alors de la création de cités ouvrières, avec église et école : grosse affaire, mal étudiée, dans laquelle il risquait ses trois cent mille francs de fortune, avec son impétuosité habituelle, son imprévoyance d'artiste manqué. C'était une égale foi religieuse qui avait rapproché Mme de Guersaint et Mme Froment ; mais, chez la première, nette et rigide, il y avait une maîtresse femme, une main de fer qui seule empêchait la maison de glisser aux catastrophes ; et elle élevait ses deux filles, Blanche et Marie, dans une dévotion étroite, l'aînée surtout déjà grave comme elle, la cadette très pieuse, adorant le jeu cependant, d'une vie intense qui l'emportait en beaux rires sonores. Depuis leur bas âge, Pierre et Marie jouaient ensemble, la haie était continuellement franchie, les deux familles se mêlaient. Et, par ce matin de clair soleil où il la revoyait ainsi, écartant les branches, elle avait dix ans déjà. Lui, qui en avait seize, devait, le mardi suivant, entrer au séminaire. Jamais elle ne lui avait semblé si belle. Ses cheveux d'or pur étaient si longs, que, lorsqu'ils se dénouaient, ils la vêtaient tout entière. Il retrouvait son visage d'alors, avec une extraordinaire précision, ses joues rondes, ses yeux bleus, sa bouche rouge, l'éclat surtout de sa peau de neige. Elle était gaie et brillante comme le soleil, un éblouissement ; et elle avait des pleurs au bord des paupières, car elle n'ignorait pas son départ. Tous deux s'étaient assis à l'ombre de la haie, au fond du jardin. Leurs doigts se joignaient, ils avaient le cœur très gros. Pourtant, dans leurs jeux, jamais ils n'avaient échangé de serments, tellement leur innocence était absolue. Mais, à la veille de la séparation, leur tendresse leur montait aux lèvres, ils parlaient sans savoir, se juraient de penser continuellement l'un à l'autre, de se retrouver un jour, comme on se retrouve au Ciel, pour être bienheureux. Puis, sans s'expliquer comment, ils s'étaient pris entre les bras, à s'étouffer, ils se baisaient le visage, en pleurant des larmes chaudes. Et il y avait là un souvenir délicieux que Pierre avait emporté partout, qu'il sentait encore vivant en lui, après tant d'années et tant de douloureux renoncements.

Un cahot plus violent l'éveilla de sa songerie. Il regarda dans le wagon, entrevit de vagues êtres de souffrance, Mme Maze immobile, anéantie de chagrin, la petite Rose jetant son doux gémissement sur les genoux de sa mère, la Grivotte étranglée d'une toux rauque. Un instant, la gaie figure de sœur Hyacinthe domina, dans la blancheur de sa guimpe et de sa cornette. C'était le dur voyage qui continuait, avec le rayon de divin espoir, là-bas. Puis, peu à peu, tout se confondit sous un nouveau flot lointain, venu du passé ; et il ne resta encore que le cantique berceur, des voix indistinctes de songe qui sortaient de l'invisible.

Désormais, Pierre était au séminaire. Nettement, les classes, le préau avec ses arbres, s'évoquaient. Mais, soudain, il ne vit plus, comme dans une glace, que la figure du jeune homme qu'il était alors ; et il la considérait, il la détaillait, ainsi que la figure d'un étranger. Grand et mince, il avait un visage long, avec un front très développé, haut et droit comme une tour, tandis que les mâchoires s'effilaient, se terminaient en un menton très fin. Il apparaissait tout cerveau ; la bouche seule, un peu forte, restait tendre. Quand la face, sérieuse, se détendait, la bouche et les yeux prenaient une tendresse infinie, une faim inapaisée d'aimer, de se donner et de vivre. Tout de suite, d'ailleurs, la passion intellectuelle revenait, cette intellectualité qui l'avait toujours dévoré du souci de comprendre et de savoir. Et, ces années de séminaire, il ne se les rappelait qu'avec surprise. Comment avait-il donc pu accepter si longtemps cette rude discipline de la foi aveugle, cette obéissance à tout croire, sans examen ? On lui avait demandé le total abandon de sa raison, et il s'y était efforcé, il était parvenu à étouffer en lui le torturant besoin de la vérité. Sans doute, il était amolli des larmes de sa mère, il n'avait que le désir de lui donner le grand bonheur rêvé. À cette heure, pourtant, il se souvenait de certains frémissements de révolte, il retrouvait au fond de sa mémoire des nuits passées à pleurer, sans qu'il sût pourquoi, des nuits peuplées d'images indécises, où galopait la vie libre et virile du dehors, où la figure de Marie revenait sans cesse, telle qu'il l'avait vue un matin, éblouissante et trempée de pleurs, le baisant de toute son âme. Et cela seul demeurait maintenant, les années de ses études religieuses, avec leurs leçons monotones, leurs exercices et leurs cérémonies semblables, s'en étaient allées dans une même brume, un demi-jour effacé, plein d'un mortel silence.

Puis, comme on venait de franchir une station à toute vapeur, dans le coup de vacarme de la course, ce fut en lui une succession de choses confuses. Il remarqua un grand clos désert, il crut s'y revoir à vingt ans. Sa rêverie s'égarait. Une indisposition assez grave, en le retardant dans ses études, l'avait jadis fait envoyer à la campagne. Il était resté longtemps sans revoir Marie : deux fois, pendant des vacances passées à Neuilly, il n'avait pu la rencontrer, car elle était continuellement en voyage. Il la savait très souffrante, à la suite d'une chute de cheval qu'elle avait faite, à treize ans, au moment où elle allait devenir femme ; et sa mère, désespérée, en proie aux consultations contradictoires des médecins, la conduisait chaque année à une station d'eau différente. Puis, il avait appris le coup de foudre, la mort brusque de cette mère si sévère, mais si utile aux siens, et dans des circonstances tragiques : une fluxion de poitrine qui l'avait emportée en cinq jours, prise un soir de promenade, à La Bourboule, comme elle retirait son manteau pour le jeter sur les épaules de

Marie, amenée là en traitement. Le père avait dû partir, ramener sa fille à demi folle et le corps de sa femme morte. Le pis était que, depuis la disparition de la mère, les affaires de la famille périclitaient, s'embarrassaient de plus en plus, aux mains de l'architecte, qui jetait sa fortune sans compter, dans le gouffre de ses entreprises. Marie ne bougeait plus de sa chaise longue, et il ne restait que Blanche pour diriger la maison, prise elle-même par ses derniers examens, des diplômes qu'elle s'entêtait à obtenir, dans la prévision du pain qu'il lui faudrait certainement gagner un jour.

Pierre, tout d'un coup, eut la sensation d'une vision claire, qui se dégageait de l'amas de ces faits troubles, à demi oubliés. C'était pendant un congé que le mauvais état de sa santé l'avait encore forcé de prendre. Il venait d'avoir vingt-quatre ans, il était très en retard, n'ayant reçu jusque-là que les quatre ordres mineurs ; mais, dès sa rentrée, il allait recevoir le sous-diaconat, ce qui l'engagerait à jamais, par un serment inviolable. Et la scène se reconstituait précise, dans ce petit jardin de Neuilly, celui des Guersaint, où il était venu jouer si souvent autrefois. On avait roulé sous les grands arbres du fond, près de la haie mitoyenne, la chaise longue de Marie ; et ils étaient seuls au milieu de la paix triste de l'après-midi d'automne, et il voyait Marie en grand deuil de sa mère, à demi allongée, les jambes inertes ; tandis que lui, vêtu également de noir, en soutane déjà, était assis sur une chaise de fer, près d'elle. Depuis cinq ans, elle souffrait. Elle avait dix-huit ans, pâlie et amaigrie, sans cesser d'être adorable, avec ses royaux cheveux d'or que la maladie respectait. D'ailleurs, il croyait la savoir à jamais infirme, condamnée à n'être jamais femme, frappée dans son sexe même. Les médecins, qui ne s'entendaient pas, l'abandonnaient. Sans doute, par ce morne après-midi, où les feuilles jaunies pleuvaient sur eux, elle lui disait ces choses. Mais il ne se rappelait pas les paroles, il avait seuls présents son sourire pâle, son visage de jeunesse, si charmant encore, désespéré déjà par le regret de la vie. Puis, il avait compris qu'elle évoquait le jour lointain de leur séparation, à cette place même, derrière la haie criblée de soleil ; et tout cela était comme mort, leurs larmes, leur embrassement, leur promesse de se retrouver un jour, dans une certitude de félicité. Ils se retrouvaient, mais à quoi bon maintenant ? puisqu'elle était comme morte, et que lui allait mourir à la vie de ce monde. Du moment que les médecins la condamnaient, qu'elle ne serait plus femme, ni épouse, ni mère, il pouvait bien lui aussi renoncer à être un homme, s'anéantir en Dieu, auquel sa mère le donnait. Et il sentait la douce amertume de cette entrevue dernière, Marie souriant douloureusement de leurs anciens enfantillages, lui parlant du bonheur qu'il goûterait sûrement dans le service de Dieu, si émue à cette pensée, qu'elle lui avait fait promettre de la convier à entendre sa première messe.

À la station de Sainte-Maure, il y eut un brouhaha qui ramena un instant l'attention de Pierre dans le wagon. Il crut à quelque crise, à un évanouissement nouveau. Mais les faces de douleur qu'il rencontra restaient les mêmes, gardaient la même expression contractée, l'attente anxieuse du secours divin, si lent à venir. M. Sabathier tâchait de caser ses jambes, le frère Isidore jetait une petite plainte continue d'enfant mourant, tandis que Mme Vêtu, en proie à un accès terrible, l'estomac dévoré, ne soufflait même pas, serrant les lèvres, la face décomposée, noire et farouche. C'était Mme de Jonquière, qui, en nettoyant un vase, venait de laisser tomber le broc de zinc. Et, malgré leurs tourments, cela avait égayé les malades, ainsi que des âmes simples, que la souffrance rendait puériles. Tout de suite, sœur Hyacinthe, qui avait raison de les appeler ses enfants, des enfants qu'elle menait d'un mot, leur fit reprendre le chapelet, en attendant l'Angélus qu'on devait dire à Châtellerault, selon le programme arrêté. Les *Ave* se succédèrent, ce ne fut plus qu'un murmure, un marmottement perdu dans le bruit des ferrailles et le grondement des roues.

Pierre avait vingt-six ans, et il était prêtre. Quelques jours avant son ordination, des scrupules tardifs lui étaient venus, la sourde conscience qu'il s'engageait sans s'être interrogé nettement. Mais il avait évité de le faire, il vivait dans l'étourdissement de sa décision, croyant avoir, d'un coup de hache, coupé en lui toute humanité. Sa chair était bien morte avec l'innocent roman de son enfance, cette blanche fille aux cheveux d'or, qu'il ne revoyait plus que couchée sur un lit d'infirme, la chair morte comme la sienne. Et il avait fait ensuite le sacrifice de sa raison, ce qu'il croyait alors d'une facilité plus grande, espérant qu'il suffisait de vouloir pour ne pas penser. Puis, il était trop tard, il ne pouvait reculer au dernier moment ; et, si, à l'heure de prononcer le dernier serment solennel, il s'était senti agité d'une terreur secrète, d'un regret indéterminé et immense, il avait oublié tout, récompensé divinement de son effort, le jour où il avait donné à sa mère la grande joie, si longtemps attendue, de lui entendre dire sa première messe. Il l'apercevait encore, sa pauvre mère, dans la petite église de Neuilly, qu'elle avait choisie elle-même, l'église où les obsèques du père s'étaient célébrées ; il l'apercevait, par ce froid matin de novembre, presque seule dans la chapelle sombre, agenouillée et la face entre les mains, pleurant longuement, pendant qu'il élevait l'hostie. Elle avait goûté là son dernier bonheur, car elle vivait solitaire et triste, ne voyant pas son fils aîné, qui s'en était allé, acquis à des idées autres, depuis que son frère se destinait à la prêtrise. On disait que Guillaume, chimiste de grand talent comme son père, mais déclassé, jeté aux rêveries révolutionnaires, habitait une petite maison de la banlieue, où il se livrait à des études dangereuses sur les matières explosibles ; et l'on ajoutait, ce qui avait achevé de briser tout lien entre lui et sa mère, si pieuse, si correcte, qu'il vivait maritalement avec une femme, sortie on ne savait d'où. Depuis trois ans, Pierre, qui avait adoré Guillaume dans son enfance, comme un grand frère paternel, bon et rieur, ne l'avait pas revu.

Alors, son cœur se serra affreusement, il revit sa mère morte. C'était encore le coup de foudre, une maladie de trois jours à peine, une disparition brusque, comme celle de Mme de Guersaint. Il l'avait trouvée un soir, après une course folle à la recherche d'un médecin, morte pendant son absence, immobile, toute blanche ; et ses lèvres, à jamais, avaient gardé le goût glacé du dernier baiser. Il ne se souvenait plus du reste, ni de la veillée, ni des préparatifs, ni du convoi. Tout cela s'était perdu dans le noir de son hébétement, une douleur si atroce, qu'il avait failli en mourir, agité au retour du cimetière d'un frisson, pris d'une fièvre muqueuse qui, pendant trois semaines, l'avait tenu délirant, entre la vie et la mort. Son frère était venu, l'avait soigné, puis s'était occupé des questions d'intérêt, partageant la petite fortune, lui laissant la maison et une modeste rente, prenant lui-même sa part en argent ; et, dès qu'il l'avait vu hors de danger, il s'en était allé de nouveau, rentrant dans son inconnu. Mais quelle longue convalescence, au fond de la maison déserte ! Pierre n'avait rien fait pour retenir Guillaume, car il comprenait qu'un abîme était entre eux. D'abord, il avait souffert de la solitude. Ensuite, elle lui était devenue très douce, dans le grand silence des pièces que les rares bruits de la rue ne troublaient pas, sous les ombrages discrets de l'étroit jardin, où il pouvait passer les journées entières sans voir une âme. Son lieu de refuge était surtout l'ancien laboratoire, le cabinet de son père, que pendant vingt années sa mère avait tenu fermé soigneusement, comme pour y murer le passé d'incrédulité et de damnation. Peut-être, malgré sa douceur, sa soumission respectueuse de jadis, aurait-elle fini un jour par anéantir les papiers et les livres, si la mort n'était venue la surprendre. Et Pierre avait fait rouvrir les fenêtres, épousseter le bureau et la bibliothèque, s'était installé dans le grand fauteuil de cuir, y passait délicieusement les heures, comme régénéré par la maladie, ramené à sa jeunesse, goûtant à lire les livres qui lui tombaient sous les mains, une extraordinaire joie intellectuelle.

Pendant ces deux mois de lent rétablissement, il ne se rappelait avoir reçu que le docteur Chassaigne. C'était un ancien ami de son père, un médecin de réelle valeur, qui se renfermait modestement dans son rôle de praticien, ayant l'unique ambition de guérir. Il avait soigné en vain Mme Froment ; mais il se vantait d'avoir tiré le jeune prêtre d'un mauvais cas ; et il revenait le voir de temps à autre, causant, le distrayant, lui parlant de son père, le grand chimiste, sur lequel il ne tarissait pas en anecdotes charmantes, en détails tout brûlants encore d'une ardente amitié. Peu à peu, dans sa faiblesse alanguie de convalescent, le fils avait ainsi vu se dresser une figure d'adorable simplicité, de tendresse et de bonhomie. C'était son père tel qu'il était, et non l'homme de dure science qu'il s'imaginait autrefois, à entendre sa mère. Jamais, certes, elle ne lui avait enseigné autre chose que le respect, pour cette chère mémoire ; mais n'était-il pas l'incrédule, l'homme de négation qui faisait pleurer les anges, l'artisan d'impiété qui allait contre l'œuvre de Dieu ? Et il était ainsi resté la vision assombrie, le spectre de damné qui rôdait par la maison ; tandis que, maintenant, il en devenait la claire lumière souriante, un travailleur éperdu du désir de la vérité, qui n'avait jamais voulu que l'amour et le bonheur de tous. Le docteur Chassaigne, lui, Pyrénéen de naissance, né au fond d'un village où l'on croyait aux sorcières, aurait plutôt penché vers la religion, bien qu'il n'eût pas remis les pieds dans une église, depuis quarante ans qu'il vivait à Paris. Mais sa certitude était absolue : s'il y avait un ciel quelque part, Michel Froment s'y trouvait, et sur un trône, à la droite du bon Dieu.

Et Pierre revécut, en quelques minutes, l'effroyable crise qui, pendant deux mois, l'avait dévasté. Ce n'était pas qu'il eût trouvé, dans la bibliothèque, des livres de discussion antireligieuse, ni que son père, dont il classait les papiers, fût jamais sorti de ses recherches techniques de savant. Mais, peu à peu, malgré lui, la clarté scientifique se faisait, un ensemble de phénomènes prouvés qui démolissaient les dogmes, qui ne laissaient rien en lui des faits auxquels il devait croire. Il semblait que la maladie l'eût renouvelé, qu'il recommençât à vivre et à apprendre, tout neuf, dans cette douceur physique de la convalescence, cette faiblesse encore, qui donnait à son cerveau une pénétrante lucidité. Au séminaire, sur le conseil de ses maîtres, il avait toujours refréné l'esprit d'examen, son besoin de savoir. Ce qu'on lui enseignait le surprenait bien ; mais il arrivait à faire le sacrifice de sa raison, qu'on exigeait de sa piété. Et voilà qu'à cette heure, tout ce laborieux échafaudage du dogme se trouvait emporté, dans une révolte de cette raison souveraine, qui clamait ses droits, qu'il ne pouvait plus faire taire. La vérité bouillonnait, débordait, en un tel flot irrésistible, qu'il avait compris que jamais plus il ne parviendrait à refaire l'erreur en son cerveau. C'était la ruine totale et irréparable de la foi. S'il avait pu tuer la chair en lui, en renonçant au roman de sa jeunesse, s'il se sentait le maître de sa sensualité, au point de n'être plus un homme, il savait maintenant que le sacrifice impossible allait être celui de son intelligence. Et il ne se trompait pas, c'était son père qui renaissait au fond de son être, qui finissait par l'emporter, dans cette dualité héréditaire, où, pendant si longtemps, sa mère avait dominé. Le haut de sa face, le front droit, en forme de tour, semblait s'être haussé encore, tandis que le bas, le menton fin, la bouche tendre se noyaient. Cependant, il souffrait, il était éperdu de la tristesse de ne plus croire, du désir de croire encore, à certaines heures du crépuscule, lorsque sa bonté, son besoin d'amour se réveillaient ; et il fallait que la lampe arrivât, qu'il vît clair autour de lui et en lui, pour retrouver l'énergie et le calme de sa raison, la force du martyre, la volonté de sacrifier tout à la paix de sa conscience.

La crise, alors, s'était déclarée. Il était prêtre, et il ne croyait plus. Cela, brusquement, venait de se creuser devant ses pas, comme un gouffre sans fond. C'était la fin de sa vie, l'effondrement de tout. Qu'allait-il faire ? La simple probité ne lui commandait-elle pas de jeter la soutane, de retourner parmi les hommes ? Mais il avait vu des prêtres renégats, et il les avait méprisés. Un prêtre marié, qu'il connaissait, l'emplissait de dégoût. Sans doute, ce n'était là qu'un reste de sa longue éducation religieuse : il gardait l'idée de l'indélébilité de la prêtrise, cette idée que, lorsqu'on s'était donné à Dieu, on ne pouvait se reprendre. Peut-être aussi se sentait-il trop marqué, trop différent déjà des autres, pour ne pas craindre d'être gauche et malvenu au milieu d'eux. Du moment qu'on l'avait châtré, il voulait rester à part, dans sa fierté douloureuse. Et, après des journées d'angoisse, après des luttes sans cesse renaissantes, où se débattaient son besoin de bonheur et les énergies de sa santé revenue, il prit l'héroïque résolution de rester prêtre, et prêtre honnête. Il aurait la force de cette abnégation. Puisque, s'il n'avait pu mater le cerveau, il avait maté la chair, il se jurait de tenir son serment de chasteté ; et c'était là l'inébranlable, la vie pure et droite qu'il avait l'absolue certitude de vivre. Qu'importait le reste, s'il était seul à souffrir, si personne au monde ne soupçonnait les cendres de son cœur, le néant de sa foi, l'affreux mensonge où il agoniserait ! Son ferme soutien serait son honnêteté, il ferait son métier de prêtre en honnête homme, sans rompre aucun des vœux qu'il avait prononcés, en continuant selon les rites son emploi de ministre de Dieu, qu'il prêcherait, qu'il célébrerait à l'autel, qu'il distribuerait en pain de vie. Qui donc oserait lui faire un crime d'avoir perdu la foi, si même ce grand malheur un jour était connu ? Et que pouvait-on lui demander davantage, son existence entière donnée à son serment, le respect de son ministère, l'exercice de toutes les charités, sans l'espoir d'une récompense future ? Ce fut ainsi qu'il se calma, debout encore et la tête haute, dans cette grandeur désolée du prêtre qui ne croit plus et qui continue à veiller sur la foi des autres. Et il n'était certainement pas le seul, il se sentait des frères, des prêtres ravagés, tombés au doute, qui restaient à l'autel, comme des soldats sans patrie, ayant quand même le courage de faire luire la divine illusion, au-dessus des foules agenouillées.

Dès sa guérison complète, Pierre avait repris son service à la petite église de Neuilly. Il y disait sa messe chaque matin. Mais il était décidé à refuser toute situation, tout avancement. Des mois, des années s'écoulèrent : il s'entêtait à n'y être qu'un prêtre habitué, le plus inconnu, le plus humble de ces prêtres qu'on tolère dans une paroisse, qui paraissent et disparaissent, après s'être acquittés de leur devoir. Toute dignité acceptée lui aurait semblé une aggravation de son mensonge, un vol fait à de plus méritants. Et il devait se défendre contre des offres fréquentes, car son mérite ne pouvait passer inaperçu : on s'était étonné, à l'archevêché, de cette obstinée modestie, on aurait voulu utiliser la force qu'on devinait en lui. Parfois seulement, il avait l'amer regret de n'être pas utile, de ne pas s'employer à quelque grande œuvre, à la pacification de la terre, au salut et au bonheur des peuples, comme l'enflammé besoin l'en tourmentait. Heureusement, ses journées étaient libres, et il se consolait dans une rage de travail, tous les volumes de la bibliothèque de son père dévorés, puis toutes ses études reprises et discutées, une préoccupation ardente de l'histoire des nations, un désir d'aller au fond du mal social et religieux, pour tâcher de voir s'il était vraiment sans remèdes.

C'était un matin, en fouillant dans un des grands tiroirs, en bas de la bibliothèque, que Pierre avait découvert un dossier sur les apparitions de Lourdes. Il y avait là des documents très complets, des copies donnant les interrogatoires de Bernadette, les procès-verbaux administratifs, les rapports de police, la consultation des médecins, sans compter des lettres particulières et confidentielles du plus vif intérêt. Il était resté surpris de sa trouvaille, il avait questionné le docteur Chassaigne, qui s'était souvenu que son ami, Michel Froment, avait en effet étudié un instant avec passion le cas de Bernadette ; et lui-même, né dans un village voisin de Lourdes, avait dû s'entremettre pour procurer au chimiste une partie de ce dossier. Pierre, à son tour, s'était alors passionné, pendant un mois, infiniment séduit par la figure droite et pure de la voyante, mais révolté de tout ce qui avait poussé ensuite, le fétichisme barbare, les superstitions douloureuses, la simonie triomphante. Dans sa crise d'incrédulité, certes, cette histoire ne paraissait faite que pour hâter la ruine de sa foi. Mais elle en était venue aussi à irriter sa curiosité, il aurait voulu faire une enquête, établir la vérité scientifique indiscutable, rendre au christianisme pur le service de le débarrasser de cette scorie, de ce conte de fées si touchant et si enfantin. Puis, il avait abandonné son étude, reculant devant la nécessité d'un voyage à la Grotte, éprouvant les difficultés les plus grandes à obtenir les renseignements qui lui manquaient ; et il n'était demeuré en lui que sa tendresse pour Bernadette, à laquelle il ne pouvait songer sans un charme délicieux et une infinie pitié.

Les jours s'écoulaient, et Pierre vivait de plus en plus seul. Le docteur Chassaigne venait de partir pour les Pyrénées, dans un coup de mortelle inquiétude : il abandonnait sa clientèle, il emmenait à Cauterets sa femme malade, que lui et sa fille, une grande fille adorable, regardaient avec angoisse s'éteindre un peu chaque jour. Dès lors, la petite maison de Neuilly était tombée à un silence, à un vide de mort. Pierre n'avait plus eu d'autre distraction que d'aller voir de temps à autre les Guersaint, déménagés de la maison voisine, retrouvés par lui au fond d'une rue misérable du quartier, dans un étroit logement. Et le souvenir de sa première visite était si vivant encore, qu'il en eut un élancement au cœur, en se rappelant son émotion devant la triste Marie.

Il s'éveilla, regarda, et il aperçut Marie allongée sur la banquette, telle qu'il l'avait retrouvée alors, déjà dans sa gouttière, clouée dans ce cercueil, auquel on adaptait des roues, pour la promener. Elle, si débordante de vie autrefois, toujours à remuer et à rire, se mourait là d'inaction et d'immobilité. Elle n'avait gardé que ses cheveux qui la vêtaient d'un manteau d'or, elle était si amaigrie, qu'elle en semblait diminuée, retournée à la taille d'une enfant. Et ce qu'il y avait de navrant, dans ce visage pâle, c'étaient les regards vides et fixes, la continuelle hantise, une expression d'absence, d'anéantissement au fond de son mal. Pourtant, elle remarqua qu'il la regardait, elle voulut lui sourire ; mais des plaintes lui échappaient, et quel sourire de pauvre créature frappée, convaincue qu'elle va expirer avant le miracle ! Il en fut bouleversé, il n'entendait plus qu'elle, il ne voyait plus qu'elle, au milieu des autres douleurs dont le wagon était plein, comme si elle les eût résumées toutes, dans la longue agonie de sa beauté, de sa gaieté et de sa jeunesse.

Et, peu à peu, sans quitter Marie des yeux, Pierre retourna aux jours passés, il goûta les heures d'amer et triste charme qu'il avait vécues près d'elle, lorsqu'il montait lui tenir compagnie, dans le petit logement pauvre. M. de Guersaint venait d'achever sa ruine, en rêvant de rénover l'imagerie religieuse, dont la médiocrité l'irritait. Ses derniers sous s'étaient engloutis dans la faillite d'une maison d'impression en couleurs ; et distrait, imprévoyant, s'en remettant au bon Dieu, avec la continuelle illusion de son âme puérile, il ne s'apercevait pas de la gêne atroce qui grandissait, il en était à chercher la direction des ballons, sans même voir que sa fille aînée, Blanche, devait faire des prodiges d'activité pour arriver à gagner le pain de son petit monde, de ses deux enfants, comme elle nommait son père et sa sœur. C'était Blanche qui, en donnant des leçons de français et de piano, en courant Paris du matin au soir, dans la poussière et dans la boue, trouvait encore l'argent nécessaire aux continuels soins que Marie réclamait. Et celle-ci se désespérait souvent, éclatant en larmes, s'accusant d'être la cause première de la ruine, depuis tant d'années qu'on payait des médecins, qu'on la promenait à toutes les eaux imaginables, La Bourboule, Aix, Lamalou, Amélie-les-Bains. Maintenant, les médecins l'avaient abandonnée, après dix années de diagnostics et de traitements contradictoires : les uns croyaient à la rupture des ligaments larges, les autres à la présence d'une tumeur, d'autres à une paralysie venant de la moelle ; et, comme elle refusait tout examen, dans une révolte de vierge, qu'ils n'osaient même pas nettement questionner, ils s'en tenaient chacun à son explication, déclarant qu'elle ne pouvait guérir. D'ailleurs, elle ne comptait que sur l'aide de Dieu, devenue d'une dévotion étroite depuis qu'elle souffrait. Son grand chagrin était de ne plus aller à l'église, et elle lisait la messe tous les matins. Ses jambes inertes semblaient mortes, elle tombait à une faiblesse telle, que, certains jours, sa sœur devait la faire manger.

Pierre, à ce moment, se rappela. C'était un soir encore, avant qu'on eût allumé la lampe. Il se trouvait assis près d'elle, dans l'ombre ; et, tout d'un coup, Marie lui avait dit qu'elle voulait se rendre à Lourdes, qu'elle était certaine d'en revenir guérie. Il avait éprouvé un malaise, s'oubliant, criant que c'était une folie de croire à de pareils enfantillages. Jamais il ne causait religion avec elle, ayant refusé non seulement de la confesser, mais de la diriger même dans ses petits scrupules de dévote. Il y avait là, en lui, une pudeur et une pitié, car il aurait souffert de lui mentir, à elle, et il se serait d'autre part regardé comme un criminel, s'il avait terni d'un souffle cette grande foi pure, qui la rendait forte contre la souffrance. Aussi, mécontent du cri qu'il n'avait pu retenir, était-il resté affreusement troublé, lorsqu'il avait senti la petite main froide de la malade prendre la sienne ; et, doucement, encouragée par l'ombre, d'une voix brisée, elle avait osé lui faire entendre qu'elle connaissait son secret, qu'elle savait son malheur, cette effroyable misère pour un prêtre de ne plus croire. Dans leurs entretiens, il avait tout dit malgré son vouloir, elle avait pénétré au fond de sa conscience, par une délicate intuition d'amie souffrante. Elle s'en inquiétait horriblement pour lui, jusqu'à le plaindre plus qu'elle, de sa mortelle maladie morale. Puis, comme saisi, il ne trouvait rien à répondre, confessant la vérité par son silence, elle s'était remise à parler de Lourdes, elle ajoutait très bas qu'elle voulait le confier, lui aussi, à la Sainte Vierge, en la suppliant de lui rendre la foi. Et, à partir de ce soir-là, elle n'avait plus cessé, répétant que, si elle allait à Lourdes, elle serait guérie. Mais il y avait la question d'argent qui l'arrêtait, dont elle n'osait même pas parler à sa sœur. Deux mois s'écoulèrent, elle s'affaiblissait de jour en jour, s'épuisait en rêves, les yeux tournés, là-bas, vers le flamboiement de la Grotte miraculeuse.

Alors, Pierre passa de mauvaises journées. Il avait d'abord refusé nettement à Marie de l'accompagner. Ensuite, le premier ébranlement de sa volonté vint de cette pensée que, s'il se décidait au voyage, il pourrait l'utiliser en continuant son enquête sur Bernadette, dont la figure, si charmante, restait dans son cœur. Et, enfin, il sentit une douceur, une espérance inavouée le pénétrer, à l'idée que Marie avait raison peut-être, que la Vierge pourrait le prendre en pitié, lui aussi, en lui rendant la foi aveugle, la foi du petit enfant qui aime et ne discute pas. Oh ! croire de toute son âme, s'abîmer dans la croyance ! Il n'y avait sans doute pas d'autre bonheur possible. Il aspirait à la foi, de toute la joie de sa jeunesse, de tout l'amour qu'il avait eu pour sa mère, de toute l'envie brûlante qu'il éprouvait d'échapper au tourment de comprendre et de savoir, de s'endormir à jamais au fond de la divine ignorance. C'était délicieux et lâche, cet espoir de ne plus être, de n'être plus qu'une chose entre les mains de Dieu. Et il en arriva ainsi au désir de tenter la suprême expérience.

Huit jours plus tard, le voyage à Lourdes était décidé. Mais, Pierre avait exigé une dernière consultation de médecins, pour savoir si Marie était réellement transportable ; et c'était là encore une scène qui s'évoquait, dont il revoyait certains détails avec persistance, tandis que d'autres s'effaçaient déjà. Deux des médecins, qui avaient soigné la malade anciennement, l'un croyant à une rupture des ligaments larges, l'autre diagnostiquant une paralysie due à une lésion de la moelle, avaient fini par tomber d'accord sur cette paralysie, avec des accidents, peut-être, du côté des ligaments : tous les symptômes y étaient, le cas leur semblait si évident, qu'ils n'avaient point hésité à signer des certificats presque conformes, d'une affirmation décisive. D'ailleurs, ils croyaient le voyage possible, quoique très douloureux. Cela devait déterminer Pierre, car il trouvait ces messieurs très prudents, très soucieux de la vérité. Il ne lui restait qu'un souvenir trouble du troisième médecin, Beauclair, un petit cousin à lui, un jeune homme d'une vive intelligence, encore peu connu et qu'on disait bizarre. Celui-ci, après avoir longuement considéré Marie, s'était inquiété de ses ascendants, l'air intéressé par ce qu'on lui contait de M. de Guersaint, cet architecte mâtiné d'inventeur, à l'esprit faible et exubérant ; puis, il avait voulu mesurer le champ visuel de la malade, il s'était assuré, en la palpant, discrètement, que la douleur avait fini par se localiser à l'ovaire gauche, et que, lorsqu'on appuyait là, cette douleur semblait remonter vers la gorge, en une masse lourde qui l'étouffait. Il paraissait ne tenir aucun compte de la paralysie des jambes. Et, dès lors, sur une question directe, il s'était écrié qu'il fallait la mener à Lourdes, qu'elle y serait sûrement guérie, si elle était certaine de l'être. Il parlait de Lourdes sérieusement : la foi suffisait, deux de ses clientes, très pieuses, envoyées par lui l'année d'auparavant, étaient revenues éclatantes de santé. Même il annonçait comment se produirait le miracle, en coup de foudre, dans un réveil, une exaltation de tout l'être, tandis que le mal, ce mauvais poids diabolique qui étouffait la jeune fille, remonterait une dernière fois et s'échapperait, comme s'il lui sortait par la bouche. Mais il refusa absolument de signer un certificat. Il ne s'était pas entendu avec ses deux confrères qui le traitaient d'un air froid, en jeune esprit aventureux ; et Pierre, confusément, avait gardé des phrases de la discussion, recommencée devant lui, des lambeaux de la consultation donnée par Beauclair : une luxation de l'organe, avec de légères déchirures des ligaments, à la suite de la chute de cheval, puis une lente réparation, un rétablissement des choses en leur place, auquel avaient succédé des accidents nerveux consécutifs, de sorte que la malade n'aurait plus été que sous l'obsession de la peur première, l'attention localisée sur le point lésé, immobilisée dans la douleur croissante, incapable d'acquérir des notions nouvelles, si ce n'était sous le coup de fouet d'une violente émotion. Du reste, il admettait aussi des accidents de la nutrition, encore mal étudiés, dont il n'osait lui-même dire la marche et l'importance. Seulement, cette idée que Marie rêvait son mal, que les affreuses souffrances qui la torturaient venaient d'une lésion guérie depuis longtemps, avait paru si paradoxale à Pierre, lorsqu'il la regardait agonisante et les jambes déjà mortes, qu'il ne s'y était pas arrêté, heureux simplement de voir que les trois médecins étaient d'accord pour autoriser le voyage à Lourdes. Il lui suffisait qu'elle pût guérir, il l'aurait accompagnée au bout de la terre.

Ah ! ces derniers jours de Paris, dans quelle bousculade il les avait vécus ! Le pèlerinage national allait partir, il avait eu l'idée de faire hospitaliser Marie, afin d'éviter les gros frais. Ensuite, il avait dû courir pour entrer lui-même dans l'Hospitalité de Notre-Dame-du-Salut. M. de Guersaint était enchanté, car il aimait la nature, il brûlait du désir de connaître les Pyrénées ; et il ne se préoccupait de rien, acceptait parfaitement que le jeune prêtre lui payât son voyage, se chargeât de lui à l'hôtel, là-bas, comme d'un enfant ; et, sa fille Blanche lui ayant glissé un louis, à la dernière minute, il s'était cru riche. Cette pauvre et héroïque Blanche avait une cachette, cinquante francs d'économie, qu'il avait bien fallu qu'on acceptât, car elle se fâchait, elle voulait aider aussi à la guérison de sa sœur, puisqu'elle ne pouvait être du voyage, retenue par ses leçons à Paris, dont elle allait continuer à battre le dur pavé, pendant que les siens s'agenouilleraient au loin, parmi les enchantements de la Grotte. Et l'on était parti, l'on roulait, l'on roulait toujours.

À la station de Châtellerault, un éclat brusque des voix secoua Pierre, chassa l'engourdissement de sa rêverie. Quoi donc ? Est-ce qu'on arrivait à Poitiers ? Mais il n'était que midi à peine, c'était sœur Hyacinthe qui faisait dire l'Angélus, les trois *Ave* répétés trois fois. Les voix se brisaient, un nouveau cantique monta et se prolongea, en une lamentation. Encore vingt-cinq grandes minutes avant d'être à Poitiers, où il semblait que l'arrêt d'une demi-heure allait soulager toutes les souffrances. On était si mal à l'aise, si rudement cahoté dans ce wagon empesté et brûlant ! C'était trop de misère, de grosses larmes roulaient sur les joues de Mme Vincent, un sourd juron avait échappé à M. Sabathier, si résigné d'habitude, tandis que le frère Isidore, la Grivotte et Mme Vêtu semblaient ne plus être, pareils à des épaves emportées dans le flot. Les yeux fermés, Marie ne répondait plus, ne voulait plus les rouvrir, poursuivie par l'horrible vision de la face d'Élise Rouquet, cette tête trouée et béante, qui était pour elle l'image de la mort. Et, pendant que le train hâtait sa vitesse, charriant cette désespérance humaine, sous le ciel lourd, au travers des plaines embrasées, il y eut encore une épouvante. L'homme ne soufflait plus, une voix cria qu'il expirait.

III

À Poitiers, dès que le train se fut arrêté, sœur Hyacinthe se hâta de descendre, au milieu de la cohue des hommes d'équipe qui ouvraient les portières et des pèlerins qui se précipitaient.

« Attendez, attendez, répétait-elle. Laissez-moi passer la première, je veux voir si tout est fini. »

Puis, lorsqu'elle fut remontée dans l'autre compartiment, elle souleva la tête de l'homme, crut d'abord en effet qu'il avait passé, en le voyant si blême et les yeux vides. Mais elle sentit un petit souffle.

« Non, non, il respire. Vite, il faut se dépêcher. »

Et, se tournant vers l'autre sœur, celle qui était à ce bout du wagon :

« Je vous en prie, sœur Claire des Anges, courez chercher le père Massias qui doit être dans la troisième ou la quatrième voiture. Dites-lui que nous avons un malade en grand danger, et qu'il apporte tout de suite les saintes huiles. »

Sans répondre, la sœur disparut, parmi la bousculade. Elle était petite, fine et douce, l'air recueilli, avec des yeux de mystère, très active pourtant.

Pierre qui suivait la scène, debout dans l'autre compartiment, se permit une réflexion.

« Si l'on allait aussi chercher le médecin ?

– Sans doute, j'y songeais, répondit sœur Hyacinthe. Oh ! monsieur l'abbé, que vous seriez gentil d'y courir vous-même ! »

Justement, Pierre se proposait d'aller, au fourgon de la cantine, demander un bouillon pour Marie. Soulagée un peu, depuis qu'elle n'était plus secouée, la malade avait rouvert les yeux et s'était fait asseoir par son père. Elle aurait bien voulu qu'on la descendît un instant sur le quai, dans son ardente soif d'air pur. Mais elle sentit que ce serait trop demander, qu'on aurait trop de peine pour la remonter ensuite. M. de Guersaint, qui avait déjeuné dans le train, ainsi que la plupart des pèlerins et des malades, demeura sur le trottoir, près de la portière ouverte, à fumer une cigarette, pendant que Pierre courait au fourgon de la cantine, où se trouvait également le médecin de service, avec une petite pharmacie.

Dans le wagon, d'autres malades aussi restèrent, qu'on ne pouvait songer à remuer. La Grivotte étouffait et délirait ; et elle retint même Mme de Jonquière, qui avait donné rendez-vous, au buffet, à sa fille Raymonde, à Mme Volmar et à Mme Désagneaux, pour y déjeuner toutes les quatre. Comment laisser seule, sur la dure banquette, cette malheureuse qu'on aurait cru à l'agonie ? Marthe non plus n'avait pas bougé, ne quittant pas son frère, le missionnaire, dont la plainte faible continuait. Cloué à sa place, M. Sabathier attendait Mme Sabathier, qui était allée lui chercher une grappe de raisin. Les autres, ceux qui marchaient, venaient de se bousculer pour descendre, ayant la hâte de fuir un moment ce wagon de cauchemar, où leurs membres s'engourdissaient, depuis sept grandes heures déjà qu'on était parti. Mme Maze, tout de suite, s'écarta, gagna l'un des bouts déserts de la gare, égarant là sa mélancolie. Hébétée de souffrance, Mme Vêtu, après avoir eu la force de faire quelques pas, se laissa tomber sur un banc, au grand soleil, dont elle ne sentait pas la brûlure ; pendant qu'Élise Rouquet, qui s'était remmailloté la face dans son fichu noir, cherchait partout une fontaine, dévorée d'un désir d'eau fraîche. À pas ralentis, Mme Vincent promenait sur ses bras sa petite Rose, tâchant de lui sourire, de l'égayer en lui montrant des images violemment coloriées, que l'enfant, grave, regardait sans voir.

Cependant, Pierre avait toutes les peines du monde à se frayer un chemin, au milieu de la foule qui noyait le quai. C'était inimaginable, le flot vivant, les éclopés et les gens valides, que le train avait vidé là, plus de huit cents personnes qui couraient, s'agitaient, s'étouffaient. Chaque wagon avait lâché sa misère, ainsi qu'une salle d'hôpital qu'on évacue ; et l'on jugeait quelle somme effrayante de maux transportait ce terrible train blanc, qui finissait par avoir, sur son passage, une légende d'effroi. Des infirmes se traînaient, d'autres étaient portés, beaucoup restaient en tas sur le trottoir. Il y avait des poussées brusques, de violents appels, une hâte éperdue vers le buffet et la buvette. Chacun se pressait, allait à son affaire. C'était si court, cet arrêt d'une demi-heure, le seul qu'on dût avoir avant Lourdes ! Et l'unique gaieté, au milieu des soutanes noires, des pauvres gens en vêtements usés, sans couleur précise, était la blancheur riante des petites sœurs de l'Assomption, toutes blanches et actives, avec leur cornette, leur guimpe et leur tablier de neige.

Lorsque, enfin, Pierre arriva au fourgon de la cantine, vers le milieu du train, il le trouva déjà assiégé. Un fourneau à pétrole était là, ainsi que toute une petite batterie de cuisine, sommaire. Le bouillon, fait avec des jus concentrés, chauffait dans des bassines de fer battu ; et le lait réduit, en boîtes d'un litre, n'était délayé et utilisé qu'au fur et à mesure des besoins. Quelques autres provisions occupaient une sorte d'armoire, des biscuits, des fruits, du chocolat. Mais, devant les mains avides qui se tendaient, la sœur Saint-François, chargée du service, une femme de quarante-cinq ans, courte et grasse, à bonne figure fraîche, perdait un peu la tête. Elle dut continuer sa distribution, en écoutant Pierre qui appelait le médecin, installé dans un autre compartiment du fourgon, avec sa pharmacie de voyage. Puis comme le jeune prêtre donnait des explications, parlait du malheureux qui se mourait, elle se fit remplacer, elle voulut aller le voir, elle aussi.

« Ma sœur, c'est que je venais vous demander un bouillon pour une malade.

– Eh bien ! monsieur l'abbé, je vais le porter. Marchez devant. »

Ils se dépêchèrent, les deux hommes échangeant des questions et des réponses rapides, suivis par la sœur Saint-François qui portait le bol de bouillon, pleine de prudence, au milieu des coudoiements de la foule. Le médecin était un garçon brun, d'environ vingt-huit ans, robuste, très beau, avec une tête de jeune empereur romain, comme il en pousse encore aux champs brûlés de Provence. Dès que sœur Hyacinthe l'aperçut, elle eut une surprise, une exclamation.

« Comment ! c'est vous, monsieur Ferrand ? »

Tous deux restaient ébahis de la rencontre. Les sœurs de l'Assomption ont la mission brave de soigner les malades, uniquement les malades pauvres, ceux qui ne peuvent payer, qui agonisent dans les mansardes ; et elles passent ainsi leur existence avec les indigents, s'établissent près du grabat, dans l'étroite pièce, donnent les soins les plus intimes, font la cuisine, le ménage, vivent là en servantes et en parentes, jusqu'à la guérison ou jusqu'à la mort. C'était de la sorte que sœur Hyacinthe, si jeune, avec son visage de lait où ses yeux bleus riaient sans cesse, s'installa un jour chez ce garçon, alors étudiant, en proie à une fièvre typhoïde, et d'une telle pauvreté, qu'il habitait rue du Four une espèce de grenier, en haut d'une échelle, sous les toits. Elle ne l'avait plus quitté, l'avait sauvé, avec sa passion de ne vivre que pour les autres, en fille trouvée autrefois à la porte d'une église, n'ayant d'autre famille que celle des souffrants, à qui elle se vouait, de tout son brûlant besoin d'aimer. Et quel mois adorable, quelle exquise camaraderie ensuite, dans cette pure fraternité de la souffrance ! Quand il l'appelait « ma sœur », c'était vraiment à sa sœur qu'il parlait. Elle était une mère aussi, le levait, le couchait comme son enfant, sans que rien autre chose grandît entre eux qu'une pitié suprême, le divin attendrissement de la charité. Toujours elle se montrait gaie, sans sexe, sans autre instinct que de soulager et de consoler ; et lui l'adorait, la vénérait, et il avait gardé d'elle le plus chaste et le plus passionné des souvenirs.

« Oh ! sœur Hyacinthe ! sœur Hyacinthe ! » murmura-t-il, ravi.

Un hasard seul les remettait face à face, car Ferrand n'était pas un croyant, et s'il se trouvait là, c'était qu'à la dernière minute, il avait bien voulu remplacer un ami, brusquement empêché de partir. Depuis une année bientôt, il était interne à la Pitié. Ce voyage à Lourdes, dans des conditions si particulières, l'intéressait.

Mais la joie de se revoir leur faisait oublier l'homme. Et la sœur se reprit.

« Voyez donc, monsieur Ferrand, c'est pour ce pauvre homme. Nous l'avons cru mort un instant... Depuis Amboise, il nous donne bien des craintes, et je viens d'envoyer chercher les saintes huiles... Est-ce que vous le trouvez si bas ? Est-ce que vous ne pourriez pas le ranimer un peu ? »

Déjà, le jeune médecin l'examinait ; et les autres malades, restés dans le wagon, se passionnèrent, regardèrent. Marie, à qui la sœur Saint-François avait donné le bol de bouillon, le tenait d'une main si vacillante, que Pierre dut le prendre et essayer de la faire boire ; mais elle ne pouvait avaler, elle n'acheva pas le bouillon, les yeux fixés sur l'homme, attendant, comme s'il se fût agi de sa propre existence.

« Dites, demanda de nouveau sœur Hyacinthe, comment le trouvez-vous ? Quelle maladie a-t-il ?

– Oh ! quelle maladie ? murmura Ferrand. Il les a toutes ! »

Puis, il tira une petite fiole de sa poche, essaya d'introduire quelques gouttes, à travers les dents serrées du malade. Celui-ci poussa un soupir, souleva les paupières, les laissa retomber ; et ce fut tout, il ne donna pas d'autre signe de vie.

Sœur Hyacinthe, si calme d'habitude, qui ne désespérait jamais, eut une impatience.

« Mais c'est terrible ! et sœur Claire des Anges qui ne reparaît pas ! Je lui ai pourtant bien indiqué le wagon du père Massias... Mon Dieu ! qu'allons-nous devenir ? »

Voyant qu'elle ne pouvait être utile, sœur Saint-François allait retourner au fourgon. Auparavant, elle demanda si l'homme, peut-être, ne se mourait pas de faim, tout simplement ; car cela arrivait, et elle n'était venue que pour offrir ses provisions. Puis, comme elle partait, elle promit, dans le cas où elle rencontrerait sœur Claire des Anges, de la faire se hâter ; et elle n'était pas à vingt mètres, qu'elle se retourna, en montrant d'un grand geste la sœur qui revenait seule, de sa marche discrète et menue.

Penchée à la portière, sœur Hyacinthe multipliait les appels.

« Arrivez donc, arrivez donc !... Eh bien ! et le père Massias ?

– Il n'est pas là.

– Comment ! il n'est pas là ?

– Non. J'ai eu beau me presser, on ne peut pas avancer vite, parmi tout ce monde. Lorsque je suis arrivée au wagon, le père Massias était déjà descendu et sorti de la gare, sans doute. »

Elle expliqua que le père, selon ce qu'on racontait, devait avoir un rendez-vous avec le curé de Sainte-Radegonde. Les autres années, le pèlerinage national s'arrêtait pendant vingt-quatre heures : on mettait les malades à l'hôpital de la ville, on se rendait à Sainte-Radegonde en procession. Mais, cette année-là, un obstacle s'était produit, le train allait filer droit sur Lourdes ; et le père était sûrement par là, avec le curé, causant, ayant quelque affaire ensemble.

« On m'a bien promis de faire la commission, de l'envoyer ici avec les saintes huiles, dès qu'on le retrouvera. »

C'était un véritable désastre pour sœur Hyacinthe. Puisque la science ne pouvait rien, peut-être les saintes huiles auraient-elles soulagé le malade. Souvent, elle avait vu cela.

« Oh ! ma sœur, ma sœur, que j'ai de peine !... Vous ne savez pas, si vous étiez bien gentille, vous retourneriez là-bas, vous guetteriez le père, de façon à me l'amener, dès qu'il paraîtra.

– Oui, ma sœur », répondit docilement sœur Claire des Anges, qui repartit de son air grave et mystérieux, en se glissant parmi la foule, avec une souplesse d'ombre.

Ferrand regardait toujours l'homme, désolé de ne pouvoir faire à sœur Hyacinthe le plaisir de le ranimer. Et, comme il avait un geste d'impuissance, elle le supplia encore.

« Monsieur Ferrand, restez avec moi, attendez que le père soit venu... Je serai un peu plus tranquille. »

Il resta, il l'aida à remonter l'homme, qui glissait sur la banquette. Puis, elle prit un linge et lui essuya la face, qui se couvrait continuellement d'une épaisse sueur. Et l'attente se prolongea, au milieu du malaise des malades demeurés dans le wagon, et de la curiosité des gens du dehors, qui commençaient à s'attrouper.

Une jeune fille, vivement, écarta la foule ; et, montant sur le marchepied, elle interpella Mme de Jonquière.

« Quoi donc, maman ? ces dames t'attendent au buffet. »

C'était Raymonde de Jonquière, un peu mûre déjà pour ses vingt-cinq ans sonnés, qui ressemblait à sa mère étonnamment, très brune, avec son nez fort, sa bouche grande, sa figure grasse et agréable.

« Mais, mon enfant, tu le vois, je ne puis pas quitter cette pauvre femme. »

Et elle montrait la Grivotte, prise maintenant d'un accès de toux, qui la secouait affreusement.

« Oh ! maman, est-ce fâcheux ! Mme Désagneaux et Mme Volmar qui se faisaient une fête de ce petit déjeuner à nous quatre !

– Que veux-tu, ma pauvre enfant ?... Commencez toujours sans moi. Dis à ces dames que, dès que je le pourrai, je m'échapperai pour les rejoindre. »

Puis, ayant une idée :

« Attends, il y a là le médecin, je vais tâcher de lui confier ma malade... Va-t'en, je te suis. Et tu sais que je meurs de faim ! »

Raymonde retourna lestement au buffet, tandis que Mme de Jonquière suppliait Ferrand de monter près d'elle, pour voir s'il ne pourrait pas soulager la Grivotte. Déjà, sur le désir de Marthe, il avait examiné le frère Isidore, dont la plainte ne cessait point ; et il avait dit de nouveau son impuissance, d'un geste navré. Il s'empressa pourtant, souleva la phtisique qu'il voulut asseoir, espérant arrêter la toux, qui en effet cessa peu à peu. Ensuite, il aida la dame hospitalière à lui faire avaler une gorgée de potion calmante. Dans le wagon, la présence du médecin continuait à remuer les malades. M. Sabathier, qui mangeait lentement la grappe de raisin que sa femme était allée lui chercher, ne le questionnait pas, connaissant à l'avance sa réponse, las d'avoir consulté, comme il le disait, tous les princes de la science ; mais il n'en éprouvait pas moins un bien-être, à le voir remettre debout cette pauvre fille, dont le voisinage le gênait. Et Marie elle-même le regardait faire avec un intérêt croissant, tout en n'osant l'appeler pour elle-même, certaine, elle aussi, qu'il ne pouvait rien.

Sur le quai, la bousculade augmentait. On n'avait plus qu'un quart d'heure. Comme insensible, les yeux ouverts et ne voyant rien, Mme Vêtu endormait son mal sous la brûlure du grand soleil ; pendant que, devant elle, du même pas berceur, Mme Vincent promenait toujours sa petite Rose, d'un poids si léger d'oiseau malade, qu'elle ne la sentait pas sur ses bras. Beaucoup de gens couraient à la fontaine remplir des brocs, des bidons, des bouteilles. Mme Maze, très soigneuse et délicate, eut l'idée d'aller s'y laver les mains ; mais, comme elle arrivait, elle y trouva Élise Rouquet en train de boire, elle recula devant le monstre, cette tête de chien au museau rongé qui tendait la fente oblique de sa plaie, la langue sortie et lapant ; et c'était, chez tous, le même frémissement, la même hésitation à emplir les bouteilles, les brocs et les bidons, à cette fontaine où elle avait bu. Un grand nombre de pèlerins s'étaient mis à manger le long du quai. On entendait les béquilles rythmées d'une femme allant et venant sans fin, au milieu des groupes. Par terre, un cul-de-jatte se traînait péniblement, en quête d'on ne savait quoi. D'autres, assis en tas, ne remuaient plus. Tout ce déballage d'un instant, cet hôpital roulant vidé là pour une demi-heure, prenait l'air parmi l'agitation ahurie des gens valides, d'une pauvreté et d'une tristesse affreuses, sous la pleine lumière de midi.

Pierre ne quittait plus Marie, car M. de Guersaint avait disparu, attiré par la verdoyante échappée de paysage, qu'on apercevait, au bout de la gare. Et le jeune prêtre, inquiet de voir qu'elle n'avait pu achever le bouillon, s'efforçait, d'un air souriant, de tenter la gourmandise de la malade, en offrant d'aller lui acheter une pêche ; mais elle refusait, elle souffrait trop, rien ne lui faisait plaisir. Elle le regardait de ses grands yeux navrés, partagée entre son impatience de cet arrêt, qui retardait la guérison possible, et sa terreur d'être secouée de nouveau, le long de ce dur chemin interminable.

Un gros monsieur s'approcha, toucha le bras de Pierre. Il grisonnait, portait toute sa barbe, la face large et paterne.

« Pardon, monsieur l'abbé, n'est-ce pas dans ce wagon qu'il y a un malheureux malade à l'agonie ? »

Et, comme le prêtre répondait affirmativement, il devint tout à fait bonhomme et familier.

« Je m'appelle M. Vigneron, je suis sous-chef au ministère des Finances, et j'ai demandé un congé pour accompagner, avec ma femme, notre fils Gustave à Lourdes… Le cher enfant met tout son espoir dans la Sainte Vierge, que nous prions pour lui matin et soir… Nous sommes là, dans le wagon qui est avant le vôtre, où nous occupons un compartiment de deuxième classe. »

Puis, il se retourna, appela son monde, d'un geste de la main.

« Approchez, approchez, c'est bien là. Le malheureux malade est en effet au plus mal. »

Mme Vigneron était petite, le visage long et blême, d'une pauvreté de sang, dans sa correction de bonne bourgeoise, qui reparaissait terrible chez son fils Gustave. Celui-ci, âgé de quinze ans, en paraissait à peine dix, déjeté, d'une maigreur de squelette, la jambe droite anémiée, réduite à rien, ce qui l'obligeait à marcher avec une béquille. Il avait une mince petite figure, un peu de travers, où il ne restait guère que les yeux, mais des yeux de clarté pétillant d'intelligence, affinés par la douleur, voyant sûrement clair jusqu'au fond des âmes.

Une vieille dame suivait, le visage empâté, traînant les jambes difficilement ; et M. Vigneron, se rappelant qu'il l'avait oubliée, revint vers Pierre, pour achever la présentation.

« Mme Chaise, la sœur aînée de ma femme, qui a voulu aussi accompagner Gustave, qu'elle aime beaucoup. »

Et, se penchant, à voix basse, d'un air de confidence :

« C'est Mme Chaise, la veuve du marchand de soie, immensément riche. Elle a une maladie de cœur qui lui donne de grandes inquiétudes. »

Alors, toute la famille, massée en un groupe, considéra avec une curiosité vive ce qui se passait dans le wagon. Du monde s'attroupait sans cesse, et le père, pour que son fils pût voir, l'éleva un instant dans ses bras, pendant que la tante tenait la béquille et que la mère se haussait, elle aussi, sur la pointe des pieds.

Dans le wagon, c'était toujours le même spectacle, l'homme sur son séant, occupant le coin, raidi et la tête contre la dure paroi de chêne. Il était livide, les paupières closes, la bouche tirée par l'agonie, baigné de cette sueur glacée que sœur Hyacinthe épongeait, de temps à autre, avec un linge ; et celle-ci ne parlait plus, ne s'impatientait plus, revenue à sa sérénité, comptant sur le Ciel, jetant simplement parfois un coup d'œil le long du quai, pour voir si le père Massias n'arrivait pas.

« Regarde bien, Gustave, dit M. Vigneron à son fils, ça doit être un phtisique. »

L'enfant, que la scrofule rongeait, la hanche dévorée d'un abcès froid, avec un commencement de nécrose des vertèbres, semblait s'intéresser passionnément à cette agonie. Il n'avait pas peur, il souriait d'un sourire infiniment triste.

« Oh ! c'est affreux ! murmura Mme Chaise, que pâlissait la crainte de la mort, dans sa continuelle terreur d'une crise brusque qui l'emporterait.

– Dame ! reprit philosophiquement M. Vigneron, chacun son tour, nous sommes tous mortels. »

Et le sourire de Gustave, alors, prit une sorte de moquerie douloureuse, comme s'il eût entendu d'autres paroles, un souhait inconscient, l'espoir que la vieille tante mourrait avant lui, et qu'il hériterait des cinq cent mille francs promis, et que lui-même ne gênerait pas longtemps sa famille.

« Mets-le par terre, dit Mme Vigneron à son mari. Tu le fatigues, à le tenir par les jambes. »

Elle s'empressa ensuite, ainsi que Mme Chaise, pour éviter toute secousse à l'enfant. Ce pauvre mignon avait besoin d'être tant soigné ! À chaque minute, on craignait de le perdre. Le père fut d'avis qu'on ferait mieux de le remonter tout de suite dans le compartiment. Et, comme les deux femmes l'emportaient, il ajouta, très ému, en se tournant de nouveau vers Pierre :

« Ah ! monsieur l'abbé, si le bon Dieu nous le reprenait, ce serait notre vie qui s'en irait avec lui... Je ne parle pas de la fortune de sa tante qui passerait à d'autres neveux. Et ce serait, n'est-ce pas ? contre nature qu'il partît avant elle, surtout dans l'état de santé où elle est... Que voulez-vous ! nous sommes tous entre les mains de la Providence, et nous comptons sur la Sainte Vierge, qui va faire sûrement pour le mieux. »

Enfin, Mme de Jonquière, rassurée par le docteur Ferrand, put quitter la Grivotte. Mais elle eut le soin de dire à Pierre :

« Je meurs de faim, je cours un instant au buffet... Seulement, je vous en prie, si la toux de ma malade recommence, venez me chercher. »

Au buffet, quand elle eut réussi à traverser le quai, à grand-peine, elle tomba dans une autre bousculade. Les pèlerins aisés avaient pris d'assaut les tables, beaucoup de prêtres surtout se hâtaient, au milieu du tapage des fourchettes, des couteaux et de la vaisselle. Trois ou quatre garçons ne parvenaient pas à assurer le service, d'autant plus qu'une foule les entravait, se pressait au comptoir, achetait des fruits, des petits pains, de la viande froide. Et c'était là, au fond de la salle, que Raymonde déjeunait, à une petite table, avec Mme Désagneaux et Mme Volmar.

« Ah ! maman, enfin ! cria-t-elle. J'allais retourner te chercher. Il faut bien qu'on te laisse manger pourtant ! »

Elle riait, très animée, très heureuse des aventures du voyage, de ce repas fait à la diable, dans un coup de vent.

« Tiens ! je t'ai gardé ta part de truite à la sauce verte, et voici une côtelette qui t'attend... Nous autres, nous en sommes déjà aux artichauts. »

Alors, ce fut charmant. Il y avait là un coin de gaieté qui faisait plaisir à voir.

La jeune Mme Désagneaux, surtout, était adorable. Une blonde délicate, avec des cheveux jaunes, fous et envolés, une petite figure de lait, ronde, trouée de fossettes, et très rieuse, et très bonne. Richement mariée, elle laissait depuis trois ans son mari à Trouville, au beau milieu d'août, pour accompagner le pèlerinage national, en qualité de dame hospitalière : c'était sa grande passion, une pitié frissonnante, un besoin de se donner tout entière aux malades pendant cinq jours, une véritable débauche d'absolu dévouement, dont elle revenait brisée et ravie. Son seul chagrin était de n'avoir pas d'enfant encore, et elle regrettait parfois, avec un emportement comique, d'avoir méconnu sa vocation de sœur de Charité.

« Ah ! ma chérie, dit-elle vivement à Raymonde, ne plaignez donc pas votre mère d'être prise par ses malades. Au moins, ça l'occupe. »

Et, s'adressant à Mme de Jonquière :

« Si vous saviez comme nous trouvons les heures longues, dans notre beau compartiment de première ! On ne peut pas même travailler à un petit ouvrage, c'est défendu... J'avais prié qu'on me mît avec des malades ; mais toutes les places étaient données, et je vais en être réduite à tâcher de dormir dans mon coin, cette nuit. »

Elle riait, elle ajouta :

« N'est-ce pas ? madame Volmar, nous dormirons, puisque la conversation a l'air de vous fatiguer. »

Celle-ci, qui devait avoir dépassé la trentaine, très brune, avec un visage long, les traits fins et tirés, avait des yeux larges, magnifiques, des brasiers sur lesquels, par moments, passait, comme un voile, une moire qui semblait les éteindre. Elle n'était point belle au premier coup d'œil ; et, à mesure qu'on la regardait, elle devenait troublante, conquérante, désirable jusqu'à la passion et à l'inquiétude. D'ailleurs, elle s'efforçait de disparaître, très modeste, s'effaçant, s'éteignant, toujours en noir et sans un bijou, bien qu'elle fût la femme d'un marchand de diamants et de perles.

« Oh ! moi, murmura-t-elle, pourvu qu'on ne me bouscule pas trop, je suis contente. »

En effet, elle était allée déjà deux fois à Lourdes, comme dame auxiliaire, et pourtant on ne la voyait guère là-bas, à l'hôpital de Notre-Dame-des-Douleurs, prise d'une telle fatigue, dès son arrivée, qu'elle se trouvait, disait-elle, forcée de garder la chambre.

Mme de Jonquière, directrice de la salle, se montrait du reste pour elle d'une aimable tolérance.

« Ah ! mon Dieu ! mes pauvres amies, vous avez bien le temps de vous dépenser. Dormez donc, si vous le pouvez, et ce sera votre tour ensuite, lorsque je ne me tiendrai plus debout. »

Puis, s'adressant à sa fille :

« Toi, ma mignonne, tu feras bien de ne pas trop t'exciter, si tu veux garder ta tête solide. »

Mais Raymonde la regarda d'un air de reproche, avec un sourire.

« Maman, maman, pourquoi dis-tu ça ?... Est-ce que je ne suis pas raisonnable ? »

Et elle devait ne pas se vanter, car une volonté ferme, une résolution de faire sa vie elle-même, apparut dans ses yeux gris, sous son air de jeunesse insoucieuse, simplement heureuse de vivre.

« C'est vrai, confessa la mère avec un peu de confusion, cette petite fille a parfois plus de raison que moi... Tiens ! passe-moi la côtelette, et je t'assure qu'elle est la bienvenue. Seigneur ! que j'avais faim ! »

Le déjeuner continua, égayé par les continuels rires de Mme Désagneaux et de Raymonde. Celle-ci s'animait, et son visage, que l'attente du mariage jaunissait déjà légèrement, retrouvait l'éclat rose de la vingtième année. On mettait les morceaux doubles, car on n'avait plus que dix minutes. Dans toute la salle, c'était un brouhaha grandissant de convives qui craignaient de ne pas avoir le temps de prendre leur café.

Mais Pierre parut : de nouveau, la Grivotte se trouvait en proie à des étouffements ; et Mme de Jonquière acheva son artichaut, puis retourna au wagon, après avoir embrassé sa fille, qui lui disait bonsoir, d'une façon plaisante. Cependant, le prêtre venait de réprimer un mouvement de surprise, en apercevant Mme Volmar, avec la croix rouge des dames hospitalières sur son corsage noir. Il la connaissait, il faisait encore de rares visites à la vieille Mme Volmar, la mère du marchand de diamants, une ancienne connaissance de sa mère à lui : la plus terrible des femmes, d'une religion outrée, d'une dureté, d'une sévérité à fermer les persiennes pour que sa belle-fille ne regardât pas dans la rue. Et il savait l'histoire, la jeune femme emprisonnée dès le lendemain du mariage, entre sa belle-mère qui la terrorisait, et son mari, un monstre d'une laideur basse, qui allait jusqu'à la battre, fou de jalousie, bien qu'il entretînt des filles au-dehors. On ne la laissait sortir un instant que pour assister à la messe. Pierre, un jour, à la Trinité, avait même surpris son secret, en la voyant, derrière l'église, échanger une parole rapide avec un monsieur correct, l'air distingué : la chute inévitable et si pardonnable, la faute aux bras de l'ami discret qui s'est trouvé là, la passion cachée et dévorante, qu'on ne peut satisfaire et qui brûle, le rendez-vous qu'on a eu tant de peine à rendre possible, qu'il faut attendre des semaines, dont on profite goulûment, dans une brusque flambée de désir.

Elle s'était troublée, elle lui tendit sa petite main longue et tiède.

« Tiens ! quelle rencontre ! monsieur l'abbé... Il y a si longtemps qu'on ne s'est vu ! »

Et elle expliqua que c'était la troisième année qu'elle allait à Lourdes, que sa belle-mère l'avait forcée à faire partie de l'Association de Notre-Dame-du-Salut.

« C'est surprenant que vous ne l'ayez pas aperçue, à la gare. Elle me met dans le train, et elle revient me chercher, au retour. »

Cela était dit très simplement, mais avec une telle pointe de sourde ironie, que Pierre crut deviner. Il la savait sans religion aucune, ne pratiquant que pour s'assurer une heure de liberté, de temps à autre ; et il eut la soudaine intuition qu'elle était attendue là-bas. Ce devait être à sa passion qu'elle courait ainsi, de son air effacé et ardent, avec ses yeux de flamme qu'elle éteignait sous un voile de morne indifférence.

« Moi, dit-il à son tour, j'accompagne une amie d'enfance, une pauvre jeune fille malade... Je vous la recommande, vous la soignerez... »

Alors, elle rougit un peu, il ne douta plus. D'ailleurs, Raymonde réglait l'addition, avec l'assurance d'une petite personne qui se connaît aux chiffres ; et Mme Désagneaux emmena Mme Volmar. Les garçons s'affolaient davantage, les tables se vidaient, tout le monde s'était précipité, en entendant sonner une cloche.

Pierre, lui aussi, se hâtait de retourner à son wagon, lorsqu'il fut arrêté de nouveau.

« Ah ! monsieur le curé ! s'écria-t-il, je vous ai vu au départ, mais je n'ai pu vous rejoindre pour vous serrer la main. »

Et il tendait la sienne au vieux prêtre, qui le regardait en souriant, de son air de brave homme. L'abbé Judaine était curé de Saligny, une petite commune de l'Oise. Grand, fort, il avait une large face rose, encadrée de boucles blanches ; et on le sentait un saint homme, que jamais la chair ni l'intelligence n'avaient tourmenté. D'une innocence tranquille, il croyait fermement, absolument, sans lutte aucune, avec sa foi aisée d'enfant, qui ignorait les passions. Depuis que la Vierge, à Lourdes, l'avait guéri d'une maladie d'yeux, par un miracle retentissant dont on parlait toujours, sa croyance était devenue encore plus aveugle et plus attendrie, comme trempée d'une divine gratitude.

« Je suis content de vous avoir avec nous, mon ami, dit-il doucement, parce que les jeunes prêtres ont beaucoup à gagner dans ces pèlerinages... On m'assure qu'il y a parfois en eux un esprit de révolte. Eh bien ! vous allez voir tous ces pauvres gens prier, c'est un spectacle qui vous arrachera des larmes... Comment ne pas se remettre aux mains de Dieu, devant tant de souffrance guérie ou consolée ! »

Lui aussi accompagnait une malade. Il montra un compartiment de première classe, où était attachée une pancarte, portant : *M. l'abbé Judaine, réservé.* Et, baissant la voix :

« C'est Mme Dieulafay, vous savez, la femme du grand banquier. Leur château, un domaine royal, est sur ma paroisse ; et, quand ils ont su que la Sainte Vierge avait bien voulu me faire une insigne grâce, ils m'ont supplié d'intercéder pour la pauvre malade. Déjà, j'ai dit des messes, et je fais des vœux ardents... Tenez ! voyez-la, par terre. Elle a voulu absolument qu'on la descendît un instant, malgré la peine qu'on aura à la remonter. »

Sur le quai, à l'ombre, se trouvait en effet, dans une sorte de caisse longue, une femme dont le beau visage, à l'ovale pur, aux yeux admirables, ne portait pas plus de vingt-six ans. Elle était atteinte d'une effroyable maladie, la disparition des sels calcaires qui entraînait le ramollissement du squelette, la lente destruction des os. Il y avait deux ans déjà, après être accouchée d'un enfant mort, elle s'était senti de vagues douleurs dans la colonne vertébrale. Puis, peu à peu, les os s'étaient raréfiés et déformés, les vertèbres s'affaissaient, les os du bassin s'aplatissaient, ceux des jambes et des bras se rapetissaient ; et, diminuée, comme fondue, elle était devenue une loque humaine, une chose fluide et sans nom qu'on ne pouvait mettre debout, qu'on transportait avec mille soins, de crainte de la voir fuir entre les doigts. La tête gardait sa beauté, une tête immobile, l'air stupéfié et imbécile. Et, devant ce reste lamentable de femme, ce qui achevait de serrer le cœur, c'était le grand luxe qui l'entourait, la caisse capitonnée de soie bleue, les dentelles précieuses dont elle était couverte, la coiffe de valenciennes qu'elle portait, une richesse qui s'étalait jusque dans l'agonie.

« Ah ! quelle pitié ! reprit l'abbé Judaine à demi-voix, dire qu'elle est si jeune, si jolie, riche à millions ! Et si vous saviez comme on l'aimait, de quelle adoration on l'entoure encore !... C'est son mari, ce grand monsieur qui est près d'elle ; et voici sa sœur, Mme Jousseur, cette dame élégante. »

Pierre se souvint d'avoir lu souvent, dans les journaux, le nom de Mme Jousseur, femme d'un diplomate, et très lancée parmi la haute société catholique de Paris. Une histoire de grande passion combattue et vaincue avait même circulé. Elle était d'ailleurs très jolie, mise avec un art de simplicité merveilleux, s'empressant d'un air de dévouement parfait, autour de sa triste sœur. Quant au mari, qui venait, à trente-cinq ans, d'hériter la colossale maison de son père, c'était un bel homme, le teint clair, très soigné, serré dans une redingote noire ; mais il avait les yeux pleins de larmes, car il adorait sa femme ; et il avait voulu l'emmener à Lourdes, quittant ses affaires, mettant son dernier espoir dans cet appel à la miséricorde divine.

Certes, depuis le matin, Pierre voyait bien des maux épouvantables, dans ce douloureux train blanc. Aucun ne lui avait bouleversé l'âme autant que ce misérable squelette de femme qui se liquéfiait, au milieu de ses dentelles et de ses millions.

« La malheureuse ! » murmura-t-il en frissonnant.

Alors, l'abbé Judaine eut un geste de sereine espérance.

« La Sainte Vierge la guérira, je l'ai tant priée ! »

Mais il y eut encore une volée de cloche, et cette fois c'était bien le départ. On avait deux minutes. Une dernière poussée se produisit, des gens revenaient avec de la nourriture dans des papiers, avec les bouteilles et les bidons qu'ils avaient remplis à la fontaine. Beaucoup s'effaraient, ne retrouvaient plus leur wagon, couraient éperdument, le long du train ; tandis que les malades se traînaient, au milieu d'un bruit précipité de béquilles, et que d'autres, ceux qui marchaient difficilement, tâchaient de hâter le pas, au bras de dames hospitalières. Quatre hommes avaient une peine infinie à remonter Mme Dieulafay dans son compartiment de première classe. Déjà, les Vigneron, qui se contentaient de voyager en seconde, s'étaient réinstallés chez eux, parmi un amas extraordinaire de paniers, de caisses, de valises, qui permettaient à peine au petit Gustave d'allonger ses pauvres membres d'insecte avorté. Puis, toutes reparurent : Mme Maze se glissant de son air muet ; Mme Vincent haussant à bout de bras sa chère fillette, avec la terreur de l'entendre jeter un cri ; Mme Vêtu qu'il fallut pousser, après l'avoir réveillée de l'hébétement de sa torture ;

Élise Rouquet, toute trempée de s'être obstinée à boire, en train d'essuyer encore sa face de monstre. Et, pendant que chacun reprenait sa place et que le wagon se trouvait plein, Marie écoutait son père, ravi d'être allé au bout de la gare, jusqu'à un poste d'aiguilleur, d'où l'on découvrait un paysage vraiment agréable à voir.

« Voulez-vous que nous vous recouchions tout de suite ? demanda Pierre, que le visage angoissé de la malade désolait.

– Oh ! non, non, tout à l'heure ! répondit-elle. J'ai bien le temps d'entendre ces roues gronder dans ma tête, comme si elles me broyaient les os ! »

Sœur Hyacinthe venait de supplier Ferrand de voir encore l'homme, avant de retourner au fourgon de la cantine. Elle attendait toujours le père Massias, étonnée de ce retard inexplicable ; et elle ne désespérait pourtant pas, car sœur Claire des Anges n'avait point reparu.

« Monsieur Ferrand, je vous en prie, dites-moi si ce malheureux est vraiment en danger immédiat. »

De nouveau, le jeune médecin regarda, écouta, palpa. Puis, il eut un geste découragé ; et, à voix basse :

« Ma conviction est que vous ne le mènerez pas vivant à Lourdes. »

Toutes les têtes se tendaient, anxieuses. Encore, si l'on avait su le nom de l'homme, d'où il venait, qui il était ! Mais ce misérable inconnu, dont on n'arrivait pas à tirer un mot, et qui allait mourir, là, dans ce wagon, sans que personne pût mettre un nom sur sa figure !

L'idée vint à sœur Hyacinthe de le fouiller. Il n'y avait vraiment aucun mal à cela, en la circonstance.

« Monsieur Ferrand, voyez donc dans ses poches. »

Avec précaution, celui-ci fouilla l'homme. Dans les poches, il ne trouva qu'un chapelet, un couteau et trois sous. On n'en sut jamais davantage.

Une voix, à ce moment, annonça sœur Claire des Anges et le père Massias. Celui-ci, simplement, s'était attardé à causer avec le curé de Sainte-Radegonde, dans une salle d'attente. Il y eut une émotion vive, tout parut un instant sauvé. Mais le train allait partir, les employés fermaient déjà les portières, il fallait expédier l'extrême-onction en grande hâte, si l'on ne voulait pas occasionner un trop long retard.

« Par ici, mon révérend père ! criait sœur Hyacinthe. Oui, oui, montez ! notre malheureux malade est là. »

Le père Massias, de cinq ans plus âgé que Pierre, qui l'avait eu cependant au séminaire pour condisciple, avait un grand corps maigre, avec une figure d'ascète, qu'une barbe pâle encadrait, et où brûlaient des yeux étincelants. Il n'était ni le prêtre ravagé de doute, ni le prêtre à la foi d'enfant, mais un apôtre que la passion emportait, toujours prêt à lutter et à vaincre, pour la pure gloire de la Vierge. Sous la pèlerine noire à grand capuchon, coiffé du chapeau velu aux larges ailes, il resplendissait de cette continuelle ardeur du combat.

Tout de suite, il avait tiré de sa poche la boîte d'argent des saintes huiles. Et la cérémonie commença, au milieu des derniers claquements de portière, dans le galop des pèlerins attardés ; tandis que le chef de gare, inquiet, consultait l'horloge du regard, voyant bien qu'il lui faudrait accorder quelques minutes de grâce.

« *Credo in unum Deum...*, murmurait vivement le père.

– *Amen* », répondirent sœur Hyacinthe et tout le wagon.

Ceux qui avaient pu s'étaient agenouillés sur les banquettes. Les autres joignaient les mains, multipliaient les signes de croix ; et quand, au balbutiement des prières, succédèrent les litanies du rituel, les voix s'élevèrent, un ardent désir vola avec les *Kyrie eleison*, pour la rémission des péchés, la guérison physique et spirituelle de l'homme. Que toute sa vie, qu'on ignorait, lui fût pardonnée, et qu'il entrât, inconnu et triomphant, dans le royaume de Dieu !

« *Christe, exaudi nos.*

– *Ora pro nobis, sancta Dei Genitrix.* »

Le père Massias avait sorti l'aiguille d'argent, à laquelle tremblait une goutte d'huile sainte. Il ne pouvait, dans la bousculade, dans l'attente de tout le train, où les gens surpris mettaient la tête aux portières, songer à faire les onctions d'usage sur les organes divers des sens, ces portes qui laissent entrer le mal. Comme la règle l'autorisait, lorsque le cas était pressant, il devait se contenter d'une onction unique ; et il la fit sur la bouche, sur cette bouche livide, entrouverte, d'où s'exhalait à peine un petit souffle, pendant que la face, aux paupières closes, semblait déjà comme effacée, rentrée dans la cendre de la terre.

« *Per istam sanctam unctionem, et suam piissimam misericordiam, indulgeat tibi Dominus quidquid per visum, auditum, odoratum, gustum, tactum, deliquisti.* »

Le reste de la cérémonie fut perdu, bousculé et emporté dans le départ. Le père eut à peine le temps d'essuyer la goutte avec le petit morceau d'ouate, que sœur Hyacinthe tenait tout prêt. Et il dut quitter le wagon, regagner le sien au plus vite, en remettant en ordre la boîte des saintes huiles, pendant que les assistants achevaient l'oraison finale.

« Nous ne pouvons attendre davantage, c'est impossible ! répétait le chef de gare hors de lui. Voyons, voyons, qu'on se dépêche ! »

Enfin, on allait se remettre en marche. Tout le monde se rasseyait, rentrait dans son coin. Mme de Jonquière, que l'état de la Grivotte continuait à tourmenter, avait changé de place, se rapprochant d'elle, en face de M. Sabathier, qui attendait, résigné et silencieux. Sœur Hyacinthe, elle, n'était pas revenue dans son compartiment, décidée à rester près de l'homme, pour le veiller et l'assister ; d'autant plus que, là aussi, elle était plus à portée pour soigner le frère Isidore, dont Marthe ne savait comment soulager la crise. Et Marie, pâlissante, sentait déjà, au fond de sa triste chair, les cahots du train, avant même qu'il eût repris sa course sous le soleil de plomb, charriant sa charge de malades, dans l'étouffement et l'empoisonnement des wagons surchauffés.

Il y eut un grand coup de sifflet, la machine souffla, et sœur Hyacinthe se leva pour dire :

« Le *Magnificat*, mes enfants ! »

IV

Comme le train s'ébranlait, la portière se rouvrit, et un employé poussa une fillette de quatorze ans dans le compartiment où étaient Marie et Pierre.

« Tenez ! il y a une place, dépêchez-vous ! »

Déjà, les faces s'allongeaient, on allait protester. Mais sœur Hyacinthe s'était écriée :

« Comment ! c'est vous, Sophie ! Vous revenez donc voir la Sainte Vierge qui vous a guérie, l'année dernière ? »

Et Mme de Jonquière disait en même temps :

« Ah ! ma petite amie Sophie, c'est très bien, d'avoir de la reconnaissance !

– Mais oui, ma sœur ! mais oui, madame ! » répondit gentiment la fillette.

D'ailleurs, la portière s'était refermée, et il fallait bien accepter cette nouvelle pèlerine, comme tombée du ciel, au moment où partait le train, qu'elle avait failli manquer. Elle était mince, elle ne tiendrait pas beaucoup de place. Puis, ces dames la connaissaient, tous les yeux des malades s'étaient fixés sur elle, en entendant dire que la Sainte Vierge l'avait guérie. Mais on était sorti de la gare, la machine soufflait dans le branle croissant des roues, et sœur Hyacinthe répéta, en tapant dans ses mains :

« Allons, allons, mes enfants, le *Magnificat* ! »

Pendant que le chant d'allégresse montait au milieu des secousses, Pierre regardait Sophie. C'était visiblement une petite paysanne, une fille de cultivateurs pauvres des environs de Poitiers, que ses parents gâtaient et traitaient en demoiselle, depuis qu'elle était une miraculée, une élue, que les curés de l'arrondissement venaient voir. Elle avait un chapeau de paille, avec des rubans roses, une robe de laine grise, garnie d'un volant. Et sa figure ronde n'était pas jolie, mais aimable, très fraîche, éclairée par de clairs yeux futés, qui lui donnaient un air souriant et modeste.

Lorsqu'on eut fini le *Magnificat*, Pierre ne put résister au désir de questionner Sophie. Une enfant de cet âge, d'une apparence si candide, et qui ne semblait pas être une menteuse, cela l'intéressait vivement.

« Alors, mon enfant, vous avez failli manquer le train ?

– Oh ! monsieur l'abbé, j'en aurais été bien confuse… J'étais à la gare depuis midi. Et voilà que j'ai aperçu M. le curé de Sainte-Radegonde, qui me connaît bien et qui m'a appelée pour m'embrasser, en me disant que j'étais une bonne petite fille, de retourner à Lourdes. Alors, il paraît que le train partait, et je n'ai eu que le temps de courir… Oh ! j'ai couru ! »

Elle riait, encore un peu essoufflée, avec le repentir pourtant d'avoir été sur le point de commettre une faute d'étourderie.

« Et comment vous appelez-vous, mon enfant ?

– Sophie Couteau, monsieur l'abbé.

– Vous n'êtes pas de Poitiers même ?

– Non, bien sûr… Nous sommes de Vivonne, à sept kilomètres. Mon père et ma mère ont un peu de biens ; et ça n'irait tout de même pas mal, s'il n'y avait pas huit enfants, à la maison… Moi, je suis la cinquième. Heureusement que les quatre premiers commencent à travailler.

– Et vous, mon enfant, qu'est-ce que vous faites ?

– Moi, oh ! monsieur l'abbé, je ne suis pas de grand secours… Depuis l'année dernière, depuis que je suis rentrée guérie, on ne m'a pas laissé un jour tranquille, parce que, vous comprenez, on est venu me voir, on m'a menée chez monseigneur, et puis dans les couvents, et puis partout... Et, avant ça, j'ai été longtemps malade, je ne pouvais marcher sans un bâton, je criais à chaque pas, tant mon pied me faisait du mal.

– Alors, c'est d'un mal au pied que la Sainte Vierge vous a guérie ? »

Sophie n'eut pas le temps de répondre. Sœur Hyacinthe, qui écoutait, intervint.

« D'une carie des os du talon gauche, datant de trois ans. Le pied était gonflé, déformé, et il y avait des fistules donnant issue à une suppuration continuelle. »

Du coup, tous les malades du wagon commencèrent à se passionner. Ils ne quittaient plus des yeux la miraculée, ils cherchaient en elle le prodige. Ceux qui pouvaient se mettre debout, se levaient pour la mieux voir ; et les autres, les infirmes allongés sur des matelas, tâchaient de se hausser et de tourner la tête. Dans la souffrance qui venait de les reprendre, au départ de Poitiers, terrifiés par les quinze heures qu'ils avaient à rouler encore, l'arrivée brusque de cette enfant, élue par le Ciel, était comme un soulagement divin, le rayon d'espoir où ils puiseraient la force d'aller jusqu'au bout du voyage. Déjà, les plaintes cessaient un peu, et toutes les faces se tendaient, dans le besoin ardent de croire.

Marie, surtout, ranimée, soulevée à demi, joignit ses mains tremblantes, supplia doucement Pierre.

« Je vous en prie, questionnez-la, demandez-lui de tout nous dire... Guérie, mon Dieu ! guérie d'un mal si affreux ! »

Mme de Jonquière, émue, s'était penchée pour embrasser l'enfant, par-dessus la cloison.

« Certainement, notre petite amie va nous dire... N'est-ce pas, ma mignonne, que vous allez nous raconter ce que la Sainte Vierge a fait pour vous ?

– Oh ! bien sûr, madame... Tant que vous voudrez. »

Et elle avait son air souriant et modeste, avec ses yeux luisant d'intelligence. Tout de suite, elle voulut commencer, en levant sa main droite en l'air, dans un geste gentil qui commandait l'attention. Évidemment, elle avait pris déjà l'habitude du public.

Mais on ne la voyait pas de toutes les places du wagon, et sœur Hyacinthe eut une idée.

« Montez sur la banquette, Sophie, et parlez un peu fort, à cause du bruit. »

Cela l'amusa, elle dut retrouver son sérieux pour commencer.

« Alors, comme ça, mon pied était perdu, je ne pouvais seulement plus me rendre à l'église, et il fallait toujours l'envelopper dans du linge, parce qu'il coulait des choses qui n'étaient guère propres... M. Rivoire, le médecin, qui avait fait une coupure, pour voir dedans, disait qu'il serait forcé d'enlever un morceau de l'os, ce qui m'aurait sûrement rendue boiteuse... Et, alors, après avoir bien prié la Sainte Vierge, je suis allée tremper mon pied dans l'eau, avec une si bonne envie de guérir, que je n'ai pas même pris le temps d'enlever le linge... Et, alors, tout est resté dans l'eau, mon pied n'avait plus rien du tout, quand je l'ai sorti. »

Un murmure s'éleva et courut, fait de surprise, d'émerveillement et de désir, à ce beau conte prodigieux, si doux aux désespérés. Mais la petite n'avait pas fini. Elle prit un temps, puis termina, avec un nouveau geste, les deux bras un peu écartés.

« À Vivonne, quand M. Rivoire a revu mon pied, il a dit : "Que ce soit le bon Dieu ou le diable qui ait guéri cette enfant, ça m'est égal ; mais la vérité est qu'elle est guérie." »

Cette fois, des rires éclatèrent. Elle récitait trop, ayant tant de fois répété son histoire, qu'elle la savait par cœur. Le mot du médecin était d'un effet sûr, elle en riait elle-même d'avance, certaine qu'on allait rire. Et elle restait ingénue et touchante.

Cependant, elle devait avoir oublié un détail, car sœur Hyacinthe, qui avait annoncé d'un coup d'œil à l'auditoire le mot du docteur, lui souffla doucement :

« Sophie, et votre mot à Mme la comtesse, la directrice de votre salle ?

– Ah ! oui... Je n'avais pas emporté beaucoup de linge, pour mon pied ; et je lui ai dit : "La Sainte Vierge a été bien bonne de me guérir le premier jour, car le lendemain ma provision allait être épuisée." »

De nouveau, ce fut une joie. On la trouvait si gentille, d'avoir été guérie ainsi ! Elle dut encore, sur une question de Mme de Jonquière, raconter l'histoire des bottines, de belles bottines toutes neuves, que Mme la comtesse lui avait données, et avec lesquelles, ravie, elle avait couru, sauté, dansé. Songez donc ! des bottines, elle qui, depuis trois ans, ne pouvait pas mettre une pantoufle !

Devenu grave, pâli par le sourd malaise qui l'envahissait, Pierre continuait à la regarder. Et il lui adressa d'autres questions. Elle ne mentait décidément pas, il soupçonnait seulement en elle une lente déformation de la vérité, un embellissement bien explicable, dans sa joie d'avoir été soulagée et d'être devenue une petite personne d'importance. Qui savait, maintenant, si la prétendue cicatrisation instantanée, complète, en quelques secondes, n'avait pas mis des jours à se produire ? Où étaient les témoins ?

« J'étais là, racontait justement Mme de Jonquière. Elle ne se trouvait pas dans ma salle, mais je l'avais rencontrée, le matin même, qui boitait... »

Vivement, Pierre l'interrompit.

« Ah ! vous avez vu son pied, avant et après l'immersion ?

– Non, non, je ne crois pas que personne ait pu le voir, car il était enveloppé de compresses... Elle vous a dit elle-même que les compresses étaient tombées dans la piscine... »

Et, se tournant vers l'enfant :

« Mais elle va vous le montrer, son pied... N'est-ce pas, Sophie ? Défaites votre soulier. »

Celle-ci, déjà, ôtait son soulier, retirait son bas, avec une promptitude et une aisance qui montraient la grande habitude qu'elle en avait prise. Et elle allongea son pied, très propre, très blanc, soigné même, avec des ongles roses bien coupés, le tournant d'un air de complaisance, pour que le prêtre pût l'examiner commodément. Il y avait là, au-dessous de la cheville, une longue cicatrice dont la couture blanchâtre, très nette, témoignait de la gravité du mal.

« Oh ! monsieur l'abbé, prenez le talon, serrez-le de toutes vos forces : je ne sens plus rien ! »

Pierre eut un geste, et l'on put croire que le pouvoir de la Sainte Vierge le ravissait. Il restait inquiet dans son doute. Quelle force ignorée avait agi ? ou plutôt quel faux diagnostic du médecin, quel concours d'erreurs et d'exagérations avaient abouti à ce beau conte ?

Mais les malades voulaient tous voir le pied miraculeux, cette preuve visible de la guérison divine, qu'ils allaient tous chercher. Et ce fut Marie, la première, qui le toucha, assise sur son séant, souffrant déjà moins. Puis, Mme Maze, tirée de sa mélancolie, le passa à Mme Vincent, qui l'aurait baisé, pour l'espoir qu'il lui rendait. M. Sabathier avait écouté, d'un air béat ; Mme Vêtu, la Grivotte, le frère Isidore lui-même rouvraient les yeux, s'intéressaient ; et la face d'Élise Rouquet était devenue extraordinaire, transfigurée par la foi, presque belle : une plaie ainsi disparue, n'était-ce pas sa plaie à elle fermée, effacée, son visage ne gardant qu'une faible cicatrice, redevenant le visage de tout le monde ? Sophie, toujours debout, devait se tenir à une des tringles de fer et poser son pied sur le bord de la cloison, à gauche, à droite, sans se lasser, très heureuse et très fière des exclamations qu'on poussait, de l'admiration frémissante et du religieux respect qu'on témoignait à ce petit bout de sa personne, à ce petit pied qui était comme sacré maintenant.

« Il faut sans doute une grande foi, pensa Marie tout haut, il faut avoir l'âme toute blanche... »

Et, s'adressant à M. de Guersaint :

« Père, je sens que je guérirais, si j'avais dix ans, si j'avais l'âme toute blanche d'une petite fille.

– Mais tu as dix ans, ma chérie ! N'est-ce pas, Pierre, que les fillettes de dix ans n'ont pas une âme plus blanche ? »

Lui, avec son esprit chimérique, adorait les histoires de miracles. Et le prêtre, profondément ému par l'ardente pureté de la jeune fille, ne chercha pas à discuter, la laissa s'abandonner au souffle de consolante illusion qui passait.

Depuis le départ de Poitiers, le temps était plus lourd, un orage montait dans le ciel de cuivre, et il semblait que le train roulât au travers d'une fournaise. Les villages défilaient, mornes et déserts sous le brûlant soleil. À Couhé-Verac, on avait redit le chapelet, puis chanté un cantique. Mais les exercices de piété se ralentissaient un peu. Sœur Hyacinthe, qui n'avait pu déjeuner encore, s'était décidée à manger vivement un petit pain avec des fruits, tout en continuant à soigner l'homme, dont le souffle pénible paraissait plus régulier depuis un instant. Et ce fut seulement à Ruffec, à trois heures, qu'on récita les vêpres de la Sainte Vierge.

« *Ora pro nobis, sancta Dei Genitrix.*

– *Ut digni efficiamur promissionibus Christi.* »

Comme on finissait, M. Sabathier, qui avait regardé la petite Sophie remettre son bas et son soulier, se tourna vers M. de Guersaint.

« Sans doute, le cas de cette enfant est intéressant. Mais ce n'est rien, monsieur, il y a bien plus fort que cela... Connaissez-vous l'histoire de Pierre de Rudder, un ouvrier belge ? »

Tout le monde s'était remis à écouter.

« Cet homme avait eu la jambe cassée par la chute d'un arbre. Après huit ans, les deux fragments de l'os ne s'étaient pas soudés, on voyait les deux bouts, au fond d'une plaie, en continuelle suppuration ; et la jambe, molle, pendait, allait dans tous les sens... Eh bien ! il lui a suffi de boire un verre de l'eau miraculeuse, sa jambe a été refaite d'un coup ; et il a pu marcher sans béquilles, et le médecin le lui a bien dit : «Votre jambe est comme celle d'un enfant qui vient de naître.» Parfaitement ! une jambe toute neuve ! »

Personne ne parla, il n'y eut qu'un échange de regards extasiés.

« Et, tenez ! continua M. Sabathier, c'est comme l'histoire de Louis Bourriette, un carrier, un des premiers miracles de Lourdes. La connaissez-vous ?... Il avait été blessé, dans une explosion de mine. L'œil droit était complètement perdu, il se trouvait même menacé de perdre l'œil gauche... Or, un jour, il envoya sa fille prendre une bouteille de l'eau boueuse de la source, qui jaillissait à peine. Puis, il lava son œil avec cette boue, il pria ardemment. Et il jeta un cri, il voyait, monsieur, il voyait aussi bien que vous et moi... Le médecin qui le soignait en a écrit un récit circonstancié, il n'y a pas le moindre doute à avoir.

– C'est merveilleux, murmura M. de Guersaint, ravi.

– Voulez-vous un autre exemple, monsieur ? Il est célèbre, c'est celui de François Macary, le menuisier de Lavaur... Depuis dix-huit ans, il avait, à la partie interne de la jambe gauche, un ulcère variqueux profond accompagné d'un engorgement considérable des tissus. Il ne pouvait plus bouger, la science le condamnait à une infirmité perpétuelle... Et le voilà, un soir, qui s'enferme avec une bouteille d'eau de Lourdes. Il ôte ses bandages, il se lave les deux jambes, il boit le reste de la bouteille. Puis, il se couche, s'endort ; et, quand il se réveille, il se tâte, regarde : plus rien ! la varice, les ulcères, tout avait disparu... La peau du genou, monsieur, était redevenue aussi lisse, aussi fraîche qu'elle devait l'être à vingt ans. »

Cette fois, il y eut une explosion de surprise et d'admiration. Les malades et les pèlerins entraient dans le pays enchanté du miracle, où l'impossible se réalise au coude de chaque sentier, où l'on marche à l'aise de prodige en prodige. Et chacun d'eux avait son histoire à dire, brûlant d'apporter sa preuve, d'appuyer sa foi et son espoir d'un exemple.

Mme Maze, la silencieuse, fut emportée jusqu'à parler la première.

« Moi, j'ai une amie qui a connu la veuve Rizan, cette dame dont la guérison a fait aussi tant de bruit... Depuis vingt-quatre ans, elle était paralysée de tout le côté gauche. Elle rendait ce qu'elle mangeait, elle n'était plus qu'une masse inerte qu'on retournait dans le lit ; et, à la longue, le frottement des draps lui avait usé la peau... Un soir, le médecin annonça qu'elle mourrait avant le jour. Deux heures plus tard, elle sortit de sa torpeur, en demandant d'une voix faible à sa fille d'aller lui chercher un verre d'eau de Lourdes, chez une voisine. Mais, le lendemain matin seulement, elle put avoir ce verre d'eau, elle cria : «Oh ! ma fille, c'est la vie que je bois, lave-moi le visage, le bras, la jambe, tout le corps !» Et, à mesure que l'enfant lui obéissait, elle voyait l'enflure énorme s'affaisser, les membres paralysés reprendre leur souplesse et leur aspect naturel... Ce n'est pas tout, Mme Rizan criait qu'elle était guérie, qu'elle avait faim, qu'elle voulait du pain et de la viande, elle qui n'en avait pas mangé depuis vingt-quatre ans. Et elle se leva, et elle s'habilla, pendant que sa fille répondait aux voisines qui la croyaient orpheline, en la voyant bouleversée : «Non, non ! maman n'est pas morte, elle est ressuscitée !» »

Des larmes étaient montées aux yeux de Mme Vincent. Mon Dieu ! si elle avait pu voir Rose se relever ainsi, et manger de bon appétit, et courir ! Un autre cas, celui d'une jeune fille, qu'on lui avait conté à Paris et qui était pour beaucoup dans sa décision de mener à Lourdes sa petite malade, lui revint à la mémoire.

« Moi aussi, je connais l'histoire d'une paralytique, Lucie Druon, la pensionnaire d'un orphelinat, toute jeune encore, qui ne pouvait plus même s'agenouiller. Ses membres s'étaient tordus en cerceaux ; sa jambe droite, plus courte, avait fini par s'enrouler autour de la gauche ; et, quand une de ses camarades la portait, on voyait ses pieds, comme morts, se balancer dans le vide… Remarquez qu'elle n'est pas allée à Lourdes. Elle a fait simplement une neuvaine ; mais elle a jeûné pendant les neuf jours, et son désir de guérir était si grand, qu'elle passait les nuits en prière… Enfin, le neuvième jour, comme elle buvait un peu d'eau de Lourdes, elle eut dans les jambes une violente commotion. Elle se leva, retomba, se releva et marcha. Toutes ses compagnes, étonnées, presque effrayées, criaient : «Lucie marche ! Lucie marche !» Et c'était vrai, ses jambes étaient redevenues en quelques secondes droites, saines et fortes. Elle traversa la cour, put monter à la chapelle, où toute la communauté, transportée de reconnaissance, chanta le *Magnificat*… Ah ! la chère enfant, elle devait être heureuse, bien heureuse ! »

Deux larmes achevèrent de couler de ses joues sur le visage pâle de sa fille, qu'elle baisa éperdument.

Mais l'intérêt grandissait toujours, la joie ravie de ces beaux contes, où le Ciel à tous coups triomphait des réalités humaines, exaltait ces âmes d'enfant, au point que les plus malades se redressaient, à leur tour, et retrouvaient la parole. Et, derrière le récit de chacun, il y avait la préoccupation de son mal, la confiance qu'il guérirait, puisqu'une maladie identique s'était effacée comme un vilain songe, au souffle divin.

« Ah ! bégaya Mme Vêtu, la bouche empâtée de souffrance, il y en avait une, Antoinette Thardivail, dont l'estomac était dévoré comme le mien. On aurait dit que des chiens le lui mangeaient, et il devenait parfois plus gros que la tête d'un enfant. Des tumeurs y poussaient, pareilles à des œufs de poule, si bien que, pendant huit mois, elle avait vomi du sang… Elle aussi allait expirer, la peau collée sur les os, mourant de faim, lorsqu'elle but de l'eau de Lourdes et s'en fit laver le creux de l'estomac. Trois minutes après, son médecin qui l'avait quittée, la veille, agonisante, sans souffle, la trouva levée, assise au coin de son feu, se régalant avec appétit d'une aile de poulet bien tendre. Elle n'avait plus de tumeurs, elle riait comme à vingt ans, son visage venait de reprendre l'éclat de la jeunesse… Ah ! manger ce qui vous plaît, redevenir jeune, ne plus souffrir !

– Et la guérison de sœur Julienne ! dit la Grivotte, qui se releva sur un coude, les yeux brillants de fièvre. Ça l'avait prise par un mauvais rhume, comme moi ; puis, elle s'était mise à cracher le sang. Tous les six mois, elle retombait, il lui fallait reprendre le lit. La dernière fois, on avait bien vu qu'elle y resterait. Vainement, on avait essayé de tous les remèdes, l'iode, les vésicatoires, les pointes de feu. Enfin, une vraie phtisique, celle-là, que six médecins avaient reconnue comme telle… Bon ! la voilà qui vient à Lourdes, et Dieu sait au milieu de quelles souffrances ! à tel point qu'à Toulouse, on crut un instant qu'elle passait. Les sœurs la portaient dans leurs bras. À la piscine, les dames hospitalières ne voulaient pas la baigner. C'était une morte… Eh bien ! on l'a déshabillée, on l'a plongée sans connaissance et toute couverte de sueur, on l'a retirée si pâle, qu'on l'a déposée par terre, en pensant que c'était bien fini cette fois. Brusquement, ses joues se sont colorées, ses yeux se sont ouverts, elle a respiré fortement. Elle était guérie, elle s'est rhabillée seule, et elle a fait un bon repas, après être allée à la Grotte remercier la Sainte Vierge… Hein ? on ne peut pas dire, en voilà une de phtisique ! et guérie radicalement, comme avec la main ! »

Alors, le frère Isidore voulut parler ; mais il ne le put ; et il se contenta de dire péniblement à sa sœur :

« Marthe, raconte donc l'histoire de sœur Dorothée, que le curé de Saint-Sauveur nous a dite.

– Sœur Dorothée, commença gauchement la paysanne, se leva un matin avec une jambe engourdie ; et, à partir de ce moment, elle perdit la jambe, qui devint froide et pesante comme une pierre. Avec ça, elle avait très mal dans le dos. Les médecins n'y comprenaient rien. Elle en voyait une demi-douzaine, qui lui enfonçaient des épingles et lui brûlaient la peau avec un tas de drogues. Mais c'était comme s'ils chantaient... Sœur Dorothée avait compris que, seule, la Sainte Vierge trouverait le remède ; et la voilà qui part pour Lourdes ; et la voilà qui se fait mettre dans la piscine. D'abord, elle crut bien en mourir, tant c'était froid. Puis, l'eau devint si douce, qu'elle lui sembla tiède, délicieuse comme du lait. Jamais elle n'avait trouvé quelque chose de si bon : ses veines s'ouvraient et l'eau y entrait. Vous comprenez, la vie lui revenait dans le corps, du moment que la Sainte Vierge s'en était mêlée... Elle n'avait plus le moindre mal, elle se promena, mangea tout un pigeon le soir, dormit toute la nuit comme une bienheureuse. Gloire à la Sainte Vierge ! Reconnaissance éternelle à la Mère puissante et à son divin Fils ! »

Élise Rouquet aurait bien voulu placer, elle aussi, un miracle qu'elle savait. Seulement, elle parlait si mal, avec sa bouche déformée, qu'elle n'avait pu encore prendre son tour. Il y eut un silence, elle en profita, écartant un peu le fichu qui cachait l'horreur de sa plaie.

« Oh ! moi, ce qu'on m'a raconté, ce n'est pas à propos d'une grosse maladie, mais c'est si drôle... Il s'agit d'une femme, Célestine Dubois, qui s'était entré une aiguille dans la main, en faisant un savonnage. Pendant sept ans, elle la garda, aucun médecin n'étant parvenu à la retirer. Sa main, qui s'était contractée, ne pouvait plus s'ouvrir... Elle arrive, elle la plonge dans la piscine. Mais, tout de suite, elle la retire, en jetant des cris. On la remet de force dans l'eau, on l'y maintient, pendant qu'elle sanglote, la figure couverte de sueur. Trois fois, on la replonge, et l'on voit chaque fois marcher l'aiguille, qui sort enfin par l'extrémité du pouce... Naturellement, si elle criait, c'était que l'aiguille marchait dans sa chair, comme si quelqu'un l'avait poussée, pour l'ôter... Jamais plus Célestine n'a souffert, sa main n'a gardé qu'une petite cicatrice, à la seule fin de montrer le travail de la Sainte Vierge. »

Cette anecdote produisit plus d'effet encore que les miracles des grosses guérisons. Une aiguille qui marchait, comme si quelqu'un l'avait poussée ! Cela peuplait l'invisible, montrait à chaque malade son ange gardien derrière lui, prêt à l'assister, sur un ordre du Ciel. Puis, comme cela était joli et enfantin, cette aiguille qui s'en allait, dans l'eau miraculeuse, après s'être entêtée sept ans ! Et tous s'exclamaient, amusés, riant d'aise, rayonnants de voir que rien n'était impossible au Ciel, que si le Ciel l'avait voulu, ils seraient tous redevenus bien portants, jeunes et superbes. Il suffisait de croire et de prier ardemment, pour que la nature fût confondue et que l'incroyable se réalisât. Ensuite, il n'y avait plus qu'une affaire de bonne chance, car le Ciel semblait choisir.

« Oh ! père, que c'est beau ! murmura Marie qui avait écouté jusque-là, ranimée par la passion, muette de saisissement. Tu te souviens de ce que tu m'as conté toi-même, cette Joachime Dehaut qui était venue de Belgique, qui avait traversé toute la France, avec sa jambe tordue, couverte d'un ulcère, dont la mauvaise odeur écartait le monde... D'abord, l'ulcère fut guéri : on pouvait serrer le genou, elle ne sentait rien, il ne restait qu'une petite rougeur... Puis, ce fut le tour de la luxation. Dans l'eau, elle hurla, il lui sembla qu'on lui brisait les os, qu'on lui arrachait la jambe ; et, en même temps, elle et la femme qui la baignait virent le pied difforme se redresser avec la régularité d'une aiguille marchant sur un cadran. La jambe s'étendait, les muscles s'allongeaient, le genou se remettait en place, au milieu d'une douleur si forte, que Joachime avait fini par s'évanouir. Mais, quand elle revint à elle, elle s'élança droite et agile, pour porter ses béquilles à la Grotte. »

M. de Guersaint, lui aussi, riait d'émerveillement, confirmait du geste ce récit, qu'il tenait d'un père de l'Assomption. Il aurait pu, disait-il, raconter vingt cas semblables, plus touchants, plus extraordinaires les uns que les autres. Il en appelait au témoignage de Pierre ; et celui-ci, qui ne croyait pas, se contentait de hocher la tête. D'abord, ne voulant point affliger Marie, il s'était efforcé de se distraire, de regarder, au-dehors, les champs, les arbres, les maisons qui défilaient. On venait de dépasser Angoulême, des prairies s'élargissaient, des lignes de peupliers fuyaient, dans le mouvement d'éventail continu de la vitesse. Sans doute, on était en retard, car le train, lancé à toute vapeur, grondait sous l'orage, au travers de l'air en feu, dévorant les kilomètres. Et Pierre, malgré lui, entendait quand même des bouts de récit, s'intéressait à ces histoires extravagantes, que berçaient les durs cahots des roues, comme si la locomotive, éperdue et lâchée, les eût tous conduits au divin pays des rêves. On roulait, on roulait toujours, et il finit par cesser de regarder au-dehors, par s'abandonner à l'air lourd et endormeur du wagon, où grandissait une extase, loin de ce monde réel, qu'on traversait d'une course si rapide. Le visage ranimé de Marie le pénétrait de joie. Il lui abandonna sa main, qu'elle avait prise, pour lui dire, dans une étreinte, toute la confiance qui renaissait en elle. Pourquoi donc l'aurait-il découragée par son doute, puisqu'il souhaitait sa guérison ? Aussi gardait-il avec une tendresse infinie, cette petite main moite de malade, bouleversé de fraternité souffrante, voulant croire à la pitié des choses, à une bonté supérieure qui ménageait la douleur aux désespérés.

« Oh ! Pierre, répéta-t-elle, que c'est beau, que c'est beau ! Et quelle gloire, si la Sainte Vierge veut bien se déranger pour moi !... Vraiment, croyez-vous que j'en sois digne ?

– Certes, s'écria-t-il, vous êtes la meilleure et la plus pure, une âme toute blanche, comme disait votre père, et il n'y a pas assez de bons anges dans le paradis pour vous faire escorte. »

Mais ce n'était pas fini. Sœur Hyacinthe et Mme de Jonquière, maintenant, disaient tous les miracles qu'elles savaient, la longue suite des miracles qui, depuis plus de trente ans, fleurissaient à Lourdes, comme la floraison ininterrompue des roses sur le rosier mystique. On les comptait par milliers, ils repoussaient chaque année, avec une verdeur de sève prodigieuse, plus éclatants à chaque saison. Et les malades, écoutant ces merveilles dans une fièvre croissante, étaient pareils aux petits enfants, qui, après un beau conte de fées, en veulent un autre, et un autre, et un autre encore. Oh !

encore, encore des histoires, où la réalité mauvaise est bafouée, où l'injuste nature est souffletée, où le bon Dieu intervient comme le guérisseur suprême, celui qui se moque de la science et qui fait du bonheur à sa guise !

Ce furent d'abord les sourds et les muets qui entendaient et qui parlaient : Aurélie Bruneau, incurable, le tympan brisé, qui tout d'un coup est ravie par les sons célestes d'un harmonium ; Louise Pourchet, muette depuis quarante-cinq ans, qui, en prière devant la Grotte, s'écrie soudain : « Je vous salue Marie ! » ; et d'autres, des centaines d'autres qui sont radicalement guéries, pour avoir versé quelques gouttes d'eau dans leurs oreilles ou sur leur langue. Puis, les aveugles défilèrent : le père Hermann, qui sentit la main douce de la Sainte Vierge lui enlever le voile qu'il avait sur les yeux ; Mlle de Pontbriant, menacée de perdre les deux yeux et recouvrant une vue meilleure que jamais, à la suite d'une simple prière ; un autre, un enfant de douze ans, dont les cornées ressemblaient à des billes de marbre, et qui retrouva, en trois secondes, des yeux clairs et profonds, où les anges semblaient sourire. Mais, surtout, ce sont les paralytiques qui abondent, les misérables perclus des deux jambes, les infirmes gisant sur leur lit de misère, auxquels le Seigneur dit : « Lève-toi et marche ! » Delaunoy, ataxique, cautérisé, brûlé, pendu, rentré quinze fois dans les hôpitaux de Paris, d'où il rapporte les diagnostics concordants de douze médecins, sent une force qui le soulève sur le passage du saint sacrement, et se met à le suivre, les jambes saines. Marie-Louise Delpon, âgée de quatorze ans, dont la paralysie avait raidi les jambes, rétracté les mains, tiré la bouche de côté, voit ses membres se dénouer, la contorsion de sa bouche disparaître, comme si une main invisible coupait les affreux liens qui la déformaient. Marie Vachier, clouée depuis dix-sept ans dans son fauteuil par la paraplégie, non seulement court et vole au sortir de la piscine, mais ne retrouve même plus la trace des plaies dont sa longue immobilité avait couvert son corps. Et Georges Hanquet, atteint de ramollissement à la moelle épinière, d'une insensibilité absolue, passe sans transition de l'agonie à une santé parfaite. Et Léonie Charton, une autre ramollie de la moelle, dont les vertèbres font une saillie considérable, sent fondre sa bosse comme par enchantement, pendant que ses jambes se redressent, des jambes neuves et vigoureuses.

Ensuite, ce furent toutes sortes de maux. D'abord, les accidents de la scrofule, encore des jambes perdues et refaites : Marguerite Gehier, malade d'une coxalgie depuis vingt-sept ans, la hanche dévorée par le mal, le genou droit ankylosé, tombant brusquement à genoux, pour remercier la Sainte Vierge de sa guérison ; Philomène Simonneau, la jeune Vendéenne, la jambe gauche trouée par trois plaies horribles, au fond desquelles les os cariés, à découvert, laissaient tomber des esquilles, et dont les os, la chair et la peau se reforment. Puis vinrent les hydropiques : Mme Ancelin, dont les pieds, les mains, le corps entier se dégonfla, sans qu'on pût savoir où toute l'eau était passée ; Mlle Montagnon, dont on avait retiré à plusieurs reprises vingt-deux litres d'eau, et qui, enflée de nouveau, se vida sous la simple application d'une compresse trempée à la source miraculeuse, sans qu'on retrouvât non plus rien, ni dans le lit, ni sur le plancher. Et, de même, pas une maladie de l'estomac ne résiste, toutes disparaissent au premier verre. C'est Marie Souchet qui vomit du sang noir, d'une maigreur de squelette, et qui dévore, qui retrouve son embonpoint en deux jours. C'est Marie Jarland qui s'est brûlé l'estomac, en buvant par erreur un verre d'eau de cuivre, et qui sent la tumeur, venue à la suite, se fondre. Du reste, les plus grosses tumeurs s'en vont de la sorte, dans la piscine, sans laisser la moindre trace. Mais ce qui frappe les yeux davantage, ce sont les ulcères, les cancers, toutes les horribles plaies apparentes, qu'un souffle d'En-haut cicatrise. Un juif, un comédien, la main dévorée par un ulcère, n'eut qu'à la tremper et fut guéri. Un jeune étranger, immensément riche, affligé au poignet droit d'une loupe grosse comme un œuf de poule, la vit se dissoudre. Rose Duval qui, par suite d'une tumeur blanche, avait au coude gauche un trou à y loger une noix, put suivre le travail prompt de la chair neuve qui comblait ce trou. La veuve Fromond, dont la lèvre était à moitié détruite par un cancer, n'eut qu'à se la lotionner, et il ne resta pas même une couture. Marie Moreau, souffrant affreusement d'un cancer au sein, s'endormit, après avoir appliqué un linge imbibé d'eau de Lourdes ; et, quand elle se réveilla, deux heures plus tard, la douleur avait cessé, la chair était nette, d'une fraîcheur de rose.

Enfin, sœur Hyacinthe entama les cures immédiates et radicales de phtisie, et c'était le triomphe, la terrible maladie qui ravageait l'humanité, que les incrédules défiaient la Sainte Vierge de guérir, qu'elle guérissait pourtant, disait-on, d'un seul geste de son petit doigt. Cent cas, plus extraordinaires les uns que les autres, se pressaient, débordaient. Marguerite Coupel, phtisique depuis trois ans, le sommet des poumons mangé par les tubercules, se lève et s'en va, éclatante de santé. Mme de La Rivière, qui crache le sang, couverte d'une continuelle sueur froide, et dont les ongles sont violacés, sur le point d'exhaler son dernier souffle, n'a besoin que de boire une petite cuillerée d'eau qu'on verse entre ses dents : tout de suite, le râle cesse, elle s'assoit, répond aux litanies, demande un bouillon. Il faut à Julie Jadot quatre cuillerées ; mais elle ne soutenait déjà plus sa tête, elle était d'une constitution si délicate, que le mal semblait l'avoir fondue : en quelques jours, elle devient très grasse. Anna Catry, au degré le plus avancé, le poumon gauche à moitié détruit par une caverne, est plongée cinq fois dans l'eau froide, contrairement à toute prudence, et elle est guérie, le poumon est sain. Une autre, une jeune fille poitrinaire, condamnée par quinze médecins, n'a rien demandé, s'est simplement agenouillée à la Grotte, par hasard, toute surprise ensuite d'avoir été guérie ainsi au passage, au raccroc, sans doute à l'heure où la Sainte Vierge apitoyée laisse tomber le miracle de ses mains invisibles.

Des miracles, des miracles encore ! ils pleuvaient comme des fleurs du rêve, par un ciel clair et doux. Il y en avait de touchants, il y en avait d'enfantins. Une vieille femme qui, la main ankylosée, ne pouvait plus la remuer depuis trente ans, se lave et fait le signe de la croix. La sœur Sophie qui aboyait comme une chienne, se plonge dans l'eau, en sort la voix pure, chantant un cantique. Mustapha, un Turc, invoque la Dame blanche, et recouvre l'œil droit, en y appliquant une compresse. Un officier de turcos a été protégé à Sedan, un cuirassier de Reichshoffen serait mort d'une balle au cœur, si cette balle, qui avait traversé son portefeuille, ne s'était arrêtée devant une image de Notre-Dame de Lourdes. Et les enfants, les pauvres petits qui souffrent, eux aussi trouvaient grâce : un gamin de cinq ans, paralytique, déshabillé et tenu pendant cinq minutes sous le jet glacé de la fontaine, se leva et marcha ; un autre, de quinze ans, qui ne poussait dans son lit qu'un grognement de bête, s'élança de la piscine en criant qu'il était guéri ; un autre, de deux ans, un tout petit celui-là, qui n'avait jamais marché, resta un quart d'heure dans l'eau froide, puis ragaillardi, souriant, ainsi qu'un petit homme, fit ses premiers pas. Et, pour tous, pour les petits comme pour les grands, les douleurs étaient vives, pendant que le miracle opérait ; car le travail de réparation ne pouvait se faire sans une secousse extraordinaire de toute la machine humaine : les os se régénéraient, la chair repoussait, le mal chassé s'échappait en une convulsion dernière. Mais quel bien-être ensuite ! Les médecins n'en croyaient pas leurs yeux, leur étonnement éclatait à chaque guérison, en voyant leurs malades courir, sauter, manger avec un appétit dévorant. Toutes ces élues, ces femmes guéries faisaient trois kilomètres, s'attablaient devant un poulet, dormaient douze heures à poings fermés. Aucune convalescence du reste, une saute brusque de l'agonie à la pleine santé, les membres remis à neuf, les plaies bouchées, les organes rétablis dans leur intégrité, l'embonpoint revenu, tout cela en un coup de foudre. La science était bafouée, on ne prenait pas même les précautions les plus simples, baignant les femmes à toutes les époques du mois, plongeant les phtisiques en sueur dans l'eau glacée, laissant les plaies à leur putréfaction, sans aucun soin antiseptique. Puis, à chaque miracle, quel cantique d'allégresse, quel cri de reconnaissance et d'amour ! La miraculée se jette à genoux, tout le monde pleure, des conversions s'opèrent, des protestants et des juifs embrassent le catholicisme, autres miracles de la foi dont le Ciel triomphe. Les habitants du village vont en foule attendre la miraculée sur la route, pendant que les cloches sonnent à la volée ; et, quand on la voit sauter lestement de la voiture, des cris, des sanglots de joie éclatent, on entonne le *Magnificat*. Gloire à la Sainte Vierge ! Reconnaissance et tendresse éternelles à la Mère de Dieu !

De toutes ces espérances réalisées, de toutes ces ardentes actions de grâces, ce qui se dégageait, c'était cette gratitude à la Mère très pure, à la Mère admirable. Elle était la grande passion de toutes les âmes, la Vierge puissante, la Vierge clémente, le Miroir de justice, le Trône de Sagesse. Toutes les mains se tendaient vers elle, Rose mystique dans l'ombre des chapelles, Tour d'ivoire à l'horizon du rêve, Porte du ciel ouvrant sur l'infini. Dès l'aurore de chaque journée, elle luisait, claire Étoile du matin, gaie de jeune espoir. N'était-elle pas encore la Santé des infirmes, le Refuge des pécheurs, la Consolatrice des affligés ? La France avait toujours été son pays aimé, on l'y adorait d'un culte fervent, le culte même de la femme et de la mère, dans une envolée de tendresse brûlante ; et c'était en France surtout qu'elle se plaisait à se montrer aux petites bergères. Elle était si bonne aux petits ! Elle s'occupait continuellement d'eux, on ne s'adressait si volontiers à elle que parce qu'on la savait l'intermédiaire d'amour entre la terre et le Ciel. Chaque soir, elle pleurait des larmes d'or, aux pieds de son divin Fils, pour obtenir de lui des grâces ; et c'étaient les miracles qu'il lui permettait de faire, ce beau champ fleuri de miracles, odorants comme les roses du paradis, si prodigieux d'éclat et de parfum.

Le train roulait, roulait toujours. On venait de traverser Coutras, il était six heures. Et sœur Hyacinthe, se levant, tapa dans ses mains, en répétant une fois encore :

« L'Angélus, mes enfants ! »

Jamais les *Ave* ne s'étaient envolés dans une foi plus vive, plus attisée par le désir d'être entendu du Ciel. Et Pierre, alors, comprit brusquement, eut l'explication nette de ces pèlerinages, de tous ces trains qui roulaient par le monde entier, de ces foules accourues, de Lourdes flamboyant là-bas comme le salut des corps et des âmes. Ah ! les pauvres misérables qu'il voyait, depuis le matin, râler de souffrance, traîner leur triste carcasse dans la fatigue d'un tel voyage ! Ils étaient tous des condamnés, des abandonnés de la science, las d'avoir consulté les médecins, d'avoir tenté la torture des remèdes inutiles. Et comme on comprenait que, brûlant du désir de vivre encore, ne pouvant se résigner sous l'injuste et indifférente nature, ils fissent le rêve d'un pouvoir surhumain, d'une divinité toute-puissante, qui peut-être allait, en leur faveur, arrêter les lois établies, changer le cours des astres et revenir sur sa création ! Dieu ne leur restait-il pas, si la terre leur manquait ? La réalité, pour eux, était trop abominable, il leur naissait un immense besoin d'illusion et de mensonge. Oh ! croire qu'il y a quelque part un justicier suprême qui redresse les torts apparents des êtres et des choses, croire qu'il y a un rédempteur, un consolateur qui est le maître, qui peut faire remonter les torrents à leur source, rendre la jeunesse aux vieillards, ressusciter les morts ! Se dire, quand on est couvert de plaies, qu'on a les membres tordus, le ventre enflé de tumeurs, les poumons détruits, se dire que cela n'importe pas, que tout peut disparaître et renaître sur un signe de la Sainte Vierge, et qu'il suffit de prier, de la toucher, d'obtenir d'elle la grâce d'être choisi ! Et, alors, quelle fontaine céleste d'espérance, lorsque se mettait à couler le flot prodigieux de ces belles histoires de guérison, de ces contes de fées adorables, qui berçaient, qui grisaient l'imagination enfiévrée des malades et des infirmes ! Depuis que la petite Sophie Couteau, avec son pied blanc guéri, était montée dans ce wagon, ouvrant le ciel illimité du divin et du surnaturel, comme l'on comprenait le souffle de résurrection qui passait, soulevant peu à peu les plus désespérés de leur couche de misère, faisant luire les yeux de tous, puisque la vie était encore possible pour eux, et qu'ils allaient peut-être la recommencer !

Oui, c'était bien cela. Si ce train lamentable roulait, roulait toujours, si ce wagon était plein, si les autres étaient pleins ; si la France et le monde, du plus loin de la terre, étaient sillonnés par des trains pareils ; si des foules de trois cent mille croyants, charriant avec elles des milliers de malades, se mettaient en branle d'un bout de l'année à l'autre : c'était que, là-bas, la Grotte flambait dans sa gloire comme un phare d'espoir et d'illusion, comme la révolte et le triomphe de l'impossible sur l'inexorable matière. Jamais roman plus passionnant n'avait été écrit pour exalter les âmes, au-dessus des rudes conditions de l'existence. Rêver ce rêve, là était le grand bonheur ineffable. Les pères de l'Assomption n'avaient vu, d'année en année, s'élargir le succès de leurs pèlerinages, que parce qu'ils vendaient aux peuples accourus de la consolation, du mensonge, ce pain délicieux de l'espérance dont l'humanité souffrante a une continuelle faim, que rien n'apaisera jamais. Et ce n'étaient pas seulement les plaies physiques qui criaient du besoin d'être guéries, tout l'être moral et intellectuel clamait sa misère, dans un désir insatiable de bonheur. Être heureux, mettre la certitude de sa vie dans la foi, s'appuyer jusqu'à la mort sur ce solide bâton de voyage, tel était le désir qui sortait de toutes les poitrines, qui faisait s'agenouiller toutes les douleurs morales, demandant la continuation de la grâce, la conversion des êtres chers, le salut spirituel de soi-même et de ceux qu'on aime. L'immense cri se propageait, montait, emplissait l'espace : être heureux à jamais, dans la vie et dans la mort !

Et Pierre les avait bien vus tous, les souffrants qui l'entouraient, ne plus sentir les cahots des roues, retrouver des forces, à chaque lieue dévorée qui les rapprochait du miracle. Mme Maze, elle-même, devenait bavarde, dans la certitude que la Sainte Vierge lui rendrait son mari. Mme Vincent, souriante, berçait doucement la petite Rose, en la trouvant bien moins malade que ces enfants à demi morts qu'on plongeait dans l'eau glacée et qui jouaient. M. Sabathier plaisantait avec M. de Guersaint, lui expliquait qu'en octobre, quand il aurait des jambes, il irait faire un tour à Rome, un voyage qu'il remettait depuis quinze ans. Mme Vêtu, calmée, l'estomac tiraillé seulement, croyant qu'elle avait faim, demandait à Mme de Jonquière de lui laisser tremper des mouillettes de biscuit dans un verre de lait ; tandis qu'Élise Rouquet, oubliant sa plaie, mangeait une grappe de raisin, à visage découvert. Et la Grivotte, assise sur son séant, et le frère Isidore, qui avait cessé de se plaindre, gardaient de tous ces beaux contes une telle fièvre heureuse, qu'ils s'inquiétaient de l'heure, ayant l'impatience de la guérison. Mais l'homme surtout, pendant une minute, ressuscita. Comme sœur Hyacinthe essuyait de nouveau la sueur froide de son visage, il ouvrit les paupières, tandis qu'un sourire éclairait un instant sa face. Une fois encore, il avait espéré.

Marie gardait, dans sa petite main tiède, la main de Pierre. Il était sept heures, on ne devait être à Bordeaux qu'à sept heures et demie ; et le train en retard, pour rattraper les minutes perdues, hâtait de plus en plus sa marche, dans une vitesse folle. L'orage avait fini par couler, une douceur infiniment pure tombait du grand ciel clair.

« Oh ! Pierre, que c'est beau, que c'est beau ! » répéta de nouveau Marie, en lui serrant la main de toute sa tendresse.

Et, se penchant vers lui, à demi-voix :

« Pierre, j'ai vu la Sainte Vierge, tout à l'heure, et c'est votre guérison que j'ai demandée et obtenue. »

Le prêtre, comprenant, fut bouleversé par les yeux de divine lumière qu'elle fixait sur les siens. Elle s'était oubliée, elle avait demandé sa conversion ; et ce souhait de foi, qui sortait candide de cette créature souffrante et si chère, lui retournait l'âme. Pourquoi donc ne croirait-il pas, un jour ? Lui-même restait éperdu de tant de récits extraordinaires. La chaleur étouffante du wagon l'avait étourdi, la vue des misères entassées là faisait saigner sa chair pitoyable. Et la contagion agissait, il ne savait plus bien où s'arrêtaient le réel et le possible, incapable, au milieu de cet amas de faits stupéfiants, de faire le partage, d'expliquer les uns et de rejeter les autres. Un moment, comme un cantique de nouveau s'élevait, l'emportait au fil entêté de son obsession, il ne s'appartint plus, il s'imagina qu'il finissait par croire, dans le vertige halluciné de cet hôpital roulant, roulant toujours, à toute vapeur.

V

Le train quitta Bordeaux après un arrêt de quelques minutes, durant lequel ceux qui n'avaient pas dîné se hâtèrent d'acheter des provisions. D'ailleurs, les malades ne cessaient de boire un peu de lait, de réclamer un biscuit, comme des enfants. Et, tout de suite, dès qu'on fut de nouveau en marche, sœur Hyacinthe tapa dans ses mains.

« Allons, dépêchons-nous, la prière du soir ! »

Alors, pendant près d'un quart d'heure, il y eut un bourdonnement confus, des *Pater*, des *Ave*, un examen de conscience, un acte de contrition, un abandon de soi-même à Dieu, à la Sainte Vierge et aux saints, tout un remerciement de l'heureuse journée, que termina une prière pour les vivants et pour les fidèles trépassés.

« Au nom du Père, et du Fils, et du Saint-Esprit... Ainsi soit-il ! »

Il était huit heures dix, le crépuscule noyait déjà la campagne, une plaine immense, prolongée par les brumes du soir, et où s'allumaient, au loin, dans les maisons perdues, des étincelles vives. Les lampes du wagon vacillaient, éclairaient d'une lumière jaune l'entassement des bagages et des pèlerins, secoués par un mouvement de lacets continu.

« Vous savez, mes enfants, reprit sœur Hyacinthe, restée debout, que je ferai faire le silence à Lamothe, à environ une heure d'ici. Vous avez donc une heure pour vous amuser ; mais soyez sages, ne vous excitez pas trop. Et, après Lamothe, vous entendez bien, plus un mot, plus un souffle, je veux que vous dormiez tous ! »

Cela les fit rire.

« Ah ! mais, c'est la règle, vous êtes sûrement trop raisonnables pour ne pas obéir. »

Depuis le matin, en effet, ils avaient rempli ponctuellement le programme des exercices religieux, indiqués heure par heure. Maintenant que toutes les prières avaient été dites, les chapelets récités, les cantiques chantés, c'était la journée finie, une courte récréation avant le repos. Mais ils ne savaient que faire.

« Ma sœur, proposa Marie, si vous vouliez bien autoriser monsieur l'abbé à nous faire une lecture ? Il lit parfaitement, et j'ai justement là un petit livre, une histoire de Bernadette si jolie... »

On ne la laissa pas achever, tous crièrent, avec une passion éveillée d'enfants auxquels on promet un beau conte :

« Oh ! oui, ma sœur, oh ! oui, ma sœur !

– Sans doute, dit la religieuse, je permets, du moment qu'il s'agit d'une bonne lecture. »

Pierre dut consentir. Mais il voulait être sous la lampe, et il lui fallut changer de place avec M. de Guersaint, que cette annonce d'une histoire avait ravi autant que les malades. Et, quand le jeune prêtre, enfin installé, déclarant qu'il verrait assez clair, ouvrit le livre, un frémissement de curiosité courut d'un bout du wagon à l'autre, toutes les têtes s'allongèrent, recueillies, les oreilles tendues. Heureusement, il avait la voix claire, il put dominer les roues, dont le bruit n'était plus qu'un roulement assourdi, dans cette plaine immense et plate.

Mais, avant de commencer, Pierre examinait le livre. C'était un de ces petits livres de colportage, sortis des presses catholiques, répandus à profusion par toute la chrétienté. Mal imprimé, de papier humble, il portait, sur sa couverture bleue, une Notre-Dame de Lourdes, une naïve image d'une grâce raidie et gauche. Une demi-heure suffirait certainement pour le lire, sans hâte.

Et Pierre commença, de sa belle voix nette, au timbre doux et pénétrant.

« «C'était à Lourdes, petite ville des Pyrénées, le jeudi 11 février 1858. Le temps était froid et un peu couvert. On manquait de bois pour préparer le dîner, dans la maison du pauvre mais honnête meunier François Soubirous. Sa femme, Louise, dit à sa seconde fille, Marie : "Va ramasser du bois sur le bord du Gave ou dans les communaux." Le Gave est le nom d'un torrent qui traverse Lourdes.

« "Marie avait une sœur aînée, nommée Bernadette, récemment arrivée de la campagne, où de braves villageois l'avaient employée comme bergère. C'était une enfant frêle et délicate, d'une grande innocence, mais dont toute la science consistait à savoir dire le chapelet. Louise Soubirous hésitait à l'envoyer au bois avec sa sœur, à cause du froid ; cependant, sur les instances de Marie et d'une petite voisine, nommée Jeanne Abadie, elle la laissa partir.

« "Les trois compagnes, descendant le long du torrent pour recueillir des débris de bois mort, se trouvèrent en face d'une grotte, creusée dans un grand rocher que les gens du pays appelaient Massabielle..." »

Mais, arrivé à ce point de la lecture, comme il tournait la page, Pierre s'arrêta, laissant retomber le petit livre. L'enfantillage du récit, les phrases toutes faites et vides l'impatientaient. Lui qui avait entre les mains le dossier complet de cette histoire extraordinaire, qui s'était passionné à en étudier les moindres détails, et qui gardait au fond du cœur une tendresse délicieuse, une infinie pitié pour Bernadette ! Il venait de se dire que l'enquête qu'il rêvait autrefois d'aller faire à Lourdes, il pourrait la commencer le lendemain même. C'était une des raisons qui l'avaient décidé au voyage. Et toute sa curiosité se réveillait sur la voyante, qu'il aimait, parce qu'il la sentait une candide, une véridique et une malheureuse, mais dont il aurait voulu analyser et expliquer le cas. Certes, elle ne mentait pas, elle avait eu sa vision, entendu des voix comme Jeanne d'Arc, et comme Jeanne d'Arc elle délivrait la France, au dire des catholiques. Quelle était donc la force qui l'avait produite, elle et son œuvre ? Comment la vision avait-elle pu grandir chez cette enfant misérable, et bouleverser toutes les âmes croyantes jusqu'à renouveler les miracles des temps primitifs, et fonder presque une religion nouvelle, au milieu d'une ville sainte, bâtie à coups de millions, envahie par des foules qu'on n'avait pas vues si exaltées ni si nombreuses depuis les croisades ?

Alors, cessant de lire, il raconta ce qu'il savait, ce qu'il avait deviné et rétabli, dans cette histoire si obscure encore, malgré les flots d'encre qu'elle a fait couler. Il connaissait le pays, les mœurs, les coutumes, à la suite de ses longues conversations avec son ami, le docteur Chassaigne. Et il avait une facilité charmante de parole, une émotion exquise, des dons remarquables d'orateur sacré, qu'il se connaissait depuis le séminaire, mais dont il n'usait jamais. Dans le wagon, quand on vit qu'il savait l'histoire bien mieux, bien plus longuement que le petit livre, et qu'il la disait d'un air si doux, si passionné, il y eut une recrudescence d'attention, un élan de ces âmes douloureuses, affamées de bonheur, qui se donnaient tout à lui.

D'abord, ce fut l'enfance de Bernadette, à Bartrès. Elle grandissait là chez sa mère nourrice, la femme Laguës, qui, ayant perdu un nouveau-né, avait rendu aux Soubirous, très pauvres, le service de nourrir et de garder leur enfant. Ce village de quatre cents âmes, à une lieue environ de Lourdes, se trouvait comme au désert, loin de toute route fréquentée, caché parmi des verdures. Le chemin dévale, les quelques maisons s'espacent, au milieu des herbages coupés de haies, plantés de noyers et de châtaigniers ; tandis que des ruisseaux clairs qui ne se taisent jamais, suivent les pentes, le long des sentiers, et que, seule, la vieille petite église romane domine sur un tertre, envahi par les tombes du cimetière. De toutes parts, des coteaux boisés ondulent et montent : c'est un trou dans les herbes d'une fraîcheur délicieuse, des herbes au vert intense, que baigne un dessous trempé d'eau, les éternelles nappes souterraines descendues des montagnes. Et Bernadette, qui, depuis qu'elle était grande fille, payait sa nourriture en gardant les agneaux, les menait paître pendant des saisons entières, perdue sous ces feuillages, où elle ne rencontrait pas une âme. Parfois seulement, du sommet d'un coteau, elle apercevait les montagnes au loin, le pic du Midi, le pic de Viscos, masses éclatantes ou assombries selon la couleur du temps, et que d'autres pics décolorés prolongeaient, des apparitions à demi évanouies de visionnaire, comme il en passe dans les rêves. Puis, c'était la maison des Laguës, où son berceau se trouvait encore, une maison isolée, la dernière du village. Un pré s'étendait, planté de poiriers et de pommiers, séparé seulement de la pleine campagne par une source mince, qu'on pouvait franchir d'un saut. Dans l'habitation basse, il n'y avait, à droite et à gauche de l'escalier de bois menant au grenier, que deux vastes pièces, dallées de pierre, contenant chacune quatre ou cinq lits. Les fillettes couchaient ensemble, s'endormaient en regardant le soir les belles images, collées aux murs, pendant que la grande horloge, dans sa caisse de sapin, battait l'heure gravement, au milieu du grand silence.

Ah ! ces années de Bartrès, dans quelle douceur ravie Bernadette les avait vécues ! Elle poussait chétive, toujours malade, souffrant d'un asthme nerveux qui l'étouffait aux moindres sautes du vent ; et, à douze ans, elle ne savait ni lire ni écrire, ne parlant que le patois, restée enfantine, retardée dans son esprit ainsi que dans son corps. C'était une bonne petite fille, très douce, très sage, d'ailleurs une enfant comme une autre, pas causeuse pourtant, plus contente d'écouter que de parler. Bien qu'elle ne fût guère intelligente, elle montrait souvent beaucoup de raison naturelle, avait même parfois la repartie prompte, une sorte de gaieté simple qui faisait rire. On avait eu une peine infinie à lui apprendre le chapelet. Quand elle le sut, elle parut vouloir borner là sa science, elle le récita d'un bout de la journée à l'autre, si bien qu'on ne la rencontrait plus, avec ses agneaux, que son chapelet aux doigts, égrenant les *Pater* et les *Ave*. Et que d'heures elle vécut ainsi au penchant herbu des coteaux, noyée et comme hantée dans le mystère des feuilles, ne voyant par instants du monde que les cimes des montagnes lointaines, envolées dans la lumière, d'une légèreté de songe ! Les journées se succédaient, et elle ne promenait toujours que son rêve étroit, l'unique prière qu'elle répétait, qui ne lui donnait d'autre compagne et amie que la Sainte Vierge, parmi cette solitude si fraîche, si naïve d'enfance. Puis, que de belles soirées elle passa, l'hiver, dans la salle de gauche, où il y avait du feu !

Sa mère nourrice avait un frère qui était prêtre et qui faisait parfois des lectures admirables, des histoires de sainteté, des aventures prodigieuses à faire trembler de peur et de joie, des apparitions du paradis sur la terre, tandis que le ciel entrouvert laissait apercevoir la splendeur des anges. Les livres qu'il apportait étaient souvent pleins d'images, le bon Dieu au milieu de sa gloire, Jésus si délicat et si joli, avec son visage de lumière, la Sainte Vierge surtout qui revenait sans cesse, resplendissante, vêtue de blanc, d'azur et d'or, si aimable, qu'elle la revoyait parfois dans ses rêves. Mais la Bible était encore le livre qu'on lisait le plus souvent, une vieille bible jaunie par l'usage, depuis plus de cent ans dans la famille ; et, chaque soir de veillée, le père nourricier, qui seul avait appris à lire, prenait une épingle, la plantait au hasard, commençait la lecture en haut de la page de droite, au milieu de la profonde attention des femmes et des enfants, qui finissaient par savoir et qui auraient pu continuer, sans se tromper d'un mot.

Bernadette préférait les livres pieux, où la Sainte Vierge passait avec son accueillant sourire. Pourtant, une lecture l'amusa aussi, celle de la merveilleuse histoire des quatre fils Aimon. Sur la couverture jaune du petit livre, tombé là de la balle de quelque colporteur égaré, on voyait, en une gravure naïve, les quatre preux, Renaud et ses frères, montés tous les quatre sur Bayard, leur fameux cheval de bataille, dont la fée Orlande leur avait fait le royal cadeau. Et c'étaient des combats sanglants, des constructions et des sièges de forteresse, des coups d'épée terribles entre Roland et Renaud, qui allait enfin délivrer la Terre sainte, sans oublier le magicien Maugis aux merveilleux enchantements, ni la princesse Clarisse, sœur du roi d'Aquitaine, plus belle que le jour. L'imagination frappée, Bernadette avait parfois de la peine à s'endormir, surtout les soirs où, délaissant les livres, quelqu'un de la compagnie disait une histoire de sorcier. Elle était très superstitieuse, jamais on ne l'aurait fait passer, après le coucher du soleil, près d'une tour du voisinage, hantée par le diable. Toute la contrée, d'ailleurs, dévote et simple d'esprit, était comme peuplée de mystères, des arbres qui chantaient, des pierres où perlait le sang, des carrefours où il fallait dire trois *Pater* et trois *Ave*, si l'on ne voulait pas rencontrer la bête aux sept cornes, qui emportait les filles à la perdition. Et quelle richesse de contes terrifiants ! Il y en avait des centaines, on ne se serait plus arrêté, le soir, quand on les entamait. D'abord, c'étaient les aventures des loups-garous, ces misérables hommes forcés par le démon à entrer dans la peau des chiens, les grands chiens blancs des montagnes : si l'on tire un coup de fusil sur le chien et qu'un seul plomb le touche, l'homme est délivré ; mais, si le plomb ne touche que l'ombre, l'homme meurt immédiatement. Puis, défilaient les sorciers et les sorcières, à l'infini. Une de ces histoires passionnait Bernadette, celle d'un greffier de Lourdes qui voulait voir le diable et qu'une sorcière menait dans un champ vague, à minuit, le vendredi saint. Le diable arrivait, magnifiquement habillé de rouge. Tout de suite, il proposait au greffier de lui acheter son âme, ce que celui-ci feignait d'accepter. Justement, le diable tenait sous son bras le registre où avaient signé les gens de la ville qui s'étaient déjà vendus. Mais le greffier, malin, tirait de sa poche une prétendue bouteille d'encre, qui n'était autre qu'une bouteille d'eau bénite ; et il aspergeait le diable, lequel poussait des cris affreux, pendant que lui prenait la fuite, en emportant le registre. Alors, une course folle commençait, qui pouvait durer la soirée entière, par les monts, par les vaux, au travers des forêts et des torrents. « Rends-moi le registre ! – Non, tu ne l'auras pas ! » Et cela recommençait toujours. « Rends-moi le registre ! – Non, tu ne l'auras pas ! » Le greffier, enfin, qui avait son idée, hors d'haleine, près de succomber, se jetait dans le cimetière, en terre bénite, d'où il narguait le diable, en agitant le registre, ayant ainsi sauvé les âmes de tous les malheureux qui avaient signé. Et, ces soirs-là, avant de s'abandonner au sommeil, Bernadette disait mentalement un chapelet, heureuse de voir l'enfer bafoué, tremblante cependant à l'idée qu'il reviendrait sûrement rôder autour d'elle, dès qu'on aurait soufflé la lampe.

Tout un hiver, les veillées se firent dans l'église. Le curé Ader l'avait permis, et beaucoup de familles venaient là, pour économiser la lumière ; sans compter qu'on avait plus chaud, à être ainsi tous ensemble. On lisait la Bible, on disait des prières en commun. Les enfants finissaient par s'endormir. Seule, Bernadette luttait jusqu'au bout, si contente d'être chez le bon Dieu, dans cette nef étroite, dont les minces nervures étaient peintes en rouge et en bleu. Au fond, l'autel, peint également et doré, avec ses colonnes torses, avec ses retables, Marie chez Anne et la décollation de saint Jean, se dressait, d'une richesse fauve et un peu barbare. Et l'enfant, dans la somnolence qui l'envahissait, devait voir se lever la vision mystique de ces images violemment coloriées, le sang couler des plaies, les auréoles flamboyer, la Vierge revenir toujours et la regarder de ses yeux couleur du ciel, de ses yeux vivants, tandis qu'elle lui semblait sur le point d'ouvrir ses lèvres de vermillon, pour lui adresser la parole. Pendant des mois, elle vécut de la sorte ses soirées, dans ce demi-sommeil, en face de l'autel vague et somptueux, dans ce commencement de rêve divin qu'elle emportait, pour l'achever au lit, dormant sans un souffle, sous la garde de son bon ange.

Et ce fut aussi dans cette vieille église, si humble et si pleine de foi ardente, que Bernadette commença à suivre le catéchisme. Elle allait avoir quatorze ans, il était grand temps qu'elle fît sa première communion. Sa mère nourrice, qui passait pour avare, ne l'envoyait pas à l'école, l'utilisant dans la maison du matin au soir. M. Barbet, l'instituteur, ne la vit jamais à sa classe. Mais, un jour qu'il faisait la leçon de catéchisme, en remplacement de l'abbé Ader, indisposé, il la remarqua pour sa piété et sa modestie. Le prêtre aimait beaucoup Bernadette ; et il parlait souvent d'elle à l'instituteur, il lui disait qu'il ne pouvait la regarder, sans songer aux enfants de La Salette, car ces enfants avaient dû être simples, bons et pieux comme elle, pour que la Sainte Vierge leur fût apparue. Un autre matin, les deux hommes, en dehors du village, l'ayant vue de loin, avec son petit troupeau, se perdre parmi les grands arbres, le prêtre se retourna, à plusieurs reprises, en disant de nouveau : « J'ignore ce qui se passe en moi, mais toutes les fois que je rencontre cette enfant, il me semble apercevoir Mélanie, la petite bergère, la compagne du petit Maximin. » Certainement, il était obsédé par cette pensée singulière, qui se trouva être une prédiction. Et, un jour, après le catéchisme, ou même un soir, à la veillée de l'église, n'avait-il pas conté la merveilleuse histoire, vieille de douze années déjà, la Dame à la robe éblouissante qui marchait sur l'herbe sans la courber, la Sainte Vierge qui s'était montrée à Mélanie et à Maximin, sur la montagne, au bord d'un ruisseau, pour leur confier un grand secret et leur annoncer la colère de son Fils ? Depuis ce jour, une source, née des larmes de la Vierge, guérissait toutes les maladies, tandis que le secret, confié à un parchemin scellé de trois cachets de cire, dormait à Rome. Sans doute, cette histoire admirable, Bernadette l'avait écoutée passionnément, de son air muet de dormeuse éveillée, puis l'avait emportée au désert de feuilles où elle passait les jours, pour la revivre derrière ses agneaux, pendant que, grain à grain, son chapelet glissait entre ses doigts frêles.

Et telle s'écoula l'enfance, à Bartrès. Ce qui ravissait, chez cette Bernadette chétive et pauvre, c'étaient les yeux d'extase, les beaux yeux de visionnaire, où, comme des oiseaux dans un ciel pur, passait le vol des rêves. La bouche était grande et trop forte, indiquant la bonté ; la tête, carrée, au front droit, aux épais cheveux noirs, aurait paru commune, sans son charme de doux entêtement. Mais qui n'entrait pas dans son regard, ne la remarquait pas : elle n'était plus qu'une enfant quelconque, la pauvresse des routes, la fillette poussée à regret, d'une humilité craintive. Et c'était dans son regard que l'abbé Ader avait sûrement lu avec trouble tout ce qui allait fleurir en elle, le mal étouffant dont souffrait sa triste chair de gamine, la solitude de verdure où elle avait grandi, la douceur bêlante de ses agneaux, la Salutation angélique promenée sous le ciel, répétée jusqu'à l'hallucination, et les prodigieuses histoires entendues chez sa mère nourrice, et les veillées passées devant les retables vivants de l'église, et tout l'air de primitive foi qu'elle avait respiré dans ce pays lointain, barré de montagnes.

Le 7 janvier, Bernadette venait d'avoir quatorze ans, et ses parents, les Soubirous, voyant qu'elle n'apprenait rien à Bartrès, résolurent de la reprendre définitivement chez eux, à Lourdes, pour qu'elle y suivît le catéchisme avec assiduité, de manière à préparer sérieusement sa première communion. Et elle était donc à Lourdes depuis quinze à vingt jours, lorsque, par un temps froid et un peu couvert, le 11 février, un jeudi...

Mais Pierre dut s'interrompre, sœur Hyacinthe s'était levée, tapant vigoureusement dans ses mains.

« Mes enfants, il est plus de neuf heures... Le silence ! Le silence ! »

On venait en effet de dépasser Lamothe, le train roulait avec son ronflement sourd dans une mer de ténèbres, au travers des plaines sans fin des Landes, submergées par la nuit. Depuis dix minutes déjà, on aurait dû ne plus souffler dans le wagon, dormir ou souffrir, sans une parole. Et il y eut pourtant une révolte.

« Oh ! ma sœur, s'écria Marie, dont les yeux étincelaient, un petit quart d'heure encore ! Nous en sommes au moment le plus intéressant. »

Dix voix, vingt voix s'élevèrent.

« Oui, de grâce ! encore un petit quart d'heure ! »

Tous voulaient entendre la suite, brûlant de curiosité, comme s'ils n'avaient pas connu l'histoire, tellement ils étaient pris par les détails d'humanité attendrie et souriante que donnait le conteur. Les regards ne le quittaient plus, les têtes se tendaient vers lui, bizarrement éclairées, sous les lampes fumeuses. Et il n'y avait pas que les malades, les dix femmes du compartiment du fond, elles aussi, se passionnaient, tournaient leurs pauvres faces laides, belles de naïve croyance, heureuses de ne pas perdre un mot.

« Non, je ne peux pas ! déclara d'abord sœur Hyacinthe. Le programme est formel, il faut faire silence. »

Cependant, elle fléchissait, si intéressée elle-même, qu'elle en avait un battement de cœur, sous sa guimpe. Marie insista de nouveau, suppliante ; tandis que son père, M. de Guersaint, qui écoutait d'un air très amusé, déclarait qu'on allait en être malade, si l'on ne continuait pas ; et, comme Mme de Jonquière souriait d'un air indulgent, la sœur finit par céder.

« Eh bien ! voyons, encore un petit quart d'heure, mais rien qu'un petit quart d'heure, n'est-ce pas ? parce que je serais fautive. »

Pierre avait attendu paisiblement, sans intervenir. Et il continua de la même voix pénétrante, où le doute s'attendrissait de pitié pour ceux qui souffrent et qui espèrent.

Maintenant, le récit reprenait à Lourdes, rue des Petits-Fossés, une rue morne, étroite et tortueuse, qui descend entre des maisons pauvres et des murs grossièrement crépis. Au rez-de-chaussée d'une de ces tristes demeures, au bout d'une allée noire, les Soubirous occupaient une chambre unique, où sept personnes s'entassaient, le père, la mère et les cinq enfants. On voyait à peine clair, la cour intérieure, toute petite et humide, s'éclairait d'un jour verdâtre. On dormait là, en tas ; on y mangeait, quand on avait du pain. Depuis quelque temps, le père, meunier de son état, trouvait difficilement du travail chez les autres. Et c'était de ce trou obscur, de cette misère basse, que, par ce froid jeudi de février, Bernadette, l'aînée, s'en était allée ramasser du bois mort, avec Marie, sa sœur cadette, et Jeanne, une petite amie du voisinage.

Alors, longuement, le beau conte se déroula : comment les trois fillettes étaient descendues au bord du Gave, de l'autre côté du château, comment elles avaient fini par se trouver dans l'île du Chalet, en face du rocher de Massabielle, dont les séparait seulement l'étroit chenal du moulin de Sâvy. C'était un lieu sauvage, où le berger commun conduisait souvent les porcs du pays, qui, par les averses brusques, s'abritaient sous ce rocher de Massabielle, que creusait à sa base une sorte de grotte peu profonde, obstruée d'églantiers et de ronces. Le bois mort était rare, Marie et Jeanne traversèrent le chenal, en apercevant, de l'autre côté, tout un glanage de branches, charriées et laissées là par le torrent ; tandis que Bernadette, plus délicate, un peu demoiselle, restait sur la rive à se désespérer, n'osant se mouiller les pieds. Elle avait de la gourme à la tête, sa mère lui avait bien recommandé de s'envelopper avec soin dans son capulet, un grand capulet blanc qui tranchait sur sa vieille robe de laine noire. Quand elle vit que ses compagnes refusaient de l'aider, elle se résigna à quitter ses sabots et à retirer ses bas. Il était environ midi, les neuf coups de l'Angélus devaient sonner à la paroisse, dans ce grand ciel calme d'hiver, voilé d'un fin duvet de nuages. Et ce fut alors qu'un grand trouble monta en elle, soufflant dans ses oreilles avec un tel bruit de tempête, qu'elle crut entendre passer un ouragan, descendu des montagnes : elle regarda les arbres, elle fut stupéfaite ; car pas une feuille ne remuait. Puis, elle pensa s'être trompée, et elle allait ramasser ses sabots, lorsque, de nouveau, le grand souffle la traversa ; mais, cette fois, le trouble des oreilles gagnait les yeux, elle ne voyait plus les arbres, elle était éblouie par une blancheur, une sorte de clarté vive, qui lui parut se fixer contre le rocher, en haut de la grotte, dans une fente mince et haute, pareille à une ogive de cathédrale. Effrayée, elle tomba sur les genoux. Qu'était-ce donc, mon Dieu ? Parfois, aux vilains temps, lorsque son asthme l'oppressait davantage, elle rêvait pendant des nuits entières, des rêves souvent pénibles, dont elle gardait l'étouffement au réveil, même lorsqu'elle ne se souvenait de rien. Des flammes l'entouraient, le soleil passait devant sa face. Avait-elle ainsi rêvé, la nuit précédente ? Était-ce la continuation de quelque songe oublié ? Puis, peu à peu, une forme s'indiqua, elle crut reconnaître une figure, que la vive lumière faisait toute blanche. Dans la crainte que ce ne fût le diable, la cervelle hantée d'histoires de sorcières, elle s'était mise à dire son chapelet. Et, quand, la lumière éteinte peu à peu, elle eut rejoint Marie et Jeanne, après avoir traversé le chenal, elle fut surprise que ni l'une ni l'autre n'eussent rien vu, pendant qu'elles ramassaient du bois devant la grotte. Et, en revenant à Lourdes, les trois fillettes causèrent : elle avait donc vu quelque chose, elle ? Mais elle ne voulait pas répondre, inquiète et un peu honteuse ; enfin, elle dit qu'elle avait vu quelque chose habillé de blanc.

Dès lors, la rumeur partit de là et grandit. Les Soubirous, mis au courant, s'étaient fâchés de ces enfantillages, en défendant à leur fille de retourner au rocher de Massabielle. Mais tous les enfants du quartier se répétaient déjà l'histoire, les parents durent céder, le dimanche, et laisser Bernadette aller à la grotte, avec une bouteille d'eau bénite, pour savoir décidément si l'on n'avait pas affaire au diable. Elle revit la clarté, la figure qui se complétait, qui souriait, sans avoir peur de l'eau bénite. Et, le jeudi encore, elle revint, accompagnée d'autres personnes, et ce fut ce jour-là seulement que la Dame au vif éclat s'incarna au point de lui adresser enfin la parole : « Faites-moi la grâce de venir ici pendant quinze jours. » Peu à peu, la Dame s'était ainsi précisée, le quelque chose habillé de blanc devenait une Dame plus belle qu'une reine, comme on n'en voit que sur les images. D'abord, devant les questions dont le voisinage l'accablait du matin au soir, Bernadette s'était montrée hésitante, agitée de scrupules. Puis, il avait semblé que, sous la suggestion même de ces interrogatoires, la figure se faisait plus nette, prenait une vie définitive, des lignes et des couleurs dont l'enfant, dans ses descriptions, ne devait jamais plus s'écarter. Les yeux étaient bleus et très doux, la bouche rose et souriante, l'ovale du visage avait à la fois une grâce de jeunesse et de maternité. On voyait à peine, sous le bord du voile qui couvrait la tête et descendait jusqu'aux talons, la frisure discrète d'une admirable chevelure blonde. La robe, toute blanche, éclatante, devait être d'une étoffe inconnue à la terre, tissée de soleil. L'écharpe, couleur du ciel, mollement nouée, laissait pendre deux longs bouts flottants, d'une légèreté d'air matinal. Le chapelet, passé au bras droit, avait des grains d'une blancheur de lait, tandis que les chaînons et la croix étaient d'or. Et, sur les pieds nus, sur les adorables pieds de neige virginale, fleurissaient deux roses d'or, les roses mystiques de cette chair immaculée de Mère divine. Où donc Bernadette l'avait-elle vue, cette Sainte Vierge, si traditionnelle dans sa composition simpliste, sans un bijou, d'une grâce primitive de peuple enfant ? Dans quel livre à images du frère de sa mère nourrice, le bon prêtre qui faisait de si belles lectures ? Dans quelle statuette, dans quel tableau, dans quel vitrail de l'église peinte et dorée où elle avait grandi ? Surtout, ces roses d'or sur les pieds nus, cette délicieuse imagination d'amour, cette floraison dévote de la chair de la femme, de quel roman de chevalerie venait-elle, de quelle histoire contée au catéchisme par l'abbé Ader, de quel rêve inconscient promené sous les ombrages de Bartrès, en répétant sans fin les obsédantes dizaines de la Salutation angélique ?

La voix de Pierre s'était encore attendrie ; car, s'il ne disait pas toutes ces choses aux simples d'esprit qui l'écoutaient, l'explication humaine que son doute, au fond de lui, tentait de donner à ces prodiges, rendait son récit frémissant d'une sympathique fraternité. Il aimait Bernadette davantage pour le charme de son hallucination, cette Dame d'un abord si gracieux, parfaitement aimable, pleine de politesse pour apparaître et disparaître. La grande lumière se montrait d'abord, puis la vision se formait, allait, venait, se penchait, se remuait dans un flottement insensible et léger ; et, quand elle s'évanouissait, la lumière persistait un instant encore, puis s'éteignait comme un astre qui meurt. Aucune Dame de ce monde ne pouvait avoir un visage si blanc et si rose, si beau de la beauté enfantine des images de première communion. L'églantier de la grotte ne blessait même pas ses pieds nus adorés, fleuris d'or.

Et Pierre, tout de suite, raconta les autres apparitions. La quatrième et la cinquième eurent lieu le vendredi et le samedi ; mais la Dame au vif éclat, qui n'avait point encore dit son nom, se contenta de sourire et de saluer, sans prononcer une parole. Le dimanche, elle pleura, elle dit à Bernadette : « Priez pour les pécheurs. » Le lundi, elle lui fit le grand chagrin de ne pas se montrer, voulant l'éprouver sans doute. Mais, le mardi, elle lui confia un secret personnel, qui ne devait jamais être divulgué ; puis, elle lui indiqua enfin la mission dont elle la chargeait : « Allez dire aux prêtres qu'il faut bâtir ici une chapelle. » Le mercredi, elle murmura à plusieurs reprises le mot : « Pénitence ! Pénitence ! Pénitence ! » que l'enfant répéta en baisant la terre. Le jeudi, elle dit : « Allez boire à la fontaine et vous y laver, et vous mangerez de l'herbe qui est à côté », paroles que Bernadette finit par comprendre, lorsqu'une source eut jailli sous ses doigts, au fond de la grotte ; et ce fut le miracle de la fontaine enchantée. Ensuite, la seconde semaine se déroula : elle ne parut pas le vendredi, elle fut exacte les cinq jours suivants, répétant ses ordres, regardant avec son sourire l'humble fille de son choix, qui, à chaque apparition, récitait le chapelet, baisait la terre, montait sur les genoux jusqu'à la source, pour boire et se laver. Enfin, le jeudi 4 mars, dernier jour des mystiques rendez-vous, elle demanda plus instamment la construction d'une chapelle, pour que les peuples s'y rendissent en procession, de tous les points de la terre. Cependant, jusque-là, à toutes les demandes elle avait refusé de répondre qui elle était ; et ce fut seulement le jeudi 25 mars, trois semaines plus tard, que la Dame, joignant les mains, levant les yeux au ciel, dit : « Je suis l'Immaculée Conception. » Deux fois encore, à plus de trois mois d'intervalle, le 7 avril et le 16 juillet, elle apparut : la première fois pour le miracle du cierge, ce cierge au-dessus duquel l'enfant laissa longtemps sa main par mégarde, sans la brûler ; la seconde fois pour l'adieu, le dernier sourire et le dernier salut de gentille politesse. Cela faisait dix-huit apparitions bien comptées, et plus jamais elle ne se montra.

Pierre s'était comme dédoublé. Tandis qu'il continuait son beau conte bleu, si doux aux misérables, il évoquait pour lui cette Bernadette pitoyable et chère, dont la fleur de souffrance avait fleuri si joliment. Selon le mot brutal d'un médecin, cette fillette de quatorze ans, tourmentée dans sa puberté tardive, déjà ravagée par un asthme, n'était en somme qu'une irrégulière de l'hystérie, une dégénérée à coup sûr, une enfantine. Si les crises violentes manquaient, si elle n'avait pas dans les accès la raideur des muscles, si elle gardait le souvenir précis de ses rêves, c'était simplement qu'elle apportait le très curieux document de son cas spécial ; et l'inexpliqué seul constitue le miracle, la science sait encore si peu de chose, au milieu de la variété infinie des phénomènes, selon les êtres ! Que de bergères, avant Bernadette, avaient ainsi vu la Vierge, dans le même enfantillage ! N'était-ce pas toujours la même histoire, la Dame vêtue de lumière, le secret confié, la source qui jaillit, la mission à remplir, les miracles dont l'enchantement va convertir les foules ? Et toujours le rêve d'une enfant pauvre, la même enluminure de paroissien, l'idéal fait de beauté traditionnelle, de douceur et de politesse, la naïveté des moyens et l'identité du but, des délivrances de peuples, des constructions d'églises, des processions de fidèles ! Puis, toutes les paroles tombées du Ciel se ressemblaient, des appels à la pénitence, des promesses de secours divin ; et il n'y avait ici de nouveau que cette déclaration extraordinaire : « Je suis l'Immaculée Conception », qui éclatait là comme l'utile reconnaissance par la Sainte Vierge elle-même du dogme promulgué en cour de Rome, trois années plus tôt. Ce n'était pas la Vierge Immaculée qui apparaissait, mais l'Immaculée Conception, l'abstraction elle-même, la chose, le dogme, de sorte qu'on pouvait se demander si la Vierge aurait parlé ainsi. Les autres paroles, il était possible que Bernadette les eût entendues et gardées dans un coin inconscient de sa mémoire. Mais celle-ci, d'où venait-elle donc, pour apporter au dogme encore discuté le prodigieux appui du témoignage de la Mère conçue sans péché ?

À Lourdes, l'émotion était immense, des foules accouraient, des miracles commençaient à se produire, tandis que se déclaraient les inévitables persécutions, qui assurent le triomphe des religions nouvelles. Et l'abbé Peyramale, le curé de Lourdes, un grand honnête homme, d'esprit droit et vigoureux, pouvait dire avec raison qu'il ne connaissait pas cette enfant, qu'on ne l'avait pas encore vue au catéchisme. Où était donc la pression, la leçon apprise ? Il n'y avait toujours que l'enfance à Bartrès, les premiers enseignements de l'abbé Ader, des conversations peut-être, des cérémonies religieuses en l'honneur du dogme récent, ou simplement le cadeau d'une de ces médailles qu'on avait répandues à profusion. Jamais l'abbé Ader ne devait reparaître, lui qui avait prophétisé la mission de Bernadette. Il allait rester absent de cette histoire, après avoir été le premier à sentir éclore la petite âme entre ses mains pieuses. Et toutes les forces ignorées du village perdu, de ce coin de verdure borné et superstitieux, continuaient pourtant à souffler, troublant les cervelles, élargissant la contagion du mystère. On se souvenait qu'un berger d'Argelès, en parlant du rocher de Massabielle, avait prédit que de grandes choses se passeraient là. D'autres enfants tombaient en extase, les yeux grands ouverts, les membres secoués de convulsions ; mais eux voyaient le diable. Un vent de folie semblait passer sur la contrée. Place du Porche, à Lourdes, une vieille dame déclarait que Bernadette n'était qu'une sorcière et qu'elle avait vu dans son œil la patte de crapaud. Pour les autres, pour les milliers de pèlerins accourus, elle était une sainte, dont ils baisaient les vêtements. Des sanglots éclataient, une frénésie soulevait les âmes, lorsqu'elle tombait à genoux devant la grotte, un cierge allumé dans sa main droite, égrenant de la gauche son chapelet. Elle devenait très pâle, très belle, transfigurée. Les traits remontaient doucement, s'allongeaient en une expression de béatitude extraordinaire, pendant que les yeux s'emplissaient de clarté et que la bouche entrouverte remuait, comme si elle eût prononcé des paroles qu'on n'entendait pas. Et il était bien certain qu'elle n'avait plus de volonté propre, envahie par son rêve, possédée à ce point par lui, dans le milieu étroit et spécial où elle vivait, qu'elle le continuait même éveillée, qu'elle l'acceptait comme la seule réalité indiscutable, prête à la confesser au prix de son sang, la répétant sans fin et s'y obstinant, avec des détails invariables. Elle ne mentait pas, car elle ne savait pas, ne pouvait pas, ne voulait pas vouloir autre chose.

Pierre, maintenant, s'oubliait à faire une peinture charmante de l'ancien Lourdes, de cette petite ville pieuse, endormie au pied des Pyrénées. Autrefois, le château, bâti sur son rocher au carrefour des sept vallées du Lavedan, était la clé des montagnes. Mais, aujourd'hui, démantelé, il n'était plus qu'une masure tombant en ruine, à l'entrée d'une impasse. La vie moderne venait buter là, contre le formidable rempart des grands pics neigeux ; et, seul, le chemin de fer transpyrénéen, si on l'avait construit, aurait pu établir une active circulation de la vie sociale, dans ce coin perdu, où elle stagnait comme une eau morte. Oublié donc, Lourdes sommeillait, heureux et lent, au milieu de sa paix séculaire, avec ses rues étroites, pavées de cailloux, ses maisons noires, aux encadrements de marbre. Les vieilles toitures se massaient toutes encore à l'est du château ; la rue de la Grotte, qui s'appelait la rue du Bois, n'était qu'un chemin désert, impraticable ; aucune maison ne descendait jusqu'au Gave, roulant alors ses eaux écumeuses à travers l'absolue solitude des saules et des hautes herbes. Sur la place du Marcadal, on voyait de rares passants en semaine, des ménagères qui se hâtaient, des petits rentiers promenant leurs loisirs ; et il fallait attendre le dimanche ou les jours de foire, pour trouver, au champ commun, la population endimanchée, la foule des éleveurs descendue des lointains plateaux, avec leurs bêtes. Pendant la saison des eaux, le passage des baigneurs de Cauterets et de Bagnères donnait aussi quelque animation, des diligences traversaient la ville deux fois par jour ; mais elles arrivaient de Pau par une route détestable, et il fallait passer à gué le Lapaca, qui débordait souvent ; puis, on montait la raide chaussée de la rue Basse, on longeait la terrasse de l'église, ombragée de grands ormeaux. Et quelle paix autour de cette vieille église, dans cette vieille église, à demi espagnole, pleine d'anciennes sculptures, des colonnes, des retables, des statues, peuplée de visions d'or et de chairs peintes, cuites par le temps, comme entrevues à la lueur de lampes mystiques ! Toute la population venait là pratiquer, s'emplir les yeux de ce rêve du mystère. Il n'y avait pas d'incrédules, c'était le peuple de la foi primitive, chaque corporation marchait sous la bannière de son saint, des confréries de toutes sortes réunissaient la cité entière, aux matins de fête, en une seule famille chrétienne. Aussi, comme une fleur exquise poussée dans un vase d'élection, une grande pureté de mœurs régnait-elle. Les garçons ne trouvaient même pas pour se perdre un lieu de débauche, toutes les filles grandissaient en parfum et en beauté d'innocence, sous les yeux de la Sainte Vierge, Tour d'ivoire et Trône de sagesse.

Et comme l'on comprenait que Bernadette, née de cette terre de sainteté, y eût fleuri telle qu'une rose naturelle, éclose sur les églantiers du chemin ! Elle était la floraison même de ce pays ancien de croyance et d'honnêteté, elle n'aurait certainement pas poussé ailleurs, elle ne pouvait se produire et se développer que là, dans cette race attardée, au milieu de la paix endormie d'un peuple enfant, sous la discipline morale de la religion. Et quel amour avait tout de suite éclaté autour d'elle ! quelle foi aveugle en sa mission, quelle consolation immense et quel espoir, dès les premiers miracles ! Un long cri de soulagement venait d'accueillir les guérisons du vieux Bourriette, recouvrant la vue, et du petit Justin Bouhohorts, ressuscitant dans l'eau glacée de la fontaine. Enfin, la Sainte Vierge intervenait en faveur des désespérés, forçait la nature marâtre à être juste et charitable. C'était le règne nouveau de la toute-puissance divine, qui bouleversait les lois du monde pour le bonheur des souffrants et des pauvres. Les miracles se multipliaient, ils éclataient plus extraordinaires de jour en jour, comme les preuves indéniables de la véracité de Bernadette. Et elle était bien la rose du parterre divin, dont l'œuvre embaume, qui voit naître autour d'elle toutes les autres fleurs de la grâce et du salut.

Pierre en était arrivé là, disait de nouveau les miracles, allait continuer par le prodigieux triomphe de la Grotte, lorsque sœur Hyacinthe, réveillée en sursaut du charme où le récit la tenait, se mit vivement debout.

« En vérité, il n'y a pas de bon sens... Onze heures vont bientôt sonner... »

C'était vrai. On avait dépassé Morcenx, on arrivait à Mont-de-Marsan. Et elle tapa dans ses mains.

« Le silence, mes enfants, le silence ! »

Cette fois, on n'osa pas se révolter, car elle avait raison, ce n'était guère sage. Mais quel regret ! Ne pas entendre la suite, rester ainsi au beau milieu de l'histoire ! Les dix femmes, dans le compartiment du fond, laissèrent même entendre un murmure de désappointement ; tandis que les malades, la face toujours tendue, les yeux grands ouverts sur la clarté d'espoir, là-bas, semblaient écouter encore. Ces miracles, qui revenaient sans cesse, finissaient par les hanter d'une joie énorme et surnaturelle.

« Et, ajouta la religieuse gaiement, que je n'en entende plus une souffler, autrement je la mets en pénitence ! »

Mme de Jonquière eut un rire de bonhomie.

« Obéissez, mes enfants, dormez, dormez gentiment, pour avoir la force, demain, de prier de tout votre cœur, à la Grotte. »

Alors, le silence se fit, personne ne parla plus ; et il n'y eut plus que le grondement des roues, les secousses du train, emporté à toute vapeur, dans la nuit noire.

Pierre ne put dormir. À côté de lui, M. de Guersaint ronflait déjà légèrement, l'air bienheureux, malgré la dureté de la banquette. Longtemps, le prêtre avait vu les yeux de Marie grands ouverts, pleins encore de l'éclat des merveilles qu'il venait de conter. Elle les tenait ardemment sur lui ; et puis, elle les avait fermés ; et il ne savait pas si elle sommeillait ou si elle revivait, paupières closes, le continuel miracle. Maintenant, des malades rêvaient tout haut, avaient des rires que des plaintes coupaient, inconscientes. Peut-être voyaient-ils les archanges fendre leur chair, pour en arracher le mal. D'autres, pris d'insomnie, se retournaient, étouffaient un sanglot, regardaient l'ombre fixement. Et Pierre, frémissant de tout le mystère évoqué, éperdu et ne se retrouvant pas, dans ce milieu délirant de fraternité souffrante, finissait par détester sa raison, en communion étroite avec ces humbles, résolu à croire comme eux. À quoi bon cette enquête physiologique sur Bernadette, si compliquée, si pleine de lacunes ? Pourquoi ne pas l'accepter ainsi qu'une messagère de l'Au-delà, une élue de l'inconnu divin ? Les médecins n'étaient que des ignorants, de mains brutales, tandis qu'il serait si doux de s'endormir dans la foi des petits enfants, aux jardins enchantés de l'impossible ! Il eut enfin un délicieux moment d'abandon, ne cherchant plus à rien s'expliquer, acceptant la voyante avec son cortège somptueux de miracles, s'en remettant tout entier à Dieu pour penser et vouloir à sa place. Et il regardait au-dehors par la glace, qu'on n'osait baisser, à cause des phtisiques ; et il voyait la nuit immense, baignant la campagne, au travers de laquelle le train fuyait. L'orage devait avoir éclaté là, le ciel était d'une pureté nocturne admirable, comme lavé par les grandes eaux. De larges étoiles luisaient, sur ce velours sombre, éclairant seules d'une mystérieuse lueur les champs rafraîchis et muets, qui déroulaient à l'infini la noire solitude de leur sommeil. Par les landes, par les vallées, par les coteaux, le wagon de misère et de souffrance roulait, roulait toujours, surchauffé, empesté, lamentable et vagissant, au milieu de la sérénité de cette nuit auguste, si belle et si douce.

À une heure du matin, on avait passé à Riscle. Le silence continuait, pénible, halluciné, parmi les cahots. À deux heures, à Vic-du-Bigorre, il y eut des plaintes sourdes : le mauvais état de la voie secouait les malades, dans une trépidation insupportable. Et ce fut seulement après Tarbes, à deux heures et demie, qu'on rompit enfin le silence et qu'on récita les prières du matin, encore en pleine nuit noire. C'était le *Pater* et l'*Ave*, c'était le *Credo*, c'était l'appel à Dieu, pour lui demander le bonheur d'une journée glorieuse. O mon Dieu ! donnez-moi assez de force pour éviter tout le mal, pour pratiquer tout le bien, pour souffrir toutes les peines !

Maintenant, on ne devait plus s'arrêter qu'à Lourdes. Encore trois quarts d'heure à peine, et Lourdes flambait, avec son immense espoir, au fond de cette nuit si cruelle et si longue. Le réveil pénible en était enfiévré, une agitation dernière montait, au milieu du malaise matinal, dans l'abominable souffrance qui recommençait.

Mais sœur Hyacinthe, surtout, s'inquiétait de l'homme, dont elle n'avait pas cessé d'éponger la face, couverte de sueur. Il avait vécu jusque-là, elle le veillait, n'ayant pas fermé les yeux un instant, écoutant son petit souffle, avec l'entêté désir de le mener au moins jusqu'à la Grotte.

Elle eut peur brusquement ; et, s'adressant à Mme de Jonquière :

« Je vous en prie, faites-moi vite passer la bouteille de vinaigre… Je ne l'entends plus souffler. »

En effet, depuis un instant, l'homme n'avait plus son petit souffle. Ses yeux étaient toujours fermés, sa bouche, entrouverte ; mais sa pâleur n'avait pu croître, il était froid, couleur de cendre. Et le wagon roulait avec son bruit de ferrailles secouées, la vitesse du train semblait grandir.

« Je vais lui frotter les tempes, reprit sœur Hyacinthe. Aidez-moi. »

L'homme, tout d'un coup, à un cahot plus rude, tomba la face en avant.

« Ah ! mon Dieu ! aidez-moi, ramassez-le donc ! »

On le ramassa, il était mort. Et il fallut le rasseoir dans son coin, le dos contre la cloison. Il restait droit, le torse raidi, il n'avait qu'un petit balancement de la tête, à chaque secousse. Le train continuait à l'emporter, dans le même grondement de tonnerre, tandis que la locomotive, heureuse d'arriver sans doute, poussait des sifflements aigus, toute une fanfare de joie déchirante, à travers la nuit calme.

Alors, pendant une interminable demi-heure, le voyage s'acheva, avec ce mort. Deux grosses larmes avaient roulé sur les joues de sœur Hyacinthe ; puis, les mains jointes, elle s'était mise en prière. Tout le wagon frémissait, dans la terreur de ce terrible compagnon, qu'on amenait trop tard à la Sainte Vierge. Mais l'espérance était plus forte que la douleur, tous les maux entassés là avaient beau se réveiller, s'accroître, s'irriter sous l'écrasante fatigue, un chant d'allégresse n'en sonnait pas moins l'entrée triomphale sur la terre du miracle. Les malades venaient d'entonner l'*Ave maris stella*, au milieu des pleurs que la souffrance leur arrachait, exaspérés et hurlants, dans une clameur croissante où les plaintes s'achevaient en cris d'espoir.

Marie reprit la main de Pierre, entre ses petits doigts fiévreux.

« Oh ! mon Dieu ! cet homme qui est mort, et moi qui craignais tant de mourir, avant d'arriver !... Et nous y sommes, nous y sommes enfin ! »

Le prêtre tremblait d'une émotion infinie.

« C'est que vous devez guérir, Marie, et que je guérirai moi-même, si vous priez pour moi. »

La locomotive sifflait plus violente, au fond des ténèbres bleues. On arrivait, les feux de Lourdes brillaient à l'horizon. Et tout le train chantait un cantique encore, l'histoire de Bernadette, l'infinie complainte de six dizaines de couplets, où la Salutation angélique revient sans cesse en refrain, obsédante, affolante, ouvrant le ciel de l'extase.

DEUXIÈME JOURNÉE

I

L'horloge de la gare, dont un réflecteur éclairait le cadran, marquait trois heures vingt. Et, sous la marquise qui couvrait le quai, long d'une centaine de mètres, des ombres allaient et venaient, résignées à l'attente. Au loin, dans la campagne noire, on ne voyait que le feu rouge d'un signal.

Deux des promeneurs s'arrêtèrent. Le plus grand, un père de l'Assomption, le révérend père Fourcade, directeur du pèlerinage national, arrivé de la veille, était un homme de soixante ans, superbe sous la pèlerine noire à long capuchon. Sa belle tête aux yeux clairs et dominateurs, à l'épaisse barbe grisonnante, était celle d'un général qu'enflamme la volonté intelligente de la conquête. Mais il traînait un peu la jambe, pris subitement d'un accès de goutte, et il s'appuyait à l'épaule de son compagnon, le docteur Bonamy, le médecin attaché au bureau de la constatation des miracles, un petit homme trapu, à la figure rasée, aux yeux ternes et comme brouillés, dans de gros traits paisibles.

Le père Fourcade avait interpellé le chef de gare, qui sortait de son bureau en courant.

« Monsieur, est-ce que le train blanc a beaucoup de retard ?

– Non, mon révérend père, dix minutes au plus. Il sera ici à la demie... Mais ce qui m'inquiète, c'est le train de Bayonne, qui devrait être passé. »

Et il reprit sa course, pour donner un ordre ; puis, il revint, maigre et nerveux, agité, dans ce coup de fièvre qui le tenait debout, durant des nuits et des jours, au moment des grands pèlerinages. Ce matin-là, il attendait, en dehors du service habituel, dix-huit trains, plus de quinze mille voyageurs. Le train gris et le train bleu, partis les premiers de Paris, étaient déjà arrivés, à l'heure réglementaire. Mais le retard du train blanc aggravait tout, d'autant plus que l'express de Bayonne, lui non plus, n'était pas signalé ; et l'on comprenait la continuelle surveillance nécessaire, l'alerte de chaque seconde, où vivait le personnel.

« Dans dix minutes, alors ? répéta le père Fourcade.

– Oui, dans dix minutes, à moins qu'on ne soit obligé de fermer la voie ! » jeta le chef de gare, qui courait au télégraphe.

Lentement, le religieux et le médecin reprirent leur promenade. Leur étonnement était qu'il ne fût jamais arrivé d'accident sérieux, au milieu d'une telle bousculade. Autrefois surtout, régnait un incroyable désordre. Et le père se plut à rappeler le premier pèlerinage qu'il avait organisé et conduit, en 1875 : le terrible, l'interminable voyage, sans oreillers, sans matelas, avec des malades à demi morts, qu'on ne savait comment ranimer ; puis, l'arrivée à Lourdes, le déballage pêle-mêle, pas le moindre matériel préparé, ni bretelles, ni brancards, ni voitures. Aujourd'hui, existait une organisation puissante, des hôpitaux attendaient les malades, qu'on n'était plus réduit à coucher sous des hangars, dans de la paille. Quelle secousse pour ces misérables ! Quelle force de volonté chez l'homme de foi qui les menait au miracle ! Et le père souriait doucement à l'œuvre qu'il avait faite.

Il questionnait maintenant le docteur, tout en s'appuyant à son épaule.

« Combien avez-vous eu de pèlerins, l'année dernière ?

– Deux cent mille environ. Cette moyenne se maintient... L'année du Couronnement de la Vierge, le nombre s'est élevé à cinq cent mille. Mais il fallait une occasion exceptionnelle, un effort de propagande considérable. Naturellement, de pareilles foules ne se retrouvent pas. »

Il y eut un silence, puis le père murmura :

« Sans doute... L'œuvre est bénie, elle prospère de jour en jour, nous avons réuni près de deux cent cinquante mille francs d'aumônes pour ce voyage ; et Dieu sera avec nous, vous aurez demain des guérisons nombreuses à constater, j'en suis convaincu. »

Puis, s'interrompant :

« Est-ce que le père Dargelès n'est pas venu ? »

Le docteur Bonamy eut un geste vague, pour dire qu'il l'ignorait. Ce père Dargelès était chargé de la rédaction du *Journal de la Grotte*. Il appartenait à l'ordre des pères de l'Immaculée-Conception, installés à Lourdes par l'évêché, et qui étaient les maîtres absolus. Mais, lorsque les pères de l'Assomption amenaient de Paris le pèlerinage national, auquel se joignaient les fidèles des villes de Cambrai, Arras, Chartres, Troyes, Reims, Sens, Orléans, Blois, Poitiers, ils mettaient une sorte d'affectation à disparaître complètement : on ne les voyait plus, ni à la Grotte, ni à la Basilique ; ils semblaient livrer toutes les clés, avec toutes les responsabilités. Leur supérieur, le père Capdebarthe, un grand corps noueux, taillé à coups de serpe, une sorte de paysan dont le visage fruste gardait le reflet roux et morne de la terre, ne se montrait même pas. Il n'y avait que le père Dargelès, petit et insinuant, qu'on rencontrait partout, en quête de notes pour le journal. Seulement, si les pères de l'Immaculée-Conception disparaissaient, on les sentait quand même derrière tout le vaste décor, ainsi que la force cachée et souveraine, qui battait monnaie, qui travaillait sans relâche à la prospérité triomphale de la maison. Ils utilisaient jusqu'à leur humilité.

« Il est vrai, reprit le père Fourcade gaiement, qu'il a fallu se lever de bonne heure, à deux heures... Mais je voulais être là. Qu'auraient dit mes pauvres enfants ? »

Il appelait ainsi les malades, la chair à miracles ; et jamais il n'avait manqué de se trouver à la gare, quelle que fût l'heure, pour l'arrivée du train blanc, ce train lamentable, aux grandes souffrances.

« Trois heures vingt-cinq, encore cinq minutes », dit le docteur Bonamy, qui étouffa un bâillement en regardant l'horloge, très maussade au fond, malgré son air obséquieux, d'avoir quitté son lit de si grand matin.

Sur le quai, pareil à un promenoir couvert, la lente promenade continuait, au milieu de l'épaisse nuit, que les becs de gaz éclairaient de nappes jaunes. Des gens vagues, par petits groupes, des prêtres, des messieurs à redingote, un officier de dragons, allaient et venaient sans cesse, avec de discrets murmures de voix. D'autres, assis le long de la façade, sur des bancs, causaient aussi ou patientaient, les regards perdus en face, dans la campagne ténébreuse. Les bureaux et les salles d'attente, vivement éclairés, découpaient leurs portes claires ; et, déjà, tout flambait dans la buvette, dont on apercevait les tables de marbre, le comptoir chargé de corbeilles de pain et de fruits, de bouteilles et de verres.

Mais, surtout, à droite, au bout de la marquise, il y avait un grouillement confus de monde. C'était de ce côté, par une porte des messageries, qu'on sortait les malades. Tout un encombrement de brancards et de petites voitures, parmi des tas de coussins et de matelas, barrait le large trottoir. Et trois équipes de brancardiers étaient là, des hommes de toutes les classes, spécialement des jeunes gens du meilleur monde, portant sur leur vêtement la croix rouge lisérée d'orange et la bretelle de cuir jaune. Beaucoup avaient adopté le béret, la coiffure commode du pays. Quelques-uns, équipés comme pour une expédition lointaine, avaient de belles guêtres montant jusqu'aux genoux. Et les uns fumaient, tandis que les autres, installés dans leurs petites voitures, dormaient ou lisaient un journal, à la lueur des becs de gaz voisins. Il y en avait un groupe, à l'écart, qui discutaient une question de service.

Brusquement, les brancardiers saluèrent. Un homme paterne arrivait, tout blanc, à la figure épaisse et bonne, aux gros yeux bleus d'enfant crédule. C'était le baron Suire, une des grandes fortunes de Toulouse, président de l'Hospitalité de Notre-Dame-du-Salut.

« Où est Berthaud ? demandait-il à chacun d'un air affairé, où est Berthaud ? Il faut que je lui parle. »

Chacun répondait, donnait un renseignement contraire. Berthaud était le directeur des brancardiers. Les uns venaient de voir M. le directeur avec le révérend père Fourcade, d'autres affirmaient qu'il devait être dans la cour de la gare, à visiter les voitures d'ambulance.

« Si monsieur le président désire que nous allions chercher M. le directeur...

– Non, non, merci ! je le trouverai bien moi-même. »

Et, pendant ce temps, Berthaud, qui venait de s'asseoir sur un banc, à l'autre extrémité de la gare, causait avec son jeune ami Gérard de Peyrelongue, en attendant l'arrivée du train. C'était un homme d'une quarantaine d'années, à belle figure large et régulière, qui avait gardé ses favoris soignés de magistrat. Appartenant à une famille légitimiste militante, et lui-même d'opinions très réactionnaires, il était procureur de la République dans une ville du Midi, depuis le 24 mai, lorsque, au lendemain des décrets contre les congrégations, il s'était démis, bruyamment, par une lettre insultante, adressée au ministre de la Justice. Et il n'avait pas désarmé, il s'était mis de l'Hospitalité de Notre-Dame-du-Salut en manière de protestation, il venait chaque année manifester à Lourdes, convaincu que les pèlerinages étaient désagréables et nuisibles à la République, et que la Sainte Vierge seule pouvait rétablir la monarchie, dans un de ces miracles qu'elle prodiguait à la Grotte. Au demeurant, il avait un grand bon sens, riait volontiers, se montrait d'une charité joviale, pour les pauvres malades dont il avait à assurer le transport, pendant les trois jours du pèlerinage national.

« Alors, mon bon Gérard, disait-il au jeune homme assis près de lui, c'est pour cette année, ton mariage ?

– Sans doute, si je trouve la femme qu'il me faut, répondait celui-ci. Voyons, cousin, donne-moi un bon conseil ! »

Gérard de Peyrelongue, petit, maigre, roux, avec un nez accentué et des pommettes osseuses, était de Tarbes, où son père et sa mère venaient de mourir, en lui laissant au plus sept à huit mille francs de rentes. Très ambitieux, il n'avait pas découvert dans sa province la femme qu'il voulait, bien apparentée, capable de le pousser loin et haut. Aussi s'était-il mis de l'Hospitalité et se rendait-il chaque année à Lourdes, avec l'espoir vague qu'il y découvrirait, dans la foule des fidèles, parmi le flot des dames et des jeunes filles bien pensantes, la famille dont il avait besoin pour faire son chemin en ce bas monde. Seulement, il demeurait perplexe ; car, s'il avait déjà plusieurs jeunes filles en vue, aucune ne le satisfaisait complètement.

« N'est-ce pas ? cousin, toi qui es un homme d'expérience, conseille-moi... Il y a Mlle Lemercier, qui vient ici avec sa tante. Elle est fort riche, plus d'un million, à ce qu'on raconte. Mais elle n'est pas de notre monde, et je la crois bien écervelée. »

Berthaud hochait la tête.

« Je te l'ai dit, moi je prendrais la petite Raymonde, Mlle de Jonquière.

– Mais elle n'a pas le sou !

– C'est vrai, à peine de quoi payer sa nourriture. Mais elle est suffisamment bien de sa personne, correctement élevée, surtout sans goût de dépense ; et c'est décisif, car à quoi bon prendre une fille riche, si elle te mange ce qu'elle t'apporte ? Et puis, vois-tu, je connais beaucoup ces dames, je les rencontre l'hiver dans les salons les plus puissants de Paris. Et, enfin, n'oublie pas l'oncle, le diplomate, qui a eu le triste courage de rester au service de la République et qui fera de son neveu tout ce qu'il voudra. »

Ébranlé un instant, Gérard retomba dans sa perplexité.

« Pas le sou, pas le sou, non ! c'est impossible... Je veux bien y réfléchir encore, mais vraiment j'ai trop peur ! »

Cette fois, Berthaud se mit à rire franchement.

« Allons, tu es ambitieux, il faut oser. Je te dis que c'est un secrétariat d'ambassade... Ces dames sont dans le train blanc, que nous attendons. Décide-toi, fais ta cour.

– Non, non !... Plus tard, je veux réfléchir. »

À ce moment, ils furent interrompus. Le baron Suire, qui était passé une fois déjà devant eux, sans les apercevoir, tellement l'ombre les enveloppait, dans ce coin écarté, venait de reconnaître le rire bon enfant de l'ancien procureur de la République. Et, tout de suite, avec la volubilité d'un homme dont la tête éclate aisément, il lui donna plusieurs ordres concernant les voitures, les transports, déplorant qu'on ne pût conduire les malades à la Grotte, dès l'arrivée, à cause de l'heure vraiment trop matinale. On irait les installer à l'hôpital de Notre-Dame-des-Douleurs, ce qui leur permettrait de prendre quelque repos, après un si dur voyage.

Pendant que le baron et le chef des brancardiers s'entendaient ainsi sur les mesures à prendre, Gérard serrait la main à un prêtre, qui était venu s'asseoir près de lui, sur le banc. L'abbé Des Hermoises, âgé de trente-huit ans à peine, avait une tête jolie d'abbé mondain, peigné avec soin, sentant bon, adoré des femmes. Très aimable, il venait à Lourdes en prêtre libre, comme beaucoup s'y rendaient, pour leur plaisir ; et il gardait, au fond de ses beaux yeux, la vive étincelle, le sourire d'un sceptique, supérieur à toute idolâtrie. Certes, il croyait, il s'inclinait ; mais l'Église ne s'était pas prononcée sur les miracles ; et il semblait prêt à les discuter. Il avait vécu à Tarbes, il connaissait Gérard.

« Hein ? lui dit-il, est-ce assez impressionnant, cette attente des trains, dans la nuit !… Je suis ici pour une dame, une de mes anciennes pénitentes de Paris ; mais je ne sais pas bien par quel train elle arrivera ; et, vous le voyez, je reste, tant ça me passionne. »

Puis, un autre prêtre, un vieux prêtre de campagne, étant venu également s'asseoir, il se mit à causer indulgemment avec lui, en lui parlant de la beauté de ce pays de Lourdes, du coup de théâtre, tout à l'heure, quand les montagnes apparaîtraient, au lever du soleil.

De nouveau, il y eut une brusque alerte. Le chef de gare courait, criait des ordres. Et le père Fourcade, malgré sa jambe goutteuse, quitta l'épaule du docteur Bonamy, pour s'approcher vivement.

« Eh ! c'est cet express de Bayonne, qui est resté en détresse, répondit le chef de gare aux questions. Je voudrais être renseigné, je ne suis pas tranquille. »

Mais des sonneries retentirent, un homme d'équipe s'enfonça dans les ténèbres, en balançant une lanterne, tandis qu'un signal, au loin, manœuvrait. Et le chef de gare s'écria :

« Ah ! cette fois, c'est le train blanc. Espérons que nous aurons le temps de débarquer les malades, avant le passage de l'express. »

Il reprit sa course, disparut. Berthaud appelait Gérard, qui était chef d'une équipe de brancardiers ; et tous deux, de leur côté, se hâtèrent de rejoindre leur personnel, que le baron Suire activait déjà. Les brancardiers revenaient de toutes parts, s'agitaient, commençaient à traîner les petites voitures, au travers des voies, jusqu'au quai de débarquement, un quai à découvert, en pleine obscurité. Il se fit bientôt là un entassement de coussins, de matelas, de brancards, qui attendaient ; tandis que le père Fourcade, le docteur Bonamy, les prêtres, les messieurs, l'officier de dragons traversaient, eux aussi, pour assister à la descente des malades. Et l'on ne voyait encore, très lointaine, au fond de la campagne noire, que la lanterne de la locomotive, pareille à une étoile rouge qui grandissait. Des coups de sifflet stridents déchiraient la nuit. Ils se turent, il n'y eut plus que le halètement de la vapeur, le sourd grondement des roues, se ralentissant peu à peu. Alors, distinctement, on entendit le cantique, la complainte de Bernadette, que le train entier chantait, avec les *Ave* obsédants du refrain. Et ce train de souffrance et de foi, ce train gémissant et chantant, qui faisait son entrée à Lourdes, s'arrêta.

Tout de suite, les portières furent ouvertes, la cohue des pèlerins valides et des malades qui pouvaient marcher, descendit, encombra le quai. Les rares becs de gaz n'éclairaient que faiblement cette foule pauvre, aux vêtements neutres, embarrassée de paquets de toutes sortes, de paniers, de valises, de caisses de bois ; et, au milieu des coups de coude, parmi ce troupeau effaré, cherchant de quel côté tourner pour trouver la sortie, s'élevaient des exclamations, des cris de familles perdues qui s'appelaient, des embrassades de gens attendus là par des parents ou des amis. Une femme déclarait d'un air de satisfaction béate : « J'ai bien dormi. » Un curé s'en allait avec sa valise, en disant à une dame estropiée : « Bonne chance ! » La plupart avaient la figure ahurie, fatiguée et joyeuse des gens qu'un train de plaisir jette dans une gare inconnue. Enfin, la bousculade devenait telle, la confusion s'aggravait à ce point, au fond des ténèbres, que les voyageurs n'entendaient pas les employés qui s'enrouaient à crier : « Par ici ! Par ici ! » pour hâter le déblaiement du quai.

Lestement, sœur Hyacinthe était descendue du wagon, en laissant l'homme mort sous la garde de sœur Claire des Anges ; et elle courut au fourgon de la cantine, perdant un peu la tête, avec l'idée que Ferrand l'aiderait. Heureusement, elle trouva devant le fourgon le père Fourcade, auquel, tout bas, elle conta l'accident. Il retint un geste de contrariété, il appela le baron Suire qui passait, se pencha à son oreille. Pendant quelques secondes, il y eut des chuchotements. Puis, le baron Suire s'élança, fendit la foule, avec deux brancardiers qui portaient une civière couverte. Et l'homme fut emporté, ainsi qu'un malade simplement évanoui, sans que la foule des pèlerins s'occupât de lui davantage, dans l'émotion de l'arrivée ; et les deux brancardiers, précédés du baron, allèrent le déposer, en attendant, dans une salle des messageries, derrière des tonneaux. L'un des deux, un petit blond, le fils d'un général, resta près du corps.

Sœur Hyacinthe, cependant, était retournée au wagon, après avoir prié sœur Saint-François de l'attendre dans la cour de la gare, près de la voiture réservée, qui devait les conduire à l'hôpital de Notre-Dame-des-Douleurs. Et, comme elle parlait, avant de partir, d'aider ses malades à descendre, Marie ne voulut pas qu'on la touchât.

« Non, non ! ne vous occupez pas de moi, ma sœur. Je resterai la dernière… Mon père et l'abbé Froment sont allés chercher les roues, au fourgon ; et je les attends, ils savent comment tout ça se remonte, ils m'emmèneront, soyez tranquille. »

De même, M. Sabathier et le frère Isidore désiraient qu'on ne les bougeât point, tant que la foule ne se serait pas un peu écoulée. Mme de Jonquière, qui se chargeait de la Grivotte, promettait de veiller aussi à ce que Mme Vêtu fût transportée dans une voiture d'ambulance.

Alors, sœur Hyacinthe résolut de partir immédiatement, pour tout préparer à l'hôpital. Elle emmenait avec elle la petite Sophie Couteau, ainsi qu'Élise Rouquet, dont elle enveloppa la face, soigneusement. Mme Maze les précédait, tandis que Mme Vincent se débattait dans la foule, en emportant sa fillette évanouie dans ses bras, n'ayant plus que l'idée fixe de courir, d'aller la déposer à la Grotte, aux pieds de la Sainte Vierge. Maintenant, la cohue s'écrasait à la porte de sortie. Il fallut ouvrir les portes de la salle des bagages, pour faciliter l'écoulement de tout ce monde ; et les employés, ne sachant comment recevoir les billets, tendaient leurs casquettes, des casquettes qui s'emplissaient de la pluie des petits cartons.

Dans la cour, une grande cour carrée que bordaient sur trois côtés les bâtiments bas de la gare, c'était aussi un brouhaha extraordinaire, un pêle-mêle de véhicules de toutes sortes. Les omnibus des hôtels, acculés contre la bordure du trottoir, portaient, sur leurs grandes pancartes, les noms les plus vénérés, ceux de Marie et de Jésus, de Saint-Michel, du Rosaire, du Sacré-Cœur. Puis, s'enchevêtraient des voitures d'ambulance, des landaus, des cabriolets, des tapissières, de petites charrettes à âne, dont les cochers criaient, juraient, au milieu du tumulte accru par l'obscurité, que trouaient les lueurs vives des lanternes. L'orage avait duré une partie de la nuit, une mare de boue liquide s'éclaboussait sous les pieds des chevaux ;

et les piétons pataugeaient jusqu'à la cheville. M. Vigneron, que Mme Vigneron et Mme Chaise suivaient, éperdues, souleva Gustave pour l'installer, avec sa béquille, dans l'omnibus de l'hôtel des Apparitions, où ces dames et lui-même montèrent ensuite. Mme Maze, avec un petit frisson de chatte soigneuse qui craint de se salir le bout des pattes, fit signe au cocher d'un vieux coupé, monta, disparut discrètement, en donnant pour adresse le couvent des sœurs Bleues. Et sœur Hyacinthe, enfin, put s'installer avec Élise Rouquet et Sophie Couteau, dans un vaste char à bancs, que déjà occupaient Ferrand et les sœurs Saint-François et Claire des Anges. Les cochers fouettaient leurs petits chevaux vifs, les voitures partaient d'un train d'enfer, parmi les cris du monde et les rejaillissements de la boue.

Mais, devant le flot qui se ruait, Mme Vincent hésitait à passer, avec son cher fardeau. Il y avait, par moments, des rires autour d'elle. Ah ! ce gâchis ! et toutes se retroussaient, s'en allaient. Puis, la cour se vidant un peu, elle se risqua. Quelle terreur de glisser dans les flaques, de tomber, par cette nuit noire ! Comme elle arrivait à la route qui dévale, elle remarqua des groupes de femmes du pays, aux aguets, offrant des chambres à louer, le lit et la table, selon les bourses.

« Madame, demanda-t-elle à une vieille femme, le chemin pour aller à la Grotte, s'il vous plaît ? »

Celle-ci ne répondit pas, proposa une chambre pas chère.

« Tout est plein, vous ne trouverez rien dans les hôtels... Peut-être encore mangerez-vous, mais vous n'aurez certainement pas un trou pour coucher. »

Manger, coucher, ah ! mon Dieu, est-ce que Mme Vincent y songeait, elle qui était partie avec trente sous dans sa poche, tout ce qui lui était resté, après les dépenses qu'elle avait dû faire !

« Madame, le chemin pour aller à la Grotte, s'il vous plaît. »

Il y avait là, parmi les femmes qui racolaient, une grande et forte fille, vêtue en belle servante, l'air très propre, les mains soignées. Elle haussa doucement les épaules. Et, comme un prêtre passait, de poitrine large, le sang au visage, elle se précipita, lui offrit une chambre meublée, continua à le suivre, en chuchotant à son oreille.

« Tenez ! finit par dire à Mme Vincent une autre fille apitoyée, descendez par cette route, vous tournerez à droite et vous arriverez à la Grotte. »

Sur le quai de débarquement, à l'intérieur de la gare, la bousculade continuait. Pendant que les pèlerins valides et les malades ayant encore des jambes pouvaient s'en aller, déblayant un peu le trottoir, les grands malades s'attardaient là, difficiles à descendre et à emporter. Et, surtout, les brancardiers s'effaraient, couraient follement avec leurs brancards et leurs voitures, au milieu de cette débordante besogne, qu'ils ne savaient par quel bout commencer.

Comme Berthaud, suivi de Gérard, passait en gesticulant, il aperçut deux dames et une jeune fille, debout près d'un bec de gaz, et qui paraissaient attendre. Il reconnut Raymonde, il arrêta vivement son compagnon du geste.

« Ah ! mademoiselle, que je suis heureux de vous voir ! Madame votre mère se porte bien, vous avez fait un bon voyage, n'est-ce pas ? »

Puis, sans attendre :

« Mon cousin, M. Gérard de Peyrelongue. »

Raymonde regardait fixement le jeune homme, de ses yeux clairs, souriants.

« Oh ! j'ai le plaisir de connaître un peu monsieur. Nous nous sommes déjà rencontrés à Lourdes. »

Alors, Gérard, trouvant que son cousin Berthaud menait les choses trop rondement, bien résolu à ne pas se laisser engager ainsi, se contenta de saluer d'un air de grande politesse.

« Nous attendons maman, reprit la jeune fille. Elle est très occupée, elle a de gros malades. »

La petite Mme Désagneaux, avec sa jolie tête blonde aux cheveux fous, se récria, dit que c'était bien fait, que Mme de Jonquière avait refusé ses services ; et elle piétinait d'impatience, elle brûlait de s'en mêler, d'être utile ; tandis que Mme Volmar, effacée, muette, se désintéressait, tâchait simplement de percer l'ombre, comme si elle eût cherché quelqu'un, de ses yeux magnifiques, voilés d'ordinaire, où s'allumait un brasier.

Mais, à ce moment, il y eut une poussée. On descendait Mme Dieulafay de son compartiment de première classe ; et Mme Désagneaux ne put retenir une plainte de pitié.

« Ah ! la pauvre femme ! »

C'était navrant, en effet, cette jeune femme, parmi son grand luxe, couchée avec ses dentelles comme en un cercueil, si fondue, qu'elle semblait une loque, et gisant sur ce trottoir, dans l'attente d'être emportée. Son mari et sa sœur restaient debout près d'elle, tous les deux très élégants et très tristes ; pendant qu'un domestique courait avec des valises, allait s'assurer que la grande calèche, commandée par télégramme, était bien dans la cour. L'abbé Judaine, lui aussi, assistait la malade ; et, quand deux hommes la soulevèrent, il se pencha, lui dit au revoir, prononça quelques bonnes paroles, qu'elle parut ne pas entendre. Puis, la regardant partir, il ajouta, en s'adressant à Berthaud qu'il connaissait :

« Les pauvres gens ! s'ils pouvaient acheter la guérison ! Je leur ai dit que l'or le plus précieux, auprès de la Sainte Vierge, était la prière ; et j'espère bien avoir assez prié moi-même pour que le Ciel se laisse toucher... Ils n'en apportent pas moins un magnifique présent, une lanterne d'or pour la Basilique, une véritable merveille, enchâssée de pierreries... Que Marie Immaculée daigne en sourire ! »

Beaucoup de cadeaux étaient apportés ainsi, d'énormes bouquets venaient de passer, un surtout, une sorte de triple couronne de roses, montée sur un pied en bois. Et le vieux prêtre expliqua qu'il voulait, avant de quitter la gare, se faire remettre une bannière, don de la belle Mme Jousseur, la sœur de Mme Dieulafay.

Mais Mme de Jonquière qui arrivait, aperçut Berthaud et Gérard.

« Je vous en supplie, messieurs, allez à ce wagon, là, tout près. On a besoin d'hommes, il y a trois ou quatre malades qu'il faut descendre... Moi, je me désespère, je ne puis rien. »

Déjà, après avoir salué Raymonde, Gérard courait, tandis que Berthaud conseillait à Mme de Jonquière de ne pas rester davantage sur ce trottoir, en lui jurant qu'on n'avait nullement besoin d'elle, qu'il se chargeait de tout et qu'elle aurait ses malades là-bas, à l'hôpital, avant trois quarts d'heure. Elle finit par céder, elle prit une voiture en compagnie de Raymonde et de Mme Désagneaux. Au dernier moment, Mme Volmar venait de disparaître, comme cédant à une brusque impatience. On l'avait vue s'approcher d'un monsieur inconnu, sans doute pour lui demander un renseignement. D'ailleurs, on allait la retrouver à l'hôpital.

Devant le wagon, Berthaud rejoignit Gérard, au moment où celui-ci, aidé de deux autres camarades, travaillait à descendre M. Sabathier. C'était une rude besogne, car il était très gros, très lourd, et l'on croyait bien que jamais il ne sortirait par la portière du compartiment. Pourtant, il était entré. Deux brancardiers encore durent faire le tour par l'autre portière, on réussit enfin à le déposer sur le quai de débarquement. Le jour se levait, un petit jour pâle ; et ce quai apparaissait lamentable, avec son déballage d'ambulance improvisée. Déjà, la Grivotte sans connaissance gisait là, sur un matelas, en attendant qu'on vînt la prendre ; tandis qu'on avait dû asseoir contre un bec de gaz Mme Vêtu, souffrant d'une telle crise, qu'elle jetait un cri à la moindre secousse. Des hospitaliers, les mains gantées, roulaient difficilement, dans leurs petites voitures, de pauvres femmes sordides, ayant à leurs pieds de vieux cabas ; d'autres ne pouvaient dégager leurs brancards, où s'allongeaient des corps raidis, de tristes corps muets, aux yeux d'angoisse ; et des infirmes, cependant, des estropiés parvenaient à se glisser, un jeune prêtre boiteux, un petit garçon avec des béquilles, bossu et amputé d'une jambe, qui se traînait parmi les groupes, pareil à un gnome. Tout un embarras s'était fait devant un homme courbé en deux, tordu par une paralysie, à ce point, qu'il fallait le transporter, plié ainsi, sur une chaise renversée, les jambes et la tête en bas.

Alors, l'effarement fut à son comble, lorsque le chef de gare se précipita, criant :

« L'express de Bayonne est signalé... Dépêchons ! Dépêchons ! Vous avez trois minutes. »

Le père Fourcade, dominant la cohue, au bras du docteur Bonamy, l'air gai, encourageant les plus malades, appela d'un geste Berthaud, pour lui dire :

« Finissez de les descendre tous, vous les emporterez bien ensuite. »

Le conseil était plein de sagesse, on acheva le déballage. Dans le wagon, il ne restait que Marie, qui attendait patiemment. M. de Guersaint et Pierre venaient enfin de reparaître, avec les deux paires de roues ; et, en hâte, Pierre descendit la jeune fille, aidé seulement de Gérard. Elle était d'une légèreté de pauvre oiseau frileux, il n'y eut que la caisse qui leur donna du mal. Puis, les deux hommes la posèrent sur les paires de roues, qu'ils boulonnèrent. Et Pierre aurait pu emmener Marie, la rouler tout de suite, sans la foule qui l'entravait.

« Dépêchons, dépêchons ! » répétait le chef de gare.

Lui-même aidait, donnait un coup de main, soutenait les pieds d'un malade, pour qu'on le tirât plus vite d'un compartiment. Il poussait les petites voitures, déblayait le bord du trottoir. Mais, dans un wagon de seconde, une femme, la dernière à descendre, était prise d'une atroce crise nerveuse. Elle hurlait, se débattait. On ne pouvait songer à la toucher en ce moment. Et cet express qui arrivait, que signalait le tintement ininterrompu des sonneries électriques ! Il fallut se décider, refermer la portière, conduire le train sur la voie de garage, où il allait rester tout formé pendant trois jours, en attendant de reprendre son chargement de pèlerins et de malades. Tandis qu'il s'éloignait, on entendit encore les cris de la misérable, qui, seule, avait dû y rester avec une religieuse, des cris de plus en plus faibles, des cris d'enfant sans force, qu'on finit par calmer.

« Bon Dieu ! murmura le chef de gare, il était temps ! »

En effet, l'express de Bayonne arrivait à toute vapeur, et il passa dans un coup de foudre, le long de ce trottoir pitoyable, où traînait la douloureuse misère d'une débâcle d'hôpital. Les petites voitures, les brancards en furent secoués ; mais il n'y eut pas d'accident, les hommes d'équipe veillaient, écartaient des voies le troupeau affolé qui continuait à se bousculer pour sortir. D'ailleurs, la circulation se rétablit aussitôt, les brancardiers purent achever le transport des malades, avec une lenteur prudente.

Le jour augmentait, une aube limpide qui blanchissait le ciel, dont le reflet éclairait la terre, noire encore. On commençait à distinguer les gens et les choses.

« Non, tout à l'heure ! répétait Marie à Pierre, qui cherchait à se dégager. Attendons que le flot s'écoule. »

Et elle s'intéressa à un homme de soixante ans environ, d'aspect militaire, qui se promenait parmi les malades. La tête carrée, les cheveux blancs et taillés en brosse, il aurait eu l'air solide encore, s'il n'avait point traîné le pied gauche, qu'il jetait en dedans, à chaque pas. Il s'appuyait, de la main gauche, sur une grosse canne.

M. Sabathier, qui venait depuis sept ans, l'aperçut et s'égaya.

« Ah ! c'est vous, Commandeur ! »

Peut-être s'appelait-il M. Commandeur. Mais, comme il était décoré et qu'il portait un large ruban rouge, peut-être le surnommait-on ainsi, à cause de sa décoration, bien qu'il fût simple chevalier. Personne ne savait au juste son histoire ; et il devait avoir encore de la famille quelque part, des enfants sans doute ; mais ces choses restaient vagues. Depuis trois ans déjà, il était à la gare, chargé d'une surveillance aux messageries, une simple occupation, une petite place qu'on lui avait donnée par grande faveur, et dont le maigre salaire lui permettait de vivre parfaitement heureux. Frappé d'une première attaque d'apoplexie à cinquante-cinq ans, il en avait eu une seconde deux ans plus tard, qui lui avait laissé un peu de paralysie du côté gauche. Maintenant, il attendait la troisième, d'un air d'absolue tranquillité. Comme il le disait, il était au bon plaisir de la mort, ce soir, demain, à l'instant même. Et tout Lourdes le connaissait bien, pour sa manie, au moment des pèlerinages, l'habitude qu'il avait prise d'aller, tirant le pied et s'appuyant sur sa canne, à chaque train qui arrivait, s'étonner violemment et reprocher aux malades la rage qu'ils avaient de vouloir guérir.

Il voyait depuis trois ans M. Sabathier, toute sa colère tomba sur lui.

« Comment ! vous voilà encore ? Vous tenez donc bien à vivre cette exécrable vie ?... Mais, sacrebleu ! mourez donc tranquillement chez vous, dans votre lit ! Est-ce que ce n'est pas ce qu'il y a de meilleur au monde ? »

M. Sabathier riait, sans se fâcher, brisé pourtant par la façon rude dont il avait fallu le descendre.

« Non, non, j'aime mieux guérir !

– Guérir, guérir, ils demandent tous cela ! Faire des centaines de lieues, arriver en morceaux, hurlant de souffrance, et pour guérir, et pour recommencer toutes les peines, toutes les douleurs !... Voyons, vous, monsieur, à votre âge, avec votre corps en ruine, vous seriez bien attrapé, si votre Sainte Vierge vous rendait les jambes. Qu'est-ce que vous en feriez, mon Dieu ? Quelle joie trouveriez-vous à prolonger, pendant quelques années encore, l'abomination de la vieillesse ?... Eh ! pendant que vous y êtes, mourez donc tout de suite ! C'est le bonheur ! »

Et il disait cela, non pas en croyant qui aspire à la récompense de l'autre vie, mais en homme las qui compte tomber au néant, à la grande paix éternelle de n'être plus.

Pendant que M. Sabathier haussait les épaules, comme s'il avait eu affaire à un enfant, l'abbé Judaine, qui venait enfin de retrouver sa bannière, s'arrêta au passage pour gronder doucement le Commandeur, qu'il connaissait, lui aussi.

« Ne blasphémez pas, cher monsieur, c'est offenser le Ciel, que de refuser la vie et que de ne pas aimer la santé. Vous-même, si vous m'aviez cru, vous auriez déjà demandé à la Sainte Vierge la guérison de votre jambe. »

Alors, le Commandeur s'emporta.

« Ma jambe ! elle n'y peut rien, je suis tranquille ! Et que la mort vienne donc, et que ce soit fini, à jamais !... Quand il faut mourir, on se tourne contre le mur, et l'on meurt, c'est si simple ! »

Mais le vieux prêtre l'interrompit. Il lui montra Marie, qui les écoutait, étendue dans sa caisse :

« Vous renvoyez tous nos malades mourir chez eux, même mademoiselle, n'est-ce pas ? qui est en pleine jeunesse et qui veut vivre. »

Marie, ardemment, ouvrait ses grands yeux, dans son désir d'être, de prendre sa part du vaste monde ; et le Commandeur, s'étant approché, la regardait, saisi brusquement d'une profonde émotion, qui fit trembler sa voix.

« Si mademoiselle guérit, je lui souhaite un autre miracle, celui d'être heureuse. »

Et il s'en alla, continua sa promenade de philosophe courroucé, au milieu des malades, en traînant le pied et en tapant les dalles du fer de sa grosse canne.

Peu à peu, le trottoir se déblayait, on avait emporté Mme Vêtu et la Grivotte ; et ce fut Gérard qui emmena M. Sabathier dans une petite voiture ; tandis que le baron Suire et Berthaud donnaient déjà des ordres, pour le train suivant, le train vert, qu'on attendait. Il n'y avait plus là que Marie, dont Pierre se chargeait jalousement. Mais il s'était attelé, il l'avait traînée dans la cour de la gare, lorsqu'ils remarquèrent que, depuis un instant, M. de Guersaint avait disparu. Tout de suite, d'ailleurs, ils l'aperçurent en grande conversation avec l'abbé Des Hermoises, dont il venait de faire la connaissance. Une égale admiration de la nature les avait rapprochés. Le jour achevait de paraître, les montagnes environnantes se montraient dans leur majesté. Et M. de Guersaint poussait des cris de ravissement.

« Quel pays, monsieur ! Voici trente ans que je désire visiter le cirque de Gavarnie. Mais c'est encore loin, et si cher, que je ne pourrai sûrement faire cette excursion.

– Monsieur, vous vous trompez, rien n'est plus faisable. En se mettant à plusieurs, la dépense est modique. Et, justement, je compte y retourner, cette année, de sorte que si vous voulez bien être des nôtres...

– Comment donc, monsieur !... Nous en recauserons. Mille fois merci ! »

Sa fille l'appelait, il la rejoignit, après un cordial échange de saluts. Pierre avait décidé qu'il traînerait Marie jusqu'à l'hôpital, pour lui éviter le transbordement dans une autre voiture. Les omnibus, les landaus, les tapissières revenaient déjà, obstruant de nouveau la cour, attendant le train vert ; et il eut quelque peine à gagner la route, avec le petit chariot, dont les roues basses entraient dans la boue, jusqu'aux moyeux. Des agents de police, chargés du service d'ordre, pestaient contre cet affreux gâchis qui éclaboussait leurs bottes. Seules, les racoleuses, les vieilles et les jeunes, brûlant de louer leurs chambres, se moquaient des flaques, les traversaient avec leurs sabots, à la poursuite des pèlerins.

Comme le chariot roulait plus librement sur la route en pente, Marie leva la tête pour demander à M. de Guersaint, qui marchait près d'elle :

« Père, quel jour sommes-nous aujourd'hui ?

– Samedi, ma mignonne.

– C'est vrai, samedi, le jour de la Sainte Vierge... Est-ce aujourd'hui qu'elle me guérira ? »

Et, derrière elle, furtivement, sur une civière couverte, deux porteurs descendaient le cadavre de l'homme, qu'ils étaient allés prendre au fond de la salle des messageries, dans l'ombre des tonneaux, pour le conduire en un lieu secret que le père Fourcade venait de désigner.

II

L'hôpital de Notre-Dame-des-Douleurs, bâti par un chanoine charitable, et inachevé, faute d'argent, est un vaste bâtiment de quatre étages, beaucoup trop haut, où il est difficile de monter les malades. D'ordinaire, une centaine de vieillards infirmes et pauvres l'occupent. Mais, pendant le pèlerinage national, ces vieillards sont abrités ailleurs pour trois jours, et l'hôpital est loué aux pères de l'Assomption, qui parfois y installent jusqu'à cinq et six cents malades. On a beau, d'ailleurs, les y entasser, les salles sont insuffisantes. On distribue les trois ou quatre centaines de malades qui restent, les hommes à l'hôpital du Salut, les femmes à l'hospice de la ville.

Ce matin-là, sous le soleil levant, la confusion était grande, dans la cour sablée, devant la porte que gardaient deux prêtres. Depuis la veille, le personnel de la direction temporaire avait pris possession des bureaux, avec un luxe de registres, de cartes, de formules imprimées. On voulait faire beaucoup mieux que l'année précédente : les salles du bas devaient être réservées aux malades impotents ; d'autre part, la distribution des cartes, portant le nom de la salle et le numéro du lit, serait contrôlée avec soin, car des erreurs d'identité s'étaient produites. Mais, devant le flot de grands malades que le train blanc venait d'amener, toutes les bonnes intentions s'effaraient, et les formalités nouvelles compliquaient tellement les choses, qu'il avait fallu prendre le parti de déposer les malheureux dans la cour, au fur et à mesure qu'ils arrivaient, en attendant de pouvoir les admettre avec un peu d'ordre. C'était le déballage de la gare qui recommençait, le pitoyable campement en plein air, tandis que les brancardiers et que les employés du secrétariat, de jeunes séminaristes, couraient de toutes parts, d'un air éperdu.

« On a voulu trop bien faire ! » criait désespérément le baron Suire.

Et le mot était juste, jamais on n'avait pris tant de précautions inutiles, on s'apercevait qu'on avait classé dans les salles du haut les malades les plus difficiles à remuer, par suite d'erreurs inexplicables. Il était impossible de refaire le classement, tout allait de nouveau s'organiser au petit bonheur ; et la distribution des cartes commença, pendant qu'un jeune prêtre écrivait sur un registre les noms et les adresses, pour le contrôle. Chaque malade, d'ailleurs, devait produire sa carte d'hospitalité, de la couleur du train, portant son nom, son numéro d'ordre, et sur laquelle on inscrivait le nom de la salle et le numéro du lit. Cela éternisait le défilé des admissions.

Alors, de bas en haut du vaste bâtiment, au travers des quatre étages, ce fut un piétinement sans fin. M. Sabathier se trouva un des premiers installés, dans une salle du rez-de-chaussée, la salle dite des ménages, où les hommes malades étaient autorisés à garder leurs femmes près d'eux. On n'admettait du reste que des femmes, à l'hôpital de Notre-Dame-des-Douleurs. Et, bien que le frère Isidore fût avec sa sœur, on consentit à les considérer comme un ménage, on le plaça près de M. Sabathier, dans le lit voisin. La chapelle se trouvait à côté, encore blanche de plâtre, les baies fermées par de simples planches. D'autres salles aussi restaient inachevées, garnies quand même de matelas, où les malades s'entassaient rapidement. Mais, déjà, la foule de celles qui pouvaient marcher, assiégeait le réfectoire, une longue galerie dont les fenêtres ouvraient sur une cour intérieure ; et les sœurs Saint-Fray, les desservantes habituelles de l'hôpital, demeurées à leur poste pour faire la cuisine, distribuaient des bols de café au lait et de chocolat à toutes ces pauvres femmes, épuisées par le terrible voyage.

« Reposez-vous, prenez des forces, répétait le baron Suire, qui se prodiguait, se montrait partout à la fois. Vous avez trois bonnes heures. Il n'est pas cinq heures et les révérends pères ont donné l'ordre de n'aller à la Grotte qu'à huit heures, pour éviter la trop grande fatigue. »

En haut, au second étage, Mme de Jonquière avait pris, une des premières, possession de la salle Sainte-Honorine, dont elle était la directrice. Elle avait dû laisser en bas sa fille Raymonde, qui était attachée au service du réfectoire, le règlement interdisant aux jeunes filles de pénétrer dans les salles, où elles auraient pu voir des choses malséantes et trop affreuses. Mais la petite Mme Désagneaux, simple dame hospitalière, n'avait pas quitté la directrice, à qui elle demandait déjà des ordres, ravie de pouvoir se dévouer enfin.

« Madame, est-ce que tous ces lits sont bien faits ? Si je les refaisais avec sœur Hyacinthe ? »

La salle, peinte en jaune clair, mal éclairée sur la cour intérieure, contenait quinze lits, alignés sur deux rangs, le long des murs.

« Tout à l'heure, nous verrons », répondit Mme de Jonquière, l'air absorbé.

Elle comptait les lits, elle examinait cette salle longue et étroite. Puis, à demi-voix :

« Jamais je n'aurai assez de place. On m'a annoncé vingt-trois malades, et il va falloir mettre des matelas par terre. »

Sœur Hyacinthe, qui avait suivi ces dames, après avoir laissé sœur Saint-François et sœur Claire des Anges s'installer dans une petite pièce voisine, transformée en lingerie, soulevait les couvertures, examinait la literie. Et elle rassura Mme Désagneaux.

« Oh ! les lits sont bien faits, tout est propre. On voit que les sœurs Saint-Fray ont passé par là... Seulement, la réserve des matelas est tout à côté, et si madame veut me donner un coup de main, nous pouvons, sans attendre, en mettre une rangée, ici, entre les lits.

– Mais certainement ! » cria la jeune femme, exaltée par l'idée de porter des matelas, avec ses bras frêles de jolie blonde.

Il fallut que Mme de Jonquière la calmât.

« Tout à l'heure, rien ne presse. Attendons que nos malades soient là... Je n'aime pas beaucoup cette salle, qu'il est difficile d'aérer. L'année dernière, j'avais la salle Sainte-Rosalie, au premier étage... Enfin, nous allons nous organiser tout de même. »

D'autres dames hospitalières arrivaient, une ruche débordante d'abeilles travailleuses, pressées de se mettre à la besogne. C'était même une cause de confusion de plus, ce trop grand nombre d'infirmières, venues du grand monde et de la bourgeoisie, avec une ferveur de zèle où il se mêlait un peu de vanité. Elles étaient plus de deux cents. Comme chacune, à son entrée dans l'Hospitalité de Notre-Dame-du-Salut, devait faire un don, on n'osait en refuser aucune, de crainte de tarir les aumônes ; et leur nombre croissait d'année en année. Heureusement, il y en avait, parmi elles, à qui il suffisait de porter au corsage la croix de drap rouge, et qui, dès leur arrivée à Lourdes, partaient en excursions. Mais celles qui se dévouaient étaient vraiment méritoires, car elles passaient cinq jours d'abominable fatigue, dormant à peine deux heures par nuit, vivant au milieu des spectacles les plus terribles et les plus répugnants. Elles assistaient aux agonies, elles pansaient les plaies empestées, elles vidaient les cuvettes et les vases, changeaient de linge les gâteuses, retournaient les malades, toute une besogne atroce, écrasante, dont elles n'avaient pas l'habitude. Aussi en sortaient-elles courbaturées, mortes, avec des yeux de fièvre, brûlant de cette joie de la charité qui les exaltait.

« Et Mme Volmar ? demanda Mme Désagneaux. Je croyais la retrouver ici. »

Doucement, Mme de Jonquière coupa court, comme si elle était au courant et qu'elle eût voulu faire le silence, par une indulgence de femme tendre aux misères humaines.

« Elle n'est pas forte, elle se repose à l'hôtel. Il faut la laisser dormir. »

Puis, elle partagea les lits entre ces dames, donna deux lits à chacune. Et toutes achevèrent de prendre possession du local, allant et venant, montant et descendant, pour se rendre compte où étaient l'administration, la lingerie, les cuisines.

« Et la pharmacie ? » demanda encore Mme Désagneaux.

Mais il n'y avait pas de pharmacie. Aucun personnel médical n'était même là. À quoi bon ? puisque les malades étaient des abandonnées de la science, des désespérées qui venaient demander à Dieu une guérison que les hommes impuissants ne pouvaient leur promettre. Tout traitement, pendant le pèlerinage, se trouvait logiquement interrompu. Si quelque malheureuse entrait en agonie, on l'administrait. Et, seul, le jeune médecin qui accompagnait d'ordinaire le train blanc, était là, avec sa petite boîte de secours, pour tenter de la soulager un peu, dans le cas où une malade le réclamerait, pendant une crise.

Justement, sœur Hyacinthe amenait Ferrand, que la sœur Saint-François avait gardé avec elle, dans un cabinet voisin de la lingerie, où il se proposait de se tenir en permanence.

« Madame, dit-il à Mme de Jonquière, je suis à votre entière disposition. En cas de besoin, vous n'aurez qu'à m'envoyer chercher. »

Elle l'écoutait à peine, se querellait avec un jeune prêtre de l'administration, parce qu'il n'y avait que sept vases de nuit pour toute la salle.

« Certainement, monsieur, s'il nous fallait une potion calmante... »

Mais elle n'acheva pas, retourna à sa discussion.

« Enfin, monsieur l'abbé, tâchez de m'en avoir encore quatre ou cinq... Comment voulez-vous que nous fassions ? C'est déjà si pénible ! »

Et Ferrand écoutait, regardait, effaré de ce monde extraordinaire, où un hasard l'avait fait tomber, depuis la veille. Lui qui ne croyait pas, qui n'était là que par dévouement, s'étonnait de l'effroyable bousculade de tant de misère et de souffrance, se ruant à l'espoir du bonheur. Surtout, ses idées de jeune médecin étaient bouleversées, devant cette insouciance de toutes précautions, ce mépris des plus simples indications de la science, dans la certitude que, si le Ciel le voulait, la guérison se produirait avec l'éclat d'un démenti aux lois mêmes de la nature. Alors, pourquoi cette dernière concession au respect humain, d'emmener un médecin qu'on employait si mal ? Il retourna dans son cabinet, vaguement honteux, en se sentant inutile et un peu ridicule.

« Préparez tout de même des pilules d'opium, lui dit sœur Hyacinthe qui l'avait accompagné jusqu'à la lingerie. On vous en demandera, nous avons des malades qui m'inquiètent. »

Elle le regardait de ses grands yeux bleus, si doux, si bons, au continuel et divin sourire. Le mouvement qu'elle se donnait, rosait d'un sang vif sa peau éclatante de jeunesse. Et, en bonne amie qui consentait à partager avec lui les besognes de son cœur :

« Puis, si j'ai besoin de quelqu'un pour lever ou coucher une malade, vous me donnerez bien un coup de main ? »

Alors, il fut content d'être venu, d'être là, à l'idée qu'il lui serait utile. Il la revoyait à son chevet, lorsqu'il avait failli mourir, le soignant avec des mains fraternelles, d'une bonne grâce rieuse d'ange sans sexe, où il y avait du camarade et de la femme.

« Mais tant que vous voudrez, ma sœur ! Je vous appartiens, je serai si heureux de vous servir ! Vous savez quelle dette de reconnaissance j'ai à payer envers vous ? »

Gentiment, elle mit un doigt sur ses lèvres, pour le faire taire. Personne ne lui devait rien. Elle n'était que la servante des souffrants et des pauvres.

À ce moment, une première malade faisait son entrée dans la salle Sainte-Honorine. C'était Marie, que Pierre, aidé de Gérard, venait de monter, couchée au fond de sa caisse de bois. Partie la dernière de la gare, elle arrivait ainsi avant les autres, grâce aux complications sans fin, qui, après les avoir toutes arrêtées, les libéraient maintenant, au hasard de la distribution des cartes. M. de Guersaint, devant la porte de l'hôpital, avait dû quitter sa fille, sur le désir de celle-ci : elle s'inquiétait de l'encombrement des hôtels, elle voulait qu'il s'assurât immédiatement de deux chambres, pour lui et pour Pierre. Et elle était si lasse, qu'après s'être désespérée de ne pas être conduite à la Grotte tout de suite, elle consentit à ce qu'on la couchât un instant.

« Voyons, mon enfant, répétait Mme de Jonquière, vous avez trois heures devant vous. Nous allons vous mettre sur votre lit. Cela vous reposera, de n'être plus dans cette caisse. »

Elle la souleva par les épaules, tandis que sœur Hyacinthe tenait les pieds. Le lit se trouvait au milieu de la salle, près d'une fenêtre. Un moment, la malade demeura les yeux clos, comme épuisée, d'avoir été remuée ainsi. Puis, il fallut que Pierre rentrât, car elle s'énervait, disait avoir des choses à lui expliquer.

« Ne vous en allez pas, mon ami, je vous en conjure. Emportez cette caisse sur le palier, mais restez là, parce que je veux être descendue, dès qu'on m'en donnera la permission.

– Êtes-vous mieux, couchée ? demanda le jeune prêtre.

– Oui, oui, sans doute… Et, d'ailleurs, je ne sais pas… J'ai une telle hâte, mon Dieu ! d'être là-bas, aux pieds de la Sainte Vierge ! »

Pourtant, lorsque Pierre eut emporté la caisse, elle fut distraite par l'arrivée successive des malades. Mme Vétu, que deux brancardiers avaient montée en la soutenant sous les bras, fut posée par eux, tout habillée, sur le lit voisin ; et elle y resta immobile, sans un souffle, avec son masque jaune et lourd de cancéreuse. On n'en déshabillait aucune, on se contentait de les allonger, en leur conseillant de s'assoupir, si elles le pouvaient. Celles qui n'étaient point alitées, s'asseyaient au bord de leur matelas, causaient entre elles, rangeaient leurs petites affaires. Déjà, Élise Rouquet, qui était également près de Marie, à gauche, défaisait son panier, pour en tirer un fichu propre, très ennuyée de n'avoir pas de glace. Et, en moins de dix minutes, tous les lits se trouvèrent occupés, de sorte que, lorsque la Grivotte parut, à demi portée par sœur Hyacinthe et sœur Claire des Anges, il fallut commencer à mettre des matelas par terre.

« Tenez ! en voici un ! criait Mme Désagneaux. Elle sera très bien, à cette place, loin du courant d'air de la porte. »

Bientôt, sept autres matelas furent ajoutés à la file, occupant toute l'allée centrale. On ne pouvait plus circuler, il fallait prendre des précautions pour suivre les sentiers étroits, ménagés autour des malades. Chacune gardait son paquet, son carton, sa valise ; et c'était, au pied des couches improvisées, un entassement de pauvres choses, de loques traînant parmi les draps et les couvertures. On aurait dit une ambulance pitoyable, organisée à la hâte après quelque grande catastrophe, un incendie, un tremblement de terre, qui aurait jeté à la rue des centaines de blessés et de pauvres.

Mme de Jonquière allait d'un bout de la salle à l'autre, répétant toujours :

« Voyons, mes enfants, ne vous excitez pas, tâchez de dormir un peu. »

Mais elle n'arrivait pas à les calmer, et elle-même, ainsi que les dames hospitalières, placées sous ses ordres, augmentaient la fièvre, par leur effarement. Il fallait changer de linge plusieurs malades, d'autres avaient des besoins. Une qui souffrait d'un ulcère à la jambe, poussait de telles plaintes, que Mme Désagneaux avait entrepris de refaire le pansement ; mais elle était malhabile, et malgré tout son courage d'infirmière passionnée, elle manquait de s'évanouir, tant l'insupportable odeur l'incommodait. Les mieux portantes demandaient du bouillon, des bols circulaient, au milieu des appels, des réponses, des ordres contradictoires qu'on ne savait comment exécuter. Et, très gaie, lâchée à travers cette bousculade, la petite Sophie Couteau, qui demeurait avec les sœurs, se croyait en récréation, courait, dansait, sautait à cloche-pied, appelée par toutes, aimée et cajolée, pour l'espoir du miracle qu'elle apportait à chacune.

Les heures pourtant s'écoulaient, dans cette agitation. Sept heures venaient de sonner, lorsque l'abbé Judaine entra. Il était aumônier de la salle Sainte-Honorine, et la difficulté de trouver un autel libre pour dire sa messe l'avait seule attardé. Dès qu'il parut, un cri d'impatience s'éleva de tous les lits.

« Oh ! monsieur le curé, partons, partons tout de suite ! »

Un désir ardent les soulevait, accru, irrité de minute en minute, comme si une soif de plus en plus vive les eût brûlées, que, seule, pouvait calmer la fontaine miraculeuse. Et la Grivotte, surtout, assise sur son matelas, joignait les mains, implorait, pour qu'on l'emmenât à la Grotte. N'était-ce pas un commencement de miracle, ce réveil de sa volonté, ce besoin fiévreux de guérison qui la redressait ? Arrivée évanouie, inerte, elle était sur son séant, tournant de tous côtés ses regards noirs, guettant l'heure bienheureuse où l'on viendrait la chercher ; et son visage livide se colorait, elle ressuscitait déjà.

« De grâce ! monsieur le curé, dites qu'on m'emporte ! Je sens que je vais être guérie. »

L'abbé Judaine, avec sa bonne face, son sourire de père tendre, les écoutait, trompait leur impatience par d'aimables paroles. On allait partir dans un petit moment. Mais il fallait être raisonnable, laisser aux choses le temps de s'organiser ; et puis, la Sainte Vierge, elle non plus, n'aimait pas qu'on la bousculât, attendant son heure, distribuant ses faveurs divines aux plus sages.

Comme il passait devant le lit de Marie, et qu'il l'aperçut, les mains jointes, bégayante de supplications, il s'arrêta de nouveau.

« Vous aussi, ma fille, vous êtes si pressée ! Soyez tranquille, il y aura des grâces pour toutes.

– Mon père, murmura-t-elle, je me meurs d'amour. Mon cœur est trop gros de prières, il m'étouffe. »

Il fut très touché de cette passion, chez cette pauvre enfant amaigrie, si durement frappée dans sa beauté et dans sa jeunesse. Il voulut l'apaiser, il lui montra sa voisine, Mme Vêtu, qui ne bougeait pas, les yeux grands ouverts pourtant, fixés sur les gens qui passaient.

« Voyez donc, madame, comme elle est tranquille ! Elle se recueille, elle a bien raison de s'abandonner ainsi qu'un petit enfant, entre les mains de Dieu. »

Mais, d'une voix qu'on n'entendait pas, d'un souffle à peine, Mme Vêtu bégayait :

« Oh ! je souffre, je souffre ! »

Enfin, à huit heures moins un quart, Mme de Jonquière avertit les malades qu'elles feraient bien de se préparer. Elle-même, aidée de sœur Hyacinthe et de Mme Désagneaux, reboutonna des robes, rechaussa des pieds impotents. C'était une véritable toilette, car toutes désiraient paraître à leur avantage devant la Sainte Vierge. Beaucoup eurent la délicatesse de se laver les mains. D'autres déballaient leurs chiffons, mettaient du linge propre. Élise Rouquet avait fini par découvrir un miroir de poche, entre les mains d'une de ses voisines, une femme énorme, hydropique, très coquette de sa personne ; elle se l'était fait prêter, elle l'avait posé debout contre son traversin ; et, absorbée, avec un soin infini, elle nouait le fichu élégamment autour de sa tête, pour cacher sa face de monstre, à la plaie saignante. Droite devant elle, l'air intéressé profondément, la petite Sophie la regardait faire.

Ce fut l'abbé Judaine qui donna le signal du départ pour la Grotte. Il y voulait accompagner ses chères filles de souffrance en Dieu, comme il disait ; tandis que ces dames de l'Hospitalité et les sœurs resteraient là, afin de mettre un peu d'ordre dans la salle. Tout de suite, la salle se vida, les malades furent descendues, au milieu d'un nouveau tumulte. Pierre, qui avait replacé sur les roues la caisse où Marie était couchée, prit la tête du cortège, formé d'une vingtaine de petites voitures et de brancards. Les autres salles se vidaient également, la cour était pleine, le défilé s'organisait en grande confusion. Bientôt il y eut une queue interminable, descendant la pente assez raide de l'avenue de la Grotte, de sorte que Pierre arrivait déjà au plateau de la Merlasse, lorsque les derniers brancards quittaient à peine la cour de l'hôpital.

Il était huit heures, le soleil déjà haut, un soleil d'août triomphal, flambait dans le grand ciel d'une pureté admirable. Lavé par l'orage de la nuit, il semblait que le bleu de l'air fût tout neuf, d'une fraîcheur d'enfance. Et l'effrayant défilé, cette cour des miracles de la souffrance humaine, roulait sur le pavé en pente, dans l'éclat de la radieuse matinée. Cela ne finissait pas, la queue des abominations s'allongeait toujours. Aucun ordre, le pêle-mêle de tous les maux, le dégorgement d'un enfer où l'on aurait entassé les maladies monstrueuses, les cas rares et atroces, donnant le frisson. C'étaient des têtes mangées par l'eczéma, des fronts couronnés de roséole, des nez et des bouches dont l'éléphantiasis avait fait des groins informes. Des maladies perdues ressuscitaient, une vieille femme avait la lèpre, une autre était couverte de lichens, comme un arbre qui se serait pourri à l'ombre. Puis, passaient des hydropiques, des outres gonflées d'eau, le ventre géant sous les couvertures ; tandis que des mains tordues par les rhumatismes pendaient hors des civières, et que des pieds passaient, enflés par l'œdème, méconnaissables, tels que des sacs bourrés de chiffons. Une hydrocéphale, assise dans une petite voiture, balançait un crâne énorme, trop lourd, retombant à chaque secousse. Une grande fille, atteinte de chorée, dansait de tous ses membres, sans arrêt, avec des sursauts de grimaces, qui tiraient la moitié gauche de son visage. Une plus jeune, derrière, avait un aboiement, une sorte de cri plaintif de bête, chaque fois que le tic douloureux dont elle était torturée, lui tordait la bouche. Puis, venaient des phtisiques, tremblant la fièvre, épuisées de dysenterie d'une maigreur de squelette, la peau livide, couleur de la terre où elles allaient bientôt dormir ; et il y en avait une, la face très blanche, avec des yeux de flamme, pareille à une tête de mort dans laquelle on aurait allumé une torche. Puis, toutes les difformités des contractures se succédaient, les tailles déjetées, les bras retournés, les cous plantés de travers, les pauvres êtres cassés et broyés, immobilisés en des postures de pantin tragique : un surtout dont le poing droit s'était rejeté derrière les reins, tandis que la joue gauche se renversait, collée sur l'épaule. Puis, des pauvres filles rachitiques étalaient leur teint de cire, leur nuque frêle, rongée d'humeurs froides ; des femmes jaunes avaient la stupeur douloureuse des misérables dont le cancer dévore les seins ; d'autres encore, couchées et leurs tristes yeux au ciel semblaient écouter en elles le choc des tumeurs, grosses comme des têtes d'enfant, qui obstruaient leurs organes. Et il y en avait toujours, il en arrivait toujours de plus épouvantables, celle-ci qui suivait celle-là augmentait le frisson. Une enfant de vingt ans, à la tête écrasée de crapaud, laissait pendre un goitre énorme, qu'il descendait jusqu'à sa taille, ainsi que la bavette d'un tablier. Une aveugle s'avançait, la figure d'une pâleur de marbre, avec les deux trous de ses yeux enflammés et sanglants, deux plaies vives qui ruisselaient de pus. Une vieille folle, frappée d'imbécillité, le nez emporté par quelque chancre, la bouche noire, riait d'un rire terrifiant. Et, tout d'un coup, une épileptique se convulsa, écuma sur son brancard, sans que le cortège ralentît sa marche, comme fouetté par le vent de la course, dans cette fièvre de passion qui l'emportait vers la Grotte.

Les brancardiers, les prêtres, les malades elles-mêmes venaient d'entonner un cantique, la complainte de Bernadette, et tout roulait au milieu de l'obsession des *Ave*, et les petites voitures, les brancards, les piétons descendaient la pente de la rue, en un ruisseau grossi et débordant, charriant ses flots à grand bruit. Au coin de la rue Saint-Joseph, près du plateau de la Merlasse, une famille d'excursionnistes, des gens qui arrivaient de Cauterets ou de Bagnères, restaient plantés au bord du trottoir, dans un étonnement profond. Ce devaient être de riches bourgeois, le père et la mère très corrects, les deux grandes filles vêtues de robes claires, avec des visages riants d'heureuses personnes qui s'amusent. Mais, à la surprise première du groupe, succédait une terreur croissante, comme s'ils avaient vu s'ouvrir une maladrerie des temps anciens, un de ces hôpitaux de la légende qu'on aurait vidé, après quelque grande épidémie. Et les deux filles pâlissaient, le père et la mère demeuraient glacés, devant le défilé ininterrompu de tant d'horreurs, dont ils recevaient le vent empesté à la face. Mon Dieu ! tant de laideur, tant de saleté, tant de souffrance ! Était-ce possible, sous ce beau soleil si radieux, sous ce grand ciel de lumière et de joie, où montait la fraîcheur du Gave, où le vent du matin apportait l'odeur pure des montagnes !

Lorsque Pierre, en tête du cortège, déboucha sur le plateau de la Merlasse, il se sentit baigné par ce soleil si clair, par cet air si vif et si embaumé. Il se retourna, sourit doucement à Marie ; et tous deux, dans la splendeur du matin, comme ils arrivaient au centre de la place du Rosaire, furent enchantés par l'admirable horizon qui se déroulait autour d'eux.

En face, à l'est, c'était le vieux Lourdes, couché dans un large pli de terrain, de l'autre côté de son rocher. Le soleil se levait, derrière les monts lointains, et ses rayons obliques découpaient en lilas sombre ce roc solitaire, que couronnaient la tour et les murs croulants de l'antique château, jadis la clé redoutable des sept vallées. Dans la poussière d'or volante, on ne voyait guère que des arêtes fières, des pans de constructions cyclopéennes, puis de vagues toitures au-delà, les toits décolorés et perdus de l'ancienne ville ; tandis qu'en deçà du château, débordant à droite et à gauche, la ville nouvelle riait parmi les verdures, avec ses façades blanches d'hôtels, de maisons garnies, de beaux magasins, toute une cité riche et bruyante, poussée là en quelques années, comme par miracle. Le Gave passait au pied du roc, roulant le fracas de ses eaux limpides, vertes et bleues, profondes sous le vieux pont, bondissantes sous le Pont-Neuf, construit par les pères, pour relier la Grotte à la gare et au boulevard ouvert récemment. Et, comme fond à ce tableau délicieux, à ces eaux fraîches, à ces verdures, à cette ville rajeunie, éparse et gaie, se dressaient le Petit Gers et le Grand Gers, deux croupes énormes de roche nue et d'herbe rase, qui, dans l'ombre portée où elles baignaient, prenaient des teintes délicates, un mauve et un vert pâlis qui se mouraient dans du rose.

Puis, au nord, sur la rive droite du Gave, au-delà des coteaux que suit la ligne du chemin de fer, montaient les hauteurs du Buala, des pentes boisées, noyées de clartés matinales. C'était de ce côté que se trouvait Bartrès. Plus à gauche, la serre de Julos se dressait, dominée par le Miramont. D'autres cimes, très loin, s'évaporaient dans l'éther. Et, au premier plan, s'étageant parmi les vallonnements herbus, de l'autre côté du Gave, la gaieté de ce point de l'horizon était les couvents nombreux qu'on avait bâtis. Ils semblaient avoir grandi comme une végétation naturelle et prompte sur cette terre du prodige. Il y avait d'abord un orphelinat, créé par les sœurs de Nevers, et dont les vastes bâtiments resplendissaient au soleil. Puis, c'étaient les carmélites, en face de la Grotte, sur la route de Pau ; et les assomptionnistes, plus haut, au bord du chemin de Poueyferré ; et les dominicaines, perdues au désert, ne montrant qu'un angle de leurs toitures ; et enfin les sœurs de l'Immaculée-Conception, celles qu'on appelait les sœurs Bleues, qui avaient fondé, tout au bout du vallon, une maison de retraite, où elles prenaient en pension les dames seules, les pèlerines riches, désireuses de solitude. À cette heure des offices, toutes les cloches de ces couvents sonnaient d'allégresse, à la volée, dans l'air de cristal ; pendant que, de l'autre bout de l'horizon, au midi, des cloches d'autres couvents leur répondaient, avec le même éclat de joie argentine. Près du Pont-Vieux, surtout, la cloche des clarisses égrenait une gamme de notes si claires, qu'on aurait dit le caquetage d'un oiseau. De ce côté de la ville, des vallées encore se creusaient, des monts dressaient leurs flancs nus, toute une nature tourmentée et souriante, une houle sans fin de collines, parmi lesquelles on remarquait les collines de Visens, moirées précieusement de carmin et de bleu tendre.

Mais, lorsque Marie et Pierre tournèrent les yeux vers l'ouest, ils restèrent éblouis. Le soleil frappait en plein le Grand Bêout et le Petit Bêout, aux coupoles d'inégale hauteur. C'était comme un fond de pourpre et d'or, un mont éblouissant, où l'on ne distinguait que le chemin qui serpente et monte au Calvaire, parmi des arbres. Et là, sur ce fond ensoleillé, rayonnant ainsi qu'une gloire, se détachaient les trois églises superposées, que la voix grêle de Bernadette avait fait surgir du roc, à la louange de la Sainte Vierge. En bas, d'abord, était l'église du Rosaire, écrasée et ronde, taillée à demi dans la roche, au fond de l'esplanade qu'enserraient les bras immenses, les rampes colossales s'élevant en pente douce jusqu'à la Crypte. Il y avait là un travail énorme, toute une carrière de pierres remuées et taillées, des arches hautes comme des nefs, deux avenues de cirque géant, pour que la pompe des processions se déroulât et que la petite voiture d'une enfant malade pût monter à Dieu, sans peine. Puis, c'était la Crypte, l'église souterraine, qui montrait seulement sa porte basse, par-dessus l'église du Rosaire, dont la toiture dallée, aux vastes promenoirs, continuait les rampes. Et, enfin, la Basilique s'élançait, un peu mince et frêle, trop neuve, trop blanche, avec son style amaigri de fin bijou, jaillie des roches de Massabielle ainsi qu'une prière, une envolée de colombe pure. La flèche si menue, au-dessus des rampes gigantesques, n'apparaissait que comme la petite flamme droite d'un cierge, parmi l'immense horizon, la houle sans fin des vallées et des montagnes. À côté des verdures épaisses de la colline du Calvaire, elle avait une fragilité, une candeur pauvre de foi enfantine ; et l'on songeait aussi au petit bras blanc, à la petite main blanche de la chétive fillette qui montrait le Ciel, dans une crise de sa misère humaine. On ne voyait pas la Grotte, dont l'ouverture se trouvait à gauche, au bas du rocher. Derrière la Basilique, on n'apercevait plus que l'habitation des pères, un lourd bâtiment carré, puis le palais épiscopal, beaucoup plus loin, au milieu du vallon ombreux qui s'élargissait. Et les trois églises flambaient dans le soleil du matin, et la pluie d'or des rayons battait la campagne entière, pendant que la volée sonnante des cloches semblait être la vibration même de la clarté, le réveil chanteur de ce beau jour naissant.

De la place du Rosaire, qu'ils traversaient, Pierre et Marie jetèrent un coup d'œil sur l'esplanade, le jardin à la longue pelouse centrale, que bordent deux allées parallèles, et qui va jusqu'au nouveau pont. Là se trouvait, tournée vers la Basilique, la grande Vierge couronnée. Et toutes les malades, en passant, se signaient. Et l'effrayant cortège roulait toujours, emporté dans son cantique, au travers de la nature en fête. Sous le ciel éclatant, parmi les monts de pourpre et d'or, dans la santé des arbres centenaires, dans l'éternelle fraîcheur des eaux courantes, le cortège roulait ses damnées des maladies de la peau, à la chair rongée, ses hydropiques enflées comme des outres, ses rhumatisantes, ses paralytiques, tordues de souffrance ; et les hydrocéphales défilaient, et les danseuses de Saint-Guy, et les phtisiques, les rachitiques, les épileptiques, les cancéreuses, les goitreuses, les folles, les imbéciles. « *Ave, ave, ave, Maria !* » La complainte obstinée s'enflait davantage, charriait vers la Grotte le flot abominable de la pauvreté et de la douleur humaines, dans l'effroi et l'horreur des passants, qui restaient plantés sur leurs jambes, glacés devant ce galop de cauchemar.

Pierre et Marie, les premiers, passèrent sous l'arcade haute d'une des rampes. Puis, comme ils suivaient le quai du Gave, tout d'un coup, ce fut la Grotte. Et Marie, que Pierre poussait le plus possible près de la grille, ne put que se soulever dans son chariot, en murmurant :

« O Très Sainte Vierge… Bien-aimée Vierge… »

Elle n'avait rien vu, ni les édicules des piscines, ni la fontaine aux douze canons, devant lesquels elle venait de passer ; et elle ne distinguait pas davantage, à gauche la boutique des articles de sainteté, à droite la chaire de pierre, qu'un religieux occupait déjà. Seule, la splendeur de la Grotte l'éblouissait, cent mille cierges lui semblaient brûler là, derrière la grille, emplissant d'un éclat de fournaise l'ouverture basse, mettant dans un rayonnement d'astre la statue de la Vierge, posée, plus haut, au bord d'une excavation étroite, en forme d'ogive. Et rien n'était, en dehors de cette glorieuse apparition, ni les béquilles dont on avait tapissé une partie de la voûte, ni les bouquets jetés en tas, se fanant parmi les lierres et les églantiers, ni l'autel lui-même placé au centre, à côté d'un petit orgue roulant, couvert d'une housse. Mais, comme elle levait les yeux, elle retrouva, au sommet du rocher, dans le ciel, la mince Basilique blanche, qui se présentait de profil maintenant, avec la fine aiguille de sa flèche, perdue au bleu de l'infini, ainsi qu'une prière.

« Ô Vierge puissante… Reine des vierges… Sainte Vierge des vierges… »

Cependant, Pierre avait réussi à pousser le chariot de Marie au premier rang, en avant des bancs de chêne, qui s'alignaient très nombreux, au plein air, comme dans la nef d'une église. Déjà, ces bancs se trouvaient complètement garnis de malades qui pouvaient s'asseoir. Les espaces vides s'emplissaient de brancards posés à terre, de petites voitures dont les roues s'enchevêtraient, d'un entassement d'oreillers et de matelas, où pêle-mêle voisinaient tous les maux. Et il avait reconnu, en arrivant, les Vigneron, avec leur triste enfant Gustave, le long d'un banc ; tandis que, sur les dalles, il venait d'apercevoir le lit garni de dentelles de Mme Dieulafay, au chevet de qui son mari et sa sœur priaient, agenouillés. D'ailleurs, tous les malades du wagon se rangeaient là, M. Sabathier et le frère Isidore côte à côte, Mme Vêtu affaissée dans une voiture, Élise Rouquet assise, la Grivotte exaltée, se soulevant sur les deux poings. Il retrouva même Mme Maze, à l'écart, anéantie dans une prière ; pendant que, tombée à genoux, Mme Vincent, qui avait gardé sur les bras sa petite Rose, la présentait ardemment à la Vierge, d'un geste éperdu de mère, pour que la Mère de la divine grâce eût pitié. Et la foule des pèlerins, autour de cette enceinte réservée, grandissait toujours, une cohue qui se pressait, qui débordait peu à peu jusqu'au parapet du Gave.

« Ô Vierge clémente, continuait Marie à demi-voix, ô Vierge fidèle… Vierge conçue sans péché… »

Et, défaillante, les lèvres agitées encore par une oraison intérieure, elle regardait Pierre éperdument. Celui-ci crut qu'elle avait un désir à lui exprimer. Il se pencha.

« Voulez-vous que je reste ici, à votre disposition, pour vous conduire tout à l'heure aux piscines ? »

Mais, quand elle eut compris, elle refusa d'un signe de tête. Puis, fiévreuse :

« Non, non ! je ne veux pas être baignée ce matin… Il me semble qu'il faut être si digne, si pure, si sainte, avant de tenter le miracle !… Cette matinée entière, je veux le solliciter à mains jointes, je veux prier, prier de toute ma force, de toute mon âme… »

Elle suffoquait, elle ajouta :

« Ne venez me reprendre qu'à onze heures, pour retourner à l'hôpital. Je ne bougerai pas d'ici. »

Pierre, pourtant, ne s'éloigna pas, demeura près d'elle. Un instant, il se prosterna ; et il aurait voulu, lui aussi, prier avec cette foi brûlante, demander à Dieu la guérison de cette enfant malade, qu'il aimait d'une si fraternelle tendresse. Mais, depuis qu'il était devant la Grotte, il sentait un singulier malaise le gagner, une sourde révolte qui gênait l'élan de sa prière. Il voulait croire, il avait espéré toute la nuit que la croyance allait refleurir en son âme, comme une belle fleur d'ignorance et de naïveté, dès qu'il s'agenouillerait sur la terre du miracle. Et il n'éprouvait là que gêne et inquiétude, en face de ce décor, de cette statue dure et blafarde dans le faux jour des cierges, entre la boutique aux chapelets, pleine d'une bousculade de clientes, et la grande chaire de pierre, d'où un père de l'Assomption lançait des *Ave* à pleine voix. Son âme était-elle donc desséchée à ce point ? Aucune rosée divine ne pourrait-elle donc la tremper d'innocence, la rendre pareille à ces âmes de petits enfants, qui se donnent tout entières à la moindre caresse de la légende ?

Puis, sa distraction continua, il reconnut le père Massias, dans le religieux qui occupait la chaire. Il l'avait rencontré autrefois, il restait troublé par cette sombre ardeur, cette face maigre, aux yeux étincelants, à la grande bouche éloquente, violentant le Ciel pour le faire descendre sur la terre. Et, comme il l'examinait, étonné de se sentir si différent, il aperçut, au pied de la chaire, le père Fourcade, en grande conférence avec le baron Suire. Ce dernier semblait perplexe ; pourtant, il finit par approuver, d'un branle complaisant de la tête. Il y avait également là l'abbé Judaine, qui arrêta le père un instant encore : sa large face paterne exprimait, elle aussi, une sorte d'effarement ; puis, il s'inclina à son tour.

Tout d'un coup, le père Fourcade parut dans la chaire, debout, redressant sa haute taille, que l'accès de goutte dont il souffrait courbait un peu ; et il n'avait pas voulu que le père Massias, son frère bien-aimé, préféré entre tous, descendît tout à fait : il le retenait sur une marche de l'étroit escalier, il s'appuyait à son épaule.

D'une voix pleine et grave, avec une autorité souveraine qui fit régner le plus profond silence, il parla.

« Mes chers frères, mes chères sœurs, je vous demande pardon d'interrompre vos prières ; mais j'ai à vous faire une communication, j'ai à réclamer l'aide de toutes vos âmes fidèles… Ce matin, nous avons eu à déplorer un bien triste accident, un de nos frères est mort dans un des trains qui vous ont amenés, comme il touchait à la terre promise… »

Il s'arrêta quelques secondes. Il semblait grandir encore, son beau visage se mit à rayonner, dans le flot royal de sa longue barbe.

« Eh bien ! mes chers frères, mes chères sœurs, malgré tout, l'idée me vient que nous ne devons pas désespérer… Qui sait si Dieu n'a pas voulu cette mort, afin de prouver au monde sa toute-puissance ?… Une voix me parle, qui me pousse à monter ici, à vous demander vos prières pour l'homme, pour celui qui n'est plus et dont le salut est quand même aux mains de la Très Sainte Vierge, qui peut toujours implorer son divin Fils… Oui ! l'homme est là, j'ai fait apporter le corps, et il dépend peut-être de vous qu'un miracle éclatant éblouisse la terre, si vous priez avec assez d'ardeur pour toucher le Ciel… Nous plongerons le corps dans la piscine, nous supplierons le Seigneur, maître du monde, de le ressusciter, de nous donner cette marque extraordinaire de sa bonté souveraine… »

Un souffle glacé, venu de l'invisible, passa sur l'assistance. Tous étaient devenus pâles ; et, sans que personne eût ouvert les lèvres, il sembla qu'un murmure courait dans un frisson.

« Mais, reprit violemment le père Fourcade, qu'une réelle foi soulevait, de quelle ardeur ne faut-il pas prier ! Mes chers frères, mes chères sœurs, c'est toute votre âme que je veux, c'est une prière où vous allez mettre votre cœur, votre sang, votre vie, avec ce qu'elle a de plus noble et de plus tendre... Priez de toute votre force, priez jusqu'à ne plus savoir qui vous êtes, ni où vous êtes, priez comme on aime, comme on meurt ; car ce que nous allons demander là est une grâce si précieuse, si rare, si étonnante, que la violence de notre adoration peut seule obliger Dieu à nous répondre... Et, pour que nos prières soient efficaces, pour qu'elles aient le temps de s'élargir et de monter aux pieds de l'Éternel, ce ne sera que cet après-midi, à trois heures, que nous descendrons le corps dans la piscine... Mes chers frères, mes chères sœurs, priez, priez la Très Sainte Vierge, la Reine des anges, la Consolatrice des affligés ! »

Et lui-même, éperdu d'émotion, reprit le rosaire, pendant que le père Massias éclatait en sanglots. Le grand silence anxieux fut rompu, une contagion gagna la foule, l'emporta en cris, en larmes, en des bégaiements désordonnés de supplication. Ce fut comme un délire qui soufflait, abolissant les volontés, ne faisant plus de tous ces êtres qu'un être, exaspéré d'amour, lancé au désir fou de l'impossible prodige.

Pierre, un moment, avait cru que la terre manquait sous lui, qu'il allait tomber et s'évanouir. Il se releva péniblement, il s'écarta.

III

Comme Pierre s'éloignait, dans son malaise, envahi d'une invincible répugnance à rester là davantage, il aperçut M. de Guersaint agenouillé près de la Grotte, l'air absorbé, priant de toute sa foi. Il ne l'avait pas revu depuis le matin, il ignorait s'il était parvenu à louer deux chambres ; et son premier mouvement fut de le rejoindre. Puis, il hésita, ne voulut point troubler son recueillement, pensant qu'il priait sans doute pour sa fille, qu'il adorait, malgré ses continuelles distractions de cervelle inquiète. Et il passa, il s'enfonça sous les arbres. Neuf heures sonnaient, il avait deux heures devant lui.

Là, de la berge sauvage, où paissaient autrefois les pourceaux, on avait fait, à coups d'argent, une avenue superbe, longeant le Gave. Il avait fallu en reculer le lit, pour gagner du terrain et établir un quai monumental, que bordait un large trottoir défendu par un parapet. L'avenue allait buter contre un coteau, à deux ou trois cents mètres ; et c'était ainsi comme une promenade fermée, garnie de bancs, ombragée d'arbres magnifiques. Personne n'y passait, le trop-plein de la foule y débordait seul. Il s'y trouvait encore des coins de solitude, entre le mur gazonné qui l'isolait au midi et les vastes champs qui se déroulaient au nord, de l'autre côté du Gave, des pentes boisées, égayées par les façades blanches des couvents. Pendant les brûlantes journées d'août, on goûtait là une fraîcheur délicieuse, sous les ombrages, au bord des eaux courantes.

Et Pierre, tout de suite, se sentit reposé, comme au sortir d'un rêve pénible. Il s'interrogeait, s'inquiétait de ses sensations. Le matin, n'était-il donc pas arrivé à Lourdes avec le désir de croire, l'idée que déjà il recommençait à croire, ainsi qu'aux années dociles de son enfance, lorsque sa mère lui faisait joindre les mains, en lui apprenant à craindre Dieu ? Et, dès qu'il s'était trouvé devant la Grotte, voilà que l'idolâtrie du culte, la violence de la foi, l'assaut contre la raison, venaient de l'incommoder jusqu'à la défaillance ! Qu'allait-il donc devenir ? Ne pourrait-il même tenter de combattre son doute, en utilisant son voyage, de façon à voir et à se convaincre ? C'était un début décourageant, dont il restait troublé ; et il fallait ces beaux arbres, ce torrent si limpide, cette avenue si calme et si fraîche, pour le remettre de la secousse.

Puis, comme Pierre atteignait le bout de l'allée, il fit une rencontre imprévue. Depuis quelques secondes, il regardait un grand vieillard qui venait à lui, boutonné étroitement dans une redingote, coiffé d'un chapeau à bords plats ; et il cherchait à se rappeler ce visage pâle, au nez d'aigle, aux yeux très noirs et pénétrants. Mais la longue barbe blanche, les boucles blanches des longs cheveux, le déroutaient. Le vieillard s'arrêta, l'air étonné, lui aussi.

« Comment ! Pierre, c'est vous, à Lourdes ! »

Et, brusquement, le jeune prêtre reconnut le docteur Chassaigne, l'ami de son père, son vieil ami à lui-même, qui l'avait guéri, puis réconforté, dans sa terrible crise physique et morale, au lendemain de la mort de sa mère.

« Ah ! mon bon docteur, que je suis content de vous voir ! »

Tous deux s'embrassèrent, avec une grande émotion. Maintenant, devant cette neige des cheveux et de la barbe, devant cette marche lente, cet air infiniment triste, Pierre se rappelait l'acharnement du malheur qui avait vieilli cet homme. Quelques années à peine s'étaient écoulées, et il le retrouvait foudroyé par le destin.

« Vous ne saviez point que j'étais resté à Lourdes, n'est-ce pas ? C'est vrai, je n'écris plus, je ne suis plus avec les vivants, car j'habite au pays des morts. »

Des larmes parurent dans ses yeux ; et il reprit, la voix brisée :

« Tenez ! venez vous asseoir sur ce banc, ça me fera tant plaisir, de revivre un instant avec vous, comme autrefois ! »

À son tour, le prêtre sentit un sanglot le suffoquer. Il ne trouvait rien, il ne put que murmurer :

« Ah ! mon bon docteur, mon vieil ami, je vous ai plaint de tout mon cœur, de toute mon âme ! »

C'était le désastre, le naufrage d'une vie. Le docteur Chassaigne et sa fille Marguerite, une grande, une adorable fille de vingt ans, étaient venus installer à Cauterets Mme Chassaigne, l'épouse, la mère d'élection, dont la santé leur donnait des inquiétudes ; et, au bout de quinze jours, elle allait beaucoup mieux, elle projetait des excursions, lorsque, brutalement, un matin, on l'avait trouvée morte dans son lit. Atterrés sous le coup terrible, le père et la fille restèrent comme étourdis par la trahison du sort. Le docteur, originaire de Bartrès, avait, dans le cimetière de Lourdes, une sépulture de famille, un tombeau qu'il s'était plu à faire construire, et où reposaient déjà ses parents. Aussi voulut-il que le corps de sa femme y vînt dormir, à côté de la case vide, où il comptait bientôt la rejoindre. Et il s'attardait là, depuis une semaine, avec Marguerite, quand celle-ci, prise d'un grand frisson, s'alita un soir, et mourut le surlendemain, sans que son père égaré pût se rendre un compte exact de la maladie. Ce fut la fille, florissante de jeunesse, rayonnante de beauté et de santé, que l'on coucha au cimetière, dans la case vide, près de la mère. L'homme heureux de la veille, l'homme aimé, adoré, qui avait à lui deux chères créatures dont la tendresse lui tenait chaud au cœur, n'était plus qu'un vieil homme misérable, bégayant et perdu, que la solitude glaçait. Toute la joie de sa vie avait croulé, il enviait les cantonniers qui cassaient les pierres sur les routes, quand il voyait des femmes et des gamines leur apporter la soupe, pieds nus. Et il s'était refusé à quitter Lourdes, il avait tout abandonné, ses travaux, sa clientèle de Paris, pour vivre là, près de cette tombe où sa femme et sa fille dormaient leur dernier sommeil.

« Ah ! mon vieil ami, répéta Pierre, comme je vous ai plaint ! Quelle affreuse douleur !... Mais pourquoi n'avoir pas compté un peu sur ceux qui vous aiment ? Pourquoi vous être enfermé ici, dans votre chagrin ? »

Le docteur eut un geste qui embrassait l'horizon.

« Je ne puis m'en aller, elles sont là, elles me gardent... C'est fini, j'attends de les rejoindre. »

Et le silence retomba. Derrière eux, dans les arbrisseaux du talus, des oiseaux voletaient ; tandis qu'ils entendaient, en face, le grand murmure du Gave. Au flanc des coteaux, le soleil s'alourdissait, en une lente poussière d'or. Mais, sous les beaux arbres, sur ce banc écarté, la fraîcheur restait délicieuse ; et ils étaient comme au désert, à deux cents pas de la foule, sans que personne s'arrachât de la Grotte, pour s'égarer jusqu'à eux.

Longtemps, ils causèrent. Pierre lui avait conté dans quelles circonstances il était arrivé le matin à Lourdes, avec le pèlerinage national, en compagnie de M. de Guersaint et de sa fille. Puis, à certaines phrases, il eut un sursaut d'étonnement.

« Eh quoi ! docteur, vous croyez maintenant le miracle possible ? vous, grand Dieu ! vous que j'ai connu incrédule, ou tout au moins d'une complète indifférence ! »

Il le regardait, stupéfait de ce qu'il lui entendait dire de la Grotte et de Bernadette. Lui, une tête si solide, un savant d'une intelligence si exacte, dont il avait tant admiré autrefois les puissantes facultés d'analyse ! Comment un esprit de cette nature, élevé et clair, dégagé de toute foi, nourri dans la méthode et l'expérience, en était-il arrivé à admettre les guérisons miraculeuses, opérées par cette divine fontaine, que la Sainte Vierge avait fait jaillir sous les doigts d'une enfant ?

« Mais, mon bon docteur, rappelez-vous donc ! C'est vous-même qui aviez fourni des notes à mon père sur Bernadette, votre petite payse, ainsi que vous la nommiez ; et c'est vous, plus tard, lorsque toute cette histoire m'a passionné un instant, qui m'avez parlé longuement d'elle. Pour vous, elle n'était qu'une malade, une hallucinée, une enfantine à demi inconsciente, incapable de vouloir... Souvenez-vous de nos causeries, de mes doutes, de la saine raison que vous m'avez aidé à reconquérir ! »

Et il s'émotionnait, car n'était-ce pas la plus étrange des aventures ? lui, prêtre, autrefois résigné à la croyance, ayant achevé de perdre la foi, au contact de ce médecin alors incroyant, qu'il retrouvait maintenant converti, gagné au surnaturel, lorsque lui-même agonisait du tourment de ne plus croire !

« Vous qui n'acceptiez que les faits exacts, qui basiez tout sur l'observation !... Renoncez-vous donc à la science ? »

Alors, Chassaigne, paisible et tristement souriant jusque-là, eut un geste de violence et de souverain mépris.

« La science ! Est-ce que je sais quelque chose, est-ce que je peux quelque chose ?... Vous me demandiez tout à l'heure de quoi ma pauvre Marguerite était morte. Mais je n'en sais rien ! Moi qu'on imagine si savant, si armé contre la mort, je n'y ai rien compris, je n'ai rien pu, pas même prolonger d'une heure la vie de ma fille. Et ma femme, que j'ai trouvée froide dans son lit, lorsqu'elle s'était couchée la veille mieux portante et si gaie, est-ce que j'ai été capable seulement de prévoir ce qu'il aurait fallu faire ?... Non, non ! pour moi, la science a fait faillite. Je ne veux plus rien savoir, je ne suis qu'une bête et qu'un pauvre homme. »

Il disait cela, dans une révolte furieuse contre tout son passé d'orgueil et de bonheur. Puis, lorsqu'il se fut apaisé :

« Tenez ! je n'ai plus qu'un remords affreux. Oui, il me hante, il me pousse sans cesse par ici, à rôder au milieu de ces gens qui prient... C'est de n'être pas venu d'abord m'humilier devant cette Grotte, en y amenant mes deux chères créatures. Elles se seraient agenouillées comme toutes ces femmes que vous voyez, je me serais simplement agenouillé avec elles, et la Sainte Vierge me les aurait peut-être guéries et conservées... Moi, imbécile, je n'ai su que les perdre. C'est ma faute. »

Des larmes, maintenant, ruisselaient de ses yeux.

« Dans mon enfance, à Bartrès, je me souviens que ma mère, une paysanne, me faisait joindre les mains, pour demander chaque matin le secours de Dieu. Cette prière m'est nettement revenue à la mémoire, lorsque je me suis retrouvé seul, aussi faible et perdu qu'un enfant. Que voulez-vous, mon ami ? mes mains se sont jointes comme autrefois, j'étais trop misérable, trop abandonné, je sentais trop vivement le besoin d'un secours surhumain, d'une puissance divine qui pensât, qui voulût pour moi, qui me berçât et m'emportât dans sa prescience éternelle... Ah ! les premiers jours, quelle confusion, quel égarement au fond de ma triste tête, sous l'effroyable coup de massue qu'elle venait de recevoir ! J'ai passé vingt nuits sans dormir, espérant que j'allais devenir fou. Toutes sortes d'idées se battaient, j'avais des révoltes pendant lesquelles je montrais le poing au Ciel, je tombais ensuite à des humilités, suppliant Dieu de me prendre à mon tour... Et c'est enfin une certitude de justice, une certitude d'amour qui m'a calmé, en me rendant la foi. Voyons, vous avez connu ma fille, si grande, si belle, si éclatante de vie : ne serait-ce pas la plus monstrueuse injustice, si, pour elle qui n'a pas vécu, il n'y avait rien au-delà du tombeau ? Elle doit revivre, j'en ai l'absolue conviction, car je l'entends encore parfois, elle me dit que nous nous retrouverons, que nous nous reverrons. Oh ! les êtres chers qu'on a perdus, ma chère fille, ma chère femme, les revoir, revivre ailleurs avec elles, l'unique espérance est là, l'unique consolation à toutes les douleurs de ce monde !... Je me suis donné à Dieu, puisque Dieu seul peut me les rendre. »

Un petit grelottement de vieillard débile l'agitait, et Pierre comprenait enfin, rétablissait ce cas de conversion : le savant, l'intellectuel vieilli, qui retournait à la croyance, sous l'empire du sentiment. D'abord, ce qu'il n'avait pas soupçonné jusque-là, il découvrait une sorte d'atavisme de la foi, chez ce Pyrénéen, ce fils de paysans montagnards, élevé dans la légende, et que la légende reprenait, même lorsque cinquante années d'études positives avaient passé sur elle. Puis, c'était la lassitude humaine, l'homme auquel la science n'a pas donné le bonheur, et qui se révolte contre la science, le jour où elle lui paraît bornée, impuissante à empêcher ses larmes. Et, enfin, il y avait encore là du découragement, un doute de toutes choses qui aboutissait à un besoin de certitude, chez le vieil homme, attendri par l'âge, heureux de s'endormir dans la crédulité.

Pierre ne protestait pas, ne raillait pas, car ce grand vieillard foudroyé, avec sa sénilité douloureuse, lui déchirait le cœur. Sous de tels coups, n'est-ce pas une pitié que de voir les plus forts, les plus clairs, redevenir enfants ?

« Ah ! soupira-t-il très bas, si je souffrais assez pour faire taire aussi ma raison, et m'agenouiller là-bas, et croire à toutes ces belles histoires ! »

Le pâle sourire qui, parfois encore, passait sur les lèvres du docteur Chassaigne, reparut.

« Les miracles, n'est-ce pas ? Vous êtes prêtre, mon enfant, et je sais votre malheur... Les miracles vous paraissent impossibles. Qu'en savez-vous ? Dites-vous donc que vous ne savez rien, et que l'impossible, selon nos sens, se réalise à chaque minute... Et, tenez ! nous avons causé longtemps, onze heures vont sonner, et il faut que vous retourniez à la Grotte. Mais je vous attends à trois heures et demie, je vous mènerai au bureau médical des constatations, où j'espère vous montrer des choses qui vous surprendront... N'oubliez pas, à trois heures et demie. »

Il le renvoya, il resta seul sur le banc. La chaleur s'était encore accrue, les coteaux au loin brûlaient, dans l'éclat de fournaise du soleil. Et il s'oubliait, rêvant sous le petit jour verdâtre des ombrages, écoutant le murmure continu du Gave, comme si une voix de l'Au-delà, une voix chère, lui avait parlé.

Tout de suite, Pierre se hâta de rejoindre Marie. Il put le faire sans trop de peine : la foule s'éclaircissait, beaucoup de monde déjà allait déjeuner. Près de la jeune fille, tranquillement assis, il aperçut le père, M. de Guersaint, qui voulut immédiatement s'expliquer sur sa longue absence. Pendant plus de deux heures, le matin, il avait battu Lourdes dans tous les sens, frappé à la porte de vingt hôtels, sans pouvoir trouver la moindre soupente, où coucher : les chambres de bonnes elles-mêmes étaient louées, on n'aurait pas découvert un matelas, pour s'étendre dans un corridor. Puis, comme il se désespérait, il était tombé sur deux chambres, étroites à la vérité, mais dans un bon hôtel, l'hôtel des Apparitions, un des mieux fréquentés de la ville. Les personnes qui les avaient retenues venaient de télégraphier que leur malade était mort. Enfin, une chance inouïe, dont il semblait tout égayé.

Onze heures sonnaient, le lamentable cortège se remit en marche, par les places, par les rues ensoleillées ; et, quand elle fut à l'hôpital de Notre-Dame-des-Douleurs, Marie supplia son père et le jeune prêtre d'aller déjeuner tranquillement à l'hôtel, puis de se reposer un peu, avant de revenir la prendre vers deux heures, au moment où l'on devait reconduire les malades à la Grotte. Mais, à l'hôtel des Apparitions, après le déjeuner, les deux hommes étant montés dans leurs chambres, M. de

Guersaint, brisé de fatigue, s'endormit d'un si profond sommeil, que Pierre n'eut pas le cœur de le réveiller. À quoi bon ? sa présence n'était point indispensable. Et il retourna seul à l'hôpital, le cortège redescendit l'avenue de la Grotte, fila le long du plateau de la Merlasse, traversa la place du Rosaire, au milieu de la foule sans cesse accrue, qui frémissait et se signait, dans la joie de l'admirable journée d'août. C'était l'heure glorieuse d'un beau jour.

De nouveau installée devant la Grotte, Marie demanda :

« Mon père va nous rejoindre ?

– Oui, il se repose un instant. »

Elle eut un geste, disant qu'il avait bien raison. Et, d'une voix pleine de trouble :

« Écoutez, Pierre, ne venez me chercher que dans une heure, pour me conduire aux piscines… Je ne suis pas assez en état de grâce, je veux prier, prier encore. »

Après avoir désiré si ardemment être là, une terreur l'agitait, des scrupules la rendaient hésitante, au moment de tenter le miracle ; et, comme elle racontait qu'elle n'avait pu rien manger, une jeune fille s'approcha.

« Ma chère demoiselle, si vous vous sentiez trop faible, vous savez que nous avons ici du bouillon. »

Elle reconnut Raymonde. Des jeunes filles étaient ainsi employées à la Grotte, pour distribuer des tasses de bouillon et de lait aux malades. Même certaines, les années précédentes, s'étaient livrées à une telle coquetterie de fins tabliers de soie, garnis de dentelle, qu'on leur avait imposé un tablier d'uniforme, une modeste toile à carreaux blancs et bleus. Et Raymonde, malgré tout, avait réussi à se faire charmante dans cette simplicité, avec sa jeunesse et son air empressé de bonne petite ménagère.

« N'est-ce pas ? répéta-t-elle, faites-moi un signe, et je vous servirai. »

Marie remercia, dit qu'elle ne prendrait sûrement rien ; puis se retournant vers le prêtre :

« Une heure, une heure encore, mon ami. »

Alors, Pierre voulut rester près d'elle. Mais toute la place devait être réservée aux malades, on ne tolérait pas la présence des brancardiers. Entraîné par le flot mouvant de la foule, il se trouva porté vers les piscines, il tomba sur un spectacle extraordinaire, qui le retint. Devant les trois édicules, où étaient les baignoires, trois par trois, six pour les femmes et trois pour les hommes, il y avait un long espace, sous les arbres, qu'une grosse corde, nouée aux troncs, fermait et laissait libre ; des malades, dans de petites voitures ou sur des brancards, y attendaient leur tour, à la file ; tandis que, de l'autre côté de la corde, se pressait une cohue immense, exaltée. À ce moment, un capucin, debout au milieu de l'espace libre, dirigeait les prières. Des *Ave* se succédaient, que la foule balbutiait, d'un grand murmure confus. Puis, tout d'un coup, comme Mme Vincent, qui depuis longtemps attendait, pâle d'angoisse, entrait enfin, avec son cher fardeau, sa fillette pareille à un jésus de cire, le capucin se laissa tomber sur les genoux, les bras en croix, criant : « Seigneur, guérissez nos malades ! » Et il répéta ce cri dix fois, vingt fois, avec une furie croissante, et la foule le répéta chaque fois, s'exaltant davantage à chaque cri, sanglotant, baisant la terre. Ce fut un vent de délire qui passa, abattant tous les fronts. Pierre demeura bouleversé par le sanglot de souffrance qui montait des entrailles de ce peuple, une prière d'abord, de plus en plus haute, où éclatait bientôt une exigence, une voix d'impatience et de colère, assourdissante et acharnée, pour faire violence au Ciel. « Seigneur, guérissez nos malades !... Seigneur, guérissez nos malades !... » Et le cri ne cessait pas.

Mais il y eut un incident. La Grivotte pleurait à chaudes larmes, parce qu'on ne voulait pas la baigner.

« Ils disent comme ça que je suis phtisique et qu'ils ne peuvent pas tremper les phtisiques dans l'eau froide... Ce matin encore, ils en ont trempé une, je l'ai vue. Alors, pourquoi pas moi ?... Je me tue à leur jurer depuis une demi-heure qu'ils font de la peine à la Sainte Vierge. Je vais être guérie, je le sens, je vais être guérie... »

Comme elle commençait à faire scandale, un des aumôniers des piscines s'approcha, tâcha de la calmer. On verrait tout à l'heure, on allait demander l'avis des révérends pères. Si elle était bien sage, on la baignerait peut-être.

Le cri continuait : « Seigneur, guérissez nos malades !... Seigneur, guérissez nos malades !... » Et Pierre, qui venait d'apercevoir Mme Vêtu, attendant elle aussi devant les piscines, ne pouvait détourner les yeux de cette face torturée d'espoir, les yeux fixés sur la porte, d'où les bienheureuses, les élues, sortaient guéries. Ce fut au milieu d'un redoublement de prières, d'une frénésie de supplications, que Mme Vincent reparut avec sa fillette sur les bras, sa misérable et adorée fillette qu'on avait plongée évanouie dans l'eau froide, et dont la pauvre petite figure, mal essuyée encore, restait aussi pâle, les yeux fermés, plus douloureuse et plus morte. La mère, crucifiée par cette longue agonie, désespérée du refus de la Sainte Vierge, insensible au mal de son enfant, sanglotait. Et, de nouveau, lorsque Mme Vêtu entra à son tour, avec un emportement de mourante qui va boire la vie, le cri obsédant éclata, sans découragement ni lassitude : « Seigneur, guérissez nos malades !... Seigneur, guérissez nos malades !... » Le capucin s'était abattu la face contre le sol, et la foule, les bras en croix, hurlante, mangeait la terre de baisers.

Pierre voulut rejoindre Mme Vincent, pour lui dire une bonne parole de consolation ; mais un flot de pèlerins l'empêcha de passer, le rejeta vers la fontaine, qu'une autre cohue assiégeait. C'était toute une construction basse, un long mur de pierre, au chaperon taillé ; et, malgré les douze robinets, qui coulaient dans l'étroit bassin, des queues avaient dû s'établir. Beaucoup emplissaient là des bouteilles, des bidons de fer-blanc, des cruches de grès. Pour éviter la trop grande perte d'eau, chaque robinet ne fonctionnait que sous l'action d'un bouton. Aussi, avec leurs frêles mains, des femmes s'attardaient-elles, en s'inondant les pieds. Celles qui n'avaient pas de bidons à remplir, venaient boire et se laver le visage. Pierre remarqua un jeune homme qui buvait sept petits verres et qui se lavait sept fois les yeux, sans s'essuyer. D'autres buvaient dans des coquillages, des timbales d'étain, des poches de cuir. Et il fut surtout intéressé par le spectacle d'Élise Rouquet qui, jugeant inutile d'aller aux piscines, pour la plaie affreuse dont sa face était rongée, se contentait, depuis le matin, de se lotionner à la fontaine, toutes les heures. Elle s'agenouillait, écartait le fichu, appliquait longuement sur la plaie un mouchoir qu'elle imbibait, comme une éponge ; et, autour d'elle, la foule se ruait dans une telle fièvre, que les gens ne remarquaient plus son visage de monstre, se lavaient et buvaient au canon même où elle mouillait son mouchoir.

Mais, à ce moment, Gérard qui passait, traînant aux piscines M. Sabathier, appela Pierre, qu'il voyait inoccupé. Et il lui demanda de le suivre, pour donner un coup de main ; car l'ataxique n'allait pas être commode à remuer et à descendre dans l'eau. Ce fut ainsi que Pierre demeura près d'une demi-heure dans la piscine des hommes, où il était resté avec le malade, pendant que Gérard retournait à la Grotte en chercher un autre. Cette piscine lui parut bien aménagée. Elle consistait en trois cases, en trois baignoires, où l'on descendait par des marches, et que séparaient des cloisons : l'entrée de chacune était garnie d'un rideau de toile, qu'on pouvait tirer pour isoler le malade. En avant, se trouvait une salle commune, une pièce dallée, meublée seulement d'un banc et de deux chaises, qui servait de salle d'attente. Les malades s'y déshabillaient, se rhabillaient ensuite, avec une hâte gauche, un souci inquiet de pudeur. Un homme était là, nu encore, s'enveloppant à demi dans le rideau, pour remettre un bandage, de ses mains tremblantes. Un autre, un phtisique, d'une effrayante maigreur, grelottait avec un râle, la peau grise, zébrée de taches violettes. Mais Pierre frémit en voyant le frère Isidore qu'on retirait d'une baignoire : il était inanimé, on le crut mort, puis il recommença à pousser des plaintes ; et c'était une pitié affreuse, ce grand corps desséché par la souffrance, pareil à un lambeau humain jeté sur l'étal, troué à la hanche d'une plaie. Les deux hospitaliers qui venaient de le baigner, avaient toutes les peines du monde à lui remettre sa chemise, car ils craignaient de le voir s'éteindre, dans une secousse trop brusque.

« Monsieur l'abbé, vous allez m'aider, n'est-ce pas ? » demanda l'hospitalier qui déshabillait M. Sabathier.

Tout de suite, Pierre s'empressa ; et, en le regardant, il reconnut, dans cet infirmier aux fonctions si humbles, le marquis de Salmon-Roquebert, que M. de Guersaint lui avait montré, en descendant de la gare. C'était un homme d'une quarantaine d'années, au grand nez chevaleresque, dans une figure longue. Dernier représentant d'une des plus anciennes et des plus illustres familles de France, il avait une fortune considérable, un hôtel royal à Paris, rue de Lille, des terres immenses, en Normandie. Chaque année, il venait ainsi à Lourdes, pendant les trois jours du pèlerinage national, par charité, sans aucun zèle religieux, car il pratiquait uniquement en homme de bonne compagnie. Et il s'entêtait à ne rien être, il voulait rester simple hospitalier, baignant cette année-là les malades, les bras cassés de fatigue, les mains occupées du matin au soir à remuer des loques, à ôter et à remettre des pansements.

« Faites attention, recommanda-t-il, enlevez les bas sans vous presser. Tout à l'heure, pour ce pauvre homme qu'on rhabille là, la chair est venue. »

Et, comme il quittait un instant M. Sabathier, afin d'aller rechausser le malheureux, il sentit, sous ses doigts, que le soulier gauche était mouillé à l'intérieur. Il regarda : du pus avait coulé, emplissant le bout du soulier ; et il dut aller le vider dehors, avant de le remettre au pied du malade, avec d'infinies précautions, en évitant de toucher à la jambe, que dévorait un ulcère.

« Maintenant, dit-il à Pierre, en revenant à M. Sabathier, tirez avec moi sur le caleçon, pour que nous l'ayons d'un coup. »

Il n'y avait, dans la petite salle, que les malades et les hospitaliers chargés du service. Un aumônier aussi était présent, récitant des *Pater* et des *Ave*, car les prières ne devaient pas cesser une minute. D'ailleurs, un simple rideau volant fermait la porte, sur le large espace, que les cordes protégeaient ; et les supplications de la foule arrivaient en une clameur continue, tandis qu'on entendait la voix perçante du capucin répéter sans relâche : « Seigneur, guérissez nos malades !... Seigneur, guérissez nos malades !... » Des fenêtres hautes laissaient tomber une froide lumière, et il régnait là une continuelle humidité, une odeur fade de cave trempée d'eau.

Enfin, M. Sabathier était nu. On ne lui avait noué, sur le ventre, qu'un tablier étroit, pour la décence.

« Je vous en prie, dit-il, ne me descendez dans l'eau que peu à peu. »

L'eau froide le terrifiait. Il racontait encore que, la première fois, il avait éprouvé un saisissement si atroce, qu'il s'était juré de ne recommencer jamais. À l'entendre, il n'y avait pas de pire torture. Puis, l'eau, comme il le disait, n'était guère engageante ; car, de crainte que le débit de la source ne pût suffire, les pères de la Grotte ne faisaient alors changer l'eau des baignoires que deux fois par jour ; et, comme il passait dans la même eau près de cent malades, on s'imagine quel terrible bouillon cela finissait par être. Il s'y rencontrait de tout, des filets de sang, des débris de peau, des croûtes, des morceaux de charpie et de bandage, un affreux consommé de tous les maux, de toutes les plaies, de toutes les pourritures. Il semblait que ce fût une véritable culture des germes empoisonneurs, une essence des contagions les plus redoutables, et le miracle devait être que l'on ressortît vivant de cette boue humaine.

« Doucement, doucement », répétait M. Sabathier à Pierre et au marquis, qui l'avaient saisi par-dessous les cuisses, pour le porter à la baignoire.

Et il regardait l'eau avec une terreur d'enfant, cette eau épaisse et d'aspect livide, sur laquelle des plaques luisantes, louches, flottaient. Il y avait au bord, à gauche, un caillot rouge, comme si un abcès avait crevé à cette place. Des bouts de linge nageaient ainsi que des chairs mortes. Mais son épouvante de l'eau froide était si grande, qu'il préférait pourtant ces bains souillés de l'après-midi, parce que tous les corps qui s'y trempaient finissaient par les réchauffer un peu.

« Nous allons vous laisser glisser sur les marches », expliqua le marquis à demi-voix.

Puis, il recommanda à Pierre de le soutenir fortement par les aisselles.

« Ne craignez rien, dit le prêtre, je ne lâcherai pas. »

Lentement, M. Sabathier fut descendu. On ne voyait plus que son dos, un pauvre dos de douleur, qui se balançait, se gonflait, se moirait d'un frisson. Et, quand il fut plongé, la tête se renversa dans un spasme, on entendit comme un craquement des os, pendant qu'il étouffait, d'un souffle éperdu.

L'aumônier, debout devant la baignoire, avait repris, avec une ferveur nouvelle :

« Seigneur, guérissez nos malades !... Seigneur, guérissez nos malades ! »

M. de Salmon-Roquebert répéta le cri, qui était réglementaire pour les hospitaliers, à chaque immersion. Pierre dut également le jeter, et sa pitié devant tant de souffrance était si grande, qu'il retrouvait un peu de sa foi : depuis bien longtemps, il n'avait pas prié ainsi, souhaitant qu'il y eût au Ciel un Dieu, dont la toute-puissance pût soulager l'humanité misérable. Mais, au bout de trois ou quatre minutes, lorsqu'ils retirèrent de la baignoire, à grand-peine, M. Sabathier, blême et grelottant, il éprouva une tristesse plus désespérée, à voir l'ataxique si malheureux, comme anéanti, de ne sentir aucun soulagement : encore une tentative inutile ! la Sainte Vierge n'avait pas daigné l'entendre, pour la septième fois. Il fermait les yeux, deux grosses larmes coulaient de ses paupières closes, tandis qu'on le rhabillait.

Pierre, ensuite, reconnut le petit Gustave Vigneron qui entrait, avec sa béquille, pour prendre son premier bain. À la porte, la famille venait de s'agenouiller, le père, la mère, la tante, Mme Chaise, tous les trois cossus et d'une dévotion exemplaire. On chuchotait dans la foule, on disait que c'était un employé supérieur du ministère des Finances. Mais, comme l'enfant commençait à se déshabiller, il y eut une rumeur, le père Fourcade et le père Massias parurent, en donnant l'ordre de suspendre les immersions. Le grand miracle allait être tenté, la faveur extraordinaire sollicitée ardemment depuis le matin, la résurrection de l'homme.

Dehors, les prières continuaient, un furieux appel de voix qui se perdaient au ciel, dans le chaud après-midi d'été. Et une civière couverte entra, que les deux brancardiers déposèrent au milieu de la salle. Le baron Suire, président de l'Hospitalité, suivait, ainsi que Berthaud, un des chefs de service ; car l'aventure remuait tout le personnel, et il y eut quelques mots échangés à voix basse, entre ces messieurs et les deux pères de l'Assomption. Puis, ceux-ci tombèrent à genoux, les bras en croix, priant, la face illuminée, transfigurée par leur brûlant désir de voir se manifester l'omnipotence de Dieu.

« Seigneur, écoutez-nous !... Seigneur, exaucez-nous ! »

On venait d'emporter M. Sabathier, il n'y avait plus là d'autres malades que le petit Gustave, à moitié dévêtu, oublié sur une chaise. Les rideaux de la civière furent tirés, le cadavre de l'homme apparut, déjà rigide, comme réduit et aminci, avec ses grands yeux qui étaient restés obstinément ouverts. Mais il fallait le déshabiller, car il avait encore ses vêtements, et cette besogne terrible fit hésiter un moment les hospitaliers. Pierre remarqua que le marquis de Salmon-Roquebert, si dévoué aux vivants, sans répugnance, s'était mis à l'écart, s'agenouillant lui aussi, pour ne pas toucher à ce corps. Et il l'imita, se prosterna près de lui, afin d'avoir une contenance.

Peu à peu, le père Massias s'exaltait, d'une voix si haute, qu'elle couvrait celle de son supérieur, le père Fourcade.

« Seigneur, rendez-nous notre frère !... Seigneur, faites cela pour votre gloire ! »

Déjà, un des hospitaliers s'était décidé à tirer sur le pantalon de l'homme ; mais les jambes ne cédaient pas, il aurait fallu soulever le corps ; et l'autre hospitalier, qui déboutonnait la vieille redingote, fit, à demi-voix, la réflexion qu'il serait plus court de tout couper, avec des ciseaux. Autrement, jamais on ne viendrait à bout de la besogne.

Berthaud se précipita. Il avait consulté le baron Suire, d'un mot rapide. Lui, au fond, en homme politique, désapprouvait le père Fourcade d'avoir tenté une pareille aventure. Seulement, il n'était plus possible de ne pas aller jusqu'au bout : la foule attendait, suppliait le Ciel depuis le matin. Et la sagesse était d'en finir tout de suite, le plus respectueusement qu'on pourrait envers le mort. Aussi, plutôt que de le trop secouer pour le mettre nu, Berthaud pensait qu'il valait mieux le plonger tout habillé dans la piscine. Il serait toujours temps de le changer, s'il ressuscitait ; et, dans le cas contraire, peu importait, mon Dieu ! Vivement, il dit ces choses aux hospitaliers, il les aida à passer des sangles sous les cuisses et sous les épaules de l'homme.

Le père Fourcade avait approuvé d'un signe de tête, pendant que le père Massias redoublait de ferveur.

« Seigneur, soufflez sur lui et il renaîtra !... Seigneur, rendez-lui son âme pour qu'il vous glorifie ! »

D'un effort, les deux hospitaliers soulevèrent l'homme sur les sangles, le portèrent au-dessus de la baignoire, le descendirent dans l'eau lentement, tourmentés de la crainte qu'il ne leur échappât. Alors, Pierre, saisi d'horreur, vit très bien le corps s'immerger, avec ses pauvres vêtements, dont l'étoffe se collait aux os, dessinant le squelette. Il flottait comme un noyé. Puis, l'abominable, ce fut que la tête, malgré la rigidité cadavérique, retombait en arrière ; et elle était sous l'eau, les hospitaliers s'efforçaient vainement de relever la sangle des épaules. Un moment, l'homme faillit glisser au fond de la baignoire. Comment aurait-il pu retrouver son souffle, puisqu'il avait la bouche pleine d'eau, avec ses yeux grands ouverts, qui semblaient, sous ce voile, mourir une seconde fois ?

Pendant les trois interminables minutes qu'on le trempa, les deux pères de l'Assomption, ainsi que l'aumônier, dans un paroxysme de désir et de foi, s'efforcèrent de violenter le Ciel.

« Seigneur, regardez-le seulement, et il ressuscitera !... Seigneur, qu'il se lève à votre voix pour convertir la terre !... Seigneur, vous n'avez qu'un mot à dire, le monde entier célébrera votre nom ! »

Comme si un vaisseau se fût brisé dans sa gorge, le père Massias s'abattit sur les coudes, suffoquant, n'ayant plus que la force de baiser les dalles. Et, du dehors, arriva la clameur de la foule, le cri sans cesse répété, que le capucin lançait toujours : « Seigneur, guérissez nos malades !... Seigneur, guérissez nos malades !... » Cela tombait si singulièrement, que Pierre retint un cri de révolte. Près de lui, il sentait le marquis frémir. Aussi fut-ce un soulagement général, lorsque Berthaud, décidément fâché de l'aventure, dit d'une voix brusque aux hospitaliers :

« Retirez-le, retirez-le donc ! »

On retira l'homme, on le déposa sur la civière, avec ses loques de noyé collées à ses membres. Ses cheveux s'égouttaient, des ruisseaux coulaient, inondaient la salle. Et le mort restait mort.

Tous s'étaient levés, le regardaient, au milieu d'un silence pénible. Puis, comme on le recouvrait et qu'on l'emportait, le père Fourcade le suivit, appuyé à l'épaule du père Massias, traînant sa jambe goutteuse, dont il avait oublié un moment la douloureuse pesanteur. Il retrouvait déjà toute sa forte sérénité, on l'entendit qui disait à la foule, pendant un silence :

« Mes chers frères, mes chères sœurs, Dieu n'a pas voulu nous le rendre. C'est que, sans doute, dans son infinie bonté, il le garde parmi ses élus. »

Et ce fut tout, il ne fut plus question de l'homme. De nouveau, on amenait des malades, les deux autres baignoires étaient occupées. Cependant, le petit Gustave, qui avait suivi la scène de son œil fin et curieux, sans terreur, achevait de se déshabiller. Son misérable corps d'enfant scrofuleux apparut, avec ses côtes saillantes et l'arête épineuse de son échine, d'une maigreur qui faisait ressembler ses jambes à des cannes, la gauche surtout, desséchée, réduite à l'os ; et il avait deux plaies, l'une à la cuisse, l'autre aux reins, affreuse celle-ci, la chair à nu. Il souriait pourtant, si affiné par le mal, qu'il semblait avoir la raison et la philosophie brave d'un homme, pour ses quinze ans qui en paraissaient à peine dix.

Le marquis de Salmon-Roquebert, l'ayant pris délicatement dans ses bras, refusa l'aide de Pierre.

« Merci, il ne pèse pas plus qu'un oiseau... Et n'aie pas peur, mon cher petit, j'irai doucement.

– Oh ! monsieur, je ne crains pas l'eau froide, vous pouvez me plonger. »

Il fut plongé ainsi dans la baignoire où l'on avait trempé l'homme. À la porte, Mme Vigneron et Mme Chaise, qui ne pouvaient entrer, s'étaient remises à genoux et priaient dévotement ; tandis que le père, M. Vigneron, admis dans la salle, faisait de grands signes de croix.

Pierre s'en alla, puisqu'il n'était plus utile. L'idée que trois heures étaient sonnées depuis longtemps, et que Marie devait l'attendre, le fit se hâter. Mais, comme il tentait de fendre la foule, il vit arriver la jeune fille, traînée dans son chariot par Gérard, qui n'avait pas cessé d'amener des malades aux piscines. Elle s'était impatientée, soudainement envahie par la certitude qu'elle se trouvait enfin en état de grâce. Et elle eut un mot de reproche.

« Oh ! mon ami, vous m'avez donc oubliée ! »

Il ne trouva rien à répondre, il la regarda disparaître dans les piscines des femmes, et il tomba à genoux, mortellement triste. C'était ainsi qu'il voulait l'attendre, prosterné, pour la reconduire à la Grotte, guérie certainement, chantant des louanges. Puisqu'elle était certaine d'être guérie, ne devait-elle pas l'être ? D'ailleurs, lui-même cherchait en vain des mots de prière, au fond de son être bouleversé. Il restait sous le coup des choses terribles qu'il venait de voir, écrasé de fatigue physique, le cerveau déprimé, ne sachant plus ce qu'il voyait, ni ce qu'il croyait. Seule, sa tendresse éperdue pour Marie restait, le jetait à un besoin de sollicitations et d'humilité, dans cette pensée que les tout-petits, quand ils aiment bien et qu'ils supplient les puissants, finissent par obtenir des grâces. Et il se surprit à répéter avec la foule, d'une voix de détresse, sortie du fond de son être :

« Seigneur, guérissez nos malades !... Seigneur, guérissez nos malades !... »

Cela dura dix minutes, un quart d'heure peut-être. Puis, Marie reparut, dans son chariot. Elle avait sa face désespérée et pâle, ses beaux cheveux noués en un lourd paquet d'or, que l'eau n'avait pas touché. Et elle n'était pas guérie. Une stupeur d'infini découragement fermait sa bouche, tandis que ses yeux se détournaient, comme pour ne pas rencontrer ceux du prêtre, qui, saisi, le cœur glacé, se décida à reprendre la poignée du timon, afin de la reconduire devant la Grotte.

Et le cri des fidèles, à genoux, les bras en croix, baisant la terre, reprenait dans la folie croissante, fouetté par la voix aiguë du capucin.

« Seigneur, guérissez nos malades !... Seigneur, guérissez nos malades !... »

Devant la Grotte, comme Pierre la réinstallait, Marie eut une défaillance. Tout de suite, Gérard qui était là, vit accourir Raymonde, avec une tasse de bouillon ; et ce fut dès lors, entre eux, un assaut de zèle, autour de la malade. Raymonde, surtout, insistait pour faire accepter son bouillon, tenant gentiment la tasse, prenant des airs câlins de bonne infirmière ; tandis que Gérard la trouvait tout de même charmante, cette fille sans fortune, déjà experte aux choses de la vie, prête à conduire un ménage d'une main ferme, sans cesser d'être aimable. Berthaud devait avoir raison, c'était la femme qu'il lui fallait.

« Mademoiselle, désirez-vous que je la soulève un peu ?

– Merci, monsieur, je suis bien assez forte… Et puis, je la ferai boire à la cuiller, cela ira mieux. »

Mais Marie, obstinée dans son silence farouche, revenait à elle, refusait le bouillon du geste. Elle voulait qu'on la laissât tranquille, qu'on ne lui parlât pas. Ce fut seulement lorsque les deux autres s'éloignèrent, en se souriant, qu'elle dit au prêtre, d'une voix sourde :

« Mon père n'est donc pas venu ? »

Pierre, après avoir hésité un moment, dut confesser la vérité.

« J'ai laissé votre père endormi, et il ne se sera pas réveillé. »

Alors, Marie, retombant à son anéantissement, le renvoya lui-même, du geste dont elle écartait tout secours. Immobile, elle ne priait plus, elle regardait de ses grands yeux fixes la Vierge de marbre, la statue blanche, dans le flamboiement de la Grotte. Et, comme quatre heures sonnaient, Pierre, le cœur meurtri, s'en alla au bureau des constatations, en se rappelant le rendez-vous que lui avait donné le docteur Chassaigne.

IV

Le docteur Chassaigne attendait Pierre devant le bureau médical des constatations. Mais il y avait là une foule compacte, fiévreuse, guettant les malades qui entraient, les questionnant, les acclamant à la sortie, lorsque se répandait la nouvelle du miracle, un aveugle qui voyait, une sourde qui entendait, une paralytique qui retrouvait des jambes neuves. Et Pierre eut grand-peine à traverser cette cohue.

« Eh bien ! demanda-t-il au docteur, allons-nous avoir un miracle, mais un vrai, incontestable ? »

Le docteur sourit, indulgent dans sa foi nouvelle.

« Ah ! dame, un miracle ne se fait pas sur commande. Dieu intervient quand il veut. »

Des hospitaliers gardaient sévèrement la porte. Tous le connaissaient, et ils s'écartèrent respectueusement, ils le laissèrent entrer, avec son compagnon. Ce bureau, où les guérisons étaient constatées, se trouvait installé fort mal dans une misérable cabane en planches, qui se composait de deux pièces, une étroite antichambre et une salle commune de réunion, insuffisante. D'ailleurs, il était question d'améliorer ce service, en le logeant plus au large, tout un vaste local, sous une des rampes du Rosaire, et dont on préparait déjà l'aménagement.

Dans l'antichambre, où il n'y avait qu'un banc de bois, Pierre aperçut deux malades assises, attendant leur tour, sous la surveillance d'un jeune hospitalier.

Mais, lorsqu'il pénétra dans la salle commune, le nombre des personnes, entassées là, le surprit ; tandis que la suffocante chaleur amassée entre les murs de bois, que le soleil surchauffait, lui brûlait la face. C'était une pièce carrée, peinte en jaune clair, nue, avec une seule fenêtre, aux carreaux brouillés de blanc, afin que la foule, qui s'écrasait dehors, ne pût rien voir. On n'osait pas même ouvrir la fenêtre, pour donner de l'air ; car, aussitôt, un flot de têtes curieuses entraient. Et le mobilier restait rudimentaire : deux tables de sapin, d'inégale hauteur, placées bout à bout, qu'on n'avait seulement pas recouvertes d'un tapis ; une sorte de grand casier, encombré de paperasses mal tenues, de dossiers, de registres, de brochures ; enfin, des chaises de paille, une trentaine, tenant tout le plancher, et deux vieux fauteuils déloquetés, pour les malades.

Tout de suite, le docteur Bonamy s'était empressé au-devant du docteur Chassaigne, qui était une des dernières et une des plus glorieuses conquêtes de la Grotte. Il lui trouva une chaise, fit asseoir également Pierre, dont il salua la soutane. Puis, de son ton de grande politesse :

« Mon cher confrère, vous me permettez de continuer... Nous étions en train d'examiner mademoiselle. »

Il s'agissait d'une sourde, une paysanne de vingt ans, assise dans l'un des fauteuils. Mais, au lieu d'écouter, Pierre, les jambes lasses, la tête bourdonnante encore, se contentait de regarder, tâchait de se rendre compte du personnel qui se trouvait là. On pouvait être une cinquantaine, beaucoup se tenaient debout, adossés contre le mur. Devant les deux tables, ils étaient cinq : le chef du service des piscines au milieu, penché sur un gros registre ; puis, un père de l'Assomption et trois jeunes séminaristes, qui servaient de secrétaires, écrivant, passant les dossiers, les reclassant, après chaque examen. Et Pierre s'intéressa un instant à un père de l'Immaculée-Conception, le père Dargelès, rédacteur en chef du *Journal de la Grotte*, qu'on lui avait montré le matin. Sa petite figure mince, aux yeux clignotants, au nez pointu et à la bouche fine, souriait toujours. Il était assis modestement au bout de la plus basse des deux tables, et il prenait parfois des notes, pour son journal. Lui seul, de toute la congrégation, paraissait, pendant les trois jours du pèlerinage national. Mais, derrière lui, on devinait les autres, comme une force lentement accrue et cachée, organisant tout et ramassant tout.

Ensuite, l'assistance ne comptait guère que des curieux, des témoins, une vingtaine de médecins et quatre ou cinq prêtres. Les médecins, venus d'un peu partout, gardaient pour la plupart un absolu silence ; quelques-uns se hasardaient à poser des questions ; et ils échangeaient par moments des regards obliques, plus préoccupés de se surveiller entre eux que de constater les faits soumis à leur examen. Qui pouvaient-ils être ? Des noms étaient prononcés, entièrement inconnus. Un seul avait causé une émotion, celui d'un docteur célèbre d'une université catholique.

Mais, ce jour-là, le docteur Bonamy, qui ne s'asseyait jamais, menant la séance, interrogeant les malades, gardait surtout son amabilité pour un petit monsieur blond, un écrivain de quelque talent, rédacteur influent d'un des journaux les plus lus de Paris, et qu'un hasard venait de faire tomber à Lourdes, le matin même. N'était-ce pas un incrédule à convertir, une influence et une publicité à utiliser ? Et le docteur l'avait installé dans le second fauteuil, et il affectait une bonhomie souriante, lui donnait la grande représentation, déclarait qu'on n'avait rien à cacher, tout se passant au grand jour.

« Nous ne demandons que la lumière, répétait-il. Nous ne cessons de provoquer l'examen des hommes de bonne volonté. »

Puis, comme la prétendue guérison de la sourde se présentait fort mal, il la rudoya un peu.

« Allons, allons, ma fille, il n'y a qu'un commencement... Vous repasserez. »

Et, à demi-voix :

« Si on les écoutait, toutes seraient guéries. Mais nous n'acceptons que les guérisons prouvées, éclatantes comme le soleil... Remarquez que je dis guérisons, et non pas miracles ; car, nous médecins, nous ne nous permettons pas d'interpréter, nous sommes là simplement pour constater si les malades, soumis à notre examen, n'offrent plus aucune trace de maladie. »

Il se carrait, tirait du jeu son honnêteté, pas plus sot ni menteur qu'un autre, croyant sans croire, sachant la science si obscure, si pleine de surprises, que l'impossible y était toujours réalisable ; et, sur le tard de sa vie de praticien, il s'était ainsi fait à la Grotte une situation à part, qui avait ses inconvénients et ses avantages, fort douce et heureuse en somme.

Maintenant, sur une question du journaliste de Paris, il expliquait sa façon de procéder. Chaque malade du pèlerinage arrivait avec un dossier, dans lequel se trouvait presque toujours un certificat du médecin qui le soignait ; parfois même, il y avait plusieurs certificats de médecins différents, des bulletins d'hôpitaux, tout un historique de la maladie. Et, dès lors, quand une guérison venait à se produire, et que la personne guérie se présentait, il suffisait de se reporter à son dossier, de lire les certificats, pour connaître le mal dont elle souffrait, et pour constater, en l'examinant, si ce mal avait bien réellement disparu.

Pierre écoutait, attentif. Depuis qu'il était là, assis, au repos, il se calmait, il retrouvait son intelligence nette. La chaleur seule l'incommodait maintenant. Aussi, intéressé par les explications du docteur Bonamy, désireux de se faire une opinion, aurait-il pris la parole, sans la robe qu'il portait. Cette soutane le condamnait à un perpétuel effacement. Et il fut ravi d'entendre le petit monsieur blond, l'écrivain influent, formuler les objections qui, tout de suite, se présentaient. Cela ne semblait-il pas désastreux que ce fût un médecin qui diagnostiquât la maladie, et un autre médecin qui en constatât la guérison ? Il y avait certainement là une continuelle source d'erreurs possibles. Le mieux aurait dû être qu'une commission médicale examinât tous les malades, dès leur arrivée à Lourdes, rédigeât des procès-verbaux, auxquels la même commission se serait reportée, à chaque cas de guérison. Mais le docteur Bonamy se récriait, disant avec justesse que jamais une commission ne suffirait à une si gigantesque besogne : pensez donc ! mille cas divers à examiner dans une matinée ! et que de théories différentes, que de discussions, que de diagnostics contradictoires, augmentant l'incertitude ! L'examen préalable, d'une réalisation presque impossible, offrait en effet des causes d'erreurs tout aussi grandes. Dans la pratique, il fallait s'en tenir à ces certificats délivrés par les médecins, qui prenaient dès lors une importance capitale, décisive. On feuilleta des dossiers sur l'une des tables, on fit lire des certificats au journaliste de Paris. Beaucoup étaient d'une brièveté fâcheuse. D'autres, mieux rédigés, spécifiaient nettement les maladies. Quelques signatures de médecins étaient même légalisées par les maires des communes. Seulement, les doutes restaient sans nombre, invincibles : quels étaient ces médecins ? avaient-ils l'autorité scientifique nécessaire ? n'avaient-ils pas cédé à des circonstances ignorées, à des intérêts purement personnels ? On était tenté de réclamer une enquête sur chacun d'eux. Du moment que tout se basait sur le dossier apporté par le malade, il aurait fallu un contrôle très soigneux des documents, car tout croulait, dès qu'une critique sévère n'avait pas établi l'absolue certitude des faits.

Très rouge, suant, le docteur Bonamy se démenait.

« Mais c'est ce que nous faisons, c'est ce que nous faisons !... Dès qu'un cas de guérison nous paraît inexplicable par les voies naturelles, nous procédons à une enquête minutieuse, nous prions la personne guérie de revenir se faire examiner... Et vous voyez bien que nous nous entourons de toutes les lumières. Ces messieurs qui nous écoutent sont presque tous des médecins, accourus des points les plus opposés de la France. Nous les conjurons de nous dire leurs doutes, de discuter les cas avec nous, et un procès-verbal très détaillé est dressé de chaque séance... Vous entendez, messieurs, protestez, si quelque chose ici blessait en vous la vérité. »

Pas un des assistants ne bougea. Le plus grand nombre des médecins présents, qui devaient être des catholiques, s'inclinaient, naturellement. Et quant aux autres, les incrédules, les savants purs, ils regardaient, s'intéressaient à certains phénomènes, évitaient par courtoisie d'entrer dans des discussions, inutiles d'ailleurs ; puis, ils s'en allaient, quand leur malaise d'hommes raisonnables devenait trop grand, et qu'ils se sentaient près de se fâcher.

Alors, personne ne soufflant mot, le docteur Bonamy triompha. Et, comme le journaliste lui demandait s'il était seul, pour un si gros travail :

« Absolument seul. Ma fonction de médecin de la Grotte n'est pas si compliquée, car elle consiste simplement, je le répète, à constater les guérisons, lorsqu'il s'en produit. »

Il se reprit pourtant, il ajouta avec un sourire :

« Ah ! j'oubliais, j'ai Raboin, qui m'aide à mettre ici un peu d'ordre. »

Et il désignait du geste un gros homme d'une quarantaine d'années, grisonnant, à la face épaisse, à la mâchoire de dogue. Lui était un croyant exaspéré, un exalté qui ne permettait pas qu'on mît en doute les miracles. Aussi souffrait-il de sa fonction au bureau des constatations médicales, toujours prêt à gronder de colère, dès qu'on discutait. L'appel aux médecins l'ayant jeté hors de lui, le docteur dut le calmer.

« Allons, Raboin, mon ami, taisez-vous ! Toutes les opinions sincères ont le droit de se produire. »

Mais les malades défilaient. On amena un homme dont un eczéma couvrait le torse entier ; et, quand il ôtait sa chemise, une farine grise tombait de sa peau. Il n'était pas guéri, il affirmait seulement qu'il venait chaque année à Lourdes et qu'il en repartait chaque fois soulagé. Puis, ce fut une dame, une comtesse, d'une maigreur effrayante, dont l'histoire était extraordinaire : guérie une première fois par la Sainte

Vierge d'une tuberculose, sept années auparavant, elle avait eu quatre enfants, puis elle était retombée à la phtisie, morphinomane à cette heure, mais déjà ranimée par son premier bain, se proposant, dès le soir, d'assister à la procession aux flambeaux, avec les vingt-sept personnes de sa famille, amenées par elle. Ensuite, il y eut une femme atteinte d'aphonie nerveuse, qui, après des mois de mutité absolue, venait de recouvrer subitement la voix, au moment de la procession de quatre heures, sur le passage du saint sacrement.

« Messieurs, déclara le docteur Bonamy, avec la bonne grâce affectée d'un savant aux idées larges, vous savez que nous ne retenons pas les cas, dès qu'il s'agit d'une affection nerveuse. Remarquez pourtant que cette femme a été soignée pendant six mois à la Salpêtrière et qu'elle a dû venir ici pour voir sa langue se délier tout d'un coup. »

Cependant, il montrait quelque impatience, car il aurait voulu servir au monsieur de Paris un beau cas, comme il s'en produisait parfois pendant cette procession de quatre heures, qui était l'heure de grâce et d'exaltation, où la Sainte Vierge intercédait pour ses élues. Jusque-là, les guérisons qui avaient défilé, restaient douteuses et sans intérêt. Et, au-dehors, on entendait le piétinement, le grondement de la foule, fouettée de cantiques, enfiévrée par le besoin du miracle, s'énervant de plus en plus dans l'attente.

Mais une fillette poussa la porte, souriante et modeste, avec des yeux clairs, luisant d'intelligence.

« Ah ! cria joyeusement le docteur, voici notre petite amie Sophie... Une guérison remarquable, messieurs, qui s'est produite à pareille époque, l'année dernière, et dont je demande la permission de vous montrer les résultats. »

Pierre avait reconnu Sophie Couteau, la miraculée qui était montée dans son compartiment, à Poitiers. Et il assista à une répétition de la scène déjà jouée devant lui. Le docteur Bonamy donnait maintenant les explications les plus précises au petit monsieur blond, très attentif : une carie des os du talon gauche, un commencement de nécrose qui nécessitait la résection, une plaie affreuse, suppurante, guérie en une minute, à la première immersion dans la piscine.

« Sophie, racontez à monsieur. »

La fillette eut son geste gentil, qui commandait l'attention.

« Alors, comme ça, mon pied était perdu, je ne pouvais seulement plus me rendre à l'église, et il fallait toujours l'envelopper dans du linge, parce qu'il coulait des choses qui n'étaient guère propres... M. Rivoire, le médecin, qui avait fait une coupure, pour voir dedans, disait qu'il serait forcé d'enlever un morceau de l'os, ce qui m'aurait bien sûr rendue boiteuse... Et, alors, après avoir bien prié la Sainte Vierge, je suis allée tremper mon pied dans l'eau, avec une si bonne envie de guérir, que je n'ai pas même pris le temps d'enlever le linge... Et, alors, tout est resté dans l'eau, mon pied n'avait plus rien du tout, quand je l'ai sorti. »

Le docteur Bonamy approuvait chaque mot, d'un branle de la tête.

« Et, Sophie, répétez-nous le mot de votre médecin.

– Chez nous, quand M. Rivoire a vu mon pied, il a dit : «Que ce soit le bon Dieu ou le diable qui ait guéri cette enfant, ça m'est égal ; mais la vérité est qu'elle est guérie.» »

Des rires éclatèrent, le mot était d'un effet sûr.

« Et, Sophie, votre mot à Mme la comtesse, la directrice de votre salle.

– Ah ! oui… Je n'avais pas emporté beaucoup de linge, pour mon pied ; et je lui ai dit : «La Sainte Vierge a été bien bonne de me guérir le premier jour, car le lendemain ma provision allait être épuisée.» »

Il y eut de nouveaux rires, une satisfaction générale, à la voir si gentille, récitant un peu trop son histoire, qu'elle savait par cœur, mais très touchante et l'air véridique.

« Sophie, ôtez votre soulier, montrez votre pied à ces messieurs… Il faut qu'on touche, il faut que personne ne puisse douter. »

Lestement, le petit pied apparut, très blanc, très propre, même soigné, avec la cicatrice au-dessous de la cheville, une longue cicatrice dont la couture blanchâtre témoignait de la gravité du mal. Quelques médecins s'étaient approchés, regardaient en silence. D'autres, qui avaient leur conviction faite sans doute, ne se dérangèrent pas. Un des premiers, d'un air très poli, demanda pourquoi la Sainte Vierge, pendant qu'elle y était, n'avait pas refait un pied tout neuf, ce qui ne lui aurait pas coûté davantage. Mais le docteur Bonamy répondit vivement que, si la Sainte Vierge avait laissé une cicatrice, c'était sûrement pour qu'il existât une trace, une preuve du miracle. Il entrait dans des détails techniques, démontrait qu'un fragment d'os et de la chair avaient dû être refaits instantanément, ce qui restait inexplicable par les voies naturelles.

« Mon Dieu ! interrompit le petit monsieur blond, il n'y a pas besoin de tant d'affaires ! Qu'on me montre seulement un doigt entaillé d'un coup de canif et qui sorte cicatrisé de l'eau : le miracle sera aussi grand, je m'inclinerai. »

Puis, il ajouta :

« Si j'avais, moi, une source qui refermât ainsi les plaies, je voudrais bouleverser le monde. Je ne sais pas comment, mais j'appellerais les peuples, et les peuples viendraient. Je ferais constater les miracles avec une telle évidence, que je serais le maître de la terre. Songez donc à cette puissance souveraine, toute divine !… Mais il faudrait que pas un doute ne restât, il faudrait une vérité aussi éclatante que le soleil. La terre entière verrait et croirait. »

Et il discuta les moyens de contrôle avec le docteur. Il avait admis que tous les malades ne pouvaient être examinés à l'arrivée. Seulement, pourquoi ne créait-on pas, à l'hôpital, une salle particulière, réservée aux plaies apparentes ? On aurait là une trentaine de sujets au plus, qu'on soumettrait à l'examen préalable d'une commission. Des procès-verbaux de constat seraient dressés, on photographierait même les plaies. Ensuite, si une guérison venait à se produire, la commission n'aurait qu'à la constater, dans un nouveau procès-verbal. Et là il ne s'agirait plus d'une maladie interne, dont le diagnostic est difficile, toujours discutable. L'évidence se ferait.

Un peu embarrassé, le docteur Bonamy répétait :

« Sans doute, sans doute, nous ne demandons que la lumière… Le difficile serait de composer cette commission. Si vous saviez comme on s'entend peu !… Enfin, il y a certainement là une idée. »

Il fut secouru par l'arrivée d'une nouvelle malade. Pendant que la petite Sophie Couteau se rechaussait, déjà oubliée, Élise Rouquet parut, avec sa face de monstre, qu'elle étala, en ôtant son fichu. Depuis le matin, elle se lotionnait avec des linges, à la fontaine, et il lui semblait bien, disait-elle, que sa plaie, si avivée, commençait à sécher et à pâlir. C'était vrai, Pierre constatait, très surpris, que l'aspect en était moins horrible. Ce fut un nouvel aliment à la discussion sur les plaies apparentes ; car le petit monsieur blond s'entêtait dans son idée de la création d'une salle spéciale : en effet, si l'on avait constaté, le matin même, l'état de cette fille, et si elle guérissait, quel triomphe pour la Grotte d'avoir ainsi guéri un lupus ! Le miracle ne serait plus niable.

Jusque-là, le docteur Chassaigne s'était tenu à l'écart, immobile et muet, comme s'il eût voulu laisser les faits seuls agir sur Pierre. Brusquement, il se pencha, pour lui dire à demi-voix :

« Les plaies apparentes, les plaies apparentes... Ce monsieur ne se doute pas qu'aujourd'hui nos savants médecins soupçonnent beaucoup de ces plaies d'être d'origine nerveuse. Oui, l'on découvre qu'il y aurait là simplement une mauvaise nutrition de la peau. Ces questions de la nutrition sont encore si mal étudiées !... Et l'on arrive à prouver que la foi qui guérit peut parfaitement guérir les plaies, certains faux lupus entre autres. Alors, je vous demande quelle certitude il obtiendrait, ce monsieur, avec sa fameuse salle des plaies apparentes ! Un peu plus de confusion et de passion dans l'éternelle querelle... Non, non ! la science est vaine, c'est la mer de l'incertitude. »

Il souriait douloureusement, tandis que le docteur Bonamy engageait Élise Rouquet à continuer les lotions et à revenir chaque jour se faire examiner. Puis, il répéta, de son air prudent et affable :

« Enfin, messieurs, il y a un commencement, ce n'est pas douteux. »

Mais le bureau fut bouleversé. La Grivotte venait d'entrer en coup de vent, d'une allure dansante, criant à voix pleine :

« Je suis guérie... Je suis guérie... »

Et elle racontait qu'on ne voulait d'abord pas la baigner, qu'elle avait dû insister, supplier, sangloter, pour qu'on se décidât à le faire, sur une permission formelle du père Fourcade. Et elle l'avait bien dit à l'avance : elle n'était pas plongée dans l'eau glacée, depuis trois minutes, toute suante, avec son enrouement de phtisique, qu'elle avait senti les forces lui revenir, comme dans un grand coup de fouet qui lui cinglait tout le corps. Une exaltation, une flamme l'agitait, piétinante et radieuse, ne pouvant tenir en place.

« Je suis guérie, mes bons messieurs... Je suis guérie... »

Stupéfait cette fois, Pierre la regardait. Était-ce donc cette fille que, la nuit dernière, il avait vue anéantie sur la banquette du wagon, toussant et crachant le sang, la face terreuse ? Il ne la reconnaissait pas, droite, élancée, les joues en feu, les yeux étincelants, avec toute une volonté et une joie de vivre qui la soulevaient.

« Messieurs, déclara le docteur Bonamy, le cas me paraît très intéressant... Nous allons voir... »

Il demanda le dossier de la Grivotte. Mais, parmi l'entassement des paperasses sur les deux tables, on ne le trouvait pas. Les secrétaires, les jeunes séminaristes fouillaient tout ; et il fallut que le chef du service des piscines, assis au milieu, se levât, allât regarder dans le casier. Enfin, lorsqu'il eut repris sa chaise, il découvrit le dossier sous le registre qu'il gardait grand ouvert devant lui. Il contenait jusqu'à trois certificats de médecin, dont lui-même donna lecture. Tous les trois, du reste, concluaient à une phtisie avancée, que des accidents nerveux compliquaient et rendaient particulière.

Le docteur Bonamy eut un geste, pour dire qu'un tel ensemble ne laissait aucun doute. Puis, il ausculta longuement la malade. Et il murmurait :

« Je n'entends rien... Je n'entends rien... »

Il se reprit.

« Ou presque rien. »

Ensuite, il se tourna vers les vingt-cinq à trente médecins qui se tenaient là, silencieux.

« Messieurs, si quelques-uns d'entre vous veulent bien me prêter leurs lumières... Nous sommes ici pour étudier et discuter. »

D'abord, pas un ne remua. Puis, il y en eut un qui osa se risquer. Il ausculta à son tour la jeune femme ; mais il ne se prononçait pas, réfléchissait, avait un branle soucieux de la tête. Finalement, il bégaya que, pour lui, il fallait rester dans l'expectative. Mais un autre, tout de suite, le remplaça, et celui-ci fut catégorique : il n'entendait rien du tout, jamais cette femme-là n'avait été phtisique. D'autres encore le suivirent, tous finirent par défiler, excepté cinq ou six qui gardaient une attitude fermée, finement souriante. Et la confusion fut à son comble, car chacun donnait son avis, sensiblement différent ; de sorte que, dans le brouhaha des voix, on ne s'entendait même plus parler. Seul, le père Dargelès montrait un calme d'absolue sérénité, car il avait flairé un de ces cas qui passionnent et qui sont la gloire de Notre-Dame de Lourdes. Déjà, il prenait des notes sur un coin de la table.

Alors, à l'écart, grâce à l'éclat des voix, Pierre et le docteur Chassaigne purent causer sans être entendus.

« Oh ! ces piscines que je viens de voir ! dit le jeune prêtre, ces piscines dont on renouvelle l'eau si rarement ! Quelle saleté, quel bouillon de microbes !... La manie, la fureur de précautions antiseptiques où nous sommes, reçoit là un fameux soufflet. Comment se fait-il qu'une même peste n'emporte pas tous ces malades ? Les adversaires de la théorie microbienne doivent bien rire. »

Le docteur l'arrêta.

« Mais non, mon enfant... Si les bains ne sont guère propres, ils n'offrent aucun danger. Remarquez que l'eau ne monte pas au-dessus de dix degrés, et il en faut vingt-cinq pour la culture des germes. Puis, les maladies contagieuses ne viennent guère à Lourdes, ni le choléra, ni le typhus, ni la variole, ni la rougeole, ni la scarlatine. Nous ne voyons ici que certaines maladies organiques, les paralysies, la scrofule, les tumeurs, les ulcères, les abcès, le cancer, la phtisie ; et cette dernière n'est pas transmissible par l'eau des bains. Les vieilles plaies qu'on y trempe, ne craignent rien et n'offrent aucun risque de contagion... Je vous assure que, sur ce point, la Sainte Vierge n'a pas même besoin d'intervenir.

– Alors, docteur, autrefois, dans votre service, vous auriez ainsi fait tremper tous vos malades dans l'eau glacée, les femmes à n'importe quelle époque du mois, les rhumatisants, les cardiaques, les phtisiques ?... Cette malheureuse fille, à demi morte, en sueur, vous l'auriez baignée ?

– Certainement non !… Il y a des moyens héroïques que, couramment, on n'ose pas. Un bain glacé peut à coup sûr tuer un phtisique ; mais savons-nous si, dans de certaines circonstances, il ne peut pas le sauver ?… Moi qui ai fini par admettre qu'un pouvoir surnaturel agissait ici, je conviens très volontiers que des guérisons doivent se produire naturellement, grâce à cette immersion dans l'eau froide qui nous paraît imbécile et barbare… Ah ! ce que nous ignorons, ce que nous ignorons… »

Il retombait à sa colère, à sa haine de la science, qu'il méprisait, depuis qu'elle l'avait laissé effaré et impuissant, devant l'agonie de sa femme et de sa fille.

« Vous demandez des certitudes, ce n'est sûrement pas la médecine qui vous les donnera… Écoutez un instant ces messieurs et soyez édifié. N'est-ce pas beau, une si parfaite confusion, où tous les avis se heurtent ? Certes, il est des maladies que l'on connaît admirablement, jusque dans les plus petites phases de leur évolution ; il est des remèdes dont on a étudié les effets avec le soin le plus scrupuleux ; mais ce qu'on ne sait pas, ce qu'on ne peut savoir, c'est la relation du remède au malade, car autant de malades, autant de cas, et chaque fois l'expérience recommence. Voilà pourquoi la médecine reste un art, parce qu'elle ne saurait avoir une rigueur expérimentale : toujours la guérison dépend d'une circonstance heureuse, de la trouvaille de génie du médecin… Et, alors, comprenez donc que les gens qui viennent discuter ici me font rire, quand ils parlent au nom des lois absolues de la science. Où sont-elles ces lois, en médecine ? Qu'on me les montre ! »

Il voulut n'en pas dire davantage. Mais sa passion l'emporta.

« Je vous ai dit que j'étais devenu croyant… Seulement, en vérité, je comprends très bien que ce brave docteur Bonamy ne s'émeuve guère et qu'il appelle les médecins du monde entier pour étudier ses miracles. Plus il y aurait de médecins, moins la vérité se ferait, au milieu de la bataille des diagnostics et des méthodes de traitement. Si l'on ne s'entend pas sur une plaie apparente, ce n'est pas pour s'entendre sur une lésion intérieure, que les uns nient, quand les autres l'affirment. Et pourquoi, dès lors, tout ne deviendrait-il pas miracle ? Car, au fond, que ce soit la nature qui agisse ou une puissance surnaturelle, les médecins n'en restent pas moins surpris le plus souvent, devant des terminaisons qu'ils ont rarement prévues… Sans doute, les choses sont fort mal organisées ici. Ces certificats de médecins qu'on ne connaît pas n'ont aucune valeur sérieuse. Il faudrait un contrôle des documents très sévère. Mais admettez une rigueur scientifique absolue, vous êtes bien naïf, mon cher enfant, si vous croyez que la conviction se ferait, éclatante pour tous. L'erreur est dans l'homme, et il n'y a pas de besogne plus héroïque que d'établir la plus petite des vérités. »

Pierre, alors, commença à comprendre ce qui se passait à Lourdes, l'extraordinaire spectacle auquel le monde assistait depuis des années, parmi l'adoration dévote des uns et la risée insultante des autres. Évidemment, des forces mal étudiées encore, ignorées même, agissaient : autosuggestion, ébranlement préparé de longue main, entraînement du voyage, des prières et des cantiques, exaltation croissante ; et surtout le souffle guérisseur, la puissance inconnue qui se dégageait des foules, dans la crise aiguë de la foi. Aussi lui sembla-t-il désormais peu intelligent de croire à des supercheries. Les faits étaient beaucoup plus hauts et beaucoup plus simples. Les pères de la Grotte n'avaient pas à se noircir la conscience de mensonges, il leur suffisait d'aider à la confusion, d'utiliser l'universelle ignorance. Même, on pouvait admettre que tous étaient sincères, les médecins sans génie qui délivraient les certificats, les malades consolés qui se croyaient guéris, les témoins passionnés qui juraient avoir vu. Et, de tout cela, sortait, évidente, l'impossibilité de prouver que le miracle était ou n'était pas. Dès ce moment, le miracle ne devenait-il pas une réalité, pour le plus grand nombre, pour tous ceux qui souffraient et qui avaient besoin d'espoir ?

Comme le docteur Bonamy s'était approché d'eux, en les voyant causer à l'écart, Pierre lui demanda :

« Dans quelles proportions les guérisons se produisent-elles ?

– Environ le dix pour cent », répondit-il.

Puis, lisant une surprise dans les yeux du jeune prêtre, il ajouta avec une bonhomie parfaite :

« Oh ! nous en obtiendrions davantage… Mais, il faut bien le dire, je ne suis ici que pour faire un peu la police des miracles. Ma vraie fonction est d'arrêter les zèles trop grands, de ne pas laisser tomber dans le ridicule les choses saintes… En somme, mon bureau n'est qu'un bureau de visa, quand les guérisons constatées semblent sérieuses. »

Il fut interrompu par de sourds grondements. C'était Raboin qui se fâchait.

« Les guérisons constatées, les guérisons constatées… À quoi bon ? Le miracle est continuel… Pour les croyants, à quoi bon constater ? Ils n'ont qu'à s'incliner et à croire. Pour les incroyants, à quoi bon encore ? Jamais on ne les convaincra… C'est des bêtises, ce que nous faisons ici. »

Sévèrement, le docteur Bonamy lui ordonna de se taire.

« Raboin, vous êtes un révolté… Je dirai au père Capdebarthe que je ne veux plus de vous, puisque vous semez la désobéissance. »

Il avait pourtant raison, ce garçon qui montrait les dents, toujours prêt à mordre, lorsqu'on touchait à sa foi ; et Pierre le regarda avec sympathie. Toute cette besogne du bureau des constatations, si mal faite d'ailleurs, était en effet inutile : blessante pour les dévots, insuffisante pour les incrédules. Est-ce que le miracle se prouve ? Il faut y croire. Il n'y a plus à comprendre, dès que Dieu intervient. Dans les siècles de réelle croyance, la science ne se mêlait pas d'expliquer Dieu. Que venait-elle faire ici ? Elle entravait la foi et se diminuait elle-même. Non, non ! se jeter par terre, baiser la terre et croire. Ou bien s'en aller. Il n'y avait pas de compromis possible. Du moment que l'examen commençait, il ne devait plus s'arrêter, il aboutissait fatalement au doute.

Mais Pierre, surtout, souffrait des extraordinaires conversations qu'il entendait. Les croyants qui étaient dans la salle, parlaient des miracles avec une aisance, une tranquillité inouïes. Les faits stupéfiants les laissaient pleins de sérénité. Encore un miracle, encore un miracle ! Et ils racontaient des imaginations de démence avec un sourire, sans la moindre protestation de leur raison. Ils vivaient évidemment dans un tel milieu de fièvre visionnaire, que rien ne les étonnait plus. Et ce n'étaient pas seulement des simples, des enfantins, des illettrés, des hallucinés, tels que Raboin ; mais des intellectuels se trouvaient là, des savants, le docteur Bonamy et d'autres. C'était inimaginable. Aussi Pierre sentait-il grandir en lui un malaise, une sourde colère qui aurait fini par éclater. Sa raison se débattait, ainsi qu'un pauvre être qu'on aurait jeté à l'eau, que de toutes parts le flot prendrait et étoufferait ; et il pensait que les cerveaux, comme le docteur Chassaigne par exemple, qui sombrent dans la croyance aveugle, doivent d'abord traverser ce malaise et cette lutte, avant le naufrage définitif.

Il le regarda, il le vit infiniment triste, foudroyé par le destin, d'une faiblesse d'enfant qui pleure, seul au monde désormais. Et, pourtant, il ne put retenir le cri de protestation qui lui montait aux lèvres.

« Non, non ! si l'on ne sait pas tout, si même l'on ne sait jamais tout, ce n'est pas un argument pour cesser d'apprendre. Il est mauvais que l'inconnu bénéficie de ce que nous ignorons. Au contraire, notre éternel espoir doit être d'expliquer un jour l'inexpliqué ; et nous ne saurions avoir sainement un idéal, en dehors de cette marche à l'inconnu pour le connaître, de cette victoire lente de la raison, au travers des misères de notre corps et de notre intelligence… Ah ! la raison, c'est par elle que je souffre, c'est d'elle aussi que j'attends toute ma force ! Quand elle périt, l'être périt tout entier. Quitte à y laisser le bonheur, je n'ai que l'ardente soif de la contenter toujours davantage. »

Des larmes parurent dans les yeux du docteur Chassaigne. Le souvenir de ses chères mortes venait de passer sans doute. Et, à son tour, il murmura :

« La raison, la raison, oui, certainement, c'est une grande fierté, la dignité même de vivre… Mais il y a l'amour, qui est la toute-puissance de la vie, l'unique bien à reconquérir, quand on l'a perdu… »

Sa voix se brisait dans un sanglot étouffé. Et, comme, machinalement, il feuilletait les dossiers sur la table, il trouva celui qui portait, en grosses lettres, le nom de Marie de Guersaint. Il l'ouvrit, lut les certificats des deux médecins concluant à une paralysie de la moelle. Et il reprit :

« Voyons, mon enfant, vous avez, je le sais, une vive affection pour Mlle de Guersaint… Que diriez-vous, si elle était guérie ici ? Je découvre là des certificats, signés de noms honorables, et vous savez que les paralysies de cette nature sont incurables… Eh bien ! si cette jeune personne, brusquement, courait et sautait, comme j'en ai vu tant d'autres, ne seriez-vous pas bien heureux, n'admettriez-vous pas enfin l'intervention d'une puissance surnaturelle ? »

Pierre allait répondre, lorsqu'il se rappela la consultation de son cousin Beauclair, le miracle prédit, en coup de foudre, dans un réveil, une exaltation de tout l'être ; et il sentit croître son malaise, il se contenta de dire :

« En effet, je serais bien heureux… Et je pense comme vous, il n'y a sans doute que la volonté du bonheur, dans toute l'agitation de ce monde. »

Mais il ne pouvait plus rester là. La chaleur devenait telle, que la sueur ruisselait des visages. Le docteur Bonamy dictait à un des séminaristes le résultat de l'examen de la Grivotte ; tandis que le père Dargelès, surveillant les expressions, se haussait parfois à son oreille, pour lui faire modifier une phrase. D'ailleurs, le tumulte continuait autour d'eux, la discussion des médecins avait dévié, portait maintenant sur des points techniques, d'un intérêt nul dans le cas spécial mis à l'étude. On ne respirait plus entre les murs de planches, une nausée y faisait tourner les cœurs et les cerveaux. Le petit monsieur blond, l'écrivain influent de Paris, s'en était allé, mécontent de n'avoir pas vu un vrai miracle.

Pierre dit au docteur Chassaigne :

« Sortons, je vais me trouver mal. »

Ils sortirent en même temps que la Grivotte, que l'on congédiait. Et, tout de suite, à la porte, ils retombèrent dans un flot de foule qui se ruait, qui s'écrasait pour voir la miraculée. Le bruit du miracle avait dû déjà se répandre, c'était à qui s'approcherait de l'élue, la questionnerait, la toucherait. Et elle, avec ses joues empourprées, ses yeux de flamme, ne savait que répéter, de son air dansant :

« Je suis guérie... Je suis guérie... »

Des cris couvraient sa voix, elle était noyée, emportée dans les remous de la cohue. Un moment, on la perdit des yeux, comme si elle avait sombré ; puis, elle reparut subitement, tout près de Pierre et du docteur, qui tâchaient de se dégager. Ils venaient de trouver là le Commandeur, dont une des manies était de descendre aux piscines et à la Grotte, pour s'y fâcher. Sanglé militairement dans sa redingote, il s'appuyait sur sa canne à pomme d'argent, en traînant un peu la jambe gauche, qu'un reste de paralysie, depuis sa deuxième attaque, raidissait. Et sa face rougit, ses yeux flambèrent de colère, lorsque la Grivotte le bouscula pour passer, en répétant, au milieu de l'enthousiasme déchaîné de la foule :

« Je suis guérie... Je suis guérie...

– Eh bien ! cria-t-il, pris d'une fureur brusque, tant pis pour vous, ma fille ! »

On s'exclama, on se mit à rire, car on le connaissait, on lui pardonnait sa passion maniaque de la mort. Pourtant, comme il bégayait des paroles confuses, disant que c'était pitié, quand on n'avait ni beauté, ni fortune, de vouloir vivre, et que cette fille aurait dû préférer mourir tout de suite, plutôt que de souffrir encore, on commençait à gronder autour de lui, lorsque l'abbé Judaine, qui passait, vint le tirer d'affaire. Il l'entraîna à l'écart.

« Taisez-vous donc ! C'est scandaleux... Pourquoi vous insurgez-vous contre la bonté de Dieu qui fait grâce parfois à nos misères, en les soulageant ?... Vous devriez tomber à genoux vous-même, je vous le répète, et le supplier de vous rendre votre jambe, de vous laisser vivre dix ans encore. »

Alors, il s'étrangla.

« Moi, moi ! demander dix ans de vie, lorsque mon plus beau jour sera le jour où je partirai ! Être aussi plat, aussi lâche, que ces milliers de malades que je vois défiler ici, dans une basse terreur de la mort, hurlant leur faiblesse, la passion inavouable qu'ils ont de vivre ! Ah ! non, je me mépriserais trop !... Que je crève donc ! et tout de suite, ce sera si bon de ne plus être ! »

Il se retrouvait près du docteur Chassaigne et de Pierre, enfin hors de la bousculade des pèlerins, au bord du Gave. Et il s'adressa au docteur, qu'il rencontrait souvent.

« Est-ce qu'ils n'ont pas, tout à l'heure, essayé de ressusciter un homme ! On m'a conté ça, j'ai failli en étouffer... Hein ? docteur, comprenez-vous ? Un homme qui avait la joie d'être mort et qu'ils se sont permis de tremper dans leur eau, avec le criminel espoir de le faire revivre ! Mais, s'ils avaient réussi, si leur eau l'avait ranimé, ce misérable, car on ne sait jamais dans ce drôle de monde, croyez-vous que l'homme n'aurait pas été en droit de leur cracher sa colère à la face, à ces raccommodeurs de cadavres ?... Est-ce que ce mort les avait priés de le réveiller ? Est-ce qu'ils savaient s'il n'était pas content d'être mort ? On consulte les gens, au moins... Les voyez-vous me faire cette sale farce, à moi, quand je dormirai enfin le bon grand sommeil ? Ah ! je les recevrais bien ! "Mêlez-vous donc de ce qui vous regarde !» Et ce que je m'empresserais de remourir ! »

Il était si singulier, dans son emportement, que l'abbé Judaine et le docteur ne purent s'empêcher de sourire. Mais Pierre restait grave, glacé par le grand frisson qui passait. N'étaient-ce pas les imprécations désespérées de Lazare qu'il venait d'entendre ? Souvent, il avait imaginé que Lazare, sorti du tombeau, criait à Jésus : « Oh ! Seigneur, pourquoi m'avoir réveillé à cette abominable vie ? Je dormais si bien de l'éternel sommeil sans rêve, je goûtais enfin un si bon repos, dans les délices du néant ! J'avais connu toutes les misères et toutes les douleurs, les trahisons, les fausses espérances, les défaites, les maladies ; j'avais payé à la souffrance ma dette affreuse de vivant, car j'étais né sans savoir pourquoi, j'avais vécu sans savoir comment ; et voilà, Seigneur, que vous me faites payer double, en me condamnant à recommencer mon temps de bagne !... Ai-je donc commis quelque inexpiable faute, que vous la punissez d'un si cruel châtiment ? Revivre, hélas ! se sentir mourir un peu chaque jour dans sa chair, n'avoir d'intelligence que pour douter, de volonté que pour ne pas pouvoir, de tendresse que pour pleurer ses peines ! Et c'était fini, je venais de passer le pas terrifiant de la mort, cette seconde si horrible, qu'elle suffit à empoisonner toute l'existence. J'avais senti la sueur de l'agonie me mouiller, le sang se retirer de mes membres, le souffle m'échapper, s'en aller en un dernier hoquet. Cette détresse, vous voulez donc que je la connaisse deux fois, vous voulez que je meure deux fois, et que ma misère humaine passe celle de tous les hommes !... Ah ! Seigneur, que ce soit tout de suite ! Oui, je vous en conjure, faites cet autre grand miracle, recouchez-moi dans ce tombeau, rendormez-moi sans souffrir de mon éternel sommeil interrompu. Par grâce, ne m'infligez pas le tourment de revivre, ce tourment effroyable auquel vous n'avez encore osé condamner aucun être. Je vous ai toujours aimé et servi, ne faites pas de moi le plus grand exemple de votre colère, qui épouvanterait les générations. Soyez bon et doux, Seigneur, rendez-moi le sommeil que j'ai bien gagné, rendormez-moi dans les délices de votre néant. »

Cependant, l'abbé Judaine avait emmené le Commandeur, qu'il finissait par calmer ; et Pierre serrait la main du docteur Chassaigne, en se souvenant qu'il était plus de cinq heures et que Marie devait l'attendre. Puis, comme il retournait enfin à la Grotte, il fit une nouvelle rencontre, l'abbé Des Hermoises en grande conversation avec M. de Guersaint, qui venait seulement de quitter sa chambre d'hôtel, ragaillardi par un bon somme. Tous deux admiraient la beauté extraordinaire que l'exaltation de la foi donnait à certains visages de femmes. Et ils causaient aussi de leur projet d'excursion au cirque de Gavarnie.

D'ailleurs, M. de Guersaint suivit immédiatement Pierre, dès qu'il sut que Marie avait pris un premier bain sans résultat. Ils trouvèrent la jeune fille dans la même stupeur douloureuse, les yeux fixés toujours sur la Sainte Vierge, qui ne l'avait pas écoutée. Elle ne répondit point aux paroles de tendresse que son père lui adressa, elle le regarda seulement de ses grands yeux navrés, puis les reporta sur la statue de marbre, toute blanche dans le rayonnement des cierges. Et, tandis que Pierre attendait debout, pour la reconduire à l'hôpital, M. de Guersaint s'était dévotement agenouillé. D'abord, il pria avec passion pour la guérison de sa fille. Ensuite, il sollicita, pour lui-même, la faveur de trouver un commanditaire, qui lui donnerait le million nécessaire à ses études sur la direction des ballons.

V

Vers onze heures du soir, laissant M. de Guersaint dans sa chambre de l'hôtel des Apparitions, Pierre eut l'idée de retourner un instant à l'hôpital de Notre-Dame-des-Douleurs, avant de se coucher lui-même. Il avait quitté Marie si désespérée, muette d'un si farouche silence, qu'il était plein d'inquiétude. Et, dès qu'il eut fait demander Mme de Jonquière, à la porte de la salle Sainte-Honorine, il s'inquiéta davantage, car les nouvelles n'étaient pas bonnes : la directrice lui apprit que la jeune fille n'avait toujours pas desserré les lèvres, ne répondant à personne, refusant même de manger. Aussi voulut-elle absolument que Pierre entrât. Les salles de femmes étaient interdites aux hommes, la nuit ; mais un prêtre n'est pas un homme.

« Elle n'aime que vous, elle n'écoutera que vous. Je vous en prie, entrez vous asseoir près de son lit, et attendez l'abbé Judaine. Il doit venir, vers une heure du matin, donner la communion aux plus malades, à celles qui ne peuvent bouger et qui mangent dès le jour. Vous l'assisterez. »

Pierre, alors, suivit Mme de Jonquière ; et elle l'installa au chevet de Marie.

« Chère enfant, je vous amène quelqu'un qui vous aime bien... N'est-ce pas ? vous allez causer et être raisonnable. »

Mais la malade, en reconnaissant Pierre, le regardait de son air de souffrance exaspérée, le visage noir et dur de révolte.

« Voulez-vous qu'il vous fasse une lecture, une de ces belles lectures qui soulagent, comme il nous en a fait une dans le wagon ?... Non, cela ne vous amuserait pas, vous n'y avez pas le cœur. Eh bien ! nous verrons plus tard... Je vous laisse avec lui. Je suis convaincue que vous serez très gentille dans un instant. »

Vainement, Pierre lui parla à voix basse, lui dit tout ce que sa tendresse trouvait de bon et de caressant, en la suppliant de ne pas se laisser ainsi tomber au désespoir. Si la Sainte Vierge ne l'avait pas guérie le premier jour, c'était qu'elle la réservait pour quelque miracle éclatant. Mais elle avait détourné la tête, elle ne semblait même plus l'écouter, la bouche amère et violente, les yeux irrités, perdus dans le vide. Et il dut se taire, il regarda la salle autour de lui.

C'était un spectacle affreux. Jamais son cœur ne s'était soulevé, dans une telle nausée de pitié et de terreur. On avait dîné depuis longtemps ; des portions, montées de la cuisine, traînaient encore sur les draps ; et, jusqu'au petit jour, il y en avait ainsi qui mangeaient, tandis que d'autres geignaient, suppliant qu'on les retournât ou qu'on les posât sur le vase. À mesure que la nuit s'avançait, une sorte de vague délire les envahissait toutes. Très peu dormaient tranquilles, quelques-unes déshabillées sous les couvertures, le plus grand nombre simplement allongées sur les lits, si difficiles à dévêtir, qu'elles ne changeaient même pas de linge, pendant les cinq jours du pèlerinage. Et l'encombrement de la salle, dans les demi-ténèbres, semblait s'être aggravé : les quinze lits rangés le long des murs, les sept matelas qui emplissaient l'allée centrale, d'autres qu'on venait d'ajouter, un entassement de loques sans nom, parmi lequel s'écroulaient les bagages, les vieux paniers, les caisses, les valises. On ne savait plus où mettre le pied. Deux lanternes fumeuses éclairaient à peine ce campement de moribonds, et l'odeur surtout devenait épouvantable, malgré les deux fenêtres entrouvertes, par où n'entrait que la lourde chaleur de la nuit d'août. Des ombres, des cris de cauchemar passaient, peuplaient cet enfer, dans l'agonie nocturne de tant de souffrances.

Cependant, Pierre reconnut Raymonde, qui, son service fini, avait voulu embrasser sa mère, avant de monter se coucher dans une des mansardes, réservées aux sœurs. Mme de Jonquière, elle, prenant à cœur sa fonction de directrice, ne fermait pas les yeux, des trois nuits. Elle avait bien un fauteuil, pour s'y allonger ; mais elle ne pouvait s'y asseoir un instant, sans être dérangée tout de suite. Du reste, elle était vaillamment secondée par la petite Mme Désagneaux, d'un zèle si exalté, que sœur Hyacinthe lui avait dit en souriant : « Pourquoi ne vous faites-vous pas religieuse ? » Et elle avait répondu, d'un air de surprise effarée : « Je ne peux pas, je suis mariée, et j'adore mon mari ! » Mme Volmar n'avait pas reparu. On racontait qu'elle s'était couchée, tellement elle souffrait d'une atroce migraine ; ce qui faisait dire à Mme Désagneaux qu'on ne venait pas soigner les malades, quand on n'était pas soi-même plus solide. Pourtant, elle finissait par avoir les jambes et les bras cassés, sans vouloir en convenir, accourant à la moindre plainte, toujours prête à donner un coup de main. Elle qui, dans son appartement, à Paris, aurait sonné un domestique plutôt que de déranger un flambeau de place, promenait les vases et les cuvettes, vidait les bassins, soulevait les malades, tandis que Mme de Jonquière leur glissait des oreillers derrière le dos. Mais, comme onze heures sonnaient, elle fut foudroyée. Ayant eu l'imprudence de s'allonger un instant dans le fauteuil, elle s'endormit sur place, sa jolie tête roulée sur une épaule, au milieu de l'ébouriffement de ses adorables cheveux blonds. Et ni les plaintes, ni les appels, aucun bruit ne la réveilla plus.

Doucement, Mme de Jonquière était revenue dire au jeune prêtre :

« J'avais bien l'idée d'envoyer chercher M. Ferrand, vous savez, l'interne qui nous accompagne : il aurait donné à la pauvre demoiselle quelque chose pour la calmer. Seulement, il est occupé en bas, dans la salle des ménages, près du frère Isidore. Et puis, nous ne soignons pas ici, nous ne venons que pour remettre nos chères malades entre les mains de la Sainte Vierge. »

Sœur Hyacinthe, qui passait la nuit avec la directrice, s'approcha.

« Je remonte de la salle des ménages, où j'avais promis de porter des oranges à M. Sabathier, et j'ai vu M. Ferrand, qui a ranimé le frère Isidore… Voulez-vous que je redescende le chercher ? »

Mais Pierre s'y opposa.

« Non, non, Marie va être raisonnable. Tout à l'heure, je lui lirai quelques belles pages, et elle se reposera. »

Marie resta muette encore, obstinée. L'une des deux lanternes se trouvait là, contre le mur ; et Pierre voyait très nettement sa face mince, immobile. Puis, à droite, dans le lit suivant, il apercevait la tête d'Élise Rouquet, profondément endormie, sans fichu, avec sa face de monstre en l'air, dont l'horrible plaie continuait pourtant à pâlir. Et, à sa gauche, il y avait Mme Vêtu, épuisée, condamnée, qui ne pouvait s'assoupir, secouée d'un continuel frisson. Il lui dit quelques bonnes paroles. Elle le remercia, elle ajouta, faiblement :

« Il y a eu plusieurs guérisons aujourd'hui, j'en ai été très contente. »

La Grivotte, en effet, couchée sur un matelas, au pied même du lit, ne cessait de se relever, dans une fièvre d'activité extraordinaire, pour répéter sa phrase à tout venant :

« Je suis guérie... Je suis guérie... »

Et elle racontait qu'elle avait dévoré la moitié d'un poulet, elle qui ne mangeait plus depuis des mois. Puis, pendant près de deux heures, elle avait suivi à pied la procession aux flambeaux. Elle aurait dansé sûrement jusqu'au jour, si la Sainte Vierge avait donné un bal.

« Je suis guérie, oh ! guérie, tout à fait guérie. »

Alors, avec une sérénité enfantine, une souriante et parfaite abnégation, Mme Vêtu put dire encore :

« La Sainte Vierge a eu raison de la guérir, celle-là, qui est pauvre. Ça me fait plus de plaisir que si c'était moi, parce que j'ai ma petite boutique d'horlogerie, et que je puis attendre... Chacune son tour, chacune son tour. »

Presque toutes montraient cette charité, cet incroyable bonheur de la guérison des autres. Elles étaient rarement jalouses, elles cédaient à une sorte d'épidémie heureuse, à l'espoir contagieux d'être guéries, le lendemain, si la Sainte Vierge le voulait. Il ne fallait pas la mécontenter, se montrer trop impatiente ; car elle avait sûrement son idée, elle savait pourquoi elle commençait par celle-ci plutôt que par celle-là. Aussi les malades les plus gravement atteintes priaient-elles pour leurs voisines, dans cette fraternité de la souffrance et de l'espoir. Chaque miracle nouveau était un gage du miracle prochain. Leur foi renaissait toujours, inébranlable. On racontait l'histoire d'une fille de ferme, paralytique, qui avait marché, à la Grotte, avec une force de volonté extraordinaire ; puis, à l'hôpital, elle s'était fait redescendre, voulant retourner aux pieds de Notre-Dame de Lourdes ; mais, dès la moitié du chemin, elle avait chancelé, haletante, livide ; et, rapportée sur un brancard, elle était morte, guérie, disaient ses voisines de salle. Chacune son tour, la Sainte Vierge n'oubliait aucune de ses filles aimées, à moins que son dessein ne fût d'octroyer le paradis à une élue, tout de suite.

Brusquement, au moment où Pierre se penchait vers elle, pour lui offrir de nouveau une lecture, Marie éclata en furieux sanglots. Elle avait abattu sa tête sur l'épaule de son ami, elle disait sa colère d'une voix basse, terrible, au milieu des ombres vagues de l'effroyable salle. C'était, chez elle, comme il arrivait rarement, une perte de la foi, un manque soudain de courage, toute une révolte de l'être souffrant qui ne pouvait plus attendre. Et elle en arrivait au sacrilège.

« Non, non, elle est méchante, elle est injuste. J'étais si certaine qu'elle m'exaucerait aujourd'hui, et je l'avais tant priée ! Jamais je ne guérirai, maintenant que cette première journée va finir. C'était un samedi, j'étais convaincue qu'elle me guérirait un samedi... Oh ! Pierre, je ne voulais plus parler, empêchez-moi de parler, parce que mon cœur est trop gros et que j'en dirais trop long ! »

Vivement, il lui avait saisi la tête d'une étreinte fraternelle, il tâchait d'étouffer le cri de sa rébellion.

« Marie, taisez-vous ! Il ne faut pas qu'on vous entende... Vous, si pieuse ! Voulez-vous donc scandaliser toutes les âmes ? »

Mais elle ne pouvait se taire, malgré son effort.

« J'étoufferais, il faut que je parle... Je ne l'aime plus, je ne crois plus en elle. Ce sont des mensonges, tout ce qu'on raconte ici : il n'y a rien, elle n'existe même pas, puisqu'elle n'entend pas, quand on l'appelle et qu'on pleure. Si vous saviez tout ce que je lui ai dit !... C'est fini, Pierre, je veux m'en aller à l'instant. Emmenez-moi, emportez-moi, pour que j'achève de mourir dans la rue, où du moins les passants auront pitié de ma souffrance. »

Elle s'affaiblissait, elle était retombée sur le dos, bégayante, puérile.

« Et puis, personne ne m'aime. Mon père lui-même n'était pas là. Vous, mon pauvre ami, vous m'aviez abandonnée. Quand j'ai vu que c'était un autre qui me menait à la piscine, je me suis senti au cœur un grand froid. Oui ! ce froid du doute, que j'ai souvent éprouvé à Paris... Et, la chose est certaine, c'est que j'ai douté, si elle ne m'a pas guérie. J'aurai mal prié, je ne suis pas assez sainte... »

Déjà, elle ne blasphémait plus, elle trouvait des excuses au Ciel. Mais son visage restait violent, dans cette lutte contre la puissance supérieure, tant aimée et tant suppliée, qui ne lui avait pas obéi. Lorsque, parfois, un coup de rage passait, et qu'il y avait de la sorte des révoltes dans les lits, des désespoirs et des sanglots, des jurons même, les dames hospitalières et les sœurs, un peu effarouchées, se contentaient de tirer les rideaux. La grâce s'était retirée, il fallait attendre qu'elle revînt. Et tout s'apaisait, se mourait après des heures, au milieu du grand silence lamentable.

« Calmez-vous, calmez-vous, je vous en conjure », répétait Pierre très doucement à Marie, en voyant qu'une autre crise la prenait, celle du doute de soi-même, de la crainte de n'être pas digne.

Sœur Hyacinthe s'était approchée de nouveau.

« Vous ne pourrez pas communier tout à l'heure, ma chère enfant, si vous vous entretenez dans un état pareil... Voyons, puisque nous autorisons M. l'abbé à vous faire une lecture, pourquoi n'acceptez-vous pas ? »

Elle eut un geste fatigué, disant qu'elle acceptait, et Pierre s'empressa de prendre, dans la valise, au pied du lit, le petit livre à couverture bleue, où était contée naïvement l'histoire de Bernadette. Mais, comme la nuit précédente, pendant que le train roulait, il ne s'en tint pas au texte écourté de la brochure, il improvisa ; tandis que le raisonneur, l'analyste, au fond de lui, ne pouvait se défendre de rétablir la vérité, refaisait humaine cette légende dont le continuel prodige aidait à la guérison des malades. Bientôt, de tous les matelas voisins, des femmes se soulevèrent, voulant connaître la suite de l'histoire ; car l'attente passionnée de la communion les empêchait presque toutes de dormir.

Alors, sous la lueur pâle de la lanterne pendue au mur, au-dessus de lui, Pierre haussa peu à peu la voix, afin d'être entendu de toute la salle.

« «Dès les premiers miracles, les persécutions commencèrent. Bernadette, traitée de menteuse et de folle, fut menacée d'être conduite en prison. L'abbé Peyramale, curé de Lourdes, et Mgr Laurence, évêque de Tarbes, ainsi que son clergé, restaient à l'écart, attendaient avec la plus grande prudence ; tandis que les autorités civiles, le préfet, le procureur impérial, le maire, le commissaire de police se livraient contre la religion à des excès de zèle déplorables...» »

Tout en continuant de la sorte, Pierre voyait se lever pour lui seul l'histoire vraie, avec une force invincible. Il revenait un peu en arrière, il retrouvait Bernadette au moment des premières apparitions, si candide, si adorable d'ignorance et de bonne foi, dans sa souffrance. Et elle était la voyante, la sainte, dont le visage, durant la crise d'extase, prenait une expression de surhumaine beauté : le front rayonnait, les traits semblaient remonter, les yeux se baignaient de lumière, pendant que la bouche, entrouverte, brûlait d'amour. Puis, c'était une majesté de sa personne entière, des signes de croix très nobles, très lents, qui avaient l'air d'emplir l'horizon. Les vallées voisines, les villages, les villes, ne causaient que de Bernadette. Bien que la Vierge ne se fût pas nommée encore, on la reconnaissait, on disait : « C'est elle, c'est la Sainte Vierge. » Le premier jour de marché, il y eut tant de monde, que Lourdes déborda. Tous voulaient voir l'enfant bénie, l'élue de la Reine des anges, qui devenait si belle, lorsque les cieux s'ouvraient à ses yeux ravis. Chaque matin, la foule augmentait, au bord du Gave ; et des milliers de personnes finissaient par s'installer là, en se bousculant pour ne rien perdre du spectacle. Dès que Bernadette paraissait, un murmure de ferveur courait : « Voici la sainte, la sainte, la sainte ! » On se précipitait, on baisait ses vêtements. C'était le messie, l'éternel messie que les peuples attendent, dont le besoin renaît sans cesse, au travers des générations. Toujours la même aventure recommençait : une apparition de la Vierge à une bergère, une voix qui exhortait le monde à la pénitence, une source qui jaillissait, des miracles qui étonnaient et ravissaient les foules accourues, de plus en plus énormes.

Ah ! ces premiers miracles de Lourdes, quelle floraison printanière de consolation, au cœur des misérables que dévoraient la pauvreté et la maladie ! L'œil guéri du vieux Bourriette, l'enfant Bouhohorts ressuscité dans l'eau glacée, des sourds qui entendaient, des boiteux qui marchaient, et tant d'autres, Blaise Maumus, Bernade Soubies, Auguste Bordes, Blaisette Soupenne, Benoîte Cazeaux, sauvés des pires souffrances, devenaient les sujets de conversations sans fin, exaltaient l'espoir de tous ceux qui souffraient dans leur âme ou dans leur chair. Le jeudi 4 mars, dernier jour des quinze visites demandées par la Vierge, il y avait plus de vingt mille personnes devant la Grotte, la montagne entière était descendue. Et cette foule immense trouvait là ce dont elle était affamée, l'aliment du divin, le festin du merveilleux, assez d'impossible pour contenter sa croyance à une puissance supérieure daignant s'occuper des pauvres hommes, intervenant d'une façon retentissante dans les lamentables affaires d'ici-bas, afin d'y rétablir un peu de justice et de bonté. Le cri de charité céleste éclatait, la main invisible et secourable s'étendait, pansait l'éternelle plaie humaine. Ah ! ce rêve que chaque génération refaisait à son tour, avec quelle énergie indestructible il repoussait chez les déshérités, dès qu'il avait trouvé un terrain favorable, préparé par les circonstances ! Et, depuis des siècles peut-être, tous les faits ne s'étaient pas réunis de la sorte, pour embraser, comme à Lourdes, le foyer mystique de la foi.

Une religion nouvelle allait se fonder, et tout de suite les persécutions se déclarèrent, car les religions ne poussent qu'au milieu des tourments et des révoltes. Comme autrefois, à Jérusalem, lorsque le bruit se répandit que des miracles fleurissaient sous les pas du sauveur attendu, les autorités civiles s'émurent, le procureur impérial, le juge de paix, le maire, surtout le préfet de Tarbes. Celui-ci était justement un catholique sincère, pratiquant, d'honorabilité absolue, mais une tête solide d'administrateur, passionné défenseur du bon ordre, adversaire déclaré du fanatisme, d'où naissent les émeutes et les perversions religieuses. Il y avait à Lourdes, sous ses ordres, un commissaire de police ayant le légitime désir de prouver ses dons de sagacité adroite. La lutte commença, ce fut ce commissaire qui, le premier dimanche de carême, dès les premières visions, fit amener Bernadette devant lui, pour l'interroger. Vainement, il se montra affectueux, puis emporté, menaçant : il ne tira toujours de la fillette que les mêmes réponses. L'histoire qu'elle contait, avec des détails lentement accrus, s'était peu à peu fixée dans son cerveau d'enfantine, irrévocable. Et, chez cette irrégulière de l'hystérie, ce n'était pas un mensonge, c'était la hantise inconsciente, une volonté morte qui ne pouvait se dégager de l'hallucination première. Ah ! la triste enfant, la chère enfant, si douce, dès lors perdue à la vie, crucifiée par l'idée fixe, dont on n'aurait pu la tirer qu'en la changeant de milieu, en la rendant au grand air libre, dans quelque pays de plein jour et d'humaine tendresse ! Mais elle était l'élue, elle avait vu la Vierge, elle allait en souffrir toute l'existence, et en mourir.

Pierre, qui connaissait bien Bernadette, et qui gardait à sa mémoire une pitié fraternelle, la ferveur qu'on a pour une sainte humaine, une créature simple, droite et charmante dans le supplice de sa foi, laissa voir son émotion, les yeux humides, la voix tremblante. Et il y eut une interruption, Marie qui était restée raidie jusque-là, avec sa face dure de révoltée, dénoua ses mains, eut un vague geste pitoyable.

« La pauvre petite, murmura-t-elle, toute seule contre ces magistrats, et si innocente, si fière, si convaincue ! »

De tous les lits, la même sympathie souffrante montait. L'enfer de cette salle, dans sa détresse nocturne, avec son air empesté, son entassement de grabats douloureux, son fantomal va-et-vient d'hospitalières et de religieuses brisées de fatigue, semblait s'éclairer d'un éclat de divine charité. Pauvre, pauvre Bernadette ! Toutes s'indignaient des persécutions qu'elle avait endurées, pour défendre la réalité de sa vision.

Alors, Pierre, reprenant, dit ce que Bernadette eut à souffrir. Après l'interrogatoire du commissaire de police, elle dut encore comparaître en la chambre du tribunal. La magistrature entière s'acharnait, voulait lui arracher une rétractation. Mais l'entêtement de son rêve était plus fort que la raison de toutes les autorités civiles réunies. Deux docteurs, envoyés par le préfet, pour l'examiner, conclurent honnêtement, comme n'importe quel médecin l'aurait fait, à des troubles nerveux, dont l'asthme était une indication certaine, et qui pouvaient avoir déterminé des hallucinations, en de certaines circonstances ; ce qui faillit la faire interner dans un hôpital de Tarbes. Pourtant, on n'osa l'enlever, on craignit l'exaspération populaire. Un évêque était venu s'agenouiller devant elle. Des dames voulaient lui acheter des grâces au poids de l'or. Des foules croissantes de fidèles l'accablaient de visites. Elle s'était réfugiée chez les sœurs de Nevers, qui desservaient l'hospice de la ville ; et elle y avait fait sa première communion, elle y apprenait difficilement à lire et à écrire. Comme la Sainte Vierge semblait ne l'avoir choisie que pour le bonheur des autres, et qu'elle ne la guérissait point elle-même de son étouffement chronique, on s'était décidé sagement à la conduire aux eaux de Cauterets, si voisines, qui ne lui firent du reste aucun bien. Et, dès son retour à Lourdes, le tourment des interrogatoires, des adorations de tout un peuple, recommença, s'aggrava, lui donna de plus en plus l'horreur du monde. C'était bien fini, d'être la gamine joueuse, la jeune fille rêvant d'un mari, la jeune femme baisant sur les joues de gros enfants. Elle avait vu la Vierge, elle était l'élue et la martyre. La Vierge, disaient les croyants, ne lui avait confié trois secrets, l'armant de cette triple armure, que pour la soutenir au milieu des épreuves.

Longtemps, le clergé s'était abstenu, plein de doute lui-même et d'inquiétude. Le curé de Lourdes, l'abbé Peyramale, était un homme rude, d'une infinie bonté, d'une droiture et d'une énergie admirables, quand il croyait être dans le bon chemin. La première fois qu'il reçut la visite de Bernadette, il accueillit, presque aussi durement que le commissaire de police, cette enfant élevée à Bartrès, qu'on n'avait pas vue encore au catéchisme ; il refusa de croire à son histoire, lui commanda avec quelque ironie de prier la Dame de faire avant tout fleurir l'églantier qui était à ses pieds, ce que la Dame ne fit pas d'ailleurs ; et, si, plus tard, il finit par prendre l'enfant sous sa garde, en bon pasteur qui défend son troupeau, ce fut lorsque les persécutions commencèrent et qu'on parla d'emprisonner cette chétive, aux clairs yeux si francs, au récit entêté dans sa douceur modeste. Puis, pourquoi donc aurait-il continué à nier le miracle, après en avoir simplement douté, en curé prudent, peu désireux de mêler la religion à une aventure louche ? Les livres saints sont pleins de prodiges, tout le dogme est basé sur le mystère. Dès lors, aux yeux d'un prêtre, rien ne s'opposait à ce que la Vierge eût chargé cette enfant pieuse d'un message pour lui, en lui faisant dire de bâtir une église, où les fidèles se rendraient en procession. Et ce fut ainsi qu'il se mit à aimer et à défendre Bernadette, pour son charme, tout en se tenant correctement à l'écart, dans l'attente de la décision de son évêque.

Cet évêque, Mgr Laurence, semblait s'être enfermé au fond de son évêché de Tarbes, sous de triples verrous, gardant le plus absolu silence, comme s'il ne se passait à Lourdes aucun fait de nature à l'intéresser. Il avait donné à son clergé des ordres sévères, et pas un prêtre ne s'était montré encore parmi les grandes foules qui passaient les journées devant la Grotte. Il attendait, il laissait dire au préfet, dans les circulaires administratives, que l'autorité civile marchait d'accord avec l'autorité religieuse. Au fond, il ne devait pas croire aux apparitions, il ne voyait là sans doute, comme les médecins, que l'hallucination d'une fillette malade. L'aventure, qui révolutionnait le pays, était d'assez grosse importance, pour qu'il la fît étudier soigneusement, au jour le jour ; et la façon dont il s'en désintéressa si longtemps, prouve combien peu il admettait le prétendu miracle, n'ayant que l'unique souci de ne pas compromettre l'Église, avec une histoire destinée à mal finir. Mgr Laurence, très pieux, était une intelligence froide et pratique, qui apportait un grand bon sens, dans le gouvernement de son diocèse. À l'époque, les impatients, les ardents, le surnommèrent saint Thomas, pour la persistance de son doute, jusqu'au jour où il eut la main forcée par les faits. Il refusait d'entendre et de voir, bien résolu à ne céder que si la religion n'avait rien à y perdre.

Mais les persécutions allaient s'accentuer. Le ministre des Cultes, à Paris, prévenu, exigeait que tout désordre cessât ; et le préfet venait de faire occuper militairement les abords de la Grotte. Déjà, le zèle des fidèles, la reconnaissance des personnes guéries, l'avaient ornée de vases de fleurs. On y jetait des pièces de monnaie, les cadeaux affluaient pour la Sainte Vierge. C'étaient aussi des aménagements rudimentaires, qui s'organisaient d'eux-mêmes : des carriers avaient taillé une sorte de réservoir, afin de recevoir l'eau miraculeuse ; d'autres enlevaient les grosses pierres, traçaient un chemin au flanc du coteau. Et ce fut devant le flot grossissant de la foule, que le préfet, après avoir renoncé à l'arrestation de Bernadette, prit la grave détermination de défendre l'approche de la Grotte, en la bouchant à l'aide d'une forte palissade. Des faits fâcheux s'étaient produits, des enfants prétendaient avoir vu le diable, les uns coupables de simulation, les autres cédant à de véritables attaques, dans la contagion de folie qui soufflait. Mais quelle affaire que le déménagement de la Grotte ! Le commissaire trouva seulement vers le soir une fille qui consentit à lui louer une charrette ; et, deux heures plus tard, cette fille étant tombée, se brisa net une côte. De même, un homme qui avait prêté une hache, eut, le lendemain, le pied écrasé par la chute d'une pierre. Au crépuscule enfin, le commissaire emporta sous les huées les pots de fleurs, les quelques cierges qui brûlaient, les sous et les cœurs d'argent jetés sur le sable. On serrait les poings, on le traitait sourdement de voleur et d'assassin. Puis, il y eut les pieux de la palissade plantés, les planches clouées, tout un travail qui fermait le mystère, barrait l'inconnu, mettait en prison le miracle. Et les autorités civiles eurent la naïveté de croire que c'était fini, que ces quelques planches allaient arrêter les pauvres gens, affamés d'illusion et d'espoir.

Dès qu'elle fut proscrite, traquée par la loi comme un délit, la religion nouvelle brûla d'une flamme inextinguible, au fond de toutes les âmes. Les croyants venaient quand même, en plus grand nombre, s'agenouillaient à distance, sanglotaient en face du Ciel défendu. Et les malades, les pauvres malades surtout, auxquels un arrêté barbare interdisait la guérison, se ruaient malgré les défenses, se glissaient par les trous, franchissaient les obstacles, dans l'unique et ardent désir de voler de l'eau. Comment ! il y avait là une eau prodigieuse qui rendait la vue aux aveugles, qui redressait les estropiés, qui soulageait instantanément toutes les maladies, et il s'était trouvé des hommes en place assez cruels pour mettre cette eau sous clé, afin qu'elle cessât de guérir le pauvre monde ! Mais c'était monstrueux ! Un cri d'exécration montait du petit peuple, de tous les déshérités qui avaient besoin de merveilleux autant que de pain, pour vivre. D'après l'arrêté, des procès-verbaux devaient être dressés aux délinquants, et ce fut ainsi qu'on put voir, devant le tribunal, un lamentable défilé de vieilles femmes, d'hommes éclopés, coupables d'avoir puisé à la fontaine de vie. Ils bégayaient, suppliaient, ne comprenaient pas, quand on les frappait d'une amende. Et, dehors, la foule grondait, une furieuse impopularité grandissait contre ces magistrats si durs à la misère d'ici-bas, ces maîtres sans pitié qui, après avoir pris toute la richesse, ne voulaient pas même permettre aux pauvres le rêve de l'Au-delà, la croyance qu'une puissance supérieure et bonne s'occupait d'eux maternellement. Par un triste matin, une bande de miséreux et de malades s'en alla trouver le maire ; ils s'agenouillèrent dans la cour, ils le conjurèrent avec des sanglots de faire rouvrir la Grotte ; et ce qu'ils disaient était si pitoyable, que tout le monde pleurait. Une mère présentait son enfant à demi mort : est-ce qu'on le laisserait s'éteindre ainsi à son cou, lorsqu'une source était là qui avait sauvé les enfants des autres mères ? Un aveugle montrait ses yeux troubles, un pâle garçon scrofuleux étalait les plaies de ses jambes, une femme paralytique tâchait de joindre ses mains tordues : voulait-on leur mort, leur refuserait-on la chance divine de vivre, puisque la science des hommes les abandonnait ? Et la détresse des croyants était aussi grande, de ceux qui étaient convaincus qu'un coin du Ciel venait de s'ouvrir, dans la nuit de leur morne existence, et qui s'indignaient qu'on leur enlevât cette joie de la chimère, ce suprême soulagement à leur souffrance humaine et sociale, de croire que la Sainte Vierge était descendue leur apporter l'infinie douceur de son intervention. Le maire n'avait pu rien promettre, et la foule s'était retirée pleurante, prête à la rébellion, comme sous le coup d'une grande injustice, d'une cruauté imbécile envers les petits et les simples, dont le Ciel tirerait vengeance.

Pendant plusieurs mois, la lutte continua. Et ce fut un spectacle extraordinaire que ces hommes de bon sens, le ministre, le préfet, le commissaire de police, animés certainement des meilleures intentions, se battant contre la foule toujours croissante des désespérés, qui ne voulaient pas qu'on leur fermât la porte du rêve. Les autorités exigeaient l'ordre, le respect d'une religion sage, le triomphe de la raison ; tandis que le besoin d'être heureux emportait le peuple au désir exalté du salut, dans ce monde et dans l'autre. Oh ! ne plus souffrir, conquérir l'égalité du bonheur, ne plus marcher que sous la protection d'une Mère juste et bonne, ne mourir que pour se réveiller au Ciel ! Et c'était forcément ce désir brûlant des multitudes, cette folie sainte de l'universelle joie, qui devait balayer la rigide et morose conception d'une société bien réglée, où les crises épidémiques des hallucinations religieuses sont condamnées, comme attentatoires au repos des esprits sains.

À cette heure, la salle Sainte-Honorine elle-même se révoltait. Pierre, de nouveau, dut interrompre un instant sa lecture, devant les exclamations étouffées qui traitaient le commissaire de Satan et d'Hérode. La Grivotte s'était levée sur son matelas, bégayante.

« Ah ! les monstres ! la bonne Sainte Vierge qui m'a guérie ! »

Et Mme Vêtu, elle aussi, reprise d'espérance, dans la sourde certitude qu'elle allait mourir, se fâchait, à cette idée que, si le préfet l'avait emporté, la Grotte n'existerait pas.

« Alors, il n'y aurait pas de pèlerinages, nous ne serions pas là, nous ne guéririons pas par centaines chaque année ? »

Une suffocation la saisit, et il fallut que sœur Hyacinthe vînt l'asseoir sur son séant. Mme de Jonquière profitait de l'interruption pour passer le bassin à une jeune femme atteinte d'une maladie de la moelle. Deux autres femmes, qui ne pouvaient rester sur leur lit, tant la chaleur était intolérable, rôdaient à petits pas silencieux, toutes blanches dans les ombres fumeuses ; et il y avait, au bout de la salle, sortant des ténèbres, un souffle pénible qui n'avait pas cessé, accompagnant la lecture d'un bruit de râle. Seule, étendue sur le dos, Élise Rouquet dormait paisible, étalant sa plaie affreuse en train de se sécher.

Il était minuit un quart, et d'un moment à l'autre l'abbé Judaine pouvait arriver, pour la communion. La grâce rentrait au cœur de Marie, elle était convaincue maintenant que, si la Sainte Vierge avait refusé de la guérir, la faute en était sûrement à elle, qui avait eu un doute, en descendant dans la piscine. Et elle se repentait de sa rébellion, comme d'un crime : pourrait-elle jamais être pardonnée ? Sa face pâlie s'était affaissée parmi ses beaux cheveux blonds, ses yeux s'emplissaient de larmes, elle regardait Pierre avec une tristesse éperdue.

« Oh ! mon ami, que j'ai été mauvaise ! Et c'est en écoutant les crimes d'orgueil de ce préfet et de ces magistrats que j'ai compris ma faute... Il faut croire, mon ami, il n'y a pas de bonheur en dehors de la foi et de l'amour. »

Puis, comme Pierre voulait s'arrêter là, toutes s'exclamèrent, exigèrent la suite. Et il dut promettre d'aller jusqu'au triomphe de la Grotte.

La palissade la barrait toujours, il fallait venir de nuit, en cachette, lorsqu'on voulait prier et emporter une bouteille de l'eau volée. Cependant, les craintes d'émeute grandissaient, on racontait que les villages de la montagne devaient descendre, pour délivrer Dieu. C'était la levée en masse des humbles, une poussée si irrésistible des affamés du miracle, que le simple bon sens, le simple bon ordre allaient être balayés comme paille. Et ce fut Mgr Laurence, dans son évêché de Tarbes, qui dut se rendre le premier. Toute sa réserve, tous ses doutes, se trouvaient débordés par le mouvement populaire. Il avait pu, pendant cinq grands mois, se tenir à l'écart, empêcher son clergé de suivre les fidèles à la Grotte, défendre l'Église contre ce vent déchaîné de superstition. Mais à quoi bon lutter davantage ? Il sentait si grande la misère de son peuple de fidèles, qu'il se résignait à lui donner le culte idolâtre dont il le sentait avide. Pourtant, par un reste de prudence, il rendit simplement une ordonnance qui nommait une commission, chargée de procéder à une enquête : c'était l'acceptation des miracles à une échéance plus ou moins lointaine. Si Mgr Laurence était l'homme de saine culture, de raison froide qu'on s'imagine, ne peut-on se représenter son angoisse, le matin du jour où il signa cette ordonnance ? Il dut s'agenouiller dans son oratoire, supplier le Dieu souverain du monde de lui dicter sa conduite. Il ne croyait pas aux apparitions, il avait des manifestations de la divinité une idée plus haute, plus intellectuelle. Seulement, n'était-ce pas pitié et miséricorde que de faire taire les scrupules de son intelligence, les noblesses de son culte, devant la nécessité de ce pain du mensonge, dont la pauvre humanité a besoin pour vivre heureuse ? « O mon Dieu, pardonnez-moi, si je vous fais descendre de la puissance éternelle où vous êtes, si je vous rabaisse à ce jeu enfantin des miracles inutiles. C'est vous faire injure que de vous risquer dans cette aventure pitoyable, où il n'y a que maladie et déraison. Mais, ô mon Dieu, ils souffrent tant, ils ont une si grande faim de merveilleux, de contes de fées, pour distraire leur douleur de vivre ! Vous-même, s'ils étaient vos ouailles, vous aideriez à les tromper. Que l'idée de votre divinité y perde, et qu'ils soient consolés sur cette terre ! » Et l'évêque en larmes avait ainsi fait le sacrifice de son Dieu à sa charité frémissante de pasteur, pour le lamentable troupeau humain.

Puis, l'empereur, le maître, à son tour, se rendit. Il était alors à Biarritz, on le renseignait journellement sur cette affaire des apparitions, dont tous les journaux de Paris s'occupaient ; car la persécution n'aurait pas été complète, si l'encre des journalistes voltairiens ne s'y était mêlée. Et l'empereur, pendant que son ministre, son préfet, son commissaire de police, se battaient pour le bon sens et pour le bon ordre, gardait ce grand silence de rêveur éveillé, où personne n'était jamais descendu. Des pétitions arrivaient quotidiennement ; et il se taisait. Des évêques venaient l'entretenir, de grands personnages, de grandes dames de son entourage guettaient, l'emmenaient à l'écart ; et il se taisait. Tout un combat sans trêve se livrait autour de sa volonté, d'une part les croyants, ou simplement les têtes chimériques que passionnait le mystère, de l'autre les incrédules, les hommes de gouvernement, qui se défient des troubles de l'imagination ; et il se taisait. Brusquement, dans sa décision de timide, il parla. Le bruit courut qu'il s'était décidé, devant les supplications de l'impératrice. Elle intervint sans doute, mais il y eut surtout, chez l'empereur, un réveil de son ancien rêve humanitaire, un retour de sa pitié réelle pour les déshérités. Comme l'évêque, il ne voulut pas fermer aux misérables la porte de l'illusion, en maintenant l'arrêté impopulaire du préfet qui défendait d'aller boire la vie à la fontaine sainte. Et il envoya une dépêche, l'ordre bref d'abattre la palissade, pour que la Grotte fût libre.

Alors, ce fut l'hosanna, ce fut le triomphe. On cria le nouvel arrêté, sur les places de Lourdes, aux roulements du tambour, aux fanfares de la trompette. Le commissaire de police, en personne, dut procéder à l'enlèvement de la palissade. Ensuite, on le déplaça, ainsi que le préfet. Les populations arrivaient de toutes parts, on organisait le culte, à la Grotte. Et un cri d'allégresse divine montait : « Dieu avait vaincu. » Dieu ? hélas, non ! mais la misère humaine, l'éternel besoin de mensonge, cet espoir du condamné qui s'en remet, pour son salut, aux mains d'une toute-puissance invisible, plus forte que la nature, seule capable d'en briser les lois inexorables. Et ce qui avait vaincu encore, c'était la pitié souveraine des conducteurs du troupeau, l'évêque et l'empereur miséricordieux laissant aux grands enfants malades le fétiche qui consolait les uns et qui parfois même guérissait les autres.

Dès le milieu de novembre, la commission épiscopale vint procéder à l'enquête dont elle était chargée. Elle interrogea Bernadette une fois de plus, elle étudia un grand nombre de miracles. Pourtant, elle ne retint que trente guérisons, pour que l'évidence fût absolue. Et Mgr Laurence se déclara convaincu. Il fit preuve cependant d'une prudence dernière, il attendit trois années encore, avant de déclarer, dans un mandement, que la Sainte Vierge était réellement apparue, à la Grotte de Massabielle, et que des miracles nombreux s'y étaient ensuite produits. Il avait acheté de la ville de Lourdes, au nom de l'évêché, la Grotte, avec le vaste terrain qui l'entourait. Des travaux s'exécutèrent, modestes d'abord, bientôt de plus en plus importants, à mesure que l'argent affluait de toute la chrétienté. On aménageait la Grotte, on la fermait d'une grille. Le Gave était rejeté au loin, dans un lit nouveau, pour établir de larges approches, des gazons, des allées, des promenades. Enfin, l'église que la Sainte Vierge avait demandée, la Basilique, commençait à sortir de terre, au sommet de la roche même. Depuis le premier coup de pioche, le curé de Lourdes, l'abbé

Peyramale, dirigeait tout, avec un zèle excessif, car la lutte avait fait de lui le croyant le plus ardent, le plus sincère de l'œuvre. Avec sa paternité un peu rude, il s'était mis à adorer Bernadette, il se donnait corps et âme à la réalisation des ordres qu'il avait reçus du Ciel, par la bouche de cette innocente. Et il s'épuisait en efforts dominateurs, et il voulait que tout fût très beau, très grand, digne de la Reine des anges, qui avait daigné visiter ce coin de montagnes. La première cérémonie religieuse n'eut lieu que six ans après les apparitions, le jour où l'on installa en grande pompe, dans la Grotte, une statue de la Vierge, à l'endroit où celle-ci était apparue. Ce matin-là, par un temps magnifique, Lourdes s'était pavoisé, toutes les cloches sonnaient. Cinq ans plus tard, en 1869, la première messe fut dite dans la crypte de la Basilique, dont la flèche n'était point terminée. Les dons augmentaient sans cesse, un fleuve d'or coulait, une ville entière allait pousser du sol. C'était la religion nouvelle qui achevait de se fonder. Le désir de guérir guérissait, la soif du miracle faisait le miracle. Un Dieu de pitié et d'espoir sortait de la souffrance de l'homme, de ce besoin d'illusion consolatrice, qui, à tous les âges de l'humanité, a créé les merveilleux paradis de l'Au-delà, où une toute-puissance rend la justice et distribue l'éternel bonheur.

Aussi, les malades de la salle Sainte-Honorine ne voyaient-ils, dans la victoire de la Grotte, que leurs espérances de guérison triomphantes. Et il y eut, le long des lits, un frémissement de joie, lorsque Pierre, le cœur remué par tous ces pauvres visages qui se tendaient vers lui, avides de certitude, répéta :

« Dieu avait vaincu, et les miracles n'ont pas cessé depuis ce jour, et ce sont les plus humbles créatures qui sont les plus soulagées. »

Il posa le petit livre. L'abbé Judaine entrait, la communion allait commencer. Mais Marie, reprise par la fièvre de la foi, les mains brûlantes, se pencha.

« Mon ami, oh ! rendez-moi le grand service d'écouter l'aveu de ma faute et de m'absoudre. J'ai blasphémé, je suis en état de péché mortel. Si vous ne venez à mon aide, je ne pourrai recevoir la communion, et j'ai tant besoin d'être consolée et raffermie ! »

Le jeune prêtre refusait du geste. Jamais il n'avait voulu confesser cette amie, la seule femme qu'il eût aimée et désirée, aux saines et rieuses années de jeunesse. Mais elle insistait.

« Je vous en conjure, c'est au miracle de ma guérison que vous aiderez. »

Et il céda, il reçut l'aveu de sa faute, de la révolte impie de sa souffrance contre la Vierge, restée sourde à ses prières ; puis, il lui donna l'absolution, avec les paroles sacramentelles.

Déjà, l'abbé Judaine avait posé le ciboire sur une petite table, entre deux flambeaux allumés, deux étoiles tristes dans la demi-obscurité de la salle. On venait de se décider à ouvrir toutes grandes les fenêtres, tellement l'odeur de ces corps souffrants et de ces loques entassées était devenue insupportable, mais il n'entrait aucun air, la cour étroite, pleine de nuit, ressemblait à un puits embrasé. Pierre s'offrit comme servant, et il récita le *Confiteor*. Puis, l'aumônier, en aube, après avoir dit le *Misereatur* et l'*Indulgentiam*, éleva le ciboire : « Voici l'Agneau de Dieu qui efface les péchés du monde. » Chacune des femmes qui attendaient impatiemment la communion, tordues de maux, comme le moribond attend la vie d'une potion nouvelle, lente à venir, répétait par trois fois cet acte d'humilité, à bouche fermée : « Seigneur, je ne suis pas digne que vous entriez chez moi, mais dites seulement une parole, et mon âme sera guérie. » L'abbé Judaine avait commencé à faire le tour des lits lamentables, suivi de Pierre, tandis que Mme de Jonquière et sœur Hyacinthe les accompagnaient, chacune un flambeau à la main. La sœur désignait celles des malades qui devaient communier ; et le prêtre se penchait, déposait l'hostie sur la langue, un peu au hasard, en murmurant les paroles latines. Toutes se soulevaient, les yeux grands ouverts et luisants, au milieu du désordre de l'installation trop prompte. Il fallut pourtant en réveiller deux qui s'étaient profondément endormies. Beaucoup geignaient sans en avoir conscience, recommençaient à geindre après avoir reçu Dieu. Au fond de la salle, le râle de celle qu'on ne voyait pas, continuait. Et rien n'était plus mélancolique que le petit cortège dans les demi-ténèbres, étoilées par les deux taches jaunes des cierges.

Mais ce fut une apparition divine que le visage de Marie, rendue à l'extase. On avait refusé la communion à la Grivotte, qui devait communier le matin au Rosaire, affamée du pain de vie ; et Mme Vêtu, muette, venait de recevoir l'hostie sur sa langue noire, dans un hoquet. Maintenant, Marie était là, sous la lueur pâle des flambeaux, si belle parmi ses cheveux blonds, avec ses yeux élargis, ses traits transfigurés par la foi, que tous l'admirèrent. Elle communia éperdument, le Ciel descendait visiblement en elle, dans son pauvre corps de jeunesse, réduit à une telle misère physique. Un instant encore, elle retint Pierre par la main.

« Oh ! mon ami, elle me guérira, elle vient de me le dire... Allez vous reposer. Moi je vais dormir d'un si bon sommeil ! »

Lorsqu'il se retira avec l'abbé Judaine, Pierre aperçut la petite Mme Désagneaux, dans le fauteuil où la fatigue l'avait comme foudroyée. Rien n'avait pu la réveiller. Il était une heure et demie du matin. Et Mme de Jonquière, aidée de sœur Hyacinthe, allait toujours, retournait les malades, les nettoyait, les pansait. Mais la salle se calmait cependant, tombait à une lourdeur obscure plus douce, depuis que Bernadette y avait passé, avec son charme. La petite ombre de la voyante errait à présent parmi les lits, triomphale, ayant fait son œuvre, apportant un peu du Ciel à chaque déshéritée, à chaque désespérée de cette terre ; et, pendant que toutes glissaient au sommeil, elles la voyaient qui se penchait, elle si chétive, si malade aussi, et qui les baisait en souriant.

TROISIÈME JOURNÉE

I

Par ce matin de beau dimanche d'août, chaud et clair, M. de Guersaint, dès sept heures, se trouva levé et tout vêtu, dans l'une des deux petites chambres qu'il avait eu la bonne chance de louer, au troisième étage de l'hôtel des Apparitions, rue de la Grotte. Il s'était couché dès onze heures, il se réveillait très gaillard ; et, tout de suite, il passa dans l'autre chambre, celle que Pierre occupait. Mais celui-ci, rentré à deux heures du matin, le sang brûlé par l'insomnie, ne s'était assoupi qu'au jour et dormait encore. Sa soutane, jetée au travers d'une chaise, ses autres vêtements épars, disaient sa fatigue et son trouble.

« Eh bien ! quoi donc, paresseux ? cria gaiement M. de Guersaint. Vous n'entendez pas les cloches sonner ? »

Pierre s'éveilla en sursaut, surpris de se voir dans cette étroite chambre d'hôtel, que le soleil inondait. En effet, par la fenêtre laissée ouverte, entrait le branle joyeux des cloches, toute la ville sonnante et heureuse.

« Jamais nous n'aurons le temps d'être avant huit heures à l'hôpital, pour prendre Marie, car nous allons déjeuner, n'est-ce pas ?

– Sans doute, commandez vivement deux tasses de chocolat. Et je me lève, je ne serai pas long. »

Quand il fut seul, Pierre, malgré la courbature dont ses membres étaient brisés, sauta du lit, se hâta. Il avait encore la face au fond de la cuvette, se trempant d'eau froide, lorsque M. de Guersaint, qui ne pouvait rester seul, reparut.

« C'est fait, on va nous monter ça... Ah ! cet hôtel ! Avez-vous vu le propriétaire, le sieur Majesté, tout de blanc vêtu, et si digne, dans son bureau ? Il paraît qu'ils sont débordés, jamais ils n'ont eu tant de monde... Aussi quel bruit infernal ! Trois fois, ils m'ont réveillé, cette nuit. Je ne sais pas ce qu'on peut bien faire dans la chambre voisine de la mienne : tout à l'heure encore, il y a eu un coup dans le mur, et puis des chuchotements, et puis des soupirs... »

Il s'interrompit, pour demander :

« Vous avez bien dormi, vous ?

– Mais non, répondit Pierre. J'étais écrasé de lassitude, et il m'a été impossible de fermer les yeux. Sans doute, c'est tout ce vacarme dont vous parlez. »

À son tour, il dit les cloisons minces, la maison bondée et craquante de ce monde qu'on y empilait. C'étaient des heurts inexplicables, des courses brusques dans les couloirs, des pas pesants, de grosses voix qui montaient on ne savait d'où ; sans compter les gémissements des malades, les toux, les horribles toux qui, de toutes parts, semblaient sortir des murailles. Évidemment, d'un bout de la nuit à l'autre, des gens rentraient et ressortaient, se levaient et se recouchaient ; car il n'y avait plus d'heures, on vivait dans le dérèglement des secousses passionnées, allant à la dévotion comme on serait allé au plaisir.

« Et Marie, comment l'avez-vous laissée, hier soir ? demanda de nouveau M. de Guersaint.

– Beaucoup mieux, dit le prêtre. Après une terrible crise de désespoir, elle a retrouvé tout son courage et toute sa foi. »

Il y eut un silence.

« Oh ! je ne suis pas inquiet, reprit le père, avec son optimisme tranquille. Vous verrez que ça marchera très bien... Moi, je suis ravi. J'avais demandé à la Sainte Vierge sa protection pour mes affaires, vous savez, ma grande invention des ballons dirigeables. Eh bien ! si je vous disais qu'elle m'a déjà témoigné sa faveur ! Oui, hier soir, comme je causais avec l'abbé Des Hermoises, est-ce qu'il ne m'a pas offert de me trouver un bailleur de fonds à Toulouse, un de ses amis immensément riche, qui s'intéresse à la mécanique ! Tout de suite, j'ai vu là le doigt de Dieu. »

Et il riait de son rire d'enfant. Puis, il ajouta :

« Un homme si charmant, cet abbé Des Hermoises ! Je vais me renseigner pour savoir si nous ne pourrions pas faire ensemble l'excursion du cirque de Gavarnie, à bon compte. »

Pierre, qui voulait tout payer, l'hôtel et le reste, le poussa amicalement.

« Sans doute, ne manquez pas cette occasion de visiter les montagnes, puisque vous le désirez tant. Votre fille sera si heureuse de vous savoir heureux ! »

Mais ils furent interrompus, une servante leur apportait les deux tasses de chocolat, avec deux petits pains, sur un plateau garni d'une serviette ; et, comme elle avait laissé la porte ouverte, on apercevait une partie du couloir, en enfilade.

« Tiens ! on fait déjà la chambre de mon voisin, remarqua M. de Guersaint, curieux. Il est marié, n'est-ce pas ? »

La servante s'étonna.

« Oh ! non, il est tout seul.

– Comment, tout seul ! mais il n'a pas cessé de remuer, et l'on causait, l'on soupirait chez lui, ce matin !

– Ce n'est pas possible, il est tout seul... Il vient de descendre, après avoir donné l'ordre qu'on fasse sa chambre vivement. Et il n'y a bien qu'une pièce, avec un grand placard, dont il a emporté la clé... Sans doute qu'il a serré là des valeurs... »

Elle s'oubliait à bavarder, en disposant les deux tasses de chocolat sur la table.

« Oh ! un monsieur si comme il faut !... L'année dernière, il avait retenu un des petits pavillons isolés que M. Majesté loue, dans la ruelle voisine. Mais, cette année, il s'y est pris trop tard, il a dû se contenter de cette chambre, ce qui l'a désespéré vraiment... Comme il ne veut pas manger avec tout le monde, il se fait servir chez lui, il boit du bon vin, mange de bons morceaux.

– C'est ça, conclut gaiement M. de Guersaint, il aura trop bien dîné tout seul, hier soir. »

Pierre avait écouté.

« Et, de mon côté, à moi, est-ce qu'il n'y a pas deux dames avec un monsieur et un enfant qui a une béquille ?

– Oui, monsieur l'abbé, je les connais... La tante, Mme Chaise, a pris l'une des deux chambres ; tandis que M. et Mme Vigneron, avec leur fils Gustave, ont dû s'entasser dans l'autre... C'est la seconde année qu'ils viennent. Oh ! des gens tout à fait bien aussi ! »

Pendant la nuit, Pierre avait en effet cru reconnaître la voix de M. Vigneron, que la chaleur devait incommoder. Puis, la bonne étant lancée, elle indiqua les autres locataires du couloir : à gauche, un prêtre, une mère avec ses trois filles, un ménage de vieilles gens ; à droite, un autre monsieur seul, une jeune dame seule, toute une famille encore, cinq enfants en bas âge. L'hôtel était plein jusqu'aux mansardes. Les bonnes, qui avaient abandonné leurs chambres aux clients, dormaient toutes en tas dans la buanderie. On avait mis, la nuit dernière, des lits de sangle sur les paliers de chaque étage. Même un honorable ecclésiastique s'était vu forcé de coucher sur un billard.

Quand la servante se fut enfin retirée, et que les deux hommes eurent pris leur chocolat, M. de Guersaint s'en alla dans sa chambre se laver de nouveau les mains, car il était très soigneux de sa personne ; et Pierre, resté seul, attiré par le clair soleil du dehors, sortit un instant sur l'étroit balcon. Toutes les chambres du troisième étage, de ce côté de l'hôtel, se trouvaient ainsi pourvues d'un balcon, à balustrade de bois découpé. Mais sa surprise fut extrême. Sur un balcon voisin, celui qui correspondait à la chambre occupée par le monsieur tout seul, il venait de voir une femme allonger la tête, et il avait reconnu Mme Volmar : c'était bien elle, son visage long, ses traits fins et tirés, ses yeux larges, magnifiques, des brasiers où, par moments, passait comme un voile, une moire qui semblait les éteindre. Elle avait eu un sursaut de peur en le reconnaissant. Lui-même, très gêné, désolé de la bouleverser ainsi, s'était retiré en hâte. Et il comprenait tout, dans une clarté brusque : le monsieur n'ayant pu louer que cette chambre, y cachant sa maîtresse à tous les yeux, l'enfermant dans le vaste placard pendant qu'on faisait le ménage, la nourrissant des repas qu'on lui montait, buvant avec elle au même verre ; et les bruits de la nuit s'expliquaient, et ce seraient ainsi pour elle trois jours d'absolu emprisonnement, d'affolée passion, au fond de cette pièce murée. Sans doute, le ménage fini, elle s'était risquée à rouvrir le placard de l'intérieur, à allonger la tête, afin de regarder dans la rue, si son ami ne revenait pas. C'était donc pour ça qu'on ne l'avait pas vue à l'hôpital, où la petite Mme Désagneaux la demandait sans cesse ! Pierre, immobile, le cœur troublé, fut envahi d'une rêverie inquiète, en songeant à cette existence de femme qu'il connaissait, cette torture de la vie conjugale à Paris, entre une belle-mère farouche et un mari indigne, puis ces trois seuls jours d'entière liberté par an, cette brusque flambée d'amour, sous le prétexte sacrilège de venir à Lourdes servir Dieu. Des larmes qu'il ne s'expliquait même pas, des larmes montées du plus profond de son être, de sa chasteté volontaire, lui avaient empli les yeux, dans un sentiment d'immense tristesse.

« Eh bien ! y sommes-nous ? cria joyeusement M. de Guersaint, en reparaissant, ganté, serré dans son veston de drap gris.

– Oui, oui, nous partons », dit Pierre, qui se détourna, cherchant son chapeau, pour s'essuyer les yeux.

Et, comme ils sortaient, ils entendirent à gauche une voix grasse qu'ils reconnurent, la voix de M. Vigneron, en train de réciter, très haut, les prières du matin. Mais une rencontre les intéressa : ils suivaient le couloir, lorsqu'ils se croisèrent avec un monsieur d'une quarantaine d'années, fort et trapu, la face encadrée de favoris corrects. D'ailleurs, il gonfla le dos, il passa si vite, qu'ils ne purent distinguer ses traits. Il portait un paquet à la main, ficelé soigneusement. Et il glissa la clé, referma la porte, disparut comme une ombre, sans bruit.

M. de Guersaint s'était retourné.

« Tiens ! le monsieur seul... Il doit revenir du marché, il se rapporte des gourmandises. »

Pierre feignit de ne pas entendre, car il jugeait son compagnon trop léger pour le mettre dans la confidence d'un secret qui n'était pas le sien. Puis, une gêne lui venait, une sorte de terreur pudique, à l'idée de cette revanche de la chair, qu'il savait là désormais, au milieu de la mystique exaltation dont il se sentait enveloppé.

Ils arrivèrent à l'hôpital, juste au moment où l'on descendait les malades pour les conduire à la Grotte. Et ils trouvèrent Marie très gaie, ayant bien dormi. Elle embrassa son père, le gronda, quand elle sut qu'il n'avait pas encore décidé son excursion à Gavarnie. S'il n'y allait pas, il lui ferait beaucoup de chagrin. D'ailleurs, elle disait, de son air reposé et souriant, qu'elle ne serait pas guérie ce jour-là. Ensuite, elle supplia Pierre de lui obtenir la permission de passer la nuit suivante devant la Grotte : c'était une faveur, souhaitée ardemment de toutes, qu'on accordait avec quelque peine, aux seules protégées. Après s'être récrié, inquiet pour sa santé d'une nuit entière à la belle étoile, il dut lui promettre de faire la démarche, en la voyant subitement très malheureuse. Sans doute, elle n'espérait se faire entendre de la Sainte Vierge que seule à seule, dans la paix souveraine des ténèbres. Et, ce matin-là, à la Grotte, lorsque tous les trois y eurent entendu une messe, elle se trouva si perdue parmi les malades, qu'elle voulut être ramenée à l'hôpital dès dix heures, en se plaignant d'avoir les yeux fatigués par le grand jour.

Quand son père et le prêtre l'eurent réinstallée dans la salle Sainte-Honorine, elle leur donna congé pour la journée entière.

« Non, ne venez pas me chercher, je ne retournerai pas à la Grotte cet après-midi, c'est inutile... Mais, ce soir, dès neuf heures, vous serez là pour m'emmener, n'est-ce pas, Pierre ? C'est convenu, vous m'avez donné votre parole. »

Il répéta qu'il tâcherait d'obtenir la permission, qu'il s'adresserait au père Fourcade, s'il le fallait.

« Alors, mignonne, à ce soir », dit à son tour M. de Guersaint en l'embrassant.

Et ils la laissèrent très tranquille dans son lit, l'air absorbé, avec ses grands yeux rêveurs et souriants, perdus au loin.

Lorsqu'ils rentrèrent à l'hôtel des Apparitions, il n'était pas dix heures et demie. M. de Guersaint, que le beau temps ravissait, parla de déjeuner tout de suite, pour se lancer le plus tôt possible au travers de Lourdes. Mais il tint cependant à remonter dans sa chambre ; et, comme Pierre l'avait suivi, ils tombèrent au milieu d'un drame. La porte des Vigneron était grande ouverte, on apercevait le petit Gustave allongé sur le canapé, qui lui servait de lit. Il était livide, il venait d'avoir un évanouissement, qui avait fait croire un instant au père et à la mère que c'était la fin. Mme Vigneron, affaissée sur une chaise, restait hébétée de la peur qu'elle avait eue ; tandis que, lancé par la chambre, M. Vigneron bousculait tout, en préparant un verre d'eau sucrée, dans lequel il versait des gouttes d'un élixir. Mais comprenait-on cela ? Un garçon encore très fort, s'évanouir de la sorte, devenir blanc comme un poulet ! Et il regardait Mme Chaise, la tante, debout devant le canapé, l'air bien portant, ce matin-là ; et ses mains tremblaient davantage, à l'idée sourde que, si cette bête de crise avait emporté son fils, l'héritage de la tante, à cette heure, n'aurait plus été à eux. Il était hors de lui, il desserra les dents de l'enfant, lui fit boire de force tout le verre. Pourtant, lorsqu'il l'entendit soupirer, sa bonhomie paternelle reparut, il pleura, l'appela son petit homme. Alors, Mme Chaise s'étant approchée, Gustave la repoussa, d'un geste de haine brusque, comme s'il avait compris la perversion inconsciente où l'argent de cette femme jetait ses parents. Blessée, la vieille dame s'assit à l'écart, pendant que le père et la mère, maintenant rassurés, remerciaient la Sainte Vierge de leur avoir conservé ce mignon, qui leur souriait de son sourire fin et si triste, sachant les choses, n'ayant plus, à quinze ans, le goût de vivre.

« Pouvons-nous vous être utiles ? demanda Pierre obligeamment.

– Non, non, merci bien, messieurs, répondit M. Vigneron, qui sortit un instant dans le couloir. Oh ! nous avons eu une alerte ! Songez donc, un fils unique, et qui nous est si cher ! »

Autour d'eux, l'heure du déjeuner mettait en branle la maison entière. Toutes les portes tapaient, les couloirs et l'escalier résonnaient de continuelles cavalcades. Trois grandes filles passèrent, dans le vent de leurs jupes. Des enfants en bas âge pleuraient, au fond d'une chambre voisine. Puis, c'étaient de vieilles gens affolés, des prêtres éperdus, sortant de leur caractère, soulevant leur soutane à pleines mains pour courir plus vite. Du bas en haut, les planchers tremblaient, sous la charge trop lourde des gens entassés. Et une servante, qui portait tout un déjeuner sur un grand plateau, étant venue frapper à la porte du monsieur seul, cette porte mit longtemps à s'ouvrir ; enfin, elle s'entrebâilla, laissa voir la chambre calme, où le monsieur était seul, tournant le dos ; et, quand la servante se retira, elle se referma sur elle, discrètement.

« Oh ! j'espère bien que c'est fini et que la Sainte Vierge va le guérir, répétait M. Vigneron, qui ne lâchait plus ses deux voisins. Nous allons déjeuner, car je vous avoue que ça m'a creusé l'estomac, j'ai une faim terrible. »

Lorsque Pierre et M. de Guersaint descendirent, ils eurent le désagrément de ne pas trouver le moindre bout de table libre, dans la salle à manger. La plus extraordinaire des cohues s'entassait là, et les quelques places vides encore étaient retenues. Un garçon leur déclara que, de dix heures à une heure, la salle ne désemplissait pas, sous l'assaut des appétits, aiguisés par l'air vif des montagnes. Ils durent se résigner à attendre, en priant le garçon de les prévenir, dès qu'il y aurait deux couverts vacants. Et, ne sachant que faire, ils allèrent se promener sous le porche de l'hôtel, béant sur la rue, où défilait sans arrêt toute une population endimanchée.

Mais le propriétaire de l'hôtel des Apparitions, le sieur Majesté en personne, apparut, tout vêtu de blanc ; et, avec une grande politesse :

« Si ces messieurs voulaient attendre au salon ? »

C'était un gros homme de quarante-cinq ans, qui s'efforçait de porter royalement son nom. Chauve, glabre, les yeux bleus et ronds dans un visage de cire, aux trois mentons étagés, il montrait une grande dignité. Il était venu de Nevers, avec les sœurs qui desservaient l'orphelinat, et il avait épousé une femme de Lourdes, petite et noire. À eux deux, en moins de dix ans, ils avaient fait de leur hôtel une des maisons les plus cossues, les mieux fréquentées de la ville. Depuis quelques années, il y avait joint un commerce d'articles religieux, qui occupait, à gauche, tout un vaste magasin, et que tenait une jeune nièce, sous la surveillance de Mme Majesté.

« Ces messieurs pourraient s'asseoir au salon ? » répéta l'hôtelier, que la soutane de Pierre rendait très prévenant.

Mais tous deux préféraient marcher, attendre debout, au grand air. Et, alors, Majesté ne les quitta pas, voulut causer un instant avec eux, comme il le faisait d'habitude avec les clients qu'il désirait honorer. La conversation roula d'abord sur la procession aux flambeaux du soir, qui promettait d'être superbe, par ce temps admirable. Il y avait plus de cinquante mille étrangers dans Lourdes, des promeneurs étaient venus de toutes les stations d'eaux voisines ; et cela expliquait l'encombrement des tables d'hôte. Peut-être la ville allait-elle manquer de pain, comme cela était arrivé l'année d'auparavant.

« Vous voyez la bousculade, conclut Majesté, nous ne savons où donner de la tête. Ce n'est vraiment pas de ma faute, si l'on vous fait attendre un peu. »

À ce moment, le facteur arriva, avec un courrier considérable, un paquet de journaux et de lettres qu'il posa sur une table, dans le bureau. Puis, comme il avait gardé à la main une dernière lettre, il demanda :

« Vous n'avez pas ici Mme Maze ?

– Mme Maze, Mme Maze, répéta l'hôtelier. Non, non, certainement. »

Pierre avait entendu, et il s'approcha, pour dire :

« Mme Maze, il y en a une qui doit être descendue chez les sœurs de l'Immaculée-Conception, les sœurs Bleues, comme on les appelle ici, je crois. »

Le facteur remercia et s'en alla. Mais un sourire amer était monté aux lèvres de Majesté.

« Les sœurs Bleues, murmura-t-il, ah ! les sœurs Bleues... »

Il jeta un coup d'œil oblique sur la soutane de Pierre, puis s'arrêta net, dans la crainte d'en trop dire. Son cœur pourtant débordait, il aurait voulu se soulager, et ce jeune prêtre de Paris, qui avait l'air d'être d'esprit libre, ne devait pas faire partie de la bande, comme il nommait tous les servants de la Grotte, tous ceux qui battaient monnaie avec Notre-Dame de Lourdes. Peu à peu, il se risqua.

« Monsieur l'abbé, je vous jure que je suis bon catholique. Ici, d'ailleurs, nous le sommes tous. Et je pratique, je fais mes pâques... Mais, en vérité, je dis que des religieuses ne devraient pas tenir un hôtel. Non, non, ce n'est pas bien ! »

Et il exhala sa rancune de commerçant atteint par une concurrence déloyale. Est-ce que ces sœurs de l'Immaculée-Conception, ces sœurs Bleues, n'auraient pas dû s'en tenir à leur vrai rôle, la fabrication des hosties, l'entretien et le blanchissage des linges sacrés ? Mais non ! elles avaient transformé leur couvent en une vaste hôtellerie, où les dames seules trouvaient des chambres séparées, mangeaient en commun, quand elles ne préféraient pas se faire servir à part. Tout cela était très propre, très bien organisé, et pas cher, grâce aux mille avantages dont elles jouissaient. Aucun hôtel de Lourdes ne travaillait autant.

« Enfin, est-ce que c'est convenable ? des religieuses se mêler de vendre de la soupe ! Ajoutez que la supérieure est une maîtresse femme. Lorsqu'elle a vu la fortune venir, elle l'a voulue pour sa maison seule, elle s'est séparée résolument des pères de la Grotte, qui s'efforçaient de mettre la main sur elle. Oui, monsieur l'abbé, elle est allée jusqu'à Rome, elle a eu gain de cause, elle empoche maintenant tout l'argent des additions. Des religieuses, des religieuses, mon Dieu ! louer des chambres garnies et tenir une table d'hôte ! »

Il levait les bras au ciel, il suffoquait.

« Mais, finit par objecter doucement Pierre, puisque votre maison regorge, puisque vous n'avez plus de libre ni un lit ni une assiette, où mettriez-vous donc les voyageurs, s'il vous en arrivait encore ? »

Majesté se récria vivement.

« Ah ! monsieur l'abbé, on voit bien que vous ne connaissez pas le pays. Pendant le pèlerinage national, c'est vrai, nous travaillons tous, nous n'avons pas à nous plaindre. Mais cela ne dure que quatre ou cinq jours ; et, dans les temps ordinaires, le courant est moins fort... Oh ! moi, Dieu merci ! je suis toujours satisfait. La maison est connue, elle vient sur le même rang que l'hôtel de la Grotte, où il s'est fait déjà deux fortunes... N'importe ! c'est vexant de voir ces sœurs Bleues écrémer la clientèle, nous prendre des dames de la bourgeoisie qui passent à Lourdes des quinze jours, des trois semaines ; et cela aux époques tranquilles, quand il n'y a pas beaucoup de monde : vous comprenez, n'est-ce pas ? des personnes bien élevées qui détestent le bruit, qui vont prier à la Grotte toutes seules, pendant des journées entières, et qui payent largement, sans marchander jamais. »

Mme Majesté, que Pierre et M. de Guersaint n'avaient pas aperçue, penchée sur un registre, où elle additionnait des comptes, intervint alors de sa voix aiguë.

« L'année dernière, messieurs, nous avons gardé une voyageuse comme ça pendant deux mois. Elle allait à la Grotte, en revenait, y retournait, mangeait, se couchait. Et jamais un mot, toujours un sourire content. Elle a payé sa note sans même la regarder... Ah ! des voyageuses pareilles, ça se regrette. »

Elle s'était levée, petite, maigre, très brune, toute vêtue de noir, avec un mince col plat. Et elle fit ses offres.

« Si ces messieurs désirent emporter quelques petits souvenirs de Lourdes, il ne faut pas qu'ils nous oublient. Nous avons à côté un magasin, où ils trouveront un grand choix des objets les plus demandés... Les personnes qui descendent à l'hôtel, veulent bien, d'habitude, ne pas s'adresser autre part que chez nous. »

Mais Majesté, de nouveau, hochait la tête, de son air de bon catholique attristé par les scandales du temps.

« Certes, je ne voudrais pas manquer de respect aux révérends pères, et pourtant, il faut bien le dire, ils sont trop gourmands... Vous avez vu la boutique qu'ils ont installée près de la Grotte, cette boutique toujours pleine, où l'on vend des articles de piété et des cierges. Beaucoup de prêtres déclarent que c'est une honte et qu'il faut de nouveau chasser les vendeurs du temple... À ce qu'on raconte aussi, les pères commanditent le grand magasin qui est en face de chez nous, dans la rue, et qui approvisionne les petits détaillants de la ville. Enfin, si l'on écoutait les bruits, ils auraient la main dans tout le commerce des objets religieux, ils prélèveraient un tant pour cent sur les millions de chapelets, de statuettes et de médailles, qui se débitent par an à Lourdes... »

Il avait baissé la voix, car ses accusations se précisaient, et il finissait par trembler de se confier ainsi à des étrangers. La douce figure attentive de Pierre le rassurait pourtant ; et il continua, dans sa passion de concurrent blessé, décidé à aller jusqu'au bout.

« Je veux bien qu'il y ait de l'exagération en tout ceci. Il n'en est pas moins vrai que c'est un grand dommage pour la religion, de voir les révérends pères tenir boutique, comme le dernier de nous... Moi, n'est-ce pas ? je ne vais pas partager l'argent de leurs messes, ni demander mon tant pour cent sur les cadeaux qu'ils reçoivent ? Alors, pourquoi se mettent-ils à vendre de ce que je vends ? Notre dernière année a été médiocre, à cause d'eux. Nous sommes déjà trop, tout le monde trafique du bon Dieu à Lourdes, si bien qu'on n'y trouve même plus du pain à manger et de l'eau à boire... Ah ! monsieur l'abbé, la Sainte Vierge a beau être avec nous autres, il y a des instants où les choses vont très mal ! »

Un voyageur le dérangea, mais il reparut, au moment où une jeune fille venait chercher Mme Majesté. C'était une fille de Lourdes, très jolie, petite et grasse, avec de beaux cheveux noirs et une figure un peu large, d'une gaieté claire.

« Notre nièce Appoline, reprit Majesté. Elle tient depuis deux ans notre magasin. Elle est la fille d'un frère pauvre de ma femme, elle gardait les troupeaux à Bartrès, lorsque, frappés de sa gentillesse, nous nous sommes décidés à la prendre ici ; et nous ne nous en repentons pas, car elle a beaucoup de mérite, elle est devenue une très bonne vendeuse. »

Ce qu'il ne disait pas, c'était que des bruits assez légers couraient sur Appoline. On l'avait vue, avec des jeunes gens, s'égarer le soir, le long du Gave. Mais, en effet, elle était précieuse, elle attirait la clientèle, peut-être à cause de ses grands yeux noirs qui riaient si volontiers. L'année d'auparavant, Gérard de Peyrelongue ne quittait pas la boutique ; et, seules, ses idées de mariage l'empêchaient sans doute de revenir. Il semblait remplacé par le galant abbé Des Hermoises, qui amenait beaucoup de dames faire des emplettes.

« Ah ! vous parlez d'Appoline, dit Mme Majesté, de retour du magasin. Messieurs, vous n'avez pas remarqué une chose, son extraordinaire ressemblance avec Bernadette... Tenez ! il y a là, au mur, une photographie de cette dernière, quand elle avait dix-huit ans. »

Pierre et M. de Guersaint s'approchèrent, tandis que Majesté s'écriait :

« Bernadette, parfaitement ! c'était Appoline, mais en beaucoup moins bien, en triste et en pauvre. »

Enfin, le garçon parut et annonça qu'il avait une petite table libre. Deux fois, M. de Guersaint était allé jeter vainement un coup d'œil dans la salle à manger, car il brûlait du désir de déjeuner et d'être dehors, par ce beau dimanche. Aussi s'empressa-t-il, sans écouter davantage Majesté, qui faisait remarquer, avec un sourire aimable, que ces messieurs n'avaient pas attendu trop longtemps. La petite table se trouvait au fond, ils durent traverser la salle, d'un bout à l'autre.

C'était une longue salle, décorée en chêne clair, d'un jaune huileux, mais dont les peintures s'écaillaient déjà, éclaboussées de taches. On y sentait l'usure et la souillure rapides, sous le galop continu des gros mangeurs qui s'y attablaient. Tout le luxe consistait en une garniture de cheminée, la pendule reluisante d'or, flanquée des deux candélabres maigres. Il y avait aussi des rideaux de guipure aux cinq fenêtres, ouvrant sur la rue, en plein soleil. Des stores baissés laissaient quand même entrer des flèches ardentes. Et, au milieu, quarante personnes étaient tassées à la table d'hôte, longue de huit mètres, et qui pouvait, avec peine, en contenir trente ; tandis que, aux petites tables, à droite et à gauche, le long des murs, une quarantaine d'autres convives se serraient, bousculés au passage de chacun des trois garçons. Dès l'entrée, on restait assourdi d'un brouhaha extraordinaire, d'un bruit de voix, de fourchettes et de vaisselle ; et il semblait qu'on pénétrât dans un four humide, le visage fouetté d'une buée chaude, chargée d'une odeur suffocante de nourriture.

Pierre, d'abord, n'avait rien distingué. Puis, quand il se trouva installé à leur petite table, une table de jardin, rentrée pour la circonstance, et où les deux couverts se touchaient, il fut troublé, un peu écœuré même, par le spectacle de la table d'hôte, qu'il enfilait d'un regard. Depuis une heure, on y mangeait, deux fournées de voyageurs s'y étaient succédé, et les couverts s'en allaient à la débandade, des taches de vin et de sauce salissaient la nappe. On ne s'inquiétait déjà plus de la symétrie des compotiers, décorant la table. Mais, surtout, le malaise venait de la cohue des convives, des prêtres énormes, des jeunes filles grêles, des mamans débordantes, des messieurs très rouges et seuls, des familles à la file, alignant des générations d'une laideur aggravée et pitoyable. Tout ce monde suait, avalait gloutonnement, assis de biais, les bras collés au corps, les mains maladroites. Et, dans ces gros appétits décuplés par la fatigue, dans cette hâte à s'emplir pour retourner plus vite à la Grotte, il y avait, au centre de la table, un ecclésiastique corpulent qui ne se pressait pas, qui mangeait de chaque plat avec une sage lenteur, d'un broiement digne de mâchoires, ininterrompu.

« Fichtre ! dit M. de Guersaint, il ne fait pas froid ici ! Je vais quand même manger volontiers ; car, je ne sais pas, depuis que je suis à Lourdes, je me sens toujours l'estomac dans les talons… Et vous, avez-vous faim ?

– Oui, oui, je mangerai », répondit Pierre, qui avait le cœur sur les lèvres.

Le menu était copieux : du saumon, une omelette, des côtelettes à la purée de pommes de terre, des rognons sautés, des choux-fleurs, des viandes froides, et des tartes aux abricots ; le tout trop cuit, noyé de sauce, d'une fadeur relevée de graillon. Mais il y avait d'assez beaux fruits sur les compotiers, des pêches superbes. Et les convives, d'ailleurs, ne semblaient pas difficiles, sans goût, sans nausée. Une délicate jeune fille, charmante, avec ses yeux tendres et sa peau de soie, serrée entre un vieux prêtre et un monsieur barbu, fort sale, mangeait d'un air ravi les rognons, délavés dans l'eau grise qui leur servait de sauce.

« Ma foi ! reprit M. de Guersaint lui-même, il n'est pas mauvais, ce saumon… Ajoutez donc un peu de sel, c'est parfait. »

Et Pierre dut manger, car il fallait bien se soutenir. À une petite table, près de la leur, il venait de reconnaître Mme Vigneron et Mme Chaise. Ces dames attendaient, descendues les premières, assises face à face ; et, bientôt, M. Vigneron et son fils Gustave parurent, ce dernier pâle encore, s'appuyant plus lourdement sur sa béquille.

« Assieds-toi près de ta tante, dit-il. Moi, je vais me mettre à côté de ta mère. »

Puis, apercevant ses deux voisins, il s'approcha.

« Oh ! il est complètement remis. Je viens de le frictionner avec de l'eau de Cologne, et tantôt il pourra prendre son bain à la piscine. »

Il s'attabla, dévora. Mais quelle alerte ! Il en reparlait tout haut, malgré lui, tellement la terreur de voir partir son fils avant la tante l'avait secoué. Celle-ci racontait que, la veille, agenouillée devant la Grotte, elle s'était sentie brusquement soulagée ; et elle se flattait d'être guérie de sa maladie de cœur, elle donnait des détails précis, que son beau-frère écoutait, avec des yeux ronds, involontairement inquiets. Certes, il était un bon homme, il n'avait jamais souhaité la mort de personne : seulement, une indignation lui venait, à l'idée que la Sainte Vierge pouvait guérir cette femme âgée, en oubliant son fils, si jeune. Il en était déjà aux côtelettes, il engloutissait de la purée de pommes de terre, à fourchette pleine, lorsqu'il crut s'apercevoir que Mme Chaise boudait son neveu.

« Gustave, dit-il tout à coup, est-ce que tu as demandé pardon à ta tante ? »

Le petit, étonné, ouvrit ses grands yeux clairs, dans sa face amincie.

« Oui, tu as été méchant, tu l'as repoussée, là-haut, quand elle s'est approchée de toi. »

Mme Chaise, très digne, se taisait, attendait ; tandis que Gustave, qui achevait sans faim la noix de sa côtelette coupée en petits morceaux, restait les yeux baissés sur son assiette, s'entêtant cette fois à se refuser au triste métier de tendresse qu'on lui imposait.

« Voyons, Gustave, sois gentil, tu sais combien ta tante est bonne et tout ce qu'elle compte faire pour toi. »

Non, non ! il ne céderait pas. Il l'exécrait, en ce moment, cette femme qui ne mourait pas assez vite, qui lui gâtait l'affection de ses parents, au point qu'il ne savait plus, quand il les voyait s'empresser autour de lui, si c'était lui qu'ils voulaient sauver ou bien l'héritage que son existence représentait.

Mais Mme Vigneron, si digne, se joignit à son mari.

« Vraiment, Gustave, tu me fais beaucoup de peine. Demande pardon à ta tante, si tu ne veux pas me fâcher tout à fait. »

Et il céda. Pourquoi lutter ? Ne valait-il pas mieux que ses parents eussent cet argent ? Lui-même ne mourrait-il pas à son tour, plus tard, puisque cela arrangeait les affaires de la famille ? Il savait cela, il comprenait tout, même les choses qu'on taisait, tellement la maladie lui avait donné des oreilles subtiles, qui entendaient les pensées.

« Ma tante, je vous demande pardon de n'avoir pas été gentil avec vous, tout à l'heure. »

Deux grosses larmes roulèrent de ses yeux, tandis qu'il souriait de son air d'homme tendre et désabusé, ayant beaucoup vécu. Tout de suite, Mme Chaise l'embrassa, en lui disant qu'elle n'était pas fâchée ; et, dès lors, la joie de vivre des Vigneron s'étala, en toute bonhomie.

« Si les rognons ne sont pas fameux, dit M. de Guersaint à Pierre, voici vraiment des choux-fleurs qui ont du goût. »

Et, d'un bout à l'autre de la salle, la mastication formidable continuait. Jamais Pierre n'avait vu manger à ce point, et dans une telle sueur, dans un tel étouffement de buanderie ardente. L'odeur de la nourriture s'épaississait, ainsi qu'une fumée. Pour s'entendre, il fallait crier, car tous les convives causaient très haut, pendant que les garçons, ahuris, remuaient la vaisselle, à la volée ; sans compter le bruit des mâchoires, un broiement de meule qu'on saisissait distinctement. Ce qui blessait de plus en plus le jeune prêtre, c'était la promiscuité extraordinaire de cette table d'hôte, où les hommes, les femmes, les jeunes filles, les ecclésiastiques se tassaient, au petit bonheur de la rencontre, assouvissant leur faim comme une meute lâchée, qui happe les morceaux en hâte. Les corbeilles de pain circulaient, se vidaient. Il y eut un massacre des viandes froides, tous les débris des viandes de la veille, du gigot, du veau, du jambon, entourés d'un éboulement de gelée claire. On avait déjà trop mangé, et ces viandes pourtant réveillaient les appétits, dans la pensée qu'il ne fallait laisser de rien. Le prêtre beau mangeur, au milieu de la table, s'attardait aux fruits, en était à sa troisième pêche, des pêches énormes, qu'il pelait lentement et avalait par tranches, avec componction.

Mais une émotion agita la salle, un garçon distribuait le courrier, dont Mme Majesté avait achevé le tri.

« Tiens ! dit M. Vigneron, une lettre pour moi ! C'est surprenant, je n'ai donné mon adresse à personne. »

Puis, il se souvint.

« Ah ! si, ça doit être de Sauvageot, qui me remplace aux Finances. »

Et, la lettre ouverte, ses mains se mirent à trembler, il eut un cri.

« Le chef est mort ! »

Mme Vigneron, bouleversée, ne sut pas retenir sa langue.

« Alors, tu vas être nommé ! »

C'était leur rêve caché, caressé : la mort du chef de bureau, pour que lui, sous-chef depuis dix ans, pût enfin monter au grade suprême, son maréchalat. Et sa joie était si forte, qu'il lâcha tout.

« Ah ! ma bonne amie, la Sainte Vierge est décidément avec moi... Ce matin encore, je lui ai demandé mon avancement, et elle m'exauce ! »

Soudain, il sentit qu'il ne fallait pas triompher ainsi, en rencontrant les yeux de Mme Chaise, fixés sur les siens, et en voyant son fils Gustave sourire. Chacun, dans la famille, faisait sûrement ses affaires, demandait à la Vierge les grâces personnelles dont il avait besoin. Aussi se reprit-il, de son air de brave homme :

« Je veux dire que la Sainte Vierge nous aime bien tous, et qu'elle nous renverra tous satisfaits... Ah ! ce pauvre chef, ça me fait de la peine. Il va falloir que j'envoie une carte à sa veuve. »

Malgré son effort, il exultait, il ne doutait plus de voir accomplis enfin ses plus secrets désirs, ceux mêmes qu'il ne s'avouait pas. Et les tartes aux abricots furent fêtées, Gustave eut la permission d'en manger une petite part.

« C'est surprenant, fit remarquer à Pierre M. de Guersaint qui s'était fait servir une tasse de café, c'est surprenant qu'on ne voie pas ici plus de malades. Ce tas de monde m'a l'air, vraiment, d'avoir un riche appétit. »

Cependant, en dehors de Gustave, qui ne mangeait que des miettes comme un petit poulet, il avait fini par découvrir un goitreux assis à la table d'hôte, entre deux femmes, dont l'une était certainement une cancéreuse. Plus loin, une jeune fille semblait si maigre, si pâle, qu'on devait soupçonner une phtisique. Et, en face, il y avait une idiote, qui était entrée, soutenue par deux parentes, et qui, les yeux vides, le visage mort, avalait maintenant sa nourriture à la cuiller, en bavant sur sa serviette. Peut-être se trouvait-il encore d'autres malades, noyés au milieu de ces faims bruyantes, des malades que le voyage fouettait, qui mangeaient comme ils n'avaient pas mangé depuis longtemps. Les tartes aux abricots, le fromage, les fruits, tout s'engouffrait, dans la débandade du couvert, et il n'allait rester que les taches de sauce et de vin, élargies sur la nappe.

Il était près de midi.

« Nous retournerons tout de suite à la Grotte, n'est-ce pas ? » dit M. Vigneron.

On n'entendait d'ailleurs que ces mots : « À la Grotte ! À la Grotte ! » Les bouches pleines se dépêchaient, revenaient aux prières et aux cantiques.

« Ma foi ! déclara M. de Guersaint à son compagnon, puisque nous avons l'après-midi devant nous, je vous propose de visiter un peu la ville ; et je vais m'occuper de trouver une voiture pour mon excursion à Gavarnie, puisque ma fille le désire. »

Pierre, qui suffoquait, fut heureux de quitter la salle à manger. Sous le porche, il respira. Mais il y avait là un flot nouveau de convives, faisant queue, attendant des places ; et on se disputait les petites tables, le moindre trou à la table d'hôte se trouvait immédiatement occupé. Pendant plus d'une heure encore, l'assaut continuerait, le menu défilerait et s'engloutirait, au milieu du bruit des mâchoires, de la chaleur et de la nausée croissantes.

« Ah ! pardon, il faut que je remonte, dit Pierre, j'ai oublié ma bourse. »

Et, en haut, dans le silence de l'escalier et des couloirs déserts, il entendit un léger bruit, comme il arrivait à la porte de sa chambre. C'était, au fond de la pièce voisine, un rire tendre, qui avait suivi le choc trop vif d'une fourchette. Puis, il y eut, insaisissable, plutôt deviné que perçu, le frisson d'un baiser, des lèvres se posant sur d'autres lèvres, pour les faire taire. Le monsieur seul, lui aussi, déjeunait.

II

Dehors, Pierre et M. de Guersaint marchèrent lentement, au milieu du flot sans cesse accru de la foule endimanchée. Le ciel était d'un bleu pur, le soleil embrasait la ville ; et il y avait dans l'air une gaieté de fête, cette joie vive des grandes foires qui mettent au plein jour la vie de tout un peuple. Quand ils eurent descendu le trottoir encombré de l'avenue de la Grotte, ils se trouvèrent arrêtés au coin du plateau de la Merlasse, tellement la cohue y refluait, parmi le continuel défilé des voitures.

« Nous ne sommes pas pressés, dit M. de Guersaint. Mon idée est de monter à la place du Marcadal, dans la vieille ville ; car la servante de l'hôtel m'y a indiqué un coiffeur, dont le frère loue des voitures à bon compte… Ça ne vous fait rien d'aller par là ?

– Moi ! s'écria Pierre. Mais où vous voudrez, je vous suis !

– Bon ! et, par la même occasion, je me ferai raser. »

Ils arrivaient à la place du Rosaire, devant les gazons qui s'étendent jusqu'au Gave, lorsqu'une rencontre les arrêta de nouveau. Mme Désagneaux et Raymonde de Jonquière étaient là, qui causaient gaiement avec Gérard de Peyrelongue. Toutes deux avaient des robes claires, des robes légères de plage, et leurs ombrelles de soie blanche luisaient au grand soleil. C'était une note jolie, un coin de caquetage mondain, avec des rires frais de jeunesse.

« Non, non ! répétait Mme Désagneaux, nous n'allons bien sûr pas visiter votre popote comme ça, au moment où tous vos camarades mangent ! »

Gérard insistait, très galant, se tournant surtout vers Raymonde, dont la face un peu épaisse s'éclairait, ce jour-là, d'un charme rayonnant de santé.

« Mais je vous assure, c'est très curieux à voir, vous seriez admirablement reçues... Mademoiselle, vous pouvez vous confier à moi ; et, d'ailleurs, nous trouverions là certainement mon cousin Berthaud, qui serait enchanté de vous faire les honneurs de notre installation. »

Raymonde souriait, disait de ses yeux vifs qu'elle voulait bien. Et ce fut alors que Pierre et M. de Guersaint s'approchèrent, pour saluer ces dames. Tout de suite, ils furent mis au courant. On nommait la « popote » une sorte de restaurant, de table d'hôte, que les membres de l'Hospitalité de Notre-Dame-du-Salut, les brancardiers, les hospitaliers de la Grotte, des piscines et des hôpitaux, avaient fondée, pour manger en commun, à bon marché. Comme beaucoup d'entre eux n'étaient pas riches, l'Hospitalité se recrutant dans toutes les classes, ils étaient parvenus, en versant chacun trois francs par jour, à faire trois bons repas ; et il leur restait même de la nourriture, qu'ils distribuaient aux pauvres. Mais ils administraient tout eux-mêmes, achetaient les provisions, recrutaient un cuisinier, des aides, ne reculaient pas devant la nécessité de donner en personne un coup de main, pour la bonne tenue du local.

« Ça doit être très intéressant ! s'écria M. de Guersaint. Allons donc voir ça, si nous ne sommes pas de trop ! »

La petite Mme Désagneaux, dès lors, consentit.

« Ah ! du moment qu'on y va en bande, je veux bien ! Je craignais que ce ne fût pas convenable. »

Et, comme elle riait, tous se mirent à rire. Elle avait accepté le bras de M. de Guersaint, tandis que Pierre marchait à sa gauche, pris de sympathie pour cette gaie petite femme, si vivante, si charmante, avec ses cheveux blonds ébouriffés et son teint de lait.

Derrière, Raymonde venait au bras de Gérard, qu'elle entretenait de sa voix posée, en demoiselle très sage, sous son air de jeunesse insoucieuse. Et, puisqu'elle tenait enfin le mari tant rêvé, elle se promettait bien de le conquérir cette fois. Aussi le grisait-elle de son parfum de belle fille saine, tout en l'émerveillant par son entente du ménage, de l'économie sur les petites choses ; car elle se faisait donner des explications au sujet de leurs achats, elle lui démontrait qu'ils auraient pu réduire encore leur dépense.

« Vous devez être horriblement fatiguée ? » demanda M. de Guersaint à Mme Désagneaux.

Elle eut une révolte, un cri de véritable colère.

« Mais non ! Imaginez-vous que la fatigue m'a terrassée dans un fauteuil, hier, dès minuit, à l'hôpital. Et, alors, ces dames ont eu le cœur de me laisser dormir. »

De nouveau, on se mit à rire. Mais elle restait hors d'elle.

« De façon que j'ai dormi pendant huit heures, comme une souche. Moi qui avais juré de passer la nuit ! »

Le rire finissait par la gagner ; et elle éclata, à belles dents blanches.

« Hein ? une jolie garde-malade !... C'est cette pauvre Mme de Jonquière qui a veillé jusqu'au jour. J'ai tâché en vain de la débaucher, de l'emmener avec nous, tout à l'heure. »

Raymonde, qui avait entendu, éleva la voix.

« Oh ! oui, cette pauvre maman, elle ne tenait plus sur ses jambes. Je l'ai forcée à se mettre au lit, en lui jurant qu'elle pouvait dormir tranquille, que tout marcherait très bien. »

Et elle eut, pour Gérard, un clair regard rieur. Il crut même sentir une pression imperceptible du bras frais et rond qu'il avait sous le sien, comme si elle s'était montrée heureuse d'être ainsi seule avec lui, pouvant régler ensemble, sans personne, leurs petites affaires. Cela le ravissait ; et il expliqua que, s'il n'avait pas mangé avec ses camarades, ce jour-là, c'était qu'une famille amie, qui partait, l'avait invité, dès dix heures, au buffet de la gare, et rendu à sa liberté, après le départ du train de onze heures trente.

« Ah ! les gaillards ! reprit-il. Vous les entendez ? »

On arrivait, on entendait en effet tout un vacarme de jeunesse, qui sortait d'un bouquet d'arbres, sous lequel se cachait le vieux bâtiment de plâtre et de zinc, où la « popote » s'était installée. D'abord, il leur fit traverser la cuisine, une vaste pièce, fort bien aménagée, occupée par un grand fourneau et une vaste table, sans compter des marmites immenses ; et il leur montra que le cuisinier, un gros homme réjoui, portait lui-même la croix rouge sur sa veste blanche, car il faisait partie du pèlerinage. Ensuite, il poussa une porte, il les introduisit dans la salle commune.

C'était une longue salle, où un double rang de simples tables de sapin était aligné. Il n'y avait pas d'autres meubles, rien qu'une autre table pour la desserte, et des chaises de cabaret, au siège de paille. Mais les murs passés à la chaux, le carreau d'un rouge luisant, tout paraissait très propre, dans ce dénuement voulu de réfectoire monacal. Et, surtout, ce qui faisait sourire, dès le seuil, c'était la gaieté enfantine qui régnait là, cent cinquante convives environ, de tous les âges, en train de manger avec un bel appétit, criant, chantant, applaudissant. Une fraternité extraordinaire les unissait, venus de partout, de toutes les classes, de toutes les fortunes, de toutes les provinces. Beaucoup ne se connaissaient pas, se coudoyaient chaque année pendant trois jours, vivaient en frères, puis repartaient et s'ignoraient le reste du temps. Rien n'était charmant comme de se retrouver dans la charité, de mener ces trois journées communes de grande fatigue, de joie gamine aussi ; et cela tournait un peu à la partie de grands garçons lâchés ensemble, sous un beau ciel, heureux de se dévouer et de rire. Il n'était pas jusqu'à la frugalité de la table, à l'orgueil de s'administrer soi-même, de manger ce qu'on avait acheté et ce qu'on avait fait cuire, qui n'ajoutât à la belle humeur générale.

« Vous voyez, expliqua Gérard, que nous ne sommes pas tristes, malgré le dur métier que nous faisons... L'Hospitalité compte plus de trois cents membres, mais il n'y a guère là que cent cinquante convives, car on a dû organiser deux tables, pour faciliter le service, à la Grotte et dans les hôpitaux. »

La vue du petit groupe de visiteurs, resté sur le seuil, semblait avoir redoublé la joie de tous. Et Berthaud, le chef des brancardiers, qui mangeait à un bout de table, se leva galamment pour recevoir ces dames.

« Mais ça sent très bon ! s'écria Mme Désagneaux, de son air d'étourdie. Est-ce que vous ne nous invitez pas à goûter votre cuisine, demain ?

– Ah ! non, pas les dames ! répondit Berthaud en riant. Seulement, si ces messieurs voulaient bien être des nôtres demain, ils nous feraient le plus grand plaisir. »

D'un coup d'œil, il avait remarqué la bonne intelligence qui régnait entre Gérard et Raymonde ; et il semblait ravi, il souhaitait beaucoup pour son cousin ce mariage.

« N'est-ce pas le marquis de Salmon-Roquebert, demanda la jeune fille, là-bas, entre ces deux jeunes gens, qu'on prendrait pour des garçons de boutique ?

– Ce sont, en effet, répondit Berthaud, les fils d'un petit papetier de Tarbes... Et c'est bien le marquis, votre voisin de la rue de Lille, le propriétaire de ce royal hôtel, un des hommes les plus riches et les plus nobles de France... Voyez comme il se régale de notre ragoût de mouton ! »

Et c'était vrai. Le marquis, avec ses millions, semblait tout heureux de se nourrir pour ses trois francs par jour, de s'attabler, démocratiquement, en compagnie de petits bourgeois et même d'ouvriers, qui n'auraient point osé le saluer, dans la rue. Ces convives de hasard, n'était-ce point la communion sociale, en pleine charité ? Lui, ce matin-là, avait d'autant plus faim, qu'il avait baigné, aux piscines, une soixantaine de malades, tous les maux abominables de la triste humanité. Et, autour de lui, il y avait, à cette table, la réalisation de la communauté évangélique ; mais elle n'existait sans doute, si charmante et si gaie, qu'à la condition de ne durer que trois jours.

M. de Guersaint, bien qu'il sortît de déjeuner, eut la curiosité de goûter le ragoût de mouton : il le déclara parfait. Pendant ce temps, Pierre, qui avait aperçu le baron Suire, le directeur de l'Hospitalité, se promenant avec quelque importance, comme s'il se fût donné la tâche d'avoir l'œil à tout, même à la façon dont se nourrissait son personnel, se rappela brusquement le désir ardent que Marie lui avait exprimé de passer la nuit devant la Grotte ; et il pensa que le baron pourrait prendre sur lui d'accorder la permission demandée.

« Certainement, répondit celui-ci, devenu grave, nous tolérons cela parfois ; mais c'est toujours si délicat ! Vous me certifiez bien au moins que la jeune personne n'est pas phtisique ?... Allons ! puisque vous dites qu'elle y tient si fort, j'en dirai un mot au père Fourcade et je préviendrai Mme de Jonquière, pour qu'elle vous la laisse emmener. »

Il était brave homme au fond, malgré son air d'homme indispensable, accablé des responsabilités les plus lourdes. À son tour, il retint les visiteurs, il leur donna, sur l'organisation de l'Hospitalité, des détails complets : les prières dites en commun, les deux conseils d'administration tenus par jour, où assistaient les chefs de service, ainsi que les pères et certains des aumôniers. On communiait le plus souvent possible. Puis, c'étaient des besognes compliquées, un roulement de personnel extraordinaire, tout un monde à gouverner d'une main ferme. Il parlait en général qui remporte chaque année une grande victoire sur l'esprit du siècle ; et il renvoya Berthaud finir de déjeuner, il voulut absolument reconduire ces dames jusqu'à la petite cour sablée, ombragée de beaux arbres.

« Très intéressant, très intéressant ! répétait Mme Désagneaux. Oh ! monsieur, combien nous vous remercions de votre obligeance !

– Mais du tout, du tout, madame ! C'est moi qui suis enchanté d'avoir eu l'occasion de vous montrer mon petit peuple. »

Gérard n'avait pas quitté Raymonde. M. de Guersaint et Pierre se consultaient déjà du regard, pour se rendre enfin à la place du Marcadal, lorsque Mme Désagneaux se rappela qu'une amie l'avait chargée de lui expédier une bouteille d'eau de Lourdes. Et elle questionna Gérard sur la façon dont elle devait s'y prendre.

« Voulez-vous, dit-il, m'accepter encore pour guide ? Et, tenez ! si ces messieurs consentent à nous suivre, je vous ferai voir d'abord le magasin où l'on emplit les bouteilles, qui sont bouchées, mises en boîte, puis expédiées. C'est très curieux. »

Tout de suite, M. de Guersaint consentit ; et les cinq se remirent en marche, Mme Désagneaux entre l'architecte et le prêtre, tandis que Raymonde et Gérard allaient devant. La foule grandissait au brûlant soleil, la place du Rosaire débordait d'une cohue vague et badaude, comme en un jour de réjouissance publique.

D'ailleurs, l'atelier se trouvait là, à gauche, sous une des arches. C'était une série de trois salles fort simples. Dans la première, on emplissait les bouteilles, et de la façon la plus ordinaire du monde : un petit tonneau de zinc, peint en vert, traîné par un homme, revenait plein de la Grotte, assez semblable à un tonneau d'arrosage ; puis, au robinet, tout bonnement, les bouteilles de verre pâle étaient emplies, une à une, sans que l'ouvrier en bourgeron veillât toujours à ce que l'eau ne débordât pas. Il y avait une continuelle mare, par terre. Les bouteilles ne portaient pas d'étiquette ; la capsule de plomb, par-dessus le bouchon de beau liège, avait seule une inscription, indiquant la provenance ; et on l'enduisait d'une sorte de céruse, pour la conservation sans doute. Ensuite, les deux autres salles servaient à l'emballage, un véritable atelier d'emballeur, avec les établis, les outils, les tas de copeaux. On y fabriquait surtout des boîtes d'une et de deux bouteilles, des boîtes joliment faites, dans lesquelles les bouteilles étaient couchées sur un lit de fines rognures. Cela ressemblait assez aux magasins d'expédition, pour les fleurs, à Nice, et pour les fruits confits, à Grasse.

Gérard donna des explications, d'un air tranquille et satisfait.

« Vous le voyez, l'eau vient bien de la Grotte, ce qui met à néant les plaisanteries déplacées qui circulent. Et il n'y a pas de complications, tout est naturel, se passe au grand jour… Je vous ferai remarquer, en outre, que les pères ne vendent pas l'eau, comme on les en accuse. Ainsi, une bouteille pleine, achetée ici, se paie vingt centimes, le prix du verre. Si vous vous la faites expédier, naturellement il y aura en plus l'emballage et l'expédition : elle vous coûtera un franc soixante-dix… Vous êtes d'ailleurs libre d'emplir à la source tous les bidons et tous les récipients qu'il vous plaira d'apporter. »

Pierre songeait que, là-dessus, le bénéfice des pères ne devait pas être gros ; car ils ne gagnaient guère que sur la fabrication des boîtes et que sur les bouteilles, qui, prises par milliers, ne leur coûtaient certainement pas vingt centimes pièce. Mais Raymonde et Mme Désagneaux, ainsi que M. de Guersaint, à l'imagination vive, éprouvaient une grande déception devant le petit tonneau vert, les capsules empâtées de céruse, les tas de copeaux autour des établis. Ils devaient s'être imaginé des cérémonies, un certain rite pour mettre en bouteilles l'eau miraculeuse, des prêtres en vêtements sacrés donnant des bénédictions, tandis que des voix pures d'enfants de chœur chantaient. Et Pierre finit par penser, en face de cet embouteillage et de cet emballage vulgaires, à la force active de la foi. Quand une de ces bouteilles arrive très loin, dans la chambre d'un malade, qu'on la déballe et qu'il tombe à genoux, quand il s'exalte à regarder, à boire cette eau pure, jusqu'à provoquer la guérison de son mal, il faut vraiment un saut extraordinaire dans la toute-puissante illusion.

« Ah ! s'écria Gérard, comme tous sortaient, voulez-vous voir le magasin des cierges, avant de monter à l'administration ? C'est près d'ici. »

Et il n'attendit même pas leur réponse, il les entraîna de l'autre côté de la place du Rosaire, n'ayant au fond que le désir d'amuser Raymonde. À la vérité, le spectacle du magasin des cierges était encore moins récréatif que celui des ateliers d'emballage, d'où ils sortaient. C'était, sous une des arches de droite, une sorte de caveau, de cellier profond, que des bois de charpente divisaient en vastes cases. Au fond de ces cases, s'entassait la plus extraordinaire provision de cierges, triés et classés par grandeur. Le trop-plein des cierges donnés à la Grotte dormait là ; et ils étaient, chaque jour, si nombreux, que des chariots spéciaux, où les pèlerins les déposaient, près de la grille, venaient se déverser plusieurs fois dans les cases, puis retournaient s'emplir. Le principe était que tout cierge offert devait être brûlé, aux pieds de la Vierge. Mais ils étaient trop, deux cents de toutes les grosseurs avaient beau flamber jour et nuit, jamais on n'arrivait à épuiser cet effroyable approvisionnement, dont le flot montait sans cesse. Et le bruit courait que les pères se trouvaient forcés de revendre de la cire. Certains amis de la Grotte avouaient eux-mêmes, avec une pointe d'orgueil, que le rendement des cierges aurait suffi à faire marcher toute l'affaire.

La quantité seule stupéfia Raymonde et Mme Désagneaux. Que de cierges ! que de cierges ! Les petits surtout, ceux qui coûtaient de dix sous à un franc, s'empilaient en nombre incalculable. Et M. de Guersaint, exigeant des chiffres, s'était lancé dans une statistique, où il se perdit. Pierre, muet, regardait cet amas de cire offerte pour être brûlée en plein soleil, à la gloire de Dieu ; et bien qu'il ne fût pas utilitaire, qu'il comprît le luxe des joies, des satisfactions illusoires qui nourrissent l'homme autant que le pain, il ne pouvait s'empêcher de songer aux aumônes qu'on aurait faites, avec l'argent de toute cette cire, destinée à s'en aller en fumée.

« Eh bien ! et ma bouteille que je dois envoyer ? demanda Mme Désagneaux.

– Nous allons au bureau, répondit Gérard. C'est l'affaire de cinq minutes. »

Il leur fallut retraverser la place du Rosaire et monter par l'escalier qui conduisait à la Basilique. Le bureau se trouvait en haut, à gauche, à l'entrée du chemin du Calvaire. Le bâtiment était tout à fait mesquin, une cahute de plâtre, ruinée par les vents et la pluie, portant un écriteau, une simple planche, avec ces mots : « S'adresser ici pour messes, dons, confréries. Intentions recommandées. Envoi d'eau de Lourdes. Abonnements aux *Annales de Notre-Dame de Lourdes*. » Et que de millions déjà avaient passé par ce bureau misérable, qui devait dater de l'âge d'innocence, lorsqu'on jetait à peine les fondations de la Basilique voisine !

Tous entrèrent, curieux de voir. Mais ils ne virent qu'un guichet. Mme Désagneaux dut se baisser, pour donner l'adresse de son amie ; et, quand elle eut versé un franc soixante-dix centimes, on lui tendit un mince reçu, le bout de papier que délivre l'employé aux bagages, dans les gares.

Dehors, Gérard reprit, en montrant un vaste bâtiment, à deux ou trois cents mètres :

« Regardez, voici l'habitation des pères de la Grotte.

– Mais on ne les voit jamais », fit remarquer Pierre.

Le jeune homme, étonné, resta un instant sans répondre.

« On ne les voit jamais, évidemment, puisqu'ils abandonnent tout, la Grotte et le reste, aux pères de l'Assomption, pendant le pèlerinage national. »

Pierre regardait l'habitation, qui ressemblait à un château fort. Les fenêtres restaient closes, on aurait cru la maison déserte. Tout sortait de là pourtant, et tout y aboutissait. Et le jeune prêtre croyait entendre le muet et formidable coup de râteau qui s'étendait sur la vallée entière, ramassant le peuple accouru, ramenant chez les pères l'or et le sang des foules.

Mais Gérard continua, à voix basse :

« Et, tenez ! vous voyez bien qu'ils se montrent. Voici justement le révérend père directeur Capdebarthe. »

Un religieux passait en effet, un paysan à peine dégrossi, au corps noueux, avec une grosse tête, taillée comme à coups de serpe. On ne lisait rien dans ses yeux opaques, et son visage fruste gardait une pâleur terreuse, le reflet roux et morne de la terre. Mgr Laurence, autrefois, avait fait un choix vraiment politique, en confiant l'organisation et l'exploitation de la Grotte à ces missionnaires de Garaison, si tenaces et si âpres, presque tous fils de montagnards, amants passionnés du sol.

Alors, lentement, les cinq redescendirent par le plateau de la Merlasse, le large boulevard qui contourne la rampe de gauche et qui rejoint l'avenue de la Grotte. Il était déjà une heure passée, mais le déjeuner continuait dans toute la ville débordante de foule, les cinquante mille pèlerins et curieux n'avaient pu encore s'asseoir à la file devant les tables. Pierre, qui avait laissé, à l'hôtel, la table d'hôte pleine, qui venait de voir les hospitaliers se serrer de si bon cœur à la table de la « popote », retrouvait des tables nouvelles, toujours des tables. Partout, on mangeait, on mangeait. Mais ici, au grand air, aux deux côtés de la vaste chaussée, c'était le petit peuple qui envahissait les tables dressées sur les trottoirs, de simples planches longues, flanquées de deux bancs, couvertes d'une étroite tente de toile. On y vendait du bouillon, du lait, du café à deux sous la tasse. Les pains, dans de hautes corbeilles, coûtaient également deux sous. Pendus aux bâtons qui soutenaient la tente, se balançaient des liasses de saucissons, des jambons, des andouilles. Quelques-uns de ces restaurateurs en plein vent faisaient frire des pommes de terre, d'autres accommodaient de basses viandes à l'oignon. Une fumée âcre, des odeurs violentes montaient dans le soleil, mêlées à la poussière que soulevait le continuel piétinement des promeneurs. Et des queues patientaient devant chacune des cantines, les convives se succédaient sur les bancs, le long de la planche, garnie de toile cirée, où il y avait à peine, en largeur, la place des deux bols de soupe. Tous se hâtaient, dévoraient, dans la fringale de leur fatigue, cet appétit insatiable que donnent les grandes secousses morales. La bête retrouvait son tour, se gorgeait, après l'épuisement des prières infinies, l'oubli du corps au Ciel des légendes. Et c'était, par ce ciel éclatant des beaux dimanches, un véritable champ de foire, la gloutonnerie d'un peuple en goguette, la joie de vivre, malgré les maladies abominables et les miracles trop rares.

« Ils mangent, ils s'amusent, que voulez-vous ! dit Gérard, qui devina les réflexions de l'aimable société qu'il promenait.

– Ah ! murmura Pierre, c'est bien légitime, les pauvres gens ! »

Lui, était vivement touché de cette revanche de la nature. Mais, quand ils se retrouvèrent au bas du boulevard, sur le chemin de la Grotte, il fut blessé par l'acharnement des vendeuses de cierges et de bouquets, dont les bandes errantes assaillaient les passants, avec une rudesse de conquête. C'étaient pour la plupart des jeunes femmes, les cheveux nus, ou la tête couverte d'un mouchoir, qui montraient une extraordinaire effronterie ; et les vieilles n'étaient guère plus discrètes. Toutes, un paquet de cierges sous le bras, brandissant celui qu'elles offraient, poussaient leur marchandise jusque dans les mains des promeneurs. « Monsieur, madame, achetez-moi un cierge, ça vous portera bonheur ! » Un monsieur, entouré, secoué par trois des plus jeunes, faillit y laisser les pans de sa redingote. Puis, l'histoire recommençait pour les bouquets, de gros bouquets ronds, ficelés rudement, pareils à des choux. « Un bouquet, madame, un bouquet pour la Sainte Vierge ! » Si la dame s'échappait, elle entendait derrière elle de sourdes injures. Le négoce, l'impudent négoce raccrochait ainsi les pèlerins jusqu'aux abords de la Grotte. Non seulement il s'installait triomphant dans toutes les boutiques, serrées les unes contre les autres, transformant chaque rue en un bazar ; mais il courait le pavé, barrait le chemin, promenait sur des voitures à bras des chapelets, des médailles, des statuettes, des images pieuses. De toutes parts, on achetait, on achetait presque autant qu'on mangeait, pour rapporter un souvenir de cette kermesse sainte. Et la note vive, la gaieté de cette âpreté commerciale, de cette bousculade des camelots, venait encore des gamins, lâchés au travers de la foule, et qui criaient *Le Journal de la Grotte*. Leur mince voix aiguë entrait dans les oreilles : « *Le Journal de la Grotte* ! Le numéro paru ce matin ! Deux sous, *Le Journal de la Grotte* ! »

Au milieu des poussées continuelles, dans les remous du flot sans cesse mouvant, la société se trouva séparée. Raymonde et Gérard restèrent en arrière. Tous deux s'étaient mis à causer doucement, d'un air d'intimité souriante. Il fallut que Mme Désagneaux s'arrêtât, les appelât.

« Arrivez donc, nous allons nous perdre ! »

Comme ils se rapprochaient, Pierre entendit la jeune fille dire :

« Maman est si occupée ! Parlez-lui, avant notre départ. »

Et Gérard répondit :

« C'est entendu. Vous me rendez bien heureux, mademoiselle. »

C'était le mariage conquis et décidé, pendant cette promenade charmante, parmi les merveilles de Lourdes. Elle, toute seule, avait achevé de vaincre, et lui, venait enfin de prendre une résolution, en la sentant à son bras si gaie et si raisonnable.

Mais M. de Guersaint, les yeux en l'air, s'écria :

« Là-haut, sur ce balcon, n'est-ce pas ces gens très riches qui ont voyagé avec nous, vous savez bien, cette jeune dame malade, accompagnée de son mari et de sa sœur ? »

Il parlait des Dieulafay ; et, en effet, c'étaient eux, au balcon de l'appartement qu'ils avaient loué, dans une maison neuve, dont les fenêtres donnaient sur les pelouses du Rosaire. Ils occupaient là le premier étage, meublé avec tout le luxe que Lourdes avait pu fournir, des tapis, des rideaux ; sans compter le personnel de domestiques envoyé à l'avance de Paris. Et, comme il faisait beau temps, on avait roulé au plein air la malade, allongée dans un grand fauteuil. Elle était vêtue d'un peignoir de dentelle. Le mari, toujours en redingote correcte, se tenait debout à sa droite ; tandis que la sœur, habillée divinement, en mauve clair, s'était assise à sa gauche, souriant et se penchant vers elle parfois, pour causer, sans recevoir de réponse.

« Oh ! raconta la petite Mme Désagneaux, j'ai entendu souvent parler de Mme Jousseur, cette jeune dame en mauve. Elle est la femme d'un diplomate, qui la délaisse, malgré sa grande beauté ; et l'on a causé beaucoup, l'année dernière, de la passion qu'elle a eue pour un jeune colonel bien connu du monde parisien. Mais les salons catholiques affirment qu'elle a triomphé, grâce à la religion. »

Tous restaient la face en l'air, regardant.

« Dire, continua-t-elle, que sa sœur, la malade que vous voyez là, était son vivant portrait. Même elle avait, dans le visage, un air de bonté et de gaieté beaucoup plus doux... Maintenant, regardez ! c'est une morte au soleil, une chair réduite, livide et sans os, qu'on n'ose bouger de place. Ah ! la malheureuse ! »

Raymonde, alors, assura que Mme Dieulafay, mariée depuis trois ans à peine, avait apporté tous les bijoux de sa corbeille, pour en faire don à Notre-Dame de Lourdes ; et Gérard confirma le détail, on lui avait dit, le matin, que les bijoux venaient d'être remis au trésor de la Basilique ; sans parler d'une lanterne d'or, enchâssée de pierreries, et d'une grosse somme d'argent, destinée aux pauvres. Mais la Sainte Vierge ne devait pas s'être laissé toucher encore, car l'état de la malade semblait empirer plutôt.

Et, dès ce moment, Pierre ne vit plus que cette jeune femme, à ce balcon luxueux, cette créature pitoyable dans sa grande fortune, dominant la foule en liesse, le Lourdes en train de godailler et de rire au beau ciel du dimanche. Les deux êtres chers qui la veillaient si tendrement, la sœur qui avait quitté ses succès de femme adorée, le mari oublieux de sa banque, dont les millions roulaient aux quatre coins du monde, ajoutaient par leur correction irréprochable à la détresse du groupe qu'ils formaient, là-haut, au-dessus de toutes les têtes, en face de l'admirable vallée. Il n'y avait plus qu'eux, et ils étaient infiniment riches, infiniment misérables.

Mais les cinq promeneurs, qui s'attardaient au milieu de l'avenue, manquaient d'être écrasés, à toute minute. Sans cesse des voitures arrivaient, par les larges voies, surtout des landaus attelés à quatre, conduits grand train et dont les grelots sonnaient joyeusement. C'étaient les touristes, les baigneurs de Pau, de Barèges, de Cauterets, que la curiosité amenait, ravis du beau temps, égayés par la course vive au travers des montagnes ; et ils ne devaient rester que quelques heures, ils couraient à la Grotte, à la Basilique, en toilettes de plage, puis repartaient avec des rires, contents d'avoir vu ça. Des familles vêtues de clair, des bandes de jeunes femmes, aux ombrelles éclatantes, circulaient ainsi parmi la foule grise et neutre du pèlerinage, qu'elles achevaient de changer en une cohue de fête foraine, où le beau monde daigne venir s'amuser.

Tout d'un coup, Mme Désagneaux jeta un cri.

« Comment ! c'est toi, Berthe ? »

Et elle embrassa une grande brune, charmante, qui descendait d'un landau, avec trois autres jeunes dames, très rieuses, très animées. Les voix se croisaient, de petits cris, tout un ravissement à se rencontrer de la sorte.

« Mais, ma chère, nous sommes à Cauterets. Alors, nous avons fait la partie de venir toutes les quatre, comme tout le monde. Et ton mari est ici avec toi ? »

Mme Désagneaux se récria.

« Eh ! non, il est à Trouville, tu sais bien. J'irai le rejoindre jeudi.

– Oui, oui, c'est vrai ! reprit la grande brune, qui avait aussi l'air d'une aimable étourdie. J'oubliais, tu es avec le pèlerinage... Et dis donc... »

Elle baissa la voix, à cause de Raymonde, demeurée là, souriante.

« Dis donc, ce bébé en retard, l'as-tu demandé à la Sainte Vierge ? »

Un peu rougissante, Mme Désagneaux la fit taire, en lui disant à l'oreille :

« Sans doute, depuis deux ans, et bien ennuyée, je t'assure, de ne rien voir venir... Mais, cette fois, je crois que ça y est. Oh ! ne ris pas, j'ai senti positivement quelque chose, ce matin, quand j'ai prié à la Grotte. »

Le rire pourtant la gagna, toutes s'exclamaient, s'amusaient comme des folles. Et, immédiatement, elle s'offrit pour les piloter, promettant de leur faire tout voir, en moins de deux heures.

« Venez donc avec nous, Raymonde. Votre mère ne s'inquiétera pas. »

Il y eut des saluts échangés avec Pierre et M. de Guersaint. Gérard, lui aussi, prit congé, serra la main de la jeune fille, d'une pression tendre, les yeux dans les siens, comme pour s'engager de façon définitive. Puis, ces dames s'éloignèrent, se dirigèrent vers la Grotte ; et elles étaient six, heureuses de vivre, promenant le charme délicieux de leur jeunesse.

Lorsque Gérard, à son tour, fut parti de son côté, retournant à son service, M. de Guersaint dit à Pierre :

« Et notre coiffeur de la place du Marcadal ? Il faut pourtant que j'aille chez lui... Vous m'accompagnez toujours, n'est-ce pas ?

– Sans doute, où vous voudrez. Je vous suis, puisque Marie n'a pas besoin de nous. »

Ils gagnèrent le Pont-Neuf, par les allées des vastes pelouses qui s'étendent devant le Rosaire. Et là, ils firent encore une rencontre, celle de l'abbé Des Hermoises, en train de guider deux jeunes dames, arrivées le matin de Tarbes. Il marchait au milieu d'elles, de son air galant de prêtre mondain, et il leur montrait, leur expliquait Lourdes, en leur en évitant les côtés fâcheux, les pauvres, les malades, toute l'odeur de basse misère humaine, qui en avait presque disparu, par cette belle journée ensoleillée.

Au premier mot de M. de Guersaint, qui lui parlait de la location de la voiture, pour l'excursion de Gavarnie, il dut avoir peur de quitter ses jolies promeneuses.

« Comme il vous plaira, cher monsieur. Chargez-vous de ces choses ; et, vous avez bien raison, au plus juste prix, car j'aurai avec moi deux ecclésiastiques peu fortunés. Nous serons quatre... Ce soir, faites-moi seulement dire l'heure du départ. »

Et il rejoignit ses dames, il les emmena vers la Grotte, en suivant l'allée ombreuse qui borde le Gave, une allée fraîche et discrète d'amoureux.

Pierre s'était tenu à l'écart, las, s'adossant au parapet du Pont-Neuf. Et, pour la première fois, le pullulement extraordinaire des prêtres, parmi la foule, le frappait. Il les regarda passer, innombrables, sur le pont. Toutes les variétés défilaient devant lui : les prêtres corrects, arrivés avec le pèlerinage, que l'on reconnaissait à leur assurance et à leurs soutanes propres ; les pauvres curés de campagne, plus timides, mal vêtus, ayant fait des sacrifices pour venir, marchant par les rues, effarés ; enfin, la nuée des ecclésiastiques libres, tombés à Lourdes on ne savait d'où, y jouissant d'une liberté absolue, sans qu'il fût même possible de constater s'ils disaient leur messe chaque matin. Cette liberté devait leur paraître d'une telle douceur, que, certainement, le plus grand nombre, comme l'abbé Des Hermoises, se trouvaient là en vacances, délivrés de tout devoir, heureux de vivre ainsi que de simples hommes, grâce à la cohue dans laquelle ils disparaissaient. Et, depuis le jeune vicaire soigné, sentant bon, jusqu'au vieux curé en soutane sale, traînant des savates, l'espèce entière était représentée, les gros, les gras, les maigres, les grands, les petits, ceux que la foi amenait, brûlant d'ardeur, ceux qui faisaient simplement leur métier en braves gens, ceux encore qui intriguaient, qui ne venaient là que par sage politique. Pierre restait surpris de ce flot de prêtres passant devant lui, chacun avec sa passion particulière, courant tous à la Grotte, comme on va à un devoir, à une croyance, à un plaisir, à une corvée. Il en remarqua un, très petit, mince et noir, au fort accent italien, dont les yeux luisants semblaient lever le plan de Lourdes, pareil à ces espions qui battent le pays avant la conquête ; et il en vit un autre, énorme, à l'air paterne, soufflant d'avoir trop mangé, qui s'arrêta devant une vieille femme malade et finit par lui glisser cent sous dans la main.

M. de Guersaint le rejoignait.

« Nous n'avons qu'à prendre par le boulevard et par la rue Basse », dit-il.

Il le suivit, sans répondre. Lui-même venait de sentir sa soutane sur ses épaules ; et jamais il ne l'avait promenée si légère qu'au milieu de cette bousculade du pèlerinage. Il vivait dans une sorte d'étourdissement et d'inconscience, espérant toujours le coup de foudre de la foi, malgré le sourd malaise qui grandissait en lui, au spectacle des choses qu'il voyait. Et le flot croissant des prêtres ne le blessait plus, il retrouvait une fraternité pour eux : combien, sans croire, remplissaient comme lui honnêtement leur mission de guides et de consolateurs !

M. de Guersaint haussa la voix.

« Vous savez que ce boulevard est neuf. Ce qu'on a bâti de maisons, depuis vingt ans, est inimaginable ! Il y a là, véritablement, toute une ville nouvelle. »

Le Lapaca coulait à droite, derrière les maisons. Ils eurent la curiosité de s'engager dans une ruelle, et ils tombèrent sur de vieilles bâtisses curieuses, qui bordaient le mince ruisseau. Plusieurs anciens moulins alignaient leurs roues. On leur montra celui que Mgr Laurence avait donné aux parents de Bernadette, après les apparitions. On faisait aussi visiter là une masure, la prétendue maison de Bernadette, celle où s'étaient installés les Soubirous, en quittant la rue des Petits-Fossés, et dans laquelle la jeune fille, déjà en pension chez les sœurs de Nevers, n'avait dû coucher que rarement. Enfin, par la rue Basse, ils atteignirent la place du Marcadal.

C'était une longue place triangulaire, la plus animée et la plus luxueuse de l'ancienne ville, celle où se trouvaient les cafés, les pharmaciens, les belles boutiques.

Et, entre toutes, une éclatait, peinte en vert clair, garnie de hautes glaces, surmontée d'une large enseigne portant en lettres d'or : *Cazaban, coiffeur.*

M. de Guersaint et Pierre étaient entrés. Mais il n'y avait personne dans le salon de coiffure, ils durent attendre. Un terrible bruit de fourchettes venait de la pièce voisine, l'ordinaire salle à manger, changée en table d'hôte, et où déjeunaient une dizaine de personnes, bien qu'il fût deux heures déjà. L'après-midi s'avançait, on mangeait toujours, d'un bout à l'autre de Lourdes. Ainsi que tous les autres propriétaires de la ville, quelles que fussent leurs opinions religieuses, Cazaban, pendant la saison des pèlerinages, louait sa propre chambre, abandonnait sa salle à manger, pour se réfugier à la cave, où il mangeait, dormait, s'empilait avec sa famille, dans un trou sans air de trois mètres carrés. C'était une rage de négoce, la population disparaissait comme celle d'une cité conquise, en livrant aux pèlerins jusqu'aux lits des femmes et des enfants, les asseyant à leurs tables, les faisant manger dans leurs assiettes.

« Il n'y a personne ? » cria M. de Guersaint.

Enfin, un petit homme parut, le type du Pyrénéen vif et noueux, à la face longue, aux pommettes saillantes, le teint hâlé, éclaboussé de rouge. Ses gros yeux luisants ne restaient jamais immobiles ; et il y avait, dans toute sa maigre personne, un frémissement, une exubérance continue de gestes et de paroles.

« C'est pour monsieur, une barbe, n'est-ce pas ?... Je demande pardon à monsieur ; mais mon garçon est sorti, et j'étais là, avec mes pensionnaires... Si monsieur veut s'asseoir, je vais lui expédier ça tout de suite. »

Et Cazaban, daignant opérer en personne, battait le savon, affilait le rasoir. Il avait eu un coup d'œil inquiet sur la soutane de Pierre, qui, sans dire un mot, s'était assis et avait ouvert un journal, dans lequel il semblait plongé.

Il y eut un silence. Mais Cazaban en souffrit tout de suite ; et, comme il couvrait de savon le menton de son client :

« Imaginez-vous, monsieur, que mes pensionnaires se sont oubliés si tard à la Grotte, qu'ils déjeunent à peine. Vous les entendez ? Je restais avec eux par politesse... Mais n'est-ce pas ? je me dois aussi à mes clients, il faut bien contenter tout le monde. »

Alors, M. de Guersaint, qui aimait également à causer, le questionna.

« Vous logez des pèlerins ?

– Oh ! monsieur, nous en logeons tous, répondit simplement le coiffeur. C'est le pays qui veut ça.

– Et vous les accompagnez à la Grotte ? »

Du coup, Cazaban se révolta, le rasoir en l'air, très digne.

« Jamais, monsieur, jamais ! Voici cinq ans que je ne suis pas descendu dans cette ville nouvelle qu'ils bâtissent. »

Il se retenait encore, il regarda de nouveau la soutane de Pierre, disparu derrière le journal ; et la vue de la croix rouge, épinglée sur le veston de M. de Guersaint, le rendait prudent. Mais sa langue l'emporta.

« Ecoutez, monsieur, toutes les opinions sont libres, je respecte la vôtre, mais je ne donne pas dans ces fantasmagories, moi ! Et je ne l'ai jamais caché... Sous l'Empire, monsieur, j'étais déjà républicain et libre penseur. Nous n'étions pas quatre dans la ville, à cette époque. Oui ! je m'en fais gloire. »

Il avait attaqué la joue gauche, il triomphait. Dès ce moment, ce fut un déluge de paroles, intarissable. D'abord, il reprit les accusations de Majesté contre les pères de la Grotte : le trafic sur les objets religieux, la concurrence déloyale faite aux marchands, aux hôteliers et aux loueurs. Ah ! les sœurs Bleues de l'Immaculée-Conception, il les avait aussi en grande haine, car elles lui avaient pris deux locataires, deux vieilles dames qui passaient à Lourdes trois semaines par an. Et l'on sentait en lui, surtout, la rancune lentement amassée, aujourd'hui débordante, de la vieille ville contre la ville neuve, cette ville poussée si vite, de l'autre côté du château, cette riche cité aux maisons grandes comme des palais, où allait toute la vie, tout le luxe, tout l'argent, de sorte qu'elle grandissait et s'enrichissait sans cesse, tandis que l'aînée, l'antique ville pauvre des montagnes, achevait d'agoniser, avec ses petites rues désertes, où l'herbe poussait. La lutte continuait pourtant, la ville ancienne ne voulait pas mourir, tâchait de forcer au partage son ingrate sœur cadette, en logeant des pèlerins, en ouvrant des boutiques, elle aussi ; mais les boutiques ne s'achalandaient qu'à la condition d'être près de la Grotte, de même que les pèlerins pauvres consentaient seuls à loger au loin ; et ce combat inégal aggravait la rupture, faisait deux ennemies irréconciliables de la ville haute et de la ville basse, qui se dévoraient sourdement, en continuelles intrigues.

« Ah ! certes, non ! ce n'est pas moi qu'on verra à leur Grotte, reprit Cazaban de son air rageur. En abusent-ils, de leur Grotte, la mettent-ils assez à toutes les sauces ! Une pareille idolâtrie, une superstition si grossière, au dix-neuvième siècle !... Demandez-leur donc si, depuis vingt ans, ils ont guéri un seul malade de la ville ? Nous avons pourtant assez d'estropiés dans nos rues. Au début, ce furent des gens d'ici qui bénéficièrent des premiers miracles. Mais il paraît que, depuis longtemps, leur eau miraculeuse a perdu toute vertu pour nous : nous sommes trop près, il faut venir de loin, si l'on veut que ça agisse... Vrai ! c'est trop bête, vous ne me feriez pas descendre là-bas, pour cent francs ! »

L'immobilité de Pierre devait l'irriter. Il venait de passer à la joue droite, il concluait furieusement contre les pères de l'Immaculée-Conception, dont l'âpreté était l'unique cause du désaccord. Ces pères, qui se trouvaient chez eux, puisqu'ils avaient acheté à la commune les terrains où ils voulaient construire, ne respectaient même pas le traité signé avec la ville, car ils s'y interdisaient formellement tout commerce, la vente de l'eau et des articles de piété. Chaque jour, on aurait pu leur intenter des procès. Mais ils s'en moquaient, ils se sentaient si forts, qu'ils ne laissaient plus un seul don aller à la paroisse, et que tout l'argent récolté s'amassait, roulait en un fleuve à la Grotte et à la Basilique.

Cazaban eut un cri ingénu.

« Encore, s'ils étaient gentils, s'ils consentaient à partager ! »

Puis, lorsque M. de Guersaint, qui se lavait, se fut rassis :

« Et si je vous disais, monsieur, ce qu'ils ont fait de notre pauvre ville ! Les filles y étaient très sages, je vous assure, il y a quarante ans. Je me souviens que, dans ma jeunesse, lorsqu'un garçon voulait rire, il n'y avait pas ici plus de trois ou quatre dévergondées pour le satisfaire ; si bien que, les jours de foire, j'ai vu les hommes faire queue à leur porte, ma parole d'honneur !... Ah bien ! les temps sont changés, les mœurs ne sont plus les mêmes. Maintenant, les filles du pays se livrent presque toutes à la vente des cierges et des bouquets ; et vous les avez vues raccrocher les passants, leur mettre de force leur marchandise dans les mains. C'est une vraie honte que des effrontées pareilles ! Elles gagnent beaucoup, se donnent des habitudes de paresse, ne font plus rien, l'hiver, en attendant le retour de la saison des grands pèlerinages. Et je vous assure que les garçons coureurs trouvent aujourd'hui à qui parler... Ajoutez la population flottante et louche dont nous sommes envahis, dès les premiers beaux jours : les cochers, les camelots, les cantiniers, tout un bas peuple nomade suant la grossièreté et le vice ; et vous aurez l'honnête nouvelle ville qu'ils nous ont faite, avec les foules qui viennent à leur Grotte et à leur Basilique ! »

Pierre, très frappé, avait laissé tomber son journal. Il écoutait, il avait pour la première fois l'intuition des deux Lourdes, l'ancien Lourdes si honnête, si pieux dans sa tranquille solitude, le nouveau Lourdes gâté, démoralisé par tant de millions remués, tant de richesses provoquées et accrues, par le flot croissant d'étrangers qui traversaient la ville au galop, par la pourriture fatale de l'entassement, la contagion des mauvais exemples. Et quel résultat, lorsqu'on songeait à la candide Bernadette agenouillée devant la sauvage grotte primitive, à toute la naïve foi, toute la pureté fervente des premiers ouvriers de l'œuvre ! Était-ce donc cet empoisonnement du pays par le lucre et par l'ordure humaine qu'ils avaient voulu ? Il suffisait que les peuples vinssent, pour que la peste se déclarât.

Cazaban, en voyant que Pierre écoutait, avait eu un dernier geste de menace, comme pour balayer toute cette superstition empoisonneuse. Puis, silencieux, il acheva de donner un coup de peigne à M. de Guersaint.

« Voilà, monsieur ! »

Et ce fut alors seulement que l'architecte parla de la voiture. Le coiffeur s'excusa d'abord, prétendit qu'il fallait aller voir son frère, au champ commun. Enfin, il consentit à prendre la commande. Un landau à deux chevaux, pour Gavarnie, coûtait cinquante francs. Mais, heureux d'avoir tant causé, et flatté d'être traité d'honnête homme, il finit par le laisser à quarante francs. On était quatre, cela ferait dix francs par personne. Et il fut entendu qu'on partirait dans la nuit, vers trois heures, de façon à être de retour le lendemain, lundi soir, d'assez bonne heure.

« La voiture sera devant l'hôtel des Apparitions à l'heure indiquée, répéta Cazaban, de son air d'emphase. Comptez sur moi, monsieur ! »

Il tendit l'oreille. Les bruits de vaisselle remuée ne cessaient point, au fond de la pièce voisine. On y mangeait toujours, dans ce branle de voracité qui s'élargissait d'un bout de la ville à l'autre. Une voix venait de s'élever, demandant encore du pain.

« Pardon ! reprit vivement Cazaban, mes pensionnaires me réclament. »

Les mains grasses du peigne, il se précipita. Comme la porte restait une seconde ouverte, Pierre aperçut, aux murs de la salle à manger, des images pieuses, une vue de la Grotte surtout, qui le surprirent. Sans doute, le coiffeur ne les accrochait là que pendant les pèlerinages, pour faire plaisir à ses hôtes.

Il était près de trois heures. Dehors, Pierre et M. de Guersaint furent étonnés du grand bruit de cloches qui volait dans l'air. Au premier coup des vêpres, sonné à la Basilique, la paroisse venait de répondre ; et, maintenant, c'étaient les couvents, les uns après les autres, qui se joignaient aux sonneries croissantes. La cloche cristalline des carmélites se mêlait à la cloche grave de l'Immaculée-Conception, toutes les cloches joyeuses des sœurs de Nevers et des dominicaines tintaient à la fois. Par les beaux jours de fête, des vols de cloches passaient ainsi du matin au soir, à pleines ailes, sur les toitures de Lourdes. Et rien n'était plus gai que cette chanson sonore dans le grand ciel bleu, au-dessus de cette ville gloutonne, qui avait enfin déjeuné, promenant son heureuse digestion au soleil.

III

Dès la nuit tombée, Marie fut prise d'impatience, à l'hôpital de Notre-Dame-des-Douleurs, car elle savait par Mme de Jonquière que le baron Suire avait obtenu pour elle, du père Fourcade, l'autorisation de passer la nuit devant la Grotte. À chaque minute, elle questionnait sœur Hyacinthe.

« Ma sœur, je vous en prie, est-ce qu'il n'est pas neuf heures ?

– Mais non, mon enfant, il est à peine huit heures et demie... Et tenez, voici un bon châle de laine pour vous envelopper, au lever du jour, car le Gave est tout proche, les matinées sont fraîches, dans ce pays de montagnes.

– Oh ! ma sœur, les nuits sont si belles ! et puis je dors si peu dans cette salle ! Je ne peux pas être plus mal dehors... Mon Dieu ! que je suis heureuse, quel enchantement, de passer toute la nuit avec la Sainte Vierge ! »

La salle entière la jalousait. C'était la joie ineffable, la béatitude suprême, toute une nuit à prier ainsi devant la Grotte. On disait que les élues voyaient sûrement la Sainte Vierge, dans la grande paix des ténèbres. Mais il fallait de hautes protections pour obtenir une telle faveur. Les pères n'aimaient plus guère à l'accorder, depuis que des malades étaient mortes de la sorte, comme endormies dans leur extase.

« N'est-ce pas ? mon enfant, reprit sœur Hyacinthe, demain matin, vous communierez à la Grotte, avant qu'on vous ramène ici. »

Neuf heures sonnèrent. Est-ce que Pierre, si exact, l'aurait oubliée ? On lui parlait maintenant de la procession aux flambeaux, qu'elle verrait d'un bout à l'autre, si elle partait tout de suite. Chaque soir, les cérémonies finissaient par une procession pareille ; mais celle du dimanche était toujours la plus belle, et l'on annonçait que la procession de ce soir-là serait d'une splendeur extraordinaire, comme rarement on en voyait. Près de trente mille pèlerins devaient défiler, un cierge à la main. Les merveilles nocturnes du ciel allaient s'ouvrir, les étoiles descendraient sur la terre. Et les malades se plaignaient, quelle tristesse d'être cloué sur un lit, de ne rien voir de ces prodiges !

« Ma chère fille, vint dire Mme de Jonquière, voici votre père et M. l'abbé. »

Marie, radieuse, oublia son attente.

« Oh ! Pierre, je vous en supplie, dépêchons-nous, dépêchons-nous ! »

Ils la descendirent, le prêtre s'attela au petit chariot, qui roula doucement sous le ciel criblé d'étoiles, tandis que M. de Guersaint marchait à côté. C'était une nuit sans lune, admirablement belle, un velours d'un bleu sombre, piqué de diamants ;

et la douceur de l'air était exquise, un bain tiède d'air pur, embaumé par l'odeur des montagnes. Beaucoup de pèlerins se pressaient dans la rue, marchant tous vers la Grotte ; mais la foule restait discrète, un flot humain recueilli, n'ayant plus la badauderie foraine de la journée. Et, dès le plateau de la Merlasse, les ténèbres s'élargissaient, on entrait sous le ciel immense, dans le lac d'ombre des pelouses et des grands arbres, d'où l'on ne voyait se dresser, à gauche, que la flèche mince et pâle de la Basilique.

Pierre fut pris d'inquiétude devant la foule de plus en plus compacte, à mesure qu'on avançait. Sur la place du Rosaire, déjà l'on marchait avec peine.

« Il ne faut pas songer à nous approcher de la Grotte, dit-il en s'arrêtant. Le mieux serait de gagner une allée, derrière l'Abri des pèlerins, et d'attendre là. »

Mais Marie désirait vivement voir le départ de la procession.

« Mon ami, de grâce, tâchez d'aller jusqu'au Gave. Je verrai de loin, je ne demande pas à m'approcher. »

Et M. de Guersaint, aussi curieux qu'elle, insista à son tour.

« Ne vous inquiétez pas, je suis là derrière, et je veille à ce que personne ne la bouscule. »

Pierre dut se remettre à tirer le chariot. Il lui fallut un quart d'heure, avant de passer sous une des arches de la rampe de droite, tellement la foule s'y écrasait. Ensuite, il obliqua un peu, finit par se trouver sur le quai, au bord du Gave, où de simples spectateurs occupaient le trottoir ; et il put s'avancer encore pendant une cinquantaine de mètres, il arrêta le chariot contre le parapet même, bien en vue de la Grotte.

« Serez-vous bien là ?

– Oh ! oui, merci ! Seulement, il faut m'asseoir, j'en verrai davantage. »

M. de Guersaint la mit sur son séant, et lui-même monta sur le banc de pierre qui règne d'un bout à l'autre du quai. Une cohue de curieux s'y entassaient, ainsi qu'aux soirs de feu d'artifice. Tous se grandissaient, allongeaient le cou. Et Pierre, comme les autres, s'intéressa, bien qu'on ne vît encore pas grand-chose.

Il devait y avoir là trente mille personnes ; et du monde arrivait toujours. Tous portaient à la main un cierge, enveloppé dans une sorte de cornet de papier blanc, où était imprimée, en bleu, une image de Notre-Dame de Lourdes. Mais ces cierges n'étaient pas allumés encore. On n'apercevait, par-dessus la mer houleuse des têtes, que la Grotte braisillante, jetant une vive lueur de forge. Un grand bourdonnement montait, des souffles passaient, qui, seuls, donnaient la sensation des milliers d'êtres serrés, étouffés, perdus au fond de l'ombre, refluant comme une nappe vivante, sans cesse élargie. Il y en avait sous les arbres, au-delà de la Grotte, dans des enfoncements de ténèbres, qu'on ne soupçonnait point. Enfin, cela commença par quelques cierges, çà et là, qui brillèrent : on aurait dit des étincelles brusques, trouant l'obscurité, au hasard. Le nombre s'en accrut rapidement ; des îlots d'étoiles se formèrent ; tandis que, sur d'autres points, des traînées, des voies lactées coulaient, au milieu des constellations. C'étaient les trente mille cierges qui s'allumaient un à un, de proche en proche, éteignant la vive lueur de la Grotte, roulant d'un bout à l'autre de la promenade les petites flammes jaunes d'un brasier immense.

« Oh ! Pierre, que c'est beau ! murmura Marie. On dirait la résurrection des humbles, des petites âmes pauvres qui se réveillent et qui brillent.

– Superbe ! Superbe ! répétait M. de Guersaint, dans un élan de satisfaction artistique. Regardez donc, là-bas, ces deux lignes qui se coupent et qui forment une croix. »

Mais Pierre restait touché par ce que Marie venait de dire. C'était bien cela, des flammes grêles, à peine des points lumineux, d'une modestie de menu peuple, et dont le grand nombre faisait l'éclat, un resplendissement de soleil. Il en naissait continuellement de nouvelles, plus lointaines et comme égarées.

« Ah ! murmura-t-il, celle-là qui est apparue toute seule, au loin, si vacillante... La voyez-vous, Marie, comme elle flotte et comme elle vient lentement se perdre dans le grand lac de feu. »

On y voyait maintenant aussi clair qu'en plein jour. Les arbres, éclairés par-dessous, étaient d'une verdure intense, pareils aux arbres peints, tels qu'ils sont dans les décors. Des bannières, au-dessus du brasier mouvant, demeuraient immobiles, violemment distinctes, avec leurs saints brodés et leurs cordons de soie. Et le grand reflet montait le long du rocher, jusqu'à la Basilique, dont la flèche, à présent, apparaissait toute blanche, sur le ciel noir ; tandis que, de l'autre côté du Gave, les coteaux s'éclairaient eux aussi, montrant les façades claires des couvents, au milieu des feuillages sombres.

Il y eut encore un moment d'incertitude. Le lac flamboyant, dont chaque mèche ardente était un petit flot, roulait son pétillement d'astres, semblait près de se rompre, pour s'écouler en fleuve. Et les bannières oscillèrent, un mouvement s'indiqua.

« Tiens ! s'écria M. de Guersaint, ils ne passent donc pas par ici ? »

Alors, Pierre, au courant, expliqua que la procession montait d'abord par le chemin en lacets, établi à grands frais dans le coteau boisé. Puis, elle tournait derrière la Basilique, avant de redescendre par la rampe de droite et de se développer au travers des jardins.

« Regardez, on voit les premiers cierges qui montent, parmi les verdures. »

Ce fut un enchantement. De petites lumières tremblantes se détachaient du vaste foyer, s'élevaient doucement, d'un vol délicat, sans qu'on pût rien distinguer qui les tînt à la terre. Cela se mouvait comme de la poussière de soleil, dans les ténèbres. Bientôt, il y en eut une raie oblique ; puis, la raie se replia, d'un coude brusque, et une nouvelle raie s'indiqua, qui tourna à son tour. Enfin, tout le coteau fut sillonné d'un zigzag de flamme, pareil à ces coups de foudre qu'on voit tomber du ciel noir, dans les images. Mais la trace lumineuse ne s'effaçait pas, toujours les petites lumières marchaient du même glissement doux et ralenti. Parfois, seulement, il y avait une éclipse soudaine, la procession devait passer derrière un bouquet d'arbres. Plus loin, les cierges se rallumaient, recommençaient leur marche vers le ciel, par les lacets compliqués, sans cesse interrompus et repris. Un moment arriva où ils cessèrent de monter, arrivés en haut du coteau ; et ils disparurent, au dernier coude du chemin.

Des voix s'élevaient dans la foule.

« Les voilà qui tournent derrière la Basilique.

– Oh ! ils en ont encore pour vingt minutes, avant de redescendre de l'autre côté.

– Oui, madame, ils sont trente mille ; et, dans une heure, les derniers partiront à peine de la Grotte. »

Dès le départ, un cantique s'était dégagé du sourd grondement de la foule. C'était la complainte de Bernadette, les six dizaines de couplets, où la Salutation angélique revenait au refrain, dans un rythme obsédant. Quand on avait fini ces soixante couplets, on les recommençait. Et le bercement reprenait sans fin : « *Ave, ave, ave, Maria* ! » stupéfiant l'esprit, brisant les membres, emportant peu à peu ces milliers d'êtres dans une sorte de songe éveillé, en pleine vision de paradis. La nuit, lorsqu'ils dormaient, le lit en gardait le balancement, ils les chantaient encore.

« Est-ce que nous restons là ? demanda M. de Guersaint, qui se fatiguait vite. Maintenant, c'est toujours la même chose. »

Marie, que les voix écoutées dans la foule renseignaient, dit à son tour :

« Pierre, vous aviez raison, il vaudrait mieux retourner là-bas, sous les arbres... J'ai un si grand désir de tout voir !

– Mais certainement, répondit le prêtre, nous allons chercher une place d'où vous pourrez tout voir. Le difficile est de nous tirer d'ici, à présent. »

En effet, la cohue des simples curieux les avait murés. Il fallut que Pierre s'ouvrît un passage, avec une obstination lente, en implorant un peu de place, pour une malade ; et Marie se retournait, tâchait d'apercevoir encore, devant la Grotte, la nappe de flammes, le lac aux petits flots étincelants, d'où coulait à l'infini la procession, sans qu'il parût s'épuiser ; tandis que M. de Guersaint fermait la marche, en protégeant le chariot contre les poussées de la foule.

Enfin, ils se trouvèrent tous les trois à l'écart, hors du monde. C'était près d'une des arches, dans un endroit désert, où ils purent respirer un instant. On n'entendait plus que la complainte lointaine, à l'entêté refrain ; et l'on ne voyait que le reflet des cierges, en une sorte de nuée lumineuse, flottant du côté de la Basilique.

« La meilleure place, déclara M. de Guersaint, ce serait de monter au Calvaire. Une servante de l'hôtel me l'a dit encore ce matin. Il paraît que, de là-haut, la vue est féerique. »

Mais il n'y fallait pas songer. Pierre insista sur les difficultés.

« Comment voulez-vous nous hisser à cette hauteur, avec le chariot ? Puis, il faudrait redescendre, ce serait très dangereux, en pleine nuit, au milieu des bousculades. »

Marie elle-même préférait rester dans les jardins, sous les arbres, où il faisait si doux. Et ils repartirent, débouchèrent sur l'Esplanade, en face de la grande Vierge couronnée. Elle était illuminée, à l'aide de verres de couleur, qui la mettaient dans une gloire de fête foraine, avec une auréole de lampions bleus et jaunes. Malgré sa dévotion, M. de Guersaint trouva cela d'un goût exécrable.

« Tenez ! dit Marie, près de ce massif, nous serions très bien. »

Elle indiquait une touffe d'arbrisseaux, à côté de l'Abri des pèlerins ; et la place, en effet, était excellente, car elle permettrait de voir descendre la procession par la rampe de gauche, et de la suivre, jusqu'au Pont-Neuf, le long des pelouses, dans son double mouvement parallèle d'aller et de retour. Puis, le voisinage du Gave donnait aux feuillages une fraîcheur exquise. Personne n'était là, on y jouissait d'une paix infinie, dans l'ombre épaisse des grands platanes qui bordaient l'allée.

M. de Guersaint se haussait sur la pointe des pieds, impatient de voir reparaître les premiers cierges, au tournant de la Basilique.

« Rien ne se montre encore, murmurait-il. Ah ! tant pis, je vais m'asseoir un instant sur l'herbe. J'ai les jambes rompues. »

Et il s'inquiéta de sa fille.

« Veux-tu que je te couvre ? Il fait très frais par ici.

– Oh ! non, père, je n'ai pas froid. Je suis si heureuse ! Voici bien longtemps que je n'avais respiré un si bon air... Il doit y avoir des roses, ne sens-tu pas ce parfum délicieux ? »

Puis, se tournant vers Pierre :

« Mon ami, où sont-elles donc, ces roses ? Est-ce que vous les voyez ? »

Lorsque M. de Guersaint se fut assis près du chariot, Pierre eut l'idée de chercher si quelque corbeille de rosiers ne se trouvait pas par là. Mais, vainement, il fouilla les pelouses obscures, il ne distingua que des massifs de plantes vertes. Et, comme, en revenant, il passait devant l'Abri des pèlerins, la curiosité le fit entrer.

C'était une grande salle, très haute de plafond, que, des deux côtés, de larges fenêtres éclairaient. Dallée de pierre, les murs nus, elle n'avait d'autres meubles que des bancs, poussés au hasard, dans tous les sens. Pas une table, pas une planche ; de sorte que les pèlerins sans asile, forcés de se réfugier là, avaient empilé leurs paniers, leurs paquets, leurs valises, dans les embrasures des fenêtres, qui se trouvaient ainsi changées en cases à bagages. D'ailleurs, la salle était vide, tous les pauvres gens qu'elle abritait devaient être à la procession. Et, malgré la porte restée grande ouverte, une odeur insupportable régnait, les murailles imprégnées de misère, les dalles souillées, humides malgré la belle journée de soleil, trempées de crachats, de graisse, de vin répandu. On y faisait tout, on y mangeait, on y dormait sur les bancs, dans un entassement de chair sale et de loques.

Pierre pensa que la bonne odeur de roses ne sortait pas de là. Il achevait pourtant le tour de la salle, que quatre lanternes fumeuses éclairaient, et qu'il croyait absolument vide, lorsqu'il eut la surprise d'apercevoir, contre le mur de gauche, une forme vague, une femme vêtue de noir, qui tenait sur ses genoux un paquet blanc. Elle était toute seule dans cette solitude, elle ne remuait pas, et elle avait les yeux grands ouverts.

Il s'approcha, il reconnut Mme Vincent, qui lui dit d'une voix basse, brisée :

« Oui, Rose a tant souffert aujourd'hui ! elle n'a fait que jeter une plainte, depuis le petit jour... Alors, comme elle s'est endormie, voici bientôt deux heures, je n'ose plus bouger, de peur qu'elle ne s'éveille et qu'elle ne souffre encore. »

Et elle gardait son immobilité de mère martyre, qui, pendant des mois, avait déjà tenu sa fillette ainsi, avec l'espoir entêté de la guérir. Elle l'avait amenée à Lourdes sur ses bras, elle l'y promenait, l'y endormait sur ses bras, n'ayant ni une chambre, ni même un lit d'hôpital.

« La pauvre petite ne va donc pas mieux ? demanda Pierre, dont le cœur saignait.

– Non, monsieur l'abbé, non, je ne crois pas.

– Mais, reprit-il, vous êtes très mal sur ce banc. Il fallait faire des démarches, ne pas rester ainsi dans la rue. On aurait pris votre fille quelque part, c'est certain.

– Oh ! monsieur l'abbé, à quoi bon ? Elle est bien sur mes genoux. Et puis, est-ce qu'on m'aurait permis d'être toujours comme ça, avec elle !... Non, non ! j'aime mieux l'avoir sur moi, il me semble que ça finira par la sauver. »

Deux grosses larmes coulaient sur sa face immobile. Elle continua, de sa voix étouffée :

« Je ne suis pas sans argent. J'avais trente sous en partant de Paris, et il m'en reste encore dix... Du pain me suffit, et elle, la pauvre mignonne, ne peut même plus boire du lait... J'ai bien de quoi aller jusqu'au départ, et si elle guérit, oh ! nous serons riches, riches, riches ! »

Elle s'était penchée, elle regardait, à la lumière vacillante de la lanterne voisine, le blanc visage de Rose, dont un petit souffle entrouvrait les lèvres.

« Voyez donc comme elle dort !... N'est-ce pas, monsieur l'abbé, que la Sainte Vierge aura pitié et qu'elle la guérira ? Nous n'avons plus qu'un jour, mais je ne veux pas désespérer ; et je vais prier encore toute la nuit, sans bouger de cette place... C'est pour demain, il faut vivre jusqu'à demain. »

Une infinie pitié envahissait Pierre, qui s'en alla, craignant de pleurer, lui aussi.

« Oui, oui, ma pauvre femme, espérez. »

Et il la laissa au fond de la vaste salle déserte et nauséabonde, parmi la débandade des bancs, immobilisée dans sa passion douloureuse de mère, au point de retenir son souffle, de crainte que le tumulte de sa poitrine ne réveillât la petite malade. Crucifiée, elle priait, la bouche close, ardemment.

Lorsque Pierre revint près de Marie, elle lui demanda vivement :

« Eh bien ! ces roses ?... Est-ce qu'il y en a par ici ? »

Il ne voulut pas l'attrister, en racontant ce qu'il venait de voir.

« Non, j'ai fouillé les pelouses, il n'y a pas de roses.

– C'est singulier, reprit-elle, songeuse. Ce parfum est à la fois si doux et si pénétrant... Vous le sentez, n'est-ce pas ? En ce moment, tenez ! il est d'une force extraordinaire, comme si toutes les roses du paradis fleurissaient dans la nuit, aux alentours. »

Mais une exclamation de son père l'interrompit. M. de Guersaint s'était remis debout, en voyant des points lumineux paraître en haut des rampes, à gauche de la Basilique.

« Enfin, les voilà ! »

En effet, c'était la tête de la procession qui se montrait. Tout de suite, les points lumineux pullulèrent, s'allongèrent en une double ligne oscillante. Les ténèbres noyaient tout, cela semblait se produire très haut, sortir des profondeurs noires de l'inconnu. Et, en même temps, le chant, la complainte obsédante recommençait ; mais elle restait si lointaine, si légère, qu'elle paraissait n'être encore que le petit bruissement de la rafale prochaine, dans les arbres.

« Je l'avais bien dit, murmurait M. de Guersaint, il faudrait être au Calvaire, pour tout voir. »

Il revenait à son idée première, avec son obstination d'enfant, se plaignant qu'on eût choisi la plus mauvaise des places.

« Mais, papa, finit par dire Marie, pourquoi n'y montes-tu pas, au Calvaire ? Il est encore temps... Pierre restera avec moi. »

Et elle ajouta, avec un rire triste :

« Va, personne ne m'enlèvera. »

Il refusait, puis il céda tout d'un coup, incapable de résister à l'impulsion d'un désir. Il dut se hâter, traverser vivement les pelouses.

« Ne bougez pas, attendez-moi sous ces arbres. Je vous raconterai ce que j'aurai vu de là-haut. »

Pierre et Marie restèrent seuls, dans ce coin d'obscure solitude, où s'exhalait le parfum des roses, sans qu'il y eût une seule rose aux alentours. Et ils ne parlèrent pas, ils regardèrent la procession qui descendait, d'un glissement doux et continu.

C'était comme une double haie d'étoiles tremblantes, qui, surgissant du coin gauche de la Basilique, suivait maintenant la rampe monumentale, dont elle dessinait la rondeur. À cette distance, on continuait à ne pas voir les pèlerins qui portaient les cierges, et il n'y avait là que des feux en voyage, disciplinés, traçant dans l'ombre des lignes correctes. Les monuments eux-mêmes, sous la nuit bleue, restaient vagues, à peine indiqués par un épaississement des ténèbres. Mais, peu à peu, à mesure que grandissait le nombre des cierges, des lignes architecturales s'éclairaient, les arêtes élancées de la Basilique, les arches cyclopéennes des rampes, la façade lourde et écrasée du Rosaire. Avec ce fleuve ininterrompu de vives étincelles qui coulait, coulait sans hâte, de l'air obstiné du flot débordé que rien ne barre, arrivait comme une aurore, une nuée lumineuse naissante et envahissante, qui allait finir par baigner tout l'horizon de sa gloire.

« Voyez donc, voyez donc, Pierre ! répétait Marie, prise d'une joie enfantine. Ça ne cesse pas, il y en a toujours ! »

Et, en effet, là-haut, l'apparition brusque des petites clartés continuait avec une régularité mécanique, comme si quelque céleste source inépuisable eût ainsi déversé cette poussière de soleil. La tête de la procession venait d'atteindre les jardins, à la hauteur de la Vierge couronnée ; de sorte que la double ligne de flammes ne dessinait encore que la courbe des toitures du Rosaire et celle de la grande rampe d'accès. Mais l'approche de la multitude se faisait sentir dans une agitation de l'air, un souffle vivant, venu de loin ; et surtout les voix grossissaient, la complainte de Bernadette s'enflait, avec une clameur de marée montante qui roulait le refrain : « *Ave, ave, ave, Maria* », dans un bercement rythmique, de plus en plus haut.

« Ah ! ce refrain, murmura Pierre, il vous entre dans la peau. Il me semble que tout mon corps finit par le chanter. »

De nouveau, Marie eut son léger rire d'enfant.

« C'est vrai, il me suit partout, je l'entendais en dormant, l'autre nuit. Et, ce soir, il me reprend, il me berce au-dessus de terre. »

Elle s'interrompit pour dire :

« Les voilà de l'autre côté de la pelouse, en face de nous. »

La procession, alors, suivit la longue allée droite ; puis, après avoir tourné à la croix des Bretons, autour de la pelouse, elle redescendit par l'autre allée droite. Il fallut plus d'un quart d'heure pour exécuter ce mouvement. Et, à présent, la double ligne dessinait deux longs traits de flammes parallèles, que surmontait une figure de soleil triomphal. Mais le continuel émerveillement, c'était la marche ininterrompue de ce serpent de feu, dont les anneaux d'or rampaient si doucement sur la terre noire, s'allongeaient, s'allongeaient, sans que jamais l'immense corps déployé parût finir. Plusieurs fois, des poussées devaient s'être produites, les lignes fléchissaient, comme près de se rompre ; et l'ordre s'était rétabli, le glissement avait repris, d'une régularité lente. Au ciel, il semblait y avoir moins d'étoiles. Une voie lactée était tombée de là-haut, roulant son poudroiement de mondes, et qui continuait sur la terre la ronde des astres. Une clarté bleue ruisselait, il n'y avait plus que du ciel, les monuments et les arbres prenaient une apparence de rêve, dans la lueur mystérieuse des milliers de cierges, dont le nombre croissait toujours.

Marie eut un soupir étouffé d'admiration ; et elle ne trouvait pas de phrases, elle répétait :

« Que c'est beau, mon Dieu, que c'est beau !... Voyez donc, Pierre, que c'est beau ! »

Mais, depuis que la procession défilait à quelques pas d'eux, elle n'était plus seulement une marche rythmée d'étoiles que nulle main ne portait. Dans la nuée lumineuse, maintenant, ils distinguaient les corps, ils reconnaissaient par moments, au passage, les pèlerins qui tenaient les cierges. D'abord, ce fut la Grivotte, qui avait voulu être de la cérémonie, malgré l'heure tardive, exagérant sa guérison, répétant qu'elle ne s'était jamais mieux portée ; et elle gardait son allure exaltée et dansante, sous la nuit fraîche qui lui donnait un frisson. Puis, les Vigneron parurent, le père en tête, avec son cierge qu'il portait très haut, suivi de Mme Vigneron et de Mme Chaise, traînant leurs jambes lasses ; tandis que le petit Gustave, exténué, tapait le sable de sa béquille, la main droite couverte de gouttes de cire. Tous les malades valides étaient là, Élise Rouquet, entre autres, qui passa comme une apparition de damnée, avec sa face nue et rouge. Beaucoup riaient, la petite miraculée de l'année précédente, Sophie Couteau, s'oubliait, jouait avec son cierge comme avec un bâton. Des têtes, des têtes toujours se succédaient, des femmes surtout, bassement communes, parfois d'une expression superbe, qu'on entrevoyait une seconde et qui se noyaient, sous l'éclairage fantastique. Et cela ne finissait pas, et il en venait d'autres sans cesse, et ils remarquèrent encore une petite ombre noire très discrète, Mme Maze, qu'ils n'auraient point reconnue, si elle n'avait levé un instant sa face pâle, inondée de larmes.

« Regardez, expliqua Pierre à Marie, voici les premières lumières de la procession qui arrivent sur la place du Rosaire, et je suis bien certain que la moitié des pèlerins est encore devant la Grotte. »

Marie avait levé les yeux. Là-haut, en effet, du coin gauche de la Basilique, elle vit d'autres lumières surgir, régulières et sans relâche, dans cette sorte de mouvement mécanique, qui semblait devoir ne jamais s'arrêter.

« Ah ! dit-elle, que d'âmes en peine ! Chacune de ces petites flammes, n'est-ce pas ? est une âme qui souffre et qui se délivre. »

Pierre devait se pencher, afin de l'entendre, car le cantique, la complainte de Bernadette, les étourdissait, depuis que le flot passait si près d'eux. Les voix éclataient dans un vertige grandissant, les couplets s'étaient peu à peu mêlés, chaque tronçon de la procession chantait le sien, d'une voix de possédés qui ne s'entendaient plus eux-mêmes. C'était une immense clameur indistincte, la clameur éperdue d'une foule que l'ardeur de sa foi achevait de griser. Et, quand même, le refrain, l'*Ave, ave, ave, Maria !* revenait, dominait, avec son rythme d'obsession frénétique.

Brusquement, Pierre et Marie furent étonnés de revoir M. de Guersaint.

« Ah ! mes enfants, je n'ai pas voulu m'attarder là-haut, je viens de couper la procession à deux reprises, pour passer... Mais quel spectacle ! C'est à coup sûr la première très belle chose à laquelle j'assiste, depuis que je suis ici. »

Et il se mit à leur décrire la procession, vue des hauteurs du Calvaire.

« Imaginez, mes enfants, un autre ciel, en bas, reflétant celui d'en haut, mais un ciel qu'une seule constellation, géante, tient tout entier. Ce fourmillement d'astres a l'air perdu, très loin, dans des profondeurs obscures ; et la coulée de feu représente un ostensoir, oui ! un véritable ostensoir, dont le pied serait dessiné par les rampes, la tige par les deux allées parallèles, l'hostie par la pelouse ronde qui les couronne. C'est un ostensoir d'or brûlant, qui flambe au fond des ténèbres, avec un perpétuel scintillement d'étoiles en marche. Il n'y a que lui, il est gigantesque et souverain... En vérité, je n'ai jamais rien vu de si extraordinaire ! »

Il agitait les bras, il était hors de lui, débordant d'une émotion d'artiste.

« Petit père, dit Marie tendrement, puisque te voilà, tu devrais bien aller te coucher. Il est près de onze heures, et tu sais que tu dois partir à trois heures du matin. »

Elle ajouta, pour le décider :

« Cela me cause tant de plaisir, que tu fasses cette excursion !... Seulement, sois de retour de bonne heure, demain soir, parce que tu verras, tu verras... »

Et elle n'osa pas affirmer la certitude qu'elle avait de guérir.

« Tu as raison, je vais aller me mettre au lit, dit M. de Guersaint, calmé. Puisque Pierre est avec toi, je n'ai pas d'inquiétude.

– Mais, s'écria-t-elle, je ne veux pas que Pierre passe la nuit. Quand il m'aura conduite à la Grotte, tout à l'heure, il te rejoindra... Moi, je n'aurai plus besoin de personne, le premier brancardier venu me ramènera bien à l'hôpital, demain matin. »

Pierre se taisait. Puis, simplement :

« Non, non, Marie, je reste... Je passerai, comme vous, la nuit à la Grotte. »

Elle ouvrit la bouche, pour insister, pour se fâcher. Mais il avait dit cela si doucement, elle venait d'y sentir une soif si douloureuse de bonheur, qu'elle garda le silence, remuée jusqu'au fond de l'âme.

« Enfin, mes enfants, reprit le père, arrangez-vous, je sais que vous êtes très raisonnables tous les deux. Et bonne nuit, n'ayez aucun souci de moi. »

Il embrassa longuement sa fille, serra les deux mains du jeune prêtre ; puis, il s'en alla, se perdit dans les rangs pressés de la procession, qu'il dut traverser de nouveau.

Alors, ils furent seuls, dans leur coin d'ombre et de solitude, sous les grands arbres, elle toujours assise au fond de son chariot, lui agenouillé parmi les herbes, appuyé du coude à l'une des roues. Et ce fut adorable, pendant que le défilé des cierges continuait, et qu'ils se massaient tous en tournoyant sur la place du Rosaire. Ce qui le ravissait, c'était que rien ne semblait rester, au-dessus de Lourdes, des godailles de la journée. On aurait dit qu'un vent purificateur était venu des montagnes, qui avait balayé l'odeur des fortes nourritures, les joies goulues du dimanche, toute cette poussière brûlante et empestée de fête foraine, flottant sur la ville. Il n'y avait plus qu'un ciel immense, aux étoiles pures ; et la fraîcheur du Gave était délicieuse, et les souffles errants apportaient des parfums de fleurs sauvages. L'infini du mystère se perdait dans la paix souveraine de la nuit, il ne demeurait de la matière lourde que ces petites flammes des cierges, comparées par sa compagne à des âmes souffrantes, en train de se délivrer. Cela était d'un repos exquis et d'un espoir sans limites. Depuis qu'il se trouvait là, les souvenirs blessants de l'après-midi, les appétits voraces, la simonie impudente, la vieille ville gâtée et prostituée, s'en allaient peu à peu, pour ne le laisser qu'à ce rafraîchissement divin, à cette nuit si belle, où tout son être se baignait comme dans une eau de résurrection.

Marie, elle aussi, pénétrée d'une infinie douceur, murmura :

« Ah ! comme Blanche serait heureuse de voir toutes ces merveilles ! »

Elle songeait à sa sœur, restée à Paris, dans le tracas de son dur métier d'institutrice courant le cachet. Et ce simple mot, cette sœur dont elle n'avait pas parlé depuis son arrivée à Lourdes, et qui surgissait là, inattendue, venait de suffire pour évoquer tout le passé.

Marie et Pierre, sans parler, revécurent leur enfance, les jeux d'autrefois, dans les deux jardins mitoyens qu'une haie vive séparait. Ensuite, ce fut la séparation, le jour où il entra au séminaire et où elle le baisa sur les joues, avec des larmes brûlantes, en jurant de ne l'oublier jamais. Des années passaient, et ils se retrouvaient éternellement séparés, lui prêtre, elle clouée par la maladie, n'ayant plus l'espoir d'être femme. C'était toute leur histoire, une tendresse ardente qui s'était longtemps ignorée, puis une rupture totale, comme s'ils fussent morts, bien qu'ils vécussent l'un près de l'autre. Ils revoyaient, maintenant, le logement pauvre, où la sœur aînée, avec ses leçons, tâchait de mettre un peu de bien-être, ce logement pauvre d'où l'on était parti, pour venir à Lourdes, après tant de combats, tant de discussions, ses doutes à lui, sa foi passionnée à elle, qui avait vaincu. Et cela était vraiment délicieux, de se retrouver ainsi ensemble, tout seuls, dans ce coin de ténèbres, par cette admirable nuit, où il y avait, sur la terre, autant d'étoiles qu'au ciel.

Marie, jusque-là, avait gardé une petite âme d'enfant, une âme blanche, comme disait son père, la meilleure et la plus pure. Frappée par le mal dès l'âge de treize ans, elle n'avait plus vieilli. Aujourd'hui, à vingt-trois ans, elle avait treize ans toujours, restée enfantine, repliée sur elle-même, toute à la catastrophe qui l'anéantissait. Cela se voyait à ses yeux vides, à son expression d'absence, à son air de continuelle hantise, dans l'incapacité où elle était de vouloir autre chose. Et aucune âme de femme n'était plus simple, arrêtée en son développement, demeurée l'âme d'une grande fille sage, chez qui la passion à son éveil se contente de gros baisers sur les joues. Elle n'avait eu d'autre roman que l'adieu en larmes fait à son ami, et cela suffisait depuis dix années pour lui emplir le cœur. Pendant les interminables jours qu'elle avait passés sur sa couche de misère, elle n'était jamais allée au-delà de ce rêve, que, si elle s'était bien portée, lui sans doute ne se serait pas fait prêtre, pour vivre avec elle. Jamais elle ne lisait de roman. Les livres pieux qu'on lui permettait l'entretenaient dans l'exaltation d'un amour surhumain. Même les bruits du dehors venaient expirer à la porte de la chambre où elle vivait cloîtrée ; et, autrefois, quand on la promenait d'un bout de la France à l'autre, de ville d'eaux en ville d'eaux, elle traversait les foules en somnambule, qui ne voit et n'entend rien, possédée par l'idée fixe de sa déchéance, du lien qui nouait son sexe. De là, cette pureté et cet enfantillage, cette adorable fille de souffrance, grandie dans sa triste chair, tout en ne gardant au cœur que l'éveil lointain, l'amour ignoré de ses treize ans.

La main de Marie, au milieu des ténèbres, chercha celle de Pierre ; et, quand elle l'eut rencontrée, qui venait au-devant de la sienne, elle la serra longuement. Ah ! quelle joie ! Jamais ils n'avaient goûté une joie si pure et si parfaite, à être ainsi ensemble, loin du monde, dans ce charme souverain de l'ombre et du mystère. Autour d'eux, il n'y avait plus que la ronde des étoiles. Les chants berceurs étaient comme le vertige même, si ailé, qui les emportait. Et elle savait bien qu'elle serait guérie le lendemain, quand elle aurait passé une nuit d'ivresse devant la Grotte : c'était une absolue conviction, elle se ferait entendre de la Sainte Vierge, elle la fléchirait, du moment qu'elle serait seule, face à face, à l'implorer. Et elle comprenait bien ce que Pierre voulait dire, tout à l'heure, lorsqu'il avait exprimé le désir de passer, lui aussi, devant la Grotte, la nuit entière. N'était-ce pas qu'il était résolu à tenter un suprême effort de croyance, qu'il allait s'agenouiller comme un petit enfant, en suppliant la Mère toute-puissante de lui rendre la foi perdue ? Maintenant encore, sans qu'ils eussent besoin de parler davantage, leurs mains unies se répétaient ces choses. Ils se promettaient de prier l'un pour l'autre, ils s'oubliaient jusqu'à se perdre l'un dans l'autre, avec un si ardent désir de leur guérison, de leur bonheur mutuel, qu'ils touchèrent là un instant le fond de l'amour qui se donne et qui s'immole. Ce fut une jouissance divine.

« Ah ! murmura Pierre, cette nuit bleue, cet infini d'ombre qui emporte la laideur des gens et des choses, cette paix immense et fraîche, où je voudrais endormir mon doute... »

Sa voix s'éteignait. Marie, à son tour, dit très bas :

« Et les roses, ce parfum des roses... Ne les sentez-vous pas, mon ami ? Où sont-elles donc, que vous ne les avez pas vues ?

– Oui, oui, je les sens, mais il n'y a pas de roses. Je les aurais vues certainement, car je les ai bien cherchées.

– Comment pouvez-vous dire qu'il n'y a pas de roses, quand elles embaument l'air autour de nous, et que nous baignons dans leur parfum ? Tenez ! à certaines minutes, ce parfum est si puissant, que je me sens défaillir de joie, à le respirer !... Elles sont là, certainement, innombrables, sous nos pieds.

– Non, je vous le jure, j'ai regardé partout, il n'y a pas de roses. Ou bien il faut qu'elles soient invisibles, qu'elles soient cette herbe même que nous foulons, ces grands arbres qui nous entourent, que leur odeur sorte de la terre, et du torrent voisin, et des bois, et des montagnes. »

Ils se turent un instant. Puis, elle reprit de la même voix très basse :

« Comme elles sentent bon, Pierre ! Il me semble que nos deux mains unies sont là ainsi qu'un bouquet.

– Oui, elles sentent adorablement bon ; et c'est de vous, Marie, que l'odeur monte à présent, comme si les roses fleurissaient de vos cheveux. »

Et ils ne parlèrent plus. La procession défilait toujours, des étincelles vives apparaissaient toujours au tournant de la Basilique, jaillissant de l'obscurité, comme d'une source inépuisable. L'immense coulée des petites flammes en marche, dans son double circuit, rayait l'ombre d'un ruban de braise. Mais, surtout, le spectacle était sur la place du Rosaire, où la tête de la procession, continuant son évolution lente, se repliait sur elle-même, en un cercle de plus en plus étroit, une sorte de tournoiement obstiné, qui achevait d'étourdir les pèlerins, brisés de fatigue, et d'exaspérer leurs chants. Bientôt, la ronde ne fut plus qu'une masse brûlante, un noyau de nébuleuse, autour duquel venait s'enrouler le ruban de braise, dont le bout semblait ne devoir jamais finir ; et le noyau s'élargissait, il y eut une mare, puis un lac. Toute la vaste place du Rosaire se changeait en une mer incendiée roulant ses petits flots étincelants, dans le vertige de ce tourbillon sans fin. Un reflet d'aurore blanchissait la Basilique. Le reste de l'horizon tombait à une obscurité profonde. On ne voyait, à l'écart, que quelques cierges perdus cheminer seuls, ainsi que des lucioles cherchant leur route, à l'aide de leur petite lanterne. Sur le mont du Calvaire, pourtant, une queue vagabonde de la procession devait être montée, car des étoiles voyageaient aussi là-haut, en plein ciel. Enfin, un moment arriva où les derniers cierges parurent, firent le tour des pelouses, coulèrent et se noyèrent dans la mer de flammes. Trente mille cierges y brûlaient, tournant toujours, attisant leur braisillement, sous le grand ciel calme, où pâlissaient les astres. Une nuée lumineuse s'envolait avec le cantique, dont l'obsession n'avait pas cessé. Et le grondement des voix, les *Ave, ave, ave, Maria* ! étaient comme le crépitement même de ces cœurs de feu, qui se consumaient en prières, pour guérir les corps et sauver les âmes.

Un à un, les cierges venaient de s'éteindre, la nuit retombait souveraine, très noire et très douce, lorsque Pierre et Marie s'aperçurent qu'ils étaient encore là, cachés sous le mystère des arbres, la main dans la main. Au loin, par les rues obscures de Lourdes, il n'y avait plus que des pèlerins égarés, demandant la route, pour retrouver leur lit. Des frôlements traversaient l'ombre, tout ce qui rôde et s'endort, à la fin des jours de fête. Et eux s'oubliaient, ne bougeaient toujours pas, délicieusement heureux, dans l'odeur des roses invisibles.

IV

Pierre roula le chariot de Marie devant la Grotte, et il l'installa le plus près possible de la grille. Il était minuit passé, une centaine de personnes se trouvaient encore là, quelques-unes assises sur les bancs, la plupart agenouillées, comme anéanties dans la prière. Du dehors, la Grotte flamboyait, braisillante de cierges, pareille à une chapelle ardente, sans qu'on pût y distinguer autre chose que cette poussière d'étoiles, d'où émergeait, dans sa niche, la statue de la Vierge, d'une blancheur de rêve. Les verdures tombantes prenaient un éclat d'émeraude, le millier de béquilles qui tapissaient la voûte ressemblaient à un inextricable lacis de bois mort, près de refleurir. Et la nuit était rendue plus noire par un si vif éclat, les alentours se noyaient d'une ombre épaissie, où rien n'était plus, ni les murs, ni les arbres ; tandis que, seule, montait la voix grondante et continue du Gave, sous le grand ciel ténébreux, alourdi d'une pesanteur d'orage.

« Êtes-vous bien, Marie ? demanda doucement Pierre. N'avez-vous pas froid ? »

Elle avait eu un frisson. Mais ce n'était que le petit vent de l'Au-delà, qui lui semblait souffler de la Grotte.

« Non, non, je suis si bien ! Mettez seulement le châle sur mes genoux... Et merci, Pierre, ne vous inquiétez pas de moi, je n'ai plus besoin de personne, puisque me voici avec elle... »

Sa voix défaillait, elle tombait déjà à l'extase, les mains jointes, les yeux levés vers la statue blanche, dans une transfiguration béate de tout son pauvre visage dévasté.

Pierre, pourtant, resta quelques minutes encore. Il aurait voulu l'envelopper dans le châle, car il voyait trembler ses petites mains amaigries. Mais il craignit de la contrarier, il se contenta de la border comme une enfant ; pendant que, les coudes aux deux bords du chariot, à demi soulevée, elle ne le voyait plus.

Un banc était là, et il venait de s'y asseoir, pour se recueillir lui-même, lorsque ses regards tombèrent sur une femme, agenouillée dans l'ombre. Vêtue de noir, elle était si discrète, si effacée, qu'il ne l'avait pas aperçue d'abord, tellement elle se confondait avec les ténèbres. Puis, il devina Mme Maze. L'idée de la lettre qu'elle avait reçue, dans la journée, lui revint. Et elle l'apitoya, il sentit son abandon, à cette solitaire, qui n'avait pas de plaie physique à guérir, qui demandait seulement à la Sainte Vierge de soulager le mal de son cœur, en convertissant son mari infidèle. La lettre devait être quelque réponse dure, car, la face baissée, elle semblait ne plus être, d'une humilité de pauvre créature battue. Elle ne s'oubliait volontiers là que la nuit, si heureuse de se perdre, de pouvoir pendant des heures pleurer, souffrir son martyre, implorer le retour des tendresses disparues, sans que personne soupçonnât son douloureux secret. Ses lèvres ne remuaient même pas, c'était son cœur meurtri qui priait, qui réclamait éperdument sa part d'amour et de bonheur.

Ah ! cette soif inextinguible du bonheur qui les amenait tous là, ces blessés du corps et de l'âme, Pierre la sentait aussi qui lui séchait la gorge, dans l'ardent besoin de se satisfaire ! Il aurait voulu se jeter à genoux, demander l'aide divine, avec la foi humble de cette femme. Mais ses membres étaient comme liés, il ne trouvait pas les paroles nécessaires. Et ce fut un soulagement pour lui, lorsqu'une main le toucha doucement à l'épaule.

« Monsieur l'abbé, venez donc avec moi, si vous ne connaissez pas la Grotte. Je vous y installerai, on y est si bien, à cette heure-ci ! »

Il leva la tête, reconnut le baron Suire, directeur de l'Hospitalité de Notre-Dame-du-Salut. Sans doute, cet homme bienveillant et simple l'avait pris en affection. Il accepta, le suivit dans la Grotte, qui était absolument vide. Même, le baron referma derrière eux la grille, dont il avait une clé.

« Voyez-vous, monsieur l'abbé, c'est l'heure où l'on est vraiment bien. Moi, lorsque je viens passer quelques jours à Lourdes, il est rare que je me couche avant le jour, parce que j'ai l'habitude de finir ici ma nuit... Il n'y a plus personne, on y est tout seul, et, n'est-ce pas ? comme c'est aimable, comme on se sent chez la Sainte Vierge ! »

Il souriait d'un air de bonhomie, il faisait les honneurs de la Grotte, en vieil habitué, un peu affaibli par l'âge, plein d'une véritable tendresse pour ce coin charmant. Du reste, malgré sa grande dévotion, il n'y était point gêné, il y causait, il y donnait des explications, avec la familiarité d'un homme qui se savait l'ami du Ciel.

« Ah ! vous regardez les cierges... Il y en a près de deux cents qui brûlent à la fois, nuit et jour, et cela finit tout de même par chauffer... L'hiver, on a chaud. »

Pierre, en effet, étouffait un peu, dans l'odeur tiède de la cire. Ébloui par la clarté vive où il entrait, il regardait la grande herse centrale, en forme de pyramide, toute hérissée de petits cierges, pareille à un if flamboyant, constellé d'étoiles. Dans le fond, une herse droite, au ras du sol, maintenait les gros cierges, qui s'alignaient, d'inégale hauteur, ainsi que des tuyaux d'orgues, certains de la grosseur de la cuisse. Et d'autres herses encore, semblables à de lourds candélabres, étaient posées çà et là, sur les saillies du rocher. La voûte de la Grotte s'abaissait vers la gauche, la pierre y était comme cuite et noircie par ces éternelles flammes, qui la chauffaient depuis des années. Continuellement, la cire pleuvait en une imperceptible tombée de neige ; les plateaux des herses en ruisselaient, blancs d'une poussière sans cesse épaissie ; toute la roche en était enduite et grasse au toucher ; et le sol surtout s'en trouvait tellement recouvert, que des accidents s'étaient produits, et qu'il avait fallu étaler des sortes de paillassons, pour éviter les chutes.

« Voyez-vous ces gros-là, continuait obligeamment le baron Suire, ce sont les plus chers, on les paie soixante francs et ils mettent un mois à brûler... Les tout petits, qui coûtent cinq sous, ne durent que trois heures... Oh ! nous ne les économisons pas, nous n'en manquons jamais. Tenez ! voici encore deux paniers qu'on n'a pas eu le temps de porter au magasin. »

Ensuite, il détailla le mobilier : un orgue-harmonium, recouvert d'une housse ; un corps de buffet, à larges tiroirs, où l'on serrait les vêtements sacrés ; des bancs et des chaises, réservés au petit public privilégié qu'on admettait là, pendant les cérémonies ; et enfin un très bel autel roulant, recouvert de plaques d'argent gravé, don d'une grande dame, que l'on ne risquait d'ailleurs que pendant les pèlerinages riches, de crainte que l'humidité ne l'abîmât.

Pierre était gêné par ce bavardage d'homme complaisant. Son émotion religieuse y perdait de son charme. En entrant, malgré son manque de foi, il avait éprouvé un trouble, un sorte de vacillement d'âme, comme si le mystère allait lui être révélé. Cela était à la fois anxieux et délicieux. Et il voyait des choses qui le touchaient infiniment, des bouquets en tas déposés aux pieds de la Vierge, des ex-voto enfantins, des petits souliers fanés, un petit corselet de fer, une béquille de poupée, pareille à un joujou. En bas de l'ogive naturelle où l'apparition s'était produite, à l'endroit où les pèlerins frottaient les chapelets et les médailles qu'ils voulaient consacrer, la roche se trouvait usée et polie. Des millions de lèvres ardentes s'étaient posées là, avec une telle force d'amour, que la pierre s'était calcinée, veinée de noir, d'un brillant de marbre.

Mais il s'arrêta, au fond, devant un creux, dans lequel était un amas considérable de lettres, de papiers de toutes sortes.

« Ah ! j'oubliais ! reprit vivement le baron Suire, voici le plus intéressant. Ce sont les lettres que, journellement, des fidèles jettent dans la Grotte, à travers la grille. Nous les ramassons, nous les mettons là ; et, l'hiver, c'est moi qui m'amuse à les trier...

Vous comprenez, on ne peut les brûler sans les ouvrir, car elles contiennent souvent de l'argent, des pièces de dix sous, des pièces de vingt sous, et surtout des timbres-poste. »

Il remuait les lettres, en prenait quelques-unes au hasard, montrait les suscriptions, les décachetait pour les lire. Presque toutes étaient de pauvres lettres d'illettrés, dont les adresses : À Notre-Dame de Lourdes, étalaient de grosses écritures irrégulières. Beaucoup contenaient des demandes ou des remerciements, en phrases incorrectes, d'une terrible orthographe ; et rien n'était plus touchant parfois que la nature de ces demandes, un petit frère à sauver, un procès à gagner, un amant à conserver, un mariage à conclure. D'autres lettres se fâchaient, querellaient la Sainte Vierge, qui n'avait pas eu la politesse de répondre à une première lettre, en comblant les vœux du signataire. Puis, il y en avait d'autres encore, d'écriture plus fine, de phrases soignées, des confessions, des prières brûlantes, des âmes de femme écrivant à la Reine du Ciel ce qu'elles n'osaient dire à un prêtre, dans l'ombre du confessionnal. Enfin, une enveloppe, la dernière ouverte, contenait simplement une photographie : une fillette envoyait son portrait à Notre-Dame de Lourdes, avec cette dédicace : « À ma bonne Mère. » C'était, en somme, chaque jour, le courrier d'une Reine très puissante, qui recevait des suppliques et des confidences, et qui devait répondre en grâces, en bienfaits de toutes sortes. Les pièces de dix sous, les pièces de vingt sous étaient, naïvement, un simple témoignage d'amour, pour la fléchir ; et, quant aux timbres-poste, ils ne devaient être qu'une commodité, facilitant l'envoi d'argent ; à moins qu'ils ne fussent une pure innocence, comme dans la lettre d'une paysanne, qui avait ajouté un post-scriptum, pour dire qu'elle ajoutait un timbre et qu'elle attendait la réponse.

« Je vous assure, conclut le baron, il y en a de très gentilles, de moins bêtes qu'on ne croirait... Pendant trois ans, j'ai trouvé les lettres très intéressantes d'une dame qui ne faisait rien, sans le raconter à la Sainte Vierge. C'était une dame mariée, et elle éprouvait la plus dangereuse passion pour un ami de son mari... Eh bien ! monsieur l'abbé, elle a triomphé, la Sainte Vierge lui a répondu, en lui envoyant l'armure de sa chasteté, la force toute divine de résister à son cœur... »

Il s'interrompit, pour dire :

« Mais venez donc vous asseoir ici, monsieur l'abbé. Vous verrez comme on est bien ! »

Pierre alla se mettre près de lui, sur le banc, à gauche, à l'endroit où le rocher s'abaissait. Il y avait là, en effet, un coin de délicieux repos. Et ni l'un ni l'autre ne parlait plus, un profond silence régnait, lorsqu'il entendit, derrière son dos, un murmure indistinct, une légère voix de cristal, qui semblait venir de l'invisible. Il eut un mouvement, que le baron Suire comprit.

« C'est la source que vous entendez. Elle est dans le sol, derrière ce grillage... Voulez-vous la voir ? »

Et, sans attendre que Pierre acceptât, il s'était déjà baissé, pour ouvrir un des panneaux qui la protégeait, en faisant observer que, si on la fermait ainsi, c'était de crainte que les libres penseurs ne vinssent jeter du poison dedans. Cette imagination extraordinaire stupéfia un instant le prêtre ; mais il finit par la mettre au compte du baron, qui avait en vérité beaucoup d'enfance.

Cependant, celui-ci se battait en vain avec le cadenas à lettres, qui ne voulait pas céder.

« C'est singulier, murmurait-il, le mot est *Rome*, et je suis bien certain qu'on ne l'a pas changé… L'humidité pourrit tout. Nous sommes obligés de remplacer, au bout de deux ans, les béquilles, là-haut, qui tombent en poussière… Apportez-moi donc un cierge. »

Lorsque Pierre l'eut éclairé, avec un cierge, qu'il avait pris à une des herses, il réussit enfin à ouvrir le cadenas de cuivre, mangé de vert-de-gris. Et le panneau grillagé tourna, et la source apparut. C'était, dans une faille de la roche, sur un fond de graviers boueux, une eau lente, qui sortait limpide, sans bouillonnement ; mais elle paraissait venir sur une assez large étendue. Le baron expliquait que, pour la conduire aux fontaines, on l'avait canalisée dans des tuyaux recouverts de ciment. Même il avouait que, derrière les piscines, on avait dû creuser un réservoir, afin d'amasser l'eau pendant la nuit, car le faible débit de la source n'aurait pas suffi aux besoins journaliers.

« Voulez-vous la goûter ? offrit-il brusquement. Elle est encore meilleure, ici, à sa sortie de terre. »

Pierre ne répondait pas, regardait cette eau tranquille, cette eau innocente, qui se moirait de reflets d'or, sous la lumière vacillante du cierge. Des gouttes de cire tombaient, l'animaient d'un frémissement. Et il songeait à tout ce qu'elle apportait de mystère, du flanc lointain des montagnes.

« Buvez-en donc un verre ! »

Le baron avait rempli, en le plongeant, un verre qui se trouvait toujours là ; et le prêtre dut le vider. C'était de la bonne eau pure, de cette eau transparente et fraîche qui ruisselle de tous les hauts plateaux des Pyrénées.

Le cadenas remis, tous deux reprirent leur place sur le banc de chêne. Derrière lui, par moments, Pierre continuait à entendre la source, avec son petit gazouillement d'oiseau caché. Et, maintenant, le baron lui parlait de la Grotte, par toutes les saisons, par tous les temps, dans un bavardage attendri, plein de détails puérils.

L'été, ce n'était que la saison brutale, les foules foraines des grands pèlerinages, la ferveur bruyante des milliers de pèlerins accourus, priant et criant à la fois. Mais, dès l'automne, tombaient les pluies, les pluies diluviennes qui battaient le seuil de la Grotte, pendant de longs jours ; et, alors, venaient les pèlerinages lointains, des Indiens, des Malais, jusqu'à des Chinois, de petites troupes silencieuses et extatiques qui s'agenouillaient dans la boue, sur un signe des missionnaires. En France, de toutes les anciennes provinces, la Bretagne envoyait les pèlerins les plus dévots, des paroisses entières où les hommes étaient aussi nombreux que les femmes, et dont la bonne tenue pieuse, la foi simple et décente étaient faites pour édifier le monde. Puis, c'était l'hiver, décembre avec ses froids terribles, ses épaisses tombées de neige barrant les montagnes. Des familles prenaient alors leurs quartiers au fond des hôtels déserts, des fidèles se rendaient quand même chaque matin à la Grotte, tous les amants du silence, désireux de parler à la Vierge, dans la tendre intimité de la solitude. Il en était ainsi quelques-uns que personne ne connaissait, qui se montraient dès qu'ils étaient les seuls à se prosterner et à aimer, comme des amants jaloux, puis qui repartaient, effarouchés, à la première menace de foule. Et quelle douceur, par un mauvais temps d'hiver ! Par la pluie, par le vent, par la neige, la Grotte gardait son flamboiement. Même, durant les nuits d'enragée tempête, lorsque pas une âme n'était là, elle incendiait les ténèbres vides, elle brûlait comme un brasier d'amour que rien ne pouvait éteindre. Le baron racontait que, pendant les grandes neiges de l'hiver précédent, il y était venu passer des après-midi entiers, à cette place, sur ce banc où il était assis. Il y régnait une chaleur douce, bien qu'elle fût tournée au nord et que jamais le soleil n'y pénétrât. Sans doute la roche continuellement chauffée par les cierges expliquait cette bonne tiédeur ; mais ne pouvait-on croire, en outre, à un bienfait charmant de la Vierge, qui faisait régner là un avril éternel ? Aussi les petits oiseaux ne s'y trompaient pas, tous les pinsons du voisinage, quand la neige glaçait leurs pattes, s'y réfugiaient, voletaient dans le lierre, autour de la statue sainte. Et c'était, enfin, le réveil du printemps, le Gave roulant avec un fracas de tonnerre les neiges fondues, les arbres reverdissant sous la poussée de la sève, tandis que les foules de retour envahissaient bruyamment la Grotte étincelante, dont elles chassaient les petits oiseaux du ciel.

« Oui, oui, répétait le baron Suire, d'une voix ralentie, j'ai passé ici, tout seul, des journées d'hiver adorables... Je ne voyais qu'une femme, qui s'agenouillait là, contre la grille, pour ne pas mettre ses genoux dans la neige. Elle était très jeune, vingt-cinq ans peut-être, et très jolie, une brune avec des yeux bleus magnifiques. Elle ne disait rien, elle ne paraissait même pas prier, elle restait ainsi pendant des heures, d'un air infiniment triste... Je ne sais qui elle était, jamais je ne l'ai revue. »

Il cessa de parler ; et, deux minutes plus tard, comme Pierre le regardait, étonné de son silence, il s'aperçut qu'il s'était endormi. Les mains jointes sur le ventre, le menton contre la poitrine, il dormait avec un vague sourire, d'un bon sommeil d'enfant. Sans doute, quand il disait qu'il passait la nuit là, il voulait dire qu'il venait y faire un premier somme de vieil homme heureux, visité par les anges.

Et Pierre, alors, goûta la charmante solitude. C'était bien vrai, cette douceur qui pénétrait l'âme, dans ce coin de roche. Elle était faite de l'odeur un peu étouffante de la cire, de l'éblouissement d'extase où l'on tombait, au milieu de la splendeur des cierges. Il ne distinguait plus nettement ni les béquilles de la voûte, ni les ex-voto pendus aux parois, ni l'autel d'argent gravé, ni l'orgue-harmonium dans sa housse. Une ivresse lente le prenait, un anéantissement croissant de tout son être. Et il avait surtout la sensation divine d'être loin du monde vivant, au fond de l'incroyable et du surhumain, comme si la simple grille de fer fût devenue la barrière même de l'infini.

Un petit bruit, à la gauche de Pierre, l'inquiéta. C'était la source qui coulait, coulait toujours, avec son gazouillement d'oiseau. Ah ! qu'il aurait voulu tomber à genoux, et croire au miracle, et avoir la certitude têtue que cette eau divine n'avait jailli de la roche que pour la guérison de l'humanité souffrante ! N'était-il pas venu pour se prosterner, pour implorer la Vierge de lui rendre la foi des petits enfants ? Pourquoi donc ne priait-il pas, ne la suppliait-il pas de lui faire le souverain cadeau de la grâce ? Il étouffait davantage, les cierges l'éblouissaient jusqu'au vertige. Et cette pensée le saisit que, depuis deux jours, dans la grande liberté dont les prêtres jouissaient à Lourdes, il avait négligé de dire sa messe. Il était en état de péché, peut-être était-ce ce poids qui lui écrasait le cœur. Cela devint, en lui, une telle souffrance, qu'il dut se lever et s'en aller. Il se contenta de repousser doucement la grille, laissant le baron Suire endormi sur le banc.

Dans son chariot, Marie n'avait pas bougé, soulevée à demi sur les coudes, la face extasiée, levée vers la Vierge.

« Marie, êtes-vous bien ? N'avez-vous pas froid ? »

Elle ne répondit point. Il lui tâta les mains, les trouva tièdes et douces, agitées pourtant d'un petit tremblement.

« Ce n'est pas le froid qui vous fait trembler, n'est-ce pas, Marie ? »

Et elle dit alors, d'une voix légère comme un souffle :

« Non, non ! laissez-moi, je suis si heureuse ! Je vais la voir, je le sens... Ah ! quelles délices ! »

Alors, il remonta un peu le châle, et il s'éloigna, en pleine nuit, saisi d'un trouble inexprimable. Au sortir des clartés vives de la Grotte, c'était une nuit d'encre, un néant de ténèbres, dans lequel il roulait au hasard. Puis, ses yeux s'habituèrent, il se retrouva près du Gave, il en suivit le bord, une allée ombragée de grands arbres, où l'obscurité fraîche recommençait. Cela le soulageait maintenant, cette ombre, cette fraîcheur si calmantes. Et il n'éprouvait plus qu'une surprise, celle de ne s'être pas agenouillé, de n'avoir pas prié, comme Marie priait elle-même, avec tout l'abandon de son âme. Quel était donc l'obstacle en lui ? D'où venait l'irrésistible révolte qui l'empêchait de se laisser glisser à la foi, même lorsque son être surmené, obsédé, souhaitait l'abandon ? Il entendait bien que sa raison seule protestait ; et il se trouvait dans une heure où il aurait voulu la tuer, cette raison vorace qui mangeait sa vie, qui l'empêchait d'être heureux, du bonheur des ignorants et des simples. Peut-être, s'il avait vu un miracle, aurait-il eu la volonté de croire. Par exemple, si Marie s'était levée tout d'un coup et avait marché devant lui, ne se serait-il pas prosterné, vaincu enfin ? Cette image qu'il se faisait de Marie sauvée, de Marie guérie, l'émotionna à un tel point, qu'il s'arrêta, les bras tremblants et levés vers le ciel criblé d'étoiles. Ah ! grand Dieu ! quelle belle nuit profonde et mystérieuse, embaumée et légère, et quelle joie pleuvait, dans cet espoir de l'éternelle santé revenue, de l'éternel amour, renaissant à l'infini, comme le printemps ! Puis, il marcha encore, suivit l'allée jusqu'au bout. Mais ses doutes recommençaient : quand on exige un miracle pour croire, c'est qu'on est incapable de croire. Dieu n'a pas à faire la preuve de son existence. Il était aussi repris de malaise, à la pensée que, tant qu'il n'aurait pas fait son devoir de prêtre, en disant sa messe, Dieu ne l'écouterait point. Pourquoi n'allait-il pas tout de suite à l'église du Rosaire, dont les autels, de minuit à midi, restaient à la disposition des prêtres de passage ? Et il redescendit par une autre allée, se retrouva sous les arbres, dans le coin de feuillages, d'où il avait vu, avec Marie, passer la procession aux flambeaux. Plus une clarté, une mer d'ombre, sans bornes.

Là, Pierre eut une nouvelle défaillance ; et il entra machinalement à l'Abri des pèlerins, comme s'il avait voulu gagner du temps. La porte restait grande ouverte, sans aérer suffisamment la vaste salle, pleine de monde. Dès les premiers pas, il fut frappé au visage par la lourde chaleur des corps entassés, par l'odeur épaisse et gâtée des haleines et des transpirations. Les lanternes fumeuses éclairaient si mal, qu'il dut prendre garde de ne pas marcher sur des membres épars ; car l'encombrement était extraordinaire, beaucoup de gens qui n'avaient pu trouver de place sur les bancs, s'étaient allongés sur les dalles humides, souillées de crachats et de détritus, depuis le matin. Et il y avait là une promiscuité sans nom, des hommes, des femmes, des prêtres, couchés pêle-mêle, roulés au hasard, culbutés dans le coup de fatigue qui les terrassait, la bouche ouverte, anéantis. Un grand nombre ronflaient assis, le dos à la muraille, la tête ballante sur la poitrine. D'autres étaient tombés, les jambes se mêlaient, une jeune fille gisait en travers d'un vieux curé de campagne, dont le calme sommeil d'enfant riait aux anges. C'était l'étable, les pauvres de la route entrés et fêtant le logis de hasard, tous ceux qui n'avaient pas de chez eux, par ce beau soir de fête, et qui étaient venus s'échouer là, fraternellement endormis aux bras les uns des autres. Quelques-uns pourtant ne trouvaient pas de repos, dans l'excitation de leur fièvre, se retournaient, se relevaient pour achever les provisions de leur panier. On en apercevait d'immobiles, les yeux grands ouverts, fixés sur l'ombre. Parmi les ronflements, des cris de rêve, des plaintes de souffrance éclataient. Et une grande pitié, une sourde pitié d'angoisse montait de ce troupeau de misérables, écroulés en tas, dans le dégoût de leurs guenilles, tandis que, sans doute, leurs petites âmes blanches voyageaient ailleurs, au pays bleu de leur rêve mystique.

Pierre se retirait, le cœur soulevé, lorsqu'un gémissement faible et continu l'arrêta. Il avait reconnu, à la même place, dans la même position, Mme Vincent, qui berçait la petite Rose sur ses genoux.

« Ah ! monsieur l'abbé, murmura-t-elle, vous entendez, elle s'est réveillée voici bientôt une heure, et depuis ce moment elle crie… Je vous jure bien pourtant que je n'ai pas remué un doigt, tant ça me rendait heureuse de la regarder dormir. »

Le prêtre s'était penché, examinant la petite, qui n'avait pas même la force de rouvrir les paupières. Sa plainte sortait de sa bouche comme son souffle même ; et elle était si blanche, qu'il frémit, car il sentit venir la mort.

« Mon Dieu ! qu'est-ce que je vais faire ? continua la mère martyrisée, à bout de force. Ça ne peut pas continuer comme ça, je ne peux plus l'entendre crier… Si vous saviez tout ce que je lui dis : “Mon bijou, mon trésor, mon ange, je t'en supplie, ne crie plus, sois mignonne, la Sainte Vierge va te guérir !” Et elle crie toujours… »

Elle sanglotait, ses grosses larmes tombaient sur le visage de l'enfant, dont le râle ne cessait pas.

« S'il faisait jour, je serais déjà partie de cette salle, d'autant plus qu'elle incommode le monde. Il y a là une vieille dame qui s'est déjà fâchée… Mais j'ai peur qu'il ne fasse froid ; et puis, où aller, dans la nuit ?… Ah ! Sainte Vierge, Sainte Vierge, prenez pitié de nous ! »

Pierre, gagné par les larmes, mit un baiser sur les petits cheveux blonds de Rose ; et il se sauva, pour ne pas éclater en sanglots avec cette mère douloureuse, et il se rendit droit au Rosaire, comme décidé à vaincre la mort.

Il avait déjà vu le Rosaire au plein jour, et elle lui avait déplu, cette église que l'architecte, gêné par l'emplacement, acculé au roc, avait dû faire ronde et trop basse, avec sa grande coupole soutenue par des piliers carrés. Le pis était que, malgré son style byzantin archaïque, elle manquait de sentiment religieux, sans mystère ni recueillement aucun, pareille à une halle au blé toute neuve, que la coupole et les larges portes vitrées éclairaient d'un jour cru. Elle n'était point finie d'ailleurs, l'ornementation manquait, les pans de mur nu où s'adossaient les autels n'avaient d'autre décoration que des roses en papier de couleur et de maigres ex-voto ; et cela achevait de lui donner un air de vaste salle de passage, au sol dallé, qui, par les temps de pluie, se trempait, comme le carreau d'une salle de chemin de fer. Le maître-autel provisoire était en bois peint. Des rangées de bancs, innombrables, emplissaient la rotonde centrale, des bancs de refuge public, où l'on pouvait venir s'asseoir à toute heure, car nuit et jour le Rosaire restait grand ouvert à la foule des pèlerins. De même que l'abri, c'était l'étable, où Dieu recevait ses pauvres.

Et Pierre, en entrant, retrouva cette sensation de halle commune que la rue traverse. Mais le jour trop vif n'inondait plus les murs blafards, les cierges qui brûlaient sur tous les autels étoilaient seulement les ombres vagues, endormies sous les voûtes. Il y avait eu, à minuit, une grand-messe solennelle, célébrée avec une pompe extraordinaire, dans l'éclat des lumières, des chants, des vêtements d'or, des encensoirs balancés et fumants ; et, de ce flamboiement glorieux, il n'était resté, à chacun des quinze autels du pourtour, que les cierges réglementaires, nécessaires à la célébration des messes. Dès minuit, les messes commençaient, ne cessaient plus jusqu'à midi. Rien qu'au Rosaire, il s'en disait près de quatre cents, pendant ces douze heures. Pour Lourdes entier, où l'on comptait une cinquantaine d'autels, le nombre des messes dites montait à plus de deux mille par jour. Et l'affluence des prêtres était si grande, que beaucoup remplissaient difficilement leur devoir, devaient faire queue durant des heures, avant de trouver un autel libre. Cette nuit-là, ce qui étonna Pierre, ce fut de voir, dans les demi-ténèbres, les autels assiégés, des files de prêtres qui attendaient patiemment leur tour, en bas des marches, pendant que l'officiant dépêchait les phrases latines, avec de grands signes de croix ; et la fatigue était si écrasante, que la plupart s'asseyaient par terre, que certains s'endormaient sur les marches, en tas et vaincus, comptant que le bedeau les réveillerait.

Un instant, il se promena, indécis. Allait-il attendre comme les autres ? Mais le spectacle le retenait. À tous les autels, à toutes les messes, un flot de pèlerins se pressaient, communiaient en hâte, avec une sorte de ferveur vorace. Les ciboires se remplissaient, se vidaient sans cesse, les mains des prêtres se fatiguaient à distribuer le pain de vie ; et il s'étonnait de nouveau, jamais il n'avait vu un coin de terre arrosé à ce point du sang divin, et d'où la foi s'exhalât en un tel envolement des âmes. C'était comme un retour aux temps héroïques de l'Église, lorsque les peuples s'agenouillaient sous le même vent de crédulité, dans l'épouvante de leur ignorance, qui s'en remettait, pour leur bonheur, aux mains du Dieu tout-puissant. Il pouvait se croire transporté à huit ou neuf siècles en arrière, aux époques de grande dévotion publique, quand on pensait la fin du monde prochaine. La foule des simples, toute la cohue qui avait assisté à la grand-messe, était restée sur les bancs, à l'aise chez Dieu comme chez elle. Beaucoup n'avaient pas d'asile. L'église n'était-elle pas leur maison, le refuge où jour et nuit la consolation les attendait ? Ceux qui ne savaient où coucher, qui n'avaient même pas trouvé une place à l'Abri, entraient au Rosaire, finissaient par se caser sur un banc, ou bien s'allongeaient sur les dalles. Et d'autres, que leur lit attendait, s'oubliaient pour la joie de passer une nuit entière dans ce logis céleste, si pleine de beaux rêves. Jusqu'au jour, l'amas, la promiscuité étaient extraordinaires : toutes les rangées de bancs garnies, des dormeurs épars dans tous les coins, derrière tous les piliers ; des hommes, des femmes, des enfants, adossés les uns aux autres, la tête tombée sur l'épaule du voisin, mêlant leurs haleines, avec une tranquille inconscience ; la débâcle d'une sainte assistance que le sommeil a foudroyée, une église transformée en une hospitalité de hasard, la porte grande ouverte à la belle nuit d'août, laissant pénétrer tous les passants des ténèbres, les bons et les mauvais, les las et les perdus. Et, de partout, à chacun des quinze autels, les sonnettes de l'élévation tintaient sans relâche ; et, du pêle-mêle des dormeurs, à chaque instant, se levaient des bandes de fidèles qui allaient communier, puis qui revenaient se perdre parmi le troupeau sans nom et sans gardien, roulé dans la demi-obscurité comme dans la décence d'un voile.

Pierre continuait à errer, d'un air d'indécision inquiète, au travers de ces groupes vagues, lorsqu'un vieux prêtre, assis sur la marche d'un autel, l'appela d'un signe. Depuis deux heures, il attendait là, et à l'instant où son tour venait enfin, il se sentait pris d'une faiblesse telle, que, par crainte de ne pouvoir achever sa messe, il préférait céder sa place. Sans doute la vue de Pierre perdu, torturé dans l'ombre, l'avait touché. Il lui indiqua la sacristie, attendit encore jusqu'à ce qu'il revînt avec la chasuble et le calice, puis s'endormit profondément sur un des bancs voisins. Pierre alors dit sa messe, comme il la disait à Paris, en honnête homme qui remplit son devoir professionnel. Il gardait l'apparence extérieure d'une foi sincère. Mais rien ne le toucha, ne lui fondit le cœur, de ce qu'il croyait pouvoir attendre des deux jours de fièvre qu'il venait de passer, du milieu extraordinaire et bouleversant où il vivait depuis la veille. Il espérait, au moment de la communion, lorsque le divin mystère s'accomplit, qu'une grande commotion allait le terrasser, qu'il serait baigné de la grâce, devant le Ciel ouvert, face à face avec Dieu ; et rien ne se produisit, son cœur glacé ne battit même pas, il prononça jusqu'au bout les paroles habituelles, fit les gestes réglementaires, avec la correction machinale du métier. Malgré son effort de ferveur, une seule idée revenait, obstinée, celle que la sacristie était bien trop petite, pour un nombre si énorme de messes. Comment les sacristains pouvaient-ils arriver à fournir les vêtements sacrés et les linges ? Cela le confondait, occupait son esprit avec une persistance imbécile.

Puis, étonné, Pierre se retrouva dehors. De nouveau, il marcha dans la nuit, une nuit qui lui parut plus noire, plus muette, d'un vide immense. La ville était morte, pas une lumière ne luisait. Il ne restait que le grondement du Gave, que ses oreilles accoutumées cessaient d'entendre. Et, tout d'un coup, la Grotte flamba devant lui, incendia les ténèbres de son perpétuel brasier, brûlant tel qu'un amour inextinguible. Il y était revenu inconsciemment, ramené sans doute par la pensée de Marie. Trois heures allaient sonner, les bancs se vidaient, il n'y avait plus là qu'une vingtaine de personnes, des formes noires et perdues, des agenouillements vagues, des extases ensommeillées, tombées à un engourdissement divin. On aurait dit que la nuit, en s'avançant, eût épaissi les ombres, reculé la Grotte dans un lointain de rêve. Tout sombrait au fond d'une lassitude délicieuse, il ne venait plus que du sommeil de l'immense campagne obscure ; tandis que la voix des eaux invisibles était comme le souffle même de ce pur sommeil, où souriait la Sainte Vierge toute blanche, auréolée de cierges. Et, parmi les quelques femmes évanouies, Mme Maze était toujours à genoux, les mains jointes, la tête basse, si effacée, qu'elle paraissait fondue dans son ardente supplication.

Mais, tout de suite, Pierre s'était approché de Marie. Il grelottait, il s'imaginait qu'elle devait être glacée, à l'approche du matin.

« Je vous en conjure, Marie, couvrez-vous ! Voulez-vous donc souffrir davantage ? »

Et il remonta le châle qui avait glissé, il s'efforça de le lui nouer au menton.

« Vous avez froid, Marie. Vos mains sont glacées. »

Elle ne répondait pas, elle avait la même attitude que deux heures plus tôt, lorsqu'il s'en était allé. Les coudes appuyés aux bords du chariot, elle se soulevait à demi, dans le même élan vers la Sainte Vierge, la face transfigurée, rayonnante d'une joie céleste. Ses lèvres remuaient, sans qu'il en sortît aucun son. Peut-être continuait-elle un entretien mystérieux, au pays de l'enchantement, dans le songe tout éveillé qu'elle faisait, depuis qu'elle se trouvait là. Et il lui parla encore, et elle ne lui répondit toujours pas. Puis, d'elle-même, elle murmura enfin, d'une voix lointaine :

« Oh ! Pierre, que je suis heureuse !... Je l'ai vue, je l'ai priée pour vous, et elle m'a souri, elle m'a fait un petit signe de la tête, pour me dire qu'elle m'entendait et qu'elle m'exauçait... Et elle ne m'a pas parlé, Pierre, mais j'ai compris ce qu'elle me disait. C'est aujourd'hui, à quatre heures du soir, que je serai guérie, lorsque le saint sacrement passera. »

Il l'écoutait, bouleversé. Avait-elle dormi, les yeux ouverts ? N'était-ce pas en rêve qu'elle avait vu la Sainte Vierge de marbre incliner la tête et sourire ? Il fut pris d'un grand frisson, à cette pensée que cette pure enfant avait prié pour lui. Et il marcha jusqu'à la grille, il tomba sur les deux genoux, en bégayant : « O Marie ! O Marie ! » sans savoir si ce cri de son cœur s'adressait à la Vierge ou à l'amie adorée de son enfance. Puis, il resta là, anéanti, attendant la grâce.

Des minutes interminables s'écoulèrent. Cette fois, c'était l'effort surhumain, l'attente du miracle qu'il était venu chercher pour lui-même, la brusque révélation, le coup de foudre emportant son doute, le rendant à la foi des simples, rajeuni et triomphant. Il s'abandonnait, il aurait voulu qu'une force souveraine ravageât son être et le transformât. Mais, comme tout à l'heure, pendant sa messe, il n'entendait en lui qu'un silence sans bornes, il ne sentait qu'un vide sans fond. Rien n'intervenait, son cœur désespéré semblait cesser de battre. Et il avait beau s'efforcer de prier, de fixer éperdument sa pensée sur cette Vierge puissante, si douce aux pauvres hommes : malgré tout, sa pensée s'échappait, était reconquise par le monde extérieur, s'occupait de détails puérils. De l'autre côté de la grille, dans la Grotte, il venait de revoir le baron Suire endormi, continuant son heureux somme, les mains jointes sur le ventre. D'autres choses encore l'intéressaient, les bouquets aux pieds de la Vierge, les lettres jetées là, comme à la poste du Ciel, la délicate dentelle de cire qui demeurait debout autour de la flamme des gros cierges et qui l'entourait, pareille à une riche orfèvrerie d'argent découpé. Ensuite, sans lien apparent, il rêva à son enfance, la figure de son frère Guillaume s'évoqua, très distincte. Depuis la mort de leur mère, il ne l'avait pas revu. Il savait seulement qu'il vivait très à l'écart, s'occupant de science au fond de la petite maison où il s'était comme cloîtré, avec une maîtresse et deux grands chiens ; et il n'aurait plus eu de ses nouvelles, s'il n'avait lu dernièrement son nom dans un journal, à propos d'un attentat révolutionnaire. On le disait pris passionnément par des études sur les matières explosibles, fréquentant les chefs des partis les plus avancés. Pourquoi donc lui apparaissait-il ainsi, dans ce lieu d'extase, au milieu de la lumière mystique des cierges, et tel qu'il l'avait connu autrefois, si bon, si tendre frère, avec une révolte de charité pour toutes les souffrances ? Il en fut hanté un instant, plein du regret douloureux de cette bonne fraternité perdue. Puis, sans transition encore, il eut un retour sur lui-même, il comprit qu'il s'entêterait là pendant des heures, sans que la foi revînt. Pourtant, il sentait une sorte de tremblement monter en lui, un dernier espoir, l'idée que, si la Sainte Vierge faisait le grand miracle de guérir Marie, il croirait sans doute. C'était comme un dernier délai qu'il se donnait, un rendez-vous avec la foi, le jour même, à quatre heures du soir, lorsque passerait le saint sacrement, ainsi qu'elle l'avait dit. Tout de suite, son angoisse cessa, il resta agenouillé, brisé de fatigue, envahi d'une somnolence invincible.

Les heures passaient, la Grotte projetait toujours dans la nuit son resplendissement de chapelle ardente, dont le reflet allait, jusque sur les coteaux voisins, blanchir les façades des couvents. Mais Pierre la vit pâlir peu à peu, et il s'étonna, s'éveilla, avec un petit frisson glacé : c'était le jour qui naissait, dans un ciel trouble, brouillé de grands nuages livides. Il comprit qu'un de ces orages, si brusques dans les pays de montagnes, montait rapidement du midi. Déjà, la foudre lointaine grondait, tandis que des souffles de vent balayaient les routes. Peut-être lui aussi avait-il dormi, car il ne retrouva plus le baron Suire, qu'il ne se souvenait pas d'avoir vu s'éloigner. Il restait à peine dix personnes devant la Grotte, parmi lesquelles il reconnut encore Mme Maze, la face entre les mains. Mais, quand elle remarqua qu'il faisait grand jour et qu'on la voyait, elle se leva, disparut par l'étroit sentier qui conduisait au couvent des sœurs Bleues.

Inquiet, Pierre vint dire à Marie qu'il ne fallait pas rester là davantage, si elle ne voulait pas courir le risque d'être trempée.

« Je vais vous reconduire à l'hôpital. »

Elle refusa, elle supplia.

« Non, non ! j'attends la messe, j'ai promis de communier ici... Ne vous inquiétez pas de moi, rentrez vite à l'hôtel vous coucher, je vous en conjure. Vous savez bien que des voitures fermées viennent chercher les malades, quand il pleut. »

Dès lors, elle s'obstina, pendant que lui-même répétait qu'il ne voulait pas se coucher. Une messe, en effet, était dite de très grand matin, à la Grotte, où c'était une joie divine, pour les pèlerins, que de pouvoir ainsi communier, après une longue nuit d'extase, dans la gloire du soleil levant. Et, comme de larges gouttes commençaient à tomber, un prêtre parut en chasuble, accompagné de deux clercs, dont l'un tenait au-dessus de l'officiant, afin de protéger le calice, un parapluie de soie blanche, brodé d'or, grand ouvert.

Pierre, qui avait poussé le chariot contre la grille, pour abriter Marie sous l'auvent de la roche, où s'étaient également réfugiés les quelques assistants, venait de regarder la jeune fille recevoir l'hostie avec une ferveur brûlante, lorsque son attention fut attirée par un spectacle pitoyable, dont son cœur resta bouleversé.

Sous la pluie diluvienne, dure et lourde, il venait d'apercevoir Mme Vincent, les deux bras tendus, offrant à la Sainte Vierge sa petite Rose, dont elle portait toujours le cher et douloureux fardeau. N'ayant pu rester à l'Abri, où des réclamations s'élevaient contre le continuel gémissement de la fillette, elle l'avait emportée dans la nuit noire, elle avait battu les ténèbres pendant plus de deux heures, éperdue, folle, avec cette triste chair de sa chair qu'elle serrait sur sa poitrine, sans pouvoir la soulager. Elle ignorait quelle route elle avait suivie, sous quels arbres elle s'était égarée, toute à sa révolte contre l'injuste souffrance qui frappait si durement un petit être si faible, si pur, incapable encore d'avoir péché. N'était-ce pas une abomination, ces tenailles de la maladie torturant sans relâche, depuis des semaines, ce pauvre être, dont elle ne savait comment apaiser le cri ? Elle la promenait, la berçait au travers des chemins, d'une course furieuse, dans l'espoir entêté qu'elle finirait par l'endormir, qu'elle ferait taire ce cri qui lui arrachait le cœur. Et, brusquement, exténuée, agonisant de l'agonie de sa fille, elle venait de déboucher devant la Grotte, aux pieds de la Vierge du miracle, qui pardonnait et guérissait.

« O Vierge, Mère admirable, guérissez-la !... O Vierge, Mère de la divine grâce, guérissez-la ! »

Elle était tombée à genoux, elle tendait toujours sa fille expirante sur ses deux bras frémissants, dans une exaltation de désir et d'espérance, qui la soulevait toute. Et la pluie, qu'elle ne sentait pas sur ses talons, battait derrière elle, d'un roulement de torrent débordé ; tandis que de violents coups de tonnerre ébranlaient les montagnes. Un moment, elle crut qu'elle était exaucée, Rose venait d'avoir une légère secousse, comme visitée par l'archange, les yeux ouverts, la bouche ouverte, toute blanche ; et elle avait eu un dernier petit souffle, elle ne criait plus.

« O Vierge, Mère du Sauveur, guérissez-la !... O Vierge, Mère toute-puissante, guérissez-la ! »

Mais elle sentit son enfant plus légère encore sur ses bras tendus. Et, maintenant, elle s'effrayait de ne plus l'entendre se plaindre, de la voir si blanche, avec ses yeux ouverts, sa bouche ouverte, sans un souffle. Pourquoi ne souriait-elle pas, si elle était guérie ? Tout d'un coup, il y eut un grand cri déchirant, le cri de la mère, dominant la foudre, dans l'orage qui redoublait. Sa fille était morte. Et elle se leva toute droite, elle tourna le dos à cette Vierge sourde, qui laissait mourir les enfants ; et elle repartit comme une folle, sous l'averse battante, allant devant elle sans savoir où, emportant et berçant toujours le pauvre petit corps, qu'elle gardait sur les bras depuis tant de jours et tant de nuits. Le tonnerre tomba, dut fendre un des arbres voisins, d'un coup de cognée géant, dans un grand craquement de branches tordues et brisées.

Pierre s'était élancé à la suite de Mme Vincent, pour la guider et la secourir. Mais il ne put la suivre, il la perdit tout de suite derrière le rideau trouble de la pluie ; et, quand il revint, la messe s'achevait, l'eau tombait moins violemment, l'officiant finit par s'en aller sous le parapluie de soie blanche, brodé d'or ; pendant qu'une sorte d'omnibus attendait les quelques malades, pour les reconduire à l'hôpital.

Marie serra les deux mains de Pierre.

« Oh ! que je suis heureuse !... Ne venez pas me chercher avant trois heures, cet après-midi. »

Resté seul, sous la pluie qui continuait plus fine et entêtée, Pierre entra dans la Grotte, alla s'asseoir sur le banc, près de la source. Il ne voulait pas se coucher, le sommeil l'inquiétait, malgré sa lassitude, dans la surexcitation nerveuse où il était depuis la veille. La mort de la petite Rose venait encore de l'enfiévrer davantage, il ne pouvait chasser l'idée de cette mère crucifiée, errant par les chemins boueux, avec le corps de son enfant. Quelles étaient donc les raisons qui décidaient la Vierge ? Cela le stupéfiait qu'elle pût choisir, il aurait voulu savoir comment son cœur de Mère divine pouvait se résoudre à ne guérir que dix malades sur cent, ce dix pour cent de miracles dont le docteur Bonamy avait établi la statistique. Lui, déjà, la veille, s'était demandé, s'il avait eu le pouvoir d'en sauver dix, lesquels il aurait élus. Pouvoir terrible, choix redoutable, dont il ne se serait pas senti le courage ! Pourquoi celui-ci, pourquoi pas celui-là ? Où était la justice, où était la bonté ? Être la puissance infinie et les guérir tous, n'était-ce pas le cri qui sortait des cœurs ? Et la Vierge lui apparaissait cruelle, mal renseignée, aussi dure et indifférente que l'impassible nature, distribuant la vie et la mort comme au hasard, selon des lois ignorées de l'homme.

La pluie cessait, Pierre était là depuis deux heures, lorsqu'il se sentit les pieds mouillés. Il regarda, il fut très surpris : c'était la source qui débordait, à travers les grillages des panneaux. Déjà, le sol de la Grotte se trouvait inondé, une nappe coulait au-dehors, sous les bancs, jusqu'au parapet du Gave. Les derniers orages avaient gonflé les eaux d'alentour. Et il songeait que la source, toute miraculeuse qu'elle fût, était soumise aux lois des autres sources, car elle communiquait sûrement avec des réservoirs naturels, où les eaux de pluie pénétraient et s'amassaient. Il s'en alla, pour ne pas avoir les chevilles trempées.

V

Pierre marcha, dans un besoin d'air pur, la tête si lourde, qu'il s'était découvert, pour rafraîchir son front brûlant. Malgré la fatigue de cette terrible nuit de veille, il ne songeait point à dormir, tenu debout par la révolte de tout son être, qui ne se calmait pas. Huit heures sonnaient, et il allait au hasard sous le glorieux soleil matinal, resplendissant dans un ciel sans tache, que l'orage semblait avoir lavé des poussières du dimanche.

Mais, brusquement, il leva la tête, avec l'inquiétude de savoir où il était ; et il s'étonna, car il avait fait déjà du chemin, il se trouvait en bas de la gare, près de l'hospice municipal. Il hésitait, à la bifurcation de deux routes, ne sachant laquelle prendre, lorsqu'une main amie se posa sur son épaule.

« Où donc allez-vous, à cette heure ? »

C'était le docteur Chassaigne, redressant sa haute taille, serré dans sa redingote, tout vêtu de noir.

« Êtes-vous donc perdu, avez-vous besoin de quelque renseignement ?

– Non, non, merci, répondit Pierre troublé. J'ai passé la nuit à la Grotte, avec cette jeune malade qui m'est chère, et je me suis senti le cœur brouillé d'un tel malaise, que je me promène pour me remettre, avant de rentrer me coucher un instant à l'hôtel. »

Le docteur continuait à le regarder, lisait clairement en lui son affreuse lutte, son désespoir de ne pouvoir s'endormir dans la foi, toute la souffrance de son effort inutile.

« Ah ! mon pauvre enfant ! » murmura-t-il.

Puis, paternellement :

« Eh bien ! puisque vous vous promenez, voulez-vous que nous nous promenions ensemble ? Je descendais justement de ce côté, au bord du Gave... Venez donc, et vous verrez, au retour, quel horizon merveilleux ! »

Lui, chaque matin, marchait ainsi pendant deux heures, toujours seul, fatiguant son deuil. Il allait d'abord, dès son lever, s'agenouiller au cimetière sur la tombe de sa femme et de sa fille, qu'il garnissait de fleurs, en toutes saisons. Et il battait ensuite les chemins, emportait ses larmes, ne rentrait déjeuner que brisé de fatigue.

D'un geste, Pierre avait accepté. Tous deux descendirent la route en pente, côte à côte, sans une parole. Longtemps, ils se turent. Ce matin-là, le docteur paraissait plus accablé que de coutume, comme si la causerie avec ses chères mortes lui eût fait saigner le cœur davantage. Dans son visage pâle, encadré de cheveux blancs, son nez d'aigle s'abaissait, tandis que des larmes noyaient encore ses yeux. Et il faisait si bon, si doux, au grand soleil, par cette admirable matinée ! Maintenant, la route suivait le bord du Gave, sur la rive droite, de l'autre côté de la ville nouvelle. On apercevait les jardins, les rampes, la Basilique. Puis, ce fut la Grotte qui apparut, en face, avec le braisillement continu de ses cierges, que le grand jour pâlissait.

Le docteur Chassaigne, qui avait tourné la tête, fit un signe de croix. Pierre ne comprit pas d'abord. Puis, quand il eut vu la Grotte à son tour, il regarda avec surprise son vieil ami, il retomba à son étonnement de l'avant-veille, devant cet homme de science, athée et matérialiste, que la douleur avait foudroyé et qui croyait à présent, pour l'unique joie de revoir dans une autre vie ses chères mortes tant pleurées. Le cœur avait emporté la raison, l'homme vieux et seul ne vivait plus que de l'illusion de revivre, au paradis, où l'on se retrouve. Et le malaise du jeune prêtre en fut accru. Devrait-il donc attendre de vieillir et d'endurer une souffrance égale, pour trouver enfin un refuge dans la foi ?

Ils continuèrent à marcher, à s'éloigner de la ville, le long du Gave. Ils étaient comme bercés par ces eaux claires, roulant sur des cailloux, entre des berges plantées d'arbres. Et ils se taisaient toujours, allant d'un pas égal, perdu chacun dans sa tristesse.

« Et Bernadette, demanda tout d'un coup Pierre, l'avez-vous connue ? »

Le docteur leva le front.

« Bernadette... Oui, oui, je l'ai vue une fois, plus tard. »

Il retomba un instant dans son silence, puis il causa.

« Vous comprenez, en 1858, au moment des apparitions, j'avais trente ans, j'étais à Paris, jeune médecin, ennemi de tout surnaturel, et je ne songeais guère à revenir dans mes montagnes, pour voir une hallucinée... Mais, cinq ou six ans plus tard, vers 1864, j'ai passé par ici, et j'ai eu la curiosité de rendre une visite à Bernadette, qui était encore à l'hospice, chez les sœurs de Nevers. »

Pierre se rappela que son désir de compléter son enquête sur Bernadette, était une des raisons de son voyage à Lourdes. Et qui savait si la grâce ne lui viendrait pas de l'humble et adorable fille, le jour où il serait convaincu de la mission de pardon divin qu'elle avait remplie sur la terre ? Il lui suffirait peut-être de la mieux connaître, de se persuader qu'elle était bien la sainte et l'élue.

« Parlez-moi d'elle, je vous en prie. Dites-moi tout ce que vous savez. »

Un faible sourire monta aux lèvres du docteur. Il comprenait, il aurait voulu calmer cette âme de prêtre, torturée par le doute.

« Oh ! bien volontiers, mon pauvre enfant. Je serais si heureux de vous aider à faire la lumière en vous !... Vous avez raison d'aimer Bernadette, cela peut vous sauver ; car j'ai réfléchi, depuis ces choses déjà anciennes, et je déclare que je n'ai jamais rencontré de créature si bonne et si charmante. »

Alors, au rythme lent de leur marche, par la belle route ensoleillée, et dans la fraîcheur exquise du matin, le docteur conta sa visite à Bernadette, en 1864. Elle venait d'avoir vingt ans, il y avait six ans déjà que les apparitions s'étaient produites ; et elle le surprit par son air simple et raisonnable, sa modestie parfaite. Les sœurs de Nevers, qui lui avaient appris à lire, la gardaient avec elles à l'hospice, pour la défendre contre la curiosité publique. Elle s'y occupait, les aidait dans des besognes infimes, était d'ailleurs si souvent malade, qu'elle passait des semaines au lit. Ce qui le frappa surtout en elle, ce furent ses yeux admirables, d'une pureté d'enfance, ingénus et francs. Le reste du visage s'était un peu gâté, le teint se brouillait, les traits avaient grossi ; et, à la voir, elle n'était guère qu'une fille de service comme les autres, petite, effacée et chétive. Sa dévotion restait vive, mais elle ne lui avait pas paru l'extatique, l'exaltée qu'on aurait pu croire ; au contraire, elle montrait plutôt un esprit positif, sans envolée aucune, ayant toujours à la main un petit travail, un tricot, une broderie. En un mot, elle était dans la voie commune, elle ne ressemblait en rien aux grandes passionnées du Christ. Jamais plus elle n'avait eu de visions, et jamais, d'elle-même, elle ne causait des dix-huit apparitions, qui avaient décidé de sa vie. Il fallait qu'on l'interrogeât, qu'on lui posât une question précise. Brièvement, elle répondait, tâchait ensuite de rompre l'entretien, n'aimant pas à parler de ces choses. Lorsqu'on voulait pousser plus avant, qu'on lui demandait la nature des trois secrets dont elle avait reçu la divine confidence, elle se taisait, détournait les yeux. Et il était impossible de la mettre en contradiction avec elle-même, toujours les détails qu'elle donnait demeuraient conformes à sa version première, elle semblait en être venue à répéter strictement les mêmes mots, avec les mêmes sons de voix.

« Je l'ai tenue pendant tout un après-midi, continua le docteur, et elle n'a pas varié d'une syllabe. C'était déconcertant... Je jure bien qu'elle ne mentait pas, qu'elle n'a jamais menti, incapable de mensonge. »

Pierre osa discuter.

« Mais, docteur, ne croyez-vous pas à une maladie possible de la volonté ? N'est-il pas acquis, aujourd'hui, que certaines dégénérées, les enfantines, frappées d'un rêve, d'une hallucination, d'une imagination quelconque, ne peuvent s'en dégager, surtout lorsqu'elles sont maintenues dans le milieu où le phénomène s'est produit ?... Bernadette cloîtrée, Bernadette ne vivant qu'avec son idée fixe, s'y entêtait naturellement. »

Le docteur retrouva son faible sourire, et avec un grand geste vague :

« Ah ! mon enfant, vous m'en demandez trop long ! Vous savez que je ne suis plus qu'un pauvre vieil homme, très peu fier de sa science, et qui n'a plus la prétention de rien expliquer... Oui, je connais le fameux exemple de clinique, la jeune fille qui se laissait mourir de faim chez ses parents, en se croyant atteinte d'une grave maladie de l'estomac, et qui mangea, lorsqu'on l'eut déplacée... Seulement, que voulez-vous ? ce n'est qu'un fait, et il y a tant d'autres faits contradictoires ! »

Un instant, ils se turent. On n'entendait, sur la route, que le bruit cadencé de leurs pas. Puis, le docteur reprit :

« D'ailleurs, il est bien vrai que Bernadette fuyait le monde, n'était heureuse que dans son petit coin de solitude. On ne lui a jamais connu une amie intime, une tendresse humaine particulière. Elle était également douce et bonne envers tous, ne montrait d'affection vive que pour les enfants... Et, comme le médecin, quand même, n'est pas mort complètement en moi, vous avouerai-je que je me suis parfois inquiété de savoir si elle était restée vierge d'esprit, ainsi qu'elle l'a été sûrement de corps ? C'est fort possible, car remarquez qu'elle était d'un tempérament lent et chétif, malade presque toujours ; sans parler du milieu innocent où elle a grandi, Bartrès d'abord, le couvent ensuite. Pourtant, un doute m'est venu, lorsque j'ai appris le tendre intérêt qu'elle portait à l'orphelinat, bâti par les sœurs de Nevers sur cette route même. On y reçoit les petites filles pauvres, on les y sauve des périls de la rue. Et, si elle le voulait très grand, pouvant contenir toutes les brebis en danger, n'était-ce pas qu'elle se souvenait d'avoir battu les chemins pieds nus, tremblante encore à l'idée de ce qu'elle aurait pu devenir, sans le secours de la Sainte Vierge ? »

Il continua, il dit les foules accourues, qui venaient contempler et vénérer Bernadette. C'était, pour elle, une fatigue considérable. Pas une journée ne se passait sans qu'un flot de visiteurs se présentât. Il en débarquait de tous les points de la France, de l'étranger même ; et il fallait bien écarter les simples curieux, on n'admettait près d'elle que les vrais fidèles, les membres du clergé, les gens de marque, qu'on ne pouvait décemment laisser à la porte. Une religieuse était toujours présente, pour la protéger contre les indiscrétions trop vives, car les questions pleuvaient, on l'épuisait à lui faire raconter son histoire. Des grandes dames se jetaient à genoux, baisaient sa robe, auraient voulu en emporter un lambeau, comme une relique. Elle devait défendre son chapelet, que toutes, exaltées, la suppliaient de leur vendre, très cher. Une marquise tenta de le conquérir, en lui en donnant un autre qu'elle avait apporté, à la croix d'or, aux grains de perles fines. Beaucoup espéraient qu'elle consentirait à faire devant elles un miracle ; et on lui amenait des enfants à toucher, on la consultait sur des maladies, on tâchait d'acheter son influence certaine sur la Sainte Vierge. De grosses sommes lui furent offertes, on l'aurait comblée de présents royaux, au moindre signe, si elle avait témoigné le désir d'être une reine, ornée de pierreries et couronnée d'or. Les humbles restaient à genoux sur le seuil, les grands de la terre se pressaient à son entour, se seraient fait gloire de lui servir d'escorte. Même on raconta qu'il y en eut un, le plus beau et le plus riche des princes, qui vint, par un clair soleil d'avril, la demander en mariage.

« Mais, interrompit Pierre, ce qui m'a toujours frappé et déplu, c'est ce départ de Lourdes, à vingt-deux ans, c'est cette disparition brusque, cet emprisonnement dans le couvent de Saint-Gildard, à Nevers, d'où elle n'est jamais ressortie… Cela ne donnait-il pas prise aux bruits de folie qui ont faussement couru ? Ne s'exposait-on pas à ce qu'on supposât qu'on l'enfermait, qu'on la faisait disparaître, par crainte d'une indiscrétion de sa part, d'une parole naïve qui aurait livré le secret d'une longue supercherie ?… Et, pour dire le mot brutal, vous l'avouerai-je, moi-même je crois encore qu'on l'a escamotée. »

Le docteur Chassaigne hocha la tête doucement.

« Non, non, en toute cette affaire, il n'y a jamais eu d'histoire arrêtée à l'avance, de gros mélodrame réglé dans l'ombre, joué ensuite par des acteurs plus ou moins conscients. Les choses se sont produites d'elles-mêmes, par la seule force des faits ; et elles ont toujours été très complexes, d'une analyse fort délicate… Ainsi, il est certain que Bernadette fut la première à désirer quitter Lourdes. Les continuelles visites la fatiguaient, elle était mal à l'aise au milieu de ces adorations bruyantes. Elle ne souhaitait qu'un coin d'ombre où elle pût vivre en paix, et son désintéressement, parfois, devenait si farouche, qu'elle jetait par terre l'argent qu'on lui remettait, dans le but pieux d'une messe à dire ou simplement d'un cierge à faire brûler. Jamais elle n'accepta rien pour elle, ni pour sa famille, qui resta pauvre. Avec une telle fierté, une telle simplicité naturelle, si désireuse d'effacement, on comprend très bien qu'elle ait voulu disparaître, se cloîtrer à l'écart, afin de se préparer à une bonne mort… Son œuvre était faite, cet extraordinaire mouvement qu'elle avait mis en branle, sans trop savoir pourquoi ni comment ; et elle n'était vraiment plus utile, d'autres allaient conduire l'affaire et assurer le triomphe de la Grotte.

– Mettons qu'elle soit partie d'elle-même, dit Pierre. Mais quel soulagement pour les gens dont vous parlez, ceux qui, dès lors, ont été les seuls maîtres, sous la pluie des millions tombant du monde entier !

– Ah ! certes, je ne prétends pas qu'on l'ait retenue ! s'écria le docteur. Franchement, je crois même qu'on l'a un peu poussée. Elle finissait par être embarrassante ; non pas qu'on redoutât de sa part des confidences fâcheuses ; mais songez qu'elle n'était guère décorative, timide à l'excès, très souvent alitée. Et puis, si peu de place qu'elle tînt à Lourdes, si obéissante qu'elle se montrât, elle était une puissance, elle attirait les foules, ce qui faisait d'elle comme une concurrence à la Grotte. Pour que la Grotte restât seule, resplendissante dans sa gloire, il était bon que Bernadette s'effaçât, ne fût plus qu'une légende… Telles furent sans doute les raisons qui déterminèrent l'évêque de Tarbes, Mgr Laurence, à hâter le départ. On eut seulement le tort de dire qu'il s'agissait de l'arracher aux entreprises du monde, comme si l'on eût redouté qu'elle pût commettre le péché d'orgueil, en s'abandonnant à la vanité de cette renommée sainte dont la chrétienté entière retentissait. Et cela était lui faire une grave injure, car elle était incapable d'orgueil, comme de mensonge, jamais il n'y a eu d'enfant plus simple ni plus modeste. »

Il se passionnait, s'exaltait. Brusquement, il se calma, eut de nouveau son pâle sourire.

« C'est vrai, je l'aime ; plus j'ai songé à elle, plus je l'ai aimée… Mais voyez-vous, Pierre, il ne faut pas que vous me jugiez complètement abêti par la croyance. Si je fais aujourd'hui la part de l'Au-delà, si j'ai le besoin de croire à une autre vie meilleure et plus juste, je sais qu'il reste les hommes en ce bas monde ; et, même lorsqu'ils portent le froc ou la soutane, leur besogne y est parfois abominable. »

Il y eut encore un silence. Chacun rêvait de son côté. Et il reprit :

« Je veux vous dire une imagination qui m'a hanté souvent... Admettez que Bernadette ne fût pas cette enfant simple et farouche, donnez-lui un esprit d'intrigue et de domination, faites d'elle une conquérante, une directrice de peuples ; et tâchez d'évoquer ce qui se serait passé alors... Évidemment, la Grotte serait à elle, la Basilique serait à elle. Nous la verrions trôner dans les cérémonies, sous un dais, avec une mitre d'or. Ce serait elle qui distribuerait les miracles, dont la petite main conduirait les foules au Ciel, d'un geste souverain. Elle rayonnerait, étant la sainte, l'élue, celle qui seule a contemplé la divinité face à face. Et, en somme, rien ne paraîtrait plus juste, elle serait au succès après avoir été à la peine, elle jouirait glorieusement de son œuvre... Tandis que, vous le voyez, elle est frustrée, dévalisée. Les moissons merveilleuses qu'elle a semées, ce sont d'autres qui les coupent. Pendant les douze années qu'elle a vécu à Saint-Gildard, agenouillée dans l'ombre, il y avait ici des victorieux, des prêtres en habits d'or, chantant des actions de grâces, bénissant des églises et des monuments, bâtis à coups de millions. Elle seule a manqué au triomphe de la foi nouvelle dont elle a été l'ouvrière... Vous dites qu'elle a rêvé. Ah ! quel beau rêve qui a remué tout un monde, et dont elle, la chère créature, ne s'est éveillée jamais ! »

Ils s'arrêtèrent, ils s'assirent un instant sur une roche, au bord de la route, avant de revenir vers la ville. Devant eux, le Gave, profond à cet endroit, roulait des eaux bleues, moirées de reflets sombres ; tandis que, plus loin, coulant largement sur un lit de gros cailloux, il n'était plus qu'une écume, une mousse blanche, d'une légèreté de neige. Un air frais descendait des montagnes, dans la pluie d'or du soleil.

Pierre n'avait trouvé qu'un nouveau sujet de révolte, en écoutant cette histoire de Bernadette, exploitée et supprimée ; et, les yeux à terre, il songeait à l'injuste nature, à cette loi qui veut que le fort mange le faible.

Puis, relevant la tête :

« Et l'abbé Peyramale, vous l'avez connu aussi ? »

Les yeux du docteur se rallumèrent, il répondit vivement :

« Certes ! un homme droit et fort, un saint, un apôtre ! Il a été, avec Bernadette, le grand ouvrier de Notre-Dame de Lourdes. Comme elle, il en a souffert affreusement, et comme elle il en est mort... On ne sait rien, on ne comprend rien au drame qui s'est passé ici, si l'on ne connaît pas cette histoire. »

Longuement, alors, il la conta. L'abbé Peyramale était curé de Lourdes, au moment des apparitions. C'était un homme grand, aux fortes épaules, à la puissante tête léonine, un enfant du pays d'une intelligence vive, très honnête, très bon, mais violent parfois et dominateur. Il semblait fait pour la lutte, ennemi de toute exagération dévote, remplissant son ministère en esprit large. Aussi se méfia-t-il d'abord : il refusa de croire aux récits de Bernadette, la questionna, exigea des preuves. Ce fut plus tard seulement, lorsque le vent de la foi devint irrésistible, bouleversant les plus rebelles, emportant les foules, qu'il finit par s'incliner ; et encore fut-il surtout conquis par son amour des humbles et des opprimés, le jour où il vit Bernadette menacée d'être conduite en prison : les autorités civiles persécutaient une de ses ouailles, son cœur de pasteur s'éveilla, il mit à la défendre son ardente passion de la justice. Puis, le charme de l'enfant avait opéré sur lui, il la sentait si ingénue, si véridique, qu'il se prit à croire aveuglément en elle, à l'aimer, comme tout le monde l'aimait. Pourquoi écarter le miracle, quand il est partout dans les livres saints ? Ce n'était pas à un ministre de la religion, si prudent fût-il, qu'il appartenait de faire l'esprit fort, lorsque des populations entières s'agenouillaient et que l'Église semblait à la veille d'un nouveau et grand triomphe. Sans compter que le conducteur d'hommes qui était en lui, le remueur de foules et le bâtisseur, avait enfin trouvé sa voie, le vaste champ où il pourrait agir, la grande cause à laquelle il se donnerait tout entier, avec sa fougue et son besoin de victoire.

Dès ce moment, l'abbé Peyramale n'eut plus qu'une pensée, exécuter les ordres que la Vierge avait chargé Bernadette de lui transmettre. Il veilla à l'aménagement de la Grotte : une grille fut posée, on canalisa l'eau de la source, on fit des travaux de terrassement pour dégager les abords. Mais, surtout, la Vierge avait demandé qu'on construisît une chapelle ; et lui voulut une église, toute une Basilique triomphale. Il voyait grand, bousculant les architectes, exigeant d'eux des palais dignes de la Reine du Ciel, plein d'une sereine confiance dans l'aide enthousiaste de la chrétienté entière. D'ailleurs, les dons affluaient, l'or pleuvait des diocèses les plus lointains, une pluie d'or qui devait grandir et ne jamais cesser. Ce furent alors ses années heureuses, on le rencontrait à chaque heure parmi les ouvriers, qu'il activait en brave homme aimant à rire, toujours sur le point de prendre lui-même le pic et la truelle, dans sa hâte à voir se réaliser son rêve. Mais les temps d'épreuves allaient venir, il tomba malade, il était en grand danger de mort, le 4 avril 1864, lorsque la première procession partit de son église paroissiale pour se rendre à la Grotte, une procession de soixante mille pèlerins, qui se déroulait au milieu d'un concours de foule immense.

Le jour où l'abbé Peyramale, sauvé une première fois de la mort, se releva, il était dépossédé. Déjà, pour le suppléer dans sa lourde tâche, l'évêque, Mgr Laurence, lui avait donné un aide, un de ses anciens secrétaires, le père Sempé, dont il avait fait le directeur des missionnaires de Garaison, une maison fondée par lui. Le père Sempé était un petit homme maigre et fin, d'une apparence désintéressée, très humble, brûlé au fond de toutes les soifs de l'ambition. D'abord, il s'était tenu à son rang, servant le curé de Lourdes en subordonné fidèle, s'occupant de tout pour le soulager, se mettant au courant de tout, dans le désir de se rendre indispensable. Immédiatement, il dut comprendre quelle riche ferme allait devenir la Grotte, quel revenu colossal on en pourrait tirer, avec un peu d'adresse. Il ne quittait plus l'évêché, il s'était emparé de l'évêque, très froid, très pratique, qui avait de grands besoins d'aumônes. Et ce fut ainsi qu'il réussit, lorsque l'abbé Peyramale tomba malade, à faire définitivement séparer de la cure de Lourdes le domaine entier de la Grotte, qu'il fut chargé d'administrer, à la tête de quelques pères de l'Immaculée-Conception, dont l'évêque le nomma supérieur.

La lutte bientôt commença, une de ces luttes sourdes, acharnées, mortelles, comme il y en a sous la discipline ecclésiastique. Une cause de rupture était là, un champ de bataille où l'on allait se battre à coups de millions : la construction d'une nouvelle église paroissiale, plus grande et plus digne que la vieille église existante, dont l'insuffisance était reconnue, depuis l'affluence sans cesse accrue des fidèles. C'était, d'ailleurs, une idée ancienne de l'abbé Peyramale, qui voulait être le strict exécuteur des ordres de la Vierge. Elle avait dit, en parlant de la Grotte : « On y viendra en procession. » Et il avait toujours vu les pèlerins partir en procession de la ville, où ils devaient rentrer de même le soir, comme, du reste, cela s'était fait d'abord. Il fallait donc un centre, un point de ralliement, et il rêvait une église magnifique, une cathédrale aux proportions géantes, pouvant contenir tout un peuple. Avec son tempérament de constructeur, d'ouvrier passionné du Ciel, il la voyait déjà monter du sol, dresser au grand soleil son clocher, bourdonnant de cloches. C'était aussi sa maison qu'il voulait bâtir, son acte de foi et d'adoration, le temple dont il serait le pontife, où il triompherait avec le doux souvenir de Bernadette, en face de l'œuvre dont on l'avait dépossédé. Naturellement, dans la profonde amertume qu'il en ressentait, cette nouvelle église paroissiale était un peu une revanche, sa part de gloire à lui, une façon encore d'occuper son activité militante, la fièvre qui le consumait, depuis que, le cœur meurtri, il avait même cessé de descendre à la Grotte.

Au début, ce fut de nouveau une flambée d'enthousiasme. L'ancienne ville, qui se sentait mise à l'écart, fit cause commune avec son curé, devant la menace de voir tout l'argent, toute la vie aller à la cité nouvelle, poussant de terre, autour de la Basilique. Le conseil municipal vota une somme de cent mille francs, qui, fâcheusement, ne devait être versée que lorsque l'église serait couverte. Déjà, l'abbé Peyramale avait accepté les plans de l'architecte, un projet qu'il avait voulu grandiose, et traité avec un entrepreneur de Chartres, lequel s'engageait à finir l'église en trois ou quatre ans, si les versements promis se faisaient avec régularité. Les dons allaient sûrement continuer à pleuvoir de partout, l'abbé se lançait dans cette grosse affaire sans inquiétude, débordant d'une vaillance insoucieuse, comptant bien que le Ciel ne l'abandonnerait pas en route. Il se crut même certain de l'appui du nouvel évêque, Mgr Jourdan, qui, après avoir béni la première pierre, prononça une allocution, où il reconnut la nécessité et le mérite de l'œuvre. Et il semblait que le père Sempé, avec son humilité habituelle, se fût incliné, acceptant cette concurrence désastreuse, qui devait le forcer à partager ; car il affectait de se donner entièrement à l'administration de la Grotte, il avait même laissé mettre, dans la Basilique, un tronc pour la nouvelle église paroissiale en construction.

Puis, la lutte sourde, la lutte enragée recommença. L'abbé Peyramale, qui était un détestable administrateur, exultait en voyant son église grandir rapidement. Les travaux étaient menés bon train, il ne demandait rien autre chose, toujours convaincu que la Sainte Vierge paierait. Ce fut, chez lui, une stupeur, lorsqu'il s'aperçut enfin que les aumônes se tarissaient, que l'argent des fidèles ne lui arrivait plus, comme si quelqu'un, dans l'ombre, en avait détourné la source. Et le jour vint où il lui fut impossible de faire les paiements promis. Il y avait eu là tout un étranglement savant, dont il ne se rendit compte que plus tard. De nouveau, le père Sempé devait avoir ramené sur la Grotte la faveur exclusive de l'évêque. On parla même de circulaires confidentielles distribuées dans les diocèses, pour que les envois d'argent ne fussent plus adressés à la paroisse. La Grotte vorace, la Grotte insatiable voulait tout, dévorait tout ; et les choses allèrent à ce point, que des billets de cinq cents francs mis dans le tronc, à la Basilique, furent gardés : on dépouillait le tronc, on volait la paroisse. Mais le curé, dans sa passion pour l'église grandissante, qui était sa fille, résistait avec violence, aurait donné son sang. Il avait d'abord traité au nom de la fabrique ; puis, quand il ne sut comment payer, il traita en son nom personnel. Sa vie n'était plus que là, il s'épuisa en efforts héroïques. Sur les quatre cent mille francs promis, il n'avait pu en donner que deux cent mille ; et le conseil municipal s'entêtait à ne pas verser les cent mille francs votés, avant que l'église fût couverte. C'était aller contre les intérêts évidents de la ville. Le père Sempé, à ce qu'on racontait, agissait secrètement auprès de l'entrepreneur. Brusquement, il triompha, les travaux furent arrêtés.

Dès lors, ce fut l'agonie. Le curé Peyramale, ce montagnard aux épaules larges, à la face léonine, frappé au cœur, chancela et s'abattit, ainsi qu'un chêne foudroyé. Il s'alita, il ne se releva plus. Des histoires couraient, on disait que le père Sempé avait tâché de s'introduire à la cure, sous un pieux prétexte, pour être certain que son adversaire redouté était bien blessé mortellement ; et on ajoutait qu'on avait dû le chasser de cette chambre douloureuse, où sa présence était un scandale. Puis, quand le curé fut mort, abreuvé d'amertume, vaincu, on put voir le père Sempé triomphant aux obsèques, dont on n'avait point osé l'écarter. On prétendit qu'il y afficha une joie abominable, le visage rayonnant de son triomphe. Enfin, il était donc débarrassé du seul homme qui lui faisait obstacle, dont il craignait la légitime autorité ! Il ne serait plus forcé de partager avec personne, maintenant que les deux ouvriers de Notre-Dame de Lourdes se trouvaient supprimés, Bernadette au couvent, l'abbé Peyramale dans la terre. La Grotte n'était plus qu'à lui, les aumônes ne viendraient plus qu'à lui, il emploierait à son gré le budget de huit cent mille francs environ, dont il disposait chaque année. Il achèverait les travaux gigantesques qui feraient de la Basilique tout un monde se suffisant à lui-même, il aiderait à l'éclat de la ville nouvelle pour isoler davantage l'ancienne ville, la reléguer derrière son rocher, ainsi qu'une paroisse infime, noyée dans la splendeur de sa voisine toute-puissante. C'était la royauté définitive, tout l'argent et toute la domination.

Pourtant, la nouvelle église paroissiale, bien que les travaux fussent abandonnés et qu'elle dormît dans son enclos de planches, était plus qu'à moitié construite, jusqu'aux voûtes des bas-côtés. Et il restait là une menace, si quelque jour la ville tentait de la finir. Il fallait achever de la tuer, elle aussi, en faire une ruine irréparable. Le sourd travail continua donc, une merveille de cruauté, de destruction lente. D'abord, le nouveau curé, une simple créature, fut conquis, à ce point qu'il ne décachetait même plus les envois d'argent adressés à la paroisse : toutes les lettres chargées étaient portées directement chez les pères. Ensuite, on critiqua l'emplacement choisi pour la nouvelle église, on fit rédiger, par l'architecte diocésain, un rapport qui déclarait l'église ancienne très solide et suffisant aux besoins du culte. Mais, surtout, on pesa sur l'évêque, on dut lui représenter le côté fâcheux des difficultés d'argent survenues avec l'entrepreneur. Ce Peyramale n'était plus qu'un homme violent, entêté, une sorte de fou dont le zèle indiscipliné avait failli compromettre la religion. Et l'évêque, oubliant qu'il avait béni la première pierre, lança une lettre pour mettre l'église en interdit, avec défense d'y célébrer tout service religieux, ce qui fut le coup suprême.

Des procès interminables s'étaient engagés, l'entrepreneur qui n'avait reçu que deux cent mille francs sur les cinq cent mille francs de travaux exécutés, venait d'attaquer l'héritier du curé, la fabrique et la ville, cette dernière se refusant toujours à verser les cent mille francs votés par elle. D'abord, le conseil de Préfecture se déclara incompétent ; puis, le Conseil d'État lui ayant renvoyé l'affaire, il condamna la ville à donner les cent mille francs et l'héritier à terminer l'église, tout en mettant la fabrique hors de cause. Mais il y eut un nouveau pourvoi devant le Conseil d'État, qui cassa l'arrêt ; et, cette fois, retenant l'affaire, il condamna la fabrique, ou à son défaut l'héritier, à payer l'entrepreneur. Ni l'une ni l'autre n'était solvable, la situation en resta là. Ces procès avaient duré quinze années. La ville s'étant résignée à donner ses cent mille francs, on ne devait plus à l'entrepreneur que deux cent mille francs. Seulement, les frais de toutes sortes, les intérêts accumulés avaient grossi cette somme à un tel point, qu'elle atteignait désormais le chiffre de six cent mille francs ; et, comme, d'autre part, on estimait à quatre cent mille francs l'argent nécessaire à l'achèvement de l'église, c'était donc un million qu'il fallait pour en sauver la jeune ruine d'une destruction certaine. Dès ce jour, les pères de la Grotte purent dormir tranquilles : ils l'avaient assassinée, l'église à son tour était morte.

Les cloches de la Basilique sonnèrent à toute volée, le père Sempé régna victorieux, au sortir de cette lutte gigantesque, cette guerre au couteau, où l'on avait tué des pierres, après avoir tué un homme, dans l'ombre discrète des sacristies. Et le vieux Lourdes, têtu et inintelligent, porta durement la peine de ne pas avoir mieux soutenu son curé, qui était mort à la peine, pour l'amour de sa paroisse ; car, dès lors, la ville nouvelle ne cessa de grandir et de prospérer, aux dépens de l'ancienne ville. Tout l'argent allait à la première, les pères de la Grotte battaient monnaie, commanditaient des hôtelleries et des boutiques de cierges, vendaient l'eau de la source, bien qu'il leur fût défendu de se livrer à aucun négoce, d'après une clause formelle de leur contrat avec la commune. Le pays entier se pourrissait, le triomphe de la Grotte avait amené une telle rage de lucre, une fièvre si brûlante de posséder et de jouir, que, sous la pluie battante des millions, une perversion extraordinaire s'aggravait de jour en jour, changeait en Gomorrhe et en Sodome le Bethléem de Bernadette. Le père Sempé venait d'achever le triomphe de Dieu, dans l'abomination humaine, au milieu du désastre des âmes. Des constructions géantes poussaient du sol, cinq ou six millions étaient déjà dépensés, on avait sacrifié tout à cette volonté absolue de tenir la paroisse à l'écart, afin de garder la proie entière. Les rampes colossales, si coûteuses, n'étaient là que pour éluder le vœu de la Vierge, demandant qu'on vînt à la Grotte en procession. Ce n'était pas y aller en procession que de descendre de la Basilique par la rampe de gauche, puis d'y remonter par la rampe de droite : c'était tourner sur place. Mais les pères avaient réussi à ce qu'on partît de chez eux pour revenir chez eux, de façon à être les uniques propriétaires, les fermiers magnifiques engrangeant toute la moisson. Le curé Peyramale était enterré dans la crypte de son église, inachevée et en ruine ; et Bernadette avait longtemps agonisé au loin, au fond d'un couvent, où elle dormait aussi à cette heure, sous la dalle d'une chapelle.

Un grand silence tomba, lorsque le docteur Chassaigne eut terminé ce long récit. Puis, il se leva péniblement.

« Mon cher enfant, il va être dix heures, et je veux que vous vous reposiez un peu... Retournons. »

Pierre, silencieux, le suivit. Ils revinrent vers la ville, d'un pas plus rapide.

« Ah ! oui, reprit le docteur, il y a eu là de grandes iniquités et de grandes douleurs. Que voulez-vous ! l'homme gâte les œuvres les plus belles... Et vous ne pouvez vous imaginer encore l'affreuse tristesse des choses que je viens de vous conter. Il faut voir, il faut toucher du doigt... Désirez-vous que je vous fasse visiter, ce soir, la chambre de Bernadette et l'église inachevée du curé Peyramale ?

– Certes, très volontiers !

– Eh bien ! après la procession de quatre heures, je vous retrouverai devant la Basilique, vous viendrez avec moi. »

Et ils ne parlèrent plus, perdus chacun dans sa rêverie.

Sur leur droite maintenant, le Gave coulait dans une gorge profonde, une sorte d'entaille où il s'engouffrait, comme disparu, parmi des arbustes. Mais, parfois, on en revoyait une coulée claire, pareille à de l'argent mat. Plus loin, après un brusque détour, on le retrouvait élargi au travers d'une plaine, s'étalant en nappes vives qui devaient changer souvent de lit, car le sol de sable et de cailloux était raviné de toutes parts. Le soleil commençait à être brûlant, déjà haut dans le vaste ciel dont le bleu limpide se fonçait, d'un bord à l'autre de l'immense cirque des montagnes.

Ce fut à ce détour de la route que Lourdes reparut, lointain encore, aux yeux de Pierre et du docteur Chassaigne. Sous la splendide matinée, la ville blanchissait à l'horizon, dans une poussière volante d'or et de pourpre, avec ses maisons, ses monuments de plus en plus distincts, à chaque pas qui les en rapprochait. Et le docteur, sans parler, finit par montrer à son compagnon cette ville grandissante, d'un geste large et triste, comme pour la prendre à témoin des histoires qu'il avait dites. C'était l'exemple, s'évoquant dans l'éclatante lumière du jour.

Déjà, l'on apercevait le braisillement de la Grotte, affaibli à cette heure, parmi les verdures. Puis, les travaux gigantesques s'étendaient, le quai en pierre de taille, tout le long du Gave, dont on avait dû détourner le cours, le Pont-Neuf qui reliait les nouveaux jardins au boulevard récemment ouvert, et les rampes colossales, et l'église massive du Rosaire, et la Basilique élancée, d'une grâce fière, dominant tout. Aux alentours, on ne voyait de la ville neuve, à cette distance, qu'un pullulement de façades blanches, qu'un miroitement d'ardoises neuves, les grands couvents, les grands hôtels, la cité riche poussée comme par miracle de l'antique sol pauvre ; tandis que, derrière la masse rocheuse où se profilaient les murs croulants du château, apparaissaient, confuses et perdues, les toitures humbles de l'ancienne ville, un pêle-mêle de petits toits mangés par l'âge, serrés peureusement les uns contre les autres. Et, comme fond à cette évocation de la vie d'hier et d'aujourd'hui, sous la gloire de l'éternel soleil, le Petit Gers et le Grand Gers montaient, barraient l'horizon de leurs flancs nus, que les rayons obliques sabraient de jaune et de rose.

Le docteur Chassaigne voulut accompagner Pierre jusqu'à l'hôtel des Apparitions ; et là seulement il le quitta, en lui rappelant le rendez-vous qu'il lui avait donné pour le soir. Il n'était pas onze heures encore. Pierre, que la fatigue, tout d'un coup, venait d'anéantir, s'efforça de manger, avant de se mettre au lit ; car il sentait bien que le besoin était pour beaucoup dans sa défaillance. Il trouva heureusement une place libre à la table d'hôte, mangea en dormant, les yeux ouverts, sans savoir ce qu'on lui servait ; puis, il monta et se jeta sur son lit, après avoir eu le soin de dire à la servante de le réveiller à trois heures.

Mais, dès qu'il fut allongé, la fièvre où il était l'empêcha d'abord de fermer les yeux. Une paire de gants, oubliée dans la chambre voisine, lui avait rappelé M. de Guersaint, parti avant le jour pour Gavarnie, et qui devait n'être de retour que le soir. Quel heureux don que l'insouciance ! Lui, maintenant, les membres morts de lassitude, l'esprit éperdu, était triste à mourir. Tout semblait tourner contre sa bonne volonté à reconquérir la foi de son enfance. L'aventure tragique du curé Peyramale venait encore d'aggraver la révolte que lui avait laissée l'histoire de Bernadette, élue et martyre. La vérité qu'il était venu chercher à Lourdes, au lieu de lui rendre la foi, allait-elle donc aboutir à une haine plus grande de l'ignorance et de la crédulité, à cette amère certitude que l'homme est seul en ce monde, avec sa raison ?

Enfin, il s'endormit. Mais des images continuaient à flotter dans son pénible sommeil. C'était Lourdes gâté par l'argent, devenu un lieu d'abomination et de perdition, transformé en un vaste bazar, où tout se vendait, les messes et les âmes. C'était le curé Peyramale mort et couché au milieu des ruines de son église, parmi les orties que l'ingratitude avait semées. Et il ne se calma, il ne goûta la douceur du néant que lorsqu'une dernière vision, pâle et pitoyable, se fut effacée, celle de Bernadette à Nevers, agenouillée dans un coin d'ombre, rêvant à son œuvre, là-bas, qu'elle ne devait jamais voir.

QUATRIÈME JOURNÉE

I

À l'hôpital de Notre-Dame-des-Douleurs, ce matin-là, Marie était restée assise sur son lit, le dos appuyé contre des oreillers. Ayant passé la nuit entière à la Grotte, elle avait refusé de s'y laisser conduire. Et, comme Mme de Jonquière s'était approchée pour relever un des oreillers qui glissait, elle lui demanda :

« Quel jour sommes-nous donc, madame ?

– Lundi, ma chère enfant.

– Ah ! c'est vrai. On ne sait plus comment on vit, n'est-ce pas ?... Et puis, je suis si heureuse ! C'est aujourd'hui que la Sainte Vierge va me guérir. »

Elle souriait divinement, d'un air de rêveuse éveillée, les yeux perdus, si absente, si absorbée dans l'idée fixe, qu'elle ne voyait, au loin, que la certitude de son espoir. Et la salle Sainte-Honorine venait de se vider autour d'elle, toutes les malades étaient parties à la Grotte, il ne restait là, dans le lit voisin, que Mme Vêtu, agonisante. Mais elle ne l'apercevait même pas, elle était ravie de la paix brusque qui s'était faite. On avait ouvert une des fenêtres sur la cour, le soleil de la radieuse matinée entrait en un large rayon, dont la poussière d'or, précisément, dansait sur son drap, baignant ses mains pâles. Cela était si bon, cette salle lugubre la nuit, avec son entassement de grabats douloureux, sa puanteur, ses gémissements de cauchemar, tout d'un coup ensoleillée ainsi, et rafraîchie par l'air matinal, et tombée à une telle douceur de silence !

« Pourquoi n'essayez-vous pas de dormir un peu ? reprit maternellement Mme de Jonquière. Vous devez être brisée, de toute une nuit de veille. »

Marie parut surprise, si légère, si envolée, qu'elle ne sentait plus ses membres.

« Mais je ne suis pas fatiguée du tout, je n'ai pas sommeil... Dormir, oh ! non, cela serait trop triste, je ne saurais plus que je vais être guérie. »

Cela fit rire la directrice.

« Alors, pourquoi n'avez-vous pas voulu qu'on vous menât à la Grotte ? Vous allez vous ennuyer dans ce lit, toute seule.

– Je ne suis pas seule, madame, je suis avec elle. »

Elle joignait les mains, en son extase, tandis que s'évoquait sa vision.

« Vous savez que, cette nuit, je l'ai vue qui inclinait la tête, en me souriant... J'ai bien compris, j'ai bien entendu sa voix, sans qu'elle ouvrît les lèvres. À quatre heures, lorsque passera le saint sacrement, je serai guérie. »

Mme de Jonquière voulut la calmer, un peu inquiète de cette sorte de somnambulisme où elle la voyait. Mais la malade répétait :

« Non, non, je ne suis pas plus mal, j'attends... Seulement, vous comprenez, madame, je n'ai pas besoin d'aller ce matin à la Grotte, puisque le rendez-vous qu'elle m'a donné est pour quatre heures. »

Et elle ajouta plus bas :

« À trois heures et demie, Pierre viendra me chercher… À quatre heures, je serai guérie. »

Le soleil, lentement, montait le long de ses bras nus, si transparents, d'une délicatesse maladive ; tandis que ses admirables cheveux blonds, glissés sur ses épaules, semblaient un ruissellement même de l'astre, qui l'enveloppait toute. Un chant d'oiseau vint de la cour, le silence frissonnant de la salle en fut égayé. Quelque enfant, qu'on ne voyait pas, devait jouer par là, car des rires légers par moments s'élevaient aussi, dans l'air tiède, d'une tranquillité délicieuse.

« Allons, conclut Mme de Jonquière, ne dormez pas, puisque vous n'avez pas sommeil. Seulement, restez bien sage, ça vous reposera tout de même. »

Mais, dans le lit voisin, Mme Vêtu se mourait. On n'avait point osé la mener à la Grotte, par crainte de la voir passer en route. Depuis un instant, elle avait les yeux fermés, et sœur Hyacinthe qui l'examinait, appela d'un geste Mme Désagneaux, pour lui dire sa mauvaise impression. Toutes les deux, maintenant, penchées au-dessus de la moribonde, l'épiaient avec une inquiétude croissante. Le masque avait jauni encore, couleur de boue ; les orbites s'étaient creusées, les lèvres semblaient s'amincir ; et le râle surtout, le râle commençait, un souffle lent et pestilentiel, empoisonné par le cancer qui achevait de dévorer l'estomac. Brusquement, elle souleva les paupières, elle s'effraya, en apercevant ces deux visages penchés sur le sien. Est-ce que sa mort était prochaine, qu'on la regardait ainsi ? Une tristesse immense parut dans ses yeux, un regret désespéré de la vie. Cela n'allait pas jusqu'à la révolte violente, car elle n'avait plus la force de se débattre ; mais quel affreux sort, quitter sa boutique, quitter ses habitudes, son mari, pour venir mourir si loin ! braver le supplice abominable d'un tel voyage, prier le jour, prier la nuit, et ne pas être exaucée, et mourir, lorsque d'autres guérissaient !

Elle ne put que bégayer :

« Ah ! que je souffre, ah ! que je souffre… Je vous en supplie, faites quelque chose, faites au moins que je ne souffre plus. »

La petite Mme Désagneaux, avec son joli visage de lait, noyé dans l'ébouriffement de ses cheveux blonds, était bouleversée. Elle n'avait pas l'habitude des agonies, elle aurait donné la moitié de son cœur, comme elle le disait, pour sauver cette pauvre femme. Et elle se releva, elle prit à partie sœur Hyacinthe, touchée aux larmes elle aussi, mais résignée déjà au salut par une bonne mort. Est-ce que vraiment il n'y avait rien à faire ? Est-ce qu'on ne pouvait pas tenter quelque chose, ainsi que la mourante le demandait ? Le matin même, deux heures plus tôt, l'abbé Judaine était venu l'administrer, en lui donnant la communion. Elle avait le secours du Ciel, c'était le seul sur lequel elle pût compter, puisque, depuis longtemps, elle n'attendait plus rien des hommes.

« Non, non ! il faut nous remuer », s'écria Mme Désagneaux.

Et elle alla chercher Mme de Jonquière, près du lit de Marie.

« Entendez-vous, madame, cette malheureuse qui souffre ? Sœur Hyacinthe prétend qu'elle n'en a plus que pour quelques heures. Mais nous ne pouvons la laisser gémir ainsi… Il y a des choses pour calmer. Ce jeune médecin qui est ici, pourquoi ne pas le faire venir ?

– Certainement, répondit la directrice. Tout de suite ! »

On ne pensait jamais au médecin, dans les salles. L'idée n'en venait à ces dames qu'au moment des crises terribles, lorsqu'une de leurs malades hurlait de douleur.

Sœur Hyacinthe elle-même, étonnée de n'avoir pas songé à Ferrand, qu'elle savait dans une pièce voisine, demanda :

« Voulez-vous, madame, que j'aille chercher M. Ferrand ?

– Mais sans doute ! ramenez-le vite. »

Et, lorsque la sœur fut partie, Mme de Jonquière se fit aider par Mme Désagneaux, pour relever un peu la tête de la moribonde, pensant que cela la soulagerait. Ces dames se trouvaient justement seules, ce matin-là, toutes les autres dames hospitalières étant allées à leurs affaires ou à leurs dévotions. Au fond de la grande salle vide, d'une paix si douce, où le soleil mettait son tiède frisson, on n'entendait toujours, par moments, que les rires légers de l'enfant qu'on ne voyait pas.

« Est-ce que c'est Sophie qui fait tout ce bruit ? » dit soudain la directrice, un peu énervée, dans le gros ennui de la catastrophe qu'elle prévoyait.

Elle marcha vivement, alla jusqu'au bout de la salle ; et c'était en effet Sophie Couteau, la petite miraculée de l'année précédente, assise par terre, derrière un lit, qui, malgré ses quatorze ans, s'amusait à faire une poupée avec des chiffons. Elle lui parlait, elle était si heureuse, si perdue dans son jeu, qu'elle en riait d'aise.

« Tenez-vous droite, mademoiselle ! Dansez un peu la polka, pour voir ! Une ! deux ! dansez, tournez, embrassez celle que vous voudrez ! »

Mais Mme de Jonquière arrivait.

« Ma petite fille, nous avons là une de nos malades qui souffre beaucoup et qui est au plus mal… Il ne faut pas rire si fort.

– Ah ! madame, je ne savais pas. »

Elle s'était relevée, elle gardait sa poupée à la main, devenue très sérieuse.

« Madame, est-ce qu'elle va mourir ?

– J'en ai peur, ma pauvre enfant. »

Alors, Sophie ne souffla plus. Elle avait suivi la directrice, elle s'était assise sur un lit voisin ; et, de ses grands yeux, avec une curiosité ardente, sans peur aucune, elle regardait Mme Vêtu agoniser. Nerveuse, Mme Désagneaux s'impatientait de ne pas voir le médecin venir ; tandis que Marie, extasiée, ensoleillée, semblait rester étrangère à tout ce qui se passait autour d'elle, dans l'attente ravie du miracle.

Sœur Hyacinthe n'avait pas trouvé Ferrand, dans la petite pièce où il se tenait d'habitude, près de la lingerie ; et elle le cherchait par toute la maison. Depuis deux jours, le jeune médecin s'effarait de plus en plus, au milieu de ce singulier hôpital, où l'on ne réclamait jamais son aide que pour des agonies. La petite boîte de pharmacie qu'il avait apportée, se trouvait même inutile ; car il ne fallait pas songer à instituer un traitement quelconque, puisque les malades n'étaient pas là pour se soigner, mais simplement pour guérir, dans le coup de foudre d'un prodige ; aussi ne distribuait-il guère que des pilules d'opium, qui endormaient les trop grosses souffrances. Il avait eu la stupeur d'assister à une tournée du docteur Bonamy, au travers des salles. C'était une simple promenade, le médecin venait en curieux, ne s'intéressait pas aux malades, qu'il n'examinait ni n'interrogeait. Il se préoccupait uniquement des prétendues guérisons, s'arrêtait devant les femmes qu'il reconnaissait, pour les avoir vues à son bureau, où les miracles étaient constatés. Une d'entre elles avait trois maladies ; et la Sainte Vierge, jusque-là, n'avait daigné en guérir qu'une ; mais on avait bon espoir pour les deux autres. Parfois, une malheureuse, guérie la veille, questionnée sur son état, répondait que les douleurs étaient revenues, ce qui n'entamait point la sérénité du docteur, toujours conciliant, s'en remettant au Ciel pour achever ce que le Ciel avait commencé. Quand il y avait un commencement de santé meilleure, n'était-ce pas déjà bien beau ? Aussi était-ce son mot habituel : « Il y a un commencement, patientez ! » Mais ce qu'il redoutait surtout, c'étaient les obsessions des dames directrices, qui toutes auraient voulu le retenir, pour lui montrer des sujets extraordinaires. Chacune avait la vanité de compter, dans son service, les maladies les plus graves, des cas exceptionnels, affreux ; de sorte qu'elle brûlait de les faire constater, afin d'en triompher ensuite. Celle-ci l'arrêtait par le bras, lui affirmait qu'elle croyait bien avoir une lèpre. Celle-là le suppliait, lui parlait d'une jeune fille dont les reins étaient couverts d'écailles de poisson. Une troisième chuchotait à son oreille, lui donnait des détails épouvantables sur une dame mariée, du meilleur monde. Il s'échappait, refusait d'en visiter une seule, finissait par promettre de revenir, plus tard, quand il aurait le temps. Comme il le disait, si l'on avait écouté ces dames, la journée se serait passée à donner des consultations inutiles. Puis, tout d'un coup, il s'arrêtait devant une miraculée, appelait Ferrand d'un signe, en s'écriant : « Ah ! voici une guérison intéressante ! » Et Ferrand, ahuri, devait l'entendre reconstituer la maladie, qui avait totalement disparu, à la première immersion dans la piscine.

Enfin, l'abbé Judaine qu'elle rencontra, apprit à sœur Hyacinthe qu'on venait d'appeler le jeune médecin à la salle des ménages. C'était la quatrième fois qu'il y descendait, pour le frère Isidore, dont les tortures ne cessaient pas. Il ne pouvait que le bourrer d'opium. Dans son martyre, le frère demandait seulement à être calmé un peu, afin de trouver la force de se rendre, l'après-midi encore, à la Grotte, où il n'avait pu aller le matin. Mais la douleur augmentait, il perdit connaissance.

Lorsque la sœur entra, elle trouva le médecin assis au chevet du missionnaire.

« Monsieur Ferrand, montez vite avec moi à la salle Sainte-Honorine, où nous avons une malade en train de mourir. »

Il lui avait souri, il ne la voyait jamais sans être égayé et réconforté.

« Je vais avec vous, ma sœur. Mais une minute, n'est-ce pas ? Je voudrais ranimer ce malheureux. »

Elle prit patience, elle se rendit utile. La salle des ménages, au rez-de-chaussée, était elle aussi tout ensoleillée, baignée d'air par ses trois grandes fenêtres, qui donnaient sur un étroit jardin. Seul avec le frère Isidore, M. Sabathier était resté au lit, ce matin-là, pour se reposer un peu, pendant que Mme Sabathier, profitant de l'occasion, allait faire quelques achats, des médailles et des images, destinées à des cadeaux. Béatement assis sur son séant, le dos appuyé contre des coussins, il roulait entre ses doigts les grains d'un chapelet ; mais il ne priait plus, il continuait par une sorte de distraction machinale, les yeux sur son voisin, dont il suivait la crise avec un intérêt douloureux.

« Ah ! ma sœur, dit-il à sœur Hyacinthe, qui s'était approchée, ce pauvre frère, il m'emplit d'admiration. Hier, j'ai douté un instant de la Sainte Vierge, en voyant qu'elle ne daignait pas m'entendre, depuis sept ans que je viens ici ; et c'est l'exemple de ce martyr, si résigné dans sa torture, qui m'a fait honte de mon peu de foi… Vous ne vous doutez pas de ce qu'il souffre, et il faut le voir devant la Grotte, avec ses yeux brûlants d'une espérance sublime !… C'est vraiment très beau. Je ne connais, au Louvre, qu'un tableau d'un maître italien inconnu, où il y ait une tête de moine divinisée par une foi pareille. »

L'intellectuel reparaissait, l'ancien universitaire nourri de littérature et d'art, chez ce foudroyé de la vie, qui avait voulu se faire hospitaliser, n'être plus qu'un pauvre, pour toucher le Ciel. Il eut un retour sur lui-même, il ajouta, dans la ténacité de son espoir, que l'inutilité de sept voyages à Lourdes n'avait pu abattre :

« Enfin, j'ai encore l'après-midi, puisque nous ne partons que demain. L'eau est bien froide, mais je me ferai tremper une dernière fois ; et, depuis ce matin, je prie, je demande pardon de ma révolte d'hier… N'est-ce pas ? ma sœur, il suffit à la Sainte Vierge d'une seconde, quand elle veut bien guérir un de ses enfants… Que sa volonté soit faite et que son nom soit béni ! »

Il s'était remis à dire les *Ave* et les *Pater*, en roulant les grains du chapelet d'une main plus lente, tandis que ses paupières se fermaient à demi, dans sa face molle, où revenait une expression d'enfance, depuis tant d'années qu'il était comme retranché du monde.

Mais Ferrand avait appelé d'un signe Marthe, la sœur du frère Isidore. Elle était là, debout au pied du lit, les bras ballants, regardant le moribond qu'elle adorait, sans une larme, avec sa résignation de pauvre fille, à la cervelle étroite. Elle n'était qu'un chien dévoué, elle avait suivi son frère, dépensant ses quatre sous d'économies, ne servant à rien qu'à le voir souffrir. Aussi, quand le médecin lui dit de prendre dans ses bras le malade et de le soulever un peu, fut-elle bien heureuse d'être enfin utile à quelque chose. Sa face épaisse et morne, tachée de rousseurs, s'éclaira.

« Tenez-le, pendant que je vais tâcher de lui faire prendre ceci. »

Elle le souleva, et Ferrand parvint, avec une petite cuiller, à introduire, entre ses dents serrées, quelques gouttes de liquide. Presque aussitôt le malade rouvrit les yeux, soupira profondément. Il était plus calme, l'opium faisait son effet, endormait la douleur qu'il sentait dans son flanc droit, comme un fer rouge. Mais il restait si faible, que, lorsqu'il voulut parler, on dut approcher l'oreille de sa bouche, pour entendre.

D'un petit geste de la main, il avait prié Ferrand de se pencher.

« Monsieur, vous êtes le médecin, n'est-ce pas ? Donnez-moi des forces pour que j'aille encore à la Grotte, cet après-midi… Je suis certain que, si je puis y aller, la Sainte Vierge me guérira.

– Mais, certainement, vous irez, répondit le jeune homme. Est-ce que vous ne vous sentez pas beaucoup mieux ?

– Oh ! beaucoup mieux, non !… Je sais très bien ce que j'ai, parce que j'ai vu mourir plusieurs de nos frères, là-bas, au Sénégal. Quand le foie est pris, et que l'abcès se fait jour au-dehors, c'est fini. Les sueurs arrivent, la fièvre, le délire… Mais la Sainte Vierge touchera le mal de son petit doigt, et il sera guéri. Oh ! je vous en supplie tous, qu'on me porte à la Grotte, même si je n'ai plus ma connaissance ! »

Sœur Hyacinthe, elle aussi, était venue se pencher.

« Soyez sans crainte, mon cher frère. Vous irez à la Grotte après le déjeuner, et nous prierons tous pour vous. »

Enfin, elle put emmener Ferrand, désespérée de ces retards, très inquiète de Mme Vêtu. Cependant, le sort du frère l'apitoyait ; et, tout en montant, elle questionnait le médecin, lui demandait s'il n'y avait vraiment plus d'espérance. Celui-ci eut un geste d'absolue condamnation. C'était folie que de venir à Lourdes dans un état pareil.

Il se reprit, avec un sourire.

« Je vous demande pardon, ma sœur. Vous savez que j'ai le malheur de ne pas croire. »

Mais elle sourit à son tour, indulgente, en amie qui tolère les imperfections de ceux qu'elle aime.

« Oh ! ça ne fait rien, je vous connais, vous êtes quand même un brave garçon... Et puis, nous voyons tant de monde, nous allons chez de tels païens, que nous aurions fort à faire, de nous scandaliser. »

En haut, dans la salle Sainte-Honorine, ils trouvèrent Mme Vêtu gémissant toujours, en proie à des souffrances intolérables. Près du lit, Mme de Jonquière et Mme Désagneaux étaient restées, pâlissantes, bouleversées d'entendre ce cri de mort qui ne cessait plus. Et, lorsqu'elles eurent questionné Ferrand, à voix basse, il répondit simplement d'un léger haussement d'épaules : c'était une femme perdue, il n'y avait plus là qu'une question d'heures, de minutes peut-être. Tout ce qu'il pouvait faire, c'était de la stupéfier, elle aussi, pour lui faciliter l'atroce agonie qu'il prévoyait. Elle le regardait, elle gardait encore sa connaissance, très obéissante d'ailleurs, ne refusant aucun médicament. Comme les autres, elle n'avait plus qu'un ardent désir, celui de retourner à la Grotte.

Elle le balbutia, d'une voix d'enfant qui tremble de n'être pas écoutée.

« À la Grotte, n'est-ce pas ? à la Grotte...

– On va vous y porter tout à l'heure, je vous le promets, dit sœur Hyacinthe. Seulement, il faut être sage. Tâchez de dormir un peu, pour prendre des forces. »

La malade parut s'assoupir, et Mme de Jonquière crut pouvoir emmener Mme Désagneaux à l'autre bout de la salle, où elles se mirent à compter du linge, toute une comptabilité dans laquelle elles ne se retrouvaient pas, des serviettes ayant disparu. Sophie n'avait pas bougé, assise sur le lit d'en face. Elle venait de poser sa poupée sur ses genoux, attendant que la dame mourût, puisqu'on lui avait dit qu'elle allait mourir.

D'ailleurs, sœur Hyacinthe était demeurée près de la mourante ; et, ne voulant pas perdre son temps, elle avait pris une aiguille et du fil, pour raccommoder le corsage d'une de ses malades, que l'usure faisait craquer aux manches.

« Vous restez un moment avec nous, n'est-ce pas ? » demanda-t-elle à Ferrand.

Celui-ci continuait à étudier Mme Vêtu.

« Oui, oui... Elle peut être emportée d'une minute à l'autre. Je crains une hémorragie. »

Puis, ayant aperçu Marie dans le lit voisin, baissant la voix :

« Comment va-t-elle ? A-t-elle éprouvé un soulagement ?

– Non, pas encore. Ah ! la chère enfant, nous faisons tous pour elle des vœux bien sincères ! Si jeune, si charmante et si affligée !... Regardez-la donc en ce moment. Est-elle jolie ! On dirait une sainte, dans tout ce soleil, avec ses grands yeux d'extase et sa chevelure d'or, qui luit pareille à une auréole. »

Ferrand, intéressé, l'examina un instant. Elle le surprenait par son air d'absence, son insouciance de tout ce qui l'entourait, l'ardente foi, l'ardente joie intérieure qui la repliaient sur elle-même.

« Elle guérira, murmura-t-il, comme s'il eût porté tout bas un pronostic. Elle guérira. »

Puis, il se rapprocha de sœur Hyacinthe, qui s'était assise dans l'embrasure de la haute fenêtre, grande ouverte à l'air tiède de la cour. Le soleil commençait à tourner, ne glissait plus qu'en une étroite barre d'or sur la coiffe blanche et la guimpe blanche. Et lui demeura debout devant elle, à la regarder coudre, adossé contre la barre d'appui.

« Vous savez, ma sœur, que ce voyage à Lourdes, dont j'ai accepté la corvée pour rendre service à un ami, va être un des rares bonheurs de mon existence. »

Elle ne comprit pas, demanda naïvement :

« Comment ça ?

– Mais parce que je vous ai retrouvée, parce que je suis ici avec vous, à vous aider un peu dans vos œuvres admirables. Et si vous saviez comme je vous ai de la reconnaissance, comme je vous aime, comme je vous vénère ! »

Elle leva la tête pour le regarder en face, elle se mit à plaisanter, sans embarras aucun. Elle était délicieuse, avec son teint de lis candide, sa bouche petite et gaie, ses adorables yeux bleus qui souriaient toujours. Et on la sentait si fine, si souple, sans plus de poitrine qu'une fillette, toute poussée en innocence et en dévouement.

« Vous m'aimez tant que ça ! pourquoi donc ?

– Pourquoi je vous aime ?... Vous êtes la créature la meilleure, la plus consolante, la plus fraternelle. Vous êtes, jusqu'ici, dans ma vie, le souvenir le plus profond, le plus doux, celui que j'évoque, lorsque j'ai besoin d'être soutenu et encouragé... Vous ne vous souvenez donc pas du mois que nous avons passé tous les deux, dans ma pauvre chambre, lorsque j'ai été si malade, et que vous m'avez si affectueusement soigné ?

– Mais si, mais si !... Même, je n'ai jamais eu de malade si gentil que vous. Tout ce que je vous donnais, vous le preniez ; et, quand je vous bordais, après vous avoir changé de linge, vous ne bougiez pas plus qu'un enfant. »

Et elle continuait à le regarder, avec son rire ingénu. Il était très beau, très robuste, le nez un peu fort, les yeux superbes, la bouche rouge, sous les moustaches noires, dans tout l'éclat de sa virile jeunesse. Mais elle semblait simplement heureuse de le voir ainsi devant elle, touché aux larmes.

« Ah ! ma sœur, je serais mort sans vous. C'est de vous avoir qui m'a guéri. »

Alors, tandis qu'ils se regardaient avec cette gaieté attendrie, le mois adorable s'évoqua. Ils n'entendaient plus le râle de Mme Vêtu, ils ne voyaient plus la salle encombrée de lits, pareille, dans son désordre, à une ambulance improvisée, après une catastrophe publique. C'était en haut d'une maison noire qu'ils se retrouvaient, dans une mansarde étroite du vieux Paris, où l'air et le jour ne leur arrivaient que par une petite fenêtre, ouverte sur un océan de toitures. Et quel charme d'être seuls, lui terrassé par la fièvre, elle tombée là comme un bon ange, venue tranquillement de son couvent, en camarade qui ne redoutait rien ! Elle soignait ainsi les femmes, les enfants, les hommes, au petit bonheur de la rencontre, parfaitement heureuse, pourvu qu'elle se remuât et qu'elle soulageât quelque souffrance, sans que jamais l'idée même de son sexe apparût en elle. Lui, non plus, ne semblait pas s'être douté qu'elle pouvait être une femme, si ce n'était qu'elle avait les mains très douces, la voix caressante, l'approche bienfaisante ; et il émanait d'elle, pourtant, toute la tendresse de la mère, toute l'affection de la sœur. Pendant trois semaines, ainsi qu'elle le disait, elle l'avait soigné comme un enfant, le levant et le couchant, lui rendant les soins intimes, sans gêne, sans répugnance, sauvés tous les deux par la pureté sainte de la souffrance et de la charité. Cela se passait au-dessus de la vie. Puis, quand la convalescence était venue, quelle bonne intimité, quels rires de vieux amis ! Elle le veillait encore, le grondait, lui donnait des tapes sur les bras, lorsqu'il s'obstinait à les tenir hors de la couverture. Il la regardait faire de petits savonnages dans la cuvette, lui laver une chemise, pour lui éviter les cinq sous du blanchissage. Jamais personne ne montait, ils étaient seuls, à mille lieues du monde, ravis de cette solitude, où s'égayait si fraternellement leur jeunesse.

« Vous souvenez-vous, ma sœur, du matin où j'ai marché pour la première fois ? Vous m'avez levé, vous m'avez soutenu, pendant que je trébuchais, maladroit, ne sachant plus me servir de mes jambes... Cela nous faisait rire.

– Oui, oui, vous étiez sauvé, j'étais bien contente.

– Et le jour où vous m'avez apporté des cerises... Je nous vois encore, moi contre mes oreillers, vous assise au bord du lit, avec les cerises entre nous deux, dans un grand papier blanc. Je n'avais pas voulu y toucher, si vous n'en mangiez pas avec moi... Alors, chacun son tour, nous en avons pris une ; et le papier s'est vidé, et elles étaient très bonnes.

– Oui, oui, très bonnes... C'était comme pour le sirop de groseille : vous ne vous décidiez à en prendre, que lorsque j'en prenais moi-même. »

Ils riaient plus haut, ces souvenirs les enchantaient. Mais un soupir douloureux de Mme Vêtu les ramena à l'heure présente. Il se pencha, jeta un coup d'œil sur la malade, qui n'avait pas bougé. La salle gardait sa grande paix frissonnante, troublée seulement par la voix claire de Mme Désagneaux, en train de compter le linge.

Étouffé d'émotion, il reprit, plus bas :

« Ah ! ma sœur, je puis vivre cent ans, je puis connaître toutes les joies, toutes les tendresses, jamais je n'aimerai une autre femme comme je vous aime ! »

Alors, sœur Hyacinthe, sans confusion pourtant, baissa la tête, se remit à coudre. Une imperceptible rougeur avait teinté de rose son teint de lis.

« Moi aussi, monsieur Ferrand, je vous aime bien... Seulement, il ne faut pas me rendre orgueilleuse. J'ai fait pour vous ce que je fais pour tant d'autres. C'est mon métier, à moi, vous savez. Et, là-dedans, il n'y a eu qu'une chose d'agréable, c'est que le bon Dieu vous a guéri. »

De nouveau, ils furent interrompus. La Grivotte et Élise Rouquet revenaient de la Grotte, avant les autres. Tout de suite, la Grivotte s'accroupit sur son matelas, par terre, au pied du lit de Mme Vêtu ; et elle tira de sa poche un morceau de pain, qu'elle se mit à dévorer. Ferrand, depuis la veille, s'était intéressé à cette phtisique, qui traversait une si curieuse période d'agitation, prise d'un appétit exagéré, d'un besoin fébrile de mouvement. Mais, à cette minute, le cas d'Élise Rouquet le frappa davantage encore ; car il devenait certain maintenant que le lupus, dont la plaie lui mangeait la face, s'était amendé. Elle continuait les lotions à la fontaine miraculeuse, elle sortait justement du bureau des constatations, où le docteur Bonamy avait triomphé. Surpris, Ferrand s'avança, examina cette plaie, pâlie déjà, un peu séchée, qui était loin d'être guérie, mais où commençait tout un travail sourd de guérison. Et le cas lui parut si curieux, qu'il se promit de prendre quelques notes pour un de ses anciens maîtres de l'École, en train d'étudier l'origine nerveuse de certaines maladies de la peau, que détermine un trouble de la nutrition.

« Vous n'avez pas senti de picotements ? demanda-t-il.

– Non, non, monsieur. Je me lave et je dis mon chapelet de toute mon âme, voilà tout ! »

La Grivotte, vaniteuse et jalouse, qui depuis la veille triomphait au milieu des foules, appela le médecin.

« Moi, monsieur, je suis guérie, guérie, guérie complètement ! »

Il eut un geste amical, en refusant de l'examiner.

« Je sais, ma fille. Vous n'avez plus rien du tout. »

Mais, à ce moment, sœur Hyacinthe le rappela. Elle venait de lâcher sa couture, en voyant Mme Vêtu se soulever, dans une nausée atroce. Malgré sa hâte, elle n'eut pas le temps d'arriver avec la cuvette : la malade avait rendu encore un flot de déjections noires, pareilles à de la suie ; et, cette fois, du sang s'y trouvait mêlé, des filets de sang violâtre. C'était l'hémorragie, la fin prochaine que Ferrand redoutait.

« Prévenez Mme la directrice », dit-il à demi-voix, en s'installant, pour rester lui-même près du lit.

Sœur Hyacinthe courut chercher Mme de Jonquière. Le linge était compté, et elle la trouva en grande conversation avec sa fille Raymonde, à l'écart, pendant que Mme Désagneaux se lavait les mains.

Raymonde venait de s'échapper un instant du réfectoire, où elle se trouvait de service. C'était, pour elle, la corvée la plus rude : cette longue salle étroite, avec ses deux rangées de tables graisseuses, son odeur écœurante de graillon et de misère, lui retournait le cœur. Et elle était montée très vite, profitant de la demi-heure qui lui restait, avant la rentrée des malades. Essoufflée, très rose, les yeux luisants, elle se jeta au cou de sa mère.

« Ah ! maman, quel bonheur !... C'est fait ! »

Étonnée, la tête pleine et bourdonnante de la direction de sa salle, Mme de Jonquière ne comprenait pas.

« Quoi donc, mon enfant ? »

Alors, Raymonde baissa la voix ; et, rougissante un peu :

« Mon mariage ! »

Ce fut le tour de la mère à se réjouir. Une satisfaction vive éclata sur son gras visage de femme mûre, belle et agréable encore. Tout de suite, elle avait revu leur petit logement de la rue Vaneau, où, depuis la mort de son mari, elle élevait si étroitement sa fille, avec les quelques milliers de francs qu'il lui laissait. Le mariage, c'était la vie recommencée, les salons rouverts, la belle situation d'autrefois reconquise.

« Ah ! mon enfant, que je suis contente ! »

Mais une gêne, brusquement, l'embarrassa. Dieu lui était témoin que, depuis trois ans, elle venait à Lourdes par un besoin de charité, pour la seule grande joie de soigner ses chers malades. Peut-être, dans son dévouement, si elle avait fait son examen de conscience, eût-elle trouvé aussi un peu de sa nature autoritaire, qui lui rendait très doux l'exercice du commandement. Et l'espoir de trouver un mari pour sa fille, parmi les jeunes gens de son monde qui pullulaient à la Grotte, ne serait sincèrement arrivé qu'en dernier. Elle y pensait bien, simplement comme à une chose possible, dont elle ne parlait pas.

Cependant, le bonheur lui arracha un aveu.

« Ah ! mon enfant, la réussite ne m'étonne pas, je l'avais demandée ce matin à la Sainte Vierge. »

Puis, elle voulut une certitude, elle se fit donner des détails. Raymonde ne lui avait pas encore conté sa longue promenade de la veille, au bras de Gérard, désireuse de ne lui parler de ces choses que triomphante, certaine d'avoir conquis enfin un mari. Et c'était fait, comme elle le criait si gaiement : le matin même, elle avait revu à la Grotte le jeune homme, qui s'était engagé d'une façon formelle. Certainement, M. Berthaud ferait la demande pour son cousin, avant leur départ de Lourdes.

« Allons, déclara Mme de Jonquière qui se remettait de son scrupule, souriante, ravie au fond, j'espère que tu seras heureuse, puisque tu es si raisonnable et que tu n'as pas besoin de moi pour mener à bien tes affaires... Embrasse-moi ! »

Ce fut alors que sœur Hyacinthe arriva, pour dire la mort imminente de Mme Vêtu. Déjà, Raymonde s'en était allée en courant. Et Mme Désagneaux, qui s'essuyait les mains, se fâchait contre ces dames auxiliaires qui avaient toutes disparu, précisément le matin où l'on aurait eu besoin d'elles.

« Ainsi, ajouta-t-elle, Mme Volmar... Je vous demande un peu où elle a pu passer ! On ne l'a pas vue une heure seulement, depuis que nous sommes ici.

– Laissez donc Mme Volmar tranquille ! répondit Mme de Jonquière avec quelque impatience. Je vous ai dit qu'elle était malade. »

D'ailleurs, toutes deux coururent auprès de Mme Vêtu. Ferrand, debout, attendait ; et sœur Hyacinthe lui ayant demandé s'il n'y avait rien à faire, il répondit non, d'un signe de tête. La mourante, comme soulagée par son premier vomissement, était restée inerte, les yeux fermés. Mais, une seconde fois, la nausée affreuse revint, elle vomit un nouveau flot de déjections noires, mêlées à du sang violâtre. Puis, elle eut encore un moment de calme, elle ouvrit les yeux, aperçut la Grivotte, qui mangeait goulûment son pain, par terre, sur le matelas. Et se sentant mourir :

« Elle est guérie, n'est-ce pas ? » demanda-t-elle.

La Grivotte l'entendit, s'exalta.

« Oh ! oui, madame, guérie, guérie, guérie tout à fait ! »

Un instant, Mme Vêtu parut en proie à une tristesse abominable, à la révolte de l'être qui ne veut pas finir, quand les autres continuent à vivre. Mais déjà elle se résignait. On l'entendit qui ajoutait très bas :

« Ce sont les jeunes qui doivent rester. »

Et ses yeux, qui restaient grands ouverts, faisaient le tour, semblaient dire adieu à tout ce monde, qu'elle était surprise de trouver là. Elle s'efforça de sourire, en rencontrant le regard d'avide curiosité que la petite Sophie Couteau continuait à fixer sur elle : cette enfant si gentille était venue l'embrasser, le matin même, dans son lit. Élise Rouquet, ne s'occupant plus de personne, avait pris son miroir, s'était absorbée dans la contemplation de sa face, qu'elle croyait voir s'embellir à vue d'œil, depuis que la plaie séchait. Mais ce fut surtout le spectacle de Marie, si charmante dans son extase, qui parut ravir la mourante. Elle la regarda longuement, ramenée toujours à elle, comme à une vision de lumière et de joie. Peut-être croyait-elle déjà apercevoir les saintes du paradis, dans la gloire du soleil.

Brusquement, les vomissements recommencèrent ; et, désormais, il n'y avait plus que du sang, ce sang gâté, d'une couleur vineuse. Le flot en était si fort, qu'il éclaboussait le drap, souillait tout le lit. Vainement, Mme de Jonquière et Mme Désagneaux apportaient des serviettes, l'une et l'autre très pâles, les jambes défaillantes. Et Ferrand, dans son impuissance, s'était reculé jusqu'à la fenêtre, à la place où il venait d'avoir une si délicieuse émotion ; tandis que, d'un mouvement instinctif, dont elle n'avait sûrement pas conscience, sœur Hyacinthe, elle aussi, était revenue à cette fenêtre heureuse, comme pour se serrer contre lui.

« Mon Dieu ! répéta-t-elle, vous ne pouvez donc rien ?

– Non, rien ! Elle va s'éteindre ainsi, pareille à une lampe qui se vide. »

Maintenant, épuisée, avec un filet rouge qui lui coulait encore de la bouche, Mme Vêtu regardait fixement Mme de Jonquière, en remuant les lèvres. La directrice se pencha, entendit des phrases lentes.

« C'est pour mon mari, madame... La boutique est rue Mouffetard, oh ! toute petite, pas loin des Gobelins... Il est horloger, il n'a pas pu me suivre, naturellement, à cause de la clientèle ; et il va être bien embarrassé, quand il verra que je ne reviens pas... Oui, je nettoyais les bijoux, je faisais les courses... »

La voix s'affaiblissait, les mots s'espaçaient dans un râle.

« Alors, madame, c'est pour vous prier de lui écrire, parce que, moi, je ne l'ai pas fait, et que c'est fini... Dites-lui que mon corps reste à Lourdes, ça ferait trop de frais... Et qu'il se remarie, il faut ça dans le commerce... La cousine, dites-lui la cousine... »

Il n'y eut plus qu'un murmure confus. La faiblesse était trop grande, le souffle s'arrêtait. Pourtant, les yeux demeuraient ouverts et vivants encore, dans la face jaune, d'une pâleur de cire. Et ces yeux semblaient s'attacher désespérément au passé, à tout ce qui allait ne plus être, la petite boutique d'horlogerie au fond d'un quartier populeux, le train uniforme et doux du ménage avec un mari travailleur, toujours penché sur des montres, les grands plaisirs du dimanche, qui étaient de voir, aux fortifications, partir des cerfs-volants. Puis, les yeux élargis cherchèrent en vain dans l'affreuse nuit qui montait.

Une dernière fois, Mme de Jonquière s'était penchée, en voyant de nouveau les lèvres remuer. Ce ne fut plus qu'un léger frisson de l'air, une voix de l'Au-delà qui balbutiait, lointaine, avec une désolation immense.

« Elle ne m'a pas guérie. »

Et Mme Vêtu expira, très doucement.

Comme si elle n'attendait que cela, la petite Sophie Couteau, satisfaite, sauta du lit, retourna jouer avec sa poupée, au bout de la salle. Ni la Grivotte, occupée à finir son pain, ni Élise Rouquet, tout entière à son miroir, ne s'aperçurent de la catastrophe. Mais, dans le souffle froid qui passait, aux chuchotements éperdus de Mme de Jonquière et de Mme Désagneaux, à qui manquait l'habitude de la mort, Marie parut s'éveiller, sortit du ravissement d'attente, où la jetait l'oraison continue de tout son être, sans paroles, bouche close. Et, quand elle eut compris, un apitoiement fraternel de compagne de douleur, certaine de sa guérison, la mit en larmes.

« Ah ! la pauvre femme, morte si loin, si seule, à l'heure de renaître ! »

Ferrand, remué profondément, lui aussi, malgré l'indifférence professionnelle, s'était avancé pour constater la mort ; et ce fut sur un signe de lui, que sœur Hyacinthe rejeta le drap, couvrant la face de la morte, car il ne fallait pas songer à enlever le corps en ce moment. Les malades revenaient par bandes de la Grotte, la salle si calme, si ensoleillée, s'emplissait de son tumulte habituel de misère et de souffrance, des toux profondes, des jambes traînantes, l'odeur fade, le pitoyable étalage de toutes les infirmités humaines.

II

Ce jour-là, le lundi, l'affluence fut énorme à la Grotte. C'était le dernier jour que le pèlerinage national devait passer à Lourdes ; et le père Fourcade, dans son instruction du matin, avait dit qu'il fallait faire un suprême effort d'amour et de foi, pour obtenir du Ciel tout ce qu'il voudrait bien donner de grâces, de guérisons prodigieuses. Aussi, dès deux heures de l'après-midi, vingt mille pèlerins étaient là, fiévreux, agités des plus ardents espoirs. De minute en minute, le flot croissait toujours, à tel point que le baron Suire, effrayé, sortit de la Grotte, pour répéter à Berthaud :

« Mon ami, nous allons être débordés, c'est certain… Doublez vos équipes, rapprochez vos hommes. »

L'Hospitalité de Notre-Dame-du-Salut se trouvait seule chargée du bon ordre, car il n'y avait là ni gardiens ni policiers d'aucune sorte ; et c'était pourquoi le président de l'Association s'inquiétait ainsi. Mais Berthaud, dans les circonstances graves, était un chef écouté, d'une énergie rassurante.

« Soyez sans crainte, je réponds de tout… Je ne bougerai pas d'ici, tant que la procession de quatre heures n'aura pas défilé. »

Cependant, il appela Gérard d'un signe.

« Donne à tes hommes la consigne la plus sévère. Qu'ils laissent passer les seules personnes munies d'une carte… Et rapproche-les, dis-leur de tenir la corde fortement. »

Là-bas, sous les lierres qui drapaient le roc, la Grotte s'ouvrait, avec l'éternel braisillement de ses cierges. De loin, elle apparaissait un peu écrasée, irrégulière, bien étroite et modeste pour le souffle d'infini qui en sortait, pâlissant et courbant toutes les têtes. La statue de la Vierge n'était plus qu'une tache blanche, qui semblait mouvante, dans le frisson de l'air, chauffé par les petites flammes jaunes. Il fallait se hausser, on distinguait mal, derrière la grille, l'autel d'argent, l'orgue-harmonium tiré de sa housse, le tas des bouquets jetés, les ex-voto bariolant les parois fumeuses. Et la journée était admirable, jamais encore un ciel plus pur ne s'était élargi au-dessus de l'immense foule, la douceur de la brise surtout paraissait délicieuse, après l'orage de la nuit, qui avait fait tomber la chaleur trop pesante des deux premiers jours.

Gérard dut jouer des coudes pour répéter les ordres. Des poussées se produisaient déjà.

« Encore deux hommes ici ! Mettez-vous quatre, s'il le faut, et tendez bien la corde ! »

C'était instinctif, invincible : les vingt mille personnes qui étaient là, se trouvaient comme attirées par la Grotte, allaient à elle, par une irrésistible attraction, où une brûlante curiosité se mêlait à la soif du mystère. Tous les yeux convergeaient, toutes les bouches, toutes les mains, tous les corps étaient emportés vers le flamboiement pâle des cierges, vers la tache blanche, mouvante de la Vierge de marbre. Et, pour que le large espace réservé aux malades, devant la grille, ne fût pas envahi par la cohue croissante, il avait fallu l'entourer d'une grosse corde, que les brancardiers tenaient des deux mains, à des intervalles de deux ou trois mètres. Ceux-ci avaient l'ordre de ne laisser passer que les malades, portant la carte qui les hospitalisait, ou bien les quelques personnes munies d'une autorisation spéciale. Ils se contentaient de soulever la corde, puis la tendaient de nouveau derrière les élus, sans écouter aucune supplication. Même ils se montraient un peu rudes, glissant au plaisir d'user de cette autorité, dont ils étaient investis pour un jour. À la vérité, on les bousculait fort, et ils devaient se soutenir les uns les autres, résister de toute la solidité de leurs reins, pour ne pas être emportés.

Alors, pendant que les bancs, devant la Grotte, et le vaste espace réservé se remplissaient de malades, de petites voitures, de brancards, la foule, la foule immense roula aux alentours. Elle partait de la place du Rosaire, elle se perdait au fond de la promenade, le long du Gave ; et, sur toute la longueur, le trottoir était noir de monde, une vague humaine si dense, que la circulation s'y trouvait arrêtée. Sur le parapet, une ligne interminable de femmes assises, quelques-unes même debout, afin de mieux voir, faisaient miroiter au soleil la soie de leurs ombrelles, des soies claires, d'une gaieté de fête. On avait voulu conserver une allée libre, pour amener les malades ; mais, continuellement, elle était envahie, obstruée, de sorte que les voitures et les brancards restaient en chemin, noyés, perdus, jusqu'à ce qu'un brancardier les dégageât. C'était, cependant, un grand piétinement de troupeau docile, une foule d'une innocence, d'une douceur d'agneau, dont on n'avait à combattre que l'involontaire poussée, l'aveugle masse roulant vers la clarté des cierges. Jamais aucun accident n'était arrivé, malgré l'excitation qui peu à peu montait et la jetait au délire déréglé de la foi.

Mais, de nouveau, le baron Suire se fraya un passage.

« Berthaud ! Berthaud ! veillez donc à ce que le défilé soit plus lent !... Il y a des femmes et des enfants qu'on étouffe. »

Cette fois, Berthaud eut un geste d'impatience.

« Ah ! dame, je ne puis pas être partout... Fermez la grille un instant, s'il le faut. »

Il s'agissait du défilé qu'on organisait dans la Grotte, pendant l'après-midi entier. On laissait entrer les fidèles par la porte de gauche, et ils sortaient par la porte de droite.

« Fermer la grille ! s'écria le baron. Mais ce sera pis, tous viendront s'y écraser ! »

Justement, Gérard était là, qui s'oubliait à causer un instant avec Raymonde, debout de l'autre côté de la corde, tenant un bol de lait qu'elle portait à une vieille femme paralytique. Et Berthaud commanda au jeune homme de poster deux brancardiers à la porte d'entrée de la grille, avec la consigne de ne plus laisser passer les pèlerins que dix par dix. Puis, quand Gérard eut exécuté cet ordre, et qu'il revint, il retrouva Berthaud avec Raymonde, riant, plaisantant. Elle s'éloigna, les deux cousins la regardèrent, pendant qu'elle faisait boire la paralytique.

« Elle est charmante, et c'est décidé, tu l'épouses, n'est-ce pas ?

– Je ferai ce soir ma demande à la mère. Je compte que tu m'accompagneras.

– Mais sans doute... Tu sais ce que je t'ai dit. Rien n'est plus raisonnable. L'oncle te casera avant six mois. »

Une poussée les sépara. Berthaud alla s'assurer par lui-même, à la Grotte, si le défilé, maintenant, s'opérait avec méthode, sans bousculade. C'était, pendant des heures, le même flot ininterrompu de femmes, d'hommes, d'enfants, tous ceux qui voulaient, tous ceux qui passaient, venus du monde entier. Aussi les classes se trouvaient-elles singulièrement mêlées, des mendiants en loques à côté de bourgeois cossus, des paysannes, des dames bien mises, des servantes en cheveux, des fillettes pieds nus, des fillettes pommadées, le front ceint d'un ruban. L'entrée était libre, le mystère s'ouvrait pour tous, aux incroyants comme aux fidèles, à ce que l'unique curiosité poussait comme à ceux qui pénétraient là, le cœur défaillant d'amour. Et il fallait les voir, tous presque aussi émus, dans l'odeur tiède de la cire, un peu étouffés par cet air lourd de tabernacle qui s'amassait sous la roche, regardant à leurs pieds, par crainte de glisser sur les grilles de fonte. Beaucoup restaient ahuris, ne s'inclinaient même pas, examinaient les choses, avec la sourde inquiétude des différents égarés dans l'inconnu redoutable d'un sanctuaire. Mais les dévots se signaient, jetaient parfois des lettres, déposaient des cierges et des bouquets, baisaient le roc, au-dessous de la Vierge, ou bien frottaient à cette place des chapelets, des médailles, les menus objets de piété, que ce contact suffisait à bénir. Et le défilé continuait, continuait sans fin, pendant des jours, pendant des mois, depuis des années ; et il semblait que toute la terre vînt passer là, au fond de ce coin de rocher, toutes les misères et toutes les souffrances humaines à la file, dans cette sorte de ronde hypnotisée et contagieuse, en quête du bonheur.

Lorsque Berthaud eut constaté que les choses, partout, s'organisaient le mieux du monde, il se promena en simple spectateur, surveillant ses hommes. Son inquiétude unique restait la procession du saint sacrement, pendant laquelle une telle frénésie se déclarait, que des accidents étaient toujours à craindre. Cette dernière journée s'annonçait fervente, par le frisson de foi exaltée qu'il sentait déjà monter de la foule. L'entraînement s'achevait, la fièvre du voyage, l'obsession des mêmes cantiques répétés sans fin, la hantise entêtée des mêmes exercices religieux, et toujours les conversations sur les miracles, et toujours l'idée fixée sur le flamboiement divin de la Grotte. Beaucoup ne dormaient pas depuis trois nuits, en arrivaient à un état de veille hallucinée, marchant dans un rêve qui s'exaspérait. Aucun repos ne leur était laissé, les continuelles prières étaient comme un fouet cinglant leurs âmes. Jamais les appels à la Sainte Vierge ne cessaient, des prêtres se succédaient dans la chaire, criant la douleur universelle, dirigeant les supplications désespérées de la foule, pendant tout le temps que les malades demeuraient là, devant la pâle statue de marbre, qui souriait, les mains jointes, les yeux au ciel.

À ce moment, la chaire de pierre blanche, à droite de la Grotte, contre le roc, se trouvait occupée par un prêtre de Toulouse, que Berthaud connaissait et qu'il écouta un instant, d'un air approbateur. C'était un gros homme, à la parole grasse, célèbre par ses succès oratoires. D'ailleurs, toute l'éloquence consistait ici en des poumons solides, en une façon violent de lancer la phrase, le cri, que la foule entière devait répéter ; car ce n'était guère qu'une vocifération, coupée d'*Ave* et de *Pater*.

Le prêtre, qui venait d'achever le chapelet, tâcha de se grandir sur ses courtes jambes, jeta le premier appel des litanies qu'il inventait, qu'il conduisait à sa guise, selon l'inspiration dont il état possédé.

« Marie, nous vous aimons ! »

Et la foule répéta, d'un souffle plus bas, confus et brisé :

« Marie, nous vous aimons ! »

Dès lors, cela ne s'arrêta plus. La voix du prêtre sonnait à toute volée, la voix de la foule reprenait, dans un balbutiement de douleur :

« Marie, vous êtes notre seul espoir !

– Marie, vous êtes notre seul espoir !

– Vierge pure, faites-nous plus purs, parmi les purs !

– Vierge pure, faites-nous plus purs, parmi les purs !

– Vierge puissante, sauvez nos malades !

– Vierge puissante, sauvez nos malades ! »

Souvent, lorsque son imagination restait à court, ou lorsqu'il voulait enfoncer davantage un cri, jusqu'à trois fois il le répétait ; tandis que la foule, docile, le répétait également trois fois, frémissante sous l'énervement de cette lamentation obstinée, qui augmentait sa fièvre.

Les litanies continuèrent, et Berthaud retourna vers la Grotte. Ceux qui défilaient à l'intérieur, avaient, en faisant face aux malades, un spectacle extraordinaire. Tout le vaste espace, entre les cordes, était rempli par les mille à douze cents malades que le pèlerinage national avait amenés ; et c'était, sous le grand ciel pur, dans la journée radieuse, le plus navrant pêle-mêle qu'on pût voir. Les trois hôpitaux avaient vidé là leurs salles d'épouvante. Au plus loin, d'abord, sur les bancs, on venait d'entasser les valides, ceux qui pouvaient encore se tenir assis. Beaucoup étaient pourtant calés avec des coussins ; d'autres s'épaulaient entre eux, les forts soutenaient les faibles. Puis, en avant, devant la Grotte même, les grands malades restaient allongés, les dalles disparaissaient sous ce pitoyable flot, une mare d'horreur élargie et stagnante. Il s'était produit un enchevêtrement de voitures, de brancards, de matelas, inexprimable. Certains, dans des chariots, des gouttières, des sortes de cercueil, se soulevaient, dominaient ; tandis que les plus nombreux, au ras de terre, semblaient couchés sur le sol. Il y en avait de vêtus, étendus simplement sur les toiles à carreaux des matelas. On avait apporté les autres avec leur literie, on ne voyait que leur tête et leurs mains pâles, en dehors des draps. Peu de ces grabats étaient propres. Seuls, quelques oreillers éblouissants de blancheur, ornés d'une broderie par une coquetterie dernière, éclataient parmi la misère crasseuse des autres, un déballage de loques, des couvertures fripées, des linges éclaboussés de souillures. Cela poussé, serré, empilé au petit bonheur de l'arrivée, des femmes, des hommes, des enfants, des prêtres, les gens déshabillés avec les gens vêtus, sous le plein jour aveuglant.

Et toutes les maladies y étaient, l'affreux défilé qui, deux fois par jour, sortait des hôpitaux pour traverser Lourdes épouvanté. Des têtes mangées par l'eczéma, des fronts couronnés de roséole, des nez et des bouches dont l'éléphantiasis avait fait des groins informes. Puis, des hydropiques, gonflées comme des outres, des rhumatisantes aux mains tordues, aux pieds enflés, pareils à des sacs bourrés de chiffons, une hydrocéphale dont le crâne énorme, trop lourd, se renversait en arrière. Puis, des phtisiques, tremblant la fièvre, épuisées de dysenterie, la peau livide, d'une maigreur de squelette. Puis, les difformités des contractures, les tailles déjetées, les bras retournés, les cous plantés de travers, les pauvres êtres cassés et broyés, immobilisés en des postures de pantin tragique. Puis, de tristes filles rachitiques étalant leur teint de cire, leur nuque frêle, rongée d'humeurs froides ; des femmes jaunes, hébétées, dans la stupeur douloureuse des misérables que le cancer dévore ; d'autres blêmissantes, n'osant bouger, redoutant le choc des tumeurs, dont la pesante angoisse les étouffait. Sur les bancs, des sourdes ahuries n'entendaient rien, chantaient quand même ; des aveugles, la tête haute et droite, restaient, pendant des heures, tournées vers la statue de la Vierge, qu'elles ne pouvaient voir. Et il y avait encore la folle, frappée d'imbécillité, le nez emporté par quelque chancre, qui riait d'un rire terrifiant, avec sa bouche vide et noire ; et il y avait l'épileptique qu'une récente crise avait laissée d'une pâleur de mort, l'écume aux coins des lèvres.

Mais la maladie, la souffrance n'importaient plus, depuis que tous étaient là, assis ou couchés, les yeux fixés sur la Grotte. Les pauvres visages décharnés, couleur de terre, se transfiguraient, se mettaient à brûler d'espoir. Des mains ankylosées se joignaient, des paupières trop lourdes trouvaient la force de se soulever, des voix éteintes se ranimaient, aux appels du prêtre. D'abord, ce n'étaient que des balbutiements indistincts, pareils à des petits souffles de vent qui se levaient, épars au-dessus de la foule. Ensuite, le cri montait, s'étendait, gagnait la foule elle-même, d'un bout à l'autre de l'immense place.

« Marie conçue sans péché, priez pour nous ! » criait le prêtre de sa voix tonnante.

Et les malades, et les pèlerins répétaient de plus en plus haut :

« Marie conçue sans péché, priez pour nous ! »

Ensuite, cela se dévidait, s'accélérait encore.

« Mère très pure, Mère très chaste, vos enfants sont à vos pieds !

– Mère très pure, Mère très chaste, vos enfants sont à vos pieds !

– Reine des anges, dites un mot, et nos malades seront guéris !

– Reine des anges, dites un mot, et nos malades seront guéris ! »

Cependant, du côté de la chaire, M. Sabathier se trouvait au second rang. Il s'était fait amener de bonne heure, voulant choisir sa place, en vieil habitué qui connaissait les bons coins. Puis, il lui semblait qu'il y avait un intérêt capital à être le plus près possible, sous les yeux mêmes de la Vierge, comme si elle avait eu besoin de voir ses fidèles, pour ne pas les oublier. Depuis les sept années qu'il venait, il ne nourrissait d'ailleurs que cet espoir : se faire remarquer d'elle un jour, la toucher enfin, obtenir sa guérison, sinon au choix, du moins à l'ancienneté. Cela ne lui demandait que de la patience, sans que la solidité de sa foi en fût ébranlée le moins du monde. Seulement, en pauvre homme résigné, un peu las d'être ajourné toujours, il se permettait parfois des distractions. Il avait obtenu de garder près de lui sa femme, assise sur un pliant, et il aimait à causer, à lui faire part de ses réflexions.

« Chère amie, relève-moi un peu… Je glisse, je suis très mal. »

Il était vêtu, en pantalon et en veston de grosse laine, assis sur son matelas, le dos appuyé contre une chaise renversée.

« Es-tu mieux ? demanda Mme Sabathier.

– Oui, oui… »

Puis, s'intéressant au frère Isidore, qu'on avait fini par amener quand même, et qui occupait un matelas voisin, couché, le drap au menton, les mains seules dehors, jointes sur la couverture :

« Ah ! le pauvre homme… C'est bien imprudent, mais la Sainte Vierge est si puissante, quand elle veut bien ! »

Il reprenait son chapelet, lorsqu'il s'interrompit de nouveau, en apercevant Mme Maze qui venait de se glisser dans l'enceinte réservée, si mince, si discrète, qu'elle avait sans doute passé par-dessous les cordes, sans qu'on la remarquât. Elle s'était assise à l'extrémité d'un banc, elle n'y tenait pas plus de place qu'une fillette, bien sage, immobile. Et sa face longue aux traits lassés, ses trente-deux ans de blonde flétrie, fanée avant l'âge, respiraient une tristesse sans bornes, un abandon infini.

« Alors, reprit tout bas M. Sabathier, en s'adressant à sa femme, avec un petit signe du menton, c'est pour la conversion de son mari qu'elle prie, cette dame… Tu t'es rencontrée avec elle, ce matin, dans une boutique.

– Oui, oui, répondit Mme Sabathier. Et puis, j'ai causé d'elle avec une autre dame qui la connaît… Son mari est voyageur de commerce. Il la quitte pendant des six mois, s'en va avec des créatures. Oh ! un garçon très gai, très gentil, qui ne la laisse pas manquer d'argent. Seulement, elle l'adore, elle ne peut se faire à son abandon et vient demander à la Sainte Vierge de le lui rendre… En ce moment, paraît-il, il est justement à Luchon avec deux dames, les deux sœurs… »

D'un geste, M. Sabathier interrompit sa femme. Il regardait la Grotte, il redevenait l'intellectuel, l'ancien professeur que les questions d'art avaient passionné autrefois.

« Vois-tu, ils ont gâté la Grotte, en voulant trop la faire belle. Je suis certain qu'elle était beaucoup mieux, dans sa sauvagerie d'autrefois. Elle a perdu de son caractère… Et quelle affreuse boutique ils ont collée là, à gauche ! »

Mais il eut le brusque remords de sa distraction. Pendant ce temps-là, la Sainte Vierge ne distinguait-elle pas un de ses voisins, plus fervent, d'une meilleure tenue que lui ? Inquiet, il retomba dans sa modestie, dans sa patience, l'œil éteint et sans pensée, attendant le bon plaisir du Ciel.

D'ailleurs, l'éclat d'une voix nouvelle le ramenait à cet anéantissement, à cette mort du raisonneur lettré qu'il avait jadis été. C'était un autre prédicateur qui venait de monter en chaire, un capucin cette fois, et dont le cri guttural, répété avec insistance, secouait la foule d'un frisson.

« Sainte Vierge des vierges, soyez bénie !

– Sainte Vierge des vierges, soyez bénie !

– Sainte Vierge des vierges, ne détournez pas la face de vos enfants !

– Sainte Vierge des vierges, ne détournez pas la face de vos enfants !

– Sainte Vierge des vierges, soufflez sur nos plaies, et nos plaies sécheront !

– Sainte Vierge des vierges, soufflez sur nos plaies, et nos plaies sécheront ! »

Occupant le bout du premier banc, au bord de l'allée centrale qui s'encombrait, la famille Vigneron avait réussi à se caser. Ils étaient tous là : le petit Gustave, assis et affaissé, sa béquille entre les jambes ; la mère, à côté de lui, suivant les prières en bourgeoise correcte ; la tante, Mme Chaise, de l'autre côté, gênée par la foule, suffoquée ; et M. Vigneron, silencieux, qui examinait depuis un moment cette dernière avec attention.

« Qu'avez-vous donc, ma chère ? Est-ce que vous vous trouvez mal ? »

Elle respirait avec peine.

« Mais je ne sais pas… Je ne sens plus mes membres, et l'air me manque tout à fait. »

À l'instant, il venait de songer que cette agitation, ces fièvres, ces bousculades d'un pèlerinage ne devaient guère être bonnes pour une maladie de cœur. Certes, il ne souhaitait la mort de personne, il n'avait jamais demandé à la Sainte Vierge une chose pareille. Si, déjà, elle avait exaucé son vœu d'avancement, grâce à la mort subite de son chef, c'était que celui-ci, certainement, devait être condamné, dans les desseins du Ciel. Et, de même, si Mme Chaise mourait la première, en laissant sa fortune à Gustave, il n'aurait qu'à s'incliner devant la volonté de Dieu, qui veut d'ordinaire que les gens âgés partent avant les jeunes. Son espoir, inconsciemment, n'en fut pas moins si vif, qu'il ne put s'empêcher d'échanger un regard avec sa femme, envahie par la même pensée involontaire.

« Gustave, recule-toi, s'écria-t-il. Tu gênes ta tante. »

Et, comme Raymonde passait :

« Mademoiselle, vous n'auriez pas un verre d'eau ? Nous avons là une de nos parentes qui perd connaissance. »

Mais Mme Chaise refusa du geste. Elle se remettait, elle reprit haleine avec effort.

« Non, rien, merci… Me voilà mieux… Ah ! j'ai bien cru que, cette fois, j'étouffais ! »

La peur la laissait tremblante, avec des yeux hagards, dans sa face blême. Elle joignit de nouveau les mains, elle supplia la Sainte Vierge de la sauver des autres crises, de la guérir ; tandis que les Vigneron, l'homme et la femme, braves gens, retombaient au vœu sourd de bonheur qu'ils venaient faire à Lourdes : une vieillesse heureuse, bien méritée par vingt ans d'honnêteté, une fortune solide qu'ils iraient sur le tard manger à la campagne, en cultivant les fleurs. Le petit Gustave, qui avait tout vu, tout remarqué, de ses yeux vifs, avec son intelligence affinée par la souffrance, ne priait pas, souriait au vide, de son sourire perdu et énigmatique. À quoi bon prier ? Il savait que la Sainte Vierge ne le guérirait pas, et qu'il mourrait.

Mais M. Vigneron ne pouvait rester longtemps sans s'occuper de ses voisins. Au milieu de l'allée centrale, encombrée, on avait déposé Mme Dieulafay, venue en retard ; et il s'émerveillait de ce luxe, de cette sorte de cercueil capitonné de soie blanche, où la jeune femme gisait, vêtue elle-même d'un peignoir rose, garni de valenciennes. Le mari, en redingote, et la sœur, en toilette noire, d'une simple et merveilleuse élégance, restaient debout ; tandis que l'abbé Judaine, agenouillé près de la malade, achevait une fervente prière.

Lorsque le prêtre se releva, M. Vigneron lui fit une petite place sur le banc, à côté de lui. Il se permit ensuite de l'interroger.

« Eh bien ! monsieur le curé, cette pauvre jeune femme éprouve-t-elle un peu de mieux ? »

L'abbé Judaine eut un geste d'infinie tristesse.

« Hélas ! non... J'étais plein d'un si grand espoir ! C'est moi qui ai décidé la famille à venir. La Sainte Vierge m'avait fait, il y a deux ans, une grâce tellement extraordinaire en guérissant mes pauvres yeux perdus, que je comptais obtenir d'elle encore une faveur... Enfin, je ne veux pas désespérer. Nous avons jusqu'à demain. »

M. Vigneron examinait ce visage de femme, dont on retrouvait l'ovale pur, les yeux admirables, maintenant anéanti, couleur de plomb, pareil au masque de la mort, parmi les dentelles.

« C'est vraiment bien triste, murmura-t-il.

– Et si vous l'aviez vue, l'été dernier ! reprit le prêtre. Ils ont leur château à Saligny, ma paroisse, et je dînais souvent chez eux... Je ne puis regarder sans tristesse sa sœur aînée, Mme Jousseur, cette dame en noir qui est là ; car elle lui ressemble beaucoup, et la malade était plus jolie encore, une des beautés de Paris. Comparez, voyez cet éclat, cette grâce souveraine, à côté de cette pauvre créature pitoyable... Cela serre le cœur, quelle leçon affreuse ! »

Il se tut un instant. Le saint homme qu'il était si naturellement, sans passions aucunes, sans intelligence vive qui le dérangeât dans sa foi, montrait une admiration naïve pour la beauté, la richesse, la puissance, qu'il n'avait jamais enviées. Cependant, il osa exprimer un doute, un scrupule qui troublait sa sérénité habituelle.

« Moi, j'aurais voulu qu'elle vînt ici plus simplement, sans tout cet appareil de luxe, parce que la Sainte Vierge préfère les humbles... Mais je comprends très bien qu'il y a des nécessités sociales. Et puis, son mari et sa sœur l'aiment tant ! Songez qu'ils se sont résignés à quitter, lui ses affaires, elle ses plaisirs, si bouleversés à l'idée de la perdre, qu'ils ont toujours ces yeux humides, cet air éperdu que vous leur voyez. Aussi faut-il les excuser de lui donner la joie d'être belle jusqu'à la dernière heure. »

D'un hochement de tête, M. Vigneron approuvait. Ah ! ce n'étaient pas les gens riches qui avaient le plus de chance, à la Grotte ! Des servantes, des paysannes, des pauvresses guérissaient, lorsque les dames s'en retournaient avec leurs maladies, sans soulagement, en dépit de leurs cadeaux et des gros cierges qu'elles faisaient brûler. Et, malgré lui, il regarda Mme Chaise, qui, remise, se reposait d'un air béat.

Mais un souffle courut dans la foule, et l'abbé Judaine dit encore :

« Voici le père Massias qui monte en chaire. C'est un saint, écoutez-le. »

On le connaissait, il ne pouvait paraître, sans que toutes les âmes fussent agitées d'une soudaine espérance, car on racontait que sa grande ferveur aidait aux miracles. Il passait pour avoir une voix de tendresse et de force, aimée de la Vierge.

Toutes les têtes s'étaient levées, l'émotion grandit encore, lorsqu'on aperçut le père Fourcade, venu jusqu'au pied de la chaire, en s'appuyant sur l'épaule de son frère bien-aimé, préféré entre tous ; et il restait là, afin de l'entendre lui aussi. Son pied goutteux le faisait souffrir davantage depuis le matin, il lui fallait un grand courage pour demeurer ainsi debout, souriant. L'exaltation croissante de la foule le rendait heureux, il prévoyait des prodiges, des guérisons éclatantes, à la gloire de Marie et de Jésus.

Dans la chaire, le père Massias ne parla pas tout de suite. Il semblait très grand, maigre et pâle, avec une face d'ascète, que sa barbe décolorée allongeait encore. Ses yeux étincelaient, sa grande bouche éloquente se gonflait passionnément.

« Seigneur, sauvez-nous, nous périssons ! »

Et la foule, emportée, répéta, dans une fièvre qui augmentait de minute en minute :

« Seigneur, sauvez-nous, nous périssons ! »

Il ouvrait les bras, il lançait son cri de flamme, comme s'il l'eût arraché de son cœur embrasé.

« Seigneur, si vous le voulez, vous pouvez me guérir !

– Seigneur, si vous le voulez, vous pouvez me guérir !

– Seigneur, je ne suis pas digne que vous entriez dans ma maison, mais dites seulement une parole, et je serai guéri !

– Seigneur, je ne suis pas digne que vous entriez dans ma maison, mais dites seulement une parole, et je serai guéri ! »

Marthe, la sœur du frère Isidore, s'était mise à causer tout bas avec Mme Sabathier, près de qui elle venait enfin de s'asseoir. Toutes deux avaient fait connaissance à l'hôpital ; et, dans le rapprochement de tant de souffrance, la servante disait familièrement à la bourgeoise combien elle était inquiète de son frère ; car, elle le voyait bien, il n'avait plus qu'un souffle. La Sainte Vierge pouvait se dépêcher, si elle voulait le guérir. C'était déjà un miracle qu'on l'eût amené vivant, jusqu'à la Grotte.

Dans sa résignation de pauvre créature simple, elle ne pleurait pas. Mais elle avait le cœur si gros, que ses rares paroles s'étouffaient. Puis, un flot du passé lui revint ; et, la bouche empâtée de ses longs silences, elle soulagea son cœur.

« Nous étions quatorze à la maison, à Saint-Jacut, près de Vannes… Lui, tout grand qu'il était, a toujours été chétif ; et c'est pour ça qu'il est resté avec notre curé, lequel a fini par le mettre dans les Écoles chrétiennes… Les aînés ont pris le bien, et moi, j'ai préféré entrer en condition. Oui, c'est une dame qui m'a ramenée avec elle à Paris, voici cinq ans déjà… Ah ! que de peine dans la vie ! Tout le monde a tant de peine !

– Vous avez bien raison, ma fille, répondit Mme Sabathier, en regardant son mari, qui répétait avec dévotion chaque phrase du père Massias.

– Alors, continua Marthe, voilà que j'ai su, le mois dernier, qu'Isidore, revenu des pays chauds, où il était en mission, avait rapporté de là-bas une mauvaise maladie… Alors, quand j'ai couru le voir, il m'a dit qu'il allait mourir, s'il ne partait pas pour Lourdes, mais que ça lui était impossible de faire le voyage, parce qu'il n'avait personne pour l'accompagner… Alors, j'avais quatre-vingts francs d'économies, et j'ai quitté ma place, et nous sommes partis ensemble… Voyez-vous, madame, si je l'aime bien, c'est que, lorsque j'étais petite, il m'apportait des groseilles de la cure, tandis que mes autres frères me battaient. »

Elle retomba dans son silence, le visage gonflé de chagrin, sans que les larmes pussent couler de ses tristes yeux brûlés par les veilles. Et elle ne bégaya plus que des mots sans suite.

« Regardez-le donc, madame… Ça fait pitié… Ah ! mon Dieu, ses pauvres joues, son pauvre menton, sa pauvre figure… »

C'était, en effet, un spectacle lamentable. Mme Sabathier avait le cœur retourné, à voir le frère Isidore si jaune, si terreux, glacé d'une sueur d'agonie. Il ne montrait toujours hors du drap que ses mains jointes et son visage encadré de cheveux rares ; mais, si les mains de cire semblaient mortes, si la longue face douloureuse n'avait plus un trait qui remuât, les yeux vivaient encore, des yeux d'amour inextinguible, dont la flamme suffisait à éclairer tout son visage expirant de Christ en croix. Et jamais le contraste ne s'était accusé si nettement, entre le front bas, l'air borné, bestial du paysan, et la splendeur divine qui sortait de ce pauvre masque humain, dévasté, sanctifié par la souffrance, devenu sublime à l'heure dernière, dans le flamboiement passionné de la foi. La chair s'était comme fondue, il n'était plus même un souffle, il n'était qu'un regard, une lumière.

Depuis qu'on l'avait déposé là, le frère Isidore ne quittait pas des yeux la statue de la Vierge. Rien d'autre n'existait autour de lui. Il ne voyait pas la foule énorme, il n'entendait même pas les cris éperdus des prêtres, les cris incessants qui secouaient cette foule frémissante. Ses yeux seuls lui restaient, ses yeux brûlants d'une infinie tendresse, et ils s'étaient fixés sur la Vierge, pour ne jamais plus s'en détourner. Ils la buvaient jusqu'à la mort, dans une volonté dernière de disparaître, de s'éteindre en elle. Un instant, la bouche s'entrouvrit, une expression de béatitude céleste détendit le visage. Puis, rien ne bougea plus, les yeux demeuraient grands ouverts, obstinément fixés sur la statue blanche.

Quelques secondes s'écoulèrent. Marthe avait senti un souffle froid, qui lui glaçait la racine des cheveux.

« Dites donc, madame, regardez ! »

Anxieuse, Mme Sabathier feignit de ne pas comprendre.

« Quoi donc ? ma fille.

– Mon frère, regardez !... Il ne bouge plus. Il a ouvert la bouche, et puis il n'a plus bougé. »

Alors, toutes deux frémirent, dans la certitude qu'il était mort. Il venait de passer, sans un râle, sans un souffle, comme si la vie s'en fût allée dans son regard, par ses grands yeux d'amour, dévorants de passion. Il avait expiré en regardant la Vierge, et rien n'était d'une douceur comparable, et il continuait à la regarder de ses yeux morts, avec d'ineffables délices.

« Tâchez de lui fermer les yeux, murmura Mme Sabathier. Nous saurons bien. »

Marthe s'était levée ; et, se penchant, pour qu'on ne la vît pas, elle s'efforça de fermer les yeux, d'un doigt qui tremblait. Mais, chaque fois, les yeux se rouvraient, regardaient de nouveau la Vierge, obstinément. Il était mort, et elle dut les laisser grands ouverts, noyés d'une extase sans fin.

« Ah ! c'est fini, c'est bien fini, madame ! » bégaya-t-elle.

Deux larmes crevèrent de ses paupières lourdes, coulèrent sur ses joues ; tandis que Mme Sabathier lui saisissait la main, pour la faire taire. Des chuchotements avaient couru, une inquiétude déjà se propageait. Mais quel parti prendre ? Au milieu d'une telle cohue, pendant les prières, on ne pouvait emporter ce corps, sans courir le risque de produire un effet désastreux. Le mieux était de le laisser là, en attendant un moment favorable. Il ne scandalisait personne, il ne semblait pas plus mort que dix minutes auparavant, et tout le monde pouvait croire que ses yeux de flamme vivaient toujours, dans leur ardent appel à la divine tendresse de la Sainte Vierge.

Seules, parmi l'entourage, quelques personnes savaient. Effaré, M. Sabathier avait questionné sa femme d'un petit signe ; et, renseigné par une muette et longue affirmation, il s'était remis sans révolte à prier, pâlissant devant la mystérieuse toute-puissance qui envoyait la mort, lorsqu'on lui demandait la vie. Les Vigneron, extraordinairement intéressés, se penchaient, chuchotaient, comme à la suite d'un accident de la rue, un de ces faits divers que le père, à Paris, rapportait parfois de son bureau et qui occupaient toute la soirée. Mme Jousseur s'était tournée, avait murmuré un simple mot à l'oreille de M. Dieulafay ; puis, ils étaient retombés l'un et l'autre dans la contemplation navrée de leur chère malade ; tandis que l'abbé Judaine, averti par M. Vigneron, s'agenouillait, disait à voix basse, très ému, les prières des morts. N'était-ce point un saint, ce missionnaire, revenu des pays meurtriers avec sa blessure mortelle au flanc, pour mourir là, sous le regard souriant de la Sainte Vierge ? Et Mme Maze était prise du goût de la mort, résolue à supplier le Ciel de la supprimer ainsi, discrètement, s'il ne l'exauçait pas en lui rendant son mari.

Mais le cri du père Massias monta encore, éclata avec une force de désespérance terrible, dans un déchirement de sanglot.

« Jésus, fils de David, je vais périr, sauvez-moi ! »

Et la foule sanglota après lui.

« Jésus, fils de David, je vais périr, sauvez-moi ! »

Puis, coup sur coup, les appels s'entêtèrent à crier de plus en plus haut la misère exaspérée du monde.

« Jésus, fils de David, ayez pitié de vos enfants malades !

– Jésus, fils de David, ayez pitié de vos enfants malades !

– Jésus, fils de David, venez, guérissez-les, et qu'ils vivent !

– Jésus, fils de David, venez, guérissez-les, et qu'ils vivent ! »

C'était du délire. Le père Fourcade, au pied de la chaire, gagné par l'extraordinaire passion qui débordait des cœurs, avait levé les bras, criant lui aussi de sa voix de foudre, pour violenter le Ciel. Et l'exaltation croissait toujours, sous ce vent du désir, dont le souffle courbait la foule, de proche en proche, jusqu'aux jeunes dames simplement curieuses, assises là-bas sur le parapet du Gave, blêmissantes sous leurs ombrelles. La misérable humanité clamait du fond de son abîme de souffrance, et la clameur passait en un frisson sur toutes les nuques, et il n'y avait plus là qu'un peuple agonisant, se refusant à la mort, voulant forcer Dieu à décréter l'éternelle vie. Ah ! la vie, la vie ! tous ces malheureux, tous ces moribonds accourus de si loin, parmi tant d'obstacles, ils ne voulaient qu'elle, ils ne réclamaient qu'elle, dans un besoin désordonné de la vivre encore, de la vivre toujours ! Oh ! Seigneur, quelle que soit notre misère, quel que soit notre tourment de vivre, guérissez-nous, faites que nous recommencions à vivre, pour souffrir de nouveau ce que nous avons souffert. Si malheureux que nous soyons, nous voulons être. Ce n'est pas le Ciel que nous vous demandons, c'est la terre, c'est de la quitter le plus tard possible, c'est de ne la quitter jamais, si votre pouvoir daignait aller jusque-là. Et même, lorsque nous n'implorons plus une guérison physique, mais une faveur morale, c'est encore le bonheur que nous vous demandons, le bonheur dont la soif unique nous brûle. Oh ! Seigneur, faites que nous soyons heureux et bien portants, laissez-nous vivre, laissez-nous vivre !

Ce cri fou, le cri du furieux désir de la vie, jeté par le père Massias, se brisait, sortait en larmes de toutes les poitrines.

« Oh ! Seigneur, fils de David, guérissez nos malades !

– Oh ! Seigneur, fils de David, guérissez nos malades ! »

Deux fois, Berthaud avait dû se précipiter, pour empêcher que les cordes ne fussent rompues, sous les poussées inconscientes de la foule. Désespéré, submergé, le baron Suire faisait des gestes, suppliant qu'on vînt à son secours ; car la Grotte se trouvait envahie, le défilé n'était plus qu'un piétinement de troupeau, se ruant à sa passion. Vainement, Gérard quitta de nouveau Raymonde, alla se poster lui-même à la porte d'entrée de la grille, afin de rétablir la consigne, dix personnes par dix personnes. Il fut bousculé, balayé à l'écart. Tout le peuple enfiévré, exalté, entrait, passait comme un torrent dans le flamboiement des cierges, jetait des bouquets et des lettres à la Sainte Vierge, baisait la roche, que des millions de bouches enflammées avaient polie. C'était la foi déchaînée, la grande force, que rien n'arrêtait plus.

Et Gérard, alors, écrasé contre la grille, entendit deux paysannes, que le défilé charriait, s'exclamer sur le spectacle des malades, gisant devant elles. L'une venait d'être frappée par la face si pâle du frère Isidore, avec ses grands yeux, démesurément ouverts, fixés sur la statue de la Vierge. Elle se signa, elle murmura, envahie d'une admiration dévote :

« Oh ! vois donc celui-là, comme il prie de tout son cœur, et comme il regarde Notre-Dame de Lourdes ! »

L'autre paysanne répondit :

« Bien sûr qu'elle va le guérir, il est trop beau ! »

Dans l'acte d'amour et de foi qu'il continuait du fond de son néant, le mort, avec la fixité infinie de son regard, touchait tous les cœurs, faisait l'édification profonde de ce peuple, dont le défilé ne cessait pas.

III

C'était le bon abbé Judaine qui devait porter le saint sacrement à la procession de quatre heures. Depuis que la Sainte Vierge l'avait guéri d'une maladie d'yeux, miracle dont les journaux catholiques retentissaient encore, il était une des gloires de Lourdes ; et on l'y mettait à la première place, on l'y honorait par toutes sortes de prévenances.

À trois heures et demie, il se leva, voulut quitter la Grotte. Mais l'affluence extraordinaire de la foule l'effraya, il craignit d'être en retard, s'il ne parvenait pas à se dégager. Heureusement, une aide lui vint.

« Monsieur le curé, expliqua Berthaud, n'essayez point de passer par le Rosaire, vous resteriez en chemin. Le mieux est de monter par les lacets... Et tenez ! suivez-moi, je marche devant vous. »

Il joua des coudes, fendit le flot compact, ouvrant un chemin au prêtre, qui se confondait en remerciements.

« Vous êtes trop aimable... C'est de ma faute. Je me suis oublié... Mais, bon Dieu ! comment allons-nous faire tout à l'heure pour passer, avec la procession ? »

Cette procession restait l'inquiétude de Berthaud. Les jours ordinaires elle déterminait sur son passage une crise folle d'exaltation, qui le forçait à prendre des mesures spéciales. Qu'allait-il arriver, au travers de cette foule entassée de trente mille personnes, fouettée d'une telle fièvre de foi, déjà prête à la divine frénésie ? Aussi, très raisonnable, profita-t-il de l'occasion pour faire les recommandations les plus sages.

« Ah ! monsieur le curé, je vous en prie, dites bien à ces messieurs du clergé de ne pas laisser d'espace entre eux, de marcher sans hâte, les uns dans les autres... Et surtout qu'on tienne les bannières solidement, pour qu'elles ne soient pas chavirées... Quant à vous, monsieur le curé, veillez à ce que les hommes du dais soient vigoureux, et serrez le linge autour du nœud de l'ostensoir, n'ayez pas peur de le porter à deux mains, de toute votre force. »

Un peu effrayé par ces recommandations, le prêtre remerciait toujours.

« Sans doute, sans doute, vous êtes bien aimable... Ah ! monsieur, que de reconnaissance je vous ai, pour m'avoir aidé à sortir de tout ce monde ! »

Et, dégagé enfin, il se hâta de gagner la Basilique par l'étroit chemin en lacets qui monte au travers du coteau ; tandis que son compagnon se replongeait dans la cohue, pour aller reprendre son poste de surveillance.

Au même moment, Pierre, qui amenait Marie dans son chariot, se heurtait, de l'autre côté, du côté de la place du Rosaire, contre le mur impénétrable de la foule. À trois heures, la servante de l'hôtel l'avait réveillé, pour qu'il allât prendre la jeune fille à l'hôpital. Rien ne pressait, ils avaient grandement le temps d'arriver à la Grotte, avant la procession. Mais cette foule immense, ce mur résistant qu'il ne savait par où percer, commençait à lui causer quelque inquiétude. Jamais il ne passerait avec la petite voiture qu'il traînait, si les gens n'y mettaient pas un peu de complaisance.

« Allons, mesdames, allons, je vous en prie !... Vous voyez bien, c'est pour une malade ! »

Les dames ne bougeaient pas, hypnotisées par la vue de la Grotte braisillante au loin, se haussant sur la pointe des pieds afin de ne rien perdre du spectacle. D'ailleurs, la clameur des litanies était si forte, à ce moment-là, qu'on n'entendait même pas les supplications du jeune prêtre.

« Monsieur, écartez-vous, laissez-moi passer... Un peu de place pour une malade, voyons, écoutez-moi donc ! »

Et les hommes, pas plus que les femmes, ne consentaient à bouger, hors d'eux-mêmes, dans un ravissement aveugle et sourd.

Marie, du reste, souriait avec sérénité, comme ignorante de l'obstacle, certaine que rien au monde ne l'empêcherait d'aller à la guérison. Pourtant, lorsque Pierre eut trouvé une fissure et se fut engagé dans le flot mouvant, la situation s'aggrava. De toutes parts, la houle battait le frêle chariot, menaçait par moments de le submerger. À chaque pas, il fallait s'arrêter, attendre, recommencer à supplier les gens. Pierre n'avait jamais eu une sensation si anxieuse de la foule. Elle était sans menace, d'une innocence et d'une passivité de troupeau ; mais il y trouvait un frisson troublant, un souffle particulier qui le bouleversait. Et, malgré son amour des humbles, la laideur des visages, les faces communes et suantes, les haleines gâtées, les vieux vêtements sentant le pauvre, le faisaient souffrir jusqu'à la nausée.

« Voyons, mesdames, voyons, messieurs, il s'agit d'une malade... Un peu de place, je vous en prie ! »

Le chariot, noyé, ballotté dans cette vaste mer, continuait à s'avancer par saccades, mettant des minutes à conquérir quelques mètres de terrain. Un instant, on put le croire englouti, rien ne surnageait. Puis, il reparut, arriva à la hauteur des piscines. Une tendre sympathie finissait par se faire pour cette jeune fille malade, si ravagée de souffrance, si belle encore. Quand les gens avaient dû céder sous la poussée têtue du prêtre, ils se retournaient ; et ils n'osaient se fâcher, ils s'attendrissaient devant ce maigre visage de douleur qui resplendissait dans l'auréole des beaux cheveux blonds. Des mots de pitié et d'admiration circulaient. Ah ! la pauvre enfant ! N'était-ce pas une cruauté d'être infirme, à cet âge ? Que la Sainte Vierge lui fût clémente ! D'autres s'étonnaient, frappés de l'extase où ils la voyaient, de ses yeux si clairs, ouverts sur l'Au-delà de son espoir. Elle voyait le Ciel, elle serait guérie sûrement. C'était comme un sillage d'émerveillement, de fraternelle charité, que laissait le petit chariot, au travers du flot qu'il fendait avec tant de peine.

Pierre, cependant, se désespérait, et il était à bout de forces, lorsque des brancardiers vinrent à son aide, en s'efforçant de rétablir, pour la procession, un passage, que Berthaud leur avait donné l'ordre de protéger avec des cordes, tenues de deux mètres en deux mètres. Dès lors, il traîna Marie assez librement, il la fit entrer enfin dans l'enceinte réservée, où ils s'arrêtèrent en face de la Grotte, à gauche. On ne pouvait s'y mouvoir, l'entassement semblait y croître de minute en minute. Et ce qu'il garda de la traversée si pénible qu'il venait de faire, les membres brisés, ce fut le sentiment d'un concours de peuple prodigieux, comme s'il s'était trouvé au centre d'un océan, dont il entendait sans relâche les vagues déferler autour de lui.

Depuis l'hôpital, Marie n'avait pas ouvert les lèvres. Il comprit qu'elle désirait lui parler, il se pencha.

« Et mon père, demanda-t-elle, est-il là ? N'est-il pas revenu de son excursion ? »

Il dut lui répondre que M. de Guersaint n'était pas de retour, qu'il s'était sans doute attardé malgré lui. Alors, elle se contenta d'ajouter, avec son sourire :

« Ah ! pauvre père, va-t-il être content, lorsqu'il me retrouvera guérie ! »

Pierre la regardait, plein d'une admiration émue. Il ne se souvenait pas de l'avoir vue si adorable, dans la destruction lente de la maladie. Ses cheveux, seuls respectés, la vêtaient d'or. Sa tête réduite, affinée, avait pris une expression de rêve, les yeux perdus dans la hantise de sa souffrance, les traits immobilisés, comme si elle eût dormi au fond d'une pensée fixe, en attendant que la secousse du bonheur attendu l'éveillât. Elle était absente d'elle-même, elle allait y rentrer, quand Dieu le voudrait. Et cette enfantine délicieuse, petite fille à vingt-trois ans, restée toujours à la minute où un accident l'avait frappée dans son sexe, l'attardant, l'empêchant d'être femme, était enfin prête à recevoir la visite de l'ange, le choc miraculeux qui devait la tirer de son engourdissement et la remettre debout. Son extase du matin continuait, ses mains s'étaient jointes, un élancement de tout son être l'avait ravie à la terre, dès qu'elle avait aperçu l'image de la Sainte Vierge. Elle priait, elle s'offrait divinement.

Ce fut pour Pierre une heure de grand trouble. Il sentit que le drame de sa vie de prêtre allait se jouer, que s'il ne retrouvait pas la foi dans cette crise, jamais elle ne lui reviendrait. Et il était sans mauvaises pensées, sans résistance, souhaitant avec ferveur, lui aussi, d'être tous deux guéris ensemble. Oh ! être convaincu par sa guérison à elle, croire ensemble, être sauvés ensemble ! Il voulut prier comme elle, ardemment. Mais, malgré lui, la foule le préoccupait, cette foule sans bornes, où il avait tant de peine à se noyer, à disparaître, à n'être plus que la feuille de la forêt, perdue dans le frisson de toutes les feuilles. Il ne pouvait s'empêcher de l'analyser, de la juger. Il la savait entraînée, suggestionnée depuis quatre jours : la fièvre du long voyage, l'excitation des paysages nouveaux, les journées vécues devant la splendeur de la Grotte, les nuits sans sommeil, la douleur exaspérée, affamée d'illusion. Puis, c'était encore l'obsession de la prière, ces cantiques, ces litanies qui la secouaient sans relâche. Un autre prêtre avait succédé au père Massias, et il l'entendait, celui-là, un petit abbé maigre et noir, jeter les appels à la Vierge et à Jésus, d'une voix cinglante, pareils à des coups de fouet ; tandis que le père Massias et le père Fourcade, demeurés au pied de la chaire, dirigeaient les cris de la foule, dont la lamentation montait plus haute, sous le soleil limpide. L'exaltation avait encore grandi, c'était l'heure où les violences faites au Ciel déterminaient les miracles.

Tout d'un coup, une paralytique venait de se lever, de marcher vers la Grotte, en tenant sa béquille en l'air ; et cette béquille toute droite au-dessus des têtes houleuses, agitée comme un drapeau, arrachait aux fidèles des acclamations. On guettait les prodiges, on les attendait, avec la certitude qu'ils se produiraient, innombrables, éclatants. Des yeux croyaient les voir, des voix fébriles les signalaient. Encore une qui était guérie ! Encore une autre ! Encore une autre ! Une sourde qui entendait, une muette qui parlait, une phtisique qui ressuscitait ! Comment, une phtisique ? Mais certainement, cela était quotidien ! Il n'y avait plus de surprise possible, on aurait constaté sans étonner personne qu'une jambe coupée repoussait. Le miracle devenait l'état même de nature, la chose habituelle, banale à force d'être commune. Pour ces imaginations surchauffées, les histoires incroyables paraissaient toutes simples, dans la logique de ce qu'elles attendaient de la Sainte Vierge. Et il fallait entendre les récits qui circulaient, les affirmations tranquilles, les absolues certitudes, lorsqu'une malade délirante criait qu'elle était guérie. Encore une autre ! Encore une autre ! Parfois, pourtant, une voix désolée s'élevait : « Ah ! elle est guérie, celle-là, elle a de la chance ! »

Déjà, au bureau des constatations, Pierre avait souffert de cette crédulité du milieu. Mais, ici, cela dépassait tout, il s'exaspérait des extravagances qu'il entendait, et si paisiblement dites, avec des sourires clairs d'enfant. Aussi tâchait-il de s'absorber, de n'écouter rien. « Mon Dieu ! faites donc que ma raison s'anéantisse, que je ne veuille plus comprendre, que j'accepte l'irréel et l'impossible. » Pendant un instant, il se croyait mort à l'examen, il se laissait emporter par le cri de supplication : « Seigneur, guérissez nos malades !... Seigneur, guérissez nos malades ! » Il le répétait de toute sa charité, il joignait les mains, regardait la statue de la Vierge fixement, jusqu'au vertige, jusqu'à s'imaginer qu'elle bougeait. Pourquoi donc ne redeviendrait-il pas enfant comme les autres, puisque le bonheur était dans l'ignorance et dans le mensonge ? La contagion finirait bien par agir, il ne serait plus que le grain de sable parmi les grains de sable, humble parmi les humbles sous la meule, sans s'inquiéter des forces qui les écrasaient. Et, juste à cette seconde, lorsqu'il espérait avoir tué le vieil homme en lui, s'être anéanti avec sa volonté et son intelligence, le sourd travail de la pensée recommençait au fond de son crâne, incessant, invincible. Peu à peu, malgré son effort, il retournait à son enquête, il doutait, il cherchait. Ainsi, quelle était donc la force inconnue qui se dégageait de cette foule, un fluide vital assez puissant pour déterminer les quelques guérisons qui, réellement, se produisaient ? Il y avait là un phénomène qu'aucun savant physiologiste n'avait encore étudié. Fallait-il croire qu'une foule n'était plus qu'un être, pouvant décupler sur lui-même la puissance de l'autosuggestion ? Pouvait-on admettre que, dans certaines circonstances d'exaltation extrême, une foule devînt un agent de souveraine volonté, forçant la matière à obéir ? Cela aurait expliqué comment les coups de guérison subite frappaient, au sein même de la foule, les sujets les plus sincèrement exaltés. Tous les souffles se réunissaient en un souffle, et la force qui agissait était une force de consolation, d'espoir et de vie.

Cette pensée de charité humaine émotionna Pierre. Un moment encore, il put se ressaisir, il demanda la guérison de tous, très touché par cette croyance qu'il travaillait ainsi, un peu pour sa part, à la guérison de Marie. Mais, brusquement, sans qu'il sût par quelle liaison d'idées, un souvenir lui revint, celui de la consultation qu'il avait exigée sur le cas de la jeune fille, avant le départ pour Lourdes. La scène se précisait, d'une netteté extraordinaire, il revoyait la chambre avec son papier gris, à fleurs bleues, il entendait les trois médecins discuter et conclure. Les deux qui avaient donné des certificats, diagnostiquant une paralysie de la moelle, parlaient avec la lenteur sage de praticiens connus, estimés, d'une honorabilité parfaite ; tandis qu'il avait encore dans l'oreille la voix vive et chaude de son petit-cousin Beauclair, le troisième médecin, un jeune homme d'une vaste et hardie intelligence, que ses confrères traitaient froidement, en esprit aventureux. Et Pierre était surpris de retrouver dans sa mémoire, à cette minute suprême, des choses qu'il ne savait pas y être, par ce phénomène singulier qui fait parfois que des paroles, à peine écoutées, mal entendues, emmagasinées comme malgré soi, se réveillent, éclatent, s'imposent, après de longs oublis. Il lui semblait que l'approche même du miracle évoquât les conditions dans lesquelles Beauclair lui avait annoncé qu'il s'accomplirait.

Vainement, Pierre s'efforça de chasser ce souvenir, en priant avec un redoublement de ferveur. Les images renaissaient, les paroles anciennes retentissaient, lui emplissaient les oreilles d'un éclat de trompette. C'était maintenant dans la salle à manger, où Beauclair et lui s'étaient enfermés, après le départ des deux autres. Et Beauclair faisait l'historique de la maladie : la chute de cheval, sur les pieds, à quatorze ans ; la luxation de l'organe, culbuté, renversé de côté ; les ligaments déchirés sans doute, et dès lors la pesanteur dans le bas-ventre et dans les reins, la faiblesse des jambes allant jusqu'à la paralysie ; puis, la lente réparation des désordres, l'organe se remettant en place de lui-même, les ligaments se cicatrisant, sans que les phénomènes douloureux pussent cesser, chez cette grande enfant nerveuse dont le cerveau, frappé de l'accident, ne parvenait pas à s'en distraire, l'attention localisée sur le point où elle souffrait, immobilisée, incapable d'acquérir des notions nouvelles ; de sorte que, même après la guérison, la souffrance avait persisté, un état névropathique, un épuisement nerveux consécutif, sans doute aggravé par des accidents de nutrition, mal connus encore. Aussi Beauclair expliquait-il aisément les diagnostics contraires et faux des nombreux médecins qui l'avaient soignée, sans se permettre la visite indispensable, marchant dès lors à tâtons, les uns croyant à une tumeur, les autres, les plus nombreux, convaincus d'une lésion de la moelle. Lui seul, après s'être enquis de l'hérédité de la malade, venait de soupçonner le simple état d'autosuggestion où elle se maintenait obstinément, sous l'ébranlement, la violence première de la douleur ; et il donnait ses raisons, le champ visuel rétréci, les yeux fixes, le visage absorbé, distrait, la nature surtout de la souffrance qui avait quitté l'organe pour se porter vers l'ovaire gauche, où elle se manifestait par un poids écrasant, intolérable, qui parfois remontait jusqu'à la gorge, ces affreuses crises d'étouffement. Une volonté brusque de se dégager de la notion fausse de son mal, une volonté de se lever, de respirer librement, de ne plus souffrir, pouvait seule la remettre debout, guérie, transfigurée, sous le coup de fouet d'une grande exaltation.

Une dernière fois, Pierre tenta de ne plus voir, de ne plus entendre, car il sentait que c'était en lui la ruine irréparable du miracle. Et, malgré ses efforts, malgré l'ardeur qu'il mettait à crier : « Jésus, fils de David, guérissez nos malades ! » il voyait, il entendait toujours Beauclair lui dire, de son air calme et souriant, comment le miracle s'accomplirait, en coup de foudre, à la seconde de l'extrême émotion, sous la circonstance décisive qui achèverait de délier les muscles. Dans un transport éperdu de joie, la malade se lèverait et marcherait, les jambes brusquement légères, soulagées de la pesanteur qui les faisait de plomb depuis si longtemps, comme si cette pesanteur se fût fondue, eût coulé en terre. Mais surtout le poids qui écrasait le ventre, qui montait, ravageait la poitrine, étranglait la gorge, s'en irait, cette fois-là, en une envolée prodigieuse, en un souffle de tempête emportant avec lui tout le mal. N'était-ce point ainsi, au Moyen Age, que les possédées rendaient par la bouche le diable, dont leur chair vierge avait longuement subi la torture ? Et Beauclair avait ajouté que Marie serait femme enfin, que le sang de la maternité jaillirait, dans ce sursaut d'hosanna, ce réveil d'un corps resté enfant, attardé et brisé par un si long rêve de souffrance, tout d'un coup rendu à une santé éclatante, les yeux vivants, la face radieuse.

Pierre regarda Marie, et son trouble grandit encore, à la voir si misérable, dans son chariot, si éperdument implorante, élancée toute vers Notre-Dame de Lourdes, qui donnait la vie. Ah ! qu'elle fût donc sauvée, au prix même de sa damnation, à lui ! Mais elle était trop malade, la science mentait comme la foi, il ne pouvait croire que cette enfant, aux jambes mortes depuis tant d'années, allait revivre. Et, dans le doute désordonné où il tombait, son cœur saignant clama plus haut, répéta sans fin avec la foule délirante :

« Seigneur, fils de David, guérissez nos malades !... Seigneur, fils de David, guérissez nos malades ! »

À ce moment, un tumulte courut, agita les têtes. Des gens frémissaient, des faces se tournaient, se haussaient. C'était la procession de quatre heures, un peu en retard ce jour-là, dont la croix débouchait, sous une arche de la rampe monumentale. Il y eut une acclamation telle, une poussée instinctive si violente, que Berthaud, avec de grands gestes, commanda aux brancardiers de refouler le monde, en tirant fortement sur les cordes. Ceux-ci, débordés un instant, durent se rejeter en arrière, les poings meurtris ; et ils finirent par élargir un peu le passage réservé, où la procession put dès lors s'engager lentement. En tête, s'avançait un suisse superbe, bleu et argent, que suivait la croix processionnelle, une haute croix, d'un rayonnement d'étoile. Puis, venaient les délégations des différents pèlerinages, avec leurs bannières, des étendards de velours et de satin, brodés de métal et de soies vives, ornés de figures peintes, portant des noms de villes : Versailles, Reims, Orléans, Poitiers, Toulouse. Une, toute blanche, d'une richesse magnifique, étalait en lettres rouges cette inscription : Œuvre des cercles catholiques d'ouvriers. Ensuite, le clergé commençait, deux ou trois cents prêtres en simple soutane, une centaine en surplis, une cinquantaine revêtus de chasubles d'or, pareils à des astres. Tous portaient des cierges allumés, tous chantaient le *Lauda, Sion, Salvatorem*, à voix pleine. Et le dais arrivait royalement, de soie pourpre, galonné d'or, tenu par quatre prêtres, qu'on avait visiblement choisis parmi les plus vigoureux. Dessous, entre deux autres prêtres qui l'assistaient, l'abbé Judaine tenait le saint sacrement, de ses dix doigts fortement serrés, comme le lui avait recommandé Berthaud ; et les regards un peu inquiets qu'il jetait à droite et à gauche, sur la foule envahissante, montraient le souci où il était de conduire à bon port ce lourd et divin ostensoir, dont il avait déjà les poignets rompus.

Quand le soleil oblique le frappait de face, on aurait dit un autre soleil. Des enfants de chœur balançaient des encensoirs, dans l'aveuglante poussière de clarté qui faisait de toute la procession une splendeur.

Enfin, derrière, il n'y avait plus qu'un flot confus de pèlerins, un piétinement de troupeau, des fidèles et des curieux enflammés qui se ruaient, bouchant le sillage de leur vague roulante.

Depuis un instant, le père Massias était remonté dans la chaire ; et, cette fois, il avait imaginé un autre exercice. Après les cris brûlants de foi, d'espérance et d'amour qu'il jetait, il commandait tout à coup l'absolu silence, pour que chacun, les lèvres closes, pût en secret parler à Dieu, pendant deux ou trois minutes. Ce silence instantané, au milieu de la vaste foule, ces minutes de vœux muets, où toutes les âmes ouvraient leur mystère, étaient d'une grandeur saisissante, extraordinaire. La solennité en devenait redoutable, on y entendait passer le vol du désir, l'immense désir de vie. Puis, le père Massias invitait les malades seuls à parler, à supplier Dieu de leur accorder ce qu'ils réclamaient de sa toute-puissance. Alors, c'était une lamentation pitoyable, des centaines de voix chevrotantes et cassées qui s'élevaient, dans un concert de larmes. « Seigneur Jésus, si vous le voulez, vous pouvez me guérir !... Seigneur Jésus, ayez pitié de votre enfant, qui se meurt d'amour !... Seigneur Jésus, faites que je voie, faites que j'entende, faites que je marche ! » Une voix aiguë de petite fille, d'une légèreté et d'une vivacité de flûte, dominait le sanglot universel, répétait au loin : « Sauvez les autres, sauvez les autres, Seigneur Jésus ! » Des larmes coulaient de tous les yeux, ces supplications bouleversaient les cœurs, jetaient les plus durs à la folie de la charité, dans un sublime désordre qui leur aurait fait ouvrir à deux mains leur poitrine, pour donner au prochain leur santé et leur jeunesse. Et le père Massias, sans laisser tomber cet enthousiasme, reprenait ses cris, en fouettait de nouveau la foule délirante ; pendant que le père Fourcade, sur une des marches de la chaire, sanglotait lui aussi, levant vers le ciel sa face ruisselante, pour commander à Dieu de descendre.

Mais la procession arrivait, les délégations, les prêtres s'étaient rangés à droite et à gauche ; et, quand le dais entra dans l'enceinte réservée aux malades, devant la Grotte, quand ceux-ci aperçurent Jésus-Hostie, le saint sacrement luisant comme un soleil, aux mains de l'abbé Judaine, il n'y eut plus de direction possible, les voix se confondirent, un vertige emporta toutes les volontés. Les cris, les appels, les prières se brisaient dans des gémissements. Des corps se soulevaient de leur grabat de misère, des bras tremblants se tendaient, des mains crispées semblaient vouloir arrêter le miracle au passage. « Seigneur Jésus, sauvez-nous, nous périssons !... Seigneur Jésus, nous vous adorons, guérissez-nous !... Seigneur Jésus, vous êtes le Christ, le fils du Dieu vivant, guérissez-nous ! » Trois fois, les voix désespérées, exaspérées, jetèrent la suprême lamentation, dans une clameur qui trouait le ciel ; et les larmes redoublaient, inondaient les visages brûlants, que transfigurait le désir. Un moment, la frénésie devint telle, l'élan instinctif vers le saint sacrement parut si irrésistible, que Berthaud fit faire la chaîne aux brancardiers qui se trouvaient là. C'était la manœuvre de protection extrême, une haie de brancardiers se formait à droite et à gauche du dais, chacun d'eux nouant fortement un bras au cou de son voisin, de façon à construire une sorte de mur vivant. Il n'y avait plus de fissure, rien ne pouvait passer. Mais ces barrières humaines n'en fléchissaient pas moins sous la pression des malheureux affamés de vie, voulant toucher, voulant baiser Jésus ; et elles oscillaient, se trouvaient rabattues contre le dais qu'elles défendaient, et le dais lui-même, sous la continuelle menace d'être emporté, roulait parmi la foule, ainsi qu'une barque sainte en péril de naufrage.

Alors, au plus fort de cette folie sacrée, dans les supplications et dans les sanglots, comme dans un orage, lorsque le ciel s'ouvre et que la foudre tombe, des miracles éclatèrent. Une paralytique se leva, jeta ses béquilles. Il y eut un cri perçant, une femme apparut, debout sur son matelas, enveloppée d'une couverture blanche, ainsi que d'un suaire ; et l'on disait que c'était une phtisique à demi morte, ressuscitée. Coup sur coup, la grâce retentit deux fois encore : une aveugle qui aperçut la Grotte soudainement, dans une flamme ; une muette qui tomba sur les deux genoux, en remerciant la Sainte Vierge, à voix haute et claire. Et toutes se prosternaient de même aux pieds de Notre-Dame de Lourdes, éperdues de joie et de reconnaissance.

Mais Pierre n'avait pas quitté Marie des yeux, et ce qu'il voyait le bouleversait d'attendrissement. Les yeux de la malade, vides encore, s'étaient élargis, tandis que son pauvre visage blême, au masque lourd, se contractait, comme si elle eût affreusement souffert. Elle ne parlait pas, se croyant reprise par le mal sans doute, désespérée. Puis, tout d'un coup, lorsque le saint sacrement passa et qu'elle en regarda l'astre flamboyer au soleil, elle eut un éblouissement, elle crut être frappée d'un éclair. Ses yeux s'étaient rallumés à cet éclat, ils retrouvaient enfin leur flamme de vie, ils brillaient pareils à des étoiles. Son visage, sous le flot de sève, s'animait, se colorait, rayonnait d'un rire d'allégresse et de santé. Et il la vit se lever brusquement, se tenir toute droite dans son chariot, chancelante, bégayante, ne trouvant que ce mot de caresse :

« Oh ! mon ami… Oh ! mon ami… »

Vivement, il s'était approché, pour la soutenir. Mais elle l'écarta d'un geste, elle se raffermissait, si touchante, si belle, dans sa robe de petite laine noire, avec les pantoufles qu'elle gardait toujours, élancée et mince, nimbée d'or par son admirable chevelure blonde, qu'une simple dentelle recouvrait. Tout son corps de vierge restait en proie à des secousses profondes, comme si une puissante fermentation l'avait régénéré. D'abord, ce furent les jambes qui se délivrèrent des chaînes qui les nouaient. Puis, tandis qu'elle sentait jaillir d'elle la source de sang, la vie de la femme, de l'épouse et de la mère, elle eut une dernière angoisse, un poids énorme qui lui remontait du ventre dans la gorge. Seulement, cette fois, il ne s'arrêta pas, ne l'étouffa pas, il jaillit de sa bouche ouverte, il s'envola en un cri de sublime joie.

« Je suis guérie !… Je suis guérie ! »

Alors, ce fut un spectacle extraordinaire. La couverture gisait à ses pieds, elle triomphait, elle avait une face éclatante et superbe. Et son cri de guérison venait de retentir avec une telle ivresse, que la foule entière en restait éperdue. Il n'y avait plus qu'elle, on ne voyait qu'elle, debout, grandie, si radieuse, si divine.

« Je suis guérie !… Je suis guérie ! »

Pierre, dans la commotion violente qu'il avait reçue au cœur, s'était mis à pleurer. De nouveau, les larmes ruisselaient de tous les yeux. Au milieu des exclamations, des gratitudes, des louanges, un frénétique enthousiasme gagnait de proche en proche, soulevait d'une émotion croissante les milliers de pèlerins qui s'écrasaient pour voir. Des applaudissements se déchaînèrent, une furie d'applaudissements dont le tonnerre roula d'un bout à l'autre de la vallée.

Le père Fourcade agitait les bras, le père Massias put enfin, du haut de la chaire, se faire entendre.

« Dieu nous a visités, mes chers frères, mes chères sœurs... *Magnificat anima mea Dominum*... »

Et toutes les voix, les milliers de voix entonnèrent le chant d'adoration et de reconnaissance. La procession se trouvait arrêtée, l'abbé Judaine avait pu gagner la Grotte, avec l'ostensoir, mais il patientait là, avant de donner la bénédiction. En dehors de la grille, le dais l'attendait, entouré des prêtres en surplis et en chasuble, d'un éclat de neige et d'or, aux rayons du couchant.

Cependant, Marie s'était agenouillée, sanglotante ; et, tout le temps que le chant dura, un acte brûlant de foi et d'amour monta de son être. Mais la foule voulait la voir marcher, des femmes heureuses l'appelaient, un groupe l'entoura, qui l'enleva presque, la poussa vers le bureau des constatations, pour que le miracle fût prouvé, éclatant comme la lumière du soleil. Son chariot fut oublié, Pierre la suivit, tandis que, balbutiante, hésitante, avec une maladresse adorable, elle qui depuis sept ans ne se servait plus de ses jambes, s'avançait de l'air inquiet et ravi du petit enfant qui fait ses premiers pas ; et cela était si attendrissant, si délicieux, qu'il ne songeait plus qu'à l'immense bonheur de la voir renaître à sa jeunesse. Ah ! chère amie d'enfance, chère tendresse lointaine, elle serait donc enfin la femme de beauté et de charme, que la jeune fille autrefois promettait, lorsque, dans le petit jardin de Neuilly, elle était jolie si gaiement, sous les grands arbres criblés de soleil !

La foule continuait furieusement à l'acclamer, une vague énorme refluait, l'accompagnait ; et tous l'attendirent, stationnèrent avec fièvre devant la porte, lorsqu'elle fut entrée dans le bureau, où Pierre seul fut admis avec elle.

Cet après-midi-là, il y avait peu de monde au bureau des constatations. La petite salle carrée, dont les murs de bois brûlaient, avec son mobilier rudimentaire, ses chaises de paille et ses deux tables d'inégale hauteur, n'était occupée, en dehors du personnel accoutumé, que par cinq ou six médecins, assis et silencieux. Devant les tables, le chef du service des piscines et deux jeunes abbés tenaient les registres, feuilletaient les dossiers ; tandis que le père Dargelès, à l'un des bouts, écrivait une note pour son journal. Et, justement, le docteur Bonamy était en train d'examiner le lupus d'Élise Rouquet, qui, pour la troisième fois, venait faire constater la cicatrisation croissante de sa plaie.

« Enfin, messieurs, s'écriait le docteur, avez-vous jamais vu un lupus s'amender de la sorte, si rapidement ?... Je sais bien qu'un nouvel ouvrage a paru sur la foi qui guérit, où il est dit que certaines plaies peuvent être d'origine nerveuse. Seulement, rien n'est moins prouvé, dans le cas du lupus, et je défie qu'une commission de médecins s'assemble et s'entende pour expliquer, par les voies ordinaires, la guérison de mademoiselle... »

Il s'interrompit, il se tourna vers le père Dargelès.

« Vous avez bien noté, mon père, que la suppuration a disparu complètement et que la peau reprend sa couleur naturelle ? »

Mais il n'attendit pas la réponse, Marie entrait, suivie de Pierre ; et, tout de suite, il devina le coup de fortune qui lui arrivait, au rayonnement dont resplendissait la miraculée. Elle était admirable, faite pour entraîner et convertir les foules. Vivement, il renvoya Élise Rouquet, demanda le nom de la nouvelle venue, réclama le dossier à l'un des jeunes prêtres. Puis, comme elle chancelait, il voulut la faire asseoir dans le fauteuil.

« Oh ! non, oh ! non, s'écria-t-elle. Je suis si heureuse de me servir de mes jambes ! »

Pierre, d'un regard, avait cherché le docteur Chassaigne, désolé de ne pas le trouver là. Il se tint à l'écart, il attendit, pendant qu'on fouillait les tiroirs en désordre, sans pouvoir mettre la main sur le dossier.

« Voyons, répétait le docteur Bonamy, Marie de Guersaint, Marie de Guersaint... J'ai vu ce nom à coup sûr. »

Enfin, Raboin découvrit le dossier, classé à une fausse lettre alphabétique ; et, quand le docteur eut pris connaissance des certificats qu'il contenait, il se passionna.

« Voici qui est très intéressant, messieurs. Je vous prie d'écouter avec attention... Mademoiselle, que vous voyez là, debout, était atteinte d'une très grave lésion de la moelle. Et, si l'on avait le moindre doute, ces deux certificats suffiraient à convaincre les plus incrédules, car ils sont signés par deux médecins de la Faculté de Paris, dont les noms sont bien connus de tous nos confrères. »

Il fit passer les certificats aux médecins présents, qui les lurent avec de légers hochements de tête. Cela était indéniable, les signataires avaient la réputation de praticiens honnêtes et habiles.

« Eh bien ! messieurs, si le diagnostic n'est pas contesté, et ne peut pas l'être, quand une malade nous apporte des documents de cette valeur, nous allons voir maintenant les modifications qui se sont produites dans l'état de mademoiselle. »

Mais, avant de l'interroger, il se tourna vers Pierre.

« Monsieur l'abbé, vous êtes venu de Paris avec Mlle de Guersaint, je crois. Est-ce que vous aviez pris l'avis des médecins, avant le départ ? »

Le prêtre sentit un frémissement, dans sa grande joie.

« J'ai assisté à la consultation, monsieur. »

Et la scène, de nouveau, s'évoquait. Il revit les deux docteurs graves et raisonnables, il revit Beauclair qui souriait, pendant que ses confrères rédigeaient leurs certificats conformes. Allait-il donc mettre ceux-ci à néant, faire connaître l'autre diagnostic, celui qui permettait d'expliquer scientifiquement la guérison ? Le miracle était prédit, ruiné à l'avance.

« Vous le remarquerez, messieurs, reprit le docteur Bonamy, la présence de M. l'abbé apporte à ces preuves une nouvelle force... Maintenant, mademoiselle va nous dire bien exactement ce qu'elle a ressenti. »

Il s'était penché sur l'épaule du père Dargelès, il lui recommandait de ne pas oublier de donner à Pierre un rôle de témoin, dans la narration.

« Mon Dieu ! messieurs, comment vous dire ? s'écria Marie de sa voix haletante, brisée de bonheur. Depuis hier, j'étais certaine d'être guérie. Et, pourtant, tout à l'heure encore, quand des fourmillements m'ont prise dans les jambes, j'ai eu peur que ce ne fût une nouvelle crise, j'ai douté un instant... Alors, les fourmillements se sont arrêtés. Puis, ils ont recommencé, dès que je suis retombée en prière... Oh ! je priais, je priais de toute mon âme ! J'ai fini par m'abandonner comme une enfant. "Sainte Vierge, Notre-Dame de Lourdes, faites de moi ce que vous voudrez..." Les fourmillements ne cessaient plus, il m'a semblé que mon sang bouillonnait, une voix me criait : "Lève-toi ! lève-toi !" Et j'ai senti le miracle, dans un grand craquement de tous mes os, de toute ma chair, comme si j'étais frappée de la foudre. »

Pierre, très pâle, l'écoutait. Beauclair le lui avait bien dit que la guérison viendrait en coup de foudre, lorsque, sous l'influence de l'imagination puissamment surexcitée, il se produirait en elle un réveil soudain de la volonté, depuis si longtemps endormie.

« Ce sont d'abord les jambes que la Sainte Vierge a délivrées, continua-t-elle. J'ai eu la sensation très nette que les liens de fer qui les nouaient glissaient le long de ma peau, comme des chaînes brisées... Puis, le poids qui m'étouffait toujours, là, dans le flanc gauche, a remonté ; et j'ai cru que j'allais mourir, tellement il me ravageait. Mais il a dépassé ma poitrine, il a dépassé ma gorge, et je l'ai eu dans la bouche, et je l'ai craché violemment... C'était fini, je n'avais plus mon mal, il s'était envolé. »

Elle avait fait le geste lourd de l'oiseau de nuit qui bat des ailes, et elle se tut, en souriant à Pierre, bouleversé. Tout cela, Beauclair l'avait dit à l'avance, en se servant presque des mêmes mots, des mêmes images. De point en point, le pronostic se réalisait, il n'y avait plus là que des phénomènes prévus et naturels.

Les yeux ronds, Raboin avait suivi le récit, avec la passion d'un dévot borné, que hante l'idée de l'enfer.

« C'est le diable, cria-t-il, c'est le diable qu'elle a craché ! »

Mais le docteur Bonamy, plus sage, le fit taire. Et, se tournant vers les médecins :

« Messieurs, vous savez que nous évitons toujours ici de prononcer le grand mot de miracle. Seulement, voici un fait, je suis curieux de savoir comment vous l'expliqueriez par les voies naturelles... Depuis sept ans, mademoiselle était frappée d'une paralysie grave, due évidemment à une lésion de la moelle. Et cela ne saurait être nié, les certificats sont là, indiscutables. Elle ne marchait plus, elle ne pouvait plus faire un mouvement sans jeter une plainte, elle en était arrivée à l'épuisement extrême, qui précède de peu les terminaisons fâcheuses... Tout d'un coup, la voici qui se lève, qui marche, qui rit et rayonne. La paralysie a complètement disparu, il ne reste aucune douleur, elle se porte aussi bien que vous et moi... Voyons, messieurs, examinez-la, dites-moi ce qui s'est passé. »

Il triomphait. Aucun des médecins ne prit la parole. Deux, sans doute des catholiques pratiquants, avaient approuvé, d'un branle énergique de la tête. Les autres demeuraient immobiles, l'air gêné, peu soucieux de se mettre dans cette histoire. Pourtant, un petit maigre, dont les yeux luisaient derrière les verres de son binocle, finit par se lever, pour voir Marie de plus près. Il lui prit une main, regarda ses pupilles, sembla se préoccuper simplement de l'air de transfiguration où elle baignait. Puis, d'une façon très courtoise, sans vouloir même discuter, il retourna s'asseoir.

« Le cas échappe à la science, voilà tout ce que je constate, conclut victorieusement le docteur Bonamy. J'ajoute que nous n'avons pas ici de convalescence, la santé se refait d'un coup, pleine et entière... Voyez mademoiselle. Le regard brille, le teint est rosé, la physionomie a retrouvé sa gaieté vivante. Sans doute, la réparation des tissus va se continuer avec quelque lenteur ; mais déjà l'on peut dire que mademoiselle vient de renaître... N'est-ce pas, monsieur l'abbé, vous qui la voyiez souvent, vous ne la reconnaissez plus ? »

Pierre balbutia :

« C'est vrai, c'est vrai... »

Et, en effet, elle lui apparaissait déjà forte, les joues remplies et fraîches, d'une allégresse florissante. Mais, encore une fois, Beauclair l'avait prévu, ce sursaut d'hosanna, ce redressement et ce resplendissement de tout ce corps brisé, quand la vie rentrerait en lui, avec la volonté de guérir et d'être heureuse.

De nouveau, le docteur Bonamy s'était penché sur l'épaule du père Dargelès, qui achevait d'écrire sa note, une sorte de petit procès-verbal complet. Tous deux échangèrent quelques mots à demi-voix. Ils se consultaient, et le docteur finit par reprendre :

« Monsieur l'abbé, vous avez assisté à ces merveilles, vous ne refuserez pas de signer le récit exact que vient de rédiger le révérend père pour *Le Journal de la Grotte.* »

Lui, signer cette page d'erreur et de mensonge ! Une révolte le souleva, il fut sur le point de crier la vérité. Mais il sentit le poids de sa soutane à ses épaules ; et, surtout, la joie divine de Marie lui emplissait le cœur. Il restait pénétré d'un bonheur si grand, à la voir sauvée ! Depuis qu'on ne l'interrogeait plus, elle était venue s'appuyer sur son bras, elle continuait de lui sourire avec des yeux d'ivresse.

« O mon ami, dit-elle très bas, remerciez la Sainte Vierge. Elle a été si bonne, me voilà maintenant si bien portante, si belle, si jeune !... Et que mon père, mon pauvre père va être content ! »

Alors, Pierre signa. Tout croulait en lui, mais il suffisait qu'elle fût sauvée, il aurait cru être sacrilège en touchant à la foi de cette enfant, la grande foi pure qui l'avait guérie.

Dehors, lorsque Marie reparut, les acclamations recommencèrent, la foule battit des mains. Il semblait que, maintenant, le miracle fût officiel. Pourtant, des personnes charitables, craignant qu'elle ne se fatiguât et qu'elle n'eût besoin de son chariot, abandonné par elle devant la Grotte, l'avaient amené jusqu'au bureau des constatations. Quand elle le retrouva, elle eut une émotion profonde. Ah ! ce chariot, où elle avait vécu tant d'années, ce cercueil roulant dans lequel elle s'imaginait parfois être enterrée vive, que de larmes, que de désespoirs, que de journées mauvaises il avait vus ! Et, tout d'un coup, l'idée lui vint que, puisqu'il avait si longtemps été à la peine, il devait être, lui aussi, au triomphe. Ce fut une inspiration brusque, comme une sainte folie, qui lui fit saisir le timon.

À ce moment, la procession passait, revenant de la Grotte, où l'abbé Judaine avait donné la bénédiction. Et Marie, traînant son chariot, se plaça derrière le dais. Et, en pantoufles, la tête couverte d'une dentelle, elle marcha ainsi, la poitrine frémissante, la face haute, illuminée et superbe, traînant toujours le chariot de misère, le cercueil roulant où elle avait agonisé. Et la foule qui l'acclamait, la foule frénétique la suivit.

IV

Pierre avait suivi Marie, et il se trouvait derrière le dais, avec elle, comme emporté dans le vent de gloire qui lui faisait traîner triomphalement son chariot. Mais de telles poussées revenaient à chaque minute, en tempête, qu'il serait tombé sûrement, si une main rude ne l'avait maintenu.

« N'ayez pas peur, donnez-moi le bras. Autrement, vous ne pourrez rester debout. »

Il se tourna, il fut surpris de reconnaître le père Massias, qui avait laissé le père Fourcade dans la chaire, pour accompagner le dais. Une extraordinaire fièvre le soutenait, le jetait en avant, d'une solidité de roc, les yeux pareils à des tisons, la face exaltée, couverte de sueur.

« Prenez donc garde ! donnez-moi le bras. »

Une nouvelle vague humaine avait failli les balayer. Et Pierre s'abandonna à ce terrible homme, qu'il se souvenait d'avoir eu pour condisciple au séminaire. Quelle singulière rencontre, et comme il aurait voulu posséder cette foi violente, cette folie de la foi qui le faisait haleter ainsi, la gorge pleine de sanglots, continuant à clamer l'ardente supplication :

« Seigneur Jésus, guérissez nos malades !... Seigneur Jésus, guérissez nos malades ! »

Derrière le dais, le cri ne cessait pas, il y avait toujours là un vociférateur, chargé de ne pas laisser en paix la trop lente bonté divine. C'était, parfois, une voix grosse, éplorée ; d'autres fois, elle était aiguë, déchirante. Celle du père, impérieuse, finissait par se briser d'émotion.

« Seigneur Jésus, guérissez nos malades !... Seigneur Jésus, guérissez nos malades ! »

Le bruit de la guérison foudroyante de Marie, de ce miracle dont l'éclat allait emplir la chrétienté, s'était répandu déjà d'un bout à l'autre de Lourdes ; et de là venait ce vertige accru de la foule, cette crise de contagieux délire qui la faisait se ruer vers le saint sacrement, tournoyante, dans un flux déchaîné de marée haute. Chacun cédait à l'inconsciente passion de le voir, de le toucher, d'être guéri, d'être heureux. Dieu passait, et il n'y avait pas que les malades à brûler du désir de vivre, tous étaient ravagés par le besoin du bonheur, qui les soulevait, le cœur saignant et ouvert, les mains avides.

Aussi Berthaud, qui redoutait l'excès de cet amour, avait-il voulu accompagner ses hommes. Il les commandait, il veillait à ce que la double chaîne des brancardiers, aux deux côtés du dais, ne fût pas rompue.

« Serrez vos rangs, encore, encore ! et les bras solidement noués ! »

Ces jeunes gens, choisis parmi les plus vigoureux, avaient fort à faire. Le mur qu'ils bâtissaient ainsi, épaule contre épaule, les bras liés à la taille et au cou, pliait à chaque instant, sous les assauts involontaires. Personne ne croyait pousser, et c'étaient de continuels remous, des ondes profondes qui venaient de loin et qui menaçaient de tout engloutir.

Lorsque le dais se trouva au milieu de la place du Rosaire, l'abbé Judaine crut bien qu'il n'irait pas plus loin. Dans le vaste espace, il s'était formé plusieurs courants contraires, tourbillonnant, l'assaillant de toutes parts. Il dut s'arrêter, sous le dais balancé, flagellé comme une voile au large, par un brusque coup de vent. Il tenait le saint sacrement très haut, de ses deux mains engourdies, avec la peur qu'une poussée dernière ne le renversât ; car il sentait bien que l'ostensoir d'or, rayonnant de soleil, était la passion de tout ce peuple, le Dieu qu'on exigeait pour le baiser, pour se perdre en lui, quitte à l'anéantir. Alors, immobilisé, il tourna vers Berthaud des regards inquiets.

« Ne laissez passer personne ! criait celui-ci aux brancardiers, personne ! l'ordre est formel, entendez-vous ! »

Mais des voix suppliantes s'élevaient, des misérables sanglotaient, les bras tendus, les lèvres tendues, avec le désir fou qu'on les laissât s'approcher et s'agenouiller aux pieds du prêtre. Quelle grâce, d'être jeté à terre, d'être foulé, piétiné par toute la procession ! Un infirme montrait sa main desséchée, convaincu qu'elle allait refleurir au bout de son bras, si on lui permettait de toucher l'ostensoir. Une muette poussait de ses fortes épaules, rageusement, pour délier sa langue dans un baiser. D'autres, d'autres encore criaient, imploraient, finissaient par serrer les poings, contre les cruels qui refusaient la guérison aux souffrances de leur corps, aux misères de leur âme. La consigne était absolue, on redoutait les accidents les plus graves.

« Personne, personne ! répétait Berthaud, ne laissez passer personne ! »

Cependant, il y avait là une femme, dont la vue touchait tous les cœurs. Misérablement vêtue, elle était nu-tête, le visage en larmes, et elle tenait sur les bras un petit garçon d'une dizaine d'années, dont les deux jambes, paralysées et molles, pendaient. C'était un poids trop lourd pour sa faiblesse ; mais elle ne paraissait pas le sentir. Elle avait apporté son garçon, elle conjurait les brancardiers, avec un entêtement sourd, dont ni les paroles ni les bousculades ne triomphaient.

D'un signe, enfin, l'abbé Judaine, très ému, l'appela. Obéissant à cette pitié de l'officiant, malgré le danger d'ouvrir une brèche, deux des brancardiers s'écartèrent ; et la femme se précipita, avec son fardeau, s'abattit devant le prêtre. Celui-ci, un instant, posa le pied du saint sacrement sur la tête du petit garçon. La mère elle-même y colla ses lèvres avides. Puis, comme on se remettait en marche, elle voulut rester derrière le dais, elle suivit la procession, les cheveux au vent, haletante, chancelante sous le poids trop lourd qui lui cassait les épaules.

À grand-peine, on acheva de traverser ainsi la place du Rosaire. Et la montée alors commença, la montée glorieuse par la rampe monumentale ; tandis que, très haut, au bord du ciel, la Basilique dressait sa flèche mince, d'où s'envolait un carillon de cloches, sonnant le triomphe de Notre-Dame de Lourdes. C'était, maintenant, vers cette apothéose que le dais lentement s'élevait, vers cette porte haute du sanctuaire, qui semblait ouverte sur l'infini, au-dessus de la foule immense, dont la mer, en bas, par les places et par les avenues, continuait à gronder. Déjà, le suisse magnifique, bleu et argent, arrivait avec la croix processionnelle à la hauteur de la coupole du Rosaire, sur la vaste esplanade des toitures. Les délégations du pèlerinage s'y déroulaient, les bannières de soie et de velours, aux couleurs vives, flottaient dans l'incendie du couchant. Puis, le clergé resplendissait, les prêtres en surplis de neige, les prêtres en chasuble d'or, pareils à un défilé d'astres. Et les encensoirs se balançaient, et le dais montait toujours, sans qu'on distinguât les porteurs, comme si une force mystérieuse, des anges invisibles l'eussent emporté, dans cette ascension de gloire, vers la porte du Ciel grande ouverte.

Des chants avaient éclaté, les voix ne réclamaient plus la guérison des malades, à présent qu'on s'était dégagé de la foule. Le miracle s'était produit, on le célébrait à pleine gorge, dans le branle des cloches, dans la gaieté vibrante de l'air.

« *Magnificat anima mea Dominum...* »

C'était le cantique de gratitude, déjà chanté à la Grotte, qui, de nouveau, sortait des cœurs.

« *Et exsultavit spiritus meus in Deo salutari meo...* »

Et cette montée rayonnante, cette ascension par les rampes colossales, vers la Basilique de lumière, Marie la faisait avec un débordement de croissante allégresse. À mesure qu'elle s'élevait, il lui semblait qu'elle devenait plus forte, plus solide sur ses jambes ressuscitées, mortes si longtemps. Ce chariot qu'elle traînait victorieusement, c'était comme la dépouille de son mal, l'enfer d'où la Sainte Vierge l'avait tirée ; et, bien que le timon lui en meurtrît les mains, elle voulait le mener là-haut avec elle, pour le jeter aux pieds de Dieu. Aucun obstacle ne l'arrêtait, elle riait au milieu de grosses larmes, la poitrine haute, l'allure guerrière. Dans sa course, une de ses pantoufles s'était détachée, tandis que la dentelle avait glissé de ses cheveux sur ses épaules. Mais elle marchait quand même, elle allait toujours, casquée de son admirable chevelure blonde, la face éclatante, dans un tel réveil de volonté et de force, qu'on entendait, derrière elle, le lourd chariot bondir en gravissant la pente rude des dalles, ainsi qu'un petit chariot d'enfant.

Pierre, près de Marie, restait au bras du père Massias, qui ne l'avait point lâché. Il était incapable de réfléchir, perdu dans cette émotion énorme. La voix de son compagnon, sonore, l'assourdissait.

« *Deposuit potentes de sede, et exaltavit humiles...* »

De l'autre côté, à sa droite, Berthaud suivait aussi le dais, rassuré maintenant. Il avait donné l'ordre à ses brancardiers de cesser la chaîne, il considérait d'un air ravi cette mer humaine, que venait de traverser la procession. Plus on montait le long des rampes, et plus la place du Rosaire, les avenues, les allées des jardins s'élargissaient en dessous, se développaient aux regards, noires de monde. C'était tout un peuple à vol d'oiseau, une fourmilière de plus en plus étalée et lointaine.

« Regardez donc ! finit-il par dire à Pierre. Est-ce grand ! Est-ce beau !... Allons, l'année ne sera pas mauvaise. »

Lui, pour qui Lourdes était surtout un foyer de propagande, où il contentait ses rancunes politiques, se réjouissait des pèlerinages nombreux, qu'il croyait être désagréables au gouvernement. Ah ! si l'on avait pu amener les ouvriers des villes, créer une démocratie catholique !

« L'année dernière, continua-t-il, on est à peine arrivé à deux cent mille pèlerins. Cette année, j'espère qu'on dépassera ce chiffre. »

Et, de son air gai de bon vivant, malgré sa passion de sectaire :

« Ma foi, tout à l'heure, quand on s'écrasait, j'étais content... Je me disais : "Ça marche, ça marche !" »

Mais Pierre n'écoutait pas, était frappé par la grandeur du spectacle. Cette foule qui s'étendait davantage à mesure qu'il s'élevait au-dessus d'elle, cette vallée magnifique qui se creusait sous lui, qui s'agrandissait sans cesse, déroulant l'horizon fastueux des montagnes, l'emplissaient d'une admiration frémissante. Son trouble en était accru, il chercha le regard de Marie, il lui indiqua le cirque immense d'un geste large. Et ce geste la trompa, elle ne vit pas la matérialité du spectacle, dans l'exaltation toute spirituelle où elle se trouvait ; elle crut qu'il prenait la terre à témoin des faveurs prodigieuses dont la Sainte Vierge venait de les combler tous les deux ; car elle s'imaginait qu'il avait eu sa part du miracle, que dans le coup de grâce qui l'avait mise debout, la chair guérie, lui, si voisin d'elle, cœur à cœur, s'était senti enveloppé, soulevé par la même force divine, l'âme sauvée du doute, reconquise par la foi. Comment aurait-il pu assister à son extraordinaire guérison, sans être convaincu ? Elle avait tant prié, d'ailleurs, la nuit précédente, devant la Grotte ! Elle l'apercevait, à travers l'excès de sa joie, transfiguré lui aussi, pleurant et riant, rendu à Dieu. Et cela fouettait sa fièvre heureuse, elle traînait son chariot d'une main qui ne se lassait pas, elle aurait voulu le traîner pendant des lieues, des lieues encore, toujours plus haut, jusqu'à des sommets inaccessibles, jusque dans l'éblouissement du paradis, comme si elle eût porté leur double croix sur cette montée retentissante, son propre rachat et le rachat de son ami.

« Oh ! Pierre, Pierre, balbutia-t-elle, que cela est bon d'avoir eu ce grand bonheur ensemble, ensemble ! Je le lui avais si ardemment demandé, et elle a bien voulu, et elle vous a sauvé en me sauvant !... Oui, j'ai senti votre âme qui se fondait dans mon âme. Dites-moi que nos mutuelles prières ont été exaucées, que j'ai obtenu votre salut comme vous avez obtenu le mien ! »

Il comprit son erreur, il frémit.

« Si vous saviez, continua-t-elle, quel serait mon mortel chagrin, de monter ainsi toute seule dans la clarté. Oh ! être élue sans vous, m'en aller là-haut sans vous ! Mais, avec vous, Pierre, c'est un ravissement... Sauvés ensemble, heureux à jamais ! Je me sens des forces pour être heureuse, oh ! des forces à soulever le monde ! »

Et il dut pourtant lui répondre, il mentit, révolté à l'idée de gâter, de ternir cette grande félicité si pure.

« Oui, oui ! soyez heureuse, Marie, car je suis bien heureux moi-même, et toutes nos peines sont rachetées. »

Mais il se fit en son être une déchirure profonde, comme si, brusquement, il avait senti qu'un brutal coup de hache les séparait l'un de l'autre. Jusque-là, dans leurs souffrances communes, elle était demeurée la petite amie d'enfance, la première femme ingénument désirée, qu'il savait toujours sienne, puisqu'elle ne pouvait être à personne. Et elle était guérie, et il restait seul, dans son enfer, à se dire qu'elle ne serait jamais plus à lui. Cette pensée soudaine le bouleversa tellement, qu'il détourna les yeux, désespéré de souffrir ainsi du bonheur prodigieux dont elle exultait.

Le chant continuait, le père Massias, sans rien entendre, sans rien voir, tout à la brûlante gratitude envers Dieu, lançait le dernier verset d'une voix tonnante :

« *Sicut locutus est ad patres nostros, Abraham, et semini ejus in saecula.* »

Encore cette rampe à gravir, encore un effort à faire sur cette montée rude, aux larges dalles glissantes ! Et la procession s'élevait encore, et l'ascension s'achevait, en pleine lumière vive. Il y avait là un dernier détour, les roues du chariot sonnèrent contre la bordure de granit. Toujours plus haut, toujours plus haut ! Il roulait plus haut, il débouchait au bord du ciel.

Alors, tout d'un coup, le dais apparut au sommet des rampes géantes, devant la porte de la Basilique, sur le balcon de pierre qui dominait l'étendue. L'abbé Judaine s'avança, tenant à deux mains, en l'air, le saint sacrement. Près de lui, Marie avait hissé le chariot, le cœur battant de la course, la face enflammée, dans l'or dénoué de ses cheveux. Puis, derrière, tout le clergé s'était rangé, les surplis neigeux, les chasubles éclatantes ; tandis que les bannières flottaient, ainsi que des drapeaux, pavoisant la blancheur des balustrades. Et il y eut une minute solennelle.

De là-haut, rien n'était plus grand. D'abord, en bas, c'était la foule, la mer humaine au flot sombre, à la houle sans cesse mouvante, immobilisée un instant, où l'on ne distinguait que les petites taches pâles des visages, levés vers la Basilique, dans l'attente de la bénédiction ; et aussi loin que le regard s'étendait, de la place du Rosaire au Gave, par les allées, par les avenues, par les carrefours, jusqu'à la vieille ville lointaine, les petits visages pâles se multipliaient, innombrables, sans fin, tous béants, les yeux fixés sur l'auguste seuil, où le Ciel allait s'ouvrir. Puis, l'immense amphithéâtre de coteaux, de collines et de montagnes surgissait, montait de toutes parts, des cimes à l'infini, qui se perdaient dans l'air bleu. Au nord, au-delà du torrent, sur les premières pentes, parmi les arbres, les nombreux couvents, les carmélites, les assomptionnistes, les dominicaines, les sœurs de Nevers, se doraient d'un reflet rose, sous l'incendie du couchant. Des masses boisées s'étageaient ensuite, gagnaient les hauteurs du Buala, que dépassait la serre de Julos, dominée elle-même par le Miramont. Au sud, s'ouvraient d'autres vallées profondes, des gorges étroites entre des entassements de rocs géants, dont la base trempait déjà dans des mares d'ombre bleuâtre, lorsque les sommets étincelaient de l'adieu souriant du soleil. De ce côté, les collines de Visens étaient de pourpre, un promontoire de corail qui barrait le lac dormant de l'éther, d'une transparence de saphir. Mais à l'est, en face, l'horizon s'élargissait encore, au carrefour même des sept vallées. Le château, qui les avait gardées autrefois, restait debout sur le rocher que baignait le Gave, avec son donjon, ses hautes murailles, son profil noir d'antique forteresse farouche. En deçà, la ville nouvelle était toute gaie au milieu de ses jardins, un pullulement de façades blanches, les grands hôtels, les maisons garnies, les beaux magasins, dont les vitres s'allumaient, pareilles à des braises ; pendant que, derrière le château, le vieux Lourdes étalait confusément ses toitures décolorées dans un poudroiement de lumière rousse. À cette heure tardive, le Petit Gers et le Grand Gers, les deux croupes énormes de roche nue, tachetée d'herbe rase, derrière lesquelles descendait royalement l'astre à son déclin, n'étaient plus qu'un fond neutre, violâtre, deux rideaux sévères tirés au bord de l'horizon.

Et l'abbé Judaine, en face de cette immensité, éleva de ses deux mains, plus haut, plus haut encore, le saint sacrement. Il le promena lentement d'un bout de l'horizon à l'autre, il lui fit décrire un grand signe de croix, en plein ciel. À gauche, il salua les couvents, les hauteurs du Buala, la serre de Julos, le Miramont ; à droite, il salua les grands blocs foudroyés des vallées obscures, les collines empourprées de Visens ; en face, il salua les deux villes, le château baigné par le Gave, le Petit Gers et le Grand Gers, déjà ensommeillés ; et il salua les bois, les torrents, les monts, les chaînes indéterminées des pics lointains, la terre entière, par-delà l'horizon visible. Paix à la terre, espérance et consolation aux hommes ! En bas, la foule avait frémi, sous ce grand signe de croix qui l'enveloppait toute. Il sembla qu'un souffle divin passait, roulant la houle des petits visages pâles, aussi nombreux que les flots d'un océan. Une rumeur d'adoration monta, toutes les bouches ouvertes clamèrent la gloire de Dieu, lorsque l'ostensoir, que le soleil couchant frappait en plein, apparut de nouveau comme un autre soleil, un pur soleil d'or traçant le signe de la croix en traits de flamme, au seuil de l'infini.

Déjà, les bannières, le clergé, l'abbé Judaine sous le dais, rentraient dans la Basilique, lorsque Marie, au moment où elle y pénétrait, elle aussi, sans lâcher le timon de son chariot, fut arrêtée un instant par deux dames, qui l'embrassèrent en pleurant. C'étaient Mme de Jonquière et sa fille Raymonde, montées là pour assister à la bénédiction, et qui avaient appris le miracle.

« Ah ! chère enfant, quelle joie ! répétait la dame hospitalière, et combien je suis fière de vous avoir dans ma salle ! C'est, pour nous toutes, une faveur si précieuse, que la Sainte Vierge vous ait choisie. »

La jeune fille avait gardé entre les siennes une main de la miraculée.

« Me permettez-vous de vous appeler mon amie, mademoiselle ? Je vous plaignais tant, j'ai tant de plaisir à vous voir marcher, si forte, si belle déjà !... Laissez-moi vous embrasser encore. Ça me portera bonheur. »

Marie balbutiait de ravissement.

« Merci, merci bien, de tout mon cœur... Je suis si heureuse, si heureuse !

– Oh ! nous ne vous quittons plus ! reprit Mme de Jonquière. Tu entends, Raymonde ? Suivons-la, allons nous agenouiller avec elle. Et c'est nous qui la ramènerons, après la cérémonie. »

En effet, ces dames se joignirent au cortège, marchèrent à côté de Pierre et du père Massias, derrière le dais, jusqu'au milieu du chœur, entre les rangées de chaises, déjà occupées par les délégations. Seules, les bannières furent admises, aux deux côtés du maître-autel. Et Marie aussi s'avança, ne s'arrêta qu'en bas des marches, avec son chariot, dont les fortes roues sonnaient sur les dalles. Elle l'avait amené où la sainte folie de son désir rêvait de le monter, lui si douloureux et si pauvre, dans la splendeur de la maison de Dieu, pour qu'il y fût la preuve du miracle. Dès l'entrée, les orgues avaient éclaté en un chant triomphal, une acclamation tonitruante de peuple heureux, d'où se dégagea bientôt une céleste voix d'ange, d'une allégresse aiguë, pure comme le cristal. L'abbé Judaine venait de poser le saint sacrement sur l'autel, la foule achevait d'emplir la nef, chacun prenait sa place, se tassait, en attendant que la cérémonie commençât. Tout de suite, Marie était tombée à genoux, entre Mme de Jonquière et Raymonde, dont les yeux restaient humides d'attendrissement ; pendant que le père Massias, à bout de force, après la crise d'extraordinaire tension nerveuse qui le soulevait depuis la Grotte, sanglotait, effondré à terre, la face dans les mains. Derrière, Pierre et Berthaud demeuraient debout, ce dernier toujours en surveillance, l'œil aux aguets, veillant au bon ordre, même au milieu des plus fortes émotions.

Alors, dans son trouble, étourdi par le chant des orgues, Pierre leva la tête, regarda l'intérieur de la Basilique. C'était une nef étroite, haute, bariolée de couleurs vives, que des baies nombreuses inondaient de lumière. Les bas-côtés existaient à peine, se trouvaient réduits à un simple couloir filant entre les faisceaux des piliers et les chapelles latérales ; ce qui semblait augmenter encore l'élancement de la nef, cet envolement de la pierre en lignes minces, d'une gracilité enfantine. Une grille toute dorée, transparente comme une dentelle, fermait le chœur, où le maître-autel, de marbre blanc, couvert de sculptures, avait une somptuosité de candeur virginale. Mais ce qui étonnait, c'était l'extraordinaire ornementation dont l'amas transformait l'église entière en un étalage débordant de broderies et de joailleries, des bannières, des ex-voto innombrables, tout un fleuve de dons, de cadeaux, qui avait coulé et s'était amassé sur les murs, tout un ruissellement d'or, d'argent, de velours, de soie, qui la tapissait du haut en bas. Elle était le sanctuaire sans cesse embrasé de la reconnaissance, elle chantait par ses mille richesses un continuel cantique de foi et de gratitude.

Les bannières, surtout, foisonnaient, se multipliaient comme les feuilles des arbres, sans nombre. Une trentaine étaient suspendues à la voûte. En haut, garnissant tout le pourtour du triforium, d'autres faisaient tableau, encadrées dans des colonnettes. Elles s'étalaient le long des murailles, elles flottaient au fond des chapelles, elles entouraient le chœur d'un ciel de soie, de satin et de velours. On en comptait des centaines, le regard se fatiguait à les admirer. Beaucoup étaient célèbres, d'un travail si habile, que de grandes brodeuses se dérangeaient pour les voir : celle de Notre-Dame de Fourvière, aux armes de la ville de Lyon ; celle de l'Alsace, en velours noir, brodé d'or ; celle de la Lorraine, où l'on remarquait une Vierge couvrant deux enfants de son manteau ; celle de la Bretagne, bleue et blanche, où saignait un Sacré-Cœur au sein d'une gloire. Tous les empires, tous les royaumes de la terre se trouvaient représentés. Les pays les plus lointains, le Canada, le Brésil, le Chili, Haïti, avaient là leur drapeau, dont ils étaient venus dévotement faire hommage à la Reine du Ciel.

Puis, après les bannières, il y avait encore une merveille, les milliers et les milliers de cœurs d'or et d'argent, accrochés partout, luisant aux murs comme les étoiles au firmament. Ils dessinaient des roses mystiques, ils traçaient des festons, des guirlandes, qui montaient le long des piliers, entouraient les fenêtres, constellaient les chapelles profondes. Au-dessous du triforium, on avait eu l'idée ingénieuse d'écrire, en lettres hautes, à l'aide de ces cœurs, les diverses paroles que la Sainte Vierge avait adressées à Bernadette ; et une longue frise se déroulait ainsi, autour de la nef, qui faisait la joie des âmes enfantines, très occupées à en épeler les mots. C'était un pullulement, un braisillement de cœurs prodigieux, dont le nombre infini accablait, quand on songeait à toutes les mains tremblantes de reconnaissance, qui les avaient donnés. D'ailleurs, beaucoup d'autres ex-voto, et des plus imprévus, entraient aussi dans la décoration. On voyait, encadrés sous verre, des bouquets de mariées, des croix d'honneur, des bijoux, des photographies, des chapelets, jusqu'à des éperons. Et il y avait des épaulettes d'officier, ainsi que des épées, parmi lesquelles un superbe sabre, laissé là en souvenir d'une conversion miraculeuse.

Mais ce n'était point assez, d'autres richesses, des richesses de toutes sortes rayonnaient de toutes parts : des statues de marbre, des diadèmes enrichis de diamants, un tapis merveilleux, dessiné à Blois, brodé par les Dames de la France entière, une palme d'or, ornée d'émaux, envoyée par le souverain pontife. Les lampes qui descendaient des voûtes étaient également des cadeaux, quelques-unes d'or massif, du travail le plus délicat. Elles ne se comptaient plus, elles étoilaient la nef, comme des astres précieux. Devant le tabernacle, il y en avait une, offerte par l'Irlande, un chef-d'œuvre de ciselure. D'autres, celle de Valence, celle de Lille, celle de Macao, envoyée celle-ci du fond de la Chine, étaient de véritables joyaux, étincelants de pierreries. Et quel resplendissement, lorsque les vingt lustres du chœur étaient allumés, lorsque les centaines de lampes, les centaines de cierges brûlaient à la fois, aux grandes cérémonies du soir ! Alors, l'église entière s'embrasait, toutes ces petites flammes de chapelle ardente se reflétaient en mille feux dans les milliers de cœurs d'or et d'argent. C'était un brasier extraordinaire, les murs ruisselaient de flammèches vives, on entrait dans la gloire aveuglante du paradis ; tandis que les bannières sans nombre déroulaient de tous côtés leur soie, leur satin et leur velours, brodés de cœurs saignants, de saints victorieux, de vierges dont le bon sourire enfantait des miracles.

Ah ! cette Basilique, que de cérémonies déjà y avaient développé leur pompe ! Jamais le culte, jamais la prière et les chants n'y cessaient. D'un bout de l'année à l'autre, l'encens fumait, les orgues grondaient, les foules agenouillées priaient de toute leur âme. C'étaient les messes continuelles, c'étaient les vêpres, et les prônes, et les bénédictions, et les exercices journellement recommencés, et les fêtes célébrées avec une magnificence sans égale. Les moindres anniversaires devenaient des prétextes à solennités fastueuses. Chaque pèlerinage devait avoir sa part d'éblouissement. Ces souffrants et ces humbles venus de si loin, il fallait bien les renvoyer consolés, ravis, emportant la vision du paradis entrouvert. Ils avaient vu le luxe de Dieu, ils en garderaient l'éternelle extase. Au fond de pauvres chambres nues, en face de grabats douloureux, dans la chrétienté entière, la Basilique s'évoquait avec son flamboiement de richesses, comme un rêve de promesse et de compensation, comme la fortune même, le trésor de la vie future, où les pauvres entreraient certainement un jour, après leur longue misère d'ici-bas.

Et Pierre n'avait aucune joie, regardait ces splendeurs sans consolation ni espérance. Son malaise affreux augmentait, il faisait noir en lui, un de ces noirs de tempête, lorsque les idées et les sentiments soufflent et hurlent. Depuis que Marie s'était levée de son chariot, criant qu'elle était guérie, depuis qu'elle marchait, si forte, si vivante, il sentait monter en lui une immense désolation. Cependant, il l'aimait en frère passionné, il avait éprouvé un bonheur sans bornes, à voir qu'elle ne souffrait plus. Pourquoi donc agonisait-il ainsi de sa félicité, à elle ? Il ne pouvait plus la regarder, maintenant, agenouillée, rayonnante au milieu de ses larmes, d'une beauté reconquise et grandie, sans que son pauvre cœur saignât, comme sous une mortelle blessure. Il voulait rester pourtant, il détournait les yeux, tâchait de s'intéresser au père Massias, toujours secoué de sanglots sur les dalles, et dont il enviait l'anéantissement, dans la dévorante illusion de l'amour divin. Un instant même, il questionna Berthaud, parut admirer une bannière, sur laquelle il demanda des explications.

« Laquelle ? cette bannière de dentelle, là-bas ?

– Oui, à gauche.

– C'est une bannière offerte par Le Puy. Les armoiries sont celles du Puy et de Lourdes, liées par le rosaire… La dentelle en est si fine, qu'elle tiendrait dans le creux de la main. »

Mais l'abbé Judaine s'avançait, la cérémonie allait commencer. Les orgues de nouveau grondèrent, un cantique fut chanté, pendant que, sur l'autel, le saint sacrement était comme l'astre-roi, parmi le scintillement des cœurs d'or et d'argent, aussi nombreux que les étoiles. Et Pierre n'eut pas la force de rester davantage. Puisque Marie avait avec elle Mme de Jonquière et Raymonde, qui l'accompagneraient, il pouvait s'en aller, disparaître en un coin d'ombre, où il pleurerait enfin. D'un mot, il s'excusa, prétexta son rendez-vous avec le docteur Chassaigne. Puis, il eut une crainte encore, celle de ne savoir comment sortir, tellement le flot pressé des fidèles barrait la porte. Une inspiration lui vint, il traversa la sacristie, descendit dans la Crypte, par l'étroit escalier intérieur.

Brusquement, ce fut un silence profond, une ombre sépulcrale, succédant aux voix d'allégresse, au prodigieux éclat de là-haut. La Crypte, taillée dans le roc, était faite de deux couloirs étroits séparés par le massif portant la nef, et qui conduisaient, sous l'abside, à une chapelle souterraine, que de petites lampes éclairaient nuit et jour. Une forêt obscure de piliers s'entrecroisait, il régnait là une mystique terreur, dans les demi-ténèbres, où frissonnait le mystère. Les murs restaient nus, c'était la pierre même du tombeau, au fond duquel tout homme doit dormir son dernier sommeil. Le long des couloirs, contre les parois que recouvraient du haut en bas les plaques de marbre des ex-voto, on ne voyait qu'une double rangée de confessionnaux ; car l'on confessait dans cette paix morte de la terre, il y avait des prêtres parlant toutes les langues, pour remettre leurs fautes aux pécheurs venus là, des quatre coins du monde.

À cette heure, pendant que la foule s'écrasait en haut, la Crypte se trouvait absolument déserte, pas une âme n'y mettait son petit frémissement ; et Pierre, dans ce grand silence, dans cette ombre, dans cette fraîcheur de la tombe, s'abattit sur les deux genoux. Ce n'était point par un besoin de prière et d'adoration, c'était que tout son être défaillait, sous la tourmente morale qui venait de le briser. Il avait la soif torturante de voir clair en lui. Ah ! que ne pouvait-il s'enfoncer plus profondément encore dans le néant des choses, réfléchir, comprendre, se calmer enfin !

Et il vécut une agonie affreuse. Il tâchait de recommencer les minutes, depuis que Marie, tout d'un coup soulevée de sa couche de misère, avait jeté son cri de résurrection. Pourquoi donc, malgré sa joie fraternelle à la revoir debout, avait-il dès lors éprouvé un atroce malaise, comme si le plus mortel malheur le frappait ? Était-il donc jaloux de la grâce divine ? Souffrait-il de ce que la Vierge, en la guérissant, l'avait oublié, lui dont l'âme était si malade ? Il se souvenait du dernier délai qu'il s'était donné, du rendez-vous suprême qu'il avait fixé à la foi, au moment où le saint sacrement passerait, si Marie était guérie ; et elle était guérie, et il ne croyait toujours pas, et désormais il n'avait plus d'espérance, car il ne croirait jamais plus. Là saignait la plaie vive. Cela éclatait avec une cruauté, une certitude aveuglante : elle était sauvée, il était perdu. Ce prétendu miracle qui la réveillait à la vie, venait d'achever en lui la ruine de toute croyance au surnaturel. Ce qu'il avait rêvé un instant de chercher encore et de retrouver peut-être à Lourdes, la foi naïve, la foi heureuse du petit enfant, n'était plus possible, ne refleurirait pas, après cet écroulement du prodige, cette guérison que Beauclair lui avait annoncée, qui s'était réalisée ensuite de point en point. Jaloux, oh ! non, mais dévasté, mortellement triste, de rester ainsi tout seul, dans le désert glacé de son intelligence, à regretter l'illusion, le mensonge, le divin amour des simples d'esprit, dont son cœur n'était plus capable.

Un flot d'amertume étouffa Pierre, des larmes jaillirent de ses yeux. Il avait glissé sur les dalles, anéanti d'angoisse. Et il se rappela cette délicieuse histoire, depuis le jour où Marie, qui avait deviné la torture de son doute, s'était passionnée pour sa conversion, lui prenant la main dans l'ombre, la gardant entre les siennes, en balbutiant qu'elle prierait pour lui, oh ! de toute son âme. Elle s'oubliait, elle suppliait la Sainte Vierge de sauver son ami plutôt qu'elle, si elle n'avait qu'une grâce à obtenir de son divin Fils. Puis, ce fut un autre souvenir, les heures adorables qu'ils avaient passées ensemble sous l'épaisse nuit des arbres, pendant le défilé de la procession aux flambeaux. Là encore, ils avaient prié l'un pour l'autre, ils s'étaient perdus l'un dans l'autre, avec un si ardent désir de leur bonheur mutuel, qu'ils avaient touché un instant le fond de l'amour qui se donne et qui s'immole. Et leur longue tendresse trempée de larmes, la pure idylle de leur souffrance aboutissait à cette brutale séparation, elle sauvée, radieuse au milieu des chants de la Basilique triomphante, lui perdu, sanglotant de misère, écrasé au fond des ténèbres de la Crypte, dans une solitude glacée de tombe. C'était comme s'il venait de la perdre une seconde fois, pour toujours.

Brusquement, Pierre sentit le coup de couteau que cette pensée lui donnait en plein cœur. Il comprit enfin son mal, ce fut une clarté subite qui éclaira la crise terrible où il se débattait. Une première fois, il avait perdu Marie, le jour où il s'était fait prêtre, en se disant qu'il pouvait bien n'être plus un homme, puisqu'elle-même ne serait jamais femme, frappée dans son sexe d'une maladie incurable. Et voilà qu'elle était guérie, qu'elle redevenait femme, voilà qu'il l'avait tout d'un coup revue très forte, très belle, et vivante, et désirable, et féconde ! Lui était mort, ne pouvait redevenir un homme. Jamais plus il ne soulèverait la pierre tombale qui écrasait, qui scellait sa chair. Elle s'échappait seule, elle le laissait dans la terre froide. C'était le vaste monde qui se rouvrait devant elle, le bonheur souriant, l'amour qui rit sur les routes ensoleillées, un mari, des enfants sans doute. Tandis que lui, comme enseveli jusqu'aux épaules, ne gardait de libre que son cerveau, pour souffrir davantage. Elle était encore à lui, lorsqu'elle n'était à aucun autre, et il n'agonisait si abominablement, depuis une heure, que de cet arrachement définitif, qui la séparait de lui, cette fois, à jamais.

Alors, une rage secoua Pierre. Il fut tenté de remonter, de crier la vérité à Marie. Le miracle, mensonge ! La bonté secourable d'un Dieu tout-puissant, illusion pure ! La nature seule avait agi, la vie encore une fois venait de vaincre. Et il aurait donné des preuves, il lui aurait montré la vie unique souveraine, refaisant de la santé avec toutes les souffrances d'ici-bas. Puis, ils seraient partis ensemble, ils seraient allés très loin, très loin, pour être heureux. Mais une terreur soudaine l'envahissait. Eh quoi ? toucher à cette petite âme blanche, tuer en elle la croyance, l'emplir de ces ruines de la foi, dont lui-même était ravagé ! Cela lui apparut soudain comme un odieux sacrilège. Ensuite, il se serait fait horreur, il aurait cru l'avoir assassinée, s'il se reconnaissait un jour incapable de lui rendre un bonheur égal. Peut-être ne le croirait-elle pas. D'ailleurs, épouserait-elle jamais un prêtre parjure, elle qui garderait l'inoubliable douceur d'avoir été guérie dans l'extase ? Tout cela lui apparut fou, monstrueux, salissant. Déjà, sa révolte s'apaisait, il ne gardait qu'une infinie lassitude, une sensation brûlante de plaie inguérissable, son pauvre cœur meurtri et arraché.

Puis, dans son abandon, dans le vide où il roulait, une lutte suprême l'angoissa. Qu'allait-il faire ? Il aurait voulu fuir, ne plus revoir Marie, devenu lâche devant la souffrance. Car il comprenait bien qu'il lui faudrait mentir maintenant, puisqu'elle le croyait sauvé avec elle, converti, guéri de son âme, comme elle était guérie de son corps. Elle lui en avait dit sa joie, en traînant son chariot par les rampes colossales. Oh ! avoir eu ce grand bonheur ensemble, ensemble ! avoir senti leurs âmes se fondre l'une dans l'autre ! Et il avait menti déjà, il serait obligé de mentir toujours, pour ne pas lui gâter cette belle illusion si pure. Il laissa s'éteindre les derniers battements de ses veines, il jura d'avoir la sublime charité de feindre la paix, le ravissement du salut. Il la voulait complètement heureuse, sans un regret, sans un doute, en pleine sérénité de la foi, convaincue que la Sainte Vierge avait consenti à leur union toute mystique. Qu'importait sa torture, à lui ! Plus tard peut-être, il se reprendrait. Au milieu de la solitude désolée de son intelligence, n'était-ce pas un peu de joie qui le soutiendrait, toute cette joie dont il allait lui laisser le mensonge consolateur ?

Des minutes encore s'écoulèrent, et Pierre anéanti restait sur les dalles, à calmer sa fièvre. Il ne pensait plus, il n'existait plus, dans l'accablement de tout l'être qui suit les grandes crises. Mais il crut entendre un bruit de pas, il se releva péniblement, il affecta de lire les ex-voto, les inscriptions gravées sur les plaques de marbre, le long des murs. D'ailleurs, il s'était trompé, personne n'était là ; et il n'en continua pas moins sa lecture, d'abord machinalement, cherchant une distraction, ensuite gagné peu à peu par une émotion nouvelle.

C'était inimaginable. La foi, l'adoration, la gratitude s'étalaient sur ces plaques de marbre, gravées en lettres d'or, par centaines, par milliers d'exemplaires. Il y en avait d'ingénus qui prêtaient à sourire. Un colonel avait fait sculpter son pied, avec ces mots : « Vous me l'avez conservé, faites qu'il vous serve. » Plus loin, on lisait : « Que sa protection s'étende sur la verrerie ! » Ou c'était encore l'étrangeté des demandes que l'on devinait, à l'innocente franchise des remerciements : « À Marie Immaculée, un père de famille, santé rendue, procès gagné, avancement obtenu. » Mais cela se perdait dans le concert des cris brûlants qui montaient. Le cri des amants : « Paul et Anna demandent la bénédiction de Notre-Dame de Lourdes sur leur union. » Le cri des mères : « Reconnaissance à Marie, trois fois elle m'a guéri mon enfant. – Reconnaissance pour la naissance de Marie-Antoinette, que je lui confie, ainsi que les miens et moi. – P. D. âgé de trois ans, a été conservé à l'amour des siens. » Le cri des épouses, le cri des malades soulagés, le cri des âmes rendues au bonheur : « Protégez mon mari, faites que mon mari se porte bien. – J'étais infirme des deux jambes, je suis guérie. – Nous sommes venus et nous espérons. – J'ai prié, j'ai pleuré, et elle m'a exaucée. » Et des cris encore, des cris d'une discrétion ardente faisaient rêver de longs romans : « Vous nous avez unis, protégez-nous. – À Marie, pour le plus grand des bienfaits. » Et toujours les mêmes cris, les mêmes mots revenaient, avec une ferveur passionnée : gratitude, reconnaissance, hommage, actions de grâces, remerciements. Ah ! ces centaines, ces milliers de cris, à jamais fixés dans le marbre, qui, du fond de la Crypte, clamaient à la Vierge l'éternelle dévotion des misérables humains qu'elle avait secourus !

Pierre ne se lassait pas de lire, la bouche amère, envahi d'une désolation croissante. Lui seul n'avait donc à attendre aucun secours ? Lorsque tant d'êtres souffrants étaient exaucés, lui seul n'avait pas su se faire entendre ? Et il songeait maintenant à l'extraordinaire quantité des prières qui devaient être dites à Lourdes, d'un bout de l'année à l'autre. Il tâchait d'en évaluer le nombre : les journées vécues devant la Grotte, les nuits passées dans l'église du Rosaire, et les cérémonies à la Basilique, et les processions sous le soleil et sous les étoiles. C'était incalculable, cette continuelle supplication de toutes les secondes. La volonté des fidèles était d'en fatiguer les oreilles de Dieu, de lui arracher des grâces, des pardons, par la masse même, la masse énorme des prières. Les prêtres disaient qu'il fallait donner à Dieu les expiations exigées par les péchés de la France, et que lorsque la somme de ces expiations serait assez forte, la France cesserait d'être frappée. Quelle croyance dure à la nécessité du châtiment ! Quelle féroce imagination du pessimisme le plus noir ! Comme la vie devait être mauvaise, pour qu'une pareille imploration, un tel cri de misère, physique et morale, montât vers le Ciel !

Mais, au milieu de cette tristesse sans bornes, Pierre sentit une pitié profonde le gagner. Ah ! cette humanité misérable, elle le bouleversait, réduite à cet excès de malheur, si nue, si faible, si abandonnée, qu'elle renonçait à sa raison, pour ne plus mettre le bonheur possible que dans l'ivresse hallucinée du rêve. Des larmes de nouveau emplirent ses yeux, il pleurait sur lui-même, sur les autres, sur tous les pauvres êtres torturés, qui ont le besoin de stupéfier leur mal, de l'endormir, afin d'échapper aux réalités de ce monde. Il lui semblait encore entendre la foule entassée, agenouillée devant la Grotte, jetant au Ciel la supplication enflammée de sa prière, des foules de vingt et trente mille âmes d'où montait une ferveur de désir qu'on voyait fumer sous le soleil, comme un encens. Puis, en dessous de la Crypte même, dans l'église du Rosaire, s'embrasait une autre exaltation de la foi, les nuits entières passées au paradis de l'extase, les délices muettes des communions, les ardents appels sans paroles, où toute la créature se consume, brûle et s'envole. Puis, comme si les cris jetés devant la Grotte, comme si l'adoration perpétuelle au Rosaire ne devaient pas suffire, cette clameur d'ardente requête recommençait autour de lui, sur les murs de la Crypte ; mais, là, elle s'éternisait dans le marbre, elle ne cesserait plus de crier la souffrance humaine, jusqu'au lointain des âges ; c'était le marbre, c'étaient les murs qui priaient, envahis du frisson d'universelle pitié qui gagnait jusqu'aux pierres. Et, enfin, les prières montaient plus haut, toujours plus haut, s'élançaient de la Basilique rayonnante, bourdonnante au-dessus de lui, pleine en ce moment d'un peuple frénétique, dont il croyait sentir, au travers des dalles de la nef, le souffle énorme éclatant en un cantique d'espoir. Il finissait par être emporté, comme s'il s'était trouvé au milieu du frémissement même de ce flot immense de prières, qui, parti de la poussière du sol, gravissait les étages des églises superposées, s'élargissait de tabernacle en tabernacle, apitoyait les murailles au point qu'elles sanglotaient, elles aussi, et que le cri suprême de misère allait percer le ciel, avec l'aiguille blanche, la haute croix dorée, au bout de la flèche. O Dieu tout-puissant, ô Divinité, Force secourable, qui que tu sois, prends en pitié les pauvres hommes, fais cesser la souffrance humaine !

Soudainement, Pierre fut ébloui. Il avait suivi le couloir de gauche, il débouchait au plein jour, en haut des rampes. Et, tout de suite, deux bras tendres le saisirent, l'enveloppèrent. C'était le docteur Chassaigne, dont il oubliait le rendez-vous, qui l'attendait là, pour le mener visiter la chambre de Bernadette et l'église du curé Peyramale.

« Oh ! mon enfant, quelle joie doit être la vôtre !... Je viens d'apprendre la grande nouvelle, la grâce extraordinaire dont Notre-Dame de Lourdes a comblé votre amie... Souvenez-vous de ce que je vous disais, avant-hier ! Maintenant je suis tranquille, vous-même êtes sauvé. »

Le prêtre, très pâle, eut une dernière amertume. Mais il put sourire, il répondit avec douceur :

« Oui, nous sommes sauvés, je suis bien heureux. »

C'était le mensonge qui commençait, la divine illusion qu'il voulait donner aux autres, par charité.

Et Pierre eut encore un spectacle. La grand-porte de la Basilique était ouverte à deux battants, la nappe rouge du soleil enfilait la nef d'un bout à l'autre. Tout flambait dans un faste d'incendie, la grille dorée du chœur, les ex-voto d'or et d'argent, les lampes enrichies de pierreries, les bannières aux broderies de lumière, les encensoirs balancés, pareils à des joyaux qui volaient. Là-bas, au fond de cette splendeur brûlante, parmi les surplis de neige et les chasubles d'or, il reconnaissait Marie, avec ses cheveux dénoués, des cheveux d'or aussi, dont le flot la vêtait d'un manteau d'or. Et les orgues éclataient en un chant royal, et le peuple délirant acclamait Dieu, et l'abbé Judaine qui venait de reprendre sur l'autel le saint sacrement, le présentait une dernière fois, très grand, très haut, resplendissant comme une gloire, dans ce ruissellement d'or de la Basilique, dont toutes les cloches, à la volée, sonnaient le prodigieux triomphe.

V

Tout de suite, comme ils descendaient les rampes, le docteur Chassaigne dit à Pierre :

« Vous venez de voir le triomphe, je vais vous montrer maintenant deux grandes injustices. »

Et il le mena, rue des Petits-Fossés, visiter la chambre de Bernadette, cette chambre basse et obscure, d'où elle était sortie, le jour où la Sainte Vierge lui apparut.

La rue des Petits-Fossés part de l'ancienne rue du Bois, aujourd'hui rue de la Grotte, et va couper la rue du Tribunal. C'est une ruelle tortueuse, légèrement en pente, d'une grande tristesse. Les passants y sont rares, elle n'est bordée que de longs murs, de maisons misérables, de façades mornes, où pas une fenêtre ne s'ouvre. Un arbre, dans une cour, en est toute la gaieté.

« Nous y sommes », dit le docteur.

La rue, à cet endroit, s'étranglait, très resserrée, et la maison se trouvait en face d'une haute muraille grise, la muraille nue d'une grange. Tous deux, levant la tête, regardaient la petite maison qui semblait morte, avec ses croisées étroites, son crépi grossier, violâtre, d'une laideur honteuse de pauvre. En bas, l'allée s'enfonçait toute noire, une mince grille ancienne seule la fermait ; et il y avait une marche à monter, que le ruisseau, par les orages, baignait.

Le docteur reprit :

« Entrez, mon ami, entrez. Vous n'avez qu'à pousser la grille. »

L'allée était profonde, Pierre suivait de la main le mur humide, par crainte de quelque faux pas. Il lui semblait descendre dans une cave, en pleine obscurité, avec la sensation, sous lui, d'un sol glissant, toujours trempé d'eau. Puis, au bout, sur une nouvelle indication du docteur, il tourna à droite.

« Baissez-vous, car vous pourriez vous cogner, la porte est basse... Là, nous y sommes. »

Comme celle de la rue, cette porte de la chambre était grande ouverte, dans une insouciance d'abandon. Et Pierre, qui s'était arrêté au milieu de la pièce, hésitant, les yeux emplis de la vive clarté du dehors, ne distinguait absolument rien, tombé là en pleine nuit. Une fraîcheur glacée, pareille à la sensation d'un linge mouillé, l'avait saisi aux épaules.

Mais, peu à peu, ses yeux s'habituèrent. Les deux fenêtres, de grandeur inégale, prenaient jour sur une étroite cour intérieure, où ne descendait qu'une lumière verdâtre, comme au fond d'un puits ; et, pour lire dans la chambre, en plein midi, il aurait fallu une chandelle. Cette chambre, grande de quatre mètres sur trois mètres cinquante environ, était dallée de grosses pierres raboteuses ; tandis que la maîtresse poutre et les solives du plafond, apparentes, avaient noirci à la longue, d'un ton sale de suie. En face de la porte, se trouvait la cheminée, une pauvre cheminée de plâtre, dont une vieille planche vermoulue formait la tablette. Un évier était là, entre la cheminée et l'une des fenêtres. Les murs, dont un ancien badigeon s'en allait par écailles, tachés d'humidité, couturés de cicatrices, tournaient, comme le plafond, à une saleté noire. Et il n'y avait plus de meubles, la pièce paraissait abandonnée, on n'y entrevoyait que des objets confus et extraordinaires, méconnaissables dans l'ombre lourde qui en noyait les coins.

Après un silence, le docteur parla.

« Oui, c'est la chambre, tout est parti d'ici... Rien n'a été changé, seuls les meubles n'y sont plus. J'ai essayé de les replacer, les lits se trouvaient sûrement contre ce mur, en face des fenêtres ; les trois lits au moins, car les Soubirous étaient sept, le père, la mère, deux garçons, trois filles... Songez-vous à cela ! Trois lits emplissant cette pièce ! Et sept personnes vivant dans ces quelques mètres carrés ! Et ce tas de monde enterré vif, sans air, sans lumière, presque sans pain ! Quelle misère basse, quelle humilité de pauvres êtres pitoyables ! »

Mais il fut interrompu. Une ombre, que Pierre prit d'abord pour une vieille femme, entra. C'était un prêtre, le vicaire de la paroisse, qui justement occupait aujourd'hui la maison. Il connaissait le docteur.

« J'ai entendu votre voix, monsieur Chassaigne, et je suis descendu... Alors, voilà que vous faites encore visiter la chambre ?

– En effet, monsieur l'abbé, je me suis permis... Cela ne vous dérange pas ?

– Oh ! du tout, du tout !... Venez tant qu'il vous plaira, amenez du monde. »

Il riait d'un air engageant, il salua Pierre, qui, étonné de sa tranquille insouciance, lui demanda :

« Pourtant, les gens qui viennent doivent parfois vous importuner ? »

À son tour, le vicaire parut surpris.

« Ma foi, non ! il ne vient personne. Vous comprenez, ce n'est guère connu, ici. Tout le monde reste là-bas, à la Grotte... Je laisse la porte ouverte, pour qu'on ne me tracasse pas. Mais des journées se passent, sans que j'entende seulement le petit bruit d'une souris. »

Les yeux de Pierre, de plus en plus, s'accoutumaient à l'obscurité ; et, dans les objets vagues, inquiétants, qui emplissaient les coins, il finissait par reconnaître de vieux tonneaux, des débris de cages à poule, des outils cassés, toutes les loques qu'on balaie, qu'on jette au fond des caves. Puis, pendues aux solives, il aperçut des provisions, un panier à salade plein d'œufs, des liasses de gros oignons roses.

« Et, à ce que je vois, reprit-il, avec un léger frémissement, vous avez cru devoir utiliser la chambre ? »

Le vicaire commençait à être gêné.

« Sans doute, c'est cela même... Que voulez-vous ! la maison est petite, j'ai si peu de place ! Et puis, vous n'avez pas idée comme cette pièce est humide, il est radicalement impossible de l'habiter... Alors, mon Dieu ! petit à petit, tout cela s'y est entassé de soi-même, sans qu'on l'ait voulu.

– Une pièce de débarras, conclut Pierre.

– Oh ! non, pourtant !... Une pièce inoccupée, et ma foi, oui ! si vous y tenez, une pièce de débarras ! »

Sa gêne augmentait, mêlée d'un peu de honte. Le docteur Chassaigne restait silencieux, n'intervenait pas ; mais il souriait, il était visiblement ravi de la révolte de son compagnon contre l'ingratitude humaine.

Celui-ci, ne pouvant se maîtriser, continua :

« Vraiment, monsieur le vicaire, excusez-moi si j'insiste. Mais songez donc que vous devez tout à Bernadette, que sans elle Lourdes serait encore une des villes les plus ignorées de France... Et, en vérité, il me semble que la reconnaissance de la paroisse aurait dû transformer cette misérable chambre en une chapelle...

– Oh ! une chapelle ! interrompit le vicaire, il ne s'agit que d'une créature, l'Église ne saurait lui rendre un culte.

– Eh bien ! ne disons pas une chapelle, disons qu'il devrait y avoir ici des lumières, des fleurs, des gerbes de roses, toujours renouvelées par la piété des habitants et des pèlerins... Enfin, je voudrais un peu de tendresse, un souvenir ému, une image de Bernadette, quelque chose qui témoignât délicatement de la place qu'elle doit occuper dans tous les cœurs... C'est monstrueux, cet oubli, cet abandon, la saleté où l'on a laissé tomber cette pièce ! »

Du coup, le vicaire, un pauvre homme inconscient et inquiet, se rangea de son avis.

« Au fond, vous avez mille fois raison. Mais je n'ai aucun pouvoir, je ne puis rien, moi !... Le jour où l'on viendrait me demander la pièce pour l'arranger, je la donnerais tout de même, j'enlèverais mes tonneaux, bien que je ne sache vraiment pas où les mettre... Seulement, je le répète, ça ne dépend pas de moi, je ne puis rien, rien du tout ! »

Et, sous le prétexte qu'il avait à sortir, il se hâta de prendre congé, il se sauva, en disant de nouveau au docteur Chassaigne :

« Restez, restez tant qu'il vous plaira. Vous ne me gênez jamais. »

Lorsqu'il se retrouva seul avec Pierre, le docteur lui saisit les mains, débordant d'une effusion heureuse.

« Ah ! mon cher enfant, que vous venez de me faire plaisir ! Comme vous lui avez bien dit ce qui bouillonne dans mon cœur depuis longtemps !... J'ai eu, moi, cette idée, d'apporter ici chaque matin des roses. J'aurais fait simplement nettoyer la pièce, je me serais contenté de mettre sur la cheminée deux grosses gerbes de roses ; car vous savez que j'ai voué à Bernadette une infinie tendresse, et il me semblait que ces roses seraient ici la floraison même, l'éclat et le parfum de sa mémoire... Seulement, seulement... »

Il eut un geste désespéré.

« Le courage m'a manqué toujours... Oui, je dis le courage, personne n'ayant osé encore se déclarer ouvertement contre les pères de la Grotte. On hésite, on recule devant un scandale religieux. Songez au tapage déplorable que cela soulèverait ; et ceux qui s'indignent comme moi, en sont réduits à se taire, à mieux aimer faire le silence. »

Et il ajouta, il conclut :

« C'est une grande tristesse, mon cher enfant, que l'ingratitude et la rapacité des hommes. Chaque fois que je viens ici, dans cette misère noire, j'ai le cœur si gros, que je ne peux retenir mes larmes. »

Puis, il cessa de parler, ni l'un ni l'autre ne prononça plus un mot, envahis tous deux par la mélancolie poignante qui se dégageait de la pièce. Les ténèbres les baignaient, l'humidité leur donnait un frisson, au milieu du délabrement des murs, de la poussière des vieilles loques entassées. Et l'idée leur était revenue que, sans Bernadette, rien n'aurait existé des prodiges qui avaient fait de Lourdes une ville unique au monde. C'était à sa voix que la source miraculeuse avait jailli, que la Grotte s'était ouverte, flamboyante de cierges. Des travaux immenses s'exécutaient, des églises nouvelles poussaient du sol, des rampes colossales menaient jusqu'à Dieu, toute une cité neuve se bâtissait comme par prodige, avec ses jardins, ses promenades, ses quais, ses ponts, ses boutiques, ses hôtels. Et les peuples les plus lointains de la terre accouraient en foule, et la pluie des millions tombait si drue, si abondante, que la jeune cité semblait devoir grandir indéfiniment, emplir toute la vallée, d'un bout à l'autre des montagnes. Si l'on supprimait Bernadette, plus rien n'existait, l'extraordinaire aventure rentrait dans le néant, le vieux Lourdes inconnu dormait encore son sommeil séculaire, au pied du château. Bernadette était l'ouvrière unique, la créatrice, et cette chambre d'où elle était partie, le jour où elle avait vu la Vierge, ce berceau même du miracle, de la merveilleuse fortune future, se trouvait dédaigné, laissé en proie à la vermine, bon seulement à faire une pièce de débarras, où l'on serrait les oignons et les tonneaux vides.

Alors, l'opposition, dans l'esprit de Pierre, s'évoqua avec une intensité telle, qu'il revit le triomphe auquel il venait d'assister, l'exaltation de la Grotte et de la Basilique, tandis que Marie, traînant son chariot, montait derrière le saint sacrement, au milieu des clameurs de la foule. Mais, surtout, la Grotte rayonnait ; non plus l'ancien creux de roche sauvage, devant lequel l'enfant s'était agenouillée autrefois, sur le bord désert du torrent ; mais la chapelle arrangée, enrichie, la chapelle ardente, où les nations défilaient. Tout le bruit, toute la clarté, toute l'adoration, tout l'argent éclataient là-bas, en une splendeur de continuelle victoire. Ici, au berceau, dans ce trou glacé et sombre, pas une âme, pas un cierge, pas un chant, pas une fleur. Personne ne venait, personne ne s'agenouillait ni ne priait. Seuls, quelques visiteurs tendres avaient, pour emporter un souvenir, émietté sous leurs doigts la planche à demi pourrie qui servait de tablette à la cheminée. Le clergé ignorait ce lieu de misère, où les processions auraient dû se rendre, comme à une station de gloire. C'était là que l'enfant pauvre avait commencé son rêve, par une nuit froide, couchée entre ses deux sœurs, prise d'un accès de son mal, pendant que toute la famille dormait lourdement ; c'était de là qu'elle était partie, emportant ce rêve inconscient, qui allait renaître en elle sous le plein jour, pour fleurir si joliment en une vision de légende. Et personne ne refaisait le chemin, la crèche était oubliée, on laissait aux ténèbres cette crèche où avait germé la petite semence si humble, qui poussait aujourd'hui, là-bas, en des moissons prodigieuses, que récoltaient les ouvriers de la dernière heure, au milieu de la pompe souveraine des cérémonies.

Pierre, que la grande émotion humaine de toute cette histoire attendrissait aux larmes, reprit enfin à demi-voix, résumant en un mot ses pensées :

« C'est Bethléem.

– Oui, dit le docteur Chassaigne à son tour, c'est le logis misérable, l'asile de rencontre, où naissent les religions nouvelles de la souffrance et de la pitié... Et, parfois, je me demande si tout ne va pas mieux ainsi, s'il n'est pas préférable que cette chambre reste dans cette indigence et dans cet abandon. Il me semble que Bernadette n'a rien à y perdre, car je l'aime davantage, lorsque je viens ici passer une heure. »

Il se tut de nouveau, puis il eut un geste de révolte.

« Non, non ! je ne peux pardonner, l'ingratitude me jette hors de moi... Je vous l'ai dit, je suis convaincu que Bernadette est allée se cloîtrer librement à Nevers. Mais, si personne ne l'a fait disparaître, quel soulagement pour ceux qu'elle commençait à gêner, ici !... Et ce sont les mêmes hommes, si désireux d'être les maîtres absolus, qui aujourd'hui s'efforcent par tous les moyens de faire le silence sur sa mémoire... Ah ! mon cher enfant, si je vous disais tout ! »

Peu à peu, il parla, il se soulagea. Cette Bernadette, dont les pères de la Grotte exploitaient l'œuvre si âprement, ils la redoutaient plus encore morte que vivante. Tant qu'elle avait vécu, leur grande terreur était sûrement qu'elle ne revînt à Lourdes partager la proie ; et son humilité seule les rassurait, car elle n'était point une dominatrice, elle-même avait choisi l'ombre de renoncement où elle devait s'éteindre. Mais, à présent, ils tremblaient davantage, à l'idée qu'une volonté autre que la leur pouvait ramener les reliques de la voyante. Dès le lendemain de la mort, cette idée était bien venue au conseil municipal : la ville voulait élever un tombeau, on parlait d'ouvrir une souscription. Nettement, les sœurs de Nevers se refusèrent à livrer le corps, qui leur appartenait, disaient-elles. Derrière les sœurs, tout le monde avait alors senti les pères, très inquiets, qui agissaient, qui s'opposaient secrètement à ce retour de cendres vénérées, dans lesquelles ils flairaient une concurrence possible à la Grotte elle-même. Imaginait-on cette chose menaçante ? une tombe monumentale au cimetière, les pèlerins s'y rendant en procession, les malades allant baiser fiévreusement le marbre, des miracles s'y produisant au milieu d'une sainte ferveur ! C'était la concurrence certaine, désastreuse, le déplacement de la dévotion et du prodige. Et la grande, l'unique peur revenait toujours, celle d'avoir à partager, de voir l'argent se porter ailleurs, si la ville, instruite maintenant, savait tirer parti du tombeau.

On prêtait même aux pères un projet plein d'une astuce profonde. Ils auraient eu l'idée secrète de réserver pour eux le corps de Bernadette, que les sœurs de Nevers se seraient simplement engagées à leur garder, dans la paix de leur chapelle. Seulement, ils attendaient, ils ne voulaient le ramener que le jour où l'affluence des pèlerins commencerait à décroître. À quoi bon, maintenant, ce retour solennel, puisque les foules accouraient sans cesse plus nombreuses ; tandis que, lorsque l'extraordinaire succès de Notre-Dame de Lourdes déclinerait, comme toutes les choses de ce monde, on devinait quel réveil de la foi pourrait être la cérémonie solennelle et retentissante, dans laquelle la chrétienté verrait les reliques de l'élue reprendre possession de la terre sacrée où elle avait fait pousser tant de merveilles. Et les miracles recommenceraient, sur le marbre de son tombeau, devant la Grotte ou dans le chœur de la Basilique.

« Vous pouvez chercher, continua le docteur Chassaigne, vous ne trouverez pas à Lourdes, officiellement, une seule image de Bernadette. On vend son portrait, mais il n'est nulle part, dans aucun sanctuaire… C'est l'oubli systématique, c'est le même sentiment de sourde inquiétude qui a fait le silence et l'abandon, dans cette triste chambre où nous sommes. De même qu'on a peur d'un culte possible sur sa tombe, on a peur que les foules ne viennent s'agenouiller ici, le jour où deux cierges brûleraient, où deux bouquets de roses fleuriraient cette cheminée. Et si une paralytique se levait en criant qu'elle est guérie, quel scandale, quel trouble dans les âmes des bons commerçants de la Grotte, qui verraient leur monopole compromis gravement !… Ils sont les maîtres, ils entendent rester les maîtres, ils ne veulent rien lâcher de la ferme magnifique qu'ils ont conquise et qu'ils exploitent. Mais ils tremblent pourtant, oui ! ils tremblent devant la mémoire des ouvriers de la première heure, de cette petite fille qui est une si grande morte, dont l'héritage énorme les brûle de convoitise, à un tel point, qu'après l'avoir envoyée vivre à Nevers, ils n'osent même pas ramener son corps, laissé en prison sous la dalle d'un couvent ! »

Ah ! cette destinée pitoyable de pauvre être retranché des vivants, dont le cadavre à son tour était frappé d'exil ! Et comme Pierre la plaignait, cette créature de misère qui semblait n'avoir été choisie que pour souffrir, dans sa vie et dans sa mort ! Même en admettant qu'une volonté unique, persistante, ne l'eût pas fait disparaître, puis gardée jusque dans la tombe, quelle étrange suite de circonstances, comme il semblait que quelqu'un, inquiet du pouvoir immense qu'elle pouvait prendre, se fût toujours jalousement efforcé de la tenir à l'écart ! Elle restait à ses yeux l'élue, la martyre ; et, s'il ne pouvait plus croire, si l'histoire de cette malheureuse suffisait pour achever de ruiner en lui la croyance, elle ne l'en bouleversait pas moins dans toute sa fraternité, en lui révélant une religion nouvelle, la seule dont son cœur fût encore plein, la religion de la vie, de la douleur humaine.

Le docteur Chassaigne, justement, avant de quitter la chambre, s'écriait :

« Et c'est ici qu'il faut croire, mon cher enfant. Voyez-vous ce trou obscur, songez-vous à la Grotte resplendissante, à la Basilique triomphante, à toute la ville bâtie, à ce monde créé, à ces foules accourues ! Mais si Bernadette n'était qu'une hallucinée, une folle, est-ce que l'aventure ne serait pas plus étonnante, plus inexplicable encore ? Comment ! le rêve d'une folle aurait suffi pour remuer ainsi les nations !... Non, non ! un souffle divin a passé, qui seul peut expliquer le prodige. »

Vivement, Pierre allait répondre. Oui ! c'était vrai, un souffle avait passé, le sanglot de la douleur, le désir inextinguible vers l'infini de l'espoir. Si le rêve d'une enfant souffrante avait suffi pour amener les peuples, pour faire pleuvoir les millions et pousser du sol une cité nouvelle, n'était-ce pas que ce rêve venait apaiser un peu la faim des pauvres hommes, l'insatiable besoin qu'ils ont d'être trompés et consolés ? Elle avait rouvert l'inconnu, sans doute à un moment social et historique favorable ; et les foules s'y étaient précipitées. Oh ! se réfugier dans le mystère, quand la réalité est si dure, s'en remettre au miracle, puisque la nature cruelle semble une longue injustice ! Mais on a beau organiser l'inconnu, le réduire en dogmes, en faire des religions révélées, il n'y a toujours au fond que cet appel de la souffrance, ce cri de la vie, exigeant la santé, la joie, le bonheur fraternel, jusqu'à l'accepter dans un autre monde, s'il ne peut être sur cette terre. À quoi bon croire aux dogmes ? Ne suffit-il pas de pleurer et d'aimer ?

Et Pierre, cependant, ne discuta point. Il retint la réponse qui lui montait aux lèvres, convaincu d'ailleurs que l'éternel besoin du surnaturel ferait vivre chez l'homme douloureux l'éternelle foi. Le miracle, qu'on ne pouvait constater, devait être un pain nécessaire à la désespérance humaine. Puis, ne s'était-il pas juré, charitablement, de ne plus affliger personne de son doute ?

« Quel prodige, n'est-ce pas ? insista le docteur.

– Certes ! finit-il par dire. Tout le drame humain s'est joué, toutes les forces inconnues ont agi, dans cette pauvre chambre, si humide et si noire. »

Silencieux, ils restèrent quelques minutes encore. Ils refirent le tour des murs, levèrent les yeux vers le plafond enfumé, jetèrent un dernier coup d'œil vers l'étroite cour verdâtre. C'était en vérité navrant, cette indigence tombée aux toiles d'araignée, cette saleté des vieux tonneaux, des outils hors d'usage, des débris de toutes sortes, qui se pourrissaient dans les coins, en tas. Et, sans ajouter une parole, lentement ils s'en allèrent enfin, la gorge serrée de tristesse.

Dans la rue seulement, le docteur Chassaigne parut se réveiller. Il eut un petit frisson, il pressa le pas, en disant :

« Ce n'est pas fini, mon cher enfant, suivez-moi... Nous allons voir, maintenant, l'autre grande iniquité. »

C'était de l'abbé Peyramale et de son église qu'il parlait. Ils traversèrent la place du Porche, tournèrent dans la rue Saint-Pierre ; quelques minutes devaient suffire. Mais la conversation était retombée sur les pères de la Grotte, sur la guerre terrible, sans merci, faite par le père Sempé à l'ancien curé de Lourdes. Celui-ci, vaincu, en était mort, dans une affreuse amertume ; et, après l'avoir ainsi tué de chagrin, on avait achevé de tuer son église, qu'il laissait inachevée, sans toiture, ouverte au vent et à la pluie. Cette église monumentale, de quel rêve glorieux elle avait empli les dernières années de son existence ! Depuis qu'on l'avait dépossédé de la Grotte, chassé de cette œuvre de Notre-Dame de Lourdes dont il était, avec Bernadette, le premier ouvrier, son église devenait sa revanche, sa protestation, sa part de gloire à lui, la maison de Dieu où il triompherait en habits sacrés, d'où il emmènerait d'interminables processions, pour réaliser le vœu formel de la Sainte Vierge. L'homme d'autorité et de domination qui était au fond de son être, le pasteur de foules, le constructeur de temples, goûtait une impatiente joie à hâter les travaux, avec une imprévoyance d'homme passionné qui ne s'inquiétait pas de la dette, se laissait voler par les entrepreneurs, pourvu qu'il y eût toujours un peuple d'ouvriers sur les échafaudages. Et il la voyait grandir, son église, et il la voyait finie, par un beau matin d'été, toute neuve dans le soleil levant.

Ah ! cette vision sans cesse évoquée, elle lui donnait le courage de la lutte, au milieu du meurtre sourd dont il se sentait enveloppé. Son église, dominant la vaste place, se dressait enfin dans sa majesté colossale. Il l'avait voulue de style roman, très grande, très simple, la nef longue de quatre-vingt-dix mètres, la flèche haute de cent quarante. Elle resplendissait au clair soleil, débarrassée la veille du dernier échafaudage, encore toute fraîche de jeunesse, avec ses larges assises de pierre, montées par rangs égaux. Et, en pensée, il tournait autour d'elle, ravi de sa nudité, de sa chasteté de vierge enfant, d'une candeur géante, sans une sculpture, sans un ornement qui l'aurait inutilement chargée. Les toitures de la nef, du transept et de l'abside régnaient à la même hauteur, au-dessus de l'entablement, fait de moulures sévères. De même, les baies des bas-côtés et de la nef n'avaient d'autre décoration que des archivoltes moulurées, continuant les pieds-droits. Il s'arrêtait devant les grandes verrières du transept, dont les rosaces étincelaient ; il faisait le tour, en passant derrière l'abside ronde, contre laquelle le bâtiment de la sacristie alignait deux étages de petites fenêtres ; et il revenait, et il ne pouvait se lasser devant cette royale ordonnance, ces grandes lignes qui se découpaient sur le bleu, ces toits superposés, cette masse énorme dont la solidité défiait les siècles. Mais, lorsqu'il fermait les yeux, il évoquait surtout la façade, le clocher, dans un ravissement d'orgueil : en bas, le porche à trois travées, la travée de droite et la travée de gauche, dont les toitures de pierre formaient terrasse, tandis que le clocher, naissant de la travée centrale, s'élançait au milieu, d'un jet puissant. Là aussi, les colonnes engagées dans les pieds-droits supportaient des archivoltes simplement moulurées. Contre le pignon, à la pointe d'un pinacle, une statue de Notre-Dame de Lourdes se trouvait sous un dais, entre les deux baies hautes de la nef. Au-dessus, d'autres baies s'ouvraient encore, que garnissaient les abat-son, fraîchement peints. Les contreforts partaient du sol, aux quatre angles, s'amincissaient en montant, d'une légèreté forte, jusqu'à la flèche, une hardie flèche de pierre, flanquée de quatre clochetons, ornée également de pinacles, envolée et perdue en plein ciel. Et il lui semblait que c'était son âme de prêtre fervent qui avait grandi, qui s'était élancée avec cette flèche, pour témoigner de sa foi au travers des âges, là-haut, tout près de Dieu.

D'autres fois, une vision l'enchantait davantage encore. Il croyait voir l'intérieur de son église, le jour de la première messe solennelle qu'il y célébrerait. Les vitraux jetaient des feux comme des pierreries, les douze chapelles des bas-côtés rayonnaient de cierges. Et il était au maître-autel de marbre et d'or, et les quatorze colonnes de la nef, en marbre des Pyrénées d'un seul bloc, dons magnifiques venus des quatre coins de la chrétienté, se dressaient, supportant la voûte, que les voix grondantes des orgues emplissaient d'un chant d'allégresse. Un peuple de fidèles se pressait là, agenouillé sur les dalles, en face du chœur entouré d'une grille légère ainsi qu'une dentelle, revêtu d'une admirable boiserie sculptée. La chaire à prêcher, royal cadeau d'une grande dame, était une merveille d'art, fouillée en plein chêne. Les fonts baptismaux avaient été taillés dans la pierre dure par un artiste de grand talent. Des tableaux de maître ornaient les murailles, des croix, des ciboires, des ostensoirs précieux, des vêtements sacrés, pareils à des soleils, s'entassaient au fond des armoires de la sacristie. Et quel rêve d'être le pontife d'un tel temple, d'y régner après l'avoir bâti avec passion, d'y bénir les foules accourues de toute la terre, pendant que les sonneries volantes du clocher iraient dire à la Grotte et à la Basilique qu'elles avaient là-bas, dans le vieux Lourdes, une rivale, une sœur victorieuse, chez laquelle Dieu triomphait aussi !

Après avoir suivi un instant la rue Saint-Pierre, le docteur Chassaigne et son compagnon tournèrent dans la petite rue de Langelle.

« Nous arrivons », dit le docteur.

Mais Pierre regardait, ne voyait pas d'église. Il n'y avait là que des masures misérables, tout un quartier de faubourg pauvre, obstrué de constructions lépreuses. Enfin, il aperçut, au fond d'une impasse, un pan de la vieille palissade, à demi pourrie, qui entourait encore le vaste terrain carré, compris entre les rues Saint-Pierre, de Bagnères, de Langelle et des Jardins.

« Il faut tourner à gauche, reprit le docteur, qui s'était engagé dans un couloir étroit, parmi des décombres. Nous y voilà ! »

Et la ruine, brusquement, apparut, au milieu des laideurs et des misères qui la masquaient.

Toute la puissante carcasse de la nef et des bas-côtés, du transept et de l'abside, était debout. Les murs, partout, s'élevaient jusqu'à la naissance des voûtes. On pénétrait là comme dans une église véritable, on pouvait s'y promener à l'aise, en reconnaître les parties accoutumées. Seulement, lorsqu'on levait les yeux, on voyait le ciel : les toitures manquaient, la pluie tombait, le vent soufflait librement. Depuis quinze ans bientôt, les travaux étaient abandonnés, les choses restaient dans l'état où le dernier maçon les avait laissées. Ce qui frappait d'abord, c'étaient les dix piliers de la nef, les quatre piliers du chœur, ces piliers magnifiques en marbre des Pyrénées d'un seul bloc, qu'on avait recouverts d'une chemise de planches, pour les protéger contre tout dégât. Les bases et les chapiteaux, encore bruts, attendaient les sculpteurs. Et ces colonnes isolées, ainsi vêtues de bois, avaient une grande tristesse. Puis, une mélancolie montait de l'enceinte béante, de l'herbe qui envahissait le sol ravagé, bossué, des bas-côtés et de la nef, une herbe drue de cimetière, au travers de laquelle les femmes du voisinage avaient fini par tracer des sentiers. Elles entraient y étendre leurs lessives. Tout un blanchissage de pauvre, des draps épais, des chemises en loques, des langes d'enfant, achevaient justement d'y sécher, aux derniers rayons du soleil qui se glissaient là, par les larges baies vides.

Lentement, sans parler, Pierre et le docteur Chassaigne firent le tour, à l'intérieur. Les douze chapelles des bas-côtés formaient des sortes de compartiments, pleins de gravats et de débris. On avait cimenté le sol du chœur, sans doute pour protéger la crypte des infiltrations, en dessous ; malheureusement, les voûtes devaient se tasser, il existait là une dépression que l'orage de la nuit précédente avait transformée en un petit lac. Du reste, c'étaient ces parties du transept et de l'abside qui avaient le moins souffert. Pas une pierre ne bougeait ; les grandes rosaces centrales, au-dessus du triforium, semblaient attendre leurs verrières ; tandis que des madriers, oubliés en haut des murs de l'abside, auraient pu faire croire qu'on allait commencer à la couvrir, le lendemain. Mais, quand ils furent revenus sur leurs pas, et qu'ils sortirent, pour voir la façade, la détresse lamentable de cette jeune ruine se montra. De ce côté, on avait beaucoup moins poussé les travaux, le porche à triple travée était seul construit ; et quinze années d'abandon avaient suffi aux hivers pour en ronger les sculptures, les colonnettes, les archivoltes, dans un travail de destruction vraiment singulier, comme si la pierre, entamée profondément, détruite, s'était fondue sous des larmes. Le cœur se serrait, à la vue de cette destruction qui s'attaquait à l'œuvre, avant même qu'elle fût finie. Ne pas être encore, et déjà s'émietter ainsi sous le ciel ! S'immobiliser dans sa croissance de colosse géant, pour semer l'herbe de décombres !

Ils rentrèrent dans la nef, ils y retrouvèrent l'affreuse tristesse de cet assassinat d'un monument. Le vaste terrain vague, à l'intérieur, était obstrué par les débris des échafaudages, qu'il avait fallu abattre, pourris à moitié, dans la crainte que leur chute n'écrasât le monde ; et c'étaient partout, au milieu des herbes hautes, des plats-bords, des boulins, des cintres, mêlés à des paquets de vieilles cordes, que l'humidité achevait de manger. Il y avait aussi la carcasse efflanquée d'un treuil, se dressant comme une potence. Des manches de pelle, des morceaux cassés de brouettes traînaient encore parmi des matériaux oubliés, des tas de briques verdâtres, tachées de mousse, où fleurissaient des liserons. Sous les nappes d'orties, on revoyait, par places, les rails du petit chemin de fer, installé pour les charrois, et dont un wagonnet renversé gisait dans un coin. Mais la grande mélancolie de cette mort des choses était surtout la locomobile, restée sous le toit du hangar qui l'abritait. Depuis quinze ans, elle était là, refroidie, morte. Le hangar avait fini par s'effondrer sur elle, de larges trous laissaient la pluie la tremper, à chaque averse. Un bout de la courroie de transmission qui actionnait le treuil, pendait, semblait la lier, pareil à un fil d'araignée géant. Et ses aciers, ses cuivres se pourrissaient eux aussi, comme rouillés de lichens, recouverts d'une végétation de vieillesse, dont les plaques jaunâtres faisaient d'elle une sorte de machine très ancienne, herbue, que les hivers avaient décharnée. Cette machine morte, cette machine froide, au foyer éteint, à la chaudière muette, c'était l'âme même du travail qui s'en était allée, dans la vaine attente du grand cœur charitable, dont la venue, à travers les églantiers et les ronces, devait réveiller l'Église-au-bois-dormant de son lourd sommeil de ruine.

Le docteur Chassaigne, enfin, parla.

« Ah ! dit-il, quand on pense que cinquante mille francs auraient suffi pour empêcher un tel désastre ! Avec cinquante mille francs, on pouvait couvrir, le gros œuvre était sauvé, et l'on avait tout le temps d'attendre... Mais ils voulaient tuer l'œuvre, comme ils avaient tué l'homme. »

D'un geste, il désigna, là-bas, les pères de la Grotte, qu'il évitait de nommer.

« Et dire qu'ils ont des recettes annuelles de neuf cent mille francs ! Ils préfèrent envoyer des cadeaux à Rome, pour entretenir des amitiés puissantes. »

Malgré lui, il repartait en campagne contre les adversaires du curé Peyramale. Toute cette histoire le hantait d'une sainte colère de justice. En face de la ruine lamentable, il reprenait les faits, le curé enthousiaste se lançant dans la construction de son église, s'endettant, se laissant voler, tandis que le père Sempé aux aguets profitait de chacune de ses fautes, le discréditait près de l'évêque finissait par tarir les aumônes et par faire arrêter les travaux. Puis, après la mort du vaincu, venaient les procès interminables, quinze années de procès qui avaient donné aux hivers le temps de manger l'œuvre. Maintenant, elle était dans un si pitoyable état, la dette montait à un chiffre si gros, que tout paraissait bien fini. La mort lente, la mort des pierres s'achevait. Sous son hangar effondré, la locomobile allait tomber en loques, battue par la pluie, rongée par la mousse.

« Je le sais bien, ils chantent victoire, il n'y a plus qu'eux. C'était ce qu'ils désiraient, être les maîtres absolus, garder pour eux seuls toute la puissance, tout l'argent... Si je vous disais que leur terreur de la concurrence les a poussés jusqu'à écarter de Lourdes les ordres religieux qui ont tenté d'y venir. Des jésuites, des dominicains, des bénédictins, des capucins, des carmes ont fait des demandes ; toujours, les pères de la Grotte sont parvenus à les évincer. Ils ne tolèrent que les ordres de femmes, ils ne veulent qu'un troupeau... Et la ville leur appartient, et ils y tiennent boutique, ils y vendent Dieu, en gros et en détail ! »

À pas lents, il était revenu au milieu de la nef, parmi les décombres. D'un grand geste, il montra la dévastation qui l'entourait.

« Voyez cette tristesse, cette misère affreuse... Là-bas, le Rosaire et la Basilique leur ont coûté plus de trois millions. »

Pierre, alors, comme dans la noire et froide chambre de Bernadette, vit se dresser la Basilique, radieuse en son triomphe. Ce n'était point ici que se réalisait le rêve du curé Peyramale, officiant, bénissant les foules à genoux, pendant que les orgues grondaient d'allégresse. La Basilique, là-bas, s'évoquait, toute sonnante de la volée des cloches, toute clamante de la joie surhumaine d'un miracle, toute braisillante de flammes, avec ses bannières, ses lampes, ses cœurs d'argent et d'or, son clergé vêtu d'or, son ostensoir pareil à un astre d'or. Elle flambait dans le soleil couchant, elle touchait le ciel de sa flèche, dans l'envolement des milliards de prières dont ses murs frémissaient. Ici, l'église morte avant de naître, l'église interdite par un mandement de l'évêque, tombait en poudre, ouverte aux quatre vents. Chaque orage emportait un peu des pierres, de grosses mouches bourdonnaient seules dans les orties qui avaient envahi la nef ; et il n'y avait d'autres dévotes que les femmes du voisinage, venant retourner leur pauvre linge, étendu sur l'herbe. Au milieu du morne silence, une voix sourde semblait sangloter, la voix des colonnes de marbre peut-être, pleurant leur luxe inutile, sous leur chemise de planches. Parfois, des oiseaux traversaient l'abside déserte, en jetant un petit cri. Des bandes de rats énormes, réfugiés sous les pièces des échafaudages abattus, se mordaient, bondissaient hors de leurs trous, dans un galop d'effroi. Et rien n'était d'une angoisse plus désespérée que cette ruine voulue, en face de sa triomphante rivale, la Basilique rayonnante d'or.

De nouveau, le docteur Chassaigne dit simplement :

« Venez. »

Ils sortirent de l'église, ils longèrent le bas-côté de gauche, arrivèrent devant une porte, faite grossièrement de quelques planches clouées ; et, quand ils eurent descendu un escalier de bois à demi rompu, dont les marches branlaient sous leurs pieds, ils se trouvèrent dans la crypte.

C'était une salle basse, aux voûtes écrasées, qui reproduisait exactement les dispositions du chœur. Les colonnes trapues, laissées à l'état brut, attendaient elles aussi leurs sculptures. Des matériaux traînaient, des bois achevaient de pourrir sur la terre battue, toute la vaste salle restait blanche de plâtre, dans le fruste abandon des bâtisses qu'on ne finit pas. Au fond, trois baies, autrefois vitrées, et dont il ne restait plus un carreau, éclairaient d'un grand jour froid la nudité désolée des murs.

Et, là, au milieu, dormait le corps du curé Peyramale. Des amis fervents avaient eu l'idée touchante de l'ensevelir ainsi dans la crypte de son église inachevée. Sur une large marche, le tombeau était tout en marbre. Les inscriptions, en lettres d'or, disaient la pensée des souscripteurs, le cri de vérité et de réparation qui sortait du monument. On lisait sur la face : « De pieuses oboles venues de tout l'univers ont élevé ce tombeau à la mémoire bénie du grand serviteur de Notre-Dame de Lourdes. » On lisait à droite ces mots d'un bref de Pie IX : « Vous vous êtes dévoué tout entier à édifier un temple à la Mère de Dieu. » On lisait à gauche cette parole de l'Évangile : « Heureux ceux qui souffrent de persécution pour la justice. » N'était-ce point la plainte véridique, l'espoir légitime du vaincu, qui avait combattu si longtemps, dans l'unique désir d'exécuter strictement les ordres de la Vierge, que Bernadette lui avait transmis ? Elle se trouvait là, Notre-Dame de Lourdes, une statuette mince, placée au-dessus de l'inscription funéraire, contre la grande muraille nue, que décoraient seulement quelques couronnes de perles, pendues à des clous. Et, devant le tombeau, cinq ou six bancs étaient alignés, comme devant la Grotte, pour les fidèles qui voulaient s'asseoir.

Mais, d'un nouveau geste de pitié émue, le docteur Chassaigne, silencieusement, avait montré à Pierre une tache énorme d'humidité qui verdissait le mur du fond. Pierre se rappela le petit lac qu'il avait remarqué en haut, sur le ciment disjoint du chœur, un amas d'eau considérable laissé par l'orage de la nuit précédente.

Évidemment, des infiltrations se produisaient, une source véritable coulait en bas, envahissait la crypte, par les temps de forte pluie. Tous deux eurent le cœur serré, lorsqu'ils s'aperçurent que l'eau suivait la voûte par minces filets et retombait en grosses gouttes régulières, cadencées, sur le tombeau.

Le docteur ne put retenir un gémissement.

« Il pleut maintenant, il pleut sur lui ! »

Pierre demeurait immobile, dans une sorte de terreur sacrée. Sous cette eau qui tombait, sous les coups de vent qui devaient entrer l'hiver, par les carreaux brisés des fenêtres, ce mort lui apparut lamentable et tragique. Il prenait une grandeur farouche, tout seul dans son riche tombeau de marbre, au milieu des gravats, au fond des ruines croulantes de son église. Il en était le gardien solitaire, le mort endormi et rêveur qui en gardait les espaces vides, ouverts à tous les oiseaux de nuit. Il y était la protestation muette obstinée, éternelle, et il y était l'attente. Couché dans sa bière, ayant l'éternité pour prendre patience, il y attendait sans lassitude les ouvriers qui reviendraient peut-être, par un beau matin d'avril. S'ils mettaient dix ans, il serait là, et s'ils mettaient un siècle, il serait là encore. Il attendait que les échafaudages pourris, là-haut, parmi l'herbe de la nef, fussent ressuscités ainsi que des morts, dans un prodige, de nouveau debout le long des murs. Il attendait que la locomobile, sous la mousse, tout d'un coup brûlante, retrouvât son haleine, pour monter les charpentes de la toiture. Son œuvre aimée, la géante construction croulait sur sa tête, et les mains jointes, les yeux clos, il en gardait les décombres, il attendait.

À demi-voix, le docteur acheva la cruelle histoire, comment après avoir persécuté le curé Peyramale et son œuvre, on persécutait son tombeau. Anciennement, un buste du curé était là, des mains dévotes entretenaient devant lui la petite flamme d'une lampe. Mais une femme étant tombée la face contre terre, en disant qu'elle voyait l'âme du défunt, les pères de la Grotte s'émurent. Est-ce que des miracles allaient se produire ? Déjà des malades passaient les journées entières, assis sur les bancs, devant le tombeau. D'autres s'agenouillaient, baisaient le marbre, imploraient leur guérison. Et ce fut une terreur : s'ils guérissaient, si la Grotte avait un concurrent dans ce martyr, couché tout seul, au milieu des vieux outils laissés par les maçons ! L'évêque de Tarbes, prévenu, travaillé, publia le mandement qui interdisait l'église, en défendant tout culte, tout pèlerinage et procession au tombeau de l'ancien curé de Lourdes. Comme pour Bernadette, son souvenir était proscrit, son image ne se trouvait officiellement nulle part. De même qu'ils s'étaient acharnés contre l'homme vivant, les pères s'acharnaient contre la mémoire du grand mort. Ils le poursuivaient jusque dans la tombe. Eux seuls, aujourd'hui encore, empêchaient que les travaux de l'église ne fussent repris, créant de continuels obstacles, refusant de partager leur riche moisson d'aumônes. Et ils attendaient que la pluie des hivers tombât, achevât l'œuvre de destruction, que la voûte, les murs, toute la construction géante croulât sur le tombeau de marbre, sur le corps du vaincu, et qu'il fût enseveli, et qu'il fût broyé !

« Ah ! murmura le docteur, moi qui l'ai connu si vaillant, si enthousiaste des nobles besognes ! Maintenant, vous le voyez, il pleut, il pleut sur lui ! »

Péniblement, il se mit à genoux, il s'apaisa dans une longue prière.

Pierre, qui ne pouvait prier, restait debout. Une humanité émue débordait de son cœur. Il écoutait les pesantes gouttes de la voûte s'écraser une à une sur le tombeau, dans un rythme lent, qui semblait compter les secondes de l'éternité, au milieu du profond silence. Et il songeait à l'éternelle misère de ce monde, à cette élection de la souffrance frappant toujours les meilleurs. Les deux grands ouvriers de Notre-Dame de Lourdes, Bernadette, le curé Peyramale, revivaient devant lui, ainsi que des victimes pitoyables, torturées pendant leur vie, exilées après leur mort. Certes, cela aurait achevé de tuer en lui la foi ; car la Bernadette qu'il venait de trouver, au bout de son enquête, n'était qu'une sœur humaine, chargée de toutes les douleurs. Mais il n'en gardait pas moins pour elle un culte de fraternelle tendresse, et deux larmes lentes roulèrent sur ses joues.

CINQUIÈME JOURNÉE

I

Cette nuit-là, à l'hôtel des Apparitions, Pierre, de nouveau, ne put fermer l'œil. Après être passé par l'hôpital, pour prendre des nouvelles de Marie, qui dormait d'un profond sommeil d'enfant, délicieux et réparateur, depuis son retour de la procession, il s'était couché lui-même, inquiet de n'avoir pas vu reparaître M. de Guersaint. Il l'attendait au plus tard pour le dîner, un accident sans doute l'avait retenu à Gavarnie ; et il songeait au tourment de la jeune fille, si son père n'allait pas l'embrasser, dès le lendemain matin. Avec cet homme si aimablement distrait, à la cervelle d'oiseau, toutes les suppositions, toutes les craintes étaient possibles.

Peut-être cette inquiétude avait-elle d'abord suffi à tenir Pierre éveillé, malgré sa grande fatigue. Mais, ensuite, le tapage nocturne, dans l'hôtel, avait vraiment pris des proportions intolérables. Le lendemain mardi était le jour du départ, le dernier jour que le pèlerinage national devait passer à Lourdes, et sans doute les pèlerins profitaient goulûment des heures, revenaient de la Grotte, y retournaient en pleine nuit, tâchaient de violenter le Ciel par leur agitation, sans besoin aucun de repos. Les portes battaient, les planchers tremblaient, la maison entière vibrait comme sous le galop désordonné d'une foule. Jamais encore les murs n'avaient résonné de toux si opiniâtres, de si grosses voix indistinctes. Et Pierre, gagné par l'insomnie, se retournait en sursaut, se relevait, avec la continuelle idée que ce devait être M. de Guersaint qui rentrait. Pendant quelques minutes, il tendait fiévreusement l'oreille, il n'entendait que les rumeurs extraordinaires du couloir, où il ne distinguait rien de précis. Était-ce, à gauche, le prêtre, la mère et ses trois filles, le ménage de vieilles gens, qui se battaient avec les meubles ? Ou était-ce plutôt, à droite, l'autre famille si nombreuse, l'autre monsieur seul, la jeune dame seule, que d'incompréhensibles événements jetaient dans les aventures ? Un instant, il sauta de son lit, il voulut visiter la chambre vide de son compagnon absent, certain qu'il s'y passait des choses violentes. Mais il eut beau écouter, il ne saisit plus, derrière la cloison mince, que le murmure tendre de deux voix, d'une légèreté de caresse. Le brusque souvenir de Mme Volmar lui revint, et il retourna se coucher, frissonnant.

Enfin, Pierre, au grand jour, s'endormait, lorsque des coups rudes, frappés dans sa porte, le firent sursauter. Cette fois, il ne se trompait pas, une forte voix criait, étranglée par l'angoisse :

« Monsieur l'abbé ! Monsieur l'abbé ! de grâce, éveillez-vous ! »

C'était décidément M. de Guersaint qu'on rapportait mort, pour le moins. Effaré, il courut ouvrir, en chemise, et se trouva devant M. Vigneron, son voisin.

« Oh ! de grâce, monsieur l'abbé, habillez-vous vite ! On a besoin de votre saint ministère. »

Alors, il raconta qu'il venait de se lever pour regarder l'heure à sa montre, posée sur la cheminée, quand il avait entendu des soupirs atroces sortir de la chambre voisine, où était couchée Mme Chaise. Elle avait laissé la porte de communication ouverte, par gentillesse, afin d'être davantage avec eux. Naturellement, il s'était précipité, poussant les persiennes, donnant du jour et de l'air.

« Et quel spectacle, monsieur l'abbé ! Notre pauvre tante sur son lit, à moitié violette déjà, la bouche béante sans pouvoir reprendre haleine, les mains égarées, crispées parmi les draps... Vous comprenez, c'est sa maladie de cœur... Venez, venez vite, monsieur l'abbé, pour l'assister, je vous en supplie ! »

Pierre, étourdi, ne retrouvait ni son pantalon, ni sa soutane.

« Sans doute, sans doute, je vais avec vous. Mais je ne puis l'administrer, je n'ai pas ce qu'il faut. »

M. Vigneron l'aidait à se vêtir, s'accroupissait, en quête des pantoufles

« Ça ne fait rien, votre vue seule l'aidera à passer, si Dieu nous réserve cette affliction... Tenez ! chaussez-vous d'abord, et suivez-moi, oh ! tout de suite, tout de suite ! »

Il repartit en coup de vent, s'engouffra dans la chambre voisine. Toutes les portes étaient restées grandes ouvertes. Le jeune prêtre, qui le suivait, ne remarqua dans la première pièce, obstruée d'un incroyable désordre, que le petit Gustave, demi-nu, assis sur le canapé où il couchait, immobile, très pâle, oublié et grelottant, au milieu de ce drame de la mort brutale. Des valises éventrées barraient le passage, des restes de charcuterie salissaient la table, le lit du père et de la mère semblait ravagé par la catastrophe, les couvertures tirées, jetées à terre. Et, tout de suite, dans la seconde chambre, il aperçut la mère, vêtue en hâte d'un vieux peignoir jaune, debout, l'air terrifié.

« Eh bien ! mon amie ? eh bien ! mon amie ? » répéta M. Vigneron, bégayant.

D'un geste, sans répondre, Mme Vigneron montra Mme Chaise, qui ne bougeait plus, la tête retombée sur l'oreiller, les mains retournées et raidies. La face était bleue, la bouche bâillait, comme dans le dernier souffle énorme qui s'en était échappé.

Pierre s'était penché. Puis, à demi-voix :

« Elle est morte. »

Morte ! ce mot retentit dans la chambre, mieux tenue, où régnait un lourd silence. Et les deux époux se regardèrent, stupéfaits, éperdus. C'était donc fini ? La tante mourait avant Gustave, le petit héritait des cinq cent mille francs. Que de fois ils avaient fait ce rêve, dont la brusque réalisation les hébétait ! Que de fois ils avaient désespéré, en craignant que le pauvre enfant ne partît avant elle ! Morte, mon Dieu ! Est-ce que c'était leur faute ? Est-ce qu'ils avaient réellement demandé cela à la Sainte Vierge ? Elle se montrait si bonne pour eux, qu'ils tremblaient de n'avoir pu exprimer un souhait sans être exaucés. Déjà, dans la mort du chef de bureau, subitement emporté pour leur laisser la place, ils avaient reconnu le doigt si puissant de Notre-Dame de Lourdes. Est-ce qu'elle venait de les combler de nouveau, en écoutant jusqu'aux songeries inconscientes de leur désir ? Pourtant, ils n'avaient jamais voulu la mort de personne, ils étaient de braves gens, incapables d'une action mauvaise, aimant bien leur famille, pratiquant, se confessant, communiant comme tout le monde, sans ostentation. Quand ils pensaient à ces cinq cent mille francs, à leur fils qui pouvait s'en aller le premier, à l'ennui qu'ils auraient de voir un autre neveu, moins digne, hériter de cette fortune, tout cela était si discret au fond d'eux, si naïf, si naturel en somme ! Et ils y avaient certainement pensé devant la Grotte, mais la Sainte Vierge n'était-elle pas la suprême sagesse, ne savait-elle pas mieux que nous-mêmes ce qu'elle devait faire pour le bonheur des vivants et des morts ?

Alors, très sincèrement, Mme Vigneron éclata en sanglots, pleurant sa sœur qu'elle adorait.

« Ah ! monsieur l'abbé, je l'ai vue s'éteindre, elle a passé sous mes yeux. Quel malheur que vous ne soyez pas venu plus tôt, pour recevoir son âme !... Elle est morte sans prêtre, votre présence l'aurait tant consolée ! »

Les paupières lourdes de larmes, cédant aussi à l'attendrissement, M. Vigneron consola sa femme.

« Ta sœur était une sainte, elle a communié encore hier matin, et tu peux être sans inquiétude, son âme est allée droit au Ciel... Sans doute, si M. l'abbé était arrivé à temps, cela lui aurait fait plaisir de le voir... Que veux-tu ? la mort a été la plus prompte. J'ai couru tout de suite, nous n'aurons eu, jusqu'au bout, aucun reproche à nous faire... »

Et, se tournant vers le prêtre :

« Monsieur l'abbé, c'est sa piété trop grande qui a pour sûr hâté la crise. Hier, à la Grotte, elle avait eu déjà un étouffement, dont la violence était significative. Et, malgré sa fatigue, elle s'est ensuite obstinée à suivre la procession... Je pensais bien qu'elle n'irait pas loin. Seulement, c'était si délicat, on n'osait rien lui dire, dans la crainte de l'effrayer. »

Doucement, Pierre s'agenouilla, récita les prières d'usage, avec cette émotion humaine qui lui tenait lieu de croyance, devant l'éternelle vie, l'éternelle mort, si pitoyables. Puis, il demeura un instant à genoux, il entendit les voix chuchotantes du ménage.

Le petit Gustave, oublié sur son lit, dans le désordre de la chambre voisine, avait dû être pris d'impatience. Il pleurait, il criait.

« Maman ! Maman ! Maman ! »

Enfin, Mme Vigneron alla le calmer. Et elle eut l'idée de l'apporter entre ses bras, pour qu'il embrassât une dernière fois sa pauvre tante. D'abord, il se débattit, refusant, pleurant plus fort. Si bien que M. Vigneron fut forcé d'intervenir en lui faisant honte. Comment ! lui qui n'avait peur de rien ! qui montrait, devant le mal, du courage autant qu'un homme ! Et sa pauvre tante toujours si aimable, dont la dernière pensée avait dû être certainement pour lui !

« Donne-le-moi, dit-il à sa femme, il va être raisonnable. »

Gustave finit par s'abandonner au cou de son père. Il arriva en chemise, grelottant, montrant la nudité de son misérable petit corps, que rongeait la scrofule. Loin de le guérir, il semblait que l'eau miraculeuse de la piscine eût avivé la plaie de ses reins ; tandis que sa maigre jambe pendait inerte, pareille à un bâton desséché.

« Embrasse-la », reprit M. Vigneron.

L'enfant se pencha, baisa sa tante sur le front. Ce n'était pas la mort qui l'inquiétait et le faisait se révolter. Depuis qu'il était là, il regardait la morte d'un air de tranquillité curieuse. Il ne l'aimait pas, il avait souffert d'elle trop longtemps.

C'étaient, chez lui, des idées, des sentiments de grande personne, dont le poids l'avait étouffé, à mesure qu'elles se développaient et s'aiguisaient, avec son mal. Il sentait bien qu'il était trop petit, que les enfants ne doivent pas comprendre les choses qui se passent au fond des gens.

Son père, s'étant assis à l'écart, le garda sur ses genoux, pendant que la mère refermait la fenêtre et allumait les bougies des deux flambeaux de la cheminée.

« Ah ! mon pauvre mignon, murmura-t-il dans le besoin qu'il avait de parler, c'est une perte cruelle pour nous tous. Voilà notre voyage gâté complètement, car c'était notre dernier jour, on part cet après-midi... Et la Sainte Vierge justement qui se montrait si bonne... »

Mais, devant le regard étonné de son fils, un regard d'infinie tristesse et de reproche, il se hâta de reprendre :

« Oui, sans doute, je sais qu'elle ne t'a pas guéri encore tout à fait. Seulement, il ne faut jamais désespérer de sa bienveillance... Elle nous aime trop, elle nous comble trop de ses grâces, elle finira sûrement par te guérir, puisque, maintenant, elle n'a plus que cette grande faveur à nous accorder. »

Mme Vigneron, qui avait entendu, s'approcha.

« Comme nous aurions été heureux de rentrer à Paris bien portants tous les trois ! Jamais rien n'est complet.

– Dis donc ! fit remarquer brusquement M. Vigneron, je ne vais pas pouvoir partir avec vous, cet après-midi, à cause des formalités... Pourvu que mon billet de retour reste valable jusqu'à demain ! »

Tous deux se remettaient de l'affreuse secousse, soulagés, malgré l'affection qu'ils avaient pour Mme Chaise ; et ils l'oubliaient déjà, ils n'éprouvaient plus que la hâte de quitter Lourdes, comme si le but principal du voyage se trouvait rempli. Une joie décente, inavouée, les inondait.

« Puis, à Paris, j'aurai tant à courir ! continua-t-il. Moi qui n'aspire plus qu'au repos !... Ça ne fait rien, je resterai mes trois ans au ministère, jusqu'à ma retraite, maintenant surtout que je suis certain de la retraite de chef de bureau... Seulement, après, oh ! après, je compte bien jouir un peu de la vie. Puisque cet argent nous arrive, je vais acheter, dans mon pays, le domaine des Billottes, cette terre superbe dont j'ai toujours rêvé. Et je vous réponds que je ne me ferai pas de mauvais sang, au milieu de mes chevaux, de mes chiens et de mes fleurs ! »

Le petit Gustave était resté sur ses genoux, frissonnant de tout son pauvre corps d'insecte avorté, dans sa chemise retroussée à demi, qui laissait voir sa maigreur d'enfant mourant. Lorsqu'il s'aperçut que son père ne le sentait même plus là, tout à son rêve d'existence riche, enfin réalisable, il eut un de ses sourires énigmatiques, d'une mélancolie aiguisée de malice.

« Eh bien ! père, et moi ? »

M. Vigneron, réveillé comme en sursaut, s'agita, parut d'abord ne pas comprendre.

« Toi, mon petit ?... Toi, tu seras avec nous, parbleu ! »

Mais Gustave continuait à le regarder fixement, profondément, sans cesser de sourire, de ses lèvres fines, si navrées.

« Oh ! crois-tu ?

– Certainement, je le crois !... Tu seras avec nous, ce sera très gentil d'être avec nous... »

Gêné, balbutiant, M. Vigneron, qui ne trouvait pas les mots convenables, demeura glacé, lorsque son fils haussa ses maigres épaules, d'un air de philosophique dédain.

« Oh ! non !... Moi, je serai mort. »

Et le père, terrifié, lut tout d'un coup dans le regard profond de l'enfant, un regard d'homme très vieux, très savant en toutes matières, qui connaissait les abominations de la vie pour les avoir souffertes. Surtout, ce qui l'effarait, c'était la soudaine certitude que cet enfant l'avait toujours pénétré lui-même jusqu'au fond de l'âme, au-delà de ce qu'il n'osait s'avouer. Il se rappelait, dès le berceau, les yeux du petit malade fixés sur les siens, ces yeux que la souffrance rendait si aigus, qu'elle douait sans doute d'une force de divination extraordinaire, fouillant les pensées inconscientes, dans l'obscurité des crânes. Et, par un singulier contrecoup, les choses qu'il ne s'était jamais dites, il les retrouvait toutes à cette heure dans les yeux de son enfant, il les voyait, les lisait malgré lui. L'histoire de sa longue cupidité se déroulait, sa colère d'avoir un fils si chétif, son angoisse à l'idée que la fortune de Mme Chaise reposait sur une existence si fragile, son âpre souhait qu'elle se hâtât de mourir, pour que le petit fût encore là, de façon à lui assurer l'héritage. C'était simplement une question de jours, ce duel à qui partirait le premier. Puis, au bout, c'était quand même la mort, le petit à son tour s'en allait, lui seul empochait l'argent, vieillissait longtemps dans l'allégresse. Et ces choses affreuses sortaient si nettes des yeux fins, mélancoliques et souriants du pauvre être condamné, s'échangeaient entre eux avec une telle clarté d'évidence, qu'un instant il sembla au père et au fils qu'ils se les criaient à voix très haute.

Mais M. Vigneron se débattit, tourna la tête, protesta violemment.

« Comment ! tu seras mort ?... En voilà des idées ! C'est absurde, des idées pareilles ! »

Mme Vigneron s'était remise à sangloter.

« Méchant enfant, peux-tu nous causer une telle peine, au moment où nous pleurons une perte si cruelle déjà ! »

Il fallut que Gustave les embrassât, en leur promettant de vivre, de faire cela pour eux. Cependant, il n'avait pas cessé de sourire, sachant bien que le mensonge était nécessaire, quand on voulait ne pas trop s'attrister, résigné d'ailleurs à laisser après lui ses parents heureux, puisque la Sainte Vierge elle-même ne pouvait lui donner, en ce monde, le petit coin de bonheur pour lequel toute créature aurait dû naître.

Sa mère alla le recoucher, et Pierre enfin se releva, au moment où M. Vigneron achevait de disposer la chambre d'une façon convenable.

« Vous m'excusez, n'est-ce pas ? monsieur l'abbé, dit-il en accompagnant le jeune prêtre jusqu'à la porte. Je n'ai pas la tête bien à moi... Enfin, c'est un mauvais quart d'heure à passer. Il faudra tout de même que je m'en tire. »

Dans le corridor, Pierre s'arrêta une minute, écoutant un bruit qui montait de l'escalier. Il avait songé encore à M. de Guersaint, il croyait reconnaître sa voix. Puis, comme il restait là, immobile, un événement se produisit, qui lui causa une gêne atroce. Avec une lenteur prudente, la porte de la chambre, occupée par le monsieur tout seul, venait de s'ouvrir ; et une dame vêtue de noir était sortie, si légère, que, dans l'entrebâillement, on avait eu à peine le temps de distinguer le monsieur, debout, les doigts sur les lèvres. Mais, quand la dame se retourna, elle se trouva soudain face à face avec Pierre. Cela fut si net, si brutal, qu'ils ne purent se détourner, en feignant de ne pas s'être reconnus.

C'était Mme Volmar. Après les trois jours et les trois nuits qu'elle venait de passer là, au fond de cette chambre d'amour, dans une claustration absolue, elle s'en échappait de grand matin, avec un arrachement de tout son être. Six heures n'étaient pas sonnées, elle espérait n'être vue de personne, s'évanouir par les couloirs et l'escalier vides, d'une légèreté d'ombre ; et elle avait le désir aussi de se montrer un peu à l'hôpital, d'y passer cette matinée dernière, pour justifier sa présence à Lourdes. Quand elle aperçut Pierre, elle fut prise d'un tremblement, elle bégaya d'abord :

« Oh ! monsieur l'abbé, monsieur l'abbé... »

Puis, en remarquant que le prêtre avait laissé sa porte grande ouverte, elle parut céder à la fièvre qui la brûlait, à un besoin de parler de cette flamme, de s'expliquer, de s'innocenter. Le sang au visage, elle passa la première, elle entra dans la chambre, où il dut la suivre, fort troublé de l'aventure. Et, comme il laissait la porte ouverte encore, ce fut elle qui, d'un signe, le pria de la fermer, voulant se confier à lui.

« Oh ! monsieur l'abbé, je vous en supplie, ne me jugez pas trop mal ! »

Il eut un geste, pour dire qu'il ne se permettait pas de porter un jugement sur elle.

« Si, si, je sais bien que vous connaissez mon malheur... À Paris, vous m'avez aperçue une fois, derrière la Trinité, avec une personne. Et, l'autre jour, ici, vous m'avez reconnue, sur le balcon. N'est-ce pas ? vous vous doutiez que je vivais là, près de vous, cachée avec cette personne, dans cette chambre... Seulement, si vous saviez, si vous saviez ! »

Ses lèvres frémissaient, des larmes montaient à ses paupières. Il la regardait, et il restait surpris de l'extraordinaire beauté qui transfigurait son visage. Cette femme, toujours en noir, très simple, sans un bijou, lui apparaissait dans un éclat de sa passion, hors de l'ombre où elle s'effaçait, s'éteignait d'habitude. Elle qui n'était point jolie au premier aspect, trop brune, trop mince, les traits tirés, la bouche grande, le nez long, prenait, à mesure qu'il l'examinait, un charme troublant, une puissance de conquête irrésistible. Ses yeux surtout, ses larges yeux magnifiques, dont elle cachait d'ordinaire le brasier sous un voile d'indifférence, brûlaient comme des torches, aux heures où elle s'abandonnait toute. Il comprit qu'on l'adorât, qu'on pût la désirer à en mourir.

« Si vous saviez, monsieur l'abbé, si je vous racontais ce que j'ai souffert !... Ce sont des choses que vous avez soupçonnées sans doute, puisque vous connaissez ma belle-mère et mon mari. Les rares fois que vous êtes venu chez nous, vous n'êtes pas sans avoir compris les abominations qui s'y passaient, malgré mon air d'être toujours contente, dans mon petit coin de silence et d'effacement... Mais vivre ainsi dix ans, mais ne jamais être, ne jamais aimer, ne jamais être aimée, non, non, je n'ai pas pu ! »

Alors, elle conta la douloureuse histoire, son mariage avec le marchand de diamants, désastreux dans son apparent coup de fortune, sa belle-mère une âme dure de bourreau et de geôlier, son mari un monstre de laideur physique, de vilenie morale. On l'emprisonnait, on ne la laissait pas même se mettre seule à une fenêtre. On l'avait battue, on s'était acharné contre ses goûts, ses envies, ses faiblesses de femme. Elle savait qu'au-dehors son mari entretenait des filles ; et, si elle souriait à un parent, si elle avait une fleur au corsage, en un jour rare de gaieté, il arrachait la fleur, entrait dans des rages jalouses, lui brisait les poignets, avec d'affreuses menaces. Pendant des années, elle avait vécu dans cet enfer, espérant quand même, ayant en elle un tel flot de vie, un si ardent besoin de tendresse, qu'elle attendait le bonheur, croyant toujours le voir entrer, au moindre souffle.

« Monsieur l'abbé, je vous jure que je n'ai pas pu ne pas faire ce que j'ai fait. J'étais trop malheureuse, tout mon être brûlait de se donner… Quand mon ami, la première fois, m'a dit qu'il m'aimait, j'ai laissé tomber ma tête sur son épaule ; et c'était fini, j'étais sa chose pour toujours. Il faut comprendre ces délices, être aimée, ne trouver chez son ami que des gestes de caresse, des paroles de douceur, la continuelle préoccupation de se montrer prévenant et aimable ; et savoir qu'il pense à vous, qu'il y a quelque part un cœur où vous vivez ; et n'être que vous deux, n'être plus qu'un, s'oublier dans une étreinte où tout se fond, les corps et les âmes !… Ah ! si c'est un crime, monsieur l'abbé, je ne puis en avoir le remords. Je ne dis même pas qu'on m'y a poussée, je dis que je l'ai commis aussi naturellement que je respire, parce qu'il était nécessaire à ma vie. »

Elle avait porté la main à ses lèvres, comme pour donner un baiser au monde. Et Pierre se sentit bouleversé, devant cette amoureuse, qui était la passion, l'éternel désir. Puis, une immense pitié commença à naître en lui.

« Pauvre femme ! murmura-t-il.

– Ce n'est pas au prêtre que je me confesse, reprit-elle, c'est à l'homme que je parle, à un homme dont je serais heureuse d'être comprise… Non, je ne suis pas une croyante, la religion ne m'a pas suffi. On prétend que des femmes s'y contentent, qu'elles y trouvent une protection solide contre la faute. Moi, j'ai toujours eu froid dans les églises, j'y meurs de néant… Et je sais bien que cela est mal, de feindre la religion, de paraître la mêler aux choses de mon cœur. Mais, que voulez-vous ? on m'y force. Si vous m'avez rencontrée, à Paris, derrière la Trinité, c'est que cette église est le seul endroit où l'on me laisse aller seule ; et, si vous me trouvez ici, à Lourdes, c'est que, de toute l'année, je n'ai que ces trois jours de liberté absolue, d'absolu bonheur. »

Un frisson la reprenait, des larmes chaudes coulèrent sur ses joues.

« Ah ! ces trois jours, ces trois jours ! vous ne pouvez pas savoir avec quelle ardeur je les attends, avec quelle flamme je les vis, avec quelle rage j'en emporte le souvenir ! »

Tout s'évoquait, devant la longue chasteté de Pierre. Ces trois jours, ces trois nuits, si âprement désirés, si goulûment vécus, il se les imaginait, au fond de cette chambre d'hôtel, les fenêtres et la porte closes, dans l'ignorance où les bonnes elles-mêmes se trouvaient qu'une femme fût enfermée là. L'étreinte sans fin, le continuel baiser, un don de tout l'être, un oubli du monde, un anéantissement dans l'inextinguible amour ! Il n'y avait plus de lieu, il n'y avait plus de temps, rien ne restait que la hâte de s'appartenir, de s'appartenir encore. Et quel déchirement, à l'heure de la séparation ! C'était de cette cruauté qu'elle tremblait, c'était dans la douleur d'avoir quitté son paradis qu'elle s'oubliait, elle si muette, jusqu'à crier son mal. Se prendre une dernière fois aux bras l'un de l'autre, vouloir se confondre pour demeurer l'un dans l'autre, et s'arracher comme si la moitié de votre chair s'en allait, et se dire que de longs jours, que de longues nuits se passeraient, sans qu'on pût même se voir !

Pierre, le cœur éperdu à l'évocation de ce tourment de la chair, répéta :

« Pauvre femme !

– Et, monsieur l'abbé, continua-t-elle, songez à l'enfer dans lequel je vais rentrer. Pendant des semaines, pendant des mois, mon Ciel se ferme, je vis mon martyre, sans une plainte… C'est fini encore une fois d'être heureuse, en voilà pour un an. Grand Dieu ! trois pauvres jours, trois pauvres nuits par an, n'est-ce pas à devenir folle, de ma violence à en jouir et de ma patience à attendre qu'ils reviennent ?… Je suis si malheureuse, monsieur l'abbé, ne croyez-vous pas tout de même que je suis une honnête femme ? »

Il était profondément ému par ce grand élan, par cette fougue de passion et de douleur sincères. Il sentait là le souffle de l'universel désir, une flamme souveraine qui purifiait tout. Sa pitié déborda, il fut le pardon.

« Madame, je vous plains et je vous respecte infiniment. »

Alors, elle ne parla plus, elle le regarda de ses grands yeux, obscurcis de larmes. Puis, d'une brusque étreinte, elle lui saisit les deux mains, les tint serrées entre ses doigts brûlants. Et elle partit, elle disparut au fond du couloir, avec sa légèreté d'ombre.

Mais, lorsqu'elle ne fut plus là, Pierre souffrit davantage de sa présence. Il ouvrit toute large la fenêtre pour chasser l'odeur d'amour qu'elle avait laissée. Déjà, le dimanche, quand il s'était aperçu qu'une femme vivait cachée dans la chambre voisine, il avait eu cette terreur pudique, en se disant qu'elle était la revanche de la chair, au milieu de l'exaltation mystique de Lourdes l'immaculée. Et, maintenant, cette épouvante revenait, il comprenait la toute-puissance, l'invincible volonté de la vie qui veut être. L'amour était plus fort que la foi, peut-être n'y avait-il de divin que la possession. S'aimer, s'appartenir malgré tout, faire de la vie, continuer la vie, n'était-ce pas l'unique but de la nature, en dehors des polices sociales et religieuses ? Un instant, il eut conscience de l'abîme : sa chasteté était son dernier soutien, la dignité même de son existence manquée de prêtre incroyant. Il comprenait qu'après avoir cédé à sa raison, s'il cédait à sa chair, il serait perdu. Tout son orgueil de pureté, toute sa force, qu'il avait mise dans son honnêteté professionnelle, lui revint ; et il se jura de nouveau de n'être pas un homme, puisqu'il s'était volontairement retranché du nombre des hommes.

Sept heures sonnèrent. Pierre ne se recoucha pas, se lava à grande eau, heureux de cette eau fraîche qui achevait de calmer sa fièvre. Comme il finissait de s'habiller, la pensée de M. de Guersaint se réveilla en lui, anxieuse, à un bruit de pas qu'il entendit dans le corridor. On s'arrêta devant sa porte, on frappa ; et il alla ouvrir, soulagé.

Mais il eut un cri de vive surprise.

« Comment, c'est vous ! Comment, vous voilà déjà levée, à courir les rues, à monter voir les gens ! »

Marie était debout sur le seuil, souriante. Derrière elle, sœur Hyacinthe, qui l'accompagnait, souriait aussi de ses jolis yeux candides.

« Ah ! mon ami, dit la jeune fille, je n'ai pas pu rester couchée. Dès que j'ai vu le soleil, j'ai sauté du lit, tant j'avais besoin de marcher, de courir, de sauter comme une enfant… Et j'ai tant fait, j'ai tant supplié, que ma sœur a été assez aimable pour sortir avec moi… Je crois bien que je m'en serais allée par la fenêtre, si l'on avait fermé la porte. »

Pierre les avait fait entrer, et une émotion indicible le serrait à la gorge, en l'entendant plaisanter si gaiement, en la regardant se mouvoir à l'aise, si vive, si gracieuse. Elle, mon Dieu ! elle qu'il avait vue pendant des années, les jambes mortes, la face couleur de plomb ! Depuis qu'il l'avait quittée, la veille, dans la Basilique, elle s'était épanouie en jeunesse et en beauté. Une nuit venait de suffire pour qu'il retrouvât, grandie, la chère créature de tendresse, l'enfant superbe, éclatante, embrassée si follement autrefois, derrière la haie en fleur, sous les arbres criblés de soleil.

« Comme vous voilà grande, comme vous voilà belle, Marie ! » ne put-il s'empêcher de dire.

Sœur Hyacinthe, alors, intervint.

« N'est-ce pas, monsieur l'abbé, que la Sainte Vierge a bien fait les choses ? Quand elle s'en mêle, vous voyez, on sort de ses mains fraîche comme une rose et sentant bon.

– Ah ! reprit la jeune fille, je suis si heureuse, je me sens toute forte, toute saine, toute blanche, comme si je venais de naître ! »

Et cela fut délicieux pour Pierre. Il lui sembla que ce qui restait encore là de l'haleine éparse de Mme Volmar, se dissipait, était purifié. Marie emplissait la chambre de sa candeur, du parfum et de l'éclat de sa jeunesse innocente. Et, cependant, cette joie de la beauté pure, de la vie qui refleurissait, n'allait pas pour lui sans une grande tristesse. Au fond, la révolte qu'il avait eue dans la Crypte, la blessure de son existence manquée devait laisser son cœur à jamais saignant. Tant de grâce ressuscitée, toute la femme adorée qui renaissait en sa fleur ! et jamais il ne connaîtrait la possession, il était hors du monde, au sépulcre. Mais il ne sanglotait plus, il goûtait une mélancolie sans bornes, un néant immense, à se dire qu'il était mort, que cette aube de femme se levait sur la tombe où dormait sa virilité. C'était le renoncement, accepté, voulu, dans la grandeur désolée des existences hors nature.

Comme l'autre, la passionnée, Marie avait pris les mains de Pierre. Mais ses petites mains, à elle, étaient si douces, si fraîches, si calmantes ! Elle le regardait, confuse un peu, avec une grosse envie qu'elle n'osait formuler. Puis, bravement :

« Pierre, voulez-vous m'embrasser ? Ca me rendrait bien contente. »

Il frémit, le cœur broyé dans une dernière torture. Ah ! les baisers d'autrefois, les baisers dont il avait toujours gardé le goût aux lèvres ! Jamais plus il ne l'avait embrassée, et c'était une sœur, aujourd'hui, qui sautait à son cou. Elle le baisa bruyamment sur la joue gauche, sur la joue droite, tendant les siennes, exigeant qu'il lui rendît son compte. Deux fois, à son tour, il la baisa.

« Moi aussi, je vous le jure, Marie, je suis content, bien content. »

Et, brisé d'émotion, à bout de courage, pénétré en même temps de douceur et d'amertume, il éclata en sanglots, il pleura entre ses mains jointes, comme un enfant qui veut cacher ses larmes.

« Voyons, voyons, ne nous attendrissons pas trop, reprit gaiement sœur Hyacinthe. M. l'abbé serait trop fier, s'il croyait que nous ne sommes venus que pour lui... M. de Guersaint est là, n'est-ce pas ? »

Marie eut un cri de profonde tendresse.

« Ah ! mon cher père ! c'est encore lui qui va être le plus content ! »

Pierre, alors, dut raconter que M. de Guersaint n'était pas rentré de son excursion à Gavarnie. Son inquiétude croissante perçait, bien qu'il s'efforçât d'expliquer le retard, inventant des obstacles, des complications imprévues. La jeune fille, d'ailleurs, ne s'effrayait guère, se remettait à rire, en disant que jamais son père n'avait pu être exact. Elle avait pourtant une impatience si grande qu'il la vît marcher, qu'il la retrouvât debout, ressuscitée, dans sa jeunesse refleurie !

Sœur Hyacinthe, qui était allée se pencher au balcon, revint dans la chambre.

« Le voici !... Il est en bas, il descend de voiture.

– Ah ! vous ne savez pas, s'écria Marie, avec une vivacité joueuse d'écolière, il faut lui faire une surprise... Oui, il faut nous cacher ; et, quand il sera là, nous nous montrerons tout d'un coup. »

Déjà, elle entraînait sœur Hyacinthe dans la chambre voisine.

M. de Guersaint, presque aussitôt, entra en coup de vent, par la porte du couloir que Pierre s'était hâté d'ouvrir ; et, lui serrant la main :

« Enfin, me voilà !... Hein ? mon ami, vous n'avez plus su que penser, depuis hier quatre heures que vous devez m'attendre ! Mais vous n'imaginez pas les aventures : d'abord, une roue de notre landau qui s'est rompue, en arrivant à Gavarnie ; puis, hier soir, comme nous avions fini par repartir tout de même, un orage épouvantable qui nous a retenus la nuit entière à Saint-Sauveur... Je n'ai pas fermé l'œil. »

Il s'interrompit.

« Et vous, ça va bien ?

– Je n'ai pas pu dormir non plus, dit le prêtre, tellement ils ont fait du bruit, dans cet hôtel. »

Mais déjà M. de Guersaint repartait.

« N'importe, c'est délicieux. On ne peut pas s'imaginer, il faudra que je vous raconte... J'étais avec trois ecclésiastiques charmants. L'abbé Des Hermoises est à coup sûr l'homme le plus agréable que j'aie connu... Oh ! nous avons ri, nous avons ri ! »

De nouveau, il s'arrêta.

« Et ma fille ? »

Alors, derrière lui, il y eut un rire clair. Il se retourna, il resta béant. Marie était là, et elle marchait, elle avait un visage de gaieté ravie, de santé resplendissante. Jamais il n'avait douté du miracle, il n'en était pas surpris le moins du monde, car il revenait avec la conviction que tout finirait très bien, qu'il la retrouverait sûrement guérie. Mais ce qui le retournait jusqu'au fond des entrailles, c'était ce spectacle prodigieux qu'il n'avait pas prévu : sa fille si belle, si divine dans sa petite robe noire ! sa fille qui n'avait pas même apporté de chapeau, une dentelle simplement nouée sur son admirable chevelure blonde ! sa fille vivante, florissante, triomphante, pareille à toutes les filles de tous les pères qu'il enviait depuis tant d'années !

« O mon enfant, ô mon enfant... »

Et, comme elle s'était élancée entre ses bras, il l'étreignit, ils tombèrent ensemble à genoux. Et tout fut emporté, tout rayonna dans une effusion de foi et d'amour. Cet homme distrait, à la cervelle d'oiseau, qui s'endormait au lieu d'accompagner sa fille à la Grotte, qui partait pour Gavarnie le jour où la Vierge devait la guérir, déborda d'une telle tendresse paternelle, d'une croyance de chrétien si exaltée par la reconnaissance, qu'il en devint un moment sublime.

« O Jésus, ô Marie, que je vous remercie de m'avoir rendu mon enfant !... O mon enfant, nous n'aurons jamais assez de souffle, jamais assez d'âme, pour remercier Marie et Jésus du grand bonheur qu'ils me donnent... O mon enfant, qu'ils ont ressuscitée, ô mon enfant, qu'ils ont refaite si belle, prends mon cœur, pour le leur offrir avec le tien... Je suis à toi, je suis à eux, éternellement, ô mon enfant chérie, ô mon enfant adorée... »

À genoux devant la fenêtre ouverte, tous deux, les yeux levés, regardaient ardemment le ciel. La fille avait appuyé la tête à l'épaule du père ; tandis que lui la tenait d'un bras à la taille. Ils ne faisaient qu'un, des larmes lentes se mirent à ruisseler sur leurs visages extasiés, souriant d'une félicité surhumaine ; tandis qu'ils ne bégayaient plus ensemble que des paroles désordonnées de gratitude.

« O Jésus, merci ! ô sainte Mère de Jésus, merci !... Nous vous aimons, nous vous adorons... Vous avez rajeuni le meilleur sang de nos veines, il est à vous, il brûle pour vous... O Mère toute-puissante, ô divin Fils bien-aimé, c'est une fille et c'est un père qui vous bénissent, qui s'anéantissent de joie à vos pieds... »

Cet embrassement de ces deux êtres, heureux après tant de jours noirs, ces bégaiements de leur bonheur comme trempé de souffrance encore, toute cette scène était si touchante, que Pierre, de nouveau, fut gagné par les larmes. Mais c'étaient des larmes douces à présent, qui apaisaient son cœur. Ah ! la triste humanité ! que cela était bon, de la voir un peu consolée et ravie ! Et qu'importait, si ses grandes félicités de quelques secondes lui venaient de l'éternelle illusion ! L'humanité entière, l'humanité pitoyable, sauvée par l'amour, n'était-elle pas chez ce pauvre homme, tout d'un coup sublime, parce qu'il retrouvait sa fille ressuscitée ?

Debout, un peu à l'écart, sœur Hyacinthe pleurait également, le cœur très gros, gros d'une émotion humaine qu'elle n'avait jamais ressentie, elle qui ne s'était connu d'autres parents que le bon Dieu et la Sainte Vierge. Un silence régna dans cette chambre frissonnante d'une telle fraternité trempée de pleurs. Et ce fut elle qui parla la première, lorsque le père et la fille, brisés d'attendrissement, se relevèrent enfin.

« Maintenant, mademoiselle, il faut vite, vite nous dépêcher, pour rentrer à l'hôpital. »

Mais tous se récrièrent. M. de Guersaint voulait garder sa fille avec lui, et Marie avait des yeux ardents de désir, une envie de vivre, de marcher, de courir le vaste monde.

« Oh ! non, non ! dit le père. Je ne vous la rends pas... Nous allons prendre un bol de lait, car je meurs de faim ; puis, nous sortirons, nous nous promènerons, oui, oui, tous les deux ! Elle à mon bras, comme une petite femme ! »

Sœur Hyacinthe riait de nouveau.

« Eh bien ! je vous la laisse, je dirai à ces dames que vous me l'avez volée... Mais moi, je me sauve. Vous ne vous doutez pas de la besogne que nous avons, à l'hôpital, si nous voulons être prêtes pour le départ : toutes nos malades, tout notre matériel, enfin une vraie bousculade !

– Alors, demanda M. de Guersaint qui retombait dans ses distractions, c'est bien mardi aujourd'hui, nous partons ce soir ?

– Certainement, n'allez pas oublier !... Le train blanc part à trois heures quarante... Et, si vous étiez raisonnable, vous nous ramèneriez mademoiselle de bonne heure, pour qu'elle se repose un peu. »

Marie accompagna la sœur jusqu'à la porte.

« Soyez tranquille, je serai bien sage. Puis, je veux retourner à la Grotte, pour remercier encore la Sainte Vierge. »

Lorsqu'ils se trouvèrent tous les trois seuls, dans la petite chambre baignée de soleil, ce fut délicieux. Pierre avait appelé la servante pour qu'elle apportât du lait, du chocolat, des gâteaux, toutes les bonnes choses imaginables. Et, bien que Marie eût mangé déjà, elle mangea encore, tant elle dévorait depuis la veille. Ils avaient roulé le guéridon devant la fenêtre, ils firent un festin, à l'air vif des montagnes, pendant que les cent cloches de Lourdes sonnaient à la volée la gloire de cette journée radieuse. Ils s'exclamaient, ils riaient, la jeune fille racontait à son père le miracle, avec des détails cent fois répétés, et comment elle avait laissé son chariot à la Basilique, et comment elle venait de dormir douze heures, sans remuer un doigt. Puis, M. de Guersaint voulut aussi conter son excursion ; mais il s'embrouillait, y mêlait le miracle. En somme, ce cirque de Gavarnie, c'était quelque chose de colossal. Seulement, de loin, on perdait le sentiment des proportions, ça semblait petit. Les trois marches gigantesques, couvertes de neige, l'arête supérieure qui découpait sur le ciel le profil d'une forteresse cyclopéenne, au donjon rasé, aux courtines déchiquetées, la grande cascade, dont le jet sans fin semblait si lent, lorsque en réalité il devait tomber avec une violence de tonnerre, toute cette immensité, ces forêts à droite et à gauche, ces torrents, ces écroulements de montagnes, avaient l'air de tenir dans le creux de la main, quand on les regardait de la halle du village. Et ce qui l'avait le plus frappé, ce dont il reparlait sans cesse, c'étaient les étranges figures que dessinait la neige, restée là-haut parmi les rocs, entre autres un crucifix immense, une croix blanche de plusieurs milliers de mètres, qu'on aurait dite jetée en travers du cirque, d'un bout à l'autre.

Il s'interrompit pour dire :

« À propos, que se passe-t-il, chez nos voisins ? En montant tout à l'heure, j'ai rencontré M. Vigneron qui courait comme un fou ; et, par la porte entrouverte de leur chambre, il m'a semblé apercevoir Mme Vigneron très rouge... Est-ce que leur fils Gustave a eu encore une crise ? »

Pierre avait oublié Mme Chaise, la morte qui dormait là, de l'autre côté de la cloison. Il crut sentir un petit souffle froid.

« Non, non, l'enfant va bien… »

Et il ne continua pas, il préféra se taire. À quoi bon gâter cette heure si heureuse de résurrection, de jeunesse reconquise, en y mêlant l'image de la mort ? Mais, pour lui, dès cette minute, il ne cessa plus de penser à ce voisinage du néant ; et il songeait aussi à l'autre chambre, celle où le monsieur seul étouffait des sanglots, les lèvres collées sur une paire de gants, qu'il avait volée à son amie. Tout l'hôtel revenait, avec ses toux, ses soupirs, ses voix indistinctes, les continuels battements de ses portes, les chambres craquantes sous l'entassement des voyageurs, les corridors balayés par le vol des jupes, par le galop des familles qui s'effaraient maintenant, dans la hâte du départ.

« Parole d'honneur ! tu vas te faire du mal », s'écria M. de Guersaint en riant, quand il vit que sa fille reprenait une brioche.

Marie s'égaya, elle aussi. Puis, avec deux larmes soudaines dans les yeux :

« Ah ! que je suis contente ! et que j'ai de peine, quand je songe que tout le monde n'est pas content comme moi ! »

II

Il était huit heures, Marie ne tenait plus d'impatience dans la chambre, retournant sans cesse à la fenêtre, comme si, d'une haleine, elle allait boire tout le libre espace, tout le vaste ciel. Ah ! courir par les rues, par les places, aller partout, ailleurs encore, aussi loin que son désir la mènerait ! et montrer aussi combien elle était forte, avoir cette vanité de faire des lieues devant le monde, maintenant que la Sainte Vierge l'avait guérie ! C'était une poussée, un envolement de son être entier, de son sang, de son cœur, irrésistible.

Mais, au moment du départ, elle décida que sa première visite, avec son père, devait être pour la Grotte, où tous deux avaient à remercier Notre-Dame de Lourdes. Ensuite, on serait libre, on aurait deux grandes heures devant soi, on se promènerait où l'on voudrait, avant qu'elle rentrât déjeuner et faire son petit paquet à l'hôpital.

« Voyons, y sommes-nous ? répéta M. de Guersaint. Partons-nous ? »

Pierre prenait son chapeau, tous les trois descendirent, parlant très haut, riant dans l'escalier, d'une gaieté d'écoliers qui entrent en vacances. Et ils gagnaient déjà la rue, lorsque, sous le porche, Mme Majesté se précipita. Elle devait guetter leur sortie.

« Ah ! mademoiselle, ah ! messieurs, permettez que je vous félicite… Nous avons su la grâce extraordinaire qui vous a été faite, nous sommes si heureux, si flattés, lorsque la Sainte Vierge veut bien distinguer quelqu'un de notre clientèle ! »

Son visage sec et dur se fondait d'amabilité, elle regardait la miraculée avec des yeux de caresse. Puis, elle appela vivement son mari qui passait.

« Regarde donc, mon ami ! c'est mademoiselle, c'est mademoiselle… »

Le visage glabre de Majesté, bouffi de graisse jaune, prit une expression de joie et de reconnaissance.

« En vérité, mademoiselle, je ne puis pas vous dire combien nous sommes honorés… Nous n'oublierons jamais que monsieur votre père est descendu chez nous. Cela fait déjà bien des envieux. »

Et Mme Majesté, pendant ce temps, arrêtait les autres voyageurs qui sortaient, appelait du geste les familles déjà installées dans la salle à manger, aurait fait entrer la rue, si on lui en eût laissé le loisir, pour montrer qu'elle avait là, chez elle, le miracle dont Lourdes tout entier s'émerveillait depuis la veille. Du monde finissait par s'amasser, un attroupement se faisait peu à peu, pendant qu'elle chuchotait à l'oreille de chacun :

« Regardez, c'est elle, la jeune personne, vous savez, la jeune personne... »

Tout d'un coup, elle s'écria :

« Je vais chercher Appoline au magasin, il faut qu'Appoline voie mademoiselle. »

Mais, alors, d'un air digne, Majesté la retint.

« Non, laisse Appoline, elle a déjà trois dames à servir... Mademoiselle et ces messieurs ne quitteront certainement pas Lourdes sans faire quelques achats. Les petits souvenirs qu'on emporte sont si agréables à regarder, plus tard ! Et nos clients veulent bien ne jamais rien acheter autre part que chez nous, dans le magasin que nous avons joint à l'hôtel.

– J'ai déjà fait mes offres de service, appuya Mme Majesté. Je les renouvelle, Appoline sera si heureuse de montrer à mademoiselle ce que nous avons de plus joli, et dans des conditions de bon marché vraiment incroyables ! Oh ! des choses ravissantes, ravissantes ! »

Marie commençait à s'impatienter d'être ainsi retenue, et Pierre souffrait de la curiosité éveillée, grandissante autour d'eux. Quant à M. de Guersaint, il jouissait délicieusement de cette popularité, de ce triomphe de sa fille. Il promit de revenir.

« Certainement, nous achèterons quelques petits bibelots. Des souvenirs pour nous, des cadeaux à faire... Mais plus tard, quand nous rentrerons. »

Enfin, ils s'échappèrent, ils descendirent l'avenue de la Grotte. Le temps était de nouveau superbe, après les orages des deux nuits précédentes. Rafraîchi, l'air matinal sentait bon, sous la gaieté épandue du clair soleil. Une foule se hâtait déjà sur les trottoirs, affairée, contente de vivre. Et quel ravissement pour Marie, à qui tout semblait nouveau, charmant, inappréciable ! Le matin, elle avait dû accepter que Raymonde lui prêtât une paire de bottines, car elle s'était bien gardée d'en mettre une dans sa valise, par superstition, craignant de se porter malheur. Les bottines lui allaient à ravir, elle écoutait avec une joie d'enfant les petits talons taper gaillardement sur les dalles. Elle ne se souvenait pas d'avoir vu des maisons si blanches, des arbres si verts, des passants si joyeux. Tous les sens, chez elle, semblaient en fête, d'une délicatesse merveilleuse : elle entendait des musiques, sentait des parfums lointains, elle goûtait l'air avec gourmandise, ainsi qu'un fruit suave. Mais, surtout, ce qu'elle trouvait de très gentil, de délicieux, c'était de se promener de la sorte au bras de son père. Jamais encore cela ne lui était arrivé, elle en faisait le rêve depuis des années comme d'un de ces grands bonheurs impossibles dont on occupe sa souffrance. Le rêve se réalisait, son cœur battait d'allégresse. Elle se serrait contre son père, elle s'efforçait de marcher bien droite, bien belle, pour lui faire honneur. Et lui était très fier, heureux autant qu'elle, la montrant, l'affichant, débordant de la joie de la sentir à lui, son sang, sa chair, sa fille, désormais rayonnante de jeunesse et de santé.

Comme tous trois traversaient le plateau de la Merlasse, déjà barré par la bande des marchandes de cierges et de bouquets, lancées à la poursuite des pèlerins, M. de Guersaint s'écria :

« Nous n'allons bien sûr pas arriver à la Grotte les mains vides ! »

Pierre, qui marchait de l'autre côté de Marie, gagné par la gaieté rieuse où il la voyait, s'arrêta. Tout de suite, ils furent entourés, envahis, par une nuée de marchandes, dont les mains rapaces leur poussaient la marchandise jusque dans la figure. « Ma belle demoiselle ! mes bons messieurs ! achetez-moi, achetez-moi, à moi, à moi ! » Et il fallut se débattre, se dégager. M. de Guersaint finit par acheter le plus gros bouquet, un bouquet de marguerites blanches, pommé et dur comme un chou, à une très belle fille grasse et blonde, vingt ans au plus, si peu vêtue dans son effronterie, qu'on sentait la rondeur libre de sa gorge sous sa camisole à demi dégrafée. Le bouquet n'était d'ailleurs que de vingt sous, il se fâcha pour le payer sur sa petite bourse, un peu interloqué des manières de la grande fille, pensant tout bas qu'elle faisait sûrement un autre commerce, celle-là, quand la Sainte Vierge chômait. Alors, Pierre paya de son côté les trois cierges que Marie avait pris à une vieille femme, des cierges de deux francs, fort raisonnables, ainsi qu'elle disait. La vieille femme, une figure anguleuse, au nez de proie, aux yeux de lucre, se répandait en remerciements mielleux. « Que Notre-Dame de Lourdes vous bénisse, ma belle demoiselle ! qu'elle vous guérisse de vos maladies, vous et les vôtres ! » Et cela les égaya de nouveau, ils repartirent en riant tous les trois, amusés comme des enfants par l'idée que c'était une chose faite, ce vœu de la brave femme.

À la Grotte, Marie voulut défiler immédiatement, pour donner elle-même le bouquet et les cierges, avant même de s'agenouiller. Il n'y avait pas encore grand monde, ils se mirent à la queue, passèrent au bout de trois ou quatre minutes. Et de quels regards extasiés elle examina tout, l'autel d'argent gravé, l'orgue-harmonium, les ex-voto, les herses ruisselantes de cire, flambantes dans le plein jour ! Cette Grotte qu'elle n'avait encore vue que de loin, de son chariot de misère, elle y entrait, elle y respirait, comme au paradis même, baignée dans une tiédeur et une bonne odeur, dont elle étouffait un peu, divinement. Quand elle eut déposé les cierges, au fond du grand panier, et qu'elle se fut grandie, pour accrocher le bouquet à une lance de la grille, elle baisa longuement le roc, en dessous de la Sainte Vierge, à cette place que des millions de lèvres déjà avaient polie. Et ce fut, donné à cette pierre, un baiser d'amour où elle mit la flamme de sa reconnaissance, un baiser où son cœur se fondait.

Dehors, ensuite, Marie se prosterna, s'anéantit dans un acte de remerciement sans fin. Son père s'était également agenouillé, près d'elle, mêlant à la sienne la ferveur de sa gratitude. Mais il ne pouvait faire longtemps la même chose, il devint peu à peu inquiet, finit par se pencher à l'oreille de sa fille, pour lui dire qu'il avait une course, dont il ne s'était plus souvenu tout à l'heure. Sûrement, le mieux était qu'elle restât là, en prière, à l'attendre. Pendant qu'elle achèverait ses dévotions, lui se dépêcherait, s'acquitterait de sa corvée ; et l'on se promènerait après, à l'aise, où l'on voudrait. Elle ne le comprenait, ne l'entendait seulement pas. Elle se contenta de hocher la tête, promettant de ne pas bouger, reprise par une telle foi attendrie, que ses yeux se mouillaient de larmes, fixés sur la statue blanche de la Vierge.

Quand M. de Guersaint eut rejoint Pierre, resté un peu à l'écart, il s'expliqua.

« Mon cher, c'est un cas de conscience, j'ai fait à notre cocher de Gavarnie la promesse formelle de voir son patron, pour lui dire les vraies causes du retard. Vous savez, le coiffeur de la place du Marcadal… Et puis, il faut que je me fasse raser, moi ! »

Pierre, inquiet, dut céder devant le serment qu'on serait de retour dans un quart d'heure. Seulement, comme la course lui semblait longue, il s'entêta de son côté à prendre une voiture, qui stationnait au bas du plateau de la Merlasse. C'était une sorte de cabriolet verdâtre, dont le cocher, un gros garçon d'une trentaine d'années, coiffé d'un béret, fumait une cigarette. Assis de biais sur le siège, les genoux écartés, il conduisait avec un sans-façon tranquille d'homme bien nourri, maître de la rue.

« Nous vous gardons, dit Pierre en descendant, lorsqu'ils furent arrivés place du Marcadal.

– Bien, bien, monsieur l'abbé ! Je vous attends. »

Et, laissant son maigre cheval au grand soleil, il alla rire avec une forte servante, échevelée, dépoitraillée, qui lavait un chien dans le bassin de la fontaine voisine.

Cazaban était justement sur le seuil de sa boutique, dont les hautes glaces et la claire couleur verte égayaient la place morne, déserte en semaine. Quand la besogne ne pressait pas, il aimait à triompher ainsi, entre ses deux vitrines, que des pots de pommade et des flacons de parfumerie décoraient de nuances vives.

Tout de suite, il reconnut ces messieurs.

« Très flatté, très honoré… Veuillez entrer, je vous prie. »

Puis, dès les premiers mots que M. de Guersaint voulut lui dire, pour excuser l'homme qui l'avait conduit à Gavarnie, il se montra bienveillant. Sans doute, ce n'était pas de sa faute, à cet homme, il n'avait pas le pouvoir d'empêcher les roues de se rompre, ni les orages de tomber. Du moment que les voyageurs ne se plaignaient pas, tout allait pour le mieux.

« Oh ! s'écria M. de Guersaint, un pays admirable, inoubliable !

– Eh bien ! monsieur, puisque notre pays vous plaît, vous reviendrez nous voir, et nous n'en demandons pas davantage. »

Ensuite, il s'empressa, lorsque l'architecte s'assit sur un des fauteuils, demandant à être rasé. Son garçon était encore absent, en course pour les pèlerins qu'il hébergeait, toute une famille qui emportait une caisse de chapelets, de saintes-vierges de plâtre, de gravures sous verre. On entendait venir du premier étage des piétinements éperdus, des voix violentes, une bousculade de gens que l'approche du départ affolait, au milieu d'un écroulement d'achats à emballer. Dans la salle à manger voisine, dont la porte était restée ouverte, deux enfants égouttaient les tasses de chocolat, traînant parmi la débandade du couvert. Et c'était la maison entière louée, livrée, les dernières heures de cette invasion de l'étranger, qui forçait le coiffeur et sa femme à se réfugier dans le sous-sol, une cave étroite où ils couchaient sur un lit de sangle.

Tandis que Cazaban lui frottait les joues de mousse savonneuse, M. de Guersaint le questionna.

« Eh bien ! êtes-vous content de la saison ?

– Certainement, monsieur, je n'ai pas à me plaindre. Vous entendez, mes voyageurs partent aujourd'hui ; mais j'en attends d'autres demain matin, à peine le temps de donner un coup de balai... Ce sera de même jusqu'en octobre. »

Puis, comme Pierre demeurait debout, allant et venant par la boutique, regardant les murs d'un air d'impatience, il se tourna poliment.

« Asseyez-vous donc, monsieur l'abbé, prenez un journal... Ça ne sera pas long. »

D'un geste, le prêtre ayant remercié, en refusant de s'asseoir, le coiffeur reprit, dans sa continuelle démangeaison de parler :

« Oh ! moi, ça marche toujours, ma maison est connue pour la propreté des lits et pour la bonté de la cuisine... Seulement, la ville n'est pas contente, ah ! non ! Je puis même dire que je n'y ai jamais vu un pareil mécontentement. »

Il se tut une minute, rasa la joue gauche ; et, s'interrompant de nouveau, il déclara soudain, dans un cri que la vérité lui arrachait :

« Monsieur, les pères de la Grotte jouent avec le feu, voilà tout ce que j'ai à dire. »

Dès lors, la bonde était lâchée, il parla, il parla, il parla encore. Ses gros yeux roulaient dans sa face longue, aux pommettes saillantes, au teint hâlé, éclaboussé de rouge ; pendant que tout son petit corps nerveux tressautait, secoué par son exubérance de paroles et de gestes. Il revenait à son acte d'accusation, il disait les griefs sans nombre que l'ancienne ville avait contre les pères. Les hôteliers s'y plaignaient, les marchands d'objets religieux n'y faisaient pas la moitié des recettes qu'ils auraient dû réaliser ; enfin, la ville nouvelle accaparait les pèlerins et l'argent, il n'y avait plus de gain possible que pour les maisons garnies, les hôtels, les magasins ouverts dans les environs de la Grotte. C'était la lutte sans merci, l'hostilité meurtrière grandissant de jour en jour, la vieille cité perdant un peu de sa vie à chaque saison, destinée sûrement à disparaître, à être étouffée, assassinée par la cité jeune. Ah ! leur sale Grotte ! il se serait plutôt fait couper les pieds que de les y mettre. N'était-ce pas écœurant, la boutique de bibelots qu'ils avaient collée à côté ? Une vraie honte, dont un évêque s'était montré si indigné, qu'il en avait, disait-on, écrit au pape ! Lui, qui se flattait d'être un libre penseur et un républicain de l'avant-veille, qui déjà sous l'Empire votait pour les candidats de l'opposition, avait bien le droit de déclarer qu'il n'y croyait pas, à leur sale Grotte, et qu'il s'en fichait !

« Tenez ! monsieur, je vais vous raconter un fait. Mon frère est du conseil municipal, c'est par lui que je sais la chose... Il faut vous dire d'abord que nous avons maintenant un conseil municipal républicain, qui s'afflige beaucoup de la démoralisation de la ville. Le soir, on ne peut plus sortir, sans rencontrer des filles dans les rues, vous savez, ces marchandes de cierges. Elles se perdent avec les cochers que la saison nous amène, une population louche et flottante, venue on ne sait d'où... Et il faut aussi que je vous explique la situation des pères vis-à-vis de la ville. Quand ils lui ont acheté les terrains de la Grotte, ils ont signé un acte par lequel ils s'y interdisaient formellement tout commerce. Or, ils y ont ouvert une boutique, au mépris de leur signature. N'est-ce pas là une concurrence déloyale, indigne de gens honnêtes ?... Aussi le nouveau conseil s'est-il décidé à leur envoyer une délégation pour exiger d'eux le respect du traité, en leur enjoignant d'avoir à fermer leur boutique immédiatement. Savez-vous, monsieur, ce qu'ils ont répondu ?... Oh ! ce qu'ils ont répondu vingt fois, ce qu'ils répondent toujours, quand on leur rappelle leurs engagements : «C'est bien, nous consentons à les tenir, mais nous sommes les maîtres chez nous, et nous fermons la Grotte.» »

Il s'était soulevé, son rasoir en l'air, et il répéta, en scandant les mots, les yeux arrondis par cette énormité :

« «Nous fermons la Grotte.» »

Pierre, qui continuait sa promenade lente, s'arrêta brusquement, lui dit dans la face :

« Eh bien ! le conseil municipal n'avait qu'à répondre : «Fermez-la !» »

Du coup, Cazaban faillit suffoquer, le sang au visage, hors de lui. Il bégayait :

« Fermer la Grotte !... Fermer la Grotte !

– Mais certainement ! Puisqu'elle vous irrite et vous écœure, cette Grotte ! Puisqu'elle est une cause continuelle de guerre, d'injustice, de corruption ! Ce serait fini, on n'en entendrait plus parler... En vérité, il y aurait là une solution excellente, et si l'on avait quelque pouvoir, on vous rendrait service, en forçant les pères à exécuter leur menace. »

À mesure que Pierre parlait, Cazaban perdait de sa colère. Il devint très calme, un peu pâle. Et, au fond de ses gros yeux, le prêtre voyait grandir une inquiétude. N'était-il pas allé trop loin, dans sa passion contre les pères ? Beaucoup d'ecclésiastiques ne les aimaient pas, peut-être ce jeune prêtre ne se trouvait-il à Lourdes que pour mener une campagne contre eux. Alors, qui pouvait savoir ? C'était la fermeture possible de la Grotte, plus tard. On ne vivait que d'elle. Si la vieille ville criait, par rage de ne ramasser que les miettes, elle était heureuse encore de cette aubaine ; et les libres penseurs eux-mêmes, qui battaient monnaie avec les pèlerins, comme tout le monde, se taisaient, mal à l'aise, effrayés, dès qu'on était trop de leur avis sur les côtés fâcheux du nouveau Lourdes. Il fallait être prudent.

Cazaban revint à M. de Guersaint. Il se mit à raser l'autre joue, en murmurant d'un air détaché :

« Oh ! moi, ce que j'en dis, de leur Grotte, ce n'est pas qu'elle me gêne, au fond. Et puis, il faut bien que tout le monde vive. »

Dans la salle à manger, les enfants venaient de casser un des bols, au milieu de cris assourdissants. Et Pierre remarquait de nouveau les gravures de sainteté, la sainte-vierge de plâtre, dont le coiffeur avait décoré la pièce, pour être agréable à ses locataires. Une voix cria, du premier étage, que la malle était fermée et que le garçon serait bien gentil de la ficeler, quand il rentrerait.

Mais Cazaban, devant ces deux messieurs qu'il ne connaissait point en somme, restait méfiant, gêné, la cervelle hantée d'hypothèses inquiétantes. Cela le désespérait de les laisser partir ainsi, sans savoir rien d'eux, après s'être compromis lui-même. Si encore il avait pu rattraper ses paroles trop vives contre les pères ! Aussi, lorsque M. de Guersaint se leva pour se laver le menton, céda-t-il à son besoin de renouer l'entretien.

« Avez-vous entendu parler du miracle d'hier ? La ville en est bouleversée, plus de vingt personnes me l'ont raconté déjà... Oui, il paraît qu'ils ont obtenu un miracle extraordinaire, une jeune demoiselle paralytique qui s'est levée et qui a traîné son chariot jusque dans le chœur de la Basilique. »

M. de Guersaint, en train de se rasseoir après s'être essuyé, eut un rire complaisant.

« Cette jeune demoiselle est ma fille. »

Alors, sous ce brusque coup de lumière heureuse, Cazaban rayonna. Rassuré, il acheva de donner un coup de peigne magistral, au milieu de l'exubérance de gestes et de paroles qui lui revenait.

« Ah ! monsieur, je vous félicite, je suis flatté de vous avoir eu entre les mains... Du moment que mademoiselle votre fille est guérie, n'est-ce pas ? cela suffit à votre cœur de père. »

Et il trouva aussi pour Pierre un mot aimable. Puis, lorsqu'il se décida à les laisser partir, il regarda le prêtre d'un air pénétré, il dit en homme de bon sens, désireux de conclure sur les miracles :

« Il y en a, monsieur l'abbé, d'heureux pour tout le monde. De temps à autre, il nous en faut un de cette qualité. »

Dehors, M. de Guersaint dut aller chercher le cocher, qui continuait à rire avec la servante, dont le chien, trempé d'eau, se secouait au soleil. En cinq minutes, d'ailleurs, la voiture les ramena en bas du plateau de la Merlasse. La course leur avait pris une grande demi-heure ; et Pierre voulut garder la voiture, dans l'idée de montrer la ville à Marie, sans la fatiguer trop. Pendant que le père courait à la Grotte, pour y reprendre sa fille, il attendit là, sous les arbres.

Tout de suite, le cocher lia conversation avec le prêtre. Il avait allumé une autre cigarette, il se montrait très familier. Lui, était d'un village des environs de Toulouse, et il ne se plaignait pas, il gagnait de grasses journées, à Lourdes. On y mangeait bien, on s'y amusait, c'était ce qu'on pouvait appeler un bon pays. Il disait ces choses avec un abandon d'homme que ses scrupules religieux ne gênaient pas, sans oublier pourtant le respect qu'il devait à un ecclésiastique.

Enfin, du haut de son siège, à demi couché, l'une de ses jambes pendantes, il laissa lentement tomber cette parole :

« Ah ! oui, monsieur l'abbé, Lourdes a bien pris, mais le tout est de savoir si ça continuera longtemps. »

Pierre, très frappé du mot, en sondait l'involontaire profondeur, lorsque M. de Guersaint reparut, ramenant Marie. Il l'avait trouvée agenouillée à la même place, dans le même acte de foi et de remerciement, aux pieds de la Sainte Vierge ; et il semblait qu'elle eût emporté dans ses yeux tout le flamboiement de la Grotte, tellement ils luisaient de la divine joie de sa guérison. Jamais elle ne consentit à garder la voiture. Non, non ! elle préférait marcher, peu lui importait de voir la ville, pourvu que, pendant une heure encore, elle marchât au bras de son père, par les jardins, par les rues, par les places, où l'on voudrait ! Et, quand Pierre eut payé le cocher, ce fut elle qui s'engagea dans une allée du jardin de l'esplanade, ravie de se promener ainsi à petits pas, le long des gazons fleuris de corbeilles, sous les grands arbres. Cela était si doux, si frais, toutes ces herbes, toutes ces feuilles, ces allées ombreuses, solitaires, d'où l'on entendait l'éternel ruissellement du Gave ! Puis, elle désira retourner dans les rues, parmi la foule, pour y retrouver l'agitation, le bruit, la vie, dont le besoin débordait de son être.

Rue Saint-Joseph, en apercevant le Panorama, où l'on voyait l'ancienne Grotte, avec Bernadette agenouillée, le jour du miracle du cierge, Pierre eut l'idée d'entrer. Marie en fut heureuse, comme une enfant ; et M. de Guersaint lui-même témoigna la plus innocente joie, surtout lorsqu'il remarqua que, parmi la fournée des pèlerins qui s'engouffraient avec eux au fond du couloir obscur, plusieurs venaient de reconnaître, en sa fille, la jeune miraculée de la veille, déjà glorieuse, dont le nom volait de bouche en bouche. En haut, sur l'estrade ronde, quand on déboucha dans la lumière diffuse que tamisait un vélum, il y eut une sorte d'ovation autour de Marie, des chuchotements tendres, des regards béats, un ravissement d'extase à la voir, à la suivre, à la toucher. Maintenant, c'était la gloire, elle serait aimée ainsi, partout où elle irait. Et il fallut, pour qu'on l'oubliât un peu, que l'employé chargé des explications se mît à la tête de la petite troupe des visiteurs, faisant le tour, racontant l'épisode que représentait l'immense toile circulaire, de cent vingt-six mètres de longueur. Il s'agissait de la dix-septième apparition de la Sainte Vierge à Bernadette, le jour où, agenouillée devant la Grotte, elle avait par mégarde, pendant la vision, laissé la main sur la flamme de son cierge, sans la brûler ; et tout l'ancien paysage de la Grotte primitive se trouvait rétabli, toute la scène était reconstituée, avec les personnages historiques, le médecin en train de constater le miracle, sa montre à la main, le maire, le commissaire de police, le procureur impérial, dont l'employé disait les noms, au milieu de l'ébahissement du public qui le suivait.

Alors, par une inconsciente liaison d'idées, Pierre se rappela le mot que le cocher venait de lui dire : « Lourdes a bien pris, mais le tout est de savoir si ça durera longtemps. » En effet, là était la question. Que de sanctuaires vénérés avaient ainsi été bâtis déjà, à la voix d'enfants innocentes, élues entre toutes, auxquelles la Sainte Vierge s'était montrée ! Toujours la même histoire recommençait : une apparition, une bergère qu'on persécutait, qu'on traitait de menteuse, puis une sourde poussée de la misère humaine affamée d'illusion, et alors la propagande, le triomphe du sanctuaire rayonnant comme un phare, et ensuite le déclin, l'oubli, quand un autre sanctuaire naissait ailleurs du rêve extasié d'une autre voyante. Il semblait que le pouvoir de l'illusion s'usait, qu'il fallait, au travers des siècles, la déplacer, la remettre dans de nouveaux décors, dans une nouvelle aventure, pour en renouveler la puissance. La Salette avait détrôné les antiques vierges de bois ou de pierre qui guérissaient, Lourdes venait de détrôner La Salette, en attendant d'être détrônée elle-même par la Notre-Dame de demain, celle dont le doux visage consolateur se montrera à une pure enfant encore à naître. Seulement, si Lourdes avait eu une fortune si rapide, si prodigieuse, il la devait sûrement à la petite âme sincère, au charme délicieux de Bernadette. Ici, aucune supercherie, aucun mensonge, la seule floraison de la souffrance, une chétive fillette malade qui apportait au peuple des souffrants son rêve de justice, d'égalité dans le miracle. Elle n'était que l'éternel espoir, l'éternelle consolation. En outre, toutes les circonstances historiques et sociales paraissaient s'être rencontrées pour exaspérer le besoin de cette envolée mystique, à la fin d'un terrible siècle d'enquête positive ; et c'était pourquoi Lourdes sans doute durerait longtemps encore, dans son triomphe, avant de n'être plus qu'une légende, une de ces religions mortes, au puissant parfum évaporé.

Ah ! cet ancien Lourdes, cette ville de paix et de croyance, le seul berceau possible où la légende pouvait naître, comme Pierre le reconstituait aisément, en faisant le tour de la vaste toile du Panorama ! Cette toile disait tout, constituait la meilleure leçon de choses qu'on pût voir. Les explications monotones de l'employé ne s'entendaient pas, le paysage parlait lui-même. D'abord, c'était la Grotte, le trou de roche au bord du Gave, un lieu sauvage de rêverie, des pentes buissonneuses, des écroulements de pierres, sans un chemin frayé ; et rien encore, pas d'embellissements, pas de quai monumental, pas d'allées de jardin anglais serpentant parmi des arbustes taillés à la serpe, pas de Grotte arrangée, déformée, fermée d'une grille, surtout pas de boutique d'objets religieux, cette boutique de simonie qui était le scandale des âmes pieuses. La Vierge n'avait pu choisir au désert un coin plus charmant pour se montrer à l'élue de son cœur, la fillette pauvre, promenant là le songe de ses nuits pénibles, en ramassant du bois mort. Puis, c'était, de l'autre côté du Gave, derrière le rocher du château, le vieux Lourdes confiant et endormi. Un autre âge s'évoquait, une petite ville, avec ses rues étroites, pavées de cailloux, ses maisons noires, aux encadrements de marbre, son antique église à demi espagnole, pleine d'anciennes sculptures, peuplée de visions d'or et de chairs peintes. Deux fois par jour, il n'y avait que les diligences de Bagnères et de Cauterets qui traversaient à gué le Lapaca, pour monter ensuite la raide chaussée de la rue Basse. L'esprit du siècle n'avait pas soufflé sur ces toits paisibles, qui abritaient une population attardée, restée enfant, toute serrée dans le lien étroit d'une forte discipline religieuse. Aucune débauche, un lent commerce séculaire suffisant à la vie quotidienne, une vie pauvre dont la rudesse sauvegardait les mœurs. Et jamais Pierre n'avait mieux compris comment Bernadette, née de cette terre de foi et d'honnêteté, y avait fleuri telle qu'une rose naturelle, éclose sur les églantiers du chemin.

« C'est tout de même curieux, déclara M. de Guersaint, quand on se retrouva dans la rue. Je ne suis pas fâché d'avoir vu ça. »

Marie également riait d'aise.

« Père, n'est-ce pas ? on dirait qu'on y est. Par moments, il semble que les personnages vont bouger… Et comme elle est charmante, Bernadette, à genoux, en extase, pendant que la flamme du cierge lèche ses doigts, sans laisser de brûlure.

– Voyons, reprit l'architecte, nous n'avons plus qu'une heure, il faudrait pourtant songer à faire nos emplettes, si nous désirons acheter quelque chose… Voulez-vous que nous fassions le tour des boutiques ? Nous avons bien promis à Majesté de lui donner la préférence ; seulement, ça ne nous empêche pas de nous renseigner un peu… Hein ? Pierre, qu'en dites-vous ?

– Mais certainement, comme vous voudrez, répondit le prêtre. D'ailleurs, cela nous promènera. »

Et il suivit la jeune fille et son père, qui revinrent sur le plateau de la Merlasse. Depuis qu'il était sorti du Panorama, il éprouvait une sensation singulière de dépaysement. C'était comme si, tout d'un coup, on l'avait transporté d'une ville dans une autre, à des siècles de distance. Il quittait la solitude, la paix endormie de l'ancien Lourdes, augmentée encore par la lumière morte du vélum, pour tomber brusquement dans le Lourdes nouveau, éclatant de lumière, bruyant de foule. Dix heures venaient de sonner, l'animation était extraordinaire sur les trottoirs, tout un peuple qui, avant le déjeuner, se hâtait de finir ses achats, pour ne plus songer ensuite qu'au départ. Les milliers de pèlerins du pèlerinage national, en une bousculade dernière, ruisselaient par les rues, assiégeaient les boutiques. On aurait dit les cris, les coups de coude, les galops brusques d'une foire qui s'achève, au milieu du roulement ininterrompu des voitures. Beaucoup se munissaient de provisions de route, dévalisaient les échoppes en plein air, où l'on vendait des pains, du saucisson, du jambon. On achetait des fruits, on achetait du vin, les paniers se remplissaient de bouteilles, de papiers gras, jusqu'à en éclater. Un marchand ambulant qui promenait des fromages sur une petite voiture, voyait sa marchandise enlevée, comme balayée par le vent. Mais, surtout, la foule achetait des objets religieux ; et d'autres marchands ambulants, dont les petites voitures étaient chargées de statuettes et de gravures pieuses, réalisaient des affaires d'or. La clientèle des boutiques faisait queue sur la chaussée, les femmes étaient enveloppées de chapelets immenses, avaient des saintes-vierges sous les bras, emportaient des bidons pour les remplir à la fontaine miraculeuse. Ces bidons, d'un à dix litres, les uns sans image, les autres peinturlurés d'une Notre-Dame de Lourdes en bleu, ajoutaient une gaieté à la cohue, avec leur éclat de ferblanterie neuve, leur clair tintement de casserole, portés à la main, pendus en sautoir. Et la fièvre du négoce, le plaisir de dépenser son argent, de repartir les poches bourrées de photographies et de médailles, allumait les visages d'un air de fête, changeait cette foule épanouie en une foule de kermesse, aux appétits débordants et satisfaits.

Sur le plateau de la Merlasse, M. de Guersaint fut tenté un instant d'entrer dans une des boutiques les plus belles et les plus achalandées, dont l'enseigne portait en lettres hautes ces mots : *Soubirous, frère de Bernadette.*

« Hein ? si nous faisions nos emplettes là ? Ce serait plus local, nos petits souvenirs auraient un intérêt de plus. »

Puis, il passa, en répétant qu'il fallait tout voir d'abord.

Pierre avait regardé la boutique du frère de Bernadette, avec un serrement de cœur. Cela le chagrinait, le frère vendant la Sainte Vierge que la sœur avait vue. Mais il fallait bien vivre, et il croyait savoir que la famille de la voyante, à côté de la Basilique triomphale dans son resplendissement d'or, ne faisait pas fortune, tellement la concurrence était terrible. Si les pèlerins laissaient à Lourdes des millions, les marchands d'articles de sainteté y étaient plus de deux cents, sans compter les hôteliers et les logeurs qui prenaient la grosse part ; de sorte que les gains, si âprement disputés, finissaient par être assez médiocres. Le long du plateau, à droite et à gauche du frère de Bernadette, d'autres boutiques s'ouvraient, une file ininterrompue de boutiques, serrées les unes contre les autres, qui occupaient les cases du baraquement de bois, une sorte de galerie construite par la ville, et dont elle tirait une soixantaine de mille francs. C'étaient de véritables bazars, des étalages ouverts, empiétant sur le trottoir, raccrochant le monde au passage. Sur près de trois cents mètres, il n'y avait pas d'autre commerce : un fleuve de chapelets, de médailles, de statuettes, coulant sans fin au travers des vitrines. Et les enseignes affichaient en lettres énormes des noms vénérés, saint Roch, saint Joseph, Jérusalem, la Vierge Immaculée, le Sacré-Cœur de Marie, tout ce que le paradis contenait de mieux pour toucher et attirer la clientèle.

« Ma foi, déclara M. de Guersaint, je crois bien que c'est partout la même chose. Entrons n'importe où. »

Il en avait assez, cette file interminable d'étalages lui cassait les jambes.

« Puisque tu as promis d'acheter là-bas, dit Marie qui ne se lassait point, le mieux est d'y retourner.

– C'est cela, retournons chez Majesté. »

Mais les boutiques recommencèrent avenue de la Grotte. Aux deux bords, elles se pressaient de nouveau ; et il s'y mêlait des bijoutiers, des marchands de nouveautés, des marchands de parapluies tenant l'article religieux ; même il y avait là un confiseur qui vendait des boîtes de pastilles à l'eau de Lourdes, dont le couvercle portait une image de la Vierge. Les vitrines d'un photographe débordaient de vues de la Grotte et de la Basilique, de portraits d'évêques, de révérends pères de tous les ordres, mêlés aux sites célèbres des montagnes voisines. Une librairie étalait les dernières publications catholiques, des volumes aux titres dévots, parmi les nombreux ouvrages publiés sur Lourdes depuis vingt ans, quelques-uns avec un succès prodigieux, dont le retentissement durait encore. Dans cette grande voie populeuse, la foule coulait en un flot élargi, les bidons sonnaient, c'était une joie de vie intense, au clair soleil qui enfilait la chaussée d'un bout à l'autre. Et les statuettes, les médailles, les chapelets ne semblaient devoir cesser jamais, un étalage continuait l'autre étalage, des kilomètres allaient ainsi s'étendre, dévidant les rues de la ville entière, occupée par le même bazar vendant les mêmes articles.

Devant l'hôtel des Apparitions, M. de Guersaint eut une hésitation encore.

« Alors, c'est bien décidé, nous faisons nos emplettes là ?

– Mais certainement, dit Marie. Vois donc comme la boutique est belle ! »

Et elle entra la première dans le magasin, un des plus vastes de la rue en effet, et qui occupait le rez-de-chaussée de l'hôtel, à gauche. M. de Guersaint et Pierre la suivirent.

Appoline, la nièce des Majesté, chargée de la vente, se trouvait debout sur un escabeau, en train de prendre des bénitiers dans une vitrine haute, pour les montrer à un jeune homme, un brancardier élégant, porteur d'admirables guêtres jaunes. Elle riait d'un roucoulement de tourterelle, charmante, avec d'épais cheveux noirs, des yeux superbes dans une face un peu carrée, au front droit, aux joues larges, aux fortes lèvres rouges. Et Pierre vit très nettement la main du jeune homme au bord de la jupe, chatouillant le bas d'une jambe qui semblait s'être offerte là volontiers. Ce ne fut d'ailleurs que la vision d'une seconde. Déjà la jeune fille était lestement sautée à terre, en demandant :

« Alors, vous ne croyez pas que ce modèle de bénitier conviendrait à madame votre tante ?

– Non, non ! répondit le brancardier en s'en allant. Procurez-vous l'autre modèle. Je ne pars que demain, je reviendrai. »

Lorsque Appoline sut que Marie était la miraculée dont Mme Majesté parlait depuis la veille, elle montra beaucoup d'empressement. Elle la regardait avec son gai sourire, où il y avait une pointe de surprise, d'incrédulité discrète, comme la sourde moquerie d'une belle fille, folle de son corps, en présence d'une virginité si enfantine et attardée. Mais la vendeuse adroite qu'elle était se répandit en paroles aimables.

« Ah ! mademoiselle, je serai si heureuse de vous vendre ! C'est tellement beau, votre miracle !... Voyez, tout le magasin est à vous. Nous avons le plus grand choix. »

Marie était gênée.

« Je vous remercie, vous êtes bien aimable... Nous ne venons vous acheter que des petites choses.

– Si vous le permettez, dit M. de Guersaint, nous allons faire notre choix nous-mêmes.

– Eh bien ! c'est cela, choisissez, monsieur. Ensuite, nous verrons. »

Et, comme d'autres clients entraient, Appoline les oublia, reprit son métier de jolie vendeuse, avec des mots de caresse, des gestes de séduction, surtout pour les hommes, qu'elle ne laissait partir que les poches pleines d'achats.

Il restait deux francs à M. de Guersaint sur le louis que Blanche, sa fille aînée, lui avait glissé, au départ, comme argent de poche. Aussi n'osait-il trop se lancer dans son choix. Mais Pierre déclara qu'on lui causerait beaucoup de peine, si on ne lui permettait pas d'offrir à ses amis les quelques objets qu'ils emporteraient de Lourdes. Dès lors, il fut convenu qu'on choisirait d'abord un cadeau pour Blanche, puis que Marie et son père prendraient chacun le souvenir qui lui plairait le mieux.

« Ne nous pressons pas, répétait M. de Guersaint très égayé. Voyons, Marie, cherche bien... Qu'est-ce qui ferait le plus de plaisir à Blanche ? »

Tous les trois regardaient, furetaient, fouillaient. Seulement, leur indécision augmentait à mesure qu'ils passaient d'un objet à un autre. Le vaste magasin, avec ses comptoirs, ses vitrines, ses cases, qui le garnissaient du haut en bas, était une mer aux flots sans nombre, un débordement de tous les articles religieux imaginables. Il y avait les chapelets, des liasses de chapelets pendus le long des murs, des tas de chapelets dans les tiroirs, depuis les humbles chapelets à vingt sous la douzaine, jusqu'aux chapelets de bois odorant, d'agate, de lapis, chaînés d'or ou d'argent ; et certains, immenses, faits pour ceindre à double tour le cou et la taille, montraient des grains travaillés, gros comme des noix, espacés par des têtes de mort. Il y avait les médailles, une pluie de médailles, des médailles à pleines boîtes, de toutes les grandeurs, de toutes les matières, les plus humbles et les plus précieuses, portant des inscriptions diverses, représentant la Basilique, la Grotte, l'Immaculée Conception, gravées, repoussées, émaillées, soignées ou fabriquées à la grosse, selon les bourses. Il y avait les saintes-vierges, les petites, les grandes, en zinc, en bois, en ivoire, en plâtre surtout, les unes d'une blancheur nue, les autres peintes de couleurs vives, reproduisant à l'infini la description faite par Bernadette, le visage aimable et souriant, le voile très long, l'écharpe bleue, les roses d'or sur les pieds, mais avec des modifications légères pour chaque modèle, de façon à garantir la propriété de l'éditeur. Et c'était un autre flot d'articles religieux, les cent variétés de scapulaires, les mille clichés de l'imagerie dévote, des gravures fines, des chromolithographies violentes, que noyait un pullulement de petites images coloriées, dorées, vernies, fleuries de bouquets, ornées de dentelles. Et c'était aussi de la bijouterie, des bagues, des broches, des bracelets, chargés d'étoiles et de croix, décorés de figures saintes. Et c'était enfin l'article-Paris qui dominait, qui submergeait le reste : des porte-crayons, des porte-monnaie, des porte-cigares, des presse-papiers, des couteaux à papier, jusqu'à des tabatières, des objets innombrables sur lesquels revenaient sans cesse la Basilique, la Grotte, la Sainte Vierge, reproduites de toutes les façons, par tous les procédés connus. Dans une case à cinquante centimes l'article, s'entassait un pêle-mêle de ronds de serviette, de coquetiers et de pipes de bois, où l'apparition de Notre-Dame de Lourdes était sculptée, rayonnante.

Peu à peu, M. de Guersaint s'était dégoûté, envahi d'une tristesse, d'un agacement d'homme qui se piquait d'être un artiste.

« Mais c'est affreux, c'est affreux, tout cela ! » répétait-il à chaque nouvel article qu'il examinait.

Il se soulagea, en rappelant à Pierre la tentative ruineuse qu'il avait faite pour rénover l'imagerie religieuse. Les débris de sa fortune y étaient restés, ce qui le rendait plus sévère encore, devant les pauvres choses dont le magasin débordait. Avait-on jamais vu des objets d'une laideur si sotte, si prétentieuse, si compliquée ? La vulgarité de l'idée, la niaiserie de l'expression le disputaient à l'habileté banale de la facture. Cela tenait de la gravure de mode, du couvercle de boîte à bonbons, des poupées de cire qui tournent chez les coiffeurs : un art faussement joli, péniblement enfantin, sans humanité réelle, sans accent, sans sincérité aucune. Et l'architecte, lancé, ne s'arrêta plus, dit aussi son dégoût des constructions du nouveau Lourdes, le pitoyable enlaidissement de la Grotte, la monstruosité colossale des rampes, les désastreuses disproportions de l'église du Rosaire et de la Basilique, celle-là trop lourde, pareille à une halle aux blés, celle-ci d'une maigreur de bâtisse anémique, sans style et bâtarde.

« Ah ! vraiment, finit-il par conclure, il faut bien aimer le bon Dieu, pour avoir le courage de venir l'adorer au milieu de pareilles horreurs ! Ils ont tout raté, ils ont tout gâché, comme à plaisir, sans qu'un seul ait eu la minute d'émotion, de naïveté vraie, de foi sincère, qui enfante les chefs-d'œuvre. Tous des malins, tous des copistes, pas un n'a donné sa chair et son âme. Et que faut-il donc pour les inspirer, s'ils n'ont rien fait pousser de grand, sur cette terre du miracle ! »

Pierre ne répondit pas. Mais il était singulièrement frappé par ces réflexions, il s'expliquait enfin la cause d'un malaise qu'il éprouvait depuis son arrivée à Lourdes. Ce malaise venait du désaccord entre le milieu tout moderne et la foi des siècles passés, dont on essayait la résurrection. Il évoquait les vieilles cathédrales où frissonnait cette foi des peuples, il revoyait les anciens objets du culte, l'imagerie, l'orfèvrerie, les saints de pierre et de bois, d'une force, d'une beauté d'expression admirables. C'était qu'en ces temps lointains, les ouvriers croyaient, donnaient leur chair, donnaient leur âme, dans toute la naïveté de leur émotion, comme disait M. de Guersaint. Et, aujourd'hui, les architectes bâtissaient les églises avec la science tranquille qu'ils mettaient à bâtir les maisons à cinq étages, de même que les objets religieux, les chapelets, les médailles, les statuettes, étaient fabriqués à la grosse, dans les quartiers populeux de Paris, par des ouvriers noceurs qui ne pratiquaient même pas. Aussi quelle bimbeloterie, quelle quincaillerie de pacotille, d'un joli à faire pleurer, d'une sentimentalité niaise à soulever le cœur ! Lourdes en était inondé, ravagé, enlaidi, au point d'incommoder les personnes de goût un peu délicat, égarées dans ses rues. Tout cela, brutalement, jurait avec la résurrection tentée, avec les légendes, les cérémonies, les processions des âges morts ; et Pierre, tout d'un coup, pensa que la condamnation historique et sociale de Lourdes était là, que la foi est morte à jamais chez un peuple, quand il ne la met plus dans les églises qu'il construit, ni dans les chapelets qu'il fabrique.

Marie avait continué à fouiller les étalages avec une impatience d'enfant, hésitant, ne trouvant rien qui lui parût digne du grand rêve d'extase qu'elle allait garder en elle.

« Père, l'heure s'avance, il faut que tu me reconduises à l'hôpital... Et, pour en finir, vois-tu, je donnerai à Blanche cette médaille, avec cette chaîne d'argent. C'est encore ce qu'il y a de plus simple et de plus joli. Elle la portera, ça lui fera un petit bijou... Moi, je prends cette statuette de Notre-Dame de Lourdes, le petit modèle, qui est assez gentiment peint. Je la mettrai dans ma chambre, je l'entourerai de fleurs fraîches... N'est-ce pas ? ce sera très bien. »

M. de Guersaint l'approuva. Puis, revenant à son propre choix :

« Mon Dieu ! mon Dieu ! que je suis embarrassé ! »

Il examinait des porte-plume en ivoire, terminés par des boules pareilles à des pois, dans lesquelles se trouvaient des photographies microscopiques. Et, comme il appliquait l'œil à un des minces trous, pour voir, il eut un cri d'émerveillement.

« Tiens ! le cirque de Gavarnie !... Ah ! c'est prodigieux, tout y est bien, comment le colosse peut-il tenir là-dedans ?... Ma foi, je prends ce porte-plume, moi. Il est drôle, il me rappellera mon excursion. »

Pierre avait simplement choisi un portrait de Bernadette, la grande photographie qui la représente à genoux, en robe noire, un foulard noué sur les cheveux, la seule, dit-on, qu'on ait faite d'après nature. Il se hâtait de payer, tous trois partaient, lorsque Mme Majesté entra, se récria, voulut absolument faire un petit cadeau à Marie, en disant que ça porterait bonheur à sa maison.

« Mademoiselle, je vous en prie, prenez un scapulaire, tenez ! parmi ceux-ci. La Sainte Vierge, qui vous a élue, me le paiera en bonne chance. »

Elle haussait la voix, elle faisait tant, que les acheteurs, dont la boutique se trouvait pleine, s'intéressèrent, regardèrent dès lors la jeune fille avec des yeux avides. C'était la popularité qui recommençait autour d'elle, qui finit même par gagner la rue, lorsque l'hôtelière alla sur le seuil de la boutique, faisant des signes aux marchands d'en face, ameutant le voisinage.

« Partons-nous ? » répétait Marie, de plus en plus gênée.

Mais son père la retint encore, en voyant un prêtre qui entrait.

« Ah ! monsieur l'abbé Des Hermoises ! »

C'était en effet le bel abbé, en soutane fine, sentant bon, le visage frais, d'une gaieté tendre. Il n'avait pas vu son compagnon de la veille, il s'était vivement approché d'Appoline, la prenant à l'écart.

Et Pierre l'entendit qui disait à demi-voix :

« Pourquoi ne m'avez-vous pas apporté mes trois douzaines de chapelets, ce matin ? »

Appoline s'était remise à rire de son roucoulement de tourterelle, en le regardant en dessous, avec malice, sans répondre.

« C'est pour mes petites pénitentes de Toulouse, je voulais les mettre au fond de ma malle, et vous m'aviez offert de m'aider à serrer mon linge. »

Elle riait toujours, elle l'excitait du coin de ses jolis yeux.

« Maintenant, je ne partirai que demain. Apportez-les-moi ce soir, n'est-ce pas ? quand vous serez libre... C'est au bout de la rue, chez la Duchêne, la chambre meublée du rez-de-chaussée... Soyez gentille, venez vous-même. »

Du bout de ses lèvres rouges, elle dit enfin en plaisantant, sans qu'il pût savoir si elle tiendrait sa promesse :

« Certainement, monsieur l'abbé, j'irai. »

Ils furent interrompus, M. de Guersaint s'était avancé pour serrer la main au prêtre. Tout de suite, ils reparlèrent du cirque de Gavarnie : une partie délicieuse, des heures charmantes qu'ils n'oublieraient jamais. Puis, ils s'égayèrent sur le compte de leurs deux compagnons, des ecclésiastiques peu fortunés, des braves gens dont les naïvetés les avaient amusés énormément. L'architecte finit par rappeler à son nouvel ami qu'il avait bien voulu lui promettre d'intéresser un personnage de Toulouse, dix fois millionnaire, à ses études sur la direction des ballons.

« Une première avance de cent mille francs suffirait, dit-il.

– Comptez sur moi, déclara l'abbé Des Hermoises. Vous n'aurez pas prié la Sainte Vierge en vain. »

Mais Pierre, qui avait gardé à la main le portrait de Bernadette, venait d'être frappé de l'extraordinaire ressemblance d'Appoline avec la voyante. C'était la même face un peu massive, la même bouche trop forte, les mêmes yeux magnifiques ; et il se souvint que Mme Majesté lui avait déjà signalé cette ressemblance singulière, d'autant plus qu'Appoline avait eu la même enfance pauvre, à Bartrès, avant que sa tante la prît chez elle, pour l'aider à tenir la boutique. Bernadette ! Appoline ! Quel étrange rapprochement, quelle réincarnation inattendue, à trente années de distance ! Et, tout d'un coup, avec cette Appoline si galamment rieuse, qui acceptait des rendez-vous, sur laquelle couraient les bruits les plus aimables, le nouveau Lourdes se dressa devant ses yeux : les cochers, les marchandes de cierges, les loueuses de chambres raccrochant le client à la gare, les cent maisons meublées aux petits logements discrets, la cohue des prêtres libres, des hospitalières passionnées, des simples passants venus là pour satisfaire leurs appétits. Puis, il y avait la rage du négoce déchaînée par la pluie des millions, la ville entière livrée au lucre, les boutiques changeant les rues en bazars, se dévorant entre elles, les hôtels vivant goulûment des pèlerins, jusqu'aux sœurs Bleues qui tenaient table d'hôte, jusqu'aux pères de la Grotte qui battaient monnaie avec leur Dieu ! Quelle aventure triste et effrayante, la vision d'une Bernadette si pure passionnant les foules, les faisant se ruer à l'illusion du bonheur, amenant un fleuve d'or, et dès ce jour pourrissant tout ! Il avait suffi que la superstition soufflât, que de l'humanité s'entassât, que de l'argent fût apporté, pour que cet honnête coin de terre se corrompît à jamais. Où le lis candide fleurissait autrefois, poussait maintenant la rose charnelle, dans le nouveau terreau de cupidité et de jouissance. Sodome était née de Bethléem, depuis qu'une enfant innocente avait vu la Vierge.

« Hein ? que vous ai-je dit ? s'écria Mme Majesté, en s'apercevant que Pierre comparait sa nièce au portrait. Appoline, c'est Bernadette tout craché. »

La jeune fille s'approcha, avec son aimable sourire, flattée d'abord de la comparaison.

« Voyons, voyons ! » dit l'abbé Des Hermoises, d'un air de vif intérêt.

Il prit la photographie, compara à son tour, s'émerveilla.

« C'est prodigieux, les mêmes traits... Je n'avais pas remarqué encore, je suis ravi en vérité...

– Pourtant, finit par déclarer Appoline, je crois bien qu'elle avait le nez plus gros. »

L'abbé, alors, eut un cri d'irrésistible admiration.

« Oh ! vous êtes plus jolie, beaucoup plus jolie, c'est évident... Mais ça ne fait rien, on vous prendrait pour les deux sœurs. »

Pierre ne put s'empêcher de rire, tant il trouva le mot singulier. Ah ! la pauvre Bernadette était bien morte, et elle n'avait pas de sœur. Elle n'aurait pu renaître, elle n'était plus possible, dans ce pays de cohue et de passion qu'elle avait fait.

Marie, enfin, partit au bras de son père, et il fut entendu qu'ils iraient tous deux la prendre à l'hôpital, pour se rendre ensemble à la gare. Dans la rue, plus de cinquante personnes l'attendaient, comme en extase. On la salua, on la suivit, une femme fit toucher la robe de la miraculée à son enfant infirme, qu'elle rapportait de la Grotte.

III

Dès deux heures et demie, le train blanc, qui allait quitter Lourdes à trois heures quarante, se trouva en gare, le long du deuxième quai. Il avait attendu trois jours, sur une voie de garage, tout formé, tel qu'il était arrivé à Paris ; et, depuis qu'on venait de l'amener là des drapeaux blancs flottaient sur les wagons de tête et de queue, pour l'indiquer aux pèlerins, dont l'embarquement d'ordinaire était très long et fort laborieux. Les quatorze trains du pèlerinage national, d'ailleurs, devaient repartir ce jour-là. À dix heures du matin, le train vert était parti, puis le train rose, puis le train jaune ; et, après le train blanc, les autres, l'orangé, le gris, le bleu suivraient. C'était encore, pour le personnel de la gare, une journée terrible, un tumulte, une bousculade, qui affolaient les employés.

Mais le départ du train blanc était toujours le vif intérêt, la grosse émotion de la journée, car il emportait les grands malades qu'il avait apportés, et parmi lesquels se trouvaient naturellement les bien-aimés de la Sainte Vierge, les élus du miracle. Aussi une foule se pressait-elle sous la marquise, obstruant le vaste promenoir couvert, long d'une centaine de mètres. Tous les bancs étaient occupés, encombrés de pèlerins et de paquets, qui attendaient déjà. À l'un des bouts, on avait pris d'assaut les petites tables du buffet, des hommes buvaient de la bière, des femmes se faisaient servir de la limonade gazeuse ; tandis que, devant la porte des messageries, à l'autre bout, des brancardiers maintenaient le passage libre, pour assurer le rapide transport des malades, qu'on allait amener. Et c'était, le long du large trottoir, une incessante promenade, un va-et-vient continu de pauvres gens effarés, de prêtres courant, se prodiguant, de messieurs en redingote, curieux et paisibles, tout un entassement de cohue, la plus mêlée, la plus bariolée qui se fût jamais coudoyée dans une gare.

À trois heures, le baron Suire se désespéra, plein d'inquiétude, parce que les chevaux manquaient, un grand arrivage inattendu de touristes ayant loué les voitures pour Barèges, Cauterets, Gavarnie. Enfin, il se précipita vers Berthaud et Gérard qui accouraient après avoir battu la ville ; mais tout marchait à merveille, affirmaient-ils : ils avaient racolé les chevaux nécessaires, le transport des malades s'opérerait en d'excellentes conditions. Déjà, dans la cour, des équipes de brancardiers, avec leurs brancards et leurs petites voitures, guettaient les fourgons, les tapissières, les véhicules de toutes sortes, recrutés pour le déménagement de l'hôpital. Une réserve de matelas et de coussins s'entassait au pied d'un bec de gaz. Et, comme les premiers malades arrivaient, le baron Suire perdit de nouveau la tête, tandis que Berthaud et Gérard se hâtaient de gagner le quai d'embarquement. Ils surveillaient, ils donnaient des ordres, au milieu de la bousculade croissante.

Alors, sur ce quai, le père Fourcade qui se promenait le long du train, au bras du père Massias, s'arrêta, en voyant venir le docteur Bonamy.

« Ah ! docteur, je suis heureux... Le père Massias, qui va partir, me parlait encore à l'instant de la faveur extraordinaire dont la Sainte Vierge a comblé cette jeune fille si intéressante, Mlle Marie de Guersaint. Voilà des années qu'un miracle si éclatant n'avait eu lieu. C'est une insigne fortune pour nous tous, c'est une bénédiction qui doit féconder le fruit de nos efforts... Toute la chrétienté en sera illuminée, réconfortée, enrichie. »

Il rayonnait d'aise, et le docteur, immédiatement, exulta lui aussi, avec sa face rasée, aux gros traits paisibles, aux yeux las d'habitude.

« C'est prodigieux, prodigieux, mon révérend père ! J'écrirai une brochure, jamais guérison ne s'est produite par les voies surnaturelles d'une façon plus authentique... Oh ! quel tapage cela va faire ! »

Puis, comme tous les trois s'étaient remis à marcher, il s'aperçut que le père Fourcade traînait la jambe davantage, en s'appuyant fortement au bras de son compagnon.

« Est-ce que votre accès de goutte s'est aggravé, mon révérend père ? demanda-t-il. Vous paraissez beaucoup souffrir.

– Oh ! ne m'en parlez pas, je n'ai pu fermer l'œil de la nuit. Est-ce ennuyeux, cette crise qui m'a pris, le jour de mon arrivée ici ? Elle aurait bien dû attendre... Mais il n'y a rien à faire, n'en parlons pas. Je suis trop content des résultats de cette année.

– Ah ! oui, oui ! dit à son tour le père Massias, d'une voix tremblante de ferveur, nous pouvons être fiers, nous pouvons nous en aller le cœur débordant d'enthousiasme et de reconnaissance. En dehors de cette jeune fille, que d'autres prodiges ! Les miracles ne se comptent plus, des sourdes et des muettes guéries, des faces rongées de plaies redevenues lisses comme la main, des phtisiques moribondes qui mangent, qui dansent, ressuscitées ! Ce n'est plus un train de malades, c'est un train de résurrection, un train de gloire que j'emmène avec moi ! »

Il avait cessé de voir les malades autour de lui, il s'en allait en plein triomphe divin, dans l'aveuglement de sa foi. Et tous les trois continuèrent leur lente promenade, le long des wagons dont les compartiments commençaient à se remplir, souriant aux pèlerins qui les saluaient, s'arrêtant de nouveau parfois pour dire une bonne parole à quelque triste femme qui passait, pâle et grelottante, sur un brancard. Ils déclaraient qu'elle avait bien meilleure mine, qu'elle s'en tirerait sûrement.

Mais le chef de gare, très affairé, passa, en criant d'une voix aiguë :

« N'encombrez pas le quai ! N'encombrez pas le quai ! »

Puis, comme Berthaud lui faisait observer qu'il fallait pourtant poser les brancards, avant de monter les malades, il se fâcha.

« Voyons, est-ce raisonnable ? Regardez, là-bas, la petite voiture qui est restée en travers de cette voie... J'attends dans quelques minutes le train de Toulouse. Voulez-vous donc qu'on vous écrase votre monde ? »

Et il repartit en courant, pour poster des hommes d'équipe, qui écarteraient des voies le troupeau effaré des pèlerins, piétinant au hasard. Beaucoup, des vieux, des simples, ne reconnaissaient même pas la couleur de leur train ; et c'était pourquoi tous portaient au cou une carte de couleur appareillée, afin qu'on les dirigeât, qu'on les embarquât, comme du bétail marqué et parqué. Mais quelle alerte continue, ces quatorze départs de trains supplémentaires, sans que la circulation des trains habituels s'arrêtât !

Pierre, sa valise à la main, arriva, eut déjà de la peine à gagner le quai. Il était seul, Marie avait témoigné l'ardent désir de s'agenouiller une fois encore à la Grotte, pour que, jusqu'aux minutes dernières, son âme brûlât de reconnaissance, devant la Sainte Vierge ; et il avait laissé M. de Guersaint l'y conduire, pendant que lui réglait à l'hôtel. D'ailleurs, il leur avait fait promettre de prendre ensuite une voiture, ils allaient être sûrement là avant un quart d'heure. En les attendant, sa première idée fut de chercher leur wagon et de s'y débarrasser de sa valise. Mais ce n'était pas une besogne facile, il ne le reconnut enfin qu'à la pancarte qui s'y balançait depuis trois jours, sous le soleil et les orages, un carré de papier fort, portant les noms de Mme de Jonquière, de sœur Hyacinthe et de sœur Claire des Anges. C'était bien lui : il revoyait en souvenir les compartiments pleins de ses compagnons de route ; des coussins marquaient déjà le coin de M. Sabathier ; et il retrouvait même, sur la banquette où Marie avait tant souffert, une entaille laissée dans le bois par une ferrure du chariot. Puis, lorsqu'il eut posé sa valise à sa place, il resta sur le quai, patientant, regardant, un peu surpris de ne pas apercevoir le docteur Chassaigne, qui lui avait promis de venir l'embrasser, au départ.

Maintenant que Marie était debout, Pierre avait abandonné ses bretelles de brancardier, et il ne portait plus sur sa soutane que la croix rouge des pèlerins. Cette gare, entrevue seulement sous le petit jour livide, dans l'angoisse du terrible matin de l'arrivée, le surprenait par ses vastes trottoirs, ses larges dégagements, sa gaieté claire. On ne voyait pas les montagnes ; mais, de l'autre côté, en face des salles d'attente, montaient des coteaux verdoyants, d'un charme délicieux. Et, cet après-midi-là, le temps était d'une infinie douceur, un fin duvet de nuages avait voilé le soleil, dans un ciel d'une blancheur de lait, d'où ne tombait qu'une grande lumière diffuse, comme une poussière nacrée de perles. Un temps de demoiselle, ainsi que disent les bonnes gens.

Trois heures venaient de sonner, et Pierre regardait la grande horloge, lorsqu'il vit arriver Mme Désagneaux et Mme Volmar, que suivaient Mme de Jonquière et sa fille. Ces dames, qu'un landau amenait de l'hôpital, cherchèrent, elles aussi, leur wagon tout de suite. Ce fut Raymonde qui reconnut le compartiment de première classe, dans lequel elle était venue.

« Maman, maman ! par ici, le voilà !... Reste un peu avec nous, tu as le temps d'aller t'installer avec tes malades, puisqu'ils ne sont pas là encore. »

Et Pierre, alors, se retrouva en face de Mme Volmar. Leurs regards se rencontrèrent. Mais il ne la reconnaissait pas, elle eut à peine un léger battement de cils. C'était de nouveau la femme vêtue de noir, lente, indolente, d'une modestie effacée, heureuse de disparaître. Le brasier de ses larges yeux était mort, se ravivant par instants d'une étincelle sous leur voile d'indifférence, une moire d'ombre qui semblait les éteindre.

« Oh ! une migraine atroce ! répétait-elle à Mme Désagneaux. Vous voyez, je n'ai pas encore ma pauvre tête à moi... C'est le voyage qui me donne ça. Tous les ans, je suis sûre de mon affaire. »

Plus vive, plus rose, plus ébouriffée que jamais, l'autre s'agitait.

« Ma chère, pour le moment, j'en ai autant à votre service. Oui, ça m'a prise ce matin, une névralgie à tout casser... Seulement... »

Elle se pencha, poursuivit à voix basse :

« Seulement, je crois que ça y est. Oui ! ce bébé, que je désire tant, qui ne veut pas pousser... J'ai supplié la Sainte Vierge, et j'ai été malade, oh ! malade, à mon réveil ! Enfin, tous les signes !... Voyez-vous la tête de mon mari, qui m'attend à Trouville ! Sera-t-il heureux ! »

Très sérieuse, Mme Volmar écoutait. Puis, de son air tranquille :

« Eh bien ! moi, ma chère, je connais une personne qui ne voulait plus avoir d'enfants... Elle est venue ici, elle n'en a plus fait. »

Mais Gérard et Berthaud, ayant aperçu ces dames, se hâtèrent d'accourir. Le matin, à l'hôpital de Notre-Dame-des-Douleurs, les deux hommes s'étaient présentés, et Mme de Jonquière les avait reçus dans un petit bureau, voisin de la lingerie. Là, très correctement, en s'excusant avec une bonhomie souriante de cette démarche un peu bousculée, Berthaud avait demandé la main de Mlle Raymonde pour son cousin Gérard. Tout de suite, on s'était senti à l'aise, la mère avait eu un attendrissement, en disant que Lourdes porterait bonheur au jeune ménage. De sorte que le mariage se trouva ainsi conclu en quelques paroles, au milieu de la satisfaction générale. Même on prit rendez-vous, le 15 septembre, au château de Berneville, près de Caen, une propriété de l'oncle, le diplomate, que Berthaud connaissait et chez lequel il promit de mener Gérard. Puis, Raymonde, appelée, avait rougi de plaisir, en mettant ses deux petites mains dans celles de son fiancé.

Ce dernier s'empressait, demandait à la jeune fille :

« Voulez-vous des oreillers pour la nuit ? Ne vous gênez pas, je puis vous en donner, ainsi qu'à ces dames qui vous accompagnent. »

Raymonde refusa gaiement.

« Non, non ! nous ne sommes pas si douillettes. Il faut réserver ça aux pauvres malades. »

D'ailleurs, ces dames parlaient toutes à la fois. Mme de Jonquière déclarait qu'elle était si fatiguée, si fatiguée, qu'elle ne se sentait plus vivre ; et elle se montrait pourtant bien heureuse, ses regards riaient en couvant sa fille et le jeune homme, pendant qu'ils causaient ensemble. Mais Berthaud ne pouvait rester là, son service le réclamait, ainsi que Gérard. Tous deux prirent congé, après avoir rappelé le rendez-vous. N'est-ce pas, le 15 septembre, au château de Berneville ? Oui, oui, c'était chose entendue ! Et il y eut encore des rires, des poignées de main, tandis que les yeux, des yeux de caresse et de ravissement, achevaient ce qu'on n'osait dire tout haut, au milieu de cette foule.

« Comment ! s'écria la petite Mme Désagneaux, vous allez le 15 à Berneville. Mais si nous restons à Trouville jusqu'au 20, comme mon mari le désire, nous irons vous voir ! »

Et elle se tourna vers Mme Volmar, silencieuse.

« Venez donc aussi, vous. Ce serait si drôle de se retrouver toutes là-bas ! »

La jeune femme eut un geste lent, en répondant de son air d'indifférence lasse :

« Oh ! moi, c'est fini, le plaisir. Je rentre. »

Ses yeux, de nouveau, se rencontrèrent avec ceux de Pierre, qui était resté près de ces dames ; et il crut la voir se troubler une seconde, tandis qu'une expression d'indicible souffrance passait sur sa face morte.

Les sœurs de l'Assomption arrivaient, ces dames les rejoignirent devant le fourgon de la cantine. Ferrand, venu en voiture avec les religieuses, y monta d'abord, puis aida sœur Saint-François à franchir le haut marchepied ; et il resta debout, au seuil de ce fourgon, transformé en cuisine, où se trouvaient les provisions pour le voyage, du pain, du bouillon, du lait, du chocolat ; pendant que sœur Hyacinthe et sœur Claire des Anges, demeurées sur le trottoir, lui passaient sa petite pharmacie, ainsi que d'autres paquets, de menus bagages.

« Vous avez bien tout ? lui demanda sœur Hyacinthe. Bon ! maintenant, vous n'avez qu'à vous coucher dans votre coin et à dormir, puisque vous vous plaignez qu'on ne vous utilise pas. »

Ferrand se mit à rire doucement.

« Ma sœur, je vais aider sœur Saint-François... J'allumerai le fourneau à pétrole, je laverai les tasses, je porterai les portions aux heures d'arrêt, marquées sur le tableau qui est là... Et, tout de même, si vous avez besoin de médecin, vous viendrez me chercher. »

Sœur Hyacinthe s'était aussi mise à rire.

« Mais nous n'avons plus besoin de médecin, puisque toutes nos malades sont guéries ! »

Et, les yeux dans les siens, de son air calme et fraternel :

« Adieu, monsieur Ferrand. »

Il sourit encore, tandis qu'une émotion infinie mouillait ses yeux. Le son troublé de sa voix dit l'inoubliable voyage, la joie de l'avoir revue, le souvenir d'éternelle et divine tendresse qu'il emportait.

« Adieu, ma sœur. »

Mme de Jonquière parlait d'aller à son wagon avec sœur Claire des Anges et sœur Hyacinthe. Mais celle-ci lui assura que rien ne pressait, puisqu'on amenait à peine les malades. Elle la quitta, emmena l'autre sœur, promit de veiller à tout ; et même elle voulut absolument la débarrasser de son petit sac, en lui disant qu'elle le retrouverait à sa place. De sorte que ces dames continuèrent à se promener, à causer gaiement entre elles, sur le large trottoir, où il faisait si doux.

Cependant, Pierre, qui, les yeux sur la grande horloge, regardait marcher les minutes, commençait à être surpris de ne pas voir Marie arriver avec son père. Pourvu que M. de Guersaint ne se perdît pas en route ! Et il guettait, lorsqu'il aperçut M. Vigneron exaspéré, poussant furieusement devant lui sa femme et le petit Gustave.

« Oh ! monsieur l'abbé, je vous en prie, dites-moi où est notre wagon, aidez-moi à y fourrer mes bagages et cet enfant... Je perds la tête, ils m'ont jeté hors de mon caractère... »

Puis, devant le compartiment de seconde classe, il éclata, saisissant les mains du prêtre, au moment où celui-ci allait monter le petit malade.

« Vous imaginez-vous cela ! ils veulent que je parte, ils m'ont répondu que, si j'attendais à demain, mon billet de retour ne serait plus valable !... J'ai eu beau leur conter l'accident. N'est-ce pas ? ce n'est déjà pas si drôle de rester avec cette morte, pour la veiller, la mettre en bière, l'emmener demain, dans les délais voulus... Eh bien ! ils prétendent que ça ne les regarde pas, qu'ils font déjà d'assez grosses réductions sur les billets de pèlerinage, sans entrer dans les histoires des gens qui meurent. »

Mme Vigneron, tremblante, l'écoutait, pendant que Gustave, oublié, chancelant de fatigue sur sa béquille, levait sa pauvre face d'agonisant curieux.

« Enfin, je le leur ai crié sur tous les tons, il y a cas de force majeure... Que veulent-ils que je fasse de ce corps ? Je ne puis pas le prendre sous mon bras et le leur apporter aujourd'hui comme bagage. Je suis donc bien forcé de rester... Non ! ce qu'il y a des gens bêtes et méchants !

– Est-ce que vous avez parlé au chef de gare ? demanda Pierre.

– Ah ! oui, le chef de gare ! Il est par là, dans la bousculade. On n'a jamais pu me le trouver. Comment voulez-vous que les choses se fassent proprement, au milieu d'une pétaudière pareille ?... Mais il faut que je le déterre, il faut que je lui dise ma façon de penser ! »

Et, avisant sa femme figée, immobile :

« Qu'est-ce que tu fais là ? Monte donc, pour qu'on te passe les bagages et le petit. »

Alors, ce fut un engouffrement, il la poussa, il lui jeta des paquets, pendant que le prêtre soulevait Gustave dans ses bras. Le pauvre être, d'une légèreté d'oiseau, semblait avoir maigri encore, dévoré de plaies, si douloureux, qu'il eut un faible cri.

« Oh ! mon mignon ! est-ce que je t'ai fait du mal ?

– Non, non ! monsieur l'abbé, on m'a remué beaucoup, je suis très fatigué, ce soir. »

Il souriait, de son air fin et si triste. Il s'enfonça dans son coin, ferma les yeux, achevé par ce mortel voyage.

« Vous comprenez, reprit M. Vigneron, ça ne m'amuse guère de me morfondre ici, tandis que ma femme et mon fils vont rentrer à Paris sans moi. Il le faut bien, la vie n'est plus tenable à l'hôtel ; et, d'ailleurs, me voyez-vous forcé de repayer trois places, s'ils ne veulent pas entendre raison… Avec ça, ma femme n'a pas beaucoup de tête. Jamais elle ne saura se débrouiller. »

Alors, dans un dernier essoufflement, il accabla Mme Vigneron des observations les plus minutieuses, et ce qu'elle devait faire pendant le voyage, et de quelle façon elle rentrerait dans leur appartement, et comment elle soignerait Gustave, s'il avait une crise. Docile, un peu effarée, elle répondait à chaque phrase :

« Oui, oui, mon ami… Sans doute, mon ami… »

Mais il fut repris d'une brusque colère.

« Définitivement, oui ou non, sera-t-il valable, mon billet de retour ? Je veux le savoir pourtant… Il faut qu'on me le trouve, ce chef de gare ! »

Il se lançait de nouveau parmi la foule, lorsqu'il aperçut, sur le quai, restée à terre, la béquille de Gustave. Ce fut un désastre, qui lui fit lever les bras au ciel, pour prendre Dieu à témoin que jamais il ne sortirait de tant de complications. Et il la jeta à sa femme, il s'éloigna, éperdu, en criant :

« Tiens ! tu oublies tout ! »

Maintenant, les malades affluaient ; et, ainsi qu'à l'arrivée, dans la bousculade, c'était un charriage sans fin, le long des trottoirs, au travers des voies. Tous les maux abominables, toutes les plaies, toutes les difformités défilaient une fois encore, sans que la gravité ni le nombre en parussent moindres, comme si les quelques guérisons fussent l'humble clarté inappréciable au milieu du deuil immense. On les remportait tels qu'on les avait apportés. Les petites voitures, chargées de vieilles femmes impotentes, avec leurs cabas à leurs pieds, sonnaient sur les rails. Les brancards, où gisaient des corps ballonnés, des faces pâles aux yeux luisants, se balançaient, parmi les poussées de la cohue. C'était une hâte folle, sans raison, une confusion inexprimable, des demandes, des appels, des courses brusques, le tournoiement sur place d'un troupeau qui ne trouve plus la porte de la bergerie. Et les brancardiers finissaient par perdre la tête, ne sachant quel chemin suivre, devant les cris d'alerte des hommes d'équipe, qui, chaque fois, épouvantaient les gens, les égaraient d'angoisse.

« Attention ! attention, là-bas !… Dépêchez-vous donc ! Non, non, ne traversez plus !… Le train de Toulouse ! Le train de Toulouse ! »

Pierre, revenu sur ses pas, aperçut encore ces dames, Mme de Jonquière et les autres, qui continuaient à causer gaiement. Près d'elles, il écouta Berthaud que le père Fourcade avait arrêté, pour le féliciter du bon ordre, pendant tout le pèlerinage. L'ancien magistrat s'inclinait, flatté.

« N'est-ce pas ? mon révérend père, c'est une leçon donnée à leur République. On se tue, à Paris, quand des foules pareilles célèbrent quelque date sanglante de leur exécrable histoire… Qu'ils viennent donc ici s'instruire ! »

La pensée d'être désagréable au gouvernement qui l'avait forcé de se démettre le ravissait. Il n'était jamais si heureux, à Lourdes, qu'au milieu des grandes affluences de fidèles, lorsque des femmes manquaient d'être écrasées. Pourtant, il ne paraissait pas satisfait du résultat de la propagande politique qu'il y venait faire chaque année, pendant trois jours. Des impatiences le prenaient, ça ne marchait pas assez vite. Quand donc Notre-Dame de Lourdes ramènerait-elle la monarchie ?

« Voyez-vous, mon révérend père, l'unique moyen, le vrai triomphe, ce serait d'amener ici en masse les ouvriers des villes. Moi, je ne vais plus songer, je ne vais plus m'employer qu'à cela. Ah ! si l'on pouvait créer une démocratie catholique ! »

Le père Fourcade était devenu très grave. Ses beaux yeux d'intelligence s'emplirent de rêve, se perdirent au loin. Que de fois il avait donné pour but à ses efforts la création de ce nouveau peuple ! Mais n'y fallait-il pas le souffle d'un autre Messie ?

« Oui, oui, murmura-t-il, une démocratie catholique, ah ! l'histoire de l'humanité recommencerait ! »

Le père Massias l'interrompit passionnément, en disant que toutes les nations de la terre finiraient par venir ; tandis que le docteur Bonamy, qui sentait poindre déjà un léger refroidissement dans la ferveur des pèlerins, hochait la tête, était d'avis que les fidèles de la Grotte devaient redoubler de zèle. Lui, mettait surtout le succès dans la plus grande publicité possible, donnée aux miracles. Et il affectait de rayonner, il riait complaisamment, en montrant le défilé tumultueux des malades.

« Voyez-les donc ! Est-ce qu'ils ne partent pas avec une mine meilleure ? Beaucoup n'ont pas l'air guéri, qui emportent le germe de la guérison, soyez-en sûrs !... Ah ! les braves gens ! Ils font plus que nous tous pour la gloire de Notre-Dame de Lourdes. »

Mais il dut se taire. Mme Dieulafay passait devant eux, dans sa caisse capitonnée de soie. Et on la déposa devant la portière du wagon de première classe, où une femme de chambre, déjà, rangeait les bagages. Une pitié serrait les cœurs, la misérable femme ne paraissait pas s'être éveillée de son anéantissement, pendant les trois jours vécus à Lourdes. Telle qu'ils l'avaient descendue au milieu de son luxe, le matin de l'arrivée, telle les brancardiers allaient la remonter, vêtue de dentelle, couverte de bijoux, avec sa face morte et imbécile de momie, qui se liquéfiait ; et on aurait dit même qu'elle s'était réduite encore, qu'on la remportait diminuée, de plus en plus rapetissée à la taille d'une enfant, dans cet horrible mal qui, après avoir détruit les os, achevait de fondre la guenille molle des muscles. Son mari et sa sœur inconsolables, les yeux rougis, écrasés par la perte de leur dernier espoir, la suivaient avec l'abbé Judaine, comme on suit un corps au cimetière.

« Non, non ! pas tout de suite ! dit le prêtre aux porteurs, en les empêchant de la monter. Elle a le temps de rouler là-dedans. Qu'elle garde au moins sur elle la douceur de ce beau ciel, jusqu'à la dernière minute ! »

Puis, voyant Pierre près de lui, il l'emmena à quelques pas, reprit, la voix brisée de chagrin :

« Ah ! je suis navré... Ce matin encore, j'espérais. Je l'ai fait porter à la Grotte, j'ai dit ma messe pour elle, je suis revenu prier jusqu'à onze heures. Et rien, la Sainte Vierge ne m'a pas entendu... Moi qu'elle a guéri, moi un pauvre vieil homme inutile, je n'ai pu obtenir d'elle la guérison de cette femme si belle, si jeune, si riche, dont la vie devrait être une continuelle fête !... Certes, la Sainte Vierge sait mieux que nous autres ce qu'elle doit faire, et je m'incline, je bénis son nom. Mais, en vérité, mon âme est pleine d'une tristesse affreuse. »

Il ne disait pas tout, il n'avouait pas la pensée qui le bouleversait ainsi, dans sa simplicité de brave homme enfant, que jamais n'avaient visité la passion ni le doute. C'était que ces pauvres gens qui pleuraient, le mari, la sœur, avaient trop de millions ; c'était qu'ils avaient apporté de trop beaux cadeaux, qu'ils avaient donné trop d'argent à la Basilique. On n'achète pas le miracle, les richesses de ce monde nuisent plutôt, devant Dieu. Sûrement, la Sainte Vierge n'était restée sourde pour eux, ne leur avait montré un cœur froid et sévère, que pour mieux écouter la voix faible des misérables venus à elle les mains vides, riches de leur seul amour, les comblant ceux-là de sa grâce, les inondant de sa tendresse brûlante de Mère divine. Et ces pauvres riches inexaucés, cette sœur, ce mari si malheureux près du triste corps qu'ils remportaient, ils se sentaient eux-mêmes des parias, au milieu de la foule des humbles consolés ou guéris, ils semblaient embarrassés de leur luxe, ils se reculaient, pris de gêne et de malaise, avec la honte de voir que Notre-Dame de Lourdes avait soulagé des mendiantes, tandis qu'elle était restée dédaigneuse, sans un regard, pour la belle et puissante dame, agonisant dans ses dentelles.

Pierre eut l'idée brusque qu'il avait pu ne pas voir M. de Guersaint et Marie arriver, et que peut-être ils étaient déjà au wagon. Il y retourna, il n'y aperçut toujours que sa valise, sur la banquette. Sœur Hyacinthe et sœur Claire des Anges commençaient à s'y installer, en attendant leurs malades ; et, comme Gérard amenait M. Sabathier dans une petite voiture, Pierre donna un coup de main pour le monter, rude besogne qui les mit en nage. L'ancien professeur, l'air abattu, très calme et résigné pourtant, se tassa aussitôt, reprit possession de son coin.

« Merci, messieurs... Enfin, ça y est, ce n'est pas malheureux ! Maintenant, on n'aura plus qu'à me déballer, à Paris. »

Mme Sabathier, après lui avoir enveloppé les jambes dans une couverture, redescendit, resta debout près de la portière ouverte du wagon. Et elle causait avec Pierre, lorsqu'elle s'interrompit pour dire :

« Tiens ! voilà Mme Maze qui vient reprendre sa place... Elle m'a fait des confidences, l'autre jour. Une petite femme bien malheureuse ! »

Obligeamment, elle l'interpella, lui offrit de veiller sur ses affaires. Mais la nouvelle venue se récriait, riait, s'agitait d'un air fou.

« Non, non ! je ne pars pas.

– Comment ! vous ne partez pas ?

– Non, non ! je ne pars pas... C'est-à-dire, je pars, mais pas avec vous, pas avec vous ! »

Et elle était si extraordinaire, si ensoleillée, que tous les deux avaient peine à la reconnaître. Son visage de blonde fanée avant l'âge rayonnait, elle semblait rajeunie de dix ans, tout à coup tirée de l'infinie tristesse de son abandon.

Elle eut un cri, une joie qui débordait.

« Je pars avec lui... Oui, il est venu me chercher, il m'emmène... Oui, oui, nous partons à Luchon, ensemble, ensemble ! »

Puis, indiquant d'un regard extasié un gros garçon brun, l'air gai, la lèvre en fleur, en train d'acheter des journaux :

« Tenez ! le voilà, mon mari, ce bel homme qui rit là-bas avec la marchande... Il est tombé chez moi, ce matin, et il m'enlève, nous prenons le train de Toulouse, dans deux minutes... Ah ! chère madame, vous à qui j'ai dit mes peines, vous comprenez mon bonheur, n'est-ce pas ? »

Mais elle ne pouvait se taire, elle reparla de l'affreuse lettre qu'elle avait reçue le dimanche, une lettre où il lui signifiait que, si elle profitait de son séjour à Lourdes, pour le relancer à Luchon, il lui refuserait sa porte. Un homme épousé par amour ! Un homme qui la négligeait depuis dix ans, qui profitait de ses continuels déplacements de voyageur de commerce pour promener des créatures d'un bout de la France à l'autre ! Cette fois, c'était fini, elle avait demandé au Ciel de la faire mourir ; car elle n'ignorait pas que l'infidèle était en ce moment même à Luchon avec deux dames, les deux sœurs, ses maîtresses. Et que s'était-il donc passé, mon Dieu ? Un coup de foudre, certainement ! Les deux dames avaient dû recevoir un avertissement d'En-haut, la brusque conscience de leur péché, un rêve peut-être où elles s'étaient vues en enfer. Sans explication, un soir, elles s'étaient sauvées de l'hôtel, elles l'avaient planté là ; tandis que lui, qui ne pouvait vivre seul, s'était senti puni à un tel point, qu'il avait eu l'idée soudaine d'aller chercher sa femme, pour la ramener, la garder huit jours. Il ne le disait pas, mais la grâce l'avait sûrement frappé, elle le trouvait trop gentil pour ne pas croire à un vrai commencement de conversion.

« Ah ! quelle reconnaissance j'ai à la Sainte Vierge ! continua-t-elle. Elle seule a dû agir, et je l'ai bien compris, hier soir. Il m'a semblé qu'elle me faisait un petit signe, juste au moment où mon mari prenait la décision de venir me chercher. Je lui ai demandé l'heure exacte, ça concorde parfaitement... Voyez-vous, il n'y a pas eu de plus grand miracle, les autres me font sourire, ces jambes remises, ces plaies disparues. Ah ! que Notre-Dame de Lourdes soit bénie, elle qui a guéri mon cœur ! »

Le gros garçon brun se retournait, et elle s'élança pour le rejoindre, elle en oublia de faire ses adieux. Cette aubaine inespérée d'amour, ce regain tardif de lune de miel, toute une semaine passée à Luchon avec l'homme tant regretté, la rendait réellement folle de joie. Lui, bon prince, après l'avoir reprise dans une heure de dépit et de solitude, finissait par s'attendrir, amusé de l'aventure, en la trouvant beaucoup mieux qu'il n'aurait cru.

À ce moment, dans le flot croissant des malades qu'on apportait, le train de Toulouse arriva enfin. Ce fut un redoublement de tumulte, une confusion extraordinaire. Des sonneries tintaient, des signaux manœuvraient. On vit le chef de gare qui accourait, qui criait de tous ses poumons :

« Attention là-bas !... Déblayez donc la voie ! »

Et il fallut qu'un employé se précipitât pour pousser hors des rails une petite voiture oubliée là, avec une vieille femme dedans. Une bande effarée de pèlerins traversa encore, à trente mètres de la locomotive, qui s'avançait, lente, grondante, fumante. D'autres, perdant la tête, allaient retourner sous les roues, si les hommes d'équipe ne les avaient saisis brutalement par les épaules. Enfin, le train s'arrêta, sans avoir écrasé personne, au milieu des matelas, des oreillers, des coussins qui traînaient, des groupes ahuris qui continuaient à tournoyer. Et les portières s'ouvrirent, un flot de voyageurs descendit, tandis qu'un autre flot montait, dans un double courant contraire, d'une obstination qui acheva de mettre le tumulte à son comble. Aux fenêtres des portières fermées, des têtes avaient paru, d'abord curieuses, puis frappées de stupeur devant l'étonnant spectacle, deux têtes de jeunes filles surtout, adorablement jolies, dont les grands yeux candides finirent par exprimer la plus douloureuse pitié.

Mais Mme Maze était montée dans un wagon, suivie de son mari, si heureuse, si légère, qu'elle avait vingt ans, comme au soir déjà lointain de son voyage de noces. Et les portières furent refermées, la locomotive lâcha un grand coup de sifflet, puis s'ébranla, repartit lentement, lourdement, parmi la cohue qui, derrière le train, reflua sur les voies en un dégorgement d'écluse lâchée, de nouveau envahissante.

« Barrez donc le quai ! criait le chef de gare à ses hommes. Et veillez, quand on amènera la machine ! »

Au milieu de cette alerte, les pèlerins et les malades en retard venaient d'arriver. La Grivotte passa, avec ses yeux de fièvre, son excitation dansante, suivie d'Élise Rouquet et de Sophie Couteau, très gaies, essoufflées d'avoir couru. Toutes trois se hâtèrent de gagner le wagon, où sœur Hyacinthe les gronda. Elles avaient failli rester à la Grotte, où parfois des pèlerins s'oubliaient, ne pouvant s'en arracher, implorant, remerciant encore la Sainte Vierge, lorsque le train les attendait à la gare.

Tout d'un coup, Pierre, inquiet lui aussi, ne sachant plus que penser, aperçut M. de Guersaint et Marie, tranquillement arrêtés sous la marquise, en train de causer avec l'abbé Judaine. Il courut les rejoindre, il dit son impatience.

« Qu'avez-vous donc fait ? Je commençais à perdre espoir.

– Comment, ce que nous avons fait ? répondit M. de Guersaint étonné, l'air paisible. Mais nous étions à la Grotte, vous le savez bien… Un prêtre se trouvait là, qui prêchait d'une façon remarquable. Nous y serions encore, si je ne m'étais pas rappelé que nous partions… Et nous avons même pris une voiture, comme nous vous l'avions promis… »

Il s'interrompit, pour regarder la grande horloge.

« Rien ne presse, que diable ! Le train ne partira pas avant un quart d'heure. »

C'était vrai, et Marie eut un sourire de joie divine.

« Oh ! Pierre, si vous saviez quel bonheur j'emporte de cette dernière visite à la Sainte Vierge ! Je l'ai vue qui me souriait, je l'ai sentie qui me donnait la force de vivre… Vraiment, ce sont des adieux délicieux, et il ne faut pas nous gronder, Pierre ! »

Lui-même s'était mis à sourire, un peu gêné de son énervement anxieux. Avait-il donc un si vif désir d'être loin de Lourdes ? Craignait-il que Marie, gardée par la Grotte, ne revînt plus ? Maintenant qu'elle était là, il s'étonnait, il se sentait très calme.

Comme il leur conseillait pourtant d'aller s'installer dans le wagon, il reconnut le docteur Chassaigne, qui accourait vers eux.

« Ah ! mon bon docteur, je vous attendais. Cela m'aurait fait un si gros chagrin, de ne pas vous embrasser avant de partir ! »

Mais le vieux médecin, tremblant d'émotion, l'interrompit.

« Oui, oui, je me suis attardé… Il y a dix minutes, imaginez-vous, en arrivant ici, je causais là-bas avec le Commandeur, vous savez cet original. Il ricanait de voir vos malades reprendre le train, comme il disait, pour rentrer mourir chez eux, ce qu'ils auraient dû commencer par faire. Et voilà, subitement, qu'il est tombé devant moi, foudroyé… C'était sa troisième attaque de paralysie, celle qu'il attendait…

– Oh ! mon Dieu ! murmura l'abbé Judaine qui avait entendu, il blasphémait, le Ciel l'a puni ! »

M. de Guersaint et Marie écoutaient très intéressés, très émus.

« Je l'ai fait porter là, sous un coin de hangar, continua le docteur. C'est bien fini, je ne puis rien, il sera mort avant un quart d'heure sans doute... Alors, j'ai songé à un prêtre, je me suis hâté de courir... »

Et, se tournant :

« Monsieur le curé, vous qui le connaissiez, venez donc avec moi. On ne peut pas laisser un chrétien s'en aller ainsi. Peut-être va-t-il s'attendrir, reconnaître son erreur, se réconcilier avec Dieu. »

Vivement, l'abbé Judaine le suivit ; et, derrière eux, M. de Guersaint emmena Marie et Pierre, se passionnant à l'idée de ce drame. Tous les cinq arrivèrent sous le hangar des messageries, à vingt pas de la foule, qui grondait, sans que personne soupçonnât qu'un homme était si voisin, en train d'agoniser.

Là, dans un coin de solitude, entre deux tas de sacs d'avoine, le Commandeur gisait sur un matelas de l'Hospitalité, qu'on avait pris à la réserve. Il était vêtu de son éternelle redingote, la boutonnière garnie de son large ruban rouge ; et quelqu'un, ayant eu la précaution de ramasser sa canne à pomme d'argent, l'avait soigneusement posée près du matelas, par terre.

Tout de suite, l'abbé Judaine s'était penché.

« Mon pauvre ami, vous nous reconnaissez, vous nous entendez, n'est-ce pas ? »

Le Commandeur ne paraissait plus avoir que les yeux de vivants ; mais ils vivaient, ils luisaient encore avec une flamme d'énergie obstinée. En frappant cette fois le côté droit, l'attaque devait avoir aboli la parole. Pourtant, il bégayait quelques mots, il parvint à faire comprendre qu'il voulait finir là, sans qu'on le bougeât, sans qu'on l'ennuyât davantage. N'ayant aucun parent à Lourdes, où personne ne savait rien de son passé ni de sa famille, y vivant depuis trois années de son petit emploi à la gare, l'air parfaitement heureux, il voyait enfin son ardent désir, son désir unique se réaliser, celui de s'en aller, de tomber à l'éternel sommeil, au néant réparateur. Et ses yeux, en effet, disaient toute sa grande joie.

« Avez-vous quelque vœu à exprimer ? reprit l'abbé Judaine. Ne pouvons-nous pas vous être utiles en quelque chose ? »

Non, non ! Ses yeux répondaient qu'il était bien, qu'il était content. Depuis trois années déjà, il ne s'était pas levé un matin, sans espérer qu'il coucherait le soir au cimetière. Quand le soleil brillait, il avait coutume de dire d'un air d'envie : « Ah ! quel beau jour pour partir ! » Et elle était la bien reçue, la mort qui venait le délivrer de cette exécrable existence.

Le docteur Chassaigne, amèrement, répéta tout bas au vieux prêtre, qui le suppliait de tenter quelque chose :

« Je ne puis rien, la science est impuissante... Il est condamné. »

Mais, à ce moment, une vieille femme, une pèlerine de quatre-vingts ans, égarée, ne sachant où elle allait, entra sous le hangar. Elle se traînait sur une canne, bancale et bossue, revenue à la taille d'une enfant, affligée de tous les maux de l'extrême vieillesse ; et elle emportait, pendu en sautoir, un bidon plein d'eau de Lourdes, pour prolonger cette vieillesse encore, dans l'effroyable état de ruine où elle était. Un instant, son imbécillité sénile s'effara. Elle regarda cet homme étendu, raidi, qui se mourait. Puis, une bonté d'aïeule reparut au fond de ses yeux troubles, une fraternité de créature très vieille et très souffrante la fit s'approcher davantage. Et, de ses mains agitées d'un continuel tremblement, elle prit son bidon, elle le tendit à l'homme.

Ce fut, pour l'abbé Judaine, une clarté brusque, comme une inspiration d'En-haut. Lui, qui avait tant prié pour la guérison de Mme Dieulafay, et que la Sainte Vierge n'avait pas écouté, se sentit embrasé d'une foi nouvelle, convaincu que, si le Commandeur buvait, il serait guéri. Il tomba sur les genoux, au bord du matelas.

« O mon frère, c'est Dieu qui vous envoie cette femme... Réconciliez-vous avec Dieu, buvez et priez, pendant que nous-mêmes allons implorer de toute notre âme la miséricorde divine... Dieu voudra vous prouver sa puissance. Dieu va faire le grand miracle de vous remettre debout, pour que vous passiez encore de longues années sur cette terre, à l'aimer et à le glorifier. »

Non, non ! Les yeux étincelants du Commandeur criaient non ! Lui être aussi lâche que ces troupeaux de pèlerins, venus de si loin, à travers tant de fatigues, pour se traîner par terre et sangloter, en suppliant le Ciel de les laisser vivre un mois, une année, dix années encore ! C'était si bon, c'était si simple de mourir tranquillement dans son lit ! On se tourne contre le mur, et l'on meurt.

« Buvez, ô mon frère, je vous en conjure... C'est la vie que vous allez boire, la force, la santé ; et c'est aussi la joie de vivre... Buvez pour redevenir jeune, pour recommencer une existence pieuse ! Buvez pour chanter les louanges de la divine Mère qui aura sauvé votre corps et votre âme !... Elle me parle, votre résurrection est certaine. »

Non, non ! Les yeux refusaient, repoussaient la vie avec une obstination croissante ; et il s'y mêlait maintenant une sourde crainte du miracle. Le Commandeur ne croyait pas, haussait depuis trois ans les épaules devant leurs prétendues guérisons. Mais savait-on jamais, dans ce drôle de monde ? Il arrivait parfois des choses tellement extraordinaires ! Et si, par hasard, leur eau avait eu réellement une vertu surnaturelle, et si, de force, ils lui en faisaient boire, ce serait terrible de revivre, de recommencer son temps de bagne, l'abomination que Lazare, l'élu pitoyable du grand miracle, avait soufferte deux fois ! Non, non ! Il ne voulait pas boire, il ne voulait pas tenter l'affreuse chance de la résurrection.

« Buvez, buvez, mon frère, répétait le vieux prêtre, gagné par les larmes, ne vous endurcissez pas dans votre refus des grâces célestes ! »

Et l'on vit alors cette chose terrible, cet homme à demi mort déjà se soulever, secouer les liens étouffants de la paralysie, dégager pour une seconde sa langue nouée, bégayant, grondant d'une voix rauque :

« Non, non, non ! »

Il fallut que Pierre emmenât, remît dans son chemin la vieille pèlerine hébétée. Elle n'avait pas compris ce refus de l'eau qu'elle emportait comme un trésor inestimable, le cadeau même de l'éternité de Dieu aux pauvres gens qui ne veulent pas mourir. Bancale, bossue, traînant sur sa canne le triste reste de ses quatre-vingts ans, elle disparut parmi la foule piétinante, dévorée de la passion d'être, avide de grand air, de soleil et de bruit.

Marie et son père venaient de frémir devant cet appétit de la mort, cette faim goulue du néant, que montrait le Commandeur. Ah ! dormir, dormir sans rêve, dans l'infini des ténèbres, éternellement, rien ne pouvait être si doux au monde ! Ce n'était point l'espoir d'une autre vie meilleure, le désir d'être heureux enfin, dans un paradis d'égalité et de justice ; c'était le seul besoin de la nuit noire, du sommeil sans fin, la joie de ne plus être, à jamais. Et le docteur Chassaigne avait eu un frisson, car lui aussi ne nourrissait qu'une pensée, la félicité de la minute où il partirait. Mais, par-delà cette existence, ses chères mortes, sa femme et sa fille l'attendaient au rendez-vous de la vie éternelle, et quel froid de glace, s'il s'était dit un seul moment qu'il ne les y retrouverait pas !

Péniblement, l'abbé Judaine se releva. Il avait cru remarquer que le Commandeur fixait à présent ses yeux vifs sur Marie. Désolé de ses supplications inutiles, il voulut lui montrer un exemple de cette bonté de Dieu, qu'il repoussait.

« Vous la reconnaissez, n'est-ce pas ? Oui, c'est la jeune fille qui est arrivée samedi, si malade, paralysée des deux jambes. Et vous la voyez à cette heure, si bien portante, si forte, si belle... Le Ciel lui a fait grâce, la voilà qui renaît à sa jeunesse, à la longue vie qu'elle est née pour vivre... N'avez-vous aucun regret à la regarder ? La voudriez-vous donc morte aussi, cette enfant, et lui auriez-vous conseillé de ne pas boire ? »

Le Commandeur ne pouvait répondre ; mais ses yeux ne quittaient plus le jeune visage de Marie, où se lisait un si grand bonheur de la résurrection, une si vaste espérance aux lendemains sans nombre ; et des larmes parurent, grossirent sous ses paupières, roulèrent le long de ses joues déjà froides. Il pleurait certainement sur elle, il songeait à l'autre miracle qu'il avait souhaité pour elle, si elle guérissait, celui d'être heureuse. C'était l'attendrissement d'un vieil homme, connaissant la misère de ce monde, s'apitoyant sur toutes les douleurs qui attendaient cette créature. Ah ! la triste femme, que de fois peut-être regretterait-elle de n'être pas morte à ses vingt ans !

Puis, les yeux du Commandeur s'obscurcirent, comme si ces larmes de pitié dernière les avaient fondus. C'était la fin, le coma arrivait, l'intelligence s'en allait avec le souffle. Il se tourna, et il mourut.

Tout de suite, le docteur Chassaigne écarta Marie.

« Le train part, dépêchez-vous, dépêchez-vous ! »

En effet, une volée de cloche leur arrivait distinctement, au milieu du tumulte grandi de la foule. Et le docteur, ayant chargé deux brancardiers de veiller le corps, qu'on enlèverait plus tard, quand le train ne serait plus là, voulut accompagner ses amis jusqu'à leur wagon.

Tous se hâtaient. L'abbé Judaine, désespéré, les avait rejoints, après avoir dit une courte prière pour le repos de cette âme révoltée. Mais, comme Marie, suivie de Pierre et de M. de Guersaint, courait le long du quai, elle fut arrêtée encore par le docteur Bonamy, qui triompha en la présentant au père Fourcade.

« Mon révérend père, voici Mlle de Guersaint, la jeune fille qui a été guérie si miraculeusement hier lundi. »

Le père eut un sourire rayonnant de général auquel on rappelle sa victoire la plus décisive.

« Je sais, je sais, j'étais là... Ma chère fille, Dieu vous a bénie entre toutes, allez et faites adorer son nom. »

Puis, il félicita M. de Guersaint, dont l'orgueil paternel jouissait divinement. C'était l'ovation qui recommençait, ce concert de paroles tendres, de regards émerveillés, qui avaient suivi la jeune fille, le matin, au travers des rues de Lourdes, et qui, de nouveau, l'entouraient, à la dernière minute du départ. La cloche avait beau sonner encore, un cercle de pèlerins ravis s'était formé, il semblait qu'elle emportât dans sa personne la gloire du pèlerinage, le triomphe de la religion, désormais retentissant aux quatre coins de la terre.

Et Pierre, à ce moment, fut ému, en remarquant le groupe douloureux que formaient, près de là, M. Dieulafay et Mme Jousseur. Leurs regards s'étaient fixés sur Marie, ils s'étonnaient comme les autres de la résurrection extraordinaire de cette jeune fille, si belle, qu'ils avaient vue inerte, maigrie, la face terreuse. Pourquoi donc cette enfant ? Pourquoi pas la jeune femme, la chère femme qu'ils remportaient mourante ? Leur confusion, leur honte semblait avoir grandi ; et ils se reculaient, dans leur malaise de parias trop riches ; et ce fut un soulagement pour eux, lorsque, trois brancardiers ayant à grand-peine monté Mme Dieulafay dans le compartiment de première classe, ils purent y disparaître à leur tour, en compagnie de l'abbé Judaine.

Mais déjà les employés criaient : « En voiture ! En voiture ! » Le père Massias, chargé de la direction pieuse du train, avait repris sa place, laissant sur le trottoir le père Fourcade, appuyé à l'épaule du docteur Bonamy. Vivement, Gérard et Berthaud saluèrent encore ces dames, pendant que Raymonde montait rejoindre Mme Désagneaux et Mme Volmar, installées dans leur coin ; et Mme de Jonquière, enfin, courut à son wagon, où elle arriva en même temps que les Guersaint. On se bousculait, il y avait des cris, des courses effarées, d'un bout à l'autre du train interminable, auquel on venait d'attacher la locomotive, une machine toute en cuivre, luisante comme un astre.

Pierre faisait passer Marie devant lui, lorsque M. Vigneron, qui revenait au galop, lui cria :

« Il est valable ! Il est valable ! »

Très rouge, il montrait, il agitait son billet. Et il galopa jusqu'au compartiment où se trouvaient sa femme et son fils, pour leur annoncer la bonne nouvelle.

Quand Marie et son père furent installés, Pierre resta une minute encore sur le quai, avec le docteur Chassaigne, qui l'embrassa paternellement. Il voulait lui faire promettre de revenir à Paris, de se reprendre un peu à l'existence. Mais le vieux médecin hochait la tête.

« Non, non, mon cher enfant, je reste... Elles sont ici, elles me gardent. »

Il parlait de ses chères mortes. Puis, doucement, très attendri :

« Adieu !

– Pas adieu, mon bon docteur, au revoir !

– Si, si, adieu... Le Commandeur avait raison, voyez-vous. Il n'y a rien d'aussi bon que de mourir, mais pour revivre. »

Le baron Suire donnait l'ordre d'enlever les drapeaux blancs, en tête et en queue du train. Plus impérieux, les cris des employés continuaient : « En voiture ! En voiture ! » Et c'était la bousculade suprême, le flot des attardés s'affolant, arrivant en nage, hors d'haleine. Dans le wagon, Mme de Jonquière et sœur Hyacinthe comptaient leur monde. La Grivotte, Élise Rouquet, Sophie Couteau étaient bien là. Mme Sabathier s'était assise à sa place, en face de son mari, qui, les yeux à demi clos, attendait patiemment le départ.

Mais une voix demanda :

« Et Mme Vincent, elle ne repart donc pas avec nous ? »

Sœur Hyacinthe, qui se penchait, échangeant encore un sourire avec Ferrand, debout au seuil du fourgon, s'écria :

« La voici ! »

Mme Vincent traversait les voies, accourait, la dernière, essoufflée, hagarde. Et, tout de suite, d'un coup d'œil involontaire, Pierre regarda ses bras. Ils étaient vides.

Toutes les portières se refermaient maintenant, claquaient les unes après les autres. Les wagons étaient pleins, il n'y avait plus que le signal à donner. Soufflante, fumante, la machine jeta un premier coup de sifflet, d'une allégresse aiguë ; et, à cette minute, le soleil, voilé jusque-là, dissipa la nuée légère, fit resplendir le train, avec cette machine toute en or, qui semblait partir pour le paradis des légendes. C'était un départ d'une gaieté enfantine, divine, sans amertume aucune. Tous les malades semblaient guéris. On avait beau les emporter tels qu'on les avait apportés, ils partaient soulagés, heureux, pour une heure au moins. Et pas la moindre jalousie ne gâtait leur fraternité, ceux qui n'étaient pas guéris s'égayaient, triomphaient avec la guérison des autres. Leur tour viendrait sûrement, le miracle d'hier leur était la formelle promesse du miracle de demain. Au bout de ces trois journées de supplications ardentes, la fièvre du désir continuait, la foi des oubliés demeurait aussi vive, dans la certitude que la Sainte Vierge les avait simplement remis à plus tard, pour le salut de leur âme. En eux tous, chez tous ces misérables affamés de vie, brûlaient l'inextinguible amour, l'invincible espérance. Aussi était-ce, débordant des wagons pleins, un dernier éclat de joie, une turbulence d'extraordinaire bonheur, des rires, des cris. « À l'année prochaine ! Nous reviendrons, nous reviendrons ! » Et les petites sœurs de l'Assomption, si gaies, tapèrent dans leurs mains, et le chant de reconnaissance, le *Magnificat*, chanté par les huit cents pèlerins, s'éleva.

« *Magnificat anima mea Dominum...* »

Alors, le chef de gare, enfin rassuré, les bras ballants, fit donner le signal. De nouveau, la machine siffla, puis s'ébranla, roula dans l'éclatant soleil, comme dans une gloire. Sur le quai, le père Fourcade était resté, appuyé à l'épaule du docteur Bonamy, souffrant beaucoup de sa jambe, saluant quand même d'un sourire le départ de ses chers enfants ; tandis que Berthaud, Gérard, le baron Suire formaient un autre groupe, et que, près d'eux, le docteur Chassaigne et M. Vigneron agitaient leur mouchoir. Aux portières des wagons qui fuyaient, des têtes se penchaient joyeuses, des mouchoirs volaient aussi, dans le vent de la course. Mme Vigneron forçait le petit Gustave à montrer sa figure pâle. Longtemps, on put suivre la main potelée de Raymonde envoyant des saluts. Et Marie demeura la dernière, à regarder Lourdes décroître parmi les verdures.

Triomphal, au travers de la campagne claire, le train disparut, resplendissant, grondant, chantant à pleine voix.

« *Et exsultavit spiritus meus in Deo salutari meo.* »

IV

De nouveau, vers Paris, en route pour le retour, le train blanc roulait. Et, dans le wagon de troisième classe, où le *Magnificat*, à toute volée des voix aiguës, couvrait le grondement des roues, c'était la même chambrée, la même salle d'hôpital mouvante et commune, qu'on enfilait d'un regard par-dessus les cloisons basses, en son désordre, en son pêle-mêle d'ambulance improvisée. À demi cachés sous la banquette, les vases, les bassins, les balais, les éponges traînaient. Un peu partout, s'empilaient les colis, le pitoyable amas de pauvres choses usées, dont l'encombrement recommençait en l'air, des paquets, des paniers, des sacs, pendus aux patères de cuivre, où ils se balançaient sans repos. Les mêmes sœurs de l'Assomption, les mêmes dames hospitalières étaient là, avec leurs malades, parmi l'entassement des pèlerins valides, souffrant déjà de la chaleur accablante, de l'insupportable odeur. Et il y avait toujours, au fond, le compartiment entier de femmes, les dix pèlerines serrées les unes contre les autres, des jeunes, des vieilles, toutes de la même laideur triste, qui chantaient violemment, sur un ton lamentable et faux.

« À quelle heure serons-nous donc à Paris ? demanda M. de Guersaint à Pierre.

– Demain, vers deux heures de l'après-midi, je crois », répondit le prêtre.

Depuis le départ, Marie regardait ce dernier d'un air d'inquiète préoccupation, comme hantée par un brusque chagrin qu'elle ne disait pas. Elle retrouva pourtant son sourire de belle santé reconquise.

« Vingt-deux heures de voyage, ah ! ce sera moins long et moins dur que pour venir !

– Et puis, reprit son père, nous avons semé du monde là-bas, nous sommes très à l'aise. »

En effet, l'absence de Mme Maze laissait un coin libre, au bout de la banquette, que Marie, assise maintenant, n'encombrait plus de son chariot ; et l'on avait même fait passer la petite Sophie dans le compartiment voisin, où ne se trouvait plus le frère Isidore, ni sa sœur Marthe, restée en service à Lourdes, disait-on, chez une dame pieuse. De l'autre côté, Mme de Jonquière et sœur Hyacinthe bénéficiaient également d'une place, celle de Mme Vêtu. Elles avaient d'ailleurs eu l'idée de se débarrasser aussi d'Élise Rouquet, en l'installant avec Sophie, de façon à ne garder que le ménage Sabathier et la Grivotte. Grâce à cette organisation nouvelle, on étouffait moins, on pourrait peut-être dormir un peu.

Le dernier verset du *Magnificat* venait d'être chanté, ces dames achevèrent de s'installer le plus confortablement possible, en faisant leur petit ménage. Il fallut surtout caser les brocs de zinc, pleins d'eau, qui gênaient leurs jambes. On avait tiré les stores de toutes les portières de gauche, car le soleil oblique frappait le train, entrait en nappes ardentes. Mais les derniers orages devaient avoir abattu la poussière, et la nuit serait certainement fraîche. Puis, la souffrance était moindre, la mort avait emporté les plus malades, il ne restait là que des maux stupéfiés, engourdis de fatigue, glissant à une torpeur lente. Bientôt allait se produire la réaction d'anéantissement dont les grandes secousses morales sont toujours suivies. Les âmes avaient donné leur effort, les miracles étaient faits, et la détente commençait, dans l'hébétude d'un soulagement profond.

Jusqu'à Tarbes, on fut ainsi très occupé, chacun s'arrangea, reprit possession de sa place. Et, comme on quittait cette station, sœur Hyacinthe se leva, tapa dans ses mains.

« Mes enfants, il ne faut pas oublier la Sainte Vierge, qui a été si bonne... Commençons le rosaire. »

Tout le wagon dit avec elle le premier chapelet, les cinq mystères joyeux, l'Annonciation, la Visitation, la Nativité, la Purification et Jésus retrouvé. Puis, on entonna le cantique : « Contemplons le céleste archange... » d'une voix si haute, que les paysans, dans les cultures, levaient la tête, regardaient passer ce train qui chantait.

Marie admirait, au-dehors, la campagne vaste, le ciel immense, peu à peu entièrement dégagé de sa brume de chaleur, devenu d'un bleu éclatant. C'était la fin délicieuse d'un beau jour. Et ses regards se reportaient, s'attachaient sur Pierre avec cette muette tristesse qui les avait voilés déjà, lorsque, devant elle, éclatèrent de furieux sanglots. Le cantique était fini, Mme Vincent criait, bégayait des paroles confuses, étranglées par les larmes.

« Ah ! ma pauvre petite... Ah ! mon bijou, mon trésor, ma vie... »

Elle était, jusque-là, restée dans son coin, s'enfonçant, disparaissant. Farouche, elle n'avait pas dit un mot, les lèvres serrées, les paupières closes, comme pour s'isoler davantage, au fond de son abominable douleur. Mais, ayant rouvert les yeux, elle venait d'apercevoir la bretelle de cuir qui pendait près de la portière ; et la vue de cette bretelle que son enfant avait touchée, avec laquelle son enfant avait joué, la bouleversait d'un désespoir dont la frénésie emportait toute sa volonté de silence.

« Ah ! ma pauvre petite Rose... Sa petite main avait pris ça, et elle tournait ça, elle regardait ça, et c'est bien sûr son dernier joujou... Ah ! nous étions là toutes les deux, elle vivait encore, je l'avais encore sur mes genoux, dans mes bras. C'était encore si bon, si bon !... Et je ne l'ai plus, et je ne l'aurai jamais plus, ma pauvre petite Rose, ma pauvre petite Rose ! »

Égarée, sanglotante, elle regardait ses genoux vides, ses bras vides, dont elle ne savait plus que faire. Elle y avait si longtemps bercé, si longtemps porté sa fille, que, maintenant, c'était comme une amputation dans son être, une fonction de moins, qui la laissait diminuée, inoccupée, affolée de les sentir inutiles. Et ses bras, ses genoux la gênaient.

Pierre et Marie, très émus, s'étaient empressés, cherchant de bonnes paroles, tâchant de consoler la misérable mère. Peu à peu, par les phrases décousues qui se mêlaient à ses larmes, ils surent le calvaire qu'elle venait de monter, depuis la mort de sa fille. La veille au matin, lorsqu'elle l'avait emportée morte dans ses bras, sous l'orage, elle devait avoir longtemps marché de la sorte, aveugle, sourde, battue par la pluie torrentielle. Elle ne se souvenait plus des places qu'elle avait traversées, des rues qu'elle avait suivies, au travers de ce Lourdes infâme, de ce Lourdes tueur d'enfants, qu'elle maudissait.

« Ah ! je ne sais plus, je ne sais plus... Oui, des gens m'ont recueillie, ont eu pitié de moi, des gens que je ne connais pas, qui habitent quelque part... Ah ! je ne sais plus, quelque part, là-haut, très loin, à l'autre bout de la ville... Mais sûrement ce sont des gens très pauvres, parce que je me revois dans une chambre pauvre, avec ma chère petite, toute froide, qu'ils avaient couchée sur leur lit... »

À ce souvenir, une nouvelle crise de sanglots la secoua, l'étouffa.

« Non, non ! je ne voulais pas me séparer de son cher petit corps, en le laissant dans cette ville abominable... Et, je ne peux pas dire au juste, mais ça doit être les pauvres gens qui m'ont conduite. Nous avons fait des courses, oh ! des courses, nous avons vu tous ces messieurs du pèlerinage et du chemin de fer... Je leur répétais : "Qu'est-ce que ça vous fait ? Permettez-moi de la ramener à Paris dans mes bras. Je l'ai apportée comme ça vivante, je puis bien la remporter morte. Personne ne s'apercevra de rien, on croira qu'elle dort..." Et tout ce monde, toutes ces autorités ont crié, m'ont renvoyée, comme si je leur demandais des choses vilaines. Alors, j'ai fini par leur dire des sottises. N'est-ce pas ? quand on fait tant d'histoires, quand on amène tant de malades à l'agonie, on devrait bien se charger de ramener les morts... Et, à la gare, savez-vous ce qu'ils ont fini par me demander ? Trois cents francs ! oui, il paraît que c'est le prix. Seigneur ! trois cents francs, à moi qui suis venue avec trente sous dans ma poche et qui n'en ai plus que cinq ! Je ne les gagne pas en six mois de couture. Ils auraient dû me demander ma vie, je l'aurais donnée si volontiers... Trois cents francs ! Trois cents francs pour ce pauvre petit corps d'oiseau que j'aurais été si consolée d'emporter sur mes genoux ! »

Puis, elle ne balbutia plus que des plaintes sourdes.

« Ah ! si vous saviez tout ce que les pauvres gens m'ont dit de raisonnable, pour me décider à partir !... Une ouvrière comme moi, que son travail attendait, devait retourner à Paris ; et puis, je n'avais pas le moyen de perdre mon billet de retour, il me fallait reprendre le train à trois heures quarante... Ils ont dit aussi qu'on est bien forcé d'accepter les choses, quand on n'est pas riche. Il n'y a que les riches, n'est-ce pas ? qui gardent leurs morts, qui font de leurs morts ce qu'ils veulent... Et je ne me rappelle plus, je ne me rappelle plus encore une fois ! Je ne savais même pas l'heure, jamais je n'aurais été capable de retrouver la gare. Après l'enterrement, là-bas, dans un endroit où il y avait deux arbres, ce sont ces pauvres gens qui ont dû m'emmener de là, à moitié folle, qui m'ont conduite et poussée dans le wagon, juste au moment où le train partait... Mais quel arrachement, comme si mon cœur était resté sous la terre ! Et c'est affreux, cela, c'est affreux, mon Dieu !

– Pauvre femme ! murmura Marie. Ayez du courage, demandez à la Sainte Vierge le secours qu'elle ne refuse jamais aux affligés. »

Alors, une rage la secoua.

« Ce n'est pas vrai ! La Sainte Vierge se moque bien de moi, la Sainte Vierge est une menteuse !... Pourquoi m'a-t-elle trompée ? Jamais je ne serais allée à Lourdes, si je n'avais entendu cette voix dans une église. Ma fillette vivrait encore, peut-être les médecins me la sauveraient-ils... Moi qui pour rien au monde n'aurais mis les pieds chez les curés ! Ah ! que j'avais raison ! Il n'y a pas de Sainte Vierge ! Il n'y a pas de bon Dieu ! »

Et elle continua, sans résignation, sans illusion ni espérance, celle-là, blasphémant avec sa furieuse grossièreté de peuple, clamant la souffrance de sa chair si rudement, que sœur Hyacinthe dut intervenir.

« Malheureuse, taisez-vous ! C'est le bon Dieu qui vous punit en faisant saigner votre plaie. »

La scène avait duré longtemps, et comme on passait à toute vapeur devant Riscle, elle tapa de nouveau dans ses mains, donnant le signal pour qu'on chantât le *Laudate, laudate Mariam.*

« Allons, allons, mes enfants, toutes ensemble et de tout votre cœur.

Au ciel et sur terre,
Que toutes les voix
Pour vous, ô ma Mère,
Chantent à la fois.
Laudate, laudate, laudate Mariam. »

La voix couverte par ce cantique d'amour, Mme Vincent ne sanglotait plus qu'entre ses deux mains, à bout de révolte, sans force, d'une faiblesse balbutiante de pauvre femme hébétée de douleur et de lassitude.

Dans le wagon, après le cantique, la fatigue se fit aussi sentir pour toutes. Il n'y avait guère que sœur Hyacinthe, si vive, et sœur Claire des Anges, douce, sérieuse et menue, qui fussent comme au départ de Paris, comme pendant le séjour à Lourdes, d'une sérénité professionnelle accoutumée à tout, victorieuse de tout, dans la gaieté claire de leur guimpe et de leur cornette blanches. Mme de Jonquière, qui n'avait presque pas dormi depuis cinq jours, faisait des efforts pour tenir ouverts ses pauvres yeux, ravie du voyage cependant, rentrant avec la grande joie au cœur d'avoir marié sa fille et de ramener avec elle le plus beau miracle, une miraculée dont tout le monde parlait. Elle se promettait bien de dormir cette nuit-là, malgré les durs cahots, reprise pourtant d'une sourde crainte au sujet de la Grivotte, qui lui paraissait singulière, excitée, hagarde, avec des yeux troubles, des joues enfiévrées de taches violâtres. À dix reprises, elle avait voulu la faire tenir tranquille, sans obtenir d'elle qu'elle ne remuât plus, les mains jointes, les paupières closes. Heureusement, les autres malades ne lui donnaient aucune inquiétude, toutes soulagées ou si lasses, qu'elles sommeillaient déjà. Élise Rouquet s'était acheté un miroir de poche, un grand miroir rond, dans lequel elle ne se lassait pas de se regarder, se trouvant belle, constatant de minute en minute les progrès de sa guérison, avec une coquetterie qui lui faisait pincer les lèvres, essayer des sourires, maintenant que sa face de monstre redevenait humaine. Quant à Sophie Couteau, elle jouait gentiment, elle s'était déchaussée d'elle-même en voyant que personne ne demandait à examiner son pied, elle répétait que bien sûr elle devait avoir un caillou dans son bas ; et, comme on ne faisait toujours aucune attention à ce petit pied visité par la Sainte Vierge, elle le gardait entre ses mains, le caressait, semblait ravie de le toucher et de faire joujou avec.

M. de Guersaint s'était mis debout, accoudé à la cloison, regardant M. Sabathier.

« Oh ! père, père, dit soudain Marie, vois donc cette entaille dans le bois ! C'est la ferrure de mon chariot qui a fait ça ! »

Ce vestige retrouvé la rendit si heureuse, qu'un instant elle oublia le secret chagrin qu'elle semblait vouloir taire. De même que Mme Vincent avait sangloté en apercevant la bretelle de cuir, touchée par sa fillette, elle, brusquement, éclatait de joie, à la vue de cette écorchure qui lui rappelait son long martyre, à cette place, toute cette abomination disparue, évanouie comme un cauchemar.

« Dire qu'il y a quatre jours à peine, j'étais couchée là, je ne pouvais pas bouger, et maintenant, maintenant je vais, je viens, je suis si à l'aise, mon Dieu ! »

Pierre et M. de Guersaint lui souriaient. Puis, M. Sabathier qui avait entendu, dit lentement :

« C'est bien vrai, on laisse un peu de soi dans les choses, de ses souffrances, de ses espérances, et quand on les retrouve, elles vous parlent, elles vous redisent ces choses, qui vous attristent ou vous égaient. »

De son air résigné, il était resté silencieux dans son coin, depuis le départ de Lourdes ; et sa femme elle-même, quand elle lui enveloppait les jambes, en lui demandant s'il souffrait, n'en tirait que des hochements de tête. Il ne souffrait pas, mais il était envahi d'un accablement invincible.

« Ainsi, moi, tenez ! continua-t-il, pendant le long voyage, en venant, je m'étais distrait à compter les frises, au plafond, là-haut. Il y en avait treize, de la lampe à la portière. Je viens de les recompter, et il y en a toujours treize, naturellement... C'est comme ce bouton de cuivre, à côté de moi. Vous ne vous imaginez pas les rêves que j'ai faits, en le regardant briller, pendant la nuit où M. l'abbé nous a lu l'histoire de Bernadette. Oui, je me voyais guéri, je faisais à Rome le voyage dont je parle depuis vingt ans, je marchais, je courais le monde ; enfin, des rêves fous et délicieux... Et puis, voilà que nous retournons à Paris, il y a là-haut treize frises, le bouton brille, tout ça me dit que je me trouve de nouveau sur cette banquette avec mes jambes mortes... Allons, c'est entendu, je suis et je resterai une pauvre vieille bête finie. »

Deux grosses larmes parurent dans ses yeux, il devait traverser une heure d'amertume affreuse. Mais il releva sa grosse tête carrée, à la mâchoire de patiente obstination.

« C'était la septième année que j'allais à Lourdes, et la Sainte Vierge ne m'a pas écouté. N'importe, ça ne m'empêchera pas d'y retourner l'année prochaine. Peut-être daignera-t-elle enfin m'entendre. »

Lui ne se révoltait pas. Et Pierre, en causant, resta stupéfait de la crédulité persistante, vivace, repoussant quand même, dans ce cerveau cultivé d'intellectuel. De quel ardent désir de guérison et de vie étaient faits ce refus de l'évidence, cette volonté d'aveuglement ? Il s'entêtait à être sauvé, en dehors de toutes les probabilités naturelles, quand l'expérience du miracle avait elle-même échoué tant de fois ; et il en était à expliquer son nouvel échec, des distractions qu'il avait eues devant la Grotte, une contrition sans doute insuffisante, toutes sortes de petits péchés qui devaient avoir mécontenté la Sainte Vierge. Il se promettait déjà, l'année prochaine, de faire une neuvaine quelque part, avant de se rendre à Lourdes.

« À propos, reprit-il, vous savez la chance qu'a eue mon remplaçant, oui ! vous vous rappelez, ce tuberculeux pour lequel j'ai donné les cinquante francs du voyage, en me faisant hospitaliser... Eh bien ! il a été radicalement guéri.

– En vérité, un tuberculeux ! s'écria M. de Guersaint.

– Parfaitement, monsieur, guéri comme avec la main !... Je l'avais vu si bas, si jaune, si efflanqué, et il est venu me rendre visite à l'hôpital, tout ragaillardi. Ma foi, je lui ai donné cent sous. »

Pierre dut réprimer un sourire, car il savait l'histoire, il la tenait du docteur Chassaigne. Le miraculé en question était un simulateur, qu'on avait fini par reconnaître au bureau médical des constatations. Ce devait être au moins la troisième année qu'il s'y présentait, une première fois pour une paralysie, la seconde pour une tumeur, toutes deux guéries de même complètement. Chaque fois, il se faisait promener, héberger, nourrir, et il ne partait que comblé d'aumônes. Ancien infirmier des hôpitaux, il se grimait, se transformait, se donnait la tête de son mal, avec un art si extraordinaire, qu'il avait fallu un hasard pour que le docteur Bonamy se rendît compte de la supercherie. D'ailleurs, tout de suite les pères avaient exigé le silence sur l'aventure. À quoi bon livrer ce scandale aux plaisanteries des journaux ? Quand ils découvraient de la sorte des escroqueries au miracle, ils se contentaient de faire disparaître les coupables. Les simulateurs étaient, du reste, assez rares, malgré les joyeuses histoires répandues sur Lourdes par les esprits voltairiens. Hélas ! en dehors de la foi, la bêtise et l'ignorance suffisaient.

M. Sabathier était très remué par cette idée que le Ciel avait guéri cet homme venu à ses frais, tandis que lui rentrait impotent, réduit au même état lamentable. Il soupira, il ne put s'empêcher de conclure, avec une pointe d'envie, dans sa résignation :

« Enfin, que voulez-vous ? la Sainte Vierge doit bien savoir ce qu'elle fait. Ce n'est ni vous ni moi, n'est-ce pas ? qui irons lui demander compte de ses actions... Quand il lui plaira de jeter sur moi un regard, elle me trouvera toujours à ses pieds. »

À Mont-de-Marsan, après l'Angélus, sœur Hyacinthe fit dire le second chapelet, les cinq mystères douloureux : Jésus au Jardin des oliviers, Jésus flagellé, Jésus couronné d'épines, Jésus portant sa croix, Jésus mourant sur la croix. Et l'on dîna ensuite dans le wagon, car il n'y avait pas d'arrêt avant Bordeaux, où l'on devait arriver seulement à onze heures du soir. Tous les paniers des pèlerins étaient bourrés de provisions, sans compter le lait, le bouillon, le chocolat, les fruits que sœur Saint-François avait envoyés de la cantine. Puis, des partages fraternels se faisaient : on mangeait sur ses genoux, on voisinait, chaque compartiment n'était plus qu'une tablée de hasard, une dînette où chacun apportait son écot. Et l'on avait fini, on remballait le reste du pain et les papiers gras, lorsqu'on passa devant Morcenx.

« Mes enfants, dit sœur Hyacinthe en se levant, la prière du soir ! »

Alors, il y eut un bourdonnement confus, des *Pater*, des *Ave*, un examen de conscience, un acte de contrition, un abandon de soi-même à Dieu, à la Sainte Vierge et aux saints, tout un remerciement de l'heureuse journée, que termina une prière pour les vivants et pour les fidèles trépassés.

« À dix heures, quand nous serons à Lamothe, reprit la religieuse, je vous préviens que je ferai faire le silence. Mais je crois que vous allez être bien sages et qu'on n'aura pas besoin de vous bercer. »

Cela fit rire. Il était huit heures et demie, une nuit lente avait submergé la campagne. Seuls, les coteaux gardaient l'adieu vague du crépuscule, tandis que la nappe épaissie des ténèbres noyait les terres basses. Le train, à toute vapeur, déboucha dans une immense plaine ; et il n'y eut plus que cette mer d'ombre où il roulait sans fin, sous un ciel d'un bleu noir, criblé d'étoiles.

Depuis un instant, Pierre s'étonnait des allures de la Grivotte. Pendant que les pèlerins et les malades s'assoupissaient déjà, affaissés parmi les bagages, que balançaient les continuelles secousses, elle s'était levée toute droite, elle se cramponnait à la cloison, dans une angoisse brusque. Et, sous la lampe, dont la pâle lueur jaune dansait, elle apparaissait comme amaigrie de nouveau, la face livide et torturée.

« Madame, prenez garde, elle va tomber ! » cria le prêtre à Mme de Jonquière, qui, les paupières closes, cédait au sommeil.

Celle-ci se hâta. Mais sœur Hyacinthe s'était retournée d'un mouvement plus vif. Et elle reçut dans les bras la Grivotte, qu'un furieux accès de toux abattait sur la banquette. Pendant cinq minutes, la misérable étouffa, secouée d'une telle quinte que son pauvre corps en craquait. Puis, des filets rouges coulèrent, elle cracha le sang à pleine gorge.

« Mon Dieu ! mon Dieu ! ça la reprend ! répétait Mme de Jonquière désespérée. Et je m'en doutais, je n'étais pas tranquille, à la voir si singulière... Attendez, je vais m'asseoir près d'elle. »

La religieuse n'y consentit pas.

« Non, non, madame, dormez un peu, je veillerai... Vous n'avez pas l'habitude, vous finiriez par vous rendre malade, vous aussi. »

Et elle s'installa, elle garda contre son épaule la tête de la Grivotte, dont elle essuyait les lèvres sanglantes. La crise se calma, mais la faiblesse revenait si grande, que la malheureuse eut à peine la force de bégayer :

« Oh ! ce n'est rien, ce n'est rien du tout... Je suis guérie, je suis guérie, guérie complètement ! »

Pierre restait bouleversé. Cette foudroyante rechute avait glacé le wagon. Beaucoup se soulevaient, regardaient avec terreur. Puis, tous se renfoncèrent dans leur coin, personne ne parla, personne ne bougea plus. Et Pierre songeait à l'étonnant cas médical offert par cette fille, les forces rétablies là-bas, le gros appétit, les longues courses, le visage rayonnant, les membres dansants, puis ce sang craché, cette toux, cette face plombée d'agonisante, le brutal retour de la maladie, quand même victorieuse. Était-ce donc une phtisie particulière, compliquée d'une névrose ? Était-ce même quelque autre maladie, un mal inconnu qui faisait tranquillement son œuvre, au milieu des diagnostics contradictoires ? La mer des ignorances et des erreurs commençait, ces ténèbres où se débat encore la science humaine. Et il revoyait le docteur Chassaigne hausser les épaules de dédain, tandis que le docteur Bonamy, plein de sérénité, continuait tranquillement sa besogne des constatations, dans l'absolue certitude que personne ne lui prouverait l'impossibilité de ses miracles, pas plus qu'il n'aurait pu en démontrer la possibilité lui-même.

« Oh ! je n'ai pas peur, bégayait toujours la Grivotte, ils me l'ont tous dit là-bas, je suis guérie, guérie complètement ! »

Le wagon roulait, roulait dans la nuit noire. Chacun prenait ses dispositions, s'allongeait pour dormir plus à l'aise. On força Mme Vincent à s'étendre sur la banquette, on lui donna un oreiller, où elle pût reposer sa pauvre tête endolorie ; et, devenue d'une docilité d'enfant, hébétée, elle sommeillait dans une torpeur de cauchemar, avec de grosses larmes silencieuses qui continuaient à couler de ses yeux clos. Élise Rouquet, elle aussi, ayant toute une banquette à elle, s'apprêtait à s'y coucher ; mais, la face toujours dans son miroir, elle faisait auparavant une grande toilette de nuit, se nouait sur la tête le fichu noir qui lui avait servi à cacher sa plaie, regardait si elle était belle ainsi, avec sa lèvre désenflée. Et, de nouveau, Pierre s'étonnait de cette plaie en voie de guérison, sinon guérie, de ce visage de monstre qu'on pouvait maintenant regarder sans horreur. La mer des incertitudes recommençait. N'était-ce même pas un vrai lupus ? N'était-ce qu'une sorte inconnue d'ulcère, d'origine hystérique ? Ou bien fallait-il admettre que certains lupus mal étudiés, provenant de la mauvaise nutrition de la peau, pouvaient être amendés par une grande secousse morale ? C'était un miracle, à moins que, dans trois semaines, dans trois mois ou dans trois ans, il ne reparût, comme la phtisie de la Grivotte.

Il était dix heures, tout le wagon s'ensommeillait, quand on quitta Lamothe. Sœur Hyacinthe, qui avait gardé sur ses genoux la tête de la Grivotte assoupie, ne put se lever ; et elle se contenta de dire, pour la forme, d'une voix légère, qui se perdit dans le grondement des roues :

« Le silence, le silence, mes enfants ! »

Mais quelque chose continua de remuer, au fond d'un compartiment voisin, un bruit qui l'agaçait et qu'elle finit par comprendre.

« Sophie, qu'est-ce que vous avez donc à donner des coups de pied dans la banquette ? Il faut dormir, mon enfant.

– Je ne donne pas de coups de pied, ma sœur. C'est une clé qui roulait sous mon soulier.

– Comment, une clé ? Passez-la-moi. »

Elle l'examina : une très pauvre, une très vieille clé, noirâtre, amincie et polie par l'usage, dont l'anneau, ressoudé, gardait la cicatrice. Tout le monde s'était fouillé, personne n'avait perdu de clé.

« J'ai trouvé ça dans le coin, reprit Sophie. Ça doit être à l'homme.

– Quel homme ? demanda la religieuse.

– Mais l'homme qui est mort là. »

On l'avait déjà oublié. Sœur Hyacinthe se rappela : oui, oui, c'était sûrement à l'homme, car elle avait entendu tomber quelque chose, pendant qu'elle lui épongeait le front. Et elle retournait la clé, elle continuait à la regarder, dans sa laideur de pauvre clé lamentable, de clé désormais inutile, qui n'ouvrirait jamais plus la serrure inconnue, quelque part, au fond du vaste monde. Un instant, elle voulut la mettre dans sa poche, par une sorte de pitié pour ce petit morceau de fer si humble, si mystérieux, tout ce qui restait de l'homme. Puis, la pensée dévote lui vint qu'il ne fallait s'attacher à rien sur cette terre ; et, par la glace baissée à demi, elle lança la clé, qui alla tomber dans la nuit noire.

« Sophie, il ne faut plus jouer, il faut dormir, reprit-elle. Allons, allons, mes enfants, le silence ! »

Ce fut seulement après le court arrêt à Bordeaux, vers onze heures et demie, que le sommeil reprit et accabla le wagon entier. Mme de Jonquière n'avait pu lutter davantage, la tête contre le bois de la cloison, la face heureuse dans sa fatigue. Les

Sabathier dormaient de même, sans un souffle ; tandis que pas un bruit non plus ne venait de l'autre compartiment, celui que Sophie Couteau et Élise Rouquet occupaient, allongées face à face sur les banquettes. De temps à autre, une plainte sourde s'élevait, un cri étranglé de douleur ou d'épouvante, qui s'échappait des lèvres de Mme Vincent assoupie, torturée de mauvais rêves. Et il ne restait guère que sœur Hyacinthe les yeux grands ouverts, très préoccupée de l'état de la Grivotte, immobile maintenant, comme assommée, respirant avec effort, d'un râle continu. D'un bout à l'autre de ce dortoir mouvant, secoué par la trépidation du train lancé à toute vapeur, les pèlerins et les malades s'abandonnaient, des membres pendaient, des têtes roulaient, sous la pâle lueur dansante des lampes. Au fond, dans le compartiment des dix pèlerines, c'était un pêle-mêle lamentable de pauvres figures laides, les vieilles, les jeunes, que le sommeil semblait avoir foudroyées à la fin d'un cantique, la bouche ouverte. Et une grande pitié montait de ces tristes gens, las, écrasés par cinq journées d'espoirs fous, d'extases infinies, qui allaient, le lendemain, se réveiller à la dure réalité de l'existence.

Alors, Pierre se sentit comme seul avec Marie. Elle n'avait pas voulu s'allonger sur la banquette, disant qu'elle était restée trop longtemps couchée, pendant sept ans ; et lui, pour donner de l'aise à M. de Guersaint, qui, depuis Bordeaux, avait repris son profond sommeil d'enfant, était venu s'asseoir près d'elle. La clarté de la lampe la gênait, il tira l'écran, ils se trouvèrent dans l'ombre, une ombre transparente, infiniment douce. À ce moment, le train devait rouler en plaine, il glissait dans la nuit, comme en un vol sans fin, avec un bruit d'ailes énorme et régulier. Par la glace qu'ils avaient baissée, une fraîcheur exquise venait des champs noirs, des champs insondables, où ne luisait même pas la petite lueur perdue d'un village. Un instant, il s'était tourné vers elle, il avait vu qu'elle tenait ses yeux fermés. Mais il devinait qu'elle ne dormait pas, goûtant ce grand calme, dans ce grondement de foudre, dans cette fuite à toute vapeur au fond des ténèbres ; et, comme elle, il ferma les paupières, il rêva longuement.

Une fois encore, le passé s'évoquait, la petite maison de Neuilly, le baiser qu'ils avaient échangé près de la haie en fleur, sous les arbres criblés de soleil. Comme cela était loin déjà, et quel parfum en avait gardé sa vie entière ! Ensuite, l'amertume lui revenait du jour où il s'était fait prêtre. Jamais elle ne devait être femme, il avait consenti à n'être plus un homme, et ce serait leur éternel malheur, puisque la nature ironique allait refaire d'elle une épouse et une mère. Encore s'il avait conservé la foi, il y aurait trouvé l'éternelle consolation. Mais, vainement, il avait tout tenté pour la reconquérir : son voyage à Lourdes, ses efforts devant la Grotte, son espoir, un instant, qu'il finirait par croire, si Marie était miraculeusement guérie ; puis la ruine totale, irrémédiable, lorsque la guérison annoncée s'était scientifiquement produite. Et leur idylle si pure et si douloureuse, la longue histoire de leur tendresse trempée de larmes, se déroulait aussi. Elle-même, ayant pénétré son triste secret, n'était venue à Lourdes que pour demander au Ciel le miracle de sa conversion. Pendant la procession aux flambeaux, lorsqu'ils étaient restés seuls sous les arbres, dans le parfum des roses invisibles, ils avaient prié l'un pour l'autre, perdus l'un dans l'autre, avec l'ardent désir de leur mutuel bonheur. Devant la Grotte encore, elle avait supplié la Sainte Vierge de l'oublier, elle, et de le sauver, lui, si elle ne pouvait obtenir qu'une grâce de son divin Fils. Puis, guérie, hors d'elle, soulevée d'amour et de reconnaissance, emportée par les rampes avec son chariot, jusqu'à la Basilique, elle s'était crue exaucée, elle lui avait crié sa joie d'être tous les deux sauvés ensemble, ensemble ! Ah ! ce mensonge, ce mensonge d'affection et de charité, l'erreur où il la laissait depuis ce moment, de quel poids il lui écrasait le cœur ! C'était la dalle pesante qui, maintenant, le murait au fond de son sépulcre volontaire. Il se rappelait l'affreuse crise dont il avait failli mourir, dans l'ombre de la Crypte, ses sanglots, sa brutale révolte d'abord, son besoin de la garder pour lui seul, de la posséder, puisqu'il la savait sienne, toute cette passion grondante de sa virilité réveillée, qui peu à peu, ensuite, s'était rendormie, noyée sous le ruissellement de ses pleurs ; et, pour ne pas détruire en elle la divine illusion, cédant à une fraternelle pitié, il avait fait cet héroïque serment de lui mentir, dont il agonisait.

Pierre, dans sa rêverie, frémit alors. Aurait-il la force de le tenir toujours, ce serment ? À la gare, lorsqu'il l'attendait, ne venait-il pas de surprendre en son cœur une impatience, un besoin jaloux de quitter ce Lourdes trop aimé, avec le vague espoir qu'elle redeviendrait à lui, au loin ? S'il n'avait pas été prêtre pourtant, il l'aurait épousée. Quel ravissement, quelle existence de félicité adorable, se donner tout à elle, la prendre toute, revivre dans le cher enfant qui naîtrait ! Il n'y avait sûrement de divin que la possession, la vie qui se complète et qui enfante. Et son rêve dévia, il se vit marié, cela l'emplit d'une joie si vive, qu'il se demanda pourquoi ce rêve était irréalisable. Elle avait l'ignorance d'une fillette de dix ans, il l'instruirait, il lui referait une âme. Cette guérison qu'elle croyait devoir à la Sainte Vierge, elle comprendrait qu'elle lui venait de la Mère unique, de l'impassible et sereine nature. Mais, à mesure qu'il arrangeait ainsi les choses, une sorte de terreur sacrée grandissait en lui, remontant de son éducation religieuse. Grand Dieu ! ce bonheur humain dont il la voulait combler, savait-il s'il vaudrait jamais la sainte ignorance, l'enfantine naïveté où elle vivait ? Quels reproches plus tard, si elle n'était pas heureuse ! Puis, quel drame de conscience, jeter la soutane, épouser cette miraculée d'hier, dévaster assez sa foi pour l'amener au consentement de ce sacrilège ! Et, cependant, là était la bravoure, là était la raison, la vie, le vrai homme, la vraie femme, l'union nécessaire et grande. Pourquoi donc, mon Dieu ! n'osait-il pas ? Une horrible tristesse égarait sa songerie, il n'entendait plus que son pauvre cœur souffrir.

Le train roulait avec son énorme battement d'ailes, il n'y avait toujours d'éveillée que sœur Hyacinthe, dans le sommeil accablé du wagon ; et, à ce moment, Marie, se penchant vers Pierre, lui dit doucement :

« C'est singulier, mon ami, je tombe de sommeil, et je ne puis dormir. »

Puis, avec un léger rire :

« J'ai Paris dans la tête.

– Comment, Paris ?

– Oui, oui, je songe qu'il m'attend, que je vais y rentrer... Ah ! ce Paris dont je ne connais rien, il va falloir y vivre ! »

Ce fut pour Pierre une angoisse. Il l'avait bien prévu, elle ne pouvait plus être à lui, elle serait aux autres. Paris allait la lui prendre, si Lourdes la lui rendait. Et il s'imaginait cette ignorante faisant fatalement son éducation de femme. La petite âme toute blanche, restée candide, chez la grande fille de vingt-trois ans, l'âme que la maladie avait mise à l'écart, loin de la vie, loin des romans même, serait bien vite mûre, maintenant qu'elle reprenait son libre vol. Il voyait la jeune fille rieuse, bien portante, courant partout, regardant, apprenant, rencontrant un jour le mari qui achèverait de l'instruire.

« Alors, vous vous promettez de vous amuser, à Paris ?

– Moi ! mon ami, oh ! que dites-vous là ?... Est-ce que nous sommes assez riches pour nous amuser !... Non, je songeais à ma pauvre sœur Blanche, je me demandais ce que j'allais pouvoir faire, à Paris, afin de la soulager un peu. Elle est si bonne, elle se donne tant de mal, je ne veux pas qu'elle continue à gagner seule tout l'argent. »

Et, après un nouveau silence, comme lui-même se taisait, très ému :

« Autrefois, avant de souffrir trop, je peignais assez bien la miniature. Vous vous souvenez, j'avais fait un portrait de papa très ressemblant, que tout le monde trouvait très joli... Vous m'aiderez, n'est-ce pas ? Vous me chercherez des portraits. »

Puis, elle parla de cette vie nouvelle qu'elle allait mener. Elle voulait arranger sa chambre, la faire tendre d'une cretonne à petites fleurs bleues, sur ses premières économies. Blanche lui avait parlé des grands magasins, où l'on achetait tout à bon compte. Ce serait si amusant, de sortir avec Blanche, de galoper un peu, elle qui ne connaissait rien, qui n'avait jamais rien vu, clouée dans un lit depuis son enfance. Et Pierre, calmé un instant, souffrait de nouveau, en sentant chez elle cette envie brûlante de vivre, cette ardeur à tout voir, tout connaître, tout goûter. C'était enfin l'éveil de la femme qu'elle devait devenir, qu'il avait autrefois devinée, adorée dans l'enfant, une chère créature de gaieté et de passion, avec sa bouche fleurie, ses yeux d'étoiles, son teint de lait, ses cheveux d'or, toute resplendissante de la joie d'être.

« Oh ! je travaillerai, je travaillerai ! Et puis, vous avez raison, Pierre, je m'amuserai aussi, parce que ce n'est point un mal, n'est-ce pas ? que d'être joyeuse.

– Non, non, sûrement, Marie.

– Le dimanche, nous irons à la campagne, oh ! très loin, dans les bois, où il y aura de beaux arbres... Nous irons également au théâtre, si papa nous y mène. On m'a dit qu'il y a beaucoup de pièces qu'on peut entendre... Mais ce n'est pas tout ça, d'ailleurs. Pourvu que je sorte, que j'aille dans les rues, que je voie des choses, je serai si heureuse, je rentrerai si gaie !... C'est si bon de vivre, n'est-ce pas, Pierre ?

– Oui, oui, Marie, c'est très bon. »

Un petit froid de mort l'envahissait, il agonisait du regret de n'être plus un homme. Pourquoi donc, puisqu'elle le tentait ainsi, avec sa candeur irritante, ne lui disait-il pas la vérité qui le ravageait ? Il l'aurait prise, il l'aurait conquise. Jamais débat plus affreux ne s'était livré dans son cœur et dans sa volonté. Un moment, il fut sur le point de prononcer les mots irréparables.

Mais, déjà, elle reprenait de sa voix d'enfant joueuse :

« Oh ! voyez donc ce pauvre papa, est-il content de dormir si fort ! »

En effet, sur la banquette, en face d'eux, M. de Guersaint dormait d'un air béat, comme dans son lit, sans paraître avoir conscience des continuelles secousses. Ce roulis, ce tangage monotones semblaient du reste n'être plus que le bercement qui alourdissait le sommeil du wagon entier. C'était l'abandon complet, l'anéantissement des corps, au milieu du désordre des bagages, écroulés eux aussi, comme assoupis sous la lueur fumeuse des lampes. Et le grondement rythmé des roues ne cessait pas, dans l'inconnu des ténèbres où le train roulait toujours. Parfois seulement, devant une gare, sous un pont, le vent de la course s'engouffrait, une tempête soufflait brusquement. Puis, le grondement berceur recommençait, uniforme, à l'infini.

Marie prit doucement la main de Pierre. Ils étaient si perdus, si seuls, parmi tout ce monde anéanti, dans cette grande paix grondante du train lancé au travers de la nuit noire. Une tristesse, la tristesse qu'elle avait jusque-là cachée, venait de reparaître, noyant d'ombre ses grands yeux bleus.

« Mon bon Pierre, vous viendrez souvent avec nous, n'est-ce pas ? »

Il avait tressailli, en sentant sa petite main serrer la sienne. Son cœur était sur ses lèvres, il se décidait à parler. Pourtant, il se retint encore, il balbutia :

« Marie, je ne suis pas toujours libre, un prêtre ne peut aller partout.

– Un prêtre, répéta-t-elle, oui, oui, un prêtre, je comprends... »

Alors, ce fut elle qui parla, qui confessa le secret mortel dont son cœur étouffait depuis le départ. Elle se pencha encore, reprit à voix plus basse :

« Écoutez, mon bon Pierre, je suis affreusement triste. J'ai l'air d'être contente, mais la mort est dans mon âme... Vous m'avez menti, hier. »

Il s'effara, il ne comprit pas d'abord.

« Je vous ai menti, comment ? »

Une sorte de honte la retenait, elle hésita encore, au moment de descendre dans ce mystère d'une conscience qui n'était pas la sienne. Puis, en amie, en sœur :

« Oui, vous m'avez laissé croire que vous étiez sauvé avec moi, et ce n'était pas vrai, Pierre, vous n'avez pas retrouvé la foi perdue. »

Grand Dieu ! elle savait. Ce fut pour lui une désolation, une telle catastrophe, qu'il en oublia son tourment. D'abord, il voulut s'entêter dans son mensonge de fraternelle charité.

« Mais je vous assure, Marie ! D'où peut vous venir une idée si vilaine ?

– Oh ! mon ami, taisez-vous, par pitié ! Ça me ferait trop de peine, si vous me mentiez davantage... Tenez ! c'est là-bas, à la gare, au moment de partir, quand le malheureux homme a été mort. Le bon abbé Judaine s'est agenouillé, a dit des prières pour le repos de cette âme révoltée. Et j'ai tout senti, j'ai tout compris, lorsque j'ai vu que vous ne vous mettiez pas à genoux, que la prière ne montait pas également à vos lèvres.

– En vérité, Marie, je vous assure...

– Non, non, vous n'avez pas prié pour le mort, vous ne croyez plus... Et puis, c'est autre chose aussi, c'est tout ce que je devine, tout ce qui me vient de vous, un désespoir que vous ne pouvez cacher, une mélancolie de vos pauvres yeux, dès qu'ils rencontrent les miens... La Sainte Vierge ne m'a pas exaucée, ne vous a pas rendu la foi, et je suis bien malheureuse ! »

Elle pleurait, une larme chaude tomba sur la main du prêtre, qu'elle tenait toujours. Cela le bouleversa, il cessa de lutter, avouant, laissant à son tour couler ses larmes, tandis qu'il bégayait à voix très basse :

« Oh ! Marie, je suis bien malheureux aussi, oh ! bien malheureux ! »

Un instant, ils se turent, dans leur cruel chagrin de sentir entre eux l'abîme de leurs croyances. Ils ne seraient jamais plus étroitement l'un à l'autre, ils se désespéraient surtout de leur impuissance à se rapprocher, définitive désormais, puisque le Ciel lui-même avait refusé de renouer le lien. Côte à côte, ils pleuraient sur leur séparation.

« Moi, reprit-elle douloureusement, moi qui avais tant prié pour votre conversion, moi qui étais si heureuse !... Il m'avait semblé que votre âme se fondait dans mon âme, et cela était si délicieux d'avoir été sauvés ensemble, ensemble ! Je me sentais des forces pour vivre, oh ! des forces à soulever le monde. »

Il ne répondait pas, ses pleurs continuaient à couler sans fin.

« Et dire, reprit-elle, que j'ai été guérie seule, que j'ai eu ce grand bonheur sans vous ! C'est de vous voir si abandonné, si désolé, qui me déchire le cœur, lorsque, moi, je suis comblée de grâce et de joie... Ah ! que la Sainte Vierge a été sévère ! Pourquoi n'a-t-elle pas guéri votre âme, en même temps qu'elle guérissait mon corps ? »

L'occasion dernière se présentait, il aurait dû parler, faire enfin chez cette innocente la clarté de la raison, lui expliquer le miracle, pour que la vie, après avoir accompli en elle son œuvre de santé, achevât son triomphe en les jetant aux bras l'un de l'autre. Lui aussi était guéri, l'intelligence saine désormais, et ce n'était point d'avoir perdu la foi, c'était de la perdre elle-même qu'il pleurait. Mais une invincible pitié l'envahissait, dans son grand chagrin. Non, non ! il ne troublerait pas cette âme, il ne lui enlèverait pas sa croyance, qui, peut-être un jour, serait son unique soutien, au milieu des douleurs de ce monde. On ne peut demander encore ni aux enfants ni aux femmes l'héroïsme amer de la raison. Il n'en avait pas la force, il pensait même n'en avoir pas le droit. Cela lui aurait paru un viol, un meurtre abominable. Et il ne parla point, ses larmes coulèrent plus brûlantes, dans cette immolation de son amour, le sacrifice désespéré de son bonheur à lui, pour qu'elle restât candide, ignorante et joyeuse.

« Oh ! Marie, que je suis malheureux ! Il n'y a pas sur les routes, il n'y a pas dans les bagnes de malheureux qui soient plus malheureux que moi !... Oh ! Marie, si vous saviez, si vous saviez comme je suis malheureux ! »

Elle fut éperdue, elle le saisit entre ses bras tremblants, voulut le consoler d'une fraternelle étreinte. À ce moment, la femme qui s'éveillait en elle devina tout, sanglota elle aussi de toutes les volontés humaines et divines qui les séparaient. Elle n'avait jamais encore songé à ces choses, elle entrevoyait soudain la vie avec ses passions, ses luttes, ses souffrances ; et elle cherchait ce qu'elle allait dire pour apaiser un peu ce cœur saignant, et elle balbutiait très bas, navrée de ne rien trouver d'assez doux :

« Je sais, je sais... »

Puis, elle trouva ; et, comme si ce qu'elle avait à dire ne pouvait être entendu que des anges, elle s'inquiéta, elle regarda autour d'elle, dans le wagon. Mais il semblait que le sommeil s'y fût alourdi encore. Son père dormait toujours, avec son innocence de grand enfant. Pas un des pèlerins, pas un des malades n'avait bougé, dans le rude bercement qui les emportait. Sœur Hyacinthe elle-même, cédant à l'écrasante fatigue, venait de fermer les paupières, après avoir, à son tour, tiré l'écran, sur la lampe de son compartiment. Il n'y avait plus là qu'une ombre vague, des corps indistincts parmi des objets sans nom, à peine des apparences, qu'un souffle de tempête, une fuite furieuse charriait sans fin au fond des ténèbres. Et elle se méfia aussi de cette campagne noire, dont l'inconnu défilait aux deux côtés du train, sans qu'on pût même savoir quelles forêts, quelles rivières, quelles collines on traversait. Tout à l'heure, des étincelles vives avaient paru, peut-être des forges lointaines, des lampes tristes de travailleurs ou de malades ; mais, de nouveau, la nuit coulait profonde, la mer obscure, infinie, innommée, où l'on était toujours plus loin, ailleurs et nulle part.

Marie, alors, prise d'une pudique confusion, rougissante au milieu de ses pleurs, mit ses lèvres à l'oreille de Pierre.

« Écoutez, mon ami... Il y a un grand secret entre la Sainte Vierge et moi. Je lui avais juré de ne le dire à personne. Mais vous êtes trop malheureux, vous souffrez trop, et elle me pardonnera, je vais vous le confier. »

Puis, dans un souffle :

« Pendant la nuit d'amour, vous savez, la nuit d'extase brûlante que j'ai passée devant la Grotte, je me suis engagée par un vœu, j'ai promis à la Sainte Vierge de lui faire le don de ma virginité, si elle me guérissait... Elle m'a guérie, et jamais, vous entendez, Pierre ! jamais je n'épouserai personne. »

Ah ! quelle douceur inespérée ! Il crut qu'une rosée tombait sur son pauvre cœur meurtri. Ce fut un charme divin, un soulagement délicieux. Si elle n'était à aucun autre, elle serait donc un peu à lui toujours. Comme elle avait compris son mal, et ce qu'il fallait dire, pour lui rendre l'existence possible encore !

Il voulut, à son tour, trouver des paroles heureuses, la remercier, promettre que, lui aussi, ne serait jamais qu'à elle, l'aimerait sans fin, ainsi qu'il l'aimait depuis l'enfance, en chère créature dont l'unique baiser, autrefois, avait suffi pour parfumer toute sa vie. Mais elle le fit taire, inquiète déjà, craignant de gâter cette minute si pure.

« Non, non ! mon ami, ne disons rien de plus. Ce serait mal peut-être... Je suis très lasse, je vais dormir tranquille maintenant. »

Et elle resta la tête contre son épaule, elle s'endormit tout de suite, en sœur confiante. Lui, un instant, se tint éveillé, dans ce douloureux bonheur du renoncement qu'ils venaient de goûter ensemble. Cette fois, c'était bien fini, le sacrifice était consommé. Il vivrait solitaire, en dehors de la vie des autres hommes. Jamais il ne connaîtrait la femme, jamais un être vivant ne naîtrait de lui. Il n'avait plus que l'orgueil consolateur de ce suicide accepté, voulu, dans la grandeur désolée des existences hors nature.

Mais la fatigue l'accabla lui-même, ses paupières se fermèrent, il s'endormit à son tour. Puis, sa tête glissa, sa joue vint toucher la joue de son amie, qui dormait très douce, le front contre son épaule. Alors, leurs chevelures se mêlèrent. Elle avait ses cheveux d'or, ses cheveux royaux dénoués à demi ; et il en eut la face baignée, il rêva dans l'odeur de ses cheveux. Sans doute, le même songe de béatitude les visitait à la fois, car leurs figures tendres avaient pris la même expression de ravissement, ils riaient tous les deux aux anges. C'était l'abandon chaste et passionné, l'innocence de ce sommeil de hasard, qui les mettait ainsi aux bras l'un de l'autre, les membres joints, les lèvres tièdes et rapprochées, confondant les haleines, comme des enfants nus couchés dans le même berceau. Et telle fut la nuit de leurs noces, la consommation du mariage spirituel où ils devraient vivre, un anéantissement délicieux de lassitude, à peine un rêve fuyant de possession mystique, au milieu de ce wagon de misère et de souffrance, qui roulait, roulait toujours dans la nuit noire. Des heures, des heures coulèrent, les roues grondaient, les bagages se balançaient aux patères ; tandis que, des corps entassés, écrasés, ne montait que la fatigue énorme, la grande courbature physique du pays des miracles, au retour du surmenage des âmes.

À cinq heures, enfin, comme le soleil se levait, il y eut un réveil brusque, l'entrée retentissante dans une grande gare, des appels d'employés, des portières qui s'ouvraient, du monde qui se bousculait. On était à Poitiers, et tout le wagon se trouva debout, au milieu d'un bruit de voix, d'exclamations et de rires.

C'était la petite Sophie Couteau qui descendait là et qui faisait ses adieux. Elle embrassa toutes ces dames, elle passa même par-dessus la cloison, pour aller prendre congé de sœur Claire des Anges, que personne n'avait revue depuis la veille, disparue dans son coin, menue et silencieuse, avec ses yeux de mystère. Puis, l'enfant revint, prit son petit paquet, se montra gentille surtout pour sœur Hyacinthe et pour Mme de Jonquière.

« Au revoir, ma sœur ! au revoir, madame !... Je vous remercie de toutes vos bontés.

– Il faudra revenir l'année prochaine, mon enfant.

– Oh ! ma sœur, je n'y manquerai pas ! C'est mon devoir.

– Et, chère petite, conduisez-vous bien, portez-vous bien, pour que la Sainte Vierge soit fière de vous.

– Bien sûr, madame, elle a été si bonne, ça m'amuse tant de retourner la voir ! »

Quand elle fut sur le quai, tous les pèlerins du wagon se penchèrent, la suivirent avec des visages heureux, des saluts, des cris.

« À l'année prochaine ! À l'année prochaine !

– Oui, oui, merci bien ! À l'année prochaine ! »

On ne devait dire la prière du matin qu'à Châtellerault. Après l'arrêt à Poitiers, lorsque, de nouveau, le train roula, dans un petit frisson frais du matin, M. de Guersaint déclara de son air gai qu'il avait supérieurement dormi, malgré la dureté de la banquette. Mme de Jonquière, elle aussi, se félicitait de ce bon repos dont elle avait tant besoin, un peu confuse pourtant d'avoir laissé sœur Hyacinthe veiller seule sur la Grivotte, qui maintenant grelottait d'une fièvre intense, reprise de son horrible toux. Les autres pèlerines faisaient un bout de toilette, les dix femmes du fond rattachaient leurs fichus, renouaient les brides de leurs bonnets, avec une sorte d'inquiétude pudique, dans leur laideur pauvre et triste. Attentive, le visage sur son miroir, Élise Rouquet n'en finissait pas de s'examiner le nez, la bouche, les joues, s'admirant, se buvant, trouvant qu'elle redevenait décidément très bien.

Et ce fut alors que Pierre et Marie eurent encore une grande pitié, en regardant Mme Vincent que rien n'avait pu tirer de la torpeur où elle était, ni l'arrêt tumultueux à Poitiers, ni le bruit des voix depuis qu'on roulait de nouveau. Anéantie sur la banquette, elle n'avait pas rouvert les yeux, elle sommeillait toujours, tourmentée de rêves atroces. Et, tandis que de grosses larmes continuaient à couler de ses paupières closes, elle venait de saisir l'oreiller qu'on l'avait forcée de prendre, elle le serrait sur sa poitrine, étroitement, dans quelque cauchemar de sa maternité souffrante. Ses pauvres bras de mère si longtemps chargés de sa fillette moribonde, ses bras inoccupés, vides à jamais, avaient trouvé ce coussin, dans son sommeil, et ils s'y étaient noués comme sur un fantôme, d'une étreinte aveugle.

Mais M. Sabathier avait le réveil joyeux. Pendant que Mme Sabathier remontait la couverture, en enveloppait soigneusement ses jambes mortes, il se mit à causer, l'œil brillant, rendu à la grâce de l'illusion. Il disait qu'il avait rêvé de Lourdes, que la Sainte Vierge s'était penchée vers lui, avec un sourire de bienveillante promesse. Et, devant Mme Vincent, cette mère dont elle avait laissé mourir la fille, devant la Grivotte, la misérable femme guérie par elle, retombée si rudement à son mal mortel, il se réjouissait, il répétait à M. de Guersaint, d'un air d'absolue certitude :

« Oh ! monsieur, je vais rentrer chez moi bien tranquille… L'année prochaine, je serai guéri… Oui, oui ! comme le criait tout à l'heure cette chère mignonne : à l'année prochaine ! à l'année prochaine ! »

C'était l'illusion indestructible, victorieuse même de la certitude, l'éternelle espérance qui ne voulait pas mourir, qui repoussait plus vivace, après chaque défaite, sur les ruines de tout.

À Châtellerault, sœur Hyacinthe fit dire la prière du matin, le *Pater* et l'*Ave*, le *Credo*, un appel à Dieu pour lui demander le bonheur d'une journée glorieuse. O mon Dieu ! donnez-moi assez de force pour éviter tout le mal, pour pratiquer tout le bien, pour souffrir toutes les peines !

V

Et le voyage continua, le train roula, roula toujours. À Sainte-Maure, on dit les prières de la messe, et l'on chanta le *Credo*, à Saint-Pierre-des-Corps. Mais les exercices de piété n'étaient plus si goûtés, le zèle se ralentissait un peu, dans la fatigue croissante de ce retour, après une si longue exaltation des âmes. Aussi sœur Hyacinthe comprit-elle qu'une lecture serait une récréation heureuse, pour tous ces pauvres gens surmenés ; et elle promit qu'elle permettrait à M. l'abbé de leur lire la fin de la vie de Bernadette, dont il leur avait déjà, à deux reprises, conté de si merveilleux épisodes. Mais on attendrait Les Aubrais, on aurait près de deux heures des Aubrais à Étampes, tout le temps nécessaire d'achever l'histoire sans être dérangé.

Les stations, alors, se succédèrent de nouveau, dans la répétition monotone de ce qu'on avait fait en allant à Lourdes, au travers des mêmes plaines. On recommença le rosaire à Amboise, on dit le premier chapelet, les cinq mystères joyeux ; puis, après avoir chanté à Blois le cantique « Bénis, ô tendre Mère », on récita à Beaugency le deuxième chapelet, les cinq mystères douloureux. Le soleil, dès le matin, s'était voilé d'un fin duvet de nuages, la campagne fuyait très douce et un peu triste, dans son continuel mouvement d'éventail. Aux deux bords de la voie, sous la lumière grise, les arbres, les maisons disparaissaient avec une légèreté vague de rêve ; tandis que les coteaux, au loin, noyés de brume, s'en allaient plus lents, d'un balancement apaisé de houle. Entre Beaugency et Les Aubrais, le train parut diminuer sa vitesse, roulant sans fin, avec le grondement rythmique, entêté des roues, que les pèlerins étourdis n'entendaient même plus.

Enfin, dès qu'on eut quitté Les Aubrais, on se mit à déjeuner dans le wagon. Il était midi moins un quart. Et, quand on eut dit l'Angélus, les trois *Ave* répétés trois fois, Pierre tira, de la valise de Marie, le petit livre dont la couverture bleue était ornée d'une naïve image de Notre-Dame de Lourdes. Sœur Hyacinthe avait tapé dans ses mains, pour obtenir le silence. Le prêtre put alors commencer sa lecture, de sa belle voix pénétrante, au milieu du réveil de tous, de la curiosité de ces grands enfants que ce conte prodigieux passionnait. Maintenant, c'était le séjour à Nevers, et c'était la mort de Bernadette. Mais, comme il avait fait les deux premières fois, il cessa vite de s'en tenir au texte du petit livre, il y mêla des récits charmants, ce qu'il savait, ce qu'il devinait ; et, pour lui encore, s'évoquait l'histoire vraie, l'humaine, la pitoyable, celle que personne n'avait contée et qui lui bouleversait le cœur.

Ce fut le 8 juillet 1866 que Bernadette quitta Lourdes. Elle partait pour se cloîtrer, à Nevers, au couvent de Saint-Gildard, la maison mère des sœurs qui desservaient l'hospice, où elle avait appris à lire, où elle vivait depuis huit ans. Elle avait alors vingt-deux ans, il y avait huit ans déjà que la Sainte Vierge lui était apparue. Et ses adieux à la Grotte, à la Basilique, à toute la ville qu'elle aimait, furent trempés de larmes. Mais elle ne pouvait plus y vivre, dans la persécution continuelle de la curiosité publique, des visites, des hommages, des adorations. Sa santé débile finissait par en souffrir cruellement. Une humilité sincère, un amour timide de l'ombre et du silence avaient fini par lui donner l'ardent désir de disparaître, d'aller cacher au fond de ténèbres ignorées sa gloire retentissante d'élue, que le monde ne voulait pas laisser en paix ; et elle ne rêvait que de simplicité d'esprit, que de vie tranquille, commune, donnée à la prière et aux menues occupations quotidiennes. Ce départ fut ainsi un soulagement pour elle et pour la Grotte, qu'elle commençait à gêner, avec sa trop grande innocence et ses maux trop lourds.

À Nevers, Saint-Gildard aurait dû être un paradis. Elle y trouva de l'air, du soleil, de vastes pièces, un grand jardin planté de beaux arbres. Et elle n'y goûta point cependant la paix, l'oubli total du monde au désert lointain. Vingt jours à peine après son arrivée, elle avait pris le saint habit, sous le nom de sœur Marie-Bernard, ne s'engageant encore que par des vœux partiels. Et quand même, le monde l'avait accompagnée, la persécution de la foule autour d'elle recommença. On la poursuivait jusque dans le cloître d'un inextinguible besoin de tirer des grâces de sa personne sainte. Ah ! la voir, la toucher, se porter bonheur en la contemplant, en frottant à son insu quelque médaille contre sa robe ! C'était la crédule passion pour le fétiche, des fidèles se ruant, traquant ce pauvre être devenu bon Dieu, voulant chacun en emporter sa part d'espoir et de divine illusion. Elle en pleurait de lassitude, de révolte impatiente, répétant : « Qu'ont-ils donc à me tourmenter ainsi ? Qu'ai-je de plus que les autres ? » À la longue, une réelle douleur la prenait à être de la sorte la « bête curieuse », ainsi qu'elle avait fini par se nommer, avec un triste sourire de souffrance. Elle se défendait bien le plus qu'elle pouvait, refusant de voir personne. On la défendait aussi, et très étroitement dans certaines circonstances, ne la montrant qu'aux visiteurs autorisés par l'évêque. Les portes du couvent restaient closes, les ecclésiastiques presque seuls forçaient la consigne. Mais c'était trop encore pour son désir de solitude, elle dut souvent s'entêter, faire renvoyer des prêtres, brisée à l'avance de toujours raconter la même aventure, de subir éternellement les mêmes questions. Elle en était outrée, blessée pour la Sainte Vierge elle-même. Mais parfois elle devait céder, monseigneur en personne amenait de grands personnages, des dignitaires, des prélats ; et elle se montrait alors de son air grave, elle répondait avec politesse, le plus brièvement possible, elle n'était à l'aise que lorsqu'on la laissait retourner dans son coin d'ombre. Jamais la divinité n'avait pesé davantage à une créature. Un jour, comme on lui demandait si elle n'était pas fière de ces continuelles visites de son évêque, elle répondit doucement : « Monseigneur ne vient pas me voir, il vient me faire voir. » Des princes de l'Église, de grands catholiques de combat voulurent la voir, s'attendrirent, sanglotèrent devant elle ; et, dans son horreur d'être en spectacle, dans l'ennui qu'ils causaient à sa simplicité, elle les quittait sans avoir compris, très lasse et très triste.

Cependant, elle s'était fait sa vie à Saint-Gildard, elle y menait une existence monotone, installée maintenant dans des habitudes qui lui devenaient chères. Elle était si chétive, si fréquemment malade, qu'on l'employait à l'infirmerie. En dehors des quelques soins qu'elle y donnait, elle travaillait, elle avait fini par être une assez habile ouvrière, brodant finement des aubes, des devants d'autel. Mais, souvent, toute force venait à lui manquer, elle ne pouvait même se livrer à ses légers travaux. Lorsqu'elle n'était pas au lit, elle passait de longues journées dans un fauteuil, n'ayant plus que la distraction de dire son rosaire ou de faire de pieuses lectures. Depuis qu'elle savait lire, les livres l'intéressaient, les belles histoires de conversion, les belles légendes où passaient les saints et les saintes, les beaux et effroyables drames aussi où l'on voyait le diable bafoué, replongé dans son enfer. Seulement, sa grande tendresse, son émerveillement continuel restait la Bible, ce Nouveau Testament prodigieux, dont le perpétuel miracle ne la lassait jamais. Elle se souvenait de la bible de Bartrès, de ce vieux livre jauni, depuis cent ans dans la famille ; elle revoyait son père nourricier, à chaque veillée, piquer une épingle au hasard, puis commencer la lecture en haut de la page de droite ; et, en ce temps-là, elle les connaissait déjà si bien, ces contes admirables, qu'elle aurait pu continuer par cœur, après n'importe quelle phrase. Maintenant qu'elle les lisait elle-même, elle y trouvait une éternelle surprise, un ravissement toujours nouveau. Le récit de la Passion surtout la bouleversait, comme un événement extraordinaire et tragique, arrivé la veille. Elle sanglotait de pitié, tout son pauvre corps de souffrance en gardait un frisson pendant des heures. Peut-être, dans ses larmes, y avait-il l'inconsciente douleur de sa passion à elle, le désolé calvaire qu'elle montait, elle aussi, depuis sa jeunesse.

Quand elle ne souffrait pas, qu'elle pouvait s'occuper à l'infirmerie, Bernadette allait, venait, emplissait la maison de sa vive gaieté d'enfant. Jusqu'à sa mort, elle demeura l'innocente, l'enfantine, qui aimait à rire, à sauter, à jouer. Elle était très petite, la plus petite de la communauté, ce qui la faisait toujours traiter un peu en gamine par ses compagnes. Le visage s'allongeait, se creusait, perdait l'éclat de la jeunesse ; mais les yeux gardaient leur pure et divine clarté, les beaux yeux de visionnaire, où, comme dans un ciel limpide, passait le vol des rêves. En vieillissant, en souffrant, elle devenait un peu âpre et violente, son caractère se gâtait, inquiet, rude parfois ; et c'étaient de petites imperfections, dont elle avait, après les crises, de mortels remords. Elle s'humiliait, se croyait damnée, demandait pardon à tout le monde. Mais, le plus souvent, quelle bonne fille du bon Dieu ! Elle était vive, alerte, trouvait des reparties, des réflexions excitant le rire, avait une grâce à elle, qui la faisait adorer. Malgré sa grande dévotion, bien qu'elle passât des journées en prière, elle n'affichait pas une religion revêche, sans outrance de zèle pour les autres, tolérante et pitoyable. Aucune sainte fille, en somme, n'était plus femme, avec des traits propres, une personnalité bien nette, charmante dans sa puérilité même. Et ce don de l'enfance qu'elle conservait, cette innocence simple de l'enfant qu'elle était restée, faisait encore que les enfants la chérissaient, en reconnaissant toujours en elle une des leurs : tous couraient à elle, sautaient sur ses genoux, lui prenaient le cou entre leurs petits bras ; et le jardin retentissait alors de parties folles, de courses, de cris ; et ce n'était pas elle qui courait le moins, qui criait le moins, si heureuse de redevenir une fillette pauvre, ignorée, comme aux jours lointains de Bartrès ! Plus tard, on raconta qu'une mère avait amené au couvent son enfant paralytique, pour que la sainte le touchât et le guérît. Elle sanglota si fort, que la supérieure finit par consentir à la tentative. Mais, comme Bernadette se révoltait, indignée, quand on lui demandait des miracles, on ne la prévint pas, on l'appela seulement pour porter à l'infirmerie l'enfant malade. Et elle porta l'enfant, et quand elle le posa par terre, l'enfant marcha. Il était guéri.

Ah ! que de fois Bartrès, et son enfance libre, derrière ses agneaux, et les années vécues par les collines, par les grandes herbes, par les bois touffus, durent revivre en elle, aux heures où elle rêvait, lasse d'avoir prié pour les pécheurs ! Nul ne descendit alors dans son âme, nul ne peut dire si d'involontaires regrets ne firent pas saigner son cœur meurtri. Elle eut, un jour, une parole que ses historiens rapportent, dans le but de rendre sa passion plus touchante. Cloîtrée loin de ses montagnes, clouée sur un lit de douleur, elle s'écriait : « Il me semble que j'étais faite pour vivre, pour agir, pour toujours remuer, et le Seigneur me veut immobile. » Quelle parole révélatrice, d'un témoignage terrible, d'une tristesse immense ! Pourquoi donc le Seigneur la voulait-il immobile, cette chère créature de gaieté et de grâce ? Ne l'aurait-elle pas honoré autant, en vivant la vie libre, la vie sainte, qu'elle était née pour vivre ? Et, au lieu de prier pour les pécheurs, sa continuelle et vaine occupation, n'aurait-elle pas travaillé davantage à accroître le bonheur du monde et le sien, si elle avait donné sa part d'amour au mari qui l'attendait, aux enfants qui seraient nés de sa chair ? Certains soirs, dit-on, elle si gaie, si agissante, tombait à un grand accablement. Elle devenait sombre, se repliait sur elle-même, comme anéantie par l'excès de la douleur. Sans doute, le calice finissait par être trop amer, elle entrait en agonie, à l'idée du continuel renoncement de son existence.

À Saint-Gildard, Bernadette songeait-elle souvent à Lourdes ? Que savait-elle du triomphe de la Grotte, des prodiges qui, journellement, transformaient cette terre du miracle ? La question ne fut jamais résolue nettement. On avait défendu à ses compagnes de l'entretenir de ces choses, on l'entourait d'un absolu et continuel silence. Elle-même n'aimait point à en parler, se taisait sur le passé mystérieux, ne semblait aucunement désireuse de connaître le présent, si triomphal qu'il pût être. Mais, pourtant, son cœur n'y volait-il pas, en imagination, à ce pays enchanté de son enfance, où vivaient les siens, où tous les liens de sa vie s'étaient noués, où elle avait laissé le rêve le plus extraordinaire qu'une créature eût jamais fait ? Sûrement, elle refit souvent en pensée le beau voyage de ses souvenirs, elle dut connaître, en gros, tous les grands événements de Lourdes. Ce qui la terrifiait, c'était de s'y rendre en personne, et elle s'y refusa toujours, sachant bien qu'elle ne pouvait y passer inaperçue, reculant devant les foules dont l'adoration l'y attendait. Quelle gloire, s'il y avait eu en elle une volontaire, une ambitieuse, une dominatrice ! Elle serait retournée au lieu saint de ses visions, elle y aurait fait des miracles, prêtresse, papesse, d'une infaillibilité, d'une souveraineté d'élue et d'amie de la Sainte Vierge. Les pères n'en eurent jamais sérieusement la crainte, bien que l'ordre formel fût de la retrancher du monde, pour son salut. Ils étaient tranquilles, ils la connaissaient, si douce, si humble, dans sa terreur d'être divine, dans son ignorance de la colossale machine qu'elle avait mise en branle, et dont l'exploitation l'aurait fait reculer d'épouvante, si elle avait compris. Non, non ! ce n'était plus à elle, ce pays de foule, de violence et de négoce. Elle y aurait trop souffert, dépaysée, étourdie, honteuse. Et, lorsque des pèlerins qui s'y rendaient, lui demandaient avec un sourire : « Voulez-vous venir avec nous ? » elle avait un léger frisson, puis elle se hâtait de répondre : « Non, non ! mais comme je le voudrais, si j'étais petit oiseau ! »

Sa rêverie seule fut ce petit oiseau voyageur, au vol rapide, aux ailes muettes, qui, continuellement, faisait son pèlerinage à la Grotte. Elle qui n'était point allée à Lourdes, ni pour la mort de son père, ni pour celle de sa mère, devait y vivre continuellement en songe. Elle aimait les siens cependant, elle se préoccupait d'assurer du travail à sa famille restée pauvre, elle avait voulu recevoir son frère aîné, tombé à Nevers pour se plaindre, et qu'on laissait à la porte du couvent. Mais il la trouva lasse et résignée, elle ne le questionna même pas sur le nouveau Lourdes, comme si cette ville grandissante lui eût fait peur. L'année du Couronnement de la Vierge, un prêtre qu'elle avait chargé de prier à son intention, devant la Grotte, revint lui conter les inoubliables merveilles de la cérémonie, les cent mille pèlerins accourus, les trente-cinq évêques, vêtus d'or, dans la Basilique rayonnante. Elle frémissait, elle avait son léger frisson de désir et d'inquiétude. Et, quand le prêtre s'écria : « Ah ! si vous aviez vu cette splendeur ! » elle répondit : « Moi ! j'étais bien mieux ici, à mon infirmerie, dans mon petit coin. » On lui avait volé sa gloire, son œuvre resplendissait dans un continuel hosanna, et elle ne goûtait de joie qu'au fond de l'oubli, de cette ombre du cloître, où l'oubliaient les opulents fermiers de la Grotte. Les solennités retentissantes n'étaient point les occasions de ses mystérieux voyages, le petit oiseau de son âme ne volait tout seul, là-bas, que les jours de solitude, aux heures paisibles, lorsque personne n'y pouvait troubler ses dévotions. C'était devant la sauvage Grotte primitive qu'elle retournait s'agenouiller, parmi les buissons d'églantiers, aux temps où le Gave n'était pas encore muré d'un quai monumental. Puis, c'était la vieille ville qu'elle visitait au déclin du jour, dans la fraîcheur odorante des montagnes, la vieille église peinte et dorée, à demi espagnole, où elle avait fait sa première communion, le vieil hospice, d'une si tiède souffrance, où elle s'était pendant huit ans habituée à la retraite, toute cette vieille cité pauvre et innocente, dont chaque pavé éveillait d'anciennes tendresses au fond de sa mémoire.

Et Bernadette ne poussait-elle jamais jusqu'à Bartrès le pèlerinage de ses rêves ? Il faut croire que, parfois, dans son fauteuil de malade, lorsqu'elle laissait glisser quelque livre pieux de ses mains lasses, et qu'elle fermait les paupières, Bartrès apparaissait, éclairait la nuit de ses yeux. L'antique petite église romane, avec sa nef couleur du ciel, avec ses retables saignants, était là, au milieu des tombes de l'étroit cimetière. Ensuite, elle se retrouvait dans la maison des Laguës, dans la vaste pièce de gauche, où il y avait du feu, où l'on contait l'hiver de si belles histoires, pendant que la grosse horloge battait gravement l'heure. Ensuite, toute la campagne s'étendait, des prairies sans fin, des châtaigniers géants sous lesquels on était perdu, des plateaux déserts d'où l'on découvrait les montagnes lointaines, le pic du Midi, le pic de Viscos, légers et roses comme des songes, envolés en plein paradis des légendes. Ensuite, ensuite, c'était sa jeunesse libre, galopant où il lui plaisait, au grand air, c'étaient ses treize ans solitaires et rêveurs, promenant par la vaste nature leur joie de vivre. Et, à cette heure, peut-être, ne se revoyait-elle pas, le long des ruisseaux, au travers des buissons d'aubépine, lâchée dans les hautes herbes, par un chaud soleil de juin ? Ne s'y revoyait-elle pas grandie, avec un amoureux de son âge qu'elle aurait aimé, dans toute la simplicité et la tendresse de son cœur ? Ah ! redevenir jeune, être libre encore, inconnue, heureuse, et aimer de nouveau, aimer autrement ! La vision passait confuse, un mari qui l'adorait, des enfants qui poussaient gaiement autour d'elle, l'existence de tout le monde, les joies et les tristesses que ses parents avaient connues, que ses enfants auraient dû connaître à leur tour. Et tout s'effaçait peu à peu, et elle se retrouvait dans son fauteuil de douleur, emprisonnée entre quatre murs froids, n'ayant plus que le violent désir d'une mort prompte, puisqu'il n'y avait pas eu, pour elle, de place au pauvre bonheur commun de cette terre.

Les maux de Bernadette augmentaient chaque année. C'était enfin la passion qui commençait, la passion de ce nouveau messie enfant, venu pour le soulagement des misérables, chargé d'annoncer aux hommes la religion de divine justice, l'égalité devant les miracles, bafouant les lois de l'impassible nature. Elle ne se levait plus que pour se traîner de chaise en chaise, pendant quelques jours ; et elle retombait, elle était forcée de reprendre le lit. Ses souffrances devenaient épouvantables. Son hérédité nerveuse, son asthme, aggravé par le cloître, avait dû dégénérer en phtisie. Elle toussait affreusement, des quintes qui déchiraient sa poitrine en feu, qui la laissaient à demi morte. Pour comble de misère, une carie des os du genou droit s'était déclarée, un mal rongeur dont les élancements lui arrachaient des cris. Son pauvre corps, sous les continuels pansements, n'offrait plus qu'une plaie vive, sans cesse irritée par la chaleur du lit, ce continuel séjour entre les draps dont le frottement finissait par lui user la peau. Tous la prenaient en pitié, les témoins de son martyre disaient qu'on ne pouvait souffrir ni plus ni mieux. Elle essayait de l'eau de Lourdes, qui ne lui apportait aucun soulagement. Seigneur, roi tout-puissant, pourquoi donc la guérison des autres et pas la sienne ? Pour sauver son âme ? Mais alors vous ne sauvez donc pas les âmes des autres ? Quel choix inexplicable, quelle nécessité absurde des tortures de ce pauvre être, dans l'évolution éternelle des mondes ! Elle sanglotait, elle répétait, pour s'encourager : « Le Ciel est au bout, mais que le bout est long à venir ! » C'était toujours l'idée que la souffrance est le creuset, qu'il faut souffrir sur la terre pour triompher ailleurs, que souffrir est indispensable, enviable et béni. N'est-ce pas un blasphème, ô Seigneur ? N'avez-vous fait ni la jeunesse ni la joie ? Voulez-vous donc que vos créatures ne jouissent ni de votre soleil, ni de votre nature en fête, ni des tendresses humaines dont vous avez fleuri leur chair ? Elle craignait la révolte qui l'enrageait parfois, elle voulait aussi se raidir contre le mal dont criait son corps, et elle se crucifiait en pensée, elle étendait ses bras en croix pour s'unir à Jésus, les membres contre ses membres, la bouche contre sa bouche, ruisselante de sang comme lui, abreuvée comme lui d'amertume. Jésus était mort en trois heures, son agonie était encore plus longue, à elle qui renouvelait la rédemption par la souffrance, qui mourait aussi pour apporter la vie aux autres. Lorsque ses os craquaient d'angoisse, elle poussait des plaintes souvent, puis elle se les reprochait aussitôt. « Oh ! que je souffre, oh ! que je souffre ! mais je suis si heureuse de souffrir ! » Il n'est pas de parole plus effroyable, d'un pessimisme plus noir. Heureuse de souffrir, ô Seigneur ! Et pourquoi, et dans quel but ignoré et imbécile ? À quoi bon cette inutile cruauté, cette révoltante glorification de la souffrance, lorsqu'il ne monte de l'humanité entière qu'un désir éperdu de santé et de bonheur ?

Au milieu de son affreux supplice, sœur Marie-Bernard prononça ses vœux perpétuels, le 22 septembre 1878. Il y avait vingt ans que la Sainte Vierge lui était apparue, la visitant comme l'ange l'avait visitée elle-même, la choisissant comme elle-même avait été choisie, parmi les plus humbles et les plus candides, pour cacher en elle le secret du roi Jésus. C'était l'explication mystique de l'élection de la souffrance, la raison d'être de cette créature séparée si durement des autres, accablée de maux, devenue le pitoyable champ de toutes les afflictions humaines. Elle était le jardin fermé qui plaît tant aux regards de l'Époux, il l'avait choisie, puis ensevelie dans la mort de sa vie cachée. Aussi, lorsque la misérable chancelait sous le poids de sa croix, ses compagnes lui disaient-elles : « L'oubliez-vous donc ? la Sainte Vierge vous a promis que vous seriez heureuse, non pas dans ce monde, mais dans l'autre. » Elle répondait, ranimée, en se frappant le front : « L'oublier, non, non ! c'est là ! » Elle ne retrouvait des forces que dans cette illusion d'un paradis de gloire, où elle entrerait, escortée par les séraphins, bienheureuse éternellement. Les trois secrets personnels que la Sainte Vierge lui avait confiés, pour l'armer contre le mal, devaient être des promesses de beauté, de félicité, d'immortalité au Ciel. Quelle monstrueuse duperie, s'il n'y avait eu que la nuit de la terre au-delà du tombeau, si la Sainte Vierge de son rêve ne s'était pas trouvée au rendez-vous, parmi les prodigieuses récompenses promises ! Mais Bernadette n'avait pas un doute, elle acceptait volontiers toutes les petites commissions que ses compagnes, naïvement, lui donnaient pour le Ciel : « Sœur Marie-Bernard, vous direz ceci, vous direz cela au bon Dieu… Sœur Marie-Bernard, vous embrasserez mon frère, si vous le rencontrez au paradis… Sœur Marie-Bernard, vous me garderez une petite place près de vous, pour quand je mourrai. » Et elle répondait à chacune, complaisante : « N'ayez aucune crainte, votre commission sera faite. » Ah ! toute-puissante illusion, repos délicieux, force toujours rajeunie et consolatrice !

Et ce fut l'agonie, ce fut la mort. Le vendredi 28 mars 1879, on crut qu'elle ne passerait pas la nuit. Elle avait un appétit désespéré de la tombe, pour ne plus souffrir, pour ressusciter au Ciel. Aussi se refusait-elle obstinément à recevoir l'extrême-onction, disant que, deux fois déjà, l'extrême-onction l'avait guérie. Elle voulait que Dieu, enfin, la laissât mourir, car c'était trop, Dieu n'aurait pas été sage en exigeant d'elle de la douleur encore. Pourtant, elle finit par consentir à être administrée, et son agonie en fut prolongée près de trois semaines. Le prêtre qui l'assistait lui répétait souvent : « Ma fille, il faut faire le sacrifice de sa vie. » Un jour, impatientée, elle lui répondit vivement : « Mais, mon père, ce n'est pas un sacrifice. » Parole terrible aussi, celle-là, dégoût de l'être, mépris furieux de l'existence, fin immédiate de l'humanité, si elle avait le pouvoir de se supprimer d'un geste. Il est vrai que la pauvre fille n'avait rien à regretter : on lui avait fait tout mettre en dehors de la vie, sa santé, sa joie, son amour, pour qu'elle la quittât comme on quitte un linge en lambeaux, usé et sali. Et elle avait raison, elle condamnait sa vie inutile, sa vie cruelle, lorsqu'elle disait : « Ma passion ne finira qu'à ma mort et durera pour moi jusqu'à mon entrée dans l'éternité. » Et cette idée de sa passion la poursuivait, l'attachait plus étroitement sur la croix avec son divin Maître. Elle s'était fait donner un grand crucifix, elle le pressait violemment sur sa triste poitrine de vierge, en criant qu'elle aurait voulu l'enfoncer dans sa gorge, et qu'il y restât. Vers la fin, ses forces l'abandonnèrent, elle ne pouvait plus le tenir de ses mains tremblantes. « Qu'on l'attache à moi, qu'on le serre bien fort, pour que je le sente jusqu'à mon dernier souffle ! » C'était le seul homme que sa virginité devait connaître, le seul baiser sanglant donné à sa maternité inutile, déviée et pervertie. Les religieuses prirent des cordes, les passèrent sous ses reins douloureux, en entourèrent ses misérables flancs inféconds, attachèrent le crucifix sur sa gorge, si rudement, qu'il y entra.

Enfin, la mort eut pitié. Le lundi de Pâques, elle fut prise d'un grand frisson. Des hallucinations la troublaient, elle grelottait de peur, elle voyait le démon ricaner, rôder autour d'elle. « Va-t'en, va-t'en, Satan ! Ne me touche pas, ne m'emporte pas ! » Elle racontait ensuite, dans son délire, que le diable avait voulu se jeter sur elle, qu'elle avait senti sa bouche lui souffler toutes les flammes de l'enfer. Le diable dans cette vie si pure, dans cette âme sans péché, pourquoi donc, ô Seigneur ! et encore un coup, pourquoi cette souffrance sans pardon, exaspérée jusqu'au bout, pourquoi cette fin de cauchemar, cette mort troublée d'imaginations affreuses, après une si belle vie de candeur, de pureté et d'innocence ? Ne pouvait-elle s'endormir sereine, dans la paix de son âme chaste ? Sans doute, tant qu'elle avait un souffle, il fallait lui laisser la haine et la peur de la vie, qui est le diable. C'était la vie qui la menaçait, c'était la vie qu'elle chassait, de même qu'elle avait nié la vie en réservant à l'Époux céleste sa virginité torturée, clouée sur la croix. Ce dogme de l'Immaculée Conception, que son rêve de fillette souffrante était venu consolider, souffletait la femme, épouse et mère. Décréter que la femme n'est digne d'un culte qu'à la condition d'être vierge, en imaginer une qui reste vierge en devenant mère, qui elle-même est née sans tache, n'est-ce pas la nature bafouée, la vie condamnée, la femme niée, jetée à la perversion, elle qui n'est grande que fécondée, perpétuant la vie ? « Va-t'en, va-t'en, Satan ! Laisse-moi mourir stérile. » Et elle chassait le soleil de la salle, et elle chassait l'air libre entrant par la fenêtre, l'air embaumé d'une odeur de fleurs, chargé des germes errants qui charrient l'amour à travers le vaste monde.

Le mercredi de Pâques, le 16 avril, l'agonie dernière commença. On raconte que, le matin de ce jour, une compagne de Bernadette, une religieuse atteinte d'une maladie mortelle, couchée à l'infirmerie, dans un lit voisin, fut subitement guérie, après avoir bu un verre d'eau de Lourdes. Mais elle, privilégiée, en avait bu inutilement. Dieu lui faisait enfin l'insigne faveur de combler ses vœux ; en l'endormant du bon sommeil de la terre, où l'on ne souffre plus. Elle demanda pardon à tout le monde. Sa passion était consommée, elle avait, comme le Sauveur, les clous et la couronne d'épines, les membres flagellés, le flanc ouvert. Comme lui, elle leva les yeux au ciel, elle étendit les bras en croix, en jetant un grand cri : « Mon Dieu ! » Et, comme lui, vers trois heures, elle dit : « J'ai soif. » Elle trempa les lèvres dans le verre, elle pencha la tête, et mourut.

Ainsi mourut, très glorieuse et très sainte, la voyante de Lourdes, Bernadette Soubirous, sœur Marie-Bernard, des sœurs de la Charité de Nevers. Son corps resta exposé pendant trois jours, et des foules énormes défilèrent, tout un peuple accouru, l'interminable queue des dévots affamés d'espoir qui frottaient à la robe de la morte des médailles, des chapelets, des images, des livres de messe, pour tirer d'elle encore une grâce, un fétiche portant bonheur. Même dans la mort on ne pouvait la laisser à son rêve de solitude, la cohue des misérables de ce monde se ruait, buvait l'illusion autour de son cercueil. Et l'on remarqua que son œil gauche était resté obstinément ouvert, l'œil qui, pendant les apparitions, se trouvait du côté de la Sainte Vierge. Un dernier miracle émerveilla le couvent, le corps ne changea pas, on l'ensevelit au troisième jour, souple, tiède, les lèvres roses, la peau très blanche, comme rajeuni et sentant bon. Aujourd'hui, Bernadette Soubirous, la grande exilée de Lourdes, pendant que la Grotte resplendit en son triomphe, dort obscurément son dernier sommeil à Saint-Gildard, sous la dalle d'une petite chapelle, dans l'ombre et dans le silence des vieux arbres du jardin.

Pierre cessa de parler, le beau conte merveilleux était fini. Et tout le wagon l'écoutait encore, dans le saisissement passionné de cette fin si tragique et si touchante. Des larmes tendres coulaient des yeux de Marie, tandis que les autres, Élise Rouquet, la Grivotte elle-même, un peu calmée, joignaient les mains, priaient celle qui était chez le bon Dieu, d'intercéder pour l'achèvement de leur guérison. M. Sabathier fit un grand signe de croix, puis mangea le gâteau que sa femme lui avait acheté à Poitiers. Au milieu de l'histoire, M. de Guersaint, que les choses tristes incommodaient, s'était rendormi. Et il n'y avait que Mme Vincent, la face enfoncée dans l'oreiller, qui n'eût pas bougé, comme sourde et aveugle, ne voulant plus rien voir ni rien entendre.

Mais le train roulait, roulait toujours. Mme de Jonquière, la tête au-dehors, annonça qu'on approchait d'Étampes. Et, quand on eut quitté cette station, sœur Hyacinthe donna le signal, on récita le troisième chapelet, les cinq mystères glorieux, la Résurrection de Notre-Seigneur, l'Ascension de Notre-Seigneur, la Mission du Saint-Esprit, l'Assomption de la Très Sainte Vierge, le Couronnement de la Très Sainte Vierge. Ensuite, on chanta le cantique : « Je mets ma confiance, Vierge, en votre secours… »

Pierre, alors, tomba dans une profonde rêverie. Ses regards s'étaient portés sur la campagne, ensoleillée maintenant, dont la continuelle fuite semblait bercer ses pensées. Le grondement des roues l'étourdissait, il finissait par ne plus distinguer nettement les horizons familiers de cette grande banlieue, qu'il avait connue autrefois. Encore Brétigny, encore Juvisy, et ce serait Paris enfin, dans une heure et demie à peine. C'était donc fini, ce grand voyage ! Elles étaient donc faites, cette enquête tant désirée, cette expérience tentée si passionnément ! Il avait voulu se donner une certitude, étudier sur place le cas de Bernadette, voir si la grâce ne lui reviendrait pas dans un coup de foudre, en lui rendant la foi. Et, maintenant, il était fixé, Bernadette avait rêvé dans le continuel tourment de sa chair, et lui-même ne croirait jamais plus. Cela s'imposait avec la brutalité d'un fait : la foi naïve de l'enfant qui s'agenouille et prie, la primitive foi des peuples jeunes, courbés sous la terreur sacrée de leur ignorance, était morte. Des milliers de pèlerins avaient beau se rendre chaque année à Lourdes, les peuples n'étaient plus avec eux, la tentative de cette résurrection de la foi totale, de la foi des siècles morts, sans révolte ni examen, devait échouer fatalement. L'histoire ne retourne pas en arrière, l'humanité ne peut revenir à l'enfance, les temps sont trop changés, trop de souffles nouveaux ont semé de nouvelles moissons, pour que les hommes d'aujourd'hui repoussent tels que les hommes d'autrefois. C'était décisif, Lourdes n'était qu'un accident explicable, dont la violence de réaction apportait même une preuve de l'agonie suprême où se débattait la croyance, sous l'antique forme du catholicisme. Jamais plus la nation entière ne se prosternerait, comme l'ancienne nation croyante, dans les cathédrales du douzième siècle, pareille à un troupeau docile sous les mains du Maître. S'entêter en aveugle à vouloir cela, ce serait se briser contre l'impossible et courir peut-être aux grandes catastrophes morales.

Et, de son voyage, il ne restait déjà plus à Pierre qu'une immense pitié. Ah ! son cœur en débordait, son pauvre cœur en revenait meurtri. Il se rappelait les paroles du bon abbé Judaine ; et il avait vu ces milliers de misérables prier, sangloter, supplier Dieu de prendre leur torture en miséricorde ; et il avait sangloté avec eux, il gardait en lui, comme une plaie vive, la fraternité lamentable de tous leurs maux. Aussi ne pouvait-il songer à ces pauvres gens sans brûler du désir de les soulager. Si la foi des simples ne suffisait plus, si l'on courait le risque de s'égarer en voulant retourner en arrière, allait-il donc falloir fermer la Grotte, prêcher un autre effort, une autre patience ? Mais sa pitié se révoltait. Non, non ! ce serait un crime que de fermer le rêve de leur Ciel à ces souffrants du corps et de l'âme, dont l'unique apaisement était de s'agenouiller, là-bas, dans la splendeur des cierges, dans l'entêtement berceur des cantiques. Lui-même n'avait pas commis le meurtre de détromper Marie, il s'était immolé pour lui laisser la joie de sa chimère, le divin soutien d'avoir été guérie par la Vierge. Où était donc l'homme dur qui aurait eu la cruauté d'empêcher les humbles de croire, de tuer en eux la consolation du surnaturel, l'espoir que Dieu s'occupait d'eux, qu'il leur réservait une vie meilleure dans son paradis ? L'humanité entière pleurait, éperdue d'angoisse, pareille à une malade désespérée, condamnée, que seul pouvait sauver le miracle. Il la sentait si malheureuse, il frémissait d'une fraternelle tendresse devant ce christianisme pitoyable, l'humanité, l'ignorance, la pauvreté avec ses haillons, la maladie avec ses plaies et son odeur fétide, tout ce bas petit peuple des souffrants, à l'hôpital, au couvent, dans les bouges, et la vermine, et la saleté, et la laideur, et l'imbécillité des faces, une immense protestation contre la santé, contre la vie, contre la nature, au nom triomphal de la justice, de l'égalité et de la bonté. Non, non ! il ne fallait désespérer personne, il fallait tolérer Lourdes, ainsi qu'on tolère le mensonge qui aide à vivre. Et, comme il l'avait dit dans la chambre de Bernadette, elle restait la martyre, elle lui révélait la seule religion dont son cœur fût encore plein, la religion de la souffrance humaine. Ah ! être bon, panser tous les maux, endormir la douleur dans un rêve, mentir même pour que personne ne souffre plus !

À toute vapeur on traversa un village, et Pierre aperçut confusément une église, au milieu de grands pommiers. Tous les pèlerins du wagon se signèrent. Mais lui, maintenant, était envahi d'une inquiétude, des scrupules rendaient sa rêverie anxieuse. Cette religion de la souffrance humaine, ce rachat par la souffrance, n'était-ce pas encore un leurre, une aggravation continue de la douleur et de la misère ? Il est lâche et dangereux de laisser vivre la superstition. La tolérer, l'accepter, c'est recommencer éternellement les siècles mauvais. Elle affaiblit, elle abêtit, les tares dévotes que l'hérédité lègue font des générations humiliées et craintives, des peuples dégénérés et dociles, toute une proie aisée aux puissants de ce monde. On exploite les peuples, on les vole, on les mange, quand ils ont mis l'effort de leur volonté dans la seule conquête de l'autre vie. Dès lors ne vaudrait-il pas mieux avoir tout de suite l'audace d'opérer l'humanité brutalement, en fermant les Grottes miraculeuses où elle va sangloter, et de lui rendre ainsi le courage de vivre la vie réelle, même dans les larmes ? Et c'était comme la prière, ce flot de prières incessantes qui montait de Lourdes, dont la supplication sans fin l'avait baigné et attendri : n'était-ce autre chose qu'un bercement puéril, un abâtardissement de toutes les énergies ? La volonté s'y endormait, l'être s'y dissolvait, y prenait la vie, l'action en dégoût. À quoi bon vouloir, à quoi bon agir, lorsqu'on s'en remet totalement au caprice d'une toute-puissance inconnue ? D'autre part, quelle étrange chose que ce désir fou de prodiges, ce besoin de pousser Dieu à transgresser les lois de la nature qu'il a établies lui-même, dans son infinie sagesse ! Il y avait évidemment là péril et déraison, il n'aurait fallu développer, chez l'homme et surtout chez l'enfant, que l'habitude de l'effort personnel et le courage de la vérité, au risque d'y perdre l'illusion, la divine consolatrice.

Alors, toute une grande clarté monta, éblouit Pierre. Il était la raison, il protestait contre la glorification de l'absurde et la déchéance du sens commun. Ah ! la raison, il souffrait par elle, il n'était heureux que par elle. Comme il l'avait dit au docteur Chassaigne, il ne brûlait que de l'envie de la contenter toujours davantage, quitte à y laisser le bonheur. C'était elle, il le comprenait bien maintenant, c'était elle dont la continuelle révolte, à la Grotte, à la Basilique, dans Lourdes entier, l'avait empêché de croire. Il n'avait pu la tuer, s'humilier et s'anéantir, ainsi que son vieil ami, le grand vieillard foudroyé, à la sénilité douloureuse, redevenu enfant dans le désastre de son cœur. Elle était sa maîtresse souveraine, elle le tenait debout, même au milieu des obscurités et des avortements de la science. Quand il ne s'expliquait pas une chose, elle lui soufflait : « Il y a certainement une explication naturelle qui m'échappe. » Il répétait qu'on ne saurait avoir sainement un idéal, en dehors de la marche à l'inconnu pour le connaître, de la victoire lente de la raison, au travers des misères du corps et de l'intelligence. Lui, prêtre, était capable de ravager sa vie pour tenir son serment, dans le combat de sa double hérédité, son père tout cerveau, sa mère toute foi. Il avait eu la force de mater la chair, de renoncer à la femme, mais il sentait bien que son père l'emportait définitivement, car le sacrifice de sa raison lui était désormais impossible : il n'y renoncerait pas, il ne la materait pas. Non, non ! la souffrance humaine elle-même, la souffrance sacrée des pauvres ne devait pas être un obstacle, une nécessité d'ignorance et de folie. La raison avant tout, il n'y avait de salut que dans la raison. Si, baigné de larmes, amolli par tant de maux, il avait dit à Lourdes qu'il suffisait de pleurer et d'aimer, il s'était trompé dangereusement. La pitié n'était qu'un expédient commode. Il fallait vivre, il fallait agir, il fallait que la raison combattît la souffrance, à moins qu'on ne voulût l'éterniser.

Mais, de nouveau, dans la fuite rapide de la campagne, une église apparut, cette fois au bord du ciel, sur une colline, quelque chapelle votive, que surmontait une haute statue de la Sainte Vierge. Et, une fois de plus, tous les pèlerins firent le signe de la croix. Et la rêverie de Pierre s'égara encore, un autre flot de réflexions le rendit à son angoisse. Quel était donc cet impérieux besoin d'Au-delà qui torturait l'humanité souffrante ? D'où venait-il ? Pourquoi voulait-on de l'égalité, de la justice, lorsque ces choses semblaient absentes de l'impassible nature ? L'homme les avait mises dans l'inconnu du mystère, dans le surnaturel des paradis religieux, et là il contentait son ardente soif. Toujours la soif inextinguible du bonheur l'avait brûlé, toujours elle le brûlerait. Si les pères de la Grotte faisaient de si glorieuses affaires, c'était qu'ils vendaient du divin. Cette soif du divin, que rien n'a pu étancher au travers des siècles, semblait renaître avec une violence nouvelle, au bout de notre siècle de science. Lourdes était l'exemple éclatant, indéniable, que jamais peut-être l'homme ne pourrait se passer du rêve d'un Dieu souverain, rétablissant l'égalité, refaisant du bonheur, à coups de miracles. Quand l'homme a touché le fond du malheur de vivre, il en revient à l'illusion divine ; et l'origine de toutes les religions est là, l'homme faible et nu n'ayant pas la force de vivre sa misère terrestre sans l'éternel mensonge d'un paradis. Aujourd'hui l'expérience était faite, rien que la science ne semblait pouvoir suffire, et on allait être forcé de laisser une porte ouverte sur le mystère.

Brusquement, le mot sonna dans le crâne de Pierre profondément absorbé. Une religion nouvelle ! Cette porte qu'il fallait laisser ouverte sur le mystère, c'était en somme une religion nouvelle. Opérer brutalement l'humanité de son rêve, lui enlever de force le merveilleux dont elle a besoin autant que de pain pour vivre, ce serait la tuer peut-être. Aurait-elle jamais le courage philosophique de la vie telle qu'elle est, vécue pour elle-même, sans l'idée future des peines et des récompenses ? Il semblait bien que des siècles passeraient avant qu'une société assez sage pût vivre honnêtement, sans la police morale d'un culte quelconque, sans la consolation d'une égalité et d'une justice surhumaines. Oui ! une religion nouvelle, cela éclatait, cela retentissait en lui, comme le cri même des peuples, le besoin avide et désespéré de l'âme moderne. La consolation, l'espoir que le catholicisme avait apportés au monde semblait épuisé, après dix-huit siècles d'histoire, tant de larmes, tant de sang, tant d'agitations vaines et barbares. C'était une illusion qui s'en allait, et il fallait au moins changer d'illusion.

Si, jadis, on s'était jeté dans le paradis chrétien, cela venait de ce qu'il s'ouvrait alors comme la jeune espérance. Une religion nouvelle, une espérance nouvelle, un paradis nouveau, oui ! le monde en avait soif, dans le malaise où il se débattait. Et le père Fourcade le sentait bien, il ne voulait pas dire autre chose, lorsqu'il s'inquiétait, suppliant qu'on amenât à Lourdes le peuple des grandes villes, la masse profonde du petit peuple qui fait la nation. Cent mille, deux cent mille pèlerins par an, à Lourdes, ce n'était encore que le grain de sable. Il aurait fallu le peuple, le peuple tout entier. Mais le peuple a déserté les églises à jamais, il ne met même plus son âme dans les saintes-vierges qu'il fabrique, rien désormais ne saurait lui rendre la foi perdue. Une démocratie catholique, ah ! l'histoire recommencerait. Seulement, était-ce possible, cette création d'un nouveau peuple chrétien ? Et n'aurait-il pas fallu la venue d'un nouveau sauveur, le souffle prodigieux d'un autre messie ?

Cela sonnait toujours, grandissait comme une volée de cloche, dans la songerie de Pierre. Une religion nouvelle ! Une religion nouvelle ! Il la faudrait sans doute plus près de la vie, faisant à la terre une part plus large, s'accommodant des vérités conquises. Et surtout une religion qui ne fût pas un appétit de la mort. Bernadette ne vivant que pour mourir, le docteur Chassaigne aspirant à la tombe comme à l'unique bonheur, tout cet abandon spiritualiste était une désorganisation continue de la volonté de vivre. Au bout, il y avait la haine de la vie, le dégoût et la paralysie de l'action. Toute religion, il est vrai, n'est qu'une promesse d'immortalité, un embellissement de l'Au-delà, le jardin enchanté du lendemain de la mort. Une religion nouvelle pourrait-elle jamais mettre sur la terre ce jardin de l'éternel bonheur ? Où donc était la formule, où donc était le dogme qui comblerait l'espoir des hommes d'aujourd'hui ? Quelle croyance semer pour qu'elle poussât en une moisson de force et de paix ? Comment féconder le doute universel pour qu'il accouchât d'une nouvelle foi, et quelle sorte d'illusion, quel mensonge divin pouvait gagner encore dans la terre contemporaine, ravagée de toutes parts, défoncée par un siècle de science ?

À ce moment, sans transition apparente, sur le fond trouble de ses pensées, Pierre vit s'évoquer la figure de son frère Guillaume. Il n'en fut pas surpris pourtant, un lien secret devait l'amener. Comme ils s'étaient aimés autrefois, et quel bon frère, ce grand frère si droit et si doux ! Désormais, la rupture était complète, il ne le revoyait plus, depuis qu'il s'était cloîtré dans ses études de chimiste, habitant en sauvage une petite maison de faubourg, avec une maîtresse et deux grands chiens. Puis, sa rêverie tourna encore, il songea à ce procès dans lequel on avait prononcé le nom de Guillaume, soupçonné d'avoir des amitiés compromettantes parmi les révolutionnaires les plus violents. On racontait qu'à la suite de longues recherches, il venait de découvrir la formule d'un explosif terrible, dont une livre seulement aurait fait sauter une cathédrale. Et Pierre, maintenant, songeait à ces anarchistes qui voulaient renouveler et sauver le monde en le détruisant. Ce n'étaient que des rêveurs, et des rêveurs atroces, mais des rêveurs comme les innocents pèlerins, dont il avait vu le troupeau extatique agenouillé devant la Grotte. Si les anarchistes, les socialistes extrêmes demandaient violemment l'égalité dans la richesse, la mise en commun des jouissances de ce monde, les pèlerins réclamaient avec des larmes l'égalité dans la santé, le partage équitable de la paix morale et physique. Ceux-ci comptaient sur le miracle, les autres s'adressaient à l'action brutale. Au fond, c'était le même rêve exaspéré de fraternité et de justice, l'éternel besoin du bonheur, plus de pauvres, plus de malades, tous heureux. Anciennement, les premiers chrétiens n'ont-ils pas été des révolutionnaires redoutables pour le monde païen, qu'ils menaçaient, et qu'ils ont en effet détruit ? Eux qu'on a persécutés, qu'on a tâché d'exterminer, sont aujourd'hui inoffensifs, parce qu'ils sont devenus le passé. L'avenir effrayant, c'est toujours l'homme qui rêve la société future, c'est aujourd'hui l'affolé de rénovation sociale qui fait le grand rêve noir de tout purifier par la flamme des incendies. Cela était monstrueux. Qui savait pourtant ? là était peut-être le monde rajeuni de demain.

Et, perdu, incertain, Pierre, dans son horreur de la violence, faisait cause commune avec la vieille société qui se défendait, sans pouvoir dire d'où viendrait le messie de douceur, aux mains duquel il aurait voulu remettre la pauvre humanité malade. Une religion nouvelle, oui ! une religion nouvelle. Mais il n'est pas facile d'en inventer une, il ne savait comment conclure, entre l'antique foi qui était morte et la jeune foi de demain encore à naître. Lui, désolé, n'était sûr que de tenir son serment, prêtre sans croyance veillant sur la croyance des autres, faisant chastement, honnêtement son métier, dans la tristesse hautaine de n'avoir pu renoncer à sa raison, comme il avait renoncé à sa chair. Et il attendrait.

Mais le train roula parmi de grands parcs, la locomotive siffla longuement, toute une fanfare d'allégresse, qui tira Pierre de ses réflexions. Autour de lui, le wagon s'émotionnait, s'agitait. On venait de quitter Juvisy, c'était Paris enfin, dans une demi-heure à peine. Et chacun rangeait ses affaires, les Sabathier refaisaient leurs petits paquets, Élise Rouquet donnait un dernier coup d'œil à son miroir. Un instant, Mme de Jonquière s'inquiéta de la Grivotte, décida de la faire conduire directement à un hôpital, dans l'état pitoyable où elle était ; tandis que Marie tâchait de tirer Mme Vincent de la torpeur dont elle semblait ne pas vouloir sortir. Il fallut réveiller M. de Guersaint, qui avait fait un bout de sieste. Et, sœur Hyacinthe ayant tapé dans ses mains, tout le wagon entonna le *Te Deum*, le cantique d'actions de grâces : « *Te Deum laudamus, te Dominum confitemur*... » Les voix montaient au milieu d'une ferveur dernière, toutes ces âmes brûlantes remerciaient Dieu de l'admirable voyage, des faveurs merveilleuses dont il les avait comblées et dont il les comblerait encore.

Les fortifications. Dans le grand ciel pur, d'une sérénité chaude, le soleil de deux heures descendait lentement. Au-dessus de Paris immense, des fumées lointaines, des fumées rousses s'élevaient en nuées légères, une haleine éparse et volante de colosse au travail. C'était Paris dans sa forge, Paris avec ses passions, ses combats, son tonnerre toujours grondant, sa vie ardente toujours en enfantement de la vie de demain. Et le train blanc, le train lamentable de toutes les misères et de toutes les douleurs, y rentrait à grande vitesse, en sonnant plus haut la fanfare déchirante de ses coups de sifflet. Les cinq cents pèlerins, les trois cents malades allaient s'y perdre et retomber sur le dur pavé de leur existence, au sortir du rêve prodigieux qu'ils venaient de faire, jusqu'au jour où le besoin consolateur d'un rêve nouveau les forcerait à recommencer l'éternel pèlerinage du mystère et de l'oubli.

Ah ! tristes hommes, pauvre humanité malade, affamée d'illusion, qui, dans la lassitude de ce siècle finissant, éperdue et meurtrie d'avoir acquis goulûment trop de science, se croit abandonnée des médecins de l'âme et du corps, en grand danger de succomber au mal incurable, et retourne en arrière, et demande le miracle de sa guérison aux Lourdes mystiques d'un passé mort à jamais ! Là-bas, Bernadette, le nouveau messie de la souffrance, si touchante dans sa réalité humaine, est la leçon terrible, l'holocauste retranché du monde, la victime condamnée à l'abandon, à la solitude et à la mort, frappée de la déchéance de n'avoir pas été femme, ni épouse, ni mère, parce qu'elle avait vu la Sainte Vierge.

ROME

INTRODUCTION

Genèse de Rome

Le projet de *Rome* est sorti de la première ébauche de *Lourdes*, en septembre 1892, dans un de ces moments d'inspiration soudaine dont les dossiers préparatoires des romans de Zola portent souvent la trace : « J'ai eu une brusque idée : faire deux volumes, l'un qui s'appellerait *Lourdes*, l'autre *Rome*. Ce serait pour mettre dans le premier le réveil naïf du vieux catholicisme, celui de *La Légende dorée*, le besoin de foi et d'illusion, et dans le second, tout le néo-catholicisme, plutôt le néo-christianisme de cette fin de siècle. » La première idée de *Rome* est donc née d'une symétrie, et d'une opposition : d'un côté, *Lourdes* sera le roman de la foi naïve, du miracle, de la dé-raison sous toutes ses formes, de la régression à contre-Histoire vers les ténèbres de la croyance médiévale. De l'autre, *Rome* devra être une œuvre plus idéologique, un roman dans l'Histoire où seront étudiées les tentatives de l'Église moderne, sous le pontificat de Léon XIII, pour conserver l'empire intellectuel et politique du monde. Bien vite, un troisième titre viendra s'ajouter, *Paris*, pour constituer la « trilogie » dont Zola parle dans ses interviews dès le début d'octobre 1892, sans avoir encore une idée bien nette de son contenu.

Dès lors, les choses iront simplement. Comme presque toujours (la genèse de *Lourdes* est sur ce point une exception rarissime), Zola, créateur méthodique, ne travaille qu'à un roman à la fois. Il est en cela l'exact contraire de Balzac. Dans la première moitié de l'année 1893, il rédige *Le Docteur Pascal*. En juillet, il se met à *Lourdes*. La fin de l'année, puis le début de 1894 sont consacrés à la rédaction puis à la promotion de ce roman, paru en août. Dès le mois de septembre, il se remet au travail et commence à recueillir les matériaux nécessaires à l'œuvre suivante. Il prend des notes sur des articles de revues : « Le Gouvernement de l'Église et le Sacré-Collège en 1894 », de Charles Benoist, paru dans la *Revue des Deux-Mondes* du 1er août, qui le renseigne sur les rouages de l'administration pontificale et son personnel politique ; « Les deux Rome en 1894 », d'Alfred Berl, paru dans la *Revue de Paris* du 1er octobre, qui lui propose un sombre tableau de la crise économique et politique dans l'Italie contemporaine. Il lit et résume *Le Socialisme catholique* de F.-S. Nitti, dont la traduction française venait de paraître en juillet 1894, un gros ouvrage historique et très descriptif qui va lui servir de source pour tout ce qui concerne le mouvement des idées néo-catholiques et le catholicisme social, dont *Rome* doit être à la fois l'exposé et la réfutation. Il rencontre aussi un journaliste, Henri des Houx, ancien directeur du *Journal de Rome* et bon connaisseur de la société romaine, qui lui communique quelques idées simples dont il va faire son profit : en particulier celle du « sang d'Auguste », ce legs de l'orgueil impérial qui expliquera, dans le roman, les rêves de grandeur et de domination persistant, contre toute raison, jusque dans la politique de Léon XIII et du premier ministre Crispi.

Muni de ces informations, de quelques idées générales, d'un certain nombre de préjugés et de beaucoup d'imagination, Zola va donc se lancer dès le mois d'octobre 1894 dans la première *Ébauche* de *Rome*. C'est là que le romancier organise les premiers linéaments de sa fiction, et notamment l'histoire tragique de Benedetta, qui semble lui tenir beaucoup plus à cœur que l'argument idéologique du roman, si l'on en juge par la place qui lui est réservée (16 folios sur 44, soit plus du tiers de la première *Ébauche*). Mais cette dépense d'imagination devra être complétée, comme il se doit pour un romancier documentariste, par une enquête sur le terrain. C'est le but du grand voyage en Italie que le romancier, accompagné de son épouse Alexandrine, entreprend à partir du 29 octobre 1894. Le couple Zola va séjourner à Rome du 31 octobre au 5 décembre 1894, avec un bref intermède napolitain du 23 au 28 novembre. Le romancier en rapportera un abondant journal de voyage (400 feuillets, voir ci-dessous) dans lequel il consignera au jour le jour ses impressions, ses rencontres, les choses vues, les conversations entendues, les informations retenues. De cette masse de sensations et d'idées, il tirera toute la matière vivante nécessaire à l'œuvre future. C'est de cette expérience vécue que *Rome* tire son authenticité et sa vérité.

Rentré à Paris le 16 décembre 1894, après quelques détours par Florence, Venise et Milan, Zola se remet au travail. Il termine l'*Ébauche*, précise les situations, enrichit son personnel romanesque, nomme ses personnages. Il complète aussi sa documentation par quelques lectures : *L'Italie telle qu'elle est*, du socialiste Xavier Merlino, *Les Congrégations romaines*, de Félix Grimaldi, *Le Vatican. Les papes et la civilisation. Le gouvernement central de l'Église*, de Georges Goyau, André Pératé et Paul Fabre. Comme d'habitude, il recourt au *Grand Dictionnaire* de Pierre Larousse à chaque fois qu'il a besoin d'un renseignement historique ou géographique. Début 1895, le romancier se trouve donc à la tête d'un monceau de notes un peu hétéroclite : 128 pages d'*Ébauche*, 400 pages de journal de voyage, 483 pages de documents divers. Devant cette masse imposante et disparate, Zola se montre à la fois fier et inquiet, comme en témoigne Edmond de Goncourt dans son *Journal*, à la date du 8 février 1895 : « Nous causons avec Zola de son roman de *Rome*, dans les notes énormes duquel il s'avoue perdu, déclarant que pour ce livre, il ne se sent pas la bravoure de ses autres bouquins. » L'hiver de 1895 sera consacré à la structuration de cette masse informe : fiches « personnages », première série de plans par chapitres, deuxième série de plans, contemporaine de la rédaction. Celle-ci, commencée le 2 avril 1895 (jour anniversaire de la naissance du romancier), se poursuivra jusqu'au 11 mars de l'année suivante, non sans difficultés parfois, comme Zola le confie à ses correspondants, le journaliste Van Santen Kolff, ou sa femme Alexandrine, retournée sans lui en Italie à l'automne 1895. Enfin, *Rome* paraît en mai 1896 à la Bibliothèque Charpentier, sous la forme d'un gros volume de 751 pages. C'est le plus long roman que Zola ait écrit jusque-là, et l'un des trois plus longs de toute son œuvre, avec *Fécondité* et *Vérité*. Un premier tirage de 88 000 exemplaires, vite poussé jusqu'à 100 000 (chiffre considérable pour l'époque), place le roman, en 1896, à la hauteur de *Germinal*, avant *Pot-Bouille*, *Au Bonheur des Dames* ou *La Bête humaine*. Gros romans, gros tirages : le Zola de la maturité apparaît plus que jamais comme un producteur infatigable des lettres, maître de ses moyens et de son public.

Un projet idéologique

La nouveauté de *Rome*, par rapport à *Lourdes*, sera donc d'avoir été conçu, au moins au départ, comme un roman idéologique. *Lourdes* ne devait être que le tableau de la douleur humaine, et l'expression nouvelle dans le roman naturaliste d'une pitié pour les humbles et les souffrants. *Rome* marquera le déplacement de l'intérêt romanesque vers les drames de la politique et de la lutte des idées. Ce que Zola veut d'abord proposer dans *Rome*, c'est un tableau général du catholicisme moderne, tel qu'il évolue à partir de 1890, pour tenter de s'adapter au monde contemporain et de conserver l'empire des esprits et du monde. C'est l'époque où le gouvernement de l'Église, sous l'impulsion de Léon XIII, vise à un *aggiornamento* politique, s'intéresse aux questions sociales (l'encyclique *Rerum novarum* date du 15 mai 1891), pousse en France au ralliement des catholiques à la République, célébré par Mgr Lavigerie dans son fameux toast d'Alger de novembre 1890. Les conversions d'intellectuels se multiplient, des écrivains influents, souvent groupés autour de la *Revue des Deux-Mondes* (Brunetière, Eugène-Melchior de Vogüé, Paul Bourget) proclament la « banqueroute de la science » et appellent à « l'esprit nouveau », capable de réconcilier autour des principes de la foi chrétienne les républicains de bonne volonté. Une des formes les plus spectaculaires que prend ce désir de rénovation est le développement du catholicisme social, mouvement animé en France par le bouillant Albert de Mun, qui passe pour être l'inspirateur de l'encyclique *Rerum novarum*. C'est lui qui servira de modèle, dans le roman, au vicomte Philibert de la Choue, personnage d'abord important, mais dont Zola n'a cessé de réduire le rôle, au fil des dossiers préparatoires. Car Pierre Froment, dans le roman, n'appartient pas à cette tendance antilibérale, corporatiste et paternaliste, que Zola n'approuve guère. Le livre qu'il vient défendre à Rome, *La Rome nouvelle*, n'est pas une œuvre théorique ni le manifeste d'un parti, mais un simple « cri », une protestation lyrique, la revendication exaltée d'un christianisme rénové, rendu à la pureté des principes évangéliques. Pour bâtir le schéma de cette œuvre de passion et de foi, Zola s'est appuyé sur une lecture rapide du *Socialisme catholique* de F.-S. Nitti qui lui a fourni les thèmes principaux du livre (répartition des richesses selon la justice, suppression du pouvoir temporel du pape, retour aux principes évangéliques dans les relations entre les classes et les peuples). Il s'est souvenu aussi des ardentes proclamations de Lamennais dans ses *Paroles d'un croyant*, qu'un livre récent d'Eugène Spuller, l'un des promoteurs de l'« esprit nouveau », venait de remettre à la mode. Le livre de Pierre ne sera donc pas une œuvre à thèse, mais un « poème », un « rêve », une utopie sentimentale analogue, toutes proportions gardées, aux romans que Zola projette d'écrire à la même époque. Comme Sandoz est dans *L'Œuvre* une projection de l'auteur des *Rougon-Macquart*, Pierre est dans *Rome* une figure de l'auteur des *Trois Villes* et, davantage même, des *Évangiles* encore à venir.

Zola ne partage pas, évidemment, les idées de son personnage. Il a compris dès le début ce que Pierre mettra tout le roman à découvrir : que cette adaptation de l'Église catholique au monde moderne est impossible, parce qu'elle est incompatible avec le mouvement de l'Histoire et le progrès de la science. Zola l'avait écrit dès juillet 1893, dans un texte préparatoire aux *Trois Villes* qui constitue la première vue d'ensemble sur *Rome* : « Mon prêtre, après avoir essayé vainement de revenir à la foi du premier âge dans *Lourdes*, tâche dans *Rome* de réconcilier le catholicisme ou tout au moins le christianisme avec la science moderne, le monde moderne, le progrès. Il y échouera. » Tout le roman est l'histoire de cet échec. La cause, pour Zola, est entendue dès le départ, et la conclusion nettement affirmée au début de la première *Ébauche* : « Si le catholicisme peut s'allier avec la démocratie, jamais il ne s'entendra avec la science, et c'est la science qui le tuera. » Telle est, dans sa simplicité et sa force, la thèse fondamentale des *Trois Villes*, à laquelle *Paris* apportera la sanction dernière. Telle est l'idée préalable que Zola emporte avec lui à Rome, et qu'il ne mettra jamais en doute. Dans le roman, pour préserver l'intérêt de l'histoire, il faudra que cette idée apparaisse d'abord sous forme problématique : « Le catholicisme pouvait-il se renouveler, revenir à l'esprit du christianisme primitif, être la religion de la démocratie, la foi que le monde moderne bouleversé, en danger de mort, attend pour s'apaiser et vivre ? » se demande Pierre à son arrivée à Rome. La réponse, donnée à la fin du roman, ne surprendra personne : « Non ! le catholicisme ne pouvait se renouveler ! non ! il ne pouvait revenir à l'esprit du christianisme primitif, non ! il ne pouvait être la religion de la démocratie, la foi nouvelle qui sauverait les vieilles sociétés croulantes, en danger de mort. » Tout le drame de Pierre est enfermé entre ce (faux) espoir initial et cette conclusion désastreuse. À travers le dédale des espérances avortées, des erreurs et des illusions, Zola conduira logiquement son personnage vers la fatalité de l'« écroulement suprême ». Dans le mouvement dialectique de la trilogie, entre le premier apprentissage de *Lourdes* et l'accomplissement de *Paris*, *Rome* représente le temps négatif, le moment « noir » de la désespérance absolue. Mais au fond de cette catastrophe se cache un bien que Pierre ne soupçonne pas encore : il faut cette ruine des croyances et des illusions pour que se prépare pour lui, dans *Paris*, l'éclosion de la vérité nouvelle.

Pour étayer cette thèse bien abstraite, Zola, conformément à sa méthode documentariste, aurait souhaité rencontrer le pape, ou du moins quelque prélat important dans la hiérarchie catholique. Il semble qu'au début du moins, il l'ait naïvement espéré. Dès son arrivée à Rome, il a fait passer au cardinal Rampolla, secrétaire d'État du Vatican, par l'intermédiaire de l'ambassadeur de France près le Saint-Siège, une demande d'audience pontificale qui lui a été refusée. Il a tenté encore, par l'intermédiaire du journaliste François Carry, lié aux milieux du Vatican, de présenter une nouvelle requête. En vain. L'argument invoqué pour justifier ce refus était facile à trouver : *Lourdes* avait été mis à l'index deux mois plus tôt, et le pape ne pouvait recevoir un écrivain dont une œuvre venait d'être condamnée... En outre, pendant son séjour à Rome, Zola a été accaparé par les milieux libéraux, fêté par le monde « blanc » (celui des partisans de la royauté italienne), célébré comme écrivain de la libre-pensée : toute entrevue devenait, dans ces conditions, impossible. Zola l'a assez vite compris, et en a pris son parti. Cette fin de non-recevoir lui a tout de même créé un certains nombre de difficultés. Zola n'a pu approcher aucun des représentants du monde « noir » (celui de l'Église et de ses partisans), il n'a rencontré aucun prélat, aucun prêtre, il n'a pas pu pénétrer à l'intérieur du Vatican. Il a dû se contenter de ses lectures et des renseignements qu'il a recueillis sur place auprès de ses informateurs, essentiellement des journalistes comme le Suisse François Carry ou Félix Ziegler, le correspondant à Rome du *Figaro*. Le romancier n'a donc pas manqué de documentation pour sa représentation des lieux et du personnel du Vatican. Au contraire il a pu, en croisant toutes ses sources, présenter un tableau assez détaillé et vraisemblable d'un monde qui lui est resté fermé (notamment pour la grande scène du chapitre XIV, l'entrevue secrète de Pierre avec Léon XIII, qui constitue le sommet « philosophique » du roman). Il n'en demeure pas moins que, pour la première fois ou à peu près (à part, peut-être, les épisodes situés à la cour impériale dans *Son Excellence Eugène Rougon*), Zola décrit ce qu'il n'a pas pu voir et qu'il ne connaît que de seconde main. De là, sans nul doute, un risque de reconstruction arbitraire, non exempte d'idées préconçues et de préjugés.

Un roman sur Rome

Heureusement, le projet idéologique, que Zola aurait voulu primordial, ne représente dans *Les Trois Villes*, et dans *Rome* en particulier, que la part la plus superficielle, la plus caduque même, de l'entreprise littéraire. Le roman intéresse le lecteur moderne à bien d'autres titres, et d'abord parce qu'il présente de la capitale italienne, autour de 1895, une image vivante et originale. En choisissant de situer à Rome le deuxième volet de sa trilogie, Zola n'ignorait pas qu'il rejoignait une tradition littéraire qui, pour se limiter au XIXe siècle français, comptait déjà, entre bien d'autres écrivains, Chateaubriand, Stendhal, les Goncourt, Taine ou, plus récemment, Paul Bourget dont Zola connaissait bien le *Cosmopolis*, sombre tableau de la Rome fin de siècle, pour en avoir donné dans *Le Gaulois*, le 7 décembre 1892, un compte rendu plutôt critique. Le thème romain dans la littérature, depuis l'époque romantique, pouvait se résumer en trois mots : érudition, esthétisme, mysticisme. Écrire sur Rome, avant Zola, c'était retrouver dans le sol même les traces de la grandeur romaine et les sources de la civilisation latine ; c'était célébrer les paysages et les monuments, s'imprégner d'une culture diffuse dans l'air même que l'on respire, d'une atmosphère faite de beauté, de lumière, de douceur de vivre ; c'était enfin succomber, pour le meilleur (comme dans *Cosmopolis*) ou pour le pire (comme dans *Madame Gervaisais* des Goncourt) aux charmes d'une religiosité infuse dans les lieux, les manières, les cérémonies de ce berceau de la religion chrétienne.

La position de Zola sera quelque peu différente. Non qu'il ne cède, parfois, à la tentation de reprendre ces thèmes traditionnels. Il y a, dans son séjour à Rome, dans l'image qui en ressort dans le roman, tout un côté touristique qui mêle la promenade aux champs de fouilles, la découverte des monuments, des palais, des places, des jardins, l'évocation des panoramas célèbres. Le journal de voyage d'abord, le roman ensuite, portent la trace d'un enthousiasme qui n'est pas feint. Zola, comme son personnage, s'est donné « une indigestion de ruines ». Il a parcouru la ville, visité églises et musées, il est monté aux belvédères aux heures recommandées par les guides, pour jouir des plus belles vues et en rapporter ensuite l'impression. Le lecteur sera sensible, dans *Rome*, à une présence du paysage romain aussi complète, aussi précise, aussi efficace que dans bien des œuvres d'auteurs réputés plus délicats. Mais Zola ne s'est pas arrêté là. Il n'a pas fait du pittoresque ou de l'esthétisme pour le plaisir. Il a délégué cela, dans son roman, à un personnage ambigu, pas complètement antipathique, de jeune snob adorateur des grâces mièvres de Botticelli, incapable de saisir la grandeur et la force de Michel-Ange : Narcisse Habert, à travers lequel le romancier raille « les jolis esprits, les intellectuels pénétrants » de cette fin de siècle, qui « raffinent sur l'équivoque et l'invisible » et « mettent le ragoût de l'art dans le choix du trait précieux et dans la demi-obscurité du symbole ».

Zola, lui, comme son abbé Pierre, se déclare « plus soucieux de vie que d'art ». Il ne craint pas le « scandale » de préférer au pittoresque des vieux quartiers sordides les larges percées ouvertes par l'urbanisme moderne. Il le dit très clairement : on a bien fait de jeter bas les masures empestées du Transtévère, de nettoyer la *Roma sporca* regrettée des artistes. Pour lui, une ville-musée est une ville morte. Telle est la différence radicale qui sépare l'image que Zola propose de la Ville éternelle des représentations traditionnelles. Ce n'est pas le passé qui l'attire au premier chef, ni la culture, ni l'art, mais le présent avec sa vie multipliée, ses passions, la ruée des appétits déchaînés après l'installation du nouveau pouvoir. Il a voulu tout voir, tout dire de cette Rome moderne, cette « troisième Rome » héritière des Césars et des papes, qui cherche après la conquête de l'unité italienne à retrouver les apparences de sa grandeur passée. « Je suis dans toute la flamme enthousiaste du beau livre qu'il y a à faire, pour moi, avec l'antique ville en transformation et en révolution », écrit-il de Rome à Edmond de Goncourt, le 15 novembre 1894. Une telle métamorphose ne va pas sans drames de l'argent et de la spéculation. On retrouve sans surprise, dans *Rome*, beaucoup de souvenirs de *La Curée*. On y trouve même un personnage d'affairiste nommé Sacco, qui rappelle, avec moins d'envergure mais autant d'avidité, le Saccard de ce roman. Mais l'Italie n'est pas la France. Elle a manqué pour Zola de l'énergie, de la solidité économique, de la volonté politique forte qui ont assuré le succès des grands travaux haussmanniens. La chute était fatale, elle est venue lorsque l'argent a fait défaut, et que s'est écroulé l'édifice factice de la spéculation immobilière.

Zola indique très clairement, au chapitre VIII, les causes de la crise économique. Mais ce qui l'intéresse surtout, ce sont les marques visibles de la catastrophe, le travail paralysé, les grands travaux suspendus, les quartiers abandonnés comme celui des Prati-di-Castello où, dans les palais inachevés, magnifiques mais souillés et déjà croulants, grouillent des hordes de miséreux. Triste châtiment de l'orgueil romain, d'une folie des grandeurs qui s'achève dans l'ignominie et dans l'ordure : « La Rome actuelle est ici, cela en dit plus long que toutes les promenades classiques à travers les ruines et les monuments. » Zola s'attarde sur ce constat, qui résume pour lui les erreurs de la jeune monarchie italienne. Il y voit à la fois une réalité plus éloquente, plus typique que les banales curiosités recommandées par les guides, une preuve de l'incapacité de l'Italie à retrouver le titre de grande puissance auquel elle prétend, et le signe d'une décadence inscrite au cœur même de la cité, dont l'ombre s'étend sur le roman tout entier. C'est comme témoignage original, comme reportage vivant sur les réalités économiques et sociales de la Rome fin de siècle, que le roman garde encore pour nous tout son prix.

Un roman fantasmatique

Toutefois, *Rome* ne propose pas seulement l'exposé des luttes idéologiques ou le tableau des réalités sociales dans l'Italie de la fin du XIXe siècle. C'est aussi une construction imaginaire particulièrement riche, dans laquelle Zola, libéré depuis la fin des *Rougon-Macquart* des principes contraignants de l'objectivité naturaliste, a mis beaucoup de lui-même, de ses angoisses et de ses fantasmes. Critiquant un jour le romanesque des *Chroniques italiennes* et de *La Chartreuse de Parme*, Zola avait reproché à Stendhal de préférer à l'Italie réelle un pur objet de fiction, « l'Italie du quinzième siècle, avec sa débauche de poisons, ses coups d'épée, ses espions et ses bandits masqués, ses aventures extraordinaires, où l'amour pousse gaillardement dans le sang ». Le moins que l'on puisse dire est que Zola, dans *Rome*, a cédé au même penchant. L'image qu'il donne de la Rome papale reste tributaire des vieux clichés du roman noir, avec ses sombres détours, ses machinations, ses complots de l'ombre. Zola semble reprendre à son compte sérieusement les propos effrayants que don Vigilio adresse à Pierre, un soir de confidences, dans les ténèbres de sa chambre close : « Et si je pouvais tout vous dire, si je vous faisais entrer avec moi dans les effroyables dessous de ce monde, les monstrueux appétits d'ambition, les complications abominables des intrigues, les vénalités, les lâchetés, les traîtrises, les crimes même ! » La Rome de Zola, noire comme la nuit, rouge comme le sang, se résume tout entière dans la devise de la famille Boccanera : *bocca nera, alma rossa*, bouche noire, âme rouge. C'est un labyrinthe de passions et d'intrigues dans lesquelles Pierre se perd, un empire ténébreux sur lequel règne, plutôt que le fragile Léon XIII, l'inquiétant Monsignor Nani, le grand manipulateur de l'ombre, qui sait depuis toujours ce qu'il veut faire de Pierre et où il va le mener.

Au cœur de cette « ville éternelle du crime, du poignard et du poison », Zola a prévu dès le départ de faire flamber une grande passion, « un soleil de passion qui resplendisse », « une passion prête à déborder et qui se contient ». Ce sera l'histoire tragique de Benedetta, cette martyre de l'amour qui pour Zola doit incarner l'Italie éternelle, dans son charme, son indolence, et cette « apparence de grande sagesse » qui cache la violence d'une « âme de flamme ». Sur cette belle sacrifiée, qui se refuse à l'homme qu'elle aime pour mieux se donner enfin, Zola rêve depuis le début. La première *Ébauche* de *Rome* ne s'intéresse qu'à elle, ne parle que d'elle, ne fait que préparer le moment extraordinaire où elle se déshabillera, sous les yeux émerveillés de Pierre et de Victorine, pour entrer dans le lit de son amant moribond, victime du « poison des papes », et pour mourir à son tour dans ses bras. C'est autour de cette vision primitive que tout s'organise, la topographie du roman, le système des personnages, les intrigues, le jeu des passions. C'est sur ce fantasme pur de la nudité révélée au seuil de la mort, sur ce corps blanc de l'amoureuse surgi dans les ténèbres de la chambre mortuaire et nuptiale que travaille l'imagination du romancier, pour bâtir la scène capitale, le spectacle sublime dont la charge érotique et la beauté sidérante annulent *in extremis* les sordides manœuvres du monde noir. L'épisode de la mort des amants, sommet du drame passionnel, équilibre parfaitement l'épisode de l'audience particulière accordée par Léon XIII à Pierre Froment, sommet du drame idéologique. Ce sont deux scènes intimes, secrètes, également romanesques, également invraisemblables. Les larmes de Pierre réprouvant son livre devant le Saint-Père, dans le silence de la nuit, au fond du Vatican désert, achèvent ce que la bouleversante vision du corps nu de Benedetta saisi par la mort avait commencé, un chapitre plus tôt : ce sont deux formes sensibles de l'échec, deux figures de la catastrophe, deux preuves, par la chair et par l'esprit, de l'impossible renouveau d'une ville, d'une religion, d'une civilisation marquées par le signe irréparable de la fin.

Car c'est bien ce mot, « finir », inscrit dans l'*Ébauche* du roman, qui domine l'œuvre entière. Fin d'une famille, celle des Boccanera. Fin d'une religion, ce christianisme enfermé dans ses rêves de pouvoir et que la science va détruire. Fin d'une illusion, celle d'un retour aux principes évangéliques de pitié et de charité, que réclame le livre de Pierre et qu'il lui faudra réprouver. Fin d'une cité, cette Rome déchue de son ancienne grandeur. Fin d'une puissance, celle de l'Italie irrémédiablement ravalée, pour Zola, au rang d'État de second ordre. Fin d'une civilisation peut-être, celle de l'Occident gréco-latin, gagné par la gangrène venue d'Orient, dont l'Italie, après la Grèce, est devenue le relais corrupteur. Sur tous les aspects du roman plane la grande ombre de la Décadence. Mais l'imagination de Zola est trop puissamment concrète pour se contenter d'idées. Il lui faut des images, des symboles, des spectacles qui les manifestent. Elle les trouve, inscrits dans le paysage romain, dans les ruines qui constituent comme l'indicatif d'une ville vouée à la mort : ruines antiques du Forum ou de la via Appia, ruines médiévales des quartiers misérables, ruines des grands palais désertés, ruines modernes des quartiers inachevés et déjà croulants. Elle les retrouve encore dans les ténèbres qui envahissent, au fur et à mesure que le roman s'avance, l'espace d'abord solaire de la cité : nocturnes sur le Tibre et la place Saint-Pierre, crépuscule sur la Campagne romaine, visite au Vatican plongé dans la nuit. Cet assombrissement du paysage culmine dans la dernière rêverie de Pierre, le jour de son départ, à la fenêtre de sa chambre ouverte sur le ciel noir. L'obsession des ruines et des ténèbres, poussée jusqu'à l'hallucination, aboutit dans les dernières pages du roman à la vision désastreuse du dôme de Saint-Pierre effondré parmi les herbes, livré au vagabondage des chèvres et au bourdonnement des mouches, et s'élargit bientôt, dans une « rêverie noire et douloureuse », à la mort de la ville entière croulant « en un suprême craquement », couvrant les sept collines « du chaos de ses ruines, les églises, les palais, les quartiers entiers disparus, dormant sous les orties et les ronces ». C'est même l'Occident tout entier que Pierre, dans une vision suprême, croit voir peut à peu s'assoupir dans le silence de la mort, s'effacer et disparaître, tandis qu'un grand cri retentit dans l'ombre, le « cri de mort des races latines ». Et lorsque « l'engourdissement qui monte à travers le monde vieilli » aura envahi le nord de l'Italie, passé les Alpes, gagné Lyon, Paris lui-même, vaincu par « l'invincible torpeur », se changera en « un champ de pierres stérile, hérissé de chardons », ne sera plus qu'un désert semblable aux ruines de Ninive ou de Babylone.

Certes, ce cauchemar se dissipera bien vite et Pierre, de retour à Paris, trouvera enfin, par l'amour et le travail, de nouvelles raisons d'espérer et de croire à la vie. Il n'en demeure pas moins que *Rome*, cet andante assombri dans la symphonie des *Trois Villes*, présente plus d'ambiguïtés qu'il n'y paraît d'abord. Loin d'être seulement, comme on l'a trop souvent prétendu, l'ingrat exposé d'une thèse caduque, au-delà même de la simple représentation des lieux et des réalités sociales, ce roman des ténèbres et du secret nous en apprend beaucoup sur les rêves, les fantasmes, les angoisses profondes de son créateur.

Jacques Noiray

ROME

I

Pendant la nuit, le train avait eu de grands retards, entre Pise et Civitā Vecchia, et il allait être neuf heures du matin, lorsque l'abbé Pierre Froment, après un dur voyage de vingt-cinq heures, débarqua enfin à Rome. Il n'avait emporté qu'une valise, il sauta vivement du wagon, au milieu de la bousculade de l'arrivée, écartant les porteurs qui s'empressaient, se chargeant lui-même de son léger bagage, dans la hâte qu'il éprouvait d'être arrivé, de se sentir seul et de voir. Et, tout de suite, devant la gare, sur la place des Cinq-Cents, étant monté dans une des petites voitures découvertes, rangées le long du trottoir, il posa la valise près de lui, après avoir donné l'adresse au cocher :

« Via Giulia, palazzo Boccanera. »

C'était un lundi, le 3 septembre, par une matinée de ciel clair, d'une douceur, d'une légèreté délicieuses. Le cocher, un petit homme rond, aux yeux brillants, aux dents blanches, avait eu un sourire en reconnaissant un prêtre français, à l'accent. Il fouetta son maigre cheval, la voiture partit avec la vive allure de ces fiacres romains, si propres, si gais. Mais, presque aussitôt, après avoir longé les verdures du petit square, arrivé sur la place des Thermes, il se retourna, souriant toujours, désignant de son fouet des ruines.

« Les thermes de Dioclétien », dit-il en un mauvais français de cocher obligeant, désireux de plaire aux étrangers, pour s'assurer leur clientèle.

Des hauteurs du Viminal, où se trouve la gare, la voiture descendit au grand trot la pente raide de la rue Nationale. Et, dès lors, il ne cessa plus, il tourna la tête à chaque monument, le montra du même geste. Dans ce bout de large voie, il n'y avait que des bâtisses neuves. Sur la droite, plus loin, montaient des massifs de verdure, en haut desquels s'allongeait un interminable bâtiment jaune et nu, couvent ou caserne.

« Le Quirinal, le palais du roi », dit le cocher.

Pierre, depuis une semaine que son voyage était décidé, passait les jours à étudier la topographie de Rome sur des plans et dans des livres. Aussi aurait-il pu se diriger, sans avoir à demander son chemin, et les explications le trouvaient prévenu. Ce qui le déroutait pourtant, c'étaient ces pentes soudaines, ces continuelles collines qui étagent en terrasses certains quartiers. Mais la voix du cocher se haussa, bien qu'un peu ironique, et le mouvement de son fouet se fit plus ample, lorsque, sur la gauche, il nomma une immense construction, fraîche et crayeuse encore, tout un pâté gigantesque de pierres, surchargé de sculptures, de frontons et de statues.

« La Banque nationale. »

Plus bas, comme la voiture tournait sur une place triangulaire, Pierre, qui levait les yeux, fut ravi en apercevant, très haut, supporté par un grand mur lisse, un jardin suspendu, d'où se dressait, dans le ciel limpide, l'élégant et vigoureux profil d'un pin parasol centenaire. Il sentit toute la fierté et toute la grâce de Rome.

« La villa Aldobrandini. »

Puis, ce fut, plus bas encore, une vision rapide qui acheva de le passionner. La rue faisait de nouveau un coude brusque, lorsque, dans l'angle, une trouée de lumière se produisit. C'était, en contrebas, une place blanche, comme un puits de soleil, empli d'une aveuglante poussière d'or ; et, dans cette gloire matinale, s'érigeait une colonne de marbre géante, toute dorée du côté où l'astre la baignait à son lever, depuis des siècles. Il fut surpris, quand le cocher la lui nomma, car il ne se l'était pas imaginée ainsi, dans ce trou d'éblouissement, au milieu des ombres voisines.

« La colonne Trajane. »

Au bas de la pente, la rue Nationale tournait une dernière fois. Et ce furent encore des noms jetés, au trot vif du cheval : le palais Colonna, dont le jardin est bordé de maigres cyprès ; le palais Torlonia, à demi éventré pour les embellissements nouveaux ; le palais de Venise, nu et redoutable, avec ses murs crénelés, sa sévérité tragique de forteresse du Moyen Age, oubliée là dans la vie bourgeoise d'aujourd'hui. La surprise de Pierre augmentait, devant l'aspect inattendu des choses. Mais le coup fut rude surtout, lorsque le cocher, de son fouet, lui indiqua triomphalement le Corso, une longue rue étroite, à peine aussi large que notre rue Saint-Honoré, blanche de soleil à gauche, noire d'ombre à droite, et au bout de laquelle la lointaine place du Peuple faisait comme une étoile de lumière : était-ce donc là le cœur de la ville, la promenade célébrée, la voie vivante où affluait tout le sang de Rome ?

Déjà la voiture s'engageait dans le cours Victor-Emmanuel, qui continue la rue Nationale, les deux trouées dont on a coupé l'ancienne cité de part en part, de la gare au pont Saint-Ange. À gauche, l'abside ronde du Gesù était toute blonde de gaieté matinale. Puis, entre l'église et le lourd palais Altieri, qu'on n'avait point osé jeter bas, la rue s'étranglait, on entrait dans une ombre humide, glaciale. Et, au-delà, devant la façade du Gesù, sur la place, le soleil recommençait, éclatant, déroulant ses nappes dorées ; tandis qu'au loin, au fond de la rue d'Aracœli, noyée d'ombre également, des palmiers ensoleillés apparaissaient.

« Le Capitole, là-bas », dit le cocher.

Le prêtre se pencha vivement. Mais il ne vit que la tache verte, au bout du ténébreux couloir. Il était pénétré comme d'un frisson par ces alternatives soudaines de chaude lumière et d'ombre froide. Devant le palais de Venise, devant le Gesù, il lui avait semblé que toute la nuit des jours anciens lui glaçait les épaules ; puis, c'était, à chaque place, à chaque élargissement des voies nouvelles, une rentrée dans la lumière, dans la douceur gaie et tiède de la vie. Les coups de soleil jaune tombaient des toitures, découpaient nettement les ombres violâtres. Entre les façades, on apercevait des bandes de ciel très bleu et très doux. Et il trouvait à l'air qu'il respirait un goût spécial, encore indéterminé, un goût de fruit qui augmentait en lui la fièvre de l'arrivée.

Malgré son irrégularité, c'est une fort belle voie moderne que le cours Victor-Emmanuel ; et Pierre pouvait se croire dans une grande ville quelconque, aux vastes bâtisses de rapport. Mais, quand il passa devant la Chancellerie, le chef-d'œuvre de Bramante, le monument type de la Renaissance romaine, son étonnement revint, son esprit retourna aux palais qu'il venait déjà d'entrevoir, à cette architecture nue, colossale et lourde, ces immenses cubes de pierre, pareils à des hôpitaux ou à des prisons. Jamais il ne se serait imaginé ainsi les fameux palais romains, sans grâce ni fantaisie, sans magnificence extérieure. C'était évidemment fort beau, il finirait par comprendre, mais il devrait y réfléchir.

Brusquement, la voiture quitta le populeux cours Victor-Emmanuel, pénétra dans des ruelles tortueuses, où elle avait peine à passer. Le calme s'était fait, le désert, la vieille ville endormie et glaciale, au sortir du clair soleil et des foules de la ville nouvelle. Il se rappela les plans consultés, il se dit qu'il approchait de la via Giulia ; et sa curiosité qui avait grandi, s'accrut alors jusqu'à le faire souffrir, désespéré de ne pas en voir, de ne pas en savoir tout de suite davantage. Dans l'état de fièvre où il était depuis son départ, les étonnements qu'il éprouvait à ne pas trouver les choses telles qu'il les avait attendues, les chocs que venait de recevoir son imagination, aggravaient sa passion, le jetaient au désir aigu et immédiat de se contenter. Neuf heures sonnaient à peine, il avait toute la matinée pour se présenter au palais Boccanera : pourquoi ne se faisait-il pas conduire sur-le-champ à l'endroit classique, au sommet d'où l'on voyait Rome entière, étalée sur les sept collines ? Quand cette pensée fut entrée en lui, elle le tortura, il finit par céder.

Le cocher ne se retournait plus, et Pierre dut se soulever, pour lui crier la nouvelle adresse :

« À San Pietro in Montorio. »

D'abord, l'homme s'étonna, parut ne pas comprendre. D'un signe de son fouet, il indiqua que c'était là-bas, au loin. Enfin, comme le prêtre insistait, il se remit à sourire complaisamment, avec un branle amical de la tête. Bon, bon ! il voulait bien, lui.

Et le cheval repartit d'un train plus rapide, au milieu du dédale des rues étroites. On en suivit une, étranglée entre de hauts murs, où le jour descendait comme au fond d'une tranchée. Puis, au bout, il y eut une rentrée soudaine en plein soleil, on traversa le Tibre sur l'antique pont de Sixte IV, tandis qu'à droite et à gauche s'étendaient les nouveaux quais, dans le ravage et les plâtres neufs des constructions récentes. De l'autre côté, le Transtévère lui aussi était éventré ; et la voiture monta la pente du Janicule, par une voie large qui portait, sur de grandes plaques, le nom de Garibaldi. Une dernière fois, le cocher eut son geste d'orgueil bon enfant, en nommant cette voie triomphale.

« Via Garibaldi. »

Le cheval avait dû ralentir le pas, et Pierre, pris d'une impatience enfantine, se retournait pour voir, à mesure que la ville, derrière lui, s'étendait et se découvrait davantage. La montée était longue, des quartiers surgissaient toujours, jusqu'aux lointaines collines. Puis, dans l'émotion croissante qui faisait battre son cœur, il trouva qu'il gâtait la satisfaction de son désir, en l'émiettant ainsi, à cette conquête lente et partielle de l'horizon. Il voulait recevoir le coup en plein front, Rome entière vue d'un regard, la ville sainte ramassée, embrassée d'une seule étreinte. Et il eut la force de ne plus se retourner, malgré l'élan de tout son être.

En haut, il y a une vaste terrasse. L'église San Pietro in Montorio se trouve là, à l'endroit où saint Pierre, dit-on, fut crucifié. La place est nue et rousse, cuite par les grands soleils d'été ; pendant qu'un peu plus loin, derrière, les eaux claires et grondantes de l'Acqua Paola tombent à gros bouillons des trois vasques de la fontaine monumentale, dans une éternelle fraîcheur. Et, le long du parapet qui borde la terrasse, à pic sur le Transtévère, s'alignent toujours des touristes, des Anglais minces, des Allemands carrés, béants d'admiration traditionnelle, leur guide à la main, qu'ils consultent, pour reconnaître les monuments.

Pierre sauta lestement de la voiture, laissant sa valise sur la banquette, faisant signe d'attendre au cocher, qui alla se ranger près des autres fiacres et qui resta philosophiquement sur son siège, au plein soleil, la tête basse comme son cheval, tous deux résignés d'avance à la longue station accoutumée.

Et Pierre, déjà, regardait de toute sa vue, de toute son âme, debout contre le parapet, dans son étroite soutane noire, les mains nues et serrées nerveusement, brûlantes de sa fièvre. Rome, Rome ! la Ville des Césars, la Ville des Papes, la Ville Éternelle qui deux fois a conquis le monde, la Ville prédestinée du rêve ardent qu'il faisait depuis des mois ! elle était là enfin, il la voyait ! Des orages, les jours précédents, avaient abattu les grandes chaleurs d'août. Cette admirable matinée de septembre fraîchissait dans le bleu léger du ciel sans tache, infini. Et c'était une Rome noyée de douceur, une Rome du songe, qui semblait s'évaporer au clair soleil matinal. Une fine brume bleuâtre flottait sur les toits des bas quartiers, mais à peine sensible, d'une délicatesse de gaze ; tandis que la Campagne immense, les monts lointains se perdaient dans du rose pâle. Il ne distingua rien d'abord, il ne voulait s'arrêter à aucun détail, il se donnait à Rome entière, au colosse vivant, couché là devant lui, sur ce sol fait de la poussière des générations. Chaque siècle en avait renouvelé la gloire, comme sous la sève d'une immortelle jeunesse. Et ce qui le saisissait, ce qui faisait battre son cœur plus fort, à grands coups, dans cette première rencontre, c'était qu'il trouvait Rome telle qu'il la désirait, matinale et rajeunie, d'une gaieté envolée, immatérielle presque, toute souriante de l'espoir d'une vie nouvelle, à cette aube si pure d'un beau jour.

Alors, Pierre, immobile et debout devant l'horizon sublime, les mains toujours serrées et brûlantes, revécut en quelques minutes les trois dernières années de sa vie. Ah ! quelle année terrible, la première, celle qu'il avait passée au fond de sa petite maison de Neuilly, portes et fenêtres closes, terré là comme un animal blessé qui agonise ! Il revenait de Lourdes l'âme morte, le cœur sanglant, n'ayant plus en lui que de la cendre. Le silence et la nuit s'étaient faits sur les ruines de son amour et de sa foi. Des jours et des jours s'écoulèrent, sans qu'il entendît ses veines battre, sans qu'une lueur se levât, éclairant les ténèbres de son abandon. Il vivait machinalement, il attendait d'avoir le courage de se reprendre à l'existence, au nom de la raison souveraine, qui lui avait fait tout sacrifier. Pourquoi donc n'était-il pas plus résistant et plus fort, pourquoi ne conformait-il pas sa vie tranquillement à ses certitudes nouvelles ? Puisqu'il refusait de quitter la soutane, fidèle à un amour unique et par dégoût du parjure, pourquoi ne se donnait-il pas pour besogne quelque science permise à un prêtre, l'astronomie ou l'archéologie ? Mais quelqu'un pleurait en lui, sa mère sans doute, une immense tendresse éperdue que rien n'avait assouvie encore, qui se désespérait sans fin de ne pouvoir se contenter. C'était la continuelle souffrance de sa solitude, la plaie restée vive, dans la haute dignité de sa raison reconquise.

Puis, un soir d'automne, par un triste ciel de pluie, le hasard le mit en relation avec un vieux prêtre, l'abbé Rose, vicaire à Sainte-Marguerite, dans le faubourg Saint-Antoine. Il alla le voir, au fond du rez-de-chaussée humide qu'il occupait, rue de Charonne, trois pièces transformées en asile, pour les petits enfants abandonnés, qu'il ramassait dans les rues voisines. Et, dès ce moment, sa vie changea, un intérêt nouveau et tout-puissant y était entré, il devint l'aide peu à peu passionné du vieux prêtre. Le chemin était long, de Neuilly à la rue de Charonne. D'abord, il ne le fit que deux fois par semaine. Puis, il se dérangea tous les jours, il partait le matin pour ne rentrer que le soir. Les trois pièces ne suffisant plus, il avait loué le premier étage, il s'y était réservé une chambre, où il finit par coucher souvent ; et toutes ses petites rentes passaient là, dans ce secours immédiat donné à l'enfance pauvre ; et le vieux prêtre, ravi, touché aux larmes de ce jeune dévouement qui lui tombait du ciel, l'embrassait en pleurant, l'appelait l'enfant du bon Dieu.

La misère, la scélérate et abominable misère, Pierre alors la connut, vécut chez elle, avec elle, pendant deux années. Cela commença par ces petits êtres qu'il ramassait sur le trottoir, que la charité des voisins lui amenait, maintenant que l'asile était connu du quartier : des garçonnets, des fillettes, des tout-petits tombés à la rue, pendant que les pères et les mères travaillaient, buvaient ou mouraient. Souvent le père avait disparu, la mère se prostituait, l'ivrognerie et la débauche étaient entrées au logis avec le chômage ; et c'était la nichée au ruisseau, les plus jeunes crevant de froid et de faim sur le pavé, les autres s'envolant pour le vice et le crime. Un soir, rue de Charonne, sous les roues d'un fardier, il avait retiré deux petits garçons, deux frères, qui ne purent même lui donner une adresse, venus ils ne savaient d'où. Un autre soir, il rentra avec une petite fille dans ses bras, un petit ange blond de trois ans à peine, trouvée sur un banc, et qui pleurait, en disant que sa maman l'avait laissée là. Et, plus tard, forcément, de ces maigres et pitoyables oiseaux culbutés du nid, il remonta aux parents, il fut amené à pénétrer de la rue dans les bouges, s'engageant chaque jour davantage dans cet enfer, finissant par en connaître toute l'épouvantable horreur, le cœur saignant, éperdu d'angoisse terrifiée et de charité vaine.

Ah ! la dolente cité de la misère, l'abîme sans fond de la déchéance et de la souffrance humaines, quels voyages effroyables il y fit, pendant ces deux années qui bouleversèrent son être ! Dans ce quartier Sainte-Marguerite, au sein même de ce faubourg Saint-Antoine si actif, si courageux à la besogne, il découvrit des maisons sordides, des ruelles entières de masures sans jour, sans air, d'une humidité de cave, où croupissait, où agonisait, empoisonnée, toute une population de misérables. Le long de l'escalier branlant, les pieds glissaient sur les ordures amassées. À chaque étage, recommençait le même dénuement, tombé à la saleté, à la promiscuité la plus basse. Des vitres manquaient, le vent faisait rage, la pluie entrait à flots. Beaucoup couchaient sur le carreau nu, sans jamais se dévêtir. Pas de meubles, pas de linge, une vie de bête qui se contente et se soulage comme elle peut, au hasard de l'instinct et de la rencontre. Là-dedans, en tas, tous les sexes, tous les âges, l'humanité revenue à l'animalité par la dépossession de l'indispensable, par une indigence telle, qu'on s'y disputait à coups de dents les miettes balayées de la table des riches. Et le pis y était cette dégradation de la créature humaine, non plus le libre sauvage qui allait nu, chassant et mangeant sa proie dans les forêts primitives, mais l'homme civilisé retourné à la brute, avec toutes les tares de sa déchéance, souillé, enlaidi, affaibli, au milieu du luxe et des raffinements d'une cité reine du monde.

Pierre, dans chaque ménage, retrouvait la même histoire. Au début, il y avait eu de la jeunesse, de la gaieté, la loi du travail acceptée courageusement. Puis, la lassitude était venue : toujours travailler pour ne jamais être riche, à quoi bon ? L'homme avait bu pour le plaisir d'avoir sa part de bonheur, la femme s'était relâchée des soins du ménage, buvant elle aussi parfois, laissant les enfants pousser au hasard. Le milieu déplorable, l'ignorance et l'entassement avaient fait le reste. Plus souvent encore, le chômage était le grand coupable : il ne se contente pas de vider le tiroir aux économies, il épuise le courage, il habitue à la paresse. Pendant des semaines, les ateliers se vident, les bras deviennent mous. Impossible, dans ce Paris si enfiévré d'action, de trouver la moindre besogne à faire. Le soir, l'homme rentre en pleurant, ayant offert ses bras partout, n'ayant pas même réussi à être accepté pour balayer les rues, car l'emploi est recherché, il y faut des protections. N'est-ce pas monstrueux, sur ce pavé de la grande ville où resplendissent, où retentissent les millions, un homme qui cherche du travail pour manger, et qui ne trouve pas, et qui ne mange pas ? La femme ne mange pas, les enfants ne mangent pas. Alors, c'était la famine noire, l'abrutissement, puis la révolte, tous les liens sociaux rompus, sous cette affreuse injustice de pauvres êtres que leur faiblesse condamnait à la mort. Et le vieil ouvrier, celui dont cinquante années de dur labeur avaient usé les membres, sans qu'il pût mettre un sou de côté, sur quel grabat d'agonie tombait-il pour mourir, au fond de quelle soupente ? Fallait-il donc l'achever d'un coup de marteau, comme une bête de somme fourbue, le jour où, ne travaillant plus, il ne mangeait plus ? Presque tous allaient mourir à l'hôpital. D'autres disparaissaient, ignorés, emportés dans le flot boueux de la rue. Un matin, au fond d'une hutte infâme, sur de la paille pourrie, Pierre en découvrit un, mort de faim, oublié là depuis une semaine, et dont les rats avaient dévoré le visage.

Mais ce fut un soir du dernier hiver que sa pitié déborda. L'hiver, les souffrances des misérables deviennent atroces, dans les taudis sans feu, où la neige entre par les fentes. La Seine charrie, le sol est couvert de glace, toutes sortes d'industries sont forcées de chômer. Dans les cités des chiffonniers, réduits au repos, des bandes de gamins s'en vont pieds nus, vêtus à peine, affamés et toussant, emportés par de brusques rafales de phtisie. Il trouvait des familles, des femmes avec des cinq et six enfants, blottis en tas pour se tenir chaud, et qui n'avaient pas mangé depuis trois jours. Et ce fut le soir terrible, lorsque, le premier, il pénétra, au fond d'une allée sombre, dans la chambre d'épouvante, où une mère venait de se suicider avec ses cinq petits, de désespoir et de faim, un drame de la misère dont tout Paris allait frissonner pendant quelques heures. Plus un meuble, plus un linge, tout avait dû être vendu, pièce à pièce, chez le brocanteur voisin. Rien que le fourneau de charbon fumant encore. Sur une paillasse à moitié vide, la mère était tombée en allaitant son dernier-né, un nourrisson de trois mois ; et une goutte de sang perlait au bout du sein, vers lequel se tendaient les lèvres avides du petit mort. Les deux fillettes, trois ans et cinq ans, deux blondines jolies, dormaient aussi là leur éternel sommeil, côte à côte ;

tandis que, des deux garçons, plus âgés, l'un s'était anéanti, la tête entre les mains, accroupi contre le mur, pendant que l'autre avait agonisé par terre, en se débattant, comme s'il s'était traîné sur les genoux, pour ouvrir la fenêtre. Des voisins accourus racontaient la banale, l'affreuse histoire : une lente ruine, le père ne trouvant pas de travail, glissant à la boisson peut-être, le propriétaire las d'attendre, menaçant le ménage d'expulsion, et la mère perdant la tête, voulant mourir, décidant sa nichée à mourir avec elle, pendant que son homme, sorti depuis le matin, battait vainement le pavé. Comme le commissaire arrivait pour les constatations, ce misérable rentra ; et, quand il eut vu, quand il eut compris, il s'abattit ainsi qu'un bœuf assommé, il se mit à hurler d'une plainte incessante, un tel cri de mort, que toute la rue terrifiée en pleurait.

Ce cri horrible de race condamnée qui s'achève dans l'abandon et dans la faim, Pierre l'avait emporté au fond de ses oreilles, au fond de son cœur ; et il ne put manger, il ne put s'endormir, ce soir-là. Était-ce possible, une abomination pareille, un dénuement si complet, la misère noire aboutissant à la mort, au milieu de ce grand Paris regorgeant de richesses, ivre de jouissances, jetant pour le plaisir les millions à la rue ? Quoi ! d'un côté de si grosses fortunes, tant d'inutiles caprices satisfaits, des vies comblées de tous les bonheurs ! de l'autre, une pauvreté acharnée, pas même du pain, aucune espérance, les mères se tuant avec leurs nourrissons, auxquels elles n'avaient plus à donner que le sang de leurs mamelles taries ! Et une révolte le souleva, il eut un instant conscience de l'inutilité dérisoire de la charité. À quoi bon faire ce qu'il faisait, ramasser les petits, porter des secours aux parents, prolonger les souffrances des vieux ? L'édifice social était pourri à la base, tout allait crouler dans la boue et dans le sang. Seul, un grand acte de justice pouvait balayer l'ancien monde, pour reconstruire le nouveau. Et, à cette minute, il sentit si nettement la cassure irréparable, le mal sans remède, le chancre de la misère sûrement mortel, qu'il comprit les violents, prêt lui-même à accepter l'ouragan dévastateur et purificateur, la terre régénérée par le fer et le feu, comme autrefois, lorsque le Dieu terrible envoyait l'incendie pour assainir les villes maudites.

Mais l'abbé Rose, ce soir-là, en l'entendant sangloter, monta le gronder paternellement. C'était un saint, d'une douceur et d'un espoir infinis. Désespérer, grand Dieu ! quand l'Évangile était là ! Est-ce que la divine maxime : « Aimez-vous les uns les autres », ne suffisait pas au salut du monde ? Il avait l'horreur de la violence, et il disait que, si grand que fût le mal, on en viendrait tout de même bien vite à bout, le jour où l'on retournerait en arrière, à l'époque d'humilité, de simplicité et de pureté, lorsque les chrétiens vivaient en frères innocents. Quelle délicieuse peinture il faisait de la société évangélique, dont il évoquait le renouveau avec une gaieté tranquille, comme si elle devait se réaliser le lendemain ! Et Pierre finit par sourire, par se plaire à ce beau conte consolateur, dans son besoin d'échapper au cauchemar affreux de la journée. Ils causèrent très tard, ils reprirent les jours suivants ce sujet de conversation que le vieux prêtre chérissait, abondant toujours en nouveaux détails, parlant du règne prochain de l'amour et de la justice, avec la conviction touchante d'un brave homme qui était certain de ne pas mourir sans avoir vu Dieu sur la terre.

Alors, chez Pierre, une évolution nouvelle se fit. La pratique de la charité, dans ce quartier pauvre, l'avait amené à un attendrissement immense : son cœur défaillait, éperdu, meurtri de cette misère qu'il désespérait de jamais guérir. Et, sous ce réveil du sentiment, il sentait parfois céder sa raison, il retournait à son enfance, à ce besoin d'universelle tendresse que sa mère avait mis en lui, imaginant des soulagements chimériques, attendant une aide des puissances inconnues. Puis, sa crainte, sa haine de la brutalité des faits, acheva de le jeter au désir croissant du salut par l'amour. Il était grand temps de conjurer l'effroyable catastrophe inévitable, la guerre fratricide des classes qui emporterait le vieux monde, condamné à disparaître sous l'amas de ses crimes. Dans la conviction où il était que l'injustice se trouvait à son comble, que l'heure vengeresse allait sonner où les pauvres forceraient les riches au partage, il se plut dès lors à rêver une solution pacifique, le baiser de paix entre tous les hommes, le retour à la morale pure de l'Évangile, telle que Jésus l'avait prêchée. D'abord, des doutes le torturèrent : était-ce possible, ce rajeunissement de l'antique catholicisme, allait-on pouvoir le ramener à la jeunesse, à la candeur du christianisme primitif ? Il s'était mis à l'étude, lisant, questionnant, se passionnant de plus en plus pour cette grosse question du socialisme catholique, qui justement menait grand bruit depuis quelques années ; et, dans son amour frissonnant des misérables, préparé comme il l'était au miracle de la fraternité, il perdait peu à peu les scrupules de son intelligence, il se persuadait que le Christ, une seconde fois, devait venir racheter l'humanité souffrante. Enfin, cela se formula nettement dans son esprit, en cette certitude que le catholicisme, épuré, ramené à ses origines, pouvait être l'unique pacte, la loi suprême qui sauverait la société actuelle, en conjurant la crise sanglante dont elle était menacée. Deux années auparavant, lorsqu'il avait quitté Lourdes, révolté par toute cette basse idolâtrie, la foi morte à jamais et l'âme inquiète pourtant devant l'éternel besoin du divin qui tourmente la créature, un cri était monté en lui, du plus profond de son être : une religion nouvelle ! une religion nouvelle ! Et, aujourd'hui, c'était cette religion nouvelle, ou plutôt cette religion renouvelée, qu'il croyait avoir découverte, dans un but de salut social, utilisant pour le bonheur humain la seule autorité morale debout, la lointaine organisation du plus admirable outil qu'on ait jamais forgé pour le gouvernement des peuples.

Durant cette période de lente formation que Pierre traversa, deux hommes, en dehors de l'abbé Rose, eurent une grande influence sur lui. Une bonne œuvre l'avait mis en rapport avec Mgr Bergerot, un évêque, dont le pape venait de faire un cardinal, en récompense de toute une vie d'admirable charité, malgré la sourde opposition de son entourage qui flairait chez le prélat français un esprit libre, gouvernant en père son diocèse ; et Pierre s'enflamma davantage au contact de cet apôtre, de ce pasteur d'âmes, un de ces chefs simples et bons, tels qu'il les souhaitait à la communauté future. Mais la rencontre qu'il fit du vicomte Philibert de la Choue, dans des associations catholiques d'ouvriers, fut encore plus décisive pour son apostolat. Le vicomte, un bel homme, d'allure militaire, à la face longue et noble, gâtée par un nez cassé et trop petit, ce qui semblait indiquer l'échec final d'une nature mal d'aplomb, était un des agitateurs les plus actifs du socialisme catholique français. Il possédait de grands domaines, une grande fortune, bien qu'on racontât que des entreprises agricoles malheureuses lui en avaient emporté déjà près de la moitié. Dans son département, il s'était efforcé d'installer des fermes modèles, où il avait appliqué ses idées en matière de socialisme chrétien ; et il ne semblait guère, non plus, que le succès l'encourageât. Seulement, cela lui avait servi à se faire nommer député, et il parlait à la Chambre, il y exposait le programme du parti, en longs discours retentissants. D'ailleurs, d'une ardeur infatigable, il conduisait des pèlerinages à Rome, il présidait des réunions, faisait des conférences, se donnait surtout au peuple, dont la conquête, disait-il dans l'intimité, pouvait seule assurer le triomphe de l'Église. Et il eut de la sorte une action considérable sur Pierre, qui admirait naïvement en lui les qualités dont il se sentait dépourvu, un esprit d'organisation, une volonté militante un peu brouillonne, tout entière appliquée à recréer en France la société chrétienne. Le jeune prêtre apprit beaucoup dans sa fréquentation, mais il resta quand même le sentimental, le rêveur dont l'envolée, dédaigneuse des nécessités politiques, allait droit à la cité future du bonheur universel ; tandis que le vicomte avait la prétention d'achever la ruine de l'idée libérale de 1789, en utilisant, pour le retour au passé, la désillusion et la colère de la démocratie.

Pierre passa des mois enchantés. Jamais néophyte n'avait vécu si absolument pour le bonheur des autres. Il fut tout amour, il brûla de la passion de son apostolat. Ce peuple misérable qu'il visitait, ces hommes sans travail, ces mères, ces enfants sans pain, le jetaient à la certitude de plus en plus grande qu'une nouvelle religion devait naître, pour faire cesser une injustice dont le monde révolté allait violemment mourir ; et cette intervention du divin, cette renaissance du christianisme primitif, il était résolu à y travailler, à la hâter de toutes les forces de son être. Sa foi catholique restait morte, il ne croyait toujours pas aux dogmes, aux mystères, aux miracles. Mais un espoir lui suffisait, celui que l'Église pût encore faire du bien, en prenant en main l'irrésistible mouvement démocratique moderne, afin d'éviter aux nations la catastrophe sociale menaçante. Son âme s'était calmée, depuis qu'il se donnait cette mission, de remettre l'Évangile au cœur du peuple affamé et grondant des faubourgs. Il agissait, il souffrait moins de l'affreux néant qu'il avait rapporté de Lourdes ; et, comme il ne s'interrogeait plus, l'angoisse de l'incertitude ne le dévorait plus. C'était avec la sérénité d'un simple devoir accompli qu'il continuait à dire sa messe. Même il finissait par penser que le mystère qu'il célébrait ainsi, que tous les mystères et tous les dogmes n'étaient en somme que des symboles, des rites nécessaires à l'enfance de l'humanité, et dont on se débarrasserait plus tard, lorsque l'humanité grandie, épurée, instruite, pourrait supporter l'éclat de la vérité nue.

Et Pierre, dans son zèle d'être utile, dans sa passion de crier tout haut sa croyance, s'était trouvé un matin à sa table, écrivant un livre. Cela était venu naturellement, ce livre sortait de lui comme un appel de son cœur, en dehors de toute idée littéraire. Le titre, une nuit qu'il ne dormait pas, avait brusquement flamboyé, dans les ténèbres : *La Rome nouvelle*. Et cela disait tout, car n'était-ce pas de Rome, l'éternelle et la sainte, que devait partir le rachat des peuples ? L'unique autorité existante se trouvait là, le rajeunissement ne pouvait naître que de la terre sacrée où avait poussé le vieux chêne catholique. En deux mois, il écrivit ce livre, qu'il préparait depuis un an sans en avoir conscience, par ses études sur le socialisme contemporain. C'était en lui comme un bouillonnement de poète, il lui semblait parfois rêver ces pages, tandis qu'une voix intérieure et lointaine les lui dictait. Souvent, lorsqu'il lisait au vicomte Philibert de la Choue les lignes écrites la veille, celui-ci les approuvait vivement, au point de vue de la propagande, en disant que le peuple avait besoin d'être ému pour être entraîné, et qu'il aurait fallu aussi composer des chansons pieuses, amusantes pourtant, qu'on aurait chantées dans les ateliers. Quant à Mgr Bergerot, sans examiner le livre au point de vue du dogme, il fut touché profondément du souffle ardent de charité qui sortait de chaque page, il commit même l'imprudence d'écrire une lettre approbative à l'auteur, en l'autorisant à la mettre comme préface en tête de l'œuvre. Et c'était cette œuvre, publiée en juin, que la congrégation de l'Index allait frapper d'interdiction, c'était pour la défense de cette œuvre que le jeune prêtre venait d'accourir à Rome, plein de surprise et d'enthousiasme, tout enflammé du désir de faire triompher sa foi, résolu à plaider sa cause lui-même devant le Saint-Père, dont il était convaincu d'avoir exprimé simplement les idées.

Pendant que Pierre revivait ainsi ses trois années dernières, il n'avait pas bougé, debout contre le parapet, devant cette Rome tant rêvée et tant souhaitée. Derrière lui, des arrivées et des départs brusques de voitures se succédaient, les maigres Anglais et les Allemands lourds défilaient, après avoir donné à l'horizon classique les cinq minutes marquées dans le guide ; tandis que le cocher et le cheval de son fiacre attendaient complaisamment, la tête basse sous le grand soleil, qui chauffait la valise restée seule sur la banquette. Et lui semblait s'être aminci encore, dans sa soutane noire, comme élancé, immobile et fin, tout entier au spectacle sublime. Il avait maigri après Lourdes, son visage s'était fondu. Depuis que sa mère l'emportait de nouveau, le grand front droit, la tour intellectuelle qu'il devait à son père, semblait décroître, pendant que la bouche de bonté, un peu forte, le menton délicat, d'une infinie tendresse, dominaient, disaient son âme, qui brûlait aussi dans la flamme charitable des yeux.

Ah ! de quels yeux tendres et ardents il la regardait, la Rome de son livre, la Rome nouvelle dont il avait fait le rêve ! Si, d'abord, l'ensemble l'avait saisi, dans la douceur un peu voilée de l'admirable matinée, il distinguait maintenant des détails, il s'arrêtait à des monuments. Et c'était avec une joie enfantine qu'il les reconnaissait tous, pour les avoir longtemps étudiés sur des plans et dans des collections de photographies. Là, sous ses pieds, le Transtévère s'étendait, au bas du Janicule, avec le chaos de ses vieilles maisons rougeâtres, dont les tuiles mangées de soleil cachaient le cours du Tibre. Il restait un peu surpris de l'aspect plat de la ville, regardée ainsi du haut de cette terrasse, comme nivelée par cette vue à vol d'oiseau, à peine bossuée des sept fameuses collines, une houle presque insensible au milieu de la mer élargie des façades. Là-bas, à droite, se détachant en violet sombre sur les lointains bleuâtres des monts Albains, c'était bien l'Aventin avec ses trois églises à demi cachées parmi des feuillages ; et c'était aussi le Palatin découronné, qu'une ligne de cyprès bordait d'une frange noire. Le Caelius, derrière, se perdait, ne montrait que les arbres de la villa Mattei, pâlis dans la poussière d'or du soleil. Seuls, le mince clocher et les deux petits dômes de Sainte-Marie-Majeure indiquaient le sommet de l'Esquilin, en face et très loin, à l'autre bout de la ville ; tandis que, sur les hauteurs du Viminal, il n'apercevait, noyée de lumière, qu'une confusion de blocs blanchâtres, striés de petites raies brunes, sans doute des constructions récentes, pareilles à une carrière de pierres abandonnée.

Longtemps il chercha le Capitole, sans pouvoir le découvrir. Il dut s'orienter, il finit par se convaincre qu'il en voyait bien le campanile, en avant de Sainte-Marie-Majeure, là-bas, cette tour carrée, si modeste, qu'elle se perdait au milieu des toitures environnantes. Et, à gauche, le Quirinal venait ensuite, reconnaissable à la longue façade du palais royal, cette façade d'hôpital ou de caserne, d'un jaune dur, plate et percée d'une infinité de fenêtres régulières. Mais, comme il achevait de se tourner, une soudaine vision l'immobilisa. En dehors de la ville, au-dessus des arbres du jardin Corsini, le dôme de Saint-Pierre lui apparaissait. Il semblait posé sur la verdure ; et, dans le ciel d'un bleu pur, il était lui-même d'un bleu de ciel si léger, qu'il se confondait avec l'azur infini. En haut, la lanterne de pierre qui le surmonte, toute blanche et éblouissante de clarté, était comme suspendue.

Pierre ne se lassait pas, et ses regards revenaient sans cesse d'un bout de l'horizon à l'autre. Il s'attardait aux nobles dentelures, à la grâce fière des monts de la Sabine et des monts Albains, semés de villes, dont la ceinture bornait le ciel. La Campagne romaine s'étendait par échappées immenses, nue et majestueuse, tel qu'un désert de mort, d'un vert glauque de mer stagnante ; et il finit par distinguer la tour basse et ronde du tombeau de Caecilia Metella, derrière lequel une mince ligne pâle indiquait l'antique voie Appienne. Des débris d'aqueducs semaient l'herbe rase, dans la poussière des mondes écroulés. Et il ramenait ses regards, et c'était la ville de nouveau, le pêle-mêle des édifices, au petit bonheur de la rencontre. Ici, tout près, il reconnaissait, à sa loggia tournée vers le fleuve, l'énorme cube fauve du palais Farnèse. Plus loin, cette coupole basse, à peine visible, devait être celle du Panthéon. Puis, par sauts brusques, c'étaient les murs reblanchis de Saint-Paul-hors-les-Murs, pareils à ceux d'une grange colossale, les statues qui couronnent Saint-Jean-de-Latran, légères, à peine grosses comme des insectes ; puis, le pullulement des dômes, celui du Gesù, celui de Saint-Charles, celui de Saint-André-de-la-Vallée, celui de Saint-Jean-des-Florentins ; puis, tant d'autres édifices encore, resplendissants de souvenirs, le château Saint-Ange dont la statue étincelait, la villa Médicis qui dominait la ville entière, la terrasse du Pincio où blanchissaient des marbres parmi des arbres rares, les grands ombrages de la villa Borghèse, au loin, fermant l'horizon de leurs cimes vertes. Vainement il chercha le Colisée. Le petit vent du nord qui soufflait, très doux, commençait pourtant à dissiper les buées matinales. Sur les lointains vaporeux, des quartiers entiers se dégageaient avec vigueur, tels que des promontoires, dans une mer ensoleillée. Çà et là, parmi l'amoncellement indistinct des maisons, un pan de muraille blanche éclatait, une rangée de vitres jetait des flammes, un jardin étalait une tache noire, d'une puissance de coloration surprenante. Et le reste, le pêle-mêle des rues, des places, les îlots sans fin, semés en tous sens, s'emmêlaient, s'effaçaient dans la gloire vivante du soleil, tandis que de hautes fumées blanches, montées des toits, traversaient avec lenteur l'infinie pureté du ciel.

Mais bientôt Pierre, par un secret instinct, ne s'intéressa plus qu'à trois points de l'horizon immense. Là-bas, la ligne de cyprès minces qui frangeait de noir la hauteur du Palatin, l'émotionnait ; il n'apercevait, derrière, que le vide, les palais des Césars avaient disparu, écroulés, rasés par le temps ; et il les évoquait, il croyait les voir se dresser comme des fantômes d'or, vagues et tremblants, dans la pourpre de la matinée splendide. Puis, ses regards retournaient à Saint-Pierre ; et là le dôme était debout encore, abritant sous lui le Vatican qu'il savait être à côté, collé au flanc du colosse ; et il le trouvait triomphal, couleur du ciel, si solide et si vaste, qu'il lui apparaissait comme le roi géant, régnant sur la ville, vu de partout, éternellement. Puis, il reportait les yeux en face, vers l'autre mont, au Quirinal, où le palais du roi ne lui semblait plus qu'une caserne plate et basse, badigeonnée de jaune. Et toute l'histoire séculaire de Rome, avec ses continuels bouleversements, ses résurrections successives, était là pour lui, dans ce triangle symbolique, dans ces trois sommets qui se regardaient, par-dessus le Tibre : la Rome antique épanouissant, en un entassement de palais et de temples, la fleur monstrueuse de la puissance et de la splendeur impériales ; la Rome papale, victorieuse au Moyen Age, maîtresse du monde, faisant peser sur la chrétienté cette église colossale de la beauté reconquise ; la Rome actuelle, celle qu'il ignorait, qu'il avait négligée, dont le palais royal, si nu, si froid, lui donnait une pauvre idée, l'idée d'une tentative bureaucratique et fâcheuse, d'un essai de modernité sacrilège sur une cité à part, qu'il aurait fallu laisser au rêve de l'avenir. Cette sensation presque pénible d'un présent importun, il l'écartait, il ne voulait pas s'arrêter à tout un quartier neuf, toute une petite ville blafarde, en construction sans doute encore, qu'il voyait distinctement près de Saint-Pierre, au bord du fleuve. Sa Rome nouvelle, à lui, il l'avait rêvée, et il la rêvait encore, même en face du Palatin anéanti dans la poussière des siècles, du dôme de Saint-Pierre dont la grande ombre endormait le Vatican, du palais du Quirinal refait à neuf et repeint, régnant bourgeoisement sur les quartiers nouveaux qui pullulaient de toutes parts, éventrant la vieille ville aux toits roux, éclatante sous le clair soleil matinal.

La Rome nouvelle, le titre de son livre se remit à flamboyer devant Pierre, et une autre songerie l'emporta, il revécut son livre, après avoir revécu sa vie. Il l'avait écrit d'enthousiasme, utilisant les notes amassées au hasard ; et la division en trois parties s'était tout de suite imposée : le passé, le présent, l'avenir.

Le passé, c'était l'extraordinaire histoire du christianisme primitif, de la lente évolution qui avait fait de ce christianisme le catholicisme actuel. Il démontrait que, sous toute évolution religieuse, se cache une question économique, et qu'en somme l'éternel mal, l'éternelle lutte n'a jamais été qu'entre le pauvre et le riche. Chez les Juifs, immédiatement après la vie nomade, lorsqu'ils ont conquis Chanaan et que la propriété se crée, la lutte des classes éclate. Il y a des riches et il y a des pauvres : dès lors naît la question sociale. La transition avait été brusque, l'état de choses nouveau empira si rapidement, que les pauvres, se rappelant encore l'âge d'or de la vie nomade, souffrirent et réclamèrent avec d'autant plus de violence. Jusqu'à Jésus, les prophètes ne sont que des révoltés, qui surgissent de la misère du peuple, qui disent ses souffrances, accablent les riches, auxquels ils prophétisent tous les maux, en punition de leur injustice et de leur dureté. Jésus lui-même n'est que le dernier d'eux, et il apparaît comme la revendication vivante du droit des pauvres. Les prophètes, socialistes et anarchistes, avaient prêché l'égalité sociale, en demandant la destruction du monde, s'il n'était point juste. Lui, apporte également aux misérables la haine du riche. Tout son enseignement est une menace contre la richesse, contre la propriété ; et, si l'on entendait par le Royaume des cieux, qu'il promettait, la paix et la fraternité sur cette terre, il n'y aurait plus là qu'un retour à l'âge d'or de la vie pastorale, que le rêve de la communauté chrétienne, tel qu'il semble avoir été réalisé après lui, par ses disciples. Pendant les trois premiers siècles, chaque Église a été un essai de communisme, une véritable association, dont les membres possédaient tout en commun, hors les femmes. Les Apologistes et les premiers Pères de l'église en font foi, le christianisme n'était alors que la religion des humbles et des pauvres, une démocratie, un socialisme, en lutte contre la société romaine. Et, quand celle-ci s'écroula, pourrie par l'argent, elle succomba sous l'agio, les banques véreuses, les désastres financiers, plus encore que sous le flot des Barbares et le sourd travail de termites des chrétiens. La question d'argent est toujours à la base. Aussi en eut-on une nouvelle preuve, lorsque le christianisme, triomphant enfin, grâce aux conditions historiques, sociales et humaines, fut déclaré religion d'État. Pour assurer complètement sa victoire, il se trouva forcé de se mettre avec les riches et les puissants ; et il faut voir par quelles subtilités, quels sophismes, les Pères de l'Église en arrivent à découvrir dans l'Évangile de Jésus la défense de la propriété. Il y avait là pour le christianisme une nécessité politique de vie, il n'est devenu qu'à ce prix le catholicisme, l'universelle religion. Dès lors, la redoutable machine s'érige, l'arme de conquête et de gouvernement : en haut, les puissants, les riches, qui ont le devoir de partager avec les pauvres, mais qui n'en font rien ; en bas, les pauvres, les travailleurs, à qui l'on enseigne la résignation et l'obéissance, en leur réservant le Royaume futur, la compensation divine et éternelle. Monument admirable, qui a duré des siècles, où tout est bâti sur la promesse de l'Au-delà, sur cette soif inextinguible d'immortalité et de justice dont l'homme est dévoré.

Cette première partie de son livre, cette histoire du passé, Pierre l'avait complétée par une étude à grands traits du catholicisme jusqu'à nos jours. C'était d'abord saint Pierre, ignorant, inquiet, tombant à Rome par un coup de génie, venant réaliser les oracles antiques qui avaient prédit l'éternité du Capitole. Puis, c'étaient les premiers papes, de simples chefs d'associations funéraires, c'était le lent avènement de la papauté toute-puissante, en continuelle lutte de conquête dans le monde entier, s'efforçant sans relâche de satisfaire son rêve de domination universelle. Au Moyen Age, avec les grands papes, elle crut un instant toucher au but, être la maîtresse souveraine des peuples. La vérité absolue ne serait-ce pas le pape pontife et roi de la terre, régnant sur les âmes et sur les corps de tous les hommes, comme Dieu lui-même, dont il est le représentant ? Cette ambition totale et démesurée, d'une logique parfaite, a été remplie par Auguste, empereur et pontife, maître du monde ; et, renaissant toujours des ruines de la Rome antique, c'est la figure glorieuse d'Auguste qui a hanté les papes, c'est le sang d'Auguste qui a battu dans leurs veines. Mais le pouvoir s'étant dédoublé après l'effondrement de l'Empire romain, il fallut partager, laisser à l'empereur le gouvernement temporel, en ne gardant sur lui que le droit de le sacrer, par délégation divine. Le peuple était à Dieu, le pape donnait le peuple à l'empereur, au nom de Dieu, et pouvait le reprendre, pouvoir sans limite dont l'excommunication était l'arme terrible souveraineté supérieure qui acheminait la papauté à la possession réelle et définitive de l'empire. En somme, entre le pape et l'empereur, l'éternelle querelle a été le peuple qu'ils se disputaient, la masse inerte des humbles et des souffrants, le grand muet dont de sourds grondements disaient seuls parfois l'inguérissable misère. On disposait de lui comme d'un enfant, pour son bien ; et l'Église aidait vraiment à la civilisation, rendait des services à l'humanité, répandait d'abondantes aumônes. Toujours, le rêve ancien de la communauté chrétienne revenait, au moins dans les couvents : un tiers des richesses amassées pour le culte, un tiers pour les prêtres, un tiers pour les pauvres. N'était-ce pas la vie simplifiée, l'existence rendue possible aux fidèles sans désirs terrestres, en attendant les satisfactions inouïes du Ciel ? Donnez-nous donc la terre entière, nous ferons ainsi trois parts des biens d'ici-bas, et vous verrez quel âge d'or régnera, au milieu de la résignation et de l'obéissance de tous !

Mais Pierre montrait ensuite la papauté assaillie par les plus grands dangers, au sortir de sa toute-puissance du Moyen Age. La Renaissance faillit l'emporter dans son luxe et son débordement, dans le bouillonnement de sève vivante jaillie de l'éternelle nature, méprisée, laissée pour morte pendant des siècles. Plus menaçants encore étaient les sourds réveils du peuple, du grand muet, dont la langue semblait commencer à se délier. La Réforme avait éclaté comme une protestation de la raison et de la justice, un rappel aux vérités méconnues de l'Évangile ; et il fallut, pour sauver Rome d'une disparition totale, la rude défense de l'Inquisition, le lent et obstiné labeur du concile de Trente qui raffermit le dogme et assura le pouvoir temporel. Ce fut alors l'entrée de la papauté dans deux siècles de paix et d'effacement, car les solides monarchies absolues qui s'étaient partagé l'Europe pouvaient se passer d'elle, ne tremblaient plus devant les foudres de l'excommunication devenues innocentes, n'acceptaient plus le pape que comme un maître de cérémonie, chargé de certains rites. Un déséquilibrement s'était produit dans la possession du peuple : si les rois tenaient toujours le peuple de Dieu, le pape devait seulement enregistrer la donation une fois pour toutes, sans avoir à intervenir, quelle que fût l'occasion, dans le gouvernement des États. Jamais Rome n'a été moins près de réaliser son rêve séculaire de domination universelle. Et, quand la Révolution française éclata, on put croire que la proclamation des droits de l'homme allait tuer la papauté, dépositaire du droit divin que Dieu lui avait délégué sur les nations. Aussi quelle inquiétude première, quelle colère, quelle défense désespérée, au Vatican, contre l'idée de liberté, contre ce nouveau credo de la raison libérée et de l'humanité rentrant en possession d'elle-même ! C'était le dénouement apparent de la longue lutte entre l'empereur et le pape, pour la possession du peuple : l'empereur disparaissait, et le peuple, libre désormais de disposer de lui, prétendait échapper au pape, solution imprévue où paraissait devoir crouler tout l'antique échafaudage du catholicisme.

Pierre terminait ici la première partie de son livre, par un rappel du christianisme primitif, en face du catholicisme actuel, qui est le triomphe des riches et des puissants. Cette société romaine que Jésus était venu détruire, au nom des pauvres et des humbles, la Rome catholique ne l'a-t-elle pas rebâtie, à travers les siècles, dans son œuvre politique d'argent et d'orgueil ? Et quelle triste ironie, quand on constatait qu'après dix-huit cents ans d'Évangile, le monde s'effondrait de nouveau dans l'agio, les banques véreuses, les désastres financiers, dans cette effroyable injustice de quelques hommes gorgés de richesses, parmi les milliers de leurs frères qui crevaient de faim ! Tout le salut des misérables était à recommencer. Mais ces choses terribles, Pierre les disait en des pages si adoucies de charité, si noyées d'espérance, qu'elles y avaient perdu leur danger révolutionnaire. D'ailleurs, nulle part il n'attaquait le dogme. Son livre n'était que le cri d'un apôtre, en sa forme sentimentale de poème, où brûlait l'unique amour du prochain.

Ensuite, venait la seconde partie de l'œuvre, le présent, l'étude de la société catholique actuelle. Là, Pierre avait fait une peinture affreuse de la misère des pauvres, de cette misère d'une grande ville, qu'il connaissait, dont il saignait pour en avoir touché les plaies empoisonnées. L'injustice ne se pouvait plus tolérer, la charité devenait impuissante, la souffrance était si épouvantable, que tout espoir se mourait au cœur du peuple. Ce qui avait contribué à tuer la foi en lui, n'était-ce pas le spectacle monstrueux de la chrétienté, dont les abominations le corrompaient, l'affolaient de haine et de vengeance ? Et tout de suite, après ce tableau d'une civilisation pourrie, en train de crouler, il reprenait l'histoire à la Révolution française, à l'immense espérance que l'idée de liberté avait apportée au monde. En arrivant au pouvoir, la bourgeoisie, le grand parti libéral, s'était chargé de faire enfin le bonheur de tous. Mais le pis est que la liberté, décidément, après un siècle d'expérience, ne semble pas avoir donné aux déshérités plus de bonheur. Dans le domaine politique, une désillusion commence. En tout cas, si le troisième état se déclare satisfait, depuis qu'il règne, le quatrième état, les travailleurs, souffrent toujours et continuent à réclamer leur part. On les a proclamés libres, on leur a octroyé l'égalité politique, et ce ne sont en somme que des cadeaux dérisoires, car ils n'ont, comme jadis, sous leur servitude économique, que la liberté de mourir de faim. Toutes les revendications socialistes sont nées de là, le problème terrifiant dont la solution menace d'emporter la société actuelle, s'est posé dès lors entre le travail et le capital. Quand l'esclavage a disparu du monde antique, pour faire place au salariat, la révolution fut immense ; et, certainement, l'idée chrétienne était un des facteurs puissants qui ont détruit l'esclavage. Aujourd'hui qu'il s'agit de remplacer le salariat par autre chose, peut-être par la participation de l'ouvrier aux bénéfices, pourquoi donc le christianisme ne tenterait-il pas d'avoir une action nouvelle ? Cet avènement prochain et fatal de la démocratie, c'est une autre phase de l'histoire humaine qui s'ouvre, c'est la société de demain qui se crée. Et Rome ne pouvait se désintéresser, la papauté allait avoir à prendre parti dans la querelle, si elle ne voulait pas disparaître du monde, comme un rouage devenu décidément inutile.

De là naissait la légitimité du socialisme catholique. Lorsque, de toutes parts, les sectes socialistes se disputaient le bonheur du peuple à coups de solutions, l'Église devait apporter la sienne. Et c'était ici que la Rome nouvelle apparaissait, et que l'évolution s'élargissait, dans un renouveau d'espérance illimitée. Évidemment, l'Église catholique n'avait rien, en son principe, de contraire à une démocratie. Il lui suffirait même de reprendre la tradition évangélique, de redevenir l'Église des humbles et des pauvres, le jour où elle rétablirait l'universelle communauté chrétienne. Elle est d'essence démocratique, et si elle s'est mise avec les riches, avec les puissants, lorsque le christianisme est devenu le catholicisme, elle n'a fait qu'obéir à la nécessité de se défendre pour vivre, en sacrifiant de sa pureté première ; de sorte qu'aujourd'hui, si elle abandonnait les classes dirigeantes condamnées, pour retourner au petit peuple des misérables, elle se rapprocherait simplement du Christ, elle se rajeunirait, se purifierait des compromissions politiques qu'elle a dû subir. En tous temps, l'Église, sans renoncer en rien à son absolu, a su plier devant les circonstances : elle réserve sa souveraineté totale, elle tolère simplement ce qu'elle ne peut empêcher, elle attend avec patience, même pendant des siècles, la minute où elle redeviendra la maîtresse du monde. Et, cette fois, la minute n'allait-elle pas sonner, dans la crise qui se préparait ? De nouveau, toutes les puissances se disputent la possession du peuple. Depuis que la liberté et l'instruction ont fait de lui une force, un être de conscience et de volonté réclamant sa part, tous les gouvernants veulent le gagner, régner par lui et même avec lui, s'il le faut. Le socialisme, voilà l'avenir, le nouvel instrument de règne ; et tous font du socialisme, les rois ébranlés sur leur trône, les chefs bourgeois des républiques inquiètes, les meneurs ambitieux qui rêvent du pouvoir. Tous sont d'accord que l'État capitaliste est un retour au monde païen, au marché d'esclaves, tous parlent de briser l'atroce loi de fer, le travail devenu une marchandise soumise aux lois de l'offre et de la demande, le salaire calculé sur le strict nécessaire dont l'ouvrier a besoin pour ne pas mourir de faim. En bas, les maux grandissent, les travailleurs agonisent de famine et d'exaspération, pendant qu'au-dessus de leurs têtes les discussions continuent, les systèmes se croisent, les bonnes volontés s'épuisent à tenter des remèdes impuissants. C'est le piétinement sur place, l'effarement affolé des grandes catastrophes prochaines. Et, parmi les autres, le socialisme catholique, aussi ardent que le socialisme révolutionnaire, est entré à son tour dans la bataille, en tâchant de vaincre.

Alors, toute une étude suivait des longs efforts du socialisme catholique, dans la chrétienté entière. Ce qui frappait surtout, c'était que la lutte devenait plus vive et plus victorieuse, dès qu'elle se livrait sur une terre de propagande, encore non conquise complètement au christianisme. Par exemple, dans les nations où celui-ci se trouvait en présence du protestantisme, les prêtres luttaient pour la vie avec une passion extraordinaire, disputaient aux pasteurs la possession du peuple, à coups de hardiesses, de théories audacieusement démocratiques. En Allemagne, la terre classique du socialisme, Mgr Ketteler parla un des premiers de frapper les riches de contributions, créa plus tard une vaste agitation que tout le clergé dirige aujourd'hui, grâce à des associations et à des journaux nombreux. En Suisse, Mgr Mermillod plaida si haut la cause des pauvres, que les évêques, maintenant, y font presque cause commune avec les socialistes démocrates, qu'ils espèrent convertir sans doute au jour du partage. En Angleterre, où le socialisme pénètre avec tant de lenteur, le cardinal Manning remporta des victoires considérables, prit la défense des ouvriers pendant une grève fameuse, détermina un mouvement populaire que signalèrent de fréquentes conversions. Mais ce fut surtout en Amérique, aux États-Unis, que le socialisme catholique triompha, dans ce milieu de pleine démocratie, qui a forcé des évêques tels que Mgr Ireland à se mettre à la tête des revendications ouvrières : toute une Église nouvelle semble là en germe, confuse encore et débordante de sève, soulevée d'un espoir immense, comme à l'aurore du christianisme rajeuni de demain. Et, si l'on passe ensuite à l'Autriche et à la Belgique, nations catholiques, on voit que, chez la première, le socialisme catholique se confond avec l'antisémitisme, et que, chez la seconde, il n'a aucun sens précis ; tandis que le mouvement s'arrête et même disparaît, dès qu'on descend à l'Espagne et à l'Italie, ces vieilles terres de foi, l'Espagne toute aux violences des révolutionnaires, avec ses évêques têtus qui se contentent de foudroyer les incroyants comme aux jours de l'Inquisition, l'Italie immobilisée dans la tradition, sans initiative possible, réduite au silence et au respect, autour du Saint-Siège. En France, pourtant, la lutte restait vive, mais surtout une lutte d'idées. La guerre, en somme, s'y menait contre la Révolution, et il semblait qu'il eût suffi de rétablir l'ancienne organisation des temps monarchiques, pour retourner à l'âge d'or. C'était ainsi que la question des corporations ouvrières était devenue l'affaire unique, comme la panacée à tous les maux des travailleurs. Mais on était loin de s'entendre : les uns, les catholiques qui repoussaient l'ingérence de l'État, qui préconisaient une action purement morale, voulaient les corporations libres ; tandis que les autres, les jeunes, les impatients, résolus à l'action, les demandaient obligatoires, avec capital propre, reconnues et protégées par l'État. Le vicomte Philibert de la Choue avait particulièrement mené une ardente campagne, par la parole, par la plume, en faveur de ces corporations obligatoires ; et son grand chagrin était de n'avoir pu encore décider le pape à se prononcer ouvertement sur le cas de savoir si les corporations devaient être ouvertes ou fermées. À l'entendre, le sort de la société était là, la solution paisible de la question sociale ou l'effroyable catastrophe qui devait tout emporter. Au fond, bien qu'il refusât de l'avouer, le vicomte avait fini par en venir au socialisme d'État. Et, malgré le manque d'accord, l'agitation restait grande, des tentatives peu heureuses étaient faites, des sociétés coopératives de consommation, des sociétés d'habitations ouvrières, des banques populaires, des retours plus ou moins déguisés aux anciennes communautés chrétiennes ; pendant que, de jour en jour, au milieu de la confusion de l'heure présente, dans le trouble des âmes et dans les difficultés politiques que traversait le pays, le parti catholique militant sentait son espérance grandir, jusqu'à la certitude aveugle de reconquérir bientôt le gouvernement du monde.

Justement, la deuxième partie du livre finissait par un tableau du malaise intellectuel et moral où se débat cette fin de siècle. Si la masse des travailleurs souffre d'être mal partagée et exige que, dans un nouveau partage, on lui assure au moins son pain quotidien, il semble que l'élite n'est pas plus contente, se plaignant du vide où la laissent sa raison libérée, son intelligence élargie. C'est la fameuse banqueroute du rationalisme, du positivisme et de la science elle-même. Les esprits que dévore le besoin de l'absolu, se lassent des tâtonnements, des lenteurs de cette science qui admet les seules vérités prouvées ; ils sont repris de l'angoisse du mystère, il leur faut une synthèse totale et immédiate, pour pouvoir dormir en paix ; et, brisés, ils retombent à genoux sur la route, éperdus à la pensée qu'ils ne sauront jamais tout, préférant Dieu, l'inconnu révélé, affirmé en un acte de foi. Aujourd'hui encore, en effet, la science ne calme ni notre soif de justice, ni notre désir de sécurité, ni l'idée séculaire que nous nous faisons du bonheur, dans la survie, dans une éternité de jouissances. Elle n'en est qu'à épeler le monde, elle n'apporte, pour chacun, que la solidarité austère du devoir de vivre, d'être un simple facteur du travail universel ; et comme l'on comprend la révolte des cœurs, le regret de ce ciel chrétien, peuplé de beaux anges, plein de lumière, de musiques et de parfums ! Ah ! baiser ses morts, se dire qu'on les retrouvera, qu'on revivra avec eux une immortalité glorieuse ! Et avoir cette certitude de souveraine équité pour supporter l'abomination de l'existence terrestre ! Et tuer ainsi l'affreuse pensée du néant, et échapper à l'horreur de la disparition du moi, et se tranquilliser enfin dans l'inébranlable croyance qui remet au lendemain de la mort la solution heureuse de tous les problèmes de la destinée ! Ce rêve, les peuples le rêveront longtemps encore. C'est ce qui explique comment, à cette fin de siècle, par suite du surmenage des esprits, par suite également du trouble profond où est l'humanité, grosse d'un monde prochain, le sentiment religieux s'est réveillé, inquiet, tourmenté d'idéal et d'infini, exigeant une loi morale et l'assurance d'une justice supérieure. Les religions peuvent disparaître, le sentiment religieux en créera de nouvelles, même avec la science. Une religion nouvelle ! une religion nouvelle ! Et n'était-ce pas le vieux catholicisme qui, dans cette terre contemporaine où tout semblait devoir favoriser ce miracle, allait renaître, jeter des rameaux verts, s'épanouir en une toute jeune et immense floraison ?

Enfin, dans la troisième partie de son livre, Pierre avait dit, en phrases enflammées d'apôtre, ce qu'allait être l'avenir, ce catholicisme rajeuni, apportant aux nations agonisantes la santé et la paix, l'âge d'or oublié du christianisme primitif. Et, d'abord, il débutait par un portrait attendri et glorieux de Léon XIII, le pape idéal, le prédestiné chargé du salut des peuples. Il l'avait évoqué, il l'avait vu ainsi, dans son désir brûlant de la venue d'un pasteur qui mettait fin à la misère. Ce n'était pas un portrait d'étroite ressemblance, mais le sauveur nécessaire, l'inépuisable charité, le cœur et l'intelligence larges, tels qu'il les rêvait. Pourtant, il avait fouillé les documents, étudié les encycliques, basé la figure sur les faits : l'éducation religieuse à Rome, la courte nonciature à Bruxelles, le long épiscopat à Pérouse. Dès que Léon XIII est pape, dans la difficile situation laissée par Pie IX, se révèle la dualité de sa nature, le gardien inébranlable du dogme, le politique souple, résolu à pousser la conciliation aussi loin qu'il le pourra. Nettement, il rompt avec la philosophie moderne, il remonte, par-delà la Renaissance, au Moyen Age, il restaure dans les écoles catholiques la philosophie chrétienne, selon l'esprit de saint Thomas d'Aquin, le docteur angélique. Puis, le dogme mis de la sorte à l'abri, il vit d'équilibre, donne des gages à toutes les puissances, s'efforce d'utiliser toutes les occasions. On le voit, d'une activité extraordinaire, réconcilier le Saint-Siège avec l'Allemagne, se rapprocher de la Russie, contenter la Suisse, souhaiter l'amitié de l'Angleterre, écrire à l'empereur de la Chine pour lui demander de protéger les missionnaires et les chrétiens de son Empire. Plus tard, il interviendra en France, reconnaîtra la légitimité de la République. Dès le début, une pensée se dégage, la pensée qui fera de lui un des grands papes politiques ; et c'est, d'ailleurs, la pensée séculaire de la papauté, la conquête de toutes les âmes, Rome centre et maîtresse du monde. Il n'a qu'une volonté, qu'un but, travailler à l'unité de l'Église, ramener à elle les communions dissidentes, pour la rendre invincible, dans la lutte sociale qui se prépare. En Russie, il tâche de faire reconnaître l'autorité morale du Vatican ; en Angleterre, il rêve de désarmer l'Église anglicane, de l'amener à une sorte de trêve fraternelle ; mais, en Orient surtout, il convoite un accord avec les Églises schismatiques, qu'il traite en simples sœurs séparées, dont son cœur de père sollicite le retour. De quelle force victorieuse Rome ne disposerait-elle pas, le jour où elle régnerait sans conteste sur les chrétiens de la terre entière ?

Et c'est ici qu'apparaît l'idée sociale de Léon XIII. Encore évêque de Pérouse, il avait écrit une lettre pastorale, où se montrait un vague socialisme humanitaire. Puis, dès qu'il a coiffé la tiare, il change d'opinion, foudroie les révolutionnaires, dont l'audace alors terrifiait l'Italie. Tout de suite, d'ailleurs, il se reprend, averti par les faits, comprenant le danger mortel de laisser le socialisme aux mains des ennemis du catholicisme. Il écoute les évêques populaires des pays de propagande, cesse d'intervenir dans la querelle irlandaise, retire l'excommunication dont il avait frappé aux Etats-Unis les Chevaliers du travail, défend de mettre à l'Index les livres hardis des écrivains catholiques socialistes. Cette évolution vers la démocratie se retrouve dans ses plus fameuses encycliques : *Immortale Dei*, sur la constitution des États ; *Libertas*, sur la liberté humaine ; *Sapientiae*, sur les devoirs des citoyens chrétiens ; *Rerum novarum*, sur la condition des ouvriers ; et c'est particulièrement cette dernière qui semble avoir rajeuni l'Église. Le pape y constate la misère imméritée des travailleurs, les heures de travail trop longues, le salaire trop réduit. Tout homme a le droit de vivre, et le contrat extorqué par la faim est injuste. Ailleurs, il déclare qu'on ne doit pas abandonner l'ouvrier, sans défense, à une exploitation qui transforme en fortune pour quelques-uns la misère du plus grand nombre. Forcé de rester vague sur les questions d'organisation, il se borne à encourager le mouvement corporatif, qu'il place sous le patronage de l'État ; et, après avoir ainsi restauré l'idée de l'autorité civile, il remet Dieu en sa place souveraine, il voit surtout le salut par des mesures morales, par l'antique respect dû à la famille et à la propriété. Mais cette main secourable de l'auguste vicaire du Christ, tendue publiquement aux humbles et aux pauvres, n'était-ce pas le signe certain d'une nouvelle alliance, l'annonce d'un nouveau règne de Jésus sur la terre ? Désormais, le peuple savait qu'il n'était pas abandonné. Et, dès lors, dans quelle gloire était monté Léon XIII, dont le jubilé sacerdotal et le jubilé épiscopal avaient été fêtés pompeusement, parmi le concours d'une foule immense, des cadeaux sans nombre, des lettres flatteuses envoyées par tous les souverains !

Ensuite, Pierre avait traité la question du pouvoir temporel, ce qu'il croyait devoir faire librement. Sans doute il n'ignorait pas que, dans sa querelle avec l'Italie, le pape maintenait aussi obstinément qu'au premier jour ses droits sur Rome ; mais il s'imaginait qu'il y avait là une simple attitude nécessaire, imposée par des raisons politiques, et qui disparaîtrait, quand sonnerait l'heure. Lui, était convaincu que, si jamais le pape n'avait paru plus grand, il devait à la perte du pouvoir temporel cet élargissement de son autorité, cette splendeur pure de toute-puissance morale où il rayonnait. Quelle longue histoire de fautes et de conflits que celle de la possession de ce petit royaume de Rome, depuis quinze siècles ! Au quatrième siècle, Constantin quitte Rome, il ne reste au Palatin vide que quelques fonctionnaires oubliés, et le pape, naturellement, s'empare du pouvoir, la vie de la cité passe au Latran. Mais ce n'est que quatre siècles plus tard que Charlemagne reconnaît les faits accomplis, en donnant formellement au pape les États de l'Église. La guerre, dès lors, n'a plus cessé entre la puissance spirituelle et les puissances temporelles, souvent latente, parfois aiguë, dans le sang et dans les flammes. Aujourd'hui, n'est-il pas déraisonnable de rêver, au milieu de l'Europe en armes, la papauté reine d'un lambeau de territoire, où elle serait exposée à toutes les vexations, où elle ne pourrait être maintenue que par une armée étrangère ? Que deviendrait-elle, dans le massacre général qu'on redoute ? Et combien elle est plus à l'abri, plus digne, plus haute, dégagée de tout souci terrestre, régnant sur le monde des âmes ! Aux premiers temps de l'Église, la papauté, de locale, de purement romaine, s'est peu à peu catholicisée, universalisée, conquérant son empire sur la chrétienté entière. De même, le Sacré Collège, qui a continué d'abord le Sénat romain, s'est internationalisé ensuite, a fini de nos jours par être la plus universelle de nos assemblées, dans laquelle siègent des membres de toutes les nations. Et n'est-il pas évident que le pape, appuyé ainsi sur les cardinaux, est devenu la seule et grande autorité internationale, d'autant plus puissante qu'elle est libérée des intérêts monarchiques et qu'elle parle au nom de l'humanité, par-dessus même la notion de patrie ? La solution tant cherchée, au milieu de si longues guerres, est sûrement là : ou donner la royauté temporelle du monde au pape, ou ne lui en laisser que la royauté spirituelle. Représentant de Dieu, souverain absolu et infaillible par délégation divine, il ne peut que rester dans le sanctuaire, si, déjà maître des âmes, il n'est pas reconnu par tous les peuples comme l'unique maître des corps, le roi des rois.

Mais quelle étrange aventure que cette poussée nouvelle de la papauté dans le champ ensemencé par la Révolution française, ce qui l'achemine peut-être vers la domination dont la volonté la tient debout depuis tant de siècles ! Car la voilà seule devant le peuple ; les rois sont abattus ; et, puisque le peuple est libre désormais de se donner à qui bon lui semble, pourquoi ne se donnerait-il pas à elle ? Le déchet certain que subit l'idée de liberté permet tous les espoirs. Sur le terrain économique, le parti libéral semble vaincu. Les travailleurs, mécontents de 89, se plaignent de leur misère aggravée, s'agitent, cherchent le bonheur désespérément. D'autre part, les régimes nouveaux ont accru la puissance internationale de l'Église, les membres catholiques sont en nombre dans les parlements des républiques et des monarchies constitutionnelles. Toutes les circonstances paraissent donc favoriser cette extraordinaire fortune du catholicisme vieillissant, repris d'une vigueur de jeunesse. Jusqu'à la science qu'on accuse de banqueroute, ce qui sauve du ridicule le *Syllabus*, trouble les intelligences, rouvre le champ illimité du mystère et de l'impossible. Et, alors, on rappelle une prophétie qui a été faite, la papauté maîtresse de la terre, le jour où elle marcherait à la tête de la démocratie, après avoir réuni les Églises schismatiques d'Orient à l'Église catholique, apostolique et romaine. Les temps étaient sûrement venus, puisque le pape, donnant congé aux grands et aux riches de ce monde, laissait à l'exil les rois chassés du trône, pour se remettre, comme Jésus, avec les travailleurs sans pain et les mendiants des routes. Encore peut-être quelques années de misère affreuse, d'inquiétante confusion, d'effroyable danger social, et le peuple, le grand muet dont on a disposé jusqu'ici, parlera, retournera au berceau, à l'Église unifiée de Rome, pour éviter la destruction menaçante des sociétés humaines.

Et Pierre terminait son livre par une évocation passionnée de la Rome nouvelle, de la Rome spirituelle qui régnerait bientôt sur les peuples réconciliés, fraternisant dans un autre âge d'or. Il y voyait même la fin des superstitions, il s'était oublié, sans aucune attaque directe aux dogmes, jusqu'à faire le rêve du sentiment religieux élargi, affranchi des rites, tout entier à l'unique satisfaction de la charité humaine ; et, encore blessé de son voyage à Lourdes, il avait cédé au besoin de contenter son cœur. Cette superstition de Lourdes, si grossière, n'était-elle pas le symptôme exécrable d'une époque de trop de souffrance ? Le jour où l'Évangile serait universellement répandu et pratiqué, les souffrants cesseraient d'aller chercher si loin, dans des conditions si tragiques, un soulagement illusoire, certains dès lors de trouver assistance, d'être consolés et guéris chez eux, dans leurs maisons, au milieu de leurs frères. Il y avait, à Lourdes, un déplacement de la fortune inique, un spectacle effroyable qui faisait douter de Dieu, une continuelle cause de combat, qui disparaîtrait dans la société vraiment chrétienne de demain. Ah ! cette société, cette communauté chrétienne, c'était au désir ardent de sa prochaine venue que toute l'œuvre aboutissait ! Le christianisme enfin redevenant la religion de justice et de vérité qu'il était, avant de s'être laissé conquérir par les riches et les puissants ! Les petits et les pauvres régnant, se partageant les biens d'ici-bas, n'obéissant plus qu'à la loi égalitaire du travail ! Le pape seul debout à la tête de la fédération des peuples, souverain de paix, ayant la simple mission d'être la règle morale, le lien de charité et d'amour qui unit tous les êtres ! Et n'était-ce pas la réalisation prochaine des promesses du Christ ? Les temps allaient s'accomplir, la société civile et la société religieuse se recouvriraient, si parfaitement, qu'elles ne feraient plus qu'une ; et ce serait l'âge de triomphe et de bonheur prédit par tous les prophètes, plus de luttes possibles, plus d'antagonisme entre le corps et l'âme, un merveilleux équilibre qui tuerait le mal, qui mettrait sur la terre le royaume de Dieu. La Rome nouvelle, centre du monde, donnant au monde la religion nouvelle !

Pierre sentit des larmes lui monter aux yeux, et d'un geste inconscient, sans s'apercevoir qu'il étonnait les maigres Anglais et les Allemands trapus, défilant sur la terrasse, il ouvrit les bras, il les tendit vers la Rome réelle, baignée d'un si beau soleil, qui s'étendait à ses pieds. Serait-elle douce à son rêve ? Allait-il, comme il l'avait dit, trouver chez elle le remède à nos impatiences et à nos inquiétudes ? Le catholicisme pouvait-il se renouveler, revenir à l'esprit du christianisme primitif, être la religion de la démocratie, la foi que le monde moderne bouleversé, en danger de mort, attend pour s'apaiser et vivre ? Et il était plein de passion généreuse, plein de foi. Il revoyait le bon abbé Rose, pleurant d'émotion en lisant son livre ; il entendait le vicomte Philibert de la Choue lui dire qu'un livre pareil valait une armée ; il se sentait surtout fort de l'approbation du cardinal Bergerot, cet apôtre de la charité inépuisable. Pourquoi donc la congrégation de l'Index menaçait-elle son œuvre d'interdit ? Depuis quinze jours, depuis qu'on l'avait officieusement prévenu de venir à Rome, s'il voulait se défendre, il retournait cette question, sans pouvoir découvrir quelles pages étaient visées. Toutes lui paraissaient brûler du plus pur christianisme. Mais il arrivait frémissant d'enthousiasme et de courage, il avait hâte d'être aux genoux du pape, de se mettre sous son auguste protection, en lui disant qu'il n'avait pas écrit une ligne sans s'inspirer de son esprit, sans vouloir le triomphe de sa politique. Était-ce possible que l'on condamnât un livre où, très sincèrement, il croyait avoir exalté Léon XIII, en l'aidant dans son œuvre d'unité chrétienne et d'universelle paix ?

Un instant encore, Pierre resta debout contre le parapet. Depuis près d'une heure, il était là, ne parvenant pas à rassasier sa vue de la grandeur de Rome, qu'il aurait voulu posséder tout de suite, dans l'inconnu qu'elle lui cachait. Oh ! la saisir, la savoir, connaître à l'instant le mot vrai qu'il venait lui demander ! C'était une expérience encore, après Lourdes, et plus grave, décisive, dont il sentait bien qu'il sortirait raffermi ou foudroyé à jamais. Il ne demandait plus la foi naïve et totale du petit enfant, mais la foi supérieure de l'intellectuel, s'élevant au-dessus des rites et des symboles, travaillant au plus grand bonheur possible de l'humanité, basé sur son besoin de certitude. Son cœur battait à ses tempes : quelle serait la réponse de Rome ? Le soleil avait grandi, les quartiers hauts se détachaient avec plus de vigueur sur les fonds incendiés. Au loin, les collines se doraient, devenaient de pourpre, tandis que les façades prochaines se précisaient, très claires, avec leurs milliers de fenêtres, nettement découpées. Mais des vapeurs matinales flottaient encore, des voiles légers semblaient monter des rues basses, noyant les sommets, où elles s'évaporaient, dans le ciel ardent, d'un bleu sans fin. Il crut un instant que le Palatin s'était effacé, il en voyait à peine la sombre frange de cyprès, comme si la poussière même de ses ruines la cachait. Et le Quirinal surtout avait disparu, le palais du roi semblait s'être reculé dans une brume, si peu important avec sa façade basse et plate, si vague au loin, qu'il ne le distinguait plus ; tandis que, sur la gauche, au-dessus des arbres, le dôme de Saint-Pierre avait grandi encore, dans l'or limpide et net du soleil, tenant tout le ciel, dominant la ville entière.

Ah ! la Rome de cette première rencontre, la Rome matinale où, brûlant de la fièvre de l'arrivée, il n'avait pas même aperçu les quartiers neufs, de quel espoir illimité elle le soulevait, cette Rome qu'il croyait trouver là vivante, telle qu'il l'avait rêvée ! Et, par ce beau jour, pendant que, debout, dans sa mince soutane noire, il la contemplait ainsi, quel cri de prochaine rédemption lui paraissait monter des toits, quelle promesse de paix universelle sortait de cette terre sacrée, deux fois reine du monde ! C'était la troisième Rome, la Rome nouvelle, dont la paternelle tendresse, par-dessus les frontières, allait à tous les peuples, pour les réunir, consolés, en une commune étreinte. Il la voyait, il l'entendait, si rajeunie, si douce d'enfance, sous le grand ciel pur, comme envolée dans la fraîcheur du matin, dans la candeur passionnée de son rêve.

Enfin, Pierre s'arracha au spectacle sublime. La tête basse, en plein soleil, le cocher et le cheval n'avaient pas bougé. Sur la banquette, la valise brûlait, chauffée par l'astre déjà lourd. Et il remonta dans la voiture, en donnant de nouveau l'adresse :

« Via Giulia, palazzo Boccanera. »

II

À cette heure, la rue Giulia, qui s'étend toute droite sur près de cinq cents mètres, du palais Farnèse à l'église Saint-Jean-des-Florentins, était baignée d'un soleil clair dont la nappe l'enfilait d'un bout à l'autre, blanchissant le petit pavé carré de sa chaussée sans trottoirs ; et la voiture la remonta presque entièrement, entre les vieilles demeures grises, comme endormies et vides, aux grandes fenêtres grillées de fer, aux porches profonds laissant voir des cours sombres, pareilles à des puits. Ouverte par le pape Jules II, qui rêvait de la border de palais magnifiques, la rue, la plus régulière, la plus belle de Rome à l'époque, avait servi de Corso au seizième siècle. On sentait l'ancien beau quartier, tombé au silence, au désert de l'abandon, envahi par une sorte de douceur et de discrétion cléricales. Et les vieilles façades se succédaient, les persiennes closes, quelques grilles fleuries de plantes grimpantes, des chats assis sur les portes, des boutiques obscures où sommeillaient d'humbles commerces, installés dans des dépendances ; tandis que les passants étaient rares, d'actives bourgeoises qui se hâtaient, de pauvres femmes en cheveux traînant des enfants, une charrette de foin attelée d'un mulet, un moine superbe drapé de bure, un vélocipédiste filant sans bruit et dont la machine étincelait au soleil.

Enfin, le cocher se tourna, montra un grand bâtiment carré, au coin d'une ruelle qui descendait vers le Tibre.

« Palazzo Boccanera. »

Pierre leva la tête, et ce sévère logis, noirci par l'âge, d'une architecture si nue et si massive, lui serra un peu le cœur. Comme le palais Farnèse et comme le palais Sacchetti, ses voisins, il avait été bâti par Antonio da Sangallo, vers 1540 ; même, comme pour le premier, la tradition voulait que l'architecte eût employé, dans la construction, des pierres volées au Colisée et au théâtre de Marcellus. Vaste et carrée sur la rue, la façade à sept fenêtres avait trois étages, le premier très élevé, très noble. Et, pour toute décoration, les hautes fenêtres du rez-de-chaussée, barrées d'énormes grilles saillantes, dans la crainte sans doute de quelque siège, étaient posées sur de grandes consoles et couronnées par des attiques qui reposaient elles-mêmes sur des consoles plus petites. Au-dessus de la monumentale porte d'entrée, aux battants de bronze, devant la fenêtre du milieu, régnait un balcon. La façade se terminait, sur le ciel, par un entablement somptueux, dont la frise offrait une grâce et une pureté d'ornements admirables. Cette frise, les consoles et les attiques des fenêtres, les chambranles de la porte étaient de marbre blanc, mais si terni, si émietté, qu'ils avaient pris le grain rude et jauni de la pierre. À droite et à gauche de la porte, se trouvaient deux antiques bancs portés par des griffons, de marbre également ; et l'on voyait encore, encastrée dans le mur, à l'un des angles, une adorable fontaine Renaissance, aujourd'hui tarie, un Amour qui chevauchait un dauphin, à peine reconnaissable, tellement l'usure avait mangé le relief.

Mais les regards de Pierre venaient d'être attirés surtout par un écusson sculpté au-dessus d'une des fenêtres du rez-de-chaussée, les armes des Boccanera, le dragon ailé soufflant des flammes ; et il lisait nettement la devise, restée intacte : *Bocca nera, Alma rossa*, bouche noire, âme rouge. Au-dessus d'une autre fenêtre, en pendant, il y avait une de ces petites chapelles encore nombreuses à Rome, une Sainte Vierge vêtue de satin, devant laquelle une lanterne brûlait en plein jour.

Le cocher, comme il est d'usage, allait s'engouffrer sous le porche sombre et béant, lorsque le jeune prêtre, saisi de timidité, l'arrêta.

« Non, non, n'entrez pas, c'est inutile. »

Et il descendit de la voiture, le paya, se trouva, avec sa valise à la main, sous la voûte, puis dans la cour centrale, sans avoir rencontré âme qui vive.

C'était une cour carrée, vaste, entourée d'un portique, comme un cloître. Sous les arcades mornes, des débris de statues, des marbres de fouille, un Apollon sans bras, une Vénus dont il ne restait que le tronc, étaient rangés contre les murs ; et une herbe fine avait poussé entre les cailloux qui pavaient le sol d'une mosaïque blanche et noire. Jamais le soleil ne semblait devoir descendre jusqu'à ce pavé moisi d'humidité. Il régnait là une ombre, un silence, d'une grandeur morte et d'une infinie tristesse.

Pierre, surpris par le vide de ce palais muet, cherchait toujours quelqu'un, un concierge, un serviteur ; et il crut avoir vu filer une ombre, il se décida à franchir une autre voûte, qui conduisait à un petit jardin, sur le Tibre. De ce côté, la façade, tout unie, sans un ornement, n'offrait que les trois rangées de ses fenêtres symétriques. Mais le jardin lui serra le cœur davantage, par son abandon. Au centre, dans un bassin comblé, avaient poussé de grands buis amers. Parmi les herbes folles, des orangers aux fruits d'or mûrissants indiquaient seuls le dessin des allées, qu'ils bordaient. Contre la muraille de droite, entre deux énormes lauriers, il y avait un sarcophage du deuxième siècle, des faunes violentant des femmes, toute une effrénée bacchanale, une de ces scènes d'amour vorace, que la Rome de la décadence mettait sur les tombeaux ; et, transformé en auge, ce sarcophage de marbre, effrité, verdi, recevait le mince filet d'eau qui coulait d'un large masque tragique, scellé dans le mur. Sur le Tibre, s'ouvrait anciennement là une sorte de loggia à portique, une terrasse d'où un double escalier descendait au fleuve. Mais les travaux des quais étaient en train d'exhausser les berges, la terrasse se trouvait déjà plus bas que le nouveau sol, parmi des décombres, des pierres de taille abandonnées, au milieu de l'éventrement crayeux et lamentable qui bouleversait le quartier.

Cette fois, Pierre fut certain d'avoir vu l'ombre d'une jupe. Il retourna dans la cour, il s'y trouva en présence d'une femme qui devait approcher de la cinquantaine, mais sans un cheveu blanc, l'air gai, très vive, dans sa taille un peu courte. Pourtant, à la vue du prêtre, son visage rond, aux petits yeux clairs, avait exprimé comme une méfiance.

Lui, tout de suite, s'expliqua, en cherchant les quelques mots de son mauvais italien.

« Madame, je suis l'abbé Pierre Froment... »

Mais elle ne le laissa pas continuer, elle dit en très bon français, avec l'accent un peu gras et traînard de l'Ile-de-France :

« Ah ! monsieur l'abbé, je sais, je sais... Je vous attendais, j'ai des ordres. »

Et, comme il la regardait, ébahi :

« Moi, je suis française... Voici vingt-cinq ans que j'habite leur pays, et je n'ai pas encore pu m'y faire, à leur satané charabia ! »

Alors, Pierre se souvint que le vicomte Philibert de la Choue lui avait parlé de cette servante, Victorine Bosquet, une Beauceronne, d'Auneau, venue à Rome à vingt-deux ans, avec une maîtresse phtisique, dont la mort brusque l'avait laissée éperdue, comme au milieu d'un pays de sauvages. Aussi s'était-elle donnée corps et âme à la comtesse Ernesta Brandini, une Boccanera, qui venait d'accoucher et qui l'avait ramassée sur le pavé pour en faire la bonne de sa fille Benedetta, avec l'idée qu'elle l'aiderait à apprendre le français. Depuis vingt-cinq ans dans la famille, elle s'était haussée au rôle de gouvernante, tout en restant une illettrée, si dénuée du don des langues, qu'elle n'était parvenue qu'à baragouiner un italien exécrable, pour les besoins du service, dans ses rapports avec les autres domestiques.

« Et M. le vicomte va bien ? reprit-elle avec sa familiarité franche. Il est si gentil, il nous fait tant de plaisir, quand il descend ici, à chacun de ses voyages !... Je sais que la princesse et la contessina ont reçu de lui, hier, une lettre qui vous annonçait. »

C'était, en effet, le vicomte Philibert de la Choue qui avait tout arrangé pour le séjour de Pierre à Rome. De l'antique et vigoureuse race des Boccanera, il ne restait que le cardinal Pio Boccanera, la princesse sa sœur, vieille fille qu'on appelait par respect donna Serafina, puis leur nièce Benedetta, dont la mère, Ernesta, avait suivi au tombeau son mari le comte Brandini, et enfin leur neveu, le prince Dario Boccanera, dont le père, le prince Onofrio Boccanera, était mort, et la mère, une Montefiori, remariée. Par le hasard d'une alliance, le vicomte s'était trouvé petit parent de cette famille : son frère cadet avait épousé une Brandini, la sœur du père de Benedetta ; et c'était ainsi, à titre complaisant d'oncle, qu'il avait séjourné plusieurs fois au palais de la rue Giulia, du vivant du comte. Il s'était attaché à la fille de celui-ci, surtout depuis le drame intime d'un fâcheux mariage, qu'elle tâchait de faire annuler. Maintenant qu'elle était revenue près de sa tante Serafina et de son oncle le cardinal, il lui écrivait souvent, il lui envoyait des livres de France. Entre autres, il lui avait donc adressé celui de Pierre, et toute l'histoire était partie de là, des lettres échangées, puis une lettre de Benedetta annonçant que l'œuvre était dénoncée à la congrégation de l'Index, conseillant à l'auteur d'accourir et lui offrant gracieusement l'hospitalité au palais. Le vicomte, aussi étonné que le jeune prêtre, n'avait pas compris ; mais il l'avait décidé à partir, par bonne politique, passionné lui-même pour une victoire qu'à l'avance il faisait sienne. Et, dès lors, l'effarement de Pierre se comprenait, tombant dans cette demeure inconnue, engagé dans une aventure héroïque dont les raisons et les conditions lui échappaient.

Victorine reprit tout d'un coup :

« Mais je vous laisse là, monsieur l'abbé... Je vais vous conduire dans votre chambre. Où est votre malle ? »

Puis, lorsqu'il lui eut montré sa valise, qu'il s'était décidé à poser par terre, en lui expliquant que, pour un séjour de quinze jours, il s'était contenté d'une soutane de rechange, avec un peu de linge, elle sembla très surprise.

« Quinze jours ! vous croyez ne rester que quinze jours ? Enfin, vous verrez bien. »

Et, appelant un grand diable de laquais qui avait fini par se montrer :

« Giacomo, montez ça dans la chambre rouge... Si monsieur l'abbé veut me suivre ? »

Pierre venait d'être tout égayé et réconforté par cette rencontre imprévue d'une compatriote, si vive, si bonne femme, au fond de ce sombre palais romain. Maintenant, en traversant la cour, il l'écoutait lui conter que la princesse était sortie, et que la contessina, comme on continuait à appeler Benedetta dans la maison, par tendresse, malgré son mariage, n'avait pas encore paru ce matin-là, un peu souffrante. Mais elle répétait qu'elle avait des ordres.

L'escalier se trouvait dans un angle de la cour, sous le portique : un escalier monumental, aux marches larges et basses, si douces, qu'un cheval aurait pu les monter aisément, mais aux murs de pierre si nus, aux paliers si vides et si solennels, qu'une mélancolie de mort tombait des hautes voûtes.

Arrivée au premier étage, Victorine eut un sourire, en remarquant l'émoi de Pierre. Le palais semblait inhabité, pas un bruit ne venait des salles closes. Elle désigna simplement une grande porte de chêne, à droite.

« Son Éminence occupe ici l'aile sur la cour et sur la rivière, oh ! pas le quart de l'étage seulement... On a fermé tous les salons de réception sur la rue. Comment voulez-vous entretenir une pareille halle, et pour quoi faire ? Il faudrait du monde. »

Elle continuait de monter de son pas alerte, restée étrangère, trop différente sans doute pour être pénétrée par le milieu ; et, au second étage, elle reprit :

« Tenez ! voici, à gauche, l'appartement de donna Serafina et, à droite, voici celui de la contessina. C'est le seul coin de la maison un peu chaud, où l'on se sente vivre... D'ailleurs, c'est lundi aujourd'hui, la princesse reçoit ce soir. Vous verrez ça. »

Puis, ouvrant une porte qui donnait sur un autre escalier, très étroit :

« Nous autres, nous logeons au troisième... Si monsieur l'abbé veut bien me permettre de passer devant lui ? »

Le grand escalier d'honneur s'arrêtait au second ; et elle expliqua que le troisième étage était seulement desservi par cet escalier de service, qui descendait à la ruelle longeant le flanc du palais, jusqu'au Tibre. Il y avait là une porte particulière, c'était très commode.

Enfin, au troisième, elle suivit un corridor, elle montra de nouveau des portes.

« Voici le logement de don Vigilio, le secrétaire de Son Éminence... Voici le mien... Et voici celui qui va être le vôtre... Chaque fois que M. le vicomte vient passer quelques jours à Rome, il n'en veut pas d'autre. Il dit qu'il est plus libre, qu'il sort et qu'il rentre quand il veut. Je vous donnerai, comme à lui, une clé de la porte en bas... Et puis, vous allez voir quelle jolie vue ! »

Elle était entrée. Le logement se composait de deux pièces, un salon assez vaste, tapissé d'un papier rouge à grands ramages, et une chambre au papier gris de lin, semé de fleurs bleues décolorées. Mais le salon faisait l'angle du palais, sur la ruelle et sur le Tibre ; et elle était allée tout de suite aux deux fenêtres, l'une ouvrant sur les lointains du fleuve, en aval, l'autre donnant en face sur le Transtévère et sur le Janicule, de l'autre côté de l'eau.

« Ah ! oui, c'est très agréable ! » dit Pierre qui l'avait suivie, debout près d'elle.

Giacomo, sans se presser, arriva derrière eux, avec la valise. Il était onze heures passées. Alors, voyant le prêtre fatigué, comprenant qu'il devait avoir très faim, après un tel voyage, Victorine offrit de lui faire servir tout de suite à déjeuner, dans le salon. Ensuite, il aurait l'après-midi pour se reposer ou pour sortir, et il ne verrait ces dames que le soir, au dîner. Il se récria, déclara qu'il sortirait, qu'il n'allait certainement pas perdre un après-midi entier. Mais il accepta de déjeuner, car, en effet, il mourait de faim.

Cependant, Pierre dut patienter une grande demi-heure encore. Giacomo, qui le servait sous les ordres de Victorine, était sans hâte. Et celle-ci, pleine de méfiance, ne quitta le voyageur qu'après s'être assurée qu'il ne manquait réellement de rien.

« Ah ! monsieur l'abbé, quelles gens, quel pays ! Vous ne pouvez pas vous en faire la moindre idée. J'y vivrais cent ans, que je ne m'y habituerais pas... Mais la contessina est si belle, si bonne ! »

Puis, tout en mettant elle-même sur la table une assiette de figues, elle le stupéfia, quand elle ajouta qu'une ville où il n'y avait que des curés ne pouvait pas être une bonne ville. Cette servante incrédule, si active et si gaie, dans ce palais, recommençait à l'effarer.

« Comment ! vous êtes sans religion ?

– Non, non ! monsieur l'abbé, les curés, voyez-vous, ce n'est pas mon affaire. J'en avais déjà connu un, en France, quand j'étais petite. Plus tard, ici, j'en ai trop vu, c'est fini... Oh ! je ne dis pas ça pour Son Éminence, qui est un saint homme digne de tous les respects... Et l'on sait, dans la maison, que je suis une honnête fille : jamais je ne me suis mal conduite. Pourquoi ne me laisserait-on pas tranquille, du moment que j'aime bien mes maîtres et que je fais soigneusement mon service ? »

Elle finit par rire franchement.

« Ah ! quand on m'a dit qu'un prêtre allait venir, comme si nous n'en avions déjà pas assez, ça m'a fait d'abord grogner dans les coins... Mais vous m'avez l'air d'un brave jeune homme, je crois que nous nous entendrons à merveille... Je ne sais pas à cause de quoi je vous en raconte si long, peut-être parce que vous venez de France et peut-être aussi parce que la contessina s'intéresse à vous... Enfin, vous m'excusez, n'est-ce pas ? monsieur l'abbé, et croyez-moi, reposez-vous aujourd'hui, ne faites pas la bêtise d'aller courir leur ville, où il n'y a pas des choses si amusantes qu'ils le disent. »

Lorsqu'il fut seul, Pierre se sentit brusquement accablé, sous la fatigue accumulée du voyage, accrue encore par la matinée de fièvre enthousiaste qu'il venait de vivre ; et, comme grisé, étourdi par les deux œufs et la côtelette mangés en hâte, il se jeta tout vêtu sur le lit, avec la pensée de se reposer une demi-heure. Il ne s'endormit pas sur-le-champ, il songeait à ces Boccanera, dont il connaissait en partie l'histoire, dont il rêvait la vie intime, dans le grossissement de ses premières surprises, au travers de ce palais désert et silencieux, d'une grandeur si délabrée et si mélancolique. Puis, ses idées se brouillèrent, il glissa au sommeil, parmi tout un peuple d'ombres, les unes tragiques, les autres douces, des faces confuses qui le regardaient de leurs yeux d'énigme, en tournoyant dans l'inconnu.

Les Boccanera avaient compté deux papes, l'un au treizième siècle, l'autre au quinzième ; et c'était de ces deux élus, maîtres tout-puissants, qu'ils tenaient autrefois leur immense fortune, des terres considérables du côté de Viterbe, plusieurs palais dans Rome, des objets d'art à emplir des galeries, un amas d'or à combler des caves. La famille passait pour la plus pieuse du patriciat romain, celle dont la foi brûlait, dont l'épée avait toujours été au service de l'Église ; la plus croyante, mais la plus violente, la plus batailleuse aussi, continuellement en guerre, d'une sauvagerie telle, que la colère des Boccanera était passée en proverbe. Et de là venaient leurs armes, le dragon ailé soufflant des flammes, la devise ardente et farouche, qui jouait sur leur nom : *Bocca nera, Alma rossa*, bouche noire, âme rouge, la bouche enténébrée d'un rugissement, l'âme flamboyant comme un brasier de foi et d'amour. Des légendes de passions folles, d'actes de justice terribles, couraient encore. On racontait le duel d'Onfredo, le Boccanera qui, vers le milieu du seizième siècle, avait justement fait bâtir le palais actuel, sur l'emplacement d'une antique demeure, démolie. Onfredo, ayant su que sa femme s'était laissé baiser sur les lèvres par le jeune comte Costamagna, le fit enlever un soir, puis amener chez lui, les membres liés de cordes ; et là, dans une grande salle, avant de le délivrer, il le força de se confesser à un moine. Ensuite, il coupa les cordes avec un poignard, il renversa les lampes, il cria au comte de garder le poignard et de se défendre. Pendant près d'une heure, dans une obscurité complète, au fond de cette salle encombrée de meubles, les deux hommes se cherchèrent, s'évitèrent, s'étreignirent, en se lardant à coups de lame. Et, quand on enfonça les portes, on trouva, parmi des mares de sang, au travers des tables renversées, des sièges brisés, Costamagna le nez coupé, les cuisses déchiquetées de trente-deux blessures, tandis qu'Onfredo avait perdu deux doigts de la main droite, les épaules trouées comme un crible. Le miracle fut que ni l'un ni l'autre n'en moururent. Cent ans plus tôt, sur cette même rive du Tibre, une Boccanera, une enfant de seize ans à peine, la belle et passionnée Cassia, avait frappé Rome de terreur et d'admiration. Elle aimait Flavio Corradini, le fils d'une famille rivale, exécrée, que son père, le prince Boccanera, lui refusait rudement, et que son frère aîné, Ercole, avait juré de tuer, s'il le surprenait jamais avec elle. Le jeune homme la venait voir en barque, elle le rejoignait par le petit escalier qui descendait au fleuve. Or, Ercole, qui les guettait, sauta un soir dans la barque, planta un couteau en plein cœur de Flavio. Plus tard, on put rétablir les faits, on comprit que Cassia, alors, grondante, folle et désespérée, faisant justice, ne voulant pas elle-même survivre à son amour, s'était jetée sur son frère, avait saisi de la même étreinte irrésistible le meurtrier et la victime, en faisant chavirer la barque. Lorsqu'on avait retrouvé les trois corps, Cassia serrait toujours les deux hommes, écrasait leurs visages l'un contre l'autre, entre ses bras nus, restés d'une blancheur de neige.

Mais c'étaient là des époques disparues. Aujourd'hui, si la foi demeurait, la violence du sang semblait se calmer chez les Boccanera. Leur grande fortune aussi s'en était allée, dans la lente déchéance qui, depuis un siècle, frappe de ruine le patriciat de Rome. Les terres avaient dû être vendues, le palais s'était vidé, tombant peu à peu au train médiocre et bourgeois des temps nouveaux. Eux, du moins, se refusaient obstinément à toute alliance étrangère, glorieux de leur sang romain resté pur. Et la pauvreté n'était rien, ils contentaient là leur orgueil immense, ils vivaient à part, sans une plainte, au fond du silence et de l'ombre où s'achevait leur race. Le prince Ascanio, mort en 1848, avait eu, d'une Corvisieri, quatre enfants : Pio, le cardinal, Serafina, qui ne s'était pas mariée pour demeurer près de son frère ; et, Ernesta n'ayant laissé qu'une fille, il ne restait donc comme héritier mâle, seul continuateur du nom, que le fils d'Onofrio, le jeune prince Dario, âgé de trente ans. Avec lui, s'il mourait sans postérité, les Boccanera, si vivaces, dont l'action avait empli l'histoire, devaient disparaître.

Dès l'enfance, Dario et sa cousine Benedetta s'étaient aimés d'une passion souriante, profonde et naturelle. Ils étaient nés l'un pour l'autre, ils n'imaginaient pas qu'ils pussent être venus au monde pour autre chose que pour être mari et femme, lorsqu'ils seraient en âge de se marier. Le jour où, déjà près de la quarantaine, le prince Onofrio, homme aimable très populaire dans Rome, dépensant son peu de fortune au gré de son cœur, s'était décidé à épouser la fille de la Montefiori, la petite marquise Flavia, dont la beauté superbe de Junon enfant l'avait rendu fou, il était allé habiter la villa Montefiori, la seule richesse, l'unique propriété que ces dames possédaient, du côté de Sainte-Agnès-hors-les-Murs : un vaste jardin, un véritable parc, planté d'arbres centenaires, où la villa elle-même, une assez pauvre construction du dix-septième siècle, tombait en ruine. De mauvais bruits couraient sur ces dames, la mère presque déclassée depuis qu'elle était veuve, la fille trop belle, les allures trop conquérantes. Aussi le mariage avait-il été désapprouvé formellement par Serafina, très rigide, et par le frère aîné, Pio, alors seulement camérier secret participant du Saint-Père, chanoine de la Basilique vaticane. Et, seule, Ernesta avait gardé avec son frère, qu'elle adorait pour son charme rieur, des relations suivies ; de sorte que, plus tard, sa meilleure distraction était devenue, chaque semaine, de mener sa fille Benedetta passer toute une journée à la villa Montefiori. Et quelle journée délicieuse pour Benedetta et pour Dario, âgés elle de dix ans, lui de quinze, quelle journée, tendre et fraternelle, au travers de ce jardin si vaste, presque abandonné, avec ses pins parasols, ses buis géants, ses bouquets de chênes verts, dans lesquels on se perdait comme dans une forêt vierge !

Ce fut une âme de passion et de souffrance que la pauvre âme étouffée d'Ernesta. Elle était née avec un besoin de vivre immense, une soif de soleil, d'existence heureuse, libre et active, au plein jour. On la citait pour ses grands yeux clairs, pour l'ovale charmant de son doux visage. Très ignorante, comme toutes les filles de la noblesse romaine, ayant appris le peu qu'elle savait dans un couvent de religieuses françaises, elle avait grandi cloîtrée au fond du noir palais Boccanera, ne connaissant le monde que par la promenade quotidienne qu'elle faisait en voiture, avec sa mère, au Corso et au Pincio. Puis, à vingt-cinq ans, lasse et désolée déjà, elle contracta le mariage habituel, elle épousa le comte Brandini, le dernier-né d'une très noble famille, très nombreuse et pauvre, qui dut venir habiter le palais de la rue Giulia, où toute une aile du second étage fut disposée pour que le jeune ménage s'y installât. Et rien ne fut changé, Ernesta continua de vivre dans la même ombre froide, dans ce passé mort dont elle sentait de plus en plus sur elle le poids, comme une pierre de tombe. C'était d'ailleurs, de part et d'autre, un mariage très honorable. Le comte Brandini passa bientôt pour l'homme le plus sot et le plus orgueilleux de Rome. Il était d'une religion stricte, formaliste et intolérant, et il triompha, lorsqu'il parvint, après des intrigues sans nombre, de sourdes menées qui durèrent dix ans, à se faire nommer grand écuyer de Sa Sainteté. Dès lors, avec sa fonction, il sembla que toute la majesté morne du Vatican entrât dans son ménage. Encore la vie fut-elle possible pour Ernesta, sous Pie IX, jusqu'en 1870 : elle osait ouvrir les fenêtres sur la rue, recevait quelques amies sans se cacher, acceptait des invitations à des fêtes. Mais, lorsque les Italiens eurent conquis Rome et que le pape se déclara prisonnier, ce fut le sépulcre, rue Giulia. On ferma la grande porte, on la verrouilla, on en cloua les battants, en signe de deuil ; et, pendant douze années, on ne passa que par le petit escalier, donnant sur la ruelle. Défense également d'ouvrir les persiennes de la façade. C'était la bouderie, la protestation du monde noir, le palais tombé à une immobilité de mort ; et une réclusion totale, plus de réceptions, de rares ombres, les familiers de donna Serafina, qui, le lundi, se glissaient par la porte étroite, entrebâillée à peine. Alors, pendant ces douze années lugubres, la jeune femme pleura chaque nuit, cette pauvre âme sourdement désespérée agonisa d'être ainsi enterrée vive.

Ernesta avait eu sa fille Benedetta assez tard, à trente-trois ans. D'abord, l'enfant lui fut une distraction. Puis, l'existence réglée la reprit dans son broiement de meule, elle dut mettre la fillette au Sacré-Cœur de la Trinité-des-Monts, chez les religieuses françaises qui l'avaient instruite elle-même. Benedetta en sortit grande fille, à dix-neuf ans, sachant le français et l'orthographe, un peu d'arithmétique, le catéchisme, quelques pages confuses d'histoire. Et la vie des deux femmes avait continué, une vie de gynécée où l'Orient se sent déjà, jamais une sortie avec le mari, avec le père, les journées passées au fond de l'appartement clos, égayées par l'unique, l'éternelle promenade obligatoire, le tour quotidien au Corso et au Pincio. À la maison, l'obéissance restait absolue, le lien de famille gardait une autorité, une force, qui les pliait toutes deux sous la volonté du comte, sans révolte possible ; et, à cette volonté, s'ajoutait celle de donna Serafina et du cardinal, sévères défenseurs des vieilles coutumes. Depuis que le pape ne sortait plus dans Rome, la charge de grand écuyer laissait des loisirs au comte, car les écuries se trouvaient singulièrement réduites ; mais il n'en faisait pas moins au Vatican son service, simplement d'apparat, avec un déploiement de zèle dévot, comme une protestation continue contre la monarchie usurpatrice installée au Quirinal. Benedetta venait d'avoir vingt ans, lorsque son père rentra, un soir, d'une cérémonie à Saint-Pierre, toussant et frissonnant. Huit jours après, il mourait, emporté par une fluxion de poitrine. Et, au milieu de leur deuil, ce fut une délivrance inavouée pour les deux femmes, qui se sentirent libres.

Dès ce moment, Ernesta n'eut plus qu'une pensée, sauver sa fille de cette affreuse existence murée, ensevelie. Elle s'était trop ennuyée, il n'était plus temps pour elle de renaître, mais elle ne voulait pas que Benedetta vécût à son tour une vie contre nature, dans une tombe volontaire. D'ailleurs, une lassitude, une révolte pareilles se montraient chez quelques familles patriciennes, qui, après la bouderie des premiers temps, commençaient à se rapprocher du Quirinal. Pourquoi les enfants, avides d'action, de liberté et de grand soleil, auraient-ils épousé éternellement la querelle des pères ? Et, sans qu'une réconciliation pût se produire entre le monde noir et le monde blanc, des nuances se fondaient déjà, des alliances imprévues avaient lieu. La question politique laissait Ernesta indifférente ; elle l'ignorait même ; mais ce qu'elle désirait avec passion, c'était que sa race sortît enfin de cet exécrable sépulcre, de ce palais Boccanera, noir, muet, où ses joies de femme s'étaient glacées d'une mort si longue. Elle avait trop souffert dans son cœur de jeune fille, d'amante et d'épouse, elle cédait à la colère de sa destinée manquée, perdue en une imbécile résignation. Et le choix d'un nouveau confesseur, à cette époque, influa encore sur sa volonté ; car elle était restée très religieuse, pratiquante, docile aux conseils de son directeur.

Pour se libérer davantage, elle venait de quitter le père jésuite choisi par son mari lui-même, et elle avait pris l'abbé Pisoni, le curé d'une petite église voisine, Sainte-Brigitte, sur la place Farnèse. C'était un homme de cinquante ans, très doux et très bon, d'une charité rare en pays romain, dont l'archéologie, la passion des vieilles pierres, avait fait un ardent patriote. On racontait que, si humble qu'il fût, il avait à plusieurs reprises servi d'intermédiaire entre le Vatican et le Quirinal, dans des affaires délicates ; et, devenu aussi le confesseur de Benedetta, il aimait à entretenir la mère et la fille de la grandeur de l'unité italienne, de la domination triomphale de l'Italie, le jour où le pape et le roi s'entendraient.

Benedetta et Dario s'aimaient comme au premier jour, sans hâte, de cet amour fort et tranquille des amants qui se savent l'un à l'autre. Mais il arriva, alors, qu'Ernesta se jeta entre eux, s'opposa obstinément au mariage. Non, non, pas Dario ! pas ce cousin, le dernier du nom, qui enfermerait lui aussi sa femme dans le noir tombeau du palais Boccanera ! Ce serait l'ensevelissement continué, la ruine aggravée, la même misère orgueilleuse, l'éternelle bouderie qui déprime et endort. Elle connaissait bien le jeune homme, le savait égoïste et affaibli, incapable de penser et d'agir, destiné à enterrer sa race en souriant, à laisser crouler les dernières pierres de la maison sur sa tête, sans tenter un effort pour fonder une famille nouvelle ; et ce qu'elle voulait, c'était une fortune autre, son enfant renouvelée, enrichie, s'épanouissant à la vie des vainqueurs et des puissants de demain. Dès ce moment, la mère ne cessa de s'entêter à faire le bonheur de sa fille malgré elle, lui disant ses larmes, la suppliant de ne pas recommencer sa déplorable histoire. Cependant, elle aurait échoué, contre la volonté paisible de la jeune fille qui s'était donnée à jamais, si des circonstances particulières ne l'avaient mise en rapport avec le gendre qu'elle rêvait. Justement, à la villa Montefiori, où Benedetta et Dario s'étaient engagés, elle fit la rencontre du comte Prada, le fils d'Orlando, un des héros de l'unité italienne. Venu de Milan à Rome, avec son père, à l'âge de dix-huit ans, lors de l'occupation, il était entré d'abord au ministère des Finances, comme simple employé, tandis que le vieux brave, nommé sénateur, vivait petitement d'une modeste rente, l'épave dernière d'une fortune mangée au service de la patrie. Mais, chez le jeune homme, la belle folie guerrière de l'ancien compagnon de Garibaldi s'était tournée en un furieux appétit de butin, au lendemain de la victoire, et il était devenu un des vrais conquérants de Rome, un des hommes de proie qui dépeçaient et dévoraient la ville. Lancé dans d'énormes spéculations sur les terrains, déjà riche, à ce qu'on racontait, il venait de se lier avec le prince Onofrio, qu'il avait affolé, en lui soufflant l'idée de vendre le grand parc de la villa Montefiori, pour y construire tout un quartier neuf. D'autres affirmaient qu'il était l'amant de la princesse, la belle Flavia, plus âgée que lui de neuf ans, superbe encore. Et il y avait en effet, chez lui, une violence de désir, un besoin de curée dans la conquête, qui lui ôtait tout scrupule devant le bien et la femme des autres. Dès la première rencontre, il voulut Benedetta. Celle-ci, il ne pouvait l'avoir comme maîtresse, elle n'était qu'à épouser ; et il n'hésita pas un instant, il rompit net avec Flavia, brusquement affamé de cette pure virginité, de ce vieux sang patricien qui coulait dans un corps si adorablement jeune. Quand il eut compris qu'Ernesta, la mère, était pour lui, il demanda la main de la fille, certain de vaincre. Ce fut une grande surprise, car il avait une quinzaine d'années de plus qu'elle ; mais il était comte, il portait un nom déjà historique, il entassait les millions, bien vu au Quirinal, en passe de toutes les chances. Rome entière se passionna.

Jamais ensuite Benedetta ne s'était expliqué comment elle avait pu finir par consentir. Six mois plus tôt, six mois plus tard, certainement, un pareil mariage ne se serait pas conclu, devant l'effroyable scandale soulevé dans le monde noir. Une Boccanera, la dernière de cette antique race papale, donnée à un Prada, à un des spoliateurs de l'Église ! Et il avait fallu que ce projet fou tombât à une heure particulière et brève, au moment où un rapprochement suprême était tenté entre le Vatican et le Quirinal. Le bruit courait que l'entente allait se faire enfin, que le roi consentait à reconnaître au pape la propriété souveraine de la cité Léonine et d'une étroite bande de territoire, allant jusqu'à la mer. Dès lors, le mariage de Benedetta et de Prada ne devenait-il pas comme le symbole de l'union, de la réconciliation nationale ? Cette belle enfant, le lis pur du monde noir, n'était-il pas l'holocauste consenti, le gage accordé au monde blanc ? Pendant quinze jours, on ne causa pas d'autre chose, et l'on discutait, on s'attendrissait, on espérait. La jeune fille, elle, n'entrait guère dans ces raisons, n'écoutant que son cœur, dont elle ne pouvait disposer, puisqu'elle l'avait donné déjà. Mais, du matin au soir, elle avait à subir les prières de sa mère, qui la suppliait de ne pas refuser la fortune, la vie qui s'offrait. Surtout elle était travaillée par les conseils de son confesseur, le bon abbé Pisoni, dont le zèle patriotique éclatait en cette circonstance : il pesait sur elle de toute sa foi aux destinées chrétiennes de l'Italie, il remerciait la Providence d'avoir choisi une de ses ouailles pour hâter un accord qui devait faire triompher Dieu dans le monde entier. Et, à coup sûr, l'influence de son confesseur fut une des causes décisives qui la déterminèrent, car elle était très pieuse, très dévote particulièrement à une madone, dont elle allait adorer l'image chaque dimanche, dans la petite église de la place Farnèse. Un fait la frappa beaucoup, l'abbé Pisoni lui raconta que la flamme de la lampe qui brûlait devant l'image, devenait blanche, chaque fois qu'il s'agenouillait lui-même, en suppliant la Vierge de conseiller le mariage rédempteur à sa pénitente. Ainsi agirent des forces supérieures ; et elle cédait par obéissance à sa mère, que le cardinal et donna Serafina avaient combattue, puis qu'ils laissèrent faire à son gré, lorsque la question religieuse intervint. Elle avait grandi dans une pureté, dans une ignorance absolue, ne sachant rien d'elle-même, si fermée à la vie, que le mariage avec un autre que Dario était simplement la rupture d'une longue promesse d'existence commune, sans l'arrachement physique de sa chair et de son cœur. Elle pleura beaucoup, et elle épousa Prada, en un jour d'abandon, ne trouvant pas la volonté de résister aux siens et à tout le monde, consommant une union dont Rome entière était devenue complice.

Et alors, le soir même des noces, ce fut le coup de foudre. Prada, le Piémontais, l'Italien du Nord et de la conquête, montra-t-il la brutalité de l'envahisseur, voulut-il traiter sa femme comme il avait traité la ville, en maître impatient de se contenter ? Ou bien la révélation de l'acte fut-elle seulement imprévue pour Benedetta, trop salissante de la part d'un homme qu'elle n'aimait pas et qu'elle ne put se résigner à subir ? Jamais elle ne s'expliqua clairement. Mais elle ferma violemment la porte de sa chambre, la verrouilla, refusa avec obstination de la rouvrir à son mari. Pendant un mois, il dut y avoir des tentatives furieuses de Prada, que cet obstacle à sa passion affolait. Il était outragé, il saignait dans son orgueil et dans son désir, jurait de dompter sa femme, comme on dompte une jument indocile, à coups de cravache. Et toute cette rage sensuelle d'homme fort se brisait contre l'indomptable volonté qui avait poussé en un soir, sous le front étroit et charmant de Benedetta. Les Boccanera s'étaient réveillés en elle : tranquillement, elle ne voulait pas ; et rien au monde, pas même la mort, ne l'aurait forcée à vouloir. Puis, c'était chez elle, devant cette brusque connaissance de l'amour, un retour à Dario, une certitude qu'elle devait donner son corps à lui seul, puisque à lui seul elle l'avait promis. Le jeune homme, depuis le mariage qu'il avait dû accepter comme un deuil, voyageait en France. Elle ne s'en cacha même pas, lui écrivit de revenir, s'engagea de nouveau à ne jamais appartenir à un autre. D'ailleurs, sa dévotion avait grandi encore, cet entêtement de garder sa virginité à l'amant choisi se mêlait, dans son culte, à une pensée de fidélité à Jésus. Un cœur ardent de grande amoureuse s'était révélé en elle, prêt au martyre pour la foi jurée. Et, quand sa mère, désespérée, la suppliait à mains jointes de se résigner au devoir conjugal, elle répondait qu'elle ne devait rien, puisqu'elle ne savait rien en se mariant. Du reste, les temps changeaient, l'accord avait échoué entre le Vatican et le Quirinal, à ce point, que les journaux des deux partis venaient de reprendre, avec une violence nouvelle, leur campagne d'outrages ; et ce mariage triomphal auquel tout le monde avait travaillé, comme à un gage de paix, croulait dans la débâcle, n'était plus qu'une ruine ajoutée à tant d'autres.

Ernesta en mourut. Elle s'était trompée, son existence manquée d'épouse sans joie aboutissait à cette suprême erreur de la mère. Le pis était qu'elle restait seule, sous l'entière responsabilité du désastre, car son frère, le cardinal, et sa sœur, donna Serafina, l'accablaient de reproches. Pour se consoler, elle n'avait que le désespoir de l'abbé Pisoni, doublement frappé, par la perte de ses espérances patriotiques et par le regret d'avoir travaillé à une telle catastrophe. Et, un matin, on trouva Ernesta, toute froide et blanche dans son lit. On parla d'une rupture au cœur ; mais le chagrin avait pu suffire, elle souffrait affreusement, discrètement, sans se plaindre, comme elle avait souffert toute sa vie. Il y avait déjà près d'un an que Benedetta était mariée, se refusant à son mari, mais ne voulant pas quitter le domicile conjugal, pour éviter à sa mère le coup terrible d'un scandale public. Sa tante Serafina agissait pourtant sur elle, en lui donnant l'espoir d'une annulation de mariage possible, si elle allait se jeter aux genoux du Saint-Père ; et elle finissait par la convaincre, depuis que, cédant elle-même à de certains conseils, elle lui avait donné pour directeur son propre confesseur, le père jésuite Lorenza, en remplacement de l'abbé Pisoni. Ce père jésuite, âgé de trente-cinq ans à peine, était un homme grave et aimable, aux yeux clairs, d'une grande force dans la persuasion. Benedetta ne se décida qu'au lendemain de la mort de sa mère, et seulement alors elle revint habiter, au palais Boccanera, l'appartement où elle était née, où sa mère venait de s'éteindre. Tout de suite, d'ailleurs, le procès en annulation de mariage fut porté, pour une première instruction, devant le cardinal-vicaire, chargé du diocèse de Rome. On racontait que la contessina ne s'y était décidée qu'après avoir obtenu une audience secrète du pape, qui lui avait témoigné la plus encourageante sympathie. Le comte Prada parlait d'abord de forcer judiciairement sa femme à réintégrer le domicile conjugal. Puis, supplié par son père, le vieil Orlando, que cette affaire désolait, il se contenta d'accepter le débat devant l'autorité ecclésiastique, exaspéré surtout de ce que la demanderesse alléguait que le mariage n'avait pas été consommé, par suite d'impuissance du mari. C'est un des motifs les plus nets, acceptés comme valables en cour de Rome. Dans son mémoire, l'avocat consistorial Morano, une des autorités du barreau romain, négligeait simplement de dire que cette impuissance avait pour cause unique la résistance de la femme ; et tout un débat se livrait sur ce point délicat, si scabreux, que la vérité semblait impossible à faire : on donnait, de part et d'autre, des détails intimes en latin, on produisait des témoins, des amis, des domestiques, ayant assisté à des scènes, racontant la cohabitation d'une année. Enfin, la pièce la plus décisive était un certificat, signé par deux sages-femmes, qui, après examen, concluaient à la virginité intacte de la jeune fille. Le cardinal-vicaire, agissant comme évêque de Rome, avait donc déféré le procès à la congrégation du Concile, ce qui était pour Benedetta un premier succès, et les choses en étaient là, elle attendait que la congrégation se prononçât définitivement, avec l'espoir que l'annulation religieuse du mariage serait ensuite un argument irrésistible pour obtenir le divorce devant les tribunaux civils. Dans l'appartement glacial où sa mère Ernesta, soumise et désespérée, venait de mourir, la contessina avait repris sa vie de jeune fille et se montrait très calme, très forte en sa passion, ayant juré de ne se donner à personne autre qu'à Dario, et de ne se donner à lui que le jour où un prêtre les aurait saintement unis devant Dieu.

Justement, Dario, lui aussi, était venu habiter le palais Boccanera, six mois plus tôt, à la suite de la mort de son père et de toute une catastrophe qui l'avait ruiné. Le prince Onofrio, après avoir, sur le conseil de Prada, vendu la villa Montefiori dix millions à une compagnie financière, s'était laissé prendre à la fièvre de spéculation qui brûlait Rome, au lieu de garder ses dix millions en poche, sagement ; si bien qu'il s'était mis à jouer, en rachetant ses propres terrains, et qu'il avait fini par tout perdre, dans le krach formidable où s'engloutissait la fortune de la ville entière. Totalement ruiné, endetté même, le prince n'en continuait pas moins ses promenades au Corso de bel homme souriant et populaire, lorsqu'il était mort accidentellement, des suites d'une chute de cheval ; et, onze mois plus tard, sa veuve, la toujours belle Flavia, qui s'était arrangée pour repêcher dans le désastre une villa moderne et quarante mille francs de rente, avait épousé un homme magnifique, son cadet de dix ans, un Suisse nommé Jules Laporte, ancien sergent de la garde du Saint-Père, ensuite courtier marron d'un commerce de reliques, aujourd'hui marquis Montefiori, ayant conquis le titre en conquérant la femme, par un bref spécial du pape. La princesse Boccanera était redevenue la marquise Montefiori. Et c'était alors que, blessé, le cardinal Boccanera avait exigé que son neveu Dario vînt occuper, près de lui, un petit appartement, au premier étage du palais. Dans le cœur du saint homme, qui semblait mort au monde, l'orgueil du nom demeurait, une tendresse pour ce frêle garçon, le dernier de la race, le seul par qui la vieille souche pût reverdir. Il ne se montrait d'ailleurs pas hostile au mariage avec Benedetta, qu'il aimait aussi d'une affection paternelle, si fier et si hautement convaincu de leur piété, en les prenant tous les deux près de lui, qu'il dédaignait les bruits abominables que les amis du comte Prada, dans le monde blanc, faisaient courir, depuis la réunion du cousin et de la cousine sous le même toit. Donna Serafina gardait Benedetta, comme lui-même gardait Dario, et dans le silence, dans l'ombre du vaste palais désert, ensanglanté autrefois par tant de violences tragiques, il n'y avait plus qu'eux quatre, avec leurs passions maintenant assoupies, derniers vivants d'un monde qui croulait, au seuil d'un monde nouveau.

Lorsque, brusquement, l'abbé Pierre Froment se réveilla, la tête lourde de rêves pénibles, il fut désolé de voir que le jour tombait. Sa montre, qu'il se hâta de consulter, marquait six heures. Lui qui comptait se reposer une heure au plus, en avait dormi près de sept, dans un accablement invincible. Et, même éveillé, il restait sur le lit, brisé, comme vaincu déjà avant d'avoir combattu. Pourquoi donc cette prostration, ce découragement sans cause, ce frisson de doute, venu il ne savait d'où, pendant son sommeil, et qui abattait son jeune enthousiasme du matin ? Les Boccanera étaient-ils liés à cette faiblesse soudaine de son âme ? Il avait entrevu, dans le noir de ses rêves, des figures si troubles, si inquiétantes, et son angoisse continuait, il les évoquait encore, effaré de se réveiller ainsi au fond d'une chambre ignorée, pris du malaise de l'inconnu. Les choses ne lui semblaient plus raisonnables, il ne s'expliquait pas comment c'était Benedetta qui avait écrit au vicomte Philibert de la Choue pour le charger de lui apprendre que son livre était dénoncé à la congrégation de l'Index ; et quel intérêt elle pouvait avoir à ce que l'auteur vînt se défendre à Rome ; et dans quel but elle avait poussé l'amabilité jusqu'à vouloir qu'il descendît chez eux. Sa stupeur, en somme, était d'être là, étranger, sur ce lit, dans cette pièce, dans ce palais dont il entendait autour de lui le grand silence de mort. Les membres anéantis, le cerveau comme vide, il avait une brusque lucidité, il comprenait que des choses lui échappaient, que toute une complication devait se cacher sous l'apparente simplicité des faits. Mais ce ne fut qu'une lueur, le soupçon s'effaça, et il se leva violemment, il se secoua, en accusant le triste crépuscule d'être la cause unique de ce frisson et de cette désespérance, dont il avait honte.

Pierre, alors, pour se remuer, se mit à examiner les deux pièces. Elles étaient meublées d'acajou, simplement, presque pauvrement, des meubles dépareillés, datant du commencement du siècle. Le lit n'avait pas de tentures, ni les fenêtres, ni les portes. Par terre, sur le carreau nu, passé au rouge et ciré, des petits tapis de pied s'alignaient seuls devant les sièges. Et il finit par se rappeler, en face de cette nudité et de cette froideur bourgeoises, la chambre où il avait couché, enfant, à Versailles, chez sa grand-mère, qui avait tenu là un petit commerce de mercerie, sous Louis-Philippe. Mais, à un mur de la chambre, devant le lit, un ancien tableau l'intéressa, parmi des gravures enfantines et sans valeur. C'était, à peine éclairée par le jour mourant, une figure de femme, assise sur un soubassement de pierre, au seuil d'un grand et sévère logis, dont on semblait l'avoir chassée. Les deux battants de bronze venaient de se refermer à jamais, et elle demeurait là, drapée dans une simple toile blanche, tandis que des vêtements épars, lancés rudement, au hasard, traînaient sur les épaisses marches de granit.

Elle avait les pieds nus, les bras nus, la face entre ses mains convulsées de douleur, une face qu'on ne voyait pas, que les ondes d'une admirable chevelure noyait, voilait d'or fauve. Quelle douleur sans nom, quelle honte affreuse, quel abandon exécrable, cachait-elle ainsi, cette rejetée, cette obstinée d'amour, dont on rêvait sans fin l'histoire, d'un cœur éperdu ? On la sentait adorablement jeune et belle, dans sa misère, dans ce lambeau de linge drapé à ses épaules ; mais le reste d'elle appartenait au mystère, et sa passion, et peut-être son infortune, et sa faute peut-être. À moins qu'elle ne fût là seulement le symbole de tout ce qui frissonne et pleure, sans visage, devant la porte éternellement close de l'invisible. Longtemps il la regarda, si bien qu'il s'imagina enfin distinguer son profil, d'une souffrance, d'une pureté divines. Ce n'était qu'une illusion, le tableau avait beaucoup souffert, noirci, délaissé, et il se demandait de quel maître inconnu pouvait bien être ce panneau, pour l'émouvoir à ce point. Sur le mur d'à côté, une Vierge, une mauvaise copie d'une toile du dix-huitième siècle, l'irrita par la banalité de son sourire.

Le jour tombait de plus en plus, et Pierre ouvrit la fenêtre du salon, s'accouda. En face de lui, sur l'autre rive du Tibre, se dressait le Janicule, le mont d'où il avait vu Rome, le matin. Mais ce n'était plus, à cette heure trouble, la ville de jeunesse et de rêve, envolée dans le soleil matinal. La nuit pleuvait en une cendre grise, l'horizon se noyait, indistinct et morne. Là-bas, à gauche, il devinait de nouveau le Palatin, par-dessus les toits ; et, à droite, là-bas, c'était toujours le dôme de Saint-Pierre, couleur d'ardoise, sur le ciel de plomb ; tandis que derrière lui, le Quirinal, qu'il ne pouvait voir, devait sombrer lui aussi sous la brume. Quelques minutes se passèrent, et tout se brouilla encore, il sentit Rome s'évanouir, s'effacer dans son immensité, qu'il ignorait. Son doute et son inquiétude sans cause le reprirent, si douloureusement, qu'il ne put rester à la fenêtre davantage ; il la referma, alla s'asseoir, laissa les ténèbres le submerger, d'un flot d'infinie tristesse. Et sa rêverie désespérée ne prit fin que lorsque la porte s'ouvrit doucement et que la clarté d'une lampe égaya la pièce.

C'était Victorine qui entrait avec précaution, en apportant de la lumière.

« Ah ! monsieur l'abbé, vous voici debout. J'étais venue vers quatre heures ; mais je vous ai laissé dormir. Et vous avez joliment bien fait de dormir à votre contentement. »

Puis, comme il se plaignait d'être courbaturé et frissonnant, elle s'inquiéta.

« N'allez pas prendre leurs vilaines fièvres ! Vous savez que le voisinage de leur rivière n'est pas sain. Don Vigilio, le secrétaire de Son Éminence, les a, les fièvres, et je vous assure que ce n'est pas drôle. »

Aussi lui conseilla-t-elle de ne pas descendre et de se recoucher. Elle l'excuserait auprès de la princesse et de la contessina. Il finit par la laisser dire et faire, car il était hors d'état d'avoir une volonté. Sur son conseil, il dîna pourtant, il prit un potage, une aile de poulet et des confitures, que Giacomo, le valet, lui monta. Et cela lui fit grand bien, il se sentit comme réparé, à ce point qu'il refusa de se mettre au lit et qu'il voulut absolument remercier ces dames, le soir même, de leur aimable hospitalité. Puisque donna Serafina recevait le lundi, il se présenterait.

« Bon, bon ! approuva Victorine. Du moment que vous allez bien, ça vous distraira... Le mieux est que don Vigilio, votre voisin, entre vous prendre à neuf heures et qu'il vous accompagne. Attendez-le. »

Pierre venait de se laver et de passer sa soutane neuve, lorsque, à neuf heures précises, un coup discret fut frappé à la porte. Un petit prêtre se présenta, âgé de trente ans à peine, maigre et débile, la face longue et ravagée, couleur de safran. Depuis deux années, des crises de fièvre, chaque jour, à la même heure, le dévoraient. Mais, dans sa face jaunie, ses yeux noirs, quand il oubliait de les éteindre, brûlaient, embrasés par son âme de feu.

Il fit une révérence et dit simplement, en un français très pur .

« Don Vigilio, monsieur l'abbé, et entièrement à votre service... Si vous voulez bien que nous descendions ? »

Alors, Pierre le suivit, en le remerciant. Don Vigilio, d'ailleurs, ne parla plus, se contenta de répondre par des sourires. Ils avaient descendu le petit escalier, ils se trouvèrent au second étage, sur le vaste palier du grand escalier d'honneur. Et Pierre restait surpris et attristé du faible éclairage, de loin en loin des becs de gaz d'hôtel garni louche, dont les taches jaunes étoilaient à peine les profondes ténèbres des hauts couloirs sans fin. C'était gigantesque et funèbre. Même sur le palier, où s'ouvrait la porte de l'appartement de donna Serafina, en face de celle qui conduisait chez sa nièce, rien n'indiquait qu'il pût y avoir réception, ce soir-là. La porte restait close, pas un bruit ne sortait des pièces, dans le silence de mort montant du palais entier. Et ce fut don Vigilio, qui, après une nouvelle révérence, tourna discrètement le bouton, sans sonner.

Une seule lampe à pétrole, posée sur une table, éclairait l'antichambre, une large pièce aux murs nus, peints à fresque d'une tenture rouge et or, drapée régulièrement tout autour, à l'antique. Sur les chaises, quelques paletots d'homme, deux manteaux de femme, étaient jetés ; tandis que les chapeaux encombraient une console. Un domestique, assis, le dos au mur, sommeillait.

Mais, comme don Vigilio s'effaçait pour le laisser entrer dans un premier salon, une pièce tendue de brocatelle rouge, à demi obscure et qu'il croyait vide, Pierre se trouva en face d'une apparition noire, une femme vêtue de noir, dont il ne put distinguer les traits d'abord. Il entendit heureusement son compagnon qui disait, en s'inclinant :

« Contessina, j'ai l'honneur de vous présenter M. l'abbé Pierre Froment, arrivé de France ce matin. »

Et il demeura un instant seul avec Benedetta, au milieu de ce salon désert, dans la lueur dormante de deux lampes voilées de dentelle. Mais, à présent, un bruit de voix venait du salon voisin, un grand salon dont la porte, ouverte à deux battants, découpait un carré de clarté plus vive.

Tout de suite la jeune femme s'était montrée accueillante, avec une parfaite simplicité.

« Ah ! monsieur l'abbé, je suis heureuse de vous voir. J'ai craint que votre indisposition ne fût grave. Vous voilà tout à fait remis, n'est-ce pas ? »

Il l'écoutait, séduit par sa voix lente, légèrement grasse, où toute une passion contenue semblait passer dans beaucoup de sage raison. Et il la voyait enfin, avec ses cheveux si lourds et si bruns, sa peau si blanche, d'une blancheur d'ivoire. Elle avait la face ronde, les lèvres un peu fortes, le nez très fin, des traits d'une délicatesse d'enfance. Mais c'étaient surtout les yeux, chez elle, qui vivaient, des yeux immenses, d'une infinie profondeur, où personne n'était certain de lire. Dormait-elle ? Rêvait-elle ? Cachait-elle la tension ardente des grandes saintes et des grandes amoureuses, sous l'immobilité de son visage ? Si blanche, si jeune, si calme, elle avait des mouvements harmonieux, toute une allure très réfléchie, très noble et rythmique. Et, aux oreilles, elle portait deux grosses perles, d'une pureté admirable, des perles qui venaient d'un collier célèbre de sa mère, et que Rome entière connaissait.

Pierre s'excusa, remercia.

« Madame, je suis confus, j'aurais voulu dès ce matin vous dire combien j'étais touché de votre bonté trop grande. »

Il avait hésité à l'appeler madame, en se rappelant le motif allégué dans son instance en nullité de mariage. Mais, évidemment, tout le monde l'appelait ainsi. Son visage, d'ailleurs, était resté tranquille et bienveillant, et elle voulut le mettre à son aise.

« Vous êtes chez vous, monsieur l'abbé. Il suffit que notre parent, M. de la Choue, vous aime et s'intéresse à votre œuvre. Vous savez que j'ai pour lui une grande affection... »

Sa voix s'embarrassa un peu, elle venait de comprendre qu'elle devait parler du livre, la seule cause du voyage et de l'hospitalité offerte.

« Oui, c'est le vicomte qui m'a envoyé votre livre. Je l'ai lu, je l'ai trouvé très beau. Il m'a troublée. Mais je ne suis qu'une ignorante, je n'ai certainement pas tout compris, et il faudra que nous en causions, vous m'expliquerez vos idées, n'est-ce pas, monsieur l'abbé ? »

Dans ses grands yeux clairs, qui ne savaient pas mentir, il lut alors la surprise, l'émoi d'une âme d'enfant, mise en présence d'inquiétants problèmes qu'elle n'avait jamais soulevés. Ce n'était donc pas elle qui s'était prise de passion, qui avait voulu l'avoir près d'elle, pour le soutenir, pour être de sa victoire ? Il soupçonna de nouveau, et très nettement cette fois, une influence secrète, quelqu'un dont la main menait tout, vers un but ignoré. Mais il était charmé de tant de simplicité et de franchise, chez une créature si belle, si jeune et si noble ; et il se donnait à elle, dès ces quelques mots échangés. Il allait lui dire qu'elle pouvait disposer de lui, entièrement, lorsqu'il fut interrompu par l'arrivée d'une autre femme, également vêtue de noir, dont la haute et mince taille se détacha durement dans le cadre lumineux de la porte grande ouverte du salon voisin.

« Eh bien ! Benedetta, as-tu dit à Giacomo de monter voir ? Don Vigilio vient de descendre, et il est seul. C'est inconvenant.

– Mais non, ma tante, M. l'abbé est ici. »

Et elle se hâta de les présenter l'un à l'autre.

« M. l'abbé Pierre Froment... La princesse Boccanera. »

Il y eut des saluts cérémonieux. Elle devait toucher à la soixantaine, et elle se serrait tellement, qu'on l'eût prise, par-derrière, pour une jeune femme. C'était d'ailleurs sa coquetterie dernière, les cheveux tout blancs, épais et rudes encore, n'ayant gardé de noirs que les sourcils, dans sa face longue aux larges plis, plantée du grand nez volontaire de la famille. Elle n'avait jamais été belle, et elle était restée fille, blessée mortellement du choix du comte Brandini qui avait voulu Ernesta, sa cadette, résolue dès lors à mettre ses joies dans l'unique satisfaction de l'orgueil héréditaire du nom qu'elle portait. Les Boccanera avaient déjà compté deux papes, et elle espérait bien ne pas mourir avant que son frère le cardinal fût le troisième. Elle s'était faite sa femme de charge secrète, elle ne l'avait pas quitté, veillant sur lui, le conseillant, menant la maison souverainement, accomplissant des miracles pour cacher la ruine lente qui en faisait crouler les plafonds sur leurs têtes. Si, depuis trente ans, elle recevait chaque lundi quelques intimes, tous du Vatican, c'était par haute politique, pour rester le salon du monde noir, une force et une menace.

Aussi Pierre devina-t-il à son accueil combien peu il pesait devant elle, petit prêtre étranger qui n'était pas même prélat. Et cela l'étonnait encore, posait de nouveau la question obscure : pourquoi l'avait-on invité, que venait-il faire dans ce monde fermé aux humbles ? Il la savait d'une austérité de dévotion extrême, il crut finir par comprendre qu'elle le recevait seulement par égard pour le vicomte ; car, à son tour, elle ne trouva que cette phrase :

« Nous sommes si heureuses d'avoir de bonnes nouvelles de M. de la Choue ! Il y a deux ans, il nous a amené un si beau pèlerinage ! »

Elle passa la première, elle introduisit enfin le jeune prêtre dans le salon voisin. C'était une vaste pièce carrée, tendue de vieille brocatelle jaune, à grandes fleurs Louis XIV. Le plafond, très élevé, avait un revêtement merveilleux de bois sculpté et peint, des caissons à rosaces d'or. Mais le mobilier était disparate. De hautes glaces, deux superbes consoles dorées, quelques beaux fauteuils du dix-septième siècle ; puis, le reste lamentable, un lourd guéridon Empire tombé on ne savait d'où, des choses hétéroclites venues de quelque bazar, des photographies affreuses, traînant sur les marbres précieux des consoles. Il n'y avait là aucun objet d'art intéressant. Aux murs, d'anciens tableaux médiocres ; excepté un primitif inconnu et délicieux, une Visitation du quatorzième siècle, la Vierge toute petite, d'une délicatesse pure d'enfant de dix ans, tandis que l'ange, immense, superbe, l'inondait du flot d'amour éclatant et surhumain ; et, en face, un antique portrait de famille, celui d'une jeune fille très belle, coiffée d'un turban, que l'on croyait être le portrait de Cassia Boccanera, l'amoureuse et la justicière, qui s'était jetée au Tibre avec son frère, Ercole, et le cadavre de son amant, Flavio Corradini. Quatre lampes éclairaient, d'une grande lueur calme, la pièce fanée, comme jaunie d'un mélancolique coucher de soleil, grave, vide et nue, sans un bouquet de fleurs.

Tout de suite, donna Serafina présenta Pierre d'un mot ; et, dans le silence, dans l'arrêt brusque des conversations, il sentit les regards qui se fixaient sur lui, comme sur une curiosité promise et attendue. Il y avait là une dizaine de personnes au plus, parmi lesquelles Dario, debout, causant avec la petite princesse Celia Buongiovanni, amenée par une vieille parente, qui entretenait à demi-voix un prélat, monsignor Nani, tous deux assis dans un coin d'ombre. Mais Pierre venait surtout d'être frappé par le nom de l'avocat consistorial Morano, dont le vicomte, en l'envoyant à Rome, avait cru devoir lui expliquer la situation particulière dans la maison, afin de lui éviter des fautes. Depuis trente ans, Morano était l'ami de donna Serafina. Cette liaison, autrefois coupable, car l'avocat avait femme et enfants, était devenue, après son veuvage, et surtout avec le temps, une liaison excusée, acceptée par tous, une sorte de ces vieux ménages naturels que la tolérance mondaine consacre. Tous les deux, très dévots, s'étaient certainement assuré les indulgences nécessaires. Et Morano se trouvait là, à la place qu'il occupait depuis plus d'un quart de siècle, au coin de la cheminée, bien que le feu de l'hiver n'y fût pas allumé encore. Et, lorsque donna Serafina eut rempli son devoir de maîtresse de maison, elle reprit elle-même sa place, à l'autre coin de la cheminée, en face de lui.

Alors, tandis que Pierre s'asseyait, près de don Vigilio, silencieux et discret sur une chaise, Dario continua plus haut l'histoire qu'il contait à Celia. Il était joli homme, de taille moyenne, svelte et élégant, portant toute sa barbe brune et très soignée, avec la face longue, le nez fort des Boccanera, mais les traits adoucis, comme amollis par le séculaire appauvrissement du sang.

« Oh ! une beauté, répéta-t-il avec emphase, une beauté étonnante !

– Qui donc ? » demanda Benedetta, en les rejoignant.

Celia, qui ressemblait à la petite Vierge du primitif, accroché au-dessus de sa tête, s'était mise à rire.

« Mais, chère, une pauvre fille, une ouvrière, que Dario a vue aujourd'hui. »

Et Dario dut recommencer son récit. Il passait dans une étroite rue, du côté de la place Navone, quand il avait aperçu, sur les marches d'un perron, une belle et forte fille de vingt ans, effondrée, qui pleurait à gros sanglots. Touché surtout de sa beauté, il s'était approché d'elle, avait fini par comprendre qu'elle travaillait dans la maison, une fabrique de perles de cire, mais que le chômage était venu, que l'atelier venait de fermer, et qu'elle n'osait rentrer chez ses parents, tellement la misère y était grande. Sous le déluge de ses larmes, elle levait sur lui des yeux si beaux, qu'il avait fini par tirer de sa poche quelque argent. Et elle s'était levée d'un bond, toute rouge et confuse, se cachant les mains dans sa jupe, ne voulant rien prendre, disant qu'il pouvait la suivre, s'il voulait, et qu'il donnerait ça à sa mère. Puis, elle avait filé vivement, vers le pont Saint-Ange.

« Oh ! une beauté, répéta-t-il d'un air d'extase, une beauté magnifique !... Plus grande que moi, mince encore dans sa force, avec une gorge de déesse ! Une vraie antique, une Vénus à vingt ans, le menton un peu fort, la bouche et le nez d'une correction de dessin parfaite, les yeux, ah ! les yeux si purs, si larges !... Et nu-tête, coiffée d'un casque de lourds cheveux noirs, la face éclatante, comme dorée d'un coup de soleil ! »

Tous s'étaient mis à écouter, ravis, dans cette passion de la beauté que, malgré tout, Rome garde au cœur.

« Elles deviennent bien rares, ces belles filles du peuple, dit Morano. On pourrait battre le Transtévère, sans en rencontrer. Voici qui prouve pourtant qu'il en existe encore, au moins une.

– Et comment l'appelles-tu, ta déesse ? demanda Benedetta souriante, amusée et extasiée ainsi que les autres.

– Pierina, répondit Dario, riant lui aussi.

– Et qu'en as-tu fait ? »

Mais le visage excité du jeune homme prit une expression de malaise et de peur, comme celui d'un enfant, qui, dans ses jeux, tombe sur une laide bête.

« Ah ! ne m'en parle pas, j'ai eu bien du regret... Une misère, une misère à vous rendre malade ! »

Il l'avait suivie par curiosité, il était arrivé, derrière elle, de l'autre côté du pont Saint-Ange, dans le quartier neuf en construction, bâti sur les anciens Prés-du-

Château ; et là, au premier étage d'une des maisons abandonnées, à peine sèche et déjà en ruine, il était tombé sur un spectacle affreux, dont son cœur restait soulevé : toute une famille, la mère, le père, un vieil oncle infirme, des enfants, mourant de faim, pourrissant dans l'ordure. Il choisissait les termes les plus nobles pour en parler, il écartait l'horrible vision d'un geste effrayé de la main.

« Enfin, je me suis sauvé, et je vous réponds que je n'y retournerai pas. »

Il y eut un hochement de tête général, dans le silence froid et gêné qui s'était fait. Morano conclut en une phrase amère, où il accusait les spoliateurs, les hommes du Quirinal, d'être l'unique cause de toute la misère de Rome. Est-ce qu'on ne parlait pas de faire un ministre du député Sacco, cet intrigant compromis dans toutes sortes d'aventures louches ? Ce serait le comble de l'impudence, la banqueroute infaillible et prochaine.

Et seule Benedetta, dont le regard s'était fixé sur Pierre, en songeant à son livre, murmura :

« Les pauvres gens ! c'est bien triste, mais pourquoi donc ne pas retourner les voir ? »

Pierre, dépaysé et distrait d'abord, venait d'être profondément remué par le récit de Dario. Il revivait son apostolat au milieu des misères de Paris, il s'attendrissait pitoyablement, en retombant, dès son arrivée à Rome, sur des souffrances pareilles. Sans le vouloir, il haussa la voix, il dit très haut :

« Oh ! madame, nous irons les voir ensemble, vous m'emmènerez. Ces questions me passionnent tant ! »

L'attention de tous fut ainsi ramenée sur lui. On se mit à le questionner, il les sentit inquiets de son impression première, de ce qu'il pensait de leur ville et d'eux-mêmes. Surtout on lui recommandait de ne pas juger Rome sur les apparences. Enfin, quel effet lui avait-elle produit ? Comment l'avait-il vue, comment la jugeait-il ? Et lui, poliment, s'excusait de ne pouvoir répondre, n'ayant rien vu, n'étant pas même sorti. Mais on ne l'en pressa que plus vivement, il eut la sensation nette d'un travail sur lui, d'un effort pour l'amener à l'admiration et à l'amour. On le conseillait, on l'adjurait de ne pas céder à des désillusions fatales, de persister, d'attendre que Rome lui révélât son âme.

« Monsieur l'abbé, combien de temps comptez-vous rester parmi nous ? » demanda une voix courtoise, d'un timbre doux et clair.

C'était monsignor Nani, assis dans l'ombre, qui parlait haut pour la première fois. À diverses reprises, Pierre avait cru s'apercevoir que le prélat ne le quittait pas de ses yeux bleus, très vifs, tandis qu'il semblait écouter attentivement le lent bavardage de la tante de Celia. Et, avant de répondre, il le regarda dans sa soutane liserée de cramoisi, l'écharpe de soie violette serrée à la taille, l'air jeune encore bien qu'il eût dépassé la cinquantaine, avec ses cheveux restés blonds, son nez droit et fin, sa bouche du dessin le plus délicat et le plus ferme, aux dents admirablement blanches.

« Mais, monseigneur, une quinzaine de jours, trois semaines peut-être. »

Le salon entier se récria. Comment ! trois semaines ? Il avait la prétention de connaître Rome en trois semaines ! Il fallait six mois, un an, dix ans ! L'impression première était toujours désastreuse ; et, pour en revenir, cela demandait un long séjour.

« Trois semaines ! répéta donna Serafina de son air de dédain. Est-ce qu'on peut s'étudier et s'aimer, en trois semaines ? Ceux qui nous reviennent, ce sont ceux qui ont fini par nous connaître. »

Nani, sans s'exclamer avec les autres, s'était d'abord contenté de sourire. Il avait eu un petit geste de sa main fine, qui trahissait son origine aristocratique. Et, comme Pierre, modestement, s'expliquait, disait que, venu pour faire certaines démarches, il partirait lorsque ces démarches seraient faites, le prélat conclut, en souriant toujours :

« Oh ! M. l'abbé restera plus de trois semaines, nous aurons le bonheur, j'espère, de le posséder longtemps. »

Bien que dite avec une tranquille obligeance, cette phrase troubla le jeune prêtre. Que savait-on, que voulait-on dire ? Il se pencha, il demanda tout bas à don Vigilio, demeuré près de lui, muet :

« Qui est-ce, monsignor Nani ? »

Mais le secrétaire ne répondit pas tout de suite. Son visage fiévreux se plomba encore. Ses yeux ardents virèrent, s'assurèrent que personne ne le surveillait. Et, dans un souffle :

« L'assesseur du Saint-Office. »

Le renseignement suffisait, car Pierre n'ignorait pas que l'assesseur, qui assistait en silence aux réunions du Saint-Office, se rendait chaque mercredi soir, après la séance, chez le Saint-Père, pour lui rendre compte des affaires traitées l'après-midi. Cette audience hebdomadaire, cette heure passée avec le pape, dans une intimité qui permettait d'aborder tous les sujets, donnait au personnage une situation à part, un pouvoir considérable. Et, d'ailleurs, la fonction était cardinalice, l'assesseur ne pouvait être ensuite nommé que cardinal.

Monsignor Nani, qui semblait parfaitement simple et aimable, continuait à regarder le jeune prêtre d'un air si encourageant, que ce dernier dut aller occuper, près de lui, le siège laissé enfin libre par la vieille tante de Celia. N'était-ce pas un présage de victoire, cette rencontre, faite le premier jour, d'un prélat puissant dont l'influence lui ouvrirait peut-être toutes les portes ? Il se sentit alors très touché, lorsque celui-ci, dès la première question, lui demanda obligeamment, d'un ton de profond intérêt :

« Alors, mon cher fils, vous avez donc publié un livre ? »

Et, repris par l'enthousiasme, oubliant où il était, Pierre se livra, conta son initiation de brûlant amour au travers des souffrants et des humbles, rêva tout haut le retour à la communauté chrétienne, triompha avec le catholicisme rajeuni, devenu la religion de la démocratie universelle. Peu à peu, il avait de nouveau élevé la voix ; et le silence se faisait dans l'antique salon sévère, tous s'étaient remis à l'écouter, au milieu d'une surprise croissante, d'un froid de glace, qu'il ne sentait pas.

Doucement, Nani finit par l'interrompre, avec son éternel sourire, dont la pointe d'ironie ne se montrait même plus.

« Sans doute, sans doute, mon cher fils, c'est très beau, oh ! très beau, tout à fait digne de l'imagination pure et noble d'un chrétien… Mais que comptez-vous faire, maintenant ?

– Aller droit au Saint-Père, pour me défendre. »

Il y eut un léger rire réprimé, et donna Serafina exprima l'avis général, en s'écriant :

« On ne voit pas comme ça le Saint-Père ! »

Mais Pierre se passionna.

« Moi, j'espère bien que je le verrai... Est-ce que je n'ai pas exprimé ses idées ? Est-ce que je n'ai pas défendu sa politique ? Est-ce qu'il peut laisser condamner mon livre, où je crois m'être inspiré du meilleur de lui-même ?

– Sans doute, sans doute, se hâta de répéter Nani, comme s'il eût craint qu'on ne brusquât trop les choses avec ce jeune enthousiaste. Le Saint-Père est d'une intelligence si haute ! Et il faudra le voir... Seulement, mon cher fils, ne vous excitez pas de la sorte, réfléchissez un peu, prenez votre heure... »

Puis, se tournant vers Benedetta :

« N'est-ce pas ? Son Éminence n'a pas encore vu M. l'abbé. Dès demain matin, il faudra qu'elle daigne le recevoir, pour le diriger de ses sages conseils. »

Jamais le cardinal Boccanera ne montait assister aux réceptions de sa sœur, le lundi soir. Il était toujours là, en pensée, comme le maître absent et souverain.

« C'est que, répondit la contessina en hésitant, je crains bien que mon oncle ne soit pas dans les idées de M. l'abbé. »

Nani se remit à sourire.

« Justement, il lui dira des choses bonnes à entendre. »

Et il fut convenu tout de suite, avec don Vigilio, que celui-ci inscrirait le prêtre pour une audience, le lendemain matin, à dix heures.

Mais, à ce moment, un cardinal entra, vêtu de l'habit de ville, la ceinture et les bas rouges, la simarre noire, lisérée et boutonnée de rouge. C'était le cardinal Sarno, un très ancien familier des Boccanera ; et, pendant qu'il s'excusait d'avoir travaillé très tard, le salon se taisait, s'empressait, avec déférence. Mais, pour le premier cardinal qu'il voyait, Pierre éprouvait une déception vive, car il ne trouvait pas la majesté, le bel aspect décoratif, auquel il s'était attendu. Celui-ci apparaissait petit, un peu contrefait, l'épaule gauche plus haute que la droite, le visage usé et terreux, avec des yeux morts. Il lui faisait l'effet d'un très vieil employé de soixante-dix ans, hébété par un demi-siècle de bureaucratie étroite, déformé et alourdi de n'avoir jamais quitté le rond-de-cuir, sur lequel il avait vécu sa vie. Et, en réalité, son histoire entière était là : enfant chétif d'une petite famille bourgeoise, élève au Séminaire romain, plus tard professeur de droit canonique pendant dix ans à ce même Séminaire, puis secrétaire à la Propagande, et enfin cardinal depuis vingt-cinq ans. On venait de célébrer son jubilé cardinalice. Né à Rome, il n'avait jamais passé hors de Rome un seul jour, il était le type parfait du prêtre grandi à l'ombre du Vatican et maître du monde. Bien qu'il n'eût occupé aucune fonction diplomatique, il avait rendu de tels services à la Propagande, par ses habitudes méthodiques de travail, qu'il était devenu président d'une des deux commissions qui se partagent le gouvernement des vastes pays d'Occident, non encore catholiques. Et c'était ainsi qu'au fond de ces yeux morts, dans ce crâne bas, d'expression obtuse, il y avait la carte immense de la chrétienté.

Nani lui-même s'était levé, plein d'un sourd respect devant cet homme effacé et terrible, qui avait les mains partout, aux coins les plus reculés de la terre, sans être jamais sorti de son bureau. Il le savait, dans son apparente nullité, dans son lent travail de conquête méthodique et organisée, d'une puissance à bouleverser les empires.

« Est-ce que Votre Éminence est remise de ce rhume, qui nous a désolés ?

– Non, non, je tousse toujours... Il y a un couloir pernicieux. J'ai le dos glacé, dès que je sors de mon cabinet. »

À partir de ce moment, Pierre se sentit tout petit et perdu. On oubliait même de le présenter au cardinal. Et il dut rester là pendant près d'une heure encore, regardant, observant. Ce monde vieilli lui parut alors enfantin, retourné à une enfance triste. Sous la morgue, la réserve hautaine, il devinait maintenant une réelle timidité, la méfiance inavouée d'une grande ignorance. Si la conversation ne devenait pas générale, c'était que personne n'osait ; et il entendait, dans les coins, des bavardages puérils et sans fin, les menues histoires de la semaine, les petits bruits des sacristies et des salons. On se voyait fort peu, les moindres aventures prenaient des proportions énormes. Il finit par avoir la sensation nette qu'il se trouvait transporté dans un salon français du temps de Charles X, au fond d'une de nos grandes villes épiscopales de province. Aucun rafraîchissement n'était servi. La vieille tante de Celia venait de s'emparer du cardinal Sarno, qui ne répondait pas, hochant le menton de loin en loin. Don Vigilio n'avait pas desserré les dents de la soirée. Une longue conversation, à voix très basse, s'était engagée entre Nani et Morano, tandis que donna Serafina, qui se penchait pour les écouter, approuvait d'un lent signe de tête. Sans doute, ils causaient du divorce de Benedetta, car ils la regardaient de temps à autre, d'un air grave. Et, au milieu de la vaste pièce, dans la clarté dormante des lampes, il n'y avait que le groupe jeune, formé par Benedetta, Dario et Celia, qui semblât vivre, babillant à demi-voix, étouffant parfois des rires.

Tout d'un coup, Pierre fut frappé de la grande ressemblance qu'il y avait entre Benedetta et le portrait de Cassia, pendu au mur. C'était la même enfance délicate, la même bouche de passion et les mêmes grands yeux infinis, dans la même petite face ronde, raisonnable et saine. Il y avait là, certainement, une âme droite et un cœur de flamme. Puis, un souvenir lui revint, celui d'une peinture de Guido Reni, l'adorable et candide tête de Béatrice Cenci, dont le portrait de Cassia lui parut, à cet instant, être l'exacte reproduction. Cette double ressemblance l'émut, lui fit regarder Benedetta avec une inquiète sympathie, comme si toute une fatalité violente de pays et de race allait s'abattre sur elle. Mais elle était si calme, l'air si résolu et si patient ! Et, depuis qu'il se trouvait dans ce salon, il n'avait surpris, entre elle et Dario, aucune tendresse qui ne fût fraternelle et gaie, surtout de sa part, à elle, dont le visage gardait la sérénité claire des grands amours avouables. Un moment, Dario lui avait pris les mains, en plaisantant, les avait serrées ; et, s'il s'était mis à rire un peu nerveusement, avec de courtes flammes au bord des cils, elle, sans hâte, avait dégagé ses doigts, comme en un jeu de vieux camarades tendres. Elle l'aimait, visiblement, de tout son être, pour toute la vie.

Mais Dario ayant étouffé un léger bâillement, en regardant sa montre, et s'étant esquivé, pour rejoindre des amis qui jouaient chez une dame, Benedetta et Celia vinrent s'asseoir sur un canapé, près de la chaise de Pierre ; et ce dernier surprit, sans le vouloir, quelques mots de leurs confidences. La petite princesse était l'aînée du prince Matteo Buongiovanni, père de cinq enfants déjà, marié à une Mortimer, une Anglaise qui lui avait apporté cinq millions. D'ailleurs, on citait les Buongiovanni comme une des rares familles du patriciat de Rome riches encore, debout au milieu des ruines du passé croulant de toutes parts. Eux aussi avaient compté deux papes, ce qui n'empêchait pas le prince Matteo de s'être rallié au Quirinal, sans toutefois se fâcher avec le Vatican. Fils lui-même d'une Américaine, n'ayant plus dans les veines le pur sang romain, il était d'une politique plus souple, fort avare, disait-on, luttant pour garder un des derniers la richesse et la toute-puissance de jadis, qu'il sentait condamnée à l'inévitable mort. Et c'était dans cette famille, d'orgueil superbe, dont l'éclat continuait à emplir la ville, qu'une aventure venait d'éclater, soulevant des commérages sans fin : l'amour brusque de Celia pour un jeune lieutenant, à qui elle n'avait jamais parlé ; l'entente passionnée des deux amants qui se voyaient chaque jour au Corso, n'ayant pour tout se dire que l'échange d'un regard ; la volonté tenace de la jeune fille qui, après avoir déclaré à son père qu'elle n'aurait pas d'autre mari, attendait inébranlable, certaine qu'on lui donnerait l'homme de son choix. Le pis était que ce lieutenant, Attilio Sacco, se trouvait être le fils du député Sacco, un parvenu, que le monde noir méprisait, comme vendu au Quirinal, capable des plus laides besognes.

« C'est pour moi que Morano a parlé tout à l'heure, murmurait Celia à l'oreille de Benedetta. Oui, oui, quand il a maltraité le père d'Attilio, à propos de ce ministère dont on s'occupe... Il a voulu m'infliger une leçon. »

Toutes deux s'étaient juré une éternelle tendresse, dès le Sacré-Cœur, et Benedetta, son aînée de cinq ans, se montrait maternelle.

« Alors, tu n'es pas plus raisonnable, tu penses toujours à ce jeune homme ?

– Oh ! chère, vas-tu me faire de la peine, toi aussi !... Attilio me plaît, et je le veux. Lui, entends-tu ! et pas un autre. Je le veux, je l'aurai, parce qu'il m'aime et que je l'aime... C'est tout simple. »

Pierre, saisi, la regarda. Elle était un lis candide et fermé, avec sa douce figure de vierge. Un front et un nez d'une pureté de fleur, une bouche d'innocence aux lèvres closes sur les dents blanches, des yeux d'eau de source, clairs et sans fond. Et pas un frisson sur les joues d'une fraîcheur de satin, pas une inquiétude ni une curiosité dans le regard ingénu. Pensait-elle ? Savait-elle ? Qui aurait pu le dire ! Elle était la vierge dans tout son inconnu redoutable.

« Ah ! chère, reprit Benedetta, ne recommence pas ma triste histoire. Ça ne réussit guère, de marier le pape et le roi.

– Mais, dit Celia avec tranquillité, tu n'aimais pas Prada, tandis que moi j'aime Attilio. La vie est là, il faut aimer. »

Cette parole, prononcée si naturellement par cette enfant ignorante, troubla Pierre à un tel point, qu'il sentit des larmes lui monter aux yeux. L'amour, oui ! c'était la solution à toutes les querelles, l'alliance entre les peuples, la paix et la joie dans le monde entier. Mais donna Serafina s'était levée, en se doutant du sujet de conversation qui animait les deux amies. Et elle jeta un coup d'œil à don Vigilio, que celui-ci comprit, car il vint dire tout bas à Pierre que l'heure était venue de se retirer. Onze heures sonnaient, Celia partait avec sa tante, sans doute l'avocat Morano voulait garder un instant le cardinal Sarno et Nani pour causer en famille de quelque difficulté qui se présentait, entravant l'affaire du divorce. Dans le premier salon, lorsque Benedetta eut baisé Celia sur les deux joues, elle prit congé de Pierre avec beaucoup de bonne grâce.

« Demain matin, en répondant au vicomte, je lui dirai combien nous sommes heureux de vous avoir, et pour plus longtemps que vous ne croyez... N'oubliez pas, à dix heures, de descendre saluer mon oncle le cardinal. »

En haut, au troisième étage, comme Pierre et don Vigilio, tenant chacun un bougeoir que le domestique leur avait remis, allaient se séparer devant leurs portes, le premier ne put s'empêcher de poser au second une question qui le tracassait.

« C'est un personnage très influent que monsignor Nani ? »

Don Vigilio s'effara de nouveau, fit un simple geste en ouvrant les deux bras, comme pour embrasser le monde. Puis, ses yeux flambèrent, une curiosité parut le saisir à son tour.

« Vous le connaissiez déjà, n'est-ce pas ? demanda-t-il sans répondre.

– Moi ! pas du tout !

– Vraiment !... Il vous connaît très bien, lui ! Je l'ai entendu parler de vous, lundi dernier, en des termes si précis, qu'il m'a semblé au courant des plus petits détails de votre vie et de votre caractère.

– Jamais je n'avais même entendu prononcer son nom.

– Alors, c'est qu'il se sera renseigné. »

Et don Vigilio salua, rentra dans sa chambre ; tandis que Pierre, qui s'étonnait de trouver la porte de la sienne ouverte, en vit sortir Victorine, de son air tranquille et actif.

« Ah ! monsieur l'abbé, j'ai voulu m'assurer par moi-même que vous ne manquiez de rien. Vous avez de la bougie, vous avez de l'eau, du sucre, des allumettes... Et, le matin, que prenez-vous ? Du café ? Non ! du lait pur, avec un petit pain. Bon ! pour huit heures, n'est-ce pas ?... Et reposez-vous, dormez bien. Moi, les premières nuits, oh ! j'ai eu une peur des revenants, dans ce vieux palais ! Mais je n'en ai jamais vu la queue d'un. Quand on est mort, on est trop content de l'être, on se repose. »

Pierre, enfin, se trouva seul, heureux de se détendre, d'échapper au malaise de l'inconnu, de ce salon, de ces gens, qui se mêlaient, s'effaçaient en lui comme des ombres, sous la lumière dormante des lampes. Les revenants, ce sont les vieux morts d'autrefois dont les âmes en peine reviennent aimer et souffrir, dans la poitrine des vivants d'aujourd'hui. Et, malgré son long repos de la journée, jamais il ne s'était senti si las, si désireux de sommeil, l'esprit confus et brouillé, craignant bien de n'avoir rien compris. Lorsqu'il se mit à se déshabiller, l'étonnement d'être là, de se coucher là, le reprit avec une intensité telle, qu'il crut un moment être un autre. Que pensait tout ce monde de son livre ? Pourquoi l'avait-on fait venir en ce froid logis qu'il devinait hostile ? Était-ce donc pour l'aider ou pour le vaincre ? Et il ne revoyait, dans la lueur jaune, dans le morne coucher d'astre du salon, que donna Serafina et l'avocat Morano, aux deux coins de la cheminée, tandis que, derrière la tête passionnée et calme de Benedetta, apparaissait la face souriante de monsignor Nani, aux yeux de ruse, aux lèvres d'indomptable énergie.

Il se coucha, puis se releva, étouffant, ayant un tel besoin d'air frais et libre, qu'il alla ouvrir toute grande la fenêtre, pour s'y accouder. Mais la nuit était d'un noir d'encre, les ténèbres avaient submergé l'horizon. Au firmament, des brumes devaient cacher les étoiles, la voûte opaque pesait, d'une lourdeur de plomb ; et, en face, les maisons du Transtévère dormaient depuis longtemps, pas une fenêtre ne luisait, un bec de gaz scintillait seul, au loin, comme une étincelle perdue. Vainement il chercha le Janicule. Tout sombrait au fond de cette mer du néant, les vingt-quatre siècles de Rome, le Palatin antique et le moderne Quirinal, le dôme géant de Saint-Pierre, effacé du ciel par le flot d'ombre. Et, au-dessous de lui, il ne voyait pas, n'entendait même pas le Tibre, le fleuve mort dans la ville morte.

III

À dix heures moins un quart, le lendemain matin, Pierre descendit au premier étage du palais, pour se présenter à l'audience du cardinal Boccanera. Il venait de se réveiller plein de courage, repris par l'enthousiasme naïf de sa foi ; et rien n'était resté de son singulier accablement de la veille, des doutes et des soupçons qui l'avaient saisi, au premier contact de Rome, dans la fatigue de l'arrivée. Il faisait si beau, le ciel était si pur, que son cœur s'était remis à battre d'espérance.

Sur le vaste palier, la porte de la première antichambre se trouvait large ouverte, à deux battants. Le cardinal, un des derniers cardinaux du patriciat romain, tout en fermant les salons de gala dont les fenêtres donnaient sur la rue et qui se pourrissaient de vétusté, avait gardé l'appartement de réception d'un de ses grands-oncles, cardinal comme lui, vers la fin du dix-huitième siècle. C'était une série de quatre immenses pièces, hautes de six mètres, qui prenaient jour sur la ruelle en pente, descendant au Tibre ; et le soleil n'y pénétrait jamais, barré par les noires maisons d'en face. L'installation avait donc été conservée dans tout le faste et la pompe des princes d'autrefois, grands dignitaires de l'Église. Mais aucune réparation n'était faite, aucun soin n'était pris, les tentures pendaient en loques, la poussière mangeait les meubles, au milieu d'une complète insouciance, où l'on sentait comme une volonté hautaine d'arrêter le temps.

Pierre éprouva un léger saisissement, en entrant dans la première pièce, l'antichambre des domestiques. Jadis, deux gendarmes pontificaux, en tenue, restaient là à demeure, parmi un flot de valets ; et un seul domestique, aujourd'hui, augmentait encore par sa présence fantomatique la mélancolie de cette vaste salle, à demi obscure. Surtout ce qui frappait la vue, en face des fenêtres, c'était un autel drapé de rouge, surmonté d'un baldaquin tendu de rouge, sous lequel étaient brodées les armes des Boccanera, le dragon ailé, soufflant des flammes, avec la devise : *Bocca nera, Alma rossa.* Et le chapeau rouge du grand-oncle, l'ancien grand chapeau de cérémonie, se trouvait également là, ainsi que les deux coussins de soie rouge et les deux antiques parasols, pendus au mur, qu'on emportait dans le carrosse, à chaque sortie. Au milieu de l'absolu silence, on croyait entendre le petit bruit discret des mites qui rongeaient depuis un siècle tout ce passé mort, qu'un coup de plumeau aurait fait tomber en poudre.

La seconde antichambre, celle où se tenait autrefois le secrétaire, une salle aussi vaste, était vide ; et Pierre dut la traverser, il ne découvrit don Vigilio que dans la troisième, l'antichambre noble. Avec son personnel désormais réduit au strict nécessaire, le cardinal avait préféré avoir son secrétaire sous la main, à la porte même de l'ancienne salle du trône, dans laquelle il recevait. Et don Vigilio, si maigre, si jaune, si frissonnant de fièvre, était là comme perdu, à une toute petite et pauvre table noire, chargée de papiers. Plongé au fond d'un dossier, il leva la tête, reconnut le visiteur ; et, d'une voix basse, à peine un murmure dans le silence :

« Son Éminence est occupée... Veuillez attendre. »

Puis, il se replongea dans sa lecture, sans doute pour échapper à toute tentative de conversation.

N'osant s'asseoir, Pierre examina la pièce. Elle était peut-être encore plus délabrée que les deux autres, avec sa tenture de damas vert, élimée par l'âge, pareille à la mousse qui se décolore sur les vieux arbres. Mais le plafond restait superbe, toute une décoration somptueuse, une haute frise dont les ornements peints et dorés encadraient un *Triomphe d'Amphitrite*, d'un des élèves de Raphaël. Et, selon l'antique usage, c'était dans cette pièce que la barrette était posée, sur une crédence, au pied d'un grand crucifix d'ébène et d'ivoire.

Mais, comme il s'habituait au demi-jour, il fut tout d'un coup très intéressé par un portrait en pied du cardinal, peint récemment. Celui-ci y était représenté en grand costume de cérémonie, la soutane de moire rouge, le rochet de dentelle, la *cappa* jetée royalement sur les épaules. Et ce haut vieillard de soixante-dix ans avait gardé, dans ce vêtement d'Église, son allure fière de prince, entièrement rasé, les cheveux si blancs et si drus encore, qu'ils foisonnaient en boucles sur les épaules. C'était le masque dominateur des Boccanera, le nez fort, la bouche grande, aux lèvres minces, dans une face longue, coupée de larges plis ; et surtout les yeux de sa race éclairaient la face pâle, des yeux très bruns, de vie ardente, sous des sourcils épais, restés noirs. La tête laurée, il aurait rappelé les têtes des empereurs romains, très beau et maître du monde, comme si le sang d'Auguste avait battu dans ses veines.

Pierre savait son histoire, et ce portrait l'évoquait en lui. Élevé au Collège des nobles, Pio Boccanera n'avait quitté Rome qu'une fois, très jeune, à peine diacre, pour aller à Paris présenter une barrette, comme ablégat. Puis, sa carrière ecclésiastique s'était déroulée souverainement, les honneurs lui étaient venus d'une façon toute naturelle, dus à sa naissance : consacré de la main même de Pie IX, fait plus tard chanoine de la Basilique vaticane et camérier secret participant, nommé majordome après l'occupation italienne, et enfin cardinal en 1874. Depuis quatre ans, il était camerlingue, et l'on racontait tout bas que Léon XIII l'avait choisi pour cette charge, comme Pie IX autrefois l'avait choisi lui-même, afin de l'écarter de la succession au trône pontifical ; car, si, en le nommant, le conclave avait méconnu la tradition qui voulait que le camerlingue ne pût être élu pape, sans doute reculerait-on devant une infraction nouvelle. Et l'on disait encore que la lutte sourde continuait, comme sous le règne passé, entre le pape et le camerlingue, ce dernier à l'écart, condamnant la politique du Saint-Siège, d'opinion radicalement opposée en tout, attendant muet, dans le néant actuel de sa charge, la mort du pape, qui lui donnerait le pouvoir intérimaire jusqu'à l'élection du pape nouveau, le devoir d'assembler le conclave et de veiller à la bonne expédition transitoire des affaires de l'Église. L'ambition de la papauté, le rêve de recommencer l'aventure du cardinal Pecci, camerlingue et pape, n'était-il pas derrière ce grand front sévère, dans la flamme même de ces regards noirs ? Son orgueil de prince romain ne connaissait que Rome, il se faisait presque une gloire d'ignorer totalement le monde moderne, et il se montrait d'ailleurs très pieux, d'une religion austère, d'une foi pleine et solide, incapable du plus léger doute.

Mais un chuchotement tira Pierre de ses réflexions. C'était don Vigilio qui l'invitait à s'asseoir, de son air prudent.

« Ce sera long peut-être, vous pouvez prendre un tabouret. »

Et il se mit à couvrir une grande feuille jaunâtre d'une écriture fine, tandis que Pierre, machinalement, pour obéir, s'asseyait, sur un des tabourets de chêne, rangés le long du mur, en face du portrait. Il retomba dans une rêverie, il crut voir renaître et éclater, autour de lui, le faste princier d'un des cardinaux d'autrefois. D'abord, le jour où il était nommé, le cardinal donnait des fêtes, des réjouissances publiques, dont certaines sont citées encore pour leur splendeur. Pendant trois journées, les portes des salons de réception restaient grandes ouvertes, entrait qui voulait ; et, de salle en salle, des huissiers lançaient, répétaient les noms, patriciat, bourgeoisie, menu peuple, Rome entière, que le nouveau cardinal accueillait avec une bonté souveraine, tel qu'un roi ses sujets. Puis, c'était toute une royauté organisée, certains cardinaux jadis déplaçaient plus de cinq cents personnes avec eux, avaient une maison qui comprenait seize offices, vivaient au milieu d'une véritable cour. Même, plus récemment, lorsque la vie se fut simplifiée, un cardinal, s'il était prince, avait droit à un train de gala de quatre voitures, attelées de chevaux noirs. Quatre domestiques le précédaient, en livrée à ses armes, portant le chapeau, les coussins et les parasols. Il était en outre accompagné du secrétaire en manteau de soie violette, du caudataire revêtu de la *croccia*, sorte de douillette en laine violette, avec des revers de soie, et du gentilhomme, en costume Henri II, tenant la barrette entre ses mains gantées. Quoique diminué déjà, le train de maison comprenait encore l'auditeur chargé du travail des congrégations, le secrétaire uniquement employé à la correspondance, le maître de chambre qui introduisait les visiteurs, le gentilhomme qui portait la barrette, et le caudataire, et le chapelain, et le maître de maison, et le valet de chambre, sans compter la nuée des valets en sous-ordre, les cuisiniers, les cochers, les palefreniers, un véritable peuple dont bourdonnaient les palais immenses. Et c'était de ce peuple que Pierre, par la pensée, remplissait les trois vastes antichambres, précédant la salle du trône, c'était ce flot de laquais en livrée bleue, aux passementeries armoriées, ce monde d'abbés et de prélats en manteaux de soie, qui revivait devant lui, mettant toute une vie passionnée et magnifique sous les hauts plafonds vides, dans les demi-ténèbres qu'il éclairait de sa splendeur ressuscitée.

Mais, aujourd'hui, surtout depuis l'entrée des Italiens à Rome, les grandes fortunes des princes romains s'étaient presque toutes effondrées, et le faste des hauts dignitaires de l'Église avait disparu. Dans sa ruine, le patriciat, s'écartant des charges ecclésiastiques, mal rémunérées, de gloire médiocre, les abandonnait à l'ambition de la petite bourgeoisie. Le cardinal Boccanera, le dernier prince d'antique noblesse revêtu de la pourpre, n'avait guère, pour tenir son rang, que trente mille francs environ, les vingt-deux mille francs de sa charge, augmentés de ce que lui rapportaient certaines autres fonctions ; et jamais il n'aurait pu s'en tirer, si donna Serafina n'était venue à son aide, avec les miettes de l'ancienne fortune patrimoniale, qu'il avait jadis abandonnée à ses deux sœurs et à son frère. Donna Serafina et Benedetta faisaient ménage à part, vivaient chez elles, avec leur table, leurs dépenses personnelles, leurs domestiques. Le cardinal n'avait avec lui que son neveu Dario, et jamais il ne donnait un dîner ni une réception. La plus grande dépense était son unique voiture, le lourd carrosse à deux chevaux que le cérémonial lui imposait, car un cardinal ne peut marcher à pied dans Rome. Encore son cocher, un vieux serviteur, lui épargnait-il un palefrenier, par son entêtement à soigner seul le carrosse et les deux chevaux noirs, vieillis comme lui dans la famille. Il y avait deux laquais, le père et le fils, ce dernier né au palais. La femme du cuisinier aidait à la cuisine. Mais les réductions portaient plus encore sur l'antichambre noble et sur la première antichambre ; tout l'ancien personnel si brillant et si nombreux se réduisait maintenant à deux petits prêtres, don Vigilio, le secrétaire, qui était en même temps l'auditeur et le maître de maison, et l'abbé Paparelli, le caudataire, qui servait aussi de chapelain et de maître de chambre. Où la foule des gens à gages de toutes conditions avait circulé, emplissant les salles de leur éclat, on ne voyait plus que ces deux petites soutanes noires filer sans bruit, deux ombres discrètes perdues dans la grande ombre des pièces mortes.

Et comme Pierre la comprenait, à présent, la hautaine insouciance du cardinal, laissant le temps achever son œuvre de ruine, dans ce palais des ancêtres, auquel il ne pouvait rendre la vie glorieuse d'autrefois ! Bâti pour cette vie, pour le train souverain d'un prince du seizième siècle, le logis croulait, déserté et noir, sur la tête de son dernier maître, qui n'avait plus assez de serviteurs pour le remplir, et qui n'aurait pas su comment payer le plâtre nécessaire aux réparations. Alors, puisque le monde moderne se montrait hostile, puisque la religion n'était plus reine, puisque la société était changée et qu'on allait à l'inconnu, au milieu de la haine et de l'indifférence des générations nouvelles, pourquoi donc ne pas laisser le vieux monde tomber en poudre, dans l'orgueil obstiné de sa gloire séculaire ? Les héros seuls mouraient debout, sans rien abandonner du passé, fidèles jusqu'au dernier souffle à la même foi, n'ayant plus que la douloureuse bravoure, l'infinie tristesse d'assister à la lente agonie de leur Dieu. Et, dans le haut portrait du cardinal, dans sa face pâle, si fière, si désespérée et brave, il y avait cette volonté têtue de s'anéantir sous les décombres du vieil édifice social, plutôt que d'en changer une seule pierre.

Le prêtre fut tiré de sa rêverie par le frôlement d'une marche furtive, un petit trot de souris, qui lui fit tourner la tête. Une porte venait de s'ouvrir dans la tenture, et il eut la surprise de voir s'arrêter devant lui un abbé d'une quarantaine d'années, gros et court, qu'on aurait pris pour une vieille fille en jupe noire, très âgée déjà, tellement sa face molle était couturée de rides. C'était l'abbé Paparelli, le caudataire, le maître de chambre, qui, à ce dernier titre, se trouvait chargé d'introduire les visiteurs ; et il allait questionner celui-ci, en l'apercevant là, lorsque don Vigilio intervint, pour le mettre au courant.

« Ah ! bien, bien ! M. l'abbé Froment, que Son Éminence daignera recevoir… Il faut attendre, il faut attendre. »

Et, de sa marche roulante et muette, il alla reprendre sa place dans la seconde antichambre, où il se tenait d'habitude.

Pierre n'aima point ce visage de vieille dévote, blêmi par le célibat, ravagé par des pratiques trop rudes ; et, comme don Vigilio ne s'était pas remis au travail, la tête lasse, les mains brûlées de fièvre, il se hasarda à le questionner. Oh ! l'abbé Paparelli, un homme de la foi la plus vive, qui restait par simple humilité dans un poste modeste, près de Son Éminence ! D'ailleurs, celle-ci voulait bien l'en récompenser, en ne dédaignant pas, parfois, d'écouter ses avis. Et il y avait, dans les yeux ardents de don Vigilio, une sourde ironie, une colère voilée encore, tandis qu'il continuait à examiner Pierre, l'air rassuré un peu, gagné par l'évidente droiture de cet étranger, qui ne devait faire partie d'aucune bande. Aussi finissait-il par se départir de sa continue et maladive méfiance. Il s'abandonna jusqu'à causer un instant.

« Oui, oui, il y a parfois beaucoup de besogne, et assez dure… Son Éminence appartient à plusieurs congrégations, le Saint-Office, l'Index, les Rites, la Consistoriale. Et, pour l'expédition des affaires qui lui incombent, c'est entre mes mains que tous les dossiers arrivent. Il faut que j'étudie chaque affaire, que je fasse un rapport, enfin que je débrouille la besogne… Sans compter que toute la correspondance, d'autre part, me passe par les mains. Heureusement, Son Éminence est un saint, qui n'intrigue ni pour lui ni pour les autres, ce qui nous permet de vivre un peu à l'écart. »

Pierre s'intéressait vivement à ces détails intimes d'une de ces existences de prince de l'Église, si cachées d'ordinaire, déformées souvent par la légende. Il sut que le cardinal, hiver comme été, se levait à six heures du matin. Il disait sa messe dans sa chapelle, une petite pièce, meublée seulement d'un autel en bois peint, et où personne n'entrait jamais. D'ailleurs, son appartement particulier ne se composait que d'une chambre à coucher, une salle à manger et un cabinet de travail, des pièces modestes, étroites, qu'on avait taillées dans une grande salle, à l'aide de cloisons. Il y vivait très enfermé, sans luxe aucun, en homme sobre et pauvre. À huit heures, il déjeunait, une tasse de lait froid. Puis, les matins de séance, il se rendait aux congrégations dont il faisait partie ; ou bien, il restait chez lui, à recevoir. Le dîner était à une heure, et la sieste venait ensuite, jusqu'à quatre heures et même cinq en été, la sieste de Rome, le moment sacré, pendant lequel pas un domestique n'aurait osé même frapper à la porte. Les jours de beau temps, au réveil, il faisait une promenade en voiture, du côté de l'ancienne voie Appienne, d'où il revenait au coucher du soleil, lorsqu'on sonnait l'*Ave Maria*. Et enfin, après avoir reçu de sept à neuf, il soupait, rentrait dans sa chambre, ne reparaissait plus, travaillait seul ou se couchait. Les cardinaux vont chez le pape deux ou trois fois par mois, à jours fixes, pour les besoins du service. Mais, depuis bientôt un an, le camerlingue n'avait pas été admis en audience particulière, ce qui était un signe de disgrâce, une preuve de guerre, dont tout le monde noir causait bas, avec prudence.

« Son Éminence est un peu rude, continuait don Vigilio doucement, heureux de parler, dans un moment de détente. Mais il faut la voir sourire, lorsque sa nièce, la contessina, qu'elle adore, descend l'embrasser… Vous savez que, si vous êtes bien reçu, vous le devrez à la contessina… »

À ce moment, il fut interrompu. Un bruit de voix venait de la deuxième antichambre, et il se leva vivement, il s'inclina très bas, en voyant entrer un gros homme à la soutane noire ceinturée de rouge, coiffé d'un chapeau noir à torsade rouge et or, et que l'abbé Paparelli amenait, avec tout un déploiement d'humbles révérences. Il avait fait signe à Pierre de se lever également, il put lui souffler encore :

« Le cardinal Sanguinetti, préfet de la congrégation de l'Index. »

Mais l'abbé Paparelli se prodiguait, s'empressait, répétait d'un air de béate satisfaction :

« Votre Éminence Révérendissime est attendue. J'ai d'ordre de l'introduire tout de suite... Il y a déjà là Son Éminence le Grand Pénitencier. »

Sanguinetti, la voix haute, le pas sonore, eut un éclat brusque et familier.

« Oui, oui, une foule d'importuns qui m'ont retenu ! On ne fait jamais ce qu'on veut. Enfin, j'arrive. »

C'était un homme de soixante ans, trapu et gras, la face ronde et colorée, avec un nez énorme, des lèvres épaisses, des yeux vifs toujours en mouvement. Mais il frappait surtout par son air de jeunesse active, turbulente presque, les cheveux bruns encore, à peine semés de fils d'argent, très soignés, ramenés en boucles sur les tempes. Il était né à Viterbe, avait fait ses classes au séminaire de cette ville, avant de venir à Rome les achever à l'université Grégorienne. Ses états de service ecclésiastique disaient son chemin rapide, son intelligence souple : d'abord, secrétaire de nonciature à Lisbonne ; ensuite, nommé évêque titulaire de Thèbes et chargé d'une mission délicate, au Brésil ; dès son retour, fait nonce à Bruxelles, puis à Vienne ; et enfin cardinal, sans compter qu'il venait d'obtenir l'évêché suburbicaire de Frascati. Rompu aux affaires, ayant pratiqué toute l'Europe, il n'avait contre lui que son ambition trop affichée, son intrigue toujours aux aguets. On le disait maintenant irréconciliable, exigeant de l'Italie la reddition de Rome, bien qu'autrefois il eût fait des avances au Quirinal. Dans sa furieuse passion d'être le pape de demain, il sautait d'une opinion à une autre, se donnait mille peines pour conquérir des gens, qu'il lâchait ensuite. Deux fois déjà, il s'était fâché avec Léon XIII, puis avait cru politique de faire sa soumission. La vérité était que, candidat presque avoué à la papauté, il s'usait par son continuel effort, trempant dans trop de choses, remuant trop de monde.

Mais Pierre n'avait vu en lui que le préfet de la congrégation de l'Index ; et une idée seule l'émotionnait, celle que cet homme allait décider du sort de son livre. Aussi, lorsque le cardinal eut disparu et que l'abbé Paparelli fut retourné dans la deuxième antichambre, ne put-il s'empêcher de demander à don Vigilio :

« Leurs Éminences le cardinal Sanguinetti et le cardinal Boccanera sont donc très liées ? »

Un sourire pinça les lèvres du secrétaire, pendant que ses yeux flambaient d'une ironie dont il n'était plus maître.

« Oh ! très liées, non, non !... Elles se voient, quand elles ne peuvent pas faire autrement. »

Et il expliqua qu'on avait des égards pour la haute naissance du cardinal Boccanera, de sorte qu'on se réunissait volontiers chez lui, lorsqu'une affaire grave se présentait, comme ce jour-là précisément, nécessitant une entrevue, en dehors des séances habituelles. Le cardinal Sanguinetti était le fils d'un petit médecin de Viterbe.

« Non, non ! Leurs Éminences ne sont pas liées du tout... Quand on n'a ni les mêmes idées, ni le même caractère, il est bien difficile de s'entendre. Et surtout quand on se gêne ! »

Il avait dit cela plus bas, comme à lui-même, avec son sourire mince. D'ailleurs, Pierre écoutait à peine, tout à sa préoccupation personnelle.

« Peut-être bien est-ce pour une affaire de l'Index qu'ils sont réunis ? » demanda-t-il.

Don Vigilio devait savoir le motif de la réunion. Mais il se contenta de répondre que, pour une affaire de l'Index, la réunion aurait eu lieu chez le préfet de la congrégation. Et Pierre, cédant à son impatience, en fut réduit à lui poser une question directe.

« Mon affaire à moi, l'affaire de mon livre, vous la connaissez, n'est-ce pas ? Puisque Son Éminence fait partie de la congrégation, et que les dossiers vous passent par les mains, vous pourriez peut-être me donner quelque utile renseignement. Je ne sais rien, et j'ai une telle hâte de savoir ! »

Du coup, don Vigilio fut repris de son inquiétude effarée. Il bégaya d'abord, disant qu'il n'avait pas vu le dossier, ce qui était vrai.

« Je vous assure, aucune pièce ne nous est encore parvenue, j'ignore absolument tout. »

Puis, comme le prêtre allait insister, il lui fit signe de se taire, il se remit à écrire, jetant des regards furtifs vers la deuxième antichambre, craignant sans doute que l'abbé Paparelli n'écoutât.

Décidément, il avait parlé beaucoup trop. Et il se rapetissait à sa table, fondu, disparu dans son coin d'ombre.

Alors, Pierre revint à sa rêverie, envahi de nouveau par tout cet inconnu qui l'entourait, par la tristesse ancienne et ensommeillée des choses. D'interminables minutes durent s'écouler, il était près de onze heures. Et un bruit de porte, un bruit de voix l'éveilla enfin. Il s'inclina respectueusement devant le cardinal Sanguinetti, qui s'en allait en compagnie d'un autre cardinal, très maigre, très grand, avec une figure grise et longue d'ascète. Mais ni l'un ni l'autre ne parut même apercevoir ce simple petit prêtre étranger, incliné ainsi sur leur passage. Ils causaient haut, familièrement.

« Ah ! oui, le vent descend, il a fait plus chaud qu'hier.

– C'est à coup sûr du sirocco pour demain. »

Le silence retomba, solennel, dans la grande pièce obscure. Don Vigilio écrivait toujours, sans qu'on entendît le petit bruit de sa plume sur le dur papier jaunâtre. Il y eut un léger tintement de sonnette fêlée. Et l'abbé Paparelli accourut de la deuxième antichambre, disparut un instant dans la salle du trône, puis revint appeler d'un signe Pierre, qu'il annonça d'une voix légère.

« M. l'abbé Pierre Froment. »

La salle, très grande, était une ruine, elle aussi. Sous l'admirable plafond de bois sculpté et doré, les tentures rouges des murs, une brocatelle à grandes palmes, s'en allaient en lambeaux. On avait fait quelques reprises, mais l'usure moirait de tons pâles la pourpre sombre de la soie, autrefois d'un faste éclatant. La curiosité de la pièce était l'ancien trône, le fauteuil de velours rouge où prenait place jadis le Saint-Père, quand il rendait visite au cardinal. Un dais, également de velours rouge, le surmontait, sous lequel se trouvait accroché le portrait du pape régnant. Et, selon la règle, le fauteuil était retourné contre le mur, pour indiquer que personne ne devait s'y asseoir. D'ailleurs, il n'y avait pour tout mobilier, dans la vaste salle, que des canapés, des fauteuils, des chaises, et une merveilleuse table Louis XIV, de bois doré, à dessus de mosaïque, représentant l'enlèvement d'Europe.

Mais Pierre ne vit d'abord que le cardinal Boccanera, debout près d'une autre table, qui lui servait de bureau. Dans sa simple soutane noire, lisérée et boutonnée de rouge, celui-ci lui apparaissait plus grand et plus fier encore que sur son portrait, dans son costume de cérémonie. C'étaient bien les cheveux blancs en boucles, la face longue, coupée de larges plis, au nez fort et aux lèvres minces ; et c'étaient les yeux ardents éclairant la face pâle, sous les épais sourcils restés noirs. Seulement, le portrait ne donnait pas la souveraine et tranquille foi qui se dégageait de cette haute figure, une certitude totale de savoir où était la vérité, et une absolue volonté de s'y tenir à jamais.

Boccanera n'avait pas bougé, regardant fixement, de son regard noir, s'avancer le visiteur ; et le prêtre, qui connaissait le cérémonial, s'agenouilla, baisa la grosse émeraude qu'il portait au doigt. Mais, tout de suite, le cardinal le releva.

« Mon cher fils, soyez le bienvenu chez nous... Ma nièce m'a parlé de votre personne avec tant de sympathie, que je suis heureux de vous recevoir. »

Il s'était assis près de la table, sans lui dire encore de prendre lui-même une chaise, et il continuait à l'examiner, en parlant d'une voix lente, fort polie.

« C'est hier matin que vous êtes arrivé, et bien fatigué, n'est-ce pas ?

– Votre Éminence est trop bonne... Oui, brisé, autant d'émotion que de fatigue. Ce voyage est pour moi si grave ! »

Le cardinal sembla ne pas vouloir entamer dès les premiers mots la question sérieuse.

« Sans doute, il y a tout de même loin de Paris à Rome. Aujourd'hui, ça se fait assez rapidement. Mais, jadis, quel voyage interminable ! »

Sa parole se ralentit.

« Je suis allé à Paris une seule fois, oh ! il y a longtemps, cinquante ans bientôt, et pour y passer une semaine à peine... Une grande et belle ville, oui, oui ! beaucoup de monde dans les rues, des gens très bien élevés, un peuple qui a fait des choses admirables. On ne peut l'oublier, même dans les tristes heures actuelles, la France a été la fille aînée de l'Église... Depuis cet unique voyage, je n'ai pas quitté Rome. »

Et, d'un geste de tranquille dédain, il acheva sa pensée. À quoi bon des courses au pays du doute et de la rébellion ? Est-ce que Rome ne suffisait pas, Rome qui gouvernait le monde, la Ville Éternelle qui, aux temps prédits, devait redevenir la capitale du monde ?

Pierre, muet, évoquant en lui le prince violent et batailleur d'autrefois, réduit à porter cette simple soutane, le trouva beau, dans son orgueilleuse conviction que

Rome se suffisait à elle-même. Mais cette obstination d'ignorance, cette volonté de ne tenir compte des autres nations que pour les traiter en vassales, l'inquiétèrent, lorsque, par un retour sur lui-même, il songea au motif qui l'amenait. Et, comme le silence s'était fait, il crut devoir rentrer en matière par un hommage.

« Avant toute autre démarche, j'ai voulu mettre mon respect aux pieds de Votre Éminence, car c'est en elle seule que j'espère, c'est elle que je supplie de vouloir bien me conseiller et me diriger. »

De la main, alors, Boccanera l'invita à s'asseoir sur une chaise, en face de lui.

« Certainement, mon cher fils, je ne vous refuse pas mes conseils. Je les dois à tout chrétien désireux de bien faire. Vous auriez tort, seulement, de compter sur mon influence : elle est nulle. Je vis complètement à l'écart, je ne puis et ne veux rien demander... Voyons, cela ne va pas nous empêcher de causer un peu. »

Il continua, aborda très franchement la question, sans ruse aucune, en esprit absolu et vaillant qui ne redoute pas les responsabilités.

« N'est-ce pas ? vous avez écrit un livre, *La Rome nouvelle*, je crois, et vous venez pour défendre ce livre, qui est déféré à la congrégation de l'Index... Moi, je ne l'ai pas encore lu. Vous comprenez que je ne puis tout lire. Je lis seulement les œuvres que m'envoie la congrégation, dont je fais partie depuis l'an dernier ; et même je me contente souvent du rapport que rédige pour moi mon secrétaire... Mais ma nièce Benedetta a lu votre livre, et elle m'a dit qu'il ne manquait pas d'intérêt, qu'il l'avait d'abord un peu étonnée et beaucoup émue ensuite... Je vous promets donc de le parcourir, d'en étudier les passages incriminés avec le plus grand soin. »

Pierre saisit l'occasion, pour commencer à plaider sa cause. Et il pensa que le mieux était d'indiquer tout de suite ses références, à Paris.

« Votre Éminence comprend ma stupeur, quand j'ai su qu'on poursuivait mon livre... M. le vicomte Philibert de la Choue, qui veut bien me témoigner quelque amitié, ne cesse de répéter qu'un livre pareil vaut au Saint-Siège la meilleure des armées.

– Oh ! de la Choue, de la Choue, répéta le cardinal avec une moue de bienveillant dédain, je n'ignore pas que de la Choue croit être un bon catholique... Il est un peu notre parent, vous le savez. Et, quand il descend au palais, je le vois volontiers, à la condition de ne pas causer de certains sujets, sur lesquels nous ne pourrons jamais nous entendre... Mais enfin le catholicisme de ce distingué et bon de la Choue, avec ses corporations, ses cercles d'ouvriers, sa démocratie débarbouillée et son vague socialisme, ce n'est en somme que de la littérature. »

Le mot frappa Pierre, car il en sentit toute l'ironie méprisante, dont lui-même se trouvait atteint. Aussi s'empressa-t-il de nommer son autre répondant, qu'il pensait d'une autorité indiscutable.

« Son Éminence le cardinal Bergerot a bien voulu donner à mon œuvre une entière approbation. »

Du coup, le visage de Boccanera changea brusquement. Ce ne fut plus le blâme railleur, la pitié que soulève l'acte inconsidéré d'un enfant, destiné à un avortement certain. Une flamme de colère alluma les yeux sombres, une volonté de combat durcit la face entière.

« Sans doute, reprit-il lentement, le cardinal Bergerot a une réputation de grande piété, en France. Nous le connaissons peu, à Rome. Personnellement, je l'ai vu une seule fois, quand il est venu pour le chapeau. Et je ne me permettrais pas de le juger, si, dernièrement, ses écrits et ses actes n'avaient contristé mon âme de croyant. Je ne suis malheureusement pas le seul, vous ne trouverez ici, dans le Sacré Collège, personne qui l'approuve. »

Il s'arrêta, puis se prononça, d'une voix nette.

« Le cardinal Bergerot est un révolutionnaire. »

Cette fois, la surprise de Pierre le rendit un instant muet. Un révolutionnaire, grand Dieu ! ce pasteur d'âmes si doux, d'une charité inépuisable, dont le rêve était que Jésus redescendît sur la terre, pour faire régner enfin la justice et la paix ! Les mots n'avaient donc pas la même signification partout, et dans quelle religion tombait-il, pour que la religion des pauvres et des souffrants devînt une passion condamnable, simplement insurrectionnelle ?

Sans pouvoir comprendre encore, il sentit l'impolitesse et l'inutilité d'une discussion, il n'eut plus que le désir de raconter son livre, de l'expliquer et de l'innocenter. Mais, dès les premiers mots, le cardinal l'empêcha de poursuivre.

« Non, non, mon cher fils. Cela nous prendrait trop de temps, et je veux lire les passages… Du reste, il est une règle absolue : tout livre est pernicieux et condamnable qui touche à la foi. Votre livre est-il profondément respectueux du dogme ?

– Je le pense, et j'affirme à Votre Éminence que je n'ai pas entendu faire une œuvre de négation.

– C'est bon, je pourrai être avec vous, si cela est vrai… Seulement, dans le cas contraire, je n'aurais qu'un conseil à vous donner, retirer vous-même votre œuvre, la condamner et la détruire, sans attendre qu'une décision de l'Index vous y force. Quiconque a produit le scandale, doit le supprimer et l'expier, en coupant dans sa propre chair. Un prêtre n'a pas d'autre devoir que l'humilité et l'obéissance, l'anéantissement complet de son être, dans la volonté souveraine de l'Église. Et même pourquoi écrire ? car il y a déjà de la révolte à exprimer une opinion à soi, c'est toujours une tentation du diable qui vous met la plume à la main. Pourquoi courir le risque de se damner, en cédant à l'orgueil de l'intelligence et de la domination ?… Votre livre, mon cher fils, c'est encore de la littérature, de la littérature ! »

Ce mot revenait avec un mépris tel, que Pierre sentit toute la détresse des pauvres pages d'apôtre qu'il avait écrites, tombant sous les yeux de ce prince devenu un saint. Il l'écoutait, il le regardait grandir, pris d'une peur et d'une admiration croissantes.

« Ah ! la foi, mon cher fils, la foi totale, désintéressée, qui croit pour l'unique bonheur de croire ! Quel repos, lorsqu'on s'incline devant les mystères, sans chercher à les pénétrer, avec la conviction tranquille qu'en les acceptant, on possède enfin le certain et le définitif ! N'est-ce pas la plus complète satisfaction intellectuelle, cette satisfaction que donne le divin conquérant la raison, la disciplinant et la comblant, à ce point qu'elle est comme remplie et désormais sans désir ? En dehors de l'explication de l'inconnu par le divin, il n'y a pas, pour l'homme, de paix durable possible. Il faut mettre en Dieu la vérité et la justice, si l'on veut qu'elles règnent sur cette terre. Quiconque ne croit pas est un champ de bataille livré à tous les désastres. C'est la foi seule qui délivre et apaise ! »

Et Pierre resta silencieux un instant, devant cette grande figure qui se dressait. À Lourdes, il n'avait vu que l'humanité souffrante se ruer à la guérison du corps et à la consolation de l'âme. Ici, c'était le croyant intellectuel, l'esprit qui a besoin de certitude, qui se satisfait, en goûtant la haute jouissance de ne plus douter. Jamais encore il n'avait entendu un tel cri de joie, à vivre dans l'obéissance, sans inquiétude sur le lendemain de la mort. Il savait que Boccanera avait eu une jeunesse un peu vive, avec des crises de sensualité où flambait le sang rouge des ancêtres ; et il s'émerveillait de la majesté calme que la foi avait fini par mettre chez cet homme de race si violente, dont l'orgueil était resté l'unique passion.

« Pourtant, se hasarda-t-il à dire enfin, très doucement, si la foi demeure essentielle, immuable, les formes changent... D'heure en heure, tout évolue, le monde change.

– Mais ce n'est pas vrai ! s'écria le cardinal ; le monde est immobile, à jamais !... Il piétine, il s'égare, s'engage dans les plus abominables voies ; et il faut, continuellement, qu'on le ramène au droit chemin. Voilà le vrai... Est-ce que le monde, pour que les promesses du Christ s'accomplissent, ne doit pas revenir au point de départ, à l'innocence première ? Est-ce que la fin des temps n'est pas fixée au jour triomphal où les hommes seront en possession de toute la vérité, apportée par l'Évangile ?... Non, non ! la vérité est dans le passé, c'est toujours au passé qu'il faut s'en tenir, si l'on ne veut pas se perdre. Ces belles nouveautés, ces mirages du fameux progrès, ne sont que les pièges de l'éternelle perdition. À quoi bon chercher davantage, courir sans cesse des risques d'erreur, puisque la vérité, depuis dix-huit siècles, est connue ?... La vérité, mais elle est dans le catholicisme apostolique et romain, tel que l'a créé la longue suite des générations ! Quelle folie de le vouloir changer, lorsque tant de grands esprits, tant d'âmes pieuses en ont fait le plus admirable des monuments, l'instrument unique de l'ordre en ce monde et du salut dans l'autre ! »

Pierre ne protesta plus, le cœur serré, car il ne pouvait douter maintenant qu'il avait devant lui un adversaire implacable de ses idées les plus chères. Il s'inclinait, respectueux, glacé, en sentant passer sur sa face un petit souffle, le vent lointain qui apportait le froid mortel des tombeaux ; tandis que le cardinal, debout, redressant sa haute taille, continuait de sa voix têtue, toute sonnante de fier courage :

« Et si, comme ses ennemis le prétendent, le catholicisme est frappé à mort, il doit mourir debout, dans son intégralité glorieuse... Vous entendez bien, monsieur l'abbé, pas une concession, pas un abandon, pas une lâcheté ! Il est tel qu'il est, et il ne saurait être autrement. La certitude divine, la vérité totale est sans modification possible ; et la moindre pierre enlevée à l'édifice, n'est jamais qu'une cause d'ébranlement... N'est-ce pas évident, d'ailleurs ? On ne sauve pas les vieilles maisons, dans lesquelles on met la pioche, sous prétexte de les réparer. On ne fait qu'augmenter les lézardes. S'il était vrai que Rome menaçât de tomber en poudre, tous les raccommodages, tous les replâtrages n'auraient pour résultat que de hâter l'inévitable catastrophe. Et, au lieu de la mort grande, immobile, ce serait la plus misérable des agonies, la fin d'un lâche qui se débat et demande grâce... Moi, j'attends. Je suis convaincu que ce sont là d'affreux mensonges, que le catholicisme n'a jamais été plus solide, qu'il puise son éternité dans l'unique source de vie. Mais, le soir où le ciel croulerait, je serais ici, au milieu de ces vieux murs qui s'émiettent, sous ces vieux plafonds dont les vers mangent les poutres, et c'est debout, dans les décombres, que je finirais, en récitant mon *Credo* une dernière fois. »

Sa voix s'était ralentie, envahie d'une tristesse hautaine, pendant que, d'un geste large, il indiquait l'antique palais, autour de lui, désert et muet, dont la vie se retirait un peu chaque jour. Était-ce donc un involontaire pressentiment, le petit souffle froid, venu des ruines, qui l'effleurait, lui aussi ? Tout l'abandon des vastes salles s'en trouvait expliqué, les tentures de soie en lambeaux, les armoiries pâlies par la poussière, le chapeau rouge que les mites dévoraient. Et cela était d'une grandeur désespérée et superbe, ce prince et ce cardinal, ce catholique intransigeant, retiré ainsi dans l'ombre croissante du passé, bravant d'un cœur de soldat l'inévitable écroulement de l'ancien monde.

Saisi, Pierre allait prendre congé, lorsqu'une petite porte s'ouvrit dans la tenture. Boccanera eut une brusque impatience.

« Quoi ? qu'y a-t-il ? Ne peut-on me laisser un instant tranquille ! »

Mais l'abbé Paparelli, le caudataire, gras et doux, entra quand même, sans s'émotionner le moins du monde. Il s'approcha, vint murmurer une phrase, très bas, à l'oreille du cardinal, qui s'était calmé à sa vue.

« Quel curé ?... Ah ! oui, Santobono, le curé de Frascati. Je sais... Dites que je ne puis pas le recevoir maintenant. »

De sa voix menue, Paparelli recommença à parler bas. Des mots pourtant s'entendaient : une affaire pressée, le curé était forcé de repartir, il n'avait à dire qu'une parole. Et, sans attendre un consentement, il introduisit le visiteur, son protégé, qu'il avait laissé derrière la petite porte. Puis, lui-même disparut, avec la tranquillité d'un subalterne qui, dans sa situation infime, se sait tout-puissant.

Pierre, qu'on oubliait, vit entrer un grand diable de prêtre, taillé à coups de serpe, un fils de paysan, encore près de la terre. Il avait de grands pieds, des mains noueuses, une face couturée et tannée, que des yeux noirs, très vifs, éclairaient. Robuste encore, pour ses quarante-cinq ans, il ressemblait un peu à un bandit déguisé, la barbe mal faite, la soutane trop large sur ses gros os saillants. Mais la physionomie restait fière, sans rien de bas. Et il portait un petit panier, que des feuilles de figuier recouvraient soigneusement.

Tout de suite, Santobono fléchit les genoux, baisa l'anneau, mais d'un geste rapide, de simple politesse usuelle. Puis, avec la familiarité respectueuse du menu peuple pour les grands :

« Je demande pardon à Votre Éminence Révérendissime d'avoir insisté. Du monde attendait, et je n'aurais pas été reçu, si mon ancien camarade Paparelli n'avait eu l'idée de me faire passer par cette porte... Oh ! j'ai à solliciter de Votre Éminence un si grand service, un vrai service de cœur !... Mais, d'abord, qu'elle me permette de lui offrir un petit cadeau. »

Boccanera l'écoutait gravement. Il l'avait beaucoup connu autrefois, lorsqu'il allait passer les étés à Frascati, dans la villa princière que la famille y possédait, une habitation reconstruite au seizième siècle, un merveilleux parc dont la terrasse célèbre donnait sur la Campagne romaine, immense et nue comme la mer. Cette villa était aujourd'hui vendue, et, sur des vignes, échues en partage à Benedetta, le comte Prada, avant l'instance en divorce, avait commencé à faire bâtir tout un quartier neuf de petites maisons de plaisance. Autrefois, le cardinal ne dédaignait pas, pendant ses promenades à pied, d'entrer se reposer un instant chez Santobono qui desservait, en dehors de la ville, une antique chapelle consacrée à sainte Marie des Champs ; et le prêtre occupait là, contre cette chapelle, une sorte de masure à demi ruinée, dont le charme était un jardin clos de murs, qu'il cultivait lui-même, avec une passion de vrai paysan.

« Comme tous les ans, reprit-il en posant le panier sur la table, j'ai voulu que Votre Éminence goûtât mes figues. Ce sont les premières de la saison que j'ai cueillies pour elle ce matin. Elle les aimait tant, quand elle daignait les venir manger sur l'arbre ! Et elle voulait bien me dire qu'il n'y avait pas de figuier au monde pour en produire de pareilles. »

Le cardinal ne put s'empêcher de sourire. Il adorait les figues, et c'était vrai, le figuier de Santobono était réputé dans le pays entier.

« Merci, mon cher curé, vous vous souvenez de mes petits défauts… Voyons, que puis-je faire pour vous ? »

Il était tout de suite redevenu grave, car il y avait entre lui et le curé d'anciennes discussions, des façons de voir contraires, qui le fâchaient. Santobono, né à Nemi, en plein pays farouche, d'une famille violente dont l'aîné était mort d'un coup de couteau, avait professé de tout temps des idées ardemment patriotiques. On racontait qu'il avait failli prendre les armes avec Garibaldi ; et, le jour où les Italiens étaient entrés dans Rome, on avait dû l'empêcher de planter sur son toit le drapeau de l'unité italienne. C'était son rêve passionné, Rome maîtresse du monde, lorsque le pape et le roi, après s'être embrassés, feraient cause commune. Pour le cardinal, il y avait là un révolutionnaire dangereux, un prêtre renégat mettant le catholicisme en péril.

« Oh ! ce que Votre Éminence peut faire pour moi ! ce qu'elle peut faire, si elle le daigne ! » répétait Santobono d'une voix brûlante, en joignant ses grosses mains noueuses.

Puis, se ravisant :

« Est-ce que Son Éminence le cardinal Sanguinetti n'a pas dit un mot de mon affaire à Votre Éminence Révérendissime ?

– Non, le cardinal m'a simplement prévenu de votre visite, en me disant que vous aviez quelque chose à me demander. »

Et Boccanera, le visage assombri, attendit avec une sévérité plus grande. Il n'ignorait pas que le prêtre était devenu le client de Sanguinetti, depuis que ce dernier, nommé évêque suburbicaire, passait à Frascati de longues semaines. Tout cardinal, candidat à la papauté, a de la sorte, dans son ombre, des familiers infimes qui jouent l'ambition de leur vie sur son élection possible : s'il est pape un jour, si eux-mêmes l'aident à le devenir, ils entreront à sa suite dans la grande famille pontificale. On racontait que Sanguinetti avait déjà tiré Santobono d'une mauvaise histoire, un enfant maraudeur que celui-ci avait surpris en train d'escalader son mur, et qui était mort des suites d'une correction trop rude. Mais, à la louange du prêtre, il fallait pourtant ajouter que, dans son dévouement fanatique au cardinal, il entrait surtout l'espoir qu'il serait le pape attendu, le pape destiné à faire de l'Italie la grande nation souveraine.

« Eh bien ! voici mon malheur… Votre Éminence connaît mon frère Agostino, qui a été pendant deux ans jardinier chez elle, à la villa. Certainement, c'est un garçon très gentil, très doux, dont jamais personne n'a eu à se plaindre... Alors, on ne peut pas s'expliquer de quelle façon, il lui est arrivé un accident, il a tué un homme d'un coup de couteau, à Genzano, un soir qu'il se promenait dans la rue... J'en suis tout à fait contrarié, je donnerais volontiers deux doigts de ma main, pour le tirer de prison. Et j'ai pensé que Votre Éminence ne me refuserait pas un certificat disant qu'elle a eu Agostino chez elle et qu'elle a été toujours très contente de son bon caractère. »

Nettement, le cardinal protesta.

« Je n'ai pas été content du tout d'Agostino. Il était d'une violence folle, et j'ai dû justement le congédier parce qu'il vivait constamment en querelle avec les autres domestiques.

– Oh ! que Votre Éminence me chagrine, en me racontant cela ! C'est donc vrai que le caractère de mon pauvre petit Agostino s'était gâté ! Mais il y a moyen de faire les choses, n'est-ce pas ? Votre Éminence peut me donner un certificat tout de même, en arrangeant les phrases. Cela produirait un si bon effet, un certificat de Votre Éminence devant la justice !

– Oui, sans doute, reprit Boccanera, je comprends. Mais je ne donnerai pas de certificat.

– Eh quoi ! Votre Éminence Révérendissime refuse ?

– Absolument !... Je sais que vous êtes un prêtre d'une moralité parfaite, que vous remplissez votre saint ministère avec zèle et que vous seriez un homme tout à fait recommandable, sans vos idées politiques. Seulement, votre affection fraternelle vous égare, je ne puis mentir pour vous être agréable. »

Santobono le regardait, stupéfié, ne comprenant pas qu'un prince, un cardinal tout-puissant, s'arrêtât à de si pauvres scrupules, lorsqu'il s'agissait d'un coup de couteau, l'affaire la plus banale, la plus fréquente, en ces pays encore sauvages des Châteaux romains.

« Mentir, mentir, murmura-t-il, ce n'est pas mentir que de dire le bon uniquement, quand il y en a, et tout de même Agostino a du bon. Dans un certificat, ça dépend des phrases qu'on écrit. »

Il s'entêtait à cet arrangement, il ne lui entrait pas dans la tête qu'on pût refuser de convaincre la justice, par une ingénieuse façon de présenter les choses. Puis, quand il fut certain qu'il n'obtiendrait rien, il eut un geste désespéré, sa face terreuse prit une expression de violente rancune, tandis que ses yeux noirs flambaient de colère contenue.

« Bien, bien ! chacun voit la vérité à sa manière, je vais retourner dire ça à Son Éminence le cardinal Sanguinetti. Et je prie Votre Éminence Révérendissime de ne pas m'en vouloir, si je l'ai dérangée inutilement... Peut-être que les figues ne sont pas très mûres ; mais je me permettrai d'en apporter un panier encore, vers la fin de la saison, lorsqu'elles sont tout à fait bonnes et sucrées... Mille grâces et mille bonheurs à Votre Éminence Révérendissime. »

Il s'en allait à reculons, avec des saluts qui pliaient en deux sa grande taille osseuse. Et Pierre, qui s'était intéressé vivement à la scène, retrouvait en lui le petit clergé de Rome et des environs, dont on lui avait parlé avant son voyage. Ce n'était pas le *scagnozzo*, le prêtre misérable, affamé, venu de la province à la suite de quelque fâcheuse aventure, tombé sur le pavé de Rome en quête du pain quotidien, une tourbe de mendiants en soutane, cherchant fortune dans les miettes de l'Église, se disputant voracement les messes de hasard, se coudoyant avec le bas peuple au fond des cabarets les plus mal famés. Ce n'était pas non plus le curé des campagnes lointaines, d'une ignorance totale, d'une superstition grossière, paysan avec les paysans, traité d'égal à égal par ses ouailles, qui, très pieuses, ne le confondaient jamais avec le bon Dieu, à genoux devant le saint de leur paroisse, mais pas devant l'homme qui vivait de lui. À Frascati, le desservant d'une petite église pouvait toucher neuf cents francs ; et il ne dépensait que le pain et la viande, s'il récoltait le vin, les fruits, les légumes de son jardin. Celui-ci n'était pas sans instruction, savait un peu de théologie, un peu d'histoire, surtout cette histoire de la grandeur passée de Rome, qui avait enflammé son patriotisme du rêve fou de la prochaine domination universelle, réservée à la Rome renaissante, capitale de l'Italie. Mais quelle infranchissable distance encore, entre ce petit clergé romain, souvent très digne et intelligent, et le haut clergé, les hauts dignitaires du Vatican ! Tout ce qui n'était pas au moins prélat n'existait point.

« Mille grâces à Votre Éminence Révérendissime, et que tout lui réussisse dans ses désirs ! »

Lorsque Santobono eut enfin disparu, le cardinal revint à Pierre, qui s'inclinait, lui aussi, pour prendre congé.

« En somme, monsieur l'abbé, l'affaire de votre livre me paraît mauvaise. Je vous répète que je ne sais rien de précis, que je n'ai pas vu le dossier. Mais, n'ignorant pas que ma nièce s'intéressait à vous, j'en ai dit un mot au cardinal Sanguinetti, le préfet de l'Index, qui était justement ici tout à l'heure. Et lui-même n'est guère plus au courant que moi, car rien n'est encore sorti des mains du secrétaire. Seulement, il m'a affirmé que la dénonciation venait de personnes considérables, d'une grande influence, et qu'elle portait sur des pages nombreuses, où l'on aurait relevé les passages les plus fâcheux, tant au point de vue de la discipline qu'au point de vue du dogme. »

Très ému à cette pensée d'ennemis cachés, le poursuivant dans l'ombre, le jeune prêtre s'écria :

« Oh ! dénoncé, dénoncé ! si Votre Éminence savait combien ce mot me gonfle le cœur ! Et dénoncé pour des crimes à coup sûr involontaires, puisque j'ai voulu uniquement, ardemment le triomphe de l'Église... C'est donc aux genoux du Saint-Père que je vais aller me jeter et me défendre. »

Boccanera, brusquement, se redressa. Un pli dur avait coupé son grand front.

« Sa Sainteté peut tout, même vous recevoir, si tel est son bon plaisir, et vous absoudre... Mais, écoutez-moi, je vous conseille encore de retirer votre livre de vous-même, de le détruire simplement et courageusement, avant de vous lancer dans une lutte où vous aurez la honte d'être brisé... Enfin, réfléchissez. »

Immédiatement, Pierre s'était repenti d'avoir parlé de sa visite au pape, car il sentait une blessure pour le cardinal, dans cet appel à l'autorité souveraine. D'ailleurs, aucun doute n'était possible, celui-ci serait contre son œuvre, il n'espérait plus que faire peser sur lui par son entourage, en le suppliant de rester neutre. Il l'avait trouvé très net, très franc, au-dessus des obscures intrigues qu'il commençait à deviner autour de son livre ; et ce fut avec respect qu'il le salua.

« Je remercie infiniment Votre Éminence et je lui promets de penser à tout ce qu'elle vient d'avoir l'extrême bonté de me dire. »

Pierre, dans l'antichambre, vit cinq ou six personnes qui s'étaient présentées pendant son entretien, et qui attendaient. Il y avait là un évêque, un prélat, deux vieilles dames ; et, comme il s'approchait de don Vigilio, avant de se retirer, il eut la vive surprise de le trouver en conversation avec un grand jeune homme blond, un Français, qui s'écria, saisi lui aussi d'étonnement :

« Comment ! vous ici, monsieur l'abbé ! vous êtes à Rome ! »

Le prêtre avait eu une seconde d'hésitation.

« Ah ! monsieur Narcisse Habert, je vous demande pardon, je ne vous reconnaissais pas ! Et je suis vraiment impardonnable, car je savais que vous étiez, depuis l'année dernière, attaché à l'ambassade. »

Mince, élancé, très élégant, Narcisse, avec son teint pur, ses yeux d'un bleu pâle, presque mauve, sa barbe blonde, finement frisée, portait ses cheveux blonds bouclés, coupés sur le front à la florentine. D'une famille de magistrats, très riches et d'un catholicisme militant, il avait un oncle dans la diplomatie, ce qui avait décidé de sa destinée. Sa place, d'ailleurs, se trouvait toute marquée à Rome, où il comptait de puissantes parentés : neveu par alliance du cardinal Sarno, dont une sœur avait épousé à Paris un notaire, son oncle ; cousin germain de monsignor Gamba del Zoppo, camérier secret participant, fils d'une de ses tantes, mariée en Italie à un colonel. Et c'était ainsi qu'on l'avait attaché à l'ambassade près du Saint-Siège, où l'on tolérait ses allures un peu fantasques, sa continuelle passion d'art, qui le promenait en flâneries sans fin au travers de Rome. Il était du reste fort aimable, d'une distinction parfaite ; avec cela, très pratique au fond, connaissant à merveille les questions d'argent ; et il lui arrivait même parfois, comme ce matin-là, de venir, de son air las et un peu mystérieux, causer chez un cardinal d'une affaire sérieuse, au nom de son ambassadeur.

Tout de suite, il emmena Pierre dans la vaste embrasure d'une des fenêtres, pour l'y entretenir à l'aise.

« Ah ! mon cher abbé, que je suis donc content de vous voir ! Vous vous souvenez de nos bonnes causeries, quand nous nous sommes connus chez le cardinal Bergerot ? Je vous ai indiqué, pour votre livre, des tableaux à voir, des miniatures du quatorzième siècle et du quinzième. Et vous savez que, dès aujourd'hui, je m'empare de vous, je vous fais visiter Rome comme personne ne pourrait le faire. J'ai tout vu, tout fouillé. Oh ! des trésors, des trésors ! Mais au fond il n'y a qu'une œuvre, on en revient toujours à sa passion. Le Botticelli de la chapelle Sixtine, ah ! le Botticelli ! »

Sa voix se mourait, il eut un geste brisé d'admiration. Et Pierre dut promettre de s'abandonner à lui, d'aller avec lui à la chapelle Sixtine.

« Vous ignorez sans doute pourquoi je suis ici ? dit enfin ce dernier. On poursuit mon livre, on l'a dénoncé à la congrégation de l'Index.

– Votre livre ! pas possible ! s'écria Narcisse. Un livre dont certaines pages rappellent le délicieux saint François d'Assise ! »

Obligeamment, alors, il se mit à sa disposition.

« Mais, dites donc ! notre ambassadeur va vous être très utile. C'est l'homme le meilleur de la terre, et d'une affabilité charmante, et plein de la vieille bravoure française... Cet après-midi, ou demain matin au plus tard, je vous présenterai à lui ; et, puisque vous désirez avoir immédiatement une audience du pape, il tâchera de vous l'obtenir... Cependant, je dois ajouter que ce n'est pas toujours commode. Le Saint-Père a beau l'aimer beaucoup, il échoue parfois, tellement les approches sont compliquées. »

Pierre, en effet, n'avait pas songé à employer l'ambassadeur, dans son idée naïve qu'un prêtre accusé, qui venait se défendre, voyait toutes les portes s'ouvrir d'elles-mêmes. Il fut ravi de l'offre de Narcisse, il le remercia vivement, comme si déjà l'audience était obtenue.

« Puis, continua le jeune homme, si nous rencontrons quelques difficultés, vous n'ignorez pas que j'ai des parents au Vatican. Je ne parle pas de mon oncle le cardinal, qui ne nous serait d'utilité aucune, car il ne bouge jamais de son bureau de la Propagande, il se refuse à toute démarche. Mais mon cousin, monsignor Gamba del Zoppo, est un homme obligeant qui vit dans l'intimité du pape, dont son service le rapproche à toute heure ; et, s'il le faut, je vous mènerai à lui, il trouvera le moyen sans doute de vous ménager une entrevue, bien que sa grande prudence lui fasse craindre parfois de se compromettre... Allons, c'est entendu, confiez-vous à moi en tout et pour tout.

– Ah ! cher monsieur, s'écria Pierre, soulagé, heureux, j'accepte de grand cœur, et vous ne savez pas quel baume vous m'apportez ; car, depuis que je suis ici, tout le monde me décourage, vous êtes le premier qui me rendiez quelque force, en traitant les choses à la française. »

Baissant la voix, il lui conta son entrevue avec le cardinal Boccanera, sa certitude de n'être aidé par lui en rien, les nouvelles fâcheuses données par le cardinal Sanguinetti, enfin la rivalité qu'il avait sentie entre les deux cardinaux. Narcisse l'écoutait en souriant, et lui aussi s'abandonna aux commérages et aux confidences. Cette rivalité, cette dispute prématurée de la tiare, dans leur furieux désir à tous deux, révolutionnait le monde noir depuis longtemps. Il y avait des dessous d'une complication incroyable, personne n'aurait pu dire exactement qui conduisait la vaste intrigue. En gros, on savait que Boccanera représentait l'intransigeance, le catholicisme dégagé de tout compromis avec la société moderne, attendant immobile le triomphe de Dieu sur Satan, le royaume de Rome rendu au Saint-Père, l'Italie repentante faisant pénitence de son sacrilège ; tandis que Sanguinetti, très souple, très politique, passait pour nourrir des combinaisons aussi nouvelles que hardies, une sorte de fédération républicaine de tous les anciens petits États italiens mise sous le protectorat auguste du pape. En somme, c'était la lutte entre les deux conceptions opposées, l'une qui veut le salut de l'Église par le respect absolu de l'antique tradition, l'autre qui annonce sa mort fatale, si elle ne consent pas à évoluer avec le siècle futur. Mais tout cela se noyait d'un tel inconnu, que l'opinion finissait par être que, si le pape actuel vivait encore quelques années, ce ne serait sûrement ni Boccanera, ni Sanguinetti qui lui succéderait.

Brusquement, Pierre interrompit Narcisse.

« Et monsignor Nani, le connaissez-vous ? J'ai causé avec lui hier soir… Tenez ! le voici qui vient d'entrer. »

En effet, Nani entrait dans l'antichambre, avec son sourire, sa face rose de prélat aimable. Sa soutane fine, sa ceinture de soie violette, luisaient, d'un luxe discret et doux. Et il se montrait très courtois à l'égard de l'abbé Paparelli lui-même, qui l'accompagnait humblement, en le suppliant de vouloir bien attendre que Son Éminence pût le recevoir.

« Oh ! murmura Narcisse, devenu sérieux, monsignor Nani est un homme dont il faut être l'ami. »

Il savait son histoire, il la conta à demi-voix. Né à Venise, d'une famille noble ruinée, qui avait compté des héros, Nani, après avoir fait ses premières études chez les jésuites, vint à Rome étudier la philosophie et la théologie au Collège romain, que les jésuites tenaient. Ordonné prêtre à vingt-trois ans, il avait tout de suite suivi un nonce en Bavière, à titre de secrétaire particulier ; et, de là, il était allé, comme auditeur de nonciature, à Bruxelles, puis à Paris, qu'il avait habité pendant cinq ans. Tout semblait le destiner à la diplomatie, ses brillants débuts, son intelligence vive, une des plus vastes et des plus renseignées qui pût être, lorsque, brusquement, il fut rappelé à Rome, où, presque tout de suite, on lui confia la situation d'assesseur du Saint-Office. On prétendit alors que c'était là un désir formel du pape, qui, le connaissant bien, voulant avoir au Saint-Office un homme à lui, l'avait fait revenir, en disant qu'il rendrait beaucoup plus de services à Rome que dans une nonciature. Déjà prélat domestique, Nani était depuis peu chanoine de Saint-Pierre et protonotaire apostolique participant, en passe de devenir cardinal, le jour où le pape trouverait un autre assesseur favori, qui lui plairait davantage.

« Oh ! monsignor Nani ! continua Narcisse, un homme supérieur, qui connaît admirablement son Europe moderne, et avec cela un très saint prêtre, un croyant sincère, d'un dévouement absolu à l'Église, d'une foi solide de politique avisé, différente il est vrai de l'étroite et sombre foi théologique, telle que nous la connaissons en France ! C'est pourquoi il vous sera difficile d'abord de comprendre ici les gens et les choses. Ils laissent Dieu dans le sanctuaire, ils règnent en son nom, convaincus que le catholicisme est l'organisation humaine du gouvernement de Dieu, la seule parfaite et éternelle, en dehors de laquelle il n'y a que mensonge et que danger social. Pendant que nous nous attardons encore, dans nos querelles religieuses, à discuter furieusement sur l'existence de Dieu, eux n'admettent pas que cette existence puisse être mise en doute, puisqu'ils sont les ministres délégués par Dieu ; et ils sont uniquement à leur rôle de ministres qu'on ne saurait déposséder, exerçant le pouvoir pour le plus grand bien de l'humanité, employant toute leur intelligence, toute leur énergie à rester les maîtres acceptés des peuples. Songez qu'un homme comme monsignor Nani, après avoir été mêlé à la politique du monde entier, est depuis dix ans à Rome, dans les fonctions les plus délicates, mêlé aux affaires les plus diverses et les plus importantes. Il continue à voir l'Europe entière qui défile à Rome, connaît tout, a la main dans tout. Et, avec cela, admirablement discret et aimable, d'une modestie qui semble parfaite, sans qu'on puisse dire s'il ne marche point, de son pas si léger, à la plus haute ambition, à la tiare souveraine. »

Encore un candidat à la papauté ! pensa Pierre, qui avait écouté passionnément, car cette figure de Nani l'intéressait, lui causait une sorte de trouble instinctif, comme s'il avait senti, derrière le visage rosé et souriant, tout un infini redoutable. D'ailleurs, il comprit mal les explications de son ami, il retomba à l'effarement de son arrivée dans ce monde nouveau, dont l'inattendu bouleversait ses prévisions.

Mais monsignor Nani avait aperçu les deux jeunes gens, et il s'avançait la main tendue, très cordial.

« Ah ! monsieur l'abbé Froment, je suis heureux de vous revoir, et je ne vous demande pas si vous avez bien dormi, car on dort toujours bien à Rome... Bonjour, monsieur Habert, votre santé est bonne, depuis que je vous ai rencontré devant la sainte Thérèse du Bernin, que vous admirez tant ?... Et je vois que vous vous connaissez tous les deux. C'est charmant. Monsieur l'abbé, je vous dénonce en M. Habert un des passionnés de notre ville, qui vous mènera dans les beaux endroits. »

Puis, de son air affectueux, il voulut tout de suite être renseigné sur l'entrevue de Pierre et du cardinal. Il en écouta très attentivement le récit, hochant la tête à certains détails, réprimant parfois son fin sourire. L'accueil sévère du cardinal, la certitude où était le prêtre de ne trouver près de lui aucune aide, ne l'étonna nullement, comme s'il s'était attendu à ce résultat. Mais, au nom de Sanguinetti, en apprenant qu'il était venu le matin et qu'il avait déclaré l'affaire du livre très grave, il parut s'oublier un instant, il parla avec une soudaine vivacité.

« Que voulez-vous ? mon cher fils, je suis arrivé trop tard. À la première nouvelle des poursuites, j'ai couru chez Son Éminence le cardinal Sanguinetti, pour lui dire qu'on allait faire à votre œuvre une réclame immense. Voyons, est-ce raisonnable ? À quoi bon ? Nous savons que vous êtes un peu exalté, l'âme enthousiaste et prompte à la lutte. Nous serions bien avancés, si nous nous mettions sur les bras la révolte d'un jeune prêtre, qui pourrait partir en guerre contre nous, avec un livre dont on a déjà vendu des milliers d'exemplaires. Moi, d'abord, je voulais qu'on ne bougeât pas. Et je dois dire que le cardinal, qui est un homme d'esprit, pensait comme moi. Il a levé les bras au ciel, il s'est emporté, en criant qu'on ne le consultait jamais, que maintenant la sottise était faite, et qu'il était absolument impossible d'arrêter le procès, du moment que la congrégation se trouvait saisie, à la suite des dénonciations les plus autorisées, lancées pour les motifs les plus graves... Enfin, comme il le disait, la sottise était faite, et j'ai dû songer à autre chose... »

Mais il s'interrompit. Il venait d'apercevoir les yeux ardents de Pierre fixés sur les siens, tâchant de comprendre. Une imperceptible rougeur rosa son teint davantage, tandis que, très à l'aise, il continuait sans laisser voir sa contrariété d'en avoir trop dit :

« Oui, j'ai songé à vous aider de toute ma faible influence, pour vous tirer des ennuis où cette affaire va sûrement vous mettre. »

Un souffle de rébellion souleva Pierre, dans la sensation obscure qu'on se jouait de lui peut-être. Pourquoi donc n'aurait-il pas affirmé sa foi, qui était si pure, si dégagée de tout intérêt personnel, si brûlante de charité chrétienne ?

« Jamais, déclara-t-il, je ne retirerai, je ne supprimerai moi-même mon livre, comme on me le conseille. Ce serait une lâcheté et un mensonge, car je ne regrette rien, je ne désavoue rien. Si je crois que mon œuvre apporte un peu de vérité, je ne puis la détruire, sans être criminel envers moi-même et envers les autres... Jamais ! entendez-vous, jamais ! »

Il y eut un silence. Et il reprit presque aussitôt :

« C'est aux genoux du Saint-Père que je veux faire cette déclaration. Il me comprendra, il m'approuvera. »

Nani ne souriait plus, la figure immobile et comme fermée désormais. Il sembla étudier curieusement la subite violence du prêtre, qu'il s'efforça ensuite de calmer par sa bienveillance tranquille.

« Sans doute, sans doute... L'obéissance et l'humilité ont de grandes douceurs. Mais, enfin, je comprends que vous vouliez causer avant tout avec Sa Sainteté... Ensuite, n'est-ce pas ? vous verrez, vous verrez. »

Et, de nouveau, il s'intéressa beaucoup à la demande d'audience. Vivement, il regrettait que Pierre n'eût pas lancé cette demande de Paris même, avant son arrivée à Rome : c'était la plus sûre façon de la faire agréer. Au Vatican, on n'aimait guère le bruit, et pour peu que la nouvelle de la présence du jeune prêtre se répandît, pour peu qu'on causât des motifs qui l'amenaient, tout allait être perdu.

Mais, lorsque Nani sut que Narcisse s'était offert pour présenter Pierre à l'ambassadeur de France près du Saint-Siège, il parut pris d'inquiétude, il se récria.

« Non, non ! ne faites pas cela, ce serait de la dernière imprudence !... D'abord, vous courez le risque de gêner M. l'ambassadeur, dont la situation est toujours délicate en ces sortes d'affaires... Puis, s'il échouait, et ma crainte est qu'il n'échoue, oui ! s'il échouait, ce serait fini, vous n'auriez plus la moindre chance d'obtenir, d'autre part, l'audience demandée ; car on ne voudrait pas infliger à M. l'ambassadeur la petite blessure d'amour-propre d'avoir cédé à une autre influence que la sienne. »

Anxieusement, Pierre regarda Narcisse, qui hochait la tête, l'air gêné, hésitant.

« En effet, finit par murmurer ce dernier, nous avons demandé dernièrement, pour un personnage politique français, une audience, qui a été refusée ; et cela nous a été fort désagréable... Monseigneur a raison. Il faut réserver notre ambassadeur, ne l'employer que lorsque nous aurons épuisé les autres moyens d'approche. »

Et, voyant le désappointement de Pierre, il reprit avec son obligeance :

« Notre première visite sera donc pour mon cousin, au Vatican. »

Étonné, l'attention éveillée de nouveau, Nani regarda le jeune homme.

« Au Vatican ? vous y avez un cousin ?

– Mais oui, monsignor Gamba del Zoppo.

– Gamba !... Gamba !... Oui, oui ! excusez-moi, je me souviens... Ah ! vous avez songé à Gamba pour agir près de Sa Sainteté. Sans doute, c'est une idée, il faut voir, il faut voir... »

Plusieurs fois, il répéta la phrase pour se donner le temps de voir lui-même, de discuter intérieurement l'idée. Monsignor Gamba del Zoppo était un brave homme, sans rôle aucun, dont la nullité avait fini par être légendaire au Vatican. Il amusait de ses commérages le pape, qu'il flattait beaucoup, et qui aimait se promener à son bras, dans les jardins. C'était pendant ces promenades qu'il obtenait à l'aise toutes sortes de petites faveurs. Mais il était d'une poltronnerie extraordinaire, il craignait à un tel point de compromettre son influence, qu'il ne risquait pas une sollicitation, sans s'être longuement assuré qu'il ne pouvait en résulter pour lui aucun tort.

« Eh mais ! l'idée n'est pas mauvaise, déclara enfin Nani. Oui, oui ! Gamba pourra vous obtenir l'audience, s'il le veut bien... Je le verrai moi-même, je lui expliquerai l'affaire. »

Pour conclure, d'ailleurs, il se répandit en conseils d'extrême prudence. Il osa dire qu'il lui semblait sage de se méfier beaucoup de l'entourage du pape. Hélas ! oui, Sa Sainteté était si bonne, croyait si aveuglément au bien, qu'elle n'avait pas toujours choisi ses familiers avec le soin critique qu'elle aurait dû y mettre. Jamais on ne savait à qui l'on s'adressait, ni dans quel piège on pouvait poser le pied. Même il donna à entendre qu'il ne fallait, à aucun prix, s'adresser directement à Son Éminence le secrétaire d'État, parce qu'elle-même n'était pas libre, se trouvait au centre d'un foyer d'intrigues dont la complication la paralysait, dans ses meilleures volontés. Et, à mesure qu'il parlait ainsi, très doucement, avec une onction parfaite, le Vatican apparaissait comme un pays gardé par des dragons jaloux et traîtres, un pays où l'on ne devait point franchir une porte, risquer un pas, hasarder un membre, sans s'être soigneusement assuré d'avance qu'on n'y laisserait pas le corps entier.

Pierre continuait à l'écouter, glacé de plus en plus, retombé à l'incertitude.

« Mon Dieu ! cria-t-il, je ne vais pas savoir me conduire... Ah ! vous me découragez, monseigneur ! »

Nani retrouva son sourire cordial.

« Moi ! mon cher fils. J'en serais désolé... Je veux seulement vous répéter d'attendre, de réfléchir. Surtout pas de fièvre. Rien ne presse, je vous le jure, car on a choisi seulement hier un consulteur, pour faire le rapport sur votre livre, et vous avez devant vous un bon mois... Évitez tout le monde, vivez sans qu'on sache que vous existez, visitez Rome en paix, c'est la meilleure façon d'avancer vos affaires. »

Et, prenant une main du prêtre, dans ses deux mains aristocratiques, grasses et douces :

« Vous pensez bien que j'ai mes raisons pour vous parler ainsi... Moi-même, je me serais offert, j'aurais tenu à honneur de vous conduire tout droit à Sa Sainteté. Seulement, je ne veux pas m'en mêler encore, je sens trop qu'à cette heure ce serait de la mauvaise besogne... Plus tard, vous entendez ! plus tard, dans le cas où personne n'aurait réussi, ce sera moi qui vous obtiendrai une audience. Je m'y engage formellement... Mais, en attendant, je vous en prie, évitez de prononcer les mots de religion nouvelle, qui sont malheureusement dans votre livre, et que je vous ai entendu dire encore hier soir. Il ne peut y avoir de religion nouvelle, mon cher fils : il n'y a qu'une religion éternelle, sans compromis ni abandon possible, la religion catholique, apostolique et romaine. De même, laissez vos amis de Paris où ils sont, ne comptez pas trop sur le cardinal Bergerot, dont la haute piété n'est pas appréciée suffisamment à Rome... Je vous assure que je vous parle en ami. »

Puis, le voyant désemparé, à moitié brisé déjà, ne sachant plus par quel côté il devait commencer la campagne, il le réconforta de nouveau.

« Allons, allons ! tout s'arrangera, tout finira le mieux du monde, pour le bien de l'Église et pour votre propre bien... Et je vous demande pardon, mais je vous quitte, je ne verrai pas Son Éminence aujourd'hui, car il m'est impossible d'attendre davantage. »

L'abbé Paparelli, que Pierre avait cru voir rôder derrière eux, l'oreille aux aguets, se précipita, jura à monsignor Nani qu'il n'y avait plus, avant lui, que deux personnes. Mais le prélat donna l'assurance, très gracieusement, qu'il reviendrait, l'affaire dont il avait à entretenir Son Éminence ne pressant en aucune façon. Et il se retira, avec des saluts courtois pour tous.

Presque aussitôt, le tour de Narcisse vint. Avant d'entrer dans la salle du trône, il serra la main de Pierre, il répéta :

« Alors, c'est entendu. J'irai demain au Vatican voir mon cousin ; et, dès que j'aurai une réponse quelconque, je vous la ferai connaître... À bientôt. »

Il était midi passé, il ne restait plus là qu'une des deux vieilles dames, qui semblait s'être endormie. À sa petite table de secrétaire, don Vigilio écrivait toujours, de son écriture menue, sur les immenses feuilles de son papier jaune. Et, de temps à autre seulement, ses regards noirs se levaient du papier, comme pour s'assurer, dans sa continuelle défiance, que rien ne le menaçait.

Sous le morne silence qui retomba, Pierre resta un moment encore, immobile, au fond de la vaste embrasure de fenêtre. Ah ! que son pauvre être d'enthousiaste et de tendre était anxieux ! En quittant Paris, il avait vu les choses si simples, si naturelles ! On l'accusait injustement, et il partait pour se défendre, il arrivait, se jetait aux genoux du pape, qui l'écoutait avec indulgence. Est-ce que le pape n'était pas la religion vivante, l'intelligence qui comprend, la justice qui fait la vérité ? Et n'était-il pas avant tout le Père, le délégué de l'infini pardon, de la divine miséricorde, dont les bras restaient tendus à tous les enfants de l'Église, même aux coupables ? Est-ce qu'il ne devait pas laisser grande ouverte sa porte, pour que les plus humbles de ses fils pussent entrer dire leur peine, avouer leur faute, expliquer leur conduite, boire à la source de l'éternelle bonté ? Et, dès le premier jour de son arrivée, les portes se fermaient violemment, il tombait dans un monde hostile, semé d'embûches, barré de gouffres. Tous lui criaient casse-cou, comme s'il courait les dangers les plus graves, en y hasardant le pied. Voir le pape devenait une prétention exorbitante, une affaire de réussite si difficile, qu'elle mettait en branle les intérêts, les passions, les influences du Vatican entier. Et c'étaient des conseils sans fin, des habiletés discutées longuement, des tactiques de généraux menant une armée à la victoire, des complications sans cesse renaissantes, au milieu de mille intrigues dont on devinait par-dessous l'obscur pullulement. Ah ! grand Dieu ! que tout cela était différent de l'accueil charitable attendu, la maison du pasteur ouverte sur le chemin à toutes les ouailles, les dociles et les égarées !

Ce qui commençait à effrayer Pierre, c'était ce qu'il sentait de méchant s'agiter confusément dans l'ombre. Le cardinal Bergerot suspecté, traité de révolutionnaire, si compromettant, qu'on lui conseillait de ne plus le nommer ! Il revoyait la moue de mépris du cardinal Boccanera parlant de son collègue. Et monsignor Nani qui l'avertissait de n'avoir plus à prononcer les mots de religion nouvelle, comme s'il n'était pas clair pour tous que ces mots signifiaient le retour du catholicisme à la pureté primitive du christianisme ! Était-ce donc là un des crimes dénoncés à la congrégation de l'Index ? Ces dénonciateurs, il finissait par les soupçonner, et il prenait peur, car il avait maintenant conscience autour de lui d'une attaque souterraine, d'un vaste effort pour l'abattre et supprimer son œuvre. Tout ce qui l'entourait lui devenait suspect. Il allait se recueillir pendant quelques jours, regarder et étudier ce monde noir de Rome, si imprévu pour lui. Mais, dans la révolte de sa foi d'apôtre, il se faisait le serment, ainsi qu'il l'avait dit, de ne céder jamais, de ne rien changer, pas une page, pas une ligne, à son livre, qu'il maintiendrait au grand jour, comme l'inébranlable témoignage de sa croyance. Même condamné par l'Index, il ne se soumettrait pas, il ne retirerait rien. Et, s'il le fallait, il sortirait de l'Église, il irait jusqu'au schisme, continuant de prêcher la religion nouvelle, écrivant un second livre, la Rome vraie, telle que, vaguement, il commençait à la voir.

Cependant, don Vigilio avait cessé d'écrire, et il regardait Pierre d'un regard si fixe, que celui-ci finit par s'approcher poliment pour prendre congé. Malgré sa crainte, cédant à un besoin de confidence, le secrétaire murmura :

« Vous savez qu'il est venu pour vous seul, il voulait connaître le résultat de votre entrevue avec Son Éminence. »

Le nom de monsignor Nani n'eut pas même besoin d'être prononcé entre eux.

« Vraiment, vous croyez ?

– Oh ! c'est hors de doute... Et, si vous écoutiez mon conseil, vous agiriez sagement en faisant tout de suite de bonne grâce ce qu'il désire de vous, car il est absolument certain que vous le ferez plus tard. »

Cela acheva de troubler et d'exaspérer Pierre. Il s'en alla avec un geste de défi. On verrait bien s'il obéissait. Et les trois antichambres, qu'il traversa de nouveau, lui parurent plus noires, plus vides et plus mortes. Dans la seconde, l'abbé Paparelli le salua d'une petite révérence muette ; dans la première, le valet ensommeillé ne sembla pas même le voir. Sous le baldaquin, une araignée filait sa toile, entre les glands du grand chapeau rouge. N'aurait-il pas mieux valu mettre la pioche dans tout ce passé pourrissant, tombant en poudre, pour que le soleil entrât librement et rendît au sol purifié une fécondité de jeunesse ?

IV

L'après-midi de ce même jour, Pierre songea, puisqu'il avait des loisirs, à commencer tout de suite ses courses dans Rome par une visite qui lui tenait au cœur. Dès l'apparition de son livre, une lettre venue de cette ville l'avait profondément ému et intéressé, une lettre du vieux comte Orlando Prada, le héros de l'indépendance et de l'unité italienne, qui, sans le connaître, lui écrivait spontanément sous le coup d'une première lecture ; et c'était, en quatre pages, une protestation enflammée, un cri de foi patriotique, juvénile encore chez le vieillard, l'accusant d'avoir oublié l'Italie dans son œuvre, réclamant Rome, la Rome nouvelle, pour l'Italie unifiée et libre enfin. Une correspondance avait suivi, et le prêtre, tout en ne cédant pas sur le rêve qu'il faisait du néo-catholicisme sauveur du monde, s'était mis à aimer de loin l'homme qui lui écrivait ces lettres où brûlait un si grand amour de la patrie et de la liberté. Il l'avait prévenu de son voyage, en lui promettant d'aller le voir. Mais, maintenant, l'hospitalité acceptée par lui au palais Boccanera le gênait beaucoup, car il lui semblait difficile, après l'accueil de Benedetta, si affectueux, de se rendre ainsi dès le premier jour, sans la prévenir, chez le père de l'homme qu'elle avait fui et contre lequel elle plaidait en divorce ; d'autant plus que le vieil Orlando habitait, avec son fils, le petit palais que celui-ci avait fait bâtir, dans le haut de la rue du 20 Septembre.

Pierre voulut donc, avant tout, confier son scrupule à la contessina elle-même. Il avait appris d'ailleurs, par le vicomte Philibert de la Choue, qu'elle gardait pour le héros une filiale tendresse, mêlée d'admiration. En effet, après le déjeuner, au premier mot qu'il lui dit de l'embarras où il était, elle se récria.

« Mais, monsieur l'abbé, allez, allez vite ! Vous savez que le vieil Orlando est une de nos gloires nationales ; et ne vous étonnez pas de me l'entendre nommer ainsi, toute l'Italie lui donne ce petit nom tendre, par affection et gratitude. Moi, j'ai grandi dans un monde qui l'exécrait, qui le traitait de satan. Plus tard, seulement, je l'ai connu, je l'ai aimé, et c'est bien l'homme le plus doux et le plus juste qui soit sur la terre. »

Elle s'était mise à sourire, tandis que des larmes discrètes mouillaient ses yeux, sans doute au souvenir de l'année passée là-bas, dans cette maison de violence, où elle n'avait eu d'heures paisibles que près du vieillard. Et elle ajouta, plus bas, la voix un peu tremblante :

« Puisque vous allez le voir, dites-lui bien de ma part que je l'aime toujours et que jamais je n'oublierai sa bonté, quoi qu'il arrive. »

Pendant que Pierre se rendait en voiture rue du 20 Septembre, il évoqua toute cette histoire héroïque du vieil Orlando, qu'il s'était fait conter. On y entrait en pleine épopée, dans la foi, la bravoure et le désintéressement d'un autre âge.

Le comte Orlando Prada, d'une noble famille milanaise, fut tout jeune brûlé d'une telle haine contre l'étranger, qu'à peine âgé de quinze ans il faisait partie d'une société secrète, une des ramifications de l'antique carbonarisme. Cette haine de la domination autrichienne venait de loin, des vieilles révoltes contre la servitude, lorsque les conspirateurs se réunissaient dans des cabanes abandonnées, au fond des bois ; et elle était exaspérée encore par le rêve séculaire de l'Italie délivrée, rendue à elle-même, redevenant enfin la grande nation souveraine, digne fille des anciens conquérants et maîtres du monde. Ah ! cette glorieuse terre d'autrefois, cette Italie démembrée, morcelée, en proie à une foule de petits tyrans, continuellement envahie et possédée par les nations voisines, quel rêve ardent et superbe que de la tirer de ce long opprobre ! Battre l'étranger, chasser les despotes, réveiller le peuple de la basse misère de son esclavage, proclamer l'Italie libre, l'Italie une, c'était alors la passion qui soulevait toute la jeunesse d'une flamme inextinguible, qui faisait éclater d'enthousiasme le cœur du jeune Orlando. Il vécut son adolescence dans une indignation sainte, dans la fière impatience de donner son sang à la patrie, et de mourir pour elle, s'il ne la délivrait pas.

Au fond de son vieux logis familial de Milan, Orlando vivait retiré, frémissant sous le joug, perdant les jours en conspirations vaines ; et il venait de se marier, il avait vingt-cinq ans, lorsque la nouvelle arriva de la fuite de Pie IX et de la révolution à Rome. Brusquement, il lâcha tout, logis, femme, pour courir à Rome, comme appelé par la voix de sa destinée. C'était la première fois qu'il s'en allait ainsi battre les chemins, à la conquête de l'indépendance ; et que de fois il devait se remettre en campagne, sans se lasser jamais ! Il connut alors Mazzini, il se passionna un instant pour cette figure mystique de républicain unitaire. Rêvant lui-même de république universelle, il adopta la devise mazzinienne « *Dio e popolo* », il suivit la procession qui parcourut en grande pompe la Rome de l'émeute. On était à une époque de vastes espoirs, travaillée déjà par le besoin d'une rénovation du catholicisme, dans l'attente d'un Christ humanitaire, chargé de sauver le monde une seconde fois. Mais bientôt un homme, un capitaine des anciens âges, Garibaldi, à l'aurore de sa gloire épique, le prit tout entier, ne fit plus de lui qu'un soldat de la liberté et de l'unité. Orlando l'aima comme un dieu, se battit en héros à son côté, fut de la victoire de Rieti sur les Napolitains, le suivit dans sa retraite d'obstiné patriote, lorsqu'il se porta au secours de Venise, forcé d'abandonner Rome à l'armée française du général Oudinot, qui venait y rétablir Pie IX. Et quelle aventure extraordinaire et follement brave ! cette Venise que Manin, un autre grand patriote, un martyr, avait refaite républicaine, et qui depuis de longs mois résistait aux Autrichiens ! et ce Garibaldi, avec une poignée d'hommes, qui part pour la délivrer, frète treize barques de pêche, en laisse huit entre les mains de l'ennemi, est obligé de revenir aux rivages romains, y perd misérablement sa femme Anita, dont il ferme les yeux, avant de retourner en Amérique, où il avait habité déjà en attendant l'heure de l'insurrection ! Ah ! cette terre d'Italie, toute grondante alors du feu intérieur de son patriotisme, d'où poussaient en chaque ville des hommes de foi et de courage, d'où les émeutes éclataient de partout comme des éruptions, et qui, au milieu des échecs, allait quand même au triomphe, invinciblement !

Orlando revint à Milan, près de sa jeune femme, et il y vécut deux ans, caché, rongé par l'impatience du glorieux lendemain, si long à naître. Un bonheur l'attendrit, dans sa fièvre : il eut un fils, Luigi ; mais l'enfant coûta la vie à sa mère, ce fut un deuil. Et, ne pouvant rester davantage à Milan, où la police le surveillait, le traquait, finissant par trop souffrir de l'occupation étrangère, Orlando se décida à réaliser les débris de sa fortune, puis se retira à Turin, près d'une tante de sa femme, qui prit soin de l'enfant. Le comte de Cavour, en grand politique, travaillait dès lors à l'indépendance, préparait le Piémont au rôle décisif qu'il devait jouer. C'était l'époque où le roi Victor-Emmanuel accueillait avec une bonhomie flatteuse les réfugiés qui lui arrivaient de toute l'Italie, même ceux qu'il savait républicains, compromis et en fuite, à la suite d'insurrections populaires. Dans cette rude et rusée maison de Savoie, le rêve de réaliser l'unité italienne, au profit de la monarchie piémontaise, venait de loin, mûrissait depuis des années. Et Orlando n'ignorait point sous quel maître il s'enrôlait ; mais déjà, en lui, le républicain passait après le patriote, il ne croyait plus à une Italie faite au nom de la république, mise sous la protection d'un pape libéral, comme Mazzini l'avait imaginé un moment. N'était-ce pas là une chimère, qui dévorerait des générations, si l'on s'entêtait à la poursuivre ? Lui, refusait de mourir sans avoir couché à Rome, en conquérant. Quitte à y laisser la liberté, il voulait la patrie reconstruite et debout, vivante enfin sous le soleil. Aussi avec quelle fièvre heureuse s'engagea-t-il, lors de la guerre de 1859, et comme son cœur battait à lui briser la poitrine, après Magenta, quand il entra dans Milan avec l'armée française, dans ce Milan que huit années plus tôt il avait quitté en proscrit, l'âme désespérée ! À la suite de Solferino, le traité de Villafranca fut une déception amère : la Vénétie échappait, Venise restait captive. Mais c'était pourtant le Milanais reconquis, et c'étaient aussi la Toscane, les duchés de Parme et de Modène, qui votaient leur annexion. Enfin, le noyau de l'astre se formait, la patrie se reconstituait, autour du Piémont victorieux.

Puis, l'année suivante, Orlando rentra dans l'épopée. Garibaldi était revenu de ses deux séjours en Amérique, entouré de toute une légende, des exploits de paladin dans les pampas de l'Uruguay, une traversée extraordinaire de Canton à Lima ; et il avait reparu pour se battre en 1859, devançant l'armée française, culbutant un maréchal autrichien, entrant dans des villes, Côme, Bergame, Brescia. Tout d'un coup, on apprit qu'il était débarqué avec mille hommes seulement, à Marsala, les Mille de Marsala, la poignée illustre de braves. Au premier rang, Orlando se battit, Palerme résista trois jours, fut emportée. Devenu le lieutenant favori du dictateur, il l'aida à organiser le gouvernement, passa ensuite avec lui le détroit, fut à sa droite lors de l'entrée triomphale dans Naples, d'où le roi s'était enfui. C'était une folie d'audace et de vaillance, l'explosion de l'inévitable, toutes sortes d'histoires surhumaines qui circulaient, Garibaldi invulnérable, mieux protégé par sa chemise rouge que par la plus épaisse des armures, Garibaldi mettant en déroute les armées adverses, comme un archange, rien qu'en brandissant sa flamboyante épée. Les Piémontais, de leur côté, qui venaient de battre le général Lamoricière à Castelfidardo, avaient envahi les États romains. Et Orlando était là, lorsque le dictateur, se démettant du pouvoir, signa le décret d'annexion des Deux-Siciles à la couronne d'Italie ; de même qu'il fit également partie, au cri violent de « Rome ou la mort ! », de la tentative désespérée qui finit tragiquement à Aspromonte : la petite armée dispersée par les troupes italiennes, Garibaldi blessé, fait prisonnier, renvoyé dans la solitude de son île de Caprera, où il ne fut plus qu'un laboureur.

Les six années d'attente qui suivirent, Orlando les vécut à Turin, même lorsque Florence fut choisie comme nouvelle capitale. Le Sénat avait acclamé Victor-Emmanuel roi d'Italie ; et, en effet, l'Italie était faite, il n'y manquait que Rome et Venise. Désormais les grands combats semblaient finis, l'ère de l'épopée se trouvait close. Venise allait être donnée par la défaite. Orlando était à la bataille malheureuse de Custozza, où il reçut deux blessures, le cœur plus mortellement frappé par la douleur qu'il éprouva à croire un instant l'Autriche triomphante. Mais, au même moment, celle-ci, battue à Sadowa, perdait la Vénétie, et cinq mois plus tard il voulut être à Venise, dans la joie du triomphe, lorsque Victor-Emmanuel y fit son entrée, aux acclamations frénétiques du peuple. Rome seule restait à prendre, une fièvre d'impatience poussait vers elle l'Italie entière, qu'arrêtait le serment fait par la France amie de maintenir le pape. Une troisième fois, Garibaldi rêva de renouveler les prouesses légendaires, se jeta sur Rome, indépendant de tous liens, en capitaine d'aventures que le patriotisme illumine. Et, une troisième fois, Orlando fut de cette folie d'héroïsme, qui devait se briser à Mentana, contre les zouaves pontificaux, aidés d'un petit corps français. Blessé de nouveau, il rentra à Turin presque mourant.

L'âme frémissante, il fallait se résigner, la situation restait insoluble. Tout d'un coup, éclata le coup de tonnerre de Sedan, l'écrasement de la France ; et le chemin de Rome devenait libre, et Orlando, rentré dans l'armée régulière, faisait partie des troupes qui prirent position, dans la Campagne romaine, pour assurer la sécurité du Saint-Siège, selon les termes de la lettre que Victor-Emmanuel écrivit à Pie IX. Il n'y eut, d'ailleurs, qu'un simulacre de combat : les zouaves pontificaux du général Kanzler durent se replier, Orlando fut un des premiers qui pénétra dans la ville par la brèche de la porte Pia. Ah ! ce 20 septembre, ce jour où il éprouva le plus grand bonheur de sa vie, un jour de délire, un jour de complet triomphe, où se réalisait le rêve de tant d'années de luttes terribles, pour lequel il avait donné son repos, sa fortune, son intelligence et sa chair !

Ensuite, ce furent encore plus de dix années heureuses, dans Rome conquise, dans Rome adorée, ménagée et flattée, comme une femme en laquelle on a mis tout son espoir. Il attendait d'elle une si grande vigueur nationale, une si merveilleuse résurrection de force et de gloire, pour la jeune nation ! L'ancien républicain, l'ancien soldat insurrectionnel qu'il était, avait dû se rallier et accepter un siège de sénateur : Garibaldi lui-même, son dieu, n'allait-il pas rendre visite au roi et siéger au Parlement ? Mazzini seul, dans son intransigeance, n'avait point voulu d'une Italie indépendante et une, qui ne fût pas républicaine. Puis, une autre raison avait décidé Orlando, l'avenir de son fils Luigi, qui venait d'avoir dix-huit ans, au lendemain de l'entrée dans Rome. Si lui s'accommodait des miettes de sa fortune d'autrefois, mangée au service de la patrie, il rêvait de vastes destins pour l'enfant qu'il adorait. Il sentait bien que l'âge héroïque était achevé, il voulait faire de lui un grand politique, un grand administrateur, un homme utile à la nation souveraine de demain ; et c'était pourquoi il n'avait pas repoussé la faveur royale, la récompense de son long dévouement, voulant être là, aider Luigi, le surveiller, le diriger. Lui-même était-il donc si vieux, si fini, qu'il ne pût se rendre utile dans l'organisation, comme il croyait l'avoir été dans la conquête ? Il avait placé le jeune homme au ministère des Finances, frappé de la vive intelligence qu'il montrait pour les questions d'affaires, devinant peut-être aussi par un sourd instinct que la bataille allait continuer maintenant sur le terrain financier et économique. Et, de nouveau, il vécut dans le rêve, croyant toujours avec enthousiasme à l'avenir splendide, débordant d'une espérance illimitée, regardant Rome doubler de population, s'agrandir d'une folle végétation de quartiers neufs, redevenir à ses yeux d'amant ravi la reine du monde.

Brusquement, ce fut la foudre. Un matin, en descendant l'escalier, Orlando fut frappé de paralysie, les deux jambes tout à coup mortes, d'une pesanteur de plomb. On avait dû le remonter, jamais plus il ne remit les pieds sur le pavé de la rue. Il venait d'avoir cinquante-six ans, et depuis quatorze ans il n'avait pas quitté son fauteuil, cloué là dans une immobilité de pierre, lui qui autrefois avait si rudement couru les champs de bataille de l'Italie. C'était une grande pitié, l'écroulement d'un héros. Et le pis, alors, fut que le vieux soldat, de cette chambre où il se trouvait prisonnier, assista au lent ébranlement de tous ses espoirs, envahi d'une mélancolie affreuse, dans la peur inavouée de l'avenir. Il voyait clair enfin, depuis que la griserie de l'action ne l'aveuglait plus et qu'il passait ses longues journées vides à réfléchir. Cette

Italie qu'il avait voulue si puissante, si triomphante en son unité, agissait follement, courait à la ruine, à la banqueroute peut-être. Cette Rome qui avait toujours été pour lui la capitale nécessaire, la ville de gloire sans pareille qu'il fallait au peuple roi de demain, semblait se refuser à ce rôle d'une grande capitale moderne, lourde comme une morte, pesant du poids des siècles sur la poitrine de la jeune nation. Et il y avait encore son fils, son Luigi, qui le désolait, rebelle à toute direction, devenu un des enfants dévorateurs de la conquête, se ruant à la curée chaude de cette Italie, de cette Rome, que son père semblait avoir uniquement voulues pour que lui-même les pillât et s'en engraissât. Vainement, il s'était opposé à ce qu'il quittât le ministère, à ce qu'il se jetât dans l'agio effréné sur les terrains et les immeubles, que déterminait le coup de démence des quartiers neufs. Il l'adorait quand même, il était réduit au silence, surtout maintenant que les opérations financières les plus hasardeuses lui avaient réussi, comme cette transformation de la villa Montefiori en une véritable ville, affaire colossale où les plus riches s'étaient ruinés, dont lui s'était retiré avec des millions. Et Orlando, désespéré et muet, dans le petit palais que Luigi Prada avait fait bâtir, rue du 20 Septembre, s'était entêté à n'y occuper qu'une chambre étroite, où il achevait ses jours cloîtré, avec un seul serviteur, n'acceptant rien autre de son fils que cette hospitalité, vivant pauvrement de son humble rente.

Comme il arrivait à cette rue neuve du 20 Septembre, ouverte sur le flanc et sur le sommet du Viminal, Pierre fut frappé de la somptuosité lourde des nouveaux palais, où s'accusait le goût héréditaire de l'énorme. Dans le chaud après-midi de vieil or pourpré, cette rue large et triomphale, ces deux files de façades interminables et blanches disaient le fier espoir d'avenir de la nouvelle Rome, le désir de souveraineté qui avait fait pousser du sol ces bâtisses colossales. Mais surtout il demeura béant devant le ministère des Finances, un amas gigantesque, un cube cyclopéen où les colonnes, les balcons, les frontons, les sculptures s'entassent, tout un monde démesuré, enfanté en un jour d'orgueil par la folie de la pierre. Et c'était là, en face, un peu plus haut, avant d'arriver à la villa Bonaparte, que se trouvait le petit palais du comte Prada.

Lorsqu'il eut payé son cocher, Pierre resta embarrassé un instant. La porte étant ouverte, il avait pénétré dans le vestibule ; mais il n'y apercevait personne, ni concierge, ni serviteur. Il dut se décider à monter au premier étage. L'escalier, monumental, à la rampe de marbre, reproduisait en petit les dimensions exagérées de l'escalier d'honneur du palais Boccanera ; et c'était la même nudité froide, tempérée par un tapis et des portières rouges, qui tranchaient violemment sur le stuc blanc des murs. Au premier étage, se trouvait l'appartement de réception, haut de cinq mètres, dont il aperçut deux salons en enfilade, par une porte entrebâillée, des salons d'une richesse toute moderne, avec une profusion de tentures, de velours et de soie, de meubles dorés, de hautes glaces reflétant l'encombrement fastueux des consoles et des tables. Et toujours personne, pas une âme, dans ce logis comme abandonné, où la femme ne se sentait pas. Il allait redescendre, pour sonner, quand un valet se présenta enfin.

« M. le comte Prada, je vous prie. »

Le valet considéra en silence ce petit prêtre et daigna demander : « Le père, ou le fils ?

– Le père, M. le comte Orlando Prada.

– Bon ! montez au troisième étage. »

Puis, il voulut bien ajouter une explication.

« La petite porte, à droite sur le palier. Frappez fort pour qu'on vous ouvre. »

En effet, Pierre dut frapper deux fois. Ce fut un petit vieux très sec, d'allure militaire, un ancien soldat du comte resté à son service, qui vint lui ouvrir, en disant, pour s'excuser de ne pas avoir ouvert plus vite, qu'il était en train d'arranger les jambes de son maître. Tout de suite il annonça le visiteur. Et celui-ci, après une obscure antichambre, très étroite, resta saisi de la pièce dans laquelle il entrait, une pièce relativement petite, toute nue, toute blanche, tapissée simplement d'un papier tendre à fleurettes bleues. Derrière un paravent, il n'y avait qu'un lit de fer, la couche du soldat ; et aucun autre meuble, rien que le fauteuil où l'infirme passait ses jours, une table de bois noir près de lui, couverte de journaux et de livres, deux antiques chaises de paille qui servaient à faire asseoir les rares visiteurs. Contre un des murs, quelques planches tenaient lieu de bibliothèque. Mais la fenêtre, sans rideaux, large et claire, ouvrait sur le plus admirable panorama de Rome qu'on pût voir.

Puis, la chambre disparut, Pierre ne vit plus que le vieil Orlando, dans une soudaine et profonde émotion. C'était un vieux lion blanchi, superbe encore, très fort, très grand. Une forêt de cheveux blancs, sur une tête puissante, à la bouche épaisse, au nez gros et écrasé, aux larges yeux noirs étincelants. Une longue barbe blanche, d'une vigueur de jeunesse, frisée comme celle d'un dieu. Dans ce mufle léonin, on devinait les terribles passions qui avaient dû gronder ; mais toutes, les charnelles, les intellectuelles, avaient fait éruption en patriotisme, en bravoure folle et en désordonné amour de l'indépendance. Et le vieil héros foudroyé, le buste toujours droit et haut, était cloué là, sur son fauteuil de paille, les jambes mortes, ensevelies, disparues dans une couverture noire. Seuls, les bras, les mains vivaient ; et seule, la face éclatait de force et d'intelligence.

Orlando s'était tourné vers son serviteur, pour lui dire doucement :

« Batista, tu peux t'en aller. Reviens dans deux heures. » Puis, regardant Pierre bien en face, il s'écria de sa voix restée sonore, malgré ses soixante-dix ans :

« Enfin, c'est donc vous, mon cher monsieur Froment, et nous allons pouvoir causer tout à notre aise... Tenez ! prenez cette chaise, asseyez-vous devant moi. »

Mais il avait remarqué le regard surpris que le prêtre jetait sur la nudité de la chambre. Il ajouta gaiement :

« Vous me pardonnerez de vous recevoir dans ma cellule. Oui, je vis ici en moine, en vieux soldat retraité, désormais à l'écart de la vie... Mon fils me tourmente encore pour que je prenne une des belles chambres d'en bas. À quoi bon ? je n'ai aucun besoin, je n'aime guère les lits de plume, car mes vieux os sont accoutumés à la terre dure... Et puis, j'ai là une si belle vue, toute Rome qui se donne à moi, maintenant que je ne peux plus aller à elle ! »

D'un geste vers la fenêtre, il avait caché l'embarras, la légère rougeur dont il était pris, chaque fois qu'il excusait son fils de la sorte, sans vouloir dire la vraie raison, le scrupule de probité, qui le faisait s'entêter dans son installation de pauvre.

« Mais c'est très bien ! mais c'est superbe ! déclara Pierre, pour lui faire plaisir. Je suis si heureux de vous voir enfin, moi aussi ! si heureux de serrer vos mains vaillantes qui ont accompli tant de grandes choses ! »

D'un nouveau geste, Orlando sembla vouloir écarter le passé.

« Bah ! bah ! tout cela, c'est fini, enterré… Parlons de vous, mon cher monsieur Froment, de vous si jeune qui êtes le présent, et parlons vite de votre livre qui est l'avenir… Ah ! votre livre, votre *Rome nouvelle*, si vous saviez dans quel état de colère il m'a jeté d'abord ! »

Il riait maintenant, il prit le volume qui se trouvait justement sur la table, près de lui ; et, tapant sur la couverture, de sa large main de colosse :

« Non, vous ne vous imaginez pas avec quels sursauts de protestation je l'ai lu !… Le pape, encore le pape, et toujours le pape ! La Rome nouvelle pour le pape et par le pape ! La Rome triomphante de demain grâce au pape, donnée au pape, confondant sa gloire dans la gloire du pape !… Eh bien ! et nous ? et l'Italie ? et tous les millions que nous avons dépensés pour faire de Rome une grande capitale ?… Ah ! qu'il faut être un Français, et un Français de Paris, pour écrire le livre que voilà ! Mais, cher monsieur, Rome, si vous l'ignorez, est devenue la capitale du royaume d'Italie, et il y a ici le roi Humbert, et il y a les Italiens, tout un peuple qui compte, je vous assure, et qui entend garder pour lui Rome, la glorieuse, la ressuscitée ! »

Cette fougue juvénile fit rire Pierre à son tour.

« Oui, oui, vous m'avez écrit cela. Seulement, qu'importe, à mon point de vue ! L'Italie n'est qu'une nation, une partie de l'humanité, et je veux l'accord, la fraternité de toutes les nations, l'humanité réconciliée, croyante et heureuse. Qu'importe la forme du gouvernement, une monarchie, une république ! Qu'importe l'idée de la patrie une et indépendante, s'il n'y a plus qu'un peuple libre, vivant de justice et de vérité ! »

De ce cri enthousiaste, Orlando n'avait retenu qu'un mot. Il reprit plus bas, d'un air songeur :

« La république ! je l'ai voulue ardemment, dans ma jeunesse. Je me suis battu pour elle, j'ai conspiré avec Mazzini, un saint, un croyant, qui s'est brisé contre l'absolu. Et puis, quoi ? il a bien fallu accepter les nécessités pratiques, les plus intransigeants se sont ralliés… Aujourd'hui, la république nous sauverait-elle ? En tout cas, elle ne différerait guère de notre monarchie parlementaire : voyez ce qui se passe en France. Alors, pourquoi risquer une révolution qui mettrait le pouvoir aux mains des révolutionnaires extrêmes, des anarchistes ? Nous craignons tous cela, c'est ce qui explique notre résignation… Je sais bien que quelques-uns voient le salut dans une fédération républicaine, tous les anciens petits États reconstitués en autant de républiques, que Rome présiderait. Le Vatican aurait peut-être gros à gagner dans l'aventure. On ne peut pas dire qu'il y travaille, il en envisage simplement l'éventualité sans déplaisir. Mais c'est un rêve, un rêve ! »

Il retrouva sa gaieté, même une pointe tendre d'ironie.

« Vous doutez-vous de ce qui m'a séduit dans votre livre ? car, malgré mes protestations, je vous ai lu deux fois… C'est que Mazzini aurait pu presque l'écrire. Oui ! j'y ai retrouvé toute ma jeunesse, tout l'espoir fou de mes vingt-cinq ans, la religion du Christ, la pacification du monde par l'Évangile... Saviez-vous que Mazzini a voulu, longtemps avant vous, la rénovation du catholicisme ? Il écartait le dogme et la discipline, il ne retenait que la morale. Et c'était la Rome nouvelle, la Rome du peuple qu'il donnait pour siège à l'Église universelle, où toutes les Églises du passé allaient se fondre : Rome, l'éternelle Cité, la prédestinée, la mère et la reine dont la domination renaissait pour le bonheur définitif des hommes !... N'est-ce pas curieux que le néo-catholicisme actuel, le vague réveil spiritualiste, le mouvement de communauté, de charité chrétienne dont on mène tant de bruit, ne soit qu'un retour des idées mystiques et humanitaires de 1848 ? Hélas ! j'ai vu tout cela, j'ai cru et j'ai combattu, et je sais à quel beau gâchis nous ont conduits ces envolées dans le bleu du mystère. Que voulez-vous ! je n'ai plus confiance. »

Et, comme Pierre allait se passionner, lui aussi, et répondre, il l'arrêta.

« Non, laissez-moi finir... Je veux seulement que vous soyez bien convaincu de la nécessité absolue où nous étions de prendre Rome, d'en faire la capitale de l'Italie. Sans elle, l'Italie nouvelle ne pouvait pas être. Elle était la gloire antique, elle détenait dans sa poussière la souveraine puissance que nous voulions rétablir, elle donnait à qui la possédait la force, la beauté, l'éternité. Au centre du pays, elle en était le cœur, elle devait en devenir la vie, dès qu'on l'aurait réveillée du long sommeil de ses ruines... Ah ! que nous l'avons désirée, au milieu des victoires et des défaites, pendant des années d'affreuse impatience ! Moi, je l'ai aimée et voulue plus qu'aucune femme, le sang brûlé, désespéré de vieillir. Et, quand nous l'avons possédée, notre folie a été de la vouloir fastueuse, immense, dominatrice, à l'égal des autres grandes capitales de l'Europe, Berlin, Paris, Londres... Regardez-la, elle est encore mon seul amour, ma seule consolation, aujourd'hui que je suis mort, n'ayant plus de vivants que les yeux. »

Du même geste, il avait de nouveau indiqué la fenêtre. Rome, sous le ciel intense, s'étendait à l'infini, tout empourprée et dorée par le soleil oblique. Très lointains, les arbres du Janicule fermaient l'horizon de leur ceinture verte, d'un vert limpide d'émeraude ; tandis que le dôme de Saint-Pierre, plus à gauche avait la pâleur bleue d'un saphir, éteint dans la trop vive lumière. Puis, c'était la ville basse, la vieille cité rousse, comme cuite par des siècles d'étés brûlants, si douce à l'œil, si belle de la vie profonde du passé, un chaos sans bornes de toitures, de pignons, de tours, de campaniles, de coupoles. Mais, au premier plan, sous la fenêtre, il y avait la jeune ville, celle qu'on bâtissait depuis vingt-cinq années, des cubes de maçonnerie entassés, crayeux encore, que ni le soleil ni l'histoire n'avaient drapés de leur pourpre. Surtout, les toitures du colossal ministère des Finances étalaient des steppes désastreuses, infinies et blafardes, d'une cruelle laideur. Et c'était sur cette désolation des constructions nouvelles que les regards du vieux soldat de la conquête avaient fini par se fixer.

Il y eut un silence. Pierre venait de sentir passer le petit froid de la tristesse cachée, inavouée, et il attendait courtoisement.

« Je vous demande pardon de vous avoir coupé la parole, reprit Orlando. Mais il me semble que nous ne pouvons causer utilement de votre livre, tant que vous n'aurez pas vu et étudié Rome de près. Vous n'êtes ici que depuis hier, n'est-ce pas ? Courez la ville, regardez, questionnez, et je crois que beaucoup de vos idées changeront. J'attends surtout votre impression sur le Vatican, puisque vous êtes venu uniquement pour voir le pape et défendre votre œuvre contre l'Index. Pourquoi discuterions-nous aujourd'hui, si les faits eux-mêmes doivent vous amener à d'autres idées, mieux que je n'y réussirais par les plus beaux discours du monde ?... C'est entendu, vous reviendrez, et nous saurons de quoi nous parlerons, nous nous entendrons peut-être.

– Mais certainement, dit Pierre. Je n'étais venu aujourd'hui que pour vous témoigner ma gratitude d'avoir bien voulu lire mon livre avec intérêt et que pour saluer en vous une des gloires de l'Italie. »

Orlando n'écoutait pas, absorbé, les yeux toujours fixés sur Rome. Il ne voulait plus qu'on en parlât, et malgré lui, tout à son inquiétude secrète, il continua d'une voix basse, comme dans une involontaire confession.

« Sans doute, nous sommes allés beaucoup trop vite. Il y a eu des dépenses d'une utilité indispensable, les routes, les ports, les chemins de fer. Et il a bien fallu armer le pays aussi, je n'ai pas désapprouvé d'abord les grosses charges militaires... Mais, ensuite, cet écrasant budget de la guerre, d'une guerre qui n'est pas venue, dont l'attente nous a ruinés ! Ah ! j'ai toujours été l'ami de la France, je ne lui reproche que de n'avoir pas compris la situation qui nous était faite, l'excuse vitale que nous avions en nous alliant avec l'Allemagne... Et le milliard englouti à Rome ! C'est ici que la folie a soufflé, nous avons péché par enthousiasme et par orgueil. Dans mes songeries de vieux bonhomme solitaire, un des premiers, j'ai senti le gouffre, l'effroyable crise financière, le déficit où allait sombrer la nation. Je l'ai crié à mon fils, à tous ceux qui m'approchaient ; mais à quoi bon ? Ils ne m'écoutaient pas, ils étaient fous, achetant, revendant, bâtissant, dans l'agio et dans la chimère. Vous verrez, vous verrez... Le pis est que nous n'avons pas, comme chez vous, dans la population dense des campagnes, une réserve d'argent et d'hommes, une épargne toujours prête à combler les trous creusés par les catastrophes. Chez nous, l'ascension du peuple, nulle encore, ne régénère pas le sang social, par un apport continu d'hommes nouveaux ; et il est pauvre, il n'a pas de bas de laine à vider. La misère est effroyable, il faut bien le dire. Ceux qui ont de l'argent, préfèrent le manger petitement dans les villes, que de le risquer dans des entreprises agricoles ou industrielles. Les usines sont lentes à se bâtir, la terre en est encore presque partout à la culture barbare d'il y a deux mille ans... Et voilà Rome, Rome qui n'a pas fait l'Italie, que l'Italie a faite sa capitale par son ardent et unique désir, Rome qui n'est toujours que le splendide décor de la gloire des siècles, Rome qui ne nous a donné encore que l'éclat de ce décor, avec sa population papale abâtardie, toute de fierté et de fainéantise ! Je l'ai trop aimée, je l'aime trop, pour regretter d'y être. Mais, grand Dieu ! quelle démence elle a mise en nous, que de millions elle nous a coûté, de quel poids triomphal elle nous écrase !... Voyez, voyez ! »

Et c'étaient les toitures blafardes du ministère des Finances, l'immense steppe désolée, qu'il montrait, comme s'il y eût vu la moisson de gloire coupée en herbe, l'affreuse nudité de la banqueroute menaçante. Ses yeux se voilaient de larmes contenues, il était superbe d'espoir ébranlé, d'inquiétude douloureuse, avec sa tête énorme de vieux lion blanchi, désormais impuissant, cloué dans cette chambre si nue et si claire, d'une pauvreté si hautaine, qui semblait être une protestation contre la richesse monumentale de tout le quartier. C'était donc là ce qu'on avait fait de la conquête ! Et il était foudroyé maintenant, incapable de donner de nouveau son sang et son âme !

« Oui, oui ! lança-t-il dans un dernier cri, on donnait tout, son cœur et sa tête, son existence entière, tant qu'il s'est agi de faire la patrie une et indépendante. Mais, aujourd'hui que la patrie est faite, allez donc vous enthousiasmer pour réorganiser ses finances ! Ce n'est pas un idéal, cela ! Et c'est pourquoi, pendant que les vieux meurent, pas un homme nouveau ne se lève parmi les jeunes. »

Brusquement, il s'arrêta, un peu gêné, souriant de sa fièvre.

« Excusez-moi, me voilà reparti, je suis incorrigible... C'est entendu, laissons ce sujet, et vous reviendrez, nous causerons, quand vous aurez tout vu. »

Dès lors, il se montra charmant, et Pierre comprit son regret d'avoir trop parlé, à la bonhomie séductrice, à l'affection envahissante dont il l'enveloppa. Il le suppliait de rester longtemps à Rome, de ne pas la juger trop vite, d'être convaincu que l'Italie, au fond, aimait toujours la France ; et il voulait aussi qu'on aimât l'Italie, il éprouvait une anxiété véritable, à l'idée qu'on ne l'aimait peut-être plus. Ainsi que la veille, au palais Boccanera, le prêtre eut conscience là d'une sorte de pression exercée sur lui pour le forcer à l'admiration et à la tendresse. L'Italie, comme une femme qui ne se sentait pas en beauté, doutant d'elle et susceptible, s'inquiétait de l'opinion des visiteurs, s'efforçait de garder malgré tout leur amour.

Mais, lorsque Orlando sut que Pierre était descendu au palais Boccanera, il se passionna de nouveau, et il eut un geste de contrariété vive, en entendant frapper à la porte, juste à ce moment même. Tout en criant d'entrer, il le retint.

« Non, ne partez pas, je veux savoir... »

Une dame entra, qui avait dépassé la quarantaine, petite et ronde, jolie encore, avec ses traits menus, ses gentils sourires, noyés dans la graisse. Elle était blonde, avait les yeux verts, d'une limpidité d'eau de source. Assez bien habillée, en toilette réséda, élégante et sobre, elle paraissait d'air agréable, modeste et avisé.

« Ah ! c'est toi, Stefana, dit le vieillard, qui se laissa embrasser.

– Oui, mon oncle, je passais, et j'ai voulu monter, pour prendre de vos nouvelles. »

C'était Mme Sacco, une nièce d'Orlando, née à Naples d'une mère venue de Milan et mariée au banquier napolitain Pagani, tombé plus tard en déconfiture. Après la ruine, Stefana avait épousé Sacco, lorsqu'il n'était encore que petit employé des Postes. Sacco, dès lors, voulant relever la maison de son beau-père, s'était lancé dans des affaires terribles, compliquées et louches, au bout desquelles il avait eu la chance imprévue de se faire nommer député. Depuis qu'il était venu à Rome, pour la conquérir à son tour, sa femme avait dû l'aider dans son ambition dévorante, s'habiller, ouvrir un salon ; et, si elle s'y montrait encore un peu gauche, elle lui rendait pourtant des services qui n'étaient pas à dédaigner, très économe, très prudente, menant la maison en bonne ménagère, toutes les excellentes et solides qualités de l'Italie du Nord, héritées de sa mère, et qui faisaient merveille à côté de la turbulence et des abandons de son mari, chez lequel l'Italie du Midi flambait avec sa rage d'appétits continuelle.

Le vieil Orlando, dans son mépris pour Sacco, avait gardé quelque affection à sa nièce, chez qui il retrouvait son sang. Il la remercia ; et, tout de suite, il parla de la nouvelle donnée par les journaux du matin, soupçonnant bien que le député avait envoyé sa femme pour avoir son opinion.

« Eh bien ! et ce ministère ? »

Elle s'était assise, elle ne se pressa pas, regarda les journaux qui traînaient sur la table.

« Oh ! rien n'est fait encore, la presse a parlé trop vite. Sacco a été appelé par le président du Conseil, et ils ont causé. Seulement, il hésite beaucoup, il craint de n'avoir aucune aptitude pour l'Agriculture. Ah ! si c'étaient les Finances !... Et puis, il n'aurait pris aucune résolution sans vous consulter. Qu'en pensez-vous, mon oncle ? »

D'un geste violent, il l'interrompit.

« Non, non, je ne me mêle pas de ça ! »

C'était, pour lui, une abomination, le commencement de la fin, ce rapide succès de Sacco, un aventurier, un brasseur d'affaires qui avait toujours pêché en eau trouble. Son fils Luigi, certes, le désolait. Mais, quand on pensait que Luigi, avec son intelligence vaste, ses qualités si belles encore, n'était rien, tandis que ce Sacco, ce brouillon, ce jouisseur sans cesse affamé, après s'être glissé à la Chambre, se trouvait en passe de décrocher un portefeuille ! Un petit homme brun et sec, avec de gros yeux ronds, les pommettes saillantes, le menton proéminent, toujours dansant et criant, d'une éloquence intarissable, dont toute la force était dans la voix, une voix admirable de puissance et de caresse ! Et insinuant, et profitant de tout, séducteur et dominateur !

« Tu entends, Stefana, dis à ton mari que le seul conseil que j'aie à lui donner est de rentrer petit employé aux Postes, où il rendra peut-être des services. »

Ce qui outrait et désespérait le vieux soldat, c'était un tel homme, un Sacco, tombé en bandit à Rome, dans cette Rome dont la conquête avait coûté tant de nobles efforts. Et, à son tour, Sacco la conquérait, l'enlevait à ceux qui l'avaient si durement gagnée, la possédait, mais pour s'y délecter, pour y assouvir son amour effréné du pouvoir. Sous des dehors très câlins, il était résolu à dévorer tout. Après la victoire, lorsque le butin se trouvait là, chaud encore, les loups étaient venus. Le Nord avait fait l'Italie, le Midi montait à la curée, se jetait sur elle, vivait d'elle comme d'une proie. Et il y avait surtout cela, au fond de la colère du héros foudroyé : l'antagonisme de plus en plus marqué entre le Nord et le Midi ; le Nord travailleur et économe, politique avisé, savant, tout aux grandes idées modernes ; le Midi ignorant et paresseux, tout à la joie immédiate de vivre, dans un désordre enfantin des actes, dans un éclat vide des belles paroles sonores.

Stefana souriait placidement, en regardant Pierre, qui s'était retiré près de la fenêtre.

« Oh ! mon oncle, vous dites cela, mais vous nous aimez bien tout de même, et vous m'avez donné, à moi, plus d'un bon conseil, ce dont je vous remercie... C'est comme pour l'histoire d'Attilio... »

Elle parlait de son fils, le lieutenant, et de son aventure amoureuse avec Celia, la petite princesse Buongiovanni, dont tous les salons noirs et blancs s'entretenaient.

« Attilio, c'est autre chose, s'écria Orlando. Ainsi que toi, il est de mon sang, et c'est merveilleux comme je me retrouve dans ce gaillard-là. Oui, il est tout moi, quand j'avais son âge, et beau, et brave, et enthousiaste !... Tu vois que je me fais des compliments. Mais, en vérité, Attilio me tient chaud au cœur, car il est l'avenir, il me rend l'espérance... Eh bien ! son histoire ?

– Ah ! mon oncle, son histoire nous donne des ennuis. Je vous en ai déjà parlé, et vous avez haussé les épaules, en disant que, dans ces questions-là, les parents n'avaient qu'à laisser les amoureux régler leurs affaires eux-mêmes... Nous ne voulons pourtant pas qu'on dise partout que nous poussons notre fils à enlever la petite princesse, pour qu'il épouse ensuite son argent et son titre. »

Orlando s'égaya franchement.

« Voilà un fier scrupule ! C'est ton mari qui t'a dit de me l'exprimer ? Oui, je sais qu'il affecte de montrer de la délicatesse en cette occasion... Moi, je te le répète, je me crois aussi honnête que lui, et j'aurais un fils tel que le tien, si droit, si bon, si naïvement amoureux, que je le laisserais épouser qui il voudrait et comme il voudrait... Les Buongiovanni, mon Dieu ! les Buongiovanni, avec toute leur noblesse et l'argent qu'ils ont encore, seront très honorés d'avoir pour gendre un beau garçon, au grand cœur ! »

De nouveau, Stefana eut son air de satisfaction placide. Elle ne venait sûrement que pour être approuvée.

« C'est bien, mon oncle, je redirai cela à mon mari ; et il en tiendra grand compte ; car, si vous êtes sévère pour lui, il a pour vous une véritable vénération... Quant à ce ministère, rien ne se fera peut-être, Sacco se décidera selon les circonstances. »

Elle s'était levée, elle prit congé en embrassant le vieillard, comme à son arrivée, très tendrement. Et elle le complimenta sur sa belle mine, le trouva très beau, le fit sourire en lui nommant une dame qui était encore folle de lui. Puis, après avoir répondu d'une légère révérence au salut muet du jeune prêtre, elle s'en alla, de son allure modeste et sage.

Un instant, Orlando resta silencieux, les yeux vers la porte, repris d'une tristesse, songeant sans doute à ce présent louche et pénible, si différent du glorieux passé. Et, brusquement, il revint à Pierre, qui attendait toujours.

« Alors, mon ami, vous êtes donc descendu au palais Boccanera. Ah ! quel désastre aussi de ce côté ! »

Mais, lorsque le prêtre lui eut répété sa conversation avec Benedetta, la phrase où elle avait dit qu'elle l'aimait toujours et que jamais elle n'oublierait sa bonté, quoi qu'il arrivât, il s'attendrit, sa voix eut un tremblement.

« Oui, c'est une bonne âme, elle n'est pas méchante. Seulement, que voulez-vous ? elle n'aimait pas Luigi, et lui-même a été un peu violent peut-être... Ces choses ne sont plus un mystère, je vous en parle librement, puisque, à mon grand chagrin, tout le monde les connaît. »

Orlando, s'abandonnant à ses souvenirs, dit sa joie vive, la veille du mariage, à la pensée de cette admirable créature qui serait sa fille, qui remettrait de la jeunesse et du charme autour de son fauteuil d'infirme. Il avait toujours eu le culte de la beauté, un culte passionné d'amant, dont l'unique amour serait resté celui de la femme, si la patrie n'avait pas pris le meilleur de lui-même. Et Benedetta, en effet, l'adora, le vénéra, montant sans cesse passer des heures avec lui, habitant sa petite chambre pauvre, qui resplendissait alors de l'éclat de divine grâce qu'elle y apportait. Il revivait dans son haleine fraîche, dans l'odeur pure et la caressante tendresse de femme dont elle l'entourait, sans cesse aux petits soins. Mais, tout de suite, quel affreux drame, et que son cœur avait saigné, de ne savoir comment réconcilier les époux ! Il ne pouvait donner tort à son fils de vouloir être le mari accepté, aimé. D'abord, après la première nuit désastreuse, ce heurt de deux êtres, entêtés chacun dans son absolu, il avait espéré ramener Benedetta, la jeter aux bras de Luigi. Puis, lorsque, en larmes, elle lui eut fait ses confidences, avouant son amour ancien pour Dario, disant toute sa révolte imprévue devant l'acte, le don de sa virginité à un autre homme, il comprit que jamais elle ne céderait. Et toute une année s'était écoulée, il avait vécu une année, cloué sur son fauteuil, avec ce drame poignant qui se passait sous lui, dans ces appartements luxueux dont les bruits n'arrivaient même pas à ses oreilles. Que de fois il avait essayé d'entendre, craignant des querelles, désolé de ne pouvoir se rendre utile encore en faisant du bonheur ! Il ne savait rien par son fils, qui se taisait ; il n'avait parfois des détails que par Benedetta, lorsqu'un attendrissement la laissait sans défense ; et ce mariage, où il avait vu un instant l'alliance tant désirée de l'ancienne Rome avec la nouvelle, ce mariage non consommé le désespérait, comme l'échec de tous ses espoirs, l'avortement final du rêve qui avait empli sa vie. Lui-même finit par souhaiter le divorce, tellement la souffrance d'une pareille situation devenait insupportable.

« Ah ! mon ami, je n'ai jamais si bien compris la fatalité de certains antagonismes, et comment, avec le cœur le plus tendre, la raison la plus droite, on peut faire son malheur et celui des autres ! »

Mais la porte s'ouvrit de nouveau, et cette fois, sans avoir frappé, le comte Prada entra. Tout de suite, après un salut rapide au visiteur qui s'était levé, il prit doucement les mains de son père, les tâta, en craignant de les trouver trop chaudes ou trop froides.

« J'arrive à l'instant de Frascati, où j'ai dû coucher, tellement ces constructions interrompues me tracassent. Et l'on me dit que vous avez passé une nuit mauvaise.

– Eh ! non, je t'assure.

– Oh ! vous ne me le diriez pas... Pourquoi vous obstinez-vous à vivre ici, sans aucune douceur ? Cela n'est plus de votre âge. Vous me feriez tant plaisir en acceptant une chambre plus confortable, où vous dormiriez mieux !

– Eh ! non, eh ! non... Je sais que tu m'aimes bien, mon bon Luigi. Mais, je t'en prie, laisse-moi faire au gré de ma vieille tête. C'est la seule façon de me rendre heureux. »

Pierre fut très frappé de l'ardente affection qui enflammait les regards des deux hommes, pendant qu'ils se contemplaient, les yeux dans les yeux. Cela lui parut infiniment touchant, d'une grande beauté de tendresse, au milieu de tant d'idées et d'actes contraires, de tant de ruptures morales, qui les séparaient.

Et il s'intéressa à les comparer. Le comte Prada, plus court, plus trapu, avait bien la même tête énergique et forte, plantée de rudes cheveux noirs, les mêmes yeux francs, un peu durs, dans une face d'un teint clair, barrée d'épaisses moustaches.

Mais la bouche différait, une bouche à la dentition de loup, sensuelle et vorace, une bouche de proie, faite pour les soirs de bataille, quand il ne s'agit plus que de mordre à la conquête des autres. C'était ce qui faisait dire, lorsqu'on vantait ses yeux de franchise : « Oui, mais je n'aime pas sa bouche. » Les pieds étaient forts, les mains grasses et trop larges, très belles.

Et Pierre s'émerveillait de le trouver tel qu'il l'avait attendu. Il connaissait assez intimement son histoire, pour reconstituer en lui le fils du héros que la conquête a gâté, qui mange à dents pleines la moisson coupée par l'épée glorieuse du père. Il étudiait surtout comment les vertus du père avaient dévié, s'étaient, chez l'enfant, transformées en vices, les qualités les plus nobles se pervertissant, l'énergie héroïque et désintéressée devenant le féroce appétit des jouissances, l'homme des batailles aboutissant à l'homme du butin, depuis que les grands sentiments d'enthousiasme ne soufflaient plus, qu'on ne se battait plus, qu'on était là au repos, parmi les dépouilles entassées, pillant et dévorant. Et le héros, le père paralytique, immobilisé, qui assistait à cela, à cette dégénérescence du fils, du brasseur d'affaires gorgé de millions !

Mais Orlando présenta Pierre.

« M. l'abbé Pierre Froment, dont je t'ai parlé, l'auteur du livre que je t'ai fait lire. »

Prada se montra fort aimable, parla tout de suite de Rome, avec une passion intelligente, en homme qui voulait en faire une grande capitale moderne. Il avait vu Paris transformé par le second Empire, il avait vu Berlin agrandi et embelli, après les victoires de l'Allemagne ; et, selon lui, si Rome ne suivait pas le mouvement, si elle ne devenait pas la ville habitable d'un grand peuple, elle était menacée d'une mort prompte. Ou un musée croulant, ou une cité refaite, ressuscitée.

Pierre, intéressé, presque gagné déjà, écoutait cet habile homme dont l'esprit ferme et clair le charmait. Il savait avec quelle adresse il avait manœuvré dans l'affaire de la villa Montefiori, s'y enrichissant lorsque tant d'autres s'y ruinaient, ayant prévu sans doute la catastrophe fatale, au moment où la rage de l'agio affolait encore la nation entière. Pourtant, il surprenait déjà des signes de fatigue, des rides précoces, les lèvres affaissées, sur cette face de volonté et d'énergie, comme si l'homme se lassait de la continuelle lutte, parmi les écroulements voisins, qui minaient le sol, menaçant d'emporter par contrecoup les fortunes les mieux assises. On racontait que Prada, dans les derniers temps, avait eu des inquiétudes sérieuses ; et plus rien n'était solide, tout pouvait être englouti, à la suite de la crise financière qui s'aggravait de jour en jour. Chez ce rude fils de l'Italie du Nord, c'était une sorte de déchéance, un lent pourrissement, sous l'influence amollissante, pervertissante de Rome. Tous ses appétits s'y étaient rués à leur satisfaction, il s'épuisait à les y contenter, appétits d'argent, appétits de femmes. Et de là venait la grande tristesse muette d'Orlando, quand il voyait cette déchéance rapide de sa race de conquérant, tandis que Sacco, l'Italien du Midi, servi par le climat, fait à cet air de volupté, à ces villes d'antique poussière, brûlées de soleil, s'y épanouissait comme la végétation naturelle du sol saturé des crimes de l'histoire, s'y emparait peu à peu de tout, de la richesse et de la puissance.

Le nom de Sacco fut prononcé, le père dit au fils un mot de la visite de Stefana. Sans rien ajouter, tous deux se regardèrent avec un sourire. Le bruit courait que le ministre de l'Agriculture, décédé, ne serait peut-être pas remplacé tout de suite, qu'un autre ministre ferait l'intérim, et qu'on attendrait l'ouverture de la Chambre.

Puis, il fut question du palais Boccanera ; et Pierre, alors, redoubla d'attention.

« Ah ! lui dit le comte, vous êtes descendu rue Giulia. Toute la vieille Rome dort là, dans le silence de l'oubli. »

Très à l'aise, il s'entretint du cardinal et même de Benedetta, la comtesse, comme il disait en parlant de sa femme. Il s'étudiait à ne montrer aucune colère. Mais le jeune prêtre le sentit frémissant, saignant toujours, grondant de rancune. Chez lui, la passion de la femme, le désir éclatait avec la violence d'un besoin qu'il devait satisfaire sur l'heure ; et il y avait sans doute encore là une des vertus gâtées du père, le rêve enthousiaste courant au but, aboutissant à l'action immédiate. Aussi, après sa liaison avec la princesse Flavia, quand il avait voulu Benedetta, la nièce divine d'une tante restée si belle, s'était-il résigné à tout, au mariage, à la lutte contre cette jeune fille qui ne l'aimait pas, au danger certain de compromettre sa vie entière. Plutôt que de ne pas l'avoir, il aurait incendié Rome. Et ce dont il souffrait sans espoir de guérison, la plaie sans cesse avivée qu'il portait au flanc, c'était de ne pas l'avoir eue, de se dire qu'elle était sienne et qu'elle s'était refusée. Jamais il ne devait pardonner l'injure, la blessure en demeurait au fond de sa chair inassouvie, où le moindre souffle en réveillait la cuisson. Et, sous son apparence d'homme correct, le sensuel délirait alors, jaloux et vindicatif, capable d'un crime.

« M. l'abbé est au courant », murmura le vieil Orlando de sa voix triste.

Prada eut un geste, comme pour dire que tout le monde était au courant.

« Ah ! mon père, si je ne vous avais pas obéi, jamais je ne me serais prêté à ce procès en annulation de mariage ! La comtesse aurait bien été forcée de réintégrer le domicile conjugal, et elle ne serait pas aujourd'hui à se moquer de nous, avec son amant, ce Dario, le cousin. »

D'un geste, à son tour, Orlando voulut protester.

« Mais certainement, mon père. Pourquoi croyez-vous donc qu'elle s'est enfuie d'ici, si ce n'est pour aller vivre aux bras de son amant, chez elle ? Et je trouve même que le palais de la rue Giulia, avec son cardinal, abrite là des choses assez malpropres. »

C'était le bruit qu'il répandait, l'accusation qu'il portait partout contre sa femme, cette liaison adultère, selon lui publique, éhontée. Au fond, cependant, il n'y croyait pas lui-même, connaissant trop bien la raison ferme de Benedetta, l'idée superstitieuse et comme mystique qu'elle mettait dans sa virginité, la volonté qu'elle avait d'être seulement à l'homme qu'elle aimerait et qui serait son mari devant Dieu. Mais il trouvait une accusation pareille de bonne guerre, très efficace.

« À propos, s'écria-t-il brusquement, vous savez, mon père, que j'ai reçu communication du mémoire de Morano ; et c'est chose entendue : si le mariage n'a pu être consommé, c'est par suite de l'impuissance du mari. »

Il partit d'un éclat de rire, désirant montrer que cela lui semblait être le comble du comique. Seulement, il avait pâli de sourde exaspération, sa bouche riait durement, avec une cruauté meurtrière ; et il était évident que, seule, cette accusation fausse d'impuissance, si insultante pour un homme de sa virilité, l'avait décidé à se défendre, dans ce procès, dont il voulait d'abord ne tenir aucun compte. Il plaiderait donc, convaincu d'ailleurs que sa femme n'obtiendrait pas l'annulation du mariage. Et, toujours riant, il donnait des détails un peu libres sur l'acte, expliquant que ce n'était pas si commode avec une femme qui se refuse, qui griffe et qui mord, et que, du reste, il n'était pas si certain que ça de ne pas l'avoir accompli. En tout cas, il demanderait l'épreuve, le jugement de Dieu, comme, il disait en s'égayant plus fort de sa plaisanterie, et devant les cardinaux assemblés, s'ils poussaient la conscience jusqu'à vouloir constater la chose par eux-mêmes.

« Luigi ! dit Orlando doucement, en désignant le jeune prêtre d'un regard.

– Oui, je me tais, vous avez raison, mon père. Mais, en vérité, c'est tellement abominable et ridicule... Vous savez le mot de Lisbeth : "Ah ! mon pauvre ami, c'est donc d'un petit Jésus que je vais accoucher." »

De nouveau, Orlando parut mécontent, car il n'aimait point, quand il y avait là un visiteur, que son fils affichât si tranquillement devant lui sa liaison. Lisbeth Kauffmann, à peine âgée de trente ans, très blonde, très rose, et d'une gaieté toujours rieuse, appartenait à la colonie étrangère, veuve d'un mari mort depuis deux ans à Rome, où il était venu soigner une maladie de poitrine. Demeurée libre, suffisamment riche pour n'avoir besoin de personne, elle y était restée par goût, passionnée d'art, faisant elle-même un peu de peinture ; et elle avait acheté, rue du Prince-Amédée, dans un quartier neuf, un petit palais, où la grande salle du second étage, transformée en atelier, embaumée de fleurs en toute saison, tendue de vieilles étoffes, était bien connue de la société aimable et intelligente. On l'y trouvait dans sa continuelle allégresse, vêtue de longues blouses, un peu gamine, ayant des mots terribles, mais de fort bonne compagnie et ne s'étant encore compromise qu'avec Prada. Il lui avait plu sans doute, elle s'était simplement donnée à lui, lorsque sa femme, depuis quatre mois déjà, l'avait quitté ; et elle était enceinte, une grossesse de sept mois, qu'elle ne cachait point, l'air si tranquille et si heureux, que son vaste cercle de connaissances continuait à la venir voir, comme si de rien n'était, dans cette vie facile, libérée, des grandes villes cosmopolites. Cette grossesse, naturellement, au milieu des circonstances où se trouvait le comte, le ravissait, devenait à ses yeux le meilleur des arguments, contre l'accusation dont souffrait son orgueil d'homme. Mais, au fond de lui, sans qu'il l'avouât, la blessure inguérissable n'en saignait pas moins ; car ni cette paternité prochaine, ni la possession amusante et flatteuse de Lisbeth, ne compensaient l'amertume du refus de Benedetta : c'était celle-ci qu'il brûlait d'avoir, qu'il aurait voulu punir tragiquement de ce qu'il ne l'avait pas eue.

Pierre, n'étant pas au courant, ne pouvait comprendre. Comme il sentait une gêne, désireux de se donner une contenance, il avait pris sur la table, parmi les journaux, un gros volume, étonné de rencontrer là un ouvrage français classique, un de ces manuels pour le baccalauréat, où se trouve un abrégé des connaissances exigées dans les programmes. Ce n'était qu'un livre humble et pratique d'instruction première, mais il traitait forcément de toutes les sciences mathématiques, de toutes les sciences physiques, chimiques et naturelles, de sorte qu'il résumait en gros les conquêtes du siècle, l'état actuel de l'intelligence humaine.

« Ah ! s'écria Orlando, heureux de la diversion, vous regardez le livre de mon vieil ami Théophile Morin. Vous savez qu'il était un des Mille de Marsala et qu'il a conquis la Sicile et Naples avec nous. Un héros !... Et, depuis plus de trente ans, il est retourné en France, à sa chaire de simple professeur, qui ne l'a guère enrichi. Aussi a-t-il publié ce livre, dont la vente, paraît-il, marche si bien, qu'il a eu l'idée d'en tirer un nouveau petit bénéfice avec des traductions, entre autres avec une traduction italienne... Nous sommes restés des frères, il a songé à utiliser mon influence, qu'il croit décisive. Mais il se trompe, hélas ! je crains bien de ne pas réussir à faire adopter l'ouvrage. »

Prada, redevenu très correct et charmant, eut un léger haussement d'épaules, plein du scepticisme de sa génération, uniquement désireuse de maintenir les choses existantes, pour en tirer le plus de profit possible.

« À quoi bon ? murmura-t-il. Trop de livres ! trop de livres !

– Non, non ! reprit passionnément le vieillard, il n'y a jamais trop de livres ! Il en faut, et encore, et toujours ! C'est par le livre, et non par l'épée, que l'humanité vaincra le mensonge et l'injustice, conquerra la paix finale de la fraternité entre les peuples... Oui, tu souris, je sais que tu appelles ça mes idées de 48, de vieille barbe, comme vous dites en France, n'est-ce pas ? monsieur Froment. Mais il n'en est pas moins vrai que l'Italie est morte, si l'on ne se hâte de reprendre le problème par en bas, je veux dire si l'on ne fait pas le peuple ; et il n'y a qu'une façon de faire un peuple, de créer des hommes, c'est de les instruire, c'est de développer par l'instruction cette force immense et perdue, qui croupit aujourd'hui dans l'ignorance et dans la paresse... Oui, oui ! l'Italie est faite, faisons les Italiens. Des livres, des livres encore ! Et allons toujours plus en avant, dans plus de science, dans plus de clarté, si nous voulons vivre, être sains, bons et forts ! »

Le vieil Orlando était superbe, à moitié soulevé, avec son puissant mufle léonin, tout flambant de la blancheur éclatante de la barbe et de la chevelure. Et, dans cette chambre candide, si touchante en sa pauvreté voulue, il avait poussé son cri d'espoir avec une telle fièvre de foi, que le jeune prêtre vit s'évoquer devant lui une autre figure, celle du cardinal Boccanera, tout noir et debout, les cheveux seuls de neige, admirable lui aussi de beauté héroïque, au milieu de son palais en ruine, dont les plafonds dorés menaçaient de crouler sur ses épaules. Ah ! les entêtés magnifiques, les croyants, les vieux qui restent plus virils, plus passionnés que les jeunes ! Ceux-ci étaient aux deux bouts opposés des croyances, n'ayant ni une idée, ni une tendresse communes ; et, dans cette antique Rome où tout volait en poudre, eux seuls semblaient protester, indestructibles, face à face par-dessus leur ville, comme deux frères séparés, immobiles à l'horizon. De les avoir ainsi vus l'un après l'autre, si grands, si seuls, si désintéressés de la bassesse quotidienne, cela emplissait une journée d'un rêve d'éternité.

Tout de suite Prada avait pris les mains du vieillard, pour le calmer dans une étreinte tendrement filiale.

« Oui, oui ! père, c'est vous qui avez raison, toujours raison, et je suis un imbécile de vous contredire. Je vous en prie, ne vous remuez pas de la sorte, car vous vous découvrez, vos jambes vont se refroidir encore. »

Et il se mit à genoux, il arrangea la couverture avec un soin infini ; puis, restant par terre, comme un petit garçon, malgré ses quarante-deux ans sonnés, il leva ses yeux humides, suppliants d'adoration muette ; tandis que le vieux, calmé, très ému, lui caressait les cheveux de ses doigts tremblants.

Pierre était là depuis près de deux heures, lorsque enfin il prit congé, très frappé et très touché de tout ce qu'il avait vu et entendu. Et, de nouveau, il dut promettre de revenir, pour causer longuement. Dehors, il s'en alla au hasard. Quatre heures sonnaient à peine, son idée était de traverser Rome ainsi, sans itinéraire arrêté d'avance, à cette heure délicieuse où le soleil s'abaissait, dans l'air rafraîchi, immensément bleu. Mais, presque tout de suite, il se trouva dans la rue Nationale, qu'il avait descendue en voiture, la veille, à son arrivée ; et il reconnut les jardins verts montant au Quirinal, la banque blafarde et démesurée, le pin en plein ciel de la villa Aldobrandini. Puis, au détour, comme il s'arrêtait pour revoir la colonne Trajane, qui maintenant se détachait en un fût sombre, au fond de la place basse déjà envahie par le crépuscule, il fut surpris de l'arrêt brusque d'une victoria, d'où un jeune homme, courtoisement, l'appelait d'un petit signe de la main.

« Monsieur l'abbé Froment ! Monsieur l'abbé Froment ! »

C'était le jeune prince Dario Boccanera, qui allait faire sa promenade quotidienne au Corso. Il ne vivait plus que des libéralités de son oncle le cardinal, presque toujours à court d'argent. Mais, comme tous les Romains, il n'aurait mangé que du pain sec, s'il l'avait fallu, pour garder sa voiture, son cheval et son cocher. À Rome, la voiture est le luxe indispensable.

« Monsieur l'abbé Froment, si vous voulez bien monter, je serai heureux de vous montrer un peu notre ville. »

Sans doute il désirait faire plaisir à Benedetta, en étant aimable pour son protégé. Puis, dans son oisiveté, il lui plaisait d'initier ce jeune prêtre, qu'on disait si intelligent, à ce qu'il croyait être la fleur de Rome, la vie inimitable.

Pierre dut accepter, bien qu'il eût préféré sa promenade solitaire. Le jeune homme pourtant l'intéressait, ce dernier-né d'une race épuisée, qu'il sentait incapable de pensée et d'action, fort séduisant d'ailleurs, dans son orgueil et son indolence. Beaucoup plus romain que patriote, il n'avait jamais eu la moindre velléité de se rallier, satisfait de vivre à l'écart, à ne rien faire ; et, si passionné qu'il fût, il ne commettait point de folies, très pratique au fond, très raisonnable, comme tous ceux de sa ville, sous leur apparente fougue. Dès que la voiture, après avoir traversé la place de Venise, s'engagea dans le Corso, il laissa éclater sa vanité enfantine, son amour de la vie au-dehors, heureuse et gaie, sous le beau ciel. Et tout cela apparut très clairement, dans le simple geste qu'il fit, en disant :

« Le Corso ! »

De même que la veille, Pierre fut saisi d'étonnement. La longue et étroite rue s'étendait de nouveau, jusqu'à la place du Peuple blanche de lumière, avec la seule différence que c'étaient les maisons de droite qui baignaient dans le soleil, tandis que celles de gauche étaient noires d'ombre. Comment ! c'était ça, le Corso ! cette tranchée à demi obscure, étranglée entre les hautes et lourdes façades ! cette chaussée mesquine, où trois voitures au plus passaient de front, que des boutiques serrées bordaient de leurs étalages de clinquant ! Ni espace libre, ni horizons vastes, ni verdure rafraîchissante ! Rien que la bousculade, l'entassement, l'étouffement, le long des petits trottoirs, sous une mince bande de ciel ! Et Dario eut beau lui nommer les palais historiques et fastueux, le palais Bonaparte, le palais Doria, le palais Odescalchi, le palais Sciarra, le palais Chigi ; il eut beau lui montrer la place Colonna, avec la colonne de Marc Aurèle, la place la plus vivante de la ville, où piétine un continuel peuple debout, causant et regardant ; il eut beau, jusqu'à la place du Peuple, lui faire admirer les églises, les maisons, les rues transversales, la rue des Condotti, au bout de laquelle se dressait, dans la gloire du soleil couchant, l'apparition de la Trinité-des-Monts, toute en or, en haut du triomphal escalier d'Espagne : Pierre gardait son impression désillusionnée de voie sans largeur et sans air, les palais lui semblaient des hôpitaux ou des casernes tristes, la place Colonna manquait cruellement d'arbres, seule la Trinité-des-Monts l'avait séduit, par son resplendissement lointain d'apothéose.

Mais il fallut revenir de la place du Peuple à la place de Venise, et retourner encore, et revenir encore, deux, trois, quatre tours, sans lassitude. Dario, ravi, se montrait, regardait, était salué, saluait. Sur les deux trottoirs, une foule compacte défilait, dont les yeux plongeaient au fond des voitures, dont les mains auraient pu serrer les mains des personnes qui s'y trouvaient assises. Peu à peu, le nombre des voitures devenait tel, que la double file était ininterrompue, serrée, obligée de marcher au pas. On se touchait, on se dévisageait, dans ce perpétuel frôlement de celles qui montaient et de celles qui descendaient. C'était la promiscuité du plein air, toute Rome entassée dans le moins de place possible, les gens qui se connaissaient, qui se retrouvaient comme en l'intimité d'un salon, les gens qui ne se parlaient pas, des mondes les plus adverses, mais qui se coudoyaient, qui se fouillaient du regard, jusqu'à l'âme. Et Pierre, alors, eut la révélation, comprit le Corso, l'antique habitude, la passion et la gloire de la ville. Justement, le plaisir était là, dans l'étroitesse de la voie, dans ce coudoiement forcé, qui permettait les rencontres attendues, les curiosités satisfaites, l'étalage des vanités heureuses, les provisions des commérages sans fin. La ville entière s'y revoyait chaque jour, s'étalait, s'épiait, se donnait son spectacle à elle-même, brûlée d'un tel besoin, indispensable à la longue, de se voir ainsi, qu'un homme bien né qui manquait le Corso était comme un homme dépaysé, sans journaux, vivant en sauvage. Et l'air était d'une douceur délicieuse, l'étroite bande de ciel, entre les lourds palais roussis, avait une infinie pureté bleue.

Dario ne cessait de sourire, d'incliner légèrement la tête ; et il nommait à Pierre des princes et des princesses, des ducs et des duchesses, des noms retentissants dont l'éclat emplit l'histoire, dont les syllabes sonores évoquent des chocs d'armures dans les batailles, des défilés de pompe papale, aux robes de pourpre, aux tiares d'or, aux vêtements sacrés étincelants de pierreries ; et Pierre était désespéré d'apercevoir de grosses dames, de petits messieurs, des êtres bouffis ou chétifs, que le costume moderne enlaidissait encore. Pourtant quelques jolies femmes passaient, des jeunes filles surtout, muettes, aux grands yeux clairs. Et, comme Dario venait de montrer le palais Buongiovanni, une immense façade du dix-septième siècle, aux fenêtres encadrées de rinceaux, d'une pesanteur de goût fâcheuse, il ajouta, d'un air égayé :

« Ah ! tenez, voici Attilio, là sur le trottoir... Le jeune lieutenant Sacco, vous savez, n'est-ce pas ? »

D'un signe, Pierre répondit qu'il était au courant. Attilio, en tenue, le séduisit tout de suite, très jeune, l'air vif et brave, avec son visage de franchise où luisaient tendrement les yeux bleus de sa mère. Il était vraiment la jeunesse et l'amour, dans leur espoir enthousiaste, désintéressé de toute basse préoccupation d'avenir.

« Vous allez voir, quand nous repasserons devant le palais, reprit Dario. Il sera encore là, et je vous montrerai quelque chose. »

Et il parla gaiement des jeunes filles, ces petites princesses, ces petites duchesses, élevées si discrètement au Sacré-Cœur, d'ailleurs si ignorantes pour la plupart, achevant leur éducation ensuite dans les jupons de leurs mères, ne faisant avec elles que le tour obligatoire du Corso, vivant les interminables jours cloîtrées, emprisonnées au fond des palais sombres. Mais quelles tempêtes dans ces âmes muettes, où personne n'était descendu ! quelle lente poussée de volonté parfois, sous cette obéissance passive, sous cette apparente inconscience de ce qui les entourait ! Combien entendaient obstinément faire leur vie elles-mêmes, choisir l'homme qui leur plairait, l'avoir malgré le monde entier ! Et c'était l'amant cherché et élu, parmi le flot des jeunes hommes, au Corso ; c'était l'amant pêché des yeux pendant la promenade, les yeux candides qui parlaient, qui suffisaient à l'aveu, au don total, sans même un souffle des lèvres, chastement closes ; et c'étaient enfin les billets doux remis furtivement à l'église, la femme de chambre gagnée, facilitant les rencontres, d'abord si innocentes. Au bout, il y avait souvent un mariage.

Celia, elle, avait voulu Attilio, dès que leurs regards s'étaient rencontrés, le jour de mortel ennui, où, pour la première fois, elle l'avait aperçu, d'une fenêtre du palais Buongiovanni. Il venait de lever la tête, elle l'avait pris à jamais, en se donnant elle-même, de ses grands yeux purs, posés sur les siens. Elle n'était qu'une amoureuse, rien de plus. Il lui plaisait, elle le voulait, celui-ci, pas un autre. Elle l'aurait attendu vingt ans, mais elle comptait bien le conquérir tout de suite par la tranquille obstination de sa volonté. On racontait les terribles fureurs du prince son père, qui se brisaient contre son silence respectueux et têtu. Le prince, de sang mêlé, fils d'une Américaine, ayant épousé une Anglaise, ne luttait que pour garder intacts son nom et sa fortune, au milieu des écroulements voisins ; et le bruit courait qu'à la suite d'une querelle, où il avait voulu s'en prendre à sa femme, en l'accusant de n'avoir pas veillé suffisamment sur leur fille, la princesse s'était révoltée, d'un orgueil et d'un égoïsme d'étrangère qui avait apporté cinq millions. N'était-ce point assez de lui avoir donné cinq enfants ? Elle vivait les jours à s'adorer, abandonnant Celia, se désintéressant de la maison, où soufflait la tempête.

Mais la voiture allait passer de nouveau devant le palais, et Dario prévint Pierre.

« Vous voyez, voilà Attilio revenu… Et, maintenant, regardez là-haut, à la troisième fenêtre du premier étage. »

Ce fut rapide et charmant. Pierre vit un coin du rideau qui s'écartait un peu, et la douce figure de Celia apparut, un lis candide et fermé. Elle ne sourit pas, elle ne bougea pas. Rien ne se lisait sur cette bouche de pureté, dans ces yeux clairs et sans fond. Pourtant, elle prenait Attilio, elle se donnait à lui, sans réserve. Le rideau retomba.

« Ah ! la petite masque ! murmura Dario. Sait-on jamais ce qu'il y a derrière tant d'innocence ? »

Pierre, en se retournant, remarqua Attilio, la tête levée encore, la face immobile et pâle lui aussi, avec sa bouche close, ses yeux largement ouverts. Et cela le toucha infiniment, l'amour absolu dans sa brusque toute-puissance, l'amour vrai, éternel et jeune, en dehors des ambitions et des calculs de l'entourage.

Puis, Dario donna à son cocher l'ordre de monter au Pincio : le tour obligatoire du Pincio, par les beaux après-midi clairs. Et ce fut d'abord la place du Peuple, la plus aérée et la plus régulière de Rome, avec ses amorces de rues et ses églises symétriques, son obélisque central, ses deux massifs d'arbres qui se font pendant, aux deux côtés du petit pavé blanchi, entre les architectures graves, dorées de soleil. À droite, ensuite, la voiture s'engagea sur les rampes du Pincio, un chemin en lacet, magnifique, orné de bas-reliefs, de statues, de fontaines, toute une sorte d'apothéose de marbre, un ressouvenir de la Rome antique, qui se dressait parmi les verdures. Mais, en haut, Pierre trouva le jardin petit, à peine un grand square, un carré aux quatre allées nécessaires pour que les équipages pussent tourner indéfiniment. Les images des hommes illustres de l'ancienne Italie et de la nouvelle bordent ces allées d'une file ininterrompue de bustes. Il admira surtout les arbres, les essences les plus variées et les plus rares, choisis et entretenus avec un grand soin, presque tous à feuillage persistant, ce qui perpétuait là, l'hiver comme l'été, d'admirables ombrages, nuancés de tous les verts imaginables. Et la voiture s'était mise à tourner, par les belles allées fraîches, à la suite des autres voitures, un flot continu, jamais lassé.

Pierre remarqua une jeune dame seule, dans une victoria bleu sombre, très correctement menée. Elle était fort jolie, petite, châtaine, avec un teint mat, de grands yeux doux, l'air modeste, d'une simplicité séduisante. Sévèrement habillée de soie feuille-morte, elle avait un grand chapeau un peu extravagant. Et, comme Dario la dévisageait, le prêtre lui demanda son nom, ce qui fit sourire le jeune prince. Oh ! personne, la Tonietta, une des rares demi-mondaines dont Rome s'occupait. Puis, librement, avec la belle franchise de la race sur les choses de l'amour, il continua, donna des détails : une fille dont l'origine restait obscure, les uns la faisant partir de très bas, d'un cabaretier de Tivoli, les autres la disant née à Naples, d'un banquier ; mais, en tout cas, une fille fort intelligente, qui s'était fait une éducation, qui recevait admirablement dans son petit palais de la rue des Mille, un cadeau du vieux marquis Manfredi, mort à présent. Elle ne s'affichait pas, n'avait guère qu'un amant à la fois, et les princesses, les duchesses qui s'inquiétaient d'elle, chaque jour, au Corso, la trouvaient bien. Une particularité surtout l'avait rendue célèbre, des coups de cœur qui l'affolaient parfois, qui la faisaient se donner pour rien à l'aimé, n'acceptant strictement de lui chaque matin qu'un bouquet de roses blanches ; de sorte que, lorsqu'on la voyait, au Pincio, pendant des semaines souvent, avec ces roses pures, ce bouquet blanc de mariée, on souriait d'un air de tendre complaisance.

Mais Dario s'interrompit pour saluer cérémonieusement une dame qui passait dans un landau immense, seule en compagnie d'un monsieur. Et il dit simplement au prêtre :

« Ma mère. »

Celle-ci, Pierre la connaissait. Du moins, il tenait son histoire du vicomte de la Choue : son second mariage, à cinquante ans, après la mort du prince Onofrio Boccanera ; la façon dont, superbe encore, elle avait pêché des yeux, au Corso, tout comme une jeune fille, un bel homme à son goût, de quinze ans plus jeune qu'elle ; et quel était cet homme, ce Jules Laporte, ancien sergent de la garde suisse, disait-on, ancien commis voyageur en reliques, compromis dans une histoire extraordinaire de reliques fausses ; et comment elle avait fait de lui un marquis Montefiori, de belle prestance, le dernier des aventuriers heureux, triomphant au pays légendaire où les bergers épousent des reines.

À l'autre tour, lorsque le grand landau repassa, Pierre les regarda tous les deux. La marquise était vraiment surprenante, toute la classique beauté romaine épanouie, grande, forte, très brune, avec une tête de déesse, aux traits réguliers, un peu massifs, n'accusant son âge que par le duvet dont sa lèvre supérieure était recouverte. Et le marquis, ce Suisse de Genève romanisé, avait vraiment fière tournure, avec sa carrure de solide officier et ses moustaches au vent, pas bête, disait-on, très gai et très souple, amusant pour les dames. Elle en était si glorieuse, qu'elle le traînait et l'étalait, ayant recommencé l'existence avec lui comme si elle avait eu vingt ans, mangeant à son cou la petite fortune sauvée du désastre de la villa Montefiori, si oublieuse de son fils, qu'elle le rencontrait seulement parfois à la promenade, le saluant ainsi qu'une connaissance de hasard.

« Allons voir le soleil se coucher derrière Saint-Pierre », dit Dario, dans son rôle d'homme consciencieux qui montre les curiosités.

La voiture revint sur la terrasse, où une musique militaire jouait avec des éclats de cuivres terribles. Pour entendre, beaucoup d'équipages déjà stationnaient, tandis qu'une foule de piétons, de simples promeneurs, sans cesse accrue, s'était amassée. Et, de cette terrasse admirable, très haute, très large, se déroulait une des vues les plus merveilleuses de Rome. Au-delà du Tibre, par-dessus le chaos blafard du nouveau quartier des Prés-du-Château, se dressait Saint-Pierre, entre les verdures du mont Mario et du Janicule. Puis, c'était à gauche toute la vieille ville, une étendue de toits sans bornes, une mer roulante d'édifices, à perte de vue. Mais les regards, toujours, revenaient à Saint-Pierre, trônant dans l'azur, d'une grandeur pure et souveraine. Et, de la terrasse, au fond du ciel immense, les lents couchers de soleil, derrière le colosse, étaient sublimes.

Parfois, ce sont des écroulements de nuées sanglantes, des batailles de géants, luttant à coups de montagnes, succombant sous les ruines monstrueuses de villes en flammes. Parfois, d'un lac sombre ne se détachent que des gerçures rouges, comme si un filet de lumière était jeté, pour repêcher parmi les algues l'astre englouti. Parfois, c'est une brume rose, toute une poussière délicate qui tombe, rayée de perles par un lointain coup de pluie, dont le rideau est tiré sur le mystère de l'horizon. Parfois, c'est un triomphe, un cortège de pourpre et d'or, des chars de nuages qui roulent sur une voie de feu, des galères qui flottent sur une mer d'azur, des pompes fastueuses et extravagantes, s'abîmant au gouffre peu à peu insondable du crépuscule.

Mais, ce soir-là, Pierre eut le spectacle sublime, dans une grandeur calme, aveuglante et désespérée. D'abord, juste au-dessus du dôme de Saint-Pierre, descendant du ciel sans tache, d'une limpidité profonde, le soleil était si resplendissant encore, que les yeux ne pouvaient en soutenir l'éclat. Dans cette splendeur, le dôme semblait incandescent, un dôme d'argent liquide ; tandis que le quartier voisin, les toitures du Borgo étaient comme changées en un lac de braise. Puis, à mesure que le soleil s'inclina, il perdit de sa flamme, on put le regarder ; et, bientôt, avec une lenteur majestueuse, il glissa derrière le dôme, qui se détacha en bleu sombre, lorsque, entièrement caché, l'astre ne fut plus, autour, qu'une auréole, une gloire d'où jaillissait une couronne de flamboyants rayons. Et, alors, commença le rêve, le singulier éclairage du rang des fenêtres qui règnent sous la coupole, traversées de part en part, devenues des bouches rougeoyantes de fournaise ; de sorte qu'on aurait pu croire que le dôme était posé sur un brasier, isolé en l'air, soulevé et porté par la violence du feu. Cela dura trois minutes à peine. En bas, les toits confus du Borgo se noyaient de vapeurs violâtres, pendant que l'horizon, du Janicule au mont Mario, découpait sa ligne nette et noire ; et ce fut le ciel qui devint à son tour de pourpre et d'or, un calme infini de clarté surhumaine, au-dessus de la terre qui s'anéantissait. Enfin, les fenêtres s'éteignirent, le ciel s'éteignit, il ne resta que la rondeur du dôme de Saint-Pierre, vague, de plus en plus effacée, dans la nuit envahissante.

Et, par une sourde liaison d'idées, Pierre vit à ce moment s'évoquer devant lui, une fois encore, les hautes, et tristes, et déclinantes figures du cardinal Boccanera et du vieil Orlando. Au soir de ce jour, où il les avait connus l'un après l'autre, si grands dans l'obstination de leur espoir, ils étaient là tous les deux, debout à l'horizon, sur leur ville anéantie, au bord du ciel que la mort semblait prendre. Était-ce donc que tout allait ainsi crouler avec eux, que tout allait s'éteindre et disparaître, dans la nuit des temps révolus ?

V

Le lendemain, Narcisse Habert, désolé, vint dire à Pierre que son cousin, monsignor Gamba del Zoppo, le camérier secret, qui se prétendait souffrant, avait demandé deux ou trois jours avant de recevoir le jeune prêtre et de s'occuper de son audience. Pierre se trouva donc immobilisé, n'osant rien tenter d'autre part pour voir le pape, car on l'avait effrayé à un tel point, qu'il craignait de tout compromettre par une démarche maladroite. Et, désœuvré, il se mit à visiter Rome, voulant occuper son temps.

Sa première visite fut pour les ruines du Palatin. Dès huit heures, un matin de ciel pur, il s'en alla seul, il se présenta à l'entrée, qui se trouve rue Saint-Théodore, une grille que flanquent les pavillons des gardiens. Et, tout de suite, un de ceux-ci se détacha, s'offrit pour servir de guide. Lui, aurait préféré voyager à sa fantaisie, errer au hasard de ses découvertes et de son rêve. Mais il lui fut pénible de refuser l'offre de cet homme qui parlait le français très nettement, avec un bon sourire de complaisance. C'était un petit homme trapu, un ancien soldat, d'une soixantaine d'années, à la figure carrée et rougeaude, que barraient de grosses moustaches blanches.

« Alors, si monsieur l'abbé veut me suivre... Je vois que monsieur l'abbé est français. Moi, je suis piémontais, et je les connais bien, les Français : j'étais avec eux à Solferino. Oui, oui ! quoi qu'on dise, ça ne s'oublie pas, quand on a été frères... Tenez ! montez par ici, à droite. »

Pierre, en levant les yeux, venait de voir la ligne de cyprès qui borde le plateau du Palatin, du côté du Tibre, et qu'il avait aperçue du Janicule, le jour de son arrivée. Dans l'air si délicatement bleu, le vert intense de ces arbres mettait là comme une frange noire. On ne voyait qu'eux, la pente s'étendait nue et dévastée, d'un gris sale de poussière, parsemée de quelques buissons, au milieu desquels affleuraient des bouts d'antiques murailles. C'était le ravage, la tristesse lépreuse des terrains de fouille, où seuls les savants s'enthousiasment.

« Les maisons de Tibère, de Caligula et des Flaviens sont là-haut, reprit le guide. Mais nous les gardons pour la fin, il faut que nous fassions le tour. »

Pourtant, il poussa un instant vers la gauche, s'arrêta devant une excavation, une sorte de grotte dans le flanc du mont.

« Ceci est l'antre Lupercal, où la louve allaita Romulus et Remus. Autrefois, on voyait encore, à l'entrée, le figuier Ruminal, qui avait abrité les deux jumeaux. »

Pierre ne put retenir un sourire, tellement l'ancien soldat semblait simple et convaincu dans ses explications, très fier d'ailleurs de toute cette gloire antique qui était sienne. Mais, lorsque, près de la grotte, le digne homme lui eut montré les vestiges de la Roma quadrata, des restes de murailles qui paraissent réellement remonter à la fondation de Rome, il s'intéressa, une première émotion lui fit battre le cœur. Et, certes, ce n'était pas que le spectacle fût admirable, car il s'agissait de quelques blocs de pierre taillés, posés l'un sur l'autre, sans ciment ni chaux. Seulement, un passé de vingt-sept siècles s'évoquait, et ces pierres effritées et noircies, qui avaient supporté un si retentissant édifice de splendeur et de toute-puissance, prenaient une extraordinaire majesté.

La visite continua, ils revinrent à droite, longeant toujours le flanc du mont. Les annexes des palais avaient dû descendre jusque-là : des restes de portiques, des salles effondrées, des colonnes et des frises remises debout, bordaient le sentier raboteux, qui tournait parmi des herbes folles de cimetière ; et le guide, récitant ce qu'il savait si bien pour l'avoir répété quotidiennement depuis dix années, continuait à affirmer les hypothèses les moins sûres, en donnant à chaque débris un nom, un emploi, une histoire.

« La maison d'Auguste », finit-il par dire, avec un geste de la main qui indiquait des éboulis de terre.

Cette fois, Pierre, n'apercevant absolument rien, se hasarda à demander :

« Où donc ?

– Ah ! monsieur l'abbé, il paraît qu'on en voyait encore la façade à la fin du siècle dernier. On y entrait de l'autre côté, par la voie Sacrée. De ce côté-ci, il y avait un vaste balcon, qui dominait le grand cirque Maxime, et d'où l'on assistait aux jeux... D'ailleurs, comme vous pouvez le constater, le palais se trouve encore presque totalement enfoui sous ce grand jardin, là-haut, le jardin de la villa Mills ; et, quand on aura l'argent pour les fouilles, on le retrouvera, c'est certain, ainsi que le temple d'Apollon et celui de Vesta, qui l'accompagnaient. »

Il tourna à gauche, entra dans le Stade, le petit cirque pour les courses à pied, qui s'allongeait au flanc même de la maison d'Auguste ; et, cette fois, le prêtre, saisi, commença à se passionner. Ce n'était point qu'il y eût là une ruine suffisamment conservée et d'aspect monumental ; aucune colonne n'était restée en place, seules les murailles de droite se dressaient encore ; mais on avait retrouvé tout le plan, les bornes à chaque bout, le portique autour de la piste, la loge de l'empereur, colossale, qui, après avoir été à gauche, dans la maison d'Auguste, s'était ouverte ensuite à droite, encastrée dans le palais de Septime Sévère. Et le guide allait toujours, au milieu de ces débris épars, donnait des explications abondantes et précises, assurait que ces messieurs de la Direction des fouilles tenaient leur Stade jusqu'aux plus petits détails, à ce point qu'ils étaient en train d'en établir un plan exact, avec les ordres des colonnes, les statues dans les niches, la nature des marbres dont les murs se trouvaient recouverts.

« Oh ! ces messieurs sont bien tranquilles, finit-il par déclarer, d'un air béat lui-même. Les Allemands n'auront pas à mordre, et ils ne viendront pas tout bouleverser ici, comme ils l'ont fait au Forum, où l'on ne se reconnaît plus, depuis qu'ils y ont passé avec leur science. »

Pierre sourit, et l'intérêt s'accrut encore, lorsqu'il l'eut suivi, par des escaliers rompus et des ponts de bois jetés sur des trous, dans les ruines géantes du palais de Septime Sévère. Le palais s'élevait à la pointe méridionale du Palatin, dominant la voie Appienne et toute la Campagne, au loin, à perte de vue. Il n'en reste que les substructions, les salles souterraines, ménagées sous les arches des terrasses, dont on avait élargi le plateau du mont, devenu trop étroit ; et ces substructions, découronnées, suffisent à donner l'idée du triomphal palais qu'elles soutenaient, tellement elles sont restées énormes et puissantes, dans leur masse indestructible. Là s'élevait le fameux Septizonium, la tour aux sept étages, qui n'a disparu qu'au quatorzième siècle. Une terrasse s'avance encore, portée par des arcades cyclopéennes, et d'où la vue est admirable. Puis, ce n'est plus qu'un entassement d'épaisses murailles à demi écroulées, des gouffres béants à travers des plafonds effondrés, des enfilades de couloirs sans fin et de salles immenses, dont l'usage échappe. Toutes ces ruines, bien entretenues par la nouvelle administration, balayées, débarrassées des végétations folles, ont perdu leur sauvagerie romantique, pour prendre une grandeur nue et morne. Mais des coups de vivant soleil doraient les antiques murailles, pénétraient par des brèches au fond des salles noires, animaient de leur poussière éclatante la muette mélancolie de cette souveraineté morte, exhumée de la terre où elle avait dormi pendant des siècles. Sur les vieilles maçonneries rousses, faites de briques noyées de ciment, dépouillées de leur revêtement fastueux de marbre, le manteau de pourpre du soleil drapait de nouveau toute une impériale gloire.

Depuis près d'une heure et demie déjà, Pierre marchait, et il lui restait à visiter l'amas des palais antérieurs, sur le plateau même, au nord et à l'est.

« Il nous faut revenir sur nos pas, dit le guide. Vous voyez, les jardins de la villa Mills et le couvent de Saint-Bonaventure nous bouchent le chemin. On ne pourra passer que lorsque les fouilles auront déblayé tout ce côté-ci... Ah ! monsieur l'abbé, si vous vous étiez promené sur le Palatin, il y a cinquante ans à peine ! Moi, j'ai vu des plans de ce temps-là. Ce n'étaient que des vignes, que des petits jardins, coupés de haies, une vraie campagne, un vrai désert, où l'on ne rencontrait pas une âme... Et dire que tous ces palais dormaient là-dessous ! »

Pierre le suivait, et ils repassèrent devant la maison d'Auguste, ils remontèrent et débouchèrent dans la maison des Flaviens, immense, à demi engagée encore sous la villa voisine, composée d'un grand nombre de salles, petites et grandes, sur la destination desquelles on continue à discuter. La salle du trône, la salle de justice, la salle à manger, le péristyle semblent certains. Mais, ensuite, tout n'est que fantaisie, surtout pour les pièces étroites des appartements privés. Et, d'ailleurs, pas un mur n'est entier, il n'y a là que des fondations qui affleurent, que des soubassements tronqués qui dessinent à terre le plan de l'édifice. La seule ruine conservée comme par miracle, en contrebas, est la maison qu'on prétend être celle de Livie, toute petite à côté des vastes palais voisins, et dont trois salles sont intactes, avec leurs peintures murales, des scènes mythologiques, des fleurs et des fruits, d'une singulière fraîcheur. Quant à la maison de Tibère, il n'en paraît absolument rien, les restes en sont cachés sous l'adorable jardin public, qui continue, sur le plateau, les anciens jardins Farnèse ; et, de la maison de Caligula, à côté, au-dessus du Forum, il n'existe, comme pour la maison de Septime Sévère, que des substructions énormes, des contreforts, des étages entassés, des arcades hautes qui portaient le palais, sortes d'immenses sous-sols, où la domesticité et les postes de gardes vivaient, gorgés, dans de continuelles ripailles. Tout ce haut sommet, dominant la ville, n'offrait donc que des vestiges à peine reconnaissables, de vastes terrains gris et nus, creusés par la pioche, hérissés de quelques pans de vieux murs ; et il fallait un effort d'imagination érudite pour reconstituer l'antique splendeur impériale qui avait triomphé là.

Le guide n'en poursuivait pas moins ses explications, avec une conviction tranquille, montrant le vide, comme si les monuments se fussent encore dressés devant lui.

« Ici, nous sommes sur la place Palatine. Vous voyez, la façade du palais de Domitien est à gauche, la façade du palais de Caligula est à droite ; et, en vous tournant, vous avez en face de vous le temple de Jupiter Stator... La voie Sacrée montait jusqu'à cette place et passait sous la porte Mugonia, une des trois anciennes portes de la Rome primitive. »

Il s'interrompit, indiquant d'un geste la partie nord-ouest du mont.

« Vous avez remarqué que, de ce côté, les Césars n'ont point bâti. C'est évidemment qu'ils ont dû respecter de très anciens monuments, antérieurs à la fondation de la ville et vénérés du peuple. Là étaient le temple de la Victoire bâti par Évandre et ses Arcadiens, l'antre Lupercal que je vous ai montré, l'humble cabane de Romulus, faite de roseaux et de terre... Tout cela a été retrouvé, monsieur l'abbé ; et, malgré ce que disent les Allemands, il n'y a aucun doute. »

Mais, tout d'un coup, il se récria, de l'air d'un homme qui oublie le plus intéressant.

« Ah ! pour finir, nous allons voir le couloir souterrain où Caligula a été assassiné. »

Et ils descendirent dans une longue galerie couverte, où le soleil, aujourd'hui, par des brèches, jette de gais rayons. Certaines décorations en stuc et des parties de mosaïque se voient encore. Le lieu n'en est pas moins morne et désert, fait pour l'horreur tragique. La voix de l'ancien soldat s'était assombrie, il raconta comment Caligula, qui revenait des jeux Palatins, eut le caprice de descendre seul dans ce couloir, pour assister à des danses sacrées, que, ce jour-là, y répétaient de jeunes Asiatiques. Et ce fut ainsi que, dans l'ombre, le chef des conjurés, Chéréas, put le frapper le premier au ventre. L'empereur voulut fuir, hurlant. Mais, alors, les assassins, ses créatures, ses amis les plus aimés, se ruèrent tous, le renversèrent, le hachèrent de coups, pendant que, fou de rage et de peur, il emplissait le couloir obscur et sourd de son hurlement de bête qu'on égorge. Quand il fut mort, le silence retomba ; et les meurtriers, épouvantés, s'enfuirent.

La visite classique des ruines du Palatin était finie. Lorsque Pierre fut remonté, il n'eut plus qu'un désir, se débarrasser du guide, rester seul dans ce jardin si discret, si rêveur, qui occupait le sommet du mont, dominant Rome. Depuis trois heures bientôt, il piétinait, il entendait cette voix grosse et monotone, bourdonnant à ses oreilles, sans lui faire grâce d'une pierre. Maintenant, le brave homme revenait sur son amitié pour la France, racontait longuement la bataille de Magenta. Il prit, avec un bon sourire, la pièce blanche que le prêtre lui donna ; puis, il entama la bataille de Solferino. Et cela menaçait de ne point finir, quand la chance voulut qu'une dame survînt, en quête d'un renseignement. Tout de suite, il l'accompagna.

« Bonsoir, monsieur l'abbé. Vous pouvez descendre par le palais de Caligula. Et vous savez qu'un escalier secret, creusé dans le sol, conduisait de ce palais à la maison des vestales, en bas, sur le Forum. On ne l'a pas retrouvé, mais il doit y être. »

Ah ! quel soulagement délicieux, quand Pierre, enfin seul, put s'asseoir un instant sur un des bancs de marbre du jardin ! Il n'y avait là que quelques bouquets d'arbres, des buis, des cyprès, des palmiers ; mais les beaux chênes verts, sous lesquels le banc se trouvait, avaient une ombre noire d'une fraîcheur exquise. Et le charme venait aussi de la solitude songeuse, du silence frissonnant qui semblait sortir de ce vieux sol saturé d'histoire, de l'histoire la plus retentissante, dans l'éclat d'un orgueil surhumain. Anciennement, les jardins Farnèse avaient changé cette partie du mont en un séjour aimable, orné de bocages ; les bâtiments de la villa, fort endommagés, existent encore ; et toute une grâce a persisté sans doute, le souffle de la Renaissance passe toujours, comme une caresse, dans les feuillages luisants des vieux chênes verts. On est là en pleine âme du passé, au milieu du peuple léger des visions, sous les haleines errantes des générations sans nombre, endormies dans les herbes.

Mais Rome éparse au loin, tout autour de ce sommet auguste, sollicita Pierre si vivement, qu'il ne put rester assis. Il se leva, s'approcha de la balustrade d'une terrasse ; et, sous lui, le Forum se déroula ; et, au bout, le mont du Capitole apparut.

Ce n'était plus qu'un entassement de constructions grises, sans grandeur ni beauté. Dominant le mont, on ne voyait que la façade postérieure du palais du Sénateur, une façade plate, aux fenêtres étroites, que surmontait le haut campanile carré. Ce grand mur nu, d'un ton de rouille, cachait l'église d'Aracœli, le faîte où le temple de Jupiter Capitolin, autrefois, resplendissait, dans sa royauté de protection divine. Puis, à gauche, sur la pente du Caprinus, où les chèvres paissaient au Moyen

Age, s'étageaient de laides maisons ; tandis que les quelques beaux arbres du palais Caffarelli, occupé par l'ambassade d'Allemagne, verdissaient le sommet de l'antique roche Tarpéienne, presque introuvable aujourd'hui, perdue, noyée dans les murs de soutènement. Et c'était là ce mont du Capitole, la plus glorieuse des sept collines, avec sa forteresse, avec son temple, auquel était promis l'empire du monde, le Saint-Pierre de la Rome antique ! ce mont escarpé du côté du Forum, à pic du côté du champ de Mars, d'aspect formidable ! ce mont que la foudre visitait, que le bois de l'Asile, avec ses chênes sacrés, au plus lointain des âges, rendait mystérieux, frissonnant d'un inconnu farouche ! Plus tard, la grandeur romaine y eut les tables de son état civil. Les triomphateurs y montèrent, les empereurs y devinrent dieux, debout dans leurs statues de marbre. Et les yeux, à cette heure, cherchent avec étonnement, comment tant d'histoire, tant de gloire ont pu tenir dans si peu d'espace, cet îlot montueux et confus de mesquines toitures, une taupinière pas plus grande, pas plus haute qu'un petit bourg perché entre deux vallons.

Puis, l'autre surprise, pour Pierre, fut le Forum, partant du Capitole, s'allongeant au bas du Palatin : une étroite place resserrée entre les collines voisines, un bas-fond où Rome grandissante avait dû entasser les édifices, étouffant, manquant d'espace. Il a fallu creuser profondément, pour retrouver le sol vénérable de la République, sous les quinze mètres d'alluvion amenés par les siècles ; et le spectacle n'est maintenant qu'une longue fosse blafarde, tenue avec propreté, sans ronces ni lierres, où apparaissent, tels que des débris d'os, les fragments du pavage, les soubassements des colonnes, les massifs des fondations. À terre, la basilique Julia, reconstituée en entier, est simplement comme la projection d'un plan d'architecte. Seul, de ce côté, l'arc de Septime Sévère a gardé sa carrure intacte ; tandis que les quelques colonnes qui restent du temple de Vespasien, isolées, debout par miracle au milieu des effondrements, ont pris une élégance fière, une souveraine audace d'équilibre, fines et dorées dans le ciel bleu. La colonne de Phocas est aussi là, debout ; et, des Rostres, à côté, on voit ce qu'on en a rétabli, avec des morceaux découverts aux alentours. Mais il faut aller plus loin que les trois colonnes du temple de Castor et Pollux, plus loin que les vestiges de la maison des vestales, plus loin que le temple de Faustine, où l'église chrétienne San Lorenzo s'est installée si tranquillement, plus loin encore que le temple rond de Romulus, pour éprouver l'extraordinaire sensation d'énormité que cause la basilique de Constantin, avec ses trois colossales voûtes béantes. Vues du Palatin, on dirait des porches ouverts pour un monde de géants, d'une telle épaisseur de maçonnerie, qu'un fragment, tombé d'une des arcades, gît par terre, tel qu'un bloc détaché d'une montagne. Et là, dans ce Forum illustre, si étroit et si débordant, l'histoire du plus grand des peuples avait tenu pendant des siècles, depuis la légende des Sabines réconciliant les Romains et les Sabins, jusqu'à la proclamation des libertés publiques, lentement conquises par les plébéiens sur les patriciens. N'était-ce pas à la fois le marché, la Bourse, le tribunal, la salle des assemblées politiques, ouverte au plein air ? Les Gracques y avaient défendu la cause des humbles, Sylla y afficha ses listes de proscription, Cicéron y parla, et sa tête sanglante y fut accrochée. Puis, les empereurs en obscurcirent le vieil éclat, les siècles enfouirent sous leur poussière les monuments et les temples, à ce point que le Moyen Age n'y trouva de place que pour y installer un marché aux bœufs. Le respect est revenu, un respect violateur des tombes, une fièvre de curiosité et de science, qui s'irrite aux hypothèses, égarée dans ce sol historique où les générations se superposent, partagée entre les quinze à vingt reconstitutions qu'on a faites du Forum, toutes aussi plausibles les unes que les autres. Pour un simple passant, qui n'est ni un érudit, ni un lettré de profession, qui n'a point relu de la veille l'histoire romaine, les détails disparaissent, il ne reste, dans ce terrain fouillé de partout, qu'un cimetière de ville où blanchissent les vieilles pierres exhumées, et d'où s'élève la grande mélancolie des peuples morts. De place en place, Pierre voyait la voie Sacrée qui reparaît, tourne, descend, puis remonte, avec son dallage, creusé par la roue des chars ; et il songeait au triomphe, à l'ascension du triomphateur, que son char devait secouer si durement sur ce rude pavé de gloire.

Mais, vers le sud-est, l'horizon s'élargissait encore, et il apercevait la grande masse du Colisée, au-delà de l'arc de Titus et de l'arc de Constantin. Ah ! ce colosse dont les siècles n'ont entamé qu'une moitié, comme d'un immense coup de faux, il reste, dans son énormité, dans sa majesté, tel qu'une dentelle de pierre, avec ces centaines de baies vides, béantes sur le bleu du ciel ! C'est un monde de vestibules, d'escaliers, de paliers, de couloirs, un monde où l'on se perd, au milieu d'une solitude et d'un silence de mort ; et, à l'intérieur, les gradins ravinés, mangés par l'air, semblent les degrés informes de quelque ancien cratère éteint, une sorte de cirque naturel, taillé par la force des éléments, en pleine roche indestructible. Seuls, les grands soleils de dix-huit cents ans ont cuit et roussi cette ruine, qui est retournée à l'état de nature, nue et dorée ainsi qu'un flanc de montagne, depuis qu'on l'a dépouillée de la végétation, de toute la flore qui en faisait un coin de forêt vierge. Et, maintenant, quelle évocation, lorsque, sur cette ossature morte, l'imagination remet la chair, le sang et la vie, emplit le cirque des quatre-vingt-dix mille spectateurs qu'il pouvait contenir, déroule les jeux et les combats de l'arène, entasse là une civilisation, depuis l'empereur et sa cour jusqu'à la houle de la plèbe, dans l'agitation et l'éclat de tout un peuple enflammé de passion, sous le rouge reflet du gigantesque *velum* de pourpre. Puis, c'était aussi, plus loin, à l'horizon, une autre ruine cyclopéenne, les thermes de Caracalla, laissée là de même comme le vestige d'une race de géants, disparue de la terre : des salles d'une ampleur, d'une hauteur extravagantes et inexplicables ; deux vestibules à recevoir la population d'une ville ; un *frigidarium* où la piscine pouvait contenir à la fois cinq cents baigneurs ; un *tepidarium*, un *caldarium* d'égale taille, nés de la folie de l'énorme ; et la masse effroyable du monument, l'épaisseur des massifs, telle qu'aucun château fort n'en a connu de pareille ; et toute cette immensité où les visiteurs qui passent ont l'air de fourmis égarées, une si extraordinaire débauche de ciment et de briques, qu'on se demande pour quels hommes, pour quelles foules ce monstrueux édifice a pu être bâti. On dirait aujourd'hui des rochers frustes, des matériaux abattus de quelque sommet, entassés là, pour la construction d'une demeure de titans.

Et Pierre était envahi par ce passé démesuré où il baignait. De toutes parts, des quatre points de l'horizon vaste, l'Histoire ressuscitait, montait vers lui, en un flot débordant. Au nord et à l'ouest, ces plaines bleuâtres, à l'infini, c'était l'Étrurie antique ; les montagnes de la Sabine découpaient à l'est leurs crêtes dentelées ; tandis que, vers le sud, les monts Albains et le Latium s'élargissaient dans la pluie d'or du soleil ; et Albe la Longue était là, ainsi que le mont Cave, couronné de chênes, avec son couvent qui a remplacé le vieux temple de Jupiter. Puis, à ses pieds, au-delà du Forum, au-delà du Capitole, Rome elle-même s'étendait, l'Esquilin en face, le Caelius et l'Aventin à sa droite, les autres qu'il ne pouvait voir, le Quirinal, le Viminal, à sa gauche. Derrière, au bord du Tibre, était le Janicule. Et la ville entière prenait une voix, lui contait sa grandeur morte.

Alors, ce fut en lui une involontaire évocation, une résurrection vivante. Ce Palatin qu'il venait de visiter, ce Palatin gris et morne, rasé comme une cité maudite, semé de quelques murs croulants, tout d'un coup s'anima, se peupla, repoussa avec ses palais et ses temples. C'était le berceau même de Rome, Romulus avait fondé là sa ville, sur ce sommet, dominant le Tibre, tandis que les Sabins, en face, occupaient le Capitole. Les sept rois de ses deux siècles et demi de monarchie l'avaient sûrement habité, enfermés dans les hautes et fortes murailles, que trois portes seulement trouaient. Ensuite, se déroulaient les cinq siècles de République, les plus grands, les plus glorieux, ceux qui avaient soumis la péninsule italique, puis le monde, à la domination romaine. Pendant ces victorieuses années de luttes sociales et guerrières, Rome agrandie avait peuplé les sept collines, le Palatin n'était demeuré que le berceau vénérable, avec ses temples légendaires, peu à peu envahi lui-même par des maisons privées. Mais César, incarnant la toute-puissance de la race, venait, après les Gaules et après Pharsale, de triompher au nom du peuple romain entier, dictateur, empereur, ayant achevé la colossale besogne, dont les cinq nouveaux siècles d'Empire allaient profiter fastueusement, au galop lâché de tous les appétits. Et Auguste pouvait prendre le pouvoir, la gloire était à son comble, les milliards attendaient d'être volés au fond des provinces, le gala impérial commençait, dans la capitale du monde, aux yeux des nations lointaines, éblouies et vaincues. Lui était né au Palatin, et son orgueil, après que la victoire d'Actium lui eut donné l'Empire, fut de revenir régner du haut de ce mont sacré, vénéré du peuple. Il y acheta des maisons particulières, il y bâtit son palais, dans un éclat de luxe, inconnu jusqu'alors : un atrium soutenu par quatre pilastres et huit colonnes ; un péristyle qu'entouraient cinquante-six colonnes d'ordre ionique ; des appartements privés à l'entour, tout en marbre ; une profusion de marbres, venus à grands frais de l'étranger, des couleurs les plus vives, resplendissant comme des pierres précieuses. Et il s'était logé avec les dieux, il avait bâti près de sa demeure le grand temple d'Apollon et un temple de Vesta, pour s'assurer la royauté divine, éternelle. Dès lors, la semence des palais impériaux se trouvait jetée, ils allaient croître, et pulluler, et couvrir le Palatin entier.

Ah ! cette toute-puissance d'Auguste, ces quarante-quatre années d'un pouvoir total, absolu, surhumain, tel qu'aucun despote, même dans la folie de ses rêves, n'en a connu le pareil ! Il s'était fait donner tous les titres, il avait réuni en sa personne toutes les magistratures. Imperator et consul, il commandait les armées, il exerçait le pouvoir exécutif ; proconsul, il avait la suprématie dans les provinces ; censeur perpétuel et princeps, il régnait sur le Sénat ; tribun, il était le maître du peuple. Et il s'était fait proclamer Auguste, sacré, dieu parmi les hommes, ayant ses temples, ses prêtres, adoré de son vivant comme une divinité de passage sur la terre. Et, enfin, il avait voulu être grand pontife, joignant le pouvoir religieux au pouvoir civil, réalisant là, par un coup de génie, la totalité de la domination suprême à laquelle un homme puisse monter. Le grand pontife ne devant pas habiter une maison privée, il avait déclaré sa maison propriété de l'État. Le grand pontife ne pouvant s'éloigner du temple de Vesta, il avait eu chez lui un temple de cette déesse, laissant aux vestales, en bas du Palatin, la garde de l'ancien autel. Rien ne lui coûtait, car il sentait bien que la souveraineté humaine, la mainmise sur les hommes et le monde, était là, dans cette double puissance en une personne, être à la fois le roi et le prêtre, l'empereur et le pape. Toute la sève d'une forte race, toutes les victoires amassées et toutes les fortunes éparses encore, s'épanouirent chez Auguste, en une splendeur unique, qui jamais plus ne devait rayonner avec cet éclat. Il fut vraiment le maître de la terre, les pieds sur le front des peuples conquis et pacifiés, dans une immortelle gloire de littérature et d'art. Il semble qu'en lui se soit satisfaite, à ce moment, la vieille et âpre ambition de son peuple, les siècles de conquête patiente qu'il avait mis à être le peuple roi. C'est le sang romain, c'est le sang d'Auguste qui rougeoie enfin au soleil, en pourpre impériale. C'est le sang d'Auguste, divin, triomphal, absolu souverain des corps et des âmes, ce sang d'un homme auquel aboutit la longue hérédité de sept siècles d'orgueil national, et d'où une postérité d'universel orgueil, innombrable et sans fin, va descendre à travers les âges. Car, dès lors, c'en était fait, le sang d'Auguste devait renaître et battre dans les veines de tous les maîtres de Rome, en les hantant du rêve, éternellement recommencé, de la possession du monde. Un instant, le rêve a été réalisé, Auguste, empereur et pontife, a possédé l'humanité, l'a tenue dans sa main, tout entière, sans réserve, ainsi qu'une chose à lui. Et, plus tard, après la déchéance, lorsque le pouvoir s'est scindé, a été de nouveau partagé entre le roi et le prêtre, les papes n'ont pas eu d'autre passionné désir, d'autre politique séculaire, que de vouloir reconquérir l'autorité civile, la totalité de la domination, le cœur brûlé par le sang atavique, le flot rouge et dévorateur du sang de l'ancêtre.

Puis, Auguste mort et son palais fermé, consacré, devenu un temple, Pierre voyait sortir du sol le palais de Tibère. C'était à cette place même, sous ses pieds, sous ces beaux chênes verts qui l'abritaient. On le rêvait solide et grand, avec des cours, des portiques, des salles, malgré l'humeur assombrie de l'empereur, qui vécut loin de Rome, au milieu d'un peuple de délateurs et de débauchés, le cœur et le cerveau empoisonnés par le pouvoir jusqu'au crime, jusqu'aux accès des plus extraordinaires démences. Puis, c'était le palais de Caligula qui surgissait, un agrandissement de la maison de Tibère, des arcades établies pour en élargir les constructions, un pont jeté par-dessus le Forum, aboutissant au Capitole, où le prince voulait pouvoir aller causer à l'aise avec Jupiter, dont il se disait le fils ; et le trône avait aussi rendu celui-ci féroce, un fou furieux lâché dans la toute-puissance. Puis, après Claude, Néron, renchérissant, n'avait pas trouvé le Palatin assez vaste, exigeant pour lui un palais immense, s'emparant des jardins délicieux qui montaient jusqu'au sommet de l'Esquilin, pour y installer sa Maison d'Or, un rêve de l'énormité dans la somptuosité, qu'il ne put mener jusqu'au bout, dont les ruines disparurent vite, pendant les troubles qui suivirent sa vie et sa mort de monstre affolé d'orgueil. Puis, en dix-huit mois, Galba, Othon, Vitellius tombent l'un sur l'autre, dans la boue et dans le sang, rendus à leur tour monstrueux et imbéciles par la pourpre, gorgés de jouissances à l'auge impériale, ainsi que des bêtes immondes ; et ce sont alors les Flaviens, un repos d'abord de la raison et de la bonté humaines, Vespasien, Titus qui bâtirent peu sur le Palatin, Domitien ensuite avec qui recommence la folie sombre de l'omnipotence, sous le régime de la peur et de la délation, des atrocités absurdes, des crimes, des débauches hors nature, des constructions d'une vanité démente dont le faste luttait avec celui des temples élevés aux dieux : telle cette maison de Domitien, qu'une ruelle séparait de celle de Tibère, et qui s'élevait colossale, un palais d'apothéose, avec sa salle d'audience au trône d'or, aux seize colonnes de marbres phrygiens et numidiques, aux huit niches garnies de statues admirables, avec sa salle de tribunal, sa grande salle à manger, son péristyle, ses appartements, où les granits, les porphyres, les albâtres débordaient, travaillés par les artistes fameux, prodigués pour l'éblouissement du monde. Puis, enfin, des années plus tard, un dernier palais s'ajoutait à l'énorme masse des autres, le palais de Septime Sévère, une bâtisse d'orgueil encore, des arches qui supportaient des salles hautes, des étages qui s'élevaient sur des terrasses, des tours qui dominaient les toitures, tout un entassement babylonien, dressé là, à la pointe extrême du mont, en face de la voie Appienne, pour que, disait-on, les compatriotes de l'empereur, les provinciaux venus d'Afrique où il était né, pussent, dès l'horizon, s'émerveiller de sa fortune et l'adorer dans sa gloire.

Et, maintenant, Pierre les voyait debout et resplendissants, Pierre les avait devant lui, autour de lui, tous ces palais évoqués, ressuscités au grand soleil. Ils étaient comme soudés les uns aux autres, quelques-uns à peine séparés par des passages étroits. Dans le désir de ne pas perdre un pouce du terrain, sur ce sommet sacré, ils avaient poussé en une masse compacte, ainsi qu'une monstrueuse floraison de la force, de la puissance et de l'orgueil déréglés, se satisfaisant à coups de millions, saignant le monde pour la jouissance d'un seul ; et, à la vérité, il n'y avait là qu'un palais unique, sans cesse agrandi, à mesure que l'empereur défunt passait dieu et que le nouvel empereur, désertant la demeure consacrée, devenue temple, où l'ombre du mort l'épouvantait peut-être, éprouvait l'impérieux besoin de se bâtir sa maison à lui, de tailler dans l'éternité de la pierre l'indestructible souvenir de son règne. Tous avaient eu cette fureur de la construction, elle semblait tenir au sol, au trône qu'ils occupaient, elle renaissait chez chacun d'eux, avec une intensité grandissante, les dévorant du besoin de lutter, de se surpasser par des murs plus épais et plus hauts, par des amas plus extraordinaires de marbres, de colonnes, de statues. Et la pensée de survie glorieuse était la même chez tous, laisser aux générations stupéfaites le témoignage de leur grandeur, se perpétuer dans des merveilles qui ne devaient pas périr, peser à jamais sur la terre de tout le poids de ces colosses, lorsque le vent aurait emporté leur légère cendre. Et le plateau du Palatin n'avait plus été ainsi que la base vénérable d'un prodigieux monument, une végétation drue d'édifices juxtaposés, empilés, où chaque nouveau corps de logis était comme un accès éruptif de la fièvre d'orgueil, et dont la masse, avec l'éclat de neige des marbres blancs, avec les tons vifs des marbres de couleur, avait fini par couronner Rome et la terre entière de la maison souveraine, palais, temple, basilique ou cathédrale, la plus extraordinaire et la plus insolente, qui jamais se soit dressée sous le ciel.

Mais la mort était dans cet excès de force et de gloire. Sept siècles et demi de monarchie et de République avaient fait la grandeur de Rome ; et, en cinq siècles d'Empire, le peuple roi allait être mangé, jusqu'au dernier muscle. C'était l'immense territoire, les provinces les plus lointaines peu à peu pillées, épuisées ; c'était le fisc dévorant tout, creusant le gouffre de la banqueroute inévitable ; et c'était aussi le peuple abâtardi, nourri du poison des spectacles, tombé à la fainéantise débauchée des Césars, pendant que des mercenaires se battaient et cultivaient le sol. Dès Constantin, Rome a une rivale, Byzance, et le démembrement s'opère avec Honorius, et douze empereurs alors suffisent pour achever l'œuvre de décomposition, la proie mourante à ronger, jusqu'à Romulus Augustule, le dernier, le chétif misérable, dont le nom est comme une dérision de toute la glorieuse histoire, un double soufflet au fondateur de Rome et au fondateur de l'Empire. Sur le Palatin désert, les palais, le colossal amas de murailles, d'étages, de terrasses, de toitures hautes, triomphait toujours. Déjà, pourtant, on avait arraché des ornements, enlevé des statues, pour les porter à Byzance. L'Empire, devenu chrétien, ferma ensuite les temples, éteignit le feu de Vesta, en respectant encore l'antique *palladium*, la statue d'or de la Victoire, symbole de la Rome éternelle, qui était religieusement gardée dans la chambre même de l'empereur. Jusqu'au quatrième siècle, elle conserva son culte. Mais, au cinquième siècle, les Barbares se ruent, saccagent, brûlent Rome, emportent à pleins chariots les dépouilles laissées par la flamme. Tant que la ville avait dépendu de Byzance, un surintendant des palais impériaux était demeuré là, veillant sur le Palatin. Puis, tout se noie, tout s'effondre dans la nuit du Moyen Age. Il semble bien que, dès lors, les papes aient lentement pris la place des Césars, leur succédant dans leur maison de marbre abandonnée et dans leur volonté toujours vivante de domination. Ils ont sûrement habité le palais de Septime Sévère, un concile a été tenu au Septizonium, de même que, plus tard, Gélase II a été élu dans un monastère voisin, sur ce mont d'apothéose. C'était Auguste encore, se relevant du tombeau, de nouveau maître du monde, avec son Sacré Collège, qui allait ressusciter le Sénat romain. Au douzième siècle, le Septizonium appartenait à des moines camaldules, lesquels le cédèrent à la puissante famille des Frangipane, qui le fortifièrent, comme ils avaient fortifié le Colisée, les arcs de Constantin et de Titus, toute une vaste forteresse englobant le mont vénérable, le berceau, presque en entier. Et les violences des guerres civiles, les ravages des invasions, passèrent telles que des ouragans, abattirent les murailles, rasèrent les palais et les tours. Des générations vinrent plus tard qui envahirent les ruines, s'y installèrent par droit de trouvaille et de conquête, en firent des caves, des greniers à fourrage, des écuries pour les mulets. Dans les terres éboulées, recouvrant les mosaïques des salles impériales, des jardins potagers se créèrent, des vignes furent plantées. De toutes parts, obstruant ces champs déserts, les orties et les ronces poussaient, les lierres achevaient de manger les portiques abattus. Et il vint un jour où le colossal entassement de palais et de temples, où le triomphal logis des empereurs, que le marbre devait rendre éternel, sembla rentrer dans la poussière du sol, disparut sous la houle de terre et de végétation que l'impassible nature avait roulée sur elle. Au brûlant soleil, parmi les fleurs sauvages, il n'y avait plus là que de grosses mouches bourdonnantes, tandis que des troupeaux de chèvres erraient en liberté, au travers de la salle du trône de Domitien et du sanctuaire effondré d'Apollon.

Pierre sentit un grand frisson qui le traversait. Tant de force et d'orgueil, tant de grandeur ! Et une ruine si rapide, tout un monde balayé, à jamais ! Quel souffle nouveau, barbare et vengeur, avait dû souffler sur cette éclatante civilisation pour l'éteindre ainsi, et dans quelle nuit réparatrice, dans quelle ignorance d'enfant sauvage, elle avait dû tomber pour s'anéantir d'un coup, avec son faste et ses chefs-d'œuvre ! Il se demandait comment des palais entiers, peuplés encore de leurs sculptures admirables, de leurs colonnes et de leurs statues, avaient pu s'enliser peu à peu, s'enfouir, sans que personne s'avisât de les protéger. Ces chefs-d'œuvre, qu'on devait plus tard déterrer, dans un cri d'universelle admiration, ce n'était pas une catastrophe qui les avait engloutis, ils s'étaient comme noyés, pris aux jambes, puis à la taille, puis au cou, jusqu'au jour où la tête avait sombré, sous le flot montant ; et comment expliquer que des générations avaient assisté à cela, insoucieuses, ne songeant même pas à tendre la main ? Il semble qu'un rideau noir soit brusquement tiré sur le monde, et c'est une autre humanité qui recommence, avec un cerveau neuf qu'il faut repétrir et meubler. Rome s'était vidée, on ne réparait plus ce que le fer et la flamme avaient entamé, une extraordinaire incurie laissait crouler les édifices trop vastes, devenus inutiles ; sans compter que la religion nouvelle traquait l'ancienne, lui volait ses temples, renversait ses dieux. Enfin, des remblais achevèrent le désastre, car le sol montait toujours, les alluvions du jeune monde chrétien recouvraient et nivelaient l'antique société païenne. Et, après le vol des temples, le vol des toitures de bronze, des colonnes de marbre, le comble, plus tard, ce fut le vol des pierres, arrachées au Colisée et au théâtre de Marcellus, ce furent les statues et les bas-reliefs cassés à coups de marteau, jetés dans des fours, pour fabriquer la chaux nécessaire aux nouveaux monuments de la Rome catholique.

Il était près d'une heure, et Pierre s'éveilla comme d'un rêve. Le soleil tombait en pluie d'or, à travers les feuilles luisantes des chênes verts, Rome s'était assoupie à ses pieds, sous la grande chaleur. Et il se décida à quitter le jardin, les pieds maladroits sur l'inégal pavé du chemin de la Victoire, l'esprit hanté encore d'aveuglantes visions. Pour que la journée fût complète, il s'était promis de voir, l'après-midi, l'ancienne voie Appienne. Il ne voulut pas retourner rue Giulia, il déjeuna dans un cabaret de faubourg, dans une vaste salle à demi obscure, où, absolument seul, au milieu du bourdonnement des mouches, il s'oublia plus de deux heures, à attendre le déclin du soleil.

Ah ! cette voie Appienne, cette antique Reine des routes, trouant la Campagne de sa longue ligne droite, avec la double rangée de ses orgueilleux tombeaux, elle ne fut pour lui que le prolongement triomphal du Palatin ! C'était la même volonté de splendeur et de domination, le même besoin d'éterniser sous le soleil, dans le marbre, la mémoire de la grandeur romaine. L'oubli était vaincu, les morts ne consentaient pas au repos, restaient debout parmi les vivants, à jamais, aux deux bords de ce chemin où passaient les foules du monde entier ; et les images déifiées de ceux qui n'étaient plus que poussière, regardent aujourd'hui encore les passants de leurs yeux vides ; et les inscriptions parlent encore, disent tout haut les noms et les titres. Du tombeau de Caecilia Metella à celui de Casal Rotondo, sur ces kilomètres de route plate et directe, la double rangée était jadis ininterrompue, une sorte de double cimetière en long, dans lequel les puissants et les riches luttaient de vanité, à qui laisserait le mausolée le plus vaste, décoré avec la prodigalité la plus fastueuse : passion de la survie, désir pompeux d'immortalité, besoin de diviniser la mort en la logeant dans des temples, dont la magnificence actuelle du Campo Santo de Gênes et du Campo Verano de Rome, avec leurs tombes monumentales, est comme le lointain héritage. Et quelle évocation de tombes démesurées, à droite et à gauche du pavé glorieux que les légions romaines ont foulé, au retour de la conquête de la terre ! Ce tombeau de Caecilia Metella, aux blocs énormes, aux murs assez épais pour que le Moyen Age en ait fait le donjon crénelé d'une forteresse. Puis, tous ceux qui suivent : les constructions modernes qu'on a élevées, pour y rétablir à leur place les fragments de marbre découverts aux alentours ; les massifs anciens de ciment et de briques, dépouillés de leurs sculptures, restés debout ainsi que des roches mangées à demi ; les blocs dénudés, indiquant encore des formes, des édicules en façon de temple, des cippes, des sarcophages, posés sur des soubassements. Toute une étonnante succession de hauts-reliefs représentant les portraits des morts par groupes de trois et de cinq, de statues debout où les morts revivaient en une apothéose, de bancs dans des niches pour que les voyageurs pussent s'asseoir en bénissant l'hospitalité des morts, d'épitaphes louangeuses célébrant les morts, les connus et les inconnus, les enfants de Sextus Pompeius Justus, les Marcus Servilius Quartus, les Hilarius Fuscus, les Rabirius Hermodorus, sans compter les sépultures hasardeusement attribuées, celle de Sénèque, celle des Horaces et des Curiaces. Et enfin, au bout, la plus extraordinaire, la plus géante, celle qu'on désigne sous le nom de Casal Rotondo, si large, qu'une ferme, avec un bouquet d'oliviers, a pu s'installer sur les substructions, qui portaient une double rotonde, ornée de pilastres corinthiens, de grands candélabres et de masques scéniques.

Pierre, qui s'était fait amener en voiture jusqu'au tombeau de Caecilia Metella, continua sa promenade à pied, alla lentement jusqu'à Casal Rotondo. Par places, l'ancien pavé reparaît, de grandes pierres plates, des morceaux de lave, déjetés par le temps, rudes aux voitures les mieux suspendues. À droite et à gauche, filent deux bandes d'herbe, où s'alignent les ruines des tombeaux, d'une herbe abandonnée de cimetière, brûlée par les soleils d'été, semée de gros chardons violâtres et de hauts fenouils jaunes. Un petit mur à hauteur d'appui, bâti en pierres sèches, clôt de chaque côté ces marges roussâtres, pleines d'un crépitement de sauterelles ; et, au-delà, à perte de vue, la Campagne romaine s'étend, immense et nue. À peine, près des bords, de loin en loin, aperçoit-on un pin parasol, un eucalyptus, des oliviers, des figuiers, blancs de poussière. Sur la gauche, les restes de l'Aqua Claudia détachent dans les prés leurs arcades couleur de rouille, des cultures maigres s'étendent au loin, des vignes avec de petites fermes, jusqu'aux monts de la Sabine et jusqu'aux monts Albains, d'un bleu violâtre, où les taches claires de Frascati, de Rocca di Papa, d'Albano, grandissent et blanchissent, à mesure qu'on approche ; tandis que, sur la droite, du côté de la mer, la plaine s'élargit et se prolonge, par vastes ondulations, sans une maison, sans un arbre, d'une grandeur simple extraordinaire, une ligne unique, toute plate, un horizon d'océan qu'une ligne droite, d'un bout à l'autre, sépare du ciel. Au gros de l'été, tout brûle, la prairie illimitée flambe, d'un ton fauve de brasier. Dès septembre, cet océan d'herbe commence à verdir, se perd dans du rose et dans du mauve, jusqu'au bleu éclatant, éclaboussé d'or, des beaux couchers de soleil.

Et Pierre, promenant sa rêverie, était seul, s'avançait à pas lents, le long de l'interminable route plate, dont la mélancolique majesté est faite de solitude et de silence, toute nue, toute droite à l'infini, dans l'infini de la Campagne. En lui, la résurrection du Palatin recommençait, les tombeaux des deux bords se dressaient de nouveau, avec l'éblouissante blancheur de leurs marbres. N'était-ce pas ici, au pied de ce massif de briques, affectant l'étrange forme d'un grand vase, qu'on avait trouvé la tête d'une statue colossale, mêlée à des débris d'énormes sphinx ? Et il revoyait debout la colossale statue, entre les énormes sphinx accroupis. Plus loin, dans la petite cellule d'une sépulture, c'était une belle statue de femme sans tête qu'on avait découverte ; et il la revoyait entière, avec un visage de grâce et de force, souriante à la vie. D'un bout à l'autre, les inscriptions se complétaient, il les lisait, les comprenait couramment, revivait en frère avec ces morts de deux mille ans. Et la route, elle aussi, se peuplait, les chars roulaient avec fracas, les armées défilaient d'un pas lourd, le peuple de Rome voisine le coudoyait, dans l'agitation fiévreuse des grandes cités. On était sous les Flaviens, sous les Antonins, aux grandes années de l'Empire, lorsque la voie Appienne atteignit tout le faste de ses tombeaux géants, sculptés et décorés comme des temples. Quelle rue monumentale de la mort, quelle arrivée dans Rome, cette rue toute droite où les grands morts vous accueillaient, vous introduisaient chez les vivants, avec l'extraordinaire pompe de leur orgueil qui survivait à leur cendre ! Chez quel peuple souverain, dominateur du monde, allait-on entrer ainsi, pour qu'il eût confié à ses morts le soin de dire à l'étranger que rien ne finissait chez lui, pas même les morts, éternellement glorieux dans des monuments démesurés ? Un soubassement de citadelle, une tour de vingt mètres de diamètre, pour y coucher une femme ! Et Pierre, s'étant retourné, aperçut distinctement, tout au bout de la rue superbe, éclatante, bordée des marbres de ses palais funèbres, le Palatin qui s'élevait au loin, dressant les marbres étincelants du palais des empereurs, l'énorme entassement des palais dont la toute-puissance dominait la terre.

Mais il eut un léger tressaillement : deux carabiniers, qu'il n'avait point vus, dans ce désert, parurent entre les ruines. L'endroit n'était pas sûr, l'autorité veillait discrètement sur les touristes, même en plein midi. Et, plus loin, il fit une autre rencontre qui lui causa une émotion. C'était un ecclésiastique, un grand vieillard à la soutane noire, lisérée et ceinturée de rouge, dans lequel il eut la surprise de reconnaître le cardinal Boccanera. Il avait quitté la route, il marchait avec lenteur dans la bande d'herbe, au milieu des hauts fenouils et des rudes chardons ; et, la tête basse, parmi les débris de tombeaux que ses pieds frôlaient, il était tellement absorbé, qu'il ne vit même pas le jeune prêtre. Celui-ci, courtoisement, se détourna, saisi de le voir seul, si loin. Puis, il comprit, en découvrant, derrière une construction, un lourd carrosse, attelé de deux chevaux noirs, près duquel attendait, immobile, un laquais à la livrée sombre, tandis que le cocher n'avait même pas quitté le siège ; et il se souvenait que les cardinaux, ne pouvant marcher à pied dans Rome, devaient gagner en voiture la Campagne, s'ils voulaient prendre quelque exercice. Mais quelle tristesse hautaine, quelle grandeur solitaire et comme mise à part, dans ce grand vieillard songeur, doublement prince, chez les hommes et chez Dieu, forcé d'aller ainsi au désert, au travers des tombes, pour respirer un peu l'air rafraîchi du soir !

Pierre s'était attardé pendant de longues heures, le crépuscule tombait, et il assista encore à un admirable coucher de soleil. Sur la gauche, la Campagne devenait couleur d'ardoise, confuse, coupée par les arcades jaunissantes des aqueducs, barrée au loin par les monts Albains, qui s'évaporaient dans du rose ; pendant que, sur la droite, vers la mer, l'astre s'abaissait parmi de petits nuages, tout un archipel d'or semant un océan de braise mourante. Et rien autre, rien que ce ciel de saphir strié de rubis, au-dessus de l'infinie ligne plate de la Campagne. Rien autre, ni un monticule, ni un troupeau, ni un arbre. Rien que la silhouette noire du cardinal Boccanera, debout parmi les tombeaux, et qui se détachait, grandie, sur la pourpre dernière du soleil.

Le lendemain de bonne heure, Pierre, pris de la fièvre de tout voir, revint à la voie Appienne, pour visiter les catacombes de Saint-Calixte. C'est le plus vaste, le plus remarquable des cimetières chrétiens, celui où furent enterrés plusieurs des premiers papes. On monte à travers un jardin à demi brûlé, parmi des oliviers et des cyprès ; on arrive à une masure de planches et de plâtre, dans laquelle on a installé un petit commerce d'objets religieux ; et on y est, un escalier moderne, relativement commode, permet la descente. Mais Pierre fut heureux de trouver là des trappistes français, chargés de garder et de montrer aux touristes ces catacombes. Justement, un frère allait descendre avec deux dames, deux Françaises, la mère et la fille, l'une adorable de jeunesse, l'autre fort belle encore. Et elles souriaient toutes deux, un peu épeurées pourtant, pendant qu'il allumait les minces bougies longues. Il avait un front bossué, une large et solide mâchoire de croyant têtu, et ses pâles yeux clairs disaient l'enfantine ingénuité de son âme.

« Ah ! monsieur l'abbé, vous arrivez à propos... Si ces dames le veulent bien, vous allez vous joindre à nous ; car trois frères sont déjà en bas avec du monde, et vous attendriez longtemps... C'est la grosse saison des voyageurs. »

Ces dames, poliment, inclinèrent la tête, et il remit au prêtre une des petites bougies minces. Ni la mère ni la fille ne devaient être des dévotes, car elles avaient eu un coup d'œil oblique sur la soutane de leur compagnon, brusquement sérieuses. On descendit, on arriva à une sorte de couloir très étroit.

« Prenez garde, mesdames, répétait le religieux en éclairant le sol avec sa bougie. Marchez doucement, il y a des bosses et des pentes. »

Et il commença l'explication, d'une voix aiguë, avec une force de certitude extraordinaire. Pierre était descendu silencieux, la gorge serrée, le cœur battant d'émotion. Ah ! ces catacombes des premiers chrétiens, ces asiles de la foi primitive, que de fois il les avait rêvées, au temps innocent du séminaire ! Et, dernièrement encore, pendant qu'il écrivait son livre, que de fois il y avait songé, comme au plus antique et au plus vénérable vestige de cette communauté des petits et des simples, dont il prêchait le retour ! Mais il avait le cerveau tout plein des pages écrites par les poètes, par les grands prosateurs, qui ont décrit les catacombes. Il les voyait à travers ce grandissement de l'imagination, il les croyait vastes, pareilles à des villes souterraines, avec des avenues larges, avec des salles amples, capables de contenir des foules. Et dans quelle pauvre et humble réalité il tombait !

« Ah ! dame, oui ! répondait le frère aux questions de la mère et de la fille, ça n'a guère plus d'un mètre, deux personnes ne passeraient pas de front... Et comment on a creusé ça ? Oh ! c'est fort simple. Une famille, une corporation funèbre ouvrait une sépulture, n'est-ce pas ? Eh bien ! elle creusait une première galerie, à la pioche, dans ce terrain qu'on appelle du tuf granulaire : une terre rougeâtre comme vous voyez, à la fois tendre et résistante, très facile à travailler, et absolument imperméable ; enfin, une terre faite exprès, qui a merveilleusement conservé les corps. »

Il s'interrompit, montra, à la faible flamme de sa bougie, les cases creusées à droite et à gauche, dans les parois.

« Regardez, ce sont les *loculi*... Ils ouvraient donc une galerie souterraine, dans laquelle, des deux côtés, ils pratiquaient ces cases superposées, où ils couchaient les corps, le plus souvent enveloppés d'un simple suaire. Puis, ils fermaient l'ouverture avec une plaque de marbre, qu'ils cimentaient soigneusement... Dès lors, n'est-ce pas ? tout s'explique. Si d'autres familles se joignaient à la première, si la corporation s'étendait, ils prolongeaient la galerie au fur et à mesure qu'elle s'emplissait ; ils en ouvraient d'autres, à droite, à gauche, dans tous les sens ; même ils créaient un deuxième étage, plus profond... Tenez ! nous voici dans une galerie qui a bien quatre mètres de haut. Naturellement, on se demande comment ils pouvaient hisser les corps, à une pareille hauteur. Ils ne les hissaient pas, ils les descendaient au contraire, continuant à fouiller le sol davantage, dès que la rangée des cases d'en bas se trouvait pleine... Et c'est de la sorte qu'ici, par exemple, en moins de quatre siècles, ils ont creusé seize kilomètres de galeries, où plus d'un million de chrétiens ont dû être inhumés. Or, des catacombes existent par douzaines, toute la Campagne de Rome est ainsi trouée. Songez à cela et faites le calcul. »

Pierre écoutait, passionnément. Autrefois, il avait visité une fosse houillère, en Belgique, et il retrouvait ici les mêmes couloirs étranglés, la même pesanteur étouffante, un néant d'obscurité et de silence. Seules, les petites bougies étoilaient l'ombre épaisse, qu'elles n'éclairaient pas. Et il comprenait enfin ce travail de termites funéraires, ces trous de rats ouverts au hasard, poursuivis selon les besoins, sans art aucun, sans alignement, sans symétrie, au petit bonheur de l'outil. Le sol raboteux montait et descendait à chaque pas, les parois s'en allaient de biais, rien n'avait dû être fait au fil à plomb, ni à l'équerre. Ce n'était là qu'une œuvre de nécessité et de charité, de naïfs fossoyeurs de bonne grâce, des ouvriers illettrés, tombés à la maladresse de main de la décadence. Cela, surtout, devenait très sensible, dans les inscriptions et les emblèmes gravés sur les plaques de marbre. On aurait dit les dessins puérils que les gamins des rues tracent sur les murs.

« Vous voyez, continuait le trappiste, le plus souvent il n'y a qu'un nom ; parfois même pas de nom, et simplement les mots *in pace*... D'autres fois, il y a un emblème, la colombe de la pureté, la palme du martyre, ou bien le poisson, dont le nom grec est composé de cinq lettres, qui sont les initiales des cinq mots grecs : Jésus-Christ, Fils de Dieu, Sauveur des hommes. »

Il approchait de nouveau la petite flamme, et l'on distinguait la palme, un seul trait central, hérissé de quelques autres petits traits, la colombe ou le poisson, faits d'un contour, avec la queue figurée par un zigzag, l'œil par un point rond. Les lettres des inscriptions brèves s'en allaient de travers, inégales, déformées, la grosse écriture des ignorants et des simples.

Mais on était arrivé à une crypte, à une sorte de petite salle, où l'on avait retrouvé les tombeaux de plusieurs papes, entre autres celui de Sixte II, un saint martyr, en l'honneur duquel on y voyait une inscription métrique superbe, placée là par le pape Damase. Puis, dans une salle voisine, aussi étroite, un caveau de famille décoré plus tard de naïves peintures murales, on montrait la place où l'on avait découvert le corps de sainte Cécile. Et l'explication continuait, le religieux commentait les peintures, en tirait avec force la confirmation irréfutable de tous les sacrements et de tous les dogmes, le baptême, l'eucharistie, la résurrection, Lazare sortant du tombeau, Jonas rejeté par la baleine, Daniel dans la fosse aux lions, Moïse faisant jaillir l'eau du rocher, le Christ sans barbe des premiers âges accomplissant des miracles.

« Vous voyez bien, répétait-il, tout est là, ça n'a pas été préparé, et rien n'est plus authentique. »

Sur une question de Pierre, dont l'étonnement augmentait, il convint que les catacombes étaient primitivement de simples cimetières et qu'aucune cérémonie religieuse n'y était célébrée. Plus tard seulement, au quatrième siècle, quand on honora les martyrs, on utilisa les cryptes pour le culte. De même, elles ne devinrent un lieu de refuge que pendant les persécutions, aux époques où les chrétiens durent en dissimuler les entrées. Jusque-là, elles étaient restées librement, légalement ouvertes. Et telle était l'histoire vraie : des cimetières de quatre siècles, devenus des lieux d'asile et ravagés durant les troubles, honorés ensuite jusqu'au huitième siècle, dépouillés alors de leurs saintes reliques, puis tombés dans l'oubli, bouchés par les terres, enfouis pendant plus de sept cents ans, dans une telle insouciance, que les premiers travaux de recherches, au quinzième siècle, les remirent à la lumière comme une extraordinaire trouvaille, un véritable problème historique dont on n'a eu le dernier mot que de nos jours.

« Veuillez vous baisser, mesdames, reprit complaisamment le frère. Vous voyez, dans cette case, un squelette auquel on n'a point touché. Il est là depuis seize à dix-sept cents ans, et cela vous permet de bien comprendre comment on couchait les corps... Les savants disent que c'est une femme, sans doute une jeune fille... Le squelette était absolument complet, l'année dernière encore. Mais, vous le voyez, le crâne est défoncé. C'est un Américain qui l'a cassé d'un coup de canne, pour bien s'assurer que la tête n'était pas fausse. »

Ces dames s'étaient penchées, et leurs pâles visages, à la faible lumière dansante, exprimèrent une pitié mêlée d'effroi. La fille surtout, si frémissante de vie, avec sa bouche rouge, ses grands yeux noirs, apparut un instant, pitoyable et douloureuse. Et tout retomba dans l'ombre, les petites bougies se relevèrent, continuèrent, promenées le long des galeries, dans les ténèbres lourdes. Durant une heure encore, la visite se poursuivit, car le guide ne faisait pas grâce d'un détail, aimant certains coins, fouetté de zèle, comme s'il eût travaillé au salut des touristes.

Et Pierre suivait toujours, et une transformation profonde se passait en lui. Peu à peu, à mesure qu'il voyait et comprenait, sa stupeur première de trouver la réalité si différente de l'embellissement des conteurs et des poètes, sa désillusion de tomber dans ces trous de taupe, si pauvrement, si grossièrement creusés au fond de cette terre rougeâtre, se changeaient en une émotion fraternelle, en un attendrissement qui lui bouleversait le cœur. Et ce n'était pas la pensée des quinze cents martyrs, dont les os sacrés avaient reposé là. Mais quelle humanité douce, résignée et bercée d'espérance dans la mort ! Pour les chrétiens, ces basses galeries obscures n'étaient qu'un lieu temporaire de sommeil. S'ils ne brûlaient pas les corps, comme les païens, s'ils les enterraient, c'était qu'ils avaient pris aux Juifs leur croyance à la résurrection de la chair ; et cette idée heureuse de sommeil, de bon repos après une vie juste, en attendant les récompenses célestes, faisait la paix immense, le charme infini de la profonde cité souterraine. Tout y parlait de nuit noire et silencieuse, tout y dormait en une immobilité ravie, tout y patientait jusqu'au lointain réveil. Quoi de plus touchant que ces plaques de terre cuite ou de marbre, ne portant pas même un nom, uniquement gravées des mots *in pace*, en paix ! Être en paix enfin, dormir en paix, espérer en paix le Ciel futur, après la tâche faite ! Et cette paix, elle paraissait d'autant plus délicieuse, qu'elle était goûtée dans une parfaite humilité. Sans doute, tout art avait disparu, les fossoyeurs creusaient au hasard, avec des irrégularités d'ouvriers maladroits, les artistes ne savaient plus graver un nom, ni sculpter une palme ou une colombe. Seulement, quelle voix de jeune humanité s'élevait de cette pauvreté et de cette ignorance ! Des pauvres, des petits, des simples, le peuple pullulant couché, endormi sous la terre, pendant que le soleil, là-haut, continuait son œuvre. Une charité, une fraternité dans la mort : l'époux et l'épouse souvent couchés ensemble, avec l'enfant à leurs pieds ; le flot débordant des inconnus qui noyait le personnage, l'évêque, le martyr ; la plus touchante des égalités, celle de la modestie au fond de toute cette poussière, les cases pareilles, les plaques sans un ornement, la même ingénuité et la même discrétion confondant les rangées sans fin de têtes ensommeillées. C'était à peine si les inscriptions se permettaient des louanges, et combien prudentes, combien délicates : les hommes sont très dignes, très pieux, les femmes sont très douces, très belles, très chastes. Un parfum d'enfance montait, une tendresse illimitée et si largement humaine, la mort de la primitive communauté chrétienne, cette mort qui se cachait pour revivre et qui ne rêvait plus l'empire de ce monde.

Et, brusquement, Pierre vit se dresser dans son souvenir les tombeaux de la veille, ces tombeaux fastueux qu'il avait évoqués aux deux bords de la voie Appienne, qui étalaient au plein soleil l'orgueil dominateur de tout un peuple. Ils éclataient d'une ostentation superbe, avec leurs dimensions colossales, leur entassement de marbres, leurs inscriptions indiscrètes, leurs chefs-d'œuvre de sculpture, des frises, des bas-reliefs, des statues. Ah ! cette avenue de la mort pompeuse, en pleine Campagne rase, menant comme une voie de triomphe à la ville reine, éternelle, quel contraste extraordinaire, lorsqu'on la comparait à la cité souterraine des chrétiens, cette cité de la mort cachée, très douce, très belle, très chaste ! Ce n'était plus que du sommeil, de la nuit voulue et acceptée, toute une résignation sereine, à qui il ne coûtait rien de se confier au bon repos de l'ombre, en attendant les béatitudes du Ciel ; et il n'était pas jusqu'au paganisme mourant, perdant de sa beauté, cette maladresse de main des ouvriers ingénus, qui n'ajoutât au charme de ces pauvres cimetières, creusés loin du soleil, dans la nuit de la terre. Des millions d'êtres s'étaient couchés humblement dans cette terre forée comme par des fourmis prudentes, y avaient dormi leur sommeil durant des siècles, l'y dormiraient encore, mystérieux, bercés de silence et d'obscurité, si les hommes n'étaient venus déranger leur désir d'oubli, avant que les trompettes du Jugement eussent sonné la résurrection. La mort avait alors parlé de la vie, rien ne s'était trouvé plus vivant, d'une vie plus intime et plus émue, que ces villes enfouies des morts sans nom, ignorés et innombrables. Tout un souffle immense en était sorti autrefois, le souffle d'une humanité nouvelle, qui allait renouveler le monde. Avec l'humilité, avec le mépris de la chair, avec la haine terrifiée de la nature, l'abandon des jouissances terrestres, la passion de la mort qui délivre et ouvre le paradis, un autre monde commençait. Et le sang d'Auguste, si fier de sa pourpre au soleil, si éclatant de souveraine domination, sembla un moment disparaître, comme si la terre nouvelle l'avait bu, au fond de ses ténèbres sépulcrales.

Le frère insista pour montrer à ces dames l'escalier de Dioclétien ; et il leur en contait la légende.

« Oui, un miracle... Sous cet empereur, des soldats poursuivaient des chrétiens, qui se réfugièrent dans ces catacombes ; et, lorsque les soldats s'entêtèrent à les y suivre, l'escalier se rompit, tous furent précipités... Les marches sont effondrées aujourd'hui encore. Venez voir, c'est à deux pas. »

Mais ces dames étaient brisées, envahies à la longue d'un tel malaise par ces ténèbres et ces histoires de mort, qu'elles voulurent absolument remonter. D'ailleurs, les minces bougies tiraient à leur fin, et ce fut pour tous un éblouissement, lorsqu'on se retrouva en haut, dans le soleil, devant la petite boutique d'objets pieux. La jeune fille acheta un presse-papiers, un morceau de marbre sur lequel était gravé le poisson, le symbole de Jésus-Christ, Fils de Dieu, Sauveur des hommes.

L'après-midi du même jour, Pierre tint à visiter la basilique de Saint-Pierre. Il n'en connaissait encore, pour l'avoir traversée en voiture, que la place grandiose, avec son obélisque et ses deux fontaines, dans le cadre vaste de la colonnade du Bernin, cette quadruple rangée de colonnes et de piliers, qui lui fait une ceinture de majesté monumentale. Au fond, la basilique s'élève, rapetissée et alourdie par sa façade, mais emplissant le ciel de son dôme souverain.

Sous le soleil brûlant, des pentes s'étendaient, cailloutées, désertes, des marches basses se succédaient, usées et blanchies ; et Pierre, tout au bout, entra. Il était trois heures, de larges rayons tombaient des hautes fenêtres carrées, une cérémonie, des vêpres sans doute, commençait dans la chapelle Clémentine, à gauche. Mais il n'entendit rien, il ne fut que frappé par l'immensité du vaisseau. À pas lents, les yeux en l'air, il en parcourut les dimensions démesurées. C'étaient, dès l'entrée, les bénitiers géants, avec leurs anges gras comme des Amours ; c'était la nef centrale, la colossale voûte en berceau, décorée de caissons ; c'étaient surtout, à la croisée, les quatre piliers cyclopéens qui soutiennent le dôme ; c'étaient encore les transepts et l'abside, dont chacun est à lui seul vaste comme une de nos églises. Et la pompe orgueilleuse, le faste éclatant, écrasant, le saisissait aussi : la coupole, pareille à un astre, qui resplendissait des tons vifs et des ors des mosaïques ; le baldaquin somptueux, dont le bronze a été pris au Panthéon, et qui couronne le maître-autel érigé sur le tombeau même de saint Pierre, où descend le double escalier de la Confession, qu'éclairent les quatre-vingt-sept lampes, éternellement allumées ; les marbres, enfin, une profusion, une prodigalité de marbres extraordinaire, des marbres blancs, des marbres de couleur, étalés, entassés. Ah ! ces marbres polychromes dont le Bernin a eu la folie luxueuse : le dallage splendide où tout l'édifice se reflète ; le revêtement des piliers ornés de médaillons représentant les papes, alternant avec la tiare et les clés, que portent des Anges joufflus ; les murs surchargés d'attributs compliqués, parmi lesquels se répète partout la colombe d'Innocent X ; les niches avec leurs statues colossales, d'un goût baroque ; les loges et leurs balcons, la rampe de la Confession et son double escalier, les autels riches et les tombeaux plus riches encore ! Tout, la grande nef, les bas-côtés, les transepts, l'abside, étaient en marbre, suaient le marbre, rayonnaient de la richesse du marbre, sans qu'on pût trouver un coin, large comme la paume de la main, qui n'eût pas l'ostentation insolente du marbre. Et la basilique triomphait, indiscutée, reconnue et admirée pour être l'église la plus grande et la plus opulente du monde, l'énormité dans la magnificence.

Pierre marchait toujours, errait par les nefs, regardait, accablé, sans rien distinguer encore. Il s'arrêta un instant devant le saint Pierre de bronze, à la pose raidie, hiératique, sur son socle de marbre. Quelques fidèles s'approchaient, baisant le pouce du pied droit : les uns l'essuyaient pour le baiser ; les autres, sans l'essuyer, le baisaient, appuyaient le front, puis le baisaient de nouveau. Et il retourna ensuite dans le transept de gauche, où sont les confessionnaux. Des prêtres y restent à demeure, prêts à confesser en toutes les langues. D'autres attendent, armés d'une longue baguette ; et ils frappent légèrement le crâne des pécheurs qui s'agenouillent, ce qui procure à ceux-ci trente jours d'indulgence. Mais très peu de monde était là, les prêtres occupaient leur attente, écrivaient, lisaient, comme chez eux, dans les étroites caisses de bois. Et il se retrouva devant la Confession, intéressé par les quatre-vingt-sept lampes, scintillantes ainsi que des étoiles. Le maître-autel, où le pape seul peut officier, semblait avoir une mélancolie hautaine de solitude, sous le baldaquin gigantesque et fleuri, dont la main-d'œuvre et la dorure ont coûté plus d'un demi-million. Puis, le souvenir lui revint de la cérémonie qu'on célébrait dans la chapelle Clémentine, et il s'étonna, car il n'entendait absolument rien. Il la crut finie, il voulut s'en assurer. Alors, à mesure qu'il se rapprocha, il saisit un souffle léger, comme un air de flûte qui venait de loin. Cela grandissait, il ne reconnut un chant d'orgues que lorsqu'il fut devant la chapelle. Des rideaux rouges, tirés devant les fenêtres, tamisaient le soleil ; et elle était ainsi toute rougeoyante d'une clarté de fournaise, toute sonore d'une musique grave. Mais combien perdue, combien réduite dans l'immensité du vaisseau, pour qu'à soixante pas on ne distinguât même plus ni les voix ni le grondement des orgues !

En entrant, Pierre avait cru l'église complètement vide, immense et morte. Puis, il s'était aperçu de la présence de quelques êtres, devinés au loin. Des gens se trouvaient là, mais si espacés, si rares, que cela était comme s'ils n'étaient pas. Des touristes s'égaraient, les jambes lasses, leur guide à la main. Au milieu de la grande nef, un peintre, avec son chevalet, ainsi que dans une galerie publique, prenait une vue. Tout un séminaire français défila ensuite, conduit par un prélat qui expliquait les tombeaux. Mais ces cinquante, ces cent personnes ne comptaient point, faisaient à peine l'effet, par la vaste étendue, de quelques fourmis noires égarées, cherchant leur route avec effarement. Et, dès lors, il eut la sensation nette d'une salle de gala géante, d'une véritable salle des pas perdus, dans un palais de réception démesuré. Les larges nappes de soleil qu'y versaient les hautes fenêtres carrées, sans verrière, l'éclairaient d'une clarté aveuglante, la traversaient de part en part d'une gloire. Pas un banc, pas une chaise, rien que le dallage superbe et nu, à l'infini, un dallage de musée, qui miroitait sous la pluie dansante des rayons. Aucun coin de recueillement, pas un coin d'ombre, de mystère, pour s'agenouiller et prier. Partout la lumière vive, l'éblouissement d'une souveraineté et d'une somptuosité de plein jour. Et lui, dans cette salle d'opéra, si déserte, allumée d'un tel flamboiement d'or et de pourpre, qui arrivait avec le frisson de nos cathédrales gothiques, où des foules obscures sanglotent parmi la forêt des piliers ! Lui qui apportait le souvenir endolori de l'architecture et de la statuaire émaciées du Moyen Age, toute âme, au milieu de cette majesté d'apparat, de cette pompe énorme et vide, qui était tout corps ! Vainement, il chercha une pauvre femme à genoux, un être de foi ou de souffrance, dans un demi-jour de pudeur, s'abandonnant à l'inconnu, causant avec l'invisible, bouche close. Il n'y avait toujours là que le va-et-vient lassé des touristes, l'air affairé des prélats menant les jeunes prêtres aux stations obligatoires ; tandis que les vêpres continuaient, dans la chapelle de gauche, sans que le bruit en parvînt aux oreilles des visiteurs, à peine une onde confuse, le branle d'une cloche descendu du dehors, à travers les voûtes.

Pierre comprit que c'était là le splendide squelette d'un colosse monumental dont la vie se retirait. Il fallait pour l'emplir, pour l'animer de son âme véritable, toutes les magnificences des pompes religieuses. Il y fallait les quatre-vingt mille fidèles que le vaisseau pouvait contenir, les grandes cérémonies pontificales, l'éclat des fêtes de la Noël et de Pâques, les défilés, les cortèges, déroulant le luxe sacré, dans un décor et une mise en scène de grand opéra. Et il évoqua ce qu'il savait de la splendeur d'hier, la basilique débordant d'une foule idolâtre, le cortège surhumain défilant au milieu des fronts prosternés, la croix et le glaive ouvrant la marche, les cardinaux allant deux à deux comme des dieux de pléiade, vêtus du rochet de dentelle, de la robe et du manteau de moire rouge, dont les caudataires tenaient la queue, puis le pape enfin, en Jupiter tout-puissant, élevé sur un pavois de velours rouge, assis dans un fauteuil de velours rouge et d'or, habillé de velours blanc, avec la chape d'or, l'étole d'or, la tiare d'or. Les porteurs de la chaise gestatoire étincelaient dans leurs tuniques rouges brodées de soie. Les *flabelli* agitaient, au-dessus de la tête du pontife unique et souverain, les grands éventails de plume, qu'on balançait autrefois devant les idoles de la Rome antique. Et, autour de la chaise de triomphe, quelle cour éblouissante et glorieuse ! Toute la famille pontificale, le flot des prélats assistants, les patriarches, les archevêques, les évêques, drapés et mitrés d'or ! les camériers secrets participants en soie violette, les camériers de cape et d'épée participants, portant le costume de velours noir, avec la fraise et la chaîne d'or ! L'innombrable suite, ecclésiastique et laïque, dont cent pages de la *Gerarchia* n'épuisent pas l'énumération, les protonotaires, les chapelains, les prélats de toutes les classes et de tous les degrés, sans compter la maison militaire, les gendarmes avec le bonnet à poil, les gardes palatins en pantalon bleu et tunique noire, les gardes suisses cuirassés d'argent, rayés de jaune, de noir et de rouge, les gardes nobles, superbes d'apparat dans leurs hautes bottes, leur culotte de peau blanche, leur tunique rouge brodée d'or, les épaulettes d'or et le casque d'or ! Mais, depuis que Rome était la capitale de l'Italie, les portes ne s'ouvraient plus à deux battants, on les fermait au contraire avec un soin jaloux ; et, les rares fois où le pape descendait officier encore, se montrer comme l'élu suprême, Dieu incarné sur la terre, la basilique ne se remplissait plus que d'invités, il fallait pour entrer une carte. Ce n'était plus le peuple, les cinquante mille, les soixante mille chrétiens accourant, s'entassant, au hasard du flot ; c'était un choix, des assistants amis, triés pour des solennités particulières et fermées ; et même, lorsqu'on arrivait à en réunir des milliers, il n'y avait toujours là qu'un public restreint, convié au spectacle d'un concert monstre.

Et Pierre, de plus en plus, à mesure qu'il parcourait ce musée froid et majestueux, parmi l'éclat dur des marbres, était pénétré de cette sensation qu'il se trouvait là dans un temple païen, élevé au dieu de la lumière et de la pompe. Un grand temple de la Rome antique était certainement pareil, avec les mêmes murs revêtus de marbres polychromes, les mêmes colonnes précieuses, les mêmes voûtes aux caissons dorés. Cette sensation, il devait la ressentir davantage encore en visitant les autres basiliques, qui allaient finir par faire en lui la vérité indiscutable. C'était d'abord l'église chrétienne s'installant, en toute audace et tranquillité, dans le temple païen, San Lorenzo in Miranda qui se logeait comme chez lui dans le temple d'Antonin et Faustine, dont il gardait le portique rare en marbre cipolin et le bel entablement de marbre blanc ; ou bien c'était l'église chrétienne qui repoussait du tronc abattu, de l'édifice antique détruit, le Saint-Clément actuel par exemple, sous lequel il y a des siècles de croyances contraires stratifiés, un monument très ancien du temps de la République, un autre du temps de l'Empire, dans lequel on a reconnu un temple de Mithra, enfin une basilique de la primitive foi. C'était ensuite l'église chrétienne, comme à Sainte-Agnès-hors-les-Murs, se bâtissant exactement sur le modèle de la basilique civile des Romains, le tribunal et la Bourse qui accompagnaient tout forum ; et c'était surtout l'église chrétienne construite avec les matériaux volés aux temples en ruine : les seize colonnes superbes de cette même Sainte-Agnès, de marbres différents, prises évidemment à plusieurs dieux ; les vingt et une colonnes de Sainte-Marie-du-Transtévère, de tous les ordres, arrachées d'un temple d'Isis et de Sérapis, dont les chapiteaux ont conservé les figures ; les trente-six colonnes en marbre blanc de Sainte-Marie-Majeure, d'ordre ionique, qui viennent du temple de Junon Lucine ; les vingt-deux colonnes de Sainte-Marie-d'Aracœli, toutes diverses de matière, de dimension et de travail, et dont la légende veut que certaines aient été dérobées à Jupiter lui-même, au temple de Jupiter Capitolin, qui s'élevait à la même place, sur le sommet sacré. Aujourd'hui encore, les temples de la riche époque impériale renaissaient dans les basiliques somptueuses, à Saint-Jean-de-Latran et à Saint-Paul-hors-les-Murs. La basilique de Saint-Jean, la Mère et la Tête de toutes les églises, développant ses cinq nefs, divisées par quatre rangées de colonnes, alignant ses douze statues colossales des Apôtres, comme une double haie de dieux menant au Maître des dieux, prodiguant les bas-reliefs, les frises, les entablements, ne semblait-elle pas le palais d'honneur d'une divinité païenne, dont le royaume opulent était de ce monde ? Et, à Saint-Paul surtout, tel qu'on vient de l'achever, dans le resplendissement neuf des marbres, pareils à des miroirs, ne retrouvait-on pas la demeure des Immortels de l'Olympe, le temple type, la majestueuse colonnade sous le plafond plat, à caissons dorés, le pavage de marbre, d'une beauté de matière et de travail incomparable, les pilastres violets à base et à chapiteau blancs, l'entablement blanc à frise violette, le mélange partout de ces deux couleurs d'une harmonie divinement charnelle, qui faisait songer aux corps souverains des grandes déesses, baignés d'aurore ? Nulle part, pas plus qu'à Saint-Pierre, un coin d'ombre, un coin de mystère, ouvrant sur l'invisible. Et Saint-Pierre restait quand même le monstre, par son droit de colosse, encore plus grand que les plus grands, démesuré témoignage de ce que peut la folie de l'énorme, quand l'orgueil humain rêve de loger Dieu, à coups de millions dépensés, dans la demeure de pierres, trop vaste et trop riche, où triomphe l'homme en son nom.

C'était donc à ce colosse de gala qu'avait abouti, après des siècles, la ferveur de la foi primitive ! On y retrouvait cette sève du sol de Rome, qui, dans tous les temps, a repoussé en monuments déraisonnables. Il semble que les maîtres absolus qui, successivement, y ont régné, aient apporté avec eux cette passion de la construction cyclopéenne, l'aient puisée dans la terre natale où ils ont grandi, car ils se la sont transmise sans arrêt, de civilisation en civilisation. C'est une végétation continue de la vanité humaine, le besoin d'inscrire son nom sur un mur, de laisser de soi, après avoir été le maître de la terre, une trace indestructible, la preuve tangible de toute cette gloire d'un jour, l'édifice éternel de bronze et de marbre qui en témoignera jusqu'à la fin des âges. Au fond, il n'y a là que l'esprit de conquête, l'ambition fière de la race, toujours en peine de la domination du monde ; et, lorsque tout a croulé, lorsqu'une société nouvelle renaît des ruines, et qu'on peut la croire guérie de l'orgueil, retrempée dans l'humilité, ce n'est encore qu'une erreur, elle a le vieux sang en ses veines, elle cède de nouveau à la folie insolente des ancêtres, livrée à toute la violence de l'hérédité, dès qu'elle est grande et forte. Il n'est pas un pape illustre qui n'ait voulu bâtir, qui n'ait repris la tradition des Césars, éternisant leur règne dans la pierre, se faisant élever des temples à leur mort, pour passer au rang des dieux. Le même souci d'immortalité terrestre éclate, c'est à qui léguera le monument le plus grand, le plus solide, le plus magnifique ; et la maladie est si aiguë que ceux, moins fortunés, qui, ne pouvant construire, ont dû se contenter de réparer, se sont plu à transmettre aux générations la mémoire de leurs travaux modestes, en faisant sceller des plaques de marbre, gravées d'inscriptions pompeuses : de là la continuelle rencontre de ces plaques, pas une muraille consolidée sans qu'un pape l'ait timbrée de ses armes, pas une ruine rétablie, pas un palais remis en état, pas une fontaine nettoyée, sans que le pape régnant signe l'œuvre de son titre romain de *pontifex maximus*. C'est une hantise, une involontaire débauche, la floraison fatale de ce terreau fait de décombres, depuis plus de deux mille ans. Des monuments sans cesse remontent de cette poussière de monuments. Et l'on se demande si Rome a jamais été chrétienne, dans cette perversion dont le vieux sol romain a presque tout de suite entaché la doctrine de Jésus, cette volonté de domination, ce désir de la gloire terrestre qui ont fait le triomphe du catholicisme, au mépris des humbles et des purs, des fraternels et des simples du christianisme primitif.

Alors, tout d'un coup, Pierre, sous une illumination brusque, vit la vérité éclater et se résumer en lui, au moment où, pour la seconde fois, il faisait le tour de l'immense basilique, en admirant les tombeaux des papes. Ah ! ces tombeaux ! Là-bas, dans la Campagne rase, sous le plein soleil, aux deux bords de la voie Appienne, qui était comme l'entrée triomphale de Rome, conduisant l'étranger au Palatin auguste, ceint d'une couronne de palais, se dressaient les gigantesques tombeaux des puissants et des riches, d'une splendeur d'art, d'une magnificence sans pareille, qui éternisait dans le marbre l'orgueil et la pompe d'une race forte, dominatrice des peuples. Puis, près de là, sous la terre, en pleine nuit discrète, au fond de misérables trous de taupe, se cachaient les autres tombeaux, les petits, les pauvres, les souffrants, sans art ni richesse, dont l'humilité disait qu'un souffle de tendresse et de résignation avait passé, qu'un homme était venu prêcher la fraternité et l'amour, l'abandon des biens de cette vie pour les éternelles joies de la vie future, confiant à la terre nouvelle le bon grain de son Évangile, semant l'humanité rajeunie qui allait transformer le vieux monde. Et voilà que de cette semence enfouie dans le sol durant des siècles, voilà que de ces tombeaux si humbles, si inconnus, où les martyrs dormaient leur doux sommeil, en attendant le réveil glorieux, voilà que d'autres tombeaux encore avaient poussé, aussi géants, aussi fastueux que les antiques tombeaux détruits des idolâtres, dressant leurs marbres parmi les splendeurs païennes d'un temple, étalant le même orgueil surhumain, la même passion affolée de domination universelle. À la Renaissance, Rome redevient païenne, le vieux sang impérial remonte, emporte le christianisme, sous la plus rude attaque qu'il ait eu à subir. Ah ! ces tombeaux des papes, à Saint-Pierre, dans leur insolente glorification, dans leur énormité charnelle et luxueuse, défiant la mort, mettant sur cette terre l'immortalité ! Ce sont des papes de bronze, démesurés, ce sont des figures allégoriques, des anges équivoques, beaux comme des belles filles, des femmes désirables, avec des hanches et des gorges de déesses. Paul III est assis sur un haut piédestal, la Justice et la Prudence sont à demi couchées à ses pieds. Urbain VIII est entre la Prudence et la Religion, Innocent XI entre la Religion et la Justice, Innocent XII entre la Justice et la Charité, Grégoire XIII entre la Religion et la Force. À genoux, Alexandre VII, assisté de la Prudence et de la Justice, a devant lui la Charité et la Vérité ; et un squelette se lève, montrant le sablier vide. Clément XIII, agenouillé également, triomphe au-dessus d'un sarcophage monumental, sur lequel s'appuie la Religion tenant la croix ; tandis que le Génie de la Mort, qui s'accoude à l'angle de droite, a sous lui deux lions énormes, symbole de la toute-puissance. Le bronze disait l'éternité des figures, les marbres blancs éclataient en belles chairs opulentes, les marbres de couleur s'enroulaient en riches draperies, dressaient les monuments en pleine apothéose, sous la vive lumière dorée des nefs immenses.

Et Pierre passait de l'un à l'autre, continuait de marcher au travers de la basilique ensoleillée, superbe et déserte. Oui, ces tombeaux, d'une impériale ostentation, rejoignaient ceux de la voie Appienne. C'était Rome sûrement, la terre de Rome, cette terre où l'orgueil et la domination poussaient comme l'herbe des champs, qui avait fait de l'humble christianisme primitif le catholicisme victorieux, allié aux puissants et aux riches, machine géante de gouvernement, dressée pour la conquête des peuples. Les papes s'étaient réveillés Césars. Et la lointaine hérédité agissait, le sang d'Auguste avait de nouveau jailli, coulant dans leurs veines, leur brûlant le crâne d'ambitions surhumaines. Seul, Auguste avait réalisé l'empire du monde, à la fois empereur et grand pontife, maître des corps et des âmes. De là, l'éternel rêve des papes, désespérés de ne détenir que le spirituel, s'obstinant à ne rien céder du temporel, dans l'espoir séculaire, jamais abandonné, que le rêve, se réalisant encore, fera du Vatican un autre Palatin, d'où ils régneront, en despotes absolus, sur les nations conquises.

VI

Depuis quinze jours déjà, Pierre se trouvait à Rome, et l'affaire pour laquelle il était venu, la défense de son livre, n'avançait point. Il en était encore à son désir brûlant de voir le pape, sans prévoir quand ni comment il le satisferait, au milieu des continuels retards, dans la terreur que monsignor Nani lui avait inspirée d'une démarche imprudente. Et, comprenant que son séjour pouvait s'éterniser, il s'était décidé à faire viser son *celebret* au vicariat, il disait sa messe chaque matin à Sainte-Brigitte, place Farnèse, où il avait reçu un bienveillant accueil de l'abbé Pisoni, l'ancien confesseur de Benedetta.

Ce lundi-là, il résolut de descendre de bonne heure à la petite réception intime de donna Serafina, avec l'espoir d'y apprendre des nouvelles et d'y hâter son affaire. Peut-être monsignor Nani serait-il là, peut-être aurait-il la chance de tomber sur quelque prélat ou sur quelque cardinal qui l'aiderait. Vainement, il avait tâché d'utiliser don Vigilio, de tirer tout au moins de lui des renseignements certains. Comme repris de méfiance et de peur, après s'être montré un instant serviable, le secrétaire du cardinal Boccanera l'évitait, se cachait, l'air résolu à ne pas se mêler d'une aventure décidément louche et dangereuse. D'ailleurs, depuis l'avant-veille, il venait d'être pris d'un accès atroce de fièvre, qui le forçait à garder la chambre.

Et il n'y avait absolument, pour réconforter Pierre, que Victorine Bosquet, l'ancienne bonne montée au rang de gouvernante, la Beauceronne qui conservait son cœur de vieille France, après trente ans de vie dans cette Rome qu'elle ignorait. Elle lui parlait d'Auneau, comme si elle l'avait quitté la veille. Mais, ce jour-là, elle n'avait point sa vivacité accorte, sa gaieté d'habitude ; et, quand elle sut qu'il descendrait, le soir, voir ces dames, elle hocha la tête.

« Ah ! vous ne les trouverez pas bien contentes. Ma pauvre Benedetta a de gros ennuis. Il paraît que son divorce va très mal. »

Toute Rome en causait, c'était une reprise extraordinaire de commérages qui bouleversait le monde blanc et le monde noir. Aussi Victorine n'avait-elle pas à faire de la discrétion inutile, vis-à-vis d'un compatriote. Donc, en réponse au mémoire de l'avocat consistorial Morano, qui, s'appuyant sur des témoignages et sur des preuves écrites, démontrait que le mariage n'avait pu être consommé, par suite de l'impuissance du mari, monsignor Palma, théologien, choisi dans l'affaire par la congrégation du Concile, comme défenseur du mariage, venait à son tour de déposer un mémoire vraiment terrible. D'abord, il mettait fortement en doute l'état de virginité de la demanderesse, discutant les termes techniques du certificat des deux sages-femmes, exigeant l'examen à fond fait par deux médecins, formalité devant laquelle avait reculé la pudeur de la jeune femme ; et encore citait-il des cas physiologiques, parfaitement établis, où des filles avaient eu commerce avec des hommes, sans paraître le moins du monde déflorées. Il tirait grand parti du récit contenu dans le mémoire du comte Prada, qui, très sincèrement, hésitait à dire si le mariage avait été consommé ou non, tellement la comtesse s'était débattue ; lui, sur le moment, avait bien cru accomplir l'acte jusqu'au bout, dans les conditions normales ; mais, depuis, en y réfléchissant, il n'osait être affirmatif, il admettait que, cédant à la violence de son désir, il avait pu s'illusionner sur une possession incomplète. Et monsignor Palma triomphait de ce doute, l'aggravait par tous les raisonnements subtils que comportait la délicate matière, en arrivait à retourner contre l'épouse violentée la déposition de la femme de chambre, citée par elle, qui avait entendu le bruit de la lutte et qui affirmait que Monsieur et Madame, à la suite de cette première nuit, avaient toujours fait lit à part. Ensuite, d'ailleurs, l'argument décisif du mémoire était que, si même la demanderesse faisait la preuve complète de sa virginité, il n'en demeurerait pas moins certain que son refus seul avait empêché la consommation du mariage, la condition foncière de l'acte étant l'obéissance de la femme. Et, enfin, sur un quatrième mémoire, celui du rapporteur, où ce dernier résumait et discutait les trois autres, la congrégation avait voté, accordant l'annulation du mariage, mais à une voix de majorité seulement, solution si précaire, que sans attendre, selon son droit, monsignor Palma s'était empressé de demander un supplément d'informations, ce qui remettait en question toute la procédure et rendait un nouveau vote nécessaire.

« Ah ! ma pauvre contessina ! s'écria Victorine, elle en mourra de chagrin, car la chère fille brûle à petit feu, sous son air si calme... Il paraît que ce monsignor Palma est le maître de la situation, qu'il peut faire durer l'affaire autant qu'il en aura l'envie. Avec ça, on a déjà dépensé tant d'argent, et il va falloir en dépenser encore... L'abbé Pisoni, que vous connaissez maintenant, a eu là une belle idée, le jour où il a voulu ce mariage ; et ce n'est pas pour chagriner la mémoire de ma bonne maîtresse, la comtesse Ernesta, qui était une sainte, mais elle a sûrement fait le malheur de sa fille, quand elle l'a donnée au comte Prada. »

Elle s'interrompit. Puis, emportée par l'esprit de justice qui était en elle :

« Il a d'ailleurs raison de ne pas être content, le comte Prada. On se moque par trop de lui... Et, vous savez, ça ne m'empêche pas de dire que ma Benedetta est bien sotte d'y mettre tant de formalités. Si ça dépendait de moi, elle l'aurait, son Dario, ce soir, dans sa chambre, puisqu'elle l'aime si fort, puisqu'ils s'aiment tous les deux et qu'ils se veulent depuis si longtemps... Ah ! ma foi, oui ! sans maire et sans curé, pour le plaisir d'être jeunes, d'être beaux et d'avoir du bonheur ensemble... Le bonheur, mon Dieu ! le bonheur, c'est si rare ! »

Et, en voyant que Pierre la regardait, surpris, elle se mit à rire de son air de belle santé, avec le tranquille équilibre du menu peuple de France qui ne croit plus guère qu'à la vie heureuse, menée honnêtement.

Puis, d'une façon plus discrète, elle se désola d'un autre ennui qui assombrissait la maison, un contrecoup encore de cette malheureuse affaire du divorce. Il y avait brouille entre donna Serafina et l'avocat Morano, très mécontent du demi-échec de son mémoire devant la congrégation, accusant le père Lorenza, le confesseur de la tante et de la nièce, de les avoir poussées à un procès fâcheux, où il n'y aurait que du scandale pour tout le monde. Et il n'avait plus reparu au palais Boccanera, c'était la rupture d'une vieille liaison de trente années, une véritable stupeur pour tous les salons de Rome, qui désapprouvaient formellement Morano. Donna Serafina était d'autant plus ulcérée, qu'elle le soupçonnait de soulever là une mauvaise querelle et de la quitter pour une toute autre cause, un brusque désir inavouable, criminel chez un homme de sa position et de sa piété, la passion qu'une petite bourgeoise jeune, une intrigante, avait allumée en lui.

Lorsque Pierre, le soir, entra dans le salon tendu de brocatelle jaune, à grandes fleurs Louis XIV, il trouva en effet qu'une mélancolie y régnait, sous la clarté plus sourde des lampes voilées de dentelle. Il n'y avait là, d'ailleurs, que Benedetta et Celia, assises sur un canapé, causant avec Dario ; tandis que le cardinal Sarno, enfoui au fond d'un fauteuil, écoutait, sans mot dire, le bavardage intarissable de la vieille parente, qui, chaque lundi, amenait la petite princesse. Donna Serafina était seule, à sa place habituelle, au coin droit de la cheminée, avec la secrète rage de voir devant elle le coin gauche vide, ce coin que Morano avait occupé pendant les trente ans de sa fidélité. Et Pierre remarqua le coup d'œil anxieux, puis désespéré, dont elle avait accueilli son entrée, guettant la porte, attendant sans doute encore le volage. Elle se tenait, du reste, très droite et très fière, la taille fine, plus serrée que jamais dans son corset, avec sa face dure de vieille fille, aux cheveux de neige, aux sourcils très noirs.

Tout de suite Pierre, après lui avoir présenté ses hommages, laissa percer sa préoccupation, en demandant s'il n'aurait pas le plaisir de voir monsignor Nani, ce soir-là. Et elle-même ne put s'empêcher de répondre :

« Oh ! monsignor Nani nous abandonne, comme les autres. C'est lorsqu'on a besoin des gens qu'ils disparaissent. »

Elle gardait aussi une rancune au prélat de ce qu'il s'était employé au divorce très mollement, après avoir beaucoup promis. Sans doute, comme toujours, sous sa bienveillance extrême, pleine de caresses, il avait quelque autre plan à lui. D'ailleurs, elle regretta vite l'aveu que la colère lui avait arraché ; et elle reprit :

« Il va peut-être venir. Il est si bon, il nous aime tant ! »

Malgré la vivacité de son sang, elle voulait être politique, pour vaincre les chances mauvaises. Son frère, le cardinal, lui avait dit combien l'irritait l'attitude de la congrégation du Concile, car il ne doutait pas que le froid accueil fait à la demande de sa nièce ne vînt en partie du désir que certains de ses collègues, les cardinaux, avaient de lui être désagréables. Lui-même souhaitait le divorce, qui seul devait assurer la continuation de la race, puisque Dario s'entêtait à ne vouloir épouser que sa cousine. Et c'était un concours de désastres, toute la famille atteinte, lui frappé dans son orgueil, sa sœur partageant cette souffrance et blessée par contrecoup au cœur, les deux amoureux désespérés de voir leur espérance reculée une fois encore.

Quand Pierre s'approcha du canapé, où causaient les jeunes gens, il entendit bien qu'on ne parlait que de la catastrophe, à demi-voix.

« Pourquoi vous désoler ? disait Celia. En somme, l'annulation du mariage a été adoptée, à la majorité d'une voix. Le procès est repris, ce n'est qu'un retard. »

Mais Benedetta hochait la tête.

« Non, non ! si monsignor Palma s'entête, jamais Sa Sainteté ne donnera son approbation. C'est fini.

– Ah ! si l'on était riche, très riche ! » murmura Dario d'un air convaincu, qui ne fit sourire personne.

Puis, tout bas, à sa cousine :

« Il faut absolument que je te parle, nous ne pouvons plus vivre de la sorte. »

Et elle répondit de même, dans un souffle :

« Descends demain soir, à cinq heures. Je resterai, je serai seule, ici. »

La soirée s'éternisa ensuite. Pierre était infiniment touché de l'air d'accablement où il trouvait Benedetta, si calme et si raisonnable d'habitude. Ses yeux profonds, dans son visage pur, d'une délicatesse d'enfance, étaient comme voilés de larmes contenues. Il s'était déjà pris pour elle d'une véritable tendresse, à la voir toujours d'une humeur égale, un peu indolente, cachant sous cette apparence de grande sagesse la passion de son âme de flamme. Elle tâchait pourtant de sourire, en écoutant les jolies confidences de Celia, dont les amours marchaient mieux que les siennes. Et il n'y eut qu'un moment de conversation générale, lorsque la vieille parente, haussant la voix, parla de l'indigne attitude de la presse italienne, à l'égard du Saint-Père. Jamais les rapports ne semblaient avoir été aussi mauvais entre le Vatican et le Quirinal. Le cardinal Sarno, muet d'habitude, annonça que le pape, à l'occasion des fêtes sacrilèges du 20 septembre, célébrant la prise de Rome, lancerait une nouvelle lettre de protestation, à la face de tous les États chrétiens, complices du rapt par leur indifférence.

« Allez donc tenter de marier le pape et le roi ! » dit donna Serafina d'une voix amère, en faisant allusion au déplorable mariage de sa nièce.

Elle paraissait hors d'elle, il était trop tard maintenant, et l'on n'attendait plus monsignor Nani, ni personne. Pourtant, à un bruit inespéré de pas, ses yeux se rallumèrent, elle regarda ardemment la porte, eut la dernière déception de voir entrer Narcisse Habert, qui vint s'excuser près d'elle de sa visite tardive. Son oncle par alliance, le cardinal Sarno, l'avait introduit dans ce salon si fermé, et il y était bien accueilli, à cause de ses idées religieuses, que l'on disait intransigeantes. Ce soir-là, d'ailleurs, il n'y accourait, malgré l'heure avancée, que pour Pierre. Il le prit tout de suite à l'écart.

« J'étais certain de vous trouver ici, j'ai dîné à l'ambassade avec mon cousin, monsignor Gamba del Zoppo, et j'ai une bonne nouvelle à vous annoncer... Il nous recevra demain matin, vers onze heures, à son appartement du Vatican. »

Puis, baissant encore la voix :

« Je crois bien qu'il tâchera de vous introduire auprès du Saint-Père... Enfin, l'audience me paraît certaine. »

Pierre eut une grosse joie de cette certitude, qui lui arrivait dans la tristesse de ce salon, où, depuis près de deux heures, il se chagrinait et tombait à la désespérance. Enfin, il aurait donc une solution ! Narcisse, après avoir serré la main de Dario, salua Benedetta et Celia, puis s'approcha de son oncle le cardinal, qui, débarrassé de la vieille parente, se décidait à parler. Mais il ne causait guère que de sa santé, du temps qu'il faisait, des anecdotes insignifiantes qu'on lui avait contées, sans jamais un mot sur les mille affaires compliquées et terribles qu'il brassait à la Propagande. C'était, en dehors de son cabinet de vieux bureaucrate, comme un bain d'effacement et de médiocrité, où il se reposait du souci de gouverner la terre. Et tout le monde se leva, on prit congé.

« N'oubliez pas, répéta Narcisse à Pierre, demain matin, à dix heures, vous me trouverez à la chapelle Sixtine. Et, en attendant l'heure de notre rendez-vous, je vous montrerai le Botticelli. »

Le lendemain, dès neuf heures et demie, Pierre, venu à pied, était sur la vaste place ; et, avant de se diriger à droite, vers la porte de bronze, dans l'angle de la colonnade, il leva les yeux, il s'arrêta quelques minutes pour regarder le Vatican. Rien ne lui parut moins monumental que cet entassement de constructions, grandies à l'ombre du dôme de Saint-Pierre, sans ordre architectural aucun, sans régularité quelconque. Les toitures se superposaient, les façades s'étendaient, larges et plates, au hasard des ailes ajoutées et surélevées. Seuls, les trois côtés de la cour Saint-Damase, symétriques, apparaissaient au-dessus de la colonnade, avec les grands vitrages des anciennes loges, fermées aujourd'hui, qui les faisaient ressembler à trois corps de serre immenses, étincelant au soleil dans le ton roux de la pierre. Et c'était là le plus beau palais du monde, le plus vaste, aux onze cents salles, celui qui contenait les plus admirables chefs-d'œuvre du génie humain ! Mais, dans sa désillusion, Pierre ne s'intéressa qu'à la haute façade de droite, qui donne sur la place, et où il savait que s'ouvraient les fenêtres de l'appartement particulier du pape, au second étage. Il contempla longuement ces fenêtres, on lui avait dit que la cinquième, à droite, était celle de la chambre à coucher, où l'on voyait toujours brûler une lampe, très tard dans la nuit.

Qu'y avait-il derrière cette porte de bronze, qu'il apercevait là, devant lui, et qui était le seuil sacré, la communication entre tous les royaumes de la terre et le royaume de Dieu, dont l'auguste représentant s'était emprisonné dans ces hautes murailles muettes ? Il l'examinait de loin, avec ses panneaux de métal, garnis de gros clous à tête carrée, et il se demandait ce qu'elle défendait, ce qu'elle cachait, ce qu'elle murait, de son air dur d'antique porte de forteresse. Quel monde allait-il trouver derrière, quel trésor de charité humaine conservé jalousement dans l'ombre, quelle résurrection d'espoir pour les peuples nouveaux, avides de fraternité et de justice ? Il se plaisait à ce rêve, le pasteur unique et sacré veillant au fond de ce palais clos, préparant le règne définitif de Jésus, pendant que s'écroulaient les vieilles civilisations pourries, et à la veille enfin de proclamer ce règne, en faisant de nos démocraties la grande communauté chrétienne, que le Sauveur avait promise. C'était l'avenir qui s'élaborait derrière la porte de bronze, et l'avenir sans doute qui en sortirait.

Mais Pierre, brusquement, eut la surprise de se trouver en face de monsignor Nani, qui justement quittait le Vatican, pour regagner à pied, à deux pas, le palais du Saint-Office, où il logeait comme assesseur.

« Ah ! monseigneur, je suis heureux. Mon ami, M. Habert, va me présenter à son cousin, monsignor Gamba del Zoppo, et je crois bien que je vais obtenir l'audience tant désirée. »

De son air aimable et fin, monsignor Nani souriait.

« Oui, oui, je sais. »

Il se reprit.

« J'en suis heureux autant que vous, mon cher fils. Seulement, soyez prudent. »

Puis, craignant que son aveu n'eût fait comprendre au jeune prêtre qu'il sortait de voir monsignor Gamba del Zoppo, le prélat le plus facile à terrifier de toute la discrète famille pontificale, il conta qu'il courait depuis le matin pour deux dames françaises, qui, elles aussi, se mouraient du désir de voir le pape ; et il avait grand-peur de ne pas réussir.

« Je vous avouerai, monseigneur, déclara Pierre, que je commençais à me décourager. Oui, il est temps que j'aie un peu de réconfort, car mon séjour ici n'est pas fait pour m'assainir l'âme. »

Il continua, il laissa percer combien Rome achevait de briser en lui la foi. De telles journées, celle qu'il avait passée au Palatin et à la voie Appienne, puis celle qu'il avait vécue aux catacombes et à Saint-Pierre, n'étaient bonnes qu'à le troubler, qu'à gâter son rêve d'un christianisme rajeuni et triomphant. Il en sortait en proie au doute, envahi d'une lassitude commençante, ayant perdu de son enthousiasme toujours prêt à la révolte.

Sans cesser de sourire, monsignor Nani l'écoutait, hochait la tête d'un air d'approbation. Évidemment, c'était bien cela, les choses devaient se passer ainsi. Il semblait l'avoir prévu et en être satisfait.

« Enfin, mon cher fils, tout va pour le mieux, du moment que vous êtes certain de voir Sa Sainteté.

– C'est vrai, monseigneur, j'ai mis mon unique espoir dans le très juste et très clairvoyant Léon XIII. Lui seul peut me juger, puisque, dans mon livre, lui seul reconnaîtra sa pensée, que, très fidèlement, je crois avoir traduite... Ah ! s'il le veut, au nom de Jésus, par la démocratie et par la science, il sauvera le vieux monde ! »

Son enthousiasme le reprenait, et Nani, de plus en plus affable, avec ses yeux aigus et ses lèvres minces, approuva de nouveau.

« Parfaitement, c'est cela, mon cher fils. Vous causerez, vous verrez. »

Puis, comme tous deux, levant la tête, regardaient la façade du Vatican, il poussa l'amabilité jusqu'à le détromper. Non, la fenêtre où l'on voyait de la lumière chaque soir, n'était pas celle de la chambre à coucher du pape. C'était celle d'un palier de l'escalier, que des becs de gaz éclairaient toute la nuit. La chambre du pape se trouvait à deux fenêtres de là. Et ils retombèrent dans le silence, ils continuèrent à regarder la façade, très graves l'un et l'autre.

« Eh bien ! au revoir, mon cher fils. Vous me raconterez l'entrevue, n'est-ce pas ? »

Dès que Pierre fut seul, il franchit la porte de bronze, le cœur battant à grands coups, comme s'il fut entré dans le lieu sacré et redoutable où s'élaborait le bonheur futur. Un poste veillait là, un garde suisse marchait à pas lents, drapé en un manteau gris-bleu, qui laissait dépasser seulement la culotte bariolée de noir, de jaune et de rouge ; et il semblait que ce manteau discret fût jeté ainsi sur un déguisement, pour en dissimuler l'étrangeté devenue gênante. Puis, tout de suite, à droite, s'ouvrait le grand escalier couvert qui conduit à la cour Saint-Damase. Mais, pour se rendre à la chapelle Sixtine, il fallait suivre la longue galerie, entre une double rangée de colonnes, et monter l'escalier Royal. Et Pierre, dans ce monde géant, où toutes les dimensions s'exagéraient, d'une écrasante majesté, soufflait un peu, en gravissant les larges marches.

Quand il entra dans la chapelle Sixtine, il éprouva d'abord une surprise. Elle lui parut petite, une sorte de salle rectangulaire, très haute, avec sa fine cloison de marbre qui la coupe aux deux tiers, la partie où se tiennent les invités, les jours de grande cérémonie, et le chœur où s'assoient les cardinaux sur de simples bancs de chêne, tandis que les prélats restent debout, derrière. Le trône pontifical, sur une estrade basse, est à droite de l'autel, d'une richesse sobre. À gauche, dans la muraille, s'ouvre l'étroite loge, à balcon de marbre, réservée aux chanteurs. Et il faut lever la tête, il faut que les regards montent de l'immense fresque du *Jugement dernier*, qui occupe la paroi entière du fond, aux peintures de la voûte, qui descendent jusqu'à la corniche, entre les douze fenêtres claires, six de chaque côté, pour que, brusquement, tout s'élargisse, tout s'écarte et s'envole, en plein infini.

Il n'y avait heureusement là que trois ou quatre touristes, peu bruyants. Et Pierre aperçut tout de suite Narcisse Habert, sur un des bancs des cardinaux, au-dessus de la marche où s'assoient les caudataires. Le jeune homme, immobile, la tête un peu renversée, semblait comme en extase. Mais ce n'était pas l'œuvre de Michel-Ange qu'il regardait. Il ne quittait pas des yeux, en dessous de la corniche, une des fresques antérieures. Et, lorsqu'il eut reconnu le prêtre, il se contenta de murmurer, les regards noyés :

« Oh ! mon ami, voyez donc le Botticelli ! »

Puis, il retomba dans son ravissement.

Pierre, dans un grand coup en plein cerveau et en plein cœur, venait d'être pris tout entier par le génie surhumain de Michel-Ange. Le reste disparut, il n'y eut plus, là-haut, comme en un ciel illimité, que cette extraordinaire création d'art. L'inattendu d'abord, ce qui le stupéfiait, c'était que le peintre avait accepté d'être l'unique artisan de l'œuvre. Ni marbriers, ni bronziers, ni doreurs, ni aucun autre corps d'état. Le peintre, avec son pinceau, avait suffi pour les pilastres, les colonnes, les corniches de marbre, pour les statues et les ornements de bronze, pour les fleurons et les rosaces d'or, pour toute cette décoration d'une richesse inouïe qui encadrait les fresques. Et il se l'imaginait, le jour où on lui avait livré la voûte nue, rien que le plâtre, rien que la muraille plate et blanche, des centaines de mètres carrés à couvrir. Et il le voyait devant cette page immense, ne voulant pas d'aide, chassant les curieux, s'enfermant tout seul avec sa besogne géante, jalousement, violemment, passant quatre années et demie solitaire et farouche, dans son enfantement quotidien de colosse. Ah ! cette œuvre énorme, faite pour emplir une vie, cette œuvre qu'il avait dû commencer dans une tranquille confiance en sa volonté et en sa force, tout un monde tiré de son cerveau et jeté là, d'une poussée continue de la virilité créatrice, en plein épanouissement de la toute-puissance !

Ensuite, ce fut chez Pierre un saisissement, lorsqu'il passa à l'examen de cette humanité agrandie de visionnaire, débordant en des pages de synthèse démesurée, de symbolisme cyclopéen. Et telles que des floraisons naturelles, toutes les beautés resplendissaient, la grâce et la noblesse royales, la paix et la domination souveraines. Et la science parfaite, les plus violents raccourcis osés dans la certitude de la réussite, la perpétuelle victoire technique sur les difficultés que les plans courbes présentaient. Et surtout une ingénuité de moyens incroyable, la matière réduite presque à rien, quelques couleurs employées largement, sans aucune recherche d'adresse ni d'éclat. Et cela suffisait, et le sang grondait avec emportement, les muscles saillaient sous la peau, les figures s'animaient et sortaient du cadre, d'un élan si énergique, qu'une flamme semblait passer là-haut, donnant à ce peuple une vie surhumaine, immortelle. La vie, c'était la vie qui éclatait, qui triomphait, une vie énorme et pullulante, un miracle de vie réalisé par une main unique, qui apportait le don suprême, la simplicité dans la force.

Qu'on ait vu là une philosophie, qu'on ait voulu y trouver toute la destinée, la création du monde, de l'homme et de la femme, la faute, le châtiment, puis la rédemption, et enfin la justice de Dieu au dernier jour du monde : Pierre ne pouvait s'y arrêter, dès cette première rencontre, dans la stupeur émerveillée où une telle œuvre le jetait. Mais quelle exaltation du corps humain, de sa beauté, de sa puissance et de sa grâce ! Ah ! ce Jéhovah, ce royal vieillard, terrible et paternel, emporté dans l'ouragan de sa création, les bras élargis, enfantant les mondes ! Et cet Adam superbe, d'une ligne si noble, la main tendue, et que Jéhovah anime du doigt, sans le toucher, geste admirable, espace sacré entre ce doigt du créateur et celui de la créature, petit espace où tient l'infini de l'invisible et du mystère ! Et cette Ève puissante et adorable, cette Ève aux flancs solides, capables de porter la future humanité, d'une grâce fière et tendre de femme qui voudra être aimée jusqu'à la perdition, toute la femme avec sa séduction, sa fécondité, son empire ! Puis, c'étaient même les figures décoratives, assises sur les pilastres, aux quatre coins des fresques, qui célébraient le triomphe de la chair : les vingt jeunes hommes, heureux d'être nus, d'une splendeur de torse et de membres incomparable, d'une intensité de vie telle, qu'une folie du mouvement les emporte, les plie et les renverse, en des attitudes de héros. Et, entre les fenêtres, trônaient les géants, les prophètes et les sibylles, l'homme et la femme devenus dieux, démesurés dans la force de la musculature et dans la grandeur de l'expression intellectuelle : Jérémie, le coude appuyé sur le genou, la mâchoire dans la main, réfléchissant, au fond même de la vision et du rêve ; la sibylle d'Érythrée, au profil si pur, si jeune en son opulence, un doigt sur le livre ouvert du destin ; Isaïe, à l'épaisse bouche de vérité, toute gonflée sous le charbon ardent, hautain, la face tournée à demi et une main levée, en un geste de commandement ; la sibylle de Cumes, terrifiante de science et de vieillesse, restée d'une solidité de roc, avec son masque ridé, son nez de proie, son menton carré qui avance et s'obstine ; Jonas, vomi par la baleine, lancé là en un raccourci extraordinaire, le torse tordu, les bras repliés, la tête renversée, la bouche grande ouverte et criant ; et les autres, et les autres, tous de la même famille ample et majestueuse, régnant avec la souveraineté de l'éternelle santé et de l'éternelle intelligence, réalisant le rêve d'une humanité indestructible, plus large et plus haute. D'ailleurs, dans les cintres des fenêtres, dans les lunettes, des figures de beauté, de puissance et de grâce, naissaient encore, se pressaient, abondaient, les ancêtres du Christ, les mères songeuses aux beaux enfants nus, les hommes aux regards lointains, fixés sur l'avenir, la race punie, lasse, désireuse du Sauveur promis ; tandis que, dans les pendentifs des quatre angles, s'évoquaient, vivantes, des scènes bibliques, les victoires d'Israël sur l'esprit du mal. Et c'était enfin la colossale fresque du fond, *Le Jugement dernier*, avec son peuple grouillant de figures, si innombrables, qu'il faut des jours et des jours pour les bien voir, une foule éperdue, emportée dans un brûlant souffle de vie, depuis les morts que réveillent les anges de l'Apocalypse, sonnant furieusement de la trompette, depuis les réprouvés que les démons jettent à l'enfer, en grappes d'épouvante, jusqu'au Jésus justicier, entouré des apôtres et des saints, jusqu'aux élus radieux qui montent, soutenus par des anges, pendant que, plus haut encore, d'autres anges, chargés des instruments de la Passion, triomphent en pleine gloire. Et, pourtant, au-dessus de cette page gigantesque, peinte trente ans plus tard, dans toute la maturité de l'âge, le plafond garde son envolée, sa supériorité certaine, car c'était là que l'artiste avait donné son effort vierge, toute sa jeunesse, toute la flambée première de son génie.

Alors, Pierre ne trouva qu'un mot. Michel-Ange était le monstre, dominant tout, écrasant tout. Et il n'y avait qu'à voir, sous l'immensité de son œuvre, les œuvres du Pérugin, du Pinturicchio, de Rosselli, de Signorelli, de Botticelli, les fresques antérieures, admirables, qui se déroulaient en dessous de la corniche, autour de la chapelle.

Narcisse n'avait pas levé les yeux vers la splendeur foudroyante du plafond. Abîmé d'extase, il ne quittait pas du regard Botticelli, qui a là trois fresques. Enfin, il parla, d'un murmure.

« Ah ! Botticelli, Botticelli ! L'élégance et la grâce de la passion qui souffre, le profond sentiment de la tristesse dans la volupté ! Toute notre âme moderne devinée et traduite, avec le charme le plus troublant qui soit jamais sorti d'une création d'artiste ! »

Stupéfait, Pierre l'examinait. Puis, il se hasarda à demander :

« Vous venez ici pour voir Botticelli ?

– Mais certainement, répondit le jeune homme d'un air tranquille. Je ne viens que pour lui, pendant des heures, chaque semaine, et je ne regarde absolument que lui... Tenez ! étudiez donc cette page : Moïse et les filles de Jéthro. N'est-ce pas ce que la tendresse et la mélancolie humaines ont produit de plus pénétrant ? »

Et il continua, avec un petit tremblement dévot de la voix, de l'air du prêtre qui pénètre dans le frisson délicieux et inquiétant du sanctuaire. Ah ! Botticelli, Botticelli ! La femme de Botticelli, avec sa face longue, sensuelle et candide, avec son ventre un peu fort sous les draperies minces, avec son allure haute, souple et volante, où tout son corps se livre ! Les jeunes hommes, les anges de Botticelli, si réels, et beaux pourtant comme des femmes, d'un sexe équivoque, dans lequel se mêle la solidité savante des muscles à la délicatesse infinie des contours, tous soulevés par une flamme de désir dont on emporte la brûlure ! Ah ! les bouches de Botticelli, ces bouches charnelles, fermes comme des fruits, ironiques ou douloureuses, énigmatiques en leurs plis sinueux, sans qu'on puisse savoir si elles taisent des puretés ou des abominations ! Les yeux de Botticelli, des yeux de langueur, de passion, de pâmoison mystique ou voluptueuse, pleins d'une douleur si profonde, parfois, dans leur joie, qu'il n'en est pas au monde de plus insondables, ouverts sur le néant humain ! Les mains de Botticelli, si travaillées, si soignées, ayant comme une vie intense, jouant à l'air libre, s'unissant les unes aux autres, se baisant et se parlant, avec un souci tel de la grâce, qu'elles en sont parfois maniérées, mais chacune avec son expression, toutes les expressions de la jouissance et de la souffrance du toucher ! Et, cependant, rien d'efféminé ni de menteur, partout une sorte de fierté virile, un mouvement passionné et superbe soufflant, emportant les figures, un souci absolu de la vérité, l'étude directe, la conscience, tout un véritable réalisme que corrige et relève l'étrangeté géniale du sentiment et du caractère, donnant à la laideur même la transfiguration inoubliable du charme !

L'étonnement de Pierre grandissait, et il écoutait Narcisse, dont il remarquait pour la première fois la distinction un peu étudiée, les cheveux bouclés, taillés à la florentine, les yeux bleus, presque mauves, qui pâlissaient encore dans l'enthousiasme.

« Sans doute, finit-il par dire, Botticelli est un merveilleux artiste... Seulement, il me semble qu'ici Michel-Ange... »

D'un geste presque violent, Narcisse l'interrompit.

« Ah ! non, non ! ne me parlez pas de celui-là ! Il a tout gâché, il a tout perdu. Un homme qui s'attelait comme un bœuf à la besogne, qui abattait l'ouvrage ainsi qu'un manœuvre, à tant de mètres par jour ! Et un homme sans mystère, sans inconnu, qui voyait gros à dégoûter de la beauté, des corps d'hommes tels que des troncs d'arbres, des femmes pareilles à des bouchères géantes, des masses de chair stupides, sans au-delà d'âmes divines ou infernales !... Un maçon, et si vous voulez, oui ! un maçon colossal, mais pas davantage ! »

Et, inconsciemment, chez lui, dans ce cerveau de moderne las, compliqué, gâté par la recherche de l'original et du rare, éclatait la haine fatale de la santé, de la force, de la puissance. C'était l'ennemi, ce Michel-Ange qui enfantait dans le labeur, qui avait laissé la création la plus prodigieuse dont un artiste eût jamais accouché. Le crime était là, créer, faire de la vie, en faire au point que toutes les petites créations des autres, même les plus délicieuses, fussent noyées, disparussent dans ce flot débordant d'êtres, jetés vivants sous le soleil.

« Ma foi, déclara Pierre courageusement, je ne suis pas de votre avis. Je viens de comprendre qu'en art la vie est tout et que l'immortalité n'est vraiment qu'aux créatures. Le cas de Michel-Ange me paraît décisif, car il n'est le maître surhumain, le monstre qui écrase les autres, que grâce à cet extraordinaire enfantement de chair vivante et magnifique, dont votre délicatesse se blesse. Allez, que les curieux, les jolis esprits, les intellectuels pénétrants raffinent sur l'équivoque et l'invisible, qu'ils mettent le ragoût de l'art dans le choix du trait précieux et dans la demi-obscurité du symbole, Michel-Ange reste le tout-puissant, le faiseur d'hommes, le maître de la clarté, de la simplicité et de la santé, éternel comme la vie elle-même ! »

Narcisse, alors, se contenta de sourire, d'un air de dédain indulgent et courtois. Tout le monde n'allait pas à la chapelle Sixtine s'asseoir pendant des heures devant un Botticelli, sans jamais lever la tête, pour voir les Michel-Ange. Et il coupa court, en disant :

« Voilà qu'il est onze heures. Mon cousin devait me faire prévenir ici, dès qu'il pourrait nous recevoir, et je suis étonné de n'avoir encore vu personne... Voulez-vous que nous montions aux Chambres de Raphaël, en attendant ? »

Et, en haut, dans les Chambres, il fut parfait, très lucide et très juste pour les œuvres, retrouvant toute son intelligence aisée, dès qu'il n'était plus soulevé par sa haine des besognes colossales et du génial décor.

Malheureusement, Pierre sortait de la chapelle Sixtine ; et il lui fallut échapper à l'étreinte du monstre, oublier ce qu'il venait de voir, s'habituer à ce qu'il voyait là, pour en goûter toute la beauté pure. C'était comme un vin trop rude qui l'avait d'abord étourdi et qui l'empêchait de goûter ensuite cet autre vin plus léger, d'un bouquet délicat. Ici, l'admiration ne frappe pas en coup de foudre ; mais le charme opère avec une puissance lente et irrésistible. C'est Racine à côté de Corneille, Lamartine à côté d'Hugo, l'éternelle paire, le couple de la femelle et du mâle, dans les siècles de gloire. Avec Raphaël, triomphent la noblesse, la grâce, la ligne exquise et correcte, d'une harmonie divine ; et ce n'est plus seulement le symbole matériel superbement jeté par Michel-Ange, c'est une analyse psychologique d'une pénétration profonde, apportée dans la peinture. L'homme y est plus épuré, plus idéalisé, vu davantage par le dedans. Et, toutefois, s'il y a là un sentimental, un féminin dont on sent le frisson de tendresse, cela est aussi d'une solidité de métier admirable, très grand et très fort. Pierre peu à peu s'abandonnait à cette maîtrise souveraine, conquis par cette élégance virile de beau jeune homme, touché jusqu'au fond du cœur par cette vision de la suprême beauté dans la suprême perfection. Mais, si *La Dispute du Saint Sacrement* et *L'École d'Athènes*, antérieures aux peintures de la chapelle Sixtine, lui parurent les chefs-d'œuvre de Raphaël, il sentit que, dans *L'Incendie du Bourg*, et plus encore dans l'*Héliodore chassé du temple* et dans l'*Attila arrêté aux portes de Rome*, l'artiste avait perdu la fleur de sa divine grâce, impressionné par l'écrasante grandeur de Michel-Ange. Quel foudroiement, lorsque la chapelle Sixtine fut ouverte et que les rivaux entrèrent ! Le monstre avait procréé en bas, et le plus grand parmi les humains y laissa de son âme, sans jamais plus se débarrasser de l'influence subie.

Puis, Narcisse conduisit Pierre aux Loges, à cette galerie vitrée, si claire et d'une décoration si délicieuse. Mais Raphaël était mort, il n'y avait là, sur les cartons qu'il avait laissés, qu'un travail d'élèves. C'était une chute brusque, totale. Jamais Pierre n'avait mieux compris que le génie est tout, que lorsqu'il disparaît, l'école sombre. L'homme de génie résume l'époque, donne, à une heure de la civilisation, toute la sève du sol social, qui reste ensuite épuisé, parfois pour des siècles. Et il s'intéressa davantage à l'admirable vue qu'on a des Loges, lorsqu'il remarqua qu'il avait en face de lui, de l'autre côté de la cour Saint-Damase, l'étage habité par le pape. En bas, la cour avec son portique, sa fontaine, son pavé blanc, était claire et nue, sous le brûlant soleil. Cela n'avait décidément rien de l'ombre, du mystère étouffé et religieux, que les alentours des vieilles cathédrales du Nord lui avaient fait rêver. À droite et à gauche du perron qui menait chez le pape et chez le cardinal secrétaire, cinq voitures se trouvaient rangées, les cochers raides sur leurs sièges, les chevaux immobiles dans la lumière vive ; et pas une âme ne peuplait le désert de la vaste cour carrée, aux trois étages de loges vitrées comme des serres immenses ; et l'éclat des vitres, le ton roux de la pierre semblaient dorer la nudité du pavé et des façades, dans une sorte de majesté grave de temple païen, consacré au dieu du soleil. Mais ce qui frappa Pierre plus encore, ce fut le prodigieux panorama de Rome qui se déroule, sous ces fenêtres du Vatican. Il n'avait point songé que cela dût être, il venait d'être tout d'un coup saisi par cette pensée que le pape, de ses fenêtres, voyait ainsi Rome entière, étalée devant lui, ramassée, comme s'il n'avait eu qu'à étendre la main pour la reprendre. Et il s'emplit longuement les yeux et le cœur de ce spectacle inouï, car il voulait l'emporter, le garder, tout frémissant des rêveries sans fin qu'il évoquait.

Dans sa contemplation, un bruit de voix lui fit tourner la tête ; et il aperçut un domestique en livrée noire, qui, après s'être acquitté d'un message près de Narcisse, le saluait profondément.

Le jeune homme se rapprocha du prêtre, l'air très contrarié.

« Mon cousin, monsignor Gamba del Zoppo, me fait dire qu'il ne pourra nous recevoir ce matin. Il est pris, paraît-il, par un service inattendu. »

Mais son embarras laissait voir qu'il ne croyait guère à cette excuse et qu'il commençait à soupçonner son parent de trembler de se compromettre, averti, terrifié sans doute par quelque bonne âme. Cela l'indignait d'ailleurs, obligeant et fort brave. Il finit par sourire, il ajouta :

« Écoutez, il y a peut-être un moyen de forcer les portes... Si vous pouvez disposer de votre après-midi, nous allons déjeuner ensemble, puis nous reviendrons visiter le musée des antiques ; et je finirai bien par rejoindre mon cousin, sans compter l'heureuse chance que nous avons de rencontrer le pape lui-même, s'il descend aux jardins. »

Pierre, d'abord, à l'annonce de l'audience encore reculée, avait éprouvé le plus vif désappointement. Aussi, libre de sa journée entière, accepta-t-il très volontiers l'offre.

« Vous êtes trop aimable, et je ne crains que d'abuser... Merci mille fois. »

Ils déjeunèrent en face de Saint-Pierre même, dans un petit restaurant du Borgo, dont les pèlerins faisaient l'ordinaire clientèle. On y mangeait fort mal, du reste. Puis, vers deux heures, ils firent le tour de la basilique, par la place de la Sacristie et par la place Sainte-Marthe, pour gagner, derrière, l'entrée du musée. C'était un quartier clair, désert et brûlant, où le jeune prêtre retrouva, décuplée, la sensation de majesté nue et fauve, comme cuite au soleil, qu'il avait eue en regardant la cour Saint-Damase. Mais surtout, quand il contourna l'abside géante du colosse, il en comprit davantage l'énormité, toute une floraison d'architectures mises en tas, que bordent les espaces vides du pavé, où verdit une herbe fine. Il n'y avait là, dans cette immensité muette, que deux enfants, qui jouaient à l'ombre d'un mur. L'ancienne Monnaie des papes, la Zecca, devenue italienne et gardée par des soldats du roi, se trouve à gauche du passage conduisant au musée ; tandis qu'en face, à droite, s'ouvre une porte d'honneur du Vatican, où veille un poste de la garde suisse ; et c'est par cette porte que passent les voitures à deux chevaux qui, selon l'étiquette, amènent dans la cour Saint-Damase les visiteurs du cardinal secrétaire et de Sa Sainteté.

Ils suivirent le long passage, la rue qui monte entre une aile du palais et le mur des jardins pontificaux. Et ils arrivèrent enfin au musée des antiques. Ah ! ce musée immense, composé de salles sans fin, ce musée qui en contient trois, le très ancien musée Pio-Clementino, le musée Chiaramonti et le Braccio Nuovo, tout un monde retrouvé dans la terre, exhumé, glorifié sous le plein jour ! Pendant plus de deux heures, le jeune prêtre le parcourut, passa d'une salle à une autre, dans l'éblouissement des chefs-d'œuvre, dans l'étourdissement de tant de génie et de tant de beauté. Ce n'étaient pas seulement les morceaux célèbres qui l'étonnaient, le *Laocoon* et l'*Apollon* des cabinets du Belvédère, ni le *Méléagre*, ni même le *Torse* d'Hercule. Il était pris plus encore par l'ensemble, par la quantité innombrable des Vénus, des Bacchus, des empereurs et des impératrices déifiés, par toute cette poussée superbe de belles chairs, de chairs augustes, célébrant l'immortalité de la vie. Trois jours auparavant, il avait visité le musée du Capitole, où il avait admiré la *Vénus*, le *Gaulois mourant*, les merveilleux *Centaures* de marbre noir, la collection extraordinaire des bustes. Mais ici, il retrouvait cette admiration décuplée jusqu'à la stupeur, par la richesse inépuisable des salles. Et, plus curieux peut-être de vie que d'art, il s'oublia de nouveau devant les bustes, où ressuscite si réelle la Rome historique, qui fut incapable certainement de l'idéale beauté de la Grèce, mais qui enfanta de la vie. Ils sont tous là, les empereurs, les philosophes, les savants, les poètes, ils revivent tous, avec une prodigieuse intensité, tels qu'ils étaient, étudiés et rendus scrupuleusement par l'artiste, dans leurs déformations, leurs tares, les moindres particularités de leurs traits ; et, de ce souci extrême de vérité, jaillit le caractère, une évocation d'une puissance incomparable. Rien n'est plus haut en somme, ce sont les hommes eux-mêmes qui renaissent, qui refont l'histoire, cette histoire fausse dont l'enseignement suffit à faire exécrer l'Antiquité par les générations d'élèves. Dès lors, comme on comprend, comme on sympathise ! Et c'était ainsi que les moindres fragments de marbre, les statues tronquées, les bas-reliefs en morceaux, un seul membre même, bras divin de nymphe ou cuisse nerveuse de satyre, évoquaient le resplendissement d'une civilisation de lumière, de grandeur et de force.

Narcisse ramena Pierre dans la galerie des candélabres, longue de cent mètres, et où se trouvent de fort beaux morceaux de sculpture.

« Écoutez, mon cher abbé, il n'est guère que quatre heures, et nous allons nous asseoir un instant ici, car il arrive, m'a-t-on dit, que le Saint-Père y passe parfois pour descendre aux jardins... Ce serait une vraie chance, si vous pouviez le voir, lui parler peut-être, qui sait ?... En tout cas, ça vous reposera, vous devez avoir les jambes rompues. »

Il était connu de tous les gardiens, sa parenté avec monsignor Gamba del Zoppo lui ouvrait toutes les portes du Vatican, où il aimait venir passer ainsi des journées entières. Deux chaises étaient là, ils s'installèrent, et il se remit à parler d'art, immédiatement.

Cette Rome, quelle étonnante destinée, quelle royauté souveraine et d'emprunt que la sienne ! Il semble qu'elle soit un centre où le monde entier converge et aboutit, mais où rien ne pousse du sol même, frappé de stérilité dès le début. Il faut y acclimater les arts, y transplanter le génie des peuples voisins, qui, dès lors, y fleurit magnifiquement. Sous les empereurs, lorsqu'elle est la reine de la terre, c'est de la Grèce que lui vient la beauté de ses monuments et de ses sculptures. Plus tard, quand le christianisme naît, il reste chez elle tout imprégné du paganisme ; et c'est ailleurs, dans un autre terrain, qu'il produit l'art gothique, l'art chrétien par excellence. Plus tard encore, à la Renaissance, c'est bien à Rome que resplendit le siècle de Jules II et de Léon X ; mais ce sont les artistes de la Toscane et de l'Ombrie qui préparent le mouvement, qui lui en apportent la prodigieuse envolée. Pour la seconde fois, l'art lui vient du dehors, lui donne la royauté du monde, en prenant chez elle une ampleur triomphale. Alors, c'est le réveil extraordinaire de l'Antiquité, c'est Apollon et c'est Vénus ressuscités, adorés par les papes eux-mêmes, qui, dès Nicolas V, rêvent d'égaler la Rome papale à la Rome impériale. Après les précurseurs, si sincères, si tendres et si forts, Fra Angelico, le Pérugin, Botticelli et tant d'autres, apparaissent les deux souverainetés, Michel-Ange et Raphaël, le surhumain et le divin ; puis, la chute est brusque, il faut attendre cent cinquante ans pour arriver au Caravage, à tout ce que la science de la peinture a pu conquérir, en l'absence du génie, la couleur et le modelé puissants. Ensuite, la déchéance continue jusqu'au Bernin, qui est le transformateur, le véritable créateur de la Rome des papes actuels, le jeune prodige enfantant dès sa dix-huitième année toute une lignée de filles de marbre colossales, l'architecte universel dont l'effrayante activité a terminé la façade de Saint-Pierre, bâti la colonnade, décoré l'intérieur de la basilique, élevé des fontaines, des églises, des palais sans nombre. Et c'était la fin de tout, car, depuis, Rome est sortie peu à peu de la vie, s'est éliminée davantage chaque jour du monde moderne, comme si elle qui a toujours vécu des autres cités se mourait de ne pouvoir plus leur rien prendre, pour s'en faire encore de la gloire.

« Le Bernin, ah ! le délicieux Bernin, continua à demi-voix Narcisse, de son air pâmé. Il est puissant et exquis, une verve toujours prête, une ingéniosité sans cesse en éveil, une fécondité pleine de grâce et de magnificence !… Leur Bramante, leur Bramante ! avec son chef-d'œuvre, sa correcte et froide Chancellerie, eh bien ! disons qu'il a été le Michel-Ange et le Raphaël de l'architecture, et n'en parlons plus !… Mais le Bernin, le Bernin exquis, dont le prétendu mauvais goût est fait de plus de délicatesse, de plus de raffinement, que les autres n'ont mis de génie dans la perfection et l'énormité ! L'âme du Bernin, variée et profonde, où tout notre âge devrait se retrouver, d'un maniérisme si triomphal, d'une recherche de l'artificiel si troublante, si dégagée des bassesses de la réalité !… Allez donc voir, à la villa Borghèse, le groupe d'*Apollon et Daphné*, qu'il fit à dix-huit ans, et surtout allez voir sa sainte Thérèse en extase, à Sainte-Marie-de-la-Victoire. Ah ! cette sainte Thérèse ! Le ciel ouvert, le frisson que la jouissance divine peut mettre dans le corps de la femme, la volupté de la foi poussée jusqu'au spasme, la créature perdant le souffle, mourant de plaisir aux bras de son Dieu !… J'ai passé devant elle des heures et des heures, sans jamais épuiser l'infini précieux et dévorant du symbole. »

Sa voix mourut, et Pierre, qui ne s'étonnait plus de sa haine sourde, inconsciente, contre la santé, la simplicité et la force, l'écoutait à peine, était lui-même tout à l'idée dont il se sentait de plus en plus envahi : la Rome païenne ressuscitant dans la Rome chrétienne, faisant d'elle la Rome catholique, le nouveau centre politique, hiérarchisé et dominateur du gouvernement des peuples. Avait-elle-même jamais été chrétienne, en dehors de l'âge primitif des catacombes ? C'était, en lui, un prolongement, une affirmation de plus en plus évidente des pensées qu'il avait eues au Palatin, à la voie Appienne, puis à Saint-Pierre. Et, le matin même, dans la chapelle Sixtine et dans la chambre de la signature, au milieu de l'étourdissement où le jetait l'admiration, il avait bien compris la preuve nouvelle que le génie apportait. Sans doute, chez Michel-Ange et chez Raphaël, le paganisme ne reparaissait que transformé par l'esprit chrétien. Mais est-ce qu'il n'était pas à la base même ? Est-ce que les nudités géantes de l'un ne venaient pas du terrible ciel de Jéhovah, vu à travers l'Olympe ? Est-ce que les idéales figures de l'autre ne montraient pas, sous le voile chaste de la Vierge, les chairs divines et désirables de Vénus ? Maintenant, Pierre en avait la conscience, il entrait dans son accablement un peu de gêne, car ces beaux corps prodigués, ces nudités glorifiant l'ardente passion de la vie, allaient contre le rêve qu'il avait fait dans son livre, le christianisme rajeuni donnant la paix au monde, le retour à la simplicité, à la pureté des premiers temps.

Tout d'un coup, il fut surpris d'entendre Narcisse qui, sans qu'il pût savoir par quelle transition, s'était mis à le renseigner sur l'existence quotidienne de Léon XIII.

« Oh ! mon cher abbé, à quatre-vingt-quatre ans, une activité de jeune homme, une vie de volonté et de travail, comme ni vous ni moi ne voudrions la vivre !... Dès six heures, il est debout, dit sa messe dans sa chapelle particulière, déjeune d'un peu de lait. Puis, de huit heures à midi, c'est un défilé ininterrompu de cardinaux, de prélats, toutes les affaires des congrégations qui lui passent sous les yeux, et je vous réponds qu'il n'en est pas de plus nombreuses ni de plus compliquées. À midi, le plus souvent, ont lieu les audiences publiques et collectives. À deux heures, il dîne. Vient alors la sieste, qu'il a bien gagnée, ou la promenade dans les jardins, jusqu'à six heures. Les audiences particulières, parfois, le tiennent ensuite pendant une heure ou deux. Il soupe à neuf heures, et il mange à peine, vit de rien, toujours seul à sa petite table... Hein ! que pensez-vous de l'étiquette qui l'oblige à cette solitude ? Un homme qui, depuis dix-huit ans, n'a pas eu un convive, éternellement à l'écart dans sa grandeur !... Et, à dix heures, après avoir dit le rosaire avec ses familiers, il s'enferme dans sa chambre. Mais, s'il se couche, il dort peu, il est pris de fréquentes insomnies, se relève, appelle un secrétaire, pour lui dicter des notes, des lettres. Lorsqu'une affaire intéressante l'occupe, il s'y donne tout entier, y songe sans cesse. C'est là sa vie, sa santé même : une intelligence continuellement en éveil, en travail, une force et une autorité qui ont le besoin de se dépenser... Vous n'ignorez pas, d'ailleurs, qu'il a longtemps cultivé avec tendresse la poésie latine. On dit aussi qu'il a eu la passion du journalisme, dans ses heures de lutte, au point d'inspirer les articles des journaux qu'il subventionnait, et même, assure-t-on, d'en dicter certains, lorsque ses idées les plus chères étaient en jeu. »

Il y eut un silence. À chaque instant, dans cette immense galerie des candélabres, déserte et solennelle, au milieu des marbres immobiles, d'une blancheur d'apparition, Narcisse allongeait la tête, pour voir si le petit cortège du pape n'allait pas déboucher de la galerie des tapisseries, puis défiler devant eux, en se rendant aux jardins.

« Vous savez, reprit-il, qu'on le descend sur une chaise basse, assez étroite pour qu'elle puisse passer par toutes les portes. Et quel voyage ! près de deux kilomètres, au travers des Loges, des Chambres de Raphaël, des galeries de peinture et de sculpture, sans compter les escaliers nombreux, toute une promenade interminable, avant qu'on le dépose, en bas, dans une allée où une calèche à deux chevaux l'attend... Le temps est très beau, ce soir. Il va sûrement venir. Ayons quelque patience. »

Et, pendant que Narcisse donnait ces détails, Pierre, également dans l'attente, voyait revivre devant lui toute l'extraordinaire histoire. C'étaient d'abord les papes mondains et fastueux de la Renaissance, ceux qui avaient ressuscité passionnément l'Antiquité, rêvant de draper le Saint-Siège dans la pourpre de l'Empire : Paul II, le Vénitien magnifique, qui avait bâti le palais de Venise, Sixte IV, à qui l'on doit la chapelle Sixtine, et Jules II, et Léon X, qui firent de Rome une ville de pompe théâtrale, de fêtes prodigieuses, des tournois, des ballets, des chasses, des mascarades et des festins. La papauté venait de retrouver l'Olympe sous la terre, dans la poussière des ruines ; et, comme grisée par ce flot de vie qui remontait du vieux sol, elle créait les musées, en refaisait les temples superbes du paganisme, rendus au culte de l'admiration universelle. Jamais l'Église n'avait traversé un tel péril de mort, car, si le Christ continuait d'être honoré à Saint-Pierre, Jupiter et tous les dieux, toutes les déesses de marbre, aux belles chairs triomphantes, trônaient dans les salles du Vatican. Puis, une autre vision passait, celle des papes modernes avant l'occupation italienne, Pie IX libre encore et sortant souvent dans sa bonne ville de Rome. Le grand carrosse rouge et or était traîné par six chevaux, entouré par la garde suisse, suivi par un peloton de gardes nobles. Mais, parfois, au Corso, le pape quittait le carrosse, poursuivait sa promenade à pied ; et, alors, un garde à cheval galopait en avant, avertissait, faisait tout arrêter. Aussitôt, les voitures se rangeaient, les hommes en descendaient, pour s'agenouiller sur le pavé, tandis que les femmes, simplement debout, inclinaient la tête dévotement, à l'approche du Saint-Père, qui, d'un pas ralenti, allait ainsi avec sa cour jusqu'à la place du Peuple, souriant et bénissant. Et, maintenant, venait Léon XIII, prisonnier volontaire, enfermé dans le Vatican depuis dix-huit années, ayant pris une majesté plus haute, une sorte de mystère sacré et redoutable, derrière les épaisses murailles silencieuses, au fond de cet inconnu où s'écoulait la vie discrète de chacune de ses journées.

Ah ! ce pape qu'on ne rencontre plus, qu'on ne voit plus, ce pape caché au commun des hommes, tel qu'une de ces divinités terribles dont les prêtres seuls osent regarder la face ! Et il s'est emprisonné dans ce Vatican somptueux que ses ancêtres de la Renaissance avaient bâti et orné pour des fêtes géantes ; et il vit là, loin des foules, en prison, avec les beaux hommes et les belles femmes de Michel-Ange et de Raphaël, avec les dieux et les déesses de marbre, l'Olympe éclatant, célébrant autour de lui la religion de la lumière et de la vie. Toute la papauté baigne là, avec lui, dans le paganisme. Quel spectacle, lorsque ce vieillard frêle, d'une blancheur pure, suit ces galeries du musée des antiques, pour se rendre aux jardins ! À droite, à gauche, les statues le regardent passer, de toute leur chair nue ; et c'est Jupiter, et c'est Apollon, et c'est Vénus, la dominatrice, et c'est Pan, l'universel dieu dont le rire sonne les joies de la terre. Des Néréides se baignent dans le flot transparent. Des Bacchantes roulent parmi les herbes chaudes, sans voile. Des Centaures galopent, emportant sur leurs reins fumants de belles filles pâmées. Ariane est surprise par Bacchus, Ganymède caresse l'aigle, Adonis incendie les couples de sa flamme. Et le blanc vieillard va toujours, balancé sur sa chaise basse, parmi ce triomphe de la chair, cette nudité, étalée, glorifiée, qui clame la toute-puissance de la nature, l'éternelle matière. Depuis qu'ils l'ont retrouvée, exhumée, honorée, elle règne là de nouveau, impérissable ; et, vainement, ils ont mis des feuilles de vigne aux statues, de même qu'ils ont vêtu les grandes figures de Michel-Ange : le sexe flamboie, la vie déborde, la semence circule à torrents dans les veines du monde. Près de là, dans la bibliothèque Vaticane, d'une incomparable richesse, où dort toute la science humaine, ce serait un danger plus terrible encore, une explosion qui emporterait le Vatican et même Saint-Pierre, si, un jour, les livres se réveillaient à leur tour, parlaient haut, comme parlaient la beauté des Vénus et la virilité des Apollons. Mais le blanc vieillard, si diaphane, semble ne pas entendre, ne pas voir, et les têtes colossales de Jupiter, et les torses d'Hercule, et les Antinoüs aux hanches équivoques, continuent à le regarder passer.

Impatient, Narcisse se décida à questionner un gardien, qui lui assura que Sa Sainteté était descendue déjà. Le plus souvent, en effet, pour raccourcir, on passait par une petite galerie couverte, qui débouchait devant la Monnaie.

« Descendons aussi, voulez-vous ? demanda-t-il à Pierre. Je vais tâcher de vous faire visiter les jardins. »

En bas, dans le vestibule, dont une porte ouvrait sur une large allée, il se remit à causer avec un autre gardien, un ancien soldat pontifical, qu'il connaissait particulièrement. Tout de suite, celui-ci le laissa passer avec son compagnon ; mais il ne put lui affirmer que monsignor Gamba del Zoppo, ce jour-là, accompagnait Sa Sainteté.

« N'importe, reprit Narcisse, quand ils se trouvèrent tous les deux seuls dans l'allée, je ne désespère pas encore d'une heureuse rencontre… Et vous voyez, voici les fameux jardins du Vatican. »

Ils sont très vastes, le pape peut y faire quatre kilomètres, par les allées du bois, puis en passant par la vigne et par le potager. Ces jardins occupent le plateau de la colline vaticane, que l'antique mur de Léon IV entoure encore de toute part, ce qui les isole des vallons voisins, comme au sommet d'une enceinte de forteresse. Autrefois, le mur allait jusqu'au château Saint-Ange ; et c'était là ce qu'on nommait la cité Léonine. Rien ne les domine, aucun regard curieux ne saurait y descendre, si ce n'est du dôme de Saint-Pierre, dont l'énormité seule y jette son ombre, par les brûlants jours d'été. Ils sont, d'ailleurs, tout un monde, un ensemble varié et complet, que chaque pape s'est plu à embellir : un grand parterre aux gazons géométriques, planté de deux beaux palmiers, orné de citronniers et d'orangers en pots ; un jardin plus libre, plus ombreux, où, parmi des charmilles profondes, se trouvent l'Aquilone, la fontaine de Jean Vesanzio, et l'ancien casino de Pie IV ; les bois ensuite, aux chênes verts superbes, des futaies de platanes, d'acacias et de pins, que coupent de larges allées, d'une douceur charmante pour les lentes promenades ; et, enfin, en tournant à gauche, après d'autres bouquets d'arbres, le potager, la vigne, un plant de vigne très soigné.

Tout en marchant, au travers du bois, Narcisse donnait à Pierre des détails sur la vie du Saint-Père, dans ces jardins. Lorsque le temps le permet, il s'y promène tous les deux jours. Jadis, dès le mois de mai, les papes quittaient le Vatican pour le Quirinal, plus frais et plus sain ; et ils allaient passer les grandes chaleurs à Castel

Gandolfo, au bord du lac d'Albano. Aujourd'hui, le Saint-Père n'a plus, pour résidence d'été, qu'une tour de l'ancienne enceinte de Léon IV, à peu près intacte. Il y vient vivre les journées les plus chaudes. Il a même fait construire, à côté, une sorte de pavillon, pour y loger sa suite, de façon à s'y installer à demeure. Et Narcisse, en familier, entra librement, put obtenir que Pierre jetât un coup d'œil dans l'unique pièce, occupée par Sa Sainteté, une vaste pièce ronde, au plafond demi-sphérique, où le ciel est peint avec les figures symboliques des constellations, dont une, le Lion, a pour yeux deux étoiles, qu'un système d'éclairage fait étinceler la nuit. Les murs sont d'une telle épaisseur, qu'en murant une des fenêtres, on a pu ménager dans l'embrasure une sorte de chambre, où se trouve un lit de repos. Du reste, le mobilier ne se compose que d'une grande table de travail, une plus petite, volante, pour manger, un large et royal fauteuil, entièrement doré, un des cadeaux du jubilé épiscopal. Et l'on rêve aux journées de solitude, d'absolu silence, dans cette salle basse de donjon, fraîche comme un sépulcre, lorsque les lourds soleils de juillet et d'août brûlent au loin Rome anéantie.

Puis, c'étaient des détails encore. Un observatoire astronomique a été installé dans une autre tour, qu'on aperçoit, parmi les verdures, surmontée d'une petite coupole blanche. Il y a aussi, sous des arbres, un chalet suisse, où Léon XIII aime à se reposer. Il va parfois à pied jusqu'au potager, il s'intéresse surtout à la vigne, qu'il visite, pour voir si le raisin mûrit, si la récolte sera belle. Mais ce qui étonna le plus le jeune prêtre, ce fut d'apprendre que le Saint-Père était un déterminé chasseur, lorsque l'âge ne l'avait point encore affaibli. Il chassait au *roccolo*, passionnément. À la lisière d'un taillis, des filets à larges mailles sont tendus, le long d'une allée, qu'ils bordent ainsi et ferment des deux côtés. Au milieu, sur le sol, on pose les cages des appeaux, dont le chant ne tarde pas à attirer les oiseaux du voisinage, les rouges-gorges, les fauvettes, les rossignols, des becfigues de toute espèce. Et, quand une bande était là, nombreuse, Léon XIII, assis à l'écart, guettant, tapait dans ses mains, effarait brusquement les oiseaux, qui s'envolaient et se prenaient par les ailes dans les grandes mailles des filets. Il n'y avait plus qu'à les ramasser, puis à les étouffer, d'un léger coup de pouce. Les becfigues rôtis sont un délicieux régal.

Comme il revenait par le bois, Pierre eut une autre surprise. Il tomba sur une Grotte de Lourdes, imitée en petit, reproduite à l'aide de rochers et de blocs de ciment. Et son émotion fut telle, qu'il ne put la cacher à son compagnon.

« C'est donc vrai ?... On me l'avait dit, mais je m'imaginais le Saint-Père plus intellectuel, dégagé de ces superstitions basses.

– Oh ! répondit Narcisse, je crois que la Grotte date de Pie IX, qui avait une particulière reconnaissance à Notre-Dame de Lourdes. En tout cas, ce doit être un cadeau, et Léon XIII la fait entretenir, simplement. »

Pendant quelques minutes, Pierre resta immobile, silencieux, devant cette reproduction, ce joujou enfantin de la foi. Des visiteurs, par zèle dévot, avaient laissé leurs cartes de visite, piquées dans les gerçures du ciment. Et ce fut pour lui une très grande tristesse, il se remit à suivre son compagnon, la tête basse, perdu dans une rêverie désolée sur l'imbécile misère du monde. Puis, à la sortie du bois, de nouveau en face du parterre, il leva les yeux.

Grand Dieu ! que cette fin d'un beau jour était exquise pourtant, et quel charme victorieux montait de la terre, dans cette partie adorable des jardins ! Plus que sous les ombrages alanguis du bois, plus même que parmi les vignes fécondes, il sentait là toute la force de la puissante nature, au milieu de ce parterre nu, désert, noble et brûlant. C'étaient à peine, au-dessus des gazons maigres, ornant avec symétrie les compartiments géométriques que les allées découpaient, quelques arbustes bas, des roseaux nains, des aloès, de rares touffes de fleurs à demi séchées ; et, dans le goût baroque d'autrefois, des buissons verts dessinaient encore les armes de Pie IX. Troublant seul le chaud silence, on n'entendait que le petit bruit cristallin du jet d'eau central, une pluie de gouttes qui retombaient perpétuellement d'une vasque. Rome entière avec son ciel ardent, sa grâce souveraine, sa volupté conquérante, semblait animer de son âme cette décoration carrée, vaste mosaïque de verdure, dont le demi-abandon, le délabrement roussi prenait une mélancolique fierté, dans le frisson très ancien d'une passion de flamme qui ne pouvait mourir. Des vases antiques, des statues antiques, d'une nudité blanche sous le soleil couchant, bordaient le parterre. Et, dominant l'odeur des eucalyptus et des pins, plus forte aussi que l'odeur des oranges mûrissantes, une odeur s'élevait, celle des grands buis amers, si chargée de vie âpre, qu'elle troublait au passage, comme l'odeur même de la virilité de ce vieux sol, saturé de poussières humaines.

« C'est bien extraordinaire que nous n'ayons pas rencontré Sa Sainteté, disait Narcisse. Sans doute, la voiture aura pris par l'autre allée du bois, tandis que nous nous arrêtions à la tour de Léon IV. »

Il en était revenu à son cousin, monsignor Gamba del Zoppo, il expliquait que la fonction de *copiere*, d'échanson du pape, que celui-ci aurait dû remplir, comme un des quatre camériers secrets participants, n'était plus qu'une charge purement honorifique, surtout depuis que les dîners diplomatiques et les dîners de consécration épiscopale avaient lieu à la secrétairerie d'État, chez le cardinal secrétaire. Monsignor Gamba del Zoppo, dont la nullité poltronne était légendaire, ne semblait avoir d'autre rôle que de récréer Léon XIII, qui l'aimait beaucoup, pour ses flatteries continuelles et pour les anecdotes qu'il en tirait sur tous les mondes, le noir et le blanc. Ce gros homme aimable, obligeant même tant que son intérêt n'entrait pas en jeu, était une véritable gazette vivante, au courant de tout, ne dédaignant pas les commérages des cuisines ; de sorte qu'il s'acheminait tranquillement vers le cardinalat, certain d'avoir le chapeau, sans se donner d'autre peine que d'apporter les nouvelles, aux heures douces de la promenade. Et Dieu savait s'il trouvait sans cesse d'amples moissons à faire, dans ce Vatican fermé où s'agite un tel pullulement de prélats de toutes sortes, dans cette famille pontificale, sans femmes, composée de vieux garçons portant la robe, que travaillent sourdement des ambitions démesurées, des luttes sourdes et abominables, des haines féroces qui, dit-on, vont encore parfois jusqu'au bon vieux poison des anciens temps !

Brusquement, Narcisse s'arrêta.

« Tenez ! je savais bien... Voici le Saint-Père... Mais nous n'avons pas de chance. Il ne nous verra même pas, il va remonter en voiture. »

En effet, la calèche venait de s'avancer jusqu'à la lisière du bois, et un petit cortège, qui débouchait d'une allée étroite, se dirigeait vers elle.

Pierre avait reçu au cœur un grand coup. Immobilisé avec son compagnon, caché à demi derrière le haut vase d'un citronnier, il ne put voir que de loin le blanc vieillard, si frêle dans les plis flottants de sa soutane blanche, marchant très lentement, d'un petit pas qui semblait glisser sur le sable. À peine put-il distinguer la maigre figure de vieil ivoire diaphane, accentuée par le grand nez, au-dessus de la bouche mince. Mais les yeux très noirs luisaient d'un sourire, curieusement, tandis que l'oreille se penchait à droite, vers monsignor Gamba del Zoppo, en train sans doute de terminer une histoire, gras et court, fleuri et digne. De l'autre côté, à gauche, marchait un garde noble ; et deux autres prélats suivaient.

Ce ne fut qu'une apparition familière, déjà Léon XIII montait dans la calèche fermée. Et Pierre, au milieu de ce grand jardin, brûlant et odorant, retrouvait l'émoi singulier qu'il avait ressenti, dans la galerie des candélabres, quand il avait évoqué le passage du pape au travers des Apollons et des Vénus, étalant leur nudité triomphale. Là, ce n'était que l'art païen qui célébrait l'éternité de la vie, les forces superbes et toutes-puissantes de la nature. Et voilà qu'ici il le voyait baigner dans la nature elle-même, dans la plus belle, la plus voluptueuse, la plus passionnée. Ah ! ce pape, ce blanc vieillard promenant son Dieu de douleur, d'humilité et de renoncement, par les allées de ces jardins d'amour, aux soirs alanguis des ardentes journées de l'été, sous la caresse des odeurs, les pins et les eucalyptus, les oranges mûres, les grands buis amers ! Pan tout entier l'y enveloppait des effluves souverains de sa virilité. Comme il faisait bon de vivre là, parmi cette magnificence du ciel et de la terre, et d'y aimer la beauté de la femme, et de s'y réjouir dans la fécondité universelle ! Brusquement éclatait cette vérité décisive que, de ce pays de lumière et de joie, n'avait pu pousser qu'une religion temporelle de conquête, de domination politique, et non la religion mystique et souffrante du Nord, une religion d'âme.

Mais Narcisse emmenait le jeune prêtre, en lui contant encore des histoires, la bonhomie parfois de Léon XIII, qui s'arrêtait pour causer avec les jardiniers, les questionnait sur la santé des arbres, sur la vente des oranges, et aussi la passion qu'il avait eue pour deux gazelles, envoyées en cadeau d'Afrique, de jolies bêtes fines qu'il aimait à caresser, et dont il avait pleuré la mort. D'ailleurs, Pierre n'écoutait plus ; et, quand ils se retrouvèrent tous deux sur la place Saint-Pierre, il se retourna, il regarda une fois encore le Vatican.

Ses yeux étaient tombés sur la porte de bronze, et il se rappela que, le matin, il s'était demandé ce qu'il y avait derrière ces panneaux de métal, garnis de gros clous à tête carrée. Et il n'osait se répondre encore, il n'osait décider si les peuples nouveaux, avides de fraternité et de justice, y trouveraient la religion attendue par les démocraties de demain ; car il n'emportait qu'une impression première. Mais combien cette impression était vive et quel commencement de désastre pour son rêve ! Une porte de bronze, oui ! dure et inexpugnable, murant le Vatican sous ses lames antiques, le séparant du reste de la terre, si solidement, que rien n'y était plus entré depuis trois siècles. Derrière, il venait de voir renaître les anciens siècles, jusqu'au seizième, immuables. Les temps s'y étaient comme arrêtés, à jamais. Rien n'y bougeait plus, les costumes eux-mêmes des gardes suisses, des gardes nobles, des prélats, n'avaient pas changé ; et l'on retrouvait là le monde d'il y a trois cents ans, avec son étiquette, ses vêtements, ses idées. Si, depuis vingt-cinq années, les papes, par une protestation hautaine, s'enfermaient volontairement dans leur palais, le séculaire emprisonnement dans le passé, dans la tradition, datait de bien plus loin et présentait un danger autrement grave. Tout le catholicisme avait fini par y être enfermé comme eux, s'obstinant à ses dogmes, ne vivant plus, immobile et debout, que grâce à la force de sa vaste organisation hiérarchique. Alors, était-ce donc que, malgré son apparente souplesse, le catholicisme ne pouvait céder sur rien, sous peine d'être emporté ? Puis, quel monde terrible, tant d'orgueil, tant d'ambition, tant de haines et de luttes ! Et quelle prison étrange, quels rapprochements sous les verrous, le Christ en compagnie de Jupiter Capitolin, toute l'Antiquité païenne fraternisant avec les Apôtres, toutes les splendeurs de la Renaissance entourant le pasteur de l'Évangile, qui règne au nom des pauvres et des simples ! Sur la place Saint-Pierre, le soleil déclinait, la douce volupté romaine tombait du ciel limpide, et le jeune prêtre restait éperdu, après ce beau jour, passé avec Michel-Ange, Raphaël, les antiques et le pape, dans le plus grand palais du monde.

« Enfin, mon cher abbé, excusez-moi, conclut Narcisse. Je vous l'avoue maintenant, je soupçonne mon brave cousin de ne pas vouloir se compromettre dans votre affaire... Je le verrai encore, mais vous ferez bien de ne pas trop compter sur lui. »

Ce jour-là, il était près de six heures, lorsque Pierre revint au palais Boccanera. D'habitude, modestement, il passait par la ruelle et prenait la porte du petit escalier, dont il possédait une clé. Mais il avait reçu, le matin, une lettre du vicomte Philibert de la Choue, qu'il voulait communiquer à Benedetta ; et il monta le grand escalier, il s'étonna de ne trouver personne dans l'antichambre. Les jours ordinaires, lorsque Giacomo devait sortir, Victorine s'y installait, y travaillait à quelque ouvrage de couture, en toute bonhomie. Sa chaise était bien là, il vit même sur une table le linge qu'elle y avait laissé ; mais elle s'en était allée sans doute, il se permit de pénétrer dans le premier salon. Il y faisait presque nuit déjà, le crépuscule s'y éteignait avec une douceur mourante, et le prêtre resta saisi, n'osa plus avancer, en entendant venir du salon voisin, le grand salon jaune, un bruit de voix éperdues, des froissements, des heurts, toute une lutte. C'étaient des supplications ardentes, puis des grondements dévorateurs. Et, brusquement, il n'hésita plus, il fut emporté comme malgré lui, par cette certitude que quelqu'un se défendait, dans cette pièce, et allait succomber.

Quand il se précipita, ce fut une stupeur. Dario était là, fou, lâché en une sauvagerie de désir où reparaissait tout le sang effréné des Boccanera, dans son épuisement élégant de fin de race ; et il tenait Benedetta aux épaules, il l'avait renversée sur un canapé, la violentant, la voulant, lui brûlant la face de ses paroles.

« Pour l'amour de Dieu, chérie... Pour l'amour de Dieu, si tu ne souhaites pas que je meure et que tu meures... Puisque tu le dis toi-même, puisque c'est fini, que jamais ce mariage ne sera cassé, oh ! ne soyons pas malheureux davantage, aime-moi comme tu m'aimes, et laisse-moi t'aimer, laisse-moi t'aimer ! »

Mais, de ses deux bras tendus, pleurante, avec une face de tendresse et de souffrance indicibles, la contessina le repoussait, pleine elle aussi d'une énergie farouche, en répétant :

« Non, non ! je t'aime, je ne veux pas, je ne veux pas ! »

À ce moment, dans son grondement désespéré, Dario eut la sensation que quelqu'un entrait. Il se releva violemment, regarda Pierre d'un air de démence hébétée, sans même le bien reconnaître. Puis, il passa les deux mains sur son visage, les joues ruisselantes, les yeux sanglants ; et il s'enfuit, en poussant un soupir, un han ! terrible et douloureux, où son désir refoulé se débattait encore dans des larmes et dans du repentir.

Benedetta était restée assise sur le canapé, soufflante, à bout de courage et de force. Mais, au mouvement que Pierre fit pour se retirer également, très embarrassé de son rôle, ne trouvant pas un mot, elle le supplia d'une voix qui se calmait.

« Non, non, monsieur l'abbé, ne vous en allez pas... Je vous en prie, asseyez-vous, je désire causer avec vous un instant. »

Il crut pourtant devoir s'excuser de son entrée si brusque, il expliqua que la porte du premier salon était entrouverte et qu'il avait seulement aperçu, dans l'antichambre, le travail de Victorine, laissé sur une table.

« Mais c'est vrai ! s'écria la contessina, Victorine devait y être, je venais de la voir. Je l'ai appelée, quand mon pauvre Dario s'est mis à perdre la tête... Pourquoi donc n'est-elle pas accourue ? »

Puis, dans un mouvement d'expansion, se penchant à demi, la face encore brûlante de la lutte :

« Écoutez, monsieur l'abbé, je vais vous dire les choses, parce que je ne veux pas que vous emportiez une trop vilaine idée de mon pauvre Dario. Ça me ferait beaucoup de peine... Voyez-vous, c'est un peu de ma faute, ce qui vient d'arriver. Hier soir, il m'avait demandé un rendez-vous ici, pour que nous puissions causer tranquillement ; et, comme je savais que ma tante n'y serait pas aujourd'hui, à cette heure, je lui ai donc dit de venir... C'était fort naturel, n'est-ce pas ? de nous voir, de nous entendre, après le gros chagrin que nous avons eu, à la nouvelle que mon mariage ne sera sans doute jamais annulé. Nous souffrons trop, il faudrait prendre un parti... Et, alors, quand il a été là, nous nous sommes mis à pleurer, nous sommes restés longtemps aux bras l'un de l'autre, nous caressant, mêlant nos larmes. Je l'ai baisé mille fois en lui répétant que je l'adorais, que j'étais désespérée de faire son malheur, que je mourrais sûrement de ma peine, à le voir si malheureux. Peut-être a-t-il pu se croire encourager ; et, d'ailleurs, il n'est pas un ange, je n'aurais pas dû le garder de la sorte, si longtemps sur mon cœur... Vous comprenez, monsieur l'abbé, il a fini par être comme un fou et par vouloir la chose que, devant la Madone, j'ai juré de ne jamais accorder qu'à mon mari. »

Elle disait cela tranquillement, simplement, sans embarras aucun, de son air de belle fille raisonnable et pratique. Un faible sourire parut sur ses lèvres, quand elle continua.

« Oh ! je le connais bien, mon pauvre Dario, et ça ne m'empêche pas de l'aimer, au contraire. Il a l'air délicat, un peu maladif même ; au fond, c'est un passionné, un homme qui a besoin de plaisir. Oui ! c'est le vieux sang qui bouillonne, j'en sais quelque chose, car j'ai eu des colères, étant petite, à rester par terre, et aujourd'hui encore, quand le grand souffle passe, il faut que je me batte contre moi-même, que je me torture, pour ne pas faire toutes les sottises du monde... Mon pauvre Dario ! il sait si mal souffrir ! Il est tel qu'un enfant dont les caprices doivent être contentés ; mais, au fond pourtant, il a beaucoup de raison, il m'attend, parce qu'il se dit que le bonheur sérieux est avec moi, qui l'adore. »

Et Pierre vit alors se préciser pour lui cette figure du jeune prince, restée vague jusque-là. Tout en mourant d'amour pour sa cousine, il s'était toujours amusé. Un fond d'égoïsme parfait, mais un très aimable garçon quand même. Surtout une incapacité absolue de souffrir, une horreur de la souffrance, de la laideur et de la pauvreté, chez lui et chez les autres. De chair et d'âme pour la joie, l'éclat, l'apparence, la vie au clair soleil. Et fini, épuisé, n'ayant plus de force que pour cette vie d'oisif, ne sachant même plus penser et vouloir, à ce point que l'idée de se rallier au régime nouveau ne lui était pas même venue. Avec ça, l'orgueil démesuré du Romain, la paresse mêlée d'une sagacité, d'un sens pratique du réel, toujours en éveil ; et, dans le charme doux et finissant de sa race, dans son continuel besoin de femme, des coups de furieux désir, une sensualité fauve qui parfois se ruait.

« Mon pauvre Dario, qu'il aille en voir une autre, je le lui permets, ajouta très bas Benedetta, avec son beau sourire. N'est-ce pas ? il ne faut point demander l'impossible à un homme, et je ne veux pas qu'il en meure. »

Et, comme Pierre la regardait, dérangé dans son idée de la jalousie italienne, elle s'écria, toute brûlante de son adoration passionnée :

« Non, non, je ne suis pas jalouse de ça. C'est son plaisir, ça ne me fait pas de peine. Et je sais très bien qu'il me reviendra toujours, qu'il ne sera plus qu'à moi, à moi seule, quand je le voudrai, quand je le pourrai. »

Il y eut un silence, le salon s'emplissait d'ombre, l'or des grandes consoles s'éteignait, une mélancolie infinie tombait du haut plafond obscur et des vieilles tentures jaunes, couleur d'automne. Bientôt, par un hasard de l'éclairage, un tableau se détacha, au-dessus du canapé où la contessina était assise, le portrait de la jeune fille au turban, si belle, Cassia Boccanera, l'ancêtre, l'amoureuse et la justicière. De nouveau, la ressemblance frappa le prêtre, et il pensa tout haut, il reprit :

« La tentation est la plus forte, il vient toujours une minute où l'on succombe, et tout à l'heure, si je n'étais pas entré... »

Violemment, Benedetta l'interrompit.

« Moi, moi !... Ah ! vous ne me connaissez pas. Je serais morte plutôt. »

Et, dans une exaltation dévote extraordinaire, toute soulevée d'amour, et comme si la foi superstitieuse eût embrasé en elle la passion jusqu'à l'extase :

« J'ai juré à la Madone de donner ma virginité à l'homme que j'aimerai, seulement le jour où il sera mon mari, et ce serment, je l'ai tenu au prix de mon bonheur, je le tiendrai au prix de ma vie même... Oui, Dario et moi, nous mourrons s'il le faut, mais la Sainte Vierge a ma parole, et les anges ne pleureront pas dans le Ciel. »

Elle était là tout entière, d'une simplicité qui pouvait d'abord paraître compliquée, inexplicable. Sans doute elle cédait à cette singulière idée de noblesse humaine que le christianisme a mise dans le renoncement et la pureté, toute une protestation contre l'éternelle matière, les forces de la nature, la fécondité sans fin de la vie. Mais, en elle, il y avait plus encore, un prix d'amour inestimable donné à la virginité, un cadeau exquis, d'une joie divine, qu'elle voulait faire à l'amant élu, choisi par son cœur, devenu le maître souverain de son corps, dès que Dieu les aurait unis. Pour elle, en dehors du prêtre, du mariage religieux, il n'y avait que péché mortel et abomination. Et, dès lors, on comprenait sa longue résistance à Prada, qu'elle n'aimait pas, sa résistance désespérée et si douloureuse à Dario, qu'elle adorait, mais à qui elle ne voulait s'abandonner qu'en légitime union. Et quelle torture, pour cette âme enflammée, que de résister à son amour ! Quel continuel combat du devoir, du serment fait à la Vierge, contre la passion, cette passion de sa race, qui, parfois, comme elle l'avouait, soufflait chez elle en tempête ! Tout ignorante et indolente qu'elle fût, capable d'une éternelle fidélité de tendresse, elle exigeait d'ailleurs le sérieux, le matériel de l'amour. Aucune fille n'était moins qu'elle perdue dans le rêve.

Pierre la regardait, sous le crépuscule mourant, et il lui semblait qu'il la voyait, qu'il la comprenait pour la première fois. Sa dualité s'accusait dans les lèvres un peu fortes et charnelles, les yeux immenses, noirs et sans fond, et dans le visage si calme, si raisonnable, d'une délicatesse d'enfance. Avec cela, derrière ces yeux de flamme, sous cette peau d'une candeur liliale, on sentait la tension intérieure de la superstitieuse, de l'orgueilleuse et de la volontaire, la femme qui se gardait obstinément à son amour, ne manœuvrant que pour en jouir, toujours prête, dans sa raison avisée, à quelque folie de passion qui l'emporterait. Ah ! comme il s'expliquait qu'on l'aimât ! Comme il sentait qu'une créature si adorable, avec sa belle sincérité, sa fougue à se réserver pour se donner mieux, devait emplir l'existence d'un homme ! Et qu'elle lui apparaissait bien la sœur cadette de cette Cassia délicieuse et tragique, qui n'avait pas voulu vivre avec sa virginité désormais inutile, et qui s'était jetée au Tibre, en y entraînant son frère, Ercole, et le cadavre de Flavio, son amant !

Dans un mouvement de bonne affection, Benedetta avait saisi les deux mains de Pierre.

« Monsieur l'abbé, voici une quinzaine de jours que vous êtes ici, et je vous aime bien, parce que je sens en vous un ami. Si vous ne nous comprenez pas du premier coup, il ne faut pourtant pas trop mal nous juger. Je vous jure que, si peu savante que je sois, je tâche toujours d'agir le mieux possible. »

Il fut infiniment touché de sa bonne grâce, et il l'en remercia, en gardant un instant ses belles mains dans les siennes, car lui aussi se prenait pour elle d'une grande tendresse. Un rêve de nouveau l'emportait, être son éducateur, s'il en avait jamais le temps, ne pas repartir du moins sans avoir conquis cette âme aux idées de charité et de fraternité futures, qui étaient les siennes. N'était-elle pas l'Italie d'hier, cette créature admirable, indolente, ignorante, inoccupée, ne sachant que défendre son amour ? L'Italie d'hier, si belle et si endormie, avec sa grâce finissante, charmeresse dans son ensommeillement, et qui gardait tant d'inconnu au fond de ses yeux noirs, brûlants de passion ! Et quel rôle que de l'éveiller, de l'instruire, de la conquérir pour la vérité, le peuple des souffrants et des pauvres, l'Italie rajeunie de demain, telle qu'il la rêvait ! Même, dans le mariage désastreux avec le comte Prada, dans la rupture, il voulait voir une première tentative manquée, l'Italie moderne du Nord allant trop vite en besogne, trop brutale à aimer et à transformer la douce

Rome attardée, grande encore et paresseuse. Mais ne pouvait-il reprendre la tâche, n'avait-il pas remarqué que son livre, après l'étonnement de la première lecture, était resté chez elle une préoccupation, un intérêt, au milieu du vide de ses journées, emplies de ses seuls chagrins ? Quoi ! s'intéresser aux autres, aux petits de ce monde, au bonheur des misérables ! était-ce possible, y avait-il donc là un apaisement à sa propre misère ? Et elle était émue déjà, et il se promettait de faire jaillir ses larmes, frémissant lui-même près d'elle, à la pensée de l'infini d'amour qu'elle donnerait, le jour où elle aimerait.

La nuit venait complète, et Benedetta s'était levée pour demander une lampe. Puis, comme Pierre prenait congé, elle le retint un instant encore dans les demi-ténèbres. Il ne la voyait plus, il l'entendait seulement répéter de sa voix grave :

« N'est-ce pas, monsieur l'abbé, vous n'emporterez pas une trop mauvaise opinion de nous ? Dario et moi, nous nous aimons, et ce n'est pas un péché, quand on est sage... Ah ! oui, je l'aime, et depuis si longtemps ! Figurez-vous, j'avais treize ans à peine, lui en avait dix-huit ; et nous nous aimions, nous nous aimions comme des fous, dans ce grand jardin de la villa Montefiori, qu'on a saccagé... Ah ! les jours que nous avons passés là, les après-midi entiers, lâchés à travers les arbres, les heures vécues au fond de cachettes introuvables, à nous baiser, ainsi que des chérubins ! Lorsque venait le temps des oranges mûres, c'était un parfum qui nous grisait. Et les grands buis amers, mon Dieu ! comme ils nous enveloppaient, de quelle odeur puissante ils nous faisaient battre le cœur ! Je ne peux plus les respirer, maintenant, sans défaillir. »

Giacomo apportait la lampe, et Pierre remonta chez lui. Dans le petit escalier, il trouva Victorine, qui eut un léger sursaut, comme si elle s'était postée là, à le guetter sortir du salon. Elle le suivit, elle causa, se renseigna ; et, tout d'un coup, le prêtre eut conscience de ce qui s'était passé.

« Pourquoi donc n'êtes-vous pas accourue, lorsque votre maîtresse vous a appelée, puisque vous étiez en train de coudre, dans l'antichambre ? »

D'abord, elle voulut faire l'étonnée, dire qu'elle n'avait rien entendu. Mais sa bonne figure de franchise ne pouvait mentir, riait quand même. Elle finit par se confesser, de son air brave et gai.

« Dame ! est-ce que ça me regardait, d'intervenir entre des amoureux ? Et puis, j'étais bien tranquille, je savais que le prince l'aime trop pour lui faire du mal, à ma petite Benedetta. »

La vérité était que, comprenant ce dont il s'agissait, au premier appel de détresse, elle avait posé doucement son ouvrage sur la table et s'en était allée à pas de loup, pour ne pas avoir à déranger ses chers enfants, ainsi qu'elle les nommait.

« Ah ! la pauvre petite ! conclut-elle, comme elle a tort de se martyriser pour des idées de l'autre monde ! Puisqu'ils s'aiment, où serait le mal, grand Dieu ! s'ils se donnaient un peu de bonheur ? La vie n'est pas si drôle. Et quel regret, plus tard, le jour où il ne serait plus temps ! »

Resté seul, dans sa chambre, Pierre se sentit tout d'un coup chancelant, éperdu. Les grands buis amers ! Les grands buis amers ! Comme lui, elle avait frissonné à leur âpre odeur de virilité, et ils revenaient, et ils évoquaient ceux des jardins pontificaux, des voluptueux jardins romains, déserts et brûlants sous l'auguste soleil. Sa journée entière se résumait, prenait clairement sa signification totale. C'était le réveil fécond, l'éternelle protestation de la nature et de la vie, la Vénus et l'Hercule qu'on peut enfouir pour des siècles dans la terre, mais qui en surgissent quand même un jour, qu'on peut vouloir murer au fond du Vatican dominateur, immobile et têtu, mais qui règnent même là et gouvernent le monde, souverainement.

VII

Le lendemain, comme Pierre, après une longue promenade, se retrouvait devant le Vatican, où une sorte d'obsession le ramenait toujours, il fit de nouveau la rencontre de monsignor Nani. C'était un mercredi soir, et l'assesseur du Saint-Office venait d'avoir son audience hebdomadaire chez le pape, auquel il rendait compte de la séance tenue le matin par la sacrée congrégation.

« Quel heureux hasard, mon cher fils ! Justement, je pensais à vous... Désirez-vous voir Sa Sainteté en public, avant de la voir en audience particulière ? »

Et il avait son grand air d'obligeance souriante, où l'on sentait à peine l'ironie légère de l'homme supérieur qui savait tout, pouvait tout, préparait tout.

« Mais sans doute, monseigneur, répondit Pierre, un peu étonné par la brusquerie de l'offre. Toute distraction est la bienvenue, quand on perd ses journées à attendre.

– Non, non, vous ne perdez pas vos journées, reprit vivement le prélat. Vous regardez, vous réfléchissez, vous vous instruisez... Enfin, voici. Sans doute savez-vous que le grand pèlerinage international du denier de saint Pierre arrive vendredi à Rome et qu'il sera reçu samedi par Sa Sainteté. Le lendemain, dimanche, autre cérémonie. Sa Sainteté dira la messe à la basilique... Eh bien ! il me reste quelques cartes, voici de très bonnes places pour les deux jours. »

Il avait tiré de sa poche un élégant petit portefeuille, orné d'un chiffre d'or, où il prit deux cartes, une verte, une rose, qu'il remit au jeune prêtre.

« Ah ! si vous saviez comme on se les dispute !... Vous vous rappelez, ces deux dames françaises, qui se meurent du désir de voir le Saint-Père. Je n'ai pas voulu trop insister pour leur obtenir une audience, elles ont dû se contenter, elles aussi, des cartes que je leur ai données... Oui, le Saint-Père est un peu las. Je viens de le trouver jauni, fiévreux. Mais il a tant de courage, il ne vit que par l'âme. »

Son sourire reparut, avec sa moquerie à peine perceptible.

« C'est là un grand exemple pour les impatients, mon cher fils... J'ai appris que l'excellent monsignor Gamba del Zoppo n'a rien pu pour vous. Il ne faut pas vous en affliger outre mesure. Me permettez-vous de répéter que cette longue attente est sûrement une grâce que vous fait la Providence, en vous renseignant, en vous forçant à comprendre des choses que vous autres, prêtres de France, vous ne sentez malheureusement pas, quand vous arrivez à Rome ? Et peut-être cela vous évitera-t-il des fautes... Allons, calmez-vous, dites-vous que les événements sont dans la main de Dieu et qu'ils se produiront à l'heure fixée par sa souveraine sagesse. »

Il tendit sa jolie main, souple et grasse, une douce main de femme, mais dont l'étreinte avait la force d'un étau de fer. Et il monta dans sa voiture, qui l'attendait.

Justement, la lettre que Pierre avait reçue du vicomte Philibert de la Choue, était un long cri de rancune et de désespoir, à l'occasion du grand pèlerinage international du denier de saint Pierre. Il écrivait de son lit, cloué par une affreuse attaque de goutte, et il ne pouvait venir. Mais ce qui mettait le comble à sa peine, c'était que le président du comité, chargé naturellement de présenter le pèlerinage au pape, se trouvait être le baron de Fouras, un de ses adversaires acharnés du vieux parti catholique conservateur ; et il ne doutait pas un instant que le baron ne profitât de l'occasion unique pour faire triompher dans l'esprit du pape sa théorie des corporations libres, tandis que lui, de la Choue, n'admettait le salut du catholicisme et du monde que par le système des corporations fermées, obligatoires. Aussi suppliait-il Pierre d'agir auprès des cardinaux favorables, et d'arriver quand même à être reçu par le Saint-Père, et de ne pas quitter Rome sans lui rapporter l'approbation auguste, qui seule devait décider de la victoire. La lettre donnait en outre d'intéressants détails sur le pèlerinage, trois mille pèlerins venus de tous les pays, que des évêques et des supérieurs de congrégation amenaient par petits groupes, de France, de Belgique, d'Espagne, d'Autriche, même d'Allemagne. C'était la France qui se trouvait le plus largement représentée, près de deux mille pèlerins. Un comité international avait fonctionné à Paris pour tout organiser, besogne délicate, car il y avait là un mélange voulu, des membres de l'aristocratie, des confréries de dames bourgeoises, des associations ouvrières, les classes, les âges, les sexes confondus, fraternisant dans la même foi. Et le vicomte ajoutait que le pèlerinage, qui portait au pape des millions, avait choisi la date de son arrivée, de manière à être la protestation du catholicisme universel contre les fêtes du 20 septembre, par lesquelles le Quirinal venait de célébrer le glorieux anniversaire de Rome capitale.

Pierre ne se méfia pas, crut qu'il suffisait d'arriver vers onze heures, puisque la solennité était pour midi. Elle devait avoir lieu dans la salle des Béatifications, une grande et belle salle qui se trouve au-dessus du portique de Saint-Pierre, et qu'on a aménagée en chapelle depuis 1890. Une de ses fenêtres ouvre sur la loggia centrale, d'où le pape nouvellement élu, autrefois, bénissait le peuple, Rome et le monde. Elle est précédée de deux autres salles, la salle royale et la salle ducale. Et, lorsque Pierre voulut gagner la place à laquelle sa carte verte lui donnait droit, dans la salle même des béatifications, il les trouva toutes les trois tellement bondées d'une foule compacte, qu'il s'ouvrit un chemin avec les plus extrêmes difficultés. Il y avait une heure déjà qu'on étouffait de la sorte, dans la fièvre ardente, l'émotion grandissante des trois à quatre mille personnes enfermées là. Enfin, il put arriver jusqu'à la porte de la troisième salle ; mais il se découragea à y voir l'extraordinaire entassement des têtes, il n'essaya même pas d'aller plus loin.

Cette salle des Béatifications, qu'il embrassait d'un regard, en se dressant sur la pointe des pieds, était d'une grande richesse, dorée et peinte, sous le haut plafond sévère. En face de l'entrée, à la place ordinaire de l'autel, on avait placé, sur une estrade basse, le trône pontifical, un grand fauteuil de velours rouge, dont le dossier et les bras d'or resplendissaient ; et les draperies du baldaquin, également de velours rouge, retombaient derrière, déployaient comme deux larges ailes de pourpre. Mais ce qui l'intéressait surtout, ce qui le saisissait, c'était cette foule, cette foule d'effrénée passion, telle qu'il n'en avait jamais vue, dont il entendait battre les cœurs à grands coups, dont les yeux trompaient l'impatience fébrile de l'attente, en regardant, en adorant le trône vide. Ah ! ce trône, il les éblouissait, il les troublait jusqu'à la pâmoison des âmes dévotes, ainsi que l'ostensoir d'or où Dieu en personne allait daigner prendre place. Il y avait là des ouvriers endimanchés, aux regards clairs d'enfant, aux rudes figures d'extase, des dames bourgeoises vêtues de la toilette noire réglementaire, toutes pâles d'une sorte de terreur sacrée dans l'excès de leur désir, des messieurs en habit et en cravate blanche, glorieux, soulevés par la conviction qu'ils sauvaient l'Église et les peuples. Un groupe de ceux-ci se faisait remarquer particulièrement devant le trône, tout un paquet d'habits noirs, les membres du comité international, à la tête duquel triomphait le baron de Fouras, un homme d'une cinquantaine d'années, très grand, très gros, très blond, qui s'agitait, se dépensait, donnait des ordres, comme un général au matin d'une victoire décisive. Puis, au milieu de la masse grise et neutre des vêtements, éclatait çà et là la soie violette d'un évêque, chaque pasteur ayant voulu rester avec son troupeau ; tandis que des réguliers, des pères supérieurs, en robes brunes, noires, blanches, dominaient, de toutes leurs hautes têtes barbues ou rasées. À droite et à gauche, flottaient des bannières, que des associations, des congrégations apportaient en cadeau au pape. Et la houle montait, et un bruit de mer s'enflait toujours, un tel amour impatient s'exhalait des faces en sueur, des yeux brûlants, des bouches affamées, que l'air s'en trouvait comme épaissi et obscurci, dans l'odeur lourde de ce peuple entassé.

Mais, brusquement, Pierre aperçut près du trône monsignor Nani, qui, l'ayant reconnu de loin, lui faisait des signes pour qu'il s'avançât ; et, comme il répondait d'un geste modeste, signifiant qu'il préférait rester où il était, le prélat s'entêta quand même, lui envoya un huissier, avec l'ordre de lui ouvrir un chemin. Enfin, lorsque l'huissier le lui eut amené :

« Pourquoi donc ne veniez-vous pas occuper votre place ? Votre carte vous donne droit à être ici, à la gauche du trône.

– Ma foi, répondit le prêtre, il y avait tant de monde à déranger, que je n'ai pas voulu. Et puis, c'est bien de l'honneur pour moi.

– Non, non ! je vous ai donné cette place, afin que vous l'occupiez. Je désire que vous soyez au premier rang, pour bien voir, pour ne rien perdre de la cérémonie. »

Pierre ne put que le remercier. Il vit alors que plusieurs cardinaux et beaucoup de prélats de la famille pontificale attendaient, eux aussi, aux deux côtés du trône. Vainement, il chercha le cardinal Boccanera, qui ne paraissait à Saint-Pierre et au Vatican que les jours où le service de sa charge l'y obligeait. Mais il reconnut le cardinal Sanguinetti, large et fort, qui causait très haut avec le baron de Fouras, le sang au visage. Un instant, monsignor Nani revint, de son air complaisant, pour lui montrer deux autres Éminences, d'une importance de hauts et puissants personnages : le cardinal-vicaire, un gros homme court, à la face enfiévrée, brûlée d'ambition, et le cardinal secrétaire, robuste, ossu, taillé à coups de hache, un type romantique de bandit sicilien qui se serait décidé pour la discrète et souriante diplomatie ecclésiastique. À quelques pas encore, à l'écart, se tenait le Grand Pénitencier, silencieux, l'air souffrant, avec un profil gris et maigre d'ascète.

Midi était sonné. Il y eut une fausse joie, une émotion qui vint des deux autres salles, en une vague profonde. Mais ce n'étaient que les huissiers qui faisaient ranger la foule, afin de ménager un passage au cortège. Et, tout d'un coup, du fond de la première salle, des acclamations partirent, grandirent, s'approchèrent. Cette fois, c'était le cortège. D'abord, un détachement de gardes suisses en petit uniforme, conduit par un sergent ; puis, les porteurs de chaise en rouge ; puis, les prélats de la cour, parmi lesquels les quatre camériers secrets participants. Et, enfin, entre deux pelotons de gardes nobles en demi-gala, le Saint-Père marchait seul, à pied, souriant d'un pâle sourire, bénissant avec lenteur, à droite et à gauche. Avec lui, la clameur, montant des salles voisines, s'était engouffrée dans la salle des béatifications, d'une violence d'amour soufflant en folie ; et, sous la frêle main blanche qui bénissait, toutes ces créatures bouleversées étaient tombées à deux genoux, il n'y avait plus par terre qu'un écrasement de peuple dévot, comme foudroyé par l'apparition du Dieu.

Pierre, emporté, avait frémi, s'était agenouillé avec les autres. Ah ! cette toute-puissance, cette contagion irrésistible de la foi, du souffle redoutable de l'Au-delà, se décuplant dans un décor et dans une pompe de grandeur souveraine ! Un profond silence se fit ensuite, lorsque Léon XIII se fut assis sur le trône, entouré des cardinaux et de sa cour ; et, dès lors, la cérémonie se déroula, selon l'usage et le rite. Un évêque parla d'abord, à genoux, pour mettre aux pieds de Sa Sainteté l'hommage des fidèles de la chrétienté entière. Le président du comité, le baron de Fouras, lui succéda, lut debout un long discours, dans lequel il présentait le pèlerinage, en expliquait l'intention, lui donnait toute la gravité d'une protestation à la fois politique et religieuse. Chez ce gros homme, la voix était menue, perçante, les phrases partaient avec un grincement de vrille ; et il disait la douleur du monde catholique devant la spoliation dont le Saint-Siège souffrait depuis un quart de siècle, la volonté de tous les peuples, représentés là par des pèlerins, de consoler le chef suprême et vénéré de l'Église, en lui apportant l'obole des riches et des pauvres, le denier des plus humbles, pour que la papauté vécût fière, indépendante, dans le mépris de ses adversaires. Il parla aussi de la France, déplora ses erreurs, prophétisa son retour aux traditions saines, fit entendre orgueilleusement qu'elle était la plus opulente, la plus généreuse, celle dont l'or et les cadeaux coulaient à Rome, en un fleuve ininterrompu. Léon XIII, enfin, se leva, répondit à l'évêque et au baron. Sa voix était grosse, fortement nasale, une voix qui surprenait, au sortir d'un corps si mince. Et, en quelques phrases, il témoigna sa gratitude, dit combien son cœur était ému de ce dévouement des nations à la papauté. Les temps avaient beau être mauvais, le triomphe final ne pouvait tarder davantage. Des signes évidents annonçaient que le peuple revenait à la foi, que les iniquités cesseraient bientôt, sous le règne universel du Christ. Quant à la France, n'était-elle pas la fille aînée de l'Église, qui avait donné au Saint-Siège trop de marques de tendresse, pour que celui-ci cessât jamais de l'aimer ? Puis, levant le bras, à tous les pèlerins présents, aux sociétés et aux œuvres qu'ils représentaient, à leurs familles et à leurs amis, à la France, à toutes les nations de la catholicité, pour les remercier de l'aide précieuse qu'elles lui envoyaient, il accorda sa bénédiction apostolique.

Pendant qu'il se rasseyait, des applaudissements éclatèrent, des salves frénétiques qui durèrent pendant dix minutes, mêlées à des vivats, à des cris inarticulés, tout un déchaînement passionné de tempête dont la salle tremblait.

Et, sous le vent de cette furieuse adoration, Pierre regardait Léon XIII, redevenu immobile sur le trône. Coiffé du bonnet papal, les épaules couvertes de la pèlerine rouge garnie d'hermine, il avait, dans sa longue soutane blanche, la raideur hiératique de l'idole que deux cent cinquante millions de chrétiens vénèrent. Sur le fond de pourpre des rideaux du baldaquin, entre cet écartement ailé des draperies, où brûlait comme un brasier de gloire, il prenait une véritable majesté. Ce n'était plus le vieillard débile, à la petite marche saccadée, au cou frêle de pauvre oiseau malade. Le décharnement du visage, le nez trop fort, la bouche trop fendue, disparaissaient. Dans cette face de cire, on ne distinguait que les yeux admirables, noirs et profonds, d'une éternelle jeunesse, d'une intelligence, d'une pénétration extraordinaires. Puis, c'était un redressement volontaire de toute la personne, une conscience de l'éternité qu'il représentait, une royale noblesse qui lui venait de n'être plus qu'un souffle, une âme pure, dans un corps d'ivoire, si transparent, qu'on y voyait cette âme déjà, comme délivrée des liens de la terre. Et Pierre, alors, sentit ce qu'un tel homme, le pontife souverain, le roi obéi de deux cent cinquante millions de sujets, devait être pour les dévotes et dolentes créatures qui venaient l'adorer de si loin, foudroyées à ses pieds par le resplendissement des puissances qu'il incarnait. Derrière lui, dans la pourpre des rideaux, quelle ouverture brusque sur l'Au-delà, quel infini d'idéal et de gloire aveuglante ! En un seul être, l'Élu, l'Unique, le Surhumain, tant de siècles d'histoire, depuis l'apôtre Pierre, tant de force, de génie, de luttes, de triomphes ! Puis, quel miracle sans cesse renouvelé, le Ciel daignant descendre dans cette chair humaine, Dieu habitant ce serviteur qu'il a choisi, qu'il met à part, qu'il sacre au-dessus de l'immense foule des autres vivants, en lui donnant tout pouvoir et toute science ! Quel trouble sacré, quel émoi d'éperdue tendresse, Dieu dans un homme, Dieu sans cesse là, au fond de ses yeux, parlant par sa voix, émanant de chacun de ses gestes de bénédiction ! S'imaginait-on cet absolu exorbitant d'un monarque infaillible, l'autorité totale en ce monde et le salut dans l'autre, Dieu visible ! Et comme l'on comprenait le vol vers lui des âmes dévorées du besoin de croire, l'anéantissement en lui de ces âmes qui trouvaient enfin la certitude tant cherchée, la consolation de se donner et de disparaître en Dieu même !

Mais la cérémonie s'achevait, le baron de Fouras présentait au Saint-Père les membres du comité, ainsi que quelques autres membres importants du pèlerinage. C'était un lent défilé, des génuflexions tremblantes, le baiser goulu à la mule et à l'anneau. Puis, les bannières furent offertes, et Pierre eut un serrement de cœur, en reconnaissant dans la plus belle, la plus riche, une bannière de Lourdes, donnée sans doute par les pères de l'Immaculée-Conception. Sur la soie blanche, brodée d'or, d'un côté la Vierge de Lourdes était peinte, tandis que, de l'autre, se trouvait le portrait de Léon XIII. Il le vit sourire à son image, il en eut un grand chagrin, comme si tout son rêve d'un pape intellectuel, évangélique, dégagé des basses superstitions, croulait. Et ce fut à ce moment qu'il rencontra de nouveau les regards de monsignor Nani, qui ne le quittait pas des yeux depuis le commencement de la solennité, étudiant ses moindres impressions, de l'air curieux d'un homme en train de se livrer à une expérience.

Il s'était rapproché, il dit :

« Elle est superbe, cette bannière, et quelle joie pour Sa Sainteté d'être si bien peinte, en compagnie de cette jolie Sainte Vierge ! »

Puis, comme le jeune prêtre ne répondait pas, devenu pâle, il ajouta avec un air de dévote jouissance italienne :

« Nous aimons beaucoup Lourdes à Rome, c'est si délicieux, cette histoire de Bernadette ! »

Et ce qui se passa alors fut si extraordinaire, que Pierre en resta longtemps bouleversé. Il avait vu, à Lourdes, des spectacles d'une idolâtrie inoubliable, des scènes de foi naïve, de passion religieuse exaspérée, dont il frémissait encore d'inquiétude et de douleur. Mais les foules se ruant à la Grotte, les malades expirant d'amour devant la statue de la Vierge, tout un peuple délirant sous la contagion du miracle, rien, rien n'approchait du coup de folie qui souleva, qui emporta les pèlerins, aux pieds du pape. Des évêques, des supérieurs de congrégation, des délégués de toutes sortes, s'étaient avancés pour déposer près du trône les offrandes qu'ils apportaient du monde catholique entier, la collecte universelle du denier de saint Pierre. C'était l'impôt volontaire d'un peuple à son souverain, de l'argent, de l'or, des billets de banque, enfermés dans des bourses, dans des aumônières, dans des portefeuilles. Et des dames vinrent ensuite qui tombaient à genoux, pour tendre les aumônières de soie ou de velours, qu'elles avaient brodées. Et d'autres avaient fait mettre sur les portefeuilles le chiffre en diamants de Léon XIII. Et l'exaltation devint telle, un instant, que des femmes se dépouillèrent, jetèrent leurs porte-monnaie, jusqu'aux sous qu'elles avaient sur elles. Une, très belle, très brune, mince et grande, arracha sa montre de son cou, ôta ses bagues, les lança sur le tapis de l'estrade. Toutes auraient arraché leur chair, pour sortir leur cœur brûlant d'amour, le jeter aussi, se jeter entières, sans rien garder d'elles. Ce fut une pluie de présents, le don total, la passion qui se dépouille en faveur de l'objet de son culte, heureuse de n'avoir rien à elle qui ne soit à lui. Et cela au milieu d'une clameur croissante, des vivats qui avaient repris, des cris d'adoration suraigus, tandis que des poussées de plus en plus violentes se produisaient, tous et toutes cédant à l'irrésistible besoin de baiser l'idole.

Un signal fut donné, Léon XIII se hâta de descendre du trône et de reprendre sa place dans le cortège, pour regagner ses appartements. Des gardes suisses maintenaient énergiquement la foule, tâchaient de dégager le passage, au travers des trois salles. Mais, à la vue du départ de Sa Sainteté, une rumeur de désespoir avait grandi, comme si le Ciel se fût refermé brusquement, devant ceux qui n'avaient pu s'approcher encore. Quelle déception affreuse, avoir eu Dieu visible et le perdre, avant de gagner son salut, rien qu'en le touchant ! La bousculade fut si terrible, que la plus extraordinaire confusion régna, balayant les gardes suisses. Et l'on vit des femmes se précipiter derrière le pape, se traîner à quatre pattes sur les dalles de marbre, y baiser ses traces, y boire la poussière de ses pas. La grande dame brune, tombée au bord de l'estrade, venait de s'y évanouir, en poussant un grand cri ; et deux messieurs du comité la tenaient, afin qu'elle ne se blessât point, dans l'attaque nerveuse qui la convulsait. Une autre, une grosse blonde, s'acharnait, mangeait des lèvres, éperdument, un des bras dorés du fauteuil, où s'était posé le pauvre coude frêle du vieillard. D'autres l'aperçurent, vinrent le lui disputer, s'emparèrent des deux bras, du velours, la bouche collée au bois et à l'étoffe, le corps secoué de gros sanglots. Il fallut employer la force pour les en arracher.

Pierre, quand ce fut fini, sortit comme d'un rêve pénible, le cœur soulevé, la raison révoltée. Et il retrouva le regard de monsignor Nani qui ne le quittait point.

« Une cérémonie superbe, n'est-ce pas ? dit le prélat. Cela console de bien des iniquités.

– Oui, sans doute, mais quelle idolâtrie ! » ne put s'empêcher de murmurer le prêtre.

Monsignor Nani se contenta de sourire, sans relever le mot, comme s'il ne l'eût pas entendu. À ce moment, les deux dames françaises, auxquelles il avait donné des cartes, s'approchèrent pour le remercier ; et Pierre eut la surprise de reconnaître en elles les deux visiteuses des catacombes, la mère et la fille, si belles, si gaies et si saines. D'ailleurs, celles-ci n'étaient enthousiastes que du spectacle. Elles déclarèrent qu'elles étaient bien contentes d'avoir vu ça, que c'était une chose étonnante, unique au monde.

Brusquement, dans la foule qui se retirait sans hâte, Pierre se sentit toucher à l'épaule, et il aperçut Narcisse Habert, très enthousiaste lui aussi.

« Je vous ai fait des signes, mon cher abbé, mais vous ne m'avez pas vu... Hein ? cette femme brune qui est tombée raide, les bras en croix, était-elle admirable d'expression ! Un chef-d'œuvre des Primitifs, un Cimabue, un Giotto, un Fra Angelico ! Et les autres, celles qui mangeaient de baisers les bras du fauteuil, quel groupe de suavité, de beauté et d'amour !... Jamais je ne manque ces cérémonies, il y a toujours à y voir des tableaux, des spectacles d'âmes. »

Avec lenteur, l'énorme flot des pèlerins s'écoulait, descendait l'escalier, dans la brûlante fièvre dont le frisson persistait ; et Pierre, suivi de monsignor Nani et de Narcisse, qui s'étaient mis à causer ensemble, réfléchissait, sous le tumulte d'idées battant son crâne. Ah ! certes, c'était grand et beau, ce pape qui s'était muré au fond de son Vatican, qui avait monté dans l'adoration et dans la terreur sacrée des hommes, à mesure qu'il disparaissait davantage, qu'il devenait un pur esprit, une pure autorité morale, dégagée de tout souci temporel. Il y avait là une spiritualité, un envolement en plein idéal, dont il était remué profondément, car son rêve d'un christianisme rajeuni reposait sur ce pouvoir épuré, uniquement spirituel du chef suprême ; et il venait de constater ce qu'y gagnait, en majesté et en puissance, ce souverain pontife de l'Au-delà, aux pieds duquel s'évanouissaient les femmes, qui, derrière lui, voyaient Dieu. Mais, à la même minute, il avait senti tout d'un coup se dresser la question d'argent, gâtant sa joie, remettant à l'étude le problème. Si l'abandon forcé du pouvoir temporel avait grandi le pape, en le libérant des misères d'un petit roi menacé sans cesse, le besoin d'argent restait encore comme un boulet à son pied, qui le clouait à la terre. Puisqu'il ne pouvait accepter la subvention du royaume d'Italie, l'idée vraiment touchante du denier de saint Pierre aurait dû sauver le Saint-Siège de tout souci matériel, à la condition que ce denier fût en réalité le sou du catholique, l'obole de chaque fidèle, prise sur le pain quotidien, envoyée directement à Rome, tombant de l'humble main qui la donne dans l'auguste main qui la reçoit ; sans compter qu'un tel impôt volontaire, payé par le troupeau à son pasteur, suffirait à l'entretien de l'Église, si chaque tête des deux cent cinquante millions de chrétiens donnait simplement son sou par semaine. De la sorte, le pape devant à tous, à chacun de ses enfants, ne devrait rien à personne. C'était si peu, un sou, et si aisé, si attendrissant ! Malheureusement, les choses ne se passaient point ainsi, le plus grand nombre des catholiques ne donnaient pas, des riches envoyaient de grosses sommes par passion politique, et surtout les dons se centralisaient entre les mains des évêques et de certaines congrégations, de manière que les véritables donateurs semblaient être ces évêques, ces puissantes congrégations, qui devenaient ouvertement les bienfaiteurs de la papauté, les caisses indispensables où elle puisait sa vie. Les petits et les humbles, dont l'obole emplissait le tronc, étaient comme supprimés ; c'étaient des intermédiaires, des hauts seigneurs séculiers ou réguliers, que dépendait le pape, forcé dès lors de les ménager, d'écouter leurs remontrances, d'obéir parfois à leurs passions, s'il ne voulait voir se tarir les aumônes. Allégé du poids mort du pouvoir temporel, il n'était tout de même pas libre, tributaire de son clergé, ayant à tenir compte autour de lui de trop d'intérêts et d'appétits, pour être le maître hautain, pur, toute âme, le maître capable de sauver le monde. Et Pierre se rappelait la Grotte de Lourdes dans les jardins, la bannière de Lourdes qu'il venait de voir, et il savait que les pères de Lourdes prélevaient, chaque année, une somme de deux cent mille francs sur les recettes de leur Vierge, pour les envoyer en cadeau au Saint-Père. N'était-ce pas la grande raison de leur toute-puissance ? Il frémit, il eut la brusque conscience que, malgré sa présence à Rome, malgré l'appui du cardinal Bergerot, il serait battu et son livre condamné.

Enfin, comme il débouchait sur la place Saint-Pierre, dans la bousculade dernière des pèlerins, il entendit Narcisse qui demandait :

« Vraiment, vous croyez que les dons, aujourd'hui, ont dépassé ce chiffre ?

– Oh ! plus de trois millions, j'en suis convaincu », répondit monsignor Nani.

Tous trois s'arrêtèrent un moment sous la colonnade de droite, regardant l'immense place ensoleillée, où les trois mille pèlerins se répandaient, petites taches noires, foule agitée, telle qu'une fourmilière en révolution.

Trois millions ! ce chiffre avait sonné aux oreilles de Pierre. Et il leva la tête, il regarda, de l'autre côté de la place, les façades du Vatican, toutes dorées dans le soleil, sur l'infini ciel bleu, comme s'il avait voulu suivre, au travers des murs, la marche de Léon XIII, regagnant par les galeries et par les salles son appartement, dont il apercevait là-haut les fenêtres. Il le voyait en pensée chargé des trois millions, les emportant sur lui, entre ses frêles bras serrés contre sa poitrine, emportant l'or, l'argent, les billets, et jusqu'aux bijoux que les femmes avaient jetés. Puis, tout haut, inconsciemment, il parla.

« Et qu'en va-t-il faire, de ces millions ? Où s'en va-t-il avec ? »

Narcisse et monsignor Nani lui-même ne purent s'empêcher de s'égayer, à cette curiosité formulée de la sorte. Ce fut le jeune homme qui répondit.

« Mais Sa Sainteté les emporte dans sa chambre, ou du moins elle les y fait porter devant elle. N'avez-vous pas vu deux personnes de la suite qui ramassaient tout, les poches et les mains pleines ?... Et, maintenant, Sa Sainteté est enfermée, toute seule.

Elle a congédié le monde, elle a poussé soigneusement les verrous des portes... Et, si vous pouviez l'apercevoir, derrière cette façade, vous la verriez compter et recompter son trésor avec une attention heureuse, mettre en bon ordre les rouleaux d'or, glisser les billets de banque dans des enveloppes, par petits paquets égaux, puis tout ranger, tout faire disparaître au fond de cachettes connues d'elle seule. »

Pendant que son compagnon parlait, Pierre avait de nouveau levé les yeux sur les fenêtres du pape, comme s'il avait suivi la scène. D'ailleurs, le jeune homme continuait ses explications, disait que, dans la chambre, contre le mur de droite, il y avait un certain meuble, où l'argent était serré. Les uns parlaient aussi des profonds tiroirs d'un bureau ; et d'autres, enfin, affirmaient qu'au fond de l'alcôve, qui était très vaste, l'argent dormait dans de grandes malles cadenassées. Il y avait bien, à gauche du couloir menant aux Archives, une grande pièce où se tenait le caissier général, avec un monumental coffre-fort à trois compartiments. Mais là était l'argent du patrimoine de Saint-Pierre, les recettes administratives faites à Rome ; tandis que l'argent du denier, des aumônes de la chrétienté entière, restait entre les mains de Léon XIII, qui seul en savait exactement le chiffre, et qui vivait seul avec ces millions, dont il disposait en maître absolu, sans rendre de comptes à personne. Aussi ne quittait-il pas sa chambre, lorsque les domestiques faisaient le ménage. À peine consentait-il à rester sur le seuil de la pièce voisine, pour éviter la poussière. Et, quand il devait s'absenter pendant quelques heures, descendre dans les jardins, il fermait les portes à double tour, il emportait sur lui les clés, qu'il ne confiait jamais à personne.

Narcisse s'arrêta, se tourna vers monsignor Nani.

« N'est-ce pas, monseigneur ? Ce sont là des faits connus de toute Rome. »

Le prélat, qui hochait la tête de son air souriant, sans approuver ni désapprouver, s'était remis à suivre sur le visage de Pierre l'effet produit par ces histoires.

« Sans doute, sans doute, on dit tant de choses !... Je ne le sais pas, moi ; mais puisque vous le savez, monsieur Habert !

– Oh ! reprit celui-ci, je n'accuse pas Sa Sainteté d'avarice sordide, comme le bruit en court. Il circule des fables, les coffres pleins d'or, où elle passerait des heures à plonger les mains, les trésors entassés dans des coins, pour le plaisir de les compter et de les recompter sans cesse... Seulement, on peut bien admettre que le Saint-Père aime tout de même un peu l'argent pour lui-même, pour le plaisir de le toucher, de le ranger, quand il est seul, une manie bien excusable chez un vieillard qui n'a point d'autre distraction... Et je me hâte d'ajouter qu'il aime l'argent plus encore pour la force sociale qui est en lui, pour l'appui décisif qu'il doit donner à la papauté de demain, si elle veut vaincre. »

Alors, se dressa la très haute figure de ce pape, prudent et sage, conscient des nécessités modernes, enclin à utiliser les puissances du siècle pour le conquérir, faisant des affaires, ayant même failli perdre dans un désastre le trésor laissé par Pie IX, et voulant réparer la brèche, reconstituer le trésor, afin de le léguer, solide et grossi, à son successeur. Économe, oui ! mais économe pour les besoins de l'Église, qu'il sentait immenses, plus grands chaque jour, d'une importance vitale, si elle voulait combattre l'athéisme sur le terrain des écoles, des institutions, des associations de toutes sortes. Sans argent, elle n'était plus qu'une vassale, à la merci des pouvoirs civils, du royaume d'Italie et des autres nations catholiques. Et c'était ainsi que, tout en étant charitable, en soutenant largement les œuvres utiles, qui aidaient au triomphe de la foi, il avait le mépris des dépenses sans but, il se montrait d'une dureté hautaine pour lui-même et pour les autres. Personnellement, il était sans besoins. Dès le début de son pontificat, il avait nettement séparé son petit patrimoine privé du riche patrimoine de Saint-Pierre, se refusant à rien distraire de celui-ci pour aider les siens. Jamais souverain pontife n'avait moins cédé au népotisme, à ce point que ses trois neveux et ses deux nièces restaient pauvres, dans de gros embarras pécuniaires. Il n'entendait ni les commérages, ni les plaintes, ni les accusations, il restait intraitable et debout, défendant avec rudesse les millions de la papauté contre tant d'acharnées convoitises, contre son entourage et contre sa famille, dans l'orgueil de laisser aux papes futurs l'arme invincible, l'argent qui donne la vie.

« Mais, en somme, demanda Pierre, quelles sont les recettes et quelles sont les dépenses du Saint-Siège ? »

Monsignor Nani se hâta de répéter son aimable geste évasif.

« Oh ! en ces matières, je suis d'une ignorance... Adressez-vous à M. Habert, qui est si bien renseigné.

– Mon Dieu ! déclara celui-ci, je sais ce que tout le monde sait dans les ambassades, ce qui se répète couramment... Pour les recettes, il faut distinguer. D'abord, il y avait le trésor laissé par Pie IX, une vingtaine de millions, placés de façons diverses, qui rapportaient à peu près un million de rentes ; mais, comme je vous l'ai dit, un désastre est survenu, presque réparé maintenant, assure-t-on. Puis, outre le revenu fixe des capitaux placés, il y a les quelques centaines de mille francs que produisent, bon an mal an, les droits de chancellerie de toutes sortes, les titres nobiliaires, les mille petits frais que l'on paie aux congrégations... Seulement, comme le budget des dépenses dépasse sept millions, vous voyez qu'il fallait en trouver six chaque année ; et c'est sûrement le denier de saint Pierre qui les a fournis, pas les six peut-être, mais trois ou quatre, avec lesquels on a spéculé pour les doubler et joindre les deux bouts... Ce serait trop long, cette histoire des spéculations du Saint-Siège depuis une quinzaine d'années, les premiers gains énormes, puis la catastrophe qui a failli tout emporter, enfin l'obstination aux affaires qui peu à peu a bouché les trous. Je vous la conterai un jour, si vous êtes curieux de la connaître. »

Pierre écoutait, très intéressé.

« Six millions ! s'écria-t-il, même quatre ! Que rapporte-t-il donc, le denier de saint Pierre ?

– Oh ! ça, je vous le répète, personne ne l'a jamais su exactement. Autrefois, les journaux catholiques publiaient des listes, les chiffres des offrandes ; et l'on pouvait arriver à une certaine approximation. Mais sans doute on a jugé cela mauvais, car aucun document ne paraît plus, il est devenu radicalement impossible de se faire même une idée de ce que le pape reçoit. Lui seul, je le dis encore, connaît le chiffre total, garde l'argent et en dispose, en souverain maître. Il est à croire que, les bonnes années, les dons ont produit de quatre à cinq millions. La France entrait d'abord pour la moitié dans cette somme ; mais elle donne certainement moins aujourd'hui.

L'Amérique donne également beaucoup. Puis viennent la Belgique et l'Autriche, l'Angleterre et l'Allemagne. Quant à l'Espagne et à l'Italie… Ah ! l'Italie… »

Il eut un sourire en regardant monsignor Nani, qui, béatement, dodelinait de la tête, de l'air d'un homme enchanté d'apprendre des choses curieuses dont il n'aurait pas su le premier mot.

« Allez, allez, mon cher fils !

– Ah ! l'Italie ne se distingue guère. Si le pape n'avait pour vivre que les cadeaux des catholiques italiens, la famine régnerait vite au Vatican. On peut même dire que, loin de venir à son aide, la noblesse romaine lui a coûté fort cher, car une des principales causes de ses pertes a été l'argent prêté par lui aux princes qui spéculaient… Il n'y a réellement que la France et l'Angleterre où de riches particuliers, de grands seigneurs, ont fait au pape, prisonnier et martyr, de royales aumônes. On cite un duc anglais qui, chaque année, apportait une offrande considérable, à la suite d'un vœu, pour obtenir du Ciel la guérison d'un misérable fils, frappé d'imbécillité… Et je ne parle pas de l'extraordinaire moisson, pendant le jubilé sacerdotal et le jubilé épiscopal, des quarante millions qui s'abattirent alors aux pieds du pape.

– Et les dépenses ? demanda Pierre.

– Je vous l'ai dit, elles sont de sept millions à peu près. On peut compter pour deux millions les pensions payées aux anciens serviteurs du gouvernement pontifical qui n'ont pas voulu servir l'Italie ; mais il faut ajouter que, chaque année, ce chiffre diminue, par suite des extinctions naturelles… Ensuite, en gros, mettons un million pour les diocèses italiens, un million pour la secrétairerie et les nonces, un million pour le Vatican. J'entends, par ce dernier article, les dépenses de la cour pontificale, des gardes militaires, des musées, de l'entretien du palais et de la basilique… Nous sommes à cinq millions, n'est-ce pas ? Mettez les deux autres pour les œuvres soutenues, pour la Propagande et surtout pour les écoles, que Léon XIII, avec son grand sens pratique, subventionne toujours très largement, dans la juste pensée que la lutte, le triomphe de la religion est là, chez les enfants qui seront les hommes de demain et qui défendront leur mère, l'Église, si l'on a su leur inspirer l'horreur des abominables doctrines du siècle. »

Il y eut un silence. Les trois hommes s'arrêtèrent sous la majestueuse colonnade, où ils se promenaient à petits pas. Peu à peu, la place s'était vidée de sa foule grouillante, il n'y avait plus que l'obélisque et les deux fontaines, dans le désert brûlant du pavé symétrique ; tandis qu'au plein soleil, sur l'entablement du portique d'en face, se détachaient les statues, en noble rangée immobile.

Et Pierre, un instant, les yeux levés encore vers les fenêtres du pape, crut de nouveau le voir dans ce ruissellement d'or dont on lui parlait, baignant de toute sa personne blanche et pure, de tout son pauvre corps de cire transparente, au milieu de ces millions, qu'il cachait, qu'il comptait, qu'il dépensait à la seule gloire de Dieu.

« Alors, murmura-t-il, il est sans inquiétude, il n'est pas embarrassé ?

– Embarrassé, embarrassé ! s'écria monsignor Nani, que ce mot jeta hors de lui, au point de le faire sortir de sa diplomatique discrétion. Ah ! mon cher fils… Chaque mois, lorsque le trésorier, le cardinal Mocenni, va chez Sa Sainteté, elle lui donne toujours la somme qu'il demande ; elle la donnerait, si forte qu'elle fût.

Certainement, elle a eu la sagesse de faire de grandes économies, le trésor de Saint-Pierre est plus riche que jamais... Embarrassé, embarrassé, bonté divine ! Mais savez-vous bien que, si, demain, dans des circonstances malheureuses, le souverain pontife faisait un appel direct à la charité de tous ses enfants, des catholiques du monde entier, un milliard tomberait à ses pieds, comme cet or, comme ces bijoux, qui tout à l'heure pleuvaient sur les marches de son trône ! »

Et se calmant soudain, retrouvant son joli sourire :

« Du moins, c'est ce que j'entends dire parfois, car moi, je ne sais rien, je ne sais absolument rien ; et il est heureux que M. Habert se soit trouvé justement là pour vous renseigner... Ah ! monsieur Habert, monsieur Habert ! moi qui vous croyais tout envolé, évanoui dans l'art, bien loin des basses questions d'intérêts terrestres ! Vraiment, vous vous entendez à ces choses comme un banquier et comme un notaire... Rien ne vous est inconnu, non ! rien. C'est merveilleux. »

Narcisse dut sentir la fine ironie ; car il y avait, en effet, au fond de son être, sous le Florentin d'emprunt, sous le garçon angélique, aux longs cheveux bouclés, aux yeux mauves qui se noyaient devant les Botticelli, un gaillard pratique, très rompu aux affaires, menant admirablement sa fortune, un peu avare même. Il se contenta de fermer à demi les paupières, d'un air de langueur.

« Oh ! murmura-t-il, tout m'est rêverie, et mon âme est autre part.

– Enfin, je suis heureux, reprit monsignor Nani en se tournant vers Pierre, bien heureux, que vous ayez pu assister à un spectacle si beau. Encore quelques occasions pareilles, et vous aurez vu, vous aurez compris par vous-même, ce qui vaudra certainement mieux que toutes les explications du monde... À demain, ne manquez pas la grande cérémonie à Saint-Pierre. Ce sera magnifique, vous en tirerez des réflexions excellentes, j'en suis certain... Et permettez-moi de vous quitter, ravi des bonnes dispositions où je vous vois. »

Ses yeux d'enquête, dans un dernier regard, semblaient avoir constaté avec joie la lassitude, l'incertitude qui pâlissaient le visage de Pierre ; et, quand il ne fut plus là, quand Narcisse lui-même eut pris congé d'une légère poignée de main, le jeune prêtre, resté seul, sentit une sourde colère de protestation monter en lui. Les bonnes dispositions où il était ! Quelles bonnes dispositions ? Ce Nani espérait-il donc le fatiguer, le désespérer en le heurtant aux obstacles, de façon à le vaincre ensuite tout à l'aise ? Une seconde fois, il eut la soudaine et brève conscience du sourd travail qu'on faisait autour de lui, pour l'investir et le briser. Et un flot d'orgueil le rendit dédaigneux, dans la croyance où il était de sa force de résistance. De nouveau, il se jurait de ne jamais céder, de ne pas retirer son livre, quels que fussent les événements. Lorsqu'on s'entête dans une résolution, on est inexpugnable, qu'importent les découragements et les amertumes ! Mais, avant de traverser la place, il leva encore les regards sur les fenêtres du Vatican ; et tout se résumait, il ne restait que cet argent dont la lourde nécessité attachait à la terre, par de dernières entraves, le pape, aujourd'hui délivré des bas soucis du pouvoir temporel, cet argent qui le liait, que rendait mauvais surtout la façon dont il était donné. Alors, quand même, une joie lui revint, en pensant que, s'il y avait uniquement là une question de perception à trouver, son rêve d'un pape toute âme, loi d'amour, chef spirituel du monde, n'en était pas atteint sérieusement. Et il ne voulut plus qu'espérer, dans l'émotion heureuse du spectacle extraordinaire qu'il avait vu, ce vieillard débile resplendissant comme le symbole de la délivrance humaine, obéi et adoré des foules, ayant seul en main la toute-puissance morale de faire enfin régner sur la terre la charité et la paix.

Heureusement, Pierre, pour la cérémonie du lendemain, avait une carte rose, qui lui assurait une place dans une tribune réservée ; car la bousculade, aux portes de la basilique, fut terrible, dès six heures du matin, heure à laquelle on avait eu la précaution d'ouvrir les grilles ; et la messe, que le pape devait dire en personne, n'était que pour dix heures. Le chiffre des trois mille fidèles qui composaient le pèlerinage international du denier de saint Pierre, allait se trouver décuplé par tous les touristes alors en Italie, accourus à Rome, désireux de voir une de ces grandes solennités pontificales, si rares désormais ; sans compter Rome elle-même, les partisans, les dévots que le Saint-Siège y comptait, ainsi que dans les autres grandes villes du royaume, et qui s'empressaient de manifester, dès que s'en présentait l'occasion. On prévoyait, par le nombre des cartes distribuées, une affluence de quarante mille assistants. Et, lorsque, à neuf heures, Pierre traversa la place, pour se rendre, rue Sainte-Marthe, à la porte Canonique, où étaient reçues les cartes roses, il vit encore, sous le portique de la façade, la queue sans fin qui pénétrait très lentement ; tandis que des messieurs en habit noir, les membres d'un cercle catholique, s'agitaient au grand soleil, pour maintenir l'ordre, avec l'aide d'un détachement de gendarmes pontificaux. Des querelles violentes éclataient dans la foule, des coups de poing même étaient échangés, au milieu des poussées involontaires. On étouffait, on emporta deux femmes écrasées à demi.

En entrant dans la basilique, Pierre eut une surprise désagréable. L'immense vaisseau était vêtu, des chemises de vieux damas rouge à galons d'or habillaient les colonnes et les pilastres de vingt-cinq mètres de hauteur ; tandis que le pourtour des nefs latérales se trouvait également drapé de la même étoffe ; et c'était vraiment d'un goût singulier, d'une gloriole de parure affectée et pauvre, que ces marbres pompeux, cette décoration éclatante et superbe, ainsi cachée sous l'ornement de cette soie ancienne, fanée par l'âge. Mais il fut plus étonné encore, en apercevant la statue de bronze de saint Pierre habillée elle aussi, revêtue, telle qu'un pape vivant, d'habits pontificaux somptueux, la tiare posée sur sa tête de métal. Jamais il n'avait songé qu'on pût habiller les statues, pour leur gloire ou pour le plaisir des yeux, et le résultat lui en parut funeste. Le Saint-Père devait dire la messe à l'autel papal de la Confession, le maître-autel, sous le dôme. À l'entrée du transept de gauche, sur une estrade, se trouvait le trône, où il irait ensuite prendre place. Puis, des deux côtés de la nef centrale, on avait construit des tribunes, celles des chanteurs de la chapelle Sixtine, du corps diplomatique, des chevaliers de Malte, de la noblesse romaine, des invités de toutes sortes. Et il n'y avait enfin, au milieu, devant l'autel, que trois rangées de bancs, recouverts de tapis rouges, le premier pour les cardinaux, les deux autres pour les évêques et pour la prélature de la cour pontificale. Tout le reste des assistants allait demeurer debout.

Ah ! cette foule énorme de concert monstre, ces trente, ces quarante mille fidèles venus de partout, enflammés de curiosité, de passion et de foi, s'agitant, se poussant, se haussant pour voir, au milieu d'une grande rumeur de marée humaine, familière et gaie avec Dieu, comme si elle se fût trouvée dans quelque théâtre divin où il était permis honnêtement de parler haut, de se récréer au spectacle des pompes dévotes ! Pierre en fut saisi d'abord, ne connaissant que les agenouillements inquiets et silencieux au fond des cathédrales sombres, n'étant pas habitué à cette religion de lumière dont l'éclat transformait une cérémonie en une fête de plein jour. Dans la tribune où il était placé, il avait autour de lui des messieurs en habit et des dames en toilette noire, qui tenaient des jumelles comme à l'Opéra, beaucoup de dames étrangères, des Allemandes, des Anglaises, des Américaines surtout, ravissantes, d'une grâce d'oiseaux étourdis et bavards. À sa gauche, dans la tribune de la noblesse romaine, il reconnut Benedetta et sa tante, donna Serafina ; et, là, tranchant sur la simplicité réglementaire du costume, les grands voiles de dentelle luttaient d'élégance et de richesse. Puis, c'était, à sa droite, la tribune des chevaliers de Malte, où se trouvait le grand maître de l'ordre, au milieu d'un groupe de commandeurs ; tandis que, de l'autre côté de la nef, en face de lui, dans la tribune diplomatique, il apercevait les ambassadeurs de toutes les nations catholiques, en grand costume, étincelants de broderies. Mais il revenait quand même à la foule, la grande foule vague et houleuse, où les trois mille pèlerins semblaient comme perdus, noyés parmi les milliers d'autres fidèles. Et pourtant la basilique, qui contiendrait à l'aise quatre-vingt mille hommes, n'était guère qu'à moitié emplie par cette foule, qu'il voyait librement circuler le long des nefs latérales, se tasser entre les haies des colonnes, d'où le spectacle allait être le plus commode à suivre. Des gens gesticulaient, des appels s'élevaient, au-dessus du grondement continu des conversations. Par les hautes fenêtres claires, de larges nappes de soleil tombaient, ensanglantant les tentures de damas rouge, éclairant d'un reflet d'incendie les faces tumultueuses, fiévreuses d'impatience. Les cierges, les quatre-vingt-sept lampes de la Confession pâlissaient, tels que des lueurs de veilleuse, dans cette aveuglante clarté ; et ce n'était plus que le gala mondain du Dieu impérial de la pompe romaine.

Tout d'un coup, il y eut une fausse joie, une alerte. Des cris coururent, gagnèrent la foule de proche en proche : « *Eccolo ! Eccolo !* Le voilà ! Le voilà ! » Et des poussées se produisirent, des remous firent tournoyer cette nappe humaine, tous allongeant le cou, se grandissant, se ruant, dans une frénésie de voir Sa Sainteté et le cortège. Mais ce n'était encore qu'un détachement de gardes nobles, qui venaient se poster à droite et à gauche de l'autel. On les admira pourtant, on leur fit une ovation, un murmure flatteur les accompagna, pour leur belle tenue, d'une impassibilité, d'une raideur militaire exagérée. Une Américaine les déclara des hommes superbes. Une Romaine donna à une amie, une Anglaise, des détails sur ce corps d'élite, disant qu'autrefois les jeunes gens de l'aristocratie tenaient à honneur d'en faire partie, pour la richesse de l'uniforme et la joie de caracoler devant les dames, tandis que maintenant le recrutement devenait difficile, au point qu'on devait se contenter des beaux garçons d'une noblesse douteuse et ruinée, simplement heureux de toucher la maigre solde qui leur permettait de vivre. Et, durant un quart d'heure encore, les conversations particulières reprirent, emplirent les hautes nefs de leur brouhaha de salle impatiente, qui se distrait à dévisager les gens et à se conter leur histoire, dans l'attente du spectacle.

Enfin, le cortège défila, et il était la grande curiosité attendue, la pompe dont on souhaitait ardemment le passage, pour l'acclamer. Alors, comme au théâtre, quand il apparut, de furieux applaudissements éclatèrent, montèrent, roulèrent sous les voûtes, lui faisant une entrée, ainsi qu'à l'acteur aimé, au grand premier rôle qui bouleverse tous les cœurs. Du reste, comme au théâtre encore, on avait réglé cette apparition savamment, de façon qu'elle donnât tout son effet, au milieu du magnifique décor où elle allait se produire. Le cortège venait de se former dans la coulisse, au fond de la chapelle de la Pietà, la première en entrant, à droite ; et, pour s'y rendre, le Saint-Père, qui était arrivé de ses appartements voisins par la chapelle du Saint Sacrement, avait dû se dissimuler, passer derrière la draperie de la nef latérale, utilisée de la sorte comme toile de fond. Les cardinaux, les archevêques, les évêques, toute la prélature pontificale, l'attendaient là, classés, groupés selon la hiérarchie, prêts à se mettre en marche. Et, ainsi qu'au signal d'un maître de ballet, le cortège avait fait son entrée, gagnant la grande nef, la remontant tout entière, triomphalement, de la porte centrale à l'autel de la Confession, entre la double haie des fidèles, dont les applaudissements redoublaient, devant tant de magnificence, à mesure que montait le délire de leur enthousiasme.

C'était le cortège des solennités anciennes, la croix et le glaive, la garde suisse en grande tenue, les valets en simarre écarlate, les chevaliers de cape et d'épée en costume Henri II, les chanoines en rochet de dentelle, les chefs des communautés religieuses, les protonotaires apostoliques, les archevêques et les évêques, toute la cour pontificale en soie violette, les cardinaux en *cappa magna* drapés de pourpre, marchant deux à deux, largement espacés, solennellement. Enfin, autour de Sa Sainteté, se groupaient les officiers de sa maison militaire, les prélats de l'antichambre secrète, monseigneur le majordome, monseigneur le maître de chambre, et tous les hauts dignitaires du Vatican, et le prince romain assistant au trône, le traditionnel et symbolique défenseur de l'Église. Sur la chaise gestatoire, que les *flabelli* abritaient des hautes plumes triomphales et que balançaient les porteurs, aux tuniques rouges brodées de soie, Sa Sainteté était revêtue des vêtements sacrés qu'elle avait mis dans la chapelle du Saint Sacrement, l'amict, l'aube, l'étole, la chasuble blanche et la mitre blanche, enrichies d'or, deux cadeaux qui venaient de France, d'une somptuosité extraordinaire. Et, à son approche, les mains se levaient, battaient plus haut, dans les ondes de vivant soleil qui tombaient des fenêtres.

Pierre eut alors une impression nouvelle de Léon XIII. Ce n'était plus le vieillard familier, las et curieux, se promenant au bras d'un prélat bavard dans le plus beau jardin du monde. Ce n'était même plus le Saint-Père en pèlerine rouge et en bonnet papal, recevant paternellement un pèlerinage qui lui apportait une fortune. C'était le Souverain Pontife, le Maître tout-puissant, le Dieu que la chrétienté adorait. Comme dans une châsse d'orfèvrerie, son mince corps de cire semblait s'être raidi dans son vêtement blanc, lourd de broderies d'or ; et il gardait une immobilité hiératique et hautaine, tel qu'une idole desséchée, dorée depuis des siècles, parmi la fumée des sacrifices. Les yeux seuls vivaient, au milieu de la rigidité morte du visage, des yeux de diamant noir et étincelant, fixés au loin, hors de la terre, à l'infini. Il n'eut pas un regard pour la foule, il n'abaissa les yeux ni à droite ni à gauche, resté en plein ciel, ignorant ce qui se passait à ses pieds. Et cette idole ainsi promenée, comme embaumée, sourde et aveugle, malgré l'éclat de ses yeux, au milieu de cette foule frénétique qu'elle paraissait n'entendre ni ne voir, prenait une majesté redoutable, une inquiétante grandeur, toute la raideur du dogme, toute l'immobilité de la tradition, exhumée avec ses bandelettes, qui, seules, la tenaient debout. Cependant, Pierre crut s'apercevoir que le pape était souffrant, fatigué, sans doute cet accès de fièvre dont monsignor Nani lui avait parlé la veille, en glorifiant le courage, la grande âme de ce vieillard de quatre-vingt-quatre ans, que la volonté de vivre faisait vivre, dans la souveraineté de sa mission.

La cérémonie commença. Descendu de la chaise gestatoire à l'autel de la Confession, Sa Sainteté, lentement, célébra une messe basse, assisté de quatre prélats et du pro préfet des cérémonies. Au *Lavabo*, monseigneur le majordome et monseigneur le maître de chambre, que deux cardinaux accompagnaient, versèrent l'eau sur les augustes mains de l'officiant ; et, un peu avant l'élévation, tous les prélats de la cour pontificale, un cierge allumé à la main, vinrent s'agenouiller autour de l'autel. Ce fut un instant solennel, les quarante mille fidèles, réunis là, frémirent, sentirent passer sur eux le vent terrible et délicieux de l'invisible, lorsque, pendant l'élévation, les clairons d'argent sonnèrent le fameux chœur des anges, qui, chaque fois, fait évanouir des femmes. Presque aussitôt, un chant aérien descendit du dôme, de la galerie supérieure où se trouvaient cachés cent vingt choristes ; et ce fut un émerveillement, une extase, comme si, à l'appel des clairons, les anges eux-mêmes eussent répondu. Les voix descendaient, volaient sous les voûtes, d'une légèreté de harpes célestes ; puis, elles s'évanouirent en un accord suave, elles remontèrent aux cieux avec un petit bruit d'ailes qui se perdit. Après la messe, Sa Sainteté, encore debout à l'autel, entonna elle-même le *Te Deum*, que les chantres de la chapelle Sixtine et les chœurs reprirent, chaque partie chantant un verset, alternativement. Mais bientôt l'assistance entière se joignit à eux, les quarante mille voix s'élevèrent, le chant d'allégresse et de gloire s'épandit dans l'immense vaisseau avec un éclat incomparable. Alors, le spectacle fut vraiment d'une extraordinaire magnificence, cet autel surmonté du baldaquin fleuri, triomphal et doré du Bernin, entouré de la cour pontificale que les cierges allumés constellaient d'étoiles, ce souverain pontife au centre, rayonnant comme un astre dans sa chasuble d'or, devant les bancs des cardinaux de pourpre, des archevêques et des évêques de soie violette, ces tribunes où étincelaient les costumes officiels, les chamarrures du corps diplomatique, les uniformes des officiers étrangers, cette foule fluant de partout, roulant une houle de têtes, des plus lointaines profondeurs de la basilique. Et c'étaient les proportions démesurées de cela qui saisissaient, des nefs latérales où toute une paroisse pouvait s'entasser, des transepts vastes comme des églises de cité populeuse, un temple que des milliers et des milliers de dévots emplissaient à peine. Et l'hymne glorieuse de ce peuple devenait elle-même colossale, montait avec un souffle géant de tempête parmi les grands tombeaux de marbre, parmi les statues surhumaines, le long des colonnes gigantesques, jusqu'aux voûtes déroulant l'énormité de leur ciel de pierre, jusqu'au firmament de la coupole, où l'infini s'ouvrait, dans le resplendissement d'or des mosaïques.

Il y eut une longue rumeur, après le *Te Deum*, pendant que Léon XIII, coiffant la tiare à la place de la mitre, échangeant la chasuble pour la chape pontificale, allait occuper son trône, sur l'estrade qui se dressait à l'entrée du transept de gauche. De là, il dominait toute l'assistance. Et de quel frisson celle-ci fut parcourue, comme sous un souffle venu de l'invisible, lorsqu'il se leva, après les prières du rituel ! Il apparut grandi, sous la triple couronne symbolique, dans la gaine d'or de la chape. Au milieu d'un brusque et profond silence, que troublait seul le battement des cœurs, il leva le bras d'un geste très noble, il donna lentement la bénédiction papale, d'une voix haute et forte, qui semblait être en lui la voix de Dieu même, tellement elle surprenait, au sortir de ces lèvres de cire, de ce corps exsangue et sans vie. Et l'effet fut foudroyant, des applaudissements de nouveau éclatèrent, dès que le cortège se reforma pour s'en aller par où il était venu, une frénésie d'enthousiasme arrivée à un tel paroxysme, que, les battements de mains ne suffisant plus, des acclamations s'y mêlèrent, des cris qui gagnèrent peu à peu toute la foule. Cela commença près de la statue de saint Pierre, dans un groupe ardent : « *Evviva il papa re ! Evviva il papa re* ! Vive le pape roi ! Vive le pape roi ! » Puis, sur le passage du cortège, cela courut comme une flamme d'incendie, embrasant les cœurs de proche en proche, finissant par jaillir des milliers de bouches en une tonnante protestation contre le vol des États de l'Église. Toute la foi, tout l'amour des fidèles, surexcités par le royal spectacle d'une si belle cérémonie, retournaient au rêve, au souhait exaspéré du pape roi et pontife, maître des corps comme il était maître des âmes, souverain absolu de la terre. L'unique vérité était là, l'unique bonheur, l'unique salut. Qu'on lui donnât tout, l'humanité et le monde ! « *Evviva il papa re ! Evviva il papa re* ! Vive le pape roi ! Vive le pape roi ! »

Ah ! ce cri ! ce cri de guerre qui avait fait commettre tant de fautes et couler tant de sang, ce cri d'abandon et d'aveuglement dont le vœu réalisé aurait ramené les âges de souffrance ! Il révolta Pierre, il le décida à quitter vivement la tribune où il se trouvait, comme pour échapper à la contagion de l'idolâtrie. Puis, pendant que le cortège défilait toujours, il longea un moment la nef latérale de gauche, dans la bousculade, dans l'assourdissante clameur de la foule qui continuait ; et désespérant de gagner la rue, voulant éviter la cohue de la sortie, il eut l'inspiration de profiter d'une porte ouverte, il se réfugia dans le vestibule d'où montait l'escalier conduisant sur le dôme. Un sacristain, debout à cette porte, effaré et ravi de la manifestation, le regarda un instant, hésita à l'arrêter ; mais la vue de la soutane sans doute, et plus encore l'émotion profonde où il était, le rendirent tolérant. D'un geste, il laissa passer Pierre, qui tout de suite s'engagea dans l'escalier, monta rapidement, pour fuir, aller plus haut, plus haut encore, dans la paix et le silence.

Et, brusquement, le silence devint profond, les murs étouffaient le cri, dont ils semblaient ne garder que le frémissement. C'était un escalier commode et clair, aux larges marches pavées, tournant dans une sorte de tourelle. Quand il déboucha sur les toitures des nefs, il eut une joie à retrouver le soleil clair, l'air pur et vif qui soufflait là, comme en rase campagne. Étonné, il parcourut des yeux cet immense développement de plomb, de zinc et de pierre, toute une cité aérienne, vivant de son existence propre sous le ciel bleu. Il y voyait des dômes, des clochers, des terrasses, jusqu'à des maisons et à des jardins, les maisons égayées de fleurs des quelques ouvriers qui vivent à demeure sur la basilique, en continuels travaux d'entretien. Une petite population s'y agite, travaille, aime, mange et dort. Mais il voulut s'approcher de la balustrade, curieux d'examiner de près les colossales statues du Sauveur et des Apôtres, dont la façade est surmontée, au-dessus de la place Saint-Pierre, des géants de six mètres, sans cesse en réparation, dont les bras, les jambes, les têtes, à demi mangés par le grand air, ne tiennent plus qu'à l'aide de ciment, de barres et de crampons ; et, comme il se penchait pour jeter un coup d'œil sur l'entassement roux des toits du Vatican, il lui sembla que le cri qu'il fuyait s'élevait de la place. En hâte, il reprit son ascension, dans le pilier qui menait à la coupole. Ce fut un escalier d'abord, puis des couloirs étranglés et obliques, des rampes coupées de quelques marches, entre les deux parois de la coupole double, l'intérieure et l'extérieure. Une première fois, curieusement, il poussa une porte, il rentra dans la basilique, à plus de soixante mètres du sol, sur une étroite galerie qui faisait le tour du dôme, juste au-dessus de la frise, où se lisait l'inscription : « *Tu es Petrus et super hanc petram...* » en lettres de sept pieds de haut ; et, s'étant accoudé pour regarder l'effroyable trou qui se creusait sous lui, avec des échappées profondes sur les transepts et sur les nefs, il reçut violemment au visage le cri, le cri délirant de la foule, dont le grouillement énorme, en bas, clamait toujours. Plus haut, une seconde fois, il poussa une porte encore, il trouva une autre galerie, cette fois au-dessus des fenêtres, à la naissance des resplendissantes mosaïques, d'où la foule lui parut diminuée, reculée, perdue dans le vertige de l'abîme, au fond duquel les statues géantes, l'autel de la Confession, le baldaquin triomphal du Bernin, n'étaient plus que des joujoux ; et, pourtant, le cri, le cri d'idolâtrie et de guerre s'éleva de nouveau, le souffleta avec une rudesse d'ouragan, dont la course accroît la force. Il dut monter plus haut, monter toujours, jusque sur la galerie extérieure de la lanterne, planant en plein ciel, pour cesser d'entendre.

Ce bain d'air et de soleil, ce bain d'infini, comme il y goûta d'abord un soulagement délicieux ! Au-dessus de lui, il n'y avait plus que la boule de bronze doré, dans laquelle sont montés des empereurs et des reines, ainsi que l'attestent les inscriptions pompeuses des couloirs, la boule creuse, où la voix retentit en fracas de tonnerre, où retentissent tous les bruits de l'espace. Il était sorti du côté de l'abside, il plongea d'abord sur les jardins pontificaux, dont les massifs d'arbres, de cette hauteur, lui apparaissaient tels que des buissons, au ras du sol ; et il reconstitua sa promenade récente, le vaste parterre semblable à un tapis de Smyrne, de couleur fanée, le grand bois d'un vert profond et glauque de mare dormante, le potager et la vigne, plus familiers, tenus avec soin. Les fontaines, la tour de l'observatoire, le casino où le pape passait les chaudes journées d'été, ne faisaient que de petites taches blanches, au milieu de ces terrains irréguliers, enclos bourgeoisement par le terrible mur de Léon IV, qui gardait son aspect de vieille forteresse. Puis, il tourna autour de la lanterne, le long de l'étroite galerie, et il se trouva brusquement devant Rome, une immensité déroulée d'un coup, la mer lointaine à l'ouest, les chaînes ininterrompues des montagnes à l'est et au midi, la Campagne romaine tenant tout l'horizon, pareille à un désert uniforme et verdâtre, et la Ville, la Ville Éternelle à ses pieds. Jamais il n'avait eu une sensation si majestueuse de l'étendue. Rome était là, ramassée sous le regard, à vol d'oiseau, avec la netteté d'un plan géographique en relief. Un tel passé, une telle histoire, tant de grandeur, et une Rome si rapetissée par la distance, des maisons lilliputiennes et jolies comme des jouets, à peine une tache de moisissure sur la vaste terre ! Et ce qui le passionnait, c'était de comprendre clairement, en un coup d'œil, les divisions de la ville, la cité antique là-bas, au Capitole, au Forum, au Palatin, la cité papale dans ce Borgo qu'il dominait, dans Saint-Pierre et le Vatican, qui regardaient la cité moderne, le Quirinal italien, par-dessus la cité du Moyen Age, tassée au fond de l'angle droit que formait le Tibre, roulant ses eaux jaunes et lourdes. Une remarque surtout acheva de le frapper, la ceinture crayeuse que faisaient les quartiers neufs au noyau central des vieux quartiers roux, brûlés par le soleil, un véritable symbole du rajeunissement tenté, le vieux cœur aux réparations si lentes, tandis que les membres extrêmes se renouvelaient comme par miracle.

Mais, dans l'ardent soleil de midi, Pierre ne retrouvait pas la Rome si claire, si pure, qu'il avait vue le matin de son arrivée, sous la douceur délicieuse de l'astre à son lever. Ce n'était plus la Rome souriante et discrète, voilée à demi d'une brume d'or, comme envolée dans un rêve d'enfance. Elle lui apparaissait, maintenant, inondée de clarté crue, d'une dureté immobile, d'un silence de mort. Les fonds étaient comme mangés par une flamme trop vive, noyés d'une poussière de feu où ils s'anéantissaient.

Et la ville entière se découpait violemment sur ces lointains décolorés, en grandes masses de lumière et d'ombre, aux brutales arêtes. On aurait dit quelque très ancienne carrière de pierres abandonnée, éclairée d'aplomb, que les rares îlots d'arbres tachaient seuls de vert sombre. De la ville antique, on voyait la tour roussie du Capitole, les cyprès noirs du Palatin, les ruines du palais de Septime Sévère, pareilles à des os blanchis, à une carcasse de monstre fossile, apportée là par les déluges. En face, la ville moderne trônait avec les longs bâtiments du Quirinal, remis à neuf, enduit d'un badigeon dont la crudité jaune éclatait, extraordinaire, parmi les cimes vigoureuses du jardin ; et, au-delà, sur les hauteurs du Viminal, à droite, à gauche, les nouveaux quartiers étaient d'une blancheur de plâtre, une ville de craie, rayée par les mille petites raies d'encre des fenêtres. Puis, çà et là, au hasard, c'étaient la mare stagnante du Pincio, la villa Médicis dressant son double campanile, le fort Saint-Ange d'un ton de vieille rouille, le clocher de Sainte-Marie-Majeure brûlant comme un cierge, les trois églises de l'Aventin assoupies parmi les branches, le palais Farnèse avec ses tuiles vieil or, cuites par les étés, les dômes du Gesù, de Saint-André-de-la-Vallée, de Saint-Jean-des-Florentins, et des dômes, et des dômes encore, tous en fusion, incandescents dans la fournaise du ciel. Et Pierre, alors, sentit de nouveau son cœur se serrer devant cette Rome violente, dure, si peu semblable à la Rome de son rêve, la Rome de rajeunissement et d'espoir, qu'il avait cru trouver le premier matin, et qui s'évanouissait maintenant, pour faire place à l'immuable cité de l'orgueil et de la domination, s'obstinant sous le soleil jusque dans la mort.

Tout d'un coup, seul là-haut, Pierre comprit. Ce fut comme un trait de flamme qui le frappa, dans l'espace libre, illimité, d'où il planait. Était-ce la cérémonie à laquelle il venait d'assister, le cri fanatique de servage dont ses oreilles bourdonnaient toujours ? N'était-ce pas plutôt la vue de cette ville couchée à ses pieds, comme la reine embaumée, qui règne encore, parmi la poussière de son tombeau ? Il n'aurait pu le dire, les deux causes agissaient sans doute. Mais la clarté fut complète, il sentit que le catholicisme ne saurait être sans le pouvoir temporel, qu'il disparaîtrait fatalement, le jour où il ne serait plus roi sur cette terre. D'abord, c'était l'atavisme, les forces de l'histoire, la longue suite des héritiers des Césars, les papes, les grands pontifes, dans les veines desquels n'avait cessé de couler le sang d'Auguste, exigeant l'empire du monde. Ils avaient beau habiter le Vatican, ils venaient des maisons impériales du Palatin, du palais de Septime Sévère, et leur politique, à travers tant de siècles, n'avait jamais poursuivi que le rêve de la domination romaine, tous les peuples vaincus, soumis, obéissant à Rome. En dehors de cette royauté universelle, de la possession totale des corps et des âmes, le catholicisme perdait sa raison d'être, car l'Église ne peut reconnaître l'existence d'un empire ou d'un royaume que politiquement, l'empereur ou le roi étant de simples délégués temporaires, chargés d'administrer les peuples, en attendant de les lui rendre. Toutes les nations, l'humanité avec la terre entière, sont à l'Église, qui les tient de Dieu. Si elle n'en a pas aujourd'hui la réelle possession, c'est qu'elle cède devant la force, obligée d'accepter les faits accomplis, mais sous la réserve formelle qu'il y a usurpation coupable, qu'on détient injustement son bien, et dans l'attente de la réalisation des promesses du Christ, qui, au jour fixé, lui rendra pour jamais la terre et les hommes, la toute-puissance. Telle est la véritable cité future, la Rome catholique, souveraine une seconde fois. Rome fait partie du rêve, c'est à Rome aussi que l'éternité a été prédite, c'est le sol même de Rome qui a donné au catholicisme l'inextinguible soif du pouvoir absolu. Aussi était-ce pour cela que le destin de la papauté se trouvait lié à celui de Rome, à ce point qu'un pape hors de Rome ne serait plus un pape catholique. Et Pierre, accoudé à la mince rampe de fer, penché de si haut au-dessus du gouffre, où la ville morne et dure achevait de s'émietter sous l'ardent soleil, en resta épouvanté, sentit tout d'un coup passer dans ses os le grand frisson des êtres et des choses.

Une évidence se faisait. Si Pie IX, si Léon XIII avaient résolu de s'emprisonner dans le Vatican, c'était qu'une nécessité les clouait à Rome. Un pape n'est pas le maître d'en sortir, d'être ailleurs le chef de l'Église. De même, un pape, quelle que soit son intelligence du monde moderne, ne saurait trouver en lui le droit de renoncer au pouvoir temporel. Il y a là un héritage inaliénable, dont il a la défense ; et c'est en outre une question de vie qui s'impose, sans discussion possible. Aussi Léon XIII a-t-il gardé le titre de Maître du domaine temporel de l'Église, d'autant plus que, comme cardinal, ainsi que tous les membres du Sacré Collège, lors de leur élection, il avait, dans son serment, juré de conserver intact ce domaine. Que l'Italie pendant un siècle encore garde Rome capitale, et pendant un siècle les papes qui se succéderont ne cesseront de protester violemment, en réclamant leur royaume. Et, si une entente pouvait intervenir un jour, elle serait sûrement basée sur le don d'un lambeau de territoire. N'avait-on pas dit, lorsque des bruits de réconciliation couraient, que le pape régnant mettait, comme condition formelle, la possession au moins de la cité Léonine, avec la neutralisation d'une route allant à la mer ? Rien du tout n'est point assez, on ne peut partir de rien pour arriver à tout avoir. Tandis que la cité Léonine, ce coin de ville si étroit, c'est déjà un peu de terre royale ; et il n'y a plus qu'à reconquérir le reste, Rome, puis l'Italie, puis les nations voisines, puis le monde. Jamais l'Église n'a désespéré, même aux jours où, battue, dépouillée, elle semblait mourante. Jamais elle n'abdiquera, ne renoncera aux promesses du Christ, car elle croit à son avenir illimité, elle se dit indestructible, éternelle. Qu'on lui accorde un caillou pour reposer sa tête, et elle espère bien ravoir bientôt le champ où se trouve ce caillou, l'empire où se trouve ce champ. Si un pape ne peut mener à bien le recouvrement de l'héritage, un autre pape s'y emploiera, dix, vingt autres papes. Les siècles ne comptent plus. C'était ce qui faisait qu'un vieillard de quatre-vingt-quatre ans entreprenait des besognes colossales qui demandaient plusieurs vies d'homme, dans la certitude que des successeurs viendraient et que les besognes seraient quand même continuées et terminées.

Et Pierre se vit imbécile, avec son rêve d'un pape purement spirituel, en face de cette vieille cité de gloire et de domination, obstinée dans sa pourpre. Cela lui sembla si différent, si déplacé, qu'il en éprouva une sorte de désespoir honteux. Le nouveau pape évangélique que serait un pape purement spirituel, régnant sur les âmes seules, ne pouvait certainement pas tomber sous le sens d'un prélat romain. L'horreur de cela, la répugnance pour ainsi dire physique lui apparut soudain, au souvenir de cette cour papale, figée dans les rites, dans l'orgueil et dans l'autorité. Ah ! comme ils devaient être pleins d'étonnement et de mépris, devant cette singulière imagination du Nord, un pape sans terres et sans sujets, sans maison militaire et sans honneurs royaux, pur esprit, pure autorité morale, enfermé au fond du temple, ne gouvernant le monde que de son geste de bénédiction, par la bonté et l'amour ! Ce n'était là qu'une invention gothique, embrumée de brouillards, pour ce clergé latin, prêtres de la lumière et de la magnificence, pieux certes, superstitieux même, mais laissant Dieu bien abrité dans le tabernacle, afin de gouverner en son nom, au mieux des intérêts du Ciel, rusant dès lors en simples politiques, vivant d'expédients au milieu de la bataille des appétits humains, marchant d'un pas discret de diplomates à la victoire terrestre et définitive du Christ, qui devait trôner un jour sur les peuples, en la personne du pape. Et quelle stupeur pour un prélat français, pour un Mgr Bergerot, ce saint évêque du renoncement et de la charité, lorsqu'il tombait dans ce monde du Vatican ! Quelle difficulté de voir clair d'abord, de se mettre au point, et quelle douleur ensuite à ne pouvoir s'entendre avec ces sans-patrie, ces internationaux toujours penchés sur la carte des deux mondes, enfoncés dans les combinaisons qui devaient leur assurer l'empire ! Des journées et des journées étaient nécessaires, il fallait vivre à Rome, et lui-même ne venait de comprendre qu'après un mois de séjour, sous la crise violente des pompes royales de Saint-Pierre, en face de l'antique ville dormant au soleil son lourd sommeil, rêvant son rêve d'éternité.

Mais il avait abaissé son regard vers la place, en bas, devant la basilique, et il aperçut le flot de monde, les quarante mille fidèles qui sortaient, pareils à une irruption d'insectes, un fourmillement noir sur le pavé blanc. Alors, il lui sembla que le cri recommençait : « *Evviva il papa re ! Evviva il papa re* ! Vive le pape roi ! Vive le pape roi ! » Tout à l'heure, pendant qu'il gravissait les escaliers sans fin, le colosse de pierre lui avait paru frémir de ce cri frénétique, poussé sous ses voûtes. Et, maintenant, monté jusque dans la nue, il croyait le retrouver là-haut, à travers l'espace. Si le colosse, au-dessous de lui, en vibrait encore, n'était-ce pas comme sous une dernière poussée de sève, le long de ses vieux murs, un renouveau du sang catholique qui l'avait autrefois voulu si démesuré, tel que le roi des temples, et qui tentait aujourd'hui de lui rendre un souffle puissant de vie, à l'heure où la mort commençait pour ses nefs trop vastes et désertées ? La foule sortait toujours, la place en était pleine, et une affreuse tristesse lui serra le cœur, car elle venait de balayer, avec son cri, le dernier espoir. La veille encore, après la réception du pèlerinage, dans la salle des béatifications, il avait pu s'illusionner, en oubliant la nécessité de l'argent qui cloue le pape à la terre, pour ne voir que le vieillard débile, tout âme, resplendissant comme le symbole de l'autorité morale. Mais c'en était fait à présent de sa foi en ce pasteur de l'Évangile, dégagé des biens terrestres, roi du seul royaume des Cieux. L'argent du denier de saint Pierre n'imposait pas seul un dur servage à Léon XIII, qui était en outre le prisonnier de la tradition, l'éternel roi de Rome, cloué à ce sol, ne pouvant quitter la ville ni renoncer au pouvoir temporel. Au bout étaient fatalement la mort sur place, le dôme de Saint-Pierre s'écroulant ainsi que s'était écroulé le temple de Jupiter Capitolin, le catholicisme jonchant l'herbe de ses ruines, pendant que le schisme éclatait ailleurs, une foi nouvelle pour les peuples nouveaux. Il en eut la grandiose et tragique vision, il vit son rêve détruit, son livre emporté, dans le cri qui s'élargissait, comme s'il eût volé aux quatre coins du monde catholique : « *Evviva il papa re ! Evviva il papa re* ! Vive le pape roi ! Vive le pape roi ! » Et, sous lui, il crut sentir déjà le géant de marbre et d'or osciller, dans l'ébranlement des vieilles sociétés pourries.

Pierre, enfin, redescendait, lorsqu'il eut l'émotion encore de rencontrer monsignor Nani sur les toitures des nefs, dans cette étendue ensoleillée, vaste à y loger une ville. Le prélat accompagnait les deux dames françaises, la mère et la fille, si heureuses, si amusées, à qui sans doute il avait aimablement offert de monter sur le dôme. Mais, dès qu'il reconnut le jeune prêtre, il l'aborda.

« Eh bien ! mon cher fils, êtes-vous content ? Avez-vous été impressionné, édifié ? »

De ses yeux d'enquête, il le fouillait jusqu'à l'âme, il constatait où en était l'expérience. Puis, satisfait, il se mit à rire doucement.

« Oui, oui, je vois... Allons, vous êtes tout de même un garçon raisonnable. Je commence à croire que votre malheureuse affaire, ici, finira très bien. »

VIII

Les matins qu'il restait au palais Boccanera, sans sortir, Pierre avait pris l'habitude de passer des heures dans l'étroit jardin abandonné, que terminait autrefois une sorte de loggia à portique, d'où l'on descendait au Tibre par un double escalier. Aujourd'hui, c'était là un coin de solitude délicieuse, qui sentait bon les oranges mûres, des orangers centenaires dont les lignes symétriques indiquaient seules le dessin primitif des allées, disparues sous les herbes folles. Et il y retrouvait aussi l'odeur des buis amers, de grands buis poussés dans l'ancien bassin central, que des éboulis de terre avaient comblé.

Par ces matinées d'octobre, si lumineuses, d'un charme si tendre et si pénétrant, on y goûtait une infinie douceur de vivre. Mais le prêtre y apportait sa rêverie du Nord, le souci de la souffrance, son âme de continuelle fraternité apitoyée, qui lui rendait plus douce la caresse du clair soleil, dans cet air de voluptueux amour. Il allait s'asseoir contre la muraille de droite, sur un fragment de colonne renversée, à l'ombre d'un laurier énorme, dont l'ombre était noire, d'une fraîcheur balsamique. Et, à côté de lui, dans l'antique sarcophage verdi, où des faunes lascifs violentaient des femmes, le mince filet d'eau qui tombait du masque tragique, scellé au mur, mettait la continuelle musique de sa note de cristal. Il lisait les journaux, ses lettres, toute une correspondance du bon abbé Rose, qui le tenait au courant de son œuvre, les misérables du Paris sombre, déjà glacé par les brouillards, noyé sous la boue. Ah ! ces misères du pays froid, les mères et les petits qui allaient bientôt grelotter au fond des mansardes mal closes, les hommes que les grandes gelées jetteraient au chômage, toute cette agonie sous la neige du pauvre monde, tombant dans ce chaud soleil, parfumé d'un goût de fruit, dans ce pays de ciel bleu et d'heureuse paresse, où, l'hiver même, il faisait bon dormir dehors, à l'abri du vent, sur les dalles tièdes !

Mais, un matin Pierre trouva Benedetta assise sur le fragment de colonne, qui servait de banc. Elle eut un léger cri de surprise, elle resta un instant gênée, car elle tenait justement à la main le livre du prêtre, cette *Rome nouvelle*, qu'elle avait lue une première fois, sans bien la comprendre. Et elle se hâta ensuite de le retenir, voulut qu'il prît place à côté d'elle, en lui avouant avec sa belle franchise, son air de tranquille raison, qu'elle était descendue là, pour être seule et s'appliquer à sa lecture, ainsi qu'une écolière ignorante. Ils causèrent en amis, ce fut pour Pierre une heure adorable. Bien qu'elle évitât de parler d'elle, il sentit parfaitement que ses chagrins seuls la rapprochaient de lui, comme si la souffrance lui eût élargi le cœur, jusqu'à la faire se préoccuper de tous ceux qui souffraient en ce monde. Jamais encore elle n'avait songé à ces choses, dans son orgueil patricien qui regardait la hiérarchie ainsi qu'une loi divine, les heureux en haut, les misérables en bas, sans aucun changement possible ; et, devant certaines pages du livre, quels étonnements elle gardait, quelle peine elle éprouvait à s'initier ! Quoi ? s'intéresser au bas peuple, croire qu'il avait la même âme, les mêmes chagrins, vouloir travailler à sa joie comme à celle d'un frère ! Elle s'y efforçait pourtant, sans trop réussir, avec une sourde crainte de commettre un péché, car le mieux est de ne rien changer à l'ordre social établi par Dieu, consacré par l'Église. Certes, elle était charitable, elle donnait les petites aumônes accoutumées ; mais elle ne donnait pas son cœur, elle manquait totalement d'altruisme, de sympathie véritable, née et grandie dans l'atavisme d'une race différente, faite pour avoir, en haut du Ciel, des trônes au-dessus de la plèbe des élus.

Et d'autres matins, ils se retrouvèrent à l'ombre du laurier, près de la fontaine chantante ; et Pierre, inoccupé, las d'attendre une solution qui semblait reculer d'heure en heure, se passionna pour animer de sa fraternité libératrice cette jeune femme si belle, toute resplendissante d'un jeune amour. Une idée continuait à l'enflammer, celle qu'il catéchisait l'Italie elle-même, la reine de beauté assoupie encore dans son ignorance, et qui retrouverait sa grandeur ancienne, si elle s'éveillait aux temps nouveaux, avec une âme élargie, pleine de pitié pour les choses et pour les êtres. Il lui lut les lettres du bon abbé Rose, il la fit frémir de l'effroyable sanglot qui monte des grandes villes. Puisqu'elle avait des yeux si profonds de tendresse, puisque d'elle entière émanait le bonheur d'aimer et d'être aimé, pourquoi donc ne reconnaissait-elle pas avec lui que la loi d'amour était l'unique salut de l'humanité souffrante, tombée par la haine en danger de mort ? Elle le reconnaissait, elle voulait lui faire le plaisir de croire à la démocratie, à la refonte fraternelle de la société, mais chez les autres peuples, pas à Rome ; car un rire doux, involontaire, lui venait, dès qu'il évoquait ce qu'il restait du Transtévère fraternisant avec ce qu'il restait des vieux palais princiers. Non, non ! c'était depuis trop longtemps ainsi, il ne fallait rien changer à ces choses. Et, en somme, l'élève ne faisait guère de progrès, elle n'était réellement touchée que par la passion d'aimer qui brûlait si intense chez ce prêtre, et qu'il avait chastement détournée de la créature, pour la reporter sur la création entière. Pendant ces quelques matins d'octobre ensoleillés, un lien d'une exquise douceur se noua entre eux, ils s'aimèrent réellement d'un amour profond et pur, dans le grand amour qui les dévorait tous les deux.

Puis, un jour, Benedetta, le coude appuyé au sarcophage, parla de Dario, dont elle avait évité de prononcer le nom jusque-là. Ah ! le pauvre ami, comme il s'était montré discret et repentant, après son coup de brutale démence ! D'abord, pour cacher sa gêne, il s'en était allé passer trois jours à Naples, où l'on disait que la Tonietta, l'aimable fille aux bouquets de roses blanches, tombée follement amoureuse de lui, avait couru le rejoindre. Et, depuis son retour au palais, il évitait de se retrouver seul avec sa cousine, il ne la voyait guère que le lundi soir, l'air soumis, implorant des yeux son pardon.

« Hier, continua-t-elle, je l'ai rencontré dans l'escalier, je lui ai donné la main, et il a compris que je n'étais plus fâchée, il a été bien heureux… Que voulez-vous ? On ne peut pas être longtemps sévère. Et puis, j'ai peur qu'il ne finisse par se compromettre avec cette femme, s'il s'amusait trop, pour s'étourdir. Il faut qu'il sache bien que je l'aime toujours, que je l'attends toujours… Oh ! il est à moi, à moi seule ! Il serait là, dans mes bras, pour jamais, si je pouvais dire un mot. Mais nos affaires vont si mal, si mal ! »

Elle se tut, deux grosses larmes avaient paru dans ses yeux. Le procès en annulation de mariage, en effet, semblait s'arrêter, devant des obstacles de toutes sortes, qui, chaque jour, renaissaient.

Et Pierre fut très ému de ces larmes, si rares chez elle. Parfois, elle-même avouait, avec son calme sourire, qu'elle ne savait pas pleurer. Mais son cœur se fondait, elle resta un instant comme anéantie, accoudée au sarcophage moussu, à demi rongé par l'eau, tandis que le filet clair, tombé de la bouche béante du masque tragique, continuait sa note perlée de flûte. L'idée brusque de la mort s'était dressée devant le prêtre, à la voir, si jeune, si éclatante de beauté, défaillir au bord de ce marbre, où les faunes qui s'y ruaient parmi des femmes, en une bacchanale frénétique, disaient la toute-puissance de l'amour, dont les Anciens se plaisaient à sculpter le symbole sur les tombes, pour affirmer l'éternité de la vie. Et un petit souffle de vent chaud passa dans la solitude ensoleillée et silencieuse du jardin, apportant l'odeur pénétrante des orangers et des buis.

« Quand on aime, on est si fort ! murmura-t-il.

– Oui, oui, vous avez raison, reprit-elle, souriante déjà. Je ne suis qu'une enfant… Mais c'est votre faute, avec votre livre. Je ne le comprends bien que lorsque je souffre… Tout de même, n'est-ce pas ? je fais des progrès. Puisque vous le voulez, que tous les pauvres soient donc mes frères, et qu'elles soient mes sœurs, toutes celles qui ont des peines comme moi ! »

D'ordinaire, Benedetta remontait la première à son appartement, et Pierre s'attardait parfois, restait seul sous le laurier, dans le léger parfum de femme qu'elle laissait. Il rêvait confusément à des choses douces et tristes. Comme l'existence se montrait dure pour les pauvres êtres que brûlait l'unique soif du bonheur ! Autour de lui, le silence s'était élargi encore, tout le vieux palais dormait son lourd sommeil de ruine, avec sa cour voisine, semée d'herbe, entourée de son portique mort, où moisissaient des marbres de fouille, un Apollon sans bras et le torse tronqué d'une Vénus ; et, de loin en loin, ce silence de tombe n'était troublé que par le grondement brusque d'un carrosse de prélat, en visite chez le cardinal, s'engouffrant sous le porche, tournant dans la cour déserte, à grand bruit de roues.

Un lundi, vers dix heures un quart, dans le salon de donna Serafina, il n'y avait plus que les jeunes gens. Monsignor Nani n'avait fait que paraître, le cardinal Sarno venait de partir. Et, près de la cheminée, à sa place habituelle, donna Serafina elle-même se tenait comme à l'écart, les yeux fixés sur la place inoccupée de l'avocat Morano, qui s'entêtait à ne point reparaître. Devant le canapé, où Benedetta et Celia se trouvaient assises, Dario, l'abbé Pierre et Narcisse Habert étaient debout, causant et riant. Depuis quelques minutes, Narcisse s'amusait à plaisanter le jeune prince, qu'il prétendait avoir rencontré en compagnie d'une très belle fille.

« Mais, mon cher, ne vous défendez pas, car elle est vraiment superbe… Elle marchait à côté de vous, et vous vous êtes engagés dans une ruelle déserte, le borgo Angelico je crois, où je ne vous ai pas suivis, par discrétion. »

Dario souriait, l'air très à l'aise, en homme heureux, incapable de renier son goût passionné de la beauté.

« Sans doute, sans doute, c'était bien moi, je ne nie pas… Seulement, l'affaire n'est pas celle que vous pensez. »

Et, se retournant vers Benedetta, qui s'égayait, elle aussi, sans aucune ombre d'inquiétude jalouse, comme ravie au contraire du plaisir des yeux qu'il avait pu prendre un instant :

« Tu sais, il s'agit de cette pauvre fille, que j'ai trouvée en larmes, il y a près de six semaines… Oui, cette ouvrière en perles qui sanglotait à cause du chômage, et qui s'est mise, toute rouge, à galoper devant moi pour me conduire chez ses parents, lorsque j'ai voulu lui donner une pièce blanche… Pierina, tu te rappelles bien ?

– Pierina, parfaitement !

– Alors, imaginez-vous, je l'ai déjà, depuis ce jour, rencontrée quatre ou cinq fois sur mon chemin. Et, c'est vrai, elle est si extraordinairement belle, que je m'arrête et que je cause… L'autre jour, je l'ai conduite ainsi jusque chez un fabricant. Mais elle n'a pas encore trouvé d'ouvrage, elle s'est remise à pleurer ; et, ma foi, pour la consoler un peu, je l'ai embrassée… Ah ! elle en est restée saisie, et heureuse, si heureuse ! »

Tous, maintenant, riaient de l'histoire. Mais Celia, la première, se calma. Elle dit d'une voix très grave :

« Vous savez, Dario, qu'elle vous aime. Il ne faut pas être méchant. »

Sans doute Dario pensait comme elle, car il regarda de nouveau Benedetta, avec un hochement gai de la tête, pour dire que, s'il était aimé, lui n'aimait pas. Une perlière, une fille du bas peuple, ah ! non ! Elle pouvait être une Vénus, elle n'était pas une maîtresse possible. Et il s'amusa beaucoup lui-même de l'aventure romanesque, que Narcisse arrangeait, en un sonnet à la mode ancienne : la belle perlière tombant amoureuse folle du jeune prince qui passe, beau comme le jour, et qui lui a donné un écu, touché de son infortune ; la belle perlière, dès lors, le cœur bouleversé de le trouver aussi charitable que beau, ne rêvant plus que de lui, le suivant partout, attachée à ses pas par un lien de flamme ; et la belle perlière, enfin, qui a refusé l'écu, demandant de ses yeux soumis et tendres, obtenant l'aumône que le jeune prince daigne un soir lui faire de son cœur. Benedetta se plut beaucoup à ce jeu. Mais Celia, avec sa face angélique, son air de petite fille qui aurait dû tout ignorer, restait très sérieuse, répétait tristement :

« Dario, Dario, elle vous aime, il ne faut pas la faire souffrir. »

Alors, la contessina finit par s'apitoyer à son tour.

« Et ils ne sont pas heureux, ces pauvres gens !

– Oh ! s'écria le prince, une misère à ne pas croire ! Le jour où elle m'a mené là-bas, aux Prés-du-Château, j'en suis resté suffoqué. C'est une horreur, une horreur étonnante !

– Mais je me souviens, reprit-elle, nous avions fait le projet d'aller les visiter, ces malheureux, et c'est fort mal d'avoir tardé jusqu'ici… N'est-ce pas ? monsieur l'abbé Froment, vous étiez très désireux, pour vos études, de nous accompagner et de voir ainsi de près la classe pauvre à Rome. »

Elle avait levé les yeux vers Pierre, qui se taisait depuis un instant. Il fut très attendri que cette pensée de charité lui revînt ; car il sentit, au léger tremblement de sa voix, qu'elle voulait se montrer ainsi une élève docile, faisant des progrès dans l'amour des humbles et des misérables. Tout de suite, d'ailleurs, la passion de son apostolat l'avait repris.

« Oh ! dit-il, je ne quitterai Rome qu'après y avoir vu le peuple qui souffre, sans travail et sans pain. La maladie est là, pour toutes les nations, et le salut ne peut venir que par la guérison de la misère. Quand les racines de l'arbre ne mangent pas, l'arbre meurt.

– Eh bien ! reprit-elle, nous allons prendre rendez-vous tout de suite, vous viendrez avec nous aux Prés-du-Château… Dario nous conduira. »

Celui-ci, qui avait écouté le prêtre d'un air stupéfait, sans bien comprendre l'image de l'arbre et de ses racines, se récria, plein de détresse.

« Non, non ! cousine, promène là-bas M. l'abbé, si cela t'amuse… Moi, j'y suis allé, et je n'y retourne pas. Ma parole ! en rentrant, j'ai failli me mettre au lit, la cervelle et l'estomac à l'envers… Non, non ! c'est trop triste, ce n'est pas possible, des abominations pareilles ! »

À ce moment, une voix mécontente s'éleva du coin de la cheminée. Donna Serafina sortait de son long silence.

« Il a raison, Dario ! Envoie ton aumône, ma chère, et j'y joindrai volontiers la mienne… Seulement, il y a d'autres endroits plus utiles à voir, où tu peux conduire M. l'abbé… Tu vas, en vérité, lui faire emporter là un beau souvenir de notre ville ! »

L'orgueil romain sonnait seul au fond de sa mauvaise humeur. À quoi bon montrer ses plaies aux étrangers qui viennent, amenés peut-être par des curiosités hostiles ? Il fallait être toujours en beauté, ne montrer Rome que dans l'apparat de sa gloire.

Mais Narcisse s'était emparé de Pierre.

« Oh ! mon cher, c'est vrai, j'oubliais de vous recommander cette promenade... Il faut absolument que vous visitiez le nouveau quartier qu'on a bâti aux Prés-du-Château. Il est typique, il résume tous les autres ; et vous n'aurez pas perdu votre temps, je vous en réponds, car rien au monde ne vous en dira plus long sur la Rome actuelle. C'est extraordinaire, extraordinaire ! »

Puis, s'adressant à Benedetta :

« Est-ce entendu ? voulez-vous demain matin ?... Vous nous trouveriez là-bas, l'abbé et moi, parce que je tiens à le mettre d'abord au courant, pour qu'il comprenne... À dix heures, voulez-vous ? »

Avant de répondre, la contessina, qui s'était tournée vers sa tante, lui tint tête, respectueusement.

« Allez, ma tante, M. l'abbé a dû rencontrer assez de mendiants dans nos rues, il peut tout voir. Et, d'ailleurs, d'après ce qu'il raconte dans son livre, il n'en verra pas plus à Rome qu'il n'en a vu à Paris. Partout, comme il le dit quelque part, la faim est la même. »

Puis, elle s'attaqua à Dario, très douce, l'air raisonnable.

« Tu sais, mon Dario, que tu me ferais un bien gros plaisir, en me conduisant là-bas. Sans toi, nous aurions trop l'air de tomber du ciel... Nous prendrons la voiture, nous irons rejoindre ces messieurs, et ça nous fera une très jolie promenade... Il y a si longtemps que nous ne sommes sortis ensemble ! »

Certainement, c'était là ce qui la ravissait, d'avoir ce prétexte pour l'emmener, pour se réconcilier tout à fait avec lui. Il sentit cela, il ne put se dérober, et il affecta de plaisanter.

« Ah ! cousine, tu seras cause que j'aurai des cauchemars tout le restant de la semaine. Une partie de plaisir comme ça, vois-tu, c'est à gâter pour huit jours le bonheur de vivre ! »

Il frémissait de révolte à l'avance, les rires recommencèrent ; et, malgré la muette désapprobation de donna Serafina, le rendez-vous fut définitivement fixé au lendemain, dix heures. En partant, Celia regretta vivement de ne pouvoir en être. Mais elle, avec sa candeur fermée de lis en bouton, ne s'intéressait qu'à la Pierina. Aussi, dans l'antichambre, se pencha-t-elle à l'oreille de son amie.

« Cette beauté, regarde-la bien, ma chère, pour me dire si elle est belle, très belle, plus belle que toutes. »

Le lendemain, à neuf heures, lorsque Pierre retrouva Narcisse près du château Saint-Ange, il s'étonna de le voir retombé dans son enthousiasme d'art, langoureux et pâmé. D'abord, il ne fut plus du tout question des quartiers nouveaux, ni de l'effroyable catastrophe financière qu'ils avaient provoquée. Le jeune homme raconta qu'il s'était levé avec le soleil, pour aller passer une heure devant la sainte Thérèse du Bernin. Quand il ne l'avait pas vue depuis huit jours, il disait en souffrir, le cœur gros de larmes, comme de la privation d'une maîtresse très aimée. Et il avait des heures pour l'aimer ainsi, différemment, à cause de l'éclairage : le matin, de tout un élan mystique de son âme, sous la lumière d'aube qui l'habillait de blancheur ; l'après-midi, de toute la passion rouge du sang des martyrs, dans les rayons obliques du soleil couchant, dont la flamme semblait ruisseler en elle.

« Ah ! mon ami, déclara-t-il de son air las, les yeux noyés de mauve, ah ! mon ami, vous n'avez pas idée de son troublant et délicieux réveil, ce matin... Une vierge ignorante et pure, et qui, brisée de volupté, ouvre languissamment les yeux, encore pâmée d'avoir été possédée par Jésus... Ah ! c'est à mourir ! »

Puis, se calmant, au bout de quelques pas, il reprit de sa voix nette de garçon pratique, très d'aplomb dans la vie :

« Dites donc, nous allons nous rendre tout doucement aux Prés-du-Château, dont vous apercevez les constructions là-bas, en face de nous ; et, pendant que nous marcherons, je vous raconterai ce que je sais, oh ! l'histoire la plus extravagante, un de ces coups de folie de la spéculation qui sont beaux comme l'œuvre monstrueuse et belle de quelque génie détraqué... J'ai été mis au courant par des parents à moi, qui ont joué ici, et qui, ma foi ! ont gagné des sommes considérables. »

Alors, avec une clarté et une précision d'homme de finances, employant les termes techniques d'un air d'aisance parfaite, il conta l'extraordinaire aventure. Au lendemain de la conquête de Rome, lorsque l'Italie entière délirait d'enthousiasme, à l'idée de posséder enfin la capitale tant désirée, l'antique et glorieuse ville, l'éternelle qui avait la promesse de l'empire du monde, ce fut d'abord une explosion bien légitime de la joie et de l'espoir d'un peuple jeune, constitué de la veille, ayant hâte d'affirmer sa puissance. Il s'agissait de prendre possession de Rome, d'en faire la capitale moderne, seule digne d'un grand royaume ; et il s'agissait avant tout de l'assainir, de la nettoyer des ordures qui la déshonoraient. On ne peut plus s'imaginer dans quelle saleté immonde baignait la ville des papes, la *Roma sporca* regrettée des artistes : pas même de latrines, la voie publique servant à tous les besoins, les ruines augustes transformées en dépotoirs, les abords des vieux palais princiers souillés d'excréments, un lit d'épluchures, de détritus, de matières en décomposition montant de partout, changeant les rues en égouts empoisonnés, d'où soufflaient de continuelles épidémies. La nécessité de vastes travaux d'édilité s'imposait, c'était une véritable mesure de salut, le rajeunissement, la vie assurée et plus large, de même qu'il était juste de songer à bâtir de nouvelles maisons pour les habitants nouveaux qui devaient affluer de toutes parts. Le fait s'était passé à Berlin, après la constitution de l'Empire d'Allemagne, la ville avait vu sa population s'accroître en coup de foudre, par centaines de mille âmes. Rome, certainement, allait elle aussi doubler, tripler, quintupler, attirant à elle les forces vives des provinces, devenant le centre de l'existence nationale. Et l'orgueil s'en mêla, il fallait montrer au gouvernement déchu du Vatican ce dont l'Italie était capable, de quelle splendeur rayonnerait la nouvelle Rome, la troisième Rome, qui dépasserait les deux autres, l'impériale et la papale, par la magnificence de ses voies et le flot débordant de ses foules.

Les premières années, cependant, le mouvement des constructions garda quelque prudence. On fut assez sage pour ne bâtir qu'au fur et à mesure des besoins. D'un bond, la population avait doublé, était montée de deux cent mille à quatre cent mille habitants : tout le petit monde des employés, des fonctionnaires, venus avec les administrations publiques, toute la cohue qui vit de l'État ou espère en vivre, sans compter les oisifs, les jouisseurs, qu'une cour traîne après elle. Ce fut là une première cause de griserie, personne ne douta que cette marche ascensionnelle ne continuât, ne se précipitât même. Dès lors, la cité de la veille ne suffisait plus, il fallait sans attendre faire face aux besoins du lendemain, en élargissant Rome hors de Rome, dans tous les antiques faubourgs déserts. On parlait aussi du Paris du second Empire, si agrandi, changé en une ville de lumière et de santé. Mais, aux bords du Tibre, le malheur fut, à la première heure, qu'il n'y eut pas un plan général, pas plus qu'un homme de regard clair, maître souverain de la situation, s'appuyant sur des sociétés financières puissantes. Et ce que l'orgueil avait commencé, cette ambition de surpasser en éclat la Rome des Césars et des papes, cette volonté de refaire de la Cité Éternelle, prédestinée, le centre et la reine de la terre, la spéculation l'acheva, un de ces extraordinaires souffles de l'agio, une de ces tempêtes qui naissent, font rage, détruisent et emportent tout, sans que rien les annonce ni les arrête. Brusquement, le bruit courut que des terrains, achetés cinq francs le mètre, se revendaient cent francs ; et la fièvre s'alluma, la fièvre de tout un peuple que le jeu passionne. Un vol de spéculateurs, venus de la haute Italie, s'était abattu sur Rome, la plus noble et la plus facile des proies. Pour ces montagnards, pauvres, affamés, la curée des appétits commença, dans ce Midi voluptueux, où la vie est si douce ; de sorte que les délices du climat, elles-mêmes corruptrices, activèrent la décomposition morale. Puis, il n'y avait vraiment qu'à se baisser, les écus d'abord se ramassèrent à la pelle, parmi les décombres des premiers quartiers qu'on éventra. Les gens adroits, qui, flairant le tracé des voies nouvelles, s'étaient rendus acquéreurs des immeubles menacés d'expropriation, décuplèrent leurs fonds en moins de deux ans. Alors, la contagion grandit, empoisonna la ville entière, de proche en proche ; les habitants à leur tour furent emportés, toutes les classes entrèrent en folie, les princes, les bourgeois, les petits propriétaires, jusqu'aux boutiquiers, les boulangers, les épiciers, les cordonniers ; à ce point qu'on cita plus tard un simple boulanger qui fit une faillite de quarante-cinq millions. Et ce n'était plus que le jeu exaspéré, un jeu formidable dont la fièvre avait remplacé le petit train réglementé du loto papal, un jeu à coups de millions où les terrains et les bâtisses devenaient fictifs, de simples prétextes à des opérations de Bourse. Le vieil orgueil atavique qui avait rêvé de transformer Rome en capitale du monde, s'exalta ainsi jusqu'à la démence, sous cette fièvre chaude de la spéculation, achetant des terrains, bâtissant des maisons pour les revendre, sans mesure, sans arrêt, de même qu'on lance des actions, tant que les presses veulent bien en imprimer.

Certainement, jamais ville en évolution n'a donné pareil spectacle. Aujourd'hui, lorsqu'on tâche de comprendre, on reste confondu. Le chiffre de la population avait dépassé quatre cent mille, et il semblait rester stationnaire ; mais cela n'empêchait pas la végétation des quartiers neufs de sortir du sol, toujours plus drue. Pour quel peuple futur bâtissait-on avec cette sorte de rage ? Par quelle aberration en arrivait-on à ne pas attendre les habitants, à préparer ainsi des milliers de logements aux familles de demain, qui viendraient peut-être ? La seule excuse était de s'être dit, d'avoir posé à l'avance, comme une vérité indiscutable, que la troisième Rome, la capitale triomphante de l'Italie, ne pouvait avoir moins d'un million d'âmes. Elles n'étaient pas venues, mais elles allaient venir sûrement : aucun patriote n'en pouvait douter, sans crime de lèse-patrie. Et on bâtissait, on bâtissait, on bâtissait sans relâche, pour les cinq cent mille citoyens en route. On ne s'inquiétait même plus du jour de leur arrivée, il suffisait que l'on comptât sur eux. Encore, dans Rome, les sociétés qui s'étaient formées pour la construction des grandes voies, au travers des vieux quartiers malsains abattus, vendaient ou louaient leurs immeubles, réalisaient de gros bénéfices. Seulement, à mesure que la folie croissait, pour satisfaire à la fringale du lucre, d'autres sociétés se créèrent, dans le but d'élever, hors de Rome, des quartiers encore, des quartiers toujours, de véritables petites villes, dont on n'avait nul besoin. À la porte Saint-Jean, à la porte Saint-Laurent, des faubourgs poussèrent comme par miracle. Sur les immenses terrains de la villa Ludovisi, de la porte Salaria à la porte Pia, jusqu'à Sainte-Agnès, une ébauche de ville fut commencée. Enfin, aux Prés-du-Château, ce fut toute une cité qu'on voulut d'un coup faire naître du sol, avec son église, son école, son marché. Et il ne s'agissait pas de petites maisons ouvrières, de logements modestes pour le menu peuple et les employés, il s'agissait de bâtisses colossales, de vrais palais à trois et quatre étages, développant des façades uniformes et démesurées, qui faisaient de ces nouveaux quartiers excentriques des quartiers babyloniens, que des capitales de vie intense et d'industrie, comme Paris ou Londres, pourraient seules peupler. Ce sont là les monstrueux produits de l'orgueil et du jeu, et quelle page d'histoire, quelle leçon amère, lorsque Rome, aujourd'hui ruinée, se voit déshonorée en outre, par cette laide ceinture de grandes carcasses crayeuses et vides, inachevées pour la plupart, dont les décombres déjà sèment les rues pleines d'herbe !

L'effondrement fatal, le désastre fut effroyable. Narcisse en donnait les raisons, en suivait les diverses phases, si nettement, que Pierre comprit. De nombreuses sociétés financières avaient naturellement poussé dans ce terreau de la spéculation, l'Immobilière, la *Società d'edilizia*, la *Fondiaria*, la *Tiberina*, l'*Esquilino*. Presque toutes faisaient construire, bâtissaient des maisons énormes, des rues entières, pour les revendre. Mais elles jouaient également sur les terrains, les cédaient à de gros bénéfices aux petits spéculateurs qui s'improvisaient de toutes parts, rêvant des bénéfices à leur tour, dans la hausse continue et factice que déterminait la fièvre croissante de l'agio. Le pis était que ces bourgeois, ces boutiquiers sans expérience, sans argent, s'affolaient jusqu'à faire construire eux aussi, en empruntant aux banques, en se retournant vers les sociétés qui leur avaient vendu les terrains, pour obtenir d'elles l'argent nécessaire à l'achèvement des constructions. Le plus souvent, pour ne pas tout perdre, les sociétés se trouvaient un jour forcées de reprendre les terrains et les constructions, même inachevées, ce qui amenait entre leurs mains un engorgement formidable, dont elles devaient périr. Si le million d'habitants était venu occuper les logements qu'on lui préparait, dans un rêve d'espoir si extraordinaire, les gains auraient pu être incalculables, Rome en dix ans s'enrichissait, devenait une des plus florissantes capitales du monde. Seulement, ces habitants s'entêtaient à ne pas venir, rien ne se louait, les logements restaient vides. Et, alors, la crise éclata en coup de foudre, avec une violence sans pareille, pour deux raisons. D'abord, les maisons bâties par les sociétés étaient des morceaux trop gros, d'un achat difficile, devant lesquels reculait la foule des rentiers moyens, désireux de placer leur argent dans le foncier. L'atavisme avait agi, les constructeurs avaient vu trop grand, une série de palais magnifiques, destinés à écraser ceux des autres âges, et qui allaient rester mornes et déserts, comme un des témoignages les plus inouïs de l'orgueil impuissant. Il ne se rencontra donc pas de capitaux particuliers qui osassent ou qui pussent se substituer à ceux des sociétés. Ensuite, ailleurs, à Paris, à Berlin, les quartiers neufs, les embellissements se sont faits avec des capitaux nationaux, avec l'argent de l'épargne. Au contraire, à Rome, tout s'est bâti avec du crédit, des lettres de change à trois mois, et surtout avec de l'argent étranger. On estime à près d'un milliard l'énorme somme engloutie, dont les quatre cinquièmes étaient de l'argent français. Cela se faisait simplement de banquiers à banquiers, les banquiers français prêtant à trois et demi ou quatre pour cent aux banquiers italiens, qui de leur côté prêtaient aux spéculateurs, aux constructeurs de Rome, à six, sept et même huit pour cent. Aussi s'imagine-t-on le désastre, lorsque la France, que fâchait l'alliance de l'Italie avec l'Allemagne, retira ses huit cents millions en moins de deux ans. Un immense reflux se produisit, vidant les banques italiennes ; et les sociétés foncières, toutes celles qui spéculaient sur les terrains et les constructions, forcées de rembourser à leur tour, durent s'adresser aux sociétés d'émission, celles qui avaient la faculté d'émettre du papier. En même temps, elles intimidèrent l'État, elles le menacèrent d'arrêter les travaux et de mettre sur le pavé de Rome quarante mille ouvriers sans ouvrage, s'il n'obligeait pas les sociétés d'émission à leur prêter les cinq ou six millions de papier dont elles avaient besoin, ce que l'État finit par faire, épouvanté à l'idée d'une faillite générale. Naturellement, aux échéances, les cinq ou six millions ne purent être rendus, puisque les maisons ne se vendaient ni ne se louaient, de sorte que l'écroulement commença, se précipita, des décombres sur des décombres : les petits spéculateurs tombèrent sur les constructeurs, ceux-ci sur les sociétés foncières, celles-ci sur les sociétés d'émission, qui tombèrent sur le crédit public, ruinant la nation. Voilà comment une crise simplement édilitaire devint un effroyable désastre financier, un danger d'effondrement national, tout un milliard inutilement englouti, Rome enlaidie, encombrée de jeunes ruines honteuses, les logements béants et vides, pour les cinq ou six cent mille habitants rêvés, qu'on attend toujours.

D'ailleurs, dans le vent de gloire qui soufflait, l'État lui-même voyait colossal. Il s'agissait de créer de toutes pièces une Italie triomphante, de lui faire accomplir en vingt-cinq ans la besogne d'unité et de grandeur, que d'autres nations ont mis des siècles à faire solidement. Aussi était-ce une activité fébrile, des dépenses prodigieuses, des canaux, des ports, des routes, des chemins de fer, des travaux publics démesurés dans toutes les villes. On improvisait, on organisait la grande nation, sans compter. Depuis l'alliance avec l'Allemagne, le budget de la guerre et de la marine dévorait les millions inutilement. Et on ne faisait face aux besoins, sans cesse grandissants, qu'à coups d'émissions, les emprunts se succédaient d'année en année. Rien qu'à Rome, la construction du ministère de la Guerre coûtait dix millions, celle du ministère des Finances quinze, et l'on dépensait cent millions pour les quais, qui ne sont pas finis, et l'on engloutissait plus de deux cent cinquante millions dans les travaux de défense, autour de la ville. C'était encore et toujours la flambée d'orgueil fatal, la sève de cette terre qui ne peut s'épanouir qu'en projets trop vastes, la volonté d'éblouir le monde et de le conquérir, dès qu'on a posé le pied au Capitole, même dans la poussière accumulée de tous les pouvoirs humains, qui s'y sont écroulés les uns sur les autres.

« Et, mon cher ami, continua Narcisse, si je descendais dans les histoires qui circulent, qu'on se raconte à l'oreille, si je vous citais certains faits, vous seriez stupéfait, épouvanté, du degré de démence où cette ville entière, si raisonnable au fond, si indolente et si égoïste, a pu monter, sous la terrible fièvre contagieuse de la passion du jeu. Le petit monde, les ignorants et les sots, ne s'y sont pas ruinés seuls, car les grandes familles, presque toute la noblesse romaine y a laissé crouler les antiques fortunes, et l'or, et les palais, et les galeries de chefs-d'œuvre, qu'elle devait à la munificence des papes. Ces colossales richesses, qu'il avait fallu des siècles de népotisme pour entasser entre les mains de quelques-uns, ont fondu comme de la cire, en dix ans à peine, au feu niveleur de l'agio moderne. »

Puis, s'oubliant, ne pensant plus qu'il parlait à un prêtre, il conta une de ces histoires équivoques.

« Tenez ! notre bon ami Dario, prince Boccanera, le dernier du nom, qui en est réduit à vivre des miettes de son oncle le cardinal, lequel n'a plus guère que l'argent de sa charge, eh bien ! il roulerait sûrement carrosse, sans l'extraordinaire histoire de la villa Montefiori… On doit vous avoir déjà mis au courant : les vastes terrains de cette villa cédés pour dix millions à une compagnie financière ; puis, le prince Onofrio, le père de Dario, mordu par le besoin de spéculer, rachetant fort cher ses propres terrains, jouant dessus, faisant bâtir ; puis, la catastrophe finale emportant, avec les dix millions, tout ce qu'il possédait lui-même, les débris de la fortune anciennement colossale des Boccanera… Mais ce qu'on ne vous a sans doute pas dit, ce sont les causes cachées, le rôle que le comte Prada, justement l'époux séparé de cette délicieuse contessina que nous attendons, a joué là-dedans. Il était l'amant de la princesse Boccanera, la belle Flavia Montefiori qui avait apporté la villa au prince, oh ! une créature admirable, beaucoup plus jeune que son mari ; et l'on assure que Prada tenait le mari par la femme, à ce point que celle-ci se refusait, le soir, quand le vieux prince hésitait à donner une signature, à s'engager davantage dans une aventure dont il avait flairé d'abord le danger. Prada y a gagné les millions qu'il mange aujourd'hui d'une façon fort intelligente. Et quant à la belle Flavia, devenue mûre, vous savez qu'après avoir tiré une petite fortune du désastre, elle a renoncé galamment à son titre de princesse Boccanera, pour s'acheter un bel homme, un second mari beaucoup plus jeune qu'elle, cette fois, dont elle a fait un marquis Montefiori, lequel l'entretient en joie et en beauté opulente, malgré ses cinquante ans passés… Dans tout cela, il n'y a de victime que notre bon ami Dario, totalement ruiné, résolu à épouser sa cousine, pas plus riche que lui. Il est vrai qu'elle le veut et qu'il est incapable de ne pas l'aimer autant qu'elle l'aime. Sans cela, il aurait déjà accepté quelque Américaine, une héritière à millions, ainsi que tant d'autres princes ; à moins que le cardinal et donna Serafina ne s'y fussent opposés, car ces deux-là sont aussi des héros dans leur genre, des Romains d'orgueil et d'entêtement, qui entendent garder leur sang pur de toute alliance étrangère… Enfin, espérons que le bon Dario et cette Benedetta exquise seront heureux ensemble. »

Il s'interrompit ; puis, au bout de quelques pas faits en silence, il continua plus bas :

« Moi, j'ai un parent qui a ramassé près de trois millions dans l'affaire de la villa Montefiori. Ah ! comme je regrette de n'être arrivé ici qu'après ces temps héroïques de l'agio ! Comme cela devait être amusant, et quels coups à faire, pour un joueur de sang-froid ! »

Mais, brusquement, en levant la tête, il aperçut devant lui le quartier neuf des Prés-du-Château ; et sa physionomie changea, il redevint l'âme artiste, indignée des abominations modernes dont on avait souillé la Rome papale. Ses yeux pâlirent, sa bouche exprima l'amer dédain du rêveur blessé dans sa passion des siècles disparus.

« Voyez, voyez cela ! O ville d'Auguste, ville de Léon X, ville de l'éternelle puissance et de l'éternelle beauté ! »

Pierre, en effet, restait lui-même saisi. À cette place, autrefois, s'étendaient en terrain plat les prairies du château Saint-Ange, coupées de peupliers, tout le long du Tibre, jusqu'aux premières pentes du mont Mario, vastes herbages, aimés des artistes, pour le premier plan de riante verdure qu'ils faisaient au Borgo et au dôme lointain de Saint-Pierre. Et c'était, maintenant, au milieu de cette plaine bouleversée, lépreuse et blanchâtre, une ville entière, une ville de maisons massives, colossales, des cubes de pierres réguliers, tous pareils, avec des rues larges, se coupant à angle droit, un immense damier aux cases symétriques. D'un bout à l'autre, les mêmes façades se reproduisaient, on aurait dit des séries de couvents, de casernes, d'hôpitaux, dont les lignes identiques se continuaient sans fin. Et l'étonnement, l'impression extraordinaire et pénible, venait surtout de la catastrophe, inexplicable d'abord, qui avait immobilisé cette ville en pleine construction, comme si, par quelque matin maudit, un magicien de désastre avait, d'un coup de baguette, arrêté les travaux, vidé les chantiers turbulents, laissé les bâtisses telles qu'elles étaient, à cette minute précise, dans un morne abandon. Tous les états successifs se retrouvaient, depuis les terrassements, les trous profonds creusés pour les fondations, restés béants et que des herbes folles avaient envahis, jusqu'aux maisons entièrement debout, achevées et habitées. Il y avait des maisons dont les murs sortaient à peine du sol ; il y en avait d'autres qui atteignaient le deuxième, le troisième étage, avec leurs planchers de solives de fer à jour, leurs fenêtres ouvertes sur le ciel ; il y en avait d'autres, montées complètement, couvertes de leur toit, telles que des carcasses livrées aux batailles des vents, toutes semblables à des cages vides. Puis, c'étaient des maisons terminées, mais dont on n'avait pas eu le temps d'enduire les murs extérieurs ; et d'autres qui étaient demeurées sans boiseries, aux portes ni aux fenêtres ; et d'autres qui avaient bien leurs portes et leurs persiennes, mais clouées, telles que des couvercles cercueil, les appartements morts, sans une âme ; et d'autres enfin habitées, quelques-unes en partie, très peu totalement, vivantes de la plus inattendue des populations. Rien ne pouvait rendre l'affreuse tristesse de ces choses, la ville de la Belle au bois dormant, frappée d'un sommeil mortel avant même d'avoir vécu, s'anéantissant au lourd soleil, dans l'attente d'un réveil paraissait ne devoir jamais venir.

À la suite de son compagnon, Pierre s'était engagé dans les larges rues désertes, d'une immobilité et d'un silence de cimetière. Pas une voiture, pas un piéton n'y passait. Certaines n'avaient pas même de trottoir, l'herbe envahissait la chaussée, non pavée encore, telle qu'un champ qui retournait à l'état de nature ; et, pourtant, des becs de gaz provisoires restaient là depuis des années, de simples tuyaux de plomb liés à des perches. Aux deux côtés, les propriétaires avaient clos hermétiquement les baies des rez-de-chaussée et des étages, à l'aide de grosses planches, pour éviter d'avoir à payer l'impôt des portes et fenêtres. D'autres façons, commencées à peine, étaient barrées de palissades, dans la crainte que les caves ne devinssent le repaire de tous les bandits du pays. Mais, surtout, la désolation était les jeunes ruines, de hautes bâtisses superbes, pas finies, pas crépies même, n'ayant pu vivre encore de leur existence de géants de pierre, qui se lézardaient déjà de toutes parts, et qu'il avait fallu étayer avec des complications de charpentes, pour qu'elles ne tombassent pas en poudre sur le sol. Le cœur se serrait, comme une cité d'où un fléau aurait balayé les habitants, la peste, la guerre, un bombardement, dont ces carcasses béantes semblaient garder les traces. Puis, à l'idée que c'était là une naissance avortée, et non une mort, que la destruction allait faire son œuvre, avant que les habitants rêvés, attendus en vain eussent apporté la vie à ces maisons mort-nées, la mélancolie gravait, on était débordé d'une infinie désespérance humaine. Il y avait encore l'ironie affreuse, à chaque angle, de magnifiques plaques de marbre portant les noms des rues, des noms illustres empruntés à l'histoire, les Gracques, les Scipion, Pline, Pompée, César, qui éclataient là, sur ces murs inachevés et croulants, comme une dérision, comme un soufflet du passé donné à la puissance d'aujourd'hui.

Alors, Pierre fut une fois de plus frappé de cette vérité que quiconque possède Rome est dévoré de la folie du marbre, du besoin vaniteux de bâtir et de laisser aux peuples futurs son monument de gloire. Après les Césars entassant leurs palais au Palatin, après les papes rebâtissant la Rome du Moyen Âge et la timbrant de leurs armes, voilà que le gouvernement italien n'avait pu devenir le maître de la ville sans vouloir tout de suite la reconstruire, plus resplendissante et plus énorme qu'elle n'avait jamais été. C'était la suggestion même du sol, c'était le sang d'Auguste qui, de nouveau, montait au crâne des derniers venus, les jetait à la démence de faire de la troisième Rome la nouvelle reine de la terre. Et de là les projets gigantesques, les quais cyclopéens, les simples ministères luttant avec le Colisée ; et de là ces quartiers neufs aux maisons géantes, poussées tout autour de l'antique cité comme autant de petites villes. Il se souvenait de cette ceinture crayeuse, entourant les vieilles toitures rousses, qu'il avait vue du dôme de Saint-Pierre, pareille de loin à des carrières abandonnées ; car ce n'était pas aux Prés-du-Château seulement, c'était aussi à la porte Saint-Jean, à la porte Saint-Laurent, à la villa Ludovisi, sur les hauteurs du Viminal et de l'Esquilin, que des quartiers inachevés et vides croulaient déjà, dans l'herbe des rues désertes. Cette fois, après deux mille ans de fertilité prodigieuse, il semblait que le sol fût enfin épuisé, que la pierre des monuments refusât d'y pousser encore. De même que, dans de très vieux jardins fruitiers, les pruniers et les cerisiers qu'on replante s'étiolent et meurent, les murs neufs sans doute ne trouvaient plus à boire la vie dans cette poussière de Rome, appauvrie par la végétation séculaire d'un si grand nombre de temples, de cirques, d'arcs de triomphe, de basiliques et d'églises. Et les maisons modernes qu'on avait tenté d'y faire fructifier de nouveau, les maisons inutiles et trop vastes, toutes gonflées de l'ambition héréditaire, n'avaient pu arriver à maturité, dressant des moitiés de façade que trouaient les fenêtres béantes, sans force pour monter jusqu'à la toiture, restées là inféconds, telles que les broussailles sèches d'un terrain qui a trop produit. L'affreuse tristesse venait d'une grandeur passée si créatrice aboutissant à un pareil aveu d'actuelle impuissance, Rome qui avait couvert le monde de ses monuments indestructibles et qui n'enfantait plus que des ruines.

« On les finira bien un jour ! » s'écria Pierre.

Narcisse le regarda étonné.

« Pour qui donc ? »

Et c'était le mot terrible. Ces cinq ou six cent mille habitants dont on avait rêvé la venue, qu'on attendait toujours, où vivaient-ils à l'heure présente, dans quelles campagnes voisines, dans quelles villes reculées ? Si un grand enthousiasme patriotique avait pu seul espérer une telle population, aux premiers jours de la conquête, il aurait fallu aujourd'hui un singulier aveuglement pour croire encore qu'elle viendrait jamais. L'expérience semblait faite, Rome restait stationnaire, on ne prévoyait aucune des causes qui en auraient doublé les habitants, ni les plaisirs qu'elle offrait, ni les gains d'un commerce et d'une industrie qu'elle n'avait pas, ni l'intense vie sociale et intellectuelle dont elle ne paraissait plus capable. En tout cas, des années et des années seraient indispensables. Et, alors, comment peupler les maisons finies et vides, qui n'attendaient que des locataires ? Pour qui terminer les maisons restées à l'état de squelette, s'émiettant au soleil et à la pluie ? Elles demeureraient donc indéfiniment là, les unes décharnées, ouvertes à toutes les bises, les autres closes, muettes comme des tombes, dans la laideur lamentable de leur inutilité et de leur abandon ? Quel terrible témoignage sous le ciel splendide ! Les nouveaux maîtres de Rome étaient mal partis, et s'ils savaient maintenant ce qu'il aurait fallu faire, oseraient-ils jamais défaire ce qu'ils avaient fait ? Puisque le milliard qui était là semblait définitivement gâché et compromis, on se mettait à souhaiter un Néron de volonté démesurée et souveraine, prenant la torche et la pioche, et brûlant tout, rasant tout, au nom vengeur de la raison et de la beauté.

« Ah ! reprit Narcisse, voici la contessina et le prince. »

Benedetta avait fait arrêter la voiture à un carrefour des rues désertes ; et, par ces larges voies, si calmes, pleines d'herbes, faites pour les amoureux, elle s'avançait au bras de Dario, tous les deux ravis de la promenade, ne songeant plus aux tristesses qu'ils étaient venus voir.

« Oh ! quel joli temps, dit-elle gaiement en abordant les deux amis. Voyez donc ce soleil si doux !… Et c'est si bon de marcher un peu à pied, comme dans la campagne ! »

Dario, le premier, cessa de rire au ciel bleu, à la joie présente de promener sa cousine à son bras.

« Ma chère, il faut pourtant aller visiter ces gens, puisque tu t'entêtes à ce caprice, qui va sûrement nous gâter la belle journée… Voyons, il faut que je me retrouve. Moi, vous savez, je ne suis pas fort pour me reconnaître dans les endroits où je n'aime pas aller… Avec ça, ce quartier est imbécile, avec ces rues mortes, ces maisons mortes, où il n'y a pas une figure dont on se souvienne, pas une boutique qui vous remette dans le bon chemin… Je crois que c'est par ici. Suivez-moi toujours, nous verrons bien. »

Et les quatre promeneurs se dirigèrent vers la partie centrale du quartier, faisant face au Tibre, où un commencement de population s'était formé. Les propriétaires tiraient parti comme ils le pouvaient des quelques maisons terminées, ils en louaient les logements à très bas prix, ne se fâchaient pas lorsque les loyers se faisaient attendre. Des employés nécessiteux, des ménages sans argent s'étaient donc installés là, payant à la longue, arrivant toujours à donner quelques sous. Mais le pis était qu'à la suite de la démolition de l'ancien ghetto et des percées dont on avait aéré le Transtévère, de véritables hordes de loqueteux, sans pain, sans toit, presque sans vêtements, s'étaient abattues sur les maisons inachevées, les avaient envahies de leur souffrance et de leur vermine ; et il avait bien fallu fermer les yeux, tolérer cette brutale prise de possession, sous peine de laisser toute cette épouvantable misère étalée en pleine voie publique. C'était à ces hôtes effrayants que venaient d'échoir les grands palais rêvés, les colossales bâtisses de quatre et cinq étages, où l'on entrait par des portes monumentales, ornées de hautes statues, où des balcons sculptés, que soutenaient des cariatides, allaient d'un bout à l'autre des façades. Les boiseries des portes et des fenêtres manquaient, chaque famille de misérables avait fait son choix, fermant parfois les fenêtres avec des planches, bouchant les portes à l'aide de simples haillons, occupant tout un étage princier, ou préférant des pièces plus étroites, pour s'y entasser à son goût. Des linges affreux séchaient sur les balcons sculptés, pavoisaient de leur immonde détresse ces façades d'avortement, souffletées dans leur orgueil. Une usure rapide, des souillures sans nom dégradaient déjà les belles constructions blanches, les rayaient, les éclaboussaient de taches infâmes ; et, par les porches magnifiques, faits pour la royale sortie des équipages, c'était un ruisseau d'ignominie qui débouchait, des ordures et des fientes, dont les mares stagnantes pourrissaient ensuite sur la chaussée sans trottoirs.

À deux reprises, Dario avait fait revenir ses compagnons sur leurs pas. Il s'égarait, il s'assombrissait de plus en plus.

« J'aurais dû prendre à gauche. Mais comment voulez-vous savoir ? Est-ce possible, au milieu d'un monde pareil ? »

Maintenant, des bandes d'enfants pouilleux se traînaient dans la poussière. Ils étaient d'une extraordinaire saleté, presque nus, la chair noire, les cheveux en broussaille, tels que des paquets de crins. Et des femmes circulaient en jupes sordides, en camisoles défaites, montrant des flancs et des seins de juments surmenées. Beaucoup, toutes droites, causaient entre elles, d'une voix glapissante ; d'autres, assises sur de vieilles chaises, les mains allongées sur les genoux, restaient ainsi pendant des heures, sans rien faire. On rencontrait peu d'hommes. Quelques-uns, allongés à l'écart, parmi l'herbe rousse, le nez contre la terre, dormaient lourdement au soleil.

Mais l'odeur surtout devenait nauséabonde, une odeur de misère malpropre, le bétail humain s'abandonnant, vivant dans sa crasse. Et cela s'aggrava des émanations d'un petit marché improvisé qu'il fallut franchir, des fruits gâtés, des légumes cuits et aigres, des fritures de la veille, à la graisse figée et rance, que de pauvres marchandes vendaient par terre, au milieu de la convoitise affamée d'un troupeau d'enfants.

« Enfin, je ne sais plus, ma chère ! s'écria le prince, en s'adressant à sa cousine. Sois raisonnable, nous en avons assez vu, retournons à la voiture. »

Réellement, il souffrait ; et, selon le mot de Benedetta elle-même, il ne savait pas souffrir. Cela lui semblait monstrueux, un crime imbécile, que d'attrister sa vie par une promenade pareille. La vie était faite pour être vécue légère et aimable, sous le ciel clair. Il fallait l'égayer uniquement par des spectacles gracieux, des chants, des danses. Et, dans son égoïsme naïf, il avait une véritable horreur du laid, du pauvre, du souffrant, à ce point que la vue seule lui en causait un malaise, une sorte de courbature physique et morale.

Mais Benedetta, qui frémissait comme lui, voulait être brave devant Pierre. Elle le regarda, elle le vit si intéressé, si passionnément pitoyable, qu'elle ne céda pas, dans son effort à sympathiser avec les humbles et les malheureux.

« Non, non, il faut rester, mon Dario... Ces messieurs veulent tout voir, n'est-ce pas ?

– Oh ! dit Pierre, la Rome actuelle est ici, cela en dit plus long que toutes les promenades classiques à travers les ruines et les monuments.

– Mon cher, vous exagérez, déclara Narcisse à son tour. Seulement, j'accorde que cela est intéressant, très intéressant... Les vieilles femmes surtout, ah ! extraordinaires d'expression, les vieilles femmes ! »

À ce moment, Benedetta ne put retenir un cri d'admiration heureuse, en apercevant devant elle une jeune fille d'une beauté superbe.

« *O che bellezza !* »

Et Dario, l'ayant reconnue, s'écria du même air ravi :

« Eh ! c'est la Pierina... Elle va nous conduire. »

Depuis un instant, l'enfant suivait le groupe, sans se permettre d'approcher. Ses regards s'étaient ardemment fixés sur le prince, luisant d'une joie d'esclave amoureuse ; puis, ils avaient vivement dévisagé la contessina, mais sans colère, avec une sorte de soumission tendre, de bonheur résigné, à la trouver très belle, elle aussi. Et elle était en vérité telle que le prince l'avait dépeinte, grande, solide, avec une gorge de déesse, une vraie antique, une Junon à vingt ans, le menton un peu fort, la bouche et le nez d'une correction parfaite, de larges yeux de génisse, et la face éclatante, comme dorée d'un coup de soleil, sous le casque de lourds cheveux noirs.

« Alors, tu vas nous conduire ? demanda Benedetta, familière, souriante, déjà consolée des laideurs voisines, à l'idée qu'il pouvait exister des créatures pareilles.

– Oh ! oui, madame, oui ! tout de suite. »

Elle courut devant eux, chaussée de souliers sans trous, vêtue d'une vieille robe de laine marron, qu'elle avait dû laver et raccommoder récemment. On sentait sur elle certains soins de coquetterie, un désir de propreté, que n'avaient pas les autres ; à moins que ce ne fût simplement sa grande beauté qui rayonnât de ses pauvres vêtements et fît d'elle une déesse.

« *Che bellezza ! Che bellezza !* ne se lassait pas de répéter la contessina, tout en la suivant. C'est un régal, mon Dario, que cette fille à regarder.

– Je savais bien qu'elle te plairait », répondit-il simplement, flatté de sa trouvaille, ne parlant plus de s'en aller, puisqu'il pouvait enfin reposer les yeux sur quelque chose d'agréable à voir.

Derrière eux venait Pierre, émerveillé également, à qui Narcisse disait les scrupules de son goût, qui était pour le rare et le subtil.

« Oui, oui, sans doute, elle est belle… Seulement, leur type romain, mon cher, au fond, rien n'est plus lourd, sans âme, sans au-delà… Il n'y a que du sang sous leur peau, il n'y a pas de ciel. »

Mais la Pierina s'était arrêtée, et, d'un geste, elle montra sa mère, assise sur une caisse défoncée à demi, devant la haute porte d'un palais inachevé. Elle avait dû être aussi fort belle, ruinée à quarante ans, les yeux éteints de misère, la bouche déformée, aux dents noires, la face coupée de grandes rides molles, la gorge énorme et tombante ; et elle était d'une saleté affreuse, ses cheveux grisonnants dépeignés, envolés en mèches folles, sa jupe et sa camisole souillées, fendues, laissant voir la crasse des membres. Des deux mains, elle tenait sur ses genoux un nourrisson, son dernier-né, qui s'était endormi. Elle le regardait, comme foudroyée et sans courage, de l'air de la bête de somme résignée à son sort, en mère qui avait fait des enfants et les avait nourris sans savoir pourquoi.

« Ah ! bon, bon ! dit-elle en relevant la tête, c'est le monsieur qui est venu me donner un écu, parce qu'il t'avait rencontrée en train de pleurer. Et il revient nous voir avec des amis. Bon, bon ! il y a tout de même de braves cœurs. »

Alors, elle dit leur histoire, mais mollement, sans chercher même à les apitoyer. Elle s'appelait Giacinta, elle avait épousé un maçon, Tommaso Gozzo, dont elle avait eu sept enfants, la Pierina, et puis Tito, un grand garçon de dix-huit ans, et quatre autres filles encore, de deux années en deux années, et puis celui-ci enfin, un garçon de nouveau, qu'elle tenait sur les genoux. Très longtemps, ils avaient habité le même logement au Transtévère, dans une vieille maison qu'on venait d'abattre. Et il semblait qu'on eût, en même temps, abattu leur existence ; car, depuis qu'ils s'étaient réfugiés aux Prés-du-Château, tous les malheurs les frappaient, la crise terrible sur les constructions qui avait réduit au chômage Tommaso et son fils Tito, la fermeture récente de l'atelier de perles de cire où la Pierina gagnait jusqu'à vingt sous, de quoi ne pas mourir de faim. Maintenant, personne ne travaillait plus, la famille vivait de hasard.

« Si vous préférez monter, madame et messieurs ? Vous trouverez là-haut Tommaso, avec son frère Ambrogio, que nous avons pris chez nous ; et ils sauront mieux vous parler, ils vous diront les choses qu'il faut dire… Que voulez-vous ? Tommaso se repose ; et c'est comme Tito, il dort, puisqu'il n'a rien de mieux à faire. »

De la main, elle montrait, allongé dans l'herbe sèche, un grand gaillard, le nez fort, la bouche dure, qui avait les admirables yeux de la Pierina. Il s'était contenté de lever la tête, inquiet de ces gens. Un pli farouche creusa son front, lorsqu'il remarqua de quel regard ravi sa sœur contemplait le prince. Et il laissa retomber sa tête, mais il ne referma pas les paupières, il les guetta.

« Pierina, conduis donc madame et ces messieurs, puisqu'ils veulent voir. »

D'autres femmes s'étaient approchées, traînant leurs pieds nus dans des savates ; des bandes d'enfants grouillaient, des fillettes à demi vêtues, parmi lesquelles sans doute les quatre de Giacinta, toutes si semblables avec leurs yeux noirs sous leurs tignasses emmêlées, que les mères seules pouvaient les reconnaître ; et c'était en plein soleil comme un pullulement, un campement de misère, au milieu de cette rue de majestueux désastre, bordée de palais inachevés et déjà en ruine.

Doucement, Benedetta dit à son cousin, avec une tendresse souriante :

« Non, ne monte pas, toi... Je ne veux pas ta mort, mon Dario... Tu as été bien aimable de venir jusqu'ici, attends-moi sous ce beau soleil, puisque M. l'abbé et M. Habert m'accompagnent. »

Il se mit à rire, lui aussi, et il accepta très volontiers, il alluma une cigarette, puis se promena à petits pas, satisfait de la douceur de l'air.

La Pierina était entrée vivement sous le vaste porche, à la haute voûte, ornée de caissons à rosaces ; mais un véritable lit de fumier, dans le vestibule, couvrait les dalles de marbre dont on avait commencé la pose. Ensuite, c'était le monumental escalier de pierre, à la rampe ajourée et sculptée ; et les marches se trouvaient déjà rompues, souillées d'une telle épaisseur d'immondices, qu'elles en paraissaient noires. Partout, les mains avaient laissé des traces graisseuses. Toute une ignominie sortait des murs, restés à l'état brut, dans l'attente des peintures et des dorures qui devaient les décorer.

Au premier étage, sur le vaste palier, la Pierina s'arrêta ; et elle se contenta de crier, par la baie d'une grande porte béante, sans huisserie ni vantaux :

« Père, c'est une dame et deux messieurs qui vont te voir. »

Puis, se tournant vers la contessina :

« Tout au fond, dans la troisième salle. »

Et elle se sauva, elle redescendit l'escalier plus vite qu'elle ne l'avait monté, courant à sa passion.

Benedetta et ses compagnons traversèrent deux salons immenses, au sol bossué de plâtre, aux fenêtres ouvertes sur le vide. Et ils tombèrent enfin dans un salon plus petit, où toute la famille Gozzo s'était installée, avec les débris qui lui servaient de meubles. Par terre, sur les solives de fer laissées à nu, traînaient cinq ou six paillasses lépreuses, mangées de sueur. Une longue table, solide encore, tenait le milieu ; et il y avait aussi de vieilles chaises dépaillées, raccommodées à l'aide de cordes. Mais le gros travail avait consisté à boucher deux fenêtres sur trois avec des planches, tandis que la troisième et la porte étaient fermées par d'anciennes toiles à matelas, criblées de taches et de trous.

Tommaso, le maçon, parut surpris, et il fut évident qu'il n'était guère habitué à de pareilles visites de charité. Il était assis devant la table, les deux coudes sur le bois, le menton entre les mains, en train de se reposer, comme l'avait dit sa femme Giacinta. C'était un fort gaillard de quarante-cinq ans, barbu et chevelu, la face grande et longue, d'une sérénité de sénateur romain, dans sa misère et dans son oisiveté. La vue des deux étrangers, qu'il flaira tout de suite, l'avait fait se lever, d'un brusque mouvement de défiance. Mais il sourit, dès qu'il reconnut Benedetta ; et, comme elle lui parlait de Dario resté en bas, en lui expliquant leur but charitable :

« Oh ! je sais, je sais, contessina... Oui, je sais bien qui vous êtes, car j'ai muré une fenêtre, au palais Boccanera, du temps de mon père. »

Alors, complaisamment, il se laissa questionner, il répondit à Pierre surpris qu'on n'était pas très heureux, mais qu'enfin on aurait vécu tout de même, si l'on avait pu travailler deux jours seulement par semaine. Et, au fond, on le sentait assez content de se serrer le ventre, du moment qu'il vivait à sa guise, sans fatigue. C'était toujours l'histoire de ce serrurier, qui, appelé par un voyageur pour ouvrir la serrure d'une malle, dont la clé était perdue, refusait absolument de se déranger, à l'heure de la sieste. On ne payait plus son logement, puisqu'il y avait des palais vides, ouverts au pauvre monde, et quelques sous auraient suffi pour la nourriture, tellement on était sobre et peu difficile.

« Oh ! monsieur l'abbé, tout allait beaucoup mieux sous le pape... Mon père, qui était maçon comme moi, a travaillé sa vie entière au Vatican ; et moi-même, aujourd'hui encore, quand j'ai quelques journées d'ouvrage, c'est toujours là que je les trouve... Voyez-vous, nous avons été gâtés par ces dix années de gros travaux, où l'on ne quittait pas les échelles, où l'on gagnait ce qu'on voulait. Naturellement, on mangeait mieux, on s'habillait, on ne se refusait aucun plaisir ; et c'est plus dur aujourd'hui de se priver... Mais, sous le pape, monsieur l'abbé, si vous étiez venu nous voir ! Pas d'impôts, tout se donnait pour rien, on n'avait vraiment qu'à se laisser vivre. »

À ce moment, un grondement s'éleva d'une des paillasses, dans l'ombre des fenêtres bouchées, et le maçon reprit de son air lent et paisible :

« C'est mon frère Ambrogio qui n'est pas de mon avis... Lui a été avec les républicains, en 49, à l'âge de quatorze ans... Ça ne fait rien, nous l'avons pris avec nous, quand nous avons su qu'il se mourait dans une cave, de faim et de maladie. »

Les visiteurs, alors, eurent un frémissement de pitié. Ambrogio était l'aîné de quinze ans, et, âgé de soixante ans à peine, il n'était plus qu'une ruine, dévoré par la fièvre, traînant des jambes si diminuées, qu'il passait les jours sur sa paillasse, sans sortir. Plus petit que son frère, plus maigre et turbulent, il avait exercé l'état de menuisier. Mais, dans sa déchéance physique, il gardait une tête extraordinaire, une face d'apôtre et de martyr, d'une expression noble et tragique, encadrée dans un hérissement de barbe et de chevelure blanches.

« Le pape, le pape, gronda-t-il, je n'ai jamais mal parlé du pape. C'est sa faute pourtant, si la tyrannie continue. Lui seul, en 49, aurait pu nous donner la république, et nous n'en serions pas où nous en sommes. »

Il avait connu Mazzini, il en conservait la religiosité vague, le rêve d'un pape républicain, faisant enfin régner la liberté et la fraternité sur la terre. Mais, plus tard, sa passion pour Garibaldi, en troublant cette conception, lui avait fait juger la papauté indigne désormais, incapable de travailler à la libération humaine. De sorte qu'il ne savait plus trop au juste, partagé entre la chimère de sa jeunesse et la rude expérience de sa vie. D'ailleurs, il n'avait jamais agi que sous le coup d'une émotion violente, et il en restait à de belles paroles, à des souhaits vastes et indéterminés.

« Ambrogio, mon frère, reprit tranquillement Tommaso, le pape est le pape, et la sagesse est de se mettre avec lui, parce qu'il sera toujours le pape, c'est-à-dire le plus fort. Moi, demain, si l'on votait, je voterais pour lui. »

Le vieil ouvrier ne se hâta pas de répondre. Toute la prudence avisée de la race l'avait calmé.

« Moi, Tommaso, mon frère, je voterais contre, toujours contre... Et tu sais bien que nous aurions la majorité. C'est fini, le pape roi. Le Borgo lui-même se révolterait... Mais ça ne veut pas dire qu'on ne doive pas s'entendre avec lui, pour que la religion de tout le monde soit respectée. »

Intéressé vivement, Pierre écoutait. Il se risqua à poser une question.

« Et y a-t-il beaucoup de socialistes, à Rome, parmi le peuple ? »

Cette fois, la réponse se fit attendre davantage encore.

« Des socialistes, monsieur l'abbé, oui, sans doute, quelques-uns, mais bien moins nombreux que dans d'autres villes... Ce sont des nouveautés, où vont les impatients, sans y entendre grand-chose peut-être... Nous, les vieux, nous étions pour la liberté, nous ne sommes pas pour l'incendie ni pour le massacre. »

Et il craignit d'en dire trop, devant cette dame et ces messieurs, il se mit à geindre en s'allongeant sur sa paillasse, pendant que la contessina prenait congé, un peu incommodée par l'odeur, après avoir averti le prêtre qu'il était préférable de remettre leur aumône à la femme, en bas.

Déjà, Tommaso avait repris sa place devant la table, le menton entre les mains, tout en saluant ses hôtes, sans plus s'émotionner à leur sortie qu'à leur entrée.

« Bien au revoir, et très heureux d'avoir pu vous être agréable. »

Mais, sur le seuil, l'enthousiasme de Narcisse éclata. Il se retourna, pour admirer encore la tête du vieil Ambrogio.

« Oh ! mon cher abbé, quel chef-d'œuvre ! La voilà la merveille, la voilà la beauté ! Combien cela est moins banal que le visage de cette fille !... Ici, je suis certain que le piège du sexe ne m'induit pas en une tentation malpropre. Je ne m'émeus pas pour des raisons basses... Et puis, franchement, quel infini dans ces rides, quel inconnu au fond des yeux noyés, quel mystère parmi le hérissement de la barbe et des cheveux ! On rêve un prophète, un Dieu le Père ! »

En bas, Giacinta était encore assise sur la caisse à demi défoncée, avec son nourrisson en travers des genoux ; et, à quelques pas, la Pierina, debout devant Dario, le regardait finir sa cigarette, d'un air d'enchantement ; tandis que Tito, rasé dans l'herbe, comme une bête à l'affût, ne les quittait toujours pas des yeux.

« Ah ! madame, reprit la mère de sa voix résignée et dolente, vous avez vu, ce n'est guère habitable. La seule bonne chose, c'est qu'on a vraiment de la place. Autrement, il y a des courants d'air, à prendre la mort matin et soir. Et puis, j'ai continuellement peur pour les enfants, à cause des trous. »

Elle conta l'histoire de la femme, qui, se trompant un soir, croyant sortir sur le palier, avait pris une fenêtre pour la porte, et s'était tuée net, en culbutant dans la rue. Une petite fille, aussi, s'était cassé les deux bras, en tombant du haut d'un escalier qui n'avait pas de rampe. D'ailleurs, on serait resté mort là-dedans, sans que personne le sût et s'avisât d'aller vous ramasser. La veille, on avait trouvé, au fond d'une pièce perdue, couché sur le plâtre, le corps d'un vieil homme, que la faim devait y avoir étranglé depuis près d'une semaine ; et il y serait resté sûrement, si l'odeur infecte n'avait averti les voisins de sa présence.

« Encore si l'on avait à manger ! continua Giacinta. Et quand on nourrit et qu'on ne mange pas, on n'a pas de lait. Ce petit-là, ce qu'il me suce le sang ! Il se fâche, il en veut, et moi, n'est-ce pas ? je me mets à pleurer, car ce n'est pas ma faute s'il n'y a rien. »

Des larmes, en effet, étaient montées à ses pauvres yeux pâlis. Mais elle fut prise d'une brusque colère, en remarquant que Tito n'avait pas bougé de son herbe, vautré comme une bête au soleil, ce qu'elle jugeait mal poli pour ce beau monde, qui allait sûrement lui laisser une aumône.

« Eh ! Tito, fainéant ! est-ce que tu ne pourrais pas te mettre debout, quand on vient te voir ? »

Il fit d'abord la sourde oreille, il finit pourtant par se relever, d'un air de grande mauvaise humeur ; et Pierre, qu'il intéressait, tâcha de le faire parler, de même qu'il avait questionné le père et l'oncle, là-haut. Il n'en tira que des réponses brèves, pleines de défiance et d'ennui. Puisqu'on ne trouvait pas de travail, il n'y avait qu'à dormir. Ce n'était pas en se fâchant qu'on changerait les choses. Le mieux était donc de vivre comme on pouvait, sans augmenter sa peine. Quant à des socialistes, oui ! peut-être, il y en avait quelques-uns ; mais lui n'en connaissait pas. Et, de son attitude lasse, indifférente, il ressortait clairement que, si le père était pour le pape et l'oncle pour la république, lui, le fils, n'était certainement pour rien. Pierre sentit là une fin de peuple, ou plutôt le sommeil d'un peuple, dans lequel une démocratie ne s'était pas éveillée encore.

Mais, comme le prêtre continuait, voulant savoir son âge, à quelle école il était allé, dans quel quartier il était né, Tito, brusquement, coupa court, en disant d'une voix grave, un doigt en l'air, tourné vers sa poitrine :

« *Io son Romano di Roma !* »

En effet, cela ne répondait-il pas à tout ? « Moi, je suis Romain de Rome. » Pierre eut un sourire triste, et se tut. Jamais il n'avait mieux senti l'orgueil de la race, le lointain héritage de gloire, si lourd aux épaules. Chez ce garçon dégénéré, qui savait à peine lire et écrire, revivait la vanité souveraine des Césars. Ce meurt-de-faim connaissait sa ville, en aurait pu dire d'instinct l'histoire, aux belles pages. Les noms des grands empereurs et des grands papes lui étaient familiers. Et pourquoi travailler alors, après avoir été les maîtres de la terre ? Pourquoi ne pas vivre de noblesse et de paresse, dans la plus belle des villes, sous le plus beau des ciels ?

« *Io son Romano di Roma.* »

Benedetta avait glissé son aumône dans la main de la mère ; et Pierre ainsi que Narcisse, voulant s'associer à sa bonne œuvre, faisaient de même, lorsque Dario, qui lui aussi s'était joint à sa cousine, eut une idée gentille, désireux de ne pas oublier la Pierina, à qui il n'osait offrir de l'argent. Il posa légèrement les doigts sur ses lèvres, il dit avec un léger rire :

« Pour la beauté. »

Et cela fut vraiment doux et joli, ce baiser envoyé, ce rire qui s'en moquait un peu, ce prince familier, que touchait l'adoration muette de la belle perlière, comme dans une histoire d'amour du temps jadis.

La Pierina devint toute rouge de contentement ; et elle perdit la tête, elle se jeta sur la main de Dario, y colla ses lèvres chaudes, dans un mouvement irraisonné, où il entrait autant de divine reconnaissance que de tendresse amoureuse. Mais les yeux de Tito avaient flambé de colère, il saisit brutalement sa sœur par sa jupe, l'écarta du poing, en grondant sourdement.

« Toi, tu sais, je te tuerai, et lui aussi. »

Il était grand temps de partir, car d'autres femmes, ayant flairé l'argent, s'approchaient, tendaient la main, lançaient des enfants en larmes. Un émoi agitait le misérable quartier des grandes bâtisses abandonnées, un cri de détresse montait des rues mortes, aux plaques de marbre retentissantes. Et que faire ? On ne pouvait donner à tous. Il n'y avait que la fuite, le cœur débordé de tristesse, devant cette conclusion de la charité impuissante.

Lorsque Benedetta et Dario furent revenus à leur voiture, ils se hâtèrent d'y monter, ils se serrèrent l'un contre l'autre, ravis d'échapper à un tel cauchemar. Elle était heureuse pourtant de s'être montrée brave devant Pierre ; et elle lui serra la main en élève attendrie, lorsque Narcisse eut déclaré qu'il gardait le prêtre, pour l'emmener déjeuner au petit restaurant de la place Saint-Pierre, d'où l'on avait une vue si intéressante sur le Vatican.

« Buvez du petit vin blanc de Genzano, leur cria Dario redevenu très gai. Il n'y a rien de tel pour chasser les idées noires. »

Mais Pierre se montrait insatiable de détails. En chemin, il questionna encore Narcisse sur le peuple de Rome, sa vie, ses habitudes, ses mœurs. L'instruction était presque nulle. Aucune industrie d'ailleurs, aucun commerce pour le dehors. Les hommes exerçaient les quelques métiers courants, toute la consommation ayant lieu sur place. Parmi les femmes, il y avait des perlières, des brodeuses, et l'article religieux, les médailles, les chapelets, avait de tout temps occupé un certain nombre d'ouvriers, de même que la fabrication des bijoux locaux. Mais, dès que la femme était mariée, mère de ces nuées d'enfants qui poussaient à miracle, elle ne travaillait guère. En somme, c'était une population se laissant vivre, travaillant juste assez pour manger, se contentant de légumes, de pâtes, de basse viande de mouton, sans révolte, sans ambition d'avenir, n'ayant que le souci de cette vie précaire, au jour le jour. Les deux seuls vices étaient le jeu et les vins rouges et blancs des Châteaux romains, des vins de querelle et de meurtre, qui, les soirs de fête, au sortir des cabarets, semaient les rues d'hommes râlants, la peau trouée à coups de couteau. Les filles se débauchaient peu, on comptait celles qui se donnaient avant le mariage. Cela venait de ce que la famille était restée très unie, soumise étroitement à l'autorité absolue du père. Et les frères eux-mêmes veillaient sur l'honnêteté des sœurs, comme ce Tito si dur à la Pierina, la gardant avec un soin farouche, non par une pensée de jalousie inavouable, mais pour le bon renom, pour l'honneur de la famille. Et cela sans religion réelle, au milieu de la plus enfantine idolâtrie, tous les cœurs allant à la Madone et aux saints, qui seuls existaient, que seuls on implorait, en dehors de Dieu, à qui personne ne s'avisait de songer.

Dès lors, la stagnation de ce bas peuple s'expliquait aisément. Il y avait, derrière, des siècles de paresse encouragée, de vanité flattée, de molle existence acceptée. Quand ils n'étaient ni maçons, ni menuisiers, ni boulangers, ils étaient domestiques, ils servaient les prêtres, à la solde plus ou moins directe de la papauté. De là, les deux partis tranchés : les anciens *carbonari*, devenus des mazziniens et des garibaldiens, les plus nombreux sûrement, l'élite du Transtévère ; puis, les clients du Vatican, tous ceux qui vivaient de l'Église, de près ou de loin, et qui regrettaient le pape roi. Mais, de part et d'autre, cela restait à l'état d'opinion dont on causait, sans que jamais l'idée s'éveillât d'un effort à faire, d'une chance à courir. Il aurait fallu une brusque passion balayant la solide raison de la race, la jetant à quelque courte démence. À quoi bon ? La misère venait de tant de siècles, le ciel était si bleu, la sieste valait mieux que tout, aux heures chaudes ! Et un seul fait semblait acquis, le fond de patriotisme, la majorité certaine pour Rome capitale, cette gloire reconquise, à ce point qu'une révolte avait failli éclater dans la cité Léonine, lorsque le bruit avait couru d'un accord entre l'Italie et le pape, ayant pour base le rétablissement du pouvoir temporel sur cette cité. Si la misère pourtant semblait avoir grandi, si l'ouvrier romain se plaignait davantage, c'était qu'il n'avait vraiment rien gagné aux travaux énormes qui s'étaient, pendant quinze ans, exécutés chez lui. D'abord, plus de quarante mille ouvriers avaient envahi sa ville, des ouvriers venus du Nord pour la plupart, qui travaillaient à bas prix, plus courageux et plus résistants. Puis, lorsque lui-même avait eu sa part dans la besogne, il avait mieux vécu, sans faire d'économies ; de sorte que, lorsque la crise s'était produite et qu'on avait dû rapatrier les quarante mille ouvriers des provinces, lui s'était retrouvé comme devant, dans une ville morte, où les ateliers chômaient, sans espoir de se faire embaucher de longtemps. Et il retombait ainsi à son antique indolence, satisfait au fond que trop de travail ne le bousculât plus, faisant de nouveau le meilleur ménage possible avec sa vieille maîtresse la misère, sans un sou et grand seigneur.

Pierre, surtout, était frappé des caractères différents de la misère, à Paris et à Rome. Certes, ici, le dénuement était plus absolu, la nourriture plus immonde, la saleté plus repoussante. Pourquoi donc ces effroyables pauvres gardaient-ils plus d'aisance et de gaieté réelle ? Lorsqu'il évoquait un hiver de Paris, les bouges qu'il avait tant visités, où la neige entrait, où grelottaient des familles sans feu et sans pain, il se sentait le cœur éperdu d'une compassion, qu'il ne venait pas d'éprouver si vive, aux Prés-du-Château. Et il comprit enfin : la misère, à Rome, était une misère qui n'avait pas froid. Ah ! oui, quelle douce et éternelle consolation, un soleil toujours clair, un ciel bienfaisant qui restait bleu sans cesse, par bonté pour les misérables ! Qu'importait l'abomination du logis, si l'on pouvait dormir dehors, dans la caresse du vent tiède ! Qu'importait même la faim, si la famille attendait l'aubaine du hasard, par les rues ensoleillées, au travers des herbes sèches ! Le climat rendait sobre, aucun besoin d'alcool ni de viandes rouges pour affronter les brouillards. La divine fainéantise riait aux soirées d'or, la pauvreté devenait une jouissance libre, dans cet air délicieux, où semblait suffire à la créature le bonheur de vivre. À Naples, comme le racontait Narcisse, dans ces quartiers du port et de Sainte-Lucie, aux rues étroites, nauséabondes, pavoisées de linges en train de sécher, la vie entière du peuple se passait dehors. Les femmes et les enfants qui n'étaient pas en bas, dans la rue, vivaient sur les légers balcons de bois, suspendus à toutes les fenêtres. On y cousait, on y chantait, on s'y débarbouillait. Mais la rue, surtout, était la salle commune, des hommes qui achevaient de passer leur culotte, des femmes demi-nues qui épouillaient leurs enfants et qui s'y peignaient elles-mêmes, une population d'affamés dont le couvert s'y trouvait toujours mis. C'était sur de petites tables, dans des voitures, un continuel marché de mangeailles à bas prix, des grenades et des pastèques trop mûres, des pâtes cuites, des légumes bouillis, des poissons frits, des coquillages, toute une cuisine faite, constamment prête parmi la cohue, qui permettait de manger là, au plein air, sans jamais allumer de feu. Et quelle cohue grouillante, les mères sans cesse à gesticuler, les pères assis à la file le long des trottoirs, les enfants lâchés en galops sans fin, cela au milieu d'une frénésie de vacarme, des cris, des chansons, de la musique, la plus extraordinaire des insouciances ! Des voix rauques éclataient en grands rires, des faces brunes, pas belles, avaient des yeux admirables qui flambaient de la joie d'être, sous les cheveux d'encre ébouriffés. Ah ! pauvre peuple gai, si enfant, si ignorant, dont l'unique désir se bornait aux quelques sous nécessaires pour manger à sa faim, dans cette foire perpétuelle ! Certainement, jamais démocratie n'avait eu moins conscience d'elle-même. Puisque, disait-on, ils regrettaient l'ancienne monarchie, sous laquelle leurs droits à cette vie de pauvreté insoucieuse semblaient mieux assurés, on se demandait s'il fallait se fâcher pour eux, leur conquérir malgré eux plus de science et de conscience, plus de bien-être et de dignité. Une infinie tristesse, pourtant, montait au cœur de Pierre de cette gaieté des meurt-de-faim, dans la griserie et la duperie du soleil. C'était bien le beau ciel qui faisait l'enfance prolongée de ce peuple, qui expliquait pourquoi cette démocratie ne s'éveillait pas plus vite. Sans doute, à Naples, à Rome, ils souffraient de manquer de tout ; mais ils ne gardaient pas en eux la rancune des atroces jours d'hiver, la rancune noire d'avoir tremblé de froid, pendant que les riches se chauffaient devant de grands feux ; ils ignoraient les furieuses rêveries, dans les taudis battus par la neige, devant la maigre chandelle qui va s'éteindre, le besoin alors de faire justice, le devoir de la révolte, pour sauver la femme et les enfants de la phtisie, pour qu'ils aient eux aussi un nid chaud, où l'existence soit possible. Ah ! la misère qui a froid, c'est l'excès de l'injustice sociale, la plus terrible école où le pauvre apprend à connaître sa souffrance, s'en indigne et jure de la faire cesser, quitte à faire crouler le vieux monde !

Et Pierre trouvait encore, dans cette douceur du ciel, l'explication de saint François, le divin mendiant d'amour, battant les chemins, célébrant le charme délicieux de la pauvreté. Il était sans doute un inconscient révolutionnaire, il protestait à sa façon contre le luxe débordant de la cour de Rome, par ce retour à l'amour des humbles, à la simplicité de la primitive Église. Mais jamais un tel réveil de l'innocence et de la sobriété ne se serait produit dans une contrée du Nord, que glacent les froids de décembre. Il y fallait l'enchantement de la nature, la frugalité d'un peuple nourri de soleil, la mendicité bénie par les routes toujours tièdes. C'était ainsi qu'il avait dû en venir au total oubli de soi-même. La question paraissait d'abord embarrassante : comment un saint François avait-il pu naître jadis, l'âme si brûlante de fraternité, communiant avec les créatures, les bêtes, les choses, sur cette terre aujourd'hui si peu charitable, dure aux petits, méprisant son bas peuple, ne faisant pas même l'aumône à son pape ? Était-ce donc que l'antique orgueil avait desséché les cœurs, ou bien était-ce que l'expérience des très vieux peuples menait à un égoïsme final, pour que l'Italie semblât s'être ainsi engourdi l'âme dans son catholicisme dogmatique et pompeux, tandis que le retour à l'idéal évangélique, la passion des humbles et des souffrants se réveillait de nos jours aux plaines douloureuses du septentrion, parmi les peuples privés de soleil ? C'était tout cela, et c'était surtout que saint François, lorsqu'il avait épousé si gaiement sa dame la Pauvreté, avait pu ensuite la promener, pieds nus, vêtue à peine, par des printemps splendides, au travers de populations que brûlait alors un ardent besoin de compassion et d'amour.

Tout en causant, Pierre et Narcisse étaient arrivés sur la place Saint-Pierre, et ils s'assirent à la porte du restaurant où ils avaient déjà déjeuné, devant une des petites tables, au linge douteux, qui se trouvaient rangées là, le long du pavé. Mais la vue était vraiment superbe, la basilique en face, le Vatican à droite, au-dessus du développement majestueux de la colonnade. Tout de suite, Pierre avait levé les yeux, s'était remis à regarder ce Vatican qui le hantait, ce deuxième étage aux fenêtres toujours closes, où vivait le pape, où jamais rien de vivant n'apparaissait. Et, comme le garçon commençait son service en apportant des hors-d'œuvre, des *finocchi* et des anchois, le prêtre eut un léger cri, pour attirer l'attention de Narcisse.

« Oh ! voyez donc, mon ami... Là, à cette fenêtre, que l'on m'a donnée comme étant celle du Saint-Père... Vous ne distinguez pas une figure pâle, tout debout, immobile ? »

Le jeune homme se mit à rire.

« Eh bien ! mais, ce doit être le Saint-Père en personne. Vous désirez tant le voir, que votre désir l'évoque.

– Je vous assure, répéta Pierre, qu'il y a là, derrière les vitres, une figure toute blanche qui regarde. »

Narcisse, ayant grand-faim, mangeait en continuant de plaisanter. Puis, brusquement :

« Alors, mon cher, puisque le pape nous regarde, c'est le moment de nous occuper encore de lui... Je vous ai promis de vous raconter comment il avait englouti les millions du patrimoine de Saint-Pierre dans l'effroyable crise financière dont vous venez de voir les ruines, et une visite au quartier neuf des Prés-du-Château ne serait pas complète, si cette histoire, en quelque sorte, ne lui servait de conclusion. »

Sans perdre une bouchée, il parla longuement. À la mort de Pie IX, le patrimoine de Saint-Pierre dépassait vingt millions. Longtemps, le cardinal Antonelli, qui spéculait et faisait généralement de bonnes affaires, avait laissé cet argent en partie chez Rothschild, en partie entre les mains des différents nonces, qu'il chargeait ainsi de le faire fructifier à l'étranger. Mais, après la mort du cardinal Antonelli, son remplaçant, le cardinal Simeoni, redemanda l'argent aux nonces pour le placer à Rome. Ce fut alors que, dès son avènement, Léon XIII composa, dans le but de gérer le patrimoine, une commission de cardinaux, dont monsignor Folchi fut nommé secrétaire. Ce prélat, qui joua pendant douze années un rôle considérable, était le fils d'un employé de la Daterie, lequel laissa un million d'héritage, gagné dans d'adroites opérations. Très habile lui-même, tenant de son père, il se révéla comme un financier de premier ordre, de sorte que la commission, peu à peu, lui abandonna tous ses pouvoirs, le laissa agir complètement à son gré, en se contentant d'approuver le rapport qu'il présentait à chaque séance. Le patrimoine ne produisait guère qu'un million de rente, et comme le budget des dépenses était de sept millions, il fallait en trouver six autres. Sur le denier de saint Pierre, le pape donna donc annuellement trois millions à monsignor Folchi, qui, pendant les douze années de sa gestion, accomplit le prodige de les doubler, par la science de ses spéculations et de ses placements, de façon à faire face au budget, sans jamais entamer le patrimoine. Ainsi, dans les premiers temps, il réalisa des gains considérables, en jouant à Rome sur les terrains. Il prenait des actions de toutes les entreprises nouvelles, il jouait sur les moulins, sur les omnibus, sur les conduites d'eau ; sans compter tout un agio mené de concert avec une banque catholique, la Banque de Rome. Émerveillé de tant d'adresse, le pape qui, jusque-là, avait spéculé de son côté, par l'intermédiaire d'un homme de confiance, nommé Sterbini, le congédia et chargea monsignor Folchi de faire travailler son argent, puisqu'il faisait travailler si rudement celui du Saint-Siège.

Ce fut l'époque de la grande faveur du prélat, l'apogée de sa toute-puissance. Les mauvais jours commençaient, le sol craquait déjà, l'écroulement allait se produire en coups de foudre. Malheureusement, une des opérations de Léon XIII était de prêter de fortes sommes aux princes romains, qui, mordus par la folie du jeu, engagés dans des affaires de terrains et de bâtisses, manquaient d'argent ; et ceux-ci lui donnaient en garantie des actions ; si bien que, lorsque vint la débâcle, le pape n'eut plus, entre les mains, que des chiffons de papier. D'autre part, il y avait toute une histoire désastreuse, la tentative de créer une maison de crédit à Paris, afin d'écouler, parmi la clientèle religieuse et aristocratique, des obligations qu'on ne pouvait placer en Italie ; et, pour amorcer, on disait que le pape était dans l'affaire ; et le pis, en effet, était qu'il devait y compromettre trois millions. En somme, la situation devenait d'autant plus critique, que, peu à peu, il avait mis les millions dont il disposait dans la terrible partie d'agio qui se jouait à Rome, sous les fenêtres de son Vatican, brûlé sûrement de la passion du jeu, animé peut-être aussi du sourd espoir de reconquérir par l'argent cette ville qu'on lui avait arrachée par la force. Sa responsabilité allait rester entière, car jamais monsignor Folchi ne risquait une affaire importante sans le consulter ; et il se trouvait être ainsi le véritable artisan du désastre, dans son âpreté au gain, dans son désir plus haut de donner à l'Église la toute-puissance moderne des gros capitaux. Mais, comme il arrive toujours, le prélat paya seul les fautes communes. Il était de caractère impérieux et difficile, les cardinaux de la commission ne l'aimaient guère, jugeant les séances parfaitement inutiles, puisqu'il agissait en maître absolu et qu'on se réunissait uniquement pour approuver ce qu'il voulait bien faire connaître de ses opérations. Quand la catastrophe éclata, un complot fut ourdi, les cardinaux terrifièrent le pape par les mauvais bruits qui couraient, puis forcèrent monsignor Folchi à rendre ses comptes devant la commission. La situation était très mauvaise, des pertes énormes ne pouvaient plus être évitées. Et il fut disgracié, et depuis ce temps il a vainement imploré une audience de Léon XIII, qui, durement, a toujours refusé de le recevoir, comme pour le punir de leur aberration à tous deux, cette folie du lucre qui les avait aveuglés ; mais il ne s'est jamais plaint, très pieux, très soumis, gardant ses secrets, et s'inclinant. Personne ne saurait dire au juste le chiffre de millions que le patrimoine de Saint-Pierre a laissés dans cette bagarre de Rome, changée en tripot, et si les uns n'en avouent que dix, les autres vont jusqu'à trente. Il est croyable que la perte a été d'une quinzaine de millions.

Après des côtelettes aux tomates, le garçon apportait un poulet frit. Et Narcisse conclut en disant :

« Oh ! le trou est bouché maintenant, je vous ai dit les sommes considérables fournies par le denier de saint Pierre, dont le pape seul connaît le chiffre et règle l'emploi… D'ailleurs, il n'est pas corrigé, je sais de bonne source qu'il joue toujours, avec plus de prudence, voilà tout. Son homme de confiance est encore aujourd'hui un prélat, monsignor Marzolini, je crois, qui fait ses affaires d'argent… Et, dame ! mon cher, il a bien raison, on est de son temps, que diable ! »

Pierre avait écouté avec une surprise croissante, où s'était mêlée une sorte de terreur et de tristesse. Ces choses étaient bien naturelles, légitimes même ; mais jamais il n'avait songé qu'elles dussent exister, dans son rêve d'un pasteur des âmes, très loin, très haut, dégagé de tous les soucis temporels. Eh quoi ! ce pape, ce père spirituel des petits et des souffrants, avait spéculé sur des terrains, sur des valeurs de Bourse ! Il avait joué, placé des fonds chez des banquiers juifs, pratiqué l'usure, fait suer à l'argent des intérêts, ce successeur de l'Apôtre, ce pontife du Christ, du Jésus de l'Évangile, l'ami divin des pauvres ! Puis, quel douloureux contraste : tant de millions là-haut, dans ces chambres du Vatican, au fond de quelque meuble discret ! tant de millions qui travaillaient, qui fructifiaient, sans cesse placés et déplacés pour qu'ils produisissent davantage, tels que des œufs d'or couvés avec une tendresse passionnée d'avare ! et tout près, en bas, dans ces abominables bâtisses inachevées du quartier neuf, tant de misère ! tant de pauvres gens qui mouraient de faim au milieu de leur ordure, les mères sans lait pour leur nourrisson, les hommes réduits à la fainéantise par le chômage, les vieux agonisant comme des bêtes de somme qu'on abat lorsqu'elles ne sont plus bonnes à rien ! Ah ! Dieu de charité, Dieu d'amour, était-ce possible ? Sans doute, l'Église avait des besoins matériels, elle ne pouvait vivre sans argent, c'était une pensée de prudence et de haute politique que de lui gagner un trésor pour lui permettre de combattre victorieusement ses adversaires. Mais comme cela était blessant, salissant, et comme elle descendait de sa royauté divine pour n'être plus qu'un parti, une vaste association internationale, organisée dans le but de conquérir et de posséder le monde !

Et Pierre s'étonnait davantage encore devant l'extraordinaire aventure. Avait-on jamais imaginé drame plus inattendu, plus saisissant ? Ce pape qui s'enfermait étroitement dans son palais, une prison certes, mais une prison dont les cent fenêtres ouvraient sur l'immensité, Rome, la Campagne, les collines lointaines ; ce pape qui, de sa fenêtre, à toutes les heures du jour et de la nuit, par toutes les saisons, embrassait d'un coup d'œil, voyait sans cesse se dérouler à ses pieds sa ville, la ville qu'on lui avait volée, dont il exigeait la restitution d'un cri de plainte ininterrompu ; ce pape qui, dès les premiers travaux, avait assisté ainsi, de jour en jour, aux transformations que sa ville subissait, les percées nouvelles, les vieux quartiers abattus, les terrains vendus, les bâtisses neuves s'élevant peu à peu de toutes parts, finissant par faire une ceinture blanche aux antiques toitures rousses ; et ce pape alors, devant ce spectacle quotidien, cette furie de construction qu'il pouvait suivre de son lever à son coucher, gagné lui-même par la passion du jeu qui montait de la cité entière, telle qu'une fumée d'ivresse ; et ce pape, du fond de sa chambre stoïquement close, se mettant à jouer sur les embellissements de son ancienne ville, tâchant de s'enrichir avec le mouvement d'affaires déterminé par ce gouvernement italien qu'il traitait de spoliateur, puis perdant brusquement des millions dans une colossale catastrophe qu'il aurait dû souhaiter, mais qu'il n'avait pas prévue ! Non, jamais, un roi détrôné n'avait cédé à une suggestion plus singulière, pour se compromettre dans une aventure plus tragique, qui le frappait comme un châtiment. Et ce n'était pas un roi, c'était le délégué de Dieu, c'était Dieu lui-même, infaillible, aux yeux de la chrétienté idolâtre !

Le dessert venait d'être servi, un fromage de chèvre, des fruits, et Narcisse achevait une grappe de raisin, lorsque, levant les yeux, il s'écria :

« Mais vous avez raison, mon cher, je vois très bien cette ombre pâle, là-haut, derrière les vitres, dans la chambre du Saint-Père. »

Pierre, qui ne quittait pas des yeux la fenêtre, dit lentement :

« Oui, oui, elle avait disparu, elle vient de reparaître, et elle est toujours là, immobile, toute blanche.

– Parbleu ! que voulez-vous qu'il fasse ? reprit le jeune homme, de son air languissant, sans qu'on sût s'il se moquait. Il est comme tout le monde, il regarde par sa fenêtre, quand il veut se distraire un peu ; d'autant plus qu'il a vraiment de quoi regarder, sans se lasser jamais. »

Et c'était bien ce fait qui, de plus en plus, s'emparait de Pierre, l'envahissait d'une émotion grandissante. On parlait du Vatican fermé, il s'était imaginé un palais sombre, clos de hautes murailles, car personne n'avait dit, personne ne semblait savoir que ce palais dominait Rome et que, de sa fenêtre, le pape voyait le monde. Cette immensité, Pierre la connaissait bien, pour l'avoir vue du sommet du Janicule, pour l'avoir revue des Loges de Raphaël et du dôme de la basilique. Et ce que Léon XIII regardait à cette minute, immobile et blanc derrière les vitres, Pierre l'évoquait, le voyait avec lui. Au centre du vaste désert de la Campagne, que bornaient les monts de la Sabine et les monts Albains, Léon XIII voyait les sept collines illustres, le Janicule que couronnaient les arbres de la villa Pamphili, l'Aventin où il ne restait que les trois églises à demi cachées dans les verdures, le Caelius plus reculé, désert encore, parfumé par les oranges mûres de la villa Mattei, le Palatin que bordait une maigre rangée de cyprès, poussés là comme sur la tombe des Césars, l'Esquilin d'où se dressait le clocher mince de Sainte-Marie-Majeure, le Viminal qui ressemblait à une carrière éventrée, avec son amas confus et blanchâtre de constructions neuves, le Capitole qu'indiquait à peine le campanile carré du palais du Sénateur, le Quirinal où s'allongeait le palais du roi, d'un jaune éclatant parmi les ombrages noirs des jardins. Il voyait, outre Sainte-Marie-Majeure, toutes les basiliques, Saint-Jean-de-Latran, le berceau de la papauté, Saint-Paul-hors-les-Murs, Sainte-Croix-de-Jérusalem, Sainte-Agnès, et les dômes du Gesù, de Saint-André-de-la-Vallée, de Saint-Charles, de Saint-Jean-des-Florentins, et les quatre cents églises de Rome, qui font de la ville un champ sacré planté de croix. Il voyait les monuments fameux, témoignages de l'orgueil de tous les siècles, le fort Saint-Ange, un tombeau d'empereur transformé en une forteresse papale, la ligne blanche des autres tombeaux de la voie Appienne, là-bas, puis les ruines éparses des thermes de Caracalla, de la maison de Septime Sévère, des colonnes, des portiques, des arcs de triomphe, puis les palais et les villas des somptueux cardinaux de la Renaissance, le palais Farnèse, le palais Borghèse, la villa Médicis, et d'autres, et d'autres, dans un pullulement de toitures et de façades. Mais il voyait surtout, sous sa fenêtre même, à gauche, l'abomination du nouveau quartier inachevé des Prés-du-Château. L'après-midi, lorsqu'il se promenait dans ses jardins, que le mur de Léon IV bastionne comme un plateau de citadelle, il avait la vue affreuse du vallon qu'on a ravagé au pied du mont Mario, pour y établir des briqueteries, à l'heure fiévreuse de la folie des constructions. Les pentes vertes sont éventrées, des tranchées jaunâtres les coupent de toutes parts ; tandis que les usines, fermées aujourd'hui, ne sont plus que des ruines lamentables, avec leurs hautes cheminées mortes, d'où la fumée ne monte plus. Et, à toutes les autres heures du jour, il ne pouvait s'approcher de sa fenêtre, sans avoir sous les yeux le spectacle des bâtisses abandonnées, pour lesquelles avaient travaillé tant de briqueteries, ces bâtisses mortes également avant d'avoir vécu, où il n'y avait à cette heure que la misère grouillante de Rome, qui pourrissait là comme la décomposition même des vieilles sociétés.

Mais Pierre surtout s'imaginait que Léon XIII, l'ombre toute blanche là-haut, finissait par oublier le reste de la ville, pour laisser sa rêverie se fixer sur le Palatin, aujourd'hui découronné, ne dressant dans le ciel bleu que ses cyprès noirs. Sans doute il rebâtissait en pensée les palais des Césars, il aimait à y évoquer de grandes ombres glorieuses, vêtues de pourpre, ses ancêtres véritables, empereurs et grands pontifes, qui seuls pouvaient lui dire comment on régnait sur tous les peuples, en maître absolu du monde. Puis, ses regards allaient au Quirinal, et là il s'absorbait durant des heures, dans ce spectacle de la royauté d'en face. Quelle étrange rencontre, ces deux palais qui se regardent, le Quirinal et le Vatican, qui dominent, qui sont dressés l'un devant l'autre, par-dessus la Rome du Moyen Age et de la Renaissance, dont les toitures, cuites et dorées sous les brûlants soleils, s'entassent et se confondent au bord du Tibre. Avec une simple jumelle de théâtre, le pape et le roi, quand ils se mettent à leur fenêtre, peuvent se voir très nettement. Ils ne sont que des points négligeables, perdus dans l'étendue sans bornes ; et quel abîme entre eux, que de siècles d'histoire, que de générations qui ont lutté et souffert, que de grandeur morte et que de semence pour le mystérieux avenir ! Ils se voient, ils en sont encore à l'éternelle lutte, à qui aura le peuple dont le flot s'agite là sous leurs yeux, à qui restera le souverain absolu, du pontife, pasteur des âmes, ou du monarque, maître des corps. Et Pierre, alors, se demanda quelles étaient les réflexions, les rêveries de Léon XIII, derrière ces vitres, où il croyait toujours distinguer sa pâle figure d'apparition. Devant la nouvelle Rome, aux vieux quartiers ravagés, aux nouveaux quartiers battus par un vent de désastre, il devait certainement se réjouir de l'avortement colossal du gouvernement italien. On lui avait volé sa ville, on avait eu l'air de dire qu'on voulait lui montrer comment on créait une grande capitale, et on aboutissait à cette catastrophe, à tant de laides bâtisses inutiles, qu'on ne savait même comment finir. Il ne pouvait qu'être ravi des embarras terribles, dans lesquels le régime usurpateur était tombé, la crise politique, la crise financière, tout un malaise national grandissant, où ce régime semblait menacé de sombrer un jour ; et, pourtant, n'avait-il pas lui-même l'âme d'un patriote, n'était-il pas un fils aimant de cette Italie, dont le génie et la séculaire ambition circulaient dans le sang de ses veines ? Ah ! non, rien contre l'Italie, tout au contraire pour qu'elle redevînt la maîtresse de la terre ! Une douleur montait sûrement, au milieu de la joie de son espérance, quand il la voyait ainsi ruinée, menacée de la faillite, étalant cette Rome bouleversée et inachevée, qui était l'aveu public de son impuissance. Mais, si la dynastie de Savoie devait être emportée un jour, n'était-il pas là, lui, pour la remplacer et rentrer enfin en possession de sa ville, que, depuis quinze ans, il n'apercevait plus que de sa fenêtre, en proie aux démolisseurs et aux maçons ? Il redevenait le maître, il régnait sur le monde, trônait dans la Cité prédestinée, à laquelle les prophéties avaient assuré l'éternité et l'universelle domination.

Et l'horizon s'élargissait, et Pierre se demanda ce que Léon XIII voyait par-delà Rome, par-delà la Campagne romaine, par-delà les monts de la Sabine et les monts Albains, dans la chrétienté entière. Puisqu'il s'était enfermé dans son Vatican depuis dix-huit années, puisqu'il n'avait sur le monde d'autre ouverture que la fenêtre de sa chambre, que voyait-il de là-haut, quels échos, quelles vérités et quelles certitudes lui arrivaient de nos sociétés modernes ? Parfois, des hauteurs du Viminal où la gare se trouve, les longs sifflements des locomotives devaient lui parvenir ; et c'était notre civilisation scientifique, les peuples rapprochés, l'humanité libre allant à l'avenir. Rêvait-il lui-même de liberté, lorsque, tournant les regards vers la droite, il devinait la mer, là-bas, au-delà des tombeaux de la voie Appienne ? Avait-il jamais voulu partir, quitter Rome et son passé, pour fonder ailleurs la papauté des nouvelles démocraties ? Puisqu'on le disait d'un esprit si net, si pénétrant, il aurait dû comprendre, il aurait dû trembler, aux bruits lointains qui lui venaient de certains pays de lutte, de cette Amérique par exemple, où des évêques révolutionnaires étaient en train de conquérir le peuple. Était-ce pour lui ou pour eux qu'ils travaillaient ? S'il ne pouvait les suivre, s'il s'entêtait dans son Vatican, lié de tous côtés par le dogme et la tradition, n'était-il pas à craindre qu'une rupture un jour ne s'imposât ? Et la menace d'un vent de schisme, soufflant de loin, lui passait sur la face, l'emplissait d'une angoisse croissante. C'était bien pour cela qu'il s'était fait le diplomate de la conciliation, voulant rassembler dans sa main toutes les forces éparses de l'Église, fermant les yeux sur les audaces de certains évêques autant que la tolérance le permettait, s'efforçant lui-même de conquérir le peuple, en se mettant avec lui contre les monarchies tombées. Mais irait-il jamais plus loin ? Ne se trouvait-il pas muré derrière la porte de bronze, dans la stricte formule catholique, où les siècles l'enchaînaient ? L'obstination y était fatale, il lui serait impossible de ne régner que sur les âmes, par sa force réelle et toute-puissante, ce pouvoir purement spirituel, cette autorité morale de l'Au-delà, qui amenait l'humanité à ses pieds, qui faisait s'agenouiller les pèlerinages et s'évanouir les femmes. Abandonner Rome, renoncer au pouvoir temporel, ce serait changer le centre du monde catholique, ce serait n'être plus lui, chef du catholicisme, mais un autre, chef d'une autre chose. Et quelles pensées inquiètes, à cette fenêtre, si le vent du soir, parfois, lui apportait la vague image de cet autre, la crainte de la religion nouvelle, confuse encore, qui s'élaborait, dans le sourd piétinement des nations en marche, dont les bruits lui arrivaient à la fois de tous les points de l'horizon !

Mais, à ce moment, Pierre sentit que, derrière les vitres closes, l'ombre blanche, l'ombre immobile était tenue debout par l'orgueil, dans la continuelle certitude de vaincre. Si les hommes n'y suffisaient pas, le miracle interviendrait. Il avait l'absolue conviction qu'il rentrerait en possession de Rome ; et, si ce n'était pas lui, ce serait son successeur. L'Église, dans son indomptable énergie de vivre, n'avait-elle pas l'éternité devant elle ? D'ailleurs, pourquoi pas lui ? Est-ce que Dieu ne pouvait pas l'impossible ? Demain, si Dieu le voulait, malgré tous les raisonnements humains, malgré l'apparence de la logique des faits, sa ville lui serait rendue, à quelque brusque tournant de l'histoire. Ah ! quelle fête à cette fille prodigue, dont il n'avait cessé de suivre les aventures équivoques, de ses yeux paternels mouillés de larmes ! Il oublierait vite les débordements auxquels il venait d'assister pendant dix-huit années, à toutes les heures et par toutes les saisons. Peut-être rêvait-il à ce qu'il ferait de ces quartiers nouveaux, dont on l'avait souillée : les abattrait-il, les laisserait-il là comme un témoignage de la démence des usurpateurs ? Elle redeviendrait la ville auguste et morte, dédaigneuse des vains soucis de propreté et d'aisance matérielle, rayonnant sur le monde telle qu'une âme pure, dans la gloire traditionnelle des siècles passés. Et son rêve continuait, imaginait la façon dont les choses allaient se passer, demain sans doute. Tout valait mieux que la maison de Savoie, même une république. Pourquoi pas une république fédérative, qui morcellerait l'Italie selon les anciennes divisions politiques abolies, et qui lui restituerait Rome, et qui le choisirait comme le protecteur naturel de l'État, ainsi reconstitué ? Puis, ses regards s'étendaient au-delà de Rome, au-delà de l'Italie, son rêve s'élargissait, s'élargissait toujours, englobait la France républicaine, l'Espagne qui pouvait l'être de nouveau, l'Autriche elle-même qui un jour serait gagnée, toutes les nations catholiques devenues les États-Unis d'Europe, pacifiées et fraternisant sous sa haute présidence de souverain pontife. Puis, dans le triomphe suprême, c'étaient enfin toutes les autres Églises qui disparaissaient, tous les peuples dissidents qui venaient à lui comme au pasteur unique, Jésus qui régnait en sa personne sur la démocratie universelle.

Pierre, brusquement, fut interrompu dans ce rêve qu'il prêtait à Léon XIII.

« Oh ! mon cher, dit Narcisse, voyez donc le ton des statues, là, sur la colonnade ! »

Il s'était fait servir une tasse de café, il fumait languissamment un cigare, retombé à ses seules préoccupations d'esthétique raffinée.

« N'est-ce pas ? elles sont roses, et d'un rose qui tire sur le mauve, comme si le sang bleu des anges coulait dans leurs veines de pierre... C'est le soleil de Rome, mon ami, qui leur donne cette vie supraterrestre, car elles vivent, je les ai vues me sourire et me tendre les bras, par certains beaux crépuscules... Ah ! Rome, Rome merveilleuse et délicieuse ! on y vivait de l'air du temps, aussi pauvre que Job, dans la continuelle joie d'en respirer l'enchantement ! »

Cette fois, Pierre ne put s'empêcher d'être surpris, en se rappelant sa voix si nette, son esprit de financier si clair et si sec. Et sa pensée retourna aux Prés-du-Château, une affreuse tristesse lui noya le cœur, devant cette évocation dernière de tant de misère et de tant de souffrance. Il revoyait de nouveau la saleté immonde où tant de créatures se gâtaient, cette abominable injustice sociale qui condamne le plus grand nombre à une existence de bêtes maudites, sans joie, sans pain. Et, comme ses regards remontaient encore vers les fenêtres du Vatican, il songea, en croyant voir se lever une main pâle, derrière les vitres, à cette bénédiction papale que Léon XIII donnait de si haut, par-dessus Rome, par-dessus la Campagne et les monts, aux fidèles de la chrétienté entière. Et cette bénédiction lui apparut tout d'un coup dérisoire et impuissante, puisque depuis tant de siècles elle n'avait pu supprimer une seule des douleurs de l'humanité, puisqu'elle n'arrivait même pas à faire un peu de justice pour les misérables qui agonisaient là, en bas, sous la fenêtre.

IX

Ce soir-là, au crépuscule, comme Benedetta avait fait dire à Pierre qu'elle désirait lui parler, il descendit et la trouva dans le salon, en compagnie de Celia, causant toutes deux sous le jour finissant.

« Tu sais que je l'ai vue, votre Pierina, s'écriait la jeune fille, justement comme il entrait. Oui, oui, et avec Dario encore ; ou plutôt elle devait le guetter, il l'a aperçue qui l'attendait, dans une allée du Pincio, et il lui a souri. J'ai compris tout de suite... Oh ! quelle beauté ! »

Benedetta s'égaya doucement de son enthousiasme. Mais un pli un peu douloureux attristait sa bouche ; car, bien que très raisonnable, elle finissait par souffrir de cette passion, qu'elle sentait si naïve et si forte. Que Dario s'amusât, elle le comprenait, puisqu'elle se refusait à lui, qu'il était jeune et qu'il n'était pas dans les ordres. Seulement, cette misérable fille l'aimait trop, et elle craignait qu'il ne s'oubliât, la fleur de beauté excusant tout. Aussi avoua-t-elle le secret de son cœur, en détournant la conversation.

« Asseyez-vous, monsieur l'abbé... Vous voyez, nous sommes en train de médire. Mon pauvre Dario est accusé de mettre à mal toutes les beautés de Rome... Ainsi, on raconte qu'il faut voir en lui l'heureux homme qui offre les bouquets de roses dont la Tonietta promène la blancheur au Corso, depuis quinze jours. »

Celia aussitôt se passionna.

« Mais c'est certain, ma chère ! D'abord, on a douté, on a nommé le petit Pontecorvo et Moretti, le lieutenant. Et les histoires marchaient, tu penses... Aujourd'hui, tout le monde sait que le coup de cœur de la Tonietta est Dario en personne. D'ailleurs, il est allé la voir dans sa loge, au Costanzi. »

Et Pierre, en les entendant causer, se souvint de cette Tonietta, que le jeune prince lui avait montrée, au Pincio, une des rares demi-mondaines dont la belle société de Rome se préoccupait. Et il se rappela aussi la galante particularité qui rendait celle-ci célèbre, le caprice désintéressé qui la prenait parfois pour un amant de passage, dont elle s'obstinait dès lors à n'accepter chaque matin qu'un bouquet de roses blanches ; de sorte que, lorsqu'elle apparaissait, au Corso, pendant des semaines souvent, avec ces roses pures, c'était parmi les dames de la bonne compagnie tout un émoi, toute une ardente curiosité, en quête du nom de l'homme élu et adoré. Depuis la mort du vieux marquis Manfredi, qui lui avait laissé son petit palais de la rue des Mille, la Tonietta était réputée pour la correction de sa voiture, l'élégante simplicité de sa toilette, que déparaient seuls ses chapeaux un peu extravagants. Il y avait près d'un mois que le riche Anglais qui l'entretenait était en voyage.

« Elle est très bien, elle est très bien, répéta Celia avec conviction, de son air candide de vierge qui ne s'intéressait qu'aux choses de l'amour. Et jolie, avec ses grands yeux doux, oh ! pas belle comme la Pierina, non ! cela est impossible ; mais jolie à voir, une vraie caresse pour le regard ! »

D'un geste involontaire, Benedetta sembla écarter la Pierina de nouveau ; et, quant à la Tonietta, elle l'acceptait, elle savait bien qu'elle était une simple distraction, la caresse d'un moment, ainsi que le disait son amie.

« Ah ! reprit-elle en souriant, mon pauvre Dario qui se ruine en roses blanches ! Il faudra que je le plaisante un peu... Elles finiront par me le voler, elles ne me le laisseront pas, pour peu que notre affaire tarde à s'arranger... Heureusement, j'ai de meilleures nouvelles. Oui, l'affaire va être reprise, et ma tante est sortie justement pour ça. »

Et, comme Celia se levait, au moment où Victorine apportait une lampe, Benedetta se tourna vers Pierre, qui se mettait également debout.

« Restez, il faut que je vous parle. »

Mais Celia s'attarda encore, se passionnant maintenant pour le divorce de son amie, voulant savoir où en étaient les choses et si le mariage des deux amants aurait bientôt lieu. Et elle l'embrassa éperdument.

« Alors, tu as de l'espoir désormais, tu crois que le Saint-Père te rendra ta liberté ? Oh ! ma chérie, que je suis heureuse pour toi, comme ce sera gentil quand tu seras avec Dario !... Moi, ma chérie, je suis de mon côté très contente, parce que je vois bien que mon père et ma mère se lassent de mon entêtement. Hier encore, je leur ai dit, tu sais, de mon petit air tranquille : "Je veux Attilio, et vous me le donnerez." Alors, mon père a eu une colère épouvantable, m'accablant d'injures, me menaçant du poing, criant que, s'il m'avait fait la tête aussi dure que la sienne, il la briserait. Et, tout d'un coup, il s'est tourné furieusement vers ma mère, silencieuse et ennuyée, en disant : "Eh ! donnez-le-lui donc, son Attilio, pour qu'elle nous fiche la paix..." Oh ! ce que je suis contente, ce que je suis contente ! »

Pierre et Benedetta ne purent s'empêcher de rire, tellement son visage de vierge, d'une pureté de lis, exprimait une joie innocente et céleste. Et elle partit enfin, en compagnie de la femme de chambre, qui l'attendait dans le premier salon.

Dès qu'ils furent seuls, Benedetta fit rasseoir le prêtre.

« Mon ami, c'est un conseil pressant qu'on m'a chargée de vous donner... Il paraît que le bruit de votre présence à Rome se répand et qu'on fait circuler sur vous les histoires les plus inquiétantes. Votre livre serait un appel ardent au schisme, vous-même ne seriez qu'un schismatique ambitieux et turbulent, qui, après avoir publié son œuvre à Paris, se serait empressé d'accourir à Rome pour la lancer, en déchaînant tout un affreux scandale autour d'elle... Si vous tenez toujours à voir Sa Sainteté pour plaider votre cause, on vous conseille donc de vous faire oublier, de disparaître complètement pendant deux à trois semaines. »

Pierre écoutait dans la stupeur. Mais on finirait par le rendre enragé ! Mais on la lui donnerait, l'idée du schisme, d'un scandale justicier et libérateur, en le promenant ainsi d'échec en échec, comme pour user sa patience ! Il voulut se récrier, protester. Puis, il eut un geste de lassitude. À quoi bon, devant cette jeune femme, qui, certainement, était sincère et affectueuse ?

« Qui vous a priée de me donner ce conseil ? »

Elle ne répondit pas, se contenta de sourire. Et il eut une brusque intuition.

« C'est monsignor Nani, n'est-ce pas ? »

Alors, sans vouloir répondre directement, elle se mit à faire un éloge ému du prélat. Cette fois, il consentait à la diriger dans l'interminable affaire de l'annulation de son mariage. Il en avait conféré longuement avec sa tante, donna Serafina, qui venait justement de se rendre au palais du Saint-Office, pour lui rendre compte de certaines premières démarches. Le père Lorenza, le confesseur de la tante et de la nièce, devait aussi se trouver à l'entrevue, car cette affaire du divorce était au fond son œuvre, il y avait toujours poussé les deux femmes, comme pour trancher le lien qu'avait noué, au milieu de si belles illusions, le curé patriote Pisoni. Et elle s'animait, disait les raisons de son espérance.

« Monsignor Nani peut tout, c'est ce qui me rend si heureuse, maintenant que mon affaire est entre ses mains... Mon ami, soyez raisonnable vous aussi, ne vous révoltez pas, abandonnez-vous. Je vous assure que vous vous en trouverez bien un jour. »

La tête basse, Pierre réfléchissait. Rome l'avait enveloppé, il y satisfaisait à chaque heure des curiosités plus vives, et la pensée d'y rester deux à trois semaines encore n'avait rien pour lui déplaire. Sans doute il sentait, dans ces continuels retards, un émiettement possible de sa volonté, une usure d'où il sortirait diminuer, découragé, inutile. Mais que craignait-il, puisqu'il se jurait toujours de ne rien abandonner de son livre, de ne voir le Saint-Père que pour affirmer plus hautement sa foi nouvelle ? Il refit tout bas ce serment, puis il céda. Et, comme il s'excusait d'être un embarras au palais :

« Non, s'écria Benedetta, je suis si ravie de vous voir ! Je vous garde, je m'imagine que votre présence ici va nous porter bonheur à tous, maintenant que la chance semble tourner. »

Ensuite, il fut convenu qu'il n'irait plus rôder autour de Saint-Pierre ni du Vatican, où la vue continuelle de sa soutane devait avoir éveillé l'attention. Il promit même de rester huit jours sans presque sortir du palais, désireux de relire certains livres, certaines pages d'histoire, à Rome même. Et il causa encore un instant, heureux du grand calme qui régnait dans le salon, depuis que la lampe l'éclairait d'une clarté dormante. Six heures venaient de sonner, la nuit était noire dans la rue.

« Son Éminence n'a-t-elle pas été souffrante aujourd'hui ? demanda-t-il.

– Mais oui, répondit la contessina. Oh ! un peu de fatigue seulement, nous ne sommes pas inquiets... Mon oncle m'a fait prévenir par don Vigilio qu'il s'enfermait dans sa chambre et qu'il le gardait, pour lui dicter des lettres... Vous voyez que ce ne sera rien. »

Le silence retomba, aucun bruit ne montait de la rue déserte ni du vieux palais vide, muet et songeur comme une tombe. Et, à ce moment, dans ce salon si mollement endormi, plein désormais de la douceur d'un rêve d'espoir, il y eut une entrée en tempête, un tourbillon de jupes, une haleine entrecoupée d'épouvante. C'était Victorine, qui, disparue depuis qu'elle avait apporté la lampe, revenait essoufflée, effarée.

« Contessina, contessina... »

Benedetta s'était levée, toute blanche, toute froide soudainement, comme à l'entrée d'un vent de malheur.

« Quoi ? Quoi ?... Qu'as-tu à courir et à trembler ?

– Dario, M. Dario, en bas... J'étais descendue pour voir si l'on avait allumé la lanterne du porche, parce qu'on l'oublie souvent... Et là, sous le porche, dans l'ombre, j'ai buté contre M. Dario... Il est par terre, il a un coup de couteau quelque part. »

Un cri jaillit du cœur de l'amoureuse :

« Mort !

– Non, non, blessé. »

Mais elle n'entendait pas, elle continuait à crier d'une voix qui montait :

« Mort ! Mort !

– Non, non, il m'a parlé... Et, de grâce, taisez-vous ! Il m'a fait taire, moi, parce qu'il ne veut pas qu'on sache ; il m'a dit de venir vous chercher, vous, vous seule ; et, tant pis ! puisque M. l'abbé est là, il va descendre nous aider. Ce ne sera pas de trop. »

Pierre l'écoutait, éperdu lui aussi. Et, lorsqu'elle voulut prendre la lampe, sa main droite qui tremblait apparut tachée de sang, ayant sans doute tâté le corps, par terre. Cette vue fut si horrible pour Benedetta, qu'elle se remit à gémir follement.

« Taisez-vous donc ! Taisez-vous donc !... Descendons sans faire de bruit. Je prends la lampe, parce que tout de même il faut voir clair... Vite, vite ! »

En bas, en travers du porche, devant l'entrée du vestibule, Dario gisait sur le dallage, comme si, frappé dans la rue, il n'avait eu que la force de faire quelques pas pour tomber là. Et il venait de s'évanouir, très pâle, les lèvres pincées, les yeux clos. Benedetta, qui retrouvait l'énergie de sa race, dans l'excès de sa douleur, ne se lamentait plus, ne criait plus, le regardait de ses grands yeux secs, élargis et fous, sans comprendre. L'horrible, c'était le coup de foudre de la catastrophe, l'imprévu, l'inexpliqué, le pourquoi et le comment de ce meurtre, au milieu du silence noir du vieux palais désert, envahi par la nuit. La blessure devait saigner très peu, les vêtements seuls étaient souillés.

« Vite, vite ! répéta Victorine à demi-voix, après avoir baissé et promené la lampe pour se rendre compte. Le portier n'est pas là, il est toujours chez le menuisier d'à côté, à rire avec la femme, et vous voyez qu'il n'a pas encore allumé la lanterne ; mais il peut rentrer... M. l'abbé et moi, nous allons vite monter le prince dans sa chambre. »

Elle seule avait maintenant toute sa tête, en femme de bel équilibre et de tranquille activité. Les deux autres, dans leur stupeur persistante, l'écoutaient sans trouver un mot, lui obéissaient avec une docilité d'enfant.

« Contessina, il va falloir que vous nous éclairiez. Tenez, prenez la lampe et baissez-la un peu, pour qu'on voie les marches... Vous, monsieur l'abbé, chargez-vous des pieds. Moi, je vais le prendre sous les bras. Et n'ayez pas peur, le pauvre cher mignon n'est pas si lourd ! »

Ah ! cette montée, par l'escalier monumental, aux marches basses, aux paliers larges comme des salles d'armes ! Cela facilitait le cruel transport, mais quel lugubre cortège, sous la faible clarté vacillante de la lampe, que Benedetta tenait d'un bras tendu et raidi par la volonté ! Et pas un bruit, pas un souffle, dans la vieille demeure morte, où l'on n'entendait que l'émiettement des murs, le petit travail de ruine qui achevait de faire craquer les plafonds. Victorine continuait à chuchoter des recommandations, tandis que Pierre, de peur de glisser au bord des pierres luisantes, déployait une force exagérée, qui l'essoufflait. De grandes ombres folles dansaient le long des piliers, des vastes murailles nues, jusqu'à la haute voûte, décorée de caissons. Il fallut faire une halte, tant l'étage paraissait interminable. Puis, la lente marche fut reprise.

Heureusement, l'appartement de Dario, composé de trois pièces, une chambre, un cabinet de toilette et un salon, se trouvait au premier, à la suite de celui du cardinal, dans l'aile qui donnait sur le Tibre. Ils n'avaient plus qu'à suivre la galerie en étouffant le bruit de leurs pas ; et, enfin, ils eurent le soulagement de coucher le blessé sur son lit.

Victorine en eut un léger rire de satisfaction.

« C'est fait !... Débarrassez-vous donc de la lampe, contessina. Tenez ! ici, sur cette table... Et je vous réponds bien que personne ne nous a entendus ; d'autant plus que c'est une vraie chance que donna Serafina soit sortie et que Son Éminence ait gardé don Vigilio avec elle, les portes closes... J'avais enveloppé les épaules dans ma jupe, pas une goutte de sang n'a dû tomber ; et, tout à l'heure, je donnerai moi-même un coup d'éponge, en bas. »

Elle s'interrompit, alla regarder Dario, puis vivement :

« Il respire… Alors, je vous laisse là tous les deux pour le garder, et moi je cours chercher le bon docteur Giordano, qui vous a vue naître, contessina, et qui est un homme sûr. »

Quand ils furent seuls, en face du blessé évanoui, dans cette chambre à demi obscure, où semblait frissonner maintenant tout l'affreux cauchemar qui était en eux, Benedetta et Pierre restèrent aux deux côtés du lit, sans trouver encore un mot à se dire. Elle avait ouvert les bras, s'était tordu les mains, avec un gémissement sourd, dans un besoin de détendre et d'exhaler sa douleur. Puis, se penchant, elle guetta la vie sur ce visage pâle, aux yeux fermés. Il respirait en effet, mais d'une respiration très lente, à peine sensible. Une faible rougeur pourtant montait à ses joues, et il finit par ouvrir les yeux.

Tout de suite, elle lui avait pris la main, la lui avait serrée, comme pour y mettre l'angoisse de son cœur ; et elle fut si heureuse de sentir qu'il lui rendait faiblement son étreinte.

« Dis ? tu me vois, tu m'entends… Qu'est-il arrivé, mon Dieu ? »

Mais lui, sans répondre, s'inquiétait de la présence de Pierre. Quand il l'eut reconnu, il parut l'accepter, cherchant du regard, avec crainte, si personne autre n'était dans la chambre. Et il finit par murmurer :

« Personne n'a vu, personne ne sait ?…

– Non, non, tranquillise-toi. Nous avons pu te monter avec Victorine, sans rencontrer âme qui vive. Ma tante est sortie, mon oncle est enfermé chez lui. »

Alors, il sembla soulagé, il eut un sourire.

« Je veux que personne ne sache, c'est si bête !

– Qu'est-il donc arrivé, mon Dieu ? demanda-t-elle de nouveau.

– Ah ! je ne sais pas, je ne sais pas… »

Il abaissait les paupières, d'un air de fatigue, tâchant d'échapper à la question. Puis, il dut comprendre qu'il ferait mieux de dire tout de suite une partie de la vérité.

« Un homme qui s'était caché dans l'ombre du porche, au crépuscule, et qui devait m'attendre… Sans doute, alors, quand je suis rentré, il m'a planté son couteau, là, dans l'épaule. »

Frémissante, elle se pencha encore, le regarda au fond des yeux, en demandant :

« Mais qui donc, qui donc, cet homme ? »

Et, comme il bégayait, d'une voix de plus en plus lasse, qu'il ne savait pas, que l'homme avait fui dans les ténèbres, sans qu'il pût le reconnaître, elle eut un cri terrible.

« C'est Prada, c'est Prada, dis-le, puisque je le sais ! »

Elle délirait.

« Je le sais, entends-tu ! Je n'ai pas été à lui, il ne veut pas que nous soyons l'un à l'autre, et il te tuera plutôt, le jour où je serai libre de me donner à toi. Je le connais bien, jamais je ne serai heureuse… C'est Prada, c'est Prada ! »

Mais une brusque énergie avait soulevé le blessé, et il protestait loyalement.

« Non, non ! ce n'est pas Prada, et ce n'est pas un homme travaillant pour lui… Ça, je te le jure. Je n'ai pas reconnu l'homme, mais ce n'est pas Prada, non, non ! »

Dario avait un tel accent de vérité, que Benedetta dut être convaincue. D'ailleurs, elle fut reprise d'épouvante, elle sentit la main qu'elle tenait mollir dans la sienne, redevenir moite et inerte, comme si elle se glaçait. Épuisé par l'effort qu'il venait de faire, il était retombé, la face de nouveau toute blanche, les yeux clos, évanoui. Et il semblait mourir.

Éperdue, elle le toucha de ses mains tâtonnantes.

« Monsieur l'abbé, voyez donc, voyez donc... Mais il se meurt ! mais il se meurt ! le voici déjà tout froid... Ah ! grand Dieu, il se meurt ! »

Pierre, qu'elle bouleversait avec ses cris, s'efforça de la rassurer.

« Il a trop parlé, il a perdu connaissance, comme tout à l'heure... Je vous assure que je sens son cœur battre. Tenez ! mettez votre main... De grâce, ne vous affolez pas, le médecin va venir, tout ira très bien. »

Et elle ne l'écoutait pas, et il assista alors à une scène extraordinaire qui l'emplit de surprise. Brusquement, elle s'était jetée sur le corps de l'homme adoré, elle le serrait d'une étreinte frénétique, elle le baignait de larmes, elle le couvrait de baisers, en balbutiant des paroles de flamme.

« Ah ! si je te perdais, si je te perdais... Et je ne me suis pas donnée à toi, j'ai eu cette bêtise de me refuser, lorsqu'il était temps encore de connaître le bonheur... Oui, une idée pour la Madone, une idée que la virginité lui plaît et qu'on doit se garder vierge à son mari, si l'on veut qu'elle bénisse le mariage... Qu'est-ce que ça pouvait lui faire que nous fussions heureux tout de suite ? Et puis, et puis, vois-tu, si elle m'avait trompé, si elle te prenait avant que nous eussions dormi aux bras l'un de l'autre, eh bien ! je n'aurais plus qu'un regret, celui de ne m'être pas damnée avec toi, oui, oui ! la damnation plutôt que de ne pas nous être possédés de tout notre sang, de toutes nos lèvres ! »

Était-ce donc la femme si calme, si raisonnable, qui patientait, pour mieux organiser son existence ? Pierre, terrifié, ne la reconnaissait plus. Jusque-là, il l'avait vue d'une telle réserve, d'une pudeur si naturelle, dont le charme presque enfantin semblait venir de sa nature elle-même ! Sans doute, sous le coup de la menace et de la peur, le terrible sang des Boccanera venait de se réveiller en elle, tout un atavisme de violence, d'orgueil, de furieux appétits, exaspérés et déchaînés. Elle voulait sa part de vie, sa part d'amour. Et elle grondait, elle clamait, comme si la mort, en lui prenant son amant, lui arrachait de sa propre chair.

« Je vous en supplie, madame, répétait le prêtre, calmez-vous... Il vit, son cœur bat... Vous vous faites un mal affreux. »

Mais elle voulait mourir avec lui.

« Oh ! mon chéri, si tu t'en vas, emporte-moi, emporte-moi... Je me coucherai sur ton cœur, je te serrerai si fort entre mes deux bras, qu'ils entreront dans les tiens, et qu'il faudra bien qu'on nous enterre ensemble... Oui, oui, nous serons morts et nous serons mariés tout de même. Je t'ai promis de n'être qu'à toi, je serai à toi malgré tout, dans la terre s'il le faut... Oh ! mon chéri, ouvre les yeux, ouvre la bouche, baise-moi, si tu ne veux que je meure à mon tour, quand tu seras mort ! »

Dans la chambre morne, aux vieux murs assoupis, toute une flambée de passion sauvage, de feu et de sang, avait passé. Mais les larmes gagnèrent Benedetta, de gros sanglots la brisèrent, la jetèrent au bord du lit, aveuglée, sans force. Et, heureusement, mettant fin à la farouche scène, le médecin parut, amené par Victorine.

Le docteur Giordano, qui avait dépassé la soixantaine, était un petit vieillard à boucles blanches, rasé et frais de teint, dont toute la personne paterne avait pris une allure d'aimable prélat, au milieu de sa clientèle d'Église. Et il était excellent homme, disait-on, soignait les pauvres pour rien, se montrait surtout d'une réserve et d'une discrétion ecclésiastiques, dans les cas délicats. Depuis trente ans, tous les Boccanera, les enfants, les femmes, et jusqu'à l'éminentissime cardinal lui-même, ne passaient que par ses mains prudentes.

Doucement, éclairé par Victorine, aidé par Pierre, il déshabilla Dario que la douleur tira de son évanouissement, examina la blessure, la déclara tout de suite sans danger, de son air souriant. Ce ne serait rien, trois semaines de lit au plus, et aucune complication à craindre. Et, comme tous les médecins de Rome, en amoureux des beaux coups de couteau qu'il avait journellement à soigner, parmi ses clients de hasard du bas peuple, il s'attardait avec complaisance à la plaie, l'admirait en connaisseur, trouvait sans doute que c'était là de la besogne bien faite. Il finit par dire au prince, à demi-voix :

« Nous appelons ça un avertissement... L'homme n'a pas voulu tuer, le coup a été porté de haut en bas, de façon à glisser dans les chairs, sans même intéresser l'os... Ah ! il faut être adroit, c'est joliment planté.

– Oui, oui, murmura Dario, il m'a épargné, il m'aurait troué de part en part. »

Benedetta n'entendait point. Depuis que le médecin avait déclaré le cas sans gravité aucune, en expliquant que la faiblesse et l'évanouissement ne venaient que de la violente secousse nerveuse, elle était tombée sur une chaise, dans un état de prostration absolue. C'était la détente de la femme, après l'affreuse crise de désespoir. Des larmes douces, lentes, se mirent à couler de ses yeux, et elle se releva, elle vint embrasser Dario avec une effusion de joie passionnée et muette.

« Dites donc, mon bon docteur, reprit celui-ci, il est inutile qu'on sache. C'est si ridicule, cette histoire... Personne n'a rien vu, paraît-il, excepté M. l'abbé, à qui je demande le secret... Et, n'est-ce pas ? qu'on n'aille pas surtout inquiéter le cardinal, ni même ma tante, enfin aucun des amis de la maison. »

Le docteur Giordano eut un de ses tranquilles sourires.

« Bien, bien ! c'est naturel, ne vous tourmentez pas... Pour tout le monde, vous êtes tombé dans l'escalier et vous vous êtes démis l'épaule... Et, maintenant que vous voilà pansé, tâchez de dormir sans trop de fièvre. Je reviendrai demain matin. »

Alors, des jours de grand calme s'écoulèrent lentement, une vie nouvelle s'organisa pour Pierre. Il resta les premières journées sans même sortir du vieux palais ensommeillé, lisant, écrivant, n'ayant chaque après-midi, jusqu'au crépuscule, que la distraction d'aller s'asseoir dans la chambre de Dario, où il était certain de trouver Benedetta. Après quarante-huit heures d'une fièvre assez intense, la guérison avait pris son train accoutumé ; et les choses marchaient pour le mieux, l'histoire de l'épaule démise était acceptée par tout le monde, à ce point que le cardinal exigea de la stricte économie de donna Serafina qu'une seconde lanterne fût allumée sur le palier, pour qu'un tel accident ne se renouvelât plus. Dans cette paix monotone qui se refaisait, il n'y eut qu'une secousse dernière, une menace de trouble plutôt, à laquelle Pierre fut mêlé, un soir qu'il s'attardait près du convalescent.

Comme Benedetta s'était absentée quelques minutes, Victorine, qui avait monté un bouillon, se pencha en reprenant la tasse, pour dire très bas au prince :

« Monsieur, c'est une jeune fille, vous savez, la Pierina, qui vient tous les jours en pleurant demander de vos nouvelles... Je ne puis la renvoyer, elle rôde, et j'aime mieux vous prévenir. »

Malgré lui, Pierre avait entendu ; et il eut une brusque certitude, il comprit tout d'un coup. Dario, qui le regardait, vit bien ce qu'il pensait. Aussi, sans répondre à Victorine :

« Eh ! oui, l'abbé, c'est cette brute de Tito... Je vous demande un peu ! est-ce assez bête ? »

Mais, bien qu'il se défendît d'avoir rien fait, pour que le frère lui donnât l'avertissement de ne pas toucher à sa sœur, il souriait d'un air d'embarras, très ennuyé, un peu honteux même d'une pareille histoire. Et il fut évidemment soulagé, lorsque le prêtre promit de voir la jeune fille, si elle revenait, et de lui faire comprendre qu'elle devait rester chez elle.

« Une aventure stupide, stupide ! répétait le prince en exagérant sa colère, comme pour se railler lui-même. Vraiment, c'est d'un autre siècle. »

Brusquement, il se tut. Benedetta rentrait. Elle revint s'asseoir près de son cher malade. Et la douce veillée continua, dans la vieille chambre assoupie, dans le vieux palais mort, d'où ne montait pas un souffle.

Pierre, quand il sortit de nouveau, ne se hasarda d'abord que dans le quartier, pour prendre l'air un instant. Cette rue Giulia l'intéressait, il savait son ancienne splendeur, au temps de Jules II, qui la rectifia et la rêva bordée de palais splendides. Pendant le carnaval, des courses y avaient lieu : on partait à pied ou à cheval du palais Farnèse, pour aller jusqu'à la place Saint-Pierre. Et il venait de lire que l'ambassadeur du roi de France, d'Estrée, marquis de Couré, qui habitait le palais Sacchetti, y avait fêté magnifiquement, en 1630, la naissance du Dauphin, en y donnant trois grandes courses, du pont Sisto à Saint-Jean-des-Florentins, avec un déploiement de luxe extraordinaire, la rue jonchée de fleurs, toutes les fenêtres pavoisées des plus riches tentures. Le second soir, une machine de feux d'artifice fut tirée sur le Tibre, représentant la nef Argo qui emportait Jason à la conquête de la Toison d'or. Une autre fois, la fontaine des Farnèse, le Mascherone, coula du vin. Combien ces temps étaient lointains et changés, et aujourd'hui quelle rue de solitude et de silence, dans la grandeur triste de son abandon, large et toute droite, ensoleillée ou ténébreuse, au milieu du quartier désert ! Dès neuf heures, le plein soleil l'enfilait, blanchissait le petit pavé de la chaussée, plate et sans trottoir ; tandis que, sur les deux côtés qui passaient alternativement de la vive lumière à l'ombre épaisse, les palais anciens, les lourdes et vieilles maisons dormaient, des portes antiques bardées de plaques et de clous, des fenêtres barrées par d'énormes grilles de fer, des étages entiers aux volets clos, comme cloués pour ne plus laisser entrer la clarté du jour. Quand les portes restaient ouvertes, on apercevait des voûtes profondes, des cours intérieures, humides et froides, tachées de verdures sombres, et que, pareils à des cloîtres, des portiques entouraient. Puis, dans les dépendances, dans les constructions basses qui avaient fini par se grouper là, surtout du côté des ruelles dévalant au bord du Tibre, des petites industries silencieuses s'étaient installées, un boulanger, un tailleur, un relieur, des commerces obscurs, des fruiteries avec quatre tomates et quatre salades sur une planche, des débits de vin, qui affichaient les crus de Frascati et de Genzano, et où les buveurs semblaient morts. Vers le milieu de la rue, la prison qui s'y trouve actuellement, avec son abominable mur jaune, n'était point faite pour l'égayer. Toute une volée de fils télégraphiques suivait de bout en bout ce long couloir de tombe, aux rares passants, où s'émiettait la poussière du passé, de l'arcade du palais Farnèse à l'échappée lointaine, au-delà du fleuve, sur les arbres de l'hôpital du Saint-Esprit. Mais surtout, le soir, dès la nuit faite, Pierre était saisi par la désolation, la sorte d'horreur sacrée que la rue prenait. Pas une âme, l'anéantissement absolu. Pas une lumière aux fenêtres, rien que la double file des becs de gaz, très espacés, des lueurs affaiblies de veilleuse, mangées par les ténèbres. Les portes verrouillées, barricadées, d'où pas un bruit, pas un souffle ne sortait. Seulement, de loin en loin, un débit de vin éclairé, des vitres dépolies derrière lesquelles brûlait une lampe dans une immobilité complète, sans un éclat de voix, sans un rire. Et il n'y avait de vivantes que les deux sentinelles de la prison, l'une devant la porte, l'autre au coin de la ruelle de droite, toutes les deux debout et figées, dans la rue morte.

D'ailleurs, le quartier entier le passionnait, cet ancien beau quartier tombé à l'oubli, si écarté de la vie moderne, n'exhalant désormais qu'une odeur de renfermé, la fade et discrète odeur ecclésiastique. Du côté de Saint-Jean-des-Florentins, à l'endroit où le nouveau cours Victor-Emmanuel est venu tout éventrer, l'opposition était violente, entre les hautes maisons à cinq étages, sculptées, éclatantes, à peine finies, et les noires demeures, affaissées et borgnes, des ruelles voisines. Le soir, des globes électriques étincelaient, d'une blancheur éblouissante ; tandis que les quelques becs de gaz de la rue Giulia et des autres rues n'étaient plus que des lampions fumeux. C'étaient d'anciennes voies célèbres, la rue des Banchi Vecchi, la rue du Pellegrino, la rue de Monserrato, puis une infinité de traverses qui les coupaient, qui les reliaient, allant toutes vers le Tibre, si étroites, que les voitures y passaient difficilement. Et chacune avait son église, une multitude d'églises presque semblables, très décorées, très dorées et peintes, ouvertes seulement aux heures des offices, pleines alors de soleil et d'encens. Rue Giulia, outre Saint-Jean-des-Florentins, outre San Biagio della Pagnotta, outre Sant' Eligio degli Orefici, se trouvait dans le bas, derrière le palais Farnèse, l'église des Morts, où il aimait entrer pour y rêver à cette sauvage Rome, aux pénitents qui desservaient cette église et dont la mission était d'aller ramasser, dans la Campagne, les cadavres abandonnés qu'on leur signalait. Un soir, il y assista au service de deux corps inconnus, depuis quinze jours sans sépulture, qu'on avait découverts dans un champ, à droite de la voie Appienne.

Mais la promenade préférée de Pierre devint bientôt le nouveau quai du Tibre, devant l'autre façade du palais Boccanera. Il n'avait qu'à descendre le *vicolo*, l'étroite ruelle, et il débouchait dans un lieu de solitude, où les choses l'emplissaient d'infinies pensées. Le quai n'était pas achevé, les travaux semblaient même abandonnés complètement, c'était tout un chantier immense, encombré de gravats, de pierres de taille, coupé de palissades à demi rompues et de baraques à outils dont les toits s'effondraient. Sans cesse le lit du fleuve s'est exhaussé, tandis que les fouilles continuelles ont abaissé le sol de la ville, aux deux bords. Aussi était-ce pour la mettre à l'abri des inondations qu'on venait d'emprisonner les eaux dans ces gigantesques murs de forteresse. Et il avait fallu surélever les anciennes berges à un tel point, que, sous l'abri de son portique, la terrasse du petit jardin des Boccanera, avec son double escalier où l'on amarrait autrefois les bateaux de plaisance, se trouvait en contrebas, menacée d'être ensevelie et de disparaître, quand on achèverait les travaux de voirie. Rien encore n'était nivelé, les terres rapportées restaient là telles que les tombereaux les déchargeaient, il n'y avait partout que des fondrières, des éboulements, au milieu des matériaux laissés à l'abandon. Seuls, des enfants misérables venaient jouer parmi ces décombres où le palais s'enfonçait, des ouvriers sans travail dormaient lourdement au grand soleil, des femmes étendaient leur pauvre lessive sur les tas de cailloux. Et, cependant, c'était pour Pierre un asile heureux, de paix certaine, inépuisable en songeries, lorsqu'il s'y oubliait pendant des heures, à regarder le fleuve, et les quais, et la ville, en face, aux deux bouts.

Dès huit heures, le soleil dorait la vaste trouée de sa lumière blonde. Quand il regardait là-bas, vers la gauche, il apercevait les toits lointains du Transtévère, qui se découpaient, d'un gris-bleu noyé de brume, sur le ciel éclatant. Vers la droite, le fleuve faisait un coude au-delà de l'abside ronde de Saint-Jean-des-Florentins, les peupliers de l'hôpital du Saint-Esprit drapaient sur l'autre rive leur verdoyant rideau, laissant voir, à l'horizon, le profil clair du château Saint-Ange. Mais, surtout, il ne pouvait détacher les yeux de la berge d'en face, car un morceau de la très vieille Rome y était demeuré intact. Du pont Sisto au pont Saint-Ange, en effet, se trouvait, sur la rive droite, la partie des quais laissée en suspens, dont la construction devait achever, plus tard, de murer le fleuve entre les deux colossales murailles de forteresse, hautes et blanches. Et c'était en vérité une surprise et un charme que cette extraordinaire évocation des anciens âges, cette berge chargée de tout un lambeau de la vieille ville des papes. Sur la rue de la Lungara, les façades uniformes avaient dû être rebadigeonnées ; mais, ici, les derrières des maisons, qui descendaient jusque dans l'eau, restaient lézardés, roussis, éclaboussés de rouille, patinés par les étés brûlants, comme d'antiques bronzes. Et quel amas, quel entassement incroyable ! En bas, des voûtes noires où le fleuve entrait, des pilotis soutenant des murs, des pans de construction romaine plongeant à pic ; puis, des escaliers raides, disloqués, verdis, qui montaient de la grève, des terrasses qui se superposaient, des étages qui alignaient leurs petites fenêtres irrégulières, percées au hasard, des maisons qui se dressaient par-dessus d'autres maisons ; et cela pêle-mêle, avec une extravagante fantaisie de balcons, de galeries de bois, de ponts jetés au travers des cours, de bouquets d'arbres qu'on aurait dits poussés sur les toits, de mansardes ajoutées, plantées au milieu des tuiles roses. Un égout, en face, tombait d'une gorge de pierre, usée et souillée, à gros bruit. Partout où la berge apparaissait, dans le retrait des maisons, elle était couverte d'une végétation folle, des herbes, des arbustes, des manteaux de lierre traînant à plis royaux. Et la misère, la saleté disparaissaient sous la gloire du soleil, les vieilles façades tassées, déjetées, devenaient en or, des lessives entières qui séchaient aux fenêtres les pavoisaient de la pourpre des jupons rouges et de la neige aveuglante des linges. Tandis que, plus haut encore, au-dessus du quartier, le Janicule s'élevait dans l'éblouissement de l'astre, avec le fin profil de Saint-Onuphre, parmi les cyprès et les pins.

Souvent, Pierre venait s'accouder sur le parapet de l'énorme mur du quai, et il restait là longtemps, le cœur gonflé, plein de la tristesse des siècles morts, à regarder couler le Tibre. Rien n'aurait pu dire la grande lassitude de ces vieilles eaux, leur morne lenteur, au fond de cette tranchée babylonienne où elles étaient enfermées, des murailles démesurées de prison, droites, lisses, nues, toutes blafardes encore, dans leur laideur neuve. Au soleil, le fleuve jaune se dorait, se moirait de vert et de bleu, sous le petit frisson de son courant. Mais, dès qu'il était gagné par l'ombre, il apparaissait opaque, couleur de boue, d'une vieillesse si épaisse et si lourde, que les maisons d'en face ne s'y reflétaient même plus. Et quel abandon désolé, quel fleuve de silence et de solitude ! Si, après les pluies d'hiver, il roulait furieusement parfois son flot menaçant, il s'engourdissait pendant les longs mois de ciel pur, il traversait Rome sans une voix, d'une coulée sourde, comme désabusée de tout bruit inutile. On pouvait demeurer là, penché, durant la journée entière, sans voir passer une barque, une voile qui l'animât. Les quelques bateaux, les deux ou trois petits vapeurs venus du littoral, les tartanes qui amenaient les vins de Sicile, s'arrêtaient tous au pied de l'Aventin. Au-delà, il n'y avait plus que désert, des eaux mortes, dans lesquelles, de loin en loin, un pêcheur immobile laissait pendre sa ligne. Pierre ne voyait toujours, un peu à sa droite, au pied de l'ancienne berge, qu'une sorte d'antique péniche couverte, une arche de Noé à demi pourrie, peut-être un bateau-lavoir, mais où jamais il n'apercevait une âme ; et il y avait encore, sur une langue de boue, un canot échoué, le flanc crevé, lamentable dans son symbole de toute navigation impossible et abandonnée. Ah ! cette ruine de fleuve, aussi morte que les ruines fameuses dont elle était lasse de baigner la poussière, depuis tant de siècles ! Et quelle évocation, ces siècles d'histoire que les eaux jaunes avaient reflétés, tant de choses, tant d'hommes, dont elles avaient pris la fatigue et le dégoût, au point d'être devenues si lourdes, si muettes, si désertes, dans leur souhait de néant !

Ce fut là que Pierre, un matin, reconnut la Pierina, debout derrière une des baraques de bois qui avaient servi à serrer les outils. Elle allongeait la tête, elle regardait fixement, depuis des heures peut-être, la fenêtre de la chambre de Dario, au coin de la ruelle et du quai. Effrayée sans doute par la façon sévère dont Victorine l'avait reçue, elle ne s'était pas représentée au palais, pour avoir des nouvelles ; mais elle venait là, elle y passait les journées, ayant appris de quelque domestique où était la fenêtre, attendant sans se lasser une apparition, un signe de vie et de salut, dont l'espoir seul lui faisait battre le cœur. Le prêtre s'approcha, infiniment touché de la voir se dissimuler de la sorte, si humble, si tremblante d'adoration, dans sa royale beauté. Au lieu de la gronder, de la chasser, ainsi qu'il en avait la mission, il se montra très doux et très gai, lui parla des siens comme si rien ne s'était passé, s'arrangea de manière à prononcer le nom du prince, pour lui faire entendre qu'il serait sur pied avant quinze jours. D'abord, elle avait eu un sursaut, farouche, méfiante, prête à fuir. Puis, quand elle eut compris, des larmes jaillirent de ses yeux, et toute riante cependant, bienheureuse, elle lui envoya un baiser de la main, elle lui cria : « *Grazie, grazie* ! Merci, merci ! », en se sauvant à toutes jambes. Jamais il ne la revit.

Et ce fut aussi un matin que Pierre, comme il allait dire sa messe à Sainte-Brigitte, sur la place Farnèse, eut la surprise de rencontrer Benedetta sortant de cette église, de si bonne heure, une toute petite fiole d'huile à la main. Elle n'eut d'ailleurs aucun embarras, elle lui expliqua que, tous les deux ou trois jours, elle venait obtenir du bedeau quelques gouttes de l'huile qui alimentait la lampe brûlant devant une antique statue de bois de la Madone, en qui elle avait une absolue confiance. Elle avouait même qu'elle n'avait de confiance qu'en celle-là, car elle n'avait jamais rien obtenu, quand elle s'était adressée à d'autres, pourtant très réputées, des madones de marbre et même d'argent. Aussi une dévotion ardente, toute sa dévotion en réalité, brûlait-elle dans son cœur pour cette image sainte qui ne lui refusait rien. Et elle affirma très simplement, comme une chose naturelle, hors de discussion, que c'étaient ces quelques gouttes d'huile, dont elle frottait matin et soir la plaie de Dario, qui déterminaient une guérison si prompte, tout à fait miraculeuse. Pierre, saisi, désolé d'une religion si enfantine chez cette admirable créature de sagesse, de passion et de grâce, ne se permit pas un sourire.

Chaque soir, en rentrant de ses promenades, lorsqu'il venait passer une heure dans la chambre de Dario convalescent, Benedetta voulait qu'il racontât ses journées pour distraire le malade, et ce qu'il disait, ses étonnements, ses émotions, ses colères parfois, prenaient un charme triste, au milieu du grand calme étouffé de la pièce. Mais, surtout, quand il osa de nouveau sortir du quartier, quand il se prit de tendresse pour les jardins romains, où il allait dès l'ouverture des portes, afin d'être sûr de n'y rencontrer personne, il leur rapporta des sensations enthousiastes, tout un amour ravi des beaux arbres, des eaux jaillissantes, des terrasses élargies sur des horizons sublimes.

Ce ne furent point les plus vastes, parmi ces jardins, qui lui emplirent le cœur davantage. À la villa Borghèse, le petit bois de Boulogne de Rome, il y avait des futaies majestueuses, des allées royales, où les voitures venaient tourner l'après-midi, avant la promenade obligatoire du Corso ; et il fut plus touché par le jardin réservé devant la villa, cette villa d'un luxe de marbre éblouissant, où se trouve aujourd'hui le plus beau musée du monde : un simple tapis d'herbe fine, un vaste bassin central que domine la blancheur nue d'une Vénus, et des fragments d'antiques, des vases, des statues, des colonnes, des sarcophages, rangés symétriquement en carré, et rien autre que cette herbe déserte, ensoleillée et mélancolique. Au Pincio, où il retourna, il eut une matinée exquise, il comprit le charme de ce coin étroit, avec ses arbres rares toujours verts, avec sa vue admirable, toute Rome et Saint-Pierre au lointain, dans la clarté si tendre, si limpide, poudrée de soleil. À la villa Albani, à la villa Pamphili, il retrouva les superbes pins parasols, d'une grâce géante et fière, les chênes verts puissants, aux membres tordus, à la verdure noire. Dans la dernière surtout, les chênes noyaient les allées d'un demi-jour délicieux, le petit lac était plein de rêve avec ses saules pleureurs et ses touffes de roseaux, le parterre en contrebas déroulait une mosaïque d'un goût baroque, tout un dessin compliqué de rosaces et d'arabesques, que la diversité des fleurs et des feuilles colorait. Et, ce qui le frappa dans ce jardin, le plus noble, le plus vaste, le mieux soigné, ce fut, en longeant un petit mur, de revoir Saint-Pierre encore, sous un aspect nouveau et si imprévu, qu'il en emporta à jamais la symbolique image. Rome avait disparu complètement, il n'y avait plus là, entre les pentes du mont Mario et un autre coteau boisé qui cachait la ville, que le dôme colossal dont la masse semblait posée sur des blocs épars, blancs et roux. C'étaient les îlots des maisons du Borgo, les constructions entassées du Vatican et de la basilique, qu'il dominait, qu'il écrasait ainsi de sa coupole démesurée, d'un gris-bleu dans le bleu clair du ciel ; tandis que, derrière lui, au loin, fuyait une échappée bleuâtre de Campagne illimitée, très délicate.

Mais Pierre sentit davantage l'âme des choses dans des jardins moins somptueux, d'une grâce plus fermée. Ah ! la villa Mattei, sur la pente du Caelius, avec son jardin en terrasses, avec ses allées intimes qui descendent bordées d'aloès, de lauriers et de fusains géants, avec ses buis amers taillés en tonnelles, avec ses orangers, ses roses et ses fontaines ! Il y passa des heures adorables, il n'eut une égale impression de charme que sur l'Aventin, en visitant les trois églises, qui s'y noient parmi la verdure, à Sainte-Sabine surtout, le berceau des Dominicains, dont le petit jardin, clos de partout, sans vue aucune, dort dans une paix tiède et odorante, planté d'orangers, au milieu desquels l'oranger séculaire de saint Dominique, énorme et noueux, est encore chargé d'oranges mûres. Puis, à côté, au prieuré de Malte, le jardin au contraire s'ouvrait sur un horizon immense, à pic au-dessus du Tibre, enfilant le cours du fleuve, les façades et les toitures qui se serraient le long des deux rives, jusqu'au lointain sommet du Janicule. C'étaient toujours, d'ailleurs, dans ces jardins de Rome, les mêmes buis taillés, les eucalyptus au tronc blanc, aux feuilles pâles, longues comme des chevelures, les chênes verts trapus et sombres, les pins géants, les cyprès noirs, des marbres blanchis parmi des touffes de roses, des fontaines bruissantes sous des manteaux de lierre. Et il ne goûta une joie plus tendrement attristée qu'à la villa du pape Jules, dont le portique ouvert en hémicycle sur le jardin raconte la vie d'une époque aimable et sensuelle, avec sa décoration peinte, son treillage d'or chargé de fleurs, où passent des vols souriants de petits Amours. Le soir enfin où il revint de la villa Farnésine, il dit qu'il en rapportait toute l'âme morte de la vieille Rome ; et ce n'étaient pas les peintures exécutées d'après les cartons de Raphaël qui l'avaient touché, c'était plutôt la jolie salle du bord de l'eau, à la décoration bleu tendre, lilas tendre et rose tendre, d'un art sans génie, mais si charmant et si romain ; c'était surtout le jardin abandonné, qui descendait autrefois jusqu'au Tibre, et que le nouveau quai coupait maintenant, d'une désolation lamentable, ravagé, bossué, envahi d'herbes folles, tel qu'un cimetière, où pourtant mûrissaient toujours les fruits d'or des orangers et des citronniers.

Puis, une dernière fois, il eut une secousse au cœur, le beau soir où il visita la villa Médicis. Là, il était en terre française. Et quel merveilleux jardin encore, avec ses buis, ses pins, ses allées de magnificence et de charme ! Quel refuge de rêverie antique que le très vieux et très noir bois de chênes verts, où, dans le bronze luisant des feuilles, le soleil à son déclin jetait des lueurs braisillantes d'or rouge ! Il y faut monter par un escalier interminable, et de là-haut, du belvédère qui domine, on possède Rome entière d'un regard, comme si, en élargissant les bras, on allait la prendre toute. Du réfectoire de la villa, que décorent les portraits de tous les artistes pensionnaires qui s'y sont succédé, de la bibliothèque surtout, une grande salle au calme profond, on a la même vue admirable, la plus large et la plus conquérante, une vue d'ambition démesurée dont l'infini devrait mettre au cœur des jeunes gens, enfermés là, la volonté de posséder le monde. Lui, qui était venu hostile à l'institution du prix de Rome, à cette éducation traditionnelle et uniforme si dangereuse pour l'originalité, resta séduit un instant par cette paix tiède, cette solitude limpide du jardin, cet horizon sublime où semblaient battre les ailes du génie. Ah ! quelles délices, avoir vingt ans, vivre trois années dans cette douceur de rêve, au milieu des plus belles œuvres humaines, se dire qu'on est trop jeune pour produire encore, et se recueillir, et se chercher, apprendre à jouir, à souffrir, à aimer ! Mais, ensuite, il réfléchit que ce n'était point là une besogne de jeunesse, que pour goûter la divine jouissance d'une telle retraite d'art et de ciel bleu, il fallait certainement l'âge mûr, les victoires déjà gagnées, la lassitude commençante des œuvres accomplies. Il causa avec les pensionnaires, il remarqua que, si les jeunes âmes de songe et de contemplation, ainsi que la simple médiocrité, s'y accommodaient de cette vie cloîtrée dans l'art du passé, tout artiste de bataille, tout tempérament personnel s'y mourait d'impatience, les yeux tournés vers Paris, dévoré par la hâte d'être en pleine fournaise de production et de lutte.

Et tous ces jardins dont Pierre leur parlait, le soir, avec ravissement, éveillaient chez Benedetta et chez Dario le souvenir du jardin de la villa Montefiori, aujourd'hui saccagé, autrefois si verdoyant, planté des plus beaux orangers de Rome, tout un bois d'orangers centenaires, dans lequel ils avaient appris à s'aimer.

« Ah ! je me rappelle, disait la contessina, à l'époque des fleurs, c'était une bonne odeur à en mourir, tellement forte, tellement grisante, qu'une fois je suis restée dans l'herbe, sans pouvoir me relever... Te souviens-tu, Dario ? tu m'as prise dans tes bras, tu m'as portée près de la fontaine, où il faisait très bon et très frais. »

Elle était assise au bord du lit, comme à son ordinaire, et elle tenait dans sa main la main du convalescent, qui s'était mis à sourire.

« Oui, oui, je t'ai baisée sur les yeux, et tu les as rouverts enfin... Tu te montrais moins cruelle en ce temps-là, tu me laissais te baiser les yeux autant qu'il me plaisait... Mais nous étions des enfants, et si nous n'avions pas été des enfants, nous aurions été mari et femme tout de suite, dans ce grand jardin qui sentait si fort et où nous courions si libres ! »

Elle approuvait de la tête, convaincue que la Madone seule les avait protégés.

« C'est bien vrai, c'est bien vrai... Et quel bonheur, maintenant que nous allons pouvoir être l'un à l'autre, sans faire pleurer les anges ! »

La conversation en revenait toujours là, l'affaire de l'annulation du mariage prenait une tournure de plus en plus favorable, et Pierre assistait chaque soir à leur enchantement, ne les entendait causer que de leur union prochaine, de leurs projets, de leurs joies d'amoureux lâchés en plein paradis. Dirigée cette fois par une main toute-puissante, donna Serafina devait mener les choses avec vigueur, car il ne se passait guère de jour sans qu'elle rapportât quelque nouvelle heureuse. Elle avait hâte de terminer cette affaire, pour la continuation et pour l'honneur du nom, puisque Dario ne voulait épouser que sa cousine et que, d'autre part, ce mariage expliquerait tout, ferait tout excuser, en mettant fin à une situation désormais intolérable. Le scandale abominable, les affreux commérages qui bouleversaient le monde noir et le monde blanc, finissaient par la jeter hors d'elle, d'autant plus qu'elle sentait la nécessité d'une victoire, devant l'éventualité d'un conclave possible, où elle désirait que le nom de son frère brillât d'un éclat pur, souverain. Jamais cette secrète ambition de toute sa vie, cet espoir de voir sa race donner un troisième pape à l'Église, ne l'avait brûlée d'une pareille passion, comme si elle avait eu le besoin de se consoler dans son froid célibat, depuis que son unique joie en ce monde, l'avocat Morano, la délaissait si durement. Toujours vêtue d'une robe sombre, active et si mince, si pincée, qu'on l'aurait prise par-derrière pour une jeune fille, elle était comme l'âme noire du vieux palais ; et Pierre qui l'y rencontrait partout, rôdant en intendante soigneuse, veillant jalousement sur le cardinal, la saluait en silence, saisi chaque fois d'un petit froid au cœur, en la voyant de visage si desséché, coupé de longs plis, planté du grand nez volontaire de la famille. Mais elle lui rendait à peine son salut, restée dédaigneuse de ce petit prêtre étranger, ne le tolérant dans son intimité que pour complaire à monsignor Nani, désireuse en outre d'être agréable au vicomte Philibert de la Choue, qui avait amené de si beaux pèlerinages à Rome.

Peu à peu, en voyant chaque soir la joie anxieuse, l'impatience d'amour de Benedetta et de Dario, Pierre finit par se passionner avec eux, en souhaitant une solution prompte. L'affaire allait se représenter devant la congrégation du Concile, dont une première décision en faveur du divorce était restée nulle, le défenseur du mariage, monsignor Palma, ayant demandé, selon son droit, un supplément d'enquête. D'ailleurs, cette première décision, prise seulement à une voix de majorité, n'aurait sûrement pas été ratifiée par le Saint-Père. Et il s'agissait en somme de conquérir des voix parmi les dix cardinaux dont la congrégation se composait, de les convaincre, d'obtenir la presque unanimité : besogne ardue, car la parenté de Benedetta, cet oncle cardinal, qui semblait devoir tout faciliter, aggravait les choses, au milieu des intrigues compliquées du Vatican, des rivalités qui brûlaient de tuer en lui le pape possible, en éternisant le scandale. C'était à cette conquête des voix que donna Serafina se lançait chaque après-midi, dirigée par son confesseur, le père Lorenza, qu'elle allait voir quotidiennement au Collège germanique, le dernier refuge à Rome des jésuites, qui ont cessé d'y être les maîtres du Gesù. L'espoir du succès tenait surtout à ce que Prada, lassé, irrité, avait déclaré formellement qu'il ne se présenterait plus. Il ne répondait même pas aux assignations répétées, tellement l'accusation d'impuissance lui semblait odieuse et ridicule, depuis que Lisbeth, sa maîtresse avérée, était enceinte de ses œuvres, aux yeux de la ville entière. Il se taisait donc, affectait de n'avoir jamais été marié, bien que la blessure de son désir tenu en échec, de son orgueil de mâle souffleté, saignât toujours au fond, rouverte sans cesse par les histoires qui continuaient, les doutes sur sa paternité, que faisait courir le monde noir. Et, puisque la partie adverse se désistait, disparaissait de son plein gré, on comprenait l'espérance croissante de Benedetta et de Dario, chaque soir, lorsque donna Serafina, en rentrant, leur annonçait qu'elle croyait bien avoir gagné encore la voix d'un cardinal.

Mais l'homme effrayant, l'homme qui les terrifiait tous, était monsignor Palma, l'avocat d'office choisi par la congrégation pour défendre le lien sacré du mariage. Il avait des droits presque illimités, pouvait en rappeler encore, en tout cas ferait traîner l'affaire autant qu'il lui plairait. Son premier plaidoyer, en réponse à celui de Morano, avait déjà été terrible, mettant l'état de virginité en doute, citant scientifiquement des cas où des femmes possédées offraient les particularités d'aspect constatées par les sages-femmes, réclamant d'ailleurs l'examen minutieux de deux médecins assermentés, déclarant enfin que, la condition première de l'acte étant l'obéissance de la femme, la demanderesse, même vierge, n'était pas fondée à réclamer l'annulation d'un mariage dont ses refus réitérés avaient seuls empêché la consommation. Et l'on annonçait que le nouveau plaidoyer qu'il préparait, serait plus impitoyable encore, tellement sa conviction était absolue. Devant cette belle énergie de vérité et de logique, le pis allait être que les cardinaux, même bienveillants, n'oseraient jamais conseiller l'annulation au Saint-Père. Aussi le découragement reprenait-il Benedetta, lorsque donna Serafina, au retour d'une visite faite à monsignor Nani, la calma un peu, en lui disant qu'un ami commun s'était chargé de voir monsignor Palma. Mais cela, sans doute, coûterait très cher. Monsignor Palma, théologien rompu aux affaires canoniques et d'une honnêteté parfaite, avait eu une grande douleur dans sa vie, une nièce pauvre, d'une admirable beauté, qu'il s'était mis sur le tard à aimer follement, et qu'il avait dû, afin d'éviter le scandale, marier à un chenapan qui, depuis lors, la grugeait et la battait. Les apparences restaient dignes, le prélat traversait justement une crise affreuse, las de se dépouiller, n'ayant plus l'argent nécessaire pour tirer son neveu d'un mauvais pas, une tricherie au jeu. Et la trouvaille fut de sauver le jeune homme en payant, de lui obtenir ensuite une situation, sans rien demander à l'oncle, qui, un soir, après la nuit tombée, comme s'il se rendait complice, vint en pleurant remercier donna Serafina de sa bonté.

Ce soir-là, Pierre était avec Dario, lorsque Benedetta entra riant, tapant de joie dans ses mains.

« C'est fait, c'est fait ! Il sort de chez ma tante, il lui a juré une reconnaissance éternelle. Maintenant, le voilà bien forcé d'être aimable. »

Plus méfiant, Dario demanda :

« Mais lui a-t-on fait signer quelque chose, s'est-il engagé formellement ?

– Oh ! non, comment veux-tu ? c'était si délicat !... On assure que c'est un très honnête homme. »

Pourtant, elle-même fut effleurée d'une nouvelle inquiétude. Si monsignor Palma, malgré le grand service reçu, allait demeurer incorruptible ? Cela, dès lors, les hanta. Leur attente recommençait.

« Je ne t'ai pas encore dit, reprit-elle après un silence, je me suis décidée à leur fameuse visite. Oui, ce matin, je suis allée chez deux médecins avec ma tante. »

Elle s'était remise à sourire, elle ne semblait aucunement gênée.

« Et alors ? demanda-t-il du même air tranquille.

– Et alors, que veux-tu ? ils ont bien vu que je ne mentais pas, ils ont rédigé chacun une espèce de certificat en latin... C'était, paraît-il, absolument nécessaire pour permettre à monsignor Palma de revenir sur ce qu'il a dit. »

Puis, se tournant vers Pierre :

« Ah ! ce latin ! monsieur l'abbé... J'aurais bien désiré savoir tout de même, et j'ai songé à vous, pour que vous ayez l'obligeance de le traduire. Mais ma tante n'a pas voulu me laisser les pièces, elle les a fait joindre immédiatement au dossier. »

Très embarrassé, le prêtre se contenta de répondre d'un vague signe de tête, car il n'ignorait pas ce qu'étaient ces sortes de certificats, une description nette et complète, en termes précis, avec tous les détails d'état, de couleur et de forme. Eux, sans doute, ne mettaient pas là de pudeur, tellement cet examen leur paraissait naturel et heureux même, puisque toute la félicité de leur vie allait en dépendre.

« Enfin, conclut Benedetta, espérons que monsignor Palma aura de la reconnaissance ; et, en attendant, mon Dario, guéris-toi vite, pour le beau jour tant souhaité de notre bonheur. »

Mais il avait commis l'imprudence de se lever trop tôt, sa blessure s'était rouverte, ce qui devait le forcer à garder le lit quelques jours encore. Et Pierre continua, chaque soir, à le venir distraire, en lui contant ses promenades. Maintenant, il s'enhardissait, courait les quartiers de Rome, découvrait avec ravissement les curiosités classiques, cataloguées dans tous les guides. Ce fut ainsi qu'il leur parla un soir avec une sorte de tendresse des principales places de la ville, qu'il avait trouvées banales d'abord, qui lui apparaissaient maintenant très diverses, ayant chacune son originalité profonde : la place du Peuple, si ensoleillée, si noble, dans sa symétrie monumentale ; la place d'Espagne, le rendez-vous si vivant des étrangers, avec son double escalier de cent trente-deux marches, doré par les étés, d'une ampleur et d'une grâce géantes ; la place Colonna, vaste, toujours grouillante de peuple, la plus italienne par cette foule de paresse et d'insoucieux espoir, debout, flânant autour de la colonne de Marc Aurèle, en attendant que la fortune lui tombe du ciel ; la place Navone, longue, régulière, déserte depuis que le marché ne s'y tient plus, gardant le mélancolique souvenir de sa vie bruyante d'autrefois ; la place du Campo dei Fiori, envahie chaque matin par le tumulte du marché aux fruits et du marché aux légumes, toute une plantation de grands parapluies, des entassements de tomates, de piments, de raisins, au milieu du flot glapissant des marchandes et des ménagères. Sa grande surprise fut la place du Capitole, qui éveillait en lui une idée de sommet, de lieu découvert dominant la ville et le monde, et qu'il trouva petite, carrée, enfermée entre ses trois palais, ouverte d'un seul côté sur un court horizon, borné par quelques toitures. Personne ne passe là, on monte par une rampe d'accès que bordent des palmiers, les étrangers seuls font un détour pour arriver en voiture. Les voitures attendent, les touristes stationnent un moment, le nez levé vers l'admirable bronze antique, le Marc Aurèle à cheval, placé au centre. Vers quatre heures, lorsque le soleil dore le palais de gauche, détachant sur le ciel bleu les fines statues de l'entablement, on dirait une tiède et douce petite place de province, avec ses femmes du voisinage qui tricotent, assises sous le portique, et ses bandes d'enfants dépenaillés, lâchés là comme toute une école dans une cour de récréation.

Et, un autre soir, Pierre dit à Benedetta et à Dario son admiration pour les fontaines de Rome, la ville du monde où les eaux ruissellent le plus abondamment et le plus magnifiquement dans le marbre et dans le bronze : depuis la Nacelle de la place d'Espagne, le Triton de la place Barberini, les Tortues de l'étroite place qui a pris leur nom, jusqu'aux trois fontaines de la place Navone, où triomphe, au centre, la vaste composition du Bernin, et surtout jusqu'à la colossale fontaine de Trevi, d'un goût si fastueux, dominée par le roi Neptune, entre les hautes figures de la Santé et de la Fécondité. Et, un autre soir, il rentra heureux, en leur racontant qu'il venait enfin de s'expliquer le singulier effet que lui faisaient les rues de l'ancienne Rome, autour du Capitole et sur la rive gauche du Tibre, là où des masures se collaient aux flancs des grands palais princiers : c'était qu'elles n'avaient pas de trottoirs et que les piétons marchaient au milieu, à l'aise, parmi les voitures, sans avoir jamais l'idée de filer aux deux bords, contre les façades. Vieux quartiers qu'il aimait, ruelles sans cesse tournantes, étroites places irrégulières, palais énormes et carrés, comme disparus dans la foule bousculée des petites maisons qui les noyaient de toutes parts. Le quartier de l'Esquilin aussi, partout des escaliers qui montent, cailloutés de gris, chaque marche ourlée de pierre blanche, des pentes brusques qui tournent, des terrasses qui s'étagent, des séminaires et des couvents aux fenêtres closes, comme des habitations mortes, un grand mur nu au-dessus duquel se dresse un palmier superbe, dans le bleu sans tache du ciel. Et, un autre soir, ayant poussé plus loin encore sa promenade, jusque dans la Campagne, le long du Tibre, en amont du pont Molle, il revint enthousiasmé d'avoir eu la révélation de tout un art classique, qu'il n'avait guère goûté jusque-là. En suivant la rive, il venait de voir des Poussin, le fleuve jaune et lent, aux bords plantés de roseaux, les falaises basses, découpées, dont la blancheur crayeuse se détachait sur les fonds roux de l'immense plaine onduleuse, que bornaient seules les collines bleues de l'horizon, et quelques arbres sobres, et la ruine d'un portique, ouvert sur le vide, en haut de la berge, et une file oblique de moutons pâles qui descendaient boire, tandis que le berger, appuyé d'une épaule au tronc d'un chêne vert, regardait. Beauté spéciale, large et rousse, faite de rien, simplifiée jusqu'à la ligne droite et plate, tout ennoblie des grands souvenirs : toujours les légions romaines en marche par les voies pavées, au travers de la Campagne nue ; et toujours le long sommeil du Moyen Age, puis le réveil de l'antique nature dans la foi catholique, ce qui, une seconde fois, avait fait de Rome la maîtresse du monde.

Un jour que Pierre était allé visiter le Campo Verano, le grand cimetière de Rome, il trouva, le soir, près du lit de Dario, Celia en compagnie de Benedetta.

« Comment ! monsieur l'abbé, s'écria la petite princesse, ça vous amuse d'aller voir les morts ?

– Ah ! ces Français ! reprit Dario, que l'idée seule d'un cimetière désobligeait, ces Français ! ils se gâtent la vie à plaisir, avec leur amour des spectacles tristes.

– Mais, dit Pierre doucement, on n'échappe pas à la réalité de la mort. Le mieux est de la regarder en face. »

Du coup, le prince se fâcha.

« La réalité, la réalité ! à quoi bon ? Quand la réalité n'est pas belle, moi je ne la regarde pas, je m'efforce de n'y penser jamais. »

De son air tranquille et souriant, le prêtre n'en continua pas moins à dire ce qui l'avait surpris, la bonne tenue du cimetière, l'air de fête que le clair soleil d'automne y mettait, tout un luxe extraordinaire de marbre, des statues de marbre prodiguées sur les tombeaux, des chapelles de marbre, des monuments de marbre. Sûrement l'atavisme antique agissait, les somptueux mausolées de la voie Appienne repoussaient là, une pompe, un orgueil démesuré dans la mort. Sur la hauteur surtout, la noblesse romaine avait son quartier aristocratique, un amas de véritables temples, des figures colossales, des scènes à plusieurs personnages, d'un goût parfois déplorable, mais où des millions avaient dû être dépensés. Et ce qui était charmant, parmi les ifs et les cyprès, c'était l'admirable conservation, la blancheur intacte des marbres, que les étés brûlants doraient, sans une tache de mousse, sans ces balafres de pluie qui rendent si mélancoliques les statues des pays du Nord.

Benedetta, silencieuse, touchée du malaise de Dario, finit par interrompre Pierre, en disant à Celia :

« Et la chasse a été intéressante ? »

Au moment où le prêtre était entré, la petite princesse parlait d'une chasse au renard, à laquelle sa mère l'avait conduite.

« Oh ! chère, tout ce qu'il y a de plus intéressant !... Le rendez-vous était pour une heure, là-bas, au tombeau de Caecilia Metella, où l'on avait installé le buffet, sous une tente. Et un monde, la colonie étrangère, les jeunes gens des ambassades, des officiers, sans compter nous autres naturellement, les hommes en habit rouge, beaucoup de femmes en amazone... Le départ a été donné à une heure et demie, et le galop a duré plus de deux heures, si bien que le renard s'est allé faire prendre très loin, très loin. Je n'ai pas pu suivre, mais j'ai vu tout de même, oh ! des choses extraordinaires, un grand mur que toute la chasse a dû sauter, puis des fossés, des haies, une course folle derrière les chiens... Il y a eu deux accidents, peu de chose, un monsieur qui s'est foulé le poignet et un autre qui a eu la jambe cassée. »

Dario avait écouté avec passion, car ces chasses au renard étaient le grand plaisir de Rome, la joie de la galopade au travers de cette Campagne romaine si plate et si hérissée d'obstacles pourtant, la joie de déjouer les ruses du renard que les chiens traquent, ses continuels détours, sa disparition brusque parfois, sa prise enfin dès qu'il tombe épuisé de fatigue ; et des chasses sans fusil, des chasses pour l'unique bonheur de courir à la queue de cette bête, de la gagner de vitesse et de la vaincre.

« Ah ! dit-il désespérer, est-ce imbécile d'être cloué dans cette chambre ! Je finirai par y mourir d'ennui. »

Benedetta se contenta de sourire, sans un reproche ni une tristesse de ce cri naïf d'égoïsme. Elle qui était si heureuse de l'avoir tout à elle, dans cette chambre où elle le soignait ! Mais son amour, si jeune et si sage à la fois, avait un coin de maternité, et elle comprenait parfaitement qu'il ne s'amusât guère, privé de ses plaisirs habituels, séparé de ses amis qu'il écartait, dans la crainte que l'histoire de son épaule démise ne leur parût louche. Plus de fêtes, plus de soirées au théâtre, plus de visites aux dames. Et c'était le Corso qui lui manquait surtout, une souffrance, une véritable désespérance de ne plus voir ni savoir, en regardant, de quatre à cinq heures, défiler Rome entière. Aussi, dès qu'un intime venait, c'étaient des questions interminables, et si l'on avait rencontré celui-ci, et si cet autre avait reparu, et comment avaient fini les amours d'un troisième, et si quelque aventure nouvelle ne bouleversait pas la ville : menues histoires, gros commérages d'un jour, intrigues puériles d'une heure, où jusque-là s'étaient dépensées toutes ses énergies d'homme.

Celia, qui aimait à lui apporter les bavardages innocents, reprit après un silence, en fixant sur lui ses yeux candides, ses yeux sans fond de vierge énigmatique :

« Comme c'est long à se remettre, une épaule ! »

Avait-elle donc deviné, cette enfant, dont l'unique affaire était l'amour ? Dario, gêné, se tourna vers Benedetta, qui continuait à sourire, l'air placide. Mais, déjà, la petite princesse sautait à un autre sujet.

« Ah ! vous savez, Dario, j'ai vu hier au Corso une dame... »

Elle s'arrêta, surprise elle-même et embarrassée de cette nouvelle qui venait de lui échapper. Puis, très bravement, elle continua, en amie d'enfance qui était dans les petits secrets amoureux :

« Oui, une jolie personne que vous connaissez bien. Elle avait tout de même un bouquet de roses blanches. »

Cette fois, Benedetta s'égaya franchement, tandis que Dario la regardait en riant aussi. Elle l'avait plaisanté, les premiers jours, de ce qu'une dame n'envoyait pas prendre de ses nouvelles. Lui, au fond, n'était pas fâché de cette rupture toute naturelle, car la liaison allait devenir gênante ; et, quoique un peu blessé dans sa fatuité de joli homme, il était content d'apprendre que la Tonietta l'avait déjà remplacé.

« Ah ! se contenta-t-il de dire, les absents ont toujours tort.

– L'homme qu'on aime n'est jamais absent », déclara Celia de son air grave et pur.

Mais Benedetta s'était levée, pour remonter les oreillers, derrière le dos du convalescent.

« Va, va, mon Dario, toutes ces misères sont finies, et je te garderai, tu n'auras plus que moi à aimer. »

Il la contempla avec passion, il la baisa sur les cheveux, car elle disait vrai, il n'avait jamais aimé qu'elle ; et elle ne se trompait pas non plus, quand elle comptait le garder toujours, à elle seule, dès qu'elle se serait donnée. Depuis qu'elle le veillait, au fond de cette chambre, elle était heureuse de le retrouver enfant, tel qu'elle l'avait aimé autrefois, sous les orangers de la villa Montefiori. Il gardait une puérilité singulière, sans doute dans l'appauvrissement de sa race, cette sorte de retour à l'enfance, qu'on remarque chez les peuples très vieux ; et il jouait sur son lit avec des images, regardait pendant des heures des photographies, qui le faisaient rire. Son incapacité de souffrir avait encore grandi, il voulait qu'elle fût gaie et qu'elle chantât, il l'amusait par la gentillesse de son égoïsme, qui l'amenait à rêver avec elle une vie de continuelle joie. Ah ! comme cela serait bon de vivre toujours ensemble au soleil, et de ne rien faire, et de ne se soucier de rien, le monde dût-il crouler quelque part, sans qu'on se donnât la peine d'y aller voir !

« Mais ce qui me fait plaisir, reprit Dario brusquement, c'est que M. l'abbé a fini par tomber amoureux de Rome. »

Pierre, qui avait écouté en silence, acquiesça de bonne grâce.

« C'est vrai.

– Nous vous le disions bien, fit remarquer Benedetta, il faut du temps, beaucoup de temps pour comprendre et aimer Rome. Si vous n'étiez resté que quinze jours, vous auriez emporté de nous une idée déplorable ; tandis que, maintenant, au bout de deux grands mois, nous sommes bien tranquilles, jamais plus vous ne songerez à nous sans tendresse. »

Elle était d'un charme délicieux en parlant ainsi, et il s'inclina une seconde fois. Mais il avait déjà réfléchi au phénomène, il croyait en tenir la solution. Quand on arrive à Rome, on apporte une Rome à soi, une Rome rêvée, tellement ennoblie par l'imagination, que la Rome vraie est le pire des désenchantements. Aussi faut-il attendre que l'accoutumance se fasse, que la réalité médiocre s'atténue, pour donner le temps à l'imagination de recommencer son travail d'embellissement, de manière à ne voir de nouveau les choses réelles qu'à travers la prodigieuse splendeur du passé.

Celia s'était levée, prenant congé.

« Au revoir, chère, et à bientôt le mariage, n'est-ce pas ? Dario… Vous savez que je veux être fiancée avant la fin du mois, oui, oui ! une grande soirée que je forcerai bien mon père à donner… Ah ! que ce serait aimable, si les deux noces pouvaient se faire en même temps ! »

Ce fut deux jours plus tard que Pierre, après une grande promenade qu'il fit au Transtévère, suivie d'une visite au palais Farnèse, sentit se résumer en lui la terrible et mélancolique vérité sur Rome. Plusieurs fois déjà, il avait parcouru le Transtévère, dont la population misérable l'attirait, dans sa passion navrée pour les pauvres et les souffrants. Ah ! ce cloaque de misère et d'ignorance ! Il avait vu, à Paris, des coins de faubourg abominables, des cités d'épouvante où l'humanité en tas pourrissait. Mais rien n'approchait de cette stagnation dans l'insouciance et dans l'ordure. Par les plus beaux jours de ce pays du soleil, une ombre humide glaçait les ruelles tortueuses, étranglées, pareilles à des couloirs de cave ; et l'odeur était affreuse surtout, une nausée qui prenait le passant à la gorge, faite des légumes aigres, des graisses rances, du bétail humain parqué là, parmi ses fientes. C'étaient d'antiques masures irrégulières, jetées dans un pêle-mêle aimé des artistes romantiques, avec des portes noires et béantes qui s'enfonçaient sous terre, des escaliers extérieurs qui montaient aux étages, des balcons de bois tenus comme par miracle en équilibre sur le vide. Et des façades à demi écroulées qu'il avait fallu étayer à l'aide de poutres, et des logements sordides dont les fenêtres crevées laissaient voir la crasse nue, et des boutiques d'infime commerce, toute la cuisine en plein air d'un peuple de paresse qui n'allumait pas de feu : les fritureries avec leurs morceaux de *polenta* et leurs poissons nageant dans l'huile puante, les marchands de légumes cuits étalant des navets énormes, des paquets de céleris, de choux-fleurs, d'épinards, refroidis et gluants. La viande des bouchers, mal coupée, était noire, des cous de bête hérissés de caillots violâtres, comme arrachés. Les pains des boulangers s'entassaient sur une planche, ainsi que des pavés ronds ; de pauvres fruitières n'avaient d'autres marchandises que des piments et des pommes de pin, à leurs portes enguirlandées de tomates séchées et enfilées ; tandis que les seules boutiques alléchantes étaient celles des charcutiers, dont les salaisons et les fromages corrigeaient un peu, de leur odeur âpre, l'infection des ruisseaux. Les bureaux de loterie, où les numéros gagnants étaient affichés, alternaient avec les cabarets, des cabarets tous les trente pas, qui annonçaient en grosses lettres les vins choisis des Châteaux romains, Genzano, Marino, Frascati. Et, par les rues du quartier, une population grouillante, en guenilles et malpropre, des bandes d'enfants à moitié nus que la vermine dévorait, des femmes en cheveux, en camisole, en jupon de couleur, qui gesticulaient et criaient, des vieillards assis sur des bancs, immobiles sous le vol bourdonnant des mouches, toute une vie oisive et agitée, au milieu du continuel va-et-vient de petits ânes traînant des charrettes, d'hommes conduisant des dindes à coups de fouet, de quelques touristes inquiets, sur lesquels se ruaient aussitôt des bandes de mendiants. Des savetiers s'installaient tranquillement, travaillaient sur le trottoir. À la porte d'un petit tailleur, un vieux seau de ménage était accroché, plein de terre, fleuri d'une plante grasse. Et, de toutes les fenêtres, de tous les balcons, sur des cordes jetées d'une maison à l'autre, en travers de la rue, pendaient les lessives des ménages, un pavoisement de loques sans nom, qui étaient comme les drapeaux symboliques de l'abominable misère.

Pierre sentait son âme fraternelle se soulever d'une pitié immense. Ah ! certes, oui ! il fallait les jeter bas, ces quartiers de souffrance et de peste, où le peuple avait si longtemps croupi comme dans une geôle empoisonnée, et il était pour l'assainissement, pour la démolition, quitte à tuer l'ancienne Rome, au grand scandale des artistes. Déjà le Transtévère était bien changé, des voies nouvelles l'éventraient, des prises d'air pratiquées à grands coups de pioche, qui le pénétraient de nappes de soleil. Ce qui en restait semblait plus noir, plus immonde, au milieu de ces abattis de maisons, de ces trouées récentes, vastes terrains vagues, où l'on n'avait pu reconstruire encore. Cette ville en évolution l'intéressait infiniment. Plus tard sans doute, on achèverait de la rebâtir, mais quelle heure passionnante, celle où la vieille cité agonisait dans la nouvelle, à travers tant de difficultés ! Il fallait avoir connu la Rome des immondices, noyée sous les excréments, les eaux ménagères et les détritus de légumes. Le ghetto, récemment rasé, avait, depuis des siècles, imprégné le sol d'une telle pourriture humaine, que l'emplacement, demeuré nu, plein de bosses et de fondrières, exhalait toujours une infâme pestilence. On faisait bien de le laisser longtemps se sécher ainsi et se purifier au soleil. Dans ces quartiers, aux deux bords du Tibre, où l'on a entrepris des travaux d'édilité considérables, c'est à chaque pas la même rencontre : on suit une rue étroite, puante, d'une humidité glaciale, entre les façades sombres, aux toits qui se touchent presque, et l'on tombe brusquement dans une éclaircie, dans une clairière ouverte à coups de hache, parmi la forêt des vieilles masures lépreuses. Il y a là des squares, des trottoirs larges, de hautes constructions blanches, chargées de sculptures, une capitale moderne à l'état d'ébauche, pas finie, encombrée de gravats, barrée de palissades. Partout des amorces de voies projetées, le colossal chantier que la crise financière menace d'éterniser maintenant, la ville de demain arrêtée dans sa croissance, restée en détresse, avec ses commencements démesurés, trop hâtifs et qui détonnent. Mais ce n'en était pas moins une besogne bonne et saine, d'une nécessité sociale absolue pour une grande ville d'aujourd'hui, à moins de laisser la vieille Rome se pourrir sur place, telle qu'une curiosité des anciens âges, une pièce de musée qu'on garde sous verre.

Ce jour-là, Pierre, en se rendant du Transtévère au palais Farnèse, où il était attendu, fit un détour, passa par la rue des Pettinari, puis par la rue des Giubbonari, la première si sombre, si resserrée entre le grand mur noir de l'hôpital et les misérables maisons d'en face, la seconde toute vivante du continuel flot populaire, tout égayée par les vitrines des bijoutiers, aux grosses chaînes d'or, et par les étalages des marchands d'étoffe, où flottent des lés immenses, bleus, jaunes, verts, rouges, d'un ton éclatant. Et le quartier ouvrier qu'il venait de parcourir, puis ce quartier du petit commerce qu'il traversait maintenant, évoquèrent en lui le quartier d'affreuse misère qu'il avait visité déjà, la masse pitoyable des travailleurs déchus, réduits par le chômage à la mendicité, campant parmi les constructions superbes et abandonnées des Prés-du-Château. Ah ! le pauvre, le triste peuple resté enfant, maintenu dans une ignorance, dans une crédulité de sauvages par des siècles de théocratie, si accoutumé à la nuit de son intelligence, aux souffrances de son corps, qu'il reste quand même aujourd'hui en dehors du réveil social, simplement heureux si on le laisse jouir à l'aise de son orgueil, de sa paresse et de son soleil ! Il semblait aveugle et sourd en sa déchéance, il continuait sa vie stagnante d'autrefois, au milieu des bouleversements de la Rome nouvelle, sans en éprouver autre chose que les ennuis, les vieux quartiers où il logeait abattus, les habitudes changées, les vivres plus chers, comme si la clarté, la propreté, la santé le gênaient, quand il fallait les payer de toute une crise ouvrière et financière. Cependant, qu'on l'eût voulu ou non, c'était au fond pour lui uniquement qu'on nettoyait Rome, qu'on la rebâtissait, dans l'idée d'en faire une grande capitale moderne ; car la démocratie est au bout de ces transformations actuelles, c'est le peuple qui héritera demain des cités d'où l'on chasse la saleté et la maladie, où la loi du travail finira par s'organiser, tuant la misère. Et voilà pourquoi, si l'on maudit les ruines époussetées, tenues bourgeoisement, le Colisée débarrassé de ses lierres et de ses arbustes, de sa flore sauvage que les jeunes Anglaises mettaient en herbier, si l'on se fâche devant les affreux murs de forteresse qui emprisonnent le Tibre, en pleurant les anciennes berges si romantiques, avec leurs verdures et leurs antiques logis trempant dans l'eau, il faut se dire que la vie naît de la mort et que demain doit forcément refleurir dans la poudre du passé.

Pierre, en songeant à ces choses, était arrivé sur la place Farnèse, déserte, sévère, avec ses maisons closes et ses deux fontaines, dont l'une, en plein soleil, égrenait sans fin un jet de perles, au milieu du grand silence ; et il regarda un instant la façade nue et monumentale du lourd palais carré, sa haute porte où flottait le drapeau tricolore, ses treize fenêtres de façade, sa fameuse frise d'un art si merveilleux. Puis, il entra. Un ami de Narcisse Habert, un des attachés de l'ambassade près du roi d'Italie, l'attendait, ayant offert de lui faire visiter le palais immense, le plus beau de Rome, que la France a loué pour y loger son ambassadeur. Ah ! cette colossale demeure, somptueuse et mortelle, avec sa vaste cour à portique, d'une humidité sombre, son escalier géant, aux marches basses, ses couloirs interminables, ses galeries et ses salles démesurées ! C'était d'une pompe souveraine dans la mort, un froid glacial tombait des murs, pénétrait jusqu'aux os les fourmis humaines qui s'aventuraient sous les voûtes. L'attaché, avec un sourire discret, avouait que l'ambassade s'y ennuyait à mourir, cuite l'été, gelée l'hiver. Il n'y avait d'un peu riante et vivante que la partie occupée par l'ambassadeur, le premier étage donnant sur le Tibre. Là, de la célèbre galerie des Carrache, on voit le Janicule, les jardins Corsini, l'Acqua Paola, au-dessus de San Pietro in Montorio. Puis, après un vaste salon, vient le cabinet de travail, d'une paix douce, égayé de soleil. Mais la salle à manger, les chambres, les autres salles qui suivent, occupées par le personnel, retombent dans l'ombre morne d'une rue latérale. Toutes ces vastes pièces, de sept à huit mètres de hauteur, ont des plafonds peints ou sculptés admirables, des murs nus, quelques-uns décorés de fresques, des mobiliers disparates, de superbes consoles mêlées à tout un bric-à-brac moderne. Et cette tristesse des choses tourne à l'abomination, lorsqu'on pénètre dans les appartements de gala, les grandes pièces d'honneur qui occupent la façade sur la place. Plus un meuble, plus une tenture, rien qu'un désastre, des salles magnifiques désertées, livrées aux araignées et aux rats. L'ambassade n'en occupe qu'une, où elle entasse ses archives poudreuses, sur des tables de bois blanc, par terre, dans tous les coins. À côté, l'énorme salle de dix mètres de hauteur, sur deux étages, que le propriétaire, l'ancien roi de Naples, s'était réservée, est un véritable grenier de débarras, où des maquettes, des statues inachevées, un très beau sarcophage traînent, parmi un entassement sans nom de débris méconnaissables. Et ce n'était là qu'une partie du palais : le rez-de-chaussée est complètement inhabité, notre École de Rome occupe un coin du second étage, tandis que notre ambassade se serre frileusement dans l'angle le plus logeable du premier, forcée d'abandonner tout le reste, de fermer les portes à double tour, pour éviter l'inutile peine de donner un coup de balai. Certes, cela est royal d'habiter le palais Farnèse, bâti par le pape Paul III, occupé sans interruption pendant plus d'un siècle par des cardinaux ; mais quelle incommodité cruelle, quelle affreuse mélancolie, dans cette ruine immense, dont les trois quarts des pièces sont mortes, inutiles, impossibles, retranchées de la vie ! Et le soir, oh ! le soir, le porche, la cour, l'escalier, les couloirs envahis par les épaisses ténèbres, les quelques becs de gaz fumeux qui luttent en vain, l'interminable voyage à travers ce lugubre désert de pierre, pour arriver jusqu'au salon tiède et aimable de l'ambassadeur !

Pierre sortit de là saisi, le cerveau bourdonnant. Et tous les autres palais, tous les grands palais de Rome qu'il avait vus pendant ses promenades, se dressaient dans sa mémoire, tous déchus de leur splendeur, vides des trains princiers d'autrefois, tombés à n'être plus que d'incommodes maisons de rapport. Que faire de ces galeries, de ces salles grandioses, aujourd'hui qu'aucune fortune ne pouvait suffire à y mener la vie fastueuse pour laquelle on les avait bâties, ni même y nourrir le personnel nécessaire à leur entretien ? Ils étaient rares, les princes qui, comme le prince Aldobrandini, avec sa nombreuse lignée, occupaient seuls leurs palais. La presque totalité louaient les antiques demeures des aïeux à des sociétés, à des particuliers, en se réservant un étage, parfois même un simple logement dans le coin le plus obscur. Loué le palais Chigi, le rez-de-chaussée à des banques, le premier à l'ambassadeur d'Autriche, tandis que le prince et sa famille se partagent le second avec un cardinal. Loué le palais Sciarra, le premier au ministre des Affaires étrangères, le second à un sénateur, tandis que le prince et sa mère n'habitent que le rez-de-chaussée. Loué le palais Barberini, le rez-de-chaussée, le premier étage et le second à des familles, tandis que le prince s'est logé au troisième, dans les anciennes chambres des domestiques. Loué le palais Borghèse, le rez-de-chaussée à un marchand d'antiquités, le premier à une loge maçonnique, tout le reste à des ménages, tandis que le prince n'a gardé que les quelques pièces d'un petit appartement bourgeois. Loué le palais Odescalchi, loué le palais Colonna, loué le palais Doria, tandis que les princes n'y mènent plus que l'existence réduite de bons propriétaires, tirant de leurs immeubles tout le profit possible, pour joindre les deux bouts. C'était qu'un vent de ruine soufflait sur le patriciat romain, les plus grosses fortunes venaient de s'écrouler dans la crise financière, très peu restaient riches, et de quelle richesse encore, d'une richesse immobile et morte, que ni le négoce ni l'industrie ne pouvaient renouveler. Les princes nombreux qui avaient tenté les affaires étaient dépouillés. Les autres, terrifiés, frappés d'impôts énormes qui leur prenaient près du tiers de leurs revenus, devaient désormais se résigner à voir leurs derniers millions stagnants s'épuiser sur place, se diviser par les partages, mourir comme l'argent meurt, ainsi que toutes choses, lorsqu'il ne fructifie plus dans une terre vivante. Il n'y avait là qu'une question de temps, car la ruine finale était irrémédiable, d'une absolue fatalité historique. Et ceux qui consentaient à louer, luttaient encore pour la vie, tâchaient de s'accommoder à l'époque présente, en s'efforçant au moins de peupler le désert de leurs palais trop vastes ; tandis que la mort habitait déjà chez les autres, chez les entêtés et les superbes qui se muraient dans le tombeau de leur race, comme ce terrifiant palais Boccanera, tombant en poudre, si glacé d'ombre et de silence, où l'on n'entendait de loin en loin que le vieux carrosse du cardinal, sortant ou rentrant, roulant sourdement sur l'herbe de la cour.

Mais Pierre, surtout, venait d'être frappé de ces deux visites successives, au Transtévère et au palais Farnèse, et elles s'éclairaient l'une l'autre, et elles aboutissaient à une conclusion, qui jamais encore ne s'était formulée en lui avec une netteté si effrayante : pas encore de peuple et bientôt plus d'aristocratie. Cela, dès lors, le hanta comme la fin d'un monde. Le peuple, il l'avait vu si misérable, d'une ignorance et d'une résignation telles, dans la longue enfance où le maintenaient l'histoire et le climat, que de longues années d'éducation et d'instruction étaient nécessaires pour qu'il constituât une démocratie forte, saine, laborieuse, ayant conscience de ses droits ainsi que de ses devoirs. L'aristocratie, elle achevait de mourir au fond de ses palais croulants, elle n'était plus qu'une race finie, abâtardie, si mélangée d'ailleurs de sang américain, autrichien, polonais, espagnol, que le pur sang romain devenait la rare exception ; sans compter qu'elle avait cessé d'être d'épée et d'Église, répugnant à servir l'Italie constitutionnelle, désertant le Sacré Collège, où les parvenus seuls revêtaient la pourpre. Et, entre les petits d'en bas et les puissants d'en haut, il n'existait pas encore une bourgeoisie solidement installée, forte d'une sève nouvelle, assez instruite et assez sage pour être l'éducatrice transitoire de la nation. La bourgeoisie, c'étaient les anciens domestiques, les anciens clients des princes, les fermiers qui louaient leurs terres, les intendants, notaires ou avocats, qui géraient leurs fortunes ; c'était le monde d'employés, de fonctionnaires de tous rangs et de toutes classes, de députés, de sénateurs, que le gouvernement avait amenés des provinces ; c'était enfin la volée des faucons voraces qui s'abattaient sur Rome, les Prada, les Sacco, les hommes de proie venus du royaume entier, dont les ongles et le bec dévoraient tout, le peuple et l'aristocratie. Pour qui donc avait-on travaillé ? Pour qui les travaux gigantesques de la nouvelle Rome, d'un espoir et d'un orgueil si démesurés, qu'on ne pouvait les finir ? Un effroi soufflait, un craquement se faisait entendre, éveillant dans tous les cœurs fraternels une inquiétude en larmes. Oui ! la menace de la fin d'un monde, pas encore le peuple, plus d'aristocratie, et une bourgeoisie dévorante, menant la curée parmi les ruines. Et quel symbole effroyable, ces palais neufs qu'on avait bâtis sur le modèle géant des palais d'autrefois, ces palais énormes, fastueux, pullulant pour des centaines de mille âmes vainement espérées, ces palais où devait s'installer la richesse grandissante, le luxe triomphal de la nouvelle capitale du monde, et qui étaient devenus les lamentables refuges, souillés et déjà branlants, de la basse misère du peuple, de tous les mendiants et de tous les vagabonds !

Le soir de ce jour, Pierre, à la nuit noire, alla passer une heure sur le quai du Tibre, devant le palais Boccanera. C'était un recueillement, une solitude extraordinaire qu'il affectionnait, malgré les avis de Victorine, qui prétendait que l'endroit n'était pas sûr. Et, en réalité, par les nuits d'encre comme celle-ci, jamais coupe-gorge n'avait déroulé un décor plus tragique. Pas une âme, pas un passant ; un silence, une ombre, un vide, qui s'étendaient à droite, à gauche, en face. Les palissades qui fermaient de partout l'immense chantier abandonné, barraient le passage aux chiens eux-mêmes. À l'angle du palais, noyé de ténèbres, un bec de gaz, resté en contrebas depuis le remblai, éclairait le quai bossué, au ras du sol, d'une lueur louche ; et les matériaux qui traînaient là, les tas de briques, les pierres de taille, allongeaient de grandes ombres vagues. À droite, quelques lumières brillaient sur le pont de Saint-Jean-des-Florentins et aux fenêtres de l'hôpital du Saint-Esprit. À gauche, dans l'enfoncement indéfini de la coulée du fleuve, les lointains quartiers sombraient, disparus. Puis, en face, c'était le Transtévère, les maisons de la berge telles que de pâles fantômes indistincts, aux rares vitres jaunies d'une clarté trouble ; tandis que, par-dessus, une bande sombre indiquait seule le Janicule, où les lanternes de quelque promenade, tout en haut, faisaient scintiller un triangle d'étoiles. Le Tibre surtout passionnait Pierre, à ces heures nocturnes, d'une si mélancolique majesté. Il restait accoudé au parapet de pierre, il le regardait couler pendant de longues minutes, entre les nouveaux murs, qui, la nuit, prenaient la noire et monstrueuse apparence d'une prison bâtie là pour un géant. Tant que les lumières brillaient aux maisons d'en face, il voyait les eaux lourdes passer, se moirer avec lenteur dans les reflets, dont le frisson leur donnait une vie mystérieuse. Et il rêvait sans fin à tout le passé fameux de ce fleuve, il évoquait souvent la légende qui veut que des richesses fabuleuses soient enterrées dans la boue de son lit. À chaque invasion des Barbares, et particulièrement lors du sac de Rome, on y aurait jeté les trésors des temples et des palais, pour les soustraire au pillage des vainqueurs. Là-bas, ces barres d'or qui tremblaient dans l'eau glauque, n'était-ce pas le chandelier d'or à sept branches, que Titus avait rapporté de Jérusalem ? Et ces pâleurs sans cesse déformées par les remous, n'étaient-ce pas des blancheurs de colonnes et de statues ? Et ces moires profondes, toutes reluisantes de petites flammes, n'était-ce pas un amas, un pêle-mêle de métaux précieux, des coupes, des vases, des bijoux ornés de pierreries ? Quel rêve que ce pullulement entrevu au sein du vieux fleuve, la vie cachée de ces trésors, qui auraient dormi là pendant tant de siècles ! Et quel espoir, pour l'orgueil et l'enrichissement d'un peuple, que les trouvailles miraculeuses qu'on ferait dans le Tibre, si l'on pouvait le fouiller, le dessécher un jour, comme le projet en a déjà été fait ! La fortune de Rome était là peut-être.

Mais, par cette nuit si noire, Pierre, accoudé au parapet, n'avait en lui que des pensées de sévère réalité. Il continuait les réflexions de la journée, que lui avait inspirées sa visite au Transtévère, puis au palais Farnèse. Il aboutissait, devant cette eau morte, à cette conclusion que le choix de Rome, pour en faire une capitale moderne, était le grand malheur dont souffrait la jeune Italie. Et il savait bien que ce choix s'imposait comme inévitable, Rome étant la reine de gloire, l'antique maîtresse du monde à laquelle l'éternité était promise, sans laquelle l'unité nationale avait toujours paru impossible ; de sorte que le cas se posait terrible, puisque sans Rome l'Italie ne pouvait pas être, et qu'avec Rome il semblait maintenant difficile qu'elle fût. Ah ! ce fleuve mort, quelle sourde voix de désastre il prenait dans la nuit ! Pas une barque, pas un frisson de l'activité commerciale et industrielle des eaux qui charrient la vie au cœur des grandes villes ! Sans doute on avait fait de beaux projets, Rome port de mer, des travaux gigantesques, le lit creusé pour permettre aux navires de fort tonnage de remonter jusqu'à l'Aventin ; mais ce n'étaient là que des chimères, à peine finirait-on par désembourber l'embouchure, qui, continuellement, se comblait. Et l'autre cause d'agonie, la Campagne romaine, le désert de mort que le fleuve mort traversait et qui faisait à Rome une ceinture de stérilité ? On parlait bien de la drainer, de la planter ; on discutait vainement sur la question de savoir si elle était fertile sous les Romains ; et Rome n'en demeurait pas moins au milieu de son vaste cimetière, comme une ville d'autrefois séparée à jamais du monde moderne, par cette lande où s'est accumulée la poussière des siècles. Les raisons géographiques qui lui ont jadis donné l'empire du monde connu, n'existent plus de nos jours. Le centre de la civilisation s'est déplacé de nouveau, le bassin de la Méditerranée a été partagé entre des nations puissantes. Tout aboutit à Milan, la cité de l'industrie et du commerce, tandis que Rome n'est désormais qu'un passage. Aussi, depuis vingt-cinq années, les efforts les plus héroïques n'ont pu la tirer du sommeil invincible qui continue à l'envahir. La capitale qu'on a voulu improviser trop vite est restée en détresse et a presque ruiné la nation. Les nouveaux venus, le gouvernement, les Chambres, les fonctionnaires, ne font qu'y camper, se sauvent dès les premières chaleurs, pour en éviter le climat mortel ; à ce point que les hôtels et les magasins se ferment, que les rues et les promenades se vident, la ville n'ayant pas acquis de vie propre, retombant à la mort, dès que la vie factice, qui l'anime, l'abandonne. Tout reste ainsi en attente dans cette capitale de simple décor, où la population aujourd'hui ne diminue ni n'augmente, où il faudrait une poussée nouvelle d'argent et d'hommes pour achever et peupler les immenses constructions inutiles des quartiers neufs. Et, s'il était vrai que demain refleurissait toujours dans la poudre du passé, il fallait donc se forcer à l'espoir. Mais ce sol n'était-il pas épuisé, et puisque les monuments eux-mêmes n'y poussaient plus, la sève qui fait les êtres sains, les nations fortes, n'y était-elle pas également tarie à jamais ?

À mesure que la nuit avançait, les lumières des maisons du Transtévère, en face, s'éteignaient une à une. Et Pierre resta longtemps encore, envahi de désespérance, penché sur les eaux devenues noires. C'étaient les ténèbres sans fond, il ne restait, dans l'épaississement d'ombre du Janicule, que les trois becs de gaz lointains, le triangle d'étoiles. Aucun reflet ne moirait plus le Tibre d'un frisson d'or, ne faisait plus danser, sous le mystère de son courant, la vision chimérique de fabuleuses richesses ; et c'en était fait de la légende, du chandelier d'or à sept branches, des vases d'or, des bijoux d'or, tout ce rêve d'un trésor antique tombé à la nuit, comme l'antique gloire de Rome elle-même. Pas une clarté, pas un bruit, l'infini sommeil, rien que la chute grosse et lourde de l'égout, à droite, qu'on ne voyait point. Les eaux avaient aussi disparu, Pierre n'avait plus que la sensation de leur coulée de plomb dans les ténèbres, la pesante vieillesse, la fatigue séculaire, l'immense tristesse et l'envie de néant de ce Tibre très ancien et très glorieux, qui semblait ne rouler désormais que la mort d'un monde. Seul, le vaste ciel riche, l'éternel ciel fastueux déroulait la vie éclatante de ses milliards d'astres, au-dessus du fleuve d'ombre roulant les ruines de près de trois mille ans.

Et, comme Pierre, avant de monter chez lui, était entré s'asseoir un instant dans la chambre de Dario, il y trouva Victorine, en train de préparer tout pour la nuit, et qui se récria, lorsqu'elle l'entendit raconter d'où il venait.

« Comment ! monsieur l'abbé, vous vous êtes encore promené sur le quai, à cette heure ! C'est donc que vous voulez attraper, vous aussi, un bon coup de couteau... Ah bien ! ce n'est pas moi qui prendrais le frais si tard, dans cette satanée ville ! »

Puis, avec sa familiarité, elle se tourna vers le prince, allongé dans un fauteuil, et qui souriait.

« Vous savez, cette fille, la Pierina, elle n'est plus venue, mais je l'ai vue qui rôdait là-bas, parmi les démolitions. »

D'un geste, Dario la fit taire. Il s'était tourné vers le prêtre.

« Vous lui avez parlé pourtant. C'est imbécile à la fin... Voyez-vous cette brute de Tito revenir me planter son couteau dans l'autre épaule ! »

Brusquement, il se tut, en apercevant devant lui Benedetta, qui, entrée sans bruit pour lui souhaiter le bonsoir, l'écoutait. Son embarras fut extrême, il voulut parler, s'expliquer, lui jurer son innocence parfaite dans cette aventure. Mais elle souriait, elle se contenta de lui dire tendrement :

« Mon Dario, je la connaissais, ton histoire. Tu penses bien que je ne suis pas assez sotte, pour ne pas avoir réfléchi et compris... Si j'ai cessé de te questionner, c'est que je savais et que je t'aimais tout de même. »

Elle était d'ailleurs si heureuse, elle avait appris le soir même que monsignor Palma, le défenseur du mariage dans l'affaire de son divorce, venait de se montrer reconnaissant du service rendu à son neveu, en déposant un nouveau plaidoyer, qui lui était favorable. Non pas que le prélat, désireux de ne pas trop se démentir, se fût déclaré pour elle complètement ; mais les certificats des deux médecins lui avaient permis de conclure à l'état de virginité certaine ; et, ensuite, glissant sur ce fait que la non-consommation provenait de la résistance de la femme, il avait habilement groupé les quelques raisons qui rendaient l'annulation nécessaire. Ainsi, toute espérance de rapprochement étant écartée, il devenait évident que les époux se trouvaient en continuel danger de tomber dans l'incontinence. Il faisait une allusion discrète au mari, le montrait comme ayant déjà succombé à ce danger ; puis, il célébrait la haute moralité de la femme, sa dévotion, toutes les vertus qui étaient une garantie en faveur de sa véracité. Et, sans se prononcer pourtant, il s'en remettait à la sagesse de la congrégation. Mais, dès lors, puisque monsignor Palma répétait à peu près les arguments de l'avocat Morano, et puisque Prada s'entêtait à ne plus se présenter, il paraissait hors de doute que la congrégation voterait l'annulation à une forte majorité, ce qui permettrait au Saint-Père d'agir avec bienveillance.

« Ah ! mon Dario, nous voilà au bout de nos chagrins... Mais que d'argent, que d'argent ! Ma tante dit qu'ils nous laisseront à peine de l'eau à boire. »

Et elle riait avec une belle insouciance d'amoureuse passionnée. Ce n'était pas que la juridiction des congrégations fût ruineuse, car en principe la justice y était gratuite. Seulement, il y avait une infinité de petits frais à payer, tous les employés subalternes, puis les expertises médicales, les transcriptions, les mémoires, les plaidoyers. Ensuite, si, bien entendu, on n'achetait pas directement les voix des cardinaux, certaines de ces voix revenaient à de fortes sommes, quand il fallait s'assurer les créatures, faire agir tout un monde autour de Leurs Éminences. Sans compter que les gros cadeaux d'argent sont, au Vatican, lorsqu'on les fait avec tact, les raisons décisives qui tranchent les pires difficultés. Et, enfin, le neveu de monsignor Palma avait coûté horriblement cher.

« N'est-ce pas ? mon Dario, puisque te voilà guéri, qu'on nous permette vite de nous marier ensemble, et c'est tout ce que nous leur demandons... Je leur donnerai encore, s'ils veulent, mes perles, la seule fortune qui va me rester. »

Lui, riait aussi, car l'argent n'avait jamais compté dans son existence. Il n'en avait jamais eu à son gré, il espérait simplement vivre toujours chez son oncle, le cardinal, qui ne laisserait pas le jeune ménage sur le pavé. Dans leur ruine, cent mille, deux cent mille francs ne représentaient rien pour lui, et il avait entendu dire que certains divorces en avaient coûté cinq cent mille. Aussi ne trouva-t-il qu'une plaisanterie.

« Donne-leur aussi ma bague, donne-leur tout, ma chère, et nous vivrons bien heureux, au fond de ce vieux palais, même s'il faut en vendre les meubles. »

Elle fut enthousiasmée, elle lui saisit la tête entre ses deux mains, et elle lui baisa les yeux éperdument, dans un élan de passion extraordinaire.

Puis, se tournant vers Pierre, tout d'un coup :

« Ah ! pardon, monsieur l'abbé, j'ai une commission pour vous... Oui, c'est monsignor Nani, qui vient de nous apporter la bonne nouvelle, et il m'a chargé de vous dire que vous vous faites trop oublier, que vous devriez agir pour la défense de votre livre. »

Étonné, le prêtre l'écoutait.

« Mais c'est lui qui m'a conseillé de disparaître.

– Sans doute... Seulement, il paraît que l'heure est venue où vous devez aller voir les gens, plaider votre cause, vous remuer enfin. Et, tenez ! il a pu savoir le nom du rapporteur qu'on a chargé d'examiner votre livre : c'est monsignor Fornaro, qui demeure place Navone. »

Pierre sentait croître sa stupéfaction. Jamais cela ne se faisait, de livrer le nom d'un rapporteur, qui restait secret, pour assurer l'entière liberté de jugement. Était-ce donc une nouvelle phase de son séjour à Rome qui allait commencer ? Et il répondit simplement :

« C'est bon, je vais agir, j'irai voir tout le monde. »

X

Dès le lendemain, Pierre, dont l'unique pensée était d'en finir, voulut se mettre en campagne. Mais une incertitude l'avait pris : chez qui frapper d'abord, par quel personnage commencer ses visites, s'il désirait éviter toute faute, dans un monde qu'il sentait si compliqué et si vaniteux ? Et, comme, en ouvrant sa porte, il eut la chance d'apercevoir dans le corridor don Vigilio, le secrétaire du cardinal, il le pria d'entrer un instant chez lui.

« Vous allez me rendre un service, monsieur l'abbé. Je me confie à vous, j'ai besoin d'un conseil. »

Il le sentait très renseigné, mêlé à tout, dans sa discrétion outrée et peureuse, ce petit homme maigre, au teint de safran, qui tremblait toujours la fièvre, et qui, jusque-là, avait presque paru le fuir, sans doute pour échapper au danger de se compromettre. Cependant, depuis quelque temps déjà, il se montrait moins sauvage, ses yeux noirs flambaient, lorsqu'il rencontrait son voisin, comme s'il était pris lui-même de l'impatience dont celui-ci devait brûler, à être immobilisé de la sorte, durant des journées si longues. Aussi n'essaya-t-il pas d'éviter l'entretien.

« Je vous demande pardon, reprit Pierre, de vous faire entrer dans cette pièce en désordre. Ce matin, j'ai encore reçu de Paris du linge et des vêtements d'hiver... Imaginez-vous que j'étais venu avec une petite valise, pour quinze jours, et voilà bientôt trois mois que je suis ici, sans être plus avancé que le matin de mon arrivée. »

Don Vigilio eut un léger hochement de tête.

« Oui, oui, je sais. »

Alors, Pierre lui expliqua que, monsignor Nani lui ayant fait dire par la contessina d'agir, de voir tout le monde, pour défendre son livre, il était fort embarrassé, ignorant dans quel ordre régler ses visites, d'une façon utile. Par exemple, devait-il avant tout aller voir monsignor Fornaro, le prélat consulteur chargé du rapport sur son livre, dont on lui avait dit le nom ?

« Ah ! s'écria don Vigilio frémissant, monsignor Nani est allée jusque-là, il vous a livré le nom !... Ah ! c'est plus extraordinaire encore que je ne croyais ! »

Et, s'oubliant, s'abandonnant à sa passion :

« Non, non ! ne commencez pas par monsignor Fornaro. Allez d'abord rendre une visite très humble au préfet de la congrégation de l'Index, à Son Éminence le cardinal Sanguinetti, parce qu'il ne vous pardonnerait pas d'avoir porté à un autre votre premier hommage, s'il le savait un jour... »

Il s'arrêta, il ajouta à voix plus basse, dans un petit frisson de sa fièvre :

« Et il le saurait, tout se sait. »

Puis, comme s'il eût cédé à une brusque vaillance de sympathie, il prit les deux mains du jeune prêtre étranger.

« Mon cher monsieur Froment, je vous jure que je serais très heureux de vous être bon à quelque chose, parce que vous êtes une âme simple et que vous finissez par me faire de la peine... Mais il ne faut pas me demander l'impossible. Si vous saviez, si je vous confiais tous les périls qui nous entourent !... Pourtant, je crois pouvoir vous dire encore aujourd'hui de ne compter en aucune façon sur mon maître, Son Éminence le cardinal Boccanera. À plusieurs reprises, devant moi, il a désapprouvé absolument votre livre... Seulement, celui-là est un saint, un grand honnête homme, et s'il ne vous défend pas, il ne vous attaquera pas, il restera neutre, par égard pour sa nièce, la contessina, qu'il adore et qui vous protège... Quand vous le verrez, ne plaidez donc pas votre cause, cela ne servirait à rien et pourrait l'irriter. »

Pierre ne fut pas trop chagrin de la confidence, car il avait compris, dès sa première entrevue avec le cardinal, et dans les rares visites qu'il lui avait rendues depuis, respectueusement, qu'il n'aurait jamais en lui qu'un adversaire.

« Je le verrai donc, dit-il, pour le remercier de sa neutralité. »

Mais don Vigilio fut repris de toutes ses terreurs.

« Non, non ! ne faites pas cela, il comprendrait peut-être que j'ai parlé, et quel désastre ! ma situation serait compromise... Je n'ai rien dit, je n'ai rien dit ! Voyez d'abord les cardinaux, tous les cardinaux. Mettons, n'est-ce pas ? que je n'ai rien dit autre chose. »

Et, ce jour-là, il ne voulut pas causer davantage, il quitta la pièce, frissonnant, en fouillant à droite et à gauche le corridor, de ses yeux de flamme, pleins d'inquiétude.

Tout de suite, Pierre sortit pour se rendre chez le cardinal Sanguinetti. Il était dix heures, il avait quelque chance de le trouver. Le cardinal habitait, à côté de l'église Saint-Louis-des-Français, dans une rue noire et étroite, le premier étage d'un petit palais, aménagé bourgeoisement. Ce n'était pas la ruine géante, d'une grandeur princière et mélancolique, où s'entêtait le cardinal Boccanera. L'ancien appartement de gala réglementaire était réduit, comme le train. Il n'y avait plus de salle du trône, ni de grand chapeau rouge accroché sous un baldaquin, ni de fauteuil attendant la venue du pape, retourné contre le mur. Deux pièces successives servant d'antichambres, un salon où le cardinal recevait, et le tout sans luxe, sans confortable même, des meubles d'acajou datant de l'Empire, des tentures et des tapis poussiéreux, fanés par l'usage. D'ailleurs, le visiteur dut sonner longtemps ; et, lorsqu'un domestique, qui, sans hâte, remettait sa veste, finit par entrebâiller la porte, ce fut pour répondre que Son Excellence était depuis la veille à Frascati.

Pierre se souvint alors que le cardinal Sanguinetti était en effet un des évêques suburbicaires. Il avait, à Frascati, son évêché, une villa, où il allait parfois passer quelques jours, lorsqu'un désir de repos ou une raison politique l'y poussait.

« Et Son Éminence reviendra bientôt ?

– Ah ! on ne sait pas... Son Éminence est souffrante. Elle a bien recommandé qu'on n'envoie personne la tourmenter là-bas. »

Quand Pierre se retrouva dans la rue, il se sentit tout désorienté par ce premier contretemps. Allait-il, sans tarder davantage, puisque les choses pressaient maintenant, se rendre chez monsignor Fornaro, à la place Navone, qui était voisine ? Mais il se rappela la recommandation que don Vigilio lui avait faite de visiter d'abord les cardinaux ; et il eut une inspiration, il résolut de voir immédiatement le cardinal Sarno, dont il avait fini par faire la connaissance, aux lundis de donna Serafina. Dans son effacement volontaire, tous le considéraient comme un des membres les plus puissants et les plus redoutables du Sacré Collège, ce qui n'empêchait pas son neveu, Narcisse, de déclarer qu'il ne connaissait pas d'homme plus obtus sur les questions étrangères à ses occupations habituelles. S'il ne siégeait pas à la congrégation de l'Index, il pourrait toujours donner un bon conseil et peut-être agir sur ses collègues par sa grande influence.

Directement, Pierre se rendit au palais de la Propagande, où il savait devoir trouver le cardinal. Ce palais, dont on aperçoit la lourde façade de la place d'Espagne, est une énorme construction nue et massive qui occupe tout un angle, entre deux rues. Et Pierre, que son mauvais italien desservait, s'y perdit, monta des étages qu'il lui fallut redescendre, un véritable labyrinthe d'escaliers, de couloirs et de salles. Enfin, il eut la chance de tomber sur le secrétaire du cardinal, un jeune prêtre aimable, qu'il avait déjà vu au palais Boccanera.

« Mais sans doute, je crois que Son Éminence voudra bien vous recevoir. Vous avez parfaitement fait de venir à cette heure, car elle est ici tous les matins... Veuillez me suivre, je vous prie. »

Ce fut un nouveau voyage. Le cardinal Sarno, longtemps secrétaire à la Propagande, y présidait aujourd'hui, comme cardinal, la commission qui organisait le culte dans les pays d'Europe, d'Afrique, d'Amérique et d'Océanie, nouvellement conquis au catholicisme ; et, à ce titre, il avait là un cabinet, des bureaux, toute une installation administrative, où il régnait en fonctionnaire maniaque, qui avait vieilli sur son fauteuil de cuir, sans jamais être sorti du cercle étroit de ses cartons verts, sans connaître autre chose du monde que le spectacle de la rue, dont les piétons et les voitures passaient sous sa fenêtre.

Au bout d'un corridor obscur, que des becs de gaz devaient éclairer en plein jour, le secrétaire laissa son compagnon sur une banquette. Puis, après un grand quart d'heure, il revint de son air empressé et affable.

« Son Éminence est occupée, une conférence avec des missionnaires qui partent. Mais ça va être fini, et elle m'a dit de vous mettre dans son cabinet, où vous l'attendrez. »

Quand Pierre fut seul dans le cabinet, il en examina avec curiosité l'aménagement. C'était une assez vaste pièce, sans luxe, tapissée de papier vert, garnie d'un meuble de damas vert, à bois noir. Les deux fenêtres, qui donnaient sur une rue latérale, étroite, éclairaient d'un jour morne les murs assombris et le tapis déteint ; et il n'y avait, en dehors de deux consoles, que le bureau près d'une des fenêtres, une simple table de bois noir, à la moleskine mangée, tellement encombrée d'ailleurs, qu'elle disparaissait sous les dossiers et les paperasses. Un instant, il s'en approcha, regarda le fauteuil défoncé par l'usage, le paravent qui l'abritait frileusement, le vieil encrier éclaboussé d'encre. Puis, il commença à s'impatienter, dans l'air lourd et mort qui l'oppressait, dans le grand silence inquiétant que troublaient seuls les roulements étouffés de la rue.

Mais, comme il se décidait à marcher doucement de long en large, Pierre tomba sur une carte, accrochée au mur, dont la vue l'occupa, l'emplit des pensées les plus vastes, au point de lui faire tout oublier. Cette carte, en couleurs, était celle du monde catholique, la terre entière, la mappemonde déroulée, où les diverses teintes indiquaient les territoires, selon qu'ils appartenaient au catholicisme victorieux, maître absolu, ou bien au catholicisme toujours en lutte contre les infidèles, et ces derniers pays classés selon l'organisation en vicariats ou en préfectures. N'était-ce pas, graphiquement, tout l'effort séculaire du catholicisme, la domination universelle qu'il a voulue dès la première heure, qu'il n'a cessé de vouloir et de poursuivre à travers les temps ? Dieu a donné le monde à son Église, mais il faut bien qu'elle en prenne possession, puisque l'erreur s'entête à régner. De là, l'éternelle bataille, les peuples disputés de nos jours encore aux religions ennemies, comme à l'époque où les Apôtres quittaient la Judée pour répandre l'évangile. Pendant le Moyen Age, la grande besogne fut d'organiser l'Europe conquise, sans qu'on pût même tenter la réconciliation avec les Églises dissidentes d'Orient. Puis, la Réforme éclata, ce fut le schisme ajouté au schisme, la moitié protestante de l'Europe et tout l'Orient orthodoxe à reconquérir. Mais, avec la découverte du Nouveau Monde, l'ardeur guerrière s'était réveillée, Rome ambitionnait d'avoir à elle cette seconde face de la terre, des missions furent créées, allèrent soumettre à Dieu ces peuples, ignorés la veille, et qu'il avait donnés avec les autres. Et les grandes divisions actuelles de la chrétienté s'étaient ainsi formées d'elles-mêmes : d'une part, les nations catholiques, celles où la foi n'avait qu'à être entretenue, et que dirigeait souverainement la secrétairerie d'État, installée au Vatican ; de l'autre, les nations schismatiques ou simplement païennes, qu'il s'agissait de ramener au bercail ou de convertir, et sur lesquelles s'efforçait de régner la congrégation de la Propagande. Ensuite, cette congrégation avait dû, à son tour, se diviser en deux branches, pour faciliter le travail, la branche orientale chargée spécialement des sectes dissidentes de l'Orient, la branche latine dont le pouvoir s'étend sur tous les autres pays de mission. Vaste ensemble d'organisation conquérante, immense filet, aux mailles fortes et serrées, jeté sur le monde et qui ne devait pas laisser échapper une âme.

Pierre eut seulement alors, devant cette carte, la nette sensation d'une telle machine, fonctionnant depuis des siècles, faite pour absorber l'humanité. Dotée richement par les papes, disposant d'un budget considérable, la Propagande lui apparut comme une force à part, une papauté dans la papauté ; et il comprit le nom de pape rouge donné au préfet de la congrégation, car de quel pouvoir illimité ne jouissait-il pas, l'homme de conquête et de domination, dont les mains vont d'un bout de la terre à l'autre ? Si le cardinal secrétaire avait l'Europe centrale, un point si étroit du globe, lui n'avait-il pas tout le reste, des espaces infinis, les contrées lointaines, inconnues encore ? Puis, les chiffres étaient là, Rome ne régnait sans conteste que sur deux cents et quelques millions de catholiques, apostoliques et romains ; tandis que les schismatiques, ceux de l'Orient et ceux de la Réforme, si on les additionnait, dépassaient déjà ce nombre ; et quel écart, lorsqu'on ajoutait le milliard des infidèles dont la conversion restait encore à faire ! Brusquement, il fut frappé par ces chiffres, à un tel point, qu'un frisson le traversa. Eh quoi ! était-ce donc vrai ? environ cinq millions de juifs, près de deux cents millions de mahométans, plus de sept cents millions de brahmanistes et de bouddhistes, sans compter les cent millions d'autres païens, de toutes les religions, au total un milliard, devant lequel les chrétiens n'étaient guère que quatre cents millions, divisés entre eux, en continuelle bataille, une moitié avec Rome, l'autre moitié contre Rome ! Était-ce possible que le Christ n'eût pas même, en dix-huit siècles, conquis le tiers de l'humanité, et que Rome, l'éternelle, la toute-puissante, ne comptât comme soumise que la sixième partie des peuples ? Une seule âme sauvée sur six, quelle proportion effrayante ! Mais la carte parlait brutalement, l'empire de Rome, colorié en rouge, n'était qu'un point perdu, quand on le comparait à l'empire des autres dieux, colorié en jaune, les contrées sans fin que la Propagande avait encore à soumettre. Et la question se posait, combien de siècles faudrait-il pour que les promesses du Christ fussent remplies, la terre entière soumise à sa loi, la société religieuse recouvrant la société civile, ne formant plus qu'une croyance et qu'un royaume ? Et, devant cette question, devant cette prodigieuse besogne à terminer, quel étonnement, lorsqu'on songeait à la tranquille sérénité de Rome, à son obstination patiente, qui n'a jamais douté, qui doute aujourd'hui moins que jamais, toujours à l'œuvre par ses évêques et par ses missionnaires, incapable de lassitude, faisant son œuvre sans arrêt comme les infiniment petits ont fait le monde, dans l'absolue certitude qu'elle seule, un jour, sera la maîtresse de la terre !

Ah ! cette armée continuellement en marche, Pierre la voyait, l'entendait à cette heure, par-delà les mers, au travers des continents, préparer et assurer la conquête politique, au nom de la religion. Narcisse lui avait conté avec quel soin les ambassades devaient surveiller les agissements de la Propagande, à Rome ; car les missions étaient souvent des instruments nationaux, au loin, d'une force décisive. Le spirituel assurait le temporel, les âmes conquises donnaient les corps. Aussi était-ce une lutte incessante, dans laquelle la congrégation favorisait les missionnaires de l'Italie ou des nations alliées, dont elle souhaitait l'occupation victorieuse. Toujours elle s'était montrée jalouse de sa rivale française, la Propagation de la foi, installée à Lyon, aussi riche qu'elle, aussi puissante, plus abondante en hommes d'énergie et de courage. Elle ne se contentait pas de la frapper d'un tribut considérable, elle la contrecarrait, la sacrifiait, partout où elle craignait son triomphe. À maintes reprises, les missionnaires français, les ordres français venaient d'être chassés, pour céder la place à des religieux italiens ou allemands. Et c'était maintenant ce secret foyer d'intrigues politiques que Pierre devinait, sous l'ardeur civilisatrice de la foi, dans le cabinet morne et poussiéreux, que jamais n'égayait le soleil. Son frisson l'avait repris, ce frisson des choses que l'on sait et qui, tout d'un coup, un jour, vous apparaissent monstrueuses et terrifiantes. N'était-ce pas à bouleverser les plus sages, à faire pâlir les plus braves, cette machine de conquête et de domination, universellement organisée, fonctionnant dans le temps et dans l'espace avec un entêtement d'éternité, ne se contentant pas de vouloir les âmes, mais travaillant à son règne futur sur tous les hommes, et, comme elle ne peut encore les prendre pour elle, disposant d'eux, les cédant au maître temporaire qui les lui gardera ? Quel rêve prodigieux, Rome souriante, attendant avec tranquillité le siècle où elle aura absorbé les deux cents millions de mahométans et les sept cents millions de brahmanistes et de bouddhistes, dans un peuple unique dont elle sera la reine spirituelle et temporelle, au nom du Christ triomphant !

Un bruit de toux fit retourner Pierre, et il tressaillit en apercevant le cardinal Sarno, qu'il n'avait pas entendu entrer. Ce fut pour lui, d'être trouvé de la sorte devant cette carte, comme si on le surprenait en train de mal faire, occupé à violer un secret. Une rougeur intense lui envahit le visage.

Mais le cardinal, qui l'avait regardé fixement de ses yeux ternes, alla jusqu'à sa table, se laissa tomber sur son fauteuil, sans dire une parole. D'un geste, il l'avait dispensé du baisement de l'anneau.

« J'ai voulu présenter mes hommages à Votre Éminence... Est-ce que Votre Éminence est souffrante ?

– Non, non, c'est toujours ce maudit rhume qui ne veut pas me quitter. Et puis, j'ai en ce moment tant d'affaires ! »

Pierre le regardait, sous le jour livide de la fenêtre, si malingre, si contrefait, avec son épaule gauche plus haute que la droite, n'ayant plus rien de vivant, pas même le regard, dans son visage usé et terreux. Il se rappelait un de ses oncles, à Paris, qui, après trente années passées au fond d'un bureau de ministère, avait ce regard mort, cette peau de parchemin, cet hébétement las de tout l'être. Était-ce donc vrai que celui-ci, ce petit vieillard desséché et flottant dans sa soutane noire, liserée de rouge, fût le maître du monde, possédant en lui à un tel point la carte de la chrétienté, sans être jamais sorti de Rome, que le préfet de la Propagande ne prenait pas la moindre décision avant de connaître son avis ?

« Asseyez-vous un instant, monsieur l'abbé... Alors, vous êtes venu me voir, vous avez quelque demande à me faire... »

Et, tout en s'apprêtant à écouter, il feuilletait de ses doigts maigres les dossiers entassés devant lui, jetait un coup d'œil sur chaque pièce, ainsi qu'un général, un tacticien de science profonde, dont l'armée est au loin, et qui la conduit à la victoire, du fond de son cabinet de travail, sans jamais perdre une minute.

Un peu gêné de voir ainsi poser nettement le but intéressé de sa visite, Pierre se décida à brusquer les choses.

« En effet, je me permets de venir demander des conseils à la haute sagesse de Votre Éminence. Elle n'ignore pas que je suis à Rome pour défendre mon livre, et je serais très heureux, si elle voulait bien me diriger, m'aider de son expérience. »

Brièvement, il dit où en était l'affaire, il plaida sa cause. Mais, à mesure qu'il parlait, il voyait le cardinal se désintéresser, songer à autre chose, ne plus comprendre.

« Ah ! oui, vous avez écrit un livre, il en a été question un soir, chez donna Serafina... C'est une faute, un prêtre ne doit pas écrire. À quoi bon ?... Et, si la congrégation de l'Index le poursuit, elle a raison sûrement. Que puis-je y faire ? Je ne suis pas membre de la congrégation, je ne sais rien, rien du tout. »

Vainement, Pierre s'efforça de l'instruire, de l'émouvoir, désolé de le sentir si fermé, si indifférent. Et il s'aperçut que cette intelligence, vaste et pénétrante dans le domaine où elle évoluait depuis quarante ans, se bouchait dès qu'on la sortait de sa spécialité. Elle n'était ni curieuse ni souple. Les yeux achevaient de se vider de toute étincelle de vie, le crâne semblait se déprimer encore, la physionomie entière prenait un air d'imbécillité morne.

« Je ne sais rien, je ne puis rien, répéta-t-il. Et jamais je ne recommande personne. »

Pourtant, il fit un effort.

« Mais Nani est là-dedans. Que vous conseille-t-il de faire, Nani ?

– Monsignor Nani a eu l'obligeance de me révéler le nom du rapporteur, monsignor Fornaro, en me faisant dire d'aller le voir. »

Le cardinal parut surpris et comme réveillé. Un peu de lumière revint à ses yeux.

« Ah ! vraiment, ah ! vraiment... Eh bien ! pour que Nani ait fait cela, c'est qu'il a son idée. Allez voir monsignor Fornaro. »

Il s'était levé de son fauteuil, il congédia le visiteur, qui dut le remercier, en s'inclinant profondément. D'ailleurs, sans l'accompagner jusqu'à la porte, il s'était rassis tout de suite, et il n'y eut plus, dans la pièce morte, que le petit bruit sec de ses doigts osseux feuilletant les dossiers.

Pierre, docilement, suivit le conseil. Il décida de passer par la place Navone, en retournant à la rue Giulia. Mais, chez monsignor Fornaro, un serviteur lui dit que son maître venait de sortir et qu'il fallait se présenter de bonne heure pour le trouver, vers dix heures. Ce fut donc le lendemain matin seulement qu'il put être reçu. Auparavant, il avait eu soin de se renseigner, il savait sur le prélat le nécessaire : la naissance à Naples, les études commencées chez les pères barnabites de cette ville, terminées à Rome au Séminaire, enfin le long professorat à l'université Grégorienne. Aujourd'hui consulteur de plusieurs congrégations, chanoine de Sainte-Marie-Majeure, monsignor Fornaro brûlait de l'ambition immédiate d'obtenir le canonicat à Saint-Pierre, et faisait le rêve lointain d'être nommé un jour secrétaire de la Consistoriale, charge cardinalice qui donne la pourpre. Théologien remarquable, il encourait le seul reproche de sacrifier parfois à la littérature, en écrivant dans les revues religieuses des articles, qu'il avait la haute prudence de ne pas signer. On le disait aussi très mondain.

Dès que Pierre eut remis sa carte, il fut reçu, et le soupçon qu'on l'attendait lui serait venu peut-être, si l'accueil qui lui était fait n'avait témoigné de la plus sincère surprise, mêlée à un peu d'inquiétude.

« Monsieur l'abbé Froment, monsieur l'abbé Froment, répétait le prélat en regardant la carte qu'il avait gardée à la main. Veuillez entrer, je vous prie... J'allais défendre ma porte, car j'ai un travail très pressé... Ça ne fait rien, asseyez-vous. »

Mais Pierre restait charmé, en admiration devant ce bel homme, grand et fort, dont les cinquante-cinq ans fleurissaient. Rose, rasé, avec des boucles de cheveux à peine grisonnants, il avait un nez aimable, des lèvres humides, des yeux caresseurs, tout ce que la prélature romaine peut offrir de plus séduisant et de plus décoratif. Il était vraiment superbe dans sa soutane noire à collet violet, très soigné de sa personne, d'une élégance simple. Et la vaste pièce où il recevait, gaiement éclairée par deux larges fenêtres sur la place Navone, meublée avec un goût très rare aujourd'hui chez le clergé romain, sentait bon, lui faisait un cadre de belle humeur et de bienveillant accueil.

« Asseyez-vous donc, monsieur l'abbé Froment, et veuillez me dire ce qui me cause l'honneur de votre visite. »

Il s'était remis, l'air naïf, simplement obligeant ; et Pierre, tout d'un coup, devant cette question naturelle, qu'il aurait dû prévoir, se trouva très gêné. Allait-il donc aborder directement l'affaire, avouer le motif délicat de sa visite ? Il sentit que c'était encore le parti le plus prompt et le plus digne.

« Mon Dieu ! monseigneur, je sais que ce que je viens faire près de vous ne se fait pas. Mais on m'a conseillé cette démarche, et il m'a semblé qu'entre honnêtes gens, il ne peut jamais être mauvais de chercher la vérité de bonne foi.

– Quoi donc, quoi donc, demanda le prélat, d'un air de candeur parfaite, sans cesser de sourire.

– Eh bien ! tout bonnement, j'ai su que la congrégation de l'Index vous avait remis mon livre : *La Rome nouvelle*, en vous chargeant de l'examiner, et je me permets de me présenter, dans le cas où vous auriez à me demander quelques explications. »

Mais monsignor Fornaro parut ne pas vouloir en entendre davantage. Il porta les deux mains à sa tête, se recula, toujours courtois cependant.

« Non, non ! ne me dites pas cela, ne continuez pas, vous me feriez un chagrin immense... Mettons, si vous voulez, qu'on vous a trompé, car on ne doit rien savoir, on ne sait rien, pas plus les autres que moi... De grâce, ne parlons pas de ces choses. »

Heureusement, Pierre, qui avait remarqué l'effet décisif que produisait le nom de l'assesseur du Saint-Office, eut l'idée de répondre :

« Certes, monseigneur, je n'entends pas vous occasionner le moindre embarras, et je vous répète que jamais je ne me serais permis de venir vous importuner, si monsignor Nani lui-même ne m'avait fait connaître votre nom et votre adresse. »

Cette fois encore, l'effet fut immédiat. Seulement, monsignor Fornaro mit une grâce aisée à se rendre, comme à tout ce qu'il faisait. Il ne céda pas tout de suite, d'ailleurs, très malicieux, plein de nuances.

« Comment ! c'est monsignor Nani qui est l'indiscret ! Mais je le gronderai, je me fâcherai !… Et qu'en sait-il ? Il n'est pas de la congrégation, il a pu être induit en erreur… Vous lui direz qu'il s'est trompé, que je ne suis pour rien dans votre affaire, ce qui lui apprendra à révéler des secrets nécessaires, respectés de tous. »

Puis, gentiment, avec ses yeux charmeurs, avec sa bouche fleurie :

« Voyons, puisque monsignor Nani le désire, je veux bien causer un instant avec vous, mon cher monsieur Froment, à la condition que vous ne saurez rien de moi sur mon rapport, ni sur ce qui a pu se faire ou se dire à la congrégation. »

À son tour, Pierre eut un sourire, car il admirait à quel point les choses devenaient faciles, lorsque les formes étaient sauves. Et il se mit à expliquer une fois de plus son cas, l'étonnement profond où l'avait jeté le procès fait à son livre, l'ignorance où il était encore des griefs qu'il cherchait vainement, sans pouvoir les trouver.

« En vérité, en vérité ! répéta le prélat, l'air ébahi de tant d'innocence. La congrégation est un tribunal, et elle ne peut agir que si on la saisit de l'affaire. Votre livre est poursuivi, parce qu'on l'a dénoncé, tout simplement.

– Oui, je sais, dénoncé !

– Mais sans doute, la plainte a été portée par trois évêques français, dont vous me permettrez de taire les noms, et il a bien fallu que la congrégation passât à l'examen de l'œuvre incriminée. »

Pierre le regardait, effaré. Dénoncé par trois évêques, et pourquoi, et dans quel but ? Puis, l'idée de son protecteur lui revint.

« Voyons, le cardinal Bergerot m'a écrit une lettre approbative, que j'ai mise comme préface en tête de mon livre. Est-ce que cela n'était pas une garantie qui aurait dû suffire à l'épiscopat français ? »

Finement, monsignor Fornaro hocha la tête, avant de se décider à dire :

« Ah ! oui, certainement, la lettre de Son Éminence, une très belle lettre… Je crois cependant qu'elle aurait beaucoup mieux fait de ne pas l'écrire, pour elle, et surtout pour vous. »

Et, comme le prêtre, dont la surprise augmentait, ouvrait la bouche, voulant le presser de s'expliquer :

« Non, non, je ne sais rien, je ne dis rien… Son Éminence le cardinal Bergerot est un saint que tout le monde révère, et s'il pouvait pécher, il faudrait sûrement n'en accuser que son cœur. »

Il y eut un silence. Pierre avait senti s'ouvrir un abîme. Il n'osa insister, il reprit avec quelque violence :

« Enfin, pourquoi mon livre, pourquoi pas les livres des autres ? Je n'entends pas à mon tour me faire dénonciateur, mais que de livres je connais, sur lesquels Rome ferme les yeux, et qui sont singulièrement plus dangereux que le mien ! »

Cette fois, monsignor Fornaro sembla très heureux d'abonder dans son sens.

« Vous avez raison, nous savons bien que nous ne pouvons atteindre tous les mauvais livres, nous en sommes désolés. Il faut songer au nombre incalculable d'ouvrages que nous serions forcés de lire. Alors, n'est-ce pas ? nous condamnons les pires en bloc. »

Il entra dans des explications complaisantes. En principe, les imprimeurs ne devaient pas mettre un livre sous presse, sans en avoir au préalable soumis le manuscrit à l'approbation de l'évêque. Mais, aujourd'hui, dans l'effroyable production de l'imprimerie, on comprend quel serait l'embarras terrible des évêchés, si, brusquement, les imprimeurs se conformaient à la règle. On n'y avait ni le temps, ni l'argent, ni les hommes nécessaires, pour cette colossale besogne. Aussi la congrégation de l'Index condamnait-elle en masse, sans avoir à les examiner, les livres parus ou à paraître de certaines catégories : d'abord tous les livres dangereux pour les mœurs, tous les livres érotiques, tous les romans ; ensuite, les bibles en langue vulgaire, car les saints livres ne doivent pas être permis sans discrétion ; enfin les livres de sorcellerie, les livres de science, d'histoire ou de philosophie contraires au dogme, les livres d'hérésiarques ou de simples ecclésiastiques discutant la religion. C'étaient là des lois sages, rendues par différents papes, dont l'exposé servait de préface au catalogue des livres défendus que la congrégation publiait, et sans lesquelles ce catalogue, pour être complet, aurait empli à lui seul une bibliothèque. En somme, lorsqu'on le feuilletait, on s'apercevait que l'interdiction frappait surtout des livres de prêtres, Rome ne gardant guère, devant la difficulté et l'énormité de la tâche, que le souci de veiller avec soin à la bonne police de l'Église. Et tel était le cas de Pierre et de son œuvre.

« Vous comprenez, continua monsignor Fornaro, que nous n'allons pas faire de la réclame à un tas de livres malsains, en les honorant d'une condamnation particulière. Ils sont légions, chez tous les peuples, et nous n'aurions ni assez de papier, ni assez d'encre, pour les atteindre. De temps à autre, nous nous contentons d'en frapper un, lorsqu'il est signé d'un nom célèbre, qu'il fait trop de bruit ou qu'il renferme des attaques inquiétantes contre la foi. Cela suffit pour rappeler au monde que nous existons et que nous nous défendons, sans rien abandonner de nos droits ni de nos devoirs.

– Mais mon livre, mon livre ? s'écria Pierre, pourquoi cette poursuite contre mon livre ?

– Je vous l'explique, autant que cela m'est permis, mon cher monsieur Froment. Vous êtes prêtre, votre livre a du succès, vous en avez publié une édition à bon marché qui se vend très bien ; et je ne parle pas du mérite littéraire qui est remarquable, un souffle de réelle poésie qui m'a transporté et dont je vous fais mon sincère compliment… Comment voulez-vous que, dans ces conditions, nous fermions les yeux sur une œuvre où vous concluez à l'anéantissement de notre sainte religion et à la destruction de Rome ? »

Pierre resta béant, suffoqué de surprise.

« La destruction de Rome, grand Dieu ! mais je la veux rajeunie, éternelle, de nouveau reine du monde ! »

Et, repris de son brûlant enthousiasme, il se défendit, il confessa de nouveau sa foi, le catholicisme retournant à la primitive Église, puisant un sang régénéré dans le christianisme fraternel de Jésus, le pape libéré de toute royauté terrestre, régnant sur l'humanité entière par la charité et l'amour, sauvant le monde de l'effroyable crise sociale qui le menace, pour le conduire au vrai royaume de Dieu, à la communauté chrétienne de tous les peuples unis en un seul peuple.

« Est-ce que le Saint-Père peut me désavouer ? Est-ce que ce ne sont pas là ses idées secrètes, qu'on commence à deviner et que mon seul tort serait d'exprimer trop tôt et trop librement ? Est-ce que, si l'on me permettait de le voir, je n'obtiendrais pas tout de suite de lui la cessation des poursuites ? »

Monsignor Fornaro ne parlait plus, se contentait de hocher la tête, sans se fâcher de la fougue juvénile du prêtre. Au contraire, il souriait avec une amabilité croissante, comme très amusé par tant d'innocence et tant de rêve. Enfin, il répondit gaiement :

« Allez, allez ! ce n'est pas moi qui vous arrêterai, il m'est défendu de rien dire... Mais le pouvoir temporel, le pouvoir temporel...

– Eh bien ! le pouvoir temporel ? » demanda Pierre.

De nouveau, le prélat ne parlait plus. Il levait au ciel sa face aimable, il agitait joliment ses mains blanches. Et, quand il reprit, ce fut pour ajouter :

« Puis, il y a votre religion nouvelle... Car le mot y est deux fois, la religion nouvelle, la religion nouvelle... Ah ! Dieu ! »

Il s'agita davantage, il se pâma, à ce point, que Pierre, saisi d'impatience, s'écria :

« Je ne sais quel sera votre rapport, monseigneur, mais je vous affirme que jamais je n'ai entendu attaquer le dogme. Et, de bonne foi, voyons ! cela ressort de tout mon livre, je n'ai voulu faire qu'une œuvre de pitié et de salut... Il faut, en bonne justice, tenir compte des intentions. »

Monsignor Fornaro était redevenu très calme, très paterne.

« Oh ! les intentions, les intentions... »

Il se leva, pour congédier le visiteur.

« Soyez convaincu, mon cher monsieur Froment, que je suis très honoré de votre démarche près de moi... Naturellement, je ne puis vous dire quel sera mon rapport, nous en avons déjà trop causé, et j'aurais dû même refuser d'entendre votre défense. Vous ne m'en trouverez pas moins prêt à vous être agréable en tout ce qui n'ira point contre mon devoir... Mais je crains fort que votre livre ne soit condamné. »

Et, sur un nouveau sursaut de Pierre :

« Ah ! dame, oui !... Ce sont les faits que l'on juge, et non les intentions. Toute défense est donc inutile, le livre est là, et il est ce qu'il est. Vous aurez beau l'expliquer, vous ne le changerez pas... C'est pourquoi la congrégation ne convoque jamais les accusés, n'accepte d'eux que la rétractation pure et simple. Et c'est encore ce que vous auriez de plus sage à faire, retirer votre livre, vous soumettre... Non ! vous ne voulez pas ? Ah ! que vous êtes jeune, mon ami ! »

Il riait plus haut du geste de révolte, d'indomptable fierté, qui venait d'échapper à son jeune ami, comme il le nommait. Puis, à la porte, dans une nouvelle expansion, baissant la voix :

« Voyons, mon cher, je veux faire quelque chose pour vous, je vais vous donner un bon conseil... Moi, au fond, je ne suis rien. Je livre mon rapport, on l'imprime, on le lit, quitte à n'en tenir aucun compte... Tandis que le secrétaire de la congrégation, le père Dangelis, peut tout, même l'impossible... Allez donc le voir, au couvent des dominicains, derrière la place d'Espagne... Ne me nommez pas. Et au revoir, mon cher, au revoir ! »

Pierre, étourdi, se retrouva sur la place Navone, ne sachant plus ce qu'il devait croire et espérer. Une pensée lâche l'envahissait : pourquoi continuer cette lutte où les adversaires restaient ignorés, insaisissables ? Pourquoi davantage s'entêter dans cette Rome si passionnante et si décevante ? Il fuirait, il retournerait le soir même à Paris, y disparaîtrait, y oublierait les désillusions amères dans la pratique de la plus humble charité. Il était dans une de ces heures d'abandon où la tâche longtemps rêvée apparaît brusquement impossible. Mais, au milieu de son désarroi, il allait pourtant, il marchait quand même à son but. Quand il se vit sur le Corso, puis rue des Condotti, et enfin place d'Espagne, il résolut de voir encore le père Dangelis. Le couvent des dominicains est là, en bas de la Trinité-des-Monts.

Ah ! ces dominicains, il n'avait jamais songé à eux, sans un respect mêlé d'un peu d'effroi. Pendant des siècles, quels vigoureux soutiens ils s'étaient montrés de l'idée autoritaire et théocratique ! L'Église leur avait dû sa plus solide autorité, ils étaient les soldats glorieux de sa victoire. Tandis que saint François conquérait pour Rome les âmes des humbles, saint Dominique lui soumettait les âmes des intelligents et des puissants, toutes les âmes supérieures. Et cela passionnément, dans une flamme de foi et de volonté admirables, par tous les moyens d'action possibles, par la prédication, par le livre, par la pression policière et judiciaire. S'il ne créa pas l'Inquisition, il l'utilisa, son cœur de douceur et de fraternité combattit le schisme dans le sang et le feu. Vivant, lui et ses moines, de pauvreté, de chasteté et d'obéissance, les grandes vertus de ces temps orgueilleux et déréglés, il allait par les villes, prêchait les impies, s'efforçait de les ramener à l'Église, les déférait aux tribunaux religieux, quand sa parole ne suffisait pas. Il s'attaquait aussi à la science, il la voulut sienne, il fit le rêve de défendre Dieu par les armes de la raison et des connaissances humaines, aïeul de l'angélique saint Thomas, lumière du Moyen Age, qui a tout mis dans la *Somme*, la psychologie, la logique, la politique, la morale. Et ce fut ainsi que les dominicains emplirent le monde, soutenant la doctrine de Rome dans les chaires célèbres de tous les peuples, en lutte presque partout contre l'esprit libre des universités, vigilants gardiens du dogme, artisans infatigables de la fortune des papes, les plus puissants parmi les ouvriers d'art, de sciences et de lettres, qui ont construit l'énorme édifice du catholicisme, tel qu'il existe encore aujourd'hui.

Mais, aujourd'hui, Pierre, qui le sentait crouler, cet édifice qu'on avait cru bâti à chaux et à sable, pour l'éternité, se demandait de quelle utilité ils pouvaient bien être encore, ces ouvriers d'un autre âge, avec leur police et leurs tribunaux morts sous l'exécration, leur parole qu'on n'écoute plus, leurs livres qu'on ne lit guère, leur rôle de savants et de civilisateurs fini, devant la science actuelle, dont les vérités font de plus en plus craquer le dogme de toutes parts. Certes, ils constituent toujours un ordre influent et prospère ; seulement, qu'on est loin de l'époque où leur général régnait à Rome, maître du sacré palais, ayant par l'Europe entière des couvents, des écoles, des sujets ! Dans la curie romaine, de ce vaste héritage, il ne leur reste désormais que quelques situations acquises et, entre autres, la charge de secrétaire de la congrégation de l'Index, une ancienne dépendance du Saint-Office, où ils gouvernaient souverainement.

Tout de suite, on introduisit Pierre auprès du père Dangelis. La salle était vaste, nue et blanche, inondée de clair soleil. Il n'y avait là qu'une table et des escabeaux, avec un grand crucifix de cuivre, pendu au mur. Près de la table, le père se tenait debout, un homme d'environ cinquante ans, très maigre, drapé sévèrement de l'ample costume blanc et noir. Dans sa longue face d'ascète, à la bouche mince, au nez mince, au menton mince et têtu, les yeux gris avaient une fixité gênante. Et, d'ailleurs, il se montra très net, très simple, d'une politesse glaciale.

« Monsieur l'abbé Froment, l'auteur de *La Rome nouvelle*, n'est-ce pas ? »

Et il s'assit sur un escabeau, en indiqua un autre de la main.

« Veuillez, monsieur l'abbé, me faire connaître l'objet de votre visite. »

Pierre, alors, dut recommencer ses explications, sa défense ; et cela ne tarda pas à lui devenir d'autant plus pénible, que ses paroles tombaient dans un silence, dans un froid de mort. Le père ne bougeait pas, les mains croisées sur les genoux, les yeux aigus et pénétrants, fixés dans les yeux du prêtre.

Enfin, quand celui-ci s'arrêta, il dit sans hâte :

« Monsieur l'abbé, j'ai cru devoir ne pas vous interrompre, mais je n'avais point à écouter tout ceci. Le procès de votre livre s'instruit, et aucune puissance au monde ne saurait en entraver la marche. Je ne vois donc pas bien ce que vous paraissez attendre de moi. »

La voix tremblante, Pierre osa répondre :

« J'attends de la bonté et de la justice. »

Un pâle sourire, d'une orgueilleuse humilité, monta aux lèvres du religieux.

« Soyez sans crainte, Dieu a toujours daigné m'éclairer dans mes modestes fonctions. Je n'ai, du reste, aucune justice à rendre, je suis un simple employé, chargé de classer et de documenter les affaires. Et ce sont Leurs Éminences seules, les membres de la congrégation, qui se prononceront sur votre livre... Ils le feront sûrement avec l'aide du Saint-Esprit, vous n'aurez qu'à vous incliner devant leur sentence, lorsqu'elle sera ratifiée par Sa Sainteté. »

Il coupa court, se leva, forçant Pierre à se lever. Ainsi, c'étaient presque les mêmes paroles que chez monsignor Fornaro, dites seulement avec une netteté tranchante, une sorte de tranquille bravoure. Partout, il se heurtait à la même force anonyme, à la machine puissamment montée, dont les rouages veulent s'ignorer entre eux, et qui écrase. Longtemps encore, on le promènerait sans doute, de l'un à l'autre, sans qu'il trouvât jamais la tête, la volonté raisonnante et agissante. Et il n'y avait qu'à s'incliner.

Pourtant, avant de partir, il eut l'idée de prononcer une fois de plus le nom de monsignor Nani, dont il commençait à connaître la puissance.

« Je vous demande pardon de vous avoir dérangé inutilement. Je n'ai cédé qu'aux bienveillants conseils de monsignor Nani, qui daigne s'intéresser à moi. »

Mais l'effet fut inattendu. De nouveau, le maigre visage du père Dangelis s'éclaira d'un sourire, d'un plissement des lèvres, où s'aiguisait le plus ironique dédain. Il était devenu plus pâle, et ses yeux de vive intelligence flambèrent.

« Ah ! c'est monsignor Nani qui vous envoie... Eh bien ! mais, si vous croyez avoir besoin de protection, il est inutile de vous adresser à un autre qu'à lui-même. Il est tout-puissant... Allez le voir, allez le voir. »

Et ce fut tout l'encouragement que Pierre emporta de sa visite : le conseil de retourner chez celui qui l'envoyait. Il sentit qu'il perdait pied, il résolut de rentrer au palais Boccanera, pour réfléchir et comprendre, avant de continuer ses démarches. Tout de suite, la pensée de questionner don Vigilio lui était venue ; et la chance voulut, ce soir-là, après le souper, qu'il rencontrât le secrétaire dans le corridor, avec sa bougie, au moment où celui-ci allait se coucher.

« J'aurais tant de choses à vous dire ! Je vous en prie, cher monsieur, entrez donc un instant chez moi. »

D'un geste, l'abbé le fit taire. Puis, à voix très basse :

« N'avez-vous pas aperçu l'abbé Paparelli au premier étage ? Il nous suivait. »

Souvent, Pierre rencontrait dans la maison le caudataire, dont la face molle, l'air sournois et fureteur de vieille fille en jupe noire lui déplaisait souverainement. Mais il ne s'en inquiétait point, et il fut surpris de la question. D'ailleurs, sans attendre la réponse, don Vigilio était retourné au bout du couloir, où il écouta longuement. Puis, il revint à pas de loup, il souffla sa bougie, pour entrer d'un saut chez son voisin.

« Là, nous y sommes, murmura-t-il, lorsque la porte fut refermée. Et, si vous le voulez bien, ne restons pas dans ce salon, passons dans votre chambre. Deux murs valent mieux qu'un. »

Enfin, quand la lampe eut été posée sur la table, et qu'ils se trouvèrent assis tous les deux au fond de cette pièce pâle, dont le papier gris de lin, les meubles dépareillés, le carreau et les murs nus avaient la mélancolie des vieilles choses fanées, Pierre remarqua que l'abbé était en proie à un accès de fièvre plus intense que de coutume. Son petit corps maigre grelottait, et jamais ses yeux de braise n'avaient brûlé si noirs, dans sa pauvre face jaune et ravagée.

« Est-ce que vous êtes souffrant ? Je n'entends pas vous fatiguer.

– Souffrant, ah ! oui, ma chair est en feu. Mais, au contraire, je veux parler... Je n'en puis plus, je n'en puis plus ! Il faut bien qu'un jour ou l'autre on se soulage. »

Était-ce de son mal qu'il désirait se distraire ? Était-ce son long silence qu'il voulait rompre, pour ne pas en mourir étouffé ? Tout de suite, il se fit raconter les démarches des derniers jours, il s'agita davantage, lorsqu'il sut de quelle façon le cardinal Sarno, monsignor Fornaro et le père Dangelis avaient reçu le visiteur.

« C'est bien cela ! c'est bien cela ! rien ne m'étonne plus, et cependant je m'indigne pour vous, oui ! ça ne me regarde pas et ça me rend malade, car ça réveille toutes mes misères, à moi !... Il faut ne pas compter le cardinal Sarno, qui vit autre part, toujours très loin, et qui n'a jamais aidé personne. Mais ce Fornaro, ce Fornaro !

– Il m'a paru fort aimable, plutôt bienveillant, et je crois en vérité qu'à la suite de notre entrevue, il adoucira beaucoup son rapport.

– Lui ! il va d'autant plus vous charger, qu'il s'est montré plus tendre. Il vous mangera, il s'engraissera de cette proie facile. Ah ! vous ne le connaissez guère, si délicieux, et sans cesse aux aguets pour bâtir sa fortune avec les malheurs des pauvres diables, dont il sait que la défaite doit être agréable aux puissants !... J'aime mieux l'autre, le père Dangelis, un terrible homme, mais franc et brave au moins, et d'une intelligence supérieure. J'ajoute que celui-ci vous brûlerait comme une poignée de paille, s'il était le maître... Et si je pouvais tout vous dire, si je vous faisais entrer avec moi dans les effroyables dessous de ce monde, les monstrueux appétits d'ambition, les complications abominables des intrigues, les vénalités, les lâchetés, les traîtrises, les crimes même ! »

En le voyant si exalté, sous la flambée d'une telle rancune, Pierre songea à tirer de lui les renseignements qu'il avait en vain cherchés jusque-là.

« Dites-moi seulement où en est mon affaire. Lorsque je vous ai questionné, dès mon arrivée ici, vous m'avez répondu qu'aucune pièce n'était encore parvenue au cardinal. Mais le dossier s'est formé, vous devez être au courant, n'est-ce pas ?... Et, à ce propos, monsignor Fornaro m'a parlé de trois évêques français qui auraient dénoncé mon livre, en exigeant des poursuites. Trois évêques ! est-ce possible ? »

Don Vigilio haussa violemment les épaules.

« Ah ! vous êtes une belle âme ! Moi, je suis surpris qu'il n'y en ait que trois... Oui, plusieurs pièces de votre affaire sont entre nos mains, et d'ailleurs je me doutais bien de ce qu'elle pouvait être, votre affaire. Les trois évêques sont l'évêque de Tarbes d'abord, qui évidemment exécute les vengeances des pères de Lourdes, puis les évêques de Poitiers et d'Évreux, tous les deux connus par leur intransigeance ultramontaine, adversaires passionnés du cardinal Bergerot. Ce dernier, vous le savez, est mal vu au Vatican, où ses idées gallicanes, son esprit largement libéral soulèvent de véritables colères... Et ne cherchez pas autre part, toute l'affaire est là, une exécution que les tout-puissants pères de Lourdes exigent du Saint-Père, sans compter qu'on désire atteindre, par-dessus votre livre, le cardinal, grâce à la lettre d'approbation qu'il vous a si imprudemment écrite et que vous avez publiée en guise de préface... Depuis longtemps, les condamnations de l'Index ne sont souvent, entre ecclésiastiques, que des coups de massue échangés dans l'ombre. La dénonciation règne en maîtresse souveraine, et c'est ensuite la loi du bon plaisir. Je pourrais vous citer des faits incroyables, des livres innocents, choisis parmi cent autres, pour tuer une idée ou un homme ; car, derrière l'auteur, on vise presque toujours quelqu'un, plus loin et plus haut. Il y a là un tel nid d'intrigues, une telle source d'abus, où se satisfont les basses rancunes personnelles, que l'institution de l'Index croule, et qu'ici même, dans l'entourage du pape, on sent l'absolue nécessité de la réglementer à nouveau prochainement, si on ne veut pas qu'elle tombe à un discrédit complet... S'entêter à garder l'universel pouvoir, à gouverner par toutes les armes, je comprends cela, certes ! mais encore faut-il que les armes soient possibles, qu'elles ne révoltent pas par l'impudence de leur injustice et que leur vieil enfantillage ne fasse pas sourire ! »

Pierre écoutait, le cœur envahi d'un étonnement douloureux. Sans doute, depuis qu'il était à Rome, depuis qu'il y voyait les pères de la Grotte salués et redoutés, maîtres par les larges aumônes qu'ils envoyaient au denier de saint Pierre, il les sentait derrière les poursuites, il devinait qu'il allait avoir à payer la page de son livre où il constatait, à Lourdes, un déplacement de la fortune inique, un spectacle effroyable qui faisait douter de Dieu, une continuelle cause de combat qui disparaîtrait dans la société vraiment chrétienne de demain. De même, il n'était pas sans avoir compris maintenant le scandale que devaient avoir soulevé sa joie avouée du pouvoir temporel perdu et surtout ce mot malencontreux de religion nouvelle, suffisant, à lui seul, pour armer les délateurs. Mais ce qui le surprenait et le désolait, c'était d'apprendre cette chose inouïe, la lettre du cardinal Bergerot imputée à crime, son livre dénoncé et condamné pour atteindre par-derrière le pasteur vénérable qu'on n'osait frapper de face. La pensée d'affliger le saint homme, d'être pour lui une cause de défaite, dans son ardente charité, lui était cruelle. Et quelle désespérance à trouver, au fond de ces querelles, où devrait lutter seul l'amour du pauvre, les plus laides questions d'orgueil et d'argent, les ambitions et les appétits lâchés dans le plus féroce égoïsme !

Puis, ce fut, chez Pierre, une révolte contre cet Index odieux et imbécile. Il en suivait à présent le fonctionnement, depuis la dénonciation jusqu'à l'affichage public des livres condamnés. Le secrétaire de la congrégation, il venait de le voir, le père Dangelis, entre les mains duquel la dénonciation arrivait, qui dès lors instruisait l'affaire, composait le dossier, avec sa passion de moine autoritaire et lettré, rêvant de gouverner les intelligences et les consciences comme aux temps héroïques de l'Inquisition. Les prélats consulteurs, il en avait visité un, monsignor Fornaro, chargé du rapport sur son livre, si ambitieux et si accueillant, théologien subtil qui n'était point embarrassé pour trouver des attentats contre la foi dans un traité d'algèbre, lorsque le soin de sa fortune l'exigeait. Ensuite, c'étaient les rares réunions des cardinaux, votant, supprimant de loin en loin un livre ennemi, dans le mélancolique désespoir de ne pouvoir les supprimer tous ; et c'était enfin le pape, approuvant, signant le décret, une formalité pure, car tous les livres n'étaient-ils pas coupables ? Mais quelle extraordinaire et lamentable bastille du passé, que cet Index vieilli, caduc, tombé en enfance ! On sentait la formidable puissance qu'il avait dû être autrefois, lorsque les livres étaient rares et que l'Église avait des tribunaux de sang et de feu pour faire exécuter ses arrêts. Puis, les livres s'étaient multipliés tellement, la pensée écrite, imprimée, était devenue un fleuve si profond et si large, que ce fleuve avait tout submergé, tout emporté. Débordé, frappé d'impuissance, l'Index se trouvait maintenant réduit à la vaine protestation de condamner en bloc la colossale production moderne, limitant de plus en plus son champ d'action, s'en tenant à l'unique examen des œuvres d'ecclésiastiques, et là encore corrompu dans son rôle, gâté par les pires passions, changé en un instrument d'intrigues, de haine et de vengeance. Ah ! cette misère de ruine, cet aveu de vieillesse infirme, de paralysie générale et croissante, au milieu de l'indifférence railleuse des peuples ! Le catholicisme, l'ancien agent glorieux de civilisation, en être venu là, à jeter au feu de son enfer les livres en tas, et quel tas ! presque toute la littérature, l'histoire, la philosophie, la science des siècles passés et du nôtre ! Peu de livres se publient à cette heure, qui ne tomberaient sous les foudres de l'Église. Si elle paraît fermer les yeux, c'est afin d'éviter l'impossible besogne de tout poursuivre et de tout détruire ; et elle s'entête pourtant à conserver l'apparence de sa souveraine autorité sur les intelligences, telle qu'une reine très ancienne, dépossédée de ses États, désormais sans juges ni bourreaux, qui continuerait à rendre de vaines sentences, acceptées par une minorité infime. Mais qu'on la suppose un instant victorieuse, maîtresse par un miracle du monde moderne, et qu'on se demande ce qu'elle ferait de la pensée humaine, avec des tribunaux pour condamner, des gendarmes pour exécuter. Qu'on suppose les règles de l'Index appliquées strictement, un imprimeur ne pouvant rien mettre sous presse sans l'approbation de l'évêque, tous les livres déférés ensuite à la congrégation, le passé expurgé, le présent garrotté, soumis au régime de la terreur intellectuelle. Ne serait-ce pas la fermeture des bibliothèques, le long héritage de la pensée écrite mis au cachot, l'avenir barré, l'arrêt total de tout progrès et de toute conquête ? De nos jours, Rome est là comme un terrible exemple de cette expérience désastreuse, avec son sol refroidi, sa sève morte, tuée par des siècles de gouvernement papal, Rome devenue si infertile, que pas un homme, pas une œuvre n'a pu y naître encore au bout de vingt-cinq ans de réveil et de liberté. Et qui accepterait cela, non pas parmi les esprits révolutionnaires, mais parmi les esprits religieux, de quelque culture et de quelque largeur ? Tout croulait dans l'enfantin et dans l'absurde.

Le silence était profond, et Pierre, que ces réflexions bouleversaient, eut un geste désespéré, en regardant don Vigilio muet devant lui. Un moment, tous deux se turent, dans l'immobilité de mort qui montait du vieux palais endormi, au milieu de cette chambre close que la lampe éclairait d'une calme lueur. Et ce fut don Vigilio qui se pencha, le regard étincelant, qui souffla dans un petit frisson de sa fièvre :

« Vous savez, au fond de tout, ce sont eux, toujours eux. »

Pierre, qui ne comprit pas, s'étonna, un peu inquiet de cette parole égarée, tombée là sans transition apparente.

« Qui, eux ?

– Les jésuites ! »

Et le petit prêtre, maigri, jauni, avait mis dans ce cri la rage concentrée de sa passion, qui éclatait. Ah ! tant pis, s'il faisait une nouvelle sottise ! le mot était lâché enfin ! Il eut pourtant un dernier coup d'œil de défiance éperdue, autour des murs. Puis, il se soulagea longuement, dans une débâcle de paroles, d'autant plus irrésistible, qu'il l'avait plus longtemps refoulée au fond de lui.

« Ah ! les jésuites, les jésuites !... Vous croyez les connaître, et vous ne vous doutez seulement pas de leurs œuvres abominables ni de leur incalculable puissance. Il n'y a qu'eux, eux partout, eux toujours. Dites-vous cela, dès que vous cessez de comprendre, si vous voulez comprendre. Quand il vous arrivera une peine, un désastre, quand vous souffrirez, quand vous pleurerez, pensez aussitôt : "Ce sont eux, ils sont là." Je ne suis pas sûr qu'il n'y en a pas un sous ce lit, dans cette armoire... Ah ! les jésuites, les jésuites ! Ils m'ont dévoré, moi, et ils me dévorent, ils ne laisseront rien de ma chair ni de mes os. »

De sa voix entrecoupée, il conta son histoire, il dit sa jeunesse pleine d'espérance. Il était de petite noblesse provinciale, et riche de jolies rentes, et d'une intelligence très vive, très souple, souriante à l'avenir. Aujourd'hui, il serait sûrement prélat, en marche pour les hautes charges. Mais il avait eu le tort imbécile de mal parler des jésuites, de les contrecarrer en deux ou trois circonstances. Et, dès lors, à l'entendre, ils avaient fait pleuvoir sur lui tous les malheurs imaginables : sa mère et son père étaient morts, son banquier avait pris la fuite, les bons postes lui échappaient dès qu'il s'apprêtait à les occuper, les pires mésaventures le poursuivaient dans le saint ministère, à ce point qu'il avait failli se faire interdire. Il ne goûtait un peu de repos que depuis le jour où le cardinal Boccanera, prenant en pitié sa malchance, l'avait recueilli et attaché à sa personne.

« Ici, c'est le refuge, c'est l'asile. Ils exècrent Son Éminence, qui n'a jamais été avec eux ; mais ils n'ont point encore osé s'attaquer à elle, ni à ses gens... Oh ! je ne m'illusionne pas, ils me rattraperont quand même. Peut-être sauront-ils notre conversation de ce soir et me la feront-ils payer très cher ; car j'ai tort de parler, je parle malgré moi... Ils m'ont volé tout le bonheur, ils m'ont donné tout le malheur possible, tout, tout, entendez-vous bien ! »

Un malaise grandissant envahissait Pierre, qui s'écria, en s'efforçant de plaisanter :

« Voyons, voyons ! ce ne sont pas les jésuites qui vous ont donné les fièvres ?

– Mais si, ce sont eux ! affirma violemment don Vigilio. Je les ai prises au bord du Tibre, un soir que j'allais y pleurer, dans le gros chagrin d'avoir été chassé de la petite église que je desservais. »

Jusque-là, Pierre n'avait pas cru à la terrible légende des jésuites. Il était d'une génération qui souriait des loups-garous et qui trouvait un peu sotte la peur bourgeoise des fameux hommes noirs, cachés dans les murs, terrorisant les familles. C'étaient là, pour lui, des contes de nourrice, exagérés par les passions religieuses et politiques. Aussi examinait-il don Vigilio avec ahurissement, pris de la crainte d'avoir affaire à un maniaque.

Cependant, l'extraordinaire histoire des jésuites s'évoquait en lui. Si saint François d'Assise et saint Dominique sont l'âme même et l'esprit du Moyen Age, les maîtres et les éducateurs, l'un exprimant toute l'ardente foi charitable des humbles, l'autre défendant le dogme, fixant la doctrine pour les intelligents et les puissants, Ignace de Loyola apparaît au seuil des Temps Modernes pour sauver le sombre héritage qui périclite, en accommodant la religion aux sociétés nouvelles, en lui donnant de nouveau l'empire du monde qui va naître. Dès lors, l'expérience semblait faite, Dieu dans sa lutte intransigeante avec le péché allait être vaincu, car il était désormais certain que l'ancienne volonté de supprimer la nature, de tuer dans l'homme l'homme même, avec ses appétits, ses passions, son cœur et son sang, ne pouvait aboutir qu'à une défaite désastreuse, où l'Église se trouvait à la veille de sombrer ; et ce sont les jésuites qui viennent la tirer d'un tel péril, qui la rendent à la vie conquérante, en décidant que c'est elle maintenant qui doit aller au monde, puisque le monde semble ne plus vouloir aller à elle. Tout est là, ils déclarent qu'il est avec le Ciel des arrangements, ils se plient aux mœurs, aux préjugés, aux vices même, ils sont souriants, condescendants, sans nul rigorisme, d'une diplomatie aimable, prête à tourner les pires abominations à la plus grande gloire de Dieu. C'est leur cri de ralliement, et leur morale en découle, cette morale dont on a fait leur crime, que tous les moyens sont bons pour atteindre le but, quand le but est la royauté de Dieu même, représentée par celle de son Église. Aussi quel succès foudroyant ! Ils pullulent, ils ne tardent pas à couvrir la terre, à être partout les maîtres incontestés. Ils confessent les rois, ils acquièrent d'immenses richesses, ils ont une force d'envahissement si victorieuse, qu'ils ne peuvent mettre le pied dans un pays, si humblement que ce soit, sans le posséder bientôt, âmes, corps, pouvoir, fortune. Surtout ils fondent des écoles, ils sont des pétrisseurs de cerveau incomparables, car ils ont compris que l'autorité appartient toujours à demain, aux générations qui poussent et dont il faut rester les maîtres, si l'on veut régner éternellement. Leur puissance est telle, basée sur la nécessité d'une transaction avec le péché, qu'au lendemain du concile de Trente, ils transforment l'esprit du catholicisme, le pénètrent et se l'identifient, se trouvent être les soldats indispensables de la papauté, qui vit d'eux et pour eux. Depuis lors, Rome est à eux, Rome où leur général a si longtemps commandé, d'où sont partis si longtemps les mots d'ordre de cette tactique obscure et géniale, aveuglément suivie par leur innombrable armée, dont la savante organisation couvre le globe d'un réseau de fer, sous le velours des mains douces, expertes au maniement de la pauvre humanité souffrante. Mais le prodige, en tout cela, était encore la stupéfiante vitalité des jésuites, sans cesse traqués, condamnés, exécutés, et debout quand même. Dès que leur puissance s'affirme, leur impopularité commence, peu à peu universelle. C'est une huée d'exécration qui monte contre eux, des accusations abominables, des procès scandaleux où ils apparaissent comme des corrupteurs et des malfaiteurs. Pascal les voue au mépris public, des parlements condamnent leurs livres au feu, des universités frappent leur morale et leur enseignement, ainsi que des poisons. Ils soulèvent dans chaque royaume de tels troubles, de telles luttes, que la persécution s'organise et qu'on les chasse bientôt de partout. Pendant plus d'un siècle, ils sont errants, expulsés, puis rappelés, passant et repassant les frontières, sortant d'un pays au milieu des cris de haine, pour y rentrer dès que l'apaisement s'est fait. Enfin, supprimés par un pape, désastre suprême, mais rétablis par un autre, ils sont depuis cette époque à peu près tolérés. Et, dans le diplomatique effacement, l'ombre volontaire où ils ont la prudence de vivre, ils n'en sont pas moins triomphants, l'air tranquille et certain de la victoire, en soldats qui ont pour jamais conquis la terre.

Pierre savait qu'aujourd'hui, à ne voir que l'apparence des choses, ils semblaient dépossédés de Rome. Ils ne desservaient plus le Gesù, ils ne dirigeaient plus le Collège romain, où ils avaient façonné tant d'âmes ; et, sans maison à eux, réduits à l'hospitalité étrangère, ils s'étaient réfugiés modestement au Collège germanique, dans lequel se trouvait une petite chapelle. Là, ils professaient, ils confessaient encore, mais sans éclat, sans les splendeurs dévotes du Gesù, sans les succès glorieux du Collège romain. Et fallait-il croire, dès lors, à une habileté souveraine, à cette ruse de disparaître pour rester les maîtres secrets et tout-puissants, la volonté cachée qui dirige tout ? On disait bien que la proclamation de l'infaillibilité du pape était leur œuvre, l'arme dont ils s'étaient armés eux-mêmes, en feignant d'en armer la papauté, pour les besognes prochaines et décisives que leur génie prévoyait, à la veille des grands bouleversements sociaux. Elle était peut-être vraie, cette souveraineté occulte que racontait don Vigilio dans un frisson de mystère, cette mainmise sur le gouvernement de l'Église, cette royauté ignorée et totale au Vatican.

Un sourd rapprochement s'était fait dans l'esprit de Pierre, et il demanda tout d'un coup :

« Monsignor Nani est donc jésuite ? »

Ce nom parut rendre don Vigilio à toute sa passion inquiète. Il eut un geste tremblant de la main.

« Lui, oh ! lui est bien trop fort, bien trop adroit, pour avoir pris la robe. Mais il sort de ce Collège romain où sa génération a été formée, il y a bu ce génie des jésuites qui s'adaptait si exactement à son propre génie. S'il a compris le danger de se marquer d'une livrée impopulaire et gênante, voulant être libre, il n'en est pas moins jésuite, oh ! jésuite dans la chair, dans les os, dans l'âme, et supérieurement. Il a l'évidente conviction que l'Église ne peut triompher qu'en se servant des passions des hommes, et avec cela il l'aime très sincèrement, il est très pieux au fond, très bon prêtre, servant Dieu sans faiblesse, pour l'absolu pouvoir qu'il donne à ses ministres. En outre, si charmant, incapable d'une brutalité ni d'une faute, aidé par la lignée de nobles Vénitiens qu'il a derrière lui, instruit profondément par la connaissance du monde auquel il s'est beaucoup mêlé, à Vienne, à Paris, dans les nonciatures, sachant tout, connaissant tout, grâce aux délicates fonctions qu'il occupe ici depuis dix ans, comme assesseur du Saint-Office… Oh ! une toute-puissance, non pas le jésuite furtif, dont la robe noire passe au milieu des défiances, mais le chef sans un uniforme qui le désigne, la tête, le cerveau ! »

Ceci rendit Pierre sérieux, car il ne s'agissait plus des hommes cachés dans les murs, des sombres complots d'une secte romantique. Si son scepticisme répugnait à ces contes, il admettait très bien qu'une morale opportuniste, comme celle des jésuites, née des besoins de la lutte pour la vie, se fût inoculée et prédominât dans l'Église entière. Même les jésuites pouvaient disparaître, leur esprit leur survivrait, puisqu'il était l'arme de combat, l'espoir de victoire, la seule tactique qui pouvait remettre les peuples sous la domination de Rome. Et la lutte restait, en réalité, dans cette tentative d'accommodement qui se poursuivait, entre la religion et le siècle. Dès lors, il comprenait que des hommes, comme monsignor Nani, pouvaient prendre une importance énorme, décisive.

« Ah ! si vous saviez, si vous saviez ! continua don Vigilio, il est partout, il a la main dans tout. Tenez ! pas une affaire ne s'est passée ici, chez les Boccanera, sans que je l'aie trouvé au fond, brouillant et débrouillant les fils, selon des nécessités que lui seul connaît. »

Et, dans cette fièvre intarissable de confidences dont la crise le brûlait, il raconta comment monsignor Nani avait sûrement travaillé au divorce de Benedetta. Les jésuites ont toujours eu, malgré leur esprit de conciliation, une attitude irréconciliable à l'égard de l'Italie, soit qu'ils ne désespèrent pas de reconquérir Rome, soit qu'ils attendent l'heure de traiter avec le vainqueur véritable. Aussi, familier de donna Serafina depuis longtemps, Nani avait-il aidé celle-ci à reprendre sa nièce, à précipiter la rupture avec Prada, dès que Benedetta eut perdu sa mère. C'était lui qui, pour évincer l'abbé Pisoni, ce curé patriote, le confesseur de la jeune fille, qu'on accusait d'avoir fait le mariage, avait poussé cette dernière à prendre le même directeur que sa tante, le père jésuite Lorenza, un bel homme aux yeux clairs et bienveillants, dont le confessionnal était assiégé, à la chapelle du Collège germanique. Et il semblait certain que cette manœuvre avait décidé de toute l'aventure, ce qu'un curé venait de faire pour l'Italie, un père allait le défaire contre l'Italie. Maintenant, pourquoi Nani, après avoir consommé la rupture, paraissait-il s'être désintéressé un moment, jusqu'au point de laisser péricliter la demande en annulation de mariage ? Et pourquoi, désormais, s'en occupait-il de nouveau, faisant acheter monsignor Palma, mettant donna Serafina en campagne, pesant lui-même sur les cardinaux de la congrégation du Concile ? Il y avait là des points obscurs, comme dans toutes les affaires dont il s'occupait ; car il était surtout l'homme des combinaisons à longue portée. Mais on pouvait supposer qu'il voulait hâter le mariage de Benedetta et de Dario, pour mettre fin aux commérages abominables du monde blanc, qui accusait le cousin et la cousine de n'avoir qu'un lit, au palais, sous l'œil plein d'indulgence de leur oncle, le cardinal. Ou peut-être ce divorce, obtenu à prix d'argent et sous la pression des influences les plus notoires, était-il un scandale volontaire, traîné en longueur, précipité à présent, pour nuire au cardinal lui-même, dont les jésuites devaient avoir besoin de se débarrasser, dans une circonstance prochaine.

« J'incline assez à cette supposition, conclut don Vigilio, d'autant plus que j'ai appris ce soir que le pape était souffrant. Avec un vieillard de quatre-vingt-quatre ans bientôt, une catastrophe soudaine est possible, et le pape ne peut plus avoir un rhume, sans que tout le Sacré Collège et la prélature soient en l'air, bouleversés par la brusque bataille des ambitions… Or les jésuites ont toujours combattu la candidature du cardinal Boccanera. Ils devraient être pour lui, pour son rang, pour son intransigeance à l'égard de l'Italie ; mais ils sont inquiets à l'idée de se donner un tel maître, ils le trouvent d'une rudesse intempestive, d'une foi violente, sans souplesse, trop dangereuse aujourd'hui, en ces temps de diplomatie que traverse l'Église... Et je ne serais aucunement étonné qu'on cherchât à le déconsidérer, à rendre sa candidature impossible, par les moyens les plus détournés et les plus honteux. »

Pierre commençait à être envahi d'un petit frisson de peur. La contagion de l'inconnu, des noires intrigues tramées dans l'ombre, agissait, au milieu du silence de la nuit, au fond de ce palais, près de ce Tibre, dans cette Rome toute pleine des drames légendaires. Et il fit un brusque retour sur lui-même, sur son cas personnel.

« Mais moi, là-dedans, moi ! pourquoi monsignor Nani semble-t-il s'intéresser à moi, comment se trouve-t-il mêlé au procès qu'on fait à mon livre ? »

Don Vigilio eut un grand geste.

« Ah ! on ne sait jamais, on ne sait jamais au juste !... Ce que je puis affirmer, c'est qu'il n'a connu l'affaire que lorsque les dénonciations des évêques de Tarbes, de Poitiers et d'Évreux se trouvaient déjà entre les mains du père Dangelis, le secrétaire de l'Index ; et j'ai appris également qu'il s'est efforcé, alors, d'arrêter le procès, le trouvant inutile et impolitique sans doute. Mais quand la congrégation est saisie, il est presque impossible de la dessaisir, d'autant plus qu'il a dû se heurter contre le père Dangelis, qui, en fidèle dominicain, est l'adversaire passionné des jésuites... C'est à ce moment qu'il a fait écrire par la contessina à M. de la Choue, pour qu'il vous dise d'accourir ici vous défendre, et pour que vous acceptiez, pendant votre séjour, l'hospitalité dans ce palais. »

Cette révélation acheva d'émotionner Pierre.

« Vous êtes certain de cela ?

– Oh ! tout à fait certain, je l'ai entendu parler de vous, un lundi, et déjà je vous ai prévenu qu'il paraissait vous connaître intimement, comme s'il s'était livré à une enquête minutieuse. Pour moi, il avait lu votre livre, il en était extrêmement préoccupé.

– Vous le croyez donc dans mes idées, il serait sincère, il se défendrait en s'efforçant de me défendre ?

– Non, non, oh ! pas du tout... Vos idées, il les exècre sûrement, et votre livre, et vous-même ! Il faut connaître, sous son amabilité si caressante, son dédain du faible, sa haine du pauvre, son amour de l'autorité, de la domination. Lourdes encore, il vous l'abandonnerait, bien qu'il y ait là une arme merveilleuse de gouvernement. Mais jamais il ne vous pardonnera d'être avec les petits de ce monde et de vous prononcer contre le pouvoir temporel. Si vous l'entendiez se moquer avec une tendre férocité de M. de la Choue, qu'il appelle le saule pleureur élégiaque du néo-catholicisme ! »

Pierre porta les deux mains à ses tempes, se serra la tête désespérément.

« Alors, pourquoi, pourquoi ? dites-le-moi, je vous en prie !... Pourquoi me faire venir et m'avoir ici, dans cette maison, à sa disposition entière ? Pourquoi me promener depuis trois mois dans Rome, à me heurter contre les obstacles, à me lasser, lorsqu'il lui était si facile de laisser l'Index supprimer mon livre, s'il en est gêné ? Il est vrai que les choses ne se seraient pas passées tranquillement, car j'étais disposé à ne pas me soumettre, à confesser ma foi nouvelle hautement, même contre les décisions de Rome. »

Les yeux noirs de don Vigilio étincelèrent dans sa face jaune.

« Eh ! c'est peut-être ce qu'il n'a pas voulu. Il vous sait très intelligent et très enthousiaste, je l'ai entendu répéter souvent qu'on ne doit pas lutter de face avec les intelligences et les enthousiasmes. »

Mais Pierre s'était levé, et il n'écoutait même plus, il marchait à travers la pièce, comme emporté dans le désordre de ses idées.

« Voyons, voyons, il est nécessaire que je sache et que je comprenne, si je veux continuer la lutte. Vous allez me rendre le service de me renseigner en détail sur chacun des personnages, dans mon affaire... Des jésuites, des jésuites partout ! Mon Dieu ! je veux bien, vous avez peut-être raison. Encore faut-il que vous me disiez les nuances... Ainsi, par exemple, ce Fornaro ?

– Monsignor Fornaro, oh ! il est un peu ce qu'on veut. Mais il a été élevé aussi, celui-là, au Collège romain, et soyez persuadé qu'il est jésuite, jésuite par éducation, par position, par ambition. Il brûle d'être cardinal, et s'il devient cardinal un jour, il brûlera d'être pape. Tous des candidats à la papauté, dès le séminaire !

– Et le cardinal Sanguinetti ?

– Jésuite, jésuite !... Entendons-nous, il l'a été, ne l'a plus été, l'est de nouveau certainement. Sanguinetti a coqueté avec tous les pouvoirs. Longtemps on l'a cru pour la conciliation entre le Saint-Siège et l'Italie ; puis, la situation s'est gâtée, il a violemment pris parti contre les usurpateurs. De même, il s'est brouillé plusieurs fois avec Léon XIII, a fait ensuite sa paix, vit aujourd'hui au Vatican sur un pied de diplomatique réserve. En somme, il n'a qu'un but, la tiare, et il le montre même trop, ce qui use un candidat... Mais, pour le moment, la lutte semble se restreindre entre lui et le cardinal Boccanera. Et c'est pourquoi il s'est remis avec les jésuites, exploitant leur haine contre son rival, comptant bien que, dans leur désir d'évincer celui-ci, ils seront forcés de le soutenir. Moi j'en doute, car je les sais trop fins, ils hésiteront à patronner un candidat si compromis déjà... Lui, brouillon, passionné, orgueilleux, ne doute de rien ; et, puisque vous me dites qu'il est à Frascati, je suis sûr qu'il a couru s'y enfermer, dès la nouvelle de la maladie du pape, dans un but de haute tactique.

– Eh bien ! et le pape lui-même, Léon XIII ? »

Ici don Vigilio eut une courte hésitation, un léger battement de paupières.

« Léon XIII ? il est jésuite, jésuite !... Oh ! je sais qu'on le dit avec les dominicains, et c'est vrai, si l'on veut, car il se croit animé de leur esprit, il a remis en faveur saint Thomas, a restauré sur la doctrine tout l'enseignement ecclésiastique... Mais il y a aussi le jésuite sans le vouloir, sans le savoir, et le pape actuel en restera le plus fameux exemple. Étudiez ses actes, rendez-vous compte de sa politique : vous y verrez l'émanation, l'action même de l'âme jésuite. C'est qu'il en est imprégné à son insu, c'est aussi que toutes les influences qui agissent sur lui, directement ou indirectement, partent de ce foyer... Pourquoi ne me croyez-vous pas ? Je vous répète qu'ils ont tout conquis, tout absorbé, que Rome est à eux, depuis le plus infime clerc jusqu'à Sa Sainteté elle-même ! »

Et il continua, et il répondit à chaque nouveau nom que citait Pierre, par ce cri entêté et maniaque : jésuite, jésuite ! Il semblait qu'il ne fût plus possible d'être autre chose dans l'Église, que cette explication se vérifiât d'un clergé réduit à pactiser avec le monde nouveau, s'il voulait sauver son Dieu. L'âge héroïque du catholicisme était accompli, ce dernier ne pouvait vivre désormais que de diplomatie et de ruses, de concessions et d'accommodements.

« Et ce Paparelli, jésuite, jésuite ! continua don Vigilio, en baissant instinctivement la voix, oh ! le jésuite humble et terrible, le jésuite dans sa plus abominable besogne d'espionnage et de perversion ! Je jurerais qu'on l'a mis ici pour surveiller Son Éminence, et il faut voir avec quel génie de souplesse et d'astuce il est parvenu à remplir sa tâche, au point qu'il est maintenant l'unique volonté, ouvrant la porte à qui lui plaît, usant de son maître comme d'une chose à lui, pesant sur chacune de ses résolutions, le possédant enfin par un lent envahissement de chaque heure. Oui ! c'est la conquête du lion par l'insecte, c'est l'infiniment petit qui dispose de l'infiniment grand, ce simple abbé si infime, le caudataire dont le rôle est de s'asseoir aux pieds de son cardinal comme un chien fidèle, et qui en réalité règne sur lui, le pousse où il veut... Ah ! le jésuite, le jésuite ! Défiez-vous de lui, quand il passe sans bruit dans sa pauvre soutane, pareil à une vieille femme en jupe noire, avec sa face molle et ridée de dévote. Regardez s'il n'est pas derrière les portes, au fond des armoires, sous les lits. Je vous dis qu'ils vous mangeront comme ils m'ont mangé, et qu'ils vous donneront, à vous aussi, la fièvre, la peste, si vous ne prenez garde ! »

Brusquement, Pierre s'arrêta devant le prêtre. Il perdait pied, la crainte et la colère finissaient par l'envahir. Après tout, pourquoi pas ? toutes ces histoires extraordinaires devaient être vraies.

« Mais alors donnez-moi un conseil, cria-t-il. Je vous ai justement prié d'entrer chez moi, ce soir, parce que je ne savais plus que faire et que je sentais le besoin d'être remis dans la bonne route. »

Il s'interrompit, reprit sa marche violente, comme sous la poussée de sa passion qui débordait.

« Ou bien non ! ne me dites rien, c'est fini, j'aime mieux partir. Cette pensée m'est déjà venue, mais dans une heure de lâcheté, avec l'idée de disparaître, de retourner vivre en paix dans mon coin ; tandis que, maintenant, si je pars, ce sera en vengeur, en justicier, pour crier, de Paris, ce que j'ai vu à Rome, ce qu'on y a fait du christianisme de Jésus, le Vatican tombant en poudre, l'odeur de cadavre qui s'en échappe, l'imbécile illusion de ceux qui espèrent voir un renouveau de l'âme moderne sortir un jour de ce sépulcre, où dort la décomposition des siècles... Oh ! je ne céderai pas, je ne me soumettrai pas, je défendrai mon livre par un nouveau livre. Et, celui-ci, je vous réponds qu'il fera quelque bruit dans le monde, car il sonnera l'agonie d'une religion qui se meurt et qu'il faut se hâter d'enterrer, si l'on ne veut pas que ses restes empoisonnent les peuples. »

Ceci dépassait la cervelle de don Vigilio. Le prêtre italien se réveillait en lui, avec sa croyance étroite, sa terreur ignorante des idées nouvelles. Il joignit les mains, épouvanté.

« Taisez-vous, taisez-vous ! ce sont des blasphèmes... Et puis, vous ne pouvez vous en aller ainsi, sans tenter encore de voir Sa Sainteté. Elle seule est souveraine. Et je sais que je vais vous surprendre, mais le père Dangelis, en se moquant, vous a encore donné le seul bon conseil : retournez voir monsignor Nani, car lui seul vous ouvrira la porte du Vatican. »

Pierre en eut un nouveau sursaut de colère.

« Comment ! que je sois parti de monsignor Nani, pour retourner à monsignor Nani ! Quel est ce jeu ? Puis-je accepter d'être un volant que se renvoient toutes les raquettes ? À la fin, on se moque de moi ! »

Et, harassé, éperdu, Pierre revint tomber sur sa chaise, en face de l'abbé qui ne bougeait pas, la face plombée par cette veillée trop longue, les mains toujours agitées d'un petit tremblement. Il y eut un long silence. Puis, don Vigilio expliqua qu'il avait bien une autre idée, il connaissait un peu le confesseur du pape, un père franciscain, d'une grande simplicité, auquel il pourrait l'adresser. Peut-être, malgré son effacement, ce père lui serait-il utile. C'était toujours une tentative à faire. Et le silence recommença, et Pierre, dont les yeux vagues restaient fixés sur le mur, finit par distinguer le tableau ancien, qui l'avait touché si profondément, le jour de son arrivée. Dans la pâle lueur de la lampe, il venait peu à peu de le voir se détacher et vivre, tel que l'incarnation même de son cas, de son désespoir inutile devant la porte rudement fermée de la vérité et de la justice. Ah ! cette femme rejetée, cette obstinée d'amour, sanglotant dans ses cheveux et dont on n'apercevait pas le visage, comme elle lui ressemblait, tombée de douleur sur les marches de ce palais, à l'impitoyable porte close ! Elle était grelottante, drapée d'un simple linge, elle ne disait point son secret, infortune ou faute, douleur immense d'abandon ; et, derrière ses mains serrées sur la face, il lui prêtait sa figure, elle devenait sa sœur, ainsi que toutes les pauvres créatures sans toit ni certitude, qui pleurent d'être nues et d'être seules, qui usent leurs poings à vouloir forcer le seuil méchant des hommes. Il ne pouvait jamais la regarder sans la plaindre, il fut si remué, ce soir-là, de la retrouver toujours inconnue, sans nom et sans visage, et toujours baignée des plus affreuses larmes, qu'il questionna tout d'un coup don Vigilio.

« Savez-vous de qui est cette vieille peinture ? Elle me remue jusqu'à l'âme, ainsi qu'un chef-d'œuvre. »

Stupéfait de cette question imprévue, qui tombait là sans transition aucune, le prêtre leva la tête, regarda, s'étonna davantage quand il eut examiné le panneau noirci, délaissé, dans son cadre pauvre.

« D'où vient-elle, savez-vous ? répéta Pierre. Comment se fait-il qu'on l'ait reléguée au fond de cette chambre ?

– Oh ! dit-il, avec un geste d'indifférence, ce n'est rien, il y a comme ça partout des peintures anciennes sans valeur... Celle-ci a toujours été là sans doute. Je ne sais pas, je ne l'avais même pas vue. »

Enfin, il s'était levé avec prudence. Mais ce simple mouvement venait de lui donner un tel frisson, qu'il put à peine prendre congé, les dents claquant de fièvre.

« Non, ne me reconduisez pas, laissez la lampe dans cette pièce... Et, pour conclure, le mieux serait encore de vous abandonner aux mains de monsignor Nani, car celui-là, au moins, est supérieur. Je vous l'ai dit, dès votre arrivée, que vous le vouliez ou non, vous finirez par faire ce qu'il voudra. Alors, à quoi bon lutter ?... Et jamais un mot de notre conversation de cette nuit, ce serait ma mort ! »

Il rouvrit les portes sans bruit, regarda avec méfiance, à droite, à gauche, dans les ténèbres du couloir, puis se hasarda, disparut, rentra chez lui si doucement, qu'on n'entendit même point l'effleurement de ses pieds, au milieu du sommeil de tombe de l'antique palais.

Le lendemain, Pierre, repris d'un besoin de lutte, et qui voulait tout essayer, se fit recommander par don Vigilio au confesseur du pape, à ce père franciscain que le secrétaire connaissait un peu. Mais il tomba sur un bon moine, l'homme le plus timoré, évidemment choisi très modeste et très simple, sans influence aucune, pour qu'il n'abusât point de sa situation toute-puissante près du Saint-Père. Il y avait aussi une humilité affectée, de la part de celui-ci, à n'avoir pour confesseur que le plus humble des réguliers, l'ami des pauvres, le saint mendiant des routes. Ce père jouissait pourtant d'une renommée d'orateur plein de foi, le pape assistait à ses sermons, caché selon la règle derrière un voile ; car, si, comme souverain pontife infaillible, il ne pouvait recevoir la leçon d'aucun prêtre, on admettait que, comme homme, il tirât quand même profit de la bonne parole. En dehors de son éloquence naturelle, le bon père était vraiment un simple blanchisseur d'âmes, le confesseur qui écoute et qui absout, sans se souvenir des impuretés qu'il lave, aux eaux de la pénitence. Et Pierre, à le voir si réellement pauvre et nul, n'insista pas sur une intervention qu'il sentait inutile.

Ce jour-là, la figure de l'amant ingénu de la Pauvreté, du délicieux François, comme disait Narcisse Habert, le hanta jusqu'au soir. Souvent il s'était étonné de la venue de ce nouveau Jésus, si doux aux hommes, aux bêtes et aux choses, le cœur enflammé d'une si brûlante charité pour les misérables, dans cette Italie d'égoïsme et de jouissance, où la joie de la beauté est seule restée reine. Sans doute les temps sont changés, et quelle sève d'amour il a fallu, aux temps anciens, pendant les grandes souffrances du Moyen Age, pour qu'un tel consolateur des humbles, poussé du sol populaire, se mît à prêcher le don de soi-même aux autres, le renoncement aux richesses, l'horreur de la force brutale, l'égalité et l'obéissance qui devaient assurer la paix du monde. Il marchait par les chemins, vêtu ainsi que les plus pauvres, une corde serrant à ses reins la robe grise, des sandales à ses pieds nus, sans bourse ni bâton. Et ils avaient, lui et ses frères, le verbe haut et libre, d'une verdeur de poésie, d'une hardiesse de vérité souveraines, se faisant justiciers partout, attaquant les riches et les puissants, osant dénoncer les mauvais prêtres, les évêques débauchés, simoniaques et parjures. Un long cri de soulagement les accueillait, le peuple les suivait en foule, ils étaient les amis, les libérateurs de tous les petits qui souffraient. Aussi, d'abord, de tels révolutionnaires inquiétèrent-ils Rome, les papes hésitèrent avant d'autoriser l'ordre ; et, quand ils cédèrent enfin, ce fut sûrement dans l'idée d'utiliser à leur profit cette force nouvelle, la conquête du peuple infime, de la masse immense et vague, dont la sourde menace a toujours grondé à travers les âges, même aux époques les plus despotiques. Dès lors, la papauté avait eu, dans les fils de saint François, une armée de continuelle victoire, l'armée errante qui se répandait partout, par les routes, par les villages, par les villes, qui pénétrait jusqu'au foyer de l'ouvrier et du paysan, gagnant les cœurs simples. S'imaginait-on la puissance démocratique d'un tel ordre, sorti des entrailles du peuple ! De là, la prospérité si rapide, le nombre des frères pullulant en quelques années, des couvents se fondant de toutes parts, le tiers ordre envahissant la population laïque au point de l'imprégner et de l'absorber. Et ce qui prouvait qu'il y avait là une production du sol, une végétation vigoureuse de la souche plébéienne, c'était que tout un art national allait en naître, les précurseurs de la Renaissance en peinture, et Dante lui-même, l'âme du génie de l'Italie.

Maintenant, depuis quelques jours, Pierre les voyait, ces grands ordres d'autrefois, et se heurtait contre eux, dans la Rome actuelle. Les franciscains et les dominicains, qui avaient si longtemps combattu de compagnie pour l'Église, rivaux animés de la même foi, étaient toujours là, face à face, dans leurs vastes couvents, d'apparence prospère. Mais il semblait que l'humilité des franciscains les eût à la longue mis à l'écart. Peut-être aussi était-ce que leur rôle d'amis et de libérateurs du peuple a cessé, depuis que le peuple se libère lui-même, dans ses conquêtes politiques et sociales. Et la seule bataille restait sûrement entre les dominicains et les jésuites, les prêcheurs et les éducateurs, qui, les uns et les autres, ont gardé la prétention de pétrir le monde à l'image de leur foi. On entendait gronder les influences, c'était une guerre de toutes les heures, dont Rome, le pouvoir suprême au Vatican, demeurait l'éternel enjeu. Les premiers, cependant, avaient beau avoir saint Thomas qui combattait pour eux, ils sentaient crouler leur vieille science dogmatique, ils devaient céder chaque jour un peu de terrain aux seconds, victorieux avec le siècle. Puis, c'étaient encore les chartreux, vêtus de leur robe de drap blanc, les silencieux très saints et très purs, les contemplateurs qui se sauvent du monde dans leurs cloîtres aux cellules calmes, les désespérés et les consolés dont le nombre peut être moindre, mais qui vivront éternellement, comme la douleur et le besoin de solitude. C'étaient les bénédictins, les enfants de saint Benoît dont la règle admirable a sanctifié le travail, les ouvriers passionnés des lettres et des sciences, qui ont longtemps été, à leur époque, des instruments puissants de civilisation, aidant à l'instruction universelle par leurs immenses travaux d'histoire et de critique ; et ceux-ci, Pierre qui les aimait, qui se serait réfugié chez eux deux siècles plus tôt, s'étonnait pourtant de leur voir bâtir, sur l'Aventin, une vaste demeure, pour laquelle Léon XIII a déjà donné des millions, comme si la science d'aujourd'hui et de demain eût encore été un champ où ils pussent moissonner : à quoi bon ? lorsque les ouvriers ont changé, lorsque les dogmes sont là pour barrer la route à qui doit passer en les respectant, sans achever de les abattre. Enfin, c'était le pullulement des ordres moindres, dont on compte des centaines : c'étaient les carmes, les trappistes, les minimes, les barnabites, les lazaristes, les eudistes, les missionnaires, les récollets, les frères de la Doctrine chrétienne ; c'étaient les bernardins, les augustins, les théatins, les observantins, les célestins, les capucins ; sans compter les ordres correspondants de femmes, ni les clarisses, ni les religieuses sans nombre, telles que les religieuses de la Visitation et celles du Calvaire. Chaque maison avait son installation modeste ou somptueuse, certains quartiers de Rome n'étaient faits que de couvents, et tout ce peuple, derrière les façades muettes, bourdonnait, s'agitait, intriguait, dans la continuelle lutte des intérêts et des passions. L'ancienne évolution sociale qui les avait produits n'agissait plus depuis longtemps, ils s'entêtaient à vivre quand même, de plus en plus inutiles et affaiblis, destinés à cette agonie lente, jusqu'au jour où l'air et le sol leur manqueront à la fois, au sein de la société nouvelle.

Et, dans ses démarches, dans ses courses qui recommençaient, ce n'était pas le plus souvent contre les réguliers que se heurtait Pierre : il avait affaire surtout au clergé séculier, à ce clergé de Rome, qu'il finissait par bien connaître. Une hiérarchie, rigoureuse encore, y maintenait les classes et les rangs. Au sommet, autour du pape, régnait la famille pontificale, les cardinaux et les prélats, très hauts, très nobles, d'une grande morgue, sous leur apparente familiarité. En dessous d'eux, le clergé des paroisses formait comme une bourgeoise, très digne, d'un esprit sage et modéré, où les curés patriotes n'étaient même pas rares ; et l'occupation italienne, depuis un quart de siècle, avait eu ce singulier résultat, en installant tout un monde de fonctionnaires, témoins des mœurs, de purifier la vie intime des prêtres romains, dans laquelle la femme autrefois jouait un rôle si décisif, que Rome était à la lettre un gouvernement de servantes maîtresses, trônant dans des ménages de vieux garçons. Et, enfin, on tombait à cette plèbe du clergé, que Pierre avait étudiée curieusement, tout un ramassis de misérables prêtres, crasseux, à demi nus, rôdant en quête d'une messe, comme des bêtes faméliques, s'échouant dans les tavernes louches, en compagnie des mendiants et des voleurs. Mais il était plus intéressé encore par la foule flottante des prêtres accourus de la chrétienté entière, les aventuriers, les ambitieux, les croyants, les fous, que Rome attirait comme la lampe, dans la nuit, attire les insectes de l'ombre. Il y en avait de toute nationalité, de toute fortune, de tout âge, galopant sous le fouet de leurs appétits, se bousculant du matin au soir autour du Vatican, pour mordre à la proie qu'ils étaient venus saisir. Partout, il les retrouvait, et il se disait avec quelque honte qu'il était un d'eux, qu'il augmentait de son unité ce nombre incroyable de soutanes qu'on rencontrait par les rues. Ah ! ce flux et ce reflux, cette continuelle marée, dans Rome, des robes noires, des frocs de toutes les couleurs ! Les séminaires des diverses nations auraient suffi à pavoiser les rues, avec leurs queues d'élèves en fréquentes promenades : les Français tout noirs, les Américains du Sud noirs avec l'écharpe bleue, les Américains du Nord noirs avec l'écharpe rouge, les Polonais noirs avec l'écharpe verte, les Grecs bleus, les Allemands rouges, les Roumains violets, et les autres, et les autres, brodés, lisérés de cent façons. Puis, il y avait en outre les confréries, les pénitents, les blancs, les noirs, les bleus, les gris, avec des cagoules, avec des pèlerines différentes, grises, bleues, noires ou blanches. Et c'était ainsi que, parfois encore, la Rome papale semblait ressusciter et qu'on la sentait vivace et tenace, luttant pour ne pas disparaître, dans la Rome cosmopolite actuelle, où s'effacent le ton neutre et la coupe uniforme des vêtements.

Mais Pierre avait beau courir de chez un prélat chez un autre, fréquenter des prêtres, traverser des églises, il ne pouvait s'habituer au culte, à cette dévotion romaine, qui l'étonnait quand elle ne le blessait pas. Un dimanche qu'il était entré, par un matin de pluie, à Sainte-Marie-Majeure, il avait cru se trouver dans une salle d'attente, d'une richesse inouïe certes, avec ses colonnes et son plafond de temple antique, le baldaquin somptueux de son autel papal, les marbres éclatants de sa Confession, de sa chapelle Borghèse surtout, et où Dieu cependant ne semblait pas habiter. Dans la nef centrale, pas un banc, pas une chaise ; un continuel va-et-vient de fidèles qui la traversaient, comme on traverse une gare, en trempant de leurs souliers mouillés le précieux dallage de mosaïque ; des femmes et des enfants, que la fatigue avait fait asseoir autour des socles de colonne, ainsi qu'on en voit, dans l'encombrement des grands départs, attendant leur train. Et, pour cette foule piétinante de menu peuple, entrée en passant, un prêtre disait une messe basse, au fond d'une chapelle latérale, devant laquelle une file unique de gens debout s'était formée, étroite, longue, une queue de théâtre barrant la nef en travers. À l'élévation, tous s'inclinèrent d'un air de ferveur ; puis, l'attroupement se dissipa, la messe était dite. C'était partout la même assistance des pays du soleil, pressée, n'aimant pas s'installer sur des sièges, ne faisant à Dieu que de courtes visites familières, en dehors des grandes réceptions de gala, à Saint-Paul comme à Saint-Jean-de-Latran, dans toutes les vieilles basiliques comme à Saint-Pierre lui-même. Au Gesù seul, il tomba, un autre dimanche matin, sur une grand-messe qui lui rappela les foules dévotes du Nord : là, il y avait des bancs, des femmes assises, une tiédeur mondaine, sous le luxe des voûtes, chargées d'or, de sculptures et de peintures, d'une splendeur fauve admirable, depuis que le temps en a fondu le goût baroque trop vif. Mais que d'églises vides, parmi les plus anciennes et les plus vénérables, Saint-Clément, Sainte-Agnès, Sainte-Croix-de-Jérusalem, où l'on ne voyait guère, aux heures des offices, que les quelques voisins du quartier ! Quatre cents églises, même pour Rome, c'étaient bien des nefs à peupler ; et il y en avait qu'on fréquentait uniquement à certains jours fixes de cérémonie, beaucoup n'ouvraient leurs portes qu'une fois par an, le jour de la fête du saint. Certaines vivaient de la chance heureuse de posséder un fétiche, une idole secourable aux misères humaines : l'Aracœli avait le petit Jésus miraculeux, *il Bambino*, qui guérissait les enfants malades ; Sant' Agostino avait la *Madonna del Parto*, la Vierge qui délivrait heureusement les femmes enceintes. D'autres étaient réputées pour l'eau de leurs bénitiers, l'huile de leurs lampes, la puissance d'un saint de bois ou d'une madone de marbre. D'autres semblaient délaissées, abandonnées aux touristes, livrées à la petite industrie des bedeaux, telles que des musées, peuplés de dieux morts. D'autres enfin restaient troublantes, comme Santa Maria Rotonda, installée dans le Panthéon, une salle ronde qui tient du cirque, et où la Vierge est demeurée l'évidente locataire de l'Olympe. Il s'était intéressé aux églises des quartiers pauvres, à Saint-Onuphre, à Sainte-Cécile, à Sainte-Marie-du-Transtévère, sans y rencontrer la foi vive, le flot populaire qu'il espérait. Un après-midi, dans cette dernière complètement vide, il avait entendu des chantres chanter à pleine voix, un lamentable chant au milieu de cette solitude. Un autre jour, étant entré à San Crisogono, il l'avait trouvé tendu, sans doute pour une fête du lendemain : les colonnes dans des fourreaux de damas rouge, les portiques sous des lambrequins et des rideaux alternés, jaunes et bleus, blancs et rouges ; et il avait fui, devant cette affreuse décoration, d'un clinquant de foire. Ah ! qu'il était loin des cathédrales où, dans son enfance, il avait cru et prié ! Partout, il retrouvait la même église, l'ancienne basilique antique, accommodée au goût de la Rome du dernier siècle par le Bernin ou ses élèves. À Saint-Louis-des-Français, dont le style est meilleur, d'une sobriété élégante, il ne fut ému que par les grands morts, les héros et les saints, qui dormaient sous les dalles, dans la terre étrangère. Et, comme il cherchait du gothique, il finit par aller voir Sainte-Marie-de-la-Minerve, qu'on lui disait être le seul échantillon du style gothique à Rome. Ce fut pour lui la stupéfaction dernière, ces colonnes engagées recouvertes de marbre, ces ogives qui n'osent s'élancer, étouffées dans le plein cintre, ces voûtes qui s'arrondissent, condamnées à la lourde majesté du dôme. Non, non ! la foi dont les cendres tièdes demeuraient là, n'était plus celle dont le brasier avait envahi et brûlé au loin la chrétienté entière. Monsignor Fornaro, que le hasard lui fit rencontrer justement, au sortir de Sainte-Marie-de-la-Minerve, s'éleva contre le gothique, en le traitant d'hérésie pure. La première église chrétienne, c'était la basilique, née du temple ; et l'on blasphémait, lorsqu'on voyait la véritable église chrétienne dans la cathédrale gothique, car le gothique n'était que le détestable esprit anglo-saxon, le génie révolté de Luther. Il voulut répondre passionnément au prélat ; puis, il se tut, de crainte d'en trop dire. N'était-ce pas, en effet, la preuve décisive que le catholicisme était la végétation même du sol de Rome, le paganisme transformé par le christianisme ? Ailleurs, celui-ci a poussé dans un esprit différent, à ce point qu'il est entré en rébellion, qu'il s'est tourné contre la Cité mère, au jour du schisme. L'écart est allé en s'élargissant toujours, les dissemblances s'accusent aujourd'hui de plus en plus, dans l'évolution des sociétés nouvelles, malgré les efforts désespérés d'unité, de sorte que le schisme, une fois encore, apparaît inévitable et prochain. Et il gardait aux basiliques une autre rancune d'enfant jadis pieux et sentimental, l'absence des cloches, des belles et grandes cloches, aimées des humbles. Il faut des clochers, pour les cloches, et il n'y a pas de clochers à Rome, il n'y a que des dômes. Décidément, Rome n'était pas la ville de Jésus, sonnante et carillonnante, d'où la prière montait en ondes sonores parmi le vol tourbillonnant des corneilles et des hirondelles.

Cependant, Pierre continuait ses démarches, envahi par une sourde irritation qui le faisait s'obstiner, retournant voir les gens, tenant la parole qu'il s'était donnée de rendre visite à chacun des cardinaux de la congrégation de l'Index, malgré les blessures. Et il se trouva peu à peu lancé à travers les autres congrégations, ces ministères de l'ancien gouvernement pontifical, aujourd'hui moins nombreuses, mais d'une complication de rouages extraordinaire encore, ayant chacune un cardinal pour préfet, des membres cardinaux tenant séance, des prélats consulteurs, tout un monde d'employés. Il dut aller plusieurs fois à la Chancellerie où siège la congrégation de l'Index, il se perdit dans cette immensité d'escaliers, de couloirs et de salles, gagné dès le portique de la cour par le frisson glacé des vieux murs, ne pouvant arriver à aimer ce palais, l'œuvre maîtresse de Bramante, le type pur de la Renaissance romaine, d'une beauté si nue et si froide. Il connaissait déjà la congrégation de la Propagande, où le cardinal Sarno l'avait reçu ; et ce fut le hasard de ses visites, renvoyé de l'un à l'autre, dans cette chasse aux influences, qui lui fit connaître de même les autres congrégations, celle des Évêques et Réguliers, celle des Rites, celle du Concile. Même il entrevit la Consistoriale, la Daterie, la Sacrée Pénitencerie. C'était le mécanisme énorme de l'administration de l'Église, le monde entier à gouverner, élargir les conquêtes, gérer les affaires des pays conquis, juger les questions de foi, de mœurs et de personnes, examiner et punir les délits, accorder les dispenses, vendre les faveurs. On n'imaginait pas le nombre effroyable d'affaires qui, chaque matin, tombait au Vatican, les questions les plus graves, les plus délicates, les plus complexes, dont la solution donnait lieu à des recherches, à des études sans nombre. Il fallait bien répondre à ce peuple de visiteurs, qui encombraient Rome, venus de tous les points de la chrétienté, à ces lettres, à ces suppliques, à ces dossiers, dont le flot se distribuait, s'entassait dans les bureaux. Et le miracle était le grand silence discret dans lequel se faisait la colossale besogne, pas un bruit sur la rue, des tribunaux, des parlements, des fabriques de saints et de nobles d'où ne sortait pas même la petite trépidation du travail, une mécanique si bien huilée, que, malgré la rouille des siècles, l'usure profonde et irrémédiable, elle fonctionnait sans qu'on la devinât, derrière les murs. Toute la politique de l'Église n'était-elle pas là ? se taire, écrire le moins possible, attendre. Mais quelle mécanique prodigieuse, surannée et si puissante encore ! Et comme il se sentait pris, au milieu de ces congrégations, dans le réseau de fer du plus absolu pouvoir qu'on eût jamais organisé pour dominer les hommes ! Il avait beau y constater des lézardes, des trous, une vétusté annonçant la ruine, il ne lui appartenait pas moins, depuis qu'il s'y était risqué, il était saisi, broyé, emporté au travers de cet inextricable filet, de ce labyrinthe sans fin des influences et des intrigues, où s'agitaient les vanités et les vénalités, les corruptions et les ambitions, tant de misère et tant de grandeur. Et qu'il était loin de la Rome qu'il avait rêvée, et quelle colère le soulevait parfois dans sa lassitude, dans sa volonté de se défendre !

Brusquement, des choses s'expliquaient, que Pierre n'avait jamais comprises. Un jour qu'il était retourné à la Propagande, le cardinal Sarno lui parla de la franc-maçonnerie avec une telle rage froide, que, tout d'un coup, il vit clair. Jusque-là, la franc-maçonnerie l'avait fait sourire, il n'y croyait guère plus qu'aux jésuites, trouvant enfantines les ridicules histoires qui circulaient, renvoyant à la légende ces hommes de mystère et d'ombre, dont le secret pouvoir, incalculable, aurait gouverné le monde. Il s'étonnait surtout de la haine aveugle qui affolait certaines gens, dès que le mot de franc-maçon leur venait aux lèvres : un prélat, et des plus distingués, des plus intelligents, lui avait affirmé d'un air de conviction profonde que toute loge maçonnique était présidée, au moins une fois l'an, par le diable en personne, visible. C'était à confondre le simple bon sens. Et il venait de comprendre la rivalité, la furieuse lutte de l'Église catholique et romaine contre l'autre Église, l'Église d'en face. La première avait beau se croire triomphante, elle n'en sentait pas moins dans l'autre une concurrence, une très vieille ennemie, qui se prétendait même plus ancienne qu'elle, et dont la victoire restait toujours possible. Surtout, le heurt résultait de ce que les deux sectes avaient la même ambition de souveraineté universelle, la même organisation internationale, le même coup de filet jeté sur les peuples, des mystères, des dogmes, des rites. Dieu contre Dieu, foi contre foi, conquête contre conquête ; et, dès lors, de même que deux maisons rivales, établies aux deux côtés d'une rue, elles se gênaient, l'une devait finir par tuer l'autre. Mais, si le catholicisme lui semblait caduc, menacé de ruine, il restait également sceptique sur la puissance de la franc-maçonnerie. Il avait questionné, fait une enquête, pour se rendre compte de la réalité de cette puissance, dans cette ville de Rome où les deux pouvoirs suprêmes se trouvaient en présence, où le grand maître trônait en face du pape. On lui avait bien raconté que les derniers princes romains se croyaient forcés de se faire recevoir francs-maçons, pour ne pas se rendre la vie trop rude, aggraver leur situation difficile, barrer l'avenir de leurs fils. Seulement, ne cédaient-ils pas uniquement à la force irrésistible de l'évolution sociale actuelle ? La franc-maçonnerie n'allait-elle pas être noyée, elle aussi, dans son propre triomphe, celui des idées de justice, de raison et de vérité, qu'elle avait si longtemps défendues, au travers des ténèbres et des violences de l'histoire ? C'est un fait constant, la victoire de l'idée tue la secte qui la propage, rend inutile et un peu baroque l'appareil dont les sectaires ont dû s'entourer pour frapper les imaginations. Le carbonarisme n'a pu survivre à la conquête des libertés politiques qu'il réclamait, et le jour où l'Église catholique croulera, ayant fait son œuvre civilisatrice, l'autre Église, l'Église franc-maçonne d'en face, disparaîtra de même, sa tâche de libération étant faite. Aujourd'hui, la fameuse toute-puissance des loges serait un pauvre instrument de conquête, entravé lui-même par des traditions, gâté par un cérémonial dont on plaisante, réduit à n'être qu'un lien d'entente et de secours mutuel, si le grand souffle de la science n'emportait les peuples, aidant à la destruction des religions vieillies.

Alors, Pierre, brisé par tant de courses et de démarches, fut repris d'anxiété, dans son obstination à ne pas quitter Rome, sans s'être battu jusqu'au bout, en soldat d'une espérance qui ne veut pas croire à la défaite. Il avait vu tous les cardinaux dont l'influence pouvait lui être de quelque utilité. Il avait vu le cardinal-vicaire, chargé du diocèse de Rome, un lettré qui avait causé d'Horace avec lui, un politique un peu brouillon qui s'était mis à le questionner sur la France, sur la République, sur le budget de la guerre et de la marine, sans s'occuper le moins du monde du livre poursuivi. Il avait vu le Grand Pénitencier, le cardinal aperçu déjà au palais Boccanera, un vieillard maigre, au visage décharné d'ascète, dont il n'avait pu tirer qu'un long blâme, des paroles sévères contre les jeunes prêtres, gâtés par le siècle, auteurs d'ouvrages exécrables. Enfin, il avait vu, au Vatican, le cardinal secrétaire, en quelque sorte le ministre des Affaires étrangères de Sa Sainteté, la grande puissance du Saint-Siège, dont on l'avait écarté jusque-là, en le terrifiant sur les conséquences d'une visite malheureuse. Il s'était excusé de venir si tard, et il avait trouvé l'homme le plus aimable, corrigeant par une diplomatique bienveillance l'aspect un peu rude de sa personne, le questionnant d'un air d'intérêt après l'avoir fait asseoir, l'écoutant, le réconfortant même. Mais, de retour sur la place Saint-Pierre, il avait bien compris que son affaire n'avait point avancé d'un pas, et que, s'il arrivait un jour à forcer la porte du pape, ce ne serait jamais en passant par la secrétairerie d'État. Et, ce soir-là, il était rentré rue Giulia effaré, surmené, la tête brisée après tant de visites à tant de gens, si éperdu de s'être senti peu à peu prendre tout entier par cette machine aux cent rouages, qu'il s'était demandé avec terreur ce qu'il ferait le lendemain, n'ayant plus rien à faire, qu'à devenir fou.

Il rencontra justement don Vigilio dans un couloir, et il voulut de nouveau le consulter, obtenir de lui un bon conseil. Mais celui-ci le fit taire d'un geste inquiet, sans qu'il sût pourquoi. Il avait ses yeux de terreur. Puis, dans un souffle, à l'oreille :

« Avez-vous vu monsignor Nani ? Non !... Eh bien ! allez le voir, allez le voir. Je vous répète que vous n'avez pas d'autre chose à faire. »

Il céda. Pourquoi résister, en effet ? En dehors de la passion d'ardente charité qui l'avait amené pour défendre son livre, n'était-il pas à Rome dans un but d'expérience ? Il fallait bien pousser jusqu'au bout les tentatives.

Le lendemain, de trop bonne heure, il se trouva sous la colonnade de Saint-Pierre, et il dut s'y attarder, en attendant. Jamais encore il n'avait mieux senti l'énormité de ces quatre rangées tournantes de colonnes, de cette forêt aux gigantesques troncs de pierre, où personne ne se promène d'ailleurs. C'est un désert grandiose et morne, on se demande pourquoi un portique si majestueux : pour l'unique majesté sans doute, pour la pompe de la décoration ; et toute Rome, une fois de plus, était là. Puis, il suivit la rue du Saint-Office, arriva devant le palais du Saint-Office, derrière la sacristie, dans un quartier de solitude et de silence, que le pas d'un piéton, le roulement d'une voiture troublent à peine, de loin en loin. Le soleil seul s'y promène, en nappes lentes, sur le petit pavé blanchi. On y devine le voisinage de la basilique, l'odeur d'encens, la paix cloîtrée, dans le sommeil des siècles. Et, à un angle, le palais du Saint-Office est d'une nudité pesante et inquiétante : une haute façade jaune, percée d'une seule ligne de fenêtres ; tandis que, sur la rue latérale, l'autre façade est plus louche encore, avec son rang de fenêtres plus étroites, des judas aux vitres glauques. Dans l'éclatant soleil, ce colossal cube de maçonnerie couleur de boue paraît dormir, presque sans jour sur le dehors, fermé et mystérieux comme une prison.

Pierre eut un frisson, dont il sourit ensuite, ainsi que d'un enfantillage. La sainte, romaine et universelle Inquisition, la sacrée congrégation du Saint-Office, comme on la nommait aujourd'hui, n'était plus celle de la légende, la pourvoyeuse des bûchers, le tribunal occulte et sans appel, ayant droit de mort sur l'humanité entière. Pourtant, elle gardait toujours le secret de sa besogne, elle se réunissait chaque mercredi, jugeait et condamnait, sans que rien, pas même un souffle, sortît des murs. Mais, si elle continuait à frapper le crime d'hérésie, si elle ne s'en tenait pas aux œuvres et frappait aussi les hommes, elle n'avait plus d'armes, ni cachot, ni fer, ni feu, réduite à un rôle de protestation, ne pouvant même infliger aux siens, aux ecclésiastiques, que des peines disciplinaires.

Lorsqu'il fut entré et qu'on l'eut introduit dans le salon de monsignor Nani, qui habitait le palais, à titre d'assesseur, Pierre éprouva une surprise heureuse. La pièce était vaste, située au midi, inondée de gai soleil ; et il régnait là une douceur exquise, malgré la raideur des meubles, la couleur sombre des tentures, comme si une femme y eût vécu, accomplissant ce prodige de mettre de sa grâce dans ces choses sévères. Il n'y avait pas de fleurs, et cela sentait bon. Un charme, épandu, prenait les cœurs, dès le seuil.

Tout de suite, monsignor Nani s'était avancé, souriant, avec sa face rose, aux yeux bleus si vifs, aux fins cheveux blonds que l'âge poudrait. Et les deux mains tendues :

« Ah ! mon cher fils, que vous êtes aimable d'être venu me voir... Voyons, asseyez-vous, causons comme deux amis. »

Il le questionna sans attendre, avec une apparence d'affection extraordinaire.

« Où en êtes-vous ? Racontez-moi ça, dites-moi bien tout ce que vous avez fait. »

Pierre, touché malgré les confidences de don Vigilio, gagné par la sympathie qu'il croyait sentir, se confessa sans rien omettre. Il dit ses visites au cardinal Sarno, à monsignor Fornaro, au père Dangelis ; il conta ses autres démarches près des cardinaux influents, tous ceux de l'Index, et le Grand Pénitencier, et le cardinal-vicaire, et le cardinal secrétaire ; il insista sur ses courses sans fin d'une porte à une autre, à travers tout le clergé de Rome, à travers toutes les congrégations, dans cette immense ruche active et silencieuse, où il s'était lassé les pieds, brisé les membres, hébété le cerveau.

Et monsignor Nani, qui semblait l'écouter d'un air de ravissement, s'exclamait, répétait à chaque station de ce calvaire du solliciteur :

« Mais c'est très bien ! mais c'est parfait ! Oh ! votre affaire marche ! À merveille, à merveille, elle marche ! »

Il exultait, sans laisser percer, d'ailleurs, aucune ironie malséante. Il n'avait que son joli regard d'enquête, qui fouillait le jeune prêtre, pour savoir s'il l'avait enfin amené au point d'obéissance où il le désirait. Était-il assez las, assez désillusionné, assez renseigné sur la réalité des choses, pour qu'on pût en finir avec lui ? Trois mois de Rome avaient-ils suffi pour faire un sage, un résigné au moins, de l'enthousiaste un peu fou du premier jour ?

Brusquement, monsignor Nani demanda :

« Mais, mon cher fils, vous ne me parlez pas de Son Éminence le cardinal Sanguinetti.

– Monseigneur, c'est que Son Éminence est à Frascati, je n'ai pu la voir. »

Alors, le prélat, comme s'il eût reculé encore le dénouement, avec une secrète jouissance de diplomate artiste, se récria, leva ses petites mains grasses au ciel, de l'air inquiet d'un homme qui déclare tout perdu.

« Oh ! il faut voir Son Éminence, il faut voir Son Éminence ! C'est absolument nécessaire. Pensez donc ! le préfet de l'Index ! Nous ne pourrons agir qu'après votre visite, car vous n'avez vu personne, si vous ne l'avez pas vu... Allez, allez à Frascati, mon cher fils. »

Et Pierre ne put que s'incliner.

« J'irai, monseigneur. »

XI

Bien qu'il sût ne pouvoir se présenter chez le cardinal Sanguinetti que vers onze heures, Pierre, qui avait pris un train matinal, descendit dès neuf heures à la petite gare de Frascati. Déjà, il y était venu, en un de ses jours d'oisiveté forcée ; il avait fait l'excursion classique de ces Châteaux romains, qui vont de Frascati à Rocca di Papa, et de Rocca di Papa au mont Cave ; et il était charmé, il se promettait deux heures de promenade apaisante, sur ces premiers coteaux des monts Albains, où Frascati est bâti, parmi les roseaux, les oliviers et les vignes, dominant l'immense mer rousse de la Campagne, comme du haut d'un promontoire, jusqu'à Rome lointaine qui blanchit, telle qu'un îlot de marbre, à six grandes lieues.

Ah ! ce Frascati, sur son mamelon verdoyant, au pied des hauteurs boisées de Tusculum, avec sa terrasse fameuse d'où l'on a la plus belle vue du monde, avec ses anciennes villas patriciennes aux fières et élégantes façades Renaissance, aux parcs magnifiques, toujours verts, plantés de cyprès, de pins et de chênes ! C'était une douceur, une joie, une séduction dont il ne se serait jamais lassé. Et, depuis plus d'une heure, il errait délicieusement par les routes bordées d'antiques oliviers noueux, par les chemins couverts, qu'ombrageaient les grands arbres des propriétés voisines, par les sentiers odorants, au bout desquels, à chaque coude, la Campagne se déroulait à l'infini, lorsqu'il fit une rencontre imprévue, qui le contraria d'abord.

Il était redescendu près de la gare, dans les terrains bas, d'anciennes vignes où tout un mouvement de constructions nouvelles s'était produit depuis quelques années ; et il fut surpris de voir une victoria, très correctement attelée de deux chevaux, qui venait de Rome, s'arrêter près de lui, et de s'entendre appeler par son nom.

« Comment ! monsieur l'abbé Froment, vous ici en promenade, de si bonne heure ! »

Alors, il reconnut le comte Prada qui, étant descendu, laissa la voiture vide achever la route, tandis qu'il faisait à pied les deux ou trois derniers cents mètres, à côté du jeune prêtre. Après une cordiale poignée de main, il expliqua son goût.

« Oui, je me sers rarement du chemin de fer, je viens en voiture. Ça promène mes chevaux… Vous savez que j'ai des intérêts par ici, toute une affaire de constructions, qui malheureusement ne va pas très bien. Et c'est pourquoi, malgré la saison avancée, je suis encore forcé d'y venir plus souvent que je ne voudrais. »

Pierre, en effet, savait cette histoire. Les Boccanera avaient dû vendre la villa somptueuse, bâtie là par un cardinal, leur ancêtre, sur les plans de Jacques de La Porte, dans la seconde moitié du seizième siècle : une demeure d'été royale, d'admirables ombrages, des charmilles, des bassins, des cascades, surtout une terrasse, célèbre entre toutes celles du pays, qui s'avançait comme un cap, au-dessus de la Campagne romaine, dont l'immensité sans fin va des montagnes de la Sabine aux sables de la Méditerranée. Et, dans le partage, Benedetta tenait de sa mère de vastes champs de vignes, en bas de Frascati, qu'elle avait apportés en dot à Prada, au moment où la folie de la pierre soufflait de Rome sur les provinces. Aussi Prada avait-il eu l'idée de construire là tout un quartier de villas bourgeoises, dans le goût de celles qui encombrent la banlieue de Paris. Mais peu d'acheteurs s'étaient présentés, l'effondrement financier était survenu, et il liquidait péniblement cette affaire fâcheuse, après en avoir désintéressé sa femme, dès leur séparation.

« Et puis, continua-t-il, avec une voiture, on arrive, on part, quand on veut ; tandis qu'on est esclave des heures du chemin de fer. Ainsi, j'ai ce matin rendez-vous avec des entrepreneurs, des experts, des avocats, et je ne sais le temps qu'ils vont me prendre… Un merveilleux pays, n'est-ce pas ? dont nous avons raison d'être fiers, à Rome. J'ai beau y avoir en ce moment des ennuis, je ne puis m'y retrouver, sans que mon cœur batte de joie. »

Ce qu'il ne disait pas, c'était que son amie, comme il la nommait, Lisbeth Kauffmann, venait de passer l'été dans une des villas neuves, où elle avait installé son atelier de délicieuse artiste, visité par toute la colonie étrangère, qui tolérait l'irrégularité de sa situation, depuis la mort de son mari, grâce à sa gaieté et à sa peinture, juste assez pour être libre. On avait fini même par accepter sa grossesse, et elle était rentrée à Rome dès le milieu de novembre, pour y accoucher d'un gros garçon, dont la venue avait rallumé, dans les salons blancs et dans les salons noirs, les commérages passionnés sur le divorce imminent de Benedetta et de Prada. L'amour de ce dernier pour Frascati était sûrement fait de ses tendres souvenirs et de la grande joie d'orgueil où le jetait cette naissance d'un fils.

Pierre, qui gardait en sa présence une gêne, comme une sorte de malaise, dans sa haine instinctive des hommes d'argent et de proie, voulut pourtant répondre à son amabilité parfaite, en lui demandant des nouvelles de son père, le vieil Orlando, le héros de la conquête.

« Oh ! à part les jambes, il se porte à merveille, il vivra cent ans. Ce pauvre père ! j'aurais été si heureux de l'installer dans une de ces petites maisons, cet été ! Mais jamais il n'a voulu, il s'entête à ne pas quitter Rome, comme s'il craignait qu'on ne la lui reprît, pendant son absence. »

Il éclata d'un beau rire, s'égayant tout seul à plaisanter ainsi l'âge héroïque et démodé de l'indépendance. Puis, il ajouta :

« Il me parlait encore de vous hier, monsieur l'abbé. Il s'étonne de ne pas vous avoir revu. »

Cela chagrina Pierre, car il s'était mis à aimer Orlando d'une tendresse respectueuse. Deux fois, depuis la première visite, il était retourné le saluer ; et, à chaque fois, le vieillard avait refusé de causer de Rome, tant que son jeune ami n'aurait pas tout vu, tout senti, tout compris. Plus tard, il serait temps, lorsque l'un et l'autre pourraient conclure.

« Je vous en prie, s'écria Pierre, veuillez lui dire que je ne l'oublie pas et que, si ma visite se fait attendre, c'est que je désire le satisfaire. Mais je ne partirai pas sans aller lui dire combien j'ai été touché de son accueil. »

Tous deux continuaient à marcher lentement, par la route montante, au milieu des quelques villas nouvelles, dont plusieurs n'étaient même pas achevées. Et, lorsque Prada sut que le prêtre était venu pour se présenter chez le cardinal Sanguinetti, il eut un nouveau rire, son rire de loup aimable, qui découvrait ses dents blanches.

« C'est vrai, il est ici, depuis que le pape est souffrant... Ah ! vous allez le trouver dans un bel état de fièvre !

– Pourquoi donc ?

– Mais parce que les nouvelles de la santé du Saint-Père ne sont pas bonnes, ce matin. Quand j'ai quitté Rome, le bruit courait qu'il avait passé une nuit affreuse. »

Il s'était arrêté à un coude de la route, devant une antique chapelle, une petite église, d'une grâce solitaire et triste, à la lisière d'un bois d'oliviers. Et, tout à côté, se trouvait une masure tombant en ruine, l'ancienne cure sans doute, d'où sortait un prêtre, grand, noueux, la face épaisse et terreuse, qui, d'un double tour de clé, ferma rudement la porte, avant de s'éloigner.

« Tenez ! reprit railleusement le comte, en voici un dont le cœur doit battre aussi bien fort, et qui monte sûrement chez votre cardinal, aux nouvelles. »

Pierre, surpris, avait regardé le prêtre.

« Je le connais, dit-il. C'est lui, si je ne me trompe, que j'ai vu, le lendemain de mon arrivée, chez le cardinal Boccanera, auquel il apportait un panier de figues, en venant lui demander un bon certificat pour son jeune frère, qu'une violence, un coup de couteau, je crois, avait fait mettre en prison, certificat d'ailleurs que le cardinal lui a refusé absolument.

– C'est lui-même, n'en doutez pas, car il a été autrefois un familier de la villa Boccanera, où son jeune frère était jardinier. Aujourd'hui, il est le client, la créature du cardinal Sanguinetti... Ah ! une figure curieuse, que ce Santobono, comme vous n'en avez pas en France, je suppose ! Il vit tout seul, dans ce logis qui croule, il dessert cette très vieille chapelle de Sainte-Marie-des-Champs, où l'on ne vient pas entendre la messe trois fois par année. Oui, une véritable sinécure, qui lui permet de vivre, avec son millier de francs de traitement, en paysan philosophe, cultivant le jardin assez vaste, que vous voyez là, entouré de grands murs. »

En effet, le clos s'étendait sur la pente, derrière la cure, fermé soigneusement de toutes parts, comme un refuge farouche où les regards eux-mêmes ne pénétraient pas. Et l'on n'apercevait, par-dessus la muraille de gauche, qu'un superbe figuier, un figuier géant, dont les feuilles hautes se découpaient en noir sur le ciel clair.

Prada s'était remis à marcher, et il continuait à parler de Santobono, qui l'intéressait évidemment. Un prêtre patriote, un garibaldien. Né à Nemi, dans ce coin resté sauvage des monts Albains, il était du peuple, encore près de la terre ; mais il avait étudié, il savait assez d'histoire pour connaître la grandeur passée de Rome et pour rêver le rétablissement de l'Empire romain, au profit de la jeune Italie. Et il s'était mis à croire passionnément qu'un grand pape seul pouvait réaliser ce rêve, en s'emparant du pouvoir, puis en conquérant toutes les autres nations. Quoi de plus simple, puisque le pape commandait à des millions de catholiques ? Est-ce que la moitié de l'Europe n'était pas à lui ? La France, l'Espagne, l'Autriche céderaient, dès qu'elles le verraient puissant, dictant des lois au monde. Quant à l'Allemagne et à l'Angleterre, à toutes les nations protestantes, elles seraient inévitablement conquises, la papauté étant l'unique digue qu'on pût opposer à l'erreur, qui devait un jour se briser contre elle. Politiquement, il s'était malgré ça déclaré en faveur de l'Allemagne, dans la pensée que la France avait besoin d'être écrasée, pour se jeter entre les bras du Saint-Père. Et les contradictions, les imaginations folles se heurtaient ainsi dans cette tête fumeuse, où les idées brûlaient, tournaient vite à la violence, sous la rudesse primitive de la race : un barbare de l'Évangile, un ami des humbles et des souffrants, qui était de la famille des sectaires exaltés, capables des grandes vertus et des grands crimes.

« Oui, conclut Prada, il s'est donné au cardinal Sanguinetti, parce qu'il a vu en lui le grand pape possible, le pape de demain, qui doit faire de Rome l'unique capitale des peuples. Et cela ne va pas, non plus, sans quelque ambition plus basse, celle, par exemple, de conquérir un titre de chanoine, ou celle encore de se faire aider dans les petits désagréments de l'existence, comme le jour où il a eu besoin de tirer son frère d'embarras. On met sa chance sur un cardinal, ainsi qu'on nourrit un terne à la loterie : si le cardinal sort pape, on gagne une fortune... C'est pourquoi vous le voyez là-bas marcher à si longues enjambées, dans la hâte de savoir si Léon XIII va mourir et si son terne sortira avec Sanguinetti coiffant la tiare. »

Intéressé et pris d'inquiétude, Pierre demanda :

« Croyez-vous donc le pape malade à ce point ? »

Le comte sourit, leva les deux bras.

« Ah ! est-ce qu'on sait ? Ils sont tous malades, quand ils ont intérêt à l'être. Mais je le crois vraiment indisposé, un dérangement d'entrailles, dit-on ; et, à son âge, la moindre indisposition peut devenir fatale. »

Quelques pas furent faits en silence ; puis, de nouveau, le prêtre posa une question.

« Alors, si le Saint-Siège se trouvait libre, le cardinal Sanguinetti aurait de grandes chances ?

– De grandes chances ! De grandes chances ! Voilà encore une de ces choses qu'on ne sait jamais. La vérité est qu'on le classe parmi les candidats possibles ; et, si le désir d'être pape suffisait, Sanguinetti serait sûrement le pape futur, car il y met une passion, une fougue de volonté extraordinaire, brûlé jusqu'aux os par cette ambition suprême. C'est même là sa faiblesse, il s'use et il le sent. Aussi doit-il être décidé à tout pour les derniers jours de lutte. Soyez certain que, s'il est venu s'enfermer ici, en ce moment critique, ce doit être afin de mieux diriger sa bataille de loin, tout en affectant un désir de retraite, un détachement du meilleur effet. »

Et il s'étendit complaisamment sur Sanguinetti, dont il aimait l'intrigue, l'âpre appétit de conquête, l'activité excessive, même un peu brouillonne. Il l'avait connu à son retour de la nonciature de Vienne, rompu aux affaires, résolu dès lors à mettre la main sur la tiare. Cette ambition expliquait tout, ses brouilles et ses raccommodements avec le pape régnant, sa tendresse pour l'Allemagne suivie d'une brusque évolution vers la France, ses attitudes successives devant l'Italie, d'abord le souhait d'une entente, puis une intransigeance absolue, pas de concessions, tant que Rome ne serait pas évacuée. Et il semblait s'en tenir là désormais, il affectait de déplorer le règne flottant de Léon XIII, de garder sa fervente admiration à Pie IX, le grand pape héroïque de la résistance, dont le bon cœur n'empêchait pas l'inébranlable fermeté. C'était dire que, lui, restaurerait la bonhomie sans faiblesse dans l'Église, en dehors des complaisances dangereuses de la politique. Pourtant, il ne rêvait que de politique au fond, il avait dû en arriver à tout un programme, volontairement vague, mais que ses clients, ses créatures répandaient, d'un air de mystère extasié. Depuis une autre indisposition du pape, qui datait déjà du printemps, il vivait dans une inquiétude mortelle, car le bruit avait couru que les jésuites, bien que le cardinal Boccanera ne les aimât guère, se résigneraient à le soutenir. Sans doute, ce dernier était rude, d'une piété outrée, dangereuse, en ce siècle de tolérance ; seulement, n'appartenait-il pas au patriciat, son élection ne signifierait-elle pas que jamais la papauté ne renoncerait au pouvoir temporel ? Dès lors, Boccanera était devenu l'homme redoutable aux yeux de Sanguinetti, lequel ne vivait plus, se voyait dépouillé, passait ses heures à chercher la combinaison qui le débarrasserait de ce rival tout-puissant, sans ménager les histoires abominables sur ses complaisances pour Benedetta et Dario, sans cesser de le représenter comme l'Antéchrist, dont le règne devait consommer la ruine de la papauté. Sa dernière combinaison, afin de s'assurer l'appui des jésuites, était donc de faire répandre par ses familiers que lui, non seulement maintiendrait intact le principe du pouvoir temporel, mais encore qu'il s'engageait à reconquérir ce pouvoir. Et il avait tout un plan qu'on se chuchotait à l'oreille, un plan d'une victoire certaine, foudroyant dans ses résultats, malgré d'apparentes concessions : ne plus défendre aux catholiques de voter et d'être candidats, envoyer à la Chambre cent membres, puis deux cents, puis trois cents, renverser alors la monarchie de Savoie, pour installer une sorte de vaste fédération des provinces italiennes, dont le Saint-Père, rentré en possession de Rome, deviendrait le président auguste et souverain.

En terminant, Prada se mit à rire de nouveau, montrant ses dents blanches, peu faites pour lâcher la proie.

« Vous voyez que nous avons à bien nous défendre, car il s'agit de nous jeter dehors. Heureusement qu'il y a, à tout cela, de petits empêchements. Mais de tels rêves n'en ont pas moins une action énorme sur certaines cervelles exaltées, comme celle de ce Santobono par exemple ; et, tenez ! en voilà un que Sanguinetti mènerait loin, d'un mot, s'il voulait... Ah ! il a de bonnes jambes ! Regardez-le donc là-haut, il est arrivé, il entre dans le petit palais du cardinal, cette villa toute blanche qui a des balcons sculptés. »

En effet, on apercevait le petit palais, une des premières maisons de Frascati, construction moderne, de style Renaissance, et dont les fenêtres s'ouvraient sur l'immensité de la Campagne romaine.

Il était onze heures, et comme Pierre prenait congé du comte, pour monter faire lui-même sa visite, celui-ci garda un instant sa main dans la sienne.

« Vous ne savez pas, si vous étiez très gentil, eh bien ! vous déjeuneriez avec moi... Voulez-vous ? Dès que vous serez libre, venez me rejoindre à ce restaurant, là, cette façade rose. Moi, en une heure, j'aurai réglé mes affaires, et je serai ravi de ne pas manger seul. »

D'abord, Pierre refusa, se défendit ; mais il n'avait aucune excuse possible ; et il dut se rendre enfin, cédant malgré lui au charme réel de Prada. Dès qu'ils se furent séparés, il n'eut qu'à monter une rue, pour se trouver à la porte du cardinal. Ce dernier était d'un abord très facile, par un besoin naturel d'expansion, par un calcul aussi de jouer à l'homme populaire. À Frascati surtout, ses portes s'ouvraient à deux battants, même devant les plus humbles soutanes. Le jeune prêtre fut donc introduit tout de suite, un peu étonné de cet accueil, en se souvenant de la mauvaise humeur du domestique de Rome, qui lui avait déconseillé le voyage, son Éminence n'aimant pas à être dérangée, quand elle était souffrante. À la vérité, il n'était guère question de maladie, car tout souriait, tout luisait dans cette aimable villa, inondée de soleil. Le salon d'attente, où l'on venait de le laisser seul, meublé d'un affreux meuble de velours rouge, n'avait ni luxe ni confort ; mais il était égayé par la plus belle lumière du monde, et il donnait sur cette extraordinaire Campagne, si plate, si nue, d'une beauté sans égale, toute de rêve, dans le continuel mirage du passé. Aussi, en attendant d'être reçu, alla-t-il se planter à une des fenêtres, grande ouverte sur un balcon, émerveillé, parcourant des yeux la mer sans fin des herbages, jusqu'aux blancheurs lointaines de Rome, que dominait le dôme de Saint-Pierre, une petite tache étincelante, à peine large comme l'ongle du petit doigt.

Il s'oubliait là, lorsque le bruit d'une conversation, dont les mots lui arrivaient très nets, le surprit. Il se pencha, il finit par comprendre que c'était Son Éminence elle-même, debout sur le balcon voisin, qui causait avec un prêtre, dont il voyait seulement un bout de soutane. Tout de suite, d'ailleurs, il avait reconnu Santobono. Son premier mouvement fut de se retirer, par discrétion ; et puis, les paroles qu'il entendit le retinrent.

« Nous allons savoir dans un instant, disait Son Éminence de sa voix grasse. J'ai envoyé Eufemio à Rome, je n'ai de confiance qu'en lui. Et voici le train qui le ramène. »

En effet, un train arrivait par la plaine vaste, petit encore, tel qu'un jouet d'enfant. Ce devait être pour le guetter que Sanguinetti était venu s'accouder à la balustrade du balcon. Et il restait là, les yeux sur Rome, au loin.

Santobono prononça passionnément quelques mots, que Pierre entendit mal. Mais, tout de suite, le cardinal reprit, distinctement :

« Oui, oui, mon cher, une catastrophe serait un grand malheur. Ah ! que Dieu nous conserve longtemps encore Sa Sainteté... »

Il s'arrêta, et comme il n'était pas hypocrite, il compléta sa pensée :

« Du moins qu'il nous la conserve en ce moment, car l'heure est mauvaise, je suis dans l'angoisse la plus affreuse, les partisans de l'Antéchrist ont gagné beaucoup de terrain dans ces derniers temps. »

Un cri échappa à Santobono.

« Oh ! Votre Éminence agira, triomphera !

– Moi, mon cher ! Mais que voulez-vous que je fasse ? Je ne suis qu'à la disposition de mes amis, de ceux qui croiront en moi, uniquement pour la victoire du Saint-Siège. C'est eux qui doivent agir, travailler chacun dans ses moyens à barrer la route aux méchants, de manière à ce que les bons réussissent… Ah ! si l'Antéchrist règne… »

Ce mot d'Antéchrist, qui revenait ainsi, troublait beaucoup Pierre. Tout d'un coup, il se souvint de ce que lui avait dit le comte : l'Antéchrist, c'était le cardinal Boccanera.

« Mon cher, songez à cela : l'Antéchrist au Vatican, consommant la ruine de la religion par son orgueil implacable, sa volonté de fer, sa sombre folie du néant ; car il n'y a plus à en douter, il est la bête de mort annoncée par les prophéties, celle qui menace de tout engloutir avec elle, dans sa furieuse course aux ténèbres de l'abîme. Je le connais, il ne rêve qu'obstination et qu'effondrement, il prendra les piliers du temple et les ébranlera pour s'abîmer sous les décombres, lui et la catholicité entière. Je ne lui donne pas six mois, sans qu'il soit chassé de Rome, fâché avec toutes les nations, exécré de l'Italie, traînant par le monde le fantôme errant du dernier pape. »

Un grognement sourd, un juron étouffé de Santobono accueillit cette effroyable prédiction. Mais le train était arrivé en gare ; et, parmi les quelques voyageurs qui venaient d'en descendre, Pierre distinguait un petit abbé, dont la soutane battait les cuisses, tant il marchait vite. C'était l'abbé Eufemio, le secrétaire du cardinal. Quand il eut aperçu celui-ci au balcon, il lâcha tout respect humain, il se mit à courir, pour gravir la rue en pente.

« Ah ! voici Eufemio ! s'écria Son Éminence, frémissante d'anxiété. Nous allons savoir, nous allons savoir enfin ! »

Le secrétaire s'était engouffré sous la porte, et il dut monter si vivement, que Pierre, presque aussitôt, le vit traverser hors d'haleine le salon d'attente, où il se trouvait, puis disparaître dans le cabinet du cardinal. Celui-ci avait quitté le balcon pour aller à la rencontre de son messager ; mais il y revint, au milieu de questions, d'exclamations, de tout un tumulte, causé par les mauvaises nouvelles.

« Alors, c'est bien vrai, la nuit a été mauvaise, Sa Sainteté n'a pas dormi un instant… Des coliques, vous a-t-on raconté ? Mais, à son âge, rien n'est plus grave, ça peut l'emporter en deux heures… Et les médecins, que disent-ils ? »

La réponse ne parvint pas à Pierre. Seulement, il comprit en entendant le cardinal reprendre :

« Oh ! les médecins, ils ne savent jamais. D'ailleurs, quand ils ne veulent plus parler, c'est que la mort n'est pas loin… Mon Dieu ! quel malheur, si la catastrophe ne peut être reculée de quelques jours ! »

Il se tut, et Pierre le sentit, les yeux de nouveau sur Rome, là-bas, regardant de toute son angoisse ambitieuse le dôme de Saint-Pierre, la petite tache étincelante, à peine grande comme l'ongle du petit doigt, au milieu de l'immense plaine rousse. Quel trouble, quelle agitation, si le pape était mort ! Et il aurait voulu n'avoir qu'à étendre le bras pour prendre dans le creux de sa main la Ville Éternelle, la Ville sacrée, qui ne tenait pas plus de place, à l'horizon, qu'un tas de gravier, jeté là par la pelle d'un enfant. Déjà, il rêvait du conclave, lorsque les dais des autres cardinaux s'abattraient, et que le sien, immobile, souverain, le couronnerait de pourpre.

« Mais vous avez raison, mon cher, s'écria-t-il en s'adressant à Santobono, il faut agir, c'est pour le salut de l'Église... Et puis, il n'est pas possible que le Ciel ne soit pas avec nous, qui voulons uniquement son triomphe. S'il le faut, au moment suprême, il saura bien foudroyer l'Antéchrist. »

Alors, pour la première fois, Pierre entendit nettement Santobono, qui disait d'une voix rude, avec une sorte de sauvage décision :

« Oh ! si le Ciel tarde, on l'aidera ! »

Puis, ce fut tout, il ne saisit plus qu'un murmure confus. Le balcon était vide, et son attente recommença, dans le salon ensoleillé, d'une gaieté calme et délicieuse. Brusquement, la porte du cabinet de travail s'ouvrit toute grande, un domestique l'introduisit ; et il fut étonné de trouver le cardinal seul, sans avoir vu sortir les deux prêtres, qui s'en étaient allés par une autre porte.

Dans la vive lumière blonde, le cardinal était debout près d'une fenêtre, avec sa face colorée au nez fort, aux grosses lèvres, son air de jeunesse trapue et vigoureuse, malgré ses soixante ans. Il avait repris le sourire paternel dont il accueillait les plus humbles, par bonne politique. Et, tout de suite, dès que Pierre se fut incliné et eut baisé l'anneau, il lui indiqua une chaise.

« Asseyez-vous, cher fils, asseyez-vous... Voyons, vous venez pour cette malheureuse affaire de votre livre. Je suis bien heureux, bien heureux d'en causer avec vous. »

Lui-même avait pris une chaise, devant cette fenêtre ouverte sur Rome, dont il semblait ne pouvoir s'éloigner. Le prêtre s'aperçut qu'il ne l'écoutait guère, les yeux de nouveau là-bas, vers la proie si chaudement désirée, pendant qu'il s'excusait d'être venu le troubler dans son repos. Pourtant, l'apparence d'aimable attention était parfaite, il s'émerveilla de la volonté que cet homme devait avoir, pour paraître si calme, si dévoué aux affaires des autres, lorsqu'un tel vent de tempête soufflait en lui.

« Votre Éminence daignera donc me pardonner...

– Mais vous avez bien fait de venir, puisque ma santé chancelante me retient ici... Je vais un peu mieux, d'ailleurs, et il est très naturel que vous désiriez me fournir des explications, défendre votre œuvre, éclairer mon jugement. Même je m'étonnais de ne pas vous avoir encore vu, car je sais que votre foi est grande et que vous n'épargnez pas vos démarches pour convertir vos juges... Parlez, cher fils, je vous écoute, de toute la bonne joie que j'aurais à vous absoudre. »

Et Pierre se laissa prendre à ces bienveillantes paroles. Un espoir lui revint, celui de gagner à sa cause le préfet de l'Index, tout-puissant. Il le jugeait déjà d'une intelligence rare, d'une cordialité exquise, cet ancien nonce qui avait appris, à Bruxelles d'abord, puis à Vienne, l'art mondain de renvoyer ravis, les gens qu'il bernait, en leur promettant tout, sans leur rien accorder. Aussi retrouva-t-il une fois encore sa flamme d'apôtre, pour exposer ses idées sur la Rome de demain, la Rome qu'il rêvait, de nouveau maîtresse du monde, si elle revenait au christianisme de Jésus, dans l'ardent amour des petits et des humbles.

Sanguinetti souriait, hochait doucement la tête, s'exclamait de ravissement.

« Très bien, très bien ! c'est parfait… Ah ! je pense comme vous, cher fils ! On ne peut mieux dire… Mais c'est l'évidence même, vous êtes là avec tous les bons esprits. »

Puis, tout le côté poésie le touchait profondément, disait-il. Il aimait à passer, comme Léon XIII, par rivalité sans doute, pour un latiniste des plus distingués, et il avait voué à Virgile une tendresse spéciale et sans bornes.

« Je sais, je sais, votre page sur le printemps qui revient, consolant les pauvres que l'hiver a glacés, oh ! je l'ai relue trois fois ! Et vous doutez-vous que vous êtes plein de tournures latines ? J'ai noté chez vous plus de cinquante expressions qu'on retrouverait dans les églogues. Un charme, votre livre, un vrai charme ! »

Comme il n'était point sot, et qu'il sentait là, dans ce petit prêtre, une grande intelligence, il finissait par s'intéresser, non pas à lui, mais au profit quelconque qu'il y avait peut-être à tirer de lui. C'était, dans sa fièvre d'intrigues, sa continuelle préoccupation, tirer des autres, des créatures que Dieu lui envoyait, tout ce qu'elles lui apportaient d'utile à son propre triomphe. Et il se détournait un instant de Rome, il regardait en face son interlocuteur, l'écoutait parler, en se demandant à quoi il pourrait bien l'employer, tout de suite, dans la crise qu'il traversait, ou plus tard, quand il serait pape. Mais le prêtre commit encore une fois la faute d'attaquer le pouvoir temporel de l'Église et de prononcer les mots malencontreux de religion nouvelle.

D'un geste, le cardinal l'arrêta, toujours souriant, sans rien perdre de son amabilité, bien que sa résolution, prise depuis longtemps, fût dès lors confirmée et définitive.

« Certainement, cher fils, vous avez raison sur bien des points, et je suis souvent avec vous, oh ! tout à fait… Seulement, voyons, vous ignorez sans doute que je suis ici le protecteur de Lourdes. Alors, après la page que vous avez écrite sur la Grotte, comment voulez-vous que je me prononce pour vous, contre les pères ? »

Pierre fut atterré par ce fait, qu'il ignorait en effet. Personne n'avait eu la précaution de l'avertir. À Rome, les œuvres catholiques du monde entier ont chacune pour protecteur un cardinal, désigné par le Saint-Père, chargé de la représenter et de la défendre au besoin.

« Ces bons pères ! continua doucement Sanguinetti, vous leur avez fait beaucoup de peine, et vraiment nous avons les mains liées, nous ne pouvons augmenter leur chagrin davantage… Si vous saviez le nombre de messes qu'ils nous envoient ! Sans eux, je connais plus d'un de nos pauvres prêtres qui mourrait de faim. »

Il n'y avait qu'à s'incliner. Pierre se heurtait une fois de plus à cette question d'argent, à la nécessité où se trouvait le Saint-Siège d'assurer son budget, bon an mal an. C'était toujours le servage du pape, que la perte de Rome avait libéré du souci de régner, mais que sa gratitude forcée pour les aumônes reçues, clouait quand même à la terre. Les besoins étaient si grands, que l'argent régnait, était la puissance souveraine, devant laquelle tout pliait en cour de Rome.

Sanguinetti se leva pour donner congé au visiteur.

« Mais, cher fils, reprit-il avec effusion, ne vous désespérez pas. Je n'ai d'ailleurs que ma voix, je vous promets de tenir compte des excellentes explications que vous venez de me fournir… Et qui sait ? si Dieu est avec vous, il vous sauvera, même malgré nous ! »

C'était son ordinaire tactique, il avait pour principe de ne jamais pousser personne à bout, en renvoyant les gens sans espoir. À quoi bon dire à celui-ci que la condamnation de son livre était chose faite et que le seul parti prudent serait de le désavouer ? Il n'y avait qu'un sauvage, comme Boccanera, pour souffler la colère sur les âmes de feu et les jeter à la rébellion.

« Espérez, espérez ! » répéta-t-il avec son sourire, en ayant l'air de sous-entendre une foule de choses heureuses, qu'il ne pouvait dire.

Pierre, profondément touché, se sentit renaître. Il oubliait même la conversation qu'il avait surprise, cette âpreté d'ambition, cette rage sourde contre le rival redouté. Et puis, chez les puissants, l'intelligence ne pouvait-elle tenir lieu de cœur ? Si celui-ci était pape un jour, et s'il avait compris, ne serait-il pas peut-être le pape attendu, acceptant la tâche de réorganiser l'Église des Etats-Unis d'Europe, maîtresse spirituelle du monde ? Il le remercia avec émotion, s'inclina et le laissa à son rêve, debout devant cette fenêtre grande ouverte, d'où Rome lui apparaissait au loin toute précieuse et luisante comme un joyau, telle la tiare d'or et de pierreries, dans le resplendissement du soleil d'automne.

Il était près d'une heure, lorsque Pierre et le comte Prada purent enfin déjeuner, à une des petites tables du restaurant, où ils s'étaient donné rendez-vous. Leurs affaires les avaient retardés l'un et l'autre. Mais le comte paraissait fort gai, ayant réglé à son avantage des questions fâcheuses ; et le prêtre lui-même, repris d'espérance, s'abandonnait, se laissait délicieusement vivre, dans la douceur de ce dernier beau jour. Aussi le déjeuner fut-il charmant, au milieu de la grande salle claire, peinte en bleu et en rose, absolument déserte à cette époque de l'année. Des Amours volaient au plafond, des paysages rappelant de loin les Châteaux romains décoraient les murs. Et ils mangèrent des choses fraîches, ils burent de ce vin de Frascati, qui a un goût brûlé de terroir, comme si les anciens volcans avaient laissé à la terre un peu de leur flamme.

Longuement, la conversation roula sur les monts Albains, dont la grâce farouche domine si heureusement la plate Campagne romaine, pour le plaisir des yeux. Pierre, qui avait fait la classique excursion en voiture, de Frascati à Nemi, était resté sous le charme ; et il en parlait encore avec feu. C'était d'abord l'adorable chemin de Frascati à Albano, montant et descendant au flanc des collines, plantées de roseaux, de vignes et d'oliviers, parmi lesquels s'ouvraient de continuelles échappées sur l'immensité houleuse de la Campagne. À gauche, le village de Rocca di Papa, en amphithéâtre, blanchissait sur un mamelon, au-dessous du mont Cave, couronné de grands arbres séculaires. De ce point de la route, lorsqu'on se retournait vers Frascati, on apercevait, très haut, à la lisière d'un bois de pins, les ruines lointaines de Tusculum, de grandes ruines rousses, cuites par des siècles de soleil, et d'où la vue sans bornes devait être admirable. Puis, on traversait Marino, à la grande rue en pente, à la vaste église, au vieux palais noirci et à demi mangé des Colonna. Puis, après un bois de chênes verts, on longeait le lac d'Albano, spectacle unique au monde : les ruines d'Albe la Longue en face, de l'autre côté des eaux immobiles, clair miroir ; le mont Cave à gauche, avec Rocca di Papa et Palazzuola ; et Castel Gandolfo à droite, dominant le lac, comme du haut d'une falaise. Dans le cratère éteint, ainsi qu'au fond d'une coupe de verdure géante, le lac dormait, lourd et mort, une nappe de métal fondu, que le soleil moirait d'or d'un côté, tandis que l'autre moitié, dans l'ombre, était noire. Et la route montait ensuite, jusqu'à Castel Gandolfo, perché sur son rocher, tel qu'un oiseau blanc, entre le lac et la mer, toujours rafraîchi par une brise, même aux heures les plus brûlantes de l'été, autrefois célèbre par sa villa des papes, où Pie IX aimait à vivre des journées d'indolence, où Léon XIII n'est jamais venu. Et la route descendait ensuite ; et les chênes verts recommençaient, des chênes verts fameux par leur énormité, une double rangée de colosses, de monstres aux membres tordus, deux ou trois fois centenaires ; et l'on arrivait enfin à Albano, une petite ville moins nettoyée, moins modernisée que Frascati, un coin de terroir qui a gardé un peu de son odeur d'ancienne sauvagerie ; et c'était encore Ariccia, avec le palais Chigi, des coteaux couverts de forêts, des ponts enjambant des gorges débordantes d'ombrages ; et c'était encore Genzano, c'était encore Nemi, de plus en plus reculés et farouches, perdus au milieu des rocs et des arbres.

Ah ! ce Nemi, quel souvenir ineffaçable Pierre en avait gardé, ce Nemi au bord de son lac, ce Nemi délicieux de loin, d'une apparition si charmeresse, évocatrice des anciennes légendes, des villes fées nées dans la verdure du mystère des eaux, et d'une saleté repoussante quand on l'aborde enfin, croulant de partout, dominé encore par la tour des Orsini, comme par le génie mauvais des anciens âges, qui semble y maintenir les mœurs féroces, les passions violentes et les coups de couteau ! Il était de là, ce Santobono, dont le frère avait tué, et qui lui-même semblait brûler d'une flamme meurtrière, avec ses yeux de crime, luisants tels que des braises. Et le lac, le lac rond comme une lune éteinte, tombée là, dans ce fond de cratère, cette coupe plus profonde et plus étroite qu'au lac d'Albano, couverte d'arbres d'une vigueur et d'une densité prodigieuses ! Les pins, les ormes, les saules, en un flot vert de branches qui s'écrasent, descendent jusqu'à la rive. Cette fécondité formidable naît des continuelles vapeurs d'eau qui se dégagent, sous l'action torride du soleil, dont les rayons s'amassent dans ce creux, en un foyer de fournaise. C'est une humidité chaude et lourde, les allées des jardins environnants se verdissent de mousses, des brouillards épais emplissent souvent le matin l'immense coupe d'une vapeur blanche, comme d'un lait fumeux de sorcière, aux louches maléfices. Et Pierre se souvenait bien de son malaise, devant ce lac où paraissent dormir des atrocités anciennes, toute une religion mystérieuse d'abominables pratiques, au milieu de l'admirable décor. Il l'avait vu, à l'approche du soir, dans l'ombre de sa ceinture de forêts, tel qu'une plaque de métal terni, noir et argent, d'une immobilité pesante ; et cette eau très claire, mais si profonde, cette eau déserte, sans une barque, cette eau morte, auguste et sépulcrale, lui avait laissé une indicible tristesse, une mélancolie à en mourir, la désespérance des grands ruts solitaires, la terre et les eaux gonflées de la douleur muette des germes, inquiétantes de fécondité. Ah ! ces bords noirs qui s'enfonçaient, ce lac morne et noir qui gisait, là-bas, au fond !

Le comte Prada s'était mis à rire de cette impression.

« Oui, oui, c'est vrai, le lac de Nemi n'est pas gai tous les jours. Je l'ai vu, par des temps gris, couleur de plomb ; et les grands soleils, tout en l'éclairant, ne l'animent guère. Pour mon compte, je sais que je périrais d'ennui, s'il me fallait vivre en face de cette eau toute nue. Mais il a pour lui les poètes et les femmes romanesques, celles qui adorent les grandes amours passionnées, aux dénouements tragiques. »

Puis, comme les deux convives s'étaient levés de table, pour aller prendre le café sur une terrasse, la conversation changea.

« Est-ce que, ce soir, reprit le comte, vous comptez vous rendre à la réception du prince Buongiovanni ? Ce sera, pour un étranger, un spectacle curieux, que je vous conseille de ne pas manquer.

– Oui, j'ai une invitation, répondit Pierre. C'est un de mes amis, M. Narcisse Habert, un attaché de notre ambassade, qui me l'a procurée et qui, du reste, doit m'y conduire. »

En effet, il devait y avoir, le soir même, une fête au palais Buongiovanni, sur le Corso, un de ces rares galas comme il ne s'en donne que deux ou trois par hiver. On racontait que celui-ci dépasserait tout en magnificence, car il avait lieu à l'occasion des fiançailles de Celia, la petite princesse. Brusquement, le prince, après avoir giflé sa fille, disait-on, et avoir lui-même couru des risques sérieux d'apoplexie, dans une crise d'effroyable colère, venait de céder devant le tranquille et doux entêtement de la jeune fille, en consentant à son mariage avec le lieutenant Attilio, le fils du ministre Sacco ; et tous les salons de Rome, le monde blanc aussi bien que le monde noir, en étaient bouleversés.

Le comte Prada s'égayait de nouveau.

« Vous verrez un beau spectacle, je vous assure ! Moi, j'en suis enchanté, pour mon bon cousin Attilio, qui est vraiment un très honnête et très charmant garçon. Et rien au monde ne me ferait manquer l'entrée, dans les antiques salons des Buongiovanni, de mon cher oncle Sacco, qui vient enfin de décrocher le portefeuille de l'Agriculture. Ce sera vraiment extraordinaire et superbe... Ce matin, mon père, qui prend tout au sérieux, m'a dit qu'il n'en avait pas fermé l'œil de la nuit. »

Il s'interrompit, pour reprendre aussitôt :

« Dites donc, il est déjà deux heures et demie, vous n'aurez plus un train avant cinq heures. Et vous ne savez pas ce que vous devriez faire ? ce serait de rentrer à Rome avec moi, en voiture. »

Mais Pierre se récriait.

« Non, non, merci mille fois ! Je dîne avec mon ami Narcisse, je ne puis m'attarder.

– Eh ! vous ne vous attarderez pas, au contraire ! Nous allons partir à trois heures, nous serons à Rome avant cinq heures... Il n'y a pas de promenade plus délicieuse à faire, quand le jour tombe, et, voyons ! je vous promets un admirable coucher de soleil. »

Il fut si pressant que le prêtre dut accepter, gagné décidément par tant d'amabilité et de belle humeur. Ils passèrent encore une heure fort agréable, à causer de Rome, de l'Italie, de la France. Ils étaient remontés un instant dans Frascati, où le comte voulait revoir un entrepreneur. Et, comme trois heures sonnaient, ils partirent enfin, mollement bercés côte à côte, sur les coussins de la victoria, au trot léger des deux chevaux. C'était délicieux, en effet, ce retour à Rome, au travers de l'immense Campagne nue, sous le grand ciel limpide, par cette fin exquise de la plus douce des journées d'automne.

Mais d'abord, à grande allure, la victoria dut descendre les pentes de Frascati, entre de continuels champs de vignes et des bois d'oliviers. La route pavée tournait, peu fréquentée : à peine quelques paysans en vieux chapeaux de feutre noir, un mulet blanc, une carriole attelée d'un âne ; c'était seulement le dimanche que les débits de vin se peuplaient et que les artisans à leur aise venaient manger le chevreau dans les bastides d'alentour. On passa devant une fontaine monumentale, à un coude du chemin. Tout un troupeau de moutons défila, barra un instant le passage. Et, toujours, au fond des lentes ondulations de l'immense Campagne rousse, Rome lointaine apparaissait dans les vapeurs violettes du soir, semblait s'enfoncer peu à peu, à mesure que la voiture descendait davantage. Il vint un moment où elle ne fut plus, au ras de l'horizon, qu'une mince raie grise, à peine étoilée de blanc par quelques façades ensoleillées. Puis, elle s'abîma en terre, elle se noya sous la houle des champs infinis.

Maintenant, la victoria roulait en plaine, laissant derrière elle les monts Albains, tandis qu'à droite, à gauche, en face, commençait la mer des prairies et des chaumes. Et ce fut alors que le comte, s'étant penché, s'écria :

« Tenez ! voyez donc en avant, là-bas, notre homme de ce matin, le Santobono en personne... Hein ? quel gaillard, comme il marche ! Mes chevaux ont peine à le rattraper. »

Pierre se pencha à son tour. C'était bien le curé de Sainte-Marie-des-Champs, grand et noueux, comme taillé à coups de serpe, dans sa longue soutane noire. Sous la fine lumière, le clair soleil blond qui l'inondait, il faisait une dure tache d'encre ; et il allait d'un tel pas, régulier et rude, qu'il ressemblait au destin en marche. Au bout de son bras droit pendait quelque chose, un objet qu'on distinguait mal.

Quand la voiture eut fini par l'atteindre, Prada donna l'ordre au cocher de ralentir ; et il engagea la conversation.

« Bonjour, l'abbé ! vous allez bien ?

– Très bien, monsieur le comte. Mille grâces !

– Et où courez-vous donc si gaillardement ?

– Monsieur le comte, je vais à Rome.

– Comment, à Rome ? Si tard !

– Oh ! j'y serai presque aussi tôt que vous. La route ne me fait pas peur, et c'est de l'argent vite gagné. »

Il ne perdait pas une enjambée, tournant à peine la tête, allongeant le pas, le long des roues ; si bien que Prada, mis en joie par la rencontre, dit tout bas à Pierre :

« Attendez, il nous amusera. »

Puis, à voix haute :

« Puisque vous allez à Rome, l'abbé, montez donc, il y a une place pour vous. »

Immédiatement, sans se faire prier davantage, Santobono accepta.

« Je veux bien, mille grâces !... Ça vaut encore mieux de ne point user ses souliers. »

Et il monta, s'installa sur le strapontin, refusant avec une brusque humilité la place que Pierre voulait poliment lui céder près du comte. Ceux-ci venaient enfin de reconnaître, dans l'objet qu'il portait, un petit panier plein de figues, joliment arrangé et recouvert de feuilles.

Les chevaux étaient repartis à un trot plus vif, la voiture roulait sur la belle route plate.

« Alors, vous allez à Rome ? reprit le comte, pour faire causer le curé.

– Oui, oui, je vais porter à Son Éminence Révérendissime le cardinal Boccanera ces quelques figues, les dernières de la saison, dont j'avais promis de lui faire le petit cadeau. »

Il avait posé sur ses genoux le panier, qu'il tenait soigneusement entre ses grosses mains noueuses, ainsi qu'une chose fragile et rare.

« Ah ! les figues fameuses de votre figuier ! C'est vrai, elles sont tout miel... Mais débarrassez-vous donc, vous n'allez pas les garder sur vos genoux jusqu'à Rome. Donnez-les-moi, je vais les mettre dans la capote. »

Il s'agita, les défendit, ne voulut absolument pas s'en séparer.

« Mille grâces ! mille grâces !... Elles ne me gênent pas du tout, elles sont très bien là, et je suis sûr de cette façon qu'il ne leur arrivera pas d'accident. »

Cette passion de Santobono pour les fruits de son jardin amusait beaucoup Prada, qui poussait le coude de Pierre. Il demanda de nouveau :

« Et le cardinal les aime, vos figues ?

– Oh ! monsieur le comte, Son Éminence daigne les adorer. Autrefois, lorsqu'elle passait l'été à la villa, elle ne voulait pas en manger d'un autre arbre. Alors, vous comprenez, ça ne me coûte guère de lui faire plaisir, du moment que je connais son goût. »

Mais il avait jeté sur Pierre un regard si aigu, que le comte sentit la nécessité de les présenter l'un à l'autre.

« Monsieur l'abbé Froment est justement descendu au palais Boccanera, où il loge depuis trois mois.

– Je sais, je sais, dit avec tranquillité Santobono. J'ai vu M. l'abbé chez Son Éminence, un jour où, déjà, j'étais allé porter des figues. Seulement, elles étaient moins mûres. Celles-ci sont parfaites. »

Il eut un regard de complaisance sur le petit panier, qu'il parut serrer plus étroitement entre ses doigts énormes, couverts de poils fauves. Et il se fit un silence, tandis que la Campagne se déroulait sans fin, aux deux bords. Les maisons avaient disparu depuis longtemps, pas un mur, pas un arbre, rien que les ondulations vastes, dont l'approche de l'hiver commençait à verdir les herbes maigres et rases. Une tour, une ruine à demi écroulée, qui apparut à gauche, prit tout à coup une importance extraordinaire, droite dans le ciel limpide, au-dessus de la ligne plate, illimitée de l'horizon. Puis, à droite, dans un grand parc, fermé de pieux, se montrèrent de lointaines silhouettes de bœufs et de chevaux ; d'autres bœufs, attelés encore, rentraient lentement du labour, sous les piqûres de l'aiguillon ; tandis qu'un fermier, lancé au galop d'un petit cheval rouge, achevait de donner son coup d'œil du soir, à travers les terres labourées. La route par moments se peuplait. Un *biroccino*, très légère voiture à deux grandes roues, avec un simple siège posé sur l'essieu, venait de filer comme le vent. De temps à autre, la victoria dépassait un *carrettino*, la charrette basse, dans laquelle le paysan, abrité sous une sorte de tente aux couleurs vives, apportait à Rome le vin, les légumes, les fruits des Châteaux romains. On entendait de loin les clochettes grêles des chevaux, s'en allant d'eux-mêmes, par le chemin bien connu, pendant que le paysan d'ordinaire dormait à poings fermés. Des femmes rentraient par groupes de trois ou quatre, la jupe relevée, les chevaux nus et noirs, avec des fichus écarlates. Et la route se vidait ensuite, et le désert se faisait de plus en plus, sans un passant, sans une bête, pendant des kilomètres, sous le ciel rond et infini, où descendait le soleil oblique, là-bas, au bout de cette mer vide, d'une monotonie grandiose et triste.

« Et le pape, l'abbé ? demanda soudain Prada ; est-il mort ? »

Santobono ne s'effara même pas.

« J'espère bien, dit-il simplement, que Sa Sainteté a encore de longs jours à vivre, pour le triomphe de l'Église.

– Alors, vous avez eu de bonnes nouvelles, ce matin, chez votre évêque, le cardinal Sanguinetti ? »

Cette fois, le curé ne put réprimer un léger tressaillement. On l'avait donc vu ? Lui, dans sa hâte, n'avait pas remarqué ces deux passants, qui venaient derrière son dos, sur la route.

« Oh ! répondit-il, en se remettant tout de suite, on ne sait jamais au juste si les nouvelles sont bonnes ou mauvaises... Il paraît que Sa Sainteté a passé une assez pénible nuit, et je fais des vœux pour que la nuit prochaine soit meilleure. »

Un instant, il sembla se recueillir ; puis, il ajouta :

« Si, d'ailleurs, Dieu croyait l'heure venue de rappeler à lui Sa Sainteté, il ne laisserait pas son troupeau sans pasteur, il aurait déjà choisi et marqué le souverain pontife de demain. »

Cette belle réponse accrut encore la joie de Prada.

« Vraiment, l'abbé, vous êtes extraordinaire... Alors, vous pensez que les papes se font ainsi par la grâce de Dieu ? Le pape de demain est nommé là-haut, n'est-ce pas ? et il attend, simplement. Je m'imaginais, moi, que les hommes se mêlaient un peu de l'affaire... Mais peut-être savez-vous déjà quel est le cardinal élu d'avance par la faveur divine ! »

Et il continua ses plaisanteries faciles d'incroyant, qui laissaient du reste le prêtre dans un calme parfait. Ce dernier finit même par rire, lui aussi, lorsque le comte, faisant allusion à l'ancienne passion que le peuple joueur de Rome mettait, lors de chaque conclave, à parier sur l'élu probable, lui dit qu'il y aurait là, pour lui, une fortune à gagner, s'il était dans le secret de Dieu. Puis, il fut question des trois soutanes blanches, de trois grandeurs différentes, qui attendaient dans une armoire du Vatican, toujours prêtes : serait-ce cette fois la petite, la grande, ou la moyenne, qu'on emploierait ? À la moindre maladie sérieuse du pape régnant, c'était ainsi une émotion extraordinaire, un réveil aigu de toutes les ambitions, de toutes les intrigues, à ce point que, non seulement dans le monde noir, mais encore dans la ville entière, il n'y avait plus d'autre curiosité, d'autre entretien, d'autre occupation, que pour discuter les titres des cardinaux et pour prédire celui qui l'emporterait.

« Voyons, voyons, reprit Prada, puisque vous savez, vous, je veux absolument que vous me disiez... Sera-ce le cardinal Moretta ? »

Santobono, malgré son évidente volonté de rester digne et désintéressé, en bon prêtre pieux, se passionnait peu à peu, cédait à sa flamme intérieure. Et cet interrogatoire l'acheva, il ne put se contenir davantage.

« Moretta, allons donc ! il est vendu à toute l'Europe !

– Sera-ce le cardinal Bartolini ?

– Vous n'y pensez pas !... Bartolini ! mais il s'est usé à tout vouloir et à ne jamais rien obtenir !

– Alors, sera-ce le cardinal Dozio ?

– Dozio, Dozio ! Ah ! si Dozio l'emportait, ce serait à désespérer de notre sainte Église, car il n'y a pas d'esprit plus bas ni plus méchant ! »

Prada leva les mains, comme s'il était à bout de candidats sérieux. Il mettait un malin plaisir à ne pas nommer le cardinal Sanguinetti, le candidat certain du curé, pour exaspérer celui-ci davantage. Puis, soudain, il parut avoir trouvé, il s'écria gaiement :

« Ah ! j'y suis, je connais votre homme… Le cardinal Boccanera ! »

Du coup, Santobono fut touché en plein cœur, dans sa rancune, dans sa foi de patriote. Déjà, sa bouche terrible s'ouvrait, il allait crier non, non ! de toute sa force. Mais il parvint à retenir le cri, réduit au silence, avec son cadeau sur les genoux, ce petit panier de figues, que ses deux mains serrèrent, à le briser ; et l'effort qu'il dut faire, le laissa si frémissant, qu'il fut forcé d'attendre, avant de répondre d'une voix calmée :

« Son Éminence Révérendissime le cardinal Boccanera est un saint homme, digne du trône, et je craindrais seulement qu'il n'apportât la guerre, dans sa haine contre notre Italie nouvelle. »

Mais Prada voulut aggraver la blessure.

« Enfin, celui-ci, vous l'acceptez, vous l'aimez trop pour ne pas vous réjouir de ses chances. Et je crois que, cette fois, nous sommes dans le vrai, car tout le monde est convaincu que le conclave n'en peut nommer un autre… Allons, il est très grand, ce sera la grande soutane blanche qui servira.

– La grande soutane, la grande soutane, gronda Santobono sourdement et comme malgré lui, à moins pourtant… »

Il n'acheva pas, de nouveau vainqueur de sa passion. Et Pierre, qui écoutait en silence, s'émerveilla, car il se rappelait la conversation qu'il avait surprise, chez le cardinal Sanguinetti. Évidemment, les figues n'étaient qu'un prétexte pour forcer la porte du palais Boccanera, où quelque familier, l'abbé Paparelli sans doute, pouvait seul donner des renseignements certains à son ancien camarade. Mais quel empire cet exalté avait sur lui-même, dans les mouvements les plus désordonnés de son âme !

Aux deux côtés de la route, la Campagne continuait à dérouler à l'infini ses nappes d'herbe, et Prada regardait sans voir, devenu sérieux et songeur. Il acheva tout haut ses réflexions.

« Vous savez ce qu'on dira, l'abbé, s'il meurt cette fois… Ça ne sent guère bon, ce brusque malaise, ces coliques, ces nouvelles qu'on cache… Oui, oui, le poison, comme pour les autres. »

Pierre eut un sursaut de stupeur. Le pape empoisonné !

« Comment ! le poison, encore ! » cria-t-il.

Effaré, il les contemplait tous les deux. Le poison comme au temps des Borgia, comme dans un drame romantique, à la fin de notre dix-neuvième siècle ! Cette imagination lui semblait à la fois monstrueuse et ridicule.

Santobono, la face devenue immobile, impénétrable, ne répondit pas. Mais Prada hocha la tête, et la conversation ne fut plus qu'entre lui et le jeune prêtre.

« Eh ! oui, le poison, encore… À Rome, la peur en est restée vivace et très grande. Dès qu'une mort y paraît inexplicable, trop prompte ou accompagnée de circonstances tragiques, la première pensée est unanime, tout le monde crie au poison ; et remarquez qu'il n'est pas de ville, je crois, où les morts subites soient plus fréquentes, je ne sais au juste pour quelles causes, les fièvres, dit-on… Oui, oui, le poison avec toute sa légende, le poison qui tue comme la foudre et ne laisse pas de trace, la fameuse recette léguée d'âge en âge, sous les empereurs et sous les papes, et jusqu'à nos jours de bourgeoise démocratie. »

Il finissait par sourire pourtant, un peu sceptique lui-même, dans sa terreur sourde, de race et d'éducation. Et il citait des faits. Les dames romaines se débarrassaient de leurs maris ou de leurs amants, en employant le venin d'un crapaud rouge. Plus pratique, Locuste s'adressait aux plantes, faisait bouillir une plante qui devait être l'aconit. Après les Borgia, la Toffana vendait, à Naples, dans des fioles décorées de l'image de saint Nicolas de Bari, une eau célèbre, à base d'arsenic sans doute. Et c'étaient encore des histoires extraordinaires, des épingles à la piqûre foudroyante, une coupe de vin qu'on empoisonnait en y effeuillant une rose, une bécasse qu'un couteau préparé partageait en deux et dont la moitié contaminée tuait l'un des deux convives.

« Moi qui vous parle, j'ai eu, dans ma jeunesse, un ami dont la fiancée, à l'église, le jour du mariage, est tombée morte pour avoir simplement respiré un bouquet de fleurs… Alors, pourquoi ne voulez-vous pas que la fameuse recette se soit réellement transmise et reste connue de quelques initiés ?

– Mais, dit Pierre, parce que la chimie a fait trop de progrès. Si les anciens croyaient à des poisons mystérieux, c'était qu'ils manquaient de tout moyen d'analyse. Aujourd'hui, la drogue des Borgia mènerait droit en cour d'assises le naïf qui s'en servirait. Ce sont des contes à dormir debout, et c'est à peine si les bonnes gens les tolèrent encore dans les romans-feuilletons.

– Je veux bien, reprit le comte, avec son sourire gêné. Vous avez sans doute raison… Seulement, allez donc dire cela, tenez ! à votre hôte, au cardinal Boccanera, qui a tenu dans ses bras un vieil ami à lui, tendrement aimé, monsignor Gallo, mort l'été dernier, en deux heures.

– En deux heures, une congestion cérébrale suffit, et un anévrisme tue même en deux minutes.

– C'est vrai, mais demandez-lui ce qu'il a pensé devant les longs frissons, la face qui se plombait, les yeux qui se creusaient, ce masque d'épouvante où il ne retrouvait plus rien de son ami. Il en a la conviction absolue, monsignor Gallo a été empoisonné, parce qu'il était son confident le plus cher, son conseiller toujours écouté, dont les sages avis étaient des garants de victoire. »

L'ahurissement de Pierre avait grandi. Il s'adressa directement à Santobono, qui achevait de le troubler par son impassibilité irritante.

« C'est imbécile, c'est effroyable, et vous aussi, monsieur le curé, vous croyez à ces affreuses histoires ? »

Pas un poil du prêtre ne bougea. Il ne desserra pas ses grosses lèvres violentes, il ne détourna pas ses yeux de flamme noire, qu'il tenait fixés sur Prada. Celui-ci, d'ailleurs, continuait à donner des exemples. Et monsignor Nazzarelli, qu'on avait trouvé dans son lit, réduit et calciné comme un charbon ! Et monsignor Brando, frappé à Saint-Pierre même, pendant les vêpres, mort dans la sacristie, vêtu de ses habits sacerdotaux !

« Ah ! mon Dieu ! soupira Pierre, vous m'en direz tant, que je finirai par trembler, moi aussi, et par ne plus oser manger que des œufs à la coque, dans votre terrible Rome ! »

Cette boutade les égaya un instant, le comte et lui. Et c'était vrai, une terrible Rome se dégageait de leur conversation, la ville éternelle du crime, du poignard et du poison, où, depuis plus de deux mille ans, depuis le premier mur bâti, la rage du pouvoir, l'appétit furieux de posséder et de jouir, avait armé les mains, ensanglanté le pavé, jeté des victimes au Tibre ou dans la terre. Assassinats et empoisonnements sous les empereurs, empoisonnements et assassinats sous les papes, le même flot d'abominations roulait les morts sur ce sol tragique, dans la gloire souveraine du soleil.

« N'importe, reprit le comte, ceux qui prennent leurs précautions n'ont peut-être pas tort. On dit que plus d'un cardinal frissonne et se méfie. J'en sais un qui ne mange rien que des viandes achetées et préparées par son cuisinier. Et, quant au pape, s'il a des inquiétudes... »

Pierre eut un nouveau cri de stupeur.

« Comment, le pape lui-même ! le pape a la crainte du poison !

– Eh oui ! mon cher abbé, on le prétend du moins. Il est certainement des jours où il se voit le premier menacé. Ne savez-vous pas que l'ancienne croyance, à Rome, est qu'un pape ne doit pas vivre trop vieux, et que, lorsqu'il s'entête à ne pas mourir à temps, on l'aide ? Sa place est naturellement au Ciel, dès qu'un pape tombe en enfance, devient une gêne, même un danger pour l'Église par sa sénilité. Les choses, d'ailleurs, sont faites très proprement, le moindre rhume est le prétexte décent pour qu'il ne s'oublie pas davantage sur le trône de Saint-Pierre. »

À ce propos, il ajouta de curieux détails. Un prélat, disait-on, voulant calmer les craintes de Sa Sainteté, avait imaginé tout un système de précautions, entre autres une petite voiture cadenassée pour les provisions destinées à la table pontificale, très frugale du reste. Mais cette voiture était restée à l'état de simple projet.

« Et puis, quoi ? finit-il par conclure en riant, il faut bien mourir un jour, surtout lorsque c'est pour le bien de l'Église... N'est-ce pas, l'abbé ? »

Depuis un instant, Santobono, dans son immobilité, avait baissé les regards, comme s'il eût examiné sans fin le petit panier de figues, qu'il tenait sur ses genoux avec tant de précautions, tel qu'un saint sacrement. Interpellé d'une façon si directe et si vive, il ne put éviter de relever les yeux. Mais il ne sortit pas de son grand silence, il se contenta d'incliner longuement la tête.

« N'est-ce pas, l'abbé, répéta Prada, que c'est Dieu seul, et non le poison, qui fait mourir ?... On raconte que telle a été la dernière parole du pauvre monsignor Gallo, quand il a expiré dans les bras de son ami, le cardinal Boccanera. »

Une seconde fois, sans parler, Santobono inclina la tête. Et tous trois se turent, songeurs.

La voiture roulait, roulait sans cesse par l'immensité nue de la Campagne. Toute droite, la route paraissait aller à l'infini. À mesure que le soleil descendait vers l'horizon, des jeux d'ombre et de lumière marquaient davantage les vastes ondulations des terrains, qui se succédaient ainsi, d'un vert-rose et d'un gris violâtre, jusqu'aux bords lointains du ciel. Le long de la route, à droite, à gauche, il n'y avait toujours que de grands chardons séchés, des fenouils géants aux ombelles jaunes. Puis, ce fut encore, à un moment, un attelage de quatre bœufs, attardés dans un labour, s'enlevant en noir sur l'air pâle, d'une extraordinaire grandeur, au milieu de la morne solitude. Plus loin, des moutons en tas, dont le vent apportait l'âpre odeur de suint, tachaient de brun les herbes reverdies ; tandis qu'un chien, parfois, aboyait, seule voix distincte, dans le sourd frisson de ce désert silencieux, où semblait régner la paix souveraine des morts. Mais il y eut un chant léger, des alouettes s'envolaient, une d'elles monta très haut, tout en haut du ciel d'or limpide. Et, en face, au fond de ce ciel pur, cristal limpide, Rome de plus en plus grandissait, avec ses tours et ses dômes, ainsi qu'une ville de marbre blanc, qui naîtrait d'un mirage parmi les verdures d'un jardin enchanté.

« Matteo, cria Prada à son cocher, arrête-nous à l'*Osteria Romana.* »

Et, s'adressant à ses compagnons :

« Je vous prie de m'excuser, je vais voir s'il n'y a pas des œufs frais pour mon père. Il les adore. »

On arrivait, et la voiture s'arrêta. C'était, au bord même de la route, une sorte d'auberge primitive, au nom sonore et fier : *Antica Osteria Romana*, simple relais pour les charretiers, où les chasseurs seuls se hasardaient à boire une carafe de vin blanc, en mangeant une omelette et un morceau de jambon. Pourtant, le dimanche parfois, le petit peuple de Rome poussait jusque-là, venait s'y réjouir. Mais, en semaine, dans l'immense Campagne nue, des journées s'écoulaient, sans qu'une âme y entrât.

Déjà le comte sautait lestement de la voiture, en disant :

« J'en ai pour une minute, je reviens tout de suite. »

L'*osteria* ne se composait que d'une longue construction basse, à un seul étage ; et l'on montait à cet étage par un escalier extérieur, fait de grosses pierres, que les grands soleils avaient cuites. Toute la bâtisse, d'ailleurs, était fruste, couleur de vieil or. Il y avait, au rez-de-chaussée, une salle commune, une remise, une écurie, des hangars. À côté, près d'un bouquet de pins parasols, l'arbre unique qui poussait dans le sol ingrat, se trouvait une tonnelle en roseaux, sous laquelle étaient rangées cinq ou six tables de bois, équarries à coups de hache. Et, comme fond à ce coin de vie pauvre et morne, se dressait, derrière, un fragment d'aqueduc antique, dont les arches béantes sur le vide, écroulées à demi, coupaient seules la ligne plate de l'horizon sans bornes.

Mais le comte revint brusquement sur ses pas.

« Dites donc, l'abbé, vous accepterez bien un verre de vin blanc. Je sais que vous êtes un peu vigneron, et il y a ici un petit vin qu'il faut connaître. »

Santobono, sans se faire prier, tranquillement, descendit à son tour.

« Oh ! je le connais, je le connais. C'est un vin de Marino, qu'on récolte dans une terre plus maigre que nos terres de Frascati. »

Et, comme il ne lâchait toujours pas son panier de figues, l'emportant avec lui, le comte s'impatienta.

« Voyons, vous n'en avez pas besoin, laissez-le donc dans la voiture ! »

Le curé ne répondit pas, marcha devant, tandis que Pierre se décidait aussi à descendre, curieux de voir une *osteria*, une de ces guinguettes du petit peuple, dont on lui avait parlé.

Prada était connu, tout de suite une vieille femme s'était montrée, grande, sèche, d'allure royale dans sa misérable jupe. La dernière fois, elle avait fini par trouver une demi-douzaine d'œufs frais ; et, cette fois, elle allait voir, sans rien promettre d'avance ; car elle ne savait jamais, les poules pondaient au hasard, dans tous les coins.

« Bon, bon ! voyez cela, on va nous servir une carafe de vin blanc. »

Tous trois entrèrent dans la salle commune. La nuit y était déjà noire. Bien que la saison chaude fût passée, on y entendait, dès le seuil, le ronflement sourd du vol des mouches. Une odeur âcre de vin aigrelet et d'huile rance prenait à la gorge. Et, dès que leurs yeux se furent un peu accoutumés, ils purent distinguer la vaste pièce, noircie, empuantie, meublée simplement de bancs et de tables, en gros bois, à peine raboté. Elle semblait vide, tellement le silence y était absolu, sous le vol des mouches. Il y avait pourtant là deux hommes, deux passants, immobiles et muets, devant leurs verres pleins. Sur une chaise basse, près de la porte, dans le peu de jour qui entrait, la fille de la maison, une maigre fille jaune, tremblait de fièvre, les deux mains serrées entre les genoux, oisive.

En sentant le malaise de Pierre, le comte proposa de se faire servir dehors.

« Nous serons beaucoup mieux, il fait si doux ! »

Et la fille, pendant que la mère cherchait les œufs et que le père, sous un hangar voisin, raccommodait une roue, dut se lever en grelottant, pour porter la carafe de vin et les trois verres sur une des tables de la tonnelle. Elle empocha les six sous de la carafe, elle retourna s'asseoir, sans une parole, l'air maussade d'avoir été forcée de faire un tel voyage.

Gaiement, lorsque tous trois se furent attablés, Prada emplit les verres, malgré les supplications de Pierre, incapable, disait-il, de boire ainsi du vin entre ses repas.

« Bah ! bah ! vous trinquerez toujours... N'est-ce pas, l'abbé, qu'il est amusant, ce petit vin ?... Voyons, à la santé du pape, puisqu'il est souffrant ! »

Santobono, après avoir vidé son verre d'un trait, fit claquer sa langue. Il avait posé le panier par terre, à côté de lui, d'une main douce, avec un soin paternel ; et il enleva son chapeau, il respira largement. La soirée était vraiment délicieuse, une pureté de ciel admirable, un immense ciel d'or tendre, au-dessus de cette mer sans fin de la Campagne, qui allait s'endormir dans une immobilité, une paix souveraine. Et le petit vent dont les souffles passaient, au travers du grand silence, avait un goût exquis d'herbes et de fleurs sauvages.

« Mon Dieu ! qu'on est bien ! murmura Pierre gagné par ce charme. Et quel désert d'éternel repos, pour y oublier le reste du monde ! »

Mais Prada, qui avait vidé la carafe, en remplissant de nouveau le verre du curé, s'amusait fort, sans rien dire, d'une aventure, qu'il fut d'abord seul à remarquer. Il avertit le jeune prêtre d'un coup d'œil de gaie complicité ; et, dès lors, tous deux en suivirent les péripéties dramatiques. Quelques poules maigres erraient autour d'eux, dans l'herbe roussie, en quête des sauterelles. Or, une de ces poules, une petite poule noire, fine et luisante, d'une grande effronterie, ayant aperçu le panier de figues, par terre, s'en approchait avec hardiesse. Pourtant, quand elle fut tout près, elle prit peur, recula. Elle raidissait le cou, tournait la tête, dardait la braise de son œil rond. Enfin, la passion fut la plus forte ; et, comme une figue se montrait entre deux feuilles, elle s'avança sans hâte, en levant les pattes très haut ; et, brusquement, elle allongea un grand coup de bec, elle troua la figue, qui saigna.

Prada, heureux comme un enfant, put lâcher l'éclat de rire qu'il avait contenu à grand-peine.

« Attention ! l'abbé, gare à vos figues ! »

Justement, Santobono achevait son second verre, la tête renversée, les yeux au ciel, dans une béate satisfaction. Il eut un sursaut, regarda, comprit en voyant la poule. Et ce fut tout un éclat de colère, de grands gestes, des invectives terribles. Mais la poule, qui donnait à ce moment un autre coup de bec, ne lâcha pas, piqua la figue, l'emporta, les ailes battantes, si prompte et si comique, que Prada et Pierre lui-même rirent aux larmes, devant la fureur impuissante de Santobono, qui la poursuivit un instant, en la menaçant du poing.

« Voilà ce que c'est que de ne pas avoir laissé le panier dans la voiture, dit le comte. Si je ne vous avais pas prévenu, la poule mangeait tout. »

Sans répondre, grondant encore de sourdes imprécations, le curé avait posé le panier sur la table ; et il souleva les feuilles, rangea de nouveau les figues avec art, pour combler le trou ; puis, les feuilles replacées, le mal réparé, il se calma.

Il était temps de repartir, le soleil s'abaissait à l'horizon, la nuit était proche. Aussi le comte finit-il par s'impatienter.

« Eh bien ! et ces œufs ! »

Et, ne voyant pas revenir la femme, il se mit à sa recherche. Il entra dans l'écurie, visita ensuite la remise. La femme ne s'y trouvait point. Alors, il passa derrière la maison, pour jeter un coup d'œil sous les hangars. Mais, là, tout d'un coup, une chose inattendue l'arrêta net. Par terre, la petite poule noire gisait, foudroyée, morte. Elle n'avait au bec qu'un mince flot de sang, violâtre, et qui coulait encore.

D'abord, il ne fut qu'étonné. Il se baissa, la toucha. Elle était tiède, souple et molle, telle qu'un chiffon. Sans doute un coup de sang. Puis, aussitôt, il devint affreusement pâle, la vérité l'envahissait, le glaçait. Comme dans un éclair, il évoquait Léon XIII malade, Santobono courant aux nouvelles chez le cardinal Sanguinetti, partant ensuite pour Rome faire cadeau du panier de figues au cardinal Boccanera. Et il se rappelait la conversation depuis Frascati, la mort éventuelle du pape, les candidats possibles à la tiare, les histoires légendaires de poison qui terrorisaient encore les alentours du Vatican ; et il revoyait le curé avec son petit panier sur les genoux, plein de soins paternels ; et il revoyait la petite poule noire piquant dans le panier, se sauvant avec une figue au bec. La petite poule était là, morte, foudroyée.

Sa conviction fut immédiate, absolue. Mais il n'eut pas même le temps de se demander ce qu'il allait faire. Une voix, derrière lui, se récriait.

« Tiens ! c'est la petite poule, qu'a-t-elle donc ? »

C'était Pierre qui, laissant remonter Santobono en voiture, avait fait, lui aussi, le tour de la maison, pour regarder de plus près le fragment d'aqueduc, à demi écroulé parmi les pins parasols.

Prada, frémissant comme s'il était le coupable, répondit par un mensonge, sans l'avoir prémédité, cédant à une sorte d'instinct.

« Mais elle est morte… Imaginez-vous qu'il y a eu bataille. Au moment où j'arrivais, cette autre poule que vous apercevez là-bas, s'est jetée sur celle-ci pour avoir la figue qu'elle tenait encore, et lui a, d'un coup de bec, défoncé le crâne… Vous voyez bien, le sang coule. »

Pourquoi disait-il ces choses ? Il s'étonnait lui-même en les inventant. Voulait-il donc rester maître de la situation, n'être avec personne dans l'abominable confidence, pour agir ensuite à son gré ? C'était à la fois une gêne honteuse devant un étranger, un goût personnel de la violence qui mêlait de l'admiration à sa révolte d'honnête homme, un sourd besoin d'examiner la chose au point de vue de son intérêt personnel, avant de prendre un parti. Honnête homme, il l'était, il n'allait sûrement pas laisser empoisonner les gens.

Pierre, pitoyable aux bêtes, regardait la poule avec la petite émotion que lui causait la brusque suppression de toute vie. Et il accepta très naturellement l'histoire.

« Ah ! ces poules, elles sont entre elles d'une férocité imbécile que les hommes ont à peine égalée ! J'avais un poulailler chez moi, et une d'elles ne pouvait se blesser à la patte, sans que toutes les autres, en voyant perler le sang, vinssent la piquer et la manger jusqu'à l'os. »

Tout de suite, Prada s'éloigna ; et, justement, la femme le cherchait de son côté, pour lui remettre quatre œufs, qu'elle avait dénichés à grand-peine, dans les coins de la maison. Il se hâta de les payer, rappela Pierre qui s'attardait.

« Dépêchons, dépêchons ! Maintenant, nous ne serons plus à Rome qu'à la nuit noire. »

Dans la voiture, ils retrouvèrent Santobono, qui attendait tranquillement. Il avait repris sa place sur le strapontin, l'échine fortement appuyée contre le siège du cocher, ses grandes jambes ramenées sous lui ; et il tenait de nouveau, sur ses genoux, le petit panier de figues, si coquettement arrangé, qu'il protégeait de ses grosses mains noueuses, comme une chose rare et fragile, que le moindre cahot des roues aurait pu endommager. Sa soutane faisait une grande tache sombre. Dans sa face épaisse et terreuse de paysan resté près de la sauvage terre, mal dégrossi par ses quelques années d'études théologiques, ses yeux seuls semblaient vivre, d'une flamme noire, dévorante de passion.

En l'apercevant si carrément installé, si calme, Prada avait eu un petit frisson. Puis, dès que la victoria se fut remise à rouler, par la route toute droite et sans fin :

« Eh bien ! l'abbé, voilà un coup de vin qui va nous protéger du mauvais air. Si le pape pouvait faire comme nous, ça le guérirait sûrement de ses coliques. »

Mais Santobono, pour toute réponse, ne lâcha qu'un sourd grondement. Il ne voulait plus parler, il s'enferma dans un absolu silence, comme envahi par la nuit lente qui tombait. Et Prada se tut à son tour, les yeux fixés sur lui, en se demandant ce qu'il allait faire.

La route tournait, puis la voiture roula, roula encore, sur une chaussée interminable, dont le pavé blanc semblait filer à l'infini, d'un trait. Maintenant, cette blancheur de la route prenait une sorte de lumière, déroulait un ruban de neige, tandis que la Campagne immense, aux deux bords, se noyait peu à peu d'une ombre fine. Dans les creux des vastes ondulations, les ténèbres s'amassaient, une marée violâtre semblait s'en épandre, recouvrant partout de son flot l'herbe rase, élargissant la plaine à perte de vue, telle qu'une mer déteinte. Tout se confondait, ce n'était plus que la houle indistincte et neutre, d'un bout de l'horizon à l'autre. Et le désert s'était vidé encore, une dernière charrette indolente venait de passer, un dernier tintement de clochettes claires s'éteignait au loin ; plus un passant, plus une bête, la mort des couleurs et des sons, toute vie tombant au sommeil, à la paix sereine du néant. À droite, des fragments d'aqueduc continuaient à se montrer de place en place, pareils à des tronçons de mille-pattes géants, que la faux des siècles aurait coupés ; puis, ce fut, à gauche, une nouvelle tour, dont la haute ruine sombre barra le ciel d'un pieu noir ; et d'autres morceaux d'aqueduc franchirent la route, prirent de ce côté une valeur démesurée, en se détachant sur le coucher du soleil. Ah ! l'heure unique, l'heure du crépuscule dans la Campagne romaine, quand tout s'y noie et s'y résume, l'heure de l'immensité nue, de l'infini dans la simplicité ! Il n'y a rien, rien que la ligne ronde et plate de l'horizon, rien que la tache d'une ruine, isolée, debout, et ce rien est d'une majesté, d'une grandeur souveraines.

Mais le soleil se couchait, là-bas, à gauche, vers la mer. Dans le ciel limpide, il descendait, tel qu'un globe de braise, d'un rouge aveuglant. Il plongea lentement derrière l'horizon, et il n'y eut d'autres nuages que quelques vapeurs d'incendie, comme si la mer lointaine eût bouillonné soudain, sous la flamme de cette royale visite. Tout de suite, quand il eut disparu, ce coin du ciel s'empourpra d'une mare de sang, tandis que la Campagne devenait grise. Il n'y avait plus, au bout de la plaine décolorée, que ce lac de pourpre, dont on voyait le brasier peu à peu mourir, derrière les arches noires des aqueducs ; et, de l'autre côté, les autres arches éparses, restées roses, s'enlevaient en clair sur le ciel couleur d'étain. Puis, les vapeurs d'incendie se dissipèrent, le couchant finit par s'éteindre, dans une grande mélancolie farouche. Au firmament apaisé, devenu de cendre bleue, les étoiles s'allumaient une à une, pendant que les lumières de Rome encore lointaine, au ras de l'horizon, en face, scintillaient pareilles à des phares.

Et Prada, dans le silence songeur de ses deux compagnons, au milieu de l'infinie tristesse du soir, envahi lui-même d'une détresse indicible, continuait à se questionner, à se demander ce qu'il allait faire. Ses yeux n'avaient pas quitté Santobono, dont la figure se noyait de nuit, mais si tranquille, abandonnant son grand corps au balancement de la voiture. Il se répétait qu'il ne pouvait laisser empoisonner ainsi les gens. Les figues étaient sûrement destinées au cardinal Boccanera, et peu lui importait en somme un cardinal de plus ou de moins, un pape possible dont l'action historique future était difficile à prévoir. Dans son âpre conception de conquérant, tout à la lutte pour la vie, le mieux lui avait toujours semblé de laisser faire le destin, sans compter qu'il ne voyait aucun mal à ce que le prêtre mangeât le prêtre, ce qui égayait son athéisme. Il songea aussi qu'il pouvait être dangereux d'intervenir dans cette abominable affaire, au fond des basses intrigues, louches et insondables, du monde noir. Mais le cardinal n'était pas seul au palais Boccanera : les figues ne pouvaient-elles se tromper d'adresse, aller à d'autres personnes, qu'on ne voulait pas atteindre ? Cette idée de révoltant hasard, maintenant, le hantait. Et, sans qu'il voulût y arrêter sa pensée, les visages de Benedetta et de Dario s'étaient dressés devant lui, revenaient malgré son effort pour ne pas les voir, s'imposaient. Si Benedetta, si Dario mangeaient de ces fruits ? Benedetta, il l'écarta tout de suite, car il savait qu'elle faisait table à part avec sa tante, qu'il n'y avait rien de commun entre les deux cuisines. Mais Dario déjeunait chaque jour avec son oncle. Un instant, il vit Dario pris d'un spasme, tomber entre les bras du cardinal, comme le pauvre monsignor Gallo, la face grise, les yeux creux, foudroyé en deux heures.

Non, non ! cela était affreux, il ne pouvait permettre une abomination pareille. Alors, son parti fut arrêté. Il allait attendre que la nuit fût complète ; et, tout simplement, il prendrait le panier sur les genoux du curé, il le jetterait à la volée dans quelque trou d'ombre, sans dire un mot. Le curé comprendrait. L'autre, le jeune prêtre, ne s'apercevrait peut-être pas de l'aventure. D'ailleurs, peu importait, car il était bien décidé à ne pas même expliquer son acte. Et il se sentit tout à fait calmé, lorsque l'idée lui vint de jeter le panier, au moment où la voiture passerait sous la porte Furba, quelques kilomètres avant Rome. Dans les ténèbres de la porte, ce serait très bien, on ne pourrait rien voir.

« Nous nous sommes attardés, nous ne serons guère à Rome avant six heures, reprit-il tout haut, en se tournant vers Pierre. Mais vous aurez le temps d'aller vous habiller et de rejoindre votre ami. »

Et, sans attendre la réponse, il s'adressa à Santobono :

« Vos figues arriveront bien tard.

– Oh ! dit le curé, Son Éminence reçoit jusqu'à huit heures. Et puis, ce n'est pas pour ce soir, les figues ! On ne mange pas de figues le soir. Ce sera pour demain matin. »

Il retomba dans son silence, il ne parla plus.

« Pour demain matin, oui, oui ! sans doute, répéta Prada. Et le cardinal pourra vraiment s'en régaler, si personne ne l'aide. »

Pierre, étourdiment, donna alors une nouvelle qu'il savait.

« Il sera sans doute seul à les manger, car son neveu, le prince Dario, a dû partir aujourd'hui pour Naples, un petit voyage de convalescence, après l'accident qui l'a tenu au lit pendant un grand mois. »

Brusquement, il s'arrêta, en songeant à qui il parlait. Mais le comte avait remarqué sa gêne.

« Allez, allez, mon cher monsieur Froment, vous ne me faites aucune peine. C'est déjà très ancien... Et il est parti, ce jeune homme, dites-vous ?

– Oui, à moins qu'il n'ait remis son départ. Je m'attends à ne pas le retrouver au palais. »

Pendant un instant, on n'entendit plus, de nouveau, que le roulement continu des roues. Et Prada se taisait, repris de trouble, rendu au malaise de son incertitude. Si pourtant Dario n'était pas là, de quoi allait-il se mêler ? Toutes ces réflexions lui fatiguaient le crâne, et il finit par penser tout haut.

« S'il s'en est allé, ce doit être par convenance, afin de ne pas assister à la soirée des Buongiovanni, car la congrégation du Concile s'est réunie ce matin pour se prononcer définitivement, dans le procès que la comtesse m'a intenté... Oui, tout à l'heure, je saurai si l'annulation de notre mariage sera signée par le Saint-Père. »

Sa voix était devenue un peu rauque, on sentait la vieille blessure se rouvrir et saigner, la plaie faite à son orgueil d'homme par cette femme qui était sienne et qui s'était refusée, en se réservant pour un autre. Son amie Lisbeth avait eu beau lui donner un enfant, l'accusation d'impuissance, l'outrage à sa virilité, renaissait sans cesse, lui gonflait le cœur d'aveugles colères. Il eut un violent et brusque frisson, comme si tout un grand souffle glacé lui eût traversé la chair ; et, détournant l'entretien, il ajouta tout à coup :

« Il ne fait vraiment pas chaud, ce soir... Voici l'heure mauvaise, à Rome, l'heure de la tombée du jour, où l'on empoigne très bien une bonne fièvre, si l'on ne se méfie pas... Tenez ! ramenez la couverture sur vos jambes, enveloppez-vous soigneusement. »

Puis, comme on approchait de la porte Furba, le silence se fit encore, plus lourd, pareil au sommeil invincible qui endormait la Campagne, submergée dans la nuit. Enfin, la porte apparut, à la clarté des étoiles vives ; et elle n'était autre qu'une arcade de l'Aqua Felice, sous laquelle passait la route. Ce débris d'aqueduc semblait, de loin, barrer le passage de sa masse énorme de vieux murs à demi écroulés. Ensuite, l'arche géante, toute noire d'ombre, se creusait, telle qu'un porche béant. Et l'on passait en pleines ténèbres, dans le roulement plus sonore des roues.

Lorsqu'on fut de l'autre côté, Santobono avait toujours sur les genoux le petit panier de figues, et Prada le regardait, bouleversé, se demandant par quelle subite paralysie de ses deux mains, il ne l'avait pas saisi, jeté aux ténèbres. Cependant, il y était décidé encore, quelques secondes avant de pénétrer sous la voûte. Il l'avait même regardé une dernière fois, pour bien calculer le mouvement qu'il aurait à faire. Que venait-il donc de se passer en lui ? Et il se sentait en proie à une indécision grandissante, incapable désormais de vouloir un acte définitif, ayant le besoin d'attendre, dans l'idée sourde de se satisfaire pleinement et avant tout. Pourquoi se serait-il pressé maintenant, puisque Dario était sans doute parti et puisque ces figues ne seraient sûrement pas mangées avant le lendemain ? Le soir même, il devait apprendre si la congrégation du Concile avait annulé son mariage, il saurait jusqu'à quel point la justice de Dieu était vénale et mensongère. Certes, il ne laisserait empoisonner personne, pas même le cardinal Boccanera, dont l'existence, cependant, lui importait si peu. Mais, depuis le départ de Frascati, n'était-ce pas le destin en marche que ce petit panier ? Ne cédait-il pas à une jouissance d'absolu pouvoir, en se disant qu'il était le maître de l'arrêter ou de lui permettre d'aller jusqu'au bout de son œuvre de mort ? Et, d'ailleurs, il s'abandonnait à la plus obscure des luttes, il ne raisonnait pas, les mains liées au point de ne pouvoir agir autrement, convaincu qu'il irait glisser une lettre d'avertissement dans la boîte aux lettres du palais, avant de se mettre au lit, tout en étant heureux de penser que, si pourtant il avait intérêt à ne pas le faire, il ne le ferait pas.

Alors, le reste de la route s'acheva, au milieu de ce silence las, dans le frisson du soir, qui semblait avoir glacé les trois hommes. Vainement, le comte, pour échapper au combat de ses réflexions, revint sur le gala des Buongiovanni, donnant des détails, décrivant les splendeurs auxquelles on allait assister : ses paroles tombaient rares, gênées et distraites. Puis, il s'efforça de réconforter Pierre, de le rendre à son espoir, en lui reparlant du cardinal Sanguinetti, si aimable, si plein de promesses ; et, bien que le jeune prêtre rentrât très heureux, dans l'idée que son livre n'était pas condamné encore et qu'il triompherait peut-être, si on l'aidait, il répondit à peine, tout à sa rêverie. Santobono ne parla pas, ne bougea pas, comme disparu, noir dans la nuit noire. Et les lumières de Rome s'étaient multipliées, des maisons avaient reparu, à droite, à gauche, d'abord espacées largement, peu à peu ininterrompues. C'était le faubourg, des champs de roseaux encore, des haies vives, des oliviers dont la tête dépassait les longs murs de clôture, de grands portails aux piliers surmontés de vases, enfin la ville, avec ses rangées de petites maisons grises, de commerces pauvres, de cabarets borgnes, d'où sortaient parfois des cris et des bruits de bataille.

Prada voulut absolument conduire ses compagnons rue Giulia, à cinquante mètres du palais.

« Cela ne me gêne pas, et d'aucune façon, je vous assure... Voyons, vous ne pouvez achever la route à pied, pressés comme vous l'êtes ! »

Déjà, la rue Giulia dormait dans sa paix séculaire, absolument déserte, d'une mélancolie d'abandon, avec la double file morne de ses becs de gaz. Et, dès qu'il fut descendu de voiture, Santobono n'attendit pas Pierre, qui, d'ailleurs, passait toujours par la petite porte, sur la ruelle latérale.

« Au revoir, l'abbé.

– Au revoir, monsieur le comte. Mille grâces ! »

Alors, tous deux purent le suivre du regard jusqu'au palais Boccanera, dont la vieille porte monumentale, noire d'ombre, était encore grande ouverte. Un instant, ils virent sa haute taille rugueuse qui barrait cette ombre. Puis, il entra, il s'engouffra avec son petit panier, portant le destin.

XII

Il était dix heures, lorsque Pierre et Narcisse, qui avaient dîné au café de Rome, où ils s'étaient ensuite oubliés dans une longue causerie, descendirent à pied le Corso pour se rendre au palais Buongiovanni. Ils eurent toutes les peines du monde à en gagner la porte. Les voitures arrivaient par files serrées, et la foule des curieux qui stationnaient, débordant, envahissant la chaussée, malgré les agents, devenait si compacte, que les chevaux n'avançaient plus. Dans la longue façade monumentale, les dix hautes fenêtres du premier étage flambaient, une grande clarté blanche, la clarté de plein jour des lampes électriques, qui éclairait, comme d'un coup de soleil, la rue, les équipages embourbés dans le flot humain, la houle des têtes ardentes et passionnées, au milieu de l'extraordinaire tumulte des gestes et des cris.

Et il n'y avait pas là que la curiosité habituelle de regarder passer des uniformes et descendre des femmes en riches toilettes, car Pierre entendit vite que cette foule était venue attendre l'arrivée du roi et de la reine, qui avaient promis de paraître au bal de gala, que le prince Buongiovanni donnait pour fêter les fiançailles de sa fille Celia avec le lieutenant Attilio Sacco, fils d'un des ministres de Sa Majesté. Puis, ce mariage était un ravissement, le dénouement heureux d'une histoire d'amour qui passionnait la ville entière, le coup de foudre, le couple jeune et si beau, la fidélité obstinée, victorieuse des obstacles, et cela dans des conditions romanesques, dont le récit circulait de bouche en bouche, mouillant tous les yeux, faisant battre tous les cœurs.

C'était cette histoire que Narcisse, au dessert, en attendant dix heures, venait encore de conter à Pierre, qui la connaissait en partie. On affirmait que, si le prince avait fini par céder, après une dernière scène épouvantable, il ne l'avait fait que sur la crainte de voir Celia quitter un beau soir le palais, au bras de son amant. Elle ne l'en menaçait pas, mais il y avait, dans son calme de vierge ignorante, un tel mépris de tout ce qui n'était pas son amour, qu'il la sentait capable des pires folies, commises ingénument. La princesse, sa femme, s'était désintéressée, en Anglaise flegmatique, belle encore, qui croyait avoir assez fait pour la maison en apportant les cinq millions de sa dot et en donnant cinq enfants à son mari. Le prince, inquiet et faible dans ses violences, où se retrouvait le vieux sang romain, gâté déjà par son mélange avec celui d'une race étrangère, n'agissait plus que sous la crainte de voir crouler sa maison et sa fortune, restées jusque-là intactes, au milieu des ruines accumulées du patriciat ; et, en cédant enfin, il avait dû obéir à l'idée de se rallier par sa fille, d'avoir un pied solide au Quirinal, sans pourtant retirer l'autre du Vatican. Sans doute, c'était une honte brûlante, son orgueil saignait de s'allier à ces Sacco, des gens de rien. Mais Sacco était ministre, il avait marché si vite, de succès en succès, qu'il semblait en passe de monter encore, de conquérir, après le portefeuille de l'Agriculture, celui des Finances, qu'il convoitait depuis longtemps. Avec lui, c'était la faveur certaine du roi, la retraite assurée de ce côté, si le pape un jour sombrait. Puis, le prince avait pris des renseignements sur le fils, un peu désarmé devant cet Attilio si beau, si brave, si droit, qui était l'avenir, peut-être l'Italie glorieuse de demain. Il était soldat, on le pousserait aux plus hauts grades. On ajoutait méchamment que la dernière raison qui avait décidé le prince, fort avare, désespéré d'avoir à disperser sa fortune entre ses cinq enfants, était l'occasion heureuse de pouvoir donner à Celia une dot dérisoire. Et, dès lors, le mariage consenti, il avait résolu de célébrer les fiançailles par une fête retentissante, comme on n'en donnait plus que bien rarement à Rome, les portes ouvertes à tous les mondes, les souverains invités, le palais flambant ainsi qu'aux grands jours d'autrefois, quitte à y laisser un peu de cet argent qu'il défendait si âprement, mais voulant par bravoure prouver qu'il n'était pas vaincu et que les Buongiovanni ne cachaient rien, ne rougissaient de rien. À la vérité, on prétendait que cette bravoure superbe ne venait pas de lui, qu'elle lui avait été soufflée, sans même qu'il en eût conscience, par Celia, la tranquille, l'innocente, qui désirait montrer son bonheur, au bras d'Attilio, devant Rome entière, applaudissant à cette histoire d'amour qui finissait bien, comme dans les beaux contes de fées.

« Diable ! dit Narcisse, qu'un flot de foule immobilisait, jamais nous n'arriverons en haut. Ils ont donc invité toute la ville ! »

Et, comme Pierre s'étonnait de voir passer un prélat en carrosse :

« Oh ! vous allez en coudoyer plus d'un. Si les cardinaux n'osent se risquer, à cause de la présence des souverains, la prélature viendra sûrement. Il s'agit d'un salon neutre, où le monde noir et le monde blanc peuvent fraterniser. Puis, les fêtes ne sont pas si nombreuses, on s'y écrase. »

Il expliqua qu'en dehors des deux grands bals que la cour donnait par hiver, il fallait des circonstances exceptionnelles pour décider le patriciat à offrir des galas pareils. Deux ou trois salons noirs ouvraient bien encore une fois leurs salons, vers la fin du carnaval. Mais, partout, les petites sauteries intimes remplaçaient les réceptions fastueuses. Quelques princesses avaient simplement leur jour. Et, quant aux rares salons blancs, ils gardaient une égale intimité, mélangée plus ou moins, car pas une maîtresse de maison n'était devenue la reine indiscutée du monde nouveau.

« Enfin, nous y sommes », reprit Narcisse dans l'escalier.

Pierre, inquiet, lui dit :

« Ne nous quittons pas. Je ne connais un peu que la fiancée, et je tiens à ce que vous me présentiez. »

Mais c'était encore un effort rude et long, que de monter le vaste escalier, tellement la cohue des arrivants s'y bousculait. Même aux temps anciens, lors des chandelles de cire et des lampes à huile, jamais il n'avait resplendi d'un tel éclat de lumière. Des lampes électriques l'inondaient de clarté blanche, brûlant en bouquets dans les admirables candélabres de bronze qui ornaient les paliers. On avait caché les stucs froids des murs sous une suite de hautes tapisseries, l'histoire de Psyché et de l'Amour, des merveilles restées dans la famille depuis la Renaissance. Un épais tapis recouvrait l'usure des marches, et des massifs de plantes vertes garnissaient les coins, des palmiers grands comme des arbres. Tout un sang nouveau affluait, chauffait l'antique demeure, une résurrection de vie qui montait avec le flot des femmes rieuses et sentant bon, les épaules nues, étincelantes de diamants.

Quand ils furent en haut, Pierre aperçut tout de suite, à l'entrée du premier salon, le prince et la princesse Buongiovanni, debout côte à côte, recevant leurs invités. Le prince, un blond qui grisonnait, grand et mince, avait les pâles yeux du Nord que sa mère lui avait légués, dans une face énergique d'ancien capitaine des papes. La princesse, au petit visage rond et délicat, paraissait à peine avoir trente ans, bien qu'elle eût dépassé la quarantaine, jolie toujours, d'une sérénité souriante que rien ne déconcertait, simplement heureuse de s'adorer elle-même. Elle portait une toilette de satin rose, toute rayonnante d'une merveilleuse parure de gros rubis, qui semblait allumer de courtes flammes sur sa peau fine et dans ses fins cheveux de blonde. Et, des cinq enfants, le fils aîné qui voyageait, les trois autres filles trop jeunes, encore en pension, Celia seule était là, Celia en petite robe de légère soie blanche, blonde elle aussi, délicieuse avec ses grands yeux d'innocence et sa bouche de candeur, gardant jusqu'au bout de son aventure d'amour son air de grand lis fermé, impénétrable en son mystère de vierge. Les Sacco venaient d'arriver seulement, et Attilio, qui était resté près de sa fiancée, portait son simple uniforme de lieutenant, mais si naïvement, si ouvertement heureux de son grand bonheur, que sa jolie tête, à la bouche de tendresse, aux yeux de vaillance, en resplendissait, d'un éclat extraordinaire de jeunesse et de force. Tous les deux, l'un près de l'autre, dans ce triomphe de leur passion, apparaissaient, dès le seuil, comme la joie, la santé même de la vie, l'espoir illimité aux promesses du lendemain ; et tous les invités qui entraient les voyaient ainsi, ne pouvaient s'empêcher de sourire, s'attendrissaient, oubliant leur curiosité maligne et bavarde, jusqu'à donner leur cœur à ce couple d'amour, si beau et si ravi.

Narcisse s'était avancé pour présenter Pierre. Mais Celia ne lui en laissa pas le temps. Elle fit un pas à la rencontre du prêtre, elle le mena à son père et à sa mère.

« M. l'abbé Pierre Froment, un ami de ma chère Benedetta. »

Il y eut des saluts cérémonieux. Pierre fut très touché de cette bonne grâce de la jeune fille, qui lui dit ensuite :

« Benedetta va venir avec sa tante et Dario. Elle doit être si heureuse, ce soir ! Et vous verrez comme elle est belle ! »

Pierre et Narcisse la félicitèrent alors. Mais ils ne pouvaient rester là, le flot les poussait, le prince et la princesse n'avaient que le temps de saluer d'un branle aimable et continu de la tête, noyés, débordés. Et Celia, quand elle eut mené les deux amis à Attilio, dut revenir prendre sa place de petite reine de la fête, près de ses parents.

Narcisse connaissait un peu Attilio. Il y eut des félicitations nouvelles et des poignées de main. Puis, curieusement, tous deux manœuvrèrent pour s'arrêter un instant dans ce premier salon, où le spectacle en valait vraiment la peine. C'était une vaste pièce, tendue de velours vert, à fleurs d'or, qu'on appelait la salle des armures, et qui contenait en effet une collection d'armures très remarquable, des cuirasses, des haches d'armes, des épées, ayant presque toutes appartenu à des Buongiovanni, au quinzième siècle et au seizième. Et, au milieu de ces rudes outils de guerre, on voyait une adorable chaise à porteurs du siècle dernier, ornée des dorures et des peintures les plus délicates, dans laquelle l'arrière-grand-mère du Buongiovanni actuel, la célèbre Bettina, une beauté légendaire, se faisait conduire aux offices. D'ailleurs, sur les murs, ce n'étaient que tableaux historiques, batailles, signatures de traités, réceptions royales, où les Buongiovanni avaient joué un rôle ; sans compter les portraits de famille, de hautes figures d'orgueil, capitaines de terre et de mer, grands dignitaires de l'Église, prélats, cardinaux, parmi lesquels, à la place d'honneur, triomphait le pape, le Buongiovanni vêtu de blanc, dont l'avènement au trône pontifical avait enrichi la longue descendance. Et c'était parmi ces armures, près de la galante chaise à porteurs, c'était au-dessous de ces antiques portraits, que les Sacco, le mari et la femme, venaient de s'arrêter, eux aussi, à quelques pas des maîtres de la maison, prenant leur part des félicitations et des saluts.

« Tenez ! souffla tout bas Narcisse à Pierre, les Sacco, là, en face de nous, ce petit homme noir et cette dame en soie mauve. »

Pierre reconnut Stefana, qu'il avait rencontrée chez le vieil Orlando, avec sa figure claire au gentil sourire, ses traits menus que noyait un embonpoint naissant. Mais ce fut surtout le mari qui l'intéressa, brun et sec, les yeux gros dans un teint de jaunisse, le menton proéminent et le nez en bec de vautour, un masque gai de Polichinelle napolitain, et dansant, criant, et d'une belle humeur si envahissante, que les gens, autour de lui, étaient gagnés tout de suite. Il avait une faconde extraordinaire, une voix surtout, un instrument de charme et de conquête incomparable. Rien qu'à le voir, dans ce salon, séduire si aisément les cœurs, on comprenait ses succès foudroyants, au milieu du monde brutal et médiocre de la politique. Pour le mariage de son fils, il venait de manœuvrer avec une adresse rare, affectant une délicatesse outrée, contre Celia, contre Attilio lui-même, déclarant qu'il refusait son consentement, de peur qu'on ne l'accusât de voler une dot et un titre. Il n'avait cédé qu'après les Buongiovanni, il avait voulu prendre auparavant l'avis du vieil Orlando, dont la haute loyauté héroïque était proverbiale dans l'Italie entière ; d'autant plus qu'en agissant ainsi, il savait aller au-devant d'une approbation, car le héros ne se gênait pas pour répéter tout haut que les Buongiovanni devaient être enchantés d'accueillir dans leur famille son petit-neveu, un beau garçon, de cœur sain et brave, qui régénérerait leur vieux sang épuisé, en faisant à leur fille de beaux enfants. Et Sacco, dans toute cette affaire, s'était merveilleusement servi du nom légendaire d'Orlando, faisant sonner sa parenté, montrant une vénération filiale pour le glorieux fondateur de la patrie, sans paraître vouloir se douter un instant à quel point celui-ci le méprisait et l'exécrait, désespéré de son arrivée au pouvoir, convaincu qu'il mènerait le pays à la ruine et à la honte.

« Ah ! reprit Narcisse, en s'adressant à Pierre, un homme souple et pratique, que les soufflets ne gênent pas ! Il en faut, paraît-il, de ces hommes sans scrupules, dans les États tombés en détresse, qui traversent des crises politiques, financières et morales. On dit que celui-ci, avec son aplomb imperturbable, l'ingéniosité de son esprit, ses infinies ressources de résistance qui ne reculent devant rien, a complètement conquis la faveur du roi... Mais voyez donc, voyez donc, si l'on ne croirait pas qu'il est déjà le maître de ce palais, au milieu du flot de courtisans qui l'entoure ! »

En effet, les invités qui passaient en saluant devant les Buongiovanni, s'amassaient autour de Sacco ; car il était le pouvoir, les places, les pensions, les croix ; et, si l'on souriait encore de le trouver là, avec sa maigreur noire et turbulente, parmi les grands ancêtres de la maison, on l'adulait comme la puissance nouvelle, cette force démocratique, si trouble encore, qui se levait de partout, même de ce vieux sol romain, où le patriciat gisait en ruine.

« Mon Dieu ! quelle foule ! murmura Pierre. Quels sont donc tous ces gens ?

– Oh ! répondit Narcisse, c'est déjà très mêlé. Ils n'en sont plus ni au monde noir, ni au monde blanc ; ils en sont au monde gris. L'évolution était fatale, l'intransigeance d'un cardinal Boccanera ne peut être celle d'une ville entière, d'un peuple. Le pape seul dira toujours non, restera immuable. Mais, autour de lui, tout marche et se transforme, invinciblement. De sorte que, malgré les résistances, dans quelques années, Rome sera italienne... Vous savez que, dès maintenant, lorsqu'un prince a deux fils, l'un reste au Vatican, l'autre passe au Quirinal. Il faut vivre, n'est-ce pas ? Les grandes familles, en danger de mort, n'ont pas l'héroïsme de pousser l'obstination jusqu'au suicide... Et je vous ai déjà dit que nous étions ici sur un terrain neutre, car le prince Buongiovanni a compris un des premiers la nécessité de la conciliation. Il sent sa fortune morte, il n'ose la risquer ni dans l'industrie ni dans les affaires, il la voit déjà émiettée entre ses cinq enfants, qui l'émietteront à leur tour ; et c'est pourquoi il s'est mis du côté du roi, sans vouloir rompre avec le pape, par prudence... Aussi voyez-vous, dans ce salon, l'image exacte de la débâcle, du pêle-mêle qui règne dans les opinions et dans les idées du prince. »

Il s'interrompit, pour nommer des personnages qui entraient.

« Tenez ! voici un général, très aimé, depuis sa dernière campagne en Afrique. Nous aurons ce soir beaucoup de militaires, tous les supérieurs d'Attilio, qu'on a invités pour faire un entourage de gloire au jeune homme... Et tenez ! voici l'ambassadeur d'Allemagne. Il est à croire que le corps diplomatique viendra presque en entier, à cause de la présence de Leurs Majestés... Et, par opposition, vous voyez bien ce gros homme, là-bas ? C'est un député fort influent, un enrichi de la bourgeoisie nouvelle. Il n'était encore, il y a trente ans, qu'un fermier du prince Albertini, un de ces *mercanti di campagna*, qui battaient la Campagne romaine, en bottes fortes et en chapeau mou... Et, maintenant, regardez ce prélat qui entre...

– Celui-ci, je le connais, dit Pierre. C'est monsignor Fornaro.

– Parfaitement, monsignor Fornaro, un personnage. Vous m'avez en effet conté qu'il est rapporteur, dans l'affaire de votre livre… Un prélat délicieux ! Avez-vous remarqué de quelle révérence il vient de saluer la princesse ? Et quelle noble allure, quelle grâce, sous son petit manteau de soie violette ! »

Narcisse continua à énumérer ainsi des princes et des princesses, des ducs et des duchesses, des hommes politiques et des fonctionnaires, des diplomates et des ministres, des bourgeois et des officiers, le plus incroyable tohu-bohu, sans compter la colonie étrangère, des Anglais, des Américains, des Allemands, des Espagnols, des Russes, la vieille Europe et les deux Amériques. Puis, il revint brusquement aux Sacco, à la petite Mme Sacco, pour raconter les efforts héroïques qu'elle avait faits, dans la bonne pensée d'aider les ambitions de son mari, en ouvrant un salon. Cette femme douce, l'air modeste, était une personne très rusée, pourvue des qualités les plus solides, la patience et la résistance piémontaises, l'ordre, l'économie. Aussi, dans le ménage, rétablissait-elle l'équilibre, que le mari compromettait par son exubérance. Il lui devait beaucoup, sans que personne s'en doutât. Mais, jusqu'ici, elle avait échoué à opposer, aux derniers des salons noirs, un salon blanc qui fît l'opinion. Elle ne réunissait toujours que des gens de son monde, pas un prince n'était venu, on dansait le lundi chez elle, comme on dansait dans vingt autres petits salons bourgeois, sans éclat et sans puissance. Le véritable salon blanc, menant les hommes et les choses, maître de Rome, restait encore à l'état de chimère.

« Regardez son mince sourire, pendant qu'elle examine tout ici, reprit Narcisse. Je suis bien sûr qu'elle s'instruit et qu'elle dresse des plans. À présent qu'elle va être alliée à une famille princière, peut-être espère-t-elle avoir enfin la belle société. »

La foule devenait telle, dans la pièce, grande pourtant, qu'ils étouffaient, bousculés, serrés contre un mur. Aussi l'attaché d'ambassade emmena-t-il le prêtre, en lui donnant des détails sur ce premier étage du palais, un des plus somptueux de Rome, célèbre par la magnificence des appartements de réception. On dansait dans la galerie de tableaux, une salle longue de vingt mètres, royale, débordante de chefs-d'œuvre, dont les huit fenêtres ouvraient sur le Corso. Le buffet était dressé dans la salle des antiques, une salle de marbre, où il y avait une Vénus, découverte près du Tibre, et qui rivalisait avec celle du Capitole. Puis, c'était une suite de salons merveilleux, encore resplendissants du luxe ancien, tendus des étoffes les plus rares, ayant gardé de leurs mobiliers d'autrefois des pièces uniques, que guettaient les antiquaires, dans l'espoir de la ruine future, inévitable. Et, parmi ces salons, un surtout était fameux, le petit salon des glaces, une pièce ronde, de style Louis XV, entièrement garnie de glaces, dans des cadres de bois sculpté, d'une extrême richesse et d'un rococo exquis.

« Tout à l'heure, vous verrez tout cela, dit Narcisse. Mais entrons ici, si nous voulons respirer un peu… C'est ici qu'on a apporté les fauteuils de la galerie voisine, pour les belles dames désireuses de s'asseoir, d'être vues et d'être aimées. »

Le salon était vaste, drapé de la plus admirable tenture de velours de Gênes qu'on pût voir, cet ancien velours jardinière, à fond de satin pâle, à fleurs éclatantes, mais dont les verts, les bleus, les rouges se sont divinement pâlis, d'un ton doux et fané de vieilles fleurs d'amour. Il y avait là, sur les consoles, dans les vitrines, les objets d'art les plus précieux du palais, des coffrets d'ivoire, des bois sculptés, peints et dorés, des pièces d'argenterie, un entassement de merveilles. Et, sur les sièges nombreux, des dames en effet s'étaient déjà réfugiées, fuyant la cohue, assises par petits groupes, riant et causant avec les quelques hommes qui avaient découvert ce coin de grâce et de galanterie. Rien n'était plus aimable à regarder, sous le vif éclat des lampes, que ces nappes d'épaules nues, d'une finesse de soie, que ces nuques souples, où se tordaient les chevelures blondes ou brunes. Les bras nus sortaient du fouillis charmant des toilettes tendres, tels que de vivantes fleurs de chair. Les éventails battaient avec lenteur, comme pour aviver les feux des pierres précieuses, jetant à chaque souffle une odeur de femme, mêlée à un parfum dominant de violettes.

« Tiens ! s'écria Narcisse, notre bon ami, monsignor Nani, qui salue là-bas l'ambassadrice d'Autriche. »

Dès que Nani aperçut le prêtre et son compagnon, il vint à eux ; et, tous trois, ils gagnèrent l'embrasure d'une fenêtre, pour causer un instant à l'aise. Le prélat souriait, l'air enchanté de la beauté de la fête, mais gardant la sérénité d'une âme triplement cuirassée d'innocence, au milieu de toutes ces épaules étalées, comme s'il ne les avait pas même vues.

« Ah ! mon cher fils, dit-il à Pierre, que je suis heureux de vous rencontrer !... Eh bien ! que dites-vous de notre Rome, quand elle se mêle de donner des fêtes ?

– Mais c'est superbe, monseigneur ! »

Il parlait avec attendrissement de la haute piété de Celia, il affectait de ne voir chez le prince et la princesse que des fidèles du Vatican, pour faire honneur à ce dernier de ce gala fastueux, sans paraître même savoir que le roi et la reine allaient venir. Puis, soudain :

« J'ai pensé à vous toute la journée, mon cher fils. Oui, j'avais appris que vous étiez allé voir Son Éminence le cardinal Sanguinetti, pour votre affaire... Voyons, comment vous a-t-il reçu ?

– Oh ! très paternellement... D'abord, il m'a fait entendre l'embarras où le mettait sa situation de protecteur de Lourdes. Mais, comme je partais, il s'est montré charmant, il m'a formellement promis son aide, avec une délicatesse dont j'ai été très touché.

– Vraiment, mon cher fils ! Du reste, vous ne m'étonnez pas, Son Excellence est si bonne !

– Et, monseigneur, je dois ajouter que je suis revenu le cœur léger, plein d'espérance. Désormais, il me semble que mon procès est à moitié gagné.

– C'est bien naturel, je comprends cela. »

Nani souriait toujours, de son fin sourire d'intelligence, aiguisé d'une pointe d'ironie, si discrète, qu'on n'en sentait pas la piqûre. Après un court silence, il ajouta très simplement :

« Le malheur est que votre livre a été condamné, avant-hier, par la congrégation de l'Index, qui s'est réunie tout exprès, sur une convocation du secrétaire. Et l'arrêt sera même porté à la signature de Sa Sainteté après-demain. »

Pierre, étourdi, le regardait. L'écroulement du vieux palais sur sa tête ne l'aurait pas accablé davantage. C'était donc fini ! Le voyage qu'il avait fait à Rome, l'expérience qu'il était venu y tenter aboutissait donc à cette défaite, qu'il apprenait ainsi brusquement, au milieu de cette fête ! Et il n'avait même pu se défendre, il avait perdu les jours, sans trouver à qui parler, devant qui plaider sa cause ! Une colère montait en lui, il ne put s'empêcher de dire à demi voix, amèrement :

«Ah ! comme on m'a dupé ! Ce cardinal qui me disait ce matin : "Si Dieu est avec vous, il vous sauvera, même malgré vous !" Oui, oui, je comprends à cette heure, il jouait sur les mots, il ne me souhaitait qu'un désastre, pour que la soumission me gagnât le Ciel... Me soumettre, ah ! je ne puis pas, je ne puis pas encore ! J'ai le cœur trop gonflé d'indignation et de chagrin.»

Curieusement, Nani l'écoutait, l'étudiait.

« Mais, mon cher fils, rien n'est définitif, tant que le Saint-Père n'aura pas signé. Vous avez la journée de demain, et même la matinée d'après-demain. Un miracle est toujours possible. »

Et, baissant la voix, le prenant à part, pendant que Narcisse, en esthète amoureux des cols allongés et des gorges puériles, examinait les dames :

« Écoutez, j'ai une communication à vous faire, en grand secret... Tout à l'heure, pendant le cotillon, venez me rejoindre dans le petit salon des glaces. Nous y causerons à l'aise. »

Pierre promit d'un signe de tête ; et, discrètement, le prélat s'éloigna, se perdit au milieu de la foule. Mais les oreilles du prêtre bourdonnaient, il ne pouvait plus espérer. Que ferait-il en un jour, puisqu'il avait perdu trois mois, sans arriver seulement à être reçu par le pape ? Dans son étourdissement, il entendit Narcisse, qui lui parlait d'art.

« C'est étonnant comme le corps de la femme s'est abîmé, depuis nos affreux temps de démocratie. Il s'empâte, il devient horriblement commun. Voyez donc là, devant nous, pas une qui ait la ligne florentine, la poitrine petite, le col dégagé et royal... »

Il s'interrompit, pour s'écrier :

« Ah ! en voici une qui est assez bien, la blonde, avec des bandeaux... Tenez ! celle que monsignor Fornaro vient d'aborder. »

Depuis un instant, en effet, monsignor Fornaro allait de belle dame en belle dame, d'un air d'aimable conquête. Il était superbe, ce soir-là, avec sa haute taille décorative, ses joues fleuries, sa bonne grâce victorieuse. Aucune histoire leste ne circulait sur son compte, il était accepté simplement comme un prélat galant qui se plaisait dans la compagnie des femmes. Et il s'arrêtait, causait, se penchait au-dessus des épaules nues, les frôlait, les respirait, les lèvres humides et les yeux riants, dans une sorte de ravissement dévot.

Il aperçut Narcisse, qu'il rencontrait parfois. Il s'avança. Le jeune homme dut le saluer.

« Vous allez bien, monseigneur, depuis que j'ai eu l'honneur de vous voir à l'ambassade ?

– Oh ! très bien, très bien !... Hein ? quelle délicieuse fête ! »

Pierre s'était incliné. C'était cet homme, dont le rapport avait fait condamner son livre ; et il lui reprochait surtout son air de caresse, les promesses menteuses de son accueil si charmant. Mais le prélat, très fin, dut sentir qu'il avait appris l'arrêt de la congrégation. Aussi trouva-t-il plus digne de ne pas le reconnaître ouvertement. Il se contenta, lui aussi, d'incliner la tête, avec un léger sourire.

« Que de monde ! répéta-t-il, et que de belles personnes ! On ne va bientôt plus pouvoir circuler dans ce salon. »

Maintenant, tous les sièges y étaient occupés par des dames, et l'on commençait à y étouffer, au milieu de ce parfum de violettes, que chauffait la fauve odeur des nuques blondes ou brunes. Les éventails battaient plus vifs, des rires clairs s'élevaient, dans le brouhaha grandissant, toute une rumeur de conversation, où l'on entendait circuler les mêmes mots. Quelque nouvelle, sans doute, venait d'être apportée, un bruit qui se chuchotait, qui jetait la fièvre de groupe en groupe.

Monsignor Fornaro, très au courant, voulut donner lui-même la nouvelle, qu'on ne disait pas encore à voix haute.

« Vous savez ce qui les passionne toutes ?

– La santé du Saint-Père ? demanda Pierre, dans son inquiétude. Est-ce que la situation s'est encore aggravée ce soir ? »

Le prélat le regarda, étonné. Puis, avec une sorte d'impatience :

« Oh ! non, oh ! non, Sa Sainteté va beaucoup mieux, Dieu merci ! Quelqu'un du Vatican me disait tout à l'heure qu'elle avait pu se lever, cet après-midi, et recevoir ses intimes, ainsi qu'à l'habitude.

– On a eu tout de même grand-peur, interrompit à son tour Narcisse. À l'ambassade, j'avoue que nous n'étions pas rassurés, parce qu'un conclave, en ce moment, serait une chose grave pour la France. Elle n'y aurait aucun pouvoir, notre gouvernement républicain a tort de traiter la papauté comme une quantité négligeable… Seulement, sait-on jamais si le pape est malade ou non ? J'ai appris d'une façon certaine qu'il a failli être emporté, l'autre hiver, lorsque personne n'en soufflait mot ; tandis que, la dernière fois, lorsque tous les journaux le tuaient, en parlant d'une bronchite, je l'ai vu, moi qui vous parle, très gaillard et très gai… Il est malade, quand il le faut, je crois. »

D'un geste pressé, monsignor Fornaro écarta ce sujet importun.

« Non, non, on est rassuré, on n'en cause déjà plus… Ce qui passionne toutes ces dames, c'est qu'aujourd'hui la congrégation du Concile a voté l'annulation du mariage, dans l'affaire Prada, à une grosse majorité. »

De nouveau, Pierre s'émut. N'ayant eu le temps de voir personne au palais Boccanera, à son retour de Frascati, il craignait que la nouvelle ne fût fausse. Et le prélat crut devoir donner sa parole d'honneur.

« La nouvelle est certaine, je la tiens d'un membre de la congrégation. »

Mais, brusquement, il s'excusa, s'échappa.

« Pardon ! voici une dame que je n'avais pas aperçue et que je désire saluer. »

Tout de suite, il courut, s'empressa devant elle. Ne pouvant s'asseoir, il resta debout, courbant sa grande taille, comme s'il eût enveloppé de sa galante courtoisie la jeune femme, si fraîche, si nue, qui riait d'un si beau rire, sous l'effleurement léger du petit manteau de soie violette.

« Vous connaissez cette dame, n'est-ce pas ? demanda Narcisse à Pierre. Non ! vraiment ?… C'est la bonne amie du comte Prada, la toute charmante Lisbeth Kauffmann, qui vient de lui donner un gros garçon, et qui reparaît ce soir pour la première fois dans le monde… Vous savez qu'elle est allemande, qu'elle a perdu ici son mari, et qu'elle peint un peu, assez joliment même. On pardonne beaucoup à ces dames de la colonie étrangère, et celle-ci est particulièrement aimée, pour la belle humeur avec laquelle elle reçoit, dans son petit palais de la rue du Prince-Amédée... Vous pensez si la nouvelle qui circule de l'annulation du mariage doit l'amuser ! »

Elle était vraiment exquise, cette Lisbeth, très blonde, très rose, très gaie, avec sa peau de satin, son visage de lait, ses yeux si tendrement bleus, sa bouche dont l'aimable sourire était célèbre pour sa grâce. Et, dans sa toilette de soie blanche pailletée d'or, elle avait surtout, ce soir-là, une telle joie de vivre, une telle certitude heureuse, à se sentir libre, aimante et aimée, qu'autour d'elle la nouvelle qu'on chuchotait, les méchancetés dites derrière les éventails, semblaient tourner à son triomphe. Tous les regards s'étaient un instant fixés sur elle. On répétait son mot à Prada, quand elle s'était vue enceinte, des œuvres d'un homme que l'Église décrétait aujourd'hui d'impuissance : « Mon pauvre ami, c'est donc d'un petit Jésus que je vais accoucher ! » Et des rires s'étouffaient, d'irrespectueuses plaisanteries circulaient tout bas, de bouche à oreille, tandis qu'elle, radieuse dans son insolente sérénité, acceptait d'un air de ravissement les galanteries de monsignor Fornaro, qui la félicitait sur une toile, une *Vierge au lis*, envoyée par elle à une exposition.

Ah ! cette annulation de mariage, qui défrayait la chronique scandaleuse de Rome depuis un an, quelle rumeur dernière elle produisait, en tombant ainsi au beau milieu de ce bal ! Le monde noir et le monde blanc l'avaient longtemps choisie comme un champ de bataille, pour y échanger les plus incroyables médisances, des commérages sans fin, des histoires à dormir debout. Et c'était fini cette fois, le Vatican imperturbable osait prononcer l'annulation, sous le prétexte que le mariage n'avait pu être consommé, par suite de l'impuissance du mari. Rome entière allait en rire, avec son libre scepticisme, dès qu'il s'agissait des affaires d'argent de l'Église. Personne déjà n'ignorait les incidents de la lutte, Prada révolté qui s'était tenu à l'écart, les Boccanera inquiets qui avaient remué ciel et terre, et l'argent distribué aux créatures des cardinaux pour acheter leur influence, et la grosse somme dont on avait payé indirectement le rapport enfin favorable de monsignor Palma. On parlait de plus de cent mille francs en tout, ce qu'on ne trouvait pas trop cher, car un autre divorce, celui d'une comtesse française, avait coûté près d'un million. Le Saint-Père avait tant de besoins ! Et cela, d'ailleurs, ne fâchait personne, on se contentait d'en plaisanter malignement, les éventails battaient toujours dans la chaleur croissante, les dames avaient un frémissement d'aise, sous le vol discret des mots légers, murmurés à peine, qui frôlaient leurs épaules nues.

« Oh ! que la contessina doit être contente ! reprit Pierre. Je n'avais pas compris pourquoi sa petite amie nous disait, à notre arrivée, qu'elle allait être, ce soir, si heureuse et si belle... Et c'est à cause de cela, certainement, qu'elle va venir, elle qui, depuis ce procès, se considérait comme en deuil. »

Mais Lisbeth, ayant rencontré les yeux de Narcisse, lui avait souri, et il dut aller la saluer à son tour, car il la connaissait, pour avoir traversé son atelier, comme toute la colonie étrangère. Il revenait près de Pierre, lorsqu'une nouvelle émotion parut agiter les aigrettes de diamants et les fleurs, dans les chevelures. Des têtes se tournèrent, le brouhaha grandit.

« Eh ! c'est le comte Prada en personne ! murmura Narcisse émerveillé. Une jolie carrure tout de même ! Habillez-le de velours et d'or, et quelle figure de bel aventurier du quinzième siècle, mordant sans scrupule à toutes les jouissances ! »

Prada entrait, l'air très à l'aise, gai, presque triomphant. Et, au-dessus du large plastron blanc de la chemise, que l'habit encadrait de noir, il avait vraiment une haute mine de proie, avec ses yeux francs et durs, sa face énergique, barrée d'épaisses moustaches brunes. Jamais sa bouche vorace n'avait montré sa dentition de loup, dans un sourire de sensualité plus ravie. D'un regard rapide, il examina, déshabilla toutes les femmes. Puis, quand il eut aperçu Lisbeth, si gamine, si rose et si blonde, il s'adoucit, il vint très ouvertement à elle, sans s'inquiéter le moins du monde de l'ardente curiosité qui le dévisageait. Il se pencha, causa bas un instant, dès que monsignor Fornaro lui eut cédé la place. Sans doute la nouvelle qui courait lui fut confirmée par la jeune femme, car il eut un geste, un rire un peu forcé, en se relevant.

Ce fut alors qu'il vit Pierre et qu'il le rejoignit, dans l'embrasure de la fenêtre. Il serra également la main de Narcisse. Et, tout de suite, avec sa bravoure :

« Vous savez ce que je vous disais, en revenant ce soir de Frascati... Eh bien ! il paraît que c'est fait, ils ont annulé mon mariage... C'est si gros, si impudent, si imbécile, que j'en doutais tout à l'heure.

– Oh ! se permit de déclarer Pierre, la nouvelle est certaine. Elle vient de nous être confirmée par monsignor Fornaro, qui la tenait d'un membre de la congrégation. Et l'on assure que la majorité a été très forte. »

Un rire encore secoua Prada.

« Non, non ! on n'imagine pas une farce pareille ! C'est le plus beau soufflet que je connaisse, donne à la justice et au simple bon sens. Ah ! si l'on parvient aussi à faire casser le mariage civilement, et si mon amie que vous voyez là-bas, le veut bien, comme on s'amusera dans Rome ! Mais oui ! je l'épouserai à Sainte-Marie-Majeure, en grande pompe. Et il y a, de par le monde, un cher petit être qui sera de la fête, aux bras de sa nourrice ! »

Il riait trop haut, il était trop brutal, dans cette allusion à son enfant, preuve vivante de sa virilité. Souffrait-il donc, pour avoir aux lèvres un pli qui les retroussait, montrant ses dents blanches ? On le sentait frémissant, en lutte contre un réveil de passion sourde, tumultueuse, qu'il ne s'avouait pas à lui-même.

« Et vous, mon cher abbé, reprit-il vivement, connaissez-vous l'autre nouvelle ? Vous a-t-on dit que la comtesse allait venir ? »

Il nommait ainsi Benedetta, par habitude, oubliant qu'elle n'était plus sa femme.

« On vient de me le dire en effet », répondit Pierre.

Un moment, il hésita, avant d'ajouter ; cédant au besoin de prévenir toute surprise fâcheuse :

« Sans doute nous verrons aussi le prince Dario, car il n'est pas parti pour Naples, comme je vous le disais. Un empêchement, à la dernière minute, je crois. »

Prada ne riait plus. Il se contenta de murmurer, la face brusquement sérieuse :

« Ah ! le cousin en est ! Eh bien ! nous les verrons, nous les verrons tous les deux ! »

Et il se tut, comme envahi d'un flot de pensées graves qui le forçaient à la réflexion, pendant que les deux amis continuaient de causer. Puis, il eut un geste d'excuse, il s'enfonça davantage dans l'embrasure, tira d'une poche un calepin, en déchira une feuille, sur laquelle, en grossissant seulement un peu les caractères, il écrivit au crayon ces quatre lignes : « Une légende assure que le figuier de Judas repousse à Frascati, mortel pour quiconque veut un jour être pape. N'en mangez pas les figues empoisonnées, ne les donnez ni à vos gens ni à vos poules. » Et il plia la feuille, la cacheta avec un timbre-poste, mit l'adresse : « Son Éminence Révérendissime et Illustrissime le cardinal Boccanera. » Quand il eut replacé le tout dans sa poche, il respira largement, il retrouva son rire.

C'était comme un malaise invincible, une lointaine terreur qui l'avait glacé. Sans qu'un raisonnement net se formulât en lui, il venait de sentir le besoin de s'assurer contre la tentation d'une lâcheté, d'une abomination possible. Et il n'aurait pu dire la relation des idées qui l'avait amené à écrire les quatre lignes, tout de suite, à l'endroit même où il se trouvait, sous peine du plus grand des malheurs. Il n'avait qu'une pensée bien arrêtée : il irait jeter le billet, en sortant du bal, dans la boîte du palais Boccanera. Maintenant, il était tranquille.

« Qu'avez-vous donc, mon cher abbé ? demanda-t-il en se mêlant de nouveau à la conversation. Vous êtes tout assombri. »

Et Pierre lui ayant fait part de la mauvaise nouvelle qu'il avait reçue, son livre condamné, l'unique journée qu'il aurait le lendemain pour agir encore, s'il ne voulait pas que son voyage à Rome fût une défaite, il se récria, comme si lui-même avait besoin d'agitation, d'étourdissement, afin d'espérer quand même et de vivre.

« Bah ! bah ! ne vous découragez donc pas, on y laisse toute sa force ! C'est beaucoup qu'une journée, on fait tant de choses dans une journée ! Une heure, une minute suffit pour que le destin agisse et change les défaites en victoires. »

Il s'enfiévrait, il ajouta :

« Tenez ! allons dans la salle de bal. Il paraît que c'est un prodige ! »

Il échangea un dernier regard tendre avec Lisbeth, tandis que Pierre et Narcisse le suivaient, tous trois se dégageant à grand-peine, gagnant la galerie voisine au milieu du flot pressé des jupes, parmi cette houle de nuques et d'épaules, d'où montait la passion qui fait la vie, l'odeur d'amour et de mort.

Dans une splendeur incomparable, la galerie se déroulait, large de dix mètres, longue de vingt, avec ses huit fenêtres qui donnaient sur le Corso, nues, sans rideaux de vitrage, incendiant les maisons d'en face. C'était une clarté éblouissante, sept paires d'énormes candélabres de marbre, que des bouquets de lampes électriques changeaient en torchères géantes, pareilles à des astres ; et, en haut, tout le long des corniches, d'autres lampes, enfermées dans des fleurs aux teintes claires, faisaient une miraculeuse guirlande de fleurs de flamme, des tulipes, des pivoines, des roses. L'ancien velours rouge des murs, lamé d'or, prenait un reflet de brasier, un ton de braise vive. Aux portes et aux fenêtres, les tentures étaient de vieille dentelle, brodée de soies de couleur, des fleurs encore, d'une intensité vivante. Mais, sous le plafond somptueux, aux caissons ornés de rosaces d'or, la richesse sans pareille, unique au monde, était la collection de chefs-d'œuvre, telle qu'aucun musée n'en offrait de plus belle. Il y avait là des Raphaël, des Titien, des Rembrandt et des Rubens, des Velasquez et des Ribera, des œuvres fameuses entre toutes, qui soudainement, dans cet éclairage inattendu, apparaissaient triomphantes de jeunesse, comme réveillées à l'immortelle vie du génie. Et, Leurs Majestés ne devant arriver que vers minuit, le bal venait d'être ouvert, une valse emportait des couples, des vols de toilettes tendres, au travers de la cohue fastueuse, un ruissellement de décorations et de joyaux, d'uniformes brodés d'or et de robes brodées de perles, dans un débordement sans cesse élargi de velours, de soie et de satin.

« C'est prodigieux vraiment ! déclara Prada, de son air excité. Venez donc par ici, nous allons nous remettre dans une embrasure de fenêtre. Il n'y a pas de meilleure place pour bien voir, sans être trop bousculé. »

Ils avaient perdu Narcisse, ils ne se trouvèrent plus que deux, Pierre et le comte, quand ils eurent gagné enfin l'embrasure désirée. L'orchestre, placé sur une petite estrade, au fond, venait de finir la valse, et les danseurs s'étaient remis à marcher lentement, d'un air d'étourdissement ravi, au milieu du flot envahissant de la foule, lorsqu'il se produisit une entrée qui fit tourner les têtes. Donna Serafina, en toilette de satin cramoisi, comme si elle eût porté les couleurs de son frère le cardinal, arrivait royalement au bras de l'avocat consistorial Morano. Et jamais elle ne s'était serrée davantage, d'une taille mince de jeune fille ; jamais sa face dure de vieille demoiselle, coupée de grands plis, à peine adoucie par les cheveux blancs, n'avait exprimé une si têtue et si victorieuse domination. Il y eut un murmure d'approbation discrète, une sorte de soulagement public, car le monde romain avait absolument condamné la conduite indigne de Morano, rompant une liaison de trente années, à laquelle les salons s'étaient habitués, ainsi qu'à un légitime mariage. On parlait d'un caprice inavouable pour une petite bourgeoise, d'un mauvais prétexte de rupture, à la suite d'une querelle survenue au sujet du divorce de Benedetta, alors compromis. La brouille avait duré près de deux mois, au grand scandale de Rome, où persiste le culte des longues tendresses fidèles. Aussi la réconciliation touchait-elle tous les cœurs, comme une des plus heureuses conséquences du procès, gagné ce jour-là, devant la congrégation du Concile. Morano repentant, donna Serafina reparaissant à son bras, dans cette fête, c'était très bien, l'amour vainqueur, les bonnes mœurs sauvées, l'ordre rétabli.

Mais il y eut une sensation plus profonde, dès que, derrière sa tante, on aperçut Benedetta qui entrait avec Dario, côte à côte. Le jour même où son mariage venait d'être annulé, cette indifférence tranquille des ordinaires convenances, cette victoire de leur amour avouée, célébrée devant tous, apparut d'une audace si jolie, d'une telle bravoure de jeunesse et d'espoir, qu'elle leur fut aussitôt pardonnée, dans une rumeur d'universelle admiration. Comme pour Celia et Attilio, les cœurs volaient à eux, à l'éclat de beauté dont ils rayonnaient, à l'extraordinaire bonheur dont resplendissaient leurs visages. Dario, encore pâli par sa longue convalescence, était, dans sa délicatesse un peu mince, avec ses beaux yeux clairs de grand enfant, sa barbe brune et frisée de jeune dieu, d'une fierté svelte, où se retrouvait tout le vieux sang princier des Boccanera. Benedetta, la très blanche sous son casque de cheveux noirs, la très calme, la très sage, avait son beau rire, ce rire si rare chez elle, mais d'une séduction irrésistible, qui la transfigurait, donnait un charme de fleur à sa bouche un peu forte, emplissait d'une clarté de ciel l'infini de ses grands yeux sombres, insondables. Et, dans cette enfance qui lui revenait si gaie, si bonne, elle avait eu le délicieux instinct de se mettre en robe blanche, une robe tout unie de jeune fille, dont le symbole disait sa virginité, le grand lis pur qu'elle était restée obstinément, pour le mari de son choix. Rien de sa chair ne se montrait encore, pas même la discrète échancrure permise sur la gorge. C'était le mystère d'amour impénétrable, redoutable, une beauté souveraine de femme, dont la toute-puissance dormait là, voilée de blanc. Aucune parure, pas un bijou, ni aux mains, ni aux oreilles. Sur le corsage, rien qu'un collier, mais un collier de reine, le fameux collier de perles des Boccanera, qu'elle tenait de sa mère et que Rome entière connaissait, des perles d'une grosseur fabuleuse, jetées là, à son cou, négligemment, et qui suffisaient, dans sa robe simple, à lui donner la royauté.

« Oh ! murmura Pierre extasié, qu'elle est heureuse et qu'elle est belle ! »

Tout de suite, il regretta d'avoir ainsi pensé à voix haute ; car il entendit, à son côté, une plainte sourde de fauve, un involontaire grondement, qui lui rappela la présence du comte. Celui-ci, d'ailleurs, étouffa ce cri de sa blessure, brusquement rouverte. Et il eut encore la force d'affecter une gaieté brutale.

« Fichtre ! ils ne manquent pas d'aplomb, tous les deux ! J'espère bien qu'on va les marier et les coucher devant nous. »

Puis, regrettant cette grossièreté de plaisanterie, où se révoltait la souffrance de son désir inassouvi de mâle, il voulut se montrer indifférent.

« Elle est vraiment jolie, ce soir. Vous savez qu'elle a les plus belles épaules du monde, et que c'est un vrai succès pour elle que de paraître plus belle encore, en ne les montrant pas. »

Il continua, parvint à causer d'un air détaché, contant de menus faits sur celle qu'il s'obstinait à nommer la comtesse. Mais il s'était renfoncé un peu dans l'embrasure, de crainte sans doute qu'on ne remarquât sa pâleur, le tic douloureux qui contractait ses lèvres. Il n'était pas en état de lutter, de se faire voir riant et insolent, à côté de la joie du couple, si naïvement affichée. Et il fut heureux du répit que lui donna, à ce moment, l'arrivée du roi et de la reine.

« Ah ! voici Leurs Majestés ! s'écria-t-il en se tournant vers la fenêtre. Voyez donc cette bousculade, dans la rue ! »

En effet, malgré les vitres fermées, un tumulte de foule montait des trottoirs. Et Pierre, ayant regardé, vit, dans le reflet des lampes électriques, une nappe de têtes humaines envahir la chaussée et se presser autour des carrosses. Déjà, à plusieurs reprises, il avait rencontré le roi, pendant ses promenades quotidiennes à la villa Borghèse, venant là comme un modeste particulier, un brave bourgeois, sans gardes, sans escorte, n'ayant avec lui, dans sa victoria, qu'un aide de camp. D'autres fois, il était seul, il conduisait un léger phaéton, accompagné simplement d'un valet de pied en livrée noire. Même une fois, il avait emmené la reine, tous deux assis côte à côte, en bon ménage qui se promène pour son plaisir. Et le monde affairé des rues, les promeneurs des jardins, en les voyant passer ainsi, se contentaient de les saluer d'un geste affectueux, sans les importuner d'acclamations, tandis que les plus expansifs se contentaient de s'approcher librement pour leur sourire. Aussi Pierre, dans l'idée traditionnelle qu'il se faisait des rois qui se gardent et qui défilent, entourés de toute une pompe militaire, avait-il été singulièrement surpris et touché de la bonhomie aimable de ce ménage royal s'en allant à sa guise, avec une belle sécurité, au milieu de l'amour souriant de son peuple. D'autres détails sur le Quirinal lui étaient venus de partout, la bonté et la simplicité du roi, son désir de paix, sa passion de la chasse, de la solitude et du grand air, qui avait dû souvent, dans le dégoût du pouvoir, lui faire rêver une vie libre, loin de cette besogne autoritaire de souverain, pour laquelle il ne semblait point fait. Mais surtout la reine était adorée, d'une honnêteté si naturelle et si sereine, qu'elle était la seule à ignorer les scandales de Rome, très cultivée, très affinée, au courant de toutes les littératures, et très heureuse d'être intelligente, supérieure de beaucoup à son entourage, et le sachant, et aimant à le faire voir, sans effort, avec une parfaite grâce.

Prada qui était resté, ainsi que Pierre, le visage contre une vitre de la fenêtre, montra la foule d'un geste.

« Maintenant qu'ils ont vu la reine, ils vont aller se coucher contents. Et il n'y a pas là, je vous en réponds, un seul agent de police... Ah ! être aimé, être aimé ! »

Son mal le reprenait, il se retourna vers la galerie, en plaisantant.

« Attention ! mon cher, il s'agit de ne pas manquer l'entrée de Leurs Majestés. C'est le plus beau de la fête. »

Quelques minutes s'écoulèrent, et l'orchestre, brusquement, s'interrompit au milieu d'une polka, pour jouer, de toute la sonorité de ses cuivres, la marche royale. Il y eut une débâcle parmi les danseurs, le milieu de la salle se vida. Le roi et la reine entraient, accompagnés par le prince et par la princesse Buongiovanni, qui étaient allés les recevoir en bas de l'escalier. Le roi était simplement en frac, la reine avait une robe de satin paille, recouverte d'une admirable dentelle blanche ; et, sous le diadème de brillants qui ceignait ses beaux cheveux blonds, elle gardait un grand air de jeunesse, une face ronde et fraîche, faite d'amabilité, de douceur et d'esprit. La musique jouait toujours, avec une violence d'accueil, enthousiaste. Derrière son père et sa mère, Celia avait paru, dans le flot des assistants, qui suivaient pour voir ; puis étaient venus Attilio, les Sacco, des parents, des personnages officiels. Et, en attendant que la marche royale fût finie, il n'y avait encore, au milieu de la sonorité des instruments et de l'éclat des lampes, que des saluts, des regards, des sourires ; pendant que tous les invités, debout, se poussaient, se haussaient, le cou tendu, les yeux luisants, un flux montant de têtes et d'épaules, étincelantes de pierreries.

Enfin, l'orchestre se tut, les présentations eurent lieu. Leurs Majestés, qui connaissaient d'ailleurs Celia, la félicitèrent avec une bonté toute paternelle. Mais Sacco, comme ministre autant que comme père, tenait surtout à présenter son fils Attilio. Il courba sa souple échine de petit homme, trouva les belles paroles qui convenaient, si bien que ce fut le lieutenant qu'il fit s'incliner devant le roi, tandis qu'il réservait pour la reine l'hommage du beau garçon, si passionnément aimé. De nouveau, Leurs Majestés se montrèrent d'une bienveillance extrême, même pour Mme Sacco, toujours modeste et prudente, qui s'effaçait. Et il se produisit ensuite un fait, dont le récit, colporté de salon en salon, allait y soulever des commentaires sans fin. Apercevant Benedetta, que le comte Prada lui avait amenée après son mariage, la reine lui sourit, ayant conçu pour sa beauté et pour son charme une admiration tendre ; de sorte que, forcée de s'approcher, la jeune femme eut l'insigne faveur d'une conversation de quelques minutes, accompagnée des plus aimables paroles, que toutes les oreilles voisines purent entendre. Certainement, la reine ignorait l'événement du jour, le mariage avec Prada annulé, l'union prochaine avec Dario annoncée publiquement, dans ce gala qui fêtait désormais de doubles fiançailles. Mais l'impression n'en était pas moins produite, on ne parla plus que de ces compliments adressés à Benedetta par la plus vertueuse et la plus intelligente des reines, et son triomphe en fut accru, elle en devint plus belle, plus fière, plus victorieuse, dans ce bonheur d'être enfin à l'époux choisi, qui la faisait rayonner.

Alors, ce fut pour Prada une souffrance indicible. Pendant que les souverains continuaient à s'entretenir, la reine avec les dames qui venaient la saluer, le roi avec des officiers, des diplomates, tout un défilé de personnages importants, Prada, lui, ne voyait toujours que Benedetta félicitée, caressée, haussée en pleine tendresse et en pleine gloire. Dario était près d'elle, jouissait, resplendissait avec elle. C'était pour eux que ce bal était donné, pour eux que les lampes étincelaient, que l'orchestre jouait, que toutes les belles femmes de Rome s'étaient dévêtues, la gorge ruisselante de diamants, dans un violent parfum d'amour ; c'était pour eux que Leurs Majestés venaient d'entrer aux sons de la marche royale, pour eux que la fête tournait à l'apothéose, pour eux qu'une souveraine adorée souriait, apportait à ces fiançailles le cadeau de sa présence, pareille à la bonne fée des contes bleus, dont la venue assure le bonheur aux nouveau-nés. Et il y avait, dans cette heure d'extraordinaire éclat, un apogée de chance et d'allégresse, une victoire de cette femme dont il avait eu la beauté à lui, sans la pouvoir posséder, de cet homme qui maintenant allait la lui prendre, victoire si publique, si étalée, si insultante, qu'il la recevait en plein visage, brûlante comme un soufflet. Puis, ce n'était pas que son orgueil et sa passion qui saignaient ainsi, il se sentait encore frappé dans sa fortune par le triomphe des Sacco. Était-ce donc vrai que le climat délicieux de Rome devait finir par corrompre les rudes conquérants du Nord, pour qu'il eût cette sensation de fatigue et d'épuisement, à moitié mangé déjà ? Le jour même, à Frascati, avec cette désastreuse histoire de bâtisses, il avait entendu craquer ses millions, bien qu'il refusât de convenir que ses affaires devenaient mauvaises, comme le bruit en courait ; et, ce soir, au milieu de cette fête, il voyait le Midi vaincre, Sacco l'emporter, en homme qui vit à l'aise des curées chaudes, faites goulûment sous le soleil de flamme. Ce Sacco ministre, ce Sacco familier du roi, s'alliant par le mariage de son fils à une des plus nobles familles de l'aristocratie romaine, en passe d'être un jour le maître de Rome et de l'Italie, remuant dès maintenant, à pleines mains, l'argent et le peuple, quel soufflet encore pour sa vanité d'homme de proie, pour ses appétits toujours voraces de jouisseur, qui se sentait poussé hors de la table avant la fin du festin ! Tout croulait, tout lui échappait, Sacco lui volait ses millions, Benedetta lui labourait la chair, laissait en lui cette abominable blessure du désir inassouvi, dont jamais plus il ne devait guérir.

À ce moment, Pierre entendit de nouveau cette plainte sourde de fauve, ce grondement involontaire et désespéré, qui lui avait déjà bouleversé le cœur. Et il regarda le comte, il lui demanda :

« Vous souffrez ? »

Mais, devant cet homme blême, qui gardait un grand calme par un effort surhumain de volonté, il regretta sa question indiscrète, restée d'ailleurs sans réponse. Aussi, pour le mettre à l'aise, continua-t-il, en disant tout haut les réflexions que faisait naître en lui le spectacle de la pompe qui se déroulait.

« Ah ! votre père avait raison, nous autres Français, avec notre éducation si profondément catholique, même en ces jours de doute universel, nous ne voyons toujours dans Rome que la Rome séculaire des papes, sans presque savoir, sans pouvoir presque comprendre les modifications profondes, qui, d'année en année, en font la Rome italienne d'aujourd'hui. Si vous saviez, lorsque je suis arrivé ici, combien le roi avec son gouvernement, combien ce jeune peuple travaillant à se faire une grande capitale, étaient pour moi des quantités négligeables ! Oui, j'écartais cela, je n'en tenais aucun compte, dans mon rêve de ressusciter Rome, une nouvelle Rome chrétienne et évangélique, pour le bonheur des peuples. »

Il eut un léger rire, prenant en pitié sa candeur ; et, d'un geste, il montrait la galerie, le prince Buongiovanni en ce moment incliné devant le roi, la princesse écoutant les galanteries de Sacco, l'aristocratie papale abattue, les parvenus d'hier acceptés, le monde noir et le monde blanc mêlés à ce point, qu'il n'y avait plus guère là que des sujets, à la veille de ne faire qu'un peuple. L'impossible conciliation entre le Quirinal et le Vatican ne s'indiquait-elle pas comme fatale dans les faits, sinon dans les principes, en face de l'évolution quotidienne, de ces hommes, de ces femmes en joie, riants et parés, que le souffle du désir emportait ? Il fallait bien vivre, aimer, être aimé, faire de la vie, éternellement ! Et le mariage d'Attilio et de Celia allait être le symbole de l'union nécessaire, la jeunesse et l'amour victorieux des vieilles haines, toutes les querelles oubliées dans cette étreinte du beau garçon qui passe et qui emmène à son cou la belle fille conquise, pour que le monde continue.

« Voyez-les donc, reprit Pierre, sont-ils beaux, ces fiancés, et jeunes, et gais, et riant à l'avenir ! Je comprends bien que votre roi soit venu ici pour faire plaisir à son ministre et pour achever de rallier à son trône une des vieilles familles romaines : c'est de la bonne, de la brave et paternelle politique. Mais je veux croire aussi qu'il a compris la touchante signification de ce mariage, la vieille Rome, dans la personne de cette délicieuse enfant, si ingénue, si amoureuse, se donnant à la jeune Italie, à cet enthousiaste et loyal garçon, qui porte si crânement l'uniforme. Et que leurs noces soient donc définitives et fécondes, qu'il naisse d'elles le grand pays que je vous souhaite d'être, de toute mon âme, maintenant que j'apprends à vous connaître ! »

Dans l'ébranlement douloureux de son ancien rêve d'une Rome évangélique et universelle, il venait de prononcer ce souhait d'une nouvelle fortune pour l'éternelle cité, avec une si vive, si profonde émotion, que Prada ne put s'empêcher de répondre :

« Je vous remercie, vous faites là un vœu qui est dans le cœur de tout bon Italien. »

Mais sa voix s'étrangla. Pendant qu'il regardait Celia et Attilio, qui causaient en se souriant, il venait d'apercevoir Benedetta et Dario, qui les rejoignaient, avec le même sourire d'immense bonheur. Et, lorsque les deux couples furent réunis, si éclatants, si triomphants de vie heureuse et superbe, il n'eut plus la force de rester là, de les voir et de souffrir.

« J'ai une soif à crever, dit-il brutalement. Venez donc au buffet boire quelque chose. »

Et il manœuvra pour se glisser derrière la foule, le long des fenêtres, de manière à ne pas être remarqué, en gagnant la porte de la salle des antiques, à l'extrémité de la galerie.

Comme Pierre le suivait, un flot de monde les sépara, et le prêtre se trouva porté vers les deux couples, qui causaient toujours tendrement. Celia, l'ayant reconnu, l'appela d'un petit geste amical. Elle était en extase devant Benedetta, dans son culte ardent de la beauté, joignant devant elle ses petites mains de lis, comme elle les joignait devant la Madone.

« Oh ! monsieur l'abbé, faites-moi ce plaisir, dites-lui qu'elle est belle, oh ! plus belle que tout ce qu'il y a de plus beau sur la terre, plus belle que le soleil, la lune et les étoiles !... Si tu savais, chérie, ça m'en donne un frisson, de te voir belle à ce point, belle comme le bonheur, belle comme l'amour ! »

Benedetta se mit à rire, pendant que les deux jeunes gens s'égayaient.

« Tu es aussi belle que moi, chérie... C'est parce que nous sommes heureuses que nous sommes belles. »

Celia répéta doucement :

« Oui, oui, heureuses... Te rappelles-tu le soir où tu me disais que ça ne réussissait guère, de marier le roi et le pape ? Attilio et moi, nous les marions, et nous sommes si heureux pourtant !

– Mais Dario et moi, nous ne les marions pas, au contraire ! reprit gaiement Benedetta. Va, va, comme tu me l'as répondu, ce même soir, il suffit de s'aimer, et l'on sauve le monde ! »

Lorsque Pierre put enfin gagner la porte de la salle des antiques, où était installé le buffet, il y retrouva Prada debout, cloué là, immobilisé, s'emplissant quand même les yeux de l'atroce spectacle qu'il voulait fuir. Il avait dû se retourner, voir, voir encore. Et ce fut ainsi qu'il assista, le cœur saignant, à la reprise des danses, la première figure d'un quadrille, que l'orchestre jouait avec l'éclat de ses cuivres. Benedetta et Dario, Celia et Attilio, se faisaient vis-à-vis. Cela fut si charmant, si adorable, ces deux couples de jeunesse et de joie, dansant dans la clarté blanche, dans le luxe et dans l'odeur d'amour, que le roi et la reine s'approchèrent, s'intéressèrent. Il y eut des bravos d'admiration, une infinie tendresse s'épandit de tous les cœurs.

« Je crève de soif, venez donc ! » répéta Prada, qui put enfin s'arracher à sa torture.

Il se fit servir un verre de limonade glacée, il l'avala d'un trait, de l'air goulu d'un fiévreux qui jamais plus n'apaisera le feu intérieur dont il est brûlé.

Cette salle des antiques était une vaste pièce, dallée d'une mosaïque, décorée de stuc, où se trouvait, le long des murs, une célèbre collection de vases, de bas-reliefs, de statues. Les marbres dominaient, il y avait là pourtant quelques bronzes, entre autres un *Gladiateur mourant*, d'une beauté incomparable. Mais la merveille était la fameuse *Vénus*, un pendant à la *Vénus du Capitole*, plus fine, plus souple, le bras gauche détendu, en un geste de voluptueux abandon. Ce soir-là, un puissant réflecteur électrique jetait sur elle une éblouissante clarté d'astre ; et le marbre, dans sa divine et pure nudité, semblait vivre d'une vie surhumaine, immortelle.

Contre le mur du fond, on avait installé le buffet, une longue table, recouverte d'une nappe brodée, chargée d'assiettes de fruits, de pâtisseries, de viandes froides. Des gerbes de fleurs s'y dressaient, au milieu des bouteilles de champagne, des punchs brûlants et des sorbets glacés, de l'armée des verres, des tasses à thé et des bols à bouillon, toute une richesse de cristaux, de porcelaines, d'argenterie étincelante aux lumières. Et l'innovation heureuse était qu'on avait empli toute une moitié de la salle par des rangées de petites tables, où les invités, au lieu de consommer debout, pouvaient s'asseoir et se faire servir, comme dans un café.

Pierre, à une de ces petites tables, aperçut Narcisse, assis près d'une jeune femme ; et Prada s'approcha, en reconnaissant Lisbeth.

« Vous voyez que vous me retrouvez en belle compagnie, dit galamment l'attaché d'ambassade. Puisque vous m'aviez perdu, je n'ai rien trouvé de mieux que d'aller offrir mon bras à madame pour l'amener ici.

– Une bonne idée, dit Lisbeth avec son joli rire, d'autant plus que j'avais très soif. »

Ils s'étaient fait servir du café glacé, qu'ils buvaient lentement, à l'aide de petites cuillers de vermeil.

« Moi aussi, déclara le comte, je meurs de soif, je ne puis pas me désaltérer... Vous nous invitez, n'est-ce pas ? cher monsieur. Ce café-là va peut-être me calmer un peu... Ah ! chère amie, que je vous présente donc M. l'abbé Froment, un jeune prêtre français des plus distingués. »

Tous quatre demeurèrent longtemps assis, causant et s'égayant un peu des invités qui défilaient. Mais Prada restait préoccupé, malgré sa galanterie habituelle pour son amie ; par moments, il l'oubliait, retombait dans sa souffrance ; et ses yeux, quand même, retournaient vers la galerie voisine, d'où lui arrivaient des bruits de musique et de danse.

« Eh bien ! mon ami, à quoi donc pensez-vous ? demanda gentiment Lisbeth, en le voyant à un moment si pâle, si perdu. Êtes-vous indisposé ? »

Il ne répondit pas, il dit tout d'un coup :

« Tenez ! voyez donc, voilà le vrai couple, voilà l'amour et le bonheur ! »

Et il indiquait d'un petit geste la marquise Montefiori, la mère de Dario, et son second mari, ce Jules Laporte, cet ancien sergent de la garde suisse, plus jeune qu'elle de quinze ans, qu'elle avait pêché au Corso, de ses yeux de flamme restés superbes, et dont elle avait fait un marquis Montefiori, triomphalement, pour l'avoir tout à elle. Dans les bals, dans les soirées, elle ne le lâchait pas, le gardait à son bras malgré l'usage, se faisait conduire au buffet par lui, tant elle était heureuse de le montrer, en beau garçon dont elle était fière. Et tous les deux buvaient du champagne, mangeaient des sandwichs, debout, elle extraordinaire encore de beauté massive, malgré ses cinquante ans passés, lui de fière tournure, les moustaches au vent, en aventurier heureux dont la brutalité gaie plaisait aux dames.

« Vous savez, reprit le comte plus bas, qu'elle a dû le tirer d'une vilaine aventure. Oui, il plaçait des reliques, il vivotait en faisant le courtage pour les couvents de Belgique et de France, et il avait lancé toute une affaire de reliques fausses, des juifs d'ici qui fabriquaient de petits reliquaires anciens avec des débris d'os de mouton, le tout scellé, signé par les autorités les plus authentiques. On a étouffé cette affaire, dans laquelle trois prélats se trouvaient également compromis... Ah ! l'heureux homme ! Regardez donc comme elle le dévore des yeux ! Et lui, est-il assez grand seigneur, avec sa façon de lui tenir cette assiette, où elle mange un blanc de volaille ! »

Puis, rudement, avec une ironie sourde et âpre, il continua, en parlant des amours à Rome. Les femmes y étaient ignorantes, têtues et jalouses. Quand une femme y avait conquis un homme, elle le gardait la vie entière, il devenait son bien, sa chose, dont elle disposait à toute heure pour son plaisir à elle. Et il citait des liaisons sans fin, celle entre autres de donna Serafina et de Morano, devenues de véritables mariages ; et il raillait ce manque de fantaisie, ce don total et trop lourd, ces baisers qui s'embourgeoisaient, qui ne pouvaient finir, s'ils finissaient, qu'au milieu des catastrophes les plus désagréables.

« Mais qu'avez-vous, qu'avez-vous donc, mon bon ami ? se récria de nouveau Lisbeth en riant. C'est très gentil au contraire, ce que vous nous racontez là ! Lorsqu'on s'aime, il faut bien s'aimer toujours. »

Elle était délicieuse, avec ses fins cheveux blonds envolés, sa délicate nudité blonde ; et Narcisse, languissant, les yeux à demi fermés, la compara à une figure de Botticelli, qu'il avait vue à Florence. La nuit s'avançait, Pierre était retombé dans sa préoccupation assombrie, lorsqu'il entendit une femme, qui passait, dire qu'on dansait déjà le cotillon. En effet, les cuivres de l'orchestre sonnaient au loin, et il se rappela brusquement le rendez-vous que monsignor Nani lui avait donné, dans le petit salon des glaces.

« Vous partez ? demanda vivement Prada, en voyant que le prêtre saluait Lisbeth.

– Non, non ! pas encore.

– Ah ! bon, ne partez pas sans moi. Je veux marcher un peu, je vous accompagnerai jusque là-bas... N'est-ce pas ? vous me retrouverez ici. »

Pierre dut traverser deux salons, un jaune et un bleu, avant d'arriver, tout au bout, au petit salon des glaces. Ce dernier était en vérité une merveille, d'un rococo exquis, une rotonde de glaces pâlies, que d'admirables bois dorés encadraient. Même au plafond, les glaces continuaient en pans inclinés, de sorte que, de toutes parts, les images se multipliaient, se mêlaient, se renversaient, à l'infini. Par une heureuse discrétion, l'électricité n'y avait pas été mise, deux candélabres seulement y brûlaient, chargés de bougies roses. Les tentures et le meuble étaient de soie bleue très tendre. Et l'impression, en entrant, était d'une douceur, d'un charme sans pareil, comme si l'on était entré chez les fées, reines des sources, au milieu d'un palais d'eaux limpides, illuminé jusqu'aux plus lointaines profondeurs, par des bouquets d'étoiles.

Tout de suite Pierre aperçut monsignor Nani, assis paisiblement sur un canapé bas ; et, comme ce dernier l'avait espéré, il se trouvait absolument seul, le cotillon ayant attiré la foule vers la galerie. Un grand silence régnait, on entendait à peine l'orchestre qui venait mourir là, en un vague petit souffle de flûte.

Le prêtre s'excusa de s'être fait attendre.

« Non, non, mon cher fils, dit monsignor Nani, avec son amabilité, que rien n'épuisait, j'étais fort bien dans cet asile... Quand j'ai vu la foule par trop menaçante, je me suis réfugié ici. »

Il ne parla pas de Leurs Majestés, mais il laissait entendre qu'il avait évité leur présence, courtoisement. S'il était venu, c'était par grande tendresse pour Celia ; et c'était aussi dans un but de très délicate diplomatie, pour que le Vatican ne parût pas rompre tout à fait avec les Buongiovanni, cette ancienne famille si fameuse dans les fastes de la papauté. Sans doute le Vatican ne pouvait signer à ce mariage, qui semblait unir la vieille Rome au jeune royaume d'Italie ; mais, cependant, il ne voulait pas non plus avoir l'air de disparaître, de se désintéresser, en abandonnant ses plus fidèles serviteurs.

« Voyons, mon cher fils, reprit le prélat, il s'agit maintenant de vous... Je vous ai dit que, si la congrégation de l'Index avait conclu à la condamnation de votre livre, la sentence ne serait soumise au Saint-Père, et signée par lui, qu'après-demain. Vous avez donc toute une journée encore devant vous. »

Pierre ne put s'empêcher de l'interrompre, avec une vivacité douloureuse.

« Hélas ! monseigneur, que voulez-vous que je fasse ? J'ai déjà réfléchi, je ne trouve aucune occasion, aucun moyen de me défendre... Voir Sa Sainteté, et comment, maintenant qu'elle est malade !

– Oh ! malade, malade, murmura Nani de son air fin, Sa Sainteté va beaucoup mieux, puisque j'ai eu, aujourd'hui même, comme tous les mercredis, l'honneur d'être reçu par elle. Quand elle est fatiguée un peu, et qu'on la dit très malade, elle laisse dire : ça la repose et ça lui permet de juger, autour d'elle, certaines ambitions et certaines impatiences. »

Mais Pierre était trop bouleversé pour écouter attentivement. Il continua :

« Non, c'est fini, je suis désespéré. Vous m'avez parlé d'un miracle possible, je ne crois guère aux miracles. Puisque je suis battu à Rome, je repartirai, je retournerai à Paris, où je continuerai la lutte... Oui ! mon âme ne peut se résigner, mon espoir du salut par l'amour ne peut mourir, et je répondrai par un nouveau livre, et je dirai dans quelle terre neuve doit pousser la religion nouvelle ! »

Il y eut un silence. Nani le regardait de ses yeux clairs, où l'intelligence avait la netteté et le tranchant de l'acier. Dans le grand calme, dans l'air lourd et chaud du petit salon, dont les glaces reflétaient les bougies sans nombre, un éclat plus sonore de l'orchestre entra, déroula un lent bercement de valse, puis mourut.

« Mon cher fils, la colère est mauvaise... Vous rappelez-vous que, dès votre arrivée, je vous ai promis, lorsque vous auriez vainement tâché d'être reçu par le Saint-Père, de faire à mon tour une tentative ? »

Et, voyant le jeune prêtre s'agiter :

« Écoutez-moi, ne vous excitez pas... Sa Sainteté, hélas ! n'est pas toujours conseillée prudemment. Elle a autour d'elle des personnes dont le dévouement manque parfois de l'intelligence désirable. Je vous l'ai déjà dit, je vous ai mis en garde contre les démarches inconsidérées... C'est pourquoi j'ai tenu, il y a trois semaines déjà, à remettre moi-même votre livre à Sa Sainteté, pour qu'elle daignât y jeter les yeux. Je me doutais bien qu'on l'avait empêché d'arriver jusqu'à elle... Et voilà ce que j'étais chargé de vous dire : Sa Sainteté, qui a eu l'extrême bonté de lire votre livre, désire formellement vous voir. »

Un cri de joie et de remerciement jaillit de la gorge de Pierre.

« Ah ! monseigneur, ah ! monseigneur ! »

Mais Nani le fit taire vivement, regarda autour d'eux, d'un air d'inquiétude extrême, comme s'il eût redouté qu'on pût les entendre.

« Chut ! chut ! c'est un secret, Sa Sainteté désire vous recevoir tout à fait en particulier, sans mettre personne dans la confidence... Écoutez bien. Il est deux heures du matin, n'est-ce pas ? Aujourd'hui même, à neuf heures précises du soir, vous vous présenterez au Vatican, en demandant à toutes les portes M. Squadra. Partout, on vous laissera passer. En haut, M. Squadra vous attendra et vous introduira... Et pas un mot, que pas une âme ne se doute de ces choses ! »

Le bonheur, la reconnaissance de Pierre débordèrent enfin. Il avait saisi les deux mains douces et grasses du prélat.

« Ah ! monseigneur, comment vous exprimer toute ma gratitude ? Si vous saviez, la nuit et la révolte étaient dans mon âme, depuis que je me sentais le jouet de ces Éminences puissantes qui se moquaient de moi !... Mais vous me sauvez, je suis de nouveau sûr de vaincre, puisque je vais pouvoir enfin me jeter aux pieds de Sa Sainteté, le Père de toute vérité et de toute justice. Il ne peut que m'absoudre, moi qui l'aime, qui l'admire, qui suis convaincu de n'avoir lutté jamais que pour sa politique et ses idées les plus chères... Non, non ! c'est impossible, il ne signera pas, il ne condamnera pas mon livre ! »

Nani, qui avait dégagé ses mains, tâchait de le calmer, d'un geste paternel, tout en gardant son petit sourire de mépris, pour une telle dépense inutile d'enthousiasme. Il y parvint, il le supplia de s'éloigner. L'orchestre avait repris, au loin. Puis, lorsque le prêtre se retira, en le remerciant encore, il lui dit simplement :

« Mon cher fils, souvenez-vous que, seule, l'obéissance est grande. »

Pierre, qui n'avait plus que l'idée de partir, retrouva presque tout de suite Prada, dans la salle des armures. Leurs Majestés venaient de quitter le bal, en grande cérémonie, accompagnées par les Buongiovanni et les Sacco. La reine avait maternellement embrassé Celia, pendant que le roi serrait la main d'Attilio, honneurs d'une bonhomie charmante dont les deux familles rayonnaient. Mais beaucoup d'invités suivaient l'exemple des souverains, s'en allaient déjà par petits groupes. Et le comte, qui paraissait singulièrement énervé, plus âpre et plus amer, était impatient de partir, lui aussi.

« Enfin, c'est vous, je vous attendais. Eh bien ! filons vite, voulez-vous ?... Votre compatriote, M. Narcisse Habert, m'a prié de vous dire que vous ne le cherchiez pas. Il est descendu, pour accompagner mon amie Lisbeth jusqu'à sa voiture... Moi, décidément, j'ai besoin d'air. Je veux faire un tour à pied, je vais aller avec vous jusqu'à la rue Giulia. »

Puis, comme tous deux reprenaient leurs vêtements au vestiaire, il ne put s'empêcher de ricaner, en ajoutant de sa voix brutale :

« Je viens de les voir partir tous les quatre ensemble, vos bons amis ; et vous faites bien d'aimer rentrer à pied, car il n'y avait pas de place pour vous dans le carrosse... Cette donna Serafina, quelle belle effronterie, à son âge, de s'être traînée ici, avec son Morano, pour triompher du retour de l'infidèle !... Et les deux autres, les deux jeunes, ah ! j'avoue qu'il m'est difficile de parler d'eux tranquillement, car ils ont commis cette nuit, en se montrant de la sorte, une abomination d'une impudence et d'une cruauté rares ! »

Ses mains tremblaient, il murmura encore :

« Bon voyage, bon voyage au jeune homme, puisqu'il part pour Naples !... Oui, j'ai entendu dire à Celia qu'il partait ce soir, à six heures, pour Naples. Eh bien ! que mes vœux l'accompagnent, bon voyage ! »

Dehors, les deux hommes eurent une sensation délicieuse, au sortir de la chaleur étouffante des salles, en entrant dans l'admirable nuit, limpide et froide. C'était une nuit de pleine lune superbe, une de ces nuits de Rome, où la ville dort sous le ciel immense, dans une clarté élyséenne, comme bercée d'un rêve d'infini. Et ils prirent le beau chemin, ils descendirent le Corso, suivirent ensuite le cours Victor-Emmanuel.

Prada s'était un peu calmé, mais il restait ironique, il parlait pour s'étourdir sans doute, avec une abondance fiévreuse, revenant aux femmes de Rome, à cette fête qu'il avait trouvée splendide, et qu'il raillait maintenant.

« Oui, elles ont de belles robes, mais qui ne leur vont pas, des robes qu'elles font venir de Paris, et qu'elles n'ont pu naturellement essayer. C'est comme leurs bijoux, elles ont encore des diamants et surtout des perles de toute beauté, mais montés si lourdement, qu'ils sont affreux en somme. Et si vous saviez leur ignorance, leur frivolité, sous leur apparente morgue ! Tout est chez elles en surface, même la religion : dessous, il n'y a rien, qu'un vide insondable. Je les regardais, au buffet, manger à belles dents. Ah ! pour ça, elles ont un vigoureux appétit ! Remarquez que, ce soir, les invités se sont conduits assez bien, on n'a pas trop dévoré. Mais, si vous assistiez à un bal de la cour, vous verriez un pillage sans nom, le buffet assiégé, les plats engloutis, une bousculade d'une voracité extraordinaire ! »

Pierre ne répondait que par des monosyllabes. Il était tout à sa joie débordante, à cette audience du pape, qu'il rêvait déjà, la préparant dans ses moindres détails, sans pouvoir se confier à personne. Et les pas des deux hommes sonnaient sur le pavé sec, dans la large rue, déserte et claire, tandis que la lune découpait nettement les ombres noires.

Brusquement, Prada se tut. Il était à bout de bravoure bavarde, envahi tout entier et comme paralysé par l'effrayante lutte qui se livrait en lui. À deux reprises déjà, il avait touché, dans la poche de son habit, le billet écrit au crayon, dont il se répétait les quatre lignes : « Une légende assure que le figuier de Judas repousse à Frascati, mortel pour quiconque veut un jour être pape. N'en mangez pas les figues empoisonnées, ne les donnez ni à vos gens ni à vos poules. » Le billet était bien là, il le sentait ; et, s'il avait voulu accompagner Pierre, c'était pour le jeter dans la boîte du palais Boccanera. Il continuait à marcher d'un pas vif, le billet serait dans la boîte avant dix minutes, aucune puissance au monde ne pouvait l'empêcher de l'y jeter, puisque sa volonté était arrêtée formellement. Jamais il ne commettrait le crime de laisser empoisonner les gens.

Mais il souffrait une torture si abominable ! Cette Benedetta et ce Dario venaient de soulever en lui un tel orage de haine jalouse ! Il en oubliait Lisbeth, qu'il aimait, et cet enfant, ce petit être de sa chair, dont il était si orgueilleux. Toujours la femme l'avait ravagé d'un désir de mâle conquérant, il n'avait violemment joui que de celles qui résistaient. Et, aujourd'hui, il en existait une au monde, qu'il avait voulue, qu'il avait achetée en l'épousant, et qui s'était refusée ensuite. Cette femme sienne, il ne l'avait pas eue, il ne l'aurait jamais. Pour l'avoir, autrefois, il aurait incendié Rome ; maintenant, il se demandait ce qu'il allait bien faire, pour l'empêcher d'être à un autre. Ah ! c'était cette pensée qui rouvrait la plaie saignante à son flanc, la pensée de cet autre jouissant de son bien. Comme ils devaient se moquer de lui ensemble ! Comme ils s'étaient plu à le ridiculiser en lançant le mensonge de sa prétendue impuissance, dont il se sentait quand même atteint, malgré toutes les preuves qu'il pourrait faire de sa virilité. Sans trop y croire, il les avait accusés d'être amant et maîtresse depuis longtemps, se rejoignant la nuit, n'ayant qu'une alcôve, au fond de ce sombre palais Boccanera, dont les histoires d'amour étaient légendaires. À présent, cela certainement allait être, puisqu'ils étaient libres, déliés au moins du lien religieux. Il les voyait côte à côte sur la même couche, il évoquait des visions brûlantes, leurs étreintes, leurs baisers, le ravissement de leur délire. Ah ! non, ah ! non, c'était impossible, la terre croulerait plutôt !

Puis, comme Pierre et lui quittaient le cours Victor-Emmanuel, pour s'engager parmi les anciennes rues, étranglées et tortueuses, qui conduisent à la rue Giulia, il se revit jetant le billet dans la boîte du palais. Ensuite, il se disait comment les choses devaient se passer. Le billet dormirait jusqu'au matin dans la boîte. Don Vigilio, le secrétaire, qui, sur l'ordre formel du cardinal, gardait la clé de cette boîte, descendrait de bonne heure, trouverait la lettre, la remettrait à Son Éminence, laquelle ne permettait pas qu'on en décachetât aucune. Et les figues seraient jetées, il n'y aurait plus de crime possible, le monde noir ferait le silence. Mais, pourtant, si le billet ne se trouvait pas dans la boîte, que se produirait-il ? Alors, il admit cette supposition, vit nettement les figues arriver sur la table, au dîner d'une heure, dans leur joli petit panier, si coquettement recouvert de feuilles. Dario était là comme de coutume, seul avec son oncle, puisqu'il ne partait pour Naples que le soir. L'oncle et le neveu mangeaient-ils l'un et l'autre des figues, ou bien un seul, et lequel des deux ? Ici, la vision se brouillait, c'était de nouveau le destin en marche, ce destin qu'il avait rencontré sur la route de Frascati, allant à son but inconnu, sans arrêt possible, au travers des obstacles. Le petit panier de figues allait, allait toujours, à sa besogne nécessaire, qu'aucune main au monde n'était assez forte pour empêcher.

La rue Giulia s'allongeait sans fin, toute blanche de lune, et Pierre sortit comme d'un rêve, devant le palais Boccanera, noir sous le ciel d'argent. Trois heures du matin sonnaient à une église du voisinage. Et il se sentit un petit frisson, en entendant près de lui cette plainte douloureuse de fauve blessé à mort, ce sourd grondement involontaire que le comte, dans sa lutte affreuse, venait de laisser échapper de nouveau.

Mais, tout de suite, il eut un rire qui raillait, il dit en serrant la main du prêtre :

« Non, non, je ne vais pas plus loin… Si l'on me voyait ici, à cette heure, on croirait que je suis retombé amoureux de ma femme. »

Il alluma un cigare, et il s'en alla, dans la nuit claire, sans se retourner.

XIII

Pierre, lorsqu'il s'éveilla, fut tout surpris d'entendre sonner onze heures. Dans la fatigue de ce bal, où il était resté si tard, il avait dormi d'un sommeil d'enfant, d'une paix délicieuse, comme s'il avait, en dormant, senti son bonheur. Et, dès qu'il eut ouvert les yeux, le radieux soleil qui entrait par les fenêtres, le baigna d'espoir. Sa première pensée fut que, le soir enfin, il verrait le pape, à neuf heures. Encore dix heures, qu'allait-il faire, pendant cette journée bénie, dont le ciel splendide et pur lui semblait d'un si heureux présage ?

Il se leva, ouvrit les fenêtres, laissa entrer la tiédeur de l'air, qui lui sembla avoir ce goût de fruit et de fleur, remarqué dès le jour de son arrivée, dont il avait plus tard essayé vainement d'analyser la nature, un goût d'orange et de rose. Était-ce possible qu'on fût en décembre ? Quel pays adorable, pour qu'avril parût y refleurir, au seuil même de l'hiver ! Puis, sa toilette faite, comme il s'accoudait, pour regarder au-delà du Tibre, couleur d'or, les pentes du Janicule, vertes en toute saison, il aperçut Benedetta assise près de la fontaine, dans le petit jardin abandonné du palais. Et il descendit, ne pouvant tenir en place, cédant à un besoin de vie, de gaieté et de beauté.

Tout de suite, Benedetta poussa le cri qu'il attendait d'elle, rayonnante, resplendissante, les deux mains tendues.

« Ah ! mon cher abbé, que je suis heureuse, que je suis heureuse ! »

Souvent, ils avaient passé les matinées dans ce coin de calme et d'oubli. Mais quelles matinées tristes, quand, l'un et l'autre, ils étaient sans espérance ! Aujourd'hui, l'abandon des allées envahies par les herbes folles, les buis qui avaient poussé dans le vieux bassin comblé, les orangers symétriques qui seuls indiquaient l'ancien dessin des plates-bandes, leur semblaient avoir un charme infini, une intimité rêveuse et tendre, dans laquelle il était très bon de reposer sa joie. Et surtout il faisait si tiède, à côté du grand laurier, dans l'angle où se trouvait la fontaine ! L'eau mince coulait sans fin de l'énorme bouche béante du masque tragique, avec sa chanson de flûte. Une fraîcheur montait du grand sarcophage de marbre, dont le bas-relief déroulait une bacchanale frénétique, des faunes emportant, renversant des femmes sous leurs baisers voraces. Et l'on était là hors des temps et des lieux, au fond d'un passé révolu, si lointain, que les alentours disparaissaient, les constructions récentes des quais, le quartier éventré, gris encore de la poussière des décombres, Rome elle-même bouleversée, en mal d'un monde nouveau.

« Ah ! répéta Benedetta, que je suis heureuse !... J'étouffais dans ma chambre, j'ai dû descendre ici, tant mon cœur avait besoin de place, d'air et de soleil, pour battre à son aise ! »

Elle était assise, près du sarcophage, sur le fragment de colonne renversée, qui servait de banc ; et elle voulut que le prêtre vînt se mettre à côté d'elle. Jamais il ne l'avait vue d'une telle beauté, avec ses noirs cheveux encadrant sa face pure, toute rosée et délicate comme une fleur, au plein soleil. Ses yeux immenses et sans fond, dans la lumière, étaient des brasiers où roulait de l'or ; tandis que sa bouche d'enfance, sa bouche de candeur et de sage raison, avait un rire de bonne créature, libre enfin d'aimer selon son cœur, sans offenser ni les hommes ni Dieu. Et elle faisait ses projets d'avenir, rêvant tout haut.

« Ah ! maintenant, c'est bien simple, puisque j'ai déjà obtenu la séparation de corps, je finirai par obtenir le divorce civil, du moment que l'Église aura annulé mon mariage. Et j'épouserai Dario, oui ! vers le printemps prochain, peut-être plus tôt, si l'on arrive à hâter les formalités... Ce soir, à six heures, il part pour Naples, où il va régler une affaire d'intérêt, une propriété que nous y possédions encore, et qu'il a fallu vendre, car tout cela a coûté très cher. Mais qu'importe à présent, puisque nous voilà l'un à l'autre !... Dans quelques jours, dès qu'il sera revenu, que de bonnes heures, comme nous allons rire, comme nous passerons le temps gaiement ! Je n'en ai pas dormi, après ce bal qui a été si beau, tant j'ai fait des projets, ah ! des projets magnifiques, vous verrez, vous verrez, car je veux que vous restiez à Rome, désormais, jusqu'à notre mariage. »

Il se mit à rire avec elle, gagné par cette explosion de jeunesse et de bonheur, au point qu'il devait faire un rude effort sur lui-même, pour ne pas dire lui aussi sa félicité, l'espoir dont sa prochaine entrevue avec le pape l'emplissait. Mais il avait juré de n'en parler à personne.

Dans le silence frissonnant de l'étroit jardin ensoleillé, un cri persistant d'oiseau revenait par intervalles ; et Benedetta en plaisantant leva la tête, regarda une cage qui était accrochée à une fenêtre du premier étage.

« Oui, oui ! Tata, crie bien fort, sois contente. Il faut que tout le monde soit content dans la maison. »

Puis, se retournant vers Pierre, de son air fou d'écolière en vacances :

« Vous connaissez bien Tata ?... Comment, vous ne connaissez pas Tata ?... Mais c'est la perruche de mon oncle le cardinal ! Je la lui ai donnée au dernier printemps, et il l'adore, il lui permet de voler les morceaux sur son assiette. C'est lui qui la soigne, qui la sort et qui la rentre, craignant si fort de lui voir prendre un rhume, qu'il la laisse dans la salle à manger, la seule pièce de son appartement où il fasse un peu chaud. »

Pierre, levant les yeux lui aussi, regardait la perruche, une de ces jolies petites perruches d'un vert cendré, si soyeuses et si souples. Elle se pendait du bec aux barreaux de sa cage, se balançait, battait des ailes, dans l'allégresse du clair soleil.

« Parle-t-elle ? demanda-t-il.

– Ah ! non, elle crie, répondit Benedetta en riant. Mon oncle prétend qu'il entend tout ce qu'elle dit et qu'il cause très bien avec elle. »

Brusquement, elle sauta à un autre sujet, comme si une obscure liaison d'idées la faisait penser à son autre oncle, à l'oncle par alliance qu'elle avait à Paris.

« Vous devez avoir reçu une lettre du vicomte de la Choue... Il m'a écrit hier son chagrin de voir que vous n'arriviez pas à être reçu par Sa Sainteté. Il avait tant compté sur vous, sur votre victoire, pour le triomphe de ses idées ! »

En effet, Pierre recevait fréquemment des lettres du vicomte, où celui-ci se désespérait de l'importance prise par son adversaire, le baron de Fouras, depuis le grand succès de sa dernière campagne à Rome, avec le pèlerinage international du denier de saint Pierre. C'était le réveil du vieux parti catholique intransigeant, toutes les conquêtes libérales du néo-catholicisme menacées, si l'on n'obtenait pas du Saint-Père une adhésion formelle aux fameuses corporations obligatoires, pour battre en brèche les corporations libres, soutenues par les conservateurs. Et il accablait Pierre, lui envoyait des plans compliqués, dans son impatience de le voir reçu enfin au Vatican.

« Oui, oui, murmura celui-ci, j'avais eu déjà une lettre dimanche, et j'en ai encore trouvé une hier soir, en revenant de Frascati... Ah ! je serais si heureux, si heureux de pouvoir lui répondre par la bonne nouvelle ! »

De nouveau, sa joie déborda, à la pensée que le soir il verrait le pape, lui ouvrirait son âme brûlante d'amour, recevrait de lui l'encouragement suprême, raffermi dans sa mission du salut social, au nom fraternel des petits et des pauvres. Et il ne put se contenir davantage, il lâcha son secret, qui lui gonflait le cœur.

« Vous savez, c'est fait, mon audience est pour ce soir. »

Benedetta ne comprit pas d'abord.

« Comment ça ?

– Oui, monsignor Nani a bien voulu m'apprendre, ce matin, à ce bal, que le Saint-Père, auquel il avait remis mon livre, désirait me voir... Et je serai reçu ce soir, à neuf heures. »

Elle était devenue toute rouge, tellement elle faisait sienne la joie du jeune prêtre, qu'elle avait fini par aimer d'une ardente amitié. Et ce succès d'un ami tombant dans sa félicité à elle, prenait une importance extraordinaire, comme une certitude de complète réussite pour tout le monde. Elle eut un cri de superstitieuse exaltée et ravie.

« Ah ! mon Dieu ! ça va nous porter chance !... Ah ! que je suis heureuse, mon ami, que je suis heureuse de voir que le bonheur vous arrive en même temps qu'à moi ! C'est encore pour moi du bonheur, un bonheur que vous ne pouvez pas vous imaginer... Et c'est sûr, maintenant, que tout marchera très bien, car une maison où il y a quelqu'un qui voit le pape est bénie, la foudre ne la frappe plus. »

Elle riait plus haut, elle tapait des mains, si éclatante de gaieté, qu'il s'inquiéta.

« Chut ! chut ! on m'a demandé le secret... Je vous en supplie, pas un mot à personne, ni à votre tante, ni même à Son Éminence... Monsignor Nani serait très contrarié. »

Alors, elle promit de se taire. Elle s'attendrissait, parlait de monsignor Nani comme d'un bienfaiteur, car n'était-ce pas à lui qu'elle devait d'être parvenue enfin à faire annuler son mariage ? Puis, reprise d'une bouffée de folle joie :

« Dites donc, mon ami, n'est-ce pas que le bonheur seul est bon ?... Vous ne me demandez pas des larmes, aujourd'hui, même pour les pauvres qui souffrent, qui ont froid et qui ont faim... Ah ! c'est qu'il n'y a vraiment que le bonheur de vivre ! Ça guérit tout. On ne souffre pas, on n'a pas froid, on n'a pas faim, quand on est heureux ! »

Stupéfait, il la regarda, dans la surprise que lui causait cette singulière solution donnée à la question redoutable de la misère. Soudainement, il sentait que toute sa tentative d'apostolat était vaine, sur cette fille d'un beau ciel, ayant en elle l'atavisme de tant de siècles de souveraine aristocratie. Il avait voulu la catéchiser, l'amener à l'amour chrétien des humbles et des misérables, la conquérir à la nouvelle Italie qu'il rêvait, éveillée aux temps nouveaux, pleine de pitié pour les choses et pour les êtres. Et, si elle s'était attendrie avec lui sur les souffrances du bas peuple, aux heures où elle souffrait elle-même, le cœur saignant des plus cruelles blessures, la voilà qui, dès sa guérison, célébrait l'universelle félicité, en créature des brûlants étés et des hivers doux comme des printemps !

« Mais, dit-il, tout le monde n'est pas heureux.

– Oh ! si, oh ! si, cria-t-elle. C'est que vous ne les connaissez pas, les pauvres !... Qu'on donne à une fille de notre Transtévère le garçon qu'elle aime, et elle est aussi radieuse qu'une reine, elle mange son pain sec, le soir, en lui trouvant le goût sucré le plus délicieux. Les mères qui sauvent un enfant d'une maladie, les hommes qui sont vainqueurs dans une bataille, ou bien qui voient leurs numéros sortir à la loterie, tout le monde est comme ça, tout le monde ne demande que de la chance et du plaisir... Allez, vous aurez beau vouloir être juste et tâcher de mieux répartir la fortune, il n'y aura toujours de satisfaits que ceux dont le cœur chantera, souvent même sans en savoir la cause, par un beau jour de soleil comme aujourd'hui ! »

Il eut un geste d'abandon, ne voulant pas l'attrister, en plaidant de nouveau la cause de tant de pauvres êtres, qui, à cette minute même, agonisaient au loin, quelque part, succombant à la douleur physique ou à la douleur morale. Mais, brusquement, dans l'air si lumineux et si doux, une ombre immense passa, il sentit la tristesse infinie de la joie, la désespérance sans bornes du soleil, comme si quelqu'un qu'on ne voyait pas avait laissé tomber cette ombre. Était-ce donc l'odeur trop forte du laurier, la senteur amère des orangers et des buis qui lui donnaient ce vertige ? Était-ce le frisson de sensuelle tiédeur dont ses veines se mettaient à battre, parmi ces ruines, dans ce coin de passion très ancienne ? Ou plutôt n'était-ce que ce sarcophage avec son enragée bacchanale, qui éveillait l'idée de la mort prochaine, au fond même des obscures voluptés de l'amour, sous le baiser inassouvi des amants ? Un instant, la claire chanson de la fontaine lui parut un long sanglot, et il lui sembla que tout s'anéantissait, dans cette ombre formidable venue de l'invisible.

Déjà, Benedetta lui avait pris les deux mains et le réveillait à l'enchantement d'être là, près d'elle.

« L'élève est bien indocile, n'est-ce pas ? mon ami, et elle a le crâne bien dur. Que voulez-vous ? il y a des idées qui n'entrent pas dans notre tête. Non, jamais vous ne ferez entrer ces choses dans la tête d'une fille de Rome... Aimez-nous donc, contentez-vous donc de nous aimer telles que nous sommes, belles de toute notre force, autant que nous pouvons l'être ! »

Et elle était si belle à cette minute, si belle dans le resplendissement de son bonheur, qu'il en tremblait, comme devant un dieu, devant la toute-puissance qui menait le monde.

« Oui, oui, bégaya-t-il, la beauté, la beauté, souveraine encore, souveraine toujours... Ah ! que ne peut-elle suffire à rassasier l'éternelle faim des pauvres hommes !

– Bah ! bah ! cria-t-elle joyeusement, il fait bon vivre... Montons dîner, ma tante doit nous attendre. »

Le dîner avait lieu à une heure, et les rares fois où Pierre ne mangeait pas dehors, il avait son couvert mis à la table de ces dames, dans la petite salle à manger du second, qui donnait sur la cour, d'une tristesse mortelle. À la même heure, au premier étage, dans la salle ensoleillée dont les fenêtres ouvraient sur le Tibre, le cardinal dînait, lui aussi, très heureux d'avoir pour convive son neveu Dario, car son secrétaire, don Vigilio, son autre convive habituel, ne desserrait les dents que lorsqu'on l'interrogeait. Les deux services étaient absolument distincts, ni la même cuisine, ni le même personnel ; et il n'existait guère de commune, en bas, qu'une grande pièce servant d'office.

Mais la salle à manger du second avait beau être morne, attristée par le demi-jour verdâtre de la cour, le déjeuner de ces dames et du jeune prêtre fut très gai. Donna

Serafina, si rigide d'ordinaire, semblait elle-même détendue par une grande félicité intérieure. Sans doute elle n'avait pas encore épuisé les délices de son triomphe de la veille, au bras de Morano, à ce bal ; et ce fut elle qui parla de la soirée la première, pleine d'éloges, bien que la présence du roi et de la reine l'eût beaucoup gênée, disait-elle. Elle raconta comme quoi, par une tactique savante, elle avait évité de se faire présenter. D'ailleurs, elle espérait que son affection bien connue pour Celia, dont elle était la marraine, suffirait à expliquer sa présence dans ce salon neutre, où tous les pouvoirs s'étaient coudoyés. Elle devait pourtant garder un scrupule, car elle annonça que, tout de suite après le déjeuner, elle comptait sortir, pour se rendre au Vatican, chez le cardinal secrétaire, à qui elle désirait parler d'une œuvre dont elle était dame patronnesse. Cette visite de compensation, le lendemain de la soirée des Buongiovanni, devait lui sembler indispensable. Jamais elle n'avait brûlé de plus de zèle, ni de plus d'espoir, à propos du prochain avènement de son frère, le cardinal, au trône de saint Pierre : c'était, pour elle, un suprême triomphe, une exaltation de sa race, que son orgueil du nom jugeait nécessaire et inévitable ; et, pendant la dernière indisposition du pape régnant, elle avait poussé les choses jusqu'à s'inquiéter du trousseau qu'elle voulait faire marquer aux armes du nouveau pontife.

Benedetta ne cessa de plaisanter, riant de tout, parlant de Celia et d'Attilio avec la tendresse passionnée d'une femme dont le bonheur d'amour se plaît au bonheur d'un couple ami. Puis, comme on venait de servir le dessert, elle s'adressa au valet, d'un air de surprise :

« Eh bien ? Giacomo, et les figues ? »

Celui-ci, avec ses gestes lents, comme endormis, la regarda sans comprendre. Heureusement, Victorine traversait la pièce.

« Et les figues, Victorine, pourquoi ne nous les sert-on pas ?

– Quelles figues donc, contessina ?

– Mais les figues que j'ai vues ce matin à l'office, par où j'ai eu la curiosité de passer en allant au jardin… Des figues superbes, dans un petit panier. Même, je me suis étonnée qu'il pût encore y en avoir, en cette saison… Je les aime bien, moi. Je m'étais régalée à l'avance, en songeant que j'en mangerais au dîner. »

Victorine se mit à rire.

« Ah ! contessina, je sais, je sais… Ce sont les figues que ce prêtre de Frascati, vous vous rappelez, le curé de là-bas, est venu, hier soir, déposer en personne pour Son Éminence. J'étais là, il a répété à trois reprises que c'était un cadeau, qu'il fallait le mettre sur la table de Son Éminence, sans même déranger une feuille… Alors, on a fait comme il a dit.

– Eh bien ! c'est gentil, s'écria Benedetta, avec une colère comique ! En voilà des gourmands qui se régalent sans nous ! Il me semble qu'on aurait pu partager. »

Donna Serafina intervint, en demandant à Victorine :

« N'est-ce pas ? vous parlez du curé qui venait autrefois nous voir à la villa.

– Oui, oui, le curé Santobono, celui qui dessert là-bas la petite église Sainte-Marie-des-Champs… Quand il vient, il fait toujours demander l'abbé Paparelli, dont il a été le camarade au séminaire, je crois. Et, hier soir encore, c'est l'abbé Paparelli qui a dû nous l'amener à l'office, avec son panier… Oh ! ce panier ! imaginez-vous que, malgré les recommandations, on avait oublié de le mettre tout à l'heure sur la table de Son Éminence, de sorte que les figues n'auraient, ce matin, été pour personne, si l'abbé Paparelli n'était descendu les prendre en courant et ne les avait montées lui-même, avec une vraie dévotion, comme s'il portait le saint sacrement... Il est vrai que Son Éminence les trouve si bonnes !

– Ce n'est pas ce matin que mon frère leur fera grande fête, conclut la princesse, car il a un peu de dérangement, il a passé une nuit mauvaise. »

Au nom répété de Paparelli, elle était devenue soucieuse. Le caudataire, avec sa face molle et ridée, sa taille grosse et courte de vieille fille dévote en jupe noire, lui déplaisait, depuis qu'elle s'était aperçue de l'extraordinaire empire qu'il prenait sur le cardinal, du fond de son humilité et de son effacement. Il n'était rien qu'un domestique, en apparence le plus chétif, et il gouvernait, elle le sentait combattre sa propre influence, défaire souvent ce qu'elle avait fait, pour le triomphe des ambitions de son frère. Le pis était que, deux fois déjà, elle le soupçonnait d'avoir poussé celui-ci à des actes qu'elle considérait comme de véritables fautes. Peut-être s'était-elle trompée, elle lui rendait cette justice qu'il avait de rares mérites et une piété tout à fait exemplaire.

Cependant, Benedetta continuait à rire et à plaisanter. Et, comme Victorine était sortie de la salle, elle appela le valet.

« Écoutez, Giacomo, vous allez me faire une petite commission... »

Elle s'interrompit, pour dire à sa tante et à Pierre :

« Je vous en prie, faisons valoir nos droits... Moi je les vois à table, en bas, presque au-dessous de nous. Ils doivent, comme nous, en être au dessert. Mon oncle soulève les feuilles, se sert avec un bon sourire, passe le panier à Dario, qui le passe à don Vigilio. Et, tous les trois, ils mangent avec componction... Les voyez-vous ? Les voyez-vous ? »

Elle les voyait, elle, et c'était son besoin d'être près de Dario, sa continuelle pensée volant vers lui, qui l'évoquait ainsi, avec les deux autres. Son cœur était en bas, elle voyait, elle entendait, elle sentait, par tous les sens exquis de son amour.

« Giacomo, vous allez descendre, vous allez dire à Son Éminence que nous mourons d'envie de goûter à ses figues et qu'elle serait bien aimable en nous envoyant celles dont elle ne voudra pas. »

Mais donna Serafina, de nouveau, intervint, retrouvant sa voix sévère.

« Giacomo, je vous prie de ne pas bouger. »

Et elle s'adressa à sa nièce :

« Allons, assez d'enfantillages !... J'ai l'horreur de ces sortes de gamineries.

– Oh ! ma tante, murmura Benedetta, je suis si heureuse, il y a si longtemps que je n'ai ri de si bon cœur ! »

Pierre, jusque-là, s'était contenté d'écouter, s'égayant simplement lui-même de la voir gaie à ce point. Comme il se produisait un petit froid, il parla alors, dit son propre étonnement d'avoir aperçu la veille, si tard en saison, des fruits sur ce fameux figuier de Frascati. Cela tenait sans doute à l'exposition de l'arbre, au grand mur qui le protégeait.

« Ah ! vous avez vu le fameux figuier ? demanda Benedetta.

– Mais oui, j'ai même voyagé avec les figues qui vous ont fait tant d'envie.

– Comment cela, voyagé avec les figues ? »

Déjà, il regrettait la parole qui venait de lui échapper. Puis, il préféra tout dire.

« J'ai rencontré là-bas quelqu'un qui était venu en voiture et qui a voulu absolument me ramener à Rome. En route, nous avons recueilli le curé Santobono, parti à pied pour faire le chemin, très gaillardement, avec son panier... Même nous nous sommes arrêtés un instant dans une *osteria.* »

Il continua, conta le voyage, dit ses impressions vives, au travers de la Campagne romaine, envahie par le crépuscule. Mais Benedetta le regardait fixement, prévenue, renseignée, n'ignorant pas les fréquentes visites que Prada faisait, là-bas, à ses terrains et à ses constructions.

« Quelqu'un, quelqu'un, murmura-t-elle, le comte n'est-ce pas ?

– Oui, madame, le comte, répondit simplement Pierre. Je l'ai revu cette nuit, il était bouleversé, et il faut le plaindre. »

Les deux femmes ne se blessèrent pas, tellement cette parole charitable du jeune prêtre était dite avec une émotion profonde et naturelle, dans le débordement d'amour qu'il aurait voulu épandre sur les êtres et sur les choses. Donna Serafina resta immobile, comme si elle affectait de n'avoir pas même entendu ; tandis que Benedetta, d'un geste, sembla dire qu'elle n'avait à témoigner ni pitié ni haine pour un homme qui lui était devenu complètement étranger. Cependant, elle ne riait plus, elle finit par dire, en songeant au petit panier qui s'était promené dans la voiture de Prada :

« Ah ! ces figues, tenez ! je n'en ai plus envie du tout, je préfère maintenant ne pas en avoir mangé. »

Tout de suite après le café, donna Serafina les quitta, dans la hâte qu'elle avait de mettre un chapeau et de partir pour le Vatican. Restés seuls, Benedetta et Pierre s'attardèrent à table un instant encore, repris de leur gaieté, causant en bons amis. Le prêtre reparla de son audience du soir, de sa fièvre d'impatience heureuse. À peine deux heures, encore sept heures à attendre : qu'allait-il faire, à quoi allait-il employer cet après-midi interminable ? Alors, elle, très gentiment, eut une idée.

« Vous ne savez pas, eh bien ! puisque nous sommes tous si contents, il ne faut pas nous quitter... Dario a sa voiture. Il doit, comme nous, avoir fini de déjeuner, et je vais lui faire dire de monter nous prendre, de nous emmener pour une grande promenade, le long du Tibre, très loin. »

Elle tapait dans ses mains, ravie de ce beau projet. Mais, juste à ce moment, don Vigilio parut, l'air effaré.

« Est-ce que la princesse n'est pas là ?

– Non, ma tante est sortie... Qu'y a-t-il donc ?

– C'est Son Éminence qui m'envoie... Le prince vient de se sentir indisposé, en se levant de table... Oh ! rien, rien de bien grave sans doute. »

Elle eut un cri, plutôt de surprise que d'inquiétude.

« Comment, Dario !... Mais nous allons tous descendre. Venez donc, monsieur l'abbé. Il ne faut pas qu'il soit malade, pour nous emmener en voiture. »

Puis, dans l'escalier, comme elle rencontrait Victorine, elle la fit descendre aussi.

« Dario se trouve indisposé, on peut avoir besoin de toi. »

Tous quatre entrèrent dans la chambre, vaste et surannée, meublée simplement, où le jeune prince venait déjà de passer un long mois, cloué là par sa blessure à l'épaule. On y arrivait en traversant un petit salon ; et, partant du cabinet de toilette voisin, un couloir reliait ces pièces à l'appartement intime du cardinal : la salle à manger, la chambre à coucher, le cabinet de travail, relativement étroits, qu'on avait taillés dans une des immenses salles de jadis, à l'aide de cloisons. Il y avait encore la chapelle, dont la porte ouvrait sur le couloir, une simple chambre nue, où se trouvait un autel de bois peint, sans un tapis, sans une chaise, rien que le carreau dur et froid, pour s'agenouiller et prier.

En entrant, Benedetta courut au lit, sur lequel Dario était allongé, tout vêtu. Près de lui, le cardinal Boccanera se tenait debout, paternellement ; et, dans l'inquiétude commençante, il gardait sa haute taille fière, son calme d'âme souveraine et sans reproche.

« Quoi donc ? mon Dario, que t'arrive-t-il ? »

Mais le prince eut un sourire, voulant la rassurer. Il n'était encore que très pâle, l'air ivre.

« Oh ! ce n'est rien, un étourdissement... Imagine-toi, c'est comme si j'avais bu. Tout d'un coup, j'ai vu trouble, et il m'a semblé que j'allais tomber... Alors, je n'ai eu que le temps de venir me jeter sur mon lit. »

Il respira fortement, en homme qui a besoin de reprendre haleine. Et le cardinal, à son tour, entra dans quelques détails.

« Nous achevions tranquillement de déjeuner, je donnais des ordres à don Vigilio pour l'après-midi, et j'étais sur le point de quitter la table, lorsque j'ai vu Dario se lever et chanceler... Il n'a pas voulu se rasseoir, il est venu ici d'un pas vacillant de somnambule, en ouvrant les portes de ses mains tâtonnantes... Et nous l'avons suivi, sans comprendre. J'avoue que je cherche, que je ne comprends pas encore. »

D'un geste, il disait sa surprise, il indiquait l'appartement, où semblait avoir soufflé un brusque vent de catastrophe. Toutes les portes étaient restées grandes ouvertes, on voyait en enfilade le cabinet de toilette, puis le couloir, au bout duquel la salle à manger apparaissait dans son désordre de pièce abandonnée soudainement, avec la table servie encore, les serviettes jetées, les chaises repoussées. Cependant, on ne s'effarait toujours pas.

Benedetta fit, à voix haute, la réflexion habituelle en pareil cas.

« Pourvu que vous n'ayez rien mangé de mauvais ! »

D'un autre geste, en souriant, le cardinal dit la sobriété ordinaire de sa table.

« Oh ! des œufs, des côtelettes d'agneau, un plat d'oseille, ce n'est pas ce qui a pu lui charger l'estomac. Moi, je ne bois que de l'eau pure ; lui, prend deux doigts de vin blanc... Non, non, la nourriture n'y est pour rien.

– Et puis, se permit de faire remarquer don Vigilio, Son Éminence et moi, nous serions également indisposés. »

Dario, qui avait un moment fermé les yeux, les rouvrit, respira fortement de nouveau, en s'efforçant de rire.

« Allons, allons ! ce ne sera rien, je me sens déjà beaucoup plus à l'aise. Il faut que je me remue.

– Alors, reprit Benedetta, écoute le projet que j'ai fait… Tu vas me prendre en voiture, avec M. l'abbé Froment, et tu nous conduiras dans la Campagne, très loin.

– Volontiers ! Elle est gentille, ton idée… Victorine, aidez-moi donc. »

Il s'était soulevé, en s'aidant péniblement du poignet. Mais, avant que la servante se fût avancée, il eut une légère convulsion, il retomba, comme foudroyé par une syncope. Ce fut le cardinal, resté au bord du lit, qui le reçut dans ses bras, tandis que la contessina, cette fois, perdait la tête.

« Mon Dieu ! mon Dieu ! ça le reprend… Vite, vite, il faut le médecin.

– Si j'allais en courant le chercher ? offrit Pierre, que la scène commençait à bouleverser, lui aussi.

– Non, non ! pas vous, restez ici… Victorine va se dépêcher. Elle connaît l'adresse… Le docteur Giordano, tu sais, Victorine. »

La servante partit, et un lourd silence tomba dans la pièce, où un frisson d'anxiété croissait de minute en minute. Benedetta, très pâle, était revenue près du lit, pendant que le cardinal, qui avait gardé Dario entre ses bras, la tête tombée sur son épaule, le regardait. Et un affreux soupçon venait de naître en lui, vague, indéterminé encore : il lui trouvait la face grise, le masque d'angoisse terrifiée, qu'il avait remarqué chez le plus cher ami de son cœur, monsignor Gallo, quand il l'avait ainsi tenu sur sa poitrine, deux heures avant sa mort. C'était la même syncope, la même sensation qu'il n'étreignait plus que le corps froid d'un être aimé, dont le cœur s'arrêtait ; c'était surtout la pensée grandissante du poison, venu de l'ombre, frappant dans l'ombre, autour de lui, en coup de foudre. Longtemps, il resta penché de la sorte, au-dessus du visage de son neveu, du dernier de sa race, cherchant, étudiant, retrouvant les symptômes du mal mystérieux et implacable, qui lui avait déjà emporté la moitié de lui-même.

Mais Benedetta, à demi-voix, le suppliait.

« Mon oncle, vous allez vous fatiguer… Je vous en prie, laissez-le-moi, je le tiendrai un peu, à mon tour… N'ayez pas peur, je le tiendrai très doucement, il sentira que c'est moi, et ça le réveillera peut-être. »

Il leva enfin la tête, la regarda ; et il lui céda la place, après l'avoir serrée et baisée éperdument, les yeux gros de larmes, toute une brusque émotion, où l'adoration qu'il avait pour elle fondait la rigide froideur qu'il affectait d'habitude.

« Ah ! ma pauvre enfant, ma pauvre enfant ! » bégaya-t-il, avec un grand tremblement de chêne déraciné.

Tout de suite, d'ailleurs, il se maîtrisa, se reconquit. Et, tandis que Pierre et don Vigilio, immobiles, muets, attendaient qu'on eût besoin d'eux, désespérés de n'être bons à rien, il se mit à marcher avec lenteur au travers de la chambre. Puis, cette pièce parut être trop étroite pour les pensées qu'il roulait, il s'écarta d'abord jusque dans le cabinet de toilette, il finit par enfiler le couloir, par pousser jusqu'à la salle à manger. Et il allait toujours, et il revenait toujours, sérieux, impassible, la tête basse, perdu dans la même rêverie sombre. Quel monde de réflexions s'agitait dans le crâne de ce croyant, de ce prince hautain, qui s'était donné à Dieu, et qui était sans pouvoir contre l'inévitable destinée ? De temps à autre, il revenait près du lit, s'assurait des progrès du mal, regardait sur le visage de Dario où en était la crise ; ensuite, il repartait du même pas rythmique, disparaissait, reparaissait, comme emporté par la régularité monotone des forces que l'homme n'arrête point. Peut-être se trompait-il, peut-être ne s'agissait-il que d'une simple indisposition, dont le médecin sourirait. Il fallait espérer et attendre. Et il allait encore, et il revenait encore, et rien, au milieu du silence lourd, ne pouvait sonner plus anxieusement que les pas cadencés de ce haut vieillard, dans l'attente du destin.

La porte se rouvrit, Victorine rentra, essoufflée.

« Le médecin, je l'ai trouvé, le voici ! »

De son air souriant, le docteur Giordano se présenta, avec sa petite tête rose à boucles blanches, toute sa personne discrètement paterne, qui lui donnait une allure d'aimable prélat. Mais, dès qu'il eut flairé la chambre, vu ce monde angoissé, qui l'attendait, il devint aussitôt très grave, il prit l'attitude fermée, l'absolu respect du secret ecclésiastique, qu'il devait à la fréquentation de sa clientèle d'Église. Et il ne laissa échapper qu'un mot, murmuré à peine, dès qu'il eut jeté un regard sur le malade.

« Comment, encore ! ça recommence ! »

Sans doute, il faisait allusion au coup de couteau qu'il avait récemment soigné. Qui donc s'acharnait sur ce pauvre jeune prince, si inoffensif, si peu gênant ? Personne, du reste, ne pouvait comprendre, si ce n'étaient Pierre et Benedetta ; et celle-ci se trouvait dans une telle fièvre d'impatience, brûlant d'être rassurée, qu'elle n'écoutait pas, n'entendait pas.

« Oh ! docteur, je vous en supplie, voyez-le, examinez-le, dites-nous que ce n'est rien... Ça ne peut rien être, puisqu'il était si bien portant, si gai tout à l'heure... Ce n'est rien, ce n'est rien, n'est-ce pas ?

– Sans doute, sans doute, contessina, ce n'est certainement rien... Nous allons voir. »

Il s'était tourné, et il s'inclina profondément devant le cardinal, qui revenait du fond de la salle à manger, de son pas égal et songeur, pour se planter au pied du lit, immobile. Sans doute lut-il, dans les yeux sombres fixés sur les siens, une inquiétude mortelle, car il n'ajouta rien, il se mit à examiner Dario, en homme qui a senti le prix des minutes. Et, à mesure que son examen avançait, son visage d'affable optimisme prenait une gravité blême, une sourde terreur, que témoignait seul un petit frémissement des lèvres. C'était lui qui, précisément, avait assisté monsignor Gallo dans la crise dont celui-ci était mort, une crise de fièvre infectieuse, ainsi qu'il l'avait diagnostiqué pour le bulletin de décès. Sans doute lui aussi reconnaissait les mêmes terribles symptômes, la face d'un gris de plomb, l'hébétement d'affreuse ivresse ; et, en vieux médecin romain, habitué aux morts subites, il sentait passer le mauvais air qui tue, sans que la science ait encore bien compris, exhalaison putride du Tibre ou séculaire poison de la légende.

Mais il avait relevé la tête, et son regard de nouveau se rencontra avec le regard noir du cardinal, qui ne le quittait pas.

« Monsieur Giordano, demanda enfin celui-ci, vous n'êtes pas trop inquiet, j'espère ?... Ce n'est qu'une mauvaise digestion, n'est-ce pas ? »

Le médecin s'inclina une seconde fois. Il devinait, au léger tremblement de la voix, la cruelle anxiété de cet homme puissant, frappé encore dans la plus chère affection de son cœur.

« Votre Éminence doit avoir raison, une digestion mauvaise certainement. Parfois, de tels accidents sont dangereux, quand la fièvre s'en mêle... Je n'ai pas besoin de dire à Votre Éminence combien elle peut compter sur ma prudence et sur mon zèle... »

Il s'interrompit, pour reprendre aussitôt de sa voix nette de praticien :

« Le temps presse, il faut déshabiller le prince et agir promptement. Qu'on me laisse un instant seul, j'aime mieux cela. »

Cependant, il retint Victorine, en disant qu'elle l'aiderait. S'il avait besoin d'un autre aide, il prendrait Giacomo. Son désir évident était d'éloigner la famille, afin d'être plus libre, sans témoins gênants. Et le cardinal comprit, s'empara doucement de Benedetta, pour l'emmener lui-même à son bras jusque dans la salle à manger, où Pierre et don Vigilio les suivirent.

Quand les portes furent refermées, le plus morne et le plus pesant des silences régnèrent dans cette salle à manger, que le clair soleil d'hiver inondait d'une lumière et d'une tiédeur délicieuse. La table était toujours servie, avec son couvert abandonné, la nappe salie de miettes, une tasse de café à demi pleine encore ; et, au milieu, se trouvait le panier de figues, dont on avait écarté les feuilles, mais où ne manquaient que deux ou trois fruits. Devant la fenêtre, Tata, la perruche, sortie de sa cage, était sur son bâton, ravie, éblouie, dans un grand rayon jaune, où dansaient des poussières. Pourtant, elle avait cessé de crier et de se lisser les plumes du bec, étonnée de voir entrer tout ce monde, très sage, tournant la tête à demi pour mieux étudier ces gens, de son œil rond et scrutateur.

Des minutes interminables s'écoulèrent, dans l'attente fébrile de ce qui se passait au fond de la chambre voisine. Don Vigilio s'était silencieusement assis à l'écart, tandis que Benedetta et Pierre, restés debout, se taisaient eux aussi, immobiles. Et le cardinal avait repris sa marche sans fin, ce piétinement instinctif et berceur, par lequel il semblait vouloir tromper son impatience, arriver plus vite à l'explication qu'il cherchait obscurément, au milieu d'une effroyable tempête d'idées. Pendant que son pas rythmé sonnait avec une régularité machinale, c'était en lui une fureur sombre, une recherche exaspérée du pourquoi et du comment, une extraordinaire confusion des mouvements les plus extrêmes et les plus contraires. Mais déjà, à deux reprises, en passant, il avait promené son regard sur la débandade de la table, comme s'il y avait quêté quelque chose. Était-ce, peut-être, ce café inachevé ? ce pain dont les miettes traînaient encore ? ces côtelettes d'agneau dont il restait un os ? Puis, au moment où, pour la troisième fois, il passait en regardant, ses yeux rencontrèrent le panier de figues ; et il s'arrêta net, sous le coup d'une révélation soudaine. L'idée l'avait saisi, l'envahissait, sans qu'il sût quelle expérience faire pour que le brusque soupçon se changeât en certitude. Un instant, il resta ainsi, combattu, ne trouvant pas, les yeux fixés sur ce panier. Enfin, il prit une figue, l'approcha, comme pour l'examiner de tout près. Mais elle n'offrait rien de particulier, il allait la remettre parmi les autres, lorsque Tata, la perruche, qui adorait les figues, poussa un cri strident. Et ce fut une illumination, l'expérience cherchée qui s'offrait.

Lentement, de son air sérieux, le visage noyé d'ombre, le cardinal porta la figue à la perruche, la lui donna, sans une hésitation ni un regret. C'était une très jolie bête, la seule qu'il eût ainsi aimée passionnément. Allongeant son fin corps souple, dont la soie de cendre verte se moirait de rose au soleil, elle avait pris gentiment la figue dans sa patte, puis l'avait fendue d'un coup de bec. Mais, quand elle l'eut fouillée, elle n'en mangea que très peu, elle laissa tomber la peau, pleine encore. Lui, toujours grave, impassible, regardait, attendait. L'attente fut de trois grandes minutes. Un moment, il se rassura, il gratta la tête de la perruche, qui, pleine d'aise, se faisait caresser, tournait le cou, levait sur son maître son petit œil rouge, d'un vif éclat de rubis. Et, tout d'un coup, elle se renversa sans même un battement d'ailes, elle tomba comme un plomb. Tata était morte, foudroyée.

Boccanera n'eut qu'un geste, les deux mains levées, jetées au ciel, dans l'épouvante de ce qu'il savait enfin. Grand Dieu ! un tel crime, une si affreuse méprise, un jeu si abominable du destin ! Aucun cri de douleur ne lui échappa, l'ombre de son visage était devenue farouche et noire.

Pourtant, il y eut un cri, un cri éclatant de Benedetta, qui, ainsi que Pierre et don Vigilio, avait d'abord suivi l'acte du cardinal avec un étonnement qui s'était ensuite changé en terreur.

« Du poison ! du poison ! ah ! Dario, mon cœur, mon âme ! »

Mais le cardinal avait violemment saisi le poignet de sa nièce, en lançant un coup d'œil oblique sur les deux petits prêtres, ce secrétaire et cet étranger, présents à la scène.

« Tais-toi ! Tais-toi ! »

Elle se dégagea, d'une secousse, révoltée, soulevée par une rage de colère et de haine.

« Pourquoi donc me taire ? C'est Prada qui a fait le coup, je le dénoncerai, je veux qu'il meure, lui aussi !... Je vous dis que c'est Prada, je le sais bien, puisque M. Froment est revenu hier de Frascati, dans sa voiture, avec ce curé Santobono et ce panier de figues... Oui, oui ! j'ai des témoins, c'est Prada, c'est Prada !

– Non, non ! tu es folle, tais-toi ! »

Et il avait repris les mains de la jeune femme, il tâchait de la maîtriser de toute son autorité souveraine. Lui, qui savait l'influence que le cardinal Sanguinetti exerçait sur la tête exaltée de Santobono, venait de s'expliquer l'aventure, non pas une complicité directe, mais une poussée sourde, l'animal excité, puis lâché sur le rival gênant, à l'heure où le trône pontifical allait sans doute être libre. La probabilité, la certitude de cela avait brusquement éclaté à ses yeux, sans qu'il eût besoin de tout comprendre, malgré les lacunes et les obscurités. Cela était, parce qu'il sentait que cela devait être.

« Non, entends-tu ! ce n'est pas Prada... Cet homme n'a aucune raison de m'en vouloir, et moi seul étais visé, c'est à moi qu'on a donné ces fruits... Voyons, réfléchis ! Il a fallu une indisposition imprévue pour m'empêcher d'en manger ma grosse part, car on sait que je les adore ; et, pendant que mon pauvre Dario les goûtait seul, je plaisantais, je lui disais de me garder les plus belles pour demain... L'abominable chose était pour moi, et c'est lui qui est frappé, ah ! Seigneur ! par le hasard le plus féroce, la plus monstrueuse des sottises du sort... Seigneur, Seigneur ! vous nous avez donc abandonnés ! »

Des larmes étaient montées à ses yeux, tandis qu'elle, frémissante, ne semblait pas convaincue encore.

« Mais, mon oncle, vous n'avez aucun ennemi, pourquoi voulez-vous que ce Santobono attente ainsi à vos jours ? »

Un instant, il resta muet, sans pouvoir trouver une réponse suffisante. Déjà, la volonté du silence se faisait en lui, dans une grandeur suprême. Puis, un souvenir lui revint, et il se résigna au mensonge.

« Santobono a toujours eu la cervelle un peu dérangée, et je sais qu'il m'exècre, depuis que j'ai refusé de tirer de prison son frère, un de nos anciens jardiniers, en lui donnant le bon certificat qu'il ne méritait certes pas... Des rancunes mortelles n'ont souvent pas des causes plus graves. Il aura cru qu'il avait une vengeance à tirer de moi. »

Alors, Benedetta, brisée, incapable de discuter davantage, se laissa tomber sur une chaise, avec un geste d'abandon désespéré.

« Ah ! mon Dieu ! ah ! mon Dieu ! je ne sais plus... Et puis, qu'est-ce que ça fait, maintenant que mon Dario en est là ? Il n'y a qu'une chose, il faut le sauver, je veux qu'on le sauve... Comme c'est long, ce qu'ils font dans cette chambre ! Pourquoi Victorine ne vient-elle pas nous chercher ? »

Le silence recommença, éperdu. Le cardinal, sans parler, prit sur la table le panier de figues, le porta dans une armoire, qu'il ferma à double tour ; puis, il mit la clé dans sa poche. Sans doute, dès que la nuit serait tombée, il se proposait de le faire disparaître lui-même, en descendant le jeter au Tibre. Mais, comme il revenait de l'armoire, il aperçut ces deux petits prêtres, dont les yeux l'avaient forcément suivi. Et il leur dit simplement, grandement :

« Messieurs, je n'ai pas besoin de vous demander d'être discrets... Il est des scandales qu'il faut épargner à l'Église, laquelle n'est pas, ne peut pas être coupable. Livrer un des nôtres aux tribunaux civils, s'il est criminel, c'est frapper l'Église entière, car les passions mauvaises s'emparent dès lors du procès, pour faire remonter jusqu'à elle la responsabilité du crime. Et notre seul devoir est de remettre le meurtrier aux mains de Dieu, qui saura le punir plus sûrement... Ah ! pour ma part, que je sois atteint dans ma personne ou dans ma famille, dans mes plus tendres affections, je déclare, au nom du Christ mort sur la croix, que je n'ai ni colère, ni besoin de vengeance, et que j'efface le nom du meurtrier de ma mémoire, et que j'ensevelis son action abominable dans l'éternel silence de la tombe ! »

Et sa haute taille semblait avoir grandi encore, pendant que, la main levée dans un geste large, il prononçait ce serment, cet abandon de ses ennemis à l'unique justice de Dieu ; car ce n'était pas de Santobono qu'il entendait parler seulement, mais aussi du cardinal Sanguinetti, dont il avait deviné l'influence néfaste. Et une infinie détresse, une souffrance tragique le bouleversait, dans l'héroïsme de son orgueil, à la pensée de la lutte sombre autour de la tiare, de tout ce qui s'agitait de mauvais et de vorace, au fond des ténèbres.

Puis, comme Pierre et don Vigilio s'inclinaient, pour lui promettre de se taire, une émotion invincible l'étrangla, le sanglot qu'il refoulait monta brusquement à sa gorge, pendant qu'il bégayait :

« Ah ! mon pauvre enfant, mon pauvre enfant ! Ah ! l'unique fils de notre race, le seul amour et le seul espoir de mon cœur ! Ah ! mourir, mourir ainsi ! »

Mais, violente de nouveau, Benedetta s'était relevée.

« Mourir ? qui donc, Dario ?... Je ne veux pas, nous allons le soigner, nous allons retourner près de lui. Et nous le prendrons dans nos bras, et nous le sauverons. Venez, mon oncle, venez vite... Je ne veux pas, je ne veux pas, je ne veux pas qu'il meure ! »

Elle marchait vers la porte, rien ne l'aurait empêchée de rentrer dans la chambre, lorsque, justement, Victorine parut, l'air égaré, ayant perdu tout courage, malgré sa belle sérénité habituelle.

« Le docteur prie Madame et Son Éminence de venir tout de suite, tout de suite. »

Pierre, frappé de stupeur par ces choses, ne les suivit pas, resta un instant en arrière, avec don Vigilio, dans la salle à manger ensoleillée. Eh quoi ! le poison, le poison comme au temps des Borgia, dissimulé élégamment, servi avec ces fruits par un traître ténébreux, qu'on n'osait même pas dénoncer ! Et il se rappelait sa conversation, au retour de Frascati, son scepticisme de Parisien à propos de ces drogues légendaires, qu'il n'admettait qu'au cinquième acte d'un drame romantique. Et elles étaient vraies, les abominables histoires, les bouquets et les couteaux empoisonnés, les prélats et jusqu'aux papes gênants qu'on supprimait en leur apportant leur chocolat du matin ; car ce Santobono passionné et tragique était bien un empoisonneur, il n'en pouvait plus douter, il revoyait toute sa journée de la veille, sous cet effrayant éclairage : les paroles d'ambition et de menace qu'il avait surprises chez le cardinal Sanguinetti, la hâte d'agir devant la mort probable du pape régnant, la suggestion du crime au nom du salut de l'Église, puis ce curé rencontré sur la route, avec son petit panier de figues, puis ce panier promené par le crépuscule de la mélancolique Campagne, longuement, dévotement, sur les genoux du prêtre, ce panier dont le souvenir le hantait maintenant d'un cauchemar, dont il reverrait toujours, avec un frisson, et la forme, et la couleur, et l'odeur. Le poison, le poison ! c'était vrai pourtant, ça existait, ça circulait encore dans l'ombre du monde noir, au milieu des âpres appétits de conquête et de domination !

Et, soudainement, dans la mémoire de Pierre, la figure de Prada se dressa, elle aussi. Tout à l'heure, lorsque Benedetta l'avait accusé si violemment, il s'était un moment avancé pour le défendre, pour crier cette histoire du poison qu'il savait, et le point d'où le panier était parti, et la main qui l'avait offert. Mais, aussitôt, une réflexion venait de le glacer : si Prada n'avait pas fait le crime, Prada l'avait laissé faire. Un souvenir encore, aigu comme une lame, le traversait, celui de la petite poule noire, dans le morne décor de l'*osteria*, morte sous le hangar, foudroyée, avec le mince flot de sang violâtre qui lui coulait du bec. Et ici, en bas de son perchoir, Tata, la perruche, gisait de même, molle et tiède, le bec taché d'une goutte de sang. Pourquoi donc Prada avait-il menti en racontant une bataille ? C'était toute une complication de passions et de luttes obscures, dans les ténèbres desquelles Pierre sentait qu'il perdait pied ; de même qu'il ne savait comment reconstituer l'effroyable combat qui avait dû se produire dans le cerveau de cet homme, pendant la nuit du bal. Il ne pouvait le revoir à son côté, l'évoquer pendant son retour matinal au palais Boccanera, sans frémir, en devinant sourdement tout ce qui s'était décidé d'épouvantable, à cette porte. D'ailleurs, malgré les obscurités et les impossibilités, que ce fût contre le cardinal ou plutôt dans l'espoir d'une flèche égarée qui le vengerait, au petit bonheur du hasard farouche, le fait terrible était là : Prada savait, Prada aurait pu arrêter le destin en marche, et il avait laissé le destin accomplir son aveugle besogne de mort.

Mais Pierre, en tournant la tête, aperçut don Vigilio à l'écart, sur la chaise d'où il n'avait pas bougé, si défait et si pâle, qu'il le crut frappé, lui aussi.

« Est-ce que vous êtes souffrant ? »

D'abord, le secrétaire sembla ne pouvoir répondre, tellement la terreur le serrait à la gorge. Puis, d'une voix basse :

« Non, non, je n'en ai pas mangé... Ah ! grand Dieu ! quand je songe que j'en avais grande envie et que la déférence seule m'a retenu, en voyant que Son Éminence n'en mangeait pas ! »

Il eut un petit grelottement de tout son corps, à cette pensée que son humilité seule venait de le sauver. Et il gardait, sur ses mains, sur son visage, le froid de la mort voisine, dont il avait senti le frôlement.

À deux reprises, il finit par soupirer, tandis que, dans son effroi, il écartait d'un geste l'affreuse chose, en murmurant :

« Ah ! Paparelli, Paparelli ! »

Pierre, très ému, n'ignorant pas ce qu'il pensait du caudataire, tâcha de savoir.

« Quoi ? que voulez-vous dire ? Est-ce que vous l'accusez ?... Croyez-vous donc qu'ils l'ont poussé et que ce sont eux, en somme ? »

Le mot de jésuites ne fut pas même dit, mais la grande ombre noire passa dans le gai soleil de la salle à manger, qu'elle parut un moment emplir de ténèbres.

« Eux, ah ! oui ! cria don Vigilio, eux partout ! eux toujours ! Dès qu'on pleure, dès qu'on meurt, ils en sont, ce sont eux, quand même ! Et c'était fait pour moi, je m'étonne de n'y être pas resté ! »

Puis, de nouveau, il jeta sa plainte sourde de crainte, d'exécration et de colère :

« Ah ! Paparelli, Paparelli ! »

Et il se tut, refusant de répondre, regardant de ses yeux effarés les murs de la salle, comme s'il allait en voir sortir le caudataire, avec sa face molle de vieille fille, son trot roulant de souris rongeuse, ses mains de mystère et d'envahissement, qui étaient allées prendre à l'office le panier de figues oublié, pour l'apporter sur la table.

Alors, tous deux se décidèrent à retourner dans la chambre, où peut-être avait-on besoin d'eux ; et Pierre, en entrant, fut saisi du déchirant spectacle qu'elle offrait. Depuis une demi-heure, vainement, le docteur Giordano, soupçonnant le poison, avait employé les remèdes d'usage, un vomitif, puis la magnésie. Il venait même de faire battre, par Victorine, des blancs d'œufs dans de l'eau. Mais le mal empirait, avec une si foudroyante rapidité, que maintenant tout secours devenait inutile. Déshabillé, couché sur le dos, le buste soutenu par des oreillers, et les bras allongés hors des draps, Dario était effrayant, dans cette sorte d'ivresse anxieuse qui caractérisait ce mal mystérieux et redoutable, auquel monsignor Gallo, déjà, et d'autres, avaient succombé. Il semblait frappé d'une stupeur de vertige, ses yeux s'enfonçaient de plus en plus au fond des orbites noires, tandis que la face entière se desséchait, vieillissait à vue d'œil, envahie d'une ombre grise, couleur de la terre. Depuis un instant, accablé, il avait fermé les yeux, il n'avait de vivants que les souffles oppressés, pénibles et longs, qui soulevaient sa poitrine. Et, debout, penchée sur ce pauvre visage d'agonisant, Benedetta se tenait là, souffrant sa souffrance, envahie par une telle douleur impuissante, qu'elle-même était méconnaissable, si blanche, si éperdue d'angoisse, comme prise elle aussi par la mort, peu à peu, en même temps que lui.

Dans l'embrasure de fenêtre où le cardinal Boccanera avait emmené le docteur Giordano, il y eut quelques mots échangés à voix basse.

« Il est perdu, n'est-ce pas ? »

Le docteur, bouleversé également, eut un geste désolé de vaincu.

« Hélas ! oui. Je dois prévenir Votre Éminence que dans une heure tout sera fini. »

Un court silence régna.

« Et, n'est-ce pas, de la même maladie que Gallo ? »

Puis, comme le docteur ne répondait pas, tremblant, détournant les yeux :

« Enfin, d'une fièvre infectieuse ? »

Giordano entendait bien ce que le cardinal lui demandait ainsi. C'était le silence, le crime enfoui, à jamais, pour le bon renom de sa mère l'Église. Et rien n'était plus grand, d'une grandeur tragique plus haute, que ce vieillard de soixante-dix ans, si droit encore et souverain, ne voulant pas que sa famille spirituelle pût déchoir, pas plus qu'il ne consentait à ce qu'on traînât sa famille humaine dans les inévitables salissures d'un procès retentissant. Non, non ! le silence, l'éternel silence où tout repose et s'oublie !

De son air doux de discrétion cléricale, le docteur finit par s'incliner.

« Évidemment, d'une fièvre infectieuse, comme le dit si bien Votre Éminence. »

Deux grosses larmes, aussitôt, reparurent dans les yeux de Boccanera. Maintenant qu'il avait mis Dieu à l'abri, son humanité saignait de nouveau. Il supplia le médecin de tenter un effort suprême, d'essayer l'impossible ; mais celui-ci secouait la tête, montrait le malade de ses pauvres mains tremblantes. Pour son père, pour sa mère, il n'aurait rien pu. La mort était là. À quoi bon fatiguer, torturer un mourant, dont il n'aurait fait qu'aggraver les souffrances ? Et, comme le cardinal, devant la catastrophe prochaine, songeait à sa sœur Serafina, se désespérait en disant qu'elle ne pourrait embrasser son neveu une dernière fois, si elle s'attardait au Vatican, où elle devait être, le médecin offrit d'aller la chercher avec sa voiture, qu'il avait gardée en bas. C'était une affaire de vingt minutes. Il serait de retour, si, dans les derniers moments, on avait besoin de lui.

Resté dans l'embrasure, le cardinal s'y tint immobile, un instant encore. Par la fenêtre, les yeux obscurcis de ses larmes, il regardait le ciel. Et ses bras frémissants se tendirent, en un geste d'imploration ardente. O Dieu ! puisque la science des hommes était si courte et si vaine, puisque ce médecin s'en allait ainsi, heureux de sauver l'embarras de son impuissance, ô Dieu ! que ne faisiez-vous un miracle, pour montrer l'éclat de votre pouvoir sans bornes ! Un miracle, un miracle ! il le demandait du fond de son âme de croyant, avec l'insistance, la prière impérative d'un prince de la terre, qui croyait avoir rendu au Ciel un service considérable, par sa vie entière donnée à l'Église. Il le demandait pour la continuation de sa race, pour que le dernier mâle ne disparût pas si misérablement, pour qu'il pût épouser cette cousine tant aimée, là, pleurante et si malheureuse à cette heure. Un miracle, un miracle ! au profit de ces deux chers enfants ! un miracle qui fît renaître la famille ! un miracle qui éternisât le glorieux nom des Boccanera, en permettant qu'il sortît de ces jeunes époux toute une lignée sans nombre de vaillants et de fidèles !

Lorsqu'il revint au milieu de la chambre, le cardinal apparut transfiguré, les yeux séchés par la foi, l'âme désormais forte et soumise, exempte de toute faiblesse. Il s'était remis entre les mains de Dieu, il avait résolu d'administrer lui-même l'extrême-onction à Dario. D'un geste, il appela don Vigilio, il l'emmena dans la petite pièce voisine, qui lui servait de chapelle, et dont il avait toujours la clé sur lui. Cette pièce nue, où personne n'entrait, cette pièce où se trouvait simplement un petit autel de bois peint, surmonté d'un grand crucifix de cuivre, avait dans le palais un renom de lieu saint, inconnu et terrible, car Son Éminence, disait-on, y passait les nuits à genoux, conversant avec Dieu en personne. Et, pour qu'il y entrât publiquement, pour qu'il en laissât ainsi la porte large ouverte, il fallait qu'il voulût forcer Dieu à en sortir avec lui, dans son désir d'un miracle.

On avait ménagé une armoire derrière l'autel, et le cardinal y passa prendre l'étole et le surplis. La boîte aux saintes huiles était également là, une très ancienne boîte d'argent, timbrée des armes des Boccanera. Puis, don Vigilio étant rentré dans la chambre à la suite de l'officiant, pour l'assister, les paroles latines tout de suite alternèrent.

« *Pax huic domui.*

– *Et omnibus habitantibus in ea.* »

La mort venait, si menaçante, si prochaine, que tous les préparatifs habituels se trouvaient forcément supprimés. Il n'y avait ni les deux cierges, ni la petite table recouverte d'une nappe blanche. De même, l'assistant n'ayant pas apporté le bénitier et l'aspersoir, l'officiant dut se contenter de faire le geste, bénissant la chambre et le mourant, en prononçant les paroles du rituel :

« *Asperges me, Domine, hyssopo, et mundabor ; lavabis me, et super nivem dealbabor.* »

Dans un long frisson, en voyant paraître le cardinal, avec les saintes huiles, Benedetta était tombée à genoux, au pied du lit ; tandis que Pierre et Victorine, un peu en arrière, s'agenouillaient eux aussi, bouleversés par la douloureuse grandeur du spectacle. Et, de ses yeux immenses, élargis dans sa face d'une pâleur de neige, la contessina ne quittait pas du regard son Dario qu'elle ne reconnaissait plus, le visage terreux, la peau tannée et ridée ainsi que celle d'un vieillard. Et ce n'était pas pour leur mariage, accepté et désiré par lui, que leur oncle, ce tout-puissant prince de l'Église, apportait le sacrement, c'était pour la rupture suprême, la fin humaine de tout orgueil, la mort qui achève et emporte les races, comme le vent balaie la poussière des routes.

Il ne pouvait s'attarder, il récita promptement le *Credo* à demi-voix.

« *Credo in unum Deum…*

– *Amen* », répondit don Vigilio.

Après les prières du rituel, ce dernier balbutia les litanies, pour que le Ciel prît en pitié l'homme misérable qui allait comparaître devant Dieu, si un prodige de Dieu ne lui faisait pas grâce.

Alors, sans prendre le temps de se laver les doigts, le cardinal ouvrit la boîte des saintes huiles ; et, se bornant à une seule onction, comme il était permis dans le cas d'urgence, il posa, du bout de l'aiguille d'argent, une seule goutte sur la bouche desséchée, déjà flétrie par la mort.

« *Per istam sanctam unctionem, et suam piissimam misericordiam, indulgeat tibi Dominus quidquid per visum, auditum, odoratum, gustum, tactum, deliquisti.* »

Ah! de quel cœur brûlant de foi il les prononçait, ces appels au pardon, pour que la divine miséricorde effaçât les péchés commis par les cinq sens, ces cinq portes de l'éternelle tentation ouvertes sur l'âme ! Mais c'était encore avec l'espoir que, si Dieu avait frappé le pauvre être pour ses fautes, peut-être aurait-il l'indulgence entière de le rendre même à la vie, dès qu'il les aurait pardonnées. La vie, ô Seigneur ! la vie, pour que cette antique lignée des Boccanera pullule encore, continue à vous servir au travers des âges, dans les combats et devant les autels !

Un instant, le cardinal resta les mains frémissantes, regardant la face muette, les yeux fermés du moribond, attendant le miracle. Rien ne se produisait, pas une clarté n'avait lui. Don Vigilio venait d'essuyer la bouche avec un petit flocon d'ouate, sans qu'un soupir de soulagement sortît des lèvres. Et l'oraison dernière fut dite, l'officiant retourna dans la chapelle, suivi de l'assistant, au milieu de l'effrayant silence qui retombait. Et là tous deux s'agenouillèrent, le cardinal s'abîma dans une prière brûlante, sur le carreau nu. Les yeux levés vers le crucifix de cuivre, il ne vit plus rien, il n'entendit plus rien, il se donna tout entier, suppliant Jésus de le prendre à la place de son neveu, s'il fallait un holocauste, ne désespérant toujours pas de fléchir la colère céleste, tant que Dario aurait un souffle de vie, et tant que lui-même serait ainsi à genoux, en conversation avec Dieu. Il était à la fois si humble et si souverain ! De Dieu à un Boccanera, l'entente n'allait-elle donc pas se faire ? Le vieux palais pouvait crouler, il n'aurait pas senti la chute des poutres.

Dans la chambre, cependant, rien n'avait bougé encore, sous le poids de cette majesté tragique que la cérémonie semblait y avoir laissée. Et ce fut alors seulement que Dario ouvrit les paupières. Il regarda ses mains, il les vit si vieillies, si réduites, qu'un immense regret de l'existence se peignit au fond de ses yeux. Sans doute, à ce moment de lucidité, au milieu de cette sorte de griserie du poison qui l'accablait, il eut pour la première fois conscience de son état. Ah ! mourir, dans une telle douleur, une telle déchéance, quelle révoltante abomination pour cet être de légèreté et d'égoïsme, pour cet amant de la beauté, de la gaieté et de la lumière, qui ne savait pas souffrir ! Le destin féroce châtiait en lui avec trop de rudesse sa race finissante. Il se fit horreur à lui-même, il fut pris d'un désespoir, d'une terreur d'enfant, qui lui donna la force de se soulever sur son séant et de regarder éperdument autour de la chambre, pour voir si tout le monde ne l'avait pas abandonné. Et, lorsque son regard rencontra Benedetta toujours agenouillée au pied du lit, il eut un suprême élan vers elle, il lui tendit ses deux bras, brûlant du désir égoïste de l'emmener à son cou.

« Oh ! Benedetta, Benedetta... Viens, viens, ne me laisse pas mourir seul ! »

Elle, dans la stupeur de son attente, immobile, ne l'avait pas quitté des yeux. Le mal horrible qui emportait son amant, semblait de plus en plus la posséder et la détruire, à mesure que lui s'affaiblissait. Elle devenait d'une blancheur immatérielle ; et, par les trous de ses prunelles si claires, on commençait à voir son âme. Mais, quand elle l'aperçut, ressuscitant, les bras tendus et l'appelant, elle se leva à son tour, elle s'approcha, se tint debout près du lit.

« Je viens, mon Dario... Me voilà, me voilà ! »

Et Pierre et Victorine, alors, toujours à genoux, assistèrent à l'acte sublime, d'une si extraordinaire grandeur, qu'ils en restèrent cloués au sol, comme devant un spectacle extra-terrestre, où les humains n'avaient plus à intervenir. Elle-même, Benedetta parlait, agissait en créature délivrée de tous liens conventionnels et sociaux, déjà hors de la vie, ne voyant et n'interpellant plus les êtres et les choses que de très loin, du fond de l'inconnu où elle allait disparaître.

« Ah ! mon Dario, on a voulu nous séparer. Oui, c'est pour que je ne puisse me donner à toi, c'est pour que nous ne soyons jamais heureux, aux bras l'un de l'autre, qu'on a résolu ta mort, en sachant bien que ta vie emporterait la mienne... Et c'est cet homme qui te tue, oui ! il est ton assassin, même si un autre t'a frappé. C'est lui qui est la cause première, qui m'a volée à toi quand j'allais être tienne, qui a ravagé notre existence à tous deux, qui a soufflé autour de nous, en nous, l'exécrable poison dont nous mourons... Ah ! que je le hais, que je le hais, d'une haine dont je voudrais l'écraser avant de partir à ton cou ! »

Elle n'élevait pas la voix, elle disait ces choses affreuses dans un murmure profond, simplement, passionnément. Prada ne fut pas même nommé, et elle se tourna à peine vers Pierre, frappé d'immobilité, derrière elle, pour ajouter d'un air de commandement :

« Vous qui verrez son père, je vous charge de lui dire que j'ai maudit son fils. Le héros si tendre m'a bien aimée, je l'aime bien encore, et cette parole que vous lui porterez lui déchirera le cœur. Mais je veux qu'il sache, il doit savoir, pour la vérité et pour la justice. »

Fou de peur, sanglotant, Dario tendit de nouveau les bras, en sentant qu'elle ne le regardait plus, qu'elle n'avait plus ses yeux clairs fixés sur les siens.

« Benedetta, Benedetta... Viens, viens, oh ! cette nuit toute noire, je ne veux pas y entrer seul !

– Je viens, je viens, mon Dario... Me voilà ! »

Elle s'était rapprochée encore, elle le touchait presque, debout contre le lit.

« Ah ! ce serment que j'avais fait à la Madone de n'être à aucun homme, pas même à toi, avant que Dieu l'eût permis, par la bénédiction d'un de ses prêtres ! Je mettais une noblesse supérieure, divine, à être immaculée, vierge comme la Vierge, ignorante des souillures et des bassesses de la chair. Et c'était en outre un cadeau d'amour exquis et rare, d'un prix inestimable, que je voulais faire à l'amant élu par mon cœur, pour qu'il fût à jamais le seul maître de mon âme et de mon corps... Cette virginité dont j'étais si orgueilleuse, je l'ai défendue contre l'autre, des ongles et des dents, comme on se défend contre un loup, je l'ai défendue contre toi, avec des larmes, pour que tu n'en salisses pas le trésor, dans une fièvre sacrilège, avant l'heure sainte des délices permises... Et si tu savais quelles terribles luttes je soutenais aussi contre moi-même, pour ne pas céder ! J'avais un besoin fou de te crier de me prendre, de me posséder, de m'emporter. Car c'était toi tout entier que je voulais, et c'était moi tout entière que je te donnais, oui ! sans réserve, en femme qui sait, et qui accepte, et qui réclame tout l'amour, celui qui fait l'épouse et la mère... Ah ! mon serment à la Madone, avec quelle peine je l'ai tenu, lorsque le vieux sang soufflait chez moi en tempête, et maintenant quel désastre ! »

Elle se rapprocha encore, tandis que sa voix basse se faisait plus ardente.

« Tu te souviens, le soir où tu es rentré, avec un coup de couteau dans l'épaule... Je t'ai cru mort, j'ai crié de rage, à l'idée que tu allais partir, que j'allais te perdre, sans que nous eussions connu le bonheur. J'insultais la Madone, je regrettais, en ce moment-là, de ne m'être pas damnée avec toi, pour mourir avec toi, enlacés tous les deux dans une étreinte si rude, qu'il aurait fallu nous enterrer ensemble... Et dire que ce terrible avertissement ne devait servir à rien ! J'ai été assez aveugle, assez sotte, pour ne pas entendre la leçon. Te voilà frappé de nouveau, on te vole à mon amour, et tu t'en vas avant que je me sois donnée enfin, lorsqu'il en était temps encore... Ah ! misérable orgueilleuse, rêveuse imbécile ! »

Ce qui grondait à présent dans sa voix étouffée, c'était, contre elle même, la colère de la femme pratique et raisonnable qu'elle avait toujours été. Est-ce que la Madone, si maternelle, voulait le malheur des amants ? Quelle indignation ou quelle tristesse aurait-elle eue, à les voir aux bras l'un de l'autre, si passionnés, si heureux ? Non, non ! les anges ne pleuraient pas, quand deux amants, même en dehors du prêtre, s'aimaient sur la terre ; au contraire, ils souriaient, ils chantaient d'allégresse. Et c'était sûrement une duperie abominable que de ne pas épuiser la joie d'aimer sous le soleil, quand le sang de la vie battait dans les veines.

« Benedetta, Benedetta ! répéta le mourant, en l'épouvante d'enfant qu'il avait de s'en aller seul ainsi, au fond de l'éternelle nuit noire.

– Me voilà, me voilà ! mon Dario... Je viens ! »

Puis, comme elle s'imagina que la servante, immobile pourtant, avait eu un geste pour se lever et pour l'empêcher de faire l'acte :

« Laisse, laisse, Victorine, rien au monde désormais ne peut empêcher cela, parce que cela est plus fort que tout, plus fort que la mort. Quelque chose, il y a un instant, quand j'étais à genoux, m'a redressée, m'a poussée. Je sais où je vais... Et, d'ailleurs, n'ai-je pas juré, le soir du coup de couteau ? N'ai-je pas promis d'être à lui seul, jusque dans la terre, s'il le fallait ? Que je le baise, et qu'il m'emporte ! Nous serons morts, nous serons mariés tout de même et pour toujours ! »

Elle revint au moribond, elle le touchait maintenant.

« Mon Dario, me voilà, me voilà ! »

Et ce fut inouï. Dans une exaltation grandissante, dans une flambée d'amour qui la soulevait, elle commença sans hâte à se dévêtir. D'abord, le corsage tomba, et les bras blancs, les épaules blanches resplendirent ; puis, les jupes glissèrent, et, déchaussés, les pieds blancs, les chevilles blanches, fleurirent sur le tapis ; puis, les derniers linges, un à un, s'en allèrent, et le ventre blanc, la gorge blanche, les cuisses blanches, s'épanouirent en une haute floraison blanche. Jusqu'au dernier voile, elle avait tout retiré, avec une audace ingénue, une tranquillité souveraine, comme si elle se trouvait seule. Elle était debout, telle qu'un grand lis, dans sa nudité candide, dans sa royauté dédaigneuse, ignorante des regards. Elle éclairait, elle parfumait la morne chambre de la beauté de son corps, un prodige de beauté, la perfection vivante des plus beaux marbres, le col d'une reine, la poitrine d'une déesse guerrière, la ligne fière et souple de l'épaule au talon, les rondeurs sacrées des membres et des flancs. Et elle était si blanche, que ni les statues de marbre, ni les colombes, ni la neige elle-même, n'étaient plus blanches.

« Mon Dario, me voilà, me voilà ! »

Comme renversés à terre par une apparition, le glorieux flamboiement d'une vision sainte, Pierre et Victorine la regardaient de leurs yeux aveuglés, éblouis. Celle-ci n'avait pas même fait un mouvement pour l'arrêter dans son action extraordinaire, envahie de cette sorte de respect terrifié qu'on éprouve devant les folies de la passion et de la foi. Et, lui, paralysé, sentait passer quelque chose de si grand, qu'il n'était plus capable que d'un frisson d'admiration éperdue. Rien d'impur ne lui venait de cette nudité de neige et de lis, de cette vierge de candeur et de noblesse, dont le corps semblait rayonner d'une lumière propre, de l'éclat même du puissant amour dont il brûlait. Elle ne le choquait pas plus qu'une œuvre de vérité, transfigurée par le génie.

« Mon Dario, me voilà, me voilà ! »

Et Benedetta, s'étant couchée, prit dans ses bras Dario agonisant, dont les bras n'eurent que la force de se refermer sur elle. Enfin, elle avait voulu cela, dans sa tranquillité apparente, dans la blancheur liliale de son obstination, sous laquelle grondait une rouge fureur d'incendie. Toujours, cette violence l'avait dévorée, même aux heures de calme. Maintenant que le destin abominable lui volait son amant, elle refusait de se résigner à cette duperie de le perdre sans s'être donnée, puisqu'elle avait eu la sottise de ne pas se donner, lorsqu'ils étaient tous les deux souriants de tendresse, rayonnants de force. Et, dans sa folie, éclatait la révolte de la nature, le cri inconscient de la femme qui ne voulait pas mourir inféconde, inutile comme la graine emportée par un vent de désastre, et dont ne germera plus aucune autre vie.

« Mon Dario, me voilà, me voilà ! »

Elle l'étreignait de tous ses membres nus, de toute son âme nue. Et Pierre, à ce moment, aperçut contre le mur, au chevet du lit, les armes des Boccanera, un ancien panneau de broderie d'or et de soies de couleur, sur velours violet. Oui, c'était bien le dragon ailé soufflant des flammes ; c'était bien la devise farouche et ardente, *Bocca nera, Alma rossa*, bouche noire, âme rouge, la bouche enténébrée d'un rugissement, l'âme flamboyant comme un brasier de foi et d'amour. Toute cette vieille race de passion et de violence, aux légendes tragiques, venait de renaître, pour pousser cette fille dernière, si adorable, à ces effrayantes et prodigieuses fiançailles dans la mort. Et la vue des armes brodées évoqua en lui un autre souvenir, celui du portrait de Cassia Boccanera, l'amoureuse et la justicière, qui s'était jetée au Tibre avec son frère, Ercole, et le cadavre de son amant, Flavio Corradini. N'était-ce pas la même étreinte désespérée qui tâchait de vaincre la mort, la même sauvagerie se jetant à l'abîme avec le corps du bien-aimé, l'élu et l'unique ? Toutes deux se ressemblaient ainsi que des sœurs, celle qui revivait en haut, sur l'ancienne toile, celle qui se mourait là de la mort de son amant, comme si cette dernière n'était que la revenante de l'autre, avec leurs mêmes traits d'enfance délicate, la même bouche de désir et les mêmes grands yeux de rêve, dans la même petite face ronde, sage et têtue.

« Mon Dario, me voilà, me voilà ! »

Pendant une éternité, une seconde peut-être, ils s'étreignirent. Elle y apportait une frénésie du don d'elle-même, une frénésie sacrée allant au-delà de la vie, jusque dans l'infini noir de l'inconnu, qui commençait pour eux. Elle se mêlait à lui, entrait dans lui, sans terreur ni répugnance du mal qui le rendait méconnaissable ; et lui, qui venait d'expirer sous ce grand bonheur dont la félicité lui arrivait enfin, restait les bras serrés, noués convulsivement autour d'elle, comme s'il l'emportait. Alors, fut-ce de la douleur de cette possession incomplète, en songeant à sa virginité inutile, qui ne pouvait plus être fécondée ? ou bien fut-ce au milieu de la joie suprême d'avoir consommé quand même le mariage, de toute la volonté de son être ? Elle eut au cœur, dans cette étreinte de l'impuissante mort, un tel flot de sang, que son cœur éclata. Elle était morte au cou de son amant mort, tous les deux étroitement serrés, à jamais, entre les bras l'un de l'autre.

Il y eut un gémissement, Victorine s'était approchée, avait compris ; tandis que Pierre, debout lui aussi, restait frémissant d'admiration et de larmes, soulevé par le sublime.

« Voyez, voyez, bégaya à voix très basse la servante, elle ne bouge plus, elle ne souffle plus. Ma pauvre enfant, ma pauvre enfant ! elle est morte ! »

Et le prêtre murmura :

« Mon Dieu ! qu'ils sont beaux ! »

C'était vrai, jamais beauté si haute, si resplendissante, n'avait éclaté sur des visages morts. La face, tout à l'heure terreuse et vieillie de Dario, venait de prendre une pâleur, une noblesse de marbre, les traits allongés, simplifiés, comme dans un élan d'ineffable allégresse. Benedetta restait très grave, avec un pli d'ardente volonté aux lèvres, tandis que la figure entière exprimait une béatitude douloureuse et infinie, dans une infinie blancheur. Ils mêlaient leurs chevelures, et leurs yeux, restés grands ouverts, les uns au fond des autres, continuaient à se regarder sans fin, d'une éternelle douceur de caresse. Ils étaient le couple pour toujours enlacé, parti pour l'immortalité dans l'enchantement de leur union, et qui avait vaincu la mort, et de qui rayonnait cette beauté ravie de l'amour immortel et vainqueur.

Mais les sanglots de Victorine crevaient enfin, mêlés à de telles plaintes, qu'il s'ensuivit toute une confusion. Et Pierre, bouleversé à présent, ne s'expliqua pas trop comment la chambre se trouva tout d'un coup envahie par des gens, qu'une sorte de terreur désespérée agitait. Le cardinal avait dû accourir de sa chapelle, avec don Vigilio. Sans doute aussi, à cette minute, le docteur Giordano ramenait donna Serafina, prévenue de la mort prochaine de son neveu, car elle était là maintenant, dans la stupeur de ces coups de foudre successifs qui frappaient la maison. Lui-même, le docteur avait cet étonnement troublé des plus vieux médecins dont l'expérience s'effare toujours devant les faits ; et il tentait une explication, il parlait en hésitant d'un anévrisme possible, peut-être d'une embolie.

Victorine, en servante que sa douleur faisait l'égale de ses maîtres, osa l'interrompre.

« Ah ! monsieur le docteur, ils s'aimaient trop tous les deux, est-ce que ça ne suffit pas pour mourir ensemble ? »

Donna Serafina, après avoir baisé au front les chers enfants, voulut leur fermer les yeux. Mais elle ne put y parvenir, les paupières se rouvraient dès que le doigt les abandonnait, les yeux recommençaient à se sourire, à échanger fixement la caresse de leur regard d'éternité. Et, comme elle parlait, pour la décence, de séparer les deux corps, en essayant de dénouer leurs membres :

« Oh ! Madame, oh ! Madame ! se récria de nouveau Victorine. Vous leur casseriez plutôt les bras. Voyez donc, on dirait que les doigts sont entrés dans les épaules, jamais ils ne se quitteront. »

Alors, le cardinal intervint. Dieu n'avait pas fait le miracle. Il était livide, sans une larme, dans un désespoir glacé qui le grandissait. Il eut un geste souverain d'absolution, de sanctification, comme si, en prince de l'Église, disposant des volontés du Ciel, il acceptait ainsi les deux amants embrassés devant le tribunal suprême, largement dédaigneux des convenances, en face de ce cas de superbe amour, ému jusqu'aux entrailles par les souffrances de leur vie et par la beauté de leur mort.

« Laissez-les, laissez-les, ma sœur, ne les troublez pas dans leur sommeil... Que leurs yeux restent ouverts, puisqu'ils veulent avoir jusqu'à la fin des temps pour se regarder, sans jamais en être las ! Et qu'ils dorment donc aux bras l'un de l'autre, puisqu'ils n'ont pas péché durant leur existence, et qu'ils ne se sont ainsi noués d'une étreinte que pour se coucher dans la terre ! »

Il ajouta, redevenant le prince romain, au sang d'orgueil, chaud encore des anciennes aventures de batailles et de passions :

« Deux Boccanera peuvent dormir ainsi, Rome entière les admirera et les pleurera... Laissez-les, laissez-les l'un à l'autre, ma sœur. Dieu les connaît et les attend. »

Tous les assistants s'étaient agenouillés, le cardinal récita lui-même les prières des morts. La nuit venait, une ombre croissante envahissait la chambre, où bientôt deux flammes de cierge brillèrent comme deux étoiles.

Puis, sans savoir comment, Pierre se retrouva dans le petit jardin abandonné du palais, au bord du Tibre. Il devait y être descendu, étouffant de fatigue et de chagrin, ayant besoin d'air. Les ténèbres noyaient le coin charmant, l'antique sarcophage où le mince filet d'eau tombant du masque tragique chantait sa grêle chanson de flûte ; et le laurier qui l'ombrageait, les buis amers, les orangers des plates-bandes n'étaient plus que des masses indistinctes, sous le ciel d'un bleu-noir. Ah ! comme il était doux et gai le matin, ce délicieux jardin mélancolique ! et comme les rires de Benedetta y avaient laissé un écho désolé, toute cette belle joie sonnante du bonheur prochain, qui maintenant gisait là-haut, dans le néant des choses et des êtres ! Il eut le cœur serré si douloureusement, qu'il éclata en gros sanglots, assis à la place même où elle s'était assise, sur le fragment de colonne renversée, dans l'air qu'elle avait respiré et qui paraissait garder son odeur pure de femme adorable.

Tout d'un coup, une horloge au loin sonna six heures. Et Pierre eut un brusque sursaut, en se souvenant que c'était le soir même que le pape devait le recevoir, à neuf heures. Encore trois heures. Il n'y avait pas songé pendant l'effrayante catastrophe, il lui semblait que des mois et des mois s'étaient écoulés, cela revenait en lui comme un très ancien rendez-vous, auquel, après des années d'absence, on arrive vieilli, le cœur et le cerveau changés par des événements sans nombre. Et, péniblement, il reprenait pied. Dans trois heures, il irait au Vatican, il verrait enfin le pape.

XIV

Le soir, comme Pierre débouchait du Borgo devant le Vatican, l'horloge, dans le profond silence du quartier enténébré et sommeillant déjà, laissa tomber un grand coup sonore, la demie de huit heures. Il était en avance, il résolut d'attendre vingt minutes, de façon à n'être en haut, à la porte des appartements, qu'à neuf heures, l'heure exacte de l'audience.

Et ce répit lui fut un soulagement, dans l'émotion et dans la tristesse infinies qui lui étreignaient le cœur. Il arrivait les membres brisés, affreusement las de l'après-midi tragique qu'il venait de passer au fond de cette chambre de mort, où Dario et Benedetta dormaient maintenant leur éternel sommeil, aux bras l'un de l'autre. Il n'avait pu manger, il était hanté par l'image farouche et douloureuse des deux amants, si plein d'eux, que des soupirs involontaires s'échappaient de sa gorge, tandis que des pleurs sans cesse remontaient à ses yeux. Ah ! qu'il aurait voulu pouvoir se cacher, pleurer à son aise, satisfaire ce besoin immense de larmes dont il étouffait ! Et c'était un attendrissement qui gagnait toutes ses pensées, la mort pitoyable des deux amants s'ajoutait pour lui à la plainte qui sortait de son livre, le bouleversait d'une pitié plus grande, d'une véritable angoisse de charité pour tous les misérables et pour tous les souffrants de ce monde, si éperdu à cette évocation de tant de plaies physiques et morales, de ce Paris, de cette Rome où il avait vu tant d'injustes et monstrueuses souffrances, qu'il avait peur, à chaque pas, d'éclater en sanglots, les bras tendus vers le ciel noir.

Alors, lentement, pour se calmer un peu, il se promena sur la place Saint-Pierre. À cette heure de nuit, c'était une immensité de ténèbres et de solitude. Quand il était arrivé, il avait cru se perdre dans une mer d'ombre. Mais, peu à peu, ses yeux s'accoutumaient, le vaste espace n'était éclairé que par les quatre candélabres à sept becs, aux quatre coins de l'obélisque, et que par les rares becs, à droite et à gauche, le long des bâtiments qui montent à la basilique. Sous le double portique de la colonnade, d'autres lanternes brûlaient d'une lueur jaune, parmi la colossale forêt des quatre rangées de piliers, dont elles découpaient bizarrement les fûts. Et, sur la place, il n'y avait de visible que l'obélisque pâle, se dressant d'un air d'apparition. La façade de Saint-Pierre s'évoquait elle aussi, à peine distincte, comme en un rêve, et close, et morte, dans une extraordinaire grandeur de sommeil, d'immobilité et de silence. Il ne voyait pas le dôme, à peine une rondeur bleuâtre, géante, devinée sur le ciel. Sans les voir, il avait d'abord entendu le ruissellement des fontaines, quelque part, au fond de cette obscurité vague ; puis, il finit par distinguer le fantôme mince et mouvant des jets continus qui retombaient en pluie. Et au-dessus de l'immense place, le ciel immense s'étendait, sans lune, de velours bleu sombre, où les étoiles semblaient avoir une grosseur et un éclat d'escarboucles, le Chariot renversé sur la toiture du Vatican, avec ses roues d'or, son brancard d'or, Orion splendide, chamarré des trois astres d'or de son Baudrier, là-bas sur Rome, du côté de la rue Giulia.

Pierre leva les yeux sur le Vatican. Mais il n'y avait là qu'un entassement de façades confuses, où ne luisaient que deux petites lueurs de lampe, à l'étage des appartements du pape. Seule, dans la cour Saint-Damase, éclairée intérieurement, la façade du fond et celle de gauche braisillaient, blanchies par les reflets de leurs grands vitrages de serre. Et toujours pas un bruit, pas un mouvement, pas même un déplacement de l'ombre. Deux personnes traversèrent l'immensité de la place, il en vint une troisième qui disparut à son tour ; puis, il ne resta qu'une cadence de pas rythmés, très lointaine. C'était le désert absolu, ni promeneurs, ni passants, pas même l'ombre d'un rôdeur sous la colonnade, entre la forêt de piliers, aussi vide que les sauvages forêts centenaires des premiers âges. Et quel désert solennel, quel silence de hautaine désolation ! Jamais il n'avait éprouvé une sensation de sommeil plus vaste ni plus noir, d'une souveraine noblesse de mort.

À neuf heures moins dix, Pierre se décida, se dirigea vers la porte de bronze. Un seul battant en était ouvert encore, au bout du portique de droite, dans un épaississement des ténèbres, qui la noyait de nuit. Il se souvenait des instructions précises que monsignor Nani lui avait données : demander à chaque porte M. Squadra, ne pas ajouter une parole ; et chaque porte s'ouvrirait, il n'aurait qu'à se laisser conduire. Personne au monde maintenant ne le savait là, puisque Benedetta n'était plus. Quand il eut franchi la porte de bronze et qu'il se trouva devant le garde suisse immobile, qui gardait le seuil, d'un air ensommeillé, il dit simplement le mot convenu.

« M. Squadra. »

Et, le garde suisse n'ayant pas bougé, ne lui barrant pas le chemin, il passa, il tourna tout de suite à droite, dans le grand vestibule de la scala Pia, l'escalier de pierre à l'énorme cage carrée, qui monte à la cour Saint-Damase. Et pas une âme, rien que l'écho étouffé des pas, rien que la lueur dormante des becs de gaz, dont les globes dépolis blanchissaient mollement la clarté.

En haut, en traversant la cour, il se souvint de l'avoir déjà vue, des Loges de Raphaël, avec son portique, sa fontaine, son pavé blanc, sous le brûlant soleil. Mais il n'y apercevait même plus les cinq ou six voitures qui attendaient, les chevaux figés, les cochers raidis sur leurs sièges. C'était une solitude, un vaste carré nu et pâle, d'un sommeil sépulcral, sous la lumière morne de lanternes, dont les réverbérations blanchissaient les hauts vitrages des trois façades. Et, un peu inquiet, gagné par le petit frisson du vide et du silence, il se hâta, il se dirigea, à droite, vers le perron, abrité d'une marquise, dont les quelques degrés mènent à l'escalier des appartements.

Là, debout, se tenait un gendarme superbe, en grand uniforme.

« M. Squadra. »

D'un simple geste, sans une parole, le gendarme montra l'escalier.

Pierre monta. C'était un escalier très large, à la rampe de marbre blanc, aux marches basses, aux murs enduits d'un stuc jaunâtre. Dans les globes de verre dépoli, les becs de gaz semblaient avoir été baissés déjà, par une économie sage. Et, sous cette clarté de veilleuse, rien n'était d'une solennité plus triste que cette majestueuse nudité, si blême et si froide. À chaque palier, un garde suisse veillait encore, avec sa hallebarde ; et, dans le lourd sommeil qui prenait le palais, on n'entendait plus que les pas réguliers de ces hommes, allant et venant toujours, sans doute pour ne pas succomber à l'engourdissement des choses.

Au travers de cette ombre envahissante, parmi le grand silence frissonnant, la montée paraissait interminable. Chaque étage se coupait en tronçons, encore un, encore un, encore un. Quand il arriva enfin au palier du deuxième étage, il s'imaginait qu'il montait depuis cent ans. Devant la porte vitrée de la salle Clémentine, dont le battant de droite était seul ouvert, un dernier garde suisse veillait.

« M. Squadra. »

Le garde s'effaça, laissa entrer le jeune prêtre.

Cette salle Clémentine, immense, semblait sans bornes à cette heure, dans la clarté crépusculaire des lampes. La décoration si riche, les sculptures, les peintures, les dorures, se noyait, n'était plus qu'une vague apparition fauve, des murs de rêve où dormaient des reflets de joyaux et de pierreries. Et, d'ailleurs, pas un meuble, le dallage sans fin, une solitude élargie, se perdant au fond des demi-ténèbres.

Enfin, à l'autre bout, près d'une porte, Pierre crut apercevoir des formes, le long d'un banc. C'étaient trois gardes suisses assis là, ensommeillés.

« M. Squadra. »

Lentement, un des gardes se leva, disparut. Et Pierre comprit qu'il devait attendre. Il n'osa bouger, troublé par le bruit de ses pas sur les dalles. Il se contenta de regarder autour de lui, en évoquant les foules qui avaient peuplé cette salle. Aujourd'hui encore, elle était la salle accessible à tous et que tous devaient traverser, simplement une salle des gardes, pleine toujours d'un tumulte de pas, d'allées et de venues sans nombre. Mais quelle mort pesante, dès que la nuit l'avait envahie, et comme elle était désespérée et lasse d'avoir vu défiler tant de choses et tant d'êtres !

Enfin, le garde revint, et derrière lui apparut, sur le seuil de la pièce voisine, un homme d'une quarantaine d'années, vêtu entièrement de noir, qui tenait du domestique de grande maison et du bedeau de cathédrale. Il avait un beau visage correct et rasé, avec un nez un peu fort, entre deux yeux larges, fixes et clairs.

« M. Squadra », dit Pierre une dernière fois.

L'homme s'inclina, pour dire qu'il était M. Squadra. Puis, d'une nouvelle révérence, il invita le prêtre à le suivre. Et tous deux, l'un derrière l'autre, sans hâte aucune, s'engagèrent dans l'interminable enfilade des salles.

Pierre, au courant du cérémonial, et qui en avait causé plusieurs fois avec Narcisse, reconnut, au passage, les salles diverses, se rappela l'usage de chacune, les remplit des personnages qui avaient le droit de s'y tenir. Selon son rang, chaque dignitaire ne peut franchir une certaine porte ; de sorte que les personnes qui doivent être reçues par le pape, passent ainsi de mains en mains, de celles des domestiques en celles des gardes nobles, puis en celles des camériers d'honneur, puis en celles des camériers secrets, jusqu'au Saint-Père. Mais, dès huit heures, les salles se vident, de rares lampes brûlent seules sur les consoles, ce n'est plus qu'une suite de pièces désertes, à demi obscures, assoupies, au fond du néant auguste où tombe le palais entier.

Et, d'abord, ce fut la salle des domestiques, des *bussolanti*, de simples huissiers, vêtus de velours rouge, brodé aux armes du pape, qui ont la charge de mener les visiteurs jusqu'à la porte de l'antichambre d'honneur. À cette heure tardive, un seul était encore là, assis sur une banquette, en un tel coin d'ombre, que sa tunique de pourpre paraissait noire. Il leva la tête, laissa passer, dans ces ténèbres où s'éteignait toute la pompe éclatante du plein jour. Puis, on traversa la salle des gendarmes, où la règle était que les secrétaires des cardinaux et des hauts personnages attendissent le retour de leurs maîtres ; et elle était complètement vide, pas un seul des beaux uniformes bleus, aux buffleteries blanches, pas une seule des fines soutanes, qui s'y mêlaient pendant les heures brillantes des réceptions. Vide également la salle suivante, plus petite, réservée à la garde palatine, cette milice recrutée parmi la bourgeoisie de Rome, qui portait la tunique noire, les épaulettes d'or, le shako surmonté d'un plumet rouge. On tourna à droite, dans une autre enfilade de salles, et vide encore la première où l'on entra, la salle des tapisseries, une salle d'attente, superbe avec son haut plafond peint, ses gobelins admirables, signés Audran, *Jésus faisant des miracles* et *Les Noces de Cana*. Vide elle aussi la salle des gardes nobles, avec ses escabeaux de bois, sa console à droite, que surmonte un grand crucifix, entre une paire de lampes, sa large porte du fond qui s'ouvre sur une autre petite pièce, une sorte d'alcôve contenant un autel, où le Saint-Père dit sa messe, isolé, pendant que les assistants restent à genoux sur les dalles de marbre de la salle voisine, toute resplendissante des uniformes ensoleillés des gardes nobles. Et vide enfin l'antichambre d'honneur, la salle du trône, dans laquelle le pape reçoit en audience publique, jusqu'à deux et trois cents personnes à la fois. En face des fenêtres, sur une estrade basse, est le trône, un fauteuil doré, recouvert de velours rouge, sous un baldaquin de même velours. À côté se trouve le coussin, pour le baisepied. Puis, c'est à droite et à gauche deux consoles face à face, l'une avec une pendule, l'autre avec un crucifix, entre de hauts candélabres à pied de bois doré, portant des bougies. La tenture de damas rouge, à larges palmes Louis XIV, monte jusqu'à la fastueuse frise qui encadre le plafond d'attributs et de figures allégoriques ; et le magnifique et froid dallage de marbre n'est recouvert d'un tapis de Smyrne que devant le trône. Mais, les jours d'audience particulière, lorsque le pape se tenait dans la salle du petit trône ou même dans sa chambre, la salle du trône n'était plus que l'antichambre d'honneur, où toute la prélature attendait, les hauts dignitaires de l'Église mêlés aux ambassadeurs, aux grands personnages civils de tous rangs. Le service y était fait par les deux camériers d'honneur, l'un en habit violet, l'autre de cape et d'épée, qui y recevaient, des mains des *bussolanti*, les personnes admises au précieux honneur d'une audience, pour les conduire eux-mêmes à la porte de la pièce voisine, l'antichambre secrète, où ils les remettaient aux mains des camériers secrets. C'était la salle la plus luxueuse, la plus vivante, dans l'éclat des uniformes et des costumes, dans l'émotion qui grandissait, à mesure qu'on approchait du tabernacle habité par l'Élu et l'Unique, au travers de cette succession sans fin de salles, où le cœur battait de plus en plus fort, étreint jusqu'à l'étouffement par cette gradation savante, de splendeur moindre en splendeur sans cesse accrue. Et, à cette heure de nuit, toujours pas une âme, pas un geste, pas une voix, rien que le silence tombant des ténèbres du plafond sur le trône de velours rouge, rien qu'une lampe fumeuse qui charbonnait à l'angle d'une console, dans la salle vide et endormie.

M. Squadra, qui ne s'était pas encore retourné, marchant d'un pas lent et muet, s'arrêta un instant à la porte de l'antichambre secrète, comme pour donner au visiteur le temps de se remettre un peu, avant d'affronter l'entrée du sanctuaire. Seuls les camériers secrets avaient le droit de vivre là, et seuls les cardinaux pouvaient y attendre que le pape daignât les recevoir. Pierre, en y pénétrant, lorsque M. Squadra se fut décidé à l'introduire, sentit bien, à son petit frisson d'homme nerveux, qu'il entrait dans l'au-delà redoutable, de l'autre côté de ce bas monde humain et raisonnant. Pendant le jour, un garde noble de faction en gardait la porte ; mais la porte, à cette heure, était libre, la pièce était vide comme les autres ; et, pour la peupler, il y fallait évoquer les très nobles et très puissants personnages qui la garnissaient d'ordinaire, en grand habit de cérémonie. Elle s'étranglait un peu, en forme de couloir, avec ses deux fenêtres donnant sur le nouveau quartier des Prés-du-Château, tandis qu'une seule fenêtre s'ouvrait sur la place Saint-Pierre, au bout, près de la porte qui conduisait à la salle du petit trône. C'était là, entre cette porte et cette fenêtre, assis devant une table étroite, que se tenait d'habitude un secrétaire, absent en ce moment. Et toujours la même console dorée, avec le même crucifix, entre la même paire de lampes. Une grande horloge, dans une gaine d'ébène incrustée de cuivre, battait lourdement l'heure. La seule curiosité, sous le plafond à rosaces d'or, était la tenture, en damas rouge, semé d'écussons jaunes, les deux clés et la tiare, alternant avec le lion, la griffe posée sur la boule du monde.

Mais M. Squadra venait de s'apercevoir que, contrairement à l'étiquette, Pierre tenait encore à la main son chapeau, qu'il aurait dû laisser dans la salle des *bussolanti*. Seuls les cardinaux ont le droit de garder la barrette. Il prit le chapeau d'un geste discret, le posa lui-même sur la console, pour bien indiquer qu'il devait rester au moins là. Puis, sans un mot toujours, d'une simple révérence, il fit comprendre qu'il allait annoncer le visiteur à Sa Sainteté, et que celui-ci voulût bien attendre un instant dans cette pièce.

Demeuré seul, Pierre respira profondément. Il étouffait, son cœur battait à se rompre. Pourtant sa raison restait claire, il avait très bien jugé dans les demi-ténèbres ces fameux, ces magnifiques appartements du pape, une suite de salons splendides, avec des murs ornés de tapisseries, tendus de soie, des frises dorées et peintes, des plafonds déroulant des fresques. Mais, comme meubles, rien que des consoles, des escabeaux et des trônes ; et les lampes, les pendules, les crucifix, même les trônes, rien que des cadeaux, apportés des quatre coins du monde, aux jours de ferveur des grands jubilés. Pas le moindre confortable, tout cela fastueux, raide, froid et pas commode. L'ancienne Italie était là, avec son continuel gala et son manque de vie intime et tiède. On avait dû jeter quelques tapis sur les admirables dallages de marbre, où les pieds se glaçaient. On avait fini par installer récemment des calorifères, qu'on n'osait d'ailleurs allumer, de peur d'enrhumer le pape. Et ce qui avait frappé Pierre davantage encore, ce qui le pénétrait jusqu'aux os, maintenant qu'il était là, debout, à attendre, c'était ce silence extraordinaire, un silence tel, qu'il n'en avait jamais entendu de plus profond, comme si, autour de lui, tout le néant noir du Vatican colossal, tombé au sommeil, fût monté à cet étage, dans cette enfilade de salles désertes, somptueuses et mortes, où brûlaient les petites flammes immobiles des lampes.

Neuf heures sonnèrent à l'horloge d'ébène, et il s'étonna. Comment ! dix minutes seulement s'étaient écoulées, depuis qu'il avait franchi la porte de bronze ? Il aurait cru qu'il marchait depuis des jours et des jours. Alors, il voulut combattre cette oppression nerveuse qui l'étranglait, car jamais il n'était sûr de lui-même, il craignait toujours de voir son calme, sa raison sombrer dans une crise de larmes. Il marcha, passa devant l'horloge, donna un coup d'œil au crucifix de la console, regarda le globe de la lampe, où les doigts gras d'un domestique avaient laissé leur empreinte. Elle éclairait d'une lueur si jaune et si faible, qu'il eut envie de la remonter ; mais il n'osa pas. Puis, il se trouva debout, le front contre une vitre, devant la fenêtre qui donnait sur la place Saint-Pierre. Et il eut une minute de saisissement, Rome immense s'étendait, dans l'entrebâillement des persiennes mal fermées, Rome telle qu'il l'avait déjà vue des Loges de Raphaël, telle qu'il l'avait reconstruite, le jour où, du petit restaurant de la place, il s'était imaginé voir Léon XIII à la fenêtre de sa chambre. Seulement, c'était la Rome de nuit, la Rome élargie encore au fond des ténèbres, sans bornes comme le ciel étoilé. Dans cette mer illimitée, aux vagues noires, on ne reconnaissait sûrement que les grandes voies, changées en voies lactées par les blancheurs vives de l'éclairage électrique : le cours Victor-Emmanuel, puis la rue Nationale, ensuite le Corso qui les coupait à angle droit, coupé lui-même par la rue du Triton, que continuait la rue San Niccolò da Tolentino, laquelle était reliée à la gare par la lointaine lueur de la place des Thermes. De l'autre côté du cours Victor-Emmanuel et de la rue Nationale, vers la Rome antique, quelques places, quelques bouts d'avenue flamboyaient encore ; mais l'ombre déjà submergeait tout. Pour le reste, ce n'était plus qu'un pullulement de petites clartés jaunes, les miettes d'un ciel à demi éteint, balayé sur la terre. De rares constellations, des étoiles brillantes traçant de mystérieuses et nobles figures, tâchaient vainement de lutter et de se dégager. Elles étaient noyées, effacées dans le chaos confus de cette poussière d'un vieil astre, qui se serait brisé là, y laissant sa gloire, réduite désormais à n'être qu'une sorte de sable phosphorescent. Et quelle immensité noire, ainsi poudrée de lumière, quelle masse énorme d'obscurité et d'inconnu, dans laquelle semblaient avoir sombré les vingt-sept siècles de la Ville Éternelle, ses ruines, ses monuments, son peuple, son histoire, jusqu'à ne plus pouvoir dire où elle commençait ni où elle finissait, peut-être élargie jusqu'au bord illimité de l'ombre, tenant toute la nuit, peut-être si diminuée, si disparue, que le soleil à son retour n'en éclairerait que le peu de cendre !

Mais l'angoisse nerveuse de Pierre, malgré son effort pour la calmer, augmentait de seconde en seconde, même devant cet océan de ténèbres, d'une souveraine paix. Il s'écarta de la fenêtre, il tressaillit de tout son être en entendant un léger bruit de pas et en croyant qu'on venait le chercher. Le bruit sortait de la salle voisine, la salle du petit trône, dont il s'aperçut alors que la porte était restée entrouverte. N'entendant plus rien, il se hasarda, dans sa fièvre d'impatience, il allongea la tête, pour voir. C'était encore une salle tendue de damas rouge, assez vaste, avec un fauteuil doré, recouvert de velours rouge, sous un baldaquin de même velours ; et l'on y trouvait l'inévitable console, le haut crucifix d'ivoire, la pendule, la paire de lampes, les candélabres, deux grands vases sur des socles, deux autres de moyenne taille, sortis de la manufacture de Sèvres, ornés d'un portrait du Saint-Père. Pourtant, on sentait là plus de confortable, le tapis de Smyrne recouvrait le dallage entier, quelques fauteuils s'alignaient contre les murs, une fausse cheminée, drapée d'étoffe, servait de pendant à la console. Le pape, dont la chambre ouvrait sur cette salle, y recevait d'habitude les personnages qu'il voulait honorer. Et le frisson de Pierre augmentait, à l'idée qu'il n'avait plus qu'une pièce à traverser, que si près de lui, derrière cette simple porte de bois, était Léon XIII. Pourquoi le faisait-on attendre ? Se préparait-on à le recevoir dans cette pièce, pour ne pas l'admettre dans une intimité trop étroite ? On lui avait conté des visites mystérieuses, reçues à pareille heure, des personnages inconnus introduits de même façon, silencieusement, de grands personnages dont on murmurait les noms très bas. Lui, ce devait être qu'on le jugeait compromettant, qu'on désirait causer à l'aise, sans paraître s'engager en rien, à l'insu de l'entourage. Puis, brusquement, il s'expliqua la cause du bruit qu'il avait entendu, en apercevant, sur la console, près de la lampe, une petite caisse de bois, une sorte de profond plateau à anses, où se trouvait la desserte d'un souper, la vaisselle, le couvert, la bouteille et le verre. Il comprit que M. Squadra, ayant remarqué cette desserte dans la chambre, venait de l'apporter là, puis qu'il devait être rentré faire un bout de ménage. Il savait la grande frugalité du pape, ses repas pris sur un étroit guéridon, le tout apporté à la fois dans cette petite caisse, une viande, un légume, deux doigts de bordeaux par ordonnance du médecin, du bouillon surtout, des tasses de bouillon qu'il aimait à offrir aux vieux cardinaux, ses favoris, comme on offre du thé, tout un régal réparateur de vieux garçons. L'ordinaire de Léon XIII était fixé à huit francs par jour. O débauches d'Alexandre VI, ô festins et galas de Jules II et de Léon X ! Mais il y eut un nouveau petit bruit, venu de la chambre, qu'il ne put s'expliquer, et il fut terrifié de son indiscrétion, il se hâta de retirer sa tête, en croyant voir toute la salle rouge du petit trône flamber d'un brusque incendie, dans la paix morte où elle dormait.

Alors, il préféra marcher à pas étouffés, trop frémissant pour rester immobile. Ce M. Squadra, il se souvenait maintenant d'en avoir entendu parler par Narcisse : tout un gros personnage, l'homme le plus important, le plus influent, le valet de chambre bien-aimé de Sa Sainteté, qui seul pouvait la décider, les jours de réception, à mettre une soutane blanche propre, si celle qu'elle portait se trouvait par trop salie de tabac. Sa Sainteté s'obstinait également à s'enfermer chaque nuit toute seule dans sa chambre, sans vouloir que personne couchât près d'elle, par indépendance, on disait aussi par inquiétude d'avare, qui entend dormir seul avec son trésor ; ce qui causait de continuelles inquiétudes, car il n'était guère raisonnable qu'un vieillard de cet âge se barricadât de la sorte ; et M. Squadra couchait seulement dans une pièce voisine, mais l'oreille aux aguets, toujours prêt à répondre au plus léger appel. C'était lui encore qui intervenait avec respect, lorsque Sa Sainteté veillait trop tard, travaillait trop. Sur ce point pourtant, elle entendait difficilement raison, se relevait durant les heures d'insomnie, l'envoyait réveiller un secrétaire, pour dicter des notes, jeter sur le papier un projet d'encyclique. Quand la rédaction d'une encyclique la passionnait, elle y aurait passé les jours et les nuits, de même que jadis, quand elle se piquait de belle versification latine, l'aube la surprenait parfois en train de polir une strophe. Elle dormait fort peu, en proie à un continuel travail, d'une activité cérébrale extraordinaire, toujours hantée par la réalisation de quelque volonté ancienne. La mémoire seule avait un peu faibli, dans les derniers temps. Et peut-être bien que M. Squadra venait de trouver Sa Sainteté plus souffrante, à la suite d'un excès de travail, puisque, la veille encore, on la disait si malade, et que le plus souvent, d'ailleurs, elle dédaignait de se soigner.

Tandis qu'il continuait à marcher doucement, Pierre était ainsi envahi peu à peu par cette haute et souveraine figure. Des détails infimes de la vie quotidienne, il montait à la vie intellectuelle, à ce rôle d'un grand pape que Léon XIII entendait certainement jouer. Il avait vu, à Saint-Paul-hors-les-Murs, se dérouler la frise interminable où sont représentés les portraits des deux cent soixante-deux papes ; et il se demandait, dans cette longue suite de médiocres, de saints, de criminels et de génies, quel était le pape auquel Léon XIII aurait voulu ressembler. Était-ce un des premiers papes, si humbles, un de ceux qui se sont succédé pendant les trois premiers siècles de vie cachée, simples chefs d'associations funéraires, pasteurs fraternels de la communauté chrétienne ? Était-ce le pape Damase, le premier grand bâtisseur, le cerveau lettré qui se plut aux choses de l'esprit, le croyant de foi vive qui ouvrit les catacombes à la piété des fidèles ? Était-ce Léon III, dont la main hardie, en sacrant Charlemagne, acheva la rupture avec l'Orient que le Grand Schisme avait déjà séparé, porta l'Empire à l'Occident par l'unique et toute-puissante volonté de Dieu et de son Église, qui dès lors disposa des couronnes ? Était-ce le terrible Grégoire VII, le purificateur du temple, le souverain des rois, était-ce Innocent III, était-ce Boniface VIII, les maîtres des âmes, des peuples et des trônes, armés de l'excommunication farouche, régnant sur le Moyen Age épouvanté, dans une telle domination, que jamais le catholicisme ne devait réaliser d'aussi près son rêve ? Était-ce Urbain II, était-ce Grégoire IX, ou un autre des papes dans le cœur desquels flamba la passion rouge des croisades, le besoin d'aventures saintes qui souleva les foules, qui les jeta à la conquête de l'inconnu et du divin ? Était-ce Alexandre III défendant la papauté contre l'Empire, luttant jusqu'au bout pour ne rien céder de l'autorité suprême qu'il tenait de Dieu, finissant par vaincre, en posant son pied triomphal sur la tête de Frédéric Barberousse ? Était-ce, longtemps après les tristesses d'Avignon, Jules II qui porta la cuirasse et qui raffermit la puissance politique du Saint-Siège ? Était-ce Léon X, le fastueux, le glorieux patron de la Renaissance, de tout un grand siècle d'art, mais l'esprit court et imprévoyant qui traitait Luther de simple moine révolté ? Était-ce Pie V, la réaction noire et vengeresse, la flamme des bûchers châtiant la terre redevenue païenne, était-ce quelque autre des papes qui régnèrent après le concile de Trente, d'une foi absolue, la croyance rétablie dans son intégrité, l'Église sauvée par son orgueil, son intransigeance, son entêtement au respect total des dogmes ? Était-ce, au déclin de la papauté, lorsqu'elle n'avait plus été qu'une maîtresse de cérémonies, réglant le gala des grandes monarchies de l'Europe, était-ce Benoît XIV, la vaste intelligence, le profond théologien, qui, les mains liées, ne pouvant plus disposer des royaumes de ce monde, avait passé sa belle vie à réglementer les choses du Ciel ? Et l'histoire de cette papauté se déroulait ainsi, la plus prodigieuse des histoires, toutes les fortunes, les plus basses, les plus misérables, comme les plus hautes, les plus éclatantes, une obstinée volonté de vivre qui l'avait fait vivre quand même, au travers des incendies, des massacres et des écroulements de peuples, toujours militante et debout dans la personne de ses papes, la plus extraordinaire lignée de souverains absolus, conquérants et dominateurs, tous maîtres du monde, même les chétifs et les humbles, tous glorieux de l'impérissable gloire du Ciel, lorsqu'on les évoquait de la sorte, dans ce Vatican séculaire, où leurs ombres sûrement se réveillaient la nuit, venaient rôder par les galeries sans fin, par les salles immenses, au fond de ce silence anéanti de tombe, dont le frisson devait être fait du léger frôlement de leurs pas sur les dalles de marbre.

Mais Pierre, maintenant, se disait qu'il le connaissait bien, le grand pape que Léon XIII voulait être. C'était, tout au début de la puissance catholique, Grégoire le Grand, le conquérant et l'organisateur. Celui-là était d'antique souche romaine, un peu du vieux sang impérial battait dans son cœur. Il administra Rome sauvée des Barbares, il fit cultiver les domaines ecclésiastiques, il partagea les biens de la terre, un tiers aux pauvres, un tiers au clergé, un tiers à l'Église. Puis, le premier, il créa la Propagande, envoya ses prêtres civiliser et pacifier les nations, poussa la conquête jusqu'à soumettre la Grande-Bretagne à la divine loi du Christ. Et c'était aussi, après un intervalle énorme de siècles, Sixte Quint, le pape financier et politique, le fils de jardinier qui se révéla, sous la tiare, comme un des cerveaux les plus vastes et les plus souples d'une époque fertile en beaux diplomates. Il thésaurisait, il se montrait d'une avarice rude, pour gouverner en monarque qui a toujours, dans ses coffres, l'or nécessaire à la guerre et à la paix. Il passait des années en négociations avec les rois, il ne désespérait jamais du triomphe. Jamais non plus il ne contrecarrait son temps, il l'acceptait tel qu'il était, puis tâchait de le modifier au gré des intérêts du Saint-Siège, conciliant pour tout et avec tous, rêvant déjà un équilibre européen, dont il comptait devenir le centre et le maître. Avec cela, un très saint pape, un mystique fervent, mais un pape, l'esprit le plus absolu et le plus souverain, doublé d'un politique décidé aux actes pour assurer sur cette terre la royauté de Dieu.

Et, d'ailleurs, Pierre, dans l'enthousiasme qui, malgré sa volonté de calme, remontait en lui, balayait en lui toutes les prudences et tous les doutes, Pierre se demandait pourquoi interroger ainsi le passé. Est-ce que le seul Léon XIII n'était pas celui de son livre, le grand pape dont il avait eu la révélation, qu'il avait peint selon son cœur, tel que les âmes le voulaient et l'attendaient ? Ce n'était point sans doute un portrait d'étroite ressemblance, mais il fallait bien que les grandes lignes en fussent vraies, pour que l'humanité ne désespérât pas de son salut. Et des pages nombreuses de son livre s'évoquèrent, flambèrent devant ses yeux, il revit son Léon XIII, le politique sage, le conciliateur, travaillant à l'unité de l'Église, voulant la rendre forte et invincible, au jour prochain de la lutte inévitable. Il le revit dégagé des soucis du pouvoir temporel, grandi, épuré, éclatant de splendeur morale, seule autorité debout, au-dessus des nations, ayant compris le mortel danger qu'il y avait à laisser la solution socialiste entre les mains des ennemis du christianisme, résolu dès lors à intervenir dans la querelle contemporaine, comme Jésus autrefois, pour la défense des pauvres et des humbles. Il le revit se mettre du côté des démocraties, accepter la République en France, laisser à l'exil les rois chassés de leurs trônes, réaliser la prédiction qui promettait à Rome de nouveau l'empire du monde, lorsque la papauté, ayant unifié la croyance, marcherait à la tête du peuple. Les temps s'accomplissaient, César était abattu, le pape demeurait seul, et le peuple, le grand muet, que les deux pouvoirs s'étaient disputé si longtemps, n'allait-il pas se donner au Père, puisqu'il le savait maintenant juste et charitable, le cœur embrasé, la main tendue, accueillant les travailleurs sans pain et les mendiants des routes ? Dans l'effroyable catastrophe qui menaçait les sociétés pourries, dans l'affreuse misère qui ravageait les villes, il n'y avait pas d'autre solution possible. Léon XIII le prédestiné, le rédempteur nécessaire, le pasteur envoyé pour sauver ses ouailles du prochain désastre, en rétablissant la communauté chrétienne, l'âge d'or oublié du christianisme primitif ! La justice régnant enfin, la vérité resplendissant comme le soleil, tous les hommes réconciliés, plus qu'un peuple vivant dans la paix, n'obéissant qu'à la loi égalitaire du travail, sous le haut patronage du pape, unique lien de charité et d'amour !

Alors, Pierre fut comme soulevé par une flamme, porté, poussé en avant. Enfin, enfin, il allait le voir, vider son cœur, ouvrir son âme ! Il y avait tant de jours qu'il souhaitait cette minute passionnément, qu'il luttait de tout son courage pour l'obtenir ! Et il se rappelait les obstacles sans cesse renaissants dont on avait voulu l'entraver, depuis son arrivée à Rome ; et cette longue lutte, ce succès final inespéré, redoublaient sa fièvre, exaspéraient son désir de victoire. Oui, oui ! il vaincrait, il confondrait les adversaires de son livre. Ainsi qu'il l'avait dit à monsignor Fornaro, est-ce que le Saint-Père pouvait le désavouer ? Est-ce que lui, simplement, n'avait pas exprimé ses idées secrètes, trop tôt peut-être, faute pardonnable ? Et il se souvenait aussi de sa déclaration à monsignor Nani, le jour où il avait juré que jamais il ne supprimerait lui-même son livre, car il ne regrettait rien, il ne désavouait rien. À cette minute encore, il s'interrogeait, il croyait se retrouver avec toute sa vaillance, toute sa volonté de se défendre, de faire triompher sa foi, dans la violente excitation nerveuse où l'attente le jetait, après sa course sans fin au travers de ce Vatican énorme, qu'il sentait à son entour si muet et si noir. Cependant, il se troublait de plus en plus, il en venait à chercher ses idées, il se demandait comment il entrerait, ce qu'il dirait, et en quels termes. Des choses confuses et lourdes devaient s'être amassées en lui, car leur pesanteur était pour beaucoup dans son étouffement, sans qu'il voulût s'en rendre compte. Tout au fond, il était brisé, las déjà, n'ayant plus d'autre ressort que l'envolée de son rêve, son cri de pitié devant l'abominable misère. Oui, oui ! il entrerait vite, il tomberait à genoux, il parlerait comme il pourrait, laissant son cœur déborder. Et sûrement le Saint-Père sourirait, le renverrait en disant qu'il ne signerait pas la condamnation d'une œuvre où il venait de se revoir tout entier, avec ses pensées les plus chères.

Pierre eut une telle défaillance, qu'il marcha de nouveau jusqu'à la fenêtre, pour appuyer son front brûlant contre une vitre glacée. Ses oreilles bourdonnaient, ses jambes fléchissaient, tandis que le sang, à grands coups, battait dans son crâne. Et il s'efforçait de ne plus penser à rien, il regardait Rome noyée d'ombre, en lui demandant un peu du sommeil où elle s'anéantissait. Il voulut se distraire de sa hantise, il essaya de reconnaître des rues, des monuments, à la seule façon dont se groupaient les lumières. Mais c'était la mer sans bornes, ses idées se brouillaient, s'en allaient à la dérive, au fond de ce gouffre de ténèbres semé de clartés menteuses. Ah ! pour se calmer, pour ne plus penser enfin, la nuit, la nuit totale et réparatrice, la nuit où l'on dort à jamais, guéri de la misère et de la souffrance ! Brusquement, il eut la nette sensation que quelqu'un était debout derrière lui, immobile, et il se retourna, avec un léger sursaut.

Debout en effet, dans sa livrée noire, M. Squadra attendait. Il eut simplement une de ses révérences, pour inviter le visiteur à le suivre. Puis, il se remit à marcher le premier, traversa la salle du petit trône, ouvrit lentement la porte de la chambre. Et il s'effaça, laissa entrer, referma la porte, sans un bruit.

Pierre était dans la chambre de Sa Sainteté. Il avait craint une de ces émotions foudroyantes qui affolent ou paralysent, on lui avait conté que des femmes arrivaient mourantes, pâmées, l'air ivre, ou bien se précipitaient, comme soulevées, dansantes, apportées par le vol d'ailes invisibles. Et, brusquement, l'angoisse de son attente, sa fièvre accrue de tout à l'heure aboutissait à une sorte de saisissement, à une réaction qui le faisait très calme, les yeux clairs, voyant tout. En entrant, l'importance décisive d'une telle audience lui était nettement apparue, lui simple petit prêtre devant le suprême pontife, chef de l'Église, maître souverain des âmes. Toute sa vie religieuse et morale allait en dépendre, et c'était peut-être cette pensée soudaine qui le glaçait ainsi, au seuil du sanctuaire redoutable, vers lequel il venait de marcher d'un pas si frémissant, dans lequel il n'aurait cru pénétrer que le cœur éperdu, les sens abolis, ne trouvant plus à balbutier que ses prières de petit enfant.

Plus tard, quand il voulut classer ses souvenirs, il se rappela qu'il avait vu Léon XIII d'abord, mais dans le cadre où il était, dans cette grande chambre, tendue de damas jaune, à l'alcôve immense, si profonde, que le lit y disparaissait, ainsi que tout un petit mobilier, une chaise longue, une armoire, des malles, les fameuses malles où se trouvait, disait-on, sous de triples serrures, le trésor du denier de saint Pierre. Un meuble Louis XIV, une sorte de bureau à cuivres ciselés, faisait face à une grande console Louis XV, dorée et peinte, sur laquelle, près d'un haut crucifix, brûlait une lampe. La chambre était nue, rien autre que trois fauteuils et quatre ou cinq chaises recouvertes de soie claire, pour emplir le vaste espace que recouvrait un tapis, déjà fort usé. Et Léon XIII était là, sur un des fauteuils, assis à côté d'une petite table volante, où l'on avait posé une seconde lampe garnie d'un abat-jour. Trois journaux y traînaient, deux français, un italien, celui-ci à demi déplié, comme si le pape venait de le quitter à l'instant, pour tourner, à l'aide d'une longue cuiller de vermeil, un verre de sirop, placé près de lui.

Comme il avait vu la chambre, Pierre vit le costume, la soutane de drap blanc à boutons blancs, la calotte blanche, la pèlerine blanche, la ceinture blanche, frangée d'or, les bouts brodés des clés d'or. Les bas étaient blancs, les mules étaient de velours rouge, également brodées des clés d'or. Et ce qui le surprit, ce fut le visage, le personnage tout entier, qui lui paraissait diminué, qu'il reconnaissait à peine. C'était la quatrième rencontre. Il l'avait vu par un beau soir, dans les délices des jardins, souriant et familier, écoutant les commérages d'un prélat favori, tandis qu'il s'avançait de son petit pas de vieillard, un sautillement d'oiseau blessé. Il l'avait vu dans la salle des béatifications, en pape bien-aimé et attendri, les joues rosées de contentement, pendant que les femmes lui offraient des bourses, des calottes blanches pleines d'or, arrachaient leurs bijoux pour les jeter à ses pieds, se seraient arraché le cœur pour le jeter de même. Il l'avait vu à Saint-Pierre, porté sur le pavois, pontifiant, dans toute sa gloire de Dieu visible que la chrétienté adorait, telle qu'une idole enfermée en sa gaine d'or et de pierreries, la face figée, d'une immobilité hiératique et souveraine. Et il le revoyait, là, sur ce fauteuil, dans l'intimité étroite, l'air aminci, si frêle, qu'il en éprouvait une sorte d'inquiétude, mêlée d'attendrissement. Le cou surtout était extraordinaire, le fil invraisemblable, le cou d'un petit oiseau très vieux et très blanc. D'une pâleur d'albâtre, la face avait une transparence caractéristique, on apercevait la clarté de la lampe à travers le grand nez dominateur, comme si le sang se fût totalement retiré. La bouche immense, aux lèvres de neige, coupait d'une ligne mince le bas de la physionomie, et les yeux seuls étaient restés beaux et jeunes, des yeux admirables, d'un noir luisant de diamants noirs, d'un éclat, d'une force qui ouvraient les âmes, les forçaient de confesser la vérité à voix haute. Les rares cheveux sortaient de la calotte blanche en légères boucles blanches, couronnant de blanc la maigre figure blanche, dont la laideur s'épurait dans tout ce blanc, cette blancheur toute âme où la chair semblait se fondre en une candide floraison de lis.

Mais, au premier coup d'œil, Pierre avait constaté que, si M. Squadra l'avait fait attendre, ce n'était pas pour obliger le Saint-Père à passer une soutane propre, car celle qu'il portait se trouvait fortement tachée de tabac, des salissures brunes qui avaient coulé le long des boutons ; et, bourgeoisement, le Saint-Père avait un mouchoir sur les genoux, pour s'essuyer. Du reste, il paraissait bien portant, remis de son indisposition de la veille, comme il se remettait d'ordinaire, avec facilité, en vieillard très sobre et très sage, qui n'avait aucune maladie organique et qui s'en allait simplement un peu chaque jour, d'épuisement naturel, ainsi qu'un flambeau qui, à force de donner sa flamme, finit un soir par s'éteindre.

Dès la porte, Pierre avait senti les deux yeux étincelants, les deux yeux de diamants noirs se fixer sur lui. Le silence était énorme, les lampes brûlaient d'une flamme immobile et pâle, dans cet immense calme du Vatican endormi, sans qu'on sentît autre chose, au loin, que l'antique Rome sombrée sous l'amas des ténèbres, comme un lac d'encre où se reflétaient les étoiles. Il dut s'approcher, il fit les trois génuflexions, il se pencha pour baiser la mule de velours rouge, posée sur un coussin. Et il n'y eut pas une parole, pas un geste, pas un mouvement. Et, lorsqu'il se redressa, il retrouva les deux diamants noirs, les deux yeux de flamme et d'intelligence qui le regardaient toujours.

Enfin, Léon XIII, qui n'avait pas voulu lui épargner l'humilité du baisement de pied, et qui maintenant le laissait debout, parla le premier, sans cesser de l'examiner, lui fouillant l'âme, au plus profond de son être.

« Mon fils, vous avez vivement désiré me voir, et j'ai consenti à vous donner cette satisfaction. »

Il parlait en français, un français un peu incertain, qu'il prononçait à l'italienne, si lentement, qu'on aurait pu écrire les phrases, comme sous une dictée. La voix était forte, nasale, une de ces voix grosses et grondantes qu'on est surpris d'entendre sortir de certains corps débiles, qui paraissent exsangues et sans souffle.

Pierre s'était contenté de s'incliner de nouveau, en signe de profond remerciement, sachant que, pour parler, le respect voulait qu'on attendît d'être questionné d'une façon directe.

« Vous habitez Paris ?

– Oui, Saint-Père.

– Vous êtes attaché à une des grandes paroisses de la ville ?

– Non, Saint-Père, je ne suis desservant qu'à la petite église de Neuilly.

– Ah ! oui, oui, je sais, c'est du côté du bois de Boulogne, n'est-ce pas ?... Et quel est votre âge, mon fils ?

– Trente-quatre ans, Saint-Père. »

Il y eut un court silence. Léon XIII avait fini par baisser les yeux. Il reprit, de sa frêle main d'ivoire, le verre de sirop, le tourna avec la longue cuiller, but une gorgée. Et cela doucement, d'un air prudent et raisonné, comme tout ce qu'il devait penser et faire.

« J'ai lu votre livre, mon fils, oui ! en grande partie. D'habitude, on ne me soumet que des fragments. Mais quelqu'un qui s'intéresse à vous m'a remis directement le volume, en me suppliant de le parcourir. C'est ainsi que j'ai pu en prendre connaissance. »

Et il eut un petit geste, dans lequel Pierre crut voir une protestation contre l'isolement où le tenait son entourage, cet exécrable entourage qui faisait bonne garde pour que rien d'inquiétant n'entrât du dehors, selon le mot de monsignor Nani lui-même.

« Je remercie Votre Sainteté du très grand honneur qu'elle a daigné me faire, se permit alors de dire le prêtre. Il ne pouvait pas m'arriver de bonheur plus haut ni plus ardemment souhaité. »

Il était si heureux ! Il s'imagina que sa cause était gagnée, en voyant le pape très calme, sans colère, lui parler de son livre sur ce ton, en homme qui le connaissait à fond maintenant.

« N'est-ce pas ? mon fils, vous êtes en relation avec M. le vicomte Philibert de la Choue. J'ai d'abord été frappé de la ressemblance de certaines de vos idées avec celles de ce très dévoué serviteur, qui nous a donné d'autre part des preuves précieuses de son bon esprit.

– En effet, Saint-Père, M. de la Choue veut bien m'aimer un peu. Nous avons longuement causé, il n'y a rien d'étonnant à ce que j'aie reproduit plusieurs de ses pensées les plus chères.

– Sans doute, sans doute. Ainsi, cette question des corporations, il s'en occupe beaucoup, un peu trop même. Lors de son dernier voyage, il m'en a entretenu avec une rare insistance. De même que, ces temps derniers, un autre de vos compatriotes, l'homme le meilleur et le plus éminent, M. le baron de Fouras, qui nous a amené ce si beau pèlerinage du denier de saint Pierre, n'a pas eu de cesse que je ne le reçoive, pour m'en parler lui aussi pendant près d'une heure. Seulement, il faut dire qu'ils ne s'entendent guère ensemble, car l'un me supplie de faire ce que l'autre ne veut pas que je fasse. »

Dès le début, la conversation bifurquait. Pierre sentit qu'elle déviait de son livre, mais il se rappela la promesse formelle qu'il avait faite au vicomte, s'il voyait le pape et si l'occasion se présentait, de tenter un effort afin d'obtenir une parole décisive, au sujet de la fameuse question de savoir si les corporations devaient être libres ou obligatoires, ouvertes ou fermées. Depuis qu'il était à Rome, il avait reçu lettre sur lettre du malheureux vicomte, cloué à Paris par la goutte, pendant que son rival, le baron, profitait de l'admirable occasion du pèlerinage, dont il était le chef, pour tâcher d'arracher au pape le simple mot approbatif, qu'il aurait rapporté triomphalement. Et le prêtre tint à remplir sa promesse avec conscience.

« Votre Sainteté sait mieux que nous tous où est la sagesse. M. de Fouras croit que le salut, la solution de la question ouvrière, se trouve simplement dans le rétablissement des anciennes corporations libres, tandis que M. de la Choue les veut obligatoires, protégées par l'État, soumises à des règles nouvelles. Et, certainement, cette dernière conception est davantage avec les idées sociales d'aujourd'hui... Si Votre Sainteté daignait se prononcer dans ce sens, le jeune parti catholique, en France, saurait en tirer sûrement le plus beau résultat, tout un mouvement ouvrier à la gloire de l'Église. »

Léon XIII répondit de son air tranquille :

« Mais je ne peux pas. On me demande toujours de France des choses que je ne peux pas, que je ne veux pas faire. Ce que je vous permets de dire de ma part à M. de la Choue, c'est que, si je ne puis le contenter, je n'ai pas contenté davantage M. de Fouras. Il n'a également emporté de moi que l'expression de ma bienveillance à l'égard de vos chers ouvriers français, qui peuvent tant pour le rétablissement de la foi. Comprenez donc, chez vous, qu'il est des questions de détail, de simple organisation en somme, dans lesquelles il m'est impossible de descendre, sous peine de leur donner une importance qu'elles n'ont pas, et de mécontenter violemment les uns, si je faisais trop de plaisir aux autres. »

Il eut un pâle sourire où tout le politique conciliant et avisé apparut, bien résolu à ne pas laisser compromettre son infaillibilité dans des aventures inutiles. Et il but une nouvelle gorgée de sirop, il s'essuya avec son mouchoir, en souverain dont la journée d'apparat était finie, qui prenait ses aises, qui avait choisi cette heure de solitude et de silence pour causer sans hâte, aussi longuement qu'il en aurait le désir.

Pierre tâcha de le ramener à son livre.

« M. le vicomte Philibert de la Choue a été si affectueux pour moi, il attend avec tant d'émotion le sort réservé à mon livre, comme si cette œuvre était sienne ! C'est pourquoi j'aurais été bienheureux de lui rapporter une bonne parole de Votre Sainteté. »

Mais le pape continuait à s'essuyer, sans répondre.

« Je l'ai connu chez Son Éminence le cardinal Bergerot, un autre grand cœur, dont l'ardente charité devrait suffire à refaire une France croyante. »

Cette fois, l'effet fut immédiat.

« Ah ! oui, M. le cardinal Bergerot. J'ai lu sa lettre en tête de votre livre. Il a été bien mal inspiré, en vous l'écrivant, et vous, mon fils, bien coupable, le jour où vous l'avez publiée... Je ne puis croire encore que M. le cardinal Bergerot avait lu certaines de vos pages, quand il vous a envoyé son approbation pleine et entière. J'aime mieux l'accuser d'ignorance et d'étourderie. Comment aurait-il approuvé vos attaques contre le dogme, vos théories révolutionnaires qui tendent à la destruction totale de notre sainte religion ? S'il vous a lu, il n'a d'autre excuse qu'une aberration brusque, inexplicable, impardonnable... Il est vrai qu'il règne un si mauvais esprit dans une partie du clergé français. Ce sont les idées gallicanes qui repoussent sans cesse comme les herbes mauvaises, tout un libéralisme frondeur, en révolte contre notre autorité, en continuel appétit de libre examen et d'aventures sentimentales. »

Il s'animait, des mots d'italien se mêlaient à son français hésitant, sa grosse voix nasale sortait de son frêle corps de cire et de neige avec des sonorités de cuivre.

« Que M. le cardinal Bergerot le sache bien, nous le briserons, le jour où nous ne verrons plus en lui qu'un fils révolté. Il doit l'exemple de l'obéissance, nous lui ferons part de notre mécontentement, nous espérons qu'il se soumettra. Sans doute, l'humilité, la charité sont de grandes vertus, et nous nous sommes plu toujours à les honorer en lui. Mais il ne faut pas qu'elles soient le refuge d'un cœur de rebelle, car elles ne sont rien, si l'obéissance ne les accompagne pas, l'obéissance, l'obéissance ! la plus belle parure des grands saints ! »

Saisi, bouleversé, Pierre l'écoutait. Il s'oubliait, il ne songeait qu'à l'homme de bonté et de tolérance sur lequel il venait d'attirer cette toute-puissante colère. Ainsi, don Vigilio avait dit vrai, les dénonciations des évêques de Poitiers et d'Évreux allaient atteindre, par-dessus sa tête, l'adversaire de leur intransigeance ultramontaine, le doux et bon cardinal Bergerot, l'âme ouverte à toutes les misères, à toutes les souffrances des pauvres et des humbles. Il en était désespéré, acceptant encore la dénonciation de l'évêque de Tarbes, l'instrument des pères de la Grotte, qui ne frappait que lui, au moins, en réponse à sa page sur Lourdes ; tandis que la guerre sournoise des deux autres l'exaspérait, le jetait à une indignation douloureuse. Et, du vieillard chétif, au cou grêle d'oiseau très vieux, buvant tranquillement son verre de sirop, il venait de voir se lever un maître si courroucé, si formidable, qu'il en tremblait. Comment avait-il pu se laisser prendre aux apparences, en entrant, croire qu'il n'y avait là qu'un pauvre homme épuisé par l'âge, désireux de paix, résolu à tout concéder ? Un souffle venait de passer dans la chambre endormie, et c'était la lutte encore, le réveil de ses doutes, de ses angoisses. Ah ! ce pape, comme il le retrouvait tel qu'on le lui avait dépeint, à Rome, tel qu'il n'avait pas voulu le croire, plus intellectuel que sentimental, d'un orgueil démesuré, ayant eu dès sa jeunesse l'ambition suprême, au point d'avoir promis le triomphe à sa famille pour obtenir d'elle les sacrifices nécessaires, montrant partout et en tout une volonté unique, depuis qu'il occupait le trône pontifical, régner, régner quand même, régner en maître absolu, omnipotent ! La réalité se dressait avec une force irrésistible, et pourtant il se débattit, il s'entêta à ressaisir son rêve.

« Oh ! Saint-Père, j'aurais tant de chagrin, si, à cause de mon malheureux livre, Son Éminence avait une seconde de contrariété ! Moi, coupable, je puis répondre de ma faute, mais Son Éminence qui n'a obéi qu'à son cœur, qui n'aurait péché que par son trop grand amour des déshérités de ce monde ! »

Léon XIII ne répondit pas. Il avait relevé sur Pierre ses yeux admirables, ses yeux de vie ardente, dans sa face immobile d'idole d'albâtre. De nouveau, fixement, il le regardait.

Et Pierre le voyait toujours, dans la fièvre qui le reprenait, grandir en éclat et en puissance. Maintenant, derrière lui, il s'imaginait voir s'enfoncer, au lointain des âges, la longue suite des papes qu'il avait évoqués tout à l'heure, les saints et les superbes, les guerriers et les ascètes, les diplomates et les théologiens, ceux qui avaient porté la cuirasse, ceux qui avaient vaincu par la croix, ceux qui avaient disposé des empires comme de simples provinces que Dieu remettait en leur garde. Puis, particulièrement, c'était Grégoire le Grand, le conquérant et le fondateur, c'était Sixte Quint, le négociateur et le politique, qui avait le premier entrevu la victoire de la papauté sur les monarchies vaincues. Quelle foule de princes magnifiques, de rois souverains, de cerveaux et de bras tout-puissants, derrière ce pâle vieillard immobile ! Quel amas accumulé de volonté inépuisable, d'obstiné génie, de domination sans bornes ! Toute l'histoire de l'ambition humaine, tout l'effort pour soumettre les peuples à l'orgueil d'un seul, la force la plus haute qui ait jamais conquis, exploité, façonné les hommes, au nom de leur bonheur ! Et, maintenant même que sa royauté terrestre avait pris fin, dans quelle souveraineté spirituelle était monté ce mince vieillard, si pâle, devant lequel il avait vu des femmes s'évanouir, comme foudroyées par la divinité redoutable, émanée de sa personne ! Ce n'étaient plus seulement les gloires retentissantes, les triomphes dominateurs de l'histoire qui se déroulaient derrière lui, c'était le Ciel qui s'ouvrait, l'Au-delà qui resplendissait, dans l'éblouissement du mystère. À la porte du Ciel, il tenait les clés, il l'ouvrait aux âmes, l'antique symbole revivait avec une intensité nouvelle, dégagé enfin du royaume salissant d'ici-bas.

« Oh ! je vous en supplie, Saint-Père, s'il faut un exemple, ne frappez pas un autre que moi. Je suis venu, me voici, décidez de mon sort, mais n'aggravez pas ma punition, en me donnant le remords d'avoir fait condamner un innocent. »

Sans répondre, Léon XIII continua de le regarder de ses yeux brûlants. Et il ne voyait plus Léon XIII, deux cent soixante-troisième pape, vicaire de Jésus-Christ, successeur du prince des Apôtres, souverain pontife de l'Église universelle, patriarche d'Occident, primat d'Italie, archevêque et métropolitain de la province romaine, souverain des domaines temporels de la sainte Église. Il voyait le Léon XIII qu'il avait rêvé, le messie attendu, le sauveur envoyé pour conjurer l'effroyable désastre social où sombrait la vieille société pourrie. Il le voyait avec son intelligence souple et vaste, sa fraternelle tactique de conciliation, évitant les heurts, travaillant à l'unité, avec son cœur débordant d'amour, allant droit au cœur des foules, donnant une fois encore le meilleur de son sang, en signe de l'alliance nouvelle. Il le dressait comme l'unique autorité morale, comme l'unique lien possible de charité et de paix, comme le Père enfin qui pouvait seul faire cesser l'injustice parmi ses enfants, tuer la misère, rétablir la loi libératrice du travail, en ramenant les peuples à la foi de l'Église primitive, à la douceur et à la sagesse de la communauté chrétienne. Et cette haute figure, dans le silence profond de la chambre, prenait une toute-puissance invincible, une extraordinaire majesté.

« Oh ! de grâce, écoutez-moi, Saint-Père ! Ne me frappez même pas, ne frappez personne, oh ! personne, ni un être, ni une chose, ni rien de ce qui peut souffrir sous le soleil. Soyez bon, oh ! soyez bon, de toute la bonté que la douleur du monde a dû mettre en vous ! »

Alors, quand il vit que Léon XIII se taisait toujours, en le laissant debout devant lui, il tomba sur les deux genoux, comme s'il croulait, éperdu sous l'émotion croissante qui faisait son cœur si lourd. Et ce fut en son être une sorte de débâcle, l'amas de tous les doutes, de toutes les angoisses, de toutes les tristesses, qui l'étouffaient de nouveau, qui crevaient en un flot irrésistible. Il y avait là l'affreuse journée, les morts si tragiques de Dario et de Benedetta, dont le chagrin terrifié restait sur son cœur, en un poids inconscient, d'une pesanteur de plomb. Il y avait là tout ce qu'il avait souffert depuis qu'il était à Rome, les illusions peu à peu détruites, les intimes délicatesses blessées, le jeune enthousiasme souffleté par la réalité des hommes et des choses. Puis, c'était, plus profondément encore, toute la misère humaine elle-même, les affamés qui hurlaient, les mères aux mamelles taries qui sanglotaient en baisant leurs nourrissons, les pères sans travail qui se révoltaient, les poings serrés, l'exécrable misère, vieille comme l'humanité, dont celle-ci est rongée depuis le premier jour, qu'il avait trouvée partout, grandissante, dévorante, effrayante, sans espoir qu'on puisse la guérir jamais. Et c'était enfin, plus immense, plus inguérissable, une douleur sans nom, sans cause précise, pour rien ni pour personne, une douleur universelle, illimitée, dans laquelle il baignait et se sentait fondre, désespérément, peut-être la douleur de vivre.

« Oh ! Saint-Père, moi, je n'existe pas, et mon livre n'existe pas. J'ai désiré voir Votre Sainteté, oh ! passionnément, pour m'expliquer, pour me défendre. Et je ne sais plus, je ne retrouve plus une seule des choses que je voulais dire, et je n'ai que des larmes, des larmes qui m'étouffent... Oui, je ne suis qu'un pauvre homme, je n'ai que le besoin de vous parler des pauvres. Oh ! les pauvres, oh ! les humbles, que j'ai vus depuis deux ans dans nos faubourgs de Paris, si misérables et si douloureux, de pauvres petits que j'allais ramasser dans la neige, de pauvres petits anges qui n'avaient pas mangé depuis deux jours, des femmes que la phtisie rongeait, sans pain, sans feu, au fond de taudis immondes, des hommes jetés sur le pavé par le chômage, las de quêter du travail comme on quête une aumône, retournant à leurs ténèbres ivres de colère, avec l'unique pensée vengeresse de mettre le feu aux quatre coins de la ville. Et le soir, le terrible soir, où, dans la chambre d'épouvante, j'ai vu une mère qui venait de se suicider avec ses cinq petits, la mère tombée sur une paillasse en allaitant son nouveau-né, les deux fillettes dormant aussi là leur dernier sommeil de blondines jolies, les deux garçons foudroyés plus loin, l'un anéanti contre un mur, l'autre renversé par terre, tordu en une suprême révolte... Oh ! Saint-Père, je ne suis plus que leur ambassadeur, l'envoyé de ceux qui souffrent et qui sanglotent, l'humble délégué des humbles qui meurent de misère, sous l'exécrable dureté, l'effroyable injustice sociale. Et j'apporte à Votre Sainteté leurs larmes, et je mets à ses pieds leurs tortures, et je lui fais entendre leur cri de détresse, comme un cri monté de l'abîme, demandant justice, si l'on ne veut pas que le ciel croule... Oh ! soyez bon, Saint-Père, soyez bon ! »

Il avait tendu les bras, il l'implorait, en un geste de suprême appel à la pitié divine. Puis, il continua :

« Et, Saint-Père, dans cette Rome éternelle et resplendissante, est-ce que la misère aussi n'est pas affreuse ? Depuis des semaines que j'erre au hasard, dans l'attente, à travers la poussière fameuse de ses ruines, je ne fais que me heurter à des maux inguérissables, qui m'ont empli d'effroi. Ah ! tout ce qui s'effondre, tout ce qui expire, l'agonie de tant de gloire, l'affreuse mélancolie d'un monde qui se meurt d'épuisement et de faim !... Là, sous les fenêtres de Votre Sainteté, est-ce que je n'ai pas vu un quartier d'horreur, des palais inachevés, frappés d'une hérédité maudite, ainsi que des enfants rachitiques qui ne peuvent aller au bout de leur croissance, des palais en ruine déjà, devenus les refuges de toute la misère pitoyable de Rome ? Et, comme à Paris, quelle population de souffrance, étalée au plein air avec plus d'impudeur encore, toute la plaie sociale, le chancre dévorant toléré et montré, en sa terrible inconscience ! Des familles entières qui vivent leur oisiveté affamées sous le soleil splendide, les vieux devenus infirmes, les pères attendant qu'un peu de travail leur tombe du ciel, les fils dormant parmi les herbes sèches, les mères et les filles traînant leur paresse bavarde, flétries avant l'âge... Oh ! Saint-Père, dès l'aurore, demain, que Votre Sainteté ouvre cette fenêtre, et qu'elle le réveille de sa bénédiction, ce grand peuple enfant, qui sommeille encore dans son ignorance et dans sa pauvreté ! Qu'elle lui donne l'âme qui lui manque, l'âme consciente de la dignité humaine, de la loi nécessaire du travail, de la vie libre et fraternelle, réglée par la seule justice ! Oui, qu'elle fasse un peuple de ce ramassis de misérables, dont l'excuse est de tant souffrir dans son intelligence et dans son corps, vivant comme la bête qui passe et meurt sans savoir, sans comprendre, et qu'on roue de coups ! »

Peu à peu, les sanglots l'étranglaient, il ne parla plus que secoué, emporté par sa passion.

« Et, Saint-Père, n'est-ce pas à vous que je dois m'adresser, au nom des misérables ? N'êtes-vous pas le Père ? N'est-ce pas devant le Père que l'envoyé des pauvres et des humbles doit s'agenouiller, comme je suis agenouillé en ce moment ? Et n'est-ce pas au Père qu'il doit apporter l'énorme charge de leurs douleurs, en demandant pitié enfin, aide et secours, justice, oh ! surtout justice ?... Puisque vous êtes le Père, ouvrez donc la porte largement, que tout le monde puisse entrer, jusqu'aux plus petits de vos enfants, les fidèles, les passants de hasard, même les révoltés, les égarés, ceux qui entreront peut-être, à qui vous épargnerez les fautes de l'abandon. Soyez le refuge des routes mauvaises, le tendre accueil offert aux voyageurs, la lampe hospitalière toujours allumée, aperçue de loin et qui sauve dans l'orage... Et, puisque vous êtes la puissance, ô Père, soyez le salut. Vous pouvez tout, vous avez derrière vous des siècles de domination, vous êtes monté aujourd'hui dans une autorité morale qui vous a rendu l'arbitre du monde, vous êtes là, devant moi, comme la majesté même du soleil qui éclaire et qui féconde. Oh ! soyez l'astre de bonté et de charité, soyez le rédempteur, reprenez la besogne de Jésus qu'on a pervertie au cours des siècles, en la laissant entre les mains des puissants et des riches, qui ont fini par faire de l'œuvre évangélique le plus exécrable monument d'orgueil et de tyrannie. Puisque l'œuvre est manquée, recommencez-la, remettez-vous avec les petits, avec les humbles, avec les pauvres, ramenez-les à la paix, à la fraternité, à la justice de la communauté chrétienne... Et dites, ô Père, dites que je vous ai compris, que j'ai simplement exprimé là vos idées chères, le seul et vivant désir de votre règne. Le reste, oh ! le reste, mon livre, moi, qu'importe ! Je ne me défends pas, je ne veux que votre gloire et le bonheur des hommes. Dites que, du fond de votre Vatican, vous avez entendu le craquement sourd des vieilles sociétés corrompues. Dites que vous avez tremblé de pitié attendrie, dites que vous avez voulu empêcher l'épouvantable catastrophe, en rappelant l'évangile au cœur de vos enfants frappés de folie, en les ramenant à l'âge de simplicité et de pureté, lorsque les premiers chrétiens vivaient comme des frères innocents... Oui, n'est-ce pas ? c'est bien pour cela que vous vous êtes remis avec les pauvres, ô Père, et c'est pour cela que je suis ici, à vous demander pitié, bonté, justice, de toute mon âme, oh ! de toute mon âme de pauvre homme ! »

Alors, il succomba sous l'émotion, il s'écrasa par terre, dans une débâcle de gros sanglots. Son cœur éclatait et se répandait. C'étaient des sanglots énormes, des sanglots sans fin, toute une houle effrayante qui venait de son être entier, qui venait de plus loin, de tous les êtres misérables, qui venait du monde dont les veines charriaient la douleur avec le sang même de la vie. Il était là, dans sa brusque faiblesse d'enfant nerveux, l'ambassadeur de la souffrance, ainsi qu'il l'avait dit. Et, aux genoux de ce pape immobile et muet, il était là toute la misère humaine en larmes.

Léon XIII, qui aimait surtout parler, et qui devait faire un effort sur lui-même pour écouter parler les autres, avait d'abord, à deux reprises, levé une de ses mains pâles pour l'interrompre. Puis, saisi peu à peu d'étonnement, gagné lui-même par l'émotion, il lui avait permis de continuer, d'aller jusqu'au bout de son cri, dans le désordre du flot irrésistible qui l'emportait. Un peu de sang était monté à la neige de son visage, ses lèvres et ses joues s'étaient rosées faiblement, tandis que ses yeux noirs luisaient d'un éclat plus vif. Dès qu'il le vit sans voix, abattu à ses pieds, secoué par ces gros sanglots qui semblaient lui arracher le cœur, il s'inquiéta, il se pencha.

« Mon fils, calmez-vous, relevez-vous... »

Mais les sanglots continuaient, débordaient, emportaient toute raison et tout respect, dans la plainte éperdue de l'âme blessée, dans le grondement de la chair qui souffre et qui agonise.

« Relevez-vous, mon fils, ce n'est pas convenable... Tenez ! prenez cette chaise. »

Et, d'un geste d'autorité, il l'invita enfin à s'asseoir.

Pierre, péniblement, se releva, s'assit, pour ne pas tomber. Il écartait ses cheveux de son front, il essuyait de ses mains ses larmes brûlantes, l'air fou, tâchant de se ressaisir, ne pouvant comprendre ce qui venait de se passer.

« Vous faites appel au Saint-Père. Ah ! certes, soyez convaincu que son cœur est plein de pitié et de tendresse pour les malheureux. Mais la question n'est pas là, il s'agit de notre sainte religion... J'ai lu votre livre, un mauvais livre, je vous le dis tout de suite, le plus dangereux et le plus condamnable des livres, précisément par ses qualités, par les pages qui m'ont intéressé moi-même. Oui, j'ai été séduit souvent, je n'aurais pas continué ma lecture, si je ne m'étais senti comme soulevé dans le souffle ardent de votre foi et de votre enthousiasme. Ce sujet était si beau, il me passionne tant ! *La Rome nouvelle*, ah ! sans doute il y avait un livre à faire avec ce titre, mais dans un esprit totalement différent du vôtre... Vous croyez m'avoir compris, mon fils, vous être pénétré de mes écrits et de mes actes, au point de n'exprimer que mes idées les plus chères. Non, non ! vous ne m'avez pas compris, et c'est pourquoi j'ai voulu vous voir, vous expliquer, vous convaincre. »

Muet et immobile, c'était maintenant Pierre qui écoutait. Il n'était cependant venu que pour se défendre, il souhaitait avec fièvre cette entrevue depuis trois mois, préparant ses arguments, certain de la victoire ; et il entendait traiter son livre de dangereux, de condamnable, sans protester, sans répondre par toutes les bonnes raisons qu'il avait crues irrésistibles. Une lassitude extraordinaire l'accablait, comme épuisé par son accès de larmes. Tout à l'heure, il serait brave, il dirait ce qu'il avait résolu de dire.

« On ne me comprend pas, on ne me comprend pas ! répétait Léon XIII, d'un air d'impatience irritée. En France surtout, c'est incroyable que j'aie tant de peine à me faire comprendre !... Le pouvoir temporel, par exemple, comment avez-vous pu croire que jamais le Saint-Siège transigera sur cette question ? C'est un langage indigne d'un prêtre, c'est la chimère d'un ignorant qui ne se rend pas compte des conditions dans lesquelles la papauté a vécu jusqu'ici et dans lesquelles elle doit continuer de vivre, si elle ne veut pas disparaître du monde. Ne voyez-vous pas le sophisme, lorsque vous la déclarez d'autant plus haute qu'elle est dégagée davantage des soucis de sa royauté terrestre ? Ah ! oui, une belle imagination, la pure royauté spirituelle, la souveraineté par la charité et l'amour ! Mais qui nous fera respecter ? Qui nous fera l'aumône d'une pierre pour reposer notre tête, si nous ne sommes jamais chassés, errant par les routes ? Qui assurera notre indépendance, quand nous serons à la merci de tous les États ?... Non, non ! cette terre de Rome est à nous, car nous en avons reçu l'héritage de la longue suite des ancêtres, et elle est le sol indestructible, éternel, sur lequel la sainte Église est bâtie, de sorte que l'abandonner, ce serait vouloir l'écroulement de la sainte Église catholique, apostolique et romaine. D'ailleurs, nous ne le pourrions pas, nous sommes liés par notre serment envers Dieu et envers les hommes. »

Il se tut un instant, pour laisser Pierre répondre. Mais celui-ci avait la stupeur de ne rien trouver à dire, car il s'apercevait que ce pape parlait comme il devait le faire. Les choses confuses et lourdes, amassées en lui, dont il avait senti la gêne, tout à l'heure, dans l'antichambre secrète, s'éclairaient maintenant, se précisaient avec une netteté de plus en plus grande. C'était, depuis son arrivée à Rome, tout ce qu'il avait vu, tout ce qu'il avait compris, l'amas de ses désillusions, des réalités existantes, sous lesquelles son rêve d'un retour au christianisme primitif était à demi mort déjà, écrasé. Il venait brusquement de se rappeler l'heure, où, sur le dôme de Saint-Pierre, il s'était vu imbécile avec son imagination d'un pape purement spirituel, en face de la vieille cité de gloire obstinée dans sa pourpre. Ce jour-là, il avait fui le cri furieux des pèlerins du denier de saint Pierre acclamant le pape roi. La nécessité de l'argent, de ce dernier esclavage du pape, il l'avait acceptée. Mais tout avait croulé ensuite, quand la véritable Rome lui était apparue, la ville séculaire de l'orgueil et de la domination, où la papauté ne saurait être sans le pouvoir temporel. Trop de liens, le dogme, la tradition, le milieu, le sol lui-même la rendaient immuable, à jamais. Elle ne pouvait céder que sur les apparences, il viendrait quand même une heure où ses concessions s'arrêteraient, devant l'impossibilité d'aller plus loin sans se suicider. La Rome nouvelle ne se réaliserait peut-être un jour qu'en dehors de Rome, au loin ; et là seulement se réveillerait le christianisme, car le catholicisme devait mourir sur place, lorsque le dernier des papes, cloué à cette terre de ruines, disparaîtrait sous le dernier craquement du dôme de Saint-Pierre, qui s'effondrerait comme s'était effondré le temple de Jupiter Capitolin. Quant à ce pape d'aujourd'hui, il avait beau être sans royaume, avoir la fragilité chétive de son grand âge, la pâleur exsangue d'une vieille idole de cire, il n'en flambait pas moins de la passion rouge de la souveraineté universelle, il n'en était pas moins le fils obstiné de l'ancêtre, le Pontifex Maximus, le Caesar Imperator, dans les veines duquel coulait le sang d'Auguste, maître du monde.

« Vous avez parfaitement vu, reprit Léon XIII, l'ardent désir d'unité qui nous a toujours possédé. Nous avons été bienheureux le jour où nous avons unifié le rite, en imposant le rite romain dans la catholicité entière. C'est là une de nos plus chères victoires, car elle peut beaucoup pour notre autorité. Et j'espère que nos efforts, en Orient, finiront par ramener à nous nos chers frères égarés des communions dissidentes, de même que je ne désespère pas de convaincre les sectes anglicanes, sans parler des sectes protestantes qui seront forcées de rentrer dans le sein de l'Église unique, l'Église catholique, apostolique et romaine, quand les temps prédits par le Christ s'accompliront... Mais ce que vous n'avez pas dit, c'est que l'Église ne peut rien abandonner du dogme. Au contraire, vous avez semblé croire qu'une entente interviendrait, que de part et d'autre on se ferait des concessions ; et c'est là une pensée condamnable, un langage qu'un prêtre ne peut tenir sans être criminel. Non, la vérité est absolue, pas une pierre de l'édifice ne sera changée. Oh ! dans la forme, tout ce qu'on voudra ! Nous sommes prêts à la conciliation la plus grande, s'il ne s'agit que de tourner certaines difficultés, de ménager les termes pour faciliter l'accord... Et c'est comme notre rôle dans le socialisme contemporain, il faut s'entendre. Certes, ceux que vous avez si bien nommés les déshérités de ce monde, sont l'objet de notre sollicitude. Si le socialisme est simplement un désir de justice, une volonté constante de venir au secours des faibles et des souffrants, qui donc plus que nous s'en préoccupe, y travaille avec plus d'énergie ? Est-ce que l'Église n'a pas toujours été la mère des affligés, l'aide et la bienfaitrice des pauvres ? Nous sommes pour tous les progrès raisonnables, nous admettons toutes les formes sociales nouvelles qui aideront à la paix, à la fraternité... Seulement, nous ne pouvons que condamner le socialisme qui commence par chasser Dieu pour assurer le bonheur des hommes. C'est là un simple état de sauvagerie, un abominable retour en arrière, où il n'y aura que catastrophes, qu'incendies et que massacres. Et c'est encore ce que vous n'avez pas dit avec assez de force, car vous n'avez pas démontré qu'aucun progrès ne saurait avoir lieu en dehors de l'Église, qu'elle est en somme la seule initiatrice, la seule conductrice, à laquelle il soit permis de s'abandonner sans crainte. Même, et c'est là votre crime encore, il m'a semblé que vous mettiez Dieu à l'écart, que la religion demeurait uniquement pour vous un état d'âme, une floraison d'amour et de charité, où il suffisait de se trouver, pour faire son salut. Hérésie exécrable, Dieu est toujours présent, maître des âmes et des corps, la religion reste le lien, la loi, le gouvernement même des hommes, sans laquelle il ne saurait y avoir que barbarie en ce monde et damnation dans l'autre... Et, encore une fois, la forme n'importe pas, il suffit que le dogme demeure. Ainsi, notre adhésion à la République, en France, prouve que nous n'entendons pas lier le sort de la religion à une forme gouvernementale, même auguste et séculaire. Si les dynasties ont fait leur temps, Dieu est éternel. Périssent les rois, et que Dieu vive ! D'ailleurs, la forme républicaine n'a rien d'antichrétien, et il semble au contraire qu'elle soit comme un réveil de cette communauté chrétienne dont vous avez parlé en des pages vraiment charmantes. Le pis est que la liberté devient tout de suite de la licence et qu'on nous récompense souvent bien mal de notre désir de conciliation... Ah ! quel mauvais livre vous avez écrit, mon fils, avec les meilleures intentions, je veux le croire, et comme votre silence est bien la preuve que vous commencez à entrevoir les conséquences désastreuses de votre faute ! »

Pierre continuait à se taire, anéanti, sentant en effet ses arguments qui tombaient un à un, comme devant une roche sourde et aveugle, impénétrable, où il devenait inutile et dérisoire de vouloir les faire entrer. À quoi bon ? puisque rien n'entrerait. Il n'avait plus qu'une préoccupation, il se demandait avec surprise comment un homme de cette intelligence, de cette ambition, ne s'était pas fait du monde moderne une idée plus nette et plus exacte. Évidemment, il le sentait documenté, renseigné sur tout, curieux de tout, ayant dans la tête la vaste carte de la chrétienté, avec les besoins, les espoirs, les actes, lucide et clair, au milieu de l'écheveau compliqué de ses luttes diplomatiques. Mais que de trous pourtant ! La vérité devait être qu'il connaissait du monde uniquement ce qu'il en avait vu pendant sa courte nonciature à Bruxelles. Ensuite, venait son épiscopat à Pérouse, où il ne s'était mêlé qu'à la vie de la jeune Italie naissante. Et, depuis dix-huit années, il se trouvait enfermé dans son Vatican, isolé du reste des hommes, ne communiquant avec les peuples que par son entourage, souvent le plus inintelligent, le plus menteur, le plus traître. En outre, il était prêtre italien, grand pontife, superstitieux et despotique, lié par la tradition, soumis aux influences de race et de milieu, cédant au besoin d'argent, aux nécessités politiques ; sans parler de son orgueil immense, la certitude d'être le Dieu auquel on doit obéir, le seul pouvoir légitime et raisonnable sur la terre. De là, les causes de déformation fatale, l'extraordinaire cerveau qu'il devait être, avec ses erreurs, ses lacunes, parmi tant d'admirables qualités, la compréhension vive, la volonté patiente, le vaste effort qui généralise et qui agit. Mais l'intuition surtout paraissait prodigieuse, car n'était-ce pas elle, elle seule, qui lui faisait deviner, dans son emprisonnement volontaire, l'énorme évolution, au loin, de l'humanité d'aujourd'hui ? Il avait ainsi la nette conscience de l'effroyable danger au milieu duquel il baignait, de cette mer montante de la démocratie, de cet océan sans bornes de la science, qui menaçait de submerger l'îlot étroit où triomphait encore le dôme de Saint-Pierre. Il pouvait même se dispenser de se mettre à sa fenêtre, les voix du dehors traversaient les murs, lui apportaient le cri d'enfantement des sociétés nouvelles. Et toute sa politique partait de là, il n'avait jamais eu d'autre besogne que de vaincre pour régner. S'il voulait l'unité de l'Église, c'était pour la rendre forte, inexpugnable, dans l'assaut qu'il prévoyait. S'il prêchait la conciliation, cédant de tout son pouvoir sur les questions de forme, tolérant les audaces des évêques d'Amérique, c'était que sa grande peur inavouée était la dislocation de l'Église elle-même, quelque schisme brusque qui aurait précipité le désastre. Ah ! ce schisme, il devait le sentir dans l'air venu des quatre points de l'horizon, tel qu'une menace prochaine, un péril inévitable de mort, contre lequel il fallait s'armer à l'avance ! Et comme cette crainte expliquait son retour de tendresse vers le peuple, sa préoccupation du socialisme, la solution chrétienne qu'il offrait aux misères d'ici-bas ! Puisque César était abattu, la longue dispute de savoir qui de lui ou du pape aurait le peuple, ne se trouvait-elle pas vidée, par ce fait que le pape seul restait debout et que le peuple, le grand muet, allait enfin parler et se donner à lui ? L'expérience était tentée en France, il y abandonnait la monarchie vaincue, il y reconnaissait la République, il la rêvait forte, victorieuse, car elle était toujours la fille aînée de l'Église, la seule nation catholique assez puissante encore pour restaurer un jour peut-être le pouvoir temporel du Saint-Siège. Régner, régner par la France, puisqu'il semblait impossible de régner par l'Allemagne ! Régner par le peuple, puisque le peuple devenait le maître et le dispensateur des trônes ! Régner par la République italienne, si cette République seule pouvait lui rendre Rome, arrachée à la maison de Savoie, une République fédérative qui ferait du pape le président des Etats-Unis d'Italie, en attendant qu'il le devînt des Etats-Unis d'Europe ! Régner quand même, régner malgré tout, régner sur le monde, comme avait régné Auguste, dont le sang dévorateur soutenait seul ce vieillard expirant, obstiné dans sa domination !

« Et, mon fils, continua Léon XIII, le crime enfin est d'avoir osé demander une religion nouvelle. Cela est impie, blasphématoire, sacrilège. Il n'est qu'une religion, notre sainte religion catholique, apostolique et romaine. En dehors d'elle, il ne saurait y avoir que ténèbres et que damnation… J'entends bien que c'est au christianisme que vous prétendez vouloir faire retour. Mais l'erreur protestante, si coupable, si néfaste, n'a pas eu d'autre prétexte. Dès qu'on s'écarte de la stricte observation des dogmes, du respect absolu des traditions, on tombe dans les plus effroyables précipices… Ah ! le schisme, ah ! le schisme, mon fils, c'est le crime sans pardon, c'est l'assassinat du vrai Dieu, la bête de tentation immonde, suscitée par l'enfer, pour la perte des fidèles. Quand il n'y aurait que ces mots de religion nouvelle, dans votre livre, il faudrait le détruire, le brûler, comme un poison mortel des âmes. »

Il poursuivit longtemps encore. Et Pierre songeait à ce que lui avait dit don Vigilio, à ces jésuites tout-puissants dans l'ombre, au Vatican comme ailleurs, qui gouvernaient souverainement l'Église. Était-ce donc vrai qu'à son insu même, si imbu qu'il croyait être de la doctrine de saint Thomas, ce pape politique, d'un opportunisme toujours en éveil, était un des leurs, un instrument docile entre leurs souples mains de conquête sociale ? Lui aussi pactisait avec le siècle, allait au monde, consentait à le flatter, pour le posséder. Pierre n'avait jamais senti si cruellement que l'Église en était désormais réduite là, à ne vivre que de concessions et de diplomatie. Et il avait enfin la vue claire de ce clergé romain, si difficile d'abord à comprendre pour un prêtre français, de ce gouvernement de l'Église, représenté par le pape, ses cardinaux, ses prélats, que Dieu en personne a chargés d'administrer ici-bas son domaine, les hommes et la terre. Ils commencent par mettre Dieu de côté, au fond du tabernacle, ne tolérant plus qu'on le discute, imposant les dogmes comme les vérités de son essence, mais eux-mêmes ne s'embarrassant plus de lui, ne s'amusant plus à prouver son existence par de vaines discussions théologiques. Évidemment il existe, puisqu'ils gouvernent en son nom. Cela suffit. Dès lors, ils sont au nom de Dieu les maîtres, consentant bien à signer des concordats pour la forme, mais ne les observant pas, ne pliant que devant la force, réservant toujours leur souveraineté finale, qui un jour triomphera. Dans l'attente de ce jour, ils agissent en simples diplomates, ils organisent la lente conquête en fonctionnaires du Dieu triomphant de demain, et la religion n'est ainsi que l'hommage public qu'ils lui rendent, avec l'apparat, la magnificence qui gagne les foules, dans l'unique but de le faire régner sur l'humanité ravie et conquise, ou plutôt de régner en son lieu et place, puisqu'ils sont ses représentants visibles, délégués par lui. Ils descendent du droit romain, ils ne sont toujours que les enfants de ce vieux sol païen de Rome, et s'ils ont duré, s'ils comptent durer éternellement, jusqu'à l'heure espérée où l'empire du monde leur sera rendu, c'est qu'ils sont les héritiers directs des Césars, drapés dans leur pourpre, ligne ininterrompue et vivante du sang d'Auguste.

Pierre, alors, eut honte de ses larmes. Ah ! ses pauvres nerfs, ses abandons de sentimental et d'enthousiaste ! Une pudeur lui venait, comme s'il s'était montré là dans la nudité de son âme. Et si inutilement, grand Dieu ! au fond de cette chambre où jamais rien ne s'était dit de semblable, devant ce pontife roi qui ne pouvait l'entendre ! Cette idée politique des papes, de régner par les humbles et par les pauvres, lui faisait horreur. N'était-ce pas la conciliation du loup, cette pensée d'aller au peuple, débarrassé de ses anciens maîtres, pour s'en nourrir à son tour ? Et il avait dû être fou, en vérité, le jour où il s'était imaginé qu'un prélat romain, un cardinal, un pape, étaient capables d'admettre le retour à la communauté chrétienne, une floraison nouvelle du christianisme primitif pacifiant les peuples vieillis, que la haine dévore. Une pareille conception ne pouvait même tomber sous le sens d'hommes qui, depuis des siècles, vivaient en maîtres du monde, pleins d'un mépris insoucieux des petits et des souffrants, frappés à la longue d'une totale impuissance de charité et d'amour.

Mais Léon XIII, de sa grosse voix intarissable, parlait toujours. Et le prêtre l'entendit qui disait :

« Pourquoi avez-vous écrit sur Lourdes cette page entachée d'un si mauvais esprit ? Lourdes, mon fils, a rendu de grands services à la religion. J'ai souvent exprimé aux personnes qui sont venues me raconter les touchants miracles, presque quotidiens à la Grotte, mon vif désir de voir ces miracles confirmés, établis par la science la plus rigoureuse. Et, d'après ce que j'ai lu, il me semble qu'aujourd'hui les esprits malveillants ne sauraient douter davantage, car les miracles sont désormais prouvés scientifiquement d'une façon irréfutable... La science, mon fils, doit être la servante de Dieu. Elle ne peut rien contre lui, et c'est par lui seul qu'elle arrive à la vérité. Toutes les solutions qu'on prétend trouver actuellement et qui paraissent détruire les dogmes, seront forcément reconnues fausses un jour, car la vérité de Dieu restera victorieuse, lorsque les temps seront accomplis. Ce sont là pourtant des certitudes bien simples, ce que savent les petits enfants et ce qui suffirait à la paix, au salut des hommes, s'ils voulaient s'en contenter... Et soyez convaincu, mon fils, que la foi n'est pas incompatible avec la raison. Saint Thomas n'est-il pas là, qui a tout prévu, tout expliqué, tout réglé ? Votre foi a été ébranlée sous les assauts de l'esprit d'examen, vous avez connu des troubles, des angoisses, que le Ciel veut bien épargner à nos prêtres, sur cette terre d'antique croyance, cette Rome sanctifiée par le sang de tant de martyrs. Mais nous ne craignons pas l'esprit d'examen, étudiez davantage, lisez à fond saint Thomas, et votre foi reviendra, plus solide, définitive et triomphante. »

Effaré, Pierre recevait ces choses, comme si des morceaux de la voûte du firmament lui fussent tombés sur le crâne. O Dieu de vérité ! les miracles de Lourdes prouvés scientifiquement, la science servante de Dieu, la foi compatible avec la raison, saint Thomas suffisant à la certitude du siècle ! Comment répondre, ô Dieu ! et pourquoi répondre ?

« Le plus coupable et le plus dangereux des livres, finit par conclure Léon XIII, un livre dont le titre, *La Rome nouvelle*, est à lui seul un mensonge et un poison, un livre d'autant plus condamnable qu'il a toutes les séductions du style, toutes les perversions des chimères généreuses, un livre enfin qu'un prêtre, s'il l'a conçu dans une heure d'égarement, doit brûler en public, par pénitence, de la main même qui en a écrit les pages d'erreur et de scandale. »

Brusquement, Pierre se leva, tout debout. Et, dans le silence énorme qui s'était fait, autour de cette chambre morte, si pâlement éclairée, il n'y avait que la Rome du dehors, la Rome nocturne, noyée de ténèbres, immense et noire, semée seulement d'une poussière d'astres. Et il allait crier :

« C'est vrai, j'avais perdu la foi, mais je croyais l'avoir retrouvée, dans la pitié que la misère du monde m'avait mise au cœur. Vous étiez mon dernier espoir, le Père, le sauveur attendu. Et voilà que c'est un rêve encore, vous ne pouvez être de nouveau Jésus, pacifier les hommes, à la veille de l'affreuse guerre fratricide qui se prépare. Vous ne pouvez laisser là le trône, venir par les chemins, avec les humbles, avec les pauvres, pour faire l'œuvre suprême de fraternité. Eh bien ! c'en est fini de vous, de votre Vatican et de votre Saint-Pierre. Tout croule sous l'assaut du peuple qui monte et de la science qui grandit. Vous n'êtes plus, il n'y a plus ici que des décombres. »

Mais il ne prononça point ces paroles. Il s'inclina et dit :

« Saint-Père, je me soumets et je réprouve mon livre. »

Sa voix tremblait d'un amer dégoût, ses mains ouvertes eurent un geste d'abandon, comme s'il avait lâché son âme. C'était la formule exacte de la soumission : « *Auctor laudabiliter se subjecit et opus reprobavit*, l'auteur louablement s'est soumis et a réprouvé son œuvre. » Rien ne fut d'un désespoir plus haut, d'une grandeur plus souveraine dans l'aveu d'une erreur et dans le suicide d'une espérance. Mais quelle affreuse ironie ! ce livre qu'il avait juré de ne retirer jamais, pour le triomphe duquel il s'était battu si passionnément, et qu'il reniait, qu'il supprimait lui-même tout d'un coup, non parce qu'il le jugeait coupable, mais parce qu'il venait de le sentir inutile et chimérique comme un désir d'amant, un rêve de poète. Ah ! oui, puisqu'il s'était trompé, puisqu'il avait rêvé, puisqu'il ne trouvait là ni le Dieu, ni le prêtre qu'il avait voulus pour le bonheur des hommes, à quoi bon s'entêter dans l'illusion d'un impossible réveil ! Plutôt jeter son livre à la terre comme une feuille morte, plutôt le renier, le retrancher de lui, tel qu'un membre mort, désormais sans raison ni usage !

Un peu surpris d'une si prompte victoire, Léon XIII eut une légère exclamation de contentement.

« C'est très bien, très bien, mon fils ! Vous venez de dire les seules paroles sages qui convenaient à votre caractère de prêtre. »

Et, dans son évidente satisfaction, lui qui n'abandonnait jamais rien au hasard, qui préparait chacune de ses audiences, avec les mots qu'il dirait, les gestes qu'il ferait, il se détendit un peu, il montra une bonhomie véritable. Ne pouvant comprendre, se trompant sur les vrais motifs de la soumission de ce révolté, il goûtait la joie orgueilleuse de l'avoir si aisément réduit au silence, car son entourage lui avait fait de lui un portrait de révolutionnaire terrible. Aussi une telle conversion le flattait-elle beaucoup.

« D'ailleurs, mon fils, je n'attendais pas moins de votre esprit distingué. Reconnaître sa faute, en faire pénitence, se soumettre, il n'y a pas de jouissance plus haute. »

D'un geste familier, il avait repris sur la petite table son verre de sirop, il s'était remis, avant de le boire, à en tourner la dernière gorgée, avec la longue cuiller de vermeil. Et Pierre était surtout frappé de le retrouver, ainsi qu'au début, l'air réduit, déchu de sa majesté souveraine, pareil à un petit bourgeois très vieux qui buvait solitairement son verre d'eau sucrée, avant de se mettre au lit. La figure, après avoir grandi et rayonné, comme un astre qui monte au zénith, venait de retomber à l'horizon, au ras du sol, dans son humaine médiocrité. Il le revoyait chétif, frêle, avec son cou mince de petit oiseau malade, avec sa laideur sénile, qui le rendait si difficile pour ses portraits, toiles peintes ou photographies, médailles d'or ou bustes de marbre, disant qu'il ne fallait pas faire le papa Pecci, mais Léon XIII, le grand pape, dont il avait l'ambition de laisser à la postérité une si haute image. Et Pierre, qui avait cessé de les voir un instant, était de nouveau gêné par le mouchoir resté sur les genoux, par la soutane malpropre, tachée de tabac. Et il n'éprouvait plus qu'une pitié attendrie pour tant de vieillesse pure et toute blanche, qu'une profonde admiration pour l'entêtée puissance de vie qui s'était réfugiée dans les yeux noirs, qu'une déférence respectueuse de travailleur pour le large cerveau, aux vastes projets, si débordant de pensées et d'actions sans nombre.

L'audience était finie, il s'inclina profondément.

« Je remercie Votre Sainteté du paternel accueil qu'elle a daigné me faire. »

Mais Léon XIII voulut bien le retenir encore une minute, en lui reparlant de la France, en lui disant son vif désir de la voir prospère, calme et forte, pour le plus grand bien de l'Église. Et Pierre, pendant cette dernière minute, eut une singulière vision, une véritable hantise. En regardant le front d'ivoire du Saint-Père, tandis qu'il songeait à son grand âge, au moindre rhume qui pouvait l'emporter, il venait, par un involontaire rapprochement, de se rappeler la scène d'usage, d'une grandeur farouche : Pie IX, Giovanni Mastai, mort depuis deux heures, le visage couvert d'un linge blanc, entouré de la famille pontificale bouleversée ; puis, le cardinal Pecci, camerlingue, s'approchant du lit funèbre, faisant écarter le voile, tapant trois fois de son marteau d'argent sur le front du cadavre, en jetant chaque fois le cri d'appel : « Giovanni ! Giovanni ! Giovanni ! » Et, le cadavre n'ayant pas répondu, le camerlingue se tournait après avoir patienté quelques secondes, disait : « Le pape est mort ! » Pierre, en même temps, avait vu se dresser là-bas, rue Giulia, le cardinal Boccanera, le camerlingue, qui attendait, avec son marteau d'argent ; et il s'était imaginé Léon XIII, Joachim Pecci, mort depuis deux heures, le visage couvert d'un linge blanc, entouré de ses prélats, dans cette chambre même ; et il voyait le camerlingue qui s'approchait, faisait écarter le voile, tapait trois fois sur le front d'ivoire, en jetant chaque fois le cri d'appel : « Joachim ! Joachim ! Joachim ! » Puis, le cadavre n'ayant pas répondu, il se tournait après avoir patienté quelques secondes, il disait : « Le pape est mort ! » Léon XIII s'en souvenait-il des trois coups qu'il avait donnés sur le front de Pie IX, et sentait-il parfois à son front la crainte glacée des trois coups, le froid mortel du marteau dont il avait armé le camerlingue, l'implacable adversaire qu'il savait avoir dans le cardinal Boccanera ?

« Allez en paix, mon fils, dit enfin Sa Sainteté, comme bénédiction dernière. Votre faute vous sera remise, puisque vous l'avez confessée et que vous en témoignez l'horreur. »

Pierre, sans répondre, l'âme en détresse, acceptant l'humiliation comme le châtiment mérité de sa chimère, s'en alla à reculons, selon le cérémonial d'usage. Il s'inclina profondément à trois reprises, il franchit la porte sans se retourner, suivi par les yeux noirs de Léon XIII, qui ne le quittaient pas. Pourtant, il le vit reprendre sur la table le journal, dont il avait interrompu la lecture pour le recevoir, ayant gardé le goût de la presse, une curiosité vive des nouvelles, bien qu'il se trompât souvent sur l'importance des articles, au fond de son isolement, donnant à certains, sur certains points, une gravité qu'ils n'avaient pas. Les deux lampes brûlaient avec une douce clarté immobile, la chambre retomba dans son grand silence et dans sa paix infinie.

Au milieu de l'antichambre secrète, M. Squadra debout, immobile et noir, attendait. Et, comme il constata que Pierre, éperdu dans son étourdissement, passait en oubliant son chapeau sur la console où il l'avait laissé, il prit discrètement ce chapeau, le lui tendit, avec une muette révérence. Puis, sans hâte aucune, du même pas qu'à l'arrivée, il se remit à marcher devant lui, pour le reconduire à la salle Clémentine.

Alors, ce fut, en sens inverse, la même immense promenade, le défilé sans fin au travers des salles interminables. Et toujours pas une âme, pas un bruit, pas un souffle. Dans chaque pièce vide, l'unique lampe, solitaire et comme oubliée, charbonnait, brûlait plus pâle dans plus de silence. Le désert semblait s'être élargi, à mesure que la nuit avançait, noyant d'ombre les rares meubles, épars sous les hauts plafonds dorés, les trônes, les escabeaux de bois, les consoles, les crucifix, les candélabres, qui se répétaient à chaque salle nouvelle. Et ce fut ainsi, après l'antichambre d'honneur dont le damas rougeoyait, la salle des gardes nobles, endormie dans une légère odeur d'encens, qu'une messe dite le matin y avait laissée ; puis, ce furent la salle des tapisseries, la salle de la garde palatine, la salle des gendarmes ; et, dans la salle des *bussolanti*, qui suivait, le dernier domestique de service, resté sur la banquette, s'y était assoupi d'un si bon sommeil, qu'il ne s'éveilla point. Les pas sonnaient faiblement sur les dalles, étouffés dans l'air morne de ce palais clos, muré de partout ainsi qu'une tombe, envahi à cette heure tardive d'un néant qui le submergeait. Enfin, ce fut la salle Clémentine, que le poste de la garde suisse venait de quitter.

Jusqu'à cette salle, M. Squadra n'avait pas tourné la tête. Toujours muet, sans un geste, il s'effaça, laissa passer Pierre, qu'il salua d'une dernière révérence. Ensuite, il disparut.

Et Pierre descendit les deux étages de l'escalier monumental, que les globes dépolis des becs de gaz éclairaient d'une lueur de veilleuse, dans un accablement extraordinaire du silence, depuis que les pas des gardes suisses en faction ne retentissaient plus sur les paliers. Et il traversa la cour Saint-Damase, vide et morte, sous la pâle clarté des lanternes du perron, descendit la scala Pia, l'autre escalier géant, aussi vide, aussi mort dans sa demi-obscurité, franchit enfin la porte de bronze, qu'un portier, derrière lui, roula et ferma d'une poussée lente. Et quel grondement, quel cri farouche de dur métal, sur tout ce que cette porte enfermait là, tant de ténèbres entassées, tant de silence accru, les siècles immobiles que la tradition y perpétuait, les idoles indestructibles des dogmes conservés sous leurs bandelettes de momies, toutes les chaînes qui pèsent et qui lient, tout l'appareil d'étroit servage, de domination souveraine, dont les échos des salles désertes et noires renvoyaient le formidable retentissement !

Sur la place Saint-Pierre, au milieu de cette immensité sombre, il se retrouva seul. Pas un promeneur attardé, pas un être. Émergeant de la vaste mosaïque du petit pavé gris, rien que la haute apparition de l'obélisque blême, entre les quatre candélabres. La façade de la basilique s'évoquait, elle aussi, d'une pâleur de rêve, élargissant, pareilles à deux bras énormes, les quadruples rangées de piliers de la colonnade, noyées d'obscurité, ainsi que des futaies de pierre. Et rien autre, le dôme n'était qu'une rondeur démesurée, devinée à peine dans le ciel sans lune. Seuls, les jets d'eau des fontaines, qu'on finissait par distinguer comme de grêles fantômes mouvants, mettaient là une voix, un murmure sans fin de triste plainte, venu on ne savait de quelles ténèbres. Ah ! la mélancolique grandeur de ce sommeil, toute cette place fameuse, avec le Vatican, avec Saint-Pierre, vus la nuit, noyés d'ombre et de silence ! Soudain l'horloge sonna dix heures, d'une cloche si lente et si forte, que jamais heures plus solennelles, plus définitives, n'avaient semblé tomber dans plus d'infini noir et insondable.

Pierre, immobile au milieu de l'étendue, avait tressailli de tout son pauvre être brisé. Eh ! quoi, il n'avait causé, là-haut, que trois quarts d'heure à peine, avec le blanc vieillard qui venait de lui arracher toute son âme ? Oui, c'était l'arrachement final, la dernière croyance arrachée de son cerveau, de son cœur saignant. L'expérience suprême était faite, un monde en lui avait croulé. Tout d'un coup, il songea à monsignor Nani, en réfléchissant que celui-là seul avait eu raison. On lui disait bien qu'il finirait quand même par faire ce que voudrait monsignor Nani, et il avait maintenant la stupeur de l'avoir fait.

Mais un brusque désespoir le saisit, une détresse si atroce, que, du fond de l'abîme de ténèbres où il était, il leva ses deux bras frémissants dans le vide, il parla tout haut.

« Non, non ! vous n'êtes point ici, ô Dieu de vie et d'amour, ô Dieu de salut ! Et venez donc, apparaissez, puisque vos enfants se meurent de ne savoir ni qui vous êtes ni où vous êtes, dans l'infini des mondes ! »

Au-dessus de l'immense place, le ciel immense s'étendait, de velours bleu sombre, l'infini muet et bouleversant où palpitaient les constellations. Sur les toitures du Vatican, le Chariot semblait s'être renversé davantage, ses roues d'or comme déviées du droit chemin, son brancard d'or en l'air ; tandis que là-bas, sur Rome, du côté de la rue Giulia, Orion allait disparaître, ne montrant déjà plus qu'une seule des trois étoiles d'or qui chamarraient son Baudrier.

XV

Pierre ne s'était assoupi qu'au petit jour, brisé d'émotion, brûlant de fièvre. Dès son retour au palais Boccanera, dans la nuit noire, il avait retrouvé l'affreux deuil de la mort de Dario et de Benedetta. Et, vers neuf heures, lorsqu'il se fut réveillé et qu'il eut déjeuné, il voulut descendre tout de suite à l'appartement du cardinal, où l'on avait exposé les corps des deux amants, pour que la famille, les amis, les clients, pussent leur apporter leurs larmes et leurs prières.

Pendant qu'il déjeunait, Victorine, qui ne s'était pas couchée, d'une bravoure active dans son désespoir, venait de lui raconter les événements de la nuit et de la matinée. Donna Serafina, par un respect de prude pour les convenances, avait risqué une nouvelle tentative, voulant qu'on séparât les deux corps. Cette femme nue qui, dans la mort, étreignait si étroitement cet homme dévêtu lui-même, blessait toutes ses pudeurs. Mais il n'était plus temps, la rigidité s'était produite, ce qu'on n'avait pas fait au premier moment ne pouvait plus l'être, sans une horrible profanation. Leur étreinte d'amour était si puissante, qu'il aurait fallu, pour les dénouer l'un de l'autre, arracher leurs chairs, casser leurs membres. Et le cardinal, qui, déjà, n'avait pas permis qu'on troublât leur sommeil, leur union d'éternité, s'était presque querellé avec sa sœur. Sous sa robe de prêtre, il se retrouvait de sa race, fier des passions d'autrefois, des belles amours violentes, des beaux coups de dague, disant que, si la famille comptait deux papes, de grands capitaines, de grands amoureux l'avaient aussi illustrée. Jamais il ne laisserait toucher à ces deux enfants, si purs en leur douloureuse existence, et que la tombe seule avait unis. Il était le maître en son palais, on les coudrait dans le même suaire, on les clouerait dans le même cercueil. Ensuite, le service religieux serait fait à San Carlo, l'église voisine, dont il avait le titre cardinalice, où il était le maître encore. Et, s'il le fallait, il irait jusqu'au pape. Et telle était sa volonté souveraine, exprimée si hautement, que tout le monde dans la maison avait dû s'incliner, sans se permettre un geste ni un souffle.

Alors, donna Serafina s'était occupée de la toilette dernière. Selon l'usage, les domestiques se trouvaient là, Victorine avait aidé la famille, comme la servante la plus ancienne, la plus aimée. Il avait fallu se contenter d'envelopper d'abord les deux amants dans les cheveux dénoués de Benedetta, la chevelure odorante, épaisse et large, ainsi qu'un royal manteau ; puis, on les avait vêtus d'un même linceul de soie blanche, serré à leurs cous, qui faisait d'eux un seul être dans la mort. Et, de nouveau, le cardinal avait exigé qu'ils fussent descendus chez lui, qu'on les couchât sur un lit de parade, au milieu de la salle du trône, pour leur rendre un suprême hommage, comme aux derniers du nom, aux deux fiancés tragiques, avec qui la gloire jadis retentissante des Boccanera retournait à la terre. D'ailleurs, donna Serafina s'était rangée tout de suite à ce projet, car elle jugeait peu décent que sa nièce, même morte, fût aperçue dans cette chambre, sur ce lit d'un jeune homme. L'histoire arrangée circulait déjà : le brusque décès de Dario emporté en quelques heures par une fièvre infectieuse ; la douleur folle de Benedetta, qui avait expiré sur son corps, en le serrant une dernière fois entre ses bras ; et les honneurs royaux qu'on leur rendait, et les belles noces funèbres qu'on leur faisait, allongés tous les deux sur le même lit d'éternel repos. Rome entière, bouleversée par cette histoire d'amour et de mort, n'allait plus pendant deux semaines, causer d'autre chose.

Pierre serait parti le soir même pour la France, dans sa hâte de quitter cette ville de désastre, où il devait laisser le dernier lambeau de sa foi. Mais il voulait attendre les obsèques, il avait remis son départ au lendemain soir. Et, toute cette journée encore, il la passerait là, dans ce palais qui croulait, près de cette morte qu'il avait aimée, tâchant de retrouver pour elle des prières, au fond de son cœur vide et meurtri.

Quand il fut descendu, sur le vaste palier, devant l'appartement de réception du cardinal, le souvenir lui revint du premier jour où il s'était présenté là. C'était la même sensation d'ancienne pompe princière, dans l'usure et dans la poussière du passé. Les portes des trois immenses antichambres se trouvaient grandes ouvertes ; et les salles étaient vides encore, sous les hauts plafonds obscurs, à cause de l'heure matinale. Dans la première, celle des domestiques, il n'y avait que Giacomo en livrée noire, immobile et debout, en face de l'antique chapeau rouge, accroché sous le baldaquin, avec ses glands mangés à demi, parmi lesquels les araignées filaient leur toile. Dans la seconde, celle où le secrétaire se tenait autrefois, l'abbé Paparelli, le caudataire qui remplissait aussi la fonction de maître de chambre, attendait les visiteurs en marchant à petits pas silencieux ; et jamais il n'avait plus ressemblé à une très vieille fille en jupe noire, blêmie, ridée par des pratiques trop sévères, avec son humilité conquérante, son air louche de toute-puissance obséquieuse. Enfin, dans la troisième antichambre, l'antichambre noble, où la barrette, posée sur une crédence, faisait face au grand portrait impérieux du cardinal en costume de cérémonie, le secrétaire, don Vigilio, avait quitté sa petite table de travail pour se tenir à la porte de la salle du trône, saluant d'une révérence les personnes qui en passaient le seuil. Et, par cette sombre matinée d'hiver, ces salles apparaissaient plus mornes, plus délabrées, les tentures en lambeaux, les rares meubles ternis de poussière, les vieilles boiseries s'émiettant sous le continu travail des vers, les plafonds seuls gardant leur fastueuse envolée de dorures et de peintures triomphales.

Mais Pierre, que l'abbé Paparelli venait de saluer profondément, d'une manière exagérée, où se sentait l'ironie d'une sorte de congé donné à un vaincu, était surtout saisi par la grandeur triste de ces trois vastes salles en ruine, qui conduisaient, ce jour-là, à cette salle du trône transformée en salle de mort, dans laquelle dormaient les deux derniers enfants de la maison. Quel gala superbe et désolé de la mort, toutes les larges portes ouvertes, tout le vide de ces pièces trop grandes, dépeuplées de leurs anciennes foules, aboutissant au deuil suprême de la fin d'une race ! Le cardinal s'était enfermé dans son petit cabinet de travail, où il recevait les membres de la famille, les intimes qui tenaient à lui présenter leurs condoléances ; tandis que donna Serafina, de son côté, avait choisi une chambre voisine, pour y attendre les dames amies, dont le défilé allait durer jusqu'au soir. Et Pierre, que Victorine avait renseigné sur ce cérémonial, dut se décider à entrer directement dans la salle du trône, de nouveau salué par une grande révérence de don Vigilio, pâle et muet, qui sembla même ne pas le reconnaître.

Une surprise attendait le prêtre. Il s'était imaginé une chapelle ardente, la nuit complètement faite, des centaines de cierges brûlant autour d'un catafalque, au milieu de la salle tendue de draperies noires. On lui avait dit que l'exposition se faisait là, parce que l'antique chapelle du palais, située au rez-de-chaussée, était fermée depuis cinquante ans, hors d'usage, et que la petite chapelle privée du cardinal se trouvait trop étroite pour une pareille cérémonie. Aussi avait-il fallu improviser un autel dans la salle du trône, où les messes se succédaient depuis le matin. D'ailleurs, des messes devaient également être dites toute la journée dans la chapelle privée ; de même qu'on avait installé deux autres autels, un dans une petite pièce voisine de l'antichambre noble, l'autre dans une sorte d'alcôve qui s'ouvrait sur la seconde antichambre ; et c'était ainsi que des prêtres, surtout des franciscains, des religieux appartenant aux ordres pauvres, allaient sans interruption et concurremment célébrer le divin sacrifice, sur ces quatre autels. Le cardinal avait voulu que pas un instant le sang divin ne cessât de couler chez lui pour la rédemption des deux âmes chères, envolées ensemble. Dans le palais en deuil, au travers des salles funèbres, les tintements des sonnettes de l'élévation ne s'arrêtaient pas, les murmures frissonnants des paroles latines ne se taisaient pas, les hosties se brisaient, les calices se vidaient continuellement, sans que Dieu pût une seule minute s'absenter de cet air lourd, qui sentait la mort.

Et Pierre, étonné, trouva la salle du trône telle qu'il l'avait vue, le jour de sa première visite. Les rideaux des quatre grandes fenêtres n'avaient pas même été tirés, la sombre matinée d'hiver entrait en une clarté faible, grise et froide. C'étaient encore, sous le plafond de bois sculpté et doré, les tentures rouges des murs, une brocatelle à grandes palmes, mangée par l'usure ; et l'ancien trône se trouvait là, le fauteuil retourné contre la muraille, dans l'attente inutile du pape, qui ne venait jamais plus. Seul, l'autel improvisé, dressé à côté de ce trône, changeait un peu l'aspect de la pièce, débarrassée de ses quelques meubles, sièges, tables, consoles. Puis, au milieu, on avait posé sur une marche basse le lit d'apparat, où Benedetta et Dario étaient couchés, dans une jonchée de fleurs. Au chevet du lit, deux cierges simplement, un de chaque côté, brûlaient. Et rien autre, et seulement des fleurs encore, une telle moisson de fleurs, qu'on ne savait dans quel jardin chimérique on avait bien pu la couper, des roses blanches surtout, des gerbes de roses sur le lit, des gerbes de roses s'écroulant du lit, des gerbes de roses couvrant la marche, débordant de la marche jusque sur le dallage magnifique de la salle.

Pierre s'était approché du lit, le cœur bouleversé d'une émotion profonde. Ces deux cierges dont le jour pâle éteignaient à demi les petites flammes jaunes, cette continuelle plainte basse de la messe voisine, ce parfum pénétrant des roses qui alourdissait l'air, mettaient une infinie détresse, une lamentation de deuil sans bornes, dans la grande salle surannée et poudreuse. Et pas un geste, pas un souffle, rien autre, par instants, qu'un petit bruit de sanglots étouffés, parmi les quelques personnes qui se trouvaient là. Des domestiques de la maison se relayaient sans cesse, quatre toujours étaient au chevet du lit, debout, immobiles, ainsi que des gardes familiers et fidèles. De temps à autre, l'avocat consistorial Morano, qui s'occupait de tout, depuis le matin, traversait la pièce, l'air pressé, d'un pas silencieux. Et, sur la marche, tous ceux qui entraient venaient s'agenouiller, priaient, pleuraient. Pierre y aperçut trois dames, la face dans leur mouchoir. Un vieux prêtre y était aussi, tremblant de douleur, la tête basse, et dont on ne pouvait distinguer le visage. Mais il fut surtout attendri par la vue d'une jeune fille, vêtue pauvrement, qu'il prit pour une servante, si écrasée par le chagrin sur les dalles, qu'elle n'était plus là qu'une loque de misère et de souffrance.

Alors, à son tour, il s'agenouilla ; et, du balbutiement professionnel des lèvres, il tâcha de retrouver le latin des prières consacrées, qu'il avait dites si souvent comme prêtre, au chevet des morts. Son émotion grandissante brouillait sa mémoire, il s'anéantit dans le spectacle adorable et terrible des deux amants, que ses regards ne pouvaient quitter. Sous la jonchée des roses, les corps se distinguaient à peine, dans leur étreinte ; mais les deux têtes émergeaient, serrées au cou par le suaire de soie. Et qu'elles étaient belles encore, d'une beauté de passion enfin satisfaite, posées toutes deux sur le même coussin, mêlant leurs chevelures ! Benedetta avait gardé sa face divinement rieuse, aimante et fidèle pour l'éternité, exaltée d'avoir rendu son dernier souffle en un baiser d'amour. Dario, en son allégresse dernière, était resté plus douloureux, tel que les marbres des pierres funéraires, que les amoureuses s'épuisent à étreindre vainement. Et ils avaient encore les yeux grands ouverts, plongeant les uns au fond des autres, et ils continuaient à se regarder sans fin, avec une douceur de caresse que jamais rien ne devait plus troubler.

Mon Dieu ! était-ce donc vrai qu'il l'avait aimée, cette Benedetta, d'un amour si pur, si dégagé de toute idée d'impossible possession ! Et Pierre était remué jusqu'au fond de l'âme par les heures délicieuses qu'il avait passées près d'elle, dans un lien d'une exquise amitié, aussi douce que l'amour. Elle était si belle, si sage, si brûlante de passion ! Lui-même avait fait un si beau rêve, animer de sa fraternité libératrice cette admirable créature, à l'âme de feu, aux airs indolents, en laquelle il revoyait toute l'ancienne Rome, qu'il aurait voulu réveiller et conquérir à l'Italie de demain. Il rêvait de la catéchiser, de lui élargir le cœur et le cerveau, en lui donnant l'amour des petits et des pauvres, le flot de pitié d'aujourd'hui pour les choses et pour les êtres. Maintenant, cela l'aurait fait un peu sourire, s'il n'avait pas débordé de larmes. Comme elle s'était montrée charmante, en s'efforçant de le contenter, malgré les obstacles invincibles, la race, l'éducation, le milieu, qui l'empêchaient de le suivre ! Elle était une écolière docile, mais incapable de progrès véritable. Un jour pourtant, elle avait semblé se rapprocher de lui, comme si la souffrance lui ouvrait l'âme à toutes les charités. Puis, l'illusion du bonheur était venue, et elle n'avait plus rien compris à la misère des autres, elle s'en était allée dans l'égoïsme de son espoir et de sa joie, à elle. Était-ce donc, grand Dieu ! que cette race, condamnée à disparaître, devait finir ainsi, si belle encore parfois, si adorée, mais si fermée à l'amour des humbles, à la loi de charité et de justice, qui, en réglementant le travail, pouvait seule désormais sauver le monde ?

Puis, ce fut chez Pierre une autre désolation encore, qui le laissa balbutiant, sans prières précises. Il venait de songer au coup de violence qui avait emporté les deux enfants, dans une revanche foudroyante de la nature. Quelle dérision d'avoir promis à la Vierge de ne faire le cadeau de sa virginité qu'au mari élu, de s'être fait saigner sous ce serment, comme sous un cilice, pendant son existence entière, pour en venir à se jeter dans la mort, au cou de l'amant, éperdue de regrets, brûlante de se donner toute ! Et elle s'était donnée avec l'emportement d'une protestation dernière, et il avait suffi du fait brutal de la séparation menaçante, l'avertissant de la duperie, la ramenant à l'instinct de l'universel amour. C'était encore une fois l'Église vaincue, le grand Pan, semeur des germes, rassemblant les couples de son geste continu de fécondité. Si, lors de la Renaissance, l'Église n'avait pas croulé sous l'assaut des Vénus et des Hercules exhumés du vieux sol romain, la lutte continuait aussi âpre, et à chaque heure les peuples nouveaux, débordants de sève, affamés de vie, en guerre contre une religion qui n'était qu'un appétit de la mort, menaçaient d'emporter l'ancien édifice catholique, dont les murs déjà croulaient de vieillesse inféconde.

Et, à ce moment, Pierre eut la sensation que la mort de cette Benedetta adorable était pour lui le suprême désastre. Il la regardait toujours, et des larmes brûlèrent ses yeux. Elle achevait d'emporter sa chimère. Comme la veille, au Vatican, devant le pape, il sentait s'effondrer sa dernière espérance, la résurrection tant souhaitée de la vieille Rome, en une Rome de jeunesse et de salut. Cette fois, c'était bien la fin : Rome la catholique, la princière, était morte, couchée là, telle qu'un marbre, sur ce lit funèbre. Elle n'avait pu aller aux humbles, aux souffrants de ce monde, elle venait d'expirer dans le cri impuissant de sa passion égoïste, quand il était trop tard pour aimer et enfanter. Jamais plus elle ne ferait d'enfants, la vieille maison romaine était vide désormais, stérile, sans réveil possible. Pierre, dont la chère morte laissait l'âme veuve, en deuil d'un si grand rêve, éprouvait une telle douleur à la voir ainsi immobile et glacée, qu'il se sentit défaillir. Était-ce le jour livide, étoilé par les taches jaunes des deux cierges, qui lui troublait la vue, le parfum des roses, alourdi dans l'air de mort, qui le grisait comme d'une ivresse, le sourd murmure continu de l'officiant en train d'achever sa messe, derrière lui, qui bourdonnait dans son crâne, en l'empêchant de retrouver ses prières ? Il craignit de tomber en travers de la marche, il se releva péniblement et s'écarta.

Puis, comme il se réfugiait au fond de l'embrasure d'une fenêtre, pour se remettre, il eut l'étonnement de rencontrer là Victorine, assise sur une banquette, qu'on y avait à demi dissimulée. Elle avait des ordres de donna Serafina, elle veillait de ce coin sur ses deux chers enfants, ainsi qu'elle les nommait, en ne quittant pas des yeux les personnes qui entraient et qui sortaient. Tout de suite, elle fit asseoir le jeune prêtre, lorsqu'elle le vit si pâle, près de s'évanouir.

« Ah ! dit-il très bas, lorsqu'il eut longuement respiré, qu'ils aient au moins la joie d'être ensemble ailleurs, de revivre une autre vie, dans un autre monde ! »

Elle haussa doucement les épaules, elle répondit à voix très basse, elle aussi :

« Oh ! revivre, monsieur l'abbé, pour quoi faire ? Quand on est mort, allez ! le mieux est encore d'être mort et de dormir. Les pauvres enfants ont eu assez de peines sur la terre, il ne faut pas leur souhaiter de recommencer ailleurs. »

Ce mot si naïf et si profond d'illettrée incroyante fit passer un frisson dans les os de Pierre. Et lui dont les dents avaient parfois claqué de terreur, la nuit, à la brusque évocation du néant ! Il la trouvait héroïque de n'être pas troublée par les idées d'éternité et d'infini. Ah ! si tout le monde avait eu cette tranquille irréligion, cette insouciance si sage, si gaie, du petit peuple incrédule de France, quel calme soudain parmi les hommes, quelle vie heureuse !

Et, comme elle le sentait qui frémissait ainsi, elle ajouta :

« Que voulez-vous donc qu'il y ait après la mort ? On a bien mérité de dormir, c'est encore ce qu'il y a de plus désirable et de plus consolant. Si Dieu avait à récompenser les bons et à punir les méchants, il aurait vraiment trop à faire. Est-ce que c'est possible, un pareil jugement ? Est-ce que le bien et le mal ne sont pas dans chacun, à ce point mêlés, que le mieux serait encore d'acquitter tout le monde ?

– Mais, murmura-t-il, ces deux-là, si aimables, si aimés, n'ont pas vécu, et pourquoi ne pas se donner la joie de croire qu'ils revivent, récompensés ailleurs, aux bras l'un de l'autre, éternellement ? »

De nouveau, elle secoua la tête.

« Non, non !... Je le disais bien, que ma pauvre Benedetta avait tort de se martyriser avec des idées de l'autre monde, en se refusant à son amoureux, qu'elle désirait tant. Moi, si elle avait voulu, je le lui aurais amené dans sa chambre, son amoureux, et sans maire, et sans curé encore ! C'est si rare, le bonheur ! On a tant de regret, plus tard, quand il n'est plus temps !... Et voilà toute l'histoire de ces deux pauvres mignons. Il n'est plus temps pour eux, ils sont morts, et on a beau mettre les amoureux dans les étoiles, voyez-vous, quand ils sont morts, ils le sont bien, ça ne leur fait plus ni chaud ni froid, de s'embrasser ! »

À son tour, elle était reprise par les larmes, elle sanglotait.

« Les pauvres petits ! les pauvres petits ! dire qu'ils n'ont pas eu seulement une nuit gentille, et que c'est maintenant la grande nuit qui ne finira plus !... Regardez-les donc, comme ils sont blancs ! Et pensez-vous à cela, quand il ne restera que les os de leurs deux têtes, sur le coussin, et que les os seuls de leurs bras se serreront encore ?... Ah ! qu'ils dorment, qu'ils dorment ! au moins ils ne savent plus, ils ne sentent plus ! »

Un long silence retomba. Pierre, dans le frisson de son doute, dans son désir anxieux de survie, la regardait, cette femme dont les curés ne faisaient pas l'affaire, qui avait gardé son franc-parler de Beauceronne, l'air si paisible et si content du devoir accompli, en son humble situation de servante, perdue depuis vingt-cinq ans au milieu d'un pays de loups où elle n'avait pas même pu apprendre la langue. Oh ! oui, être comme elle, avoir son bel équilibre de créature saine et bornée qui se contentait de la terre, qui se couchait pleinement satisfaite le soir, lorsqu'elle avait rempli son labeur du jour, quitte à ne se réveiller jamais !

Mais Pierre, en reportant les yeux vers le lit funèbre, venait de reconnaître le vieux prêtre, agenouillé sur la marche, et dont la tête basse, accablée de douleur, ne lui avait point permis de distinguer les traits.

« N'est-ce pas l'abbé Pisoni, le curé de Sainte-Brigitte, où j'ai dit quelques messes ? Ah ! le pauvre homme, comme il pleure ! »

Victorine répondit de sa voix tranquille et navrée :

« Il y a de quoi. Le jour où il s'est avisé de marier ma pauvre Benedetta au comte Prada, il a fait vraiment un beau coup. Tant d'abominations ne seraient pas arrivées, si on avait donné tout de suite son Dario à la chère enfant. Mais ils sont tous fous dans cette bête de ville, avec leur politique ; et celui-ci, qui est pourtant un si brave homme, croyait avoir fait un vrai miracle et sauvé le monde, en mariant le pape et le roi, comme il disait avec un rire doux de vieux savant qui n'a jamais aimé que les vieilles pierres : vous savez bien, leurs antiquailles, leurs idées patriotiques d'il y a cent mille ans. Et vous voyez, aujourd'hui, il pleure toutes les larmes de son corps... L'autre aussi est venu, il n'y a pas vingt minutes, le père Lorenza, le jésuite, celui qui a été le confesseur de la contessina, après l'abbé Pisoni, et qui a défait ce que ce dernier avait fait. Oui, un bel homme, un beau gâcheur de besogne encore, un empêcheur d'être heureux, avec toutes les complications sournoises qu'il a mises dans l'histoire du divorce... J'aurais voulu que vous fussiez là, pour voir la façon dont il a fait un grand signe de croix, après s'être mis à genoux. Il n'a pas pleuré, lui, ah ! non, et il semblait dire que, puisque les choses finissaient si mal, c'était que Dieu s'était finalement retiré de toute cette affaire. Tant pis pour les morts ! »

Elle parlait doucement, sans arrêt, comme soulagée de pouvoir se vider le cœur, après les terribles heures de bousculade et d'étouffement, qu'elle vivait depuis la veille.

« Et celle-ci, reprit-elle plus bas, vous ne la reconnaissez donc point ? »

Elle désignait du regard la jeune fille pauvrement vêtue, qu'il avait prise pour une servante, et que le chagrin, une détresse affreuse, écrasait sur les dalles, devant le lit. Dans un mouvement d'éperdue souffrance, elle venait de relever, de renverser la tête, une tête d'une beauté extraordinaire, noyée dans la plus admirable des chevelures noires.

« La Pierina ! dit-il. La pauvre fille ! »

Victorine eut un geste de pitié et de tolérance.

« Que voulez-vous ? Je lui ai permis de monter jusqu'ici... Je ne sais comment elle a pu apprendre le malheur. Il est vrai qu'elle rôde toujours autour du palais. Alors, elle m'a fait appeler, en bas, et si vous l'aviez entendue me supplier, me demander avec de gros sanglots la grâce de voir son prince une fois encore !... Mon Dieu ! Elle ne fait de mal à personne, là, par terre, à les regarder tous les deux, de ses beaux yeux d'amoureuse, pleins de larmes. Elle y est depuis une demi-heure, je m'étais promis de la faire sortir, si elle ne se conduisait pas bien. Mais, puisqu'elle est sage, qu'elle ne bouge seulement pas, ah ! qu'elle reste donc et qu'elle s'emplisse le cœur pour la vie entière ! »

Et c'était, en vérité, un spectacle sublime, que cette Pierina, cette fille d'ignorance, de passion et de beauté, foudroyée de la sorte, anéantie, au bas de la couche nuptiale, où les deux amants enlacés dormaient, dans la mort, leur première et éternelle nuit. Elle s'était affaissée sur les talons, elle avait laissé tomber ses bras trop lourds, les mains ouvertes ; et, la face levée, immobile, comme figée en une extase d'agonie, elle ne quittait plus du regard le couple adorable et tragique. Jamais visage humain n'avait paru si beau, d'une splendeur de souffrance et d'amour si éclatante, la Douleur antique, mais toute frémissante de vie, avec son front royal, ses joues de grâce fière, sa bouche de perfection divine. À quoi pensait-elle, de quoi souffrait-elle, en regardant fixement son prince, à jamais dans les bras de sa rivale ? Était-ce donc une jalousie sans fin possible qui glaçait le sang de ses veines ? Était-ce plutôt la seule souffrance de l'avoir perdu, de se dire qu'elle le voyait pour la dernière fois, sans haine contre cette autre femme qui tâchait vainement de le réchauffer, contre sa chair, aussi froide que la sienne ? Ses yeux noyés restaient doux pourtant, ses lèvres amères gardaient leur tendresse. Elle les trouvait si purs, si beaux, couchés parmi cette jonchée de fleurs ! Et, dans sa beauté à elle, sa beauté de reine qui s'ignore, elle était là sans souffle, en humble servante, en esclave amoureuse, dont ses maîtres, en mourant, ont arraché et emporté le cœur.

Sans cesse, maintenant, des personnes entraient d'un pas ralenti, avec des visages de deuil, s'agenouillaient, priaient pendant quelques minutes, puis sortaient, de la même allure muette et désolée. Et Pierre eut un serrement de cœur, quand il vit arriver ainsi la mère de Dario, la toujours belle Flavia, accompagnée correctement de son mari, le beau Jules Laporte, l'ancien sergent de la garde suisse dont elle avait fait un marquis Montefiori. Prévenue dès la mort, elle était venue la veille au soir. Mais elle revenait d'un air de cérémonie, en grand deuil, superbe dans tout ce noir, qui allait très bien à sa majesté de Junon un peu forte. Lorsqu'elle se fut approchée royalement du lit, elle resta un instant debout, avec deux larmes au bord des paupières, qui ne coulaient pas. Puis, au moment de se mettre à genoux, elle s'assura que Jules était bien à son côté, elle lui commanda d'un coup d'œil de s'agenouiller aussi, près d'elle. Tous deux s'inclinèrent au bord de la marche, restèrent là en prière le temps convenable, elle très digne et accablée, lui beaucoup mieux qu'elle encore, d'une désolation parfaite d'homme qui n'était déplacé dans aucune des circonstances de la vie, même les plus graves. Ensuite, tous les deux se relevèrent, disparurent avec lenteur par la porte des appartements, où le cardinal et donna Serafina recevaient la famille et les intimes.

Cinq dames entrèrent à la file, tandis que deux capucins et l'ambassadeur d'Espagne près le Saint-Siège sortaient. Et Victorine, qui se taisait depuis quelques minutes, reprit soudain :

« Ah ! voici la petite princesse, et bien affligée, elle qui aimait tant notre Benedetta ! »

Pierre, en effet, vit entrer Celia, qui avait pris le deuil, elle aussi, pour cette visite d'abominable adieu. Derrière elle, la femme de chambre, dont elle s'était fait accompagner, tenait, dans chacun de ses bras, une gerbe énorme de roses blanches.

« La chère petite ! murmura encore Victorine, elle qui voulait que ses noces avec son Attilio se fissent en même temps que les noces des deux pauvres morts dont les amours maintenant reposent là ! Et ce sont eux qui l'ont devancée, elles sont faites, leurs noces, ils la dorment déjà, leur première nuit ! »

Tout de suite, Celia s'était agenouillée, avait fait le signe de la croix. Mais, visiblement, elle ne priait pas, elle regardait les deux chers amants, dans la stupeur désespérée de les retrouver si blancs, si froids, d'une beauté de marbre. Eh quoi ! quelques heures avaient suffi, la vie s'en était allée, jamais plus les lèvres ne se baiseraient ? Elle les revoyait encore, au milieu de ce bal de l'autre nuit, si éclatants, si triomphants de vivant amour ! Une protestation furieuse montait de son jeune cœur, ouvert à la vie, avide de joie et de soleil, en révolte contre l'imbécile mort. Et cette colère, cet effroi, cette douleur en face du néant, où toute passion se glace, se lisaient sur son visage ingénu de lis candide et fermé. Jamais sa bouche d'innocence aux lèvres closes sur les dents blanches, jamais ses yeux d'eau de source, clairs et sans fond, n'avaient exprimé plus d'insondable mystère, la vie de passion qu'elle ignorait, où elle entrait, et qui se heurtait, dès le seuil, à ces deux morts tendrement aimés, dont la perte lui bouleversait l'âme.

Doucement, elle ferma les yeux, elle tâcha de prier, tandis que de grosses larmes, maintenant, coulaient de ses paupières abaissées. Un temps s'écoula, au milieu du silence frissonnant, que troublaient seuls les petits bruits de la messe voisine. Elle se leva enfin, se fit donner par la femme de chambre les deux gerbes de roses blanches, qu'elle voulait déposer elle-même sur le lit. Debout, sur la marche, elle hésita, finit par les mettre à droite et à gauche du coussin où reposaient les deux têtes, comme si elle les eût couronnées de ces fleurs, les mêlant à leurs cheveux, embaumant leurs jeunes fronts de ce parfum si doux et si fort. Mais, les mains vides, elle ne s'en allait pas, elle demeurait là, tout près, penchée sur eux, tremblante, cherchant ce qu'elle pourrait bien leur dire encore, leur laisser d'elle, à jamais. Et elle trouva, elle se pencha davantage, elle mit deux longs baisers, toute son âme profonde d'amoureuse, sur les fronts glacés de l'époux et de l'épouse.

« Ah ! la brave petite ! dit Victorine, dont les larmes coulèrent. Vous avez vu, elle les a baisés, et personne n'a songé encore à cela, pas même la mère... Ah ! le brave petit cœur, c'est pour sûr qu'elle a pensé à son Attilio ! »

En se retournant pour descendre de la marche, Celia venait d'apercevoir la Pierina, toujours à demi renversée, dans son adoration douloureuse et muette. Elle la reconnut, elle s'apitoya surtout, lorsqu'elle la vit reprise de si gros sanglots, que tout son corps, ses hanches et sa gorge de déesse, en étaient secoués affreusement. Cette peine d'amour la bouleversa, telle qu'un désastre où sombrait tout le reste. On l'entendit dire à demi-voix, d'un ton d'infinie pitié :

« Ma chère, calmez-vous, calmez-vous... Je vous en prie, soyez plus raisonnable, ma chère. »

Puis, comme la Pierina, saisie d'être ainsi plainte et secourue, sanglotait plus fort, au point de faire scandale, Celia la releva, la soutint entre ses deux bras, de crainte qu'elle ne tombât par terre. Et elle l'emmena dans une fraternelle étreinte, ainsi qu'une sœur de tendresse et de désespoir, elle la fit sortir de la salle, en lui prodiguant les plus douces paroles.

« Suivez-les donc, allez donc voir ce qu'elles deviennent, dit Victorine à Pierre. Moi, je ne veux pas bouger d'ici, ça me tranquillise de les veiller, ces chers enfants. »

À l'autel improvisé, un autre prêtre, un capucin, commençait une autre messe ; et, de nouveau, la sourde psalmodie latine reprit, tandis que, de la salle prochaine, venaient les coups de sonnette de l'élévation, dans l'indistinct bourdonnement de la messe d'à côté. Le parfum des fleurs augmentait, se faisait plus lourd, d'une caresse de vertige, au milieu de l'air immobile et morne de la vaste salle. Au fond, les domestiques, ainsi que pour une réception de gala, ne bougeaient point. Et, devant le lit de parade, que les deux cierges pâles étoilaient, le défilé de deuil continuait sans bruit, des femmes, des hommes, qui étouffaient là un instant, puis qui s'en allaient, en emportant l'inoubliable vision des deux amants tragiques, dormant leur éternel sommeil.

Pierre rejoignit Celia et la Pierina dans l'antichambre noble, où se tenait don Vigilio. On y avait apporté, en un coin, les quelques sièges de la salle du trône, et la petite princesse venait de forcer l'ouvrière à s'asseoir sur un fauteuil, pour qu'elle se remît un peu. Elle était en extase devant elle, ravie de la trouver si belle, plus belle que toutes, comme elle disait. Puis, elle reparla des deux chers morts qui lui avaient semblé bien beaux, eux aussi, d'une beauté superbe et douce, extraordinaire. Elle en restait transportée d'admiration, au milieu de ses larmes. En faisant causer la Pierina, le prêtre sut que Tito, son frère, était à l'hôpital, en grand danger, le flanc troué d'un coup de couteau terrible ; et la misère avait grandi, affreuse, aux Prés-du-Château, depuis le commencement de l'hiver. C'étaient pour tout le monde de grands chagrins, ceux que la mort emportait devaient se réjouir. Mais Celia, d'un geste d'invincible espoir, écartait la souffrance, la mort elle-même.

« Non, non, il faut vivre. Et, ma chère, ça suffit d'être belle pour vivre... Allons, ma chère, ne restez pas ici, ne pleurez plus, vivez pour la joie d'être belle. »

Elle l'emmena, et Pierre demeura sur un des fauteuils, envahi d'une telle tristesse lasse, qu'il aurait voulu ne plus bouger. Don Vigilio, debout, continuait à saluer chaque visiteur d'une révérence. Dans la nuit, il avait eu un accès de fièvre, il en grelottait encore, très jaune, les yeux brûlants et inquiets. Et il jetait sur Pierre de continuels regards, comme dévoré du désir de lui parler ; mais la terreur d'être vu de l'abbé Paparelli, par la porte grande ouverte de l'antichambre voisine, combattait sans doute ce désir, car il ne cessait aussi de guetter le caudataire. Enfin, celui-ci dut s'absenter un moment, don Vigilio s'approcha du prêtre.

« Vous avez vu Sa Sainteté hier soir. »

Stupéfait, Pierre le regarda.

« Oh ! tout se sait, je vous l'ai déjà dit... Et qu'avez-vous fait ? Vous avez purement et simplement retiré votre livre, n'est-ce pas ? »

La stupeur grandissante du prêtre le renseigna, sans qu'il lui laissât même le temps de répondre.

« Je m'en doutais, mais je tenais à en avoir la certitude... Ah ! que tout cela est bien leur œuvre ! Me croyez-vous maintenant, êtes-vous convaincu que ceux qu'ils n'empoisonnent pas, ils les étouffent ? »

Il devait parler des jésuites. Prudemment, il allongea la tête, s'assura que l'abbé Paparelli n'était point de retour.

« Et monsignor Nani, que vient-il de vous dire ?

– Pardon, finit par répondre Pierre, je n'ai pas encore vu monsignor Nani.

– Ah ! je croyais... Il a passé par cette salle, avant votre arrivée. Si vous ne l'avez pas vu dans la salle du trône, c'est qu'il a dû se rendre près de donna Serafina et de Son Éminence, pour les saluer. Il va sûrement repasser par ici, vous allez le voir. »

Puis, avec son amertume de faible, toujours terrorisé et vaincu :

« Je vous avais bien prédit que vous finiriez par faire ce qu'il voudrait. »

Mais il crut entendre le léger piétinement de l'abbé Paparelli, il revint vivement à sa place, salua de sa révérence deux vieilles dames qui se présentaient. Et Pierre, resté assis, accablé, les yeux à demi clos, vit se dresser enfin la figure de Nani, dans sa réalité d'intelligence et de diplomatie souveraines. Il se rappelait ce que don Vigilio, pendant la fameuse nuit des confidences, lui avait dit de cet homme bien trop adroit pour s'être marqué d'une robe impopulaire, prélat charmant d'ailleurs, connaissant à fond le monde par ses fonctions successives dans les nonciatures et au Saint-Office, mêlé à tout, documenté sur tout, une des têtes, un des cerveaux de la moderne armée noire, dont l'opportunisme entend ramener le siècle à l'Église. Et, brusquement, la lumière totale se faisait en lui, il comprenait par quelle souple et admirable tactique cet homme l'avait amené à l'acte qu'il voulait obtenir de sa libre volonté apparente, le retrait pur et simple de son livre. C'était d'abord une contrariété vive, à la nouvelle qu'on poursuivait le volume, une soudaine inquiétude qu'on ne jetât l'auteur exalté dans quelque révolte fâcheuse ; et c'était aussitôt le plan arrêté, les renseignements pris sur ce jeune prêtre capable de schisme, son voyage provoqué à Rome, l'invitation qu'on lui avait faite de descendre dans un antique palais, dont les murs eux-mêmes allaient le glacer et l'instruire. Puis, c'étaient, dès lors, les obstacles sans cesse renaissants, la façon de prolonger son séjour en l'empêchant de voir le pape, en lui promettant de lui obtenir l'audience tant désirée, lorsque l'heure serait venue, après l'avoir promené partout, l'avoir heurté contre tout, de monsignor Fornaro au père Dangelis, du cardinal Sarno au cardinal Sanguinetti. C'était, enfin, ébranlé par les choses et par les hommes, lassé, écœuré, rendu à son doute, l'audience à laquelle on le préparait depuis trois mois, cette visite au pape qui devait achever de tuer en lui son rêve. Maintenant, il revoyait Nani, avec son fin sourire, ses yeux clairs de savant politique qui s'amusait à une expérience, il l'entendait lui répéter de sa voix légèrement railleuse que c'était une véritable grâce de la Providence, si ces retards lui permettaient de visiter Rome, de réfléchir, de comprendre, toute une instruction, toute une éducation qui lui éviteraient bien des fautes. Et lui qui était arrivé avec son enthousiasme d'apôtre, brûlant de se battre, jurant que jamais il ne retirerait son livre ! N'était-ce pas la plus délicate des diplomaties, et la plus profonde, que d'avoir ainsi brisé son sentiment contre sa raison, en faisant appel à son intelligence pour qu'elle supprimât, sans lutte scandaleuse, l'œuvre inutile et fausse, sortie d'elle-même, dès qu'elle se serait rendu compte, devant la Rome réelle, du ridicule énorme qu'il y avait à rêver une Rome nouvelle ?

À ce moment, Pierre aperçut monsignor Nani qui venait de la salle du trône, et il n'éprouva pas le sentiment d'irritation et de rancune auquel il s'attendait. Au contraire, il fut heureux, lorsque le prélat, l'ayant vu à son tour, s'approcha et lui tendit la main. Mais celui-ci ne souriait pas comme à son habitude, il avait l'air très grave, douloureusement frappé.

« Ah ! mon cher fils, quelle épouvantable catastrophe ! Je sors de chez Son Éminence, elle est dans les larmes. C'est horrible, horrible ! »

Il s'assit sur un des sièges, en invitant le prêtre à se rasseoir lui-même, et il resta silencieux un moment, las d'émotion sans doute, ayant besoin de ces quelques minutes de repos, sous le poids des réflexions qui assombrissaient visiblement son clair visage. Puis, d'un geste, il parut vouloir écarter cette ombre, il retrouva son aimable obligeance.

« Eh bien ! mon cher fils, vous avez vu Sa Sainteté ?

– Oui, monseigneur, hier soir, et je vous remercie de la grande bonté que vous avez mise à satisfaire mon désir. »

Nani le regardait fixement, tandis que le sourire invincible remontait à ses lèvres.

« Vous me remerciez... Je vois bien que vous avez été sage, en faisant votre soumission entière aux pieds de Sa Sainteté. J'en étais certain, je n'attendais pas moins de votre belle intelligence. Mais vous me rendez tout de même très heureux, car je suis ravi de constater que je ne m'étais pas trompé sur votre compte. »

Il s'abandonnait, il ajouta :

« Jamais je n'ai discuté avec vous. À quoi bon ? puisque les faits étaient là pour vous convaincre. Et, maintenant que vous avez retiré votre livre, toute discussion serait plus inutile encore... Pourtant, réfléchissez donc que, s'il était en votre puissance de ramener l'Église à ses débuts, à cette communauté chrétienne dont vous avez tracé une si délicieuse peinture, l'Église ne pourrait qu'évoluer de nouveau dans la voie où Dieu l'a une première fois conduite ; de sorte que, au bout du même nombre de siècles, elle se retrouverait exactement où elle en est aujourd'hui... Non ! Dieu a bien fait ce qu'il faisait, l'Église telle qu'elle est doit gouverner le monde tel qu'il est, c'est à elle seule de savoir comment elle finira par établir solidement son règne ici-bas. Et voilà pourquoi votre attaque contre le pouvoir temporel était une faute impardonnable, un crime, car en dépossédant la papauté de son domaine, vous la livrez à la merci des peuples... Votre religion nouvelle n'est que l'écroulement final de toute religion, l'anarchie morale, la liberté du schisme, en un mot la destruction de l'édifice divin, ce catholicisme séculaire, si prodigieux de sagesse et de solidité, qui a suffi au salut des hommes jusqu'ici, qui peut seul les sauver demain et toujours. »

Pierre le sentit sincère, pieux, d'une foi vraiment inébranlable, aimant l'Église en fils reconnaissant, convaincu qu'elle était la plus belle, la seule des organisations sociales capables de rendre l'humanité heureuse. Et, s'il entendait gouverner le monde, c'était sans doute pour la joie dominatrice de le gouverner, mais aussi dans la certitude que personne ne le gouvernerait mieux que lui.

« Oh ! certainement, on peut discuter sur les moyens, et je les veux affables pour mon compte, aussi humains qu'il se pourra, tout de conciliation avec le siècle qui paraît nous échapper, justement parce qu'il y a un simple malentendu, entre lui et nous. Mais nous le ramènerons, j'en suis sûr... Et voilà pourquoi, mon cher fils, je suis si content de vous voir rentrer au bercail, pensant comme nous, prêt à lutter avec nous, n'est-ce pas ? »

Le prêtre retrouvait là tous les arguments de Léon XIII lui-même. Voulant éviter de répondre directement, désormais sans colère, mais sentant toujours la plaie vive de son rêve arraché, il s'inclina de nouveau, ralentissant la voix pour en cacher l'amer tremblement.

« Je vous dis encore, monseigneur, combien je vous remercie de m'avoir opéré de mes vaines illusions, d'une main si habile de parfait chirurgien. Demain, quand je ne souffrirai plus, je vous en garderai une éternelle gratitude. »

Monsignor Nani continuait à le regarder, avec son sourire. Il entendait bien que ce jeune prêtre restait à l'écart, était une force vive perdue pour l'Église. Que ferait-il le lendemain ? Quelque autre sottise sans doute. Mais le prélat devait se contenter de l'avoir aidé à réparer la première, ne pouvant prévoir l'avenir. Et il eut un joli geste, comme pour dire que chaque jour suffisait à sa tâche.

« Me permettez-vous de conclure ? mon cher fils, dit-il enfin. Soyez sage, votre bonheur de prêtre et d'homme est dans l'humilité. Vous serez affreusement malheureux, si vous employez contre Dieu l'admirable intelligence que Dieu vous a donnée. »

Puis, d'un geste encore, il écarta toute cette affaire, bien finie, dont il n'y avait plus à s'occuper. Et l'autre affaire revint l'assombrir, celle qui s'achevait elle aussi, mais si tragiquement, par la mort foudroyante de ces deux enfants endormis là, dans la salle voisine.

« Ah ! reprit-il, cette pauvre princesse, ce pauvre cardinal, ils m'ont bouleversé le cœur ! Jamais catastrophe ne s'est abattue plus cruellement sur une maison... Non, non, c'est trop ! le malheur va trop loin, l'âme en est révoltée ! »

Mais, à ce moment, un bruit de voix vint de la seconde antichambre, et Pierre eut la surprise de voir passer le cardinal Sanguinetti, que l'abbé Paparelli amenait avec un redoublement d'obséquiosité.

« Si Votre Éminence a l'extrême bonté de me suivre, je vais la conduire moi-même.

– Oui, je suis arrivé hier soir de Frascati, et quand j'ai su la triste nouvelle, j'ai voulu tout de suite apporter mes regrets et mes consolations.

– Que Votre Éminence daigne s'arrêter un instant près des corps, et je la conduirai ensuite à Son Éminence.

– C'est cela, je désire qu'on sache bien la part immense que je prends au deuil qui frappe cette illustre maison. »

Il disparut dans la salle du trône, et Pierre resta béant de cette tranquille audace. Il ne l'accusait certainement pas de complicité directe avec Santobono, il n'osait mesurer jusqu'où pouvait aller sa complicité morale. Mais, à le voir passer de la sorte, le front si haut, la parole si nette, il avait eu la conviction brusque, certaine, qu'il savait. Comment ? par qui ? il n'aurait pu le dire. Sans doute comme les crimes se savent, dans ces dessous ténébreux, entre gens intéressés à savoir. Et il demeurait glacé de la façon hautaine dont cet homme se présentait, pour arrêter les soupçons peut-être, pour faire sûrement un acte de bonne politique, en donnant à son rival un public témoignage d'estime et de tendresse.

« Le cardinal, ici ! » ne put-il s'empêcher de murmurer.

Monsignor Nani, qui suivait l'ombre des pensées de Pierre dans ses yeux d'enfance, où tout se lisait, affecta de se tromper sur le sens de cette exclamation.

« Oui, j'avais appris, en effet, qu'il était rentré à Rome depuis hier soir. Il a tenu à ne pas s'absenter davantage, le Saint-Père allant mieux et pouvant avoir besoin de lui. »

Bien que cela fût dit d'un air d'innocence parfaite, Pierre ne s'y méprit pas un instant. Et, à son tour, ayant regardé le prélat, il fut convaincu que lui aussi savait. Tout d'un coup, l'affaire lui apparaissait dans sa complication terrible, dans la férocité que lui avait donnée le destin. Nani, ancien familier du palais Boccanera, n'était point sans cœur, aimait sûrement Benedetta d'une affection charmée par tant de beauté et de grâce. On pouvait expliquer ainsi la façon victorieuse dont il avait fini par faire prononcer l'annulation du mariage. Mais, à entendre don Vigilio, ce divorce obtenu à prix d'argent et sous la pression des influences les plus notoires, était simplement un scandale, traîné d'abord par lui en longueur, précipité ensuite vers une solution retentissante, dans l'unique but de déconsidérer le cardinal et de l'écarter de la tiare, à la veille du conclave que tout le monde croyait prochain. Et, d'ailleurs, il semblait hors de doute que le cardinal, intransigeant, sans diplomatie aucune, ne pouvait être le candidat de Nani, si souple, si désireux d'entente universelle ; de sorte que le long travail de ce dernier dans cette maison, tout en aidant au bonheur de la chère contessina, n'avait pu être que la destruction lente, ininterrompue, de la brûlante ambition de la sœur et du frère, ce troisième pape triomphal que leur antique famille devait donner à l'Église. Seulement, s'il avait toujours voulu cela, s'il avait même un instant combattu pour le cardinal Sanguinetti, mettant en lui son espoir, jamais il ne s'était imaginé qu'on irait jusqu'au crime, à cette abomination imbécile d'un poison qui se trompait d'adresse et frappait des innocents. Non, non ! comme il le disait, c'était trop, l'âme en était révoltée. Il se servait d'armes plus douces, une telle brutalité le répugnait, l'indignait ; et son visage, si rose et si soigné, gardait encore la gravité de sa révolte, devant le cardinal en larmes et ces deux tristes amants foudroyés à sa place.

Pierre, croyant que le cardinal Sanguinetti était toujours le candidat secret du prélat, restait quand même tourmenté par l'idée de savoir jusqu'où allait la complicité morale de ce dernier, dans l'exécrable aventure. Il reprit la conversation.

« On dit Sa Sainteté fâchée avec Son Éminence le cardinal Sanguinetti. Naturellement, le pape régnant ne peut voir d'un très bon œil le pape futur. »

Monsignor Nani s'égaya un instant, en toute franchise.

« Oh ! le cardinal s'est fâché et raccommodé trois ou quatre fois avec le Vatican. Et, en tout cas, le Saint-Père n'a pas à montrer de jalousie posthume, il sait qu'il peut faire un très bon accueil à Son Éminence. »

Puis, il regretta d'avoir exprimé ainsi une certitude, il se reprit.

« Je plaisante, Son Éminence est tout à fait digne de la haute fortune qui l'attend peut-être. »

Mais Pierre était fixé, le cardinal Sanguinetti n'était certainement plus le candidat de monsignor Nani. Sans doute le trouvait-il trop usé par son ambition impatiente, trop dangereux aussi par les alliances équivoques qu'il avait conclues, dans sa fièvre, avec tous les mondes, même avec la jeune Italie patriote. Et la situation s'éclairait, le cardinal Sanguinetti et le cardinal Boccanera s'entre-dévoraient, se supprimaient l'un l'autre : l'un sans cesse en intrigues, ne reculant devant aucun compromis, rêvant de reconquérir Rome par la voie des élections ; l'autre immobile et debout dans son intransigeance, excommuniant le siècle, attendant de Dieu seul le miracle qui devait sauver l'Église. Pourquoi ne pas laisser les deux théories, ainsi mises face à face, se détruire, avec ce qu'elles avaient d'extrême et d'inquiétant ? Si Boccanera avait échappé au poison, il n'en était pas moins atteint par la tragique aventure, désormais impossible comme candidat, tué sous les histoires dont bourdonnait Rome entière ; et, si Sanguinetti pouvait se croire enfin débarrassé d'un rival, il n'avait pas vu qu'il se frappait lui-même, qu'il tuait également sa candidature, en la brûlant dans une telle passion du pouvoir, si peu scrupuleuse des moyens, menaçante pour tous. Monsignor

Nani en était visiblement enchanté : ni l'un ni l'autre, la place nette, l'histoire de ces deux loups légendaires qui s'étaient battus et mangés, sans qu'on retrouvât rien, pas même les deux queues. Et, au fond de ses yeux pâles, en toute sa personne discrète, il n'y avait plus qu'un inconnu redoutable, le candidat choisi définitivement, patronné par la toute-puissante armée dont il était un des chefs les plus adroits. Un tel homme ne se désintéressait jamais, avait toujours la solution prête. Qui donc, qui donc allait être le pape de demain ?

Il s'était levé, il prenait cordialement congé du jeune prêtre :

« Mon cher fils, je doute de vous revoir, je vous souhaite un bon voyage... »

Pourtant, il ne s'éloignait pas, il continuait à regarder Pierre de son air de pénétration vive ; et il le fit se rasseoir, il reprit lui-même un siège.

« Dites, vous irez sûrement, dès votre retour en France, saluer le cardinal Bergerot... Veuillez donc me rappeler respectueusement à son souvenir. Je l'ai connu un peu, lors de son voyage ici, pour le chapeau. C'est une des plus grandes lumières du clergé français... Ah ! si une telle intelligence voulait travailler à la bonne entente dans notre sainte Église ! Malheureusement, je crains bien qu'il n'ait des préventions de race et de milieu, il ne nous aide pas toujours. »

Surpris de l'entendre parler ainsi du cardinal pour la première fois, à cette minute dernière, Pierre l'écoutait avec curiosité. Puis, il ne se gêna plus, il répondit en toute franchise :

« Oui, Son Éminence a des idées très arrêtées sur notre vieille Église de France. Ainsi, il professe une véritable horreur des jésuites... »

D'une légère exclamation, monsignor Nani l'arrêta. Et il avait un air le plus sincèrement étonné, le plus franc qu'on pût voir.

« Comment, l'horreur des jésuites ? En quoi les jésuites peuvent-ils l'inquiéter ? Il n'y en a plus, c'est de l'histoire finie, les jésuites ! Est-ce que vous en avez vu à Rome ? Est-ce qu'ils vous ont gêné en rien, ces pauvres jésuites, qui n'y possèdent même plus une pierre pour reposer leur tête ?... Non, non, qu'on n'agite pas davantage cet épouvantail, c'est enfantin ! »

Pierre le regardait à son tour, émerveillé de son aisance, de son audace tranquille, sur ce sujet brûlant. Il ne détournait pas les yeux, laissait sa face ouverte, comme un livre de vérité.

« Ah ! si par jésuites vous entendez les prêtres sages, qui, au lieu d'engager avec les sociétés modernes des luttes stériles, dangereuses, s'efforcent de les ramener humainement à l'Église, mon Dieu ! nous sommes tous plus ou moins des jésuites, car il serait fou de ne pas tenir compte de l'époque où l'on vit... Oh ! d'ailleurs, je ne m'arrête pas aux mots, peu m'importe ! Des jésuites, oui ! si vous voulez, des jésuites ! »

Il souriait de nouveau, de son joli sourire si fin, où il y avait tant de moquerie et tant d'intelligence.

« Eh bien ! quand vous verrez le cardinal Bergerot, dites-lui qu'il est déraisonnable, en France, de traquer les jésuites, de les traiter en ennemis de la nation. C'est tout le contraire qui est la vérité, les jésuites sont pour la France, parce qu'ils sont pour la richesse, pour la force et le courage. La France est la seule grande nation catholique restée debout, souveraine encore, la seule sur laquelle la papauté puisse un jour s'appuyer solidement. Aussi, le Saint-Père, après avoir rêvé un instant d'obtenir cet appui de l'Allemagne victorieuse, a-t-il fait alliance avec la France, la vaincue de la veille, en comprenant qu'il n'y avait pas en dehors d'elle de salut pour l'Église. Et il n'a obéi en cela qu'à la politique des jésuites, de ces affreux jésuites que votre Paris exècre… Dites bien en outre au cardinal Bergerot qu'il serait beau à lui de travailler à l'apaisement, en faisant comprendre combien votre République a tort de ne pas aider davantage le Saint-Père dans son œuvre de conciliation. Elle affecte de le considérer en quantité négligeable, et c'est là une faute dangereuse pour des gouvernants, car s'il paraît dépouillé de toute action politique, il n'en est pas moins une immense force morale, qui peut, à chaque heure, soulever les consciences, déterminer des agitations religieuses, d'une incalculable portée. C'est toujours lui qui dispose des peuples, puisqu'il dispose des âmes, et la République agit avec une légèreté bien grande, dans son intérêt même, en montrant qu'elle ne s'en doute plus… Et dites-lui enfin que c'est une vraie pitié de voir la misérable façon dont cette République choisit ses évêques, comme si elle voulait affaiblir volontairement son épiscopat. À part quelques exceptions heureuses, vos évêques sont de bien pauvres cervelles, et par conséquent vos cardinaux, têtes médiocres, n'ont ici aucune influence, ne jouent aucun rôle. Lorsque le prochain conclave va s'ouvrir, quelle triste figure vous y ferez ! Pourquoi, dès lors, traitez-vous avec une haine si sotte et si aveugle ces jésuites qui sont politiquement vos amis ? Pourquoi n'employez-vous pas leur zèle intelligent, prêt à vous servir, de manière à vous assurer l'aide du pape de demain ? Il vous le faut à vous et pour vous, il faut qu'il continue chez vous l'œuvre de Léon XIII, cette œuvre si mal jugée, si combattue, qui se soucie peu des petits résultats d'aujourd'hui, qui travaille surtout à l'avenir, à l'unité de tous les peuples en leur sainte mère l'Église… Dites-le, dites-le bien au cardinal Bergerot, qu'il soit avec nous, qu'il travaille pour son pays, en travaillant pour nous. Le pape de demain ! mais toute la question est là, malheur à la France, si elle ne trouve pas un continuateur de Léon XIII dans le pape de demain ! »

Il s'était levé de nouveau, et cette fois il partait. Jamais il ne s'était épanché de la sorte, si longuement. Mais il n'avait sûrement dit que ce qu'il voulait dire, dans un but qu'il connaissait seul, avec une lenteur, une douceur fermes, où l'on sentait chaque parole mûrie, pesée à l'avance.

« Adieu, mon cher fils, et encore une fois réfléchissez à tout ce que vous aurez vu et entendu à Rome, soyez bien sage, ne gâtez pas votre vie. »

Pierre s'inclina, serra la petite main grasse et souple que le prélat lui tendait.

« Monseigneur, je vous remercie encore de vos bontés, et soyez convaincu que je n'oublierai rien de mon voyage. »

Il le regarda disparaître, dans sa soutane fine, de son pas léger et conquérant, qui croyait aller à toutes les victoires de l'avenir. Non, non, il n'oublierait rien de son voyage ! Il la connaissait, cette unité de tous les peuples en leur sainte mère l'Église, ce servage temporel, où la loi du Christ deviendrait la dictature d'Auguste, maître du monde. Et ces jésuites, il ne doutait pas qu'ils n'aimassent la France, la fille aînée de l'Église, la seule qui pût aider encore sa mère à reconquérir la royauté universelle ; mais ils l'aimaient comme les vols noirs de sauterelles aiment les moissons, sur lesquelles ils s'abattent et qu'ils dévorent. Une infinie tristesse lui était revenue au cœur, en ayant la sourde sensation que, dans ce vieux palais foudroyé, dans ce deuil et dans cet écroulement, c'étaient eux, eux encore, qui devaient être les artisans de la douleur et du désastre.

Justement, s'étant retourné, il aperçut don Vigilio, adossé à la crédence, devant le grand portrait du cardinal, la face entre les mains, comme s'il eût voulu s'anéantir, disparaître à jamais, et grelottant de tous ses membres, autant de peur que de fièvre. Dans un moment où aucun visiteur n'apparaissait plus, il venait de succomber à une crise de désespoir terrifié, il s'abandonnait.

« Mon Dieu ! que vous arrive-t-il ? demanda Pierre en s'avançant. Êtes-vous malade, puis-je vous secourir ? »

Mais don Vigilio se bouchait les yeux, suffoquait, bégayait entre ses mains serrées. Et il ne lâcha que son cri étouffé d'épouvante :

« Ah ! Paparelli, Paparelli !

– Quoi ? Que vous a-t-il fait ? » demanda le prêtre étonné.

Alors, le secrétaire dégagea son visage, céda encore au besoin frissonnant de se confier à quelqu'un.

« Comment ! ce qu'il m'a fait ?... Vous ne sentez donc rien, vous ne voyez donc rien ! Avez-vous remarqué la façon dont il s'est emparé du cardinal Sanguinetti pour le mener à Son Éminence ? Imposer ce rival soupçonné, exécré, à Son Éminence, en un moment pareil, quelle insolente audace ! Et, quelques minutes auparavant, avez-vous constaté avec quelle sournoiserie méchante il a éconduit une vieille dame, une très ancienne amie, qui demandait seulement à baiser les mains de Son Éminence, un peu de vraie tendresse dont Son Éminence aurait été si heureuse ?... Je vous dis qu'il est le maître ici, qu'il ouvre ou qu'il ferme la porte à son gré, qu'il nous tient tous entre ses doigts, comme la pincée de poussière qu'on jette au vent ! »

Pierre s'inquiéta de le voir si frémissant et si jaune.

« Voyons, voyons, mon cher, vous exagérez.

– J'exagère... Savez-vous ce qui s'est passé cette nuit, la scène à laquelle j'ai assisté, malgré moi ? Non, n'est-ce pas ? Eh bien ! je vais vous la dire. »

Il conta que donna Serafina, lorsqu'elle était rentrée la veille, pour tomber dans l'effroyable catastrophe qui l'attendait, revenait déjà l'âme ulcérée, toute brisée des mauvaises nouvelles qu'elle avait apprises. Au Vatican, chez le cardinal secrétaire, puis chez des prélats de sa connaissance, elle avait acquis la certitude que la situation de son frère périclitait singulièrement, qu'il s'était créé des ennemis de plus en plus nombreux dans le Sacré Collège, à ce point que son élection au trône pontifical probable l'année précédente, semblait désormais être devenue impossible. Tout d'un coup, le rêve de sa vie croulait, l'ambition qu'elle avait nourrie toujours, gisait en poudre à ses pieds. Comment ? pourquoi ? elle s'était désespérément enquise des motifs, et elle avait su toutes sortes de fautes, des rudesses du cardinal, des manifestations inopportunes, des gens blessés par un mot, par un acte, une attitude enfin si provocante, qu'on l'aurait dite prise volontairement pour gâter les choses. Le pis était que, dans chacune de ces fautes, elle avait reconnu des maladresses, blâmées, déconseillées par elle, et que son frère s'était obstiné à commettre, sous l'influence inavouée de l'abbé Paparelli, ce caudataire si humble, si infime, en qui elle sentait une puissance néfaste, un destructeur de sa propre influence, si vigilante et si dévouée. Aussi, malgré le deuil où était la maison, n'avait-elle pas voulu retarder l'exécution du traître, d'autant plus que l'ancienne camaraderie avec le terrible Santobono, l'histoire du panier de figues qui avait passé des mains de celui-ci dans les mains de celui-là, la glaçaient d'un soupçon qu'elle évitait même d'éclaircir. Mais, dès les premiers mots, dès sa demande formelle de jeter le traître à la porte, sur l'heure, elle avait trouvé chez son frère une résistance brusque, invincible. Il n'avait pas voulu l'entendre, il s'était fâché, une de ces colères d'ouragan dont la violence balayait tout, disant que c'était très mal à elle de s'en prendre à un saint homme si modeste, si pieux, l'accusant de faire là le jeu de ses ennemis qui, après lui avoir tué monsignor Gallo, cherchaient à empoisonner son affection dernière pour ce pauvre prêtre sans importance. Il traitait toutes ces histoires d'abominables inventions, il jurait de le garder, rien que pour montrer son dédain de la calomnie. Et elle avait dû se taire.

Dans un retour de son frisson, don Vigilio s'était de nouveau couvert le visage de ses deux mains.

« Ah ! Paparelli, Paparelli ! »

Et il bégayait de sourdes invectives : le louche hypocrite de modestie et d'humilité, le vil espion chargé au palais de tout voir, de tout écouter, de tout pervertir, l'insecte immonde et destructeur, maître des plus nobles proies, dévorant la crinière du lion, le jésuite valet et tyran, dans son horreur basse, dans sa besogne de vermine triomphante !

« Calmez-vous, calmez-vous », répétait Pierre, qui, tout en faisant la part de l'exagération folle, était envahi lui-même par ce frisson de l'inconnu redoutable, des choses menaçantes et vagues qu'il sentait s'agiter réellement au fond de l'ombre.

Mais don Vigilio, depuis qu'il avait failli manger des terribles figues, depuis que la foudre était tombée près de lui, en avait gardé ce tremblement, cet effroi éperdu que rien ne pouvait plus calmer. Même seul, la nuit, couché, la porte verrouillée, des terreurs le prenaient, le faisaient se cacher sous le drap, en étouffant des cris, comme si des hommes allaient entrer par le mur, pour l'étrangler.

Il reprit, essoufflé, d'une voix défaillante, ainsi qu'au sortir d'une lutte :

« Je le disais bien, le soir où nous avons causé dans votre chambre, enfermés pourtant à triple tour... J'avais tort de vous parler librement d'eux, de me soulager le cœur, en vous racontant tout ce dont ils sont capables. J'étais certain qu'ils le sauraient, et vous voyez qu'ils l'ont su, puisqu'ils ont voulu me tuer... Tenez ! en ce moment même, j'ai tort de vous dire cela, parce qu'ils vont le savoir, et que cette fois ils ne me manqueront pas... Ah ! c'est fini, je suis mort, cette noble maison que je croyais si sûre sera mon tombeau ! »

Une pitié profonde prenait Pierre pour ce malade, ce cerveau de fiévreux hanté de cauchemars, achevant de gâter sa vie manquée, dans les angoisses de la terreur persécutrice.

« Mais il faut fuir ! Ne restez pas ici, venez en France, allez n'importe où. »

Stupéfait, don Vigilio le regarda, se calma un instant.

« Fuir, pour quoi faire ? En France, ils y sont. N'importe où, ils y sont. Ils sont partout, j'aurais beau fuir, je serais quand même avec eux, chez eux... Non, non ! je préfère rester ici, autant mourir ici tout de suite, si Son Éminence ne peut plus me défendre. »

Il avait levé sur le grand portrait de cérémonie, où le cardinal resplendissait dans sa soutane de moire rouge, un regard d'infinie supplication, où s'efforçait de luire encore un espoir. Mais la crise revint, l'agita, le submergea, dans un redoublement furieux de sa fièvre.

« Laissez-moi, laissez-moi, je vous en prie... Ne me faites pas causer davantage. Ah ! Paparelli, Paparelli ! S'il revenait, s'il nous voyait, s'il m'entendait parler... Jamais plus je ne parlerai. Je m'attacherai la langue, je me la couperai... Laissez-moi donc ! Je vous dis que vous me tuez, qu'il va revenir, et que c'est ma mort ! Allez-vous-en, oh ! de grâce, allez-vous-en ! »

Et don Vigilio se tourna contre le mur, comme pour s'y écraser la face, s'y murer la bouche d'un silence de tombe, et Pierre se décida à l'abandonner, craignant de provoquer un accès plus grave, s'il s'entêtait à le secourir.

Dans la salle du trône, où il rentra, Pierre se retrouva au milieu du deuil affreux de la maison, irréparable. Une autre messe y succédait à l'autre, des messes toujours dont les prières balbutiées montaient sans fin implorer la miséricorde divine, pour qu'elle accueillît avec bienveillance les deux chères âmes envolées. Et, dans l'odeur mourante des roses qui se fanaient, devant les deux étoiles pâlies des cierges, il songea à cet écroulement suprême des Boccanera. Dario était le dernier du nom. Avec lui, les Boccanera, si vivaces, dont le nom avait empli l'histoire, disparaissaient. On comprenait l'amour du cardinal, chez qui l'orgueil du nom restait l'unique péché, pour ce frêle garçon, la fin de la race, le seul rejeton par lequel la vieille souche pût reverdir ; et, si lui, si donna Serafina avaient voulu le divorce, puis le mariage, c'était, plus que le désir de faire cesser le scandale, l'espérance de voir naître des deux beaux enfants une lignée nouvelle et forte, puisque le cousin et la cousine s'obstinaient à ne pas se marier, si on ne les donnait pas l'un à l'autre. Maintenant, avec eux, là, sur ce lit de parade, dans leur mortelle étreinte inféconde, gisait la dépouille dernière, les pauvres restes d'une si longue suite de princes éclatants, prélats et capitaines, que la tombe allait boire. C'était fini, rien ne naîtrait d'une vieille fille qui n'était plus femme, d'un vieux prêtre qui avait cessé d'être un homme. Tous deux demeuraient face à face, stériles, tels que deux chênes restés seuls debout de l'ancienne forêt disparue, et dont la mort laisserait bientôt la plaine absolument rase. Et quelle douleur impuissante de survivre, quelle détresse de se dire qu'on est la fin de tout, qu'on emporte toute la vie, tout l'espoir du lendemain ! Dans le balbutiement des messes, dans l'odeur défaillante des roses, dans la pâleur des deux cierges, Pierre sentait à présent l'effondrement de ce deuil, la pesanteur de la pierre qui retombait à jamais sur une famille éteinte, sur un monde anéanti.

Il comprit qu'il devait, comme familier de la maison, saluer donna Serafina et le cardinal. Tout de suite, il se fit introduire dans la chambre voisine, où la princesse recevait. Il la trouva, vêtue de noir, très mince, très droite, assise sur un fauteuil, d'où elle se levait un instant, avec une dignité lente, pour répondre au salut de chacune des personnes qui entraient. Et elle écoutait les condoléances, elle ne répondait pas une parole, l'air rigide, victorieux de la douleur physique. Mais lui, qui avait appris à la connaître, devinait au creusement des traits, aux yeux vides, à la bouche amère, l'effroyable désastre intérieur, tout ce qui s'était écroulé en elle, sans espoir de réparation possible. Non seulement la race était finie, mais encore son frère ne serait jamais pape, le pape qu'elle avait si longtemps cru faire par son dévouement, son renoncement de femme qui donnait son cerveau et son cœur à ce rêve, ses soins, sa fortune, sa vie manquée d'épouse et de mère. Au milieu de tant de ruines, c'était peut-être de cette ambition déçue qu'elle saignait davantage. Elle se leva pour le jeune prêtre, son hôte, comme elle se levait pour les autres personnes ; mais elle arrivait à mettre des nuances dans la façon dont elle quittait son siège, il sentit très bien qu'il était resté à ses yeux le petit prêtre français, l'infime serviteur attardé dans la domesticité de Dieu, du moment qu'il n'avait pas même su s'élever au titre de prélat. Un moment, lorsqu'elle se fut assise de nouveau, après avoir accueilli son compliment d'une légère inclinaison de tête, il demeura debout, par politesse. Aucun bruit, pas un mot, ne troublait la paix morne de la pièce. Quatre ou cinq dames, des visiteuses, étaient cependant là, assises elles aussi, dans une immobilité désolée et muette. Mais ce qui le frappa le plus, ce fut d'apercevoir le cardinal Sarno, un des vieux amis de la maison, avec son corps chétif, son épaule gauche plus haute que la droite, affaissé, presque couché au fond d'un fauteuil, les paupières closes. Il s'y était d'abord oublié, après les condoléances qu'il apportait ; puis, il venait de s'y endormir, envahi par le silence lourd, par la tiédeur étouffante de l'air ; et tout le monde respectait son sommeil. Rêvait-il, en son assoupissement, à cette carte de la chrétienté entière qu'il avait dans son crâne bas, d'expression obtuse ? Continuait-il, en son rêve, derrière son masque blêmi de vieux fonctionnaire, hébété par un demi-siècle de bureaucratie étroite, sa terrible besogne de conquête, la terre soumise et gouvernée du fond de son cabinet sombre de la Propagande. Des regards de dames attendries et déférentes se fixaient sur lui, on le grondait parfois doucement de trop travailler, on voyait l'excès de son génie et de son zèle dans ces somnolences qui le prenaient partout, depuis quelque temps. Et Pierre ne devait emporter de cette Éminence toute-puissante que cette dernière image, un vieillard épuisé, se reposant dans l'émotion d'un deuil, dormant là comme un vieil enfant candide, sans qu'on pût savoir si c'était l'imbécillité commençante ou la fatigue d'une nuit passée à faire régner Dieu sur quelque continent lointain.

Deux dames partirent, trois autres arrivèrent. Donna Serafina s'était levée de son siège, avait salué, puis avait repris son attitude rigide, le buste droit, le visage dur et désespéré. Le cardinal Sarno dormait toujours. Alors, Pierre suffoqua, pris d'une sorte de vertige, le cœur battant à grands coups. Il s'inclina et sortit. Puis, comme il passait dans la salle à manger, pour se rendre au petit cabinet de travail où le cardinal Boccanera recevait, il se trouva en présence de l'abbé Paparelli, qui gardait la porte jalousement.

Quand le caudataire l'eut flairé, il sembla comprendre qu'il ne pouvait lui refuser le passage. D'ailleurs, puisque cet intrus repartait le lendemain, battu et honteux, on n'avait rien à en craindre.

« Vous désirez voir Son Éminence, bon, bon !... Tout à l'heure, attendez ! »

Et, jugeant qu'il avançait trop près de la porte, il le repoussa à l'autre bout de la pièce, dans la crainte sans doute qu'il ne surprît un mot.

« Son Éminence est encore enfermée avec Son Éminence le cardinal Sanguinetti... Attendez, attendez là ! »

En effet, Sanguinetti avait affecté de rester très longtemps à genoux, devant les deux corps, dans la salle du trône. Puis, il venait aussi de prolonger sa visite à donna Serafina, pour bien marquer quelle part il prenait à la désolation de la famille. Et il était, depuis plus de dix minutes, avec le cardinal, sans qu'on entendît autre chose, par moments, au travers de la porte, que le murmure de leurs deux voix.

Mais Pierre, en retrouvant là Paparelli, fut hanté de nouveau par tout ce que don Vigilio lui avait conté. Il le regardait, si gros, si court, ballonné d'une mauvaise graisse, avec sa face molle que déformaient les rides, pareil, à quarante ans, dans sa soutane malpropre, à une très vieille fille, dont le célibat aurait fait une outre à demi détendue. Et il s'étonnait. Comment le cardinal Boccanera, ce prince superbe, qui portait si haut la tête, dans la fierté indestructible de son nom, avait-il pu se laisser envahir et dominer par un tel être, si cruellement affreux, suant à ce point la bassesse et le dégoût ? N'était-ce pas justement cette déchéance physique de la créature, cette profonde humilité morale, qui l'avait frappé, troublé d'abord, puis séduit, comme des dons extraordinaires de salut, qui lui manquaient ? Cela souffletait sa propre beauté, son propre orgueil. Lui qui ne pouvait être déformé ainsi, qui ne parvenait pas à vaincre son désir de gloire, devait en être arrivé, par un effort de sa foi, à jalouser cet infiniment laid et cet infiniment petit, à l'admirer, à le subir comme une force supérieure de pénitence, de ravalement humain, ouvrant toutes grandes les portes du Ciel. Qui dira jamais l'ascendant que le monstre a sur le héros, que le saint couvert de vermine, devenu un objet d'horreur, prend sur les puissants de ce monde, dans leur épouvante de payer leurs joies terrestres des flammes éternelles ? Et c'était bien le lion mangé par l'insecte, tant de force et d'éclat détruit par l'invisible. Ah ! être comme cette belle âme, si certaine du paradis, enfermée pour son bien dans ce corps immonde, avoir la bienheureuse humilité de cette intelligence, de ce théologien remarquable qui se battait de verges tous les matins et qui consentait à n'être que le plus infime des domestiques !

Debout, tassé dans sa graisse livide, l'abbé Paparelli surveillait Pierre de ses petits yeux gris, clignotant au milieu des mille plis de sa face. Et celui-ci commençait à être pris de malaise, en se demandant ce que les deux Éminences pouvaient bien se dire, enfermées si longtemps ensemble. Quelle entrevue encore que celle de ces deux hommes, si Boccanera soupçonnait, chez Sanguinetti, l'évêque qui avait Santobono dans sa clientèle ! Quelle sérénité d'audace, chez l'un, d'avoir osé se présenter, et quelle force d'âme, chez l'autre, quel empire sur soi-même, au nom de la sainte religion, d'éviter le scandale, en se taisant, en acceptant la visite comme une simple marque d'estime et d'affection ! Mais que pouvaient-ils bien se dire ? Combien cela aurait été passionnant de les voir en face l'un de l'autre, de les entendre échanger les paroles diplomatiques qui convenaient à une pareille entrevue, tandis que leurs âmes grondaient de furieuse haine !

Brusquement, la porte se rouvrit, le cardinal Sanguinetti reparut, la face calme, pas plus rouge qu'à l'habitude, décolorée même un peu, et gardant la plus juste mesure dans la tristesse qu'il jugeait bon de montrer. Seuls, ses yeux turbulents, qui viraient toujours, décelaient sa joie d'être débarrassé d'une corvée forte lourde en somme. Il s'en allait, dans son espoir, comme l'unique pape désormais possible.

L'abbé Paparelli s'était précipité.

« Si Son Éminence veut bien me suivre… Je vais reconduire Son Éminence… »

Et, se tournant vers Pierre :

« Vous pouvez entrer, maintenant. »

Pierre les regarda disparaître, l'un si humble, derrière l'autre si triomphant. Puis, il entra, et tout de suite, au milieu du cabinet de travail, étroit, meublé d'une simple table et de trois chaises, il aperçut le cardinal Boccanera debout encore, dans l'attitude haute et noble, qu'il avait prise pour saluer Sanguinetti, le rival au trône, redouté, exécré. Et visiblement, dans son espoir, Boccanera se croyait aussi le seul pape possible, celui que devait élire le conclave de demain.

Mais, quand la porte fut refermée, à la vue de ce jeune prêtre, son hôte, qui avait assisté à la mort de ses deux chers enfants, endormis pour toujours dans la salle voisine, le cardinal fut repris d'une émotion indicible, d'une faiblesse inattendue, où toute son énergie sombra. C'était la revanche de son humanité, maintenant que son rival n'était plus là pour le voir. Il chancela ainsi qu'un vieil arbre tremblant sous la cognée, il s'affaissa sur une chaise, tout d'un coup suffoqué par de gros sanglots. Et, comme Pierre voulait, selon le cérémonial, baiser l'émeraude qu'il portait à l'annulaire, il le releva, le fit asseoir immédiatement devant lui, en bégayant d'une voix entrecoupée :

« Non, non, mon cher fils, prenez ce siège, attendez… Excusez-moi, laissez-moi un instant, j'ai le cœur qui éclate. »

Il sanglotait dans ses mains jointes, il ne pouvait se maîtriser, renfoncer en lui la douleur, de ses doigts vigoureux encore, qu'il serrait sur ses joues et sur ses tempes.

Des larmes montèrent alors aux yeux de Pierre, revivant à son tour l'affreuse aventure, bouleversé de voir pleurer ce grand vieillard, ce saint et ce prince d'ordinaire si hautain, si maître de lui, et qui n'était plus là qu'un pauvre être d'agonie et de souffrance, aussi perdu, aussi faible qu'un enfant. Étouffant lui-même, il voulut pourtant présenter ses condoléances, il chercha par quelles bonnes paroles il apporterait quelque douceur à ce désespoir.

« Je supplie Votre Éminence de croire à mon chagrin profond. J'ai été chez elle comblé de bontés, j'ai tenu à lui dire tout de suite combien cette perte irréparable… »

Mais, d'un geste vaillant, le cardinal le fit taire.

« Non, non, ne dites rien, de grâce, ne dites rien ! »

Et un silence régna, tandis qu'il pleurait toujours, secoué par sa lutte, attendant de redevenir assez fort, pour se vaincre. Enfin, il dompta son frisson, il dégagea lentement sa face, peu à peu apaisée, redevenue celle d'un croyant fort de sa foi, soumis à la volonté de Dieu. Puisque Dieu s'était refusé à faire un miracle, puisqu'il frappait si durement sa maison, il avait ses raisons sans doute, et lui, un de ses ministres, un des hauts dignitaires de sa cour terrestre, n'avait qu'à s'incliner.

Le silence se prolongea un moment encore. Puis, d'une voix qu'il avait réussie à rendre naturelle et obligeante :

« Vous nous quittez, vous partez demain, mon cher fils ?

– Oui, demain, j'aurai l'honneur de prendre congé de Votre Éminence, en la remerciant une fois encore de sa bienveillance inépuisable.

– Alors, vous avez su que la congrégation de l'Index avait condamné votre livre, comme cela était inévitable ?

– Oui, j'ai eu l'insigne faveur d'être reçu par Sa Sainteté, et c'est devant elle que je me suis soumis et que j'ai reprouvé mon œuvre. »

Une flamme commença à remonter aux yeux humides du cardinal.

« Ah ! vous avez fait cela, ah ! vous avez bien agi, mon cher fils ! Ce n'était que votre devoir strict de prêtre, mais il y en a tant de nos jours qui ne font pas même leur devoir !... Comme membre de la congrégation, j'ai tenu la parole que je vous avais donnée, de lire votre livre, d'en étudier soigneusement surtout les pages visées par l'accusation. Et si, ensuite, je suis resté neutre, si j'ai affecté de me désintéresser de l'affaire, jusqu'à manquer la séance où elle a été jugée, ce n'a été que pour faire plaisir à ma pauvre chère nièce, qui vous aimait, qui vous défendait près de moi... »

Les larmes le reprenant, il s'interrompit, il sentit qu'il allait défaillir encore, s'il évoquait le souvenir de Benedetta, l'adorée, la regrettée. Aussi fut-ce avec une âpreté batailleuse qu'il continua :

« Mais quel livre exécrable, mon cher fils, permettez-moi de le dire ! Vous m'aviez affirmé que vous étiez respectueux du dogme, et je me demande encore par quelle aberration vous aviez pu tomber dans un aveuglement tel, que la conscience même de votre crime vous échappait. Respectueux du dogme, grand Dieu ! lorsque l'œuvre entière est la négation même de toute notre sainte religion... Vous n'aviez donc pas senti qu'en demandant une religion nouvelle, c'était condamner absolument l'ancienne, la seule vraie, la seule bonne, la seule éternelle. Et cela suffisait pour faire de votre livre le plus mortel des poisons, un de ces livres infâmes qu'on brûlait autrefois par la main du bourreau, qu'on laisse forcément circuler de nos jours, après l'avoir interdit et désigné par là même aux curiosités perverses, ce qui explique la pourriture contagieuse du siècle... Ah ! que j'ai bien reconnu là les idées de notre distingué et poétique parent, ce cher vicomte Philibert de la Choue ! Un homme de lettres, oui ! un homme de lettres ! De la littérature, rien que de la littérature ! Je prie Dieu de lui pardonner, car il ne sait sûrement pas ce qu'il fait ni où il va, avec son christianisme d'élégie pour les ouvriers beaux parleurs et pour les jeunes gens des deux sexes dont la science a rendu l'âme vague. Et je ne garde ma colère que contre Son Éminence le cardinal Bergerot, car celui-ci sait ce qu'il fait, fait ce qu'il veut... Ne dites rien, ne le défendez pas. Il est la révolution dans l'Église, il est contre Dieu ! »

En effet, Pierre, bien qu'il se fût promis de ne pas répondre, de ne pas discuter, avait laissé échapper un geste de protestation, devant cette furieuse attaque contre l'homme qu'il respectait le plus, qu'il aimait le plus au monde. D'ailleurs, il céda, il s'inclina de nouveau.

« Je ne puis dire assez mon horreur, continua rudement Boccanera, oui ! mon horreur de tout ce songe-creux d'une religion nouvelle ! de cet appel aux plus laides passions qui soulève les pauvres contre les riches, en leur annonçant je ne sais quel partage, quelle communauté aujourd'hui impossible ! de cette basse flatterie au menu peuple qui lui promet, sans pouvoir jamais les lui donner, une égalité et une justice, qui vient de Dieu seul, que Dieu seul pourra faire régner enfin, au jour marqué par sa toute-puissance ! de cette charité intéressée dont on abuse contre le Ciel lui-même, pour l'accuser d'iniquité et d'indifférence, de cette charité larmoyante et amollissante, indigne des cœurs solides et forts, comme si la souffrance humaine n'était pas nécessaire au salut, comme si nous ne devenions pas plus grands, plus purs, plus près de l'infini bonheur, à mesure que nous souffrons davantage ! »

Il s'exaltait, il était saignant et superbe. C'était son deuil, sa blessure au cœur qui l'exaspérait ainsi, le coup de massue qui l'avait abattu un moment, et sous lequel il se relevait, si provocant contre la douleur, si entêté dans son idée stoïque d'un Dieu omnipotent, maître des hommes, réservant sa félicité aux seuls élus de son choix.

De nouveau, il fit un effort pour se calmer, il reprit plus doucement :

« Enfin, mon cher fils, le bercail est toujours ouvert, et vous y voilà de retour, puisque vous vous êtes repenti. Vous ne sauriez croire combien j'en suis heureux. »

À son tour, Pierre s'efforça de se montrer conciliant, afin de ne pas ulcérer davantage cette âme violente et endolorie.

« Votre Éminence peut être certaine que je tâcherai de n'oublier aucune de ses bonnes paroles, pas plus que je n'oublierai le paternel accueil de Sa Sainteté Léon XIII. »

Mais cette phrase parut rejeter Boccanera dans son agitation. Ce ne furent tout d'abord que des paroles sourdes, retenues à demi, comme s'il se débattait pour ne pas interroger directement le jeune prêtre.

« Ah ! oui, vous avez vu Sa Sainteté, vous avez causé avec elle, et elle a dû vous dire, n'est-ce pas ? comme à tous les étrangers qui vont la saluer, qu'elle voulait la conciliation, la paix... Moi, je ne la vois plus que dans les occasions inévitables, voici plus d'un an que je n'ai pas été admis en audience particulière. »

Cette preuve publique de défaveur, cette lutte sourde qui, de même qu'au temps de Pie IX, heurtait le Saint-Père et le camerlingue, emplissait d'amertume ce dernier. Il lui fut impossible de se contenir, il parla, en se disant sans doute qu'il avait devant lui un familier, un homme sûr, qui d'ailleurs partait le lendemain.

« La paix, la conciliation, on va loin avec ces beaux mots, si souvent vides de vraie sagesse et de courage... La vérité terrible, c'est que les dix-huit années de concessions de Léon XIII ont tout ébranlé dans l'Église, et que, s'il régnait longtemps encore, le catholicisme croulerait, tomberait en poudre, ainsi qu'un édifice dont on a sapé les colonnes. »

Pierre, très intéressé, ne put s'empêcher de soulever des objections, pour s'instruire.

« Mais ne s'est-il pas montré très prudent, n'a-t-il pas mis le dogme à l'écart, dans une forteresse inexpugnable ? En somme, s'il paraît avoir cédé en beaucoup de points, ça n'a jamais été que dans la forme.

– La forme, ah ! oui, reprit le cardinal avec une passion croissante, il vous a dit comme aux autres qu'intraitable sur le fond, il cédait volontiers sur la forme. Parole déplorable, diplomatie équivoque, quand elle n'est pas une simple et basse hypocrisie ! Mon âme se soulève à cet opportunisme, à ce jésuitisme qui ruse avec le siècle, qui est fait seulement pour jeter le doute parmi les croyants, le désarroi du sauve-qui-peut, cause prochaine des irrémédiables défaites ! Une lâcheté, la pire des lâchetés, l'abandon de ses armes afin d'être plus prompt à la retraite, la honte d'être soit tout entier, le masque accepté dans l'espoir de tromper le monde, de pénétrer chez l'ennemi et de le réduire par la traîtrise ! Non, non ! la forme est tout, dans une religion traditionnelle, immuable, qui depuis dix-huit cents ans a été, qui est encore, qui restera jusqu'à la fin des âges la loi même de Dieu ! »

Il ne put rester assis, il se leva, se mit à marcher au travers de l'étroite pièce, qu'il semblait emplir de sa haute taille. Et c'était tout le règne, toute la politique de Léon XIII qu'il discutait, qu'il condamnait violemment.

« L'unité, la fameuse unité qu'on lui fait une gloire si grande de vouloir rétablir dans l'Église, ce n'est là que l'ambition furieuse et aveugle d'un conquérant qui élargit son empire, sans se demander si les nouveaux peuples soumis ne vont pas désorganiser son ancien peuple, jusque-là fidèle, l'adultérer, lui apporter la contagion de toutes les erreurs. Et, si les schismatiques d'Orient, si les schismatiques des autres pays, en rentrant dans l'Église catholique, la transforment fatalement, à ce point qu'ils la tuent, qu'ils en fassent une Église nouvelle ? Il n'y a qu'une sagesse, n'être que ce qu'on est, mais être solidement... De même, n'est-ce pas à la fois un danger et une honte, cette prétendue alliance avec la démocratie, cette politique que suffit à condamner l'esprit séculaire de la papauté ? La monarchie est de droit divin, l'abandonner est aller contre Dieu, pactiser avec la révolution, rêver ce dénouement monstrueux d'utiliser la démence des hommes, pour mieux rétablir sur eux son pouvoir. Toute république est un état d'anarchie, et c'est dès lors la plus criminelle des fautes, c'est ébranler à jamais l'idée d'autorité, d'ordre, de religion même, que de reconnaître la légitimité d'une république, dans l'unique but de caresser le rêve d'une conciliation impossible... Aussi voyez ce qu'il a fait du pouvoir temporel. Il le réclame bien encore, il affecte de rester intransigeant sur cette question de la reddition de Rome. Mais, en réalité, est-ce qu'il n'en a pas consommé la perte, est-ce qu'il n'y a pas renoncé définitivement, puisqu'il reconnaît que les peuples ont le droit de disposer d'eux, qu'ils peuvent chasser leurs rois et vivre comme les bêtes libres, au fond des forêts ? »

Brusquement, il s'arrêta, leva les deux bras au ciel, dans un élan de sainte colère.

« Ah ! cet homme, ah ! cet homme qui par sa vanité, par son besoin du succès, aura été la ruine de l'Église ! cet homme qui n'a cessé de tout corrompre, de tout dissoudre, de tout émietter, afin de régner sur le monde qu'il croit reconquérir ainsi ! pourquoi, Dieu tout-puissant, pourquoi ne l'avez-vous pas encore rappelé à vous ? »

Et cet appel à la mort prenait un accent si sincère, il y avait là une haine grandie par un si réel désir de sauver Dieu en péril ici-bas, que Pierre fut traversé lui aussi d'un grand frisson. Maintenant, il le voyait, ce cardinal Boccanera, qui haïssait religieusement, passionnément Léon XIII, il le voyait guettant depuis des années déjà, du fond de son palais noir, la mort du pape, cette mort officielle qu'il avait la charge de constater, à titre de camerlingue. Comme il devait l'attendre, comme il souhaitait avec une impatience fébrile l'heure bienheureuse où il irait, armé du petit marteau d'argent, taper les trois coups symboliques sur le crâne de Léon XIII glacé, rigide, étendu sur son lit, entouré de sa cour pontificale ! Ah ! taper enfin à ce mur du cerveau, pour être bien certain que rien ne répondait plus, qu'il n'y avait plus rien là-dedans, rien que de la nuit et du silence ! Et ces trois appels retentiraient : « Joachim !

Joachim ! Joachim ! » Et, le cadavre ne répondant pas, le camerlingue se tournerait après avoir patienté quelques secondes, puis il dirait : « Le pape est mort ! »

« Pourtant, reprit Pierre qui voulait le ramener au présent, la conciliation est une arme de l'époque, c'est pour vaincre à coup sûr que le Saint-Père consent à céder sur les questions de forme.

– Il ne vaincra pas, il sera vaincu ! cria Boccanera. Jamais l'Église n'a eu la victoire qu'en s'obstinant dans son intégralité, dans l'éternité immuable de son essence divine. Et il est certain que, le jour où elle laisserait toucher à une seule pierre de son édifice, elle croulerait... Rappelez-vous le moment terrible qu'elle a passé, au temps du concile de Trente. La Réforme venait de l'ébranler d'une façon profonde, le relâchement de la discipline et des mœurs s'aggravait partout, c'était un flot montant de nouveautés, d'idées soufflées par l'esprit du mal, de projets malsains qu'enfantait l'orgueil de l'homme, lâché en pleine licence. Et, dans le concile même, bien des membres étaient troublés, gangrenés, prêts à voter les modifications les plus folles, tout un véritable schisme s'ajoutant aux autres... Eh bien ! si, à cette époque critique, sous la menace d'un si grand péril, le catholicisme a été sauvé du désastre, c'est que la majorité, éclairée par Dieu, a maintenu le vieil édifice intact, c'est qu'elle a eu le divin entêtement de s'enfermer dans le dogme étroit, c'est qu'elle n'a rien concédé, rien, rien ! ni sur le fond, ni sur la forme... Aujourd'hui, certes, la situation n'est pas pire qu'à l'époque du concile de Trente. Mettons qu'elle soit la même, et dites-moi s'il n'est pas plus noble, plus courageux et plus sûr pour l'Église d'avoir comme autrefois la bravoure de dire hautement ce qu'elle est, ce qu'elle a été, ce qu'elle sera. Il n'y a de salut pour elle que dans sa souveraineté totale, indiscutable ; et, puisqu'elle a toujours vaincu par son intransigeance, c'est la tuer que de vouloir la concilier avec le siècle. »

Il se remit à marcher, de son pas songeur et puissant.

« Non, non ! pas un accommodement, pas un abandon, pas une faiblesse ! Le mur d'airain qui barre la route, la borne de granit qui limite un monde !... Je vous l'ai déjà dit, le jour de votre arrivée, mon cher fils. Vouloir accommoder le catholicisme aux temps nouveaux, c'est hâter sa fin, s'il est vraiment menacé d'une mort prochaine, comme les athées le prétendent. Et il mourrait bassement, honteusement, au lieu de mourir debout, digne et fier, dans sa vieille royauté glorieuse... Ah ! mourir debout, sans rien renier de son passé, en bravant l'avenir, en confessant sa foi entière ! »

Et ce vieillard de soixante-dix ans semblait grandir encore, sans peur devant l'anéantissement final, avec un geste de héros qui défiait les siècles futurs. La foi lui avait donné la paix sereine, cette paix que l'explication de l'inconnu par le divin apporte à l'esprit, dont elle satisfait pleinement le besoin de certitude, en le remplissant. Il croyait, il savait, il était sans doute et sans peur sur le lendemain de la mort. Mais une mélancolie hautaine avait passé dans sa voix.

« Dieu peut tout, même détruire son œuvre, s'il la trouve mauvaise. Tout croulerait demain, la sainte Église disparaîtrait au milieu des ruines, les sanctuaires les plus vénérés s'effondreraient sous la chute des astres, qu'il faudrait s'incliner et adorer Dieu, dont la main, après avoir créé le monde, l'anéantirait ainsi, pour sa gloire... Et j'attends, je me soumets d'avance à sa volonté, qui seule peut se produire, car rien n'arrive sans qu'il le veuille. Si vraiment les temples sont ébranlés, si le catholicisme doit demain tomber en poudre, je serai là pour être le ministre de la mort, comme j'ai été le ministre de la vie... Même, je le confesse, il est certain qu'il y a des heures où des signes terribles me frappent. Peut-être en effet la fin des temps est-elle proche et allons-nous assister à cet écroulement du vieux monde dont on nous menace. Les plus dignes, les plus hauts sont foudroyés, comme si le Ciel se trompait, punissait en eux les crimes de la terre ; et n'ai-je pas senti le souffle de l'abîme, où tout va sombrer, depuis que ma maison, pour des fautes que j'ignore, est frappée de ce deuil affreux, qui la jette au gouffre, la fait rentrer dans la nuit, à jamais ! »

Là, dans la pièce voisine, il évoquait les deux chers morts, qui ne cessaient d'être présents. Des sanglots remontaient à sa gorge, ses mains tremblaient, son grand corps était agité d'une dernière révolte de douleur, sous l'effort de sa soumission. Oui, pour que Dieu se fût permis de l'atteindre si cruellement, de supprimer sa race, de commencer ainsi par le plus grand, par le plus fidèle, ce devait être que le monde était définitivement condamné. La fin de sa maison, n'était-ce pas la fin prochaine de tout ? Et, dans son orgueil souverain de prince et de prêtre, il trouva un cri de suprême résignation.

« Ô Dieu puissant, que votre volonté soit donc faite ! Que tout meure, que tout croule, que tout retourne à la nuit du chaos ! Je resterai debout dans ce palais en ruine, j'attendrai d'y être enseveli sous les décombres. Et, si votre volonté m'appelle à être le fossoyeur auguste de votre sainte religion, ah ! soyez sans crainte, je ne ferai rien d'indigne pour la prolonger de quelques jours ! Je la maintiendrai debout comme moi, aussi fière, aussi intraitable qu'au temps de sa toute-puissance. Je l'affirmerai avec la même obstination vaillante, sans rien abandonner ni de la discipline, ni du rite, ni du dogme. Et, le jour venu, je l'ensevelirai avec moi, l'emportant toute dans la terre plutôt que de rien céder d'elle, la gardant entre mes bras glacés pour la rendre à votre inconnu, telle que vous l'avez donnée en garde à votre Église... Ô Dieu puissant, souverain Maître, disposez de moi, faites de moi, si cela est dans vos desseins, le pontife de la destruction, de la mort du monde ! »

Saisi, Pierre frémissait de peur et d'admiration devant cette extraordinaire figure qui se dressait, le dernier pape menant les funérailles du catholicisme. Il comprenait que Boccanera avait dû parfois faire ce rêve, il le voyait, dans son Vatican, dans son Saint-Pierre qu'éventrait la foudre, debout, seul au travers des salles immenses, que sa cour pontificale, terrifiée et lâche, avait abandonnées. Lentement, vêtu de sa soutane blanche, portant ainsi en blanc le deuil de l'Église, il descendait une fois encore jusqu'au sanctuaire, pour y attendre que le ciel, au soir des temps, tombât, écrasant la terre. Trois fois, il redressait le grand crucifix, que les convulsions suprêmes du sol avaient renversé. Puis, lorsque le craquement final fendait les marbres, il le saisissait d'une étreinte, il s'anéantissait avec lui, sous l'effondrement des voûtes. Et rien n'était d'une plus royale, d'une plus farouche grandeur.

D'un geste, le cardinal Boccanera, sans voix, mais sans faiblesse, invincible et droit quand même dans sa haute taille, donna congé à Pierre, qui, cédant à sa passion de la beauté et de la vérité, trouvant que lui seul était grand, que lui seul avait raison, lui baisa la main.

Ce fut le soir, dans la salle du trône, quand les visites cessèrent, à la nuit tombée, qu'on ferma les portes et qu'on procéda à la mise en bière. Les messes venaient de finir, les sonnettes de l'élévation ne tintaient plus, le balbutiement des paroles latines se taisait, après avoir bourdonné aux oreilles des deux chers enfants morts pendant douze heures. Et, alourdissant l'air, envahi de silence, il ne restait que le parfum violent des roses, que l'odeur chaude des deux cierges de cire. Comme ceux-ci n'éclairaient guère la vaste salle, on avait apporté des lampes, que des domestiques tenaient au poing, ainsi que des torches. Selon l'usage, tous les domestiques de la maison étaient là, pour dire un dernier adieu aux maîtres, qu'on allait coucher à jamais dans la mort.

Il y eut quelque retard. Morano, qui, depuis le matin, se donnait beaucoup de peine, pour veiller aux mille détails, venait de courir encore, désespéré de ne pas voir arriver le triple cercueil. Enfin, des domestiques le montèrent, on put commencer. Le cardinal et donna Serafina se tenaient côte à côte, près du lit. Pierre était là également, ainsi que don Vigilio. Ce fut Victorine qui se mit à coudre les deux amants dans le même suaire, une large pièce de soie blanche, où ils semblèrent vêtus de la même robe de mariée, la robe gaie et pure de leur union. Puis, deux domestiques s'avancèrent, aidèrent Pierre et don Vigilio, à les coucher dans le premier cercueil, de bois de sapin, capitonné de satin rose. Il n'était guère plus large que les cercueils ordinaires, tellement les deux amants étaient jeunes, d'une élégance mince, et tellement leur étreinte les nouait, ne faisait d'eux qu'un seul corps. Quand ils y furent allongés, ils y continuèrent leur éternel sommeil, la tête à demi noyée parmi leurs chevelures odorantes qui se mêlaient. Et, quand cette première bière se trouva enfermée dans la seconde, de plomb, puis dans la troisième, de chêne, quand les trois couvercles eurent été soudés et vissés, on continua à voir les faces des deux amants, par l'ouverture ronde, garnie d'une épaisse glace, pratiquée, selon la mode romaine, dans les trois bières. Et, à jamais séparés des vivants, seuls au fond de ce triple cercueil, ils se souriaient toujours, ils se regardaient toujours, de leurs yeux obstinément ouverts, ayant l'éternité pour épuiser leur amour infini.

XVI

Le lendemain, au retour du cimetière, après l'enterrement, Pierre déjeuna seul dans sa chambre, en se réservant de prendre, l'après-midi, congé du cardinal et de donna Serafina. Il quittait Rome le soir, il partait par le train de dix heures dix-sept. Rien ne le retenait plus, il n'y avait plus qu'une visite qu'il voulait rendre, une visite dernière au vieil Orlando, le héros de l'indépendance, auquel il avait fait la formelle promesse de ne point retourner à Paris, sans venir causer longuement. Et, vers deux heures, il envoya chercher un fiacre qui le conduisit rue du 20 Septembre.

Toute la nuit, il avait plu, une pluie fine dont l'humidité noyait la ville d'une vapeur grise. Cette pluie avait cessé, mais le ciel restait sombre, et les grands palais neufs de la rue du 20 Septembre, sous ce morne ciel de décembre, avaient des façades livides, d'une mélancolie interminable, avec leurs balcons tous pareils, leurs rangs réguliers de fenêtres qui n'en finissaient pas. Le ministère des Finances surtout, ce colossal entassement de maçonnerie et de sculptures, prenait une apparence de ville morte, la tristesse infinie d'un grand corps exsangue, dont la vie s'était retirée. La pluie avait adouci l'air, il faisait presque chaud, une tiédeur moite de fièvre.

Pierre, dans le vestibule du petit palais de Prada, fut surpris de se rencontrer avec quatre ou cinq messieurs, en train de retirer leurs paletots ; et un serviteur lui dit que monsieur le comte avait une réunion avec des entrepreneurs. Puisque monsieur l'abbé venait voir le père de monsieur le comte, il n'avait d'ailleurs qu'à monter au troisième étage. La petite porte, à droite sur le palier.

Mais, au premier étage, Pierre se trouva brusquement face à face avec Prada, qui recevait ses entrepreneurs. Et il remarqua qu'il devenait, en le reconnaissant, d'une pâleur affreuse. Depuis l'épouvantable drame, ils ne s'étaient pas revus. Aussi le prêtre comprit-il quel trouble sa présence éveillait chez cet homme, quel souvenir importun de complicité morale, quelle mortelle inquiétude d'avoir été deviné.

« Vous venez me voir, vous avez quelque chose à me dire ?

– Non, je pars, je viens faire mes adieux à votre père. »

La pâleur de Prada s'accrut, un frémissement agita toute sa face.

« Ah ! c'est pour mon père... Il est un peu souffrant, ménagez-le. »

Et son angoisse confessait clairement, malgré lui, tout ce qu'il redoutait, une parole imprudente, peut-être même une mission dernière, la malédiction de cet homme et de cette femme qu'il avait tués. Sûrement, son père en serait mort, lui aussi.

« Ah ! est-ce contrariant, je ne puis monter avec vous ! Ces messieurs sont là qui m'attendent... Mon Dieu ! que je suis contrarié ! Dès que je vais le pouvoir, je vous rejoindrai, oh ! tout de suite, tout de suite ! »

Ne sachant comment l'arrêter, il fallait bien qu'il le laissât se trouver seul avec son père, pendant que lui-même restait là, cloué par ses affaires d'argent, qui périclitaient. Mais de quels yeux de détresse il le regarda monter, comme il le suppliait de tout son frisson ! Son père, le seul amour véritable, la grande passion pure et fidèle de sa vie !

« Ne le faites pas trop parler, égayez-le, n'est-ce pas ? »

En haut, ce ne fut pas Batista, l'ancien soldat si dévoué à son maître, qui vint ouvrir, mais un tout jeune homme que Pierre ne remarqua point d'abord. Et ce dernier retrouva la petite chambre toute nue, toute blanche, tapissée simplement d'un papier clair, à fleurettes bleues, avec son pauvre lit de fer derrière un paravent, ses quatre planches contre un mur, servant de bibliothèque, sa table de bois noir et ses deux chaises de paille, pour tout mobilier. Et, par la fenêtre large et claire, sans rideaux, c'était le même admirable panorama de Rome, toute Rome jusqu'aux arbres lointains du Janicule, une Rome écrasée, ce jour-là, sous un ciel de plomb, envahie d'une ombre de morne tristesse. Mais le vieil Orlando, lui, n'avait pas changé, avec sa tête superbe de vieux lion blanchi, au mufle puissant, aux yeux de jeunesse, étincelant encore des passions qui avaient grondé dans cette âme de feu. Pierre le retrouvait sur le même fauteuil, près de la même table, encombrée par les mêmes journaux, les jambes enveloppées, ensevelies dans la même couverture noire, comme si ces jambes mortes l'eussent immobilisé là dans une gaine de pierre, à ce point qu'à des mois, à des années de distance, on était sûr de l'y revoir sans nul changement possible, avec son buste vivant, sa face qui éclatait de force et d'intelligence.

Cependant, par cette journée grise, il paraissait abattu, le visage assombri.

« Ah ! vous voici, cher monsieur Froment. Depuis trois jours, je songe à vous, je vis les atroces jours que vous avez dû vivre, dans ce tragique palais Boccanera. Mon Dieu ! quel épouvantable deuil ! J'en ai le cœur retourné, ces journaux viennent encore de me bouleverser l'âme, avec les nouveaux détails qu'ils donnent. »

Il indiquait les journaux épars sur la table. Puis, il écarta d'un geste la sombre histoire, cette figure de Benedetta morte, qui le hantait.

« Voyons, et vous ?

– Je pars ce soir, je n'ai pas voulu quitter Rome sans serrer vos mains vaillantes.

– Vous partez ? Mais votre livre ?

– Mon livre... J'ai été reçu par le Saint Père, je me suis soumis, j'ai réprouvé mon livre. »

Orlando le regarda fixement. Il y eut un court silence, pendant lequel leurs yeux se dirent, sur le cas, tout ce qu'il y avait à dire. Et ni l'un ni l'autre ne sentit la nécessité d'une explication plus longue. Le vieillard conclut simplement :

« Vous avez bien fait, votre livre était une chimère.

– Oui, une chimère, un enfantillage, et je l'ai condamné moi-même, au nom de la vérité et de la raison. »

Un sourire reparut sur les lèvres douloureuses du héros foudroyé.

« Alors, vous avez vu, vous avez compris, vous savez maintenant ?

– Oui, je sais, et c'est pourquoi je n'ai pas voulu partir sans avoir avec vous la bonne et franche conversation que nous nous sommes promise. »

Ce fut une joie pour Orlando. Mais, tout d'un coup, il parut se rappeler le jeune homme qui était allé ouvrir la porte, puis qui avait repris modestement sa place, sur une chaise, à l'écart, près de la fenêtre. C'était presque un enfant, vingt ans à peine, imberbe encore, d'une beauté blonde comme il en fleurit parfois à Naples, avec de longs cheveux bouclés, un teint de lis, une bouche de rose, des yeux surtout d'une langueur rêveuse et d'une infinie douceur. Et le vieillard le présenta paternellement : Angiolo Mascara, le petit-fils d'un de ses vieux camarades de guerre, l'épique Mascara des Mille, qui était mort en héros, le corps troué de cent blessures.

« Je le fais venir pour le gronder, continua-t-il en souriant. Imaginez-vous que ce gaillard-là, avec son air de fille, donne dans les idées nouvelles ! Il est anarchiste, des trois ou quatre douzaines d'anarchistes que nous comptons en Italie. Un brave petit au fond, qui n'a plus que sa mère, qui la soutient, grâce au maigre emploi qu'il occupe et d'où il va se faire chasser, un de ces beaux matins... Voyons, voyons, mon enfant, il faut que tu me promettes d'être raisonnable. »

Alors, Angiolo, dont les vêtements usés et propres disaient en effet la misère décente, répondit d'une voix grave, musicale :

« Je suis raisonnable, ce sont les autres, tous les autres qui ne le sont pas. Quand tous les hommes seront raisonnables, voudront la vérité et la justice, le monde sera heureux.

– Ah ! si vous croyez qu'il cédera ! cria Orlando. Ah ! mon pauvre enfant, la justice, la vérité, demande à M. l'abbé si l'on sait jamais où elles sont. Enfin, il faut te laisser le temps de vivre, de voir et de comprendre ! »

Et, sans plus s'occuper de lui, il revint à Pierre. Mais Angiolo resta dans son coin, l'air très sage, les yeux ardemment fixés sur les interlocuteurs, les oreilles ouvertes et frémissantes, ne perdant pas une de leurs paroles.

« Je vous l'avais bien dit, mon cher monsieur Froment, que vos idées changeraient et que la connaissance de Rome vous amènerait à des opinions plus exactes, beaucoup mieux que tous les beaux discours dont j'aurais tâché de vous convaincre. Ainsi je n'ai jamais douté que vous retireriez votre livre, de votre plein gré, comme une erreur fâcheuse, dès que les choses et les hommes vous auraient renseigné sur le Vatican... Mais, n'est-ce pas ? mettons le Vatican de côté, il n'y a là rien à faire, qu'à le laisser crouler, dans sa ruine lente et inévitable. Ce qui m'intéresse, moi, ce qui me passionne encore, c'est la Rome italienne, notre Rome si amoureusement conquise, si fiévreusement ressuscitée, que vous traitiez en quantité négligeable, et que vous avez vue, et dont nous pouvons parler en gens qui se comprennent, maintenant que vous la connaissez. »

Tout de suite, il concéda beaucoup, avoua les fautes commises, reconnut l'état déplorable des finances, les difficultés graves de toutes sortes, en homme d'intelligence et de bon sens, qui, cloué par la paralysie, loin de la lutte, avait les journées entières pour réfléchir et s'inquiéter. Ah ! sa conquête, son Italie adorée, pour laquelle il aurait voulu donner encore le sang de ses veines, à quelles inquiétudes mortelles, à quelles indicibles souffrances elle était de nouveau tombée ! Ils avaient péché par un légitime orgueil, ils étaient allés trop vite en voulant improviser un grand peuple, en rêvant de faire de l'antique Rome une grande capitale moderne, d'un simple coup de baguette. Et de là cette folie des quartiers neufs, cette spéculation démente sur les terrains et sur les constructions, qui avait mis la nation à deux doigts de la banqueroute.

Doucement, Pierre l'interrompit, pour lui dire la formule à laquelle il en était arrivé, après ses courses et ses études dans Rome.

« Oh ! cette fièvre, cette curée de la première heure, cette débâcle financière, ce n'est rien encore. Toutes les plaies d'argent se réparent. Mais le grave est que votre Italie reste à faire... Plus d'aristocratie, pas encore de peuple, et une bourgeoisie née d'hier, dévorante, en train de manger en herbe la riche moisson future. »

Il y eut un silence. Orlando hocha tristement sa tête de vieux lion, désormais impuissant. Cette dureté nette de la formule le frappait au cœur.

« Oui, oui, c'est cela, vous avez bien vu. Pourquoi mentir, pourquoi dire non, quand les faits sont là, évidents aux yeux de tous ?... Cette bourgeoisie, mon Dieu ! cette classe moyenne, dont je vous avais déjà parlé, si affamée de places, d'emplois, de distinctions, de panache, et si avare avec cela, si méfiante pour son argent, qu'elle place dans les banques, sans jamais le risquer dans l'agriculture, dans l'industrie ou dans le commerce, dévorée du seul besoin de jouir en ne faisant rien, inintelligente au point de ne pas voir qu'elle tue son pays par son dégoût du travail, son mépris du peuple, sa passion unique de vivre petitement au soleil, avec la gloriole d'appartenir à une administration quelconque... Et cette aristocratie qui se meurt, ce patriciat découronné, ruiné, tombé à l'abâtardissement des races finissantes, le plus grand nombre réduits à la misère, les autres, les rares qui ont gardé leur argent, écrasés sous les impôts trop lourds, n'ayant plus que des fortunes mortes, incapables de renouvellement, diminuées par les continuels partages, destinées à bientôt disparaître, avec les princes eux-mêmes, dans l'écroulement des vieux palais, devenus inutiles... Et le peuple enfin, ce pauvre peuple qui a tant souffert, qui souffre encore, mais qui est tellement habitué à sa souffrance, qu'il ne paraît seulement pas concevoir l'idée d'en sortir, aveugle et sourd, poussant les choses jusqu'à regretter peut-être l'ancienne servitude, d'un accablement stupide de bête sur son fumier, d'une ignorance totale, l'abominable ignorance qui est l'unique cause de sa misère, sans espoir, sans lendemain, sans cette consolation de comprendre que cette Italie, cette Rome, c'est pour lui, pour lui seul, que nous les avons conquises et que nous tâchons de les ressusciter, dans leur ancienne gloire... Oui, oui, plus d'aristocratie, pas encore de peuple, et une bourgeoisie si inquiétante ! Comment ne pas céder parfois aux terreurs des pessimistes, de ceux qui prétendent que tous nos malheurs ne sont rien encore, que nous allons à des catastrophes bien plus terribles, comme si nous n'en étions qu'aux premiers symptômes de la fin de notre race, précurseurs de l'anéantissement final ! »

Il avait levé vers la fenêtre, vers la lumière, ses deux grands bras frémissants, et Pierre, très ému, se rappela ce geste de détresse suppliante, qu'il avait vu faire la veille au cardinal Boccanera, dans son appel à la puissance divine. Tous deux, si opposés de croyance, avaient la même grandeur désespérée et farouche.

« Et, je vous l'ai dit le premier jour, nous n'avons pourtant voulu que les seules choses logiques et inévitables. Cette Rome, avec son passé de splendeur et de domination, qui pèse si lourdement sur nous, nous ne pouvions pas ne pas la prendre pour capitale, car elle seule était le lien, le symbole vivant de notre unité, en même temps que la promesse d'éternité, le renouveau de notre grand rêve de résurrection et de gloire. »

Il continua, il reconnut toutes les conditions désastreuses de Rome capitale. Une ville de simple décor, au sol épuisé, restée à l'écart de la vie moderne, une ville malsaine, sans industrie ni commerce possibles, invinciblement envahie par la mort, au milieu du désert stérile de sa Campagne. Puis, il la montra devant les autres villes qui la jalousent : Florence, devenue si indifférente, si sceptique pourtant, d'une humeur d'insouciance heureuse, inexplicable après les passions frénétiques, les flots de sang de son histoire ; Naples, à qui son clair soleil suffit encore, avec son peuple enfant, qu'on ne sait si l'on doit plaindre de son ignorance et de sa misère, puisqu'il paraît en jouir si paresseusement ; Venise, résignée à n'être plus qu'une merveille de l'art ancien, qu'on devrait mettre sous verre, pour la conserver intacte, endormie dans le faste et la souveraineté de ses annales ; Gênes, toute à son commerce, active et bruyante, une des dernières reines de cette Méditerranée, de ce lac aujourd'hui infime qui a été la mer opulente, le centre où roulaient les richesses du monde ; Turin et Milan surtout, les industrielles, les commerciales, si vivantes, si modernisées, que les touristes les dédaignent comme n'étant pas des villes italiennes, toutes deux sauvées du sommeil des ruines, entrées dans l'évolution occidentale qui prépare le prochain siècle. Ah ! cette vieille Italie, fallait-il donc la laisser crouler, telle qu'un musée poussiéreux, pour le plaisir des âmes artistes, comme sont en train de crouler ses petites villes de la Grande-Grèce, de l'Ombrie et de la Toscane, pareilles à ces bibelots exquis qu'on n'ose faire réparer, de crainte d'en gâter le caractère ? Ou la mort prochaine, inévitable, ou la pioche des démolisseurs, les murs branlants jetés par terre, des villes de travail, de science, de santé créées partout, enfin une Italie toute neuve sortant vraiment de ses cendres, faite pour la civilisation nouvelle dans laquelle entre l'humanité !

« Mais pourquoi désespérer ? reprit-il avec force. Rome a beau être lourde à nos épaules, elle n'en est pas moins le sommet que nous avons voulu. Nous y sommes, nous y resterons, en attendant les événements... D'ailleurs, si la population a cessé de s'y accroître, elle y reste stationnaire, à quatre cent mille âmes environ, et le flot ascendant peut parfaitement reprendre, le jour où disparaîtraient les causes qui l'ont arrêté. Nous avons eu le tort de croire que Rome allait devenir un Berlin, un Paris ; toutes sortes de conditions sociales, historiques, ethniques même semblent jusqu'à présent s'y opposer ; mais qui sait les surprises de demain, peut-on nous interdire l'espérance, la foi que nous avons dans le sang qui coule en nos veines, ce sang des anciens conquérants du monde ? Moi qui ne bouge plus de cette chambre, avec mes deux jambes mortes, foudroyé, anéanti, il est des heures où ma folie me reprend, où je crois à Rome comme à ma mère, invincible, immortelle, où j'attends les deux millions d'habitants qui doivent venir peupler ces douloureux quartiers neufs que vous avez visités, vides et croulants déjà. Certainement, ils viendront. Pourquoi ne viendraient-ils pas ? Vous verrez, vous verrez, tout se peuplera, il faudra bâtir encore... Et puis, franchement, peut-on dire une nation pauvre, qui possède la Lombardie ? Notre Midi lui-même n'est-il pas d'une richesse inépuisable ? Laissez la paix se faire, le Midi se fondre avec le Nord, toute une génération de travailleurs grandir ; et, puisque le sol y est si fertile, il faudra bien qu'un jour la grande moisson attendue pousse et mûrisse au brûlant soleil ! »

L'enthousiasme le soulevait, toute une fougue de jeunesse enflammait ses yeux. Pierre souriait, était gagné ; et, quand il put parler, il dit à son tour :

« Il faut reprendre le problème par le bas, par le peuple. Il faut faire des hommes.

– Parfaitement, c'est cela ! cria Orlando. Je ne cesse de le répéter, il faut faire l'Italie. On dirait qu'un vent d'est ait emporté ailleurs, loin de notre vieille terre, la semence humaine, la semence des peuples vigoureux et puissants. Notre peuple, comme le vôtre, en France, n'est pas un réservoir d'hommes et d'argent, où l'on puise à mains pleines. C'est ce réservoir inépuisable que je voudrais voir se créer chez nous. Eh ! c'est donc par en bas qu'il faut agir, oui ! des écoles partout, l'ignorance pourchassée, la brutalité et la paresse combattues à coups de livres, l'instruction intellectuelle et morale nous donnant le peuple travailleur dont nous avons besoin, si nous ne voulons pas disparaître du concert des grandes nations. Je le dis encore, pour qui donc avons-nous travaillé en reprenant Rome, en voulant lui refaire une troisième gloire, si ce n'est pour la démocratie de demain ? Et comme on s'explique que tout s'y effondre, que rien n'y veut plus pousser avec vigueur, du moment que cette démocratie y est radicalement absente... Oui, oui ! la solution du problème n'est pas ailleurs, faire un peuple, faire une démocratie italienne ! »

Pierre s'était calmé, inquiet, n'osant dire qu'une nation ne se modifiait pas facilement, que l'Italie était ce que le sol, l'histoire, la race l'avaient faite, et que vouloir la transformer toute, d'un coup, pouvait être une besogne dangereuse. Les peuples, comme les créatures, n'ont-ils pas une jeunesse active, un âge mûr resplendissant, une vieillesse plus ou moins lente, aboutissant à la mort ? Une Rome moderne, démocratique, grand Dieu ! Les Romes modernes s'appellent Paris, Londres, Chicago. Et il se contenta de dire avec prudence :

« Mais, en attendant ce grand travail de rénovation par le peuple, ne croyez-vous pas que vous feriez bien d'être sages ? Vos finances sont dans un si mauvais état, vous traversez de si grosses difficultés sociales et économiques, que vous courez le risque des pires catastrophes, avant d'avoir des hommes et de l'argent. Ah ! quel prudent ministre ce serait, si un de vos ministres disait à la tribune : « Eh bien ! notre orgueil s'est trompé, nous avons eu tort de nous improviser grande nation du matin au soir, il faut plus de temps, plus de labeur et de patience ; et nous consentons à n'être encore qu'un peuple jeune qui se recueille, qui travaille dans son coin pour se fortifier, sans vouloir jouer d'ici à longtemps un rôle dominateur ; et nous désarmons, nous rayons le budget de la guerre, le budget de la marine, tous les budgets d'ostentation extérieure, pour ne nous consacrer qu'à la prospérité intérieure, à l'instruction, à l'éducation physique et morale du grand peuple que nous nous jurons d'être dans cinquante ans. » Enrayer, oui ! enrayer, votre salut est là ! »

Orlando l'avait écouté, peu à peu assombri de nouveau, retombé à une songerie anxieuse. Il eut un geste las et vague, il dit à demi-voix :

« Non, non ! on huerait un ministre qui dirait ces choses. Ce serait un aveu trop dur qu'on ne peut demander à un peuple. Les cœurs bondiraient, sauteraient hors des poitrines. Et puis, le danger ne serait-il pas plus grand peut-être, si on laissait crouler brusquement tout ce qui a été fait ? Que d'espoirs avortés, que de ruines, que de matériaux inutilement épars ! Non ! nous ne pouvons plus nous sauver que par la patience et le courage, en avant, en avant toujours ! Nous sommes un peuple très jeune, nous avons voulu faire en cinquante ans l'unité que d'autres nations ont mis deux cents ans à conquérir. Et bien ! il faut payer cette hâte, il faut attendre que la moisson mûrisse et qu'elle emplisse nos granges. »

D'un nouveau geste, raffermi, élargi, il s'entêta dans son espoir.

« Vous savez que j'ai toujours été contre l'alliance avec l'Allemagne. Je l'avais prédit, elle nous a ruinés. Nous n'étions pas encore de taille à marcher de compagnie avec une si riche et si puissante personne, et c'est en vue de la guerre sans cesse prochaine, jugée inévitable, que nous souffrons si cruellement à cette heure de nos budgets écrasants de grande nation. Ah ! cette guerre qui n'est pas venue, elle a épuisé le meilleur de notre sang, notre sève, notre or, sans profit aucun ! Aujourd'hui, nous n'avons plus qu'à rompre avec une alliée, qui a joué de notre orgueil, sans jamais nous servir en rien, sans qu'il nous soit venu d'elle autre chose que des méfiances et d'exécrables conseils... Mais tout cela était inévitable, et c'est ce qu'on ne veut pas admettre en France. J'en puis parler librement, car je suis un ami déclaré de la France, on m'en garde même ici quelque rancune. Expliquez donc à vos compatriotes, puisqu'ils s'entêtent à ne pas comprendre, qu'au lendemain de notre conquête de Rome, dans notre frénétique désir de reprendre notre rang d'autrefois, il nous fallait bien jouer notre rôle en Europe, nous affirmer comme une puissance avec laquelle on compterait désormais. Et l'hésitation n'était pas permise, tous nos intérêts semblaient nous pousser vers l'Allemagne, il y avait là une évidence aveuglante qui s'est imposée. La dure loi de la lutte pour la vie pèse aussi fatalement sur les peuples que sur les individus, et c'est ce qui explique, ce qui justifie la rupture des deux sœurs, l'oubli de tant de liens communs, la race, les rapports commerciaux, même, si vous le voulez, les services rendus... Les deux sœurs, oui ! et elles se déchirent maintenant, elles se poursuivent d'une telle haine, que, de part et d'autre, tout bon sens paraît aboli. Mon pauvre vieux cœur en saigne de souffrance, lorsque je lis les articles que vos journaux et les nôtres échangent comme des flèches empoisonnées. Quand cessera donc ce massacre fratricide ? Quelle est celle des deux qui comprendra la première la nécessité de la paix, cette alliance des races intimes qui s'impose, si elles veulent vivre, au milieu du flot de plus en plus envahissant des autres races ? »

Et, gaiement, avec sa bonhomie de héros désarmé par l'âge, réfugié dans le rêve :

« Voyons, voyons, mon cher monsieur Froment, vous allez me promettre de nous aider, dès votre retour à Paris. Dans votre champ d'action, si étroit qu'il puisse être, jurez-moi de travailler à faire la paix entre la France et l'Italie, car il n'est pas de plus sainte besogne. Vous venez de vivre trois mois parmi nous, vous pourrez dire ce que vous avez vu, ce que vous avez entendu, oh ! en toute franchise. Si nous avons des torts, vous en avez sûrement aussi. Eh ! que diable ! les querelles de famille ne peuvent être éternelles ! »

Gêné, Pierre répondit :

« Sans doute. Par malheur, ce sont elles qui sont les plus tenaces. Dans les familles, quand le sang s'exaspère contre son sang, on va jusqu'au couteau et au poison. Il n'y a plus de pardon possible. »

Et il n'osa dire toute sa pensée. Depuis qu'il était à Rome, qu'il écoutait et qu'il jugeait, cette querelle entre l'Italie et la France se résumait pour lui en un beau conte tragique. Il était une fois deux princesses nées d'une reine puissante, maîtresse du monde. L'aînée, qui avait hérité du royaume de sa mère, eut le chagrin secret de voir sa cadette, établie en un pays voisin, grandir peu à peu en richesse, en force, en éclat, tandis qu'elle-même déclinait, comme affaiblie par l'âge, démembrée, si épuisée et si meurtrie, qu'elle se sentit battue, le jour où elle tenta un effort suprême pour reconquérir la souveraineté universelle. Aussi quelle amertume, quelle plaie toujours ouverte, à voir sa sœur se remettre des plus effroyables secousses, reprendre son gala éblouissant, régner sur la terre par sa force, par sa grâce et par son esprit ! Jamais elle ne pardonnerait, quelle que fût l'attitude à son égard de cette sœur enviée et détestée. Là était la blessure au flanc, inguérissable, cette vie de l'une empoisonnée par la vie de l'autre, cette haine du vieux sang contre le sang jeune, qui ne s'apaiserait qu'avec la mort. Et même, le jour prochain peut-être où la paix se ferait entre elles, devant l'évident triomphe de la cadette, l'autre garderait au plus profond de son cœur la douleur sans fin d'être l'aînée et la vassale.

« Tout de même comptez sur moi, reprit affectueusement Pierre. C'est en effet une grande douleur, un grand péril, que cette enragée querelle des deux peuples... Mais je ne dirai sur vous que ce que je crois être la vérité. Je suis incapable de dire autre chose. Et je crains bien que vous ne l'aimiez guère, que vous n'y soyez guère préparés, ni par le tempérament, ni par l'usage. Les poètes de toutes les nations qui sont venus et qui ont parlé de Rome, avec le traditionnel enthousiasme de leur culture classique, vous ont grisés de telles louanges, que vous me semblez peu faits pour entendre la vérité vraie sur votre Rome d'aujourd'hui. Vainement on vous ferait la part superbe, il faudrait bien en arriver à la réalité des choses, et c'est justement cette réalité que vous ne voulez pas admettre, en amoureux du beau quand même, très susceptibles, pareils à ces femmes qui ne se sentent plus en beauté et que désespère la moindre remarque sur leurs rides. »

Orlando s'était mis à rire, d'un rire enfantin.

« Certainement, on doit toujours embellir un peu. À quoi bon parler des laids visages ? Nous autres, nous n'aimons au théâtre que la jolie musique, la jolie danse, les jolies pièces qui font plaisir. Le reste, tout ce qui est désagréable, ah ! grand Dieu, cachons-le !

– Mais, continua le prêtre, je confesse volontiers tout de suite la capitale erreur de mon livre. Cette Rome italienne que j'avais négligée, pour la sacrifier à la Rome papale, dont je rêvais le réveil, elle existe, et si puissante, si triomphante déjà, que c'est sûrement l'autre qui est fatalement destinée à disparaître avec le temps. Comme je l'ai observé, le pape a beau s'entêter à être immuable, dans son Vatican, de plus en plus lézardé, menaçant ruine, tout évolue autour de lui, le monde noir est déjà devenu le monde gris, en se mélangeant au monde blanc. Et jamais je n'ai mieux senti cela qu'à la fête donnée par le prince Buongiovanni, pour les fiançailles de sa fille avec votre petit-neveu. J'en suis sorti absolument enchanté, gagné à votre cause de résurrection. »

Les yeux du vieillard étincelèrent.

« Ah ! vous y étiez ! N'est-ce pas que vous avez eu là un spectacle inoubliable et que vous ne doutez plus de notre vitalité, du peuple que nous devons être, quand les difficultés d'aujourd'hui seront vaincues ? Qu'importe un quart de siècle, qu'importe un siècle ! L'Italie renaîtra dans sa gloire ancienne, dès que le grand peuple de demain aura poussé de terre !... Et c'est bien vrai que j'exècre ce Sacco, parce qu'il incarne pour moi les intrigants, les jouisseurs dont les appétits ont tout retardé, en se ruant à la curée de notre conquête, qui nous avait coûté tant de sang et tant de larmes. Mais je revis dans mon bien-aimé Attilio, cette vraie chair de ma chair, si tendre et si vaillant, qui va être l'avenir, la génération de braves gens dont la venue instruira et purifiera le pays... Ah ! que le grand peuple de demain naisse donc de lui et de cette Celia, l'adorable petite princesse, que Stefana, ma nièce, une femme de raison au fond, m'a amenée l'autre jour. Si vous aviez vu cette enfant se jeter à mon cou, m'appeler des plus doux noms, me dire que je serai le parrain de son premier fils, pour qu'il s'appelât comme moi et qu'il sauvât une seconde fois l'Italie... Oui, oui ! que la paix se fasse autour de ce prochain berceau, que l'union de ces chers enfants soit l'indissoluble mariage entre Rome et la nation entière, et que tout soit réparé, et que tout resplendisse dans leur amour ! »

Des larmes étaient montées à ses yeux. Pierre, très touché de cette flamme inextinguible de patriotisme, qui brûlait encore chez le héros foudroyé, voulut lui faire plaisir.

« C'est le vœu que j'ai fait moi-même, à la fête de leurs fiançailles, en disant à votre fils à peu près ce que vous venez de dire. Oui ! que leurs noces soient définitives et fécondes, qu'il naisse d'elles le grand pays que je vous souhaite d'être, de toute mon âme, maintenant que j'ai appris à vous connaître !

– Vous avez dit ça ! cria Orlando, vous avez dit ça ! Allons, je vous pardonne votre livre, vous avez compris enfin, et la nouvelle Rome, la voilà ! la Rome qui est la nôtre, que nous voulons refaire digne de son glorieux passé, une troisième fois reine du monde ! »

D'un de ses gestes amples, où il mettait tout ce qui lui restait de vie, il montra, par la fenêtre claire, sans rideaux, l'immense panorama qui se déroulait, Rome étalée au loin, d'un bout de l'horizon à l'autre. Sous le ciel couleur d'ardoise, sous ce deuil d'hiver si rare, la ville prenait une sorte de majesté plus haute, la mélancolique grandeur d'une cité reine, aujourd'hui déchue encore, qui attend, muette, immobile, dans l'air morne, le réveil éclatant, la royauté enfin reconnue de tous, qu'on lui a de nouveau promise. Des quartiers neufs du Viminal aux arbres lointains du Janicule, des toits roux du Capitole aux cimes vertes du Pincio, la houle des terrasses, des campaniles, des dômes, avait une largeur d'océan, dans un balancement sans fin de vagues profondes et grises.

Mais, brusquement, Orlando avait tourné la tête, saisi d'un accès de paternelle indignation, apostrophant le jeune Angiolo Mascara.

« Et, scélérat que tu es, c'est notre Rome que tu rêves de détruire à coups de bombe, que tu parles de raser comme une vieille maison branlante et pourrie, afin d'en débarrasser à jamais la terre ! »

Angiolo, jusque-là silencieux, avait écouté passionnément la conversation. Sur son visage imberbe, d'une beauté de fille blonde, les moindres émotions passaient en rougeurs soudaines ; et surtout ses grands yeux bleus avaient brûlé, à entendre parler du peuple, de ce peuple nouveau qu'il s'agissait de faire.

« Oui ! dit-il lentement de sa pure voix musicale, oui ! la raser, n'en pas laisser une seule pierre ! mais la détruire pour la reconstruire ! »

Orlando l'interrompit d'un rire de tendre raillerie.

« Ah ! tu la reconstruirais, c'est heureux !

– Je la reconstruirais, répéta l'enfant debout, d'une voix tremblante de prophète inspiré, je la reconstruirais, oh ! si grande, si belle, si noble ! Ne faut-il pas pour l'universelle démocratie de demain, pour l'humanité enfin libre, une cité unique, l'arche d'alliance, le centre même du monde ? Et n'est-ce pas Rome qui est désignée, que les prophéties ont marquée comme l'éternelle, l'immortelle, celle en qui s'accompliront les destinées des peuples ? Mais, pour qu'elle devienne le sanctuaire définitif, la capitale des royaumes détruits où s'assembleront, une fois par an, les sages de toutes les contrées, on doit la purifier d'abord par le feu, ne rien laisser en elle des souillures anciennes. Ensuite, quand le soleil aura bu les pestilences du vieux sol, nous la rebâtirons dix fois plus belle, dix fois plus grande qu'elle n'a jamais été. Et quelle ville enfin de vérité et de justice, la Rome annoncée, attendue depuis trois mille ans, toute en or, toute en marbre, emplissant la Campagne, de la mer aux monts de la Sabine et aux monts Albains, si prospère et si sage, que ses vingt millions d'habitants vivront dans l'unique joie d'être, après avoir réglementé la loi du travail. Oui ! oui ! Rome, la Mère, la Reine, seule sur la face de la terre, et pour l'éternité ! »

Béant, Pierre l'écoutait. Eh quoi ! le sang d'Auguste en venait là ? Au Moyen Age, les papes n'avaient pu être les maîtres de Rome, sans éprouver l'impérieux besoin de la rebâtir, dans leur volonté séculaire de régner de nouveau sur le monde. Récemment, dès que la jeune Italie s'était emparée de Rome, elle avait aussitôt cédé à cette folie atavique de la domination universelle, voulant à son tour en faire la plus grande des villes, construisant des quartiers entiers pour une population qui n'était pas venue. Et voilà que les anarchistes eux-mêmes, en leur rage de bouleversement, étaient possédés du même rêve obstiné de la race, démesuré cette fois, une quatrième Rome monstrueuse, dont les faubourgs finiraient par envahir les continents, afin de pouvoir y loger leur humanité libertaire, réunie en une famille unique ! C'était le comble, jamais preuve plus extravagante ne serait donnée du sang d'orgueil et de souveraineté qui avait brûlé les veines de cette race, depuis qu'Auguste lui avait laissé l'héritage de son empire absolu, avec le furieux instinct de croire que le monde était légalement à elle et qu'elle avait la mission toujours prochaine de le reconquérir. Cela sortait du sol même, une sève qui avait grisé tous les enfants de ce terreau historique, qui les poussait tous à faire de leur ville la Ville, celle qui avait régné, qui régnerait, resplendissante, aux jours prédits par les oracles. Et Pierre se rappelait les quatre lettres fatidiques, le S. P. Q. R. de l'ancienne Rome glorieuse, qu'il avait retrouvées partout dans la Rome actuelle, comme un ordre de définitif triomphe donné au destin, sur toutes les murailles, sur tous les insignes, jusque sur les tombereaux de la voirie municipale qui, le matin, enlevaient les ordures. Et Pierre comprenait la prodigieuse vanité de ces gens hantés par la grandeur des aïeux, hypnotisés devant le passé de leur Rome, déclarant qu'elle renferme tout, qu'eux-mêmes ne parviennent pas à la connaître, qu'elle est le sphinx chargé de dire un jour le mot de l'univers, si grande et si noble que tout y grandit et s'y ennoblit, qu'ils en arrivent à exiger pour elle le respect idolâtre de la terre entière, dans cette vivace illusion de la légende où elle demeure, cette inextricable confusion de ce qui a pu être grand et de ce qui ne l'est plus.

« Mais je la connais, ta quatrième Rome, reprit Orlando, qui s'égayait de nouveau. C'est la Rome du peuple, la capitale de la république universelle, que Mazzini a déjà rêvée. Il est vrai qu'il y ajoutait le pape... Vois-tu, mon garçon, si nous, les vieux républicains, nous nous sommes ralliés, c'est que notre crainte a été de voir, en cas de révolution, le pays tomber aux mains des fous dangereux qui t'ont troublé la cervelle. Et, ma foi ! nous nous sommes résignés à notre monarchie, qui n'est pas sensiblement différente d'une bonne république parlementaire... Allons, au revoir, et sois sage, songe que ta pauvre mère en mourrait, s'il t'arrivait quelque ennui... Viens que je t'embrasse tout de même. »

Angiolo, sous le baiser affectueux du héros, devint rouge comme une jeune fille. Puis, il s'en alla, de son air doux de songeur éveillé, après avoir salué poliment le prêtre, d'un signe de tête, sans ajouter une parole.

Il y eut un silence, et les regards du vieil Orlando ayant rencontré les journaux, épars sur la table, il reparla de l'affreux deuil du palais Boccanera. Cette Benedetta, qu'il avait adorée comme une fille chère, aux jours de tristesse où elle vivait près de lui, quelle mort foudroyante, quel tragique destin, d'avoir été ainsi emportée dans la mort de l'homme qu'elle aimait ! Et, trouvant les récits des journaux singuliers, le cœur douloureux et tourmenté par ce qu'il sentait là d'obscur, il demandait des détails, lorsque son fils Prada entra brusquement, la face torturée d'inquiétude, essoufflé d'avoir monté trop vite. Il venait de congédier ses entrepreneurs avec une brutalité impatiente, sans tenir compte de la situation grave, de sa fortune compromise, en train de crouler, cédant à un tel désir d'être en haut près de son père, qu'il ne les écoutait même pas, insoucieux de savoir si la maison n'allait pas s'effondrer sur sa tête. Et, quand il fut en haut, devant le vieillard, son premier regard anxieux fut pour le dévisager, pour se rendre compte si le prêtre, par quelque mot imprudent, ne venait pas de le frapper à mort.

Il frémit de le trouver frissonnant, ému aux larmes de l'aventure terrible dont il causait. Un instant, il crut qu'il arrivait trop tard, que le malheur était fait.

« Mon Dieu ! père, qu'avez-vous ? Pourquoi pleurez-vous ? »

Et il s'était jeté à ses pieds, agenouillé, lui prenant les mains, le regardant passionnément, dans une telle adoration, qu'il semblait offrir tout le sang de son cœur, pour lui éviter la moindre peine.

« C'est cette mort de la pauvre femme, reprit tristement Orlando. Je disais à M. Froment combien elle m'avait désolé, et j'ajoutais que j'en étais encore à comprendre l'aventure... Les journaux parlent d'une mort subite, c'est toujours si extraordinaire ! »

Très pâle, Prada se releva. Le prêtre n'avait pas parlé. Mais quelle effrayante minute ! S'il répondait, s'il parlait !

« Vous étiez présent, n'est-ce pas ? continua le vieillard. Vous avez tout vu... Racontez-moi donc comment les choses se sont passées. »

Prada regarda Pierre. Leurs regards se fixèrent, entrèrent l'un dans l'autre. Entre eux, tout recommençait. C'était encore le destin en marche, Santobono rencontré au bas des pentes de Frascati, avec son petit panier ; c'était le retour à travers la Campagne mélancolique, la conversation sur le poison, tandis que le petit panier roulait, se balançait doucement sur les genoux du curé ; et c'était surtout l'*osteria* sommeillante au désert, la petite poule noire foudroyée, morte, un filet de sang violâtre au bec. Puis, c'était, dans la nuit même, le bal des Buongiovanni qui resplendissait, toute une odeur de femmes, tout un triomphe de l'amour. Enfin, c'était devant le palais Boccanera, noir sous la lune d'argent, l'homme qui allumait un cigare, qui s'en allait sans retourner la tête, laissant l'obscur destin faire sa besogne de mort. Cette histoire, l'un et l'autre la savaient, la revivaient, n'avaient pas besoin de se la répéter tout haut, pour être certains qu'ils s'étaient devinés, jusqu'au fond de l'âme.

Pierre n'avait pas répondu tout de suite au vieillard.

« Oh ! murmura-t-il enfin, des choses affreuses, des choses affreuses...

– Sans doute, c'est ce que j'ai soupçonné, reprit Orlando. Vous pouvez nous tout dire... Mon fils, devant la mort, a pardonné. »

Le regard de Prada chercha de nouveau celui de Pierre, s'appuya si lourd, si chargé d'une ardente supplication, que le prêtre en fut remué profondément. Il venait de se rappeler l'angoisse de cet homme pendant le bal, l'atroce torture jalouse qu'il avait subie, avant de laisser au destin le soin de sa vengeance. Et il reconstituait ce qui avait dû se passer au fond de lui, ensuite, après l'effroyable dénouement : d'abord, la stupeur de cette rudesse du destin, de cette vengeance qu'il n'avait pas demandée si féroce ; puis, le calme glacé du beau joueur qui attend les événements, lisant les journaux, n'ayant d'autre remords que celui du capitaine à qui la victoire a coûté trop d'hommes. Tout de suite, il avait compris que le cardinal enterrerait l'affaire, pour l'honneur de l'Église. Il gardait seulement au cœur un poids lourd, le regret peut-être de cette femme si désirée, qu'il n'avait pas eue, qu'il n'aurait jamais, peut-être aussi une horrible jalousie dernière, qu'il ne s'avouait pas, dont il souffrirait toujours, celle de la savoir éternellement aux bras d'un autre homme, dans la tombe. Et voilà, de cet effort vainqueur pour être calme, de cette attente froide et sans remords, que se dressait le châtiment, la peur que le destin, cheminant avec les figues empoisonnées, ne se fût pas encore arrêté dans sa marche, et ne vînt pas contrecoup frapper son père. Encore un coup de foudre, encore une victime, la plus inattendue, la plus adorée. Toute sa force de résistance avait croulé en une minute, il était là dans l'épouvante du destin, plus désarmé et plus tremblant qu'un enfant.

« Mais, dit Pierre avec lenteur, comme s'il eût cherché ses mots, les journaux ont dû vous dire que le prince avait d'abord succombé et que la contessina était morte de douleur, en l'embrassant une dernière fois... Les causes de la mort, mon Dieu ! vous savez que les médecins eux-mêmes, d'ordinaire, n'osent guère se prononcer exactement... »

Il s'arrêta, il venait d'entendre soudainement la voix de Benedetta mourante lui donner l'ordre terrible : « Vous qui verrez son père, je vous charge de lui dire que j'ai maudit son fils. Je veux qu'il sache, il doit savoir, pour la vérité et la justice. » Grand Dieu ! allait-il obéir, était-ce donc là un de ces ordres sacrés qu'il fallait exécuter quand même, dussent les larmes et le sang couler à flots ? Pendant quelques secondes, il souffrit du plus déchirant des combats, partagé entre cette vérité, cette justice invoquées par la morte, et son besoin personnel de pardon, l'horreur qu'il se serait faite à lui-même s'il avait tué ce vieillard, en remplissant son implacable mission, sans bénéfice pour personne. Et, certainement, l'autre, le fils, dut comprendre que quelque lutte suprême se livrait en lui, d'où allait sortir le sort de son père, car son regard se fit plus lourd, plus suppliant encore.

« On a cru d'abord à une mauvaise digestion, continua Pierre. Mais le mal a si vite empiré, qu'on s'est affolé et qu'on a couru chercher le médecin... »

Ah ! les yeux, les yeux de Prada ! Ils étaient devenus si désespérés, si pleins des choses les plus touchantes, les plus fortes, que le prêtre y lisait toutes les raisons décisives qui allaient l'empêcher de parler. Non, non ! il ne frapperait pas le vieillard innocent, il n'avait rien promis, il aurait cru charger d'un crime la mémoire de la morte, s'il avait obéi à sa haine dernière. Prada, lui, pendant ces quelques minutes d'angoisse, venait de souffrir une vie entière de douleur, si abominable, que tout de même un peu de justice était faite.

« Alors, acheva Pierre, quand le médecin a été là, il a formellement reconnu qu'il s'agissait d'une fièvre infectieuse. Il n'y a aucun doute... J'ai assisté ce matin aux obsèques, c'était bien beau et bien touchant. »

Orlando n'insista pas. D'un geste, il se contenta de dire combien, lui aussi, avait été ému toute la matinée, en songeant à ces obsèques. Puis, comme le vieillard se tournait, rangeant les journaux sur la table, de ses mains restées tremblantes, Prada, le corps glacé d'une sueur mortelle, chancelant, s'appuyant au dossier d'une chaise pour ne pas tomber, regarda Pierre encore, d'un regard fixe, mais d'un regard très doux, éperdu de reconnaissance, qui disait merci.

« Je pars ce soir, répéta Pierre brisé, voulant rompre la conversation. Je vais vous faire mes adieux... N'avez-vous pas de commission à me donner pour Paris ?

– Non, non, aucune », dit Orlando.

Puis, tout d'un coup, se souvenant :

« Eh ! si, j'ai une commission... Vous vous rappelez, le livre de mon vieux compagnon de batailles Théophile Morin, un des Mille de Garibaldi, ce manuel pour le baccalauréat, qu'il voudrait faire traduire et adopter chez nous. Je suis bienheureux, j'ai la promesse qu'on le lui prendra dans nos écoles, mais à la condition qu'il fera quelques changements... Luigi, donne-moi donc le volume qui est là, sur cette planche. »

Et, quand son fils lui eut remis le volume, il montra à Pierre les notes qu'il avait écrites au crayon, sur les marges, il lui fit comprendre les modifications qu'on exigeait de l'auteur, dans le plan général de l'ouvrage.

« Soyez donc assez gentil pour porter vous-même cet exemplaire à Morin, dont l'adresse est au verso de la couverture. Vous m'épargnerez une longue lettre, vous en direz plus en dix minutes, d'une façon plus nette et plus complète, que je ne le ferais en dix pages... Et vous embrasserez Morin pour moi, vous lui direz que je l'aime toujours, ah ! de tout mon cœur d'autrefois, lorsque j'avais mes jambes et que l'un et l'autre nous nous battions comme des diables, sous la pluie des balles ! »

Il y eut un court silence, ce silence, cette gêne attendrie de la minute du départ.

« Allons, adieu ! embrassez-moi pour lui et pour vous, embrassez-moi tendrement, ainsi que le petit Angiolo m'a tout à l'heure embrassé... Je suis si vieux et si fini, mon cher monsieur Froment, que vous me permettez bien de vous appeler mon enfant et de vous embrasser comme un aïeul, en vous souhaitant le courage et la paix, la foi en la vie qui seule aide à vivre. »

Pierre fut si touché, que des larmes lui montèrent aux yeux, et lorsqu'il baisa de toute son âme, sur les deux joues, le héros foudroyé, il le sentit lui aussi qui pleurait. D'une main vigoureuse encore, pareille à un étau, il le retint un instant, contre son fauteuil d'infirme, tandis que de l'autre, d'un geste suprême, il lui montrait une dernière fois Rome, immense dans son deuil, sous le ciel de cendre. Sa voix se fit basse, frémissante et suppliante.

« Et, de grâce, jurez-moi de l'aimer quand même, malgré tout, car elle est le berceau, elle est la mère ! Aimez-la pour ce qu'elle n'est plus, pour ce qu'elle veut être !... Ne dites pas qu'elle est finie, aimez-la, pour qu'elle soit encore, pour qu'elle soit toujours ! »

Sans pouvoir répondre, Pierre l'embrassa de nouveau, bouleversé de tant de passion chez ce vieillard, qui parlait de sa ville comme on parle à trente ans d'une femme adorée. Et il le trouvait si beau, si grand, avec son hérissement de vieux lion blanchi, dans sa volonté obstinée de résurrection prochaine, qu'une fois encore l'autre grand vieillard, le cardinal Boccanera, s'évoqua devant lui, entêté également dans sa foi, n'abandonnant rien de son rêve, quitte à être écrasé sur place, par la chute du ciel. Ils étaient toujours face à face, aux deux bouts de leur ville, dominant seuls l'horizon de leur haute taille, attendant l'avenir.

Puis, lorsque Pierre eut salué Prada et qu'il se retrouva dehors, dans la rue du 20 Septembre, il n'eut plus qu'une hâte, celle de rentrer au palais de la rue Giulia, pour faire sa malle et partir. Toutes ses visites d'adieu étaient faites, il ne lui restait qu'à prendre congé de donna Serafina et du cardinal, en les remerciant de leur hospitalité si bienveillante. Pour lui uniquement, leurs portes s'ouvrirent, car ils s'étaient enfermés chez eux, au retour des obsèques, résolus à ne recevoir personne. Dès le crépuscule, Pierre put donc se croire complètement seul dans le vaste palais noir, n'ayant plus que Victorine qui lui tînt compagnie. Comme il témoignait le désir de souper avec don Vigilio, elle le prévint que l'abbé, lui aussi, s'était enfermé dans sa chambre ; et, lorsqu'il alla frapper à cette chambre voisine de la sienne, désireux au moins de lui serrer une dernière fois la main, il n'obtint même pas de réponse, il devina que le secrétaire, pris de quelque crise de fièvre et de méfiance, s'entêtait à ne point le revoir, dans la terreur de se compromettre davantage. Dès lors, tout fut réglé, il fut entendu que, le train ne partant qu'à dix heures dix-sept, Victorine lui ferait servir son souper sur la petite table de sa chambre, à huit heures, comme d'habitude. Elle lui apporta elle-même une lampe, elle parla de ranger son linge. Mais il ne voulut absolument pas qu'elle l'aidât, et elle dut le laisser faire tranquillement sa malle.

Il avait acheté une petite caisse, car sa valise ne pouvait suffire, pour emporter le linge et les vêtements qu'il s'était fait envoyer de Paris, à mesure que son séjour se prolongeait. La besogne ne fut pourtant pas longue, l'armoire vidée, les tiroirs visités, la petite caisse et la valise emplies, fermées à clé. Il n'était que sept heures, il avait à attendre une heure, avant le souper, lorsque ses regards, en faisant le tour des murs, pour être certain de ne rien oublier, tombèrent sur le tableau ancien, cette peinture d'un maître ignoré qui l'avait si souvent ému, pendant son séjour. Justement, la lampe l'éclairait en plein, d'une lumière évocatrice ; et, cette fois encore, il reçut un coup au cœur, d'autant plus profond, qu'il s'imagina voir, à cette heure dernière, tout un symbole de son échec à Rome, dans cette dolente et tragique figure de femme, demi-nue, drapée en un lambeau, assise au seuil du palais dont on l'avait chassée, pleurant entre ses mains jointes. Cette rejetée, cette obstinée d'amour, qui sanglotait ainsi, dont on ne savait rien, ni quel était son visage, ni d'où elle venait, ni ce qu'elle avait fait, n'offrait-elle pas l'image de tout l'effort inutile pour forcer la porte de la vérité, de tout l'abandon affreux où l'homme tombe, dès qu'il se heurte au mur qui barre l'inconnu ? Longuement il la regarda, repris du tourment de s'en aller ainsi, avant d'avoir connu sa face, noyée de ses cheveux d'or, cette face de douloureuse beauté, qu'il rêvait rayonnante de jeunesse, si délicieuse dans son mystère. Et il croyait la connaître, il était sur le point de la posséder enfin, lorsqu'on frappa à la porte.

Il eut la surprise de voir entrer Narcisse Habert, parti depuis trois jours à Florence, une de ces fugues où se plaisait la flânerie d'art du jeune attaché d'ambassade. Tout de suite Narcisse s'excusa de son brusque envahissement.

« Voici vos bagages, je sais que vous partez ce soir, je n'ai pas voulu vous laisser quitter Rome sans vous serrer la main... Et que d'épouvantables choses, depuis que nous nous sommes vus ! Je ne suis revenu que cet après-midi, je n'ai pu assister au convoi de ce matin. Mais vous devez penser quel a été mon saisissement, lorsque j'ai appris ces deux morts affreuses. »

Il le questionna, il se doutait de quelque drame inavoué, en homme qui connaissait la sombre Rome légendaire. D'ailleurs, il n'insista pas, bien trop prudent, au fond, pour se charger inutilement de secrets redoutables. Il se contenta de s'enthousiasmer sur ce que le prêtre lui dit des deux amants, enlacés aux bras l'un de l'autre, d'une beauté surhumaine dans la mort. Et il se fâcha de ce que personne n'en avait pris un dessin.

« Mais vous-même, mon cher ! Ça ne fait rien que vous ne sachiez pas dessiner. Vous y auriez mis votre ingénuité, vous auriez peut-être laissé un chef-d'œuvre. »

Puis, se calmant :

« Ah ! cette pauvre contessina, ce pauvre prince ! N'importe, voyez-vous, tout peut crouler dans ce pays, ils ont eu la beauté, et la beauté reste indestructible ! »

Pierre fut frappé du mot. Et ils causèrent longuement de l'Italie, de Rome, de Naples, de Florence. Ah ! Florence, répétait languissamment Narcisse. Il avait allumé une cigarette, sa parole se faisait plus lente, tandis qu'il promenait les regards autour de la chambre.

« Vous étiez bien ici, dans un grand calme. Jamais encore je n'étais monté à cet étage. »

Ses yeux continuaient à errer sur les murs, lorsqu'ils furent arrêtés par la toile ancienne, que la lampe éclairait. Un instant, il battit des paupières, l'air surpris. Et, tout d'un coup, il se leva, il s'approcha.

« Quoi donc ? quoi donc ? mais c'est très bien, mais c'est très beau, ça !

– N'est-ce pas ? dit Pierre. Je ne m'y connais point, je n'en ai pas moins été remué dès le premier jour, et que de fois j'ai été retenu là, le cœur battant et gonflé de choses indicibles ! »

Narcisse ne parlait plus, examinait de près la peinture, avec le soin d'un connaisseur, d'un expert dont le coup d'œil tranchant décide de l'authenticité, fixe la valeur marchande. La plus extraordinaire des joies se peignit sur sa face blonde et pâmée, tandis que ses doigts étaient pris d'un petit tremblement.

« C'est un Botticelli ! C'est un Botticelli ! Il n'y a pas un doute à avoir… Voyez les mains, voyez les plis de la draperie. Et ce ton de la chevelure, et ce faire, cet envolement de toute la composition… Un Botticelli, ah ! mon Dieu, un Botticelli ! »

Il défaillait, il était débordé par une admiration croissante, à mesure qu'il pénétrait dans ce sujet si simple et si poignant. Est-ce que cela n'était pas d'un modernisme aigu ? L'artiste avait prévu tout notre siècle douloureux, nos inquiétudes devant l'invisible, notre détresse de ne pouvoir franchir la porte du mystère, à jamais close. Et quel symbole éternel de la misère du monde, cette femme dont on ne voyait pas le visage et qui sanglotait éperdument, sans qu'on pût essuyer ses larmes ! Un Botticelli inconnu, un Botticelli de cette qualité absent de tous les catalogues, quelle trouvaille !

Il s'interrompit pour demander :

« Vous saviez que c'était un Botticelli ?

– Ma foi, non ! J'ai interrogé un jour don Vigilio, mais il a paru faire peu de cas de cette peinture. Et Victorine, à qui j'en ai parlé également, m'a répondu que toutes ces vieilleries, ce n'étaient que des nids à poussière. »

Stupéfait, Narcisse se récria.

« Comment ! dans cette maison, ils ont un Botticelli sans le savoir ! Ah ! que je reconnais bien là mes princes romains, incapables la plupart de se reconnaître parmi leurs chefs-d'œuvre, si l'on n'a pas collé des étiquettes dessus !… Un Botticelli qui a un peu souffert sans doute, mais dont un simple nettoyage ferait une merveille, une toile fameuse, que je crois estimer trop bas en disant qu'un musée la paierait… »

Brusquement, il se tut, il ne dit pas le chiffre, achevant la phrase d'un geste vague. La soirée s'avançait, et comme Victorine entrait, suivie de Giacomo, pour mettre le couvert sur la petite table, il tourna le dos au Botticelli, il n'en souffla plus mot. Mais Pierre, dont l'attention était éveillée, devinait tout le travail qui se faisait au fond de lui, en le trouvant maintenant si froid, avec ses yeux mauves devenus d'un bleu d'acier. Il n'ignorait plus que, sous le garçon angélique, sous le Florentin d'emprunt, il y avait un gaillard rompu aux affaires, menant admirablement sa fortune, un peu avare même, disait-on. Et il eut un sourire, lorsqu'il le vit se planter devant l'affreuse Vierge, une mauvaise copie d'une toile du dix-huitième siècle, pendue à côté du chef-d'œuvre, en s'écriant :

« Tiens ! ce n'est pas mal du tout ! Et moi qu'un ami a chargé de lui acheter quelques vieux tableaux... Dites donc, Victorine, maintenant que voilà donna Serafina et le cardinal seuls, croyez-vous qu'ils se débarrasseraient volontiers de certaines toiles sans valeur ? »

La servante leva les deux bras, comme pour dire que, si ça dépendait d'elle, on pouvait bien tout emporter.

« Oh ! monsieur, à un marchand, non ! à cause des vilains bruits qui courraient tout de suite ; mais à un ami, je suis certaine qu'ils seraient heureux de faire ce plaisir. La maison est lourde, l'argent y serait le bienvenu. »

Vainement, Pierre tenta de retenir Narcisse à souper avec lui. Le jeune homme donna sa parole d'honneur qu'il était attendu. Même il s'était mis en retard. Et il se sauva, après avoir serré les deux mains du prêtre, en lui souhaitant affectueusement un bon voyage.

Huit heures sonnaient. Dès qu'il fut seul, Pierre s'assit devant la petite table, et Victorine resta là, à le servir, après avoir renvoyé Giacomo, qui avait monté la vaisselle et les plats, dans un panier.

« Ils me font bouillir, les gens d'ici, avec leur lenteur, dit-elle. Et puis, monsieur l'abbé, c'est un plaisir pour moi que de vous servir votre dernier repas. Vous voyez, je vous ai fait faire un petit dîner à la française, une sole au gratin et un poulet rôti. »

Il fut touché de son attention, heureux d'avoir pour compagne cette compatriote, pendant qu'il mangeait, au milieu de l'énorme silence du vieux palais noir et désert. Elle avait encore sur elle, en toute sa personne grasse et ronde, la tristesse de son deuil, la perte douloureuse de sa chère contessina. Mais, déjà, sa besogne quotidienne qui l'avait reprise, son servage accepté la redressait, lui rendait son activité alerte, dans son humilité de pauvre fille, résignée aux pires catastrophes de ce monde. Et elle causait presque gaiement, tout en lui passant les plats.

« Dire, monsieur l'abbé, qu'après-demain matin vous serez à Paris ! Moi, vous savez, il me semble que j'ai quitté Auneau hier. Ah ! c'est la terre qui est belle par là, une terre grasse, jaune comme de l'or, oui ! pas de leur terre maigre d'ici, qui sent le soufre. Et les saules si frais, si gentils, au bord de notre ruisseau ! et le petit bois où il y a tant de mousse ! Ils n'en ont pas, ils n'ont que des arbres en fer-blanc, sous leur bête de soleil qui rôtit les herbes. Mon Dieu ! dans les premiers temps, j'aurais donné je ne sais quoi pour une bonne pluie qui me trempât, me nettoyât de leur sale poussière. Aujourd'hui encore, le cœur me bat, dès que je songe aux jolies matinées de chez nous, quand il a plu la veille et que toute la campagne est si douce, si agréable, comme si elle se mettait à rire après avoir pleuré... Non, non ! jamais je ne m'y ferai, à leur satanée Rome ! Quelles gens, quel pays ! »

Il s'égayait de son obstination fidèle à son terroir, qui, après vingt-cinq ans de séjour, la laissait impénétrable, étrangère, ayant l'horreur de cette ville de lumière dure et de végétation noire, en fille d'une aimable contrée tempérée, souriante, baignée au matin de brumes roses. Lui-même ne pouvait se dire, sans une émotion vive, qu'il allait retrouver les bords attendris et délicieux de la Seine.

« Mais, demanda-t-il, maintenant que votre jeune maîtresse n'est plus, qui vous retient ici, pourquoi ne prenez-vous pas le train avec moi ? »

Elle le regarda, pleine de surprise.

« Moi, m'en aller avec vous, retourner là-haut !... Oh ! non, monsieur l'abbé, c'est impossible. Ce serait trop d'ingratitude d'abord, parce que donna Serafina est habituée à moi et que j'agirais très mal en les abandonnant, elle et Son Éminence, quand ils sont dans la peine. Et puis, que voulez-vous que je fasse ailleurs ? Moi, maintenant, mon trou est ici.

– Alors, vous ne verrez plus Auneau, jamais !

– Non, jamais, c'est certain.

– Et ça ne vous fera rien d'être enterrée ici, de dormir dans cette terre qui sent le soufre ? »

Elle se mit à rire franchement.

« Oh ! quand je serai morte, ça m'est égal d'être n'importe où !... On est bien partout pour dormir, allez, monsieur l'abbé ! Et c'est drôle que ça vous inquiète tant, ce qu'il y a, quand on est mort. Il n'y a rien, pardi ! Ce qui me rassure, ce qui m'amuse, moi, c'est de me dire que ce sera fini pour toujours et que je me reposerai. Le bon Dieu nous doit bien ça, à nous autres qui aurons tant travaillé... Vous savez que je ne suis pas une dévote, oh ! non. Mais ça ne m'a pas empêchée de me conduire honnêtement, et c'est si vrai que, telle que vous me voyez, je n'ai jamais eu d'amoureux. Lorsqu'on dit cette chose-là, à mon âge, on a l'air bête. Tout de même, je la dis, parce que c'est la vérité pure. »

Elle continuait de rire, en brave fille qui ne croyait pas aux curés et qui n'avait pas un péché sur la conscience. Et Pierre s'émerveillait une fois encore de ce simple courage à vivre, de ce grand bon sens pratique, chez ce laborieux si dévoué, qui incarnait pour lui le menu peuple incroyant de France, ceux qui ne croyaient plus, qui ne croiraient jamais plus. Ah ! être comme elle, faire sa tâche et se coucher pour l'éternel sommeil, sans révolte de l'orgueil, dans l'unique joie de sa part de besogne accomplie !

« Alors, Victorine, si je passe jamais par Auneau, je dirai bonjour pour vous au petit bois plein de mousse ?

– C'est ça, monsieur l'abbé, dites-lui qu'il est dans mon cœur et que je l'y vois reverdir tous les jours. »

Pierre ayant fini de souper, elle fit emporter la desserte par Giacomo. Puis, comme il n'était que huit heures et demie, elle conseilla au prêtre de passer bien tranquillement une heure encore dans sa chambre. À quoi bon aller se glacer trop tôt à la gare ? À neuf heures et demie, elle enverrait chercher un fiacre ; et, dès que cette voiture serait en bas, elle monterait le prévenir, elle ferait descendre ses bagages. Donc, il pouvait être bien tranquille, il n'avait plus à s'inquiéter de rien.

Quand elle s'en fut allée et que Pierre se trouva seul, il éprouva en effet un sentiment de vide, de détachement extraordinaire. Ses bagages, sa valise et sa petite caisse, étaient par terre, dans un coin de la chambre. Et quelle chambre muette, vague, morte, qui lui apparaissait déjà comme étrangère ! Il ne lui restait qu'à partir, il était parti, Rome autour de lui n'était plus qu'une image, celle qu'il allait emporter dans sa mémoire. Une heure encore, cela lui semblait d'une longueur démesurée. Sous lui, le vieux palais noir et désert dormait dans l'anéantissement de son silence. Il s'était assis pour patienter, il tomba à une rêverie profonde.

Ce fut son livre qui s'évoqua, *La Rome nouvelle*, tel qu'il l'avait écrit, tel qu'il était venu le défendre. Et il se rappela sa première matinée sur le Janicule, au bord de la terrasse de San Pietro in Montorio, en face de la Rome qu'il rêvait, si rajeunie, si douce d'enfance, sous le grand ciel pur, comme envolée dans la fraîcheur du matin. Là, il s'était posé la question décisive : le catholicisme pouvait-il se renouveler, retourner à l'esprit du christianisme primitif, être la religion de la démocratie, la foi que le monde moderne bouleversé, en danger de mort, attend pour s'apaiser et vivre ? Son cœur battait d'enthousiasme et d'espoir, il venait, à peine remis de son désastre de Lourdes, tenter là une autre expérience suprême, en demandant à Rome quelle serait sa réponse. Et, maintenant, l'expérience avait échoué, il connaissait la réponse que Rome lui avait faite par ses ruines, par ses monuments, par sa terre elle-même, par son peuple, par ses prélats, par ses cardinaux, par son pape. Non ! le catholicisme ne pouvait se renouveler, non ! il ne pouvait revenir à l'esprit du christianisme primitif, non ! il ne pouvait être la religion de la démocratie, la foi nouvelle qui sauverait les vieilles sociétés croulantes, en danger de mort. S'il semblait d'origine démocratique, il était cloué désormais à ce sol romain, roi quand même, forcé de s'entêter au pouvoir temporel sous peine de suicide, lié par la tradition, enchaîné par le dogme, n'évoluant qu'en apparence, réduit réellement à une telle immobilité, que, derrière la porte de bronze du Vatican, la papauté était la prisonnière, la revenante de dix-huit siècles d'atavisme, dans son rêve ininterrompu de la domination universelle. Où sa foi de prêtre, exalté par l'amour des souffrants et des pauvres, était venue chercher la vie, une résurrection de la communauté chrétienne, il avait trouvé la mort, la poussière d'un monde détruit, sans germination possible, une terre épuisée de laquelle ne pousserait jamais plus que cette papauté despotique, maîtresse des corps ainsi qu'elle était maîtresse des âmes. À son cri éperdu qui demandait une religion nouvelle, Rome s'était contentée de répondre en condamnant son livre, comme entaché d'hérésie, et lui-même l'avait retiré, dans l'amère douleur de sa désillusion. Il avait vu, il avait compris, tout s'était effondré. Et c'était lui, son âme et son cerveau, qui gisait parmi les décombres.

Pierre étouffa. Il quitta sa chaise, alla ouvrir toute grande la fenêtre qui donnait sur le Tibre, pour s'y accouder un instant. La pluie s'était remise à tomber vers le soir ; mais, de nouveau, elle venait de cesser. Il faisait très doux, une douceur humide, oppressante. Dans le ciel d'un gris de cendre, la lune devait s'être levée, car on la sentait derrière les nuages, qu'elle éclairait d'une lumière jaune et louche, infiniment triste. Sous cette clarté dormante de veilleuse, le vaste horizon apparaissait noir, fantomatique, le Janicule en face, avec les maisons entassées du Transtévère, la coulée du fleuve là-bas, à gauche, vers la hauteur confuse du Palatin, tandis que le dôme de Saint-Pierre, à droite, détachait sa rondeur dominatrice au fond de l'air pâle. Il ne pouvait apercevoir le Quirinal, mais il le savait derrière lui, il se l'imaginait barrant un coin du ciel, avec sa façade interminable, dans cette nuit si mélancolique, d'un vague de songe. Et quelle Rome finissante, à demi mangée par l'ombre, différente de la Rome de jeunesse et de chimère qu'il avait vue et passionnément aimée, le premier jour, du sommet de ce Janicule, dont il distinguait si mal à cette heure la masse enténébrée ! Un autre souvenir s'éveilla, les trois points souverains, les trois sommets symboliques qui avaient, dès ce jour-là, résumé pour lui l'histoire séculaire de Rome, l'antique, la papale, l'italienne. Mais, si le Palatin était resté le même mont découronné où ne se dressait que le fantôme de l'ancêtre, Auguste empereur et pontife, maître du monde, il voyait avec d'autres yeux Saint-Pierre et le Quirinal, qui avaient comme changé de plans. Ce palais du roi qu'il négligeait alors, qui lui semblait une caserne plate et basse, ce gouvernement nouveau qui lui faisait l'effet d'un essai de modernité sacrilège sur une cité à part, il leur accordait maintenant, ainsi qu'il l'avait dit à Orlando, la place considérable, grandissante, qu'ils tenaient dans l'horizon, au point de l'emplir bientôt tout entier ; pendant que Saint-Pierre, ce dôme qu'il avait trouvé triomphal, couleur du ciel, régnant sur la ville en roi géant que rien ne pouvait ébranler, lui apparaissait à présent plein de lézardes, diminué déjà, d'une de ces vieillesses énormes dont la masse s'effondre parfois d'un seul coup, dans l'usure secrète, l'émiettement ignoré des charpentes.

Un murmure sourd, une plainte grondante montait du Tibre grossi, et Pierre frissonna, au souffle glacé de fosse qui lui passa sur la face. Cette idée des trois sommets, du triangle symbolique, éveillait en lui la longue souffrance du grand muet, du peuple des petits et des pauvres, dont le pape et le roi s'étaient toujours disputé la possession. Cela venait de loin, du jour où, dans le partage de l'héritage d'Auguste, l'empereur avait dû se contenter des corps, en laissant les âmes au pape, qui, dès ce moment, n'avait plus brûlé que du désir de reconquérir ce pouvoir temporel, dont on dépouillait Dieu en sa personne. La querelle avait bouleversé et ensanglanté tout le Moyen Age, sans que ni l'Église ni l'Empire pussent s'entendre sur la proie qu'ils s'arrachaient par lambeaux. Enfin, le grand muet, las de vexations et de misère, voulut parler, secoua le joug du pape, aux temps de la Réforme, commença plus tard de renverser les rois, dans sa furieuse explosion de 89. Et l'extraordinaire aventure de la papauté était partie de là, comme Pierre l'avait écrit dans son livre, une fortune nouvelle qui permettait au pape de reprendre le rêve séculaire, le pape se désintéressant des trônes abattus, se remettant avec les misérables, espérant bien cette fois conquérir le peuple, l'avoir enfin tout à lui. N'était-ce pas prodigieux, ce Léon XIII dépouillé de son royaume, qui se laissait dire socialiste, qui rassemblait sous lui le troupeau des déshérités, qui marchait contre les rois, à la tête du quatrième État, auquel appartiendra le siècle prochain ? L'éternelle lutte continuait aussi âpre pour cette possession du peuple, à Rome même, et dans l'espace le plus resserré, le Vatican en face du Quirinal, le pape et le roi pouvant se voir de leurs fenêtres, toujours se battant à qui aurait l'empire, ayant sous leurs yeux les toits roux de la vieille ville, cette menue population qu'ils en étaient encore à se disputer, comme le faucon et l'épervier se disputent les petits oiseaux des bois. Et c'était ici, pour Pierre, que le catholicisme se trouvait condamné, voué à une ruine fatale, parce que justement il était d'essence monarchique, à ce point que la papauté apostolique et romaine ne pouvait renoncer au pouvoir temporel, sous peine d'être autre chose et de disparaître. Vainement elle feignait un retour au peuple, vainement elle apparaissait tout âme, il n'y avait pas de place, au milieu de nos démocraties, pour la souveraineté totale et universelle qu'elle tenait de Dieu. Toujours il voyait l'*imperator* repousser dans le pontife, et c'était là surtout ce qui avait tué son rêve, détruit son livre, amassé le tas de décombres, devant lequel il restait éperdu, sans force ni courage.

Cette Rome noyée de cendre, dont les édifices s'effaçaient, finit par lui serrer tellement le cœur, qu'il revint tomber sur la chaise, près de ses bagages. Jamais encore il n'avait éprouvé une pareille détresse, il lui sembla que c'était la fin de son âme. Il se rappelait comment ce voyage à Rome, cette expérience nouvelle s'était posée pour lui, à la suite de son désastre de Lourdes. Il n'y était plus venu demander la foi naïve et entière du petit enfant, mais la foi supérieure de l'intellectuel, s'élevant au-dessus des rites et des symboles, travaillant au plus grand bonheur possible de l'humanité, basé sur son besoin de certitude. Et si cela croulait, si le catholicisme rajeuni ne pouvait être la religion, la loi morale du nouveau peuple, si le pape à Rome, avec Rome, n'était pas le Père, l'arche d'alliance, le chef spirituel écouté, obéi, c'était à ses yeux le naufrage de l'espérance dernière, un suprême craquement où les sociétés actuelles s'abîmaient. La trop longue souffrance des pauvres allait incendier le monde. Tout cet échafaudage du socialisme catholique, qui lui avait semblé si heureux, si triomphant, pour consolider la vieille Église, il le voyait par terre à cette heure, il le jugeait sévèrement comme un simple expédient transitoire qui, pendant des années, pourrait peut-être étayer l'édifice en ruine ; mais ces choses n'étaient construites que sur un malentendu volontaire, sur un mensonge habile, sur de la diplomatie et de la politique. Non, non ! le peuple encore gagné et dupé, caressé pour être asservi, cela répugnait à la raison, et tout le système apparaissait bâtard, dangereux, temporaire, fait pour aboutir à de pires catastrophes. Alors, c'était donc la fin, rien ne restait debout, le vieux monde devait disparaître, dans l'effroyable crise sanglante dont des signes certains annonçaient l'approche. Et lui, devant ce chaos, n'avait plus d'âme, ayant de nouveau perdu sa foi, dans cette expérience qu'il avait sentie décisive, convaincu à l'avance d'en sortir raffermi ou foudroyé à jamais. C'était la foudre qui était tombée. Maintenant, grand Dieu ! qu'allait-il faire ?

Son angoisse l'étreignit si rudement, que Pierre se leva, se mit à marcher par la chambre, en quête d'un peu de calme. Grand Dieu ! que faire, à présent qu'il était rendu au doute immense, à la négation douloureuse, et que jamais sa soutane n'avait pesé si lourd à ses épaules ? Il se souvenait de son cri, quand il refusait de se soumettre, disant à monsignor Nani que son âme ne pouvait se résigner, que son espoir du salut par l'amour ne pouvait mourir, et qu'il répondrait par un autre livre, et qu'il dirait dans quelle terre neuve devait pousser la religion nouvelle. Oui, un livre enflammé contre Rome, où il mettrait tout ce qu'il avait vu, tout ce qu'il avait entendu, un livre où serait la Rome vraie, la Rome sans charité, sans amour, en train d'agoniser dans l'orgueil de sa pourpre ! Il voulait repartir pour Paris, sortir de l'Église, aller jusqu'au schisme. Eh bien ! ses bagages étaient là, il partait, il écrirait le livre, il serait le grand schismatique attendu. Ah ! le schisme, est-ce que tout ne l'annonçait pas ? Est-ce qu'il ne semblait pas imminent, au milieu du prodigieux mouvement des esprits, las des vieux dogmes, affamés pourtant du divin ? Léon XIII en avait bien la sourde conscience, car toute sa politique, son effort vers l'unité chrétienne, sa tendresse pour la démocratie, n'avait pas d'autre but que de grouper la famille autour de la papauté, de l'élargir et de la consolider, afin de rendre le pape invincible dans la lutte prochaine. Mais les temps étaient venus, le catholicisme allait bientôt se trouver à bout de concessions politiques, incapable de céder davantage sans en mourir, immobilisé à Rome, tel qu'une vieille idole hiératique, tandis qu'il pouvait évoluer ailleurs, dans ces pays de propagande où il se trouvait en lutte avec les autres religions. C'était bien pour cela que Rome était condamnée, d'autant plus que l'abolition du pouvoir temporel, en habituant l'esprit à l'idée d'un pape purement spirituel, dégagé du sol, semblait devoir favoriser l'avènement d'un antipape, au loin, pendant que le successeur de saint Pierre serait forcé de s'entêter dans sa fiction impériale et romaine. Un évêque, un prêtre était à la veille de se lever, où, qui aurait pu le dire ? Peut-être là-bas, dans cette Amérique si libre, parmi ces prêtres dont les nécessités de la lutte pour la vie ont fait des socialistes convaincus, des démocrates ardents, prêts à marcher avec le siècle prochain. Et, pendant que Rome ne pourra rien lâcher de son passé, des mystères ni des dogmes, ce prêtre abandonnera de ces choses tout ce qui tombe de soi-même en poudre. Être ce prêtre, ce grand réformateur, ce sauveur des sociétés modernes, quel rêve énorme, quel rôle de messie espéré, appelé par les peuples en détresse ! Un instant, Pierre en fut affolé, un vent d'espérance et de triomphe le soulevait, l'emportait ; et si ce n'était en France, à Paris, ce serait donc plus loin, là-bas, de l'autre côté de l'Océan, ou plus loin encore, n'importe où dans le monde, sur une terre assez féconde pour que la semence nouvelle poussât en une débordante moisson. Une religion nouvelle, une religion nouvelle ! Comme il l'avait crié après Lourdes, une religion qui ne fût surtout pas un appétit de la mort ! Une religion qui réalisât enfin ici-bas le royaume de Dieu dont parle l'Évangile, qui partageât équitablement la richesse, qui fît régner, avec la loi du travail, la vérité et la justice !

Pierre, dans la fièvre de ce nouveau rêve, voyait déjà flamboyer devant lui les pages de son prochain livre, où il achèverait de détruire la vieille Rome en proclamant la loi du christianisme rajeuni et libérateur, lorsque ses yeux rencontrèrent un objet resté sur une chaise, dont la présence le surprit d'abord. C'était un livre aussi, le volume de Théophile Morin, que le vieil Orlando l'avait chargé de remettre à son auteur ; et il fut fâché contre lui-même, quand il le reconnut, en se disant qu'il aurait pu fort bien l'oublier là. Avant de rouvrir sa valise pour l'y mettre, il le garda un instant, le feuilleta, les idées brusquement changées, comme si, tout d'un coup, un évènement considérable s'était produit, un de ces faits décisifs qui révolutionnent un monde. L'œuvre était cependant des plus modestes, le classique manuel pour le baccalauréat, ne contenant guère que les éléments des sciences ; mais toutes les sciences y étaient représentées, il résumait assez bien l'état actuel des connaissances humaines. Et c'était en somme la science qui faisait irruption dans la rêverie de Pierre, soudainement, avec la masse, avec l'énergie irrésistible d'une force toute-puissante, souveraine. Non seulement le catholicisme en était balayé, tel qu'une poussière de ruines, mais toutes les conceptions religieuses, toutes les hypothèses du divin chancelaient, s'effondraient. Rien que cet abrégé scolaire, cet infiniment petit livre classique, rien même que le désir universel de savoir, cette instruction qui s'étend toujours, qui gagne le peuple entier, et les mystères devenaient absurdes, et les dogmes croulaient, et rien ne restait debout de l'antique foi. Un peuple nourri de science, qui ne croit plus aux mystères ni aux dogmes, au système compensateur des peines et des récompenses, est un peuple dont la foi est morte à jamais ; et, sans la foi, le catholicisme ne peut être. Là est le tranchant du couperet, le couteau qui tombe et qui tranche. S'il faut un siècle, s'il en faut deux, la science les prendra. Elle seule est éternelle. C'est une absurdité de dire que la raison n'est pas contraire à la foi et que la science doit être la servante de Dieu. Ce qui est vrai, c'est que, dès aujourd'hui, les Écritures sont ruinées et que, pour en sauver des fragments, il a fallu les accommoder avec les certitudes nouvelles, en se réfugiant dans le symbole. Et quelle extraordinaire attitude, l'Église défendant à quiconque découvre une vérité contraire aux livres saints, de se prononcer d'une façon définitive, dans l'attente que cette vérité sera convaincue un jour d'être une erreur ! Le pape est seul infaillible, la science est faillible, on exploite contre elle son continuel tâtonnement, on reste aux aguets pour mettre ses découvertes d'aujourd'hui en contradiction avec celles d'hier. Qu'importent, pour un catholique, ses affirmations sacrilèges, qu'importent les certitudes dont elle entame le dogme, puisqu'il est certain qu'à la fin des temps la science et la foi se rejoindront, de façon que celle-là sera redevenue à la lettre l'humble esclave de celle-ci ? N'était-ce pas prodigieux d'aveuglement volontaire et d'impudente carrure, niant jusqu'à la clarté du soleil ? Et le petit livre infime, le manuel de vérité continuait son œuvre, en détruisant quand même l'erreur, en construisant la terre prochaine, comme les infiniment petits, les forces de la vie ont construit peu à peu les continents.

Dans la grande clarté brusque qui se faisait, Pierre enfin se sentait sur un terrain solide. Est-ce que la science a jamais reculé ? C'est le catholicisme qui a sans cesse reculé devant elle et qui sera forcé de reculer sans cesse. Jamais elle ne s'arrête, elle conquiert pas à pas la vérité sur l'erreur, et dire qu'elle fait banqueroute parce qu'elle ne saurait expliquer le monde d'un coup, est simplement déraisonnable. Si elle laisse, si elle laissera toujours sans doute un domaine de plus en plus rétréci au mystère, et si une hypothèse pourra toujours essayer d'en donner l'explication, il n'en est pas moins vrai qu'elle ruine, qu'elle ruinera à chaque heure davantage les anciennes hypothèses, celles qui s'effondrent devant les vérités conquises. Et le catholicisme, qui est dans ce cas, y sera demain plus qu'aujourd'hui. Comme toutes les religions, il n'est au fond qu'une explication du monde, un code social et politique supérieur, destiné à faire régner toute la paix, tout le bonheur possible sur la terre. Ce code, qui embrasse l'universalité des choses, devient dès lors humain, mortel comme ce qui est humain. On ne saurait le mettre à part, en disant qu'il existe par lui-même d'un côté, tandis que la science existe de l'autre. La science est totale, et elle le lui a bien fait voir déjà, et elle le lui fera bien voir encore, en l'obligeant à réparer les continuelles brèches qu'elle lui cause, jusqu'au jour où elle le balaiera, sous un dernier assaut de l'éclatante vérité. Cela prête à rire de voir des gens assigner un rôle à la science, lui défendre d'entrer sur tel domaine, lui prédire qu'elle n'ira pas plus loin, déclarer qu'à la fin de ce siècle, lasse déjà, elle abdique. Ah ! petits hommes, cervelles étroites ou mal bâties, politiques à expédients, dogmatiques aux abois, autoritaires s'obstinant à refaire les vieux rêves, la science passera et les emportera, comme des feuilles sèches !

Et Pierre continuait à parcourir l'humble livre, écoutait ce qu'il lui disait de la science souveraine. Elle ne peut faire banqueroute, car elle ne promet pas l'absolu, elle qui est simplement la conquête successive de la vérité. Jamais elle n'a affiché la prétention de donner, d'un coup, la vérité totale, cette sorte de construction étant précisément le fait de la métaphysique, de la révélation, de la foi. Le rôle de la science n'est au contraire que de détruire l'erreur, à mesure qu'elle avance et qu'elle augmente la clarté. Dès lors, loin de faire banqueroute, dans sa marche que rien n'arrête, elle demeure la seule vérité possible, pour les cerveaux équilibrés et sains. Quant à ceux qu'elle ne satisfait pas, à ceux qui éprouvent l'éperdu besoin de la connaissance immédiate et totale, ils ont la ressource de se réfugier dans n'importe quelle hypothèse religieuse, à la condition pourtant, s'ils veulent sembler avoir raison, de ne bâtir leur chimère que sur les certitudes acquises. Tout ce qui est bâti sur l'erreur prouvée, croule. Si le sentiment religieux persiste chez l'homme, si le besoin d'une religion reste éternel, il ne s'ensuit pas que le catholicisme soit éternel, car il n'est en somme qu'une forme religieuse, qui n'a pas toujours existé, que d'autres formes religieuses ont précédée, et que d'autres suivront. Les religions peuvent disparaître, le sentiment religieux en créera de nouvelles, même avec la science. Et Pierre pensait à ce prétendu échec de la science, devant le réveil actuel du mysticisme, dont il avait indiqué les causes dans son livre : le déchet de l'idée de liberté parmi le peuple qu'on a dupé lors du dernier partage, le malaise de l'élite désespérée du vide où la laissent sa raison libérée, son intelligence élargie. C'est l'angoisse de l'inconnu qui renaît, mais ce n'est aussi qu'une réaction naturelle et momentanée, après tant de travail, à l'heure première où la science ne calme encore ni notre soif de justice, ni notre désir de sécurité, ni l'idée séculaire que nous nous faisons du bonheur, dans la survie, dans une éternité de jouissance. Pour que le catholicisme pût renaître, comme on l'annonce, il faudrait que le sol social fût changé, et il ne saurait changer, il n'a plus la sève nécessaire au renouveau d'une formule caduque, que les écoles et les laboratoires, chaque jour, tuent davantage. Le terrain est devenu autre, un autre chêne y grandira. Que la science ait donc sa religion, s'il doit en pousser une d'elle, car cette religion sera bientôt la seule possible, pour les démocraties de demain, pour les peuples de plus en plus instruits, chez qui la foi catholique n'est déjà que cendre !

Et Pierre, tout d'un coup, conclut, en songeant à l'imbécillité de la congrégation de l'Index. Elle avait frappé son livre, elle frapperait certainement le nouveau livre dont il venait d'avoir l'idée, s'il l'écrivait jamais. Une belle besogne en vérité ! De pauvres livres de rêveur enthousiaste, des chimères qui s'acharnaient sur des chimères ! Et elle avait la sottise de ne pas interdire le petit livre classique qu'il tenait là, entre ses mains, le seul redoutable, l'ennemi toujours triomphant qui renverserait sûrement l'Église ! Celui-ci avait beau être modeste, dans sa pauvre allure de manuel scolaire : le danger commençait à l'alphabet épelé par les bambins, et il croissait à mesure que les programmes se chargeaient de connaissances, il éclatait avec ces résumés des sciences physiques, chimiques et naturelles, qui ont remis en question la création du Dieu des Écritures. Mais le pis était que l'Index, déjà désarmé, n'osait pas supprimer ces humbles volumes, ces terribles soldats de la vérité, destructeurs de la foi. Qu'importait alors tout l'argent que Léon XIII prélevait sur son trésor caché du denier de saint Pierre, afin d'en doter les écoles catholiques, dans la pensée d'y former la génération croyante de demain, dont la papauté avait besoin pour vaincre ! Qu'importait le don de cet argent précieux, s'il ne devait servir qu'à acheter ces volumes infimes et formidables, qu'on n'expurgerait jamais assez, qui contiendraient toujours trop de science, de cette science grandissante dont l'éclat finirait par faire sauter un jour le Vatican et Saint-Pierre ! Ah ! l'Index imbécile et vain, quelle misère et quelle dérision !

Puis, lorsque Pierre eut mis dans sa valise le livre de Théophile Morin, il revint s'accouder à la fenêtre, et là il eut une extraordinaire vision. Dans la nuit si douce et si triste, sous le ciel nuageux, jauni par la lune, couleur de rouille, des brumes flottantes s'étaient levées, qui cachaient en partie les toitures, derrière des lambeaux traînants, pareils à des suaires. Des monuments entiers avaient disparu de l'horizon. Et il s'imagina que les temps étaient accomplis, que la vérité venait de faire sauter le dôme de Saint-Pierre. Dans cent ans ou dans mille ans, il sera de la sorte, écroulé, rasé au fond du ciel noir. Déjà, il l'avait bien senti qui chancelait et se crevassait sous lui, le jour de fièvre où il y avait passé une heure, désespéré de voir de là-haut la Rome papale entêtée dans la pourpre des Césars, prévoyant dès lors que ce temple du Dieu catholique s'effondrerait, comme s'était effondré le temple de Jupiter, au Capitole. Et c'était fait, le dôme avait jonché le sol de ses débris, il ne restait plus debout, avec un pan de l'abside, que cinq des colonnes de la nef centrale, supportant encore un morceau de l'entablement. Mais surtout les quatre piliers de la croisée, qui avaient porté le dôme, les piliers cyclopéens se dressaient toujours, isolés et superbes, parmi les écroulements voisins, l'air indestructible. Des brumes épaissies roulèrent leur flot, mille années sans doute passèrent encore, et plus rien ne resta. Maintenant, l'abside, les dernières colonnes, les piliers géants eux-mêmes étaient abattus. Le vent en avait emporté la poussière, il aurait fallu fouiller le sol, pour retrouver sous les orties et les ronces, quelques fragments de statues brisées, des marbres gravés d'inscriptions, sur le sens desquelles les savants ne pouvaient s'entendre. Comme autrefois, au Capitole, parmi les décombres enfouis du temple de Jupiter, des chèvres grimpaient, se nourrissaient des buissons, dans la solitude, dans le grand silence des lourds soleils d'été, empli du seul bourdonnement des mouches.

Alors seulement, Pierre sentit en lui l'écroulement suprême. C'était bien fini, la science était victorieuse, il ne demeurait rien du vieux monde. Être le grand schismatique, le réformateur attendu, à quoi bon ? N'était-ce pas édifier un autre rêve ? Seule, l'éternelle lutte de la science contre l'inconnu, son enquête qui traquait, qui réduisait sans cesse chez l'homme la soif du divin, lui semblait importer à présent, le laissait dans l'attente de savoir si elle triompherait jamais au point de suffire un jour à l'humanité, en rassasiant tous ses besoins. Et, dans le désastre de son enthousiasme d'apôtre, en face des ruines qui comblaient son être, sa foi morte, son espoir mort d'utiliser le vieux catholicisme pour le salut social et moral, il n'était plus tenu debout que par la raison. Elle avait fléchi un moment. S'il avait rêvé son livre, s'il venait de traverser cette seconde et terrible crise, c'était que le sentiment l'avait de nouveau chez lui emporté sur la raison. Sa mère s'était mise à pleurer en son cœur, devant la souffrance des misérables, dans l'irrésistible désir de les soulager, afin de conjurer les prochains massacres ; et son besoin de charité lui avait ainsi fait perdre les scrupules de son intelligence. Maintenant, il entendait la voix de son père, la raison haute, la raison âpre, la raison qui avait pu s'éclipser, mais qui revenait souveraine. Comme après Lourdes, il protestait contre la glorification de l'absurde et la déchéance du sens commun, il était la raison. Elle seule le faisait marcher droit et solide, parmi les débris des croyances anciennes, même au milieu des obscurités et des avortements de la science. Ah ! la raison, il ne souffrait que par elle, il ne se contentait que par elle, il jurait de la satisfaire toujours davantage, comme la maîtresse unique, quitte à y laisser le bonheur !

Ce qu'il fallait faire ? il aurait vainement, à cette heure, tâché de le savoir. Tout restait en suspens, il avait devant lui l'immense monde, encore encombré des ruines du passé, débarrassé demain peut-être. Là-bas, dans le faubourg douloureux, il allait retrouver le bon abbé Rose, qui, la veille encore, lui avait écrit de revenir, de revenir bien vite soigner ses pauvres, les aimer, les sauver, puisque cette Rome, si resplendissante de loin, était sourde à la charité. Et, autour du bon prêtre paisible, il retrouverait aussi le flot toujours croissant des misérables, les petits tombés des nids, qu'il ramassait pâles de faim, grelottant de froid, les ménages d'épouvantable détresse, où le père boit, où la mère se prostitue, où les fils et les filles tombent au vice et au crime, les maisons entières à travers lesquelles la famine soufflait, la saleté la plus basse, la promiscuité la plus honteuse, pas de meubles, pas de linge, une vie de bête qui se contente et se soulage comme elle peut, au hasard de l'instinct et de la rencontre. Puis, ce seraient encore les coups de froid de l'hiver, les désastres du chômage, des rafales de phtisie emportant les faibles, tandis que les forts serraient les poings, en rêvant de vengeance. Puis, un soir, il rentrerait peut-être dans quelque chambre d'épouvante, où une mère se serait tuée avec ses cinq petits, son dernier-né entre les bras, à sa mamelle vide, les autres épars sur le carreau nu, heureux enfin et rassasiés d'être morts. Non, non ! cela n'était plus possible, la misère noire aboutissant au suicide, au milieu de ce grand Paris regorgeant de richesses, ivre de jouissances, jetant pour le plaisir les millions à la rue ! L'édifice social était pourri à la base, tout croulait dans la boue et dans le sang. Jamais il n'avait senti à ce point l'inutilité dérisoire de la charité. Et, tout d'un coup, il eut conscience que le mot attendu, le mot qui jaillissait enfin du grand muet séculaire, du peuple écrasé et bâillonné, était le mot de justice. Ah ! oui, justice, et non plus charité ! La charité n'avait fait qu'éterniser la misère, la justice la guérirait peut-être. C'était de justice que les misérables avaient faim, un acte de justice pouvait seul balayer l'ancien monde, pour reconstruire le nouveau. Le grand muet ne serait ni au Vatican ni au Quirinal, ni au pape ni au roi, car il n'avait sourdement grondé au travers des âges, dans sa longue lutte, tantôt mystérieuse, tantôt ouverte, il ne s'était débattu entre le pontife et l'empereur, qui chacun le voulait à lui seul, que pour se reprendre, pour dire sa volonté de n'être à personne, le jour où il crierait justice. Demain allait-il donc être enfin ce jour de justice et de vérité ? Au milieu de son angoisse, partagé entre le besoin du divin qui tourmente l'homme, et la souveraineté de la raison, qui l'aide à vivre debout, Pierre n'était sûr que de tenir son serment, prêtre sans croyance veillant sur la croyance des autres, faisant chastement, honnêtement son métier, dans la tristesse hautaine de n'avoir pu renoncer à son intelligence, comme il avait renoncé à sa chair d'amoureux et à son rêve de sauveur des peuples. Et, de nouveau, de même qu'après Lourdes, il attendrait.

Mais, à cette fenêtre, en face de cette Rome envahie d'ombre, submergée sous les brumes dont le flot semblait en raser les édifices, ses réflexions étaient devenues si profondes, qu'il n'entendit pas une voix qui l'appelait. Il fallut qu'une main le touchât à l'épaule.

« Monsieur l'abbé, monsieur l'abbé... »

Et, comme il se tournait enfin, Victorine lui dit :

« Il est neuf heures et demie. Le fiacre est en bas, Giacomo a déjà descendu les bagages... Il faut partir, monsieur l'abbé. »

Puis, le voyant battre des paupières, effaré encore, elle eut un sourire.

« Vous faisiez vos adieux à Rome. Un bien vilain ciel.

– Oui, bien vilain », dit-il simplement.

Alors, ils descendirent. Il lui avait remis un billet de cent francs, pour qu'elle le partageât avec les domestiques. Et elle s'était excusée de prendre la lampe et de le précéder, parce que, expliquait-elle, on y voyait à peine clair, tant le palais était noir, cette nuit-là.

Ah ! ce départ, cette descente dernière, au travers du palais noir et vide, Pierre en eut le cœur bouleversé ! Il avait donné, autour de sa chambre, ce coup d'œil d'adieu qui le désespérait toujours, qui laissait là un peu de son âme arrachée, même quand il quittait une pièce où il avait souffert. Puis, devant la chambre de don Vigilio, d'où ne sortait qu'un silence frissonnant, il se l'imagina la tête au fond de l'oreiller, retenant son souffle, de peur que son souffle ne parlât encore, ne lui attirât des vengeances. Mais ce fut surtout, sur les paliers du second étage et du premier, en face des portes closes de donna Serafina et du cardinal, qu'il frémit de ne rien entendre, pas même un souffle, comme s'il passait devant des tombes. Depuis leur rentrée du convoi, ils n'avaient pas donné signe de vie, enfermés, disparus, immobilisant avec eux la maison entière, sans qu'on pût y surprendre le chuchotement d'une conversation, le pas perdu d'un serviteur. Et Victorine descendait toujours, la lampe à la main, et Pierre la suivait, songeant à ces deux qui restaient seuls, dans le palais en ruine, les derniers d'un monde à demi écroulé, au seuil du monde nouveau. Dario et Benedetta venaient d'emporter tout espoir de vie, il n'y avait plus là que la vieille fille et le prêtre infécond, sans résurrection possible. Ah ! ces couloirs interminables d'une ombre lugubre, cet escalier froid et gigantesque qui semblait descendre au néant, ces salles immenses dont les murs se lézardaient de pauvreté et d'abandon ! et la cour intérieure, pareille à un cimetière, avec son herbe, avec son portique humide où pourrissaient des torses de Vénus et d'Apollon ! et le petit jardin désert, embaumé par les oranges mûres, dans lequel personne n'irait plus, maintenant qu'il n'y rencontrerait plus la contessina adorable, sous le laurier, près du sarcophage ! Tout cela s'anéantissait dans l'abominable deuil, dans le silence de mort, où les deux derniers Boccanera n'avaient plus qu'à attendre, en leur grandeur farouche, que leur palais, ainsi que leur Dieu, s'effondrât sur leurs têtes. Et Pierre ne percevait rien autre chose qu'un bruit très léger, un trot de souris sans doute, les dents d'un rongeur peut-être, l'abbé Paparelli en train quelque part, au fond des pièces perdues, d'émietter les murailles, de manger sans fin la vieille demeure à la base, pour en hâter l'écroulement.

Le fiacre stationnait devant la porte, avec ses deux lanternes dont les deux rayons jaunes trouaient l'obscurité de la rue. Les bagages y étaient chargés déjà, la petite caisse près du cocher, la valise sur la banquette. Et le prêtre monta tout de suite.

« Oh ! vous avez le temps, dit Victorine, restée debout sur le trottoir. Rien ne vous manque, je suis contente de voir que vous partez à l'aise. »

À cette minute dernière, il fut réconforté d'avoir là cette compatriote, cette bonne âme, qui l'avait accueilli, le jour de l'arrivée, et qui le saluait, au départ.

« Je ne vous dis pas au revoir, monsieur l'abbé, car je ne crois pas que vous reviendrez de sitôt dans leur satanée ville… Adieu, monsieur l'abbé.

– Adieu, Victorine. Et merci bien, de tout mon cœur. »

Déjà, la voiture partait, au trot vif du cheval, tournait dans les rues étroites et tortueuses qui mènent au cours Victor-Emmanuel. Il ne pleuvait pas, la capote n'avait pas été relevée ; mais l'air humide avait beau être doux, le prêtre se sentit tout de suite pris de froid, sans vouloir perdre le temps à faire arrêter le cocher, un silencieux, celui-ci, qui semblait n'avoir que la hâte de se débarrasser de son voyageur.

Et, lorsque Pierre déboucha sur le cours Victor-Emmanuel, il fut surpris de le trouver déjà si désert, à cette heure peu avancée de la nuit, les maisons barricadées, les trottoirs vides, les lampes électriques brûlant seules dans la mélancolique solitude. À la vérité, il ne faisait guère chaud, et le brouillard paraissait grandir, noyait de plus en plus les façades. Quand il passa devant la Chancellerie, il lui sembla que le sévère et colossal monument se reculait, s'évanouissait dans un rêve. Et, plus loin, à droite, au bout de la rue d'Aracœli étoilée de rares becs de gaz fumeux, le Capitole avait sombré en pleines ténèbres. Puis, le large cours se resserra, la voiture fila entre les deux masses sombres, écrasantes, du Gesù obscur et du lourd palais Altieri ; et ce fut dans ce couloir étranglé, où par les beaux soleils eux-mêmes tombait toute l'humidité des temps anciens, qu'il s'abandonna à une songerie nouvelle, la chair et l'âme envahies d'un frisson.

Brusquement, le réveil se faisait en lui de cette pensée, dont il avait eu parfois l'inquiétude, que l'humanité, partie là-bas de l'Asie, avait toujours marché dans le sens du soleil. Un vent d'est avait toujours soufflé, emportant à l'ouest la semence humaine, pour les moissons futures. Et, depuis longtemps déjà, le berceau était frappé de destruction et de mort, comme si les peuples ne pouvaient avancer que par étapes, laissant derrière eux le sol épuisé, les villes détruites, les populations décimées et abâtardies, à mesure qu'ils marchaient du levant au couchant, vers le but ignoré. C'étaient Ninive et Babylone sur les bords de l'Euphrate, c'étaient Thèbes et Memphis sur les bords du Nil, réduites en poudre, tombées de vieillesse et de lassitude à un engourdissement mortel, sans qu'un réveil fût possible. Puis, de là, cette décrépitude avait gagné les bords du grand lac méditerranéen, ensevelissant dans la poussière de l'âge Tyr et Sidon, allant plus loin encore endormir Carthage, frappée de sénilité en pleine splendeur. Cette humanité en marche, que la force cachée des civilisations roulait ainsi de l'orient à l'occident, marquait ses journées de route par des ruines, et quelle effrayante stérilité aujourd'hui que celle de ce berceau de l'histoire, cette Asie, cette Égypte, retournées au bégaiement de l'enfance, immobilisées dans l'ignorance et dans la caducité, sur les décombres des antiques capitales, jadis maîtresses du monde !

Au passage, à travers sa songerie, Pierre eut conscience que le palais de Venise, noyé de nuit, semblait crouler sous quelque assaut de l'invisible. La brume en avait entamé les créneaux, et les hautes murailles nues, si redoutables, fléchissaient sous la poussée de l'obscurité croissante. Puis, après la trouée profonde du Corso, à gauche, désert lui aussi dans l'éclat blafard des lampes électriques, le palais Torlonia apparut sur la droite, avec son aile éventrée par la pioche des démolisseurs ; tandis que, de nouveau sur la gauche, plus haut, le palais Colonna allongeait sa façade morne, ses fenêtres closes, comme si, déserté par ses maîtres, déménagé de son ancien faste, il attendait les démolisseurs à son tour.

Alors, au roulement ralenti de la voiture, qui commençait à gravir la montée de la rue Nationale, la rêverie continua. Est-ce que Rome n'était pas atteinte, est-ce que son heure n'était pas venue de disparaître, dans cette destruction que les peuples en marche laissaient continuellement derrière eux ? La Grèce, Athènes et Sparte s'ensommeillaient sous leurs glorieux souvenirs, ne comptaient plus dans le monde aujourd'hui. Tout le bas de la péninsule italique était déjà gagné par la paralysie montante. Et, en même temps que Naples, c'était bien le tour de Rome désormais. Elle se trouvait à la limite de la contagion, à cette marge de la tache de mort qui s'étend sans cesse sur le vieux continent, cette marge où l'agonie se déclare, où la terre appauvrie ne veut plus nourrir ni supporter des villes, où les hommes eux-mêmes semblent frappés de vieillesse dès la naissance. Depuis deux siècles, Rome allait en déclinant, s'éliminait peu à peu de la vie moderne, sans industrie, sans commerce, incapable même de science, de littérature et d'art. Et ce n'était plus seulement la basilique de Saint-Pierre, qui s'effondrait, qui semait l'herbe de ses débris, comme autrefois le temple de Jupiter Capitolin. Dans la rêverie noire et douloureuse, c'était Rome entière qui croulait en un suprême craquement, qui couvrait les sept collines du chaos de ses ruines, les églises, les palais, les quartiers entiers disparus, dormant sous les orties et les ronces. Comme Ninive et Babylone, comme Thèbes et Memphis, Rome n'était plus qu'une plaine rase, bossuée par des décombres, au milieu desquels on cherchait vainement à reconnaître la place des anciens édifices, et qu'habitaient seuls des nœuds de serpents et des bandes de rats.

La voiture tournait, et Pierre reconnut, à droite, dans un trou énorme de nuit entassée, la colonne Trajane. Mais, à cette heure, elle se dressait noire, telle que le tronc mort d'un arbre géant, dont le grand âge aurait abattu les branches. Et, plus haut, en traversant la place triangulaire, lorsqu'il leva les yeux, l'arbre réel qu'il distingua sur le ciel de plomb, le pin parasol de la villa Aldobrandini, qui était là comme la grâce et la fierté de Rome, ne fut désormais pour lui qu'une salissure, le petit nuage de poussière charbonneuse qui montait du total écroulement de la ville.

Une épouvante le prenait maintenant, au bout de ce rêve tragique, dans sa fraternité inquiète. Et, lorsque l'engourdissement qui monte à travers le monde vieilli aurait dépassé Rome, lorsque la Lombardie serait prise, que Gênes, et Turin, et Milan, s'endormiraient comme Venise déjà s'endort, ce serait donc ensuite le tour de la France ! Les Alpes seraient franchies, Marseille verrait ses ports comblés par le sable, comme ceux de Tyr et de Sidon, Lyon tomberait à la solitude et au sommeil, Paris enfin, envahi par l'invincible torpeur, changé en un champ de pierres stérile, hérissé de chardons, rejoindrait dans la mort Rome, et Ninive, et Babylone, tandis que les peuples continueraient leur marche du levant au couchant, avec l'éternel soleil. Un grand cri traversa l'ombre, le cri de mort des races latines. L'histoire, qui semblait être née dans le bassin de la Méditerranée, se déplaçait, et l'Océan aujourd'hui devenait le centre du monde. Où en était-on de la journée humaine ? Partie de là-bas, du berceau, au lever de l'aube, l'humanité, d'étape en étape, semant sa route de ses ruines, se trouvait-elle à la moitié du jour, lorsque midi flamboie ? C'était alors l'autre moitié des temps qui commençait, le Nouveau Monde après l'Ancien, ces villes d'Amérique où s'ébauchait la démocratie, où poussait la religion de demain, les reines souveraines du prochain siècle, avec, là-bas, au-delà d'un autre Océan, en revenant vers le berceau, sur l'autre face de la terre, l'Extrême-Orient immobile, la Chine et le Japon mystérieux, tout le pullulement menaçant de la race jaune.

Mais, à mesure que le fiacre gravissait la rue Nationale, Pierre sentait son cauchemar se dissiper. Un air plus léger soufflait, il rentrait dans plus d'espérance et de courage. La Banque, cependant, avec sa laideur neuve, son énormité crayeuse encore, lui fit l'effet d'un fantôme promenant son linceul dans la nuit ; tandis qu'en haut des jardins confus, le Quirinal n'était qu'une ligne noire, barrant le ciel. Seulement, la rue montait, s'élargissait toujours, et sur le sommet du Viminal enfin, sur la place des Thermes, lorsqu'il passa devant les ruines de Dioclétien, il respira à pleins poumons. Non, non ! la journée humaine ne pouvait finir, elle était éternelle, et les étapes des civilisations se succéderaient à l'infini. Qu'importait ce vent d'est qui roulait les peuples à l'ouest, comme charriés dans la force du soleil ? S'il le fallait, ils reviendraient par l'autre face du globe, ils feraient plusieurs fois le tour de la terre, jusqu'au jour où ils pourraient se fixer dans la paix, dans la vérité et la justice. Après la prochaine civilisation, autour de l'Atlantique, devenu le centre, bordé des villes maîtresses, une civilisation encore naîtrait, ayant pour centre le Pacifique, avec d'autres capitales riveraines, qu'on ne pouvait prévoir, dont les germes dormaient sur des rivages ignorés. Puis, d'autres encore, toujours d'autres, en recommençant toujours ! Et, à cette minute dernière, il eut cette pensée de confiance et de salut que le grand mouvement des nationalités était l'instinct, le besoin même que les peuples avaient de revenir à l'unité. Partis de la famille unique, séparés, dispersés en tribus plus tard, heurtés par des haines fratricides, ils tendaient malgré tout à redevenir l'unique famille. Les provinces se réunissaient en peuples, les peuples se réunissaient en races, les races finiraient par se réunir en la seule humanité immortelle. Enfin, l'humanité sans frontières, sans guerres possibles, l'humanité vivant du juste travail, dans la communauté universelle de tous les biens ! N'était-ce pas l'évolution, le but du labeur qui se fait partout, le dénouement de l'histoire ? Que l'Italie fût donc un peuple sain et fort, que l'entente se fît donc entre elle et la France, et que cette fraternité des races latines devînt le commencement de la fraternité universelle ! Ah ! cette patrie unique, la terre pacifiée et heureuse, dans combien de siècles, et quel rêve !

Puis, à la gare, au milieu de la bousculade, Pierre ne pensa plus. Il dut prendre son billet, faire enregistrer ses bagages. Et, tout de suite, il monta en wagon. Le surlendemain, au lever du jour, il serait à Paris.

JOURNAUX DE VOYAGE

INTRODUCTION À
MON VOYAGE À LOURDES

Zola, qui avait annoncé dans le *Gil Blas*, le 22 juillet 1892, un projet de roman sur Lourdes, décida de revoir une ville dans laquelle il avait effectué un court séjour en septembre 1891. Arrivé en train dans la cité des miracles, le 19 août 1892, il la quitta pour Luchon le 1er septembre. Les pages réunies sous le titre *Mon voyage à Lourdes* (deux cent quarante feuillets conservés dans les archives familiales) représentent le journal d'enquête de l'écrivain. Elles ne font pas partie du dossier préparatoire à proprement parler. On peut lire ce « récit-reportage » (Jacques Noiray) comme une œuvre autonome, même s'il fournit bien souvent les assises mimétiques de la fiction à venir.

L'écrivain cherche d'abord à prendre la mesure d'une ville. Pour cela, il faut la parcourir, découvrir sa topographie, ses points névralgiques, ses flux d'hommes et d'argent. Ce sera fait dès le premier jour. Il faut aussi s'informer des institutions, entrer en contact avec ceux qui régissent les pèlerinages, obtenir un rendez-vous des Assomptionnistes, rencontrer le supérieur des Pères de Lourdes, se rendre au bureau des Constatations, voir et écouter quelques miraculés, ces preuves vivantes, s'informer sur les « hospitalités ». Cela sera fait dès le deuxième jour. Le soir, Zola revient au sanctuaire, à ce qui constitue son centre, à la grotte des apparitions. Il voit aussi les piscines ; la maladie s'y expose : « une cour des miracles ». Et toujours des processions avec leur « folie contagieuse » et leurs chants qui suggestionnent les foules, jusqu'à les hystériser. En deux jours, Zola a par conséquent beaucoup vu. Mais il ambitionne de voir « tout ». Il reviendra sur les lieux « stratégiques », il poursuivra son « apprentissage » des hôpitaux, et des institutions. Il ira voir partir le train blanc.

Le décor de montagnes est admirable. La ville sainte est laide. La disqualification esthétique n'est pas dissociable de la condamnation des spéculations, des trafics divers que les « miracles » ont engendrés. Il existe une économie liée aux pèlerinages. On loue des trains. On nourrit des foules. On fabrique des caisses d'eau pour expédier l'eau de Lourdes, on fabrique aussi des cierges. La ville sainte inclut même, près de la grotte, « un magasin de sainteté ». La simonie règne partout. On voit même des raccrocheuses. Marchandises à vendre, femmes qui s'offrent. Cela, Zola le voit, le dit. Tout réalisme est réalisme de l'envers. Comprendre implique un sens dessus dessous : Lourdes accomplit des miracles, l'Église fait des affaires.

Comprendre, c'est aussi remonter des effets vers leurs causes. Point d'explication qui ne comporte une généalogie ou une archéologie. Il faut donc s'enquérir de Bernadette, écouter Lasserre qui s'en fit le biographe, retrouver des témoins, voir les lieux où elle vécut, enfant. Le romancier pratique l'interview. Le peintre Capdevielle, Barbet l'instituteur sont mis à la question. L'enquête est certes en partie pré-orientée par les sciences humaines de l'époque, par la référence à la clinique et aux thèses soutenues par Charcot et ses disciples, par l'idée que l'imitation (on songe à Gabriel Tarde) régit les comportements sociaux. Bernadette a dû entendre parler des enfants de La Salette par l'abbé Ader. On lui a conté des récits légendaires. Elle a pu se laisser influencer par son milieu, par l'iconographie de l'église de Bartrès. Lourdes n'est plus dans Lourdes, car l'enfance de Bernadette se déroule dans ce village que Zola est allé visiter. Une logique hypothético-déductive se met en place. Au-delà de l'observation règne l'induction. *Mon voyage à Lourdes* hésite entre perception (le vu, le senti, le perçu), l'hypothèse (le texte est souvent fortement modalisé), l'assertion (Zola affirme, soutient des thèses). Et, progressivement, se persuadant de l'intérêt puissant de ce qu'il voit (il signale les scènes à prendre), l'écrivain exalte le beau roman que le réel contient : « Je suis de plus en plus persuadé qu'une histoire de Bernadette, refaite par un esprit comme le mien, documentée, serait tout ce qu'il y a de plus intéressant au monde. Mais une histoire, pas un roman. » Et pourtant, ce sera l'une des réussites du romancier, dans *Lourdes*, d'avoir écrit le roman de cette irrégulière de l'hystérie tout en écrivant le roman des foules de Lourdes. Ne découvre-t-on pas, entre les pèlerins et Bernadette, un même appétit d'illusion ? La cité dolente ne serait-elle pas la ville des rêves ? « On se croirait retourné à l'époque de *La Légende dorée* », déclare le romancier. C'est le mot de la fin. On se doute qu'il permet de lire en continu, tout au moins sur le plan idéologique, le roman de 1888, *Le Rêve*, et le roman qui sera publié en 1894.

Nul tachisme, nul flou esthétique dans ce journal d'enquête. C'est toujours net, que l'on s'arrête à un visage, à une plaie, que l'on isole un personnage, que l'on évoque des détails ou, à l'inverse, que l'on décrive, dans une vue panoramique, des foules en procession. La scénographie énonciative y est des plus variées. *Mon voyage à Lourdes* passe d'un plan à un autre avec la plus grande vélocité, décrit et raconte au présent, décrit et raconte au passé, rapporte au style direct, au style indirect libre, résume les propos rapportés. Chaque témoin « sait ». L'enquête est l'extraction orale de ce savoir que le romancier couche par écrit. Et Zola de se mettre en scène, comme témoin capital : il interroge, il écoute, il se parle à lui-même, car il est d'abord romancier, et il a en vue un beau roman. Tout Lourdes est donc là, toute la maladie, toute la vie de Bernadette, imaginée par un témoin passionné, mais qui ne fait jamais entendre, dans ces notes de voyage, le vibrato du pathos qui gâche parfois le roman. Et tout reste en éclats, pour le plus grand plaisir du lecteur qui, dans le non-fini du texte, sent la marque d'une authenticité. Si la ville et les pèlerinages tombent sous les sens, ils sont aussi cependant déjà des images mentales, des visions successives, les enjeux d'une thèse. *Mon voyage à Lourdes* : le possessif le suggère, l'écrivain s'est approprié un lieu. Le journal d'enquête nous raconte cette appropriation tout en constituant un témoignage capital sur le Lourdes « fin-de-siècle ». Entre le vu et le dit, un homme s'interpose, journaliste à sa manière, mais bien évidemment romancier. *Mon voyage à Lourdes* fait interférer ces deux vocations. Et c'est cela qui rend le texte si passionnant à lire : le reportage *enseigne* par avance la fiction, il la consigne tout au moins dans les injonctions programmatiques que Zola s'adresse à lui-même.

Jean-Louis Cabanès

MON VOYAGE À LOURDES

Ma journée du samedi 20 août

Nous sommes arrivés à Lourdes le vendredi 19 août, à huit heures et demie du matin, par le Pyrénées-Express. Nous sommes allés à la Grotte, mais j'étais si fatigué que je me suis reposé et que je n'ai pas pris de notes.

Ce n'est donc que le 20, le matin, que je suis allé voir arriver les trains. Il en est arrivé quatorze, de trois heures du matin à onze heures. Je n'ai vu que ceux de neuf heures à onze heures. Et il faut donc ajouter à mes notes la cohue de la nuit, la confusion et l'angoisse dans les ténèbres.

D'abord, je me suis tenu dans la cour, faisant face à la gare. La sortie, le flot des valides à gauche, les malades sortent par la droite. Tous les omnibus des hôtels (les noms singuliers, religieux, à prendre dans le guide) en ligne contre le trottoir, des voitures, des landaus, des victorias plein la cour. Le flot qui sort est d'aspect pauvre, noir. Presque toutes les femmes en noir. Quelques jeunes en clair, rares. Quelques hommes et des enfants. La croix rouge à tous. Quelques gens attendent des amis. Un curé dit : « Bonne chance ! » Pas de malles, des filets, des paniers, des valises, portés à la main. Peu de dames en chapeau, pourtant les hospitalières qui arrivent avec le pèlerinage national. Aux omnibus, on entend dire : « Tout est plein ! » (les hôtels). Les hospitaliers, des séminaristes mêlés à des jeunes bourgeois. Un gros, gras, organisant, actif. Une femme disant : « J'ai bien dormi. »

Puis, j'ai pénétré sur le quai, à l'intérieur. L'attente. Des curés se promenant deux à deux. D'autres gens, un officier. Des brancardiers sur les bancs. Des prêtres avec les bretelles. Au bout, près de la porte aux malades, une foule de brancardiers, les uns assis dans leurs voitures, attendant, lisant un journal, les autres debout, en groupe, fumant leur pipe. Des brancards, des lits, des matelas, des oreillers, des coussins, pas propres, en tas. Les brancardiers ont tous la croix rouge, liséré de couleur (indiquant leur service). Quelques-uns très chics, avec de belles guêtres jaunes montant jusqu'aux genoux. Beaucoup ont adopté le béret, d'autres ont des chapeaux de paille. Grands paletots. Le quai de débarquement est très long, une centaine de mètres, couvert d'une marquise, lambrissée de bois. – En face, il y a de petits coteaux boisés. – Deux prêtres causaient d'excursion, pour Gavarnie : « Je voudrais voir ça. » Le vieux donnait son adresse chez des demoiselles. « Nous nous mettrons à six, ça nous coûtera tant. » Et puis : « Nous qui nous portons bien, nous sommes déjà éreintés, qu'est-ce que ça doit être pour les malades ! » – J'entends le chef de gare dire : « Ça va trop bien, pas de retard, de cohue. » – La sortie est à droite ; plus loin, le buffet, table de marbre et chaises, un comptoir avec fruits, gâteaux sous cloche, tasses, bols. – Une procession passe avec des chants, de l'autre côté de la haie.

Arrivée d'un train. Presque tout des troisièmes, quelques secondes et quelques premières pourtant. Les portes s'ouvrent, les valides descendent, cohue. Paniers, sacs, valises, filets, un encombrement. Les brancards, les voitures ont traversé les voies sur les planchers de bois, et suivent le trottoir de débarquement. Mais les malades sont généralement au bout du train, dans des wagons de troisième. Pas pour le train blanc, où il y en a partout. Sur les bancs, il y a de petits matelas, des oreillers. On les descend. Pauvres femmes mal mises dans les petites voitures, qu'on emmène, chacune avec son vieux panier à ses pieds. Une jeune fille, comme sans os, qu'on couche sur un brancard, ainsi qu'une loque. L'homme, tordu par une paralysie, une contraction, qu'on est obligé d'appuyer sur une chaise renversée, la tête et les pieds en bas. Un défilé affreux. La petite paysanne, mourante, toute blanche sur un brancard. Petite fille avec des béquilles. Des malades riches dans les premières. – Mais le flot valide qui descend, plutôt gai. Tout ça part, s'en va. Les pancartes qui pendent aux portières : l'abbé X..., Mme Z... – La couleur du train, un guidon de cette couleur planté sur un wagon du milieu pour que les pèlerins le reconnaissent de loin. Un énorme bouquet dans un fourgon, un bouquet monté sur un châssis de bois, que le pèlerinage apporte pour la Vierge.

Je retourne dans la cour. Tout le monde part, empilé dans les omnibus, dans les landaus, dans des *breaks*. La cour est boueuse, un lac, car il a plu toute la nuit. La cour se vide, quelques landaus restent, les autres reviennent au plus vite. – La gare est un long bâtiment, bas, couvert d'ardoises. Les murs crépis en gris triste. Fenêtres et portes entourées de briques et de pierres alternées. Deux bâtiments en ailes, d'un côté le buffet et la buvette (à gauche), de l'autre les messageries et une location d'oreillers (à droite). Ces ailes sont en briques. Une horloge au-dessus du pavillon central. – Les cochers demandent tous : « À quelle heure l'autre train ? » – Des curés actifs pataugent, organisent. Des groupes de religieuses. Beaucoup de bérets. Une belle dame du pèlerinage, en dentelles noires, se retroussant jusqu'aux genoux : « Ah ! ce gâchis ! » Des agents de police qui surveillent, maugréant de la corvée. Des petits ânes traînant de petites voitures. Au-delà de la route, la belle vallée avec les montagnes. Les femmes qui attendent sur des bancs, dans la gare, au bord du trottoir (dehors) (les pisteuses), pour offrir des chambres. Celle qui est venue s'asseoir à côté de moi, jeune, forte, assez jolie, très propre, les mains soignées.

Je suis retourné sur la voie pour voir l'arrivée de l'autre train. La descente des malades par des jeunes gens chics, gantés. Le chef de gare poussant lui-même à la sortie : « Avancez ! Préparez vos billets. Donnez-les à la sortie ! » Des allers et retours que l'employé reçoit dans sa casquette, une casquette pleine. On ouvre une sortie sur les bagages pour aller plus vite. Puis la cohue. Beaucoup s'en vont à pied. Je n'ai pas vu de pèlerinages s'organiser en procession : cela se fait parfois. L'aspect est un peu celui des trains de plaisir, les figures ahuries, joyeuses, fatiguées. Une belle jeune dame avec un curé. – La malade qui criait dans un compartiment, la portière fermée, après que le train s'était vidé. Des cris d'enfant. On la descend. Paralytique, souffrant d'une crise sans doute. Une mousseline blanche autour de la tête. Ses mains retournées, ses bras de simples os, son corps n'existe plus. Elle s'abrite du soleil avec un fichu. Une femme l'accompagne, en l'abritant sous une ombrelle. – Quatre pour descendre un autre malade. Un brancardier dans le compartiment, un sur le marche-pied, deux en bas. On descend les béquilles ensuite. Très difficile pour les descendre et les remonter. Le chef de gare impatient : « Dépêchons-nous, nous avons un train derrière ! » Et lui-même pousse une voiture. – Un brancardier dit alors : « Descendons-les tous, nous les emporterons ensuite. » Et le trottoir de débarquement se couvre d'éclopés. Un prêtre malade (ils sont rares). Les quatre filles habillées pareil, bien mises, avec leur mère : costumes de plage. Un curé en colère. Le gros homme, malade, qu'on ne pouvait sortir, tant il était gros et tant il pesait lourd. La porte du wagon trop étroite. Ils ont dû se mettre à sept ou huit.

Treize trains étaient partis de la gare d'Orléans, de une heure et demie à huit heures du soir. Couleur des guidons : gris, bleu ciel, vert, rose, blanc-vert, blanc-rouge, bleu, blanc, violet, jaune, blanc-bleu, orangé, blanc-jaune, blanc-violet.

L'après-midi, je suis allé à la Grotte. Chants continuels, les bras en croix ; le prêtre est dans la chaire, à droite : « Mettez-vous à genoux, priez, demandez la guérison. » Et la ferveur, l'extase, tout le monde priant et chantant. Des femmes, des hommes, à genoux dans la foule. Des curieux pourtant, des femmes avec des ombrelles, le long du Gave. Des cordes contenant la foule, tenues par des hospitaliers. Il faut des cartes pour entrer. À l'intérieur, tous les bancs de bois occupés. Au-dehors également, les bancs de pierre, le long du Gave, puis les bancs de pierre et de bois, sur la promenade, sous les arbres.

Les malades devant la Grotte. Tout l'espace leur est réservé. Ceux qu'on peut asseoir et dont les voitures s'en vont. Deux enfants dans la même voiture. Certains couchés dans des draps, à demi morts, blafards, inertes. D'autres, le plus grand nombre, allongés, tout vêtus. Peu de coquetterie ; pourtant la petite hydrocéphale, avec sa capeline bleue ornée de dentelle, dans un petit lit coquet, gentiment arrangé. – Les expressions des figures. Certains, sur les brancards, semblent couchés par terre ; d'autres sont assis sur leur séant ; pêle-mêle. Des enfants, des prêtres. La femme à la figure mangée, avec deux yeux rouges, deux trous sanglants qui pleurent. Une jeune fille se lève, va remercier la Vierge, ses béquilles à la main, et se rend au bureau des constatations. Une autre, paralytique, s'est levée violemment, a marché, puis a prié longtemps. On parle couramment des miracles dans la foule. – L'exhortation au miracle, le père qui criait au paralytique : « Marchez ! Marchez ! » en vociférant. Et le paralytique, sans béquilles, essayant, ne pouvant pas, retombant. La suggestion forcenée. – Une femme parlant d'une miraculée : « Ah ! elle a de la chance… En voici une déjà ! » On annonce les miracles, la foi redouble, le prêtre les excite toujours. – L'écrasement de la foule tout autour. Pourtant, on laisse toujours défiler dans la Grotte. Seul l'espace devant est réservé aux malades, par les cordes. – On baise le rocher aux pieds de la Vierge. Ce qu'on chante : le *Magnificat*, le *Laudate*, l'*Ave Maria*. « Encore un miracle ! » dit-on dans la foule. On aperçoit une béquille en l'air, qui va vers la Grotte. – La foule qui regarde du chemin en lacet, parmi les arbres. – Le petit enfant porté dans les bras de sa nourrice, très bien mise, l'enfant tout en blanc, la mère suivant et l'enfant mourant. – Le chemin en lacet, à droite de la Grotte. Les voix montent. On voit mal, à cause des arbres.

À quatre heures, la procession du saint sacrement et le salut à la Grotte. – D'abord, un suisse superbe, bleu et argent. Puis, la croix processionnelle. Les pèlerinages avec leurs bannières. – Châlons. Toulouse, seizième pèlerinage. Œuvre des cercles catholiques ouvriers. Versailles. Reims. – Puis, un flot de prêtres chantant. Puis des prêtres en surplis. Puis, des prêtres en chasuble. Ceux qui veulent, c'est réglé pour la pompe. Et le dais tenu par quatre prêtres. Dessous, le prêtre tenant le saint sacrement, flanqué de deux autres prêtres. Deux encensoirs devant. Derrière, le flot de la foule chantant. – Les figures laides, plates, communes, pas une haute et fière ; les pères seuls ont du caractère, avec leurs barbes. La tristesse affreuse de tout cela. L'odeur écœurante de sueur, d'haleines gâtées, de misère et de saleté. Les voix différentes, fortes, aiguës, profondes. L'obsession de ces chants, toujours les mêmes, continuels, qu'on emporte, qui vous bercent, qu'on entend la nuit. Au bout de trois jours, l'état d'exaltation nerveuse où l'on est. L'entraînement pour les phénomènes des guérisons : tout cela ne peut se faire ailleurs.

L'entassement dans les hôtels, plus de place, dans les couloirs, les promiscuités. Les logeuses disant : « Vous mangerez, mais vous ne trouverez pas à coucher ce soir. » Ceux qui ne trouvent pas à coucher et qui couchent dehors ou dans le Rosaire. Le Rosaire, un abri toute la nuit, messes, une scène là.

Les gens qui boivent aux robinets. Il faut peser sur un bouton, l'eau ne coule pas toujours. Fontaine de pierre, très propre. On boit dans sa main, dans un verre, un coquillage, une bouteille. Le jeune homme qui boit sept petits verres et qui se lave sept fois les yeux, sans s'essuyer. Tous se lavent la figure, boivent et s'en vont. Des prêtres, des pauvres femmes, des dames. D'autres emplissent des bouteilles, des bidons, des cruches. Le tonneau vert des envois d'eau. Tout ce qui se passe aussi devant les piscines, comme devant la Grotte. Les malades sur leurs lits, dans leurs voitures. Les chants, les appels à la guérison. – Une poitrinaire, très laide, une tête de grenouille, blême, criant : « Je suis guérie, ils ne trouvent plus rien, je n'ai plus rien ! » Et son expression de béatitude profonde. – Certains médecins accompagnent, dit-on, leurs malades. Un coup d'orage tombant sur la procession et la foule. Débandade, sauve-qui-peut.

Le soir, l'abbé des Essars m'a mené à l'hôpital des Douleurs dont je parle plus loin. – Dans une salle, la femme qui ne veut pas avoir été guérie de crises d'hystérie. Une femme qui a été guérie d'une maladie par la Vierge, mais à laquelle il en reste deux ou trois autres. Les salles mal éclairées, mal aérées. Les lits qui se touchent. Les malades qui sommeillent, d'autres qui causent avec des hospitalières. Celle qui avait une carie de la moelle épinière et qui a marché. Celle d'Issy : « Oh oui ! j'avais un tas de maladies dont je ne sais pas les noms. – Mais vous êtes guérie ! – Oui, ils l'ont dit. » Elle n'a pas même été baignée, la guérison s'est produite devant la Grotte.

Enfin, le soir, la procession aux flambeaux. L'attente devant la Grotte. Les cierges qui s'allument peu à peu, le monde qui arrive, chacun avec son cierge entouré d'un papier, d'un cornet, où il y a une vierge de Lourdes. Peu à peu la nappe des petites flammes, des petits flots lumineux qui flottent. Les arbres, éclairés en dessous, sont comme une poussière verte lumineuse. La vive clarté se reflète, d'en bas, sur la Basilique toute blanche. Le reflet va aussi éclairer le couvent en face, l'orphelinat des sœurs de Nevers. Quand on se retourne vers ce côté, vers le Gave, la fraîcheur de l'eau, l'odeur âpre qui vient des montagnes : c'est toute la nature qui souffle jusqu'à la Grotte. – Les bannières immobiles au milieu des lumières. Des curieux qui attendent, tout le long des bancs du quai. Mais le chant s'élève, le chant de Lourdes, avec l'obsédant *Ave Maria*, et la procession part, monte par les lacets. L'effet des lumières dans le coteau boisé. La procession fait le tour, redescend par la rampe de droite du Rosaire, puis fait le tour des gazons, en allant passer à la croix des Bretons. – La Vierge et la croix éclairées par des verres de couleur. La procession revient sur l'esplanade du Rosaire, où elle tourne sur elle-même, avec l'obsédant *Ave Maria.* – Toujours il débouche des cierges, en haut de la rampe, au coin de la Basilique. Et le chant ne s'arrête pas. L'effet de cet immense serpent de feu, une foule immense, douze à quinze mille porteurs de cierges, des hommes, des femmes, des enfants. La place du Rosaire s'emplit peu à peu, une mare de feu. On chante le *Credo.*

Commencée à huit heures et demie, la procession dure près de deux heures. Ivre d'*Ave Maria.* Vers onze heures, on ne rencontre dans Lourdes que des pèlerins perdus, cherchant leurs logements.

La procession n'a pas de croix processionnelle. Pas de prêtres en surplis. Rien que des pèlerins.

Notes diverses. – La qualité du vert des prairies, avec le dessous d'eau. Les vastes champs de maïs, la grande culture du pays.

Ma journée du dimanche 21 août

Le matin, je ne suis pas sorti, mais j'ai reçu, entre autres visites, celle de M. Colin, rédacteur à *L'Univers* et de M. Joseph Boissarie, fils du docteur de la Grotte, qui m'ont enseigné la manière de procéder pour m'ouvrir toutes les portes : rendre visite au père Bordedebat, supérieur des pères de Lourdes, de l'Immaculée-Conception, et au révérend père Picard, des pères de l'Assomption, qui rédigent le journal *La Croix* et qui ont leur couvent à Paris, rue François-Ier. Voir les deux pour éviter les jalousies. Le père Picard est l'organisateur, le directeur, le conducteur du pèlerinage national, et quand ce pèlerinage arrive, les pères de Lourdes s'effacent, la Grotte, la Basilique, l'hôpital, tout appartient aux pères de l'Assomption.

Je suis donc allé chez les pères de Lourdes, derrière la Basilique où logent les pères de l'Assomption. J'ai attendu quelque temps dans une antichambre banale, portrait du pape, etc., petit modèle de la Basilique avant l'escalier et l'église du Rosaire. Les pères étaient encore à table, grand bruit dans la pièce voisine. Je fais passer ma carte, j'attends un moment, et le père Picard me reçoit dans un petit bureau nu où il n'y avait que trois sièges, un où il était assis, la jambe allongée sur un deuxième siège, car il m'a paru avoir la goutte, il n'a pu se lever (pourquoi ne se fait-il pas tremper dans la piscine ?), le troisième siège pour moi. Le père Picard a été fort courtois, me disant qu'il voulait m'ouvrir toutes les portes. Le mot donné est en effet de se mettre entièrement à ma disposition, de se montrer disposé à m'admettre partout. « Nous agissons au grand jour, nous n'avons rien de caché. » Ce père Picard a une belle barbe, une figure très intelligente, et il me paraît un maître homme. Il m'a raconté son premier pèlerinage, en 76, la première fois qu'il est venu avec beaucoup de malades. Pendant le trajet, cent cinquante malades s'étaient évanouis. Les médecins emmenés s'effaraient, venaient le renseigner. Que faire ? L'installation était très rudimentaire, pas d'oreillers, pas de matelas dans les wagons. On donna l'extrême-onction à une quinzaine ; et le train filait toujours, avec ses cent cinquante évanouis. À l'arrivée à Lourdes, grand embarras. Le matériel manquait, ni voiture, ni brancard, rien ; et à l'hôpital, rien non plus. On réquisitionna les voitures, tout ce qu'on put, et on coucha les malades sur de la paille, après les avoir menés à la Grotte. Quel voyage, pour ces misérables, et quelle force de volonté chez ce père Picard !

Pendant que j'étais là, le père Bordedebat est venu. Un ecclésiastique qui m'a semblé ordinaire. Ce n'est plus le masque intelligent du père Picard. Nous avons échangé quelques mots insignifiants. Et le docteur Boissarie est également venu (pas même de chaise pour lui). Enfin, il a été convenu qu'on me montrerait tout, qu'on me ferait entrer partout. En sortant, j'ai rencontré le père Roger des Fourniels, celui qui s'est trouvé mêlé à l'histoire de mon passage imaginaire à Cahors, dans un train de pèlerins. Il a écrit *Floréal*, en réponse à *Germinal*. Il écrivait, a perdu une femme adorée, et est entré dans les ordres. Il appartient à la Société des gens de lettres. Toute la journée, il s'est montré très obligeant.

J'avais encore une visite à faire pour mettre avec moi toutes les autorités. Je suis allé au bureau de l'Hospitalité de Notre-Dame-du-Salut, voir M. de Raymond-Cahuzac qui en est le président. Je ne l'ai pas trouvé, je ne l'ai rencontré que plus tard à la Grotte. Mais là, le vice-président, je crois, M. J. Cabanis, m'a donné une carte nominative qui m'autorisait à entrer partout. – Voici quelques détails : l'Hospitalité de Notre-Dame-du-Salut est constituée spécialement pour le pèlerinage national, elle vient avec lui et s'en va avec lui et ne reste que quatre jours à Lourdes. Elle se recrute dans toutes les classes, mais il est visiblement chic d'en faire partie. Tous ceux qui veulent en faire partie font une demande, qu'on examine. On fait une petite enquête et on admet, s'il y a lieu. À la tête, il y a un conseil composé des chefs de service, car l'Hospitalité se compose de plusieurs services, celui de la Grotte, des piscines, de l'hôpital (un chef, un sous-chef, des hospitaliers), le service aussi des brancardiers, divisés par équipes. Ils ne sont pas rétribués, paient tout, viennent à leurs frais. Ils ont chacun un numéro ; les brancardiers sont munis de bretelles, et ils portent un insigne à leur boutonnière. Comme il y en a parmi eux qui ne sont pas très riches, tous mangent à ce qu'ils appellent la « popote » pour trois francs, je crois : et il règne une grande fraternité, une grande gaieté. Très sévères sur les consignes, jouent un peu aux gendarmes. Il y a aussi toute une Hospitalité de dames à l'hôpital des Sept-Douleurs. Des grandes dames, des bourgeoises. Elles sont trois cents. Présidente, vice-présidente, directrices de salle, etc. Les jeunes filles au-dessous de trente ans ne sont employées qu'au réfectoire. J'ai trouvé qu'elles étaient trop, qu'elles encombraient un peu. Très zélées, bruyantes, emplissant les couloirs et les salles. Mais très méritoires. Quatre jours d'horribles fatigues. Il y en a qui dorment à peine une heure par nuit. Et toutes les abominations qu'elles voient, et toutes les souffrances qu'elles consolent. Les enfants qui font sous eux et qu'elles changent continuellement. Enfin, il y a l'Hospitalité permanente de Notre-Dame-de-Lourdes qui existe de tout temps, pour les nombreux pèlerinages qui viennent toute l'année. Elle disparaît, se fond dans l'Hospitalité de Notre-Dame-du-Salut pendant le pèlerinage national. Beaucoup d'hospitaliers font partie des deux et portent les deux insignes. À décrire, les insignes.

Au bureau des hospitaliers, on m'avait remis entre les mains de M. de Lacvivier, notaire à Agen, membre des deux Hospitalités, qui m'a conduit partout et qui s'est montré extrêmement complaisant.

Nous sommes allés d'abord au bureau des constatations. C'est là que M. le docteur Boissarie, médecin de la Grotte, constate les guérisons (les miracles), devant les médecins qui veulent bien venir, et tout un personnel. Je dois dire que ce bureau est d'une installation abominable. C'est une baraque en planches, avec une sorte d'étroite antichambre, où attendent les malades, sur des bancs, gardés par des hospitaliers de service. La salle est petite, avec deux tables de bois blanc, placées bout à bout, et des chaises. Murs peints en clair, nus. Fenêtres aux vitres brouillées. Il n'y a que deux fauteuils, pour les malades. On m'en a donné un. Devant les tables étaient des ecclésiastiques et des laïcs. Il y a des registres, des dossiers qu'on compulse. Le docteur Boissarie, debout, va et vient. Dans l'assistance, des médecins, des prêtres, des pères de l'Assomption. L'entrée est pourtant très étroitement gardée, ordres très sévères. Toute une foule se presse à la porte, dans l'attente de la constatation des miracles ; et dès qu'une miraculée sort, elle est entourée, questionnée, acclamée.

Je reviens à l'intérieur. Le docteur Boissarie, qui m'attendait, avait convoqué certaines des femmes guéries antérieurement. Je n'ai pas vu d'hommes, et pas de guérison immédiate ne s'est produite, à la Grotte ni à la piscine, pendant que j'étais là. Le mécanisme m'a paru être celui-ci. Chaque malade, en arrivant, porte pendue au cou une petite pancarte oblongue où se trouvent un chiffre, son nom, etc., et l'on inscrit à l'hôpital sa salle et un autre chiffre, celui du lit. En outre, elle arrive avec le certificat du médecin exigé. Et si une guérison se produit, on se reporte à ce certificat. J'ai fait observer qu'il serait très désirable qu'une commission de médecins, ayant à sa tête le docteur Boissarie, constatât l'état du malade à l'arrivée, pour constater ensuite la guérison avec plus de force. Et, réduisant la guérison, j'ai fait observer que, si on créait une salle des plaies apparentes, qu'on dressât un procès-verbal de ces plaies, qu'on les photographiât même, cela donnerait une force énorme à la constatation des guérisons, s'il s'en produisait ensuite.

Tout cela à propos du cas de la petite Clémentine Trouvé (de Rouillé). Son cas se trouve dans *Les Annales* de 91. Une carie des os du talon, avec nécrose, etc., qui devait nécessiter une résection. Le miracle est ici absolu, puisque, dès qu'elle a été plongée dans la piscine, l'os s'est refait, la plaie s'est cicatrisée. Ici prodige stupéfiant. Du reste, la simple cicatrisation immédiate d'une coupure serait aussi prodigieuse. Pas de discussions possibles, comme pour les maladies nerveuses et les maladies internes, où le diagnostic peut s'égarer. Si l'eau de Lourdes cicatrise immédiatement les plaies, les croyants ont tout intérêt à faire constater cela avec un luxe d'évidence, et rien ne serait plus simple, je le répète. Pourquoi ne le font-ils pas ? Cette petite Clémentine a la figure d'une petite paysanne intelligente, avec de beaux yeux vifs. Elle sait maintenant son histoire et la récite un peu trop. Une maligne. Elle a raconté ensuite que, si elle s'est troublée un peu, c'est qu'elle priait pour moi. La petite Clémentine avait retiré son bas et montrait la cicatrice très apparente de son pied, pendant que le docteur Boissarie lisait le récit de la guérison dans *Les Annales*. Il faisait horriblement chaud dans la cabane en planches, quarante à quarante-cinq degrés.

On a amené ensuite une phtisique, une hystérique, qu'on affirmait guérie. Puis, une madame de Castillon, guérie il y a sept ans d'une tuberculose, qui depuis a eu six enfants en sept ans, et qui est retombée, et qui se déclare guérie de nouveau. Elle mange, elle part, elle marche. C'est une morphinomane qui se piquait et qui prétend ne plus se piquer, depuis qu'elle est à Lourdes. Un type, un squelette ambulant, avec une physionomie étrange. Son mari, un gros garçon soumis, l'accompagne.

Elle prétend avoir amené vingt-quatre personnes de sa famille, qui iront toutes à la procession aux flambeaux. – Enfin, on a amené une sourde-muette, qui entendrait. Mais la guérison a paru douteuse. – Du reste, peu importe ce que j'ai vu. Ce dont j'avais besoin, c'était de connaître le mécanisme des constatations. Pour le reste, je n'aurai qu'à prendre des cas dans *Les Annales* où ils pullulent. On dit que, sur le nombre de malades amenés, on peut évaluer les guérisons à dix pour cent.

J'avais trop chaud, je me trouvais mal, je suis sorti et, à la sortie, j'ai retrouvé M. de Lacvivier, qui m'a conduit d'abord aux piscines.

Pour les hommes, il n'y a que trois baignoires. Il y en a cinq pour les femmes. Je n'ai pu entrer que dans les baignoires des hommes. Ce sont trois compartiments séparés par des cloisons et qu'on pourrait fermer par un rideau de toile qui reste ouvert. Il y a en avant une salle commune où l'on se déshabille. Un rideau ferme la porte d'entrée. En haut, à droite, il y a une petite chambre de service, où les hospitaliers peuvent se retirer. Ce sont les hospitaliers qui baignent les malades. Ils se mettent deux, et plus, s'il le faut. Un chef de service reste là. On descend par des marches dans les baignoires. Les malades y descendent soutenus par les deux hospitaliers qui les aident à se plonger tout entiers, et qui les recouvrent d'eau avec la main en répétant : « Marie, guérissez-le ! Marie, guérissez nos malades ! » ou autres paroles d'invocation. Souvent, des capucins, des prêtres, sont dans l'avant-salle, et prient aussi, crient, hurlent à vous assourdir. Bruit effrayant. – Les malades se déshabillent, et se rhabillent au petit bonheur, debout, sur des chaises, soutenus. On leur met un pagne, un petit jupon, qui les couvre. La pudeur est sauve. On m'a dit que les femmes étaient baignées en peignoirs. – J'ai vu un homme, qui avait un bandage, se cacher, s'envelopper dans le rideau de toile pour le retirer. – Un enfant scrofuleux, d'une maigreur effrayante, une plaie à la cuisse, une à l'aine, une énorme aux reins, sa jambe droite n'était plus qu'un os, une canne ; il avait quinze ans et en paraissait huit : les osselets de son échine, quand il penchait la tête ; et la face gaie, intelligente, avec de beaux yeux clairs, un air souffreteux et fin : affiné par la douleur ; tous le sont ; lui-même a déchiré un linge pour mettre sur ses plaies, ayant l'air de savoir, l'hospitalier qui s'empressait étant maladroit. – J'ai vu un phtisique, d'une maigreur effrayante, blafard. Un ataxique qu'il a fallu porter. Enfin, un homme, apporté sur un brancard, qui ne pouvait remuer, cloué par une paralysie, les mains retournées, immobile, les yeux seuls vivants. On l'a descendu dans la piscine sur des sangles. – Les pauvres dos de douleur, lorsque les hospitaliers soutiennent les malades et que ceux-ci commencent à descendre dans l'eau glacée. On les voit qui se balancent, qui se gonflent et se moirent. La tête se renverse dans un spasme. Des malades m'ont dit que, la première fois, c'était un supplice affreux, surtout lorsqu'on craignait l'eau. On les laisse deux à trois minutes. Et quand on les sort, les dents qui claquent, le frisson, la pâleur cadavéreuse des phtisiques. Le dos gras de mon ataxique. Les os du petit scrofuleux. – Ce doit être éreintant pour les hospitaliers.

Aucune précaution médicale n'est prise, et en effet, à quoi bon ? puisqu'on est dans le miracle. Notre-Dame de Lourdes ne peut pas faire du mal à ceux qui viennent à elle. Du moment qu'on se met en dehors de tous les phénomènes naturels, aucune précaution n'est à prendre. On baigne donc les femmes avec leurs règles, tous au sortir des repas, même les phtisiques, à moins que le médecin ne le déconseille formellement, ce qu'il ne peut pas toujours faire, puisqu'on mène les malades directement à la Grotte et aux piscines, en descendant du train. Pendant le pèlerinage national, on ne change l'eau des baignoires que deux fois par jour, et comme il y en a huit, et qu'on peut évaluer les malades à mille, cela fait cinq cents à diviser par huit, ce qui ferait que plus de soixante malades en moyenne passent dans la même eau. Mais comme il y a des malades en dehors et qu'on baigne souvent deux fois les mêmes malades, on peut dire que cent passent dans la même eau. Un malade me disait qu'il avait vu du sang d'ulcère dans cette eau, où il y a de tout, des débris de peau, des croûtes, des morceaux de bandages, une boue, une véritable essence de bouillon de microbes. Jamais, assure-t-on, il n'y a eu la moindre contagion. Cela donne un curieux démenti aux théories en cours, à la fureur d'antisepsie à la mode.

Devant les piscines, des prêtres, des réguliers, moines, capucins ou autres, prient, crient, appellent la guérison, jetant un cri que la foule des pèlerins agenouillés répète, les bras en croix et baisant souvent la terre. C'est une griserie, un vacarme épouvantable, un entraînement extraordinaire. « Marie, conçue sans péché, priez pour nous. » « Seigneur, nous vous adorons ! » « Marie, guérissez nos malades ! » et d'autres, souvent répétés trois ou quatre fois par le prêtre, que la foule suit avec obéissance. Dans le cercle formé, les malades sur leurs brancards, dans leurs voitures, attendent leur tour.

L'ordre est celui-ci. On amène les malades de l'hôpital à la Grotte où ils restent tout le matin et tout l'après-midi. De là, ils vont une fois et souvent deux fois par jour aux piscines, d'où on les ramène à la Grotte.

Je me suis rendu ensuite à la Grotte avec M. de Lacvivier. La Grotte est au bas du rocher que domine maintenant la Basilique. Elle est peu profonde, très irrégulière, plus haute à droite, s'abaissant en pente rapide vers la gauche, où est la source. Elle est surmontée d'un grand lierre qui tapisse le rocher et d'un églantier. Une grille la ferme, avec deux portes, à droite et à gauche, pour permettre la circulation continuelle du public, et une porte au milieu, qu'on ouvre pour la bénédiction du saint sacrement. La Grotte contient un petit autel mobile, recouvert de plaques d'argent. On l'avance ou on le pousse selon les besoins. Il y a aussi une grande herse en forme d'arbre où brûlent des petits cierges. En haut est un gros cierge. En bas, dans un plateau, tombe la cire. – Au fond, il y a une herse droite, en forme de rampe, où les gros cierges pris dans des anneaux de fer brûlent. Certains, gros comme la cuisse, doivent mettre huit jours, et davantage, à brûler. C'est une rampe de feu. D'autres petites herses. La Grotte braisille, est en flamme. L'odeur de la cire chaude. Le sol est dangereux, à cause de cette cire qui saupoudre tout comme une neige. On a dû mettre des grilles de fer. Au plafond, la Grotte est tapissée de béquilles, dons des malades guéris.

Il y a encore un orgue-harmonium, et un meuble à tiroirs pour les ornements sacrés. À gauche, il y a un banc et des chaises pour le petit public privilégié, les pères de l'Assomption, certains hospitaliers, certaines personnalités marquantes, tout un public à genoux. La source est là, au fond, protégée par un grillage. On l'entend couler. Dans un grand silence, pendant une cérémonie, on pourrait l'entendre. Des tuyaux recouverts de ciment la canalisent, la mènent aux douze robinets où l'on prend l'eau (il faut peser sur les robinets), et aux piscines.

Mais le spectacle est surtout devant la Grotte. Les grands malades sont sur le devant, couchés sur leurs brancards, assis dans leurs voitures. Derrière, les moins malades sont assis sur des bancs, avec les gens valides qui ont pu pénétrer. L'aspect de ces rangées de brancards, les uns plus bas, pareils à des lits par terre. Certains viennent dans de véritables gouttières. D'autres ont des caisses, des cercueils dans lesquels on les transporte (la petite hydrocéphale que j'ai vu monter dans un compartiment de première, dans sa caisse, avec sa jolie capote bleue). Les uns sur des grabats, très sales, les autres couchés dans des draps blancs avec des oreillers. Et tout cela pêle-mêle, au milieu des voitures, dans un enchevêtrement extraordinaire. Toute une cour des miracles, les plus abominables maladies qu'on puisse imaginer, plaies apparentes, lupus, cancer, lèpre, carie, puis les maladies organiques, le cœur, la phtisie surtout, et toutes les maladies nerveuses, névroses, paralysies, ataxies, tuberculose du ventre, des os, carreau. Un ulcère mangeant la figure. Tout. – Une chaire est à droite, dans laquelle, constamment, un prêtre prie à voix haute, exhorte la foule, l'invite à prier. Tout prêtre peut s'offrir. D'autres attendent sur les marches. Des pères de l'Assomption. Il dit des figures, l'espoir, l'ardent désir de vie, de bonheur. Et la foule immense autour, s'étendant au loin sur le quai du Gave, où sont les bancs ; dans les lacets, en haut, sur les rampes de la Basilique ; le long des bancs du Gave, où l'on s'écrase, où l'on ne peut passer, ce qui force à faire le tour par les lacets ; devant les piscines ; autour de la salle des constatations ; jusque sous les arches des rampes monumentales. Des hospitaliers tiennent des cordes pour empêcher le public d'envahir les emplacements réservés aux malades, devant la Grotte et devant les piscines. Consignes très sévères, qu'ils font respecter, heureux de faire un peu les gendarmes. Il y a d'abord là tous les malades hospitalisés, ceux qui sont venus avec les pèlerinages, dans les seize trains, et qui se trouvent inscrits dans un des hôpitaux : l'hôpital des Douleurs, l'hôpital du Salut et l'hôpital municipal. On délivre aussi des cartes de malades à des pèlerins venus seuls, et malades ; ces cartes leur donnent droit à se placer devant la Grotte et à se faire plonger dans les piscines. Beaucoup d'hospitaliers et d'hospitalières sont mêlés aux malades, dans les emplacements réservés.

J'arrive à la procession du saint sacrement, qui part à quatre heures de la Basilique, descend par la rampe de gauche, et s'avance au milieu de la foule, au travers de laquelle on lui ménage un passage, le long du Gave. Bousculade. Un suisse bleu et argent, une croix processionnelle. Puis, tous les pèlerinages, avec leurs bannières. Des prêtres ensuite, tous ceux qui veulent. Des prêtres en surplis. Des prêtres en chasuble. Le prêtre sous le dais portant le saint sacrement, flanqué de deux autres prêtres. Quatre porteurs de lanterne. Et derrière, la foule.

J'étais dans la Grotte, lorsque le saint sacrement est arrivé. Le prêtre a donné la bénédiction du saint sacrement. Puis, la procession a continué, passant devant les piscines. Et c'est là que s'est produit le mouvement extraordinaire. Un père m'avait fortement saisi par le bras, et M. de Lacvivier suivait. Pour qu'on ne soit pas débordé par la foule, tellement la poussée est forte, une haie de brancardiers se fait à droite et à gauche, se tenant par le bras, très serrés, ou par les bretelles, pour protéger le saint sacrement qui serait bousculé. Et sur le passage, il y a une stupéfiante poussée des malades qui tendent les mains, qui essaient de se soulever, en criant : « Guérissezmoi, Seigneur ! » Le public crie : « Guérissez-les ! » Les voix se brisent, des sanglots éclatent, c'est un soulèvement de tous ces pauvres êtres, un désir de santé, de vie immense. On me disait : « Vous voyez quelle foi ! » Sans doute. Mais plutôt quel ardent désir de la terre, de la vie. C'est le besoin du bonheur, de l'égalité dans la santé. – Alors, c'est là, parfois, dans cette exaltation, qu'un miracle se produit. Les paralytiques se lèvent et marchent. Les boiteux jettent leurs béquilles. Une phtisique crie : « Je suis guérie, je sens que je suis guérie ! » Et il y a des transports dans la foule. Des applaudissements éclatent, une joie délirante, une folie contagieuse. Car la foule est là, haletante de curiosité, dans l'attente des prodiges. Y a-t-il eu des guérisons ? Oui, ceci, ceci. Encore une ! Tenez ! Voyez-vous là-bas ? Et les histoires circulent. – Quand le saint sacrement passe devant les piscines, même exaltation, mêmes cris, un peu moindres. Le dais oscille comme sur une mer orageuse. La haie des brancardiers doit redoubler d'énergie. La consigne est de ne laisser passer personne. Pourtant, ils ont l'ordre aussi de se laisser attendrir. Quand une mère se présente avec un enfant dans ses bras, on la laisse passer. Elle se jette devant le saint sacrement, le prêtre parfois le pose sur la tête de l'enfant. J'ai vu une mère chétive suivre ainsi le prêtre jusqu'en haut de la Basilique avec sa petite fille lourde dans les bras. – J'ai suivi le saint sacrement jusqu'en haut, par la rampe de droite. Montée rude, au soleil. Les chants continuent. En haut, le dais s'est arrêté, dominant la vaste étendue des rampes, de la place du Rosaire, des gazons, et une bénédiction a été donnée, je crois. Superbe spectacle d'en haut. Tout ce qu'on veut. Dans la Basilique, salut et bénédiction du saint sacrement. Je parlerai de la Basilique ailleurs. Le père Roger des Fourniels m'a dit qu'il avait bien prié pour moi. Le prêtre qui portait le saint sacrement avait une chape d'or. – Les voix dans les chants : des curés, même jeunes, qui ont des basses extraordinaires ; ils mugissent. D'autres aussi, très fortes. Des voix de femme. Des voix fausses. Les chants jusqu'à l'obsession. *Ave, ave, ave Maria ! Ave, ave, ave Maria !* Et la complainte de Lourdes. Quelquefois même, rien que le refrain, jusqu'à l'hébétement. L'odeur de la foule, la sueur, l'écœurement. La saleté. Des coups de pluie sur une procession, comment on rentre les malades.

Ma journée du lundi 22 août

Le matin, à l'hôpital de Notre-Dame-des-Douleurs. Bâti par un chanoine, pas terminé. Vaste. Trop haut, quatre étages. Comment monter les malades si haut ? On réserve donc le rez-de-chaussée aux grands malades, ceux des brancards. Mais, pourtant, il faut en monter là-haut, et la fatigue des brancardiers. Le pèlerinage national, avec son Hospitalité de Notre-Dame-du-Salut, loue l'hôpital au chanoine, qui dès lors ne se trouve plus chez lui. Les vieillards qui, d'ordinaire occupent l'hôpital, sont mis à part. – L'installation, bien qu'on fasse des efforts, reste très sommaire. L'Hospitalité du Salut a son matériel, des brancards, des voitures, etc., des matelas, des oreillers, des draps, mais en quantité insuffisante, je crois. On fait ce qu'on peut, et dans un certain désordre. Trop de zèle, trop de monde, de femmes. Chaque salle a sa directrice, sa sous-directrice, ses dames hospitalières, il m'a semblé en trop grand nombre, en coup de vent. Chacune faisant une offrande, on les accepte toutes, de trop, puisque là est une source de ressources, et de là le grand nombre. Ces dames sont sans doute très méritoires, comme je le dirai tout à l'heure ; mais tout de même heureuses d'en être : cela doit les poser ; puis, certaines charitables certainement, tandis que d'autres partent en excursion. Près de neuf cent cinquante dames hospitalières ; des demoiselles qu'on emploie au réfectoire et à la Grotte, où elles distribuent du bouillon et du lait (mais on n'en donne plus que le strict nécessaire, et on a défendu les tabliers brodés, il n'y a plus que les tabliers à petits carreaux gris et blancs).

Les dames soignent donc les malades, vident les vases de nuit, nettoient les gâteuses. Toute une salle d'enfants qui font sous eux. Les plaies soignées, les ulcères, les cancers qui empoisonnent. La fatigue physique, retourner les malades. Puis la vue de la souffrance, les agonies, les morts. Beaucoup d'hospitalières dorment à peine deux heures par nuit. Pendant quatre jours, cela devient fatigant. – L'hospitalière qui est venue me voir, Mme Faugères, je crois, et qui me disait venir depuis dix ans, et n'avoir pas vu un miracle. On aurait perdu cette année douze malades, des phtisiques surtout, pendant le voyage. La phtisique qui est morte, pliée en deux, en disant tout bas son dernier mot : « Elle ne m'a pas guérie ! » Celle qui a juré qu'elle était guérie, qui a fait quelques pas à la Grotte, avec une force de volonté extraordinaire. Puis, revenue à l'hôpital, elle a voulu qu'on l'habillât pour retourner à la Grotte. Au milieu du chemin, elle a chancelé, haletante, verte ; elle est tombée, on l'a ramenée, et elle est morte en rentrant à l'hôpital. Beaucoup qui s'en vont mieux ainsi, dans un *sursum corda*, un espoir contagieux, une sorte d'épidémie heureuse de guérison, meurent au retour, en disant qu'elles sont guéries. C'est ce qui explique la joie du départ, dont je parlerai tout à l'heure, même si l'on n'est pas guéri. Il y a une excitation telle qu'on en garde la vibration. Nous reviendrons, nous guérirons. Heureux quand même. – Celle que j'ai vue, qui devait avoir un cancer à l'estomac, car elle en avait le faciès jaune et lourd, et qui vomissait le sang. Au retour de la Grotte, en voyant qu'elle n'était pas guérie, elle avait eu un moment d'affreux découragement. Souvent, les malades en ont ainsi, sanglotent, se désespèrent abominablement. Puis, l'espoir revient, tenace, invincible. « Demain ce sera mon tour, la Sainte Vierge ne peut pas m'abandonner. » – Une grande fraternité pourtant. Les malades les plus gravement atteintes prient pour leurs voisines. « Marie, guérissez-la. » Et pas de jalousie, au départ, devant celles qui sont guéries. Cela les confirme dans leur confiance, leur foi aux miracles. Puisqu'une a guéri, pourquoi pas elles ensuite. Leur tour viendra.

La vie à l'hôpital. Les lits se touchent, chacune a un gros numéro, pendu au mur ou à son matelas. Peu se déshabillent dans la journée. Leur valise, leur panier, sont à leurs pieds. Donc, une promiscuité absolue. Pendant qu'une vomit, l'autre mange. Les pots qui circulent, les dames hospitalières qui ont même de la peine à circuler. D'ailleurs, aucun soin médical, pas même une pharmacie. À quoi bon ? puisqu'on est dans le miracle. Les soins des hospitalières sont purement des aides matérielles, déshabiller, habiller, vider les pots, retourner les malades ; mais pas de potions, pas de visite du médecin. Quand une agonise, on se contente de l'administrer. Il y a, à cet effet, un aumônier par salle. Pour que les malades communient à jeun, le mieux est de donner la communion après minuit, vers une heure. Des aumôniers pourtant attendent cinq et six heures du matin. – Il faut donc reconstituer une de ces salles, la nuit, à pei. éclairée, avec l'odeur épouvantable, des malades déshabillées, d'autres pas, les lits se touchant, les unes mangeant, les autres vomissant, toutes s'oubliant plus ou moins, et les dames hospitalières allant et venant. Des nuits effroyables, sans sommeil, avec les râles, les communions, etc. Tous les pèlerins communient chaque jour. Seulement ceux qui peuvent marcher vont le faire au Rosaire, à la Basilique, ou à la chapelle de l'hôpital, tandis qu'il faut faire communier dans leur lit les malades qui ne peuvent pas bouger. On monte la nourriture de la cuisine, et ce sont les sœurs qui font la cuisine.

Il y a beaucoup de salles avec des noms de saint. Les directrices appellent le docteur, les visiteurs, pour les intéresser à leurs malades. Chacune croit avoir le cas le plus curieux, comme maladie, et aussi comme guérison. C'est un tohu-bohu inexprimable, des conversations continuelles. Mais le docteur passe, refuse de s'arrêter : « Si on les écoutait, on n'en sortirait pas. »

Nous avons vu plusieurs malades, la petite d'Issy qui avait le carreau, et qui était si affaiblie et si vague ; la phtisique aux yeux étincelants, exaltée, qui doit venir me voir à Paris, et qui se dit guérie, mangeant comme un ogre, marchant, elle qui ne pouvait ni marcher ni manger : les phtisiques ont, je crois, cette exaltation vers la fin. Celle qui avait un lupus à la face, et dont la plaie, disait-on, ne suppurait plus, l'hydrocéphale, coquettement assise sur son lit, la femme au cancer de l'estomac qui ne pouvait plus supporter une bouchée, et qui était jaune, dans un coin, immobile, avec des yeux noirs ; une phtisique râlante, évanouie ; toutes sortes de souffrances. Le docteur s'intéresse beaucoup plus aux cas de guérison qu'aux maladies mêmes qu'il ne se soucie pas de voir. Une directrice est venue lui dire qu'elle avait une malade extraordinaire, une lèpre. Il a répondu : « C'est bon, je reviendrai la voir. » Toujours revient : « Ah ! voici un cas curieux de guérison. Il y a un commencement. » J'ai revu la petite Clémentine Trouvé à qui on a fait répéter son histoire. Elle a dit que, si elle s'était troublée au bureau des constatations, c'était qu'elle priait Dieu pour moi. Je n'en crois pas un mot, je l'ai embrassée sur le front.

Le réfectoire est une longue salle étroite, avec une table le long de chacun des deux murs. Une odeur infecte de vin répandu et de nourriture douteuse. Beaucoup de misère. Des verres de vin étaient rangés en longue file, le long des tables. Des demoiselles s'empressent.

Avant de sortir, je suis entré dans la salle des ménages. C'est une salle au rez-de-chaussée, où les hommes peuvent être admis, mais à la condition d'être soignés par leurs femmes. J'ai vu là un agrégé de l'Université, M. Faure, ataxique. Il a brûlé Lamalou.

Il s'est fait hospitaliser comme un pauvre, dont il a presque pris le vêtement. Sa femme le soigne. C'est lui qui, après une première immersion dans une piscine, avait juré qu'il ne s'y ferait plus plonger, par crainte de l'eau froide et de la saleté. Des croûtes, du sang, une pourriture. Et il y est retourné. Il vient depuis six ans. Il a eu des heures d'affreux découragement. Pourtant, il revient, et il viendra. Très croyant, le type de l'espoir.

Dans l'après-midi, j'ai vu Henri Lasserre. Un illuminé, un exalté, orateur, s'emballant, peu organisateur, je crois. Il m'a raconté comment il a établi ses cas de guérison : faisant venir le miraculé, l'invitant à dîner, le forçant à se raconter lui-même ; puis appelant des témoins, les faisant aussi se raconter ; puis réinvitant le miraculé, l'interrogeant alors, et peu à peu laissant les faits se classer d'eux-mêmes, récit se faire. Il se défend d'être un rhétoricien, un inventeur. Il prétend que la vérité de ses livres s'est faite d'elle-même. À la vérité, il prend pour la vérité ce qu'on lui dit, sans faire d'abord la critique du conteur. Mais la seule partie intéressante de notre conversation a porté sur cette réflexion de moi : s'il y a des miracles, pourquoi et comment les choix de la Vierge ? J'étais à la Grotte, je regardais les malades, me disant: « Si l'on te permettait d'en sauver dix, qui choisirais-tu ? Choix difficile. Si j'étais la puissance infinie, je les sauverais tous. Pourquoi ceux-ci et pas ceux-là ? Sans doute que je ne puis tout voir étant borné, mais il me semble que la Vierge ne fait pas œuvre de bonne justice distributive, et que c'est cruel de choisir. Elle semble, comme la nature, obéir au hasard, sans justice. » – Il m'a répondu qu'il avait aussi songé souvent à cela, mais qu'il fallait s'incliner devant les décisions de la divinité, dont les actes échappent à notre jugement. Lui aussi aurait voulu tous les sauver. – Son histoire du malade qui revenait chaque année, couché dans une gouttière, comme dans un cercueil, et qui se faisait porter sur les épaules. Un jour, il lui parla. Il voulut lui persuader que, si la Vierge ne le sauvait pas, c'était qu'elle le réservait à des joies futures extraordinaires. Elle sauvait son âme. – « Ce n'est pas cela qu'il venait chercher », ai-je répondu. En effet, s'ils veulent tous guérir, c'est la terre qu'ils veulent, et non le Ciel. Il a dû en convenir les pèlerinages ne viennent que pour prier pour les malades, pour les guérir. « Marie, guérissez nos malades. » Un ardent besoin de vie, un désir fou de cette terre, de vivre quand même, de ne plus souffrir, le besoin du bonheur, si misérable qu'on soit : voilà le cri furieux qui sort des pèlerinages.

Si les anarchistes, les socialistes demandent l'égalité dans la richesse, le partage des biens, les pèlerins demandent l'égalité dans la santé, le partage de la force et du bien-être physique. De part et d'autre, le même rêve irréalisable d'égalité. Être heureux tous, être égaux en santé et en bien-être. À cette demande, si les pèlerins sont dangereux, comme les anarchistes, on peut répondre que non, car leur rêve social est fini, ils sont la société finissante, ils ne retournent qu'à d'anciens vœux. Ils ont été les anarchistes à l'égard du monde païen, qui a dû se défendre contre eux, car ils le menaçaient de ruine, et ils l'ont en effet détruit. Aujourd'hui, les anarchistes menacent notre monde actuel, et il est logique que ce monde, la société contemporaine menacée, se défende contre les anarchistes, ne voulant pas finir. Mais, qui sait ? Là est peut-être le monde de demain. – Mettre un anarchiste dans mon roman qui exprimera cette idée, en face de la conception caduque des catholiques pèlerins. En somme, de part et d'autre, des rêveurs, des affamés de justice demandant l'égalité de tous, la fin de la souffrance, l'âge d'or. Seulement, les uns inoffensifs, appartenant à un passé mourant, les autres menaçants, parce que, pour être, il faut qu'ils détruisent le monde actuel.

Le soir, nous sommes montés sur la rampe du Calvaire, pour voir la procession aux flambeaux. La procession dessinant un ostensoir, dans les allées devant la Basilique. L'effet de ce serpent de feu qui chemine et coule comme une voie lactée, un ruissellement lent et uniforme de constellations. Puis le braisillement de ce large ruban de feu. Des lumières isolées pareilles à des fourmis luisantes. Les voix qui montent perdues, les chants. Puis la mare lumineuse, sur la place du Rosaire, une fourmilière d'étoiles tassées. Et là le *Credo*. – Un grand ciel étoilé au-dessus, la ville, les montagnes noires. – Derrière moi, les conversations. Des dames, des jeunes filles, un prêtre chantant : *Laudate, laudate, laudate, Domine ! Laudate, laudate, laudate, Maria* puis s'interrompant pour dire quelques mots, puis reprenant le chant, puis continuant la conversation. – En haut du Calvaire, des chants répondant à ceux d'en bas.

Ma journée du mardi 23 août

Le matin, j'ai causé avec l'abbé des Essars et avec le rédacteur du *Temps*.

L'après-midi, je suis allé voir partir le train blanc, celui qui remportait le plus de malades, et atteints grièvement. Les trains, ayant chacun un guidon de leur couleur, sont tout formés, longtemps à l'avance ; et il est certain que les places sont déjà désignées. Je crois bien qu'ils restent pendant quatre jours tout formés en gare (à voir), et que les malades n'ont qu'à reprendre leur place. En tout cas, quand le train arrive une heure et demie à l'avance et se place le long d'un quai d'embarquement, il porte déjà des indications : réservé, Mme Une telle, et autres indications. Chaque malade semble avoir son compartiment marqué. Les brancardiers sont allés à l'hôpital et les malades arrivent sur des brancards, dans des petites voitures, dans de grands fourgons, soutenus, enfin, de toutes les façons. À l'hôpital, paraît-il, on leur donne des provisions, deux œufs durs, du pain, du vin, etc. Ils arrivent donc sur le quai et l'enfournement commence. Toutes les peines qu'on a. Difficultés de monter certains. On les monte plus aisément à bras que sur les brancards. Les compartiments sont prêts, des matelas sont sur les banquettes, avec des oreillers, et l'installation dure pendant une bonne heure. Une sœur de l'Assomption est avec chaque malade. – Ces sœurs, presque toutes jeunes, ont l'air fort aimable ; actives et gentilles. Une robe noire, une cornette blanche avec un voile noir, et un grand tablier de service. Elles vont, à Paris, chez les pauvres, pour les soigner, et elles font des mariages dans les unions libres. Elles sont donc très propres et très gaie. – Il y a au milieu un fourgon d'infirmerie, où il y a du bouillon et du lait (le bouillon est fait avec un Liebig quelconque, et le lait est du lait pasteurisé). Il y a a si du vin, du pain, quelque nourriture, tout cela pour les deux cent cinquante- nq malades que contenait le train. J'ai goûté au bouillon qui n'était pas bon. Il y à, en dehors des sœurs, un médecin et un interne des hôpitaux de Paris. Pourqu Le train doit rester vingt-deux heures en route. Des arrêts sont marqués, indiq sur un tableau pour les religieuses, qui peuvent préparer et distribuer la nourr e. – Pourtant, il y a beaucoup de monde sur le quai, car c'est le train à sensatior père Picard, des pères de l'Assomption, Henri Lasserre, le docteur Boissarie, On est très animé, très bruyant. Les dames hospitalières vont et viennent, s'i ent ; les pèlerins se préparent au voyage. Je vois la petite hydrocéphale qu'or te dans un wagon de première dans la caisse où elle est assise. La phtisique, q me venir voir à Paris, passe, exaltée, disant toujours qu'elle mange beauco pendant des trains du service courant arrivent, et il faut se garer. Le chef de très actif et intelligent, se multiplie. Et le départ a enfin lieu, au milieu d'un ble émotion. On ferme les portières, la machine siffle, le train s'ébranle, les s chantent le *Magnificat* et beaucoup se mettent aux portières, agitant leurs rs. « À l'année prochaine ! »

n effet, ce départ n'a rien de triste. Comme ils disent : « Si nous ne les guérissons pas, nous les renvoyons pleins d'espoir. » Aucune jalousie, aucun découragement apparent. Ils ont la foi, l'illusion que rien n'ébranle.

Je suis ensuite allé voir l'hôpital du Salut. Mais, auparavant, on m'a montré l'hôpital municipal, le plus ancien, près de la gare, où l'on empile aussi des malades, hommes et femmes. C'est très loin de la Grotte. – L'hôpital du Salut est au-dessus de la salle d'abri pour les pèlerins. Il n'y a là que des hommes. Une immense salle coupée en deux dans sa longueur, où il y a, dans chaque moitié, deux rangées de lits qui se touchent. Très aéré. – En bas, au moment du pèlerinage national, on prend un morceau de la salle d'abri pour en faire une sorte d'hospitalité de nuit, où l'on recueille les pèlerins qui ne savent où aller coucher. Deux salles séparées par des cloisons de toile mobile. Beaucoup de pèlerins arrivent sans ressources, disant : « On me logera, on me nourrira toujours. » Et on les loge, on les nourrit. Dans la salle d'abri, que j'ai vue un soir, des bancs posés au hasard, et là des pèlerins qui attendent, qui dorment, qui mangent. Des groupes installés sur des bancs et qui mangent, des prêtres avec des femmes, des enfants, etc. D'autres dorment. Sur l'appui des fenêtres, un empilement de paniers, de valises, de paquets de toutes sortes. Des lanternes éclairent faiblement la salle, où monte une odeur insupportable. Les dalles humides, salies. Des formes fantomatiques accroupies sur les bancs.

Ensuite, je suis allé visiter, de l'autre côté, sous les arbres, ce que les hospitaliers appellent la « popote ». Comme il y a parmi eux des hommes de toutes les classes, de toutes les bourses, ils ont créé ce restaurant à bon marché, où, pour trois francs, ils ont trois repas. Ils administrent cela eux-mêmes, ont un cuisinier, achètent leurs provisions et, sur les gains qu'ils réalisent encore, ils peuvent nourrir les pauvres de l'hospitalité de nuit. En haut, dans un grenier, est installé un dortoir où couchent quelques-uns d'entre eux. La plus grande gaieté règne parmi ces jeunes gens et ces hommes. Ceux qui couchent se font des farces la nuit. Ceux qui mangent rient, plaisantent, chantent, applaudissent. Ils ne se voient que là, sont heureux de se retrouver. Cela tourne à la partie. Des millionnaires sont enchantés de se nourrir pour trois francs par jour et d'être ainsi des infirmiers. Le cuisinier, un gros, porte la croix rouge sur sa veste blanche.

Dans [illegible] fond de la Grotte, dans un trou, les lettres. Plusieurs ne sont pas même cachetées. [illegible] les ouvre pourtant, car quelques-unes contiennent de l'argent. La plupart port[illegible] comme inscription : « À Notre-Dame de Lourdes. » D'autres n'ont pas même d'adre[illegible] Ce sont des remerciements ou des vœux. La statue qui est dans le trou, en haut, est l'o[illegible]nal de marbre. Des chapelets sont pendus à la grille, sans doute pour être repris ens[illegible] Quand il n'y a plus de grandes cérémonies, on met une housse à l'autel. – La Gro[illegible]st un peu plantée de biais, et on a dû abaisser le sol d'un bon mètre pour qu'elle fût [illegible]able. La place où Bernadette était agenouillée est marquée par une inscription, as[illegible]in de la Vierge. – Il y a là une fontaine à deux robinets. La chaire est en pierre. – Apr[illegible] boutique, viennent les douze robinets, puis les trois édicules des piscines, celui de[illegible]nes et les deux des femmes (mais celles-ci n'ont pourtant que cinq baignoires, car o[illegible]s une baignoire pour en faire un bain-de-pieds).

« Jésus, fils de Dav[illegible] pitié de nous ! (répété trois fois). – Sauvez-nous, Jésus, nous périssons. – Seign[illegible]ous le voulez, vous pouvez me guérir. – Seigneur, dites seulement une parole, et [illegible] guéri ! »

Le matin, j'avais eu une conversation avec l'abbé des Essars, aumônier d'une des salles, à l'hôpital des Douleurs, qui m'a donné des notes sur l'organisation des pèlerinages. Je devrai compléter cela à Paris. – Des offrandes affluent chez les pères de l'Assomption, avenue François-Ier, 8. Il faut cinquante francs pour amener un malade à Lourdes. Une personne qui donne cinquante francs a donc droit à un malade, mais ne peut le choisir, je crois. Les petites offrandes s'ajoutent, on a un malade à plusieurs. On vous envoie le nom du malade, vous pouvez vous y intéresser ensuite, s'il guérit ou non. Chaque malade a un numéro. On les classe tous à Paris. Tout se fait à Paris d'ailleurs. Cette année, le pèlerinage national a compté quatorze trains, neuf cents malades environ, et le reste, des pèlerins, des hospitaliers et hospitalières.

L'Association de Notre-Dame-du-Salut. Des titulaires, la grande croix rouge. Il y a un comité central et des comités régionaux. Pour le recrutement des malades, le malade doit faire une demande, soit spontanément, soit amené spontanément. Naturellement, il s'agit des malades hospitalisés qui ne paient rien ; autrement, tous ceux qui paient peuvent venir. Une petite enquête est faite, par le curé de la paroisse ou une autre personne, parce que des abus s'étaient produits et que de faux malades faisaient gratuitement ainsi un petit voyage aux Pyrénées. Un dossier est créé, un certificat de médecin constatant la maladie. Et c'est ainsi que le nombre voulu de malades est réuni, proportionnellement à l'argent recueilli. Le départ est décidé par le comité central. Les bureaux envoient chercher les malades à domicile par les hospitaliers, et dès lors les malades hospitalisés n'ont plus à s'occuper de rien, car, au retour, on les reconduit aussi à domicile. Je ne parle toujours pas des malades qui paient et qui peuvent faire partie du pèlerinage : les malades que j'ai vus en première classe. – Toute une organisation est donc montée. Le comité central traite avec la Compagnie. Le voyage direct. Des arrêts, des cérémonies à Poitiers, pour les trains de Paris. D'autres trains venus de Toulouse et de Montpellier. Chaque malade porte, épinglée sur lui, une carte oblongue, dont j'ai un modèle. Cette carte est pour assurer l'identité de la personne, elle porte un numéro, reproduit sur un registre (tout est apporté de Paris). Sur cette carte, le nom de la personne, un numéro et la couleur du train. – Il y a aussi, je crois, le nom de l'hôpital, et on y ajoute le numéro du lit à Lourdes. – Il y a encore une carte de l'hôpital, une deuxième carte, blanche, qu'on leur remet en les hospitalisant, et cette carte porte le nom de la salle et le numéro du lit. Autrefois, de Paris même, on faisait le classement dans les salles. Désormais, le classement se fera à l'hôpital des Douleurs, et ceux qui pourront monter, seront mis en haut.

Pas de pharmacie. Aucun compte de la médecine. On baigne après avoir mangé, avec les règles. Les malades, descendus des trains, sont d'ailleurs menés directement devant la Grotte, et c'est pourquoi, si des guérisons se produisent alors, on n'a pas pu constater auparavant l'état du malade. Cela pour ne pas laisser refroidir la foi.

Donc, devant la Grotte, puis vers dix heures et demie, onze heures, à l'hôpital, dans leur salle, pour déjeuner dans leur lit, ceux qui ne peuvent pas remuer. Les autres descendent au réfectoire. – On communie en arrivant, à la Grotte, autant que possible. D'ailleurs, on communie tous les jours, dans les salles, du moins les grands malades. Il y a un aumônier par salle. La communion a lieu vers une heure du matin, surtout pour ceux qui doivent manger le matin, ne pouvant attendre. Les autres communient à six heures du matin. Vers sept heures, on déjeune et la journée commence. On les mène à la Grotte jusqu'à onze heures. On les ramène alors à l'hôpital pour le repas de midi. Puis, ils retournent à la Grotte vers une heure et demie et y restent jusqu'à cinq heures, après la procession. À l'hôpital, ils dînent, et la nuit commence. – Prière le matin et le soir, présidée par l'aumônier de la salle. Les petits malades sortent et font leurs dévotions où ils veulent, communient à la Grotte ou à la chapelle de l'hôpital.

Il y a trois hôpitaux, l'hôpital des Douleurs (les femmes), l'hôpital du Salut, Abri (les hommes), et l'hôpital municipal (des hommes et des femmes). Quelques malades communient à la Grotte. Les petits malades, qui peuvent marcher, suivent la procession aux flambeaux, si la directrice de la salle le permet. Par salle, il y a une directrice, une sous-directrice, des dames hospitalières et auxiliaires. On en reçoit beaucoup de trop, pour garnir le tronc, car toutes donnent une aumône.

Après la procession, tous les malades doivent rentrer à l'hôpital. Il faut une permission spéciale pour passer la nuit devant la Grotte. Ça, c'est le grand bonheur, l'extase. Avoir une malade qui passe ainsi la nuit. Toute une décrite d'ailleurs, avec la foule à l'Abri et au Rosaire, avec les messes dites au Rosaire toute la nuit. Il y a toujours deux cents personnes devant la Grotte.

Le départ dans les conditions de l'arrivée. On épingle sur les malades un petit papier de la couleur de leur train, pour qu'on puisse les embarquer ensuite comme des moutons, tellement on compte peu sur leur intelligence pour trouver leur train. Les brancardiers choisissent la couleur. On crie les couleurs.

Le chanoine qui a fondé l'hôpital a créé une congrégation dont la sœur Saint-Fray est la supérieure, et qu'on désigne communément sous le nom de sœurs Saint-Fray. Elles quêtent dans les hôtels. Elles font la cuisine pour les malades. Le comité du pèlerinage national loue l'hôpital, qui lui appartient pendant les quatre jours. Il y a une commission de comptabilité. Une dame directrice des réfectoires et de la cuisine : elle commande aux sœurs. Comptabilité rigoureuse. Combien de malades. On dépense trois francs par jour, par malade.

Les messes au Rosaire. Les prêtres couchant sur les marches pour attendre leur tour. Les messes commencent à minuit et finissent le lendemain à une heure. Trois cent mille messes.

Je reviens à la jeune fille d'Issy. Beaux yeux, seize ans, très touchante, la voix douce et faible. Tuberculose du ventre, le ventre qui s'est dégonflé, dit-on. « Oh ! oui, je suis guérie. J'ai marché, mais je suis bien, bien fatiguée. » Et le sinistre de ce « je suis guérie ». « Vous avez dû bien souffrir en voyage. – Oh ! oui, atrocement. Mais ils m'ont dit que je suis guérie. » Le prêtre lui a dit : « Voici des personnes qui s'intéressent à vous. » Et la conversation s'est engagée.

Ma journée du mercredi 24 août

J'ai causé le matin avec mon propriétaire, M. Dalavat, greffier à la justice de paix, route d'Argelès.

L'évêque de Tarbes, Mgr Laurence, donna aux parents de Bernadette un moulin sur le Lapaca, la maison qu'un des frères montre. Moulin estimé à une vingtaine de mille francs. Jusque-là, le père Soubirous, très pauvre, n'avait été que meunier chez les autres. Bernadette, externe chez les sœurs de Nevers, après les apparitions, a donc couché dans cette maison. Tous les détails que donne Lasserre sont vrais d'ailleurs. Bernadette avait un asthme d'enfance (cause nerveuse). Rien ne la distinguait des autres enfants. À Lourdes, on ne trouve aucune influence autour d'elle, ni les parents, ni les prêtres Peyramale et Pommyan. Le pays est simplement très religieux, aimant les manifestations du culte. Dans la famille, on ne semble trouver ni fous, ni malades. Elle devait pourtant, à quatorze ans, être au moment de la formation. On dit qu'elle n'était point réglée. Elle n'avait qu'une amie, Mlle Antoinette Peyret, très pieuse, d'où l'on ne semble pouvoir tirer aucun renseignement. Le père buvait un peu, comme tous dans le pays, paraît-il. – Le jour de la première apparition, elles étaient trois fillettes qui allaient ramasser du bois mort, pour faire des crêpes le soir. C'était pendant le carnaval. Tout cela ordinaire et même gai. Dans le pays, il faut dire qu'on racontait beaucoup aux enfants des histoires de sorciers et de loups-garous. Couramment, des enfants racontaient qu'ils avaient vu le diable. Pendant que Bernadette voyait la Vierge, d'autres enfants disaient qu'ils voyaient le diable. Cela indique une population hantée de légendes, des enfants qu'on berce avec des contes de nourrice. Portés tous au merveilleux par l'éducation du foyer.

Il reste une sœur et deux frères, cela ne ferait que six avec Bernadette, le père et la mère. Un est donc mort, comment ? – Le frère qui vend des objets de sainteté a des lettres d'elle. Il raconte qu'il a eu toutes les peines du monde pour la voir une fois à Nevers. Un monsieur lui avait promis l'argent nécessaire au voyage. Des jours s'écoulèrent, enfin l'argent arriva, et le monsieur se trouva à Nevers pour piloter le frère. Ils aperçurent, paraît-il, le père Sempé sortant du couvent. On refusa d'abord de laisser entrer le frère. Mais il menaça de faire un tel scandale, qu'on le laissa entrer. Il trouva sa sœur fatiguée, résignée. Elle croyait qu'on lui avait donné un poste facile et rémunérateur à la Grotte, qu'il allumait les cierges. Mais il n'y était que comme terrassier, et ne gagnait que quarante-cinq sous par jour. Elle promit d'écrire au père Sempé. – La famille ne l'a jamais plus revue. – Il paraîtrait que la pensée de derrière la tête des pères serait de faire revenir le corps, le jour où la dévotion à la Grotte déclinerait. On donnerait un coup de fouet. On a écarté Bernadette, tant qu'elle pouvait prendre trop d'empire. Mais on la rappellerait, si cela était nécessaire. – On parle d'un testament de Bernadette, que les sœurs de Nevers auraient entre les mains, et par lequel elle demanderait à ce que son corps restât à Nevers. Il faudra se renseigner et tenir compte de tout cela.

Je suis de plus en plus persuadé qu'une histoire de Bernadette, refaite par un esprit comme le mien, documentée, serait tout ce qu'il y aurait de plus intéressant au monde. Mais une histoire, pas un roman. Il faudra que le roman tienne aussi peu de place que possible, n'avoir que des malades, la souffrance humaine, et mettre au-dessus Bernadette, avec l'ancien Lourdes et le nouveau, tout l'humain abominable, la lutte de Peyramale et des pères, l'église en ruine, etc., ce qui a poussé de la vision d'un enfant. Et, je le répète, de l'histoire. C'est à bouleverser le monde.

Devant son frère, elle s'est montrée tendre, s'intéressant à sa famille. On n'a rien fait pour les frères. Le second a été un moment domestique chez l'évêque de Tarbes.

M. Dalavat l'a vue chez sa grand-mère, qui l'avait fait demander, pour qu'elle implorât sa guérison. (Il est boiteux.) Elle promit de prier. – La meilleure photographie d'elle est celle où elle a un mouchoir sur la tête. Des yeux noirs extatiques, très calme, pas d'éclats de gaieté, l'air un peu mélancolique. – Quand les parents sont morts, a-t-on demandé qu'elle vienne ? – On ne pouvait descendre à la Grotte que par les lacets. Il paraît que des pourceaux erraient de ce côté.

Maintenant, depuis cette année, le conseil municipal de Lourdes a une majorité républicaine (depuis le 1er mai). Auparavant, la majorité était restée impérialiste. La majorité de la ville est républicaine depuis dix ans. Mais, en somme, la ville est restée religieuse, seulement elle est contre la Grotte. – Lutte de la ville haute et de la ville basse. Les pères sont chez eux, ont acheté la Grotte et tout le terrain alentour. Leur propriété part du Pont-Neuf (qu'ils ont bâti), et va jusqu'au bout de la promenade du quai du Gave. Le magasin de Mme Castex est commandité par les pères, et, comme elle fait le commerce en gros, ils ont la main dans toute la vente. Je ne parle pas du magasin, près de la Grotte, qui est une honte pour tous. – Les articles, envoyés par Paris, varient un peu tous les ans. Il y a de tout. Du reste, les pères font une concurrence déloyale, car ils s'étaient engagés dans leur acte d'achat de ne pas vendre l'eau et de ne pas trafiquer sur les objets de sainteté. Quand une délégation leur fit remarquer qu'ils sortaient de leurs droits, ils menacèrent de fermer la Grotte, et tous durent s'incliner, car la Grotte est la fortune du pays. Tous en vivent, la ville haute comme la ville basse, les républicains comme les libres penseurs. Il y en a qui affectent de ne jamais descendre à la Grotte, et qui logent des pèlerins, mettent des croix et des bénitiers chez eux. – Les sœurs Bleues, de l'Immaculée-Conception, celles qu'on accuse de loger des dames seules, ce qui fait du tort aux hôtels. La supérieure, une maîtresse femme, qui s'est affranchie des pères. Elle est allée jusqu'à Rome. Ces sœurs gagnent beaucoup d'argent. Aucun hôtel ne travaille autant.

Mais l'important est que la ville s'est démoralisée en s'agrandissant. Les mœurs ont changé du tout au tout. Anciennement, il n'y avait que cinq ou six femmes de mauvaise vie, à la disposition des jeunes gens qui devaient faire queue, tandis que maintenant les femmes pullulent. Des raccrocheuses, pas de maisons de tolérance. Toutes les jeunes filles du pays se livrent à la vente des cierges et des bouquets. Elles y mettaient de la violence, vous fourraient de force leur marchandise, jusqu'à déchirer vos vêtements. Maintenant, plus discrètes, depuis le nouveau conseil. Les jeunes filles vendent donc des cierges, gagnent beaucoup, se donnent des habitudes de paresse, ne font plus rien, l'hiver venu. Ajouter à cela la population flottante, tous les cochers à béret qui emplissent la ville. Aussi presque toutes les filles se prostituent-elles.

En outre, il y a la démoralisation par l'argent gagné, par le flot d'étrangers qui traversent la ville au galop, par le mauvais exemple. Des étrangers viennent pour coucher avec des femmes, des prêtres même. Dans la liberté du tohu-bohu, beaucoup de rendez-vous se donnent. Les dames hospitalières, et les autres, sont très libres, viennent seules sous prétexte de dévotion. Et elles peuvent se rencontrer avec qui bon leur semble. Chaque année, on surprend deux ou trois prêtres en bonne fortune. Grande liberté pour les prêtres, plusieurs milliers en liberté absolue, n'ayant pas besoin du *celebret* pour dire la messe, absolument perdus dans la cohue. – Enfin, on prétend qu'il y a toute une agence de mariages, que des mariages nombreux se font ici entre jeunes brancardiers et jeunes hospitalières. Les familles se rencontrent, des connaissances se font, et des mariages suivent.

La Grotte veut tout, c'est ce qui fait sa querelle avec la ville. Tous les dons envoyés pour la nouvelle église ont fini par aller à la Grotte. Le curé actuel, l'abbé Barrère, est très bien avec la Grotte.

Donc, de tout : foi, pose, amusement, commerce, mariages. – Les cierges coûtent couramment quinze sous. Il y en a de petits à cinq sous. Toutes les filles qui les vendent sont du pays, quelques Espagnoles pourtant. Elles habitent en général le quartier des Cagots, à droite du boulevard. – Le pèlerinage national, c'est la foire de Neuilly ; d'autres pèlerinages, les Bretons, beaucoup plus édifiants. Puis, les familles qui viennent seules, quand tout le monde est parti.

Les baraques louées par la ville aux marchands d'objets de piété lui rapportent quarante mille francs. Ses revenus totaux sont de cent soixante mille. Qu'avait-elle autrefois ? Deux forêts à elle pourtant. – Tout le monde donne à manger, jusque chez les coiffeurs. On peut apporter son manger. Les femmes (les pisteuses), qui attendent à la gare les pèlerins et qui offrent de louer. Quelques-unes, jeunes et jolies, qui s'offrent par-dessus le marché. Celle que j'ai vue avait les mains soignées. Des curés se laisseraient tenter parfois. Bernadette ne pourrait plus pousser dans un pareil milieu. Quand elle s'en alla à Nevers, on disait déjà depuis quelque temps qu'elle devait s'en aller. Elle n'était pourtant pas autoritaire, on ne pouvait pas craindre qu'elle prît l'autorité.

L'après-midi, j'avais un rendez-vous avec M. de Lacvivier. Mais il est survenu un violent orage, et il n'a pas été exact. Je suis allé à la Grotte en suivant l'allée qui longe le Gave et qui est charmante. Comme j'étais devant la Grotte, la pluie s'est mise à tomber à torrents. On a amené des malades dans des petites voitures, dont les capotes relevées les protégeaient un peu. La pluie pourtant tombait sur leurs genoux. Un brancardier a ouvert un parapluie pour protéger une vieille. Il y avait tout de même du monde devant la Grotte, collé devant la grille. Les bancs ruisselaient. Dans le renfoncement, près du magasin des objets de piété, une nourrice s'était réfugiée avec un poupon. – De là, je suis allé me réfugier dans l'église du Rosaire. Il y a eu de violents coups de tonnerre, qui ébranlaient tout l'édifice. Enfin, comme je partais, j'ai rencontré M. de Lacvivier, qui m'a conduit au bureau des brancardiers pour me présenter à M. le baron Malet, président de l'Hospitalité de Notre-Dame-de-Lourdes (il habite Bordeaux). Là, nous avons causé un instant. On m'a montré un tableau où se trouvaient groupés des insignes de pèlerinages. Il y en a de toutes les façons, des saints sacrements en fer-blanc, des doubles croix, etc. Le pèlerinage national a une simple croix rouge. L'Hospitalité du Salut, qui l'accompagne, a cette croix rouge, seulement elle est posée sur un fond qui forme bordure et la couleur de cette bordure indique le service. – L'Hospitalité de Notre-Dame-de-Lourdes a un ruban bleu, bordé de blanc, sur lequel est cousue une petite croix d'argent renversée, et auquel est pendue une médaille.

Des brancardiers que j'ai vus là se sont défendus de faire leur travail par pose. Ceux qui viennent par pose, disent-ils, en ont vite assez, car la besogne est fort rude et répugnante. Il faut mener souvent les malades faire leurs besoins. L'histoire du comte qui déchausse un malade à la piscine et qui est forcé de vider un des souliers, où du pus a coulé, d'une plaie à la jambe.

On dit que douze malades sont morts pendant le pèlerinage du Salut, le dernier auquel j'ai assisté.

Ma journée du jeudi 25 août

J'avais rendez-vous le matin, de très bonne heure, avec M. le baron Malet et M. de Lacvivier. Je suis arrivé à la Grotte avant huit heures. On y disait une messe. L'autel d'argent, qu'on ne met là que pour les grands pèlerinages, était repoussé un peu au fond. Le prêtre, en chasuble d'or, avec ses deux acolytes. Il a donné la communion. On attache de petites serviettes à la grille qui est fermée. Les fidèles s'agenouillent et il leur donne l'hostie à travers la grille. Comme il pleuvait, un des assistants, un hospitalier, tenait un parapluie ouvert au-dessus de lui. Deux personnes portaient des lanternes. Quelques personnes assistaient à cette messe, dans l'intérieur de la Grotte, sur le banc ou sur des sièges spéciaux. – Quand la messe a été terminée, le prêtre s'en est allé avec le calice recouvert du voile, et, comme la pluie continuait, on a ouvert au-dessus de lui une sorte de parapluie de soie blanche, brodé d'or. Les assistants ont pris des cierges au tas, les ont allumés, et l'ont suivi.

On a refermé la Grotte, et je suis resté seul avec M. de Lacvivier qui venait d'arriver. M. le baron Malet, qui est quelque chose comme le directeur de la Grotte, fonction qu'il a voulu garder malgré sa nomination à la présidence de l'Hospitalité de Notre-Dame-de-Lourdes, était allé déjeuner. Je suis donc, auparavant et à ce moment, resté seul dans cette Grotte, que j'ai pu examiner à loisir. Au fond, des gros cierges sont pris dans les anneaux de la herse droite, cela fait une rampe de hauteur inégale. Le rocher s'abaisse à gauche, puis il y a le rang de devant. On dirait des tuyaux d'orgues, avec une flamme au bout. Le godet de cire liquide où brûle la flamme. Parfois la dentelle délicate, aux dessins bizarres, qui se forme autour de la flamme et qui l'entoure comme une orfèvrerie d'argent découpé. La voûte, surtout vers la gauche, est toute noircie par la flamme des cierges. Par terre, la tombée de cire dont j'ai déjà parlé. J'estime à cent cierges le nombre de ceux qui brûlent sur la grande herse en candélabre. Au fond, il y a une petite herse pareille, où peuvent en brûler vingt. Dans la herse du fond, celle aux gros cierges, il y en a une quarantaine. En tout comptant, on peut arriver à deux cents (un peu fort peut-être). Les plus gros cierges coûtent soixante francs et mettent un mois à brûler, nuit et jour. Il y en a ensuite de quarante francs, vingt francs, etc. Les plus petits coûtent cinq sous. Les cierges sont déposés dans des sortes de grands paniers, au fur et à mesure que les pèlerins les apportent, et l'on doit, le soir, les porter au magasin. Des bouquets sont aussi dans la Grotte, le long du rocher qu'on baise, auquel on frotte les objets de piété, comme étant le plus rapproché du lieu de l'apparition.

Ce matin-là, comme il avait beaucoup plu les jours d'auparavant, la source débordait. Le sol de la Grotte, cimenté, était trempé. Ce qui prouve que, toute miraculeuse qu'elle soit, cette source est soumise aux lois des autres sources, et qu'elle doit communiquer avec des réservoirs naturels où les eaux de pluie pénètrent et se gonflent. Je dois dire tout de suite qu'on a ouvert pour moi les panneaux grillagés qui la protègent (on aurait eu peur qu'on l'empoisonnât). Ces panneaux sont fermés par deux cadenas à lettres, dont le mot est Rome. La source naît dans le rocher, dans une faille. Au fond, il y a un peu de graviers boueux. Elle ne m'a pas paru très abondante, elle bouillonne à peine. Mais elle paraît venir sur une assez longue étendue. Dès sa sortie, on l'a canalisée dans des tuyaux recouverts de ciment, qui la mènent aux douze robinets et aux piscines. Lasserre m'a avoué qu'on avait creusé derrière les piscines un réservoir pour l'accumuler pendant la nuit, de façon à suffire aux besoins de la journée. Seulement, je ne comprends pas bien l'installation de ce réservoir, car la source me paraît être au niveau des robinets. J'ai goûté l'eau, à la source même ; c'est une bonne eau claire.

Je reviens à la Grotte que j'ai visitée en détail. Il y a une sorte de sacristain à la Grotte, avec un ou deux garçons préposés aux cierges. – On a chanté pendant la messe : « Sauvez la France au nom du Sacré-Cœur. » Effet de cette messe, le matin, par cette pluie battante. – Au fond, le trou où l'on jette les lettres. Un grillage les retient. Il y a là de tout. De l'argent souvent, surtout des timbres-poste, c'est pourquoi, l'hiver, le baron Malet dépouille cette correspondance. Des photographies. Des cartes de visite aussi. Souvent les lettres n'ont pas d'adresse. Plus souvent encore, l'adresse est d'une écriture grossière, enfantine : « À Notre-Dame de Lourdes. » On peut tout imaginer dans ces lettres, remerciements, demandes, confidences, reproches, etc. – Il y a là beaucoup d'ex-voto, et des plus singuliers. Je ne parle pas des béquilles de toutes sortes et de toutes grandeurs dont le plafond est tapissé. Il paraît que tout se gâte, se pourrit, tombe en poussière dans la Grotte. Les béquilles ne durent pas plus de deux ans, elles tombent en poudre, il faut les remplacer. Aussi, ne laisse-t-on pas l'autel d'argent, très luxueux, et l'orgue est-il recouvert d'une housse.

Parmi les autres ex-voto, j'ai vu des petits souliers d'enfant de premier âge, des bandages, tout un corselet de fer, etc. – Il y a aussi, dans les coins, des tas d'objets perdus par les pèlerins, des chapelets surtout, des petits objets d'argent, cœurs et médailles. – En haut, le trou où s'est produite l'apparition communique avec un autre trou qui donne vers l'intérieur de la Grotte, ce qui permet d'expliquer comment l'apparition a pu se déplacer, pour indiquer la source à Bernadette. Il y a là une échelle, dans ce trou. J'ai dit qu'on avait dû baisser le sol de la Grotte, pour le rendre praticable. On aurait aussi fait sauter certaines roches. La statue de la Vierge est l'original en marbre. Lasserre aurait voulu qu'on laissât la source se rendre librement, à l'œil nu, aux robinets et aux piscines. – Le baron Malet me racontait qu'il venait souvent en décembre, et qu'il n'avait pas froid, assis sur le banc. La flamme des cierges, qui brûlent perpétuellement, jour et nuit, d'un bout de l'année à l'autre, suffit pour y entretenir une certaine tiédeur. Pourtant, elle est exposée en plein nord, le soleil n'y pénètre jamais. Les oiseaux, l'hiver, s'y réfugient et y volettent, des pinsons, des mésanges. Toujours il y a du monde, des familles viennent quand les foules sont parties. On voit, l'hiver, arriver des Indiens et des Chinois. – Je suis très tenté d'y mettre une scène l'hiver, par un grand froid, un temps de neige. – Il y a un gardien qui couche là.

En sortant de la Grotte, on m'a montré la place où Bernadette était à genoux, lors de la première apparition. C'était bien à trente mètres de la Vierge. Une plaque, avec inscription, est là. Lasserre conteste l'emplacement. – En tout cas, la scène s'est passée d'une façon très oblique, par rapport à l'axe du centre de la Grotte, qui passe très loin, dans le sens opposé. L'églantier qui, dit-on, a fleuri sous les pieds de l'apparition, est mort depuis longtemps. On a taillé dans la tige, ou plutôt la racine, une statuette de la Vierge, qui est en haut, dans le trésor de la Basilique. Maintenant un grand lierre tapisse le rocher au-dessus de la Grotte. Mais tout est changé. D'immenses terrassements ont créé le talus boisé où se trouvent les lacets. Et la roche finit là, tourne court. Si Bernadette revenait, elle ne reconnaîtrait plus rien. – Ce qui est très laid, c'est le magasin de sainteté qu'on a collé à gauche. Outre la simonie, il déséquilibre l'encadrement de la Grotte, à qui il aurait mieux valu conserver son cadre de verdure. C'est fort laid.

Nous sommes allés de là voir le magasin des cierges, qui est après les piscines. Ce sont des tas colossaux de cierges dans de vastes cases. On n'arrive pas à tout brûler, je soupçonne les pères de faire un terrible commerce sur la cire. Lasserre me disait que rien que le rendement des cierges suffirait à tout faire marcher. Il faut que je lui demande un peu de statistique, car celle qu'on m'a donnée me semble insuffisante. Cent vingt mille livres de cire à seize sous, ce qui ne ferait que cent mille francs de cire par an.

De là, nous sommes allés au bureau des envois de l'eau de Lourdes. On y fabrique des caisses de deux bouteilles et davantage. Les bouteilles sont en verre vert, mais très clair. Il n'y a pas d'étiquette, rien qu'une étiquette sur le bouchon, et l'on enduit le bouchon d'une sorte de céruse, je crois. L'eau est apportée dans un petit tonneau vert, des robinets, et les bouteilles sont emplies, fort naturellement. J'ai encore goûté l'eau : elle est bonne. Je crois que l'eau se vend vingt centimes la bouteille. – Mais toute cette manutention m'a paru vulgaire, et quand ces bouteilles arrivent, qu'on tombe à genoux et qu'on s'exalte devant, jusqu'à provoquer des guérisons, il faut vraiment un saut extraordinaire dans l'illusion.

Nous avons visité ensuite le Rosaire, la crypte et la Basilique. C'est la crypte et la Basilique qui ont été bâties les premières, et la première messe a été naturellement dite dans la crypte ; je crois que Bernadette y assistait.

La crypte et la Basilique ont coûté huit cent mille francs. L'église du Rosaire et les rampes trois millions deux cent mille francs (et l'église est nue, les clochetons ne sont pas faits). Ça fait quatre millions. Il faut ajouter la résidence des pères, l'hôpital du Salut, les piscines, tous les travaux de terrassement des jardins, le quai du Gave, le Pont-Neuf, les travaux du Calvaire. On doit en être à près de six millions.

L'église du Rosaire, en bas, n'est pas finie. L'architecte, gêné par l'emplacement, a dû lui donner une forme écrasée que je n'aime guère. C'est du roman, mais l'éclairage par la coupole est si vif qu'on dirait une halle, la rotonde d'une halle. Il n'y a pas de profondeur, l'église paraît aussi large que profonde. En tout cas, aucun sentiment religieux, cela tient d'une halle, je le répète. Maintenant, il faut dire que l'église n'est pas finie, pas habillée. Les deux branches de la croisée et l'abside contiennent chacune cinq chapelles, ce qui, avec le maître-autel au milieu (provisoire) et un autre autel ou deux, je crois, fait dix-sept à dix-huit autels. Chacun de ces autels demanderait à être orné (il faudrait soixante-dix mille francs pour chacun). En attendant, ils sont décorés avec des roses en papier et quelques ex-voto. Il y a des bancs, en grand nombre, dans la nef, sous la coupole, dont il faudrait vraiment atténuer le grand jour par des vitraux. C'est sur ces bancs que la foule des pèlerins vient passer la nuit. Dès minuit, les messes commencent et se continuent pendant treize heures. Pendant les grands pèlerinages, il y a une grand-messe à minuit. On communie là beaucoup. Mais beaucoup de pèlerins aussi y dorment, n'ayant pas d'autre abri. C'est une foule indescriptible, un tableau à faire, avec le jour qui se lève. Les prêtres s'endorment aussi sur les marches des autels, en attendant leur tour de messe. Et quelle besogne pour la sacristie, très petite, tous les ornements, tous les linges. – Grande église, à la large porte vitrée, éclairée par une coupole trop claire, une rotonde basse, avec des piliers carrés, le tout sans caractère religieux. Le sol dallé, par les temps de pluie, se trempe comme le carreau d'une salle de chemin de fer. L'égouttement des parapluies.

On monte à la crypte par l'escalier qui descend jusqu'à la Grotte, dans un des trous vitrés, qu'on doit surmonter de clochetons. L'escalier, paraît-il, a cent et quelques marches. La crypte est sous la Basilique. En face de la porte qui ouvre sur la plate-forme, il y a un saint Pierre en bronze, la reproduction de celui qui est à Rome. Il est dans un fauteuil : tenant les clés. On lui baise le pouce du pied droit, ce qui le polit et le fait luire. – Ensuite, deux corridors partent à gauche et à droite, laissant un massif de maçonnerie entre eux, et conduisant à la chapelle souterraine qui est au bout. Ces corridors sont tapissés d'ex-voto, des plaques de marbre, toutes remerciant la Vierge (quelques-uns seraient à prendre). – Il y a là aussi des armoires pour serrer les ornements et les linges sacrés, et des confessionnaux en grand nombre. C'est là qu'on confesse en masse. Il y a des confesseurs pour les langues étrangères, ce sont surtout les pères qui confessent. – Enfin, la chapelle du fond est d'un bon sentiment religieux. C'est du roman, de nombreux piliers, une obscurité presque complète, des cierges brûlant jour et nuit, des fidèles agenouillés dans l'ombre. C'est là que la première messe a été dite, en présence, je crois de Bernadette.

En haut, la Basilique. On peut y monter par un escalier intérieur qui fait communiquer les deux sacristies, très petites, mais par où le public ne passe pas. La Basilique m'a l'air d'être du roman s'élançant dans le gothique. Son caractère est d'être mince et haute, un peu efflanquée. Mais surtout elle surprend par son ornementation intérieure. Elle est entièrement tapissée par des bannières et par des ex-voto. Il y a des bannières tout autour, dans le triforium, où elles se trouvent encadrées dans des colonnettes comme des triptyques. Puis, des cœurs d'or et d'argent, toutes sortes de dons couvrent les murs, sont disposés en dessins symétriques. On a écrit, sous les fenêtres, je crois, en longues bandes les paroles prononcées par la Vierge apparue, en cœurs d'or et d'argent. Dans le chœur, des épées, des épaulettes, données par des officiers, toutes sortes de dons se mêlent aux cœurs. C'est un monde de bibelots (pas anciens) et cela ressemble beaucoup aux murs de ma salle de billard, à Médan. – En outre, des bannières fort belles pendent de la voûte. Il y a beaucoup de lustres, de couronnes, des tambours comme le mien (ce qui me fait croire que ces lustres sont de style espagnol et non italien). La Basilique éclairée est très extraordinaire, avec ces couronnes de lumières, se reflétant dans les cœurs d'or, dans les mille bibelots, dans les broderies des bannières. L'effet est très chatoyant, mais pas trop religieux. Des bibelots en nombre considérable. Le maître-autel est en marbre blanc, très beau. Je trouverai d'ailleurs la description exacte de tout cela dans quelque livre. – Le chœur est entouré d'une grille dorée, du fer rond enroulé, laissant tout voir, d'un effet assez joli. – On m'a montré le fameux ostensoir estimé douze cent mille francs. J'en ai la description dans une brochure. Les autres objets du trésor m'ont paru nuls. Les chasubles et chapes, toutes modernes, ne sont que riches. Aucun goût dans tout cela. Il n'y a pas eu un artiste parmi les pères. C'est la pacotille. Aucun élan de foi dans le beau, c'est à pleurer de laideur. La Basilique est petite.

En quittant la Basilique, je suis retourné au bureau des brancardiers, où j'ai demandé quelques renseignements divers. Je les donne ici sans ordre.

La cuisine, à l'hôpital de Notre-Dame-des-Douleurs, est faite par les sœurs Saint-Fray. Les sœurs de l'Assomption, qui ont accompagné les malades, restent dans les salles, pour la surveillance, avec les dames hospitalières. Mais elles sont surtout à l'hôpital du Salut, où il n'y a que des hommes.

Le jour où je suis allé au bureau des constatations, il y avait foule. Et voici à peu près les gens qui se trouvaient là. D'abord, le docteur Boissarie, qui est le médecin en titre de la Grotte. Il est seul, il n'a pas même d'employés. En outre, il y a toujours là un père de l'Assomption et un père de la Grotte. Ensuite, le père Noguès, directeur des *Annales* et du *Journal de Lourdes*. M. d'Hombres, un médecin qui n'exerce pas, qui, quoique docteur, fait chez lui de la médecine en amateur, et qui est, comme hospitalier, chargé du service des piscines. Il y a enfin des pères de l'Assomption, tout un personnel de bonne volonté, qui classent les certificats donnés aux malades par les médecins, qui tiennent des registres, une organisation qui m'a semblé fort rudimentaire. En somme, mauvaise installation et administration fort douteuse. Dans les conditions en l'air où ça se fait, sans critique sérieuse des documents, sans possibilité d'exercer des constatations appuyées sur des certitudes, je comprends parfaitement que de grands médecins ne s'y risquent pas. Comme je le disais, des catholiques n'aiment pas à se risquer dans une société de libres penseurs. Pourquoi vouloir que des savants aillent risquer là leur caractère, leur dignité, du moment où leur foi, la foi scientifique, y est méconnue ? Ils n'ont qu'à fuir, même par courtoisie. Tout serait à refaire et à réorganiser, si l'on voulait donner quelque certitude scientifique aux constatations. Il y a là beaucoup de médecins, qui viennent je ne sais d'où. Beaucoup doivent être des croyants et s'inclinent. Les autres, les incrédules, regardent, s'intéressent à certains phénomènes, évitent par courtoisie d'entrer dans des discussions, et s'en vont dès que leurs répugnances sont trop grandes et qu'ils se sentent prêts à se fâcher. – Je mettrai tout cela dans une scène, la critique du cas de la petite Trouvé, et d'autres cas que je trouverai dans les *Annales*.

Mais ce qu'il faut que je mette aussi, c'est l'extraordinaire conversation des croyants. Ils parlent des guérisons, des miracles, avec une facilité, une tranquillité inouïe. Les faits les plus stupéfiants les laissent sereins. Encore un miracle, et ils racontent des histoires à dormir debout avec un sourire, sans la moindre protestation de leur raison. Ils vivent dans cette atmosphère, rien ne les étonne plus. Et ce ne sont pas seulement des crétins, des illettrés, mais il y a des hommes comme Lasserre, comme Boissarie, comme tant de jeunes gens que j'ai vus. C'est inimaginable. Et c'est ce qui a fini souvent par me jeter dans un malaise, dans une sourde colère, qui aurait fini par me faire éclater. Ma raison se débattait. J'imagine que les gens qui finissent par se convertir doivent passer par cet état, avant le naufrage définitif de leur raison, de leur besoin d'examen. À prendre pour mon médecin.

Boissarie n'est pas là pour soigner personne, mais simplement pour constater. À l'hôpital des Douleurs, il y a un médecin, mais pour les cas imprévus, les accidents, les agonies où un soulagement peut être nécessaire. À cet effet, il y a une petite pharmacie, les remèdes les plus urgents. Seulement, aucun traitement n'est institué ni suivi. Et cela se comprend :

les pèlerins ne venant que pour quatre jours, dans le but d'une guérison miraculeuse. On n'étudie pas leur cas, on les aide seulement à mourir s'ils entrent en agonie.

Ce qu'on mange à l'hôpital. Le matin : lait, chocolat, bouillon, fromage. À midi et le soir : potage, un plat de viande, un plat de légumes, un dessert. Provisions de route : œufs, saucisson, restes de viande.

Dans les trains, il y a des prières, des chapelets, des cantiques, sans compter naturellement les prières du matin et du soir, réglementaires.

Le bouillon et le lait donnés à la Grotte viennent des hôpitaux.

Douze ou quinze jeunes filles y sont de service, se remplaçant quand elles sont fatiguées, avec tablier réglementaire.

Les couvents sont : les sœurs de Nevers, les carmélites, des sœurs de l'Assomption, pensionnat de jeunes filles, des dominicaines, les sœurs Bleues de l'Immaculée-Conception, qui fabriquent les hosties et tiennent en état les linges sacrés. Elles logent les dames seules dans des chambres séparées ; réfectoire commun, mais on doit pouvoir se faire servir à part. Très propre, bien organisé et pas cher. (Une dame à y mettre, au fond.) C'est la bourgeoisie à son aise qui y va.

Cinquante autels dans Lourdes et plus. À peu près deux mille messes par nuit et jour, avec les couvents et les chapelles particulières.

Quand la Basilique sonne, l'ancienne paroisse répond, pour la procession. Puis, ce sont tous les couvents avec leurs sonneries. Toujours des volées de cloches au-dessus de Lourdes.

L'après-midi, je suis allé visiter le château. Il a été très abîmé par l'artillerie qui l'a occupé jusqu'en 1840 et quelque, et il n'a plus guère de tournure que d'en bas, avec son donjon et ses anciennes fortifications dont un angle aigu s'avance comme un promontoire vers le Gave. On pourrait en faire une propriété particulière curieuse.

D'en haut, on se rend bien compte de la situation de Lourdes. On dit que la ville était la clé des Pyrénées, au carrefour de sept vallées. Je n'ai pas compté les sept ; mais on voit d'en haut, s'en allant vers le nord, la vallée de Tarbes, vers l'est la vallée de Bagnères, vers le sud la vallée d'Argelès, vers l'ouest celle de Pau, vers le sud-ouest la vallée de Batsurguère. L'ancien Lourdes se massait complètement à l'ouest et au sud du château, sur la double pente en dos d'âne qui descendait au Gave. La seule partie plate en haut était le champ commun, très vaste avec ses platanes, et la place du Marcadal, autrefois carrée. Une vieille ville grise, aux rues étroites et en pente pour la plupart. Je donnerai des détails plus loin, lors de ma promenade avec Barbet. Les encadrements des portes et des fenêtres avec des marbres bruts des Pyrénées, ce qui donne l'air solide et triste.

MA JOURNÉE DU VENDREDI 26 AOÛT

J'ai revu Henri Lasserre, et nous avons parlé des guérisons et des constatations, de sa querelle avec Mgr Perraud, et surtout de Bernadette.

Sur les guérisons et les constatations, j'ai répété ce que j'avais dit, qu'on devrait avoir une salle des plaies apparentes, pour les constater avant et après. Il y avait là l'abbé de Musy, un gros homme à l'air bon, qui, en me voyant bon logicien, a exprimé l'espoir que je me convertirai.

Sur sa querelle avec Mgr Perraud, Lasserre m'a donné d'assez nombreux détails. C'est à propos du *Mois de Marie* qu'il a tiré de son livre sur les miracles, que l'évêque a interdit dans son diocèse, sous le prétexte qu'il y avait des passages fâcheux, même immoraux, au sujet de la guérison d'une personne habitant le diocèse. Cette femme, qui a été guérie, aurait été représentée toute nue et regardée complaisamment par sa mère. Dans une lettre d'explication, Mgr Perraud aurait cité à Lasserre des passages tronqués, rapprochés, faux par conséquent, de son livre ; et Lasserre aurait répondu dans une brochure où il aurait fait photographier la lettre de l'évêque et le véritable passage de son livre. Cette brochure n'aurait pas été mise dans le commerce. Et l'affaire serait tombée dans l'eau, après une intervention de l'archevêque de Paris. Lasserre croit que Mgr Perraud jalouse son succès, et moi je crois l'évêque plus rationaliste, ennemi d'esprit. – D'ailleurs, tout cela n'a d'autre intérêt pour moi que de montrer les dissensions dans le clergé. – Une explication du grand succès de Lasserre est que son autre *Mois de Marie*, celui qu'il a tiré de sa *Notre-Dame de Lourdes*, était lu dans toutes les paroisses au mois de mai, pendant les trente jours ; et chaque soir, les fidèles s'en allaient, violemment intéressés, se demandant ce qu'allait devenir Bernadette. C'était la suite au prochain numéro. On comprend la propagande, comme le livre *in*-18 a pu se vendre à trois cent vingt mille, être traduit en quarante langues, et comme les pèlerinages ont pu ensuite affluer.

Mais, sur Bernadette, il m'a dit des choses du plus haut intérêt. D'abord, chez lui, ensuite dans la chambre d'où Bernadette est partie pour sa première apparition. – La maison est située rue des Petits-Fossés, une rue étroite et tortueuse, bordée de maisons basses à petites portes et petites fenêtres, grossièrement crépies, sans boutiques. Il faut suivre une allée assez profonde et, à droite, on entre dans une pièce obscure, de quatre mètres sur trois mètres cinquante environ. La porte est basse, j'y passe tout juste, un mètre quatre-vingts. Anciennement, les deux fenêtres donnaient sur une cour étroite, où il y avait un escalier extérieur montant au premier étage. Si la pièce est obscure, c'est que peu de jour pénètre par cette cour triste et murée. – Le sol de la chambre est dallé. En face de la porte, il y a une cheminée dont une étroite planche formait la tablette. Entre la cheminée et le mur de la cour, il y a l'évier, éclairé par une des fenêtres, qui est plus petite que l'autre. Les lits devaient être placés en face des fenêtres. Les Soubirous, très pauvres, logeaient sept là-dedans. Au plafond, une maîtresse poutre apparente, puis les solives et les lattis. Les murs sont de plâtre nu, sans badigeon. Une grande misère, pas de jour et une sensation d'humidité. La maison est occupée maintenant par un vicaire. Et la chambre est encombrée par un tonneau, des bûches, des objets qui traînent : on en a fait une chambre de débarras. C'est scandaleux pour ceux qui croient. – Comme je le disais à Lasserre, c'est Bethléem. Il dit, lui, c'est la misère. Tout est parti de là. C'est de cette chambre que Bernadette est partie pour avoir sa vision, et c'est là qu'elle est rentrée, après l'avoir eue. Tout est donc parti de ce trou obscur, et quelle pensée, quand on songe à la Grotte flamboyante de cierges, à la Basilique, à toute cette ville grandie, à ce monde créé, à ces foules accourues. – Oh ! puissance de l'illusion, besoin du mensonge, du merveilleux. Lasserre me disait : « Mais si cette enfant n'était qu'une hallucinée, une folle, est-ce que cela serait plus explicable, est-ce que cela ne serait pas plus étonnant encore ? » Je lui ai répondu : « Mais je ne nie pas l'inconnu. Si cette enfant a soulevé un tel monde, c'est qu'elle s'est adressée à ce besoin d'inconnu qui est dans l'homme. Vous l'organisez, l'inconnu, avec des dogmes, vous en faites une religion révélée. Il n'est pas besoin de croire à une religion, pour expliquer les phénomènes qu'ont déterminés les visions d'une Bernadette. Si ces visions d'une fillette nerveuse ont fait pousser une ville du sol, ont fait pleuvoir les millions, ont amené des peuples, c'est qu'elles répondaient à l'immense besoin de merveilleux qui nous dévore, à la nécessité pour nous d'être trompés et consolés. Elle a ouvert l'inconnu à un moment historique *favorable* sans doute, et tout le monde s'y est précipité. – C'est ce que doit être l'explication philosophique de mon livre. Je ne suis pas croyant, je ne crois pas aux miracles, mais je crois au besoin du miracle pour l'homme. »

Chez lui et là, dans la pauvre chambre obscure, Lasserre m'a donc beaucoup parlé de Bernadette, sur mes questions. Il l'aime beaucoup, il lui trouvait un charme divin. Pas jolie, mais vous prenant. Ce n'est que cinq ans après les apparitions, à dix-neuf ans donc, qu'il l'a vue, à l'hospice, chez les sœurs de Nevers. – Sa jeunesse paraît ne s'être pas passée à Lourdes. Une femme à son aise, de Bartrès, qui avait perdu son enfant, l'allaita pour rendre service aux Soubirous, très pauvres. Bernadette allait donc très souvent à Bartrès. J'ai eu, sur son séjour là, des détails particuliers que je donnerai plus loin. – Cela explique comment, ni l'abbé Peyramale, ni son vicaire Pommyan, ne l'avaient connue avant les apparitions. Elle suivait le catéchisme à Bartrès, chez le curé Ader. D'ailleurs, elle n'allait pas à l'école, elle ne savait ni lire, ni écrire. Plus tard, chez les sœurs de Nevers, on lui donna un peu d'instruction, mais elle fit toujours des fautes d'orthographe. Je prendrai dans Lasserre tout le récit des apparitions et les difficultés qui suivirent. – On l'avait mise externe chez les sœurs de Nevers, et elle venait encore un peu chez ses parents, dans la maison que l'on montre, au moulin sur le Lapaca. Puis, elle ne sortit plus du couvent. Ce fut alors, comme elle avait dix-neuf ans, que Lasserre la vit. Elle lui parut très véridique, incapable de mensonge, disant toujours de même. Pour moi, ce n'était pas une imposteuse, mais une hallucinée, chez qui la vision avait été suggérée, ainsi que je l'expliquerai plus loin.

Quand elle quitta Lourdes, à vingt et un ans, Lasserre ne croit pas qu'on l'ait forcée à partir. Elle devait être lasse, un peu obsédée, et ce fut elle qui céda à un désir de tranquillité. Et il s'élève avec violence contre ceux qui prétendent qu'on l'éloigna, pour la soustraire à la vanité, au danger d'orgueil qu'elle courait : il la dit bien trop simple, incapable de perdre la tête. Oui, ce fut elle qui dut alors vouloir s'en aller. (Ne l'y poussa-t-on pas un peu ?) Mais, quand elle partit, quel soulagement pour ceux qu'elle pouvait gêner. Et plus tard, ne voulut-elle pas revenir ? J'ai posé la question à Lasserre, qui m'a répondu à demi. Oui, elle aurait tant voulu revoir son œuvre. On a dit qu'elle s'en désintéressait. C'est un mensonge. Peut-être y a-t-il des lettres où elle exprimait ce désir. Elle était peu expansive. « Ah ! si j'étais petit oiseau, comme je m'envolerais, comme j'irais revoir là-bas ! » Elle a donc eu certainement le désir de revenir. Pourquoi n'est-elle pas revenue ? C'est qu'on ne voulait pas, c'est qu'elle ne pouvait pas. L'ordre des sœurs de Nevers est, paraît-il, un ordre gai et actif, pour soigner les malades, et pour instruire des fillettes. Elle, reçue religieuse, n'avait pas quitté la maison-mère, à Saint-Gildard, un beau couvent avec un grand jardin et une chapelle au milieu. Elle était employée à l'infirmerie. On la voyait difficilement, toujours en présence de la supérieure. Lasserre dit que c'est l'usage. – Il faut remarquer qu'elle ne vint pas à Lourdes, ni pour la mort de son père, ni pour celle de sa mère. Lasserre ne sait pas non plus de quoi ils sont morts. Il l'a vue morte, elle, et dit qu'elle était très belle. Mais il ignore comment elle est morte. Enfin, elle est enterrée dans la chapelle du jardin, devant l'autel, et il n'y a qu'une pierre, avec une inscription. C'est d'ailleurs un honneur, car elle est seule là, les religieuses sont enterrées ailleurs. Elle se trouve là, isolée, à l'écart, cloîtrée dans la mort, comme elle a vécu. Il semble que la faveur que lui a faite la Vierge de la visiter l'a frappée de solitude, l'a mise à part jusque dans la mort. Lasserre raconte que les pères de la Grotte eux-mêmes l'auraient voulu avoir à Lourdes, mais les sœurs de Nevers, usant de leur droit, l'ont gardée. Ainsi, jusqu'à son corps qui est emprisonné là-bas. – Je disais à Lasserre : « Je veux bien qu'il n'y ait pas eu une volonté unique, persistante, qui l'ait escamotée, puis gardée, même morte. Mais voyez donc quelle étrange suite de circonstances ! Comme il semble que quelqu'un a eu peur d'elle, n'a pas voulu partager, s'est inquiété du pouvoir, de la popularité immense qu'elle pouvait prendre. Il semble que, jalousement, quelqu'un l'ait escamotée. – Et aujourd'hui encore, la chambre d'où elle est partie sert à mettre du bois, elle est absente de Lourdes. Ah ! si elle avait été une maîtresse femme, quel rôle elle pouvait jouer ! »

Lasserre la donne comme souffreteuse, sérieuse, peu communicative, très droite, très raisonnable, et charmante. Elle doit être morte de la poitrine, de tout ça.

Voici maintenant ce que j'ai su par Barbet, l'instituteur de Bartrès. La nourrice de Bernadette était donc très à son aise. Si elle l'avait nourrie, c'était qu'elle avait perdu un enfant, et qu'elle allaitait pour rien celle-ci, afin de rendre service aux Soubirous. Plus tard, elle gardait souvent celle-ci pendant une semaine, un mois, et la petite gardait les agneaux, car les moutons sont menés sur la montagne. Donc, elle a surtout grandi à Bartrès, et si, à Lourdes, le curé Peyramale et son vicaire Pommyan ne la connaissaient pas, il n'en était point de même du curé de Bartrès qui la voyait, lui parlait, l'avait à son catéchisme. Ce curé était très au courant des bergers de La Salette qu'il appelait par leurs noms, et il songeait à eux en regardant Bernadette (voir le récit de Barbet dans son guide). Il est fâcheux que cet abbé Ader soit mort. Mais il reste beaucoup de monde de ce temps, et l'on pourrait poursuivre l'enquête de ce côté avec fruit, j'en suis convaincu. La nourrice avait un frère qui était prêtre, et elle existe, ainsi que ce frère. Elle avait en outre des enfants qui existent aussi. Il faudrait les interroger sur la vie de famille, sur ce que la petite Bernadette faisait chez eux, sur ce qu'elle entendait, ce qu'elle avait sous les yeux. Si je n'ai point le temps de faire cela, je sais par Barbet ce qu'on faisait en ce temps-là à Bartrès. Il y est né, il y a été instituteur. On était très pieux, les familles, quand il faisait mauvais temps, allaient entendre la messe tous les jours, et le soir on se réunissait encore à l'église pour prier. Voir cette église, y avait-il un tableau où elle ait pu voir la Vierge, qui lui ait suggéré la vision ? – En outre, dans les familles, on lisait chaque soir. Les femmes, qui ne savaient pas lire, se faisaient lire la Bible par les hommes, finissaient par la savoir par cœur. On plantait une épingle au hasard, on ouvrait le livre, et le père lisait. Tout le monde écoutait. Bernadette a dû entendre lire souvent ainsi. – On ne lisait pas que la Bible, on lisait aussi l'histoire des *Quatre Fils Aimon*, et d'autres livres de chevalerie, des contes, des histoires de sorciers et de fées. Il serait très intéressant de chercher là-dedans l'idée de l'apparition, la Vierge à l'écharpe bleue, aux pieds fleuris de roses d'or. L'abbé Ader, connaissant l'apparition de La Salette, n'en avait-il pas parlé, dans son catéchisme, devant les enfants ? On peut le supposer, d'après le récit de Barbet. Lire le récit de La Salette. Il peut être la cause de tout, sans compter le milieu où trempait Bernadette. Sa vision eut lieu dès son retour de Bartrès (voir les dates). Et certainement, c'est à Bartrès qu'il faut chercher l'origine de l'apparition. Je verrai le pays, je chercherai. Je me rappelle que le prêtre, frère de la nourrice, devait être mort, et qu'il avait seulement laissé des livres.

Je reviens à Lasserre qui m'a conté son différend avec Mgr Forcade, alors évêque de Nevers, mort aujourd'hui. Lasserre me paraît très batailleur. Les pères avaient raconté, dans la première année des *Annales*, un récit des apparitions plein de détails faux, paraît-il. Lasserre, très ému, a peur que son livre n'en souffre, et il va à Nevers trouver Bernadette, qu'il voit devant la supérieure. Il fait lire la version des pères, Bernadette dit que ce sont des mensonges. Il veut lui faire signer une déclaration, mais la supérieure veut en référer à l'évêque. Lasserre voit Forcade, qui finit par consentir à laisser signer Bernadette, mais à la condition que sa déclaration signée ne sera jamais publiée. Les pères s'émeuvent, Forcade s'en tire en leur expliquant que Lasserre s'est engagé à ne pas publier, et l'affaire en reste là. Mais jamais les pères n'ont osé publier leur récit en volume. Je crois que c'est tout ce que voulait Lasserre. Plus tard Mgr Forcade a écrit une brochure contre Lasserre. Je voudrais bien l'avoir.

Après m'avoir montré la misérable chambre, la misère, d'où est partie Bernadette, Lasserre m'a mené à l'église du curé Peyramale, la ruine. Cette église, entourée de masures sordides, est abandonnée depuis quinze ans. Les murs s'élèvent jusqu'à la naissance des voûtes. Des colonnes, vêtues de planches, en marbre des Pyrénées, dons d'évêques, de particuliers. Toute l'église est indiquée, très grande, très belle, les murs hauts, mais pas couverte. Il aurait fallu cinquante mille francs pour la couvrir, une misère pour la Grotte. L'herbe a envahi tout le sol, des débris pourris de charpente, une jeune ruine lamentable, la nef centrale, les bas-côtés, l'abside. Et en dessous, une crypte où l'on descend par un escalier de planches. Des infiltrations se produisent, la ruine s'avance. Les piliers sont à sculpter, mais tout est fait. Des fenêtres avec des carreaux cassés par où le vent souffle. Et là, le tombeau de Mgr Peyramale, en marbre blanc, entouré d'une grille. Le lugubre de ce tombeau dans cette église en construction, abandonnée, ouverte au vent et à la pluie. Le frère du curé mort garde ce tombeau. Poignant.

C'est l'œuvre des pères, l'histoire de l'église, le curé Peyramale voulant une belle église paroissiale d'où l'on partirait en procession pour aller à la Grotte, les pères s'inquiétant, craignant la concurrence. Tous les dons iraient là-bas, eux ne recevraient plus rien. Et ils conquièrent l'évêque de Tarbes, et celui-ci agit, de sorte que les dons se détournent du curé Peyramale. Celui-ci se trouve engagé envers des entrepreneurs qui le volent, et la dette croît chaque jour, des procès menacent. Le curé en est mort de chagrin, après avoir vu les travaux arrêtés, le cœur crevé. Il n'allait plus à la Grotte, écœuré par la simonie de la Grotte, à côté. Et il dort maintenant dans sa ruine. – Aujourd'hui, la dette s'est accrue des intérêts, la ruine s'émiette, la ville ne peut guère faire reprendre les travaux, et il est croyable que les pères n'ont plus rien à craindre. La Basilique reste la maîtresse, la triomphante, là-bas, au-dessus de la Grotte. Le nouveau curé est avec les pères. – Lasserre les traite de paysans grossiers, ignorants et âpres, étourdis par les millions qui leur tombent. Il dit que l'argent qu'ils reçoivent est incalculable. Rien que les cierges suffiraient à faire marcher l'affaire. Une obole aurait sauvé l'église du curé Peyramale. – Lasserre dit que Bernadette, le curé Peyramale et lui, les trois ouvriers les plus puissants de l'œuvre, sont les trois grands oubliés. – Lasserre voudrait que tout en mettant le divin, je fisse l'histoire de l'humain pas beau qui s'agite autour. C'est mon plan ; mais par divin, je n'entends que l'inconnu.

J'ai demandé à Lasserre s'il croyait que Bernadette avait lu son livre. Il m'a répondu : « Je le crois. » La supérieure a dû lui en lire des passages pour la questionner. Les sœurs elles-mêmes ont dû lui en parler, lui communiquer le livre.

Lasserre et tous me parlent du bien-être moral que les pèlerins emportent, même ceux qui ne sont pas guéris. Voir ça et en tenir compte.

Ce que m'a raconté Lasserre, lors d'un des premiers pèlerinages, lorsqu'on amena les malades devant la Grotte, au sortir du chemin de fer ; il vit tout d'un coup le père Picard monter en chaire et dire : « Mes frères, nous voici devant la Vierge, et nous avons tout à espérer d'elle. Nous venons d'avoir un malheur, un de nos frères, très malade, a succombé entre Tarbes et Pau. Eh bien ! unissez vos prières, demandez un miracle, nous allons plonger le corps dans une piscine, et nous demanderons un miracle ! » Arranger cela, plus exalté. – Lasserre m'a confessé qu'il était resté saisi, doutant, manquant de foi, regrettant ces paroles du père Picard, trouvant la tentative peu politique. On plongea le corps dans la piscine (quel spectacle !), et il ne ressuscita pas. Mais Lasserre était désespéré de manquer de foi, lorsqu'il fit la réflexion qu'il n'y a, dans les Évangiles, que trois résurrections de morts : Lazare, la fille de Jaïre, et un autre. Or, les trois fois, ce n'est pas sur une demande, c'est par la bonne volonté directe de Dieu que la résurrection s'est opérée. Et Lasserre dit que la résurrection d'un mort est chose tellement prodigieuse qu'il ne faut jamais la demander, mais qu'il faut la laisser à la volonté de Dieu.

Ma journée du samedi 27 août

Je suis allé voir l'après-midi le Diorama et le Panorama. – Au Diorama, on ne voit que Bernadette à genoux devant la Grotte. Le seul intérêt est qu'elle est en costume du pays. Un mouchoir noué sur ses cheveux bruns, une robe, avec un fichu noir sur les épaules. Elle est nu-pieds, ses sabots sont devant elle. L'autre scène du Diorama représente sa mort, au couvent de Nevers. On explique qu'elle a voulu boire de l'eau de Lourdes, ce qui ne l'a pas guérie, tandis qu'une autre religieuse, malade en même temps qu'elle, qui avait bu de l'eau, a été guérie.

Au Panorama, le seul intérêt est la reconstitution de l'ancien paysage. Le rocher de la Grotte était isolé ; à l'endroit où se trouvent aujourd'hui les lacets, il y avait des pentes douces, et l'on pouvait descendre par là en contournant la Grotte. Les lieux ont d'ailleurs été changés plusieurs fois. Les pères ont d'abord habité une construction provisoire qui se trouvait à la place de l'église du Rosaire. Je renvoie tous les détails sur les lieux à la conversation que j'ai eue avec Barbet, le lundi.

Nous avons fait ensuite des emplettes chez les marchands, et j'ai vu un peu tous les objets. Des liasses de chapelets, toutes les variétés, depuis les chapelets en bois à vingt sous la douzaine, jusqu'aux chapelets d'argent et d'or. Les énormes avec les grains taillés. Chapelets en toutes matières, onyx, lapis, etc. Toutes les grandeurs. – Puis, les vierges, une nuée, surtout des vierges de Lourdes, plusieurs modèles, avec quelques changements, pour assurer la propriété. Toutes les grandeurs et toutes les matières, ivoire, zinc, bois, plâtre surtout. Imitation de vieil ivoire ; avec des bénitiers, sous des édicules, etc. – Ensuite les médailles, toutes les matières également, toutes les formes, avec la Basilique, la Vierge, des inscriptions. – Ensuite, une abondance d'articles de Paris considérable, jusqu'à des coquetiers et des ronds de serviette, même des pipes avec la Basilique. Porte-monnaie, tabatières, presse-papiers, porte-crayon, porte-plume, couteaux à papier, blocs d'agate, encriers, etc. La bijouterie, bagues, bracelets, broches. – Ne pas oublier les bidons, depuis un litre jusqu'à dix, les uns nus, les autres ayant une vierge en bleu, avec des étoiles. – Quant aux cierges, ce sont des épiciers qui les vendent, certains en gros sans doute. Je n'ai pas pu avoir des renseignements bien certains. L'imagerie et les photographies.

Les affaires doivent se solder par des millions. Seulement ils sont peut-être deux cents marchands, ce qui détermine une telle concurrence que les affaires sont moins bonnes pour chacun. Dans la ville, on ne fait pas de grandes affaires. Les magasins deviennent bons à mesure qu'ils s'approchent de la Grotte. Le frère Soubirous ne fait guère plus que les autres. – Il y a des voitures à bras dans lesquelles on promène des objets de piété, surtout de l'imagerie religieuse. – En outre, il y a les hôtels, dont quelques-uns travaillent beaucoup. À l'hôtel de la Grotte, il y a déjà eu une fortune de faite. Il faudra que je parle de cette vie d'hôtel, de la promiscuité, des tables d'hôte avec le pêle-mêle des curés, des femmes et des malades. Puis, le coup de vent dans les escaliers et dans les chambres. D'ailleurs, on mange partout, jusque chez les coiffeurs. Pendant les grands pèlerinages, lorsqu'il y a trente mille personnes à coucher et à nourrir, tout le monde loge et donne à manger. Des gens à leur aise cèdent leur lit, montent coucher dans les chambres supérieures. On aperçoit des tables dressées partout. Sans compter les buvettes, les tables dressées en plein air, sous une petite tente de toile. Les longues tables étroites, recouvertes de toile cirée, bordées de bancs. Du café, du bouillon à deux sous la tasse.

Voici quelques enseignes de boutiques, avec les noms des propriétaires. *Au Sacré-Cœur de Marie, Julie Nicoleau. – À Saint-Roch, veuve Latapie jeune. – À Jérusalem. – Maria Arqué, Au Bon Marché. – À la Vierge Immaculée. – À Saint-Joseph. – À la Miséricorde. – Jeanne Abadie, présente à la première apparition. – Soubirous, frère de Bernadette.*

Le soir, j'ai vu le peintre Capdevielle qui avait cinq ans de moins que Bernadette, et qui l'a connue, quand il était jeune. Il n'a gardé d'elle que cette sensation qu'elle était une enfant comme les autres. Il se souvient très bien d'être allé un jour avec elle à Bartrès, à pied. – Le fait curieux est que, sur le chemin, se trouvait une maison de mauvais renom, qu'on disait habitée par un sorcier ; et elle avait peur, elle fit un détour en témoignant une grande crainte. – Tous s'accordent à dire qu'elle était très chétive, qu'à quatorze ans elle en paraissait à peine douze.

M. Lacaze m'a raconté deux histoires de sorciers. D'abord les loups-garous sont ici des hommes forcés par le diable de se transformer en chiens. Il s'agit des grands chiens blancs des Pyrénées. Si l'on tire sur le chien et qu'un seul plomb le touche, l'homme est délivré, et il reparaît, il se dégage du chien. Si, au contraire, on touche l'ombre, l'homme meurt immédiatement. L'autre histoire, la véritable histoire de sorcier, est celle d'un homme de Lourdes qui veut voir le diable et à qui une vieille femme promet de le montrer s'il veut bien la suivre. Il la suit un soir, et dans un champ désert des environs de la ville, il trouve le diable magnifiquement habillé de rouge. Une conversation s'engage, enfin le diable lui propose de lui acheter son âme, ce que l'autre accepte. On apporte un registre, où étaient les pactes de tous ceux qui avaient déjà vendu leur âme. Mais l'homme malin tire une bouteille de sa poche, comme si c'était de l'encre, pour y tremper sa plume. C'était de l'eau bénite. Et il en jette le contenu autour de lui. Aussitôt, toutes les sorcières et tous les démons jettent des cris affreux, et lui prend la fuite en emportant le registre. Alors, une course folle s'engage, l'homme courant avec le diable sur ses talons. « Rends-moi le registre ! – Non, tu ne l'auras pas ! – Rends-moi le registre ! – Non, tu ne l'auras pas ! » L'homme avait l'idée d'atteindre le cimetière, sachant qu'en terre bénite, il serait en sûreté. Et en effet, quand il arriva, d'un dernier effort, il fut sauvé, il remit le registre au gardien du cimetière. – Cette histoire peut durer une veillée entière. Il m'en faudrait encore deux de cette nature.

Puisque j'y songe, je mets ici les bruits qui avaient couru. À Argelès, avant Bernadette, un berger voyait la Vierge. À Lourdes, un autre berger, en parlant de la grotte de Massabielle, avait dit : « Qui vivra verra là de grandes choses ! » – Pendant les apparitions, une épidémie de visions semblait s'être déclarée, des enfants voyaient le diable. – Contrée extrêmement pieuse et superstitieuse, avec des lieux hantés, de continuelles histoires de loups-garous et de sorciers. Près de Lourdes, on prétendait que, chaque samedi, les sorciers et les sorcières allaient faire leur sabbat à la tour de Gavarnie, et pas un enfant, pas même une grande personne ne se serait hasardée de ce côté. – Bien insister là-dessus et tâcher d'avoir d'autres faits.

Le peintre Capdevielle m'a raconté l'histoire d'une de ses tantes qui demeurait sur la place du Porche, devant l'église, et qui aurait joué un rôle dans les apparitions. Bernadette était, en somme, une sorte de pauvresse qui courait le pavé, avec des galopines de son âge. Celles-ci, le lendemain de la première apparition, sautillaient sur la terrasse de l'église en disant : « Bernadette a vu la Sainte Vierge. » La tante aurait alors fait venir Bernadette et l'aurait interrogée. L'enfant se serait montrée très hésitante, et ce ne serait que sur des interrogations directes : « N'avait-elle pas une ceinture ? N'était-elle pas bleue ? N'avait-elle pas un voile ? » que Bernadette aurait arrêté le type de Vierge dont elle ne s'est plus départie ensuite. – Tout cela n'est pas possible à contrôler, et la tante de Capdevielle était une fière originale, à moitié folle elle-même. Elle voulut donc, le lendemain, accompagner l'enfant, croyant aux sorciers elle-même, flairant quelque tour du démon, qu'elle aurait été heureuse de confondre. Elle s'arma d'un chapelet, d'eau bénite, etc. Et la voilà partie avec Bernadette. Mais, ce jour-là, bien que Bernadette se recueillît, se remît à genoux plusieurs fois, rien ne parut. Ce qui fit que la vieille femme rentra très mécontente. – Plus tard, quand les apparitions continuèrent sans elle, il paraît qu'elle dit sèchement de Bernadette : « C'est une sorcière, je lui ai vu la patte de crapaud dans l'œil. » Et jamais elle ne voulut descendre à la Grotte, bien qu'elle ne soit morte qu'en 90. – Il paraît encore que Lasserre, ayant fait allusion à cette dame, en disant que l'apparition ne se produisit pas, parce que Bernadette se trouvait avec une personne qui n'était pas en état de grâce, la dame fut si furieuse qu'elle parla d'intenter un procès à Lasserre. – Toute cette histoire me paraît bien en l'air, mais quelle preuve encore de la préoccupation des sorciers et du merveilleux dans cette population, où une bourgeoise pieuse peut en arriver à de pareilles imaginations !

Ma journée du dimanche 28 août

L'église inachevée, en ruine, du curé Peyramale. Six chapelles de chaque côté de la nef. Elles sont cintrées. C'est bâti jusqu'au commencement de la voûte, mais les bas-côtés eux-mêmes sont à nu. Les colonnes, il y en a cinq de chaque côté, sont debout, jusqu'au chapiteau du haut. En marbre des Pyrénées, vêtues d'une chemise de planches, pour les protéger. Les chapiteaux du haut et du bas sont restés bruts, à sculpter. La bâtisse était beaucoup moins avancée sur la façade, où les dégâts sont d'ailleurs plus grands. Les pierres se sont effritées, écornées, sous la pluie. Dans la croisée, c'est bâti jusqu'au milieu des petites fenêtres, au-dessous des rosaces. Le chœur est déjà dallé, ce qui protège un peu la crypte. Il y a encore, dans le chœur, deux colonnes de chaque côté, ce qui fait quatorze en tout. L'herbe a poussé dans toute la nef et les bas-côtés. Cette herbe est semée de débris de charpente pourrie. Les débris aussi d'un chemin de fer pour les matériaux. Il y a des sentiers dans l'herbe. On a abattu des charpentes pour qu'elles ne tombent pas sur les colonnes et sur les gens. On aurait ouvert une large rue en face et dégagé tous les abords. Une vieille palissade entoure encore les travaux abandonnés. On voit encore les petites cabanes pour serrer les outils. Mais surtout, il y a là une locomobile sous un abri, immobile et froide, là depuis quinze ans. Il reste des matériaux, des tas de briques, des poutres debout dans les chapelles, des brouettes cassées, gisantes, les débris des treuils, d'une chèvre. Une lessive étendue gisait dans l'église, sur le gazon.

Le tombeau sous le chœur. La crypte a des voûtes très surbaissées, très écrasées. Les colonnes, très courtes, très écrasées, ont leurs chapiteaux bruts, attendant les sculptures. Au fond de l'abside, trois fenêtres sans vitres. Deux bas-côtés. Pour sol, la terre nue. Des débris de charpente encore. – Et là, le tombeau de marbre blanc sur une large marche. Voici les cinq inscriptions : Sur la face : « De pieuses oboles venues de tout l'univers ont élevé ce tombeau à la mémoire bénie du grand serviteur de Notre-Dame de Lourdes. » À droite : « Heureux ceux qui souffrent persécution pour la justice, Évangile, etc. » Sur la droite encore : « La pensée que nous avons un protecteur de plus au Ciel peut seule adoucir notre peine. » À gauche : « Je veux qu'on me construise ici une chapelle, message de la Très Sainte Vierge au curé Peyramale. » À gauche : « Vous vous êtes dévoué tout entier à édifier un temple à la

Mère de Dieu. » Bref du pape Pie IX au curé Peyramale. Sur le tombeau, il y a une grande croix, avec les mots :

C
PAX
R
I
T
A
S

Le curé, né en 1811 est mort en 1877, à soixante-six ans.

Une inscription se trouve contre le mur, sur une plaque de marbre, et au-dessus il y a une vierge de Lourdes, avec des couronnes pendues. Devant le tombeau, quatre bancs. Le vent entre. Des infiltrations viennent du mur du fond et tachent les voûtes. Par les grandes pluies, une véritable source coule et envahit la crypte. De grosses gouttes tombent sur le tombeau. C'est d'un poignant lamentable. On descend dans la crypte par un mauvais escalier de bois. Une porte de bois.

Je suis retourné dans la rue des Petits-Fossés où se trouve la chambre de Bernadette. Devant l'ancien tribunal, la rue s'étrangle. Des grilles sur des cours. De longs murs. Des granges. La porte de l'allée s'ouvre, dans l'étranglement, devant le grand mur gris d'une grange, qui n'a qu'une étroite fenêtre, en haut. Une grille ancienne, Louis XIV, devant l'allée. La maison est crépie, gris-bleu foncé, grossièrement. La porte très basse. Le ruisseau passe devant la marche qu'il faut monter pour entrer dans l'allée. Des feuillages, plus loin, par-dessus un mur. La rue des Petits-Fossés part de la rue de la Grotte et va couper la rue du Tribunal. Des bornes au coin des rues. La rue descend légèrement. Il n'y a que les ruisseaux qui sont pavés, la rue est en terre battue.

L'après-midi, nous sommes allés à Bartrès. On part du côté de la gare. La route monte toujours, et il y a en bas une vallée admirable (voir son nom). Des prés, des haies, des arbres. Lorsqu'on se retourne, on aperçoit le Petit Jer et le Grand Jer, qui semblent grandir, puis, au-delà, les Pyrénées qui apparaissent. On distingue le pic du Midi à gauche et le pic de Viscos à droite, au milieu des autres sommets ; et les jeux de la lumière, les monts verts ou roses, puis ceux qui se décolorent au fond, qui ne sont plus qu'un rêve. C'est un chemin merveilleux, avec le déroulement de la plaine à droite. Puis on redescend vivement au milieu des verdures et on arrive à Bartrès. À pied, il ne doit pas y avoir plus de quarante minutes.

Bartrès est dans un fond, sur une pente qui dévale. Partout des coteaux boisés, des prés coupés de haies, des prairies plantées de noyers et de châtaigniers, des vergers pleins de pommes et de poires. Les verdures y sont d'un vert intense, d'une fraîcheur extraordinaire. On sent un dessous trempé d'eau, des nappes où baigne cette terre où l'herbe pousse si dru. D'ailleurs, des ruisseaux coulent partout. – Le village dévale donc avec la route, le long de laquelle un ruisseau chante. L'église est sur un terre-plein, dominant la route. Le cimetière est encore autour. On a reconstruit l'église. Mais il est facile de se faire une idée de l'ancienne : une simple nef étroite, romane, datant du douzième siècle, avec les nervures de la voûte peintes en rouge et en bleu. Le petit chœur existe encore avec ses trois retables : au fond, le baptême de saint Jean-Baptiste, à droite, la décollation de saint Jean, et à gauche Marie chez Anne ; le tout de style espagnol, seizième siècle, doré et peint. Des colonnes torses dorées, une richesse éclatante et un peu barbare. C'est là que Bernadette a commencé à apprendre son catéchisme.

Plus bas, est le presbytère avec un pignon à deux fenêtres (petits carreaux), donnant sur la route (dix-septième siècle). Et c'est en face que s'ouvre la rue qui donne tout droit sur la maison où Bernadette a été élevée jusqu'à huit ans. La maison a brûlé, mais on peut la reconstituer : une grande maison basse, d'un rez-de-chaussée seulement. Dans le vestibule, un escalier menant au grenier. À droite et à gauche, des portes à double battant ouvrant sur de grandes pièces carrelées, à la vaste cheminée, et dans chacune desquelles se trouvaient trois ou quatre lits. Les enfants couchaient pêle-mêle. Il y avait une horloge, un buffet, une table au milieu, des images, des vases sur la cheminée. Devant la maison, un pré, planté d'arbres fruitiers, une herbe drue et épaisse, un clos bordé d'un côté, à droite, par la route, à gauche par un ruisseau. C'est ce ruisseau gonflé par un orage que Bernadette fit traverser à pied sec par ses agneaux. Une légende : l'eau s'écarta, ni les agneaux, ni la bergère, qui devaient être emportés, ne furent mouillés. Après la maison, de l'autre côté du ruisseau, il n'y a plus que des prés. C'est une retraite herbue, d'où l'on n'aperçoit que des coteaux boisés, un trou de verdure parmi les châtaigniers, les noyers et les arbres fruitiers. – Dans le village, les maisons sont éparses, chacune perdue au milieu des feuilles. C'est lointain et frais, dans un trou perdu de verdure. Deux ruisseaux. Il n'y a que trois cent cinquante, à peine quatre cents habitants.

Nous sommes allés voir le frère de lait de Bernadette. La nourrice était à son aise, et comme elle venait de perdre un enfant, on raconte qu'elle avait pris Bernadette et l'allaitait, pour soulager les Soubirous, pauvres, par charité. D'autre part, on raconte qu'elle était très intéressée, et que, plus tard, si elle faisait venir Bernadette, c'était pour s'en servir comme de servante. L'enfant paraît y être restée jusqu'à l'âge de sept à huit ans, et elle y est retournée ensuite de temps à autre passer quinze jours, un mois. On dit que, lorsqu'elle eut ses apparitions, elle revenait de Bartrès, depuis un mois, peut-être plusieurs. Je crois, moi, qu'on doit chercher à Bartrès, pour tout expliquer. Si un prêtre a eu de l'influence sur elle, c'est cet abbé Ader qui disait : « Elle me rappelle les enfants de La Salette. » Lui a-t-il parlé de ces enfants, a-t-il eu sur elle une influence décisive ? C'est lui qui a commencé à lui faire apprendre son catéchisme. Le malheur est qu'il est mort, et qu'on ne peut le questionner. – D'autre part, il y a eu l'influence de ce trou de verdure fermé, de ce bout du monde, où pas un souffle du dehors n'arrivait. Population très pieuse, toujours à l'église. Les veillées où, pendant qu'elle filait, elle entendait lire l'Évangile, raconter des histoires de sorciers et de loups-garous. Sa petite cervelle devait travailler. La nourrice avait un frère prêtre. Elle est maintenant retirée près de Tarbes, mais on la dit peu communicative, se tenant sur la réserve, ne disant rien, comme tous les autres. J'ai vu le frère de lait ou plutôt la femme du frère de lait, et j'ai causé avec un vieux qui a connu Bernadette. Elle m'a montré le berceau qui avait servi à Bernadette, ainsi qu'à tous les enfants de la famille. Lui, nous a parlé de Bernadette : une enfant peu causeuse, bien sage, ne parlant pas, écoutant toujours. On a eu de la peine à lui apprendre son chapelet, puis elle ne le quittait plus, le récitait toujours. Pas intelligente pour apprendre, mais du bon sens tout de même. Une bonne petite fille.

Chez le curé, où nous sommes allés et qui nous a fait boire du cassis, nous avons vu une autre femme, de Lourdes, installée à Bartrès, qui a été l'amie de Bernadette. Celle-là nous parle de Lourdes. Bernadette allait souvent chez sa marraine, Mme Nicolau, qui tenait une auberge au coin de la rue du Bourg. Comme elle était pauvre, elle se faisait héberger chez sa tante, où elle travaillait. C'est ainsi qu'elle vendait du vin ; et c'est ainsi que, lorsque sa petite amie venait chercher un litre, et que sa tante avait le dos tourné, elle disait à sa camarade : « Tiens ! bois-en vite un coup, ma tante ne regarde pas. » Cela dénotait un bon cœur. – L'autre histoire, la petite vierge de plâtre qu'elle vêtissait l'hiver pour qu'elle n'eût pas froid.

L'amie n'était pas à la première apparition, mais elle en a entendu le récit par les deux petites qui accompagnaient Bernadette, et elle dit s'en souvenir très bien. Ces trois enfants allaient chercher du bois pour faire des crêpes. Quand les deux autres voulurent traverser la Merlasse, Bernadette leur demanda de la porter pour qu'elle ne se mouillât pas les pieds : elle avait de la gourme à la tête, et le préjugé est que, si on se mouille les pieds, le mal peut vous tomber sur les yeux. Mais les deux petites continuèrent, ne voulant pas l'aider. Elle ôta donc ses sabots, et entra dans l'eau. Aussitôt, l'apparition se produisit. Plus tard, elle raconta que l'eau lui avait paru tiède. D'autre part, elle prétendit avoir entendu d'abord un grand bruit, comme un coup de vent, sans que les arbres remuassent. Ensuite, quand elle regarda vers la grotte, elle y vit les verdures frissonner, et l'apparition eut lieu. – Son sentiment fut de la peur. Elle se sauva, elle rattrapa ses camarades, en leur disant qu'elle venait de voir une dame, et si jolie, mais qu'elle avait peur, et qu'elle ne voulait pas y retourner toute seule. Les autres, alors, voulurent voir, et toutes trois retournèrent devant la grotte. Je crois que Bernadette revit la dame (à contrôler), mais que les autres ne virent rien. Ce qu'il y a à retenir, c'est l'apparition se produisant quand elle a les pieds dans l'eau, c'est le coup de vent sans que rien remue, et c'est l'agitation des feuilles, le trouble de la vision, au moment de l'apparition. – L'amie de Bernadette, qui nous a conté cela, ne lui a jamais reparlé, n'a jamais pu lui reparler. La voyante était trop entourée, et ce n'était qu'entre les jambes de ceux qui l'entouraient qu'elle pouvait adresser un petit signe de reconnaissance à son ancienne amie. Elle n'était pas devenue fière, mais on ne la laissait plus jamais seule.

Au retour de Bartrès, j'ai vu le frère de Bernadette. Au-dessus de sa boutique du plateau de la Merlasse, dans une chambre où il y avait trois lits. Il s'est montré fort circonspect, quoique poli. Je désirais surtout savoir comment le père et la mère sont morts. La mère à la suite de couches, en 68, le père d'un coup de sang, en 71. Le frère qui est mort a été emporté par la petite vérole. Donc aucune hérédité nerveuse à établir. Il faudrait remonter aux ascendants. Le frère m'a raconté de nouveau comment il avait vu sa sœur à Nevers, avec beaucoup de difficulté ; et cela se passait deux mois avant sa mort. En dehors de cela, il ne paraît rien savoir, sinon que sa sœur, qui, pendant son séjour à l'hôpital municipal de Lourdes, avait été à Cauterets pour se soigner de son asthme, y serait bien retournée, mais incognito. Elle semblait résignée, ne témoignait aucun désir vif de retourner à Lourdes. Après quatorze ans, son frère la trouva bien changée, malade, causant peu, mais affectueusement de la famille, s'intéressant aux siens avec une tendresse tranquille. Elle ne se plaignit pas, lui donna de bons conseils.

Le soir, nous sommes, ma femme et moi, allés passer la soirée chez Lasserre. Il voulait me voir, inquiet de ce que j'avais dit qu'on ne venait à Lourdes demander que la vie, cette terre ; les malades voulant avant tout guérir, et le pèlerinage entier s'intéressant à leur guérison. En effet, c'est la grande affaire. Mais on vient en effet beaucoup aussi pour demander la conversion d'une personne, d'un mari, d'un fils. Des neuvaines faites à cette intention. D'autres demandes aussi adressées à la Vierge. Des vœux. Les lettres jetées à la Grotte en font foi. Lasserre, à ce propos, m'a raconté trois histoires édifiantes.

Je lui ai dit qu'au fond, guérison physique, ou guérison morale, c'était toujours à la conquête du bonheur qu'on marchait. Il n'en faudra pas moins tenir compte de l'observation, et avoir un personnage qui demande le Ciel pour quelqu'un, la conversion et non la terre. Dans *La Légende dorée* des pères demandent la mort de leurs filles et l'obtiennent, pour qu'elles aillent au Ciel plus vite.

Ma journée du lundi 29 août

J'ai rencontré Barbet qui m'a amené l'abbé Pommyan, lequel avait préparé, je crois, Bernadette à la première communion. Il ne la connaissait pas avant les apparitions, ni le curé Peyramale non plus. Elle ne venait pas à l'école, et elle ne venait au catéchisme que depuis très peu de temps, car elle arrivait de Bartrès. L'abbé Pommyan voulait me raconter qu'il avait assisté à la scène suivante. Le sculpteur Fabisch, de Lyon, qui faisait la maquette d'argile de sa statue, avait voulu questionner Bernadette, et elle était là avec l'abbé Pommyan. Elle lui fit corriger beaucoup de détails, avancer le voile, changer la ceinture, corriger le visage. Et le sculpteur, pleurant (un croyant), disait : « Elle ne peut pas inventer cela, il faut qu'elle ait vu, elle est dans la *tradition* et ses règles de l'art. » Pour moi, c'est justement parce qu'elle est dans la tradition, que je la soupçonne de n'avoir vu que l'image de la Vierge dont elle était hantée. C'est la formation de cette image qu'il faudrait étudier en elle, en retrouver les sources.

L'abbé Pommyan donne lui aussi Bernadette comme une simple d'esprit, apprenant difficilement, quoique ayant de l'esprit naturel. Elle savait à peine le *Pater* et l'*Ave*, à peine le *Credo*. Et elle ne put jamais être une savante. Très ordinaire.

Ensuite, nous avons fait un grand tour avec Barbet, qui m'a expliqué tout l'ancien Lourdes. La ville primitive, avant le dixième siècle, se massait au bas du château, à l'est. Plus tard, elle s'étendit un peu au sud, et alla jusqu'à la rue des Petits-Fossés, qui indiquent bien que là finissait la ville. La rue du Bourg était alors la grande rue, la rue importante.

C'est au coin de la rue du Bourg, à gauche en en sortant, que se trouve encore la maison de la marraine de Bernadette, Mme Nicolau. Nous l'avons vue, c'est une petite vieille, à la bouche vide, aux lèvres serrées et rentrantes. Elle prétend avoir longtemps gardé Bernadette ; tandis qu'elle dit que l'enfant allait très peu à Bartrès chez sa nourrice. La vérité est qu'autrefois on ne faisait guère d'attention à cette petite pauvresse, que pour l'exploiter, tandis qu'aujourd'hui chacun la tire à soi, voudrait faire croire qu'il l'a aimée, recueillie, fait son devoir envers elle. La marraine m'a paru aller contre tout ce qui est acquis, au sujet des séjours de Bernadette à Bartrès.

Nous avons repris notre promenade avec Barbet. La rue de la Grotte s'appelait la rue du Bois, parce qu'elle conduisait à une forêt que la ville possédait. Elle descendait à une porte fortifiée, sous laquelle il fallait passer (au niveau de l'hôtel de Rome). Un chemin couvert en part qui faisait le tour de la ville, pour aller aboutir au champ commun. Cette rue du Bois, infecte, n'était bordée que de granges et de masures. Puis, après la porte, il y avait une pente brusque, extrêmement raide, qui descendait au vieux pont. Là, il n'y avait plus de maisons. Et après le pont, on entrait dans la boucle du Gave, un terrain bas et marécageux, puis des pentes herbues, semées de grosses pierres. Un moulin. Le Gave se divisait en deux branches et entourait une petite île. On a comblé le petit bras. D'autre part, c'était la Merlasse qui passait par la place du Rosaire et allait se jeter dans le Gave, devant la grotte. C'est en traversant la Merlasse que Bernadette a eu sa première apparition. Très peu d'eau, de grosses pierres. Des terrains accidentés. Le rocher de Massabielle, une grosse roche isolée, creusée de la grotte à la base, couronnée de feuillage, avec des terrains fuyant à droite et à gauche. C'était le rocher qui venait là s'avancer en une grosse masse, perçant la terre fertile. On appelait les terrains entre le Pont-Neuf et le Rosaire, le Chalet. On y chassait la bécasse. Du côté de la grotte, le berger des pourceaux, un berger commun qui appelait son troupeau à son de corne, menait paître ses bêtes, et lorsque la pluie les surprenait, les pourceaux allaient se réfugier dans la grotte. – D'ailleurs, partout, il a fallu niveler ; il y avait des différences de terrain énormes, les travaux de terrassement ont été considérables.

En remontant, nous avons passé par les bords du Lapaca où se trouvent les moulins, entre autres un où ont travaillé les parents de Bernadette. Autrefois, le boulevard n'existait pas, il n'y avait là qu'un faubourg infect, où se rassemblait un ramassis d'Espagnols. Le quartier des Cagots était par là, sur le coteau. On arrivait de Pau par un mauvais chemin, et il fallait traverser le Lapaca, sans pont, même à l'époque des inondations. Il y avait là une autre porte, *lou pourtè*, la petite porte. Et il fallait monter la pente raide de la rue Basse. On passait devant la terrasse de l'église, où se trouve une rangée d'ormeaux. L'escalier de pierre qui monte. Puis, devant l'église, la place du Porche, où se tenait le marché. Des maisons avançaient, obstruaient le terrain qui est maintenant libre devant la mairie. De même, la place du Marcadal se trouvait fermée par des maisons qui avançaient et étranglaient la rue.

Je suis entré dans l'église, une vieille église romane, rappelant toutes les vieilles églises espagnoles que j'ai vues. La voûte de la nef, ronde et lambrissée. Il n'y a pas de bas-côtés, simplement deux chapelles de chaque côté. Les bras de la croisée ont aussi des chapelles. Et toutes ces chapelles, ainsi que le chœur, ont des autels ornés de retables peints et dorés. Colonnes torses dorées. Vieilles statues du seizième et du dix-septième siècle, peintes et dorées. Tout cela, très orné, fauve et mystique, pas nos églises nues du Nord, des églises pleines de visions d'or et de chairs peintes, le tout cuit, comme vu à la lueur de lampes mystiques. Bien rendre sur Bernadette l'effet de ces églises.

Je reviens à la place du Rosaire. Ce qu'on voit derrière la Basilique quand on regarde : la grosse montagne est le Béoût, par derrière les Espélugues. Par-derrière, on aperçoit le pic d'Alian. Il y a le Petit Béoût et le Grand Béoût. Quand on regarde vers la ville, on aperçoit, à droite du château, le Petit Jer et le Grand Jer. De l'autre côté, à gauche de la ville, les hauteurs sont le buala de Lourdes et le buala de Bartrès. Au fond, on aperçoit la serre de Sarsan et de Julos. (Contrôler tout cela dans le guide de Barbet.)

Voici l'écriteau qui se trouve au petit bureau en planches et en plâtre, où ont passé déjà tant de millions :

S'adresser ici pour messes, dons, confréries. Intentions recommandées. Envois d'eau de Lourdes. Abonnements aux Annales de Notre-Dame de Lourdes.

Je suis entré dans la crypte et j'ai relevé les inscriptions de quelques ex-voto. Un pied est sculpté en marbre et il y a ceci d'écrit : « Vous me l'avez conservé, faites qu'il vous serve. 7 septembre 1871, B[on] d'A. de P. – Actions de grâces à Marie. – Reconnaissance à Marie. – À Notre-Dame de Lourdes, amour, reconnaissance et espérance. – Notre-Dame de Lourdes, soyez bénie. – Je vous l'ai recommandée, vous me l'avez gardée, merci, bonne Mère. – Elle a guéri ma fille. – Reconnaissance pour une guérison obtenue. – Que sa protection s'étende sur la verrerie. – Nous sommes venus et nous espérons. – Vous nous avez unis, protégez-nous. – Marie, exaucez-nous. – À Notre-Dame de Lourdes, pour m'avoir sauvé mes enfants. – J'ai prié, j'ai pleuré et elle m'a exaucé. – À Marie, pour le plus grand de tous les bienfaits. – R. D., âgé de trois ans, a été conservé à l'amour des siens. – Hommage à Marie. – Une enfant à sa Mère. – Actions de grâces à Marie. – Daignez continuer votre sainte protection à nos chers enfants, rendre une complète santé à leur mère et bénir l'union de toute la famille. – Protégez nos enfants, rendez la santé à mon mari. – Des vers. – J'étais infirme des deux jambes, je suis guérie. – Reconnaissance pour la naissance de Marie-Antoinette, que je lui confie, ainsi que les miens et moi. – J'ai communié, un événement redouté nous a été épargné. – Paul et Anna demandent la bénédiction de Notre-Dame de Lourdes sur leur union, 27 avril 86. – Reconnaissance à Marie, trois fois elle m'a guéri mon enfant. – On demande à chaque pèlerinage un *Ave* pour la conversion d'une contrée protestante. – À Marie Immaculée, un père de famille, santé rendue, procès gagné, avancement obtenu. – Préservation miraculeuse du pèlerinage niortais dans une rencontre avec l'express, le 2 juillet 1870, à une heure du matin » (et il y a, gravé sur le marbre, au trait, la rencontre des deux trains). – Ces ex-voto, c'est gravé sur le marbre, en lettres d'or, la reconnaissance qui monte des guérisons. Partout reviennent les mots de reconnaissance et d'amour. Et il n'y a pas seulement des cris de remerciement, il y a aussi beaucoup de vœux, de prières, comme si les prières dites devant la Grotte, les cris jetés au plein air, ne suffisaient pas et qu'il fallût éterniser sur le marbre cette clameur d'ardente requête montant vers la toute-puissance divine, pour faire cesser la souffrance humaine. Une page, une belle page là-dessus.

Je suis rentré dans la Basilique. Les bas-côtés n'existant pas, rien que des chapelles, avec à peine un couloir, un haut trottoir passant sous les arcades.

Il y a environ quatre cents bannières de tous les pèlerinages pendus au triforium, autour des hautes fenêtres, partout. Beaucoup de tableaux ronds et ovales, sous verre, entrant dans la décoration, avec les cœurs de métal, or et argent. Sous les verres, surtout des bouquets et des couronnes de mariées, mais aussi des croix d'honneur, des bijoux, des images, des broderies, un calice, tout ce qu'on veut offrir.

Le soir, le comité républicain m'a offert un punch d'honneur.

Ma journée du mardi 30 août

Je suis allé le matin à la gare. Dès que les trains arrivent, et qu'ils se sont vidés, on les pousse sur des voies de garage et on les garde, tout formés, de façon à ce qu'on n'ait qu'à les ramener à quai pour que les pèlerins retrouvent chacun sa place dans son compartiment. Les pancartes restent aux portières, rien ne bouge. Je puis donc avoir un malade qui, après avoir rêvé la guérison sur son banc (détails, particularités du compartiment), s'y retrouve, non guéri ; et ses réflexions, sa tristesse, un coup de désespoir, puis l'invincible espérance qui revient. – Les trains ainsi en garage s'élèvent parfois à quinze ou vingt. Le matériel des autres compagnies dort donc là, car les trains viennent de loin.

Si le débarquement s'opère assez vite, il n'en est pas de même de l'embarquement. Une heure, deux heures, lorsqu'on a amené le train à quai. J'ai vu cela pour le train blanc. Et les soucis du personnel de la gare, pour qu'il n'y ait pas d'accident, car il y a quatre voies, simplement séparées par des trottoirs, et il faut que les trains ordinaires circulent au milieu de la cohue des pèlerins encombrant les voies. L'attente sous la longue marquise, mais aussi la foule se répandant sur les voies. Les employés écartent tout le monde, quand il arrive un train, dont la locomotive avance lentement, traversant cette foule de femmes, qui se garent avec précipitation. Il serait à désirer que deux voies au moins fussent couvertes.

On ignore quelles concessions les compagnies font aux organisateurs des pèlerinages. Elles doivent être considérables. L'organisateur prend un certain nombre de billets, selon le nombre de pèlerins racolés, et il s'arrange pour en avoir une cinquantaine en plus, ayant la faculté de les rendre. Quand un pèlerin perd son billet, ou simplement son retour, il doit payer le voyage, au tarif ordinaire. Seulement, l'organisateur se réserve de faire rendre cet argent, ce qu'on fait toujours, les compagnies étant très coulantes. Elles y gagnent énormément.

En 1891, le nombre des trains de pèlerins a été pour l'année de cent cinquante-quatre trains. À une moyenne de six cent cinquante voyageurs, cela fait donc cent mille pèlerins. Avec les groupes isolés et tous ceux qui viennent, on peut mettre cela à deux cent mille au plus. En mettant trois cent mille par année commune, on exagère. Certaines années exceptionnelles, comme celle du Couronnement de la Vierge (la statue qui est devant le Rosaire, une vierge de Lourdes avec une haute couronne d'or et les roses d'or de ses pieds), il a pu en venir cinq cent mille, parce que les organisateurs ont fait un effort considérable, pour faire voir que la France était catholique, une manifestation politique et religieuse, la foi de la France. En somme, deux cent mille et même cinq cent mille, c'est peu.

Le train blanc prend des malades à Poitiers et à Tours.

Je suis allé l'après-midi à Argelès, et j'ai bien compris comment Lourdes était la clé des Pyrénées. Le col, la vallée qui va à Argelès, est le seul passage pour aller à Cauterets, à Gavarnie, et même à Bagnères, dont la route bifurque à Luz. – La vallée d'Argelès, ou plutôt du Lavedan, est typique. La route côtoie presque tout le temps le Gave, tourne parfois au flanc d'un rocher, qu'il a fallu entailler. Et l'on aperçoit le Gave sur son lit de cailloux, coulant profondément, parfois dans une gorge resserrée, parfois dans un vallon qui s'élargit ; les arbres ainsi vus de haut ont l'air de jouets, des prairies s'étendent, des lits de rochers et de cailloux, avec des broussailles ou des rangées de peupliers. Toujours des détours, des promontoires de rochers qui cachent le nouveau bras de la vallée dans lequel on va entrer. Le Gave parfois est très profond et alors les eaux en semblent lourdes, d'un bleu ou d'un vert glauque, sans écume ; d'autres fois, il coule rapidement sans trop de profondeur, et il est très transparent, d'un bleu, d'un vert limpide, comme translucide : d'autres fois encore, souvent, il écume sur de grosses pierres, des roches, et l'écume en est très blanche, une mousse éclatante se détachant sur l'eau dont le vert ou le bleu se fonce avec des reflets singuliers, une vie intérieure troublante. Du reste, le lit doit changer fréquemment, des grèves de sable ou de pierre apparaissent, de petites îles, quand le Gave s'élargit à plat, et ne coule plus resserré dans une étroite gorge de rochers. La moindre pluie le trouble, il devient jaune et boueux. Le ciel aussi le change. Autant de journées, autant d'heures, autant d'aspects. À Lourdes, après la nappe profonde et sombre qui est en aval du Pont-Vieux, il y a une pente raide, un cours rapide et bouillonnant. Devant la Grotte, il coule assez profond et agité.

Il y a les montagnes aussi, en allant à Argelès et ailleurs. De près, elles sont vertes, parfois d'un vert-rose particulier. Mais elles changent continuellement, le grand soleil les entoure d'une buée ondoyante de chaleur qui les noie ; et il arrive que cette buée descende, efface leur pied dans une poussière diffuse, tandis que le sommet s'enlève très net sur le ciel clair. Le temps couvert les plombe, le soir les rend roses ; enfin, tous les accidents du ciel. Et puis, il y a la question d'éloignement. Leurs silhouettes s'étagent, se superposent, s'enfoncent à des plans successifs comme les anciennes coulisses d'un théâtre. Au premier plan, elles sont solides, d'un ton vert, ou jaunâtre, ou grisâtre ; et plus loin, elles deviennent violettes, mauves, etc., selon souvent l'éclairage ; et enfin, il y en a dans le lointain d'absolument légères, aériennes, d'une légèreté de rêve, comme si elles allaient s'évanouir. Tout dépend d'ailleurs de l'éclairage, du jeu des nuages. Tantôt ce sont les fonds qui sont éclairés et les premiers plans sombres et durs ; tantôt les premiers plans ruissellent de soleil, tandis que les lointains s'assombrissent ; tantôt un nuage jette une ombre sur une seule montagne et elle s'enlève alors en noir, avec une puissance extraordinaire, au milieu des autres monts éclairés. Tous les effets sont possibles. – Des coins où il fait très chaud, à l'abri du vent ; d'autres, des couloirs, où passe un courant d'air éternel. – Des bruyères, des fougères, des coteaux boisés, des forêts pendues au flanc des monts, des rochers surgissent nus, des carrières de pierre qui éventrent la montagne, des ardoisières qui coulent sur une pente comme une écorchure, un arrachement violâtre. – Les ruines du château des seigneurs de Lavedan, Argelès sur sa pente, la gorge à droite qui conduit à Cauterets, la gorge en face qui conduit à Gavarnie, avec ses coulisses de montagnes, son enfoncement colossal et ses pics lointains, si légers. Le pic de Viscos a l'air de séparer les deux gorges. On aperçoit aussi, de certains points, le Vignemale, dont un versant coule sur Cauterets et l'autre sur Gavarnie. Enfin l'effet de la pluie dans ce pays. Les nuages qui descendent jusque sur les toits, les grandes traînées grises qui voyagent au flanc des pics. Parfois, tout le pic disparaît, d'autres fois, le sommet reste visible, tandis que toute la base est noyée. Puis, quand la pluie arrive, c'est un nuage épais qui enveloppe tout, on ne distingue même plus les coteaux, à quelques pas, on est dans le nuage même, une humidité pénétrante, une pluie diluvienne. Les toitures ruissellent, les rues sont changées en torrents. Il y a souvent des ruisseaux en ciment, de véritables conduites d'eau. – Les orages superbes, avec les éclairs et les retentissements du tonnerre, dans les échos de la montagne. Les clairs de lune fantastiques, ce qui entretient les idées de sorciers. Les couchers de soleil admirables, dans la pourpre des nuages, tous les effets permis. – En somme, une nature faite pour une visionnaire ; tout cela dans Bernadette, inconsciemment.

Le soir, j'ai longuement causé avec Peyramale, le frère du curé. Et il m'a donné quelques notes.

Le père Sempé vint à Lourdes en 66 (?). Ce fut l'évêque, Mgr Laurence, qui l'envoya pour aider le curé Peyramale. Mais je n'ai pu savoir dans quelles conditions, si le curé avait demandé un aide, pour la Basilique, lui ayant sa cure, et s'il avait le père Sempé sous ses ordres. En tout cas, le père Sempé, petit et toujours souriant, qui était astucieux, d'une exagération d'humilité cachant une ambition immense, intelligent et sans scrupules, paraît avoir travaillé pour s'affranchir et être le seul maître, dans le but de donner la royauté à son ordre, les pères de l'Immaculée-Conception, dont la maison-mère est à Garaison. Il s'installa dans une construction provisoire en bois. On achevait de construire la Basilique, je crois. Le curé Peyramale tomba malade, et le père en profita pour s'emparer de tout. Quand le curé se fut rétabli, il trouva les pères maîtres de la Grotte. Cela vers 1867, et la rivalité commença dès lors.

Cependant, le curé avait depuis longtemps l'idée de son église, et il attendait que la Basilique fût terminée. Son idée était à la fois d'avoir une église paroissiale, digne de Lourdes, et une église assez grande pour servir aussi de point de ralliement à tous les pèlerins qui iraient à la Grotte. Il voulait réaliser le vœu de la Vierge demandant qu'on allât en procession à la Grotte. Ce n'est pas y aller en procession que d'y descendre de la Basilique, c'est tourner sur place. Les rampes, les millions dépensés, n'ont pas allongé le chemin. Mais les pères ont tout fait pour que tout se passât chez eux, qu'on partît de chez eux pour arriver chez eux, de façon à ne partager avec personne. La Basilique fut finie en 68, et le curé ne commença son église qu'en 1875. Il avait longtemps hésité sur l'emplacement, sur les moyens, sur l'argent. Quand il commença, il avait plus de deux cent mille francs et il lui en fallait huit cent mille. Tous les évêques s'intéressaient à son œuvre, les dons allaient affluer de partout. Mgr Jourdan, de Tarbes, vint poser et bénir la première pierre (en 75) et parla chaleureusement pour appeler les dons des fidèles sur cette œuvre. Les travaux ne commencèrent qu'en septembre 75. Les travaux continuèrent sans interruption jusqu'au mois de février 77. Et c'est alors qu'eut lieu l'abandon. Les travaux de l'entrepreneur, M. Bourgeois, se montaient déjà à plus de cinq cent mille francs, et comme il n'en avait guère reçu que deux cent mille, il se trouvait créancier de trois cent mille francs. Il abandonna les travaux, malgré son engagement verbal de les continuer jusqu'au bout, quoi qu'il arrivât. – Les embarras venaient de ce que les dons, que les évêques avaient promis, allaient tous à la Basilique, sur la demande et les intrigues du père Sempé. Les dons s'arrêtèrent tout d'un coup, sauf quelques petits ruisseaux qui continuèrent à couler. Les travaux avaient été poussés à toute vitesse. Le curé, vieux, avait la hâte de voir debout son église (bien peindre ce désir, l'église déjà debout dans son imagination, telle qu'elle est sur la photographie, ce désir du prêtre de voir le temple, œuvre de sa foi). C'est pourquoi la dette se trouvait si grosse, trois cent mille francs. L'entrepreneur, aussi, avait dû voler. Le tout très mal administré. Et l'arrêt brutal, en février. Le coup fut tel que le curé Peyramale, mal portant, en mourut, le 10 septembre, sept mois après.

Depuis ce temps, l'entrepreneur Bourgeois commença un procès qui dura des années. Il attaquait le curé ou son héritier, la fabrique et la ville qui avait promis une subvention de cent mille francs. Elle ne les donna à Bourgeois qu'après y avoir été condamnée. Si elle les avait donnés tout de suite, la situation était sauvée, l'église serait achevée aujourd'hui. Le procès dura dix ans. D'abord, devant le conseil de Préfecture qui se déclara incompétent. Appel devant le Conseil d'État, qui réforma l'arrêté du conseil de Préfecture et qui renvoya l'affaire devant lui. Après des délais, le conseil de Préfecture jugea que la ville devait donner les cent mille francs promis, et condamna l'héritier à terminer l'église ; fabrique hors de cause. Nouveau pourvoi devant le Conseil d'État qui casse l'arrêté et retient cette fois l'affaire. Enfin, il condamna la fabrique à payer Bourgeois, et à son défaut l'héritier ; de son côté, la ville fut condamnée à verser les cent mille francs à Bourgeois, ce qu'elle fit. Et les choses en restèrent là, la fabrique ni l'héritier n'étant solvables. À la mort du curé, il restait une vingtaine de mille francs de dons que Peyramale, le frère, donna à des personnes qui avaient répondu, pour éviter les complications. Naturellement, la dette de Bourgeois s'accroît des intérêts. Le chiffre des travaux était de cinq cent mille francs sur lesquels on a donné deux cent mille francs. Restaient donc trois cent mille, mais les intérêts ont tellement grossi le chiffre, qu'il dépasse aujourd'hui six cent mille francs. Et il faudrait quatre cent mille francs pour terminer l'église, donc un million. (Prendre cela dans la brochure.)

L'idée de Peyramale est de finir l'église grâce à un système de quêtes. L'évêque de Tarbes consent, paraît-il, et il y a un arrêté du conseil municipal. Maintenant que ce conseil est républicain, les choses vont peut-être s'arranger. Mais l'opposition sourde des pères. Ils agissent pour qu'on ne finisse pas l'église. Ils ont avec eux le curé Barrère, qui ne touche aucun don. Toutes les lettres, surtout les chargées, vont à la Grotte. L'histoire du billet de cinq cents francs, mis dans le tronc, du temps du curé Peyramale. Aujourd'hui que les pères sont les maîtres, pas une obole ne va à la paroisse. – Le père Sempé est mort en août 90.

L'histoire de la mitre. Le curé Peyramale dans un dîner qu'il donnait et où assistait Mgr Jourdan, découpait une dinde et n'en venait pas à bout. Alors, comme il tâchait vainement de détacher la mitre, il dit en riant : « Voici la première mitre qui me résiste. » L'évêque devint furieux, échauffé sans doute par le bon dîner et s'emporta jusqu'à dire des injures au curé.

Ma journée du mercredi 31 août

J'ai vu le matin un prêtre qui m'a donné les détails qu'il tenait de sœur Maria, une sœur de Nevers, qui a connu Bernadette à l'hôpital municipal, pendant tout le temps qu'elle y est restée.

D'après Bernadette, la Vierge avait les yeux bleus, la robe d'une blancheur et la ceinture d'un bleu sans comparaison ; ni soie ni dentelle, quelque chose de bien mieux. Elle ne laissait voir que très peu de cheveux blonds sous la ligne de son voile. L'abord était gracieux, aimable ; pleine de politesse pour apparaître et disparaître. L'apparition se formait tout d'un coup, et le rayonnement provenait de la vision même. Les mains jointes, l'attitude qu'on lui donne, est celle qu'elle a prise pour dire : « Je suis l'Immaculée Conception. » Autrement, elle n'était pas immobilisée dans une attitude. Elle allait, venait, s'approchait, se reculait avec des gestes, descendait vers l'enfant. Le chapelet avait des grains blancs, les chaînons et la croix étaient dorés. Les pieds nus très blancs, les roses étaient dorées, comme fondues avec les pieds. Ces roses, leur importance, elles semblaient uniques. Le visage ovale, très gracieux, très blanc, avec les joues rosées, les lèvres roses.

Bernadette n'a jamais varié dans sa description. Mais elle n'en parlait jamais d'elle-même, il fallait qu'on la questionnât et alors elle ne répondait qu'à la question. Très laconique. Sans orgueil aucun.

Les apparitions ont duré deux mois moins six jours. Les deux jours où la Vierge n'a pas été fidèle au rendez-vous, Bernadette en a eu le pressentiment. Elle est allée à la Grotte mal en train, comme à regret, tandis que les autres fois, elle y courait, comme attirée, portée par des ailes. Elle continuait d'ailleurs ses occupations habituelles. – Une des raisons qui auraient décidé son départ pour Nevers, ce fut qu'un haut personnage, dit-on, la demanda en mariage. On craignit les entreprises du monde sur cette élue, et Mgr Laurence hâta le départ. D'ailleurs, Bernadette ne semblait pas mieux demander.

Quand de belles dames venaient de Pau, on lui demandait : « Eh bien ! est-ce que la Sainte Vierge était aussi belle ? » Et elle haussait les épaules avec dédain. – Après les apparitions, jamais elle n'en eut d'autres. Elle retomba dans sa simplicité, sans religion exagérée. Ce n'était pas une sainte Thérèse, mais une femme comme tout le monde, *dans la voie commune*. Elle souffrait physiquement beaucoup, étouffait toujours. À Nevers, on l'approchait difficilement. Et le miracle qu'elle aurait fait sans le savoir. Une mère aurait apporté son enfant infirme, malade, en suppliant les supérieures de laisser Bernadette le prendre et le porter un instant. La supérieure finit par consentir, appela Bernadette en lui demandant de porter l'enfant, et quand celle-ci eut porté l'enfant et qu'elle le remit par terre, il se mit à courir, guéri. – C'est une charmante imagination. Lasserre, qui a fait une enquête, dit que ce n'est pas vrai.

À Nevers, les jardins du couvent sont en étages, par terrasses, et l'on voit de là la ligne du chemin de fer. La chapelle est au milieu du jardin, grands arbres, potager près de la chapelle.

Toujours elle avait un ouvrage à la main, tricot, broderie. Elle était devenue assez habile brodeuse. On a une aube brodée par elle. Et pas même imagination exaltée, très positive. Pas intéressée pourtant. Jamais elle n'a voulu accepter l'argent que des personnes lui offraient, ni pour elle, ni même pour ses parents. Cela au point que lorsqu'on lui remettait, pour faire dire des messes, les honoraires, elle les laissait tomber par terre. Il fallait la gronder pour qu'elle les ramassât, et qu'elle les remît aux personnes auxquelles ils étaient destinés. – Elle s'est beaucoup intéressée à l'orphelinat de Nevers, qui est bâti à Lourdes. On n'y reçoit que des petites filles de Lourdes dont la pension est payée directement ou par des dons. Des fondations. Pas de gratuité. Les enfants y reçoivent de l'instruction, et y apprennent le ménage, puis sont libres à dix-huit ans. Elle s'intéressait donc à l'orphelinat, le voulait sur une vaste échelle, pour y mettre le plus d'enfants possible, de ces petites filles qui traînent dans les rues et qu'il s'agit de sauver. Sans doute, elle songeait à elle qui avait couru pieds nus les rues et les routes, et selon moi elle avait donc conscience des dangers qu'elle avait courus, pour vouloir en sauver les autres.

Elle n'avait pas d'amie intime, pas de particulière affection humaine. Enfant, ignorante, on avait eu du mal pour lui apprendre son chapelet, malgré sa docilité. Des saillies pourtant, de l'esprit. Était-elle vierge d'esprit ? Tempérament froid, très souffrante. Une pauvresse qui se tient pure. Comment elle a pu se conserver pure dans un milieu religieux. – On détournait d'elle tout sujet d'orgueil. On ne lui donnait sur Lourdes que des détails vagues, pour éviter qu'elle s'y complût. Quand on voulait savoir les trois secrets et la prière que la Vierge lui avait appris, elle éludait la question ou coupait court. Les visites la fatiguaient au parloir, et elle se plaignait un peu parfois. Alors les religieuses lui faisaient remarquer que les apparitions ne s'étaient pas produites pour son seul plaisir à elle, mais pour que le monde entier fût édifié.

J'ai reçu ensuite la visite de l'abbé Maumus, élève chez Pasteur. – Il est venu de la part des pères, me dire que ceux-ci s'étaient un peu inquiétés des détails que j'avais donnés au *Temps* sur l'eau des piscines, le bain de microbes. Il m'a dit qu'il allait faire une analyse microbienne de cette eau. Les bons pères ont peur que ce que j'ai dit, d'après le docteur Boissarie, effraie les familles. Les détails que j'ai donnés ne peuvent être démentis, je les tiens des malades et du docteur Boissarie lui-même. Il faudra que je suive cela, car ils feront évidemment quelque chose.

Enfin, l'après-midi, j'ai passé de nouveau trois heures dans le bureau des constatations. J'y ai vu un eczémateux, qui n'est point guéri, mais qui prétend que, chaque fois qu'il vient à Lourdes, ça le soulage. J'y ai vu une femme atteinte d'aphonie nerveuse, qui a recouvré la parole, après des mois de mutité absolue. J'y ai vu un petit garçon qui prétend avoir été guéri de douleurs de tête et de maux d'yeux. J'y ai vu surtout un cas dont ils vont faire grand bruit, une femme qui avait une tumeur ovarienne qui l'empêchait de marcher depuis des mois. Elle était tellement convaincue d'être guérie, qu'avant d'aller à la piscine elle s'est présentée dans sa petite voiture devant le docteur Boissarie, en disant : « Examinez-moi, je vais être guérie. » Il a cru avoir affaire à une folle, a éludé la demande. Une demi-heure après, la femme revenait guérie, marchant à l'aise, elle qui ne pouvait remuer. Il a perdu là l'occasion de constater le mal avant de constater la guérison. Il dit l'avoir examinée après et n'avoir rien trouvé. Mais il aurait fallu établir l'état auparavant. J'ai trouvé, pour moi, le ventre de la femme extrêmement gros. Le certificat du médecin, que je n'ai pas vu, établissant la présence d'une tumeur, était, m'a-t-on dit, du 9 août et la guérison s'est produite le 31, donc vingt-deux jours après.

En somme, toutes mes objections restent debout, et je les consigne ici pour les retrouver, si une polémique s'engageait. Ces constatations sont inutiles pour les croyants, et elles sont insuffisantes pour les incrédules. Tout est basé sur les certificats de leurs médecins que les malades apportent. J'ai vu plusieurs de ces certificats, la plupart extrêmement brefs, sans détails. Quelques-uns, pourtant, sont mieux rédigés, et il y a même des signatures de médecins légalisées. Mais qui ne sent tous les doutes que de pareils certificats laissent dans l'esprit. On ne connaît pas les médecins, il faudrait au moins faire une enquête sur eux. Le contrôle des documents, l'examen et la discussion, est de première nécessité. Sans quoi, tout croule. Et je ne parle pas de la difficulté de certains diagnostics. Quand deux médecins, appelés en consultation, ne s'entendent pas, comment veut-on qu'on accepte comme parole d'Évangile le certificat très bref d'un médecin ? Il a pu se tromper de bonne foi, il a pu tromper par intérêt. – Donc les certificats, pour moi, sont des pièces douteuses, tant qu'une critique sévère n'en est pas faite, et tant qu'on n'aura pas contrôlé l'état du malade à l'arrivée. – Je sais bien combien cela est difficile, d'autant plus que ceux qui les examineraient alors pourraient encore se tromper. – C'est pourquoi j'écarterai toutes les maladies internes, toutes les lésions organiques, si difficiles à établir. Jamais la guérison, dans ces cas, ne pourra être établie d'une façon irréfutable, car il est déjà très difficile d'établir l'état morbide exact du malade. Et l'on entre dans toutes les améliorations si ce n'est toutes les guérisons, que l'autosuggestion peut produire. Là s'ouvre le vaste champ de l'inconnu. Combien de maladies, sans qu'on le sache nettement, ont des racines nerveuses et peuvent dès lors être guéries, ou du moins soulagées momentanément, par une grande émotion, un élan de tout l'être, une volonté exaltée de guérir ! Dans ce cas rentrent tous ceux qui se mettent à marcher, après être restés des mois immobiles. Qui sait si la dame à la tumeur n'a pas bénéficié d'une de ces révolutions internes ? C'est pourquoi, mettant de côté toutes les maladies internes, sur lesquelles il peut y avoir discussion, j'en suis revenu à mon dada, d'une salle des plaies apparentes. On établirait l'état de chaque plaie, par un procès-verbal de constat, et si une guérison venait à se produire, il n'y aurait pas de négation possible. – On est revenu sur le cas de Clémentine Trouvé, et un médecin qui se trouvait là a fait une remarque amusante, en m'entendant dire que la guérison avait laissé une cicatrice au pied de l'enfant : « Pourquoi une cicatrice ? Est-ce que la Vierge, pendant qu'elle y était, n'aurait pas pu lui refaire un pied tout neuf ? » Boissarie a répondu que si la Vierge avait laissé une cicatrice, c'était pour bien prouver à tout le monde qu'il y avait eu là une plaie et qu'elle l'avait fermée.

En somme, le médecin de la Grotte bénéficie de la mer d'obscurité où se noie la médecine. Comme il n'existe pas de médecine expérimentale, que tout y est art et hasard, il bénéficie des erreurs des uns, des querelles des autres, de l'impossibilité de tous à établir un fait exact et définitif. Tout n'est-il pas possible, dans un art où tout le monde se trompe. Pour établir les guérisons miraculeuses, il faudrait une critique des documents, une rigueur de méthode qui n'est sans doute pas possible. Mais il y aura quelque chose à faire plus tard avec mon idée d'une salle des plaies apparentes. Je crois avoir mis le doigt sur le cas intéressant.

J'ai vu là le docteur Balencie, celui qui a signé le rapport médical sur l'état de Bernadette et qui a conclu à l'hallucination. Tout médecin, a dit Boissarie, aurait écrit ce rapport. Je tâcherai de me le procurer. Le docteur Balencie, devenu pieux, m'a paru un brave homme.

Pendant que nous étions au bureau des constatations, une femme épileptique a eu une crise, comme on la plongeait dans la piscine. Cela a déterminé une grosse émotion. Elle s'était mordu la langue et elle bavait une écume sanglante. Un instant, on l'a crue morte. La foule courait.

On a tant volé dans la foule, que cette année on a collé partout une petite affiche : « Veillez sur vos porte-monnaie. »

Le carillon de la Basilique sonnant les quarts.

Ma journée du jeudi 1er septembre

Le matin, avant mon départ pour Luchon, j'ai causé une dernière fois avec mon propriétaire, M. Dalavat, greffier à la justice de paix.

Les pères de l'Immaculée-Conception (de Garaison) s'enrichissent, fondent des succursales partout. Ils ont une maison à Rome, à New York (?) et ils viennent d'acheter un immeuble à Tarbes.

La tour de Gavarnie sur un rocher, celle que tout Lourdes croyait hantée.

Lourdes se trouve à l'entrée d'une impasse, le cul-de-fosse des Pyrénées. La vie, le fleuve moderne est arrêté, bute contre les Pyrénées. De là, la stagnation, la population arriérée, les idées immobiles. Si l'on avait fait le chemin de fer transpyrénéen, tout transformé, la richesse, l'échange des idées.

Quelques usages du pays. La tuerie du cochon ; c'est une grosse fête. On visite la famille, les amis. Le boudin, la saucisse, la « carbonade », un morceau de cochon, l'échine, qu'on coupe en tranches et qu'on fait griller sur le gril. – Au carnaval aussi, c'est une fête que de faire des crêpes. – Enfin, les tailleurs de pierre, très nombreux, ont une fête à l'Ascension. Ils sont répartis en deux sociétés, dont chacune nomme une délégation, et cette délégation s'occupe de l'organisation de la fête. Elle fait venir de Juillan des ménétriers, violons, clarinettes, contrebasses, qui vont donner la nuit une aubade aux notables. Le lendemain, les tailleurs portent eux-mêmes, un flot de rubans à la veste, un morceau de pain bénit aux notables, à qui on a donné l'aubade, et chacun des notables donne vingt sous, quarante sous. Cet argent sert ensuite à payer la fête, les ménétriers et les frais d'un bal. Ces tailleurs de pierre avaient un chant à eux.

À Lourdes, la Vierge n'a plus guéri personne depuis longtemps. Sur les quatre ou cinq médecins, quatre sont religieux et le cinquième paraît indifférent. Rien à tirer d'aucun d'eux. Leur clientèle pieuse les force à une grande prudence.

La population était d'environ quatre mille, il y a cinquante ans. Elle a presque doublé : sept mille. S'il vient trois cent mille pèlerins, il faut remarquer qu'il y a là beaucoup de femmes et que ce sont souvent les mêmes qui reviennent. Si l'on met la dépense de dix à quinze francs par tête, les trois cent et quelques mille restant trois jours, ce qui fait un million pour un jour, on arrive à un chiffre d'argent laissé de dix à quinze millions. Je comprends là pour les hôtels, les achats d'objets religieux, les dépenses de toutes sortes.

Il y avait beaucoup de simulateurs et c'est là que le médecin de la Grotte n'est guère que le douanier des guérisons : il empêche de passer celles qui sont par trop ridicules.

Le mot de menace des pères à toutes les réclamations : « Nous allons fermer la Grotte. » – Toute la ville intéressée baisse la tête. Ce sont les pères qui sont au tourniquet et qui empochent.

Tentative de miracle au tombeau du curé Peyramale. On y venait en procession, certains disaient qu'ils voyaient l'âme du curé dans un coin. Les pères craignent la canonisation du curé.

La ville avait commencé une souscription pour faire revenir le corps de Bernadette et lui élever un tombeau au cimetière. On avait commencé aussi des quêtes pour élever une statue au curé Peyramale. Les pères ont agi, le curé Barrère a montré beaucoup de mauvaise volonté, et tout a été abandonné.

Au milieu de cette préoccupation, de cette floraison de miracles on se croirait retourné à l'époque de *La Légende dorée*.

INTRODUCTION À
ROME [Journal de voyage]

« Tout cela devra être étudié sur place », écrivait Zola en juillet 1893 à propos de *Rome*, dans le premier texte programmatique des *Trois Villes*. Pour satisfaire aux exigences de la documentation naturaliste, le romancier, surmontant ses réticences d'homme casanier, se résout à ce grand voyage. Parti de Paris le 29 octobre 1894 au soir, accompagné de sa femme Alexandrine, il arrive à Rome le 31 octobre au matin. Il y séjourne jusqu'au 5 décembre, avec une brève excursion à Naples du 23 au 28 novembre. Sur le chemin du retour, il s'arrête à Florence (6 et 7 décembre), à Venise (9, 10 et 11 décembre), à Milan (13 et 14 décembre), avant de rentrer à Paris le 16 décembre au matin. De ce long voyage d'un mois et demi, le romancier rapporte un journal de 400 feuillets, simplement intitulé *Rome*, conservé à la bibliothèque Méjanes d'Aix-en-Provence, et publié pour la première fois par René Ternois en 1958, en même temps que les notes de voyage à Lourdes.

Le journal de voyage à Rome occupe, toutes proportions gardées, la même fonction dans l'économie générale des dossiers préparatoires que les notes d'enquête prises sur le terrain à l'occasion de la composition de chaque roman : « Mes notes sur Anzin » pour *Germinal*, « Mon voyage » pour *La Bête humaine*, par exemple. C'est le temps fort, le moment le plus actif et le plus intéressant de la documentation. La différence, ici, tient à la durée du voyage et à l'ampleur du sujet. Jamais Zola n'a fait, jamais il ne fera pour aucun roman, un tel travail préparatoire. On ne sait pas exactement comment le romancier a rédigé ce journal. L'état du manuscrit montre qu'il s'agit d'une mise au net, sans doute effectuée chaque soir, de notes prises sur le vif, recopiées et amplifiées dans le droit fil de l'expérience vécue et de l'impression reçue dans la journée. De là cette liberté, cette allure relâchée du style propre au diariste : « Sorti ce matin avec ma femme, à pied. Suivi la rue des Quatre-Fontaines », etc. De là ces phrases nominales, réduites souvent à quelques mots, de manière à épouser au plus près le mouvement de la sensation : « Au Gesù. Midi. Un office. Des chanteurs, un soprano, des orgues. Beaucoup de monde. » Pourtant, il ne faut pas s'y tromper : ces notes, très *écrites*, portent la marque d'une élaboration savante. Tantôt elles s'attachent à préciser un fait important, à cerner une idée essentielle que le roman devra développer. Tantôt elles cherchent à fixer, dans toute sa précision sensorielle, une impression, un paysage, une chose vue. Ce souci constant du *rendu* de la sensation est une des qualités principales du journal. Il donne au romancier l'occasion de composer de magnifiques tableaux impressionnistes, tout en mouvements aériens, en nuances de couleurs, en effets de lumière ou de clair-obscur, que le roman développera sans retrouver toujours cette fraîcheur du premier jet : vues générales de Rome de la terrasse de San Pietro-in-Montorio (1er novembre, 5 novembre), du dôme de Saint-Pierre (16 novembre) ou du Pincio (4 novembre, 10 novembre), paysages de la Campagne romaine (7 novembre, 20 novembre), marché du Campo dei Fiori (10 novembre), rues sombres du Transtévère (17 novembre), nocturnes sur la place Saint-Pierre ou sur le Tibre (21 novembre), etc. Ces pages ne sauraient donc se réduire à une matière brute, une somme de petits faits vrais dans laquelle le romancier se contenterait de puiser. Elles témoignent déjà d'un travail d'élaboration littéraire bien supérieur à celui des autres textes préparatoires de *Rome*. Elles prennent place, sans conteste, dans la lignée des grands journaux de voyage en Italie, aux côtés de celles de Chateaubriand, de Stendhal ou de Taine.

Trois mots résument l'essentiel des occupations de Zola pendant son séjour en Italie : tourisme, informations, mondanités. Le journal de voyage rend fidèlement compte de ces trois activités. Les visites aux monuments, églises, palais, musées, champs de fouilles occupent une bonne partie de l'ensemble. Dès le jour de son arrivée, le 31 octobre, Zola fait en voiture une « grande course au travers de Rome, pour le premier coup d'œil », complétée le lendemain par la visite de quelques sites et monuments importants : la terrasse de San Pietro-in-Montorio, Saint-Pierre de Rome, le Panthéon, le cimetière du Campo Verano. Le 2 novembre, il se donne « une indigestion de ruines », au Forum, au Colisée, aux Thermes de Caracalla, au Palatin. Le lendemain, il se rend aux tombeaux de la Via Appia, visite les catacombes, aperçoit la Campagne romaine. Le 4, le 5 et le 6 novembre sont consacrés à des promenades dans Rome : villas, palais, églises, belvédères. Le 7, il se rend à Frascati et aux lacs Albains. Le 12 et le 13, il visite Saint-Pierre et les musées du Vatican, admire les Michel-Ange de la chapelle Sixtine. Le 16, il monte sur le dôme et aperçoit d'en haut les jardins du Vatican où il ne pourra pénétrer. Le 20 et le 21, invité par la comtesse Santafiora, il est à Genzano et revoit le lac de Nemi, « terrible de tristesse ». Le soir, sur le chemin du retour, il admire de son wagon la Campagne romaine au coucher du soleil : « Il n'y a rien, et c'est grand. » Presque tous les jours, il sort, se promène, souvent à pied, dans les vieux quartiers ou dans les faubourgs modernes, observe, visite, achète, pour satisfaire son goût du « bibelotage », tout un bric-à-brac de « marbres anciens », statues, bustes, sarcophages, « pierres funéraires, avec inscriptions, datant de l'époque romaine » (voir lettre de Zola à Louis Bigot, directeur de l'Octroi, 28 décembre 1894), qu'il se fait expédier à son domicile, à Paris. Pendant plus d'un mois, avec beaucoup d'énergie et de plaisir aussi, Zola a fait consciencieusement son métier de touriste, et l'on peut dire qu'aucun lieu, aucun monument, aucun musée important, aucun quartier intéressant de la ville ne lui a échappé. C'est de ce compte rendu journalier, tout plein de la force de l'impression vive, beaucoup plus que des résumés du Baedeker ou du guide Joanne, que Zola tirera, pour son roman, la matière des promenades de Pierre, notamment au chapitre IX. Mais Zola n'est pas un touriste comme les autres. Aux musées et aux églises, il préfère les paysages, les scènes de rue surtout, les détails curieux saisis au hasard de la découverte. De son passé de journaliste, il a gardé le sens du reportage, de la chose vue, frappante et originale. Plus que les souvenirs de l'art, ce sont les témoignages de la vie moderne qui l'intéressent, tout ce que l'étranger ne voit pas, les petits métiers, la misère du peuple, les ruelles sordides où courent les poules au milieu des ordures, les marchés « sans nom », les gargotes aux nourritures infectes, et aussi, loin des circuits touristiques, les grands travaux paralysés, les fabriques abandonnées, les quartiers neufs inachevés, luxueux mais déjà dégradés. C'est de ce regard original, de cette attention aux signes de la réalité romaine, notés chaque soir dans son journal, que le roman tirera l'essentiel de son authenticité.

Chaque jour aussi, une invitation, un banquet, une cérémonie quelconque apporte au romancier son lot de rencontres, d'informations et de réflexions. À Rome, les Zola ne sont jamais seuls. Dès leur arrivée, ils sont saisis dans un tourbillon de visites, de réceptions qui accaparent une bonne partie de leur temps. Zola cède volontiers à ces sollicitations, parce qu'il y voit une occasion de se documenter plus facilement. Beaucoup de ses informateurs sont des journalistes, français, francophones ou italiens. François Carry, ancien secrétaire du cardinal Galimberti, le renseigne sur le monde « noir » et lui donne des détails sur la vie quotidienne du pape et le déroulement d'une audience particulière (9 et 14 novembre). Attilio Luzzatto, directeur du journal libéral *La Tribuna*, lui parle de la société romaine, du peuple misérable et gai, de la bourgeoisie peu nombreuse, de l'aristocratie déclinante, des affaires du pape (8 novembre). Henri Darcours, correspondant du *Matin*, le renseigne sur les pèlerinages et les audiences publiques (6 novembre), puis sur les grands travaux, les spéculations et la crise immobilière (11 novembre). Félix Ziegler, correspondant du *Figaro*, lui donne des détails sur la fortune du pape et son implication dans les spéculations immobilières (21 novembre). Il lui montre aussi des photographies des jardins du Vatican et des appartements pontificaux qui lui serviront à préciser le décor de la réception de Pierre par Léon XIII, au chapitre XIV du roman (30 novembre). Toute cette masse documentaire, soigneusement consignée, passera dans le roman à peu près sans changement.

Dans leurs visites de la ville, les Zola sont accompagnés, le plus souvent, par des hôtes dont Zola se plaît à souligner la bonne grâce : l'ambassadeur Albert Billot les reçoit à plusieurs reprises au palais Farnèse. Édouard Lefebvre de Béhaine, cousin d'Edmond de Goncourt, ambassadeur de France près le Saint-Siège, les accompagne dans leurs promenades et les invite à sa résidence. Le peintre Ernest Hébert, ancien directeur de la Villa Médicis, leur sert de *cicerone* et leur fait visiter Saint-Pierre de Rome, les musées du Vatican, la chapelle Sixtine. Zola rencontre encore quelques représentants de l'aristocratie romaine, le comte Primoli, le prince Odescalchi, la comtesse Santafiora qui le reçoit dans sa villa de Genzano, la comtesse Lovatelli, le comte Bertolelli, administrateur de *La Tribuna*. Sur cette société qu'il juge décadente, il porte un regard très dépréciatif : « Tout ce monde pas beau, pas majestueux » (20 novembre). L'apathie du peuple, l'égoïsme de la bourgeoisie, l'inertie de l'aristocratie sont pour le romancier les grands responsables du déclin général de l'Italie, prisonnière d'un passé qu'elle ne peut ni oublier, ni retrouver. Le roman développera cette idée dépréciative dont les Italiens, évidemment, se montreront peu satisfaits. Zola, pendant son séjour à Rome, est encore reçu par de nombreuses personnalités : Guido Baccelli, le ministre de l'Instruction publique (8 novembre), le baron Blanc, ministre des Affaires étrangères (4 décembre), Crispi, le premier ministre (12 novembre). Il assiste à la séance d'ouverture du Parlement (3 décembre). Enfin, il est reçu en audience privée par la reine Marguerite (4 décembre) et par le roi Humbert (1er décembre). Mais, déclare-t-il, « tout cela ne me servira pas », puisque son roman ne doit être ni politique, ni historique. Il n'en reste pas moins que Zola, comme l'écrit Édouard Lefebvre de Béhaine à son ministre Gabriel Hanotaux le 9 décembre 1894, est « l'objet, de la part du monde politique et littéraire italien, de démonstrations dont ne sont pas honorés en général les étrangers, quelque importants qu'ils soient ». Si cette sollicitude a certainement contribué à fermer à Zola les portes du monde « noir », elle lui a aussi apporté, avec une expérience approfondie de la société romaine dans ses milieux intellectuels, artistiques, politiques, des informations de première main dont le roman s'est nourri. C'est l'intérêt du journal que de fournir le compte rendu exact de ces rencontres, de conserver les traces vivantes d'une expérience intellectuelle et humaine dont rien ne sera perdu, de garder à jamais présentes, dans leur vivacité première, des impressions que le roman, plus démonstratif, ne retrouvera que sous une forme discursive. Trésor incomparable d'idées et de sensations, le journal de voyage à Rome est plus et mieux que le simple laboratoire du roman à venir : c'est un *autre* texte sur Rome, plus vivant, plus libre, pareil à ces esquisses de Corot ou de Delacroix que Julien Gracq, dans *En lisant en écrivant*, déclare préférer aux œuvres achevées de leurs auteurs.

Jacques Noiray

ROME [JOURNAL DE VOYAGE]

MERCREDI 31 OCTOBRE

Je suis arrivé ce matin à sept heures. Traversé la campagne romaine au jour levant. Une grande désolation. Des troupeaux aperçus dans le brouillard. Des terrains tristes à l'herbe rare. Les quelques constructions à tuiles jaunâtres me rappelant le Midi. Des fermes tristes et brûlées. Le désert.

Une première course, en passant, au Capitole. Le Marc Aurèle superbe, fort et puissant. La vue du Forum, petit, gris. – De là au Corso : impression d'étroitesse. Notre rue Saint-Honoré. Les palais, les grandes masses carrées, nues et tristes du dehors, avec leur badigeon d'un jaune rougeâtre. Mais au-dedans, on sent l'immensité ; à voir. – L'après-midi, notre grande course au travers de Rome, pour le premier coup d'œil. Gênes et Aix, les souvenirs qui me reviennent. Beaucoup de grandeur, mais éparse et triste. L'horreur nauséabonde des vieux quartiers. Les linges tendus aux fenêtres, une corde éloignée du mur par un bâton. Des lessives entières, des draps longs qui pendent, des chemises, des linges blancs, puis le bariolage du linge de couleur. L'odeur faite d'huile rance et de misère. Revoir le Transtévère. Majesté de la place Saint-Pierre ; mais le dôme trop en arrière. Au palais Farnèse, chez notre ambassadeur, les salles magnifiques, puis les embrasures des fenêtres en faux marbre mal peint. Les escaliers, les galeries immenses. Tout cela froid et solennel. L'ambassadeur, M. Billot, la « souris blanche », au milieu de tout cela. – Au Corso, la même impression d'étroitesse que le matin. Pas de voitures encore à trois heures. Jolie décoration de la piazza del Popolo. Le Pincio, d'un joli goût italien, mais étroit encore. Une musique militaire, trop de cuivres. Les bustes des grands hommes dans les allées. De la terrasse, une belle vue sur Rome, un peu confuse, avec les dômes et les églises. Saint-Pierre, très majestueux, au fond. De l'autre côté de Rome, le Janicule, correspondant au Pincio. La rue del Babuino (du singe) droite et froide. La place d'Espagne avec le bel escalier d'un joli effet d'art (à la France). La fontaine de Trevi, très charmante, d'un élève du Bernin. Un rococo grandiose. La villa Aldobrandini dans la rue Nationale, vue de face avec son jardin en l'air, le grand pin parasol, tout Rome. Grande allure. Un sirocco souffle, journée lourde, avec des nuages noirs, orageux, vers le soir.

Ma conversation avec M. Billot : on a tort en France de trop mépriser l'Italie. Elle pourrait beaucoup, surtout celle du Nord. Mais incapable d'un effort prolongé. La Triple-Alliance nous a rendu le service de la lancer dans l'ambition, de l'épuiser par l'entretien de sa flotte et de son armée depuis longtemps sans utilité. C'est ce qui l'a ruinée. Aussi l'Italie était beaucoup plus impatiente, désireuse d'une guerre que l'Allemagne. L'Allemagne devait la calmer. Sa flotte serait superbe d'aspect, mais déjà peu à craindre, vieillie en douze ans, n'étant plus à l'abri des nouveaux projectiles, et l'on ne pourrait changer les cuirasses. Position difficile de l'ambassadeur, les Italiens ayant toujours le prétexte de nous accuser de vouloir rétablir le pouvoir temporel. C'est l'excuse. Inepte.

La place Campo dei Fiori pleine d'un décrochez-moi hideux. Beaucoup de tessons. Une jolie vue du pont Saint-Ange, quand on regarde vers le Transtévère. Pittoresque de la rive droite. Le mont Palatin et surtout le mont Aventin entrevu avec ses trois églises.

JEUDI 1ER NOVEMBRE

Dix heures, au Janicule, dans le jardin de la villa Corsini, devant l'Académie royale espagnole. Une terrasse, et de là l'admirable vue de Rome, par cette splendide matinée d'octobre. Un ciel bleu clair, d'une pureté admirable. Un léger vent du nord. Le mont Testaccio, à droite, d'un violet sombre sur les lointains bleuâtres de la campagne romaine. Le mont Aventin, avec ses trois églises en sombre sur les fonds clairs des monts Albains, très pâles et évaporés. Le Palatin de même avec ses cyprès, carré. Le Capitole à peine distinct, confus. La ville paraît plate, à peine l'ondulation des monts, avec des fonds pleins d'une vapeur bleuâtre, très délicate. En bas du Janicule, les quartiers nouveaux, les grandes maisons carrées, habitées par le peuple misérable, avec des linges pendus aux fenêtres ; cachant le Tibre. Sur la gauche, les tours et surtout les dômes commencent. Quelques blancheurs seulement apparaissent, des pans de murs, des façades de maisons nouvelles. Le reste se perd dans un gris lilas très fin. Le palais Farnèse est en bas, une masse carrée, jaunâtre. Le dôme de Saint-Pierre est tout à fait à gauche, seul, au-dessus d'une ligne d'arbres, deux pins parasols. On ne voit que le dôme, surgissant d'un pli du terrain, comme naissant de la verdure. Le dôme est d'un bleu-gris pâle, presque du bleu du ciel, un peu plus gris. Le campanile est jaune, semble suspendu. Mais les coups de vigueur c'est l'Aventin, c'est le Palatin dans les arbres. – D'autres parties de la ville, au lointain, se découpent en sombre sur les fonds clairs. À gauche, la villa Borghèse, le Pincio, une ligne d'arbres, au bord du ciel. Le fort Saint-Ange, tout rond, au bas. De grandes fumées grises s'enlèvent. Les tuiles du palais Farnèse sont rougeâtres. Au-dessus de la terrasse d'où j'ai pris cette vue se trouve l'Acqua Paola, jaillissante. Derrière le palais Farnèse on aperçoit la rondeur du Panthéon, basse. Derrière encore, Monte Citorio, très jaune, avec une horloge, dans le delta. Les hauteurs du Viminal, blanches, les nouvelles constructions, quartiers neufs, des cubes blancs, percés des petits carrés réguliers des fenêtres. À droite du palais Farnèse, le dôme de Saint-André della Valle. Au fond la tour de Néron, rougeâtre. Puis tout au bout Sainte-Marie-Majeure : une tour carrée, mince, avec toit pointu et deux campaniles. On voit à gauche le quartier neuf des Prati di Castello, les maisons, les cubes à fenêtres régulières.

Saint-Pierre, le jour de la Toussaint. Une cérémonie dans la cappella del Coro. De la grande nef on n'entend pas même les chants. Les chanteurs de la chapelle Sixtine, l'admirable voix de femme. La chapelle inondée de soleil, des rideaux rouges que le soleil ensanglantait. Et mon impression, la nef immense, les branches du transept et de l'abside aussi grandes qu'une de nos églises ordinaires. Une salle de gala géante, une salle des pas perdus, un palais de réception cyclopéen. Le dallage de marbre, les piliers recouverts de marbres de couleur, les voûtes avec leurs caissons dorés, les tombeaux de marbre, aux statues de marbre. Un musée froid et grandiose. Les mosaïques des voûtes, toutes les peintures des voûtes. Cela païen, romain, d'une majesté démesurée et triomphale. Pas de vitraux aux fenêtres. De partout, des fenêtres carrées, aux vitres carrées, versant une lumière blanche. Celles de gauche, frappées en plein par le soleil, laissant tomber de grands carrés de lumière qui jettent sur l'éclat des marbres des projections de clarté. Des poussières dansant, des rayons larges traversant la largeur de la nef d'une gloire. Et pas une chaise, tout le dallage immense vide, désert à l'infini. Un dallage de musée, de palais. Aucun coin de recueillement, pas un coin d'ombre où s'agenouiller (nos cathédrales romanes et gothiques). La lumière crue, l'éclairage partout. C'est un temple païen, au dieu de la lumière et de la pompe. L'âme avec ses mystères absente. L'atavisme, la foi arrivant à ce colosse de gala. – La statue de bronze de saint Pierre : les uns essuient le pouce, le baisent, appliquent leur front, le baisent de nouveau, et l'essuient. D'autres le baisent sans l'essuyer. La confession, les petites lampes qui brûlent. Le baldaquin si ornementé fait avec le bronze pris au Panthéon. – Les confessionnaux pour toutes les langues, dans le transept de gauche. Le prêtre attend, s'occupe, lit, écrit. Quand il a confessé, il touche avec une longue baguette. Les bénitiers colossaux, avec les deux anges. Et mon idée : Pierre arrivant là un matin. Une messe basse, dans cette immensité. Personne, quatre ou cinq touristes, leur Baedeker à la main. Cela signifiera que les grandes pompes sont mortes depuis Rome capitale. Il faut quatre-vingt mille personnes pour emplir l'église. Aujourd'hui, jour de la Toussaint, les cinq cents personnes qui se trouvaient là avaient l'air de fourmis noires perdues. Un séminaire français. Un peu de peuple. Les sensations de Pierre, dans cette vaste salle d'opéra, si claire, traversée de coups de soleil éclatants, et si vide dans son immensité, avec le balbutiement de sa petite messe basse que je ferai revenir. Quatre ou cinq pauvres femmes agenouillées. Pierre qui arrive là avec le souvenir de nos cathédrales romanes ou gothiques, avec la statuaire émaciée du Moyen Age, toute âme, dans cette majesté, cette pompe vide qui était tout corps. Il fallait toutes les magnificences papales pour l'emplir, les grands défilés, les cortèges qui accompagnaient le pape.

Les quartiers nouveaux, surtout aux Prati di Castello. De vastes terrains où des projets de quartiers ont été créés d'un coup. Des rues en damiers, des places. De grandes maisons carrées, pareilles à des casernes. Cinq étages. Les unes, sur les lignes de façade, et dans certains quartiers, très ornées, pilastres, balcons, sculptures. Les autres, à l'arrière, plus simples, pour les petits ménages. Et il y a là tous les états, depuis les terrains creusés pour les fondations et laissés tels, des terrains où les herbes ont poussé, jusqu'aux maisons achevées, habitées. Des maisons dont la construction est abandonnée au deuxième étage, les planchers à jour, les fenêtres ouvertes sur le vide, les pierres sans enduit. Des maisons couvertes, mais pareilles à des cages vides, les planchers et les fenêtres à jour. Des maisons terminées, mais les persiennes closes, entièrement inhabitées. Des maisons dont un côté seulement est habité, le reste clos. Des maisons enfin entièrement habitées, des maisons superbes, mais par du menu peuple, la saleté débordant des fenêtres, où des loques pendent à des balcons sculptés, la misère et la mauvaise odeur, des femmes dépeignées, à peine couvertes d'un fichu sale, aux fenêtres. Tout ce monde paie à peine son loyer. On me dit que de pauvres ménages se sont même installés dans ces maisons comme par droit de conquête. Ils sont entrés, on les a laissés. Et ces quartiers sont partout dans Rome, aux Prati di Castello, au bas du Janicule, sur les terrains de la villa Ludovisi, en dehors de la porte Pia, à San Lorenzo, près du Campo Verano, le long de la gare, sur le Viminal et sur l'Esquilin, et ailleurs encore, près du mont Testaccio je crois (à vérifier partout).

Voici l'histoire en gros. Les Italiens maîtres de Rome ont voulu construire la troisième Rome, la grande capitale moderne de l'Italie. C'était annoncé, leur orgueil, le sang d'Auguste. On allait montrer au pape ce que l'Italie unie allait faire de la capitale. Cela devait se passer il y a une vingtaine d'années, dès 1875. Et une pensée de lucre activa tout, le coup de folie sur la vente des terrains. Ce qui se vendait cent sous le mètre se revendait cent francs. Un terrain était comme une valeur qui passait de main en main : au fond, l'orgueil national, et le lucre enflammant tout. L'histoire du prince Ludovisi, à qui on offre six millions pour sa villa. Il la vend. Puis comme il voit la cote monter, il a l'espoir qu'elle montera encore, et il rachète de ses terrains à cinquante francs par exemple pour les revendre à cent francs. À ce jeu il a perdu les six millions de sa vente, plus douze millions à lui. Et cela s'est produit partout. De grands seigneurs cléricaux ont spéculé. Le pape lui-même aurait perdu vingt-trois millions, une grande partie du trésor laissé par Pie IX. L'effondrement est venu de ce qu'on a bâti sans mesure, et sans se demander qui logerait dans les maisons. D'une part la population n'a fait que doubler, les foules attendues ne sont pas venues. Et d'autre part, on a eu le tort de bâtir des maisons trop belles, où le menu peuple ne pouvait se loger en payant. De là, pas de locations, les maisons restant vides et tout croulant. Pour que la situation fût sauvée, pour que l'affaire fût remise à flot, il faudrait des habitants, et des habitants assez riches pour habiter les maisons d'une façon rémunératrice pour le propriétaire. Cela ne semble devoir se réaliser que dans un avenir improbable : toutes les raisons. On estime à un milliard les sommes risquées ainsi, englouties dans les constructions à Rome. On a été trop vite et on a voulu faire trop beau. L'immense ministère des Finances, rue du 20 Septembre, et rien dedans. La Banque d'Italie, rue Nationale, une ironie. Il faut que j'approfondisse tout le côté financier de cela. Mais quelle ironie profonde, avec cet orgueil national qui se ruine et ce pape qui laisse des millions dans cette capitale qu'il maudit !

J'ai vu le Panthéon, le monument antique le mieux conservé. Une église dedans. J'y ai vu une cérémonie ; cela est blessant. J'ai vu Saint-Louis-des-Français, l'église de Rome comme toutes les autres, avec des marbres et des fresques. J'ai vu San Lorenzo, superbes mosaïques, une antique chaire de marbre très curieuse, une crypte où l'on descend par un large escalier. Le tombeau de Pie IX est là. Des mosaïques magnifiques. J'ai vu Sainte-Agnès-hors-les-Murs. L'antique église à demi souterraine, très intéressante. On y descend par un large escalier. À droite et à gauche, encastrées dans les murs, des inscriptions de la primitive église.

L'après-midi, au Campo Verano. Un immense cimetière, admirablement tenu. Sur la hauteur toutes les tombes de la noblesse romaine. Un grand orgueil dans la mort. Des marbres, des chapelles, des statues. Tout cela très blanc, pas sali sous ce beau ciel. Un peu le Campo Santo de Gênes. Un grand carré avec des galeries et une chapelle au fond. Des cyprès, des ifs. C'était la Toussaint, une foule immense : peuple et petite bourgeoisie. L'ensemble moins cossu que chez nous. Pas de costumes, quelques foulards éclatants. Et pas notre recueillement, un piétinement, un air de curieux. Tout cela au beau soleil. Il paraît que l'après-midi s'achève dans les *osterie*. Beaucoup d'ostentation, de pompe, dans la mort. Du Campo Verano en haut, une très belle vue sur la campagne romaine. Les monts Albains, les monts de la Sabine, le Soracte. Pas de village avant Albano, Frascati, Tivoli. Rien que des pâturages. Déjà désert dans l'Antiquité, mieux cultivé pourtant. Rome vit du reste du royaume, de Naples et de l'Ombrie. (À revoir.)

J'ai causé pour mon cardinal. Je puis prendre un noble romain, mais pas de trop haute noblesse. Aujourd'hui, à part le cardinal Bonaparte, pas de prince. Il y a un marquis pourtant, et un Altieri, ayant un pape dans son ascendance, est mort en 67. Je puis donc prendre un cardinal d'une grande famille romaine, mais en disant que c'est le dernier. Il habiterait un palais familial, rue Giulia sans doute, au bord du Tibre, ayant vue sur l'Aventin et même sur le Palatin. Le Transtévère en face. Saint-Pierre à droite. Je ne pourrai pas faire qu'il ait été bâti avec des débris antiques, car les très gros seigneurs se permettaient cela. Mais un palais de famille du quinzième siècle, avec des souvenirs que je pourrai y mettre (à régler). Les Colonna et les Orsini, les plus anciens nobles, antérieurs aux papes. Ils se battaient, ils persécutaient les papes. De là Avignon. Puis, au retour, les papes créant à leur tour une noblesse. Les princes romains, ceux qui ont eu un pape dans leur famille. Aujourd'hui encore de très grosses fortunes, mais tout cela touché. Les Borghèse ruinés. D'autres aussi. Puis des mélanges qui s'introduisent. Quelques-uns très avares. Des palais loués. Le maître habitant le second. Même les rez-de-chaussée à des marchands. Pourquoi les grandes familles ne comptent plus de cardinaux. Des fils de marchands. À organiser ma famille. Le divorce n'existe pas dans la loi italienne : on va encore le présenter et il ne passera pas. Pourtant des cas civils, l'impuissance. Il faudrait que le mariage se fût conclu hors d'Italie. À revoir tout cela, à régler. J'aimerais à avoir le prince Ludovisi qui spécule sur sa villa (un clérical), un parent du cardinal. Et la nièce du cardinal aurait épousé un financier (?) hors d'Italie. Est-ce possible ? Cela ne me plaît pas beaucoup ; à régler.

VENDREDI 2 NOVEMBRE

Toute la journée passée dans les ruines, une indigestion de ruines, de quoi évoquer la grandeur romaine. Le matin, d'abord au Forum. Les colonnes qui restent du temple de Vespasien, un grand effet d'élégance et de puissance, dans l'air bleu. La basilique Julia, rien qu'une indication, mais très nette, à terre. La petitesse du Forum, qui surprend toujours, lorsqu'on le compare à certains monuments, le Colisée, les thermes de Caracalla. Il semble que la vie romaine se soit parfois resserrée dans de très petits espaces (la maison de Livie, etc.) et tantôt étalée dans des espaces considérables. Pourquoi ? Le problème est-il résolu ? Plus loin l'Atrium des vestales, le « couvent » ancien des vestales : vestiges intéressants, dominés par les restes du palais de Caligula qui descend du Palatin. Presque en face l'église San Lorenzo in Miranda, installée dans le temple d'Antonin et de Faustine : exemple frappant de l'église qui se loge dans le temple d'une autre religion. Les colonnes de porphyre rouge. Mais surtout l'étonnement est la basilique de Constantin, avec ses trois énormes porches, ses trois voûtes béantes avec leurs caissons ; le morceau tombé de la voûte, un morceau énorme. Quelle masse ! Pourquoi des constructions si gigantesques, si épaisses ? De la Voie Sacrée qui passe devant la basilique de Constantin, on a une vue très intéressante sur le Forum, en se retournant. La Voie Sacrée tourne et monte. Comme les triomphateurs devaient être secoués sur ce gros pavé, dans leur char pas suspendu. Le Forum actuel, en sa ruine, gris et désolé. De la poussière. Pas une nappe d'herbe, quelques brins d'herbe entre les pavés de la Voie Sacrée. Et cela par les lourds soleils de l'été, avec l'ombre mince des rares colonnes debout, la colonne de Phocas et celles des temples. L'arc de Septime Sévère. Les Rostres, etc. Des temples autour. Mais il y a dix façons de reconstruire le Forum. Et je ne suis qu'un artiste qui évoque.

Ensuite je suis allé au Colisée. La masse énorme, le côté écroulé, le côté debout, avec ses baies sur le bleu. De partout, des couloirs voûtés qui s'ouvrent, où des escaliers mangés sont comme des pentes. Le colosse est comme une dentelle de pierre, avec toutes les ouvertures sur le bleu. Un ciel bleu au-dessus, très clair, avec des vols de petits nuages. Comment pouvait-on tirer le *velum* dessus ? L'évocation de ce cirque immense, plein de foule, avec ses quatre-vingt mille spectateurs (?), sa loge de l'empereur, les vestales en dessous. Une ruine cuite par le soleil, dorée, majestueuse et gigantesque encore dans son demi-écroulement. L'arc de Titus, avec son bas-relief des Juifs vaincus, ramenés esclaves et portant le chandelier à sept branches.

L'après-midi, je suis allé aux thermes de Caracalla. C'est l'édifice gigantesque et inexplicable. Deux vestibules immenses, avec des parties de pavé en mosaïques bien conservées. Un *frigidarium*, avec l'indication d'une piscine où pouvaient se baigner à la fois cinq cents personnes. Un *tepidarium* très vaste aussi, et un *caldarium* de même, avec, à côté, tout le système des fours à chauffer encore visible. Et toutes sortes de dépendances dont on ignore l'usage. Mais l'extraordinaire, c'est la hauteur des salles, l'épaisseur des murs, la masse effroyable du monument. Aucun de nos châteaux forts du Moyen Âge n'a été bâti avec cette masse cyclopéenne. Des massifs de briques et de ciment extravagants. Il faut ajouter que tout cela était recouvert de marbres précieux, orné de statues. Un luxe écrasant dans l'énormité. Pour quelle civilisation colossale ? Les personnes qui passent y ont l'air de fourmis. On dirait aujourd'hui des rochers frustes, des matériaux agglomérés, entassés, pour des demeures de titans.

Ensuite, je suis allé au Palatin ; et là c'est une succession, une profusion, un entassement de palais. Chaque famille d'empereur a voulu le sien. On entre par la via San Teodoro. On file au-dessous de la maison de Tibère (en haut). On visite la grotte du Lupercal (?) où la louve aurait allaité Romulus et Remus. On passe devant le Paedagogium (des écoles), et l'on monte au Stadium. La Domus Augustana est sous la villa Mills, ainsi que le temple d'Apollon. Mais le Stadium, qui va jusqu'au couvent de San Bonaventura, est encore très reconnaissable, dans ses indications, avec son portique tout autour, ses *metae* à chaque bout et sa loge, et sa loge de l'empereur (*apsis*) colossale. Les colonnes étaient recouvertes de marbre. Puis, derrière, le palais de Septime Sévère. Encore une construction colossale, avec des pans de murs énormes, des voûtes gigantesques, des salles, des couloirs, des escaliers entassés. Le Belvédère qui s'avance et d'où l'on a une vue si belle, le Colisée à gauche, les thermes de Caracalla à droite, en face le Celio, et au loin la campagne romaine. (C'est là où l'on a donné à l'empereur d'Allemagne le spectacle du Colisée éclairé un soir par des flammes de Bengale.) De là, dit-on, l'empereur pouvait assister aux jeux qui se donnaient dans le cirque Maximus, dont il ne reste plus de vestiges appréciables, et qui dépassait tout comme grandeur. Je suis redescendu, puis remonté pour aller à la Domus Flavia. *Bibliotheca, academia, porticus* puis le *triclinium*, avec le *nympheum* joli avec la fontaine et le *peristylium*, salles dont la moitié est encore enfouie sous la villa Mills. Cette villa, achetée, je crois, par le gouvernement, n'aurait pas encore été payée, ce qui retarderait les fouilles. De là, j'ai visité la maison de Livie, la mère de Tibère, d'une petitesse singulière au milieu de tous ces colosses. Puis on passe dans la maison de Tibère, très vaste palais, dont il ne reste rien. Un jardin est installé là, très agréable, avec ses chênes verts et ses cyprès. Au bout d'une terrasse, on a une vue très intéressante sur le Forum qui est en bas. Un jardin fait pour la rêverie et l'évocation. Pierre y peut venir. On voit de là le Forum, la géante basilique de Constantin et le Colisée barrant tout un coin du ciel. Le palais de Caligula est en dessous, encore un entassement de murs énormes, de salles écroulées, de couloirs géants. On dit que ce palais communiquait par des escaliers secrets avec le temple des vestales en dessous. La villa Farnèse est encore là, où l'empereur Napoléon a habité avant d'être empereur, où le prince Napoléon a vécu beaucoup. Des jardins, des vignes, s'étendent ensuite. Une ligne de cyprès couronne le mont du côté du Tibre. Des chênes verts, des pins parasols. Plus loin, des vignes, des fermes où se promènent des poules. Nous sommes descendus par un pavé antique, le clivus Victoriae (?).

En somme, j'ai envie de faire faire à mon Pierre ce que j'ai fait, la visite de tout cela en une journée. Le rompre de fatigue, lui donner une courbature de ruines, et de là évoquer la grandeur romaine, en un chapitre où j'évoquerai toutes mes sensations, non pas de l'archéologie, mais la sensation de l'artiste lancé là-dedans. Et finir par ce jardin qui surmonte la villa Farnèse, avec le Forum à gauche, la basilique de Constantin en face et le Colisée à droite, tandis que plus loin sont les thermes de Caracalla. Toujours les mêmes ruines, les murs colossaux, les massifs de briques noyées dans le ciment, les voûtes avec leurs caissons, tout cela cyclopéen, et les revêtements de marbre par la pensée, les mosaïques, les statues. De sa fatigue, de son étourdissement, faire monter l'évocation de la puissance romaine. La Cloaca Maxima. Et tout le reste que j'ai oublié. Il faudrait un peu d'histoire romaine, pour classer tout cela.

J'ai vu en outre Saint-Jean-de-Latran, une église d'une grande richesse de temple païen. Reconstruite, ou plutôt refaite en partie par Léon XIII, l'abside surtout (voir le Baedeker). Dallage de marbre, colonnes. Dans la nef centrale, des deux côtés, des statues du Bernin, d'un mouvement outré. Plafond plat, je crois, richement caissonné. La façade très jolie, avec les statues qui se découpent sur le ciel bleu. Garnier aurait pris la loggia centrale pour l'Opéra.

Je suis aussi monté le soir sur l'Aventin, mais par un chemin entre deux murs, pour arriver devant la porte d'un couvent. Rien vu. Les trois églises. On ne voit l'Aventin qu'en suivant en bas, de l'autre côté, le chemin le long du Tibre. Les trois églises sont dans des arbres.

SAMEDI 3 NOVEMBRE

Sorti ce matin avec ma femme, à pied. Suivi la rue des Quatre-Fontaines, qui descend du Quirinal, pour remonter sur le Pincio, sous le nom de rue Sixtine. L'escalier d'Espagne, qui est à nous, cent trente-deux marches. L'obélisque devant la Trinité-des-Monts. La rue Condotti, puis la rue de la Fontaine-de-Borghèse. Et revenu au Corso, très animé dans le beau soleil. Des boutiques, du toc. Quelques femmes de la bourgeoisie, un type qui revient, figure un peu longue, teint pâle, mat, grands yeux, air sérieux et un peu triste. Pas trop grande, mince et souple. La femme de mon livre.

L'après-midi, avec M. de Béhaine. À Saint-Paul d'abord. Une église énorme, où Grégoire XVI et Pie IX ont dépensé des millions. Finie par Léon XIII. Un temple antique, une salle du trône, un dallage de marbre fastueux, luisant comme une glace, où les fidèles qui s'agenouillent doivent se voir à la renverse. Pas une chaise, pas un prie-Dieu, pas un coin pour s'asseoir et se recueillir. Partout des marbres pompeux, des colonnes de temple, une lumière blanche et égale, une majesté olympienne. Les temples de Jupiter devaient être ainsi. Des mosaïques dont les ors, les couleurs vives éclatent ; une ancienne, dans l'abside, cachée justement par un échafaudage (la prendre dans le guide). Et un plafond d'une richesse aveuglante, des caissons chargés d'or. Tout cela pompeux, solennel et vide. Je demandais à M. de Béhaine, catholique, s'il y avait parfois du monde. Pas souvent. Pas une paroisse, pas de fidèles accoutumés ; à vingt minutes à pied de Rome, sur une route. Et du monde seulement pour les cérémonies particulières. (Du dehors, une sorte d'immense grange blanchie. Des murs nus, un clocher maigre et bas.) C'est donc qu'éclate cette maladie de la pierre, du monument pour la gloire du monument. Le legs des empereurs romains aux papes, que le gouvernement reçoit à son tour. Tous veulent bâtir, laisser la trace impérissable de leur passage. Chaque pape a voulu construire, pour rester immortel, comme les empereurs romains qui se dressaient des arcs de triomphe. Même les réparations : un pape ne relevait pas une borne, ne réparait pas un vieux mur, sans le constater par une plaque où s'étalent ses armes. Les plaques de Pie IX sur le Colisée. Les tombeaux des papes, leurs portraits. C'est une épidémie de vanité, d'orgueil, que Rome lègue à ses maîtres depuis plus de deux mille ans. Le gouvernement italien aujourd'hui a tenté de bâtir ses quartiers nouveaux, a construit des ministères colossaux, les Finances, la Guerre, puis la Banque nationale, etc.

La voie Appienne. Elle ne commence à être intéressante qu'au tombeau de Caecilia Metella. La route, assez étroite, monte, et en haut de la montée, le tombeau est à gauche, au ras de la route. Un tombeau rond, avec une jolie frise et que des créneaux du Moyen Âge transforment de loin en donjon. À côté le Moyen Âge avait installé une sorte de château fort, dont restent les murs crénelés. Quand on arrive, on a, à gauche, le tombeau, à droite un mur couvert de lierre, et au fond de la route un cyprès qui fait bien. Puis la route s'en va presque toute droite jusqu'au Casal Rotondo. Des restes de l'ancien pavé restent encore de loin en loin, par petites parties : de grosses pierres plates, de la lave, je crois, très irrégulières et très dures même aux voitures suspendues. Cette route est bordée de deux bandes herbues, des bandes de cimetière abandonné, où poussent des marguerites, des roquettes, des fenouils. De temps à autre, des eucalyptus, des figuiers, des oliviers, quelques pins parasols. Rares et maigres. Et, fermant ces bandes d'herbe folle, de chaque côté, un petit mur bas en pierres sèches, à hauteur d'appui. Cela tout du long. C'est dans cette bande que s'alignent les tombeaux. Nul doute qu'ils se touchaient, que la file était ininterrompue, qu'ils étaient comme un cimetière en long bordant la route. Et l'on retrouve là les mêmes modèles de tombeaux, à peu près, que dans nos cimetières. Seulement les marbres ont été arrachés, et il ne reste que les masses centrales, les blocages, les massifs de briques ou de pierres noyées dans le ciment. Les formes sont : rond comme le tombeau de Caecilia Metella, un cippe droit, une masse carrée, un petit portique, un bloc comme un soubassement surmonté d'un cippe, un portique surmonté d'un cippe, une sorte de sarcophage carré, sur une base étroite, se relevant en encorbellement et formant par-dessus couvercle. Tout cela rougeâtre, du même ton que les ruines des palais du Palatin. Des menhirs aussi, tout droits, une colonne sur un massif. Et d'autres enfin, sans forme, frustes, usés, les arêtes mangées, éboulés à moitié.

Mais le charme, c'est la campagne romaine, à gauche et à droite. À gauche, on la voit bornée par les montagnes de la Sabine à l'est et par les monts Albains au sud-est. À mesure qu'on avance ces derniers se rapprochent, on voit de plus en plus nettement les taches claires de Frascati, de Rocca di Papa, d'Albano. Plus près de Rome, l'Aqua Claudia déroule son aqueduc, ses portiques rougeâtres dans le vert des prés. Quelques vignes, des villas modestes dans des touffes de petits arbres. Le tout dans ce vert jaunâtre de la campagne en novembre (l'été, tout brûlé, tout roux, ne reverdissant qu'en octobre). Des troupeaux, des moutons, des bœufs. Il paraît que ces pâturages rapportent beaucoup. Les troupeaux n'y sont pas en été, n'y reparaissent qu'en octobre. L'été intolérable. Mais de l'autre côté, à l'ouest, du côté de la mer, le spectacle est plus extraordinaire, plus grandiose encore. Tout plat, une ligne d'horizon immense et plate, sans un monticule, rien que des vallonnements, des ondulations vastes. L'horizon, une ligne droite, et cela d'un bout à l'autre. Pas un arbre. Une mer, et cette mer, rien que de l'herbe, un vert-jaune qui se dégrade, qui se perd dans du mauve et dans du rose, jusqu'au bleu du ciel. Un bel après-midi de novembre, vers quatre heures. Les monts Albains et les montagnes de la Sabine sont violets, puis à mesure que le soleil s'abaisse, deviennent roses. Un grand ciel bleu, sans tache.

Les catacombes de Saint-Calixte. En revenant vers Rome, à gauche. On passe une porte, on monte dans un jardin, on arrive à une masure. Ce sont des trappistes français, installés dans un couvent voisin, qui gardent et montrent les catacombes. Ils tiennent là un petit commerce d'objets religieux. Je crois qu'on paie un franc pour descendre. Un religieux nous a accompagnés, et nous a expliqué tout. On descend par un escalier, et l'on se trouve dans les catacombes, d'abord peu profondes. La façon dont elles ont été creusées s'explique très aisément. Les chrétiens qui apportaient, je crois, de Judée l'usage d'enfouir les morts, ont dû commencer par creuser à quelques mètres sous le sol une première galerie de quelque dix mètres, soit pour une famille, soit pour une communauté chrétienne (à vérifier). Ils creusaient aisément à la pioche, dans ce terrain spécial, du tuf granulaire (?), qui se creuse aisément à la pioche et qui a la propriété d'être très résistant et imperméable. De chaque côté, ils pratiquaient toujours à la pioche les *loculi*, des sortes de cases longues, de la grandeur d'un corps, où ils couchaient les corps simplement enveloppés d'un suaire. Puis ils bouchaient l'ouverture par une plaque de marbre qu'ils cimentaient. L'inscription était sur cette plaque de marbre, souvent très grossière, prouvant que les ouvriers étaient des illettrés. Le travail de termite, le creusage, se faisait d'ailleurs très grossièrement, sans symétrie, sans alignement, au hasard un peu de l'outil. Les murs vont de biais, rien n'est fait à l'équerre ni au fil à plomb. Je continue l'explication des galeries : quand une première galerie se trouvait occupée, ils en perçaient une autre. Souvent ils continuaient à creuser en profondeur la galerie, descendant au lieu d'avancer, ce qui explique la hauteur de certaines galeries, sept ou huit mètres, peut-être plus. D'autres sont restées très basses, celles qu'on a simplement prolongées en longueur. Et cela sans ordre sans doute (?), dans tous les sens, forant la terre de partout. Je crois aussi qu'il y a deux étages. En somme les catacombes de Saint-Calixte auraient un développement de seize kilomètres, et l'on a calculé qu'on a pu y enterrer un million de chrétiens dont quinze cents martyrs.

Les plaques de marbre intéressantes ont toutes été enlevées et portées dans les musées. Les images y étaient d'abord très grossières. Le poisson qui est le symbole du Christ. (Les premières lettres, Jésus-Christ Sauveur.) La palme, qui indiquait le martyre. D'autres que je trouverai dans le guide. Il y a aussi des peintures, des fresques très primitives. Très symboliques. Un Christ sans barbe, un symbole de tous les dogmes. C'est dans une petite niche carrée, une chapelle à plafond bas. L'autre chapelle, celle de Sainte-Cécile, où l'on a trouvé le corps de la sainte. C'était une sépulture de famille. Les Caecilia (dans le Transtévère, Santa Cecilia in Trastevere, je crois). La belle inscription d'un pape, des vers latins. L'escalier de Dioclétien, des chrétiens poursuivis par des païens qui auraient rompu les dernières marches pour ne pas être atteints (?). On montre un squelette encore couché dans un *loculus* : un Américain aurait brisé le crâne avec sa canne pour voir si la tête n'était pas fausse. (Le terrain imperméable conservait très bien les reliques. Des os encore fermes.) Et le trappiste français qui nous montrait cela, avec sa large mâchoire, son œil clair, très convaincu, très ferré, triomphant pour la religion.

Je crois que mon Pierre, après avoir vu les tombeaux de la voie Appienne, ces témoins de l'orgueil au plein soleil, doit descendre là voir les premiers chrétiens humbles et cachant leurs corps, avec les modestes inscriptions, l'art disparu, les fresques enfantines, les sculptures d'abord grossières. Le sentiment à tirer de cela. Le noir des catacombes, ces boyaux irréguliers et frustes dans cette terre d'un rouge sombre. Et le côté sépulcral, modeste, naïf. Le mot *dormito*, je crois, qui revenait (?). L'idée que la mort n'était qu'un sommeil. Plus tard on n'enterrera plus là, et de nouveau le paganisme retriomphera dans le christianisme accepté, le fera sien, et l'orgueil s'étalera de nouveau dans la mort, les tombeaux des papes redevenus Césars, éclatera en grand luxe au plein soleil. – Les petites lumières au fond des galeries, quand d'autres visiteurs passent au loin. Des bougies minces, des rats de cave. Le 22 novembre (?), le jour de la Sainte-Cécile, on dit une messe dans la grotte qu'on appelle la chapelle de Sainte-Cécile, et l'on illumine les catacombes. Mais cela doit leur enlever leur caractère. Je crois que j'aime mieux mener mon Pierre dans les catacombes et l'y laisser seul pour un moment, abandonné par son guide ; ou bien n'écoutant plus son guide et rêvant.

En revenant à Rome, on suit jusqu'à la porte Saint-Sébastien la route bordée de murs. C'est une route de mon ancienne Provence. Beaucoup de poussière, des murs gris, des vignes qui dépassent, des portes dix-huitième siècle, des figuiers. Des cyprès, des oliviers. Il paraît que l'été, la poussière est inimaginable. C'est mon Aix agrandi, devenu énorme.

DIMANCHE 4 NOVEMBRE

À Sainte-Marie-Majeure. Toujours le temple grec, quand on entre : le plafond plat, la colonnade sur les bas-côtés. Une mosaïque pour pavé. Mais cela cuit, patiné par le temps, et dès lors d'une richesse fauve, d'une richesse extrême. La confession, au milieu, l'escalier double descendant, les rampes, les parois des murs, en marbres de couleurs superbes, d'une somptuosité inouïe. Un pape, agenouillé, prie sur l'autel papal (on y officie face au public). (Je pense que le pape n'officierait plus, il doit y déléguer des cardinaux.) Sur l'autel papal un baldaquin d'une grande richesse et très beau, d'une somptuosité élégante. Les transepts, que surmontent des coupoles, sont fermés par des grilles. Le transept de gauche, la chapelle Borghèse, est d'une richesse de marbres et de sculptures extraordinaire. On y voit le pape traçant avec son bâton sur la neige tombée un 5 août le plan de l'église (Notre-Dame-des-Neiges). Mais ce qui m'a intéressé, c'est le public. Pas de sièges, comme à Saint-Pierre, à Saint-Jean-de-Latran et à Saint-Paul. Quelques bancs pourtant. Du petit peuple est là. Des hommes, des femmes, des enfants fatigués se sont assis sur le soubassement des colonnes. D'autres marchent. Une assistance pauvre. Trois contadines en costumes bariolés entrent et mettent là la vraie note colorée qu'il faut. Dans une chapelle latérale, à gauche, une messe basse ; le public se tient debout, à la queue, en une file étroite qui barre la nef en travers. La sonnette de l'élévation sonne, quelques-uns restent debout, les autres s'agenouillent. Une expression de grande ferveur. Mais cela n'en a pas moins l'aspect d'une queue de théâtre, arrêtée là. Pas de chaises. Des passants qui s'arrêtent et qui prient. L'extérieur de l'église, la façade jolie rappelant celle de Saint-Jean-de-Latran. L'abside jolie aussi.

Au musée du Capitole. Musée des antiques ; quelques pièces hors ligne. Le *Gaulois mourant*, des centaures en marbre noir. La *Vénus* du Capitole. Mais surtout la salle des bustes m'a intéressé. Les philosophes, les empereurs, les impératrices, tous des portraits, quelques-uns d'une vie extraordinaire. Peu de flattés, la physionomie humaine avec toutes ses déformations et une intensité de vie étonnante. Ce sont les hommes du temps qui ressuscitent. Comme ceci vous prend autrement que l'histoire classique qui vous fait exécrer l'Antiquité, et comme on comprend, comme on sympathise !

Au Gesù. Midi. Un office. Des chanteurs, un soprano, des orgues. Beaucoup de monde. Des bancs comme dans nos églises et des hommes jeunes en assez grand nombre, un autre monde que chez nous. On se sent dans une église. On m'avait parlé de la profusion des dorures, du mauvais goût, de la richesse. Sans doute c'est très riche, c'est une salle d'opéra, avec ses colonnes somptueuses, sa voûte peinte et dorée. Mais tout cela ne m'a pas déplu. Cela est patiné par le temps, très riche et très doux, d'une religion voluptueuse et passionnée qui a plus d'âme que la froideur païenne de Saint-Pierre. Je crois que la vraie note est là : une passion un peu mondaine et voluptueuse, mais une passion religieuse encore dans sa pâmoison.

L'après-midi d'abord au palais Farnèse, pour rendre visite à Mme Billot, la femme de l'ambassadeur. Quel palais immense, riche et mortel, avec sa cour humide et sombre, ses escaliers aux larges marches basses, ses couloirs immenses, ses galeries et ses salles gigantesques ! Cela donne froid aux os. Une pompe dans le lugubre. Les attachés m'ont dit qu'ils y cuisaient l'été et qu'ils y gelaient l'hiver. Ils s'y ennuient à périr.

Ensuite une grande promenade. Passé par Saint-Pierre, par la via della Porta Angelica, puis tout le long du Tibre. Le mont Mario, la Farnesina. Des briqueteries établies partout pour les nombreuses constructions. De ce côté le paysage est montueux. Des coteaux, une poussière de Provence. Au ponte Molle les statues de mauvais goût. Revenu par la via Flaminia. Un faubourg de Rome. Des *osterie*, des boutiques misérables, des maisons badigeonnées. Des portails, des églises. Un peu l'arrivée à Marseille par certaines routes.

La villa Borghèse. La porte tout de suite à droite, après la porte du Peuple. Pas grand. On suit une route droite, on tourne à gauche, et l'on arrive à un bois assez touffu, pas grand, dont une allée fait le tour. Cela est assez frais, mais bien mal tenu. Quelques bouts de chênes verts. En somme agréable.

Nous sommes montés au Pincio, et j'ai vu le soleil se coucher derrière Saint-Pierre. D'abord, quand le soleil descend, dans un ciel très limpide, il est éblouissant, on ne peut le regarder. Le dôme disparaît dans l'éblouissement, vague, incandescent, tandis qu'une buée lumineuse, un poudroiement d'astres roule sur les toits devant, change le Borgo en un lac de braise. Mais à mesure que le soleil descend il pâlit un peu, on peut le regarder, et bientôt il disparaît lentement derrière le dôme, qui se détache en noir, pendant que derrière flamboie un foyer qui le couronne de rayons, éclate en traits de flamme comme une gloire. À ce moment, on voit, sous le dôme, les fenêtres carrées s'éclairer, devenir rouges comme des bouches de fournaise. Le Borgo se noie de vapeur violâtre, tombe à l'obscurité, tout l'horizon découpe sa silhouette noire ; et c'est le ciel alors qui devient de pourpre et d'or. Cela dure à peine deux ou trois minutes. Le ciel s'éteint, les fenêtres s'éteignent. Il ne reste que la silhouette noire du dôme dans le ciel pâli.

Ce soir quelqu'un me disait qu'ils étaient tous républicains au Vatican. Ils préféreraient une république à une monarchie, espérant s'entendre avec une république, espérant reprendre le peuple et le dominer. Pape et César. Le rêve de l'empereur de Russie et du sultan, pape et empereur.

Dîner chez M. de Béhaine. Rien d'utile pour moi dans la conversation.

J'ai revu dans la journée les maisons dei Prati di Castello. Extraordinaire. Cette véritable ville en damier, frappée de mort avant d'avoir vécu. Une maison bâtie, couverte, pas crépie, et qui croule déjà, qu'on a dû étayer. La boutique du bas, murée, pour ne pas avoir à payer les impôts. La tristesse des rues vides, pleines d'herbes, bordées de ces maisons inachevées, aux fenêtres béantes ; et cela sur des centaines de mètres, tout un quartier considérable. On m'a dit que des gens s'installaient là, refusaient de payer. On n'ose les chasser. Des linges pendus aux balcons superbes, la misère qui sort des belles portes souillées. Les enfants qui traînent.

Au Pincio, aujourd'hui dimanche, beaucoup de monde, pour entendre la musique (une musique terrible). Du monde se promène. Beaucoup de voitures aristocratiques arrivent, s'arrêtent pour qu'on entende. Une cocotte, Violette, fort jolie, un peu mûre déjà. Des princes, paraît-il. D'autres voitures marchent lentement. Tout cela assez mesquin et étroit. Mais un admirable panorama.

Hébert me parlait le soir des admirables verdures qui peuplaient le Colisée. La flore du Colisée (pour les dames anglaises). Mais un grand pittoresque. Les arbres, les verdures qui pendaient d'en haut. On aurait dit des herbes et, quand on les abattit, il y avait des troncs gros comme la cuisse. Tout cela sauvage et superbe. On l'a nettoyé, on le nettoie, pour conserver les ruines. Les racines descellaient les pierres, les feuillages entretenaient l'humidité. Mais les artistes crient au sacrilège de ce nettoyage. Aussi contre les briqueteries qui entourent la ville (pour les constructions). Ces briqueteries, pour prendre la terre, ont éventré les coteaux. À la Farnesina.

LUNDI 5 NOVEMBRE

Je ne suis pas sorti le matin et je n'ai causé utilement avec personne. Le directeur d'une hospitalité de nuit, un Français de quatre-vingt-quatre, je crois. Mais il m'a dit qu'il recevait surtout des étrangers.

L'après-midi, la villa Doria Pamphili. On monte, on tourne autour d'une sorte de portique, arc de triomphe. Puis s'étendent de très belles allées (assez étroites) ombragées par des chênes verts. Les arbres se rejoignent, une ombre épaisse avec des troncs tourmentés. De belles pelouses, quelques-unes plantées de grands pins parasols d'un superbe effet. Un jardin à l'italienne, aperçu en contrebas, charmant avec son parterre dessiné, des corbeilles où des plantes de couleur font des arabesques. Des palmiers, des magnolias, des essences rares. Un petit lac, joli, avec des saules pleureurs et des touffes de roseaux. De belles bordures d'aloès, le long de certaines allées. Le jardin est assez grand, bien planté, avec d'aimables points de vue. Mais ce qui m'a ravi, c'est une vue de Saint-Pierre, d'une allée de chênes verts qui longe un mur. Saint-Pierre apparaît, avec son dôme énorme, comme dans un creux, entre deux coteaux. À gauche, le monte Mario, et à droite une déclivité de terrain, un coteau en pente légère, qui cache Rome, de sorte que Saint-Pierre apparaît seul, écrasant de sa masse les quelques constructions qu'il surplombe, le Borgo, le Vatican, ce qui l'entoure. On dirait qu'il jaillit d'une sorte de carrière de pierre, d'un groupe de constructions. Des blocs jaunes et blancs, roux au clair soleil. Le dôme immense, grisâtre. Le singulier effet de cela. L'énormité de cette apparition, de l'écrasement du dôme sur les maisons qu'il opprime. Au fond une fuite bleuâtre de campagne, très délicate.

Allé ensuite à Sainte-Marie au Transtévère. L'église connue. Belle mosaïque ancienne pour pavé. Les colonnes, prises à des temples antiques, ne sont pas régulières, ont des chapiteaux différents. Un plafond très riche. L'église était vide. Des chantres se sont mis à chanter. Des mosaïques anciennes.

Mais j'ai voulu revoir le panorama de Rome, de San Pietro in Montorio. Tout autre effet. Un grand soleil, une lumière crue sur la ville. Les fonds disparaissent comme dans une poussière de soleil. Saint-Paul à droite, très blanc, une longue caserne. Le mont Testaccio, très sale, vert net. Près de lui, un quartier neuf, d'un blanc cru, avec les trous des fenêtres. Puis l'Aventin avec ses trois églises[4], au-dessus des talus herbus. Le Palatin avec la ligne de ses cyprès, à côté desquels on aperçoit les ruines du Stade et surtout du palais de Septime Sévère. Plus loin, le jardin Farnèse. À gauche, on aperçoit les trois voûtes béantes de la basilique de Constantin. La tour du Capitole, et plus loin, le clocher de Sainte-Marie-Majeure avec les deux dômes des transepts. La tour de Néron. Au Capitole, une ceinture d'arbres, qui doit être devant l'ambassade d'Allemagne. Le palais Farnèse et plus loin le château Saint-Ange. Le dôme de Saint-Pierre, frappé de biais par le soleil, a un côté dans l'ombre, et se détache en gris puissant. Quelques masses d'arbres dans la ville étalée font des taches noires. Le ton roux des ruines au soleil. On distingue nettement l'ancienne ville qui fait comme une masse grise et rousse, avec ses vieilles toitures de tuile, ses pans de murs gris, au milieu de la ceinture des quartiers nouveaux aux toitures luisantes, aux façades crues et blanches, percées de rangées de fenêtres. Les grandes façades trouées ainsi, puis le tas des vieilles toitures, serrées, confondues, au milieu. Cela est très net, très saisissant. L'Aventin est tout près, de l'autre côté du Tibre. Au loin, la voie Appienne, avec le tombeau rond de Caecilia Metella. De l'autre côté la tache verte de la villa Borghèse, au bord du ciel. La villa Médicis, en plein ciel, dominant tout de son étrange forme. En somme une ville au grand soleil, cuite et rousse, une carrière de pierre, sans une ombre, avec les seules taches noires des verdures. – Mais il revenait toujours à la Rome vue un matin, à la Rome envolée, la Rome de rêve.

J'ai voulu revoir le quartier neuf dei Prati di Castello. Les plaques des rues posées, en beau marbre blanc. Pas de trottoirs, la terre battue, de l'herbe pousse au milieu. Dans les maisons inachevées, les ouvertures du bas ont été murées, sans doute pour qu'on ne pénètre pas dans le chantier. Les unes sont crépies, et les autres non. Au fond les casernes de carabiniers, d'où sortent des fanfares de trompette. Un maraîcher a installé une culture dans une des excavations faites pour les fondations. Quelques boutiques provisoires dans les maisons achevées. Des gaz provisoires. Du monde est installé dans des logements de maisons pas finies. Ils ont mis des fenêtres grossières, ils ferment les portes avec des planches. Ils jettent tout par les fenêtres. Des maisons superbes, salies par cette population misérable, dégradées, abîmées rapidement. Une horde de loqueteux campant là.

Dans Rome, des volets, des persiennes de toutes les couleurs, vertes, jaunes, rouges. Tout le Borgo misérable, de vieilles rues pauvres, avec de petites boutiques, des maisons louches. Seul le Borgo Nuovo a l'air d'une petite rue de province. Les autres, des rues de village, et tout cela suant la misère et l'abandon. Les grosses femmes, en cheveux, en jupons et en camisoles de couleur, sur les portes. La masse grise et jaune du fort Saint-Ange. Le pont allongé. Le reste de quai pittoresque, les maisons descendant jusqu'à l'eau, à droite quand on se retourne. Le très vieux et très étroit quartier que nous avons traversé pour gagner le palais Borghèse, via Panico, via dei Coronari (très étroite, très humide et glacée), via della Scrofa. Un Rome étroit, tortueux, d'une humidité et d'une odeur de cave.

Villa Médicis. Pas de façade sur la rue. On monte un escalier, long. On se trouve dans une sorte de loggia, une vaste terrasse couverte. La façade sur le jardin. Des bas-reliefs grecs, encastrés dans la façade qui a été faite exprès. Un beau jardin à l'italienne, avec de hauts buis. Au fond, de beaux pins parasols, le long d'un mur en terrasse qui borde une rue profonde. Des ateliers de sculpteurs sont à droite et à gauche. Sous la terrasse du *bosco*, des portiques où sont des œuvres des pensionnaires. Le *bosco*, au-dessus, un très vieux et très beau bois de chênes verts, dans lequel le soleil couchant jette des lueurs rouges. On monte par un escalier haut et raide à un belvédère d'où l'on a une vue admirable, à peu près la même que celle du Pincio. De là-haut, Hébert m'a montré le quartier neuf bâti sur la villa Ludovisi, ce qui a achevé la ruine des nobles romains. La villa Médicis serait menacée, ou tout au moins le jardin : le prolongement d'une rue qui couperait tout. Mais cela est loin maintenant. On monte singulièrement au *bosco* par un escalier que ferme une porte. En bas une longue galerie contenant des moulages. J'ai vu la bibliothèque, au centre de la façade. Vue superbe. On nous a offert du thé dans un petit salon, à côté de la salle à manger, où se trouvent les portraits de tous les pensionnaires. J'ai dit à ces jeunes gens qu'ils devaient beaucoup travailler et ne pas être très impatients. Qu'il faut vivre avant de produire, souffrir, aimer, se battre. Et que les succès trop rapides étaient mauvais. Ils ont paru ne pas me comprendre et souffrir de ce que je disais. Celui qui s'est plaint à ma femme de sa solitude à Rome, de l'éloignement de sa famille, des cœurs qu'il a quittés et que rien ne remplace. Une grande mélancolie. La vérité est que la villa est délicieuse sous ce beau ciel, avec ce splendide horizon de Rome. Mais il y faut apporter une âme de rêve et de contemplation. Tout homme de lutte et de fièvre y doit périr d'ennui.

MARDI 6 NOVEMBRE

Le matin, nous sommes allés, via Condotti, acheter des bibelots pour des petits cadeaux.

L'après-midi, via Giulia. Je commence par le bas, le numéro un commence à droite et les numéros après avoir monté redescendent à gauche, de sorte que le plus fort est en face du un. Au moins cent soixante à cent soixante-dix. Je suis derrière le palais Farnèse qui est à droite. Haute muraille, vieille, noircie. Un bec de gaz s'y trouve planté. Un pin se détache en haut sur le ciel bleu, des lierres et des feuillages qui pendent. Au bout, une porte cochère, fermée, verrouillée ; et au-dessus un portique enjambant la rue, une voûte. Dessus, un passage communiquant avec le jardin. Savoir ce que cela est. Il y a ensuite une église, et le passage a l'air d'aller sur l'église. De l'autre côté, la fontaine où les cochers amènent boire leurs chevaux, une grande auge dans laquelle l'eau tombe, coulant de la bouche d'une grosse tête. Au-dessus une fleur de lys qui se découpe. Cela est en face de la via del Mascherone. Puis, en face du palais Farnèse, des dépendances, des maisons basses, à grandes salles (remises), obscures, fermées par des portes rondes. On ferre un cheval, un serrurier peut-être. Petites fruiteries. La rue est assez large, avec des pentes légères, pavée en petits pavés carrés, posés en losanges. Pas de trottoirs. Sur les deux bords seulement un pavage plus serré, plus lisse. Il y a donc là une église (?).

Puis le palais Falconieri. Trois étages. Deux grandes portes, puis des fenêtres trois par trois. Les fenêtres hautes grillées en carré (protection Moyen Âge), deux étages. Le premier a des fenêtres plus grandes. Un balcon au-dessus de la porte. En haut, une grande corniche. Une voûte sous la porte et de l'autre côté on aperçoit le Tibre. Le quai en construction. Description de la porte : au bas, dans les panneaux, de gros clous. Des poignées anciennes, Renaissance. Puis des cadres de menuiserie jusqu'au premier. Au rez-de-chaussée, les pierres de taille sont mouchetées. Puis elles sont lisses. Aux deux bouts, des sortes de chambranle, des têtes de faucon à gorge de femme.

Beaucoup de maisons ont les fenêtres du rez-de-chaussée grillées en carré. Dans quelques-unes des plantes grimpent (en mettre). Toute une volée de fils télégraphiques, une douzaine, suit la rue de bout en bout. Presque pas de boutiques. Dans les rez-de-chaussée, de petites ou de vastes salles, de pauvres commerces : petits fruitiers, avec quatre légumes. Vins, crémier, avec la boîte. Les portes sont souvent rondes. Un relieur, un boulanger, un tailleur, un épicier. Boutiques au fond noir, où des femmes travaillent. De hauts étages séparés par des étages bas, à petites fenêtres carrées. Les ruelles, les *vicoli* qui descendent au Tibre, avec des maisons pauvres. Les masures entourant les palais, via di Sant'Eligio. Des voûtes profondes, des cours intérieures, entourées de portiques, des cours humides et sombres, avec des verdures noires (contre l'été). Des colonnes autour, des cloîtres noyés d'ombre. Des portes de vieux hôtels barricadées, salies, avec de la poussière amassée. Plaques de fer. C'est le cent quarante-six et le cent quarante-sept, le derrière je crois du palais Righi, dont la façade donne sur la piazza dei Ricci. C'est peut-être le palais Ricci. Des frises, le long bas-relief avec beaucoup de personnages. Entre les fenêtres, des personnages, Camillus, etc. En haut Farnèse. À l'angle, une madone avec une lanterne allumée. Ce palais est loué par appartements. Sur la via Giulia, au cent quarante-sept, logent deux cardinaux dont un Vannutelli. Dans la rue, impression de fraîcheur pas trop puante, odeur d'humidité un peu. Des femmes du peuple, trois, en cheveux passent dans une voiture. D'autres femmes à pied, quelques enfants, des marchands, des touristes en voiture, des prêtres, des paysans avec leurs charrettes. L'absence de trottoir donne une impression particulière. La rue est toute droite. On voit, au nord, des arbres au bord du Tibre avec les murs nus de l'hôpital, ospedale Santo Spirito ; et au midi, au-delà du portique du palais Farnèse, le Transtévère au-delà du Tibre, avec l'église Sainte-Cécile, un long bâtiment gris à toiture de tuiles rousses, avec un clocher bas, également couvert de tuiles, je crois. Vers le Tibre, vicolo dello Struzzo. Un marchand affichant : *vino di Genzano*. À droite, vicolo del Malpasso. La grande prison à gauche, avec son mur jaune, ses toutes petites fenêtres, carrées, grillées. En face, via delle Carceri, ruelle. Tout le pâté où se trouve l'église San Biagio della Pagnotta, entre la via del Gonfalone et la via dei Bresciani et le pâté qui suit ; on aperçoit d'énormes assises, les fondations d'un palais de justice que Jules II aurait commencé de construire et qu'on aurait abandonné. Cela jusqu'au vicolo del Cefalo qui longe le palais Sacchetti. En face du palais, dans une grande maison, une école élémentaire dont j'ai vu sortir les élèves. Puis à gauche l'église Saint-Jean-des-Florentins.

Enfin au palais Sacchetti, bâti par Antonio da Sangallo le Jeune pour son propre usage. (Cet architecte, 1485-1546, a travaillé au palais Farnèse. Dire qu'il a bâti celui-là pour lui, et qu'il en a bâti un autre pour les ancêtres de mes personnages. En parlant du palais, dire : comme ses voisins, les palais Falconieri et Sacchetti, etc.) Et puisque des pierres ont été prises au Colisée et au théâtre de Marcellus pour le palais Farnèse, il a pu en prendre encore pour lui et pour un autre de ses clients. Le palais, sur la rue, grande masse carrée, très haut, gris-noir, tout en briques noircies, jaunies, patinées. Le rez-de-chaussée est très haut. Un premier, puis un petit étage, à petites fenêtres carrées, comme un entresol, puis un second, moins haut que le premier. La porte, trois fenêtres de chaque côté. De grandes grilles carrées abritées par de petits toits, à consoles. Sous les fenêtres du rez-de-chaussée une sorte d'appui, soutenu par de hautes consoles, et dedans des soupiraux carrés, grillés. Donc sept fenêtres au premier, un balcon à celle du milieu. Deux vieux bancs de pierre, à droite et à gauche de la porte, soutenus par des consoles. Deux lanternes, au-dessus (à bras). Voici l'inscription sur une plaque de marbre (au-dessus d'une des fenêtres) : Domus Antonii Sangali MDXLIII (donc trois ans avant sa mort). Une cour intérieure, où conduit une voûte. Au fond autre voûte donnant sur le Tibre. Au milieu la cour est entourée de portiques (?), des arceaux avec promenade intérieure. Sombre. Humidité. La porte sur la rue, encadrée d'un lambris (de marbre), une double moulure, la première blanche, la seconde rouge. Dépoli par le temps. Un écusson est au-dessus d'une fenêtre, mutilé. Des petites fenêtres carrées, entre les deux étages, sont murées. Des persiennes sont fermées. Air de solitude et d'abandon. En haut, la corniche est richement ornée. Des moulures, des séparations, séparées par des caissons où il y a des fleurons. La porte est moderne je crois : des menuiseries, marteau (prendre la porte du palais Falconieri). Une fontaine à l'angle, du côté du vicolo del Cefalo. C'est un enfant qui se dresse entre les queues nouées de deux dauphins. L'eau devait sortir par la bouche de l'enfant. La façade sur le vicolo del Cefalo. L'hôtel tient tout le côté droit, jusqu'au Tibre (jaune). De l'autre, la façade en retour de la maison qui fait l'autre coin. Des petites fenêtres, mur jaune et plat. La façade a les deux étages séparés par l'étage à petites fenêtres carrées. En bas, les fenêtres du rez-de-chaussée sont grillées avec grilles à encorbellement. Les décors se reproduisent comme sur la rue, au-dessus et au-dessous des fenêtres. Deux petites portes de service. Une vierge sous verre avec son baldaquin et sa lanterne allumée. À l'étage du haut, persiennes vertes avec tabatière se relevant. Une porte cochère, de service, au bout, et le vicolo qui descendait au Tibre, sur la berge.

Du côté du Tibre. Pas de façade. Les fenêtres du premier étage ont disparu. Il ne reste que les fenêtres d'un premier entresol, du second petit étage (entre le premier et le second) et enfin du second étage. Les persiennes vert sombre. Très haut, le second, et j'imagine qu'on peut voir de là les cyprès du Palatin par-dessus les toits dans une éclaircie de la ville. Le palais Farnèse gênerait peut-être. Arranger cela. Donc l'appartement d'angle sur le Tibre, d'où l'on verrait d'un côté le Palatin, avec ses cyprès et ses ruines, de l'autre le dôme de Saint-Pierre, au-dessus du Transtévère, et le Tibre en bas avec ses anciennes berges du Moyen Âge, et son commencement de quai nouveau. J'aurai ainsi les trois villes, tout.

Devant, il y avait un jardin étroit, un laurier, d'autres arbres, des plantes grimpantes ; une ruine de jardin. Une aile, sans sculptures, unie, s'avançait à gauche ; à droite des bâtiments bas et misérables, où logent de très pauvres gens que j'ai entendus crier. Il y a là un portique couvert en vieilles tuiles, qui s'ouvrait sur le Tibre, avec des niches caissonnées à droite et à gauche. Une balustrade devant entourait la terrasse qui donnait sur le Tibre. Au-dessus du portique, on a placé une grosse tête, double sans doute, celle qu'on aperçoit de la rue à travers les voûtes quand la porte est ouverte.

Enfin de l'autre côté, la berge du Transtévère. Des murs de maisons qui descendent dans l'eau, un amas, un entassement de vieilles et pauvres demeures, avec des voûtes, des escaliers moussus qui montent, des étages irréguliers, des fenêtres comme percées au hasard, où pendent des lessives entières, tenant d'un bout à l'autre des façades. Des verdures dans les murs, des lierres qui pendent dans l'eau. Un égout qui coule, des petits terre-pleins qui s'avancent. Des hangars à piliers en avant des maisons, des escaliers qui descendent droit. Des arbres dans une cour. Des bouches d'égout qui s'avancent. Des terrasses sur les maisons ; et derrière, les maisons du Janicule qui se dressent avec d'autres terrasses. Plus loin, la berge verdit, les maisons sont moins près de l'eau, plus en retrait. Une berge embroussaillée, avec des plantes, des herbes, des arbres, descend presque à pic des maisons à l'eau. Les maisons sont là plus pittoresques encore, plus étroites, plus trouées de fenêtres irrégulières, plus traversées de balcons de bois, plus surmontées de terrasses. Les toits de vieilles tuiles rouges, rongées. Le soleil se couchant derrière ces maisons éblouit vers trois heures. Le matin, elles doivent être éclairées de face.

Enfin le quai nouveau, qu'on continue. Un quai, un grand mur haut et droit, blanc, qui part du pont de l'église des Florentins. Un mur nu, gris et correct, très haut, très épais. Les travaux semblent interrompus. On a rapporté des terres pour hausser le quai (sans doute pour emprisonner le Tibre, qui devait faire là de beaux ravages pendant les inondations). Un personnage qui regrette tout le temps la *Roma sporca*. Et pourtant, les besoins modernes, une grande capitale, de l'air, de la lumière, de la propreté dans cette Rome croulante et pourrissante. On a bien crié après Haussmann. Et aujourd'hui on s'habitue. Paris vit. On a donc rapporté des terres qui ne sont pas même nivelées. Bosses, fondrières. Et le palais reste en contrebas, la terrasse même plus bas que le nouveau sol qui la recouvrira, le palais en contrebas dans un amoncellement d'immondices. Des tas de gravier laissés, de grosses pierres, des matériaux sur lesquels on peut s'asseoir et rêver, en regardant le Transtévère, le dôme et le reste, de l'autre côté. Des palissades à moitié rompues. Des baraques à serrer les outils. Un chantier un peu à l'abandon (?). Les femmes qui viennent étendre là leur lessive pauvre. Des enfants qui jouent ou dorment au soleil. Le *vicolo* rétabli à la hauteur du nouveau quai. Le pont de fer nouveau, au nord. La grande bâtisse qu'on a construite de l'autre côté du *vicolo*. Une maison de Saint-Vincent-de-Paul. Les arbres sur le Janicule au-dessus des toits, cyprès, pins parasols. Encore les maisons avec terrasses au rez-de-chaussée, avec tonnelles et verdure. Le quai est fait jusqu'à un certain point, en face, et sera continué, emportera tout ce Moyen Age pittoresque, mais fort sale. Des arbres dans la cour.

Sur le Tibre, une sorte de bateau-lavoir, une vieille arche de Noé, très dépenaillée. Une autre échouée, lamentable. Le fleuve mort, pas un bateau. Pierre viendra le regarder, et sa rêverie devant cette eau. Je voudrais le voir le soir. Le haut mur gris et froid qui emprisonne le Tibre. Les deux piles d'un pont futur. Ce qui a passé sur ce fleuve. Pourquoi pas Rome port de mer ? La mort de cette eau. Tout le long du quai, les vieilles maisons que j'ai suivies. Les enfants et les chats. Les clôtures de planches qui empêchent de passer. La via dei Pettinari. Ton d'or clair du soleil couchant sur les murs, se découpant en lumière sur le ciel bleu.

Ce soir j'ai causé avec Henry Darcours, qui m'a parlé des pèlerinages. Il en a vu un dans la salle des béatifications, au-dessus de l'entrée de Saint-Pierre, dans la pièce où se trouve la loggia. Deux vastes salles communiquant par une large baie. Un trône est dressé au fond. Le pèlerinage, mille personnes s'entassent. On est là à dix heures pour midi, on prend ses places. (De Mun une fois, faisant ranger, le maître de cérémonie.) Enfin le pape est annoncé et entre ; petit bout de chemin à pied. Derrière, en rangs, les gardes nobles, les camériers, etc. Le chef du pèlerinage lit. Le pape répond. Puis quelques personnages importants s'approchent et baisent la mule, puis l'anneau. L'ouverture de l'idéal derrière le pape, la gloire aveuglante qui se creuse sur l'au-delà : tant de siècles d'histoire, puis le pontife unique suprême, le Ciel s'incarnant dans un homme visible, qui a tout pouvoir et toute science. Ce que cela représente pour les pauvres âmes endolories, ayant soif de certitude. L'autorité, le salut, Dieu visible. Depuis les apôtres, tant d'histoire. Et cela épuré. Un de mes personnages qui représenterait cela, la femme qui s'évanouit, le coup au cerveau et au cœur. – Donc tous ne peuvent s'approcher, et quand le pape disparaît après avoir donné sa bénédiction, le cri d'espoir trompé, de regret immense qui s'élève. Darcours a vu alors des femmes se précipiter, baiser la trace des pas du pape, à quatre pattes, buvant la poussière, baiser aussi les bras du fauteuil du trône que ses pauvres coudes frêles ont touchés. Quelle idolâtrie.

Léon XIII, une âme, un souffle, dans une grande soutane blanche. Un peu courbé, marche en vacillant. Pourtant une véritable majesté. Il reçoit aussi dans les Loges de Raphaël, alors il passe dans une chaise à porteurs fermée, une vieille douairière. Le Vatican aime le mystère, les réceptions furtives et peu bruyantes. J'ai fait trop de bruit auparavant. La force du pape par cet au-delà dont j'ai parlé, le fétiche suprême.

MERCREDI 7 NOVEMBRE

Nous sommes sortis par la porte Saint-Paul (Saint-Jean-de-Latran est là). À la bifurcation de la route de Frascati et de la route d'Albano, il y a une *osteria*. Nous prenons la première. Nous filons entre les murs. Des roseaux à droite. Des maraîchers, très peu, à gauche. Encore entre des murs. On monte. Les maisons deviennent plus rares. De vieux portails. De la poussière comme dans le Midi. La vue se dégage un peu. On laboure, quelques cultures. Le terrain a de grandes ondulations. Un vieil aqueduc à gauche (l'Aqua Felice ou l'Aqua Claudia ?). La route semble suivre l'aqueduc. On passe sous l'aqueduc, la porte Furba (voir le guide). Puis on descend vers la voie de chemin de fer. *Osteria dei Cacciatori* à gauche. Une tour à gauche. Ça s'aplatit, plus d'arbres, on voit des morceaux interrompus d'aqueduc. Une *osteria* encore à droite. L'escalier au-dehors, montant aux pièces du premier étage. Petit jardin à côté, des choux ; une tonnelle en roseaux, couverte de feuillage. Des poules. On y vend du vin blanc dans des carafes. Six sous la carafe. Les verres, de gros verres épais.

On peut y manger des œufs, du jambon cru, de la salade. La salle commune, où se trouve le fourneau de cuisine. Des tables, des bancs, taillés à coups de hache. Salle très noire, sale, puante. Pleine de nuit quand on entre. Odeur de vin. La femme et la fille travaillent, servent silencieusement. Je mettrai la fille fiévreuse. Le père va et vient, s'occupe de son commerce. Quand on entre, on aperçoit par exemple trois individus qui boivent leur carafe de vin blanc. Pas un mot. Un vol de mouches. Peu mangent. Des charretiers qui passent. J'ai vu une *osteria (Antica Osteria Romana)*. Une terrasse au-dessus de la route, où l'on monte par un escalier de grosses pierres inégales. Au fond l'*osteria*, la salle commune. Un escalier de pierre au-dehors qui monte au premier étage. Une tonnelle à gauche, avec des tables. Un hangar, une remise à droite. Au fond passent les ruines de l'aqueduc servant de fond, puis la vaste étendue de la campagne romaine. À côté un bouquet de pins parasols. Les bâtiments gris et jaunes, cuits par le soleil. La route pavée, toute blanche, toute droite, qui passe devant. Et cela dans un désert, dans un silence immense.

Tout s'est dégagé, la campagne plate, plus d'arbres, avec des morceaux de l'aqueduc. La route s'encaisse plus loin dans une tranchée, des petits murs de pierres sèches. L'immense route droite. Un ou deux larges coudes. Talus gazonné. Ça descend. Parties de la route pavées. L'immense plaine d'herbe rase. Les montagnes de la Sabine à gauche, les monts Albains en face. Les voituriers qui viennent des Châteaux romains (*dei Castelli Romani*) à Rome, s'endorment souvent, et les chevaux continuent. Leurs clochettes. Tout est roux, pelé, ondulations. Presque pas de passants, des femmes avec des foulards, des fichus de couleur, les jupes relevées. Les Castelli Romani vont de Frascati à Rocca di Papa, et de Rocca di Papa au monte Cavo. *Antica Osteria dei Curato*. De grands parcs, des chevaux, des bœufs. Plus du tout de maisons. Une tour. Des moutons en tas. En arrière, Rome par moments apparaît, une ligne blanche à l'horizon, sur de la verdure. La campagne s'élargit, ligne bleuâtre au fond, très délicate. La petite voiture basse à deux roues, où sont rangés deux rangs de barriques, est le *carrettino*. Un abri pour le voiturier. La voiture très légère à deux roues et à deux places sur l'essieu est le *biroccino*. On apporte des Châteaux romains surtout du vin, puis un peu de légumes, de fruits, raisins, pommes, figues. Rome toujours se montre avec Saint-Pierre, ligne blanche sur vert. Des alouettes s'envolent. Un grand désert. Quand il y a des moutons, le vent apporte une odeur de suint. La campagne redevient onduleuse. Au bord, chardons desséchés, fenouil jauni. Des jeux d'ombre et de lumière, dans les ondulations. La matinée était très belle, très claire, avec des brouillards bleuâtres dans les fonds. Des pièces de terre où des bœufs labourent. Un fermier, un agent du fermier (un bâton à aiguillon), surveille la culture, monté à cheval. Il traverse ainsi les terres labourées. Frascati dans la brume en face. Des blés très verts. Ça monte vers Frascati. Des vignes à gauche, avec ferme. Des chaumes. Fontaine monumentale, à un coude de la route, avec un abreuvoir derrière. On monte de plus en plus, au milieu des vignes. Rome se dégage, au fond. Blanche dans la vapeur violâtre. On redescend. Des vignes, des oliviers, des roseaux. On remonte, on redescend. La route est pavée. Je retrouve Aix, aux approches de Frascati. La route monte et tourne entre de beaux oliviers et des vignes soulevées par des cannes. Rome au fond, au milieu de la campagne rousse. Vue admirable. Les paysans sont en manches de chemise, en gilet, vieux pantalons, et chapeaux de feutre noir. Beaucoup de mulets, un mulet blanc. On ne rencontre pas grand monde, mais le dimanche on vient manger le chevreau dans les *vigne*, de Rome. *Spaccio di vino*, débit de vin.

Frascati, sur un mamelon, au pied de Tusculum, dans les oliviers. Toutes les pentes jusqu'à la campagne sont garnies d'oliviers et de vignes. Les villas ont des terrasses sur la campagne et de grands jardins surtout plantés de chênes verts. Nous sommes allés visiter la villa Aldobrandini. Superbe vue de la terrasse. Au-dessus de Frascati, il y a des capucins, dominant tout. Une grande bâtisse grise, deux rangs de petites fenêtres carrées, dans les pins, les cyprès, les chênes verts. Sur le ciel, des chênes verts. La petite chapelle est par-derrière. Toutes les hauteurs appartiennent aux princes romains. Les spéculateurs n'ont pu acheter des terrains qu'au bas de Frascati, vers la gare, au-dessous de la fameuse terrasse. On a commencé à bâtir des villas modernes pour les vendre ou les louer. Mais le krach s'est aussi fait sentir là. Plusieurs restent inachevées. Voir là pour le mari de ma Romaine. Une petite église là que je pourrai prendre, Capo Croce (tête de croix), parce que c'est de là que partent les chemins de Frascati, de Rome et de Monte Porzio (celui-ci à trois quarts d'heure en voiture). Pas de petite propriété. Peu de bourgeois.

Nous avons déjeuné, puis nous sommes repartis pour Albano. Nous avons fait le tour de Frascati par une nouvelle route. Une belle vue sur Tivoli, au pied des montagnes de la Sabine, avec la campagne étalée en bas. Puis sur le chemin d'Albano. Le chemin de la corniche, à travers des vallons, avec des échappées continuelles sur la campagne, à droite. Oliviers, vignes, roseaux, toujours. On monte et on descend. Le village de Rocca di Papa en amphithéâtre sur un mamelon, au-dessous du monte Cavo. Sur celui-ci un vieux couvent, entouré de grands arbres qu'on voit de partout. Grottaferrata est dans un pli du terrain, à droite de la route, plus bas. En se retournant, on voit les ruines de Tusculum, au-dessus de Frascati. La villa de Cicéron, au-dessus d'un bois de pins. Ruine rousse, très grande. Vue admirable. Le long de la route, viorne, genêts. Toujours entre des vignes et des roseaux. Nous arrivons à Marino. Une descente. La grande rue, très large, qui descend à la place où est l'église, importante. À côté, le palais Colonna, très vieux, noir et dégradé. Après Marino, une très grande descente ; et le village ensuite, vu d'en bas ; une véritable forteresse, moyenâgeux. On traverse ensuite un beau bois de chênes verts. La campagne, à droite, à travers les arbres.

Enfin, le lac d'Albano. Alba Longa est en face, une ruine qui se détache sur le ciel ; puis à droite Palazzuola, le monte Cavo, Rocca di Papa ; et à gauche Castel Gandolfo. Un lac rond au fond d'un cratère. Un entonnoir de verdure. Lac d'étain, noir, des luisants d'étain. Dans l'ombre, noir, avec des moires claires. L'air triste et funèbre, grand, d'une mélancolie sinistre. Tout autour, jusqu'à l'eau, des oliviers et des vignes. Un côté est dans l'ombre, l'autre est ensoleillé. Le lac noir dans le côté noir, un reflet métallique. De l'autre côté, Marino, la campagne et la mer qui apparaît dans un coup de soleil, en or. Pas une barque. Les pentes vertes qui descendent vers la campagne. La route monte entre une allée d'arbres. Au loin, la voie Appienne toute droite, sombre. (Toujours le vent de la mer.) On arrive à Castel Gandolfo, la belle allée de cyprès, avec la mer à droite et le lac à gauche. Le château du pape, très beau jardin sur le lac. Vue morte, lac funèbre. De beaux pins parasols à droite. On descend jusqu'à Albano entre deux rangées de chênes verts géants, dont quelques-uns sont des monstres tordus, deux ou trois fois centenaires. Nous arrivons à Albano, une petite ville, avec une longue rue centrale. Au milieu, une place, avec une terrasse sur la campagne, mais moins bien placée que celles de Frascati.

Nous prenons une autre voiture, et nous nous faisons conduire à Genzano, pour voir le lac de Nemi. Le pont d'Ariccia. Un petit village pittoresquement situé. Le palais Chigi, et l'église en face. Très boisé, des ponts enjambant des vallons couverts d'arbres. Ariccia vu du détour, très pittoresque. On arrive à un rond-point, d'où partent de belles allées ombreuses de chênes verts, qui descendent à Genzano. Nous entrons dans le jardin de la villa Cesarini. Un jardin admirablement boisé qui domine le lac de Nemi ; et c'est de là que nous voyons le lac. En face, très haut au-dessus du lac, la tour du palais Orsini, dominant Nemi. Le village fait une tache rousse dans la verdure. Le lac dort au fond d'une coupe de verdure, et la verdure est ici beaucoup plus vigoureuse et dense qu'au lac d'Albano. Le soleil en été chauffe le lac, une vapeur s'en dégage ; et c'est de cette humidité et de ce soleil que naît une fécondité formidable. Coupe profonde. Les arbres descendent jusque dans le lac. Ils trempent leurs branches dans l'eau. Des chemins rocailleux pour descendre de Nemi, et en bas des terre-pleins moussus. Nous arrivons vers cinq heures, et à ce moment le lac se trouve complètement dans l'ombre portée du bord où nous nous trouvons, de façon que seul le bord opposé, où est Nemi, est baigné d'un soleil d'or. En bas la nappe d'eau absolument immobile, pareille à un miroir d'étain terni. Une eau morte, auguste et sépulcrale. Très claire, mais si profonde, si morte. En bas, un moulin. Une tombe étrusque près de là, qui a servi à Renan. Le lac noir et argent. Pas d'habitation autour. Le ciel très bleu au-dessus. Les fraises de Nemi, qui approvisionnent tout Rome, Genzano est en pente.

Nous avons vu en revenant à Albano un beau coucher de soleil sur la campagne. La campagne d'un seul ton, violâtre, pareille à une mer déteinte. Le soleil pareil à un globe de feu, rouge sang, descendant derrière la ligne de l'horizon, sans un nuage. Des vapeurs pourprées se sont seulement faites quand il a touché la terre. Et, dès qu'il a disparu, tout le ciel s'est ensanglanté d'une mare de sang, tandis que la campagne devenait noire. Puis il n'y a plus eu que quelques rais de pourpre vive qui se sont éteints. Le ciel est devenu couleur de cendre bleue et les étoiles se sont allumées une à une. Rome éclairée au fond.

Nous sommes revenus à Rome par la nuit croissante qui peu à peu est devenue complète. Le syndic d'Albano a fait accompagner notre landau par deux carabiniers, la route n'étant pas très sûre. D'abord la descente entre les vignes et les oliviers. La route tourne entre des murs. Puis c'est la campagne, une route large, pavée, toute droite, jusqu'à Rome. Des murs bas de pierres sèches à droite et à gauche. Bientôt, il n'y a plus un arbre. Un pin parasol qu'on rencontre isolé fait dans le ciel une tache noire et ronde d'une puissance extraordinaire. Le désert absolu, pas une lumière, une étendue sans fin, grise et perdue dans la nuit claire. On rencontre des voituriers qui reviennent ou qui vont à Rome, endormis, tandis que leurs chevaux continuent, avec leurs clochettes. Des bandes de chevaux aussi, qu'un homme à cheval change sans doute de pâturage. Un troupeau de bœufs, un troupeau de moutons qui encombrent la route. Puis, plus rien pendant de longues minutes. Une tour noire, une meule, faisant une tache. Les *osterie* devant lesquelles on passe sont barricadées et noires, bien qu'il ne soit pas sept heures. De loin en loin encore, un débris d'aqueduc ouvrant ses arches sur la nuit. On ne voit pas les lumières de Rome, que les grandes ondulations du terrain cachent. Une marche dans la nuit claire, vers l'inconnu, au milieu de cette immensité monotone. La voiture roule à l'infini sur le pavé blanc. Par moments, de bonnes odeurs de foin coupé ; par d'autres, des puanteurs venant sans doute des marais voisins. Enfin quand on se rapproche de Rome, les murs et les maisons recommencent. Des greniers à foin, des *osterie*. Nous avons passé de nouveau devant l'*osteria* qui fait l'angle, à la bifurcation du chemin de Frascati et d'Albano, et nous sommes rentrés dans Rome par la porte Saint-Paul.

Sur le Tibre, seulement deux ou trois petits vapeurs qui viennent, je crois, de Cività Vecchia. L'hiver des tartanes amènent des vins de Sicile. Mais tout cela s'arrête au port de Ripa Grande, au pied de l'Aventin. Donc plus haut, jamais un bateau. Un fleuve mort. Un fleuve triste comme une ruine antique. Sourd et lent. Pourtant l'hiver, par les grandes pluies, il devient tumultueux, avec des tourbillons. Quelques pêcheurs à la ligne seuls le peuplent et l'animent.

JEUDI 8 NOVEMBRE

Ce matin, j'ai causé longuement avec Luzzatto. La population de Rome qui était d'environ deux cent mille habitants en 1870, a presque doublé aujourd'hui. D'abord, le gouvernement a amené avec lui soixante mille personnes, parmi lesquelles quatorze mille employés environ avec leurs familles. Puis, il faut compter les appétits, les ambitions qui sont venus, les spéculateurs, les constructeurs, dont quarante mille ouvriers pour les constructions, tous les métiers du bâtiment. Enfin, soixante à quatre-vingt mille pour l'accroissement qui s'est produit en vingt-quatre ans (la population croît rapidement en Italie), ce qui fait bien les deux cent mille nouveaux habitants. Il faut pourtant dire qu'on a dû rapatrier la presque totalité des quarante mille ouvriers, après le krach, lesquels venaient presque tous du nord de l'Italie. Mais il n'y a jamais eu pourtant de recul dans le chiffre de la population. Ce chiffre est simplement stationnaire depuis quatre ou cinq ans. La bourgeoisie, elle, augmente toujours, tandis qu'il y a une stagnation parmi les travailleurs. Au début, il y a eu un coup d'enthousiasme extraordinaire. Donc un premier flux du monde officiel envahissant la ville. Mais les travailleurs n'ont fait qu'apparaître en masse plus tard, vers 1880 à 1884. Alors, il y a eu un mouvement considérable, qui a duré jusqu'au krach, vers 90. Maintenant, tout reste dans l'attente.

Le peuple que le gouvernement a trouvé dans Rome, le Transtévère, était peu travailleur : des petits métiers, menuisiers, charrons, bijoutiers, etc. ; puis l'article religieux, les chapelets, les médailles, des femmes brodeuses ; surtout les perles romaines (en cire, je crois), et des domestiques pour l'étranger. Les femmes dans le Transtévère travaillant peu. Beaucoup de ménages vivant des petits commerces pour la nourriture : débits de vin, boulangers, épiciers, etc. Mais tout cela pour la ville seule, pas d'exportation. Et aussi au service de l'étranger, toute la petite bourgeoisie vivant de la location des chambres, tandis que le peuple servait. Ce peuple est superstitieux, mais pas religieux au vrai sens du mot. Il se divisait en deux, par moitié à peu près. Les républicains, les vieux de 49, les garibaldiens, sans compter un vieux reste de *carbonari*. Les autres étaient pour la papauté, ceux surtout qui en vivaient, qui étaient les clients, à la solde des *monsignori*, des prélats. Les familles qui vivaient des prêtres (la bourgeoisie encore plus). Peu de bourgeoisie d'ailleurs, entre les princes et le peuple. Une bourgeoisie papale pourtant assez élevée. Toute la noblesse pour le pape. Encore riche alors. Parmi le peuple, grande misère, vie précaire surtout, au jour le jour. Mais cette misère est plus patiente, plus gaie que la nôtre, à cause du climat. Se contente de presque rien. Pas de besoins, et un beau ciel. Pâtes, légumes, basse viande de mouton. Boivent pourtant du vin des Castelli Romani, rouge et blanc, et, depuis 70, surtout des vins napolitains, qui ne sont pas chers. Se grisent, et le couteau marche. Dans le Transtévère, les républicains étaient l'aristocratie. Le rêve de Rome capitale est très ancien ; dès 1860, avec Cavour, et le peuple à Rome était très enthousiaste, sauf les quelques fidèles des papes, à ce point que le seul soupçon de voir la cité Léonine rester au pape a failli soulever tout le Transtévère. Émotion terrible, il a fallu les calmer. C'était la très grande majorité, et Pie IX était aimé pourtant. Peuple patriote avant tout. Pourtant la condition actuelle du peuple est à peu près restée la même. Il n'a pas gagné. Toutefois, il a eu forcément bénéficié des grands travaux. L'élément romain y est entré pour une bonne part. Seulement, il y a été gêné par sa paresse et par sa vanité. Sans un sou, il est grand seigneur. Pas un ouvrier ne se dérangera, à l'heure de son repas, de midi à trois heures. Pas un serrurier n'ira ouvrir la malle d'un voyageur pressé, ayant perdu sa clé. Il travaille de huit à douze, se repose jusqu'à trois et va de quatre à six à l'*Ave Maria*. L'ouvrier du nord de l'Italie est plus courageux et travaille à plus bas prix, donc préféré. Pourtant le peuple romain a profité du grand mouvement, de la plus-value. La nourriture, le pullulement de tout ce monde. C'est pour cela que la petite bourgeoisie, après avoir gagné beaucoup dans les locations, s'est beaucoup plainte quand la crise est venue. Les boutiquiers aussi. Le Transtévère est donc resté comme au temps des papes, ou à peu près. Il faut dire que les besoins ont augmenté : on se nourrit mieux, on a pris des habitudes de bien-être, d'argent. Et le peuple ne travaille pas plus, dans sa paresse et son orgueil. La moralité dans le peuple est comme partout. La femme n'est pas perdue par la bourgeoisie ; elle se donne à ceux de sa classe (Aix). Les filles se débauchent peu, rarement la faute précède le mariage. Puis la famille est restée très unie, les pères et les frères veillent sur les filles. Peu de maisons de tolérance dans le Transtévère, beaucoup ailleurs ; des très basses peut-être. Les filles de Rome y sont peu nombreuses ; c'est la province qui les peuple. Le raccrochage comme dans toutes les grandes villes. Grande saleté, ça s'est nettoyé un peu.

Tout ira maintenant avec plus de lenteur : on tâchera d'achever ce qui est commencé, et on attendra. – La campagne, autour, n'est-elle pas mortelle pour une capitale moderne ? Elle n'est belle que par les souvenirs historiques. Sous les Romains elle ne devait pas être boisée davantage, à cause de la nature du sol, le *tufo*, la terre de provenance volcanique. De là vient l'insalubrité, parce que ce *tufo* n'est pas perméable et laisse l'eau stagner. Pour y installer une population agricole stable, il faudrait drainer à grands frais, sur une échelle énorme (des millions). Et est-ce possible ? On peut faire quelque chose, améliorer, mais ce serait un songe de faire de la campagne, par exemple, les environs de Milan. Assainir, ce sera déjà bien beau. On obtiendra des herbages. Des maraîchers pourront s'y établir. Mais pas d'arbres sans doute. Pas même du blé, qui y pousse difficilement. D'autre part, le Tibre est mort ; peut-on rêver Rome port de mer ? Sous les Romains, des barques marchandes devaient apporter la nourriture (une capitale qui ne se nourrit pas elle-même). Les bouches du Tibre s'encombrent de sable et de boue. Il faudrait des millions. Plusieurs projets pourtant ont été proposés. C'est comme les gares, les voies ferrées. Rome pas un centre : une seule gare, et terminus. Pas la toile d'araignée autour. Des projets encore. Une autre gare près de Saint-Paul. Un métropolitain qui traverserait Rome, du Transtévère à la place des Thermes. Seulement, les projets échouent devant la Chambre, parce que la province est contre Rome.

Enfin, la question du pape. Si la paix continue, s'il n'y a pas de grands bouleversements européens, le *statu quo* peut durer indéfiniment ; et les rapports entre le Vatican et le Quirinal s'amélioreront de plus en plus. Il n'y a pas de parti conservateur, dans le sens que nous donnons au mot. Tous sont des patriotes, des Italiens, des libéraux. Les catholiques en dehors, puisque le pape leur défend de voter et de se faire élire. La noblesse qui est pour le pape est éparse, ne peut rien. Il n'y a pas là un parti constitué. Puis les fidèles du pape sont timides. La lutte pour le pape serait une lutte contre la patrie. Luzzatto prétend que l'idée personnelle du pape n'est pas pour la conquête d'un petit territoire. Alors, c'est la papauté elle-même qui est conquête. L'intérêt pour l'Italie est pourtant qu'il reste ; et elle le voudrait simplement évêque de Rome. Car elle gouvernerait par lui les consciences du monde entier. Son inquiétude, s'il se réfugiait chez une autre nation. Le pape, un personnage gênant : des complications fatales un jour. Une solution qui semble impossible. Quelle est la nation qui voudrait le prendre, et quelle est la nation qui ne le craint pas aux mains de l'Italie ? Puis, pourrait-il être hors de Rome ? Le schisme est toujours au bout. Ce qui croule et ce qu'il faut laisser crouler. Le pape pour l'Italie est un moyen, mais n'est pas un but. S'il n'évolue pas, il est condamné, par la science ; et il semble impossible qu'il évolue. La croyance religieuse est faible. Pourtant s'il sortait, tous tomberaient à genoux, la première fois. Nous républicains, nous acclamons bien le premier panache qui passe. L'atavisme, et cet idéal que le pape représente : l'histoire, Dieu lui-même (ce que j'ai déjà dit hier, je crois). D'ailleurs, on sait bien qu'il ne sortira pas.

Dans le peuple, la superstition, l'idolâtrie. On ne voit que les saints, Dieu un n'existe pas. Des dévotions partielles, chacun a son saint préféré. Le culte se divise à l'infini. Chaque femme a sa dévotion. La Madone, surtout à Naples. Le catholicisme est le culte officiel ; pourtant l'État n'assiste en corps qu'à la grand-messe solennelle pour Victor-Emmanuel au Panthéon. Il n'y a pas un budget des cultes, ni les évêques ni le clergé ne sont payés par l'État. Seulement les églises ont des biens-fonds considérables que l'État surveille, gère et distribue. Il a aussi l'*exequatur*, l'acceptation des évêques.

L'après-midi, j'ai vu le ministre de l'Instruction publique, Baccelli. Et je suis allé faire une visite à *La Tribuna*. Je suis entré à Sainte-Marie-de-la-Minerve. Une église gothique. Mais quelle étrange chose est devenu le gothique à Rome ! Les piliers, les colonnes engagées sont recouvertes de marbres luxueux. Les ogives s'élancent à peine, sont restées près du plein cintre. Les voûtes peintes en bleu sont semées d'étoiles et ornées de fresques.

Quelle étrange chose que l'histoire naturelle de Rome, dans sa poussée moderne ! Le vieux tronc dont on essaie de faire encore jaillir la sève. Le rêve de Rome capitale dès 1860. Et tout sacrifié à cette idée patriotique, nécessaire, fatale. La lutte contre la nature elle-même, la ville qu'on veut ressusciter quand même, malgré les obstacles physiques. Le poids de plomb de l'Antiquité. Rome antique forçant à la Rome moderne. L'*Urbs dell' antica* et *dell' età futura*. Et le coup d'enthousiasme dans l'orgueil de la conception. La griserie, puis la débâcle fatale, lorsque les choses apparaissent : une ville énorme bâtie pour une population qui n'existe pas, la capitale moderne rêvée échouant contre la ville réelle avec son manque de communications, la ceinture mortelle de terrain stérile, son fleuve mort. L'orgueil a rêvé ce que la réalité ne peut réaliser. Quel cas étonnant et intéressant, quelle page de l'histoire naturelle d'une ville !

VENDREDI 9 NOVEMBRE

Le matin, j'ai causé longuement des cardinaux avec M. Carry, ancien secrétaire du cardinal Galimberti. La fonction de cardinal s'est beaucoup démocratisée. Deux seulement sur le Gotha, le cardinal Bonaparte et le cardinal de Hohenlohe (?). Il n'y a plus aussi qu'un membre du patriciat romain, le cardinal Macchi. Les cardinaux romains appartiennent à la petite bourgeoisie. Aussi aucun ne soutient-il un grand état de maison. Pas de réceptions, de dîners. Le dernier qui donnait des dîners, était le cardinal Czacki (polonais). Leur paie est de vingt-deux mille francs (plus loin, détails qui portent cette somme à une trentaine de mille francs). Leur voiture seule leur coûte six mille francs (vieux carrosse à deux chevaux). Ils ne peuvent pas aller à pied dans Rome. Seul le cardinal Bonaparte fait cinq cents mètres à pied pour aller à une chapelle et on ne lui dit rien. Ils ne peuvent mettre pied à terre pour se promener que hors de Rome. Leur carrosse, assez lourd, assez bien tenu. Deux chevaux noirs. Un cocher et un valet de pied, domestique en noir (le domestique, *il servitore*). Le domestique et le cocher côte à côte sur le siège. Le cardinal porte généralement la soutane noire, lisérée de rouge. Boutons rouges, ceinture rouge. Chapeau, deux glands rouges. Le grand costume, la soutane rouge, n'est plus porté que très rarement ; avec le camail d'hermine, sur une aube (à voir dans le livre).

Aucun cardinal, aujourd'hui, n'habite son palais. Leur loyer varie de six à sept mille francs. Quelques-uns vont jusqu'à neuf mille. Ils ont alors un appartement privé et l'appartement de réception. Celui-ci se compose de trois salons, dans l'un desquels, la salle du trône, se trouve le chapeau rouge sous le baldaquin. C'est là qu'il reçoit les visites *di calore* (de chaleur), lorsqu'il est promu cardinal, les ambassadeurs aussi. Mais cet appartement ne sert presque plus, et, pour mon cardinal, je le ferai fermer. L'appartement privé. Le secrétaire, un prêtre, dans la première pièce. Le salon où le cardinal reçoit ; à côté, la chambre à coucher et le cabinet de travail ; souvent les familiers sont reçus dans le cabinet. Une salle à manger très simple. Partout les meubles très mêlés. Des choses anciennes et des choses neuves. Quelques vieux tableaux. Chaque cardinal a chez lui sa chapelle ; une petite pièce, où il a un petit autel, plus ou moins orné. (Je ferai fermer tous les grands appartements de réception, et mon cardinal n'occupera plus qu'un coin.) Tout ce qu'il faut pour dire la messe est là. Il dit donc tous les jours, à moins de fatigue, sa messe, servie par le domestique. Jamais personne n'y assiste. Il peut bénir un mariage, donner la communion et la confirmation. Il est cardinal, tout lui est permis. Son personnel : le secrétaire, prêtre ; un domestique, et un en second ; un cocher, un cuisinier. Le cuisinier peut être marié et sa femme venir faire quelques petits travaux. Le carrosse a deux chevaux ; dans la maison : écurie, remise. Tout le personnel demeure aussi là. Donc six mille francs pour la voiture, six mille pour l'appartement ; et le reste pour l'entretien. Blanchissage et raccommodage au-dehors. C'est le cuisinier qui achète les provisions.

La question des empoisonnements. Beaucoup de morts subites par les fièvres ; mais la vieille tradition, la légende du poison des Borgia ; et toute mort subite est mise sur le compte de l'*acqua tofana*. Un prélat, Mgr Franchi, le premier secrétaire de Léon XIII, mort subitement dans les bras d'un ami, un autre prélat ; et celui-ci a toujours cru au poison. La peur héréditaire, Clément XIV empoisonné par les jésuites. Léon XIII n'est pas sans crainte, paraît-il.

Pour les cardinaux, cuisine romaine, du *fritto*, viande dans de la pâte et frite. Poisson. Macaroni. Les cardinaux mangent généralement seuls. Mais ils peuvent avoir un parent, un ami, à traiter. Parfois un diplomate, un ambassadeur. C'est l'exception aujourd'hui. Il a pourtant presque toujours son secrétaire avec lui, qui est parfois à demeure fixe, mangeant et couchant. Donc pour tout cela vingt-deux mille francs seraient insuffisants. Mais les anciens nonces ont des économies, de leur temps de nonciature. D'autre part, beaucoup exercent des charges rétribuées dans les congrégations, ce qui porte leurs appointements à une trentaine de mille francs (moyenne).

Voici, maintenant, la journée d'un cardinal. Lever de six à sept heures. Assez propre, soins de toilette. Il met sa soutane tout de suite ; dit sa messe. Le déjeuner vers huit heures ; chocolat ou café. Ceux qui ont un emploi dans les congrégations (les ministères), car chacun a son occupation, sortent en voiture, vont aux services, aux congrégations dont ils font partie. Ou bien, les jours de repos, ils restent et reçoivent. Chaque cardinal doit aller chez le pape deux ou trois fois par mois, à jour fixe, pour lui rendre compte. Le pape est roi absolu, voit tout, décide tout, excepté les choses dont il se désintéresse. Le cardinal dîne entre une et deux heures. Après, il fait sa sieste jusqu'à quatre ou cinq heures (en été), jusqu'à trois heures (en hiver). Et il ne fait pas bon le déranger. Après cinq heures (ou quatre heures en hiver), il fait sa promenade en voiture. Il va au Pincio, à la villa Borghèse. Le plus souvent il va à la voie Appienne, ou à la voie Nomentane, ce qui lui permet de descendre et de se promener un peu à pied. Il rentre toujours à l'*Ave Maria* (Angélus), un quart d'heure après le coucher du soleil. En novembre cinq heures un quart. C'est le moment des audiences, il reçoit jusqu'à huit heures et demie. Vers neuf heures, il soupe, rentre dans sa chambre, se couche.

Les bureaux du Vatican sont ouverts de neuf heures à une heure. Après, tout est fermé. Quelquefois un cardinal pontifie, célèbre dans une église la fonction pontificale. Presque tous les cardinaux sont des vieux prêtres et de vieux bureaucrates. Ils en ont les habitudes et les manies, la méthode, la cervelle étroite. Leur journée est absolument réglée. Tel est le type courant. Un grand seigneur serait autre. Peu d'intelligence, mais la tradition diplomatique ne se perd jamais dans le Sacré Collège. Quelques-uns la gardent (le Sacré Collège, c'est le Sénat romain). Les nonces surtout sont les plus forts, ceux qui sont sortis de Rome et qui ont pu étudier le monde. Ils pénètrent un peu le monde moderne. Léon XIII a été trois ans nonce à Bruxelles. Galimberti a beaucoup gagné pendant les cinq ans qu'il a passés à Vienne. Les nonces sont à Paris, Madrid, Vienne et Lisbonne : ils y passent cinq ans et rentrent en Italie cardinaux. Les cardinaux vont aussi aux consistoires : trois ou quatre par an. Il y a un consistoire secret, puis un consistoire public. On y nomme les cardinaux et les évêques. Un cardinal peut habiter avec une parente, avec n'importe qui, à un autre étage simplement.

Un petit prêtre peut venir voir un cardinal, dont il est le familier, le client. Mais grande distance entre le bas et le haut clergé. Ce qu'on appelle un *scagnozzo*, un prêtre de la province, en lutte avec son évêque, tombé à Rome, battant le pavé. Une tourbe, des bohèmes, des aventuriers, tout un essaim qui ronfle autour de l'Église. Quelques-uns interdits. Les autres vivant d'une pauvre messe par jour (la messe rapporte trente à quarante sous). Tout ce qu'ils font pour l'avoir. Misérables, sales, sordides, ignorants. Un ramassis qui afflue, attiré par Rome. Emplissent les *osterie*, boivent et mangent avec le peuple. Un prêtre à Frascati, avec le revenu des biens-fonds, peut avoir de huit cents à neuf cents francs. Il loge seul, est logé, un petit jardin. Le prêtre est plus près de la terre, plus paysan que le nôtre. Il est paysan lui-même, cultive son jardin (moins à Frascati qu'ailleurs). Très peu lettré. Au fond patriote. Il fait son métier, n'a pas l'idée haute du sacerdoce, de Dieu derrière lui (un peu semblable au pope russe). Le peuple, quoique très religieux, n'estime pas son curé. Ne le confond surtout pas avec la religion. Les saints, c'est parfait, mais pas les prêtres. Mon petit prêtre pauvre très dévoué à mon cardinal, peut s'attacher par amitié, mais surtout par intérêt. Le prêtre s'attache au cardinal, qui peut être pape un jour et faire sa fortune. Au fond, le jeu, la loterie de la tiare ; toujours l'espérance du gros lot. Un cardinal a ainsi toujours ses clients, ses créatures. Si un prêtre est intelligent, le cardinal le pousse. Ce n'est pourtant pas par le mérite qu'on arrive, c'est par le népotisme. Les prêtres sont dignes, bons, mais sans zèle : ils font leur métier.

Tous les cardinaux sont suffisamment pieux : aucun n'a de trop gros scandales. En tout cas, ils remplissent convenablement leurs devoirs. Le cardinal Bonaparte a toujours un confesseur qui le suit, dans la terreur où il est d'une mort subite. Le pape futur : Parocchi s'est coulé, Zefirino Vannutelli est en train de se couler. Il ne faut pas qu'une candidature soit posée, discutée trop longtemps à l'avance ; elle se brûle. On parle du cardinal Svanpa (Bologne) ou de Ferrari (Milan). Le résultat du conclave dépendra aussi de l'état de l'Europe. En ce moment, pas de personnalité qui s'impose.

Journée du pape. Se lève à six heures. Dit sa messe dans sa chapelle. Déjeune à sept heures, toujours seul. C'est l'étiquette. Cet homme qui depuis dix-huit ans mange seul. Chocolat. Bouillon. À huit heures les audiences d'affaires, reçoit les prélats et les cardinaux des congrégations. À midi, les audiences publiques et collectives. La salle où il reçoit change. Se repose un peu ensuite et dîne à deux heures. Sieste ou promenade dans les jardins, jusqu'à quatre ou cinq heures. Les audiences particulières à six heures jusqu'à sept. Il rentre dans son appartement, soupe à huit heures et demie, neuf heures. Parfois il dit le rosaire avec ses familiers, puis il se couche à dix heures. Son secrétaire, un monsignor Angeli. La *santissima tavolina*. D'ailleurs il dort peu : insomnie nerveuse, appelle parfois un secrétaire pour dicter, une intelligence sans cesse en éveil, en travail. C'est sa vie. Une affaire qui l'intéresse, ça le soutient. Ainsi, en ce moment, les conférences avec les patriarches orientaux l'intéressent extrêmement. Une figure de cire, blancheur diaphane, une lampe d'albâtre éclairée en dedans. Un grand nez qui accentue la physionomie. Les yeux extrêmement noirs, deux escarboucles noires qui animent tout. Des yeux de flamme qui ont vingt ans. Une jeunesse singulière dans le regard. Un intellectuel, pas un sentimental. Très simple. A dit à la femme de Carry : « Alors, vous êtes enceinte ? » Naturel, pas de morgue. Parle beaucoup. Voix nasillarde. Plus estimé hors de l'Église que dans l'Église.

Cet après-midi, nous sommes allés au musée chrétien de Latran. Et j'ai eu là, en lisant les inscriptions trouvées dans les catacombes, une sensation très vive. Elles sont pénétrantes, avec leurs épithètes de très douces, très chastes, très dignes, très belles, très nobles, données aux mortes. Puis le mari et la femme reposent souvent ensemble. Les enfants, les jeunes filles, les vieillards, les martyrs. Toute cette cité des morts, cachée sous terre, qui a dormi des siècles, et qu'on a retrouvée. La mort a parlé de la vie. Rien n'est plus vivant, d'une vie intime et touchante, discrète, endormie. La mort païenne triomphait en plein soleil. La mort chrétienne sommeillait là, très chaste, très douce, cachée à tous les yeux. Et le réveil plus tard. C'est uniquement ce que je trouve de chrétien à Rome, la primitive foi, qui se cachait, qui ne rêvait pas l'empire du monde. Et il n'est pas jusqu'à l'art barbare, le paganisme mourant perdant sa beauté, l'ouvrier maladroit sculptant les sarcophages avec un reste de paganisme, et surtout les emblèmes si grossiers, les palmes, les poissons, qui n'ajoutent au charme enfantin, au sentiment humain des catacombes. Des antiques intéressantes dans le musée profane.

De là nous avons visité Saint-Clément, les deux églises superposées, sur un temple. Très intéressant, avec les vieilles colonnes, les très anciennes fresques. À prendre dans le guide, si j'en ai besoin.

Le théâtre de Marcellus, le temple de Vesta (près du Tibre), le portique d'Octavie (près de l'ancien ghetto). Et nous avons fait le tour par l'île du Tibre. Le très vieux pont en dos d'âne avec sa vétusté vénérable. Ponte Fabricio. Dessous (depuis) par suite de l'élargissement du Tibre par les nouveaux quais, le Tibre ne coule plus. Il n'y a là qu'un lit de boue qui se dessèche ; de sorte que le pont Fabricio est sur un fleuve qui ne passe plus. Cela n'avait pas été prévu. L'île a encore quelques vieilles maisons, un bout sale de l'ancienne berge tourné vers le Transtévère. La hauteur des quais, le mur gris énorme. J'ai suivi le Lungo Tevere d'Anguillara. On ne passe pas encore au Lungo Tevere Sanzio ; des palissades, on achève le quai. Et je suis revenu sur la rive gauche, par le pont Garibaldi. En somme, ce quartier est en ce moment très intéressant. On y surprend la ville en évolution. Les quais sont presque achevés ; mais des palissades barrent encore le passage,et de toutes parts s'étend, inégal et raboteux, sale encore, le terrain à bâtir. Des constructions blanches, énormes, partout. Des amorces de rues. Mais rien de fini. Un chantier colossal que la crise prolonge. La ville de demain, arrêtée, y est en détresse, avec ses commencements énormes, trop hâtifs, et détonnant. C'est cela que Pierre verra, mais en disant ce que cela deviendra, plus tard, pour ne pas que le roman vieillisse, et il le verra plutôt avec sympathie, car en somme la besogne a été bonne, saine et nécessaire. L'affreuse saleté qui régnait. Les ruines dans les excréments, les détritus de légumes, les eaux ménagères et les loques pourries. Il faut voir ce qu'il en reste. Le ghetto rasé, la vaste place encore bossuée, pas nivelée, sordide, imprégnée de tant de siècles de pourriture. Ce qui en reste. Près de là, la place Cairoli, la via Arenula, percée nouvelle sur le pont Garibaldi. Ces percées, avec les restes épars des ruelles voisines qu'elles ont éventrées. Peindre ces ruelles, toute la vieille Rome. Et les coups d'air des constructions nouvelles, les grandes bâtisses blanches, comme jetées au hasard. Les plâtres neufs, à côté des vieilles façades lépreuses, c'est la caractéristique de ce quartier qui se transforme. On suit une ruelle étroite, puante, d'une humidité glacée, avec ses hautes maisons sombres, aux toits rapprochés, et l'on tombe dans une clairière faite à coups de hache, dans la forêt ancienne des vieilles maisons moussues. Des squares, de larges trottoirs, des façades blanches couvertes de sculptures, tout cela pas fini. Et le Tibre au milieu, avec son eau jaune et vide, entre ses murs énormes de forteresse. Je verrai le Transtévère un autre jour.

Quand on se rapproche du Capitole, on retombe dans l'ancienne Rome, avec ses rues sans cesse tournantes, ses petites places irrégulières, ses grands hôtels, des masses grises énormes, comme étranglés dans la foule bousculée des petites maisons voisines. Les princes dans le peuple. Place Campitelli, au bas du Capitole. Et il y a encore la Rome de l'Esquilin, des escaliers qui montent, cailloutés de gris, chaque marche ourlée de pierre blanche. Des pentes brusques, qui tournent. Un mur, au-dessus duquel se dresse un palmier dans le bleu. De grands murs jaunes. Des maisons, des séminaires, des couvents, aux fenêtres closes, comme mortes. Des terrasses. Et toujours des églises à chaque détour des rues. Presque toujours la même façade. La porte fermée, attendant qu'on vienne fêter le saint. Quatre cents et tant d'églises, plus d'une par jour. Étudier cela, ces cérémonies, une église qui a ses fidèles un seul jour par an.

Nous sommes allés à San Pietro in Vincoli, pour voir le *Moïse* de Michel-Ange. Une fière statue, d'une force, d'une beauté souveraine. Il est solidement assis, et la beauté du mouvement de la tête. Quelque chose de souverain, d'auguste et de terrible à la fois. Des chaises sont là, à la bonne place où des fidèles, des Anglaises, s'oublient absorbés. C'est quand le soleil se couche, vers cinq heures en novembre, que le marbre est le mieux éclairé. Le ton d'ivoire du marbre, un admirable ton transparent et fin. La largeur de la nef de l'église, une vraie halle.

Ce soir, j'ai causé avec le correspondant de *L'Indépendance belge*, M. Méreu. Il juge le patriciat romain fini. Une race abâtardie, achevée. De grands enfants selon moi. Des cerveaux épuisés. Il paraît que les nouveaux impôts les ont écrasés, près des vingt-trois pour cent du revenu. Cela expliquerait qu'ils ne peuvent plus tenir leur rang. Puis, la volée de faucons qui s'est abattue sur Rome. Toute la curée gouvernementale. La bourgeoisie affamée qui va tout dévorer : plus rude, riche d'une nouvelle sève, affolée d'appétits, et qui dévorera certainement la noblesse épuisée. C'est affaire de temps. Mais M. Méreu pense que tout ce qui s'est passé jusqu'ici n'est rien, à peine le symptôme de l'effondrement final et fatal. Il faudrait enrayer, et Crispi est fou d'aller encore de l'avant. Une tempête est inévitable qui emportera sans doute la monarchie et qui amènera une république fédérative. La fédération pourrait seule sauver l'Italie.

Gênes, Turin, Milan, Florence, Venise, Rome, Naples, ayant chacune leur assemblée locale, et une chambre fédérale à Rome. Il paraît que Rome capitale est nécessaire. Je pourrai indiquer cela. Le pape s'entendrait certainement mieux avec une république, et s'il s'en accommodait, il resterait à Rome. Ce n'est pas encore là une solution.

SAMEDI 10 NOVEMBRE

Ce matin, à la piazza Campo dei Fiori. Une grande place, un parallélogramme allongé. Pavée du petit pavé ordinaire. Au milieu, la statue de Bruno, brûlé à cette place ; une protestation contre l'Église. Les maisons autour sont très inégales de hauteur, des petites, des hautes, des terrasses avec verdure. Elles sont jaunes, ont des persiennes vertes. Autour, beaucoup de boutiques avec des étoffes pendues, de couleurs violentes, des bleues, des rouges, des jaunes. Des bouchers, la viande saignante, noirâtre ; mal préparée, pas l'air propre de Paris ; des cous comme arrachés, qui saignent encore. Des *pizzicherie*, avec les liasses de petites saucisses, les boules de graisse, les saucissons. Des femmes sont assises sur les pierres, où est scellée la grille qui entoure la statue de Bruno. D'autres boutiques, des quartiers de viande dans les *pizzicherie*, et l'odeur forte des tonneaux de salaisons. Boutiques de friture, odeur violente. Maintenant, au milieu, le marché aux légumes, les femmes sous les grands parasols gris, ouverts. Des châtaignes chaudes, des châtaignes dans des sacs. Pommes, poires, raisins, tomates très rouges, brocolis, céleris, salades, tous les légumes. Du poisson très frais. Des grenouilles enfilées, promenées par un homme. Les cris aigus, un grand brouhaha, les marchandises criées. De pauvres femmes qui passent, des prêtres, des petites bourgeoises qui achètent. Des femmes avec des enfants dans les bras. Plus de costumes, toutes en jupes, en casaques sales, plutôt claires avec des fichus, en cheveux, des tignasses généralement noires. Quelques fichus rouges, qui éclatent. Petites voitures, traînées par des ânes tout petits. Beaucoup d'éventaires promenés, des allumettes, des citrons verts, de la mercerie, de la poterie pour enfants (cruches faisant le rossignol). Des piments verts, des piments jaunes, des grenades (quelques-unes ouvertes, très rouges). Liasses d'ails. Les balances, les romaines, sont devant les marchandes sur un pied de fer. La Chancellerie, en angle, apparaît dans l'angle ouest (?) de la place. Le grouillement au soleil. Un rémouleur. Des têtes de pin. Les légumes rouges, pareils à de grosses olives.

Place Farnèse. Les deux fontaines. Une avec son jet d'eau dans le soleil. Le palais a sa façade dans l'ombre (onze heures). Gris sévère. Deux étages, treize fenêtres. Même style que le palais Sacchetti, avec corniche superbe. Le drapeau tricolore à la porte. Une place sans boutiques, régulière, un peu sévère, déserte et triste. On entre là dans un quartier calme et un peu désert. Dans la rue qui va à la via Giulia. Le palais occupe tout le côté gauche. Quinze fenêtres de façade. La rue large, droite, un peu en pente, toujours sans trottoir (ce qui élargit et fait le vide). Sombre, fraîche, à l'ombre de l'immense palais. Le côté droit est bordé de vieilles maisons sans boutiques.

La via Giulia. À onze heures, le soleil éclaire déjà le côté droit. Pour que le soleil enfile la rue, il doit falloir y venir vers neuf heures. Alors, le pavé très blanc sans doute, et les maisons jaunes des deux côtés, avec les ombres portées de certains angles saillants. Un moine dans le soleil, sa bure qui s'éclaire. Quelques passants qui se hâtent. Un vélocipédiste. Une charrette attelée d'un mulet. Un minet noir sur une fenêtre grillée, en plein soleil. Les cours intérieures, le coup de jour pâle. Le palais Ricci a un balcon avec des verdures. Dans les rez-de-chaussée des commerces obscurs. Les arbres clairs au bout de la rue, devant l'hôpital. Le gaz à droite, puis à gauche ; à une vingtaine de mètres les uns des autres. La sensation de toutes ces rues un peu vides, sombres et fraîches, même par le soleil. Un quartier régulier, qui a dû être le beau quartier de la ville. L'ancien Corso au seizième siècle, dit-on. Le grand mur jaune de la prison n'égaie pas la rue. Des petites bourgeoises qui passent, avec leurs fillettes. Une voiture de foin. À côté, l'église San Biagio della Pagnotta (?), une petite église, vivement éclairée par le soleil qui entre par les fenêtres, en haut, à gauche. Très ornée. Colonnes plates engagées, en marbre, avec des chapiteaux entièrement dorés. Des marbres, des dorures, des peintures partout. Les pendentifs, peints. La voûte, peintures dans des ornements dorés. Trois chapelles de chaque côté, fermées par des balustrades de marbre. Des autels de marbre. Un confesseur qui attend. Deux vieilles femmes qui prient, une assise, l'autre debout. Et vide. Comment appelle-t-on les portières mobiles qui ferment les églises ? Dans la rue, plusieurs saintes-vierges, avec des lampes allumées.

Au bord du Tibre. Le grand bâtiment neuf et blanc, qui est à côté de l'hôtel Sacchetti. Toute une lessive sur des cordes, des pigeons. Le soleil n'éclairait déjà plus la berge opposée. Il doit s'en retirer vers dix heures. Mais j'ai pu reconstituer à peu près l'effet. Le Tibre très jaune au soleil. En face, le linge devant les façades éclate de blancheur. Les arbres sont d'une verdure intense et dorée. Certains pans de mur s'éclairent violemment, tandis que d'autres s'accusent en noir. Les fenêtres font des trous d'un noir plus intense dans les façades éclairées. Les toits se rosent. La saleté des façades disparaît un peu, s'allume, resplendit, toute en or patiné. Les arêtes des murs qui descendent à l'eau. Le Tibre très jaune au soleil, il est décidément lent, bien qu'on le voie couler, avec le petit frisson du courant, qui le moire au soleil. Les arbres éclairés sur le Janicule. Du côté gauche, au fond, le Transtévère, à cette heure-là, se détache en gris-bleu, dans une légère brume, sur le ciel très clair. À gauche, le dôme des Florentins. Des hommes qui dorment. Des pêcheurs qui retirent le carrelet. Le fleuve vide d'ailleurs. Quartier désert. Ombres larges, avec des plaques, des rais de soleil, sur les places et dans les rues. L'ombre se découpe à angles nets. Peu de passants. On paie pour passer par le pont provisoire (?). L'abside des Florentins à droite, ronde, jaune, importante, et là des verdures qui descendaient jusqu'au Tibre. En face la barre de peupliers, devant l'hôpital, au coude du fleuve. À gauche, un restant de berges vertes, avec des maisons, tandis qu'à droite le quai terminé dresse son haut mur gris. Au détour, au fond, on aperçoit la rondeur du fort Saint-Ange, et plus à gauche les maisons neuves des Prati di Castello. La partie du quai qui n'est pas faite s'étend donc sur la rive droite, du pont qui se trouve en face du palais Falconieri jusqu'au fort Saint-Ange. Le pont payant débouche en face le Collège militaire (palazzo Salviati), derrière lequel se trouve Saint-Onuphre, et à côté duquel est le Jardin botanique. San Pietro in Montorio est beaucoup plus loin, en face de la via dei Pettinari. La via della Lungara s'étend toute droite de l'autre pont à la porte Santo Spirito. Large, propre.

Les maisons dont les derrières sont si sales sur le Tibre ont là des façades propres. L'épaisseur du pâté de ces maisons doit être de vingt-cinq mètres environ.

Je suis revenu à la via Giulia, des Florentins au palais Farnèse. Elle s'arrête à l'église Saint-Jean-des-Florentins, dont la grande grille ronde avance. Au-delà, la rue qui continuait était la via della Molle dei Fiorentini. Plus à droite partait la via Paola. Mais c'est là que passe le nouveau corso Vittorio Emanuele. Et le quartier se trouve éventré. Tout un abattis de maisons. Quelques-unes, coupées en deux, restent avec des chambres béantes, en l'air. Un nouveau quartier pas fini. Tous les *vicoli*, les ruelles descendaient au Tibre. Un large cours avec de hautes maisons, sculptées, cinq étages, balcons, toutes blanches. Un cabaret s'est installé là, dans un reste de jardin parmi les décombres. *Vini scelti*, mais aussi *birreria* (c'est l'Allemagne envahissante). Des lumières électriques, des globes au milieu de la rue. L'opposition le soir avec cette rue toute blanche, et les ruelles voisines, et la via Giulia elle-même, avec ses becs de gaz jaunes, espacés. Les ruelles descendent à la via Giulia. J'ai pris la via dei Banchi Vecchi. On arrive tout droit au palais Sacchetti, du corso, en prenant le vicolo del Pavone, puis, après avoir traversé la via dei Banchi Vecchi, en suivant le vicolo Sugarelli, qui donne sur l'angle du palais en face du vicolo Cefalone (?). Une église se trouve à l'angle de la via delle Carceri (pas de nom, à voir), identique à San Biagio. Trois chapelles latérales, et les confessionnaux se trouvant aussi entre les chapelles. Ensuite, un nouveau chemin pour aller à la via Giulia : le vicolo dei Cartari, on traverse la via dei Banchi Vecchi, et on prend en face du premier le vicolo del Malpasso, très étroit. Il y a là un angle ensuite : la via dei Banchi Vecchi se tronçonne, à gauche la via del Pellegrino, à droite la via di Monserrato. Dans celle-ci, allant à la via Giulia, le vicolo della Morella, si étroit que les voitures ne peuvent y passer, un boyau noir. Dans la via Monserrato, plus de commerce, des boutiques de nourriture. Un vieil hôtel à gauche dans lequel se trouve installée une *osteria*. Un piano enragé joue dans le demi-silence de la rue. Place dei Ricci. Des palais. Au coin de la via di Barchetta, une église encore, sans doute Santa Maria di Monserrato. La même encore, mais plus grande et moins dorée. Quelques femmes. Il est midi, l'*Ave Maria* sonne. C'est sans doute ce qui fait que toutes ces églises sont ouvertes. À la piazza della Ruota, au coin, une église encore (c'est à la hauteur du palazzo Falconieri). La même église, avec deux tribunes, deux loggias remplaçant la chapelle latérale du milieu. Fermant la première chapelle à droite, devant l'entrée, deux anges de marbre, tenant une draperie de marbre de couleur. Les anges vêtus de marbres de couleur. Très riche. L'odeur de l'encens était si forte qu'on le sentait de la place.

Pour mon Pierre qui arrive. Il se jette dans un fiacre découvert à sept heures du matin. Et le cocher qui lui fait descendre la rue Nationale lui jette des noms de monuments. Les Thermes. Puis la Banque à gauche, l'énorme monument blanc, tout neuf. Le Quirinal à droite, en haut d'un jardin vert, des palmiers, etc. Le palais Aldobrandini, si caractéristique en l'air, avec son pin parasol. La place qui tourne. La colonne Trajane vue en bas dans le coup de soleil, blanche, au bout de la courte via Magnanapoli. L'église avec son dôme bas. Le palais Colonna à droite avec les trois arches et les jardins de la villa au-dessus. Le Corso à droite. Le palazzo di Venezia à gauche, puis le Gesù, et les autres palais. Le corso Vittorio Emanuele. Mais surtout le clair soleil d'une belle matinée, et le froid brusque en passant devant le palais de Venise, puis devant le Gesù. La rue se rétrécit, l'ancienne rue restée, et une ombre antique vous tombe sur les épaules tandis que dans les rues élargies se rit le clair soleil. C'est déjà là un symbole de tout le livre. Le coup de soleil sur les places, ou en passant devant les rues transversales. Ombres nettes, ciel très bleu. Ensuite il prendra plus bas un *vicolo* qui le mènera dans la via Giulia. La vieille ville calme et déserte où il entre, après le corso Vittorio Emanuele. La nouvelle voie irrégulière avec des places baroques. Un autre dôme, celui de Sant' Andrea della Valle. Toutes les églises déjà rencontrées. Il faudrait que cette arrivée, cette Rome traversée de part en part, lui donnât déjà tout Rome. À revoir sur le plan.

Chaque nation a son séminaire. Les Français tout noirs, les Américains tout rouges (de petits cardinaux) ; et il faudra que je sache les couleurs des autres.

J'ai revu ce soir le soleil se coucher derrière Saint-Pierre. Mais pas un nuage. Un air limpide. Un ciel absolument clair. Et quand le soleil est derrière le dôme, ses rayons qui le traversent de part en part par les fenêtres, sont vraiment éblouissants. Il sort de là des jets de flamme. On dirait que le dôme est sur un brasier, isolé, comme porté par la violence des flammes.

Ce qui fait le charme de la promenade du Pincio c'est que les arbres d'espèces à feuilles persistantes y restent toujours verts. Mais cela est monotone de tourner en voiture dans un si petit espace.

DIMANCHE 11 NOVEMBRE

J'ai causé ce soir avec M. et Mme Hébert. La jeune fille aristocrate est élevée chez elle par des institutrices ou au Sacré-Cœur (Trinità dei Monti). Un peu de français et d'orthographe. Arithmétique. Lire, écrire. Dans les familles peut-être un peu plus même qu'au couvent. À l'écart, douze ans à vingt ans. Absolument Aix. Mais flirtent. Correspondent par les yeux. L'histoire de la petite Bonaparte qui a pêché par les yeux un jeune officier au Corso. « Je le veux », et elle l'a eu. Entêtement. Les autres qui glissent des lettres par-derrière, à la messe ou ailleurs. Sortent avec leurs mères. Muettes dans la voiture, réservées, mais les yeux en correspondance. Par la fenêtre aussi. Les gouvernantes pour elles. De petits scandales. La jeune femme mariée. Sa vie à l'écart. Ne sort jamais avec son mari. Le matin va acheter des rubans, autre chose, chez la couturière pour commandes, mais celle-ci va essayer. Donc pas notre tour de fournisseurs de l'après-midi. L'après-midi le tour du Pincio et du Corso, obligatoire. Se saluent, vont déposer quelques cartes. Pas de réceptions intimes entre les familles. (Toujours Aix.) Un ou deux grands bals, dans les grands hôtels. Huit cents personnes. Haie de laquais. Les maîtres à la porte, serrent les mains ; et l'on est perdu. Donc la Lovatelli une exception. Pas de conversation générale possible. Rien que les petits potins de leur monde. De grands enfants. Leur morgue faite de timidité et d'ignorance. Un monde fermé où rien n'entre, qui se défend par la morgue. Liens de famille forts. La femme et les filles un peu au harem, avec des coups d'œil jetés dehors. Les filles pêchant des maris à leur goût. Les femmes dont on ne parle guère, à moins d'exception, tout à leur amour sans doute quand elles en ont un. Pourtant l'élément étranger, les Anglaises, les Allemandes, les Américaines qui s'introduisent par le mariage et qui changent un peu le monde. – Société très fermée, je l'ai dit et ne se recevant même pas en famille ; seulement aux fêtes. Manque de la sociabilité française. Ni esprit ni liant. Le gynécée, avec tous ses inconvénients. Dans la bourgeoisie, même vie retirée, à l'écart. Le mari rentre, se met en manches de chemise et mange une salade. – Le travail pas estimé. Le mot de Schnetz à Hébert : « Si vous voulez être bien vu ici, ne travaillez pas. » En effet l'étonnement des B. devant moi.

Le soir nous avons dîné à l'ambassade de France, au palais Farnèse. La grande salle des Carrache donne du côté du Tibre. Le cabinet de l'ambassadeur est au coin et c'est de cette pièce que part la galerie qui traverse la rue Giulia sur un pont pour aboutir à une terrasse qui domine le Tibre.

Les très belles tapisseries des Gobelins, venues à Rome pour une exposition, et gardées par un ambassadeur. D'ailleurs je visiterai le palais et je le décrirai. Le soir pour y venir : les grandes artères éclairées par les globes électriques : le corso Vittorio Emanuele, la via Nazionale, le Corso, San Niccolò da Tolentino et d'autres ; puis les petites rues transversales, avec les rares becs de gaz jaunes. Quand on entre dans les petites rues, l'opposition. La place Farnèse avec ses deux fontaines, son grand palais noir, ses quelques becs de gaz, son pavé désert. L'escalier de la place d'Espagne, dans la nuit, avec ses six becs de gaz, petites étoiles d'une constellation symétrique ; puis en haut, la masse sombre de l'église se détachant sur le ciel clair.

Au palais Farnèse, j'ai appris plusieurs choses. L'église des Morts, près de l'arche, est une église de pénitents qui ont pour mission d'aller chercher les corps des gens qui meurent dans la campagne et qui y restent abandonnés. Cela donne une opinion de la campagne. Il paraît qu'on y a encore trouvé un corps dernièrement. La campagne était-elle très fertile du temps des Romains ? Oui, sans doute. On a trouvé des débris de villas nombreuses et de tout un système compliqué de drainage. Mais s'il y avait drainage il y avait donc nécessité de drainer, et par conséquent la campagne ne devait pas être boisée. En somme la question d'une campagne boisée et verdoyante reste très controversée. – La question des domestiques. À l'ambassade, on ne peut en garder de français ; ils gardent leurs vices et acquièrent tous les vices italiens. Les Italiens très paresseux et voleurs. Il faut leur parler avec calme. On peut les accuser de voler, ils se défendent, protestent de leur honnêteté. Très déférents. Les pauvres aux Prati di Castello. Des femmes qui n'ont pas de pain et par conséquent pas de lait. Une misère affreuse. Un corps oublié pendant cinq jours dans un logement ignoré. Une femme qui se trompe, prend une fenêtre béante pour une porte, tombe et se tue.

Le demi-monde. Huit ou dix cocottes propres. Habitent de petits hôtels, derrière la gare (où est la maison de Bonghi). Mangent des millions à des princes. Voitures, chevaux, diamants. Vont tous les jours au Corso et au Pincio. Les amants les saluent, mais ne se montrent jamais publiquement dans une voiture.

Dînent pourtant ensemble au café de Rome (Corso), ou au Grand Hôtel. Au théâtre, pas dans la même loge, mais vont les saluer dans leur loge. Les dames du plus grand monde s'occupent d'elles, les voient au Corso, parlent d'elles le soir. Quelques-unes très jolies, Violetta.

Le matin, j'avais causé très longuement avec Darcours sur le krach. Voici le résumé de toute l'histoire. Les maisons ont d'abord été construites avec prudence, selon les besoins. Pourtant les travaux d'édilité, un peu en coup de foudre, dans l'empressement d'avoir une grande ville digne de l'Italie. Et il n'y eut pas de plan général, ce fut l'œuvre de plusieurs hommes. D'abord, il s'agissait de prendre possession, d'assainir la ville, d'en faire la grande capitale moderne, de construire, d'avoir enfin une troisième Rome, plus grande, plus magnifique que les deux autres. Cela était dans tous les cerveaux. On était persuadé que la population allait quintupler, un million d'hommes, plus que la Rome antique n'en avait compté, et qu'elle allait se répandre hors de ses anciens murs. À Berlin, à Vienne, le fait s'était produit ; surtout à Berlin après la conquête. Ce qui était raisonnable, c'était d'assainir, de bâtir des logements nécessaires, de faire en un mot face aux besoins nouveaux. Avant 70, on étendait encore le linge dans le Corso. Les excréments dans les cours des palais ; on entrait et on mettait culotte bas. Pas de latrines ni d'égouts. La *Roma sporca*. Donc pour les maisons d'abord le nécessaire, puis coup d'orgueil et la spéculation amenant la folie. Le malheur a été qu'ils n'ont pas eu un homme comme Haussmann, ni des sociétés solides comme la société Pereire, par exemple. De vulgaires spéculateurs, surtout piémontais, qui arrivèrent avec le gouvernement, descendant vers le midi, s'abattant sur Rome pour la curée des appétits. Quelques Romains pourtant s'en mêlèrent (un simple boulanger, Moroni, a fait une faillite de quarante-cinq millions). Une grande proie que Rome, noble et facile. Donc cela a dû commencer, dans la ville, par des spéculateurs qui ont flairé le tracé des percées nouvelles et qui ont acheté des terrains, des maisons, sur ces tracés. Ainsi pour la via Nazionale et le corso Vittorio Emanuele. En deux ans, des terrains de six à dix francs sont montés à cent, à deux cents francs. Ça s'est allumé ainsi peu à peu de 70 à 75. Les premiers gagnants ont décuplé alors leurs opérations. Entraînés par l'exemple, tous s'y sont mis, princes, petits bourgeois, petits propriétaires, épiciers, boulangers, cordonniers ; tous se sont improvisés spéculateurs sur terrains, constructeurs. Les particuliers qui n'avaient pas l'argent suffisant pour jouer se sont retournés vers les banques, les sociétés de crédit. Ils ont emprunté pour acheter et revendre. Des sociétés se sont formées. La *Fondiaria*, la *Tiberina* (par Turin), l'*Esquilino*, l'Immobilière, la *Società d'edilizia e costruzione*. Elles ont acheté des terrains pour leur compte, ont joué dessus : chacune en choisissant quelque vieux quartier à abattre : le ghetto, le quartier où passe le corso Vittorio Emanuele, à la porte Saint-Jean, à la porte San Lorenzo (près du cimetière), au monte Testaccio, surtout aux Prati di Castello (entre 84 et 90, là). Toutes les sociétés en étaient, aux Prati : une véritable ville à faire surgir du sol d'un coup de baguette. – Aussi en dehors de la ville : l'immense triangle, dont la base va de la porta Salaria à la porta Pia et le sommet à Sainte-Agnès. Toutes les sociétés rivales en étaient aussi. Mais pourquoi trop de maisons, des maisons pour une population qui n'était pas là ? Je voudrais qu'on calculât la population que représentent les habitations nouvelles. Près de cinq à six cent mille, dit-on. Et ce chiffre, sans doute, ne semblait pas exagéré aux Italiens. Berlin avait bien quintuplé. Puis, ils ont dû croire que l'affluence première et fatale allait continuer, ne pouvait même qu'augmenter. Les maisons appelleraient les habitants. Enfin, il y a eu la folie de la spéculation qui a fait le reste. Enflammés par les gains, tous se sont affolés. Les sociétés ont d'abord construit elles-mêmes. Puis elles ont vendu à deux cents francs le mètre des terrains achetés à dix francs, et elles les ont vendus à des constructeurs improvisés, sans expérience ; et elles ont dû ensuite avancer de l'argent, prêter des sommes à ces constructeurs, à mesure que leurs constructions s'élevaient. Les constructeurs n'ayant quand même pu tenir le coup, les sociétés ont dû reprendre les terrains et les constructions, ce qui a produit entre leurs mains un engorgement formidable et ce qui a fini par consommer leur ruine, à elles sociétés. Il faut estimer à un milliard les sommes dépensées pour les constructions particulières. Comme travaux publics, les quais, quatre-vingt-un millions (pas terminés) ; le monument Victor-Emmanuel, soixante millions (pas terminé avant trente ans) ; les fortifications autour de la ville, deux cent cinquante millions ; le ministère des Finances, quinze millions ; la Banque nationale, dix millions (c'est elle qui a construit) ; le ministère de la Guerre, dix millions.

Enfin, la crise a éclaté pour deux raisons. D'abord, les habitants pas venus. Puis pas de petites maisons moyennes achetables par des propriétaires voulant placer leur argent dans le foncier. Tout des palais. (C'est l'atavisme de l'ancien palais qui a dû tout gâter.) Les sociétés bâtissaient les maisons pour les vendre. Mais les morceaux étaient trop gros, il ne s'est pas trouvé de capitaux privés pour se substituer aux capitaux des banques. Enfin, ailleurs, à Paris, à Berlin, les constructions se sont faites avec des capitaux nationaux, avec l'argent de l'épargne. À Rome, tout s'est bâti avec du crédit, des lettres de change à trois mois, et surtout avec de l'argent étranger : toujours au fond l'orgueil national, la certitude de faire grand et de réussir, et cela affolé ensuite par la spéculation. Les deux facteurs de la catastrophe ont donc été d'abord l'orgueil, puis le lucre. Tout ça très humain au fond, l'expliquer. L'argent englouti est environ huit cents millions, dont les quatre cinquièmes d'argent français. Pas d'argent allemand, ni d'argent anglais. On n'a pas procédé par emprunt. Simplement des lettres de change à trois mois. Des banquiers français prêtaient à trois et demi ou à quatre pour cent aux banquiers italiens (les banques : Nationale, *di Napoli*, Crédit mobilier, etc.). Ces banques le replaçaient à six, sept et huit pour cent aux constructeurs de Rome. Depretis, un Crispi assourdi, et Magliani, le grand ministre des Finances italien. Crispi violent. Lorsque la Triple-Alliance a été connue par lui, une émotion énorme en France, qui a retiré ses capitaux. Un immense reflux s'est produit, les capitalistes français ont repris leurs huit cents millions en deux ans. Les banques, forcées de rembourser, ont cherché à créer des obligations, en émettant des obligations. Mais elles n'ont pu les placer. Alors les banques ont dû s'adresser à des banques d'émission, celles qui ont la faculté d'émettre du papier. Les sociétés de construction ont exercé une pression sur l'État, en disant : « Nous sommes menacées de faillite, nous allons arrêter les constructions, vous aurez quarante mille ouvriers sur les bras, et des quartiers entiers resteront inachevés. » L'État, épouvanté de la faillite menaçante de toutes les sociétés foncières, a forcé les banques d'émission à prêter des sommes énormes aux sociétés de construction. De là la dette considérable des sociétés de construction envers les banques d'émission, la Banque nationale, etc. : dette qui est de cinq à six cents millions. Les sociétés n'ont pas pu rembourser aux banques à l'échéance. Les acheteurs des maisons, pas plus que les habitants, n'étaient venus. Et dès lors l'écroulement, les capucins de cartes. Les petits propriétaires sont tombés sur les constructeurs, ceux-ci sur les sociétés foncières, celles-ci sur les banques d'émission. Voilà comment la crise édilitaire est devenue un krach financier général et formidable.

Le gouvernement a, lui aussi, fait des dépenses folles, par une marche parallèle : budget de la guerre énorme, vingt millions par an pour la marine ; puis, des travaux publics considérables dans toutes les villes ; les fortifications ; les chemins de fer surtout. Chaque année, des émissions. Telle est la crise financière italienne. En bas, l'orgueil, la volonté d'être une grande nation (le sang d'Auguste). Et la hâte partout, l'Italie a voulu faire en un quart de siècle le chemin que la France a mis un siècle à parcourir.

Histoire de Buoncompagni, prince Piombino. Fort riche il avait à lui la villa Ludovisi, au-dessus de la villa Médicis. Une société financière, l'Immobilière, la lui acheta un beau prix, six millions. Mais, gagné par la fièvre de la spéculation, le prince racheta à la compagnie de ses anciens terrains, joua, construisit, se trouva finalement dans l'engrenage que j'ai expliqué plus haut. Aujourd'hui non seulement il a perdu les six millions, mais la fortune de son fils, le duc de Sora, est engloutie. Le palais de la villa Ludovisi est à vendre.

Les pertes du pape. Mgr Folchi administrait la cassette pontificale. Le prince de Sora, qui au fond menait toute l'affaire de la villa Ludovisi, voyant qu'on ne pouvait pas trouver en Italie de l'argent pour les constructions, organisa avec Lazzaroni le Crédit à Paris, de façon à écouler en France des obligations dans la clientèle religieuse et aristocratique. En sous-main, pour allumer, on disait le pape dans l'affaire. Il y était en réalité, car Mgr Folchi (avec ou sans pape) avait pris dans le trésor pontifical trois millions de rentes françaises, italiennes et autrichiennes, qu'il avait réalisées, pour remettre cet argent à Sora et lui permettre de constituer le Crédit à Paris (au capital de cinq millions). Le pape avait des capitaux laissés par Pie IX, tout un trésor en valeurs françaises et anglaises surtout. Mais les conversions en avaient baissé la rente, du cinq était devenu du trois et du quatre. Très avare, dit-on, écoutant ses conseillers, il finit par mettre des fonds considérables dans les opérations de constructions à Rome. Des omnibus, des moulins aussi. Des sociétés financières qui devaient rapporter le six et le sept. Meilleur placement ; et, d'autre part, espoir de mettre la main sur Rome, reprendre par la finance cette Rome qu'on lui avait prise par la force. Il a donc pris de toutes les valeurs et il y a perdu les uns disent vingt-trois millions, les autres trente-sept. C'est ainsi qu'une partie du patrimoine de Saint-Pierre a été dissipée.

L'histoire des Borghèse maintenant. Le prince don Paolo venait d'hériter d'une fortune énorme, quatre cent quatre-vingt-dix-sept mille francs de rentes, sans compter le palais Borghèse, la galerie de tableaux et la villa Borghèse, vingt-cinq à trente millions environ. Le prince Borghèse, don Paolo, eut pour maîtresse la marquise de Theodoli (romaine). Le marquis, le mari, fut entraîné dans les affaires d'une société de constructions, sans grande importance, formée en sous-main par l'Immobilière. Cette petite société faisait construire des maisons pour les revendre. Le marquis Theodoli, le mari, lorsque la société commença à sombrer, mit la main sur le prince Borghèse. Quand don Paolo refusait, la marquise se refusait elle aussi. En deux ans, le passif du prince s'éleva à trente-six millions. On cherche aujourd'hui à réaliser en vendant tout. Les créanciers auront sans doute de soixante à soixante-dix pour cent. On a fait une tentative pour que le pape vînt au secours du prince Borghèse. Échaudé, le pape a refusé.

Enfin le soir a eu lieu le banquet que la presse m'a offert. Discours du président Bonghi, du ministre Ferraris, et du représentant du syndic de Rome. C'est décidément un peuple qui doute de lui, qui n'est pas sûr de lui. De là, la pression qu'il tâche d'exercer sur moi : une peur de femme qui tremble qu'on la trouve pas belle. Comme il n'est guère en beauté en ce monde, il s'inquiète de ce qu'on pense de lui, il voudrait vous forcer à l'admirer.

LUNDI 12 NOVEMBRE

Le matin nous sommes allés à la villa Borghèse voir les marbres que nous voulons acheter.

L'après-midi, à Saint-Pierre. La grandeur écrasante de l'édifice. Les marbres entassés. Les beaux jeunes hommes. Les tombeaux des papes, avec leurs grands anges de marbre blanc, leurs papes en prière, leurs draperies de marbres de couleur. Cet orgueil souverain dans la mort. À peine quelques touristes. Un peintre, dans la grande nef, installé comme dans un musée, prenant une vue. Personne en prière. Je m'imagine qu'un des grands temples de Rome était pareil. Une cérémonie qui se passait dans la chapelle de gauche faisait au loin un petit bruit perdu. L'orgue n'était qu'une musique lointaine, un souffle qu'on pouvait prendre pour un branle de cloche sur l'édifice. Pas le grondement majestueux de nos orgues qui emplissent une cathédrale. Un air de flûte dans l'immensité. Et la majesté païenne de l'ensemble. Les belles portes de bronze, avec des motifs païens.

Nous avons pris à gauche, passé sous l'arcade d'une galerie, puis sous les deux arcades de la sacristie. Désert, le petit pavé avec la fine herbe qui pousse dans les joints. Place de la Sacristie vaste et nue. Place Santa Marta, plus petite, avec des couvents au fond. La rue monte, une sorte de fosse se creuse à gauche, le long de l'abside de Saint-Pierre, qui est en contrebas. Tout cet alentour de l'église n'est ni sombre ni humide. On y sent les grands coups de soleil, qui doivent y tomber l'été. Le pavé blanc, lavé de blanc. Saint-Pierre roux, comme cuit, gigantesque et à peine un passant, deux enfants qui jouent, des femmes qui causent. On va buter à deux portes du Vatican, l'une, la première, gardée par des gardes suisses. Alors nous avons pris la rampe qui monte avec des maisons à droite, une industrie, des maisons de pauvres. Et nous avons ainsi fait le tour du morceau de coteau en pente où sont des arbres, des jardins, surtout des maraîchers ; via della Zecca, puis via Scaccia. De là-haut, la masse rousse de Saint-Pierre, vue du côté de l'abside, avec la masse grise, bleutée, du dôme. La masse jaune, les bâtiments entassés du Vatican, avec leurs fenêtres régulières, leurs façades régulières, sont à gauche ; et l'on aperçoit le Pincio, entre le Vatican et le dôme, tandis qu'à droite, au bout de vallonnements herbus, on aperçoit la ligne verte de la villa Pamphili. Nous nous sommes retrouvés sur la place de la Sacristie. De là, nous avons pris la rue du Sant' Uffizio. Le Saint-Office, un *palazzo* énorme, terrible avec sa haute façade nue, jaune, qui n'a qu'un étage de fenêtres ; sur la rue qui s'enfonce, une façade latérale est plus terrible encore, avec son unique rang de toutes petites fenêtres. Un énorme cube jaune, fermé comme une prison, presque sans jour sur le dehors.

Nous nous sommes trouvés sous la colonnade de Saint-Pierre, à droite. L'énormité encore de cette colonnade en demi-cercle, ces quatre rangées tournantes de colonnes, cette forêt de pierre où presque personne ne passe. Pourquoi sont-elles là ? Pour l'unique majesté de la décoration, car personne n'a envie de s'y promener. C'est désert. Des becs de gaz éclairent l'allée du milieu, mais quelle tristesse le soir ! Nous nous sommes assis sur un socle de colonne, pour voir la place au coucher du soleil, vers quatre heures et demie. La réelle majesté de cette place. L'énorme Saint-Pierre au fond, avec ses pentes d'accès, ses larges et plates marches cailloutées, bordées de pierres blanches. Et l'obélisque du milieu, où toutes les pentes du pavé aboutissent en forme de cuvette, avec leurs gerbes puissantes dont l'une, en plein soleil, jaillissait en une poussière de perles dorées. Et la ceinture arrondie de l'énorme colonnade. Un peu de verdure entre les pavés. Du côté gauche, le soleil se couchait, dorant le dôme, tandis que les statues qui surmontent la colonnade se détachaient, avec une netteté élégante et fine, dans le ciel d'or.

Le soir, à neuf heures, j'ai vu Crispi, via Gregoriana, chez lui. Un homme encore vert pour ses soixante-quatorze ans. J'ai causé avec lui une demi-heure. De Paris qu'il a habité trois ans vers 1854, de la Rome actuelle dont j'ai approuvé l'assainissement, du pape que Bismarck lui a dit avoir été mis dans du coton par l'Italie, loin de toute attaque des puissances, de la guerre qui devient de plus en plus impossible, quoique probable, de la liberté dont on proclame faillite, de l'Italie qui en quarante ans a fait son travail d'unité, travail que la France a mis deux siècles à faire. Il a été charmant et m'a reconduit en me serrant la main entre les deux siennes. J'ai été fort libre et j'ai demandé à son secrétaire qui m'accompagnait si je ne l'avais point blessé. Il paraît qu'il n'a jamais été plus charmant.

Les grands palais modernes, comme ils disent, commencent sur le corso Vittorio Emanuele, à droite, en face de la Chancellerie. C'est à partir de la villa Aldobrandini que la via Nazionale descend fortement.

MARDI 13 NOVEMBRE

Le matin, à dix heures, je suis allé prendre les Hébert, pour voir la chapelle Sixtine et les Chambres de Raphaël. La porte de bronze, avec ses panneaux de métal, cloutés d'énormes clous à tête carrée (?). La porte des Suisses ; le bas du pantalon bariolé dépasse seul la capote gris-bleu. C'est terne, comme si l'on cachait un déguisement sous un manteau gris. La longue galerie qui monte. (Auparavant, tout de suite à droite, l'escalier carré, avec balustrade solide, qui monte à la cour Saint-Damase. C'est par là que montent les piétons qui vont voir le pape ou qui ont affaire dans les bureaux). Mais il faut, pour les réceptions officielles, aller en voiture, et l'on fait alors le tour par les arcades de la sacristie et par le chemin qui passe derrière l'abside de Saint-Pierre ; et l'on passe alors par la porte de derrière où j'ai vu aussi un poste de suisses. Donc on monte la longue galerie couverte, puis l'on monte le large escalier, à marches basses et plates, à large palier, qui conduit au niveau du sol de Saint-Pierre ; une porte, à gauche, donne dans l'église. On tourne à droite. Des escaliers encore et l'on entre dans la chapelle Sixtine. Une chapelle pas trop vaste, coupée aux deux tiers par une grille à jours carrés qu'on peut enlever. Devant la grille, les jours de grandes cérémonies papales, se tiennent le corps diplomatique et le public privilégié, les femmes à droite, les hommes à gauche. En dedans de la grille, l'autel au fond, pas très décoré ; le trône pontifical posé sur une estrade très basse à gauche. Les cardinaux sont assis sur un simple banc de chêne (?), sans sculptures, formant le carré, surélevé de deux marches ; sur la marche du bas se trouve assis aux pieds de chaque cardinal son caudataire. Entre les bancs et les murs se tiennent debout, je crois, les prélats, le clergé nombreux. À droite, un peu surélevée, se trouve l'étroite loggia où se placent les chanteurs de la Sixtine.

Mais on vient là pour Michel-Ange, et voici mon impression brève. Ce qui m'a frappé c'est que tout est peint. Pas d'encadrements de marbre, de stuc, de relief d'or. Les tableaux et les décorations, tout est peint par l'artiste : les encadrements, les colonnes, les motifs d'architecture, les figures en grisaille. On a livré au peintre les murs nus, la voûte nue, et il a été l'unique décorateur avec ses pinceaux, sans l'aide d'aucun autre état. La besogne géante qui me plaît. Le monsieur qui s'enferme avec tant de mètres et de mètres de muraille à couvrir, et qui commence son œuvre énorme, dans la confiance de sa volonté et de son effort. Pas de modèle vivant sans doute : en tout cas pas de modèle vivant possible pour cet agrandissement énorme. Tout donc tiré du cerveau et jeté là. À voir si des cartons ont été faits antérieurement. Puis, à la besogne, cette humanité agrandie, de visionnaire. Ces pages de synthèse géante, de symbolisme colossal. Et tout cela d'un coup, dans une poussée de l'effort, dans un épanouissement de la puissance. Une œuvre énorme qui me va au cœur, dont j'ai rêvé toute ma vie. – Et ensuite le génie de cela : le monstre de génie, écrasant tout. La noblesse, la violence royale, la tranquillité, la certitude souveraine. Et les raccourcis osés dans la certitude du succès, la victoire continue sur les difficultés que les plans courbes présentaient (toutes les victoires techniques stupéfiantes). Les quelques couleurs employées seulement, presque des grisailles et cela suffisant. La simplicité dans la force, cela extraordinaire, souverain. Je préfère le plafond au *Jugement dernier*, fait trente ans plus tard. Dans le plafond, il a donné tout son effort vierge : c'était la première fois qu'il s'attaquait à la peinture. On lui avait fait des farces, gâté ses couleurs, de façon que tout tombait. Son raidissement, il s'enferme ; cela dure trois ou quatre ans. Et là, tout seul. Les figures des prophètes et des sibylles, extraordinaires de beauté grande, de fierté souveraine : toute sa jeunesse, toute sa flambée de génie première est là. Les simples figures au-dessus des prophètes, des merveilles. Les compositions du plafond, d'une si belle, si énergique envolée. Son Ève puissante et douce. Ses femmes géantes et si femmes dans leur grâce puissante. Et le modelé de cela, l'admirable relief, la vie qui déborde. *Le Jugement dernier* est pour moi plus lourd, plus cherché ; mais quels admirables morceaux. Enfin la tonalité de l'ensemble, si harmonieuse, si simple et si forte. Toute la chapelle en resplendit. Rien n'est plus beau au monde. C'est le temple du génie.

Les Pérugin et les Botticelli au-dessous des fenêtres (la décoration de Michel-Ange descend jusqu'au bas de l'allège des fenêtres). Ces Pérugin et surtout ces Botticelli d'une grâce si divine sont écrasés par le monstre d'en haut. Partout ailleurs on viendrait les voir en pèlerinage. Mais peu les regardent. Je voudrais créer un personnage qui ne vînt voir qu'eux, dans l'amour de la grâce, du charme délicat et un peu équivoque, et dans le sourd mépris, la colère contre la puissance brutale de Michel-Ange, au-dessus, qui les opprime. Le meilleur Botticelli, l'avoir en photographie, et dire les stations que mon personnage fait devant lui. Et le décrire. Cela serait très intéressant, peindre notre moment. Un A. France, un B..., dans la haine des besognes colossales et du génial décor.

Maintenant les Chambres de Raphaël. Les horribles peintures qu'on voit pour y arriver (il faut monter). La première chambre, celle de *L'Incendie*, je crois : le tableau, Raphaël y semble déjà influencé par Michel-Ange. Le délicieux plafond, d'un goût si exquis. Il faut passer dans la chambre de la Signature pour trouver *La Dispute du saint sacrement* et *L'École d'Athènes*. Là, Raphaël est bien lui. Les tableaux sont antérieurs à la chapelle Sixtine. Le coup est moins violent dans la poitrine. Mais le charme, la grâce opèrent. J'avais vu auparavant la chapelle Sixtine. Il a fallu m'habituer, échapper à l'étreinte du monstre. Tout le Raphaël exquis et noble, d'une pureté admirable, Racine après Corneille. Lamartine après Hugo ; l'éternelle paire dans les siècles de gloire. Puis l'intellectualité, non plus le symbole matériel violemment jeté par Michel-Ange, mais une pénétration plus psychologique, introduite dans la peinture. L'homme vu plus par le dedans. Tout ça très fort, très grand aussi. Mais plus femme, plus sentimental, tout en gardant une grâce virile de beau jeune homme. Les admirables têtes, les figures qui sont toutes évidemment des portraits. – La salle suivante où se trouvent *Héliodore chassé du temple*, et *Attila arrêté*, etc., est d'un Raphaël moins pur, impressionné par Michel-Ange. Quel coup, lorsque la chapelle Sixtine fut ouverte, et que Raphaël la vit ! Le monstre qui avait procréé en bas. Raphaël en fut imprégné, ne put se débarrasser de l'influence subie. – Enfin les Loges de Raphaël. Mais ici plus rien du génie, rien que des cartons exécutés par des élèves de Raphaël. Et l'étonnante chute, la preuve que le génie est tout ; quand l'homme de génie disparaît, l'école sombre. Il résume l'époque, il semble donner toute la sève du sol social qui reste épuisé.

Mais de ces Loges de Raphaël, j'ai eu le spectacle de Rome. D'abord la cour Saint-Damase en bas. J'ai dit qu'on y arrivait par un escalier carré, après la porte de bronze. L'entrée des voitures, derrière Saint-Pierre. Elle est carrée, pavée, propre. Des portiques, pas tout autour, je crois. Une fontaine, au fond, en face du palier de l'escalier. L'entrée de l'aile du pape est à droite. En bas, les voitures des personnes qui viennent chez le pape ou à la secrétairerie d'État se rangent à droite ou à gauche. Les cochers à chapeau noir sur leur siège. Toutes les voitures à deux chevaux, je crois. Très correct. Mais l'aspect de la cour est surtout particulier, avec ses trois étages de loggias vitrées. Tous les étages étaient garnis de galeries à l'air libre, et un pape a fait vitrer pour protéger les peintures sans doute. Ces grandes fenêtres rondes, peintes en gris clair, vitrées, ont un air de serres suspendues. Des vitrages du haut en bas. Cela donne un air clair et propre, nu, luisant au soleil. Les bâtiments jaunâtres. Le tout au soleil, cuit, doré, désert et clair, pas du tout l'aspect sombre que je croyais. C'est très nu, très vide, un peu solennel, mais pas triste. Assez ecclésiastique dans la solennité du clair et du vide. J'aurai d'autre part la distribution de l'appartement du pape. Les fenêtres qui donnent sur la place (les compter). Le pape demeure au second (qui au premier ?) et la secrétairerie d'État est au troisième (Rampolla). C'est pour cela qu'il faut tant monter pour arriver à la cour Saint-Damase d'abord, et ensuite pour monter au troisième étage.

Ce qu'on voit des fenêtres du pape : Rome entière, dans un admirable panorama. En bas, un peu à droite, la place Saint-Pierre. À gauche, le nouveau quartier di Castello, puis le fort Saint-Ange, jaune et cuit. Tout à gauche le monte Mario puis la villa Borghèse, le monte Pincio, la villa Médicis, grande, souveraine, au-dessus de tout, les nouveaux quartiers au fond. Dans le bas, la ville du Moyen Age, au bord du Tibre, dont on ne voit pas les eaux, un quartier moutonnant, les vieux toits serrés les uns contre les autres, dominés par les nombreux dômes (pas de flèches), et au-dessus, dans ses jardins verts, le Quirinal, grande caserne jaune, avec les fenêtres noires. Ce Vatican et ce Quirinal qui se regardent par-dessus la Rome du Moyen Âge, bouleversée par les travaux modernes. Puis en face Sainte-Marie-Majeure derrière le Quirinal, à droite (voir sur le plan). Le Capitole surtout, très net avec sa façade et sa tour carrée (encore un vis-à-vis intéressant). Saint-Jean-de-Latran à droite, ses statues sur le ciel. Et ensuite le Palatin avec ses cyprès, l'Aventin avec ses trois églises dans la verdure. Et enfin le Janicule assez boisé qui se développe tout à fait à gauche, au-dessus de la place Saint-Pierre. On voit à gauche la ligne d'arbres de la villa Pamphili. Les monts qu'on voit : le Pincio (avec la promenade) ; le Quirinal, avec son palais royal ; le Viminal avec ses constructions neuves, l'Esquilin avec Sainte-Marie-Majeure, le Palatin avec ses cyprès, derrière le Celio encore un peu boisé, l'Aventin boisé, avec ses trois églises, et le Janicule. Les sept collines (plus le Pincio).

Alors, les réflexions du pape. Prisonnier oui, mais cette immense étendue devant lui : toute la ville et la campagne romaine avec les tombeaux et les monts Albains en face (avec Frascati, Albano). Et la mer devinée là-bas tout au bout. Il peut rêver de liberté, cette mer où des vaisseaux l'emporteraient, ces trains qui sifflent là-bas, sur le mont Viminal (cela moderne). Ce que le monde moderne lui apporte, Rome éclairée le soir à l'électricité (Rome nocturne éclairée). Toutes les constructions nouvelles qu'il a pu suivre de sa fenêtre. Il peut tout savoir de la Rome qu'on lui a volée et qu'on rebâtit sous ses yeux. Cette capitale moderne à la naissance de laquelle il assiste. Cela explique comment il a pu se laisser tenter, mettre des capitaux dans l'affaire. Son cœur patriotique d'Italien content sans doute. Puis ses réflexions en regardant le Quirinal. L'autre cour. Enfin, au-delà de la campagne, ses réflexions sur le monde entier. Cela très saisissant. Des pages. Par tous les temps, par la nuit. Une Rome sans cesse là. Ce prisonnier qui domine, dont la bénédiction peut encore aller dans le monde entier.

Sur la peinture. Donc Michel-Ange, monstre ; Raphaël d'une psychologie si intellectuelle et si pure. Avant eux, Angelico da Fiesole, les Primitifs, dans la chapelle San Nicola (où nous sommes allés). Puis à la Pinacothèque où on a installé un musée : troisième étage, celui de la secrétairerie d'État, au fond de la cour. Raphaël encore, mais surtout Caravage, cent cinquante ans plus tard, tout ce que la science de la peinture a apporté : le coloris et le modelé puissant. Adoré d'Henner (ce qui se comprend). Et surtout, en même temps que Michel-Ange, un peu auparavant, Pérugin, Pinturicchio, Botticelli. Tout cela avec mon personnage, qui va regarder des Botticelli à la chapelle Sixtine, etc. Ou avec un autre personnage. Un résumé de la peinture. Comment Michel-Ange a-t-il été accueilli par ses contemporains, sa maîtrise subie ou non.

Nous avons vu un petit escadron de gardes nobles sortant des appartements du pape, par la porte du fond de la galerie qui tombe à angle droit des Loges de Raphaël.

(C'est au troisième que se trouve la galerie des cartes, si intéressantes.) Quatre hommes, sanglés dans le costume à décrire, avec toutes leurs décorations papales, exagérant leur raideur militaire, marchant comme à la guerre ; et l'officier saluant la sentinelle de l'épée. Cela raidi, exagéré et superbe.

Quand le pape descend dans le jardin pontifical il a près de deux kilomètres à faire (?). Il suit la galerie à angle droit des Loges, traverse toutes les Chambres de Raphaël, suit la grande salle de l'entrée ; la porte d'un escalier est, je crois, au fond. Les fenêtres de cette salle donnent sur la façade que nous avons vue hier. En face de la Zecca (la Monnaie) où les papes frappaient, et dont le gouvernement s'est emparé pour frapper à son tour. Le pape descend donc par un escalier, doit traverser une cour (on passe par un passage couvert), et se trouve enfin dans le jardin, à ce qu'on appelle l'Aquilone (le grand aigle, une fontaine surmontée d'un aigle). Il y a aussi là la façade de la Zecca qui domine le jardin. On le porte sur un fauteuil bas, qui puisse passer par les petites portes (assez étroites) et descendre par les escaliers. Dans le jardin il se promène en voiture. Il descend parfois, marche à pied. Je dois connaître ce jardin, pour y avoir une scène du pape. Ses familiers causent avec lui, c'est là qu'il se fait raconter les histoires de Rome et ils ont ainsi (les prélats qui l'approchent plus que les cardinaux) une influence. Il cause avec les jardiniers, s'intéresse ; par exemple il a demandé à un d'eux combien les orangers du jardin produisent d'oranges. Une vingtaine de mille. Et qu'en faites-vous ? Les deux gazelles que le cardinal de Lavigerie lui avait données et qu'il caressait. Avoir d'autres détails. Le public entre parfois, je crois, et une entrevue serait possible.

Dans l'après-midi je suis allé voir Mme de Brives, 33, rue Veneto, celle qui m'a fourni un travail. Elle m'a présenté son cousin, un chanoine. Elle a chez elle un portrait en pied du cardinal Galimberti, dont je ne m'explique guère la présence là. En somme, elle ne m'a rien appris de nouveau, pas plus que son cousin.

Le soir, dîner chez la comtesse Lovatelli, dont l'hôtel est piazza Campitelli, au bas du Capitole. Un petit hôtel, avec deux entrées. La voiture entre, passe par la cour, et ressort. Un vestibule à droite, fermé d'un vitrage, évidemment ajouté. Elle demeure au second. L'escalier large, avec plafond en voûte, avec marches basses et larges. Au second, une vieille porte, surmontée d'une sculpture, ouvrant sur une immense antichambre vide, peinte, représentant des draperies rouges et or. On entre dans un salon rouge, je crois. À gauche, la bibliothèque, vaste pièce pleine de livres, spéciale à la comtesse, une savante. À droite, deux salons, puis la salle à manger. Tout cela grand seulement. Un des salons est tendu de brocatelle jaune, Louis XIV. Les rideaux et les portières de même étoffe. Les plafonds à caissons dorés, ou peints. Pas de tableaux, deux seulement. Comme mobilier, très disparate. Des consoles surtout, immenses, dorées, avec de beaux marbres ; les consoles qu'on nous vend à Paris. Les mobiliers Louis XIV surtout. Et beaucoup de choses hétéroclites qui traînent, des photographies, des bibelots de bazar. Pas d'objets d'art vraiment intéressants.

Le dîner, ordinaire, cuisine d'Italie. Un monde enfantin, une conversation molle, diffuse, sans gaieté. Les deux jeunes filles ; la plus jeune : l'air craintif, effacée. Un Botticelli éteint. On dit la mère très sévère, toute à sa science, sans grande tendresse. Veuve. N'est jamais sortie d'Italie. Reçoit beaucoup, presque uniquement des hommes, des savants cosmopolites, surtout des Allemands. Une maison spéciale à Rome, et comme il n'y en a pas d'autres. En somme, cette société m'a l'air tout à fait en arrière, Louis-Philippe. Les femmes ont plus d'abandon que les nôtres avec les hommes. Une amitié plus libre, plus donnante. Très peu de fleurs, quelques-unes sur la table, et un bouquet dans le salon. Pas de femme de chambre : Bonghi, très curieux. Hébert, silencieux. En somme, tout cela peu récréatif pour nous. Un savant allemand qui demeure au Janicule m'a montré un revolver qu'il avait dans sa poche. Il paraît qu'il a déjà été assailli trois fois. Les canotiers de Rome n'osent pas descendre le fleuve dans la ville, parce que les gamins leur lancent des pavés énormes. Jolie enfance. Cela me rappelle encore Aix, les gamins de mon enfance.

MERCREDI 14 NOVEMBRE

Ce matin, j'ai causé un instant avec C., l'ancien secrétaire de Galimberti. Et voici en gros les quelques détails nouveaux. La congrégation de l'Index a pour préfet un cardinal, et ce sont des cardinaux qui la composent. Le secrétaire est toujours un dominicain, italien. Le couvent des dominicains est derrière l'hôtel de Londres, à la Trinité-des-Monts, via San Sebastianello. Mais il croit que le secrétaire de la congrégation a un appartement à part dans la ville. Il doit y avoir des prélats consulteurs. Donc Pierre vient pour se défendre, et ses ennuis, on ne lui permet pas de le faire. Pourtant, le cas où il peut agir. Il prépare donc un mémoire justificatif. On l'examinera, et dès lors il attend, il fait des visites aux membres de la congrégation, au cardinal préfet, au dominicain secrétaire, savant. Peu croyable qu'on lui laisse voir le pape pour cela. Il voudrait le voir, mais on l'écarte. Et comment il arrivera à le voir, le summum. Peut-être sous un autre prétexte. Pourtant la conversation que je veux aura lieu. Cela peut durer plusieurs mois. Savoir l'endroit où loge la congrégation. La Propagande, place d'Espagne : moyen terrible aux mains de l'Italie, si elle arrivait à s'en emparer. Nos ambassadeurs la surveillent.

Le jour où C. a vu le pape, il était dans le petit salon vert des audiences particulières, où il y a aussi un petit trône. Mais il se trouvait assis, près d'une table, sur laquelle était un verre de sirop, qu'il s'amusait à tourner avec une cuiller. Il buvait à petites gorgées. Le trône n'est guère là qu'un symbole. Il manque de bonhomie, aime la représentation. Quand il le veut, il écoute. Il prise beaucoup, et sa soutane blanche est très sale. La calotte blanche, le manteau rouge. Il sort de sa chambre à coucher, traverse son cabinet de travail et reçoit ainsi assez souvent dans le petit salon vert. Les cannériers sont ses chambellans. Il a un premier valet de chambre de son pays (Carpineto), Cintra (soixante ans environ). Du reste pas de confort dans l'appartement. La toilette dans la chambre. Où les *closet* ? Du marbre, pas de tapis. La salle du trône est en velours rouge. Le trône en face des fenêtres. C'est là où il reçoit les audiences publiques. C'est là aussi qu'ont lieu les consistoires. Pour les Églises d'Orient, il a reçu dans sa chambre à coucher. Un paravent, simplement, cachait le lit.

Cet après-midi, je suis sorti avec M. de Béhaine. Allé visiter une dame peintre, ancienne maîtresse de G..., ancienne belle femme, aujourd'hui Mme R...

Sorti par la porta Salaria. Mais auparavant traversé le quartier de la villa Ludovisi. Le très beau quartier en train. Un quartier comme immobilisé au moment de la construction, avec ses maisons achevées, ses maisons à moitié, ses maisons à peine commencées. C'est sur l'emplacement des anciens jardins de Salluste. Puis sorti par la porta Salaria et suivi la via Salaria. La magnifique villa Albani, avec son beau jardin et ses pins parasols énormes. Et nous avons tourné, pour retrouver le Tibre, par la belle avenue commencée et abandonnée, avec quelques rares maisons aux fenêtres vides. À l'Acqua Acetosa. De là, la campagne, tout à fait du Poussin. Des vallonnements, des sortes de falaises brusques, au bord du Tibre, qui accrochent la lumière, tandis que les terres onduleuses restent grises et douces. Quelques *vigne* blanches. Au loin les collines bleues. Les bords du Tibre. Quelques arbres rares. Un portique, en haut de la berge, ouvert sur le vide ; et des moutons pâles qui descendent en files obliques, lentement, boire dans le fleuve. D'autres moutons, sous les arbres espacés, près de l'abside (?) de l'Acqua Acetosa. Moutons épars. Et un homme qui les garde, en veste courte, appuyé de l'épaule à un tronc. Tous les fonds des tableaux du Poussin, que nous connaissons, avec un ciel rayé. La falaise où nous sommes passés, entre la falaise et le fleuve, qui coule là, lent et jaune, entre des roseaux. Tout cela très spécial, sinon beau ; d'une beauté particulière, large et rousse, simplifiée, devenue classique, anoblie par le souvenir. Toujours les légions romaines en marche par les voies nues et pavées ; et toujours le long sommeil du Moyen Age, le réveil dans la foi catholique, la nouvelle maîtresse du monde.

Nous avons visité au retour le musée *di papa* Giulio. Le musée, étrusque, des premiers temps, n'a guère d'intérêt que pour des archéologues lettrés. Mais quelle jolie villa, cette villa *di papa* Giulio, avec son bâtiment en hémicycle sur le jardin, avec son portique demi-circulaire, où est peint sous la voûte un treillage chargé de verdure, de fleurs et d'amours. Le jardin petit, très clair, entouré d'arcades avec, au fond, un portique s'ouvrant sur une autre cour (?).

JEUDI 15 NOVEMBRE

Ce matin, j'ai causé pendant plus de deux heures avec le prince Odescalchi. Type très curieux : un prince romain croisé de slave, comme il le dit lui-même. J'ai un sommaire de notre conversation, noté par le jeune Ugo Ojetti, qui lui servait de secrétaire. En somme il ne m'a dit que ce que je savais déjà sur le côté païen du catholicisme à Rome et sur la religion simplement politique du clergé et du pape. Gouverner le monde en croyant que c'est pour son bien, et avec l'ambition d'en être le maître. Il m'a dit ensuite des choses intéressantes sur le patriciat romain, sur les croisements avec des étrangères. Les Borghèse avec une Française (une La Rochefoucauld : les défauts français ajoutés aux défauts italiens). Avec une Espagnole, l'ignorance espagnole s'ajoutant à l'ignorance italienne. Une Anglaise, le sport et les tailleurs importés seulement. Une Belge, la spéculation (Piombino, je crois). Enfin lui par la Pologne : le meilleur croisement, a produit des intelligences, des esprits d'artiste ; mais un peu fous. Ensuite, le plus intéressant sur les femmes. Une Rospigliosi, mariée à un crétin, maîtresse d'un Marino, ministre du roi de Naples, joue à la grande politique, espère rouler Cavour ; et son rêve s'écroule, lors de l'effondrement du royaume de Naples. Selon lui, la femme très ignorante. Capable d'une longue fidélité et de passions. Ma femme possible : mal mariée, aimant un petit cousin et se réservant pour lui (vierge), avec une sorte de superstition dévote. Beaucoup de vieux collages respectés par le monde. Si une femme rompait avec un ancien amant le monde trouverait cela très mal ; tandis qu'il ne dit rien de l'adultère en lui-même : le mari pas intéressant.

L'après-midi, nous sommes allés à la villa Farnésine. Les peintures d'après les cartons de Raphaël (Psyché et l'Amour) ont été tellement abîmées par les réparations que je ne les aime guère. Mais quelle jolie villa, avec son jardin qui descendait au Tibre (aujourd'hui abandonné, désolé, avec ses citronniers épars et l'herbe qui l'envahit). Le grand quai qui a surélevé le terrain, de sorte que le jardin se trouve en contrebas, humide. Et quelle jolie salle, celle du bord de l'eau, avec ses peintures claires, sa décoration bleuâtre, lilas tendre et rose tendre, d'un goût si italien. Tout cela n'est pas d'un grand maître, mais la vie italienne s'y peint si tendrement dans un luxe si charmant et si magnifique.

De là j'ai tâché de tourner autour du Vatican et du jardin pontifical, en passant à droite. D'abord, après avoir pris la via della porta Angelica, je me suis engagé dans la via del Cancello, qui suit le mur du Vatican. Mais c'est une impasse. Une horreur. Rien que des écuries et des remises à droite. Des poules circulent. Et à gauche, une sorte de berge herbue, plantée de débris de vieux figuiers, au-dessus de laquelle se dresse le mur du Vatican. Quel est donc le bâtiment rond, qui est en dessous des fenêtres du pape ? Le pape a dix fenêtres de façade sur la place Saint-Pierre, et neuf vers les Prati di Castello. (Le soir, les fenêtres éclairées, les veillées du pape.) Ensuite j'ai repris la via della porta Angelica, et je me suis trouvé dans l'horreur du nouveau quartier des Prati di Castello. La boue à la moindre pluie. Le marché sans nom, l'ébauche de marché avec les légumes et les fruits pourris, les graisses infectes. Le derrière des maisons. Là-derrière, dominant, se trouve le bâtiment du Belvédère. Le mur du jardin, très haut, sur la pente herbue, se développe. Le jardin pontifical occupe ainsi une hauteur, que le mur défend, comme le mur d'un bastion, avec des angles rentrants et saillants, des redans (?). Il fait un coude brusque, s'en va à angle droit, puis se développe toujours de même, au loin. Il est timbré de l'écusson papal, avec l'inévitable plaque de marbre, où l'inscription est gravée. Par-derrière le jardin se trouve une vallée où se sont installées des briqueteries. Hautes cheminées. Des prés, quelques arbres, et des bandes de poules, dans les briqueteries abandonnées. Au fond, on aperçoit un aqueduc, sans doute un pont de chemin de fer. La route boueuse vient du nouveau quartier, et va seulement aux briqueteries. Plus haut, un chemin doit passer. Des haies sèches de roseaux, des plants verts de roseaux, quelques peupliers. Quelques masures misérables. Les cheminées des briqueteries ne fument plus, tout cela est mort. Elles ont éventré les buttes gazonnées, qui se coupent aujourd'hui à pic, comme des falaises jaunâtres. (Toutes les briques qu'il a fallu pour bâtir les nouveaux quartiers.) Le mur du jardin pontifical s'étend très loin, de hauteur inégale. Des bouquets de chênes verts émergent, de grands pins parasols dominent.

Je n'ai pu me promener dans les différents *borghi*. Le borgo Vittorio est une ruelle droite, longue, un peu creusée au milieu, la ruelle misérable d'un village, avec des masures à toits d'inégales hauteurs. Le borgo Pio est un peu mieux, mais désert. Il n'y a guère que le borgo Nuovo, l'artère principale pour se rendre sur la place Saint-Pierre, qui soit vivant, avec des boutiques de petite ville. Des marchands d'objets pieux. Des papetiers, des fruitiers, des quincailliers, etc. Quelques restaurants, surtout sur la place (?), sans doute pour les pèlerins, pour ceux qui veulent manger autour de Saint-Pierre. Mais tout cela est fort pauvre, d'une très petite ville misérable. Il n'y a que le palais Giraud, d'une Renaissance très pure, qui ait grand air.

J'ai oublié de dire que le prince Odescalchi m'a parlé ce matin des *mercanti di campagna*. Ce sont les gens qui ont affermé les grands biens des princes et dont quelques-uns ont gagné de grandes fortunes, soit en faisant valoir ces biens, soit en les sous-louant. Pendant l'occupation française, ils ont surtout réalisé des gains considérables en se chargeant des fournitures, de grains et de foin sans doute. Là est l'origine de la bourgeoisie riche actuelle. Beaucoup sont devenus députés. Quelques-uns, qu'on voit en redingote à la Chambre, vont encore aux champs en veste et feutre mou. Leurs femmes sont d'une ignorance crasse et eux aussi d'ailleurs. L'histoire de la jolie femme avec laquelle le prince voulait coucher. Il le lui demanda carrément. Et elle répondit carrément : « Écoutez, puisque ça vous ferait plaisir, ce n'est certainement pas à vous que je le refuserais. Mais mon mari est un brave homme, et ça m'ennuierait de lui causer cette peine. »

VENDREDI 16 NOVEMBRE

Nous sommes montés sur le dôme de Saint-Pierre, le matin. Jusqu'aux toitures de l'église, on monte dans une tourelle, par de larges marches pavées un peu en pente. Le toit de l'église, immense. L'énormité des figures de pierre qui surmontent la façade. Des figures frustes, mangées par la pluie et surtout le soleil, raccommodées partout, pleines d'emplâtres et de crampons de fer, toujours en réparations, pour qu'elles ne tombent pas en morceaux sur la place. Au centre, en arrière, il y a comme une maison, avec de petites fenêtres garnies de pots de fleurs. Toutes les chapelles du bas prennent ici leur jour par de petites tours vitrées. Un petit village. Au bout, le Vatican, quand on se penche : un amas, un entassement de toits roux. On monte ensuite dans un pilier, et l'on a, à deux paliers, la vue de l'église en bas. D'abord juste au-dessus de l'inscription : « Sur cette pierre, je bâtirai », etc. En bas des fenêtres par où le soleil passe (vu du Pincio). Un trou effrayant avec des échappées profondes sur les bras de la croix. Le vertige, quand on regarde en bas. Second palier, au-dessus des fenêtres. Même vue, plus profonde. Pour arriver là, les escaliers et les couloirs passent entre les deux coupoles, et il faut marcher de biais. Enfin, on arrive dans la lanterne. Une vue immense. La mer à l'ouest. Quand on regarde dans l'axe de la place Saint-Pierre, face au Quirinal, la singulière configuration : la courbe du Tibre qui se présente à angle aigu, la branche descendante et la branche remontante ; et dans cet angle, toute la ville du Moyen Age qui se tasse. En bas, la place Saint-Pierre, avec son pavé gris, aux grandes raies blanches, qui a l'air d'une mosaïque. La colonnade fait bordure. Puis toute la ville s'étend. Je l'ai déjà, on peut reconstruire, avec le plan, ce qu'on voit, mais panoramiquement, comme une carte de géographie étalée. Cette grande Rome, si petite en bas. – Les inscriptions, dans la tourelle où l'on monte, les gens qui sont montés : « *Sali alla cupola ed entrò nella palla.* » Au-dessus de la lanterne, avant la boule de cuivre, une nouvelle chambre, d'où l'on ne voit rien : une seule petite fenêtre. Pour monter dans la boule, une échelle de fer droite, quatre à cinq mètres. Les épaules passent à peine. Et là-haut, une boule creuse que des charpentes semblent boulonner. Une chaleur intense, le cuivre de la boule chauffé par le soleil ; l'été, cela doit être insupportable, un vrai four à faire cuire les œufs. Quand on parle, la boule entière résonne, vibre comme une cloche. Du jour arrive par des fentes, des trous du boulonnage.

De la place Saint-Pierre, le Vatican. La cour Saint-Damase vitrée, le corps carré où habite le pape. Puis de l'autre côté, vers Saint-Pierre, un autre corps de bâtiment, avec des entassements irréguliers. Devant la cour, plus bas, d'autres bâtiments, les toitures de la galerie qui monte, après la porte de bronze. Donc un entassement. Quand on arrive en voiture, dans la cour Saint-Damase, on doit traverser trois cours, quatre voûtes avant d'y arriver.

Nous sommes ensuite allés au musée des antiques. L'autre porte, on suit le mur du jardin, et l'on arrive à l'entrée du musée. Là, dans le vestibule, la porte qui donne sur le jardin, où j'ai pu entrer un instant. Il est donc à croire que le pape passe par là, en suivant la galerie des tapisseries et celle des candélabres. À moins qu'il ne passe par-dessus la voûte, où l'on passe avant de suivre la longue avenue pavée pour arriver au musée. Le jardin vu de là ; assez bien entretenu, désert, noble et triste au grand soleil. Certainement majestueux. Je ne parle pas du musée qui contient des morceaux de sculpture antique d'une beauté auguste. À relire le guide, si je veux me souvenir. (Je pense que le pape pourrait aussi venir par la galerie de Chiaramonti ; mais il lui faudrait descendre pour remonter.)

Ce qui me frappe, c'est toute cette Antiquité retrouvée à la Renaissance, admirée, déifiée par l'art, entourant la papauté. Elle y baigne. Ils ont eu beau mettre des feuilles de vigne aux statues, c'est le triomphe splendide de la chair, l'épanouissement magnifique de la vie, c'est Vénus tout entière, et c'est Pan, et c'est Jupiter tout-puissant. La nudité y clame la toute-puissance de la nature, l'éternelle matière. Et ce pape qui passe tous les deux jours au milieu de ces Vénus, de ces Apollons qui le regardent, de toute cette chair nue ; ce pape dans ce jardin aux senteurs fortes des buis, des pins et des eucalyptus, après les brûlantes journées de l'été, parmi la senteur puissante des orangers sous ce beau ciel. Comme nous sommes loin du christianisme pauvre, ignorant, tout âme, méprisant la chair, maudissant la nature complice de l'amour et de la joie. Comme la vie frissonne et s'étale là. Comme il y ferait bon de vivre et d'aimer, sous la caresse du beau ciel. Ah ! oui, une religion de politique, mais pas notre religion mystique et souffrante du Nord, notre religion d'âme. Expliquer alors saint François, le mendiant sublime : c'est que la pauvreté est ici bénie ; pas de travail, la vie sobre dans l'amour du beau ciel ; et l'enchantement de la nature, la joie du soleil, des bêtes et de la création (étudier dans ce sens saint François). Il doit être un produit de l'Italie. On comprend les ordres mendiants par les routes, belles, sans pluie : toute l'Italie paresse et mendie.

On me disait que Pie IX sortait souvent avant 70. Il descendait place Colonna, suivait le Corso à pied, jusqu'à la place du Peuple. Des gardes marchaient en avant, avertissaient, faisaient tout arrêter. Les voitures s'arrêtaient, les hommes devaient descendre et se mettre à genoux. Les femmes se mettaient debout dans les voitures. Lui, entouré de sa cour, passait, bénissait, se promenait.

L'après-midi, le palais Doria, la galerie. Tout autour de la cour, sur les quatre faces, une galerie meublée magnifiquement (autrefois elle était peut-être ouverte). Sur le Corso, la partie de cette galerie est un salon magnifique. Pas de tableaux, des glaces admirables, des consoles d'une richesse extraordinaire. Cette galerie donne sur une enfilade de salons. Un à droite (face au Corso). Quatre à gauche. Un palais pour des réceptions royales. Guillaume II y a été reçu. Étonné.

De là nous sommes allés à la villa Borghèse. Derrière, le vaste jardin, de goût si romain. Un tapis d'herbe fine partout. Un grand bassin rond au milieu, dominé au centre par une Vénus, et dessinant un grand carré, des marbres, des statues, des colonnes, des sarcophages. Puis le gazon continue, avec quelques rares chênes verts. Une bande de gazelles trottent. Cela désert, ensoleillé et mélancolique. L'intérieur de la villa, un palais d'un luxe de décoration écrasant, empli de chefs-d'œuvre. La galerie de marbre du rez-de-chaussée, sur la cour herbue : toute revêtue de marbre de couleur admirable, le pavé tout en marbre de couleur, merveille de travail. Et les salles qui se suivent, qui font le tour, d'une décoration admirable. Tout le rez-de-chaussée réservé à la sculpture. Tout le premier à la peinture. Le plus beau musée du monde. Tout cela dans le vaste jardin désert et mal tenu. Une impression de désert autour, d'abandon, de ruine, de fin de monde.

Place du Peuple. Très régulière. Le Corso, flanqué des deux églises jumelles, d'où partent les rues symétriques, la via del Babuino, et la via di Ripetta. De l'autre côté, la porte flanquée elle aussi de deux églises. Puis, à gauche, la fontaine surmontée d'un groupe que dominent quelques cyprès, et, à droite, les rampes du Pincio qui s'étagent au-dessus de l'autre fontaine, les groupes, les statues qui ornent les balustrades et les paliers, jusqu'à la terrasse supérieure, parmi des verdures. Enfin, au milieu, l'obélisque avec les quatre fontaines aux quatre angles.

La place Colonna, avec sa fine colonnade au fond, et sa colonne de Marc Aurèle. Toujours beaucoup de monde, debout, flânant, attendant que la fortune tombe du ciel. Je crois deux fontaines (?).

La place Navone, très en long. Au milieu une fontaine du Bernin. À l'un des bouts, encore une fontaine du Bernin (l'Africain ?), à qui l'on a donné un pendant. Une église devant la fontaine du milieu, Sainte-Agnès. Autrefois un des centres de Rome : le marché aux légumes s'y tenait. Aujourd'hui un peu délaissé.

La place de la Minerve. La grande façade nue de Sainte-Marie-de-la-Minerve, la façade du ministère de l'Instruction publique, et en face, la façade de l'hôtel de la Minerve. Une place jaune qui n'est pas gaie. Par un coin on aperçoit le derrière du Panthéon.

Selon le comte Bertolelli, voici quelle serait la distribution de l'étage du pape.

La salle du trône doit être sur la face qui regarde les Prati di Castello. La chapelle serait sur la cour (?). La bibliothèque, où donc ?

Le quartier où demeure Bonghi, où je veux mettre une dame aimable, s'appelle Maccao ; c'est l'extrémité est (?) de l'Esquilin.

SAMEDI 17 NOVEMBRE

J'ai fait ce matin une promenade.

En passant, quelques détails vus de la via Nazionale. Les cyprès de la villa Colonna, vus au-dessus des arcades, au détour. Le matin, le Corso est éclairé à gauche ; l'ombre est à droite (le contraire l'après-midi), et au fond le coup de soleil de la place du Peuple. L'abside ronde du Gesù est au soleil. La via del Plebiscito se rétrécit, la partie la plus étroite entre le Gesù et le palazzo Altieri ; ombre froide. Ensuite, devant le Gesù, un coup de soleil. La via d'Aracœli s'enfonce, et au bout le Capitole, les pentes avec verdure, dans un coup de soleil. Tout le long du corso Vittorio Emanuele, le soleil est sur les façades, en haut, à droite.

Du quai, devant le palazzo Sacchetti. En haut, cyprès, au-dessus du Jardin botanique. C'est Sant' Onofrio, dont on voit le mur percé de fenêtres, les toitures et le petit clocher. En aval, tout le fond du Transtévère est dans une buée bleuâtre, les maisons et les édifices se détachent en noir.

Au bout de la via Giulia, la via dei Pettinari, si étroite, si sombre : d'un côté le mur nu, sans boutiques, de l'hôpital et de l'église Santa Trinità, et de l'autre côté des maisons avec des murs nus, des boutiques obscures ; l'étroite bande de ciel au-dessus. Au bout, après la place dei Pellegrini, le Mont-de-Piété est à droite, une arcade traverse la rue, avec des verdures par-dessus. Un coup de soleil au fond de la rue noire. Puis, on tourne sur la place du Mont-de-Piété. Un quartier alors noir et un peu désert, rues étroites et nues, jusqu'à la place Cairoli.

À San Crisogono. Toute tendue d'étoffe. Les colonnes de granit mises dans un fourreau de damas rouge, bordé d'un galon d'or. Les portiques, entre les colonnes, d'un bout à l'autre de la nef, tendus de motifs alternés : un jaune et bleu ; un autre or et rouge ; un autre rouge et blanc. Le rouge et le bleu sont en soie légère ; le blanc est en mousseline ; l'or est une étoffe grossière tramée de métal. Des rideaux pendent pour chaque motif et un lambrequin est jeté en haut, drapé de biais. Toute la largeur du chœur est également drapée d'un vaste motif. C'est une décoration de gala, de féerie. Enfantin, et très décoratif, dans les étoffes communes. Le jeu de la petite chapelle élargi, énorme. Toujours le plafond de temple, à caissons dorés. Or sur bleu, l'écusson des Borghèse répété deux fois, un écusson du cardinal. Pavé en mosaïque de marbre.

Au Transtévère. Les rues étroites, misérables, puantes. Les viandes saignantes, noirâtres, mal tuées sans doute : *beccheria*. *Sartoria*, petit tailleur. *Drogheria*. *Banco del lotto*, avec les numéros affichés. *Piccola trattoria*. *Osteria*. *Pizzicheria*. *Forno*, avec les pains ronds empilés. Les fritureries, avec les carrés de *polenta*, les poissons frits. Les marchands de légumes cuits, paquets d'épinards, céleris, choux-fleurs, artichauts (on ne fait pas de cuisine). L'odeur affreuse des débits de vin quand on passe, des fritureries, des légumes cuits et aigres.

Voici quel sera mon Transtévère : promenade de Pierre, qui connaît bien la misère parisienne et qui est attiré là pour étudier celle-ci : ce qu'il en pense. Plus gaie, à cause du ciel. Mais plus irrémédiable peut-être à cause de l'ignorance. Pas de démocratie intelligente de longtemps. Et il est pour l'assainissement, pour les trouées d'air pratiquées dans cette infecte geôle. Donc, à ce point de vue, ce qui reste du

Transtévère, contre le prétendu pittoresque : de la lumière, de la santé, de la science (plus tard la science emportera tout). Et de là le Transtévère déjà éventré, ce qu'il en reste, noir et puant, au milieu des coups de soleil, des démolitions toutes fraîches, des trous d'air faits à coups de pioche, et qu'on n'a pu reconstruire encore. Bonne besogne en somme, l'intérêt de la vie. Le ghetto déjà complètement démoli.

Al vero Frascati. Salumeria, salaisons, odeur forte. Petits ânes, traînant des voitures de légumes. Des étalages de pauvres fruitiers, pommes de pin dans un vieux panier, tomates sur un banc, sur une planche ; et le trou noir et humide de la boutique. Quatre dindes qu'un homme conduit à coups de fouet. Un grouillement d'enfants, sales, à demi nus (la fécondité, le pullulement de la misère). Des femmes en cheveux, en fichus et en jupes sales. Toutes noires et sales. Hommes en manches de chemise de couleur, en pantalons sales. *Vino dei Castelli. Barbiere.* Des chats noirs sur des marches. Vente au panier. *Sarto*, petit tailleur, avec cage et oiseau qui chante à la porte. De vieux seaux de zinc pendus à la porte, pleins de terre, avec une plante grasse dedans. Des escaliers, des trous noirs, des maisons inégales, des logements sordides, la vie au-dehors, toutes les occupations accomplies dans la rue. Une femme qui a la tête d'un petit garçon sur les genoux comme s'il jouait à la main chaude et qui lui fouille la tête pour retirer les poux. Le cordonnier qui travaille sur le trottoir. Autres petits faits du même ordre. Tomates enfilées. *Calzoleria*, savetier en plein vent. Détails sur les *pizzicherie*. Femmes tenant un enfant, en traînant deux autres. Quelques beaux enfants, mais rares (frisés, noirs, sales). Quelques jolies filles, mais rares aussi. Le peuple en général petit et laid. Des vieux assis sur les portes. Le linge qui pend de partout aux fenêtres, dans le soleil. Des coups d'ombre dans les rues qui tournent. L'odeur insupportable. *Vini scelti dei Castelli.* Lavoir en contrebas, grande cuve pleine d'eau savonneuse. Des femmes qui se précipitent, demandent l'aumône. Un trou avec des ruines, une mosaïque (noire et blanche), au fond, noir et humide. *Stazione V I I dei vigili* (voir le guide). Des petites vierges en l'air, avec des lanternes. Des maisons qui croulent et qu'on a étayées. Ce qui reste en somme, puante misère. La grande voie qu'on a percée et qui passe devant San Crisogono. En revenant, en allant au palais Farnèse, j'ai passé devant l'église qui est sur la place Cairoli, San Carlo ai Catinari, et dont le dôme domine le quartier. De là la via dei Giubbonari pour aller au Campo dei Fiori, une rue extrêmement populeuse et marchande : des marchands d'étoffes, aux couleurs vives, des bijoutiers avec de gros bijoux populaires, etc.

Sur une cheminée du palais Farnèse : *Assiduo luceat igne.*

Ma visite au palais Farnèse. La grande galerie des Carrache, de laquelle on voit, en face, le Janicule. L'Acqua Paola (très visible) et San Pietro in Montorio (vaste bâtiment) à gauche, puis la villa Corsini en face, au-dessus d'un terrain cultivé. Des arbres en haut. La Farnésine est plus bas, tout à fait à droite, au bord du Tibre, dont on ne voit pas les eaux. Le jardin du palais est en bas, noir, humide, abandonné. Des poivriers, de grands lauriers, un magnolia qui se meurt. Un grand pin, des lierres. La verdure qui pend sur la via Giulia, à droite de l'arcade, est un grand rosier qui, au printemps, se couvre de fleurs. Après la galerie des Carrache, et après le cabinet de l'ambassadeur, le salon et la salle à manger que je connais, il y a un salon très sombre, où se tient M. le conseiller. Peu gai. Toutes les pièces, hautes de sept à huit mètres, ont des plafonds peints à fresque, ou des plafonds de bois sculpté admirables. L'écusson des Farnèse est trois fleurs de lis, deux, une. Les pièces ont toutes de grandes consoles à marbre mosaïque, à pieds dorés, et des tables tout en marbre, le dessus de marqueterie, le pied d'une pièce, rond, un pied du guéridon, ou deux supports sculptés, à têtes de dragon. Le pied du guéridon qui est attribué à Michel-Ange. Dans la pièce de l'angle sur la place, très gaie, avec du soleil, les murs sont peints à fresque d'une grande tenture de brocart d'or, rouge et or, drapée à l'antique. Les loggias ont été fermées sur la cour et l'on a installé des chambres sur ce côté du fond. Un appartement d'ami, peu propre. La cour mélancolique, sous les fenêtres, avec son pourtour couvert où peuvent circuler les grands landaus à deux chevaux. Mais les appartements de la façade sur la place sont lamentables. Dans le grand salon, celui qui donne sur le balcon, l'ambassade française a déposé de vieux papiers, tout un débarras de dossiers poudreux par terre, sur des planches, sur des tables de bois blanc, d'une saleté extraordinaire. Le désordre et la poussière. Même horreur dans un salon qui suit, à gauche. Là les murs sont peints, des arcades, des escaliers, des perspectives qui s'enfoncent. Enfin, la vaste pièce, située sur la façade, à l'angle de droite, dix-huit mètres de hauteur, sur deux étages, que le roi de Naples, propriétaire du palais, s'est réservée : les murs nus, un vrai grenier, des maquettes, des statues de marbre, un très beau sarcophage, des débris de toutes sortes. Cela est honteux. Il paraît que le second étage reproduit le premier en moins haut. Seulement, on a coupé les trop vastes salons, par des cloisons, pour les disposer en appartements plus logeables. La belle frise du palais se voit très bien des fenêtres de ces appartements. L'École de Rome s'y trouve installée. Je ne sais plus si l'escalier d'honneur continue jusqu'au second.

C'est après avoir vu la misère du Transtévère et la décadence irrémissible du palais Farnèse que j'ai été frappé de cette fin d'un monde. Au palais Farnèse, la fin de cette aristocratie romaine, créée surtout par les papes (sauf les Colonna, les Orsini et les Caetani ?). Leurs palais ne sont plus habitables, tombent en poussière. Même ceux qui ont gardé leur fortune (qu'est-elle en face de la fortune américaine ? et pourra-t-elle se renouveler, s'agrandir ?), même ceux-là louent une partie de leur palais, y vivent retirés, sans fêtes, sans suite, sans clients, perdus dans un temps qui n'est plus fait pour eux. Et les autres, les ruinés, louent leur palais en entier. Au palais Borghèse, il y a un brocanteur qui occupe le rez-de-chaussée. Une loge maçonnique a loué le premier. Le second est divisé en appartements, loués. Les Borghèse se sont (?) réservé un petit appartement. Le palais Chigi est en partie loué à l'ambassade d'Autriche. Un autre palais du Corso a son rez-de-chaussée occupé par une librairie. Enfin, c'est la fin de cette noblesse : ruinée en partie, les autres vivant sans faste, et altérée par tant d'alliances étrangères qu'elle est en train de disparaître dans sa pureté. Avec cela, tous les cardinaux sont bourgeois, l'aristocratie d'origine papale est finie. Donc une aristocratie mourante, une bourgeoisie qui n'existe pas encore (à la curée des places), à étudier (?), et un peuple redevenu enfant, pauvre, sale, ignorant et fainéant. N'est-ce pas la fin d'un monde ? Pour qui donc travaille-t-on ? Pour qui la troisième Rome ? Pour qui les travaux immenses, qui, dans le coup d'orgueil, ont achevé la ruine ? Le vouloir d'être une grande nation moderne, avec une grande capitale. Et l'on a voulu improviser cela, mais l'aristocratie en ruine, pas de bourgeoisie intelligente et puissante, et un peuple redevenu enfant. En outre la nécessité de Rome capitale, le boulet au pied, la poussière mortelle des siècles, et le désert de mort qui s'étend autour de la ville. Tout cela est l'aggravation. Où donc est demain, avec le pape et le roi ? Tout croule. Mais il faut que je dise ces choses, la vérité, avec une grande sympathie humaine, fraternelle. Ce qui était Rome, en 1870, et ce qu'on a essayé d'en faire.

La question de la bourgeoisie m'inquiète. J'ai questionné à plusieurs reprises. Sous les papes, pas de bourgeoisie, de simples clients, des employés. Et depuis, la bourgeoisie romaine est ainsi restée nulle. La bourgeoisie n'est représentée que par le peuple d'employés venus avec le gouvernement. La curée. Mais tout cela pas puissant, pas de rôle possible[7]. Les députés viennent naturellement des provinces. La cour semble camper encore. Et les titres, avocat, professeur, *cavaliere*, commandeur, toute cette gloriole des petits, hantés par l'atavisme de noblesse.

Dans ces palais qu'ils ont bâtis, ces constructions immenses, sur le modèle des anciens palais des princes, et qu'ils ont semées avec quelle profusion inexplicable, ce n'est pas la richesse qui s'est installée, c'est la misère de leur peuple, ignorant et fainéant. N'est-ce pas un symbole terrible ? Et l'idée de la beauté dans mon livre, la beauté d'autrefois, dominant cette déchéance. Les arts. Sommes-nous donc tous des peuples condamnés, devant les démocraties modernes ? Je n'ai jamais senti cela autant qu'ici.

L'après-midi nous sommes allés au monte Celio, avec M. de Béhaine. À la villa Mattei, en pente sur la colline. De beaux buis taillés, à l'odeur si forte et si amère, des eucalyptus, une allée d'aloès, une fontaine en demi-rotonde, une autre dans un porche. Une haie de roses de Bengale. Des lauriers magnifiques. Des fusains énormes. Des lauriers-tins en arbres. On dit que la villa est très malsaine en été. De là à Santo Stefano Rotondo. Les fresques tout autour, représentant des martyrs, une suite de supplices abominables. L'église, une immense halle ronde, la voûte centrale et le chemin autour couvert en charpente. Ensuite à San Giovanni e Paolo, les deux Romains dont la villa était là et qui furent martyrisés chez eux. Nous sommes descendus sous l'église, avec des petites bougies : l'ancienne villa est encore là, enfouie ; on a retrouvé toutes les pièces, la salle à manger, etc. Tout ce monte Celio est assez désert, avec des rues qui montent, qui tournent, au milieu des jardins. En descendant de Saint-Jean-et-Saint-Paul, la grande pente qui descend sous des arcades. Des débris romains partout.

Puis de là, nous sommes allés sur l'Aventin, par la via di San Gregorio bordée d'arbres, par la via dei Cerchi et par la via di Santa Sabina. L'église de Sainte-Sabine, le berceau des dominicains. Tout en haut. Une grande église froide. À côté le couvent, où, dans le jardin, se trouve l'oranger de saint Dominique. D'autres orangers. Tout cela clos, sans vue. C'est, je crois, au prieuré de Malte qu'on voit Saint-Pierre en regardant par la serrure. Une allée de buis taillés qui mène à un balcon d'où l'on a une vue superbe sur le Tibre. Nous avons visité l'intérieur du prieuré. Du salon en haut, qui domine, on voit le Tibre, le port de Ripa Grande, l'hôpital Saint-Michel : vue superbe encore. Ce mont Aventin, où le petit peuple de Rome habitait, est aujourd'hui désert, occupé par les trois églises, de vastes jardins. Le pape Léon XIII y fait construire un édifice immense pour les bénédictins. Il n'est pas achevé. Je suis resté surpris et rêveur. Pourquoi ce couvent ? Si les bénédictins ont détenu un instant la science, ont joué un rôle civilisateur, qu'espère-t-on d'eux aujourd'hui ? Est-ce qu'ils ne sont pas frappés d'impuissance, dans l'étroite prison du dogme ? Pourquoi finirait on ce couvent inutile ?

Tous ces jardins de Rome sont les mêmes. Les buis taillés, les beaux eucalyptus au tronc blanc, aux longues feuilles pâles, les chênes verts tordus et presque noirs, les cyprès sombres, les roses de Bengale, quelques statues antiques ou des vases mangés par le soleil, des fontaines bruissantes dans les lierres sombres. Et beaucoup en pente, en étage. À Rome, on monte et on descend toujours.

Le soir, nous sommes allés chez le prince Odescalchi. Lui, l'air artiste, négligé et bon enfant, avare dit on. Sa femme une Florentine de famille très noble mais très pauvre, élevée à la *sporca*, ignorante comme une carpe, ce qui augmente son air de morgue et la rend timide. Elle ne sait que se mettre dans les coins avec une intime et potiner. La marquise Theodoli, une Américaine, qui a épousé un Romain un peu fruste ; on lui prête une intrigue avec le prince Borghèse (elle l'aurait ruiné dans l'affaire Ludovisi), mais de la tenue. Cela ne s'ébruite pas. Une tante du prince qui aurait élevé le cardinal Czacki (?) mort aujourd'hui : femme aimable. Le préfet de Rome et sa jeune femme, une Russe qui s'allonge et qui fume. En somme un monde assez hétéroclite pour nous, et qui manque de notre amabilité française. On cause dans les coins, pas de conversation générale. La marquise Theodoli a écrit un livre sur Rome en anglais : un peu bas-bleu. Très peu au courant de notre France, tout ce monde. Sans la bonhomie du prince, ce serait gênant. De beaux bibelots qui lui viennent de famille. Dans l'antichambre, le salon qui précède celui où l'on était, se trouve une fontaine au milieu, avec jet d'eau ; mais le pavé est trempé. Des tableaux, des coffres, des bronzes et des marbres, un tanagra. Très mal éclairé.

En somme, sur la femme, sur l'amour à Rome, voici ce qui est, je crois. La jeune fille, très tenue, et pêchant un mari avec les yeux. Des billets donnés à des galants (Aix). L'histoire de la jeune bourgeoise qui se fait enlever par un prince romain. Tous les deux dans un hôtel. La famille du prince jetant feu et flamme. Et le père, le bourgeois, reprenant sa fille, disant qu'il a son orgueil aussi, qu'il ne consent pas au mariage, avant un an, pour laisser le temps de la réflexion au prince, et pour qu'on ne l'accuse pas d'avoir voulu conquérir un prince. En tout cas, rarement les jeunes filles se donnent : du flirt seulement, avec un peu de laisser-aller parfois. Mais la femme mariée, beaucoup ont des aventures. On compte même les parfaitement honnêtes. Et là la femme : beauté généralement sérieuse, sombre et triste ; pas d'éclat ni de gaieté ; de très grands yeux, les cheveux noirs, les traits tirés, allongés, en lignes sévères et tristes. Expression sérieuse, profonde, triste. Le prince Odescalchi me disait que ce n'était pas son genre : une longue cour le plus souvent pour arriver, puis la femme collante, dont on ne peut plus se débarrasser. Les liaisons s'éternisant, finissant généralement mal, par de la jalousie et des coups. Pas l'amour ailé, léger, capricieux, un plaisir qu'on prend, qu'on laisse, mais une passion continue. Et avec cela un fond pratique, la femme ne se perd pas dans les nuages, ne rêve pas, veut la matérialité des choses, la possession : d'où sa passion vivante et charnelle, sa jalousie aussi. Capable d'une longue fidélité, d'une longue attente, pour posséder. La liaison s'éternise, et l'on trouverait fort mal qu'une femme trompât son amant. Le mari, oui, si cela est accepté.

Un fond d'ignorance et de la superstition à une certaine vierge de son quartier. Telle sera mon héroïne, et je prendrai un tableau ancien pour le portrait physique. Si je veux une femme savante, il me faudra une princesse d'importation, ou une exception comme la comtesse Lovatelli. Les femmes dont on parle plus ou moins compromises. Beaucoup ont des intrigues qu'on soupçonne, dont on ne parle pas. Quelques-unes affichées, s'étant données à plusieurs. La beauté est généralement massive et assez commune, matérielle. Rosalie Lovatelli, un Botticelli, avec un nez un peu fort : sacrifiée, douce, payant sur sa bourse ses leçons de piano. La jeune bourgeoise que j'ai vue chez Hébert et qui lui sert de modèle pour un ange, un délicat profil, avec le nez droit, le menton rond. La jeune Mme D'Annunzio (mais elle est d'origine française), charmante, un peu énigmatique, mais pas belle. La Santafiora, des restes charmants. Je la verrai mieux mardi. Quant aux hommes, très enfants, s'amusant à des riens. Et vaniteux, les coups de chapeau au Corso. Matériels, positifs, égoïstes et vicieux. Le type de mon jeune prince romain. À arranger avec ceux que j'aurai vus.

DIMANCHE 18 NOVEMBRE

Le matin, un petit tour. Dix minutes passées au café Aragno, le cœur de Rome comme on dit.

L'après-midi entier passé au Palatin, dont le directeur des fouilles, M. Barnabei, nous a montré les fouilles. Je donne mes notes au hasard de la promenade, en me promettant de rétablir l'ordre plus tard.

D'abord, nous sommes partis du Forum, où nous avons examiné la maison des vestales. Auguste et les vestales. Quand Auguste se fit nommer empereur, il prit en même temps le pontificat. Et il laissa seulement une vestale grand pontife (*Virgo Vestalis Maxima*, comme disent les inscriptions *V.V.M.*). Il prit donc le pouvoir religieux, devint le grand pontife, empereur et pape. Seulement, comme le grand pontife devait avoir près de lui un temple de Vesta, et que lui-même se faisait bâtir un palais sur le Palatin, il fit construire près de son palais un petit temple de Vesta. En bas, les vestales gardèrent leur maison qui fut agrandie de tout le logement du grand pontife. En haut, sur le Palatin, la maison de Tibère, puis celle de Caligula, en face du Capitole, cette dernière dominant les vestales. Néron, lui, construisit une maison immense, avec des jardins, qui partait du Palatin et allait sur l'Esquilin, jusqu'à Sainte-Marie-Majeure (le Colisée était un lac). Les Flaviens eurent leur maison, près de celle d'Auguste ; Domus publica, une maison populaire, une dynastie bonne et populaire. Et les Flaviens restaurèrent aussi la maison d'Auguste. Enfin, le Stade et le palais de Septime Sévère sont de plus tard ; de façon que nous avons fait la visite non chronologiquement. Le palais de Septime Sévère dominait la voie Appienne. Il était d'une grande richesse. (Un renseignement : voir le *Dictionnaire des Antiquités*, de Daremberg et Saglio, à l'article « Forum ».)

Des papes s'installèrent dans le palais de Septime Sévère. D'abord au Latran, la primitive église ; c'est Jean VII, septième ou huitième siècle (?), qui vint s'installer au grand palais. Il l'entoura de fortifications pour se défendre. Il fit venir (?) des ermites grecs, des moines, qu'il installa dans la maison de Caligula (à l'endroit où sont les jardins Farnèse). De là viennent certaines peintures byzantines retrouvées. Les papes retournèrent au Latran après Marino II (?). Sainte-Marie-Libératrice, le nom vient de la Vierge qui vainquit le démon du Voragine (petit lac) (?). Mélange de paganisme et de christianisme.

C'est sur le Palatin que Rome a commencé. Un petit village, Roma quadrata, dont il reste des morceaux de mur. Les Latins, le Latium était là, près du Tibre. Sur le Capitole, en face, les Sabins s'étaient installés. Le Capitole était alors relié par une crête qui passait à la hauteur du saint de la colonne Trajane. Sur le Quirinal, les Quirites (?). Le mont Caprinus, le prolongement du Capitole, où paissaient les chèvres au Moyen Age, est aujourd'hui occupé par l'ambassade allemande. Quelques arbres. La roche Tarpéienne est là, en dessous. Pas grand tout cela. La Roma quadrata est de huit siècles avant J.-C. Donc, il y a de cela deux mille sept cents ans. La maison de Caligula s'étend sous les jardins Farnèse, jusqu'au bout. On voit de là, l'Étrurie au nord, des vallées bleuâtres qui se perdent, la Sabine à l'est, des montagnes, et le Latium au midi, d'autres montagnes : une vue superbe. Avant qu'Auguste, le premier, dressât son palais, le Palatin devait être occupé par des maisons de Romains riches. Elles durent être achetées pour être démolies.

Auguste, je l'ai dit, réunissait les deux pouvoirs, empereur et pape. Le premier pape, au temporel et au spirituel. Le rêve des papes a toujours été de redevenir Auguste, maître du monde ; c'est pourquoi ils tiennent tant au pouvoir temporel ; la part de paganisme qui s'est introduite dans le christianisme, qui l'a altéré, et en a fait le catholicisme, la religion de l'empire de ce monde, si différent du christianisme de l'évangile. Si la Rome des Césars a eu déjà, ataviquement, cet effet corrupteur sur le christianisme, ne peut-on craindre qu'elle l'ait de nouveau sur la troisième Rome démocratique et moderne ? Ce dont souffre la nouvelle Rome, actuelle, la nation italienne, ne vient-il pas du passé, du sol même de Rome, où ont poussé fatalement ces constructions dont on ne peut se servir, ce rêve de conquête et de grandeur trop hâtif. Une ville dont le destin serait de tourner tout ce qui sort d'elle à l'orgueil, à la conquête, à l'empire du monde. Et le désastre lorsque cela rate.

Tous les ans, Auguste devait être acclamé par le peuple, qui renouvelait son pouvoir (?). Ses titres, à vérifier : *Tribunus plebis ; Imperator, divi Julii filius, Augustus, pontifex maximus, in tribunicia potestate, consul.* Par son titre de *pontifex*, il tenait la religion ; le peuple comme tribun ; l'exécutif comme consul ; et le pouvoir militaire comme *imperator.* Il avait d'ailleurs introduit une réforme religieuse. Le vrai pape, maître du monde.

Ce qui est surprenant dans ces ruines de l'antiquité romaine, c'est le mélange, l'opposition de toutes petites maisons, à côté de palais immenses. Au début, tout a dû être petit. Le Forum. Puis, la vie privée a dû continuer à se contenter de maisons très petites tandis que tous les établissements de la vie publique devenaient colossaux. Donc la maison de Caligula, celle de Tibère et des parents de Tibère. Puis, celle d'Auguste qui est encore tout entière sous la villa Mills. Dans le jardin Farnèse, autour de la villa Palatine, aloès, chênes, palmiers. Voici l'ordre chronologique des palais : Auguste, Tibère, Caligula, Néron, les Flaviens, Septime Sévère (le Stade restauré). Et il est à remarquer que les palais se touchaient, n'étaient séparés par aucun jour. Collés les uns aux autres. Ils se distribuent selon des lignes parallèles, par tranches, allant de l'ouest à l'est. On dirait que les murs des uns ont servi de murs mitoyens aux autres. Un entassement ou plutôt une juxtaposition d'immenses palais, qui avait fini par couvrir tout le Palatin.

Ce mont Palatin après avoir été le berceau de Rome, Roma quadrata, en a vu le triomphe, une floraison des palais des empereurs. Toute la gloire de Rome est là, tout le rêve réalisé des empereurs maîtres du monde, tout le rêve irréalisé des papes. Sûrement c'est l'atavisme de Rome qui a orienté le christianisme vers la puissance du monde. C'est elle qui a fait le catholicisme ce qu'il est, une religion de domination et de conquête, pour les riches et les puissants, etc.

La maison de Livie. Dans le palais d'Auguste, il y avait une loge donnant sur le cirque Maxime, l'immense cirque où est aujourd'hui l'usine à gaz, vers le Tibre. C'est là qu'on a trouvé la caricature, un Christ, un Jésus crucifié à tête d'âne.

Et on arrive, en continuant le tour, au palais de Septime Sévère. La tour qui était là, énorme, à sept étages. Elle dominait, elle donnait sur la voie Appienne, pour que l'empereur vît revenir les armées triomphantes revenant d'Afrique (?). Cette tour a existé jusqu'au seizième siècle. C'est le pape Sixte Quint qui l'a démolie. La grande terrasse du palais qui s'avançait vers la voie Appienne, dominant toute la campagne. Elle portait sur deux rangs d'arches. Arcades, dessous vastes couloirs. Salles immenses en dessous, des substructions géantes. C'était là qu'on logeait les domestiques, les clients ; et il est question dans l'histoire des orgies qui s'y passaient. Le luxe était allé en grandissant. L'emploi du marbre inconnu jusqu'à Auguste, qui avait trouvé une ville de briques et qui laissa une ville de marbre. Tous les massifs de briques recouverts de marbres précieux, blancs et de toutes les couleurs. En face, on voyait les monts Albains, le monte Cavo, sur lequel était le temple de Jupiter. Albe était là, anciennement.

En bas du palais de Septime Sévère, entre lui et la maison d'Auguste, se trouvait le Stade, restauré par Septime Sévère. Pour les courses à pied. Un luxe énorme, tout recouvert de marbre, des statues. La loge avait été d'abord du côté de la maison d'Auguste, puis Septime Sévère la plaça du côté de son palais. C'est celle dont les ruines existent encore. On a tout retrouvé et on va faire, sur le papier, une restitution complète et exacte du Stade.

Le palais de Néron partait du Palatin et allait aux jardins de Mécène, à l'Esquilin, jusqu'à Sainte-Marie-Majeure. Immense. Un incendie a tout détruit, ce qui fait qu'il ne reste rien. La maison d'Auguste suivait le Stade jusqu'à la maison de Titus. Puis venait la maison des Flaviens, toujours sur une ligne droite. Beauté du soleil couchant sur les ruines, le reflet d'or mélancolique. Au Moyen Age, on a bâti des murs avec des débris de porphyre et des marbres les plus précieux. La fontaine dont le pendant est sous la villa Mills, se trouve dans la maison des Flaviens ; sous le couvent de Saint-Bonaventure doivent être seulement des dépendances de la maison d'Auguste. Tous ces palais qui se touchaient, qui ne faisaient qu'un palais. J'ai demandé ce que devenait le palais d'un empereur mort, quand son successeur en construisait un autre : on le consacrait, il devenait une sorte de temple où rien n'était touché, et dans lequel était conservée la religion des souvenirs. C'est ce qui explique toute cette série de palais énormes. Ce fut dans le passage couvert, le Cryptoporticus (voir le nom), entre le palais de Tibère et celui des Flaviens, que Tibère fut assassiné.

Le soir nous sommes allés dîner chez les Hébert. Gentille soirée. M. de Béhaine très gai et assez libre. La jolie jeune bourgeoise. Le père qui nous a soutenu que le débit du Tibre était plus fort que celui de la Seine (un Romain qui aime trop sa ville). Le comte Primoli (Loulou, Luigi, pas Joseph) un grand enfant, qui fait de la photographie, et qui montre la lanterne magique. La jeune et divorcée Mme D'Annunzio, qui a un bébé de cinq ans et demi, jouant de la mandoline à la perfection. Bonghi, un finaud. Tout cela aimable et à la française. Quatre ou cinq élèves de l'École de Rome.

LUNDI 19 NOVEMBRE

Déjeuner chez Luzzatto. Un ami à lui m'a dit que, dans la Rome d'avant 1870, la femme jouait un grand rôle : quand une femme avait chez elle un prélat pouvant être cardinal, puis pape, la maison était bénie (avait chez elle, dans le sens intime). Les mœurs du clergé à Rome, de la cour papale, se seraient beaucoup améliorées depuis 1870, parce qu'ils sont en vue maintenant et qu'ils sont forcés à se mieux tenir : c'est drôle, cet effet moralisateur de Rome conquise et capitale. Le nombre des prêtres, des moines, des couvents aurait plutôt augmenté. Beaucoup de couvents bâtis avec l'argent américain, depuis que le catholicisme conquiert l'Amérique (il y aurait aujourd'hui là-bas dix millions de catholiques).

Le soir, dîner offert par Darcours. Rien d'intéressant, sinon les quelques détails donnés par Ziegler sur le pape. Il prise, il est sale. Son valet de chambre Pio Cintra (quarante-six ans) veille à ce qu'il soit le plus propre possible : et il l'oblige à changer de soutane, chaque fois qu'il y a une réception. En outre, le pape a toujours ses clés dans sa poche, très intéressé[4]. L'histoire du jour où il est sorti du Vatican, par la porte gardée par les suisses, pour rentrer par l'autre porte, celle qui mène au musée. Débats pour savoir s'il n'était pas resté sur une terre appartenant au Vatican. Le lendemain, la municipalité envoyant des ouvriers pour réparer le pavé, afin de maintenir son droit de possession. Tout se passant ainsi en petits cancans.

MARDI 20 ET MERCREDI 21 NOVEMBRE

Déjeuner chez la comtesse de Santafiora avec la comtesse Lovatelli et Bonghi. Tout de suite ce que je pense de ces dames. La Lovatelli est une coquette, tenant beaucoup à être femme, malgré tout son grec. Un regret affecté de son mari, tandis qu'on lui donne un amant à demeure depuis plus de dix ans. Très dure pour sa fille, mécontente de ses garçons qui tournent mal. La Santafiora, sur le retour, quarante-cinq ans, veuve aussi et désespérée de vieillir. Beaucoup d'amours, dit-on. Une âme romanesque et mélancolique, s'emplissant de noir devant le lac de Nemi. Pour la poésie, pour les amours tragiques qui finissent mal. A dû être charmante plutôt que belle. Voyage, connaît Paris, s'inquiète de nos grandes cocottes qui mangent l'argent des hommes, des couturières, des femmes à la mode dépensant beaucoup. Et de là, toute cette société patricienne. J'ai vu la duchesse Colonna, une fille du prince, qui a épousé un Sforza Cesarini, dont le palais est à côté de la villa occupée par la comtesse de Santafiora : une ancienne beauté brune, avec de beaux yeux encore et des sourcils épais, terribles : mais pas plus de distinction qu'une de nos vieilles bourgeoises. Les autres à l'avenant, ou bien des étrangères comme la marquise Theodoli. Tout ce monde pas beau, pas majestueux. Le prince Chigi, un vieux monsieur. Le fils de la comtesse de S... un garçon boucher (épileptique dit-on). Le prince Odescalchi, le chic artiste d'un bourgeois. Le comte L. Primoli et plusieurs autres, de grands enfants. Le prince Caetani, celui qui a voyagé, si grand, si long, l'air naïf. Où sont donc les jolies femmes, les belles princesses, les beaux et intelligents princes ? Toute une fin de race.

Chez la comtesse de Santafiora. Je suis monté dans les chambres. Aix, la pauvreté de tout cela, vilains meubles, aucun confortable, pas une belle chose. L'humidité, la nudité, le manque absolu de confort. Ce lac de Nemi terrible de tristesse, c'est à y mourir. Le petit frissement de l'eau, crépon. Les bords noirs s'enfonçant, et le lac d'étain morne et noir. L'humidité affreuse, la mousse dans les allées qui descendent au bord de l'eau. Le matin paraît-il, l'épais brouillard ; et par les temps de nuages, tout en plomb. Même par le soleil, mélancolique et terrible, avec les arbres qui descendent. Ormes, saules, pins, conifères, etc. Les allées qui mènent de Genzano à la villa sont bordées d'ormes. Genzano, pays barbare. Des coups de couteau tous les dimanches. Les mères aux enfants : « Tu seras *ammazzato* (tué). » Contre les étrangers, les *forestieri*. À Nemi, une saleté repoussante. Joli de loin. Il y a un parc qui s'avance comme un promontoire, château des Orsini.

Le soir, au retour, en chemin de fer, la campagne romaine par un coucher de soleil sanglant. La plaine nue et au bout le lac de pourpre, où les quelques nuages violâtres font comme des îles semées, un archipel dans une mer rose, à l'infini. Ce ciel de braise mourante vu derrière les arches des aqueducs. De l'autre côté, la plaine grise avec d'autres aqueducs, sombres sur le ciel d'étain. Le mot : « Il n'y a rien, mais comme c'est joli ! » En effet une nudité majestueuse. Çà et là, sur la ligne droite de la plaine, si simple et si grande, rien que la tache noire d'une ruine isolée, debout. Le caractère, la grandeur, c'est cette ligne droite. Il n'y a rien, et c'est grand.

J'ai causé avec Bonghi. Pour lui le malheur de l'Italie, c'est de n'avoir aucune force intellectuelle et morale, neuve, décisive. Je lui ai fait remarquer que cela vient de ce que, en Italie, il n'y avait pas comme chez nous un peuple (paysans et ouvriers), qui est la réserve de la nation, d'où tous nos hommes nouveaux sortent. Notre vitalité vient depuis cent cinquante ans de l'ascension du peuple, du mouvement des individualités à travers le corps social. En Italie l'aristocratie a croulé, la bourgeoisie reste neutre et sans force, et le peuple reste enfant : de là la déchéance irrémédiable. Il faudrait prendre le problème par le bas, donner au peuple l'instruction, la force du travail, créer une démocratie vivante et ascendante. Pourquoi l'unité allemande a-t-elle produit des résultats si grands, tandis que l'unité italienne est restée si chancelante, si paralysée ? Bonghi dit que l'effort intellectuel et l'effort moral ont manqué, que le patriotisme intelligent a fait défaut. Mais pourquoi ? Parce que, selon moi, le sol social est épuisé. Vieille civilisation qui croule (la crise à Rome en est une preuve). Bonghi dit qu'en vingt-quatre ans on n'a pas fait un pas dans le sens vraiment libéral contre le cléricalisme : les prêtres ont augmenté, restent les maîtres. Cela vient du continuel compromis, de la prudence de la société civile à ne pas déranger les croyances. De même on n'a pas voulu à Rome, dans le nouveau tracé des rues, toucher à une église, ce qui explique les singulières courbes de certaines rues. Il y a tant d'églises, et tant de si peu utiles, où l'on dit la messe à peine une fois par an ! Mais le scrupule a été absolu. Toujours ménager et s'entendre. Bonghi m'a aussi parlé du prochain pape. Il croit encore à Parocchi, parce que celui-ci est un intransigeant, vis-à-vis du Quirinal. Mais il ajoute que ce sera un intransigeant qui, seul, pourra faire la conciliation. Selon lui, toute la bourgeoisie est sceptique. Les femmes et le peuple sont superstitieux. La moitié du peuple est républicaine et athée, l'autre superstitieuse. Importance des loges maçonniques qui font de la propagande athée et républicaine ; reste des *carbonari*, des conspirateurs.

Enfin sur le divorce : pas dans la loi italienne. Seul cas où il est admis, impuissance reconnue du mari. Aussi si le mariage civil a été contracté à l'étranger, devant une autorité discutable. Enfin, si le mariage civil n'a pas eu lieu et si par conséquent il n'existe pas. Beaucoup de ménages dans le peuple n'allaient pas à la mairie, le prêtre suffisait. Aujourd'hui, moins. Et presque pas de ces mariages purement religieux dans les classes aisées qui savent que le droit des enfants est nul s'il n'y a pas eu mariage civil. Des évêques maintenant ne veulent plus qu'on marie si les conjoints ne sont pas d'abord allés à la mairie. Mais je pourrai peut-être imaginer, soit qu'il n'y ait pas eu de mariage civil, soit que l'impuissance du mari puisse faire admettre le divorce civil, soit enfin qu'il y ait eu mariage civil à l'étranger, ce qui serait le mieux, mais ce qui me paraît ne pas s'arranger avec mon histoire. Il vaudrait mieux voir s'il pourrait n'y avoir eu qu'un mariage civil et dans quelles conditions.

L'histoire du duc de Gallese. Un Normand, Hardouin, venu avec l'armée française, pour défendre le pape il y a trente-six ans, je crois. Il était gai, de bonne figure, et il remarqua que la duchesse de Gallese le regardait avec quelque tendresse. De là, cour assidue, intrigue et finalement mariage. Un sergent, je crois, un soldat de fortune. Je remarque que les dames romaines aiment l'officier. Il a donc été duc de Gallese, avec un duché réel quelque part, du côté de Naples. Sa femme est morte, poitrinaire, je crois. Son fils a fait un très beau mariage. La fille est plus mal tombée, en se faisant enlever par Gabriele D'Annunzio. En somme, encore un pays où les duchesses épousent des soldats de fortune et où les jeunes filles se font enlever.

Sur la fortune d'un prince romain. Si grosse qu'elle reste, elle est morte. Mal placée d'habitude, en terres qui rapportent peu, en palais qu'on ne peut habiter, qu'on loue mal, en rentes qui ne peuvent s'accroître. Dès qu'ils jouent, ils perdent, car ils sont dans de trop mauvaises conditions pour jouer. Ce sont des fortunes mortes, qui ne peuvent s'étendre, s'accroître, dont le temps emporte un peu chaque jour. Comme le Tibre, comme les ruines, tout est lent et mort. L'industrie n'est pas là pour créer de la richesse nouvelle, ni les affaires, ni le courage et le travail, le sens des temps nouveaux. Il faut ajouter que les galeries, les richesses artistiques qui sont dans les palais, sont frappées d'immobilité par le gouvernement, qui les empêche de vendre, disant qu'il y a là une propriété nationale, tous ces tableaux et ces statues étant des cadeaux faits par les papes à leurs parents et à leurs familiers, pris dans les églises, après des fouilles ; ou ailleurs et autrement. Ainsi les Borghèse, dans leur ruine, n'ont pu vendre leur collection admirable de la villa.

Hier soir, à dix heures, vu la place Saint-Pierre. – Une première impression de ténèbres et de solitude, de désert. Puis l'œil s'accoutume un peu. Il n'y a comme lumière que les quatre candélabres à sept becs, aux quatre coins de l'obélisque, et que les cinq ou six becs de gaz de chaque côté, le long des ailes droites qui flanquent la large pente cailloutée menant à l'église. Sous les hémicycles des colonnades sont aussi de rares becs de gaz qui éclairent intérieurement cette forêt de colonnes, dégageant bizarrement certains fûts, tandis que d'autres restent dans l'ombre. Sur la place l'obélisque seul est éclairé, un obélisque pâle, un air de rêve, d'apparition dans cette immensité noire. Au fond la façade de Saint-Pierre est également éclairée, ainsi que les deux ailes en retour, mais très pâles, à peine distinctes, et closes, et désertes, dans une grandeur de sommeil, d'immobilité et de silence extraordinaire. On ne voit pas le dôme, seulement en se reculant, et à peine, une rondeur bleuâtre dans la nuit. Les fontaines marchent dans ce vide et cette obscurité, on entend leur ruissellement, on finit par distinguer le fantôme clair et mouvant de leur jet. Et, au-dessus de la vaste place, un ciel immense, d'une pureté admirable, sans lune, où les étoiles ont une grosseur, un éclat d'escarboucle. La Grande Ourse était au-dessus du Vatican, Orion, un Orion splendide, vers la rue Giulia. Cet admirable ciel, sur cette place sombre, déserte, immense et morte. C'est vraiment, à cette heure, un désert, un sommeil, une immensité vide d'une grandeur saisissante. – Le Vatican, entassement sombre sur le ciel. Seule la cour Saint-Damase est éclairée intérieurement, et l'on voit le bâtiment du fond et l'aile de gauche vaguement éclairés, visibles avec leur vitrerie. Toute la façade sur Saint-Pierre est noire, close, excepté à l'étage du pape, les deux fenêtres de l'escalier (?), la troisième et la quatrième, qui restent constamment éclairées. Toutes les autres persiennes fermées ; et l'on peut imaginer qu'on croit voir, par les deux persiennes de la chambre du pape, filtrer une pâle lueur. – L'horloge, dont la cloche a sonné dix heures, d'une façon si retentissante et si solennelle, dans le silence et le vide.

Sur le bord du Tibre, devant le palais Sacchetti. Un vrai coupe-gorge, pas une âme. Un silence, une ombre, un vide, s'étendant à l'infini, à droite et à gauche, en face. Pas un passant, un peu parce que les palissades des travaux en train ferment tous les accès. Le gaz, au coin du palais, éclaire le quai au ras du terrain. Des blocs de pierre, les ombres allongées. Le palais, lui, tout noir. À droite et à gauche, le quai s'enfonçant dans de vagues ténèbres. En face, quelques fenêtres des maisons du Transtévère faiblement éclairées, mais peu ; la masse noire des maisons et du Janicule derrière, sans détails ; une lueur perdue, sur le Janicule, par-dessus les toits. Vers les Florentins, quelques lumières à l'hôpital et les lumières du pont. Vers le ponte Sisto, d'autres lumières lointaines, éparses, dans l'enfoncement de la nuit. Et quand on se penche sur le Tibre, le reflet noir des maisons d'en face, avec les points lumineux des fenêtres ; on voit les images, mais indistinctes ; on voit couler le Tibre, lourd et lent, dans les reflets éclairés. Le poids, la coulée de plomb de ce fleuve dans les ténèbres, l'immense tristesse, la fatigue séculaire, la pesante vieillesse, l'envie de néant de ce Tibre antique et glorieux, qui semble ne plus rouler que la mort d'un monde. Le bruit de l'égout, monotone et sinistre. Pas une barque, pas une vie, un fleuve de l'enfer, un fleuve d'ombre et de néant. – Au loin, un chien perdu, aboyant. Le vaste ciel riche, l'éternel ciel fastueux, au-dessus de cette eau coulant, emportant les débris d'un monde. – Ah ! ce Tibre ; deux admirables morceaux à faire : un de jour, et l'autre de nuit, après, reprenant le premier, avec ce que j'aurai montré, et donnant la suprême note de tristesse et d'abandon. Personne n'oserait faire ce que nous avons fait, se risquer là, de nuit. Le coupe-gorge, la terreur sacrée, le frisson de terreur qui passe, frisson où la peur des grands morts est plus forte que celle des vivants.

Via Giulia, le soir, à dix heures. – Toute droite, avec les becs de gaz aux deux côtés, mais pas réguliers : la double ligne des points lumineux monte et baisse, comme si la rue avait plusieurs pentes légères, ce qui doit être. Pas un passant, le désert absolu. Pas une lumière aux fenêtres, tout fermé, cadenassé. Deux débits de vin seulement ouverts, l'un à droite, l'autre à gauche. Mais pas de voix de clients, pas de bruit, rien que la lueur pâle sur les verres dépolis. Et les balcons qui avancent dans la nuit, les portes bardées de fer, cloutées, toutes les fenêtres grillées, irrégulières, les petites et les grandes. Les portes rondes et basses à droite en descendant, les maisons plus grandes à gauche. Les vieux hôtels silencieux et sombres. L'hôtel Sacchetti ouvert pourtant avec la pâle lueur du porche. À la prison, deux sentinelles, l'une au coin du vicolo, l'autre devant la porte. Ces deux sentinelles solitaires, dans le désert de la rue.

J'ai eu d'autres détails sur le Tibre. Le lit du fleuve s'est toujours exhaussé, de sorte qu'il est certainement beaucoup plus haut qu'autrefois. Au contraire, depuis la Renaissance, on a fouillé les terrains, pour remettre la Rome antique au jour. De là la nécessité des quais très hauts qu'on a bâtis (cent vingt millions, m'a-t-on dit). Et l'on a la conviction que des richesses énormes sont enfouies dans le Tibre, et que si l'on pouvait le fouiller, les trouvailles y seraient miraculeuses. La légende du chandelier à sept branches, en or, que Titus rapporta de Jérusalem, et qu'on y aurait précipité au moment de l'invasion des Barbares. Et les statues, et les colonnes, et les objets d'or et d'argent. Plus tard, pendant le sac de Rome, pendant tout le Moyen Age, que de choses encore y auraient été jetées ! Des trésors. Et le rêve que l'on peut faire la nuit, accoudé sur le parapet ! Ce reflet de lumière qui tremble dans l'eau noire, n'est-ce pas ce chandelier d'or à sept branches ? Et ces blancheurs, des colonnes, des statues ? Et ces moires profondes, un amas, un pêle-mêle de bijoux, de vases, de métaux précieux. Tout le pullulement mystérieux, la vie profonde et vague de ces trésors qui dorment là depuis tant de siècles. – Garibaldi avait soumis à la Chambre, en se résignant à prêter serment à la monarchie, le projet de détourner le Tibre, de le faire passer hors de Rome, pour en fouiller ensuite le lit. Projet grandiose qui n'aurait pas coûté plus cher que les quais nouveaux et dont les résultats pouvaient être incalculables pour la grandeur de Rome. On prétend que chaque fois qu'on a pu fouiller le Tibre, on y a trouvé de belles choses (?).

Le palais Farnèse, selon mon opinion, ne s'expliquerait que par l'état de continuelle lutte, à Rome. Après le sac de Rome, les palais furent bâtis comme des forteresses. Sangallo le Jeune. Plus tard Michel-Ange vint et orna davantage le second étage.

La façon dont les statues et le reste fut enfoui. Longue incurie. Des déblais jetés par-dessus, des terrains nivelés. Au moment de la construction du palais Farnèse, le Colisée était déjà dans l'état d'aujourd'hui. Donc on ne put prendre pour bâtir le palais que des pierres tombées.

J'ai eu ce soir, avant d'aller dîner chez M. de Béhaine, une longue conversation avec Ziegler. Et en voici les notes. À la mort de Pie IX, le patrimoine de Saint-Pierre était un peu plus de vingt millions. En partie placé chez Rothschild, en partie entre les mains des différents nonces ; mais la plus grande partie étant encore placée à Rome. Le cardinal Antonelli avait invité les nonces à placer les fonds qu'ils avaient. Mais après la mort de celui-ci, le cardinal Simeoni, qui le remplaça, redemanda l'argent aux nonces et le plaça à Rome. Longtemps, le cardinal Antonelli avait spéculé et avait fait généralement de bonnes affaires. Léon XIII, dès son avènement, composa une commission de cardinaux : Franchi (secrétaire d'État qui mourut d'une indigestion de glace, mort attribuée au poison), Nina, Randi, Masotti, Borromeo, Mgr Laurenzi (cardinal plus tard). Folchi fut nommé secrétaire de cette commission du patrimoine de Saint-Pierre. Il avait alors cinquante-six ans. Son père avait été administrateur à la Daterie, où il avait gagné de l'argent ; il laissa un million à son fils. Celui-ci était très habile, et la commission le laissait agir. À chaque séance, il rendait compte à la commission de ce qu'il avait fait. Le patrimoine ne produisait qu'un million de rentes, et les dépenses étaient de sept millions. Il fallait donc en trouver six. Les sept millions de dépenses pouvaient se décomposer ainsi. D'abord les pensions servies aux anciens employés de la papauté. Lorsque le gouvernement italien s'était installé à Rome, il avait demandé aux employés en fonction s'ils voulaient rester. Ceux qui restèrent furent naturellement payés par le gouvernement. À ceux qui ne voulurent pas rester, il s'engagea à payer une pension proportionnelle, de tant pour cent sur leurs anciens appointements. Mais Pie IX compléta ces appointements, de sorte que ces employés touchèrent la même somme qu'auparavant, en ne faisant plus rien. La somme payée ainsi par Pie IX représentait deux millions par an au moins ; mais à mesure des morts, cette somme diminue naturellement d'année en année. Ensuite il faut mettre un million pour les évêques et les diocèses d'Italie ; ce qui fait quatre déjà. Encore un million pour les écoles, car le pape tient beaucoup à lutter contre les universités laïques, sentant bien que là est la question grave : tenir le peuple, ne pas laisser la science le lui enlever. Donc cinq millions. Encore un million pour la secrétairerie et les nonciatures ; et enfin un million pour le Vatican, ce qui fait sept millions, le chiffre total des dépenses. Donc le pape devait trouver six millions puisque le patrimoine de Saint-Pierre ne lui donnait qu'un million, et qu'il n'avait plus de royaume.

Ces six millions ont toujours été fournis par le denier de saint Pierre ; mais on n'a jamais su ce que ce denier produisait. La vérité est qu'il donnait trois millions à Folchi. Le reste, on n'a jamais su ce qu'on lui apporte, car l'argent lui est remis personnellement, dans ses mains : des évêques, des particuliers. Le duc de Norfolk, par exemple, lui apportait chaque année une somme considérable ; son fils était idiot et il avait fait un vœu dans l'espoir d'une guérison. L'aristocratie française donnait beaucoup aussi ; moins aujourd'hui. C'est lui qui garde tout cet argent et qui le place.

Donc il donnait au cardinal Folchi (?) trois millions, en lui disant de les faire fructifier ; et, pendant douze ans, celui-ci réussit à doubler la somme par des placements habiles, de bonnes affaires, laissant intact le patrimoine de Saint-Pierre. Par exemple, pendant les premières années de spéculations sur les terrains, il fit d'excellentes affaires. Mais vint la crise, et vers 1887, Folchi ne put pas joindre les deux bouts. Jusque-là, de son côté, le pape spéculait, avec un homme de confiance à lui, Sterbini, fils d'un homme que le pape avait connu à Bénévent. Mais à la suite de fâcheuses spéculations, le pape congédia Sterbini, et n'eut plus que Folchi pour ses spéculations particulières, et pour les spéculations sur les trois millions qu'il lui donnait. Il avait pris des actions sur les conduites d'eau, sur les moulins, sur les omnibus, actions créées par la Banque de Rome (catholique). On faisait monter ces actions en Bourse. Donc au moment de la crise, inquiet de ce qui se passait, le pape donna à Folchi tout l'argent et les actions. Une des spéculations du pape était aussi de prêter aux nobles romains de l'argent sur des actions qu'on lui laissait en garantie. Dès qu'un prince lancé dans les spéculations n'avait plus de fonds, il s'adressait ainsi au pape qui venait à son aide. Mais, quand vint brusquement la dégringolade, l'action ne représenta plus le prêt, on ne put la réaliser ; et c'est là une des causes qui expliquent les grosses pertes du pape. (Un des emprunteurs fut par exemple le prince Gabrielli, allié au cardinal Bonaparte par sa femme ; un autre, le duc de Bomarzo, frère du prince Borghèse, un autre le prince Buoncompagni et encore le prince Giustiniani-Bandini.) L'histoire du Crédit (que m'a racontée Darcours). Le pape devait donner un million. Mais Folchi était impérieux, de caractère assez difficile, et il avait pour ennemis plusieurs cardinaux de la commission. Ces cardinaux disaient que la commission était inutile, puisque Folchi faisait tout et n'agissait qu'à sa tête. Un cardinal prévint le pape que Folchi faisait de mauvaises spéculations et que la caisse était vide. Une sorte de complot fut ourdi, on lui demanda de rendre ses comptes devant la commission. Alors il fut forcé d'exposer la situation, qui était très mauvaise. Et il fut disgracié. Depuis ce temps, il a demandé une audience au pape, mais jamais il n'a été reçu. Pourtant le pape au fond était seul responsable, car jamais Folchi n'avait fait une affaire sans le consulter. Mais il ne se plaint pas, très religieux, très soumis, gardant ses secrets, et s'inclinant. Il n'est pas cardinal, est resté *monsignor*.

Au fond le pape a été le véritable artisan de sa ruine par son caractère intéressé, son désir de gagner beaucoup d'argent. (Ces quartiers qu'on construisait et qu'il voyait de ses fenêtres.) On dit que la perte fut de dix millions (d'autres disent vingt-trois, et même trente-sept). Aujourd'hui c'est le cardinal Mocenni qui administre tout, l'argent que lui donne le pape, plus le patrimoine de Saint-Pierre. Dans l'argent que le pape a touché, il faut faire entrer celui des deux jubilés, le premier trente millions au moins, et le second cinq ou six seulement. Le denier de saint Pierre ne produit guère que trois millions par an. L'Amérique donne beaucoup. Autrefois la France donnait près de deux millions, aujourd'hui un à peine. Pourtant le pape n'est pas embarrassé, il joint toujours les deux bouts. Il n'avoue pas la perte dans la crise, on ne sait jamais aucun chiffre précis. Quand il a besoin d'argent, le cardinal Mocenni va chez le pape, une fois par mois, et le pape donne toujours la somme nécessaire.

C'est dans un meuble de sa chambre que le pape met l'argent, placé contre la cloison de droite, en regardant les deux fenêtres ; alcôve au fond. Personne n'entre dans sa chambre quand il n'y est pas. Il ferme et emporte la clé dans sa poche. Pendant que les domestiques font la chambre, il reste dans la chambre voisine. L'argent est dans le meuble, les billets dans des enveloppes, puis des rouleaux d'or (on vient de poser des calorifères au Vatican et c'est pendant ce temps que Ziegler a pu prendre des vues des appartements). Aucune crainte de manquer d'argent : s'il faisait un appel direct aux catholiques, des millions tomberaient dans sa caisse. Il n'a pas réduit ses dépenses et il fait sûrement des économies pour son successeur. Aime sûrement l'argent pour lui, par une manie de vieillard qui aime à le toucher, à le ranger, à le compter quand il est seul ; mais l'aime aussi pour le triomphe futur de la papauté, et c'est là-dessus que j'insisterai pour la beauté de la figure. Pendant les pèlerinages, on lui donne des calottes blanches pleines d'or, des aumônières aussi. Les pères de l'Assomption, pendant un pèlerinage, lui apportèrent la collection complète de leur journal *La Croix*, et, ce qui valait mieux, des rouleaux d'or. Les pèlerins à genoux, tremblant, pleurant, idiots, tendant des bourses, des aumônières, des calottes blanches pleines d'or. Le pape a encore aujourd'hui un homme de confiance, Mgr Marzolini, qui fait ses affaires d'intérêt particulier et d'argent. Le pape a chez lui des sonnettes électriques, sonne ses domestiques, *bussolanti*, et leur donne ses ordres. Il parle communément en italien. Il parle avec une telle lenteur en français qu'on peut écrire ses paroles : prononce à l'italienne des discours appris par cœur. Jamais il n'abandonne rien au hasard. Joue un rôle. Un pur intellectuel. Une opinion extraordinaire de lui et de la papauté : orgueil démesuré. À toujours compté sur son triomphe, exigeant tout jeune de ses parents le soutien pour monter très haut, certain de leur rendre. Gesticule beaucoup en parlant, comédien. À presque toujours un mouchoir à la main pour s'essuyer, car il prise. Le masque de Voltaire, bouche immense, grandes oreilles.

Sur l'étage qu'il habite, se trouve la salle du consistoire, où il reçoit jusqu'à trois cents ou quatre cents personnes à la fois. Ou bien il reçoit dans la salle du trône, pour les audiences particulières ; ou dans la salle du *tronetto* plus petite : un trône et des tabourets. Ou plutôt dans sa chambre. Il y couche, y mange, y travaille, y reçoit : tout. Le soir à huit heures, après le dîner, un cardinal ou un familier pourrait amener quelqu'un pour une audience secrète. On raconte qu'un personnage mystérieux fut ainsi amené un soir, dont jamais personne n'a connu le nom (ce serait le comte de Paris, il y a dix ans). À partir de la nuit, les gardes nobles, les camériers s'en vont ; et il ne reste guère que les *bussolanti* (les valets de pied qui sont vêtus de damas rouge). Tout le Vatican est noir et silencieux. Les pièces ne sont éclairées que par des lampes à l'huile posées sur les meubles. Seul le grand escalier est un peu éclairé, ainsi que la cour Saint-Damase. Jusqu'à dix heures les gardes suisses restent sur les paliers, et on n'entend dans le sommeil du palais que les pas de ces gardes qui vont et viennent. À chaque pièce n'est plus qu'un *bussolante*. La salle Clémentine est la première pièce où l'on entre, à l'étage du pape, pour aller chez lui : salle immense, très belle de décoration. Mais les meubles sont assez disparates. Des tapis pourtant dans la chambre du pape. Manque de confortable. Un seul domestique couche dans la chambre voisine de la sienne ; et il s'enferme, ne veut personne avec lui. Ce qui inquiète, on voudrait plus de précautions pour un vieillard de son âge. Il veut rester seul par indépendance, autorité, et pour son argent aussi sans doute.

Il mange dans sa chambre, sur un petit guéridon. (Quand Pierre arrivera, le pape achèvera à peine de manger. Le vieillard d'abord avec toute son humanité ; puis je dégagerai la grande figure du pape.) On lui apporte sa nourriture dans un panier, ou plutôt une sorte de caisse en bois avec deux anses. Tout y est. Il boit un peu de bordeaux. Très sobre, mange à peine. Le matin café au lait. À onze heures tasses de bouillon (toujours du bouillon, en offre parfois aux cardinaux, tous ces vieux ayant besoin de se restaurer). Il n'a pas d'heure bien fixe. Vers une heure, un potage, un peu de viande avec de la friture autour, *fritto misto*, et un peu de légumes. Le soir, les restes du matin. Son ordinaire est estimé à huit francs par jour. (Ô jours splendides de Jules II, de Léon X, et des Borgia, Alexandre VII !) Il garde d'ailleurs toutes ses facultés. Ne perd qu'un peu la mémoire des faits immédiats, tandis que sa mémoire est très sûre pour les faits anciens. Il recommande à un cardinal de faire une chose. « Mais, Saint-Père, je l'ai faite. – Ah ! oui. » (Devant Pierre.) Va au jardin seulement quand il fait beau. Il marche d'ordinaire entre un prélat (à sa droite) et un garde noble (à sa gauche). Il cause de Rome, très au courant des choses qui s'y passent, des événements importants dans la société, finance aussi. S'arrête parfois pour interroger un jardinier. A fait un jour descendre un prélat pour faire monter le duc de Gallese dans sa voiture.

JEUDI 22 NOVEMBRE

J'ai causé ce matin avec un rédacteur de *La Tribuna*. À Rome, pas de véritable sentiment religieux, rien que pour la forme, par intérêt, par politique, ou par superstition. De l'affectation aussi. Aucune lutte religieuse, la Réforme n'a pu agir, aucun schisme, impossible sur cette terre conquise. L'aristocratie s'appuyant sur la papauté. Avant 70, un prince tenait aisément son rang, payait un domestique quinze ou vingt francs par mois ; tandis que maintenant son train de maison coûterait trop cher. Une fortune morte comme je l'ai expliqué, et dès qu'ils veulent spéculer tout croule. Le peuple patriotique et libéral, excepté le petit peuple du Vatican. Ce qui fait que les églises sont assez fréquentées, c'est ce côté formaliste, intéressé ou superstitieux de la religion, dont je viens de parler. L'aristocratie s'y mêle au peuple, pas de places marquées dans les églises. Les églises paroissiales, clergé nombreux, curé, vicaires, chanoines. Les chapelles ont des chapelains. Beaucoup de chapelles desservies par des ordres. Tous les ordres représentés à Rome. Des chapelles de pénitents aussi. Des réguliers près de leurs anciennes églises. Les séminaires : Allemands, rouge ; Italiens, violet sombre ; Américains, noir avec ceinture rouge ; Portugal, noir avec ceinture noire, bordée de jaune.

Maintenant, entre l'Italie et la papauté, il est à croire que tout ira en s'arrangeant. Le pape ne peut qu'être un Italien, car le gouvernement ne tolérerait par exemple pas un pape français qui l'injurierait, ce qu'il tolère d'un pape italien. Les plaintes pour la forme toujours : « Ces hommes perfides », etc. Il se plaint toujours, pour que l'argent vienne. S'il menace de quitter Rome, c'est pour se faire désirer. En cas d'une guerre, d'une occupation de Rome par l'ennemi, qu'arriverait-il ? Mais Rome ne peut guère être occupée, embarras pour un victorieux. L'Italie ne peut pas faire autrement que d'être à Rome, et elle souffre d'être à Rome. On a coupé la moisson avant qu'elle fût mûre (l'espoir d'une grande capitale avec les constructions nouvelles). Attendre maintenant pour récolter.

Dans le journalisme on a fait de grands progrès, à Rome surtout. Il n'y avait autrefois que *L'Osservatore Romano*, journal du pape. Maintenant, il doit être subventionné. Les luttes cléricales sont à Turin, à Milan, partout où la vie est active et prospère. La liberté a sûrement profité à la lutte religieuse. Ainsi voir l'Amérique. À Rome, tout se passe trop dans la cuisine. De même que Notre-Dame de Lourdes ne guérit plus personne à

Lourdes, de même à Rome l'indifférence s'est faite, la religion ne passionne personne. Cela n'existe pas. Le Vatican n'est qu'un pouvoir à côté d'un autre.

Quel est donc ce pouvoir du pape au-dehors, c'est celui que j'ai étudié dans *Lourdes*, le pouvoir du surnaturel, la prise sur les âmes affamées d'infini, de prodiges, de justice et d'absolu. Par là, la religion, le pape sont tout-puissants. Ils peuvent être petits à Rome, se perdre dans des niaiseries, des formalités, des cancans de portières, des diplomaties de vieilles femmes jalouses et perfides ; ce qui les rend très forts, ce qui leur fait gouverner quand même le monde, c'est qu'ils ont été jusqu'ici les vendeurs d'Au-delà, les maîtres des âmes. Tout le reste me paraît assez pitoyable, tout en tenant compte pourtant de la très réelle intelligence de Léon XIII. Mais comme il serait emporté depuis si longtemps, s'il n'était pas l'indispensable idéal pour des millions d'hommes !

J'ai causé le soir avec M. Carry. Voici de nouvelles indications sur la congrégation de l'Index. Les cardinaux membres, seuls, se réunissent sous la présidence du cardinal préfet. Les consulteurs sont des prélats ou des religieux ; on choisit de préférence un théologien, pour qu'il soit apte à juger les livres incriminés. Un livre est dénoncé, et c'est dès lors le secrétaire de la congrégation qui s'occupe de l'affaire. Toujours un dominicain. Le livre est remis à un ou plusieurs consulteurs, qui l'examinent et font un rapport. Ce rapport est lu à la congrégation, assemblée qui juge sans appel. Les réunions sont fort rapport. Si le livre de Pierre était déjà condamné, il devrait écrire lui-même un mémoire justificatif qui serait remis aux consulteurs et sur lequel il y aurait un nouveau rapport et une nouvelle décision. Mais il est très rare que la congrégation revienne sur sa décision : seulement quand la condamnation porte sur des points spéciaux, et qu'en retranchant ou en modifiant certains passages on puisse autoriser une nouvelle édition ainsi expurgée. Tout dans la congrégation par l'intrigue. Que de livres dont la congrégation ne s'occupe pas et qui mériteraient d'être interdits, lorsqu'elle frappe des livres beaucoup plus innocents. Il faut d'abord que le livre soit dénoncé, et le plus souvent il l'est par un ennemi. Ce n'est pas toujours l'auteur que l'on veut atteindre, mais quelqu'un par-derrière. Pourquoi celui-ci, pourquoi pas celui-là ? C'est que des ennemis agissent de tout leur pouvoir. Donc, bon plaisir. Quelqu'un à frapper. Ainsi, l'archevêque de Tours, aujourd'hui cardinal pourtant, passait pour être libéral et était assez mal vu au Vatican : aussi, pour lui être désagréable, a-t-on mis à l'Index un livre de son grand vicaire. Ainsi Lasserre aurait été frappé, parce qu'on voulait atteindre derrière lui les sulpiciens. C'est un prélat, Mgr Fèvre (?) qui l'a dénoncé. À Rome même, au Vatican, on convient que la congrégation est un nid d'intrigues et une source d'abus, où se satisfont les rancunes personnelles et l'on avoue qu'il faudrait la réviser. Elle tombe en ruine, elle est souvent ridicule et injuste. Faire dire tout cela. Vouloir gouverner, bien ! mais au moins avec des armes possibles, qui ne révoltent pas et ne fassent pas sourire.

J'ai donc résolu ceci : Pierre aura publié un livre, et il sera prévenu à Paris qu'un adversaire, son évêque, son curé (?), pour l'atteindre lui ou quelqu'un derrière lui, a dénoncé son livre. Toute une intrigue religieuse, et mêler même les pères de Lourdes. Un passage où il pourrait parler de Lourdes, ce serait excellent et amusant. La grande influence des pères de Lourdes, à cause de l'argent envoyé. Donc l'affaire s'instruit ; mais, comme elle peut durer un grand mois, la congrégation ne se réunissant que rarement, Pierre peut accourir à Rome avant que la sentence soit rendue. Le voilà à Rome, et tout ce qu'il aura à y faire. C'est le secrétaire, le dominicain, adversaire de Pierre, qui est la cheville ouvrière de tout. Puis le prélat consulteur, un professeur à l'université Grégorienne. Soutane noire, à collet violet. Habite la place Navone. Enfin les cardinaux membres de la commission.

Le pape, paraît-il, lit beaucoup les journaux, et il est très sensible à ce qu'ils disent de lui. Aimant l'éloge, hors de lui, très affecté, devant la moindre critique. Peu au courant des choses en somme, et donnant une importance exagérée à certains détails qui le frappent. Tous les soirs, il lit les principaux journaux de Rome, *La Tribuna* surtout. Il lit *Le Figaro* aussi. Très pénétré de l'influence de la presse.

J'ai fait dans l'après-midi une courte promenade. Au palais Cenci. La via Arenula a éventré le vieux quartier, et le palais est resté sur une petite place solitaire, tout à côté de la via Arenula. Un grand bâtiment carré, par trop noir, avec la nudité habituelle des façades. Il est entièrement loué à des particuliers. Du linge sèche dans la cour. Une fontaine à l'angle droit. Une femme qui puisait de l'eau nous a dit en souriant qu'on pouvait entrer. On tourne autour du palais, mais la très étroite ruelle derrière. Le curieux est la voûte ronde, très vieille, qui est dans la rue de droite, tenant au palais, enjambant la rue qui s'appelle via dell'Arco Cenci. J'ai suivi la via delle Botteghe Oscure, dont le nom m'intéressait. C'est une petite rue Giulia avec des palais et des maisons mornes ; quelques boutiques, très rares, dans des rez-de-chaussée sombres. Tout ce quartier, au bas du Capitole, est formé de rues étroites et tordues, s'emmêlant les unes dans les autres. De vastes palais noyés dans cette confusion de maisons mornes. Humidité, silence et parfois désert. Les voitures doivent tourner continuellement. Comme il n'y a pas de trottoirs, les gens marchent au milieu de la rue ; aucun n'a l'instinct de filer le long des maisons ; et c'est ce qui explique que les voitures vont continuellement au milieu du monde qui se dérange à peine. Je ne comprends pas comment on n'en écrase pas très souvent. Ils ne se dérangent que sous la tête des chevaux. L'enfer des chevaux. On monte et on descend toujours, le pavé est glissant, surtout le soir, où une humidité le mouille. Il faut que les chevaux aient des jambes et des poumons. Ils sont très braves. Quand un tombe, il faut absolument qu'on le dételle, car sur le petit pavé et le plus souvent sur une pente il ne peut se relever.

Place du Capitole. Elle n'est pas dans l'axe de la via d'Aracœli, ce qui fait qu'elle n'a pas de vue. Quand on a monté la rampe d'accès, les larges marches bitumées à bordures de pierre, entre le petit jardin à palmiers de gauche et les arbres de droite, on arrive sur la place du Capitole. Les deux antiques, homme et cheval, très solides, très beaux (voir d'ailleurs le guide pour la description exacte). Le soleil couchant dore le monument de gauche, belle lumière jaune, place très gaie à ce moment. Mais ce qui frappe, c'est qu'il n'y a pas de vue, la via d'Aracœli se coupe, on ne voit que quelques toitures et le sommet d'un dôme au loin. Cela surprend, cette place fermée, quand on arrive avec l'idée du Capitole, un lieu qui devait dominer et régner. Donc, une place enfermée entre ses trois palais, petite, manquant de grandeur, mais fort intéressante. Le palais du fond est plus jaune. L'escalier de Michel-Ange, disproportionné. Dans une niche, à la fontaine du fond, une petite Minerve grecque, que flanquent à droite et à gauche deux grandes figures de fleuves. Les palais à droite et à gauche ont des portiques ouverts. Chaque palais a sept fenêtres de façade. La tour s'élève à deux étages d'arcades, avec une grosse horloge, sur le ciel bleu. En haut, au-dessus des corniches, chaque palais a huit statues qui se détachent en plein ciel et qui ont l'air fort petites. Au milieu, la très belle statue de Marc Aurèle, en bronze, avec des restes de dorure. Le pavé de la place, petit, a des bandes blanches qui convergent au centre. Des femmes pauvres des quartiers populeux voisins viennent travailler là au soleil. Beaucoup étaient assises sous le portique de gauche. Des enfants crient et jouent, comme une école en récréation. Quelques guides attendent l'étranger en se promenant, boutonnés dans des paletots douteux. Bien que les voitures puissent monter par la gauche et s'en aller du côté du Forum, la place n'est pas un passage habituel, et elle est généralement sans voitures, avec sa petite population particulière. Seuls des étrangers montent là en voiture, et les rares voitures attendent, pendant qu'ils visitent le musée.

DU VENDREDI 23 AU MERCREDI 28 NOVEMBRE

Je suis parti pour Naples le vendredi 23 novembre, et j'y ai passé le samedi 24 (à Pompéi), le dimanche 25 (au musée de Naples, promenade au Pausilippe, visite aux journaux, soirée chez le duc Caraffa d'Andria), le lundi 26 (promenade à Capri, le soir banquet au Scoglio di Frisio), le mardi 27 (ascension du Vésuve) et je suis retourné à Rome le mercredi 28, après être monté le matin à San Martino.

C'est un soir, le samedi, je crois, que j'ai causé avec le comte Bertolelli, et qu'il m'a donné les notes suivantes que j'ai prises au crayon.

Cenci, éteints. Les Bolognetti, prince de Vicovaro a pris le nom de Cenci. Le palais loué à des pauvres depuis cent ans. Pas de peintures. Borghèse (le palais), le bas est loué à une maison de vente, le premier à une loge maçonnique ; aussi, le premier, à un cardinal ; le second à des familles. Le palais Chigi, le rez-de-chaussée à des banques ; le premier, une banque, et à l'ambassadeur d'Autriche près du roi ; au second, le prince, sa famille et un cardinal. Le palais Sciarra : au rez-de-chaussée le prince et sa mère ; le premier, le ministre des Affaires étrangères ; au second, un sénateur. Le palais Odescalchi : le prince au premier ; le second loué, et rez-de-chaussée. Bonaparte, ministre des Pays-Bas ; le second à louer. Doria, l'entrée du prince sur le Corso ; les côtés sont loués, banque et famille. Altieri, loué, la Cour de cassation au premier. Colonna, tout loué ; le prince y habite. Farnèse, à l'ambassade. Les Farnèse éteints, les Borgia, éteints. Aldobrandini, le prince seul, pas loué. Nombreux, père, un fils et une fille mariés. Salviati (Corso, devant les Doria), premier à la famille, second loué. Barberini, tout loué, le premier et le second ; eux, au troisième où logeaient les domestiques. Ceux qui sont restés riches : Odescalchi, Aldobrandini, Caetani, Rospigliosi. Les fortunes ne se renouvellent pas et se partagent.

La bourgeoisie n'a pas de grandes fortunes. Pas de bourgeoisie riche ; on tombe des princes aux employés. Pas d'industrie. À Milan, oui. Personne ne vient à Rome ; ceux qui sont venus ont été pris dans la crise ; alors, on n'y est pas revenu. Quelques familles venues de la haute Italie reçoivent dans l'intimité, comme les princes. Pas de lutte entre les salons. Les femmes des hauts employés reçoivent l'après-midi ou le soir, dans l'intimité. Pas de lutte, personne ne s'y intéresse. Les femmes des employés et les princesses ne se reçoivent pas : se regardent comme des chiens de faïence. Les femmes des employés ont tenté de se faire recevoir. Pas de lutte ouverte. Les princesses dédaignent, affectent de ne pas s'en occuper. Comme elles s'intéressent aux cocottes. La femme d'un ingénieur riche (M. Rava), très belle. On se voit en voiture, au théâtre. Elles se mêlent dans les fêtes de charité. Les savants et les lettrés reçus dans quelques salons. Mme Rava aurait pour amoureux un député de Milan. Les princesses s'occupent d'elle. Les femmes d'employés s'occupent plus des amours des princesses. Au commencement, tentative d'entrer dans la haute société ; mais échec. Les officiers supérieurs sont reçus s'ils sont de la noblesse. Les autres non. Les princes riches vont à pied ou en *botte*. Ils ont des voitures, mais les laissent aux femmes. Odescalchi n'a que deux chevaux. Doria (sa femme est anglaise) vit sur un grand pied. Caetani vit chichement. Une ou deux fois par an (pour toutes les familles de Rome) Doria, Caetani, Odescalchi, réceptions comme celle que j'ai vue. Les hivers de Rome sont faits par les fêtes que donnent les ambassadeurs étrangers. Les petites familles d'employés (nouvelle bourgeoisie) donnent des bals, des réunions intimes.

Les princes et les princesses (Doria) avec la colonie étrangère, des ambassades aussi et des officiers de cavalerie chassent le renard, à Caecilia Metella (via Appia). Rendez-vous à une heure à Caecilia Metella. Poursuite du renard. Une meute de chiens, braques, grandes oreilles. Des piqueurs sonnent la trompe. Un directeur payé conduit la chasse. Messieurs en habit rouge, les dames en amazone noire. Des dames vont voir le départ. Un buffet, une heure de conversation. La chasse très sérieuse à cause des obstacles dans la campagne romaine, ou mur, ou barrière, ou ruisseau. Des têtes fendues. De décembre à avril. Beaucoup de renards, on les trouve par hasard. Toujours un, ou deux, ou trois. Pas de fusil. On suit les chiens qui finissent par prendre le renard. Il y a le leveur (?), le batteur qui bat le bois. Cela dure, le galop a duré deux ou trois heures. À quatre heures on rentre. On part à une heure. Le rendez-vous à midi. Le grand plaisir de Rome. Le théâtre et les promenades à la villa Pamphili, parce que les voitures numérotées n'entrent pas. La cour donne deux bals pendant le carnaval. Tous ceux qui veulent assister à ce bal doivent être présentés d'abord à la reine (les étrangers par leurs ambassadeurs).

Au Vatican, les princes non ralliés au roi sont : les Borghèse, les trois familles (trois branches) Borghèse, Salviati et Aldobrandini, Massimo (le prince), Rospigliosi (le prince père et le second fils, l'aîné a fait adhésion). Ceux-là ne vont jamais à la cour, les autres y vont. Torlonia, pas ruiné, à cheval entre le Vatican et le roi, toujours hésitant, finira par être sénateur. Les princes Orsini et Chigi et Ruspoli, bien avec le pape, par les fils. Deux princes assistants : Orsini et Chigi. – Ruspoli, maître du conclave.

J'ajoute les notes suivantes données le même soir. Sur les gardes nobles. Autrefois soixante. Ils ne sont plus guère que quarante. Tous le grade d'officier. Le sergent-capitaine, etc., et le capitaine-général. Autrefois, tous les fils de famille ambitionnaient d'être gardes nobles. On paradait dehors devant les dames, cela était très bien porté. Mais maintenant, il n'y a plus que les décavés, les pauvres, qui se font gardes nobles pour la très maigre solde. Ils ne sortent plus, ils sont à l'écart. Les gendarmes du pape n'ont jamais été très bien vus. Les gardes suisses ne sont que des mercenaires.

Les sorties du pape autrefois. Le carrosse traîné par quatre chevaux, les jours ordinaires. Par six chevaux, les jours de gala. Toutes les cloches des églises devant lesquelles passait le pape devaient sonner. Un avertisseur courait en avant, qui arrêtait les voitures : les femmes se mettaient debout, les hommes devaient descendre et s'agenouiller.

Maintenant mon séjour à Naples. Surtout sur le peuple. Le quartier du port et de Sainte-Lucie (Santa Lucia). Les rues étroites qui descendent, dont les toits se touchent, et le linge, et l'humidité, et l'odeur nauséabonde. Toute la vie dehors. Des balcons légers suspendus à toutes les fenêtres, et les femmes, les enfants sur les balcons, quand ils ne sont pas dans la rue. Le panier qui descend au bout d'une corde, pour les provisions : la femme se penche, crie au marchand ce qu'elle veut, et la quantité, met l'argent dans le panier, le descend, et le marchand met à son tour la marchandise qui remonte. Des femmes installées sur les balcons cousant, se peignant. Mais surtout dans la rue : on y fait tout, on s'y lave, on s'y pouille, on s'y habille, on y mange, on y passe les journées entières. Des femmes debout, assises. Des hommes à la file, accroupis au bord du trottoir. Des enfants qui jouent. Des troupeaux de chèvres qui passent, qu'on trait. Et de la nourriture partout dans des petites voitures, que de grosses lanternes carrées éclairent le soir, sur des éventaires, des petites tables, éclairés de la même façon. Des grenades, des fruits, de la friture, du poisson, des coquillages. Enfin des nourritures toutes faites, qui traînent au milieu de la cohue et qui permettent de manger là, sur le trottoir, sans faire de cuisine. Des voix criardes, des rires, des bousculades (l'Estaque), des glapissements d'enfants. Encore une fois, la vie au-dehors dans ce qu'elle a de plus abandonné et de plus insouciant. Des chants, de la musique, une insouciance extraordinaire, une misère gaie, qui n'a pas froid. Les réflexions de Pierre : Ah ! pauvre peuple gai, si enfant, si ignorant, et qui ne se plaint pas de sa misère. Certainement la démocratie la moins consciente d'elle-même. Faut-il se fâcher pour lui, désirer plus de science, plus de bien-être ? Il ne demande rien, heureux de vivre pour quelques sous par jour. La fille qui riait, chantait, gesticulait, prenait des pierres qu'elle lançait comme un gamin. De brusques fusées de rires. Les faces brunes, d'un jaune mat, expressives, pas belles, avec de beaux yeux noirs et des cheveux d'encre mal tenus. Grosses voix communes. Et avec toute cette gaieté au soleil, un sentiment d'infinie tristesse qui se dégage : peut-être cette tristesse était-elle en Pierre.

Maintenant l'ascension au Vésuve. Les grandes coulées de lave avec la date des éruptions. On peut les suivre, par exemple les deux de 72 (?) qui ont passé à droite et à gauche de l'Observatoire, intact sur son monticule. L'une des traînées est visible jusqu'au bas du Vésuve. Dès que des années passent, l'herbe reparaît, une végétation puissante reparaît. Des vignes, des oliviers, des figuiers, des peupliers, plus haut des châtaigniers. Les villages menacés sont, après Portici, Resina (?) et surtout Pugliano (?), sur la pente. Mais surtout l'impression profonde est lorsqu'on monte à travers les laves. Un champ hérissé, déchiqueté ; un bouillonnement solidifié ; des formes affreuses, convulsées, tordues comme des membres gisant dans un pêle-mêle affreux : on dirait un champ de noire bataille, des entassements de morts aux jambes et aux bras tordus, confondus, aux ventres plissés, arrachés, aux carcasses ouvertes, aux entrailles nues déroulant des viscères géants. Tout cela sombre, noirâtre, veiné de rouge et de jaune, et sur des étendues immenses, sur des pentes qui dévalent sans fin. Des champs funèbres bossués, pleins de vaux et de monts, refluant, émergeant en flots brusques et pétrifiés, se creusant en gouffres, coupés de fissures, ravagés de remous sans fin. Le flot noir et épais qui s'est déversé d'une cuve gigantesque et que le refroidissement a immobilisé dans l'horreur du désastre. Ensuite commence le cône de cendre, uni, d'un gris morne. Le soir, le Vésuve au soleil couchant. Tout le mont devient d'un bleu violâtre. Les effets changent de minute en minute. Des bleus marine, des violets sombres, des mauves teintés de vert. La fumée devient rose, dans les derniers rayons, et on la dirait colorée par la flamme intérieure. Elle monte en un lent déroulement ; tandis que, dans le ciel pâli, elle s'amasse au loin en un long nuage immobile et d'un rouge sombre, barrant tout un coin de l'horizon. L'éruption. Le sol tiède. De petites fumées sortant du sol, à mesure qu'on approche du cratère. Les bruits de détonations lointaines qu'on entend grandir, à mesure qu'on s'approche. Et au bord du cratère. Dans le cratère, un autre petit cône de cendre noire s'est formé. Au centre est la bouche d'où s'élève sans cesse un tourbillon de fumée blanche. Le bruit souterrain est continu. Un bruit de grondement, de détonations continues. C'est comme un dégorgement pénible, une force qui veut sortir et qui ne le peut. Puis, le dégorgement se fait, une détonation plus forte se produit ; et des pierres incandescentes sont lancées, des pierres d'un rouge d'enfer, qui semblent d'une légèreté de papier enflammé, et qui retombent. Leur rouge ardent s'assombrit tout de suite et, sur la cendre noire, elles tombent noires. Quelques-unes, les plus grosses, s'y éteignent, d'un rouge sombre qui meurt. Le vent poussait la fumée de l'autre côté. Quelquefois le cratère s'emplit de fumée et l'on ne voit plus rien. Il faut qu'il se dégage, pour qu'on aperçoive distinctement la bouche et le jet du feu. Les tourbillons de fumée ne cessent pas. Odeur très sensible de soufre. L'admirable horizon qu'on a du Vésuve ; tout le golfe étalé.

De San Martino, au-dessus de Naples. Les bruits qui montent. Le grondement des voitures comme une basse continue. Mais là-dessus des voix des marchands ; et parfois une voix si distincte, d'une clarté si musicale, qu'on saisirait les mots. Des bruits de maillet qui viennent du port. Des bruits sonores de cloches qui montent. Il n'y a peut-être pas de conditions spéciales d'acoustique. Jamais je n'ai entendu si nettement, réunis en une seule voix, tous les bruits d'une grande ville. C'est prodigieux d'ensemble et de détails à la fois.

Je suis donc rentré à Rome le mercredi soir 28.

JEUDI 29 NOVEMBRE

Tout de suite quelques détails que j'ai eus sur le pape. Les yeux surtout sont beaux. Très noirs, très vifs dans le visage de cire. Une grande pureté, une grande honnêteté. Il regarde en face, on ne peut supporter le regard. Il faut qu'on dise la vérité. Très intelligent, une vaste intelligence. Il a l'intuition de ce qui se passe au-dehors, dans le monde moderne : de là, sa politique, son idée de défense pour la religion, d'unir toutes les communions, de fondre les Églises d'Orient dans l'Église catholique, de rêver même d'y fondre les Églises anglicanes ; et aussi sa douceur pour l'Amérique, où il sent la menace d'un schisme. L'idée du schisme inévitable le tourmente : il voudrait resserrer l'unité de l'Église, la rendre une et forte contre les assauts de la démocratie et de la science qu'il sent venir du dehors. De là sa curiosité de voir Pierre dont il a lu par hasard le livre (on ne lui donne d'ordinaire que des fragments, son entourage exécrable). Et de là ses réflexions devant la Rome moderne qu'on bâtit sous ses yeux. Je le répète, l'intuition très intelligente, très droite, de ce qui se passe au-dehors. La menace contre l'Église, si elle n'est pas politique et ne se défend pas. Très supérieur à tous ceux qui l'entourent, d'une vue, d'une intuition beaucoup plus lointaines. Vieux et chagrin, inquiet de ne pouvoir tout faire ; se disant que l'Église est éternelle et que son successeur continuera (?). Mais pourtant séparé du monde depuis seize ans, n'en recevant que les échos, influencé malgré lui par son entourage, écrasé sous la tradition, tout le passé qui l'entoure et l'écrase, ayant la nécessité de l'argent qui le lie, le rend tributaire des évêques et des congrégations (mon cas), et enfin prêtre, et prêtre italien, avec toute l'éducation, la race, les habitudes, les superstitions. Tout ce qui le diminue. La préoccupation de son successeur (?). Et ne pas oublier d'en faire un *prêtre italien* tel que je le conçois, ministre du Dieu auquel on doit obéir, le seul pouvoir raisonnable sur la terre. Orgueilleux avec cela, le sang d'Auguste, comme ils sont tous, le *pontifex maximus* voulant laisser une œuvre. Et cela dans un petit corps frêle de vieillard assez malpropre. Le vieux papa Pecci, comme il dit : il ne veut pas que la photographie fasse le papa Pecci laid, tel qu'il est, il veut qu'on l'embellisse, qu'on fasse Léon XIII. Donc la première impression peut être le vieillard pauvre et frêle ; puis la majesté morale, le pontife unique ; puis l'intellectuel qui a l'intuition du dehors, sans pouvoir se rendre un compte exact des choses, écrasé sous toutes les fatalités du milieu et de l'éducation.

La vente des reliques à Rome, telle qu'elle m'a été contée. Des petits reliquaires anciens vendus couramment. Un corps entier de saint à vendre avec les attestations des évêques.

Sur Rome. La fausse situation de Rome capitale. Ce n'est pas elle comme Paris qui a fait la France, d'où est parti le travail d'unité, qui s'est imposée par sa longue histoire nationale, ses rois, ses grandeurs, sa royauté française. Elle était la ville des papes, et non la ville de la monarchie italienne. On ne l'a donc choisie que pour sa grandeur passée et morte. Elle n'est qu'une idée, qu'un décor grandiose. Mais les Romains restent à l'écart, comme étrangers au reste de l'Italie : ils regrettent peut-être le pape, la fusion n'a pu se faire en vingt-cinq ans, et leur âme est ailleurs. Aussi restent-ils à l'écart. Je suis un Romain de Rome. L'orgueil immense, l'idée que la Ville Éternelle est le *caput mundi*, la tête du monde. Ils traitent tous les autres Italiens de *buzzurri* (étrangers, je crois). Le peuple très ignorant ; seulement, quelques traditions républicaines, restes de 48, et des *carbonari*. Tout ce mouvement reste à étudier. Les Romains ne font rien, ne veulent pas travailler : ruine d'un peuple comme ruine d'une ville. Et la transformation de la ville avec cela. Mais, naturellement, toutes les autres villes jalousent Rome, sauf Venise qui est, comme elle, une ruine, un musée. Naples est à part, une colonie restée grecque. Florence se dit l'intelligente et ne comprend pas qu'on lui ait préféré Rome. La Toscane est l'Italie, fine, cultivée et artiste. Milan se dit le travail, l'industrie. La vraie capitale moderne, et on l'aurait sans doute choisie, sans Rome avec son passé auguste. Toujours cet embarras avec Rome, qu'on ne pouvait pas ne pas choisir et dont le choix a des conséquences si fâcheuses. La fusion n'est pas faite, je le répète, et il faudra des années, et jamais Rome ne sera sans doute la capitale moderne, mère de la patrie, éducatrice du pays, inspiratrice de la nation, âme vraie du peuple.

Le matin, après être allé m'entendre avec l'ambassadeur, M. Billot, pour une audience royale, je suis allé visiter le musée national, aux thermes de Dioclétien. C'est là qu'on met les trouvailles faites dans les fouilles de Rome. Quelques très beaux morceaux. Un cloître, avec des petits logements autour : chacun avec quelques pièces et une sorte de terrasse couverte, donnant sur un petit jardin. Dans quelques-uns de ces jardins, de beaux orangers.

L'après-midi, j'ai payé mes dettes, en acquittant les factures de tous les objets antiques que j'ai achetés. Et j'ai fait une visite d'adieu à *La Tribuna*.

VENDREDI 30 NOVEMBRE

Dans cette journée, je suis allé le matin poser chez Mme Le Lieure, où j'ai vu Ziegler, qui m'a donné des renseignements sur le Vatican que je vais transcrire.

L'après-midi, nous avons rendu visite à Mme Luzzatto, puis nous sommes allés chez M. Guillaume, directeur de notre École de Rome ; et ensuite chez M. Boselli, ministre des Finances, et chez M. Ferraris, ministre des Postes et des Télégraphes.

J'ai vu les photographies de l'intérieur du pape chez Ziegler, via del Mortaro, 19. – Mais d'abord les photographies prises dans le jardin. Une reproduction de la Grotte de Lourdes. Elle se trouve dans le bois, au fond, en suivant d'abord l'allée qui part du vestibule du musée des antiques. Des cartes de visite, laissées là par des visiteurs, sont piquées dans les fentes du roc. La tour de Léon IV. Là, le pape s'est fait installer une chambre à coucher. Une pièce unique, ronde naturellement. Le plafond, en forme de dôme, de voûte, est bleu, un ciel semé de constellations ; je crois que les figures symboliques des constellations s'y trouvent indiquées ; et le Lion a pour yeux deux étoiles, qu'on peut éclairer le soir. Flatterie, paraît-il. Jamais d'ailleurs on ne les aurait éclairées. Une table pour bureau, sur une estrade basse, avec un grand crucifix posé sur un pied, debout. À côté est une petite table, pour manger. Les murs sont peints, une draperie rouge et or (?) drapée à l'antique. Il y a, près de la petite table, un grand fauteuil doré aux bras à tête de sphinx. – On lit : « *Pro jubilaeo episcopali.* » Évidemment, c'est un cadeau d'un jubilé. – Dans une embrasure de fenêtre de la tour, se trouve une petite salle avec lit de repos. Il faut dire que les murs sont épais de plus de quatre mètres, ce qui a permis, en fermant l'embrasure, de la transformer en une petite chambre d'environ quatre mètres sur trois. On y voit un lit de repos et un fauteuil à oreillettes. L'étoffe doit être du damas, jaune et blanc. – À côté de la tour, il y a une construction, qui porte cette inscription : *Coffee House*. On n'a pu m'expliquer pourquoi, ni à quel usage elle servait. – À côté des vignes, sur un mamelon, au milieu d'un bouquet d'arbres, il y a ce qu'on appelle la « cabane suisse ». C'est une sorte de petit chalet. L'observatoire est installé dans une tour du mur de la cité Léonine. On en [...] le dôme blanc. L'Équatorial. – Le *roccolo*. Je crois que cela signifie le petit bois. La chasse au *roccolo*, à l'extrémité, sur la lisière d'un petit bois. Des filets rectangulaires, longs, sont tendus le long d'une allée, qu'ils bordent ainsi et ferment des deux côtés. On place les cages des appeaux au milieu de l'allée. Les oiseaux arrivent, se posent près des cages. Puis, quand ils sont assez nombreux, on produit un bruit brusque, on tape par exemple dans ses mains (le pape), et les oiseaux effrayés s'envolent et se prennent les ailes dans les grandes mailles des filets. Parfois, ils s'y prennent même en voulant se poser. Les filets ne bougent donc pas, ce sont les oiseaux, attirés par les appeaux, qui viennent s'y embarrasser, s'y prendre par les ailes. Le pape ensuite les mange. Il les aime beaucoup. Des becfigues, des rouges-gorges, des fauvettes, des ortolans.

Maintenant voici comment on arrive chez le pape. La porte de bronze. Le grand escalier carré qui monte à la cour Saint-Damase. Puis l'escalier. Une marquise et un perron. En dedans, après un palier, quatre marches. On tourne à droite, et là une sorte de palier, de vestibule, qui a, au fond, deux grandes fenêtres avec des vitraux, saint Pierre et saint Paul. L'escalier monte de là, escalier commode, marches très basses. Les parois sont en stuc, jaune antique. La rampe est de marbre blanc, à balustrades. On monte droit ; puis après un palier, on revient droit ; puis on file encore droit : en tout trois paliers, sur chacun, un garde suisse, casque et hallebarde. En bas, à la porte, un gendarme. Le soir, l'escalier est éclairé au gaz, de grandes lanternes. Mais éclairage faible ; morne et imposant. Un garde suisse est encore sur le palier de la salle Clémentine. Porte vitrée, dont un seul battant est ouvert. La description de la salle Clémentine est, paraît-il, dans tous les guides. Au fond de la salle Clémentine, près de la porte de l'antichambre, se trouvent généralement quatre ou cinq gardes suisses assis sur un banc. – À côté est un râtelier pour les hallebardes. Le garde suisse qui est en bas est armé d'un remington.

Voici par où il faut passer pour arriver chez le pape. Voir le plan. D'abord la salle Clémentine. – Puis la salle des Sediarii, où se trouvent *le soir* un ou deux *bussolanti* (en rouge). La première antichambre, où se trouve le jour de la garde palatine (boutiquiers de Rome), mais où le soir il n'y a personne. La deuxième antichambre, salle des tableaux, où se tiennent le jour les gardes nobles (personne ?). La salle des *arazzi*, personne. – La salle de la chapelle, personne. La salle du trône, personne. L'antichambre secrète, où est le secrétaire, dans le coin, entre la fenêtre et la porte. Puis dans la salle du petit trône, et enfin dans la chambre à coucher (l'ancienne). – Derrière les pièces, il y a un couloir (voir le plan), et l'on [peut] ne pas passer par toutes les pièces si on le prend. Alors, on tombe dans la petite chapelle.

Salle des tapisseries. – Dallée de marbre. Escabeaux de bois, à dossier, à peu près les mêmes partout. De très belles tapisseries des Gobelins, signées Audran. Face à la fenêtre (?) : Jésus faisant des miracles, guérissant des malades. Celle de gauche : *Les Noces de Cana*, je crois. Le plafond très décoré. Peinture à la fresque. Une haute frise peinte. Dans les coins, de grandes lampes sur des socles.

La chapelle. Une petite pièce au fond d'une autre pièce. Dans cette petite pièce, on voit l'autel, quand on ouvre la porte. Un autel avec un tabernacle couvert d'une sorte de draperie de soie brodée d'or. Un crucifix. Trois chandeliers de chaque côté. Le pape est seul dans la petite pièce avec les assistants. – La salle devant. Dallée de marbre. Des escabeaux de bois. Une console à droite, avec un crucifix, très haut. Deux lampes, puis deux candélabres avec bougies. Le plafond très orné, frises hautes, peintes et dorées.

Salle du trône. Le trône en face des fenêtres, en velours ponceau, pourpre. Baldaquin en velours avec franges d'or. Des cordons de sonnette à gauche et à droite avec glands d'or. Le trône sur une estrade très basse : c'est là qu'on s'agenouille. À côté le coussin rouge où le pape pose le pied, qu'on doit baiser. Le trône tout doré, les armes dans l'écusson du haut. Au-dessus, le Saint-Esprit, la colombe. Deux anges soutiennent les bras. Le siège est en forme de coffre, doré. Les deux tabourets, à droite et à gauche, que le pape fait avancer, quand il veut faire asseoir ; mais les gens qu'il laisse debout. Il allait s'accouder à une console, avec des Houx. Un tapis de Smyrne sous l'estrade ; puis, le marbre nu de la salle. Le panneau à droite, quand on fait face au trône. Une console Louis XV, marbre jaune. Une pendule entre deux lampes de porcelaine. Puis à droite et à gauche, deux candélabres avec bougies, sur des piédestaux, des socles, en bois peint et doré (?). Les murs sont couverts d'un damas rouge Louis XIV, à palmettes. Un plafond très orné, peint et doré. Sur le panneau de gauche, évidemment un crucifix, puisqu'il y en a un dans chaque pièce.

L'antichambre secrète. La pièce faisant le coin. Le mur faisant face aux deux fenêtres sur les Prati di Castello : sur une console, un crucifix, entre deux lampes, puis deux candélabres. L'étoffe des murs est du damas rouge, fond rouge et ornements jaune clair. Ce sont une série d'écussons dans des enroulements : avec les deux clés, avec la tiare, avec le lion une patte sur la boule. Louis XV. Sur le mur, à droite, en tournant le dos aux deux fenêtres, une horloge, cadeau : ébène incrusté de cuivre. Partout des escabeaux avec dossier. En somme, pas de meubles en dehors des consoles et des escabeaux. Le plafond à rosaces, blanc et or. Des frises très décorées. Dans le coin, entre la fenêtre sur la place Saint-Pierre et la porte donnant sur la salle du petit trône, se trouve une petite table avec buvard, plumes, encrier, où se tient le secrétaire du pape, qui annonce.

Salle du petit trône. Rouge, damas à palmettes Louis XIV. Face à la fenêtre : console avec grand crucifix, énorme, le Christ en ivoire sur ébène. Au pied, une Vierge en argent. À droite et à gauche, deux vases avec le portrait du pape, en porcelaine de Sèvres (un cadeau) ; puis deux candélabres à cristaux. Deux portières, à droite et à gauche, complètent le panneau. Trois fauteuils en velours rouge, bois doré. D'autres en soie brodée, bleue à dessins jaunes (?). Le trône au milieu du panneau de droite. Baldaquin en velours rouge. Les deux cordons de sonnette, à gros gland. Le tout sur une petite estrade. À droite et à gauche, les deux escabeaux de soie. Un tapis de Smyrne très épais recouvre le marbre. Le trône : deux lions portent les bras ; bois sculpté et doré. En haut, un bas-relief, bois sculpté et doré. Au coin, un vase sur grand socle, qui a son pendant près de la porte d'entrée (porte de l'antichambre secrète). – C'est là que le pape a reçu l'empereur d'Allemagne. En face du trône, l'autre panneau, une fausse cheminée drapée. Une pendule, entre deux petits vases, puis deux candélabres. Au-dessus le portrait d'un pape, avec la tiare (?). À droite et à gauche, deux grands vases sur des socles hauts, faisant pendant aux vases d'en face. Deux escabeaux pareils à ceux qui sont à droite et à gauche du trône couverts de soie unie, rouge clair. – On voit, par la porte, l'ancienne chambre, avec une chaise rembourrée, et une chaise, petite, à bois doré. Tapis dans cette salle du petit trône *(tronetto)*. – Il n'y a pas une seule cheminée dans les appartements du Vatican. On vient d'y faire mettre un calorifère.

Chambre à coucher. Le pape n'y couche plus : trop froid, trop grand ; et il coucherait maintenant à un étage supérieur, dans une sorte d'entresol, entre le deuxième et le troisième étage. – Je n'ai vu que le fond de la chambre, l'alcôve changée aujourd'hui en chapelle. Mais on peut reconstituer la chambre. L'alcôve est entre des colonnes, deux de chaque côté, blanc et or (?). Rideaux jaune clair. Tentures, damas Louis XIV. Un tapis de Smyrne. Évidemment, il devait y avoir une console avec un crucifix, entre deux vases et deux candélabres. – Puis un bureau avec des tiroirs, Louis XIV ou Louis XV, avec cuivres peut-être. Et un petit guéridon, une petite table pour manger. Des fauteuils de damas, des chaises. L'alcôve était grande, et il y avait là, outre le lit, modeste, caché, une chaise longue, sur laquelle le pape se reposait pendant le jour. Une armoire peut-être. En tout cas des malles, dans lesquelles on raconte qu'il serre son argent, l'argent du denier de saint Pierre.

La salle du consistoire. Je ne sais où elle est. Des bancs de bois, avec passages aux deux extrémités. On jette des tapis sur les bancs. Au fond, au-delà d'une barrière, un autel, surmonté d'un tableau représentant la Vierge et l'Enfant. Portière à droite et à gauche de l'autel. C'est par la porte à gauche derrière la portière, que le pape arrive. Le plafond, bois sculpté, caissonné. Au-dessous du plafond, une frise à fresque. Le pape s'assoit à gauche, sur un fauteuil, en dedans de la balustrade.

En somme, les appartements du Vatican sont une suite de salons fort imposants, avec des plafonds peints et dorés, des marbres, des tapisseries, des tentures de velours et de soie. Mais tout cela très inconfortable. Pas de salle à manger, pas de cabinet, pas de salle de repos et de toilette. Rien qu'une chambre à coucher, où le pape fait tout ; et le reste pour la réception. Aucun meuble, si ce n'est des consoles, des trônes, des fauteuils et des escabeaux. Les horloges, les pendules, les vases, les crucifix, même les trônes, sont des cadeaux de jubilés. Tout cela riche, raide, froid et pas commode. Toute l'ancienne Italie, avec son gala et son manque de vie intime et tiède. Il a fallu mettre quelques tapis, et on vient d'installer un calorifère.

Les gardes nobles, dans la salle des tableaux, s'assoient sur les escabeaux. Les *bussolanti* (le mot signifie huissiers) sont dans l'antichambre (?). Les garçons pour balayer, *scopatori*. – Des palefreniers, des cochers ; mais, maintenant que le pape ne sort plus, tout cela est bien diminué.

Notes pour le divorce. La femme, qui prétend être restée vierge dans le mariage, doit présenter un certificat de visite signé par deux médecins. Donc pas de matrone. Les médecins peuvent être remplacés par une sage-femme. On remet le dossier aux cardinaux. Et ces certificats, des mots très précis, entre les mains de ces bons cardinaux.

La commission de l'Index se réunit à la Chancellerie. – Et il en est de même de la congrégation du Concile.

Donc un mariage peut être annulé, en cour de Rome, pour impuissance prouvée du mari. Il en est du reste de même au civil ; et il est certain que, si un mariage était annulé au religieux, cela serait un argument puissant pour qu'il fût annulé au civil. Il faut donc que le mariage, dans ce cas, ne soit pas consommé.

La Daterie est à côté du Quirinal, dans la rue della Dataria : Rue très en pente. Une petite galerie, sur une arche, réunissait la Daterie au Quirinal. Et l'on m'a assuré que la porte de communication était murée.

Le pape. Calotte blanche (on en faisait commerce autrefois, des vieilles calottes). Soutane blanche à boutons blancs, en drap. Col carcan, blanc. Pèlerine courte, blanche. Ceinture blanche ; les bouts ont les clés brodées en or, et des franges d'or. Les mules sont en velours rouge, brodées d'or. Bas blancs. – Le cou est surtout caractéristique, très mince, très ridé, un cou d'oiseau très vieux et très blanc. En cire, diaphane, transparent.

SAMEDI 1ER DÉCEMBRE

Le matin, resté chez moi. Puis, à deux heures et demie mon audience chez le roi. Un brave homme, qui a l'air simple et bon. La cour d'honneur du palais, la cour d'une caserne, avec ses arcades et ses murs jaunes. Tout cela désert et assez grave. L'escalier aux marches très basses (comme au Vatican), tapis, silence. Le cabinet du roi, très simple. On m'a dit qu'il allait par n'importe quel temps se promener à la villa Borghèse. En simple victoria, lui en redingote et un aide de camp, le cocher et le valet de pied en livrée noire. Très simple. Deux chevaux. – Quelquefois, au printemps, il conduit lui-même, alors en phaéton, avec deux valets de pied derrière. Très beaux chevaux. Et il arrive alors qu'il emmène la reine avec lui. Très aimée, pas d'acclamations. Mais des hommes s'approchent, lui sourient, la saluent. Dire cela, payer ainsi ma dette à l'Italie. De braves gens, un peu au-dessous de la situation. Une reine (cousine du roi), cultivée, très au courant de la littérature, et très bonne, et très honnête. Elle est la seule à ignorer les farces de certaines de ses dames d'honneur. Je la verrai, je la décrirai sympathiquement. Vus tous deux par Pierre un jour, à la villa Borghèse ; et la sensation de ce ménage royal, bon bourgeois, la femme plus affinée que le mari.

Après avoir vu le roi, j'ai rendu visite à M. de Béhaine et à M. Billot pour prendre congé. – Le soir au théâtre Valle, où Antoine débutait à Rome, en jouant *Blanchette* et *Le Baiser.* Une soirée stupéfiante. Un public qui ne comprend pas et qui ne peut pas comprendre. Jamais je n'ai mieux senti Rome. Le lendemain Capuana me disait que toutes les villes d'Italie, depuis vingt ans, produisaient des artistes, tandis que Rome seule restait stérile. Évidemment, l'effet de la longue oppression morale des papes : la peur de la nature, l'écrasement de toute liberté intellectuelle. Une population de musée, qui ne vit plus que de l'étranger, et où la femme est reine (dans le célibat des prêtres). Puis, le sol stérilisé par l'histoire : le fait de mes pêchers de Médan. Le comte B. Extraordinaire. Une population qui est pour la gaieté des spectacles, les charmes de la vie : l'horreur du laid, du pauvre, du souffrant. Pas de pitié humaine, de tendresse pour la misère basse : cela semble être du Nord. Mais alors, comment saint François a-t-il été possible ? Étudier, développer cela. C'est un vrai point d'interrogation. Mettre le comte B. pour mon amant, et développer en lui tout le Romain, brave homme au fond. (Alexis.) Aix.

DIMANCHE 2 DÉCEMBRE

Vu ce matin Capuana, qui a fait de moi une photographie. Habite, via in Arcione, 88, au troisième, dans une vieille maison romaine. Bonne à prendre. Escalier en pierre. Porte de chêne verni. La pièce du coin, grande, nue, pavée de marbre, avec les trois fenêtres sans rideaux de vitrage, ouvrant sur des toits roses, décolorés, et sur la rue profonde, d'où montent des cris de marchands. Meubles rares et inconfortables. Empire raide. – Je suis allé avec Capuana au Pincio, en causant. Sur la femme romaine. Il prétend qu'elle a souvent à trente ans un épanouissement particulier. C'est alors que ses formes se développent, prennent plus de beauté ample ; et même son esprit se développerait aussi, aurait une floraison. Il dit n'avoir jamais rencontré qu'une jeune fille, et artiste, musicienne, ayant au cœur un amour idéal, romanesque. Les autres très positives. Peu sensuelles même. Il faudra que, dans la passion de mon héroïne, je mette beaucoup de bon sens et de netteté positive. Cela me rappelle ce que m'a dit M. Guillaume sur ce peuple de Rome. Il l'a vu pendant les événements de 48 et dit qu'il a été stupéfait de son bon sens. D'un bout à l'autre de la ville couraient comme un mot d'ordre les décisions sages. C'est ce que j'ai déjà noté : sous l'exagération, le bruit, une grande prudence, une grande politique : des combinaisons. Étudier ce moment de 48, la chute de Pie IX, la république proclamée, les premières tentatives de l'armée française, puis la restauration du pape.

Ce matin, au Pincio, un temps adorable. Ce jardin, petit, est vraiment délicieux par un jour tiède d'automne. Les arbres toujours verts. Les bustes. Les palmiers, etc. Et la vue de Rome, sur Saint-Pierre, par une clarté limpide, poudrée de soleil.

L'après-midi, cartes portées chez la comtesse de Santafiora, absente, à Genzano, et visite d'adieu faite à la comtesse Lovatelli. Très aimable. Elle m'a parlé de Brunetière auquel elle a fait dire que j'étais un grand écrivain. Calorifère très chaud chez elle.

Ensuite, promenade à la villa Borghèse, au Pincio, au Corso, par un temps qui s'est gâté, froid. Tout ce monde qui se connaît ou s'espionne, tournant dans ces petits espaces, longeant cette rue étroite. Le plaisir est là.

Ce matin, en revenant du Pincio, je suis allé chez Henry Darcours, 37, via dell' Aurora. Garçonnière. Le comte prétend qu'il est là en pension dans une famille et qu'il doit payer cent cinquante francs par mois. Utiliser son logement peut-être.

LUNDI 3 DÉCEMBRE

Assisté à onze heures et demie à l'ouverture du Parlement. La salle. L'arrivée de la reine, l'arrivée du roi. Le discours du trône, l'attitude de Crispi pendant toute la lecture. L'entrée et la sortie. Tout cela ne me servira pas.

L'après-midi, visite à Sainte-Marie-d'Aracœli. Une très vieille église, à côté du Capitole. Partout, le catholicisme supplantant le paganisme, et le continuant. *Il Santo Bambino*, qu'on fait voir dans sa petite armoire. On l'expose, paraît-il, de la Noël à l'Épiphanie. Je crois qu'il guérit les enfants malades. Il y a là-dessus une légende, que je me ferai raconter. Cela peut servir, dans une énumération des superstitions ; et celle-là me paraît devoir être charmante.

Porté des cartes à Barnabei et à Venturi. Visite à Bonghi. Le soir, une longue visite que nous a faite M. de Béhaine. Très aimable. Nous avons causé de la société romaine, mais sans grand profit pour moi. Rien que ce détail sur la puissance de la franc-maçonnerie à Rome : les princes eux-mêmes s'en mêlent, Pallavicini en serait, uniquement pour ne pas être tourmentés, pour que leurs fils passent leurs examens par exemple. – Me rendre compte, d'une part de l'influence de la maçonnerie, et de l'autre, de l'influence des jésuites. Santafiora et ses amours.

Ce soir, soirée chez Luigi Primoli.

MARDI 4 DÉCEMBRE

Audience de la reine. Fort aimable, causant de tout. À fait asseoir ma femme sur son canapé. Une demi-heure, effleurant tous les sujets. Joli appartement, très clair, comme une serre. Grandes fenêtres, soleil. Un ton doux, des ors, et des étoffes tendres. Impression fraîche, douce, lumineuse ; très femme. La reine fort intelligente, le sachant, le faisant voir, sans effort. Heureuse d'être intelligente. Et ne disant que ce qu'elle veut dire, avec beaucoup de naturel.

Ensuite, visite au baron Blanc, ministre des Affaires étrangères. Un Français. – Le soir, nous sommes allés prendre congé de Mme Billot, à six heures. Le palais Farnèse, terrible le soir.

Mercredi 5 décembre. Départ de Rome pour Florence.

DU MERCREDI 5 AU SAMEDI 15 DÉCEMBRE

J'ai continué mon voyage en Italie, j'ai visité les villes de Florence, Venise, Milan. Parti le mercredi 5 de Rome, couché le soir à Florence où je suis resté le jeudi 6 et le vendredi 7. – Parti le samedi 8 pour Venise, où j'ai couché le soir, et où je suis resté le dimanche 9, le lundi 10 et le mardi 11. – Parti le mercredi 12 pour Milan, où je suis resté le jeudi 13 et le vendredi 14. Enfin, parti de Milan le samedi 15, et arrivé à Paris le dimanche matin 16, à sept heures.

Dans ce voyage, j'ai pris une idée générale de l'Italie, au point de vue de la nation.

Florence. – Ville calme et de retraite. Les militaires retraités, les comédiens qui ont renoncé aux planches, tous ceux qui ont des rentes à manger, viennent y finir doucement la vie. Une ville douce, tranquille, d'aimable insouciance. Les quatre vers italiens : « Quand Turin voit la cour partir, elle se révolte et sanglote ; quand Rome voit la cour arriver, elle exulte et applaudit ; mais que la cour vienne ou qu'elle parte, Florence s'en moque. » – C'est tout le scepticisme, le je-m'en-foutisme de la ville. Aucune passion, un fond d'égoïsme aimable et d'insouciance légère. Toute à la douceur de vivre, indolente et endormie. Tout y dort, plus de grand mouvement patriotique, aucune passion. Et l'extraordinaire de cela : comment l'ardente, la combattante, la furieuse population florentine du quinzième siècle, a-t-elle pu devenir cette population indifférente et sommeillante ? Il y a là un problème d'hérédité bien curieux. Les longues luttes de Florence pour la liberté, les révoltes constantes du peuple contre les nobles, et sa victoire, et le socialisme (?) régnant là dès le Moyen

Age (revoir tout cela). Un gouvernement de marchands : les Médicis n'étaient pas autre chose. Partis d'une petite maison qu'on montre encore ; puis, la Seigneurie, le Palais-Vieux et le palais Pitti. Le peuple plusieurs fois triomphant, gouvernant, et la familiarité qui règne encore entre un cocher et son maître, un noble. Qu'ont-ils donc entendu par la liberté, pour ne plus se révolter aujourd'hui, pour se déclarer satisfaits ? L'étrange de cela. La démocratie n'existe pas. Il faut dire qu'il n'y a pas d'industrie, à peine les industries locales, les bijoutiers, les mosaïstes, les sculpteurs sur bois surtout (l'horreur artistique des œuvres). Et de là cet ensommeillement du peuple. – On ne peut faire cent pas dans la ville, sans qu'on vous montre l'angle de rue, le coin de pavé où un tel est mort assassiné ; là on en a pendu cinq ou six, ici telle amante est allée ramasser le corps de son amant ; et, de même, dans le palais, pas un escalier où le sang n'ait ruisselé, pas une salle où ne soit produit un massacre. – Alors, quoi ? Tant de luttes, tant de passions indomptables, furieuses, aboutissant à cette veulerie, cette insouciance politique, cette mort démocratique. – Une ville qui s'endort dans une campagne aimable, au milieu d'une plaine verte que bornent de douces collines bleues. – Pas même les derniers coups de couteau de Rome.

Venise. – Ce qui a fait sa force, son isolement au milieu du flot, fait aujourd'hui sa faiblesse et sa mort. Aucune résurrection possible. C'est une ville bibelot, une ville curiosité qu'il faudrait mettre sous verre. Elle sent elle-même sa fin, et elle ne veut pas qu'on la modernise, car ce serait la tuer plus vite. Les propriétaires des palais ne réparent rien, jettent les hauts cris, quand on parle de remettre les pierres qui tombent : cela détruit la patine, il ne faut toucher à rien, parce qu'on abîmerait le bibelot. Il faut dire que Venise sent parfaitement qu'on vient la voir pour sa seule curiosité : elle ne vit plus que pour l'étranger et ce serait le mécontenter, l'éloigner, que de lui abîmer son bibelot. – Les palais du Grand Canal tombent en ruine. – La merveille, c'est la place Saint-Marc, avec l'église Saint-Marc, le palais Ducal, le campanile, la place elle-même. Puis, partout des coins charmants, le long des canaux, le long des rues. Dans la Merceria, déjà l'Orient, avec les rues si étroites. – Mais la sensation d'étouffement, le sentiment qu'on est dans une île et qu'une promenade à pied, une promenade en voiture ne sont pas possibles. On étouffe. Jamais le printemps ou l'automne dans un point ; jamais un chemin creux, un sentier entre des haies, une route blanche parmi les blés. Pas un oiseau. – On ne vit là que d'une vie très spéciale. – C'est bon pour un repos après une grande douleur. Il faut y laisser bercer sa vie. Pour un long travail aussi. La ville du silence. Beaucoup de commérages sans doute. On refait le lendemain ce qu'on a fait la veille. Toujours la place Saint-Marc et ses pigeons. L'unique promenade en gondole au Lido.

Milan. – La grande ville pareille à Paris. Une ville d'industrie et de travail beaucoup plus près de nous. La littérature y est presque la nôtre. Des républicains. Des chemins de fer qui en font un centre. Du haut du dôme, l'immense plaine de la Lombardie jusqu'aux Alpes. Et la fertilité de cette plaine, de Padoue à Turin. La région des lacs aussi. On parle de notre Beauce ; mais elle n'est pas comparable à la plaine lombarde. Deux et trois récoltes. Un pays qui a des terres pareilles n'est pas pauvre. – Les souvenirs de 1859 sont encore très vivaces là. Les noms qui sonnent : Magenta, Verceil, Solferino. C'est là qu'on aime encore la France. Et c'est là qu'est le pays travailleur.

Je vois dans le livre de Merlino que le Midi se plaint d'avoir été sacrifié au Nord. Pourtant, il semble absolument certain que le Nord l'emporte en courage, en travail, en intelligence moderne. Ce sont les anarchistes qui sont en Sicile, qui se plaignent au nom des populations agricoles du Midi. Pour moi, la ruine vient du Midi, le peuple dégénéré, retombé à l'enfance, paresseux, flâneur, mendiant, grandiloquent et vide. Il semble que la ruine vienne de l'Orient. Le talon de la botte a été le premier envahi, après la Turquie d'Asie, l'Égypte et la Grèce ; et la gangrène de paresse a gagné Rome, l'Ombrie, la Toscane même ; et nous sommes menacés nous-mêmes, après l'Italie. Les nations latines doivent-elles disparaître ?

Rome sera-t-elle Ninive ? Comment une grande cité disparaît. Et les petites villes de musée, Sienne, Pérouse, Ravenne (pas Bologne), d'autres encore sont-elles destinées à mourir sur place, en poussière. Toute la vie s'en est retirée, pas modernes, pas modernisables ; aucune industrie, des villes qui ne sont plus que des curiosités et qui meurent. Nous en avons de pareilles, d'ailleurs. – Il faut, pour que le pays revive, que d'autres poussent à côté. Les centres d'un pays déplacés. Mais vouloir les éterniser, comme les artistes, ne vanter qu'elles, c'est vouloir la mort de l'Italie, et en faire l'éternel pays de l'étranger, de la servilité et de la conquête. Un peuple viril doit revivre dans son temps et pour son temps.

Est-ce que le mouvement des unités nationales ne serait pas le commencement du mouvement de l'unité humaine ? On remonterait à l'unité, après la dispersion des races et des peuples. Un beau rêve que Pierre peut faire quelque part. – Et ne pas oublier là-dedans le rapprochement de l'Italie et de la France, de la race latine.

Il faudra un mot, à la fin, de la paix universelle, avec l'espoir que la science pacifiera le monde et mettra d'accord les religions, dans un même sentiment de la nécessité de vivre.

ENTRETIENS

INTRODUCTION

Zola se méfiait des interviews. Il refusait de les considérer comme des textes dont il aurait eu la totale maîtrise : « [...] Je ne reconnais pour mon opinion que celle que j'ai moi-même exprimée par ma plume », déclarait-il à un journaliste du *Figaro*, le 12 janvier 1893. Pourtant, il se prêtait volontiers au jeu de l'entretien, parfois de manière amusée et le plus souvent sérieusement. Zola n'a jamais cru, en effet, que l'écrivain devait se replier sur lui-même. Il acceptait de jouer le rôle d'un homme public, participant ainsi à une nouvelle image de l'homme de lettres qui, à la fin du siècle, est parfois sollicité comme un « expert » en matière de mœurs et de morale. On l'invite à donner son avis sur les sujets les plus divers. Tel est le nouveau sacre de l'homme de lettres, sur le point de devenir un « intellectuel ». Zola est ainsi interviewé sur des sujets dits de société (la chasteté avant le mariage, le féminisme, l'union libre) ou sur des sujets politiques (l'anarchie, le désarmement). Président de la Société des gens de lettres, on l'invite à se prononcer sur des questions de propriété littéraire. Auteur consacré, on l'interroge sur ses candidatures académiques. En effet, l'actualité journalistique des lettres est bien souvent une actualité institutionnelle dont rendent compte, en partie, les interviews. Elles sont donc essentielles pour les sociologues de la littérature, elles sont non moins importantes pour qui veut comprendre la « poétique » zolienne. Nous employons délibérément cette expression, et non celle d'« esthétique », car c'est bien de poétique, et indirectement de rhétorique, qu'il s'agit le plus souvent. Il convient de réserver une attention toute particulière à l'entretien de Zola avec Charles Morice, publié dans *Le Journal*, le 20 août 1894 : « La beauté, je ne sais pas ce qu'est », déclare en substance le romancier, à qui il importe d'abord de susciter un effet de vie. Dans ce but, il crée, dit-il, des livres « composés ». S'ils sont architecturés comme des « monuments », ils se présentent aussi, métaphoriquement, comme des compositions musicales. Il est bon, en effet, de montrer à un écrivain symboliste qui vous interroge sur « l'inconnu », qu'on emprunte à la musique son bien et que l'on concurrence Wagner par le retour des leitmotive. Et il est aussi de bonne guerre de déclarer que l'on fait un usage immodéré du symbole. On lira donc avec fruit cette interview, tout comme on découvrira dans un entretien publié dans *Le Gaulois*, le 11 novembre 1895, d'intelligentes remarques sur le « plagiat ». Elles répondent aux insinuations de Gaston Deschamps. Zola y énonce avec beaucoup de netteté ce que vont répétant, aujourd'hui, les dévots de l'intertextualité : « Tout n'est que renouvellement et transformation en littérature », ou, pour le dire en termes plus modernes, tout est réécriture. Si les interviews importent donc à qui veut comprendre la poétique de Zola, si elles éclairent occasionnellement la composition des romans et leur genèse, elles sont également instructives pour qui veut analyser les diverses postures auctoriales adoptées par le romancier. Interviewé sur *Rome* dans *Le Gaulois*, le 6 mars 1895, Zola tend à imposer une image, celle d'un grand travailleur. C'est ce qu'il est assurément. Mais on peut songer aussi à une idéologie de l'écriture, dont on pourrait croire qu'elle vise d'abord à l'exhaustivité documentaire, si on ne lisait, en filigrane de l'entretien, que l'écrivain n'omet pas le filtrage de la mémoire. Le vu, le su, ce ne sont pas seulement des notes, c'est du mémoriel qui fait retour sous forme des détails. Il existerait ainsi un surplus de souvenirs que la rédaction du roman convoque et actualise en fiction. Rien de plus passionnant donc que ces interviews, parce qu'elles tiennent souvent d'un Zola raconté par lui-même. Certes, ce discours sur soi est subordonné au truchement de l'autre, il vise toujours un public, mais il nous apprend néanmoins beaucoup sur l'écrivain en son temps et sur l'image qu'il veut léguer à la postérité. Le circonstanciel journalistique est moins frivole qu'il y paraît puisqu'il fait entendre un discours d'auteur.

Jean-Louis Cabanès

Lourdes. Conversation avec M. Émile Zola

À la veille de la publication de Lourdes en feuilleton dans le Gil Blas, un rédacteur du Gaulois alla demander au romancier de lui donner un résumé du roman.

Après la guerre, il se produisit un fait qui passa presque inaperçu à l'origine, mais dont les conséquences devaient, à la longue, être très considérables. Je veux parlor du mouvement que créèrent les Pères de l'Assomption. Ceux-ci, jugeant qu'ils pouvaient aider au relèvement de la patrie en agissant dans un sens catholique, cherchaient par quels moyens, quand l'idée leur vint d'organiser ces nombreux pèlerinages qui, depuis, et à certaines époques, sillonnent la France.

Les Pères de l'Assomption sont extrêmement intelligents, et ils ont à leur tête le Père Picard – dans mon livre, il s'appelle le Père Fourcade – qui est l'un des hommes les plus avisés que je connaisse ; ils entreprennent beaucoup de choses et ils réussissent dans toutes. Leur activité est prodigieuse, ils ont le feu sacré qui soulève les mondes, et, passés maîtres dans l'art de la propagande, ils obtiennent des résultats surprenants. C'est ainsi qu'ils ont imprimé un si grand essor au pèlerinage national de Notre-Dame-de-Lourdes, que, tous les ans, plus de vingt mille pèlerins y prennent part. Or, au début, les assomptionnistes n'avaient presque rien à leur disposition ; le matériel dont ils disposaient était on ne peut plus rudimentaire et leur personnel insuffisant. On transportait les malades comme on pouvait, et les soins qu'on leur donnait, pour dévoués qu'ils fussent, étaient le plus souvent impuissants.

Aujourd'hui, tout cela est transformé. Il existe un service de dames hospitalières qui secondent les Pères de l'Assomption, et, ma foi, je dois le dire, avec dévouement et courage. Elles accompagnent les pèlerins, dont elles ont grand soin, et, grâce à elles, rien ne manque aux malades : matelas, civières, brancards *ad hoc*, etc. ; les moindres rouages sont admirablement réglés et fonctionnent à merveille. Le Père Picard, qui jouit du pouvoir absolu, a l'œil à tout, et comme c'est un maître homme, une manière de général en chef dont ne s'endort point la surveillance, il n'y a pas à s'étonner de voir son œuvre prendre les plus grosses proportions.

Les pèlerinages annuels de Lourdes ne comprennent pas moins de quatorze trains, partant de Paris. Je vous l'ai dit, il y a en moyenne 20 000 pèlerins dont 1 000 malades. Rien n'étant laissé à l'imprévu, les pèlerins savent d'avance que c'est l'affaire de cinq jours. Premier jour : voyage. Trois jours à Lourdes. Enfin, le cinquième jour, on rentre.

J'ai donc suivi les pèlerins et ce que j'ai mis dans *Lourdes*, c'est tout simplement l'histoire, en cinq journées, d'un pèlerinage. J'ai essayé de rendre cette foule grouillante de braves gens de toute condition, malades ou bien portants, de prêtres, de religieuses, qui s'en vont invoquer Bernadette, passent à Lourdes leur temps en prières, et en reviennent l'âme plus libre ou le cœur plus gros.

En somme, mon livre peut être mis en parallèle avec *La Débâcle*. Comme ici, vous trouverez dans *Lourdes* quelque chose de très délicat, qui est de l'amour et n'en est pas, une petite intrigue très simple et très touchante entre une pauvre malade et un jeune homme de son âge. Mais il n'y a point, à proprement parler, d'amour, ce qui eût été par trop banal et rococo. Ce qui m'a surtout tenté, pour tout dire, c'est le pèlerinage en soi et Bernadette.

Sur le rôle de Bernadette dans *Lourdes*

Lourdes étant divisé en cinq parties, et chacune en cinq chapitres, je me suis arrangé de façon à faire revenir Bernadette toutes les fois au cinquième chapitre. J'ai dû me servir d'un procédé quelconque : prières, invocations, lectures, récits, etc. ; mais l'essentiel était que Notre-Dame-de-Lourdes parût assez souvent, et j'ai rempli cette condition.

J'aurais été tenté par « l'histoire humaine » à écrire de Bernadette, car cette jeune fille est vraiment très intéressante. Je dirai plus : elle est passionnante. Vous savez que M. Henri Lasserre a publié sur elle un livre merveilleux qui a été traduit dans toutes les langues. J'ai vu là-bas M. Lasserre, je me suis beaucoup entretenu avec lui et je le tiens pour un homme remarquable. Mais je pense que, à côté de son œuvre, qui est fort belle, le livre « humain », l'explication « humaine » de Bernadette pourrait être essayée, et – je me hâte de le dire – elle ne diminuerait nullement cette gracieuse figure d'enfant, qui fut une simple et une martyre.

Par malheur, cela m'aurait entraîné trop loin, et, quelque désir que j'en eusse, je n'ai pas pu – je ne l'ai même pas essayé – accomplir cette tâche. De sorte que la Bernadette de mon livre sera un peu celle de la belle légende que toute le monde connaît, avec cependant des détails que mon enquête sur place me révéla.

Comment a-t-il traité la guérison des malades ?

Ce point est très délicat à traiter, et il y a à cela plusieurs raisons. Mettez trois médecins en présence d'un cas quelconque : ils se mangeront le nez au bout de cinq minutes. De même à Lourdes, qui pourrait affirmer que tel malade dont on nous annonce la guérison, ne l'a pas, en effet, trouvée dans la piscine d'eau froide où on le plongea ?

J'ai vu, à mon retour de là-bas, des médecins à qui j'ai posé la question, et beaucoup m'ont répondu : « Qui sait ? Si nous osions jeter dans l'eau froide – car tout consiste en cela, à Lourdes (et la foi en plus, cependant) – nos phtisiques, peut-être aurions-nous d'heureux résultats. »

Au surplus, Charcot n'a-t-il pas dit que la foi seule sauvait ? Ne savons-nous pas, en outre, qu'une forte émotion peut guérir d'une maladie nerveuse, par exemple ? Donc, il faut être très prudent à ce sujet. J'ajoute, d'ailleurs, que le contrôle absolu de la guérison des malades me paraîtrait difficile, sinon impossible, et que le mieux est encore de s'en tenir à tout ce qu'on nous dit.

Mais mon livre vous édifiera pleinement sur ce point, comme sur tous ceux que peut mettre en discussion ce vaste sujet qu'est Lourdes. Rassurez, en tout cas, vos lecteurs ; ils ne trouveront rien dans cette œuvre de bonne foi qui puisse être considéré comme une attaque à la religion.

H. L.

Le Gaulois, 12 avril 1894

Émile Henry et *Germinal*

L'anarchiste Émile Henry avait été accusé de deux attentats à la dynamite. Le premier, survenu le 8 novembre 1892 dans la rue des Bons-Enfants, tua quatre agents de police et l'autre, le 12 février 1893 au café Terminus de la gare Saint-Lazare, fit un mort et de nombreux blessés. En décrivant l'évolution de ses idées anarchistes devant le jury de la Seine, Émile Henry cita un passage de Germinal. *Il déclara : « En ce moment de lutte aiguë entre la bourgeoisie et ses ennemis, je suis presque tenté de dire avec Souvarine : "Tous les raisonnements sur l'avenir sont criminels, parce qu'ils empêchent la destruction pure et simple et entravent la marche de la révolution". » Dans l'interview qui suit, le rédacteur André Jackson demande à Zola son opinion sur l'influence du roman sur le jeune anarchiste* (Dorothy Speirs).

Je n'avais pas lu encore, occupé que je suis, la déclaration d'Henry. Mais je suis persuadé que le condamné d'hier n'a puisé aucune idée malsaine dans *Germinal* – pour cette bonne raison qu'il ne l'avait certainement pas lu avant son premier crime. On m'a rapporté, en effet, que c'est dans sa cellule à la Conciergerie qu'il a eu l'occasion de lire mon livre pour la première fois. Du reste, les anarchistes en général ne lisent guère, croyez-le bien ; tout juste quand ils sont en prison et que, instruits comme l'est Henry, ils préfèrent le livre aux cartes pour tuer le temps. Et puis, le jeune anarchiste eût-il lu *Germinal* avant ses crimes, et en eût-il emporté une impression trop profonde que je me considérerais, quant à moi, comme tout à fait hors de cause.

Les paroles dites par Souvarine, et mon Souvarine lui-même, n'ont pas, en somme, été créées par moi au sens propre du mot. Je n'ai fait que dessiner mon personnage – un personnage de troisième plan, d'ailleurs, purement philosophique – d'après nature ; et d'après qui ? Oh, je puis bien vous le dire : c'est Bakounine que j'ai surtout travaillé et copié, et s'il n'a pas écrit ces mots que vous venez de me montrer, il les a prononcés, lui ou quelqu'un de son entourage.

Vous vous souvenez peut-être, en effet, que j'ai écrit mon livre il y a sept ou huit ans au moment où les attentats nihilistes désolaient la Russie et que tous mes modèles y ont été pris sur le vif. Je ne l'ai pas laissé trop voir dans l'ouvrage, et dans la pièce qu'on en a tiré, toute allusion au nihilisme a été soigneusement écartée. J'ai personnellement trop d'amitiés en Russie, où je me suis notamment lié avec Tourgueniev lors de mon voyage, pour avoir voulu rappeler des souvenirs tristes en somme.

Quoi qu'il en soit, je n'ai fait que dessiner des caractères, que reproduire des théories vues ou lues dans le milieu que j'étudiais. Et je n'ai fait pour *Germinal* que procéder à la manière qui m'est habituelle. N'ai-je pas « étudié » sur le vif, pour écrire *Pot-Bouille*, pour écrire *La Terre*, *La Débâcle*, *Le Docteur Pascal* et *Lourdes* ?

Et tenez, à propos du *Docteur Pascal*, on a cru devoir critiquer, quand on ne l'a pas raillée, la théorie scientifique que j'y expose par la bouche de mon héros. Eh bien, elle m'a été fournie tout entière par un savant médecin, le docteur Chéron, lequel a fait à ce sujet de nombreuses communications à l'Académie de médecine dont il est membre. Cela dit en passant, pour constater que l'on est mal venu à se perdre en critiques sur les parties spéciales que je suis amené à traiter.

Pour en revenir à l'anarchie Émile Henry, s'il a réfléchi, a surtout dû être étonné de trouver dans un livre qui date de huit ans le tableau des troubles que nous subissons actuellement. C'est que, voyez-vous, il y a bien longtemps que j'ai le sentiment de ce mouvement lent mais continu qui nous traverse. Et ceux qui savent me lire en ont pu trouver l'impression dans toute mon œuvre, aussi bien dans le *Bonheur des dames* que dans *Germinal*. Appelez-le nihilisme, socialisme ou anarchie, il est indéniable ; c'est une évolution qui s'opère et qui nous mènera Dieu sait où !

André Jackson
L'Événement, 1er mai 1894

La chasteté avant le mariage

Un gant, *comédie en trois actes du dramaturge norvégien Bjoernstjerne Bjoernson, occasionna une enquête sur la chasteté avant le mariage, parue dans* L'Événement. *Le rédacteur alla visiter deux littérateurs, Alexandre Dumas et Émile Zola, pour recueillir leur opinion à ce sujet. Nous donnons celle de Zola* (D. S.).

Je vous avoue, mon cher confrère, que voilà une question qui ne m'intéresse pas le moindrement. D'abord, qu'est-ce que le mariage ? Ce n'est pas une manifestation vitale ou humaine. C'est tout simplement une institution sociale. Le mariage est l'œuvre des sociétés, c'est nous qui l'avons fait. Ici, nous sommes monogames ; en Turquie, on est polygame – affaire de convention. La grande loi de la nature veut l'union des sexes pour la reproduction de l'espèce humaine, voilà la vérité.

Que cette union soit organisée, réglée, légalisée par les peuples sous l'étiquette conventionnelle du mariage, je n'y vois aucun mal. Mais, si l'on me demande ce que je pense de la virginité de l'homme avant cette union légale, je répondrai toujours que puisqu'elle n'est pas nécessaire à la reproduction, elle est inutile. Je ne m'occupe ni du sentiment, ni des garanties de fidélité, je ne m'intéresse qu'au fait : la reproduction.

Il est évident que le mariage d'un jeune homme vierge et d'une jeune fille vierge est une *chose gentille*, un échange de fleurs, une manière d'idylle, sur laquelle on pourrait écrire une jolie nouvelle ; mais, encore une fois, c'est une inutilité dans la vie, je veux dire une superfluité.

Je serai, cependant, porté, comme père, à accorder plus de confiance à un gendre qui a beaucoup vécu qu'à un innocent pour lequel le mariage est un début. Avec une société comme la nôtre, où la jeune fille est élevée dans l'ignorance de son rôle de femme, à tel point que nous en faisons une niaise jusqu'au jour de son mariage, je préfère considérer le fiancé comme un instructeur. Or, pour instruire, il faut savoir, il faut avoir acquis l'expérience de l'union naturelle.

[*Zola termine en disant que le mariage est*] une digue pour empêcher l'humanité de se répandre dans la rue.

Baude de Maurceley
L'Événement, 14 mai 1894

Zola et l'inconnu

Dans Le Journal *du 20 août, Zola se livra à des considérations sur le rapport entre son œuvre et celle de l'école symboliste* (D. S.).

Que cherchent les poètes symbolistes ?

La question est toujours d'actualité, n'est-ce pas, puisque les poètes symbolistes n'ont pas encore réalisé leur chef-d'œuvre. Bien entendu, je ne veux pas dire qu'ils n'aient rien fait, surtout si vous réunissez sous la même étiquette Mallarmé, Verlaine et les poètes plus jeunes qui marchent à leurs côtés, sinon dans leur sillon. Mais, enfin, par symbolistes, on a pris l'habitude de désigner principalement un groupe très divers de poètes qui n'ont pas encore atteint la quarantaine. Eh bien ! il est pour moi constant qu'ils n'ont pas assez précisé, ni en théorie, ni en œuvre, leur désir. Il reste donc matière à toute interprétation – fût-ce à la mienne. Or, je ne vous cache pas que je crois être le plus symboliste des poètes. [...]

Vous devrez tenir compte des circonstances dans lesquelles j'ai pu faire, je ne sais plus à quelle question, la réponse dont vous vous souvenez. L'interview est pour moi une causerie qui surprend au moins l'un des deux causeurs dans un instant particulier, de passion ou d'atonie, et qui colore particulièrement aussi sa réponse. Tâchons d'aller au fond.

Dans le symbolisme, je démêle d'abord l'impulsion fatale, très humaine, qui fait qu'une génération nouvelle veut créer une expression nouvelle de la vie. C'est l'explication de l'originalité des recherches et l'excuse de leur outrance. Ensuite, je dois ajouter – et j'y prends plaisir car j'aime la vie dans son avenir comme dans son présent – que toute une carrière immense s'offre aux écrivains de demain : l'inconnu, le mystère, l'énigme de la vie, l'infini que le fini masque et dont nous autres, naturalistes, nous n'avons pas assez tenu compte, sans doute parce que nous venions au lendemain des excès idéalistes du romantisme. Les symbolistes sont mystiques parce que nous sommes réalistes.

N'est-il pas essentiellement mystique ?

Sans doute ! et romantique même, si vous voulez ! Je procède du goût : on me l'a beaucoup reproché et je ne l'ai jamais contesté. Mais j'ai obéi comme Goncourt, comme Daudet, aux nécessités de l'heure. On oubliait les faits, pour ne se préoccuper que de leur interprétation, plastique... les faits ? pourtant, toute la vie. Et quand je regarde au fond de moi-même, ce que je vois de plus essentiel, c'est l'amour de la vie – et voilà ce qui m'a permis de réaliser ma part de l'œuvre littéraire, qui devait correspondre au besoin le plus général.

N'y avait-il pas, dans son effort, une complication de théorie, de philosophie acquise, apprise ?

Oui, j'ai appliqué à la littérature les principes positivistes. Je l'ai fait avec l'enthousiasme d'une conviction récente. Je ne crois peut-être plus à ces principes aussi violemment que j'y croyais jadis. Je n'en suis pas moins sûr d'avoir eu raison à mon instant. Il y a de la vérité relative, même dans l'erreur d'une réaction. Je fus un peu sectaire. Le naturalisme, s'il se juge au passé, sera le premier à se reprocher d'avoir limité, fermé l'horizon. C'est qu'on l'élargissait alors follement. Malherbe a fermé la vis au lyrisme de Ronsard ; il fallait aussi assagir les folles rêveries des disciples de Lamartine et d'Hugo. Nous nous sommes réduits au domaine des choses acquises, et c'est pourquoi vous nous devez la possibilité d'aller plus sûr et plus loin dans la voie des conquêtes, des choses à acquérir. Remarquez-le, je ne crois pas avec Renan que, dans la société future, le poète ou le grand artiste doive devenir une quantité de plus en plus négligeable, tandis que le savant prendra une importance toujours prépondérante. Pour moi, le poète reste et restera le pionnier de l'humanité. Le savant suit, vérifie. Allez de l'avant, vous, poètes ; créez de la beauté nouvelle, employez les moyens que vous voudrez. Me comprenez-vous bien ? J'admets absolument que le peintre se serve, techniquement, de tous les procédés et de toutes les matières. Qu'il peigne au fromage s'il veut, pourvu qu'il peigne bien ! Et vous autres, esthétisez à votre aise, symbolisez sans limite, faites-moi de la prose rythmée, du vers libre, tout ce que vous voudrez, pourvu que vous parveniez à m'émouvoir. Dépassez-nous, envisagez la réalité sous un autre angle que le nôtre.

S'agit-il d'une conception nouvelle de la beauté ?

Ah ! voilà ce qui m'importe et ce que je comprends le moins ! La beauté, je ne sais pas ce que c'est. La vie ! parlez-moi de la vie ! Je ne connais qu'elle, je ne crois qu'en elle et pourtant, je suis un artiste, moi aussi ! Tenez, avez-vous remarqué comment je compose mes livres ? Tout le monde devrait le voir, mais personne ne me lit, quoique je tire à cent mille. Qui donc abusa jamais plus que moi du symbole ? Mes livres sont des labyrinthes où vous trouveriez, en y regardant de près, des vestibules et des sanctuaires, des lieux ouverts, des lieux secrets, des corridors sombres, des salles éclairées. Ce sont des monuments : en un mot, ils sont « composés ». Mais ce n'est pas dans une vue de beauté. Il ne s'agit pour moi que de faire vivant, et je sais bien que la vie recèle toujours un mystère. C'est le mystère qui me sert de leitmotiv. J'ai procédé comme Wagner, sans beaucoup le connaître, au début, et je pense que, comme lui, c'est le sentiment de la vie qui m'a conduit à ce procédé. J'utilise aussi les harmonies obtenues par le retour des phrases, et n'est-ce pas le meilleur moyen de donner un son à la signification muette des choses ? Symboliste ! Je crois bien que je le suis. Hélas ! le principal reproche qu'on puisse me faire, c'est que j'en suis même arrivé, dans cette voie, au pur procédé. J'ai trop écrit, j'obéis involontairement aux habitudes de mon cerveau. Mais de la beauté théorique, de l'esthétique ? Je ne m'en suis jamais soucié. Pour moi, l'art n'est autre chose que la réalisation de la plus grande intensité de vie possible par n'importe quel moyen. J'écris mal ? L'auteur de la *Littérature de tout à l'heure* a dit que j'écrivais en style de journalisme ? Qu'est-ce que ça me fait, si je recrée la vie, si j'écris vivant. [...]

Le poète est celui qui doue d'authenticité la nature. Accepte-t-il cette définition de Stéphane Mallarmé ?

Mais j'accepte tout ! Je veux simplement être ému. Par exemple, je veux d'abord comprendre. Je ne suis pas du Nord, moi. Je suis français, je suis même latin, italien.

L'autre soir, chez Daudet, on causait de l'œuvre de Tissot sur le Christ, il y avait là des symbolistes, je crois, qui accusaient Tissot de tuer la légende. Pour moi, je déclare que je dois à Tissot, à ce qu'il a mis d'humanité et de vie dans la légende, d'avoir compris le Christ. Ne me parlez pas de technique : je vous répondrai par la vie.

Croit-il que les symbolistes aient inventé la littérature ? Existe-t-elle donc hors de la vie et la vie ne daterait-elle que des symbolistes ?

Non, certes ! mais ne peut-on pas dire que l'histoire de notre littérature comporte trois périodes principales : le classicisme, qui s'est limité à l'expression de la vie intérieure, spirituelle, raisonnante ; le romantisme, qui a dit le sentiment, le mouvement, affaire de physionomie et de draperie ; enfin, le naturalisme, qui, à la vie de la raison et du cœur, a joint la vie des sens, la part physiologique du composé humain ? Tout cela étant fait, et sans penser qu'on puisse inventer à cette date la littérature, n'ai-je pas le droit de conclure qu'il nous reste à faire une œuvre plus compliquée, plus complexe du moins, et qui nécessite des moyens nouveaux : mettre une âme vivante dans un corps vêtu ?

Je crois que nos moyens, plus grossiers, sont plus aptes que ceux des symbolistes à donner le frisson de la vie. En somme, c'est au résultat qu'il faut juger. Ils ont encore quelques années de crédit, et puis, nous ferons leur bilan. Je ne sais pas si leur effort, qui semble un peu s'attarder dans les « tentatives », aura produit ce que notre travail régulier, carré, franc et direct, a déjà produit. D'ailleurs, je suis un aîné, et j'ai les injustices des aînés. Ils ont celles des cadets. Tout à l'heure, je ne comprendrai plus rien à ce qu'on fera de nouveau. Peut-être ont-ils quelque peine à bien pénétrer nos intentions d'il y a vingt ans et les circonstances dans lesquelles nous avons lutté.

Les conditions de la lutte sont peut-être aujourd'hui plus dures encore, surtout parce que, plus que jamais, ceux qui professent la littérature en raréfient la notion.

Je vous l'avoue, c'est peut-être une infériorité, une impuissance de ma part, mais je ne comprends pas le vers libre. Est-ce mon tempérament latin qui réagit là contre ? Mais je n'en suis pas ! Pour y voir goutte, il faut que l'auteur lui-même m'allume la lanterne. La moindre explication suffit, d'ailleurs, pour que je m'intéresse. Et je le sais bien, notre poésie classique est dure, césarienne, sans musique. Je sens que quelque chose de neuf et de désirable va naître : quoi ?

Après tout, vous ferez dans votre voie ce que nous avons fait dans la nôtre. Nous avons enterré le romantisme : enterrez-nous ! Mais n'oubliez pas que nous nous défendons encore et par des œuvres ! Nous avons tenu le haut du pavé pendant vingt-cinq ans. Vivez autant que nous. Nous ne sommes plus au temps où les formules d'art duraient deux cents ans. Elles meurent, aujourd'hui, avec le groupe d'hommes qui les a créées. C'est que nous allons de plus en plus vite ; la démocratie monte, elle est pressée, et la littérature, ne l'oublions pas, est le produit naturel et fatal du « sol social ». Si vous me parlez de transformation totale, il faudrait me prouver que le sol social a changé. Je vois bien qu'il bouge, mais j'attends le miracle qui refuserait aux prémisses d'hier leurs conclusions nécessaires. Aujourd'hui, sans que la science, comme je vous le disais, prenne le pas sur l'art, il me semble, toutefois, que l'art et la science font une grande alliance, et votre mysticisme m'inquiète, qui paraît supposer insolubles les problèmes auxquels la science s'acharne à trouver des solutions positives.

La morale de tout ceci ? Travaillons, travaillez. Je ne suis pas encore assez vieux et ramolli pour me convaincre sottement que rien n'est vrai de ce que je ne pense pas. Le meilleur bénéfice de la vieillesse venante, c'est l'indulgence éclairée, c'est l'espoir dans un avenir qui n'est plus le mien, mais qui m'intéresse encore, parce que je compte revivre parmi ceux que je ne connaîtrai jamais, grâce à l'amour que j'eus toujours pour la vie, pour la jeunesse, et grâce à mon œuvre. Faites quelque chose que, mes camarades et moi, nous n'eussions jamais pu faire : je serai le premier à vous applaudir. Personne n'est plus disposé que moi à se rouler d'admiration : je vous supplie seulement de m'en donner le motif.

Charles Morice
Le Journal, 20 août 1894

Le voyage de M. Émile Zola en Italie

Zola et sa femme partirent le 31 octobre pour l'Italie, où le romancier devait se documenter pour Rome. *Ils rentrèrent le 14 décembre. Puisque des erreurs avaient été commises dans la presse française au sujet du voyage, un rédacteur du* Temps *alla interviewer Zola afin de remettre les choses au point* (D. S.).

Il m'est difficile de comprendre les sentiments que mon voyage en Italie a fait naître chez quelques-uns de vos confrères. On écrit des choses comme ceci : *La tournée Zola* ! Qu'est-ce que cela veut dire, injure à part ? Croit-on sérieusement que je me fasse précéder, dans un voyage d'études, par des émissaires chargés de préparer l'enthousiasme ? Ce n'est pas sérieux. On affecte de ne pas savoir la situation que j'ai en Europe ! Comprenez-moi bien. Je ne veux pas dire que cette situation soit due à mon mérite : il ne m'appartiendrait pas de parler ainsi. Mais enfin, voilà trente ans que l'on fait du bruit autour de mon nom, autour de mes livres. Quand même mes ennemis mettraient mon œuvre au bas-bout de la littérature, ils ne pourraient s'empêcher de reconnaître que je suis une personnalité assez connue et dont on s'occupe. La presse n'a pas à protester contre cela. C'est elle qui l'a fait. Et quand elle proteste maintenant, elle ne fait que donner un nouveau coup de cloche, elle ne fait qu'augmenter l'onde sonore dont je suis environné par elle depuis plus d'un quart de siècle. Pour s'étonner de l'accueil que j'ai rencontré en Italie, il faut donc savoir fort peu ce qui se passe à l'étranger et il faut avoir peu de mémoire. On oublie, en effet, que j'ai été reçu à Londres avec autant de courtoisie, de bienveillance, d'égards – et de curiosité, si vous voulez – qu'en Italie même. Il en serait probablement ainsi dans d'autres pays encore, en Russie, par exemple, si j'avais l'occasion et le temps d'y aller.

Moi, qui savais qu'en Italie j'aurais à me défendre contre l'empressement sympathique de nos voisins, j'avais tout fait pour conserver son caractère à mon voyage d'études. Le matin même de mon départ, je disais à un directeur de journal (qui était venu chez moi et qui avait aperçu des préparatifs de villégiature) que j'allais passer quelques jours à la campagne. Le soir même, je partais directement pour Rome, sans vouloir m'arrêter nulle part. Comment se fait-il qu'à mon arrivée vingt personnes au moins, toute une nuée de reporters d'ailleurs très aimables, m'attendaient à la descente du wagon ? Je n'en sais rien. Mais je ne pouvais pas répondre à la courtoisie par l'impertinence. Dès lors a commencé un mouvement dont je n'étais plus le maître et qui s'est manifesté à Naples, à Venise, à Milan, par des fêtes données en mon honneur. Quand j'étais parti pour l'Italie, je ne voulais voir que Rome. M'est-il donc défendu, à moi qui n'ai pas beaucoup de loisirs pour voyager, de profiter d'une occasion pour me promener un peu et me distraire ? Et puis, ces grandes villes d'Italie ont un certain sentiment d'autonomie, un véritable esprit de décentralisation. Elles furent des villes libres, des capitales. Elles et leurs magistrats s'affirment en quelque sorte par les réceptions qui m'étaient offertes à mon passage. Je ne pouvais leur enlever ce plaisir, ni me soustraire à ces honneurs.

Quant à mon séjour à Rome, il est puéril de me reprocher d'avoir vu beaucoup de monde. Je n'y serais pas allé, si j'avais voulu rester à l'hôtel. J'allais pour voir et pour causer. J'ai été très cordialement reçu dans de grandes familles romaines, chez le prince Odescalchi, chez la comtesse Lovatelli, chez la comtesse de Santa-Flore, etc. J'ai vu le plus de monde possible, et j'ai causé avec toutes les personnes qui pouvaient me renseigner. J'ai visité Rome avec des personnages qui se sont mis à ma disposition avec une complaisance charmante. Notre éminent compatriote, M. Hébert, m'a fait visiter le Vatican. Je n'ai qu'à me louer en particulier de M. Baccelli, ministre de l'Instruction publique, qui a refait le Forum et découvert la basilique Julia, et aussi de M. Bernabei, directeur des fouilles, qui a mis au jour la maison des Vestales. La conséquence de tous ces bons procédés à mon égard était que je devais des remerciements à Rome et à l'Italie. Je ne pouvais les exprimer que par une visite au roi qui représente naturellement, aux yeux d'un étranger, la nation italienne. Mon séjour s'était un peu prolongé, j'avais été à Naples pour attendre la rentrée du monde politique à Rome et la réouverture du Parlement. Quand je revins, je consultai notre ambassadeur au Quirinal, M. Billot, qui devait être mon guide écouté en pareille circonstance. M. Billot me fit donner une audience par le roi et fit donner une audience à Mme Zola par la reine. On a rapporté de diverses façons mon entretien avec le roi Humbert. Les commentaires qui ont suivi me sont indifférents ; ils portaient le plus souvent à faux. Mon entrevue avec le roi a été courte ; et je n'ai pas besoin de vous dire que je n'allais pas l'interviewer. Ma visite était la visite d'un hôte que l'Italie avait bien reçu et qui devait le reconnaître. La seule phrase politique que le roi m'ait dite est celle-ci : « Ah ! vous êtes riches en France, et cela doit vous ôter bien des inquiétudes. D'ailleurs, personne, en Europe, ne veut la guerre, et l'Italie moins que personne. Croyez-vous que nous voulions la guerre ? Croyez-vous même, avec les difficultés que vous nous connaissez, que nous puissions la vouloir ? »

La reine d'Italie a fait à ma femme et à moi un accueil parfait. C'est une femme très intelligente, très fine, très femme et très forte. Elle reçoit très peu, m'a-t-on dit en Italie. Elle a pourtant tout ce qu'il faut pour briller et pour charmer. Dans ce sombre Quirinal qui a l'air d'une prison ou d'un couvent, la reine Marguerite habite un appartement où se trahit son goût vraiment exquis. Ce sont trois ou quatre salons clairs et gais, avec des tentures or-pâle ou gris-perle, tout en nuances fondues et harmonieuses. La reine qui a gardé toute sa jeunesse – le jour de l'ouverture du Parlement, on lui aurait donné vingt ans ! – s'occupe beaucoup, lit beaucoup, se tient au courant de tout et en particulier de notre littérature. Elle suit nos revues : ainsi elle m'a parlé avec éloges du dernier roman d'Édouard Rod ; quant à mes livres, la reine m'en a parlé avec infiniment d'adresse et de tact. Vous m'entendez.

Et le pape ? me direz-vous. Voici ce qui s'est passé exactement de ce côté. Dès le lendemain de mon arrivée à Rome, j'ai vu notre ambassadeur au Vatican, M. Lefebvre de Béhaine. Goncourt, qui est son cousin, m'avait adressé à lui. Je lui demandai de faire une démarche officieuse auprès de la secrétairerie d'État pour savoir si une demande d'audience aurait chance d'être agréée par Léon XIII. M. Lefebvre de Béhaine m'avertit qu'il avait déjà sondé le terrain. « Les bruits ne sont pas bons », me dit-il. Il fit néanmoins la démarche auprès du cardinal Rampolla. Le cardinal répondit qu'il ne pensait pas, à son grand regret, qu'une demande d'audience venant de moi serait accueillie par le Saint-Père. Le cardinal disait que le pape serait personnellement heureux de me recevoir, me tenant pour un homme honorable, mais, après la mise à l'Index de *Lourdes* et les lettres de l'épiscopat français, me recevoir était vraiment bien difficile. Je n'insistai point. Il n'y eut pas de demande adressée. On n'eut pas la peine de me refuser officiellement l'audience. Certes, j'aurais été heureux de voir le pape ; mais c'était pour moi une formalité, une espèce de consécration publique de mon enquête sur le Vatican. Mais, évidemment, cela n'était pas indispensable, car le pape ne m'aurait vraisemblablement rien appris ni sur lui-même, ni sur le monde qui l'entoure. Tandis que le monde qui l'entoure m'a appris sur le pape tout ce que j'ai voulu. Mon enquête a été faite complètement et consciencieusement. Avec de la patience, de l'adresse et des pourboires appropriés, on se renseigne toujours et partout. Je sais fort bien comment le pape vit, comment il se lève et comment il se couche, comment il est et comment il agit, tout cela sans l'avoir vu. Enfin, je *tiens* mon pape, et mon livre ne souffrira pas de l'audience qui n'a pas eu lieu !

M. Lefebvre de Béhaine a été contrarié de ce petit incident. Il n'en a été que plus charmant, plus aimable et plus brave. Il n'a pas abandonné à son malheureux sort un homme excommunié ; il a visité avec moi des villas et des églises et lui, si diplomate, ne me dissimulait pas chez lui quand j'étais en visite et que des *monsignori* se faisaient annoncer.

Je rapporte de Rome des quantités de documents. Tous les soirs, je rédigeais mes notes, mes conversations, jusqu'à deux heures du matin. J'ai beaucoup vu, j'ai beaucoup causé. Je vais maintenant me mettre au travail. J'étais allé à Rome pour travailler ; en somme, je n'ai pas fait autre chose. J'ai lu quelque part que la condamnation du capitaine Romani, survenue pendant mon séjour, me créait des devoirs spéciaux. Qu'est-ce que cela veut dire ? On prétend que je devais demander la grâce du capitaine Romani au roi ! la grâce d'une condamnation qui n'est pas définitive encore, qui est en appel ? Et quelle qualité avais-je, moi, touriste, voyageur, homme d'étude, pour demander cette grâce ? J'étais sans mandat. Ceux mêmes qui me reprochent de n'avoir rien demandé, m'auraient, dans le cas contraire, accusé d'outrecuidance et de vanité. Quant à quitter Rome aussitôt après la condamnation du capitaine Romani, c'était plus impossible encore. Pouvais-je m'en aller ainsi en faisant claquer les portes ? J'aurais manqué de courtoisie envers des gens courtois, et je n'aurais rien démontré ni obtenu. Quand j'entre dans une église, je ne garde point mon chapeau sur la tête ; à la procession de Lourdes, j'ai été poli et respectueux. Cela n'implique pas qu'on abdique ses pensées intimes ni sa liberté de jugement.

Enfin, à la collection d'injures que j'ai recueillie au cours de ma carrière, il n'en manquait plus qu'une : celle de *sans-patrie* ; je l'ai maintenant. La collection est complète. Je puis travailler tranquille. C'est ce que je vais faire, sans autre réponse à des inexactitudes ou à des malveillances, qui sont déjà à demi évaporées. Dans un an, le public lira *Rome*. Je n'ai pas autre chose à dire.

Anonyme
Le Temps, 17 décembre 1894

Pour ou contre le duel ?

Le 1er mars, le journaliste Jules-Hippolyte Percher, dit Harry Alis, avait été tué en duel par le commandant et explorateur Frédéric Le Chatelier. Le duel était l'issue d'une polémique courtoise sur les concessions coloniales africaines. La nouvelle de la mort de son confrère fournit à Eugène Tardieu l'occasion de rendre visite à Zola (D. S.).

Pour ne pas me prononcer, j'avais envie de vous faire dire que j'étais malade ! Pour moi, vous savez, le duel est une coutume absurde, qui ne m'intéresse pas. Vous n'en verrez aucun dans mon œuvre. Et puis, je n'aime pas l'escrime, les exercices physiques. Quand j'étais petit garçon, à la gymnastique, je me fourrais dans les coins. Je n'eus jamais de rencontres ; une seule fois, je me rappelle, je fus témoin de Manet, et j'ai trouvé cela fort ridicule.

Quand on vit dans un certain monde, il faut se battre, on ne peut refuser. [...] Un commerçant ne se battra jamais et il aura raison. Il s'en fiche complètement, lui ! Sa femme et tous ses amis lui diront : « Un individu t'a provoqué ; laisse-le donc tranquille ! Tu serais bien bête de t'exposer à te faire tuer ! ». Il sera fort de l'approbation des siens et il laissera tomber l'affaire. Tandis que supposez un petit journaliste dans le même cas. Mais aussitôt, tous ses camarades refuseront de lui serrer la main en apprenant qu'il a reculé devant le combat singulier. En sera-t-il pour cela plus chevaleresque ? Non, c'est une pure question de respect humain, voilà tout !

Ah ! je comprends qu'on aime ça ! J'ai des amis qui sont passionnés pour l'escrime. Daudet vous en parlera avec chaleur ; mais, vraiment, je suis convaincu que si la coutume du duel venait à disparaître, les mœurs n'y perdraient rien. [...]

On aura toujours peur, voyez-vous, de se déclarer adversaire des duels, car on craindra l'accusation de lâcheté, et tous les Français sont sensibles à cette accusation-là !

Eugène Tardieu
L'Écho de Paris, 5 mars 1895

Rome de M. Émile Zola

*Au cours du banquet Goncourt, qui eut lieu le 1*er *mars dans la salle des fêtes du Grand-Hôtel, un rédacteur du* Gaulois *interrogea Zola à propos de son prochain roman, qui avait pour cadre la Ville éternelle. La conversation ayant été interrompue, le rédacteur la reprit le lendemain chez Zola* (D. S.).

Je viens d'en terminer le plan et je me propose de commencer le travail d'écriture, la narration, d'ici à quelques jours. Cela me prendra bien dix mois. Pensez donc, quarante personnages à faire mouvoir au cours de seize chapitres de cinquante à soixante pages chacun ! Le volume sera aussi gros que *La Débâcle*.

Je mettrai Léon XIII en scène dans *Rome*. Ce sera la plus haute figure de mon livre. J'emploierai, à cette occasion, le même procédé que j'ai employé pour faire paraître Napoléon III dans *La Débâcle*. Le Saint-Père traversera le roman pour ainsi dire, avec cette particularité que je le présenterai comme principal personnage dans une grande scène qui comprendra tout un chapitre de l'ouvrage.

Je n'ai pas besoin de vous dire que j'étudie le chef de la catholicité avec le grand respect qui lui est dû. Et je le fais en toute conscience, avec des notes, des impressions, des souvenirs, des documents puisés aux sources les plus autorisées. Certes, j'eusse été très heureux de voir le pape, non point, comme on l'a dit, pour l'interroger sur certaines questions, mais pour en emporter une impression directe, vivante, pour l'avoir sous les yeux en le mettant en scène. Cette satisfaction ne m'a pas été donnée. Il faudra donc me contenter des photographies et des portraits que j'ai recueillis de lui à Rome. [...]

Vous voyez donc que, en dehors des principes qui me guident, j'ai les meilleures raisons pour me montrer impartial. D'ailleurs, je tiens Léon XIII pour une « intelligence », je le dis nettement dans mon livre, livre qui m'a demandé, et qui me demande encore des recherches innombrables, tant au point de vue philosophique et social qu'au point de vue historique. En effet, mon roman comprend Rome sous trois faces différentes : la Rome du Palatin, la Rome des papes et la Rome du Quirinal.

C'est naturellement par l'évocation que je traiterai de la Rome antique, car l'action de mon roman est toute moderne. Quoique l'impression que j'ai ressentie en visitant certaines ruines de la ville primitive ne soit pas celle que les descriptions de Chateaubriand m'avaient fait espérer, je n'ai pas moins pris un plaisir extrême à établir cette partie de mon livre. On se replonge toujours avec délices dans l'Antiquité. Mais que de recherches cette étude n'a-t-elle pas nécessitées ! C'est que je ne savais de l'histoire romaine que ce qu'on en apprend au lycée.

Et cela ne suffisait pas. Il me fallut donc en faire toute une étude approfondie et presque nouvelle, en raison des investigations particulières. De même pour la Rome chrétienne, dont l'histoire est si vaste et complexe. Et enfin, une étude similaire pour la Rome moderne, dont l'histoire, quoique datant d'hier, n'est pas moins abondante en faits typiques et curieux.

Voilà huit grands mois que je travaille, que je lis, que je furète, que je prends des notes. J'ai passé tout l'été dernier, à Médan, à consulter les livres les plus documentés parus jusqu'ici sur le socialisme chrétien. À Rome, je me suis préoccupé surtout des mœurs, de la physionomie de la ville et des habitants.

J'ai vu un nombre considérable de gens que j'ai interrogés sans en avoir l'air, et cela dans tous les milieux. J'ai conversé avec des savants, des artistes, des membres de la haute société italienne, des paysans. Le soir, en rentrant chez moi, j'écrivais tout ce que j'avais entendu dans la journée. Et ce travail me menait quelquefois jusqu'à deux et trois heures du matin.

Ce travail a repris ici, car mille détails me sont revenus en mémoire. Puis, quand je me suis mis à rédiger le plan de mes chapitres, je me suis aperçu que certaines particularités m'avaient échappé. Alors, j'ai écrit à Rome. Et toute une correspondance s'est établie, correspondance qui n'a pas encore pris fin. Pensez donc que j'ai, à l'heure actuelle, plus de mille pages de notes ! C'est à l'aide de cette documentation que je vais me mettre au travail.

Gros travail, je vous le répète, celui qui m'aura demandé le plus d'études et le plus de veillées depuis mon roman sur la guerre. Au début, j'avais cru pouvoir me dispenser autant que possible de personnages italiens. Mais en établissant mon plan, je me suis aperçu que cela n'était que rêverie. De fait, sur mes quarante personnages, il n'y en a que quatre Français : Pierre Froment, le prêtre de *Lourdes*, qui reparaîtra non seulement dans *Rome*, mais aussi dans mon troisième volume, *Paris* ; un évêque, une domestique et enfin une grande personnalité de notre pays que je ne ferai qu'indiquer et que je ne nommerai pas ! Les trente-six autres personnages sont italiens et comprennent tout aussi bien des membres du clergé que des hommes politiques, des artistes et des membres de l'aristocratie romaine.

Je puis dire que c'est la presse qui m'a donné l'idée d'écrire *Rome*. En effet, j'étais à Lourdes, prenant des notes pour mon roman, lorsque des articles parurent dans des journaux de Paris, disant que, en racontant l'histoire de Bernadette Soubirous, j'allais parler du néo-catholicisme. On ajoutait que j'avais tort, car pour étudier le néo-catholicisme, disait-on, il fallait aller à Rome. Or, à cette époque, je ne pensais nullement à la question et je n'avais guère à m'en préoccuper, avouez-le, pour mon livre sur Lourdes. L'idée ne m'était même point venue de donner une suite à mon roman.

Mais tout en étudiant mon plan, je vins à reconnaître que la partie du livre que j'avais réservée au Vatican – car je voulais en parler en passant –, allait être noyée pour ainsi dire dans les développements du thème principal. C'est alors que je pensais à cette sorte d'invite qui m'avait été faite par les journaux de Paris. Et je résolus de composer tout un livre sur le Vatican, ayant Rome comme cadre. Mon idée prit corps, se transforma et j'eus la vision très nette du livre que je suis en train d'écrire.

J'espère avoir terminé au mois d'octobre. Le roman sera publié d'abord dans une revue ou dans un journal. Ce n'est donc qu'au mois de février prochain que Charpentier pourra le faire paraître en librairie. Mon rêve serait de terminer deux ou trois chapitres, ici, à Paris, avant le 15 mai. Puis, je partirais pour Médan, où je passerais tout l'été, en pleine solitude et en plein recueillement. En ce cas, j'achèverais le livre très certainement à la fin de l'automne. Mais le pourrai-je ? Car je crains fort que certains chapitres – ceux de la Rome papale surtout – ne me demandent, en dehors de mon plan général, des plans spéciaux.

Entre nous, c'est un gros, très gros travail que j'ai entrepris là.

A. G., *Le Gaulois*, 6 mars 1895

Zola et Camille Doucet

Aux obsèques de Camille Doucet, un rédacteur du Gaulois *interrogea Zola, qui représentait à la cérémonie funèbre la Société des gens de lettres, sur ses relations avec l'ancien secrétaire de l'Académie française* (D. S.).

Je répondrai à votre question d'autant plus volontiers que mes relations avec M. Camille Doucet ont été des plus cordiales et qu'elles me laissent de charmants et de très aimables souvenirs. J'ai fait la connaissance du secrétaire perpétuel de l'Académie, il y environ cinq ans, à l'époque où je posai pour la première fois ma candidature au palais Mazarin. Il s'agissait de pourvoir à la succession d'Émile Augier.

Je n'avais jamais vu M. Camille Doucet ; lui non plus ne me connaissait pas. Très sincèrement, il s'était figuré – selon des légendes, qui courent encore en province, je crois – que j'étais une sorte de bouledogue d'un commerce quelque peu inquiétant. Aussi fut-il effrayé à l'annonce de ma visite.

L'entrevue eut lieu. Elle fut charmante. Je fus, pour ma part, fort agréablement surpris. M. Camille Doucet me plut de prime saut, non seulement par sa courtoisie et même son affabilité, mais par son esprit très ouvert, très libéral, car il était fort intelligent, n'en doutez pas. Est-ce à moi à vous le dire ? Je lui fis la meilleure impression. C'était presque une victoire. Pensez donc ! le secrétaire perpétuel de l'Académie me trouvait assez homme du monde pour faire partie du « salon » qu'est l'illustre Compagnie.

« Mais ce n'est pas tout à fait le bouledogue de la légende, fit-il après ma visite, à un intime, qui me rapporta ses paroles. Il n'est intransigeant que sur certains principes d'ordre purement intellectuel. Sur bien des questions, je l'ai trouvé très souple, plein de bon sens. Je voterai très certainement pour lui, non pas cette fois, car ma voix est promise ; mais je voterai pour lui à la prochaine vacance. »

Et de fait, il tint parole. M. Camille Doucet a été, depuis – je le sais – un de mes plus fidèles électeurs. Je n'ai pas besoin de vous dire que, le voyant dans de si bonnes dispositions, je retournai lui faire visite. Et les plus aimables relations s'établirent entre nous. Je l'ai consulté à plusieurs reprises et j'ai toujours remarqué chez lui un sens très fin et très pratique des choses.

Nous n'avons pas été toujours d'accord, je dois le dire. Ainsi, il n'approuvait pas, au début, la multiplicité de mes candidatures. Mais j'avais fini par lui faire comprendre la situation particulière dans laquelle je me trouvais et qui nécessitait cette pluralité de candidatures. Je lui expliquai la raison de ma persistance, puisque je désirais, non pas succéder à tel ou tel académicien, mais avoir ma place sous la coupole, à côté de mes confrères de lettres. Je lui dis que, fidèle à mes principes, je voulais rester en dehors des combinaisons, quoique fort respectueux des arrangements auxquels pouvaient obéir les académiciens dans certains cas. Et je lui donnai bien d'autres raisons, qu'il écouta avec un fin sourire.

Il me répondit en critiquant d'une façon fort spirituelle mon manque de diplomatie et mon intransigeance : « Avouez tout de même que vous êtes resté un peu bouledogue dans vos idées ! Eh bien ! ajouta-t-il, on tâchera de vous faire entrer quand même ! »

Et je sais qu'il parla dans la suite à quelques-uns de ses confrères en ma faveur. Il est évident que je ne lui dois pas ce que je dois à Alexandre Dumas. Mais il s'est montré envers moi d'une réelle bienveillance. Quant à Alexandre Dumas, c'est celui qui s'est occupé de ma candidature jusqu'ici de la façon la plus marquante. Il va sans dire que je place à part François Coppée, qui m'est fidèle depuis la première heure. Mais enfin Dumas a mis, en deux fois, à mon service sa grande influence, et cela très activement. Je lui en garde une vraie reconnaissance.

Cependant, mon illustre confrère peut dire qu'il l'a fait de son propre mouvement, sans avoir jamais été sollicité par moi. Car je n'ai jamais rien demandé, pas même la voix de mes familiers. Je me contente de poser ma candidature et c'est tout. Que ceux qui me croient digne de m'asseoir à côté d'eux et de prendre part à leurs travaux votent pour moi ; mais je ne veux gêner personne par des sollicitations incompatibles, d'ailleurs, avec mes principes.

Quand j'ai posé ma candidature pour la première fois, j'ai fait des visites de courtoisie à tous les académiciens, sauf à Mgr Perraud, qu'il m'a été impossible de joindre, et pourtant j'eusse été très heureux de causer avec l'éminent prélat. À ma deuxième candidature, j'ai fait encore quelques visites, que j'ai complétées par des envois de cartes. Puis, d'accord avec M. Camille Doucet, je me suis contenté de poser ma candidature par lettre à l'Académie, à chaque vacance. Au premier temps, j'allais porter moi-même ma lettre à M. Camille Doucet. Puis, je lui avouai ma crainte de voir donner une fausse interprétation à ces visites où je ne sollicitais rien. Et avec sa bonne grâce habituelle, M. Camille Doucet me dit que je pouvais envoyer désormais ma lettre par la poste.

La prochaine fois, j'irai fort probablement porter moi-même cette lettre au nouveau secrétaire perpétuel, en lui faisant une visite de courtoisie, et ce sera à propos de la succession académique qui vient de s'ouvrir, car je n'ai pas besoin de vous dire que je suis candidat au fauteuil de mon excellent ami M. Camille Doucet.

G.
Le Gaulois, 5 avril 1895

Napoléon III jugé par M. Émile Zola

Le 25e anniversaire de la guerre franco-allemande ranima des souvenirs de la chute du régime impérial. Dans une interview accordée au rédacteur Ange Galdemar, Zola parla de l'empereur, qu'il avait mis en scène dans son roman La Débâcle (D. S.).

Ce que je pense aujourd'hui de Napoléon III ?... Je ne l'ai pas toujours pensé. À vingt ans, en plein Empire, je tenais le neveu du grand Napoléon pour le bandit, le ruffian, le « voleur de nuit », qui, selon l'expression célèbre, avait « allumé sa lanterne au soleil d'Austerlitz ».

Dame ! j'avais grandi au roulement des foudres de Victor Hugo, *Napoléon le Petit* était pour moi un livre d'histoire d'une vérité absolue. Et puis, il y avait *Les Châtiments*, dont j'avais appris les strophes virulentes et que je déclamais à toute volée. [...]

Et je le voyais « l'œil terne, furtif, les traits pâlis » à travers cette rhétorique hennissante, écumante et géniale. Mais j'en suis revenu depuis ! Car, au fait, le Napoléon III des *Châtiments* est un Croquemitaine sorti tout botté et tout éperonné de l'imagination de Victor Hugo. Rien n'est moins ressemblant que ce portrait, sorte de statue de bronze et de boue élevée par le poète pour servir de cible à ses traits acérés, disons le mot, à ses crachats. *Les Châtiments* resteront comme « invectives ». Jamais, dans aucune langue, on ne s'est servi de l'injure avec une telle maestria. Mais que le Napoléon III en est faux ! Il est devenu comique à force d'exagération.

Et c'est ce qui m'a sauté aux yeux dès que je me suis mis à étudier l'homme, dès que, voulant étayer mes observations personnelles par des faits, j'ai interrogé les acteurs du règne impérial. Le coup d'État, c'est Morny, c'est Saint-Arnaud, c'est Magnan, c'est l'entourage du Prince-Président. Louis Napoléon n'eût pas tenté le coup de main sans eux. Un homme d'action, le neveu du dictateur de Brumaire ? Quel malentendu ! Un rêveur, un socialiste humanitaire, un fataliste, l'homme qui a les yeux fixés sur son étoile et qui marche vers elle comme le croyant à sa foi, et qui se laisse emporter par les événements, tranquille et confiant. Strasbourg, c'est l'étoile ; Boulogne, c'est l'étoile ; l'avènement à la présidence, c'est encore l'étoile, toujours l'étoile, comme le sera le 2 décembre, comme le seront tous les événements heureux de l'Empire ; c'est toujours la marche, l'éternelle marche vers la destinée qui s'arrête tout à coup, au bout de vingt-deux ans, barrée par un fleuve de sang, à Sedan.

***

Au fond, un bon homme, hanté de rêves généreux, incapable d'une action méchante, très sincère dans l'inébranlable conviction qui le porte à travers les événements de sa vie et qui est celle d'un homme au rôle prédestiné, à la mission absolument déterminée, inéluctable, l'héritier du nom de Napoléon et de ses destinées. Toute sa force vient de là, de ce sentiment des devoirs qui lui incombent. C'est le fataliste. Il doit arriver et il arrive. Et il trouve cela tout naturel. Quand il se réveille, il est à Sedan. Et, ici, c'est encore peut-être la destinée.

Qu'a-t-on à reprocher individuellement à cet homme plein de ses chimères, à ce mystique, qui marche tout vivant dans ce rêve étoilé ? On parle du gaspillage des fonds publics sous le régime impérial. L'or est-il entré dans les poches de Napoléon III ? On parle de sang versé. Est-ce bien lui qui en est responsable ? Remarquez que, en parlant ainsi, je m'occupe exclusivement de l'homme et non du chef d'État. Ce n'est pas mon opinion sur le gouvernement de l'Empire que vous me demandez, c'est mon opinion sur Napoléon III. Or, pour remonter à l'origine première, je dis que si le coup d'État est un acte blâmable comme une violation flagrante de la foi jurée – et nous n'avons pas à entrer ici dans d'autres considérations –, je dis qu'il n'est pas généreux et même juste d'en faire supporter à Louis Napoléon l'entière responsabilité. Qu'on examine impartialement la situation : d'une part, la lassitude des esprits au lendemain de 48, et, d'autre part, l'action du groupe d'hommes résolus qui a fait le coup d'État, et l'on verra que celui au profit duquel la révolution a été faite n'est pas le buveur de sang que la légende nous a représenté jusqu'ici. Ce n'est pas lui qui aurait fait fusiller le duc d'Enghien, ce n'est pas lui qui aurait donné l'ordre de brûler Moscou.

La guerre, la guerre où a péri sa fortune ? Est-ce bien lui qui l'a voulue ? Je ne le pense pas ! À le suivre pendant la campagne de 1870, de Châlons à Sedan, on voit qu'il n'a qu'une idée, aussitôt les premières défaites : arrêter la tuerie.

Le 17 août, il y eut un grand conseil tenu au camp de Châlons, conseil auquel assista le prince Napoléon. C'est à la suite de ce conseil que l'Empereur se désista du commandement en chef. À la vérité, il voulait se replier sur Paris, attendre là les événements, et livrer une bataille décisive, une seule, qui tranchât tout – et par suite, toute une douloureuse étape, toute une longue guerre, prévue peut-être, évitée. Ce fut l'avis contraire qui prévalut.

Et l'Empereur, résigné, commença cette promenade héroïque sur les routes de France ! Car il fut héroïque, souffrant à un tel point que les cahots de la calèche lui faisaient mal. Le soir, se débattant dans des crises atroces, il criait. Oh ! je l'ai suivi pas à pas, en faisant *La Débâcle*, et j'estime que cette campagne de France n'a été pour lui qu'un long martyre, physique et moral. Le mal horrible dont il souffrait a dû être augmenté par la surexcitation nerveuse, affolante dans laquelle nos premiers désastres le jetèrent, surexcitation qui finit pourtant par se calmer pour dégénérer en une sorte d'effondrement, d'anéantissement. Et quand il se réveille, il est comme un somnambule, la marche vers le danger, au devant des halles comme en un rêve. Car l'épisode que j'ai placé sous Bazeilles, dans *La Débâcle*, l'épisode où Napoléon, à cheval, les joues colorées de vermillon, pareil à une sorte de personnage de théâtre se faisant beau pour la mort et s'avançant au milieu des salves et des obus, cet épisode est vrai, de la plus scrupuleuse exactitude.

***

Avait-il confiance dans son étoile et méprisait-il la mort ou bien l'attendait-il, la souhaitait-il ? Sa lettre au roi de Prusse pouvait le faire croire : « Sire, n'ayant pu mourir au milieu de mes troupes, je vous rends mon épée. » Quoi qu'il en soit, cette mort qu'il eût désirée et qui eût mis fin à toutes ses souffrances morales et physiques, qui eût sauvé peut-être sa dynastie, cette mort il ne la voulait pas pour les autres. Il était constamment préoccupé par le sort de son armée, de ses soldats. Et il est encore exact, cet épisode de *La Débâcle* où l'Empereur, se promenant de long en large dans son cabinet, collant sa face maladive aux vitres, tressaille au bruit du canon. « Oh ! ce canon, ce canon qui ne cesse pas ! Oh ! ce canon, faites-le taire tout de suite ! » C'est vrai ! Il n'a qu'une idée en tête, l'armistice. Et c'est lui qui fait hisser le drapeau blanc.

Et quand je le revois vaincu, ayant rendu son épée, déchu, rencontrant dans sa course en calèche découverte, au nord de Sedan – de Sedan qu'il quitte, en route pour l'étranger, pour l'exil –, des prisonniers ramenés de Fleigneux à Sedan, qui se rangent sur la route pour laisser passer sa voiture, je suis pris de pitié. Et je ne suis pas avec ceux qui lui montrent le poing, même pas avec ceux qui lui reprochent la cigarette qu'il a au coin des lèvres. D'ailleurs, c'est une habitude chez lui, une manie de rouler des cigarettes pour les porter à ses lèvres et les jeter aussitôt. Une bravade, a-t-on dit. Quelle amère plaisanterie !

Cette rencontre ? Elle a eu lieu, elle a vraiment eu lieu. J'en avais douté, moi aussi. Mais j'en ai eu des preuves par des témoignages irrécusables. Et c'est un des épisodes singuliers, étranges, romanesques de la vie de ce souverain, dont la destinée fut si curieuse, qui passa tout au long de son règne pour ce qu'il n'était pas et qui fut mêlé à des événements auxquels sa nature ne le prédestinait aucunement.

Quant à l'Impératrice, j'ai voulu, en écrivant *La Débâcle*, la tenir en dehors de tous les événements. Je suis de ceux qui respectent les deuils.

Le personnage de l'Empereur, vu les conditions particulières dans lesquelles il évoluait, m'a semblé revêtir un caractère imprévu fait de cette majesté que donnent le malheur et la souffrance. Cet homme qui geint, qui se tord et se lamente, porté comme une épave vers l'abîme, vers la déchéance et l'irrémédiable ruine, et qui, au fond, comme je vous l'ai déjà dit, est un bon homme, impuissant, mais voulant le bien, faible mais compatissant, cet homme, dans ma pensée, se dresse au-dessus de l'injure, trop facile.

Je ne suis pas suspect d'impérialisme, je suis contre le coup d'État et je suis un républicain sincère et convaincu, un républicain de la première heure ; mais je considère Napoléon III, au point de vue purement individuel et sentimental, bien meilleur que la légende ne nous l'a représenté jusqu'ici. Je vous le répète, le Napoléon III des *Châtiments* deviendra comique avec le temps.

Ange Galdemar
Le Gaulois, 20 août 1895

La question du plagiat

La représentation de Venise sauvée *de Thomas Otway, au théâtre de l'Œuvre le 8 novembre, réveilla la question de l'emprunt littéraire. Cette fois, Zola fut mis en cause : on accusa le romancier d'avoir transporté toute une scène de* Venise sauvée *dans son roman* Nana. *Il parut intéressant au rédacteur Ange Galdemar d'interroger Zola là-dessus et de lui demander son opinion sur la question de l'emprunt en littérature* (D. S.).

On me représente comme ayant transporté une scène d'Otway dans *Nana* ? On a raison, et je n'ai jamais songé à le nier. Et, puisque vous voulez bien m'en parler, je vous dirai que j'ai fait mieux que la rappeler, comme conception et comme allure, je l'ai reproduite presque textuellement.

Je vous indiquerai même ma source : Taine ! Taine, où j'avais lu la scène au temps de ma jeunesse et où je l'ai reprise quand, en écrivant *Nana*, elle m'est venue à l'esprit.

****

Et ce n'est pas tout, le personnage d'Otway, comme le mien, fait tour à tour l'ours, le cheval. La scène est identique dans *Nana*. Il n'y a que les mots de changés. Est-ce assez net ?

Eh bien, maintenant que vous avez eu les pièces du procès sous les yeux, je vous dirai que j'ai fait cela volontairement, naturellement, sans la moindre arrière-pensée, pour la raison très simple que c'était mon droit. Mais oui ! mon droit. Un écrivain a parfaitement le droit de prendre telle scène accessoire dans l'œuvre d'un classique pour l'adapter à sa façon là où il lui semble que cette scène est à sa place.

Vous entendez bien ce que je dis, un auteur classique, un écrivain dont l'œuvre est entrée dans l'héritage commun, dans le patrimoine de tous. Il va sans dire que le cas ne serait pas le même si l'emprunt était fait à un contemporain, à un confrère vivant. Ici, la question de la propriété littéraire surgirait, applicable aux deux points de vue du fait moral et du fait matériel. Mais un écrivain mort, un classique qui est entré dans la grande famille des ancêtres, il est à nous tous, ses descendants.

Comment ! je crée un personnage qui appartient à la même famille que tel type imaginé par un classique et je n'aurai pas le droit de donner à mon personnage certaines qualités ou certains défauts prêtés par l'écrivain qui m'a précédé, à ce type qui est une sorte d'ancêtre de mon personnage ? Dans la *Venise sauvée*, d'Otway, Antonio n'est-il pas de la même race, de la même famille que Muffat ? Pourquoi les travers de l'un ne se reproduiraient-ils pas chez l'autre ? La scène m'a paru offrir le même caractère de vérité chez l'un comme chez l'autre. Je m'en suis servi, tout simplement.

Mais je vais plus loin et je vous donne tout de suite un autre exemple, non pas de rencontre fortuite, mais d'adaptation volontaire, qui pourrait être relevée dans mon œuvre. Et c'est ma pièce des *Héritiers Rabourdin*, dont j'ai pris l'idée première dans *Volpone*, comédie de Ben Jonson. Je m'en cache si peu que je l'ai dit en toutes lettres dans la préface de la pièce.

Ma source pour cette comédie comme pour la scène de Muffat a été Taine. Au fait, il est un des trois écrivains qui ont exercé le plus d'influence sur moi. Le premier a été Musset et le second Flaubert. Puis est venu Taine, dont les études historiques, philosophiques et littéraires ont été pour moi comme une révélation. Toute mon œuvre critique s'en ressent, d'ailleurs.

Or, c'est dans Taine que j'ai vu le sujet de *Volpone*, comme c'est dans Taine que j'ai lu toute la scène d'Antonio et d'Aquilina, de *Venise sauvée*, traduite en français par lui.

Et je me résume. Tout n'est que renouvellement et transformation, en littérature comme dans les autres manifestations de l'esprit. Ce que j'ai fait pour la scène de Muffat, les plus illustres écrivains l'ont fait, et je n'ai qu'à vous citer Molière et Shakespeare pour vous rappeler deux des gloires les plus hautes et les plus rayonnantes de l'art dramatique. Si ce que j'ai fait là est du plagiat, Shakespeare et Molière sont aussi des plagiaires.

Mais non ! ils ont pris à l'héritage commun ce qui leur convenait et ils ont conquis l'immortalité en façonnant selon le caractère propre de leur génie des idées vieilles comme le monde. Car tout est vieux. *Psyché*, à son apparition, ne fut pas une nouveauté dans le sens absolu du mot, et la légende du *Petit Poucet* date de vingt siècles.

Hélas, s'il fallait s'arrêter à toutes ces considérations, on ne ferait jamais rien ! Ainsi, ne m'a-t-on pas adressé le reproche de m'être servi des documents que m'offrait le livre de Denis Poulot pour écrire *L'Assommoir* ? Mais comment voulait-on que je fisse un roman sur l'ouvrier au temps du Second Empire sans puiser aux sources qui me paraissaient les plus authentiques ?

C'est comme si on me reprochait d'avoir lu des livres de médecine pour établir les cas d'hérédité dans ma famille des *Rougon-Macquart* ou d'avoir compulsé trois cents volumes sur l'Italie et la papauté pour écrire *Rome*, que je suis en train d'achever. Oui, trois cents volumes !

Les sources, les vieilles idées, elles sont à la portée de tout le monde. L'important, c'est de faire, même avec de vieilles idées, œuvre personnelle, originale et forte.

Ange Galdemar
Le Gaulois, 11 novembre 1895

Les droits du mort.
À propos du testament de Dumas fils

Dans son testament, Alexandre Dumas fils, mort le 27 novembre 1895, avait interdit la publication de sa pièce inachevée, La Route de Thèbes. *Cette interdiction suscita beaucoup de discussions dans la presse sur la propriété littéraire. Le 1*[er] *mars, Francisque Sarcey avait publié un article dans* L'Écho de Paris, *dans lequel il posait la question suivante : « Est-ce que le public, est-ce que la postérité n'a pas sur l'œuvre d'un homme de génie, publiée ou non, mais émanée de son cerveau et réalisée d'une façon quelconque, un droit primordial contre lequel ne peut prévaloir aucune volonté particulière ? » Là-dessus, André Eyssette interrogea quelques contemporains éminents : Henri Meilhac, Victorien Sardou et Émile Zola* (D. S.).

C'est une question de propriété littéraire. Or, il y a, à mon avis, une propriété littéraire et cette propriété doit être respectée comme toutes les propriétés.

J'ai lu la thèse de Sarcey. Elle est curieuse. Mais elle est, à tout prendre, une attaque à la liberté individuelle. Si je voyais Sarcey, je lui dirais : « Voyons, Sarcey ! Dumas avait-il de son vivant un droit absolu sur son œuvre, j'entends l'œuvre qu'il était en train d'écrire lorsque la mort est venue l'interrompre ? Ayant ce droit, pouvait-il détruire son œuvre si cette œuvre ne lui plaisait pas ? Oui ? Alors pourquoi, si vous lui concédiez ce droit de propriété absolue durant sa vie, ne l'accordez-vous pas à ses héritiers qui sont ses représentants, qui sont pour ainsi dire le prolongement de sa personne morale, qui sont propriétaires, en son lieu et place, autant qu'il l'a été lui, de son vivant, d'autant plus qu'ils sont dans ce cas particulier les agents de sa volonté ? Si, vivant, Dumas pouvait détruire *La Route de Thèbes*, pourquoi voulez-vous qu'il n'ait pas le droit d'en interdire la publication après sa mort ?

Nous élevons la question ? Nous parlons du droit moral du public sur l'œuvre d'un homme de génie ? Je veux bien vous suivre sur ce terrain. Donc nous entrons ici en pleine gloire. C'est la gloire de Dumas qui vous préoccupe et non le plaisir particulier, la joie artistique qui vous est refusée à vous lettré, à vous dilettante, par l'interdiction formulée par le grand écrivain à l'égard de son œuvre posthume ?

Êtes-vous bien sûr de respecter cette gloire comme il convient ? Pensez-vous que cette gloire puisse être agrandie par la publication d'une œuvre posthume, tout admirable qu'elle soit ? Pour ma part, je n'en crois rien. La gloire de Dumas, c'est l'œuvre qu'il a léguée à la postérité. Or, *La Route de Thèbes* n'en fait pas partie, puisqu'il l'a laissée inachevée avec la défense formelle de l'y adjoindre.

Ah ! j'aurais compris, jusqu'à un certain point, qu'on cherchât à vaincre – dans un but louable – les scrupules de ses héritiers à cet égard, si Dumas était mort à quarante ans, par exemple, au lendemain de ses premiers succès. On aurait pu arguer de l'arrêt survenu dans l'évolution d'un esprit original, hardi et puissant, et réclamer, au nom du progrès, l'œuvre inachevée de ce novateur fauché dans l'épanouissement de sa jeunesse. Mais Dumas est mort après avoir terminé son œuvre, l'œuvre qu'il voulait laisser à la postérité. Tenons-nous-y. Il nous dit lui-même de nous y tenir. Avons-nous le droit de nous montrer plus jaloux de sa gloire que lui-même ? »

André Eyssette
Le Gaulois, 20 mars 1896

Le congrès de la propriété littéraire

Au mois d'avril, une conférence internationale pour la protection des œuvres littéraires et artistiques eut lieu à Paris. Puisque les noms les plus illustres de la littérature et de l'art français ne figuraient pas sur la liste des délégués français au congrès, un rédacteur anonyme alla demander à Zola s'il croyait que cette délégation, ainsi constituée, pourrait obtenir les résultats désirés par ses confrères (D. S.).

Surtout, n'allez pas croire qu'il m'eût été agréable de faire partie des représentants que le gouvernement a choisis. Si l'on m'eût fait cet honneur, auquel d'ailleurs je n'ai aucun droit, puisque je ne suis plus président de la Société des gens de lettres, j'aurais été contraint de le refuser.

Je suis épuisé de fatigue, je viens de finir *Rome* et je pars pour la campagne. Il me serait impossible de suivre comme ils doivent l'être d'aussi importants travaux. Mais j'estime que la protection de la propriété littéraire ne peut être sérieusement discutée sans que les littérateurs soient au moins consultés. Il est vrai que je sais ce que valent souvent ces consultations : quand il s'agit de supprimer la censure, on nous appela tous à donner notre avis. Bien entendu, on se garda bien d'en tenir compte. Néanmoins, le congrès actuel, j'en suis persuadé, fera de bonne besogne. Tous ses membres ont une extrême bonne volonté ; il leur suffira de s'éclairer.

Mais il faut qu'ils s'éclairent. M. de Freycinet, qui a un esprit ouvert à toutes les réformes utiles, une intelligence remarquable, fera, j'en suis certain, de grands efforts pour défendre les réclamations des littérateurs pillés. Néanmoins, je crois que pour bien connaître ces réclamations et apprécier leur valeur, il est nécessaire d'entendre les auteurs qui sont les plus lus à l'étranger et qui savent bien comment on les a dévalisés.

Du reste – je pense qu'il en sera ainsi –, j'étais l'autre soir chez Sardou, et nous causions du congrès. Nous avons tous deux été d'avis que les représentants actuels de la France ne représentaient certainement que le gouvernement français, qui a eu simplement recours à leurs connaissances de légistes ou de diplomates et que des résolutions définitives certainement ne seront pas prises sans que les littérateurs aient été consultés.

Sur les réformes de législation internationale qu'il juge nécessaires

Le congrès ne compte pas malheureusement de représentants de la Russie et c'est justement le pays où les intérêts de notre littérature sont les plus sacrifiés. La question de la Russie est même la plus intéressante de toutes, et je compte prochainement lui consacrer un article au *Figaro*. En Russie, nous ne sommes pas protégés du tout. Le premier venu nous pille comme il lui plaît. Or il paraît que la solution est assez difficile, car le Code russe ne protège même pas efficacement la propriété littéraire de ses nationaux. C'est du moins ce qui a été répondu jusqu'ici à nos réclamations.

Il me semble cependant que le moment est venu de dire à nos amis les Russes : « La première preuve d'amitié, c'est de ne point dévaliser son camarade. »

Après la Russie, il y a encore les États-Unis qui, eux, sont représentés au Congrès. Là, nous sommes protégés, mais nous le sommes inefficacement. Notre protection est subordonnée à des déclarations, à des formalités sans nombre. Le Sénat américain a voté une loi compliquée, dont il faut demander la modification.

Pour les autres petits pays, la Bulgarie, la Serbie, etc., etc., nos intérêts sont beaucoup moins grands. En Allemagne, en Italie, en Espagne, nous sommes protégés efficacement.

Voilà, brièvement résumée, la situation telle qu'elle m'apparaît. La grande réforme à obtenir est surtout du côté de la Russie, où il n'y a rien de fait. Après, viennent les États-Unis dont la législation ne nous donne que des satisfactions insuffisantes. Pour le reste, le congrès certainement obtiendra toutes les réformes utiles, pourvu qu'elles soient compatibles avec la législation du pays en cause. Car c'est toujours la difficulté. Dans tous les pays, nous nous heurtons à une législation particulière qu'il faut avoir l'habileté de tourner. C'est pour cela qu'il est bon que parmi les représentants de la France se trouvent des légistes au courant de toutes les questions de droit international. Du reste, attendons, avant de nous prononcer sur le congrès, qu'il ait fait quelque chose. Nous le jugerons à l'œuvre.

Ganteaire
Gil Blas, 18 avril 1896

Le roman et le théâtre. Interview de M. Zola

*La première d'*Au Bonheur des Dames, *pièce en six tableaux tirée du roman de Zola par Raoul de Saint-Arroman et Charles Hugot, eut lieu le 5 juin 1896 au théâtre du Gymnase. Le lendemain, Henri Bauer fit une critique peu favorable de la pièce dans* L'Écho de Paris *: « Ces six tableaux, d'un coup d'œil agréable, de mise en scène souvent ingénieuse, évoquent la pensée de ces articles de Paris légers et peu solides, qu'on offre aux enfants pour leurs étrennes, joujoux, imitation lilliputienne des scènes de la vie réelle. » Pierre Neblis demanda au romancier son opinion sur la mise en scène de son roman* (D. S.).

Sachez, tout d'abord, que je suis absolument étranger à la confection de la pièce, que je vois pour la première fois aujourd'hui. Ce n'est d'ailleurs qu'à cette condition que j'ai donné l'autorisation à M. de Saint-Arroman, qui s'adjoint M. Hugot comme collaborateur.

J'ai connu M. de Saint-Arroman à la Société des gens de lettres ; nous nous y rencontrions toutes les semaines et de très amicales relations se sont établies entre nous. J'ai collaboré avec mon vieil ami Busnach à *L'Assommoir*, à *Nana*, mais depuis, j'ai définitivement renoncé au théâtre et lui-même achève en ce moment, sans mon concours, un drame tiré de *La Bête humaine*.

Les auteurs ont, je crois, tiré tout le parti possible de mon roman. Je dois vous dire que, personnellement, je ne suis pas du tout partisan de la deuxième mouture d'une œuvre. C'est une opération dangereuse, dont les résultats sont toujours mauvais. Quelle que soit l'adresse avec laquelle on découpe un livre, on ne parvient jamais à conserver aux personnages leur caractère et aux épisodes leur intérêt. L'action subit forcément le contrecoup de ces inconvénients, elle est languissante, interrompue par de nombreux entr'actes que nécessite la succession des tableaux, et même ceux qui connaissent le roman originel éprouvent une certaine déception au théâtre. Dans le livre, on peut consacrer des pages à l'indication d'un caractère, à l'étude d'une âme ; dans la pièce, c'est impossible, même en recourant au long et fastidieux monologue. Le lecteur, avec son imagination, se représente sous telle ou telle forme les personnages, et souvent, il subit une désillusion en les revoyant sur la scène sous un aspect différent.

Ce sont, bien entendu, des considérations générales. Quant à la pièce de MM. de Saint-Arroman et Hugot, je la trouve adroite, mouvementée, intéressante. Ils ont droit aux plus sincères éloges et aux plus grands compliments. L'œuvre, curieuse par elle-même, se trouve admirablement servie par une mise en scène luxueuse, vivante et qui flatte certainement l'œil du spectateur. Je viens de voir le dernier décor – le nouveau magasin de Mouret – un jour de grande exposition. Il donne certainement l'impression de ce que peut être la tentation du luxe et de l'élégance pour femmes. L'un des mérites des auteurs et non des moindres est justement d'avoir montré l'œuvre de Mouret, vivant de l'exploitation de la femme en exaltant son désir de plaire, de briller, et d'avoir conservé l'épisode du mariage de Mouret avec Denise, la pauvre petite employée devenant la vengeresse de la femme.

J'ai eu en outre, ce soir, l'impression de ce que peut être, de ce que devrait être une figuration parfaite. Tous les employés, toutes les demoiselles de magasin que nous avons vus n'ont-ils pas l'air de ceux qu'il nous est arrivé de coudoyer dans les grandes maisons de Paris ? On m'a reproché, dans certaines descriptions, de m'être laissé entraîner par l'imagination. Dites bien que pour écrire mon livre, je me suis livré à une longue et minutieuse enquête et que tout ce que l'on a pu lire a été réellement vu et observé par moi. Le député socialiste Jules Guesde, que j'ai beaucoup fréquenté au moment de la publication de *Au Bonheur des Dames*, m'a maintes fois déclaré que c'était celui de mes romans qui lui plaisait le plus, qui lui semblait le plus juste et le plus réel, car les grands magasins ne sont que le commencement de l'application des principes du collectivisme.

Après *Messidor*, livre que j'écris pour l'opéra de Bruneau, je ne m'occuperai plus d'art dramatique. Et encore, ce livret, ne le fais-je que pour obliger mon ami Bruneau. Je le pousse à écrire ses poèmes lui-même ; c'est indispensable, je crois, pour le drame lyrique. Mais dans *Messidor*, mon rôle est tout à fait secondaire ; dans une œuvre lyrique, le travail du librettiste ne doit pas compter, seul le compositeur doit paraître.

Pierre Neblis
Gil Blas, 6 juin 1896

Goncourt jugé par Zola

Edmond de Goncourt mourut le 16 juillet 1896. Le 20, Zola prononça un discours aux obsèques de son vieil ami. Dans l'interview qui suit, Zola donne son opinion sur l'œuvre de Goncourt (D. S.).

J'ai un grand chagrin. Ce matin, quand j'ai reçu la nouvelle que mon vieil ami était mort, je me suis souvenu qu'il y a dix ans, ici-même, un matin de juin ou de juillet, j'avais reçu une dépêche de Maupassant aussi lugubre que celle-ci m'annonçant la mort de Flaubert. Goncourt vint avec moi, à Rouen, aux obsèques du grand ami que nous venions de perdre. La route était longue et poussiéreuse sous le soleil torride de Croisset au cimetière. Goncourt s'appuyait à mon bras, et la fatigue l'avait pris. « Bientôt, ce sera mon tour, me dit-il, mais je vous promets, mon cher ami, de ne pas vous faire faire une route aussi longue. »

Il parlait souvent de la mort, mais il était si robuste, si vert, qu'on ne pouvait penser que sa fin fût prochaine. La dernière fois que je l'ai vu, il y a trois semaines à peine, c'était au banquet de Fasquelle ; jamais il ne m'avait paru plus jeune, plus en train. On m'avait offert la présidence du banquet, mais je refusai quand j'aperçus Goncourt, et je m'assis à sa gauche. Toute la soirée nous causâmes. « C'est fini, me dit-il. J'ai maintenant le droit de me reposer. Je ferai jouer *La Faustin*, et je tirerai un grand coup de chapeau au public. » Pauvre Goncourt ! il n'a pas attendu la représentation de sa pièce pour s'en aller.

Opinion sur Goncourt et son œuvre

Il y a trente-et-un-ans que je défends non seulement Edmond de Goncourt, mais les Goncourt, trente-et-un-ans que, dans tous les articles que je fais, je proclame mon admiration pour leur œuvre. Bien souvent, on a cherché à me brouiller avec lui, comme avec Daudet, du reste, et j'ai toujours protesté. Quand on classera ses papiers, on trouvera certainement des lettres de moi, lui disant : « Mon cher ami, ne nous brouillons pas, nous n'avons pas le droit de nous brouiller, nous devons aller la main dans la main, jusqu'à la mort. » Du reste, je puis dire que depuis trente-et-un ans notre amitié n'a pas subi d'éclipse.

Voici comment j'ai connu Goncourt. Ce devait être vers la fin de 1864 ou le commencement de 1865. J'avais vingt-quatre ans, j'étais employé chez Hachette, et je débutais dans la littérature par des articles de critique littéraire dans le *Salut public* de Lyon. *Germinie Lacerteux* venait de paraître. Il y avait eu dans toute la presse un tollé général contre cette formule de littérature nouvelle. Je crois que mon article fut à peu près le seul tout à fait élogieux. Les Goncourt m'écrivirent une lettre pleine d'émotion, m'invitant à venir les voir dans ce petit hôtel du boulevard Montmorency qu'ils venaient d'acheter. J'y allai, et fus reçu avec une affection touchante. À partir de ce moment, je fus considéré comme un ami. Ils m'envoyèrent un fauteuil pour la première d'*Henriette Maréchal*. Je fus de la bataille et elle fut dure, car nous n'étions point nombreux dans la salle, les amis dévoués, les admirateurs sincères.

J'entrai au *Figaro*, à *L'Événement*. Je continuai avec la même ardeur la défense des Goncourt. En 1869, quand Jules mourut, Edmond m'écrivit une très belle lettre, que je crois bien avoir publiée dans *Mes haines*. Nous nous retrouvâmes ensuite chez Flaubert, nous nous liâmes tout à fait et, depuis, il n'est pas passé un seul hiver sans que Goncourt vînt dîner chez moi. Du reste, nous nous entendions admirablement. Il a pu avoir d'autres amitiés littéraires qu'il a plus affichées, mais je crois bien que j'étais le plus près de son cœur. D'autres aussi ont pu l'encenser plus que moi, mais, depuis trente-et-un ans, il n'y a pas une ligne de moi écrite sur lui qui ne soit un témoignage d'admiration et de tendresse.

Juger l'œuvre d'Edmond et de Jules de Goncourt ? C'est bien difficile aujourd'hui que le cercueil de mon ami n'est pas encore fermé. Mon admiration, d'ailleurs, remplit plus de cent pages de mes œuvres. Les Goncourt ont eu et auront une grande et légitime influence artistique sur la littérature de ce temps. Peut-on dire que c'étaient des précurseurs ? Je ne crois pas aux précurseurs, et alors pour l'école de vérité, il faudrait remonter encore plus haut, il faudrait remonter jusqu'à Balzac.

Ce n'est même peut-être pas leur souci de vérité qui me frappe le plus. Il me semble que la vérité de Flaubert est plus prochaine. Mais ce qui fait la grandeur de leur œuvre, c'est l'intensité toute personnelle de la vision, le rendu, la nervosité, la netteté. Je ne crois pas qu'on puisse dire qu'ils aient créé des types inoubliables. Mais quelle vibration troublante, quelle perfection de description, et quelle émotion communicative !

Au point de vue du caractère, Edmond de Goncourt était un loyal, un vaillant et un tendre. Oui, un tendre, en dehors des haines littéraires qu'il pouvait avoir, et dont beaucoup étaient légitimes, car nul n'avait été plus attaqué, plus calomnié. Au point de vue littéraire, il était féroce, mais pour le reste, combien de fois ai-je vu des larmes dans ses yeux !

Bien souvent, on a parlé de son orgueil. C'est vrai, il était orgueilleux, mais cet orgueil même était un des côtés les plus nobles de sa nature. Il venait uniquement de son amour, de son trop grand amour, s'il est possible de parler ainsi, pour la littérature. Il plaçait la littérature au-dessus de tout, il avait la conscience d'être un littérateur de grand mérite, et, après tout, il avait le droit d'être orgueilleux. La littérature tenait toute la place dans sa vie, et s'il avait de la vanité, c'était la vanité d'un grand écrivain, vanité légitime. C'était une grande figure, une figure originale, dont tous ceux qui ont souci des lettres doivent honorer pieusement la mémoire.

Quel était le livre de Goncourt qu'il préférait ?

Incontestablement *Germinie Lacerteux*. Est-ce parce que c'est le premier roman de lui que j'ai lu ? Peut-être. Toujours est-il qu'il m'a laissé une impression saisissante que je n'ai pas oubliée au bout de trente ans. Je venais de lire Flaubert, j'avais été saisi par la vérité de son œuvre, mais c'était des scènes de vie provinciale qu'il nous montrait. Avec *Germinie Lacerteux*, Paris m'apparaissait avec sa population grouillante des faubourgs. Encore aujourd'hui, c'est le livre que je préfère dans toute l'œuvre des Goncourt.

Ganteaire
Gil Blas, 17 juillet 1896

Le féminisme et le désarmement

À la veille d'un congrès à Paris sur le désarmement, des membres de la Ligue internationale des femmes pour le désarmement demandèrent à Zola de leur prêter son appui. Le rédacteur, Pierre Neblis, alla recueillir la réponse du romancier là-dessus. Il sollicita également son opinion sur le féminisme et l'union libre (D. S.).

En effet, j'ai reçu, voici quelques jours, une lettre au sujet de ce congrès sur le désarmement, mais je n'ai pas encore envoyé ma réponse.

Je refuse, je refuse absolument, et voici pourquoi. Certes, je m'associe de tout cœur au vœu si digne, si humanitaire, du désarmement et je ne saurais trop louer ceux qui en poursuivent le but. Mais, simple romancier, je ne crois pas avoir qualité pour m'atteler utilement à une pareille tâche ; il s'agit de déplacer des montagnes et je me rends compte que je ne déplacerai rien du tout. C'est une question trop grave, trop délicate pour qu'elle puisse être traitée à la légère. Si je me rendais au désir des congressistes, je serais obligé de me documenter, d'étudier ce problème si ardu, de m'enquérir de l'opinion dans tous les pays. Je n'en ai pas le temps. Et puis, je n'ai pas le feu sacré pour déplacer ces montagnes. Jamais nous ne verrons le désarmement et si nos petits-fils le voient, ils pourront s'estimer heureux. Il y a de trop grands et de trop graves intérêts en jeu.

Il faudrait savoir ce qu'en pense le peuple, la nation, être sûr que, malgré certaines aspirations de revanche, le pays accepterait le désarmement. Et qui en donnerait l'exemple ? Enfin, il y a une industrie considérable qui se trouverait supprimée ; du coup, il faudrait, là encore, trouver le moyen de concilier les intérêts différents en ne jetant pas sur le pavé des milliers d'ouvriers qui travaillent dans les manufactures et dans les fabriques. Certes, la guerre est haïssable, mais, dans l'état actuel des choses, le meilleur moyen de l'éviter, est peut-être de s'y préparer. Quelque louables que soient les généreux efforts de ceux qui s'emploient au désarmement, je crains fort qu'ils soient purement chimériques.

Je ne comprends pas ce qui m'a valu l'honneur de cette demande. On me croit sans doute encore au *Figaro*. Mais je n'y collabore plus.

Les quelques articles que j'y ai publiés m'ont valu trop de tracas. Vous ne vous figurez pas l'avalanche de lettres après chaque chronique. J'avais traité de la dépopulation : aussitôt, je devins contraint et forcé, membre de plusieurs sociétés, et chaque jour on venait me demander de m'intéresser à telle ou telle œuvre, à saisir l'opinion de telle ou telle question. J'y ai renoncé. Un peu plus, j'étais embrigadé dans toutes les œuvres philanthropiques, protectrices et humanitaires, je n'ai rien fait de ce qu'il faut pour succéder à Jules Simon.

Féministe ? mais je ne le suis pas non plus. J'ai eu à m'occuper, dans mes ouvrages, de la femme, de sa condition sociale, de sa situation vis-à-vis de l'homme et devant la loi, mais je ne l'ai fait qu'en artiste, comme romancier seulement. Je ne suis certes pas hostile au mouvement féministe, à l'émancipation de la femme, mais n'exagérons rien. On a trop longtemps traité la femme en esclave et on n'a que trop tardé à lui reconnaître certains droits, mais de là à la considérer comme l'égale de l'homme, à la traiter comme telle, il y a loin. Ni moralement, ni physiquement, elle ne peut prétendre à cette égalité et l'émancipation ne doit se faire que dans la mesure de nos mœurs, de nos usages, je dirai même des préjugés de notre édifice social.

Sur l'union libre

L'union libre ! mais je n'y vois aucun inconvénient, ou plutôt je n'y verrais aucun inconvénient si le sort des enfants se trouvait assuré. Or, toute notre organisation sociale repose sur la famille. Tant que l'État ne sera pas le tuteur obligé des enfants, qu'il sera nécessaire de pourvoir à leur existence, il faudra que l'union entre un père et une mère représente des garanties pour les petits. Ces garanties, le mariage seul les donne à présent. Si vous voulez changer tout cela, commencez donc par modifier le Code, par déraciner les préjugés qui nous régissent.

Quand une maison est bâtie pour un aménagement déterminé, il faut l'habiter telle quelle ; si vous voulez y apporter des modifications complètes, radicales, commencez par jeter bas tout l'édifice si vous voulez faire quelque chose d'utile, de pratique et de durable. L'enfant, c'est la base de la famille et le mariage est la sauvegarde, la sécurité de l'enfant. Dans l'union libre, ce n'est pas le côté irreligieux qui me choque, pas plus que ne m'épouvante l'absence de la légalisation par le maire, c'est le sort de l'enfant qui m'inquiète. Cette préoccupation doit primer toutes les autres.

Pierre Neblis
Gil Blas, 2 août 1896

Zola à l'Index

Le 24 août 1896, une dépêche de Rome annonça la parution d'un décret issu de la Congrégation de l'Index condamnant Rome. *Georges Docquois se rendit alors à Médan, afin de connaître l'impression de l'auteur* (D. S.).

Je n'ai pas été surpris le moins du monde en apprenant la condamnation qui frappe mon dernier livre. Je suis seulement étonné que cette mesure n'ait pas été prise dès l'apparition de l'œuvre. Il est probable que la Congrégation n'avait pas voulu se donner l'air d'avoir peur, et avait tenu à faire instruire mon procès dans les formes, et sans trop de hâte. Vous savez bien qu'avant *Rome*, *Lourdes* avait aussi été frappé. Et que, comme par un choc en retour, l'Index avait, ensuite, atteint de ses foudres tous mes autres livres, en bloc.

On rappelle à Zola qu'un J. Zola avait, en 1870, publié un volume, *De rebus christianis ante Constantinum magnum*, fort répréhensible au point de vue du dogme, et qui fut mis à l'Index.

Oui, cela me revient à la mémoire. Je ne sais, d'ailleurs, rien sur ce J. Zola. Le nom de Zola, vous ne l'ignorez pas, est assez répandu en Italie. Quant à mon père, il s'occupa d'écrire des livres scientifiques, et je ne pense pas qu'il ait jamais encouru l'anathème papal. Dans notre ascendance, il y a un Zola évêque. Peut-être que celui-là... je ne sais pas, je ne sais pas.

Avant *Lourdes*, l'Index l'avait laissé en paix ?

Oui, je n'ai, du reste, jamais insulté le catholicisme et ne l'avais, nulle part, malmené dans mes livres. Dans ma série des *Rougon-Macquart*, j'ai campé un certain nombre de prêtres : les ai-je montrés bas ou indignes ? Mon abbé Godard de *La Terre* est un saint : il se dépouille de tout pour la misère. Ses ouailles malpropres, je les ai peintes, il est vrai, fort détachées des choses du ciel, dévastées par le doute, seulement éprises encore du formalisme de la religion. D'autres prêtres, créés par moi, sont, il me semble, des plus respectables : celui de *Pot-Bouille* est indulgent, mais sa dévotion va parfois jusqu'à l'exaltation, et il est dépourvu de passions viles ; celui d'*Une page d'amour* n'est pas moins sain ; quant à l'abbé Mouret, s'il est un exemple de la faiblesse de la chair, mais plus haut que la fange humaine, il est aussi l'exemple très moral du triomphe de la volonté par la Foi.

Mais son compromettant Jésus-Christ de *La Terre* ?

Eh bien ! je n'ai cru commettre, en le décorant de cette appellation, aucune irrévérence dont on dût me faire un crime.

Se souvient-il de Carlyle qui disait ne pas oser prononcer ce nom divin dans un livre profane ?

Je ne suis point Carlyle, et vous n'êtes pas, au surplus, sans savoir que Jésus-Christ est, dans les campagnes, un sobriquet fort répandu. *La Terre* publiée, je reçus des lettres de paysans qui m'écrivaient : « Comment connaissez-vous si bien *notre* Jésus-Christ ? » Oui, dans les campagnes, on décerne ce nom à un paysan qui ne travaille pas et qui a laissé pousser sa barbe et ses cheveux. Celui-là est, le plus souvent, un très vilain sujet, et c'est seulement par suite d'une ressemblance pilaire qu'il lui est donné de répondre au nom du fils de la Vierge. J'ai voulu, simplement, marquer là l'énorme écart existant entre l'appellation et celui qui en est affublé. De même, dans les environs de Médan, il y avait un vieux paysan que ses pareils avaient surnommé la Queue. Il est évident qu'au premier abord et pour des esprits malicieux, ce sobriquet de la Queue empruntait une allure tant soit peu pornographique. Cependant, cet homme ne devait ce sobriquet qu'à sa manière de faire durer la veille mode – qu'il était, dans le pays, le dernier à observer – de tresser par derrière ses cheveux en petite queue.

Au demeurant, et pour en revenir à l'Index, vous savez que tous les romans, quels qu'ils soient, en principe, en sont frappés, au même titre que les écritures saintes rapportées en langue vulgaire et que tous autres livres de schismatiques et d'hérésiarques. De temps à autre, seulement, la Congrégation daigne s'occuper spécialement d'un auteur romanesque et, jetant son nom à la réprobation du monde catholique, le met au rang des plus grands écrivains, qui, pour la plupart, furent accablés de la malédiction du pape.

Georges Docquois
Le Journal, 26 août 1896

Enquête sur les chats

Les 25, 26 et 27 septembre eut lieu un concours de chats au Jardin d'acclimatation. Invité par le directeur du Journal, *Fernand Xau, à faire partie du jury, Zola y participa, en compagnie de Catulle Mendès, Octave Mirbeau, Paul Arène et Paul Ginisty, entre autres. Dans l'interview qui suit, Georges Docquois alla en parler à Zola* (D. S.).

Un ami des chats, c'est moi, certes ! J'en ai eu beaucoup chez moi (j'en ai encore), et il y en a aussi beaucoup dans mes livres, où vous savez, d'ailleurs, que j'ai tenté de mettre la vie totale : bêtes et gens. Ça a été la maison des bêtes chez nous. Il fut un temps où l'on me trouvait enfermé dans des chambres, à Paris, avec cinq ou six chats.

Oui, les chats, je les aime fort. J'ai commencé par en mettre deux dans les *Nouveaux Contes à Ninon* – une chatte blanche et une chatte noire. Dans le foyer du théâtre de Bordenave, dans *Nana*, il y a un gros chat rouge qui n'aime pas l'odeur du vernis dont le vieux comique, Bosc, s'est enduit les joues pour y faire adhérer une barbe postiche. Dans *La Faute de l'abbé Mouret*, il y a un trio de chats. Un d'eux, tout noir, s'appelle Moumou. Ces trois-là sont des chats rustiques, comme j'en ai à Médan. Il y a aussi François, le chat au regard dur, ironique et cruel, d'une fixité diabolique. François, le matou énigmatique de *Thérèse Raquin*. Et puis, oh ! et puis, ma préférée ! la Ninouche, une petite chatte blanche, l'air délicat, dont la queue, à l'aspect de la boue, a un léger tremblement de dégoût, ce qui n'empêche pas cette bête de se vautrer quatre fois l'an dans l'ordure de tous les ruisseaux.

Que pense-t-il de leur caractère ?
Ils sont troublants et indéfinissables.

Georges Docquois
Le Journal, 12 septembre 1896

Zola contre Zola

En novembre 1896, Antoine Laporte publia Zola contre Zola, erotika naturalistes des Rougon-Macquart *(Paris, A. Laurent-Laporte). Marcel Hutin alla demander à Zola son opinion sur ce volume « composé uniquement [...] des choses osées, des peintures audacieuses, empreintes d'une forte dose de réalisme », disséminées à travers les* Rougon-Macquart (D. S.).

Depuis longtemps, il est question de la publication d'un ouvrage de M. Laporte, que je ne connais pas. M. Laporte, m'a-t-on dit, pour creuser entre l'Académie et moi un fossé dorénavant impossible à franchir, aurait imaginé – avec une candeur dont je lui fais mon compliment – de préciser dans mes livres tous les passages – comment disiez-vous ? – audacieux, les descriptions dans lesquelles j'ai été amené à copier la réalité de la nature en appelant un chat un chat. M. Laporte se propose de mettre en vente un volume de pages choisies de mes œuvres, et choisies dans une intention souverainement nuisible.

Permettez-moi cependant de douter encore de l'apparition de ce prétendu ouvrage. Il y a si longtemps que j'entends parler de livres à sensation qu'on se propose de faire paraître pour m'éreinter ! Aujourd'hui, un jeune homme ne croit plus pouvoir décemment entrer dans la vie littéraire sans rédiger un ouvrage ou un article me plantant carrément au pilori.

Au commencement de l'année, lorsque je me présentais au fauteuil de... – je crois que c'était Alexandre Dumas –, on me parlait déjà de la grosse machination qui s'ourdissait contre moi. On allait lancer dans le monde entier des volumes dans lesquels, sans chercher ailleurs que dans mes propres œuvres, on puisait des passages entiers qui devaient me brouiller à mort avec l'Académie. Maintenant, voilà que vous m'affirmez que ce volume tant attendu a paru. Bien.

Je vous répondrai sans détour qu'une simple question de droit se présente dans ce cas. J'ai traité pour la publication de mes œuvres avec l'éditeur Fasquelle, qui a qualité pour empêcher tout pillage d'un quelconque de mes volumes.

Il s'agit de rechercher si, en collationnant dans mes livres *La Terre*, *Germinal*, *Nana*, etc., tous les passages scabreux et en les insérant scrupuleusement, l'auteur de ce mémorable travail a voulu faire simplement une grande œuvre moralisatrice, qui lui attirera les lauriers de la patrie reconnaissante, ou si, alléché par l'appât moins avouable d'une bonne vente, il a voulu se contenter modestement de tirer à de fortes proportions une édition complète de ce qui constitue la quintessence naturaliste de mes œuvres.

Évidemment, dans ce dernier cas, M. Laporte a tout simplement pillé à bon compte mon éditeur, et comme j'ai prévu ce cas avec mon ami Fasquelle, il peut être sûr que mon éditeur ne négligera rien pour faire respecter ses droits. Tout en restant personnellement en dehors des débats, j'encouragerai fortement Fasquelle à poursuivre devant les tribunaux, conformément aux lois, M. Laporte et son éditeur pour plagiat, et au besoin à introduire un référé pour faire saisir tous les volumes mis en vente.

Mais croit-il que, malgré ce procès, le livre en question ne créera pas des ennuis à l'Académie ?

Vous plaisantez ! Vous imaginez-vous que de pareilles publications puissent porter sur des personnes qui connaissent mes livres et les ont lus en bloc ?

Vous le dirai-je ? Le succès considérable, la vente formidable de mes ouvrages en librairie est due en forte partie aux bouquins, brochures, articles de ces détracteurs qui se sont naïvement imaginé qu'il suffisait de prévenir contre moi le public en le prévenant, lui, des ordures accumulées, selon eux, dans chacun de mes livres !

Marcel Hutin
Le Gaulois, 1er décembre 1896

La science au théâtre. L'hérédité

Le 7 décembre, Zola assista à la première de L'Évasion, *comédie d'Eugène Brieux. Dans l'interview qui suit, Zola fait part à Charles Bardin de son opinion sur la thèse de Brieux sur l'hérédité* (D. S.).

Vous me voyez un peu gêné pour vous parler aujourd'hui. Je connais beaucoup Brieux, j'ai de l'affection pour lui et je tiens son talent en grande estime. C'est pourquoi je suis revenu chagrin de la représentation d'hier. Je voudrais seulement vous donner mon avis sur sa thèse. Eh bien, dans la pièce de Brieux, tout le côté de la thèse est enfantin. Et Brieux a prouvé qu'il ne connaissait pas un mot de cette question de l'hérédité qui est l'une des plus graves de ce temps et dont l'étude est encore en enfance, bien qu'on y travaille depuis quarante ans.

Certes, j'accepte qu'on défende toutes les théories, mais encore faut-il qu'on les défende sérieusement. Or, les personnages que nous a présentés Brieux sont des gens que nous n'avons jamais rencontrés – dans la vie –, des fantoches, en un mot. Puis, chez qui Brieux croit-il nous avoir montré l'hérédité ? Chez le fils d'un mélancolique, d'un hypocondriaque ? Eh bien, ce sera un mélancolique, comme son père. Chez la fille d'une femme galante ? Et il déclare : « Cette jeune fille sera une courtisane parce que sa mère était une courtisane. » Encore une fois, cela est trop enfantin ! Le malheureux oublie même qu'il nous a fait présenter le père de cette jeune fille comme un fort honnête homme ! Alors, pourquoi Lucienne aurait-elle hérité plutôt des vices de sa mère que de la vertu de son père ? Hier, j'avais envie de lui crier : « Tu tiens de ta mère, mais de ton père aussi ! » En résumé, il n'y a donc pas d'hérédité dans la pièce de Brieux.

Vous vous souvenez, n'est-ce pas, que Daudet a mis le même sujet à la scène, dans *L'Obstacle* ? Mais là, du moins, nous sommes devant une hérédité : celle de la folie. Daudet nous présente en effet la fille d'une femme morte folle et demande s'il n'y a pas danger à la marier. Un médecin interrogé répondra : « Il se peut que cette jeune fille ne devienne pas folle comme sa mère, mais il y a, par contre, beaucoup de chances pour qu'elle ait hérité de la folie. » Le devoir des parents sera donc de réfléchir mûrement avant de se décider, et Brieux lui-même hésiterait, j'en suis certain, en pareil cas.

Au surplus, où Brieux a-t-il pris que l'hérédité était toute-puissante ? Personne ne l'a jamais dit. L'hérédité est simplement un des nombreux facteurs de la transmission des défectuosités morales et physiques. Il y a encore l'éducation, le milieu, les circonstances, les croisements. Et c'est précisément ce qui rend l'étude de l'hérédité si difficile. D'autant qu'on ne peut se livrer à des expériences sur les hommes aussi aisément que sur les animaux. L'hérédité ? Mais n'est-ce pas la fatalité antique, et, pour les catholiques, le péché originel ?

Au surplus, il m'a semblé que Brieux s'était plu à se donner tort jusqu'à la fin. Ne croit-il pas, par exemple, qu'on a affirmé qu'il était impossible de s'« évader » de l'hérédité ! Mais personne n'a jamais prétendu qu'on ne pouvait s'en sauver ; moi-même, je ne l'ai jamais dit...

Quant aux médecins, Brieux paraît au fond leur reprocher de ne point connaître de remède contre la mort. Évidemment, ils ne peuvent rien, sinon soulager quelquefois la souffrance. Charcot, lui-même, disait : « Je ne sais rien... je cherche. » Le docteur Bertry est incapable de se guérir, nous dit-il, et il nous le montre, recourant à un rebouteux. Mais oui, tout médecin, sur son cas particulier, est un aveugle et un poltron. Lorsqu'il est malade, lui ou les siens, il appelle un de ses collègues.

Toute cette partie de la thèse de Brieux m'a beaucoup peiné et même un peu irrité, car en somme, c'est le procès de la science qu'il a voulu faire. Or, je crois qu'il n'y a qu'elle qui puisse nous apporter quelque soulagement. C'est donc manquer un peu de bravoure que de s'attaquer à elle. Et ce n'est pas sain. Vouloir nous rejeter ainsi dans le rêve est une mauvaise action. Il ne faut pas nier la science.

Charles Bardin
Gil Blas, 9 décembre 1896

CORRESPONDANCE

INTRODUCTION

La correspondance des années 1894-1896 est celle d'un homme de lettres. La part de l'intime, ou tout au moins des affects n'y est pas essentielle, même si l'on y rencontre Jeanne Rozerot, Denise Zola, et plus massivement, si l'on peut dire, Alexandrine. Qui cherche « les misérables secrets » d'un double ménage ne les y trouvera pas. En revanche, on connaît, en lisant ces lettres, le réseau des relations, des amitiés. On constate l'éloignement des anciens disciples ; on voit, au contraire, que les liens noués avec Bruneau, avec le graveur Fernand Desmoulin, ou bien encore avec l'éditeur Fasquelle, s'affermissent. On mesure le choc qu'a pu représenter la mort de Paul Charpentier. Edmond de Goncourt revient plus fréquemment qu'on aurait pu le penser dans cette correspondance. Zola n'oublie pas, en effet, d'honorer une vieille amitié et il y faut de la constance quand on sait – et il le sait – comment Goncourt le traite en son *Journal* et en son Grenier. Après le décès d'Edmond, il rappellera ce qu'il retient de l'œuvre des deux frères. La correspondance a parfois valeur de tombeau.

Comment se montre-t-on homme de lettres dans un échange épistolaire ? En ayant le sens que le livre est un bien matériel et un objet symbolique. Zola défend donc ses intérêts, tout comme il défend également ses confrères au nom de la Société des gens de lettres qu'il préside (il luttera en faveur de Bourget contre l'éditeur Lemerre), il honorera la mémoire des défunts (on songe à une lettre pressante auprès de Rodin pour que celui-ci exécute une statue de Balzac), il se présentera à l'Académie française autant de fois qu'il y aura de sièges vacants. Ce n'est pas chercher à satisfaire un ego vaniteux, c'est réclamer son dû et postuler que l'Académie s'honorerait à choisir avec pertinence les classiques du XIXe siècle, en jouant ainsi le rôle qui lui est dévolu. Il n'oubliera pas, enfin, de s'interroger sur ce que pourrait être l'engagement de l'écrivain, comme le montre une lettre à Barrès.

Cette correspondance offre d'autres centres d'intérêt. Zola a prêté au docteur Saint-Paul un document, *Le Roman d'un inverti*. Un échange épistolaire s'ensuit, que complètent des lettres adressées à Arthur Raffalovitch. Comment envisager l'homosexualité : est-elle native, physiologique ? Comment adapter la loi à ce qu'on appelle parfois, à l'époque, l'uranisme ? Les réponses de l'écrivain sont parfois peu nuancées. Zola, par ailleurs, noue des liens avec le docteur Toulouse. Il accepte de se muer lui-même en objet d'expérience. Il joue donc le jeu de la psychologie clinique naissante. Elle émerge comme science humaine en regardant du côté des sciences dures, et cela n'est pas pour lui déplaire.

Enfin, en répondant à Jacques van Santen Kolff qu'il rudoie quelque peu, comme on le fait avec un vieil ami trop insistant, Zola fait le point sur *Lourdes* et sur *Rome*, mais très brièvement : les entretiens en disent plus sur la poétique de l'écrivain. Il faut donc procéder à une lecture croisée des lettres et des interviews pour apprendre à situer Zola dans le champ artistique de l'époque, avant son engagement dans l'affaire Dreyfus. Cette lecture croisée permet de constater, si l'on fait la part de la halte italienne, qu'il est déjà en position de combat.

Jean-Louis Cabanès

CORRESPONDANCE

À Jacques van Santen Kolff

Paris, 9 mars 1894

Mon cher confrère, vous avez bien tort de vous émotionner et de vous décourager ainsi. Je vous ai dit souvent qu'il est des mois où il m'est impossible de répondre. Je viens de traverser une longue crise de souffrances physiques et morales, pendant laquelle j'ai interrompu toute correspondance.

Puis vos lettres s'entassent, vos questions s'accumulent à un tel point, qu'elles m'épouvantent et que je suis trop fatigué, chaque soir, pour me risquer à y répondre.

Aujourd'hui, je consens bien à vous parler un peu de *Lourdes*. Mais ce sera tout. D'abord, je suis très en retard, mon état de santé a été si mauvais, que le *Gil Blas* commencera seulement la publication dans son numéro du 15 avril. Cela fait que le volume ne pourra paraître chez Charpentier que vers le milieu de juillet. J'ai écrit actuellement quatorze chapitres sur vingt-cinq, et vous voyez que j'ai encore de la besogne. Le livre est divisé en cinq journées, comprenant chacune cinq chapitres. Ces cinq journées sont celles que, chaque année, le pèlerinage national consacre à son voyage à Lourdes. C'est vous dire que le roman est tout simplement le récit de ce pèlerinage, cadre dans lequel j'ai fait entrer Lourdes tout entier, avec sa vie, ses mœurs, son histoire, ses pratiques, ses cérémonies, enfin une monographie extrêmement complète. Il y a beaucoup de personnages, j'ai incarné dans des types les pèlerins, les médecins, les religieux qui exploitent la grotte et qui amènent les pèlerinages, toute la foule en un mot qui s'écrase là-bas. Quant à l'intrigue romanesque, elle est aussi faible que dans *La Débâcle*, plus faible encore. Vous devez savoir déjà que mon point de départ est l'examen de cette tentative de foi aveugle, dans la lassitude de notre fin de siècle. Il y a réaction contre la science, et l'on essaie un retour à la croyance du dixième siècle, à cette croyance des petits enfants qui s'agenouillent et qui prient, sans examen. Imaginez les misérables malades que les médecins ont abandonnés : ils ne se résignent pas, ils en appellent à une puissance divine, ils l'implorent pour qu'elle les guérisse, contre les lois mêmes de la nature. Tel est l'appel au miracle. Et, en élargissant la chose, mon symbole est que l'humanité est une malade, aujourd'hui, que la science semble condamner et qui se jette dans la foi au miracle, par besoin de consolation.

Tout ceci vous paraîtra bien trouble. C'est qu'en vérité il m'est bien difficile de vous donner une idée nette de *Lourdes* en quelques phrases. L'œuvre est une des plus complexes et des plus touffues que j'ai écrites ; je suis assez content des quatorze chapitres qui sont faits ; mais vous savez que je travaille dans la fièvre et qu'un roman, pour moi, n'existe que lorsqu'il est terminé.

Vous serez bien gentil en me laissant à mes nerfs et en ne vous froissant pas, si je garde un silence un peu long. Jusque à ce que j'aie écrit la dernière ligne, je ne serai à personne.

Charpentier va faire copier les lettres de moi qu'il vous a promises, et vous les enverra ; je veillerai à ce que vous soyez satisfaits le plus tôt possible.

Bien cordialement à vous.

À Paul Champoudry

Paris, 16 mars 1894

La Société des gens de lettres a ouvert une souscription pour élever un monument à Guy de Maupassant, et nous serions très désireux que ce monument soit placé au parc Monceau, le véritable endroit de Paris qui convienne pour honorer la mémoire et le talent si parisien de Guy de Maupassant.

Je viens donc, au nom de la Société des gens de lettres tout entière, vous prier de bien vouloir transmettre notre demande au conseil municipal. Nous ne demandons qu'un très petit emplacement et nous espérons que le conseil municipal tiendra lui aussi à honorer par ce vote une de nos gloires littéraires.

Je joins à cette lettre les photographies du projet du monument qui a été confié au sculpteur Raoul Verlet.

À Camille Doucet

Paris, 2 avril 1894

Monsieur le secrétaire perpétuel,

J'ai l'honneur de vous prévenir et je vous prie de faire savoir à l'Académie française que je maintiens ma candidature au fauteuil de M. H. Taine et que je la pose au fauteuil de M. Maxime du Camp.

Veuillez agréer, monsieur le secrétaire perpétuel, l'assurance de ma haute considération.

À Jeanne Rozerot

[Paris, 13 juillet 1894]

Je ne suis pas heureux. Ce partage, cette vie double que je suis forcé de vivre, finissent par me désespérer. Aussi, je te prie d'être bonne avec moi et de ne pas m'en vouloir, lorsque les choses ne marchent pas selon mes désirs. J'avais fait le rêve de rendre tout le monde heureux autour de moi, mais je vois bien que cela est impossible, et je suis le premier frappé.

À Louis Gallet

Médan, 20 septembre 1894

Mon cher Gallet, je désire que vous teniez de moi une nouvelle que vous trouverez sans doute prochainement dans les journaux. L'Opéra vient de recevoir un drame lyrique dont j'ai terminé ces jours-ci le poème et dont Bruneau va écrire la musique. Ce poème n'est pas tiré d'un de mes romans et il est en prose. C'est ce qui explique que nous n'avons pas eu recours au poète que vous êtes. Nous n'aurions jamais rompu l'heureuse association, sans le désir de tenter une expérience nouvelle. Et au moment de courir l'aventure tout seul, je veux vous envoyer une bonne poignée de main. Je sais que vous aimez beaucoup Bruneau et que vous vous réjouirez pour lui du très grand honneur qui lui arrive. Gardez-nous le secret jusqu'à ce que les journaux aient parlé.

Je rentrerai à Paris le 8 oct. et ne partirai pour Rome que vers le 1er novembre. Venez donc me serrer la main un soir à six heures. Je crois que nous avons à causer.

Ma femme et moi vous serrons affectueusement la main et envoyons nos vives amitiés à mesdemoiselles Gallet.

À Arthur Meyer

Médan, 28 septembre 1894

Cher monsieur Meyer,

Il est inutile que je réponde à M. Henri Lasserre. Nous n'avons pas le crâne fait de même, nous parlons une autre langue et nous ne nous entendrions jamais. Puis, je veux rester courtois avec lui, ce qu'il a été avec moi et ce qu'il n'est plus.

Mais, de sa lettre même, il est désormais établi qu'il n'a pas eu communication des documents administratifs, et que l'historien qui viendra un jour devra les consulter pour écrire l'histoire humaine et définitive de Bernadette.

Il est établi également qu'il a existé à Bartrès un abbé Ader ; que cet abbé Ader a été le premier guide spirituel de Bernadette ; qu'il l'a eue à ses leçons de catéchisme ; qu'il a enfin prédit ses visions, ce qui donne lieu aux suppositions les plus graves ; et que M. Henri Lasserre n'a même pas nommé cet abbé Ader. Il y a donc dans son livre une lacune inexplicable qui en infirme toute l'autorité.

Quant à mes trente années de travail, je les porte très fièrement. J'ai voulu la vérité autant que M. Henri Lasserre, et je l'ai faite de toutes forces de mon cœur et de mon intelligence.

Veuillez me croire, cher monsieur Meyer, votre bien cordial et bien dévoué.

À Bonnet

Paris, 24 octobre 1894

Monsieur,

Je vais partir pour Rome, et je n'ai pas, malheureusement, le temps de répondre à vos questions. Ce que vous nommez des répétitions se trouve dans tous mes livres. C'est en effet un procédé littéraire, employé d'abord timidement, puis que j'ai peut-être poussé à l'excès. Cela, selon moi, donne plus de corps à l'œuvre, en resserre l'unité. Il y a là quelque chose de semblable aux motifs conducteurs de Wagner, et, en vous faisant expliquer l'emploi de ceux-ci par un musicien de vos amis, vous vous rendrez assez bien compte de mon procédé littéraire à moi.

Veuillez agréer, Monsieur, l'assurance de mes sentiments distingués.

À Camille Doucet

Paris, 24 octobre 1894

Monsieur le secrétaire perpétuel,

J'ai l'honneur de vous prévenir et je vous prie de faire savoir à l'Académie française que je pose ma candidature au fauteuil de M. Leconte de Lisle.

Veuillez agréer, monsieur le secrétaire perpétuel, l'assurance de ma haute considération.

À Edmond de Goncourt

Rome, 15 novembre 1894

Mon vieil ami, je suis tellement affairé ici, tellement bousculé de travail, que je ne puis vous écrire longuement. Mais je tiens à vous dire, sans attendre, combien votre cousin, M. de Béhaine, nous traite affectueusement, et combien je vous remercie de la bonne lettre que vous m'aviez remise pour lui. Nous avons dîné déjà une fois à l'ambassade, et nous devons y dîner de nouveau. M. de Béhaine nous a fait faire deux charmantes promenades dans la campagne. Enfin, un homme exquis, tout à fait vieille France comme aurait dit notre Flaubert, et que j'aime beaucoup.

Je serai forcé de rester à Rome jusqu'à la fin de la semaine prochaine. Je suis dans toute la flamme enthousiaste du beau livre qu'il y a à faire, pour moi, avec l'antique ville en transformation et en révolution. Mais quelle œuvre que *Madame Gervaisais* : c'est aujourd'hui seulement que je la pénètre jusqu'à l'âme. Dès notre retour, j'irai causer de tout cela avec vous.

Vives et bonnes amitiés du ménage qui vous remercie encore.

À Alfred Bruneau

[Rome, vers le 29 novembre 1894]

Mon cher Bruneau, je veux pourtant vous répondre, vous donner signe de vie, malgré ma grande fatigue, dans le coup de vent qui nous emporte. Nous revenons de Naples, après quatre jours extraordinaires passés à Capri, à Pompéi, au Vésuve, où le volcan a bien voulu nous faire la grâce d'une petite éruption. Nous voici de retour à Rome, où nous resterons jusqu'au 4 ; ce qui fait que nous ne rentrerons guère à Paris que le 16, après Florence, Venise et Milan. Je suis ravi de la Rome que je vais emporter, un livre superbe. Nos bien vives amitiés à madame Bruneau, et embrassez Suzanne pour nous. Pardon de ma hâte, et bien affectueusement.

À Auguste Rodin

Venise, 8 décembre 1894

Mon cher Rodin,

Au milieu de mes continuels déplacements en Italie, les journaux de France me parviennent difficilement, et je n'ai pas toujours le temps de les lire. J'arrive donc bien tard pour vous dire mon chagrin de tout le bruit fâcheux qui vient de se faire autour de la statue de Balzac.

Vous savez quelle admiration j'ai pour vous et combien j'ai été heureux que le grand sculpteur que vous êtes fût chargé de glorifier le plus grand de nos romanciers, notre père à tous. Et c'est pourquoi, sans attendre mon retour, je veux vous adresser une ardente prière.

Je vous en supplie, au nom du génie, au nom des Lettres françaises, ne faites pas attendre Balzac davantage. Il est votre dieu comme il est le mien, passez vos jours, passez vos nuits, s'il le faut, pour que son image règne enfin au milieu de notre immortel Paris. Songez que cela dépend de vous, que vous seul retardez l'échéance. Certes, vos droits d'artiste consciencieux sont absolus, je ne vous ai jamais pressé, mais Balzac attend, et il ne faudrait pas que sa gloire souffrît trop longtemps encore du légitime souci que vous avez de la vôtre.

Exaucez-moi, c'est mon cœur qui vous parle pour votre honneur lui-même, car je vous aime autant que je vous admire.

Bien affectueusement à vous.

À Alexandre Dumas fils

Paris, 4 février 1895

Cher et illustre confrère,

On me charge de vous demander si vous voulez bien nous faire un grand plaisir en acceptant d'être du comité d'honneur qui organise un banquet pour fêter Edmond de Goncourt.

Les amis de l'historien et du romancier ont pensé qu'il était bon d'honorer en lui quarante années de littérature et de travail. Il n'a pas été trop gâté par le succès, et la présence, l'adhésion tout au moins d'un grand travailleur tel que vous, arrivé au plein triomphe, serait sûrement une chose bonne et confraternelle.

Je n'insiste pas, je laisse la décision à votre esprit et à votre cœur.

Veuillez me croire, cher et illustre confrère, votre bien reconnaissant et bien dévoué.

À Camille Doucet

Paris, 21 février 1895

Monsieur le secrétaire perpétuel,

J'ai l'honneur de vous avertir et je vous prie de faire savoir à l'Académie française que je pose ma candidature au fauteuil de M. Ferdinand de Lesseps et à celui de M. Victor Duruy.

Veuillez agréer, monsieur le secrétaire perpétuel, l'assurance de ma haute considération.

À François Carry

Paris, 27 février 1895

Cher monsieur Carry,

Vous vous êtes mis à ma disposition d'une façon si charmante, que je vais en abuser, en vous demandant encore quelques renseignements pour mon livre.

On m'a parlé d'un mariage romain annulé par le pape, en 1867, celui de Silvia Merolli, et je désire vivement avoir des détails précis sur cette affaire. Est-ce que les divorces sont devant l'Ordinaire, devant l'évêque de Rome (le cardinal vicaire), avant d'aller devant la congrégation du Concile ? Et ce qu'on me dit d'extraordinaire, c'est que ce divorce-là aurait été retiré à cette congrégation pour être porté devant celle du Saint-Office. Est-ce possible ? Et, dans ce cas, toute la procédure ne doit-elle pas être reprise, et dans quelles conditions ? Enfin, je vous serais infiniment obligé si vous pouviez m'avoir les pièces de cette affaire Merolli.

Je voudrais bien avoir aussi une liste des églises cardinalices de Rome ; et surtout un résumé de toutes les superstitions du peuple et de la noblesse à Rome. Bien entendu, je ne vous demande qu'une énumération brève, car j'ai un peu honte de vous demander tant de travail.

Enfin, ne pourriez-vous pas me dire l'histoire de la reproduction de la grotte de Lourdes, qui se trouve dans le jardin du Vatican. Est-ce Pie IX, est-ce Léon XIII, qui l'a mise là ? et dans quelles circonstances, et dans quel but ?

Me pardonnerez-vous mon importunité ? Un romancier qui a besoin de documents devient terrible. J'espère que vous m'excuserez, pour mon grand amour de la vérité.

Veuillez me croire, cher monsieur Carry, votre bien cordial et bien dévoué.

À Henri Charriaut

Paris, 5 avril 1895

Monsieur et cher confrère,

Vous me dites que vous préparez un numéro spécialement consacré à Paul Bourget et vous me demandez d'y collaborer.

Le pis est que vous tombez dans un moment de gros travail et de grande paresse. C'est toute une étude que je voudrais vous donner sur Paul Bourget. Mais ne suffira-t-il pas de dire que voici longtemps déjà que je l'aime et que je l'ai toujours suivi en aîné, en frère d'armes, heureux de ses triomphes ? Il est du très petit nombre de ceux qui se sont taillé un domaine à eux dans le champ si disputé, si ravagé de la littérature contemporaine. Nous ne pensons peut-être pas absolument de même, mais je suis certain que nous avons toujours gardé l'un pour l'autre une grande affection et une grande admiration. Cela m'est très doux, dans notre époque littéraire où tous se dévorent.

Cordialement à vous.

À Georges Saint-Paul

Paris, 3 mai 1895

Cher monsieur,

Je ne veux retirer aucun bénéfice matériel de la publication du *Roman d'un inverti*, et sur ce point je désire que vous soyez seul à traiter l'affaire. D'autre part, pour des motifs d'ordre littéraire, je désire que mon nom ne figure pas sur la couverture ; ou du moins je consens seulement à ce qu'on mette : « Avec une préface d'Émile Zola ». Et cette préface ne peut être qu'une lettre que je vous adresserai personnellement, lettre assez courte, dans laquelle je vous conterai simplement l'histoire du manuscrit que je vous ai remis, en le jugeant brièvement à mon point de vue. Ce serait donc à vous d'écrire le morceau de résistance, morceau que je vois tout scientifique.

Avant d'écrire à M. Storck pour lui dire ces choses, j'ai voulu vous consulter. Si donc nous sommes d'accord, veuillez me le dire, et je lui écrirai.

Cordialement à vous.

À Georges Charpentier

Paris, 16 mai 1895

Mon vieil ami, votre lettre nous a bouleversé le cœur, tellement elle est désespérée et douloureuse, et nous serions partis tout de suite vous embrasser, si toutes sortes d'ennuis ne nous retenaient à Paris. Mais, dimanche, nous espérons bien vous trouver rassuré un peu, ainsi que votre pauvre femme, car vous semblez sous le coup d'une désespérance trop grande. Défiez-vous des médecins, qui sont parfois terribles, avec leurs pronostics trop inquiétants ; et dites-vous, quand ils vous annoncent des catastrophes, que tout ira bien, car ils ne savent rien, ils se trompent toujours.

Il y a vingt ans, ma femme a eu ce que Paul paraît avoir : un abcès au cæcum, qui lui a causé d'affreuses douleurs. Elle a été aussi en grand danger, sous la menace que cet abcès ne s'ouvrit du côté du péritoine. Et elle s'en est heureusement tirée, ainsi que plusieurs autres personnes atteintes comme elle, et que nous connaissons. L'ouverture de l'abcès dans l'intestin est l'issue la plus fréquente. La bonne nature, au fond, agit par les chemins droits. Je crois très formellement, pour ma part, à une terminaison heureuse.

Ah ! votre pauvre femme, comme nous la plaignons, mon vieil ami ! et comme nous sentons l'effroyable tristesse de votre situation à tous les deux, dans cette chambre d'hôtel inconnue, comptant les heures pour être fixés sur le sort de votre cher malade ! C'est ce qui redouble votre angoisse et vous ôte ainsi tout courage. Embrassez bien madame Charpentier pour nous deux, dites-lui que nous pleurons avec elle, mais que nous sommes pleins d'espoir, devant la certitude qu'un tel malheur ne peut vous arriver.

Ce cher Paul, vous savez que nous l'aimons beaucoup. Nous l'avons vu naître et grandir ; son portrait est sur notre cheminée comme celui d'un enfant qui serait à nous. Nous savons combien il est doux et bon, et quel homme charmant il fera. Et c'est pourquoi, encore un coup, nous sommes convaincus que tout finira bien, que vous allez l'avoir cet été avec vous en convalescence.

À dimanche. Ne vous inquiétez pas de notre arrivée. Nous ne voulons que vous embrasser, que vous dire de vive voix combien nous vous aimons et quelle part nous prenons à votre souffrance.

Et en attendant, nous vous envoyons, à vous trois et à votre cher malade, tout notre espoir, le meilleur de notre cœur.

À Edmond de Goncourt

Médan, 2 juin 1895

Mon vieil ami, veuillez m'excuser de ne vous avoir pas encore remercié du très aimable envoi du huitième volume de votre *Journal*. Je l'ai lu avec un intérêt croissant. Mais, au moment de vous écrire et de vous dire tout le plaisir qu'il m'a fait, je suis venu m'installer ici, et ma correspondance a été mise en déroute.

Vous savez que je n'ai jamais fait aucune réserve sur les paroles de moi que vous répétez. Je crois bien que je les ai dites parfois dans un sens un peu différent de celui que vous leur prêtez ; mais je sens que votre sincérité est absolue, et dès lors je ne me plains pas.

Votre *Journal* est vraiment une œuvre à part, telle qu'il n'en existe pas, d'un intérêt extraordinaire.

Merci encore, et bien affectueusement à vous.

À Edmond de Goncourt

Médan, 4 juin 1895

Je vous assure, mon cher de Goncourt, que vous ne m'avez pas été désagréable du tout. J'ai cru devoir vous faire une simple remarque : il me semble, par mon exemple, qu'en rapportant des paroles qui ont été réellement dites, vous arrivez parfois à leur donner un sens qu'elles n'avaient pas, et cela en toute sincérité. Mais, pour mon compte, je n'en souffre nullement, et je regrette mon observation, si elle a pu vous émouvoir.

Je ne veux à aucun prix que vous me communiquiez votre manuscrit. C'est cela qui me serait infiniment désagréable. Vous êtes le juge absolu de ce que vous écrivez, et rien de ce que [vous] écrivez ne me blessera.

Affectueusement à vous.

À Georges Saint-Paul

Médan, 25 juin 1895

Mon cher docteur,

Je ne trouve aucun mal, au contraire, à ce que vous publiiez *Le Roman d'un inverti*, et je suis très heureux que vous puissiez faire, à titre de savant, ce qu'un simple écrivain comme moi n'a point osé.

Lorsque j'ai reçu, il y a des années déjà, ce document si curieux, j'ai été frappé du grand intérêt physiologique et social qu'il offrait. Il me toucha par sa sincérité absolue, car on y sent la flamme, je dirai presque l'éloquence de la vérité. Songez que le jeune homme qui se confesse, écrit ici une langue qui n'est pas la sienne ; et dites-moi s'il n'arrive point, en certains passages, au style ému des sentiments profondément éprouvés et traduits ? C'est là une confession totale, naïve, spontanée, que bien peu d'hommes ont osé faire, qualités qui la rendent fort précieuse à plusieurs points de vue. Aussi était-ce dans la pensée que la publication pouvait en être utile que j'avais eu d'abord le désir d'utiliser le manuscrit, de le donner au public sous une forme que j'ai cherchée en vain, ce qui, finalement, m'en a fait abandonner le projet.

J'étais alors aux heures les plus rudes de ma bataille littéraire, la critique me traitait journellement en criminel, capable de tous les vices et de toutes les débauches ; et me voyez-vous me faire, à cette époque, l'éditeur responsable de ce *Roman d'un inverti* ? D'abord, on m'aurait accusé d'avoir inventé l'histoire de toutes pièces, par corruption personnelle. Ensuite, j'aurais été dûment condamné pour n'avoir vu, dans l'affaire, qu'une spéculation basse sur les plus répugnants instincts. Et quelle clameur, si je m'étais permis de dire qu'aucun sujet n'est plus sérieux ni plus triste, qu'il y a là une plaie beaucoup plus fréquente et profonde qu'on affecte de le croire, et que le mieux, pour guérir les plaies, est encore de les étudier, de les montrer et de les soigner !

Mais le hasard a voulu, mon cher docteur, que, causant un soir ensemble, nous en vînmes à parler de ce mal humain et social des perversions sexuelles. Et je vous confiai le document qui dormait dans un de mes tiroirs, et voilà comme quoi il put enfin voir le jour, aux mains d'un médecin, d'un savant, qu'on n'accusera pas de chercher le scandale. J'espère que vous allez apporter ainsi une contribution décisive à la question des invertis-nés, mal connue et particulièrement grave.

Dans une autre lettre confidentielle, reçue vers le même temps, et que je n'ai malheureusement pas retrouvée, un malheureux m'avait envoyé le cri le plus poignant de douleur humaine que j'aie jamais entendu. Il se défendait de céder à des amours abominables, et il demandait pourquoi le mépris de tous, pourquoi les tribunaux, prêts à le frapper, s'il avait apporté dans sa chair le dégoût de la femme, la passion de l'homme. Jamais possédé du démon, jamais pauvre corps humain livré aux fatalités ignorées du désir, n'a hurlé si affreusement sa misère. Cette lettre, je m'en souviens, m'avait infiniment troublé, et dans *Le Roman d'un inverti* le cas n'est-il pas le même, avec une inconscience plus heureuse ? N'y assiste-t-on pas à un véritable cas physiologique, à une hésitation, à une demi-erreur de la nature ? Rien n'est plus tragique, selon moi, et rien ne réclame davantage l'enquête et le remède, s'il en est un.

Dans le mystère de la conception, si obscur, pense-t-on à cela ? Un enfant naît : pourquoi un garçon, pourquoi une fille ? On l'ignore. Mais quelle complication d'obscurité et de misère, si la nature a un moment d'incertitude, si le garçon naît à moitié fille, si la fille naît à moitié garçon ! Les faits sont là, quotidiens. L'incertitude peut commencer au simple aspect physique, aux grandes lignes du caractère : l'homme efféminé, délicat, lâche, la femme masculine, violente, sans tendresse. Et elle va jusqu'à la monstruosité constatée, l'hermaphrodisme des organes, les sentiments et les passions contre nature. Certes, la morale et la justice ont raison d'intervenir, puisqu'elles ont la garde de la paix publique. Mais de quel droit, pourtant, si la volonté est en partie abolie ? On ne condamne pas un bossu de naissance, parce qu'il est bossu. Pourquoi mépriser un homme d'agir en femme, s'il est né femme à demi ?

Naturellement, mon cher docteur, je n'entends pas même poser le problème. Je me contente d'indiquer les raisons qui m'ont fait souhaiter la publication du *Roman d'un inverti*. Peut-être cela inspirera-t-il un peu de pitié et un peu d'équité pour certains misérables. Et puis, tout ce qui touche au sexe touche à la vie sociale elle-même. Un inverti est un désorganisateur de la famille, de la nation, de l'humanité. L'homme et la femme ne sont certainement ici-bas que pour faire des enfants, et ils tuent la vie le jour où ils ne font plus ce qu'il faut pour en faire.

Cordialement à vous.

À Alfred Bruneau

Médan, 19 juillet 1895

Mon cher ami, le pauvre petit Paul est mort ce matin à quatre heures, et on l'enterre dimanche. Vous ne pouvez donc venir à Médan. Mais je crois que le Conservatoire ne vous prend pas lundi, et, si votre journée est libre, vous pourriez peut-être venir lundi, ce qui nous ferait grand plaisir. Est-ce entendu ?

Quel affreux malheur pour ces malheureux Charpentier ! Je viens de les voir, et c'est navrant.

Bien affectueusement à vous.

À Fernand Desmoulin

Médan, 8 août 1895

Mon bon ami, ma femme allait vous écrire. Vous savez peut-être que les pauvres Charpentier vont venir passer une semaine ici ; et nous rêvions de vous avoir en même temps. Mais, puisque vous revenez en septembre, ce n'est que partie remise. Nous comptons absolument sur vous.

Je n'ai pas revu Charpentier, car je suis cloué ici par le travail. Ma femme l'a revu, ainsi que madame Charpentier, avant qu'ils partent pour Houlgate ; et elle a été navrée du deuil de ces pauvres amis. Comme vous le dites très bien, leur douleur a dû grandir, dans le repos et dans la réflexion. Tout cela est affreux.

Ici nous n'allons pas trop mal tous les deux, très solitaires comme toujours, et en attendant que l'été se passe. Le temps, d'ailleurs, est affreux. Moi, je fais beaucoup de bicyclette ; et, comme vous, j'y trouve une grande distraction. J'ai fini par mépriser le temps, par sortir sous les averses, ce qui fait que je suis trempé, couvert de boue. N'importe, ça me fait grand bien. Je vous attends pour que vous m'entraîniez. Je veux tenter avec vous quelques longues courses.

Et voilà, mon bon ami. Ne broyez pas trop de noir dans les tristes circonstances où vous vous trouvez. Portez-vous le mieux possible, et à bientôt, le ménage vous attend.

Bien affectueusement à vous de notre part à tous deux.

À Eugène Fasquelle

Médan, 31 août 1895

Mon cher ami, j'ai attendu que vous fussiez rentré à Paris pour répondre à votre bonne lettre. Nous sommes très heureux que vous soyez venus vous installer à Maisons-Laffitte, puisque cela nous fait voisins ; et, comme vous, nous espérons que nous pourrons nous voir souvent. Tout de suite, nous nous mettons à votre disposition : voulez-vous que nous allions déjeuner ou goûter un jour chez vous, ou voulez-vous venir déjeuner ou goûter un jour chez nous ? Le plus ennuyeux est sans doute que vous ne serez guère libre que le dimanche, un jour exécrable, selon moi, pour mettre son nez dehors. Je n'en suis pas moins à votre disposition entière. Desmoulin, que j'ai vu mercredi chez Charpentier, m'a dit qu'il s'entendrait avec vous pour une belle promenade à bicyclette. Il viendrait coucher chez moi, et nous irions vous prendre. Si vous le voyez, arrangez donc cela. Enfin, comme, quand et où il vous plaira.

Je suis ravi de votre bonne impression sur *Rome*. Je travaille beaucoup et suis assez content.

À bientôt donc, mon cher ami, et nos bien vives affections à madame Fasquelle, aux fillettes et à vous.

À Jacques van Santen Kolff

Médan, 12 octobre 1895

Ah ! mon cher confrère, il faut que je vous aime bien pour que je vous écrive, car je suis dans une de ces périodes de travail et de lutte avec moi-même, pendant lesquelles toute lettre me coûte un effort désespéré.

Aussi vais-je répondre très brièvement à vos questions. J'ai préparé *Rome* pendant une année, mon voyage compris, d'avril 94 à avril 95. J'ai écrit la première ligne le 2 avril 95, le jour anniversaire de ma naissance, espérant que cela porterait bonheur au livre. Depuis cette date, depuis six grands mois, je n'ai écrit que neuf chapitres sur seize, dont l'œuvre se composera, et j'espère écrire les sept autres en cinq mois, de façon à terminer dans les derniers jours de février. Pourtant, il est à croire que le roman commencera à paraître dans *Le Journal* du 25 au 30 décembre. Il y a environ cent vingt feuilletons, c'est-à-dire qu'il y durera quatre mois et ne paraîtra donc en librairie que dans les premiers jours de mai. Ce sera le plus long de tous mes livres, car je crains qu'il ne dépasse *La Débâcle*.

Maintenant, je ne puis absolument pas vous donner une idée de cet énorme travail, qui me coûte un effort considérable. J'ai voulu tout mettre, comme d'habitude, le passé, le présent, l'avenir, et avec Rome vous devinez où cela me conduit. Jamais je n'ai été débordé par tant de documents, tant de notes, tant d'impressions personnelles. Ajoutez que, dans le cadre de l'histoire, de l'art, de la religion et de la politique, j'ai mis tout un drame humain, en m'efforçant, selon ma méthode habituelle, de dramatiser la Rome actuelle dans des personnages vivants. C'est l'Océan, cette fois, et bien que je sois satisfait jusqu'ici, je resterai dans une grande angoisse tant que je ne serai pas arrivé aux dernières pages.

Bien cordialement à vous.

À Alexandrine Zola

Paris, mardi soir, 12 novembre 1895

Chère femme, je reçois maintenant tes lettres le matin, et ta première lettre de Rome, aujourd'hui, m'a fait grand plaisir, car je vois que tu te donnes du mouvement et je compte que tu vas te distraire. Au milieu de tout ce monde que tu connais et qui te fera fête, tes idées noires s'en iront, pourvu que surtout que le soleil continue à être de la partie. Je t'avais envoyé une dépêche cette après-midi, après avoir lu ta lettre, pour te dire d'accepter, chez de Béhaine et chez les autres, les invitations qui te seraient faites ; et j'ai été ennuyé, quand tu m'as télégraphié, en réponse, qu'il était trop tard, que tu avais déjà refusé partout ; mais ennuyé seulement pour toi, car ma pensée, en te disant d'accepter, était uniquement de t'engager à prendre du plaisir. Il n'y avait aucun intérêt en jeu, n'aie donc aucun regret, sinon celui d'avoir laissé échapper l'occasion de passer des soirées intéressantes pour toi. D'ailleurs, si de nouvelles invitations se produisent, tu pourras céder. Il est vrai qu'il est bien difficile d'aller chez les uns sans aller chez les autres, et c'était pourquoi je te disais d'accepter partout. Mais, encore une fois, peu importe, pourvu que tu passes ton temps et que tu t'amuses, d'une façon ou d'une autre.

Ta lettre m'a fait un peu revivre à Rome. Il est vrai que je ne la quitte guère, avec mon roman. J'ai commencé ce matin le chapitre XI ; mais, comme toujours, sans grand enthousiasme. Il a fait aujourd'hui un temps exécrable. La pluie n'a pas cessé depuis ce matin. Il est minuit, et pendant que je t'écris, je l'entends qui bat violemment le zinc de nos fenêtres. C'est un vrai déluge. Gouverné vient de m'écrire, pour me remercier d'avoir fait rentrer son professeur de violon à l'Opéra-Comique. Les nettoyages sont complètement finis au premier étage. La salle à manger est à peu près faite. Il ne reste donc que l'escalier et le porche et la loge. Ensuite, il est vrai qu'il faudra faire les cuivres et les argents de la maison entière. Je trouve souvent M. Ricaud qui m'attend dans l'escalier, quand je rentre le soir. Je le porte dans la cuisine. Puis, je descends M. Pin dans le jardin. Il y faisait une drôle de tête, tout à l'heure, sous la pluie battante. Mais il a eu ensuite une belle pluie de sucre, et je l'entends qui fait la limace sur le lit. Je lui ai baisé le bout du nez pour toi.

Rien autre. J'irai sans doute dîner demain chez les Charpentier, qui m'ont demandé une soirée. Je retournerai aussi voir madame Bruneau, vendredi peut-être. C'est singulier comme je tourne de plus en plus au solitaire. Et ne crois pas que je sois triste, je traverse au contraire une période de bon équilibre, content de voir surtout que les crises de l'an passé ne reviennent pas et qu'elles me laisseront, je l'espère, finir mon roman en paix.

Encore un coup, amuse-toi bien, repose-toi bien, écris-moi des lettres où je te sente vivre, comme celle de ce matin, et je serai bien heureux, car ce sera toujours une grande consolation pour moi, quand je saurai que, malgré tout ce qui est arrivé, tu n'es pas trop malheureuse.

Je t'embrasse bien tendrement.

À Alexandrine Zola

Paris, mercredi soir, 13 novembre 1895

Chère femme, ta seconde lettre de Rome, reçue ce matin, m'a intéressé infiniment. En as-tu fait, des visites, dimanche ! Je revois tout ce monde-là, et ça m'amuse. Je ne crois pas que les Hébert, surtout lui, soient de fausses bonnes gens, mais, naturellement, ils ne pensent pas comme moi. Tous les autres te donneront la comédie, car ils ont peur au fond, c'est visible. Enfin, tout va pour le mieux, puisque Rome te distrait.

J'ai dîné ce soir chez les Charpentier. Le père, la mère, la fille et moi : en tout quatre, j'ai préféré cela. Un bon petit dîner, et ç'a été très gentil en somme. Nous avons causé de ton voyage, de l'Italie, de Venise, de Goncourt qui est prodigieux de santé, de Daudet qui va doucement, de Léon qui est en Espagne avec Georges Hugo et sa femme (tu vois la joie de madame Lockroy), de Lockroy aussi qui est ravi d'être à la Marine, un rêve caressé, paraît-il, de Georgette dont le ménage menace d'être troublé par sa passion exclusive pour son enfant, de Fasquelle qui va cahin-caha, enfin de tous et de tout. Je les ai quittés à onze heures, et je suis rentré pour t'écrire. J'ai trouvé le ménage fort aimable, sans qu'il paraisse même se souvenir de ce qui s'est passé dernièrement.

[...] est venu me montrer des bijoux. Aucun ne m'a plu, et, bien qu'il parlât d'occasions, j'ai trouvé les prix excessifs. Je lui ai dit que tu étais en voyage et que tu passerais le voir, s'il y avait lieu. Simonis, notre fumiste de Médan, est venu me demander deux cents francs d'acompte, et je les lui ai donnés. Mariani m'a fait de nouveau cadeau de quatre bouteilles de wisky. Mais, cette fois, il y a joint douze bouteilles de son vin, ce qui est plus sérieux. J'en ai entamé une après mon déjeuner, et un petit verre m'a grisé. Décidément toutes ces préparations pharmaceutiques où il entre de l'alcool ne me valent rien. Tu t'en régaleras. Octave, cette semaine, m'écrit que tout va bien à la campagne. Les bêtes se portent toutes bien. La Mouquette a fait son veau hier matin. René a eu une entorse qui l'a tenu plusieurs jours immobile. La dernière oie a eu le cou pris dans une des petites portes de la canardière, et comme elle n'allait pas bien, Léonie a préféré la tuer et me l'envoie. Bon Dieu ! quel gros morceau pour moi tout seul ! Enfin, j'ai une bourriche de chrysanthèmes et une bourriche de coings. Tu dois savoir qu'Albert n'est qu'admissible, c'est-à-dire qu'il a été reçu à l'écrit, mais pas à l'oral. Amélie doit en être chagrine, car elle désirait bien vivement qu'il gagnât une année. Lui, en paraît déjà consolé. Il va rentrer au lycée, et il faudra qu'il attende juillet pour se représenter. Seulement, l'admissibilité compte, il n'aura plus qu'à passer l'oral.

C'est bien tout, chère femme. Le temps a été superbe aujourd'hui. Je m'étais endormi en entendant la pluie ruisseler, et j'ai été tout surpris, ce matin, en me réveillant, de voir luire un beau soleil. Cela va-t-il durer ?

Je cherche toujours quelque commission à te donner, et je n'en trouve pas. Si tu pouvais me rapporter mon roman fini, ce serait encore ce qui m'irait le mieux ; mais tout ce que tu me rapporterais ne ferait que l'allonger, et en vérité je n'y tiens pas. Il est tard déjà, j'ai perdu plus d'une heure dans le cabinet de toilette à faire mes petites affaires, et monsieur Pin ronfle à côté de moi.

Bonsoir, chère femme, et bien tendrement à toi.

À Alexandrine Zola

Paris, vendredi soir, 15 novembre 1895

Chère femme, j'ai eue ce matin la lettre que tu m'as écrite après avoir reçu ma dépêche, relative aux invitations ; et j'admire comme les choses faites dans une intention excellente tournent parfois malheureusement. Je voulais simplement te faire plaisir, et je t'ai chagrinée, je t'ai jetée dans une grande anxiété. Je voulais te mettre à ton aise, te dire d'accepter, si cela pouvait te distraire le moins du monde. Mais, encore une fois, peu importait, aucun intérêt n'était engagé, et il vaut peut être mieux que tu aies refusé partout : cela est plus distingué, plus discret. Tu vois donc que je suis loin de te blâmer, et mon avis est que tu n'as rien à réparer ni à expliquer. Ne te mets donc pas martel en tête pour revenir sur ton refus, en disant que tu accepteras l'année prochaine, si tu retournes à Rome. Je trouve que, seule, simplement de passage, tu avais parfaitement le droit de refuser les invitations, sans manquer à la stricte politesse. Tu n'as pas compris mon étonnement, lorsque je t'ai parlé de ta dépêche, lors de ton arrivée à Rome. J'ai été stupéfait, parce que cette dépêche portait comme heure de dépôt à Rome 8 h et demie, et que je l'avais ici, à Paris, dans mon cabinet, à 9 h. Évidemment, l'heure marquée était celle de Rome.

J'ai passé aujourd'hui une heure et demie avec Mme Bruneau. Elle paraît aller fort bien. On a enlevé de la plaie les fils, et elle ne se plaint que de ne pouvoir dormir. Nous n'avons rien dit de bien intéressant. Elle congédie sa cuisinière, et c'est la femme de chambre qui passe à la cuisine, tandis qu'elle rappelle d'Angleterre la femme de chambre qui l'avait quittée, malade, l'année dernière, à Villennes. Il paraît que ce retour jette Suzanne dans la joie. Je n'ai pas vu celle-ci, il n'y avait là que Bruneau. Elle avait reçu la visite de Charpentier, de Fasquelle et de sa femme, tous les trois à la fois. Elle a trouvé une bien mauvaise mine à Fasquelle.

Aujourd'hui, l'électricien est venu arranger les lampes qui s'étaient éteintes dans l'alcôve. J'ai vu l'entrepreneur qui est en train de transformer la fosse en cave, et il m'a dit qu'il aurait terminé son travail dans deux ou trois jours. Il paraît que nous aurons là une cave superbe. On repave dans notre rue, devant notre porte, et cela m'a surpris, car le pavé n'était pas mauvais.

J'ai eu, hier, une petite crise nerveuse dans le dos, et cela s'est terminé par un dérangement d'entrailles qui m'a empêché de dormir la nuit dernière. Cela va très bien ce soir ; seulement, je suis un peu fatigué, et je vais me coucher avec grand plaisir.

J'ai fait envoyer au comte les volumes de ma série qu'il m'avait demandés. Les a-t-il reçus ? Il est entendu une fois pour toutes que j'envoie un remerciement et un bon souvenir à tous ceux de nos amis de Rome qui se montrent si aimables pour toi. Dis-leur de ma part toutes les politesses que je ne puis répéter dans chacune de mes lettres.

Toujours bon plaisir, et bien tendrement à toi, chère madame.

À Alexandrine Zola

Paris, samedi soir, 16 novembre 1895

Chère femme, ce matin, en ouvrant les journaux, je lis qu'un violent tremblement de terre s'est produit à Rome, vers onze heures, dans la nuit de jeudi à vendredi. J'étais sans grande inquiétude, car tu aurais eu le temps de me télégraphier dans la journée d'hier vendredi. Pourtant, j'étais mal à l'aise, et j'ai préféré t'envoyer une dépêche. Celle que tu m'as envoyée en réponse, et que je viens de trouver en rentrant, me rassure pleinement. Il me semble que les journaux se sont complètement trompés.

Il faut te dire que j'ai enfin fait ce matin une belle promenade à bicyclette. C'est la seconde, depuis ton départ. J'avais envoyé hier soir un petit bleu à Desmoulin pour lui donner rendez-vous à la porte du Bois, à dix heures. Un temps admirable, un véritable jour d'été, avec un beau soleil dans un ciel sans nuage, et une température plutôt chaude. Seulement, les allées étaient un peu boueuses, de la pluie de ces jours derniers. Nous avons pédalé pendant deux bonnes heures et nous avons déjeuné aux chalets du Cycle. Desmoulin est très gentil et il m'a parlé de toi avec beaucoup d'affection. Il a reçu une lettre de toi qui l'a ravi, et je crois qu'il va t'écrire de nouveau. Au retour, quand j'ai été seul, toujours un extraordinaire encombrement de voitures, sur le boulevard des Batignolles. Mais je m'en suis bien tiré, j'ai fait une rentrée triomphale rue de Bruxelles.

Mon chapitre XI ne marche pas très bien. Je n'ai fait que trois pages hier et avant-hier. J'espère que la journée de repos que j'ai prise aujourd'hui me fera du bien. Ma pauvre vieille tête est parfois bien lasse, et il faut que je la ménage, si je veux qu'elle fasse son service jusqu'au bout. Le malheur est que les dates me talonnent. Sans cela, avec quelle joie je passerais quelques matinées dans mon lit, ou dehors, à courir les routes !

Aujourd'hui, aucune autre nouvelle. Personne n'est venu, si ce n'est des mendiants : il en pleut. Et je n'ai pas reçu de lettres. La maison est paisible, les nettoyages s'achèvent, tout va pour le mieux.

Ta lettre de ce matin me parle longuement de ce bon Bertolelli et de son fils. Oui, il y a peu de gens heureux, complètement, comme il y a peu de gens qui se portent absolument bien. On paie tous les bonheurs par de terribles souffrances, et le mieux est peut-être encore d'avoir son malheur, comme on a une maladie incurable, qu'on connaît et qu'on soigne, et dont on ne meure pas.

Ne te donne pas trop de peine pour trouver le petit bibelot que je t'ai demandé comme souvenir. Le moindre souvenir de ton voyage me fera la même joie. J'ai peur, si tu ne trouves pas, qu'il y ait là une raison d'ennui pour toi.

À l'avance, tâche de savoir l'heure à laquelle tu arriveras à Paris, car tu sais combien je serais heureux d'aller te chercher à la gare. Je te ferai faire notre dîner classique de retour : un bon bouillon, des huîtres et un perdreau. Monsieur Pin fera sa toilette et mettra son bel habit de satin noir pour te souhaiter la bienvenue.

Je t'embrasse de tout mon cœur, chère femme.

J'oublie de te dire que j'ai vu de Rodays aujourd'hui, à six heures, très aimable. Mais je tombe de sommeil, le récit de ma visite sera pour demain.

À Alexandrine Zola

Paris, dimanche soir, 17 novembre 1895

Chère femme, ta lettre de ce matin me conte ta belle visite à la chapelle Sixtine et me parle des préparatifs qu'on y fait pour le prochain consistoire. Tu sais que je m'abstiens de toute réflexion qui pourrait raccourcir ou prolonger ton voyage. Mais, vraiment, tu pourrais rester à Rome jusqu'au 25, s'il y avait de ta part le moindre désir de le faire. Cela ne ferait qu'un séjour d'une quinzaine de jours, et tu serais ici avant la fin du mois. Ton voyage aurait duré un mois en tout. Je te dis cela pour te mettre à ton aise, en te laissant absolument libre de choisir les dates qui te plairont. J'ignore si, à propos d'un consistoire, il y a quelque cérémonie publique. Peut-être, par de Béhaine, ou par tout autre, pourrais-tu avoir une entrée. Il serait curieux que ce fût toi qui visses le pape. Fais à ta guise et pour ton plaisir. Tu as parfaitement fait d'accepter l'invitation de de Béhaine. C'est le seul que j'aurais été chagrin de savoir blessé. Tout va donc pour le mieux maintenant.

Petites nouvelles. Madame Lockroy t'a envoyé une carte. Elle recevra tous les vendredis, à partir de quatre heures, au ministère de la Marine. Hermant est venu pendant mon absence, sans doute pour cette affaire dont Desmoulin nous avait parlé. S'il revient, ma réponse est prête : je ne ferai jamais rien contre Georgette. J'ai reçu une lettre très gentille de Julia, et, comme tu m'en as prié, je lui ai répondu affectueusement. J'ai aussi écrit à Coste, à propos de ses lettres que j'aurais laissées sans réponse : crime dont je ne me souviens pas.

Journée exécrable aujourd'hui. Autant il a fait beau hier, autant il a fait laid, par ce triste dimanche. La pluie n'a pas cessé un instant, et le ciel était d'un noir de suie. Heureusement que j'avais fait ce matin quatre bonnes pages, ce qui m'a tenu un peu lieu de soleil. J'ai travaillé avec Denise à ses devoirs et lui ai fait répéter son Histoire sainte. Tu n'as pas idée de sa façon de raconter le mariage d'Isaac et Joseph vendu par ses frères, avec des gestes et une voix convaincue. Jacques, à force de l'entendre réciter les mêmes leçons, les sait aussi, et il faut l'entendre lancer les mots de Chanaan et de Mésopotamie, dont il a plein la bouche. Ils se portent bien tous les deux, et ils ont achevé aujourd'hui les fruits confits, qu'ils adorent.

J'ai donc vu hier de Rodays, avec qui j'ai causé plus d'une heure. Il est entendu que mon premier article paraîtra le 2 décembre. Je le ferai sans doute sur le pape : tu ne seras plus à Rome et tu ne courras pas le risque d'y être assassinée. De Rodays m'a dit qu'il était enchanté de Bruneau. Puis, il a tâché de m'effrayer, en me disant que *Le Journal* périclitait. Letellier chercherait à vendre, et il aurait bien trouvé des acquéreurs, mais tous mettraient comme condition le renvoi de Xau. Donc on prétend qu'on cherche à évincer Xau. Ce sont là sûrement des commérages, et je suis certain qu'on laissera Xau jouer la carte de *Rome*, en paix.

Rien autre pour aujourd'hui, chère femme, que les compliments de monsieur Pin. Moi, je te souhaite du beau temps, encore quelques journées heureuses de distraction, et je t'embrasse de tout mon cœur.

À Alexandrine Zola

Paris, lundi soir, 18 novembre 1895

Chère femme, je vois que tu continues tes belles promenades, le Forum, la villa Borghèse, les catacombes de Saint-Sébastien, pour t'y casser le nez. Ce Loulou m'a l'air d'un être fantastique, et je crois que, si l'on pénétrait dans ce monde de Rome, on tomberait sur beaucoup de grands enfants. Madame Hébert, elle, m'a l'air plus intéressante, et je regrette beaucoup de n'avoir pu la faire causer à mon aise, car elle est certainement très renseignée sur toute la chronique mondaine et scandaleuse. Peut-être même t'a-t-elle raconté quelque histoire. Mais mon livre est bien avancé et si plein, que je ne puis rien y mettre, sans le faire déborder. Enfin, tu me raconteras toujours ce que tu auras appris.

Aujourd'hui, après une assez bonne matinée de travail, j'ai eu une séance très chaude à la Société. On y étouffait et on a commencé à y discuter les prix Chauchard. Imagine-toi que Theuriet se porte pour le prix de trois mille francs. Cela m'a étonné. Il est un de nos présidents honoraires, ce qui rend sa candidature fort délicate. Dans sa situation, il aurait mieux fait de s'abstenir. Ah ! mon Dieu ! quel soulagement et quelle tranquillité d'esprit, lorsqu'on n'a aucune ambition et qu'on demande simplement à travailler tranquille dans son coin. Si j'étais le maître de ma vie, je sais bien ce que je ferais.

Petites nouvelles. Je viens de recevoir pour toi une convocation de la Pouponnière : dimanche prochain, 24, madame Félix Faure visitera l'établissement. Tu es priée de te rendre à Versailles et de mettre ta médaille. Je viens de recevoir la visite d'Hermant. Il ne s'agissait pas de Georgette, mais de sa décoration. Encore que le ruban rouge affole. Il s'est pourtant montré assez discret ; et il doit revenir. Notre Mouquette a été malade. J'avais reçu une première lettre dont je ne t'ai pas parlé, attendant des nouvelles définitives. Aujourd'hui, elle va bien, mais le vétérinaire la trouve bien vieille. Il a ordonné qu'on lui frotte les flancs et les reins avec de l'essence de térébenthine et qu'on lui donne beaucoup de rafraîchissements. Le malaise l'avait prise tout de suite après sa délivrance. Octave paraît maintenant très rassuré et me donne les meilleures nouvelles de la maison. Imagine-toi que, ce soir, un Russe me fait passer sa carte et me demande à acheter la traduction de *Rome*. Je le prie de me faire une offre. Il m'offre cinq mille francs, j'accepte, et il doit m'apporter les cinq mille francs après demain matin. Je les attends. Nous verrons bien, mais l'affaire me paraît absolument sérieuse.

Le temps s'est remis brusquement au beau ce matin. Ciel clair, soleil, mais la température tourne au froid. N'importe, il est temps que Paris soit un peu nettoyé du gâchis dans lequel nous pataugeons depuis si longtemps.

Rien autre, je crois. Je vais bien, je travaille dans un assez bon équilibre. Mais quel coup de collier encore à donner, si je ne veux me trop attarder ! Avant ton retour, si tu avais quelques ordres à donner pour la maison, n'oublie pas de me les écrire. Je crois que tu trouveras les nettoyages terminés, bien que Jules et Joseph s'éternisent dans l'escalier. Il est vrai qu'ils passent partout les chênes à l'encaustique, et tu vois la besogne.

Je t'embrasse tendrement.

À Alexandrine Zola

Paris, mercredi soir, 20 novembre 1895

Chère femme, je vais donc attendre ta lettre de demain matin, pour savoir où je t'adresserai celle-ci. Si tu dois quitter Rome vendredi soir, il faut que je l'adresse poste restante à Turin, où tu la trouveras samedi en arrivant. Et je pourrai encore t'en écrire une, la dernière, que tu aurais samedi également, je crois ; car, dimanche, tu partiras sans doute trop tôt, avant le courrier. Enfin, je vais calculer les choses le mieux possible pour qu'aucune lettre de moi ne reste en retard derrière toi. D'ailleurs, si le cas se présentait, nous écririons dès ton retour, pour qu'on nous renvoie la lettre en détresse.

Cela me fait grand plaisir que tu assistes à une chasse au renard. J'ai décrit la mienne un peu au hasard, et je serais ravi si tu pouvais me rapporter des détails et une impression exacte. Tu me raconteras les choses le plus exactement que tu pourras. Et voilà au moins une commission que tu auras faite pour moi à Rome, puisque je n'en ai pas eu d'autre à te donner.

J'ai dit aux domestiques que tu rentrais lundi, et ils m'ont promis que tu trouverais les nettoyages complètement terminés. Ils ont trois grands jours encore et cela leur suffira. Je crois d'ailleurs qu'ils n'ont plus guère à faire que les astiquages. Ils ont passé à la cire tous les bois de l'escalier, et je crois que tu seras contente. Si je ne t'ai pas parlé de Joseph et de Marie, c'est que j'ai beaucoup moins de rapports avec eux. J'ai presque toujours trouvé Marie dans la lingerie en train de travailler, et Joseph m'a paru très consciencieux à la besogne. Naturellement, quand je n'étais pas là, tous les quatre devaient se reposer fortement. Mais ils ont été fort convenables et je n'ai pas eu à me plaindre d'eux. Tu vérifieras tout cela ; et tu sais que plus on change, moins ça va. Enfin, tu verras bien.

Brulat est venu aujourd'hui me présenter Chambige, qui est de passage à Paris. C'est un long garçon blême et osseux, d'aspect un peu inquiétant, l'air très doux pourtant. Il est vrai que son aventure et la prison n'ont pas été faites pour l'égayer. Il cherche à recommencer sa vie, et il voulait prendre conseil de moi. Je lui ai dit des choses que je crois sages et qui l'ont ému.

Je suis à peu près au milieu de mon chapitre XI, qui sera heureusement beaucoup plus court que les derniers. Il marche tout doucement, et mon article pour *Le Figaro* va m'empêcher de le terminer ce mois-ci. Pourtant, je commence à respirer un peu, je vois le bout.

Aucune nouvelle autre. Je n'ai vu personne, je ne suis sorti que pour aller voir les enfants. La pauvre Denise est très prise par ses cours, et nous devrons changer pour la prendre avec Jacques, l'après-midi du mardi, parce que, ce jour-là, elle retourne au cours. Je crois que je choisirai le mercredi pour les sortir avec toi, si tu n'y vois aucun obstacle. Enfin, nous en causerons. Tous les deux se portent très bien cette année. Il est vrai qu'il n'a pas encore fait froid et qu'ils n'ont pu s'enrhumer.

À bientôt, chère femme, je puis te dire maintenant que je serai très heureux de ton retour, puisque cela ne saurait désormais te le faire avancer. Et je t'embrasse, en attendant, de tout mon cœur.

Jeudi matin, 21 novembre

Je reçois ta lettre où tu fixes définitivement ton départ de Rome à vendredi. Je t'envoie donc celle-ci à Turin. Je t'écrirai une dernière lettre ce soir, et je te prie de la réclamer à la poste restante de Turin, avant ton départ, si tu ne la recevais pas en même temps que celle-ci.

Je t'embrasse bien tendrement.

À Alexandrine Zola

Paris, jeudi soir, 21 novembre 1895

Chère femme, ceci est la dernière lettre que je t'écris, et j'en suis bien heureux, surtout après ta lettre de ce matin, où je vois que tu reviens contente, ravie de ton séjour à Rome. Mais je tiens absolument à aller te chercher à la gare, lundi matin. Je sais que tu te débrouilles très bien sans moi ; et ce n'est pas pour t'aider, c'est pour qu'il y ait à la gare quelqu'un qui t'aime et qui te fasse bon accueil. Je sais par expérience combien ces rentrées matinales sont parfois sinistres, quand on revient, l'hiver, des pays du soleil. Je ne veux pas que tu sois toute seule, dans un fiacre, à être cahotée sur le pavé boueux ; je ne veux pas que tu puisses faire de tristes réflexions, en rentrant chez toi, car je veux que tu y rentres avec ta joie de là-bas et avec bon espoir. Laisse-moi donc faire, ne me plains pas de me lever un peu matin, puisque cela me fera un très grand plaisir. Je viens d'aller commander un petit omnibus qui sera à ma porte lundi, à six heures. Tu n'auras qu'à sauter dedans, et nous rentrerons ensemble. Ne commande donc pas de voiture par lettre, puisque j'en aurai une.

Si tu étais restée davantage, je crois qu'on ne te laissait plus partir, puisqu'on se mettait à donner de petites fêtes pour toi. Tout cela me paraît avoir été très gentil, et tout est vraiment pour le mieux.

Puisque tu reviens, les petites nouvelles n'ont plus grand intérêt. Enfin, je te les donne tout de même. Coste a répondu à ma lettre par une lettre fort aimable, mais singulière. Il me semble perdre un peu la tête. Tu verras cela. J'ai reçu une lettre d'Octave. La Mouquette va tout à fait bien, et les autres bêtes, et la maison. Il demande de la ficelle. Tu feras cela. Cette bête de Marie ne m'a pas prévenu qu'elle manquait de vin. Depuis samedi, elle en achète. Tu arrangeras cela. Tu feras peut-être bien de profiter de l'occasion, si c'est possible, pour qu'elle achète aussi son vin. Mon Russe aux cinq mille francs m'écrit que l'affaire est faite, mais que la dame pour laquelle il a traité, a un enfant à la mort. Je n'ai donc pas l'argent. Affaire compromise, je crois. D'autre part, je reçois des propositions pour l'Amérique. Tout va bien. Les domestiques sont prévenus que tu rentres lundi, et j'espère qu'ils vont se dépêcher, pour que tout reluise à ton arrivée. Il me semble qu'il reste à faire beaucoup de cuivres, d'étains, sans compter l'argenterie. Caponi m'écrit qu'il enverra demain à Luzzatto les deux premiers chapitres de *Rome*, et il s'excuse de ne pas venir me voir, en me racontant qu'il est malade, parce qu'on lui a volé Minetta en plein boulevard. Il aimait bien son chien, il ne doit pas être un mauvais homme.

Je n'ai eu ce soir que Bruneau. Sa femme va toujours bien, mais elle souffre par moments. Nous avons encore causé de *Messidor*, dont nous avons arrangé un peu le dernier acte, auquel il doit se mettre la semaine prochaine. Aucune autre nouvelle, d'ailleurs. Comme il doit y avoir une première à l'Opéra-Comique lundi : *Xavière*, et qu'il met sa loge à notre disposition, il est toujours convenu que, lundi matin, en revenant de te prendre à la gare, je lui télégraphierai, si tu n'es pas trop fatiguée et si tu veux faire ta rentrée dans le monde parisien le soir même.

J'ai déjà commandé à Eugénie les menus pour lundi. Tu mangeras les cuisses de l'oie de Médan, qu'elle a gardée. Et, en revenant de la gare, nous ferons ensemble un bon premier petit déjeuner, du thé avec de bonnes rôties. Tu vois la belle dînette ! Monsieur Pin en sera, car Monsieur Pin sait parfaitement que tu reviens et il attend déjà sa pluie de sucre.

À bientôt, chère femme, et mille bons baisers.

À Alphonse Daudet

Paris, 7 décembre 1895

Mon vieil ami, je lis dans *L'Écho de Paris* un article qui me cause une grande surprise et une grande peine. Eh quoi ? vous avez pu croire que j'avais lu le soir l'article des *Débats* et que j'étais allé le lendemain chez vous aux nouvelles ! Mais cela est très laid, indigne de vous et de moi !

Je suis allé, comme je me le promettais depuis longtemps, comme je l'avais annoncé à Goncourt et à votre fils Léon, je suis allé vous serrer la main, causer une heure avec vous ; et nous avons causé des vingt choses actuelles qui pouvaient nous intéresser. Croyez bien que, si votre désir faisait que nous fussions concurrents, cela n'aurait pour moi rien de désagréable, car il m'en est passé sur le ventre d'autres qui ne vous valaient certes pas et que je n'aimais pas.

Affectueusement.

À Gaston Boissiet

[Paris, 9 janvier 1896]

Monsieur le secrétaire perpétuel,

J'ai l'honneur de vous prévenir et je vous prie de faire savoir à l'Académie française que je retire ma candidature au fauteuil de M. Ferdinand de Lesseps et que je la pose à l'unique fauteuil de M. Alexandre Dumas.

Ce serait pour moi un grand honneur que de succéder à un illustre écrivain qui a bien voulu m'aimer un peu et me défendre, malgré d'anciennes batailles littéraires. Puisque, cette fois, son fauteuil est libre, je n'en ambitionne point d'autre.

Veuillez agréer, monsieur le secrétaire perpétuel, l'assurance de ma haute considération.

À Adrien Huard

Paris, 14 janvier 1896

Cher monsieur Huard,

Au nom du comité de la Société des gens de lettres, que j'ai l'honneur de présider, je vous prie de vouloir bien intervenir, comme président de notre conseil judiciaire, dans le procès que M. Paul Bourget vient d'intenter à M. Lemerre, éditeur, devant le tribunal de commerce.

La situation littéraire de M. Paul Bourget, un de nos sociétaires les plus éminents, membre de l'Académie française, et la place importante que M. Lemerre occupe parmi les grands éditeurs de Paris, donnent à ce procès une gravité exceptionnelle. Et j'ajoute que, par la question qui se pose, jamais occasion plus éclatante ne s'est présentée de faire enfin fixer un point de droit, que, depuis longtemps, nous avons tous à cœur de voir établir.

C'est sur ce point de droit que nous appelons particulièrement votre attention ; car l'affaire pour nous s'élargit, nous remontons d'un fait personnel au fait d'intérêt général, nous intervenons au nom de tous nos sociétaires et même de tous les écrivains français.

Lorsqu'un auteur touche un prix convenu par exemplaire tiré, il s'établit, entre lui et son éditeur, un contrat de participation, une sorte d'association, où la part de l'auteur est fixe, quelle que soit celle de l'éditeur. Dès lors, l'auteur a le droit absolu de connaître le chiffre des tirages, et l'unique vérification possible de ce chiffre est dans la communication pleine et entière des livres, où se trouvent portés les achats de papier, les ordres d'imprimer et de brocher, les entrées et les sorties, livres qui existent forcément dans toutes les maisons sérieuses. Même si, par une exception extraordinaire, ces livres n'existaient pas, les ordres eux-mêmes et les relevés des factures suffiraient.

Donc, je le répète, sans nous mêler de ce qu'il y a de personnel dans le procès entre MM. Paul Bourget et Lemerre, sans avoir à prendre parti sur des intérêts particuliers, nous voulons profiter de l'occasion qui nous est offerte, pour demander au tribunal de déclarer en principe que tout auteur a le droit absolu de vérifier l'exactitude des chiffres de tirage et d'exiger à cet effet, s'il le juge nécessaire, la communication des livres, particulièrement des ordres d'imprimer et de brocher, ainsi que de toutes les factures qui peuvent servir au contrôle. La dignité d'un éditeur n'est-elle pas, du reste, de faciliter ce contrôle de la manière la plus large possible ?

Voilà, cher monsieur Huard, ce que nous vous prions de vouloir bien exposer au nom de notre Société, en intervenant dans le procès ; et si, comme nous l'espérons, vous parvenez à faire établir notre droit indiscutable et la façon très nette de l'exercer, nous croirons avoir rendu un grand service à tous les écrivains français qui vivent de leur plume.

Veuillez me croire, cher monsieur Huard, votre bien cordial et bien dévoué.

Le Figaro, 8 mai 1896.

À Edmond de Goncourt

[Paris, 1er mars 1896]

Mon vieil ami, combien j'ai regretté de ne pas vous trouver hier soir, après votre très belle première ! Je vous aurais dit que votre pièce venait de me faire bondir le cœur en me ramenant à toutes les admirations de ma jeunesse. Ah ! la bravoure, elle seule est belle, dans la littérature ! Jamais je n'ai eu plus conscience de la vôtre, qu'en écoutant votre affirmation de l'art libre et vivant. Vous êtes notre maître à tous en désintéressement et en courage. Et ma femme aurait été bien heureuse aussi de vous complimenter et de vous dire combien nous vous avions applaudi.

Bien affectueusement à vous.

À Marc-André Raffalovich

Paris, 16 avril 1896

Je lis votre livre, Monsieur, il m'intéresse beaucoup, mais je ne comprends pas très bien. Si je suis plein de pitié pour ceux que vous appelez les uranistes, je n'ai pour eux aucune sympathie, sans doute parce que je suis différent. L'homme et la femme, je ne vois pas d'autre couple naturellement possible, si ce n'est dans une perversion physique ou psychique. Peut-être ne suis-je qu'un ignorant ; et, si l'occasion se présentait, je serais heureux de causer de ces choses avec vous. L'hiver, vous me trouverez toujours chez moi, à six heures.

Cordialement.

À Bernard-Lazare

Médan, 11 mai 1896

Votre lettre m'est infiniment douce, Monsieur, et rien ne pouvait me toucher davantage que cette sympathie inattendue d'un adversaire. Ah ! si la paix pouvait se faire ainsi entre tous les esprits de bonne volonté, sur le terrain de la raison !

Je n'ai aucun orgueil, aucune ambition. Je voudrais simplement achever mon œuvre ; et le reste n'est que décor et train quotidien de la vie. Pourtant, votre lettre vient de me faire plaisir comme, à un débutant, le premier article qui parle de lui. Que voulez-vous ? nous restons un peu femmes, même les plus désabusés.

Merci pour votre bonne parole, au milieu de toutes les sottises qui vont se dire, et croyez-moi votre bien cordial et bien dévoué.

À Édouard Toulouse

Médan, 19 mai 1896

Mon cher docteur,

Je vous envoie ma signature écrite de la main gauche et les empreintes de mes doigts. Ces dernières ne sont guère bonnes. Il y faudrait un véritable apprentissage. Malgré des essais répétés, je n'ai pas pu faire mieux. Excusez-moi.

Je remettrai vendredi à votre collaborateur ce que vous me demandez.

Quant à mes troubles névropathiques, ils datent de ma vingtième année ; mais il y a eu de si longues rémittences, et ils ont changé si souvent de caractère, qu'il m'est impossible de vous donner des renseignements précis. De vingt à quarante ans, à peu près, ils se sont produits à de longs intervalles, un an, deux ans, sous forme de coliques nerveuses très douloureuses. Plus tard, depuis une dizaine d'années environ, de quarante-cinq à cinquante ans, ils ont affecté la forme d'une pseudo-angine de poitrine, d'une cystite aiguë, de rhumatismes articulaires, etc. Presque toujours, dans les grosses crises, ils sont liés à une irritation des muqueuses de l'estomac et des intestins. Les crises sont maintenant moins fortes, mais elles tournent à un état de malaise chronique. L'effort, soit intellectuel, soit musculaire, semble les aggraver, les provoquer même. En somme, tout cela est fort obscur, et c'est vous que je compte bien questionner l'hiver prochain, pour que vous me renseigniez un peu et que vous me disiez si je ne pourrais pas combattre un état qui finit par m'être insupportable.

Cordialement à vous.

À Edmond de Goncourt

Médan, 30 mai 1896

Mon vieil ami, j'ai reçu hier le dernier volume de votre *Journal*, et j'achève de le lire ce soir. C'est pour moi une des lectures les plus passionnantes, car j'y revis notre vie littéraire. En somme, ce qu'il en sort, et avec une intensité extraordinaire, c'est votre passion souveraine de la littérature. Nous l'aimons certes, mais je crois bien que vous l'aimez plus que nous. En tout cas, vous avez, pour l'aimer, des accents qu'on ne trouvera chez aucun autre écrivain de ce temps. Et c'est ce que j'aime dans tous les volumes de votre *Journal*, c'est ce qui lui donne un prix inestimable.

Affectueusement à vous.

À Gaston Boissier

Médan, 7 juin 1896

Monsieur le secrétaire perpétuel,

J'ai l'honneur de vous prévenir et je vous pris de faire savoir à l'Académie française que je maintiens ma candidature au fauteuil de M. Alexandre Dumas et que je la pose au fauteuil de M. Léon Say.

Veuillez agréer, monsieur le secrétaire perpétuel, l'assurance de ma haute considération.

À Maurice Barrès

Médan, 8 juin 1896

Vous avez mille fois raison, cher monsieur Barrès. J'ai eu tort, en parlant de votre âpreté à vouloir rentrer dans le Parlement, de le faire comme s'il de fût agi de moi. Comme vous le dites très bien, chacun sent son instinct, va à son but, et c'est là en somme l'unique sagesse.

Je n'avais en vue que votre œuvre littéraire, à laquelle je préférerais vous voir vous livrer tout entier. Mais, en y réfléchissant, je vous approuve au contraire de ne pas vous enfermer comme nous l'avons fait, nous autres, vos aînés, dans la seule littérature. Vous vous mêlez aux hommes, et c'est la seule façon de les connaître. Ce n'est pas au succès que je crois, mais à l'œuvre, et si vous rapportez une œuvre de vos voyages au travers de la politique, je serai le premier à vous applaudir.

Merci de la sympathie littéraire que vous me témoignez à propos des attaques sont je suis l'objet, et veuillez me croire votre bien cordial et bien dévoué.

À Adolphe Retté

Médan, 4 juillet 1896

Monsieur et cher confrère,

J'ai lu avec un grand intérêt et un grand plaisir l'article que vous avez écrit sur Rome. Certes, je suis heureux des éloges et je vous remercie de ceux que j'y ai trouvés ; mais ma joie est bien plus grande de voir un peu de vérité et de justice faites sur des œuvres qui ne sont plus de moi depuis que je les ai données au public. Vraiment, on les défigure trop et votre effort à les remettre dans leur vrai jour m'a été d'autant plus agréable qu'il venait d'un jeune écrivain militant qui m'a plutôt combattu jusqu'ici.

Mais comment pouvez-vous croire que je ne pèse les œuvres qu'à la balance du succès ? C'est là une légende imbécile. Jamais je n'ai dit cela, jamais je ne l'ai pensé. J'ai toujours méprisé le succès et j'ai dit combien il était inquiétant et fâcheux parfois. On me prête vraiment trop de bêtises et de vilenies !

Quant à la question Académie, elle est plus complexe, et le pis est que je veux et dois me taire. Je suis comme l'innocent soupçonné des mélodrames qui pourrait, d'un mot, se faire absoudre et que des raisons de haute politique empêchent de dire ce mot.

Encore merci et veuillez me croire votre bien cordial et bien dévoué.

À Georges Charpentier

Médan, 8 juillet 1896

Mon vieil ami, nous étions quelques-uns qui avions le cœur bien gros à ce banquet, et pour des raisons que vous devinez. J'ai très mal parlé, bafouillant, trouvant à peine mes mots, troublé par la gaffe qu'on avait faite en voulant me faire présider, lorsque Goncourt était là. Mais enfin, j'ai eu la joie de dire, à propos de vous, ce que je voulais dire. Ne me remerciez donc pas, je me suis simplement soulagé.

Nous avons eu hier à dîner Desmoulin, avec les Fasquelle et les Mirbeau. Il part demain soir jeudi pour vous retrouver. C'est un gentil compagnon, avec qui j'ai fait quelques belles promenades à bicyclette ; et il vous portera nos bien vives amitiés. Nous vous attendons à Saint-Germain, puis ici. Ce sera une grande joie pour nous. Et les bonnes nouvelles que vous nous envoyez de Jane et de vous deux nous enchantent. Vous allez nous revenir reposés et bien portants de ce beau pays si tranquille dont vous me parlez. Vous aviez tous bien besoin de cela, mon pauvre ami.

Moi, je me suis fâché avec *Le Figaro*, à l'occasion d'un de mes articles qui n'a pas passé. Je vous raconterai cela. Et je suis ravi maintenant de m'être débarrassé d'une besogne où je n'avais que de nouveaux ennemis à ramasser. Je me suis mis tout de suite à *Paris*. Tout va pour le mieux, et d'ailleurs je n'ai plus de contentement que dans le travail, lorsque je suis totalement libre de faire ce qui me plaît.

À bientôt, mon cher ami. Ma femme et moi, nous vous embrassons bien tendrement tous les trois, de tout notre cœur.

À Édouard Toulouse

Médan, 8 juillet 1896

Mon cher docteur, j'ai lu votre travail qui m'a beaucoup intéressé et que je trouve parfait, fait avec un grand souci de la vérité, tout en gardant la juste mesure et beaucoup de tact. Je me suis permis d'indiquer deux ou trois petites corrections, pour vous éviter toute erreur.

Je suis à votre disposition pour de nouveaux entretiens, s'ils vous sont nécessaires. Seulement, si vous voulez les avoir en septembre, il faudra que vous veniez ici, à des jours que nous fixerons. Je ne rentrerai à Paris que le 3 octobre, et si vous pouvez attendre jusque-là, je m'arrangerai pour que nos entrevues, rue de Bruxelles, soient assez longues pour vous permettre d'expédier votre besogne rapidement. Enfin, vous déciderez.

Certainement, je vous donnerai une lettre approuvant votre travail et vous autorisant à le publier. Et, à propos de cette lettre, j'ai une idée que je vous soumettrai.

Cordialement à vous.

Je vous renvoie vos épreuves en un paquet recommandé.

À Alphonse Daudet

[Médan, 16 juillet 1896]

Mon ami, on me télégraphie de la librairie Charpentier que Goncourt est mort subitement chez vous, et, dans notre émotion douloureuse, nous songeons à l'affreux coup que vous avez dû recevoir, et nous vous envoyons toutes nos vives affections.

À Édouard Toulouse

Médan, 15 octobre 1896

Mon cher docteur,

Vous me soumettez le travail que vous avez fait sur mon individualité physique et morale, et vous me demandez l'autorisation de publier ce travail. J'ai lu les bonnes feuilles, elles m'ont beaucoup intéressé, en me rappelant le plaisir que j'ai pris moi-même aux si nombreuses et si longues expériences que nous avons faites ensemble ;

et, certes, je vous donne bien volontiers l'autorisation que vous désirez, en contresignant vos pages, comme authentiques et vraies.

Cette autorisation, je vous la donne d'abord parce que je n'ai eu qu'un amour dans la vie, la vérité, et qu'un but, faire le plus de vérité possible. Tout ce qui tend à faire de la vérité ne peut être qu'excellent. Et quel vif intérêt présente une étude comme la vôtre, établissant sur des données certaines, par des expériences décisives, la vraie nature physique et psychologique d'un écrivain ou d'un artiste. Le fait est une certitude contre laquelle rien ne prévaut. La contribution que vous allez apporter ainsi est définitive, et, si vous ne vous mêlez pas de critique littéraire, je défie bien pourtant qu'un critique puisse négliger, après vous, les documents que vous aurez fournis sur les sujets soumis à vos expériences.

Et je vous donne aussi mon autorisation parce que je n'ai jamais rien caché, n'ayant rien à cacher. J'ai vécu tout haut, j'ai dit tout haut, sans peur, ce que j'ai cru qu'il était bon et utile de dire. Parmi tant de milliers de pages que j'ai écrites, je n'ai à en renier aucune. Ceux qui pensent que mon passé me gêne, se trompent singulièrement, car ce que j'ai voulu, je le veux encore, et à peine si les moyens ont changé. Mon cerveau est comme dans un crâne de verre, je l'ai donné à tous, et je ne crains pas que tous viennent y lire. Et, quant à ma guenille humaine, puisque vous croyez qu'elle peut être bonne à quelque chose, comme enseignement et comme leçon, prenez-là donc : elle est à vous, elle est à tous. Si elle a quelques tares, il me semble pourtant qu'elle est assez saine et assez forte, pour que je ne sois pas trop honteux d'elle. D'ailleurs, qu'importe ! J'accepte la vérité.

Enfin, cette autorisation, je ne vous la donne pas sans quelque malin plaisir. Savez-vous que notre étude combat victorieusement l'imbécile légende ? Vous ne pouvez ignorer que, depuis trente ans, on fait de moi un malotru, un bœuf de labour, de cuir épais, de sens grossiers, accomplissant sa tâche lourdement, dans l'unique et vilain besoin du lucre. Grand Dieu ! moi qui méprise l'argent, qui n'ai jamais marché dans la vie qu'à l'idéal de ma jeunesse ! Ah : le pauvre écorché que je suis, frémissant et souffrant au moindre souffle d'air, ne s'asseyant chaque matin à sa tâche quotidienne que dans l'angoisse, ne parvenant à faire son œuvre que dans le continuel combat de sa volonté sur son doute ! Qu'il m'a fait rire et pleurer des fois, le fameux bœuf de labour ! Et, si je ris aujourd'hui, c'est qu'il me semble que vous l'enterrez, ce bœuf-là, et qu'il n'en sera plus question, pour les gens de quelque bonne foi.

Donc, merci, mon cher docteur. Merci d'avoir étudié et étiqueté ma guenille. Je crois bien que j'y ai gagné. Si elle n'est point parfaite, elle est celle d'un homme qui a donné sa vie au travail et qui a mis, pour et dans le travail, toutes ses forces physiques, intellectuelles et morales.

Bien cordialement à vous.

À Eugène Montfort

Paris, 24 octobre 1896

Monsieur,

Je suis infiniment touché de votre belle lettre, et je vous remercie de l'envoi de votre livre, que je viens d'ouvrir et qui m'a paru sentir bon la vie et la foi en la vérité.

Je ne demande rien pour moi, mais je serai heureux de voir une jeune génération se lever, qui célèbre la joie et la beauté de vivre. Et je crois, j'ai toujours cru à la venue nécessaire de cette génération.

À Gaston Boissier

Paris, 25 décembre 1896

Monsieur le secrétaire perpétuel,

J'ai l'honneur de vous prévenir et je vous prie de faire savoir à l'Académie française que je pose ma candidature au fauteuil de M. Challemel-Lacour.

Veuillez agréer, monsieur le secrétaire perpétuel, l'assurance de ma haute considération.

CHRONOLOGIE

1894

Vie et œuvre de Zola

11 janvier : Zola préside le banquet annuel des « Parisiens de Paris ».

27 janvier : il se rend à Bruxelles, accompagné de son épouse, de Georges Charpentier, et des ménages Fasquelle et Xau, pour assister à la première représentation de *L'Attaque du moulin* au théâtre de la Monnaie.

Février : il refuse de signer la lettre de protestation publiée par 130 écrivains, lorsque l'anarchiste Jean Grave est condamné à deux ans de prison.

16 mars : au nom de la Société des gens de lettres, il demande au conseil municipal de Paris que le monument à Guy de Maupassant soit placé au parc Monceau.

2 avril : il fait ses adieux comme président du comité de la Société des gens de lettres. Non rééligible, il sera remplacé par Jean Aicard.

Histoire et société

1 janvier : accord secret franco-russe : convention militaire.

10 janvier : condamnation à mort, par la cour d'assises de la Seine, de l'anarchiste Auguste Vaillant, auteur d'un attentat à la bombe à la Chambre des députés (9 décembre 1893).

20 janvier : adoption, à la Chambre, du projet de loi portant approbation du traité de paix avec le Siam.

5 février : exécution d'Auguste Vaillant.

7 février : ouverture à Paris de la Conférence sanitaire internationale.

8 février : mort de Maxime du Camp.

12 février : l'anarchiste Émile Henry lance une bombe dans le café de l'hôtel Terminus, près de la gare Saint-Lazare. L'explosion fait un mort et plusieurs blessés.

20 février : nouvel attentat à la bombe, rue Saint-Jacques.

15 mars : un anarchiste belge, Pauwels, est tué par la bombe qu'il a apportée à l'église de la Madeleine.

19 mars : réunion extraordinaire du Sénat et vote du projet de création d'un ministère des Colonies. Le lendemain, Ernest Boulanger devient le premier titulaire du portefeuille.

3 avril : signature à Paris de la Convention sanitaire internationale.
4 avril : une bombe éclate au restaurant Foyot, à Paris. De nombreuses personnes, dont l'écrivain Laurent Tailhade, sont blessés.

15 avril : Alfred Bruneau commence la partition de *Messidor*.
26 avril : Zola lit des extraits de *Lourdes* devant 4 000 auditeurs réunis au Trocadéro.

27 avril : première audience de la cour d'assises de la Seine pour juger Émile Henry. Le 28, il est condamné à mort.
21 mai : exécution d'Émile Henry.
23 mai : démission du cabinet Casimir-Perier.
30 mai : nouveau cabinet Charles Dupuy, avec Poincaré aux Finances, Gabriel Hanotaux aux Affaires étrangères et Félix Faure à la Marine.

31 mai : à l'Académie française, il est candidat aux fauteuils de Taine et de Maxime du Camp. Il n'obtient aucune voix.

24 juin : assassinat du président de la République, Sadi Carnot, par un anarchiste italien, Santo Caserio.
27 juin : Casimir-Perier est élu président de la République. Démission du ministre Dupuy.

1er juillet : les Zola s'installent à Médan.

1er juillet : funérailles nationales du président Carnot. Arrestation de 200 anarchistes. Le ministère Dupuy reste en fonctions.
14-22 juillet : douzième Congrès allemaniste à Dijon.

18 juillet : le conseil municipal de Bartrès adresse au romancier une lettre de protestation à propos de *Lourdes*. Sa réponse paraîtra dans *Le Figaro* du 31.

21 juillet : obsèques de Leconte de Lisle.
28 juillet : loi de sûreté générale contre les anarchistes et la presse (« loi scélérate »).

5 août : nouvelle polémique à propos de *Lourdes* entre Zola et Antoine Ricard, vicaire général de l'archevêché d'Aix-en-Provence.

6-12 août : procès de trente « anarchistes » à Paris. Tous les accusés sont acquittés, sauf trois « illégalistes » compromis dans des affaires de droit commun.

14-22 août : voyage en Normandie. Les Zola sont reçus par les Xau, à Hennecqueville, puis par les Fasquelle, à Houlgate.

16 août : exécution de Caserio à Lyon.

30 août : le *Gil Blas* refuse de payer à Zola les 50 000 francs qui lui sont dus pour la publication de *Lourdes*. L'affaire sera portée devant le tribunal de commerce de la Seine.
12 septembre : Zola, Charpentier, Fasquelle et Dominique Chopin, gérant du *Gil Blas*, sont assignés par Henri Bourgeois, ancien entrepreneur de travaux publics à Chartres, à comparaître devant la 9e chambre du tribunal correctionnel de la Seine. Ce dernier se juge diffamé dans *Lourdes*.

14-16 septembre : douzième Congrès guesdiste à Nantes.
15 octobre : arrestation du capitaine d'artillerie Alfred Dreyfus, qui est accusé d'avoir communiqué à l'attaché militaire allemand des documents concernant la défense nationale.

19 septembre : interdiction de *Lourdes* par la congrégation de l'Index.
20 septembre : *Messidor* est reçu à l'Opéra.
28 septembre : *Le Gaulois* publie une violente attaque contre Zola due à Henri Lasserre, l'auteur de *Notre-Dame de Lourdes*.
7 octobre : les Zola se réinstallent rue de Bruxelles.
24 octobre : première audience du procès intenté par Henri Bourgeois ; les débats sont renvoyés au 19 décembre.
Rome, la documentation de son nouveau roman (29 octobre-5 décembre). Ils visitent également Naples (23-28 novembre), Florence (5-8 décembre), Venise (8-12 décembre) et Milan (12-15 décembre).

1er novembre : mort d'Alexandre III, empereur de Russie. Avènement du tsar Nicolas II.
18 novembre : mort de Francis Magnard, rédacteur en chef du *Figaro*.
22-26 novembre : à la Chambre, vote des crédits pour l'expédition Madagas.

26 novembre : Jean Aicard et plusieurs autres membres du comité de la Société des gens de lettres démissionnent à la suite de la mise en demeure adressée par le conseil judiciaire à Auguste Rodin. Zola demandera au sculpteur d'achever dans les plus brefs délais le monument que la Société se propose d'ériger en l'honneur de Balzac.

6 décembre : élection académique : Zola, candidat au fauteuil de Leconte de Lisle, n'obtient aucune voix.

7 décembre : mort de Ferdinand de Lesseps.

19 décembre : début du procès d'Alfred Dreyfus, à la prison du Cherche-Midi. Le huis clos est ordonné.

22 décembre : Zola accepte de faire partie du comité de patronage du banquet qui va être offert, le 16 janvier 1895, à Puvis de Chavannes.

22 décembre : à l'unanimité, les juges du Conseil de guerre déclarent Dreyfus coupable et le condamnent à la déportation à vie dans une enceinte fortifiée. Ils ont eu connaissance, dans leur délibérations, d'un « dossier secret », dont les pièces accablent l'accusé.

Décembre : des forces françaises d'avant-garde, sous les ordres du général Metzinger, occupent les ports de Tananarive et de Majunga, à Madagascar.

Œuvres

Journalisme :
Le Figaro : « *Lourdes* » (31 août) [texte publié en plaquette par la Société des amis des livres de Lyon (septembre)].

Poésie :
« Religion » [extrait] dans *La Charité*, fascicule vendu par les étudiants de Paris au profit des pauvres.

Romans et contes :
L'Argent : mise en vente, chez Chatto et Windus, de la traduction anglaise d'Ernest Vizetelly (26 avril).
« Le mariage de Lise » : reproduit dans *En pique-nique* (Armand Colin), volume collectif publié par la Société des gens de lettres au profit de la caisse de secours.
Lourdes : publication en feuilleton dans le *Gil Blas* (14 avril-14 août) ; publication du volume chez Fasquelle (25 juillet) ; de nombreuse traductions paraissent à l'étranger.

Théâtre :
L'Attaque du moulin : représenté au théâtre de la Monnaie de Bruxelles (25 janvier), au théâtre de Versailles (14 avril), et à Covent Garden, Londres (4 juillet).

Sciences et techniques

Fêtes du centenaire de l'École polytechnique (mai) ; concours de voitures automobiles à Paris (juillet) ; découverte du sérum antidiphtérique par le docteur Roux, élève de Pasteur (septembre) ; création de l'École supérieure des industries féminines (septembre) ; inauguration du siphon de Clichy, destiné à l'adduction de la totalité des eaux d'égout de Paris (novembre) ; travaux d'Henri Poincaré sur les phénomènes électromagnétiques ; recherches entreprises par Albert Calmette sur les origines de la tuberculose pulmonaire.

Presse

Fondations : Guillaume Sabatier lance *L'Actualité* et *Le Quotidien illustré*. *La Quinzaine* est fondée par Paul Harel. Création du *Sillon*, de *La Démocratie chrétienne*, du *Rire* et de la *Revue du clergé français*.
Disparition : *La Révolte* (dir. Jean Grave).
La Justice sociale s'installe à Paris. *Le Père Peinard* est publié à Londres (1894-1895). Darmesteter et Ganderax ressuscitent la *Revue de Paris*.

Les héritiers Rabourdin : représenté en traduction anglaise (*The Heirs of Rabourdin*, trad. A. Teixeira de Mattos) par l'Independent Theatre de Londres (23 février).
Messidor : rédaction (mars-avril ?).
Le Rêve : reprise au théâtre de la Monnaie, Bruxelles (17 décembre).

Lettres

Aicard : *Fleur d'abîme.*
Alexis : *Trente Romans.*
Barrès : *Du sang, de la volupté et de la mort.*
Bernard-Lazare : *Figures contemporaines.*
Coppée : *Contes tout simples* ; *Mon Franc-parler* (2e série).
Courteline : *Ah ! jeunesse !*
Daudet, L. : *Les Morticoles.*
Déroulède : *Chants du paysan.*
Dubois : *Le Péril anarchiste.*
Dumas fils : *Le Théâtre des autres* (I).
Durkheim : *Les Règles de la méthode sociologique.*
France : *Le Jardin d'Épicure* ; *Le Lys rouge.*
Ginisty : *Un jour d'angoisse.*
Goncourt, E. et J. de : *L'Italie d'hier.*
Heredia : *La Nonne Alferez.*
Houssaye : *Notre-Dame de Thermidor.*
Lanson : *Histoire de la littérature française.*
Renard : *Poil de carotte.*
Richepin : *Mes paradis.*
Rod : *La Seconde Vie de Michel Teissier* ; *Le Silence.*
Rosny : *L'Impérieuse Bonté* ; *L'Indomptée* ; *Renouveau.*
Saint-Saëns : *Problèmes et mystères.*
Schwob : *Le Livre de Monelle.*
Séverine : *Notes d'une frondeuse.*
Taine : *Derniers Essais de critique et d'histoire.*
Vast-Ricouard : *La Négresse.*

Arts

Cézanne : *Les Baigneuses, Le Bain.*
Degas : *Jeune femme à sa toilette.*
Gauguin : *Blanchisseuses, Bretonnes sur la route, Drame au village, Paris sous la neige.*
Monnet : *Façades de la cathédrale de Rouen, La Seine en hiver.*
Renoir : *Gabrielle.*
Sisley : *Les Coteaux de la Bouille et de la prairie de Sahurs, L'Église de Moret, par temps gris.*
Toulouse-Lautrec : *Au salon de la rue des Moulins, Les Blanchisseurs de la rue des Moulins, La Femme tatouée.*

Whistler : *Noir et or, portrait du comte Robert de Montesquiou, Violet et argent, la mer profonde.*
Mort de Gustave Caillebotte (21 février), qui lègue à l'État 67 tableaux impressionnistes.
Exposition artistique de la Rose-Croix.
Fondation de la Société populaire des beaux-arts.
Vente de la collection Duret chez Petit.
Exposition des impressionnistes et symbolistes chez le baron de Boutteville.
Brahms, *Volkslieder.*
Debussy, *Prélude à l'après-midi d'un faune.*
Dvorak, *9e Symphonie* dite *Symphonie du nouveau monde.*
Fauré, *La Bonne chanson.*
Massenet, *La Navarraise* ; *Thaïs.*
Mahler, *2e symphonie*, dite *Résurrection.*
Messager, *Mirette.*
Saint-Saens, *Musique de scène d'Antigone.*
Strauss, *Guntram.*

Théâtre

Barrès : *Une journée parlementaire* (Théâtre-Libre, 23 février).
Björnson : *Au-dessus des forces humaines*, trad. Prozor (L'Œuvre, 13 février).
Bocage : *La Femme de paille* (Folies-Dramatiques, 22 septembre).
Boyer : *Le Portrait de Manon*, musique de Massenet (Opéra-Comique, 8 mai).
Boïto et Du Locle : *Othello*, musique de Verdi (Opéra, 12 octobre).
Boïto et Solanges : *Falstaff*, musique de Verdi (Opéra-Comique, 18 avril).
Feydeau : *Un fil à la patte* (Palais-Royal, 9 janvier).
Feydeau et Desvallières : *Le Ruban* (Odéon, 24 février).
Gallet : *Thaïs*, d'après Anatole France, musique de Massenet (Opéra, 16 mars).
Hauptmann : *L'Assomption de Hannele Mattern*, trad. Thorel (Théâtre-Libre, 1er février).
Hennequin : *Les Joies du foyer* (Palais-Royal, 1er septembre).
Ibsen : *Maison de poupée*, trad. Prozor (Vaudeville, 20 avril) ; *Solness le constructeur*, trad. Prozor (L'Œuvre, 3 avril).

Lavedan : *Les Deux Noblesses* (Odéon, 14 avril).
Lorrain : *Yanthis* (Odéon, 10 février).
Luguet : *Le Missionnaire* (Théâtre-Libre, 26 avril).
Marsolleau : *Le Bandeau de Psyché* (Théâtre-Français, 21 mai).
Mendès : *La Femme de Tabarin* (Théâtre-Français, 21 juillet).
Pailleron : *Cabotins !* (Théâtre-Français, 12 février).
Rachilde : *L'Araignée de cristal* (L'Œuvre, 13 février).
Richepin : *Le Flibustier*, musique de Cui (Opéra-Comique, 22 janvier) ; *Vers la joie !* (Théâtre-Français, 13 octobre).
Rodenbach : *Le Voile* (Théâtre-Français, 21 mai).
Rostand : *Les Romanesques* (Théâtre-Français, 21 mai).
Roux : *En l'attendant* (Théâtre-Libre, 1er février).
Sardou : *Gismonda* (Renaissance, 31 octobre).
Strindberg : *Père*, trad. Loiseau (L'Œuvre, 13 décembre).
Thomas : *Mignon* [1000e représentation] (Opéra-Comique, 13 mai).
Valabrègue et Hennequin : *Les Ricochets de l'amour* (Palais-Royal, 27 décembre).

1895

Vie et œuvre de Zola

2 janvier : Zola reçoit des objets achetés en Italie : statues, bustes, sarcophages et pierres funéraires, datant de l'époque classique.

23 février : il autorise Raoul de Saint-Arroman et Charles Hugot à tirer une pièce d'*Au Bonheur des Dames*.
1er mars : il prononce une allocution au banquet organisé en l'honneur d'Edmond de Goncourt. En février, il s'est chargé, avec Daudet, de lui obtenir la croix d'officier de la Légion d'honneur
6 mars : jugement du procès en diffamation intenté en septembre 1894 par Henri Bourgeois. Zola, Charpentier, Fasquelle et Chopin sont acquittés, et Bourgeois est condamné aux dépens.

31 mars : Zola est élu membre du comité de la Société des gens de lettres. Le lendemain, il est porté à la présidence pour l'exercice 1895-1896.
4 avril : il assiste aux obsèques du secrétaire perpétuel de l'Académie française, Camille Doucet, puis, le soir, au banquet de 800 couverts offerts à Marcelin Berthelot, sous la présidence de Raymond Poincaré.

Histoire et société

5 janvier : Alfred Dreyfus est dégradé publiquement dans la grande cour de l'École militaire.
15 janvier : démission de Casimir-Périer.
17 janvier : Félix Faure est élu président de la République.
26 janvier : troisième cabinet Ribot.
28 janvier : amnistie des boulangistes.
7 février : à la suite d'une explosion à Monceau-les-Mines, la sous-commission du travail est autorisée à procéder à une enquête sur la sécurité dans les mines.
8 février : à la Chambre, vote d'un crédit de 30 000 francs en faveur des victimes de la catastrophe de Monceau-les-Mines.
19 février : mort d'Auguste Vacquerie.

30 mars : inauguration du prolongement métropolitain de la ligue de Sceaux.
31 mars : mort d'Eugène Plon.
Mars : débarquement à Madagascar du corps expéditionnaire, commandé par le général Duchesne.

13 avril : Alfred Dreyfus arrive à l'île du Diable, lieu de sa déportation.

2 mai : Gaston Boissier est élu secrétaire perpétuel de l'Académie française.
20 mai : discussion et rejet d'une proposition tendant à abroger les lois de 1893 sur les anarchistes.

25 mai : les Zola se réinstallent à Médan.

28 mai : adoption du projet d'Alfred Picard et du plan dressé par Joseph-Antoine Bouvard pour l'Exposition de 1900.

2-4 juin : différend entre Zola et Goncourt à propos de certaines déclarations que ce dernier a rapportées dans le huitième volume de son *Journal*.
16 juin : Zola appuie la candidature de Gustave Toudouze à la Légion d'honneur.
20 juin : à l'Académie, élections pour les fauteuils de Victor Duruy et de Ferdinand de Lesseps. Zola obtient une voix au premier fauteuil ; la deuxième élection est ajournée.
24 juin : il rédige une lettre-préface pour *Le Roman d'un inverti*, document qui lui a été adressé par un homosexuel italien, qui va être publié en librairie par le docteur Georges Saint-Paul.

28 juin : inauguration du buste de Murger au Jardin du Luxembourg.
8 juillet : à la Chambre, vote d'un projet de résolution relatif à la négociation d'un traité d'arbitrage permanent entre la France et les États-Unis.
16 juillet : démission du conseil de l'ordre de la Légion d'honneur, qui a été l'objet d'un blâme de la Chambre pour avoir maintenu Gustave Eiffel sur ses rôles.

19 juillet : mort de Paul Charpentier, filleul de Zola, à l'âge de vingt ans.

26 juillet : inauguration, par André Lebon, ministre du Commerce, de l'Exposition du travail au palais de l'Industrie.

8 août : le nouveau conseil d'administration du *Gil Blas* décide de payer à Zola les 50 000 francs qui lui sont dus pour *Lourdes*.
Fin août : Zola signe un traité avec *Le Figaro* pour sa « nouvelle campagne ». En même temps, Alfred Bruneau est engagé comme critique musical.

28 août : fuite d'Edmond Magnier, sénateur du Var, inculpé dans l'affaire des chemins de fer du Sud.
Août : le général Duchesne s'empare d'Andriba. Il exécute ensuite une longue marche pénible vers Tananarive. Près de 6 000 soldats succombent à la maladie (fièvres, dysentrie, etc.).

début septembre : il intervient auprès de Georges Leygues, ministre de l'Intérieur, en faveur d'un traducteur de nationalité hollandaise, Alexandre Cohen, qui a été expulsé à la suite de l'attentat d'Auguste Vaillant à la Chambre des députés.
Septembre : il fait de longues promenades à bicyclette, avec Fernand Desmoulin, et rend visite à Fasquelle, qui a loué une villa à Maisons-Laffitte.

7 septembre : adjudication des travaux de construction d'un groupe de nouvelles prisons, pour remplacer Mazas, Sainte-Pélagie et la Grande-Roquette.
8 septembre : inauguration du monument élevé à Nolay à la mémoire de Sadi Carnot.
13 septembre : les accusés dans l'affaire des chemins de fer du Sud sont acquittés par le jury des Assises.
21 septembre : visite du roi des Belges au président de la République, à Fontainebleau.
23-28 septembre : constitution de la Confédération générale du travail (CGT) au Congrès ouvrier de Limoges.
30 septembre : capitulation de Tananarive. Accord franco-italien sur la Tunisie.
1er octobre : le général Duchesne fait signer à la reine Ranavalo III le traité qui met fin à la campagne de Madagascar.
5 octobre : obsèques nationales de Louis Pasteur, mort le 29 septembre.

13 octobre : les Zola se réinstallent à Paris.
25 octobre : Alexandrine Zola part pour l'Italie. Elle arrive à Rome le 9 novembre, après de brefs séjours à Aix-en-Provence, Marseille et Monte-Carlo.
Octobre : premiers entretiens avec le docteur Edouard Toulouse, médecin de l'asile Sainte-Anne, qui se propose de consacrer à Zola le premier volume de son *Enquête médico-psychologique sur la supériorité intellectuelle.*

23-26 octobre : fêtes du centenaire de l'Institut de France.
25 octobre : un monument en l'honneur de Meissonnier est élevé dans le jardin de l'Infante, au Louvre.
28 octobre : démission du ministère Ribot, après une interpellation sur l'affaire des chemins de fer du Sud, et la participation de certains députés à des syndicats financiers.
1er novembre : ministère radical Léon Bourgeois.
17 novembre : un monument à Émile Augier est élevé place de l'Odéon.

20 novembre : Paul Brulat lui présente Henri Chambige qui a été condamné, en 1888, à sept ans de travaux forcés pour avoir assassiné sa maîtresse.
21 novembre : Zola et Bruneau revoient ensemble le dernier acte de *Messidor.*
22 novembre : Alexandrine Zola quitte Rome, s'arrête à Turin, et arrive à Paris le 25.
30 novembre : Zola assiste aux obsèques de Dumas fils, mort le 27.

20 novembre : baptême de la Savoyarde, cloche offerte par le diocèse d'Annecy à la basilique du Sacré-Cœur.

1er décembre : Hippolyte Laroche, préfet de Haute-Garonne, est nommé résident général de France à Madagascar.
7 décembre : réorganisation du conseil de l'ordre de la Légion d'honneur.

11-12 décembre : il appuie la candidature d'Abel Hermant à la Légion d'honneur.
19 décembre : il promet son soutien à Paul Bourget, qui a décidé d'intenter un procès à son éditeur, Alphonse Lemerre.

Œuvre

Journalisme :
L'Écho de Paris : « Une statue Pour Balzac » [extrait] (17 août).
Le Figaro : « L'opportunisme de Léon XIII » (1er décembre) ; « La vertu de la République » (24 décembre).

Romans et contes :
Contes à Ninon et Nouveaux Contes à Ninon : publication de *Stories for Ninon* (trad. Edward Vizetelly) à Londres, chez William Heinemann.
Lourdes : mise en vente, chez Charpentier et Fasquelle, des premières livraisons de l'édition illustrée par Henri Lanos (10 mai).
Les Mystères de Marseille : publication de *The Mysteries of Marseilles* (trad. Edward Vizetelly), chez Walter Hutchinson.
Rome : rédaction (2 avril-11 mars 1896) ; publication en feuilleton dans *Le Journal* (21 décembre-8 mai 1896) et dans *La Tribuna* (24 décembre-14 mai 1896).
Une page d'amour : publication de *A Love Episode* (trad. Ernest Vizetelly) à Londres, chez Walter Hutchinson.

Théâtre :
L'Attaque du moulin : représenté à Amsterdam (février) et à Breslau (5 novembre).
Le Bouton de rose : publication d'*Il Botton de rosa*, à Rome.
Thérèse Raquin : représenté en anglais au Herald Square Theatre de New York (5-12 avril).

Sciences et techniques

Röntgen découvre les rayons X ; la première bande cinématographique, *La Sortie des ouvriers de l'usine Lumière*, est projetée à Paris en représentation privée (22 mars) ; fêtes du centenaire de l'École normale supérieure (avril) ; expériences de Perrin sur les rayons cathodiques ; fondation de l'Automobile-Club de France ; mise en vente par Trouvé de la première lampe à acétylène (décembre) ; Collège libre des sciences sociales (décembre)

Presse

Fondations : *Les Cours de la Banque et de la Bourse* ; *Le Libertaire* (dir. Sébastien Faure, novembre) ; *Noël* (journal pour filles) ; *Le Pêle-Mêle* ; *Le Télégramme* (Toulouse) ; *Les Temps nouveaux* (dir. Jean Grave, mai) ; *La Vie scientifique*.

Le Rappel est couplé avec *Le* XIXe *Siècle* (février) ; *Le Figaro* commence à paraître sur six pages (1er décembre). *La France libre* (Lyon), d'hebdomadaire fondé en 1893, devient quotidien.

Lettres

Aicard : *Diamant noir* ; *L'Été à l'ombre*.
Allais : *Deux et deux font cinq*.
Bourget : *Outre-mer* ; *Pastels*.
Brulat : *La Rédemption*.
Brunetière : *La Science et la Religion*.
Clemenceau : *La Mêlée sociale*.
Daudet, A. : *La Petite Paroisse*.
Daudet, L. : *Les Idées en marche* ; *Les Kamtchaka*.
Gide : *Paludes*.
Gréville : *Le Fil d'or*.
Hervieu : *L'Armature*.
Huysmans : *En route*.
Lavedan : *Leurs sœurs*.
Le Roux : *Je deviens colon (mœurs algériennes)*.
Lorrain : *Sensations et souvenirs* ; *Un démoniaque*.
Loti : *Le Désert* ; *Jerusalem*.

Louÿs : *Les Chansons de Bilitis.*
Margueritte : *Fors l'honneur.*
Maurras : *Le Chemin de paradis.*
Montépin : *Ma mendiante de Saint-Sulpice.*
Régnier : *Aréthuse.*
Rod : *Les Roches blanches.*
Rosny : *L'Autre Femme* ; *Eyrimach* ; *Résurrection.*
Sully-Prudhomme : *Que sais-je ?*

Arts

Bonnard : *Enfants mangeant des cerises, L'Omnibus.*
Cézanne : *Autoportrait à la palette, La Femme à la cafetière, Portrait de Gustave Geffroy.*
Matisse : *La Carafe bleue.*
Monet : *La Cathédrale de Rouen.*
Rodin : *L'Amour et Psyché, Les Illusions tombant sur la terre.*
Renoir : *Femme à la lettre, Femme assise dans l'herbe, Femme au chapeau rouge, Nu dans le ruisseau.*
Signac : *Au temps d'harmonie, La Bouée rouge, La Crue du Loing au pont de Maret en mars, Le Vallon.*
Sisley : *Gabrielle et Jean étendant de la pâte à tarte, Gabrielle tenant Jean et jouant avec une petite fille.*
Toulouse-Lautrec : *La Danse de la Goulue et de Valentin le Désossé, La Passagère du 54, Portrait de May Belfort, Portrait de May Hilton, Portrait d'Oscar Wilde.*
Gustave Charpentier : *La Veillée rouge* ; *La Ronde des campagnes.*
Vincent d'Indy : *Fervaal.*
Pietro Mascagni : *Guglielmo Ratcliff.*
Ravel : *Habanera.*
Saint-Saëns : *Frédégonde.*
Richard Strauss : *Till Eulenspiegel.*

Théâtre

Adam et Picard : *Le Cuivre* (Théâtre-Libre, 16 décembre).
Barrucand : *Le Chariot de terre cuite* (L'Œuvre, 22 janvier).
Berton : *Défunt Grand-Papa* (Théâtre Libre, 13 juin).

Bornier : *Le Fils de l'Arétin* (Théâtre-Français, 27 novembre).
Busnach, Duval et Hennequin : *Le Remplaçant* (Palais-Royal, 28 novembre).
Cain : *La Vivandière*, musique de Godard (Opéra-Comique, 1er avril).
Caraguel : *La Fumée, puis la flamme* (Théâtre-Libre, 24 octobre).
Cladel : *Le Volant* (L'Œuvre, 28 mai).
Claretie et Cain : *La Navarraise*, musique de Massenet (Opéra-Comique, 3 octobre).
Copée : *Pour la couronne* (Odéon, 19 janvier).
Courteline et Norès : *Les Gaietés de l'escadron* (Ambigu, 18 février).
Decourcelle : *Le Collier de la reine* (Porte-Saint-Martin, 31 janvier) ; *La Dame de carreau* (Porte-Saint-Martin, 15 mai).
Déroulède : *Messire Du Guesclin* (Porte-Saint-Martin, 22 octobre).
Donnay : *Amants* (Renaissance, 5 novembre).
Fabre : *L'Argent* (Théâtre-Libre, 6 mai).
Gailhard et Gheusi : *Guernica*, musique de Vidal (Opéra-Comique, 7 juin).
Gallet : *Frédégonde*, musique de Guiraud et Saint-Saëns (Opéra, 18 décembre).
Hennique : *Deux Patries* (Ambigu, 16 mars).
Héros et Mathieu : *Leur bonheur* (Palais-Royal, 3 mars).
Hervieu : *Les Tenailles* (Théâtre-Français, 28 septembre).
Holmès : *La Montagne noire* (Opéra, 8 février).
Ibsen : *Brand*, trad. Prozor (L'Œuvre, 22 juin).
Lavedan : *Viveurs !* (Vaudeville, 20 novembre).
Lemaître : *L'Âge difficile* (Gymnase, 29 janvier) ; *Le Pardon* (Théâtre-Français, 11 février).
Meilhac et Saint-Albin : *Panurge*, musique de Planquette (Gaieté, 22 novembre).
Prévost : *Les Demi-vierges* (Gymnase, 21 mai).
Rostand : *La Princesse lointaine*, musique de Pierné (Renaissance, 5 avril).
Sardou : *Don Quichotte*, musique de Renaud (Châtelet, 9 février) ; *Marcelle* (Gymnase, 21 décembre).
Villiers de L'Isle-Adam : *Elën* (Théâtre-Libre, 14 février).

1896

Vie et œuvre de Zola	**Histoire et société**
	1er janvier : création d'un bureau de consultations gratuites au Palais de Justice *8 janvier* : mort de Paul Verlaine. *22 janvier* : obsèques de Charles Floquet, décédé le 18. *7 février* : la compagnie des chemins de fer de l'Est met en service un wagon éclairé à l'acétylène. *11 février* : au Sénat, interpellation sur le remplacement du juge chargé de l'instruction de l'affaire des chemins de fer du Sud.
29 février : Zola prononce un discours aux obsèques d'Arsène Houssaye, décédé le 26. Il assiste à la première de *Manette Salomon*, d'Edmond de Goncourt, au théâtre du Vaudeville. *Fin mars* : il commence l'ébauche de *Paris*. *23 avril* : Edmond de Goncourt, François Coppée, Giuseppe Giacosa, et Luigi Gualdo dînent à la rue de Bruxelles.	*29 février* : manifestation contre le Sénat.
	16 mars : congrès international des chemins de fer à Paris. *21 mars* : adoption à la Chambre de la proposition de loi relative aux droits des enfants naturels dans la succession de leurs parents. *21-26 mars* : vives discussions du projet de loi sur la réforme du système financier et la création d'un impôt sur le revenu. *28 mars* : démission de Marcelin Berthelot, ministre des Affaires étrangères. Léon Bourgeois, président du Conseil, le remplace. *5 avril* : manifestation au champ de courses d'Auteuil contre le ministère Bourgeois. *8 avril* : congrès féministe international à Paris. *11 avril* : réouverture de la Bourse du travail à Paris. *23 avril* : démission du cabinet Bourgeois. *24 avril* : manifeste des députés socialistes : réunion politique au Tivoli-Vauxhall. *29 avril* : cabinet Jules Méline. *1er mai* : clôture de la conférence internationale pour la protection des œuvres littéraires et artistiques. Manifeste de la Ligue pour la défense du suffrage universel.

7 mai : le procès Bourget-Lemerre est plaidé devant le tribunal de commerce, qui se prononcera, le 4 juin, en faveur de Bourget. Les Zola se réinstallent à Médan.

25 mai : Zola prononce un discours à la séance annuelle de la Société protectrice des animaux, au Cirque d'hiver. La Société lui décerne un diplôme d'honneur.
28 mai : à l'Académie, il est candidat au fauteuil de Dumas fils.
29 mai : il donne son adhésion à l'Alliance nationale pour le relèvement de la population française.

4 juin : au Gymnase, première d'*Au Bonheur des Dames*, pièce tirée du roman par Raoul de Saint-Arroman et Charles Hugot.
7 juin : début d'une polémique entre Zola et Gaston Deschamps, critique littéraire du *Temps*, au sujet de *Rome*.

16 juin : Zola refuse de prendre parti pour l'acteur Coquelin aîné, dans le procès que la Comédie-Française lui a intenté.
18 juin : au banquet organisé en l'honneur d'Eugène Fasquelle, il porte un toast à Georges Charpentier, absent.
20 juin : il décide de quitter *Le Figaro*, lorsque Fernand de Rodays refuse de publier sa deuxième riposte à Gaston Deschamps.
29 juin : il accepte de faire partie du comité d'action, présidé par Mallarmé, pour un monument à Paul Verlaine.

20 juillet : il prononce un discours aux obsèques d'Edmond de Goncourt, mort le 16.
juillet : à Médan, les Zola font installer un système d'éclairage à l'acétylène.

3 mai : élections municipales à Paris : la majorité du Conseil reste composée de radicaux et de socialistes.

24 mai : manifestation socialiste au cimetière du Père-Lachaise.

30 mai : discours-programme de Millerand à Saint-Mandé.

13 juin : obsèques de Jules Simon, mort le 7.

20 juin : sur la proposition de Gabriel Hanotaux, la Chambre déclare à l'unanimité Madagascar colonie française.

11 juillet : émission de 3 250 000 bons de 20 francs de l'Exposition de 1900.
13 juillet : échauffourée au Père-Lachaise entre la police et des manifestants socialistes.
14 juillet : réception en audience solennelle par Félix Faure de Li-Hung-Chang, ambassadeur extraordinaire de Chine.

22-25 juillet : violents affrontements à Lille à l'occasion du congrès socialiste.

12 août : Daniel Osiris acquiert la Malmaison et l'offre à la nation.

1er septembre : le colonel Picquart, chef du Service des renseignements, qui est persuadé qu'Alfred Dreyfus n'est pas l'auteur du célèbre « bordereau » découvert à l'ambassade d'Allemagne, résume dans une note les charges contre un autre officier, Esterhazy. Il va exposer ses arguments au chef de l'état-major, le général de Boisdeffre.

13 septembre : Alexandrine Zola part pour Rome. Elle y arrive le 15 et fait une cure aux eaux d'Albule.

14 septembre : *L'Éclair* révèle l'existence du dossier secret communiqué au conseil de guerre qui a condamné Dreyfus.

25 septembre : Zola fait partie du jury de l'exposition féline organisée par *Le Journal*, en collaboration avec le Jardin d'acclimatation.

5-8 octobre : visite officielle à Paris du tsar Nicolas II et de la tsarine Alexandra.

15 octobre : il rédige une lettre-préface pour *L'Enquête médico-psychologique* que le docteur Toulouse lui a consacrée.

27 octobre : les supérieurs du colonel Picquart décident de l'éloigner de Paris.

28 octobre : Zola part pour Marseille, où il va rejoindre Alexandrine.

10 novembre : *Le Matin* publie en fac-similé le « bordereau » de l'affaire Dreyfus.

14 novembre : le colonel Picquart est envoyé en mission dans l'Est.

17 novembre : interpellations à la Chambre au sujet des articles parus dans la presse à propos de l'affaire Dreyfus.

19 novembre : inauguration de l'université de Paris, qui réunit les facultés de l'ancienne Académie de Paris.

20 novembre : les membres du comité de patronage de l'Exposition du théâtre et de la musique, dont Zola fait partie, s'entretiennent avec le président de la République.

novembre : Zola reçoit la visite du journaliste Bernard-Lazare ; celui-ci, convaincu depuis longtemps de l'innocence d'Alfred Dreyfus, vient de faire paraître à Bruxelles une brochure intitulée. *Une erreur judiciaire. La vérité sur l'affaire Dreyfus*.

3 décembre : Zola assiste à la première répétition d'ensemble de *Messidor*, à l'Opéra.

7 décembre : un correspondant allemand lui apprend la mort de Jacques van Santen Kolff, son admirateur hollandais. Il porte un toast au banquet organisé en l'honneur d'André Antoine, au restaurant du père Lathuile.
10 décembre : élections académiques : André Theuriet obtient le fauteuil de Dumas fils, Albert Vandal celui de Léon Say, auquel Zola est également candidat.

28 décembre : le colonel Picquart reçoit l'ordre d'embarquer le lendemain pour l'Algérie.

Œuvre

Journalisme :
Le Figaro : « Le solitaire » (18 janvier) ; « À la jeunesse » (7 février) ; « Le crapaud » (28 février) ; « L'amour des bêtes » (24 mars) ; « La société des gens de lettres. Ce qu'elle devrait être » (11 avril) ; « La voyante » (18 avril) ; « La propriété littéraire » (25 avril) ; « Peinture » (2 mai) ; « L'élite et la politique » (9 mai) ; « Pour les juifs » (16 mai) ; « La dépopulation » (23 mai) ; « Enfin couronné » (30 mai) ; « Les droits du romancier » (6 juin) ; « Auteurs et éditeurs » (13 juin) ; « La visite des bagages » (12 septembre).
Le Journal : « L'enquête du docteur Toulouse » (24 novembre).

Romans et contes :
« Les épaules de la marquise » dans *En pique-nique* (A. Colin), volume collectif publié par la Société des gens de lettres au profit de sa caisse de secours.
Germinal : édition illustrée par livraisons, chez Flammarion.
Paris : rédaction (31 décembre-31 août 1897).
Rome : rédaction (terminée le 11 mars) ; publication en feuilleton dans *Le Journal* (terminée le 8 mai) ; publication du volume chez Charpentier et Fasquelle (8 mai) ; publication dans *La Tribuna* (24 décembre 1895-14 mai 1896), *La Revue hebdomadaire* (27 juin-12 septembre) ; de nombreuses traductions.

Sciences et techniques

Moissan obtient du carbure de lithium (février) ; Garchey fabrique des pierres céramiques obtenues par la dévitrification du verre (juin) ; Londe et Brissaud obtiennent avec les rayons Röntgen l'image d'une balle logée dans un crâne (juin) ; Becquerel fait des études sur la radioactivité ; première course de voitures Paris-Marseille sous les auspices de l'Automobile-Club de France (24 septembre) ; inauguration du Salon du cycle et de l'automobile (12 décembre) ; établissement par Marconi d'une liaison télégraphique entre deux postes situés à plusieurs kilomètres l'un de l'autre ; en Allemagne, construction par Zeppelin de dirigeables à armures métalliques.

Presse

Fondations : *L'Agriculture moderne*, supplément du *Petit Journal* ; *L'Avenir du Puy-de-Dôme* (Clermont-Ferrand) ; *La Dépêche coloniale*.
La direction de *La Lanterne* est confiée à Aristide Briand ; *Le Journal des débats* adopte le grand format du *Temps* ; le ministère des Travaux publics refuse aux librairies le renouvellement automatique des contrats passés avec les compagnies de chemins de fer.

Théâtre :
L'Ouragan : rédaction (octobre-novembre).
Le Rêve : représenté à Genève (11 décembre) ; reprise au théâtre de la Monnaie de Bruxelle (12 octobre).
Violaine la Chevelue : rédaction (novembre-décembre).

Lettres

Adam : *Les Cœurs nouveaux, Le Cuivre, La Force du mal.*
Aicard : *Notre-Dame d'amour.*
Bergson : *Matière et mémoire.*
Berthelot : *Science et morale.*
Bourget : *Mensonges, Un crime d'amour, Une idylle tragique.*
Clemenceau : *Le Grand Pan.*
Coppée : *Le Coupable, Mon franc-parler* (4e série).
Drumont : *De l'or, de la boue, du sang.*
Goncourt : *Hokusaï.*
Gourmont : *Le Livre des masques, Le Pèlerin du silence.*
Hervieu : *Le Petit Duc.*
Hugo : *Correspondance, L'Expiation, La Prière pour tous.*
Huret : *Enquête sur la question sociale en Europe.*
Kropotkine : *L'Anarchie, sa philosophie, son idéal.*
Lavedan : *Les Petites Visites.*
Lorrain : *La Princesse sous verre, Une femme par jour.*
Loti : *Le Galilée.*
Louÿs : *Aphrodite. Mœurs antiques.*
Marguerrite : *L'Essor.*
Montépin : *La Joueuse d'orgue.*
Proust : *Les Plaisirs et les Jours.*
Renard : *Histoires naturelles, La Maîtresse.*
Rochefort : *Les Aventures de ma vie.*
Rosny : *Le Serment, Un double amour.*
Taine : *Carnets de voyage.*
Valéry : *La Soirée avec M. Teste.*
Vogüé : *Devant le silence, Jean d'Agrève.*

Arts

Cézanne : *La Montagne Sainte-Victoire, Un champ de blé.*
Gauguin : *Nave nave Mahana, Te Arii vahine.*
Matisse : *La Grotte, Marine à Goulphar, Le Tisserand breton.*
Munch : *Portrait de Strindberg.*
Renoir : *Christine Lerolle brodant, La Famille de l'artiste, Nu debout.*
Redon : *La Tentation de saint Antoine.*
Rodin : *Pallas au Parthénon.*

Signac : *Bateaux berrichons sur le canal du Loing, au printemps* ; *Bateaux du Berry sur le Loing, effets du matin* ; *La Jetée de Flessingue* ; *Voiles et pins*.
Toulouse-Lautrec : *Chocolat dansant*, *Elsa la Viennoise*, *La Grande Loge*.
Mort d'Anton Bruckner.
Chausson : *Poème pour violon et orchestre*.
Vincent d'Indy : *Istar*.
Dukas : *Symphonie en ut mineur*.
Fauré : mélodies, dont *Soir*.
Pietro Mascagni : *Zanetto*.
Mahler : *IIIe symphonie*.
Messager : *Le Chevalier d'Harmenthal*.
Puccini : *La Bohème*.
Saint-Saëns : *Concerto pour piano n° 5*.

Exposition des *Paysages* de Sisley à la Société nationale des beaux-arts. Chez Durand-Ruel, rétrospective Berthe Morisot, exposition Renoir, première exposition particulière Bonnard. Toulouse-Lautrec expose chez Manzi-Joyant. Au Salon, Constant a la médaille d'honneur pour la peinture.

Théâtre

Bergerat : *Le Capitaine Fracasse* (Odéon, 10 octobre).
Bergerat et Sainte-Croix : *Manon Roland* (Théâtre-Français, 4 mai).
Berton : *L'Âme invisible* (Théâtre-Libre, 10 février).
Bisson et Sylvane : *Disparu !* (Gymnase, 19 mars).
Brieux : *Les Bienfaiteurs* (Porte-Saint-Martin, 22 octobre) ; *L'Évasion* (Théâtre-Français, 7 décembre).
Curel : *La Figurante* (Renaissance, 5 mars).
Decourcelle : *Les Deux Gosses* (Ambigu, 19 février).
Decourcelle et Artois : *Une idylle tragique*, d'après Bourget (Gymnase, 23 décembre).
Du Locle et Nuitter : *Hellé*, musique de Duvernoy (Opéra, 24 avril).
Duval : *Mignonette*, musique de Street (Nouveautés, 3 octobre).
Feydeau : *Le Dindon* (Palais-Royal, 8 février).
Fouquier, Bertal et Héros : *Le Modèle* (Odéon, 28 janvier).

Gallet : *La Femme de Claude*, d'après Dumas fils, musique de Cahen (Opéra-Comique, 24 juin).
Gandillot : *Villa Gaby* (Gymnase, 23 octobre).
Hermant : *La Meute* (Renaissance, 9 avril).
Ibsen : *Peer Gynt*, trad. Prozor (L'Œuvre, 12 novembre).
Jarry : *Ubu roi* (L'Œuvre, 10 décembre).
Laurenty et Hauser : *Inceste d'âmes* (Théâtre-Libre, 16 mars).
Lemaître : *La Bonne Hélène* (Vaudeville, 31 janvier).
Liorat et Ordonneau : *La Falote*, musique de Varney (Folies-Dramatiques, 17 avril).
Martinet, Jupilles et Damien : *Mademoiselle X* (Dejazet, 16 mai).
Meilhac : *Grosse Fortune* (Théâtre-Français, 15 février).
Méténier : *Mademoiselle Fifi*, d'après Maupassant (théâtre Antoine, 10 février).
Mortier : *La Fille d'Artaban* (Théâtre-Libre, 27 avril).
Honet : *Le Colonel Roquebrune* (Porte-Saint-Martin, 24 décembre).
Ordonneau : *La Poupée*, musique d'Audran (Gaieté, 21 octobre).
Thorel : *Deux Sœurs* (Odéon, 23 avril).
Weil : *Raphaël* (Athénée-Comique, 11 février).
Wilde : *Salomé* (Athénée-Comique, 11 février).

BIBLIOGRAPHIE

Pour toutes les œuvres de la période envisagée, voir Henri Mitterand, *Zola*, tome III, *L'Honneur 1893-1902*, Fayard, 2002.

Lourdes

Manuscrits

Les manuscrits et les dossiers préparatoires de *Lourdes* sont conservés à la bibliothèque Méjanes d'Aix-en-Provence sous la double cote : 1450-1454 (1558-1559) pour les manuscrits, 1455-1456 (1590-1591) pour les dossiers préparatoires.

Principales éditions de *Lourdes*

Zola Émile, *Les Trois Villes. Lourdes*, Charpentier et Fasquelle, 1894.
Zola Émile, *Œuvres complètes*, t. XXIII, *Les Trois Villes. Lourdes*, notes et commentaires de Maurice Le Blond, Bernouard, 1929.
Zola Émile, *Œuvres complètes*, t. VII, *Les Trois Villes. Lourdes*, édition établie sous la direction d'H. Mitterand, introduction de René Ternois, Cercle du livre précieux, Claude Tchou éditeur, 1968.
Zola Émile, *Lourdes*, édition établie et annotée par Jacques Noiray, Gallimard, « Folio classique », 1995.
Zola Émile, *Lourdes*, édition établie et annotée par H. Mitterand, Stock, 1998.

Études

Ouvrages

Ternois René, *Zola et son temps, Lourdes, Rome, Paris*, Les Belles Lettres, 1961.
Ouvrard Pierre, *Zola et le prêtre*, Beauchesne, 1986.
Ouvrard Pierre, *Le Fait religieux, notamment le miracle, chez Zola. Foi et raison*, L'Harmattan, 2002.
Guermès Sophie, *La Religion de Zola : naturalisme et déchristianisation*, Champion, 2003.

Articles

Thomson Clive, « Une typologie du discours idéologique dans *Les Trois villes* », *Les Cahiers naturalistes*, n° 54, 1980, p. 96-105.
Kryder Laura, « Zola et Lourdes », *Studi di letteratura francese*, n° 192, 1985, p. 114-139.
Lescuyer Thierry, « Huysmans et Zola : Lourdes en question », *L'Herne*, cahier « Huysmans », 1985, p. 324-332.
Baguley David, « *Les Trois Villes* : "Le voyage du pèlerin de Zola" » dans *Il Terzo Zola dopo i « Rougon-Macquart »*, Naples, Istituto universitario orientale, 1990, p. 37-55.
Costa Mario, « *Lourdes* e il nuovo regime dell'immaginario », dans *Il Terzo Zola dopo i « Rougon-Macquart »*, Naples, Istituto universitario orientale, 1990, p. 57-68.
De Gregorio-Cirillo Valeria, « *Lourdes* o il discorso del corpo », dans *Il Terzo Zola dopo i « Rougon-Macquart »*, Naples, Istituto universitario orientale, 1990, p. 69-86.
Gallina Bernard, « La dernière journée de *Lourdes*, clôture ou bien ouverture ? » dans *Il Terzo Zola dopo i « Rougon-Macquart »*, Naples, Istituto universitario orientale, 1990, p.87-101.
Gallini Clara, « Le folle di *Lourdes* » dans *Il Terzo Zola dopo i « Rougon-Macquart »*, Naples, Istituto universitario orientale, 1990, p. 103-125.
Suwala Halina, « Regard et parole dans *Lourdes* » dans *Il Terzo Zola dopo i « Rougon-Macquart »*, Naples, Istituto universitario orientale, 1990, p. 127-139.

Noiray Jacques, « De *La Bête humaine* à *Lourdes*, ou un train peut en cacher un autre », Actes du colloque *Zola, La Bête humaine*, University of Glasgow French and German Publications, 1990, p. 209-224.
Viti Robert M. « Science, the Church and Revolution : Time wars in Zola's *Les Trois Villes* », *French Studies*, octobre 1993, p. 412-421.
Cabanès Jean-Louis, « L'enfance de Bernadette : effets de voix », *Les Cahiers naturalistes*, n° 72, 1998, p. 211-223.
Noiray Jacques, « La fraîcheur dans *Lourdes* », *Les Cahiers naturalistes*, n° 72, 1998, p. 199-210.
Noiray Jacques, « Médecine et miracle dans *Lourdes* », *Littérature et médecine II, Eidôlon*, n° 50, université de Bordeaux III, 2000, p. 325-355.
Grenaud Céline, « La clef mathématique de *Lourdes* », *Les Cahiers naturalistes*, n° 78, 2004, p. 283-300.

Mon voyage à Lourdes

Éditions

Zola Émile, *Mes voyages. Lourdes. Rome.* Journaux inédits présentés et annotés par René Ternois, Fasquelle, 1958.
Zola Émile, *Mon voyage à Lourdes*, dans É. Zola, *Œuvres complètes*, t. VII, introduction de René Ternois, Cercle du livre précieux, Claude Tchou éditeur, 1968.

Ouvrage

Ternois René, *Zola et son temps, Lourdes, Rome, Paris*, Les Belles Lettres, 1961.

Rome

Manuscrits

Les dossiers préparatoires de *Rome* sont conservés à la bibliothèque Méjanes d'Aix-en-Provence : Mss. 1462 (*Ébauche*, personnages), 1463 (plans), 1464 (notes de voyage à Rome), 1465 (notes documentaires diverses).

Principales éditions

Émile Zola, *Les Trois Villes. Rome*, Bibliothèque Charpentier, G. Charpentier et É. Fasquelle éditeurs, 1896, 751 p. Enregistré par la *Bibliographie de la France* le 23 mai 1896.
Émile Zola, *Œuvres complètes*, t. XXIV-XXV, *Les Trois Villes. Rome*, notes et commentaires par Marice Le Blond, éd. Bernouard, 1928-1929, 2 vol.
Émile Zola, *Œuvres complètes*, t. VII, *Les Trois Villes. Rome*, introduction de Dominique Fernandez, notice et notes d'Henri Mitterand, Cercle du Livre précieux, Claude Tchou éditeur, 1968.
Émile Zola, *Œuvres complètes*, t. XXVI, *Les Trois Villes. Rome*, préface d'Henri Guillemin, Cercle du bibliophile, 1969.
Émile Zola, *Rome*, édition établie et annotée par Henri Mitterand, Stock, 1998.
Émile Zola, *Rome*, édition présentée, établie et annotée par Jacques Noiray, Gallimard, 1999, « Folio classique », nº 3296.

Études

Ouvrages

Ternois René, *Zola et son temps, Lourdes, Rome, Paris*, Les Belles Lettres, 1961.
Ternois René, *Zola et ses amis italiens*, Les Belles Lettres, 1967.
Milza Pierre, *Français et Italiens à la fin du XIXe siècle*, Rome, École française, 1981, 2 vol.

Mitterand Henri, *Zola,* tome III, *L'Honneur (1893-1902)*, Fayard, 2002.
Guermès Sophie, *La Religion de Zola : naturalisme et déchristianisation*, Champion, 2003.

Articles

Ternois René, « La genèse du premier chapitre de *Rome* », *Mélanges offerts à Mario Roques*, 1948, p. 265-273.
Menichelli Gian-Carlo, « La genèse et les sources du roman *Rome* d'Émile Zola », *Les Cahiers naturalistes*, nº 5, 1956, p. 244-246.
Dezalay Auguste, « Le fil d'Ariane : de l'image à la structure du labyrinthe », *Les Cahiers naturalistes*, nº 40, 1970, p. 121-134.
Dezalay Auguste, « Mythe et histoire : présence de Rome chez Zola », *Les Cahiers naturalistes*, nº 54, 1980, p. 154-164.
Thomson Clive, « Une typologie du discours idéologique dans *Les Trois Villes* », *Les Cahiers naturalistes*, nº 54, 1980, p. 96-105.
Newton Joy, « Zola and Hébert. An Unlikely Friendship », *Laurels*, hiver 1984-1985, p. 171-184.
Maione Michaël, « Zola face à la Ville éternelle », *Les Cahiers naturalistes*, nº 60, 1986, p. 157-170.
Faitrop-Porta Anne-Christine, « Il realismo di *Rome* al vaglio della critica romana (1896-1960) », dans *Il Terzo Zola. Émile Zola dopo i « Rougon-Macquart »*, Naples, Istituto Universitario Orientale, 1990, p. 141-171.
Tortonese Paolo, « Pourquoi *Rome* n'a pas plu aux Italiens », dans *Il Terzo Zola. Émile Zola dopo i « Rougon-Macquart »*, Naples, Istituto Universitario Orientale, 1990, p. 205-213.
Philippe Murray, « Zola, le pape et l'avenir », *L'Atelier du roman*, nº 10, printemps 1997, p. 7-56.
Noiray Jacques, « De la mise à nu comme principe poétique : la genèse du personnage de Benedetta dans *Rome* », dans *Zola. Genèse de l'œuvre*, CNRS éditions, 2002, p. 245-262.
Guermès Sophie, « Génétique et poétique du drame passionnel dans *Rome* : vers un élargissement du naturalisme ? »,dans *Zola à l'œuvre*, textes réunis par Gisèle Séginger, Presses universitaires de Strasbourg, 2003, p. 221-232.
Noiray Jacques, « Le paysage dans *Rome* », dans *Actualité de Zola en l'an 2000*, Naples, L'Orientale Editrice, 2004, p. 113-131.

Entretiens

L'édition des entretiens a été réalisée par Dorothy Speirs et Dolorès A. Signori : *Entretiens avec Zola*, Les Presses de l'Université de Otawa, 1990.

TABLE DES MATIÈRES

ISBN: 978-284736-173-5
Dépôt légal - mars 2007